GRANDES OBRAS DA CULTURA UNIVERSAL

(Clássicos de Sempre)

1. DIVINA COMÉDIA — Dante Alighieri — Ilustrações de Gustave Doré — Tradução, nota e um estudo biográfico, por Cristiano Martins.
2. OS LUSÍADAS — Luís de Camões — Introdução de Antônio Soares Amora — Modernização e Revisão do Texto de Flora Amora Sales Campos — Notas de Antônio Soares Amora, Massaud Moisés, Naief Sáfady, Rolando Morel Pinto e Segismundo Spina.
3. FAUSTO — Goethe — Tradução de Eugênio Amado.
4. LÍRICA — Luís de Camões — Introdução e notas de Aires da Mata Machado Filho.
5. O ENGENHOSO FIDALGO DOM QUIXOTE DE LA MANCHA — Miguel de Cervantes Saavedra Com 370 ilustrações de Gustave Doré — Tradução e notas de Eugênio Amado — Introdução de Júlio G. Garcia Morejón.
6. GUERRA E PAZ — Leon Tolstoi — Com índice de personagens históricos, 272 ilustrações originais do artista russo S. Shamarinov. Tradução, introdução e notas de Oscar Mendes.
7. ORIGEM DAS ESPÉCIES — Charles Darwin — Com esboço autobiográfico e esboço histórico do progresso da opinião acerca do problema da origem das espécies, até publicação da primeira edição deste trabalho. Tradução de Eugênio Amado.
8. CONTOS DE PERRAULT — Charles Perrault — Com 42 ilustrações de Gustave Doré — Tradução de Regina Régis Junqueira. Introdução de P. J. Stahl e como apêndice uma biografia de Perrault e comentários sobre seus contos.
9. CIRANO DE BERGERAC — Edmond Rostand — Com uma "Nota dos Editores" ilustrada por Mario Murtas. Tradução em versos por Carlos Porto Carreiro.
10. TESTAMENTO — François Villon — Edição bilingüe — Tradução, cronologia, prefácio e notas de Afonso Félix de Souza.
11. FÁBULAS — Jean de La Fontaine — Um esboço biográfico, tradução e notas de Milton Amado e Eugênio Amado. Com 360 ilustrações de Gustave Doré.
12. O LIVRO APÓCRIFO DE DOM QUIXOTE DE LA MANCHA — Afonso Fernández de Avelaneda — Tradução, prefácio e notas de Eugênio Amado — Ilustrações de Poty.
13. NOVOS CONTOS — Jacob e Wilhelm Grimm — Tradução de Eugênio Amado
14. GARGÂNTUA E PANTAGRUEL — Rabelais — Tradução de David Jardim Júnior.
15. AVENTURAS DO BARÃO DE MÜNCHHAUSEN — G.A. Burger — Tradução de Moacir Werneck de Castro — Ilustração de Gustave Doré.
16. CONTOS DE GRIMM — Jacob e Wilhelm Grimm — Obra Completa — Ilustrações de artista da época — Tradução de David Jardim Júnior.
17. HISTÓRIAS E CONTOS DE FADAS — OBRA COMPLETA — Hans Christian Andersen —Ilustrações de artistas da época — Tradução de Eugênio Amado.
18. PARAÍSO PERDIDO — John Milton — Ilustrações de Gustave Doré — Tradução de Antônio José Lima Leitão.
19. LEWIS CARROLL OBRAS ESCOLHIDAS — Em 2 volumes. Ilustrações de artistas da época — Tradução Eugênio Amado — Capa Cláudio Martins.
20. GIL BLAS DE SANTILLANA — Lesage — Em 2 volumes. Tradução de Bocage — Ilustrações de Barbant — Vinheta de Sabatacha.
21. O DECAMERÃO — Giovanni Boccaccio — Tradução de Raul de Polillo — Introdução de Eldoardo Bizzarri.
22. QUO VADIS — Henrik Sienkiewicz — Tradução de J. K. Albergaria — Ilustrações Dietricht, Alfredo de Moraes e Sousa e Silva — Gravuras de Carlos Traver.
23. MEMÓRIAS DE UM MÉDICO — Alexandre Dumas (1. José Bálsamo — 2. O Colar da Rainha — 3. A Condessa de Charny — 4. Angelo Pitou — 5. O Cavalheiro da Casa Vermelha).
24. A ORIGEM DO HOMEM (e a seleção sexual) — Charles Darwin — Tradução Eugênio Amado.
25. CONVERSAÇÕES COM GOETHE — Johann Peter Eckermann — Tradução do alemão e notas de Marina Leivas Bastian Pinto.
26. PERFIS DE MULHERES — José de Alencar
27. ÚLTIMOS CONTOS — Hans Christian Andersen
28. ANA KARÊNINA — Leon Tolstoi
29. CONTOS — Machado de Assis

CONTOS

GRANDES OBRAS DA CULTURA UNIVERSAL

VOL. 29

Capa

RIVA BERSTEIN

EDITORA ITATIAIA
BELO HORIZONTE
Rua São Geraldo, 53 — Floresta — Cep. 30150-070
Tel.: 3212-4600 — Fax: 3224-5151
e-mail: vilaricaeditora@uol.com.br
Home page: www.villarica.com.br

MACHADO DE ASSIS

CONTOS

EDITORA ITATIAIA
Belo Horizonte

FICHA CATALOGRÁFICA

Grimm, Jacob e Grimm, Wilhelm.
G864c.Pj Contos de Grimm (contos de fadas) - obra completa / Jacob Grimm e Wilhelm Grimm; tradução de David Jardim Júnior. — Belo Horizonte: Itatiaia, 2008.

596 p. — (Grandes obras da cultura universal, 16)

Título original: Contos de Grimm.

1. Literatura alemã. I. Grimm, Wilhelm. II. Jardim Júnior, Davi. III. Título. IV. Título: Contos de Grimm. V. Série.

CDU 821.1122

ISBN: 978-85-319-0109-X

2008

Impresso no Brasil
Printed in Brazil

ÍNDICE

Contos Fluminenses

Histórias da Meia-Noite

Papéis Avulsos

Histórias Sem Data

Várias Histórias

Páginas Recolhidas

Entre 1892 e 1894

Relíquias de Casa Velha

Contos Inéditos

SOBRE ESTA EDIÇÃO

A 1ª edição dos *Contos Fluminenses* é de 1870.

Na sua folha de rosto se lê:

"CONTOS FLUMINENSES/Por/Machado de Assis/Miss Dollar. Luiz Soares. — A Mulher de Preto./O Segredo de Augusta./Confissões de uma Viúva Moça./Frei Simão./Linha Recta e Linha Curva./ Rio de Janeiro/B. L. Garnier, Editor/ 69, rua do Ouvidor, 69/Paris/E. Belhate, Livreiro, rua de l'Abbaye, 14". O volume tem 374 páginas.

O colofão diz apenas: "Typographia de Adolpho Lainé, rua dos Santos-Padres, 19", sem indicação do ano. (Em todas as edições, no frontispício, "Frei Simão", o último da coletânea, aparece como penúltimo.)

Mas, segundo nos informa a preciosa *Bibliografia de Machado de Assis,* do saudoso J. Galante de Sousa, o noticiário dos jornais não deixa dúvida quanto à data de aparecimento desta primeira coletânea de contos de M. de A.

Somente em 1899 saiu a 2ª edição, em composição nova, com 310 páginas. A folha de rosto repete aproximadamente a da 1ª ed., havendo mudança apenas nas notas tipográficas: H. Garnier, Livreiro-Editor/71, Rua Moreira César, 71/Rio de Janeiro/6, Rue des Saints-Peres, 6/Paris".

O colofão reza: "Pariz. — Typ. Garnier Irmãos, rua dos [*sic*] Saints-Pères. 324.3.99", ou seja: março de 1899.

Galante de Sousa pergunta: "Será esta a 2ª edição?" A nova composição e o número de páginas, a meu ver, não deixam margem a dúvidas.

A edição seguinte, que aproveita a mesma composição da anterior, acrescenta, na folha de rosto, depois do nome do Autor, "Da Academia Brazileira", e depois do título, "Nova Edição".

No colofão, a data mudou para "10.99", ou seja, outubro de 1899, o que revela ter-se esgotado a 2ª edição em poucos meses. É sem dúvida a 3ª edição, última em vida do A., e que nos serviu de texto-base.

Em carta desse mês ao editor, M. de A., em francês, diz ter feito "pequenas correções para a próxima edição. Não corrigi o estilo nem a composição, pois cada livro deve manter a marca do seu tempo, e o de *Contos Fluminenses* é o meu primeiro nesse gênero."

Informa-nos ainda Galante de Sousa que, "com exceção de 'Miss Dollar', de que não conseguimos encontrar publicação anterior, todos os outros contos, aí contidos, foram publicados no *Jornal das Famílias,* de junho de 1864 a janeiro de 1869".

*

Como primeira coletânea de histórias curtas publicada em livro, *Contos Fluminenses,* como o diz o A., traz a marca do seu tempo. Quem está habituado a ler os "contos seletos", ou "os melhores contos" de M. de A. — da sua segunda fase —, notará por força as diferenças, a despeito de reconhecer-lhe as "impressões digitais", na linguagem e no próprio e inconfundível estilo.

O modelar da linguagem de M. de A., entretanto, ainda não se fixara: o leitor estranhará por certo concordâncias não-canônicas como: "haviam dez anos", "Fazem dez anos", "Coube a Adelaide cerca de trinta contos" ("Luís Soares"); "haviam duas estantes", "haviam vários deputados" ("A Mulher de Preto"); "as mais afáveis inimigas que podem haver neste mundo" ("O Segredo de Augusta"); "pode acontecer casos destes"; "Haviam lágrimas nas suas palavras" ("Linha Reta e Linha Curva".)

Quanto à colocação de pronomes átonos, ao lado de construções clássicas: "que *lhe* eu desse" ("Luís Soares", I), "em *me* não dar por vencida" ("Confissões de uma Viúva Moça", II), há grande liberdade no uso da ênclise em orações subordinadas: "que esquecera-*se*", "que o médico achava-*se*" ("A Mulher de Preto", II e VI); "que espírito mau sussurrou-*me* ("Confissões de uma Viúva Moça", II).

Também não se encontrarão nos escritos da maturidade combinações destas: "traziam-*o* dous motivos" ("Miss Dollar", VII), "os amigos acharam-*o* triste" (Luís Soares", I).

*

À exceção da última, "Frei Simão", de apenas 15 páginas, as narrativas — sempre românticas — são extensas (40 a 70 páginas) e divididas em capítulos, e constituem verdadeiras miniaturas de romances; segundo a tradição brasileira, seriam talvez mais adequadamente rotuladas como "novelas".

O próprio autor várias vezes se trai e refere-se aos contos como "romance": assim em "Miss Dollar" (seis vezes nas três primeiras páginas); novamente "romance" aparece nas "Confissões de uma Viúva Moça" (cap. I e II); em "Linha Reta e Linha Curva", apesar de usar os termos *história* e *narrativa,* a estrutura também é mais de romance.

Aventuro então esta hipótese: não seriam alguns destes contos romances frustrados? O leitor o dirá...

PEQUENA BIBLIOGRAFIA

Além das obras clássicas sobre Machado de Assis, já citadas nos volumes anteriores, consultar-se-ão com proveito:

ABREU, MODESTO DE. "Machado de Assis, mestre do conto e do verso". *Ilustração Brasileira,* Rio de Janeiro, agosto de 1954.

BARBOSA, FRANCISCO DE ASSIS. "O contista número um da língua portuguesa". *Cultura,* Rio de Janeiro, nº 3, maio-agosto de 1949, p. 193-242.

BROCA, BRITO. *Machado de Assis e a Política.* Rio de Janeiro, 1975, p. 44-53.

LEÃO, MÚCIO. "O Conto de Machado de Assis". In Academia Brasileira de Letras. *Curso de Conto.* Rio de Janeiro, 1958, p. 109-131.

MONTELLO, JOSUÉ. "O Conto Brasileiro de Machado de Assis a Monteiro Lobato". In *Caminho da Fonte,* Rio de Janeiro, INL, 1959, p. 279-365.

SOUSA, J. GALANTE DE. "A propósito de um inédito de Machado de Assis". *Correio da Manhã,* Rio de Janeiro, 9-4-53.

ADRIANO DA GAMA KURY

NOTA:
O preparo desta edição foi facilitado graças à colaboração de Plínio Doyle, que possibilitou o acesso à sua Machadiana.

MISS DOLLAR

I

Era conveniente ao romance que o leitor ficasse muito tempo sem saber quem era Miss Dollar. Mas por outro lado, sem a apresentação de Miss Dollar, seria o autor obrigado a longas digressões, que encheriam o papel sem adiantar a ação. Não há hesitação possível: vou apresentar-lhes Miss Dollar.

Se o leitor é rapaz e dado ao gênio melancólico, imagina que Miss Dollar é uma Inglesa pálida e delgada, escassa de carnes e de sangue, abrindo à flor do rosto dous grandes olhos azuis e sacudindo ao vento umas longas tranças louras. A moça em questão deve ser vaporosa e ideal como uma criação de Shakspeare; deve ser o contraste do *roast-beef* britânico, com que se alimenta a liberdade do Reino Unido. Uma tal Miss Dollar deve ter o poeta Tennyson de cor e ler Lamartine no original; se souber o português deve deliciar-se com a leitura dos sonetos de Camões ou os *Cantos* de Gonçalves Dias. O chá e o leite devem ser a alimentação de semelhante criatura, adicionando-se-lhe alguns confeitos e biscoutos para acudir às urgências do estômago. A sua fala deve ser um murmúrio de harpa eólia; o seu amor um desmaio, a sua vida uma contemplação, a sua morte um suspiro.

A figura é poética, mas não é a da heroína do romance.

Suponhamos que o leitor não é dado a estes devaneios e melancolias; nesse caso imagina uma Miss Dollar totalmente diferente da outra. Desta vez será uma robusta Americana, vertendo sangue pelas faces, formas arredondadas, olhos vivos e ardentes, mulher feita, refeita e perfeita. Amiga da boa mesa e do bom copo, esta Miss Donar preferirá um quarto de carneiro a uma página de Longfellow, cousa naturalíssima quando o estômago reclama, e nunca chegará a compreender a poesia do pôr do sol. Será uma boa mãe de família segundo a doutrina de alguns padres-mestres da civilização, isto é, fecunda e ignorante.

Já não será do mesmo sentir o leitor que tiver passado a segunda mocidade e vir diante de si uma velhice sem recurso. Para esse, a Miss Dollar verdadeiramente digna de ser contada em algumas páginas, seria uma boa Inglesa de cinqüenta anos, dotada com algumas mil libras esterlinas, e que, aportando ao Brasil em procura de assunto para escrever um romance, realizasse um romance verdadeiro, casando com o leitor aludido. Uma tal Miss Dollar seria incompleta se não tivesse óculos verdes e um grande cacho de cabelo grisalho em cada fonte. Luvas de renda branca e chapéu de linho em forma de cuia, seriam a última demão deste magnífico tipo de ultramar.

Mais esperto que os outros, acode um leitor dizendo que a heroína do romance não é nem foi Inglesa, mas Brasileira dos quatro costados, e que o nome de Miss Dollar quer dizer simplesmente que a rapariga é rica.

A descoberta seria excelente, se fosse exata; infelizmente nem esta nem as outras são exatas. A Miss Dollar do romance não é a menina romântica, nem a mulher robusta, nem a velha literata, nem a Brasileira rica. Falha desta vez a proverbial perspicácia dos leitores; Miss Dollar é uma cadelinha galga.

Para algumas pessoas a qualidade da heroína fará perder o interesse do romance. Erro manifesto. Miss Dollar, apesar de não ser mais que uma cadelinha galga, teve as honras de ver o seu nome nos papéis públicos, antes de entrar para este livro. O *Jornal do Comércio* e o *Correio Mercantil* publicaram nas colunas dos anúncios as seguintes linhas reverberantes de promessa.

"Desencaminhou-se uma cadelinha galga, na noite de ontem, 30. Acode ao nome de Miss Dollar. Quem a achou e quiser levar à Rua de Matacavalos[1] nº..., receberá duzentos mil-réis de recompensa. Miss Dollar tem uma coleira ao pescoço fechada por um cadeado em que se lêem as seguintes palavras: *De tout mon coeur.*"

Todas as pessoas que sentiam necessidade urgente de duzentos mil-réis, e tiveram a felicidade de ler aquele anúncio, andaram nesse dia com extremo cuidado nas ruas do Rio de Janeiro, a ver se davam com a fugitiva Miss Dollar. Galgo que aparecesse ao longe era perseguido com tenacidade até verificar-se que não era o animal procurado. Mas toda esta caçada dos duzentos mil-réis era completamente inútil, visto que, no dia em que apareceu o anúncio, já Miss Dollar estava aboletada na casa de um sujeito morador nos Cajueiros[2] que fazia coleção de cães.

II

Quais as razões que induziram o Dr. Mendonça a fazer coleção de cães, é cousa que ninguém podia dizer; uns queriam que fosse simplesmente paixão por esse símbolo da fidelidade ou do servilismo; outros pensavam antes que, cheio de profundo desgosto pelos homens, Mendonça achou que era de boa guerra adorar os cães.

Fossem quais fossem as razões, o certo é que ninguém possuía mais bonita e variada coleção do que ele. Tinha-os de todas as raças, tamanhos e cores. Cuidava deles como se fossem seus filhos; se algum lhe morria ficava melancólico. Quase se pode dizer que, no espírito de Mendonça, o cão pesava tanto como o amor, segundo uma expressão célebre: tirai do mundo o cão, e o mundo será um ermo.

O leitor superficial conclui daqui que o nosso Mendonça era um homem excêntrico. Não era. Mendonça era um homem como os outros; gostava de cães como outros gostam de flores. Os cães eram as suas rosas e violetas; cultivava-os com o mesmíssimo esmero. De flores gostava também; mas gostava delas nas plantas em que nasciam: cortar um jasmim ou prender um canário parecia-lhe idêntico atentado.

Era o Dr. Mendonça homem de seus trinta e quatro anos, bem apessoado, maneiras francas e distintas. Tinha-se formado em medicina e tratou algum tempo de doentes; a clínica estava já adiantada quando sobreveio uma epidemia na capital; o Dr. Mendonça inventou um elixir contra a doença; e tão excelente era o elixir, que o autor

1. Atual Rua do Riachuelo.
2. Bairro situado entre a estação da E. F. Central do Brasil e a Rua Camerino.

ganhou um bom par de contos de réis. Agora exercia a medicina como amador. Tinha quanto bastava para si e a família. A família compunha-se dos animais citados acima.

Na memorável noite em que se desencaminhou Miss Dollar, voltava Mendonça para casa quando teve a ventura de encontrar a fugitiva no Rossio.[3] A cadelinha entrou a acompanhá-lo, e ele, notando que era animal sem dono visível, levou-a consigo para os Cajueiros.

Apenas entrou em casa examinou cuidadosamente a cadelinha. Miss Dollar era realmente um mimo; tinha as formas delgadas e graciosas da sua fidalga raça; os olhos castanhos e aveludados pareciam exprimir a mais completa felicidade deste mundo, tão alegres e serenos eram. Mendonça contemplou-a e examinou minuciosamente. Leu o dístico do cadeado que fechava a coleira, e convenceu-se finalmente de que a cadelinha era animal de grande estimação da parte de quem quer que fosse dono dela.

— Se não aparecer o dono, fica comigo, disse ele entregando Miss Dollar ao moleque encarregado dos cães.

Tratou o moleque de dar comida a Miss Dollar, enquanto Mendonça planeava um bom futuro à nova hóspede, cuja família devia perpetuar-se na casa.

O plano de Mendonça durou o que duram os sonhos: o espaço de uma noite. No dia seguinte, lendo os jornais, viu o anúncio transcrito acima, prometendo duzentos mil-réis a quem entregasse a cadelinha fugitiva. A sua paixão pelos cães deu-lhe a medida da dor que devia sofrer o dono ou dona de Miss Dollar, visto que chegava a oferecer duzentos mil-réis de gratificação a quem apresentasse a galga. Conseqüentemente resolveu restituí-la, com bastante mágoa do coração. Chegou a hesitar por alguns instantes; mas afinal venceram os sentimentos de probidade e compaixão, que eram o apanágio daquela alma. E, como se lhe custasse despedir-se do animal, ainda recente na casa, dispôs-se a levá-lo ele mesmo, e para esse fim preparou-se. Almoçou, e depois de averiguar bem se Miss Dollar havia feito a mesma operação, saíram ambos de casa com direção a Matacavalos.

Naquele tempo ainda o barão do Amazonas não tinha salvo a independência das repúblicas platinas mediante a vitória de Riachuelo, nome com que depois a câmara municipal crismou a Rua de Matacavalos. Vigorava, portanto, o nome tradicional da rua, que não queria dizer cousa nenhuma de jeito.

A casa que tinha o número indicado no anúncio era de bonita aparência e indicava certa abastança nos haveres de quem lá morasse. Antes mesmo que Mendonça batesse palmas no corredor, já Miss Dollar, reconhecendo os pátrios lares, começava a pular de contente e a soltar uns sons alegres e guturais que, se houvesse entre os cães literatura, deviam ser um hino de ação de graças.

Veio um moleque saber quem estava; Mendonça disse que vinha restituir a galga fugitiva. Expansão do rosto do moleque, que correu a anunciar a boa nova. Miss Dollar, aproveitando uma fresta, precipitou-se pelas escadas acima. Dispunha-se Mendonça a descer, pois estava cumprida a sua tarefa, quando o moleque voltou dizendo-lhe que subisse e entrasse para a sala.

Na sala não havia ninguém. Algumas pessoas, que têm salas elegantemente dispostas, costumam deixar tempo de serem estas admiradas pelas visitas, antes de as virem cumprimentar. É possível que esse fosse o costume dos donos daquela casa,

3. Atual Praça Tiradentes.

mas desta vez não se cuidou em semelhante cousa, porque mal o médico entrou pela porta do corredor surgiu de outra interior uma velha com Miss Dollar nos braços e a alegria no rosto.

— Queira ter a bondade de sentar-se, disse ela designando uma cadeira a Mendonça.

— A minha demora é pequena, disse o médico sentando-se. Vim trazer-lhe a cadelinha que está comigo desde ontem...

— Não imagina que desassossego causou cá em casa a ausência de Miss Dollar...

— Imagino, minha senhora; eu também sou apreciador de cães, e se me faltasse um sentiria profundamente. A sua Miss Dollar...

— Perdão! interrompeu a velha; minha não; Miss Dollar não é minha, é de minha sobrinha.

— Ah!...

— Ela aí vem.

Mendonça levantou-se justamente quando entrava na sala a sobrinha em questão. Era uma moça que representava vinte e oito anos, no pleno desenvolvimento da sua beleza, uma dessas mulheres que anunciam velhice tardia e imponente. O vestido de seda escura dava singular realce à cor imensamente branca da sua pele. Era roçagante o vestido, o que lhe aumentava a majestade do porte e da estatura. O corpinho do vestido cobria-lhe todo o colo; mas adivinhava-se por baixo da seda um belo tronco de mármore modelado por escultor divino. Os cabelos castanhos e naturalmente ondeados estavam penteados com essa simplicidade caseira, que é a melhor de todas as modas conhecidas; ornavam-lhe graciosamente a fronte como uma coroa doada pela natureza. A extrema brancura da pele não tinha o menor tom cor-de-rosa que lhe fizesse harmonia e contraste. A boca era pequena, e tinha uma certa expressão imperiosa. Mas a grande distinção daquele rosto, aquilo que mais prendia os olhos, eram os olhos; imaginem duas esmeraldas nadando em leite.

Mendonça nunca vira olhos verdes em toda a sua vida; disseram-lhe que existiam olhos verdes, e ele sabia de cor uns versos célebres de Gonçalves Dias; mas até então os tais olhos eram para ele a mesma cousa que a fênix dos antigos. Um dia, conversando com uns amigos a propósito disto, afirmava que se alguma vez encontrasse um par de olhos verdes fugiria deles com terror.

— Por quê? perguntou-lhe um dos circunstantes admirado.

— A cor verde é a cor do mar, respondeu Mendonça; evito as tempestades de um; evitarei as tempestades dos outros.

Eu deixo ao critério do leitor esta singularidade de Mendonça, que de mais a mais é *preciosa,* no sentido de Molière.

III

Mendonça cumprimentou respeitosamente a recém-chegada, e esta, com um gesto, convidou-o a sentar-se outra vez.

— Agradeço-lhe infinitamente o ter-me restituído este pobre animal, que me merece grande estima, disse Margarida sentando-se.

— E eu dou graças a Deus por tê-lo achado; podia ter caído em mãos que o não restituíssem.

Margarida fez um gesto a Miss Dollar, e a cadelinha, saltando do regaço da velha, foi ter com Margarida; levantou as patas dianteiras e pôs-lhas sobre os joelhos; Margarida e Miss Dollar trocaram um longo olhar de afeto. Durante esse tempo uma das mãos da moça brincava com uma das orelhas da galga, e dava assim lugar a que Mendonça admirasse os seus belíssimos dedos armados com unhas agudíssimas.

Mas, conquanto Mendonça tivesse sumo prazer em estar ali, reparou que era esquisita e humilhante a sua demora. Pareceria estar esperando a gratificação. Para escapar a essa interpretação desairosa, sacrificou o prazer da conversa e a contemplação da moça; levantou-se dizendo:

— A minha missão está cumprida...

— Mas... interrompeu a velha.

Mendonça compreendeu a ameaça da interrupção da velha.

— A alegria, disse ele, que restituí a esta casa é a maior recompensa que eu podia ambicionar. Agora peço-lhes licença...

As duas senhoras compreenderam a intenção de Mendonça; a moça pagou-lhe a cortesia com um sorriso; e a velha, reunindo no pulso quantas forças ainda lhe restavam pelo corpo todo, apertou *com amizade* a mão do rapaz.

Mendonça saiu impressionado pela interessante Margarida. Notava-lhe principalmente, além da beleza, que era de primeira água, certa severidade triste no olhar e nos modos. Se aquilo era caráter da moça, dava-se bem com a índole do médico; se era resultado de algum episódio da vida, era uma página do romance que devia ser decifrada por olhos hábeis. A falar verdade, o único defeito que Mendonça lhe achou foi a cor dos olhos, não porque a cor fosse feia, mas porque ele tinha prevenção contra os olhos verdes. A prevenção, cumpre dizê-lo, era mais literária que outra cousa; Mendonça apegava-se à frase que uma vez proferira, e foi acima citada, e a frase é que lhe produziu a prevenção. Não mo acusem de chofre; Mendonça era homem inteligente, instruído e dotado de bom-senso; tinha, além disso, grande tendência para as afeições românticas; mas apesar disso lá tinha calcanhar o nosso Aquiles. Era homem como os outros; outros Aquiles andam por aí que são da cabeça aos pés um imenso calcanhar. O ponto vulnerável de Mendonça era esse; o amor de uma frase era capaz de violentar-lhe afetos; sacrificava uma situação a um período arredondado.

Referindo a um amigo o episódio da galga e a entrevista com Margarida, Mendonça disse que poderia vir a gostar dela se não tivesse olhos verdes. O amigo riu com certo ar de sarcasmo.

— Mas, doutor, disse-lhe ele, não compreendo essa prevenção; eu ouço até dizer que os olhos verdes são de ordinário núncios de boa alma. Além de que, a cor dos olhos não vale nada, a questão é a expressão deles. Podem ser azuis como o céu e pérfidos como o mar.

A observação deste amigo anônimo tinha a vantagem de ser tão poética como a de Mendonça. Por isso abalou profundamente o ânimo do médico. Não ficou este como o asno de Buridan[4] entre a selha d'água e a quarta de cevada; o asno hesitaria,

4. A Jean Buridan, filósofo francês do séc. XIV, se atribui o famoso argumento do *asno de Buridan,* segundo o qual um asno se deixa morrer de fome e sede, indeciso entre uma ração de aveia (ou cevada) e uma tina d'água, postas a igual distância dele.

Mendonça não hesitou. Acudiu-lhe de pronto a lição do casuísta Sánchez, e das duas opiniões tomou a que lhe pareceu *provável.*

Algum leitor grave achará pueril esta circunstância dos olhos verdes e esta controvérsia sobre a qualidade provável deles. Provará com isso que tem pouca prática do mundo. Os almanaques pitorescos citam até à saciedade mil excentricidades e senões dos grandes varões que a humanidade admira, já por instruídos nas letras, já por valentes nas armas; e nem por isso deixamos de admirar esses mesmos varões. Não queira o leitor abrir uma exceção só para encaixar nela o nosso doutor. Aceitemo-lo com os seus ridículos; quem os não tem? O ridículo é uma espécie de lastro da alma quando ela entra no mar da vida; algumas fazem toda a navegação sem outra espécie de carregamento.

Para compensar essas fraquezas, já disse que Mendonça tinha qualidades não vulgares. Adotando a opinião que lhe pareceu mais provável, que foi a do amigo, Mendonça disse consigo que nas mãos de Margarida estava talvez a chave do seu futuro. Ideou nesse sentido um plano de felicidade; uma casa num ermo, olhando para o mar do lado do ocidente, a fim de poder assistir ao espetáculo do pôr do sol. Margarida e ele, unidos pelo amor e pela Igreja, beberiam ali, gota a gota, a taça inteira da celeste felicidade. O sonho de Mendonça continha outras particularidades que seria ocioso mencionar aqui. Mendonça pensou nisto alguns dias; chegou a passar algumas vezes por Matacavalos; mas tão infeliz que nunca viu Margarida nem a tia; afinal desistiu da empresa e voltou aos cães.

A coleção de cães era uma verdadeira galeria de homens ilustres. O mais estimado deles chamava-se *Diógenes;* havia um galgo que acudia ao nome de *César;* um cão d'água que se chamava *Nélson; Cornélia* chamava-se uma cadelinha rateira, e *Calígula* um enorme cão de fila, vera efígie do grande monstro que a sociedade romana produziu. Quando se achava entre toda essa gente, ilustre por diferentes títulos, dizia Mendonça que entrava na história; era assim que se esquecia do resto do mundo.

IV

Achava-se Mendonça uma vez à porta do Carceler,[5] onde acabava de tomar sorvete em companhia de um indivíduo, amigo dele, quando viu passar um carro, e dentro do carro duas senhoras que lhe pareceram as senhoras de Matacavalos. Mendonça fez um movimento de espanto que não escapou ao amigo.

— Que foi? perguntou-lhe este.

— Nada; pareceu-me conhecer aquelas senhoras. Viste-as, Andrade?

— Não.

O carro entrara na Rua do Ouvidor; os dous subiram pela mesma rua. Logo acima da Rua da Quitanda, parara o carro à porta de uma loja, e as senhoras apearam-se e entraram. Mendonça não as viu sair; mas viu o carro e suspeitou que fosse o mesmo. Apressou o passo sem dizer nada a Andrade, que fez o mesmo, movido por essa natural curiosidade que sente um homem quando percebe algum segredo oculto.

5. Famosa casa de chá da época.

Poucos instantes depois estavam à porta da loja; Mendonça verificou que eram as duas senhoras de Matacavalos. Entrou afouto, com ar de quem ia comprar alguma cousa, e aproximou-se das senhoras. A primeira que o conheceu foi a tia. Mendonça cumprimentou-as respeitosamente. Elas receberam o cumprimento com afabilidade. Ao pé de Margarida estava Miss Dollar, que, por esse admirável faro que a natureza concedeu aos cães e aos cortesãos da fortuna, deu dous saltos de alegria apenas viu Mendonça, chegando a tocar-lhe o estômago com as patas dianteiras.

— Parece que Miss Dollar ficou com boas recordações suas, disse D. Antônia (assim se chamava a tia de Margarida).

— Creio que sim, respondeu Mendonça brincando com a galga e olhando para Margarida.

Justamente nesse momento entrou Andrade.

— Só agora as reconheci, disse ele dirigindo-se às senhoras.

Andrade apertou a mão das duas senhoras, ou antes apertou a mão de Antônia e os dedos de Margarida. Mendonça não contava com este incidente, e alegrou-se com ele por ter à mão o meio de tornar íntimas as relações superficiais que tinha com a família.

— Seria bom, disse ele a Andrade, que me apresentasses a estas senhoras.

— Pois não as conheces? perguntou Andrade estupefato.

— Conhece-nos sem nos conhecer, respondeu sorrindo a velha tia; por ora quem o apresentou foi Miss Dollar.

Antônia referiu a Andrade a perda e o achado da cadelinha.

— Pois, nesse caso, respondeu Andrade, apresento-o já.

Feita a apresentação oficial, o caixeiro trouxe a Margarida os objetos que ela havia comprado, e as duas senhoras despediram-se dos rapazes pedindo-lhes que as fossem ver.

Não citei nenhuma palavra de Margarida no diálogo acima transcrito, porque, a falar verdade, a moça só proferiu duas palavras a cada um dos rapazes.

— Passe bem, disse-lhes ela dando as pontas dos dedos e saindo para entrar no carro.

Ficando sós, saíram também os dous rapazes e seguiram pela Rua do Ouvidor acima, ambos calados. Mendonça pensava em Margarida; Andrade pensava nos meios de entrar na confidência de Mendonça. A vaidade tem mil formas de manifestar-se como o fabuloso Proteu. A vaidade de Andrade era ser confidente dos outros; parecia-lhe assim obter da confiança aquilo que só alcançava da indiscrição. Não lhe foi difícil apanhar o segredo de Mendonça; antes de chegar à esquina da Rua dos Ourives[6] já Andrade sabia de tudo.

— Compreendes agora, disse Mendonça, que eu preciso ir à casa dela; tenho necessidade de vê-la; quero ver se consigo...

Mendonça estacou.

— Acaba! disse Andrade; se consegues ser amado. Por que não? Mas desde já te digo que não será fácil.

— Por quê?

6. Atual Miguel Couto.

— Margarida tem rejeitado cinco casamentos.

— Naturalmente não amava os pretendentes, disse Mendonça com o ar de um geômetra que acha uma solução.

— Amava apaixonadamente o primeiro, respondeu Andrade, e não era indiferente ao último.

— Houve naturalmente intriga.

— Também não. Admiras-te? É o que me acontece. É uma rapariga esquisita. Se te achas com força de ser o Colombo daquele mundo, lança-te ao mar com a armada; mas toma cuidado com a revolta das paixões, que são os ferozes marujos destas navegações de descoberta.

Entusiasmado com esta alusão, histórica debaixo da forma de alegoria, Andrade olhou para Mendonça, que, desta vez entregue ao pensamento da moça, não atendeu à frase do amigo. Andrade contentou-se com o seu próprio sufrágio, e sorriu com o mesmo ar de satisfação que deve ter um poeta quando escreve o último verso de um poema.

V

Dias depois, Andrade e Mendonça foram à casa de Margarida, e lá passaram meia hora em conversa cerimoniosa. As visitas repetiram-se; eram porém mais freqüentes da parte de Mendonça que de Andrade. D. Antônia mostrou-se mais familiar que Margarida; só depois de algum tempo Margarida desceu do Olimpo do silêncio em que habitualmente se encerrara.

Era difícil deixar de o fazer. Mendonça, conquanto não fosse dado à convivência das salas, era um cavalheiro próprio para entreter duas senhoras que pareciam mortalmente aborrecidas. O médico sabia piano e tocava agradavelmente; a sua conversa era animada; sabia esses mil nadas que entretêm geralmente as senhoras quando elas não gostam ou não podem entrar no terreno elevado da arte, da história e da filosofia. Não foi difícil ao rapaz estabelecer intimidade com a família.

Posteriormente às primeiras visitas, soube Mendonça, por via de Andrade, que Margarida era viúva. Mendonça não reprimiu um gesto de espanto.

— Mas tu falaste de um modo que parecias tratar de uma solteira, disse ele ao amigo.

— É verdade que não me expliquei bem; os casamentos recusados foram todos propostos depois da viuvez.

— Há que tempo está viúva?

— Há três anos.

— Tudo se explica, disse Mendonça depois de algum silêncio; quer ficar fiel à sepultura; é uma Artemisa[7] do século.

Andrade era céptico a respeito de Artemisas; sorriu à observação do amigo, e, como este insistisse, replicou:

— Mas se eu já te disse que ela amava apaixonadamente o primeiro pretendente e não era indiferente ao último.

7. Quer M. de A., sem dúvida, referir-se a Artemísia, rainha da Cária, na Ásia Menor, no séc. IV a. C., célebre pela sua fidelidade à memória do marido, o rei Mausolo, em lembrança do qual mandou erigir um magnífico túmulo, que era considerado uma das sete maravilhas do mundo antigo. Daí o nome de *mausoléu,* dado aos monumentos fúnebres suntuosos.

— Então, não compreendo.
— Nem eu.

Mendonça desde esse momento tratou de cortejar assiduamente a viúva; Margarida recebeu os primeiros olhares de Mendonça com um ar de tão supremo desdém, que o rapaz esteve quase a abandonar a empresa; mas, a viúva, ao mesmo tempo que parecia recusar amor, não lhe recusava estima, e tratava-o com a maior meiguice deste mundo sempre que ele a olhava como toda a gente.

Amor repelido é amor multiplicado. Cada repulsa de Margarida aumentava a paixão de Mendonça. Nem já lhe mereciam atenção o feroz *Calígula,* nem o elegante *Júlio César.* Os dous escravos de Mendonça começaram a notar a profunda diferença que havia entre os hábitos de hoje e os de outro tempo. Supuseram logo que alguma cousa o preocupava. Convenceram-se disso quando Mendonça, entrando uma vez em casa, deu com a ponta do botim no focinho de *Cornélia,* na ocasião em que esta interessante cadelinha, mãe de dous *Gracos* rateiros, festejava a chegada do doutor.

Andrade não foi insensível aos sofrimentos do amigo e procurou consolá-lo. Toda a consolação nestes casos é tão desejada quanto inútil; Mendonça ouvia as palavras de Andrade e confiava-lhe todas as suas penas. Andrade lembrou a Mendonça um excelente meio de fazer cessar a paixão: era ausentar-se da casa. A isto respondeu Mendonça citando La Rochefoucauld:

"A ausência diminui as paixões medíocres e aumenta as grandes, como o vento apaga as velas e atiça as fogueiras."

A citação teve o mérito de tapar a boca de Andrade, que acreditava tanto na constância como nas Artemisas, mas que não queria contrariar a autoridade do moralista, nem a resolução de Mendonça.

VI

Correram assim três meses. A corte de Mendonça não adiantava um passo; mas a viúva nunca deixou de ser amável com ele. Era isto o que principalmente retinha o médico aos pés da insensível viúva; não o abandonava a esperança de vencê-la.

Algum leitor conspícuo desejaria antes que Mendonça não fosse tão assíduo na casa de uma senhora exposta às calúnias do mundo. Pensou nisso o médico e consolou a consciência com a presença de um indivíduo, até aqui não nomeado por motivo de sua nulidade, e que era nada menos que o filho da Sra. D. Antônia e a menina dos seus olhos. Chamava-se Jorge esse rapaz, que gastava duzentos mil-réis por mês, sem os ganhar, graças à longanimidade da mãe. Freqüentava as casas dos cabeleireiros, onde gastava mais tempo que uma Romana da decadência às mãos das suas servas latinas. Não perdia representação de importância no Alcazar; montava bons cavalos, e enriquecia com despesas extraordinárias as algibeiras de algumas damas célebres e de vários parasitas obscuros. Calçava luvas da letra E e botas nº 36, duas qualidades que lançava à cara de todos os seus amigos que não desciam do nº 40 e da letra H. A presença deste gentil pimpolho, achava Mendonça que salvava a situação. Mendonça queria dar esta satisfação ao mundo, isto é, à opinião dos ociosos da cidade. Mas bastaria isso para tapar a boca aos ociosos?

Margarida parecia indiferente às interpretações do mundo como à assiduidade do rapaz. Seria ela tão indiferente a tudo mais neste mundo? Não; amava a mãe, tinha um capricho por Miss Dollar, gostava da boa música, e lia romances. Vestia-se bem, sem ser rigorista em matéria de moda; não valsava; quando muito dançava alguma quadrilha nos saraus a que era convidada. Não falava muito, mas exprimia-se bem. Tinha o gesto gracioso e animado, mas sem pretensão nem faceirice.

Quando Mendonça aparecia lá, Margarida recebia-o com visível contentamento. O médico iludia-se sempre, apesar de já acostumado a essas manifestações. Com efeito, Margarida gostava imenso da presença do rapaz, mas não parecia dar-lhe uma importância que lisonjeasse o coração dele. Gostava de o ver como se gosta de ver um dia bonito, sem morrer de amores pelo sol.

Não era possível sofrer por muito tempo a posição em que se achava o médico. Uma noite, por um esforço de que antes disso se não julgaria capaz, Mendonça dirigiu a Margarida esta pergunta indiscreta:

— Foi feliz com seu marido?

Margarida franziu a testa com espanto e cravou os olhos nos do médico, que pareciam continuar mudamente a pergunta.

— Fui, disse ela no fim de alguns instantes.

Mendonça não disse palavra; não contava com aquela resposta. Confiava demais na intimidade que reinava entre ambos; e queria descobrir por algum modo a causa da insensibilidade da viúva. Falhou o cálculo; Margarida tornou-se séria durante algum tempo; a chegada de D. Antônia salvou uma situação esquerda para Mendonça. Pouco depois Margarida voltava às boas, e a conversa tornou-se animada e íntima como sempre. A chegada de Jorge levou a animação da conversa a proporções maiores; D. Antônia, com olhos e ouvidos de mãe, achava que o filho era o rapaz mais engraçado deste mundo; mas a verdade é que não havia em toda a cristandade espírito mais frívolo. A mãe ria-se de tudo quanto o filho dizia; o filho enchia, só ele, a conversa, referindo anedotas e reproduzindo ditos e sestros do Alcazar. Mendonça via todas essas feições do rapaz, e aturava-o com resignação evangélica.

A entrada de Jorge, animando a conversa, acelerou as horas; às dez retirou-se o médico, acompanhado pelo filho de D. Antônia, que ia ceiar. Mendonça recusou o convite que Jorge lhe fez, e despediu-se dele na Rua do Conde,[8] esquina da do Lavradio.

Nessa mesma noite resolveu Mendonça dar um golpe decisivo; resolveu escrever uma carta a Margarida. Era temerário para quem conhecesse o caráter da viúva; mas, com os precedentes já mencionados, era loucura. Entretanto, não hesitou o médico em empregar a carta, confiando que no papel diria as cousas de muito melhor maneira que de boca. A carta foi escrita com febril impaciência; no dia seguinte, logo depois de almoçar, Mendonça meteu a carta dentro de um volume de George Sand, mandou-o pelo moleque a Margarida.

A viúva rompeu a capa de papel que embrulhava o volume, e pôs o livro sobre a mesa da sala; meia hora depois voltou e pegou no livro para ler. Apenas o abriu, caiu-lhe a carta aos pés. Abriu-a e leu o seguinte:

"Qualquer que seja a causa da sua esquivança, respeito-a, não me insurjo contra ela. Mas, se não me é dado insurgir-me, não me será lícito queixar-me? Há de ter

8. Atualmente desdobrou-se nas ruas Frei Caneca e Visconde do Rio Branco.

compreendido o meu amor, do mesmo modo que tenho compreendido a sua indiferença; mas, por maior que seja essa indiferença está longe de ombrear com o amor profundo e imperioso que se apossou de meu coração quando eu mais longe me cuidava destas paixões dos primeiros anos. Não lhe contarei as insônias e as lágrimas, as esperanças e os desencantos, páginas tristes deste livro que o destino põe nas mãos do homem para que duas almas leiam. É-lhe indiferente isso.

"Não ouso interrogá-la sobre a esquivança que tem mostrado em relação a mim; mas por que motivo se estende essa esquivança a tantos mais? Na idade das paixões férvidas, ornada pelo céu com uma beleza rara, por que motivo quer esconder-se ao mundo e defraudar a natureza e o coração de seus incontestáveis direitos? Perdoe-me a audácia da pergunta; acho-me diante de um enigma que o meu coração desejaria decifrar. Penso às vezes que alguma grande dor a atormenta, e quisera ser o médico do seu coração; ambicionava, confesso, restaurar-lhe alguma ilusão perdida. Parece que não há ofensa nesta ambição.

"Se, porém, essa esquivança denota simplesmente um sentimento de orgulho legítimo, perdoe-me se ousei escrever-lhe quando seus olhos expressamente mo proibiram. Rasgue a carta que não pode valer-lhe uma recordação, nem representar uma arma."

A carta era toda de reflexão; a frase fria e medida não exprimia o fogo do sentimento. Não terá, porém, escapado ao leitor a sinceridade e a simplicidade com que Mendonça pedia uma explicação que Margarida provavelmente não podia dar.

Quando Mendonça disse a Andrade haver escrito a Margarida, o amigo do médico entrou a rir despregadamente.

— Fiz mal? perguntou Mendonça.

— Estragaste tudo. Os outros pretendentes começaram também por carta; foi justamente a certidão de óbito do amor.

— Paciência, se acontecer o mesmo, disse Mendonça levantando os ombros com aparente indiferença; mas eu desejava que não estivesses sempre a falar nos pretendentes; eu não sou pretendente no sentido desses.

— Não querias casar com ela?

— Sem dúvida, se fosse possível, respondeu Mendonça.

— Pois era justamente o que os outros queriam; casar-te-ias e entrarias na mansa posse dos bens que lhe couberam em partilha e que sobem a muito mais de cem contos. Meu rico, se falo em pretendentes não é por te ofender, porque um dos quatro pretendentes despedidos fui eu.

— Tu?

— É verdade; mas descansa, não fui o primeiro, nem ao menos o último.

— Escreveste?

— Como os outros; como eles, não obtive resposta; isto é, obtive uma: devolveu-me a carta. Portanto, já que lhe escreveste, espera o resto; verás se o que te digo é ou não exato. Estás perdido, Mendonça; fizeste muito mal.

Andrade tinha esta feição característica de não omitir nenhuma das cores sombrias de uma situação, com o pretexto de que aos amigos se deve a verdade. Desenhado o quadro, despediu-se de Mendonça, e foi adiante.

Mendonça foi para casa, onde passou a noite em claro.

VII

Enganara-se Andrade; a viúva respondeu à carta do médico. A carta dela limitou-se a isto:

"Perdôo-lhe tudo; não lhe perdoarei se me escrever outra vez. A minha esquivança não tem nenhuma causa; é questão de temperamento."

O sentido da carta era ainda mais lacônico do que a expressão. Mendonça leu-a muitas vezes, a ver se a completava; mas foi trabalho perdido. Uma cousa concluiu ele logo; era que havia cousa oculta que arredava Margarida do casamento; depois concluiu outra, era que Margarida ainda lhe perdoaria segunda carta se lha escrevesse.

A primeira vez que Mendonça foi a Matacavalos achou-se embaraçado sobre a maneira por que falaria a Margarida; a viúva tirou-o do embaraço, tratando-o como se nada houvesse entre ambos. Mendonça não teve ocasião de aludir às cartas por causa da presença de D. Antônia, mas estimou isso mesmo, porque não sabia o que lhe diria caso viessem a ficar sós os dous.

Dias depois, Mendonça escreveu segunda carta à viúva e mandou-lha pelo mesmo canal da outra. A carta foi-lhe devolvida sem resposta. Mendonça arrependeu-se de ter abusado da ordem da moça, e resolveu, de uma vez por todas, não voltar à casa de Matacavalos. Nem tinha ânimo de lá aparecer, nem julgava conveniente estar junto de uma pessoa a quem amava sem esperança.

Ao cabo de um mês não tinha perdido uma partícula se quer do sentimento que nutria pela viúva. Amava-a com o mesmíssimo ardor. A ausência, como ele pensara, aumentou-lhe o amor, como o vento ateia um incêndio. Debalde lia ou buscava distrair-se na vida agitada do Rio de Janeiro; entrou a escrever um estudo sobre a teoria do ouvido, mas a pena escapava-se-lhe para o coração, e saiu o escrito com uma mistura de nervos e sentimentos. Estava então na sua maior nomeada o *romance* de Renan sobre a vida de Jesus; Mendonça encheu o gabinete com todos os folhetos publicados de parte a parte, e entrou a estudar profundamente o misterioso drama da Judéia. Fez quanto pôde para absorver o espírito e esquecer a esquiva Margarida; era-lhe impossível.

Um dia de manhã apareceu-lhe em casa o filho de D. Antônia; traziam-o[9] dous motivos: perguntar-lhe por que não ia a Matacavalos, e mostrar-lhe umas calças novas. Mendonça aprovou as calças, e desculpou como pôde a ausência, dizendo que andava atarefado. Jorge não era alma que compreendesse a verdade escondida por baixo de uma palavra indiferente; vendo Mendonça mergulhado no meio de uma chusma de livros e folhetos, perguntou-lhe se estava estudando para ser deputado. Jorge cuidava que se estudava para ser deputado!

— Não, respondeu Mendonça.

— É verdade que a prima também lá anda com livros, e não creio que pretenda ir à câmara.

— Ah! sua prima?

— Não imagina; não faz outra cousa. Fecha-se no quarto, e passa os dias inteiros a ler.

9. Assim nas edições Garnier. — É de notar que nos livros da maturidade M. de A. não utiliza essa combinação, ocorrente, porém, em escritores do fim do século XIX e princípios do séc. XX.

Informado por Jorge, Mendonça supôs que Margarida era nada menos que uma mulher de letras, alguma modesta poetisa, que esquecia o amor dos homens nos braços das musas. A suposição era gratuita e filha mesmo de um espírito cego pelo amor como o de Mendonça. Há várias razões para ler muito sem ter comércio com as musas.

— Note que a prima nunca leu tanto; agora é que lhe deu para isso, disse Jorge tirando da charuteira um magnífico havana do valor de três tostões, e oferecendo outro a Mendonça. Fume isto, continuou ele, fume e diga-me se há ninguém como o Bernardo para ter charutos bons.

Gastos os charutos, Jorge despediu-se do médico levando a promessa de que este iria à casa de D. Antônia o mais cedo que pudesse.

No fim de quinze dias Mendonça voltou a Matacavalos.

Encontrou na sala Andrade e D. Antônia, que o receberam com aleluias. Mendonça parecia com efeito ressurgir de um túmulo; tinha emagrecido e empalidecido. A melancolia dava-lhe ao rosto maior expressão de abatimento. Alegou trabalhos extraordinários, e entrou a conversar alegremente como dantes. Mas essa alegria, como se compreende, era toda forçada. No fim de um quarto de hora a tristeza apossou-se-lhe outra vez do rosto. Durante esse tempo, Margarida não apareceu na sala; Mendonça, que até então não perguntara por ela, não sei por que razão, vendo que ela não aparecia, perguntou se estava doente. D. Antônia respondeu-lhe que Margarida estava um pouco incomodada.

O incômodo de Margarida durou uns três dias; era uma simples dor de cabeça, que o primo atribuiu à aturada leitura.

No fim de alguns dias mais, D. Antônia foi surpreendida com uma lembrança de Margarida; a viúva queria ir viver na roça algum tempo.

— Aborrece-te a cidade? perguntou a boa velha.

— Alguma cousa, respondeu Margarida; queria ir viver uns dous meses na roça.

D. Antônia não podia recusar nada à sobrinha; concordou em ir para a roça; e começaram os preparativos. Mendonça soube da mudança no Rossio, andando a passear de noite; disse-lho Jorge na ocasião de ir para o Alcazar. Para o rapaz era uma fortuna aquela mudança, porque suprimia-lhe a única obrigação que ainda tinha neste mundo, que era a de ir jantar com a mãe.

Não achou Mendonça nada que admirar na resolução; as resoluções de Margarida começavam a parecer-lhe simplicidades.

Quando voltou para casa encontrou um bilhete de D. Antônia concebido nestes termos:

"Temos de ir para fora alguns meses; espero que não nos deixe sem despedir-se de nós. A partida é sábado; e eu quero incumbi-lo de uma cousa."

Mendonça tomou chá, e dispôs-se a dormir. Não pôde. Quis ler; estava incapaz disso. Era cedo; saiu. Insensivelmente dirigiu os passos para Matacavalos. A casa de D. Antônia estava fechada e silenciosa; evidentemente estavam já dormindo.

Mendonça passou adiante, e parou junto da grade do jardim adjacente à casa. De fora podia ver a janela do quarto de Margarida, pouco elevada, e dando para o jardim. Havia luz dentro; naturalmente Margarida estava acordada. Mendonça deu mais alguns passos; a porta do jardim estava aberta. Mendonça sentiu pulsar-lhe o coração com força desconhecida. Surgiu-lhe no espírito uma suspeita. Não há coração confiante que não tenha desfalecimentos destes; além de que, seria errada a suspeita? Mendonça, entretanto, não tinha nenhum direito à viúva; fora repelido categoricamente. Se havia algum dever da parte dele era a retirada e o silêncio.

Mendonça quis conservar-se no limite que lhe estava marcado; a porta aberta do jardim podia ser esquecimento da parte dos fâmulos. O médico refletiu bem que aquilo tudo era fortuito, e fazendo um esforço afastou-se do lugar. Adiante parou e refletiu; havia um demônio que o impelia por aquela porta dentro. Mendonça voltou, e entrou com precaução.

Apenas dera alguns passos surgiu-lhe em frente Miss Dollar latindo; parece que a galga saíra de casa sem ser pressentida; Mendonça amimou-a e a cadelinha parece que reconheceu o médico, porque trocou os latidos em festas. Na parede do quarto de Margarida desenhou-se uma sombra de mulher; era a viúva que chegava à janela para ver a causa do ruído. Mendonça coseu-se como pôde com uns arbustos que ficavam junto da grade; não vendo ninguém, Margarida voltou para dentro.

Passados alguns minutos, Mendonça saiu do lugar em que se achava e dirigiu-se para o lado da janela da viúva. Acompanhava-o Miss Dollar. Do jardim não podia olhar, ainda que fosse mais alto, para o aposento da moça. A cadelinha apenas chegou àquele ponto, subiu ligeira uma escada de pedra que comunicava o jardim com a casa; a porta do quarto de Margarida ficava justamente no corredor que se seguia à escada; a porta estava aberta. O rapaz imitou a cadelinha; subiu os seis degraus de pedra vagarosamente; quando pôs o pé no último ouviu Miss Dollar pulando no quarto e vindo latir à porta, como que avisando a Margarida de que se aproximava um estranho.

Mendonça deu mais um passo. Mas nesse momento atravessou o jardim um escravo que acudia ao latido da cadelinha; o escravo examinou o jardim, e não vendo ninguém retirou-se. Margarida foi à janela e perguntou o que era; o escravo explicou-lho e tranqüilizou-a dizendo que não havia ninguém.

Justamente quando ela saía da janela aparecia à porta a figura de Mendonça. Margarida estremeceu por um abalo nervoso; ficou mais pálida do que era; depois, concentrando nos olhos toda a soma de indignação que pode conter um coração, perguntou-lhe com voz trêmula:

— Que quer aqui?

Foi nesse momento, e só então, que Mendonça reconheceu toda a baixeza do seu procedimento, ou para falar mais acertadamente, toda a alucinação do seu espírito. Pareceu-lhe ver em Margarida a figura da sua consciência, a exprobar-lhe tamanha indignidade. O pobre rapaz não procurou desculpar-se; a sua resposta foi singela e verdadeira.

— Sei que cometi um ato infame, disse ele; não tinha razão para isso; estava louco; agora conheço a extensão do mal. Não lhe peço que me desculpe, D. Margarida; não mereço perdão; mereço desprezo; adeus!

— Compreendo, senhor, disse Margarida; quer obrigar-me pela força do descrédito quando me não pode obrigar pelo coração. Não é de cavalheiro.

— Oh! isso... juro-lhe que não foi tal o meu pensamento...

Margarida caiu numa cadeira parecendo chorar. Mendonça deu um passo para entrar, visto que até então não saíra da porta; Margarida levantou os olhos cobertos de lágrimas, e com um gesto imperioso mostrou-lhe que saísse.

Mendonça obedeceu; nem um nem outro dormiram nessa noite. Ambos curvavam-se ao peso da vergonha: mas, por honra de Mendonça, a dele era maior que a dela; e a dor de uma não ombreava com o remorso de outro.

VIII

No dia seguinte estava Mendonça em casa fumando charutos sobre charutos, recurso das grandes ocasiões, quando parou à porta dele um carro, apeando-se pouco depois a mãe de Jorge. A visita pareceu de mau agouro ao médico. Mas apenas a velha entrou, dissipou-lhe o receio.

— Creio, disse D. Antônia, que a minha idade permite visitar um homem solteiro.

Mendonça procurou sorrir ouvindo este gracejo; mas não pôde. Convidou a boa senhora a sentar-se, e sentou-se ele também esperando que ela lhe explicasse a causa da visita.

— Escrevi-lhe ontem, disse ela, para que fosse ver-me hoje; preferi vir cá, receiando que por qualquer motivo não fosse a Matacavalos.

— Queria então incumbir-me?

— De cousa nenhuma, respondeu a velha sorrindo; incumbir disse-lhe eu, como diria qualquer outra cousa indiferente; quero informá-lo.

— Ah! de quê?

— Sabe quem ficou hoje de cama?

— D. Margarida?

— É verdade; amanheceu um pouco doente; diz que passou a noite mal. Eu creio que sei a razão, acrescentou D. Antônia rindo maliciosamente para Mendonça.

— Qual será então a razão? perguntou o médico.

— Pois não percebe?

— Não.

— Margarida ama-o.

Mendonça levantou-se da cadeira como por uma mola. A declaração da tia da viúva era tão inesperada que o rapaz cuidou estar sonhando.

— Ama-o, repetiu D. Antônia.

— Não creio, respondeu Mendonça depois de algum silêncio; há de ser engano seu.

— Engano! disse a velha.

D. Antônia contou a Mendonça que, curiosa por saber a causa das vigílias de Margarida, descobrira no quarto dela um *diário de impressões,* escrito por ela, à imitação de não sei quantas heroínas de romances; aí lera a verdade que lhe acabava de dizer.

— Mas se me ama, observou Mendonça sentindo entrar-lhe n'alma um mundo de esperanças, se me ama, por que recusa o meu coração?

— O *diário* explica isso mesmo; eu lhe digo. Margarida foi infeliz no casamento; o marido teve unicamente em vista gozar da riqueza dela; Margarida adquiriu a certeza de que nunca será amada por si, mas pelos cabedais que possui; atribui o seu amor à cobiça. Está convencido?

Mendonça começou a protestar.

— É inútil, disse D. Antônia, eu creio na sinceridade do seu afeto; já de há muito percebi isso mesmo; mas como convencer um coração desconfiado?

— Não sei.

— Nem eu, disse a velha; mas para isso é que eu vim cá; peço-lhe que veja se pode fazer com que a minha Margarida torne a ser feliz, se lhe influi a crença no amor que lhe tem.

— Acho que é impossível...

Mendonça lembrou-se de contar a D. Antônia a cena da véspera; mas arrependeu-se a tempo.

D. Antônia saiu pouco depois.

A situação de Mendonça, ao passo que se tornara mais clara, estava mais difícil que dantes. Era possível tentar alguma cousa antes da cena do quarto; mas depois, achava Mendonça impossível conseguir nada.

A doença de Margarida durou dous dias, no fim dos quais levantou-se a viúva um pouco abatida, e a primeira cousa que fez foi escrever a Mendonça pedindo-lhe que fosse lá à casa.

Mendonça admirou-se bastante do convite, e obedeceu de pronto.

— Depois do que se deu há três dias, disse-lhe Margarida, compreende o senhor que eu não posso ficar debaixo da ação da maledicência... Diz que me ama; pois bem, o nosso casamento é inevitável.

Inevitável! amargou esta palavra ao médico, que aliás não podia recusar uma reparação. Lembrava-se ao mesmo tempo que era amado; e conquanto a idéia lhe sorrisse ao espírito, outra vinha dissipar esse instantâneo prazer, e era a suspeita que Margarida nutria a seu respeito.

— Estou às suas ordens, respondeu ele.

Admirou-se D. Antônia da presteza do casamento quando Margarida lho anunciou nesse mesmo dia. Supôs que fosse milagre do rapaz. Pelo tempo adiante reparou que os noivos tinham cara mais de enterro que de casamento. Interrogou a sobrinha a esse respeito; obteve uma resposta evasiva.

Foi modesta e reservada a cerimônia do casamento. Andrade serviu de padrinho, D. Antônia de madrinha. Jorge falou no Alcazar a um padre, seu amigo, para celebrar o ato.

D. Antônia quis que os noivos ficassem residindo em casa com ela. Quando Mendonça se achou a sós com Margarida, disse-lhe:

— Casei-me para salvar-lhe a reputação; não quero obrigar pela fatalidade das cousas um coração que me não pertence. Ter-me-á por seu amigo; até amanhã.

Saiu Mendonça depois deste *speech,* deixando Margarida suspensa entre o conceito que fazia dele e a impressão das suas palavras agora.

Não havia posição mais singular do que a destes noivos separados por uma quimera. O mais belo dia da vida tornava-se para eles um dia de desgraça e de solidão; a formalidade do casamento foi simplesmente o prelúdio do mais completo divórcio. Menos cepticismo da parte de Margarida, mais cavalheirismo da parte do rapaz, teriam poupado o desenlace sombrio da comédia do coração. Vale mais imaginar que descrever as torturas daquela primeira noite de noivado.

Mas aquilo que o espírito do homem não vence, há de vencê-lo o tempo, a quem cabe final razão. O tempo convenceu Margarida de que a sua suspeita era gratuita; e, coincidindo com ele o coração, veio a tornar-se efetivo o casamento apenas celebrado.

Andrade ignorou estas cousas; cada vez que encontrava Mendonça chamava-lhe Colombo do amor; tinha Andrade a mania de todo o sujeito a quem as idéias ocorrem trimestralmente; apenas pilhada alguma de jeito repetia-a até a saciedade.

Os dous esposos são ainda noivos e prometem sê-lo até a morte. Andrade meteu-se na diplomacia e promete ser um dos luzeiros da nossa representação internacional. Jorge continua a ser um bom pândego. D. Antônia prepara-se para despedir-se do mundo.

Quanto a Miss Dollar, causa indireta de todos estes acontecimentos, saindo um dia à rua foi pisada por um carro; faleceu pouco depois. Margarida não pôde reter algumas lágrimas pela nobre cadelinha; foi o corpo enterrado na chácara, à sombra de uma laranjeira; cobre a sepultura uma lápida com esta simples inscrição:

A MISS DOLLAR.

LUÍS SOARES

I

Trocar o dia pela noite, dizia Luís Soares, é restaurar o império da natureza corrigindo a obra da sociedade. O calor do sol está dizendo aos homens que vão descansar e dormir, ao passo que a frescura relativa da noite é a verdadeira estação em que se deve viver. Livre em todas as minhas ações, não quero sujeitar-me à lei absurda que a sociedade me impõe: velarei de noite, dormirei de dia.

Contrariamente a vários ministérios, Soares cumpria este programa com um escrúpulo digno de uma grande consciência. A aurora para ele era o crepúsculo, o crepúsculo era a aurora. Dormia doze horas consecutivas, durante o dia, quer dizer das seis da manhã às seis da tarde. Almoçava às sete e jantava às duas da madrugada. Não ceiava. A sua ceia limitava-se a uma xícara de chocolate que o criado lhe dava às cinco horas da manhã quando ele entrava para casa. Soares engolia o chocolate, fumava dous charutos, fazia alguns trocadilhos com o criado, lia uma página de algum romance, e deitava-se.

Não lia jornais. Achava que um jornal era a cousa mais inútil deste mundo, depois da câmara dos deputados, das obras dos poetas, e das missas. Não quer isto dizer que Soares fosse ateu em religião, política e poesia. Não. Soares era apenas indiferente. Olhava para todas as grandes cousas com a mesma cara com que via uma mulher feia. Podia vir a ser um grande perverso; até então era apenas uma grande inutilidade.

Graças a uma boa fortuna que lhe deixara o pai, Soares podia gozar a vida que levava, esquivando-se a todo o gênero de trabalho e entregue somente aos instintos da sua natureza e aos caprichos do seu coração. Coração é talvez demais. Era duvidoso que Soares o tivesse. Ele mesmo o dizia. Quando alguma dama lhe pedia que ele a amasse, Soares respondia:

— Minha rica pequena, eu nasci com a grande vantagem de não ter cousa nenhuma dentro do peito nem dentro da cabeça. Isso que chamam juízo e sentimento são para mim verdadeiros mistérios. Não os compreendo porque os não sinto.

Soares acrescentava que a fortuna suplantara a natureza deitando-lhe no berço em que nasceu uma boa soma de contos de réis. Mas esquecia que a fortuna, apesar de generosa, é exigente, e quer da parte dos seus afilhados algum esforço próprio. A fortuna não é Danaide. Quando vê que um tonel esgota a água que se lhe põe dentro vai levar os seus cântaros a outra parte. Soares não pensava nisto. Cuidava que os seus bens eram renascentes como as cabeças da hidra antiga. Gastava às mãos largas; e os contos de réis, tão dificilmente acumulados por seu pai, escapavam-se-lhe das mãos como pássaros sequiosos por gozarem do ar livre.

Achou-se, portanto, pobre quando menos o esperava. Um dia de manhã, quer dizer às ave-marias, os olhos de Soares viram escritas as palavras fatídicas do festim babilônico. Era uma carta que o criado lhe entregara dizendo que o banqueiro de Soares a havia deixado à meia-noite. O criado falava como o amo vivia: ao meio-dia chamava meia-noite.

— Já te disse, respondeu Soares, que eu só recebo cartas dos meus amigos, ou então...

— De alguma rapariga, bem sei. É por isso que lhe não tenho dado as cartas que o banqueiro tem trazido há um mês. Hoje, porém, o homem disse que era indispensável que lhe eu desse esta.

Soares sentou-se na cama, e perguntou ao criado meio alegre e meio zangado:

— Então tu és criado dele ou meu?

— Meu amo, o banqueiro disse que se trata de um grande perigo.

— Que perigo?

— Não sei.

— Deixa ver a carta.

O criado entregou-lhe a carta.

Soares abriu-a e leu-a duas vezes. Dizia a carta que o rapaz não possuía mais que seis contos de réis. Para Soares seis contos de réis eram menos que seis vinténs.

Pela primeira vez na sua vida Soares sentiu uma grande comoção. A idéia de não ter dinheiro nunca lhe havia acudido ao espírito; não imaginava que um dia se achasse na posição de qualquer outro homem que precisava de trabalhar.

Almoçou sem vontade e saiu. Foi ao Alcazar. Os amigos acharam-o triste; perguntaram-lhe se era alguma mágoa de amor. Soares respondeu que estava doente. As Laís da localidade acharam que era de bom gosto ficarem tristes também. A consternação foi geral.

Um dos seus amigos, José Pires, propôs um passeio a Botafogo para distrair as melancolias de Soares. O rapaz aceitou. Mas o passeio a Botafogo era tão comum que não podia distraí-lo. Lembraram-se de ir ao Corcovado, idéia que foi aceita e executada imediatamente.

Mas que há que possa distrair um rapaz nas condições de Soares? A viagem ao Corcovado apenas lhe produziu uma grande fadiga, aliás útil, porque, na volta, dormiu o rapaz a sono solto.

Quando acordou mandou dizer ao Pires que viesse falar-lhe imediatamente. Daí a uma hora parava um carro à porta: era o Pires que chegava, mas acompanhado de uma rapariga morena que respondia ao nome de Vitória. Entraram os dous pela sala de Soares com a franqueza e o estrépito naturais entre pessoas de família.

— Não está doente? perguntou Vitória ao dono da casa.

— Não, respondeu este; mas por que veio você?

— É boa! disse José Pires; veio porque é a minha xícara inseparável... Querias falar-me em particular?

— Queria.

— Pois falemos aí em qualquer canto; Vitória fica na sala vendo os álbuns.

— Nada, interrompeu a moça; nesse caso vou-me embora. É melhor; só imponho uma condição: é que ambos hão de ir depois lá para casa; temos ceiata.

— Valeu! disse Pires.

Vitória saiu; os dous rapazes ficaram sós.

Pires era o tipo do bisbilhoteiro e leviano. Em lhe cheirando novidade preparava-se para instruir-se de tudo. Lisonjeava-o a confiança de Soares, e adivinhava que o rapaz ia comunicar-lhe alguma cousa importante. Para isso assumiu um ar condigno com a situação. Sentou-se comodamente em uma cadeira de braços; pôs o castão da bengala na boca e começou o ataque com estas palavras:

— Estamos sós; que me queres?

Soares confiou-lhe tudo; leu-lhe a carta do banqueiro; mostrou-lhe em toda a nudez a sua miséria. Disse-lhe que naquela situação não via solução possível, e confessou ingenuamente que a idéia do suicídio o havia alimentado durante longas horas.

— Um suicídio! exclamou Pires; estás doudo.

— Doudo! respondeu Soares; entretanto não vejo outra saída neste beco. Demais, é apenas meio suicídio, porque a pobreza já é meia morte.

— Convenho que a pobreza não é cousa agradável, e até acho...

Pires interrompeu-se; uma idéia súbita atravessara-lhe o espírito: a idéia de que Soares acabasse a conferência por pedir-lhe dinheiro. Pires tinha um preceito na sua vida: era não emprestar dinheiro aos amigos. Não se empresta sangue, dizia ele.

Soares não reparou na frase cortada do amigo, e disse:

— Viver pobre depois de ter sido rico... é impossível.

— Nesse caso que me queres tu? perguntou Pires, a quem pareceu que era bom atacar o touro de frente.

— Um conselho.

— Inútil conselho, pois que já tens uma idéia fixa.

— Talvez. Entretanto confesso que não se deixa a vida com facilidade, e má ou boa, sempre custa morrer. Por outro lado, ostentar a minha miséria diante das pessoas que me viram rico é uma humilhação que eu não aceito. Que farias tu no meu lugar?

— Homem, respondeu Pires, há muitos meios...

— Venha um.

— Primeiro meio. Vai para New York e procura uma fortuna.

— Não me convém; nesse caso fico no Rio de Janeiro.

— Segundo meio. Arranja um casamento rico.

— É bom de dizer. Onde está esse casamento?

— Procura. Não tens uma prima que gosta de ti?

— Creio que já não gosta; e demais não é rica; tem apenas trinta contos; despesa de um ano.

— É um bom princípio de vida.

— Nada; outro meio.

— Terceiro meio, e o melhor. Vai à casa de teu tio, angaria-lhe a estima, dize que estás arrependido da vida passada, aceita um emprego, enfim vê se te constituis seu herdeiro universal.

Soares não respondeu; a idéia pareceu-lhe boa.

— Aposto que te agrada o terceiro meio? perguntou Pires rindo.

— Não é mau. Aceito; e bem sei que é difícil e demorado; mas eu não tenho muitos à escolha.

— Ainda bem, disse Pires levantando-se. Agora o que se quer é algum juízo. Há de custar-te o sacrifício, mas lembra-te que é o meio único de teres dentro de pouco tempo uma fortuna. Teu tio é um homem achacado de moléstias; qualquer dia bate a bota. Aproveita o tempo. E agora vamos à ceia da Vitória.

— Não vou, disse Soares; quero acostumar-me desde já a viver vida nova.

— Bem; adeus.

— Olha; confiei-te isto a ti só; guarda-me segredo.

— Sou um túmulo, respondeu Pires descendo a escada.

Mas no dia seguinte já os rapazes e raparigas sabiam que Soares ia fazer-se anacoreta... por não ter dinheiro nenhum. O próprio Soares reconheceu isto no rosto dos amigos. Todos pareciam dizer-lhe: É pena! que pândego vamos nós perder!

Pires nunca mais o visitou.

II

O tio de Soares chamava-se o major Luís da Cunha Vilela, e era com efeito um homem já velho e adoentado. Contudo não se podia dizer que morreria cedo. O major Vilela observava um rigoroso regímen que lhe ia entretendo a vida. Tinha uns bons sessenta anos. Era um velho alegre e severo ao mesmo tempo. Gostava de rir, mas era implacável com os maus costumes. Constitucional por necessidade, era no fundo de sua alma absolutista. Chorava pela sociedade antiga; criticava constantemente a nova. Enfim foi o último homem que abandonou a cabeleira de rabicho.

Vivia o major Vilela em Catumbi, acompanhado de sua sobrinha Adelaide, e mais uma velha parenta. A sua vida era patriarcal. Importando-se pouco ou nada com o que ia por fora, o major entregava-se todo ao cuidado de sua casa, aonde poucos amigos e algumas famílias da vizinhança o iam ver, e passar as noites com ele. O major conservava sempre a mesma alegria, ainda nas ocasiões em que o reumatismo o prostrava. Os reumáticos dificilmente acreditarão nisto; mas eu posso afirmar que era verdade.

Foi num dia de manhã, felizmente um dia em que o major não sentia o menor achaque, e ria e brincava com as duas parentas, que Soares apareceu em Catumbi à porta do tio.

Quando o major recebeu o cartão com o nome do sobrinho, supôs que era alguma caçoada. Podia contar com todos em casa, menos o sobrinho. Faziam já dous anos que o não via, e entre a última e a penúltima vez tinha mediado ano e meio. Mas o moleque disse-lhe tão seriamente que o nhonhô Luís estava na sala de espera, que o velho acabou por acreditar.

— Que te parece, Adelaide?

A moça não respondeu.

O velho foi à sala de visitas.

Soares tinha pensado no meio de aparecer ao tio. Ajoelhar-se era dramático demais; cair-lhe nos braços exigia certo impulso íntimo que ele não tinha; além de que, Soares vexava-se de ter ou fingir uma comoção. Lembrou-se de começar uma conversação alheia ao fim que o levava lá, e acabar por confessar-se disposto a arrepiar carreira. Mas este meio tinha o inconveniente de fazer preceder a reconciliação por um sermão, que o rapaz dispensava. Ainda não se resolvera a aceitar um dos muitos meios que lhe vieram à idéia, quando o major apareceu à porta da sala.

O major parou à porta sem dizer palavra e lançou sobre o sobrinho um olhar severo e interrogador.

Soares hesitou um instante; mas como a situação podia prolongar-se sem benefício seu, o rapaz seguiu um movimento natural: foi ao tio e estendeu-lhe a mão.

— Meu tio, disse ele, não precisa dizer mais nada; o seu olhar diz-me tudo. Fui pecador e arrependo-me. Aqui estou.

O major estendeu-lhe a mão, que o rapaz beijou com o respeito de que era susceptível.

Depois encaminhou-se para uma cadeira e sentou-se; o rapaz ficou de pé.

— Se o teu arrependimento é sincero, abro-te a minha porta e o meu coração. Se não é sincero podes ir embora; há muito tempo que não freqüento a casa da ópera: não gosto de comediantes.

Soares protestou que era sincero. Disse que fora dissipado e doudo, mas que aos trinta anos era justo ter juízo. Reconhecia agora que o tio sempre tivera razão. Supôs ao princípio que eram simples rabugices de velho, e mais nada; mas não era natural esta leviandade num rapaz educado no vício? Felizmente corrigia-se a tempo. O que ele agora queria era entrar em bom viver, e começava por aceitar um emprego público que o obrigasse a trabalhar e fazer-se sério. Tratava-se de ganhar uma posição.

Ouvindo o discurso de que fiz o extrato acima, o major procurava adivinhar o fundo do pensamento de Soares. Seria ele sincero? O velho concluiu que o sobrinho falava com a alma nas mãos. A sua ilusão chegou ao ponto de ver-lhe uma lágrima nos olhos, lágrima que não apareceu, nem mesmo fingida.

Quando Soares acabou, o major estendeu-lhe a mão e apertou a que o rapaz lhe estendeu também.

— Creio, Luís. Ainda bem que te arrependeste a tempo. Isso que vivias não era vida nem morte; a vida é mais digna e a morte mais tranqüila do que a existência que malbarataste. Entras agora em casa como um filho pródigo. Terás o melhor lugar à mesa. Esta família é a mesma família.

O major continuou por este tom; Soares ouviu a pé quedo o discurso do tio. Dizia consigo que era a amostra da pena que ia sofrer, e um grande desconto dos seus pecados.

O major acabou levando o rapaz para dentro, onde os esperava o almoço.

Na sala de jantar estavam Adelaide e a velha parenta. A Sra. Antônia de Moura Vilela recebeu Soares com grandes exclamações que envergonharam sinceramente o rapaz. Quanto a Adelaide, apenas o cumprimentou sem olhar para ele; Soares retribuiu o cumprimento.

O major reparou na frieza; mas parece que sabia alguma cousa, porque apenas deu uma risadinha amarela, cousa que lhe era peculiar.

Sentaram-se à mesa, e o almoço correu entre as pilhérias do major, as recriminações da Sra. Antônia, as explicações do rapaz e o silêncio de Adelaide. Quando o almoço acabou, o major disse ao sobrinho que fumasse, concessão enorme que o rapaz a custo aceitou. As duas senhoras saíram; ficaram os dous à mesa.

— Estás então disposto a trabalhar?

— Estou, meu tio.

— Bem; vou ver se te arranjo um emprego. Que emprego preferes?

— O que quiser, meu tio, contanto que eu trabalhe.

— Bem. Levarás amanhã uma carta minha a um dos ministros. Deus queira que possas obter o emprego sem dificuldade. Quero ver-te trabalhador e sério; quero ver-te homem. As dissipações não produzem nada, a não serem dívidas e desgostos... Tens dívidas?

— Nenhuma, respondeu Soares.

Soares mentia. Tinha uma dívida de alfaiate, relativamente pequena; queria pagá-la sem que o tio soubesse.

No dia seguinte o major escreveu a carta prometida, que o sobrinho levou ao ministro; e tão feliz foi, que daí a um mês estava empregado em um secretaria com um bom ordenado.

Cumpre fazer justiça ao rapaz. O sacrifício que fez de transformar os seus hábitos de vida foi enorme, e a julgá-lo pelos seus antecedentes, ninguém o julgara capaz de tal. Mas o desejo de perpetuar uma vida de dissipação pode explicar a mudança e o sacrifício. Aquilo na existência de Soares não passava de um parêntesis mais ou menos extenso. Almejava por fechá-lo e continuar o período como havia começado, isto é, vivendo com Aspásia e pagodeando com Alcibíades.[10]

O tio não desconfiava de nada; mas temia que o rapaz fosse novamente tentado à fuga, ou porque o seduzisse a lembrança das dissipações antigas, ou porque o aborrecesse a monotonia e a fadiga do trabalho. Com o fim de impedir o desastre, lembrou-se de inspirar-lhe a ambição política. Pensava o major que a política seria um remédio decisivo para aquele doente, como se não fosse conhecido que os louros de Lovelace e os de Turgot[11] andam muita vez na mesma cabeça.

Soares não desanimou o major. Disse que era natural acabar a sua existência na política, e chegou a dizer que algumas vezes sonhara com uma cadeira no parlamento.

— Pois eu verei se te posso arranjar isto, respondeu o tio. O que é preciso é que estudes a ciência da política, a história do nosso parlamento e do nosso governo; e principalmente é preciso que continues a ser o que és hoje: um rapaz sério.

Se bem o dizia o major, melhor o fazia Soares, que desde então meteu-se com os livros e lia com afinco as discussões das câmaras.

Soares não morava com o tio, mas passava lá todo o tempo que lhe sobrava do trabalho, e voltava para casa depois do chá, que era patriarcal, e bem diferente das ceiatas do antigo tempo.

Não afirmo que entre as duas fases da existência de Luís Soares não houvesse algum elo de união, e que o emigrante das terras de Gnido[12] não fizesse de quando em

10. Aspásia, cortesã grega célebre por sua beleza e espírito, amante e conselheira de Péricles, político ateniense protetor das Letras e das Artes (séc. V a. C.), tinha sua casa freqüentada por filósofos e escritores ilustres. — Alcibíades, general, orador e estadista ateniense, sobrinho de Péricles, foi aluno do filósofo Sócrates e chefe do partido democrático. Levou vida depravada e corrupta. É exemplo do homem cujo caráter oferece contraste de brilhantes qualidades e grandes vícios.

11. Lovelace, tipo do libertino, e personagem do célebre romance *Clarissa Harlowe,* do escritor inglês Samuel Richardson. — Turgot, economista e político francês (1727-1781), foi encarregado do controle geral das Finanças e empreendeu reformas liberais inspiradas nas doutrinas dos fisiocratas.

12. Gnido ou Cnido era uma cidade da Cária, na Ásia Menor, recanto predileto da deusa do amor, Afrodite ou Vênus.

quando excursão à pátria. Em todo o caso essas excursões eram tão secretas que ninguém sabia delas, nem talvez os habitantes das referidas terras, com exceção dos poucos escolhidos para receberem o expatriado. O caso era singular, porque naquele país não se reconhece o cidadão naturalizado estrangeiro, ao contrário da Inglaterra, que não dá aos súditos da rainha o direito de escolherem outra pátria.

Soares encontrava-se de quando em quando com Pires. O confidente do convertido manifestava a sua amizade antiga oferecendo-lhe um charuto de Havana e contando-lhe algumas boas fortunas havidas nas campanhas do amor, em que o alarve supunha ser consumado general.

Havia já cinco meses que o sobrinho do major Vilela se achava empregado, e ainda os chefes da repartição não tinham tido um só motivo de queixa contra ele. A dedicação era digna de melhor causa. Exteriormente via-se em Luís Soares um monge; raspando-se um pouco achava-se o diabo.

Ora, o diabo viu de longe uma conquista...

III

A prima Adelaide tinha vinte e quatro anos, e a sua beleza, no pleno desenvolvimento da sua mocidade, tinha em si o condão de fazer morrer de amores. Era alta e bem proporcionada; tinha uma cabeça modelada pelo tipo antigo; a testa era espaçosa e alta, os olhos rasgados e negros, o nariz levemente aquilino. Quem a contemplava durante alguns momentos sentia que ela tinha todas as energias, a das paixões e a da vontade.

Há de lembrar-se o leitor do frio cumprimento trocado entre Adelaide e seu primo; também se há de lembrar que Soares disse ao amigo Pires ter sido amado por sua prima. Ligam-se estas duas cousas. A frieza de Adelaide resultava de uma lembrança que era dolorosa para a moça; Adelaide amara o primo, não com um simples amor de primos, que em geral resulta da convivência e não de uma súbita atração. Amara-o com todo o vigor e calor de sua alma; mas já então o rapaz iniciava os seus passos em outras regiões e ficou indiferente aos afetos da moça. Um amigo que sabia do segredo perguntou-lhe um dia por que razão não se casava com Adelaide, ao que o rapaz respondeu friamente:

— Quem tem a minha fortuna não se casa; mas se se casa é sempre com quem tenha mais. Os bens de Adelaide são a quinta parte dos meus; para ela é negócio da China; para mim é um mau negócio.

O amigo que ouvira esta resposta não deixou de dar uma prova da sua afeição ao rapaz indo contar tudo à moça. O golpe foi tremendo, não tanto pela certeza que lhe dava de não ser amada, como pela circunstância de nem ao menos ficar-lhe o direito de estima. A confissão de Soares era um corpo de delito. O confidente oficioso esperava talvez colher os despojos da derrota; mas Adelaide, tão depressa ouviu a delação, como desprezou o delator.

O incidente não passou disto.

Quando Soares voltou à casa do tio, a moça achou-se em dolorosa situação; era obrigada a conviver com um homem ao qual nem podia dar apreço. Pela sua parte, o rapaz também se achava acanhado, não porque lhe doessem as palavras que dissera um dia, mas por causa do tio, que ignorava tudo. Não ignorava; o moço é que o supunha. O major soube da paixão de Adelaide e soube também da repulsa que tivera no coração do rapaz. Talvez não soubesse das palavras textuais repetidas à moça pelo amigo de Soares; mas se não conhecia o texto, conhecia o espírito; sabia que, pelo motivo de ser amado, o rapaz entrara a aborrecer a prima, e que esta, vendo-se repelida, entrara a aborrecer o rapaz. O major supôs até durante algum tempo que a ausência de Soares tinha por motivo a presença da moça em casa.

Adelaide era filha de um irmão do major, homem muito rico e igualmente excêntrico, que morrera haviam dez anos deixando a moça entregue aos cuidados do irmão. Como o pai de Adelaide fizera muitas viagens, parece que gastou nelas a maior parte da sua fortuna. Quando morreu apenas coube a Adelaide, filha única, cerca de trinta contos, que o tio conservou intactos para serem o dote da pupila.

Soares houve-se como pôde na singular situação em que se achava. Não conversava com a prima; apenas trocava com ela as palavras estritamente necessárias para não chamar a atenção do tio. A moça fazia o mesmo.

Mas quem pode ter mão ao coração? A prima de Luís Soares sentiu que pouco a pouco lhe ia renascendo o antigo afeto. Procurou combatê-lo sinceramente; mas não se impede o crescimento de uma planta senão arrancando-lhe as raízes. As raízes existiam ainda. Apesar dos esforços da moça o amor veio pouco a pouco invadindo o lugar do ódio, e se até então o suplício era grande, agora era enorme. Travara-se uma luta entre o orgulho e o amor. A moça sofreu consigo; não articulou uma palavra.

Luís Soares reparava que quando os seus dedos tocavam os da prima, esta experimentava uma grande emoção: corava e empalidecia. Era um grande navegador aquele rapaz nos mares do amor: conhecia-lhe a calma e a tempestade. Convenceu-se de que a prima o amava outra vez. A descoberta não o alegrou; pelo contrário, foi-lhe motivo de grande irritação. Receiava que o tio, descobrindo o sentimento da sobrinha, propusesse o casamento ao rapaz; e recusá-lo não seria comprometer no futuro a esperada herança? A herança sem o casamento era o ideal do moço. Dar-me asas, pensava ele, atando-me os pés, é o mesmo que condenar-me à prisão. É o destino do papagaio doméstico; não aspiro a tê-lo.

Realizaram-se as previsões do rapaz. O major descobriu a causa da tristeza da moça e resolveu pôr termo àquela situação propondo ao sobrinho o casamento.

Soares não podia recusar abertamente sem comprometer o edifício da sua fortuna.

— Este casamento, disse-lhe o tio, é complemento da minha felicidade. De um só lance reúno duas pessoas que tanto estimo, e morro tranqüilo sem levar nenhum pesar para o outro mundo. Estou que aceitarás.

— Aceito, meu tio; mas observo que o casamento assenta no amor, e eu não amo minha prima.

— Bem; hás de amá-la; casa-te primeiro...

— Não desejo expô-la a uma desilusão.

— Qual desilusão! disse o major sorrindo. Gosto de ouvir-te falar essa linguagem poética, mas casamento não é poesia. É verdade que é bom que duas pessoas antes de se casarem se tenham já alguma estima mútua. Isso creio que tens. Lá fogos ardentes, meu rico sobrinho, são cousas que ficam bem em verso, e mesmo em prosa; mas na vida, que não é prosa nem verso, o casamento apenas exige certa conformidade de gênio, de educação e de estima.

— Meu tio sabe que eu não me recuso a uma ordem sua.

— Ordem, não! Não te ordeno, proponho. Dizes que não amas tua prima; pois bem, faze por isso, e daqui a algum tempo casem-se que me darão gosto. O que eu quero é que seja cedo, porque não estou longe de dar à casca.

O rapaz disse que sim. Adiou a dificuldade não podendo resolvê-la. O major ficou satisfeito com o arranjo e consolou a sobrinha com a promessa de que podia casar-se um dia com o primo. Era a primeira vez que o velho tocava em semelhante assunto, e Adelaide não dissimulou o seu espanto, espanto que lisonjeou profundamente a perspicácia do major.

— Ah! tu pensas, disse ele, que eu por ser velho já perdi os olhos do coração? Vejo tudo, Adelaide; vejo aquilo mesmo que se quer esconder.

A moça não pôde reter algumas lágrimas, e como o velho a consolasse dando-lhe esperanças, ela respondeu abanando a cabeça:

— Esperanças, nenhuma!

— Descansa em mim! disse o major.

Conquanto a dedicação do tio fosse toda espontânea e filha do amor que votava à sobrinha, esta compreendeu que semelhante intervenção podia fazer supor ao primo que ela esmolava os afetos do seu coração.

Aqui falou o orgulho da mulher, que preferia o sofrimento à humilhação. Quando ela expôs estas objeções ao tio, o major sorriu-se afavelmente e procurou acalmar a susceptibilidade da moça.

Passaram-se alguns dias sem mais incidente; o rapaz estava no gozo da dilação que lhe dera o tio. Adelaide readquiriu o seu ar frio e indiferente. Soares compreendia o motivo, e àquela manifestação do orgulho respondia com um sorriso. Duas vezes notou Adelaide essa expressão de desdém da parte do primo. Que mais precisava para reconhecer que o rapaz sentia por ela a mesma indiferença de outro tempo? Acrescia que sempre que os dous se encontravam sós, Soares era o primeiro que se afastava dela. Era o mesmo homem.

— Não me ama, não me amará nunca! dizia a moça consigo.

IV

Um dia de manhã o major Vilela recebeu a seguinte carta:

"Meu valente major. — Cheguei da Bahia hoje mesmo, e lá irei de tarde para verte e abraçar-te. Prepara um jantar. Creio que me não hás de receber como qualquer indivíduo. Não esqueças o vatapá. — Teu amigo, *Anselmo.*"

— Bravo! disse o major. Temos cá o Anselmo; prima Antônia, mande fazer um bom vatapá.

O Anselmo que chegara da Bahia chamava-se Anselmo Barroso de Vasconcelos. Era um fazendeiro rico, e veterano da independência. Com os seus setenta e oito anos ainda se mostrava rijo e capaz de grandes feitos. Tinha sido íntimo amigo do pai de Adelaide, que o apresentou ao major, vindo a ficar amigo deste depois que o outro morrera. Anselmo acompanhou o amigo até os seus últimos instantes; e chorou a perda como se fora seu próprio irmão. As lágrimas cimentaram a amizade entre ele e o major.

De tarde apareceu Anselmo galhofeiro e vivo como se começasse para ele uma nova mocidade. Abraçou a todos; deu um beijo em Adelaide, a quem felicitou pelo desenvolvimento das suas graças.

— Não se ria de mim, disse-lhe ele, eu fui o maior amigo de seu pai. Pobre amigo! morreu nos meus braços.

Soares, que sofria com a monotonia da vida que levava em casa do tio, alegrou-se com a presença do galhofeiro ancião, que era um verdadeiro fogo de artifício. Anselmo é que pareceu não simpatizar com o sobrinho do major. Quando o major ouviu isto, disse:

— Sinto muito, porque Soares é um rapaz sério.

— Creio que é sério demais. Rapaz que não ri...

Não sei que incidente interrompeu a frase do fazendeiro.

Depois do jantar Anselmo disse ao major:

— Quantos são amanhã?

— 15.

— De que mês?

— É boa! de dezembro.

— Bem; amanhã 15 de dezembro preciso ter uma conferência contigo e os teus parentes. Se o vapor se demora um dia em caminho pregava-me uma boa peça.

No dia seguinte verificou-se a conferência pedida por Anselmo. Estavam presentes o major, Soares, Adelaide e D. Antônia, únicos parentes do finado.

— Fazem hoje dez anos que faleceu o pai desta menina, disse Anselmo apontando para Adelaide. Como sabem, o Dr. Bento Varela foi o meu melhor amigo, e eu tenho consciência de haver correspondido à sua afeição até aos últimos instantes. Sabem que ele era um gênio excêntrico; toda a sua vida foi uma grande originalidade. Ideava vinte projetos, qual mais grandioso, qual mais impossível, sem chegar ao cabo de nenhum, porque o seu espírito criador tão depressa compunha uma cousa como entrava a planear outra.

— É verdade, interrompeu o major.

— O Bento morreu nos meus braços, e como derradeira prova da sua amizade confiou-me um papel com a declaração de que eu só o abrisse em presença dos seus parentes dez anos depois de sua morte. No caso de eu morrer os meus herdeiros assumiriam essa obrigação; em falta deles, o major, a Sra. D. Adelaide, enfim qualquer pessoa que por laço de sangue estivesse ligada a ele. Enfim, se ninguém houvesse na classe mencionada, ficava incumbido um tabelião. Tudo isto havia eu declarado em testamento, que vou reformar. O papel a que me refiro, tenho aqui no bolso.

Houve um movimento de curiosidade.

Anselmo tirou do bolso uma carta fechada com lacre preto.

— É este, disse ele. Está intacto. Não conheço o texto; mas posso mais ou menos saber o que está dentro por circunstâncias que vou referir.

Redobrou a atenção geral.

— Antes de morrer, continuou Anselmo, o meu querido amigo entregou-me uma parte da sua fortuna, quero dizer a maior parte, porque a menina recebeu apenas trinta contos. Eu recebi dele trezentos contos, que guardei até hoje intactos, e que devo restituir segundo as indicações desta carta.

A um movimento de espanto em todos seguiu-se um movimento de ansiedade. Qual seria a vontade misteriosa do pai de Adelaide? D. Antônia lembrou-se que em rapariga fora namorada do defunto, e por um momento lisonjeou-se com a idéia de que o velho maníaco se houvesse lembrado dela às portas da morte.

— Nisto reconheço eu o mano Bento, disse o major tomando uma pitada; era o homem dos mistérios, das surpresas e das idéias extravagantes, seja dito sem agravo aos seus pecados, se é que os teve...

Anselmo tinha aberto a carta. Todos prestaram ouvidos. O veterano leu o seguinte:

"Meu bom e estimadíssimo Anselmo. — Quero que me prestes o último favor. Tens contigo a maior parte da minha fortuna, e eu diria a melhor se tivesse de aludir à minha querida filha Adelaide. Guarda esses trezentos contos até daqui a dez anos, e ao terminar o prazo, lê esta carta diante dos meus parentes.

"Se nessa época a minha filha Adelaide for viva e casada entrega-lhe a fortuna. Se não estiver casada, entrega-lha também, mas com uma condição: é que se case com o sobrinho Luís Soares, filho de minha irmã Luísa; quero-lhe muito, e apesar de ser rico, desejo que entre na posse da fortuna com minha filha. No caso em que esta se recuse a esta condição, fica tu com a fortuna toda."

Quando Anselmo acabou de ler esta carta seguiu-se um silêncio de surpresa geral, de que partilhava o próprio veterano, alheio até então ao conteúdo da carta.

Soares tinha os olhos em Adelaide; esta tinha-os no chão.

Como o silêncio se prolongasse, Anselmo resolveu rompê-lo.

— Ignorava, como todos, disse ele, o que esta carta contém; felizmente chega ela a tempo de se realizar a última vontade do meu finado amigo.

— Sem dúvida nenhuma, disse o major.

Ouvindo isto, a moça levantou insensivelmente os olhos para o primo, e os dela encontraram-se com os dele. Os dele transbordavam de contentamento e ternura; a moça fitou-os durante alguns instantes. Um sorriso, já não zombeteiro, passou pelos lábios do rapaz. A moça sorriu com tamanho desdém às zumbaias de um cortesão.

Anselmo levantou-se.

— Agora que estão cientes disto, disse ele aos dous primos, espero que resolvam, e como o resultado não pode ser duvidoso, desde já os felicito. Entretanto, hão de dar-me licença, que tenho de ir a outras partes.

Com a saída de Anselmo dispersara-se a reunião. Adelaide foi para o seu quarto com a velha parenta. O tio e o sobrinho ficaram na sala.

— Luís, disse o primeiro, és o homem mais feliz do mundo.

— Parece-lhe, meu tio? disse o moço procurando disfarçar a sua alegria.

— És. Tens uma moça que te ama loucamente. De repente cai-lhe nas mãos uma fortuna inesperada; e essa fortuna só pode havê-la com a condição de se casar contigo. Até os mortos trabalham a teu favor.

— Afirmo-lhe, meu tio, que a fortuna não pesa nada nestes casos, e se eu assentar em casar com a prima será por outro motivo.

— Bem sei que a riqueza não é essencial; não é. Mas enfim vale alguma cousa. É melhor ter trezentos contos que trinta: sempre é mais uma cifra. Contudo não te aconselho que te cases com ela se não tiveres alguma afeição. Nota que eu não me refiro a essas paixões de que me falaste. Casar mal, apesar da riqueza, é sempre casar mal.

— Estou convencido disto, meu tio. Por isso ainda não dei a minha resposta, nem dou por ora. Se eu vier a afeiçoar-me à prima estou pronto a entrar na posse dessa inesperada riqueza.

Como o leitor terá adivinhado, a resolução do casamento estava assentada no espírito de Soares. Em vez de esperar a morte do tio, parecia-lhe melhor entrar desde logo na posse de um excelente pecúlio, a que se lhe afigurava tanto mais fácil, quanto que era a voz do túmulo que a impunha.

Soares contava também com a profunda veneração de Adelaide por seu pai. Isto, ligado ao amor que a rapariga sentia por ele, devia produzir o desejado efeito.

Nessa noite o rapaz dormiu pouco. Sonhou com o Oriente. Pintou-lhe a imaginação um harém recendente das melhores essências da Arábia, forrado o chão com tapetes da Pérsia; sobre moles divãs ostentavam-se as mais perfeitas belezas do mundo. Uma Circassiana dançava no meio do salão ao som de um pandeiro de marfim. Mas um furioso eunuco, precipitando-se na sala com o iatagã desembainhado, enterrou-o todo no peito de Soares, que acordou com o pesadelo, e não pôde mais conciliar o sono.

Levantou-se mais cedo e foi passear até chegar a hora do almoço e da repartição.

V

O plano de Luís Soares estava feito.

Tratava-se de abater as armas pouco a pouco, simulando-se vencido diante da influência de Adelaide. A circunstância da riqueza tornava necessária toda a discrição. A transição devia ser lenta. Cumpria ser diplomata.

Os leitores terão visto que, apesar de certa argúcia da parte de Soares, não tinha ele a perfeita compreensão das cousas, e por outro lado o seu caráter era indeciso e vário.

Hesitara em casar com Adelaide quando o tio lhe falou nisso, quando em certo que viria a obter mais tarde a fortuna do major. Dizia então que não tinha vocação de papagaio. A situação agora era a mesma; aceitava uma fortuna mediante uma prisão. É verdade que se esta resolução era contrária à primeira, podia ter por causa o cansaço que lhe ia produzindo a vida que levava. Além de que, desta vez, a riqueza não se fazia esperar: era entregue logo depois do consórcio.

— Trezentos contos, pensava o rapaz, é quanto basta para eu ser mais do que fui. O que não hão de dizer os outros!

Antevendo uma felicidade que era certa para ele, Soares começou o assédio da praça, aliás praça rendida.

Já o rapaz procurava os olhos da prima, já os encontrava, já lhes pedia aquilo que recusara até então, o amor da moça. Quando, à mesa, as suas mãos se encontravam, Soares tinha o cuidado de demorar o contacto, e se a moça retirava a sua mão, o rapaz nem por isso desanimava. Quando se encontrava a sós com ela, não fugia como outrora, antes lhe dirigia alguma palavra, a que Adelaide respondia com fria polidez.

— Quer vender o peixe caro, pensava Soares.

Uma vez atreveu-se a mais. Adelaide tocava piano quando ele entrou sem que ela o visse. Quando a moça acabou, Soares estava por trás dela.

— Que lindo! disse o rapaz; deixe-me beijar-lhe essas mãos inspiradas.

A moça olhou séria para ele, pegou no lenço que pusera sobre o piano, e saiu sem dizer palavra.

Esta cena mostrou a Soares toda a dificuldade da empresa; mas o rapaz confiava em si, não porque se reconhecesse capaz de grandes energias, mas por espécie de esperança na sua boa estrela.

— É difícil subir a corrente, disse ele, mas sobe-se. Não se fazem Alexandres na conquista de praças desarmadas.

Contudo as desilusões iam-se sucedendo, e o rapaz, se o não alentasse a idéia da riqueza, teria abatido as armas.

Um dia lembrou-se de escrever-lhe uma carta. Lembrou-se de que era difícil expor-lhe de viva voz tudo quanto sentia; mas que uma carta, por muito ódio que ela lhe tivesse, sempre seria lida.

Adelaide devolveu a carta pelo moleque da casa que lha havia entregue.

A segunda carta teve a mesma sorte. Quando mandou a terceira, o moleque não a quis receber.

Luís Soares teve um instante de desengano. Indiferente à moça, já começava a odiá-la; se casasse com ela era provável que a tratasse como inimigo mortal.

A situação tornava-se ridícula para ele; ou antes, já o era há muito, mas Soares só então o compreendeu. Para escapar ao ridículo, resolveu dar um golpe final, mas grande. Aproveitou a primeira ocasião que pôde, e fez uma declaração positiva à moça, cheia de súplicas, de suspiros, talvez de lágrimas. Confessou os seus erros; reconheceu que não a havia compreendido; mas arrependera-se e confessava tudo. A influência dela acabara por abatê-lo.

— Abatê-lo! disse ela; não compreendo. A que influência alude?

— Bem sabe; à influência da sua beleza, do seu amor... Não suponha que lhe estou mentindo. Sinto-me hoje tão apaixonado que era capaz de cometer um crime!

— Um crime?

— Não é crime o suicídio? De que me serviria a vida sem o seu amor? Vamos, fale!

A moça olhou para ele durante alguns instantes sem dizer palavra.

O rapaz ajoelhou-se.

— Ou seja a morte, ou seja a felicidade, disse ele, quero recebê-la de joelhos.

Adelaide sorriu e soltou lentamente estas palavras:

— Trezentos contos! É muito dinheiro para comprar um miserável.

E deu-lhe as costas.

Soares ficou petrificado. Durante alguns minutos conservou-se na mesma posição, com os olhos fitos na moça que se afastava lentamente. O rapaz dobrava-se ao peso da humilhação. Não previra tão cruel desforra da parte de Adelaide. Nem uma palavra de ódio, nem um indício de raiva; apenas um calmo desdém, um desprezo tranqüilo e soberano. Soares sofrera muito quando perdeu a fortuna; mas agora que o seu orgulho foi humilhado, a sua dor foi infinitamente maior.

Pobre rapaz!

A moça foi para dentro. Parece que contava com aquela cena; porque, entrando em casa, foi logo procurar o tio, e declarou-lhe que, apesar do quanto venerava a memória do pai, não podia obedecer-lhe, e desistia do casamento.

— Mas não o amas tu? perguntou-lhe o major.

— Amei-o.

— Amas a outro?

— Não.

— Então explica-te.

Adelaide expôs francamente o procedimento de Soares desde que ali entrara, a mudança que fizera, a sua ambição, a cena do jardim. O major ouviu atentamente a moça, procurou desculpar o sobrinho, mas no fundo ele acreditava que Soares era um mau caráter.

Este, depois que pôde refrear a sua cólera, entrou em casa e foi despedir-se do tio até o dia seguinte.

Pretextou que tinha um negócio urgente.

VI

Adelaide contou miudamente ao amigo de seu pai os sucessos que a obrigavam a não preencher a condição da carta póstuma confiada a Anselmo. Em conseqüência desta recusa, a fortuna devia ficar com Anselmo; a moça contentava-se com o que tinha.

Não se deu Anselmo por vencido, e antes de aceitar a recusa foi ver se sondava o espírito de Luís Soares.

Quando o sobrinho do major viu entrar por casa o fazendeiro suspeitou que alguma cousa houvesse a respeito do casamento. Anselmo era perspicaz; de modo que, apesar da aparência de vítima com que Soares lhe aparecera, compreendeu ele que Adelaide tinha razão.

Assim pois tudo estava acabado. Anselmo dispôs-se a partir para a Bahia, e assim o declarou à família do major.

Nas vésperas de partir achavam-se todos juntos na sala de visitas, quando Anselmo soltou estas palavras:

— Major, está ficando melhor e forte; eu creio que uma viagem à Europa lhe fará bem. Esta moça também gostará de ver a Europa, e creio que a Sra. D. Antônia, apesar da idade, lá quererá ir. Pela minha parte sacrifico a Bahia e vou também. Aprovam o conselho?

— Homem, disse o major, é preciso pensar...

— Qual pensar! Se pensarem não embarcarão. Que diz a menina?

— Eu obedeço ao tio, respondeu Adelaide.

— Além de que, disse Anselmo, agora que D. Adelaide está de posse de uma grande fortuna, há de querer apreciar o que há de bonito nos países estrangeiros a fim de poder melhor avaliar o que há no nosso...

— Sim, disse o major; mas você fala de grande fortuna...

— Trezentos contos.

— São seus.

— Meus! Então sou algum ratoneiro? Que me importa a mim a fantasia de um generoso amigo? O dinheiro é desta menina, sua legítima herdeira, e não meu, que aliás tenho bastante.

— Isto é bonito, Anselmo!

— Mas o que não seria se não fosse isto?

A viagem à Europa ficou assentada.

Luís Soares ouviu a conversa toda sem dizer palavra; mas a idéia de que talvez pudesse ir com o tio sorriu-lhe ao espírito. No dia seguinte teve um desengano cruel. Disse-lhe o major que, antes de partir, o deixaria recomendado ao ministro.

Soares procurou ainda ver se alcançava seguir com a família. Era simples cobiça na fortuna do tio, desejo de ver novas terras, ou impulso de vingança contra a prima? Era tudo isso, talvez.

À última hora foi-se a derradeira esperança. A família partiu sem ele.

Abandonado, pobre, tendo por única perspectiva o trabalho diário, sem esperanças no futuro, e além do mais, humilhado e ferido em seu amor-próprio, Soares tomou a triste resolução dos cobardes.

Um dia de noite o criado ouviu no quarto dele um tiro: correu, achou um cadáver.

Pires soube na rua da notícia, e correu à casa de Vitória, que encontrou no toucador.

— Sabes de uma cousa? perguntou ele.

— Não. Que é?

— O Soares matou-se.

— Quando?

— Neste momento.

— Coitado! É sério?

— É sério. Vais sair?

— Vou ao Alcazar.

— Canta-se hoje *Barbe-Bleue,* não é?

— É.

— Pois eu também vou.

E entrou a cantarolar a canção de *Barbe-Bleue.*

Luís Soares não teve outra oração fúnebre dos seus amigos mais íntimos.

A MULHER DE PRETO

I

A primeira vez que o Dr. Estêvão Soares falou ao deputado Meneses foi no Teatro Lírico no tempo da memorável luta entre *lagruístas* e *chartonistas*.[13] Um amigo comum os apresentou ao outro. No fim da noite separaram-se oferecendo cada um deles os seus serviços e trocando os respectivos cartões de visita.

Só dous meses depois encontraram-se outra vez.

Estêvão Soares teve de ir à casa de um ministro de Estado para saber de uns papéis relativos a um parente da província, e aí encontrou o deputado Meneses, que acabava de ter uma conferência política.

Houve sincero prazer em ambos encontrando-se pela segunda vez; e Meneses arrancou de Estêvão a promessa de que iria à casa dele daí a poucos dias.

O ministro depressa despachou o jovem médico.

Chegando ao corredor, Estêvão foi surpreendido com uma tremenda bátega d'água, que nesse momento caía, e começava a alagar a rua.

O rapaz olhou a um e outro lado a ver se passava algum veículo vazio, mas procurou inutilmente; todos que passavam iam ocupados.

Apenas à porta estava um *coupé* vazio à espera de alguém, que o rapaz supôs ser o deputado.

Daí a alguns minutos desce com efeito o representante da nação, e admirou-se de ver o médico ainda à porta.

— Que quer? disse-lhe Estêvão; a chuva impediu-me de sair; aqui fiquei a ver se passa um tílburi.

— É natural que não passe, e nesse caso ofereço-lhe um lugar no meu *coupé*. Venha.

— Perdão; mas é um incômodo...

— Ora, incômodo! é um prazer. Vou deixá-lo em casa. Onde mora?

— Rua da Misericórdia nº...

— Bem, suba.

Estêvão hesitou um pouco; mas não podia deixar de subir sem ofender o digno homem que de tão boa vontade lhe fazia um obséquio.

Subiram.

Mas em vez de mandar o cocheiro para a Rua da Misericórdia, o deputado gritou:

— João, para casa!

13. Referência aos partidários das cantoras líricas Lagrua e Charton, citadas, p. ex., em *A Mão e a Luva,* cap. I, e no conto "Onda" (publicado em 1867), onde nos diz M. de A.: ! "À noite [Ernesto] foi ao Teatro Lírico. Charton, que então fazia as delícias do público, cantava nesse dia [...] O teatro estava cheio; todos aplaudiam a artista [...] Nessa noite não cantava a competidora da Charton, a Emmy Lagrua; e como é sabido, os freqüentadores do teatro tinham-se dividido em dois partidos extremados, fogosos." *(Contos Avulsos,* Rio, Civilização Brasileira, 1956, p. 69).

E entrou.

Estêvão olhou para ele admirado.

— Já sei, disse-lhe Meneses; admira-se de ver que faltei à minha palavra; mas eu desejo apenas que fique conhecendo a minha casa a fim de lá voltar quanto antes.

O *coupé* rolava já pela rua fora debaixo de uma chuva torrencial.

Meneses foi o primeiro que rompeu o silêncio de alguns minutos, dizendo ao jovem amigo:

— Espero que o romance da nossa amizade não termine no primeiro capítulo.

Estêvão, que já reparava nas maneiras solícitas do deputado, ficou inteiramente pasmado quando lhe ouviu falar no romance da amizade. A razão era simples. O amigo que os havia apresentado no teatro Lírico disse no dia seguinte:

— Meneses é um misantropo, e um céptico; não crê em nada, nem estima ninguém. Na política como na sociedade faz um papel puramente negativo.

Esta era a impressão com que Estêvão, apesar da simpatia que o arrastava, falou a segunda vez a Meneses, e admirava-se de tudo, das maneiras, das palavras, e do tom de afeto que elas pareciam revelar.

À linguagem do deputado o jovem médico respondeu com igual franqueza.

— Por que acabaremos no primeiro capítulo? perguntou ele; um amigo não é cousa que se despreze,acolhe-se como um presente de deuses.

— Dos deuses! disse Meneses rindo; já vejo que é pagão.

— Alguma cousa, é verdade; mas no bom sentido, respondeu Estêvão rindo também. Minha vida assemelha-se um pouco à de Ulisses...

— Tem ao menos uma Ítaca, sua pátria, e uma Penélope,[14] sua esposa.

— Nem uma nem outra.

— Então entender-nos-emos.

Dizendo isto o deputado voltou a cara para o outro lado, vendo a chuva que caía na vidraça da portinhola.

Decorreram dous ou três minutos, durante os quais Estêvão teve tempo de contemplar a seu gosto o companheiro de viagem.

Meneses voltou-se e entrou em novo assunto.

Quando o *coupé* entrou na Rua do Lavradio, Meneses disse ao médico:

— Moro nesta rua; estamos perto de casa. Promete-me que há de vir ver-me algumas vezes?

— Amanhã mesmo.

— Bem. Como vai a sua clínica?

— Apenas começo, disse Estêvão; trabalho pouco; mas espero fazer alguma cousa.

— O seu companheiro, na noite em que mo apresentou, disse-me que o senhor é moço de muito merecimento.

— Tenho vontade de fazer alguma cousa.

Daí a dez minutos parava o *coupé* à porta de uma casa da Rua do Lavradio.

14. Ítaca é uma das ilhas Jônicas, a O. da Grécia. Segundo a *Odisséia,* poema épico de Homero, o protagonista-herói Ulisses reinava nessa ilha quando partiu para o cerco de Tróia, cidade da Ásia Menor. Depois da tomada dessa cidade, quis voltar para junto de sua mulher, Penélope, que o esperou fielmente por dez anos, durante os quais Ulisses vagou pelo mar antes de alcançar as praias do seu reino.

Apearam-se os dous e subiram.

Meneses mostrou a Estêvão o seu gabinete de trabalho, onde haviam duas longas estantes de livros.

— É a minha família, disse o deputado mostrando os livros. História, filosofia, poesia... e alguns livros de política. Aqui estudo e trabalho. Quando cá vier é aqui que o hei de receber.

Estêvão prometeu voltar no dia seguinte, e desceu para entrar no *coupé* que esperava por ele, e que o levou à Rua da Misericórdia.

Entrando em casa Estêvão dizia consigo:

— Onde está a misantropia daquele homem? As maneiras de misantropo são mais rudes do que as dele; salvo se ele, mais feliz do que Diógenes, achou em mim o homem que procurava.

II

Estêvão era o tipo do rapaz sério. Tinha talento, ambição e vontade de saber, três armas poderosas nas mãos de um homem que tenha consciência de si. Desde os dezesseis anos a sua vida foi um estudo constante, aturado e profundo. Destinado ao curso médico, Estêvão entrou na academia um pouco forçado; não queria desobedecer ao pai. A sua vocação era toda para as matemáticas. Que importa? disse ele ao saber da resolução paterna; estudarei a medicina e a matemática. Com efeito teve tempo para uma e outra cousa; teve tempo ainda para estudar a literatura, e as principais obras da antiguidade e contemporâneas eram-lhe tão familiares como os tratados de operações e de higiene.

Para estudar tanto, foi-lhe preciso sacrificar uma parte da saúde. Estêvão aos vinte e quatro anos adquirira uma magreza, que não era a dos dezesseis; tinha a tez pálida e a cabeça pendia-lhe um pouco para a frente pelo longo hábito da leitura. Mas esses vestígios de uma longa aplicação intelectual não lhe alteraram a regularidade e harmonia das feições, nem os olhos perderam nos livros o brilho e a expressão. Era além disso naturalmente elegante, não digo enfeitado, que é cousa diferente: era elegante nas maneiras, na atitude, no sorriso, no trajo, tudo mesclado de uma certa severidade que era o cunho do seu caráter. Podia-se notar-lhe muitas infrações ao código da moda; ninguém poderia dizer que ele faltasse nunca às boas regras do *gentleman*.

Perdera os pais aos vinte anos, mas ficara-lhe bastante juízo para continuar sozinho a viagem do mundo. O estudo serviu-lhe de refúgio e bordão. Não sabia nada do que era o amor. Ocupara-se tanto com a cabeça que esquecera-se de que tinha um coração dentro do peito. Não se infira daqui que Estêvão fosse puramente um positivista. Pelo contrário, a alma dele possuía ainda em toda a plenitude da graça e da força as duas asas que a natureza lhe dera. Não raras vezes rompia ela do cárcere da carne para ir correr os espaços do céu, em busca de não sei que ideal mal definido, obscuro, incerto. Quando voltava desses êxtasis, Estêvão curava-se deles enterrando-se nos volumes à cata de uma verdade científica. Newton era-lhe o antídoto de Goethe.[15]

15. O matemático, físico, astrônomo e filósofo inglês Isaac Newton personifica a Ciência; o escritor alemão Johann Wolfgang Goethe o desajuste romântico diante da vida.

Além disso, Estêvão tinha idéias singulares. Havia um padre, amigo dele, rapaz de trinta anos, da escola de Fénelon, que entrava com Telêmaco na ilha de Calipso.[16] Ora, o padre dizia muitas vezes a Estêvão, que só uma cousa lhe faltava para ser completo: era casar-se.

— Quando você tiver, dizia-lhe, uma mulher amada e amante ao pé de si, será um homem feliz e completo. Dividirá então o tempo entre as duas cousas mais elevadas que a natureza deu ao homem, a inteligência e o coração. Nesse dia quero eu mesmo casá-lo...

— Padre Luís, respondia Estêvão, faça-me então o serviço completo: traga-me a mulher e a bênção.

O padre sorria-se ao ouvir a resposta do médico, e como o sorriso parecia a Estêvão uma nova pergunta, o médico continuava:

— Se encontrar uma mulher tão completa como eu exijo, afirmo-lhe que me casarei. Dirá que as obras humanas são imperfeitas, e eu não contestarei, padre Luís; mas nesse caso deixe-me caminhar só com as minhas imperfeições.

Daqui engendrava-se sempre uma discussão, que se animava e crescia até o ponto em que Estêvão concluía por este modo:

— Padre Luís, uma menina que deixa as bonecas para ir decorar mecanicamente alguns livros mal escolhidos; que interrompe uma lição para ouvir contar uma cena de namoro; que em matéria de arte só conhece os figurinos parisienses; que deixa as calças para entrar no baile, e que antes de suspirar por um homem, examina-lhe a correção da gravata, e o apertado do botim; padre Luís, esta menina pode vir a ser um esplêndido ornamento de salão e até uma fecunda mãe de família, mas nunca será uma mulher.

Esta sentença de Estêvão tinha o defeito de certas regras absolutas. Por isso, o padre dizia-lhe sempre:

— Tem você razão; mas eu não lhe digo que case com a regra; procure a exceção que há de encontrar e leve-a ao altar, onde eu estarei para os unir.

Tais eram os sentimentos de Estêvão em relação ao amor e à mulher. A natureza dera-lhe em parte esses sentimentos; mas em parte adquiriu-os ele nos livros. Exigia a perfeição intelectual e moral de uma Heloísa; e partia da exceção para estabelecer uma regra. Era intolerante para os erros veniais. Não os reconhecia como tais. Não há erro venial, dizia ele, em matéria de costumes e de amor.

Contribuíra para esta rigidez de ânimo o espetáculo da própria família de Estêvão. Até aos vinte anos foi ele testemunha do que era a santidade do amor mantido pela virtude doméstica. Sua mãe, que morrera com trinta e oito anos, amou o marido até os últimos dias, e poucos meses lhe sobreviveu. Estêvão soube que fora ardente e entusiástico o amor de seus pais, na estação do noivado, durante a manhã conjugal: co-

16. Segundo a *Odisséia,* Calipso, ninfa e rainha da ilha de Ogígia, no mar Jônio, acolheu Ulisses, quando este naufragou, por ele apaixonando-se e retendo-o por sete anos. — Telêmaco era filho de Ulisses e Penélope; ainda criança quando seu pai partiu para Tróia, foi mais tarde à sua procura. De volta a Ítaca, aí encontrou Ulisses e ajudou-o a vencer os pretendentes de Penélope. — O prelado, educador e escritor François Fénelon (1651-1715), entre outras obras, escreveu *As Aventuras de Telêmaco,* agradável imitação, em prosa, dos poemas antigos, destinada à educação do Duque de Borgonha. Aí se encontram numerosas alusões às coisas e pessoas do tempo, e uma censura velada aos atos despóticos de Luís XIV, o que lhe valeu cair em desgraça.

nheceu-o assim por tradição; mas na tarde conjugal a que ele assistiu viu o amor calmo, solícito e confiante, cheio de dedicação e respeito, praticado como um culto; sem recriminações nem pesares, e tão profundo como no primeiro dia. Os pais de Estêvão morreram amados e felizes na tranqüila serenidade do dever.

No ânimo de Estêvão, o amor que funda a família devia ser aquilo ou não seria nada. Era justiça; mas a intolerância de Estêvão começava na convicção que ele tinha de que com a dele morrera a última família, e fora com ela a derradeira tradição do amor. Que era preciso para derrubar todo este sistema, ainda que momentâneo? Uma cousa pequeníssima: um sorriso e dous olhos.

Mas como esses dous olhos não apareciam, Estêvão entregava-se na maior parte do tempo aos seus estudos científicos, empregando as horas vagas em algumas distrações que o não prendiam por muito tempo.

Morava só; tinha um escravo, da mesma idade que ele, e cria da casa do pai, — mais irmão do que escravo, na dedicação e no afeto. Recebia alguns amigos, a quem visitava de quando em quando, entre os quais incluímos o jovem padre Luís, a quem Estêvão chamava — Platão de sotaina.

Naturalmente bom e afetuoso, generoso e cavalheiresco, sem ódios nem rancores, entusiasta por todas as cousas boas e verdadeiras, tal era o Dr. Estêvão Soares, aos vinte e quatro anos de idade.

Do seu retrato físico já dissemos alguma cousa. Bastará acrescentar que tinha uma bela cabeça, coberta de bastos cabelos castanhos, dous olhos da mesma cor, vivos e observadores; a palidez do rosto fazia realçar o bigode naturalmente encaracolado. Era alto e tinha mãos admiráveis.

III

Estêvão Soares visitou Meneses no dia seguinte.

O deputado esperava-o, e recebeu-o como se fosse um amigo velho. Estêvão marcara a hora da visita, que impossibilitava a presença de Meneses na câmara; mas o deputado importou-se pouco com isso: não foi à câmara. Mas teve a delicadeza de o não dizer a Estêvão.

Meneses estava no gabinete quando o criado anunciou-lhe a chegada do médico. Foi recebê-lo à porta.

— Pontual como um rei, disse-lhe alegremente.

— Era dever. Lembro-lhe que não me esqueci.

— E agradeço-lho.

Sentaram-se os dous.

— Agradeço-lho porque eu receiava sobretudo que me houvesse compreendido mal; e que os impulsos da minha simpatia não merecessem da sua parte nenhuma consideração...

Estêvão ia protestar.

— Perdão, continuou Meneses, bem vejo que me enganei, e é por isso que lhe agradeço. Eu não sou rapaz; tenho 47 anos; e para a sua idade as relações de um homem como eu já não têm valor.

— A velhice, quando é respeitável, deve ser respeitada; e amada, quando é amável. Mas V. Exª não é velho; tem os cabelos apenas grisalhos: pode-se dizer que está na segunda mocidade.

— Parece-lhe isso...

— Parece e é.

— Seja como for, disse Meneses, a verdade é que podemos ser amigos. Quantos anos tem?

— Vinte e quatro.

— Olhe lá; podia ser meu filho. Tem seus pais vivos?

— Morreram há quatro anos.

— Lembra-me haver dito que era solteiro...

— É verdade.

— De maneira que os seus cuidados são todos para a ciência?

— É a minha esposa.

— Sim, a sua esposa intelectual; mas essa não basta a um homem como o senhor... Enfim, isso é com o tempo; está ainda moço.

Durante este diálogo, Estêvão contemplava e observava Meneses, em cujo rosto batia a claridade que entrava por uma das janelas. Era uma cabeça severa, cheia de cabelos já grisalhos, que lhe caíam em gracioso desalinho. Tinha os olhos negros e um pouco amortecidos; adivinhava-se porém que deviam ter sido vivos e ardentes. As suíças também grisalhas eram como as de lord Palmerston, segundo dizem as gravuras. Não tinha rugas de velhice; tinha uma ruga na testa, entre as sobrancelhas, indício de concentração de espírito, e não vestígio do tempo. A testa era alta, o queixo e as maçãs do rosto um pouco salientes. Adivinhava-se que devia ter sido formoso no tempo da primeira mocidade; e antevia-se já uma velhice imponente e augusta. Sorria de quando em quando; e o sorriso, embora aquele rosto não fosse de um ancião, produzia uma impressão singular; parecia um raio de lua no meio de uma velha ruína. É que o sorriso era amável, mas não era alegre.

Todo aquele conjunto impressionava e atraía; Estêvão sentia-se cada vez mais arrastado para aquele homem, que o procurava, e lhe estendia a mão.

A conversa continuou no tom afetuoso com que começara; a primeira entrevista da amizade é o oposto da primeira entrevista do amor; nesta a mudez é a grande eloqüência; naquela inspira-se e ganha-se a confiança, pela exposição franca dos sentimentos e das idéias.

Não se falou de política. Estêvão aludiu de passagem às funções de Meneses; mas foi um verdadeiro incidente a que o deputado não prestou atenção.

No fim de uma hora, Estêvão levantou-se para sair; tinha de ir ver um doente.

— O motivo é sagrado; senão retinha-o.

— Mas eu voltarei outras vezes.

— Sem dúvida alguma, e eu irei vê-lo algumas vezes. Se no fim de quinze dias não se aborrecer... Olhe, venha de tarde; janta algumas vezes comigo; depois da câmara estou completamente livre.

Estêvão saiu prometendo tudo.

Voltou lá, com efeito, e jantou duas vezes com o deputado, que também visitou Estêvão em casa; foram ao teatro juntos; relacionaram-se intimamente com as famílias conhecidas. No fim de um mês eram dous amigos velhos. Tinham observado reciprocamente o caráter e os sentimentos. Meneses gostava de ver a seriedade do médico e o seu bom-senso; estimava-o com as suas intolerâncias, aplaudindo-lhe a generosa ambição que o dominava. Pela sua parte o médico via em Meneses um homem que sabia ligar a austeridade dos anos à amabilidade de cavalheiro, modesto nas suas maneiras, instruído, sentimental. Da misantropia anunciada não encontrou vestígios. É verdade que em algumas ocasiões Meneses parecia mais disposto a ouvir do que a falar; e então o olhar tornava-se-lhe sombrio e parado, como se [,] em vez de ver os objetos exteriores, estivesse contemplando a sua própria consciência. Mas eram rápidos esses momentos, e Meneses voltava logo aos seus modos habituais.

— Não é um misantropo, pensava então Estêvão; mas este homem tem um drama dentro de si.

A observação de Estêvão adquiriu certo caráter de verossimilhança quando uma noite em que se achavam no teatro Lírico, Estêvão chamou a atenção de Meneses para uma mulher vestida de preto que se achava em um camarote da primeira ordem.

— Não conheço aquela mulher, disse Estêvão. Sabe quem é?

Meneses olhou para o camarote indicado, contemplou a mulher por alguns instantes e respondeu:

— Não conheço.

A conversa ficou aí; mas o médico reparou que a mulher duas vezes olhou para Meneses, e este duas vezes para ela, encontrando-se os olhos de ambos.

No fim do espetáculo, os dous amigos dirigiram-se pelo corredor do lado em que estivera a mulher de preto. Estêvão teve apenas nova curiosidade, a curiosidade de artista: quis vê-la de perto. Mas a porta do camarote estava fechada. Teria já saído ou não? Era impossível sabê-lo. Meneses passou sem olhar. Ao chegarem ao patamar da escada que dá para o lado da Rua dos Ciganos,[17] pararam os dous porque havia grande afluência de gente. Daí a pouco ouviu-se passo apressado; Meneses voltou o rosto; e dando o braço a Estêvão desceu imediatamente, apesar da dificuldade.

Estêvão compreendeu, mas nada viu.

Pela sua parte, Meneses não deu sinal algum.

Apenas se desembaraçaram da multidão, o deputado encetou uma alegre conversa com o médico.

— Que efeito lhe faz, perguntou ele, quando passa no meio de tantas damas elegantes, aquela confusão de sedas e de perfumes?

Estêvão respondeu distraidamente, e Meneses continuou a conversa no mesmo estilo; daí a cinco minutos a aventura do teatro tinha-se-lhe varrido da memória.

IV

Um dia Estêvão Soares foi convidado para um baile em casa de um velho amigo de seu pai.

17. Atual Rua da Constituição.

A sociedade era luzida e numerosa; Estêvão, embora vivesse muito arredado, achou ali grande número de conhecidas. Não dançou; viu, conversou, riu um pouco e saiu.

Mas ao entrar levava o coração livre; ao sair trouxe nele uma flecha, para falar a linguagem dos poetas da Arcádia; era a flecha do amor.

Do amor? A falar a verdade não se pode dar este nome ao sentimento experimentado por Estêvão; não era ainda o amor, mas bem pode ser que viesse a sê-lo. Por enquanto era um sentimento de fascinação doce e branda; uma mulher que lá estava produzira nele a impressão que as fadas produziam nos príncipes errantes ou nas princesas perseguidas, segundo nos rezam os contos das velhas.

A mulher em questão não era uma virgem; era uma viúva de trinta e quatro anos, bela como o dia, graciosa e terna. Estêvão via-a pela primeira vez; pelo menos não se lembrava daquelas feições. Conversou com ela durante meia hora, e tão encantado ficou com as maneiras, a voz, a beleza de Madalena, que ao chegar a casa não pôde dormir.

Como verdadeiro médico que era, sentia em si os sintomas dessa hipertrofia do coração que se chama amor e procurou combater a enfermidade nascente. Leu algumas páginas de matemática, isto é, percorreu-as com os olhos; porque apenas começava a ler o espírito alheava do livro onde apenas ficavam os olhos: o espírito ia ter com a viúva.

O cansaço foi mais feliz que Euclides: sobre a madrugada Estêvão Soares adormeceu.

Mas sonhou com a viúva.

Sonhou que a apertava em seus braços, que a cobria de beijos, que era seu esposo perante a Igreja e perante a sociedade.

Quando acordou e lembrou-se do sonho, Estêvão sorriu.

— Casar-me! disse ele. Era o que me faltava. Como poderia eu ser feliz com o espírito receioso e ambicioso que a natureza me deu? Acabemos com isto; nunca mais verei aquela mulher... e boa noite.

Começou a vestir-se.

Trouxeram-lhe o almoço; Estêvão comeu rapidamente, porque era tarde, e saiu para ir ver alguns doentes.

Mas ao passar pela Rua do Conde lembrou-se que Madalena lhe dissera morar ali; mas aonde? A viúva disse-lhe o número; o médico porém estava tão embebido em ouvi-la falar que não o decorou.

Queria e não queria; protestava esquecê-la, e contudo daria o que se lhe pedisse para saber o número da casa naquele momento.

Como ninguém podia dizer-lhe, o rapaz tomou o partido de ir-se embora.

No dia seguinte, porém, teve o cuidado de passar duas vezes pela Rua do Conde a ver se descobria a encantadora viúva. Não descobriu nada; mas quando ia tomar um tílburi e voltar para casa encontrou o amigo de seu pai em cuja casa encontrara Madalena.

Estêvão já tinha pensado nele; mas imediatamente tirou dali o pensamento, porque ir perguntar-lhe onde morava a viúva era uma cousa que podia traí-lo.

Estêvão já empregava o verbo *trair*.

O homem em questão, depois de cumprimentar ao médico, e trocar com ele algumas palavras, disse-lhe que ia à casa de Madalena, e despediu-se.

Estêvão estremeceu de satisfação.

Acompanhou de longe o amigo e viu-o entrar em uma casa.

— É ali, pensou ele.

E afastou-se rapidamente.

Quando entrou em casa achou uma carta para ele: a letra, que lhe era desconhecida, estava traçada com elegância e cuidado: a carta recendia de sândalo.

O médico rompeu o lacre.

A carta dizia assim:

"Amanhã toma-se chá em minha casa. Se quiser vir passar algumas horas conosco dar-nos-á sumo prazer. — *Madalena C...*"

Estêvão leu e releu o bilhete; teve idéia de levá-lo aos lábios, mas envergonhado diante de si próprio por uma idéia que lhe parecia de fraqueza, cheirou simplesmente o bilhete e meteu-o no bolso.

Estêvão era um pouco fatalista.

— Se eu não fosse àquele baile não conhecia esta mulher, não andava agora com estes cuidados, e tinha conjurado uma desgraça ou uma felicidade, porque ambas as cousas podem nascer deste encontro fortuito. Que será? Eis-me na dúvida de Hamleto. Devo ir à casa dela? A cortesia pede que vá. Devo ir; mas irei encouraçado contra tudo. É preciso romper com estas idéias, e continuar a vida tranqüila que tenho tido.

Estava nisto quando Meneses lhe entrou por casa. Vinha buscá-lo para jantar. Estêvão saiu com o deputado. Em caminho fez-lhe perguntas curiosas.

Por exemplo:

— Acredita no destino, meu amigo? Pensa que há um deus do bem e um deus do mal, em conflito travado sobre a vida do homem?

— O destino é a vontade, respondia Meneses; cada homem faz o seu destino.

— Mas enfim nós temos pressentimentos... Às vezes adivinhamos acontecimentos em que não tomamos parte; não lhe parece que é um deus benfazejo que no-los segreda?

— Fala como um pagão; eu não creio em nada disso. Creio que tenho o estômago vazio, e o que melhor podemos fazer é jantar aqui mesmo no Hotel de Europa em vez de ir à Rua do Lavradio.

Subiram ao Hotel de Europa.

Ali haviam vários deputados que conversavam de política, e os quais se reuniram a Meneses. Estêvão ouvia e respondia, sem esquecer nunca a viúva, a carta e o sândalo.

Assim, pois, davam-se contrastes singulares entre a conversa geral e o pensamento de Estêvão.

Dizia por exemplo um deputado:

— O governo é reator; as províncias não podem mais suportá-lo. Os princípios estão todos preteridos; na minha província foram demitidos alguns subdelegados pela circunstância única de serem meus parentes; meu cunhado, que era diretor das rendas, foi posto fora do lugar, e este deu-se a um peralta contraparente dos Valadares. Eu confesso que vou romper amanhã a oposição.

Estêvão olhava para o deputado; mas no interior estava dizendo isto:

— Com efeito, Madalena é bela, é admiravelmente bela. Tem uns olhos de matar. Os cabelos são lindíssimos; tudo nela é fascinador. Se pudesse ser minha mulher, eu seria feliz; mas quem sabe?... Contudo sinto que vou amá-la. Já é irresistível; é preciso amá-la; e ela? que quer dizer aquele convite? Amar-me-á?

Estêvão embebera-se tanto nesta contemplação ideal, que, acontecendo perguntar-lhe um deputado se não achava a situação negra e carrancuda, Estêvão entregue ao seu pensamento respondeu:

— É lindíssima!

— Ah! disse o deputado, vejo que o senhor é ministerialista.

Estêvão sorriu; mas Meneses franziu o sobrolho.

Compreendera tudo.

V

Quando saíram, o deputado disse ao médico:

— Meu amigo, você é desleal comigo...

— Por quê? perguntou Estêvão meio sério e meio risonho, não compreendendo a observação do deputado.

— Sim, continuou Meneses; você esconde-me um segredo...

— Eu?

— É verdade: e um segredo de amor.

— Ah!... disse Estêvão; por que diz isso?

— Reparei há pouco que, ao passo que os mais conversavam em política, você pensava em uma mulher, e mulher... *lindíssima*...

Estêvão compreendeu que estava descoberto; não negou.

— É verdade, pensava em uma mulher.

— E eu serei o último a saber?

— Mas saber o quê? Não há amor, não há nada. Encontrei uma mulher que me impressionou e ainda agora me preocupa; mas é bem possível que não passe disto. Aí está. É um capítulo interrompido; um romance que fica na primeira página. Eu lhe digo: há de me ser difícil amar.

— Por quê?

— Eu sei? custa-me a crer no amor.

Meneses olhou fixamente para Estêvão, sorriu, abanou a cabeça e disse:

— Olhe, deixe a descrença para os que já sofreram as decepções; o senhor está moço, não conhece ainda nada desse sentimento. Na sua idade ninguém é céptico... Demais, se a mulher é bonita, eu aposto que daqui a pouco há de dizer-me o contrário.

— Pode ser... respondeu Estêvão.

E ao mesmo tempo entrou a pensar nas palavras de Meneses, palavras que ele comparava ao episódio do teatro Lírico.

Entretanto, Estêvão foi ao convite de Madalena. Preparou-se e perfumou-se como se fosse falar a uma noiva. Que sairia daquele encontro? Viria de lá livre ou cativo? Já seria amado? Estêvão não deixou de pensá-lo; aquele convite parecia-lhe uma prova irrecusável. O médico entrando num tílburi começou a formar vários castelos no ar.

Enfim chegou à casa.

VI

Madalena estava na sala acompanhada de um filho.

Ninguém mais.

Eram nove horas e meia.

— Viria eu cedo demais? perguntou ele à dona da casa.

— O senhor nunca vem cedo.

Estêvão inclinou-se.

Madalena continuou:

— Se me acha só, é porque, tendo enfermado um pouco, mandei desavisar as poucas pessoas que eu havia convidado.

— Ah! mas eu não recebi...

— Naturalmente; eu não lhe mandei dizer nada. Era a primeira vez que o convidava; não queria por modo arredar de casa um homem tão distinto.

Estas palavras de Madalena não valiam cousa alguma, nem mesmo como desculpa, porque a desculpa é fraquíssima.

Estêvão compreendeu logo que havia algum motivo oculto.

Seria o amor?

Estêvão pensou que era, e doeu-se, porque, apesar de tudo, sonhara uma paixão mais reservada e menos precipitada. Não queria, embora lhe agradasse, ser objeto daquela preferência; e mais que tudo achava-se embaraçadíssimo diante de uma mulher a quem começava a amar, e que talvez o amasse. Que lhe diria? Era a primeira vez que o médico achava-se em tais apuros. Há toda a razão para supor que Estêvão naquele momento preferia estar cem léguas distante, e contudo, longe que estivesse pensaria nela.

Madalena era excessivamente bela, embora mostrasse no rosto sinais de longo sofrimento. Era alta, cheia, tinha um belíssimo colo, magníficos braços, olhos castanhos e grandes, boca feita para ninho de amores.

Naquele momento trajava um vestido preto.

A cor preta ia-lhe muito bem.

Estêvão contemplava aquela figura com amor e adoração; ouvia-a falar e sentia-se encantado e dominado por um sentimento que não podia explicar.

Era um misto de amor e de receio.

Madalena mostrou-se delicada e solícita. Falou no merecimento do rapaz e na sua nascente reputação, e instou com ele para que fosse algumas vezes visitá-la.

Às 10 horas e meia serviu-se o chá na sala. Estêvão conservou-se lá até às 11 horas.

Chegando à rua o médico estava completamente namorado. Madalena tinha-o atado no seu carro, e o pobre rapaz nem vontade tinha de quebrar o jugo.

Caminhando para casa ia ele formando projetos: via-se casado com ela, amado e amante, causando inveja a todos, e mais que tudo feliz no seu interior.

Quando chegou a casa, lembrou-se de escrever uma carta que mandaria no dia seguinte a Meneses. Escreveu cinco e rasgou-as todas.

Afinal redigiu um simples bilhete nestes termos:

"Meu amigo. — Você tem razão; na minha idade crê-se; eu creio e amo. Nunca o pensei; mas é verdade. Amo... Quer saber a quem? Hei de apresentá-lo em casa dela. Há de achá-la bonita... Se o é!..."

A carta dizia muitas cousas mais; era tudo, porém, uma glosa do mesmo mote.

Estêvão voltou à casa de Madalena e as suas visitas começaram a ser regulares e assíduas.

A viúva usava para com ele de tanta solicitude que não era possível duvidar do sentimento que a dirigia. Pelo menos Estêvão assim o pensava. Achava-a quase sempre só, e deliciava-se em ouvi-la. A intimidade começou a estabelecer-se.

Logo na segunda visita, Estêvão falou-lhe em Meneses pedindo licença para apresenta-lo. A viúva disse que teria muito prazer em receber amigos de Estêvão; mas pedia-lhe que adiasse a apresentação. Todos os pedidos e todas as razões de Madalena eram dignas para o médico; não disse mais nada.

Como era natural, ao passo que as visitas à viúva eram mais assíduas, as visitas ao amigo eram mais raras.

Meneses não se queixou; compreendeu, e disse-o ao rapaz.

— Não se desculpe, acrescentou o deputado; é natural; a amizade deve ceder o passo ao amor. O que eu quero é que seja feliz.

Um dia Estêvão pediu ao amigo que lhe contasse o motivo que o tinha feito descrer do amor, e se algum grande infortúnio lhe havia acontecido.

— Nada me aconteceu, disse Meneses.

Mas ao mesmo tempo, compreendendo que o médico merecia-lhe toda a confiança, e podia não acreditá-lo absolutamente, disse:

— Por que negá-lo? Sim, aconteceu-me um grande infortúnio; amei também, mas não encontrei no amor as doçuras e a dignidade do sentimento; enfim, é um drama íntimo de que não quero falar: limite-se a pateá-lo.

VII

— Quando quiser que eu lhe apresente o meu amigo Meneses... dizia Estêvão uma noite à viúva Madalena.

— Ah! é verdade; um dia destes. Vejo que o senhor é amigo dele.

— Somos amigos íntimos.

— Verdadeiros?

— Verdadeiros.

Madalena sorriu; e como estava brincando com os cabelos do filho deu-lhe um beijo na testa.

A criança riu alegremente e abraçou a mãe.

A idéia de vir a ser pai honorário do pequeno apresentou-se ao espírito de Estêvão. Contemplou-o, chamou por ele, acariciou-o e deu-lhe um beijo no mesmo lugar em que pousaram os lábios de Madalena.

Estêvão tocava piano, e às vezes executava algum pedaço de música a pedido de Madalena.

Nessas e noutras distrações lá passavam as horas.

O amor não adiantava um passo.

Podiam ser ambos duas crateras prestes a rebentar a lava, mas até então não davam o menor sinal de si.

Esta situação incomodava o rapaz, acanhava-o, e fazia-o sofrer; mas quando ele pensava em dar um ataque decisivo, era exatamente quando se mostrava mais cobarde e poltrão.

Era o primeiro amor do rapaz: ele nem conhecia as palavras próprias desse sentimento.

Um dia resolveu escrever à viúva.

— É melhor, pensava ele; uma carta é eloqüente e tem a grande vantagem de deixar a gente longe.

Entrou para o gabinete e começou uma carta.

Gastou nisso uma hora; cada frase ocupava-lhe muito tempo. Estêvão queria fugir à hipótese de ser classificado como tolo ou como sensual. Queria que a carta não respirasse sentimentos frívolos nem maus: queria revelar-se puro como era.

Mas de que não dependem às vezes os acontecimentos? Estêvão estava relendo e emendando a carta quando lhe entrou por casa um rapazola que tinha intimidade com ele. Chamava-se Oliveira e passava por ser o primeiro janota do Rio de Janeiro.

Entrou com um rolo de papel na mão.

Estêvão escondeu rapidamente a carta.

— Adeus, Estêvão! disse o recém-chegado. Estavas escrevendo algum libelo ou carta de namoro?

— Nem uma nem outra cousa, respondeu Estêvão secamente.

— Dou-te uma notícia.

— Que é?

— Entrei na literatura.

— Ah!

— É verdade, e venho ler-te a primeira comédia.

— Deus me livre! disse Estêvão levantando-se.

— Hás de ouvir, meu amigo; ao menos algumas cenas; dar-se-á caso que não me protejas nas letras? Anda cá; ao menos duas cenas. Sim? É pouca cousa.

Estêvão sentou-se.

O dramaturgo continuou:

— Talvez prefiras ouvir a minha tragédia intitulada — *O punhal de Bruto*...

— Não, não; prefiro a comédia: é menos sanguinária. Vamos lá.

O Oliveira abriu o rolo, arranjou as folhas, tossiu e começou a ler o que se segue, com voz pausada e fanhosa:

CENA I.

CÉSAR *(entrando pela direita)*, JOÃO *(pela esquerda)*.

CÉSAR.

"Fechada! A sinhá já se levantou?

JOÃO.

Já, sim senhor; mas está incomodada.

CÉSAR.

"O que tem?

JOÃO.

"Tem... está incomodada.

CÉSAR.

"Já sei. *(Consigo).* Os incômodos do costume. *(A João),* Qual é então o remédio hoje?

JOÃO.

"O remédio? *(Depois de uma pausa).* Não sei.

CÉSAR.

"Está bom, vai-te!

CENA II.

CÉSAR, FREITAS *(pela direita).*

CÉSAR.

"Bom dia, Sr. procurador...

FREITAS.

"De causas perdidas. Só me ocupo em procurar as perdidas. Procurar o que se não perdeu é tolice. A minha constituinte?

CÉSAR.

"Disse-me o João que está incomodada.

FREITAS.

"Mesmo para V.Sª?

CÉSAR *(sentando-se).*

"Mesmo para mim. Por que me olha com esse olhar? Tem inveja?

FREITAS.

"Não é inveja, é admiração! De ordinário ninguém corresponde ao nome que recebeu na pia; mas o Sr. César, benza-o Deus, não desmente que traz um nome significativo, e trata de ser nas páginas amorosas o que foi o outro nas batalhas campais.

CÉSAR.

"Pois também os procuradores dizem cousas destas?

FREITAS.

"De vez em quando. *(Indo sentar-se).* V. Sª admira-se?

CÉSAR *(tirando charutos).*

"Como não é de costume... Quer um charuto?

FREITAS.

"Obrigado... Eu tomo rapé. *(Tira a boceta).* Quer uma pitada?

CÉSAR.

"Obrigado.

FREITAS *(sentando-se).*

"Pois a causa da minha constituinte vai às mil maravilhas. A parte contrária requereu assinação de dez dias, mas eu vou...

CÉSAR.

"Está bom, Sr. Freitas, eu dispenso o resto; ou então não me fale linguagem do foro. Em resumo, ela vence?

FREITAS.

"Está claro. Tratando provar que...

CÉSAR.

“Vence, é quanto basta.

FREITAS.

“Pudera não vencer! Pois se eu ando nisto...

CÉSAR.

“Tanto melhor!

FREITAS.

“Ainda não me lembro de ter perdido uma só causa: isto é, já perdi uma, mas é porque nas vésperas de ganhar disse-me o constituinte que desejava perdê-la. Dito e feito. Provei o contrário do que já tinha provado, e perdi... ou antes, ganhei, porque perder assim é ganhar.

CÉSAR.

“É a fênix dos procuradores.

FREITAS *(modestamente)*.

“São os seus bons olhos...

CÉSAR.

“Mas a consciência?

FREITAS.

“Quem é a consciência?

CÉSAR.

“A consciência, a sua consciência?

FREITAS.

“A minha consciência? Ah! essa também ganha.

CÉSAR *(levantando-se).*

"Ah! também?...

FREITAS *(o mesmo).*

"Tem V. Sª alguma demandazinha?

CÉSAR

"Não, não, não tenho; mas, quando tiver, fique descansado, vou bater à sua porta...

FREITAS.

"Sempre às ordens de V. Sª"

VIII

Estêvão interrompeu violentamente a leitura, o que desgostou bastante ao poeta novel. O pobre candidato às musas mal pôde balbuciar uma súplica; Estêvão mostrou-se surdo, e o mais que lhe concedeu foi ficar com a comédia para lê-la depois.

Oliveira contentou-se com isso; mas não se retirou sem recitar-lhe de cor uma fala do protagonista da tragédia, em versos duros e compridos, dando-lhe por quebra uma estrofe de uma poesia lírica, no estilo dos *Djinns* de Victor Hugo.

Enfim saiu.

Entretanto havia passado o tempo.

Estêvão releu a carta e quis ainda mandá-la; mas a interrupção do poeta fora proveitosa; relendo a carta, Estêvão achou-a fria e nula; a linguagem era ardente, mas não lhe correspondia ao fogo do coração.

— É inútil, disse ele rasgando a carta em pedaços, a língua humana há de ser sempre impotente para exprimir certos afetos da alma; tudo aquilo era frio e diferente do que sinto. Estou condenado a não dizer nada ou a dizer mal. Ao pé dela não tenho forças, sinto-me fraco...

Estêvão parou diante da janela que dava para a rua, no momento em que passava um antigo colega dele, com a mulher de braço, a mulher que era bonita, e com quem se casara um mês antes.

Os dous iam alegres e felizes.

Estêvão contemplou aquele quadro com adoração e tristeza. O casamento já não era para ele aquele impossível de que falava quando apenas tinha idéias e não sentimentos. Agora era uma ventura realizável.

O casal que passara dera-lhe nova força.

— É preciso acabar com isto, dizia ele; eu não posso deixar de ir àquela mulher e dizer-lhe que a amo, que a adoro, que desejo ser seu marido. Ela amar-me-á, se já me não ama: sim, ama-me...

E começou a vestir-se.

Quando calçava as luvas e lançava um olhar para o relógio, o criado trouxe-lhe uma carta.

Era de Madalena.

"Espero, meu caro doutor, que não deixe de vir hoje; esperei-o ontem em vão. Desejo falar-lhe."

Estêvão acabou de ler este bilhete na escada, com tal pressa descia e tal urgência tinha de achar-se em casa da viúva.

O que ele não queria era perder aquele assomo de coragem.

Partiu.

Quando chegou à casa de Madalena achava-se esta à janela. Recebeu-o com a costumada afabilidade. Estêvão desculpou-se como pôde por não ter podido vir na véspera, acrescentando que só com desgosto do seu coração havia faltado.

Que melhor ocasião do que era essa para lançar a bomba de uma declaração franca e apaixonada? Estêvão hesitou alguns segundos; mas tomando ânimo, ia continuar o período, quando a viúva lhe disse:

— Estava ansiosa por vê-lo para comunicar-lhe uma cousa de certa importância, e que só a um homem de honra, como o senhor, se pode confiar.

Estêvão empalideceu.

— Sabe onde foi que eu o vi pela primeira vez?

— No baile de ***.

— Não; foi antes disso; foi no teatro Lírico.

— Ah!

— Lá o vi com o seu amigo Meneses.

— Fomos algumas vezes lá!

Madalena entrou então em uma longa exposição, que o rapaz ouviu sem pestanejar, mas pálido e agitado por comoções íntimas. As últimas palavras da viúva foram estas:

— Bem vê, senhor; cousas destas só uma grande alma pode ouvi-las. As pequenas não as compreendem. Se lhe mereço alguma cousa, e se esta confiança pode ser paga com um benefício, peço-lhe que faça o que lhe pedi.

O médico passou a mão pelos olhos, e apenas murmurou:

— Mas...

Neste momento entrava na sala o filhinho de Madalena; a viúva levantou-se e trouxe-o pela mão até o lugar onde se achava Estêvão Soares.

— Se não por mim, disse ela, ao menos por esta criança inocente!

A criança, sem nada compreender, atirou-se aos braços de Estêvão. O moço deu-lhe um beijo na testa, e disse para a viúva:

— Se hesitei não foi porque duvidasse do que a senhora acaba de contar-me; foi porque a missão é espinhosa; mas prometo que hei de cumpri-la.

IX

Estêvão saiu da casa da viúva agitado por diversos sentimentos, com passo trêmulo e a vista turva. A conversa com a viúva fora um longo combate; a última promessa foi um golpe decisivo e mortal. Estêvão saía dali como um homem que acabava de matar as suas esperanças em flor; caminhava ao acaso, precisava de ar e queria meter-se em um quarto sombrio; quisera ao mesmo tempo estar solitário e no meio de imensa multidão.

No caminho encontrou Oliveira, o poeta novel.

Lembrou-se que a leitura da comédia impedira a remessa da carta, e portanto poupou-lhe um tristíssimo desengano.

Estêvão involuntariamente abraçou o poeta com toda a efusão d'alma.

Oliveira correspondeu ao abraço, e quando pôde desligar-se do médico, disse-lhe:

— Obrigado, meu amigo; estas manifestações são muito honrosas para mim; sempre te conheci como um perfeito juiz literário, e a prova que acabas de dar-me é uma consolação e uma animação; consola-me do que tenho sofrido, anima-me para novos cometimentos. Se Torquato Tasso...

Diante desta ameaça de discurso, e sobretudo vendo a interpretação do seu abraço, Estêvão resolveu-se a continuar caminho abandonando o poeta.

— Adeus, tenho pressa.

— Adeus, obrigado!

Estêvão chegou a casa e atirou-se à cama. Ninguém o soube nunca, só as paredes do quarto foram testemunhas; mas a verdade é que Estêvão chorou lágrimas amargas.

Enfim que lhe dissera Madalena e que exigira dele?

A viúva não era viúva; era mulher de Meneses; viera do Norte meses antes do marido, que só veio como deputado; Meneses [,] que a amava doudamente, e que era amado com igual delírio, acusava-a de infidelidade; uma carta e um retrato eram os indícios: ela negou, mas explicou-se mal; o marido separou-se e mandou-a para o Rio de Janeiro.

Madalena aceitou a situação com resignação e coragem: não murmurou nem pediu; cumpriu a ordem do marido.

Todavia Madalena não era criminosa; o seu crime era uma aparência; estava condenada por fidelidade de honra. A carta e o retrato não lhe pertenciam; eram apenas um depósito imprudente e fatal. Madalena podia dizer tudo, mas era trair uma promessa; não quis; preferiu que a tempestade doméstica caísse unicamente sobre ela.

Agora, porém, a necessidade do segredo expirara; Madalena recebeu do Norte uma carta em que a amiga, no leito da morte, pedia que inutilizasse a carta e o retrato, ou os restituísse ao homem que lhos dera. Esta carta era uma justificação.

Madalena podia mandar a carta ao marido, ou pedir-lhe uma entrevista; mas receiava tudo; sabia que seria inútil, porque Meneses era extremamente severo.

Vira o médico uma noite no teatro em companhia de seu marido; indagara e soube que eram amigos; pedia-lhe pois que fosse mediador entre os dous, que a salvasse e que reconstruísse uma família.

Não era pois somente o amor de Estêvão que sofria; era também o seu amor-próprio. Estêvão facilmente compreendeu que não fora atraído àquela casa para outra cousa. É verdade que a carta só chegara na véspera; mas a carta apenas vinha apressar a resolução. Naturalmente Madalena pedir-lhe-ia, sem haver carta, algum serviço análogo àquele.

Se se tratasse de qualquer outro homem, Estêvão recusaria o serviço que lhe pedia a *viúva;* mas tratava-se do seu amigo, de um homem a quem ele devia estima e serviços de amizade.

Aceitou, pois, a cruel missão.

— Cumpra-se o destino, disse ele; hei de ir lançar a mulher que amo aos braços de outro; e por desgraça maior, em vez de gozar com este restabelecimento de concórdia doméstica, vejo-me na dura situação de amar a mulher do meu amigo, isto é, de fugir para longe...

Estêvão não saiu mais de casa nesse dia.

Quis escrever ao deputado contando-lhe tudo: mas pensou que o melhor era falar-lhe de viva voz. Embora lhe custasse mais, era de mais efeito para o desempenho da sua promessa.

Adiou, porém, para o dia seguinte, ou antes para o mesmo dia, porque a noite não lhe interrompeu o tempo, visto que Estêvão não dormiu um minuto sequer.

X

Levantou-se da cama o pobre namorado sem ter conseguido dormir. Vinha nascendo o sol.

Quis ler os jornais e pediu-os.

Já os ia pondo de lado, por haver acabado de ler, quando repentinamente viu o seu nome impresso no *Jornal do Comércio.*

Era um artigo *a pedido* com o título de *Uma obra-prima.*

Dizia o artigo:

"Temos o prazer de anunciar ao país o próximo aparecimento de uma excelente comédia, estréia de um jovem literato fluminense, de nome Antônio Carlos de Oliveira.

"Este robusto talento, por muito tempo incógnito, vai enfim entrar nos mares da publicidade, e para isso procurou logo ensaiar-se em uma obra de certo vulto.

"Consta-nos que o autor, solicitado por seus numerosos amigos, leu há dias a comédia em casa do Sr. Dr. Estêvão Soares, diante de um luzido auditório, que aplaudiu muito e profetizou no Sr. Oliveira um futuro Shakspeare.

"O Sr. Dr. Estêvão Soares levou a sua amabilidade a ponto de pedir a comédia para ler segunda vez, e ontem ao encontrar-se na rua com o Sr. Oliveira, de tal entusiasmo vinha possuído que o abraçou estreitamente, com grande pasmo dos numerosos transeuntes.

"Da parte de um juiz tão competente em matérias literárias este ato é honroso para o Sr. Oliveira.

"Estamos ansiosos por ler a peça do Sr. Oliveira, e ficamos certo de que ela fará fortuna de qualquer teatro.

"O AMIGO DAS LETRAS."

Estêvão, apesar dos sentimentos que o agitavam então, enfureceu-se com o artigo que acabava de ler. Não havia dúvida que o autor dele era o próprio autor da comédia. O abraço da véspera fora mal interpretado, e o poetastro aproveitava-o em seu favor. Se ao menos não falasse no nome de Estêvão, este poderia desculpar a vaidadezinha do escritor. Mas o nome ali estava como cúmplice da obra.

Pondo de lado o *Jornal do Comércio,* Estêvão lembrou-se de protestar, e ia já escrever um artigo quando recebeu uma cartinha de Oliveira.

Dizia a carta:

"Meu Estevão. — Lembrou-se um amigo meu de escrever alguma cousa a propósito da minha peça. Expliquei-lhe como se dera a leitura em tua casa, e disse-lhe como é que, apesar do vivo desejo que tinhas de ouvir lê-la, interrompeste-me para ir cuidar de um doente. Apesar de tudo isto, o meu referido amigo contou hoje no *Jornal do Comércio* a história *alterando um pouco a verdade.* Desculpa-o; é a linguagem da amizade e da benevolência.

"Ontem entrei para casa tão orgulhoso com o teu abraço que escrevi uma ode, e assim manifestou-se em mim a veia lírica, depois da cômica e da trágica. Aí te mando o rascunho; se não prestar, rasga-a."

A carta tinha, por engano, a data da véspera.

A ode era muito comprida; Estêvão nem a leu, atirou-a para um canto.

A ode começava assim:

Sai do teu monte, ó musa!
Vem inspirar a lira do poeta;
Enche de luz a minha fronte ousada,
E mandemos aos evos,
Nas asas de uma estrofe ingente e altíssona,
Do caro amigo o animador abraço!

Não canto os altos feitos
De Aquiles, nem traduzo os sons tremendos
Dos rufos marciais enchendo os campos!
Outro assunto me inspira.
Não canto a espada que dá morte e campa;
Canto o abraço que dá vida e glória!

XI

Como havia prometido, Estêvão foi logo procurar o deputado Meneses. Em vez de ir direito ao fim, quis antes sondá-lo a respeito do seu passado. Era a primeira vez que o moço tocava em tal. Meneses não desconfiou, estranhou; mas tal confiança tinha nele que não recusou nada.

— Sempre imaginei, dissera-lhe Estêvão, que há na sua vida um drama. É talvez engano meu, mas a verdade é que ainda não perdi a idéia.

— Há, com efeito, um drama; mas um drama pateado. Não sorria; é assim. Que supõe então?

— Não suponho nada; imagino que...

— Pede dramas a um homem político?

— Por que não?

— Eu lhe digo. Sou político e não sou. Não entrei na vida pública por vocação; entrei como se entra em uma sepultura: para dormir melhor. Por que o fiz? A razão é o drama de que me fala.

— Uma mulher, talvez...

— Sim, uma mulher.

— Talvez mesmo, disse Estêvão procurando sorrir, talvez uma esposa.

Meneses estremeceu e olhou para o amigo, espantado e desconfiado.

— Quem lho disse?

— Pergunto.

— Uma esposa, sim; mas não lhe direi mais nada. É a primeira pessoa que ouve tanta cousa de mim. Deixemos o passado que morreu: *parce sepultis.*[18]

— Conforme, disse Estêvão; e se eu pertencer a uma seita filosófica que pretenda ressuscitar os mortos, mesmo quando é um passado...

— As suas palavras, ou querem dizer muito, ou nada. Qual é a sua intenção?

— A minha intenção não é ressuscitar o passado unicamente; é repará-lo, é restaurá-lo em todo o seu esplendor, com toda a legitimidade do seu direito; o meu fim é dizer-lhe, meu caro amigo, que a mulher condenada é uma mulher inocente.

Ouvindo estas palavras Meneses deu um pequeno grito.

Depois levantando-se com rapidez pediu a Estêvão que lhe dissesse o que sabia e como sabia.

Estêvão referiu tudo.

Quando concluiu a sua narração, o deputado abanou a cabeça com aquele último sintoma de incredulidade que é ainda um eco das grandes catástrofes domésticas.

Mas Estêvão ia armado contra as objeções do marido. Protestou energicamente pela defesa da mulher; instou pelo cumprimento do dever.

A última resposta de Meneses foi esta:

— Meu caro Estêvão, a mulher de César nem deve ser suspeitada. Acredito em tudo; mas o que está feito, está feito.

— O princípio é cruel, meu amigo.

— É fatal.

Estêvão saiu.

Ficando só, Meneses caiu em profunda meditação; ele acreditava em tudo, e amava a mulher; mas não acreditava que os belos dias pudessem voltar.

Recusando, pensava ele, era ficar no túmulo em que tivera tão brando sono.

Estêvão, porém, não desanimou.

Quando entrou em casa, escreveu uma longa carta ao deputado exortando-o a que restaurasse a família um momento separada e desfeita. Estêvão era eloqüente; o coração de Meneses com pouco se contentava.

Enfim, nesta missão diplomática, o médico houve-se com suprema habilidade. No fim de alguns dias dissipara-se a nuvem do passado, e o casal reunira-se.

Como?

18. Latim: “poupa os mortos”.

Madalena soube das disposições de Meneses e recebeu o anúncio de uma visita de seu marido.

Quando o deputado preparava-se para sair, vieram dizer-lhe que uma senhora o procurava.

A senhora era Madalena.

Meneses nem quis abraçá-la; ajoelhou-se-lhe aos pés.

Tudo estava esquecido.

Quiseram celebrar a reconciliação, e Estêvão foi convidado para lá passar o dia em companhia dos seus amigos, que lhe deviam a felicidade.

Estêvão não foi.

Mas no dia seguinte Meneses recebeu este bilhete:

"Desculpe, meu amigo, se não vou despedir-me pessoalmente. Sou abrigado a partir repentinamente para Minas. Voltarei daqui a alguns meses.

"Estimo que sejam felizes, e espero que não se esqueçam de mim."

Meneses foi apressadamente à casa de Estêvão, e ainda o achou preparando as malas.

Achou singular a viagem, e mais singular o bilhete; mas o médico não revelou por modo nenhum o verdadeiro motivo da sua partida.

Quando Meneses voltou, comunicou à mulher as suas impressões; e perguntou se ela compreendia aquilo.

— Não, respondeu Madalena.

Mas tinha compreendido enfim.

— Nobre alma! disse ela consigo.

Nada disse ao marido; nisso mostrava-se esposa solícita pela tranqüilidade conjugal; mas mostrava-se sobretudo mulher.

Meneses não foi à câmara durante muitos dias, e no primeiro paquete seguiu para o Norte.

A ausência transtornou algumas votações, e a sua partida logrou muitos cálculos.

Mas o homem tem o direito de procurar a sua felicidade e a felicidade de Meneses era independente da política.

O SEGREDO DE AUGUSTA

I

São onze horas da manhã.

D. Augusta Vasconcelos está reclinada sobre um sofá, com um livro na mão. Adelaide, sua filha, passa os dedos pelo teclado do piano.

— Papai já acordou? pergunta Adelaide à sua mãe.

— Não, responde esta sem levantar os olhos do livro.

Adelaide levantou-se e foi ter com Augusta.

— Mas é tão tarde, mamãe, disse ela. São onze horas. Papai dorme muito.

Augusta deixou cair o livro no regaço, e disse olhando para Adelaide:

— É que naturalmente recolheu-se tarde.

— Reparei já que nunca me despeço de papai quando me vou deitar. Anda sempre fora.

Augusta sorriu.

— És uma roceira, disse ela; dormes com as galinhas. Aqui o costume é outro. Teu pai tem que fazer de noite.

— É política, mamãe? perguntou Adelaide.

— Não sei, respondeu Augusta.

Comecei dizendo que Adelaide era filha de Augusta, e esta informação, necessária no romance, não o era menos na vida real em que se passou o episódio que vou contar, porque à primeira vista ninguém diria que havia ali mãe e filha; pareciam duas irmãs, tão jovem era a mulher de Vasconcelos.

Tinha Augusta trinta anos e Adelaide quinze; mas comparativamente a mãe parecia mais moça ainda que a filha. Conservava a mesma frescura dos quinze anos, e tinha de mais o que faltava a Adelaide, que era a consciência da beleza e da mocidade, consciência que seria louvável se não tivesse como conseqüência uma imensa e profunda vaidade. A sua estatura era mediana, mas imponente. Era muito alva e muito corada. Tinha os cabelos castanhos, e os olhos garços. As mãos compridas e bem feitas, pareciam criadas para os afagos de amor. Augusta dava melhor emprego às suas mãos; calçava-as de macia pelica.

As graças de Augusta estavam todas em Adelaide, mas em embrião. Adivinhava-se que aos vinte anos Adelaide devia rivalizar com Augusta; mas por enquanto havia na menina uns restos da infância que não davam realce aos elementos que a natureza pusera nela.

Todavia, era bem capaz de apaixonar um homem, sobretudo se ele fosse poeta, e gostasse das virgens de quinze anos, até porque era um pouco pálida, e os poetas em todos os tempos tiveram sempre queda para as criaturas descoradas.

Augusta vestia com suprema elegância; gastava muito, é verdade; mas aproveitava bem as enormes despesas, se acaso é isso aproveitá-las. Deve-se fazer-lhe uma justiça; Augusta não regateava nunca; pagava o preço que lhe pediam por qualquer cousa. Punha nisso a sua grandeza, e achava que o procedimento contrário era ridículo e de baixa esfera.

Neste ponto Augusta partilhava os sentimentos e servia aos interesses de alguns mercadores, que entendem ser uma desonra abater alguma cousa no preço das suas mercadorias.

O fornecedor de fazendas de Augusta, quando falava a este respeito, costumava dizer-lhe:

— Pedir um preço e dar a fazenda por outro preço menor, é confessar que havia intenção de esbulhar o freguês.

O fornecedor preferia fazer a cousa sem a confissão.

Outra justiça que devemos reconhecer era que Augusta não poupava esforços para que Adelaide fosse tão elegante como ela.

Não era pequeno o trabalho.

Adelaide desde a idade de cinco anos fora educada na roça em casa de uns parentes de Augusta, mais dados ao cultivo do café que às despesas do vestuário. Adelaide foi educada nesses hábitos e nessas idéias. Por isso quando chegou à corte, onde se reuniu à família, houve para ela uma verdadeira transformação. Passava de uma civilização para outra; viveu numa hora uma longa série de anos. O que lhe valeu é que tinha em sua mãe uma excelente mestra. Adelaide reformou-se, e no dia em que começa esta narração já era outra; todavia estava ainda muito longe de Augusta.

No momento em que Augusta respondia à curiosa pergunta de sua filha acerca das ocupações de Vasconcelos, parou um carro à porta.

Adelaide correu à janela.

— É D. Carlota, mamãe, disse a menina voltando-se para dentro.

Daí a alguns minutos entrava na sala a D. Carlota em questão. Os leitores ficarão conhecendo esta nova personagem com a simples indicação de que era um segundo volume de Augusta; bela, como ela; elegante, como ela; vaidosa, como ela.

Tudo isto quer dizer que eram ambas as mais afáveis inimigas que podem haver neste mundo.

Carlota vinha pedir a Augusta para ir cantar num concerto que ia dar em casa, imaginado por ela para o fim de inaugurar um magnífico vestido novo.

Augusta de boa vontade acedeu ao pedido.

— Como está seu marido? perguntou ela a Carlota.

— Foi para a praça; e o seu?

— O meu dorme.

— Como um justo? perguntou Carlota sorrindo maliciosamente.

— Parece, respondeu Augusta.

Neste momento, Adelaide, que por pedido de Carlota tinha ido tocar um noturno ao piano, voltou para o grupo.

A amiga de Augusta perguntou-lhe:

— Aposto que já tem algum noivo em vista?

A menina corou muito, e balbuciou:

— Não fale nisso.

— Ora, há de ter! Ou então aproxima-se da época em que há de ter um noivo, e eu já lhe profetizo que há de ser bonito...

— É muito cedo, disse Augusta.

— Cedo!

— Sim, está muito criança; casar-se-á quando for tempo, e o tempo está longe...

— Já sei, disse Carlota rindo, quer prepará-la bem... Aprovo-lhe a intenção. Mas nesse caso não lhe tire as bonecas.

— Já não as tem.

— Então é difícil impedir os namorados. Uma cousa substitui a outra.

Augusta sorriu, e Carlota levantou-se para sair.

—Já? disse Augusta.

— É preciso; adeus!

— Adeus!

Trocaram-se alguns beijos e Carlota saiu logo.

Logo depois chegaram dous caixeiros: um com alguns vestidos e outro com um romance: eram encomendas feitas na véspera. Os vestidos eram caríssimos, e o romance tinha este título: *Fanny,* por Emesto Feydeau.

II

Pela uma hora da tarde do mesmo dia levantou-se Vasconcelos da cama.

Vasconcelos era um homem de quarenta anos, bem apessoado, dotado de um maravilhoso par de suíças grisalhas, que lhe davam um ar de diplomata, cousa de que estava afastado umas boas cem léguas. Tinha a cara risonha e expansiva; todo ele respirava uma robusta saúde.

Possuía uma boa fortuna e não trabalhava, isto é, trabalhava muito na destruição da referida fortuna, obra em que sua mulher colaborava conscienciosamente.

A observação de Adelaide era verídica; Vasconcelos recolhia-se tarde; acordava sempre depois do meio-dia; e saía às ave-marias para voltar na madrugada seguinte. Quer dizer que fazia com regularidade algumas pequenas excursões à casa da família.

Só uma pessoa tinha o direito de exigir de Vasconcelos mais alguma assiduidade em casa: era Augusta; mas ela nada lhe dizia. Nem por isso se davam mal, porque o marido em compensação da tolerância de sua esposa não lhe negava nada, e todos os caprichos dela eram de pronto satisfeitos.

Se acontecia que Vasconcelos não pudesse acompanhá-la a todos os passeios e bailes, incumbia-se disso um irmão dele, comendador de duas ordens, político de oposição, excelente jogador de voltarete, e homem amável nas horas vagas, que eram bem poucas. O irmão Lourenço era o que se pode chamar um irmão terrível. Obedecia a todos os desejos da cunhada, mas não poupava de quando em quando um sermão ao irmão. Boa semente que não pegava.

Acordou, pois, Vasconcelos, e acordou de bom humor. A filha alegrou-se muito ao vê-lo, e ele mostrou-se de uma grande afabilidade com a mulher, que lhe retribuiu do mesmo modo.

— Por que acorda tão tarde? perguntou Adelaide acariciando as suíças de Vasconcelos.

— Porque me deito tarde.

— Mas por que se deita tarde?

— Isso agora é muito perguntar! disse Vasconcelos sorrindo.

E continuou:

— Deito-me tarde porque assim o pedem as necessidades políticas. Tu não sabes o que é política; é uma cousa muito feia, mas muito necessária.

— Sei o que é política, sim! disse Adelaide.

— Ah! explica-me lá então o que é.

— Lá na roça, quando quebraram a cabeça ao juiz de paz, disseram que era por política; o que eu achei esquisito, porque a política seria não quebrar a cabeça...

Vasconcelos riu muito com a observação da filha, e foi almoçar, exatamente quando entrava o irmão, que não pôde deixar de exclamar:

— A boa hora almoças tu!

— Aí vens tu com as tuas reprimendas. Eu almoço quando tenho fome... Vê se me queres agora escravizar às horas e às denominações. Chama-lhe almoço ou *lunch,* a verdade é que estou comendo.

Lourenço respondeu com uma careta.

Terminado o almoço, anunciou-se a chegada do Sr. Batista. Vasconcelos foi recebê-lo no gabinete particular.

Batista era um rapaz de vinte e cinco anos; era o tipo acabado do pândego; excelente companheiro numa ceia de sociedade equívoca, nulo conviva numa sociedade honesta. Tinha chiste e certa inteligência, mas era preciso que estivesse em clima próprio para que se lhe desenvolvessem essas qualidades. No mais era bonito; tinha um lindo bigode; calçava botins do Campas, e vestia no mais apurado gosto; fumava tanto como um soldado e tão bem como um lorde.

— Aposto que acordaste agora? disse Batista entrando no gabinete do Vasconcelos.

— Há três quartos de hora; almocei neste instante. Toma um charuto.

Batista aceitou o charuto, e estirou-se numa cadeira americana, enquanto Vasconcelos acendia um fósforo.

— Viste o Gomes? perguntou Vasconcelos.

— Vi-o ontem. Grande notícia: rompeu com a sociedade.

— Deveras?

— Quando lhe perguntei por que motivo ninguém o via há um mês, respondeu-me que estava passando por uma transformação, e que do Gomes que foi só ficará lembrança. Parece incrível; mas o rapaz fala com convicção.

— Não creio; aquilo é alguma caçoada que nos quer fazer. Que novidades há?

— Nada; isto é, tu é que deves saber alguma cousa.

— Eu, nada...

— Ora essa! não foste ontem ao Jardim?

— Fui, sim; houve uma ceia...

— De família, sim. Eu fui ao Alcazar. A que horas acabou a reunião?

— Às quatro da manhã...

Vasconcelos estendeu-se numa rede, e a conversa continuou por esse tom, até que um moleque veio dizer a Vasconcelos que estava na sala o Sr. Gomes.

— Eis o homem! disse Batista.

— Manda subir, ordenou Vasconcelos.

O moleque desceu para dar o recado; mas só um quarto de hora depois é que Gomes apareceu, por demorar-se algum tempo em baixo conversando com Augusta e Adelaide.

— Quem é vivo sempre aparece, disse Vasconcelos ao avistar o rapaz.

— Não me procuram... disse ele.

— Perdão; eu já lá fui duas vezes, e disseram-me que havias saído.

— Só por grande fatalidade, porque eu quase nunca saio.

— Mas então estás completamente ermitão?

— Estou crisálida; vou reaparecer borboleta, disse Gomes sentando-se.

— Temos poesia... Guarda debaixo, Vasconcelos...

O novo personagem, o Gomes tão desejado e tão escondido, representava ter cerca de trinta anos. Ele, Vasconcelos e Batista eram a trindade do prazer e da dissipação, ligada por uma indissolúvel amizade. Quando Gomes, cerca de um mês antes, deixou de aparecer nos círculos do costume, todos repararam nisso, mas só Vasconcelos e Batista sentiram deveras. Todavia, não insistiram muito em arrancá-lo à solidão, somente pela consideração de que talvez houvesse nisso algum interesse do rapaz.

Gomes foi portanto recebido como um filho pródigo.

— Mas onde te meteste? que é isso de crisálida e de borboleta? Cuidas que eu sou do mangue?

— É o que lhes digo, meus amigos. Estou criando asas.

—Asas! disse Batista sufocando uma risada.

— Só se são asas de gavião para cair...

— Não, estou falando sério.

E com efeito Gomes apresentava um ar sério e convencido.

Vasconcelos e Batista olharam um para o outro.

— Pois se é verdade isso que dizes, explica-nos lá que asas são essas, e sobretudo para onde é que queres voar.

A estas palavras de Vasconcelos, acrescentou Batista:

— Sim, deves dar-nos uma explicação, e se nós que somos o teu conselho de família, acharmos que a explicação é boa, aprovamo-la; senão, ficas sem asas, e ficas sendo o que sempre foste...

— Apoiado, disse Vasconcelos.

— Pois é simples; estou criando asas de anjo, e quero voar para o céu do amor.

— Do amor! disseram os dous amigos de Gomes.

— É verdade, continuou Gomes. Que fui eu até hoje? Um verdadeiro estróina, um perfeito pândego, gastando às mãos largas a minha fortuna e o meu coração. Mas isto é bastante para encher a vida? Parece que não...

— Até aí concordo... isso não basta; é preciso que haja outra cousa; a diferença está na maneira de...

— É exato, disse Gomes;[19] é exato; é natural que vocês pensem de modo diverso, mas eu acho que tenho razão em dizer que sem o amor casto e puro a vida é um puro deserto.

19. Nas edições Garnier, por evidente lapso, está: Vasconcellos.

Batista deu um pulo...

Vasconcelos fitou os olhos em Gomes:

— Aposto que vais casar? disse-lhe.

— Não sei se vou casar; sei que amo, e espero acabar por casar-me com a mulher a quem amo.

— Casar! exclamou Batista.

E soltou uma estridente gargalhada.

Mas Gomes falava tão seriamente, insistia com tanta gravidade naqueles projetos de regeneração, que os dous amigos acabaram por ouvi-lo com igual seriedade.

Gomes falava uma linguagem estranha, e inteiramente nova na boca de um rapaz que era o mais doudo e ruidoso nos festins de Baco e de Citera.[20]

— Assim, pois, deixas-nos? perguntou Vasconcelos.

— Eu? Sim e não; encontrar-me-ão nas salas; nos hotéis e nas casas equívocas, nunca mais.

— *De profundis*... cantarolou Batista.

— Mas afinal de contas, disse Vasconcelos, onde está a tua Marion[21]? Pode-se saber quem ela é?

— Não é Marion, é Virgínia... Pura simpatia ao princípio, depois afeição pronunciada, hoje paixão verdadeira. Lutei enquanto pude; mas abati as armas diante de uma força maior. O meu grande medo era não ter uma alma capaz de oferecer a essa gentil criatura. Pois tenho-a, e tão fogosa, e tão virgem como no tempo dos meus dezoito anos. Só o casto olhar de uma virgem poderia descobrir no meu lodo essa pérola divina. Renasço melhor do que era...

— Está claro, Vasconcelos, o rapaz está doudo; mandemo-lo para a Praia Vermelha; e como pode ter algum acesso, eu vou-me embora...

Batista pegou no chapéu.

— Onde vais? disse-lhe Gomes.

— Tenho que fazer; mas logo aparecerei em tua casa; quero ver se ainda é tempo de arrancar-te a esse abismo.

E saiu.

III

Os dous ficaram sós.

— Então é certo que estás apaixonado?

— Estou. Eu bem sabia que vocês dificilmente acreditariam nisto; eu próprio não creio ainda, e contudo é verdade. Acabo por onde tu começaste. Será melhor ou pior? Eu creio que é melhor.

— Tens interesse em ocultar o nome da pessoa?

— Oculto-o por ora a todos, menos a ti.

— É uma prova de confiança...

20. Ilha grega no mar Egeu. Era famosa pelo seu templo a Afrodite, a deusa do amor.

21. Marion Delorme (1613-1650), famosa cortesã francesa, cujo salão era freqüentado por muitas personalidades da época.

Gomes sorriu.

— Não, disse ele, é uma condição *sine qua non;* antes de todos tu deves saber quem é a escolhida do meu coração; trata-se de tua filha.

— Adelaide? perguntou Vasconcelos espantado.

— Sim, tua filha.

A revelação de Gomes caiu como uma bomba. Vasconcelos nem por sombras suspeitava semelhante cousa.

— Este amor é da tua aprovação? perguntou-lhe Gomes.

Vasconcelos refletia, e depois de alguns minutos de silêncio, disse:

— O meu coração aprova a tua escolha; és meu amigo, estás apaixonado, e uma vez que ela te ame...

Gomes ia falar, mas Vasconcelos continuou sorrindo:

— Mas a sociedade?

— Que sociedade?

— A sociedade que nos tem em conta de libertinos, a ti e a mim, é natural que não aprove o meu ato.

— Já vejo que é uma recusa, disse Gomes entristecendo.

— Qual recusa, pateta! É uma objeção, que tu poderás destruir dizendo: a sociedade é uma grande caluniadora e uma famosa indiscreta. Minha filha é tua, com uma condição.

— Qual?

— A condição da reciprocidade. Ama-te ela?

— Não sei, respondeu Gomes.

— Mas desconfias...

— Não sei; sei que a amo e que daria a minha vida por ela, mas ignoro se sou correspondido.

— Hás de ser... Eu me incumbirei de apalpar o terreno. Daqui a dous dias dou-te a minha resposta. Ah! se ainda tenho de ver-te meu genro!

A resposta de Gomes foi cair-lhe nos braços. A cena já roçava pela comédia quando deram três horas. Gomes lembrou-se que tinha *rendez-vous* com um amigo; Vasconcelos lembrou-se que tinha de escrever algumas cartas.

Gomes saiu sem falar às senhoras.

Pelas quatro horas Vasconcelos dispunha-se a sair, quando vieram anunciar-lhe a visita do Sr. José Brito.

Ao ouvir este nome o alegre Vasconcelos franziu o sobrolho.

Pouco depois entrava no gabinete o Sr. José Brito.

O Sr. José Brito era para Vasconcelos um verdadeiro fantasma, um eco do abismo, uma voz da realidade: era um credor.

— Não contava hoje com a sua visita, disse Vasconcelos.

— Admira, respondeu o Sr. José Brito com uma placidez de apunhalar, porque hoje são 21.

— Cuidei que eram 19, balbuciou Vasconcelos.

— Anteontem, sim; mas hoje são 21. Olhe, continuou o credor pegando no *Jornal do Comércio* que se achava numa cadeira: quinta-feira, 21.

— Vem buscar o dinheiro?

— Aqui está a letra, disse o Sr. José Brito tirando a carteira do bolso e um papel da carteira.

— Por que não veio mais cedo? perguntou Vasconcelos, procurando assim espaçar a questão principal.

— Vim às oito horas da manhã, respondeu o credor, estava dormindo; vim às nove, idem; vim às dez, idem; vim às onze, idem; vim ao meio-dia, idem. Quis vir à uma hora, mas tinha de mandar um homem para a cadeia, e não me foi possível acabar cedo. Às três jantei, e às quatro aqui estou.

Vasconcelos puxava o charuto a ver se lhe ocorria alguma idéia boa de escapar ao pagamento com que ele não contava.

Não achava nada; mas o próprio credor forneceu-lhe ensejo.

— Além de que, disse ele, a hora não importa nada, porque eu estava certo de que o senhor me vai pagar.

— Ah! disse Vasconcelos, é talvez um engano; eu não contava com o senhor hoje, e não arranjei o dinheiro...

— Então, como há de ser? perguntou o credor com ingenuidade.

Vasconcelos sentiu entrar-lhe n'alma a esperança.

— Nada mais simples, disse; o senhor espera até amanhã...

— Amanhã, quero assistir à penhora de um indivíduo que mandei processar por uma larga dívida; não posso...

— Perdão, eu levo-lhe o dinheiro à sua casa...

— Isso seria bom se os negócios comerciais se arranjassem assim. Se fôssemos dous amigos é natural que eu me contentasse com a sua promessa, e tudo acabaria amanhã; mas eu sou seu credor, e só tenho em vista salvar o meu interesse... Portanto, acho melhor pagar hoje...

Vasconcelos passou a mão pelos cabelos.

— Mas se eu não tenho! disse ele.

— É uma cousa que o deve incomodar muito, mas que a mim não me causa a menor impressão... isto é, deve causar-me alguma, porque a senhor está hoje em situação precária.

— Eu?

— É verdade; as suas casas da Rua da Imperatriz[22] estão hipotecadas; a da Rua de S. Pedro[23] foi vendida, e a importância já vai longe; os seus escravos têm ido a um e um, sem que o senhor o perceba, e as despesas que o senhor há pouco fez para montar uma casa a certa dama da sociedade equívoca são imensas. Eu sei tudo; sei mais do que o senhor...

Vasconcelos estava visivelmente aterrado.

O credor dizia a verdade.

— Mas enfim, disse Vasconcelos, o que havemos de fazer?

— Uma cousa simples; duplicamos a dívida, e o senhor passa-me agora mesmo um depósito.

22. Atual Rua Camerino.

23. A Rua de São Pedro desapareceu para dar lugar à Av. Presidente Vargas.

— Duplicar a dívida! mas isto é um...

— Isto é uma tábua de salvação; sou moderado. Vamos lá, aceite. Escreva-me aí o depósito, e rasga-se a letra.

Vasconcelos ainda quis fazer objeção; mas era impossível convencer o Sr. José Brito.

Assinou o depósito de dezoito contos.

Quando o credor saiu, Vasconcelos entrou a meditar seriamente na sua vida.

Até então gastara tanto e tão cegamente que não reparara no abismo que ele próprio cavara a seus pés.

Veio porém adverti-lo a voz de um dos seus algozes.

Vasconcelos refletiu, calculou, recapitulou as suas despesas e as suas obrigações, e viu que da fortuna que possuía tinha na realidade menos da quarta parte.

Para viver como até ali vivera, aquilo era nada menos que a miséria.

Que fazer em tal situação?

Vasconcelos pegou no chapéu e saiu.

Vinha caindo a noite.

Depois de andar algum tempo pelas ruas entregue às suas mediações, Vasconcelos entrou no Alcazar.

Era um meio de distrair-se.

Ali encontraria a sociedade do costume.

Batista veio ao encontro do amigo.

— Que cara é essa? disse-lhe.

— Não é nada, pisaram-me um calo, respondeu Vasconcelos, que não encontrava melhor resposta.

Mas um pedicura que se achava perto de ambos ouviu o dito, e nunca mais perdeu de vista o infeliz Vasconcelos, a quem a cousa mais indiferente incomodava. O olhar persistente do pedicura aborreceu-o tanto, que Vasconcelos saiu.

Entrou no Hotel de Milão, para jantar. Por mais preocupado que ele estivesse, a exigência do estômago não se demorou.

Ora, no meio do jantar lembrou-lhe aquilo que não devia ter-lhe saído da cabeça: o pedido de casamento feito nessa tarde por Gomes.

Foi um raio de luz.

— Gomes é rico, pensou Vasconcelos; o meio de escapar a maiores desgostos é este. Gomes casa-se com Adelaide, e como é meu amigo não me negará o que eu precisar. Pela minha parte procurarei ganhar o perdido... Que boa fortuna foi aquela lembrança do casamento!

Vasconcelos comeu alegremente; voltou depois ao Alcazar, onde alguns rapazes e *outras pessoas* fizeram esquecer completamente os seus infortúnios.

Às três horas da noite Vasconcelos entrava para casa com a tranqüilidade e regularidade do costume.

IV

No dia seguinte o primeiro cuidado de Vasconcelos foi consultar o coração de Adelaide. Queria porém fazê-lo na ausência de Augusta. Felizmente esta precisava de ir ver à Rua da Quitanda umas fazendas novas, e saiu com o cunhado, deixando a Vasconcelos toda a liberdade.

Como os leitores já sabem, Adelaide queria muito ao pai, e era capaz de fazer por ele tudo. Era, além disso, um excelente coração. Vasconcelos contava com essas duas forças.

— Vem cá, Adelaide, disse ele entrando na sala; sabes quantos anos tens?

— Tenho quinze.

— Sabes quantos anos tem tua mãe?

— Vinte e sete, não é?

— Tem trinta; quer dizer que tua mãe casou-se com quinze anos.

Vasconcelos parou, a fim de ver o efeito que produziam estas palavras; mas foi inútil a expectativa; Adelaide não compreendeu nada.

O pai continuou:

— Não pensaste no casamento?

A menina corou muito, hesitou em falar, mas como o pai instasse, respondeu:

— Qual, papai! eu não quero casar...

— Não queres casar? É boa! por quê?

— Porque não tenho vontade, e vivo bem aqui.

— Mas tu podes casar e continuar a viver aqui...

— Bem; mas não tenho vontade.

— Anda lá... Amas alguém, confessa.

— Não me pergunte isso, papai... eu não amo ninguém.

A linguagem de Adelaide era tão sincera, que Vasconcelos não podia duvidar.

— Ela fala a verdade, pensou ele; é inútil tentar por esse lado...

Adelaide sentou-se ao pé dele, e disse:

— Portanto, meu paizinho, não falemos mais nisso...

— Falemos, minha filha; tu és criança, não sabes calcular. Imagina que eu e tua mãe morremos amanhã. Quem te há de amparar? Só um marido.

— Mas se eu não gosto de ninguém...

— Por ora; mas hás de vir a gostar se o noivo for um bonito rapaz, de bom coração... Eu já escolhi um que te ama muito, e a quem tu hás de amar.

Adelaide estremeceu.

— Eu? disse ela. Mas... quem é?

— É o Gomes.

— Não o amo, meu pai...

— Agora, creio; mas não negas que ele é digno de ser amado. Dentro de dous meses estás apaixonada por ele.

Adelaide não disse palavra. Curvou a cabeça e começou a torcer nos dedos uma das suas tranças bastas e negras. O seio arfava-lhe com força; a menina tinha os olhos cravados no tapete.

— Vamos, está decidido, não? perguntou Vasconcelos.

— Mas, papai, e se eu for infeliz?...

— Isso é impossível, minha filha; hás de ser muito feliz; e hás de amar muito a teu marido.

— Oh! papai, disse-lhe Adelaide com os olhos rasos de água, peço-lhe que não me case ainda...

— Adelaide, o primeiro dever de uma filha é obedecer a seu pai, e eu sou teu pai. Quero que te cases com o Gomes; hás de casar.

Estas palavras, para terem todo o efeito, deviam ser seguidas de uma retirada rápida. Vasconcelos compreendeu isso, e saiu da sala deixando Adelaide na maior desolação.

Adelaide não amava ninguém. A sua recusa não tinha por ponto de partida nenhum outro amor; também não era resultado de aversão que tivesse pelo seu pretendente.

A menina sentia simplesmente uma total indiferença pelo rapaz.

Nestas condições o casamento não deixava de ser uma odiosa imposição.

Mas que faria Adelaide? a quem recorreria?

Recorreu às lágrimas.

Quanto a Vasconcelos, subiu ao gabinete e escreveu as seguintes linhas ao futuro genro:

"Tudo caminha bem; autorizo-te a vires fazer corte à pequena, e espero que dentro de dous meses o casamento esteja concluído."

Fechou a carta e mandou-a.

Pouco depois voltaram de fora Augusta e Lourenço.

Enquanto Augusta subiu para o quarto da *toilette* para mudar de roupa, Lourenço foi ter com Adelaide, que estava no jardim.

Reparou que ela tinha os olhos vermelhos, e inquiriu a causa; mas a moça negou que fosse de chorar.

Lourenço não acreditou nas palavras da sobrinha, e instou com ela para que lhe contasse o que havia.

Adelaide tinha grande confiança no tio, até por causa da sua rudeza de maneiras. No fim de alguns minutos de instâncias, Adelaide contou a Lourenço a cena com o pai.

— Então, é por isso que estás chorando, pequena?

— Pois então? Como fugir ao casamento?

— Descansa, não te casarás, eu te prometo que não te hás de casar...

A moça sentiu um estremecimento de alegria.

— Promete, meu tio, que há de convencer a papai?

— Hei de vencê-lo ou convencê-lo, não importa; tu não te hás de casar. Teu pai é um tolo.

Lourenço subiu ao gabinete de Vasconcelos, exatamente no momento em que este se dispunha a sair.

— Vais sair? perguntou-lhe Lourenço.

— Vou.

— Preciso falar-te.

Lourenço sentou-se, e Vasconcelos, que já tinha o chapéu na cabeça, esperou de pé que ele falasse.

— Senta-te, disse Lourenço.

Vasconcelos sentou-se.

— Há dezesseis anos...

— Começas de muito longe; vê se abrevias uma meia dúzia de anos, sem o que não prometo ouvir o que me vais dizer.

— Há dezesseis anos, continuou Lourenço, que és casado; mas a diferença entre o primeiro dia e o dia de hoje é grande.

— Naturalmente, disse Vasconcelos. *Tempora mutantur et...*

— Naquele tempo, continuou Lourenço, dizias que encontraras um paraíso, o verdadeiro paraíso, e foste durante dous ou três anos o modelo dos maridos. Depois mudaste completamente; e o paraíso tornar-se-ia verdadeiro inferno se tua mulher não fosse tão indiferente e fria como é, evitando assim as mais terríveis cenas domésticas.

— Mas, Lourenço, que tens com isso?

— Nada; nem é disso que vou falar-te. O que me interessa é que não sacrifiques tua filha por um capricho, entregando-a a um dos teus companheiros de vida solta...

Vasconcelos levantou-se:

— Estás doudo! disse ele.

— Estou calmo, e dou-te o prudente conselho de não sacrificares tua filha a um libertino.

— Gomes não é libertino; teve uma vida de rapaz, é verdade, mas gosta de Adelaide, e reformou-se completamente. É um bom casamento, e por isso acho que todos devemos aceitá-lo. É a minha vontade, e nesta casa quem manda sou eu.

Lourenço procurou falar ainda, mas Vasconcelos já ia longe.

— Que fazer? pensou Lourenço.

V

A oposição de Lourenço não causava grande impressão a Vasconcelos. Ele podia, é verdade, sugerir à sobrinha idéias de resistência; mas Adelaide, que era um espírito fraco, cederia ao último que lhe falasse, e os conselhos de um dia seriam vencidos pela imposição do dia seguinte.

Todavia era conveniente obter o apoio de Augusta. Vasconcelos pensou em tratar disso o mais cedo que lhe fosse possível.

Entretanto, urgia organizar os seus negócios, e Vasconcelos procurou um advogado a quem entregou todos os papéis e informações, encarregando-o de orientá-lo em todas as necessidades da situação, quais os meios que poderia opor em qualquer caso de reclamação por dívida ou hipoteca.

Nada disto fazia supor da parte de Vasconcelos uma reforma de costumes. Preparava-se apenas para continuar a vida anterior.

Dous dias depois da conversa com o irmão, Vasconcelos procurou Augusta, para tratar francamente do casamento de Adelaide.

Já nesse intervalo o futuro noivo, obedecendo ao conselho de Vasconcelos, fazia corte prévia à filha. Era possível que, se o casamento não lhe fosse imposto, Adelaide acabasse por gostar do rapaz. Gomes era um homem belo e elegante; e, além disso, conhecia todos os recursos de que se deve usar para impressionar uma mulher.

Teria Augusta notado a presença assídua do moço? Vasconcelos fazia essa pergunta ao seu espírito no momento em que entrava na *toilette* da mulher.

— Vais sair? perguntou ele.

— Não; tenho visitas.

— Ah! quem?

— A mulher do Seabra, disse ela.

Vasconcelos sentou-se, e procurou um meio de encabeçar a conversa especial que ali o levava.

— Estás muito bonita hoje!

— Deveras? disse ela sorrindo. Pois estou hoje como sempre, e é singular que o digas hoje...

— Não; realmente hoje estás mais bonita do que costumas, a ponto que sou capaz de ter ciúmes...

— Qual! disse Augusta com um sorriso irônico.

Vasconcelos coçou a cabeça, tirou o relógio, deu-lhe corda; depois entrou a puxar as barbas, pegou numa folha, leu dous ou três anúncios, atirou a folha ao chão, e afinal, depois de um silêncio já prolongado, Vasconcelos achou melhor atacar a praça de frente.

— Tenho pensado ultimamente em Adelaide, disse ele.

— Ah! por quê?

— Está moça...

— Moça! exclamou Augusta, é uma criança...

— Está mais velha do que tu quando te casaste...

Augusta franziu ligeiramente a testa.

— Mas então... disse ela.

— Então é que eu desejo fazê-la feliz e feliz pelo casamento. Um rapaz, digno dela a todos os respeitos, pediu-ma há dias, e eu disse-lhe que sim. Em sabendo quem é, aprovarás a escolha; é o Gomes. Casamo-la, não?

— Não! respondeu Augusta.

— Como, não?

— Adelaide é uma criança; não tem juízo nem idade própria... Casar-se-á quando for tempo.

— Quando for tempo? Estás certa se o noivo esperará até que seja tempo?

— Paciência, disse Augusta.

— Tens alguma cousa que notar no Gomes?

— Nada. É um moço distinto; mas não convém a Adelaide.

Vasconcelos hesitava em continuar; parecia-lhe que nada se podia arranjar; mas a idéia da fortuna deu-lhe forças, e ele perguntou:

— Por quê?

— Estás certo de que ele convenha a Adelaide? perguntou Augusta, eludindo a pergunta do marido.

— Afirmo que convém.

— Convenha ou não, a pequena não deve casar já.

— E se ela amasse?...

— Que importa isso? esperaria!

— Entretanto, Augusta, não podemos prescindir deste casamento... É uma necessidade fatal.

— Fatal? não compreendo.

— Vou explicar-me. O Gomes tem uma boa fortuna.

— Também nós temos uma...

— É o teu engano, interrompeu Vasconcelos.

— Como assim?

Vasconcelos continuou:

— Mais tarde ou mais cedo havias de sabê-lo, e eu estimo ter esta ocasião de dizer-te toda a verdade. A verdade é que, se não estamos pobres, estamos arruinados.

Augusta ouviu estas palavras com os olhos espantados. Quando ele acabou, disse:

— Não é possível!

— Infelizmente é verdade!

Seguiu-se algum tempo de silêncio.

— Tudo está arranjado, pensou Vasconcelos.

— Mas, disse ela, se a nossa fortuna está abalada, creio que o senhor tem cousa melhor para fazer do que estar conversando; é reconstruí-la.

Vasconcelos fez com a cabeça um movimento de espanto, e como se fosse aquilo uma pergunta, Augusta apressou-se a responder:

— Não se admire disto: creio que o seu dever é reconstruir a fortuna.

— Não me admira esse dever; admira-me que mo lembres por esse modo. Dir-se-ia que a culpa é minha...

— Bom! disse Augusta, vais dizer que fui eu...

— A culpa, se culpa há, é de nós ambos.

— Por quê? é também minha?

— Também. As tuas despesas loucas contribuíram em grande parte para este resultado; eu nada te recusei nem recuso, e é nisso que sou culpado. Se é isso que me lanças em rosto, aceito.

Augusta levantou os ombros com um gesto de despeito: e deitou a Vasconcelos um olhar de tamanho desdém que bastaria para intentar uma ação de divórcio.

Vasconcelos viu o movimento e o olhar.

— O amor do luxo e do supérfluo, disse ele, há de sempre produzir estas conseqüências. São terríveis, mas explicáveis. Para conjurá-las era preciso viver com moderação. Nunca pensaste nisso. No fim de seis meses de casada entraste a viver no turbilhão da moda, e o pequeno regato das despesas tornou-se um rio imenso de desperdícios. Sabes o que me disse uma vez meu irmão? Disse-me que a idéia de mandar Adelaide para a roça foi-te sugerida pela necessidade de viver sem cuidados de natureza alguma.

Augusta tinha-se levantado, e deu alguns passos; estava trêmula e pálida.

Vasconcelos ia por diante nas suas recriminações, quando a mulher o interrompeu, dizendo:

— Mas por que motivo não impediu o senhor essas despesas que eu fazia?

— Queria a paz doméstica.

— Não! clamou ela; o senhor queria ter por sua parte uma vida livre e independente; vendo que eu me entregava a essas despesas imaginou comprar a minha tolerância com a sua tolerância. Eis o único motivo; a sua vida não será igual à minha; mas é pior... Se eu fazia despesas em casa o senhor as fazia na rua... É inútil negar, porque eu sei tudo; conheço, de nome, as rivais que sucessivamente o senhor me deu, e nunca lhe disse uma única palavra, nem agora lho censuro, porque seria inútil e tarde.

A situação tinha mudado. Vasconcelos começara constituindo-se juiz, e passara a ser co-réu. Negar era impossível; discutir era arriscado e inútil. Preferiu sofismar.

— Dado que fosse assim (e eu não discuto esse ponto), em todo caso a culpa será de nós ambos, e não vejo razão para que ma lances em rosto. Devo reparar a fortuna, concordo; há um meio, e é este: o casamento de Adelaide com o Gomes.

— Não, disse Augusta.

— Bem; seremos pobres, ficaremos piores do que estamos agora; venderemos tudo...

— Perdão, disse Augusta, eu não sei por que razão não há de o senhor, que é forte, e tem a maior parte no desastre, empregar esforços para a reconstrução da fortuna destruída.

— É trabalho longo; e daqui até lá a vida continua e gasta-se. O meio, já lho disse, é este: casar Adelaide com o Gomes.

— Não quero! disse Augusta, não consinto em semelhante casamento.

Vasconcelos ia responder, mas Augusta, logo depois de proferir estas palavras, tinha saído precipitadamente do gabinete.

Vasconcelos saiu alguns minutos depois.

VI

Lourenço não teve conhecimento da cena entre o irmão e a cunhada, e depois da teima de Vasconcelos resolveu nada mais dizer; entretanto, como queria muito à sobrinha, e não queria vê-la entregue a um homem de costumes que ele reprovava, Lourenço esperou que a situação tomasse caráter mais decisivo para assumir mais ativo papel.

Mas, a fim de não perder tempo, e poder usar alguma arma poderosa, Lourenço tratou de instaurar uma pesquisa mediante a qual pudesse colher informações minuciosas acerca de Gomes.

Este cuidava que o casamento era cousa decidida, e não perdia um só dia na conquista de Adelaide.

Notou, porém, que Augusta tornava-se mais fria e indiferente, sem causa que ele conhecesse, e entrou-lhe no espírito a suspeita de que viesse dali alguma oposição.

Quanto a Vasconcelos, desanimado pela cena da *toilette,* esperou melhores dias, e contou sobretudo com o império da necessidade.

Um dia, porém, exatamente quarenta e oito horas depois da grande discussão com Augusta, Vasconcelos fez dentro de si esta pergunta:

— Augusta recusa a mão de Adelaide para o Gomes; por quê?

De pergunta em pergunta, de dedução em dedução, abriu-se no espírito de Vasconcelos campo para uma suspeita dolorosa.

— Amá-lo-á ela? perguntou ele a si próprio.

Depois, como se o abismo atraísse o abismo, e uma suspeita reclamasse outra, Vasconcelos perguntou:

— Ter-se-iam eles amado algum tempo?

Pela primeira vez, Vasconcelos sentiu morder-lhe no coração a serpe do ciúme.

Do ciúme digo eu, por eufemismo; não sei se aquilo era ciúme; era amor-próprio ofendido.

As suspeitas de Vasconcelos teriam razão?

Devo dizer a verdade: não tinham. Augusta era vaidosa, mas era fiel ao infiel marido; e isso por dous motivos: um de consciência, outro de temperamento. Ainda que ela não estivesse convencida do seu dever de esposa, é certo que nunca trairia o juramento conjugal. Não era feita para as paixões, a não serem as paixões ridículas que a vaidade impõe. Ela amava antes de tudo a sua própria beleza; o seu melhor amigo era o que dissesse que ela era mais bela entre as mulheres; mas se lhe dava a sua amizade, não lhe daria nunca o coração; isso a salvava.

A verdade é esta; mas quem o diria a Vasconcelos? Uma vez suspeitoso de que a sua honra estava afetada, Vasconcelos começou a recapitular toda a sua vida. Gomes freqüentava a sua casa há seis anos, e tinha nela plena liberdade. A traição era fácil. Vasconcelos entrou a recordar as palavras, os gestos, os olhares, tudo que antes lhe foi indiferente, e que naquele momento tomava um caráter suspeitoso.

Dous dias andou Vasconcelos cheio deste pensamento. Não saía de casa. Quando Gomes chegava, Vasconcelos observava a mulher com desusada persistência; a própria frieza com que ela recebia o rapaz era aos olhos do marido uma prova do delito.

Estava nisto, quando na manhã do terceiro dia (Vasconcelos já se levantava cedo) entrou-lhe no gabinete o irmão, sempre com o ar selvagem do costume.

A presença de Lourenço inspirou a Vasconcelos a idéia de contar-lhe tudo.

Lourenço era um homem de bom-senso, e em caso de necessidade era um apoio.

O irmão ouviu tudo quanto Vasconcelos contou, e concluindo este, rompeu o seu silêncio com estas palavras:

— Tudo isso é uma tolice; se tua mulher recusa o casamento, será por qualquer outro motivo que não esse.

— Mas é o casamento com o Gomes que ela recusa.

— Sim, porque lhe falaste no Gomes; fala-lhe em outro, talvez recuse do mesmo modo. Há de haver outro motivo; talvez Adelaide lhe contasse, talvez lhe pedisse para opor-se, porque tua filha não ama o rapaz, e não pode casar com ele.

— Mas[24] casará.

— Não só por isso, mas até porque...

— Acaba.

— Até porque este casamento é uma especulação do Gomes.

— Uma especulação? perguntou Vasconcelos.

— Igual à tua, disse Lourenço. Tu dás-lhe a filha com os olhos na fortuna dele; ele aceita-a com os olhos na tua fortuna...

24. Nas edições Garnier se lê *Não* em lugar de *Mas,* conforme parece melhor ao sentido.

— Mas ele possui...

— Não possui nada; está arruinado como tu. Indaguei e soube da verdade. Quer naturalmente continuar a mesma vida dissipada que teve até hoje, e a tua fortuna é um meio...

— Estás certo disso?

— Certíssimo!...

Vasconcelos ficou aterrado. No meio de todas as suspeitas, ainda lhe restava a esperança de ver a sua honra salva, e realizado aquele negócio que lhe daria uma excelente situação.

Mas a revelação de Lourenço matou-o.

— Se queres uma prova, manda chamá-lo, e dize-lhe que estás pobre, e por isso lhe recusas a filha; observa-o bem, e verás o efeito que as tuas palavras lhe hão de produzir.

Não foi preciso mandar chamar o pretendente. Daí a uma hora apresentou-se ele em casa de Vasconcelos.

Vasconcelos mandou-o subir ao gabinete.

VII

Logo depois dos primeiros cumprimentos Vasconcelos disse:

— Ia mandar chamar-te.

— Ah! para quê? perguntou Gomes.

— Para conversarmos acerca do... casamento.

— Ah! há algum obstáculo?

— Conversemos.

Gomes tornou-se mais sério; entrevia alguma dificuldade grande.

Vasconcelos tomou a palavra.

— Há circunstâncias, disse ele, que devem ser bem definidas, para que se possa compreender bem...

— É a minha opinião.

— Amas minha filha?

— Quantas vezes queres que to diga?

— O teu amor está acima de todas as circunstâncias?...

— De todas, salvo aquelas que entenderem com a felicidade dela.

— Devemos ser francos; além de amigo que sempre foste, és agora quase meu filho... A discrição entre nós seria indiscreta...

— Sem dúvida! respondeu Gomes.

— Vim a saber que os meus negócios param mal; as despesas que fiz alteraram profundamente a economia da minha vida, de modo que eu não te minto dizendo que estou pobre.

Gomes reprimiu uma careta.

— Adelaide, continuou Vasconcelos, não tem fortuna, não terá mesmo dote; é apenas uma mulher que eu te dou. O que te afianço é que é um anjo, e que há de ser excelente esposa.

Vasconcelos calou-se, e o seu olhar cravado no rapaz parecia querer arrancar-lhe das feições as impressões da alma.

Gomes devia responder; mas durante alguns minutos houve entre ambos um profundo silêncio.

Enfim o pretendente tomou a palavra.

— Aprecio, disse ele, a tua franqueza, e usarei de franqueza igual.

— Não peço outra cousa...

— Não foi por certo o dinheiro que me inspirou este amor; creio que me farás a justiça de crer que eu estou acima dessas considerações. Além de que, no dia em que eu te pedi a querida do meu coração, acreditava estar rico.

— Acreditavas?

— Escuta. Só ontem é que o meu procurador me comunicou o estado dos meus negócios.

— Mau?

— Se fosse isso apenas! Mas imagina que há seis meses estou vivendo pelos esforços inauditos que o meu procurador fez para apurar algum dinheiro, pois que ele não tinha ânimo de dizer-me a verdade. Ontem soube tudo!

— Ah!

— Calcula qual é o desespero de um homem que acredita estar bem, e reconhece um dia que não tem nada!

— Imagino por mim!

— Entrei alegre aqui, porque a alegria que eu ainda tenho reside nesta casa; mas a verdade é que estou à beira de um abismo. A sorte castigou-nos a um tempo...

Depois desta narração, que Vasconcelos ouviu sem pestanejar, Gomes entrou no ponto mais difícil da questão.

— Aprecio a tua franqueza, e aceito tua filha sem fortuna; também eu não tenho, mas ainda me restam forças para trabalhar.

— Aceitas?

— Escuta. Aceito D. Adelaide, mediante uma condição; é que ela queira esperar algum tempo, a fim de que eu comece a minha vida. Pretendo ir ao governo e pedir um lugar qualquer, se é que ainda me lembro do que aprendi na escola... Apenas tenha começado a vida, cá virei buscá-la. Queres?

— Se ela consentir, disse Vasconcelos abraçando esta tábua de salvação, é cousa decidida.

Gomes continuou:

— Bem, falarás nisso amanhã, e mandar-me-ás resposta. Ah! se eu tivesse ainda a minha fortuna! Era agora que eu queria provar-te a minha estima!

— Bem, ficamos nisto.

— Espero a tua resposta.

E despediram-se.

Vasconcelos ficou fazendo esta reflexão:

— De tudo quanto ele disse só acredito que já não tem nada. Mas é inútil esperar: duro com duro não faz bom muro.

Pela sua parte Gomes desceu a escada dizendo consigo:

— O que acho singular é que estando pobre viesse dizer-mo assim tão antecipadamente quando eu estava caído. Mas esperarás debalde: duas metades de cavalo não fazem um cavalo.

Vasconcelos desceu.

A sua intenção era comunicar a Augusta o resultado da conversa com o pretendente. Uma cousa, porém, o embaraçava: era a insistência de Augusta em não consentir no casamento de Adelaide, sem dar nenhuma razão da recusa.

Ia pensando nisto, quando, ao atravessar a sala de espera, ouviu vozes na sala de visitas.

Era Augusta que conversava com Carlota.

Ia entrar quando estas palavras lhe chegaram ao ouvido:

— Mas Adelaide é muito criança.

Era a voz de Augusta.

— Criança! disse Carlota.

— Sim; não está em idade de casar.

— Mas eu no teu caso não punha embargos ao casamento, ainda que fosse daqui a alguns meses, porque o Gomes não me parece mau rapaz...

— Não é; mas enfim eu não quero que Adelaide se case.

Vasconcelos colou o ouvido à fechadura, e temia perder uma só palavra do diálogo.

— O que eu não compreendo, disse Carlota, é a tua insistência. Mais tarde ou mais cedo Adelaide há de vir a casar-se.

— Oh! O mais tarde possível, disse Augusta.

Houve um silêncio.

Vasconcelos estava impaciente.

— Ah!continuou Augusta, se soubesses o terror que me dá a idéia do casamento de Adelaide.

— Por que, meu Deus?

— Por que, Carlota? Tu pensas em tudo, menos numa cousa. Eu tenho medo por causa dos filhos dela que serão meus netos! A idéia de ser avó é horrível, Carlota.

Vasconcelos respirou, e abriu a porta.

— Ah! disse Augusta.

Vasconcelos cumprimentou Carlota, e apenas esta saiu, voltou-se para a mulher, e disse:

— Ouvi a tua conversa com aquela mulher...

— Não era segredo; mas... que ouviste?

Vasconcelos respondeu sorrindo:

— Ouvi a causa dos teus terrores. Não cuidei nunca que o amor da própria beleza pudesse levar a tamanho egoísmo. O casamento com o Gomes não se realiza; mas se Adelaide amar alguém, não sei como lhe recusaremos o nosso consentimento...

— Até lá... esperemos, respondeu Augusta.

A conversa parou nisto; porque aqueles dous consortes distanciavam-se muito; um tinha a cabeça nos prazeres ruidosos da mocidade, ao passo que a outra meditava exclusivamente em si.

No dia seguinte Gomes recebeu uma carta de Vasconcelos concebida nestes termos:

"Meu Gomes. — Ocorre uma circunstância inesperada; é que Adelaide não quer casar. Gastei a minha lógica, mas não alcancei convencê-la. — Teu *Vasconcelos.*"

Gomes dobrou a carta e acendeu com ela um charuto, e começou a fumar fazendo esta reflexão profunda:

— Onde acharei eu uma herdeira que me queira por marido?

Se alguém souber avise-o em tempo.

Depois do que acabamos de contar, Vasconcelos e Gomes encontram-se às vezes na rua ou no Alcazar; conversam, fumam, dão o braço um ao outro, exatamente como dous amigos, que nunca foram, ou como dous velhacos que são.

CONFISSÕES DE UMA VIÚVA MOÇA

I

Há dois[25] anos tomei uma resolução singular: fui residir em Petrópolis em pleno mês de junho. Esta resolução abriu largo campo às conjecturas. Tu mesma nas cartas que me escreveste para aqui, deitaste o espírito a adivinhar e figuraste mil razões, cada qual mais absurda.

A estas cartas, em que a tua solicitude traía a um tempo dous[25] sentimentos, a afeição da amiga e a curiosidade de mulher, a essas cartas não respondi e nem podia responder. Não era oportuno abrir-te o meu coração nem desfiar-te a série de motivos que arredou da corte, onde as óperas do teatro Lírico, as tuas partidas e os serões familiares do primo Barros deviam distrair-me da recente viuvez.

Esta circunstância de viuvez recente acreditavam muitos que fosse o único motivo da minha fuga. Era a versão menos equívoca. Deixei-a passar como todas as outras e conservei-me em Petrópolis.

Logo no verão seguinte vieste com teu marido para cá, disposta a não voltar para a corte sem levar o segredo que eu teimava em não revelar. A palavra não fez mais do que a carta. Fui discreta como um túmulo, indecifrável como a Esfinge. Depuseste as armas e partiste.

Desde então não me trataste senão por tua Esfinge.

Era Esfinge, era. E se, como Édipo, tivesses respondido ao meu enigma a palavra "homem" descobririas o meu segredo, e desfarias o meu encanto.

Mas não antecipemos os acontecimentos, como se diz nos romances.

É tempo de contar-te este episódio da minha vida.

Quero fazê-lo por cartas e não por boca. Talvez corasse de ti. Deste modo o coração abre-se melhor e a vergonha não vem tolher a palavra nos lábios. Repara que eu não falo em lágrimas, o que é um sintoma de que a paz voltou ao meu espírito.

As minhas cartas irão de oito em oito dias, de maneira que a narrativa pode fazer-te o efeito de um folhetim de periódico semanal.

Dou-te a minha palavra de que hás de gostar e aprender.

E oito dias depois da minha última carta irei abraçar-te, beijar-te, agradecer-te. Tenho necessidade de viver. Estes dous anos são nulos na conta de minha vida: foram dous anos de tédio, de desespero íntimo, de orgulho abatido, de amor abafado.

Lia, é verdade. Mas só o tempo, a ausência, a idéia do meu coração enganado, da minha dignidade ofendida, puderam trazer-me a calma necessária, a calma de hoje.

E sabe que não ganhei só isto. Ganhei conhecer um homem cujo retrato trago no espírito e que me parece singularmente parecido com outros muitos. Já não é pouco;

25. Note-se a hesitação de M. de Assis na grafia do numeral *dois*.

e a lição há de servir-me, como a ti, como às nossas amigas inexperientes. Mostra-lhes estas cartas; são folhas de um roteiro que se eu tivera antes, talvez não houvesse perdido uma ilusão e dous anos de vida.

Devo terminar esta. É o prefácio do meu romance, estudo, conto, o que quiseres. Não questiono sobre a designação, nem consulto para isso os mestres d'arte.

Estudo ou romance, isto é simplesmente um livro de verdades, um episódio singelamente contado, na confabulação íntima dos espíritos, na plena confiança de dous corações que se estimam e se merecem.

Adeus.

II

Era no tempo de meu marido.

A corte estava então animada e não tinha esta cruel monotonia que eu sinto aqui através das tuas cartas e dos jornais de que sou assinante.

Minha casa era um ponto de reunião de alguns rapazes conversados e algumas moças elegantes. Eu, rainha eleita pelo voto universal... de minha casa, presidia aos serões familiares. Fora de casa, tínhamos os teatros animados, as partidas das amigas, mil outras distrações que davam à minha vida certas alegrias exteriores em falta das íntimas, que são as únicas verdadeiras e fecundas.

Se eu não era feliz, vivia alegre.

E aqui vai o começo do meu romance.

Um dia meu marido pediu-me como obséquio especial que eu não fosse à noite ao Teatro Lírico. Dizia ele que não podia acompanhar-me por ser véspera de saída de paquete.

Era razoável o pedido.

Não sei, porém, que espírito mau sussurrou-me ao ouvido e eu respondi peremptoriamente que havia de ir ao teatro, e com ele. Insistiu no pedido, insisti na recusa. Pouco bastou para que eu julgasse a minha honra empenhada naquilo. Hoje vejo que era a minha vaidade ou o meu destino.

Eu tinha certa superioridade sobre o espírito de meu marido. O meu tom imperioso não admitia recusa; meu marido cedeu a despeito de tudo, e à noite fomos ao Teatro Lírico.

Havia pouca gente e os cantores estavam endefluxados. No fim do primeiro ato meu marido, com um sorriso vingativo, disse-me estas palavras rindo-se:

— Estimei isto.

— Isto? perguntei eu franzindo a testa.

— Este espetáculo deplorável. Fizeste da vinda hoje ao teatro um capítulo de honra; estimo ver que o espetáculo não correspondeu à tua expectativa.

— Pelo contrário, acho magnífico.

— Está bom.

Deves compreender que eu tinha interesse em me não dar por vencida; mas acreditas facilmente que no fundo eu estava perfeitamente aborrecida do espetáculo e da noite.

Meu marido, que não ousava retorquir, calou-se com ar de vencido, e adiantando-se um pouco à frente do camarote percorreu com o binóculo as linhas dos poucos camarotes fronteiros em que havia gente.

Eu recuei a minha cadeira, e, encostada à divisão do camarote, olhava para o corredor vendo a gente que passava.

No corredor, exatamente em frente à porta do nosso camarote, estava um sujeito encostado, fumando e com os olhos fitos em mim. Não reparei ao princípio, mas a insistência obrigou-me a isso. Olhei para ele a ver se era algum conhecido nosso que esperava ser descoberto a fim de vir então cumprimentar-nos. A intimidade podia explicar este brinco. Mas não conheci.

Depois de alguns segundos, vendo que ele não tirava os olhos de mim, desviei os meus e cravei-os no pano da boca e na platéia.

Meu marido, tendo acabado o exame dos camarotes, deu-me o binóculo e sentou-se ao fundo diante de mim.

Trocámos algumas palavras.

No fim de um quarto de hora a orquestra começou os prelúdios para o segundo ato. Levantei-me, meu marido aproximou a cadeira para a frente, e nesse ínterim lancei um olhar furtivo para o corredor.

O homem estava lá.

Disse a meu marido que fechasse a porta.

Começou o segundo ato.

Então, por um espírito de curiosidade, procurei ver se o meu observador entrava para as cadeiras. Queria conhecê-lo melhor no meio da multidão.

Mas, ou porque não entrasse, ou porque eu não tivesse reparado bem, o que é certo é que o não vi.

Correu o segundo ato mais aborrecido do que o primeiro.

No intervalo recuei de novo a cadeira, e meu marido, a pretexto de que fazia calor, abriu a porta do camarote.

Lancei um olhar para o corredor.

Não vi ninguém; mas daí a poucos minutos chegou o mesmo indivíduo, colocando-se no mesmo lugar, e fitou em mim os mesmos olhos impertinentes.

Somos todas vaidosas da nossa beleza e desejamos que o mundo inteiro nos admire. É por isso que muitas vezes temos a indiscrição de admirar a corte mais ou menos arriscada de um homem. Há, porém, uma maneira de fazê-la que nos irrita e nos assusta; irrita-nos por impertinente, assusta-nos por perigosa. É o que se dava naquele caso.

O meu admirador insistia de modo tal que me levava a um dilema: ou ele era vítima de uma paixão louca, ou possuía a audácia mais desfaçada. Em qualquer dos casos não era conveniente que eu animasse as suas adorações.

Fiz estas reflexões enquanto decorria o tempo do intervalo. Ia começar o terceiro ato. Esperei que o mudo perseguidor se retirasse e disse a meu marido:

— Vamos?

— Ah!

— Tenho sono simplesmente; mas o espetáculo está magnífico.

Meu marido ousou exprimir um sofisma.

— Se está magnífico como te faz sono?

Não lhe dei resposta.

Saímos.

No corredor encontramos a família do Azevedo que voltava de uma visita a um camarote conhecido. Demorei-me um pouco para abraçar as senhoras. Disse-lhes que tinha uma dor de cabeça e que me retirava por isso.

Chegamos à porta da Rua dos Ciganos.

Aí esperei o carro por alguns minutos.

Quem me havia de aparecer ali, encostado ao portal fronteiro?

O misterioso.

Enraiveci.

Cobri o rosto o mais que pude com o meu capuz e esperei o carro, que chegou logo.

O misterioso lá ficou tão insensível e tão mudo como o portal a que estava encostado.

Durante a viagem a idéia daquele incidente não me saiu da cabeça. Fui despertada da minha distração quando o carro parou à porta da casa, em Matacavalos.

Fiquei envergonhada de mim mesma e decidi não pensar mais no que se havia passado.

Mas acreditarás tu, Carlota? Dormi meia hora mais tarde do que supunha, tanto a minha imaginação teimava em reproduzir o corredor, o portal, e o meu admirador platônico.

No dia seguinte pensei menos. No fim de oito dias tinha-me varrido do espírito aquela cena, e eu dava graças a Deus por haver-me salvo de uma preocupação que podia ser-me fatal.

Quis acompanhar o auxílio divino, resolvendo não ir ao teatro durante algum tempo.

Sujeitei-me à vida íntima e limitei-me à distração das reuniões à noite.

Entretanto estava próximo o dia dos anos da tua filhinha. Lembrei-me que para tomar parte na tua festa de família, tinha começado um mês antes um trabalhozinho. Cumpria rematá-lo.

Uma quinta-feira de manhã mandei vir os preparos da obra e ia continuá-la, quando descobri dentre uma meada de lã um invólucro azul fechando uma carta.

Estranhei aquilo. A carta não tinha indicação. Estava colada e parecia esperar que a abrisse a pessoa a quem era endereçada. Quem seria? Seria meu marido? Acostumada a abrir todas as cartas que lhe eram dirigidas, não hesitei. Rompi o invólucro e descobri o papel cor-de-rosa que vinha dentro.

Dizia a carta:

"Não se surpreenda, Eugênia; este meio é o do desespero, este desespero é o do amor. Amo-a e muito. Até certo tempo procurei fugir-lhe e abafar este sentimento; não posso mais. Não me viu no teatro Lírico? Era uma força oculta e interior que me levava ali. Desde então não a vi mais. Quando a verei? Não a veja embora, paciência; mas que o seu coração palpite por mim um minuto em cada dia, é quanto basta a um amor que não busca nem as venturas do gozo, nem as galas da publicidade. Se a ofendo, perdoe um pecador; se pode amar-me, faça-me um deus".

Li esta carta com a mão trêmula e os olhos anuviados; e ainda durante alguns minutos depois não sabia o que era de mim.

Cruzavam-se e confundiam-se mil idéias na minha cabeça, como estes pássaros negros que perpassam em bandos no céu nas horas próximas da tempestade.

Seria o amor que movera a mão daquele incógnito? Seria simplesmente aquilo um meio de sedutor calculado? Eu lançava um olhar vago em derredor e temia ver entrar meu marido.

Tinha o papel diante de mim e aquelas letras misteriosas pareciam-me outros tantos olhos de uma serpente infernal. Com um movimento nervoso e involuntário amarrotei a carta nas mãos.

Se Eva tivesse feito outro tanto à cabeça da serpente que a tentava não houvera pecado. Eu não podia estar certa do mesmo resultado, porque esta que me aparecia ali e cuja cabeça eu esmagava, podia, como a hidra de Lerna, brotar muitas outras cabeças.

Não cuides que eu fazia então esta dupla evocação bíblica e pagã. Naquele momento, não refletia, desvairava; só muito depois pude ligar duas idéias:

Dous sentimentos atuavam em mim: primeiramente, uma espécie de terror que infundia o abismo, abismo profundo que eu pressentia atrás daquela carta; depois uma vergonha amarga de ver que eu não estava tão alta na consideração daquele desconhecido, que pudesse demovê-lo do meio que empregou.

Quando o meu espírito se acalmou é que eu pude fazer a reflexão que devia acudir-me desde o princípio. Quem poria ali aquela carta? Meu primeiro movimento foi para chamar todos os meus fâmulos. Mas deteve-me logo a idéia de que por uma simples interrogação nada poderia colher e ficava divulgado o achado da carta. De que valia isto?

Não chamei ninguém.

Entretanto, dizia eu comigo, a empresa foi audaz; podia falhar a cada trâmite; que móvel impeliu aquele homem a dar este passo? Seria amor ou sedução?

Voltando a este dilema, meu espírito, apesar dos perigos, comprazia-se em aceitar a primeira hipótese: era a que respeitava a minha consideração de mulher casada e a minha vaidade de mulher formosa.

Quis adivinhar lendo a carta de novo: li-a, não uma, mas duas, três, cinco vezes.

Uma curiosidade indiscreta prendia-me àquele papel. Fiz um esforço e resolvi aniquilá-lo, protestando que ao segundo caso nenhum escravo ou criado me ficaria em casa.

Atravessei a sala com o papel na mão, dirigi-me para o meu gabinete, onde acendi uma vela e queimei aquela carta que me queimava as mãos e a cabeça.

Quando a última faísca do papel enegreceu e voou, senti passos atrás de mim. Era meu marido.

Tive um movimento espontâneo: atirei-me em seus braços.

Ele abraçou-me com certo espanto.

E quando o meu abraço se prolongava senti que ele me repelia com brandura dizendo-me:

— Está bom, olha que me afogas!

Recuei.

Entristeceu-me ver aquele homem, que podia e devia salvar-me, não compreender, por instinto ao menos, que se eu o abraçava tão estreitamente era como se me agarrasse à idéia do dever.

Mas este sentimento que me apertava o coração passou um momento para dar lugar a um sentimento de medo. As cinzas da carta ainda estavam no chão, a vela conservava-se acesa em pleno dia; era bastante para que ele me interrogasse.

Nem por curiosidade o fez!

Deu dous passos no gabinete e saiu.

Senti uma lágrima rolar-me pela face. Não era a primeira lágrima de amargura. Seria a primeira advertência do pecado?

III

Decorreu um mês.

Não houve durante esse tempo mudança alguma em casa. Nenhuma carta apareceu mais, e a minha vigilância, que era extrema, tornou-se de todo inútil.

Não me podia esquecer o incidente da carta. Se fosse só isto! As primeiras palavras voltavam-me incessantemente à memória; depois, as outras, as outras, todas. Eu tinha a carta de cor!

Lembras-te? Uma das minhas vaidades era ter a memória feliz. Até neste dote era castigada. Aquelas palavras atordoavam-me, faziam-me arder a cabeça. Por quê? Ah! Carlota! é que eu achava nelas um encanto indefinível, encanto doloroso, porque era acompanhado de um remorso, mas encanto de que eu me não podia libertar.

Não era o coração que se empenhava, era a imaginação. A imaginação perdia-me; a luta do dever e da imaginação é cruel e perigosa para os espíritos fracos. Eu era fraca. O mistério fascinava a minha fantasia.

Enfim os dias e as diversões puderam desviar o meu espírito daquele pensamento único. No fim de um mês, se eu não tinha esquecido inteiramente o misterioso e a carta dele, estava, todavia, bastante calma para rir de mim e dos meus temores.

Na noite de uma quinta-feira, achavam-se algumas pessoas em minha casa, e muitas das minhas amigas, menos tu. Meu marido não tinha voltado, e a ausência dele não era notada nem sentida, visto que, apesar de franco cavalheiro como era, não tinha o dom particular de um conviva para tais reuniões.

Tinha-se cantado, tocado, conversado; reinava em todos a mais franca e expansiva alegria; o tio da Amélia Azevedo fazia rir a todos com as suas excentricidades; a Amélia arrebatava bravos a todos com as notas da sua garganta celeste; estávamos em um intervalo, esperando a hora do chá.

Anunciou-se meu marido.

Não vinha só. Vinha ao lado dele um homem alto, magro, elegante. Não pude conhecê-lo. Meu marido adiantou-se, e no meio do silêncio geral veio apresentar-mo.

Ouvi de meu marido que o nosso conviva chamava-se Emílio***.

Fixei nele um olhar e retive um grito.

Era *ele!*

O meu grito foi substituído por um gesto de surpresa. Ninguém percebeu. Ele pareceu perceber menos que ninguém. Tinha os olhos fixos em mim, e com um gesto gracioso dirigiu-me algumas palavras de lisonjeira cortesia.

Respondi como pude.

Seguiram-se as apresentações, e durante dez minutos houve um silêncio de acanhamento em todos.

Os olhos voltavam-se todos para o recém-chegado. Eu também voltei os meus e pude reparar naquela figura em que tudo estava disposto para atrair as atenções: cabeça formosa e altiva, olhar profundo e magnético, maneiras elegantes e delicadas, certo ar distinto e próprio que fazia contraste com o ar afetado e prosaicamente medido dos outros rapazes.

Este exame de minha parte foi rápido. Eu não podia, nem me convinha encontrar o olhar de Emílio. Tornei a abaixar os olhos e esperei ansiosa que a conversação voltasse de novo ao seu curso.

Meu marido encarregou-se de dar o tom. Infelizmente era ainda o novo conviva o motivo da conversa geral.

Soubemos então que Emílio era um provinciano filho de pais opulentos, que recebera uma esmerada educação na Europa, onde não houve um só recanto que não visitasse.

Voltara há pouco tempo ao Brasil, e antes de ir para a província tinha determinado passar algum tempo no Rio de Janeiro.

Foi tudo quanto soubemos. Vieram as mil perguntas sobre as viagens de Emílio, e este, com a mais amável solicitude, satisfazia a curiosidade geral.

Só eu não era curiosa. É que não podia articular palavra. Pedia interiormente a explicação deste romance misterioso, começado em um corredor do teatro, continuado em uma carta anônima e na apresentação em minha casa por intermédio de meu próprio marido.

De quando em quando levantava os olhos para Emílio e achava-o calmo e frio, respondendo polidamente às interrogações dos outros e narrando ele próprio, com uma graça modesta e natural, alguma das suas aventuras de viagem.

Ocorreu-me uma idéia. Seria realmente ele o misterioso do teatro e da carta? Pareceu-me ao princípio que sim, mas eu podia ter-me enganado; eu não tinha as feições do outro bem presentes à memória; parecia-me que as duas criaturas eram uma e a mesma; mas não podia explicar-se o engano por uma semelhança miraculosa?

De reflexão em reflexão, foi-me correndo o tempo, e eu assistia à conversa de todos como se não estivesse presente. Veio a hora do chá. Depois cantou-se e tocou-se ainda. Emílio ouvia tudo com atenção religiosa e mostrava-se tão apreciador do gosto como era conversador discreto e pertinente.

No fim da noite tinha cativado a todos. Meu marido, sobretudo, estava radiante. Via-se que ele se considerava feliz por ter feito a descoberta de mais um amigo para si e um companheiro para as nossas reuniões de família.

Emílio saiu prometendo voltar algumas vezes.

Quando eu me achei a sós com meu marido, perguntei-lhe:

— Donde conheces este homem?

— É uma pérola, não é? Foi-me apresentado no escritório há dias; simpatizei logo; parece ser dotado de boa alma, é vivo de espírito e discreto como o bom-senso. Não há ninguém que não goste dele...

E como eu o ouvisse séria e calada, meu marido interrompeu-se e perguntou-me:

— Fiz mal em trazê-lo aqui?

— Mal, por quê? perguntei eu.

— Por cousa nenhuma. Que mal havia de ser? É um homem distinto...

Pus termo ao novo louvor do rapaz, chamando um escravo para dar algumas ordens. E retirei-me ao meu quarto.

O sono dessa noite não foi o sono dos justos, podes crer. O que me irritava era a preocupação constante em que eu andava depois destes acontecimentos. Já eu não podia fugir inteiramente a essa preocupação: era involuntária, subjugava-me, arrastava-me. Era a curiosidade do coração, esse primeiro sinal das tempestades em que sucumbe a nossa vida e o nosso futuro.

Parece que aquele homem lia na minha alma e sabia apresentar-se no momento mais próprio a ocupar-me a imaginação como uma figura poética e imponente. Tu, que o conheceste depois, dize-me se, dadas as circunstâncias anteriores, não era para produzir esta impressão no espírito de uma mulher como eu!

Como eu, repito. Minhas circunstâncias eram especiais; se não o soubeste nunca, suspeitaste-o ao menos.

Se meu marido tivesse em mim uma mulher, e se eu tivesse nele um marido, minha salvação era certa. Mas não era assim. Entrámos no nosso lar nupcial como dous viajantes estranhos em uma hospedaria, e aos quais a calamidade do tempo e a hora avançada da noite obrigam a aceitar pousada sob o teto do mesmo aposento.

Meu casamento foi resultado de um cálculo e de uma conveniência. Não inculpo meus pais. Eles cuidavam fazer-me feliz e morreram na convicção de que o era.

Eu podia, apesar de tudo, encontrar no marido que me davam um objeto de felicidade para todos os meus dias. Bastava para isso que meu marido visse em mim uma alma companheira da sua alma, um coração sócio do seu coração. Não se dava isto; meu marido entendia o casamento ao modo da maior parte da gente; via nele a obediência às palavras do Senhor no Gênesis.

Fora disso, fazia-me cercar de certa consideração e dormia tranqüilo na convicção de que havia cumprido o dever.

O dever! esta era a minha tábua de salvação. Eu sabia que as paixões não eram soberanas e que a nossa vontade pode triunfar delas. A este respeito eu tinha em mim forças bastantes para repelir idéias más. Mas não era o presente que me abafava e atemorizava; era o futuro. Até então aquele romance influía no meu espírito pela circunstância do mistério em que vinha envolto; a realidade havia de abrir-me os olhos; consolava-me a esperança de que eu triunfaria de um amor culpado. Mas, poderia nesse futuro, cuja proximidade eu não calculava, resistir convenientemente à paixão e salvar intactas a minha consideração e a minha consciência? Esta era a questão.

Ora, no meio destas oscilações, eu não via a mão de meu marido estender-se para salvar-me. Pelo contrário, quando na ocasião de queimar a carta, atirava-me a ele, lembras-te que ele me repeliu com uma palavra de enfado.

Isto pensei, isto senti, na longa noite que se seguiu à apresentação de Emílio.

No dia seguinte estava fatigada de espírito; mas, ou fosse calma ou fosse prostração, senti que os pensamentos dolorosos que me haviam torturado durante a noite esvaeceram-se à luz da manhã, como verdadeiras aves da noite e da solidão.

Então abriu-se ao meu espírito um raio de luz. Era a repetição do mesmo pensamento que me voltava no meio das preocupações daqueles últimos dias.

Por que temer? dizia eu comigo. Sou uma triste medrosa; e fatigo-me em criar montanhas para cair extenuada no meio da planície. Eia! nenhum obstáculo se opõe ao meu caminho de mulher virtuosa e considerada. Este homem, se é o mesmo, não passa de um mau leitor de romances realistas. O mistério é que lhe dá algum valor; visto de mais perto há de ser vulgar ou hediondo.

IV

Não te quero fatigar com a narração minuciosa e diária de todos os acontecimentos.

Emílio continuou a freqüentar a nossa casa, mostrando sempre a mesma delicadeza e gravidade, e encantando a todos por suas maneiras distintas sem afetação, amáveis sem fingimento.

Não sei por que meu marido revelava-se cada vez mais amigo de Emílio. Este conseguira despertar nele um entusiasmo novo para mim e para todos. Que capricho era esse da natureza?

Muitas vezes interroguei meu marido acerca desta amizade tão súbita e tão estrepitosa; quis até inventar suspeitas no espírito dele; meu marido era inabalável.

— Que queres? respondia-me ele. Não sei por que simpatizo extraordinariamente com este rapaz. Sinto que é uma bela pessoa, e eu não posso dissimular o entusiasmo de que me possuo quando estou perto dele.

— Mas sem conhecê-lo... objetava eu.

— Ora essa! Tenho as melhores informações; e demais, vê-se logo que é uma pessoa distinta...

— As maneiras enganam muitas vezes.

— Conhece-se...

Confesso, minha amiga, que eu podia impor a meu marido o afastamento de Emílio; mas quando esta idéia me vinha à cabeça, não sei por que ria-me dos meus temores e declarava-me com forças de resistir a tudo o que pudesse sobrevir.

Demais, o procedimento de Emílio autorizava-me a desarmar. Ele era para mim de um respeito inalterável, tratava-me como a todas as outras, sem deixar entrever a menor intenção oculta, o menor pensamento reservado.

Sucedeu o que era natural. Diante de tal procedimento não me ficava bem proceder com rigor e responder com a indiferença à amabilidade.

As cousas marchavam de tal modo que eu cheguei a persuadir-me de que tudo o que sucedera antes não tinha relação alguma com aquele rapaz, e que não havia entre ambos mais do que um fenômeno da semelhança, o que aliás eu não podia afirmar, porque, como te disse já, não pudera reparar bem no homem do teatro.

Aconteceu que dentro de pouco tempo estávamos na maior intimidade, e eu era para ele o mesmo que todas as outras: admiradora e admirada.

Das reuniões passou Emílio às simples visitas de dia, nas horas em que meu marido estava presente, e mais tarde, mesmo quando ele se achava ausente.

Meu marido de ordinário era quem o trazia. Emílio vinha então no seu carrinho que ele próprio dirigia, com a maior graça e elegância. Demorava-se horas e horas em nossa casa, tocando piano ou conversando.

A primeira vez que o recebi só, confesso que estremeci; mas foi um susto pueril; Emílio procedeu sempre do modo mais indiferente em relação às minhas suspeitas. Nesse dia, se algumas me ficaram, desvaneceram-se todas.

Nisto passaram-se dous meses.

Um dia, era de tarde, eu estava só; esperava-te para irmos visitar teu pai enfermo. Parou um carro à porta. Mandei ver. Era Emílio.

Recebi-o como de costume.

Disse-lhe que íamos visitar um doente, e ele quis logo sair. Disse-lhe que ficasse até à tua chegada. Ficou como se outro motivo o detivesse além de um dever de cortesia.

Passou-se meia hora.

Nossa conversa foi sobre assuntos indiferentes.

Em um dos intervalos de conversa Emílio levantou-se e foi à janela. Eu levantei-me igualmente para ir ao piano buscar um leque. Voltando para o sofá reparei pelo espelho que Emílio me olhava com um olhar estranho. Era uma transfiguração. Parecia que naquele olhar estava concentrada toda a alma dele.

Estremeci.

Todavia fiz um esforço sobre mim e fui sentar-me, então mais séria que nunca.

Emílio encaminhou-se para mim.

Olhei para ele.

Era o mesmo olhar.

Baixei os meus olhos.

— Assustou-se? perguntou-me ele.

Não respondi nada. Mas comecei a tremer de novo e parecia-me que o coração me queria pular fora do peito.

É que naquelas palavras havia a mesma expressão do olhar; as palavras faziam-me o efeito das palavras da carta.

—Assustou-se? repetiu ele.

— De quê? perguntei eu procurando rir para não dar maior gravidade à situação.

— Pareceu-me.

Houve um silêncio.

— D. Eugênia, disse ele sentando-se; não quero por mais tempo ocultar o segredo que faz o tormento da minha vida. Fora um sacrifício inútil. Feliz ou infeliz, prefiro a certeza da minha situação. D. Eugênia, eu amo-a.

Não te posso descrever como fiquei, ouvindo estas palavras. Senti que empalidecia; minhas mãos estavam geladas. Quis falar: não pude.

Emílio continuou:

— Oh! eu bem sei a que me exponho. Vejo como este amor é culpado. Mas que quer? É fatalidade. Andei tantas léguas, passei à ilharga de tantas belezas, sem que o meu coração pulsasse. Estava-me reservada a ventura rara ou o tremendo infortúnio de ser amado ou desprezado pela senhora. Curvo-me ao destino. Qualquer que seja a resposta que eu possa obter, não recuso, aceito. Que me responde?

Enquanto ele falava, eu podia, ouvindo-lhe as palavras, reunir algumas idéias. Quando ele acabou levantei os olhos e disse:

— Que resposta espera de mim?

— Qualquer.

— Só pode esperar uma...

— Não me ama?

— Não! Nem posso e nem amo, nem amaria se pudesse ou quisesse... Peço que se retire.

E levantei-me.

Emílio levantou-se.

— Retiro-me, disse ele; e parto com o inferno no coração.

Levantei os ombros em sinal de indiferença.

— Oh! eu bem sei que isso lhe é indiferente. É isso o que eu mais sinto. Eu preferia o ódio; o ódio, sim; mas a indiferença, acredite, é o pior castigo. Mas eu recebo resignado. Tamanho crime deve ter tamanha pena.

E tomando o chapéu chegou-se a mim de novo.

Eu recuei dous passos.

— Oh! não tenha medo. Causo-lhe medo?

— Medo? retorqui eu com altivez.

— Asco! perguntou ele.

— Talvez... murmurei.

— Uma única resposta, tornou Emílio; conserva aquela carta?

— Ah! disse eu. Era o autor da carta?

— Era. E aquele misterioso do corredor do teatro Lírico. Era eu. A carta?

— Queimei-a.

— Preveniu o meu pensamento.

E cumprimentando-me friamente dirigiu-se para a porta. Quase a chegar à porta senti que ele vacilava e levava a mão ao peito.

Tive um momento de piedade. Mas era necessário que ele se fosse, quer sofresse quer não. Todavia, dei um passo para ele e perguntei-lhe de longe:

— Quer dar-me uma resposta?

Ele parou e voltou-se.

— Pois não!

— Como é que para praticar o que praticou fingiu-se amigo de meu marido?

— Foi um ato indigno, eu sei; mas o meu amor é daqueles que não recuam ante a indignidade. É o único que eu compreendo. Mas, perdão; não quero enfadá-la mais. Adeus! Para sempre!

E saiu.

Pareceu-me ouvir um soluço.

Fui sentar-me ao sofá. Daí a pouco ouvi o rodar do carro.

O tempo que mediou entre a partida dele e a tua chegada não sei como se passou. No lugar em que fiquei aí me achaste.

Até então eu não tinha visto o amor senão nos livros. Aquele homem parecia-me realizar o amor que eu sonhara e vira descrito. A idéia de que o coração de Emílio sangrava naquele momento, despertou em mim um sentimento vivo de piedade. A piedade foi um primeiro passo.

— Quem sabe, dizia eu comigo mesma, o que ele está agora sofrendo? E que culpa é a dele, afinal de contas? Ama-me, disse-mo: o amor foi mais forte do que a razão; não viu que eu era sagrada para ele; revelou-se. Ama, é a sua desculpa.

Depois repassava na memória todas as palavras dele e procurava recordar-me do tom em que ele as proferia. Lembrava-me também do que eu dissera e o tom com que respondera às suas confissões.

Fui talvez severa demais. Podia manter a minha dignidade sem abrir-lhe uma chaga no coração. Se eu falasse com mais brandura podia adquirir dele o respeito e a veneração. Agora há de amar-me ainda, mas não se recordará do que se passou sem um sentimento de amargura.

Estava nestas reflexões quando entraste.

Lembras-te que me achaste triste e perguntaste a causa disso. Nada te respondi. Fomos à casa da tua tia, sem que eu nada mudasse do ar que tinha antes.

À noite quando meu marido me perguntou por Emílio, respondi sem saber o que respondia:

— Não veio cá hoje.

— Deveras? disse ele. Então está doente.

— Não sei.

— Lá vou amanhã.

— Lá onde?

— À casa dele.

— Para quê?

— Talvez esteja doente.

— Não creio; esperemos até ver...

Passei uma noite angustiosa. A idéia de Emílio perturbava-me o sono. Afigurava-se-me que ele estaria àquela hora chorando lágrimas de sangue no desespero do amor não aceito.

Era piedade? Era amor?

Carlota, era uma e outra cousa. Que podia ser mais? Eu tinha posto o pé em uma senda fatal; uma força me atraía. Eu fraca, podendo ser forte. Não me inculpo senão a mim.

Até domingo.

V

Na tarde seguinte, quando meu marido voltou perguntei por Emílio.

— Não o procurei, respondeu-me ele; tomei o conselho; se não vier hoje, sim.

Passou-se, pois, um dia sem ter notícias dele.

No dia seguinte, não tendo aparecido, meu marido foi lá.

Serei franca contigo, eu mesma lembrei isso a meu marido.

Esperei ansiosa a resposta.

Meu marido voltou pela tarde. Tinha um certo ar triste. Perguntei o que havia.

— Não sei. Fui encontrar o rapaz de cama. Disse-me que era uma ligeira constipação; mas eu creio que não é isso só...

— Que será então? perguntei eu, fitando um olhar em meu marido.

— Alguma cousa mais. O rapaz falou-me em embarcar para o Norte. Está triste, distraído, preocupado. Ao mesmo tempo que manifesta a esperança de ver os pais, revela receios de não tornar a vê-los. Tem idéias de morrer na viagem. Não sei que lhe aconteceu, mas foi alguma cousa. Talvez...

— Talvez?

— Talvez alguma perda de dinheiro.

Esta resposta transtornou o meu espírito. Posso afirmar-te que esta resposta entrou por muito nos acontecimentos posteriores.

Depois de algum silêncio perguntei:

— Mas que pretendes fazer?

— Abrir-me com ele. Perguntar o que é, e acudir-lhe se for possível. Em qualquer caso não o deixarei partir. Que achas?

— Acho que sim.

Tudo o que ia acontecendo contribuía poderosamente para tornar a idéia de Emílio cada vez mais presente à minha memória, e, é com dor que o confesso, não pensava já nele sem pulsações do coração.

Na noite do dia seguinte estávamos reunidas algumas pessoas. Eu não dava grande vida à reunião. Estava triste e desconsolada. Estava com raiva de mim própria. Fazia-me algoz de Emílio e doía-me a idéia de que ele padecesse ainda mais por mim.

Mas, seriam nove horas, quando meu marido apareceu trazendo Emílio pelo braço.

Houve um movimento geral de surpresa.

Realmente porque Emílio não aparecia alguns dias já todos começavam a perguntar por ele; depois, porque moço vinha pálido de cera.

Não te direi o que se passou nessa noite. Emílio parecia sofrer, não estava alegre como dantes; ao contrário, era naquela noite de uma taciturnidade, de uma tristeza que incomodava a todos, mas que me mortificava atrozmente, a mim que me fazia causa das suas dores.

Pude falar-lhe em uma ocasião, a alguma distância das outras pessoas.

— Desculpe-me, disse-lhe eu, se alguma palavra dura lhe disse. Compreende a minha posição. Ouvindo bruscamente o que me disse não pude pensar no que dizia. Sei que sofreu; peço-lhe que não sofra mais, que esqueça...

— Obrigado, murmurou ele.

— Meu marido falou-me de projetos seus...

— De voltar à minha província, é verdade.

— Mas doente...

— Esta doença há de passar.

E dizendo isto lançou-me um olhar tão sinistro que eu tive medo.

— Passar? passar como?

— De algum modo.

— Não diga isso...

— Que me resta mais na terra?

E voltou os olhos para enxugar uma lágrima.

— Que é isso? disse eu. Está chorando?

— As últimas lágrimas.

— Oh! se soubesse como me faz sofrer! Não chore; eu lho peço. Peço-lhe mais. Peço-lhe que viva.

— Oh!

— Ordeno-lhe.

— Ordena-me? E se eu não obedecer? Se eu não puder?... Acredita que se possa viver com um espinho no coração?

Isto que te escrevo é feio. A maneira por que ele falava é que era apaixonada, dolorosa, comovente. Eu ouvia sem saber de mim. Aproximavam-se algumas pessoas. Quis pôr termo à conversa e disse-lhe:

— Ama-me? disse eu. Só o amor pode ordenar? Pois é o amor que lhe ordena que viva!

Emílio fez um gesto de alegria. Levantei-me para ir falar às pessoas que se aproximavam.

— Obrigado, murmurou-me ele aos ouvidos.

Quando, no fim do serão, Emílio se despediu de mim, dizendo-me, com um olhar em que a gratidão e o amor irradiavam juntos: — Até amanhã! — não sei que sentimento de confusão e de amor, de remorso e de ternura se apoderou de mim.

— Bem; Emílio está mais alegre, dizia-me meu marido.

Eu olhei para ele sem saber o que responder.

Depois retirei-me precipitadamente. Parecia-me que via nele a imagem da minha consciência.

No dia seguinte recebi de Emílio esta carta:

"Eugênia. Obrigado. Torno-me à vida, e à senhora o devo. Obrigado! fez de um cadáver um homem, faça agora de um homem um deus. Ânimo! ânimo!"

Li esta carta, reli, e... dir-to-ei, Carlota? beijei-a. Beijei-a repetidas vezes com alma, com paixão, com delírio. Eu amava! eu amava!

Então houve em mim a mesma luta, mas estava mudada a situação dos meus sentimentos. Antes era o coração que fugia à razão, agora a razão fugia ao coração.

Era um crime, eu bem o via, bem o sentia; mas não sei qual era a minha fatalidade, qual era a minha natureza, eu achava nas delícias do crime desculpa ao meu erro, e procurava com isso legitimar a minha paixão.

Quando meu marido se achava perto de mim eu me sentia melhor e mais corajosa...

Paro aqui desta vez. Sinto uma opressão no peito. É a recordação de todos estes acontecimentos.

Até domingo.

VI

Seguiram-se alguns dias às cenas que eu te contei na minha carta passada.

Ativou-se entre mim e Emílio uma correspondência. No fim de quinze dias eu só vivia do pensamento dele.

Ninguém dos que freqüentavam a nossa casa, nem mesmo tu, pôde descobrir este amor. Éramos dous namorados discretos ao último ponto.

É certo que muitas vezes me perguntavam por que é que eu me distraía tanto e andava tão melancólica; isto chamava-me à vida real e eu mudava logo de parecer.

Meu marido sobretudo parecia sofrer com as minhas tristezas.

A sua solicitude, confesso, incomodava-me. Muitas vezes lhe respondia mal, não já porque eu o odiasse, mas porque de todos era ele o único a quem eu não quisera ouvir destas interrogações.

Um dia voltando para casa à tarde chegou-se ele a mim e disse:

— Eugênia, tenho uma notícia a dar-te.

— Qual?

— E que te há de agradar muito.

— Vejamos qual é.

— É um passeio.

— Aonde?

— A idéia foi minha. Já fui ao Emílio e ele aplaudiu muito. O passeio deve ser domingo à Gávea; iremos daqui muito cedinho. Tudo isto, é preciso notar, não está decidido. Depende de ti. O que dizes?

— Aprovo a idéia.

— Muito bem. A Carlota pode ir.

—E deve ir, acrescentei eu; e algumas outras amigas.

Pouco depois recebias tu e outras um bilhete de convite para o passeio.

Lembras-te que lá fomos. O que não sabes é que nesse passeio, a favor da confusão e da distração geral, houve entre mim e Emílio um diálogo que foi para mim a primeira amargura de amor.

— Eugênia, dizia ele dando-me o braço, estás certa de que me amas?

— Estou.

— Pois bem. O que te peço, nem sou eu que te peço, é o meu coração, é o teu coração que te pedem, um movimento nobre capaz de nos engrandecer aos nossos próprios olhos. Não haverá um recanto no mundo em que possamos viver, longe de todos e perto do céu?

— Fugir?

— Sim!

— Oh! isso nunca!

— Não me amas.

— Amo, sim; é já um crime, não quero ir além.

— Recusas a felicidade?

— Recuso a desonra.

— Não me amas.

— Oh! meu Deus, como respondê-lo? Amo, sim; mas desejo ficar a seus olhos a mesma mulher, amorosa é verdade, mas até certo ponto... pura.

— O amor que calcula, não é amor.

Não respondi. Emílio disse estas palavras com uma expressão tal de desdém e com uma intenção de ferir-me que eu senti o coração bater-me apressado, e subir-me o sangue ao rosto.

O passeio acabou mal.

Esta cena tornou Emílio frio para mim; eu sofria com isso; procurei torná-lo ao estado anterior; mas não consegui.

Um dia em que nos achávamos a sós, disse-lhe:

— Emílio, se eu amanhã te acompanhasse, o que farias?

— Cumpria essa ordem divina.

— Mas depois?

— Depois? perguntou Emílio com ar de quem estranhava a pergunta.

— Sim, depois? continuei eu. Depois quando o tempo volvesse não me havias de olhar com desprezo?

— Desprezo? Não vejo...

— Como não? Que te mereceria eu depois?

— Oh! esse sacrifício seria feito por minha causa, eu fora cobarde se te lançasse isso em rosto.

— Di-lo-ias no teu íntimo.

— Juro que não.

— Pois a meus olhos é assim; eu nunca me perdoaria esse erro.

Emílio pôs o rosto nas mãos e pareceu chorar. Eu que até ali falava com esforço, fui a ele e tirei-lhe o rosto das mãos.

— Que é isto? disse eu. Não vês que me fazes chorar também?

Ele olhou para mim com os olhos rasos de lágrimas. Eu tinha os meus úmidos.

— Adeus, disse ele repentinamente. Vou partir.

E deu um passo para a porta.

— Se me prometes viver, disse-lhe, parte; se tens alguma idéia sinistra, fica.

Não sei o que viu ele no meu olhar, mas tomando a mão que eu lhe estendia beijou-a repetidas vezes (eram os primeiros beijos) e disse-me com fogo:

— Fico, Eugênia!

Ouvimos um ruído fora. Mandei ver. Era meu marido que chegava enfermo. Tinha tido um ataque no escritório. Tornara a si, mas achava-se mal. Alguns amigos o trouxeram dentro de um carro.

Corri para a porta. Meu marido vinha pálido e desfeito. Mal podia andar ajudado pelos amigos.

Fiquei desesperada, não cuidei de mais cousa alguma. O médico que acompanhara meu marido mandou logo fazer algumas aplicações de remédios. Eu estava impaciente; perguntava a todos se meu marido estava salvo.

Todos me tranqüilizavam.

Emílio mostrou-se pesaroso com o acontecimento. Foi a meu marido e apertou-lhe a mão.

Quando Emílio quis sair, meu marido disse-lhe:

— Olhe, sei que não pode estar aqui sempre; peço-lhe, porém, que venha, se puder, todos os dias.

— Pois não, disse Emílio.

E saiu.

Meu marido passou mal o resto daquele dia e a noite. Eu não dormi. Passei a noite no quarto.

No dia seguinte estava exausta. Tantas comoções diversas e uma vigília tão longa deixaram-me prostrada: cedia à força maior. Mandei chamar a prima Elvira e fui deitar-me.

Fecho esta carta neste ponto. Pouco falta para chegar ao termo da minha triste narração.

Até domingo.

VII

A moléstia de meu marido durou poucos dias. De dia para dia agravava-se. No fim de oito dias os médicos desenganaram o doente.

Quando eu recebi esta fatal nova fiquei como louca. Era meu marido, Carlota, e apesar de tudo eu não podia esquecer que ele tinha sido o companheiro da minha vida e a idéia salvadora nos desvios do meu espírito.

Emílio achou-me num estado de desespero. Procurou consolar-me. Eu não lhe ocultei que esta morte era um golpe profundo para mim.

Uma noite estávamos juntos todos, eu, a prima Elvira, uma parenta de meu marido e Emílio. Fazíamos companhia ao doente. Este, depois de um longo silêncio, voltou-se para mim e disse-me:

— A tua mão.

E apertando-me a mão com uma energia suprema, voltou-se para a parede.

Expirou.

....

Passaram-se quatro meses depois dos fatos que te contei. Emílio acompanhou-me na dor e foi dos mais assíduos em todas as cerimônias fúnebres que se fizeram ao meu finado marido.

Todavia, as visitas começaram a escassear. Era, parecia-me, por motivo de uma delicadeza natural.

No fim do prazo de que te falei, soube, por boca de um dos amigos de meu marido, que Emílio ia partir. Não pude crer. Escrevi-lhe uma carta.

Eu amava-o então, como dantes, mais ainda, agora que estava livre.

Dizia a carta:

"Emílio. — Constou-me que ias partir. Será possível? Eu mesma não posso acreditar nos meus ouvidos! Bem sabes se eu te amo. Não é tempo de coroar os nossos votos; mas não faltará muito para que o mundo nos releve uma união que o amor nos impõe. Vem tu mesmo responder-me por boca. Tua *Eugênia*".

Emílio veio em pessoa. Asseverou-me que, se ia partir, era por negócio de pouco tempo, mas que voltaria logo. A viagem devia ter lugar daí a oito dias.

Pedi-lhe que jurasse o que dizia, e ele jurou.

Deixei-o partir.

Daí a quatro dias recebia eu a seguinte carta dele:

"Menti, Eugênia; vou partir já. Menti ainda, eu não volto. Não volto porque não posso. Uma união contigo seria para mim o ideal de felicidade se eu não fosse homem de hábitos opostos ao casamento. Adeus. Desculpa-me, e reza para que eu faça boa viagem. Adeus. *Emílio".*

Avalias facilmente como fiquei depois de ler esta carta. Era um castelo que se desmoronava. Em troca do meu amor, do meu primeiro amor, recebia deste modo a ingratidão e o desprezo. Era justo: aquele amor culpado não podia ter bom fim; eu fui castigada pelas conseqüências mesmo do meu crime.

Mas, perguntava eu, como é que este homem, que parecia amar-me tanto, recusou aquela de cuja honestidade podia estar certo, visto que pôde opor uma resistência aos desejos de seu coração? Isto me pareceu um mistério. Hoje vejo que não era; Emílio era um sedutor vulgar e só se diferençava dos outros em ter um pouco mais de habilidade que eles.

Tal é a minha história. Imagina o que sofri nestes dous anos. Mas o tempo é um grande médico: estou curada.

O amor ofendido e o remorso de haver de algum modo traído a confiança de meu esposo fizeram-me doer muito. Mas eu creio que caro paguei o meu crime e acho-me reabilitada perante a minha consciência.

Achar-me-ei perante Deus?

E tu? É o que me hás de explicar amanhã; vinte e quatro horas depois de partir esta carta eu serei contigo.

Adeus!

LINHA RETA E LINHA CURVA

I

Era em Petrópolis, no ano de 186... Já se vê que a minha história não data de longe. É tomada dos anais contemporâneos e dos costumes atuais. Talvez algum dos leitores conheça até as personagens que vão figurar neste pequeno quadro. Não será raro que, encontrando uma delas amanhã, Azevedo, por exemplo, um dos meus leitores exclame:

— Ah! cá vi uma história em que se falou de ti. Não te tratou mal o autor. Mas a semelhança era tamanha, houve tão pouco cuidado em disfarçar a fisionomia, que eu, à proporção que voltava a página, dizia comigo: É o Azevedo, não há dúvida.

Feliz Azevedo! À hora em que começa essa narrativa é ele um marido feliz, inteiramente feliz. Casado de fresco, possuindo por mulher a mais formosa dama da sociedade, e a melhor alma que ainda se encarnou ao sol da América, dono de algumas propriedades bem situadas e perfeitamente rendosas, acatado, querido, descansado, tal é o nosso Azevedo, a quem por cúmulo de ventura coroam os mais belos vinte e seis anos.

Deu-lhe a fortuna um emprego suave: não fazer nada. Possui um diploma de bacharel em direito; mas esse diploma nunca lhe serviu; existe guardado no fundo da lata clássica em que o trouxe da faculdade de São Paulo. De quando em quando Azevedo faz uma visita ao diploma, aliás ganho legitimamente, mas é para não se ver mais senão daí a longo tempo. Não é um diploma, é uma relíquia.

Quando Azevedo saiu da faculdade de São Paulo e voltou para a fazenda da província de Minas Gerais, tinha um projeto: ir à Europa. No fim de alguns meses o pai consentiu na viagem, e Azevedo preparou-se para realizá-la. Chegou à corte no propósito firme de tomar lugar no primeiro paquete que saísse; mas nem tudo depende da vontade do homem. Azevedo foi a um baile antes de partir; aí estava armada uma rede em que ele devia ser colhido. Que rede! Vinte anos, uma figura delicada, esbelta, franzina, uma dessas figuras vaporosas que parecem desfazer-se ao primeiro raio do sol. Azevedo não foi senhor de si: apaixonou-se; daí a um mês casou-se, e daí a oito dias partiu para Petrópolis.

Que casa encerraria aquele casal tão belo, tão amante e tão feliz? Não podia ser mais própria a casa escolhida; era um edifício leve, delgado, elegante, mais de recreio que de morada; um verdadeiro ninho para aquelas duas pombas fugitivas.

A nossa história começa exatamente três meses depois da ida para Petrópolis. Azevedo e a mulher amavam-se ainda como no primeiro dia. O amor tomava então uma força maior e nova; é que... devo dizê-lo, ó casais de três meses? é que apontava no horizonte o primeiro filho. Também a terra e o céu se alegram quando aponta no horizonte o primeiro raio do sol. A figura não vem aqui por simples ornato de estilo; é uma dedução lógica: a mulher de Azevedo chamava-se Adelaide.

Era, pois, em Petrópolis, numa tarde de dezembro do ano de 186... Azevedo e Adelaide estavam no jardim que ficava em frente da casa onde ocultavam a sua felicidade. Azevedo lia alto; Adelaide ouvia-o ler, mas como se ouve um eco do coração, tanto a voz do marido e as palavras da obra correspondiam ao sentimento interior da moça.

No fim de algum tempo Azevedo deteve-se e perguntou:

— Queres que paremos aqui?

— Como quiseres, disse Adelaide.

— É melhor, disse Azevedo fechando o livro. As cousas boas não se gozam de uma assentada. Guardemos um pouco para a noite. Demais, era já tempo que eu passasse do idílio escrito para o idílio vivo. Deixa-me olhar para ti.

Adelaide olhou para ele e disse:

— Parece que começamos a lua de mel.

— Parece e é, acrescentou Azevedo; e se o casamento não fosse eternamente isto, o que poderia ser? A ligação de duas existências para meditar discretamente na melhor maneira de comer o maxixe e o repolho? Ora, pelo amor de Deus! Eu penso que o casamento deve ser um namoro eterno. Não pensas como eu?

— Sinto, disse Adelaide.

—Sentes, é quanto basta.

— Mas que as mulheres sintam é natural; os homens...

— Os homens, são homens.

— O que nas mulheres é sentimento, nos homens é pieguice; desde pequena me dizem isto.

— Enganam-te desde pequena, disse Azevedo rindo.

— Antes isso!

— É a verdade. E desconfia sempre dos que mais falam, sejam homens ou mulheres. Tens perto um exemplo. A Emília fala muito da sua isenção. Quantas vezes se casou? Até aqui duas, e está nos vinte e cinco anos. Era melhor calar-se mais e casar-se menos.

— Mas nela é brincadeira, disse Adelaide.

— Pois não. O que não é brincadeira é que os três meses do nosso casamento parecem-me três minutos...

— Três meses! exclamou Adelaide.

— Como foge o tempo! disse Azevedo.

— Dirás sempre o mesmo? perguntou Adelaide com um gesto de incredulidade.

Azevedo abraçou-a e perguntou:

— Duvidas?

— Receio. É tão bom ser feliz!

— Sê-lo-ás sempre e do mesmo modo. De outro não entendo eu.

Neste momento ouviram os dous uma voz que partia da porta do jardim.

— O que é que não entendes? dizia essa voz.

Olharam.

À porta do jardim estava um homem alto, bem parecido, trajando com elegância, luvas cor de palha, chicotinho na mão.

Azevedo pareceu ao princípio não conhecê-lo. Adelaide olhava para um e para outro sem compreender nada. Tudo isto, porém, não passou de um minuto; no fim dele Azevedo exclamou:

— É o Tito! Entra, Tito!

Tito entrou galhardamente no jardim; abraçou Azevedo e fez um cumprimento gracioso a Adelaide.

— É minha mulher, disse Azevedo apresentando Adelaide ao recém-chegado.

— Já o suspeitava, respondeu Tito; e aproveito a ocasião para dar-te os meus parabéns.

— Recebeste a nossa carta de participação?

— Em Valparaíso.

— Anda sentar-te e conta-me a tua viagem.

— Isso é longo, disse Tito sentando-se. O que te posso contar é que desembarquei ontem no Rio. Tratei de indagar a tua morada. Disseram-me que estavas temporariamente em Petrópolis. Descansei, mas logo hoje tomei a barca da Prainha e aqui estou. Eu já suspeitava que com o teu espírito de poeta irias esconder tua felicidade em algum recanto do mundo. Com efeito, isto é verdadeiramente uma nesga do paraíso. Jardim, caramanchões, uma casa leve e elegante, um livro. Bravo! *Marília de Dirceu*... É completo! *Tityre, tu patulae.*[26] Caio no meio de um idílio. Pastorinha, onde está o cajado?

Adelaide ri às gargalhadas.

Tito continua:

— Ri mesmo como uma pastorinha alegre. E tu, Teócrito, que fazes? Deixas correr os dias como as águas do Paraíba? Feliz criatura!

— Sempre o mesmo! disse Azevedo.

— O mesmo doudo? Acha que ele tem razão, minha senhora?

— Acho, se o não ofendo...

— Qual ofender! Se eu até me honro com isso; sou um doudo inofensivo, isso é verdade. Mas é que realmente são felizes como poucos. Há quantos meses se casaram?

Três meses fazem domingo, respondeu Adelaide.

— Disse há pouco que me pareciam três minutos, acrescentou Azevedo.

Tito olhou para ambos e disse sorrindo:

— Três meses, três minutos! Eis toda a verdade da vida. Se os pusessem sobre uma grelha, como São Lourenço, cinco minutos eram cinco meses. E ainda se fala em tempo! Há lá tempo! O tempo está nas nossas impressões. Há meses para os infelizes e minutos para os venturosos!

— Mas que ventura! exclama Azevedo.

— Completa, não? Imagino! Marido de um serafim, nas graças e no coração, não reparei que estava aqui... mas não precisa corar!... Disto me há de ouvir vinte vezes por dia; o que penso, digo. Como não te hão de invejar os nossos amigos!

26. Palavras iniciais da 1ª Égloga das *Bucólicas* do poeta latino Virgílio (70 a. C. — 19 a. C.). O verso completo é: "Tityre, tu patulae recubans sub tegmine fagi", ou seja: "Títiro, tu, deitado sob a copa de frondosa faia". Tanto as *Bucólicas* quanto *Marília de Dirceu,* do poeta brasileiro Tomás Antônio Gonzaga *(1744-c.* 1809) cantam idílios campestres. — Teócrito, citado linhas adiante, foi poeta bucólico grego, modelo de Virgílio.

— Isso não sei.

— Pudera! Encafuado neste desvão do mundo, de nada podes saber. E fazes bem. Isto de ser feliz à vista de todos é repartir a felicidade. Ora, para respeitar o princípio devo ir-me já embora...

Dizendo isto, Tito levantou-se.

— Deixa-te disso: fica conosco.

— Os verdadeiros amigos também são a felicidade, disse Adelaide.

— Ah!

— É até bom que aprendas em nossa escola a ciência do casamento, acrescentou Azevedo.

— Para quê? perguntou Tito meneando o chicotinho.

— Para te casares.

— Hum!... fez Tito.

— Não pretende? perguntou Adelaide.

— Estás ainda o mesmo que em outro tempo?

— O mesmíssimo, respondeu Tito.

Adelaide fez um gesto de curiosidade e perguntou:

— Tem horror ao casamento?

— Não tenho vocação, respondeu Tito. É puramente um caso de vocação. Quem a não tiver não se meta nisso, que é perder o tempo e o sossego. Desde muito tempo estou convencido disto.

— Ainda te não bateu a hora.

— Nem bate, disse Tito.

— Mas, se bem me lembro, disse Azevedo oferecendo-lhe um charuto, houve um dia em que fugiste às teorias do costume: andavas então apaixonado...

— Apaixonado, é engano. Houve um dia em que a Providência trouxe uma confirmação aos meus instintos solitários. Meti-me a pretender uma senhora...

— É verdade: foi um caso engraçado.

— Como foi o caso? perguntou Adelaide.

— O Tito viu em um baile uma rapariga. No dia seguinte apresenta-se em casa dela, e, sem mais nem menos, pede-lhe a mão. Ela responde... que te respondeu?

— Respondeu por escrito que eu era um tolo e me deixasse daquilo. Não disse positivamente tolo, mas vinha a dar na mesma. É preciso confessar que semelhante resposta não era própria. Voltei atrás e nunca mais amei.

— Mas amou naquela ocasião? perguntou Adelaide.

— Não sei se era amor, respondeu Tito, era uma cousa... Mas note, isto foi há uns bons cinco anos. Daí para cá ninguém mais me fez bater o coração.

— Pior para ti.

— Eu sei! disse Tito levantando os ombros. Se não tenho os gozos íntimos do amor, não tenho nem os dissabores, nem os desenganos. É já uma grande fortuna!

— No verdadeiro amor não há nada disso, disse sentenciosamente a mulher de Azevedo.

— Não há? Deixemos o assunto; eu podia fazer um discurso a propósito, mas prefiro...

— Ficar conosco, Azevedo atalhou-o. Está sabido.

— Não tenho essa intenção.

— Mas tenho eu. Hás de ficar.

— Mas se eu já mandei o criado tomar alojamento no Hotel de Bragança...

— Pois manda contra-ordem. Fica comigo.

— Insisto em não perturbar a tua paz.

—Deixa-te disso.

— Fique! disse Adelaide.

— Ficarei.

— E amanhã, continuou Adelaide, depois de ter descansado, há de nos dizer qual é o segredo da isenção de que tanto se ufana.

— Não há segredo, disse Tito. O que há é isto: entre um amor que se oferece e... uma partida de voltarete, não hesito, atiro-me ao voltarete. A propósito, Ernesto, sabes que encontrei no Chile um famoso parceiro de voltarete? Fez a casca mais temerária que tenho visto... sabe o que é uma casca, minha senhora?

— Não, respondeu Adelaide.

— Pois eu lhe explico.

Azevedo olhou para fora e disse:

— Aí chega a D. Emília.

Com efeito à porta do jardim parava uma senhora dando o braço a um velho de cinqüenta anos.

D. Emília era uma moça a que se pode chamar uma bela mulher; era alta na estatura e altiva de caráter. O amor que pudesse infundir seria por imposição. De suas maneiras e das suas graças inspirava um não sei quê de rainha que dava vontade de levá-la a um trono.

Trajava com elegância e simplicidade. Ela tinha essa elegância natural que é outra elegância diversa da elegância dos enfeites, a propósito da qual já tive ocasião de escrever esta máxima: "Que há pessoas elegantes, e pessoas enfeitadas."

Olhos negros e rasgados, cheios de luz e de grandeza, cabelos castanhos e abundantes, nariz reto como o de Safo, boca vermelha e breve, faces de cetim, colo e braços como os das estátuas, tais eram os traços da beleza de Emília.

Quanto ao velho que lhe dava o braço, era, como disse, um homem de cinqüenta anos. Era o que se chama em português chão e rude, — um velho gaiteiro. Pintado, espartilhado, via-se nele uma como que ruína do passado reconstruída por mãos modernas, de modo a ter esse aspecto bastardo que não é nem a austeridade da velhice, nem a frescura da mocidade. Não havia dúvida de que o velho devia ter sido um belo rapaz em seus tempos; mas presentemente, se algumas conquistas tivesse feito, só podia contentar-se com a lembrança delas.

Quando Emília entrou no jardim todos se achavam de pé. A recém-chegada apertou a mão a Azevedo e foi beijar Adelaide. Ia sentar-se na cadeira que Azevedo lhe oferecera quando reparou em Tito, que se achava a um lado.

Os dous cumprimentaram-se, mas com ar diferente. Tito parecia tranqüilo e friamente polido; mas Emília, depois de cumprimentá-lo, conservou os olhos fitos nele, como que avocando uma memória do passado.

Feitas as apresentações necessárias, e a Diogo Franco (é o nome do velho braceiro), todos tomaram assentos.

A primeira que falou foi Emília:

— Ainda hoje não vinha se não fosse a obsequiosidade do Sr. Diogo.

Adelaide olhou para o velho e disse:

— O Sr. Diogo é uma maravilha.

Diogo empertigou-se e murmurou com certo tom de modéstia:

— Nem tanto, nem tanto.

— É, é, disse Emília. Não é talvez uma, porém duas maravilhas. Ah! sabes que me vai fazer um presente?

— Um presente! exclamou Azevedo.

— É verdade, continuou Emília, um presente que mandou vir da Europa e lá dos confins; recordações das suas viagens de adolescente...

Diogo estava radiante.

— É uma insignificância, disse ele olhando ternamente para Emília.

— Mas o que é? perguntou Adelaide.

— É... adivinhem? É um urso branco!

— Um urso branco!

— Deveras?

— Está para chegar, mas só ontem é que me deu notícia dele. Que amável lembrança!

— Um urso! exclamou ainda Azevedo.

Tito inclinou-se ao ouvido do amigo, e disse em voz baixa:

— Com ele fazem dous.

Diogo, jubiloso pelo efeito que causava a notícia do presente, mas iludido no caráter desse efeito [,] disse:

— Não vale a pena. É um urso que eu mandei vir; é verdade que eu pedi dos mais belos. Não sabem o que é um urso branco. Imaginem que é todo branco.

— Ah! disse Tito.

— É um animal admirável! tornou Diogo.

— Acho que sim, disse Tito. Ora imagina tu o que não será um urso branco que é todo branco. Que faz este sujeito? perguntou ele em seguida a Azevedo.

— Namora a Emília; tem cinqüenta contos.

— E ela?

— Não faz caso dele.

— Diz ela?

— E é verdade.

Enquanto os dous trocavam estas palavras, Diogo brincava com os sinetes do relógio e as duas senhoras conversavam. Depois das últimas palavras entre Azevedo e Tito, Emília voltou-se para o marido de Adelaide e perguntou:

— Dá-se isto, Sr. Azevedo? Então faz-se anos nesta casa e não me convidam?

— Mas a chuva? disse Adelaide.

— Ingrata! Bem sabes que não há chuva em casos tais.

— Demais, acrescentou Azevedo, fez-se a festa tão à capucha.

— Fosse como fosse, eu sou de casa.

— É que a lua de mel continua apesar de cinco meses, disse Tito.

— Aí vens tu com os teus epigramas, disse Azevedo.

— Ah! isso é mau, Sr. Tito!

— Tito? perguntou Emília a Adelaide em voz baixa.

— Sim.

— D. Emília não sabe ainda quem é o nosso amigo Tito, disse Azevedo. Eu até tenho medo de dizê-lo.

— Então é muito feio o que tem para dizer?

— Talvez, disse Tito com indiferença.

— Muito feio! exclamou Adelaide.

— O que é então? perguntou Emília.

— É um homem incapaz de amar, continuou Adelaide. Não pode haver maior indiferença para o amor... Em resumo, prefere a um amor... o quê? um voltarete.

— Disse-te isso? perguntou Emília.

— E repito, disse Tito. Mas note bem, não por elas, é por mim. Acredito que todas as mulheres sejam credoras da minha adoração; mas eu é que sou feito de modo que nada mais lhes posso conceder do que uma estima desinteressada.

Emília olhou para o moço e disse:

— Se não é vaidade, é doença.

— Há de me perdoar, mas eu creio que não é doença, nem vaidade. É natureza: uns aborrecem as laranjas, outros aborrecem os amores; agora se o aborrecimento vem por causa das cascas, não sei; o que é certo é que é assim.

— É ferino! disse Emília olhando para Adelaide.

— Ferino, eu? disse Tito levantando-se. Sou uma seda, uma dama, um milagre de brandura... Dói-me, deveras, que eu não possa estar na linha dos outros homens, e não seja, como todos, propenso a receber as impressões amorosas, mas que quer? a culpa não é minha.

— Anda lá, disse Azevedo, o tempo te há de mudar.

— Mas quando? Tenho vinte e nove anos feitos.

— Já vinte e nove? perguntou Emília.

— Completei-os pela Páscoa.

— Não parece.

— São os seus bons olhos.

A conversa continuou por este modo, até que se anunciou o jantar. Emília e Diogo tinham jantado, ficaram apenas para fazer companhia ao casal Azevedo e a Tito, que declarou desde o princípio estar caindo de fome.

A conversa durante o jantar versou sobre cousas indiferentes.

Quando se servia o café apareceu à porta um criado do hotel em que morava Diogo; trazia uma carta para este, com indicação no sobrescrito de que era urgente. Diogo recebeu a carta, leu-a e pareceu mudar de cor. Todavia continuou a tomar parte na conversa geral. Aquela circunstância, porém, deu lugar a que Adelaide perguntasse a Emília:

— Quando te deixará este eterno namorado?

— Eu sei cá! respondeu Emília. Mas afinal de contas, não é mau homem. Tem aquela mania de me dizer no fim de todas as semanas que nutre por mim uma ardente paixão.

— Enfim, se não passa de declaração semanal...

— Não passa. Tem a vantagem de ser um braceiro infalível para a rua e um realejo menos mau dentro de casa. Já me contou umas cinqüenta vezes as batalhas amorosas em que entrou. Todo o seu desejo é acompanhar-me a uma viagem à roda do globo. Quando me fala nisto, se é à noite, e é quase sempre à noite, mando vir o chá, excelente meio de aplacar-lhe os ardores amorosos. Gosta do chá que se péla. Gosta tanto como de mim! Mas aquela do urso branco? E se realmente mandou vir um urso?

— Aceita.

— Pois eu hei de sustentar um urso? Não me faltava mais nada!

Adelaide sorriu-se e disse:

— Quer me parecer que acabas por te apaixonar...

— Por quem? Pelo urso?

— Não, pelo Diogo.

Nesse momento achavam-se as duas perto de uma janela. Tito conversava no sofá com Azevedo. Diogo refletia profundamente, estendido numa poltrona.

Emília tinha os olhos em Tito. Depois de um silêncio, disse ela para Adelaide:

— Que achas ao tal amigo do teu marido? Parece um presumido. Nunca se apaixonou! É crível?

— Talvez seja verdade.

— Não acredito. Pareces criança! Diz aquilo dos dentes para fora...

— É verdade que não tenho maior conhecimento dele...

— Quanto a mim, pareceu-me não ser estranha aquela cara... mas não me lembro!

— Parece ser sincero... mas dizer aquilo é já atrevimento.

— Está claro...

— De que te ris?

— Lembra-me um do mesmo gênero que este, disse Emília. Foi já há tempos. Andava sempre a gabar-se da sua isenção. Dizia que todas as mulheres eram para ele vasos da China: admirava-as e nada mais. Coitado! Caiu em menos de um mês. Adelaide, vi-o beijar-me a ponta dos sapatos... depois do que desprezei-o.

— Que fizeste?

— Ah! não sei o que fiz. Santa Astúcia foi quem operou o milagre. Vinguei o sexo e abati um orgulhoso.

— Bem feito.

— Não era menos do que este. Mas falemos de cousas sérias... Recebi as folhas francesas de modas...

— Que há de novo?

— Muita cousa. Amanhã tas mandarei. Repara em um novo corte de mangas. É lindíssimo. Já mandei encomendas para a corte. Em artigos de passeios há fartura e do melhor.

— Para mim quase que é inútil mandar.

— Por quê?

— Quase nunca saio de casa.

— Nem ao menos irás jantar comigo no dia de ano-bom!

— Oh! com toda a certeza!

— Pois vai... Ah! irá o homem? O Sr. Tito?

— Se estiver cá... e quiseres...

— Pois que vá, não faz mal... saberei contê-lo... Creio que não será sempre tão... incivil. Nem sei como podes ficar com esse sangue frio! A mim faz-me mal aos nervos!

— É-me indiferente.

— Mas a injúria ao sexo... não te indigna?

— Pouco.

— És feliz.

— Que queres que eu faça a um homem que diz aquilo? Se não fosse casada era possível que me indignasse mais. Se fosse livre era provável que lhe fizesse o que fizeste ao outro. Mas eu não posso cuidar dessas cousas...

— Nem ouvindo a preferência do voltarete? Pôr-nos abaixo da dama de copas! E o ar com que ele diz aquilo! Que calma, que indiferença!

— É mau! é mau!

— Merecia castigo...

— Merecia. Queres tu castigá-lo?

Emília fez um gesto de desdém e disse:

— Não vale a pena.

— Mas tu castigaste o outro.

—Sim... mas não vale a pena.

— Dissimulada!

— Por que dizes isso?

— Porque já te vejo meia tentada a uma nova vingança...

— Eu? Ora qual!

— Que tem? Não é crime...

— Não é, decerto; mas... veremos.

— Ah! serás capaz?

— Capaz? disse Emília com um gesto de orgulho ofendido.

— Beijar-te-á ele a ponta do sapato?

Emília ficou silenciosa por alguns momentos; depois [,] apontando com o leque para a botina que lhe calçava o pé, disse:

— E hão de ser estes.

Emília e Adelaide se dirigiram para o lado em que se achavam os homens. Tito, que parecia conversar intimamente com Azevedo, interrompeu a conversa para dar atenção às senhoras. Diogo continuava mergulhado na sua meditação.

— Então o que é isso, Sr. Diogo? perguntou Tito. Está meditando?

— Ah! perdão, estava distraído!

— Coitado! disse Tito baixo a Azevedo.

Depois, voltando-se para as senhoras:

— Não as incomoda o charuto?

— Não senhor, disse Emília.

— Então, posso continuar a fumar?

— Pode, disse Adelaide.

— É um mau vício, mas é o meu único vício. Quando fumo parece que aspiro a eternidade. Enlevo-me todo e mudo de ser. Divina invenção!

— Dizem que é excelente para os desgostos amorosos, disse Emília com intenção.

— Isso não sei. Mas não é só isto. Depois da invenção do fumo não há solidão possível. É a melhor companhia deste mundo. Demais, o charuto é um verdadeiro *Memento homo:* convertendo-se pouco a pouco em cinzas, vai lembrando ao homem o fim real e infalível de todas as cousas: é o aviso filosófico, é a sentença fúnebre que nos acompanha em toda a parte. Já é um grande progresso... Mas estou eu a aborrecer com uma dissertação tão pesada. Hão de desculpar... que foi descuido. Ora, a falar a verdade, eu já vou desconfiando; Vossa Excelência olha com olhos tão singulares...

Emília, a quem era dirigida a palavra, respondeu:

— Não sei se são singulares, mas são os meus.

— Penso que não são os do costume. Está talvez Vossa Excelência a dizer consigo que eu sou um esquisito, um singular, um...

— Um vaidoso, é verdade.

— Sétimo mandamento: não levantar falsos testemunhos.

— Falsos, diz o mandamento.

— Não me dirá em que sou eu vaidoso?

— Ah! a isso não respondo eu.

— Porque não quer?

— Porque... não sei. É uma cousa que se sente, mas que se não pode descobrir. Respira-lhe a vaidade em tudo: no olhar, na palavra, no gesto... mas não se atina com a verdadeira origem de tal doença.

— É pena. Eu tinha grande prazer em ouvir da sua boca o diagnóstico da minha doença. Em compensação pode ouvir da minha o diagnóstico da sua... A sua doença é... Digo?

— Pode dizer.

— É um despeitozinho.

— Deveras?

— Vamos ver isso, disse Azevedo rindo-se.

Tito continuou:

— Despeito pelo que eu disse há pouco.

— Puro engano! disse Emília rindo-se.

— É com toda a certeza. Mas é tudo gratuito. Eu não tenho culpa de cousa alguma. A natureza é que me fez assim.

— Só a natureza?

— E um tanto de estudo. Ora vou expor-lhe as minhas razões. Veja se posso amar ou pretender: primeiro, não sou bonito...

— Oh!... disse Emília.

— Agradeço o protesto, mas continuo na mesma opinião: não sou bonito, não sou...

— Oh!... disse Adelaide.

— Segundo: não sou curioso, e o amor, se o reduzirmos às suas verdadeiras proporções, não passa de uma curiosidade; terceiro: não sou paciente, e nas conquistas amorosas a paciência é a principal virtude; quarto, finalmente: não sou idiota, porque, se com todos estes defeitos pretendesse amar, mostraria a maior falta de razão. Aqui está o que eu sou por natural e por indústria.

— Emília, parece que é sincero.

— Acreditas?

— Sincero como a verdade, disse Tito.

— Em último caso, seja ou não seja sincero, que tenho eu com isso?

— Eu creio que nada, disse Tito.

II

No dia seguinte àquele em que se passaram as cenas descritas no capítulo anterior, entendeu o céu que devia regar com as suas lágrimas o solo da formosa Petrópolis.

Tito, que destinava esse dia a ver toda a cidade, foi obrigado a conservar-se em casa. Era um amigo que não incomodava, porque quando era demais sabia escapar-se discretamente, e quando o não era, tornava-se o mais delicioso dos companheiros.

Tito sabia juntar muita jovialidade a muita delicadeza; sabia fazer rir sem saltar fora das conveniências. Acrescia que, voltando de uma longa e pitoresca viagem, trazia as algibeiras da memória (deixem passar a frase) cheias de vivas reminiscências. Tinha feito uma viagem de poeta e não de peralvilho. Soube ver e sabia contar. Estas duas qualidades, indispensáveis ao viajante, por desgraça são as mais raras. A maioria das pessoas que viajam nem sabem ver, nem sabem contar.

Tito tinha andado por todas as repúblicas do mar Pacífico, tinha vivido no México e em alguns Estados americanos. Tinha depois ido à Europa no paquete da linha de New York. Viu Londres e Paris. Foi à Espanha, onde viveu a vida de Almaviva, dando serenatas às janelas das Rosinas de hoje. Trouxe de lá alguns leques e mantilhas. Passou à Itália e levantou o espírito à altura das recordações da arte clássica. Viu a sombra de Dante nas ruas de Florença; viu as almas dos doges pairando saudosas sobre as águas viúvas do mar Adriático; a terra de Rafael, de Virgílio e Miguel Ângelo foi para ele uma fonte viva de recordações do passado e de impressões para o futuro. Foi à Grécia, onde soube evocar o espírito das gerações extintas que deram ao gênio da arte e da poesia um fulgor que atravessou as sombras dos séculos.

Viajou ainda mais o nosso herói, e tudo viu com olhos de quem sabe ver e tudo contava com alma de quem sabe contar. Azevedo e Adelaide passavam horas esquecidas.

— Do amor, dizia ele, eu só sei que é uma palavra de quatro letras, um tanto eufônica, é verdade, mas núncia de lutas e desgraças. Os bons amores são cheios de felicidade, porque têm a virtude de não alçarem olhos para as estrelas do céu; contentam-se com ceias à meia-noite e alguns passeios a cavalo ou por mar.

Esta era a linguagem constante de Tito. Exprimia ela a verdade, ou era uma linguagem de convenção? Todos acreditavam que a verdade estava na primeira hipótese, até porque essa era de acordo com o espírito jovial e folgazão de Tito.

No primeiro dia da residência de Tito em Petrópolis, a chuva, como disse acima, impediu que os diversos personagens desta história se encontrassem. Cada qual ficou na sua casa. Mas o dia imediato foi mais benigno; Tito aproveitou o bom tempo para ir ver a risonha cidade da serra. Azevedo e Adelaide quiseram acompanhá-lo; mandaram aparelhar três ginetes próprios para o ligeiro passeio.

Na volta foram visitar Emília. Durou poucos minutos a visita. A bela viúva recebeu-os com graça e cortesia de princesa. Era a primeira vez que Tito lá ia; e fosse por isso, ou por outra circunstância, foi ele quem mereceu as principais atenções da dona da casa.

Diogo, que então fazia a sua centésima declaração de amor a Emília, e a quem Emília acabava de oferecer uma chávena de chá, não viu com bons olhos a demasiada atenção que o viajante merecia da dama dos seus pensamentos. Essa, e talvez outras circunstâncias, faziam com que o velho Adônis assistisse à conversação com a cara fechada.

À despedida Emília ofereceu a casa a Tito, com a declaração de que teria a mesma satisfação em recebê-lo muitas vezes. Tito aceitou cavalheiramente o oferecimento; feito o quê, saíram todos.

Cinco dias depois desta visita Emília foi à casa de Adelaide. Tito não estava presente; andava a passeio. Azevedo tinha saído para um negócio, mas voltou daí a alguns minutos. Quando, depois de uma hora de conversa, Emília já de pé preparava-se para voltar a casa, entrou Tito.

— Ia sair quando entrou, disse Emília. Parece que nos contrariamos em tudo.

— Não é por minha vontade, respondeu Tito; pelo contrário, meu desejo é não contrariar pessoa alguma, e portanto não contrariar Vossa Excelência.

— Não parece.

— Por quê?

Emília sorriu e disse com uma inflexão de censura:

— Sabe que me daria prazer se utilizasse do oferecimento de minha casa; ainda se não utilizou. Foi esquecimento?

— Foi.

— É muito amável...

— Sou muito franco. Eu sei que Vossa Excelência preferia uma delicada mentira; mas eu não conheço nada mais delicado que a verdade.

Emília sorriu.

Nesse momento entrou Diogo.

— Ia sair, D. Emília? perguntou ele.

— Esperava o seu braço.

— Aqui o tem.

Emília despediu-se de Azevedo e de Adelaide. Quanto a Tito, no momento em que ele curvava-se respeitosamente, Emília disse-lhe com a maior placidez da alma:

— Há alguém tão delicado como a verdade: é o Sr. Diogo. Espero dizer o mesmo...

— De mim? interrompeu Tito. Amanhã mesmo.

Emília saiu pelo braço de Diogo.

No dia seguinte, com efeito, Tito foi à casa de Emília. Ela o esperava com certa impaciência. Como não soubesse a hora em que ele devia apresentar-se lá, a bela viúva esperou-o a todos os momentos, desde manhã. Só ao cair da tarde é que Tito dignou-se aparecer.

Emília morava com uma tia velha. Era uma boa senhora, amiga da sobrinha, e inteiramente escrava da sua vontade. Isto quer dizer que não havia em Emília o menor receio que a boa tia não assinasse de antemão.

Na sala em que Tito foi recebido não estava ninguém. Ele teve portanto tempo de sobra para examiná-la à vontade. Era uma sala pequena, mas mobiliada e adornada com gosto. Móveis leves, elegantes e ricos; quatro finíssimas estatuetas, copiadas de Pradier, um piano de Erard, tudo disposto e arranjado com vida.

Tito gastou o primeiro quarto de hora no exame da sala e dos objetos que a enchiam. Esse exame devia influir muito no estudo que ele quisesse fazer do espírito da moça. Dize-me como moras, dir-te-ei quem és.

Mas o primeiro quarto de hora correu sem que aparecesse viva alma, nem que se ouvisse rumor de natureza alguma. Tito começou a impacientar-se. Já sabemos que espírito brusco era ele, apesar da suprema delicadeza que todos lhe reconheciam. Parece, porém, que a sua rudeza, quase sempre exercida contra Emília, era antes estudada que natural. O que é certo é que no fim de meia hora, aborrecido pela demora, Tito murmurou consigo:

— Quer tomar desforra!

E tomando o chapéu que havia posto numa cadeira ia dirigindo-se para a porta quando ouviu uma farfalhar de sedas. Voltou a cabeça; Emília entrava.

— Fugia?

— É verdade.

— Perdoe a demora.

— Não há que perdoar; não podia vir, era natural que fosse por algum motivo sério. Quanto a mim não tenho igualmente de que pedir perdão. Esperei, estava cansado, voltaria em outra ocasião. Tudo isto é natural.

Emília ofereceu uma cadeira a Tito e sentou-se num sofá.

— Realmente, disse ela acomodando o balão, o Sr. Tito é um homem original.

— É a minha glória. Não imagina como eu aborreço as cópias. Fazer o que muita gente faz, que mérito há nisso? Não nasci para esses trabalhos de imitação.

— Já uma cousa fez como muita gente.

— Qual foi?

— Prometeu-me ontem esta visita e veio cumprir a promessa.

— Ah! minha senhora, não lance isso à conta das minhas virtudes. Podia não vir; vim; não foi vontade, foi... acaso.

— Em todo caso, agradeço-lhe.

— É o meio de me fechar a sua porta.

— Por quê?

— Porque eu não me dou com esses agradecimentos; nem creio mesmo que eles possam acrescentar nada à minha admiração pela pessoa de Vossa Excelência. Fui visitar muitas vezes as estátuas dos museus da Europa, mas se elas se lembrassem de me agradecer um dia, dou-lhe a minha palavra que não voltava lá.

A estas palavras seguiu-se um silêncio de alguns segundos.

Emília foi quem falou primeiro.

— Há muito tempo que se dá com o marido de Adelaide?

— Desde criança, respondeu Tito.

— Ah! foi criança?

— Ainda hoje sou.

— É exatamente o tempo das minhas relações com Adelaide. Nunca me arrependi.

— Nem eu.

— Houve um tempo, prosseguiu Emília, em que estivemos separadas; mas isso não trouxe mudança alguma às nossas relações. Foi no tempo do meu primeiro casamento.

— Ah! foi casada duas vezes?

— Em dous anos.

— E por que enviuvou da primeira?

— Porque meu marido morreu, disse Emília rindo-se.

— Mas eu pergunto outra cousa. Por que se fez viúva, mesmo depois da morte de seu primeiro marido? Creio que poderia continuar casada.

— De que modo? perguntou Emília com espanto.

— Ficando mulher do finado. Se o amor acaba na sepultura acho que não vale a pena de procurá-lo neste mundo.

— Realmente o Sr. Tito é um espírito fora do comum.

— Um tanto.

— É preciso que o seja para desconhecer que a nossa vida não comporta essas exigências da eterna fidelidade. E demais, pode-se conservar a lembrança dos que morrem sem renunciar às condições da nossa existência. Agora é que eu lhe pergunto por que me olha com olhos tão singulares?...

— Não sei se são singulares, mas são os meus.

— Então, acha que eu cometi uma bigamia?

— Eu não acho nada. Ora, deixe-me dizer-lhe a última razão da minha incapacidade para os amores.

— Sou toda ouvidos.

— Eu não creio na fidelidade.

— Em absoluto?

— Em absoluto.

— Muito obrigada.

— Ah! eu sei que isto não é delicado; mas em primeiro lugar, eu tenho a coragem das minhas opiniões; e em segundo foi Vossa Excelência quem me provocou. É infelizmente verdade, eu não creio nos amores leais e eternos. Quero fazê-la minha confidente. Houve um dia em que eu tentei amar; concentrei todas as forças vivas do meu coração; dispus-me a reunir o meu orgulho e a minha ilusão na cabeça do objeto amado. Que lição mestra! O objeto amado, depois de me alimentar as esperanças, casou-se com outro que não era nem mais bonito, nem mais amante.

— Que prova isso? perguntou a viúva.

— Prova que me aconteceu o que pode acontecer e acontece diariamente aos outros.

— Ora...

— Há de me perdoar, mas eu creio que é uma cousa já metida na massa do sangue.

— Não diga isso. É certo que pode acontecer casos desses; mas serão todos assim? Não admite uma exceção? Aprofunde mais os corações alheios se quiser encontrar a verdade... e há de encontrar.

— Qual! disse Tito abaixando a cabeça e batendo com a bengala na ponta do pé.

— Posso afirmá-lo, disse Emília.

— Duvido.

— Tenho pena de uma criatura assim, continuou a viúva. Não conhecer o amor é não conhecer a vida! Há nada igual à união de duas almas que se adoram? Desde que o amor entra no coração, tudo se transforma, tudo muda, a noite parece dia, a dor assemelha-se ao prazer... Se não conhece nada disto, pode morrer, porque é o mais infeliz dos homens.

— Tenho lido isso nos livros, mas ainda não me convenci...

— Já reparou na minha sala?

— Já vi alguma cousa.

— Reparou naquela gravura?

Tito olhou para a gravura que a viúva lhe indicava.

— Se me não engano, disse ele, aquilo é o Amor domando as feras.

— Veja e convença-se.

— Com a opinião do desenhista? perguntou Tito. Não é possível. Tenho visto gravuras vivas. Tenho servido de alvo a muitas setas; crivam-me todo, mas eu tenho a fortaleza de S. Sebastião; afronto, não me curvo.

— Que orgulho!

— O que pode fazer dobrar uma altivez destas? A beleza? Nem Cleópatra. A castidade? Nem Susana. Resuma, se quiser, todas as qualidades em uma só criatura, e eu não mudarei... É isto e nada mais.

Emília levantou-se e dirigiu-se para o piano.

— Não aborrece a música? perguntou ela abrindo o piano.

— Adoro-a, respondeu o moço sem se mover; agora quanto aos executantes só gosto dos bons. Os maus dá-me ímpetos de enforcá-los.

Emília executou ao piano os prelúdios de uma sinfonia. Tito ouvia-a com a mais profunda atenção. Realmente a bela viúva tocava divinamente.

— Então, disse ela levantando-se, devo ser enforcada?

— Deve ser coroada. Toca perfeitamente.

— Outro ponto em que não é original. Toda a gente me diz isso.

— Ah! eu também não nego a luz do sol.

Neste momento entrou na sala a tia de Emília. Esta apresentou-lhe Tito. A conversa tomou então um tom pessoal e reservado; durou pouco, aliás porque Tito, travando repentinamente do chapéu, declarou que tinha que fazer.

— Até quando?

— Até sempre.

Despediu-se e saiu.

Emília ainda o acompanhou com os olhos por algum tempo, da janela da casa. Mas Tito, como se o caso não fosse com ele, seguiu sem olhar para trás.

Mas, exatamente no momento em que Emília voltava para dentro, Tito encontrava o velho Diogo.

Diogo ia na direção da casa da viúva. Tinha um ar pensativo. Tão distraído ia que chegou quase a esbarrar com Tito.

— Onde vai tão distraído? perguntou Tito.

— Ah! é o senhor? Vem da casa de D. Emília?

— Venho.

— Eu para lá vou. Coitada! há de estar muito impaciente com a minha demora.

— Não está, não senhor, respondeu Tito com o maior sangue frio.

Diogo lançou-lhe um olhar de despeito.

A isso seguiu-se um silêncio de alguns minutos, durante o qual Diogo brincava com a corrente do relógio, e Tito lançava ao ar novelos de fumaça de um primoroso havana. Um desses novelos foi desenrolar-se na cara de Diogo. O velho tossiu e disse a Tito:

— Apre lá, Sr. Tito! É demais!

— O quê, meu caro senhor? perguntou o rapaz.

— Até a fumaça!

— Foi sem reparar. Mas eu não compreendo as suas palavras...

— Eu me faço explicar, disse o velho tomando um ar risonho. Dê-me o seu braço...

— Pois não!

E os dous seguiram conversando como dous amigos velhos.

— Estou pronto a ouvir a sua explicação.

— Lá vai. Sabe o que eu quero? É que seja franco. Não ignora que eu suspiro aos pés da viúva. Peço-lhe que não discuta o fato, admita-o simplesmente. Até aqui tudo ia caminhando bem, quando o senhor chegou a Petrópolis.

— Mas...

— Ouça-me silenciosamente. Chegou o senhor a Petrópolis, e sem que eu lhe tivesse feito mal algum, entendeu de si para si que me havia de tirar do lance. Desde então começou a corte...

— Meu caro Sr. Diogo, tudo isso é uma fantasia. Eu não faço a corte a D. Emília, nem pretendo fazer-lha. Vê-me acaso freqüentar a casa dela?

— Acaba de sair de lá.

— É a primeira vez que a visito.

— Quem sabe?

— Demais, ainda ontem não ouviu em casa de Azevedo as expressões com que ela se despediu de mim? Não são de mulher que...

— Ah! isso não prova nada. As mulheres, e sobretudo aquela, nem sempre dizem o que sentem...

— Então acha que aquela sente alguma cousa por mim?...

— Se não fosse isso, não lhe falaria.

— Ah! ora eis aí uma novidade.

— Suspeito apenas. Ela só me fala do senhor; indaga-me vinte vezes por dia de sua pessoa, dos seus hábitos, do seu passado e das suas opiniões... Eu, como há de acreditar, respondo a tudo que não sei, mas vou criando um ódio ao senhor, do qual não me poderá jamais criminar.

— É culpa minha se ela gosta de mim? Ora, vá descansado, Sr. Diogo. Nem ela gosta de mim, nem eu gosto dela. Trabalhe desassombradamente e seja feliz.

— Feliz! se eu pudesse ser! Mas não... não creio; a felicidade não se fez para mim. Olhe, Sr. Tito, amo aquela mulher como se pode amar a vida. Um olhar dela vale mais para mim que um ano de glórias e de felicidade. É por ela que eu tenho deixado os meus negócios à toa. Não viu outro dia que uma carta me chegou às mãos, cuja leitura me fez entristecer? Perdi uma causa. Tudo por quê? por ela!

— Mas, ela não lhe dá esperanças?

— Eu sei o que é aquela moça! Ora trata-me de modo que eu vou ao sétimo céu; ora é tal a sua indiferença que me atira ao inferno. Hoje um sorriso, amanhã um gesto de desdém. Ralha-me de não visitá-la; vou visitá-la, ocupa-se tanto de mim como de *Ganimedes; Ganimedes* é o nome de um cãozinho felpudo que eu lhe dei. Importa-se tanto comigo como com o cachorro... É de propósito. É um enigma aquela moça.

— Pois não serei eu quem o decifre, Sr. Diogo. Desejo-lhe muita felicidade. Adeus.

E os dous separaram-se. Diogo seguiu para a casa de Emília, Tito para a casa de Azevedo.

Tito acabava de saber que a viúva pensava nele; todavia, isso não lhe dera o menor abalo. Por quê? É o que saberemos mais adiante. O que é preciso dizer desde já, é que as mesmas suspeitas despertadas no espírito de Diogo, tivera a mulher de Azevedo. A intimidade de Emília dava lugar a uma franca interrogação e a uma confissão franca. Adelaide, no dia seguinte àquele em que se passou a cena que referi acima, disse a Emília o que pensava.

A resposta da viúva foi uma risada.

— Não te compreendo, disse a mulher de Azevedo.

— É simples, disse a viúva. Julgas-me capaz de apaixonar-me pelo amigo de teu marido? Enganas-te. Não, eu não o amo. Somente, como te disse no dia em que o vi aqui pela primeira vez, empenho-me em tê-lo a meus pés. Se bem me recordo foste tu mesma quem me deu conselho. Aceitei-o. Hei de vingar o nosso sexo. É um pouco de vaidade minha, embora; mas eu creio que aquilo que nenhuma fez, fá-lo-ei eu.

— Ah! cruelzinha! É isso?

— Nem mais, nem menos.

— Achas possível?

— Por que não?

— Reflete que a derrota será dupla...

— Será, mas não há de haver.

Esta conversa foi interrompida por Azevedo. Um sinal de Emília fez calar Adelaide. Ficou convencionado que nem mesmo Azevedo saberia de cousa alguma. E, com efeito, Adelaide nada comunicou a seu marido.

III

Tinham-se passado oito dias depois do que acabo de narrar.

Tito, como o temos visto até aqui, estava no terreno do primeiro dia. Passeava, lia, conversava e parecia inteiramente alheio aos planos que se tramavam em roda dele. Durante esse tempo foi apenas duas vezes à casa de Emília, uma com a família de Azevedo, outra com Diogo. Nestas visitas era sempre o mesmo, frio, indiferente, impassível. Não havia olhar, por mais sedutor e significativo, que o abalasse; nem a idéia de que andava no pensamento da viúva era capaz de animá-lo.

— Por que, ao menos, se não é capaz de amar, não procura entreter um desses namoros de sala, que tanto lisonjeiam a vaidade dos homens?

Esta pergunta era feita por Emília a si mesma, sob a impressão da estranheza que lhe causava a indiferença do rapaz. Ela não compreendia que Tito pudesse conservar-se de gelo diante dos seus encantos. Mas infelizmente era assim.

Cansada de trabalhar em vão, a viúva determinou dar um golpe mais decisivo. Encaminhou a conversa para as doçuras do casamento e lamentou o estado de sua viuvez. O casal Azevedo era para ela o tipo da perfeita felicidade conjugal. Apresentava-o aos olhos de Tito como um incentivo para quem queria ser venturoso na terra. Nada, nem a tese, nem a hipótese, nada moveu a frieza de Tito.

Emília jogava um jogo perigoso. Era preciso decidir entre os seus desejos de vingar o sexo e as conveniências da sua posição; mas ela era de um caráter imperioso; respeitava muito os princípios de sua moral severa, mas não acatava do mesmo modo as conveniências de que a sociedade cercava essa moral. A vaidade impunha-se no espírito dela, com força prodigiosa. Assim que a bela viúva foi usando todos os meios que era lícito empregar para fazer apaixonar Tito.

Mas, apaixonado ele, o que faria ela? A pergunta é ociosa; desde que ela o tivesse aos pés, trataria de conservá-lo aí fazendo parelha ao velho Diogo. Era o melhor troféu que uma beleza altiva pode ambicionar.

Uma manhã, oito dias depois das cenas referidas no capítulo anterior, apareceu Diogo em casa de Azevedo. Tinham aí acabado de almoçar; Azevedo subira para o gabinete, a fim de aviar alguma correspondência para a corte; Adelaide achava-se na sala do pavimento térreo.

Diogo entrou com uma cara contristada, como nunca se lhe vira. Adelaide correu para ele.

— Que é isso? perguntou ela.

— Ah! minha senhora... sou o mais infeliz dos homens!

— Por quê? Venha sentar-se...

Diogo sentou-se, ou antes deixou-se cair na cadeira que Adelaide lhe ofereceu. Esta tomou lugar ao pé dele, animou-o a contar as suas mágoas.

— Então que há?

— Duas desgraças, respondeu ele. A primeira em forma de sentença. Perdi mais uma demanda. É uma desgraça isto, mas não é nada...

— Pois há maior?...

— Há. A segunda desgraça foi em forma de carta.

— De carta? perguntou Adelaide.

— De carta. Veja isto.

Diogo tirou da carteira uma cartinha cor-de-rosa, cheirando a essência de magnólia. Adelaide leu a carta para si.

Quando ela acabou, perguntou-lhe o velho:

— Que me diz a isto?

— Não compreendo, respondeu Adelaide.

— Esta carta é dela.

— Sim, e depois?

— É para ele.

— Ele quem?

— Ele! o diabo! o meu rival! o Tito!

— Ah!

— Dizer-lhe o que senti quando apanhei esta carta, é impossível. Nunca tremi na minha vida! Mas quando li isto, não sei que vertigem se apoderou de mim. Ando tonto! A cada passo como que desmaio... Ah!...

— Ânimo! disse Adelaide.

— É isto mesmo que eu vinha buscar... é uma consolação, uma animação. Soube que estava aqui e estimei achá-la só... Ah! quanto sinto que o estimável seu marido esteja vivo... porque a melhor consolação era aceitar Vossa Excelência um coração tão mal compreendido.

— Felizmente ele está vivo.

Diogo soltou um suspiro e disse:

— Felizmente!

E depois de um silêncio continuou:

— Tive duas idéias: uma foi o desprezo; mas desprezá-los é pô-los em maior liberdade e ralar-me de dor e de vergonha; a segunda foi o duelo... é melhor... eu mato... ou...

— Deixe-se disso.

— É indispensável que um de nós seja riscado do número dos vivos.

— Pode ser engano...

— Mas não é engano, é certeza.

— Certeza de quê?

Diogo abriu o bilhete e disse:

— Ora, ouça: "Se ainda não me compreendeu é bem curto de penetração. Tire a máscara e eu me explicarei. Esta noite tomo chá sozinha. O importuno Diogo não me incomodará com as suas tolices. Dê-me a felicidade de vê-lo e admirá-lo. — *Emilia*".

— Mas que é isto?

— Que é isto? Ah! se fosse mais do que isto já eu estava morto! Pude pilhar a carta, e a tal entrevista não se deu...

— Quando foi escrita a carta?

— Ontem.

— Tranqüilize-se. É capaz de guardar um segredo? O que lhe vou dizer é grave. Mas só a sua aflição me faz falar. Posso afirmar-lhe que esta carta é uma pura caçoada. Trata-se de vingar o nosso sexo ultrajado; trata-se de fazer com que Tito se apaixone... nada mais.

Diogo estremeceu de alegria.

— Sim? perguntou ele.

— É pura verdade. Mas veja lá, isto é segredo. Se lho descobri foi por vê-lo aflito. Não nos comprometa.

— Isso é sério? insistiu Diogo.

— Como quer que lho diga?

— Ah! que peso me tirou! Pode estar certa de que o segredo caiu num poço. Oh! muito me hei de rir... muito me hei de rir... Que boa inspiração tive em vir falar-lhe! Diga-me, posso dizer a D. Emília que sei tudo?

— Não!

— É então melhor que não me dê por achado...

— Sim.

— Muito bem!

Dizendo estas palavras o velho Diogo esfregava as mãos e piscava os olhos. Estava radiante. Quê! ver o suposto rival sendo vítima dos laços da viúva! Que glória! que felicidade!

Nisto estava quando à porta do interior apareceu Tito. Acabava de levantar-se da cama.

— Bom dia, D. Adelaide, disse ele dirigindo-se para a mulher de Azevedo.

Depois sentando-se e voltando a cara para Diogo:

— Bom dia, disse. Está hoje alegre... Tirou a sorte grande?

— A sorte grande? perguntou Diogo. Tirei... tirei...

— Dormiu bem? perguntou Adelaide a Tito.

— Como um justo que sou. Tive sonhos cor-de-rosas: sonhei com o Sr. Diogo.

— Ah! sonhou comigo? murmurou entre dentes o velho namorado. Coitado! tenho pena dele!

— Mas onde está Azevedo? perguntou Tito a Adelaide.

— Anda de passeio.

— Já?

— Pois então. Onze horas.

— Onze horas! É verdade, acordei muito tarde. Tinha duas visitas para fazer: uma a D. Emília...

— Ah! disse Diogo.

— De que se espanta, meu caro?

— De nada! de nada!

— Bom; vou mandar pôr o seu almoço, disse Adelaide.

Os dous ficaram sós. Tito acendeu um cigarro de palha: Diogo afetava grande distração, mas olhava sorrateiramente para o moço. Este, apenas soltou duas fumaças, voltou-se para o velho e disse:

— Como vão os seus amores?

— Que amores?

— Os seus, a Emília... Já lhe fez compreender toda a imensidade da paixão que o devora?

— Qual... Preciso de algumas lições... Se mas quisesse dar?...

— Eu? Está sonhando!

— Ah! eu sei que o senhor é forte... É modesto, mas é forte... e até fortíssimo! Ora, eu sou realmente um aprendiz... Tive há pouco a idéia de desafiá-lo.

— A mim?

— É verdade, mas foi uma loucura de que me arrependi.

— Além de que não é uso em nosso país...

— Em toda a parte é uso vingar a honra.

— Bravo, D. Quixote!

— Ora, eu acreditava-me ofendido na honra.

— Por mim?

— Mas emendei a mão; reparei que era antes eu quem ofendia pretendendo lutar com um mestre, eu simples aprendiz...

— Mestre de quê?

— Dos amores! Oh! eu sei que é mestre...

— Deixe-se disso... eu não sou nada... o Sr. Diogo, sim; o senhor vale um urso, vale mesmo dous. Como havia de eu... Ora!... Aposto que teve ciúmes?

— Exatamente.

— Mas era preciso não me conhecer; não sabe das minhas idéias?

— Homem, às vezes é pior.

— Pior, como?

— As mulheres não deixam uma afronta sem castigo... As suas idéias são afrontosas... Qual será o castigo? Paro aqui... paro aqui...

— Onde vai?

— Vou sair. Adeus. Não se lembre mais da minha desastrada idéia do duelo...

— Que está acabado... Ah! o senhor escapou de boa!

— De quê?

— De morrer. Eu enfiava-lhe a espada por esse abdômen... com um gosto... com um gosto só comparável ao que tenho de abraçá-lo vivo e são!

Diogo riu-se com um riso amarelo.

— Obrigado, obrigado. Até logo!

— Venha cá, onde vai? Não se despede de D. Adelaide?

— Eu já volto, disse Diogo travando do chapéu e saindo precipitadamente.

Tito ainda o acompanhou com os olhos.

— Este sujeito, disse o moço consigo quando se viu só, não tem nada de original. Aquela opinião a respeito das mulheres não é dele... Melhor... já se conspira; é o que me convém. Hás de vir! hás de vir!

Um criado alemão veio anunciar a Tito que o almoço estava preparado. Tito ia entrando quando assomou à porta a figura de Azevedo.

— Ora, graças a Deus! O meu amigo não se levanta com o sol. Estás com olhos de quem acaba de dormir.

— É verdade, e vou almoçar.

Dirigiram-se os dous para dentro, onde a mesa estava posta à espera de Tito.

— Almoças outra vez? perguntou Tito.

— Não.

— Pois então vais ver como se come.

Tito sentou-se à mesa; Azevedo estirou-se num sofá.

— Onde foste? perguntou Tito.

— Fui passear... Compreendi que é preciso ver e admirar o que é indiferente, para apreciar e ver aquilo que faz a felicidade íntima do coração.

— Ah! sim? Bem vês que até a felicidade por igual fatiga! Afinal sempre a razão por meu lado.

— Talvez. Apesar de tudo, quer-me parecer que já intentas entrar na família dos casados.

— Eu?

— Tu, sim.

— Por quê?

— Mas, dize, é ou não verdade?

— Qual verdade!

— O que sei, é que uma destas tardes em que adormeceste lendo, não sei que livro, ouvi-te pronunciar em sonhos, com a maior ternura, o nome de Emília.

— Deveras? perguntou Tito mastigando.

— É exato. Concluí que se sonhavas com ela é que a tinhas no pensamento, e se a tinhas no pensamento é que a amavas.

— Concluíste mal.

— Mal?

— Concluíste como um marido de cinco meses. Que prova um sonho?

— Prova muito!

— Não prova nada! Pareces velha supersticiosa...

— Mas enfim, alguma cousa há por força... Serás capaz de me dizeres o que é?

— Homem, podia dizer-te alguma cousa se não fosses casado...

— Que tem que eu seja casado?

— Tem tudo. Seria indiscreto sem querer e até sem saber. À noite, entre um beijo e um bocejo, o marido e a mulher abrem um para o outro a bolsa das confidências. Sem pensares, podes deitar tudo a perder.

— Não digas isso. Vamos lá. Há novidade?

— Não há nada.

— Confirmas as minhas suspeitas. Gostas da Emília.

— Ódio não lhe tenho, é verdade.

— Gostas. E ela merece. É uma boa senhora, de não vulgar beleza, possuindo as melhores qualidades. Talvez preferisses que não fosse viúva?...

— Sim; é natural que se embale dez vezes por dia na lembrança dos dous maridos que já exportou para o outro mundo... à espera de exportar o terceiro...

— Não é dessas...

— Afianças?

— Quase que posso afiançar.

— Ah! meu amigo, disse Tito levantando-se da mesa e indo acender um charuto, toma o conselho de um tolo: nunca afiances nada, principalmente em tais assuntos. Entre a prudência discreta, e a cega confiança não é lícito duvidar, a escolha está decidida nos próprios termos da primeira. O que podes tu afiançar a respeito de Emília? Não a conheces melhor do que eu. Há quinze dias que nos conhecemos, e eu já lhe leio no interior; estou longe de atribuir-lhe maus sentimentos, mas tenho a certeza de que não possui as raríssimas qualidades que são necessárias à exceção. Que sabes tu?

— Realmente, eu não sei nada.

— Não sabes nada! disse Tito consigo.

— Falo pelas minhas impressões. Parecia-me que um casamento entre vocês ambos não vinha fora de propósito.

— Se me falas outra vez em casamento, saio.

— Pois só a palavra?

— A palavra, a idéia, tudo.

— Entretanto, admiras e aplaudes o meu casamento...

— Ah!eu aplaudo nos outros muitas cousas de que não sou capaz de usar. Depende da vocação...

Adelaide apareceu à porta da sala de jantar. A conversa cessou entre os dous rapazes.
— Trago-lhes uma notícia.
— Que notícia? perguntaram-lhe os dous.
— Recebi um bilhete de Emília... Pede-nos que vamos lá amanhã, porque...
— Por quê? perguntou Azevedo.
— Talvez dentro de oito dias se retire para a cidade.
— Ah! disse Tito com a maior indiferença deste mundo.
— Apronta as tuas malas, disse Azevedo a Tito.
— Por quê?
— Não segues os passos da deusa?
— Não zombes, cruel amigo! Quando não...
— Anda lá...
Adelaide sorriu ouvindo estas palavras.
Daí a meia hora Tito subiu para o gabinete em que Azevedo tinha os livros. Ia ler as *Confissões* de Santo Agostinho.
— Que repentina viagem é esta? perguntou Azevedo à sua mulher.
— Tens muito empenho em saber?
— Tenho.
— Pois bem. Olha que é segredo. Eu não sei positivamente, mas creio que é uma estratégia.
— Estratégia? Não entendo.
— Eu te digo. Trata-se de prender o Tito.
— Prender?
— Estás hoje tão bronco! Prender pelos laços do amor...
— Ah!
— Emília julgou que deve fazê-lo. É só para brincar. No dia em que ele se declarar vencido fica ela vingada do que ele disse contra o sexo.
— Não está mau... E tu entras nesta estratégia...
— Como conselheira.
— Trama-se então contra um amigo, um *alter ego.*
— Tá, tá, tá. Cala a boca. Não vás fazer abortar o plano.
Azevedo riu-se a bandeiras despregadas. No fundo achava engraçada a punição premeditada ao pobre Tito.
A visita que Tito disse ter de fazer à viúva naquele dia, não se realizou.
Diogo, que apenas saíra da casa de Azevedo, ciente das intenções da viúva, fora para casa desta esperar o rapaz, embalde lá esteve durante o dia, embalde jantou, embalde aborreceu a tarde inteira tanto à Emília como à tia. Tito não apareceu.
Mas, à noite, à hora em que Diogo, já vexado de tanta demora na casa da moça, tratava de sair, anunciou-se a chegada de Tito.
Emília estremeceu; mas esse movimento escapou a Diogo.
Tito entrou na sala onde se achavam Emília, a tia, e Diogo.
— Não contava com a sua visita, disse a viúva.
— Eu sou assim; apareço quando não me esperam. Sou como a morte e a sorte grande.
— Agora é a sorte grande, disse Emília.

— Que número é o seu bilhete, minha senhora?

— Número doze, isto é, doze horas que tenho tido o prazer de ter hoje aqui o Sr. Diogo...

— Doze horas! exclamou Tito voltando-se para o velho.

— Sem que ainda o nosso bom amigo nos contasse uma história...

— Doze horas! repetiu Tito.

— Que admira, meu caro senhor? perguntou Diogo.

— Acho um pouco estirado...

— As horas contam-se quando são aborrecidas... Peço para me retirar...

E dizendo isto, Diogo travou do chapéu para sair lançando um olhar de despeito e ciúme para a viúva.

— Que é isso? perguntou esta. Onde vai?

— Dou asas às horas, respondeu Diogo ao ouvido de Emília; vão correr depressa agora.

— Perdôo-lhe e peço que se sente.

Diogo sentou-se.

A tia de Emília pediu licença para retirar-se alguns minutos.

Ficaram os três.

— Mas então, disse Tito, nem ao menos uma história contou?

— Nenhuma.

Emília lançou um olhar a Diogo como para tranqüilizá-lo. Este, mais calmo então, lembrou-se do que Adelaide lhe havia dito, e voltou às boas.

— Afinal de contas, disse ele consigo, o caçoado é ele. Eu sou apenas o meio de prendê-lo... Contribuamos para que se lhe tire a proa.

— Nenhuma história, continuou Emília.

— Pois olhe, eu sei muitas, disse Diogo com intenção.

— Conte uma de tantas que sabe, disse Tito.

— Nada! Por que não conta o senhor?

— Se faz empenho...

— Muito... muito, disse Diogo piscando os olhos. Conte lá, por exemplo, a história do taboqueado, a história das imposturas do amor, a história dos viajantes encouraçados; vá, vá.

— Não, vou contar a história de um homem e de um macaco.

— Oh! disse a viúva.

— É muito interessante, disse Tito. Ora, ouçam...

— Perdão, interrompeu Emília, será depois do chá.

— Pois sim.

Daí a pouco servia-se o chá aos três. Findo ele, Tito tomou a palavra e começou a história:

HISTÓRIA DE UM HOMEM E DE UM MACACO

"Não longe da vila***, no interior do Brasil, morava há uns vinte anos um homem de trinta e cinco anos, cuja vida misteriosa era o objeto das conversas das vilas próximas e o objeto do terror que experimentavam os viajantes que passavam na estrada a dous passos da casa.

"A própria casa era já de causar apreensões ao espírito menos timorato. Vista de longe nem parecia casa, tão baixinha era. Mas quem se aproximasse conheceria aquela construção singular. Metade do edifício estava ao nível do chão e metade abaixo da terra. Era entretanto uma casa solidamente construída. Não tinha porta nem janelas. Tinha um vão quadrado que servia ao mesmo tempo de janela e de porta. Era por ali que o misterioso morador entrava e saía.

"Pouca gente o via sair, não só porque ele raras vezes o fazia, como porque o fazia em horas impróprias. Era nas horas da lua cheia que o solitário deixava a residência para ir passear nos arredores. Levava sempre consigo um grande macaco, que acudia pelo nome de *Calígula.*

"O macaco e o homem, o homem e o macaco, eram dous amigos inseparáveis, dentro e fora de casa, na lua nova.

"Mil versões corriam a respeito deste misterioso solitário.

"A mais geral é que era um feiticeiro. Havia uma que o dava por doudo; outra por simplesmente atacado de misantropia.

"Esta última versão tinha por si duas circunstâncias: a primeira era não constar nada de positivo que fizesse reconhecer no homem hábitos de feiticeiro ou alienado; a segunda era a amizade que ele parecia votar ao macaco e o horror com que fugia ao olhar dos homens. Quando a gente se aborrece dos homens toma sempre a afeição dos animais, que têm a vantagem de não discorrer, nem intrigar.

"O misterioso... É preciso dar-lhe um nome: chamemo-lo Daniel. Daniel preferia o macaco, e não falava a mais homem algum. Algumas vezes os viajantes que passavam pela estrada ouviam partir de dentro da casa gritos do macaco e do homem; era o homem que afagava o macaco.

"Como se alimentavam aquelas duas criaturas? Houve quem visse um dia de manhã abrir-se a porta, sair o macaco e voltar pouco depois com um embrulho na boca. O tropeiro que presenciava esta cena quis descobrir onde ia o macaco buscar aquele embrulho que levava sem dúvida os alimentos dos dous solitários. Na manhã seguinte introduziu-se no mato; o macaco chegou à hora do costume, e dirigiu-se para um tronco de árvore; havia sobre esse tronco um grande galho, que o bicho atirou ao chão. Depois, introduzindo as mãos no interior do velho tronco, tirou um embrulho igual ao da véspera e partiu.

"O tropeiro persignou-se, e tão apreensivo ficou com a cena que acabava de presenciar que não a contou a ninguém.

"Durava esta existência três anos.

"Durante esse tempo o homem não envelhecera. Era o mesmo que no primeiro dia. Longas barbas ruivas e cabelos grandes caídos para trás. Usava um grande casaco de baeta, tanto no inverno, como no verão. Calçava botas e não usava chapéu.

"Era impossível aos passageiros e aos moradores das vizinhanças penetrar na casa do solitário. Não o será decerto para nós, minha bela senhora, e meu caro amigo.

"A casa divide-se em duas salas e um quarto. Uma sala é para jantar; a outra é... a de visitas. O quarto é ocupado pelos dous moradores, Daniel e *Calígula.*

"As duas salas são de iguais dimensões; o quarto é uma metade da sala. A mobília da primeira sala compõe-se de dous sujos bancos encostados à parede, uma mesa baixa no centro. O chão é assoalhado. Pendem das paredes dous retratos: um de moça, outro de velho. A moça é uma figura angélica e deliciosa. O velho inspirava respeito e admiração. Das outras duas paredes pendem, de um lado uma faca de cabo de marfim, e do outro uma mão de defunto, amarela e seca.

"A sala de jantar tem apenas uma mesa e dous bancos.

"A mobília do quarto resume-se num grabato em que dorme Daniel. *Calígula* estende-se no chão, junto à cabeceira do dono.

"Tal é a mobília da casa.

"A casa, que de fora parece não ter capacidade para conter um homem em pé, é contudo suficiente, visto estar, como disse, entranhada no chão.

"Que vida terão passado aí dentro o macaco e o homem, no espaço de três anos? Não saberei dizê-lo.

"Quando *Calígula* traz de manhã o embrulho, Daniel divide a comida em duas porções, uma para o almoço, outra para o jantar. Depois homem e macaco sentam-se em face um do outro na sala de jantar e comem irmãmente as duas refeições.

"Quando chega a lua cheia saem os dous solitários, como já disse, todas as noites, até a época em que a lua passa a ser minguante. Saem às dez horas, pouco mais ou menos, e voltam pouco mais ou menos às duas horas da madrugada. Quando entram, Daniel tira a mão do finado que pende da parede e dá com ela duas bofetadas em si próprio. Feito isto, vai deitar-se; *Calígula* acompanha-o.

"Uma noite, era no mês de junho, época de lua cheia, Daniel preparou-se para sair. *Calígula* deu um pulo e saltou à estrada. Daniel fechou a porta, e lá se foi com o macaco estrada acima.

"A lua, inteiramente cheia, projetava os seus reflexos pálidos e melancólicos na vasta floresta que cobria as colinas próximas, e clareava toda a vasta campina que rodeava a casa.

"Só se ouvia ao longe o murmúrio de uma cachoeira, e ao perto o piar de algumas corujas, e o chilrar de uma infinidade de grilos espalhados na planície.

"Daniel caminhava pausadamente, levando um pau debaixo do braço, e acompanhado do macaco, que saltava do chão aos ombros de Daniel e dos ombros de Daniel para o chão.

"Mesmo sem a fama lúgubre que tinha aquele lugar por causa da residência do solitário, qualquer pessoa que encontrasse àquela hora Daniel e o macaco corria risco de morrer de medo. Daniel, extremamente magro e alto, tinha em si um ar lúgubre. Os cabelos da barba e da cabeça, crescidos em abundância, faziam a sua cabeça ainda maior do que era. Sem chapéu era uma cabeça verdadeiramente satânica.

"*Calígula,* que nos outros dias era um macaco ordinário, tomava, naquelas horas de passeio noturno, um ar tão lúgubre e tão misterioso como o de Daniel.

"Havia já uma hora que os dous solitários tinham saído de casa. A casa ficara já um pouco longe. Nada mais natural do que chegar a polícia nessa ocasião, tomar a entrada da casa e reconhecer o mistério. Mas a polícia, apesar dos meios que tinha à sua disposição, não se animava a investigar no mistério que o povo reputava diabólico. Também a polícia é humana, e nada do que é humano lhe é desconhecido.

"Havia uma hora, disse eu, que os dous passeadores tinham saído de casa. Começavam então a subir uma pequena colina..."

Tito foi interrompido por um bocejo do velho Diogo.

— Quer dormir? perguntou o rapaz.

— É o que vou fazer.

— Mas a história?

— A história é muito divertida. Até aqui só temos visto duas cousas, um homem e um macaco; perdão... temos mais dous, um macaco e um homem. É muito divertida! Mas, para variar, o homem vai sair e fica o macaco.

Dizendo estas palavras com uma raiva cômica, Diogo travou do chapéu e saiu.

Tito soltou uma gargalhada.

— Mas vamos ao fim da história...

— Que fim, minha senhora? Eu já estava em talas por não saber como continuar... Era um meio de servi-la. Vejo que é um velho aborrecido...

— Não é, está enganado.

— Ah! não?

— Divirto-me com ele. O que não impede que a presença do senhor me dê infinito prazer...

— Vossa Excelência disse agora uma falsidade.

— Qual foi?

— Disse que lhe era agradável a minha conversa. Ora, isso é falso como tudo quanto é falso...

— Quer um elogio?

— Não, falo franco. Eu nem sei como Vossa Excelência me atura; desabrido, maçante, chocarreiro, sem fé em cousa alguma, sou um conversador muito pouco digno de ser desejado. É preciso ter uma grande soma de bondade para ter expressões tão benévolas... tão amigas...

— Deixe esse ar de mofa, e...

— Mofa, minha senhora?

— Ontem eu e minha tia tomamos chá sozinhas! Sozinhas!...

— Ah!

— Contava que o senhor viesse aborrecer-se uma hora conosco...

— Qual aborrecer... Eu lhe digo: o culpado foi o Ernesto.

— Ah! foi ele?

— É verdade; deu comigo aí em casa de uns amigos, éramos quatro ao todo, rolou a conversa sobre o voltarete e acabamos por formar mesa. Ah! mas foi uma noite completa! Aconteceu-me o que me acontece sempre: ganhei!

— Está bom.

— Pois olhe, ainda assim eu não jogava com pixotes[27]; eram mestres de primeira força: um principalmente; até às onze horas a fortuna pareceu desfavorecer-me, mas dessa hora em diante desandou a roda para eles e eu comecei a assombrar... pode ficar certa de que os assombrei. Ah! é que eu tenho diploma... mas que é isso, está chorando?

27. M. de Assis escreve "pichotes".

Emília tinha com efeito o lenço nos olhos. Chorava? É certo que quando tirou o lenço dos olhos, tinha-os úmidos. Voltou-se contra a luz e disse ao moço:

— Qual... pode continuar.

— Não há mais nada; foi só isto, disse Tito.

— Estimo que a noite lhe corresse feliz...

— Alguma cousa...

— Mas a uma carta responde-se; por que não respondeu à minha? disse a viúva.

— À sua, qual?

— À carta que lhe escrevi pedindo que viesse tomar chá conosco?

— Não me lembro.

— Não se lembra?

— Ou, se recebi essa carta, foi em ocasião que a não pude ler, e então esqueci, esqueci-a em algum lugar...

— É possível: mas é a última vez...

— Não me convida mais para tomar chá?

— Não. Pode arriscar-se a perder distrações melhores.

— Isso não digo: a senhora trata bem a gente, e em sua casa passam-se bem as horas... Isto é com franqueza. Mas então tomou chá sozinha? E o Diogo?

— Descartei-me dele. Acha que ele seja divertido?

— Parece que sim... É um homem delicado; um tanto dado às paixões, é verdade, mas sendo esse um defeito comum, acho que nele não é muito digno de censura.

— O Diogo está vingado.

— De que, minha senhora?

Emília olhou fixamente para Tito e disse:

— De nada!

E levantando-se dirigiu-se para o piano.

— Vou tocar, disse ela; não o aborrece?

— De modo nenhum.

Emília começou a tocar; mas era uma música tão triste que infundia certa melancolia no espírito do moço. Este, depois de algum tempo, interrompeu com estas palavras:

— Que música triste!

— Traduzo a minha alma, disse a viúva.

— Anda triste?

— Que lhe importam as minhas tristezas?

— Tem razão, não me importam nada. Em todo o caso não é comigo?

Emília levantou-se e foi para ele.

— Acha que lhe hei de perdoar a desfeita que me fez? disse ela.

— Que desfeita, minha senhora?

— A desfeita de não vir ao meu convite!

— Mas eu já lhe expliquei...

— Paciência! O que sinto é que também nesse voltarete estivesse o marido de Adelaide.

— Ele retirou-se às dez horas, e entrou um parceiro novo, que não era de todo mau.

— Pobre Adelaide!

— Mas se eu lhe digo que ele se retirou às dez horas...

— Não devia ter ido. Devia pertencer sempre à sua mulher. Sei que estou falando a um descrido; não pode calcular a felicidade e os deveres do lar doméstico. Viverem duas criaturas uma para outra, confundidas, unificadas; pensar, respirar, sonhar a mesma cousa; limitar o horizonte nos olhos de cada uma, sem outra ambição, sem inveja de mais nada. Sabe o que é isto?

— Sei... É o casamento por fora.

— Conheço alguém que lhe provava aquilo tudo...

— Deveras? Quem é essa fênix?

— Se lho disser, há de mofar; não digo.

— Qual mofar! Diga lá, eu sou curioso.

— Não acredita que haja alguém que possa amá-lo?

— Pode ser...

— Não acredita que alguém, por despeito, por outra cousa que seja, tire da originalidade do seu espírito os influxos de um amor verdadeiro, mui diverso do amor ordinário dos salões; um amor capaz de sacrifício, capaz de tudo? Não acredita!

— Se me afirma, acredito; mas...

— Existe a pessoa e o amor.

— São então duas fênix.

— Não zombe. Existem... Procure...

— Ah! isso há de ser mais difícil: não tenho tempo. E supondo que achasse, de que me servia? Para mim é perfeitamente inútil. Isso é bom para outros; para o Diogo, por exemplo...

— Para o Diogo?

A bela viúva pareceu ter um assomo de cólera. Depois de um silêncio disse:

— Adeus! Desculpe, estou incomodada.

— Então, até amanhã!

Dizendo o que, Tito apertou a mão de Emília e saiu tão alegre e descuidoso como se saísse de um jantar de anos.

Emília, apenas ficou só, caiu numa cadeira e cobriu o rosto.

Estava nessa posição havia cinco minutos, quando assomou à porta a figura do velho Diogo.

O rumor que o velho fez entrando despertou a viúva.

— Ainda aqui!

— É verdade, minha senhora, disse Diogo aproximando-se, é verdade. Ainda aqui, por minha infelicidade...

— Não entendo...

— Não saí para casa. Um demônio oculto me impeliu para cometer um ato infame. Cometi-o, mas tirei dele um proveito; estou salvo. Sei que me não ama.

— Ouviu?

— Tudo. E percebi.

— Que percebeu, meu caro senhor?

— Percebi que a senhora ama o Tito.

— Ah!

— Retiro-me, portanto, mas não quero fazê-lo sem que ao menos fique sabendo de que saio com ciência de que não sou amado; e que saio antes de me mandarem embora.

Emília ouviu as palavras de Diogo com a maior tranqüilidade. Enquanto ele falava teve tempo de refletir no que devia dizer.

Diogo estava já a fazer o seu último cumprimento, quando a viúva lhe dirigiu a palavra.

— Ouça-me, Sr. Diogo. Ouviu bem, mas percebeu mal. Já que pretende ter sabido...

— Já sei; vem dizer que há um plano assentado de zombar com aquele moço...

— Como sabe?

— Disse-mo D. Adelaide.

— É verdade.

— Não creio.

— Por quê?

— Haviam lágrimas nas suas palavras. Ouvi-as com a dor n'alma. Se soubesse como eu sofria!

A bela viúva não pôde deixar de sorrir ao gesto cômico de Diogo. Depois, como ele parecesse mergulhado em meditação sombria, disse:

— Engana-se, tanto que volto para a cidade.

— Deveras?

— Pois acredita que um homem como aquele possa inspirar qualquer sentimento sério? Nem por sombras!

Estas palavras foram ditas no tom com que Emília costumava persuadir aquele eterno namorado. Isso e mais um sorriso, foi quanto bastou para acalmar o ânimo de Diogo. Daí a alguns minutos estava ele radiante.

— Olhe, e para desenganá-lo de uma vez vou escrever um bilhete ao Tito...

— Eu mesmo o levarei, disse Diogo louco de contente.

— Pois sim!

— Adeus, até amanhã. Tenha sonhos cor-de-rosa, e desculpe os meus maus modos. Até amanhã.

O velho beijou graciosamente a mão de Emília e saiu.

IV

No dia seguinte, ao meio-dia, Diogo apresentou-se ao Tito, e depois de falar sobre diferentes cousas, tirou do bolso uma cartinha, que fingira ter esquecido até então, e à qual mostrava não dar grande apreço.

— Que bomba! disse ele consigo, na ocasião em que Tito rasgou a sobrecarta.

Eis o que dizia a carta:

"Dei-lhe o meu coração. Não quis aceitá-lo, desprezou-o mesmo. A sua bota magoou-o demais para que ele possa palpitar ainda. Está morto. Não o censuro; não se deve falar de luz aos cegos; a culpada fui eu. Supus que pudesse dar-lhe uma felicidade, recebendo outra. Enganei-me.

"Tem a glória de retirar-se com todas as honras da guerra. Eu é que fico vencida. Paciência! Pode zombar de mim; não lhe contesto o direito que tem para isso.

"Entretanto, devo dizer-lhe que eu bem o conhecia; nunca lho disse, mas conhecia-o; desde o dia em que o vi pela primeira vez em casa de Adelaide, reconheci na sua pessoa o mesmo homem que um dia veio atirar-se aos meus pés... Era zombaria então, como hoje. Eu já devia conhecê-lo. Caro pago o meu engano. Adeus, adeus para sempre."

Lendo esta carta, Tito olhava repetidas vezes para Diogo. Como é que o velho se prestara àquilo? Era autêntica ou apócrifa a tal carta? Sobre não trazer assinatura, tinha a letra disfarçada. Seria uma arma de que o velho usara para descartar-se do rapaz? Mas, se fosse assim, era preciso que ele soubesse do que se passara na véspera.

Tito releu a carta muitas vezes; e, despedindo-se do velho, disse-lhe que a resposta iria depois.

Diogo retirou-se esfregando as mãos de contente.

É que a carta cuja leitura os leitores fizeram ao mesmo tempo que o nosso herói, não era a que Emília lera a Diogo. Na minuta apresentada ao velho a viúva declarava simplesmente que se retirava para a corte, e acrescentava que entre as recordações que levava de Petrópolis figurava Tito, pela figura que ele havia representado diante dela. Mas essa minuta, por uma destreza puramente feminina, não foi a que Emília mandou a Tito, como viram os leitores.

À carta de Emília respondeu Tito nos seguintes termos:

"Minha senhora,

"Li e reli a sua carta; e não lhe ocultarei o sentimento de pesar que ela me inspirou. Realmente, minha senhora, é esse o estado do seu coração? Está assim tão perdido por mim?

"Diz Vossa Excelência que eu com a minha bota machuquei o seu coração. Penaliza-me o fato, sem que eu entretanto o confirme. Não me lembra até hoje que tivesse feito estrago algum desta natureza. Mas, enfim, Vossa Excelência o diz, e eu devo crê-lo.

"Lendo esta carta Vossa Excelência dirá consigo que eu sou o mais audaz cavalheiro que ainda pisou a terra de Santa Cruz. Será um engano de observação. Isto em mim não é audácia, é franqueza. Lastimo que as cousas chegassem a este ponto, mas não posso dizer-lhe nada mais que a verdade.

"Devo confessar que não sei se a carta a que respondo é de Vossa Excelência. A sua letra, de que eu já vi uma amostra no álbum de D. Adelaide, não se parece com a da carta; está evidentemente disfarçada; é de qualquer mão. Demais, não traz assinatura.

"Digo isto porque a primeira dúvida que nasceu em meu espírito proveio do portador escolhido. Pois quê! Vossa Excelência não achou outro senão o próprio Diogo? Confesso que de tudo o que tenho visto em minha vida, é isto o que mais me faz rir.

"Mas eu não devo rir, minha senhora. Vossa Excelência abriu-me o seu coração de um modo que inspira antes compaixão. Esta compaixão não lhe é desairosa, porque não vem por sentido irônico. É pura e sincera. Sinto não poder dar-lhe essa felicidade que me pede; mas é assim.

"Não devo estender-me, e contudo custa-me arrancar a pena de cima do papel. É que poucos terão a posição que eu ocupo agora, a posição de requestado. Mas devo acabar e acabo aqui, mandando-lhe os meus pêsames e rogando a Deus para que encontre um coração menos frio que o meu.

"A letra vai disfarçada como a sua, e, como na sua carta, deixo a assinatura em branco."

Esta carta foi entregue à viúva na mesma tarde. À noite Azevedo e Adelaide foram visitá-la. Não puderam dissuadi-la da idéia da viagem para a corte. Emília usou mesmo de uma certa reserva para com Adelaide, que não pôde descobrir os motivos de semelhante procedimento, e retirou-se um tanto triste.

No dia seguinte, com efeito, Emília e a tia aprontaram-se e saíram para voltar para a corte.

Diogo ficou em Petrópolis ainda, cuidando em aprontar as malas... Não queria, dizia ele, que o público, vendo-o partir em companhia das duas senhoras, supusesse cousas desairosas à viúva.

Todos estes passos admiravam Adelaide, que, como disse, via na insistência de Emília e nos seus modos reservados um segredo que não compreendia. Quereria ela por aquele meio de viagem atrair Tito? Nesse caso era cálculo errado; visto que o rapaz, naquele dia como nos outros, acordou tarde e almoçou alegremente.

— Sabe, disse Adelaide, que a esta hora deve ter partido para a cidade a nossa amiga Emília?

— Já tinha ouvido dizer.

— Por que será?

— Ah! isso é que eu não sei. Altos segredos do espírito de mulher! Por que sopra hoje a brisa deste lado e não daquele? Interessa-me tanto saber uma cousa como outra.

No fim do almoço Tito, como quase sempre, retirou-se para ler durante duas horas.

Adelaide ia dar algumas ordens quando viu com pasmo entrar-lhe em casa a viúva, acompanhada de um criado.

— Ah! não partiste! disse Adelaide correndo a abraçá-la.

— Não me vês aqui?

O criado saiu a um sinal de Emília.

— Mas que há? perguntou a mulher de Azevedo, vendo os modos estranhos da viúva.

— Que há? disse esta. Há o que não previamos... És quase minha irmã... posso falar francamente. Ninguém nos ouve?

— Ernesto está fora e o Tito lá em cima. Mas que ar é esse?

— Adelaide! disse Emília com os olhos rasos de lágrimas, eu o amo!

— Que me dizes?

— Isto mesmo. Amo-o doudamente, perdidamente, completamente. Procurei até agora vencer esta paixão, mas não pude; e quando, por vãos preconceitos, tratava de ocultar-lhe o estado do meu coração, não pude, as palavras saíram-me dos lábios insensivelmente...

— Mas como se deu isto?

— Eu sei! Parece que foi castigo; quis fazer fogo e queimei-me nas mesmas chamas. Ah! não é de hoje que me sinto assim. Desde que os seus desdéns em nada cederam, comecei a sentir não sei o quê; ao princípio despeito, depois um desejo de triunfar, depois uma ambição de ceder tudo, contanto que tudo ganhasse; afinal não fui senhora de mim. Era eu quem me sentia doudamente apaixonada e lho manifestava, por gestos, por palavras, por tudo; e mais crescia nele a indiferença, mais crescia o amor em mim.

— Mas estás falando sério?

— Olha antes para mim.

— Quem pensara?...

— A mim própria parece impossível; porém é mais que verdade...

— E ele?...

— Ele disse-me quatro palavras indiferentes, nem sei o que foi, e retirou-se.

— Resistirá?

— Não sei.

— Se eu adivinhara isto não te insinuaria naquela malfadada idéia.

— Não me compreendeste. Cuidas que eu deploro o que acontece? Oh! não! sinto-me feliz, sinto-me orgulhosa... É um destes amores que brotam por si para encher a alma de satisfação: devo antes abençoar-te...

— É uma verdadeira paixão... Mas acreditas impossível a conversão dele?

— Não sei; mas seja ou não impossível, não é a conversão que eu peço; basta-me que seja menos indiferente e mais compassivo.

— Mas que pretendes fazer? perguntou Adelaide sentindo que as lágrimas também lhe rebentavam dos olhos.

Houve alguns instantes de silêncio.

— Mas o que tu não sabes, continuou Emília, é que ele não é para mim um simples estranho. Já o conhecia antes de casada. Foi ele quem me pediu em casamento antes de Rafael...

— Ah!

— Sabias?

— Ele já me havia contado a história, mas não nomeara a santa. Eras tu?

— Era eu. Ambos nos conhecíamos, sem dizermos nada um ao outro...

— Por quê?

A resposta a esta pergunta foi dada pelo próprio Tito, que assomara à porta do interior. Tendo visto entrar a viúva de uma das janelas, Tito desceu abaixo a ouvir a conversa dela com Adelaide. A estranheza que lhe causava a volta inesperada de Emília podia desculpar a indiscrição do rapaz.

— Por quê? repetiu ele. É o que lhes vou dizer.

— Mas antes de tudo, disse Adelaide, não sei se sabe que uma indiferença, tão completa, como a sua, pode ser fatal a quem lhe é menos indiferente?

— Refere-se à sua amiga? perguntou Tito. Eu corto tudo com uma palavra.

E voltando-se para Emília, disse, estendendo-lhe a mão:

— Aceita a minha mão de esposo?

Um grito de alegria suprema ia saindo do peito de Emília; mas não sei se um resto de orgulho, ou qualquer outro sentimento, converteu essa manifestação em uma simples palavra, que aliás foi pronunciada com lágrimas na voz:

— Sim! disse ela.

Tito beijou amorosamente a mão da viúva. Depois acrescentou:

— Mas é preciso medir toda a minha generosidade; eu devia dizer: aceito a sua mão. Devia ou não devia? Sou um tanto original e gosto de fazer inversão em tudo.

— Pois sim; mas de um ou outro modo sou feliz. Contudo um remorso me surge na consciência. Dou-lhe uma felicidade tão completa como a que recebo?

— Remorso? Se é sujeita aos remorsos deve ter um, mas por motivo diverso. A senhora está passando neste momento pelas forcas caudinas. Fi-la sofrer, não? Ouvindo o que vou dizer concordará que eu já antes sofria, e muito mais.

— Temos romance? perguntou Adelaide a Tito.

— Realidade, minha senhora, respondeu Tito, e realidade em prosa. Um dia, há já alguns anos, tive eu a felicidade de ver uma senhora, e amei-a. O amor foi tanto mais indomável quanto que me nasceu de súbito. Era então mais ardente que hoje, não conhecia muito os usos do mundo. Resolvi declarar-lhe a minha paixão e pedi-la em casamento. Tive em resposta este bilhete...

— Já sei, disse Emília. Essa senhora fui eu. Estou humilhada; perdão!

— Meu amor a perdoa; nunca deixei de amá-la. Eu estava certo de encontrá-la um dia e procedi de modo a fazer-me o desejado.

— Escreva isto e dirão que é um romance, disse alegremente Adelaide.

— A vida não é outra cousa... acrescentou Tito.

Daí a meia hora entrava Azevedo. Admirado da presença de Emília quando a supunha a rodar no trem de ferro, e mais admirado ainda das maneiras cordiais por que se tratavam Tito e Emília, o marido de Adelaide inquiriu a causa disso.

— A causa é simples, respondeu Adelaide; Emília voltou porque vai casar-se com Tito.

Azevedo não se deu por satisfeito; explicaram-lhe tudo.

— Percebo, disse ele. Tito, não tendo alcançado nada caminhando em linha reta, procurou ver se alcançava caminhando em linha curva. Às vezes é o caminho mais curto.

— Como agora, acrescentou Tito.

Emília jantou em casa de Adelaide. À tarde apareceu ali o velho Diogo, que ia despedir-se porque devia partir para a corte no dia seguinte de manhã. Grande foi a sua admiração quando viu a viúva.

— Voltou?

— É verdade, respondeu Emília rindo.

— Pois eu ia partir, mas já não parto. Ah! recebi uma carta da Europa: foi o capitão da galera *Macedônia* quem a trouxe! Chegou o urso!

— Pois vá fazer-lhe companhia, respondeu Tito.

Diogo fez uma careta. Depois, como desejasse saber o motivo da súbita volta da viúva, esta explicou-lhe que se ia casar com Tito.

Diogo não acreditou.

— É ainda um laço, não? disse ele piscando os olhos.

E não só não acreditou então, como não acreditou daí em diante, apesar de tudo. Daí a alguns dias partiram todos para a corte. Diogo ainda se não convencia de nada. Mas, quando entrando um dia em casa de Emília viu a festa do noivado, o pobre velho não pôde negar a realidade e sofreu um forte abalo. Todavia, teve ainda coração para assistir às festas do noivado. Azevedo e a mulher serviram de testemunhas.

"É preciso confessar, escrevia dous meses depois o feliz noivo ao esposo de Adelaide, — é preciso confessar que eu entrei num jogo arriscado. Podia perder; felizmente ganhei."

FREI SIMÃO

I

Frei Simão era um frade da ordem dos Beneditinos. Tinha, quando morreu, cinqüenta anos em aparência, mas na realidade trinta e oito. A causa desta velhice prematura derivava da que o levou ao claustro na idade de trinta anos, e, tanto quanto se pode saber por uns fragmentos de Memórias que ele deixou, a causa era justa.

Era frei Simão de caráter taciturno e desconfiado. Passava dias inteiros na sua cela, donde apenas saía na hora do refeitório e dos ofícios divinos. Não contava amizade alguma no convento, porque não era possível entreter com ele os preliminares que fundam e consolidam as afeições.

Em um convento, onde a comunhão das almas deve ser mais pronta e mais profunda, frei Simão parecia fugir à regra geral. Um dos noviços pôs-lhe alcunha de *urso,* que lhe ficou, mas só entre os noviços, bem entendido. Os frades professos, esses, apesar do desgosto que o gênio solitário de frei Simão lhes inspirava, sentiam por ele certo respeito e veneração.

Um dia anuncia-se que frei Simão adoecera gravemente. Chamaram-se os socorros e prestou-se ao enfermo todos os cuidados necessários. A moléstia era mortal; depois de cinco dias frei Simão expirou.

Durante estes cinco dias de moléstia, a cela de frei Simão esteve cheia de frades. Frei Simão não disse uma palavra durante esses cinco dias; só no último, quando se aproximava o minuto fatal, sentou-se no leito, fez chamar para mais perto o abade, e disse-lhe ao ouvido com voz sufocada e em tom estranho:

— Morro odiando a humanidade!

O abade recuou até a parede ao ouvir estas palavras, e no tom em que foram ditas. Quanto a frei Simão, caiu sobre o travesseiro e passou à eternidade.

Depois de feitas ao irmão finado as honras que se lhe deviam, a comunidade perguntou ao seu chefe que palavras ouvira tão sinistras que o assustaram. O abade referiu-as, persignando-se. Mas os frades não viram nessas palavras senão um segredo do passado, sem dúvida importante, mas não tal que pudesse lançar o terror no espírito do abade. Este explicou-lhes a idéia que tivera quando ouviu as palavras de frei Simão, no tom em que foram ditas, e acompanhadas do olhar com que o fulminou: acreditara que frei Simão estivesse doudo; mais ainda, que tivesse entrado já doudo para a ordem. Os hábitos da solidão e taciturnidade a que se votara o frade pareciam sintomas de uma alienação mental de caráter brando e pacífico; mas durante oito anos parecia impossível aos frades que frei Simão não tivesse um dia revelado de modo positivo a sua loucura; objetaram isso ao abade; mas este persistia na sua crença.

Entretanto procedeu-se ao inventário dos objetos que pertenciam ao finado, e entre eles achou-se um rolo de papéis convenientemente enlaçados, com este rótulo: *"Memórias que há de escrever frei Simão de Santa Águeda, frade beneditino".*

Este rolo de papéis foi um grande achado para a comunidade curiosa. Iam finalmente penetrar alguma cousa no véu misterioso que envolvia o passado de frei Simão, e talvez confirmar as suspeitas do abade. O rolo foi aberto e lido para todos.

Eram, pela maior parte, fragmentos incompletos, apontamentos truncados e notas insuficientes; mas de tudo junto pôde-se colher que realmente frei Simão estivera louco durante certo tempo.

O autor desta narrativa despreza aquela parte das Memórias que não tiver absolutamente importância; mas procura aproveitar a que for menos inútil ou menos obscura.

II

As notas de frei Simão nada dizem do lugar do seu nascimento nem do nome de seus pais. O que se pôde saber dos seus princípios é que, tendo concluído os estudos preparatórios, não pôde seguir a carreira das letras, como desejava, e foi obrigado a entrar como guarda-livros na casa comercial de seu pai.

Morava então em casa de seu pai uma prima de Simão, órfã de pai e mãe, que haviam por morte deixado ao pai de Simão o cuidado de a educarem e manterem. Parece que os cabedais deste deram para isto. Quanto ao pai da prima órfã, tendo sido rico, perdera tudo ao jogo e nos azares do comércio, ficando reduzido à última miséria.

A órfã chamava-se Helena; era bela, meiga e extremamente boa. Simão, que se educara com ela, e juntamente vivia debaixo do mesmo teto, não pôde resistir às elevadas qualidades e à beleza de sua prima. Amaram-se. Em seus sonhos de futuro contavam ambos o casamento, cousa que parece o mais natural do mundo para corações amantes.

Não tardou muito que os pais de Simão descobrissem o amor dos dous. Ora é preciso dizer, apesar de não haver declaração formal disto nos apontamentos do frade, é preciso dizer que os referidos pais eram de um egoísmo descomunal. Davam de boa vontade o pão da subsistência a Helena; mas lá casar o filho com a pobre órfã é que não podiam consentir. Tinham posto a mira em uma herdeira rica, e dispunham de si para si que o rapaz se casaria com ela.

Uma tarde, como estivesse o rapaz a adiantar a escrituração do livro-mestre, entrou no escritório o pai com ar grave e risonho ao mesmo tempo, e disse ao filho que largasse o trabalho e o ouvisse. O rapaz obedeceu. O pai falou assim:

— Vais partir para a província de***. Preciso mandar umas cartas ao meu correspondente Amaral, e como sejam elas de grande importância, não quero confiá-las ao nosso desleixado correio. Queres ir no vapor ou preferes o nosso brigue?

Esta pergunta era feita com grande tino.

Obrigado a responder-lhe, o velho comerciante não dera lugar a que seu filho apresentasse objeções.

O rapaz enfiou, abaixou os olhos e respondeu:

— Vou onde meu pai quiser.

O pai agradeceu mentalmente a submissão do filho, que lhe poupava o dinheiro da passagem no vapor, e foi muito contente dar parte à mulher de que o rapaz não fizera objeção alguma.

Nessa noite os dous amantes tiveram ocasião de encontrar-se sós na sala de jantar.

Simão contou a Helena o que se passara. Choraram ambos algumas lágrimas furtivas, e ficaram na esperança de que a viagem fosse de um mês, quando muito.

À mesa do chá, o pai de Simão conversou sobre a viagem do rapaz, que devia ser de poucos dias. Isto reanimou as esperanças dos dous amantes. O resto da noite passou-se em conselhos da parte do velho ao filho sobre a maneira de portar-se na casa do correspondente. Às dez horas, como de costume, todos se recolheram aos aposentos.

Os dias passaram-se depressa. Finalmente raiou aquele em que devia partir o brigue. Helena saiu do seu quarto com os olhos vermelhos de chorar. Interrogada bruscamente pela tia, disse que era uma inflamação adquirida pelo muito que lera na noite anterior. A tia prescreveu-lhe abstenção da leitura e banhos de água de malvas.

Quanto ao tio, tendo chamado Simão, entregou-lhe uma carta para o correspondente, e abraçou-o. A mala e um criado estavam prontos. A despedida foi triste. Os dous pais sempre choraram alguma cousa, a rapariga muito.

Quanto a Simão, levava os olhos secos e ardentes. Era refratário às lágrimas; por isso mesmo padecia mais.

O brigue partiu. Simão, enquanto pôde ver terra, não se retirou de cima; quando finalmente se fecharam de todo as *paredes do cárcere que anda,* na frase pitoresca de Ribeyrolles, Simão desceu ao seu camarote, triste e com o coração apertado. Havia como um pressentimento que lhe dizia interiormente ser impossível tornar a ver sua prima. Parecia que ia para um degredo.

Chegando ao lugar do seu destino, procurou Simão o correspondente de seu pai e entregou-lhe a carta. O Sr. Amaral leu a carta, fitou o rapaz, e, depois de algum silêncio, disse-lhe, volvendo a carta:

— Bem, agora é preciso esperar que eu cumpra esta ordem de seu pai. Entretanto venha morar para a minha casa.

— Quando poderei voltar? perguntou Simão.

— Em poucos dias, salvo se as cousas se complicarem.

Este *salvo,* posto na boca de Amaral como incidente, era a oração principal. A carta do pai de Simão versava assim:

"Meu caro Amaral,

"Motivos ponderosos me obrigam a mandar meu filho desta cidade. Retenha-o por lá como puder. O pretexto da viagem é ter eu necessidade de ultimar alguns negócios com você, o que dirá ao pequeno, fazendo-lhe sempre crer que a demora é pouca ou nenhuma. Você, que teve na sua adolescência a triste idéia de engendrar romances, vá inventando circunstâncias e ocorrências imprevistas, de modo que o rapaz não me torne cá antes de segunda ordem. Sou, como sempre", etc.

III

Passaram-se dias e dias, e nada de chegar o momento de voltar à casa paterna. O ex-romancista era na verdade fértil, e não se cansava de inventar pretextos que deixavam convencido o rapaz.

Entretanto, como o espírito dos amantes não é menos engenhoso que o dos romancistas, Simão e Helena acharam meio de se escreverem, e deste modo podiam consolar-se da ausência, com presença das letras e do papel. Bem diz Heloísa que a arte de escrever foi inventada por alguma amante separada do seu amante. Nestas cartas juravam-se os dous sua eterna fidelidade.

No fim de dous meses de espera baldada e de ativa correspondência, a tia de Helena surpreendeu uma carta de Simão. Era a vigésima, creio eu. Houve grande temporal em casa. O tio, que estava no escritório, saiu precipitadamente e tomou conhecimento do negócio. O resultado foi proscrever de casa tinta, penas e papel, e instituir vigilância rigorosa sobre a infeliz rapariga.

Começaram pois a escassear as cartas ao pobre deportado. Inquiriu a causa disto em cartas choradas e compridas; mas como o rigor fiscal da casa de seu pai adquiria proporções descomunais, acontecia que todas as cartas de Simão iam parar às mãos do velho, que, depois de apreciar o estilo amoroso de seu filho, fazia queimar as ardentes epístolas.

Passaram-se dias e meses. Carta de Helena, nenhuma. O correspondente ia esgotando a veia inventadora, e já não sabia como reter finalmente o rapaz.

Chega uma carta a Simão. Era letra do pai. Só diferençava das outras que recebia do velho em ser esta mais longa, muito mais longa. O rapaz abriu a carta, e leu trêmulo e pálido. Contava nesta carta o honrado comerciante que a Helena, a boa rapariga que ele destinava a ser sua filha casando-se com Simão, a boa Helena tinha morrido. O velho copiara algum dos últimos necrológicos que vira nos jornais, e ajuntara algumas consolações de casa. A última consolação foi dizer-lhe que embarcasse e fosse ter com ele.

O período final da carta dizia:

"Assim como assim, não se realizam os meus negócios; não te pude casar com Helena, visto que Deus a levou. Mas volta, filho, vem; poderás consolar-te casando com outra, a filha do conselheiro***. Está moça feita e é um bom partido. Não te desalentes; lembra-te de mim".

O pai de Simão não conhecia bem o amor do filho, nem era grande águia para avaliá-lo, ainda que o conhecesse. Dores tais não se consolam com uma carta nem com um casamento. Era melhor mandá-lo chamar, e depois preparar-lhe a notícia; mas dada assim friamente em uma carta, era expor o rapaz a uma morte certa.

Ficou Simão vivo em corpo e morto moralmente, tão morto que por sua própria idéia foi dali procurar uma sepultura. Era melhor dar aqui alguns dos papéis escritos por Simão relativamente ao que sofreu depois da carta; mas há muitas falhas, e eu não quero corrigir a exposição ingênua e sincera do frade.

A sepultura que Simão escolheu foi um convento. Respondeu ao pai que agradecia a filha do conselheiro, mas que daquele dia em diante pertencia ao serviço de Deus.

O pai ficou maravilhado. Nunca suspeitou que o filho pudesse vir a ter semelhante resolução. Escreveu às pressas para ver se o desviava da idéia; mas não pôde conseguir.

Quanto ao correspondente, para quem tudo se embrulhava cada vez mais, deixou o rapaz seguir para o claustro, disposto a não figurar em um negócio do qual nada realmente sabia.

IV

Frei Simão de Santa Águeda foi obrigado a ir à província natal em missão religiosa, tempos depois dos fatos que acabo de narrar.

Preparou-se e embarcou.

A missão não era na capital, mas no interior. Entrando na capital, pareceu-lhe dever ir visitar seus pais. Estavam mudados física e moralmente. Era com certeza a dor e o remorso de terem precipitado seu filho à resolução que tomou. Tinham vendido a casa comercial e viviam de suas rendas.

Receberam o filho com alvoroço e verdadeiro amor. Depois das lágrimas e das consolações, vieram ao fim da viagem de Simão.

— A que vens tu, meu filho?

— Venho cumprir uma missão do sacerdócio que abracei. Venho pregar, para que o rebanho do Senhor não se arrede nunca do bom caminho.

— Aqui na capital?

— Não, no interior. Começo pela vila de***.

Os dous velhos estremeceram; mas Simão nada viu. No dia seguinte partiu Simão, não sem algumas instâncias de seus pais para que ficasse. Notaram eles que seu filho nem de leve tocara em Helena. Também eles não quiseram magoá-lo falando em tal assunto.

Daí a dias, na vila de que falara frei Simão, era um alvoroço para ouvir as prédicas do missionário.

A velha igreja do lugar estava atopetada de povo.

À hora anunciada, frei Simão subiu ao púlpito e começou o discurso religioso. Metade do povo saiu aborrecido no meio do sermão. A razão era simples. Avezado à pintura viva dos caldeirões de Pedro Botelho e outros pedacinhos de ouro da maioria dos pregadores, o povo não podia ouvir com prazer a linguagem simples, branda, persuasiva, a que serviam de modelo as conferências do fundador da nossa religião.

O pregador estava a terminar, quando entrou apressadamente na igreja um par, marido e mulher; ele, honrado lavrador, meio remediado com o sítio que possuía e a boa vontade de trabalhar; ela, senhora estimada por suas virtudes, mas de uma melancolia invencível.

Depois de tomarem água-benta, colocaram-se ambos em lugar donde pudessem ver facilmente o pregador.

Ouviu-se então um grito, e todos correram para a recém-chegada, que acabava de desmaiar. Frei Simão teve de parar o seu discurso, enquanto se punha termo ao incidente. Mas, por uma aberta que a turba deixava, pôde ele ver o rosto da desmaiada.

Era Helena.

No manuscrito do frade há uma série de reticências dispostas em oito linhas. Ele próprio não sabe o que se passou. Mas o que se passou foi que, mal conhecera Helena, continuou o frade o discurso. Era então outra cousa: era um discurso sem nexo, sem assunto, um verdadeiro delírio. A consternação foi geral.

V

O delírio de frei Simão durou alguns dias. Graças aos cuidados, pôde melhorar, e pareceu a todos que estava bom, menos ao médico, que queria continuar a cura. Mas o frade disse positivamente que se retirava ao convento, e não houve forças humanas que o detivessem.

O leitor compreende naturalmente que o casamento de Helena fora obrigado pelos tios.

A pobre senhora não resistiu à comoção. Dous meses depois morreu, deixando inconsolável o marido, que a amava com veras.

Frei Simão, recolhido ao convento, tornou-se mais solitário e taciturno. Restava-lhe ainda um pouco da alienação.

Já conhecemos o acontecimento de sua morte e a impressão que ela causara ao abade.

A cela de frei Simão de Santa Águeda esteve muito tempo religiosamente fechada. Só se abriu, algum tempo depois, para dar entrada a um velho secular, que por esmola alcançou do abade acabar os seus dias na convivência dos médicos da alma. Era o pai de Simão. A mãe tinha morrido.

Foi crença, nos últimos anos de vida deste velho, que ele não estava menos doudo que frei Simão de Santa Águeda.

MACHADO DE ASSIS

HISTÓRIAS DA MEIA-NOITE

SOBRE ESTA EDIÇÃO

Histórias da Meia-noite teve apenas uma edição em vida do A., datada de 1873, data que não figura na folha de rosto mas consta do colofão, no seu verso: "Typ. Franco-Americana, rua d'Ajuda, 18-1873". Seviu-nos de texto-base.

Informa-nos o saudoso J. Galante de Sousa, na sua prestantíssima *Bibliografia de Machado de Assis,* que, à exceção de "Aurora sem Dia", as demais "histórias" foram antes publicadas no *Jornal das Famílias*, entre junho de 1872 e novembro de 1873. Nesse periódico, acrescenta Galante, "As Bodas de Luís Duarte" e "Ponto de Vista" trazem, respectivamente, os títulos de "As Bodas do Dr. Duarte" e "Quem Desdenha".

Somente em 1917 é que saiu a 2ª ed. Traz pequenas modificações para melhor, sobretudo na pontuação.

Ambas as edições contêm numerosas gralhas tipográficas miúdas.

*

Nas *Histórias da Meia-Noite*, saídas apenas três anos depois dos *Contos Fluminenses*, já não ocorrem as concordâncias e as colocações de pronomes não-canônicas que assinalamos na Advertência a esse livro. Dá a impressão de que M. de A. teve a sua atenção despertada para esses desvios.

*

Das narrativas que compõem este livro, a primeira, "A Parasita Azul", que ocupa mais de 40 páginas, e "Ernesto de Tal", com 24 páginas, tal como as dos *Contos Fluminenses,* são divididas em capítulos, e talvez devessem ser rotuladas antes como novelas, especialmente a primeira, de trama algo complexa e que lembra *A Moreninha,* de J. M. de Macedo.

As histórias do livro são todas românticas, e mal deixam adivinhar o futuro contista de *Papéis Avulsos,* apesar da presença de inegáveis qualidades de estilo.

Em sua companhia o leitor passará, sem dúvida, horas agradáveis.

PEQUENA BIBLIOGRAFIA

Além das obras clássicas sobre Machado de Assis, já citadas em volumes anteriores, consultar-se-ão com proveito:

ABREU, MODESTO DE, "Machado de Assis, mestre do conto e do verso". *Ilustração Brasileira,* Rio de Janeiro, agosto de 1954.

BARBOSA, FRANCISCO DE ASSIS. "O contista número um da língua portuguesa". *Cultura*, Rio de Janeiro, nº 3, maio-agosto de 1949, p. 193-242.

BROCA, BRITO. *Machado de Assis e a Política.* Rio de Janeiro, 1975, p. 44-53.

LEÃO, MÚCIO. "O conto de Machado de Assis". In Academia Brasileira de Letras. *Curso de Conto*. Rio de Janeiro, 1958, p. 109-131.

MONTELO, JOSUÉ. "O conto brasileiro de Machado de Assis a Monteiro Lobato. In *Caminho da Fonte,* Rio de Janeiro, INL, 1959, p. 279-365.

SOUSA, J. GALANTE DE. "A propósito de um inédito de Machado de Assis". *Correio da Manhã,* Rio de Janeiro, 9-4-53.

ADRIANO DA GAMA KURY

Nota:
O preparo desta edição foi facilitado graças à colaboração de Plínio Doyle, que possibilitou o acesso à sua Machadiana

ADVERTÊNCIA

Vão aqui reunidas algumas narrativas, escritas ao correr da pena, sem outra pre tensão que não seja a de ocupar alguma sobra do precioso tempo do leitor. Não digo com isto que o gênero seja menos digno da atenção dele, nem que deixe de exigir predicados de observação e de estilo. O que digo é que estas páginas, reunidas por um editor benévolo, são as mais desambiciosas do mundo.

Aproveito a ocasião que se me oferece para agradecer à crítica e ao público a generosidade com que receberam o meu primeiro romance, há tempos dado à luz. Trabalhos de gênero diverso me impediram até agora de concluir outro, que aparecerá a seu tempo.

10 de novembro de 1873.

M. A.

A PARASITA AZUL

I

VOLTA AO BRASIL

Há cerca de dezesseis anos, desembarcava no Rio de Janeiro, vindo da Europa, o Sr. Camilo Seabra, goiano de nascimento, que ali fora estudar medicina e voltava agora com o diploma na algibeira e umas saudades no coração. Voltava depois de uma ausência de oito anos, tendo visto e admirado as principais cousas que um homem pode ver e admirar por lá, quando não lhe falta gosto nem meios. Ambas as cousas possuía, e se tivesse também, não digo muito, mas um pouco mais de juízo, houvera gozado melhor do que gozou, e com justiça poderia dizer que vivera.

Não abonava muito os seus sentimentos patrióticos o rosto com que entrou a barra da capital brasileira. Trazia-o fechado e merencório, como quem abafa em si alguma cousa que não é exatamente a bem-aventurança terrestre. Arrastou um olhar aborrecido pela cidade, que se ia desenrolando à proporção que o navio se dirigia ao ancoradouro. Quando veio a hora de desembarcar, fê-lo com a mesma alegria com que o réu transpõe os umbrais do cárcere. O escaler afastou-se do navio, em cujo mastro flutuava uma bandeira tricolor; Camilo murmurou consigo:

— Adeus, França!

Depois envolveu-se num magnífico silêncio e deixou-se levar para terra.

O espetáculo da cidade, que ele não via há tanto tempo, sempre lhe prendeu um pouco a atenção. Não tinha porém dentro da alma o alvoroço de Ulisses ao ver a terra da sua pátria. Era antes pasmo e tédio. Comparava o que via agora com o que vira durante longos anos, e sentia a mais e mais apertar-lhe o coração a dolorosa saudade que o minava. Encaminhou-se para o primeiro hotel que lhe pareceu conveniente, e ali determinou passar alguns dias, antes de seguir para Goiás. Jantou solitário e triste com a mente cheia de mil recordações do mundo que acabava de deixar, e para dar ainda maior desafogo à memória, apenas acabado o jantar, estendeu-se num canapé, e começou a desfiar consigo mesmo um rosário de cruéis desventuras.

Na opinião dele, nunca houvera mortal que mais dolorosamente experimentasse a hostilidade do destino. Nem no martirológio cristão, nem nos trágicos gregos, nem no livro de Jó, havia sequer um pálido esboço dos seus infortúnios.

Vejamos alguns traços patéticos da existência do nosso herói.

Nascera rico, filho de um proprietário de Goiás, que nunca vira outra terra além da sua província natal. Em 1828 estivera ali um naturalista francês, com quem o comendador Seabra travou relações, e de quem se fez tão amigo, que não quis outro padrinho para o seu único filho, que então contava um ano de idade. O naturalista, muito antes de o ser, cometera umas venialidades poéticas que mereceram alguns elogios em 1810, mas que o tempo, — velho trapeiro da eternidade, — levou consigo para o infinito depósito das cousas inúteis. Tudo lhe perdoara o ex-poeta, menos o esquecimento de um poema em que ele metrificara a vida de Fúrio Camilo,[1] poema que ainda então lia com sincero entusiasmo. Como lembrança desta obra da juventude, chamou ele ao afilhado Camilo, e com esse nome o batizou o padre Maciel, a grande aprazimento da família e seus amigos.

Compadre, disse o comendador ao naturalista, se este pequeno vingar, hei de mandá-lo para sua terra, a aprender medicina ou qualquer outra cousa em que se faça homem. No caso de lhe achar jeito para andar com plantas e minerais, como o senhor, não se acanhe; dê-lhe o destino que lhe parecer como se fora seu pai, que o é, espiritualmente falando.

— Quem sabe se eu viverei nesse tempo? Disse o naturalista.

— Oh! há de viver! Protestou Seabra. Esse corpo não engana; a sua têmpera é de ferro. Não o vejo eu andar todos os dias por esses matos e campos, indiferente a sóis e a chuvas, sem nunca ter a mais leve dor de cabeça? Com metade dos seus trabalhos já eu estava defunto. Há de viver e cuidar do meu rapaz, apenas ele tiver concluído cá os seus primeiros estudos.

A promessa de Seabra foi pontualmente cumprida. Camilo seguiu para Paris, logo depois de alguns preparatórios, e ali o padrinho cuidou dele como se realmente fora seu pai. O comendador não poupava dinheiro para que nada faltasse ao filho; a mesada que lhe mandava podia bem servir para duas ou três pessoas em iguais circunstâncias. Além da mesada, recebia ele por ocasião da Páscoa e do Natal, amêndoas e festas que a mãe lhe mandava, e que lhe chegavam às mãos debaixo da forma de alguns excelentes mil francos.

Até aqui o único ponto negro na existência de Camilo, era o padrinho, que o trazia peado, com receio de que o rapaz viesse a perder-se nos precipícios da grande cidade. Quis, porém, a sua boa estrela que o ex-poeta de 1810 fosse repousar no nada ao lado das suas produções extintas, deixando na ciência alguns vestígios da sua passagem por ela. Camilo apressou-se a escrever ao pai uma carta cheia de reflexões filosóficas.

O período final dizia assim:

"Em suma, meu pai, se lhe parece que eu tenho o necessário juízo para concluir aqui os meus estudos, e se tem confiança na boa inspiração que me há de dar a alma daquele que lá se foi deste vale de lágrimas para gozar a infinita bem-aventurança, deixe-me cá ficar até que eu possa regressar ao meu país como um cidadão esclarecido e apto para o servir, como é do meu dever. Caso a sua vontade seja contrária a isto que lhe peço, diga-o com franqueza, meu pai, porque então não me demorarei um instante mais nesta terra, que já foi meia pátria para mim, e que hoje *(hélas!)* é apenas uma terra de exílio."

O bom velho não era homem que pudesse ver por entre as linhas desta lacrimosa epístola o verdadeiro sentimento que a ditara. Chorou de alegria ao ler as palavras do

1. Procônsul romano na África (séc.I), durante o governo do Imperador Tibério, conquistou notável vitória sobre o chefe númida Tacfarinas, que pretendera livrar-se do jugo romano.

filho, mostrou a carta a todos os seus amigos, e apressou-se a responder ao rapaz que podia ficar em Paris todo o tempo necessário para completar os seus estudos, e que, além da mesada que lhe dava, nunca recusaria tudo quanto lhe fosse indispensável em circunstâncias imprevistas. Além disto, aprovava de coração os sentimentos que ele manifestava em relação à sua pátria e à memória do padrinho. Transmitia-lhe muitas recomendações do tio Jorge, do padre Maciel, do coronel Veiga, de todos os parentes e amigos, e concluía deitando-lhe a bênção.

A resposta paterna chegou às mãos de Camilo no meio de um almoço; que ele dava no Café de Madrid a dois ou três estróinas de primeira qualidade. Esperava aquilo mesmo, mas não resistiu ao desejo de beber à saúde do pai, ato em que foi acompanhado pelos elegantes milhafres seus amigos. Nesse mesmo dia planeou Camilo algumas circunstâncias imprevistas (para o comendador) e o próximo correio trouxe para o Brasil uma extensa carta em que ele agradecia as boas expressões do pai, dizia-lhe as suas saudades, confiava-lhe as suas esperanças, e pedia-lhe respeitosamente, em *post-scriptum,* a remessa de uma pequena quantia de dinheiro.

Graças a estas facilidades, atirou-se o nosso Camilo a uma vida solta e dispendiosa, não tanto, porém, que lhe sacrificasse os estudos. A inteligência que possuía, e certo amor-próprio que não perdera, muito o ajudaram neste lance; concluído o curso, foi examinado, aprovado e doutorado.

A notícia do acontecimento foi transmitida ao pai com o pedido de uma licença para ir ver outras terras da Europa. Obteve a licença, e saiu de Paris para visitar a Itália, a Suíça, a Alemanha e a Inglaterra. No fim de alguns meses estava outra vez na grande capital, e aí reatou o fio da sua antiga existência, já livre então de cuidados estranhos e aborrecidos. A escala toda dos prazeres sensuais e frívolos foi percorrida por este esperançoso mancebo com uma sofreguidão que parecia antes suicídio. Seus amigos eram numerosos, solícitos e constantes; alguns não duvidavam dar-lhe a honra de o constituir seu credor. Entre as moças de Corinto era o seu nome verdadeiramente popular; não poucas o tinham amado até o delírio. Não havia pateada célebre em que a chave dos seus aposentos não figurasse, nem corrida, nem ceiata, nem passeio, em que não ocupasse um dos primeiros lugares *cet aimable Brésilien.*

Desejoso de o ver, escreveu-lhe o comendador pedindo que regressasse ao Brasil; mas o filho, parisiense até à medula dos ossos, não compreendia que um homem pudesse sair do cérebro da França para vir internar-se em Goiás. Respondeu com evasivas e deixou-se ficar. O velho fez vista grossa a esta primeira desobediência. Tempos depois insistiu em chamá-lo; novas evasivas da parte de Camilo. Irritou-se o pai e a terceira carta que lhe mandou foi já de amargas censuras. Camilo caiu em si e dispôs-se com grande mágoa a regressar à pátria, não sem esperanças de voltar a acabar os seus dias no *boulevard* dos Italianos ou à porta do Café Helder.

Um incidente, porém, demorou ainda desta vez o regresso do jovem médico. Ele, que até ali vivera de amores fáceis e paixões de uma hora, veio a enamorar-se repentinamente de uma linda princesa russa. Não se assustem; a princesa russa de quem falo, afirmavam algumas pessoas que era filha da rua do Bac e trabalhara numa casa de modas, até à revolução de 1848. No meio da revolução apaixonou-se por ela um major polaco, que a levou para Varsóvia, donde acabava de chegar transformada em princesa, com um nome acabado em *ine* ou em *off*, não sei bem. Vivia misteriosamente, zombando de todos os seus adoradores, exceto de Camilo, dizia ela, por quem sentia que era capaz de aposentar as suas roupas de viúva. Tão depressa, porém, soltava estas expressões irrefletidas, como logo protestava com os olhos no céu:

— Oh! não! nunca, meu caro Alexis, nunca desonrarei a tua memória unindo-me a outro.

Isto eram punhais que dilaceravam o coração de Camilo. O jovem médico jurava por todos os santos do calendário latino e grego que nunca amara a ninguém como à formosa princesa. A bárbara senhora parecia às vezes disposta a crer nos protestos de Camilo; outras vezes porém abanava a cabeça e pedia perdão à sombra do venerando príncipe Aléxis. Neste meio tempo chegou uma carta decisiva do comendador. O velho goiano intimava pela última vez ao filho que voltasse, sob pena de lhe suspender todos os recursos e trancar-lhe a porta.

Não era possível tergiversar mais. Imaginou ainda uma grave moléstia; mas a idéia de que o pai podia não acreditar nela e suspender-lhe realmente os meios, aluiu de todo este projeto. Camilo nem ânimo teve de ir confessar a sua posição à bela princesa; receiava além disso que ela, por um rasgo de generosidade, natural em quem ama, quisesse dividir com ele as suas terras de Novgorod. Aceitá-las seria humilhação, recusá-las poderia ser ofensa. Camilo preferiu sair de Paris deixando à princesa uma carta em que lhe contava singelamente os acontecimentos e prometia voltar algum dia.

Tais eram as calamidades com que o destino quisera abater o ânimo de Camilo. Todas elas repassou na memória o infeliz viajante, até que ouviu bater oito horas da noite. Saiu um pouco para tomar ar, e ainda mais se lhe acenderam as saudades de Paris. Tudo lhe parecia lúgubre, acanhado, mesquinho. Olhou com desdém olímpico para todas as lojas da Rua do Ouvidor, que lhe pareceu apenas um beco muito comprido e muito iluminado. Achava os homens deselegantes, as senhoras desgraciosas. Lembrou-se, porém, que Santa Luzia, sua cidade natal, era ainda menos parisiense que o Rio de Janeiro, e então, abatido com esta importuna idéia correu para o hotel e deitou-se a dormir.

No dia seguinte, logo depois do almoço, foi a casa do correspondente de seu pai. Declarou-lhe que tencionava seguir dentro de quatro ou cinco dias para Goiás, e recebeu dele os necessários recursos, segundo as ordens já dadas pelo comendador. O correspondente acrescentou que estava incumbido de lhe facilitar tudo o que quisesse no caso de desejar passar algumas semanas na corte.

— Não, respondeu Camilo; nada me prende à corte, e estou ansioso por me ver a caminho.

— Imagino as saudades que há de ter. Há quantos anos?

— Oito.

— Oito! Já é uma ausência longa.

Camilo ia-se dispondo a sair, quando viu entrar um sujeito alto, magro, com alguma barba em baixo do queixo e bigode, vestido com um paletó de brim pardo e trazendo na cabeça um chapéu de Chile. O sujeito olhou para Camilo, estacou, recuou um passo, e depois de uma razoável hesitação, exclamou:

— Não me engano! é o Sr. Camilo!

— Camilo Seabra, Com efeito, respondeu o filho do comendador, lançando um olhar interrogativo ao dono da casa.

— Este senhor, disse o correspondente, é o Sr. Soares, filho do negociante do mesmo nome, da cidade de Santa Luzia.

— Quê! é o Leandro que eu deixei apenas com um buço...

—Em carne e osso, interrompeu Soares; é o mesmo Leandro que lhe aparece agora todo barbado, como o senhor, que também está com uns bigodes bonitos!

— Pois não o conhecia...

— Conheci-o eu apenas o vi, apesar de o achar muito mudado do que era. Está agora um moço apurado. Eu é que estou velho. Já cá estão vinte e seis... Não se ria: estou velho. Quando chegou?

— Ontem.

— E quando segue viagem para Goiás?

— Espero o primeiro vapor de Santos.

— Nem de propósito! Iremos juntos.

— Como está seu pai? Como vai toda aquela gente? O padre Maciel? O Veiga? Dê-me notícias de todos e de tudo.

— Temos tempo para conversar à vontade. Por agora só lhe digo que todos vão bem. O vigário é que esteve dois meses doente de uma febre maligna e ninguém pensava que arribasse; mas arribou. Deus nos livre que o homem adoeça, agora que estamos com o Espírito Santo à porta.

—Ainda se fazem aquelas festas?

— Pois então! O imperador, este ano, é o coronel Veiga; e diz que quer fazer as cousas com todo o brilho. Já prometeu que daria um baile. Mas nós temos tempo de conversar, ou aqui ou em caminho. Onde está morando?

Camilo indicou o hotel em que se achava, e despediu-se do comprovinciano, satisfeito de haver encontrado companheiro que de algum modo lhe diminuísse os tédios de tão longa viagem. Soares chegou à porta e acompanhou com os olhos o filho do comendador até perdê-lo de vista.

— Veja o senhor o que é andar por essas terras estrangeiras, disse ele ao correspondente, que também chegava à porta. Que mudança fez aquele rapaz, que era pouco mais ou menos como eu!

II

PARA GOIÁS

Daí a dias seguiam ambos para Santos, de lá para S. Paulo e tomavam a estrada de Goiás.

Soares, à medida que ia reavendo a antiga intimidade com o filho do comendador, contava-lhe as memórias da sua vida, durante os oito anos de separação, e, à falta de cousa melhor, era isto o que entretinha o médico nas ocasiões e lugares em que a natureza lhe não oferecia algum espetáculo dos seus. Ao cabo de umas quantas léguas de marcha estava Camilo informado das rixas eleitorais de Soares, das suas aventuras na caça, das suas proezas amorosas, e de muitas cousas mais, umas graves, outras fúteis, que Soares narrava com igual entusiasmo e interesse.

Camilo não era espírito observador; mas a alma de Soares andava-lhe tão patente nas mãos, que era impossível deixar de a ver e examinar. Não lhe pareceu mau rapaz; notou-lhe, porém, certa fanfarronice, em todo o gênero de cousas, na política, na caça, no jogo, e até nos amores. Neste último capítulo havia um parágrafo sério; era o que dizia respeito a uma moça, que ele amava loucamente, de tal modo que prometia aniquilar a quem quer que ousasse levantar olhos para ela.

— É o que lhe digo, Camilo, confessava o filho do comerciante, se alguém tiver o atrevimento de pretender essa moça pode contar que há no mundo mais dois desgraçados, ele e eu. Não há de acontecer assim, felizmente; lá todos me conhecem; sabem que não cochilo para executar o que prometo. Há poucos meses o major Valente perdeu a eleição só porque teve o atrevimento de dizer que ia arranjar a demissão do juiz municipal. Não arranjou a demissão, e por castigo tomou taboca; saiu na lista dos suplentes. Quem lhe deu o golpe fui eu. A cousa foi...

— Mas por que não se casa com essa moça? perguntou Camilo desviando cautelosamente a narração da última vitória eleitoral de Soares.

— Não me caso porque... tem muita curiosidade de o saber?

— Curiosidade... de amigo e nada mais.

— Não me caso porque ela não quer.

Camilo estacou o cavalo.

— Não quer? disse ele espantado. Então por que motivo pretende impedir que ela...

— Isso é uma história muito comprida. A Isabel...

— Isabel?... interrompeu Camilo. Ora espere, será a filha do Dr. Matos, que foi juiz de direito há dez anos?

— Essa mesma.

— Deve estar uma moça?

— Tem seus vinte anos bem contados.

— Lembra-me que era bonitinha aos doze.

— Oh! mudou muito... para melhor! Ninguém a vê que não fique logo com a cabeça voltada. Tem rejeitado já uns poucos de casamentos. O último noivo recusado fui eu. A causa por que me recusou foi ela mesma que me veio dizer.

— E que causa era?

— "Olhe, Sr. Soares, disse-me ela. O senhor merece bem que uma moça o aceite por marido; eu era capaz disso, mas não o faço porque nunca seríamos felizes."

— Que mais?

— Mais nada. Respondeu-me apenas isto que lhe acabo de contar.

— Nunca mais se falaram?

— Pelo contrário, falamo-nos muitas vezes. Não mudou comigo; trata-me como dantes. A não serem aquelas palavras que ela me disse, e que ainda me doem cá dentro, eu podia ter esperanças. Vejo, porém, que seriam inúteis; ela não gosta de mim.

— Quer que lhe diga uma cousa com franqueza?

— Diga.

— Parece-me um grande egoísta.

— Pode ser; mas sou assim. Tenho ciúmes de tudo, até do ar que ela respira. Eu, se a visse gostar de outro, e não pudesse impedir o casamento, mudava de terra. O que me vale é a convicção que tenho de que ela não há de gostar nunca de outro, e assim pensam todos os mais.

— Não admira que não saiba amar, reflexionou Camilo pondo os olhos no horizonte como se estivesse ali a imagem da formosa súdita do tzar. Nem todas receberam do céu esse dom, que é o verdadeiro distintivo dos espíritos seletos. Algumas há, porém, que sabem dar a vida e a alma a um ente querido, que lhe enchem o coração de profundos afetos, e deste modo fazem jus a uma perpétua adoração. São raras, bem sei, as mulheres desta casta; mas existem...

Camilo terminou esta homenagem à dama dos seus pensamentos abrindo as asas a um suspiro que, se não chegou ao seu destino, não foi por culpa do autor. O companheiro não compreendeu a intenção do discurso, e insistiu em dizer que a formosa goiana estava longe de gostar de ninguém, e ele ainda mais longe de lho consentir.

O assunto agradava aos dois comprovincianos; falaram dele longamente até o aproximar da tarde. Pouco depois chegaram a um — pouso, — onde deviam pernoitar.

Tirada a carga aos animais, cuidaram os criados primeiramente do café, e depois do jantar. Nessas ocasiões ainda mais pungiam ao nosso herói as saudades de Paris. Que diferença entre os seus jantares dos *restaurants* dos *boulevards* e aquela refeição ligeira e tosca, num miserável — pouso de estrada, — sem os acepipes da cozinha francesa, sem a leitura do *Figaro* ou da *Gazette des Tribunaux!*

Camilo suspirava consigo mesmo; tornava-se então ainda menos comunicativo. Não se perdia nada porque o seu companheiro falava por dois.

Acabada a refeição, acendeu Camilo um charuto e Soares um cigarro de palha. Era já noite. A fogueira do jantar alumiava um pequeno espaço em roda; mas nem era precisa, porque a lua começava a surgir de trás de um morro, pálida e luminosa, brincando nas folhas do arvoredo e nas águas tranqüilas do rio que serpeava ali ao pé.

Um dos tropeiros sacou a viola e começou a gargantear uma cantiga, que a qualquer outro encantaria pela rude singeleza dos versos e da toada, mas que ao filho do comendador apenas fez *lembrar* com tristeza as volatas da ópera. Lembrou-lhe mais; lembrou-lhe uma noite em que a bela moscovita, molemente sentada num camarote dos Italianos, deixava de ouvir as ternuras do tenor, para contemplá-lo de longe cheirando um raminho de violetas.

Soares atirou-se à rede e adormeceu.

O tropeiro cessou de cantar, e dentro de pouco tempo tudo era silêncio no pouso.

Camilo ficou sozinho diante da noite, que estava realmente formosa e solene. Não faltava ao jovem goiano a inteligência do belo; e a quase novidade daquele espetáculo, que uma longa ausência lhe fizera esquecer, não deixava de o impressionar imensamente.

De quando em quando chegavam aos seus ouvidos urros longínquos, de alguma fera que vagueava na solidão. Outras vezes eram aves noturnas, que soltavam ao perto os seus pios tristonhos. Os grilos, e também as rãs e os sapos formavam o coro daquela ópera do sertão, que o nosso herói admirava decerto, mas à qual preferia indubitavelmente a ópera cômica.

Assim esteve longo tempo, cerca de duas horas, deixando vagar o seu espírito ao sabor das saudades, e levantando e desfazendo mil castelos no ar. De repente foi chamado a si pela voz do Soares, que parecia vítima de um pesadelo. Afiou o ouvido e escutou estas palavras soltas e abafadas que o seu companheiro murmurava:

— Isabel... querida Isabel... Que é isso?... Ah! meu Deus! Acudam!

As últimas sílabas eram já mais aflitas que as primeiras, Camilo correu ao companheiro e fortemente o sacudiu. Soares acordou espantado, sentou-se, olhou em roda de si e murmurou:

— Que é?

— Um pesadelo.

— Sim, foi um pesadelo. Ainda bem! Que horas são? — Ainda é noite.

— Já está levantado?

— Agora é que me vou deitar. Durmamos que é tempo.

— Amanhã lhe contarei o sonho.

No dia seguinte efetivamente, logo depois das primeiras vinte braças de marcha, referiu Soares o terrível sonho da véspera.

— Estava eu ao pé de um rio, disse ele, com a espingarda na mão, espiando as capivaras. Olho casualmente para a ribanceira que ficava muito acima, do lado oposto, e vejo uma moça montada num cavalo preto, vestida de preto, e com os cabelos, que também eram pretos, caídos sobre os ombros...

— Era tudo uma escuridão, interrompeu Camilo.

— Espere; admirei-me de ver ali, e por aquele modo, uma moça que me parecia franzina e delicada. Quem pensava o senhor que era?

— A Isabel.

— A Isabel. Corri pela margem adiante, trepei acima de uma pedra fronteira ao lugar onde ela estava, e perguntei-lhe o que fazia ali. Ela esteve algum tempo calada. Depois, apontando para o fundo do grotão, disse:

"— O meu chapéu caiu lá embaixo.

"— Ah!

"— O senhor ama-me? disse ela passados alguns minutos.

"— Mais que a vida!

"— Fará o que eu lhe pedir?

"— Tudo.

"— Bem, vá buscar o meu chapéu."

Olhei para baixo. Era um imenso grotão em cujo fundo fervia e roncava uma água barrenta e grossa. O chapéu, em vez de ir com a corrente por ali abaixo até perder-se de todo, ficara espetado na ponta de uma rocha, e lá do fundo parecia convidar-me a descer. Mas era impossível. Olhei para todos os lados, a ver se achava algum recurso. Nenhum havia...

— Veja o que é imaginação escaldada! observou Camilo.

— Já eu procurava algumas palavras com que dissuadisse Isabel da sua terrível idéia, quando senti pousar-me uma mão no ombro. Voltei-me; era um homem; era o senhor.

— Eu?

— É verdade. O senhor olhou para mim com um ar de desprezo, sorriu para ela e depois olhou para o abismo. Repentinamente, sem que eu possa dizer como, estava o senhor embaixo e estendia a mão para tirar o chapelinho fatal.

— Ah!

— A água, porém, engrossando subitamente, ameaçava submergi-lo. Então Isabel, soltando um grito de angústia, esporeou o cavalo e atirou-se pela ribanceira abaixo. Gritei... chamei por socorro; tudo foi inútil. Já a água os enrolava em suas dobras... quando fui acordado pelo senhor.

Leandro Soares concluiu esta narração do seu pesadelo parecendo ainda assustado do que lhe acontecera... imaginariamente. Convém dizer que ele acreditava nos sonhos.

— Veja o que é uma digestão mal feita! exclamou Camilo quando o comprovinciano terminou a narração. Que porção de tolices! O chapéu, a ribanceira, o cavalo, e mais que tudo a minha presença nesse melodrama fantástico, tudo isso é obra de quem digeriu mal o jantar. Em Paris há teatros que representam pesadelos assim, — piores do que o seu porque são mais compridos. Mas o que eu vejo também é que essa moça não o deixa nem dormindo.

— Nem dormindo!

Soares disse estas duas palavras quase como um eco, sem consciência. Desde que concluíra a narração, e logo depois das primeiras palavras de Camilo, entrara a fazer consigo uma série de reflexões que não chegaram ao conhecimento do autor desta narrativa, O mais que lhes posso dizer é que não eram alegres, porque a fronte lhe descaiu, enrugou-se-lhe a testa, e ele, cravando os olhos nas orelhas do animal, recolheu-se a um inviolável silêncio.

A viagem, daquele dia em diante, foi menos suportável para Camilo do que até ali. Além de uma leve melancolia que se apoderara do companheiro, ia-se-lhe tornando enfadonho aquele andar léguas e léguas que pareciam não acabar mais. Afinal voltou Soares à sua habitual verbosidade, mas já então nada podia vencer o tédio mortal que se apoderara do mísero Camilo.

Quando porém avistou a cidade, perto da qual estava a fazenda, onde vivera as primeiras auroras da sua mocidade, Camilo sentiu abalar-se-lhe fortemente o coração. Um sentimento sério o dominava. Por algum tempo, ao menos, Paris com os seus esplendores cedia o lugar à pequena e honesta pátria dos Seabras.

III

O ENCONTRO

Foi um verdadeiro dia de festa aquele em que o comendador cingiu ao peito o filho que oito anos antes[2] mandara a terras estranhas. Não pôde reter as lágrimas o bom velho, — não pôde, que elas vinham de um coração ainda viçoso de afetos e exuberante de ternura. Não menos intensa e sincera foi a alegria de Camilo. Beijou repetidamente as mãos e a fronte do pai, abraçou os parentes, os amigos de outro tempo, e durante alguns dias, — não muitos, — parecia completamente curado dos seus desejos de regressar à Europa.

Na cidade e seus arredores não se falava em outra cousa. O assunto, não principal, mas exclusivo das palestras e comentários era o filho do comendador. Ninguém

2. Esta palavra não consta da 1ª ed., nem da ed. crítica do INL.

se fartava de o elogiar. Admiravam-lhe as maneiras e a elegância. A mesma superioridade com que ele falava a todos, achava entusiastas sinceros. Durante muitos dias foi totalmente impossível que o rapaz pensasse em outra cousa que não fosse contar as suas viagens aos amáveis conterrâneos. Mas pagavam-lhe a maçada, porque a menor cousa que ele dissesse tinha aos olhos dos outros uma graça indefinível. O padre Maciel, que o batizara vinte e sete anos antes, e que o via já homem completo, era o primeiro pregoeiro da sua transformação.

— Pode gabar-se, Sr. comendador, dizia ele ao pai de Camilo, pode gabar-se de que o céu lhe deu um rapaz de truz! Santa Luzia vai ter um médico de primeira ordem, se me não engana o afeto que tenho a esse que era ainda ontem um pirralho. E não só médico, mas até bom filósofo; é verdade, parece-me bom filósofo. Sondei-o ontem nesse particular, e não lhe achei ponto fraco ou duvidoso.

O tio Jorge andava a perguntar a todos o que pensavam do sobrinho Camilo. O tenente-coronel Veiga agradecia à Providência a chegada do Dr. Camilo nas proximidades do Espírito Santo.

— Sem ele, o meu baile seria incompleto.

O Dr. Matos não foi o último que visitou o filho do comendador. Era um velho alto e bem feito, ainda que um tanto quebrado pelos anos.

— Venha, doutor, disse o velho Seabra apenas o viu assomar à porta; venha ver o meu homem.

— Homem, com efeito, respondeu Matos contemplando o rapaz. Está mais homem do que eu supunha. Também já lá vão oito anos! Venha de lá esse abraço!

O moço abriu os braços ao velho. Depois, como era costume fazer a quantos o iam ver, contou-lhe alguma cousa das suas viagens e estudos. É perfeitamente inútil dizer que o nosso herói omitiu sempre tudo quanto pudesse abalar o bom conceito em que estava no ânimo de todos. A dar-lhe crédito, vivera quase como um anacoreta; e ninguém ousava pensar o contrário.

Tudo eram pois alegrias na boa cidade e seus arredores; e o jovem médico, lisonjeado com a inesperada recepção que teve, continuou a não pensar muito em Paris. Mas o tempo corre, e as nossas sensações com ele se modificam. No fim de quinze dias tinha Camilo esgotado a novidade das suas impressões; a fazenda começou a mudar de aspecto; os campos ficaram monótonos, as árvores monótonas, os rios monótonos, a cidade monótona, ele próprio monótono. Invadiu-o então uma cousa a que podemos chamar — nostalgia do exílio.

— Não, dizia ele consigo, não posso ficar aqui mais três meses. Paris ou o cemitério, tal é o dilema que se me oferece. Daqui a três meses, estarei morto ou em caminho da Europa.

O aborrecimento de Camilo não escapou aos olhos do pai, que quase vivia a olhar para ele.

— Tem razão, pensava o comendador. Quem viveu por essas terras que dizem ser tão bonitas e animadas, não pode estar aqui muito alegre. É preciso dar-lhe alguma ocupação... a política, por exemplo.

— Política! exclamou Camilo, quando o pai lhe falou nesse assunto. De que me serve a política, meu pai?

— De muito. Serás primeiro deputado provincial; podes ir depois para a câmara no Rio de Janeiro. Um dia interpelas o ministério, e se ele cair, podes subir ao governo. Nunca tiveste ambição de ser ministro?

— Nunca.

— É pena!

— Por quê?

— Porque é bom ser ministro.

— Governar os homens, não é? disse Camilo rindo; é um sexo ingovernável; prefiro o outro.

Seabra riu-se do repente, mas não perdeu a esperança de convencer o herdeiro.

Havia já vinte dias que o médico estava em casa do pai, quando se lembrou da história que lhe contara Soares e do sonho que este tivera no pouso. A primeira vez que foi à cidade e esteve com o filho do negociante, perguntou-lhe:

— Diga-me, como vai a sua Isabel, que ainda a não vi? Soares olhou para ele com o sobrolho carregado e levantou os ombros resmungando um seco:

— Não sei.

Camilo não insistiu.

— A moléstia ainda está no período agudo, disse ele consigo.

Teve porém curiosidade de ver a formosa Isabelinha, que tão por terra deitara aquele verboso cabo eleitoral. A todas as moças da localidade, em dez léguas em redor, havia já falado o jovem médico. Isabel era a única esquiva até então. Esquiva não digo bem. Camilo fora uma vez à fazenda do Dr. Matos; mas a filha estava doente. Pelo menos foi isso o que lhe disseram.

— Descanse, dizia-lhe um vizinho a quem ele mostrara impaciência de conhecer a amada de Leandro Soares; há de vê-la no baile do coronel Veiga, ou na festa do Espírito Santo, ou em outra qualquer ocasião.

A beleza da moça, que ele não julgava pudesse ser superior nem sequer igual à da viúva do príncipe Alexis, a paixão incurável de Soares, e o tal ou qual mistério com que se falava de Isabel, tudo isso excitou ao último ponto a curiosidade do filho do comendador.

No domingo próximo, oito dias antes do Espírito Santo, saiu Camilo da fazenda para ir à missa na igreja da cidade, como já fizera nos domingos anteriores. O cavalo ia a passo lento, a compasso com o pensamento do cavaleiro, que se espreguiçava pelo campo fora em busca de sensações que já não tinha e que ansiava ter de novo.

Mil singulares idéias atravessavam o cérebro de Camilo. Ora almejava alar-se com cavalo e tudo, rasgar os ares e ir cair defronte do Palais-Royal, ou em outro qualquer ponto da capital do mundo. Logo depois fazia a si mesmo a descrição de um cataclismo tal, que ele viesse a achar-se almoçando no café Tortoni, dois minutos depois de chegar ao altar o padre Maciel.

De repente, ao quebrar uma volta da estrada, descobriu ao longe duas senhoras a cavalo acompanhadas por um pajem. Picou de esporas e dentro de pouco tempo estava junto dos três cavaleiros. Uma das senhoras voltou a cabeça, sorriu e parou. Camilo aproximou-se, com a cabeça descoberta, e estendeu-lhe a mão, que ela apertou.

A senhora a quem cumprimentara era a esposa do tenente-coronel Veiga. Representava ter quarenta e cinco anos, mas estava assaz conservada. A outra senhora, sentindo o movimento da companheira, fez parar também o cavalo, e voltou igualmente a cabeça. Camilo não olhava então para ela. Estava ocupado em ouvir D. Gertrudes, que lhe dava notícias do tenente-coronel.

— Agora só pensa na festa, dizia ela; já deve estar na igreja. Vai à missa, não?

— Vou.

— Vamos juntos.

Trocadas estas palavras, que foram rápidas, Camilo procurou com os olhos a outra cavaleira. Ela porém ia já alguns passos adiante. O médico colocou-se ao lado de D. Gertrudes, e a comitiva continuou a andar. Iam assim conversando havia já uns dez minutos, quando o cavalo da senhora que ia adiante estacou.

— Que é, Isabel? perguntou D. Gertrudes.

— Isabel! exclamou Camilo, sem dar atenção ao incidente que provocara a pergunta da esposa do coronel.

A moça voltou a cabeça e levantou os ombros respondendo secamente:

— Não sei.

A causa era um rumor que o cavalo sentira por trás de uma espessa moita de taquaras que ficava à esquerda do caminho. Antes porém que o pajem ou Camilo fosse examinar a causa da relutância do animal, a moça fez um esforço supremo, e chicoteando vigorosamente o cavalo, conseguiu que este vencesse o terror, e deitasse a correr a galope adiante dos companheiros.

— Isabel! disse Camilo a D. Gertrudes. Aquela moça será a filha do Dr. Matos?

— É verdade. Não a conhecia?

— Há oito anos que a não vejo. Está uma flor! Já me não admira que se fale aqui tanto na sua beleza. Disseram-me que estava doente...

— Esteve; mas as suas doenças são cousas de pequena monta. São nervos; assim se diz, creio eu, quando se não sabe do que uma pessoa padece...

Isabel parara ao longe, e voltada para a esquerda da estrada, parecia admirar o espetáculo da natureza. Daí a alguns minutos estavam perto dela os seus companheiros. A moça ia prosseguir a marcha, quando D. Gertrudes lhe disse:

— Isabel!

A moça voltou o rosto. D. Gertrudes aproximou-se dela.

— Não te lembras do Dr. Camilo Seabra?

— Talvez não se lembre, disse Camilo. Tinha doze anos quando eu saí daqui, e já lá vão oito!

— Lembro-me, respondeu Isabel curvando levemente a cabeça, mas sem olhar para o médico.

E chicoteando de mansinho o cavalo, seguiu para diante. Por mais singular que fosse aquela maneira de reatar um conhecimento antigo, o que mais impressionou então o filho do comendador foi a beleza de Isabel, que lhe pareceu estar na altura da reputação.

Tanto quanto se podia julgar à primeira vista, a esbelta cavaleira devia ser mais alta que baixa. Era morena, — mas, de um moreno acetinado e macio, com uns delicadíssimos longes cor-de-rosa, — o que seria efeito da agitação, visto que afirmavam ser extremamente pálida. Os olhos, — não lhes pôde Camilo ver a cor, mas sentiu-lhes a luz que valia mais talvez, apesar de o não terem fitado, e compreendeu logo que com olhos tais a formosa goiana houvesse fascinado o mísero Soares.

Não averiguou, — nem pôde, — as restantes feições da moça; mas o que pôde contemplar à vontade, o que já vinha admirando de longe, era a elegância nativa do busto e o gracioso desgarro com que ela montava. Vira muitas amazonas elegantes e destras. Aquela porém tinha alguma cousa em que se avantajava às outras; era talvez o desalinho do gesto, talvez a espontaneidade dos movimentos, outra cousa talvez, ou todas essas juntas que davam à interessante goiana incontestável supremacia.

Isabel parava de quando em quando o cavalo e dirigia a palavra à esposa do coronel, a respeito de qualquer acidente, — de um efeito de luz, de um pássaro que passava, de um som que se ouvia, — mas em nenhuma ocasião encarava ou sequer olhava de esguelha o filho do comendador. Absorvido na contemplação da moça, Camilo deixou cair a conversa, e havia já alguns minutos que ele e D. Gertrudes iam cavalgando, sem dizer palavra, ao lado um do outro. Foram interrompidos em sua marcha silenciosa por um cavaleiro, que vinha atrás da comitiva a trote largo.

Era Soares.

O filho do negociante vinha bem diferente do que até ali andava. Cumprimentou-os sorrindo e jovial como estivera nos primeiros dias de viagem do médico. Não era porém difícil conhecer que a alegria de Soares era um artifício. O pobre namorado fechava o rosto de quando em quando, ou fazia um gesto de desespero que felizmente escapava aos outros. Ele receiava o triunfo de um homem que, física e intelectualmente, lhe era superior; que, além disso, gozava naquela ocasião a grande vantagem de dominar a atenção pública, que era o urso da aldeia, o acontecimento do dia, o homem da situação. Tudo conspirava para derrubar a última esperança de Soares, que era a esperança de ver morrer a moça isenta de todo o vínculo conjugal. O infeliz namorado tinha o sestro, aliás comum, de querer ver quebrada ou inútil, a taça que ele não podia levar aos lábios.

Cresceu porém seu receio quando, estando escondido no taquaral de que falei acima, para ver passar Isabel, como costumava fazer muitas vezes, descobriu a pessoa de Camilo na comitiva. Não pôde reter uma exclamação de surpresa, e chegou a dar um passo na direção da estrada. Deteve-se a tempo. Os cavaleiros, como vimos, passaram adiante, deixando o cioso pretendente a jurar aos céus e à terra que tomaria desforra do seu atrevido rival, se o fosse.

Não era rival, bem sabemos; o coração de Camilo guardava ainda fresca a memória da Artemisa moscovita, cujas lágrimas, apesar da distância, o rapaz sentia que eram ardentes e aflitivas. Mas quem poderia convencer a Leandro Soares que o elegante *moço da Europa,* como lhe chamavam, não ficaria enamorado da esquiva goiana?

Isabel, entretanto, apenas vira o infeliz pretendente, deteve o cavalo e estendeu-lhe afetuosamente a mão. Um adorável sorriso acompanhou este movimento. Não era bastante para dissipar as dúvidas do pobre moço. Diversa foi porém a impressão de Camilo.

— Ama-o, ou é uma grande velhaca, pensou ele.

Casualmente, — e pela primeira vez, — olhava Isabel para o filho do comendador. Perspicácia ou adivinhação, leu-lhe no rosto esse pensamento oculto; franziu levemente a testa com uma expressão tão viva de estranheza, que o médico ficou perplexo e não pôde deixar de acrescentar, já então com os lábios, à meia voz falando para si.

— Ou fala com o diabo.

— Talvez, murmurou a moça com os olhos fitos no chão.

Isto foi dito assim, sem que os outros dois percebessem. Camilo não podia desviar os olhos da formosa Isabel, meio espantado, meio curioso, depois da palavra murmurada por ela em tão singulares condições. Soares olhava para Camilo com a mesma ternura com que um gavião espreita uma pomba. Isabel brincava com o chicotinho. D. Gertrudes, que temia perder a missa do padre Maciel e receber um reparo amigável do marido, deu voz de marcha, e a comitiva seguiu imediatamente.

IV

A FESTA

No sábado seguinte a cidade revestira desusado aspecto. De toda a parte correra uma chusma de povo que ia assistir à festa anual do Espírito Santo.

Vão rareando os lugares em que de todo se não apagou o gosto dessas festas clássicas, resto de outras eras, que os escritores do século futuro hão de estudar com curiosidade, para pintar aos seus contemporâneos um Brasil que eles já não hão de conhecer. No tempo em que esta história se passa uma das mais genuínas festas do Espírito Santo era a da cidade de Santa Luzia.

O tenente-coronel Veiga, que era então o imperador do divino, estava em uma casa que possuía na cidade. Na noite de sábado foi ali ter o bando dos pastores, composto de homens e mulheres, com o seu pitoresco vestuário, e acompanhado pelo clássico *velho,* que era um sujeito de calção e meia, sapato raso, casaca esguia, colete comprido e grande bengala na mão.

Camilo estava em casa do coronel, quando ali apareceu o bando dos pastores, com alguns músicos à frente, e muita gente atrás. Formaram logo, ali mesmo na rua, um círculo; um pastor e uma pastora, iniciaram a dança clássica. Dançaram, cantaram e tocaram todos, à porta e na sala do coronel, que estava literalmente a lamber-se de gosto. É ponto duvidoso, e provavelmente nunca será liquidado, se o tenente-coronel Veiga preferia naquela ocasião ser ministro de Estado a ser imperador do Espírito Santo.

E todavia aquilo era apenas uma amostra da grandeza do tenente-coronel. O sol do domingo devia alumiar maiores cousas. Parece que esta razão determinou o rei da luz a trazer nesse dia os seus melhores raios. O céu nunca se mostrara mais limpidamente azul. Algumas nuvens grossas, durante a noite, chegaram a emurchecer as esperanças dos festeiras; felizmente sobre a madrugada soprara um vento rijo que varreu o céu e purificou a atmosfera.

A população correspondeu à solicitude da natureza. Logo cedo apareceu ela com os seus vestidos domingueiros, — jovial, risonha, palreira, — nada menos que feliz.

O ar atroava com foguetes; os sinos convidavam alegremente o povo à cerimônia religiosa.

Camilo passara a noite na cidade em casa do padre Maciel, e foi acordado, mais cedo do que supusera, com os repiques e foguetada e mais demonstrações da cidade alegre. Em casa do pai continuara o moço os seus hábitos de Paris, em que o comendador julgou não dever perturbá-lo. Acordava portanto às 11 horas da manhã, exceto os domingos, em que ia à missa, para de todo em todo não ofender os hábitos da terra.

— Que diabo é isto, padre? gritou Camilo do quarto onde estava, e no momento em que uma girândola lhe abria definitivamente os olhos.

— Que há de ser? respondeu o padre Maciel, metendo a cabeça pela porta: é a festa.

— Então a festa começa de noite?

— De noite? exclamou o padre. É dia claro.

Camilo não pôde conciliar o sono, e viu-se obrigado a levantar-se. Almoçou com o padre, contou duas anedotas, confessou ao hóspede que Paris era o ideal das cidades, e saiu para ir ter à casa do imperador do divino. O padre saiu com ele. Em caminho viram de longe Leandro Soares.

— Não me dirá, padre, perguntou Camilo, por que razão a filha do Dr. Matos não atende àquele pobre rapaz que gosta tanto dela?

Maciel concertou os óculos e expôs a seguinte reflexão: — Você parece tolo.

— Não tanto, como lhe pareço, replicou o filho do comendador, porque mais de uma pessoa tem feito a mesma pergunta.

— Assim é, na verdade, disse o padre; mas há cousas que outros dizem e a gente não repete. A Isabelinha não gosta do Soares simplesmente porque não gosta.

— Não lhe parece que essa moça é um tanto esquisita?

— Não, disse o padre, parece-me uma grande finória.

— Ah! por quê?

— Suspeito que tem muita ambição; não aceita o amor do Soares, a ver se pilha algum casamento que lhe abra a porta das grandezas políticas.

— Ora, disse Camilo levantando os ombros.

— Não acredita?

— Não.

— Pode ser que me engane; mas creio que é isto mesmo. Aqui cada qual dá uma explicação à isenção de Isabel; todas as explicações porém me parecem absurdas; a minha é a melhor.

Camilo fez algumas objeções à explicação do padre, e despediu-se dele para ir a casa do tenente-coronel.

O festivo imperador estava literalmente fora de si. Era a primeira vez que exercia aquele cargo honorífico e timbrava em fazê-lo brilhantemente, e até melhor que os seus predecessores. Ao natural desejo de não ficar por baixo, acrescia o elemento da inveja política. Alguns adversários seus diziam pela boca pequena que o brioso coronel não era capaz de dar conta da mão.

— Pois verão se sou capaz, foi o que ele disse ao ouvir de alguns amigos a malícia dos adversários.

Quando Camilo entrou na sala, acabava o tenente-coronel de explicar umas ordens relativas ao jantar que se devia seguir à festa, e ouvia algumas informações que lhe dava um irmão definidor acerca de uma cerimônia da sacristia.

— Não ouso falar-lhe, coronel, disse o filho do comendador, quando o Veiga ficou só com ele; não ouso interrompê-lo.

— Não interrompe, acudiu o imperador do divino; agora deve tudo estar acabado. O comendador vem?

— Já cá deve estar.

— Já viu a igreja?

— Ainda não.

— Está muito bonita. Não é por me gabar; creio que a festa não desmerecerá das outras, e até em algumas cousas há de ir melhor.

Era absolutamente impossível não concordar com esta opinião, quando aquele que a exprimia fazia assim o seu próprio louvor. Camilo encareceu ainda mais o mérito da festa. O coronel ouvia-o com um riso de satisfação íntima, e dispunha-se a provar que o seu jovem amigo ainda não apreciava bem a situação, quando este, desviou a conversa, perguntando:

— Ainda não veio o Dr. Matos?

— Já.

— Com a família?

— Sim, com a família.

Neste momento foram interrompidos pelo som de muitos foguetes e de uma música que se aproximava.

— São eles! disse Veiga; vêm buscar-me. Há de dar-me licença.

O coronel estava até então de calça preta e rodaque de brim. Correu a preparar-se com o traje e as insígnias do seu elevado cargo. Camilo chegou à janela para ver o cortejo. Não tardou que este aparecesse composto de uma banda de música, da irmandade do Espírito Santo e dos pastores da véspera. Os irmãos vestiam as suas opas encarnadas, e vinham a passo grave, cercados do povo, que enchia a rua e se aglomerava à porta do tenente-coronel para vê-lo sair.

Quando o cortejo parou em frente da casa do tenente-coronel cessou a música de tocar e todos os olhos se voltaram curiosamente para as janelas. Mas o imperador estreante estava ainda por completar a sua edição, e os curiosos tiveram de contentar-se com a pessoa do Dr. Camilo. Entretanto quatro ou seis irmãos mais graduados destacaram-se do grupo e subiram as escadas do tenente-coronel.

Minutos depois cumprimentava Camilo os ditos irmãos graduados, um dos quais, mais graduado que os outros, não o era só no cargo, mas também, e sobretudo, no tamanho. E a estatura do major Brás seria a cousa mais notável da sua pessoa, se lhe não pedisse meças a magreza do próprio major. A opa do major, apesar disto, ficava-lhe bem, porque nem ia até abaixo da curva da perna como a dos outros, nem lhe ficava na cintura, como devera, no caso de ter sido feita pela mesma medida. Era uma opa termo-médio. Ficava-lhe entre a cintura e a curva, e foi feita assim de propósito para conciliar os princípios da elegância com a estatura do major.

Todos os irmãos graduados estenderam a mão ao filho do comendador e perguntaram ansiosamente pelo tenente-coronel.

— Não tarda; foi vestir-se, respondeu Camilo.

— A igreja está cheia, disse um dos irmãos graduados; só se espera por ele.

— É justo esperar, opinou o major Brás.

— Apoiado, disse o coro dos irmãos.

— Demais, continuou o imenso oficial, temos tempo; e não vamos para longe.

Os outros irmãos apoiaram com o gesto esta opinião do major, que, ato contínuo, começou a dizer a Camilo os mil trabalhos que a festa lhes dera, a ele e aos cavalheiros que o acompanhavam naquela ocasião, não menos que ao tenente-coronel.

— Como recompensa dos nossos débeis esforços (Camilo fez um sinal negativo a estas palavras do major Brás), temos consciência de que a cousa não sairá de todo mal.

Ainda estas palavras não tinham bem saído dos lábios do digno oficial, quando assomou à porta da sala o tenente-coronel em todo o esplendor da sua transformação.

Camilo perdera de todo as noções que tinha a respeito do traje e insígnias de um imperador do Espírito-Santo. Não foi pois sem grande pasmo que viu assomar à porta da sala a figura do tenente-coronel.

Além da calça preta, que já tinha no corpo quando ali chegou Camilo, o tenente-coronel envergara uma casaca, que pela regularidade e elegância do corte podia rivalizar com as dos mais apurados membros do Cassino Fluminense. Até aí tudo ia bem. Ao peito rutilava uma vasta comenda da ordem da Rosa, que lhe não ficava mal. Mas o que excedeu a toda a expectação, o que pintou no rosto do nosso Camilo a mais completa expressão de assombro, foi uma brilhante e vistosa coroa de papelão forrado de papel dourado, que o tenente-coronel trazia na cabeça.

Camilo recuou um passo e cravou os olhos na insígnia imperial do tenente-coronel. Já lhe não lembrava aquele acessório indispensável em ocasiões semelhantes, e tendo vivido oito anos no meio de uma civilização diversa, não imaginava que ainda existissem costumes que ele julgava enterrados.

O tenente-coronel apertou a mão a todos os amigos e declarou que estava pronto a acompanhá-los.

— Não façamos esperar o povo, disse ele.

Imediatamente, desceram à rua. Houve no povo um movimento de curiosidade, quando viu aparecer à porta a opa encarnada de um dos irmãos que haviam subido. Logo atrás apareceu outra opa, e não tardou que as restantes opas aparecessem também flanqueando o vistoso imperador. A coroa dourada, apenas o sol lhe bateu de chapa, entrou a despedir faíscas quase inverossímeis. O tenente-coronel olhou a um lado e outro, fez algumas inclinações leves de cabeça a uma ou outra pessoa da multidão, e foi ocupar o seu lugar de honra no cortejo. A música rompeu logo uma marcha, que foi executada pelo tenente-coronel, a irmandade e os pastores, na direção da igreja.

Apenas da igreja avistaram o cortejo, o sineiro, que já estava à espreita, pôs em obra as lições mais complicadas do seu ofício, enquanto uma girândola, entremeada de alguns foguetes soltos, anunciava às nuvens do céu que o imperador do divino era chegado. Na igreja houve um rebuliço geral apenas se anunciou que era chegado o imperador. Um mestre de cerimônias ativo e desempenado ia abrindo alas, com grande dificuldade, porque o povo, ansioso por ver a figura do tenente-coronel, aglomerava-se desordenadamente e desfazia a obra do mestre de cerimônias. Afinal aconteceu o que sempre acontece nessas ocasiões; as alas foram-se abrindo por si mesmas, e ainda que com algum custo, o tenente-coronel atravessou a multidão, precedido e acompanhado pela irmandade, até chegar ao trono que se levantava ao lado do altar-mor. Subiu com firmeza os degraus do trono, e sentou-se nele, tão orgulhoso como se governasse dali todos os impérios juntos do mundo.

Quando Camilo chegou à igreja, já a festa havia começado. Achou um lugar sofrível, ou antes inteiramente bom, porque dali podia dominar um grande grupo de senhoras, entre as quais descobriu a formosa Isabel.

Camilo estava ansioso por falar outra vez a Isabel. O encontro na estrada e a singular perspicácia de que a moça dera prova nessa ocasião, não lhe haviam saído da cabeça. A moça pareceu não dar por ele: mas Camilo era tão versado em tratar com o belo sexo, que não lhe foi difícil perceber que ela o tinha visto e intencionalmente não voltava os olhos para o lado dele. Esta circunstância, ligada aos incidentes do domingo anterior, fez-lhe nascer no espírito a seguinte pergunta:

— Mas que tem ela contra mim?

A festa prosseguiu sem novidade. Camilo não tirava os olhos de sua bela charada, nome que já lhe dava, mas a charada parecia refratária a todo o sentimento de curiosidade. Uma vez, porém, quase no fim, encontraram-se os olhos de ambos. Pede a verdade que se diga que o rapaz surpreendeu a moça a olhar para ele. Cumprimentou-a; foi correspondido; nada mais. Acabada a festa foi a irmandade levar o tenente-coronel até a casa. No meio da lufa-lufa da saída, Camilo, que estava embebido a olhar para Isabel, ouviu uma voz desconhecida que lhe dizia ao ouvido:

— Veja o que faz!

Camilo voltou-se e deu com um homem baixinho e magro, de olhos miúdos e vivos, pobre mas asseiadamente trajado. Encararam-se alguns segundos sem dizer palavra. Camilo não conhecia aquela cara e não se atrevia a pedir a explicação das palavras que ouvira, conquanto ardesse por saber o resto.

— Há um mistério, continuou o desconhecido. Quer descobri-lo?

Houve algum tempo de silêncio.

— O lugar não é próprio, disse Camilo; mas se tem alguma cousa que me dizer...

— Não; descubra o senhor mesmo.

E dizendo isto desapareceu no meio do povo o homem baixinho e magro, de olhos vivos e miúdos. Camilo acotovelou umas dez ou doze pessoas, pisou uns quinze ou vinte calos, pediu outras tantas vezes perdão da sua imprudência, até que se achou na rua sem ver nada que se parecesse com o desconhecido.

— Um romance! disse ele; estou em pleno romance.

Nisto saíam da igreja Isabel, D. Gertrudes e o Dr. Matos. Camilo aproximou-se do grupo e cumprimentou-os. Matos deu o braço a Dr. Gertrudes; Camilo ofereceu timidamente o seu a Isabel. A moça hesitou; mas não era possível recusar. Passou o braço no do jovem médico e o grupo dirigiu-se para a casa onde o tenente-coronel já estava e mais algumas pessoas importantes da localidade. No meio do povo havia um homem que também se dirigia para a casa do coronel e que não tirava os olhos de Camilo e de Isabel.

Esse homem mordia o lábio até fazer sangue.

Será preciso dizer que era Leandro Soares?

V

PAIXÃO

A distância da igreja à casa era pequena; e a conversa entre Isabel e Camilo não foi longa nem seguida. E todavia, leitor, se alguma simpatia te merece a princesa moscovita, deves sinceramente lastimá-la. A aurora de um novo sentimento começava a dourar as cumiadas do coração de Camilo; ao subir as escadas, confessava o filho do comendador, de si para si, que a interessante patrícia tinha qualidades superiores às da bela princesa russa. Hora e meia depois, isto é, quase no fim do jantar, o coração de Camilo confirmava plenamente esta descoberta do seu investigador espírito.

A conversa, entretanto, não passou de cousas totalmente indiferentes; mas Isabel falava com tanta doçura e graça, posto não alterasse nunca a sua habitual reserva; os olhos eram tão bonitos de ver ao perto, e os cabelos também, e a boca igualmente, e as mãos do mesmo modo, que o nosso ardente mancebo, só mudando de natureza, poderia resistir ao influxo de tantas graças juntas.

O jantar correu sem novidade apreciável. Reuniram-se à mesa do tenente-coronel todas as notabilidades do lugar, o vigário, o juiz municipal, o negociante, o fazendeiro, reinando sempre de uma ponta a outra da mesa a maior cordialidade e harmonia. O imperador do divino, já então restituído ao seu vestuário comum, fazia as honras da mesa com verdadeiro entusiasmo. A festa era o objeto da geral conversa, entremeada, é verdade, de reflexões políticas, em que todos estavam de acordo, porque eram do mesmo partido, homens e senhoras.

O major Brás tinha por costume fazer um ou dois brindes longos e eloqüentes em cada jantar de certa ordem a que assistisse. A facilidade com que ele se exprimia, não tinha rival em toda a província. Além disso, como era dotado de descomunal estatura, dominava de tal modo o auditório, que o simples levantar-se era já meio triunfo.

Não podia o major Brás deixar passar incólume o jantar do tenente-coronel; ia-se entrar na sobremesa quando o eloqüente major pediu licença para dizer algumas palavras singelas e toscas. Um murmúrio, equivalente aos *não apoiados* das câmaras, acolheu esta declaração do orador, e o auditório preparou o ouvido para receber as pérolas que lhe iam cair da boca.

— O ilustre auditório que me escuta, disse ele, desculpará a minha ousadia; não vos fala o talento, senhores; fala-vos o coração.

"Meu brinde é curto; para celebrar as virtudes e a capacidade do ilustre tenente-coronel Veiga não é preciso fazer um longo discurso. Seu nome diz tudo; a minha voz nada adiantaria...

O auditório revelou por sinais que aplaudia sem restrições o primeiro membro desta última frase, e com restrições o segundo; isto é, cumprimentou o tenente-coronel e o major; e o orador que, para ser coerente com o que acabava de dizer, devia limitar-se a esvaziar o copo, prosseguiu da seguinte maneira:

— O imenso acontecimento que acabamos de presenciar, senhores, creio que nunca se apagará da vossa memória. Muitas festas do Espírito-Santo tem havido nesta cidade e em outras; mas nunca o povo teve o júbilo de contemplar um esplendor, uma animação, um triunfo igual ao que nos proporcionou o nosso ilustre correligionário e amigo, o tenente-coronel Veiga, honra da classe a que pertence, e glória do partido a que se filiou...

— E no qual pretendo morrer, completou o tenente-coronel.

— Nem outra cousa era de esperar de V. Exª, disse o orador mudando de voz para dar a estas palavras um tom de parêntesis.

Apesar da declaração feita no princípio, de que era inútil acrescentar nada aos méritos do tenente-coronel, o intrépido orador falou cerca de vinte e cinco minutos com grande mágoa do padre Maciel, que namorava de longe um fofo e trêmulo pudim de pão, e do juiz municipal, que estava ansioso por ir fumar. A peroração desse memorável discurso foi pouco mais ou menos assim:

— Eu faltaria, portanto, aos meus deveres de amigo, de correligionário, de subordinado e de admirador, se não levantasse a voz nesta ocasião, e não vos dissesse em linguagem tosca, sim *(sinais de desaprovação),* mas sincera, os sentimentos que me tumultuam dentro do peito, o entusiasmo de que me sinto possuído, quando contemplo o venerando e ilustre tenente-coronel Veiga, e se vos não convidasse a beber comigo à saúde de S. Exª.

O auditório acompanhou com entusiasmo o brinde do major, ao qual respondeu o tenente-coronel com estas poucas, mas sentidas palavras:

— Os elogios que me acaba de fazer o distinto major Brás, são verdadeiros favores de uma alma grande e generosa; não os mereço, senhores; devolvo-os intactos ao ilustre orador que me precedeu.

No meio da festa e da alegria que reinava ninguém reparou nas atenções que Camilo prestava à bela filha do Dr. Matos. Ninguém, digo mal; Leandro Soares, que fora convidado ao jantar, e assistira a ele, não tirava os olhos do elegante rival e da sua formosa e esquiva dama.

Há de parecer milagre ao leitor a indiferença e até o ar alegre com que Soares via os ataques do adversário. Não é milagre; Soares também interrogava o olhar de Isabel e lia nele a indiferença, talvez o desdém, com que tratava o filho do comendador.

— Nem eu, nem ele, dizia consigo o pretendente.

Camilo estava apaixonado; no dia seguinte amanheceu pior; cada dia que passava aumentava a chama que o consumia. Paris e a princesa, tudo havia desaparecido do coração e da memória do rapaz. Um só ente, um lugar único mereciam agora as suas atenções: Isabel e Goiás.

A esquivança e os desdéns da moça não contribuíram pouco para esta transformação. Fazendo de si próprio melhor idéia que do rival, Camilo dizia consigo:

— Se ela não me dá atenção, muito menos deve importar-se com o filho do Soares. Mas por que razão se mostra comigo tão esquiva? Que motivo há para que eu seja derrotado como qualquer pretendente vulgar?

Nessas ocasiões lembrava-se do desconhecido que lhe falara na igreja e das palavras que lhe dissera.

— Algum mistério haverá, dizia ele; mas como descobri-lo?

Indagou das pessoas da cidade quem era o sujeito baixo de olhos miúdos e vivos. Ninguém lho soube dizer. Parecia incrível que não chegasse a descobrir naquelas paragens um homem que naturalmente alguém devia conhecer; redobrou de esforços; ninguém sabia quem era o misterioso sujeito.

Entretanto Camilo freqüentava a fazenda do Dr. Matos e ali ia jantar algumas vezes. Era difícil falar a Isabel com a liberdade que permitem mais adiantados costumes; fazia entretanto o que podia para comunicar à bela moça os seus sentimentos. Isabel parecia cada vez mais estranha às comunicações do rapaz. Suas maneiras não eram positivamente desdenhosas, mas frias; dissera-se que ali dentro morava um coração de neve.

Ao amor desprezado, veio juntar-se o orgulho ofendido, o despeito e a vergonha, e tudo isto, junto a uma epidemia que então reinava na comarca, deu com o nosso Camilo na cama, onde por agora o deixaremos, entregue aos médicos seus colegas.

VI

REVELAÇÃO

Não há mistérios para um autor que sabe investigar todos os recantos do coração. Enquanto o povo de Santa Luzia faz mil conjeturas a respeito da causa verdadeira da isenção que até agora tem mostrado a formosa Isabel, estou habilitado para dizer ao leitor impaciente que ela ama.

— E a quem ama? pergunta vivamente o leitor.

Ama... uma parasita. Uma parasita? É verdade, uma parasita. Deve ser então uma flor muito linda, — um milagre de frescura e de aroma. Não, senhor, é uma parasita muito feia, um cadáver de flor, seco, mirrado, uma flor que devia ter sido lindíssima há muito tempo, no pé, mas que hoje na cestinha em que ela a traz, nenhum sentimento inspira, a não ser de curiosidade. Sim, porque é realmente curioso que uma moça de vinte anos, em toda a força das paixões, pareça indiferente aos homens que a cercam, e concentre todos os seus afetos nos restos descorados e secos de uma flor.

Ah! mas aquela flor foi colhida em circunstâncias especiais. Dera-se o caso alguns anos antes. Um moço da localidade gostava então muito de Isabel, porque era uma criança engraçada, e costumava chamá-la sua mulher, gracejo inocente que o tempo não sancionou. Isabel também gostava do rapaz, a ponto de fazer nascer no espírito do pai da moça a seguinte idéia:

— Se daqui a alguns anos as cousas não mudarem por parte dela, e se ele vier a gostar seriamente da pequena, creio que os posso casar.

Isabel ignorava completamente esta idéia do pai; mas continuava a gostar do moço, o qual continuava a achá-la uma criança interessantíssima.

Um dia viu Isabel uma linda parasita azul, entre os galhos de uma árvore.

— Que bonita flor! disse ela.

— Aposto que você a quer?

— Queria, sim... disse a menina que, sem aprender, conhecia já esse falar oblíquo e disfarçado.

O moço despiu o paletó com a sem-cerimônia de quem trata com uma criança e trepou pela árvore acima. Isabel ficou embaixo ofegante e ansiosa pelo resultado. Não tardou que o complacente moço deitasse a mão à flor e delicadamente a colhesse.

— Apanhe! disse ele de cima.

Isabel aproximou-se da árvore e recolheu a flor no regaço. Contente por ter satisfeito o desejo da menina, tratou o rapaz de descer, mas tão desastradamente o fez, que no fim de dois minutos jazia no chão aos pés de Isabel. A menina deu um grito de angústia e pediu socorro; o rapaz procurou tranqüilizá-la dizendo que nada era, e tentando levantar-se alegremente. Levantou-se com efeito, com a camisa salpicada de sangue; tinha ferido a cabeça.

A ferida foi declarada leve; dentro de poucos dias estava o valente moço completamente restabelecido.

A impressão que Isabel recebeu naquela ocasião foi profunda. Gostava até então do rapaz; daí em diante passou a adorá-lo. A flor que ele lhe colhera veio naturalmente a secar; Isabel guardou-a como se fora uma relíquia; beijava-a todos os dias; e de certo tempo em diante até chorava sobre ela. Uma espécie de culto supersticioso prendia o coração da moça àquela mirrada parasita.

Não era ela porém tão mau coração que não ficasse vivamente impressionada quando soube da doença de Camilo. Fez indagar com assiduidade do estado do moço, e cinco dias depois foi com o pai visitá-lo à fazenda do comendador.

A simples visita da moça, se não curou o doente, deu em resultado consolá-lo e animá-lo; viçaram-lhe algumas esperanças, que já estavam mais secas e mirradas que a parasita cuja história acima narrei.

— Quem sabe se me não amará agora? pensou ele.

Apenas ficou restabelecido foi o seu primeiro cuidado ir à fazenda do Dr. Matos; o comendador quis acompanhá-lo. Não o acharam em casa; estavam apenas a irmã e a filha. A irmã era uma pobre velha, que além desse achaque, tinha mais dois: era surda e gostava de política. A ocasião era boa: enquanto a tia de Isabel confiscava a pessoa e a atenção do comendador, Camilo teve tempo de dar um golpe decisivo e rápido, dirigindo à moça estas palavras:

— Agradeço-lhe a bondade que mostrou a meu respeito durante a minha moléstia. Essa mesma bondade anima-me a pedir-lhe uma cousa mais...

Isabel franziu a testa.

— Reviveu-me uma esperança há dias, continuou Camilo esperança que já estava morta. Será ilusão minha? Uma sua palavra, um gesto seu resolverá esta dúvida.

Isabel ergueu os ombros.

— Não compreendo, disse ela.

— Compreende, disse Camilo em tom amargo. Mas eu serei mais franco, se o exige. Amo-a; disse-lho mil vezes; não fui atendido. Agora porém...

Camilo concluiria de boa vontade este pequeno discurso, se tivesse diante de si a pessoa que ele desejava o ouvisse. Isabel, porém, não lhe deu tempo de chegar ao fim. Sem dizer palavra, sem fazer um gesto, atravessou a extensa varanda e foi sentar-se na outra extremidade onde a velha tia punha à prova os excelentes pulmões do comendador.

O desapontamento de Camilo estava além de toda a descrição. Pretextando um calor que não existia saiu para tomar ar, e ora vagaroso, ora apressado, conforme triunfava nele a irritação ou o desânimo, o mísero pretendente deixou-se ir sem destino. Construiu mil planos de vingança, ideou mil maneiras de ir lançar-se aos pés da moça, rememorou todos os fatos que se haviam dado com ela, e ao cabo de uma longa hora chegou à triste conclusão de que tudo estava perdido. Nesse momento deu acordo de si: estava ao pé de um riacho que atravessava a fazenda do Dr. Matos. O lugar era agreste e singularmente feito para a situação em que ele se achava. A uns duzentos passos viu uma cabana, onde pareceu que alguém entoava uma cantiga do sertão.

Importuna cousa é a felicidade alheia quando somos vítima de algum infortúnio! Camilo sentiu-se ainda mais irritado, e ingenuamente perguntou a si mesmo se alguém podia ser feliz estando ele com o coração a sangrar de desespero.

Daí a nada aparecia à porta da cabana um homem e saía na direção do riacho. Camilo estremeceu; pareceu-lhe reconhecer o misterioso que lhe falara no dia do Espírito-Santo. Era a mesma estatura e o mesmo ar; aproximou-se rapidamente e parou a cinco passos de distância. O homem voltou o rosto: era ele!

Camilo correu ao desconhecido.

— Enfim! disse ele.

O desconhecido sorriu-se complacentemente e apertou a mão que Camilo lhe oferecia.

— Quer descansar? perguntou-lhe.

— Não, respondeu o médico. Aqui mesmo, ou mais longe se lhe apraz, mas desde já, por favor, desejo que me explique as palavras que me disse outro dia na igreja.

Novo sorriso do desconhecido.

— Então? disse Camilo vendo que o homem não respondia.

— Antes de mais nada, diga-me; gosta deveras da moça?

— Oh! muito!

— Jura que a faria feliz?

— Juro!

— Então ouça. O que vou contar a V. Sª é verdade, porque o soube por minha mulher que foi mucama de D. Isabel. É aquela que ali está.

Camilo olhou para a porta da cabana e viu uma mulatinha alta e elegante, que olhava para ele com curiosidade.

— Agora, continuou o desconhecido, afastemo-nos um pouco; para que ela nos não ouça, porque eu não desejo venha a saber-se de quem V. Sª ouviu esta história.

Afastaram-se com efeito costeando o riacho. O desconhecido narrou então a Camilo toda a história da parasita, e o culto que até então a moça votava à flor já seca. Um leitor menos sagaz imagina que o namorado ouviu essa narração triste e abatido. Mas o leitor que souber ler adivinha logo que a confidência do desconhecido despertou na alma de Camilo os mais incríveis sobressaltos de alegria.

— Aqui está o que há, disse o desconhecido ao concluir, creio que V. Sª com isto pode saber em que terreno pisa.

— Oh! sim! sim! disse Camilo. Sou amado! sou amado!

Sabedor daquela novidade ardia o médico por voltar a casa, donde saíra havia tanto tempo. Meteu a mão na algibeira, abriu a carteira e tirou uma nota de vinte mil-réis.

— O serviço que me acaba de prestar é imenso, disse ele; não tem preço. Isto porém é apenas uma lembrança...

Dizendo estas palavras, estendeu-lhe a nota. O desconhecido riu-se desdenhosamente sem responder palavra. Depois, estendeu a mão à nota que Camilo lhe oferecia, e, com grande pasmo deste, atirou-a ao riacho. O fio d'água que ia murmurando e saltando por cima das pedras, levou consigo o bilhete, de envolta com uma folha que o vento lhe levara também.

— Deste modo, disse o desconhecido, nem o senhor fica devendo um obséquio, nem eu recebo a paga dele. Não pense que tive tenção de servir a V. Sª, não. Meu desejo é fazer feliz a filha do meu benfeitor. Sabia que ela gostava de um moço, e que esse moço era capaz de a fazer feliz; abri caminho para que ele chegue até onde ela está. Isto não se paga; agradece-se apenas.

Acabando de dizer estas palavras, o desconhecido voltou as costas ao médico, e dirigiu-se para a cabana. Camilo acompanhou com os olhos aquele homem rústico. Pouco tempo depois estava em casa de Isabel, onde já era esperado com alguma ansiedade. Isabel viu-o entrar alegre e radiante.

— Sei tudo, disse-lhe Camilo pouco antes de sair.

A moça olhou espantada para ele.

— Tudo? repetiu ela.

— Sei que me ama, sei que esse amor nasceu há longos anos, quando era criança, e que ainda hoje...

Foi interrompido pelo comendador que se aproximava. Isabel estava pálida e confusa; estimou a interrupção, porque não saberia que responder.

No dia seguinte escreveu-lhe Camilo uma extensa carta apaixonada, invocando o amor que ela conservara no coração, e pedindo-lhe que o fizesse feliz. Dois dias esperou Camilo a resposta da moça. Veio no terceiro dia. Era breve e seca. Confessava que o amara durante aquele longo tempo, e jurava não amar nunca a outro.

"Apenas isso, concluía Isabel. Quanto a ser sua esposa, nunca. Eu quisera entregar a minha vida a quem tivesse um amor igual ao meu. O seu amor é de ontem; o meu é de nove anos: a diferença de idade é grande demais; não pode ser bom consórcio. Esqueça-me e adeus."

Dizer que esta carta não fez mais do que aumentar o amor de Camilo, é escrever no papel aquilo que o leitor já adivinhou. O coração de Camilo só esperava uma confissão escrita da moça para transpor o limite que o separava da loucura. A carta transtornou-o completamente.

VII

PRECIPITAM-SE OS ACONTECIMENTOS

O comendador não perdera a idéia de meter o filho na política. Justamente nesse ano havia eleição; o comendador escreveu às principais influências da província para que o rapaz entrasse na respectiva assembléia.

Camilo teve notícia desta premeditação do pai; limitou-se a erguer os ombros, resolvido a não aceitar cousa nenhuma que não fosse a mão de Isabel. Em vão o pai, o padre Maciel, o tenente-coronel lhe mostravam um futuro esplêndido e todo semeado de altas posições. Uma só posição o contentava: casar com a moça.

Não era fácil, decerto: a resolução de Isabel parecia inabalável.

— Ama-me, porém, dizia o rapaz consigo; é meio caminho andado.

E como o seu amor era mais recente que o dela, compreendeu Camilo que o meio de ganhar a diferença da idade, era mostrar que o tinha mais violento e capaz de maiores sacrifícios.

Não poupou manifestações de toda a sorte. Chuvas e temporais arrostou para ir vê-la todos os dias; fez-se escravo dos seus menores desejos. Se Isabel tivesse a curiosidade infantil de ver na mão a estrela-d´alva, é muito provável que ele achasse meio de lha trazer.

Ao mesmo tempo cessara de a importunar com epístolas ou palavras amorosas. A última que lhe disse foi:

— Esperarei!

Nesta esperança andou ele muitas semanas, sem que a sua situação melhorasse sensivelmente.

Alguma leitora menos exigente, há de achar singular a resolução de Isabel, ainda depois de saber que era amada. Também eu penso assim; mas não quero alterar o caráter da heroína, porque ela era tal qual a apresento nestas páginas. Entendia que ser amada casualmente, pela única razão de ter o moço voltado de Paris, enquanto ela gastara largos anos a lembrar-se dele e a viver unicamente dessa recordação, entendia, digo eu, que isto a humilhava, e porque era imensamente orgulhosa, resolvera não casar com ele nem com outro. Será absurdo; mas era assim.

Fatigado de assediar inutilmente o coração da moça; e por outro lado, convencido de que era necessário mostrar uma dessas paixões invencíveis a ver se a convencia e lhe quebrava a resolução, planeou Camilo um grande golpe.

Um dia de manhã desapareceu da fazenda. A princípio ninguém se abalou com a ausência do moço, porque ele costumava dar longos passeios, quando porventura acordava mais cedo. A cousa porém começou a assustar à proporção que o tempo ia passando. Saíram emissários para todas as partes, e voltaram sem dar novas do rapaz.

O pai estava aterrado; a notícia do acontecimento correu por toda a parte em dez léguas ao redor. No fim de cinco dias de infrutíferas pesquisas soube-se que um moço, com todos os sinais de Camilo, fora visto a meia légua da cidade, a cavalo. Ia só e triste. Um tropeiro asseverou depois ter visto um moço junto de uma ribanceira, parecendo sondar com o olhar que probabilidade de morte lhe traria uma queda.

O comendador entrou a oferecer grossas quantias a quem lhe desse notícia segura do filho. Todos os seus amigos despacharam gente a investigar as matas e os campos, e nesta inútil labutação correu uma semana.

Será necessário dizer a dor que sofreu a formosa Isabel quando lhe foram dar notícia do desaparecimento de Camilo? A primeira impressão foi aparentemente nenhuma; o rosto não revelou a tempestade que imediatamente rebentara no coração. Dez minutos depois a tempestade subiu aos olhos e transbordou num verdadeiro mar de lágrimas.

Foi então que o pai teve conhecimento da paixão tão longo tempo incubada. Ao ver aquela explosão não duvidou que o amor da filha pudesse vir a ser-lhe funesto. Sua primeira idéia foi que o rapaz desaparecera para fugir a um enlace indispensável.

Isabel tranqüilizou-o dizendo que, pelo contrário, era ela quem se negara a aceitar o amor de Camilo.

— Fui eu que o matei! exclamava a pobre moça.

O bom velho não compreendeu muito como é que uma moça apaixonada por um mancebo, e um mancebo apaixonado por uma moça, em vez de caminharem para o casamento, tratassem de se separar um do outro. Lembrou-se que o seu procedimento fora justamente o contrário, logo que travou o primeiro namoro.

No fim de uma semana foi o Dr. Matos procurado na sua fazenda pelo nosso já conhecido morador da cabana, que ali chegou ofegante e alegre.

— Está salvo! disse ele.

— Salvo! exclamaram o pai e a filha.

— É verdade, disse Miguel (era o nome do homem); fui encontrá-lo no fundo de uma ribanceira, quase sem vida, ontem de tarde.

— E por que não vieste dizer-nos?... perguntou o velho.

— Porque era preciso cuidar dele em primeiro lugar. Quando voltou a si quis ir outra vez tentar contra os seus dias; eu e minha mulher impedimo-lo de fazer tal. Está ainda um pouco fraco; por isso não veio comigo.

O rosto de Isabel estava radiante. Algumas lágrimas, poucas e silenciosas, ainda lhe correram dos olhos; mas eram já de alegria e não de mágoa.

Miguel saiu com a promessa de que o velho iria lá buscar o filho do comendador.

— Agora, Isabel, disse o pai apenas ficou só com ela, que pretendes fazer?

— O que me ordenar, meu pai!

— Eu só ordenarei o que te disser o coração. Que te diz ele?

— Diz...

— O quê?

— Que sim.

— É o que devia ter dito há muito tempo, porque...

O velho estacou.

— Mas se a causa deste suicídio for outra? pensou ele. Indagarei tudo.

Comunicada a notícia ao comendador, não tardou que este se apresentasse em casa do Dr. Matos, onde pouco depois chegou Camilo. O mísero rapaz trazia escrita no rosto a dor de haver escapado à morte trágica que procurara; pelo menos, assim o disse muitas vezes em caminho, ao pai de Isabel.

— Mas a causa dessa resolução? perguntou-lhe o doutor.

— A causa... balbuciou Camilo, que espreitava a pergunta; não ouso confessá-la...

— É vergonhosa? perguntou o velho com um sorriso benévolo.

— Oh! não!...

— Mas que causa é?

— Perdoa-me, se eu lha disser?

— Por que não?

— Não, não ouso... disse resolutamente Camilo.

— É inútil, porque eu já sei.

— Ah!

— E perdôo a causa, mas não lhe perdôo a resolução; o senhor fez uma cousa de criança.

— Mas ela despreza-me!

— Não... ama-o!

Camilo fez aqui um gesto de surpresa perfeitamente imitado, e acompanhou o velho até a casa, onde encontrou o pai, que não sabia se devia mostrar-se severo ou satisfeito.

Camilo compreendeu logo ao entrar o efeito que o seu desastre causara no coração de Isabel.

— Ora pois! disse o pai da moça. Agora que o ressuscitamos é preciso prendê-lo à vida com uma cadeia forte.

E sem esperar a formalidade do costume nem atender às etiquetas normais da sociedade, o pai de Isabel deu ao comendador a novidade de que era indispensável casar os filhos.

O comendador ainda não voltara a si da surpresa de ter encontrado o filho, quando ouviu esta notícia; e se toda a tribo dos Xavantes viesse cair em cima dele armada de arco e flecha não sentiria espanto maior. Olhou alternadamente para todos os circunstantes como se lhes pedisse a razão de um fato aliás mui natural. Afinal explicaram-lhe a paixão de Camilo e Isabel, causa única do suicídio meio executado pelo filho. O comendador aprovou a escolha do rapaz, e levou a sua galanteria a dizer que no caso dele teria feito o mesmo, se não contasse com a vontade da moça.

— Serei enfim digno do seu amor? perguntou o médico a Isabel quando se achou só com ela.

— Oh! sim!... disse ela. Se morresse, eu morreria também!

Camilo apressou-se a dizer que a Providência velara por ele; e não se soube nunca o que é que ele chamava Providência.

Não tardou que o desenlace do episódio trágico fosse publicado na cidade e seus arredores.

Apenas Leandro Soares soube do casamento projetado entre Isabel e Camilo ficou literalmente fora de si. Mil projetos lhe acudiram à mente, cada qual mais sanguinário: em sua opinião eram dous pérfidos que o haviam traído; cumpria tirar uma solene desforra de ambos.

Nenhum déspota sonhou nunca mais terríveis suplícios do que os que Leandro Soares engendrou na sua escaldada imaginação. Dois dias e duas noites passou o pobre namorado em conjecturas estéreis. No terceiro dia resolveu ir simplesmente procurar o venturoso rival, lançar-lhe em rosto a sua vilania e assassiná-lo depois.

Muniu-se de uma faca e partiu.

Saía da fazenda o feliz noivo, descuidado da sorte que o esperava. Sua imaginação ideava agora uma vida cheia de bem-aventuranças e deleites celestes; a imagem da moça dava a tudo o que o rodeava uma cor poética. Ia todo engolfado nestes devaneios quando viu em frente de si o preterido rival. Esquecera-se dele no meio da sua felicidade; compreendeu o perigo e preparou-se para ele.

Leandro Soares, fiel ao programa que se havia imposto, desfiou um rosário de impropérios que o médico ouviu calado. Quando Soares acabou e ia dar à prática o ponto final sanguinolento, Camilo respondeu:

— Atendi a tudo o que me disse; peço-lhe agora que me ouça. É verdade que vou casar com essa moça; mas também é verdade que ela o não ama. Qual é o nosso crime neste caso? Ora, ao passo que o senhor nutre a meu respeito sentimentos de ódio, eu pensava na sua felicidade.

— Ah! disse Soares com ironia.

— É verdade. Disse comigo que um homem das suas aptidões não devia estar eternamente dedicado a servir de degrau aos outros; e então, como meu pai quer à força fazer-me deputado provincial, disse-lhe que aceitava o lugar para o dar ao senhor. Meu pai concordou; mas eu tive de vencer resistências políticas e ainda agora trato de quebrar algumas. Um homem que assim procede creio que lhe merece alguma estima, — pelo menos não lhe merece tanto ódio.

Não creio que a língua humana possua palavras assaz enérgicas para pintar a indignação que se manifestou no rosto de Leandro Soares. O sangue subiu-lhe todo às faces, enquanto os olhos pareciam despedir chispas de fogo. Os lábios trêmulos como que ensaiavam baixinho uma imprecação eloqüente contra o feliz rival. Enfim, o pretendente infeliz rompeu nestes termos:

— A ação que o senhor praticou era já bastante infame; não precisava juntar-lhe o escárnio...

— O escárnio! interrompeu Camilo.

— Que outro nome darei eu ao que me acaba de dizer?

Grande estima, na verdade, é a sua, que depois de me roubar a maior, a única felicidade, que eu podia ter, vem oferecer-me uma compensação política!

Camilo conseguiu explicar que não lhe oferecia nenhuma compensação; pensara naquilo por conhecer as tendências políticas de Soares e julgar que deste modo lhe seria agradável.

— Ao mesmo tempo, concluiu gravemente o noivo, fui levado pela idéia de prestar um serviço à província. Creia que em nenhum caso, ainda que me devesse custar a vida, proporia cousa desvantajosa à província e ao país. Eu cuidava servir a ambos apresentando a sua candidatura, e pode crer que a minha opinião será a de todos.

— Mas o senhor falou de resistências... disse Soares cravando no adversário um olhar inquisitorial.

— Resistências, não por oposição pessoal, mas por conveniências políticas, explicou Camilo. Que vale isso? Tudo se desfaz com a razão e os verdadeiros princípios do partido que tem a honra de o possuir entre seus membros.

Leandro Soares não tirava os olhos de Camilo; nos lábios pairava-lhe agora um sorriso irônico e cheio de ameaças. Contemplou-o ainda alguns instantes sem dizer palavra, até que de novo rompeu o silêncio.

— Que faria o senhor no meu caso? perguntou ele dando ao seu irônico sorriso um ar verdadeiramente lúgubre.

— Eu recusava, respondeu afoutamente Camilo.

— Ah!

— Sim, recusava, porque não tenho vocação política. Não acontece o mesmo com o senhor, que a tem, e é por assim dizer o apoio do partido em toda esta comarca.

— Tenho essa convicção, disse Soares com orgulho.

— Não é o único: todos lhe fazem justiça.

Soares entrou a passear de um lado para outro. Esvoaçavam-lhe na mente terríveis inspirações, ou a humanidade reclamava alguma moderação no gênero de morte que daria ao rival? Decorreram cinco minutos. Ao cabo deles, Soares parou em frente de Camilo e *ex-abrupto* lhe perguntou:

— Jura-me uma cousa?

— O quê?

— Que a fará feliz?

— Já o jurei a mim mesmo: é o meu mais doce dever.

— Seria meu esse dever se a sorte se não houvesse pronunciado contra mim: não importa; estou disposto a tudo.

— Creia que eu sei avaliar o seu grande coração, disse Camilo estendendo-lhe a mão.

— Talvez. O que não sabe, o que não conhece, é a tempestade que me fica na alma, a dor imensa que me há de acompanhar até à morte. Amores destes vão até à sepultura.

Parou e sacudiu a cabeça, como para expelir uma idéia sinistra.

— Que pensamento é o seu? perguntou Camilo vendo o gesto de Soares.

— Descanse, respondeu este; não tenho projeto nenhum. Resignar-me-ei à sorte: e se aceito essa candidatura política que me oferece é unicamente para afogar nela a dor que me abafa o coração.

Não sei se este remédio eleitoral servirá para todos os casos de doença amorosa. No coração de Soares produziu uma crise salutar, que se resolveu em favor do doente.

Os leitores adivinham bem que Camilo nada havia dito em favor de Soares; mas empenhou-se logo nesse sentido, e o pai com ele, e afinal conseguiu-se que Leandro Soares fosse incluído numa chapa e apresentado aos eleitores na próxima campanha. Os adversários do rapaz, sabedores das circunstâncias em que lhe foi oferecida a candidatura, não deixaram de dizer em todos os tons, que ele vendera o direito de primogenitura por um prato de lentilhas.

Havia já um ano que o filho do comendador estava casado, quando apareceu na sua fazenda um viajante francês. Levava cartas de recomendação de um dos seus professores de Paris. Camilo recebeu-o alegremente e pediu-lhe notícias da França, que ele ainda amava, dizia, como a sua pátria intelectual. O viajante disse-lhe muitas cousas, e sacou por fim da mala um maço de jornais.

Era o *Figaro*.

— O *Figaro!* exclamou Camilo lançando-se aos jornais.

Eram atrasados, mas eram parisienses. Lembravam-lhe a vida que ele tivera durante longos anos, e posto nenhum desejo sentisse de trocar por ela a vida atual, havia sempre uma natural curiosidade em despertar recordações de outro tempo.

No quarto ou quinto número que abriu deparou-se-lhe uma notícia que ele leu com espanto.

Dizia assim:

"Uma célebre Leontina Caveau, que se dizia viúva de um tal príncipe Alexis, súdito do tzar, foi ontem recolhida à prisão. A bela dama (era bela!) não contente de iludir alguns moços incautos, alapardou-se com todas as jóias de uma sua vizinha, Mlle. B... A roubada queixou-se a tempo de impedir a fuga da pretendida princesa."

Camilo acabava de ler pela quarta vez esta notícia, quando Isabel entrou na sala.

— Estás com saudades de Paris? perguntou ela vendo-o tão atento a ler o jornal francês.

— Não, disse o marido, passando-lhe o braço à roda da cintura; estava com saudades de ti.

AS BODAS DE LUÍS DUARTE

Na manhã de um sábado, 25 de abril, andava tudo em alvoroço em casa de José Lemos. Preparava-se o aparelho de jantar dos dias de festa, lavavam-se as escadas e os corredores, enchiam-se os leitões e os perus para serem assados no forno da padaria defronte; tudo era movimento; alguma cousa grande ia acontecer nesse dia.

O arranjo da sala ficou a cargo de José Lemos. O respeitável dono da casa, trepado num banco, tratava de pregar à parede duas gravuras compradas na véspera em casa do Bernasconi; uma representava a *Morte de Sardanapalo;* outra a *Execução de Maria Stuart.* Houve alguma luta entre ele e a mulher a respeito da colocação da primeira gravura. D. Beatriz achou que era indecente um grupo de homem abraçado com tantas mulheres. Além disso, não lhe pareciam próprios dois quadros fúnebres em dia de festa. José Lemos, que tinha sido membro de uma sociedade literária, quando era rapaz, respondeu triunfantemente que os dois quadros eram históricos, e que a história está bem em todas as famílias. Podia acrescentar que nem todas as famílias estão bem na história; mas este trocadilho era mais lúgubre que os quadros.

D. Beatriz, com as chaves na mão, mas sem a *melena desgrenhada* do soneto de Tolentino,[3] andava literalmente da sala para a cozinha, dando ordens, apressando as escravas, tirando toalhas e guardanapos lavados e mandando fazer compras, em suma, ocupada nas mil cousas que estão a cargo de uma dona de casa, máxime num dia de tanta magnitude.

De quando em quando, chegava D. Beatriz à escada que ia ter ao segundo andar, e gritava:

— Meninas, venham almoçar.

Mas parece que as meninas não tinham pressa, porque só depois das nove horas acudiram ao oitavo chamado da mãe, já disposta a subir ao quarto das pequenas, o que era verdadeiro sacrifício da parte de uma senhora tão gorda.

Eram duas moreninhas de truz as filhas do casal Lemos. Uma representava ter vinte anos, outra dezessete; ambas eram altas e um tanto refeitas. A mais velha estava um pouco pálida; a outra, coradinha e alegre, desceu cantando não sei que romance do Alcazar, então em moda. Parecia que das duas a mais feliz seria a que cantava; não era; a mais feliz era a outra que nesse dia devia ligar-se pelos laços matrimoniais ao jovem Luís Duarte, com quem nutrira longo e porfiado namoro. Estava pálida por ter tido uma insônia terrível, doença de que até então não padecera nunca. Há doenças assim.

3. Nicolau Tolentino de Almeida, poeta satírico português (1740-1811). O soneto referido, "O colchão dentro do toucado", assim começa: "Chaves na mão, melena desgranhada,".

Desceram as duas pequenas, tomaram a bênção à mãe, que lhes fez um rápido discurso de repreensão e foram à sala para falar ao pai. José Lemos, que pela sétima vez trocava a posição dos quadros, consultou as filhas sobre se era melhor que a *Stuart* ficasse do lado do sofá ou do lado oposto. As meninas disseram que era melhor deixá-la onde estava, e esta opinião pôs termo às dúvidas de José Lemos, que deu por concluída a tarefa e foi almoçar.

Além de José Lemos, sua mulher D. Beatriz, Carlota (a noiva) e Luísa, estavam à mesa Rodrigo Lemos e o menino Antonico, filhos também do casal Lemos. Rodrigo tinha dezoito anos e Antonico seis; o Antonico era a miniatura do Rodrigo; distinguiam-se ambos por uma notável preguiça, e nisso eram perfeitamente irmãos. Rodrigo desde as oito horas da manhã gastou o tempo em duas cousas: ler os anúncios do *Jornal* e ir à cozinha saber em que altura estava o almoço. Quanto ao Antonico, tinha comido às seis horas um bom prato de mingau, na forma do costume, e só se ocupou em dormir tranqüilamente até que a mucama o foi chamar.

O almoço correu sem novidade. José Lemos era homem que comia calado; Rodrigo contou o enredo da comédia que vira na noite antecedente no Ginásio; e não se falou em outra cousa durante o almoço. Quando este acabou, Rodrigo levantou-se para ir fumar; e José Lemos encostando os braços na mesa perguntou se o tempo ameaçava chuva. Efetivamente o céu estava sombrio, e a Tijuca não apresentava bom aspecto.

Quando o Antonico ia levantar-se, impetrada a licença, ouviu da mãe este aviso:

— Olha lá, Antonico, não faças logo ao jantar o que fazes sempre que há gente de fora.

— O que é que ele faz? perguntou José Lemos.

— Fica envergonhado e mete o dedo no nariz. Só os meninos tolos é que fazem isto: eu não quero semelhante cousa.

O Antonico ficou envergonhado com a reprimenda e foi para a sala lavado em lágrimas. D. Beatriz correu logo atrás para acalentar o seu Benjamim, e todos os mais se levantaram da mesa.

José Lemos indagou da mulher se não faltava nenhum convite, e depois de certificar-se que estavam convidados todos os que deviam assistir à festa, foi vestir-se para sair. Imediatamente foi incumbido de várias cousas: recomendar ao cabeleireiro que viesse cedo, comprar luvas para a mulher e as filhas, avisar de novo os carros, encomendar os sorvetes e os vinhos, e outras cousas mais em que poderia ser ajudado pelo jovem Rodrigo, se este homônimo do Cid[4] não tivesse ido dormir para *descansar o almoço.*

Apenas José Lemos pôs a sola dos sapatos em contato com as pedras da rua, D. Beatriz disse a sua filha Carlota que a acompanhasse à sala, e apenas ali chegaram ambas, proferiu a boa senhora o seguinte *speech:*

— Minha filha, hoje termina a tua vida de solteira, e amanhã começa a tua vida de casada. Eu, que já passei pela mesma transformação, sei praticamente que o caráter de uma senhora casada traz consigo responsabilidades gravíssimas. Bom é que cada

4. Rodrigo de Bivar era o nome do herói da reconquista da Espanha aos árabes, conhecido pelo cognome de *Cid Campeador*. O assunto serviu de tema à famosa tragicomédia *Le Cid*, do dramaturgo francês Pierre Corneille (1606-1684).

qual aprenda à sua custa; mas eu sigo nisto o exemplo de tua avó, que na véspera da minha união com teu pai, expôs em linguagem clara e simples a significação do casamento e a alta responsabilidade dessa nova posição...

D. Beatriz estacou; Carlota, que atribuiu o silêncio da mãe ao desejo de obter uma resposta, não achou melhor palavra do que um beijo amorosamente filial.

Entretanto, se a noiva de Luís Duarte tivesse espiado três dias antes pela fechadura do gabinete de seu pai, adivinharia que D. Beatriz recitava um discurso composto por José Lemos, e que o silêncio era simplesmente um eclipse de memória.

Melhor fora que D. Beatriz, como as outras mães, tirasse alguns conselhos do seu coração e da sua experiência. O amor materno é a melhor retórica deste mundo. Mas o Sr. José Lemos, que conservara desde a juventude um sestro literário, achou que fazia mal expondo a cara metade a alguns erros gramaticais numa ocasião tão solene.

Continuou D. Beatriz o seu discurso, que não foi longo, e terminou perguntando se realmente Carlota amava o noivo, e se aquele casamento não era, como podia acontecer, um resultado de despeito. A moça respondeu que amava o noivo tanto como a seus pais. A mãe acabou beijando a filha com ternura, não estudada na prosa de José Lemos.

Pelas duas horas da tarde voltou este, suando em bica, mas satisfeito de si, porque além de ter dado conta de todas as incumbências da mulher, relativas aos carros, cabeleireiro, etc., conseguiu que o tenente Porfírio fosse lá jantar, cousa que até então estava duvidosa.

O tenente Porfírio era o tipo do orador de sobremesa; possuía o entono, a facilidade, a graça, todas as condições necessárias a esse mister. A posse de tão belos talentos proporcionava ao tenente Porfírio alguns lucros de valor; raro domingo ou dia de festa jantava em casa. Convidava-se o tenente Porfírio com a condição tácita de fazer um discurso, como se convida um músico para tocar alguma cousa. O tenente Porfírio estava entre o creme e o café; e não se cuide que era acepipe gratuito; o bom homem, se bem falava, melhor comia. De maneira que, bem pesadas as cousas, o discurso valia o jantar.

Foi grande assunto de debate nos três dias anteriores ao dia das bodas, se o jantar devia preceder a cerimônia ou vice-versa. O pai da noiva inclinava-se a que o casamento fosse celebrado depois do jantar, e nisto era apoiado pelo jovem Rodrigo, que com uma sagacidade digna de estadista, percebeu que, no caso contrário, o jantar seria muito tarde. Prevaleceu entretanto a opinião de D. Beatriz, que achou esquisito ir para a igreja com a barriga cheia. Nenhuma razão teológica ou disciplinar se opunha a isso, mas a esposa de José Lemos tinha opiniões especiais em assunto de igreja.

Venceu a sua opinião.

Pelas quatro horas começaram a chegar convidados.

Os primeiros foram os Vilelas, família composta de Justiniano Vilela, chefe de seção aposentado, D. Margarida, sua esposa, e D. Augusta, sobrinha de ambos.

A cabeça de Justiniano Vilela, — se se pode chamar cabeça a uma jaca metida numa gravata de cinco voltas, — era um exemplo da prodigalidade da natureza quando quer fazer cabeças grandes. Afirmavam, porém, algumas pessoas que o talento não correspondia ao tamanho; posto que tivesse corrido algum tempo o boato contrário. Não sei de que talento falavam essas pessoas; e a palavra pode ter várias aplicações. O certo é que um talento teve Justiniano Vilela, foi a escolha da mulher, senhora que, apesar dos seus quarenta e seis anos bem puxados, ainda merecia, no entender de José Lemos, dez minutos de atenção.

Trajava Justiniano Vilela como é de uso em tais reuniões; e a única cousa verdadeiramente digna de nota eram os seus sapatos ingleses de apertar no peito do pé por meio de cordões. Ora, como o marido de D. Margarida tinha horror às calças compridas, aconteceu que apenas se sentou deixou patente a alvura de um fino e imaculado par de meias.

Além do ordenado com que foi aposentado, tinha Justiniano Vilela uma casa e dois molecotes, e com isso ia vivendo menos mal. Não gostava de política; mas tinha opiniões assentadas a respeito dos negócios públicos. Jogava o solo e o gamão todos os dias, alternadamente; gabava as cousas do seu tempo; e tomava rapé com o dedo polegar e o dedo médio.

Outros convidados foram chegando, mas em pequena quantidade, porque à cerimônia e ao jantar só devia assistir um pequeno número de pessoas íntimas.

Às quatro horas e meia chegou o padrinho, Dr. Valença, e a madrinha, sua irmã viúva, D. Virgínia. José Lemos correu a abraçar o Dr. Valença; mas este, que era homem formalista e cerimonioso, repeliu brandamente o amigo, dizendo-lhe ao ouvido que naquele dia toda a gravidade era pouca. Depois, com uma serenidade que só ele possuía, entrou o Dr. Valença e foi cumprimentar a dona da casa e as outras senhoras.

Era ele homem de seus cinqüenta anos, nem gordo nem magro, mas dotado de um largo peito e um largo abdômen que lhe davam maior gravidade ao rosto e às maneiras. O abdômen é a expressão mais positiva da gravidade humana; um homem magro tem necessariamente os movimentos rápidos; ao passo que para ser completamente grave precisa ter os movimentos tardos e medidos. Um homem verdadeiramente grave não pode gastar menos de dois minutos em tirar o lenço e assoar-se. O Dr. Valença gastava três quando estava com defluxo e quatro no estado normal. Era um homem gravíssimo.

Insisto neste ponto porque é a maior prova da inteligência do Dr. Valença. Compreendeu este advogado, logo que saiu da academia, que a primeira condição para merecer a consideração dos outros era ser grave; e indagando o que era gravidade pareceu-lhe que não era nem o peso da reflexão, nem a seriedade do espírito, mas unicamente certo *mistério do corpo,* como lhe chama La Rochefoucauld;[5] o qual mistério, acrescentará o leitor, é como a bandeira dos neutros em tempo de guerra: salva do exame a carga que cobre.

Podia-se dar uma boa gratificação a quem descobrisse uma ruga na casaca do Dr. Valença. O colete tinha apenas três botões e abria-se até ao pescoço em forma de coração. Um elegante claque completava a *toilette* do Dr. Valença. Não era ele bonito de feições no sentido afeminado que alguns dão à beleza masculina; mas não deixava de ter certa correção nas linhas do rosto, o qual se cobria de um véu de serenidade que lhe ficava a matar.

5. Escritor francês (1613-1680), autor de *Reflexões* ou *Sentenças* e *Máximas Morais*.

Depois da entrada dos padrinhos, José Lemos perguntou pelo noivo, e o Dr. Valença respondeu que não sabia dele. Eram já cinco horas. Os convidados, que cuidavam ter chegado tarde para a cerimônia, ficaram desagradavelmente surpreendidos com a demora, e Justiniano Vilela confessou ao ouvido da mulher que estava arrependido de não ter comido alguma cousa antes. Era justamente o que estava fazendo o jovem Rodrigo Lemos, desde que percebeu que o jantar viria lá para as sete horas.

A irmã do Dr. Valença, de quem não falei detidamente por ser uma das figuras insignificantes que jamais produziu a raça de Eva, apenas entrou manifestou logo o desejo de ir ver a noiva, e D. Beatriz saiu com ela da sala, deixando plena liberdade ao marido, que encetava uma conversação com a interessante esposa do Sr. Vilela.

— Os noivos de hoje não se apressam, disse filosoficamente Justiniano; quando eu me casei fui o primeiro que apareceu em casa da noiva.

A esta observação, toda filha do estômago implacável do ex-chefe de seção, o Dr. Valença respondeu dizendo:

— Compreendo a demora e a comoção de aparecer diante da noiva.

Todos sorriram ouvindo esta defesa do noivo ausente e a conversa tomou certa animação.

Justamente, no momento em que Vilela discutia com o Dr. Valença as vantagens do tempo antigo sobre o tempo atual, e as moças conversavam entre si do último corte dos vestidos, entrou na sala a noiva, escoltada pela mãe e pela madrinha, vindo logo na retaguarda a interessante Luísa, acompanhada do jovem Antonico.

Eu não seria narrador exato nem de bom gosto se não dissesse que houve na sala um murmúrio de admiração.

Carlota estava efetivamente deslumbrante com o seu vestido branco, e a sua grinalda de flores de laranjeira, e o seu finíssimo véu, sem outra jóia mais que os seus olhos negros, verdadeiros diamantes da melhor água.

José Lemos interrompeu a conversa em que estava com a esposa de Justiniano, e contemplou a filha. Foi a noiva apresentada aos convidados, e conduzida para o sofá, onde se sentou entre a madrinha e o padrinho. Este, pondo o claque em pé sobre a perna, e sobre o claque a mão apertada numa luva de três mil e quinhentos, disse à afilhada palavras de louvor que a moça ouviu corando e sorrindo, aliança amável de vaidade e modéstia.

Ouviram-se passos na escada, e já o Sr. José Lemos esperava ver entrar o futuro genro, quando assomou à porta o grupo dos irmãos Valadares.

Destes dois irmãos, o mais velho, que se chamava Calisto, era um homem amarelo, nariz aquilino, cabelos castanhos e olhos redondos. Chamava-se o mais moço Eduardo, e só diferençava do irmão na cor, que era vermelha. Eram ambos empregados numa Companhia, e estavam na flor dos quarenta para cima. Outra diferença havia: era que Eduardo cultivava a poesia quando as cifras lho permitiam, ao passo que o irmão era inimigo de tudo o que cheirava a literatura.

Passava o tempo, e nem o noivo, nem o tenente Porfírio davam sinais de si. O noivo era essencial para o casamento, e o tenente para o jantar. Eram cinco e meia quando pareceu finalmente Luís Duarte. Houve um *Gloria in excelsis Deo* no interior de todos os convidados.

Luís Duarte apareceu à porta da sala, e daí mesmo fez uma cortesia geral, cheia de graça e tão cerimoniosa que o padrinho lha invejou. Era um rapaz de vinte e cinco anos, tez mui alva, bigode louro e sem barba nenhuma. Trazia o cabelo apartado no centro da cabeça. Os lábios eram tão rubros que um dos Valadares disse ao ouvido do outro: Parece que os tingiu. Em suma, Luís Duarte era uma figura capaz de agradar a uma moça de vinte anos, e eu não teria grande repugnância em chamar-lhe um Adônis, se ele realmente o fosse. Mas não era. Dada a hora, saíram os noivos, os pais e os padrinhos, e foram à igreja, que ficava perto; os outros convidados ficaram em casa, fazendo as honras dela a menina Luísa e o jovem Rodrigo, a quem o pai foi chamar, e que apareceu logo trajado no rigor da moda.

— É um par de pombos, disse a Sra. D. Margarida Vilela, apenas saiu a comitiva.

— É verdade! disseram em coro os dois irmãos Valadares e Justiniano Vilela.

A menina Luísa, que era alegre por natureza, alegrou a situação, conversando com as outras moças, uma das quais, a convite seu, foi tocar alguma cousa ao piano. Calisto Valadares suspeitava que houvesse uma omissão nas Escrituras, e vinha a ser que entre as pragas do Egito devia ter figurado o piano. Imagine o leitor com que cara viu ele sair uma das moças do seu lugar e dirigir-se ao fatal instrumento. Soltou um longo suspiro e começou a contemplar as duas gravuras compradas na véspera.

— Que magnífico é isto! exclamou ele diante do *Sardanapalo,* quadro que ele achava detestável.

— Foi papai quem escolheu, disse Rodrigo, e foi essa a primeira palavra que pronunciou desde que entrou na sala.

— Pois, senhor, tem bom gosto, continuou Calisto; não sei se conhecem o assunto do quadro...

— O assunto é *Sardanapalo,* disse afoitamente Rodrigo.

— Bem sei, retrucou Calisto, estimando que a conversa pegasse; mas pergunto se...

Não pôde acabar; soaram os primeiros compassos.

Eduardo, que na sua qualidade de poeta, devia amar a música, aproximou-se do piano e inclinou-se sobre ele na posição melancólica de um homem que conversa com as musas. Quanto ao irmão, não tendo podido evitar a cascata de notas, foi sentar-se ao pé de Vilela, com quem travou conversa, começando por perguntar que horas eram no relógio dele. Era tocar na tecla mais preciosa do ex-chefe de seção.

— É já tarde, disse este com voz fraca; olhe, seis horas. — Não podem tardar muito.

— Eu sei! A cerimônia é longa, e talvez não achem o padre... Os casamentos deviam fazer-se em casa e de noite. — É a minha opinião.

A moça terminou o que estava tocando; Calisto suspirou.

Eduardo, que estava encostado ao piano, cumprimentou a executante com entusiasmo.

— Por que não toca mais alguma cousa? disse ele.

— É verdade, Mariquinhas, toca alguma cousa da *Sonâmbula,* disse Luísa obrigando a amiga a sentar-se.

— Sim! a *Son...*

Eduardo não pôde acabar; viu em frente os dois olhos repreensivos do irmão e fez uma careta. Interromper uma frase e fazer uma careta podia ser indício de um calo. Todos assim pensaram, exceto Vilela, que, julgando os outros por si, ficou convencido de que algum grito agudo do estômago tinha interrompido a voz de

Eduardo. E, como acontece às vezes, a dor alheia despertou a própria, de maneira que o estômago de Vilela formulou um verdadeiro *ultimatum,* ao qual o homem cedeu, aproveitando a intimidade que tinha na casa e indo ao interior sob pretexto de dar exercício às pernas.

Foi uma felicidade.

A mesa, que já tinha em cima de si alguns acepipes convidativos, apareceu como uma verdadeira fonte de Moisés aos olhos do ex-chefe de seção. Dois pastelinhos e uma *croquette* foram os parlamentares que vilela mandou ao estômago rebelado e com os quais aquela víscera se conformou.

No entanto D. Mariquinhas fazia maravilhas ao piano; Eduardo encostado à janela parecia meditar um suicídio, ao passo que o irmão brincando com a corrente do relógio ouvia umas confidências de D. Margarida a respeito do mau serviço dos escravos. Quanto a Rodrigo, passeava de um lado para outro, dizendo de vez em quando em voz alta:

— Já tardam!

Eram seis horas e um quarto; nada de carros; algumas pessoas já estavam impacientes. Às seis e vinte minutos ouviu-se um rumor de rodas; Rodrigo correu à janela: era um tílburi. Às seis e vinte e cinco minutos todos supuseram ouvir o rumor dos carros.

— É agora, exclamou uma voz.

Não era nada. Pareceu-lhes ouvir por um efeito (desculpem a audácia com que eu caso este substantivo a este adjetivo) por um efeito de *miragem auricular.*

Às seis horas e trinta e oito minutos apareceram os carros. Grande alvoroço na sala; as senhoras correram às janelas. Os homens olharam uns para os outros como conjurados que medem as suas forças para uma grande empresa. Toda a comitiva entrou. As escravas da casa, que espreitavam do corredor a entrada dos noivos, causaram uma verdadeira surpresa à sinhá moça deitando-lhe sobre a cabeça um dilúvio de folhas de rosa. Cumprimentos e beijos, houve tudo quanto se faz em tais ocasiões.

O Sr. José Lemos estava contentíssimo, mas caiu-lhe água na fervura quando soube que o tenente Porfírio não tinha chegado.

— É preciso mandá-lo chamar.

— A esta hora! murmurou Calisto Valadares.

— Sem o Porfírio não há festa completa, disse o Sr. José Lemos confidencialmente ao Dr. Valença.

— Papai, disse Rodrigo, eu creio que ele não vem.

— É impossível!

— São quase sete horas.

— E o jantar já nos espera, acrescentou D. Beatriz.

O voto de D. Beatriz pesava muito no ânimo de José Lemos; por isso não insistiu. Não houve remédio senão sacrificar o tenente.

Mas o tenente era o homem das situações difíceis, o salvador dos lances arriscados. Mal acabava D. Beatriz de falar, e José Lemos de assentir mentalmente à opinião da mulher, ouviu-se na escada a voz do tenente Porfírio. O dono da casa soltou um suspiro de alívio e satisfação. Entrou na sala o longamente esperado conviva.

Pertencia o tenente a essa classe feliz de homens que não têm idade; uns lhe davam 30 anos, outros 35 e outros 40; alguns chegavam até os 45, e tanto esses como os outros podiam ter igualmente razão. A todas as hipóteses se prestavam a cara e as suíças castanhas do tenente. Era ele magro e de estatura meã; vestia com certa graça, e, comparado com um boneco, não havia grande diferença. A única cousa que destoava um pouco era o modo de pisar; o tenente Porfírio pisava para fora a tal ponto, que da ponta do pé esquerdo à ponta do pé direito, quase se podia traçar uma linha reta. Mas como tudo tem compensação, usava ele sapatos rasos de verniz, mostrando um fino par de meias de fio de Escócia mais lisas que a superfície de uma bola de bilhar.

Entrou com a graça que lhe era peculiar. Para cumprimentar os noivos arredondou o braço direito, pôs a mão atrás das costas segurando o chapéu, e curvou profundamente o busto, ficando em posição que fazia lembrar (de longe!) os antigos lampiões das nossas ruas.

Porfírio tinha sido tenente do exército, e dera baixa, com o que andou perfeitamente, porque entrou no comércio de trastes e já possuía algum pecúlio. Não era bonito, mas algumas senhoras afirmavam que apesar disso era mais perigoso que uma lata de nitroglicerina. Naturalmente não devia essa qualidade à graça da linguagem, pois falava sibilando muito a letra s ; dizia sempre: Asss minhasss botasss...

Quando Porfírio acabou os cumprimentos, disse-lhe o dono da casa:

— Já sei que hoje temos cousa boa!

— Qual! respondeu ele com uma modéstia exemplar; quem ousará levantar a voz diante de ilustrações?

Porfírio disse estas palavras pondo os quatro dedos da mão esquerda no bolso do colete, gesto que ele praticava por não saber onde havia de pôr aquele fatal braço, obstáculo dos atores novéis.

— Mas por que veio tarde? perguntou D. Beatriz.

— Condene-me, minha senhora, mas poupe-me a vergonha de explicar uma demora que não tem atenuante no código da amizade e da polidez.

José Lemos sorriu olhando para todos e como se destas palavras do tenente lhe resultasse alguma glória para ele. Mas Justiniano Vilela que, apesar dos pastelinhos, sentia-se impelido para a mesa, exclamou velhacamente:

— Felizmente chegou à hora de jantar!

— É verdade; vamos para a mesa, disse José Lemos dando o braço a D. Margarida e a D. Virgínia. Seguiram-se os mais em procissão.

Não há mais júbilo nos peregrinos da Meca do que houve nos convivas ao avistarem uma longa mesa, profusamente servida, alastrada de porcelanas e cristais, assados, doces e frutas. Sentaram-se em boa ordem. Durante alguns minutos houve aquele silêncio que precede a batalha, e só no fim dela, começou a geral conversação.

— Quem diria há um ano, quando eu aqui apresentei o nosso Duarte, que ele seria hoje noivo desta interessante D. Carlota? disse o Dr. Valença limpando os lábios com o guardanapo, e lançando um benévolo olhar para a noiva.

— É verdade! disse D. Beatriz.

— Parece dedo da Providência, opinou a mulher do Vilela.

— Parece, e é, disse D. Beatriz.

— Se é o dedo da Providência, acudiu o noivo, agradeço aos céus o interesse que toma por mim.

Sorriu D. Carlota, e José Lemos achou o dito de bom gosto e digno de um genro.

— Providência ou acaso? perguntou o tenente. Eu sou mais pelo acaso.

— Vai mal, disse Vilela que, pela primeira vez levantara a cabeça do prato; isso que o senhor chama acaso não é senão a Providência. O casamento e a mortalha no céu se talha.

— Ah! o senhor acredita nos provérbios?

— É a sabedoria das nações, disse José Lemos.

— Não, insistiu o tenente Porfírio. Repare que para cada provérbio afirmando uma cousa, há outro provérbio afirmando a cousa contrária. Os provérbios mentem. Eu creio que foi simplesmente um felicíssimo acaso, ou antes uma lei de atração das almas que fez com que o Sr. Luís Duarte se aproximasse da interessante filha do nosso anfitrião.

José Lemos ignorava até aquela data se era anfitrião; mas considerou que da parte de Porfírio não podia vir cousa má. Agradeceu sorrindo o que lhe pareceu cumprimento, enquanto se servia da gelatina, que Justiniano Vilela dizia estar excelente.

As moças conversavam baixinho e sorrindo; os noivos estavam embebidos com a troca de palavras amorosas, ao passo que Rodrigo palitava os dentes com tal ruído, que a mãe não pôde deixar de lhe lançar um desses olhares fulminantes que eram as suas melhores armas.

— Quer gelatina, Sr. Calisto? perguntou José Lemos com a colher no ar.

— Um pouco, disse o homem de cara amarela.

— A gelatina é excelente! disse pela terceira vez o marido de D. Margarida, e tão envergonhada ficou a mulher com estas palavras do homem que não pôde reter um gesto de desgosto.

— Meus senhores, disse o padrinho, eu bebo aos noivos.

— Bravo! disse uma voz.

— Só isso? perguntou Rodrigo; deseja-se uma saúde historiada.

— Mamãe! eu quero gelatina! disse o menino Antonica.

— Eu não sei fazer discursos; bebo simplesmente à saúde dos noivos.

Todos beberam à saúde dos noivos.

— Quero gelatina! insistiu o filho de José Lemos.

D. Beatriz sentiu ímpetos de Medéia; o respeito aos convidados impediu que ali houvesse uma cena grave. A boa senhora limitou-se a dizer a um dos serventes:

— Leva isto a nhonhô...

O Antonico recebeu o prato, e entrou a comer como comem as crianças quando não têm vontade: levava uma colherada à boca e demorava-se tempo infinito rolando o conteúdo da colher entre a língua e o paladar, ao passo que a colher, empurrada por um lado formava na bochecha direita uma pequena elevação. Ao mesmo tempo agitava o pequeno as pernas de maneira que batia alternadamente na cadeira e na mesa.

Enquanto se davam estes incidentes, em que ninguém realmente reparava, a conversa continuava seu caminho. O Dr. Valença discutia com uma senhora a excelência do vinho Xerez, e Eduardo Valadares recitava uma décima à moça que lhe ficava ao pé.

De repente levantou-se José Lemos.

— Siu! siu! siu! gritaram todos impondo silêncio.

José Lemos pegou num copo e disse aos circunstantes:

— Não é, meus senhores, a vaidade de ser ouvido por tão notável assembléia que me obriga a falar. É um alto dever de cortesia, de amizade, de gratidão; um desses deveres que podem mais que todos os outros, dever santo, dever imortal.

A estas palavras a assembléia seria cruel se não aplaudisse. O aplauso não atrapalhou o orador, pela simples razão de que ele sabia o discurso de cor.

— Sim, senhores. Curvo-me a esse dever, que é para mim a lei mais santa e imperiosa. Eu bebo aos meus amigos, a estes sectários do coração, a estas vestais, tanto masculinas como femininas, do puro fogo da amizade! Aos meus amigos! à amizade!

A falar verdade, o único homem que percebeu a nulidade do discurso de José Lemos foi o Dr. Valença, que aliás não era águia. Por isso mesmo levantou-se e fez um brinde aos talentos oratórios do anfitrião.

Seguiu-se a estes dois brindes o silêncio de uso, até que Rodrigo dirigindo-se ao tenente Porfírio perguntou-lhe se havia deixado a musa em casa.

— É verdade! queremos ouvi-lo, disse uma senhora; dizem que fala tão bem!

— Eu, minha senhora? respondeu Porfírio com aquela modéstia de um homem que se supõe um S. João Boca de Ouro.

Distribuiu-se o *champagne;* e o tenente Porfírio levantou-se. Vilela, que se achava um pouco distante, pôs a mão em forma de concha atrás da orelha direita, ao passo que Calisto, fincando um olhar profundo sobre a toalha, parecia estar contando os fios do tecido. José Lemos chamou a atenção da mulher, que nesse momento servia uma castanha gelada ao implacável Antonico; todos os mais estavam com os olhos no orador.

— Minhas senhoras! meus senhores! disse Porfírio; não irei esquadrinhar no âmago da história, essa mestra da vida, o que era o himeneu nas priscas eras da humanidade. Seria lançar a luva do escárnio às faces imaculadas desta brilhante reunião. Todos nós sabemos, senhoras e senhores, o que é o himeneu. O himeneu é a rosa, rainha dos vergéis, abrindo as pétalas rubras, para amenizar os cardos, os abrolhos, os espinhos da vida...

— Bravo!

— Bonito!

— Se o himeneu é isto que eu acabo de expor aos vossos sentidos auriculares, não é mister explicar o gáudio, o fervor, os ímpetos de amor, as explosões de sentimento com que todos nós estamos à roda deste altar, celebrando a festa do nosso caro e prezadíssimo amigo.

José Lemos curvou a cabeça até tocar com a ponta do nariz numa pêra que tinha diante de si, enquanto D. Beatriz, voltando-se para o Dr. Valença, que lhe ficava ao pé, dizia:

— Fala muito bem! Parece um dicionário!

José Porfírio continuou:

— Sinto, senhores, não ter um talento digno do assunto...

— Não apoiado! está falando muito bem! disseram muitas vozes em volta do orador.

— Agradeço a bondade de V. Ex^{as}; mas eu persisto na crença de que não tenho o talento capaz de arcar com um objeto de tanta magnitude.

— Não apoiado!

— V. Ex[as] confundem-me, respondeu Porfírio curvando-se. Não tenho esse talento; mas sobra-me boa vontade, aquela boa vontade com que os apóstolos plantaram no mundo a religião do Calvário, e graças a este sentimento poderei resumir em duas palavras o brinde aos noivos. Senhores, duas flores nasceram em diverso canteiro, ambas pulcras, ambas recendentes, ambas cheias de vitalidade divina. Nasceram uma para outra; era o cravo e a rosa; a rosa vivia para o cravo, o cravo vivia para a rosa: veio uma brisa e comunicou os perfumes das duas flores, e as flores, conhecendo que se amavam, correram uma para a outra. A brisa apadrinhou essa união. A rosa e o cravo ali estão consorciados no amplexo da simpatia: a brisa ali está honrando a nossa reunião.

Ninguém esperava pela brisa; a brisa era o Dr. Valença.

Estrepitosos aplausos celebraram este discurso em que o Calvário andou unido ao cravo e à rosa. Porfírio sentou-se com a satisfação íntima de ter cumprido o seu dever.

O jantar chegava ao fim: eram oito horas e meia; vinham chegando alguns músicos para o baile. Todavia, ainda houve uma poesia de Eduardo Valadares e alguns brindes a todos os presentes e a alguns ausentes. Ora, como os licores iam ajudando as musas, travou-se especial combate entre o tenente Porfírio e Justiniano Vilela, que, só depois de *animado,* pôde entrar na arena. Esgotados os assuntos, fez Porfírio um brinde ao exército e aos seus generais, e Vilela outro à união das províncias do império. Neste terreno os assuntos não podiam escassear. Quando todos se levantaram da mesa, lá ficaram os dois brindando calorosamente todas as idéias práticas e úteis deste mundo, e do outro.

Seguiu-se o baile, que foi animadíssimo e durou até às três horas da manhã.

Nenhum incidente perturbou esta festa. Quando muito podia citar-se um ato de mau gosto da parte de José Lemos que, dançando com D. Margarida, ousou lamentar a sorte dessa pobre senhora cujo marido se entretinha a fazer saúdes em vez de ter a inapreciável ventura de estar ao lado dela. D. Margarida sorriu; mas o incidente não foi adiante.

Às duas horas retirou-se o Dr. Valença com a família, sem que durante a noite, e apesar da familiaridade da reunião, perdesse um átomo sequer da gravidade habitual. Calisto Valadares esquivou-se na ocasião em que a filha mais moça de D. Beatriz ia cantar ao piano. Os mais foram-se retirando a pouco e pouco.

Quando a festa acabou de todo, ainda os dois últimos Abencerragens[6] do copo e da mesa lá estavam levantando brindes de todo o tamanho. O último brinde de Vilela foi ao progresso do mundo por meio do café e do algodão, e o de Porfírio ao estabelecimento da paz universal.

Mas o verdadeiro brinde dessa festa memorável, foi um pecurrucho que viu a luz em janeiro do ano seguinte, o qual perpetuará a dinastia dos Lemos, se não morrer na crise da dentição.

6. Referência à novela. *As Aventuras do Último dos Abencerragens*, do escritor francês François René de Chateuabriand (1768-1848), que narra a história de uma tribo árabe no Reino de Granada, Espanha, no séc. XV.

ERNESTO DE TAL

I

Aquele moço que ali está parado na Rua Nova do Conde[7] esquina do Campo da Aclamação,[8] às dez horas da noite, não é nenhum ladrão, não é sequer um filósofo. Tem um ar misterioso, é verdade; de quando em quando leva a mão ao peito, bate uma palmada na coxa, ou atira fora um charuto apenas encetado. Filósofo já se vê que não era. Ratoneiro também não; se algum sujeito acerta de passar pelo mesmo lado, o vulto afasta-se cauteloso, como se tivesse medo de ser conhecido.

De dez em dez minutos, sobe a rua até o lugar em que ela faz ângulo com a Rua do Areal,[9] torna a descer dez minutos depois, para de novo subir e descer, desce! e subir, sem outro resultado mais que aumentar cinco por cento a cólera que lhe murmura no coração.

Quem o visse fazer estas subidas e descidas, bater na perna, acender e apagar charutos, e não tivesse outra explicação, suporia plausivelmente que o homem estava doudo ou perto disso. Não, senhor; Ernesto de tal (não estou autorizado para dizer o nome todo) anda simplesmente apaixonado por uma moça que mora naquela rua; está colérico porque ainda não conseguiu receber resposta da carta que lhe mandou nessa manhã.

Convém dizer que dois dias antes tinha havido um pequeno arrufo. Ernesto quebrara o protesto de namorado que lhe fizera, de nunca mais escrever-lhe, mandando nessa manhã uma epístola de quatro laudas incendiárias, com muitos sinais admirativos e várias liberdades de pontuação. A carta foi, mas a resposta não veio.

De cada vez que o nosso namorado operava a descida ou subida da rua, parava defronte de uma casa assobradada, onde se dançava ao som de um piano. Era ali que morava a dama dos seus pensamentos. Mas parava debalde; nem ela aparecia à janela, nem a carta lhe chegava às mãos.

Ernesto mordia então os beiços para não soltar um grito de desespero e ia desafogar os seus furores na próxima esquina.

— Mas que explicação tem isto? dizia ele consigo mesmo; por que razão não me atira ela o papel de cima da janela? Não tem que ver; está toda entregue à dança, talvez ao namoro, não se lembra que eu estou aqui na rua, quando podia estar lá...

Neste ponto calou-se o namorado, e em vez do gesto de desespero que devia fazer, soltou apenas um longo e magoado suspiro. A explicação deste suspiro, inverossímil num homem que está rebentando de cólera, é um tanto delicada para se dizer em letra redonda. Mas vá lá; ou não se há de contar nada, ou se há de dizer tudo.

7. Atual Rua Frei Caneca.
8. Atual Praça da República.
9. Atual Rua Moncorvo Filho.

Ernesto dava-se em casa do Sr. Vieira, tio de Rosina, que é o nome da namorada. Lá costumava ir com freqüência, e lá mesmo é que se arrufou com ela dois dias antes deste sábado de outubro de 1850, em que se passa o acontecimento que estou narrando. Ora, por que razão não figura Ernesto entre os cavalheiros que estão dançando ou tomando chá? Na véspera de tarde o Sr. Vieira, encontrando-se com Ernesto, participou-lhe que dava no dia seguinte uma pequena partida para solenizar não sei que acontecimento da família.

— Resolvi isto hoje de manhã, concluiu ele; convidei pouca gente, mas espero que a festa esteja brilhante. Ia mandar-lhe agora um convite; mas creio que me dispensa?...

— Sem dúvida, apressou-se a dizer Ernesto esfregando as mãos de contente.

— Não falte!

— Não senhor!

— Ah!esquecia-me avisá-lo de uma cousa, disse Vieira que já havia dado alguns passos; como vai o subdelegado, que além disso é comendador, eu desejava que todos os meus convidados aparecessem de casaca. Sacrifique-se à casaca, sim?

— Com muito gosto, respondeu o outro ficando pálido como um defunto.

Pálido, por quê? Leitor, por mais ridícula e lastimosa que te pareça esta declaração, não hesito de dizer-te que o nosso Ernesto não possuía uma só casaca nova nem velha. A exigência de Vieira era absurda; mas não havia fugir-lhe: ou não ir, ou ir de casaca. Cumpria sair a todo o custo desta gravíssima situação. Três alvitres se apresentaram ao espírito do atribulado moço: encomendar, por qualquer preço, uma casaca para a noite seguinte; comprá-la a crédito; pedi-la a um amigo.

Os dois primeiros alvitres foram desprezados por impraticáveis; Ernesto não tinha dinheiro nem crédito tão alto. Restava o terceiro. Fez Ernesto uma lista dos amigos e casacas prováveis, meteu-a na algibeira e saiu em busca do velocino.

A desgraça porém que o perseguia fez com que o primeiro amigo tivesse de ir no dia seguinte a um casamento e o segundo a um baile; o terceiro tinha a casaca rota, o quarto tinha a casaca emprestada, o quinto não emprestava a casaca, o sexto não tinha casaca. Recorreu ainda a mais dois amigos suplementares; mas um partira na véspera para Iguaçu e o outro estava destacado na fortaleza de S. João como alferes da guarda nacional.

Imagine-se o desespero de Ernesto; mas admire-se também a requintada crueldade com que o destino tratava a este moço, que ao voltar para casa encontrou três enterros, dois dos quais com muitos carros, cujos ocupantes iam todos de casaca. Era mister curvar a cabeça à fatalidade; Ernesto não insistiu. Mas como tomara a peito reconciliar-se com Rosina, escreveu-lhe a carta de que falei acima e mandou-a levar pelo moleque da casa, dizendo-lhe que à noite lhe desse a resposta na esquina do Campo. Já sabemos que tal resposta não veio. Ernesto não compreendia a causa do silêncio; muitos arrufos tivera com a moça, mas nenhum deles resistia à primeira carta nem durava mais de quarenta e oito horas.

Desenganado enfim de que a resposta viesse naquela noite, Ernesto dirigiu-se para casa com o desespero no coração. Morava na Rua da Misericórdia. Quando lá chegou estava cansado e abatido. Nem por isso dormiu logo. Despiu-se precipitadamente. Esteve a ponto de rasgar o colete, cuja fivela teimava em prender-se a um botão da calça. Atirou com as botinas sobre um aparador e quase esmigalhou uma das jarras. Deu cerca de sete ou oito murros na mesa; fumou dois charutos, descompôs o destino, a moça, a si mesmo, até que sobre a madrugada pôde conciliar o sono.

Enquanto ele dorme indaguemos a causa do silêncio da namorada.

II

Veja o leitor aquela moça que ali está, sentada num sofá, entre duas damas da mesma idade, conversando baixinho com elas, e requebrando de quando em quando os olhos. É Rosina. Os olhos de Rosina não enganam ninguém... exceto os namorados. Os olhos dela são espertinhos e caçadores, e com um certo movimento que ela lhes dá, ficam ainda mais caçadores e espertinhos. É galante e graciosa; se o não fora, não se deixaria prender por ela o nosso infeliz Ernesto, que era rapaz de apurado gosto. Alta não era, mas baixinha, viva, travessa. Tinha bastante afetação nos modos e no falar; mas Ernesto, a quem um amigo notara isso mesmo, declarou que não gostava de moscas mortas.

— Eu nem de moscas vivas, acudiu o amigo encantado por ter apanhado no ar este trocadilho.

Trocadilho de 1850.

Não veste com luxo porque o tio não é rico; mas ainda assim está garrida e elegante. Na cabeça tem por enfeite apenas dois laços de fita azul.

— Ah! se aquelas fitas me quisessem enforcar! dizia um gamenho de bigode preto e cabelo partido ao meio.

— Se aquelas fitas me quisessem levar ao céu! dizia outro de suíças castanhas e orelhas pequeninas.

Desejos ambiciosos os destes dois rapazes, — ambiciosos e vãos, porque ela, se alguém lhe prende a atenção, é um moço de bigode louro e nariz comprido que está agora conversando com o subdelegado. Para ele é que Rosina dirige de quando em quando os olhos, com disfarce é verdade, não tanto porém que o não percebam as duas moças que estão ao pé dela.

— Namoro ferrado! dizia uma delas à outra fazendo um sinal de cabeça para o lado do moço de nariz comprido.

— Ora, Justina!

— Calúnias! acudiu a outra moça.

— Cala-te, Amélia!

— Você quer enganar a gente? insistia Justina. Tire o cavalo da chuva! Lá está ele olhando... Parece que nem ouve o comendador. Pobre comendador! para pau de cabeleira está grosso demais.

— Olha, se você não se cala eu vou-me embora, disse Rosina fingindo-se enfadada.

— Pois vá!

— Coitado do Ernesto! suspirou Amélia do outro lado.

— Olhe que titia pode ouvir, observou Rosina olhando de esguelha para uma velha gorda, que assentada ao pé do sofá, referia a uma comadre as diversas peripécias da última moléstia do marido.

— Mas por que não veio o Ernesto? perguntou Justina.

— Mandou dizer a papai que tinha um trabalho urgente.

— Quem sabe se algum namoro também? insinuou Justina.

— Não é capaz! acudiu Rosina.

— Bravo! que confiança!

— Que amor!

— Que certeza!

— Que defensora!

— Não é capaz, repetiu a moça; o Ernesto não é capaz de namorar outra; estou certa disso... O Ernesto é um...

Engoliu o resto.

— Um quê? perguntou Amélia.

— Um quê? perguntou Justina.

Neste momento tocou-se uma valsa, e o rapaz de nariz comprido, a quem o subdelegado deixara para ir conversar com Vieira, aproximou-se do sofá e pediu a Rosina a honra de lhe dar aquela valsa. A moça abaixou os olhos com singular modéstia, murmurou algumas palavras que ninguém ouviu, levantou-se e foi valsar. Justina e Amélia chegaram-se então uma para a outra e comentaram o procedimento de Rosina e a sua maneira de valsar sem graça. Mas como ambas eram amigas de Rosina, não foram estas censuras feitas em tom ofensivo, mas com brandura, como os amigos devem censurar os amigos ausentes.

E não tinham muita razão as duas amigas. Rosina valsava com graça e podia pedir meças a quem soubesse aquele gênero de dança. Agora quanto ao namoro, pode ser que tivessem razão, e tinham efetivamente; a maneira por que ela olhava e falava ao rapaz de nariz comprido despertava suspeitas no espírito mais desprevenido a seu respeito.

Acabada a valsa passearam um pouco e foram depois para o vão de uma janela. Era então uma hora, e já o desgraçado Ernesto palmilhava na direção da Rua da Misericórdia.

— Eu passarei amanhã às seis horas da tarde.

— Às seis horas, não! disse Rosina.

Era a hora em que Ernesto costumava ir lá.

— Então às cinco...

— Às cinco?... Sim, às cinco, concordou a moça.

O rapaz de nariz comprido agradeceu com um sorriso esta ratificação do seu tratado amoroso, e proferiu algumas palavras que a moça ouviu derretida e envergonhada, entre vaidosa e modesta. O que ele dizia era que Rosina não só era a flor do baile, mas também a flor da Rua do Conde, e não só a flor da Rua do Conde, mas também a flor da cidade inteira.

Isto era o que lhe dissera muitas vezes Ernesto; o rapaz de nariz comprido, entretanto, tinha uma maneira particular de elogiar uma moça. A graça, por exemplo, com que ele metia o dedo polegar da mão esquerda no bolso esquerdo do colete, brincando depois com os outros dedos como se tocasse piano, era de todo ponto inimitável; nem havia ninguém, pelo menos naquelas imediações, que tivesse mais elegância na maneira de arquear os braços, de concertar os cabelos, ou simplesmente de oferecer uma xícara de chá.

Tais foram os dotes que venceram o coração inconstante da graciosa Rosina. Só esses? Não. A simples circunstância de não ter Ernesto a interessante vestidura que ornava o corpo e realçava as graças do seu afortunado rival, pode já dar algumas luzes ao leitor de boa fé. Rosina ignorava sem dúvida a situação precária de Ernesto a respeito da casaca; mas sabia que ele ocupava um emprego somenos no arsenal de guerra, ao passo que o rapaz de nariz comprido tinha um bom lugar numa casa comercial.

Uma moça que professasse idéias filosóficas a respeito do amor e do casamento diria que os impulsos do coração estavam antes de tudo. Rosina não era inteiramente avessa aos impulsos do coração e à filosofia do amor; mas tinha ambição de figurar alguma cousa, morria por vestidos novos e espetáculos freqüentes, gostava enfim de viver à luz pública. Tudo isso podia dar-lhe, com o tempo, o rapaz de nariz comprido, que ela antevia já na direção da casa em que trabalhava; o Ernesto porém era difícil que passasse do lugar que tinha no arsenal, e em todo o caso não subiria muito nem depressa.

Pesados os merecimentos de um e de outro, quem perdia era o mísero Ernesto.

Rosina conhecia o novo candidato desde algumas semanas; mas só naquela noite tivera ocasião de o tratar de perto, de consolidar, digamos assim, a sua situação. As relações, até então puramente telegráficas, passaram a ser verbais; e se o leitor gosta de um estilo arrebicado e gongórico, dir-lhe-ei que tantos foram os telegramas trocados durante a noite entre eles, que os Estados vizinhos, receiosos de perder uma aliança provável, chamaram às armas a milícia dos agrados, mandaram sair a armada dos requebros, assestaram a artilharia dos olhos ternos, dos lenços na boca, e das expressões suavíssimas; mas toda essa leva de broquéis nenhum resultado deu porque a formosa Rosina, ao menos naquela noite, achava-se entregue a um só pensamento.

Quando acabou o baile, e Rosina entrou na sua alcova viu, um papelinho dobrado no toucador.

— Que é isto? disse ela.

Abriu: era a resposta à carta de Ernesto que ela se esquecera de mandar. Se alguém a tivesse lido? Não; não era natural. Dobrou a cartinha com muito cuidado, fechou-a com obreia, guardou-a numa gavetinha, dizendo consigo:

— É preciso mandá-la amanhã de manhã.

III

— Um palerma — é o que Rosina queria dizer quando defendeu a fidelidade de Ernesto, maliciosamente atacada pelas duas amigas.

Havia apenas três meses que Ernesto namorava a sobrinha de Vieira, que se carteava com ela, que protestavam um ao outro eterna fidelidade, e nesse curto espaço de tempo tinha já descoberto cinco ou seis mouros na costa. Nessas ocasiões fervia-lhe a cólera, e era capaz de deitar tudo abaixo. Mas a boa menina, com a sua varinha mágica, trazia o rapaz a bom caminho, escrevendo-lhe duas linhas ou dizendo-lhe quatro palavras de fogo. Ernesto confessava que tinha visto mal, e que ela era excessivamente misericordiosa para com ele.

— Merecia bem que eu o não amasse mais, observava Rosina com gracioso enfado.

— Oh! não!
— Para que há de inventar essas cousas?
— Eu não invento... disseram-me.
— Pois fez mal em acreditar.
— Fiz mal, sim... você é um anjo do céu!

Rosina perdoava-lhe a calúnia, e as cousas continuavam como dantes.

Um amigo a quem Ernesto confiava todas as suas alegrias e mágoas, a quem tomava por conselheiro e que era seu companheiro de casa, muitas vezes lhe dizia:

— Olha, Ernesto, eu creio que estás perdendo o teu trabalho.
— Como assim?
— Ela não gosta de ti.
— Impossível!
— Tu és apenas um passatempo.
— Enganas-te; ama-me.
— Mas ama também a outros muitos.
— Jorge!
— Em suma...
— Nem mais uma palavra!
— É uma namoradeira, concluía o amigo tranqüilamente.

Ouvindo este peremptório juízo do amigo, Ernesto despedia um olhar longo e profundo, capaz de paralisar todos os movimentos conhecidos da mecânica; como porém o rosto do amigo não revelasse a menor impressão de temor ou arrependimento, Ernesto recolhia o olhar — mais cordato neste ponto que o senador D. Manuel, a quem o visconde de Jequitinhonha dizia um dia no senado que recolhesse um riso, e continuava a rir, — e tudo acabava em boa e santa paz.

Tal era a confiança de Ernesto na flor da Rua do Conde. Se ela lhe dissesse um dia que tinha na algibeira do vestido uma das torres da Candelária, não é certo, mas é muito provável que Ernesto lhe aceitasse a notícia.

Desta vez porém o arrufo era sério. Ernesto vira positivamente a moça receber uma cartinha, às furtadelas, da mão de uma espécie de primo que freqüentava a casa de Vieira. Seus olhos faiscaram de raiva quando viram alvejar a misteriosa epístola nas mãos da moça. Fez um gesto de ameaça ao rapaz, lançou um olhar de desprezo à moça, e saiu. Depois escreveu a carta de que temos notícia, e foi esperar a resposta na esquina da rua. Que resposta, se ele vira o gesto de Rosina? Leitor ingênuo, ele queria uma resposta que lhe demonstrasse não ter visto cousa alguma, uma resposta que o fizesse olhar para si mesmo com desprezo e nojo. Não achava possível semelhante explicação; mas no fundo d'alma era isso o que ele queria.

A resposta veio no dia seguinte. O rapaz que morava com ele foi acordá-lo às 8 horas da manhã, para lhe entregar uma cartinha de Rosina.

Ernesto deu um salto na cama, assentou-se, abriu a epístola, e leu-a rapidamente. Um ar de celeste bem-aventurança revelou ao companheiro de Ernesto o conteúdo da carta.

— Tudo está sanado, disse Ernesto fechando a carta e descendo da cama; ela explicou tudo; eu tinha visto mal.

— Ah! disse Jorge olhando com lástima para o amigo; então que diz ela?

Ernesto não respondeu imediatamente; abriu a carta outra vez, leu-a para si, tornou a fechá-la, olhou para o teto, para as chinelas, para o companheiro, e só depois desta série de gestos indicativos da profunda abstração do seu espírito, é que respondeu a Jorge, dizendo:

— Ela explica tudo; a carta que eu pensei ser de amores, era um bilhete do primo pedindo algum dinheiro ao tio. Diz que eu sou muito mau em obrigá-la a falar nestas fraquezas de família, e conclui jurando que me ama como nunca seria capaz de amar ninguém. Lê.

Jorge recebeu a carta e leu, enquanto Ernesto passeava de um para outro lado, gesticulando e monossilabando consigo mesmo, como se redigisse mentalmente um ato de contrição.

— Então? que tal? disse ele quando Jorge lhe entregou a carta.

— Tens razão, tudo se explica, respondeu Jorge.

Ernesto foi nessa mesma tarde à Rua do Conde. Ela recebeu-o com um sorriso logo de longe. Na primeira ocasião que tiveram, tudo ficou explicado, declarando-se Ernesto compungido por haver suspeitado de Rosina, e levando a moça a sua generosidade ao ponto de lhe ceder um beijo, ao lusco-fusco, antes que a criada viesse acender as velas de *spermaceti* dos aparadores.

Agora tem a palavra o leitor para interpelar-me a respeito das intenções desta moça, que preferindo a posição do rapaz de nariz comprido, ainda se carteava com Ernesto, e lhe dava todas as demonstrações de uma preferência que não existia.

As intenções de Rosina, leitor curioso, eram perfeitamente conjugais. Queria casar, e casar o melhor que pudesse. Para este fim aceitava a homenagem de todos os seus pretendentes, escolhendo lá consigo o que melhor correspondesse aos seus desejos, mas ainda assim sem desanimar os outros, porque o melhor deles podia falhar, e havia para ela uma cousa pior que casar mal, que era não casar absolutamente.

Este era o programa da moça. Junte a isso que era naturalmente loureira, que gostava de trazer ao pé de si uma chusma de pretendentes, muitos dos quais é preciso saber que não pretendiam casar, e namoravam por passatempo, o que revelava da parte desses cavalheiros uma incurável vadiação de espírito.

Quem não tem cão, caça com o gato, diz o provérbio. Ernesto era pois, moral e conjugalmente falando, o gato possível de Rosina, uma espécie de *pis-aller*,[10] — como dizem os franceses, — que convinha ter à mão.

IV

O moço de nariz comprido não pertencia ao número dos namorados de arribação; seus intentos eram estritamente conjugais. Tinha vinte e seis anos, era laborioso, benquisto, econômico, singelo e sincero, um verdadeiro filho de Minas. Podia fazer a felicidade de uma moça.

10. Francês: "pior hipótese".

A moça, pela sua parte, soubera insinuar-se tanto no espírito dele, que por pouco lhe fez perder o emprego. Um dia, chegando-se o patrão à escrivaninha em que ele trabalhava, viu um papelinho debaixo do tinteiro, e leu a palavra *amor*, duas ou três vezes repetida. Uma que fosse bastava para fazê-lo subir às nuvens. O Sr. Gomes Arruda contraiu as sobrancelhas, concentrou as idéias, e improvisou uma alocução extensa e ameaçadora, em que o mísero guarda-livros só percebeu a expressão *olho da rua*.

Olho da rua é uma expressão grave. O guarda-livros meditou nela, reconheceu a justiça do patrão, e tratou de emendar-se dos descuidos, não do amor. O amor ia-se enraizando nele cada vez mais; era a primeira paixão séria que o rapaz sentia, acrescendo que ele acertara logo de dar com uma mestra no ofício.

— Isto assim não pode continuar, pensava o rapaz de nariz comprido, coçando o queixo e caminhando uma noite para casa, o melhor é casar-me logo de uma vez. Com o que me dão lá em casa e o produto de alguma escrita por fora, creio que poderei ocorrer às despesas; o resto pertence a Deus.

Não tardou que Ernesto desconfiasse das intenções do rapaz de nariz comprido. Uma vez chegou a surpreender um olhar da moça e do rival. Enfadou-se, e na primeira ocasião que teve interpelou a namorada a respeito daquela circunstância equívoca.

— Confesse! dizia ele.

— Oh! meu Deus! exclamou a moça; você de tudo desconfia. Olhei para ele, sim, é verdade, mas olhei por sua causa.

— Por minha causa? perguntou Ernesto com um tom gelado de ironia.

— Sim, examinava-lhe a gravata, que é muito bonita, para dar uma a você no dia de Ano Bom. Agora que me obrigou a descobrir tudo, veja se me lembra outro mimo, porque esse já não serve.

Ernesto caiu em si; recordou que efetivamente havia no olhar da moça uma tal ou qual intenção dadival, se me permitem este adjetivo obsoleto; toda a sua cólera converteu-se num sorriso amável e contrito, e o arrufo não foi adiante.

Dias depois, era um domingo, estando ele e ela na sala, e um filho de Vieira à janela. foram os dois namorados interrompidos pelo pequeno que descera, gritando:

— Aí vem ele! aí vem ele!

— Ele quem? disse Ernesto sentindo esmigalhar-se-lhe o coração.

Chegou à janela: era o rival.

Apareceu a tempo a tia de Rosina; uma tempestade iminente já pairava na fronte afogueada de Ernesto.

Pouco depois entrou na sala o rapaz de nariz comprido, que, ao ver Ernesto, pareceu sorrir maliciosamente. Ernesto encordoou. Seus olhares, se fossem punhais, teriam cometido dois assassinatos naquele instante. Conteve-se, porém, para melhor observar os dois. Rosina não parecia prestar ao outro atenção de caráter especial; tratava-o com polidez apenas. Isto aquietou um pouco o ânimo revolto do Ernesto, que ao cabo de uma hora estava restituído à sua usual bem-aventurança.

Não reparou porém nos olhares desconfiados que o rapaz de nariz comprido lhe lançava de quando em quando. O sorriso malicioso desaparecera dos lábios do guarda-livros. A suspeita entrara-lhe no espírito ao ver a maneira indiferente, ou quase, com que o tratava Rosina, posto tratasse de igual modo ao outro pretendente.

— Será seriamente um rival? pensava o rapaz de nariz comprido.

Na primeira ocasião em que pôde trocar duas palavras com a namorada, sem testemunhas, o que foi logo no dia seguinte, manifestou a desconfiança que lhe escurecera o espírito até aqui tão cor-de-rosa. Rosina soltou uma risada, — uma dessas risadas que levam a convicção ao fundo d'alma, — a tal ponto que o rapaz de nariz comprido julgou de sua dignidade não insistir na absurda suspeita.

— Já lhe disse: ele bem vontade tem de que eu o namore, mas perde o tempo: eu só tenho uma cara e um coração.

— Oh! Rosina, tu és um anjo!

— Quem dera!

— Um anjo, sim, insistiu o rapaz de nariz comprido; e creio que posso chamar-te brevemente minha esposa.

Os olhos da moça faiscaram de contentamento.

— Sim, continuou o namorado; daqui a dois meses estaremos casados...

— Ah!

— Se todavia...

Rosina empalideceu.

— Todavia? repetiu ela.

— Se todavia, o Sr. Vieira consentir...

— Por que não, disse a moça tranqüilizando-se do susto que tivera; ele deseja a minha felicidade; e o casamento contigo é a minha felicidade maior. Ainda quando porém se oponha aos impulsos do meu coração, basta que eu queira para que os nossos desejos se realizem. Mas descansa; meu tio não porá obstáculos.

O rapaz de nariz comprido ficou ainda a olhar para a moça alguns minutos sem dizer palavra; admirava duas cousas: a força d'alma de Rosina e o amor que ela lhe dedicava. Quem rompeu o silêncio foi ela.

— Mas então daqui a dois meses?

— Só se a sorte me for adversa.

— E poderá sê-lo?

— Quem sabe? respondeu o rapaz de nariz comprido com um suspiro de dúvida.

Logo depois desta perspectiva de felicidade, a concha em que se pesavam as esperanças de Ernesto começou a subir um pouco. Ele via que Rosina efetivamente parecia ir diminuindo as cartas, e nas poucas que já então recebia dela, a paixão era menos intensa, a frase estudada, acanhada e fria. Quando estavam juntos havia menos intimidade expansiva; a presença dele parecia constrangê-la. Ernesto entrou seriamente a crer que a batalha estava perdida.

Infelizmente a tática deste namorado, era perguntar à própria moça se eram fundadas as suspeitas dele, ao que ela respondia vivamente que não, e isto bastava a restituir-lhe a paz do espírito. Não era longa nem profunda a quietação; o laconismo epistolar de Rosina, a frieza de seus modos, a presença do outro, tudo isso sombreava singularmente o espírito de Ernesto. Mas tão depressa caía no abismo do desespero, como ascendia às regiões da celeste bem-aventurança, — mostrando assim o que a natureza queria que ele fosse, — alma inconsistente e passiva, — levada, como a folha, ao sabor de todos os ventos.

Entretanto, era difícil que a verdade não se lhe metesse pelos olhos. Um dia reparou que, além da suspeitosa afetuosidade de Rosina, havia da parte do tio certas atenções características para com o rival. Não se enganava; conquanto o novo pretendente ainda não houvesse pedido formalmente a mão da moça, era quase certo para o Sr. Vieira que nele se preparava novo sobrinho, e acertando de ser este um homem do comércio, não podia haver, na opinião do tio, mais feliz escolha.

Desisto de pintar os desesperos, os terrores, as imprecações de Ernesto no dia em que a certeza da derrota mais funda e de raiz se lhe cravou no coração. Já então lhe não bastou a negativa de Rosina, que aliás lhe pareceu frouxa, e efetivamente o era. O triste moço chegou a desconfiar que a amada e o rival estariam de acordo para mofar dele.

Como por via de regra, é da nossa miserável condição que o amor-próprio domine o simples amor, apenas aquela suspeita lhe pareceu provável, apoderou-se dele uma feroz indignação, e duvido que nenhum quinto ato de melodrama ostente maior soma de sangue derramado do que ele verteu na fantasia. Na fantasia, apenas, compassiva leitora, não só porque ele era incapaz de fazer mal a um seu semelhante, mas sobretudo porque repugnava à sua natureza achar uma resolução qualquer. Por esse motivo, depois de muito e longo cogitar, confiou todos os seus pesares e suspeitas ao companheiro de casa e pediu-lhe um conselho; Jorge deu-lhe dois.

— Minha opinião, disse Jorge, é que não te importes com ela e vás trabalhar, que é cousa mais séria.

— Nunca!

— Nunca trabalhar?

— Não; nunca esquecê-la.

— Bem, disse Jorge descalçando a bota do pé esquerdo, nesse caso vai ter com esse sujeito de quem desconfias e entende-te com ele.

— Aceito! exclamou Ernesto; é o melhor. Mas, continuou ele depois de refletir um instante, e se ele não for meu rival, que hei de fazer? como descobrir se há outro?

— Nesse caso, disse Jorge estendendo-se filosoficamente na marquesa, nesse caso o meu conselho é que tu, ele e ela vão todos para o diabo que os carregue.

Ernesto cerrou os ouvidos à blasfêmia, vestiu-se e saiu.

V

Apenas saiu à rua, embicou Ernesto para a casa em que trabalhava o rapaz de nariz comprido, resolvido a explicar-se de uma vez com ele. Hesitou alguma cousa, é verdade, e esteve a pique de arrepiar carreira; mas a crise era tão violenta que triunfou da frouxidão de ânimo, e vinte minutos depois chegava ele ao seu destino. Não entrou no escritório do rival; pôs-se a passear de um lado para outro, à espera que ele saísse, o que se verificou daí a três quartos de hora, três enfadonhos e mortais quartos de hora.

Ernesto aproximou-se *casualmente* do rival; cumprimentaram-se com um sorriso acanhado e amarelo, e ficaram alguns segundos a olhar um para o outro. Já o guarda-livros ia tirando o chapéu e despedindo-se, quando Ernesto lhe perguntou:

— Vai hoje à Rua do Conde?

— Talvez.

— A que horas?

— Não sei ainda. Por quê?

— Iríamos juntos. Eu vou às oito.

O rapaz de nariz comprido não respondeu.

— Para que lado vai agora? perguntou Ernesto depois de algum silêncio.

— Vou ao Passeio Público, se o senhor lá não for, respondeu resolutamente o rival.

Ernesto empalideceu.

— Quer assim fugir de mim?

— Sim, senhor.

— Pois eu não; desejo até que haja uma explicação entre nós. Espere... não me volte as costas. Saiba que eu também sou atrevido, menos de língua ainda que de mão. Vamos, dê-me o braço e caminhemos ao Passeio Público.

O rapaz de nariz comprido teve ímpetos de atracar-se com o rival e experimentar-lhe as forças; mas estavam numa rua comercial; todo o seu futuro voaria pelos ares. Preferiu dar-lhe as costas e seguir caminho. Executava já este plano, quando Ernesto lhe gritou:

— Venha cá, namorado sem ventura!

O pobre rapaz voltou-se rapidamente.

— Que diz o senhor? perguntou ele.

— Namorado sem ventura, repetiu Ernesto cravando os olhos no rosto do rival a ver se lhe descobria uma confissão qualquer.

— É singular, replicou o rapaz de nariz comprido, é singular que o senhor me chame namorado sem ventura, quando ninguém ignora a triste figura que tem feito para obter as boas graças de uma moça que é minha...

— Sua!

— Minha!

— Nossa direi eu...

— Senhor!

O rapaz de nariz comprido engatilhou um soco; a segurança e tranqüilidade com que Ernesto olhava para ele mudaram-lhe o curso das idéias. Falaria ele verdade? Essa moça, que tanto amor lhe jurava, com quem meditava casar dentro de pouco tempo, mas de quem alguma vez desconfiara, teria dado efetivamente àquele homem o direito de a chamar sua?

Esta simples interrogação perturbou o espírito do rapaz, que esteve cerca de dois minutos a olhar mudamente para Ernesto, e este a olhar mudamente para ele.

— O que o senhor disse agora é muito grave; preciso de uma explicação.

— Peço-lhe explicação igual, respondeu Ernesto.

— Vamos ao Passeio Público.

Seguiram caminho, a princípio silenciosos, não só porque a situação os acanhava naturalmente, mas também porque cada um deles receiava ouvir uma cruel revelação. A conversa começou por monossílabos e frases truncadas, mas foi a pouco e pouco fazendo-se natural e correta. Tudo quanto os leitores sabem de um e outro foi ali exposto por ambos, e por ambos ouvido entre abatimento e cólera.

— Se tudo quanto o senhor diz é a expressão da verdade, observou o rapaz de nariz comprido descendo a Rua das Marrecas, a conclusão é que fomos enganados...

— Vilmente enganados, emendou Ernesto.

— Pela minha parte, tornou o primeiro, recebo com isto um grande golpe porque eu amava-a muito, e pretendia fazê-la minha esposa, o que sucederia breve. A minha boa fortuna fez com que o senhor me avisasse a tempo...

— Talvez me censurem o passo que dei; mas o resultado que vamos colher justifica tudo. Nem por isso creia que padeço menos... eu amava loucamente aquela moça!

Ernesto proferiu estas palavras tão de dentro, que elas repercutiram no coração do rival, e ambos ficaram algum tempo calados, a devorar consigo a dor e a humilhação. Ernesto rompeu o silêncio soltando um magoadíssimo suspiro, na ocasião em que entravam no Passeio. Só o guarda pôde ouvi-lo; o rapaz de nariz comprido ia revolvendo no espírito uma dúvida.

— Devo eu condenar tão ligeiramente aquela moça? perguntou ele a si mesmo; e não será este sujeito um pretendente vencido que, por semelhante meio, quer obter a minha neutralidade?

O rosto de Ernesto não parecia dar razão à conjectura do rival; todavia, como o lance era grave e cumpria não ir por aparências, o rapaz de nariz comprido abriu de novo o capítulo das revelações, no que foi acompanhado pelo rival. Todas elas iam concordando entre si; os incidentes e os gestos que um relembrava, tinham eco na memória do outro. O que porém decidiu tudo foi a apresentação de uma carta que cada um deles tinha casualmente no bolso. O texto de ambas mostrava que eram recentes; a expressão de ternura não era a mesma nas duas epístolas, porque Rosina, como sabemos, ia afrouxando o tom em relação a Ernesto; mas era quanto bastava para dar ao rapaz de nariz comprido o golpe de misericórdia.

— Desprezemo-la, disse este, quando acabou de ler a carta do rival.

— Só isso? perguntou Ernesto; o simples desprezo será bastante?

— Que vingança tiraríamos dela? objetou o rapaz de nariz comprido. Ainda que alguma fosse possível, não seria digna de nós...

Calou-se; mas tocado de uma súbita idéia exclamou:

— Ah! lembra-me um meio!

— Qual?

— Mandemos-lhe uma carta de rompimento, mas uma carta de igual teor.

A idéia sorriu logo ao espírito de Ernesto, que parecia ainda mais humilhado que o outro, e ambos foram dali redigir a carta fatal.

No dia seguinte, logo depois do almoço, estava Rosina em casa muito sossegada, longe de esperar o golpe, e até forjando planos de futuro, que assentavam todos no rapaz de nariz comprido, quando o moleque lhe apareceu com duas cartas.

— Nhanhã Rosina, disse ele, esta carta é de sinhô Ernesto, e esta...

— Que é isso? disse a moça; os dois...

— Não, explicou o moleque; um na esquina de cima, outro na esquina de baixo.

E fazendo tinir no bolso alguns cobres que os dois rivais lhe haviam dado, o moleque deixou a senhora moça ler à vontade as duas missivas. A primeira que abriu foi a de Ernesto. Dizia assim: “Senhora! Hoje que tenho certeza da sua perfídia, certeza que já nada me pode arrancar do espírito, tomo a liberdade de lhe dizer que está livre e eu reabilitado. Basta de humilhações! Pude dar-lhe crédito enquanto lhe era possível enganar-me. Agora... Adeus para sempre!"

Rosina levantou os ombros ao ler esta carta. Abriu rapidamente a do rapaz de nariz comprido. E leu: "Senhora! Hoje que tenho a certeza da sua perfídia, certeza que já nada me pode..."

Daqui para diante foi crescendo a surpresa. Ambos se despediam; ambos por igual teor. Logo, tinham descoberto tudo um ao outro. Não havia meio de reparar nada; tudo estava perdido!

Rosina não costumava chorar. Esfregava às vezes os olhos, para os fazer vermelhos, quando havia necessidade de mostrar a um namorado que se ressentia de alguma cousa. Desta vez porém chorou deveras; não de mágoa, mas de raiva. Triunfavam ambos os rivais; ambos lhe fugiam, e lhe davam de comum acordo o último golpe. Não havia resistir; entrou-lhe na alma o desespero. Por desgraça não havia no horizonte a mais ligeira vela. O primo a quem aludimos num dos capítulos anteriores, andava com idéias a respeito de outra moça, e idéias já conjugais. Ela mesma descuidara o seu sistema durante os últimos trinta dias deixando sem resposta alguns olhares interrogadores. Estava pois abandonada de Deus e dos homens.

Não; ainda lhe restava um recurso.

VI

Um mês depois daquele fatal desastre, estando Ernesto em casa a conversar com o companheiro e mais dois amigos, um dos quais era o rapaz de nariz comprido, ouviu bater palmas. Foi à escada; era o moleque da Rua Nova do Conde.

— Que me queres? disse ele com ar severo, suspeitando que o moleque viesse pedir-lhe dinheiro.

— Venho trazer isto, disse o moleque baixinho.

E tirou do bolso uma carta que entregou a Ernesto.

A primeira idéia de Ernesto foi recusar a carta e pôr o moleque a pontapés pela escada abaixo; mas o coração disse-lhe uma cousa, como ele mesmo confessou depois. Estendeu a mão, recebeu a carta, abriu-a e leu.

Dizia assim:

"Ainda uma vez curvo-me às tuas injustiças. Estou cansada de chorar. Não posso mais viver debaixo da ação de uma calúnia. Vem ou eu morro!"

Ernesto esfregou os olhos; não podia crer no que acabava de ler. Seria um novo ardil, ou a expressão da verdade? Ardil podia ser; mas Ernesto atentou bem e pareceu-lhe ver o sinal de uma lágrima. Evidentemente a moça chorara. Mas se chorara é porque padecia; e nesse caso...

Nestas e noutras reflexões gastou Ernesto cerca de oito a dez minutos. Não sabia que resolvesse. Acudir ao chamado de Rosina, era esquecer a perfídia com que ela se houve amando a outro em cujas mãos vira até uma carta sua. Mas não ir, podia ser contribuir para a morte de uma criatura que, ainda quando não tivesse sido amada por ele, merecia os seus sentimentos de humanidade.

— Diga que lá irei logo, respondeu enfim Ernesto. Quando voltou para a sala trazia o rosto mudado. Os amigos repararam na mudança e procuraram descobrir-lhe a causa.

— Algum credor, dizia um.

— Não lhe trouxeram dinheiro, acrescentava outro.

— Namoro novo, opinava o companheiro de casa.

— É tudo isso talvez, respondeu Ernesto com um modo que queria ser alegre.

De tarde preparou-se Ernesto e dirigiu-se para a Rua Nova do Conde. Dez ou doze vezes parou, resolvido a voltar; mas um minuto de reflexão tirava-lhe os escrúpulos e o rapaz prosseguia em seu caminho.

— Há mistério nisto tudo, dizia ele consigo e relendo a carta de Rosina. É certo que ele me revelou tudo, e até me leu cartas; nisto não há que duvidar. Rosina é culpada; enganou-me; namorava a outro, dizendo-me que só me amava a mim. Mas por que esta carta? Se ela amava ao outro, por que lhe não escreve? Investiguemos tudo isto.

A última hesitação do digno rapaz foi ao entrar na Rua Nova do Conde; seu espírito vacilou dessa vez mais que nunca. Dez minutos gastou em passinhos ora para trás, ora para diante, sem assentar numa cousa definitiva. Afinal deitou o coração à larga e seguiu afoutamente a senda que o destino parecia indicar-lhe.

Quando chegou à casa de Vieira, estava Rosina na sala com a tia. A moça teve um movimento de alegria; mas, tanto quanto Ernesto pôde examinar-lhe as feições, a alegria não foi tal que pudesse disfarçar-lhe os sulcos das lágrimas. O que é certo é que um véu de melancolia parecia envolver os olhos travessos da bela Rosina. Nem já eram travessos; estavam desmaiados ou mortos.

— Oh! ali está a inocência! disse Ernesto consigo.

Ao mesmo tempo, envergonhado por esta opinião tão benevolente, e lembrando-se das revelações do rapaz de nariz comprido, Ernesto assumiu um ar severo e grave, menos de namorado que de juiz, menos de juiz que de algoz.

Rosina cravou os olhos no chão.

A tia da moça perguntou a Ernesto as causas da sua ausência tão prolongada. Ernesto alegou muito trabalho e alguma doença, as primeiras desculpas que ocorrem a todo o homem que não tem desculpa. Trocadas mais algumas palavras, saiu a tia da sala para ir dar umas ordens, tendo já ordenado disfarçadamente ao Juquinha que ficasse na sala. Juquinha porém trepou a uma cadeira e pôs-se à janela; os dois tiveram tempo para explicações.

A situação era esquerda; mas não se podia perder tempo. Bem o compreendeu Rosina, que rompeu logo nestas palavras:

— Não tem remorsos?

— De quê? perguntou Ernesto espantado.

— Do que me fez?

— Eu?

— Sim, abandonando-me sem uma explicação. A causa adivinho eu qual é; alguma nova suspeita, ou antes alguma calúnia...

— Nem calúnia, nem suspeita, disse Ernesto depois de um momento de silêncio; mas só verdade.

Rosina sufocou um grito; seus lábios pálidos e trêmulos quiseram murmurar alguma cousa, mas não puderam; dos olhos rebentaram-lhe duas grossas lágrimas. Ernesto não podia vê-la chorar; por mais cheio de razões que estivesse, em vendo lágrimas, curvava-se logo e pedia-lhe perdão. Desta vez porém era impossível que tão depressa voltasse ao antigo estado. As revelações do rival estavam ainda frescas na memória.

Curvou-se, entretanto, para a moça e pediu-lhe que não chorasse.

— Que não chore! disse ela com voz lacrimosa. Pede-me que não chore quando eu vejo fugir-me a felicidade das mãos, sem ao menos merecer a sua estima, porque o senhor despreza-me; sem ao menos saber o que é essa calúnia para desmenti-la ou desmascará-la...

— É capaz disso? perguntou Ernesto com fogo. É capaz de confundir a calúnia?

— Sou, disse ela com um magnífico gesto de dignidade.

Ernesto expôs em resumo a conversa que tivera com o rapaz de nariz comprido, e concluiu dizendo que vira uma carta dela. Rosina ouviu calada a narração; tinha o peito ofegante; sentia-se a comoção que a dominava. Quando ele acabou, soltou uma torrente de lágrimas.

— Meu Deus! disse baixinho Ernesto, podem ouvi-la.

— Não importa, exclamou a moça; estou disposta a tudo...

— Diga-me, pode negar o que lhe acabo de contar?

— Tudo, não; alguma cousa é verdade, respondeu ela com voz triste.

— Ah!

— A promessa de casamento é mentira; não houve mais que duas cartas, duas apenas, e isso... por sua culpa...

— Por minha culpa! exclamou Ernesto tão assombrado como se acabasse de ver um dos castiçais a dançar.

— Sim, repetiu ela, por sua culpa. Não se lembra? Tinha-se arrufado uma vez comigo, e eu... foi uma loucura... para metê-lo em brios, para vingar-me... que loucura!... correspondi ao namoro daquele indivíduo sem educação... foi demência minha, bem vejo... Mas que quer? eu estava despeitada...

A alma de Ernesto ficou fortemente abalada com esta exposição que a moça lhe fazia dos acontecimentos. Era claro para ele que Rosina negaria tudo, se o seu procedimento tivesse alguma intenção má; a carta, diria que era imitação da sua letra. Mas não; ela confessava tudo com a mais nobre e rude singeleza deste mundo; somente, — e nisto estava a chave da situação, — a moça explicava a que impulsos de despeito cedera, mostrando assim, se podemos comparar o coração a um pastel, debaixo do invólucro da leviandade a nata do amor.

Decorreram alguns segundos de silêncio, em que a moça tinha os olhos pregados no chão, na mais triste e melancólica atitude que jamais teve uma donzela arrependida.

— Mas não viu que esse ato de loucura podia causar a minha morte? disse Ernesto.

Rosina estremeceu ouvindo estas palavras que Ernesto lhe disse com a voz mais doce dos seus antigos dias; levantou os olhos para ele e tornou a pousá-los no chão.

— Se eu tivesse refletido nisso, observou ela, não faria nada do que fiz.

— Tem razão, ia dizendo Ernesto, mas levado de um mau espírito de vingança entendeu que a leviandade da moça devia ser punida com alguns minutos mais de dúvida e recriminação.

A moça ouviu ainda muitas cousas que lhe disse Ernesto, e a todas respondeu com um ar tão contrito e palavras tão repassadas de amargura, que o nosso namorado sentiu quase rebentarem-lhe as lágrimas dos olhos. Os de Rosina estavam já mais tranqüilos, e a limpidez começava a tomar o lugar da sombra melancólica. A situação era quase a mesma de algumas semanas antes; faltava só consolidá-la com o tempo. Entretanto, disse Rosina:

— Não pense que lhe peço mais do que me cumpre. Meu procedimento alguma punição há de ter, e eu estou perfeitamente resignada. Pedi-lhe que viesse aqui a fim de me explicar o seu silêncio; pela minha parte expliquei-lhe o meu desvario. Não posso ambicionar mais...

— Não pode?...

— Não. Meu fim era não desmerecer a sua estima.

— E por que não o meu amor? perguntou Ernesto. Parece-lhe que o coração possa apagar de repente, e por simples esforço de vontade, a chama de que viveu longos dias?

— Oh! isso é impossível! respondeu a moça; e pela minha parte sei o que vou padecer...

— Demais, disse Ernesto, o culpado de tudo fui eu, francamente o confesso. Ambos nós temos que perdoar um a outro; perdôo-lhe a leviandade; perdoa-me o fatal arrufo?

Rosina, a menos de ter um coração de bronze, não podia deixar de conceder o perdão que o namorado lhe pedia. Foi recíproca a generosidade. Como na volta do filho pródigo, as duas almas festejaram aquela renascença da felicidade, e amaram-se com mais força que nunca.

Três meses depois, dia por dia, foi celebrado na igreja de S. Ana, que era então no Campo da Aclamação, o consórcio dos dois namorados. A noiva estava radiante de ventura; o noivo parecia respirar os ares do paraíso celeste. O tio de Rosina deu um sarau a que comparecem os amigos de Ernesto, exceto o rapaz de nariz comprido.

Não quer isto dizer que a amizade dos dois viesse a esfriar. Pelo contrário, o rival de Ernesto revelou certa magnanimidade, apertando ainda mais os laços que o prendiam desde a singular circunstância que os aproximou. Houve mais; dois anos depois do casamento de Ernesto, vemos os dois associados num armarinho, reinando entre ambos a mais serena intimidade. O rapaz de nariz comprido é padrinho de um filho de Ernesto.

— Por que não te casas? pergunta Ernesto às vezes ao seu sócio, amigo e compadre.

— Nada, meu amigo, responde o outro, eu já agora morro solteiro.

AURORA SEM DIA

Naquele tempo contava Luís Tinoco vinte e um anos. Era um rapaz de estatura meã, olhos vivos, cabelos em desordem, língua inesgotável e paixões impetuosas. Exercia um modesto emprego no foro, donde tirava o parco sustento, e morava com o padrinho cujos meios de subsistência consistiam no ordenado da sua aposentadoria. Tinoco estimava o velho Anastácio e este tinha ao afilhado igual afeição.

Luís Tinoco possuía a convicção de que estava fadado para grandes destinos, e foi esse durante muito tempo o maior obstáculo da sua existência. No tempo em que o Dr. Lemos o conheceu começava a arder-lhe a chama poética. Não se sabe como começou aquilo. Naturalmente os louros alheios entraram a tirar-lhe o sono. O certo é que um dia de manhã acordou Luís Tinoco escritor e poeta; a inspiração, flor abotoada ainda na véspera, amanheceu pomposa e viçosa. O rapaz atirou-se ao papel com ardor e perseverança, e entre as seis horas e as nove, quando o foram chamar para almoçar, tinha produzido um soneto, cujo principal defeito era ter cinco versos com sílabas de mais e outros cinco com sílabas de menos. Tinoco levou a produção ao *Correio Mercantil*, que a publicou entre os *apedidos*.

Mal dormida, entremeada de sonhos interruptos, de sobressaltos e ânsias, foi a noute que precedeu a publicação. A aurora raiou enfim, e Luís Tinoco, apesar de pouco madrugador, levantou-se com o sol e foi ler o soneto impresso. Nenhuma mãe contemplou o filho recém-nascido com mais amor do que o rapaz leu e releu a produção poética, aliás decorada desde a véspera. Afigurou-se-lhe que todos os leitores do *Correio Mercantil* estavam fazendo o mesmo; e que cada um admirava a recente revelação literária, indagando de quem seria esse nome até então desconhecido.

Não dormiu sobre os louros imaginários. Daí a dois dias, nova composição, e desta vez saiu uma longa ode sentimental em que o poeta se queixava à lua do desprezo em que o deixara a amada, e já entrevia no futuro a morte melancólica de Gilbert. Não podendo fazer despesas, alcançou, por intermédio de um amigo, que a poesia fosse impressa de graça, motivo este que retardou a publicação por alguns dias. Luís Tinoco tragou a custo a demora, e não sei se chegou a suspeitar de inveja os redatores do *Correio Mercantil*. A poesia saiu enfim; e tal contentamento produziu no poeta que foi logo fazer ao padrinho a grande revelação.

— Leu hoje o *Correio Mercantil*, meu padrinho? perguntou ele.

— Homem, tu sabes que eu só lia os jornais no tempo em que era empregado efetivo. Desde que me aposentei não li mais os periódicos...

— Pois é pena! disse Tinoco com ar frio; queria que me dissesse o que pensa de uns versos que lá vêm.

— E de mais a mais versos! Os jornais já não falam de política? No meu tempo não falavam de outra cousa.

— Falam de política e publicam versos, porque ambas as cousas têm entrada na imprensa. Quer ler os versos?

— Dá cá.

— Aqui estão.

O poeta puxou da algibeira o *Correio Mercantil*, e o velho Anastácio entrou a ler para si a obra do afilhado. Com os olhos pregados no padrinho, Luís Tinoco parecia querer adivinhar as impressões que produziam nele os seus elevados conceitos, metrificados com todas as liberdades possíveis e impossíveis do consoante. Anastácio acabou de ler os versos e fez com a boca um gesto de enfado.

— Isto não tem graça, disse ele ao afilhado estupefato; que diabo tem a lua com a indiferença dessa moça, e a que vem aqui a morte deste estrangeiro?

Luís Tinoco teve vontade de descompor o padrinho, mas limitou-se a atirar os cabelos para trás e a dizer com supremo desdém:

— São cousas de poesia que nem todos entendem; esse versos *sem graça*, são meus.

— Teus? perguntou Anastácio no cúmulo do espanto.

— Sim, senhor.

— Pois tu fazes versos?

— Assim dizem.

— Mas quem te ensinou a fazer versos?

— Isto não se aprende; traz-se do berço.

Anastácio leu outra vez os versos, e só então reparou na assinatura do afilhado. Não havia que duvidar: o rapaz dera em poeta. Para o velho aposentado era isto uma grande desgraça. Esse, ligava à idéia de poeta a idéia da mendicidade. Tinham-lhe pintado Camões e Bocage, que eram os nomes literários que ele conhecia, como dois improvisadores de esquina, espeitorando sonetos em troca de algumas moedas, dormindo nos adros das igrejas e comendo nas cocheiras das casas grandes. Quando soube que o seu querido Luís estava atacado da terrível moléstia, Anastácio ficou triste, e foi nessa ocasião que se encontrou com o Dr. Lemos e lhe deu notícia da gravíssima situação do afilhado.

— Dou-lhe parte de que o Luís está poeta.

— Sim? perguntou-lhe o Dr. Lemos. E que tal lhe saiu o poeta?

— Não me importa se saiu mau ou bom. O que sei é que é a maior desgraça que lhe podia acontecer, porque isto de poesia não dá nada de si. Tenho medo que deixe o emprego. e fique aí pelas esquinas a falar à lua, cercado de moleques.

O Dr. Lemos tranqüilizou o homem dizendo-lhe que os poetas não eram esses vadios que ele imaginava; mostrou-lhe que a poesia não era obstáculo para andar como os outros, para ser deputado, ministro ou diplomata.

— No entanto, disse o Dr. Lemos, desejarei falar ao Luís; quero ver o que ele tem feito, porque como eu também fui outrora um pouco versejador, posso já saber se o rapaz dá de si.

Luís Tinoco foi ter com ele; levou-lhe o soneto e a ode impressos, e mais algumas produções não publicadas. Estas orçavam pela ode ou pelo soneto. Imagens safadas, expressões comuns, frouxo alento e nenhuma arte; apesar de tudo isso, havia de quando em quando algum lampejo que indicava da parte do neófito propensão para o mister; podia ser ao cabo de algum tempo um excelente trovador de salas.

O Dr. Lemos disse-lhe com franqueza, que a poesia era uma arte difícil e que pedia longo estudo; mas que, a querer cultivá-la a todo o transe, devia ouvir alguns conselhos necessários.

— Sim, respondeu ele, pode lembrar alguma cousa; eu não me nego a aceitar-lhe o que me parecer bom, tanto mais que eu fiz estes versos muito à pressa e não tive ocasião de os emendar.

— Não me parecem bons estes versos, disse o Dr. Lemos; poderia rasgá-los e estudar antes algum tempo.

Não é possível descrever o gesto de soberbo desdém, com que Luís Tinoco arrancou os versos ao doutor e lhe disse:

— Os seus conselhos valem tanto como a opinião de meu padrinho. Poesia não se aprende; traz-se do berço. Eu não dou atenção a invejosos. Se os versos não fossem bons, o *Mercantil* não os publicava.

E saiu.

Daí em diante foi impossível ter-lhe mão. Tinoco entrou a escrever como quem se despedia da vida. Os jornais andavam cheios de produções suas, umas tristes, outras alegres, não daquela tristeza nem daquela alegria que vem direitamente do coração, mas de uma tristeza que fazia sorrir, e de uma alegria que fazia bocejar. Luís Tinoco confessava singelamente ao mundo que fora invadido do cepticismo byroniano, que tragara até às fezes a taça do infortúnio, e que para ele a vida tinha escrita na porta a inscrição dantesca.[11] A inscrição era citada com as próprias palavras do poeta, sem que aliás Luís Tinoco o tivesse lido nunca. Ele respigava nas alheias produções uma coleção de alusões e nomes literários, com que fazia as despesas de sua erudição, e não lhe era preciso, por exemplo, ter lido Shakspeare para falar do *to be or not to be*, do balcão de Julieta e das torturas de Otelo. Tinha a respeito de biografias ilustres noções extremamente singulares. Uma vez, agastando-se com a sua amada, — pessoa que ainda não existia, — aconteceu-lhe dizer que o clima fluminense podia produzir monstros daquela espécie, do mesmo modo que o sol italiano dourara os cabelos da menina Aspásia. Lera casualmente alguns dos salmos do padre Caldas, e achou-os soporíferos; falava mais benevolamente da *Morte de Lindóia*, nome que ele dava ao poema de J. Basílio da Gama, de que só conhecia quatro versos.

Ao cabo de cinco meses tinha Luís Tinoco produzido uma quantia razoável de versos, e podia, mediante muitos claros e páginas em branco, dar um volume de cento e oitenta páginas. A idéia de imprimir um livro sorriu-lhe; e daí a pouco era raro passar por uma loja sem ver no mostrador um prospecto assim concebido:

11. "Deixai toda esperança, ó vós que entrais" era a inscrição que Dante leu à entrada do Inferno. (*Divina Comédia, Inferno*, canto III.)

GOIVOS E CAMÉLIAS
POR
LUÍS TINOCO

Um volume de 200 páginas......2$000 rs.

O Dr. Lemos encontrou-o algumas vezes na rua. Andava com o ar inspirado de todos os poetas novéis que se supõem apóstolos e mártires. Cabeça alta, olhos vagos, cabelos grandes e caídos; algumas vezes abotoava o paletó e punha a mão ao peito por ter visto assim um retrato de Guizot;[12] outras vezes andava com as mãos para trás.

O Dr. Lemos falou-lhe a terceira vez que o viu assim, porque das duas primeiras o rapaz esquivou-se por modo que não pôde deter-lhe o passo. Fez-lhe alguns elogios às suas produções. Expandiu-se-lhe o rosto:

— Obrigado, disse ele; esses elogios são o melhor prêmio das minhas fadigas. O povo não está preparado para a poesia: as pessoas inteligentes, como o doutor, podem julgar do merecimento dos outros. Leu a minha *Flor pálida*?

— Uns versos publicados no domingo?

— Sim.

— Li; são galantíssimos.

— E sentimentais. Fiz aquela poesia em meia hora, e não emendei nada. Acontece-me isso muita vez. Que lhe parecem aqueles esdrúxulos?

— Acho-os esdrúxulos.

— São excelentes. Agora vou levar algumas estrofes que compus ontem. Intitulam-se *A beira de um túmulo*.

— Ah!

— Já assinou o meu livro?

— Ainda não.

— Nem assine. Quero dar-lhe um volume. Sai brevemente. Estou recolhendo as assinaturas. *Goivos e Camélias*; que lhe parece o título?

— Magnífico.

— Achei-o de repente. Lembraram-me outros, mas eram comuns. *Goivos e Camélias*, parece que é um título distinto e original; é o mesmo que se dissesse: tristezas e alegrias.

— Justamente.

Durante esse tempo, ia o poeta tirando do bolso uma aluvião de papéis. Procurava as estrofes de que falara. O Dr. Lemos quis esquivar-se, mas o homem era implacável; segurou-lhe no braço. Ameaçado de ouvir ler os versos na rua, o doutor convidou o poeta a ir jantar com ele.

Foram a um hotel próximo.

12. Político e historiador francês (1787-1874), pertenceu à Academia Francesa.

— Ah! meu amigo, dizia ele em caminho; não imagina quantos invejosos andam a denegrir o meu nome. O meu talento tem sido o alvo de mil ataques; mas eu já estava disposto a isto. Não me espanto. A enxerga de Camões é um exemplo e uma consolação. Prometeu, atado ao Cáucaso, é o emblema do gênio. A posteridade é a vingança dos que sofrem os desdéns do seu tempo.

No hotel procurou o Dr. Lemos um lugar mais afastado, onde não chamassem muito a atenção das outras pessoas.

— Aqui estão as estrofes, disse Luís Tinoco conseguindo arrancar de um maço de papéis a poesia anunciada.

— Não lhe parece melhor lê-las à sobremesa?

— Como quiser, respondeu ele; tem razão, porque eu também estou com fome.

Luís Tinoco era todo prosa à mesa do jantar; comeu desencadernadamente.

— Não repare, dizia ele de quando em quando; isto é o animal que se está alimentando. O espírito aqui não tem culpa nenhuma.

À sobremesa, estando na sala apenas uns cinco fregueses, desdobrou Luís Tinoco o fatal papel e leu as anunciadas estrofes, com uma melopéia afetada e perfeitamente ridícula. Os versos falavam de tudo, da morte e da vida, das flores e dos vermes, dos amores e dos ódios; havia mais de oito *cyprestes*, cerca de vinte *lagrymas*, e mais *túmulos* do que um verdadeiro cemitério.

Os cinco fregueses jantantes voltaram a cabeça, quando Luís Tinoco começou a recitar os versos; depois começaram a sorrir e a murmurar alguma cousa que os dois não puderam ouvir. Quando o poeta acabou, um dos circunstantes, assaz grosseiro, soltou uma gargalhada. Luís Tinoco voltou-se enfurecido, mas o Dr. Lemos conteve-o dizendo:

— Não é conosco.

— É, meu amigo, disse ele resignado; mas que lhe havemos de fazer? quem entende a poesia para a respeitar em toda a parte?

— Deixemos este lugar, disse o Dr. Lemos; aqui não compreendem o que é um poeta.

— Vamos!

O Dr. Lemos pagou a conta e saiu atrás de Luís Tinoco, que deitou ao rideiro um olhar de desafio.

Luís Tinoco acompanhou-o até a casa. Recitou-lhe em caminho alguns versos que sabia de cor. Quando ele se entregava à poesia, não à alheia, que o não preocupava muito, mas à própria, podia-se dizer que tudo mais se lhe apagava da memória; bastava-lhe a contemplação de si mesmo. O Dr. Lemos ia ouvindo calado com a resignação de quem suporta a chuva, que não pode impedir.

Pouco tempo depois saíram a lume os *Goivos* e *Camélias*, que todos os jornais prometeram analisar mais de espaço.

Dizia o poeta no prólogo da obra, que era audácia da sua parte "vir assentar-se na mesa da comunhão da poesia, mas que todo aquele que sentia dentro de si o *j'ai quelque chose lá*,[13] de André Chenier, devia dar à pátria aquilo que a natureza lhe

13. Francês: "tenho alguma coisa lá". — André Chenier (1762-1794), poeta francês satírico e elegíaco.

deu". Em seguida pedia desculpa para os seus verdes anos, e afirmava ao público que não tinha sido "embalado em berços de seda". Concluía dando a bênção ao livro e chamando a atenção para a lista dos assinantes que vinha no fim.

Esta obra monumental passou despercebida no meio da indiferença geral. Apenas um folhetinista do tempo escreveu a respeito dela algumas linhas que fizeram rir a toda a gente, menos o autor, que foi agradecer ao folhetinista.

O Dr. Lemos perdeu de vista o seu poeta durante algum tempo. Digo mal; só perdeu de vista o homem, porque o poeta de quando em quando lhe aparecia metido em alguma produção literária, que o Dr. Lemos invariavelmente lia para se benzer da estéril pertinácia de Luís Tinoco. Não havia ocasião, enterro ou espetáculo solene, que escapasse à inspiração do fecundo escritor. Como o número de suas idéias fosse mui limitado, podia-se dizer que ele só havia escrito um necrológio, uma elegia, uma ode ou uma congratulação. Os diferentes exemplares de cada uma destas cousas eram a mesma cousa dita por outro modo. O modo porém constituía a originalidade do poeta, originalidade que ele não teve a princípio, mas que se desenvolveu muito com o tempo.

Infelizmente enquanto se entregava com ardor às lides literárias, esquecia-se o poeta das lides forenses, donde lhe vinha o pão. Anastácio queixou-se um dia desta desgraça ao Dr. Lemos, numa carta que acabava assim: "Não sei, meu amigo Sr. Lemos, aonde irá parar este rapaz. Não lhe vejo outra conclusão: hospício ou xadrez."

O Dr. Lemos mandou chamar o poeta. Elogiou-lhe as suas obras com o fim de lhe dispor o espírito a ouvir o que ia dizer. O rapaz expandiu-se.

— Ainda bem que eu ouço de quando em quando alguma voz animadora, disse ele; não sabe o que tem sido a inveja a meu respeito. Mas que importa? Tenho confiança no futuro; o que me vinga é a posteridade.

— Tem razão, a posteridade é que vinga das maroteiras contemporâneas.

— Li há dias num papelucho, que eu era um alinhavador de ninharias. Percebi a intenção. Acusava-me de não meter ombros a obra de mais largo fôlego. Vou desmentir o papelucho: estou escrevendo um poema épico!

— Ai! disse o Dr. Lemos consigo, adivinhando alguma leitura forçada de poema.

— Podia mostrar-lhe alguma cousa, continuou Luís Tinoco, mas prefiro que leia a obra quando estiver mais adiantada.

— Muito bem.

— Tem dez cantos, cerca de 10.000 versos. Mas quer saber a minha desgraça?

— Qual é?

— Estou apaixonado...

— Realmente, é uma desgraça na sua posição.

— Que tem a minha posição?

— Creio que não é excelente. Dizem-me que se tem descuidado um pouco das suas obrigações do foro, e que brevemente lhe vão tirar o emprego.

— Fui despedido ontem.

— Já?

— É verdade. Se ouvisse o discurso com que eu respondi ao escrivão, diante de toda a gente que enchia o cartório! Vinguei-me.

— Mas... de que viverá agora? seu padrinho não pode, creio eu, com o peso da casa.

— Deus me ajudará. Não tenho eu uma pena na mão? Não recebi do berço um tal ou qual engenho, que já tem dado alguma cousa de si? Até agora nenhum lucro tentei tirar das minhas obras; mas era só amador. Daqui em diante o caso muda de figura; é necessário ganhar o pão, ganharei o pão.

A convicção com que Luís Tinoco dizia estas palavras, entristeceu o amigo do padrinho. O Dr. Lemos contemplou durante alguns segundos, — com inveja, talvez, — aquele sonhador incorrigível, tão desapegado da realidade da vida, acreditando não só nos seus grandes destinos, mas também na verossimilhança de fazer da sua pena uma enxada.

— Oh! deixe estar! continuou Luís Tinoco; eu hei de provar-lhes, ao senhor e a meu padrinho, que não sou tão inútil como lhes pareço. Não me falta coragem, doutor; quando me faltasse, há uma estrela...

Luís Tinoco calou-se, retorceu o bigode, e olhou melancolicamente para o céu. O Dr. Lemos também olhou para o céu, mas sem melancolia, e perguntou rindo:

— Uma estrela? Ao meio-dia é raro...

— Oh! não falo dessas, interrompeu Luís Tinoco; lá é que ela devia estar, ali no espaço azul, entre as outras suas irmãs, mais velhas do que ela e menos formosas...

— Uma moça!

— Uma moça, é pouco; diga a mais gentil criatura que o sol ainda alumiou, uma sílfide, a minha Beatriz a minha Julieta, a minha Laura...

— Escusa dizê-lo; deve ser muito formosa se fez apaixonar um poeta.

— Meu amigo, o senhor é um grande homem; Laura é um anjo, e eu adoro-a...

— E ela?

— Ela ignora talvez que eu me consumo.

— Isso é mau!

— Que quer? disse Luís Tinoco enxugando com o lenço uma lágrima imaginária; é fado dos poetas arderem por cousas que não podem obter. É esse o pensamento de uns versos que escrevi há oito dias. Publiquei-os no *Caramanchão Literário*.

— Que diacho é isso?

— É a minha folha, que eu lhe mando de quinze em quinze dias... E diz que lê as minhas obras!

— As obras leio... Agora os títulos podem escapar. Vamos porém ao que importa. Ninguém lhe contesta talento nem inspiração fecunda; mas o senhor ilude-se pensando que pode viver dos versos e dos artigos literários... Note que os seus versos e os seus artigos são muito superiores ao entendimento popular, e por isso devem ter muito menos aceitação...

Este desenganar com as mãos cheias de rosas, produziu salutar efeito no ânimo de Luís Tinoco; o poeta não pôde sofrear um sorriso de satisfação e bem-aventurança. O amigo do padrinho concluiu o seu discurso oferecendo-lhe um lugar de escrevente em casa de um advogado. Luís Tinoco olhou para ele algum tempo sem dizer palavra. Depois:

— Volto ao foro, não? disse ele com a mais melancólica resignação deste mundo. Minha inspiração deve descer outra vez a empoeirar-se nos libelos, a aturar os rábulas, a engrolar o vocabulário da chicana! E a troco de quê? A troco de uns magros mil-réis, que eu não tenho e me são necessários para viver. Isto é sociedade, doutor?

— Má sociedade, se lhe parece, respondeu o Dr. Lemos com doçura, mas não há outra à mão, e a menos de não estar disposto a reformá-la, não tem outro recurso senão tolerá-la e viver.

O poeta deu alguns passos na sala; no fim de dois minutos estendeu a mão ao amigo.

— Obrigado, disse ele, aceito; vejo que trata de meus interesses, sem desconhecer que me oferece um exílio.

— Um exílio e um ordenado, emendou o Dr. Lemos.

Daí a dias estava o poeta a copiar razões de embargos e de apelação, a lastimar-se, a maldizer da fortuna, sem adivinhar que daquele emprego devia nascer uma mudança nas suas aspirações. O Dr. Lemos não lhe falou durante cinco meses. Um dia encontraram-se na rua. Perguntou-lhe pelo poema.

— Está parado, respondeu Luís Tinoco.

— Deixa-o de mão?

— Concluí-lo-ei quando tiver tempo.

— E a folha?

Deve saber que acabei com ela; não lha mando há muito tempo.

— É verdade, mas podia ser um esquecimento. Muito me conta! Então acabou o *Caramanchão Literário*?

— Deixei-o morrer no melhor período de vitalidade: tinha oitenta assinantes pagantes...

— Mas então abandona as letras?

— Não, mas... Adeus.

— Adeus.

Pareceu simples tudo aquilo; mas tendo-se ganho alguma cousa, que era empregá-lo, o Dr. Lemos deixou que o próprio poeta lhe fosse anunciar a causa do seu sono literário. Seria o namoro de Laura?

Esta Laura, preciso é que se diga, não era Laura, era simplesmente Inocência; o poeta chamava-lhe Laura nos seus versos, nome que lhe parecia mais doce, e efetivamente o era. Até que ponto existiu esse namoro, e em que proporções correspondeu a moça à chama do rapaz? A história não conservou muita informação a este respeito. O que se sabe com certeza é que um dia apareceu um rival no horizonte, tão poeta como o padrinho de Luís Tinoco, elemento muito mais conjugal do que o redator do *Caramanchão Literário*, e que de um só lance lhe derrubou todas as esperanças.

Não é preciso dizer ao leitor que este acontecimento enriqueceu a literatura com uma extensa e chorosa elegia, em que Luís Tinoco metrificou todas as queixas que pode ter de uma mulher um namorado traído. Esta obra tinha por epígrafe *o nessun maggior dolore*[14] do poeta florentino. Quando ele a acabou e emendou, releu-a em voz alta, passeando na alcova, deu o último apuro a um ou outro verso, admirou a harmonia de muitos, e singelamente confessou de si para si que era a sua melhor produção. O *Caramanchão Literário* ainda existia; Luís Tinoco apressou-se a levar o escrito ao prelo, não sem o ler aos seus colaboradores, cuja opinião foi idêntica à

14. "nenhuma dor maior", passagem tirada do *Inferno*, da *Divina Comédia de Dante*, o "poeta florentino".

dele. Apesar da dor que o devia consumir, o poeta leu as provas com o maior desvelo e escrúpulo, assistiu à impressão dos primeiros exemplares da folha, e durante muitos dias releu os versos até cansar. Do que ele menos se lembrava era da perfídia que os inspirou.

Esta porém não era a razão do sono literário de Luís Tinoco. A razão era puramente política. O advogado, cujo escrevente ele era, tinha sido deputado e colaborava numa gazeta política. O seu escritório era um centro, onde iam ter muitos homens públicos e se conversava largamente dos partidos e do governo. Luís Tinoco ouviu a princípio essas conversas com a indiferença de um deus envolvido no manto da sua imortalidade. Mas a pouco e pouco foi adquirindo gosto ao que ouvia. Já lia os discursos parlamentares e os artigos de polêmica. Da atenção passou rapidamente ao entusiasmo, porque naquele rapaz tudo era extremo, entusiasmo ou indiferença. Um dia levantou-se com a convicção de que os seus destinos eram políticos.

— A minha carreira literária está feita, disse ele ao Dr. Lemos quando falaram nisto; agora outro campo me chama.

— A política? Parece-lhe que é essa a sua vocação?

— Parece-me que posso fazer alguma cousa.

— Vejo que é modesto, e não duvido que alguma voz interior o esteja convidando a queimar as suas asas de poeta. Mas, cuidado! Há de ter lido Macbeth... Cuidado com a voz das feiticeiras, meu amigo. Há no senhor demasiado sentimento, muita susceptibilidade, e não me parece que...

— Estou disposto a acudir à voz do destino, interrompeu impetuosamente Luís Tinoco. A política chama-me ao seu campo; não posso, não devo, não quero cerrar-lhe os ouvidos. Não! as opressões do poder, as baionetas dos governos imorais e corrompidos, não podem desviar uma grande convicção do caminho que ela mesma escolheu. Sinto que sou chamado pela voz da verdade. Quem foge à voz da verdade?

Os covardes e os ineptos. Não sou inepto nem covarde.

Tal foi a estréia oratória com que ele brindou o Dr. Lemos numa esquina onde felizmente não passava ninguém.

— Só lhe peço uma cousa, disse o ex-poeta.

— O que é?

— Recomende-me ao doutor. Quero acompanhá-lo, e ser seu protegido; é o meu desejo.

O Dr. Lemos cedeu ao desejo de Luís Tinoco. Foi ter com o advogado e recomendou-lhe o escrevente, não com muita solicitude mas também sem excessiva frieza. Felizmente o advogado era uma espécie de S. Francisco Xavier do partido, desejoso como ninguém de aumentar o pessoal militante; recebeu a recomendação com a melhor cara do mundo, e, logo no dia seguinte, disse algumas palavras benévolas ao escrevente, que as ouviu trêmulo de comoção.

— Escreva alguma cousa, disse o advogado, e traga-me para ver se lhe achamos propensão.

Não foi preciso dizer-lho duas vezes. Dois dias depois, levou o ex-poeta ao seu protetor um artigo extenso e difuso; mas cheio de entusiasmo e fé. O advogado achou defeitos no trabalho; apontou-lhe demasias e nebulosidades, frouxidão de argumentos, mais ornamentação que solidez; todavia prometeu publicá-lo. Ou fosse porque lhe fizesse estas observações com muito jeito e benevolência, ou porque Luís Tinoco houvesse perdido alguma cousa da antiga susceptibilidade, ou porque a promessa da publicação lhe adoçasse o amargo da censura, ou por todas estas razões juntas, o certo é que ele ouviu com exemplar modéstia e alegria as palavras do protetor.

— Há de perder os defeitos com o tempo, disse este mostrando o artigo aos amigos.

O artigo foi publicado e Luís Tinoco recebeu alguns apertos de mão. Aquela doce e indefinível alegria que ele sentira quando estampou no *Correio Mercantil* os seus primeiros versos, voltou a experimentá-la agora, mas alegria complicada de uma virtuosa resolução: Luís Tinoco desde aquele dia sinceramente acreditou que tinha uma missão, que a natureza e o destino o haviam mandado à terra para endireitar os tortos políticos.

Poucas pessoas se terão esquecido do período final da estréia política do ex-redator do *Caramanchão Literário*. Era assim: "Releve o poder — hipócrita e sanhudo, — que eu lhe diga muito humildemente que não temo o desprezo nem o martírio. Moisés conduzindo os hebreus à terra da promissão, não teve a fortuna de entrar nela: é o símbolo do escritor que leva os homens à regeneração moral e política, sem lhe transpor as portas de ouro. Que poderia eu temer? Prometeu atado ao Cáucaso, Sócrates bebendo a cicuta, Cristo expirando na cruz, Savonarola indo ao suplício, John Brown esperneando na forca, são os grandes apóstolos da luz, o exemplo e o conforto dos que amam a verdade, o remorso dos tiranos, e o terremoto do despotismo."

Luís Tinoco não parou nestas primícias. Aquela mesma fecundidade da estação literária, veio a reproduzir-se na estação política; o protetor, entretanto, disse-lhe que era conveniente escrever menos e mais assentado. O ex-poeta não repeliu a advertência, e até lucrou com ela, produzindo alguns artigos menos desgrenhados no estilo e no pensamento. A erudição política de Luís Tinoco era nenhuma; o protetor emprestou-lhe alguns livros, que o ex-poeta aceitou com infinito prazer. Os leitores compreendem facilmente que o autor dos *Goivos e Camélias* não era homem que meditasse uma página de leitura; ele ia atrás das grandes frases, — sobretudo das frases sonoras, — demorava-se nelas, repetia-as, ruminava-as com verdadeira delícia. O que era reflexão, observação, análise parecia-lhe árido, e ele corria depressa por elas.

Algum tempo depois houve uma eleição primária. O publicista sentiu que havia em si um eleitor, e foi dizê-lo afoutamente ao advogado. O desejo não foi mal aceito; trabalharam-se as cousas de modo que Luís Tinoco teve o gosto de ser incluído numa chapa e a surpresa de ficar batido. Batê-lo foi possível ao governo; abatê-lo não. O ex-poeta, ainda quente do combate, traduziu em largos e floreados períodos o desprezo que lhe inspirava aquela vitória dos adversários. A esse artigo responderam os amigos do governo com um, que terminava assim: "Até onde quererá ir, com semelhante descomedimento de linguagem, o pimpolho do ex-deputado Z.?"

Luís Tinoco quase morreu de júbilo ao receber em cheio aquela descarga ministerial. A imprensa adversa não o havia tratado até então com a consideração que ele desejava. Uma ou outra vez, haviam discutido argumentos seus; mas faltava o melhor, faltava o ataque pessoal, que lhe parecia ser o batismo de fogo naquela espécie de campanha. O advogado, lendo o ataque, disse ao ex-poeta que a sua posição era idêntica à do primeiro Pitt quando o ministro Walpole[15] lhe respondeu chamando-lhe moço em plena câmara dos comuns, e que era necessário repelir no mesmo tom a ofensa ministerial. Luís Tinoco ignorava até àquela data a existência de Pitt e de Walpole; achou todavia muito engenhosa a comparação das duas situações, e com habilidade e cautela perguntou ao advogado se lhe podia emprestar o discurso do orador britânico "para refrescar a memória". O advogado não tinha o discurso, mas deu-lhe idéia dele, quanto bastou para que Luís Tinoco fosse escrever um longo artigo acerca do que era e não era pimpolho.

Entretanto, a luta eleitoral lhe descobrira um novo talento. Como fosse necessário arengar algumas vezes, fê-lo o pimpolho a grande aprazimento seu e no meio de palmas gerais. Luís Tinoco perguntou a si mesmo se lhe era lícito aspirar às honras da tribuna. A resposta foi afirmativa. Esta nova ambição era mais difícil de satisfazer; o ex-poeta o reconheceu, e armou-se de paciência para esperar.

Aqui há uma lacuna na vida de Luís Tinoco. Razões que a história não conservou, levaram o jovem publicista à província natal do seu amigo e protetor, dois anos depois dos acontecimentos eleitorais. Não percamos tempo em conjecturar as causas desta viagem, nem as que ali o demoraram mais do que queria. Vamos já encontrá-lo alguns meses depois, colaborando num jornal com o mesmo ardor juvenil, de que dera tanta prova na capital. Recomendado pelo advogado aos seus amigos políticos e parentes, depressa criou Luís Tinoco um círculo de companheiros, e não tardou que assentasse em ali ficar algum tempo. O padrinho já estava morto; Luís Tinoco achava-se absolutamente sem família.

A ambição do orador não estava apagada pela satisfação do publicista; pelo contrário, uma cousa avivava a outra. A idéia de possuir duas armas, brandi-las ao mesmo tempo, ameaçar e bater com ambas os adversários, tornou-se-lhe idéia crônica, presente, inextinguível. Não era a vaidade que o levava, quero dizer, uma vaidade pueril. Luís Tinoco acreditava piamente que ele era um artigo do programa da Providência, e isso o sustinha e contentava. A sinceridade que nunca teve quando versificava os seus infortúnios entre suas palestras de rapazes, teve-a quando se enterrou a mais e mais na política. É claro que, se alguém lhe pusesse em dúvida o mérito político, feri-la-ia do mesmo modo que os que lhe contestavam excelências literárias; mas não era só a vaidade que lhe ofendiam, era também, e muito mais, a fé, — fé profunda e intolerante, — que ele tinha de que o seu talento fazia parte da harmonia universal.

Luís Tinoco mandava ao Dr. Lemos na corte todos os seus escritos da província, e contava-lhe singelamente as suas novas esperanças. Um dia noticiou-lhe que a sua eleição para a assembléia provincial era objeto de negociações que se lhe afiguravam propícias. O correio seguinte trouxe notícia de que a candidatura de Luís Tinoco entrara na ordem dos fatos consumados.

A eleição fez-se e não deu pouco trabalho ao candidato fluminense, que à força de muita luta e muito empenho pôde ter a honra de ser incluído na lista dos vencedores. Quando lhe deram notícia da vitória, entoou a alma de Luís Tinoco um verdadeiro e

15. William Pitt, Conde de Chatham (1708-1778), estadista inglês, chegou a Primeiro-Ministro; Robert Walpole (1676-1745), era um dos chefes do Partido Liberal da Inglaterra.

solene *Te Deum Laudamus*. Um suspiro, o mais entranhado e desentranhado de quantos suspiros jamais soltaram homens, desafogou o coração do ex-poeta das dúvidas e incertezas de longas e cruéis semanas. Estava enfim eleito! Ia subir o primeiro degrau do capitólio.

A noite foi mal dormida, como a da véspera da publicação do primeiro soneto, e entremeada de sonhos análogos à situações. Luís Tinoco via-se já troando na assembléia provincial, entre os aplausos de uns, as imprecações de outros, a inveja de quase todos, e lendo em toda a imprensa da província os mais calorosos aplausos à sua nova e original eloqüência. Vinte exórdios fez o jovem deputado para o primeiro discurso, cujo assunto seria naturalmente digno de grandes rasgos e nervosos períodos. Ele já estudava mentalmente os gestos, a atitude, todo o exterior da figura que ia honrar a sala dos representantes da província.

Muitos grandes nomes da política haviam começado no parlamento provincial. Era verossímil, era indispensável até, para que ele cumprisse o mandato imperativo do destino, que saísse dali em pouco tempo para vir transpor a porta mais ampla da representação nacional. O ex-poeta ocupava já no espírito uma das cadeiras da Cadeia Velha,[16] e remirava-se na própria pessoa e no brilhante papel que teria de desempenhar. Via já diante de si a oposição ou o ministério estatelado no chão, com quatro ou cinco daqueles golpes que ele supunha saber dar como ninguém, e as gazetas a falarem, e o povo a ocupar-se dele, e o seu nome a repercutir em todos os ângulos do império, e uma pasta a cair-lhe nas mãos, ao mesmo tempo que o bastão do comando ministerial.

Tudo isto, e muito mais imaginava o recente deputado, embrulhado nos lençóis, com a cabeça no travesseiro, e o espírito a vagar por esse mundo fora, que é a cousa pior que pode acontecer a um corpo mortificado como estava o dele naquela ocasião.

Não se demorou Luís Tinoco em escrever ao Dr. Lemos, e contar-lhe as suas esperanças e o programa que tencionava observar, desde que a fortuna lhe abria mais ampla estrada na vida pública. A carta tratava longamente do efeito provável da sua primeira oração, e terminava assim: "Qualquer que seja o posto a que eu suba; qualquer, entenda bem, ainda aquele que é o primeiro do país, abaixo do imperador (e creio que irei até lá), nunca me há de esquecer que ao senhor o devo, à animação que me dispensou, à recomendação que fez de mim. Parece-me que até hoje tenho correspondido à confiança dos meus amigos; espero continuar a merecê-la."

Inauguraram-se enfim os trabalhos. Tão ansioso estava Luís Tinoco de falar que, logo nas primeiras sessões, a propósito de um projeto sobre a colocação de um chafariz, fez um discurso de duas horas em que demonstrou por A + B que a água era necessária ao homem. Mas a grande batalha foi dada na discussão do orçamento provincial. Luís Tinoco fez um longo discurso em que combateu o governo geral, o presidente, os adversários, a polícia e o despotismo. Seus gestos eram até então desconhecidos na escala da gesticulação parlamentar; na província, pelo menos, ninguém tivera nunca a satisfação de contemplar aquele sacudir de cabeça, aquele arquear de braço, aquele apontar, alçar, cair e bater com a mão direita.

16. No edifício da Cadeia Velha funcionou a Câmara dos Deputados. No local hoje se ergue o Palácio Tiradentes, sede da Assembléia Legislativa do RJ.

O estilo também não era vulgar. Nunca se falou de receita e despesa com maior luxo de imagens e figuras. A receita foi comparada ao orvalho que as flores recolhem durante a noite; a despesa à brisa da manhã que as sacode e lhes entorna um pouco de sereno vivificante. Um bom governo é apenas brisa; o presidente atual foi declarado siroco e pampeiro. Toda a maioria protestou solenemente contra essa qualificação injuriosa, ainda que poética. Um dos secretários confessou que nunca do Rio de Janeiro lhes fora uma aura mais refrigerante.

Infelizmente os adversários não dormiam. Um deles, apenas Luís Tinoco acabou o discurso entre alguns aplausos dos seus amigos, pediu a palavra e cravou longo tempo os olhos no orador estreante. Depois sacou do bolso um maço de jornais e um folheto, concertou a garganta e disse:

— "Mandaram-nos do Rio de Janeiro o nobre deputado que me precedeu nesta tribuna. Diziam que era uma ilustração fluminense, destinada a arrasar os talentos da província. Imediatamente, Sr. presidente, tratei de obter as obras do nobre deputado.

"Aqui tenho eu, Sr. presidente, o *Caramanchão Literário*, folha redigida pelo meu adversário, e o volume dos *Goivos e Camélias*. Tenho lá em casa mais outras obras. Abramos os *Goivos e Camélias*.

O Sr. Luís Tinoco: — O nobre deputado está fora da ordem! (*Apoiados*).

— *O orador*: — Continuo, Sr. Presidente; aqui tenho os *Goivos* e *Camélias*. Vejamos um *goivo*.

A Ela.

Quem és tu que me atormentas
Com teus prazenteiros sorrisos?
Quem és tu que me apontas
As portas dos paraísos?

Imagem do céu és tu?
És filha da divindade?
Ou vens prender em teus cabelos
A minha liberdade?

"Vê, V. Exª, Sr. presidente, que nesse tempo o nobre deputado era inimigo de todas as leis opressoras. A assembléia tem visto como ele trata as leis do metro."

Todo o resto do discurso foi assim. A minoria protestou, Luís Tinoco fez-se de todas as cores, e a sessão acabou em risada. No dia seguinte os jornais amigos de Luís Tinoco agradeceram ao adversário deste o triunfo que lhe proporcionou mostrando à província "uma antiga e brilhante face do talento do ilustre deputado". Os que indecorosamente riram dos versos, foram condenados com estas poucas linhas: "Há dias um deputado governista disse que a situação era uma caravana de homens honestos e bons. É caravana, não há dúvida; vimos ontem os seus camelos."

Nem por isso Luís Tinoco ficou mais consolado. As cartas do deputado ao Dr. Lemos começaram a escassear, até que de todo cessaram de aparecer. Decorreram assim silenciosos uns três anos, ao cabo dos quais o Dr. Lemos foi nomeado não sei para que cargo na província onde se achava Luís Tinoco. Partiu. Apenas empossado do cargo, tratou de procurar o ex-poeta, e pouco tempo gastou, recebendo logo um convite dele para ir a um estabelecimento rural onde se achava.

— Há de me chamar ingrato, não? disse Luís Tinoco, apenas viu assomar à porta de casa o Dr. Lemos. Mas não sou; contava ir vê-lo daqui a um ano; e se lhe não escrevi... Mas que tem, doutor? está espantado?

O Dr. Lemos estava efetivamente pasmado a olhar para a figura de Luís Tinoco. Era aquele o poeta dos *Goivos e Camélias*, o eloqüente deputado, o fogoso publicista? O que ele tinha diante de si era um honrado e pacato lavrador, ar e maneiras rústicas, sem o menor vestígio das atitudes melancólicas do poeta, do gesto arrebatado do tribuno, — uma transformação, uma criatura muito outra e muito melhor.

Riram-se ambos, um da mudança, outro do espanto, pedindo o Dr. Lemos a Luís Tinoco lhe dissesse se era certo haver deixado a política, ou se aquilo eram apenas umas férias para renovar a alma.

— Tudo lhe explicarei, doutor, mas há de ser depois de ter examinado a minha casa e a minha roça, depois de lhe apresentar minha mulher e meus filhos...

— Casado?

— Há vinte meses.

— E não me disse nada!

— Ia este ano à corte e esperava surpreendê-lo... Que duas criancinhas as minhas... lindas como dois anjos. Saem à mãe, que é a flor da província. Oxalá se pareçam também com ela nas qualidades de dona de casa; que atividade! que economia!...

Feita a apresentação, beijadas as crianças, examinado tudo, Luís Tinoco declarou ao Dr. Lemos que definitivamente deixara a política.

— De vez?

— De vez.

— Mas que motivo? desgostos, naturalmente.

— Não; descobri que não era fadado para grandes destinos. Um dia leram-me na assembléia alguns versos meus. Reconheci então quanto eram pífios os tais versos; e podendo vir mais tarde a olhar com a mesma lástima e igual arrependimento para as minhas obras políticas, arrepiei carreira e deixei a vida pública. Uma noite de reflexão e nada mais.

— Pois teve ânimo?...

— Tive, meu amigo, tive ânimo de pisar terreno sólido, em vez de patinhar nas ilusões dos primeiros dias. Eu era um ridículo poeta e talvez ainda mais ridículo orador. Minha vocação era esta. Com poucos anos mais estou rico. Ande agora beber o café que nos espera e feche a boca, que as moscas andam no ar.

O RELÓGIO DE OURO

Agora contarei a história do relógio de ouro. Era um grande cronômetro, inteiramente novo, preso a uma elegante cadeia. Luís Negreiros tinha muita razão em ficar boquiaberto quando viu o relógio em casa, um relógio que não era dele, nem podia ser de sua mulher. Seria ilusão dos seus olhos? Não era; o relógio ali estava sobre uma mesa da alcova, a olhar para ele, talvez tão espantado, como ele, do lugar e da situação.

Clarinha não estava na alcova quando Luís Negreiros ali entrou. Deixou-se ficar na sala, a folhear um romance, sem corresponder muito nem pouco ao ósculo com que o marido a cumprimentou logo à entrada. Era uma bonita moça esta Clarinha, ainda que um tanto pálida, ou por isso mesmo. Era pequena e delgada; de longe parecia uma criança; de perto, quem lhe examinasse os olhos, veria bem que era mulher como poucas. Estava molemente reclinada no sofá, com o livro aberto,e os olhos no livro, os olhos apenas, porque o pensamento, não tenho certeza se estava no livro, se em outra parte. Em todo o caso parecia alheia ao marido e ao relógio.

Luís Negreiros lançou mão do relógio com uma expressão que eu não me atrevo a descrever. Nem o relógio, nem a corrente eram dele; também não eram de pessoas suas conhecidas. Tratava-se de uma charada. Luís Negreiros gostava de charadas, e passava por ser decifrador intrépido; mas gostava de charadas nas folhinhas ou nos jornais. Charadas palpáveis ou cronométricas, e sobretudo sem conceito, não as apreciava Luís Negreiros.

Por este motivo, e outros que são óbvios, compreenderá o leitor que o esposo de Clarinha se atirasse sobre uma cadeira, puxasse raivosamente os cabelos, batesse com o pé no chão, e lançasse o relógio e a corrente para cima da mesa. Terminada esta primeira manifestação de furor, Luís Negreiros pegou de novo nos fatais objetos, e de novo os examinou. Ficou na mesma. Cruzou os braços durante algum tempo e refletiu sobre o caso, interrogou todas as suas recordações, e concluiu no fim de tudo que, sem uma explicação de Clarinha, qualquer procedimento fora baldado ou precipitado.

Foi ter com ela.

Clarinha acabava justamente de ler uma página e voltava a folha com o ar indiferente e tranqüilo de quem não pensa em decifrar charadas de cronômetro. Luís Negreiros encarou-a; seus olhos pareciam dois reluzentes punhais.

— Que tens? perguntou a moça com a voz doce e meiga que toda a gente concordava em lhe achar.

Luís Negreiros não respondeu à interrogação da mulher; olhou algum tempo para ela; depois deu duas voltas na sala, passando a mão pelos cabelos, por modo que a moça de novo lhe perguntou:

— Que tens?

Luís Negreiros parou defronte dela.

— Que é isto? disse ele tirando do bolso o fatal relógio e apresentando-lho diante dos olhos. Que é isto? repetiu ele com voz de trovão.

Clarinha mordeu os beiços e não respondeu. Luís Negreiros esteve algum tempo com o relógio na mão e os olhos na mulher, a qual tinha os seus olhos no livro. O silêncio era profundo. Luís Negreiros foi o primeiro que o rompeu, atirando estrepitosamente o relógio ao chão, e dizendo em seguida à esposa:

— Vamos, de quem é aquele relógio?

Clarinha ergueu lentamente os olhos para ele, abaixou-os depois, e murmurou:

— Não sei.

Luís Negreiros fez um gesto como de quem queria esganá-la; conteve-se. A mulher levantou-se, apanhou o relógio e pô-lo sobre uma mesa pequena. Não se pôde sofrer Luís Negreiros. Caminhou para ela, e, segurando-lhe nos pulsos com força, lhe disse:

— Não me responderás, demônio? Não me explicarás esse enigma?

Clarinha fez um gesto de dor, e Luís Negreiros imediatamente lhe soltou os pulsos que estavam arrochados. Noutras circunstâncias é provável que Luís Negreiros lhe caísse aos pés e pedisse perdão de a haver machucado. Naquele nem se lembrou disso; deixou-a no meio da sala e entrou a passear de novo, sempre agitado, parando de quando em quando, como se meditasse algum desfecho trágico.

Clarinha saiu da sala.

Pouco depois veio um escravo dizer que o jantar estava na mesa.

— Onde está a senhora?

— Não sei, não senhor.

Luís Negreiros foi procurar a mulher; achou-a numa saleta de costura, sentada numa cadeira baixa, com a cabeça nas mãos a soluçar. Ao ruído que ele fez na ocasião de fechar a porta atrás de si, Clarinha levantou a cabeça, e Luís Negreiros pôde ver-lhe as faces úmidas de lágrimas. Esta situação foi ainda pior para ele que a da sala. Luís Negreiros não podia ver chorar uma mulher, sobretudo a dele. Ia enxugar-lhe as lágrimas com um beijo, mas reprimiu o gesto, e caminhou frio para ela; puxou uma cadeira e sentou-se em frente de Clarinha.

— Estou tranqüilo, como vês, disse ele, responde-me ao que te perguntei com a franqueza que sempre usaste comigo. Eu não te acuso nem suspeito nada de ti. Quisera simplesmente saber como foi parar ali aquele relógio. Foi teu pai que o esqueceu cá?

— Não.

— Mas então...

— Oh! não me perguntes nada! exclamou Clarinha; ignoro como esse relógio se acha ali... Não sei de quem é... deixa-me.

— É demais! urrou Luís Negreiros, levantando-se e atirando a cadeira ao chão.

Clarinha estremeceu, e deixou-se ficar aonde estava. A situação tornava-se cada vez mais grave; Luís Negreiros passeava cada vez mais agitado, revolvendo os olhos nas órbitas, e parecendo prestes a atirar-se sobre a infeliz esposa. Esta, com os cotovelos no regaço e a cabeça nas mãos, tinha os olhos encravados na parede. Correu assim cerca de um quarto de hora. Luís Negreiros ia de novo interrogar a esposa, quando ouviu a voz do sogro, que subia as escadas gritando:

— Ó seu Luís! ó seu malandrim!

— Aí vem teu pai! disse Luís Negreiros; logo me pagarás.

Saiu da sala de costura e foi receber o sogro, que já estava no meio da sala, fazendo vira-voltas com o chapéu de sol, com grande risco das jarras e do candelabro.

— Vocês estavam dormindo? perguntou o Sr. Meireles tirando o chapéu e limpando a testa com um grande lenço encarnado.

— Não, senhor, estávamos conversando...

— Conversando?... repetiu Meireles.

E acrescentou consigo:

— Estavam de arrufos... é o que há de ser.

Vamos justamente jantar, disse Luís Negreiros. Janta conosco?

— Não vim cá para outra causa, acudiu Meireles; janto hoje e amanhã também. Não me convidaste, mas é o mesmo. — Não o convidei?...

— Sim, não fazes anos amanhã?

— Ah! é verdade...

Não havia razão aparente para que, depois destas palavras ditas com um tom lúgubre, Luís Negreiros repetisse, mas desta vez com um tom descomunalmente alegre:

— Ah! é verdade!...

Meireles, que já ia pôr o chapéu num cabide do corredor, voltou-se espantado para o genro, em cujo rosto leu a mais franca, súbita e inexplicável alegria.

— Está maluco! disse baixinho Meireles.

— Vamos jantar, bradou o genro, indo logo para dentro, enquanto Meireles seguindo pelo corredor ia ter à sala de jantar.

Luís Negreiros foi ter com a mulher na sala de costura, e achou-a de pé, compondo os cabelos diante de um espelho:

— Obrigado, disse.

A moça olhou para ele admirada.

— Obrigado, repetiu Luís Negreiros; obrigado e perdoa-me.

Dizendo isto, procurou Luís Negreiros abraçá-la; mas a moça, com um gesto nobre, repeliu o afago do marido e foi para a sala de jantar.

— Tem razão! murmurou Luís Negreiros.

Daí a pouco achavam-se todos três à mesa do jantar, e foi servida a sopa, que Meireles achou, como era natural, de gelo. Ia já fazer um discurso a respeito da incúria dos criados, quando Luís Negreiros confessou que toda a culpa era dele, porque o jantar estava há muito na mesa. A declaração apenas mudou o assunto do discurso, que versou então sobre a terrível cousa que era um jantar requentado, — *qui ne valut jamais rien.*[17]

Meireles era um homem alegre, pilhérico, talvez frívolo demais para a idade, mas em todo o caso interessante pessoa. Luís Negreiros gostava muito dele, e via correspondida essa afeição de parente e de amigo, tanto mais sincera quanto que Meireles só tarde e de má vontade lhe dera a filha. Durou o namoro cerca de quatro

17. Francês: "que nunca valeu nada".

anos, gastando o pai de Clarinha mais de dois em meditar e resolver o assunto do casamento. Afinal deu a sua decisão, levado antes das lágrimas da filha que dos predicados do genro, dizia ele.

A causa da longa hesitação eram os costumes pouco austeros de Luís Negreiros, não os que ele tinha durante o namoro, mas os que tivera antes e os que poderia vir a ter depois. Meireles confessava ingenuamente que fora marido pouco exemplar, e achava que por isso mesmo devia dar à filha melhor esposo do que ele. Luís Negreiros desmentiu as apreensões do sogro; o leão impetuoso dos outros dias, tornou-se um pacato cordeiro. A amizade nasceu franca entre o sogro e o genro, e Clarinha passou a ser uma das mais invejadas moças da cidade.

E era tanto maior o mérito de Luís Negreiros quanto que não lhe faltavam tentações. O diabo metia-se às vezes na pele de um amigo e ia convidá-lo a uma recordação dos antigos tempos. Mas Luís Negreiros dizia que se recolhera a bom porto e não queria arriscar-se outra vez às tormentas do alto mar.

Clarinha amava ternamente o marido, e era a mais dócil e afável criatura que por aqueles tempos respirava o ar fluminense. Nunca entre ambos se dera o menor arrufo; a limpidez do céu conjugal era sempre a mesma e parecia vir a ser duradoura. Que mau destino lhe soprou ali a primeira nuvem?

Durante o jantar Clarinha não disse palavra. — ou poucas dissera, ainda assim as mais breves e em tom seco.

— Estão de arrufo, não há dúvida, pensou Meireles ao ver a pertinaz mudez da filha. Ou a arrufada é só ela, porque ele parece-me lépido.

Luís Negreiros efetivamente desfazia-se todo em agrados, mimos e cortesias com a mulher, que nem sequer olhava em cheio para ele. O marido já dava o sogro a todos os diabos, desejoso de ficar a sós com a esposa, para a explicação última, que reconciliaria os ânimos. Clarinha não parecia desejá-lo; comeu pouco e duas ou três vezes soltou-se-lhe do peito um suspiro.

Já se vê que o jantar, por maiores que fossem os esforços, não podia ser como nos outros dias. Meireles sobretudo achava-se acanhado. Não era que receiasse algum grande acontecimento em casa; sua idéia é que sem arrufos não se aprecia a felicidade, como sem tempestade não se aprecia o bom tempo. Contudo, a tristeza da filha sempre lhe punha água na fervura.

Quando veio o café, Meireles propôs que fossem todos três ao teatro; Luís Negreiros aceitou a idéia com entusiasmo Clarinha recusou secamente.

— Não te entendo hoje, Clarinha, disse o pai com um modo impaciente. Teu marido está alegre e tu pareces-me abatida e preocupada. Que tens?

Clarinha não respondeu; Luís Negreiros, sem saber o que havia de dizer, tomou a resolução de fazer bolinhas de miolo de pão. Meireles levantou os ombros.

— Vocês lá se entendem, disse ele. Se amanhã, apesar de ser o dia que é, vocês estiverem do mesmo modo, prometo-lhes que nem a sombra me verão.

— Oh! há de vir, ia dizendo Luís Negreiros, mas foi interrompido pela mulher, que desatou a chorar.

O jantar acabou assim triste e aborrecido. Meireles pediu ao genro que lhe explicasse o que aquilo era, e este prometeu que lhe diria tudo em ocasião oportuna.

Pouco depois saía o pai de Clarinha protestando de novo que, se no dia seguinte os achasse do mesmo modo, nunca mais voltaria a casa deles, e que se havia cousa pior que um jantar frio ou requentado, era um jantar mal digerido. Este axioma valia o de Boileau, mas ninguém lhe prestou atenção.

Clarinha fora para o quarto; o marido, apenas se despediu do sogro, foi ter com ela. Achou-a sentada na cama, com a cabeça sobre uma almofada, e soluçando. Luís Negreiros ajoelhou-se diante dela e pegou-lhe numa das mãos.

— Clarinha, disse ele, perdoa-me tudo. Já tenho a explicação do relógio; se teu pai não me fala em vir jantar amanhã, eu não era capaz de adivinhar que o relógio era um presente de anos que tu me fazias.

Não me atrevo a descrever o soberbo gesto de indignação com que a moça se pôs de pé quando ouviu estas palavras do marido. Luís Negreiros olhou para ela sem compreender nada. A moça não disse uma nem duas; saiu do quarto e deixou o infeliz consorte mais admirado que nunca.

— Mas que enigma é este? perguntava a si mesmo Luís Negreiros. Se não era um mimo de anos, que explicação pode ter o tal relógio?

A situação era a mesma que antes do jantar. Luís Negreiros assentou de descobrir tudo naquela noite. Achou, entretanto, que era conveniente refletir maduramente no caso e assentar numa resolução que fosse decisiva. Com este propósito recolheu-se ao seu gabinete, e ali recordou tudo o que se havia passado desde que chegara a casa. Pesou friamente todas as razões, todos os incidentes, e buscou reproduzir na memória a expressão do rosto da moça, em toda aquela tarde. O gesto de indignação e a repulsa quando ele a foi abraçar na sala de costura, eram a favor dela; mas o movimento com que mordera os lábios no momento em que ele lhe apresentou o relógio, as lágrimas que lhe rebentaram à mesa, e mais que tudo o silêncio que ela conservava a respeito da procedência do fatal objeto, tudo isso falava contra a moça.

Luís Negreiros, depois de muito cogitar, inclinou-se à mais triste e deplorável das hipóteses. Uma idéia má começou a enterrar-se-lhe no espírito, à maneira de verruma, e tão fundo penetrou, que se apoderou dele em poucos instantes. Luís Negreiros era homem assomado quando a ocasião o pedia. Proferiu duas ou três ameaças, saiu do gabinete e foi ter com a mulher.

Clarinha recolhera-se de novo ao quarto. A porta estava apenas cerrada. Eram nove horas da noite. Uma pequena lamparina alumiava escassamente o aposento. A moça estava outra vez assentada na cama, mas já não chorava; tinha os olhos fitos no chão. Nem os levantou quando sentiu entrar o marido.

Houve um momento de silêncio.

Luís Negreiros foi o primeiro que falou.

— Clarinha, disse ele, este momento é solene. Responde-me ao que te pergunto desde esta tarde?

A moça não respondeu.

— Reflete bem, Clarinha, continuou o marido. Podes arriscar a tua vida.

A moça levantou os ombros.

Uma nuvem passou pelos olhos de Luís Negreiros. O infeliz marido lançou as mãos ao colo da esposa e rugiu:

— Responde, demônio, ou morres!

Clarinha soltou um grito.

— Espera! disse ela.

Luís Negreiros recuou.

— Mata-me, disse ela, mas lê isto primeiro. Quando esta carta foi ao teu escritório já te não achou lá: foi o que o portador me disse.

Luís Negreiros recebeu a carta, chegou-se à lamparina e leu estupefato estas linhas:

"Meu nhonhô. Sei que amanhã fazes anos; mando-te esta lembrança. — Tua *Iaiá*."

Assim acabou a história do relógio de ouro.

PONTO DE VISTA

I

A D. LUÍSA P..., EM JUIZ DE FORA.

Corte, 5 de outubro.

Não me dirá a quem entregou você as encomendas que lhe pedi? Na sua carta vem mal escrito o nome do portador; e até hoje nem sombra dele, quem quer que seja. Será o Luís?

Ouvi dizer que você vinha para cá passar algum tempo; estimaria muito que assim fosse. Havia de gostar disto agora, apesar do calor, que tem sido forte. Hoje entretanto temos um dia excelente.

Ou então, no caso de não vir, estimaria muito ir eu para lá; mas papai, como você sabe, ninguém há que o tire dos seus cômodos; e mamãe anda meia adoentada. Vontade teria ela de me ser agradável, mas eu é que não sou tão egoísta. E olhe que perco muito; porque, além de ir ver a minha melhor amiga, iria ao mesmo tempo verificar se é verdade que ainda não tem esperanças de um nené. Alguém me disse que sim. Por que nega você isso?

Esta carta irá amanhã. Escreva-me logo; e dê muitas lembranças a seu marido, minhas e de todos nós. Adeus.

RAQUEL.

II

À MESMA.

Corte, 15 de outubro.

Gastou muitos dias, mas veio uma carta longa, e, apesar disso, curta. Obrigada pelo trabalho; peço-lhe que o repita; aborreço os seus bilhetinhos, escritos às carreiras, com o pensamento... em quem? Nesse marido cruel que só cuida de eleições, segundo li outro dia. Eu escrevo cartinhas quando não tenho tempo para mais. Mas quando me sobra tempo escrevo cartões. Creio que disse uma tolice; desculpe-me.

Vieram as encomendas logo no dia seguinte ao da minha última carta. E que quer você que eu lhe mande? Tenho aqui uns figurinos recebidos ontem, mas não há portador. Se puder arranjar algum por estes dias irá também um romance que me trouxeram esta semana. Chama-se *Ruth*. Conhece?

A Mariquinhas Rocha vai casar. Que pena! tão bonitinha, tão boa, tão criança, vai casar... com um sujeito velho! E não é só isto: casa-se por amor. Eu duvidei de semelhante cousa; mas todos dizem que tanto o pai como os mais parentes procuraram dissuadi-la de semelhante projeto; ela porém insistiu de maneira que ninguém mais se lhe opôs.

A falar verdade, ele não está a cair de maduro; é velho, mas elegante, gamenho, robusto, alegre, diz muitas pilhérias e parece que tem bom coração. Não era eu que caía apesar de tudo isto. Que consórcio pode haver entre uma rosa e uma carapuça?

Antes, mil vezes antes, casasse ela com o filho do noivo; esse sim, é um rapaz digno de merecer uma moça como ela. Dizem que é um bandoleiro dos quatro costados; mas você sabe que eu não creio em bandoleiros. Quando uma pessoa quer, vence o coração mais versátil deste mundo.

O casamento parece que será daqui a dois meses. Irei naturalmente às exéquias, quero dizer às bodas. Pobre Mariquinhas! Lembra-se das nossas tardes no colégio? Ela era a mais quieta de todas, e a mais cheia de melancolia. Parece que adivinhava este destino.

Papai aprovou muito a escolha dela; faz-lhe muitos elogios como pessoa de juízo, e chegou a dizer que eu devia fazer o mesmo. Que lhe parece? Eu se tivesse de seguir algum exemplo, seguia o da minha Luísa; essa sim, é que teve dedo para escolher... Não mostre esta carta a seu marido; é capaz de arrebentar de vaidade.

E você não vem para cá? É pena; dizem que vamos ter companhia lírica, e mamãe está melhor. Quer dizer que vou passar algum tempo de vida excelente. O futuro enteado da Mariquinhas, o tal que ela devia escolher em lugar do pai, afirma que a companhia é magnífica. Seja ou não, é mais um divertimento. E você lá na roça!...

Vou jantar; adeus. Escreva-me quando puder, mas nada de cartas microscópicas. Ou muito ou nada.

RAQUEL.

III

À MESMA.

Corte, 17 de outubro.

Escrevi-lhe anteontem uma carta, e acrescento hoje um bilhetinho (sem exemplo) para dizer que o velho noivo da Mariquinhas inspirou paixão a outra moça, que adoeceu de desespero. É uma história complicada. Compreende isto? Se fosse o filho vá; mas o pai!

RAQUEL.

IV

À MESMA.

Corte, 30 de outubro.

Muito velhaca é você. Então porque lhe falei duas ou três vezes no rapaz, imagina logo que estou apaixonada por ele? Papai nestes casos costuma dizer que é falta de lógica.

Eu digo que é falta de amizade.

E provo.

Pois se eu tivesse algum namoro, afeição ou cousa assim, a quem diria em primeiro lugar senão a você? Não fomos durante tanto tempo confidentes uma da outra? Supor-me tão reservada é não me ter amizade nenhuma; porque a falta de afeição é que traz a injustiça.

Não, Luísa, eu nada sinto por esse moço, a quem conheço de poucos dias. Falei nele algumas vezes por comparação com o pai; se eu estivesse disposta a casar-me, certamente que preferia o moço ao velho. Mas é só isto e nada mais.

Nem imagine que o Dr. Alberto (é o nome dele) vale muito; é bonito e elegante, mas tem ar pretensioso e parece-me um espírito curto. Você sabe como eu sou exigente nesses assuntos. Se eu não achar marido como imagino, fico solteira toda a minha vida. Antes isso, que ficar presa a um cepo, ainda que esbelto.

Também não basta ter os predicados que eu imagino para me seduzir logo. Anda agora aqui em casa um sujeito que nos foi apresentado há pouco tempo; qualquer outra moça ficava presa pelas maneiras dele; a mim não me faz a menor impressão.

E por quê?

A razão é simples; toda a graça que ele ostenta, toda a afeição que simula, todos os cortejos que me faz, quer saber o que é, Luísa? é que eu sou rica. Descanse; quando me aparecer aquele que o céu me destina, você será a primeira a ter notícia. Por ora estou livre, como as andorinhas que estão agora a passear na chácara.

E para vingar-me da calúnia, não escrevo mais. Adeus.

RAQUEL.

V

À MESMA.

Corte, 15 de novembro.

Estive doente estes dois dias; foi uma constipação forte que apanhei saindo do Ginásio, onde fui ver uma peça nova, muito falada e muito insípida.

Sabe você quem estava lá? A Mariquinhas com o noivo no camarote, e o enteado também, o futuro enteado, se Deus quiser. Não se pode imaginar como ela parecia contente, como ela conversava com o noivo! E olhe que de longe, à luz do gás, o tal velho é quase tão moço como o filho. Quem sabe? Bem pode ser que ela viva feliz!

Dou-lhe muitos parabéns pela notícia que me dá de que brevemente veremos um nené. A mamãe também lhe manda parabéns. O Luís leva com esta carta uns figurinos.

RAQUEL.

VI

À MESMA.

Corte, 27 de novembro.

A sua carta chegou quando estávamos almoçando, e foi bom tê-la lido depois, porque se a leio antes não acabava de almoçar. Que história é essa, e quem lhe meteu na cabeça semelhante cousa? Eu, namorada do Alberto! Isso é caçoada de mau gosto, Luísa! Se alguém lhe mandou dizer tal, teve certamente intenção de me envergonhar. Se você o conhecesse, não era necessário este meu protesto. Já lhe disse as boas qualidades dele, mas os seus defeitos são para mim superiores às qualidades. Você bem sabe como eu sou; para mim a menor nódoa destrói a maior alvura. Uma estátua... estátua é o termo próprio, porque o tal Alberto tem certa rigidez escultural.

Ah! Luísa, o homem que o céu me destina ainda não veio. Sei que não veio porque ainda não senti dentro de mim aquele estremecimento simpático que indica a harmonia de duas almas. Quando ele vier, fique certa de que será a primeira a quem eu confiarei tudo.

Dir-me-á que, se eu sou assim fatalista, devo admitir a possibilidade de um marido sem todas as condições que exijo.

Engano.

Deus que me fez assim, e me deu esta percepção íntima para conhecer e amar a superioridade, Deus me há de deparar uma criatura digna de mim.

E agora que me expliquei deixe-me ralhar-lhe um pouco. Por que motivo dá tão facilmente ouvidos a uma calúnia contra mim? Você que me conhece há tanto devia ser a primeira a pôr de quarentena esses ditos sem senso comum. Por que o não fez?

Gastou você duas páginas para defender a Mariquinhas. Eu não a acuso; deploro-a. Pode ser que o noivo venha a ser um excelente marido, mas não creio que esteja na altura dela. E é neste sentido que eu a deploro.

A nossa divergência tem natural explicação. Eu sou uma moça solteira, cheia de caraminholas, sonhos, ambições e poesia; você é já uma dona-de-casa, esposa tranqüila e feliz, mãe de família dentro de pouco tempo; vê a cousa por outro prisma.

Será isto?

Parece que a companhia lírica não vem. A cidade está hoje muito alegre; andam bandas de música nas ruas; chegaram boas notícias do Paraguai. Naturalmente sairemos hoje; não tem saudades de cá?

Adeus.

Lembranças de todos a seu marido.

RAQUEL.

VII

À MESMA.

Corte, 20 de dezembro.

Tem razão; pareço ingrata. Há quase um mês que lhe não escrevo, apesar de ter recebido já duas cartas. Seria longo explicar esta demora, e eu infelizmente não tenho tempo para tanto, porque estão aqui, alguns dias, as primas Alvarengas.

Como que então, você confessa que apenas me quis experimentar? Eu logo vi que ninguém lhe poderia dizer semelhante cousa a respeito do Dr. Alberto.

O casamento da Mariquinhas está marcado para véspera de Reis. Iremos assistir ao sacrifício. Desculpe-me, Luísa; bem sabe como sou sarcástica, e às vezes... Desculpe-me, sim?

E todavia, quer saber uma cousa? Mudei de opinião a certo respeito. Hoje penso que antes o pai que o filho. Que espírito frívolo! que sujeito superficial e tolo é o tal Alberto! O pai é grave e sabe ser amável; e é amável sem deixar de ser grave. Tem uma distinção própria, uma conversa animada, é engenhoso e sagaz.

Mil vezes o velho... para ela.

Pergunta-me o que farei eu no caso de nunca encontrar o ideal que procuro? Já lhe disse: nesse caso fico solteira. O casamento é uma grande cousa, é a flor dos estados, concordo; mas é mister que não seja um cativeiro, e cativeiro é tudo o que não realiza as nossas aspirações íntimas.

Agradeço os seus conselhos, mas quer que lhe diga? Você fala como quem é feliz; parece-lhe que o casamento, quaisquer que sejam as condições, é um antegosto do paraíso.

Creio que nem sempre há de ser, assim.

Verdade é que, dependendo as cousas das impressões de cada um, a Mariquinhas pode ser feliz, visto que o marido que escolheu parece falar-lhe ao coração. Não o nego; mas, nesse caso, continuo a lastimá-la, porque (repito) não compreendo a união de uma flor com uma carapuça. E não escrevo mais por não dizer mal dela. Perdoe-me você estas tolices, e creia que sou amiga, agora e sempre.

RAQUEL.

VIII

À MESMA.

Corte, 8 de janeiro.

Casou-se a Mariquinhas. Festa íntima, mas brilhante. A noiva estava esplêndida, risonha, orgulhosa. O mesmo se pode dizer do noivo, que parecia ainda mais moço do que me parecera uma vez no teatro, a ponto de me fazer desconfiar da velhice dele. A cada instante cuidava que o homem tirava a máscara e confessava ser irmão do filho.

Perguntar-me-á você se eu não tive inveja?

Confesso que sim.

Não sei bem se era inveja; confesso porém que suspirei quando vi a nossa formosa Mariquinhas com o seu véu e sua grinalda de flores de laranja, derramar um olhar tão celeste em torno de si, feliz por se despedir deste mundo de futilidades como é a vida de uma moça solteira.

Suspirei, é verdade.

Se naquela mesma noite eu pudesse escrever o que senti, acredite você que teria uma página de literatura digna de figurar nos jornais.

Hoje tudo passou.

O que não passou, entretanto, porque existia antes e existirá sempre, porque nasceu comigo e comigo morrerá, é este sonho de uns amores que eu nunca vi na terra, uns amores que eu não posso exprimir, mas que devem existir, visto que eu tenho a imagem deles no espírito e no coração.

Mamãe, quando me vê aborrecida e devaneadora, costuma perguntar-me se estou respirando as nuvens. Ela ignora talvez que exprime com essa palavra o estado do meu espírito. Pensar nestas cousas não é ir respirar as nuvens lá tão longe da terra?

Acabo de reler o que escrevi, e riscaria tudo se tivesse mais papel para escrever. Infelizmente não tenho, é meia-noite, e esta carta há de seguir amanhã cedo. Risque pois o que aí fica escrito; não vale a pena guardar tolices.

Novidade não há que mereça a pena de mencionar. Esquecia-me dizer-lhe que achei uma verdadeira qualidade no Dr. Alberto. Adivinha? Dança admiravelmente. Má língua! dirá você. E para que não diga mais nada, aqui me fico.

RAQUEL.

IX

À MESMA.

Corte, 10 de janeiro.

Isto é apenas um bilhetinho. Dou-lhe notícia de que vamos ter aqui uma representação familiar, como fazíamos no colégio. O Dr. Alberto foi encarregado de escrever a comédia; afiançam-me que há de sair boa. Representa comigo a Carlota. Os homens são o primo Abreu, o Juca e o Dr. Rodrigues. Ah! se você cá estivesse!

RAQUEL.

X

D. LUÍSA A D. RAQUEL.

Juiz de Fora, 15 de janeiro.

Meu marido quer ir à corte no fim do mês que vem. Ver-nos-emos enfim depois de alguns meses de separação. Escrevo apenas para lhe dar esta notícia que você há de estimar decerto.

E ao mesmo tempo o meu fim é preveni-la, a fim de que procure disfarçar na presença aquilo que me disfarça no papel.

Adeus.

Luísa.

XI

D. RAQUEL A D. LUÍSA.

Corte, 20 de janeiro.

O que é que eu disfarço no papel? Estou a meditar, a esquadrinhar, e nada descubro. Podia imaginar que você se refere ao assunto do Alberto; mas depois do que eu lhe escrevi seria demasiada insistência...

Explique-se.

Quanto à notícia que me dá de que vem cá, é para mim a sorte grande. Por mais que eu queira explicar no papel o prazer que sinto com isto, não posso. Não sei escrever; não me acodem as palavras próprias. O Dr. Alberto (o tal!) dizia outro dia que a língua humana é cabal para dizer o que se passa no espírito, mas incapaz de dizer o que vem do coração. E acrescentou esta sentença que é engenhosa, mas velha. Com os lábios fala a cabeça, com os olhos o coração.

Você porém adivinhará o que eu sinto e apressará a sua vinda. E o nené?

Raquel.

XII

À MESMA.

Corte, 28 de janeiro.

Faz um calor insuportável; mas como eu abri a janela que dá para o jardim, estou a ver o céu "todo recamado de estrelas" como dizem os poetas, e o espetáculo compensa o calor. Que noite, minha Luísa! Gosto imensamente destes grandes silêncios, porque então ouço-me a mim mesma, e vivo mais em cinco minutos de solidão do que em vinte horas de bulício.

A Mariquinhas Rocha esteve esta noite cá em casa com o marido. Ambos parecem felizes, ela ainda mais do que ele, o que se me afigura completa inversão das leis naturais.

Não se admira de me ouvir falar em "leis naturais"? A idéia não é minha, é do próprio enteado, o Dr. Alberto. Conversámos os dois a respeito das boas e santas qualidades de Mariquinhas, e eu dizia o que ela foi sempre desde criança.

— Criança é ainda ela, observou ele sorrindo. Não posso chamar madrasta a uma criatura que parece antes minha irmã mais moça.

— Na idade, sim, tornei eu; mas na circunspeção e na compostura é positivamente mais velha que o senhor.

Ele sorriu, mas de um sorriso amarelo, e continuou:

— Meu pai é feliz; minha madrasta parece ainda mais feliz que meu pai. Não é isto uma inversão das leis naturais?

Critique se lhe parece, a opinião do filho; mas aproveito a ocasião para dizer que na sua última carta há duas linhas em que parece ter um resto de suspeita. Mande-me dizer como quer que a convença de que ele é para mim uma criatura igual a tantas outras?

Ande, confesse que é cruel comigo, e disponha-se a um sermão na primeira ocasião em que estivermos juntas.

Sabe quem eu vi hoje? Dou-lhe um doce se adivinhar. O Garcia, aquele Garcia que a nam... Não, paremos aqui.

RAQUEL.

XIII

D. LUÍSA A D. RAQUEL.

Juiz de Fora, 10 de fevereiro.

Não confesso nada; não fui cruel. Tive uma suspeita e preferi dizê-la a guardá-la. A amizade manda isto mesmo. Por que razão deixaríamos nós aquela franqueza e confiança do tempo do colégio?

Acredito que realmente nada há, mas acredito também outra cousa. Estou a ver que é alguma figura grotesca, e que você foi antes ofendida na vaidade que no coração. Vá, confesse isso.

Sabe você uma cousa? Está-me parecendo mais poeta do que era, mais romanesca, mais cheia de caraminholas. Bem sei que a idade explica muita cousa; mas há um limite, Raquel; não confunda o romance com a vida, ou viverá desgraçada...

... Um sermão! aí começava eu a fazer-lhe um sermão chocho e insulso, e sobretudo ineficaz. Venhamos a cousas mais de prosa. Meu marido quer entrar na política. Não se arrepia com esta palavra? Política e lua-de-mel, que duas cousas tão inimigas! Mas será o que Deus quiser. Lembranças dele e minhas a sua mamãe e a você. Até breve.

LUÍSA.

XIV

D. RAQUEL A D. LUÍSA.

Corte, 15 de fevereiro.

Engana-se quando supõe que o Dr. Alberto é uma figura grotesca; já lhe disse que é rapaz elegante; e até aquele ar compassado e escultural que eu lhe achava, até isso parece ter desaparecido desde que tem intimidade conosco.

Não foi pois a minha vaidade que se ofendeu; não foi também o meu coração. Senti que você não me acreditasse, nada mais.

Eu podia fazer-lhe agora uma dissertação a respeito do amor; mas retraio a pena por me lembrar que iria ensinar o *padre-nosso* ao vigário.

Seu marido quer entrar na política? Vai você admirar-se da minha opinião a este respeito, que não parece opinião de uma devaneadora, como você me chama. Eu penso que a política para você tem uma onça de inconvenientes e uma libra de vantagens.

A política há de ser uma rival, mas pesadas as cousas antes essa que outra. Essa ao menos ocupa o espírito e a vida; mas deixa o coração livre e puro. Demais, eu nem sempre sou a cismadora que tens na cabeça; sinto um grãozinho de ambição comigo, a ambição de ser... *ministra*. Ri-se? Eu também me rio, o que prova que o meu espírito anda despreocupado e livre, livre como a pena que me corre agora no papel, produzindo uma letra que não sei se entenderá. Adeus.

RAQUEL.

XV

O DR. ALBERTO A D. RAQUEL.

18 de fevereiro.

Perdoe-me a audácia; peço-lhe de joelhos uma resposta que os seus olhos teimam em me não dar. Não lhe digo no papel o que sinto; não o poderia exprimir cabalmente. Mas o seu espírito há de ter compreendido o que se passa no meu coração, há de ter lido no meu rosto aquilo que eu nunca me atreveria a dizer de viva voz.

ALBERTO.

XVI

D. RAQUEL A D. LUÍSA.

21 de fevereiro.

Mamãe estava com disposições de ir visitá-la; mas eu infelizmente não me acho boa, e adiamos a viagem. Quando desempenha você a sua palavra vindo passar alguns dias na corte? Conversaríamos muito.

RAQUEL.

XVII

À MESMA.

5 de março.

Não é carta; é apenas um bilhetinho. Não me dirá o que é o coração humano? Um logogrifo. Mistério! exclamará você ao ler estas linhas. Pois será.

RAQUEL.

XVIII

ALBERTO A D. RAQUEL.

8 de março.

Oh! não sabe como lhe agradeço a sua carta! Enfim veio! Foi um raio de luz entre as sombras da minha incerteza. Sou amado? Não me ilude? Também sente esta paixão que me devora o peito, capaz de levar-me ao céu, capaz de levar-me ao inferno?

Tem razão quando me pergunta se o não percebera já nos seus olhos. É verdade que eu julguei ler neles a minha felicidade. Mas podia iludir-me; supus que a suprema felicidade não era tão pronta, e se me iludisse, não sei se viveria...

Por que razão duvida de mim? por que motivo receia que o meu amor seja um passatempo de sala? Que mortal haveria neste mundo que brincasse com a coroa de glória trazida à terra nas mãos de um anjo?

Não, Raquel... perdão se lhe chamo assim! Não, o meu amor é imenso, casto, sincero, como os verdadeiros amores.

Uma só palavra sua e podemos converter esta paixão no mais doce e delicioso estado de bem-aventurança. Quer ser minha esposa? Diga, responda essa palavra.

ALBERTO.

XIX

D. LUÍSA A D. RAQUEL.

Juiz de Fora, 10 de março.

O coração é um mar, sujeito à influência da lua e dos ventos. Serve-lhe esta definição? Pena foi que o bilhetinho não tivesse mais quatro linhas: saberia agora tudo. Ainda assim adivinho alguma cousa; adivinho que ama.

LUISA.

XX

À MESMA.

Juiz de Fora, 17 de março.

A 10 deste mês escrevi-lhe uma carta de que ainda não obtive resposta.

Por quê?

Já me lembrou se estaria doente; mas creio que se assim fosse ter-me-iam mandado dizer.

Esta carta vai por mão própria; o portador não volta cá; mas sendo por mão própria tenho certeza de que lhe será entregue. E quero que me responda imediatamente.

Vá; um esforço.

Adeus.

LUÍSA.

XXI

D. LUÍSA A D. RAQUEL.

Juiz de Fora, 24 de março.

Nada até hoje! Que é isso, Raquel?

O portador da minha carta anterior mandou-me dizer que lhe havia entregue em mão própria; não estava doente; por que razão este esquecimento? Esta é a última; se me não escrever, acreditarei que outra amiga lhe merece mais, e que você esqueceu a confidente do colégio.

LUÍSA.

XXII

D. RAQUEL A D. LUÍSA.

Corte, 30 de março.

Esquecer-me de você? Está louca! Onde acharia eu melhor amiga nem tão boa? Não tenho escrito, é verdade, por mil razões, a qual mais justa, sendo a principal delas, ou antes a que as resume todas, uma razão... Não sei como lhe diga isto.

Amor?

Ah! Luísa, o mais puro e ardente que pode imaginar, e o mais inesperado também. Aquela devaneadora que você conhece, a que vive nas nuvens, viu lá mesmo das nuvens o esperado do seu coração, tal qual o sonhara um dia e desesperara de achar jamais.

Não lhe posso dizer mais nada, não sei. Tudo o que eu poderia escrever aqui estaria abaixo da realidade. Mas venha, venha, e talvez leia no meu rosto a felicidade que experimento, e no *dele* o sinal característico daquela superioridade que eu ambicionei sempre e tão rara é na terra.

Enfim, sou feliz!

RAQUEL.

XXIII

D. LUÍSA A D. RAQUEL.

Juiz de Fora, 8 de abril.

Chegou enfim uma carta, e chegou a tempo, porque eu já estava disposta a esquecer-me de você. Ainda assim não lhe perdoava, se não fosse a razão... Céus! que razão! Ama enfim? achou o homem... quero dizer, o arcanjo que procurava a minha cismadora? Que figura tem? é bonito? é alto? é baixo? Vá, diga-me tudo.

Agora vejo que estive a pique de fazê-la perder a sua felicidade. Tanto lhe falei no tal Dr. Alberto, que, era bem possível, como às vezes acontece, vir a namorar-se dele, e então quando o outro chegasse... era tarde.

E diga-me; será ele velho como o da Mariquinhas Rocha? Não se zangue, Raquel, mas o peixe morre pela boca, e era possível que você fosse castigada por ter falado dela. Pela minha parte, não acharia que dizer, uma vez que ele a amasse e fosse homem digno de casar com a minha Raquel. Em todo o caso, antes um moço.

Não me atrevo a pedir-lhe o retrato; mas meu marido pede-lho. Não se zangue, eu contei tudo, e ele manda-lhe muitos parabéns. Os meus, irei eu mesma levá-los.

Luísa

XXIV

D. RAQUEL AO DR. ALBERTO.

10 de abril.

Estou muito zangada por não teres vindo ontem; cedo começas a esquecer-me.

Vem hoje ou eu fico zangada. Ao mesmo tempo quero que me tragas um retrato dos teus; é um segredo.

Ontem perdeste muito; esteve aqui a G... e naturalmente sentiu a tua falta. Sentes isso, não? Pobre da Raquel! Adeus.

Raquel.

XXV

O DR. ALBERTO A D. RAQUEL.

10 de abril.

Perdoa-me se não fui ontem lá; em compensação pensei muito em ti.

Teu pai pediu-me que eu fosse jantar hoje com a família; espera-me cedo.

Levarei nessa ocasião o meu retrato, sem saber para que é; mas espero que não será para cousa má.

Quanto à G... eu já não sei como te hei de dizer que é uma delambida de quem não faço caso; se queres, limitar-me-ei a cumprimentá-la apenas. Que mais desejas?

Adeus, minha desconfiada. Crê que eu te amo muito, muito e muito, agora e sempre.

Teu

Alberto.

XXVI

D. RAQUEL A D. LUÍSA.

17 de abril.

Uma grande notícia! Fui ontem pedida a papai, e vou casar. Se soubesse como sou feliz!... Quisera que estivesse aqui para dar-lhe muitos e muitos beijos. Mas há de vir ao casamento, não? Se não vier, declaro que não caso.

Naturalmente adivinha que o retrato que vai dentro desta carta é o do meu noivo. Não é bonito? Que distinção! que inteligência! que espírito... A alma, sobretudo, não creio que Deus mandasse a este mundo nenhuma outra que se lhe compare. Creio que eu não merecia tanto.

Venha depressa; o casamento há de ser em maio. Dê a notícia a seu marido.

RAQUEL.

XXVII

D. LUÍSA A D. RAQUEL.

Juiz de Fora, 22 de abril.

Que cabeça! disse tudo menos o nome do noivo!

LUÍSA.

XXVIII

D. RAQUEL A D. LUÍSA.

Corte, 27 de abril.

Tem razão; sou uma cabeça no ar. Mas a felicidade explica ou desculpa tudo. O meu noivo é o Dr. Alberto.

RAQUEL.

XXIX

D. LUÍSA A D. RAQUEL.

Juiz de Fora, 1º de maio.

!!!

LUÍSA.

MACHADO DE ASSIS

PAPÉIS AVULSOS

SOBRE ESTA EDIÇÃO

Papéis Avulsos teve apenas uma edição em vida do Autor, publicada em 1882, em cuja folha de rosto se lê: "MACHADO DE ASSIS / PAPÉIS AVULSOS / O alienista — Theoria do medalhao [sic] / A chinela turca / Na arca — D. Benedicta — O segredo do bonzo / O anel de Polycrates / O emprestimo — A serenissima republica / O espelho / Uma visita de Alcibiades — Verba testamentaria / [vinheta] / Rio de Janeiro / Typographia e Lithographia a vapor, Encadernação e Livraria / LOMBAERTS & C. / 7 — Rua dos Ourives — 7 / 1882". Na última página ímpar, não numerada, existe uma pequena errata de quatro itens.

Serviu-me essa edição, obviamente, de texto-base.

Como M. de A. vendeu os direitos de suas obras ao editor Garnier, o livro só vai reaparecer, postumamente, com o selo dessa casa, em 1920, numa 2ª edição extremamente desleixada, a ponto de não corrigir duas das emendas da Errata, e recheada de erros. Baste dizer que a própria "Advertência" do Autor passa a "Prefácio"; o índice do final, entretanto, traz "Advertência", e continua indicando as páginas da edição Lombaerts! Não merece, portanto, qualquer atenção.

O estabelecimento do texto obedece às normas que figuram no *Quincas Borba.*

*

Todos os contos foram publicados anteriormente em periódicos diversos, de novembro de 1875 a outubro de 1882, e alguns deles sofreram modificações consideráveis, como é o caso de "Uma visita de Alcibíades", de que o próprio M. de A. declara (V. nota F, no final) só ter aproveitado a idéia. Consultei essas publicações, quando disponíveis na Biblioteca Nacional, para tentar resolver algumas dúvidas.

Está ainda por fazer uma edição crítica que aponte as variantes da redação primitiva.

*

Na linha de evolução literária de M. de A., *Papéis Avulsos* representa, para o conto, o mesmo que *Memórias Póstumas de Brás Cubas* para o romance.

Estudando a importância de *PA* na obra machadiana, observa Josué Montello *(Caminho da Fonte,* p. 283):

> É interessante assinalar que, no seu primeiro grande livro de contos, Machado de Assis, mais raciocínio que sentimento, não parece viver com as suas personagens, no sentido de comungar-lhes dos pequenos dramas secretos que o seu olhar agudo esmiuçou. O que faz o narrador é teste-

munhar-lhes os tormentos, com uma curiosidade divertida e mórbida, raramente convertida em adesão ou solidariedade comunicativa.

Pequena Bibliografia

É essencial para o estudo da evolução do conto machadiano o livro *Machado de Assis,* publicado pela Editora Ática, em 1982, na Coleção Escritores Brasileiros — Antologia e Estudos, organizado por Alfredo Bosi, José Carlos Garbuglio, Mario Curvello e Valentim Facioli.

Valentim Facioli escreveu para essa coletânea alentado ensaio, em trinta capítulos, "Várias histórias para um homem célebre (Biografia intelectual)". Em diversas ocasiões tece comentários pertinentes sobre os contos, especialmente os da segunda fase.

Transcrevem-se aí, também, os debates de uma proveitosa Mesa-Redonda, em que se expuseram idéias, se levantaram problemas e surgiram propostas. Dela participaram, além dos organizadores, Antonio Callado, Luiz Roncari, Roberto Schwarz e Sonia Brayner; aí ocorrem numerosas referências aos contos de *Papéis Avulsos.*

Reproduzem-se no volume — além de quatro dos contos desse livro — textos clássicos sobre Machado de Assis da autoria de Alcides Maia, Lúcia Miguel Pereira, Mário Matos, Barreto Filho, Augusto Meyer, Brito Broca, Eugênio Gomes, Astrogildo Pereira; e outros de Jean-Michel Massa, Dirce Cortes Riedel, Roberto Schwarz, Raymundo Faoro, Sonia Brayner, Bosi, Curvello e Garbuglio, nos quais surgem comentários sobre os contos.

Segue-se uma Bibliografia comentada, com apreciação crítica de Bosi, Garbuglio, Facioli e Curvello.

Além desta excelente obra recomendam-se:

AGUIAR, FLÁVIO. "Murmúrios no Espelho: Breve discussão do conto machadiano". In *Contos.* 11. ed., São Paulo, Ática, 1985.

BARBOSA, FRANCISCO DE ASSIS. "Prefácio". In *Machado de Assis, Contos,* 2. ed., São Paulo, Melhoramentos, 1970.

MEYER, AUGUSTO. "Introdução Geral". In *Antologia Machadiana.* Rio de Janeiro, Lia, s. d .

MOISÉS, MASSAUD. "Nota Preliminar". In *Machado de Assis, Contos,* São Paulo, Cultrix, 1961.

MONTELLO, JOSUÉ. *Machado de Assis,* Lisboa, Verbo, 1972.

_______ *Caminho da Fonte,* Rio de Janeiro, INL, 1959.

ADRIANO DA GAMA KURY

NOTA:
O preparo desta edição foi facilitado graças à colaboração de Plínio Doyle, que possibilitou o acesso à sua Machadiana.

ADVERTÊNCIA

Este título de *Papéis avulsos* parece negar ao livro uma certa unidade; faz crer que o autor coligiu vários escritos de ordem diversa para o fim de os não perder. A verdade é essa, sem ser bem essa. Avulsos são eles, mas não vieram para aqui como passageiros, que acertam de entrar na mesma hospedaria. São pessoas de uma só família, que a obrigação do pai fez sentar à mesma mesa.

Quanto ao gênero deles, não sei que diga que não seja inútil. O livro está nas mãos do leitor. Direi somente, que se há aqui páginas que parecem meros contos, e outras que o não são, defendo-me das segundas com dizer que os leitores das outras podem achar nelas algum interesse, e das primeiras defendo-me com S. João e Diderot. O evangelista, descrevendo a famosa besta apocalíptica, acrescentava (XVII, 9): "E aqui há sentido, que tem sabedoria." Menos a sabedoria, cubro-me com aquela palavra. Quanto a Diderot, ninguém ignora que ele, não só escrevia contos, e alguns deliciosos, mas até aconselhava a um amigo que os escrevesse também. E eis a razão do enciclopedista: é que quando se faz um conto, o espírito fica alegre, o tempo escoa-se, e o conto da vida acaba, sem a gente dar por isso.

Deste modo, venha donde vier o reproche(*), espero que daí mesmo virá a absolvição.

MACHADO DE ASSIS.

Outubro de 1882.

* Veja Nota no fim.

O ALIENISTA

I

De como Itaguaí ganhou uma casa de Orates.

As crônicas da vila de Itaguaí dizem que em tempos remotos vivera ali um certo médico, o Dr. Simão Bacamarte, filho da nobreza da terra e o maior dos médicos do Brasil, de Portugal e das Espanhas. Estudara em Coimbra e Pádua. Aos trinta e quatro anos regressou ao Brasil, não podendo el-rei alcançar dele que ficasse em Coimbra, regendo a universidade, ou em Lisboa, expedindo os negócios da monarquia.

— A ciência, disse ele a Sua Majestade, é o meu emprego único; Itaguaí é o meu universo.

Dito isto, meteu-se em Itaguaí, e entregou-se de corpo e alma ao estudo da ciência, alternando as curas com as leituras, e demonstrando os teoremas com cataplasmas. Aos quarenta anos casou com D. Evarista da Costa e Mascarenhas, senhora de vinte e cinco anos, viúva de um juiz de fora, e não bonita nem simpática. Um dos tios dele, caçador de pacas perante o Eterno, e não menos franco, admirou-se de semelhante escolha e disse-lho. Simão Bacamarte explicou-lhe que D. Evarista reunia condições fisiológicas e anatômicas de primeira ordem, digeria com facilidade, dormia regularmente, tinha bom pulso, e excelente vista; estava assim apta para dar-lhe filhos robustos, sãos e inteligentes. Se além dessas prendas, — únicas dignas da preocupação de um sábio, D. Evarista era mal composta de feições, longe de lastimá-lo, agradecia-o a Deus, porquanto não corria o risco de preterir os interesses da ciência na contemplação exclusiva, miúda e vulgar da consorte.

D. Evarista mentiu às esperanças do Dr. Bacamarte, não lhe deu filhos robustos nem mofinos. A índole natural da ciência é a longanimidade; o nosso médico esperou três anos, depois quatro, depois cinco. Ao cabo desse tempo fez um estudo profundo da matéria, releu todos os escritores árabes e outros, que trouxera para Itaguaí, enviou consultas às universidades italianas e alemãs, e acabou por aconselhar à mulher um regímen alimentício especial. A ilustre dama, nutrida exclusivamente com a bela carne de porco de Itaguaí, não atendeu às admoestações do esposo; e à sua resistência, — explicável, mas inqualificável, — devemos a total extinção da dinastia dos Bacamartes.

Mas a ciência tem o inefável dom de curar todas as mágoas; o nosso médico mergulhou inteiramente no estudo e na prática da medicina. Foi então que um dos recantos desta lhe chamou especialmente a atenção, — o recanto psíquico, o exame da patologia cerebral. Não havia na colônia, e ainda no reino, uma só autoridade em semelhante matéria, mal explorada, ou quase inexplorada. Simão Bacamarte compreendeu que a ciência lusitana, e particularmente a brasileira, podia cobrir-se de "louros imarcescíveis", — expressão usada por ele mesmo, mas em um arroubo de intimidade doméstica; exteriormente era modesto, segundo convém aos sabedores.

— A saúde da alma, bradou ele, é a ocupação mais digna do médico.

— Do verdadeiro médico, emendou Crispim Soares, boticário da vila, e um dos seus amigos e comensais.

A vereança de Itaguaí, entre outros pecados de que é argüida pelos cronistas, tinha o de não fazer caso dos dementes. Assim é que cada louco furioso era trancado em uma alcova, na própria casa, e, não curado, mas descurado, até que a morte o vinha defraudar do benefício da vida; os mansos andavam à solta pela rua. Simão Bacamarte entendeu desde logo reformar tão ruim costume; pediu licença à câmara para agasalhar e tratar no edifício que ia construir todos os loucos de Itaguaí e das demais vilas e cidades, mediante um estipêndio, que a câmara lhe daria quando a família do enfermo o não pudesse fazer. A proposta excitou a curiosidade de toda a vila, e encontrou grande resistência, tão certo é que dificilmente se desarraigam hábitos absurdos, ou ainda maus. A idéia de meter os loucos na mesma casa, vivendo em comum, pareceu em si mesma um sintoma de demência, e não faltou quem o insinuasse à própria mulher do médico.

— Olhe, D. Evarista, disse-lhe o padre Lopes, vigário do lugar, veja se seu marido dá um passeio ao Rio de Janeiro. Isso de estudar sempre, sempre, não é bom, vira o juízo.

D. Evarista ficou aterrada, foi ter com o marido, disse-lhe "que estava com desejos", um principalmente, o de vir ao Rio de Janeiro e comer tudo o que a ele lhe parecesse adequado a certo fim. Mas aquele grande homem, com a rara sagacidade que o distinguia, penetrou a intenção da esposa e redargüiu-lhe sorrindo que não tivesse medo. Dali foi à câmara, onde os vereadores debatiam a proposta, e defendeu-a com tanta eloqüência, que a maioria resolveu autorizá-lo ao que pedira, votando ao mesmo tempo um imposto destinado a subsidiar o tratamento, alojamento e mantimento dos doudos pobres. A matéria do imposto não foi fácil achá-la; tudo estava tributado em Itaguaí. Depois de longos estudos, assentou-se em permitir o uso de dous[1] penachos nos cavalos dos enterros. Quem quisesse emplumar os cavalos de um coche mortuário pagaria dois[1] tostões à câmara, repetindo-se tantas vezes esta quantia quantas fossem as horas decorridas entre a do falecimento e a da última bênção na sepultura. O escrivão perdeu-se nos cálculos aritméticos do rendimento possível da nova taxa; e um dos vereadores, que não acreditava na empresa do médico, pediu que se relevasse o escrivão de um trabalho inútil.

— Os cálculos não são precisos, disse ele, porque o Dr. Bacamarte não arranja nada. Quem é que viu agora meter todos os doudos dentro da mesma casa?

Enganava-se o digno magistrado; o médico arranjou tudo. Uma vez empossado da licença começou logo a construir a casa. Era na Rua Nova, a mais bela rua de Itaguaí naquele tempo, tinha cinqüenta janelas por lado, um pátio no centro, e numerosos cubículos para os hóspedes. Como fosse grande arabista, achou no Corão que

1. Observe-se a hesitação de M. de Assis, ora escrevendo *dous* (grafia mais freqüente), ora *dois*, forma que vai amiudar-se em livros posteriores.

Maomé declara veneráveis os doudos, pela consideração de que Alá lhes tira o juízo para que não pequem. A idéia pareceu-lhe bonita e profunda, e ele a fez gravar no frontispício da casa; mas, como tinha medo ao vigário, e por tabela ao bispo, atribuiu o pensamento a Benedito VIII, merecendo com essa fraude, aliás pia, que o padre Lopes lhe contasse, ao almoço, a vida daquele pontífice eminente.

A Casa Verde foi o nome dado ao asilo, por alusão à cor das janelas, que pela primeira vez apareciam verdes em Itaguaí. Inaugurou-se com imensa pompa; de todas as vilas e povoações próximas, e até remotas, e da própria cidade do Rio de Janeiro, correu gente para assistir às cerimônias, que duraram sete dias. Muitos dementes já estavam recolhidos; e os parentes tiveram ocasião de ver o carinho paternal e a caridade cristã com que eles iam ser tratados. D. Evarista, contentíssima com a glória do marido, vestira-se luxuosamente, cobriu-se de jóias, flores e sedas. Ela foi uma verdadeira rainha naqueles dias memoráveis; ninguém deixou de ir visitá-la duas e três vezes, apesar dos costumes caseiros e recatados do século, e não só a cortejavam como a louvavam; porquanto, — e este fato é um documento altamente honroso para a sociedade do tempo, — porquanto viam nela a feliz esposa de um alto espírito, de um varão ilustre, e, se lhe tinham inveja, era a santa e nobre inveja dos admiradores.

Ao cabo de sete dias expiraram as festas públicas; Itaguaí tinha finalmente uma casa de Orates.

II

Torrente de loucos.

Três dias depois, numa expansão íntima com o boticário Crispim Soares, desvendou o alienista o mistério do seu coração.

— A caridade, Sr. Soares, entra decerto no meu procedimento, mas entra como tempero, como o sal das cousas, que é assim que interpreto o dito de S. Paulo aos coríntios: "Se eu conhecer quanto se pode saber, e não tiver caridade, não sou nada." O principal nesta minha obra da Casa Verde é estudar profundamente a loucura, os seus diversos graus, classificar-lhe os casos, descobrir enfim a causa do fenômeno e o remédio universal. Este é o mistério do meu coração. Creio que com isto presto um bom serviço à humanidade.

— Um excelente serviço, corrigiu o boticário.

— Sem este asilo, continuou o alienista, pouco poderia fazer; ele dá-me, porém, muito maior campo aos meus estudos.

— Muito maior, acrescentou o outro.

E tinham razão. De todas as vilas e arraiais vizinhos afluíam loucos à Casa Verde. Eram furiosos, eram mansos, eram monomaníacos, era toda a família dos deserdados do espírito. Ao cabo de quatro meses, a Casa Verde era uma povoação. Não bastaram os primeiros cubículos; mandou-se anexar uma galeria de mais trinta e sete. O padre Lopes confessou que não imaginara a existência de tantos doudos no mundo, e menos ainda o inexplicável de alguns casos. Um, por exemplo, um rapaz bronco e vilão, que todos os dias, depois do almoço, fazia regularmente um discurso acadêmico, ornado de tropos, de antíteses, de apóstrofes, com seus recamos de grego e latim, e suas borlas de Cícero, Apuleio e Tertuliano. O vigário não queria acabar de crer. Quê! um rapaz que ele vira, três meses antes, jogando peteca na rua!

— Não digo que não, respondia-lhe o alienista; mas a verdade é o que Vossa Reverendíssima está vendo. Isto é todos os dias.

— Quanto a mim, tornou o vigário, só se pode explicar pela confusão das línguas na torre de Babel, segundo nos conta a Escritura; provavelmente, confundidas antigamente as línguas, é fácil trocá-las agora, desde que a razão não trabalhe...

— Essa pode ser, com efeito, a explicação divina do fenômeno, concordou o alienista, depois de refletir um instante, mas não é impossível que haja também alguma razão humana, e puramente científica, e disso trato...

— Vá que seja, e fico ansioso. Realmente!

Os loucos por amor eram três ou quatro, mas só dous espantavam pelo curioso do delírio. O primeiro, um Falcão, rapaz de vinte e cinco anos, supunha-se estrela-d'alva, abria os braços e alargava as pernas, para dar-lhes certa feição de raios, e ficava assim horas esquecidas a perguntar se o sol já tinha saído para ele recolher-se. O outro andava sempre, sempre, sempre, à roda das salas ou do pátio, ao longo dos corredores, à procura do fim do mundo. Era um desgraçado, a quem a mulher deixou por seguir um peralvilho. Mal descobrira a fuga, armou-se de uma garrucha, e saiu-lhes no encalço; achou-os duas horas depois, ao pé de uma lagoa, matou-os a ambos com os maiores requintes de crueldade. O ciúme satisfez-se, mas o vingado estava louco. E então começou aquela ânsia de ir ao fim do mundo à cata dos fugitivos.

A mania das grandezas tinha exemplares notáveis. O mais notável era um pobre-diabo, filho de um algibebe, que narrava às paredes (porque não olhava nunca para nenhuma pessoa) toda a sua genealogia, que era esta:

— Deus engendrou um ovo, o ovo engendrou a espada, a espada engendrou Davi, Davi engendrou a púrpura, a púrpura engendrou o duque, o duque engendrou o marquês, o marquês engendrou o conde, que sou eu.

Dava uma pancada na testa, um estalo com os dedos, e repetia cinco, seis vezes seguidas:

— Deus engendrou um ovo, o ovo, etc.

Outro da mesma espécie era um escrivão, que se vendia por mordomo do rei; outro era um boiadeiro de Minas, cuja mania era distribuir boiadas a toda a gente, dava trezentas cabeças a um, seiscentas a outro, mil e duzentas a outro, e não acabava mais. Não falo dos casos de monomania religiosa; apenas citarei um sujeito que, chamando-se João de Deus, dizia agora ser o deus João, e prometia o reino dos céus a quem o adorasse, e as penas do inferno aos outros; e depois desse, o licenciado Garcia, que não dizia nada, porque imaginava que no dia em que chegasse a proferir uma só palavra, todas as estrelas se despegariam do céu e abrasariam a terra; tal era o poder que recebera de Deus. Assim o escrevia ele no papel que o alienista lhe mandava dar, menos por caridade do que por interesse científico.

Que, na verdade, a paciência do alienista era ainda mais extraordinária do que todas as manias hospedadas na Casa Verde; nada menos que assombrosa. Simão Bacamarte começou por organizar um pessoal de administração; e, aceitando essa idéia ao boticário Crispim Soares, aceitou-lhe também dous sobrinhos, a quem incumbiu da execução de um regimento que lhes deu, aprovado pela câmara, da distribuição da comida e da roupa, e assim também da escrita, etc. Era o melhor que podia fazer, para somente cuidar do seu ofício. — A Casa Verde, disse ele ao vigário, é agora uma espécie de mundo, em que há o governo temporal e o governo *espiritual.* E o padre Lopes ria deste pio trocado, — e acrescentava, — com o único fim de dizer também uma chalaça: — Deixe estar, deixe estar, que hei de mandá-lo denunciar ao papa.

Uma vez desonerado da administração, o alienista procedeu a uma vasta classificação dos seus enfermos. Dividiu-os primeiramente em duas classes principais: os furiosos e os mansos; daí passou às subclasses, monomanias, delírios, alucinações diversas. Isto feito, começou um estudo aturado e contínuo; analisava os hábitos de cada louco, as horas de acesso, as aversões, as simpatias, as palavras, os gestos, as tendências; inquiria da vida dos enfermos, profissão, costumes, circunstâncias da revelação mórbida, acidentes da infância e da mocidade, doenças de outra espécie, antecedentes na família, uma devassa, enfim, como a não faria o mais atilado corregedor. E cada dia notava uma observação nova, uma descoberta interessante, um fenômeno extraordinário. Ao mesmo tempo estudava o melhor regímen, as substâncias medicamentosas, os meios curativos e os meios paliativos, não só os que vinham nos seus amados árabes, como os que ele mesmo descobria, à força de sagacidade e paciência. Ora, todo esse trabalho levava-lhe o melhor e o mais do tempo. Mal dormia e mal comia; e, ainda comendo, era como se trabalhasse, porque ora interrogava um texto antigo, ora ruminava uma questão, e ia muitas vezes de um cabo a outro do jantar sem dizer uma só palavra a D. Evarista.

III

Deus sabe o que faz!

A ilustre dama, no fim de dous meses, achou-se a mais desgraçada das mulheres; caiu em profunda melancolia, ficou amarela, magra, comia pouco e suspirava a cada canto. Não ousava fazer-lhe nenhuma queixa ou reproche, porque respeitava nele o seu marido e senhor, mas padecia calada, e definhava a olhos vistos. Um dia, ao jantar, como lhe perguntasse o marido o que é que tinha, respondeu tristemente que nada; depois atreveu-se um pouco, e foi ao ponto de dizer que se considerava tão viúva como dantes. E acrescentou:

— Quem diria nunca que meia dúzia de lunáticos...

Não acabou a frase; ou antes, acabou-a levantando os olhos ao teto, — os olhos, que eram a sua feição mais insinuante, — negros, grandes, lavados de uma luz úmida, como os da aurora. Quanto ao gesto, era o mesmo que empregara no dia em que Simão Bacamarte a pediu em casamento. Não dizem as crônicas se D. Evarista brandiu aquela arma com o perverso intuito de degolar de uma vez a ciência, ou, pelo menos, decepar-lhe as mãos; mas a conjectura é verossímil. Em todo caso, o alienista não lhe atribuiu outra intenção. E não se irritou o grande homem, não ficou sequer consternado. O metal de seus olhos não deixou de ser o mesmo metal, duro, liso, eterno, nem a menor prega veio quebrar a superfície da fronte quieta como a água de Botafogo. Talvez um sorriso lhe descerrou os lábios, por entre os quais filtrou esta palavra macia como o óleo do *Cântico:*

— Consinto que vás dar um passeio ao Rio de Janeiro.

D. Evarista sentiu faltar-lhe o chão debaixo dos pés. Nunca dos nuncas vira o Rio de Janeiro, que posto não fosse sequer uma pálida sombra do que hoje é, todavia era alguma cousa mais do que Itaguaí. Ver o Rio de Janeiro, para ela, equivalia ao sonho do hebreu cativo. Agora, principalmente, que o marido assentara de vez naquela povoação interior, agora é que ela perdera as últimas esperanças de respirar os ares da nossa boa cidade; e justamente agora é que ele a convidava a realizar os seus desejos de menina e moça. D. Evarista não pôde dissimular o gosto de semelhante proposta. Simão Bacamarte pegou-lhe na mão e sorriu, — um sorriso tanto ou quanto filosófico, além de conjugal, em que parecia traduzir-se este pensamento: — "Não há remédio certo para as dores da alma; esta senhora definha, porque lhe parece que a não amo: dou-lhe o Rio de Janeiro, e consola-se." E porque era homem estudioso tomou nota da observação.

Mas um dardo atravessou o coração de D. Evarista. Conteve-se, entretanto; limitou-se a dizer ao marido, que, se ele não ia, ela não iria também, porque não havia de meter-se sozinha pelas estradas.

— Irá com sua tia, redargüiu o alienista.

Note-se que D. Evarista tinha pensado nisso mesmo; mas não quisera pedi-lo nem insinuá-lo, em primeiro lugar porque seria impor grandes despesas ao marido, em segundo lugar porque era melhor, mais metódico e racional que a proposta viesse dele.

— Oh! mas o dinheiro que será preciso gastar! suspirou D. Evarista sem convicção.

— Que importa? Temos ganho muito, disse o marido. Ainda ontem o escriturário prestou-me contas. Queres ver?

E levou-a aos livros. D. Evarista ficou deslumbrada. Era uma via-láctea de algarismos. E depois levou-a às arcas, onde estava o dinheiro. Deus! eram montes de ouro, eram mil cruzados sobre mil cruzados, dobrões sobre dobrões; era a opulência. Enquanto ela comia o ouro com os seus olhos negros, o alienista fitava-a, e dizia-lhe ao ouvido com a mais pérfida das alusões:

— Quem diria que meia dúzia de lunáticos...

D. Evarista compreendeu, sorriu e respondeu com muita resignação:

— Deus sabe o que faz!

Três meses depois efetuava-se a jornada. D. Evarista, a tia, a mulher do boticário, um sobrinho deste, um padre que o alienista conhecera em Lisboa, e que de aventura achava-se em Itaguaí, cinco ou seis pajens, quatro mucamas, tal foi a comitiva que a população viu dali sair em certa manhã do mês de maio. As despedidas foram tristes para todos, menos para o alienista. Conquanto as lágrimas de D. Evarista fossem abundantes e sinceras, não chegaram a abalá-lo. Homem de ciência, e só de ciência, nada o consternava fora da ciência; e se alguma cousa o preocupava naquela ocasião, se ele deixava correr pela multidão um olhar inquieto e policial, não era outra cousa mais do que a idéia de que algum demente podia achar-se ali misturado com a gente de juízo.

— Adeus! soluçaram enfim as damas e o boticário.

E partiu a comitiva. Crispim Soares, ao tornar a casa, trazia os olhos entre as duas orelhas da besta ruana em que vinha montado; Simão Bacamarte alongava os seus pelo horizonte adiante, deixando ao cavalo a responsabilidade do regresso. Imagem vivaz do gênio e do vulgo! Um fita o presente, com todas as suas lágrimas e saudades, outro devassa o futuro com todas as suas auroras.

IV

Uma teoria nova.

Ao passo que D. Evarista, em lágrimas, vinha buscando o Rio de Janeiro, Simão Bacamarte estudava por todos os lados uma certa idéia arrojada e nova, própria a alargar as bases da psicologia. Todo o tempo que lhe sobrava dos cuidados da Casa Verde, era pouco para andar na rua, ou de casa em casa, conversando as gentes, sobre trinta mil assuntos, e virgulando as falas de um olhar que metia medo aos mais heróicos.

Um dia de manhã, — eram passadas três semanas, — estando Crispim Soares ocupado em temperar um medicamento, vieram dizer-lhe que o alienista o mandava chamar.

— Trata-se de negócio importante, segundo ele me disse, acrescentou o portador.

Crispim empalideceu. Que negócio importante podia ser, senão alguma triste notícia da comitiva, e especialmente da mulher? Porque este tópico deve ficar claramente definido, visto insistirem nele os cronistas: Crispim amava a mulher, e, desde trinta anos, nunca estiveram separados um só dia. Assim se explicam os monólogos que ele fazia agora, e que os fâmulos lhe ouviam muita vez: — "Anda, bem feito, quem te mandou consentir na viagem de Cesária? Bajulador, torpe bajulador! Só para adular ao Dr. Bacamarte. Pois agora agüenta-te; anda, agüenta-te, alma de lacaio, fracalhão, vil, miserável. Dizes *amen* a tudo, não é? aí tens o lucro, biltre!". — E muitos outros nomes feios, que um homem não deve dizer aos outros, quanto mais a si mesmo. Daqui a imaginar o efeito do recado é um nada. Tão depressa ele o recebeu como abriu mão das drogas e voou à Casa Verde.

Simão Bacamarte recebeu-o com a alegria própria de um sábio, uma alegria abotoada de circunspecção até o pescoço.

— Estou muito contente, disse ele.

— Notícias do nosso povo? perguntou o boticário com a voz trêmula.

O alienista fez um gesto magnífico, e respondeu:

— Trata-se de cousa mais alta, trata-se de uma experiência científica. Digo experiência, porque não me atrevo a assegurar desde já a minha idéia; nem a ciência é outra cousa, Sr. Soares, senão uma investigação constante. Trata-se, pois, de uma experiência, mas uma experiência que vai mudar a face da terra. A loucura, objeto dos meus estudos, era até agora uma ilha perdida no oceano da razão; começo a suspeitar que é um continente.

Disse isto, e calou-se, para ruminar o pasmo do boticário. Depois explicou compridamente a sua idéia. No conceito dele a insânia abrangia uma vasta superfície de cérebros; e desenvolveu isto com grande cópia de raciocínios, de textos, de exemplos. Os exemplos achou-os na história e em Itaguaí; mas, como um raro espírito que era, reconheceu o perigo de citar todos os casos de Itaguaí, e refugiou-se na história. Assim, apontou com especialidade alguns personagens célebres, Sócrates, que tinha um demônio familiar, Pascal, que via um abismo à esquerda, Maomé, Caracala, Domiciano, Calígula, etc., uma enfiada de casos e pessoas, em que de mistura vinham entidades odiosas, e entidades ridículas. E porque o boticário se admirasse de uma tal promiscuidade, o alienista disse-lhe que era tudo a mesma cousa, e até acrescentou sentenciosamente:

— A ferocidade, Sr. Soares, é o grotesco a sério.

— Gracioso, muito gracioso! exclamou Crispim Soares levantando as mãos ao céu.

Quanto à idéia de ampliar o território da loucura, achou-a o boticário extravagante; mas a modéstia, principal adorno de seu espírito, não lhe sofreu confessar outra cousa além de um nobre entusiasmo; declarou-a sublime e verdadeira, e acrescentou que era "caso de matraca". Esta expressão não tem equivalente no estilo moderno. Naquele tempo, Itaguaí, que como as demais vilas, arraiais e povoações da colônia, não dispunha de imprensa, tinha dous modos de divulgar uma notícia: ou por meio de cartazes manuscritos e pregados na porta da câmara e da matriz; — ou por meio de matraca. Eis em que consistia este segundo uso. Contratava-se um homem, por um ou mais dias, para andar as ruas do povoado, com uma matraca na mão. De quando em quando tocava a matraca, reunia-se gente, e ele anunciava o que lhe incumbiam, — um remédio para sezões, umas terras lavradias, um soneto, um donativo eclesiástico, a melhor tesoura da vila, o mais belo discurso do ano, etc. O sistema tinha inconvenientes para a paz pública; mas era conservado pela grande energia de divulgação que possuía. Por exemplo, um dos vereadores, — aquele justamente que mais se opusera à criação da Casa Verde, desfrutava a reputação de perfeito educador de cobras e macacos, e aliás nunca domesticara um só desses bichos; mas, tinha o cuidado de fazer trabalhar a matraca todos os meses. E dizem as crônicas que algumas pessoas afirmavam ter visto cascavéis dançando no peito do vereador; afirmação perfeitamente falsa, mas só devida à absoluta confiança no sistema. Verdade, verdade; nem todas as instituições do antigo regímen, mereciam o desprezo do nosso século.

— Há melhor do que anunciar a minha idéia, é praticá-la, respondeu o alienista à insinuação do boticário.

E o boticário, não divergindo sensivelmente deste modo de ver, disse-lhe que sim, que era melhor começar pela execução.

— Sempre haverá tempo de a dar à matraca, concluiu ele.

Simão Bacamarte refletiu ainda um instante, e disse:

— Supondo o espírito humano uma vasta concha, o meu fim, Sr. Soares, é ver se posso extrair a pérola, que é a razão; por outros termos, demarquemos definitivamente os limites da razão e da loucura. A razão é o perfeito equilíbrio de todas as faculdades; fora daí insânia, insânia, e só insânia.

O vigário Lopes, a quem ele confiou a nova teoria, declarou lisamente que não chegava a entendê-la, que era uma obra absurda, e, se não era absurda, era de tal modo colossal que não merecia princípio de execução.

— Com a definição atual, que é a de todos os tempos, acrescentou, a loucura e a razão estão perfeitamente delimitadas. Sabe-se onde uma acaba e onde a outra começa. Para que transpor a cerca?

Sobre o lábio fino e discreto do alienista roçou a vaga sombra de uma intenção de riso, em que o desdém vinha casado à comiseração; mas nenhuma palavra saiu de suas egrégias entranhas. A ciência contentou-se em estender a mão à teologia, — com tal segurança, que a teologia não soube enfim se devia crer em si ou na outra. Itaguaí e o universo ficavam à beira de uma revolução.

V

O terror

Quatro dias depois, a população de Itaguaí ouviu consternada a notícia de que um certo Costa fora recolhido à Casa Verde.

— Impossível!

— Qual impossível! foi recolhido hoje de manhã.

— Mas, na verdade, ele não merecia... Ainda em cima! depois de tanto que ele fez...

Costa era um dos cidadãos mais estimados de Itaguaí. Herdara quatrocentos mil cruzados em boa moeda de el-rei Dom João V, dinheiro cuja renda bastava, segundo lhe declarou o tio no testamento, para viver "até o fim do mundo". Tão depressa recolheu a herança, como entrou a dividi-la em empréstimos, sem usura, mil cruzados a um, dous mil a outro, trezentos a este, oitocentos àquele, a tal ponto que, no fim de cinco anos, estava sem nada. Se a miséria viesse de chofre, o pasmo de Itaguaí seria enorme; mas veio devagar; ele foi passando da opulência à abastança, da abastança à mediania, da mediania à pobreza, da pobreza à miséria, gradualmente. Ao cabo daqueles cinco anos, pessoas que levavam o chapéu ao chão, logo que ele assomava no fim da rua, agora batiam-lhe no ombro, com intimidade, davam-lhe piparotes no nariz, diziam-lhe pulhas. E o Costa sempre lhano, risonho. Nem se lhe dava de ver que os menos corteses eram justamente os que tinham ainda a dívida em aberto; ao contrário, parece que os agasalhava com maior prazer, e mais sublime resignação. Um dia, como um desses incuráveis devedores lhe atirasse uma chalaça grossa, e ele se risse dela, observou um desafeiçoado, com certa perfídia: — "Você suporta esse sujeito para ver se ele lhe paga." Costa não se deteve um minuto, foi ao devedor e perdoou-lhe a dívida. — "Não admira, retorquiu o outro; o Costa abriu mão de uma estrela, que está no céu." Costa era perspicaz, entendeu que ele negava todo o merecimento ao ato, atribuindo-lhe a intenção de rejeitar o que não vinham meter-lhe na algibeira. Era também pundonoroso e inventivo; duas horas depois achou um meio de provar que lhe não cabia um tal labéu: pegou de algumas dobras, e mandou-as de empréstimo ao devedor.

— Agora espero que... — pensou ele sem concluir a frase.

Esse último rasgo do Costa persuadiu a crédulos e incrédulos; ninguém mais pôs em dúvida os sentimentos cavalheirescos daquele digno cidadão. As necessidades mais acanhadas saíram à rua, vieram bater-lhe à porta, com os seus chinelos velhos, com as suas capas remendadas. Um verme, entretanto, roía a alma do Costa: era o conceito do desafeto. Mas isso mesmo acabou; três meses depois veio este pedir-lhe uns cento e vinte cruzados com promessa de restituir-lhos daí a dous dias; era o resíduo da grande herança, mas era também uma nobre desforra: Costa emprestou o dinheiro logo, logo, e sem juros. Infelizmente não teve tempo de ser pago; cinco meses depois era recolhido à Casa Verde.

Imagina-se a consternação de Itaguaí, quando soube do caso. Não se falou em outra cousa, dizia-se que o Costa ensandecera, ao almoço, outros que de madrugada; e contavam-se os acessos, que eram furiosos, sombrios, terríveis, — ou mansos, e até engraçados, conforme as versões. Muita gente correu à Casa Verde, e achou o pobre Costa, tranqüilo, um pouco espantado, falando com muita clareza, e perguntando por que motivo o tinham levado para ali. Alguns foram ter com o alienista. Bacamarte aprovava esses sentimentos de estima e compaixão, mas acrescentava que a ciência era a ciência, que ele não podia deixar na rua um mentecapto. A última pessoa que intercedeu por ele (porque depois do que vou contar ninguém mais se atreveu a procurar o terrível médico) foi uma pobre senhora, prima do Costa. O alienista disse-lhe confidencialmente que esse digno homem não estava no perfeito equilíbrio das faculdades mentais, à vista do modo como dissipara os cabedais que...

— Isso, não! isso não! interrompeu a boa senhora com energia. Se ele gastou tão depressa o que recebeu, a culpa não é dele.

— Não?

— Não, senhor. Eu lhe digo como o negócio se passou. O defunto meu tio não era mau homem; mas quando estava furioso era capaz de nem tirar o chapéu ao Santíssimo. Ora, um dia, pouco tempo antes de morrer, descobriu que um escravo lhe roubara um boi; imagine como ficou. A cara era um pimentão; todo ele tremia, a boca escumava; lembra-me como se fosse hoje. Então um homem feio, cabeludo, em mangas de camisa, chegou-se a ele e pediu água. Meu tio (Deus lhe fale n'alma!) respondeu que fosse beber ao rio ou ao inferno. O homem olhou para ele, abriu a mão em ar de ameaça, e rogou esta praga: — "Todo o seu dinheiro não há de durar mais de sete anos e um dia, tão certo como isto ser o *sino salamão!*" E mostrou o *sino salamão* impresso no braço. Foi isto, meu senhor; foi esta praga daquele maldito.

Bacamarte espetara na pobre senhora um par de olhos agudos como punhais. Quando ela acabou, estendeu-lhe a mão polidamente, como se o fizesse à própria esposa do vice-rei, e convidou-a a ir falar ao primo. A mísera acreditou; ele levou-a à Casa Verde e encerrou-a na galeria dos alucinados.

A notícia desta aleivosia do ilustre Bacamarte lançou o terror à alma da população. Ninguém queria acabar de crer que, sem motivo, sem inimizade, o alienista trancasse na Casa Verde uma senhora perfeitamente ajuizada, que não tinha outro crime senão o de interceder por um infeliz. Comentava-se o caso nas esquinas, nos barbeiros; edificou-se um romance, umas finezas namoradas que o alienista outrora dirigira à prima do Costa, a indignação do Costa e o desprezo da prima. E daí a vingança. Era claro. Mas a austeridade do alienista, a vida de estudos que ele levava, pareciam desmentir uma tal hipótese. Histórias! Tudo isso era naturalmente a capa do velhaco. E um dos mais crédulos chegou a murmurar que sabia de outras cousas, não as dizia, por não ter certeza plena, mas sabia, quase que podia jurar.

— Você, que é íntimo dele, não nos podia dizer o que há, o que houve, que motivo...

Crispim Soares derretia-se todo. Esse interrogar da gente inquieta e curiosa, dos amigos atônitos, era para ele uma consagração pública. Não havia duvidar; toda a povoação sabia enfim que o privado do alienista era ele, Crispim, o boticário, o colaborador do grande homem e das grandes cousas; daí a corrida à botica. Tudo isso dizia o carão jucundo e o riso discreto do boticário, o riso e o silêncio, porque ele não respondia nada; um, dous, três monossílabos, quando muito, soltos, secos, encapados no fiel sorriso, constante e miúdo, cheio de mistérios científicos, que ele não podia, sem desdouro nem perigo, desvendar a nenhuma pessoa humana.

— Há cousa, pensavam os mais desconfiados.

Um desses limitou-se a pensá-lo, deu de ombros e foi embora. Tinha negócios pessoais. Acabava de construir uma casa suntuosa. Só a casa bastava para deter e chamar toda a gente; mas havia mais, — a mobília, que ele mandara vir da Hungria e da Holanda, segundo contava, e que se podia ver do lado de fora, porque as janelas viviam abertas, — e o jardim, que era uma obra-prima de arte e de gosto. Esse homem, que enriquecera no fabrico de albardas, tinha tido sempre o sonho de uma casa magnífica, jardim pomposo, mobília rara. Não deixou o negócio das albardas, mas repousava dele na contemplação da casa nova, a primeira de Itaguaí, mais grandiosa do que a Casa Verde, mais nobre do que a da câmara. Entre a gente ilustre da povoação havia choro e ranger de dentes, quando se pensava, ou se falava, ou se louvava a casa do albardeiro, — um simples albardeiro, Deus do céu!

— Lá está ele embasbacado, diziam os transeuntes, de manhã.

De manhã, com efeito, era costume do Mateus estatelar-se, no meio do jardim, com os olhos na casa, namorado, durante uma longa hora, até que vinham chamá-lo para almoçar. Os vizinhos, embora o cumprimentassem com certo respeito, riam-se por trás dele, que era um gosto. Um desses chegou a dizer que o Mateus seria muito mais econômico, e estaria riquíssimo, se fabricasse as albardas para si mesmo; epigrama ininteligível, mas que fazia rir às bandeiras despregadas.

— Agora lá está o Mateus a ser contemplado, diziam à tarde.

A razão deste outro dito era que, de tarde, quando as famílias saíam a passeio (jantavam cedo) usava o Mateus postar-se à janela, bem no centro, vistoso, sobre um fundo escuro, trajado de branco, atitude senhoril, e assim ficava duas e três horas até que anoitecia de todo. Pode crer-se que a intenção do Mateus era ser admirado e invejado, posto que ele não a confessasse a nenhuma pessoa, nem ao boticário, nem ao padre Lopes, seus grandes amigos. E entretanto não foi outra a alegação do boticário, quando o alienista lhe disse que o albardeiro talvez padecesse do amor das pedras, mania que ele Bacamarte descobrira e estudava desde algum tempo. Aquilo de contemplar a casa...

— Não, senhor, acudiu vivamente Crispim Soares.

— Não?

— Há de perdoar-me, mas talvez não saiba que ele de manhã examina a obra, não a admira; de tarde, são os outros que o admiram a ele e à obra. — E contou o uso do albardeiro, todas as tardes, desde cedo até o cair da noite.

Uma volúpia científica alumiou os olhos de Simão Bacamarte. Ou ele não conhecia todos os costumes do albardeiro, ou nada mais quis, interrogando o Crispim, do que confirmar alguma notícia incerta ou suspeita vaga. A explicação satisfê-lo; mas como tinha as alegrias próprias de um sábio, concentradas, nada viu o boticário que fizesse suspeitar uma intenção sinistra. Ao contrário, era de tarde, e o alienista pediu-lhe o braço para irem a passeio. Deus! era a primeira vez que Simão Bacamarte dava ao seu privado tamanha honra; Crispim ficou trêmulo, atarantado, disse que sim, que estava pronto. Chegaram duas ou três pessoas de fora, Crispim mandou-as mentalmente a todos os diabos; não só atrasavam o passeio, como podia acontecer que Bacamarte elegesse alguma delas, para acompanhá-lo, e o dispensasse a ele. Que impaciência! que aflição! Enfim, saíram. O alienista guiou para os lados da casa do albardeiro, viu-o à janela, passou cinco, seis vezes por diante, devagar, parando, examinando as atitudes, a expressão do rosto. O pobre Mateus, apenas notou que era objeto da curiosidade ou admiração do primeiro vulto de Itaguaí, redobrou de expressão, deu outro relevo às atitudes... Triste! triste! não fez mais do que condenar-se; no dia seguinte, foi recolhido à Casa Verde.

— A Casa Verde é um cárcere privado, disse um médico sem clínica.

Nunca uma opinião pegou e grassou tão rapidamente. Cárcere privado: eis o que se repetia de norte a sul e de leste a oeste de Itaguaí, — a medo, é verdade, porque durante a semana que se seguiu à captura do pobre Mateus, vinte e tantas pessoas, — duas ou três de consideração, — foram recolhidas à Casa Verde. O alienista dizia que só eram admitidos os casos patológicos, mas pouca gente lhe dava crédito. Sucediam-se as versões populares. Vingança, cobiça de dinheiro, castigo de Deus, monomania do próprio médico, plano secreto do Rio de Janeiro com o fim de destruir em Itaguaí qualquer gérmen de prosperidade que viesse a brotar, arvorecer, florir, com desdouro e míngua daquela cidade, mil outras explicações, que não explicavam nada, tal era o produto diário da imaginação pública.

Nisto chegou do Rio de Janeiro a esposa do alienista, a tia, a mulher do Crispim Soares, e toda a mais comitiva, — ou quase toda, — que algumas semanas antes partira de Itaguaí. O alienista foi recebê-la, com o boticário, o padre Lopes, os vereadores, e vários outros magistrados. O momento em que D. Evarista pôs os olhos na pessoa do marido é considerado pelos cronistas do tempo como um dos mais sublimes da história moral dos homens, e isto pelo contraste das duas naturezas, ambas extremas, ambas egrégias. D. Evarista soltou um grito, balbuciou uma palavra e atirou-se ao consorte, de um gesto que não se pode melhor definir do que comparando-o a uma mistura de onça e rola. Não assim o ilustre Bacamarte; frio como um diagnóstico, sem desengonçar por um instante a rigidez científica, estendeu os braços à dona, que caiu neles, e desmaiou. Curto incidente; ao cabo de dous minutos, D. Evarista recebia os cumprimentos dos amigos, e o préstito punha-se em marcha.

D. Evarista era a esperança de Itaguaí; contava-se com ela para minorar o flagelo da Casa Verde. Daí as aclamações públicas, a imensa gente que atulhava as ruas, as flâmulas, as flores e damascos às janelas. Com o braço apoiado no do padre Lopes, — porque o eminente Bacamarte confiara a mulher ao vigário, e acompanhava-os a passo meditativo, — D. Evarista voltava a cabeça a um lado e outro, curiosa, inquieta, petulante. O vigário indagava do Rio de Janeiro, que ele não vira desde o vice-reinado anterior; e D. Evarista respondia, entusiasmada, que era a cousa mais bela que podia haver no mundo. O Passeio Público estava acabado, um paraíso, onde ela fora muitas vezes, e a Rua das Belas Noites,[2] o chafariz das Marrecas... Ah! o chafariz das Marrecas! Eram mesmo marrecas, — feitas de metal e despejando água pela boca fora. Uma cousa galantíssima. O vigário dizia que sim, que o Rio de Janeiro devia estar agora muito mais bonito. Se já o era noutro tempo! Não admira, maior do que Itaguaí e de mais a mais sede do governo... Mas não se pode dizer que Itaguaí fosse feio; tinha belas casas, a casa do Mateus, a Casa Verde...

— A propósito de Casa Verde, disse o padre Lopes escorregando habilmente para o assunto da ocasião, a senhora vem achá-la muito cheia de gente.

— Sim?

— É verdade. Lá está o Mateus...

— O albardeiro?

— O albardeiro; está o Costa, a prima do Costa, e Fulano, e Sicrano, e...

— Tudo isso doudo?

— Ou quase doudo, obtemperou o padre.

— Mas então?

O vigário derreou os cantos da boca, à maneira de quem não sabe nada, ou não quer dizer tudo; resposta vaga, que se não pode repetir a outra pessoa, por falta de texto. D. Evarista achou realmente extraordinário que toda aquela gente ensandecesse; um ou outro, vá; mas todos? Entretanto, custava-lhe duvidar; o marido era um sábio, não recolheria ninguém à Casa Verde sem prova evidente de loucura.

— Sem dúvida... sem dúvida... ia pontuando o vigário.

Três horas depois, cerca de cinqüenta convivas sentavam-se em volta da mesa de Simão Bacamarte; era o jantar das boas-vindas. D. Evarista foi o assunto obrigado dos brindes, discursos, versos de toda a casta, metáforas, amplificações, apólogos. Ela era a esposa do novo Hipócrates, a musa da ciência, anjo, divina, aurora, caridade, vida, consolação; trazia nos olhos duas estrelas, segundo a versão modesta de Crispim Soares, e dous sóis, no conceito de um vereador. O alienista ouvia essas cousas um tanto enfastiado, mas sem visível impaciência. Quando muito dizia ao ouvido da mulher, que a retórica permitia tais arrojos sem significação. D. Evarista fazia esforços para aderir a esta opinião do marido; mas, ainda descontando três quartas partes das louvaminhas, ficava muito com que enfunar-lhe a alma. Um dos oradores, por exemplo, Martim Brito, rapaz de vinte e cinco anos, pintalegrete acabado, curtido de namoros e aventuras, declamou um discurso em que o nascimento de D. Evarista era explicado pelo mais singular dos reptos. "Deus, disse ele, depois de dar ao universo o homem e a mulher, esse diamante e essa pérola da coroa divina (e o orador arrastava triunfalmente esta frase de uma ponta a outra da mesa), Deus quis vencer a Deus, e criou D. Evarista."

D. Evarista baixou os olhos com exemplar modéstia. Duas senhoras, achando a cortesanice excessiva e audaciosa, interrogaram os olhos do dono da casa; e, na

2. Atual Rua das Marrecas.

verdade, o gesto do alienista pareceu-lhes nublado de suspeitas, de ameaças, e, provavelmente, de sangue. O atrevimento foi grande, pensaram as duas damas. E uma e outra pediam a Deus que removesse qualquer episódio trágico, — ou que o adiasse, ao menos, para o dia seguinte. Sim, que o adiasse. Uma delas, a mais piedosa, chegou a admitir, consigo mesma, que D. Evarista não merecia nenhuma desconfiança, tão longe estava de ser atraente ou bonita. Uma simples água-morna. Verdade é que, se todos os gostos fossem iguais, o que seria do amarelo? E esta idéia fê-la tremer outra vez, embora menos; menos, porque o alienista sorria agora para o Martim Brito, e, levantados todos, foi ter com ele e falou-lhe do discurso. Não lhe negou que era um improviso brilhante, cheio de rasgos magníficos. Seria dele mesmo a idéia relativa ao nascimento de D. Evarista, ou tê-la-ia encontrado em algum autor que...? Não, senhor; era dele mesmo; achou-a naquela ocasião e parecera-lhe adequada a um arroubo oratório. De resto, suas idéias eram antes arrojadas do que ternas ou jocosas. Dava para o épico. Uma vez, por exemplo, compôs uma ode à queda do marquês de Pombal, em que dizia que esse ministro era o "dragão aspérrimo do Nada", esmagado pelas "garras vingadoras do Todo"; e assim outras, mais ou menos fora do comum; gostava das idéias sublimes e raras, das imagens grandes e nobres...

— Pobre moço! pensou o alienista. E continuou consigo: — Trata-se de um caso de lesão cerebral; fenômeno sem gravidade, mas digno de estudo...

D. Evarista ficou estupefata quando soube, três dias depois, que o Martim Brito fora alojado na Casa Verde. Um moço que tinha idéias tão bonitas! As duas senhoras atribuíram o ato a ciúmes do alienista. Não podia ser outra cousa; realmente a declaração do moço fora audaciosa demais.

Ciúmes? Mas como explicar que, logo em seguida, fossem recolhidos José Borges do Couto Leme, pessoa estimável, o Chico das Cambraias, folgazão emérito, o escrivão Fabrício, e ainda outros? O terror acentuou-se. Não se sabia já quem estava são, nem quem estava doudo. As mulheres, quando os maridos saíam, mandavam acender uma lamparina a Nossa Senhora; e nem todos os maridos eram valorosos, alguns não andavam fora sem um ou dous capangas. Positivamente o terror. Quem podia, emigrava . Um desses fugitivos, chegou a ser preso a duzentos passos da vila. Era um rapaz de trinta anos, amável, conversado, polido, tão polido que não cumprimentava alguém sem levar o chapéu ao chão; na rua, acontecia-lhe correr uma distância de dez a vinte braças para ir apertar a mão a um homem grave, a uma senhora, às vezes a um menino, como acontecera ao filho do juiz de fora. Tinha a vocação das cortesias. De resto, devia as boas relações da sociedade, não só aos dotes pessoais, que eram raros, como à nobre tenacidade com que nunca desanimava diante de uma, duas, quatro, seis recusas, caras feias, etc. O que acontecia era que, uma vez entrado numa casa, não a deixava mais, nem os da casa o deixavam a ele, tão gracioso era o Gil Bernardes. Pois o Gil Bernardes, apesar de se saber estimado, teve medo quando lhe disseram um dia, que o alienista o trazia de olho; na madrugada seguinte fugiu da vila, mas foi logo apanhado e conduzido à Casa Verde.

— Devemos acabar com isto!

— Não pode continuar!

— Abaixo a tirania!

— Déspota! violento! Golias!

Não eram gritos na rua, eram suspiros em casa, mas não tardava a hora dos gritos. O terror crescia; avizinhava-se a rebelião. A idéia de uma petição ao governo para que Simão Bacamarte fosse capturado e deportado, andou por algumas cabeças, antes que o barbeiro Porfírio a expendesse na loja, com grandes gestos de indignação. Note-se, — e essa é uma das laudas mais puras desta sombria história, — note-se que o Porfírio, desde que a Casa Verde começara a povoar-se tão extraordinariamente, viu crescerem-lhe os lucros pela aplicação assídua de sanguessugas que dali lhe pediam; mas o interesse particular, dizia ele, deve ceder ao interesse público. E acrescentava: — é preciso derrubar o tirano! Note-se mais que ele soltou esse grito justamente no dia em que Simão Bacamarte fizera recolher à Casa Verde um homem que trazia com ele uma demanda, o Coelho.

— Não me dirão em que é que o Coelho é doudo? bradou o Porfírio.

E ninguém lhe respondia; todos repetiam que era um homem perfeitamente ajuizado. A mesma demanda que ele trazia com o barbeiro, acerca de uns chãos da vila, era filha da obscuridade de um alvará, e não da cobiça ou ódio. Um excelente caráter o Coelho. Os únicos desafeiçoados que tinha eram alguns sujeitos que, dizendo-se taciturnos, ou alegando andar com pressa, mal o viam de longe dobravam as esquinas, entravam nas lojas, etc. Na verdade, ele amava a boa palestra, a palestra comprida, gostada a sorvos largos, e assim é que nunca estava só, preferindo os que sabiam dizer duas palavras, mas não desdenhando os outros. O padre Lopes, que cultivava o Dante, e era inimigo do Coelho, nunca o via desligar-se de uma pessoa que não declamasse e emendasse este trecho:

> La bocca sollevò dal fiero pasto
> Quel! *seccatore...*[3]

mas uns sabiam do ódio do padre, e outros pensavam que isto era uma oração em latim.

VI

A rebelião

Cerca de trinta pessoas ligaram-se ao barbeiro, redigiram e levaram uma representação à câmara. A câmara recusou aceitá-la, declarando que a Casa Verde era uma instituição pública, e que a ciência não podia ser emendada por votação administrativa, menos ainda por movimentos de rua.

— Voltai ao trabalho, concluiu o presidente, é o conselho que vos damos.

A irritação dos agitadores foi enorme. O barbeiro declarou que iam dali levantar a bandeira da rebelião, e destruir a Casa Verde; que Itaguaí não podia continuar a servir de cadáver aos estudos e experiências de um déspota; que muitas pessoas estimáveis, algumas distintas, outras humildes mas dignas de apreço, jaziam nos cubículos da

3 "A boca soergueu do fero pasto aquele *maçador...*" — A "emenda" refere-se à troca por *seccatore* do original *peccatore* que se lê no canto 33, vv. 1-2 do *Inferno,* da *Divina Comédia* de Dante Alighieri.

Casa Verde; que o despotismo científico do alienista complicava-se do espírito de ganância, visto que os loucos, ou supostos tais, não eram tratados de graça: as famílias, e em falta delas a câmara, pagavam ao alienista...

— É falso, interrompeu o presidente.

— Falso?

— Há cerca de duas semanas recebemos um ofício do ilustre médico, em que nos declara que, tratando de fazer experiências de alto valor psicológico, desiste do estipêndio votado pela câmara, bem como nada receberá das famílias dos enfermos.

A notícia deste ato tão nobre, tão puro, suspendeu um pouco a alma dos rebeldes. Seguramente o alienista podia estar em erro, mas nenhum interesse alheio à ciência o instigava; e para demonstrar o erro era preciso alguma cousa mais do que arruaças e clamores. Isto disse o presidente, com aplauso de toda a câmara. O barbeiro, depois de alguns instantes de concentração, declarou que estava investido de um mandato público, e não restituiria a paz a Itaguaí antes de ver por terra a Casa Verde, — "essa Bastilha da razão humana", — expressão que ouvira a um poeta local, e que ele repetiu com muita ênfasis. Disse, e a um sinal todos saíram com ele.

Imagine-se a situação dos vereadores; urgia obstar ao ajuntamento, à rebelião, à luta, ao sangue. Para acrescentar ao mal, um dos vereadores que apoiara o presidente, ouvindo agora a denominação dada pelo barbeiro à Casa Verde, — "Bastilha da razão humana", — achou-a tão elegante, que mudou de parecer. Disse que entendia de bom aviso decretar alguma medida que reduzisse a Casa Verde; e porque o presidente, indignado, manifestasse em termos enérgicos o seu pasmo, o vereador fez esta reflexão:

— Nada tenho que ver com a ciência; mas se tantos homens em quem supomos juízo são reclusos por dementes, quem nos afirma que o alienado não é o alienista?

Sebastião Freitas, o vereador dissidente, tinha o dom da palavra e falou ainda por algum tempo com prudência, mas com firmeza. Os colegas estavam atônitos; o presidente pediu-lhe que, ao menos, desse o exemplo da ordem e do respeito à lei, não aventasse as suas idéias na rua, para não dar corpo e alma à rebelião, que era por ora um turbilhão de átomos dispersos. Esta figura corrigiu um pouco o efeito da outra: Sebastião Freitas prometeu suspender qualquer ação, reservando-se o direito de pedir pelos meios legais a redução da Casa Verde. E repetia consigo, namorado: — Bastilha da razão humana!

Entretanto, a arruaça crescia. Já não eram trinta, mas trezentas pessoas que acompanhavam o barbeiro, cuja alcunha familiar deve ser mencionada, porque ela deu o nome à revolta; chamavam-lhe o Canjica, — e o movimento ficou célebre com o nome de revolta dos Canjicas. A ação podia ser restrita, — visto que muita gente, ou por medo, ou por hábitos de educação, não descia à rua; mas o sentimento era unânime, ou quase unânime, e os trezentos que caminhavam para a Casa Verde, — dada a diferença de Paris a Itaguaí, — podiam ser comparados aos que tomaram a Bastilha.

D. Evarista teve notícia da rebelião antes que ela chegasse; veio dar-lha uma de suas crias. Ela provava nessa ocasião um vestido de seda, — um dos trinta e sete que trouxera do Rio de Janeiro, — e não quis crer.

— Há de ser alguma patuscada, dizia ela mudando a posição de um alfinete. Benedita, vê se a barra está boa.

— Está, sinhá, respondia a mucama de cócaras no chão, está boa. Sinhá vira um bocadinho. Assim. Está muito boa.

— Não é patuscada, não, senhora; eles estão gritando: — Morra o Dr. Bacamarte! o tirano! dizia o moleque assustado.

— Cala a boca, tolo! Benedita, olha aí do lado esquerdo; não parece que a costura está um pouco enviesada? A risca azul não segue até abaixo; está muito feio assim; é preciso descoser para ficar igualzinho e...

— Morra o Dr. Bacamarte! morra o tirano! uivaram fora trezentas vozes. Era a rebelião que desembocava na Rua Nova.

D. Evarista ficou sem pinga de sangue. No primeiro instante não deu um passo, não fez um gesto; o terror petrificou-a. A mucama correu instintivamente para a porta do fundo. Quanto ao moleque, a quem D. Evarista não dera crédito, teve um instante de triunfo, um certo movimento súbito, imperceptível, entranhado, de satisfação moral, ao ver que a realidade vinha jurar por ele.

— Morra o alienista! bradavam as vozes mais perto.

D. Evarista, se não resistia facilmente às comoções de prazer, sabia entestar com os momentos de perigo. Não desmaiou; correu à sala interior onde o marido estudava. Quando ela ali entrou, precipitada, o ilustre médico escrutava um texto de Averróis; os olhos dele, empanados pela cogitação, subiam do livro ao teto e baixavam do teto ao livro, cegos para a realidade exterior, videntes para os profundos trabalhos mentais. D. Evarista chamou pelo marido duas vezes, sem que ele lhe desse atenção; à terceira, ouviu e perguntou-lhe o que tinha, se estava doente.

— Você não ouve estes gritos? perguntou a digna esposa em lágrimas.

O alienista atendeu então; os gritos aproximavam-se, terríveis, ameaçadores; ele compreendeu tudo. Levantou-se da cadeira de espaldar em que estava sentado, fechou o livro, e, a passo firme e tranqüilo, foi depositá-lo na estante. Como a introdução do volume desconcertasse um pouco a linha dos dous tomos contíguos, Simão Bacamarte cuidou de corrigir esse defeito mínimo, e, aliás, interessante. Depois disse à mulher que se recolhesse, que não fizesse nada.

— Não, não, implorava a digna senhora, quero morrer ao lado de você...

Simão Bacamarte teimou que não, que não era caso de morte; e ainda que o fosse, intimava-lhe em nome da vida que ficasse. A infeliz dama curvou a cabeça, obediente e chorosa.

— Abaixo a Casa Verde! bradavam os Canjicas.

O alienista caminhou para a varanda da frente, e chegou ali no momento em que a rebelião também chegava e parava, defronte, com as suas trezentas cabeças rutilantes de civismo e sombrias de desespero. —Morra! morra! bradaram de todos os lados, apenas o vulto do alienista assomou na varanda. Simão Bacamarte fez um sinal pedindo para falar; os revoltosos cobriram-lhe a voz com brados de indignação. Então, o barbeiro, agitando o chapéu, a fim de impor silêncio à turba, conseguiu aquietar os amigos, e declarou ao alienista que podia falar, mas acrescentou que não abusasse da paciência do povo como fizera até então.

— Direi pouco, ou até não direi nada, se for preciso. Desejo saber primeiro o que pedis.

— Não pedimos nada, replicou frementemente o barbeiro; ordenamos que a Casa Verde seja demolida, ou pelo menos despojada dos infelizes que lá estão.

— Não entendo.

— Entendeis bem, tirano; queremos dar liberdade às vítimas do vosso ódio, capricho, ganância...

O alienista sorriu, mas o sorriso desse grande homem não era cousa visível aos olhos da multidão; era uma contração leve de dous ou três músculos, nada mais. Sorriu e respondeu:

— Meus senhores, a ciência é cousa séria, e merece ser tratada com seriedade. Não dou razão dos meus atos de alienista a ninguém, salvo aos mestres e a Deus. Se quereis emendar a administração da Casa Verde, estou pronto a ouvir-vos; mas se exigis que me negue a mim mesmo, não ganhareis nada. Poderia convidar alguns de vós, em comissão dos outros, a vir ver comigo os loucos reclusos; mas não o faço, porque seria dar-vos razão do meu sistema, o que não farei a leigos, nem a rebeldes.

Disse isto o alienista, e a multidão ficou atônita; era claro que não esperava tanta energia e menos ainda tamanha serenidade. Mas o assombro cresceu de ponto quando o alienista, cortejando a multidão com muita gravidade, deu-lhe as costas e retirou-se lentamente para dentro. O barbeiro tornou logo a si, e, agitando o chapéu, convidou os amigos à demolição da Casa Verde; poucas vozes e frouxas lhe responderam. Foi nesse momento decisivo que o barbeiro sentiu despontar em si a ambição do governo; pareceu-lhe então que, demolindo a Casa Verde, e derrocando a influência do alienista, chegaria a apoderar-se da câmara, dominar as demais autoridades e constituir-se senhor de Itaguaí. Desde alguns anos que ele forcejava por ver o seu nome incluído nos pelouros para o sorteio dos vereadores, mas era recusado por não ter uma posição compatível com tão grande cargo. A ocasião era agora ou nunca. Demais, fora tão longe na arruaça, que a derrota seria a prisão, ou talvez a forca, ou o degredo. Infelizmente, a resposta do alienista diminuíra o furor dos sequazes. O barbeiro, logo que o percebeu, sentiu um impulso de indignação, e quis bradar-lhes: — Canalhas! covardes! — mas conteve-se, e rompeu deste modo:

— Meus amigos, lutemos até o fim! A salvação de Itaguaí está nas vossas mãos dignas e heróicas. Destruamos o cárcere de vossos filhos e pais, de vossas mães e irmãs, de vossos parentes e amigos, e de vós mesmos. Ou morrereis a pão e água, talvez a chicote, na masmorra daquele indigno.

A multidão agitou-se, murmurou, bradou, ameaçou, congregou-se toda em derredor do barbeiro. Era a revolta que tornava a si da ligeira síncope, e ameaçava arrasar a Casa Verde.

— Vamos! bradou Porfírio agitando o chapéu.

— Vamos! repetiram todos.

Deteve-os um incidente: era um corpo de dragões que, a marche-marche, entrava na Rua Nova.

VII

O inesperado

Chegados os dragões em frente aos Canjicas, houve um instante de estupefação; os Canjicas não queriam crer que a força pública fosse mandada contra eles; mas o barbeiro compreendeu tudo e esperou. Os dragões pararam, o capitão intimou à multidão que se dispersasse; mas, conquanto uma parte dela estivesse inclinada a isso, a outra parte apoiou fortemente o barbeiro, cuja resposta consistiu nestes termos alevantados:

— Não nos dispersaremos. Se quereis os nossos cadáveres, podeis tomá-los; mas só os cadáveres; não levareis a nossa honra, o nosso crédito, os nossos direitos, e com eles a salvação de Itaguaí.

Nada mais imprudente do que essa resposta do barbeiro; e nada mais natural. Era a vertigem das grandes crises. Talvez fosse também um excesso de confiança na abstenção das armas por parte dos dragões; confiança que o capitão dissipou logo, mandando carregar sobre os Canjicas. O momento foi indescritível. A multidão urrou furiosa; alguns, trepando às janelas das casas, ou correndo pela rua fora, conseguiram escapar; mas a maioria ficou, bufando de cólera, indignada, animada pela exortação do barbeiro. A derrota dos Canjicas estava iminente, quando um terço dos dragões, — qualquer que fosse o motivo, as crônicas não o declaram, — passou subitamente para o lado da rebelião. Este inesperado reforço deu alma aos Canjicas, ao mesmo tempo que lançou o desânimo às fileiras da legalidade. Os soldados fiéis não tiveram coragem de atacar os seus próprios camaradas, e, um a um, foram passando para eles, de modo que, ao cabo de alguns minutos, o aspecto das cousas era totalmente outro. O capitão estava de um lado, com alguma gente, contra uma massa compacta que o ameaçava de morte. Não teve remédio, declarou-se vencido e entregou a espada ao barbeiro.

A revolução triunfante não perdeu um só minuto; recolheu os feridos às casas próximas, e guiou para a câmara. Povo e tropa fraternizavam, davam vivas a el-rei, ao vice-rei, a Itaguaí, ao "ilustre Porfírio". Este ia na frente, empunhando tão destramente a espada, como se ela fosse apenas uma navalha um pouco mais comprida. A vitória cingia-lhe a fronte de um nimbo misterioso. A dignidade de governo começava a enrijar-lhe os quadris.

Os vereadores, às janelas, vendo a multidão e a tropa, cuidaram que a tropa capturara a multidão, e sem mais exame, entraram e votaram uma petição ao vice-rei para que mandasse dar um mês de soldo aos dragões, "cujo denodo salvou Itaguaí do abismo a que o tinha lançado uma cáfila de rebeldes". Esta frase foi proposta por Sebastião Freitas, o vereador dissidente, cuja defesa dos Canjicas tanto escandalizara os colegas. Mas bem depressa a ilusão se desfez. Os vivas ao barbeiro, os morras aos vereadores e ao alienista vieram dar-lhes notícia da triste realidade. O presidente não desanimou: — Qualquer que seja a nossa sorte, disse ele, lembremo-nos que estamos ao serviço de Sua Majestade e do povo. — Sebastião Freitas insinuou que melhor se poderia servir à coroa e à vila saindo pelos fundos e indo conferenciar com o juiz de fora, mas toda a câmara rejeitou esse alvitre.

Daí a nada o barbeiro, acompanhado de alguns de seus tenentes, entrava na sala da vereança e intimava à câmara a sua queda. A câmara não resistiu, entregou-se, e foi dali para a cadeia. Então os amigos do barbeiro propuseram-lhe que assumisse o governo da vila, em nome de Sua Majestade. Porfírio aceitou o encargo, embora não desconhecesse (acrescentou) os espinhos que trazia; disse mais que não podia dispensar o concurso dos amigos presentes; ao que eles prontamente anuíram. O barbeiro veio à janela, e comunicou ao povo essas resoluções, que o povo ratificou, aclamando o barbeiro. Este tomou a denominação de — "Protetor da vila em nome de Sua Majestade e do povo". — Expediram-se logo várias ordens importantes, comunicações oficiais do novo governo, uma exposição minuciosa ao vice-rei, com muitos protestos de obediência às ordens de Sua Majestade; finalmente, uma proclamação ao povo, curta, mas enérgica:

"Itaguaienses!

Uma câmara corrupta e violenta conspirava contra os interesses de Sua Majestade e do povo. A opinião pública tinha-a condenado; um punhado de cidadãos, fortemente apoiados pelos bravos dragões de Sua Majestade, acaba de a dissolver ignominiosamente, e por unânime consenso da vila, foi-me confiado o mando supremo, até que Sua Majestade se sirva ordenar o que parecer melhor ao seu real serviço. Itaguaienses! não vos peço senão que me rodeeis de confiança, que me auxilieis em restaurar a paz e a fazenda pública, tão desbaratada pela câmara que ora findou às vossas mãos. Contai com o meu sacrifício, e ficai certos de que a coroa será por nós.

O Protetor da vila em nome de Sua Majestade e do povo

PORFÍRIO CAETANO DAS NEVES."

Toda a gente advertiu no absoluto silêncio desta proclamação acerca da Casa Verde; e, segundo uns, não podia haver mais vivo indício dos projetos tenebrosos do barbeiro. O perigo era tanto maior quanto que, no meio mesmo desses graves sucessos, o alienista metera na Casa Verde umas sete ou oito pessoas, entre elas duas senhoras, sendo um dos homens aparentado com o Protetor. Não era um repto, um ato intencional; mas todos o interpretaram dessa maneira, e a vila respirou com a esperança de que o alienista dentro de vinte e quatro horas estaria a ferros, e destruído o terrível cárcere.

O dia acabou alegremente. Enquanto o arauto da matraca ia recitando de esquina em esquina a proclamação, o povo espalhava-se nas ruas e jurava morrer em defesa do ilustre Porfírio. Poucos gritos contra a Casa Verde, prova de confiança na ação do governo. O barbeiro fez expedir um ato declarando feriado aquele dia, e entabulou negociações com o vigário para a celebração de um *Te-Deum,* tão conveniente era aos olhos dele a conjunção do poder temporal com o espiritual; mas o padre Lopes recusou abertamente o seu concurso.

— Em todo caso, Vossa Reverendíssima não se alistará entre os inimigos do governo? disse-lhe o barbeiro, dando à fisionomia um aspecto tenebroso.

Ao que o padre Lopes respondeu, sem responder:

— Como alistar-me, se o novo governo não tem inimigos?

O barbeiro sorriu; era a pura verdade. Salvo o capitão, os vereadores e os principais da vila, toda a gente o aclamava. Os mesmos principais, se o não aclamavam, não tinham saído contra ele. Nenhum dos almotacés deixou de vir receber as suas ordens. No geral, as famílias abençoavam o nome daquele que ia enfim libertar Itaguaí da Casa Verde e do terrível Simão Bacamarte.

VIII

As angústias do boticário

Vinte e quatro horas depois dos sucessos narrados no capítulo anterior, o barbeiro saiu do palácio do governo, — foi a denominação dada à casa da câmara, — com dous ajudantes-de-ordens, e dirigiu-se à residência de Simão Bacamarte. Não ignorava ele que era mais decoroso ao governo mandá-lo chamar; o receio, porém, de que o alienista não obedecesse, obrigou-o a parecer tolerante e moderado.

Não descrevo o terror do boticário ao ouvir dizer que o barbeiro ia à casa do alienista. — Vai prendê-lo, pensou ele. E redobraram-lhe as angústias. Com efeito, a tortura moral do boticário naqueles dias de revolução excede a toda a descrição possível. Nunca um homem se achou em mais apertado lance: — a privança do alienista chamava-o ao lado deste, a vitória do barbeiro atraía-o ao barbeiro. Já a simples notícia da sublevação tinha-lhe sacudido fortemente a alma, porque ele sabia a unanimidade do ódio ao alienista; mas a vitória final foi também o golpe final. A esposa, senhora máscula, amiga particular de D. Evarista, dizia que o lugar dele era ao lado de Simão Bacamarte; ao passo que o coração lhe bradava que não, que a causa do alienista estava perdida, e que ninguém, por ato próprio, se amarra a um cadáver. Fê-lo Catão, é verdade, *sed victa Catoni,* pensava ele, relembrando algumas palestras habituais do padre Lopes; mas Catão não se atou a uma causa vencida, ele era a própria causa vencida, a causa da república; o seu ato, portanto, foi de egoísta, de um miserável egoísta; minha situação é outra. Insistindo, porém, a mulher, não achou Crispim Soares outra saída em tal crise senão adoecer; declarou-se doente e meteu-se na cama.

— Lá vai o Porfírio à casa do Dr. Bacamarte, disse-lhe a mulher no dia seguinte à cabeceira da cama; vai acompanhado de gente.

— Vai prendê-lo, pensou o boticário.

Uma idéia traz outra; o boticário imaginou que, uma vez preso o alienista, viriam também buscá-lo a ele, na qualidade de cômplice. Esta idéia foi o melhor dos vesicatórios. Crispim Soares ergueu-se, disse que estava bom, que ia sair; e apesar de todos os esforços e protestos da consorte, vestiu-se e saiu. Os velhos cronistas são unânimes em dizer que a certeza de que o marido ia colocar-se nobremente ao lado do alienista consolou grandemente a esposa do boticário; e notam, com muita perspicácia, o imenso poder moral de uma ilusão; porquanto, o boticário caminhou resolutamente ao palácio do governo, não à casa do alienista. Ali chegando, mostrou-se admirado de não ver o barbeiro, a quem ia apresentar os seus protestos de adesão, não o tendo feito desde a véspera por enfermo. E tossia com algum custo. Os altos funcionários que lhe ouviam esta declaração, sabedores da intimidade do boticário com o alienista, compreenderam toda a importância da adesão nova, e trataram a Crispim Soares com apurado carinho; afirmaram-lhe que o barbeiro não tardava; Sua Senhoria tinha ido à Casa Verde, a negócio importante, mas não tardava. Deram-lhe cadeira, refrescos, elogios; disseram-lhe que a causa do ilustre Porfírio era a de todos os patriotas; ao que o boticário ia repetindo que sim, que nunca pensara outra cousa, que isso mesmo mandaria declarar a Sua Majestade.

IX

Dous lindos casos

Não se demorou o alienista em receber o barbeiro; declarou-lhe que não tinha meios de resistir, e portanto estava prestes a obedecer. Só uma cousa pedia, é que o não constrangesse a assistir pessoalmente à destruição da Casa Verde.

— Engana-se Vossa Senhoria, disse o barbeiro depois de alguma pausa, engana-se em atribuir ao governo intenções vandálicas. Com razão ou sem ela, a opinião crê que a maior parte dos doudos ali metidos estão em seu perfeito juízo, mas o governo reconhece que a questão é puramente científica, e não cogita em resolver com posturas as questões científicas. Demais, a Casa Verde é uma instituição pública; tal a aceitamos das mãos da câmara dissolvida. Há, entretanto, — por força que há de haver um alvitre intermédio que restitua o sossego ao espírito público.

O alienista mal podia dissimular o assombro; confessou que esperava outra cousa, o arrasamento do hospício, a prisão dele, o desterro, tudo, menos...

— O pasmo de Vossa Senhoria, atalhou gravemente o barbeiro, vem de não atender à grave responsabilidade do governo. O povo, tomado de uma cega piedade, que lhe dá em tal caso legítima indignação, pode exigir do governo certa ordem de atos; mas este, com a responsabilidade que lhe incumbe, não os deve praticar, ao menos integralmente, e tal é a nossa situação. A generosa revolução que ontem derrubou uma câmara vilipendiada e corrupta, pediu em altos brados o arrasamento da Casa Verde; mas pode entrar no ânimo do governo eliminar a loucura? Não. E se o governo não a pode eliminar, está ao menos apto para discriminá-la, reconhecê-la? Também não; é matéria de ciência. Logo, em assunto tão melindroso, o governo não pode, não deve, não quer dispensar o concurso de Vossa Senhoria. O que lhe pede é que de certa maneira demos alguma satisfação ao povo. Unamo-nos, e o povo saberá obedecer. Um dos alvitres aceitáveis, se Vossa Senhoria não indicar outro, seria fazer retirar da Casa Verde aqueles enfermos que estiverem quase curados, e bem assim os maníacos de pouca monta, etc. Desse modo, sem grande perigo, mostraremos alguma tolerância e benignidade.

— Quantos mortos e feridos houve ontem no conflito? perguntou Simão Bacamarte depois de uns três minutos.

O barbeiro ficou espantado da pergunta, mas respondeu logo que onze mortos e vinte e cinco feridos.

— Onze mortos e vinte e cinco feridos! repetiu duas ou três vezes o alienista.

E em seguida declarou que o alvitre lhe não parecia bom, mas que ele ia catar algum outro, e dentro de poucos dias lhe daria resposta. E fez-lhe várias perguntas acerca dos sucessos da véspera, ataque, defesa, adesão dos dragões, resistência da câmara, etc., ao que o barbeiro ia respondendo com grande abundância, insistindo principalmente no descrédito em que a câmara caíra. O barbeiro confessou que o novo governo não tinha ainda por si a confiança dos principais da vila, mas o alienista podia fazer muito nesse ponto. O governo, concluiu o barbeiro, folgaria se pudesse contar não já com a simpatia, senão com a benevolência do mais alto espírito de

Itaguaí, e seguramente do reino. Mas nada disso alterava a nobre e austera fisionomia daquele grande homem, que ouvia calado, sem desvanecimento, nem modéstia, mas impassível como um deus de pedra.

— Onze mortos e vinte e cinco feridos, repetiu o alienista, depois de acompanhar o barbeiro até à porta. Eis aí dous lindos casos de doença cerebral. Os sintomas de duplicidade e descaramento deste barbeiro são positivos. Quanto à toleima dos que o aclamaram não é preciso outra prova além dos onze mortos e vinte e cinco feridos. — Dous lindos casos!

— Viva o ilustre Porfírio! bradaram umas trinta pessoas que aguardavam o barbeiro à porta.

O alienista espiou pela janela, e ainda ouviu este resto de uma pequena fala do barbeiro às trinta pessoas que o aclamavam:

— ... porque eu velo, podeis estar certos disso, eu velo pela execução das vontades do povo. Confiai em mim; e tudo se fará pela melhor maneira. Só vos recomendo ordem. A ordem, meus amigos, é a base do governo...

— Viva o ilustre Porfírio! bradaram as trinta vozes, agitando os chapéus.

— Dous lindos casos! murmurou o alienista.

X

A restauração

Dentro de cinco dias, o alienista meteu na Casa Verde cerca de cinqüenta aclamadores do novo governo. O povo indignou-se. O governo, atarantado, não sabia reagir. João Pina, outro barbeiro, dizia abertamente nas ruas, que o Porfírio estava "vendido ao ouro de Simão Bacamarte", frase que congregou em torno de João Pina a gente mais resoluta da vila. Porfírio, vendo o antigo rival da navalha à testa da insurreição, compreendeu que a sua perda era irremediável, se não desse um grande golpe; expediu dous decretos, um abolindo a Casa Verde, outro desterrando o alienista. João Pina mostrou claramente, com grandes frases, que o ato de Porfírio era um simples aparato, um engodo, em que o povo não devia crer. Duas horas depois caía Porfirio ignominiosamente, e João Pina assumia a difícil tarefa do governo. Como achasse nas gavetas as minutas da proclamação, da exposição ao vice-rei e de outros atos inaugurais do governo anterior, deu-se pressa em os fazer copiar e expedir; acrescentam os cronistas, e aliás subentende-se, que ele lhes mudou os nomes, e onde o outro barbeiro falara de uma câmara corrupta, falou este de "um intruso eivado das más doutrinas francesas, e contrário aos sacrossantos interesses de Sua Majestade, etc."

Nisto entrou na vila uma força mandada pelo vice-rei, e restabeleceu a ordem. O alienista exigiu desde logo a entrega do barbeiro Porfírio, e bem assim a de uns cinqüenta e tantos indivíduos, que declarou mentecaptos; e não só lhe deram esses, como afiançaram entregar-lhe mais dezenove sequazes do barbeiro, que convalesciam das feridas apanhadas na primeira rebelião.

Este ponto da crise de Itaguaí marca também o grau máximo da influência de Simão Bacamarte. Tudo quanto quis, deu-se-lhe; e uma das mais vivas provas do poder do ilustre médico achamo-la na prontidão com que os vereadores, restituídos a seus lugares, consentiram em que Sebastião Freitas também fosse recolhido ao hospício. O alienista, sabendo da extraordinária inconsistência das opiniões desse vereador, entendeu que era um caso patológico, e pediu-o. A mesma cousa aconteceu ao boticário. O alienista, desde que lhe falaram da momentânea adesão de Crispim Soares à rebelião dos Canjicas, comparou-a à aprovação que sempre recebera dele, ainda na véspera, e mandou capturá-lo. Crispim Soares não negou o fato, mas explicou-o dizendo que cedera a um movimento de terror, ao ver a rebelião triunfante, e deu como prova a ausência de nenhum outro ato seu, acrescentando que voltara logo à cama, doente. Simão Bacamarte não o contrariou; disse, porém, aos circunstantes que o terror também é pai da loucura, e que o caso de Crispim Soares lhe parecia dos mais caracterizados.

Mas a prova mais evidente da influência de Simão Bacamarte foi a docilidade com que a câmara lhe entregou o próprio presidente. Este digno magistrado tinha declarado em plena sessão, que não se contentava, para lavá-lo da afronta dos Canjicas, com menos de trinta almudes de sangue; palavra que chegou aos ouvidos do alienista por boca do secretário da câmara, entusiasmado de tamanha energia. Simão Bacamarte começou por meter o secretário na Casa Verde, e foi dali à câmara, à qual declarou que o presidente estava padecendo da "demência dos touros", um gênero que ele pretendia estudar, com grande vantagem para os povos. A câmara a princípio hesitou, mas acabou cedendo.

Daí em diante foi uma coleta desenfreada. Um homem não podia dar nascença ou curso à mais simples mentira do mundo, ainda daquelas que aproveitam ao inventor ou divulgador, que não fosse logo metido na Casa Verde. Tudo era loucura. Os cultores de enigmas, os fabricantes de charadas, de anagramas, os maldizentes, os curiosos da vida alheia, os que põem todo o seu cuidado na tafularia, um ou outro almotacé enfunado, ninguém escapava aos emissários do alienista. Ele respeitava as namoradas e não poupava as namoradeiras, dizendo que as primeiras cediam a um impulso natural, e as segundas a um vício. Se um homem era avaro ou pródigo ia do mesmo modo para a Casa Verde; daí a alegação de que não havia regra para a completa sanidade mental. Alguns cronistas crêem que Simão Bacamarte nem sempre procedia com lisura, e citam em abono da afirmação (que não sei se pode ser aceita) o fato de ter alcançado da câmara uma postura autorizando o uso de um anel de prata no dedo polegar da mão esquerda, a toda a pessoa que, sem outra prova documental ou tradicional, declarasse ter nas veias duas ou três onças de sangue godo. Dizem esses cronistas que o fim secreto da insinuação à câmara foi enriquecer um ourives, amigo e compadre dele; mas, conquanto seja certo que o ourives viu prosperar o negócio depois da nova ordenação municipal, não o é menos que essa postura deu à Casa Verde uma multidão de inquilinos; pelo que, não se pode definir, sem temeridade, o verdadeiro fim do ilustre médico. Quanto à razão determinativa da captura e aposentação na Casa Verde de todos quantos usaram do anel, é um dos pontos mais obscuros da história de Itaguaí; a opinião mais verossímil é que eles foram recolhidos por andarem a gesticular, à toa, nas ruas, em casa, na igreja. Ninguém ignora que os doudos gesticulam muito. Em todo caso, é uma simples conjectura; de positivo nada há.

— Onde é que este homem vai parar? diziam os principais da terra. Ah! se nós tivéssemos apoiado os Canjicas...

Um dia de manhã, — dia em que a câmara devia dar um grande baile, — a vila inteira ficou abalada com a notícia de que a própria esposa do alienista fora metida na Casa Verde. Ninguém acreditou; devia ser invenção de algum gaiato. E não era: era a verdade pura. D. Evarista fora recolhida às duas horas da noite. O padre Lopes correu ao alienista e interrogou-o discretamente acerca do fato.

— Já há algum tempo que eu desconfiava, disse gravemente o marido. A modéstia com que ela vivera em ambos os matrimônios não podia conciliar-se com o furor das sedas, veludos, rendas e pedras preciosas que manifestou, logo que voltou do Rio de Janeiro. Desde então comecei a observá-la. Suas conversas eram todas sobre esses objetos; se eu lhe falava das antigas cortes, inquiria logo da forma dos vestidos das damas; se uma senhora a visitava, na minha ausência, antes de me dizer o objeto da visita, descrevia-me o trajo, aprovando umas cousas e censurando outras. Um dia, creio que Vossa Reverendíssima há de lembrar-se, propôs-se a fazer anualmente um vestido para a imagem de Nossa Senhora da matriz. Tudo isto eram sintomas graves; esta noite, porém, declarou-se a total demência. Tinha escolhido, preparado, enfeitado o vestuário que levaria ao baile da câmara municipal; só hesitava entre um colar de granada e outro de safira. Anteontem perguntou-me qual deles levaria; respondi-lhe que um ou outro lhe ficava bem. Ontem repetiu a pergunta, ao almoço; pouco depois de jantar fui achá-la calada e pensativa. — Que tem? perguntei-lhe. — Queria levar o colar de granada, mas acho o de safira tão bonito! — Pois leve o de safira. — Ah! mas onde fica o de granada? — Enfim, passou a tarde sem novidade. Ceamos, e deitamo-nos. Alta noite, seria hora e meia, acordo e não a vejo; levanto-me, vou ao quarto de vestir, acho-a diante dos dous colares, ensaiando-os ao espelho, ora um, ora outro. Era evidente a demência: recolhi-a logo.

O padre Lopes não se satisfez com a resposta, mas não objetou nada. O alienista, porém, percebeu e explicou-lhe que o caso de D. Evarista era de "mania sumptuária", não incurável, e em todo caso digno de estudo.

— Conto pô-la boa dentro de seis semanas, concluiu ele.

A abnegação do ilustre médico deu-lhe grande realce. Conjecturas, invenções, desconfianças, tudo caiu por terra, desde que ele não duvidou recolher à Casa Verde a própria mulher, a quem amava com todas as forças da alma. Ninguém mais tinha o direito de resistir-lhe, — menos ainda o de atribuir-lhe intuitos alheios à ciência.

Era um grande homem austero, Hipócrates forrado de Catão.

XI

O assombro de Itaguaí

E agora prepare-se o leitor para o mesmo assombro em que ficou a vila ao saber um dia que os loucos da Casa Verde iam todos ser postos na rua.

— Todos?

— Todos.

— É impossível; alguns sim, mas todos...

— Todos. Assim o disse ele no ofício que mandou hoje de manhã à câmara.

De fato o alienista oficiara à câmara expondo: — 1º, que verificara das estatísticas da vila e da Casa Verde, que quatro quintos da população estavam aposentados naquele estabelecimento; 2º, que esta deslocação de população levara-o a examinar os fundamentos da sua teoria das moléstias cerebrais, teoria que excluía do domínio da razão todos os casos em que o equilíbrio das faculdades não fosse perfeito e absoluto; 3º, que desse exame e do fato estatístico resultara para ele a convicção de que a verdadeira doutrina não era aquela, mas a oposta, e portanto que se devia admitir como normal e exemplar o desequilíbrio das faculdades, e como hipóteses patológicas todos os casos em que aquele equilíbrio fosse ininterrupto; 4º, que, à vista disso, declarava à câmara que ia dar liberdade aos reclusos da Casa Verde e agasalhar nela as pessoas que se achassem nas condições agora expostas; 5º, que, tratando de descobrir a verdade científica, não se pouparia a esforços de toda a natureza, esperando da câmara igual dedicação; 6º, que restituía à câmara e aos particulares a soma do estipêndio recebido para alojamento dos supostos loucos, descontada a parte efetivamente gasta com a alimentação, roupa, etc.; o que a câmara mandaria verificar nos livros e arcas da Casa Verde.

O assombro de Itaguaí foi grande; não foi menor a alegria dos parentes e amigos dos reclusos. Jantares, danças, luminárias, músicas, tudo houve para celebrar tão fausto acontecimento. Não descrevo as festas por não interessarem ao nosso propósito; mas foram esplêndidas, tocantes e prolongadas.

E vão assim as cousas humanas! No meio do regozijo produzido pelo ofício de Simão Bacamarte, ninguém advertia na frase final do § 4º, uma frase cheia de experiências futuras.

XII

O final do § 4.º

Apagaram-se as luminárias, reconstituíram-se as famílias, tudo parecia reposto nos antigos eixos. Reinava a ordem, a câmara exercia outra vez o governo, sem nenhuma pressão externa; o próprio presidente e o vereador Freitas tornaram aos seus lugares. O barbeiro Porfírio, ensinado pelos acontecimentos, tendo "provado tudo", como o poeta disse de Napoleão, e mais alguma cousa, porque Napoleão não provou a Casa Verde, o barbeiro achou preferível a glória obscura da navalha e da tesoura às calamidades brilhantes do poder; foi, é certo, processado; mas a população da vila implorou a clemência de Sua Majestade; daí o perdão. João Pina foi absolvido, atendendo-se a que ele derrocara um rebelde. Os cronistas pensam que deste fato é que nasceu o nosso adágio: — ladrão que furta a ladrão, tem cem anos de perdão; — adágio imoral, é verdade, mas grandemente útil.

Não só findaram as queixas contra o alienista, mas até nenhum ressentimento ficou dos atos que ele praticara; acrescendo que os reclusos da Casa Verde, desde que ele os declarara plenamente ajuizados, sentiram-se tomados de profundo reconhecimento e férvido entusiasmo. Muitos entenderam que o alienista merecia uma especial manifestação, e deram-lhe um baile, ao qual se seguiram outros bailes e jantares. Dizem as crônicas que D. Evarista a princípio tivera idéia de separar-se do consorte, mas a dor de perder a companhia de tão grande homem venceu qualquer ressentimento de amor-próprio, e o casal veio a ser ainda mais feliz do que antes.

Não menos íntima ficou a amizade do alienista e do boticário. Este concluiu do ofício de Simão Bacamarte que a prudência é a primeira das virtudes em tempos de revolução, e apreciou muito a magnanimidade do alienista que, ao dar-lhe a liberdade, estendeu-lhe a mão de amigo velho.

— É um grande homem, disse ele à mulher, referindo aquela circunstância.

Não é preciso falar do albardeiro, do Costa, do Coelho, do Martim Brito e outros, especialmente nomeados neste escrito; basta dizer que puderam exercer livremente os seus hábitos anteriores. O próprio Martim Brito, recluso por um discurso em que louvara enfaticamente D. Evarista, fez agora outro em honra do insigne médico — "cujo altíssimo gênio, elevando as asas muito acima do sol, deixou abaixo de si todos os demais espíritos da terra".

— Agradeço as suas palavras, retorquiu-lhe o alienista, e ainda me não arrependo de o haver restituído à liberdade.

Entretanto, a câmara, que respondera ao ofício de Simão Bacamarte, com a ressalva de que oportunamente estatuiria em relação ao final do § 4º, tratou enfim de legislar sobre ele. Foi adotada, sem debate, uma postura, autorizando o alienista a agasalhar na Casa Verde as pessoas que se achassem no gozo do perfeito equilíbrio das faculdades mentais. E porque a experiência da câmara tivesse sido dolorosa, estabeleceu ela a cláusula de que a autorização era provisória, limitada a um ano, para o fim de ser experimentada a nova teoria psicológica, podendo a câmara, antes mesmo daquele prazo, mandar fechar a Casa Verde, se a isso fosse aconselhada por motivos de ordem pública. O vereador Freitas propôs também a declaração de que em nenhum caso fossem os vereadores recolhidos ao asilo dos alienados: cláusula que foi aceita, votada e incluída na postura, apesar das reclamações do vereador Galvão. O argumento principal deste magistrado é que a câmara, legislando sobre uma experiência científica, não podia excluir as pessoas dos seus membros das conseqüências da lei; a exceção era odiosa e ridícula. Mal proferira estas duras palavras, romperam os vereadores em altos brados contra a audácia e insensatez do colega; este, porém, ouviu-os e limitou-se a dizer que votava contra a exceção.

— A vereança, concluiu ele, não nos dá nenhum poder especial nem nos elimina do espírito humano.

Simão Bacamarte aceitou a postura com todas as restrições. Quanto à exclusão dos vereadores, declarou que teria profundo sentimento se fosse compelido a recolhê-los à Casa Verde; a cláusula, porém, era a melhor prova de que eles não padeciam do perfeito equilíbrio das faculdades mentais. Não acontecia o mesmo ao vereador Galvão, cujo acerto na objeção feita, e cuja moderação na resposta dada às invectivas dos colegas mostravam da parte dele um cérebro bem organizado; pelo que, rogava à câmara que lho entregasse. A câmara, sentindo-se ainda agravada pelo proceder do vereador Galvão, estimou o pedido do alienista, e votou unanimemente a entrega.

Compreende-se que, pela teoria nova, não bastava um fato ou um dito, para recolher alguém à Casa Verde; era preciso um longo exame, um vasto inquérito do passado e do presente. O padre Lopes, por exemplo, só foi capturado trinta dias depois da postura, a mulher do boticário quarenta dias. A reclusão desta senhora encheu o consorte de indignação. Crispim Soares saiu de casa espumando de cólera e declarando às pessoas a quem encontrava que ia arrancar as orelhas ao tirano. Um sujeito, adversário do alienista, ouvindo na rua essa notícia, esqueceu os motivos de dissidência, e correu à casa de Simão Bacamarte a participar-lhe o perigo que corria. Simão Bacamarte mostrou-se grato ao procedimento do adversário, e poucos minutos lhe bastaram para conhecer a retidão dos seus sentimentos, a boa-fé, o respeito humano, a generosidade; apertou-lhe muito as mãos, e recolheu-o à Casa Verde.

— Um caso destes é raro, disse ele à mulher pasmada. Agora esperemos o nosso Crispim.

Crispim Soares entrou. A dor vencera a raiva, o boticário não arrancou as orelhas ao alienista. Este consolou o seu privado, assegurando-lhe que não era caso perdido; talvez a mulher tivesse alguma lesão cerebral; ia examiná-la com muita atenção; mas antes disso não podia deixá-la na rua. E parecendo-lhe vantajoso reuni-los, porque a astúcia e velhacaria do marido poderiam de certo modo curar a beleza moral que ele descobrira na esposa, disse Simão Bacamarte:

— O senhor trabalhará durante o dia na botica, mas almoçará e jantará com sua mulher, e cá passará as noites, e os domingos e dias santos.

A proposta colocou o pobre boticário na situação do asno de Buridan. Queria viver com a mulher, mas temia voltar à Casa Verde; e nessa luta esteve algum tempo, até que D. Evarista o tirou da dificuldade, prometendo que se incumbiria de ver a amiga e transmitir os recados de um para outro. Crispim Soares beijou-lhe as mãos agradecido. Este último rasgo de egoísmo pusilânime pareceu sublime ao alienista.

Ao cabo de cinco meses estavam alojadas umas dezoito pessoas; mas Simão Bacamarte não afrouxava; ia de rua em rua, de casa em casa, espreitando, interrogando, estudando; e quando colhia um enfermo, levava-o com a mesma alegria com que outrora os arrebanhava às dúzias. Essa mesma desproporção confirmava a teoria nova; achara-se enfim a verdadeira patologia cerebral. Um dia, conseguiu meter na Casa Verde o juiz de fora; mas procedia com tanto escrúpulo, que o não fez senão depois de estudar minuciosamente todos os seus atos, e interrogar os principais da vila. Mais de uma vez esteve prestes a recolher pessoas perfeitamente desequilibradas; foi o que se deu com um advogado, em quem reconheceu um tal conjunto de qualidades morais e mentais, que era perigoso deixá-lo na rua. Mandou prendê-lo; mas o agente, desconfiado, pediu-lhe para fazer uma experiência; foi ter com um compadre, demandado por um testamento falso, e deu-lhe de conselho que tomasse por advogado o Salustiano; era o nome da pessoa em questão.

— Então parece-lhe...?

— Sem dúvida: vá, confesse tudo, a verdade inteira, seja qual for, e confie-lhe a causa.

O homem foi ter com o advogado, confessou ter falsificado o testamento, e acabou pedindo que lhe tomasse a causa. Não se negou o advogado, estudou os papéis, arrazoou longamente, e provou a todas as luzes que o testamento era mais que verdadeiro. A inocência do réu foi solenemente proclamada pelo juiz, e a herança passou-lhe às mãos. O distinto jurisconsulto deveu a esta experiência a liberdade. Mas nada escapa a um espírito original e penetrante. Simão Bacamarte, que desde algum tempo notava o zelo, a sagacidade, a paciência, a moderação daquele agente, reconheceu a habilidade e o tino com que ele levara a cabo uma experiência tão melindrosa e complicada, e determinou recolhê-lo imediatamente à Casa Verde: deu-lhe, todavia, um dos melhores cubículos.

Os alienados foram alojados por classes. Fez-se uma galeria de modestos, isto é, os loucos em quem predominava esta perfeição moral; outra de tolerantes, outra de verídicos, outra de símplices, outra de leais, outra de magnânimos, outra de sagazes, outra de sinceros, etc. Naturalmente, as famílias e os amigos dos reclusos bradavam contra a teoria; e alguns tentaram compelir a câmara a cassar a licença. A câmara, porém, não esquecera a linguagem do vereador Galvão, e, se cassasse a licença, vê-lo-ia na rua, e restituído ao lugar; pelo que, recusou. Simão Bacamarte oficiou aos vereadores, não agradecendo, mas felicitando-os por este ato de vingança pessoal.

Desenganados da legalidade, alguns principais da vila recorreram secretamente ao barbeiro Porfírio e afiançaram-lhe todo o apoio de gente, dinheiro e influência na corte, se ele se pusesse à testa de outro movimento contra a câmara e o alienista. O barbeiro respondeu-lhes que não; que a ambição o levara da primeira vez a transgredir as leis, mas que ele se emendara, reconhecendo o erro próprio e a pouca consistência da opinião dos seus mesmos sequazes; que a câmara entendera autorizar a nova experiência do alienista, por um ano: cumpria, ou esperar o fim do prazo, ou requerer ao vice-rei, caso a mesma câmara rejeitasse o pedido. Jamais aconselharia o emprego de um recurso que ele viu falhar em suas mãos, e isso a troco de mortes e ferimentos que seriam o seu eterno remorso.

— O que é que me está dizendo? perguntou o alienista quando um agente secreto lhe contou a conversação do barbeiro com os principais da vila.

Dous dias depois o barbeiro era recolhido à Casa Verde.

— Preso por ter cão, preso por não ter cão! exclamou o infeliz.

Chegou o fim do prazo, a câmara autorizou um prazo suplementar de seis meses para ensaio dos meios terapêuticos. O desfecho deste episódio da crônica itaguaiense é de tal ordem, e tão inesperado, que merecia nada menos de dez capítulos de exposição; mas contento-me com um, que será o remate da narrativa, e um dos mais belos exemplos de convicção científica e abnegação humana.

XIII

Plus ultra!

Era a vez da terapêutica. Simão Bacamarte, ativo e sagaz em descobrir enfermos, excedeu-se ainda na diligência e penetração com que principiou a tratá-los. Neste ponto todos os cronistas estão de pleno acordo: o ilustre alienista fez curas pasmosas, que excitaram a mais viva admiração em Itaguaí.

Com efeito, era difícil imaginar mais racional sistema terapêutico. Estando os loucos divididos por classes, segundo a perfeição moral que em cada um deles excedia às outras, Simão Bacamarte cuidou em atacar de frente a qualidade predominante. Suponhamos um modesto. Ele aplicava a medicação que pudesse incutir-lhe o sentimento oposto; e não ia logo às doses máximas, — graduava-as, conforme o estado, a idade, o temperamento, a posição social do enfermo. Às vezes bastava uma casaca, uma fita, uma cabeleira, uma bengala, para restituir a razão ao alienado; em outros casos a moléstia era mais rebelde; recorria então aos anéis de brilhantes, às distinções honoríficas, etc. Houve um doente, poeta, que resistiu a tudo. Simão Bacamarte começava a desesperar da cura, quando teve idéia de mandar correr matraca, para o fim de o apregoar como um rival de Garção e de Píndaro.

— Foi um santo remédio, contava a mãe do infeliz a uma comadre; foi um santo remédio.

Outro doente, também modesto, opôs a mesma rebeldia à medicação; mas não sendo escritor (mal sabia assinar o nome), não se lhe podia aplicar o remédio da matraca. Simão Bacamarte lembrou-se de pedir para ele o lugar de secretário da Academia dos Encobertos estabelecida em Itaguaí. Os lugares de presidente e secretários eram de nomeação régia, por especial graça do finado rei Dom João V, e implicavam o tratamento de Excelência e o uso de uma placa de ouro no chapéu. O governo de Lisboa recusou o diploma; mas representando o alienista que o não pedia como prêmio honorífico ou distinção legítima, e somente como um meio terapêutico para um caso difícil, o governo cedeu excepcionalmente à súplica; e ainda assim não o fez sem extraordinário esforço do ministro de marinha e ultramar, que vinha a ser primo do alienado. Foi outro santo remédio.

— Realmente, é admirável! dizia-se nas ruas, ao ver a expressão sadia e enfunada dos dois ex-dementes.

Tal era o sistema. Imagina-se o resto. Cada beleza moral ou mental era atacada no ponto em que a perfeição parecia mais sólida; e o efeito era certo. Nem sempre era certo. Casos houve em que a qualidade predominante resistia a tudo; então, o alienista atacava outra parte, aplicando à terapêutica o método da estratégia militar, que toma uma fortaleza por um ponto, se por outro o não pode conseguir.

No fim de cinco meses e meio estava vazia a Casa Verde; todos curados! O vereador Galvão, tão cruelmente afligido de moderação e eqüidade, teve a felicidade de perder um tio; digo felicidade, porque o tio deixou um testamento ambíguo, e ele obteve uma boa interpretação, corrompendo os juízes, e embaçando os outros herdeiros. A sinceridade do alienista manifestou-se nesse lance; confessou ingenuamente que não teve parte na cura: foi a simples *vis medicatrix* da natureza. Não aconteceu o mesmo com o padre Lopes. Sabendo o alienista que ele ignorava perfeitamente o hebraico e o grego, incumbiu-o de fazer uma análise crítica da versão dos Setenta; o padre aceitou a incumbência, e em boa hora o fez; ao cabo de dois meses possuía um livro e a liberdade. Quanto à senhora do boticário, não ficou muito tempo na célula que lhe coube, e onde aliás lhe não faltaram carinhos.

— Por que é que o Crispim não vem visitar-me? dizia ela todos os dias.

Respondiam-lhe ora uma cousa, ora outra; afinal disseram-lhe a verdade inteira. A digna matrona não pôde conter a indignação e a vergonha. Nas explosões da cólera escaparam-lhe expressões soltas e vagas, como estas:

— Tratante!... velhaco!... ingrato!... Um patife que tem feito casas à custa de ungüentos falsificados e podres... Ah! tratante!...

Simão Bacamarte advertiu que, ainda quando não fosse verdadeira a acusação contida nestas palavras, bastavam elas para mostrar que a excelente senhora estava enfim restituída ao perfeito desequilíbrio das faculdades; e prontamente lhe deu alta.

Agora, se imaginais que o alienista ficou radiante ao ver sair o último hóspede da Casa Verde, mostrais com isso que ainda não conheceis o nosso homem. *Plus ultra!* era a sua divisa. Não lhe bastava ter descoberto a teoria verdadeira da loucura; não o contentava ter estabelecido em Itaguaí o reinado da razão. *Plus ultra!* Não ficou alegre, ficou preocupado, cogitativo; alguma cousa lhe dizia que a teoria nova tinha, em si mesma, outra e novíssima teoria.

— Vejamos, pensava ele; vejamos se chego enfim à última verdade.

Dizia isto, passeando ao longo da vasta sala, onde fulgurava a mais rica biblioteca dos domínios ultramarinos de Sua Majestade. Um amplo chambre de damasco, preso à cintura por um cordão de seda, com borlas de ouro (presente de uma Universidade) envolvia o corpo majestoso e austero do ilustre alienista. A cabeleira cobria-lhe uma extensa e nobre calva adquirida nas cogitações quotidianas da ciência. Os pés, não delgados e femininos, não graúdos e mariolas, mas proporcionados ao vulto, eram resguardados por um par de sapatos cujas fivelas não passavam de simples e modesto latão. Vede a diferença: — só se lhe notava luxo naquilo que era de origem científica; o que propriamente vinha dele trazia a cor da moderação e da singeleza, virtudes tão ajustadas à pessoa de um sábio.

Era assim que ele ia, o grande alienista, de um cabo a outro da vasta biblioteca, metido em si mesmo, estranho a todas as cousas que não fosse o tenebroso problema da patologia cerebral. Súbito, parou. Em pé, diante de uma janela, com o cotovelo esquerdo apoiado na mão direita, aberta, e o queixo na mão esquerda, fechada, perguntou ele a si:

— Mas deveras estariam eles doudos, e foram curados por mim, — ou o que pareceu cura, não foi mais do que a descoberta do perfeito desequilíbrio do cérebro?

E cavando por aí abaixo, eis o resultado a que chegou: os cérebros bem organizados que ele acabava de curar, eram tão desequilibrados como os outros. Sim, dizia ele consigo, eu não posso ter a pretensão de haver-lhes incutido um sentimento ou uma faculdade nova; uma e outra cousa existiam no estado latente, mas existiam.

Chegado a esta conclusão, o ilustre alienista teve duas sensações contrárias, uma de gozo, outra de abatimento. A de gozo foi por ver que, ao cabo de longas e pacientes investigações, constantes trabalhos, luta ingente com o povo, podia afirmar esta verdade: — não havia loucos em Itaguaí; Itaguaí não possuía um só mentecapto. Mas tão depressa esta idéia lhe refrescara a alma, outra apareceu que neutralizou o primeiro efeito; foi a idéia da dúvida. Pois quê! Itaguaí não possuiria um único cérebro concertado? Esta conclusão tão absoluta, não seria por isso mesmo errônea, e não vinha, portanto, destruir o largo e majestoso edifício da nova doutrina psicológica?

A aflição do egrégio Simão Bacamarte é definida pelos cronistas itaguaienses como uma das mais medonhas tempestades morais que tem desabado sobre o homem. Mas as tempestades só aterram os fracos; os fortes enrijam-se contra elas e fitam o trovão. Vinte minutos depois alumiou-se a fisionomia do alienista de uma suave claridade.

— Sim, há de ser isso, pensou ele.

Isso é isto. Simão Bacamarte achou em si os característicos do perfeito equilíbrio mental e moral; pareceu-lhe que possuía a sagacidade, a paciência, a perseverança, a tolerância, a veracidade, o vigor moral, a lealdade, todas as qualidades enfim que podem formar um acabado mentecapto. Duvidou logo, é certo, e chegou mesmo a concluir que era ilusão; mas sendo homem prudente, resolveu convocar um conselho de amigos, a quem interrogou com franqueza. A opinião foi afirmativa.

— Nenhum defeito?

— Nenhum, disse em coro a assembléia.

— Nenhum vício?

— Nada.

— Tudo perfeito?

— Tudo.

— Não, impossível, bradou o alienista. Digo que não sinto em mim essa superioridade que acabo de ver definir com tanta magnificência. A simpatia é que vos faz falar. Estudo-me e nada acho que justifique os excessos da vossa bondade.

A assembléia insistiu; o alienista resistiu; finalmente o padre Lopes explicou tudo com este conceito digno de um observador:

— Sabe a razão por que não vê as suas elevadas qualidades, que aliás todos nós admiramos? É porque tem ainda uma qualidade que realça as outras: — a modéstia.

Era decisivo. Simão Bacamarte curvou a cabeça juntamente alegre e triste, e ainda mais alegre do que triste. Ato contínuo, recolheu-se à Casa Verde. Em vão a mulher e os amigos lhe disseram que ficasse, que estava perfeitamente são e equilibrado: nem rogos nem sugestões nem lágrimas o detiveram um só instante.

— A questão é científica, dizia ele; trata-se de uma doutrina nova, cujo primeiro exemplo sou eu. Reúno em mim mesmo a teoria e a prática.

— Simão! Simão! meu amor! dizia-lhe a esposa com o rosto lavado em lágrimas.

Mas o ilustre médico, com os olhos acesos da convicção científica, trancou os ouvidos à saudade da mulher, e brandamente a repeliu. Fechada a porta da Casa Verde, entregou-se ao estudo e à cura de si mesmo. Dizem os cronistas que ele morreu dali a dezessete meses, no mesmo estado em que entrou, sem ter podido alcançar nada. Alguns chegam ao ponto de conjecturar que nunca houve outro louco, além dele, em Itaguaí; mas esta opinião, fundada em um boato que correu desde que o alienista expirou, não tem outra prova, senão o boato; e boato duvidoso, pois é atribuído ao padre Lopes, que com tanto fogo realçara as qualidades do grande homem. Seja como for, efetuou-se o enterro com muita pompa e rara solenidade.

TEORIA DO MEDALHÃO

Diálogo

Estás com sono?

— Não, senhor.

— Nem eu; conversemos um pouco. Abre a janela. Que horas são?

— Onze.

— Saiu o último conviva do nosso modesto jantar. Com que, meu peralta, chegaste aos teus vinte e um anos. Há vinte e um anos, no dia 5 de agosto de 1854, vinhas tu à luz, um pirralho de nada, e estás homem, longos bigodes, alguns namoros...

— Papai...

— Não te ponhas com denguices, e falemos como dous amigos sérios. Fecha aquela porta; vou dizer-te cousas importantes. Senta-te e conversemos. Vinte e um anos, algumas apólices, um diploma, podes entrar no parlamento, na magistratura, na imprensa, na lavoura, na indústria, no comércio, nas letras ou nas artes. Há infinitas carreiras diante de ti. Vinte e um anos, meu rapaz, formam apenas a primeira sílaba do nosso destino. Os mesmos Pitt e Napoleão, apesar de precoces, não foram tudo aos vinte e um anos. Mas, qualquer que seja a profissão da tua escolha, o meu desejo é que te faças grande e ilustre, ou pelo menos notável, que te levantes acima da obscuridade comum. A vida, Janjão, é uma enorme loteria; os prêmios são poucos, os malogrados inúmeros, e com os suspiros de uma geração é que se amassam as esperanças de outra. Isto é a vida; não há planger, nem imprecar, mas aceitar as cousas integralmente, com seus ônus e precalços, glórias e desdouros, e ir por diante.

— Sim, senhor.

— Entretanto, assim como é de boa economia guardar um pão para a velhice, assim também é de boa prática social acautelar um ofício para a hipótese de que os outros falhem, ou não indenizem suficientemente o esforço da nossa ambição. É isto o que te aconselho hoje, dia da tua maioridade.

— Creia que lhe agradeço; mas que ofício, não me dirá?

— Nenhum me parece mais útil e cabido que o de medalhão. Ser medalhão foi o sonho da minha mocidade; faltaram-me, porém, as instruções de um pai, e acabo como vês, sem outra consolação e relevo moral, além das esperanças que deposito em ti. Ouve-me bem, meu querido filho, ouve-me e entende. És moço, tens naturalmente o ardor, a exuberância, os improvisos da idade; não os rejeites, mas modera-os de modo que aos quarenta e cinco anos possas entrar francamente no regímen do aprumo e do compasso. O sábio que disse: “a gravidade é um mistério do corpo”, definiu a compostura do medalhão. Não confundas essa gravidade com aquela outra que, embora resida no aspecto, é um puro reflexo ou emanação do espírito; essa é do corpo, tão-somente do corpo, um sinal da natureza ou um jeito da vida. Quanto à idade de quarenta e cinco anos...

— É verdade, por que quarenta e cinco anos?

— Não é, como podes supor, um limite arbitrário, filho do puro capricho; é a data normal do fenômeno. Geralmente, o verdadeiro medalhão começa a manifestar-se entre os quarenta e cinco e cinqüenta anos, conquanto alguns exemplos se dêem entre os cinqüenta e cinco e os sessenta; mas estes são raros. Há-os também de quarenta anos, e outros mais precoces, de trinta e cinco e de trinta; não são, todavia, vulgares. Não falo dos de vinte e cinco anos: esse madrugar é privilégio do gênio.

— Entendo.

— Venhamos ao principal. Uma vez entrado na carreira, deves pôr todo o cuidado nas idéias que houveres de nutrir para uso alheio e próprio. O melhor será não as ter absolutamente; cousa que entenderás bem, imaginando, por exemplo, um ator defraudado do uso de um braço. Ele pode, por um milagre de artifício, dissimular o defeito aos olhos da platéia; mas era muito melhor dispor dos dous. O mesmo se dá com as idéias; pode-se, com violência, abafá-las, escondê-las até à morte; mas nem essa habilidade é comum, nem tão constante esforço conviria ao exercício da vida.

— Mas quem lhe diz que eu...

— Tu, meu filho, se me não engano, pareces dotado da perfeita inópia mental, conveniente ao uso deste nobre ofício. Não me refiro tanto à fidelidade com que repetes numa sala as opiniões ouvidas numa esquina, e vice-versa, porque esse fato, posto indique certa carência de idéias, ainda assim pode não passar de uma traição da memória. Não; refiro-me ao gesto correto e perfilado com que usas expender francamente as tuas simpatias ou antipatias acerca do corte de um colete, das dimensões de um chapéu, do ranger ou calar das botas novas. Eis aí um sintoma eloqüente, eis aí uma esperança. No entanto, podendo acontecer que, com a idade, venhas a ser afligido de algumas idéias próprias, urge aparelhar fortemente o espírito. As idéias são de sua natureza espontâneas e súbitas; por mais que as sofreemos, elas irrompem e precipitam-se. Daí a certeza com que o vulgo, cujo faro é extremamente delicado, distingue o medalhão completo do medalhão incompleto.

— Creio que assim seja; mas um tal obstáculo é invencível.

— Não é; há um meio; é lançar mão de um regímen debilitante, ler compêndios de retórica, ouvir certos discursos, etc. O voltarete, o dominó e o *whist* são remédios aprovados. O *whist* tem até a rara vantagem de acostumar ao silêncio, que é a forma mais acentuada da circunspecção. Não digo o mesmo da natação, da equitação e da ginástica, embora elas façam repousar o cérebro; mas por isso mesmo que o fazem repousar, restituem-lhe as forças e a atividade perdidas. O bilhar é excelente.

— Como assim, se também é um exercício corporal?

— Não digo que não, mas há cousas em que a observação desmente a teoria. Se te aconselho excepcionalmente o bilhar é porque as estatísticas mais escrupulosas mostram que três quartas partes dos habituados do taco partilham as opiniões do mesmo taco. O passeio nas ruas, mormente nas de recreio e parada, é utilíssimo, com a condição de não andares desacompanhado, porque a solidão é oficina de idéias, e o espírito deixado a si mesmo, embora no meio da multidão, pode adquirir uma tal ou qual atividade.

— Mas se eu não tiver à mão um amigo apto e disposto a ir comigo?

— Não faz mal; tens o valente recurso de mesclar-te aos pasmatórios, em que toda a poeira da solidão se dissipa. As livrarias, ou por causa da atmosfera do lugar, ou por qualquer outra razão que me escapa, não são propícias ao nosso fim; e, não obstante, há grande conveniência em entrar por elas, de quando em quando, não digo às ocultas, mas às escâncaras. Podes resolver a dificuldade de um modo simples: vai ali falar do boato do dia, da anedota da semana, de um contrabando, de uma calúnia, de um cometa, de qualquer cousa, quando não prefiras interrogar diretamente os leitores habituais das belas crônicas de Mazade; 75 por cento desses estimáveis cavalheiros repetir-te-ão as mesmas opiniões, e uma tal monotonia é grandemente saudável. Com este regímen, durante oito, dez, dezoito meses — suponhamos dous anos, — reduzes o intelecto, por mais pródigo que seja, à sobriedade, à disciplina, ao equilíbrio comum. Não trato do vocabulário, porque ele está subentendido no uso das idéias; há de ser naturalmente simples, tíbio, apoucado, sem notas vermelhas, sem cores de clarim...

— Isto é o diabo! Não poder adornar o estilo, de quando em quando...

— Podes; podes empregar umas quantas figuras expressivas, a hidra de Lerna, por exemplo, a cabeça de Medusa, o tonel das Danaides, as asas de Ícaro, e outras, que românticos, clássicos e realistas empregam sem desar, quando precisam delas. Sentenças latinas, ditos históricos, versos célebres, brocardos jurídicos, máximas, é de bom aviso trazê-los contigo para os discursos de sobremesa, de felicitação, ou de agradecimento. *Caveant consules*[1] é um excelente fecho de artigo político; o mesmo direi do *Si vis pacem para bellum.*[2] Alguns costumam renovar o sabor de uma citação intercalando-a numa frase nova, original e bela, mas não te aconselho esse artifício: seria desnaturar-lhe as graças vetustas. Melhor do que tudo isso, porém, que afinal não passa de mero adorno, são as frases feitas, as locuções convencionais, as fórmulas consagradas pelos anos, incrustadas na memória individual e pública. Essas fórmulas têm a vantagem de não obrigar os outros a um esforço inútil. Não as relaciono agora, mas fá-lo-ei por escrito. De resto, o mesmo ofício te irá ensinando os elementos dessa arte difícil de pensar o pensado. Quanto à utilidade de um tal sistema, basta figurar uma hipótese. Faz-se uma lei, executa-se, não produz efeito, subsiste o mal. Eis aí uma questão que pode aguçar as curiosidades vadias, dar ensejo a um inquérito pedantesco, a uma coleta fastidiosa de documentos e observações, análise das causas prováveis, causas certas, causas possíveis, um estudo infinito das aptidões do sujeito reformado, da natureza do mal, da manipulação do remédio, das circunstâncias da aplicação; matéria, enfim, para todo um andaime de palavras, conceitos, e desvarios. Tu poupas aos teus semelhantes todo esse imenso aranzel, tu dizes simplesmente: Antes das leis, reformemos os costumes! — E esta frase sintética, transparente, límpida, tirada ao pecúlio comum, resolve mais depressa o problema, entra pelos espíritos como um jorro súbito de sol.

— Vejo por aí que vosmecê condena toda e qualquer aplicação de processos modernos.

1. (Latim): "Acautelem-se, os cônsules."
2. (Id.): "Se queres a paz, prepara a guerra."

— Entendamo-nos. Condeno a aplicação, louvo a denominação. O mesmo direi de toda a recente terminologia científica; deves decorá-la. Conquanto o rasgo peculiar do medalhão seja uma certa atitude de deus Término, e as ciências sejam obra do movimento humano, como tens de ser medalhão mais tarde, convém tomar as armas do teu tempo. E de duas uma: — ou elas estarão usadas e divulgadas daqui a trinta anos, ou conservar-se-ão novas; no primeiro caso, pertencem-te de foro próprio; no segundo, podes ter a coquetice de as trazer, para mostrar que também és pintor. De outiva, com o tempo, irás sabendo a que leis, casos e fenômenos responde toda essa terminologia; porque o método de interrogar os próprios mestres e oficiais da ciência, nos seus livros, estudos e memórias, além de tedioso e cansativo, traz o perigo de inocular idéias novas, e é radicalmente falso. Acresce que no dia em que viesses a assenhorear-te do espírito daquelas leis e fórmulas, serias provavelmente levado a empregá-las com um tal ou qual comedimento, como a costureira — esperta e afreguesada, — que, segundo um poeta clássico,

> Quanto mais pano tem, mais poupa o corte,
> Menos monte alardeia de retalhos;

e este fenômeno, tratando-se de um medalhão, é que não seria científico.

— Upa, que a profissão é difícil!

— E ainda não chegamos ao cabo.

— Vamos a ele.

— Não te falei ainda dos benefícios da publicidade. A publicidade é uma dona loureira e senhoril, que tu deves requestar à força de pequenos mimos, confeitos, almofadinhas, cousas miúdas, que antes exprimem a constância do afeto do que o atrevimento e a ambição. Que D. Quixote solicite os favores dela mediante ações heróicas ou custosas, é um sestro próprio desse ilustre lunático. O verdadeiro medalhão tem outra política. Longe de inventar um *Tratado científico da criação dos carneiros,* compra um carneiro e dá-o aos amigos sob a forma de um jantar, cuja notícia não pode ser indiferente aos seus concidadãos. Uma notícia traz outra; cinco, dez, vinte vezes põe o teu nome ante os olhos do mundo. Comissões ou deputações para felicitar um agraciado, um benemérito, um forasteiro, têm singulares merecimentos, e assim as irmandades e associações diversas, sejam mitológicas, cinegéticas ou coreográficas. Os sucessos de certa ordem, embora de pouca monta, podem ser trazidos a lume, contanto que ponham em relevo a tua pessoa. Explico-me. Se caíres de um carro, sem outro dano, além do susto, é útil mandá-lo dizer aos quatro ventos, não pelo fato em si, que é insignificante, mas pelo efeito de recordar um nome caro às afeições gerais. Percebeste?

— Percebi.

— Essa é publicidade constante, barata, fácil, de todos os dias; mas há outra. Qualquer que seja a teoria das artes, é fora de dúvida que o sentimento da família, a amizade pessoal e a estima pública instigam à reprodução das feições de um homem amado ou benemérito. Nada obsta a que sejas objeto de uma tal distinção, principalmente se a sagacidade dos amigos não achar em ti repugnância. Em semelhante caso, não só as regras da mais vulgar polidez mandam aceitar o retrato ou o busto, como seria desazado impedir que os amigos o expusessem em qualquer casa pública. Dessa maneira o nome fica ligado à pessoa; os que houverem lido o teu recente discurso (suponhamos) na sessão inaugural da União dos Cabeleireiros, reconhecerão na compostura das feições o autor dessa obra grave, em que a "alavanca do progresso" e o "suor do trabalho" vencem as "fauces hiantes" da miséria. No caso de que uma comissão te leve a casa o retrato, deves agradecer-lhe o obséquio com um discurso cheio de gratidão e um copo d'água: é uso antigo, razoável e honesto. Convidarás então os melhores amigos, os parentes, e, se for possível, uma ou duas pessoas de representação. Mais. Se esse dia é um dia de glória ou regozijo, não vejo que possas, decentemente, recusar um lugar à mesa aos *reporters* dos jornais. Em todo o caso, se as obrigações desses cidadãos os retiverem noutra parte, podes ajudá-los de certa maneira, redigindo tu mesmo a notícia da festa; e, dado que por um tal ou qual escrúpulo, aliás desculpável, não queiras com a própria mão anexar ao teu nome os qualificativos dignos dele, incumbe a notícia a algum amigo ou parente.

— Digo-lhe que o que vosmecê me ensina não é nada fácil.

— Nem eu te digo outra cousa. É difícil, come tempo, muito tempo, leva anos, paciência, trabalho, e felizes os que chegam a entrar na terra prometida! Os que lá não penetram, engole-os a obscuridade. Mas os que triunfam! E tu triunfarás, crê-me. Verás cair as muralhas de Jericó ao som das trompas sagradas. Só então poderás dizer que estás fixado. Começa nesse dia a tua fase de ornamento indispensável, de figura obrigada, de rótulo. Acabou-se a necessidade de farejar ocasiões, comissões, irmandades; elas virão ter contigo, com o seu ar pesadão e cru de substantivos desadjetivados, e tu serás o adjetivo dessas orações opacas, o *odorífero* das flores, o *anilado* dos céus, o *prestimoso* dos cidadãos, o *noticioso* e *suculento* dos relatórios. E ser isso é o principal, porque o adjetivo é a alma do idioma, a sua porção idealista e metafísica. O substantivo é a realidade nua e crua, é o naturalismo do vocabulário.

— E parece-lhe que todo esse ofício é apenas um sobressalente para os *deficits* da vida?

— Decerto; não fica excluída nenhuma outra atividade.

— Nem política?

— Nem política. Toda a questão é não infringir as regras e obrigações capitais. Podes pertencer a qualquer partido, liberal ou conservador, republicano ou ultramontano, com a cláusula única de não ligar nenhuma idéia especial a esses vocábulos, e reconhecer-lhe somente a utilidade do *scibboleth* bíblico.

— Se for ao parlamento, posso ocupar a tribuna?

— Podes e deves; é um modo de convocar a atenção pública. Quanto à matéria dos discursos, tens à escolha: — ou os negócios miúdos, ou a metafísica política, mas prefere a metafísica. Os negócios miúdos, força é confessá-lo, não desdizem daquela chateza de bom-tom, própria de um medalhão acabado; mas, se puderes, adota a metafísica; — é mais fácil e mais atraente. Supõe que desejas saber por que motivo a 7ª companhia de infantaria foi transferida de Uruguaiana para Canguçu; serás ouvido tão-somente pelo ministro da guerra, que te explicará em dez minutos as razões desse ato. Não assim a metafísica. Um discurso de metafísica política apaixona naturalmente os partidos e o público, chama os apartes e as respostas. E depois não obriga a pensar e descobrir. Nesse ramo dos conhecimentos humanos tudo está achado, formulado, rotulado, encaixotado; é só prover os alforjes da memória. Em todo caso, não transcendas nunca os limites de uma invejável vulgaridade.

— Farei o que puder. Nenhuma imaginação?

— Nenhuma; antes faze correr o boato de que um tal dom é ínfimo.

— Nenhuma filosofia?

— Entendamo-nos: no papel e na língua alguma, na realidade nada. "Filosofia da história", por exemplo, é uma locução que deves empregar com freqüência, mas proíbo-te que chegues a outras conclusões que não sejam as já achadas por outros. Foge a tudo que possa cheirar a reflexão, originalidade, etc., etc.

— Também ao riso?

— Como ao riso?

— Ficar sério, muito sério...

— Conforme. Tens um gênio folgazão, prazenteiro, não hás de sofreá-lo nem eliminá-lo; podes brincar e rir alguma vez. Medalhão não quer dizer melancólico. Um grave pode ter seus momentos de expansão alegre. Somente, — e este ponto é melindroso...

— Diga...

— Somente não deves empregar a ironia, esse movimento ao canto da boca, cheio de mistérios, inventado por algum grego da decadência, contraído por Luciano, transmitido a Swift e Voltaire, feição própria dos cépticos e desabusados. Não. Usa antes a chalaça, a nossa boa chalaça amiga, gorducha, redonda, franca, sem biocos, nem véus, que se mete pela cara dos outros, estala como uma palmada, faz pular o sangue nas veias, e arrebentar de riso os suspensórios. Usa a chalaça. Que é isto?

Meia-noite.

— Meia-noite? Entras nos teus vinte e dois anos, meu peralta; estás definitivamente maior. Vamos dormir, que é tarde. Rumina bem o que te disse, meu filho. Guardadas as proporções, a conversa desta noite vale o *Príncipe* de Machiavelli. Vamos dormir.

A CHINELA TURCA

Vede o bacharel Duarte. Acaba de compor o mais teso e correto laço de gravata que apareceu naquele ano de 1850, e anunciam-lhe a visita do major Lopo Alves. Notai que é de noite, e passa de nove horas. Duarte estremeceu e tinha duas razões para isso. A primeira era ser o major, em qualquer ocasião, um dos mais enfadonhos sujeitos do tempo. A segunda é que ele preparava-se justamente para ir ver, em um baile, os mais finos cabelos louros e os mais pensativos olhos azuis, que este nosso clima, tão avaro deles, produzira. Datava de uma semana aquele namoro. Seu coração, deixando-se prender entre duas valsas, confiou aos olhos, que eram castanhos, uma declaração em regra, que eles pontualmente transmitiram à moça, dez minutos antes da ceia, recebendo favorável resposta logo depois do chocolate. Três dias depois, estava a caminho a primeira carta, e pelo jeito que levavam as cousas não era de admirar que, antes do fim do ano, estivessem ambos a caminho da igreja. Nestas circunstâncias, a chegada de Lopo Alves era uma verdadeira calamidade. Velho amigo da família, companheiro de seu finado pai no exército, tinha jus o major a todos os respeitos. Impossível despedi-lo ou tratá-lo com frieza. Havia felizmente uma circunstância atenuante; o major era aparentado com Cecília, a moça dos olhos azuis; em caso de necessidade, era um voto seguro.

Duarte enfiou um chambre e dirigiu-se para a sala, onde Lopo Alves, com um rolo debaixo do braço e os olhos fitos no ar, parecia totalmente alheio à chegada do bacharel.

— Que bom vento o trouxe a Catumbi a semelhante hora? perguntou Duarte, dando à voz uma expressão de prazer, aconselhada não menos pelo interesse que pelo bom-tom.

— Não sei se o vento que me trouxe é bom ou mau, respondeu o major sorrindo por baixo do espesso bigode grisalho; sei que foi um vento rijo. Vai sair?

— Vou ao Rio Comprido.

— Já sei; vai à casa da viúva Meneses. Minha mulher e as pequenas já lá devem estar: eu irei mais tarde, se puder. Creio que é cedo, não?

Lopo Alves tirou o relógio e viu que eram nove horas e meia. Passou a mão pelo bigode, levantou-se, deu alguns passos na sala, tornou a sentar-se e disse:

— Dou-lhe uma notícia, que certamente não espera. Saiba que fiz... fiz um drama.

— Um drama! exclamou o bacharel.

— Que quer? Desde criança padeci destes achaques literários. O serviço militar não foi remédio que me curasse, foi um paliativo. A doença regressou com a força dos primeiros tempos. Já agora não há remédio senão deixá-la, e ir simplesmente ajudando a natureza.

Duarte recordou-se de que efetivamente o major falava noutro tempo de alguns discursos inaugurais, duas ou três nênias e boa soma de artigos que escrevera acerca das campanhas do Rio da Prata. Havia porém muitos anos que Lopo Alves deixara em paz os generais platinos e os defuntos; nada fazia supor que a moléstia volvesse, sobretudo caracterizada por um drama. Esta circunstância explicá-la-ia o bacharel, se soubesse que Lopo Alves, algumas semanas antes, assistira à representação de uma peça do gênero ultra-romântico, obra que lhe agradou muito e lhe sugeriu a idéia de afrontar as luzes do tablado. Não entrou o major nestas minuciosidades necessárias, e o bacharel ficou sem conhecer o motivo da explosão dramática do militar. Nem o soube, nem curou disso. Encareceu muito as faculdades mentais do major, manifestou calorosamente a ambição que nutria de o ver sair triunfante naquela estréia, prometeu que o recomendaria a alguns amigos que tinha no *Correio Mercantil,* e só estacou e empalideceu quando viu o major, trêmulo de bem-aventurança, abrir o rolo que trazia consigo.

— Agradeço-lhe as suas boas intenções, disse Lopo Alves, e aceito o obséquio que me promete; antes dele, porém, desejo outro. Sei que é inteligente e lido; há de me dizer francamente o que pensa deste trabalho. Não lhe peço elogios, exijo franqueza e franqueza rude. Se achar que não é bom, diga-o sem rebuço.

Duarte procurou desviar aquele cálix de amargura; mas era difícil pedi-lo, e impossível alcançá-lo. Consultou melancolicamente o relógio, que marcava nove horas e cinqüenta e cinco minutos, enquanto o major folheava paternalmente as cento e oitenta folhas do manuscrito.

— Isto vai depressa, disse Lopo Alves; eu sei o que são rapazes e o que são bailes. Descanse que ainda hoje dançará duas ou três valsas com *ela,* se a tem, ou com elas. Não acha melhor irmos para o seu gabinete?

Era indiferente, para o bacharel, o lugar do suplício; acedeu ao desejo do hóspede. Este, com a liberdade que lhe davam as relações, disse ao moleque que não deixasse entrar ninguém. O algoz não queria testemunhas. A porta do gabinete fechou-se; Lopo Alves tomou lugar ao pé da mesa, tendo em frente o bacharel, que mergulhou o corpo e o desespero numa vasta poltrona de marroquim, resoluto a não dizer palavra para ir mais depressa ao termo.

O drama dividia-se em sete quadros. Esta indicação produziu um calafrio no ouvinte. Nada havia de novo naquelas cento e oitenta páginas, senão a letra do autor. O mais eram os lances, os caracteres, as *ficelles* e até o estilo dos mais acabados tipos do romantismo desgrenhado. Lopo Alves cuidava pôr por obra uma invenção, quando não fazia mais do que alinhavar as suas reminiscências. Noutra ocasião, a obra seria um bom passatempo. Havia logo no primeiro quadro, espécie de prólogo, uma criança roubada à família, um envenenamento, dous embuçados, a ponta de um punhal e quantidade de adjetivos não menos afiados que o punhal. No segundo quadro dava-se conta da morte de um dos embuçados, que devia ressuscitar no terceiro, para ser preso no quinto, e matar o tirano no sétimo. Além da morte aparente do embuçado, havia no segundo quadro o rapto da menina, já então moça de dezessete anos, um monólogo que parecia durar igual prazo, e o roubo de um testamento.

Eram quase onze horas quando acabou a leitura deste segundo quadro. Duarte mal podia conter a cólera; era já impossível ir ao Rio Comprido. Não é fora de propósito conjecturar que, se o major expirasse naquele momento, Duarte agradecia a morte como um benefício da Providência. Os sentimentos do bacharel não faziam crer tamanha ferocidade; mas a leitura de um mau livro é capaz de produzir fenômenos ainda mais espantosos. Acresce que, enquanto aos olhos carnais do bacharel aparecia em toda a sua espessura a grenha de Lopo Alves, fulgiam-lhe ao espírito os fios de ouro que ornavam a formosa cabeça de Cecília; via-a com os olhos azuis, a tez branca e rosada, o gesto delicado e gracioso, dominando todas as demais damas que deviam estar no salão da viúva Meneses. Via aquilo, e ouvia mentalmente a música, a palestra, o soar dos passos, e o ruge-ruge das sedas; enquanto a voz rouquenha e sensaborona de Lopo Alves ia desfiando os quadros e os diálogos, com a impassibilidade de uma grande convicção.

Voava o tempo, e o ouvinte já não sabia a conta dos quadros. Meia-noite soara desde muito; o baile estava perdido. De repente, viu Duarte que o major enrolava outra vez o manuscrito, erguia-se, empertigava-se, cravava nele uns olhos odientos e maus, e saía arrebatadamente do gabinete. Duarte quis chamá-lo, mas o pasmo tolhera-lhe a voz e os movimentos. Quando pôde dominar-se, ouviu o bater do tacão rijo e colérico do dramaturgo na pedra da calçada. Foi à janela; nada viu nem ouviu; autor e drama tinham desaparecido.

— Por que não fez ele isso há mais tempo? disse o rapaz suspirando.

O suspiro mal teve tempo de abrir as asas e sair pela janela fora, em demanda do Rio Comprido, quando o moleque do bacharel veio anunciar-lhe a visita de um homem baixo e gordo.

— A esta hora! exclamou Duarte.

— A esta hora, repetiu o homem baixo e gordo, entrando na sala. A esta ou a qualquer hora, pode a polícia entrar na casa do cidadão, uma vez que se trata de um delito grave.

— Um delito!

— Creio que me conhece...

— Não tenho essa honra.

— Sou empregado na polícia.

— Mas que tenho eu com o senhor? de que delito se trata?

— Pouca cousa: um furto. O senhor é acusado de haver subtraído uma chinela turca. Aparentemente não vale nada ou vale pouco a tal chinela. Mas há chinela e chinela. Tudo depende das circunstâncias.

O homem disse isto com um riso sarcástico, e cravando no bacharel uns olhos de inquisidor. Duarte não sabia sequer da existência do objeto roubado. Concluiu que havia equívoco de nome, e não se zangou com a injúria irrogada à sua pessoa, e de algum modo à sua classe, atribuindo-se-lhe a ratonice. Isto mesmo disse ao empregado da polícia, acrescentando que não era motivo, em todo caso, para incomodá-lo a semelhante hora.

— Há de perdoar-me, disse o representante da autoridade. A chinela de que se trata vale algumas dezenas de contos de réis; é ornada de finíssimos diamantes, que a tornam singularmente preciosa. Não é turca só pela forma, mas também pela origem. A dona, que é uma de nossas patrícias mais viageiras, esteve, há cerca de três anos, no Egito, onde a comprou a um judeu. A história, que este aluno de Moisés referiu acerca daquele produto da indústria muçulmana, é verdadeiramente miraculosa, e, no meu sentir, perfeitamente mentirosa. Mas não vem ao caso dizê-lo. O que importa saber é que ela foi roubada e que a polícia tem denúncia contra o senhor.

Neste ponto de discurso, chegara-se o homem à janela; Duarte suspeitou que fosse um doudo ou um ladrão. Não teve tempo de examinar a suspeita, porque, dentro de alguns segundos, viu entrar cinco homens armados, que lhe lançaram as mãos e o levaram, escada abaixo, sem embargo dos gritos que soltava e dos movimentos desesperados que fazia. Na rua havia um carro, onde o meteram à força. Já lá estava o homem baixo e gordo, e mais um sujeito alto e magro, que o receberam e fizeram sentar no fundo do carro. Ouviu-se estalar o chicote do cocheiro e o carro partiu à desfilada.

— Ah! ah! disse o homem gordo. Com que então pensava que podia impunemente furtar chinelas turcas, namorar moças louras, casar talvez com elas... e rir ainda por cima do gênero humano.

Ouvindo aquela alusão à dama dos seus pensamentos, Duarte teve um calafrio. Tratava-se, ao que parecia, de algum desforço de rival suplantado. Ou a alusão seria casual e estranha à aventura? Duarte perdeu-se num cipoal de conjecturas, enquanto o carro ia sempre andando a todo galope. No fim de algum tempo, arriscou uma observação.

— Quaisquer que sejam os meus crimes, suponho que a polícia...

— Nós não somos da polícia, interrompeu friamente o homem magro.

— Ah!

— Este cavalheiro e eu fazemos um par. Ele, o senhor e eu faremos um terno. Ora, terno não é melhor que par; não é, não pode ser. Um casal é o ideal. Provavelmente não me entendeu?

— Não, senhor.

— Há de entender logo mais.

Duarte resignou-se à espera, enfronhou-se no silêncio, derreou o corpo, e deixou correr o carro e a aventura. Obra de cinco minutos depois estacavam os cavalos.

— Chegámos, disse o homem gordo.

Dizendo isto, tirou um lenço da algibeira e ofereceu-o ao bacharel para que tapasse os olhos. Duarte recusou, mas o homem magro observou-lhe que era mais prudente obedecer que resistir. Não resistiu o bacharel; atou o lenço e apeou-se. Ouviu, daí a pouco, ranger uma porta; duas pessoas, — provavelmente as mesmas que o acompanharam no carro, — seguraram-lhe as mãos e o conduziram por uma infinidade de corredores e escadas. Andando, ouvia o bacharel algumas vozes desconhecidas, palavras soltas, frases truncadas. Afinal pararam; disseram-lhe que se sentasse e destapasse os olhos. Duarte obedeceu; mas ao desvendar-se, não viu ninguém mais.

Era uma sala vasta, assaz iluminada, trastejada com elegância e opulência. Era talvez sobreposse a variedade dos adornos; contudo, a pessoa que os escolhera devia ter gosto apurado. Os bronzes, charões, tapetes, espelhos, — a cópia infinita de objetos que enchiam a sala, era tudo da melhor fábrica. A vista daquilo restituiu a serenidade de ânimo ao bacharel; não era provável que ali morassem ladrões.

Reclinou-se o moço indolentemente na otomana... Na otomana! Esta circunstância trouxe à memória do rapaz o princípio da aventura e o roubo da chinela. Alguns minutos de reflexão bastaram para ver que a tal chinela era já agora mais que problemática. Cavando mais fundo no terreno das conjecturas, pareceu-lhe achar uma explicação nova e definitiva. A chinela vinha a ser pura metáfora; tratava-se do coração de Cecília, que ele roubara, delito de que o queria punir o já imaginado rival. A isto deviam ligar-se naturalmente as palavras misteriosas do homem magro: o par é melhor que o terno; um casal é o ideal.

— Há de ser isso, concluiu Duarte; mas quem será esse pretendente derrotado?

Neste momento abriu-se uma porta do fundo da sala e negrejou a batina de um padre alvo e calvo. Duarte levantou-se, como por efeito de uma mola. O padre atravessou lentamente a sala, ao passar por ele deitou-lhe a bênção, e foi sair por outra porta rasgada na parede fronteira. O bacharel ficou sem movimento, a olhar para a porta, a olhar sem ver, estúpido de todos os sentidos. O inesperado daquela aparição baralhou totalmente as idéias anteriores a respeito da aventura. Não teve tempo, entretanto, de cogitar alguma nova explicação, porque a primeira porta foi de novo aberta e entrou por ela outra figura, desta vez o homem magro, que foi direito a ele e o convidou a segui-lo. Duarte não opôs resistência. Saíram por uma terceira porta, e, atravessados alguns corredores mais ou menos alumiados, foram dar a outra sala, que só o era por duas velas postas em castiçais de prata. Os castiçais estavam sobre uma mesa larga. Na cabeceira desta havia um homem velho que representava ter cinqüenta e cinco anos; era uma figura atlética, farta de cabelos na cabeça e na cara.

— Conhece-me? perguntou o velho, logo que Duarte entrou na sala.

— Não, senhor.

— Nem é preciso. O que vamos fazer exclui absolutamente a necessidade de qualquer apresentação. Saberá em primeiro lugar que o roubo da chinela foi um simples pretexto...

— Oh! decerto! interrompeu Duarte.

— Um simples pretexto, continuou o velho, para trazê-lo a esta nossa casa. A chinela não foi roubada; nunca saiu das mãos da dona. João Rufino, vá buscar a chinela.

O homem magro saiu, e o velho declarou ao bacharel que a famosa chinela não tinha nenhum diamante, nem fora comprada a nenhum judeu do Egito; era, porém, turca, segundo se lhe disse, e um milagre de pequenez. Duarte ouviu as explicações, e, reunindo todas as forças, perguntou resolutamente:

— Mas, senhor, não me dirá de uma vez o que querem de mim e o que estou fazendo nesta casa?

— Vai sabê-lo, respondeu tranqüilamente o velho.

A porta abriu-se e apareceu o homem magro com a chinela na mão. Duarte, convidado a aproximar-se da luz, teve ocasião de verificar que a pequenez era realmente miraculosa. A chinela era de marroquim finíssimo; no assento do pé, estufado e forrado de seda cor azul, rutilavam duas letras bordadas a ouro.

— Chinela de criança, não lhe parece? disse o velho.

— Suponho que sim.

— Pois supõe mal; é chinela de moça.

— Será; nada tenho com isso.

— Perdão! tem muito, porque vai casar com a dona.

— Casar! exclamou Duarte.

— Nada menos. João Rufino, vá buscar a dona da chinela.

Saiu o homem magro, e voltou logo depois. Assomando à porta, levantou o reposteiro e deu entrada a uma mulher, que caminhou para o centro da sala. Não era mulher, era uma sílfide, uma visão de poeta, uma criatura divina. Era loura; tinha os olhos azuis, como os de Cecília, extáticos, uns olhos que buscavam o céu ou pareciam viver dele. Os cabelos, deleixadamente penteados, faziam-lhe em volta da cabeça, um como resplendor de santa; santa somente, não mártir, porque o sorriso que lhe desabrochava os lábios, era um sorriso de bem-aventurança, como raras vezes há de ter tido a terra. Um vestido branco, de finíssima cambraia, envolvia-lhe castamente o corpo, cujas formas aliás desenhava, pouco para os olhos, mas muito para a imaginação.

Um rapaz, como o bacharel, não perde o sentimento da elegância, ainda em lances daqueles. Duarte, ao ver a moça, compôs o chambre, apalpou a gravata e fez uma cerimoniosa cortesia, a que ela correspondeu com tamanha gentileza e graça, que a aventura começou a parecer muito menos aterradora.

— Meu caro doutor, esta é a noiva.

A moça abaixou os olhos; Duarte respondeu que não tinha vontade de casar.

— Três cousas vai o senhor fazer agora mesmo, continuou impassivelmente o velho: a primeira, é casar; a segunda, escrever o seu testamento; a terceira, engolir certa droga do Levante...

— Veneno! interrompeu Duarte.

— Vulgarmente é esse o nome; eu dou-lhe outro: passaporte do céu.

Duarte estava pálido e frio. Quis falar, não pôde; um gemido, sequer, não lhe saiu do peito. Rolaria ao chão, se não houvesse ali perto uma cadeira em que se deixou cair.

— O senhor, continuou o velho, tem uma fortunazinha de cento e cinqüenta contos. Esta pérola será a sua herdeira universal. João Rufino, vá buscar o padre.

O padre entrou, o mesmo padre calvo que abençoara o bacharel pouco antes; entrou e foi direito ao moço, engrolando sonolentamente um trecho de Neemias ou qualquer outro profeta menor; travou-lhe da mão e disse:

— Levante-se!

— Não! não quero! não me casarei!

— E isto? disse da mesa o velho, apontando-lhe uma pistola.

— Mas então é um assassinato?

— É; a diferença está no gênero de morte: ou violenta com isto, ou suave com a droga. Escolha!

Duarte suava e tremia. Quis levantar-se e não pôde. Os joelhos batiam um contra o outro. O padre chegou-se-lhe ao ouvido, e disse baixinho:

— Quer fugir?

— Oh! sim! exclamou, não com os lábios, que podia ser ouvido, mas com os olhos em que pôs toda a vida que lhe restava.

— Vê aquela janela? Está aberta; embaixo fica um jardim. Atire-se dali sem medo.

— Oh! padre! disse baixinho o bacharel.

— Não sou padre, sou tenente do exército. Não diga nada.

A janela estava apenas cerrada; via-se pela fresta uma nesga do céu, já meio claro.

Duarte não hesitou, coligiu todas as forças, deu um pulo do lugar onde estava e atirou-se a Deus misericórdia por ali abaixo. Não era grande altura, a queda foi pequena; ergueu-se o moço rapidamente, mas o homem gordo, que estava no jardim, tomou-lhe o passo.

— Que é isso? perguntou ele rindo.

Duarte não respondeu, fechou os punhos, bateu com eles violentamente nos peitos do homem e deitou a correr pelo jardim fora. O homem não caiu; sentiu apenas um grande abalo; e, uma vez passada a impressão, seguiu no encalço do fugitivo. Começou então uma carreira vertiginosa. Duarte ia saltando cercas e muros, calcando canteiros, esbarrando árvores, que uma ou outra vez se lhe erguiam na frente. Escorria-lhe o suor em bica, alteava-se-lhe o peito, as forças iam a perder-se pouco a pouco; tinha uma das mãos ferida, a camisa salpicada do orvalho das folhas, duas vezes esteve a ponto de ser apanhado, o chambre pegara-se-lhe em uma cerca de espinhos. Enfim, cansado, ferido, ofegante, caiu nos degraus de pedra de uma casa, que havia no meio do último jardim que atravessara.

Olhou para trás; não viu ninguém; o perseguidor não o acompanhara até ali. Podia vir, entretanto; Duarte ergueu-se a custo, subiu os quatro degraus que lhe faltavam, e entrou na casa, cuja porta, aberta, dava para uma sala pequena e baixa.

Um homem que ali estava, lendo um número do *Jornal do Comércio,* pareceu não o ter visto entrar. Duarte caiu numa cadeira. Fitou os olhos no homem. Era o major Lopo Alves. O major, empunhando a folha, cujas dimensões iam-se tornando extremamente exíguas, exclamou repentinamente:

— Anjo do céu, estás vingado! Fim do último quadro.

Duarte olhou para ele, para a mesa, para as paredes, esfregou os olhos, respirou à larga.

— Então! Que tal lhe pareceu?

— Ah! excelente! respondeu o bacharel, levantando-se.

— Paixões fortes, não?

— Fortíssimas. Que horas são?

— Deram duas agora mesmo.

Duarte acompanhou o major até à porta, respirou ainda uma vez, apalpou-se, foi até à janela. Ignora-se o que pensou durante os primeiros minutos; mas, ao cabo de um quarto de hora, eis o que ele dizia consigo: — Ninfa, doce amiga, fantasia inquieta e fértil, tu me salvaste de uma ruim peça com um sonho original, substituíste-me o tédio por um pesadelo: foi um bom negócio. Um bom negócio e uma grave lição: provaste-me ainda uma vez que o melhor drama está no espectador e não no palco.

NA ARCA

TRÊS CAPÍTULOS INÉDITOS DO GÊNESIS

Capítulo A

1. — Então Noé disse a seus filhos Jafé, Sem e Cam: — "Vamos sair da arca, segundo a vontade do Senhor, nós, e nossas mulheres, e todos os animais. A arca tem de parar no cabeço de uma montanha; desceremos a ela.

2. — "Porque o Senhor cumpriu a sua promessa, quando me disse: Resolvi dar cabo de toda a carne; o mal domina a terra, quero fazer perecer os homens. Faze uma arca de madeira; entra nela tu, tua mulher e teus filhos.

3. — "E as mulheres de teus filhos, e um casal de todos os animais.

4. — "Agora, pois, se cumpriu a promessa do Senhor, e todos os homens pereceram, e fecharam-se as cataratas do céu; tornaremos a descer à terra, e a viver no seio da paz e da concórdia."

5. — Isto disse Noé, e os filhos de Noé muito se alegraram de ouvir as palavras de seu pai; e Noé os deixou sós, retirando-se a uma das câmaras da arca.

6. — Então Jafé levantou a voz e disse: — "Aprazível vida vai ser a nossa. A figueira nos dará o fruto, a ovelha a lã, a vaca o leite, o sol a claridade e a noite a tenda.

7. — "Porquanto seremos únicos na terra, e toda a terra será nossa, e ninguém perturbará a paz de uma família, poupada do castigo que feriu a todos os homens

8. — "Para todo o sempre." Então Sem, ouvindo falar o irmão, disse: — "Tenho uma idéia". Ao que Jafé e Cam responderam: — "Vejamos a tua idéia, Sem."

9. — E Sem falou a voz de seu coração, dizendo: — "Meu pai tem a sua família; cada um de nós tem a sua família; a terra é de sobra; podíamos viver em tendas separadas. Cada um de nós fará o que lhe parecer melhor: e plantará, caçará, ou lavrará a madeira, ou fiará o linho."

10. — E respondeu Jafé: — "Acho bem lembrada a idéia de Sem; podemos viver em tendas separadas. A arca vai descer ao cabeço de uma montanha; meu pai e Cam descerão para o lado do nascente; eu e Sem para o lado do poente. Sem ocupará duzentos côvados de terra, eu outros duzentos."

11. — Mas dizendo Sem: — "Acho pouco duzentos côvados" —, retorquiu Jafé: "Pois sejam quinhentos cada um. Entre a minha terra e a tua haverá um rio, que as divida no meio, para se não confundir a propriedade. Eu fico na margem esquerda e tu na margem direita;

12. — "E a minha terra se chamará a terra de Jafé, e a tua se chamará a terra de Sem; e iremos às tendas um do outro, e partiremos o pão da alegria e da concórdia."

13. — E tendo Sem aprovado a divisão, perguntou a Jafé: "Mas o rio? a quem pertencerá a água do rio, a corrente?

14. — "Porque nós possuímos as margens, e não estatuímos nada a respeito da corrente." E respondeu Jafé, que podiam pescar de um e outro lado; mas, divergindo o irmão, propôs dividir o rio em duas partes, fincando um pau no meio. Jafé, porém, disse que a corrente levaria o pau.

15. — E tendo Jafé respondido assim, acudiu o irmão: — "Pois que te não serve o pau, fico eu com o rio, e as duas margens; e para que não haja conflito, podes levantar um muro, dez ou doze côvados, para lá da tua margem antiga.

16. — "E se com isto perdes alguma cousa, nem é grande a diferença, nem deixa de ser acertado, para que nunca jamais se turbe a concórdia entre nós, segundo é a vontade do Senhor."

17. — Jafé porém replicou: — "Vai bugiar! Com que direito me tiras a margem, que é minha, e me roubas um pedaço de terra? Porventura és melhor do que eu,

18. — "Ou mais belo, ou mais querido de meu pai? Que direito tens de violar assim tão escandalosamente a propriedade alheia?

19. — "Pois agora te digo que o rio ficará do meu lado, com ambas as margens, e que se te atreveres a entrar na minha terra, matar-te-ei como Caim matou a seu irmão."

20. — Ouvindo isto, Cam atemorizou-se muito e começou a aquietar os dous irmãos,

21. — Os quais tinham os olhos do tamanho de figos e cor de brasa, e olhavam-se cheios de cólera e desprezo.

22. — A arca, porém, boiava sobre as águas do abismo.

Capítulo B

1. — Ora, Jafé, tendo curtido a cólera, começou a espumar pela boca, e Cam falou-lhe palavras de brandura,

2. — Dizendo: — "Vejamos um meio de conciliar tudo; vou chamar tua mulher e a mulher de Sem."

3. — Um e outro, porém, recusaram dizendo que o caso era de direito e não de persuasão.

4. — E Sem propôs a Jafé que compensasse os dez côvados perdidos, medindo outros tantos nos fundos da terra dele. Mas Jafé respondeu:

5. — "Por que não me mandas logo para os confins do mundo? Já te não contentas com quinhentos côvados; queres quinhentos e dez, e eu que fique com quatrocentos e noventa.

6. — "Tu não tens sentimentos morais? não sabes o que é justiça? não vês que me esbulhas descaradamente? e não percebes que eu saberei defender o que é meu, ainda com risco de vida?

7. — "E que, se é preciso correr sangue, o sangue há de correr já e já,

8. — "Para te castigar a soberba e lavar a tua iniqüidade?"

9. — Então Sem avançou para Jafé; mas Cam interpôs-se, pondo uma das mãos no peito de cada um;

10. — Enquanto o lobo e o cordeiro, que durante os dias do dilúvio, tinham vivido na mais doce concórdia, ouvindo o rumor das vozes, vieram espreitar a briga dos dous irmãos, e começaram a vigiar-se um ao outro.

11. — E disse Cam: — "Ora, pois, tenho uma idéia maravilhosa, que há de acomodar tudo;

12. — "A qual me é inspirada pelo amor, que tenho a meus irmãos. Sacrificarei pois a terra que me couber ao lado de meu pai, e ficarei com o rio e as duas margens, dando-me vós uns vinte côvados cada um."

13. — E Sem e Jafé riram com desprezo e sarcasmo, dizendo: — "Vai plantar tâmaras! Guarda a tua idéia para os dias da velhice." E puxaram as orelhas e o nariz de Cam; e Jafé, metendo dous dedos na boca, imitou o silvo da serpente, em ar de surriada.

14. — Ora, Cam, envergonhado e irritado, espalmou a mão dizendo: — "Deixa estar!" e foi dali ter com o pai e as mulheres dos dous irmãos.

15. — Jafé porém disse a Sem: — "Agora que estamos sós, vamos decidir este grave caso, ou seja de língua ou de punho. Ou tu me cedes as duas margens, ou eu te quebro uma costela."

16. — Dizendo isto, Jafé ameaçou a Sem com os punhos fechados, enquanto Sem, derreando o corpo, disse com voz irada: "Não te cedo nada, gatuno!"

17. — Ao que Jafé retorquiu irado: "Gatuno és tu!"

18. — Isto dito, avançaram um para o outro e atracaram-se. Jafé tinha o braço rijo e adestrado; Sem era forte na resistência. Então Jafé, segurando o irmão pela cinta, apertou-o fortemente, bradando: "De quem é o rio?"

19. — E respondendo Sem: — "É meu!" Jafé fez um gesto para derrubá-lo; mas Sem, que era forte, sacudiu o corpo e atirou o irmão para longe; Jafé, porém, espumando de cólera, tornou a apertar o irmão, e os dous lutaram braço a braço,

20. — Suando e bufando como touros.

21. — Na luta, caíram e rolaram, esmurrando-se um ao outro; o sangue saía dos narizes, dos beiços, das faces; ora vencia Jafé,

22. — Ora vencia Sem; porque a raiva animava-os igualmente, e eles lutavam com as mãos, os pés, os dentes e as unhas; e a arca estremecia como se de novo se houvessem aberto as cataratas do céu.

23. — Então as vozes e brados chegaram aos ouvidos de Noé, ao mesmo tempo que seu filho Cam, que lhe apareceu clamando: "Meu pai, meu pai, se de Caim se tomará vingança sete vezes, e de Lamech setenta vezes sete, o que será de Jafé e Sem?"

24. — E pedindo Noé que explicasse o dito, Cam referiu a discórdia dos dous irmãos, e a ira que os animava, e disse: — "Correi a aquietá-los." Noé disse: — "Vamos."

25. — A arca, porém, boiava sobre as águas do abismo.

Capítulo C

1. — Eis aqui chegou Noé ao lugar onde lutavam os dous filhos,

2. — E achou-os ainda agarrados um ao outro, e Sem debaixo do joelho de Jafé, que com o punho cerrado lhe batia na cara, a qual estava roxa e sangrenta.

3. — Entretanto, Sem, alçando as mãos, conseguiu apertar o pescoço do irmão, e este começou a bradar: "Larga-me, larga-me!"

4. — Ouvindo os brados, as mulheres de Jafé e Sem acudiram também ao lugar da luta, e, vendo-os assim, entraram a soluçar e a dizer: "O que será de nós? A maldição caiu sobre nós e nossos maridos."

5. — Noé, porém, lhes disse: "Calai-vos, mulheres de meus filhos, eu verei de que se trata, e ordenarei o que for justo." E caminhando para os dous combatentes,

6. — Bradou: "Cessai a briga. Eu, Noé, vosso pai, o ordeno e mando." E ouvindo os dous irmãos o pai, detiveram-se subitamente, e ficaram longo tempo atalhados e mudos, não se levantando nenhum deles.

7. — Noé continuou: "Erguei-vos, homens indignos da salvação e merecedores do castigo que feriu os outros homens."

8. — Jafé e Sem ergueram-se. Ambos tinham feridos o rosto, o pescoço e as mãos, e as roupas salpicadas de sangue, porque tinham lutado com unhas e dentes, instigados de ódio mortal.

9. — O chão também estava alagado de sangue, e as sandálias de um e outro, e os cabelos de um e outro,

10. — Como se o pecado os quisera marcar com o selo da iniqüidade.

11. — As duas mulheres, porém, chegaram-se a eles, chorando e acariciando-os, e via-se-lhes a dor do coração. Jafé e Sem não atendiam a nada, e estavam com os olhos no chão, medrosos de encarar seu pai.

12. — O qual disse: "Ora, pois, quero saber o motivo da briga."

13. — Esta palavra acendeu o ódio no coração de ambos. Jafé, porém, foi o primeiro que falou e disse:

14. — "Sem invadiu a minha terra, a terra que eu havia escolhido para levantar a minha tenda, quando as águas houverem desaparecido e a arca descer, segundo a promessa do Senhor;

15. — "E eu, que não tolero o esbulho, disse a meu irmão: "Não te contentas com quinhentos côvados e queres mais dez?" E ele me respondeu: "Quero mais dez e as duas margens do rio que há de dividir a minha terra da tua terra."

16. — Noé, ouvindo o filho, tinha os olhos em Sem; e acabando Jafé, perguntou ao irmão: "Que respondes?"

17. — E Sem disse: — "Jafé mente, porque eu só lhe tomei os dez côvados de terra, depois que ele recusou dividir o rio em duas partes; e propondo-lhe ficar com as duas margens, ainda consenti que ele medisse outros dez côvados nos fundos das terras dele,

18. — "Para compensar o que perdia; mas a iniqüidade de Caim falou nele, e ele me feriu a cabeça, a cara e as mãos."

19. — E Jafé interrompeu-o dizendo: "Porventura não me feriste também? Não estou ensangüentado como tu? Olha a minha cara e o meu pescoço; olha as minhas faces, que rasgaste com as tuas unhas de tigre."

20. — Indo Noé falar, notou que os dous filhos de novo pareciam desafiar-se com os olhos. Então disse: "Ouvi!" Mas os dous irmãos, cegos de raiva, outra vez se engalfinharam bradando: — "De quem é o rio?" — "O rio é meu."

21. — E só a muito custo puderam Noé, Cam e as mulheres de Sem e Jafé, conter os dous combatentes, cujo sangue entrou a jorrar em grande cópia.

22. — Noé, porém, alçando a voz, bradou: — "Maldito seja o que me não obedecer. Ele será maldito, não sete vezes, não setenta vezes sete, mas setecentas vezes setenta.

23. — "Ora, pois, vos digo que, antes de descer a arca, não quero nenhum ajuste a respeito do lugar em que levantareis as tendas."

24. — Depois ficou meditabundo.

25. — E alçando os olhos ao céu, porque a portinhola do teto estava levantada, bradou com tristeza:

26. — "Eles ainda não possuem a terra e já estão brigando por causa dos limites. O que será quando vierem a Turquia e a Rússia?"

27. — E nenhum dos filhos de Noé pôde entender esta palavra de seu pai.

28. — A arca, porém, continuava a boiar sobre as águas do abismo.

D. BENEDITA

UM RETRATO

I

A cousa mais árdua do mundo, depois do ofício de governar, seria dizer a idade exata de D. Benedita. Uns davam-lhe quarenta anos, outros quarenta e cinco, alguns trinta e seis. Um corretor de fundos descia aos vinte e nove; mas esta opinião, eivada de intenções ocultas, carecia daquele cunho de sinceridade que todos gostamos de achar nos conceitos humanos. Nem eu a cito, senão para dizer, desde logo, que D. Benedita foi sempre um padrão de bons costumes. A astúcia do corretor não fez mais do que indigná-la, embora momentaneamente; digo momentaneamente. Quanto às outras conjecturas, oscilando entre os trinta e seis e os quarenta e cinco, não desdiziam das feições de D. Benedita, que eram maduramente graves e juvenilmente graciosas. Mas, se alguma cousa admira é que houvesse suposições neste negócio, quando bastava interrogá-la para saber a verdade verdadeira.

D. Benedita fez quarenta e dous anos no domingo dezenove de setembro de 1869. São seis horas da tarde; a mesa da família está ladeada de parentes e amigos, em número de vinte ou vinte e cinco pessoas. Muitas dessas estiveram no jantar de 1868, no de 1867 e no de 1866, e ouviram sempre aludir francamente à idade da dona da casa. Além disso, vêem-se ali, à mesa, uma moça e um rapaz, seus filhos; este é, decerto, no tamanho e nas maneiras, um tanto menino; mas a moça, Eulália, contando dezoito anos, parece ter vinte e um, tal é a severidade dos modos e das feições.

A alegria dos convivas, a excelência do jantar, certas negociações matrimonais incumbidas ao cônego Roxo, aqui presente, e das quais se falará mais abaixo, as boas qualidades da dona da casa, tudo isso dá à festa um caráter íntimo e feliz. O cônego levanta-se para trinchar o peru. D. Benedita acatava esse uso nacional das casas modestas de confiar o peru a um dos convivas, em vez de o fazer retalhar fora da mesa por mãos servis, e o cônego era o pianista daquelas ocasiões solenes. Ninguém conhecia melhor a anatomia do animal, nem sabia operar com mais presteza. Talvez, — e este fenômeno fica para os entendidos, — talvez a circunstância do canonicato aumentasse ao trinchante, no espírito dos convivas, uma certa soma de prestígio, que ele não teria, por exemplo, se fosse um simples estudante de matemáticas, ou um amanuense de secretaria. Mas, por outro lado, um estudante ou um amanuense, sem a lição do longo uso, poderia dispor da arte consumada do cônego? É outra questão importante.

Venhamos, porém, aos demais convivas, que estão parados, conversando; reina o burburinho próprio dos estômagos meio regalados, o riso da natureza que caminha para a repleção; é um instante de repouso.

D. Benedita fala, como as suas visitas, mas não fala para todas, senão para uma, que está sentada ao pé dela. Essa é uma senhora gorda, simpática, muito risonha, mãe de um bacharel de vinte e dous anos, o Leandrinho, que está sentado defronte delas. D. Benedita não se contenta de falar à senhora gorda, tem uma das mãos desta entre as suas; e não se contenta de lhe ter presa a mão, fita-lhe uns olhos namorados, vivamente namorados. Não os fita, note-se bem, de um modo persistente e longo, mas inquieto, miúdo, repetido, instantâneo. Em todo caso, há muita ternura naquele gesto; e, dado que não a houvesse, não se perderia nada, porque D. Benedita repete com a boca a D. Maria dos Anjos tudo o que com os olhos lhe tem dito: — que está encantada, que considera uma fortuna conhecê-la, que é muito simpática, muito digna, que traz o coração nos olhos, etc., etc., etc. Uma de suas amigas diz-lhe, rindo, que está com ciúmes.

— Que arrebente! responde ela, rindo também.

E voltando-se para a outra:

— Não acha? ninguém deve meter-se com a nossa vida.

E aí tornavam as finezas, os encarecimentos, os risos, as ofertas, mais isto, mais aquilo, — um projeto de passeio, outro de teatro, e promessas de muitas visitas, tudo com tamanha expansão e calor, que a outra palpitava de alegria e reconhecimento.

O peru está comido. D. Maria dos Anjos faz um sinal ao filho; este levanta-se e pede que o acompanhem em um brinde:

— Meus senhores, é preciso desmentir esta máxima dos franceses: — *les absents ont tort.*[1] Bebamos a alguém que está longe, muito longe, no espaço, mas perto, muito perto, no coração de sua digna esposa: — bebamos ao ilustre desembargador Proença.

A assembléia não correspondeu vivamente ao brinde; e para compreendê-lo basta ver o rosto triste da dona da casa. Os parentes e os mais íntimos disseram baixinho entre si que o Leandrinho fora estouvado; enfim, bebeu-se, mas sem estrépito; ao que parece, para não avivar a dor de D. Benedita. Vã precaução! D. Benedita, não podendo conter-se, deixou rebentarem-lhe as lágrimas, levantou-se da mesa, retirou-se da sala. D. Maria dos Anjos acompanhou-a. Sucedeu um silêncio mortal entre os convivas. Eulália pediu a todos que continuassem, que a mãe voltava já.

— Mamãe é muito sensível, disse ela, e a idéia de que papai está longe de nós...

O Leandrinho, consternado, pediu desculpa a Eulália. Um sujeito, ao lado dele, explicou-lhe que D. Benedita não podia ouvir falar do marido sem receber um golpe no coração — e chorar logo; ao que o Leandrinho acudiu dizendo que sabia da tristeza dela, mas estava longe de supor que o seu brinde tivesse tão mau efeito.

— Pois era a cousa mais natural, explicou o sujeito, por que ela morre pelo marido.

— O cônego, acudiu Leandrinho, disse-me que ele foi para o Pará há uns dous anos...

— Dous anos e meio; foi nomeado desembargador pelo ministério Zacarias. Ele queria a relação de S. Paulo, ou da Bahia; mas não pôde ser e aceitou a do Pará.

— Não voltou mais?

— Não voltou.

— D. Benedita naturalmente tem medo de embarcar...

1. (Francês): "Os ausentes não têm razão."

— Creio que não. Já foi uma vez à Europa. Se bem me lembro, ela ficou para arranjar alguns negócios de família; mas foi ficando, ficando, e agora...

— Mas era muito melhor ter ido em vez de padecer assim... Conhece o marido?

— Conheço; um homem muito distinto, e ainda moço, forte; não terá mais de quarenta e cinco anos. Alto, barbado, bonito. Aqui há tempos disse-se que ele não teimava com a mulher, porque estava lá de amores com uma viúva.

— Ah!

— E houve até quem viesse contá-lo a ela mesma. Imagine como a pobre senhora ficou! Chorou uma noute inteira, no dia seguinte não quis almoçar, e deu todas as ordens para seguir no primeiro vapor.

— Mas não foi?

— Não foi; desfez a viagem daí a três dias.

D. Benedita voltou nesse momento, pelo braço de D. Maria dos Anjos. Trazia um sorriso envergonhado; pediu desculpa da interrupção, e sentou-se com a recente amiga ao lado, agradecendo os cuidados que lhe deu, pegando-lhe outra vez na mão:

— Vejo que me quer bem, disse ela.

— A senhora merece, disse D. Maria dos Anjos.

— Mereço? inquiriu ela entre desvanecida e modesta.

E declarou que não, que a outra é que era boa, um anjo, um verdadeiro anjo; palavra que ela sublinhou com o mesmo olhar namorado, não persistente e longo, mas inquieto e repetido. O cônego, pela sua parte, com o fim de apagar a lembrança do incidente, procurou generalizar a conversa, dando-lhe por assunto a eleição do melhor doce. Os pareceres divergiram muito. Uns acharam que era o de coco, outros o de caju, alguns o de laranja, etc. Um dos convivas, o Leandrinho, autor do brinde, dizia com os olhos, — não com a boca, — e dizia-o de um modo astucioso, que o melhor doce eram as faces de Eulália, um doce moreno, corado; dito que a mãe dele interiormente aprovava, e que a mãe dela não podia ver, tão entregue estava à contemplação da recente amiga. Um anjo, um verdadeiro anjo!

II

D. Benedita levantou-se, no dia seguinte, com a idéia de escrever uma carta ao marido, uma longa carta em que lhe narrasse a festa da véspera, nomeasse os convivas e os pratos, descrevesse a recepção noturna, e, principalmente, desse notícia das novas relações com D. Maria dos Anjos. A mala fechava-se às duas horas da tarde, D. Benedita acordara às nove, e, não morando longe (morava no Campo da Aclamação),[2] um escravo levaria a carta ao correio muito a tempo. Demais, chovia; D. Benedita arredou a cortina da janela, deu com os vidros molhados; era uma chuvinha teimosa, o céu estava todo brochado de uma cor pardo-escura, malhada de grossas nuvens negras. Ao longe, viu flutuar e voar o pano que cobria o balaio que uma preta levava à cabeça: concluiu que ventava. Magnífico dia para não sair, e, portanto, escrever uma carta, duas cartas, todas as cartas de uma esposa ao marido ausente. Ninguém viria tentá-la.

2. Atual Praça da República.

Enquanto ela compõe os babadinhos e rendas do roupão branco, um roupão de cambraia que o desembargador lhe dera em 1862, no mesmo dia aniversário, 19 de setembro, convido a leitora a observar-lhe as feições. Vê que não lhe dou Vênus; também não lhe dou Medusa. Ao contrário de Medusa, nota-se-lhe o alisado simples do cabelo, preso sobre a nuca. Os olhos são vulgares, mas têm uma expressão bonachã. A boca é daquelas que, ainda não sorrindo, são risonhas, e tem esta outra particularidade, que é uma boca sem remorsos nem saudades: podia dizer sem desejos, mas eu só digo o que quero, e só quero falar das saudades e dos remorsos. Toda essa cabeça, que não entusiasma, nem repele, assenta sobre um corpo antes alto do que baixo, e não magro nem gordo, mas fornido na proporção da estatura. Para que falar-lhe das mãos? Há de admirá-las logo, ao travar, da pena e do papel, com os dedos afilados e vadios, dous deles ornados de cinco ou seis anéis.

Creio que é bastante ver o modo por que ela compõe as rendas e os babadinhos do roupão para compreender que é uma senhora pichosa,[3] amiga do arranjo das cousas e de si mesma. Noto que rasgou agora o babadinho do punho esquerdo, mas é porque, sendo também impaciente, não podia mais "com a vida deste diabo". Essa foi a sua expressão, acompanhada logo de um "Deus me perdoe!" que inteiramente lhe extraiu o veneno. Não digo que ela bateu com o pé, mas adivinha-se, por ser um gesto natural de algumas senhoras irritadas. Em todo caso, a cólera durou pouco mais de meio minuto. D. Benedita foi à caixinha de costura para dar um ponto no rasgão, e contentou-se com um alfinete. O alfinete caiu no chão, ela abaixou-se a apanhá-lo. Tinha outros, é verdade, muitos outros, mas não achava prudente deixar alfinetes no chão. Abaixando-se, aconteceu-lhe ver a ponta da chinela, na qual pareceu-lhe descobrir um sinal branco; sentou-se na cadeira que tinha perto, tirou a chinela, e viu o que era: era um roidinho de barata. Outra raiva de D. Benedita, porque a chinela era muito galante, e fora-lhe dada por uma amiga do ano passado. Um anjo, um verdadeiro anjo! D. Benedita fitou os olhos irritados no sinal branco; felizmente a expressão bonachã deles não era tão bonachã que se deixasse eliminar de todo por outras expressões menos passivas, e retomou o seu lugar. D. Benedita entrou a virar e revirar a chinela, e a passá-la de uma para outra mão, a princípio com amor, logo depois maquinalmente, até que as mãos pararam de todo, a chinela caiu no regaço, e D. Benedita ficou a olhar para o ar, parada, fixa. Nisto o relógio da sala de jantar começou a bater horas. D. Benedita, logo às primeiras duas, estremeceu:

— Jesus! Dez horas!

E, rápida, calçou a chinela, concertou depressa o punho do roupão, e dirigiu-se à escrivaninha, para começar a carta. Escreveu, com efeito, a data, e um: — "Meu ingrato marido"; enfim, mal traçara estas linhas: — "Você lembrou-se ontem de mim? Eu...", quando Eulália lhe bateu à porta, bradando:

3. O *Novo Dicionário Aurélio,* relacionando o adjetivo com *pecha,* só registra a forma *pechoso;* o *Vocabulário Ortográfico* da ABL, de 1981, consigna também *pichoso,* forma que se encontra na 1ª edição da Lombaerts e na publicação prévia de *A Estação* e que conservei. Morais registra ambas, e em *pichoso,-osa* define à perfeição: "Nimiamente apurado, e atilado, que quer tudo com muita exatidão, e, pontualidade, e não sofre o mínimo defeito". Gilberto Freire, no *Manifesto Regionalista* (p. 28 da 4ª ed.), escreve *pichoso.* As edições da W. M. Jackson, sem qualquer justificativa, "emendam" para *caprichosa!*

— Mamãe, mamãe, são horas de almoçar.

D. Benedita abriu a porta, Eulália beijou-lhe a mão, depois levantou as suas ao céu:

— Meu Deus! que dorminhoca!

— O almoço está pronto?

— Há que séculos!

— Mas eu tinha dito que hoje o almoço era mais tarde... Estava escrevendo a teu pai.

Olhou alguns instantes para a filha, como desejosa de lhe dizer alguma cousa grave, ao menos difícil, tal era a expressão indecisa e séria dos olhos. Mas não chegou a dizer nada; a filha repetiu que o almoço estava na mesa, pegou-lhe do braço e levou-a.

Deixemo-las almoçar à vontade; descansemos nessa outra sala, a de visitas, sem aliás inventariar os móveis dela, como o não fizemos em nenhuma outra sala ou quarto. Não é que eles não prestem, ou sejam de mau gosto; ao contrário são bons. Mas a impressão geral que se recebe é esquisita, como se ao trastejar daquela casa houvesse presidido um plano truncado, ou uma sucessão de planos truncados. Mãe, filha e filho almoçaram. Deixemos o filho, que nos não importa, um pirralho de doze anos, que parece ter oito, tão mofino é ele. Eulália interessa-nos, não só pelo que vimos de relance no capítulo passado, como porque, ouvindo a mãe falar em D. Maria dos Anjos e no Leandrinho, ficou muito séria e, talvez, um pouco amuada. D. Benedita percebeu que o assunto não era aprazível à filha, e recuou da conversa, como alguém que desanda uma rua para evitar um importuno; recuou e ergueu-se; a filha veio com ela para a sala de visitas.

Eram onze horas menos um quarto. D. Benedita conversou com a filha até depois do meio-dia, para ter tempo de descansar o almoço e escrever a carta. Sabem que a mala fecha às duas horas. De fato, alguns minutos, poucos, depois do meio-dia, D. Benedita disse à filha que fosse estudar piano, porque ela ia acabar a carta. Saiu da sala; Eulália foi à janela, relanceou a vista pelo Campo, e, se lhes disser que com um pontazinha de tristeza nos olhos, podem crer que é a pura verdade. Não era, todavia, a tristeza dos débeis ou dos indecisos; era a tristeza dos resolutos, a quem dói de antemão um ato pela mortificação que há de trazer a outros, e que, não obstante, juram a si mesmos praticá-la, e praticam. Convenho que nem todas essas particularidades podiam estar nos olhos de Eulália, mas por isso mesmo é que as histórias são contadas por alguém, que se incumbe de preencher as lacunas e divulgar o escondido. Que era uma tristeza máscula, era; — e que daí a pouco os olhos sorriam de um sinal de esperança, também não é mentira.

— Isto acaba, murmurou ela, vindo para dentro.

Justamente nessa ocasião parava um carro à porta, apeava-se uma senhora, ouvia-se a campainha da escada, descia um moleque a abrir a cancela, e subia as escadas D. Maria dos Anjos. D. Benedita, quando lhe disseram quem era, largou a pena, alvoroçada; vestiu-se à pressa, calçou-se, e foi à sala.

— Com este tempo! exclamou. Ah! isto é que é querer bem à gente!

— Vim sem esperar pela sua visita, só para mostrar que não gosto de cerimônias, e que entre nós deve haver a maior liberdade.

Vieram os cumprimentos de estilo, as palavrinhas doces, os afagos da véspera. D. Benedita não se fartava de dizer que a visita naquele dia era uma grande fineza, uma prova de verdadeira amizade; mas queria outra, acrescentou daí a um instante, que D. Maria dos Anjos ficasse para jantar. Esta desculpou-se alegando que tinha de ir a outras partes; demais, essa era a prova que lhe pedia, — a de ir jantar à casa dela primeiro. D. Benedita não hesitou, prometeu que sim, naquela mesma semana.

— Estava agora mesmo escrevendo o seu nome, continuou.

— Sim?

— Estou escrevendo a meu marido, e falo da senhora. Não lhe repito o que escrevi, mas imagine que falei muito mal da senhora, que era antipática, insuportável, maçante, aborrecida... Imagine!

— Imagino, imagino. Pode acrescentar que, apesar de ser tudo isso, e mais alguma cousa, apresento-lhe os meus respeitos.

— Como ela tem graça para dizer as cousas! comentou D. Benedita olhando para a filha.

Eulália sorriu sem convicção. Sentada na cadeira fronteira à mãe, ao pé da outra ponta do sofá em que estava D. Maria dos Anjos, — Eulália dava à conversação das duas a soma de atenção que a cortesia lhe impunha, e nada mais. Chegava a parecer aborrecida; cada sorriso que lhe abria a boca era de um amarelo pálido, um sorriso de favor. Uma das tranças, — era de manhã, trazia o cabelo em duas tranças caídas pelas costas abaixo, — uma delas servia-lhe de pretexto a alheiar-se de quando em quando, porque puxava-a para a frente e contava-lhe os fios do cabelo, — ou parecia contá-los. Assim o creu D. Maria dos Anjos, quando lhe lançou uma ou duas vezes os olhos, curiosa, desconfiada. D. Benedita é que não via nada; via a amiga, a feiticeira, como lhe chamou duas ou três vezes, — "feiticeira como ela só".

— Já!

D. Maria dos Anjos explicou que tinha de ir a outras visitas; mas foi obrigada a ficar ainda alguns minutos, a pedido da amiga. Como trouxesse um mantelete de renda preta, muito elegante, D. Benedita disse que tinha um igual e mandou buscá-lo. Tudo demoras. Mas a mãe do Leandrinho estava tão contente! D. Benedita enchia-lhe o coração: achava nela todas as qualidades que melhor se ajustavam à sua alma e aos seus costumes, ternura, confiança, entusiasmo, simplicidade, uma familiaridade cordial e pronta. Veio o mantelete; vieram oferecimentos de alguma cousa, um doce, um licor, um refresco; D. Maria dos Anjos não aceitou nada mais do que um beijo e a promessa de que iriam jantar com ela naquela semana.

— Quinta-feira, disse D. Benedita.

— Palavra?

— Palavra.

— Que quer que lhe faça se não for? Há de ser um castigo bem forte.

— Bem forte? Não me fale mais.

D. Maria dos Anjos beijou com muita ternura a amiga: depois abraçou e beijou também a Eulália, mas a efusão era muito menor de parte a parte. Uma e outra mediam-se, estudavam-se, começavam a compreender-se. D. Benedita levou a amiga até o patamar da escada, depois foi à janela para vê-la entrar no carro; a amiga, depois de entrar no carro, pôs a cabeça de fora, olhou para cima, e disse-lhe adeus, com a mão.

— Não falte, ouviu?

— Quinta-feira.

Eulália já não estava na sala; D. Benedita correu a acabar a carta. Era tarde: não relatara o jantar da véspera, nem já agora podia fazê-lo. Resumiu tudo; encareceu muito as novas relações; enfim, escreveu estas palavras:

"O cônego Roxo falou-me em casar Eulália com o filho de D. Maria dos Anjos; é um moço formado em direito este ano; é conservador, e espera uma promotoria, agora, se o Itaboraí não deixar o ministério. Eu acho que o casamento é o melhor possível. O Dr. Leandrinho (é o nome dele) é muito bem educado; fez um brinde a você, cheio de palavras tão bonitas, que eu chorei. Eu não sei se Eulália quererá ou não; desconfio de outro sujeito que outro dia esteve conosco nas Laranjeiras. Mas você que pensa? Devo limitar-me a aconselhá-la, ou impor-lhe a nossa vontade? Eu acho que devo usar um pouco da minha autoridade; mas não quero fazer nada sem que você me diga. O melhor seria se você viesse cá."

Acabou e fechou a carta; Eulália entrou nessa ocasião, ela deu-lha para mandar, sem demora, ao correio; e a filha saiu com a carta sem saber que tratava dela e do seu futuro. D. Benedita deixou-se cair no sofá, cansada, exausta. A carta era muito comprida apesar de não dizer tudo; e era-lhe tão enfadonho escrever cartas compridas!

III

Era-lhe tão enfadonho escrever cartas compridas! Esta palavra, fecho do capítulo passado, explica a longa prostração de D. Benedita. Meia hora depois de cair no sofá, ergueu-se um pouco, e percorreu o gabinete com os olhos, como procurando alguma cousa. Essa cousa era um livro. Achou o livro, e podia dizer achou os livros, pois nada menos de três estavam ali, dous abertos, um marcado em certa página, todos em cadeiras. Eram três romances que D. Benedita lia ao mesmo tempo. Um deles, note-se, custou-lhe não pouco trabalho. Deram-lhe notícia na rua, perto de casa, com muitos elogios; chegara da Europa na véspera. D. Benedita ficou tão entusiasmada, que apesar de ser longe e tarde, arrepiou caminho e foi ela mesmo comprá-lo, correndo nada menos de três livrarias. Voltou ansiosa, namorada do livro, tão namorada que abriu as folhas, jantando, e leu os cinco primeiros capítulos naquela mesma noite. Sendo preciso dormir, dormiu; no dia seguinte não pôde continuar, depois esqueceu-o. Agora, porém, passados oito dias, querendo ler alguma cousa, aconteceu-lhe justamente achá-lo à mão.

— Ah!

E ei-la que torna ao sofá, que abre o livro com amor, que mergulha o espírito, os olhos e o coração na leitura tão desastradamente interrompida. D. Benedita ama os romances, é natural; e adora os romances bonitos, é naturalíssimo. Não admira que esqueça tudo para ler este; tudo, até a lição de piano da filha, cujo professor chegou e saiu, sem que ela fosse à sala. Eulália despediu-se do professor; depois foi ao gabinete, abriu a porta, caminhou pé ante pé até o sofá, e acordou a mãe com um beijo.

— Dorminhoca!

— Ainda chove?

— Não, senhora; agora parou.

— A carta foi?

— Foi; mandei o José a toda a pressa. Aposto que mamãe esqueceu-se de dar lembranças a papai? Pois olhe, eu não me esqueço nunca.

D. Benedita bocejou. Já não pensava na carta; pensava no colete que encomendara à Charavel, um colete de barbatanas mais moles do que o último. Não gostava de barbatanas duras; tinha o corpo mui sensível. Eulália falou ainda algum tempo do pai, mas calou-se logo, e vendo no chão o livro aberto, o famoso romance, apanhou-o, fechou-o, pô-lo em cima da mesa. Nesse momento vieram trazer uma carta a D. Benedita; era do cônego Roxo, que mandava perguntar se estavam em casa naquele dia, porque iria ao enterro dos ossos.

— Pois não! bradou D. Benedita; estamos em casa, venha, pode vir.

Eulália escreveu o bilhetinho de resposta. Daí a três quartos de hora fazia o cônego a sua entrada na sala de D. Benedita. Era um bom homem o cônego, velho amigo daquela casa, na qual, além de trinchar o peru nos dias solenes, como vimos, exercia o papel de conselheiro, e exercia-o com lealdade e amor. Eulália, principalmente, merecia-lhe muito; vira-a pequena, galante, travessa, amiga dele, e criou-lhe uma afeição paternal, tão paternal que tomara a peito casá-la bem, e nenhum noivo melhor do que o Leandrinho, pensava o cônego. Naquele dia, a idéia de ir jantar com elas era antes um pretexto; o cônego queria tratar o negócio diretamente com a filha do desembargador. Eulália, ou porque adivinhasse isso mesmo, ou porque a pessoa do cônego lhe lembrasse o Leandrinho, ficou logo preocupada, aborrecida.

Mas, preocupada ou aborrecida, não quer dizer triste ou desconsolada. Era resoluta, tinha têmpera, podia resistir, e resistiu, declarando ao cônego, quando ele naquela noite lhe falou do Leandrinho, que absolutamente não queria casar.

— Palavra de moça bonita?

— Palavra de moça feia.

— Mas, por quê?

— Porque não quero.

— E se mamãe quiser?

— Não quero eu.

— Mau! isso não é bonito, Eulália.

Eulália deixou-se estar. O cônego ainda tornou ao assunto, louvou as qualidades do candidato, as esperanças da família, as vantagens do casamento; ela ouvia tudo, sem contestar nada. Mas quando o cônego formulava de um modo direto a questão, a resposta invariável era esta:

— Já disse tudo.

— Não quer?

— Não.

O desconsolo do bom cônego era profundo e sincero. Queria casá-la bem, e não achava melhor noivo. Chegou a interrogá-la discretamente, sobre se tinha alguma preferência em outra parte. Mas Eulália, não menos discretamente, respondia que não, que não tinha nada; não queria nada; não queria casar. Ele creu que era assim, mas receiou também que não fosse assim; faltava-lhe o trato suficiente das mulheres para ler através de uma negativa. Quando referiu tudo a D. Benedita, esta ficou assombrada com os termos da recusa; mas tornou logo a si, e declarou ao padre que a filha não tinha vontade, faria o que ela quisesse, e ela queria o casamento.

— Já agora nem espero resposta do pai, concluiu; declaro-lhe que ela há de casar. Quinta-feira vou jantar com D. Maria dos Anjos, e combinaremos as cousas.

— Devo dizer-lhe, ponderou o cônego, que D. Maria dos Anjos não deseja que se faça nada à força.

— Qual força! Não é preciso força.

O cônego refletiu um instante:

— Em todo caso, não violentaremos qualquer outra afeição que ela possa ter, disse ele.

D. Benedita não respondeu nada; mas consigo, no mais fundo de si mesma, jurou que, houvesse o que houvesse, acontecesse o que acontecesse, a filha seria nora de D. Maria dos Anjos. E ainda consigo, depois de sair o cônego: — Tinha que ver! um tico de gente, com fumaças de governar a casa!

A quinta-feira raiou. Eulália, — o tico de gente, — levantou-se fresca, lépida, loquaz, com todas as janelas da alma abertas ao sopro azul da manhã. A mãe acordou ouvindo um trecho italiano, cheio de melodia; era ela que cantava, alegre, sem afetação, com a indiferença das aves que cantam para si ou para os seus, e não para o poeta, que as ouve e traduz na língua imortal dos homens. D. Benedita afagara muito a idéia de a ver abatida, carrancuda, e gastara uma certa soma de imaginação em compor os seus modos, delinear os seus atos, ostentar energia e força. E nada! Em vez de uma filha rebelde, uma criatura gárrula e submissa. Era começar mal o dia; era sair aparelhada para destruir uma fortaleza, e dar com uma cidade aberta, pacífica, hospedeira, que lhe pedia o favor de entrar e partir o pão da alegria e da concórdia. Era começar o dia muito mal.

A segunda causa do tédio de D. Benedita foi um ameaço de enxaqueca, às três horas da tarde; um ameaço, ou uma suspeita de possibilidade de ameaço. Chegou a transferir a visita, mas a filha ponderou que talvez a visita lhe fizesse bem, e em todo caso, era tarde para deixar de ir. D. Benedita não teve remédio, aceitou o reparo. Ao espelho, penteando-se, esteve quase a dizer que definitivamente ficava; chegou a insinuá-lo à filha.

— Mamãe veja que D. Maria dos Anjos conta com a senhora, disse-lhe Eulália.

— Pois sim, redargüiu a mãe, mas não prometi ir doente.

Enfim, vestiu-se, calçou as luvas, deu as últimas ordens; e devia doer-lhe muito a cabeça, porque os modos eram arrebitados, uns modos de pessoa constrangida ao que não quer. A filha animava-a muito, lembrava-lhe o vidrinho dos sais, instava que saíssem, descrevia a ansiedade de D. Maria dos Anjos, consultava de dous em dous minutos o pequenino relógio, que trazia na cintura, etc. Uma amofinação, realmente.

— O que tu estás é me amofinando, disse-lhe a mãe.

E saiu, saiu exasperada, com uma grande vontade de esganar a filha, dizendo consigo que a pior cousa do mundo era ter filhas. Os filhos ainda vá: criam-se, fazem carreira por si; mas as filhas!

Felizmente, o jantar de D. Maria dos Anjos aquietou-a; e não digo que a enchesse de grande satisfação, porque não foi assim. Os modos de D. Benedita não eram os do costume; eram frios, secos, ou quase secos; ela, porém, explicou de si mesma a diferença, noticiando o ameaço da enxaqueca, notícia mais triste do que alegre, e que, aliás, alegrou a alma de D. Maria dos Anjos, por esta razão fina e profunda: antes a frieza da amiga fosse originada na doença do que na quebra do afeto. Demais, a doença não era grave. E que fosse grave! Não houve naquele dia mãos presas, olhos nos olhos, manjares comidos entre carícias mútuas; não houve nada do jantar de domingo. Um jantar apenas conversado; não alegre, conversado; foi o mais que alcançou o cônego. Amável cônego! As disposições de Eulália, naquele dia, cumularam-no de esperanças; o riso que brincava nela, a maneira expansiva da conversa, a docilidade com que se prestava a tudo, a tocar, a cantar, e o rosto afável, meigo, com que ouvia e falava ao Leandrinho, tudo isso foi para a alma do cônego uma renovação de esperanças. Logo hoje é que D. Benedita estava doente! Realmente, era caiporismo.

D. Benedita reanimou-se um pouco, à noite, depois do jantar. Conversou mais, discutiu um projeto de passeio ao Jardim Botânico, chegou mesmo a propor que fosse logo no dia seguinte; mas Eulália advertiu que era prudente esperar um ou dous dias até que os efeitos da enxaqueca desaparecessem de todo; e o olhar que mereceu à mãe, em troca do conselho, tinha a ponta aguda de um punhal. Mas a filha não tinha medo dos olhos maternos. De noite, ao despentear-se, recapitulando o dia, Eulália repetiu consigo a palavra que lhe ouvimos, dias antes, à janela:

— Isto acaba.

E, satisfeita de si, antes de dormir, puxou uma certa gaveta, tirou uma caixinha, abriu-a, aventou um cartão de alguns centímetros de altura, — um retrato. Não era retrato de mulher, não só por ter bigodes, como por estar fardado; era, quando muito, um oficial de marinha. Se bonito ou feio, é matéria de opinião. Eulália achava-o bonito; a prova é que o beijou, não digo uma vez, mas três. Depois mirou-o, com saudade, tornou a fechá-lo e guardá-lo.

Que fazias tu, mãe cautelosa e ríspida, que não vinhas arrancar às mãos e à boca da filha um veneno tão sutil e mortal? D. Benedita, à janela, olhava a noite, entre as estrelas e os lampiões de gás, com a imaginação vagabunda, inquieta, roída de saudades e desejos. O dia tinha-lhe saído mal, desde manhã. D. Benedita confessava, naquela doce intimidade da alma consigo mesma, que o jantar de D. Maria dos Anjos não prestara para nada, e que a própria amiga não estava provavelmente nos seus dias de costume. Tinha saudades, não sabia bem de quê, e desejos, que ignorava. De quando em quando, bocejava ao modo preguiçoso e arrastado dos que caem de sono; mas se alguma cousa tinha era fastio, — fastio, impaciência, curiosidade. D. Benedita cogitou seriamente em ir ter com o marido; e tão depressa a idéia do marido lhe penetrou no cérebro, como se lhe apertou o coração de saudades e remorsos, e o sangue pulou-lhe num tal ímpeto de ir ver o desembargador que, se o paquete do Norte estivesse na esquina da rua e as malas prontas, ela embarcaria logo e logo. Não importa; o paquete devia estar prestes a sair, oito ou dez dias; era o tempo de arranjar as malas. Iria por três meses somente, não era preciso levar muita cousa. Ei-la que se consola da grande cidade fluminense, da similitude dos dias, da escassez das cousas, da persistência das caras, da mesma fixidez das modas, que era um dos seus árduos problemas: — por que é que as modas hão de durar mais de quinze dias?

— Vou, não há que ver, vou ao Pará, disse ela a meia voz.

Com efeito, no dia seguinte, logo de manhã, comunicou a resolução à filha, que a recebeu sem abalo. Mandou ver as malas que tinha, achou que era preciso mais uma, calculou o tamanho, e determinou comprá-la. Eulália, por uma inspiração súbita:

— Mas, mamãe, nós não vamos por três meses?
— Três... ou dous.
— Pois, então, não vale a pena. As duas malas chegam.
— Não chegam.
— Bem; se não chegarem, pode-se comprar na véspera. E mamãe mesmo escolhe; é melhor do que mandar esta gente que não sabe nada.

D. Benedita achou a reflexão judiciosa, e guardou o dinheiro. A filha sorriu para dentro. Talvez repetisse consigo a famosa palavra da janela: — Isto acaba. A mãe foi cuidar dos arranjos, escolha de roupas, lista das cousas que precisava comprar, um presente para o marido, etc. Ah! que alegria que ele ia ter! Depois do meio-dia saíram para fazer encomendas, visitas, comprar as passagens, quatro passagens; levavam uma escrava consigo. Eulália ainda tentou arredá-la da idéia, propondo a transferência da viagem; mas D. Benedita declarou peremptoriamente que não. No escritório da Companhia de Paquetes disseram-lhe que o do Norte saía na sexta-feira da outra semana. Ela pediu as quatro passagens; abriu a carteirinha, tirou uma nota, depois duas, refletiu um instante.

— Basta vir na véspera, não?
— Basta, mas pode não achar mais.
— Bem; o senhor guarde os bilhetes: eu mando buscar.
— O seu nome?
— O nome? O melhor é não tomar o nome; nós viremos três dias antes de sair o vapor. Naturalmente ainda haverá bilhetes.
— Pode ser.
— Há de haver.

Na rua, Eulália observou que era melhor ter comprado logo os bilhetes; e, sabendo-se que ela não desejava ir para o Norte nem para o Sul, salvo na fragata em que embarcasse o original do retrato da véspera, há de supor-se que a reflexão da moça era profundamente maquiavélica. Não digo que não. D. Benedita, entretanto, noticiou a viagem aos amigos e conhecidos, nenhum dos quais a ouviu espantado. Um chegou a perguntar-lhe se, enfim, daquela vez era certo. D. Maria dos Anjos, que sabia da viagem pelo cônego, se alguma cousa a assombrou, quando a amiga se despediu dela, foram as atitudes geladas, o olhar fixo no chão, o silêncio, a indiferença. Uma visita de dez minutos apenas, durante os quais D. Benedita disse quatro palavras no princípio: — Vamos para o Norte. E duas no fim: — Passe bem. E os beijos? Dous tristes beijos de pessoa morta.

IV

A viagem não se fez por um motivo supersticioso. D. Benedita, no domingo à noute, advertiu que o paquete seguia na sexta-feira, e achou que o dia era mau. Iriam no outro paquete. Não foram no outro; mas desta vez os motivos escapam inteiramente ao alcance do olhar humano, e o melhor alvitre em tais casos é não teimar com o impenetrável. A verdade é que D. Benedita não foi, mas iria no terceiro paquete, a não ser um incidente que lhe trocou os planos.

Tinha a filha inventado uma festa e uma amizade nova. A nova amizade era uma família do Andaraí; a festa não se sabe a que propósito foi, mas deve ter sido esplêndida, porque D. Benedita ainda falava dela três dias depois. Três dias! Realmente, era demais. Quanto à família, era impossível ser mais amável; ao menos, a impressão que deixou na alma de D. Benedita foi intensíssima. Uso este superlativo, porque ela mesma o empregou: é um documento humano.

— Aquela gente? Oh! deixou-me uma impressão intensíssima.

E toca a andar para Andaraí, namorada de D. Petronilha, esposa do conselheiro Beltrão, e de uma irmã dela, D. Maricota, que ia casar com um oficial de marinha, irmão de outro oficial de marinha, cujos bigodes, olhos, cara, porte, cabelos, são os mesmos do retrato que o leitor entreviu há tempos na gavetinha de Eulália. A irmã casada tinha trinta e dous anos, e uma seriedade, umas maneiras tão bonitas, que deixaram encantada a esposa do desembargador. Quanto à irmã solteira era uma flor, uma flor de cera, outra expressão de D. Benedita, que não altero com receio de entibiar a verdade.

Um dos pontos mais obscuros desta curiosa história é a pressa com que as relações se travaram, e os acontecimentos se sucederam. Por exemplo, uma das pessoas que estiveram em Andaraí, com D. Benedita, foi o oficial de marinha retratado no cartão particular de Eulália, 1º tenente Mascarenhas, que o conselheiro Beltrão proclamou futuro almirante. Vede, porém, a perfídia do oficial: vinha fardado; e D. Benedita, que amava os espetáculos novos, achou-o tão distinto, tão bonito, entre os outros moços à paisana, que o preferiu a todos, e lho disse. O oficial agradeceu comovido. Ela ofereceu-lhe a casa; ele pediu-lhe licença para fazer uma visita.

— Uma visita? Vá jantar conosco.

Mascarenhas fez uma cortesia de aquiescência.

— Olhe, disse D. Benedita, vá amanhã.

Mascarenhas foi, e foi mais cedo. D. Benedita falou-lhe da vida do mar; ele pediu-lhe a filha em casamento. D. Benedita ficou sem voz, pasmada. Lembrou-se, é verdade, que desconfiara dele, um dia, nas Laranjeiras; mas a suspeita acabara. Agora não os vira conversar nem olhar uma só vez. Em casamento! Mas seria mesmo em casamento? Não podia ser outra cousa; a atitude séria, respeitosa, implorativa do rapaz dizia bem que se tratava de um casamento. Que sonho! Convidar um amigo, e abrir a porta a um genro: era o cúmulo do inesperado. Mas o sonho era bonito; o oficial de marinha era um galhardo rapaz, forte, elegante, simpático, metia toda a gente no coração, e principalmente parecia adorá-la, a ela, D. Benedita. Que magnífico sonho! D. Benedita voltou do pasmo, e respondeu que sim, que Eulália era sua. Mascarenhas pegou-lhe na mão e beijou-a filialmente.

— Mas o desembargador? disse ele.

— O desembargador concordará comigo.

Tudo andou assim depressa. Certidões passadas, banhos corridos, marcou-se o dia do casamento; seria vinte e quatro horas depois de recebida a resposta do desembargador. Que alegria a da boa mãe! que atividade no preparo do enxoval, no plano e nas encomendas da festa, na escolha dos convidados, etc.! Ela ia de um lado para outro, ora a pé, ora de carro, fizesse chuva ou sol. Não se detinha no mesmo objeto muito tempo; a semana do enxoval não era a do preparo da festa, nem a das visitas; alternava as cousas, voltava atrás, com certa confusão, é verdade. Mas aí estava a filha para suprir as faltas, corrigir os defeitos, cercear as demasias, tudo com a sua habilidade natural. Ao contrário de todos os noivos, este não as importunava; não jantava todos os dias com elas, segundo lhe pedia a dona da casa; jantava aos domingos, e visitava-as uma vez por semana. Matava as saudades por meio de cartas, que eram contínuas, longas e secretas, como no tempo do namoro. D. Benedita não podia explicar uma tal esquivança, quando ela morria por ele; e então vingava-se da esquisitice, morrendo ainda mais, e dizendo dele por toda a parte as mais belas cousas do mundo.

— Uma pérola! uma pérola!

— E um bonito rapaz, acrescentavam.

— Não é? De truz.

A mesma cousa repetia ao marido nas cartas que lhe mandava, antes e depois de receber a resposta da primeira. A resposta veio; o desembargador deu o seu consentimento, acrescentando que lhe doía muito não poder vir assistir às bodas, por achar-se um tanto adoentado; mas abençoava de longe os filhos, e pedia o retrato do genro.

Cumpriu-se o acordo à risca. Vinte e quatro horas depois de recebida a resposta do Pará efetuou-se o casamento, que foi uma festa admirável, esplêndida, no dizer de D. Benedita, quando a contou a algumas amigas. Oficiou o cônego Roxo, e claro é que D. Maria dos Anjos não esteve presente, e menos ainda o filho. Ela esperou, note-se, até à última hora um bilhete de participação, um convite, uma visita, embora se abstivesse de comparecer; mas não recebeu nada. Estava atônita, revolvia a memória a ver se descobria alguma inadvertência sua que pudesse explicar a frieza das relações; não achando nada, supôs alguma intriga. E supôs mal, pois foi um simples esquecimento. D. Benedita, no dia do consórcio, de manhã, teve idéia de que D. Maria dos Anjos não recebera participação.

— Eulália, parece que não mandamos participação a D. Maria dos Anjos? disse ela à filha, almoçando.

— Não sei; mamãe é quem se incumbiu dos convites.

— Parece que não, confirmou D. Benedita. João, dá cá mais açúcar.

O copeiro deu-lhe o açúcar; ela, mexendo o chá, lembrou-se do carro que iria buscar o cônego e reiterou uma ordem da véspera.

Mas a fortuna é caprichosa. Quinze dias depois do casamento, chegou a notícia do óbito do desembargador. Não descrevo a dor de D. Benedita; foi dilacerante e sincera. Os noivos, que devaneavam na Tijuca, vieram ter com ela; D. Benedita chorou todas as lágrimas de uma esposa austera e fidelíssima. Depois da missa do sétimo dia, consultou a filha e o genro acerca da idéia de ir ao Pará, erigir um túmulo ao marido, e beijar a terra em que ele repousava. Mascarenhas trocou um olhar com a mulher; depois disse à sogra que era melhor irem juntos, porque ele devia seguir para o Norte daí a três meses em comissão do governo. D. Benedita recalcitrou um pouco, mas aceitou o prazo, dando desde logo todas as ordens necessárias à construção do túmulo. O túmulo fez-se; mas a comissão não veio, e D. Benedita não pôde ir.

Cinco meses depois, deu-se um pequeno incidente na família. D. Benedita mandara construir uma casa no caminho da Tijuca, e o genro, com o pretexto de uma interrupção na obra, propôs acabá-la. D. Benedita consentiu, e o ato era tanto mais honroso para ela, quanto que o genro começava a parecer-lhe insuportável com a sua excessiva disciplina, com as suas teimas, impertinências, etc. Verdadeiramente, não havia teimas; nesse particular, o genro de D. Benedita contava tanto com a sinceridade da sogra que nunca teimava; deixava que ela própria se desmentisse dias depois. Mas pode ser que isto mesmo a mortificasse. Felizmente, o governo lembrou-se de o mandar ao Sul; Eulália, grávida, ficou com a mãe.

Foi por esse tempo que um negociante, viúvo, teve idéia de cortejar D. Benedita. O primeiro ano da viuvez estava passado. D. Benedita acolheu a idéia com muita simpatia, embora sem alvoroço. Defendia-se consigo; alegava a idade e os estudos do filho, que em breve estaria a caminho de São Paulo, deixando-a só, sozinha no mundo. O casamento seria uma consolação, uma companhia. E consigo, na rua ou em casa, nas horas disponíveis, aprimorava o plano com todos os floreios da imaginação vivaz e súbita; era uma vida nova, pois desde muito, antes mesmo da morte do marido, pode-se dizer que era viúva. O negociante gozava do melhor conceito: a escolha era excelente.

Não casou. O genro tornou do Sul, a filha deu à luz um menino robusto e lindo, que foi a paixão da avó durante os primeiros meses. Depois, o genro, a filha e o neto foram para o Norte. D. Benedita achou-se só e triste; o filho não bastava aos seus afetos. A idéia de viajar tornou a rutilar-lhe na mente, mas como um fósforo, que se apaga logo. Viajar sozinha era cansar e aborrecer-se ao mesmo tempo; achou melhor ficar. Uma companhia lírica, adventícia, sacudiu-lhe o torpor, e restituiu-a à sociedade. A sociedade incutiu-lhe outra vez a idéia do casamento, e apontou-lhe logo um pretendente, desta vez um advogado, também viúvo.

— Casarei? não casarei?

Uma noite, volvendo D. Benedita este problema, à janela da casa de Botafogo, para onde se mudara desde alguns meses, viu um singular espetáculo. Primeiramente uma claridade opaca, espécie de luz coada por um vidro fosco, vestia o espaço da enseada, fronteiro à janela. Nesse quadro apareceu-lhe uma figura vaga e transparente, trajada de nevoas, toucada de reflexos, sem contornos definidos, porque morriam todos no ar. A figura veio até ao peitoril da janela de D. Benedita; e de um gesto sonolento, com uma voz de criança, disse-lhe estas palavras sem sentido:

— Casa... não casarás... se casas... casarás... não casarás... e casas... casando...

D. Benedita ficou aterrada, sem poder mexer-se; mas ainda teve a força de perguntar à figura quem era. A figura achou um princípio de riso, mas perdeu-o logo; depois respondeu que era a fada que presidira ao nascimento de D. Benedita: Meu nome é Veleidade, concluiu; e, como um suspiro, dispersou-se na noite e no silêncio.

O SEGREDO DO BONZO

CAPÍTULO INÉDITO DE FERNÃO MENDES PINTO

Atrás deixei narrado o que se passou nesta cidade Fuchéu, capital do reino de Bungo, com o padre-mestre Francisco, e de como el-rei se houve com o Fucarandono e outros bonzos, que tiveram por acertado disputar ao padre as primazias da nossa santa religião. Agora direi de uma doutrina não menos curiosa que saudável ao espírito, e digna de ser divulgada a todas as repúblicas da cristandade.

Um dia, andando a passeio com Diogo Meireles, nesta mesma cidade Fuchéu, naquele ano de 1552, sucedeu deparar-se-nos um ajuntamento de povo, à esquina de uma rua, em torno a um homem da terra, que discorria com grande abundância de gestos e vozes. O povo, segundo o esmo mais baixo, seria passante de cem pessoas, varões somente, e todos embasbacados. Diogo Meireles, que melhor conhecia a língua da terra, pois ali estivera muitos meses, quando andou com bandeira de veniaga (agora ocupava-se no exercício da medicina, que estudara convenientemente, e em que era exímio) ia-me repetindo pelo nosso idioma o que ouvia ao orador, e que, em resumo, era o seguinte: — Que ele não queria outra cousa mais do que afirmar a origem dos grilos, os quais procediam do ar e das folhas de coqueiro, na conjunção da lua nova; que este descobrimento, impossível a quem não fosse, como ele, matemático, físico e filósofo, era fruto de dilatados anos de aplicação, experiência e estudo, trabalhos e até perigos de vida; mas enfim, estava feito, e todo redundava em glória do reino de Bungo, e especialmente da cidade Fuchéu, cuja filho era; e, se por ter aventado tão sublime verdade, fosse necessário aceitar a morte, ele a aceitaria ali mesmo, tão certo era que a ciência valia mais do que a vida e seus deleites.

A multidão, tanto que ele acabou, levantou um tumulto de aclamações, que esteve a ponto de ensurdecer-nos, e alçou nos braços o homem, bradando: Patimau, Patimau, viva Patimau que descobriu a origem dos grilos! E todos se foram com ele ao alpendre de um mercador, onde lhe deram refrescos e lhe fizeram muitas saudações e reverências, à maneira deste gentio, que é em extremo obsequioso e cortesão.

Desandando o caminho, vínhamos nós, Diogo Meireles e eu, falando do singular achado da origem dos grilos, quando, a pouca distância daquele alpendre, obra de seis credos, não mais, achámos outra multidão de gente, em outra esquina, escutando a outro homem. Ficámos espantados com a semelhança do caso, e Diogo Meireles, visto que também este falava apressado, repetiu-me na mesma maneira o teor da oração. E dizia este outro, com grande admiração e aplauso da gente que o cercava, que enfim descobrira o princípio da vida futura, quando a terra houvesse de ser inteiramente destruída, e era nada menos que uma certa gota de sangue de vaca; daí provinha a excelência da vaca para habitação das almas humanas, e o ardor com que esse distinto animal era procurado por muitos homens à hora de morrer; descobrimento que ele podia afirmar com fé e verdade, por ser obra de experiências repetidas e profunda cogitação, não desejando nem pedindo outro galardão mais que dar glória ao reino de Bungo e receber dele a estimação que os bons filhos merecem. O povo, que escutara esta fala com muita veneração, fez o mesmo alarido e levou o homem ao dito alpendre, com a diferença que o trepou a uma charola; ali chegando, foi regalado com obséquios iguais aos que faziam a Patimau, não havendo nenhuma distinção entre eles, nem outra competência nos banqueteadores, que não fosse a de dar graças a ambos os banqueteados.

Ficámos sem saber nada daquilo, porque nem nos parecia casual a semelhança exata dos dous encontros, nem racional ou crível a origem dos grilos, dada por Patimau, ou o princípio da vida futura, descoberto por Languru, que assim se chamava o outro. Sucedeu, porém, costearmos a casa de um certo Titané, alparqueiro, o qual correu a falar a Diogo Meireles, de quem era amigo. E, feitos os cumprimentos, em que o alparqueiro chamou as mais galantes cousas a Diogo Meireles, tais como — ouro da verdade e sol do pensamento, — contou-lhe este o que víramos e ouvíramos pouco antes. Ao que Titané acudiu com grande alvoroço: — Pode ser que eles andem cumprindo uma nova doutrina, dizem que inventada por um banzo de muito saber, morador em umas casas pegadas ao monte Coral. E porque ficássemos cobiçosos de ter alguma notícia da doutrina, consentiu Titané em ir conosco no dia seguinte às casas do bonzo, e acrescentou: — Dizem que ele não a confia a nenhuma pessoa, senão às que de coração se quiserem filiar a ela; e, sendo assim, podemos simular que o queremos unicamente com o fim de a ouvir; e se for boa, chegaremos a praticá-la à nossa vontade.

No dia seguinte, ao modo concertado, fomos às casas do dito bonzo, por nome Pomada, um ancião de cento e oito anos, muito lido e sabido nas letras divinas e humanas, e grandemente aceito a toda aquela gentilidade, e por isso mesmo malvisto de outros bonzos, que se finavam de puro ciúme. E tendo ouvido o dito bonzo a Titané quem éramos e o que queríamos, iniciou-nos primeiro com várias cerimônias e bugiarias necessárias à recepção da doutrina, e só depois dela é que alçou a voz para confiá-la e explicá-la.

— Haveis de entender, começou ele, que a virtude e o saber, têm duas existências paralelas, uma no sujeito que as possui, outra no espírito dos que o ouvem ou contemplam. Se puserdes as mais sublimes virtudes e os mais profundos conhecimentos em um sujeito solitário, remoto de todo contacto com outros homens, é como se eles não existissem. Os frutos de uma laranjeira, se ninguém os gostar, valem tanto como as urzes e plantas bravias, e, se ninguém os vir, não valem nada; ou, por outras palavras mais enérgicas, não há espetáculo sem espectador. Um dia, estando a cuidar nestas cousas, considerei que, para o fim de alumiar um pouco o entendimento, tinha consumido os meus longos anos, e, aliás, nada chegaria a valer sem a existência de outros homens que me vissem e honrassem; então cogitei se não haveria um modo de obter o mesmo efeito, poupando tais trabalhos, e esse dia posso agora dizer que foi o da regeneração dos homens, pois me deu a doutrina salvadora.

Neste ponto, afiámos os ouvidos e ficámos pendurados da boca do bonzo, o qual, como lhe dissesse Diogo Meireles que a língua da terra me não era familiar, ia falando com grande pausa, porque eu nada perdesse. E continuou dizendo:

— Mal podeis adivinhar o que me deu idéia da nova doutrina; foi nada menos que a pedra da lua, essa insigne pedra tão luminosa que, posta no cabeço de uma montanha ou no píncaro de uma torre, dá claridade a uma campina inteira, ainda a mais dilatada. Uma tal pedra, com tais quilates de luz, não existiu nunca, e ninguém jamais a viu; mas muita gente crê que existe e mais de um dirá que a viu com os seus próprios olhos. Considerei o caso, e entendi que, se uma cousa pode existir na opinião, sem existir na realidade, e existir na realidade, sem existir na opinião, a conclusão é que das duas existências paralelas a única necessária é a da opinião, não a da realidade, que é apenas conveniente. Tão depressa fiz este achado especulativo, como dei graças a Deus do favor especial, e determinei-me a verificá-lo por experiências; o que alcancei, em mais de um caso, que não relato, por vos não tomar o tempo. Para compreender a eficácia do meu sistema, basta advertir que os grilos não podem nascer do ar e das folhas de coqueiro, na conjunção da lua nova, e por outro lado, o princípio da vida futura não está em uma certa gota de sangue de vaca; mas Patimau e Languru, varões astutos, com tal arte souberam meter estas duas idéias no ânimo da multidão, que hoje desfrutam a nomeada de grandes físicos e maiores filósofos, e têm consigo pessoas capazes de dar a vida por eles.

Não sabíamos em que maneira déssemos ao bonzo as mostras do nosso vivo contentamento e admiração. Ele interrogou-nos ainda algum tempo, compridamente, acerca da doutrina e dos fundamentos dela, e depois de reconhecer que a entendíamos, incitou-nos a praticá-la, a divulgá-la cautelosamente, não porque houvesse nada contrário às leis divinas ou humanas, mas porque a má compreensão dela podia daná-la e perdê-la em seus primeiros passos; enfim, despediu-se de nós com a certeza (são palavras suas) de que abalávamos dali com a verdadeira alma de pomadistas; denominação esta que, por se derivar do nome dele, lhe era em extremo agradável.

Com efeito, antes de cair a tarde, tínhamos os três combinado em pôr por obra uma idéia tão judiciosa quão lucrativa, pois não é só lucro o que se pode haver em moeda, senão também o que traz consideração e louvor, que é outra e melhor espécie de moeda, conquanto não dê para comprar damascos ou chaparias de ouro. Combinamos, pois, à guisa de experiência, meter cada um de nós, no ânimo da cidade Fuchéu, uma certa convicção, mediante a qual houvéssemos os mesmos benefícios que desfrutavam Patimau e Languru; mas, tão certo é que o homem não olvida o seu interesse, entendeu Titané que lhe cumpria lucrar de duas maneiras, cobrando da experiência ambas as moedas, isto é, vendendo também as suas alparcas: ao que nos não opusemos, por nos parecer que nada tinha isso com o essencial da doutrina.

Consistiu a experiência de Titané em uma cousa que não sei como diga para que a entendam. Usam neste reino de Bungo, e em outros destas remotas partes, um papel feito de casca de canela moída e goma, obra mui prima, que eles talham depois em pedaços de dois palmos de comprimento, e meio de largura, nos quais desenham com vivas e variadas cores, e pela língua do país, as notícias da semana, políticas, religiosas, mercantis e outras, as novas leis do reino, os nomes das fustas, lancharas, balões e toda a casta de barcos que navegam estes mares, ou , em guerra, que a há freqüente, ou de veniaga. E digo as notícias da semana, porque as ditas folhas são feitas de oito em oito dias, em grande cópia, e distribuídas ao gentio da terra, a troco de uma espórtula, que cada um dá de bom grado para ter as notícias primeiro que os demais moradores. Ora, o nosso Titané não quis melhor esquina que este papel, chamado pela nossa língua *Vida e claridade das cousas mundanas e celestes,* título expressivo, ainda que um tanto derramado. E, pois, fez inserir no dito papel que acabavam de chegar notícias frescas de toda a costa de Malabar e da China, conforme as quais não havia outro cuidado que não fossem as famosas alparcas dele Titané; que estas alparcas eram chamadas as primeiras do mundo, por serem mui sólidas e graciosas; que nada menos de vinte e dous mandarins iam requerer ao imperador para que, em vista do esplendor das famosas alparcas de Titané, as primeiras do universo, fosse criado o título honorífico de "alparca do Estado", para recompensa dos que se distinguissem em qualquer disciplina do entendimento; que eram grossíssimas as encomendas feitas de todas as partes, às quais ele Titané ia acudir, menos por amor ao lucro do que pela glória que dali provinha à nação; não recuando, todavia, do propósito em que estava e ficava de dar de graça aos pobres do reino umas cinqüenta corjas das ditas alparcas, conforme já fizera declarar a el-rei e o repetia agora; enfim, que apesar da primazia no fabrico das alparcas assim reconhecida em toda a terra, ele sabia os deveres da moderação, e nunca se julgaria mais do que um obreiro diligente e amigo da glória do reino de Bungo.

A leitura desta notícia comoveu naturalmente a toda a cidade Fuchéu, não se falando em outra cousa durante toda aquela semana. As alparcas de Titané, apenas estimadas, começaram de ser buscadas com muita curiosidade e ardor, e ainda mais nas semanas seguintes, pois não deixou ele de entreter a cidade, durante algum tempo, com muitas e extraordinárias anedotas acerca da sua mercadoria. E dizia-nos com muita graça:

— Vede que obedeço ao principal da nossa doutrina, pois não estou persuadido da superioridade das tais alparcas, antes as tenho por obra vulgar, mas fi-lo crer ao povo, que as vem comprar agora, pelo preço que lhes taxo.

— Não me parece, atalhei, que tenhais cumprido a doutrina em seu rigor e substância, pois não nos cabe inculcar aos outros uma opinião que não temos, e sim a opinião de uma qualidade que não possuímos; este é, ao certo, o essencial dela.

Dito isto, assentaram os dous que era a minha vez de tentar a experiência, o que imediatamente fiz; mas deixo de a relatar em todas as suas partes, por não demorar a narração da experiência de Diogo Meireles, que foi a mais decisiva das três, e a melhor prova desta deliciosa invenção do bonzo. Direi somente que, por algumas luzes que tinha de música e charamela, em que aliás era mediano, lembrou-me congregar os principais de Fuchéu para que me ouvissem tanger o instrumento; os quais vieram, escutaram e foram-se repetindo que nunca antes tinham ouvido cousa tão extraordinária. E confesso que alcancei um tal resultado com o só recurso dos ademanes, da graça em arquear os braços para tomar a charamela, que me foi trazida em uma bandeja de prata, da rigidez do busto, da unção com que alcei os olhos ao ar, e do desdém e ufania com que os baixei à mesma assembléia, a qual neste ponto rompeu em um tal concerto de vozes e exclamações de entusiasmo, que quase me persuadiu do meu merecimento.

Mas, como digo, a mais engenhosa de todas as nossas experiências, foi a de Diogo Meireles. Lavrava então na cidade uma singular doença, que consistia em fazer inchar os narizes, tanto e tanto, que tomavam metade e mais da cara ao paciente, e não só a punham horrenda, senão que era molesto carregar tamanho peso. Conquanto os físicos da terra propusessem extrair os narizes inchados, para alívio e melhoria dos enfermos, nenhum destes consentia em prestar-se ao curativo, preferindo o excesso à lacuna, e tendo por mais aborrecível que nenhuma outra cousa a ausência daquele órgão. Neste apertado lance, mais de um recorria à morte voluntária, como um remédio, e a tristeza era muita em toda a cidade Fuchéu. Diogo Meireles, que desde algum tempo praticava a medicina, segundo ficou dito atrás, estudou a moléstia e reconheceu que não havia perigo em desnarigar os doentes, antes era vantajoso por lhes levar o mal, sem trazer fealdade, pois tanto valia um nariz disforme e pesado como nenhum; não alcançou, todavia, persuadir os infelizes ao sacrifício. Então ocorreu-lhe uma graciosa invenção. Assim foi que, reunindo muitos físicos, filósofos, bonzos, autoridades e povo, comunicou-lhes que tinha um segredo para eliminar o órgão; e esse segredo era nada menos que substituir o nariz achacado por um nariz são, mas de pura natureza metafísica, isto é, inacessível aos sentidos humanos, e contudo tão verdadeiro ou ainda mais do que o cortado; cura esta praticada por ele em várias partes, e muito aceita aos físicos de Malabar. O assombro da assembléia foi imenso, e não menor a incredulidade de alguns, não digo de todos, sendo que a maioria não sabia que acreditasse, pois se lhe repugnava a metafísica do nariz, cedia entretanto à energia das palavras de Diogo Meireles, ao tom alto e convencido com que ele expôs e definiu o seu remédio. Foi então que alguns filósofos, ali presentes, um tanto envergonhados do saber de Diogo Meireles, não quiseram ficar-lhe atrás, e declararam que havia bons fundamentos para uma tal invenção, visto não ser o homem todo outra cousa mais do que um produto da idealidade transcendental; donde resultava que podia trazer, com toda a verossimilhança, um nariz metafísico, e juravam ao povo que o efeito era o mesmo.

A assembléia aclamou a Diogo Meireles; e os doentes começaram de buscá-lo, em tanta cópia, que ele não tinha mãos a medir. Diogo Meireles desnarigava-os com muitíssima arte; depois estendia delicadamente os dedos a uma caixa, onde fingia ter os narizes substitutos, colhia um e aplicava-o ao lugar vazio. Os enfermos, assim curados e supridos, olhavam uns para os outros, e não viam nada no lugar do órgão cortado; mas, certos e certíssimos de que ali estava o órgão substituto, e que este era inacessível aos sentidos humanos, não se davam por defraudados, e tornavam aos seus ofícios. Nenhuma outra prova quero da eficácia da doutrina e do fruto dessa experiência, senão o fato de que todos os desnarigados de Diogo Meireles continuaram a prover-se dos mesmos lenços de assoar. O que tudo deixo relatado para glória do bonzo e benefício do mundo.

O ANEL DE POLÍCRATES

A

Lá vai o Xavier.

Z

Conhece o Xavier?

A

Há que anos! Era um nababo, rico, podre de rico, mas pródigo...

Z

Que rico? que pródigo?

A

Rico e pródigo, digo-lhe eu. Bebia pérolas diluídas em néctar. Comia línguas de rouxinol. Nunca usou papel mata-borrão, por achá-lo vulgar e mercantil; empregava areia nas cartas, mas uma certa areia feita de pó de diamante. E mulheres! Nem toda a pompa de Salomão pode dar idéia do que era o Xavier nesse particular. Tinha um serralho: a linha grega, a tez romana, a exuberância turca, todas as perfeições de uma raça, todas as prendas de um clima, tudo era admitido no harém do Xavier. Um dia enamorou-se loucamente de uma senhora de alto coturno, e enviou-lhe de mimo três estrelas do Cruzeiro, que então contava sete, e não pense que o portador foi aí qualquer pé-rapado. Não, senhor. O portador foi um dos arcanjos de Mílton, que o Xavier chamou na ocasião em que ele cortava o azul para levar a admiração dos homens ao seu velho pai inglês. Era assim o Xavier. Capeava os cigarros com um papel de cristal, obra finíssima, e, para acendê-los, trazia consigo uma caixinha de raios do sol. As colchas da cama eram nuvens purpúreas, e assim também a esteira que forrava o sofá de repouso, a poltrona da secretária e a rede. Sabe quem lhe fazia o café, de manhã? A Aurora, com aqueles mesmos dedos cor-de-rosa, que Homero lhe pôs. Pobre Xavier! Tudo o que o capricho e a riqueza podem dar, o raro, o esquisito, o maravilhoso, o indescritível, o inimaginável, tudo teve e devia ter, porque era um galhardo rapaz, e um bom coração. Ah! fortuna, fortuna! Onde estão agora as pérolas, os diamantes, as estrelas, as nuvens purpúreas? Tudo perdeu, tudo deixou ir por água abaixo; o néctar virou zurrapa, os coxins são a pedra dura da rua, não manda estrelas às senhoras, nem tem arcanjos às suas ordens...

Z

Você está enganado. O Xavier? Esse Xavier há de ser outro. O Xavier nababo! Mas o Xavier que ali vai nunca teve mais de duzentos mil-réis mensais; é um homem poupado, sóbrio, deita-se com as galinhas, acorda com os galos, e não escreve cartas a namoradas, porque não as tem. Se alguma expede aos amigos é pelo correio. Não é mendigo, nunca foi nababo.

A

Creio; esse é o Xavier exterior. Mas nem só de pão vive o homem. Você fala de Marta, eu falo-lhe de Maria; falo do Xavier especulativo...

Z

Ah! — Mas ainda assim, não acho explicação; não me consta nada dele. Que livro, que poema, que quadro...

A

Desde quando o conhece?

Z

Há uns quinze anos.

A

Upa! Conheço-o há muito mais tempo, desde que ele estreou na Rua do Ouvidor, em pleno marquês de Paraná. Era um endiabrado, um derramado, planeava todas as cousas possíveis, e até contrárias, um livro, um discurso, um medicamento, um jornal, um poema, um romance, uma história, um libelo político, uma viagem à Europa, outra ao sertão de Minas, outra à lua, em certo balão que inventara, uma candidatura política, e arqueologia, e filosofia, e teatro, etc., etc., etc. Era um saco de espantos. Quem conversava com ele sentia vertigens. Imagine uma cachoeira de idéias e imagens, qual mais original, qual mais bela, às vezes extravagante, às vezes sublime. Note que ele tinha a convicção dos seus mesmos inventos. Um dia, por exemplo, acordou com o plano de arrasar o morro do Castelo, a troco das riquezas que os jesuítas ali deixaram, segundo o povo crê. Calculou-as logo em mil contos, inventariou-as com muito cuidado, separou o que era moeda, mil contos, do que eram obras de arte e pedrarias; descreveu minuciosamente os objetos, deu-me dous tocheiros de ouro...

Z

Realmente...

A

Ah! impagável! Quer saber de outra? Tinha lido as cartas do cônego Benigno, e resolveu ir logo ao sertão da Bahia, procurar a cidade misteriosa. Expôs-me o plano, descreveu-me a arquitetura provável da cidade, os templos, os palácios, gênero etrusco, os ritos, os vasos, as roupas, os costumes...

Z

Era então doudo?

A

Originalão apenas. Odeio os carneiros de Panúrgio, dizia ele, citando Rabelais: *Comme vous sçavez estre du mouton le naturel, tousjours suivre le premier, quelque part qu'il aille.*[1] Comparava a trivialidade a uma mesa redonda de hospedaria, e jurava que antes comer um mau bife em mesa separada.

Z

Entretanto, gostava da sociedade.

A

Gostava da sociedade, mas não amava os sócios. Um amigo nosso, o Pires, fez-lhe um dia esse reparo; e sabe o que é que ele respondeu? Respondeu com um apólogo, em que cada sócio figurava ser uma cuia d'água, e a sociedade uma banheira. — Ora, eu não posso lavar-me em cuias d'água, foi a sua conclusão.

Z

Nada modesto. Que lhe disse o Pires?

A

O Pires achou o apólogo tão bonito que o meteu numa comédia, daí a tempos. Engraçado é que o Xavier ouviu o apólogo no teatro, e aplaudiu-o muito, com entusiasmo; esquecera-se da paternidade; mas a voz do sangue... Isto leva-me à explicação da atual miséria do Xavier.

1. *Panúrgio* é um personagem do livro *Pantagruel,* de François Rabelais, escritor francês (1494-1553). Representa a engenhosidade sem escrúpulos e o gosto pela mistificação. Libertino e cínico, sempre fértil em novas invenções, é o companheiro fiel de Pantagruel. O episódio dos carneiros de Panúrgio é bem conhecido: Durante a viagem de Pantagruel ao País das Lanternas, por mar. Panúrgio teve uma discussão com um negociante que o havia injuriado gravemente. Para vingar-se, comprou-lhe um dos seus carneiros, que precipitou no mar. O exemplo e os balidos deste arrastaram todos os companheiros do rebanho, que saltaram um depois do outro. A expressão "carneiros de Panúrgio" designa, assim, aqueles que se empenham em agir por espírito de imitação. — As palavras de Rabelais, em francês antigo, assim podem traduzir-se: "Como sabeis ser o natural do carneiro, sempre seguir o primeiro, aonde quer que ele vá."

Z

É verdade, não sei como se possa explicar que um na-

A

Explica-se facilmente. Ele espalhava idéias à direita e à esquerda, como o céu chove, por uma necessidade física, e ainda por duas razões. A primeira é que era impaciente, não sofria a gestação indispensável à obra escrita. A segunda é que varria com os olhos uma linha tão vasta de cousas, que mal poderia fixar-se em qualquer delas. Se não tivesse o verbo fluente, morreria de congestão mental; a palavra era um derivativo. As páginas que então falava, os capítulos que lhe borbotavam da boca, só precisavam de uma arte de os imprimir no ar, e depois no papel, para serem páginas e capítulos excelentes, alguns admiráveis. Nem tudo era límpido; mas a porção límpida superava a porção turva, como a vigília de Homero paga os seus cochilos. Espalhava tudo, ao acaso, às mãos cheias, sem ver onde as sementes iam cair; algumas pegavam logo...

Z

Como a das cuias.

A

Como a das cuias. Mas, o semeador tinha a paixão das cousas belas, e, uma vez que a árvore fosse pomposa e verde, não lhe perguntava nunca pela semente sua mãe. Viveu assim longos anos, despendendo à toa, sem cálculo, sem fruto, de noite e de dia, na rua e em casa, um verdadeiro pródigo. Com tal regímen, que era a ausência de regímen, não admira que ficasse pobre e miserável. Meu amigo, a imaginação e o espírito têm limites; a não ser a famosa botelha dos saltimbancos e a credulidade dos homens, nada conheço inesgotável debaixo do sol. O Xavier não só perdeu as idéias que tinha, mas até exauriu a faculdade de as criar; ficou o que sabemos. Que moeda rara se lhe vê hoje nas mãos? que sestércio de Horácio? que dracma de Péricles? Nada. Gasta o seu lugar-comum, rafado das mãos dos outros, come à mesa redonda, fez-se trivial, chocho...

Z

Cuia, enfim.

A

Justamente: cuia.

Z

Pois muito me conta. Não sabia nada disso. Fico inteirado; adeus.

A

Vai a negócio?

Z

Vou a um negócio.

A

Dá-me dez minutos?

Z

Dou-lhe quinze.

A

Quero referir-lhe a passagem mais interessante da vida do Xavier. Aceite o meu braço, e vamos andando. Vai para a Praça? Vamos juntos. Um caso interessantíssimo. Foi ali por 1869 ou 70, não me recordo; ele mesmo é que me contou. Tinha perdido tudo; trazia o cérebro gasto, chupado, estéril, sem a sombra de um conceito, de uma imagem, nada. Basta dizer que um dia chamou rosa a uma senhora, — "uma bonita rosa"; falava do luar saudoso, do sacerdócio da imprensa, dos jantaros opíparos, sem acrescentar ao menos um relevo qualquer a toda essa chaparia de algibebe. Começara a ficar hipocondríaco; e, um dia, estando à janela, triste, desabusado das cousas, vendo-se chegado a nada, aconteceu passar na rua um taful a cavalo. De repente, o cavalo corcoveou, e o taful veio quase ao chão; mas sustentou-se, e meteu as esporas e o chicote no animal; este empina-se, ele teima; muita gente parada na rua e nas portas; no fim de dez minutos de luta, o cavalo cedeu e continuou a marcha. Os espectadores não se fartaram de admirar o garbo, a coragem, o sangue-frio, a arte do cavaleiro. Então o Xavier, consigo, imaginou que talvez o cavaleiro não tivesse ânimo nenhum; não quis cair diante de gente, e isso lhe deu a força de domar o cavalo. E daí veio uma idéia: comparou a vida a um cavalo xucro ou manhoso; e acrescentou sentenciosamente: Quem não for cavaleiro, que o pareça. Realmente, não era uma idéia extraordinária; mas a penúria do Xavier tocara a tal extremo, que esse cristal pareceu-lhe um diamante. Ele repetiu-a dez ou doze vezes, formulou-a de vários modos, ora na ordem natural, pondo primeiro a definição, depois o complemento; ora dando-lhe a marcha inversa, trocando palavras, medindo-as, etc.; e tão alegre, tão alegre como casa de pobre em dia de peru. De noite, sonhou que efetivamente montava um cavalo manhoso, que este pinoteava com ele e o sacudia a um brejo. Acordou triste; a manhã, que era de domingo e chuvosa, ainda mais o entristeceu; meteu-se a ler e a cismar. Então lembrou-se... Conhece o caso do anel de Polícrates?

Z

Francamente, não.

A

Nem eu; mas aqui vai o que me disse o Xavier. Polícrates governava a ilha de Samos. Era o rei mais feliz da terra; tão feliz, que começou a receiar alguma viravolta da Fortuna, e, para aplacá-la antecipadamente, determinou fazer um grande sacrifício: deitar ao mar o anel precioso que, segundo alguns, lhe servia de sinete. Assim fez; mas a Fortuna andava tão apostada em cumulá-lo de obséquios, que o anel foi engolido por um peixe, o peixe pescado e mandado para a cozinha do rei, que assim voltou à posse do anel. Não afirmo nada a respeito desta anedota; foi ele quem me contou, citando Plínio, citando...

Z

Não ponha mais na carta. O Xavier naturalmente comparou a vida, não a um cavalo, mas...

A

Nada disso. Não é capaz de adivinhar o plano estrambótico do pobre-diabo. Experimentemos a fortuna, disse ele; vejamos se a minha idéia, lançada ao mar, pode tornar ao meu poder, como o anel de Polícrates, no bucho de algum peixe, ou se o meu caiporismo será tal, que nunca mais lhe ponha a mão.

Z

Ora essa!

A

Não é estrambótico? Polícrates experimentara a felicidade; o Xavier quis tentar o caiporismo; intenções diversas, ação idêntica. Saiu de casa, encontrou um amigo, travou conversa, escolheu assunto, e acabou dizendo o que era a vida, um cavalo xucro ou manhoso, e quem não for cavaleiro que o pareça. Dita assim, esta frase era talvez fria; por isso o Xavier teve o cuidado de descrever primeiro a sua tristeza, o desconsolo dos anos, o malogro dos esforços, ou antes os efeitos da imprevidência, e quando o peixe ficou de boca aberta, digo, quando a comoção do amigo chegou ao cume, foi que ele lhe atirou o anel, e fugiu a meter-se em casa. Isto que lhe conto é natural, crê-se, não é impossível; mas agora começa a juntar-se à realidade uma alta dose de imaginação. Seja o que for, repito o que ele me disse. Cerca de três semanas depois, o Xavier jantava pacificamente no *Leão de Ouro* ou no *Globo,* não me lembro bem, e ouviu de outra mesa a mesma frase sua, talvez com a troca de um adjetivo. "Meu pobre anel, disse ele, eis-te enfim no peixe de Polícrates." Mas a idéia bateu as asas e voou, sem que ele pudesse guardá-la na memória. Resignou-se. Dias depois, foi convidado a um baile: era um antigo companheiro dos tempos de rapaz, que celebrava a sua recente distinção nobiliária. O Xavier aceitou o convite, e foi ao baile, e ainda bem que foi, porque entre o sorvete e o chá ouviu de um grupo de pessoas que louvavam a carreira do barão, a sua vida próspera, rígida, modelo, ouviu comparar o barão a um cavaleiro emérito. Pasmo dos ouvintes, porque o barão não montava a cavalo. Mas o panegirista explicou que a vida não é mais do que um cavalo xucro ou manhoso, sobre o qual ou se há de ser cavaleiro ou parecê-lo e o barão era-o excelente. "— Entra, meu querido anel, disse o Xavier, entra no dedo de Polícrates." Mas de novo a idéia bateu as asas, sem querer ouvi-lo. Dias depois...

Z

Adivinho o resto: uma série de encontros e fugas do mesmo gênero.

A

Justo.

Z

Mas, enfim, apanhou-o um dia.

A

Um dia só, e foi então que me contou o caso digno de memória. Tão contente que ele estava nesse dia! Jurou-me que ia escrever, a propósito disto, um conto fantástico, à maneira de Edgard Poe, uma página fulgurante, pontuada de mistérios, — são as suas próprias expressões; — e pediu-me que o fosse ver no dia seguinte. Fui; o anel fugira-lhe outra vez. "Meu caro A, disse-me ele, com um sorriso fino e sarcástico; tens em mim o Polícrates do caiporismo; nomeio-te meu ministro honorário e gratuito." Daí em diante foi sempre a mesma coisa.[2] Quando ele supunha pôr a mão em cima da idéia, ela batia as asas, plás, plás, plás, e perdia-se no ar, como as figuras de um sonho. Outro peixe a engolia e trazia, e sempre o mesmo desenlace. Mas dos casos que ele me contou naquele dia, quero dizer-lhe três...

Z

Não posso; lá se vão os quinze minutos.

A

Conto-lhe só três. Um dia, o Xavier chegou a crer que podia enfim agarrar a fugitiva, e fincá-la perpetuamente no cérebro. Abriu um jornal de oposição, e leu

2. Uma das raríssimas ocorrências da variante *coisa* em M. de Assis, provavelmente por conta do tipógrafo.

estupefacto estas palavras: "O ministério parece ignorar que a política é, como a vida, um cavalo xucro ou manhoso, e, não podendo ser bom cavaleiro, porque nunca o foi, devia ao menos parecer que o é." — "Ah! enfim! exclamou o Xavier, cá estás engastado no bucho do peixe; já me não podes fugir." Mas, em vão! a idéia fugia-lhe, sem deixar outro vestígio mais do que uma confusa reminiscência. Sombrio, desesperado, começou a andar, a andar, até que a noite caiu; passando por um teatro, entrou; muita gente, muitas luzes, muita alegria; o coração aquietou-se-lhe. Cúmulo de benefícios; era uma comédia do Pires, uma comédia nova. Sentou-se ao pé do autor, aplaudiu a obra com entusiasmo, com sincero amor de artista e de irmão. No segundo ato, cena VIII, estremeceu. "D. Eugênia, diz o galã a uma senhora, o cavalo pode ser comparado à vida, que é também um cavalo xucro ou manhoso; quem não for bom cavaleiro, deve cuidar de parecer que o é." O autor, com o olhar tímido, espiava no rosto do Xavier o efeito daquela reflexão, enquanto o Xavier repetia a mesma súplica das outras vezes: — "Meu querido anel...".

Z

Et nunc et semper...[3] Venha o último encontro, que são horas.

A

O último foi o primeiro. Já lhe disse que o Xavier transmitira a idéia a um amigo. Uma semana depois da comédia cai o amigo doente, com tal gravidade que em quatro dias estava à morte. O Xavier corre a vê-lo; e o infeliz ainda o pôde conhecer, estender-lhe a mão fria e trêmula, crava-lhe um longo olhar baço da última hora, e, com a voz sumida, eco do sepulcro, soluçar-lhe: "Cá vou, meu caro Xavier, o cavalo xucro ou manhoso da vida deitou-me ao chão: se fui mau cavaleiro, não sei; mas forcejei por parecê-lo bom." Não se ria; ele contou-me isto com lágrimas. Contou-me também que a idéia ainda esvoaçou alguns minutos sobre o cadáver, faiscando as belas asas de cristal, que ele cria ser diamante; depois estalou um risinho de escárnio, ingrato e parricida, e fugiu como das outras vezes, metendo-se no cérebro de alguns sujeitos, amigos da casa, que ali estavam, transidos de dor, e recolheram com saudade esse pio legado do defunto. Adeus.

3. (Latim): "E agora e sempre..."

O EMPRÉSTIMO

Vou divulgar uma anedota, mas uma anedota no genuíno sentido do vocábulo, que o vulgo ampliou às historietas de pura invenção. Esta é verdadeira; podia citar algumas pessoas que a sabem tão bem como eu. Nem ela andou recôndita, senão por falta de um espírito repousado, que lhe achasse a filosofia. Como deveis saber, há em todas as cousas um sentido filosófico. Carlyle descobriu o dos coletes, ou, mais propriamente, o do vestuário; e ninguém ignora que os números, muito antes da loteria do Ipiranga, formavam o sistema de Pitágoras. Pela minha parte creio ter decifrado este caso de empréstimo; ides ver se me engano.

E, para começar, emendemos Sêneca. Cada dia, ao parecer daquele moralista, é, em si mesmo, uma vida singular; por outros termos, uma vida dentro da vida. Não digo que não; mas por que não acrescentou ele, que muitas vezes uma só hora é a representação de uma vida inteira? Vede este rapaz: entra no mundo com uma grande ambição, uma pasta de ministro, um Banco, uma coroa de visconde, um báculo pastoral. Aos cinqüenta anos, vamos achá-lo simples apontador de alfândega, ou sacristão da roça. Tudo isso que se passou em trinta anos, pode algum Balzac metê-lo em trezentas páginas; por que não há de a vida, que foi a mestra de Balzac, apertá-lo em trinta ou sessenta minutos?

Tinham batido quatro horas no cartório do tabelião Vaz Nunes, à Rua do Rosário. Os escreventes deram ainda as últimas penadas: depois limparam as penas de ganso na ponta de seda preta que pendia da gaveta ao lado; fecharam as gavetas, concertaram os papéis, arrumaram os autos e os livros, lavaram as mãos; alguns que mudavam de paletó à entrada, despiram o do trabalho e enfiaram o da rua; todos saíram. Vaz Nunes ficou só.

Este honesto tabelião era um dos homens mais perspicazes do século. Está morto: podemos elogiá-lo à vontade. Tinha um olhar de lanceta, cortante e agudo. Ele adivinhava o caráter das pessoas que o buscavam para escriturar os seus acordos e resoluções; conhecia a alma de um testador muito antes de acabar o testamento; farejava as manhas secretas e os pensamentos reservados. Usava óculos, como todos os tabeliães de teatro; mas, não sendo míope, olhava por cima deles, quando queria ver, e através deles, se pretendia não ser visto. Finório como ele só, diziam os escreventes. Em todo o caso, circunspecto. Tinha cinqüenta anos, era viúvo, sem filhos, e, para falar como alguns outros serventuários, roía muito caladinho os seus duzentos contos de réis.

— Quem é? perguntou ele de repente, olhando para a porta da rua.

Estava à porta, parado na soleira, um homem que ele não conheceu logo, e mal pôde reconhecer daí a pouco. Vaz Nunes pediu-lhe o favor de entrar; ele obedeceu, cumprimentou-o, estendeu-lhe a mão, e sentou-se na cadeira ao pé da mesa. Não trazia o acanho natural a um pedinte; ao contrário, parecia que não vinha ali senão para dar ao tabelião alguma cousa preciosíssima e rara. E, não obstante, Vaz Nunes estremeceu e esperou.

— Não se lembra de mim?

— Não me lembro...

— Estivemos juntos uma noite, há alguns meses, na Tijuca... Não se lembra? Em casa do Teodorico, aquela grande ceia de Natal; por sinal que lhe fiz uma saúde... Veja se se lembra do Custódio.

— Ah!

Custódio endireitou o busto, que até então inclinara um pouco. Era um homem de quarenta anos. Vestia pobremente, mas escovado, apertado, correto. Usava unhas longas, curadas com esmero, e tinha as mãos muito bem talhadas, macias, ao contrário da pele do rosto, que era agreste. Notícias mínimas, e aliás necessárias ao complemento de um certo ar duplo que distinguia este homem, um ar de pedinte e general. Na rua, andando, sem almoço e sem vintém, parecia levar após si um exército. A causa não era outra mais do que o contraste entre a natureza e a situação, entre a alma e a vida. Esse Custódio nascera com a vocação da riqueza, sem a vocação do trabalho. Tinha o instinto das elegâncias, o amor do supérfluo, da boa chira, das belas damas, dos tapetes finos, dos móveis raros, um voluptuoso, e, até certo ponto, um artista, capaz de reger a vila Torloni ou a galeria Hamilton. Mas não tinha dinheiro; nem dinheiro, nem aptidão ou pachorra de o ganhar; por outro lado, precisava viver. *Il faut bien que je vive,* dizia um pretendente ao ministro Talleyrand. *Je n'en vois pas la nécessité,*[1] redargüiu friamente o ministro. Ninguém dava essa resposta ao Custódio; davam-lhe dinheiro, um dez, outro cinco, outro vinte mil-réis, e de tais espórtulas é que ele principalmente tirava o albergue e a comida.

Digo que principalmente vivia delas, porque o Custódio não recusava meter-se em alguns negócios, com a condição de os escolher, e escolhia sempre os que não prestavam para nada. Tinha o faro das catástrofes. Entre vinte empresas, adivinhava logo a insensata, e metia ombros a ela, com resolução. O caiporismo, que o perseguia, fazia com que as dezenove prosperassem, e a vigésima lhe estourasse nas mãos. Não importa; aparelhava-se para outra.

Agora, por exemplo, leu um anúncio de alguém que pedia um sócio, com cinco contos de réis, para entrar em certo negócio, que prometia dar, nos primeiros seis meses, oitenta a cem contos de lucro. Custódio foi ter com o anunciante. Era uma grande idéia, uma fábrica de agulhas, indústria nova, de imenso futuro. E os planos, os desenhos da fábrica, os relatórios de Birmingham, os mapas de importação, as respostas dos alfaiates, dos donos de armarinho, etc., todos os documentos de um longo inquérito passavam diante dos olhos de Custódio, estrelados de algarismos, que ele não entendia, e que por isso mesmo lhe pareciam dogmáticos. Vinte e quatro horas; não pedia mais de vinte e quatro horas para trazer os cinco contos. E saiu dali, cortejado, amimado pelo anunciante, que, ainda à porta, o afogou numa torrente de saldos. Mas os cinco contos, menos dóceis ou menos vagabundos que os cinco mil-réis,

1. (Francês): "É bem necessário que eu viva"; "Não vejo a necessidade disso."

sacudiam incredulamente a cabeça, e deixavam-se estar nas arcas, tolhidos de medo e de sono. Nada. Oito ou dez amigos, a quem falou, disseram-lhe que nem dispunham agora da soma pedida, nem acreditavam na fábrica. Tinha perdido as esperanças, quando aconteceu subir a Rua do Rosário e ler no portal de um cartório o nome de Vaz Nunes. Estremeceu de alegria; recordou a Tijuca, as maneiras do tabelião, as frases com que ele lhe respondeu ao brinde, e disse consigo, que este era o salvador da situação.

— Venho pedir-lhe uma escritura...

Vaz Nunes, armado para outro começo, não respondeu: espiou por cima dos óculos e esperou.

— Uma escritura de gratidão, explicou o Custódio; venho pedir-lhe um grande favor, um favor indispensável, e conto que o meu amigo...

— Se estiver nas minhas mãos...

— O negócio é excelente, note-se bem; um negócio magnífico. Nem eu me metia a incomodar os outros sem certeza do resultado. A cousa está pronta; foram já encomendas para a Inglaterra; e é provável que dentro de dois meses esteja tudo montado, é uma indústria nova. Somos três sócios; a minha parte são cinco contos. Venho pedir-lhe esta quantia, a seis meses, — ou a três, com juro módico...

— Cinco contos?

— Sim, senhor.

— Mas, Sr. Custódio, não posso, não disponho de tão grande quantia. Os negócios andam mal; e ainda que andassem muito bem, não poderia dispor de tanto. Quem é que pode esperar cinco contos de um modesto tabelião de notas?

— Ora, se o senhor quisesse...

— Quero, decerto; digo-lhe que se se tratasse de uma quantia pequena, acomodada aos meus recursos, não teria dúvida em adiantá-la. Mas cinco contos! Creia que é impossível.

A alma do Custódio caiu de bruços. Subira pela escada de Jacó até o céu; mas em vez de descer como os anjos no sonho bíblico, rolou abaixo e caiu de bruços. Era a última esperança; e justamente por ter sido inesperada, é que ele supôs que fosse certa, pois, como todos os corações que se entregam ao regímen do eventual, o do Custódio era supersticioso. O pobre-diabo sentiu enterrarem-se-lhe no corpo os milhões de agulhas que a fábrica teria de produzir no primeiro semestre. Calado, com os olhos no chão, esperou que o tabelião continuasse, que se compadecesse, que lhe desse alguma aberta; mas o tabelião, que lia isso mesmo na alma do Custódio, estava também calado, girando entre os dedos a boceta de rapé, respirando grosso, com um certo chiado nasal e implicante. Custódio ensaiou todas as atitudes; ora pedinte, ora general. O tabelião não se mexia. Custódio ergueu-se.

— Bem, disse ele, com uma pontazinha de despeito, há de perdoar o incômodo...

— Não há que perdoar; eu é que lhe peço desculpa de não poder servi-lo, como desejava. Repito: se fosse alguma quantia menos avultada, muito menos, não teria dúvida; mas...

Estendeu a mão ao Custódio, que com a esquerda pegara maquinalmente no chapéu. O olhar empanado do Custódio exprimia a absorção da alma dele, apenas convalescida da queda, que lhe tirara as últimas energias. Nenhuma escada misteriosa, nenhum céu; tudo voara a um piparote do tabelião. Adeus, agulhas! A realidade veio tomá-lo outra vez com as suas unhas de bronze. Tinha de voltar ao precário, ao adventício, às velhas contas, com os grandes zeros arregalados e os cifrões retorcidos à laia de orelhas, que continuariam a fitá-lo e a ouvi-lo, a ouvi-lo e a fitá-lo, alongando para ele os algarismos implacáveis de fome. Que queda! e que abismo! Desenganado, olhou para o tabelião com um gesto de despedida; mas, uma idéia súbita clareou-lhe a noute do cérebro. Se a quantia fosse menor, Vaz Nunes poderia servi-lo, e com prazer; por que não seria uma quantia menor? Já agora abria mão da empresa; mas não podia fazer o mesmo a uns aluguéis atrasados, a dous ou três credores, etc., e uma soma razoável, quinhentos mil-réis, por exemplo, uma vez que o tabelião tinha a boa vontade de emprestar-lhos, vinham a ponto. A alma do Custódio empertigou-se; vivia do presente, nada queria saber do passado, nem saudades, nem temores, nem remorsos. O presente era tudo. O presente eram os quinhentos mil-réis, que ele ia ver surdir da algibeira do tabelião, como um alvará de liberdade.

— Pois bem, disse ele, veja o que me pode dar, e eu irei ter com outros amigos... Quanto?

— Não posso dizer nada a este respeito, porque realmente só uma cousa muito modesta.

— Quinhentos mil-réis?

— Não; não posso.

— Nem quinhentos mil-réis?

— Nem isso, replicou firme o tabelião. De que se admira? Não lhe nego que tenho algumas propriedades; mas, meu amigo, não ando com elas no bolso; e tenho certas obrigações particulares... Diga-me, não está empregado?

— Não, senhor.

— Olhe; dou-lhe cousa melhor do que quinhentos mil-réis; falarei ao ministro da justiça, tenho relações com ele, e...

Custódio interrompeu-o, batendo uma palmada no joelho. Se foi um movimento natural, ou uma diversão astuciosa para não conversar do emprego, é o que totalmente ignoro; nem parece que seja essencial ao caso. O essencial é que ele teimou na súplica. Não podia dar quinhentos mil-réis? Aceitava duzentos; bastavam-lhe duzentos, não para a empresa, pois adotava o conselho das amigos: ia recusá-la. Os duzentos mil-réis, visto que o tabelião estava disposto a ajudá-lo, eram para uma necessidade urgente, — "tapar um buraco". E então relatou tudo, respondeu à franqueza com franqueza: era a regra da sua vida. Confessou que, ao tratar da grande empresa, tivera em mente acudir também a um credor pertinaz, um diabo, um judeu, que rigorosamente ainda lhe devia, mas tivera a aleivosia de trocar de posição. Eram duzentos e poucos mil-réis; e dez, parece; mas aceitava duzentos...

— Realmente, custa-me repetir-lhe a que disse; mas, enfim, nem os duzentos mil-réis posso dar. Cem mesmo, se o senhor os pedisse, estão acima das minhas forças nesta ocasião. Noutra pode ser, e não tenho dúvida, mas agora...

— Não imagina os apuros em que estou!

— Nem cem, repito. Tenho tido muitas dificuldades nestes últimos tempos. Sociedades, subscrições, maçonaria... Custa-lhe crer, não é? Naturalmente: um proprietário. Mas, meu amigo, é muito bom ter casas: o senhor é que não conta os estragos, os consertos, as penas d'água, as décimas, o seguro, os calotes, etc. São os buracos do pote, por onde vai a maior parte da água...

— Tivesse eu um pote! suspirou Custódio.

— Não digo que não. O que digo é que não basta ter casas para não ter cuidados, despesas, e até credores... Creia o senhor que também eu tenho credores.

— Nem cem mil-réis!

— Nem cem mil-réis, pesa-me dizê-lo, mas é a verdade. Nem cem mil-réis. Que horas são?

Levantou-se, e veio ao meio da sala. Custódio veio também, arrastado, desesperado. Não podia acabar de crer que o tabelião não tivesse ao menos cem mil-réis. Quem é que não tem cem mil-réis consigo? Cogitou uma cena patética, mas o cartório abria para a rua; seria ridículo. Olhou para fora. Na loja fronteira, um sujeito apreçava uma sobrecasaca, à porta, porque entardecia depressa, e o interior era escuro. O caixeiro segurava a obra no ar; o freguês examinava o pano com a vista e com os dedos, depois as costuras, o forro... Este incidente rasgou-lhe um horizonte novo, embora modesto; era tempo de aposentar o paletó que trazia. Mas nem cinqüenta mil-réis podia dar-lhe o tabelião. Custódio sorriu; — não de desdém, não de raiva, mas de amargura e dúvida; era impossível que ele não tivesse cinqüenta mil-réis. Vinte, ao menos? Nem vinte. Nem vinte! Não; falso tudo; tudo mentira.

Custódio tirou o lenço, alisou o chapéu devagarinho; depois guardou o lenço, concertou a gravata, com um ar misto de esperança e despeito. Viera cerceando as asas à ambição, pluma a pluma; restava ainda uma penugem curta e fina, que lhe metia umas veleidades de voar. Mas o outro, nada. Vaz Nunes cotejava o relógio da parede com o do bolso, chegava este ao ouvido, limpava o mostrador, calado, transpirando por todos os poros impaciência e fastio. Estavam a pingar as cinco; deram, enfim, e o tabelião, que as esperava, desengatilhou a despedida. Era tarde; morava longe. Dizendo isto, despiu o paletó de alpaca, e vestiu o de casimira, mudou de um para outro a boceta de rapé, o lenço, a carteira... Oh! a carteira! Custódio viu esse utensílio problemático, apalpou-o com os olhos, invejou a alpaca, invejou a casimira, quis ser algibeira, quis ser o couro, a matéria mesma do precioso receptáculo. Lá vai ela; mergulhou de todo no bolso do peito esquerdo; o tabelião abotoou-se. Nem vinte mil-réis! Era impossível que não levasse ali vinte mil-réis, pensava ele; não diria duzentos, mas vinte, dez que fossem...

— Pronto! disse-lhe Vaz Nunes, com o chapéu na cabeça.

Era o fatal instante. Nenhuma palavra do tabelião, um convite ao menos, para jantar; nada; findara tudo. Mas os momentos supremos pedem energias supremas. Custódio sentiu toda a força deste lugar-comum, e, súbito, como um tiro, perguntou ao tabelião se não lhe podia dar ao menos dez mil-réis.

— Quer ver?

E o tabelião desabotoou o paletó, tirou a carteira, abriu-a, e mostrou-lhe duas notas de cinco mil-réis.

— Não tenho mais, disse ele; o que posso fazer é reparti-los com o senhor; dou-lhe uma de cinco, e fico com a outra; serve-lhe?

Custódio aceitou os cinco mil-réis, não triste, ou de má cara, mas risonho, palpitante, como se viesse de conquistar a Ásia Menor. Era o jantar certo. Estendeu a mão ao outro, agradeceu-lhe o obséquio, despediu-se até breve, — um *até breve* cheio de afirmações implícitas. Depois saiu; o pedinte esvaiu-se à porta do cartório; o general é que foi por ali abaixo, pisando rijo, encarando fraternalmente os ingleses do comércio que subiam a rua para se transportarem aos arrabaldes. Nunca o céu lhe pareceu tão azul, nem a tarde tão límpida; todos os homens traziam na retina a alma da hospitalidade. Com a mão esquerda no bolso das calças, ele apertava amorosamente os cinco mil-réis, resíduo de uma grande ambição, que ainda há pouco saíra contra o sol, num ímpeto de águia, e ora batia modestamente as asas de frango rasteiro.

A SERENÍSSIMA REPÚBLICA

(CONFERÊNCIA DO CÔNEGO VARGAS)

Meus senhores,

Antes de comunicar-vos uma descoberta, que reputo de algum lustre para o nosso país, deixai que vos agradeça a prontidão com que acudistes ao meu chamado. Sei que um interesse superior vos trouxe aqui; mas não ignoro também, — e fora ingratidão ignorá-lo, — que um pouco de simpatia pessoal se mistura à vossa legítima curiosidade científica. Oxalá possa eu corresponder a ambas.

Minha descoberta não é recente; data do fim do ano de 1876. Não a divulguei então, — e, a não ser o *Globo,* interessante diário desta capital, não a divulgaria ainda agora, — por uma razão que achará fácil entrada no vosso espírito. Esta obra de que venho falar-vos, carece de retoques últimos, de verificações e experiências complementares. Mas o *Globo* noticiou que um sábio inglês descobriu a linguagem fônica dos insetos, e cita o estudo feito com as moscas. Escrevi logo para a Europa e aguardo as respostas com ansiedade. Sendo certo, porém, que pela navegação aérea, invento do padre Bartolomeu, é glorificado o nome estrangeiro, enquanto o do nosso patrício mal se pode dizer lembrado dos seus naturais, determinei evitar a sorte do insigne Voador, vindo a esta tribuna, proclamar alto e bom som, à face do universo, que muito antes daquele sábio, e fora das ilhas britânicas, um modesto naturalista descobriu cousa idêntica, e fez com ela obra superior.

Senhores, vou assombrar-vos, como teria assombrado a Aristóteles, se lhe perguntasse: Credes que se possa dar um regime social às aranhas? Aristóteles responderia negativamente, com vós todos, porque é impossível crer que jamais se chegasse a organizar socialmente esse articulado arisco, solitário, apenas disposto ao trabalho, e dificilmente ao amor. Pois bem, esse impossível fi-lo eu.

Ouço um riso, no meio do sussurro de curiosidade. Senhores, cumpre vencer os preconceitos. A aranha parece-vos inferior, justamente porque não a conheceis. Amais o cão, prezais o gato e a galinha, e não advertis que a aranha não pula nem ladra como o cão, não mia como o gato, não cacareja como a galinha, não zune nem morde como o mosquito, não nos leva o sangue e o sono como a pulga. Todos esses bichos são o modelo acabado da vadiação e do parasitismo. A mesma formiga, tão gabada por certas qualidades boas, dá no nosso açúcar e nas nossas plantações, e funda a sua propriedade roubando a alheia. A aranha, senhores, não nos aflige nem defrauda; apanha as moscas, nossas inimigas, fia, tece, trabalha e morre. Que melhor exemplo de paciência, de ordem, de previsão, de respeito e de humanidade? Quanto aos seus talentos, não há duas opiniões. Desde Plínio até Darwin, os naturalistas do mundo inteiro formam um só coro de admiração em torno desse bichinho, cuja maravilhosa teia a vassoura inconsciente do vosso criado destrói em menos de um minuto. Eu repetiria agora esses juízos, se me sobrasse tempo; a matéria, porém, excede o prazo, sou constrangido a abreviá-la. Tenho-os aqui, não todos, mas quase todos; tenho, entre eles, esta excelente monografia de Büchner, que com tanta subtileza estudou a vida psíquica dos animais. Citando Darwin e Büchner, é claro que me restrinjo à homenagem cabida a dois sábios de primeira ordem, sem de nenhum modo absolver (e as minhas vestes o proclamam) as teorias gratuitas e errôneas do materialismo.

Sim, senhores, descobri uma espécie araneida que dispõe do uso da fala; coligi alguns, depois muitos dos novos articulados, e organizei-os socialmente. O primeiro exemplar dessa aranha maravilhosa apareceu-me no dia 15 de dezembro de 1876. Era tão vasta, tão colorida, dorso rubro, com listras azuis, transversais, tão rápida nos movimentos, e às vezes tão alegre, que de todo me cativou a atenção. No dia seguinte vieram mais três, e as quatro tomaram posse de um recanto de minha chácara. Estudei-as longamente; achei-as admiráveis. Nada, porém, se pode comparar ao pasmo que me causou a descoberta do idioma araneida, uma língua, senhores, nada menos que uma língua rica e variada, com a sua estrutura sintáxica, os seus verbos, conjugações, declinações, casos latinos e formas onomatopaicas, uma língua que estou gramaticando para uso das academias, como o fiz sumariamente para meu próprio uso. E fi-lo, notai bem, vencendo dificuldades aspérrimas com uma paciência extraordinária. Vinte vezes desanimei; mas o amor da ciência dava-me forças para arremeter a um trabalho que, hoje declaro, não chegaria a ser feito duas vezes na vida do mesmo homem.

Guardo para outro recinto a descrição técnica do meu arácnide, e a análise da língua. O objeto desta conferência é, como disse, ressalvar os direitos da ciência brasileira, por meio de um protesto em tempo; e, isto feito, dizer-vos a parte em que reputo a minha obra superior à do sábio de Inglaterra. Devo demonstrá-lo, e para este ponto chamo a vossa atenção.

Dentro de um mês tinha comigo vinte aranhas; no mês seguinte cinqüenta e cinco; em março de 1877 contava quatrocentas e noventa. Duas forças serviram principalmente à empresa de as congregar: — o emprego da língua delas, desde que pude discerni-la um pouco, e o sentimento de terror que lhes infundi. A minha estatura, as vestes talares, o uso do mesmo idioma, fizeram-lhes crer que era eu o deus das aranhas, e desde então adoraram-me. E vede o benefício desta ilusão. Como as acompanhasse com muita atenção e miudeza, lançando em um livro as observações que fazia, cuidaram que o livro era o registro dos seus pecados, e fortaleceram-se ainda mais na prática das virtudes. A flauta também foi um grande auxiliar. Como sabeis, ou deveis saber, elas são doudas por música.

Não bastava associá-las; era preciso dar-lhes um governo idôneo. Hesitei na escolha; muitos dos atuais pareciam-me bons, alguns excelentes, mas todos tinham contra si o existirem. Explico-me. Uma forma vigente de governo ficava exposta a comparações que poderiam amesquinhá-la. Era-me preciso, ou achar uma forma nova, ou restaurar alguma outra abandonada. Naturalmente adotei o segundo alvitre, e nada me pareceu mais acertado do que uma república, à maneira de Veneza, o mesmo molde, e até o mesmo epíteto. Obsoleto, sem nenhuma analogia, em suas feições gerais, com qualquer outro governo vivo, cabia-lhe ainda a vantagem de um mecanismo complicado, — o que era meter à prova as aptidões políticas da jovem sociedade.

Outro motivo determinou a minha escolha. Entre os diferentes modos eleitorais da antiga Veneza, figurava o do saco e bolas, iniciação dos filhos da nobreza no serviço do Estado. Metiam-se as bolas com os nomes dos candidatos no saco, e extraía-se anualmente um certo número, ficando os eleitos desde logo aptos para as carreiras públicas. Este sistema fará rir aos doutores do sufrágio; a mim não. Ele exclui os desvarios da paixão, os desazos da inépcia, o congresso da corrupção e da cobiça. Mas não foi só por isso que o aceitei; tratando-se de um povo tão exímio na fiação de suas teias, o uso do saco eleitoral era de fácil adaptação, quase uma planta indígena.

A proposta foi aceita. Sereníssima República pareceu-lhes um título magnífico, roçagante, expansivo, próprio a engrandecer a obra popular.

Não direi, senhores, que a obra chegou à perfeição, nem que lá chegue tão cedo. Os meus pupilos não são os solários de Campanela ou os utopistas de Morus; formam um povo recente, que não pode trepar de um salto ao cume das nações seculares. Nem o tempo é operário que ceda a outro a lima ou o alvião; ele fará mais e melhor do que as teorias do papel, válidas no papel e mancas na prática. O que posso afirmar-vos é que, não obstante as incertezas da idade, eles caminham, dispondo de algumas virtudes, que presumo essenciais à duração de um Estado. Uma delas, como já disse, é a perseverança, uma longa paciência de Penélope, segundo vou mostrar-vos.

Com efeito, desde que compreenderam que no ato eleitoral estava a base da vida pública, trataram de o exercer com a maior atenção. O fabrico do saco foi uma obra nacional. Era um saco de cinco polegadas de altura e três de largura, tecido com os melhores fios, obra sólida e espessa. Para compô-lo foram aclamadas dez damas principais, que receberam o título de mães da república, além de outros privilégios e foros. Uma obra-prima, podeis crê-lo. O processo eleitoral é simples. As bolas recebem os nomes dos candidatos, que provarem certas condições, e são escritas por um oficial público, denominado “das inscrições”. No dia da eleição, as bolas são metidas no saco e tiradas pelo oficial das extrações, até perfazer o número dos elegendos. Isto que era um simples processo inicial na antiga Veneza, serve aqui ao provimento de todos os cargos.

A eleição fez-se a princípio com muita regularidade; mas, logo depois, um dos legisladores declarou que ela fora viciada, por terem entrado no saco duas bolas com o nome do mesmo candidato. A assembléia verificou a exatidão da denúncia, e decretou que o saco, até ali de três polegadas de largura, tivesse agora duas; limitando-se a capacidade do saco, restringia-se o espaço à fraude, era o mesmo que suprimi-la. Aconteceu, porém, que na eleição seguinte, um candidato deixou de ser inscrito na competente bola, não se sabe se por descuido ou intenção do oficial público. Este declarou que não se lembrava de ter visto o ilustre candidato, mas acrescentou nobremente que não era impossível que ele lhe tivesse dado o nome; neste caso não houve exclusão, mas distração. A assembléia, diante de um fenômeno psicológico inelutável, como é a distração, não pôde castigar o oficial; mas, considerando que a estreiteza do saco podia dar lugar a exclusões odiosas, revogou a lei anterior e restaurou as três polegadas.

Nesse ínterim, senhores, faleceu o primeiro magistrado, e três cidadãos apresentaram-se candidatos ao posto, mas só dous importantes, Hazeroth e Magog, os próprios chefes do partido retilíneo e do partido curvilíneo. Devo explicar-vos estas denominações. Como eles são principalmente geômetras, é a geometria que os divide em política. Uns entendem que a aranha deve fazer as teias com fios retos, é o partido retilíneo; — outros pensam, ao contrário, que as teias devem ser trabalhadas com fios curvos, — é o partido curvilíneo. Há ainda um terceiro partido, misto e central, com este postulado: — as teias devem ser urdidas de fios retos e fios curvos; é o partido reto-curvilíneo; e finalmente, uma quarta divisão política, o partido anti-reto-curvilíneo, que fez tábua rasa de todos os princípios litigantes, e propõe o uso de umas teias urdidas de ar, obra transparente e leve, em que não há linhas de espécie alguma. Como a geometria apenas poderia dividi-los, sem chegar a apaixoná-los, adotaram uma simbólica. Para uns, a linha reta exprime os bons sentimentos, a justiça, a probidade, a inteireza, a constância, etc., ao passo que os sentimentos ruins ou inferiores, como a bajulação, a fraude, a deslealdade, a perfídia, são perfeitamente curvos. Os adversários respondem que não, que a linha curva é a da virtude e do saber, porque é a expressão da modéstia e da humildade; ao contrário, a ignorância, a presunção, a toleima, a parlapatice, são retas, duramente retas. O terceiro partido, menos anguloso, menos exclusivista, desbastou a exageração de uns e outros, combinou os contrastes, e proclamou a simultaneidade das linhas como a exata cópia do mundo físico e moral. O quarto limita-se a negar tudo.

Nem Hazeroth nem Magog foram eleitos. As suas bolas saíram do saco, é verdade, mas foram inutilizadas, a do primeiro por faltar a primeira letra do nome, a do segundo por lhe faltar a última. O nome restante e triunfante era o de um argentário ambicioso, político obscuro, que subiu logo à poltrona ducal, com espanto geral da república. Mas os vencidos não se contentaram de dormir sobre os louros do vencedor; requereram uma devassa. A devassa mostrou que o oficial das inscrições intencionalmente viciara a ortografia de seus nomes. O oficial confessou o defeito e a intenção; mas explicou-os dizendo que se tratava de uma simples elipse; delito, se o era, puramente literário. Não sendo possível perseguir ninguém por defeitos de ortografia ou figuras de retórica, pareceu acertado rever a lei. Nesse mesmo dia ficou decretado que o saco seria feito de um tecido de malhas, através das quais as bolas pudessem ser lidas pelo público, e, *ipso facto,* pelos mesmos candidatos, que assim teriam tempo de corrigir as inscrições.

Infelizmente, senhores, o comentário da lei é a eterna malícia. A mesma porta aberta à lealdade serviu à astúcia de um certo Nabiga, que se conchavou com o oficial das extrações, para haver um lugar na assembléia. A vaga era uma, os candidatos três; o oficial extraiu as bolas com os olhos no cômplice, que só deixou de abanar negativamente a cabeça, quando a bola pegada foi a sua. Não era preciso mais para condenar a idéia das malhas. A assembléia, com exemplar paciência, restaurou o tecido espesso do regímen anterior; mas, para evitar outras elipses, decretou a validação das bolas cuja inscrição estivesse incorreta, uma vez que cinco pessoas jurassem ser o nome inscrito o próprio nome do candidato.

Este novo estatuto deu lugar a um caso novo e imprevisto, como ides ver. Tratou-se de eleger um coletor de espórtulas, funcionário encarregado de cobrar as rendas públicas, sob a forma de espórtulas voluntárias. Eram candidatos, entre outros, um certo Caneca e um certo Nebraska. A bola extraída foi a de Nebraska. Estava errada, é certo, por lhe faltar a última letra; mas, cinco testemunhas juraram, nos termos da lei, que o eleito era o próprio e único Nebraska da república. Tudo parecia findo, quando o candidato Caneca requereu provar que a bola extraída não trazia o nome de Nebraska, mas o dele. O juiz de paz deferiu ao peticionário. Veio então um grande filólogo, — talvez o primeiro da república, além de bom metafísico, e não vulgar matemático, — o qual provou a cousa nestes termos:

— Em primeiro lugar, disse ele, deveis notar que não é fortuita a ausência da última letra do nome Nebraska. Por que motivo foi ele inscrito incompletamente? Não se pode dizer que por fadiga ou amor da brevidade, pois só falta a última letra, um simples *a.* Carência de espaço? Também não; vede: há ainda espaço para duas ou três sílabas. Logo, a falta é intencional, e a intenção não pode ser outra, senão chamar a atenção do leitor para a letra *k,* última escrita, desamparada, solteira, sem sentido. Ora, por um efeito mental, que nenhuma lei destruiu, a letra reproduz-se no cérebro de dois modos, a forma gráfica e a forma sônica: *k* e *ca.* O defeito, pois, no nome escrito, chamando os olhos para a letra final, incrusta desde logo no cérebro esta primeira sílaba: *Ca.* Isto posto, o movimento natural do espírito é ler o nome todo; volta-se ao princípio, à inicial *ne,* do nome *Nebrask.* — *Cané.* — Resta a sílaba do meio, *bras,* cuja redução a esta outra sílaba *ca,* última do nome Caneca, é a cousa mais demonstrável do mundo. E, todavia, não a demonstrarei, visto faltar-vos o preparo necessário ao entendimento da significação espiritual ou filosófica da sílaba, suas origens e efeitos, fases, modificações, conseqüências lógicas e sintáxicas, dedutivas ou indutivas, simbólicas e outras. Mas, suposta a demonstração, aí fica a última prova, evidente, clara, da minha afirmação primeira pela anexação da sílaba *ca* às duas *Cane,* dando este nome Caneca.

A lei emendou-se, senhores, ficando abolida a faculdade da prova testemunhal e interpretativa dos textos, e introduzindo-se uma inovação, o corte simultâneo de meia polegada na altura e outra meia na largura do saco. Esta emenda não evitou um pequeno abuso na eleição dos alcaides, e o saco foi restituído às dimensões primitivas, dando-se-lhe, todavia, a forma triangular. Compreendeis que esta forma trazia consigo uma conseqüência: ficavam muitas bolas no fundo. Daí a mudança para a forma cilíndrica; mais tarde deu-se-lhe o aspecto de uma ampulheta, cujo inconveniente se reconheceu ser igual ao triângulo, e então adotou-se a forma de um crescente, etc. Muitos abusos, descuidos e lacunas tendem a desaparecer, e o restante terá igual destino, não inteiramente, decerto, pois a perfeição não é deste mundo, mas na medida e nos termos do conselho de um dos mais circunspectos cidadãos da minha república, Erasmus, cujo último discurso sinto não poder dar-vos integralmente. Encarregado de notificar a última resolução legislativa às dez damas, incumbidas de urdir o saco eleitoral, Erasmus contou-lhes a fábula de Penélope, que fazia e desfazia a famosa teia, à espera do esposo Ulisses.

— Vós sois a Penélope da nossa república, disse ele ao terminar; tendes a mesma castidade, paciência e talentos. Refazei o saco, amigas minhas, refazei o saco, até que Ulisses, cansado de dar às pernas, venha tomar entre nós o lugar que lhe cabe. Ulisses é a Sapiência.

O ESPELHO

ESBOÇO DE UMA NOVA TEORIA DA ALMA HUMANA

Quatro ou cinco cavalheiros debatiam, uma noite, várias questões de alta transcendência, sem que a disparidade dos votos trouxesse a menor alteração aos espíritos. A casa ficava no morro de Santa Teresa, a sala era pequena, alumiada a velas, cuja luz fundia-se misteriosamente com o luar que vinha de fora. Entre a cidade, com as suas agitações e aventuras, e o céu, em que as estrelas pestanejavam, através de uma atmosfera límpida e sossegada, estavam os nossos quatro ou cinco investigadores de cousas metafísicas, resolvendo amigavelmente os mais árduos problemas do universo.

Por que quatro ou cinco? Rigorosamente eram quatro os que falavam; mas, além deles, havia na sala um quinto personagem, calado, pensando, cochilando, cuja espórtula no debate não passava de um ou outro resmungo de aprovação. Esse homem tinha a mesma idade dos companheiros, entre quarenta e cinqüenta anos, era provinciano, capitalista, inteligente, não sem instrução, e, ao que parece, astuto e cáustico. Não discutia nunca; e defendia-se da abstenção com um paradoxo, dizendo que a discussão era a forma polida do instinto batalhador, que jaz no homem, como uma herança bestial; e acrescentava que os serafins e os querubins não controvertiam nada, e, aliás, eram a perfeição espiritual e eterna. Como desse esta mesma resposta naquela noite, contestou-lha um dos presentes, e desafiou-o a demonstrar o que dizia, se era capaz. Jacobina (assim se chamava ele) refletiu um instante, e respondeu:

— Pensando bem, talvez o senhor tenha razão.

Vai senão quando, no meio da noite, sucedeu que este casmurro usou da palavra, e não dous ou três minutos, mas trinta ou quarenta. A conversa, em seus meandros, veio a cair na natureza da alma, ponto que dividiu radicalmente os quatro amigos. Cada cabeça, cada sentença; não só o acordo, mas a mesma discussão, tornou-se difícil, senão impossível, pela multiplicidade de questões que se deduziram do tronco principal, e um pouco, talvez, pela inconsistência dos pareceres. Um dos argumentadores pediu ao Jacobina alguma opinião, — uma conjectura, ao menos.

— Nem conjectura, nem opinião, redargüiu ele: uma ou outra pode dar lugar a dissentimento, e, como sabem, eu não discuto. Mas, se querem ouvir-me calados, posso contar-lhes um caso de minha vida, em que ressalta a mais clara demonstração acerca da matéria de que se trata. Em primeiro lugar, não há uma só alma, há duas...

— Duas?

— Nada menos de duas almas. Cada criatura humana traz duas almas consigo: uma que olha de dentro para fora, outra que olha de fora para dentro... Espantem-se à vontade; podem ficar de boca aberta, dar de ombros, tudo; não admito réplica. Se me replicarem, acabo o charuto e vou dormir. A alma exterior pode ser um espírito, um fluido, um homem, muitos homens, um objeto, uma operação. Há casos, por exemplo, em que um simples botão de camisa é a alma exterior de uma pessoa; — e assim também a polca, o voltarete, um livro, uma máquina, um par de botas, uma cavatina, um tambor, etc. Está claro que o ofício dessa segunda alma é transmitir a vida, como a primeira; as duas completam o homem, que é, metafisicamente falando, uma laranja. Quem perde uma das metades, perde naturalmente metade da existência; e casos há, não raros, em que a perda da alma exterior implica a da existência inteira. Shylock,[1] por exemplo. A alma exterior daquele judeu eram os seus ducados; perdê-los equivalia a morrer. "Nunca mais verei o meu ouro, diz ele a Tubal; *é um punhal que me enterras no coração"*. Vejam bem esta frase: a perda dos ducados, alma exterior, era a morte para ele. Agora, é preciso saber que a alma exterior não é sempre a mesma...

— Não?

— Não, senhor; muda de natureza e de estado. Não aludo a certas almas absorventes, como a pátria, com a qual disse o Camões que morria, e o poder, que foi a alma exterior de César e de Cromwell. São almas enérgicas e exclusivas; mas há outras, embora enérgicas, de natureza mudável. Há cavalheiros, por exemplo, cuja alma exterior, nos primeiros anos, foi um chocalho ou um cavalinho de pau, e mais tarde uma provedoria de irmandade, suponhamos. Pela minha parte, conheço uma senhora, — na verdade, gentilíssima, — que muda de alma exterior cinco, seis vezes por ano. Durante a estação lírica é a ópera; cessando a estação, a alma exterior substitui-se por outra: um concerto, um baile do Cassino, a Rua do Ouvidor, Petrópolis...

— Perdão; essa senhora quem é?

— Essa senhora é parenta do diabo, e tem o mesmo nome: chama-se Legião... E assim outros muitos casos. Eu mesmo tenho experimentado dessas trocas. Não as relato, porque iria longe; restrinjo-me ao episódio de que lhes falei. Um episódio dos meus vinte e cinco anos...

Os quatro companheiros, ansiosos de ouvir o caso prometido, esqueceram a controvérsia. Santa curiosidade! tu não és só a ama da civilização, és também o pomo da concórdia, fruta divina, de outro sabor que não aquele pomo da mitologia. A sala, até há pouco ruidosa de física e metafísica, é agora um mar morto; todos os olhos estão no Jacobina, que concerta a ponta do charuto, recolhendo as memórias. Eis aqui como ele começou a narração:

— Tinha vinte e cinco anos, era pobre, e acabava de ser nomeado alferes da guarda nacional. Não imaginam o acontecimento que isto foi em nossa casa. Minha mãe ficou tão orgulhosa! tão contente! Chamava-me o seu alferes. Primos e tios, foi tudo uma alegria sincera e pura. Na vila, note-se bem, houve alguns despeitados; choro e ranger de dentes, como na Escritura; e o motivo não foi outro senão que o posto tinha muitos candidatos e que estes perderam. Suponho também que uma parte do desgosto foi inteiramente gratuita: nasceu da simples distinção. Lembra-me de alguns rapazes, que se davam comigo, e passaram a olhar-me de revés, durante algum tempo. Em compensação, tive muitas pessoas que ficaram satisfeitas com a nomea-

1. Personagem da comédia de Shakespeare O *Mercador de Veneza,* encarna o usuário avaro e mau.

ção; e a prova é que todo o fardamento me foi dado por amigos... Vai então uma das minhas tias, D. Marcolina, viúva do capitão Peçanha, que morava a muitas léguas da vila, num sítio escuso e solitário, desejou ver-me, e pediu que fosse ter com ela e levasse a farda. Fui, acompanhado de um pajem, que daí a dias tornou à vila, porque a tia Marcolina, apenas me pilhou no sítio, escreveu a minha mãe dizendo que não me soltava antes de um mês, pelo menos. E abraçava-me! Chamava-me também o seu alferes. Achava-me um rapagão bonito. Como era um tanto patusca, chegou a confessar que tinha inveja da moça que houvesse de ser minha mulher. Jurava que em toda a província não havia outro que me pusesse o pé adiante. E sempre alferes; era alferes para cá, alferes para lá, alferes a toda a hora. Eu pedia-lhe que me chamasse Joãozinho, como dantes; e ela abanava a cabeça, bradando que não, que era o "senhor alferes". Um cunhado dela, irmão do finado Peçanha, que ali morava, não me chamava de outra maneira. Era o "senhor alferes", não por gracejo, mas a sério, e à vista dos escravos, que naturalmente foram pelo mesmo caminho. Na mesa tinha eu o melhor lugar, e era o primeiro servido. Não imaginam. Se lhes disser que o entusiasmo da tia Marcolina chegou ao ponto de mandar pôr no meu quarto um grande espelho, obra rica e magnífica, que destoava do resto da casa, cuja mobília era modesta e simples... Era um espelho que lhe dera a madrinha, e que esta herdara da mãe, que o comprara a uma das fidalgas vindas em 1808 com a corte de D. João VI. Não sei o que havia nisso de verdade; era a tradição. O espelho estava naturalmente muito velho; mas via-se-lhe ainda o ouro, comido em parte pelo tempo, uns delfins esculpidos nos ângulos superiores da moldura, uns enfeites de madrepérola e outros caprichos do artista. Tudo velho, mas bom...

— Espelho grande?

— Grande. E foi, como digo, uma enorme fineza, porque o espelho estava na sala; era a melhor peça da casa. Mas não houve forças que a demovessem do propósito; respondia que não fazia falta, que era só por algumas semanas, e finalmente que o "senhor alferes" merecia muito mais. O certo é que todas essas cousas, carinhos, atenções, obséquios, fizeram em mim uma transformação, que o natural sentimento da mocidade ajudou e completou. Imaginam, creio eu?

— Não.

— O alferes eliminou o homem. Durante alguns dias as duas naturezas equilibraram-se; mas não tardou que a primitiva cedesse à outra; ficou-me uma parte mínima de humanidade. Aconteceu então que a alma exterior, que era dantes o sol, o ar, o campo, os olhos das moças, mudou de natureza, e passou a ser a cortesia e os rapapés da casa, tudo o que me falava do posto, nada do que me falava do homem. A única parte do cidadão que ficou comigo foi aquela que entendia com o exercício da patente; a outra dispersou-se no ar e no passado. Custa-lhes acreditar, não?

— Custa-me até entender, respondeu um dos ouvintes.

— Vai entender. Os fatos explicarão melhor os sentimentos; os fatos são tudo. A melhor definição do amor não vale um beijo de moça namorada; e, se bem me lembro, um filósofo antigo demonstrou o movimento andando. Vamos aos fatos. Vamos ver como, ao tempo em que a consciência do homem se obliterava, a do alferes tornava-se viva e intensa. As dores humanas, as alegrias humanas, se eram só isso, mal obtinham de mim uma compaixão apática ou um sorriso de favor. No fim de três semanas, era outro, totalmente outro. Era exclusivamente alferes. Ora, um dia recebeu a tia Marcolina uma notícia grave: uma de suas filhas, casada com um lavrador residente dali a cinco léguas, estava mal e à morte. Adeus, sobrinho! adeus, alferes! Era mãe extremosa, armou logo uma viagem, pediu ao cunhado que fosse com ela, e a mim que tomasse conta do sítio. Creio que, se não fosse a aflição, disporia o contrário; deixaria o cunhado, e iria comigo. Mas o certo é que fiquei só, com os poucos escravos da casa. Confesso-lhes que desde logo senti uma grande opressão, alguma cousa semelhante ao efeito de quatro paredes de um cárcere, subitamente levantadas em torno de mim. Era a alma exterior que se reduzia; estava agora limitada a alguns espíritos boçais. O alferes continuava a dominar em mim, embora a vida fosse menos intensa, e a consciência mais débil. Os escravos punham uma nota de humildade nas suas cortesias, que de certa maneira compensava a afeição dos parentes e a intimidade doméstica interrompida. Notei mesmo, naquela noite, que eles redobravam de respeito, de alegria, de protestos. Nhô alferes de minuto a minuto. Nhô alferes é muito bonito; nhô alferes há de ser coronel; nhô alferes há de casar com moça bonita, filha de general; um concerto de louvores e profecias, que me deixou extático. Ah! pérfidos! mal podia eu suspeitar a intenção secreta dos malvados.

— Matá-lo?

— Antes assim fosse.

— Cousa pior?

— Ouçam-me. Na manhã seguinte achei-me só. Os velhacos, seduzidos por outros, ou de movimento próprio, tinham resolvido fugir durante a noite; e assim fizeram. Achei-me só, sem mais ninguém, entre quatro paredes, diante do terreiro deserto e da roça abandonada. Nenhum fôlego humano. Corri a casa toda, a senzala, tudo, nada, ninguém, um molequinho que fosse. Galos e galinhas tão-somente, um par de mulas, que filosofavam a vida, sacudindo as moscas, e três bois. Os mesmos cães foram levados pelos escravos. Nenhum ente humano. Parece-lhes que isto era melhor do que ter morrido? era pior. Não por medo; juro-lhes que não tinha medo; era um pouco atrevidinho, tanto que não senti nada, durante as primeiras horas. Fiquei triste por causa do dano causado à tia Marcolina; fiquei também um pouco perplexo, não sabendo se devia ir ter com ela, para lhe dar a triste notícia, ou ficar tomando conta da casa. Adotei o segundo alvitre, para não desamparar a casa, e porque, se a minha prima enferma estava mal, eu ia somente aumentar a dor da mãe, sem remédio nenhum; finalmente, esperei que o irmão do tio Peçanha voltasse naquele dia ou no outro, visto que tinham saído havia já trinta e seis horas. Mas a manhã passou sem vestígio dele; e à tarde comecei a sentir uma sensação como de pessoa que houvesse perdido toda a ação nervosa, e não tivesse consciência da ação muscular. O irmão do tio Peçanha não voltou nesse dia, nem no outro, nem em toda aquela semana. Minha solidão tomou proporções enormes. Nunca os dias foram mais compridos, nunca o sol abrasou a terra com uma obstinação mais cansativa. As horas batiam de século a século, no velho relógio da sala, cuja pêndula, *tic-tac, tic-tac,* feria-me a alma interior, como um piparote contínuo da eternidade. Quando, muitos anos depois, li uma poesia americana, creio que de Longfellow, e topei com este famoso estribilho: —

Never, for ever! — For ever, never![2] confesso-lhes que tive um calafrio: recordei-me daqueles dias medonhos. Era justamente assim que fazia o relógio da tia Marcolina: — *Never, for ever! — For ever, never!* Não eram golpes de pêndula, era um diálogo do abismo, um cochicho do nada. E então de noite! Não que a noite fosse mais silenciosa. O silêncio era o mesmo que de dia. Mas a noite era a sombra, era a solidão ainda mais estreita ou mais larga. *Tic-tac, tic-tac.* Ninguém nas salas, na varanda, nos corredores, no terreiro, ninguém em parte nenhuma... Riem-se?

— Sim, parece que tinha um pouco de medo.

— Oh! fora bom se eu pudesse ter medo! Viveria. Mas o característico daquela situação é que eu nem sequer podia ter medo, isto é, o medo vulgarmente entendido. Tinha uma sensação inexplicável. Era como um defunto andando, um sonâmbulo, um boneco mecânico. Dormindo, era outra cousa. O sono dava-me alívio, não pela razão comum de ser irmão da morte, mas por outra. Acho que posso explicar assim esse fenômeno: — o sono, eliminando a necessidade de uma alma exterior, deixava atuar a alma interior. Nos sonhos, fardava-me, orgulhosamente, no meio da família e dos amigos, que me elogiavam o garbo, que me chamavam alferes; vinha um amigo de nossa casa, e prometia-me o posto de tenente, outro o de capitão ou major; e tudo isso fazia-me viver. Mas quando acordava, dia claro, esvaía-se, com o sono, a consciência do meu ser novo e único, — porque a alma interior perdia a ação exclusiva, e ficava dependente da outra, que teimava em não tornar... Não tornava. Eu saía fora, a um lado e outro, a ver se descobria algum sinal de regresso. *Soeur Anne, soeur Anne, ne vois-tu rien venir?*[3] Nada, cousa nenhuma; tal qual como na lenda francesa. Nada mais do que a poeira da estrada e o capinzal dos morros. Voltava para casa, nervoso, desesperado, estirava-me no canapé da sala. *Tic-tac, tic-tac.* Levantava-me, passeava, tamborilava nos vidros das janelas, assobiava. Em certa ocasião lembrei-me de escrever alguma cousa, um artigo político, um romance, uma ode; não escolhi nada definitivamente; sentei-me e tracei no papel algumas palavras e frases soltas, para intercalar no estilo. Mas o estilo, como a tia Marcolina, deixava-se estar. *Soeur Anne, soeur Anne...* Cousa nenhuma. Quando muito via negrejar a tinta e alvejar o papel.

— Mas não comia?

— Comia mal, frutas, farinha, conservas, algumas raízes tostadas ao fogo, mas suportaria tudo alegremente, se não fora a terrível situação moral em que me achava. Recitava versos, discursos, trechos latinos, liras de Gonzaga, oitavas de Camões, décimas, uma antologia em trinta volumes. Às vezes fazia ginástica; outras dava beliscões nas pernas; mas o efeito era só uma sensação física de dor ou de cansaço, e mais nada. Tudo silêncio, um silêncio vasto, enorme, infinito, apenas sublinhado pelo eterno *tic-tac* da pêndula. *Tic-tac, tic-tac...*

— Na verdade, era de enlouquecer.

— Vão ouvir cousa pior. Convém dizer-lhes que, desde que ficara só, não olhara uma só vez para o espelho. Não era abstenção deliberada, não tinha motivo; era um

2 (Inglês): "Nunca, para sempre! — Para sempre, nunca!"
3. (Francês): "Irmã Ana, irmã Ana, não vês nada vir?"

impulso inconsciente, um receio de achar-me um e dois, ao mesmo tempo, naquela casa solitária; e se tal explicação é verdadeira, nada prova melhor a contradição humana, porque no fim de oito dias, deu-me na veneta olhar para o espelho com o fim justamente de achar-me dois. Olhei e recuei. O próprio vidro parecia conjurado com o resto do universo; não me estampou a figura nítida e inteira, mas vaga, esfumada, difusa, sombra de sombra. A realidade das leis físicas não permite negar que o espelho reproduziu-me textualmente, com os mesmos contornos e feições; assim devia ter sido. Mas tal não foi a minha sensação. Então tive medo; atribuí o fenômeno à excitação nervosa em que andava; receiei ficar mais tempo, e enlouquecer. — Vou-me embora, disse comigo. E levantei o braço com gesto de mau humor, e ao mesmo tempo de decisão, olhando para o vidro; o gesto lá estava, mas disperso, esgaçado, mutilado... Entrei a vestir-me, murmurando comigo, tossindo sem tosse, sacudindo a roupa com estrépito, afligindo-me a frio com os botões, para dizer alguma cousa. De quando em quando, olhava furtivamente para o espelho; a imagem era a mesma difusão de linhas, a mesma decomposição de contornos... Continuei a vestir-me. Subitamente, por uma inspiração inexplicável, por um impulso sem cálculo, lembrou-me... Se forem capazes de adivinhar qual foi à minha idéia...

— Diga.

— Estava a olhar para o vidro, com uma persistência de desesperado, contemplando as próprias feições derramadas e inacabadas, uma nuvem de linhas soltas, informes, quando tive o pensamento... Não, não são capazes de adivinhar.

— Mas, diga, diga.

— Lembrou-me vestir a farda de alferes. Vesti-a, aprontei-me de todo; e, como estava defronte do espelho, levantei os olhos, e... não lhes digo nada: o vidro reproduziu então a figura integral; nenhuma linha de menos, nenhum contorno diverso; era eu mesmo, o alferes, que achava, enfim, a alma exterior. Essa alma ausente com a dona do sítio, dispersa e fugida com os escravos, ei-la recolhida no espelho. Imaginai um homem que, pouco a pouco, emerge de um letargo, abre os olhos sem ver, depois começa a ver, distingue as pessoas dos objetos, mas não conhece individualmente uns nem outros; enfim, sabe que este é Fulano, aquele é Sicrano; aqui está uma cadeira, ali um sofá. Tudo volta ao que era antes do sono. Assim foi comigo. Olhava para o espelho, ia de um lado para outro, recuava, gesticulava, sorria, e o vidro exprimia tudo. Não era mais um autômato, era um ente animado. Daí em diante, fui outro. Cada dia, a uma certa hora, vestia-me de alferes, e sentava-me diante do espelho, lendo, olhando, meditando; no fim de duas, três horas, despia-me outra vez. Com este regímen pude atravessar mais seis dias de solidão, sem os sentir...

Quando ou outros voltaram a si, o narrador tinha descido as escadas.

UMA VISITA DE ALCIBÍADES

CARTA DO DESEMBARGADOR X... AO CHEFE DE POLÍCIA DA CORTE

Corte, 20 de setembro de 1875.

Desculpe V. Exª o tremido da letra e o desgrenhado do estilo; entendê-los-á daqui a pouco.

Hoje, à tardinha, acabado o jantar, enquanto esperava a hora do Cassino, estirei-me no sofá e abri um tomo de Plutarco. V. Exª, que foi meu companheiro de estudos, há de lembrar-se que eu, desde rapaz, padeci esta devoção do grego; devoção ou mania, que era o nome que V. Exª lhe dava, e tão intensa que me ia fazendo reprovar em outras disciplinas. Abri o tomo, e sucedeu o que sempre se dá comigo quando leio alguma cousa antiga: transporto-me ao tempo e ao meio da ação ou da obra. Depois de jantar é excelente. Dentro de pouco acha-se a gente numa via romana, ao pé de um pórtico grego ou na loja de um gramático. Desaparecem os tempos modernos, a insurreição da Herzegovina, a guerra dos carlistas, a Rua do Ouvidor, o circo Chiarini. Quinze ou vinte minutos de vida antiga, e de graça. Uma verdadeira digestão literária.

Foi o que se deu hoje. A página aberta acertou de ser a vida de Alcibíades. Deixei-me ir ao sabor da loqüela ática; daí a nada entrava nos jogos olímpicos, admirava o mais guapo dos atenienses, guiando magnificamente o carro, com a mesma firmeza e donaire com que sabia reger as batalhas, os cidadãos e os próprios sentidos. Imagine V. Exª se vivi! Mas, o moleque entrou e acendeu o gás; não foi preciso mais para fazer voar toda a arqueologia da minha imaginação. Atenas volveu à história, enquanto os olhos me caíam das nuvens, isto é, nas calças de brim branco, no paletó de alpaca e nos sapatos de cordovão. E então refleti comigo:

— Que impressão daria ao ilustre ateniense o nosso vestuário moderno?

Sou espiritista desde alguns meses. Convencido de que todos os sistemas são puras niilidades, resolvi adotar o mais recreativo deles. Tempo virá em que este não seja só recreativo, mas também útil à solução dos problemas históricos; é mais sumário evocar o espírito dos mortos, do que gastar as forças críticas, e gastá-las em pura perda, porque não há raciocínio nem documento que nos explique melhor a intenção de um ato do que o próprio autor do ato. E tal era o meu caso desta noite. Conjecturar qual fosse a impressão de Alcibíades era despender o tempo, sem outra vantagem, além do gosto de admirar a minha própria habilidade. Determinei, portanto, evocar o ateniense; pedi-lhe que comparecesse em minha casa, logo, sem demora.

E aqui começa o extraordinário da aventura. Não se demorou Alcibíades em acudir ao chamado; dous minutos depois estava ali, na minha sala, perto da parede; mas não era a sombra impalpável que eu cuidara ter evocado pelos métodos da nossa escola; era o próprio Alcibíades, carne e osso, vero homem, grego autêntico, trajado à antiga, cheio daquela gentileza e desgarre com que usava arengar às grandes assembléias de Atenas, e também, um pouco, aos seus pataus. V. Exª, tão sabedor da história, não ignora que também houve pataus em Atenas; sim, Atenas também os possuiu, e esse precedente é uma desculpa. Juro a V. Exª que não acreditei; por mais fiel que fosse o testemunho dos sentidos, não podia acabar de crer que tivesse ali, em minha casa, não a sombra de Alcibíades, mas o próprio Alcibíades redivivo. Nutri ainda a esperança de que tudo aquilo não fosse mais do que o efeito de uma digestão mal rematada, um simples eflúvio do quilo, através da luneta de Plutarco; e então esfreguei os olhos, fitei-os, e...

— Que me queres? perguntou ele.

Ao ouvir isto, arrepiaram-se-me as carnes. O vulto falava e falava grego, o mais puro ático. Era ele, não havia duvidar que era ele mesmo, um morto de vinte séculos, restituído à vida, tão cabalmente como se viesse de cortar agora mesmo a famosa cauda do cão. Era claro que, sem o pensar, acabava eu de dar um grande passo na carreira do espiritismo; mas, ai de mim! não o entendi logo, e deixei-me ficar assombrado. Ele repetiu a pergunta, olhou em volta de si e sentou-se numa poltrona. Como eu estivesse frio e trêmulo (ainda o estou agora) ele que o percebeu, falou-me com muito carinho, e tratou de rir e gracejar para o fim de devolver-me o sossego e a confiança. Hábil como outrora! Que mais direi a V. Exª? No fim de poucos minutos conversávamos os dous, em grego antigo, ele repotreado e natural, eu pedindo a todos os santos do céu a presença de um criado, de uma visita, de uma patrulha, ou, se tanto fosse necessário, — de um incêndio.

Escusado é dizer a V. Exª que abri mão da idéia de o consultar acerca do vestuário moderno; pedira um espectro, não um homem "de verdade", como dizem as crianças. Limitei-me a responder ao que ele queria; pediu-me notícias de Atenas, dei-lhas; disse-lhe que ela era enfim a cabeça de uma só Grécia, narrei-lhe a dominação muçulmana, a independência, Botzaris, lord Byron. O grande homem tinha os olhos pendurados da minha boca; e, mostrando-me admirado de que os mortos lhe não houvessem contado nada, explicou-me que à porta do outro mundo afrouxavam muito os interesses deste. Não vira Botzaris nem lord Byron, — em primeiro lugar, porque é tanta e tantíssima a multidão de espíritos, que estes se fazem naturalmente desencontrados; em segundo lugar, porque eles lá congregam-se, não por nacionalidades ou outra ordem, senão por categorias de índole, costume e profissão: assim é que ele, Alcibíades, anda no grupo dos políticos elegantes e namorados, com o duque de Buckingham, o Garrett, o nosso Maciel Monteiro, etc. Em seguida pediu-me notícias atuais; relatei-lhe o que sabia, em resumo; falei-lhe do parlamento helênico e do método alternativo com que Bulgaris e Comondouros, estadistas seus patrícios, imitam Disraeli e Gladstone, revezando-se no poder, e, assim como estes, a golpes de discurso. Ele, que foi um magnífico orador, interrompeu-me:

— Bravo, atenienses!

Se entro nestas minúcias é para o fim de nada omitir do que possa dar a V. Exª o conhecimento exato do extraordinário caso que lhe vou narrando. Já disse que Alcibíades escutava-me com avidez; acrescentarei que era esperto e arguto; entendia as cousas sem largo dispêndio de palavras. Era também sarcástico; ao menos assim me pareceu em um ou dois pontos da nossa conversação; mas no geral dela, mostrava-se simples, atento, correto, sensível e digno. E gamenho, note V. Exª, tão gamenho como outrora; olhava de soslaio para o espelho, como fazem as nossas e outras damas deste século, mirava os borzeguins, compunha o manto, não saía de certas atitudes esculturais.

— Vá, continua, dizia-me ele, quando eu parava de lhe dar notícias.

Mas eu não podia mais. Entrado no inextricável, no maravilhoso, achava tudo possível, não atinava por que razão, assim, como ele vinha ter comigo ao tempo, não iria eu ter com ele à eternidade. Esta idéia gelou-me. Para um homem que acabou de digerir o jantar e aguarda a hora do Cassino, a morte é o último dos sarcasmos. Se pudesse fugir... Animei-me: disse-lhe que ia a um baile.

— Um baile? Que cousa é um baile?

Expliquei-lho.

— Ah! ver dançar a pírrica!

— Não, emendei eu, a pírrica já lá vai. Cada século, meu caro Alcibíades, muda de danças como muda de idéias. Nós já não dançamos as mesmas cousas do século passado; provavelmente o século XX não dançará as deste. A pírrica foi-se, com os homens de Plutarco e os numes de Hesíodo.

— Com os numes?

Repeti-lhe que sim, que o paganismo acabara, que as academias do século passado ainda lhe deram abrigo, mas sem convicção, nem alma, que as mesmas bebedeiras arcádicas,

> Evoé! padre Bassareu!
> Evoé! etc.

honesto passatempo de alguns desembargadores pacatos, essas mesmas estavam curadas, radicalmente curadas. De longe em longe, acrescentei, um ou outro poeta, um ou outro prosador alude aos restos da teogonia pagã, mas só o faz por gala ou brinco, ao passo que a ciência reduziu todo o Olimpo a uma simbólica. Morto, tudo morto.

— Morto Zeus?

— Morto.

— Dionisos, Afrodita?...

— Tudo morto.

O homem de Plutarco levantou-se, andou um pouco, contendo a indignação, como se dissesse consigo, imitando o outro: — Ah! se lá estou com os meus atenienses! — Zeus, Dionisos, Afrodita... murmurava de quando em quando. Lembrou-me então que ele fora uma vez acusado de desacato aos deuses e perguntei a mim mesmo donde vinha aquela indignação póstuma, e naturalmente postiça. Esquecia-me, — um devoto do grego! — esquecia-me que ele era também um refinado hipócrita, um ilustre dissimulado. E quase não tive tempo de fazer esse reparo, porque Alcibíades, detendo-se repentinamente, declarou-me que iria ao baile comigo.

— Ao baile? repeti atônito.

— Ao baile, vamos ao baile.

Fiquei aterrado, disse-lhe que não, que não era possível, que não o admitiriam, com aquele trajo; pareceria doudo; salvo se ele queria ir lá representar alguma comédia de Aristófanes, acrescentei rindo, para disfarçar o medo. O que eu queria era deixá-lo, entregar-lhe a casa, e uma vez na rua, não iria ao Cassino, iria ter com V. Exª. Mas o diabo do homem não se movia; escutava-me com os olhos no chão, pensativo, deliberante. Calei-me; cheguei a cuidar que o pesadelo ia acabar, que o vulto ia desfazer-se, e que eu ficava ali com as minhas calças, os meus sapatos e o meu século.

— Quero ir ao baile, repetiu ele. Já agora não vou sem comparar as danças.

— Meu caro Alcibíades, não acho prudente um tal desejo. Eu teria certamente a maior honra, um grande desvanecimento em fazer entrar no Cassino, o mais gentil, o mais feiticeiro dos atenienses; mas os outros homens de hoje, os rapazes, as moças, os velhos... é impossível.

— Por quê?

— Já disse; imaginarão que és um doudo ou um comediante, porque essa roupa...

— Que tem? A roupa muda-se. Irei à maneira do século. Não tens alguma roupa que me emprestes?

Ia a dizer que não; mas ocorreu-me logo que o mais urgente era sair, e que uma vez na rua, sobravam-me recursos para escapar-lhe, e então disse-lhe que sim.

— Pois bem, tornou ele levantando-se, irei à maneira do século. Só peço que te vistas primeiro, para eu aprender e imitar-te depois.

Levantei-me também, e pedi-lhe que me acompanhasse. Não se moveu logo; estava assombrado. Vi que só então reparara nas minhas calças brancas; olhava para elas com os olhos arregalados, a boca aberta; enfim, perguntou por que motivo trazia aqueles canudos de pano. Respondi que por maior comodidade; acrescentei que o nosso século, mais recatado e útil do que artista, determinara trajar de um modo compatível com o seu decoro e gravidade. Demais nem todos seriam Alcibíades. Creio que o lisonjeei com isto; ele sorriu e deu de ombros.

— Enfim!

Seguimos para o meu quarto de vestir, e comecei a mudar de roupa, às pressas. Alcibíades sentou-se molemente num divã, não sem elogiá-lo, não sem elogiar o espelho, a palhinha, os quadros. — Eu vestia-me, como digo, às pressas, ansioso por sair à rua, por meter-me no primeiro tílburi que passasse...

— Canudos pretos! exclamou ele.

Eram as calças pretas que eu acabava de vestir. Exclamou e riu, um risinho em que o espanto vinha mesclado de escárnio, o que ofendeu grandemente o meu melindre de homem moderno. Porque, note V. Exª, ainda que o nosso tempo nos pareça digno de crítica, e até de execração, não gostamos de que um antigo venha mofar dele às nossas barbas. Não respondi ao ateniense; franzi um pouco o sobrolho e continuei a abotoar os suspensórios. Ele perguntou-me então por que motivo usava uma cor tão feia...

— Feia, mas séria, disse-lhe. Olha, entretanto, a graça do corte, vê como cai sobre o sapato, que é de verniz, embora preto, e trabalhado com muita perfeição.

E vendo que ele abanava a cabeça:

— Meu caro, disse-lhe, tu podes certamente exigir que o Júpiter Olímpico seja o emblema eterno da majestade: é o domínio da arte ideal, desinteressada, superior aos tempos que passam e aos homens que os acompanham. Mas a arte de vestir é outra cousa. Isto que parece absurdo ou desgracioso é perfeitamente racional e belo, — belo à nossa maneira, que não andamos a ouvir na rua os rapsodas[1] recitando os seus versos, nem os oradores os seus discursos, nem os filósofos as suas filosofias. Tu mesmo, se te acostumares a ver-nos, acabarás por gostar de nós, porque...

— Desgraçado! bradou ele atirando-se a mim.

Antes de entender a causa do grito e do gesto, fiquei sem pinga de sangue. A causa era uma ilusão. Como eu passasse a gravata à volta do pescoço e tratasse de dar o laço, Alcibíades supôs que ia enforcar-me, segundo confessou depois. E, na verdade, estava pálido, trêmulo, em suores frios. Agora quem se riu fui eu. Ri-me, e expliquei-lhe o uso da gravata e notei que era branca, não preta, posto usássemos também gravatas pretas. Só depois de tudo isso explicado é que ele consentiu em restituir-ma. Atei-a enfim, depois vesti o colete.

— Por Afrodita! exclamou ele. És a cousa mais singular que jamais vi na vida e na morte. Estás todo cor da noite — uma noite com três estrelas apenas — continuou apontando para os botões do peito. O mundo deve andar imensamente melancólico, se escolheu para uso uma cor tão morta e tão triste. Nós éramos mais alegres; vivíamos...

Não pôde concluir a frase; eu acabava de enfiar a casaca, e a consternação do ateniense foi indescritível. Caíram-lhe os braços, ficou sufocado, não podia articular nada, tinha os olhos cravados em mim, grandes, abertos. Creia V. Exª que fiquei com medo, e tratei de apressar ainda mais a saída.

— Estás completo? perguntou-me ele.

— Não: falta o chapéu.

— Oh! venha alguma cousa que possa corrigir o resto! tornou Alcibíades com voz suplicante. Venha, venha. Assim pois, toda a elegância que vos legamos está reduzida a um par de canudos fechados e outro par de canudos abertos (e dizia isto levantando-me as abas da casaca), e tudo dessa cor enfadonha e negativa? Não, não posso crê-lo! Venha alguma cousa que corrija isso. O que é que falta, dizes tu?

— O chapéu.

— Põe o que te falta, meu caro, põe o que te falta.

Obedeci; fui dali ao cabide, despendurei o chapéu, e pu-lo na cabeça. Alcibíades olhou para mim, cambaleou e caiu. Corri ao ilustre ateniense, para levantá-lo, mas (com dor o digo) era tarde; estava morto, morto pela segunda vez. Rogo a V. Exª se digne de expedir suas respeitáveis ordens para que o cadáver seja transportado ao necrotério, e se proceda ao corpo de delito, relevando-me de não ir pessoalmente à casa de V. Exª agora mesmo (dez da noite) em atenção ao profundo abalo por que acabo de passar, o que aliás farei amanhã de manhã, antes das oito.

1. Assim na 1ª edição.

VERBA TESTAMENTÁRIA

"...Item, é minha última vontade que o caixão em que o meu corpo houver de ser enterrado, seja fabricado em casa de Joaquim Soares, à Rua da Alfândega. Desejo que ele tenha conhecimento desta disposição, que também será pública. Joaquim Soares não me conhece; mas é digno da distinção, por ser dos nossos melhores artistas, e um dos homens mais honrados da nossa terra..."

Cumpriu-se à risca esta verba testamentária. Joaquim Soares fez o caixão em que foi metido o corpo do pobre Nicolau B. de C.; fabricou-o ele mesmo, *con amore;* e, no fim, por um movimento cordial, pediu licença para não receber nenhuma remuneração. Estava pago; o favor do defunto era em si mesmo um prêmio insigne. Só desejava uma cousa: a cópia autêntica da verba. Deram-lha; ele mandou-a encaixilhar e pendurar de um prego, na loja. Os outros fabricantes de caixões, passado o assombro, clamaram que o testamento era um despropósito. Felizmente, — e esta é uma das vantagens do estado social, — felizmente, todas as demais classes acharam que aquela mão, saindo do abismo para abençoar a obra de um operário modesto, praticara uma ação rara e magnânima. Era em 1855; a população estava mais conchegada; não se falou de outra cousa. O nome do Nicolau reboou por muitos dias na imprensa da corte, donde passou à das províncias. Mas a vida universal é tão variada, os sucessos acumulam-se em tanta multidão, e com tal presteza, e, finalmente, a memória dos homens é tão frágil, que um dia chegou em que a ação de Nicolau mergulhou de todo no olvido.

Não venho restaurá-la. Esquecer é uma necessidade. A vida é uma lousa, em que o destino, para escrever um novo caso, precisa apagar o caso escrito. Obra de lápis e esponja. Não, não venho restaurá-la. Há milhares de ações tão bonitas, ou ainda mais bonitas do que a do Nicolau, e comidas do esquecimento. Venho dizer que a verba testamentária não é um efeito sem causa; venho mostrar uma das maiores curiosidades mórbidas deste século.

Sim, leitor amado, vamos entrar em plena patologia. Esse menino que aí vês, nos fins do século passado (em 1855, quando morreu, tinha o Nicolau sessenta e oito anos), esse menino não é um produto são, não é um organismo perfeito. Ao contrário, desde os mais tenros anos, manifestou por atos reiterados que há nele algum vício interior, alguma falha orgânica. Não se pode explicar de outro modo a obstinação com que ele corre a destruir os brinquedos dos outros meninos, não digo os que são iguais aos dele, ou ainda inferiores, mas os que são melhores ou mais ricos. Menos ainda se compreende que, nos casos em que o brinquedo é único, ou somente raro, o jovem Nicolau console a vítima com dous ou três pontapés; nunca menos de um. Tudo isso é obscuro. Culpa do pai não pode ser. O pai era um honrado negociante ou comissário (a maior parte das pessoas a que aqui se dá o nome de comerciantes, dizia o marquês de Lavradio, nada são que uns simples comissários), que viveu com certo luzimento, no último quartel do século, homem ríspido, austero, que admoestava o filho, e, sendo necessário, castigava-o. Mas nem admoestações, nem castigos, valiam nada. O impulso interior do Nicolau era mais eficaz do que todos os bastões paternos; e, uma ou duas vezes por semana, o pequeno reincidia no mesmo delito. Os desgostos da família eram profundos. Deu-se mesmo um caso, que, por suas gravíssimas conseqüências, merece ser contado.

O vice-rei, que era então o conde de Resende, andava preocupado com a necessidade de construir um cais na Praia de D. Manuel. Isto, que seria hoje um simples episódio municipal, era naquele tempo, atentas as proporções escassas da cidade, uma empresa importante. Mas o vice-rei não tinha recursos; o cofre público mal podia acudir às urgências ordinárias. Homem de estado, e provavelmente filósofo, engendrou um expediente não menos suave que profícuo: distribuir, a troco de donativos pecuniários, postos de capitão, tenente e alferes. Divulgada a resolução, entendeu o pai do Nicolau que era ocasião de figurar, sem perigo, na galeria militar do século, ao mesmo tempo que desmentia uma doutrina bramânica. Com efeito, está nas leis de Manu, que dos braços de Brama nasceram os guerreiros, e do ventre os agricultores e comerciantes; o pai do Nicolau, adquirindo o despacho de capitão, corrigia esse ponto da anatomia gentílica. O outro comerciante, que com ele competia em tudo, embora familiares e amigos, apenas teve notícia do despacho, foi também levar a sua pedra ao cais. Desgraçadamente, o despeito de ter ficado atrás alguns dias, sugeriu-lhe um arbítrio de mau gosto e, no nosso caso, funesto; foi assim que ele pediu ao vice-rei outro posto de oficial do cais (tal era o nome dado aos agraciados por aquele motivo) para um filho de sete anos. O vice-rei hesitou; mas o pretendente, além de duplicar o donativo, meteu grandes empenhos, e o menino saiu nomeado alferes. Tudo correu em segredo; o pai de Nicolau só teve notícia do caso no domingo próximo, na igreja do Carmo, ao ver os dous, pai e filho, vindo o menino com uma fardinha, que, por galanteria, lhe meteram no corpo. Nicolau, que também ali estava, fez-se lívido; depois, num ímpeto, atirou-se sobre o jovem alferes e rasgou-lhe a farda, antes que os pais pudessem acudir. Um escândalo. O rebuliço do povo, a indignação dos devotos, as queixas do agredido, interromperam por alguns instantes as cerimônias eclesiásticas. Os pais trocaram algumas palavras acerbas, fora, no adro, e ficaram brigados para todo o sempre.

— Este rapaz há de ser a nossa desgraça! bradava o pai de Nicolau, em casa, depois do episódio.

Nicolau apanhou então muita pancada, curtiu muita dor, chorou, soluçou; mas de emenda cousa nenhuma. Os brinquedos dos outros meninos não ficaram menos expostos. O mesmo passou a acontecer às roupas. Os meninos mais ricos do bairro não saíam fora senão com as mais modestas vestimentas caseiras, único modo de escapar às unhas de Nicolau. Com o andar do tempo, estendeu ele a aversão às próprias caras, quando eram bonitas, ou tidas como tais. A rua em que ele residia, contava um sem-número de caras quebradas, arranhadas, conspurcadas. As cousas chegaram a tal ponto, que o pai resolveu trancá-lo em casa durante uns três ou quatro meses. Foi um paliativo, e, como tal, excelente. Enquanto durou a reclusão, Nicolau mostrou-se nada menos que angélico; fora daquele sestro mórbido, era meigo, dócil, obediente, amigo da família, pontual nas rezas. No fim dos quatro meses, o pai soltou-o; era tempo de o meter com um professor de leitura e gramática.

— Deixe-o comigo, disse o professor; deixe-o comigo, e com esta (apontava para a palmatória)... Com esta, é duvidoso que ele tenha vontade de maltratar os companheiros.

Frívolo! três vezes frívolo professor! Sim, não há dúvida, que ele conseguiu poupar os meninos bonitos e as roupas vistosas, castigando as primeiras investidas do pobre Nicolau; mas em que é que este sarou da moléstia? Ao contrário, obrigado a conter-se, a engolir o impulso, padecia dobrado, fazia-se mais lívido, com reflexo de verde bronze; em certos casos, era compelido a voltar os olhos ou fechá-los, para não arrebentar, dizia ele. Por outro lado, se deixou de perseguir os mais graciosos ou melhor adornados, não perdoou aos que se mostravam mais adiantados no estudo; espancava-os, tirava-lhes os livros, e lançava-os fora, nas praias ou no mangue. Rixas, sangue, ódios, tais eram os frutos da vida, para ele, além das dores cruéis que padecia, e que a família teimava em não entender. Se acrescentarmos que ele não pôde estudar nada seguidamente, mas a trancos, e mal, como os vagabundos comem, nada fixo, nada metódico, teremos visto algumas das dolorosas conseqüências do fato mórbido, oculto e desconhecido. O pai, que sonhava para o filho a Universidade, vendo-se obrigado a estrangular mais essa ilusão, esteve prestes a amaldiçoá-lo; foi a mãe que o salvou.

Saiu um século, entrou outro, sem desaparecer a lesão do Nicolau. Morreu-lhe o pai em 1807 e a mãe em 1809; a irmã casou com um médico holandês, treze meses depois. Nicolau passou a viver só. Tinha vinte e três anos; era um dos petimetres da cidade, mas um singular petimetre, que não podia encarar nenhum outro, ou fosse mais gentil de feições, ou portador de algum colete especial sem padecer uma dor violenta, tão violenta, que o obrigava às vezes a trincar o beiço até deitar sangue. Tinha ocasiões de cambalear; outras de escorrer-lhe pelo canto da boca um fio quase imperceptível de espuma. E o resto não era menos cruel. Nicolau ficava então ríspido; em casa achava tudo mau, tudo incômodo, tudo nauseabundo; feria a cabeça aos escravos com os pratos, que iam partir-se também, e perseguia os cães, a pontapés; não sossegava dez minutos, não comia, ou comia mal. Enfim dormia; e ainda bem que dormia. O sono reparava tudo. Acordava lhano e meigo, alma de patriarca, beijando os cães entre as orelhas, deixando-se lamber por eles, dando-lhes do melhor que tinha, chamando aos escravos as cousas mais familiares e ternas. E tudo, cães e escravos, esqueciam as pancadas da véspera, e acudiam às vozes dele obedientes, namorados, como se este fosse o verdadeiro senhor, e não o outro.

Um dia, estando ele em casa da irmã, perguntou-lhe esta por que motivo não adotava uma carreira qualquer, alguma cousa em que se ocupasse, e...

— Tens razão, vou ver, disse ele.

Interveio o cunhado e opinou por um emprego na diplomacia. O cunhado principiava a desconfiar de alguma doença e supunha que a mudança de clima bastava a restabelecê-lo. Nicolau arranjou uma carta de apresentação, e foi ter com o ministro de estrangeiros. Achou-o rodeado de alguns oficiais da secretaria, prestes a ir ao paço, levar a notícia da segunda queda de Napoleão, notícia que chegara alguns minutos antes. A figura do ministro, as circunstâncias do momento, as reverências dos oficiais, tudo isso deu um tal rebate ao coração do Nicolau, que ele não pôde encarar o ministro. Teimou, seis ou oito vezes, em levantar os olhos, e da única em que o conseguiu fizeram-se-lhe tão vesgos, que não via ninguém, ou só uma sombra, um vulto, que lhe doía nas pupilas ao mesmo tempo que a face ia ficando verde. Nicolau recuou, estendeu a mão trêmula ao reposteiro, e fugiu.

— Não quero ser nada! disse ele à irmã, chegando a casa; fico com vocês e os meus amigos.

Os amigos eram os rapazes mais antipáticos da cidade, vulgares e ínfimos. Nicolau escolhera-os de propósito. Viver segregado dos principais era para ele um grande sacrifício; mas, como teria de padecer muito mais vivendo com eles, tragava a situação. Isto prova que ele tinha um certo conhecimento empírico do mal e do paliativo. A verdade é que, com esses companheiros, desapareciam todas as perturbações fisiológicas do Nicolau. Ele fitava-os sem lividez, sem olhos vesgos, sem cambalear, sem nada. Além disso, não só eles lhe poupavam a natural irritabilidade, como porfiavam em tornar-lhe a vida, senão deliciosa, tranqüila; e para isso, diziam-lhe as maiores finezas do mundo, em atitudes cativas, ou com uma certa familiaridade inferior. Nicolau amava em geral as naturezas subalternas, como os doentes amam a droga que lhes restitui a saúde; acariciava-as paternalmente, dava-lhes o louvor abundante e cordial, emprestava-lhes dinheiro, distribuía-lhes mimos, abria-lhes a alma...

Veio o grito do Ipiranga; Nicolau meteu-se na política. Em 1823 vamos achá-lo na Constituinte. Não há que dizer ao modo por que ele cumpriu os deveres do cargo. Íntegro, desinteressado, patriota, não exercia de graça essas virtudes públicas, mas à custa de muita tempestade moral. Pode-se dizer, metaforicamente, que a freqüência da câmara custava-lhe sangue precioso. Não era só porque os debates lhe pareciam insuportáveis, mas também porque lhe era difícil encarar certos homens, especialmente em certos dias. Montezuma, por exemplo, parecia-lhe balofo, Vergueiro, maçudo, os Andradas, execráveis. Cada discurso, não só dos principais oradores, mas dos secundários, era para o Nicolau verdadeiro suplício. E, não obstante, firme, pontual. Nunca a votação o achou ausente; nunca o nome dele soou sem eco pela augusta sala. Qualquer que fosse o seu desespero, sabia conter-se e pôr a idéia da pátria acima do alívio próprio. Talvez aplaudisse *in petto* o decreto da dissolução. Não afirmo; mas há bons fundamentos para crer que o Nicolau, apesar das mostras exteriores, gostou de ver dissolvida a assembléia. E se essa conjectura é verdadeira, não menos o será esta outra: — que a deportação de alguns dos chefes constituintes, declarados inimigos públicos, veio aguar-lhe aquele prazer. Nicolau, que padecera com os discursos deles, não menos padeceu com o exílio, posto lhes desse um certo relevo. Se ele também fosse exilado!

— Você podia casar, mano, disse-lhe a irmã.

— Não tenho noiva.

— Arranjo-lhe uma. Valeu?

Era um plano do marido. Na opinião deste, a moléstia do Nicolau estava descoberta; era um verme do baço, que se nutria da dor do paciente, isto é, de uma secreção especial, produzida pela vista de alguns fatos, situações ou pessoas. A questão era matar o verme; mas, não conhecendo nenhuma substância química própria a destruí-lo, restava o recurso de obstar à secreção, cuja ausência daria igual resultado. Portanto, urgia casar o Nicolau, com alguma moça bonita e prendada, separá-lo do povoado, metê-lo em alguma fazenda, para onde levaria a melhor baixela, os melhores trastes, os mais reles amigos, etc.

— Todas as manhãs, continuou ele, receberá o Nicolau um jornal que vou mandar imprimir com o único fim de lhe dizer as cousas mais agradáveis do mundo, e dizê-las nominalmente, recordando os seus modestos, mas profícuos trabalhos da Constituinte, e atribuindo-lhe muitas aventuras, namoradas, agudezas de espírito, rasgos de coragem. Já falei ao almirante holandês para consentir que, de quando em quando, vá ter com Nicolau algum dos nossos oficiais dizer-lhe que não podia voltar para a Haia sem a honra de contemplar um cidadão tão eminente e simpático, em quem se reúnem qualidades raras, e, de ordinário, dispersas. Você, se puder alcançar de alguma modista, a Gudin, por exemplo, que ponha o nome de Nicolau em um chapéu ou mantelete, ajudará muito a cura de seu mano. Cartas amorosas anônimas, enviadas pelo correio, são um recurso eficaz... Mas comecemos pelo princípio, que é casá-lo.

Nunca um plano foi mais conscienciosamente executado. A noiva escolhida era a mais esbelta, ou uma das mais esbeltas da capital. Casou-os o próprio bispo. Recolhido à fazenda, foram com ele somente alguns de seus mais triviais amigos; fez-se o jornal, mandaram-se as cartas, peitaram-se as visitas. Durante três meses tudo caminhou às mil maravilhas. Mas a natureza, apostada em lograr o homem, mostrou ainda desta vez que ela possui segredos inopináveis. Um dos meios de agradar ao Nicolau era elogiar a beleza, a elegância e as virtudes da mulher; mas a moléstia caminhara, e o que parecia remédio excelente foi simples agravação do mal. Nicolau, ao fim de certo tempo, achava ociosos e excessivos tantos elogios à mulher, e bastava isto a impacientá-lo, e a impaciência a produzir-lhe a fatal secreção. Parece mesmo que chegou ao ponto de não poder encará-la muito tempo, e a encará-la mal; vieram algumas rixas, que seriam o princípio de uma separação, se ela não morresse daí a pouco. A dor do Nicolau foi profunda e verdadeira; mas a cura interrompeu-se logo, porque ele desceu ao Rio de Janeiro, onde o vamos achar, tempos depois, entre os revolucionários de 1831.

Conquanto pareça temerário dizer as causas que levaram o Nicolau para o Campo da Aclamação,[1] na noite de 6 para 7 de abril, penso que não estará longe da verdade quem supuser que — foi o raciocínio de um ateniense célebre e anônimo. Tanto os que diziam bem, como os que diziam mal do imperador, tinham enchido as medidas ao Nicolau. Esse homem, que inspirava entusiasmos e ódios, cujo nome era repetido onde quer que o Nicolau estivesse, na rua, no teatro, nas casas alheias, tornou-se uma verdadeira perseguição mórbida, daí o fervor com que ele meteu a mão no movimento de 1831. A abdicação foi um alívio. Verdade é que a Regência o achou dentro de pouco tempo entre os seus adversários; e há quem afirme que ele se filiou ao partido caramuru ou restaurador, posto não ficasse prova do ato. O que é certo é que a vida pública do Nicolau cessou com a Maioridade.

1. Atual Praça da República.

A doença apoderara-se definitivamente do organismo. Nicolau ia, a pouco e pouco, recuando na solidão. Não podia fazer certas visitas, freqüentar certas casas. O teatro mal chegava a distraí-lo. Era tão melindroso o estado dos seus órgãos auditivos, que o ruído dos aplausos causava-lhe dores atrozes. O entusiasmo da população fluminense para com a famosa Candiani e a Meréia, mas a Candiani principalmente, cujo carro puxaram alguns braços humanos, obséquio tanto mais insigne quanto que o não fariam ao próprio Platão, esse entusiasmo foi uma das maiores mortificações do Nicolau. Ele chegou ao ponto de não ir mais ao teatro, de achar a Candiani insuportável, e preferir a *Norma* dos realejos à da prima-dona. Não era por exageração de patriota que ele gostava de ouvir o João Caetano, nos primeiros tempos; mas afinal deixou-o também, e quase que inteiramente os teatros.

— Está perdido! pensou o cunhado. Se pudéssemos dar-lhe um baço novo...

Como pensar em semelhante absurdo? Estava naturalmente perdido. Já não bastavam os recreios domésticos. As tarefas literárias a que se deu, versos de família, glosas a prêmio e odes políticas, não duraram muito tempo, e pode ser até que lhe dobrassem o mal. De fato, um dia, pareceu-lhe que essa ocupação era a cousa mais ridícula do mundo, e os aplausos ao Gonçalves Dias, por exemplo, deram-lhe idéia de um povo trivial e de mau gosto. Esse sentimento literário, fruto de uma lesão orgânica, reagiu sobre a mesma lesão, ao ponto de produzir graves crises, que o tiveram algum tempo na cama. O cunhado aproveitou o momento para desterrar-lhe da casa todos os livros de certo porte.

Explica-se menos o desalinho com que daí a meses começou a vestir-se. Educado com hábitos de elegância, era antigo freguês de um dos principais alfaiates da corte, o Plum, não passando um só dia em que não fosse pentear-se ao Desmarais e Gérard, *coiffeurs de la cour,* à Rua do Ouvidor. Parece que achou enfatuada esta denominação de cabeleireiros do paço, e castigou-os indo pentear-se a um barbeiro ínfimo. Quanto ao motivo que o levou a trocar de traje, repito que é inteiramente obscuro, e a não haver sugestão da idade, é inexplicável. A despedida do cozinheiro é outro enigma. Nicolau, por insinuação do cunhado, que o queria distrair, dava dois jantares por semana; e os convivas eram unânimes em achar que o cozinheiro dele primava sobre todos os da capital. Realmente os pratos eram bons, alguns ótimos, mas o elogio era um tanto enfático, excessivo, para o fim justamente de ser agradável ao Nicolau, e assim aconteceu algum tempo. Como entender, porém, que um domingo, acabado o jantar, que fora magnífico, despedisse ele um varão tão insigne, causa indireta de alguns dos seus mais deleitosos momentos na terra? Mistério impenetrável.

— Era um ladrão! foi a resposta que ele deu ao cunhado.

Nem os esforços deste nem os da irmã e dos amigos, nem os bens, nada melhorou o nosso triste Nicolau. A secreção do baço tornou-se perene, e o verme reproduziu-se aos milhões, teoria que não sei se é verdadeira, mas enfim era a do cunhado. Os últimos anos foram crudelíssimos. Quase se pode jurar que ele viveu então continuamente verde, irritado, olhos vesgos, padecendo consigo ainda muito mais do que fazia padecer aos outros. A menor ou maior cousa triturava-lhe os nervos: um bom discurso, um artista hábil, uma sege, uma gravata, um soneto, um dito, um sonho interessante, tudo dava de si uma crise.

Quis ele deixar-se morrer? Assim se poderia supor, ao ver a impassibilidade com que rejeitou os remédios dos principais médicos da corte; foi necessário recorrer à simulação, e dá-los, enfim, como receitados por um ignorantão do tempo. Mas era tarde. A morte levou-o ao cabo de duas semanas.

— Joaquim Soares? bradou atônito o cunhado, ao saber da verba testamentária do defunto, ordenando que o caixão fosse fabricado por aquele industrial. Mas os caixões desse sujeito não prestam para nada, e...

— Paciência! interrompeu a mulher; a vontade do mano há de cumprir-se.

NOTAS [DE MACHADO DE ASSIS]

NOTA A

"Deste modo, venha donde vier o reproche" .... ADVERTÊNCIA
"Não ousava fazer-lhe nenhuma queixa ou reproche." .... pág.

Cerca de dous anos para cá, recebi duas cartas anônimas, escritas por pessoa inteligente e simpática, em que me foi notado o uso do vocábulo *reproche.* Não sabendo como responda ao meu estimável correspondente, aproveito esta ocasião.

Reproche não é galicismo. Nem *reproche* nem *reprochar.* Morais cita, para o verbo, este trecho dos *Inéd.,* II, fl. 259: "hum non tinha que *reprochar* ao outro"; e aponta os lugares de Fernando de Lucena, Nunes de Leão e D. Francisco Manuel de Melo, em que se encontra o substantivo *reproche.* Os espanhóis também os possuem.

Resta a questão de eufonia. *Reproche* não parece malsoante. Tem contra si o desuso. Em todo caso, o vocábulo que lhe está mais próximo no sentido, *exprobração,* acho que é insuportável. Daí a minha insistência em preferir o outro, devendo notar-se que não o vou buscar para dar ao estilo um verniz de estranheza, mas quando a idéia o traz consigo.

NOTA B

A CHINELA TURCA .... pág.

Este conto foi publicado pela primeira vez, na *Época,* nº 1, de 14 de novembro de 1875. Trazia o pseudônimo de *Manassés,* com que assinei outros artigos daquela folha efêmera. O redator principal era um espírito eminente, que a política veio tomar às letras: Joaquim Nabuco. Posso dizê-lo sem indiscrição. Éramos poucos e amigos. O programa era não ter programa, como declarou o artigo inicial, ficando a cada redator plena liberdade de opinião, pela qual respondia exclusivamente. O tom (feita a natural reserva da parte de um colaborador) era elegante, literário, ático. A folha durou quatro números.

NOTA C

O SEGREDO DO BONZO .... pág.

Como se terá visto, não há aqui um simples *pastiche,* nem esta imitação foi feita com o fim de provar forças, trabalho que, se fosse só isso, teria bem pouco valor. Era-me preciso, para dar a possível realidade à invenção, colocá-la a distância grande, no espaço e no tempo; e para tornar a narração sincera, nada me pareceu melhor do que atribuí-la ao viajante escritor que tantas maravilhas disse. Para os curiosos acrescentarei que as palavras: *Atrás deixei narrado o que se passou nesta cidade Fuchéu,* — foram escritas com o fim de supor o capítulo intercalado nas *Peregrinações,* entre os caps. CCXIII e CCXIV.

O bonzo do meu escrito chama-se Pomada, e pomadistas os seus sectários. *Pomada* e *pomadista* são locuções familiares da nossa terra: é o nome local do charlatão e do charlatanismo.

NOTA D

"Era um saco de espantos" .... pág. 118

Em algumas linhas escritas para dar o último adeus a Artur de Oliveira, meu triste amigo, disse que era ele o original deste personagem. Menos a vaidade, que não tinha e salvo alguns rasgos mais acentuados, este Xavier era o Artur. Para completá-lo darei aqui mesmo aquelas linhas impressas na *Estação* de 31 de agosto último:

"Quem não tratou de perto este rapaz, morto a 21 do mês corrente, mal poderá entender a admiração e saudade que ele deixou.

"Conheci-o desde que chegou do Rio Grande do Sul, com dezessete ou dezoito anos de idade; e podem crer que era então o que foi aos trinta. Aos trinta lera muito, vivera muito; mas toda aquela pujança de espírito, todo esse raro temperamento literário que lhe admirávamos, veio com a flor da adolescência; desabrochara com os primeiros dias. Era a mesma torrente de idéias, a mesma fulguração de imagens. Há algumas semanas, em escrito que viu a luz na *Gazeta de Notícias,* defini a alma de um personagem com esta espécie de hebraísmo: — chameilhe um saco de espantos. Esse personagem (posso agora dizê-lo) era, em algumas partes, o nosso mesmo Artur, com a sua poderosa loqüela e extraordinária fantasia. Um saco de espantos. Mas, se o da minha invenção morreu exausto de espírito, não aconteceu o mesmo a Artur de Oliveira, que pôde alguma vez ficar prostrado, mas não exauriu nunca a força genial que possuía.

"Um organismo daqueles era naturalmente irrequieto. Minas o viu, pouco depois, no colégio dos padres do Caraça, começando os estudos, que interrompeu logo para continuá-los na Europa. Na Europa travou relações literárias de muito peso; Teófilo Gauthier, entre outros, queria-lhe muito, apreciava-lhe a alta compreensão artística, a natureza impetuosa e luminosa, os deslumbramentos súbitos de raio. *Venez, père de la foudre!* dizia-lhe ele, mal o Artur assomava à porta. E o Artur, assim definido familiarmente pelo grande artista, entrava no templo, palpitante da divindade, admirativo como tinha de ser até à morte. Sim, até à morte. Gauthier foi uma das religiões que o consolaram. Sete dias antes de o perdermos, isto é, a 14 deste mês, prostrado na cama, roído pelo dente cruel da tísica, escrevia-me ele a propósito de um prato do jantar. 'O verde das couves espanejava-se em uma onda de pirão, cor de ouro. A palheta de Ruysdael, pelo incendido do ouro, não hesitaria um só instante, em assinar esse pirão *mirabolante,* como diria o grande e divino Teo...' Grande e divino! Vede bem que esta admiração é de um moribundo, refere-se a um morto, e fala na intimidade da correspondência particular. Onde outra mais sincera?

"Não escrevo uma biografia. A vida dele não é das que se escrevem; é das que são vividas, sentidas, amadas, sem jamais poderem converter-se à narração; tal qual os romances psicológicos, em que a urdidura dos fatos é breve ou nenhuma. Ultimamente, exercia o professorado no Colégio de Pedro II; mas a doença tomou-o entre as suas tenazes, para não o deixar mais.

"Não o deixou mais: comeu-lhe a seiva toda; desfibrou-o com a paciência dos grandes operários. Ele, como vimos, prestes a tropeçar na cova, regalava-se ainda das reminiscências literárias, evocava a palheta de Ruysdael, olhando para a vida que lhe ia sobreviver, a vida da arte que ele amou com fé religiosa, sem proveito para si, sem cálculo, sem ódios, sem invejas, sem desfalecimento. A doença fê-lo padecer muito; teve instantes de dor cruel, não raro de desespero e de lágrimas; mas, em podendo, reagia. Encararia alguma vez o enigma da morte? Poucas horas antes de morrer (perdoem-me esta recordação pessoal; é necessária), poucas horas antes de morrer, lia um livro meu, o das *Memórias Póstumas de Brás Cubas,* e dizia-me que interpretava agora melhor algumas de suas passagens. Talvez as que entendiam com a ocasião... E dizia-me aquilo serenamente, com uma força de ânimo rara, uma resignação de granito. Foi ao sair de uma dessas visitas, que escrevi estes versos, recordando os arrojos dele comparados com o atual estado. Não lhos mostrei; e dou-os aqui para os seus amigos:

"Sabes tu de um poeta enorme,
Que andar não usa
No chão, e cuja estranha musa,
Que nunca dorme,

Calça o pé melindroso e leve,
Como uma pluma,
De folha e flor, de sol e neve,
Cristal e espuma;

E mergulha, como Leandro,
A forma rara
No Pó, no Sena, em Guanabara,
E no 'Scamandro;

Ouve a Tupã e escuta a Momo,
Sem controvérsia,
E tanto adora o estudo, como
Adora a inércia;

Ora do fuste, ora da ogiva
Sair parece;
Ora o Deus do ocidente esquece
Pelo deus Siva;

Gosta do estrépito infinito,
Gosta das longas
Solidões em que se ouve o grito
Das arapongas;

E se ama o rápido besouro,
Que zumbe, zumbe,
E a mariposa que sucumbe
Na flama de ouro,

Vaga-lumes e borboletas
Da cor da chama,
Roxas, brancas, rajadas, pretas,
Não menos ama

Os hipopótamos tranqüilos,
E os elefantes,
E mais os búfalos nadantes,
E os crocodilos,

Como as girafas e as panteras,
Onças, condores,
Toda a casta de bestas-feras
E voadores.

Se não sabes quem ele seja,
Trepa de um salto,
Azul acima, onde mais alto
A águia negreja;

Onde morre o clamor iníquo
Dos violentos;
Onde não chega o riso oblíquo
Dos fraudulentos.

Então olha, de cima posto,
Para o oceano;
Verás num longo rosto humano
Teu mesmo rosto;

E hás de rir, não do riso antigo,
Potente e largo,
Riso de eterno moço amigo;
Mas de outro amargo,

Como o riso de um deus enfermo,
Que se aborrece
Da divindade, e que apetece
Também um termo..."

"Os amigos dele apreciarão o sentido desses versos. O público, em geral, nada tem com um homem que passou pela terra sem o convidar para cousa nenhuma, um forte engenho que apenas soube amar a arte, como tantos cristãos obscuros amaram a Igreja, e amar também aos seus amigos, porque era meigo, generoso e bom."

Nota E

A Sereníssima República .... pág. 135

Este escrito, publicado primeiro na *Gazeta de Notícias,* como outros do livro, é o único em que há um sentido restrito: — as nossas alternativas eleitorais. Creio que terão entendido isso mesmo, através da forma alegórica.

Nota F

Uma Visita de Alcibíades .... pág. 152

Este escrito teve um primeiro texto, que reformei totalmente mais tarde, não aproveitando mais do que a idéia. O primeiro foi dado com um pseudônimo e passou despercebido.

Nota

MACHADO DE ASSIS

HISTÓRIAS SEM DATA

SOBRE ESTA EDIÇÃO

Histórias sem Data teve sua 1ª ed. aparecida em 1884. Na sua folha-de-rosto se lê: "Machado de Assis / — / HISTÓRIAS SEM DATA / [Enumeram-se os 18 contos do livro] / — / Rio de Janeiro / B. L. Garnier — Livreiro-Editor / 71 — Rua do Ouvidor — 71 / — / 1884". Traz uma pequena errata com quatro correções.

M. de A. sem dúvida fez ligeira revisão do livro para uma 2ª ed., que só apareceu meses depois da sua morte, em 1909, em nova composição tipográfica. Nela se acrescentou na folha-de-rosto: "Nova edição revista". As alterações são mínimas, e corrigem-se os erros apontados na errata da 1ª ed. e alguns outros, restando, contudo, mais alguns que escaparam à revisão. Esta edição forneceu-nos o texto-base. Em alguns lugares, todavia, valemo-nos da 1ª ed., especialmente no que respeita a falhas de pontuação.

Todos os contos haviam sido publicados anteriormente em periódicos, entre fevereiro de 1883 e maio de 1884, 15 deles na *Gazeta de Notícias*.

*

Três anos antes da publicação de *HsD*, o aparecimento de *Memórias Póstumas de Brás Cubas* surgira como um marco da plena maturidade de M. de A. Este é o segundo livro de contos da nova fase — o primeiro é *Papéis Avulsos*, de 1882 —, e a maior parte das histórias contribui para que se conheçam as grandes diretrizes da ficção contística machadiana: a fantasia moralizante ("A Igreja do Diabo", "Conto Alexandrino", "As Academias de Sião"); os fortes perfis femininos de "Singular Ocorrência", "Capítulo dos Chapéus", "Uma Senhora", "A Senhora do Galvão" e "Noite de Almirante"; os perfis masculinos, igualmente marcantes, de "Anedota Pecuniária", "Último Capítulo", "Ex Cathedra"; os estudos de "personalidade aparente e personalidade profunda", como "Galeria Póstuma" e "Fulano"; "pinceladas históricas" da cidade do Rio de Janeiro, em "O Lapso" e "Cantiga de Esponsais". Em suma, uma antologia de obras-primas. (Cf. o Prefácio à ed. crítica do INL, pág. 12, edição que me foi de grande utilidade.)

O leitor descobrirá outras facetas do talento de M. de A. na agradável tarefa da leitura destas narrativas.

*

PEQUENA BIBLIOGRAFIA

Além dos livros já citados em *Papéis Avulsos,* consultar-se-ão com proveito:

TRISTÃO DE ATHAYDE (pseud. de Alceu Amoroso Lima).

"A Evolução do Conto no Brasil". In *Curso de Conto*. Acad. Bras. de Letras, Rio de Janeiro, 1958, págs. 18-20.

TRISTÃO DA CUNHA. "Contos de Machado de Assis". *Revista do Brasil*, 3ª fase. Rio de Janeiro, junho de 1939, págs. 23-27.

MUCIO LEÃO. "O Conto de Machado de Assis". In *Curso de Conto*, cit., págs. 109-131.

HERMANI LIMA. "O Conto, do Realismo aos Nossos Dias". In *A Literatura no Brasil*, vol. 2, Rio de Janeiro, Sul-Americana, 1955, págs. 229-245.

JOSUÉ MONTELLO. "O Conto Brasileiro de Machado de Assis a Monteiro Lobato". In *Curso de Conto*, cit., págs. 133-138.

MÁRIO MATOS. *Machado de Assis*. São Paulo, Nacional, 1939, págs. 285-314.

A. G. K.

ADVERTÊNCIA DA 1ª EDIÇÃO

De todos os contos que aqui se acham há dous que efetivamente não levam data expressa; os outros a têm, de maneira que este título *Histórias sem data* parecerá a alguns ininteligível, ou vago. Supondo, porém, que o meu fim é definir estas páginas como tratando, em substância, de cousas que não são especialmente do dia, ou de um certo dia, penso que o título está explicado. E é o pior que lhe pode acontecer, pois o melhor dos títulos é ainda aquele que não precisa de explicação.

M. DE A.

A IGREJA DO DIABO

I

De uma idéia mirífica

Conta um velho manuscrito beneditino que o Diabo, em certo dia, teve a idéia de fundar uma igreja. Embora os seus lucros fossem contínuos e grandes, sentia-se humilhado com o papel avulso que exercia desde séculos, sem organização, sem regras, sem cânones, sem ritual, sem nada. Vivia, por assim dizer, dos remanescentes divinos, dos descuidos e obséquios humanos. Nada fixo, nada regular. Por que não teria ele a sua igreja? Uma igreja do Diabo era o meio eficaz de combater as outras religiões, e destruí-las de uma vez.

— Vá, pois, uma igreja, concluiu ele. Escritura contra Escritura, breviário contra breviário. Terei a minha missa, com vinho e pão à farta, as minhas prédicas, bulas, novenas e todo o demais aparelho eclesiástico. O meu credo será o núcleo universal dos espíritos, a minha igreja uma tenda de Abraão. E depois, enquanto as outras religiões se combatem e se dividem, a minha igreja será única; não acharei diante de mim, nem Maomé, nem Lutero. Há muitos modos de afirmar; há só um de negar tudo.

Dizendo isto, o Diabo sacudiu a cabeça e estendeu os braços, com um gesto magnífico e varonil. Em seguida, lembrou-se de ir ter com Deus para comunicar-lhe a idéia, e desafiá-lo; levantou os olhos, acesos de ódio, ásperos de vingança, e disse consigo: —Vamos, é tempo. E rápido, batendo as asas, com tal estrondo que abalou todas as províncias do abismo, arrancou da sombra para o infinito azul.

II

Entre Deus e o Diabo

Deus recolhia um ancião, quando o Diabo chegou ao céu. Os serafins que engrinaldavam o recém-chegado, detiveram-se logo, e o Diabo deixou-se estar à entrada com os olhos no Senhor.

— Que me queres tu? perguntou este.

— Não venho pelo vosso servo Fausto,[1] respondeu o Diabo rindo, mas por todos os Faustos do século e dos séculos.

— Explica-te.

— Senhor, a explicação é fácil; mas permiti que vos diga: recolhei primeiro esse bom velho; dai-lhe o melhor lugar, mandai que as mais afinadas cítaras e alaúdes o recebam com os mais divinos coros...

1. Referência ao personagem do drama homônimo, do escritor alemão Johann Wolfgang Goethe (1749-1832). Fausto vende sua alma ao Diabo em troca de bens terrenos, mas consegue livrar-se do inferno graças à ação.

— Sabes o que ele fez? perguntou o Senhor, com os olhos cheios de doçura.

— Não, mas provavelmente é dos últimos que virão ter convosco. Não tarda muito que o céu fique semelhante a uma casa vazia, por causa do preço, que é alto. Vou edificar uma hospedaria barata; em duas palavras, vou fundar uma igreja. Estou cansado da minha desorganização, do meu reinado casual e adventício. É tempo de obter a vitória final e completa. E então vim dizer-vos isto, com lealdade, para que me não acuseis de dissimulação... Boa idéia, não vos parece?

— Vieste dizê-la, não legitimá-la, advertiu o Senhor.

— Tendes razão, acudiu o Diabo; mas o amor-próprio gosta de ouvir o aplauso dos mestres. Verdade é que neste caso seria o aplauso de um mestre vencido, e uma tal exigência... Senhor, desço à terra; vou lançar a minha pedra fundamental.

— Vai.

— Quereis que venha anunciar-vos o remate da obra?

— Não é preciso; basta que me digas desde já por que motivo, cansado há tanto da tua desorganização, só agora pensaste em fundar uma igreja?

O Diabo sorriu com certo ar de escárnio e triunfo. Tinha alguma idéia cruel no espírito, algum reparo picante no alforje da memória, qualquer cousa que, nesse breve instante da eternidade, o fazia crer superior ao próprio Deus. Mas recolheu o riso, e disse:

— Só agora concluí uma observação, começada desde alguns séculos, e é que as virtudes, filhas do céu, são em grande número comparáveis a rainhas, cujo manto de veludo rematasse em franjas de algodão. Ora, eu proponho-me a puxá-las por essa franja, e trazê-las todas para a minha igreja; atrás delas virão as de seda pura...

— Velho retórico! murmurou o Senhor.

— Olhai bem. Muitos corpos que ajoelham aos vossos pés, nos templos do mundo, trazem as anquinhas da sala e da rua, os rostos tingem-se do mesmo pó, os lenços cheiram aos mesmos cheiros, as pupilas centelham de curiosidade e devoção entre o livro santo e o bigode do pecado. Vede o ardor, — a indiferença, aos menos, — com que esse cavalheiro põe em letras públicas os benefícios que liberalmente espalha, — ou sejam roupas ou botas, ou moedas, ou quaisquer dessas matérias necessárias à vida... Mas não quero parecer que me detenho em cousas miúdas; não falo, por exemplo, da placidez com que este juiz de irmandade, nas procissões, carrega piedosamente ao peito o vosso amor e uma comenda... Vou a negócios mais altos...

Nisto os serafins agitaram as asas pesadas de fastio e sono. Miguel e Gabriel fitaram no Senhor um olhar de súplica. Deus interrompeu o Diabo.

— Tu és vulgar, que é o pior que pode acontecer a um espírito da tua espécie, replicou-lhe o Senhor. Tudo o que dizes ou digas está dito e redito pelos moralistas do mundo. É assunto gasto; e se não tens força, nem originalidade para renovar um assunto gasto, melhor é que te cales e te retires. Olha; todas as minhas legiões mostram no rosto os sinais vivos do tédio que lhes dás. Esse mesmo ancião parece enjoado; e sabes tu o que ele fez?

— Já vos disse que não.

— Depois de uma vida honesta, teve uma morte sublime. Colhido em um naufrágio, ia salvar-se numa tábua; mas viu um casal de noivos, na flor da vida, que se debatiam já com a morte; deu-lhes a tábua de salvação e mergulhou na eternidade. Nenhum público: a água e o céu por cima. Onde achas aí a franja de algodão?

— Senhor, eu sou, como sabeis, o espírito que nega.
— Negas esta morte?
— Nego tudo. A misantropia pode tomar aspecto de caridade; deixar a vida aos outros, para um misantropo, é realmente aborrecê-los...
— Retórico e sutil! exclamou o Senhor. Vai, vai, funda a tua igreja; chama todas as virtudes, recolhe todas as franjas, convoca todos os homens... Mas, vai! vai!
Debalde o Diabo tentou proferir alguma coisa[2] mais. Deus impusera-lhe silêncio; os serafins, a um sinal divino, encheram o céu com as harmonias de seus cânticos. O Diabo sentiu, de repente, que se achava no ar; dobrou as asas, e, como um raio, caiu na terra.

III

A boa nova aos homens

Uma vez na terra, o Diabo não perdeu um minuto. Deu-se pressa em enfiar a cogula beneditina, como hábito de boa fama, e entrou a espalhar uma doutrina nova e extraordinária, com uma voz que reboava nas entranhas do século. Ele prometia aos seus discípulos e fiéis as delícias da terra, todas as glórias, os deleites mais íntimos. Confessava que era o Diabo; mas confessava-o para retificar a noção que os homens tinham dele e desmentir as histórias que a seu respeito contavam as velhas beatas.
— Sim, sou o Diabo, repetia ele; não o Diabo das noites sulfúreas, dos contos soníferos, terror das crianças, mas o Diabo verdadeiro e único, o próprio gênio da natureza, a que se deu aquele nome para arredá-lo do coração dos homens. Vede-me gentil e airoso. Sou o vosso verdadeiro pai. Vamos lá: tomai daquele nome, inventado para meu desdouro, fazei dele um troféu e um lábaro, e eu vos darei tudo, tudo, tudo, tudo, tudo, tudo...
Era assim que falava, a princípio, para excitar o entusiasmo, espertar os indiferentes, congregar, em suma, as multidões ao pé de si. E elas vieram; e logo que vieram, o Diabo passou a definir a doutrina. A doutrina era a que podia ser na boca de um espírito de negação. Isso quanto à substância, porque, acerca da forma, era umas vezes sutil, outras cínica e deslavada.
Clamava ele que as virtudes aceitas deviam ser substituídas por outras, que eram as naturais e legítimas. A soberba, a luxúria, a preguiça foram reabilitadas, e assim também a avareza, que declarou não ser mais do que a mãe da economia, com a diferença que a mãe era robusta, e a filha uma esgalgada. A ira tinha a melhor defesa na existência de Homero; sem o furor de Aquiles, não haveria a *Ilíada*: "Musa, canta a cólera de Aquiles, filho de Peleu..." O mesmo disse da gula, que produziu as melhores páginas de Rabelais, e muitos bons versos do *Hissope*; virtude tão superior, que ninguém se lembra das batalhas de Luculo,[3] mas das suas ceias; foi a gula que real-

2. Uma das raríssimas ocorrências da variante *coisa* em livro de M. de Assis; deve-se provavelmente ao tipógrafo, e passou despercebida à revisão do autor, que sistematicamente escrevia *cousa*.
3. François Rabelais (c. 1494-1533), escritor francês, é autor do famoso romance satírico *Gargântua e Pantagruel*. O personagem Pantagruel é pintado como um filósofo epicurista, alegre bebedor e glutão. — *O Hissope* é um poema burlesco do escritor português Antônio Dinis da Cruz e Silva. — Luculo foi um político romano (séc. I a. C.), célebre principalmente pela ostentação de riqueza e pelo requinte de sua mesa.

mente o fez imortal. Mas, ainda pondo de lado essas razões de ordem literária ou histórica, para só mostrar o valor intrínseco daquela virtude, quem negaria que era muito melhor sentir na boca e no ventre os bons manjares, em grande cópia, do que os maus bocados, ou a saliva do jejum? Pela sua parte o Diabo prometia substituir a vinha do Senhor, expressão metafórica, pela vinha do Diabo, locução direta e verdadeira, pois não faltaria nunca aos seus com o fruto das mais belas cepas do mundo. Quanto à inveja, pregou friamente que era a virtude principal, origem de prosperidades infinitas; virtude preciosa, que chegava a suprir todas as outras, e ao próprio talento.

As turbas corriam atrás dele entusiasmadas. O Diabo incutia-lhes, a grandes golpes de eloqüência, toda a nova ordem de cousas, trocando a noção delas, fazendo amar as perversas e detestar as sãs.

Nada mais curioso, por exemplo, do que a definição que ele dava da fraude. Chamava-lhe o braço esquerdo do homem; o braço direito era a força; e concluía: Muitos homens são canhotos, eis tudo. Ora, ele não exigia que todos fossem canhotos; não era exclusivista. Que uns fossem canhotos, outros destros; aceitava a todos, menos os que não fossem nada. A demonstração, porém, mais rigorosa e profunda, foi a da venalidade. Um casuísta do tempo chegou a confessar que era um monumento de lógica. A venalidade, disse o Diabo, era o exercício de um direito superior a todos os direitos. Se tu podes vender a tua casa, o teu boi, o teu sapato, o teu chapéu, cousas que são tuas por uma razão jurídica e legal, mas que, em todo caso, estão fora de ti, como é que não podes vender a tua opinião, o teu voto, a tua palavra, a tua fé, cousas que são mais do que tuas, porque são a tua própria consciência, isto é, tu mesmo? Negá-lo é cair no absurdo e no contraditório. Pois não há mulheres que vendem os cabelos? não pode um homem vender uma parte do seu sangue para transfundi-lo a outro homem anêmico? e o sangue e os cabelos, partes físicas, terão um privilégio que se nega ao caráter, à porção moral do homem? Demonstrando assim o princípio, o Diabo não se demorou em expor as vantagens de ordem temporal ou pecuniária; depois, mostrou ainda que, à vista do preconceito social, conviria dissimular o exercício de um direito tão legítimo, o que era exercer ao mesmo tempo a venalidade e a hipocrisia, isto é, merecer duplicadamente.

E descia, e subia, examinava tudo, retificava tudo. Está claro que combateu o perdão das injúrias e outras máximas de brandura e cordialidade. Não proibiu formalmente a calúnia gratuita, mas induziu a exercê-la mediante retribuição, ou pecuniária, ou de outra espécie; nos casos, porém, em que ela fosse uma expansão imperiosa da força imaginativa, e nada mais, proibia receber nenhum salário, pois equivalia a fazer pagar a transpiração. Todas as formas de respeito foram condenadas por ele, como elementos possíveis de um certo decoro social e pessoal; salva, todavia, a única exceção do interesse. Mas essa mesma exceção foi logo eliminada, pela consideração de que o interesse, convertendo o respeito em simples adulação, era este o sentimento aplicado e não aquele.

Para rematar a obra, entendeu o Diabo que lhe cumpria cortar por toda a solidariedade humana. Com efeito, o amor do próximo era um obstáculo grave à nova instituição. Ele mostrou que essa regra era uma simples invenção de parasitas e negociantes insolváveis; não se devia dar ao próximo senão indiferença; em alguns casos, ódio ou desprezo. Chegou mesmo à demonstração de que a noção de próximo era errada, e citava esta frase de um padre de Nápoles, aquele fino e letrado Galiani, que escrevia a uma das marquesas do antigo regímen: "Leve a breca o próximo! Não há próximo!" A única hipótese em que ele permitia amar ao próximo era quando se tratasse de amar as damas alheias, porque essa espécie de amor tinha a particularidade de não ser outra cousa mais do que o amor do indivíduo a si mesmo. E como alguns discípulos achassem que uma tal explicação, por metafísica, escapava à compreensão das turbas, o Diabo recorreu a um apólogo: — Cem pessoas tomam ações de um banco, para as operações comuns; mas cada acionista não cuida realmente senão das seus dividendos: é o que acontece aos adúlteros. Este apólogo foi incluído no livro da sabedoria.

IV

Franjas e franjas

A previsão do Diabo verificou-se. Todas as virtudes cuja capa de veludo acabava em franja de algodão, uma vez puxadas pela franja, deitavam a capa às urtigas e vinham alistar-se na igreja nova. Atrás foram chegando as outras, e o tempo abençoou a instituição. A igreja fundara-se; a doutrina propagava-se; não havia uma região do globo que não a conhecesse, uma língua que não a traduzisse, uma raça que não a amasse. O Diabo alçou brados de triunfo.

Um dia, porém, longos anos depois notou o Diabo que muitos dos seus fiéis, às escondidas, praticavam as antigas virtudes. Não as praticavam todas, nem integralmente, mas algumas, por partes, e, como digo, às ocultas. Certos glutões recolhiam-se a comer frugalmente três ou quatro vezes por ano, justamente em dias de preceito católico; muitos avaros davam esmolas, à noite, ou nas ruas mal povoadas; vários dilapidadores do erário restituíam-lhe pequenas quantias; os fraudulentos falavam, uma ou outra vez, com o coração nas mãos, mas com o mesmo rosto dissimulado, para fazer crer que estavam embaçando os outros.

A descoberta assombrou o Diabo. Meteu-se a conhecer mais diretamente o mal, e viu que lavrava muito. Alguns casos eram até incompreensíveis, como o de um droguista do Levante, que envenenara longamente uma geração inteira, e, com o produto das drogas, socorria os filhos das vítimas. No Cairo achou um perfeito ladrão de camelos, que tapava a cara para ir às mesquitas. O diabo deu com ele à entrada de uma, lançou-lhe em rosto o procedimento; ele negou, dizendo que ia ali roubar o camelo de um *drogman*[4]; roubou-o, com efeito, à vista do Diabo e foi dá-lo de presente a um muezim, que rezou por ele a Alá. O manuscrito beneditino cita muitas outras descobertas extraordinárias, entre elas esta, que desorientou completamente o Diabo. Um dos seus melhores apóstolos era um calabrês, varão de cinqüenta anos, insigne falsificador de documentos, que possuía uma bela casa na campanha romana, telas, estátuas, biblioteca, etc. Era a fraude em pessoa; chegava a meter-se na cama

4. M. de A. usa a forma inglesa antiga (a atual é *dragman*), que tem como correspondentes ,em português *dragomano, drogomano, trugimão* e *turgimão,* formas derivadas do árabe e cujo significado é "intérprete".

para não confessar que estava são. Pois esse homem, não só não furtava ao jogo, como ainda dava gratificações aos criados. Tendo angariado a amizade de um cônego, ia todas as semanas confessar-se com ele, numa capela solitária; e, conquanto não lhe desvendasse nenhuma das suas ações secretas, benzia-se duas vezes, ao ajoelhar-se, e ao levantar-se. O Diabo mal pôde crer tamanha aleivosia. Mas não havia que duvidar; o caso era verdadeiro.

Não se deteve um instante. O pasmo não lhe deu tempo de refletir, comparar e concluir do espetáculo presente alguma cousa análoga ao passado. Voou de novo ao céu, trêmulo de raiva, ansioso de conhecer a causa secreta de tão singular fenômeno. Deus ouviu-o com infinita complacência; não o interrompeu, não o repreendeu, não triunfou, sequer, daquela agonia satânica. Pôs os olhos nele, e disse-lhe:

— Que queres tu, meu pobre Diabo? As capas de algodão têm agora franjas de seda, como as de veludo tiveram franjas de algodão. Que queres tu? é a eterna contradição humana.

O LAPSO

E vieram todos os oficiais... e o resto do povo, desde o pequeno até ao grande.

E disseram ao profeta Jeremias: Seja aceita a nossa súplica na tua presença.

JEREM. XLII, 1, 2.

Não me perguntem pela família do Dr. Jeremias Halma, nem o que é que ele veio fazer ao Rio de Janeiro, naquele ano de 1768, governando o Conde de Azambuja, que a princípio se disse o mandara buscar; esta versão durou pouco. Veio, ficou e morreu com o século. Posso afirmar que era médico e holandês. Viajara muito, sabia toda a química do tempo, e mais alguma; falava correntemente cinco ou seis línguas vivas e duas mortas. Era tão universal e inventivo, que dotou a poesia malaia com um novo metro, e engendrou uma teoria da formação dos diamantes. Não conto os melhoramentos terapêuticos, e outras muitas cousas, que o recomendam à nossa admiração. Tudo isso, sem ser casmurro, nem orgulhoso. Ao contrário, a vida e a pessoa dele eram como a casa que um patrício lhe arranjou na Rua do Piolho[5], casa singelíssima, onde ele morreu pelo natal de 1799. Sim, o Dr. Jeremias era simples, lhano, modesto, tão modesto que... Mas isto seria transtornar a ordem dum conto. Vamos ao princípio.

No fim da Rua do Ouvidor, que ainda não era a via dolorosa dos maridos pobres, perto da antiga Rua dos Latoeiros,[6] morava por esse tempo um tal Tomé Gonçalves, homem abastado, e, segundo algumas induções, vereador da câmara. Vereador ou não, este Tomé Gonçalves não tinha só dinheiro, tinha também dívidas, não poucas, nem todas recentes. O descuido podia explicar os seus atrasos, a velhacaria também; mas quem opinasse por uma ou outra dessas interpretações, mostraria que não sabe ler uma narração grave. Realmente, não valia a pena dar-se ninguém à tarefa de escrever algumas laudas de papel para dizer que houve, nos fins do século passado, um homem que, por velhacaria ou desleixo, deixava de pagar aos credores. A tradição afirma que este nosso concidadão era exato em todas as cousas, pontual nas obrigações mais vulgares, severo e até meticuloso. A verdade é que as ordens terceiras e irmandades que tinham a fortuna de o possuir (era irmão-remido de muitas, desde o tempo em que usava pagar), não lhe regateavam provas de afeição e apreço; e, se é certo que foi vereador, como tudo faz crer, pode-se jurar que o foi a contento da cidade.

Mas então...? Lá vou; nem é outra a matéria do escrito, senão esse curioso fenômeno, cuja causa, se a conhecemos, foi porque a descobriu o Dr. Jeremias. Em uma tarde de procissão, Tomé Gonçalves, trajado com o hábito de uma ordem terceira, ia segurando uma das varas do pálio, e caminhando com a placidez de um homem que

5. Atual Rua da Carioca.
6. Atual Gonçalves Dias.

não faz mal a ninguém. Nas janelas e ruas estavam muitos dos seus credores; dois[7] entretanto, na esquina do Beco das Cancelas (a procissão descia a Rua do Hospício[8]), depois de ajoelhados, rezados, persignados e levantados, perguntaram um ao outro, se não era tempo de recorrer à justiça.

— Que é que me pode acontecer? dizia um deles. Se brigar comigo, melhor; não me levará mais nada de graça. Não brigando, não lhe posso negar o que me pedir, e na esperança de receber os atrasados, vou fiando... Não, senhor; não pode continuar assim.

— Pela minha parte, acudiu o outro, se ainda não fiz nada, é por causa da minha dona, que é medrosa, e entende que não devo brigar com pessoa tão importante... Mas eu como ou bebo da importância dos outros? E as minhas cabeleiras?

Este era um cabeleireiro da Rua da Vala,[9] defronte da Sé, que vendera ao Tomé Gonçalves dez cabeleiras, em cinco anos, sem lhe haver nunca um real. O outro era alfaiate, e ainda maior credor que o primeiro. A procissão passara inteiramente; eles ficaram na esquina, ajustando o plano de mandar os meirinhos ao Tomé Gonçalves. O cabeleireiro advertiu que outros muitos credores só esperavam um sinal para cair em cima do devedor remisso; e o alfaiate lembrou a conveniência de meter na conjuração o Mata sapateiro, que vivia desesperado. Só a ele devia o Tomé Gonçalves mais de oitenta mil-réis. Nisso estavam, quando por trás deles ouviram uma voz, com sotaque estrangeiro, perguntando por que motivo conspiravam contra um homem doente. Voltaram-se, e, dando com o Dr. Jeremias, desbarretaram-se os dois credores, tomados de profunda veneração; em seguida disseram que tanto não era doente o devedor, que lá ia andando na procissão, muito teso, pegando uma das varas do pálio.

— Que tem isso? interrompeu o médico; ninguém lhes diz que está doente dos braços, nem das pernas...

— Do coração? do estômago?

— Nem coração, nem estômago, respondeu o Dr. Jeremias. E continuou, com muita doçura, que se tratava de negócios altamente especulativos, que não podia dizer ali, na rua, nem sabia mesmo se eles chegariam a entendê-lo. Se eu tiver de pentear uma cabeleira ou talhar um calção, — acrescentou para os não afligir, — é provável que não alcance as regras dos seus ofícios tão úteis, tão necessários ao Estado... Eh! eh! eh!

Rindo assim, amigavelmente cortejou-os e foi andando. Os dois credores ficaram embasbacados. O cabeleireiro foi o primeiro que falou, dizendo que a notícia do Dr. Jeremias não era tal que os devesse afrouxar no propósito de cobrar as dívidas. Se até os mortos pagam, ou alguém por eles, reflexionou o cabeleireiro, não é muito exigir aos doentes igual obrigação. O alfaiate, invejoso da pilhéria, fê-la sua cosendo-lhe este babado: — Pague e cure-se.

Não foi dessa opinião o Mata sapateiro, que entendeu haver alguma razão secreta nas palavras do Dr. Jeremias, e propôs que primeiro se examinasse bem o que era, e depois se resolvesse o mais idôneo. Convidaram então outros credores a um conciliábulo, no domingo próximo, em casa de uma D. Aninha, para as bandas do

7. Neste conto ocorre várias vezes a forma *dois*. Noutros, porém, alternam, às vezes até no mesmo parágrafo, as grafias *dous* e *dois,* o que testemunha a hesitação de M. de A. entre a forma tradicional e a viva.

8. Atual Buenos Aires.

9. Atual Uruguaiana.

Rossio,[10] a pretexto de um batizado. A precaução era discreta, para não fazer supor ao intendente da polícia que se tratava de alguma tenebrosa maquinação contra o Estado. Mal anoiteceu, começaram a entrar os credores, embuçados em capotes, e, como a iluminação pública só veio a principiar com o vice-reinado do conde de Resende, levava cada qual uma lanterna na mão, ao uso do tempo, dando assim ao conciliábulo um rasgo pinturesco e teatral. Eram trinta e tantos, perto de quarenta — e não eram todos.

A teoria de Ch. Lamb[11] acerca da divisão do gênero humano em duas grandes raças, é posterior ao conciliábulo do Rossio; mas nenhum outro exemplo a demonstraria melhor. Com efeito, o ar abatido ou aflito daqueles homens, o desespero de alguns, a preocupação de todos, estavam de antemão provando que a teoria do fino ensaísta é verdadeira, e que das duas grandes raças humanas, — a dos homens que emprestam, e a dos que pedem emprestado, — a primeira contrasta pela tristeza do gesto com as maneiras rasgadas e francas da segunda, *the open, trusting, generous manners of the other.* Assim que, naquela mesma hora, o Tomé Gonçalves, tendo voltado da procissão, regalava alguns amigos com os vinhos e galinhas que comprara fiado; ao passo que os credores estudavam às escondidas, com um ar desenganado e amarelo, algum meio de reaver o dinheiro perdido.

Longo foi o debate; nenhuma opinião chegava a concertar os espíritos. Uns inclinavam-se à demanda, outros à espera, não poucos aceitavam o alvitre de consultar o Dr. Jeremias. Cinco ou seis partidários deste parecer não o defendiam senão com a intenção secreta e disfarçada de não fazer cousa nenhuma; eram os servos do medo e da esperança. O cabeleireiro opunha-se-lhe, e perguntava que moléstia haveria que impedisse um homem de pagar o que deve. Mas o Mata sapateiro: — "Sr. compadre, nós não entendemos desses negócios; lembre-se que o doutor é estrangeiro, e que nas terras estrangeiras sabem cousas que nunca lembraram ao diabo. Em todo caso, só perdemos algum tempo e nada mais." Venceu este parecer; deputaram o sapateiro, o alfaiate e o cabeleireiro para entenderem-se com o Dr. Jeremias, em nome de todos, e o conciliábulo dissolveu-se na patuscada. Terpsícore bracejou e perneou diante deles as suas graças jucundas, e tanto bastou para que alguns esquecessem a úlcera secreta que os roía. *Eheu! fugaces...*[12] Nem mesmo a dor é constante.

No dia seguinte o Dr. Jeremias recebeu os três credores, entre sete e oito horas da manhã. "Entrem, entrem..." E com o seu largo carão holandês, e o riso derramado pela boca fora, como um vinho generoso de pipa que se rompeu, o grande médico veio em pessoa abrir-lhes a porta. Estudava nesse momento uma cobra, morta de véspera, no morro de Santo Antônio; mas a humanidade, costumava ele dizer, é anterior à ciência. Convidou os três a sentarem-se nas três únicas cadeiras devolutas; a quarta era a dele; as outras, umas cinco ou seis, estavam atulhadas de objetos de toda a casta.

Foi o Mata sapateiro quem expôs a questão; era dos três o que reunia maior cópia de talentos diplomáticos. Começou dizendo que o engenho do "Sr. doutor" ia salvar

10. Atual Praça Tiradentes.

11. Charles Lamb (1775-1834), ensaísta e poeta inglês, autor de *Ensaios de Elia* e *Contos Tirados de Shakespeare.*

12. Latim: "Ai dos fugitivos..."

da miséria uma porção de famílias, e não seria a primeira nem a última grande obra de um médico que, não desfazendo dos da terra, era o mais sábio de quantos cá havia desde o governo de Gomes Freire. Os credores de Tomé Gonçalves não tinham outra esperança. Sabendo que o "Sr. doutor" atribuía os atrasos daquele cidadão a uma doença, tinham assentado que primeiro se tentasse a cura, antes de qualquer recurso à justiça. A justiça ficaria para o caso de desespero. Era isto o que vinham dizer-lhe, em nome de dezenas de credores; desejavam saber se era verdade que, além de outros achaques humanos, havia o de não pagar as dívidas, se era mal incurável, e, não o sendo, se as lágrimas de tantas famílias...

— Há uma doença especial, interrompeu o Dr. Jeremias, visivelmente comovido, um lapso da memória; o Tomé Gonçalves perdeu inteiramente a noção de pagar. Não é por descuido, nem de propósito que ele deixa de saldar as contas; é porque esta idéia de pagar, de entregar o preço de uma cousa, varreu-se-lhe da cabeça. Conheci isto há dois meses, estando em casa dele, quando ali foi o prior do Carmo, dizendo que ia "pagar-lhe a fineza de uma visita". Tomé Gonçalves, apenas o prior se despediu, perguntou-me o que era *pagar*; acrescentou que, alguns dias antes, um boticário lhe dissera a mesma palavra, sem nenhum outro esclarecimento, parecendo-lhe até que já a ouvira a outras pessoas; por ouvi-la da boca do prior, supunha ser latim. Compreendi tudo; tinha estudado a moléstia em várias partes do mundo, e compreendi que ele estava atacado do lapso. Foi por isso que disse outro dia a estes dois senhores que não demandassem um homem doente.

— Mas então, aventurou o Mata, pálido, o nosso dinheiro está completamente perdido...

— A moléstia não é incurável, disse o médico.

— Ah!

— Não é; conheço e possuo a droga curativa, e já a empreguei em dous grandes casos: — um barbeiro, que perdera a noção do espaço, e, à noite, estendia a mão para arrancar as estrelas do céu, e uma senhora da Catalunha, que perdera a noção do marido. O barbeiro arriscou muitas vezes a vida, querendo sair pelas janelas mais altas das casas, como se estivesse ao rés-do-chão...

—Santo Deus! exclamaram os três credores.

— É o que lhes digo, continuou placidamente o médico. Quanto à dama catalã, a princípio confundia o marido com um licenciado Matias, alto e fino, quando o marido era grosso e baixo; depois com um capitão, D. Hermógenes, e, no tempo em que comecei a tratá-la, com um clérigo. Em três meses ficou boa. Chamava-se D. Agostinha.

Realmente, era uma droga miraculosa. Os três credores estavam radiantes de esperança; tudo fazia crer que o Tomé Gonçalves padecia do lapso, e, uma vez que a droga existia, e o médico a tinha em casa... Ah! mas aqui pegou o carro. O Dr. Jeremias não era familiar da casa do enfermo, embora entretivesse relações com ele; não podia ir oferecer-lhe os seus préstimos. Tomé Gonçalves não tinha parentes que tomassem a responsabilidade de convidar o médico, nem os credores podiam tomá-la a si. Mudos, perplexos, consultaram-se com os olhos. Os do alfaiate, como os do cabeleireiro, exprimiram este alvitre desesperado: cotizarem-se os credores, e, mediante uma quantia grossa e apetitosa, convidarem o Dr. Jeremias à cura; talvez o interesse... Mas o ilustre Mata viu o perigo de um tal propósito, porque o doente podia não ficar bom, e a perda seria dobrada. Grande era a angústia; tudo parecia perdido. O médico rolava entre os dedos a boceta de rapé, esperando que eles se fossem embora, não impaciente, mas risonho. Foi então que o Mata, como um capitão dos grandes dias, viu o ponto fraco do inimigo; advertiu que as suas primeiras palavras tinham comovido o médico, e tornou às lágrimas das famílias, aos filhos sem pão, porque eles não eram senão uns tristes oficiais de ofício ou mercadores de pouca fazenda, ao passo que o Tomé Gonçalves era rico. Sapatos, calções, capotes, xaropes, cabeleiras, tudo o que lhes custava dinheiro, tempo e saúde... Saúde, sim, senhor; os calos de suas mãos mostravam bem que o ofício era duro; e o alfaiate, seu amigo, que ali estava presente, e que entisicava, às noites, à luz de uma candeia, zás-que-darás, puxando a agulha...

Magnânimo Jeremias! Não o deixou acabar; tinha os olhos úmidos de lágrimas. O acanho de suas maneiras era compensado pelas expansões de um coração pio e humano. Pois, sim; ia tentar o curativo, ia pôr a ciência ao serviço de uma causa justa. Demais, a vantagem era também e principalmente do próprio Tomé Gonçalves, cuja fama andava abocanhada, por um motivo em que ele tinha tanta culpa como o doudo que pratica uma iniqüidade. Naturalmente, a alegria dos deputados traduziu-se em rapapés infindos e grandes louvores aos insignes merecimentos do médico. Este cortou-lhes modestamente o discurso, convidando-os a almoçar, obséquio que eles não aceitaram, mas agradeceram com palavras cordialíssimas. E, na rua, quando ele já as não podia ouvir, não se fartavam de elogiar-lhe a ciência, a bondade, a generosidade, a delicadeza, os modos tão simples! tão naturais!

Desde esse dia começou Tomé Gonçalves a notar a assiduidade do médico, e, não desejando outro cousa, porque lhe queria muito, fez tudo o que lhe lembrou por atá-lo de vez aos seus penates. O lapso do infeliz era completo; tanto a idéia de pagar, como as idéias correlatas de *credor, dívida, saldo*, e outras tinham-se-lhe apagado da memória, constituindo-lhe assim um largo furo no espírito. Temo que se me argua de comparações extraordinárias, mas o abismo de Pascal é o que mais prontamente vem ao bico da pena. Tomé Gonçalves tinha a abismo de Pascal, não ao lado, mas dentro de si mesmo, e tão profundo que cabiam nele mais de sessenta credores que se debatiam lá embaixo com o ranger de dentes da Escritura. Urgia extrair todas esses infelizes e entulhar a buraco.

Jeremias fez crer ao doente que andava abatido, e, para retemperá-lo, começou a aplicar-lhe a droga. Não bastava a droga; era mister um tratamento subsidiário, porque a cura operava-se de dous modos: — o modo geral e abstrato, restauração da idéia de pagar, com todas as noções correlatas — era a parte confiada à droga; e o modo particular e concreto, insinuação ou designação de uma certa dívida e de um certo credor — era a parte do médico. Suponhamos que o credor escolhido era o sapateiro. O médico levava o doente às lojas de sapatos, para assistir à compra e venda da mercadoria, e ver uma e muitas vezes a ação de pagar; falava da fabricação e venda das sapatos no resto do mundo, cotejava os preços do calçado naquele ano de 1768 com o que tinha trinta ou quarenta anos antes; fazia com que o sapateiro fosse dez, vinte vezes à casa de Tomé Gonçalves levar a conta e pedir o dinheiro, e cem outras estratagemas. Assim com o alfaiate, o cabeleireiro, a segeiro, o boticário, um a um, levando mais tempo os primeiros, pela razão natural de estar a doença mais arraigada, e lucrando os últimos com o trabalho anterior, donde lhes vinha a compensação da demora.

Tudo foi pago. Não se descreve a alegria dos credores, não se transcrevem as bênçãos com que eles encheram o nome do Dr. Jeremias. "Sim, senhor, é um grande homem" bradavam em toda a parte. "Parece cousa de feitiçaria!", aventuravam as mulheres. Quanto ao Tomé Gonçalves, pasmado de tantas dívidas velhas, não se fartava de elogiar a longanimidade dos credores, censurando-os ao mesmo tempo pela acumulação.

— Agora, dizia-lhes, não quero contas de mais de oito dias.

— Nós é que lhe marcaremos o tempo, respondiam generosamente os credores.

Restava, entretanto, um credor. Esse era a mais recente, o próprio Dr. Jeremias, pelos honorários daquele serviço relevante. Mas, ai dele! a modéstia atou-lhe a língua. Tão expansivo era de coração, como acanhado de maneiras; e planeou três, cinco investidas, sem chegar a executar nada. E aliás era fácil: bastava insinuar-lhe a dívida pelo método usado em relação à dos outros; mas seria bonito? perguntava a si mesmo; seria decente? etc., etc. E esperava, ia esperando. Para não parecer que se lhe metia à cara, entrou a rarear as visitas; mas o Tomé Gonçalves ia ao casebre da Rua do Piolho, e trazia-o a jantar, a ceiar, a falar de cousas estrangeiras, em que era muito curioso. Nada de pagar. Jeremias chegou a imaginar que os credores... Mas os credores, ainda quando pudesse passar-lhes pela cabeça a idéia de ir lembrar a dívida, não chegariam a fazê-lo, porque a supunham paga antes de todas. Era o que diziam uns aos outros, entre muitas fórmulas da sabedoria popular: — Mateus, primeiro os teus — A boa justiça começa por casa — Quem é tolo pede a Deus que o mate, etc. Tudo falso; a verdade é que o Tomé Gonçalves, no dia em que falecera, tinha um só credor no mundo: — o Dr. Jeremias.

Este, nos fins do século, chegara à canonização. — "Adeus, grande homem!" dizia-lhe o Mata, ex-sapateiro, em 1798, de dentro da sege, que o levava à missa dos carmelitas. E o outro, curvo de velhice, melancolicamente, olhando para os bicos dos pés: — Grande homem, mas pobre-diabo.

ÚLTIMO CAPÍTULO

Há entre os suicidas um excelente costume, que é não deixar a vida sem dizer o motivo e as circunstâncias que os armam contra ela. Os que se vão calados, raramente é por orgulho; na maior parte dos casos ou não têm tempo, ou não sabem escrever. Costume excelente: em primeiro lugar, é um ato de cortesia, não sendo este mundo um baile, de onde um homem possa esgueirar-se antes do cotilhão; em segundo lugar, a imprensa recolhe e divulga os bilhetes póstumos, e o morto vive ainda um dia ou dois, às vezes uma semana mais.

Pois apesar da excelência do costume, era meu propósito sair calado. A razão é que, tendo sido caipora em minha vida toda, temia que qualquer palavra última pudesse levar-me alguma complicação à eternidade. Mas um incidente de há pouco trocou-me o plano, e retiro-me deixando, não só um escrito, mas dous.[13] O primeiro é o meu testamento, que acabo de compor e fechar, e está aqui em cima da mesa, ao pé da pistola carregada. O segundo é este resumo de autobiografia. E note-se que não dou o segundo escrito senão porque é preciso esclarecer o primeiro, que pareceria absurdo ou ininteligível, sem algum comentário. Disponho ali que, vendidos os meus poucos livros, roupa de uso e um casebre que possuo em Catumbi, alugado a um carpinteiro, seja o produto empregado em sapatos e botas novas, que se distribuirão por um modo indicado, e confesso que extraordinário. Não explicada a razão de um tal legado, arrisco a validade do testamento. Ora, a razão do legado brotou do incidente de há pouco, e o incidente liga-se à minha vida inteira.

Chamo-me Matias Deodato de Castro e Melo, filho do sargento-mor Salvador Deodato de Castro e Melo e de D. Maria da Soledade Pereira, ambos falecidos. Sou natural de Corumbá, Mato Grosso; nasci em 3 de março de 1820; tenho, portanto, cinqüenta e um anos, hoje, 3 de março de 1871.

Repito, sou um grande caipora, o mais caipora de todos os homens. Há uma locução proverbial, que eu literalmente realizei. Era em Corumbá; tinha sete para oito anos, embalava-me na rede, à hora da sesta, em um quartinho de telha-vã; a rede, ou por estar frouxa a argola, ou por impulso demasiado violento da minha parte, desprendeu-se de uma das paredes, e deu comigo no chão. Caí de costas; mas, assim mesmo de costas, quebrei o nariz, porque um pedaço de telha, mal seguro, que só esperava ocasião de vir abaixo, aproveitou a comoção e caiu também. O ferimento não foi grave nem longo; tanto que meu pai caçoou muito comigo. O cônego Brito, de tarde, ao ir tomar guaraná conosco, soube do episódio e citou o rifão, dizendo que era eu o primeiro que cumpria exatamente este absurdo de cair de costas e quebrar o nariz. Nem um nem outro imaginava que o caso era um simples início de cousas futuras.

13. V. nota 6.

Não me demoro em outros reveses da infância e da juventude. Quero morrer ao meio-dia, e passa de onze horas. Além disso, mandei fora o rapaz que me serve, e ele pode vir mais cedo, e interromper-me a execução do projeto mortal. Tivesse eu tempo, e contaria pelo miúdo alguns episódios doloridos, entre eles, o de umas cacetadas que apanhei por engano. Tratava-se do rival de um amigo meu, rival de amores e naturalmente rival derrubado. O meu amigo e a dama indignaram-se com as pancadas quando souberam da aleivosia do outro; mas aplaudiram secretamente a ilusão. Também não falo de alguns achaques que padeci. Corro ao ponto em que meu pai, tendo sido pobre toda a vida, morreu pobríssimo, e minha mãe não lhe sobreviveu dois meses. O cônego Brito, que acabava de sair eleito deputado, propôs então trazer-me ao Rio de Janeiro, e veio comigo, com a idéia de fazer-me padre; mas cinco dias depois de chegar morreu: Vão vendo a ação constante do caiporismo.

Fiquei só, sem amigos, nem recursos, com dezesseis anos de idade. Um cônego da Capela Imperial lembrou-se de fazer-me entrar ali de sacristão; mas, posto que tivesse ajudado muita missa em Mato Grosso, e possuísse algumas letras latinas, não fui admitido, por falta de vaga. Outras pessoas induziram-me então a estudar direito, e confesso que aceitei com resolução. Tive até alguns auxílios, a princípio; faltando-me eles depois, lutei por mim mesmo; enfim alcancei a carta de bacharel. Não me digam que isto foi uma exceção na minha vida caipora, porque o diploma acadêmico levou-me justamente a cousas mui graves; mas, como o destino tinha de flagelar-me, qualquer que fosse a minha profissão, não atribuo nenhum influxo especial ao grau jurídico. Obtive-o com muito prazer, isso é verdade; a idade moça, e uma certa superstição de melhora, faziam-me do pergaminho uma chave de diamante que iria abrir todas as portas da fortuna.

E, para principiar, a carta de bacharel não me encheu sozinha as algibeiras. Não, senhor; tinha ao lado dela umas outras, dez ou quinze, fruto de um namoro travado, no Rio de Janeiro, pela semana santa de 1842, com uma viúva mais velha do que eu sete ou oito anos, mas ardente, lépida e abastada. Morava com um irmão cego, na Rua do Conde;[14] não posso dar outras indicações. Nenhum dos meus amigos ignorava este namoro; dous deles até liam as cartas, que eu lhes mostrava, com o pretexto de admirar o estilo elegante da viúva, mas realmente para que vissem as finas cousas que ela me dizia. Na opinião de todos, o nosso casamento era certo, mais que certo; a viúva não esperava senão que eu concluísse os estudos. Um desses amigos, quando eu voltei graduado, deu-me os parabéns, acentuando a sua convicção com esta frase definitiva:

— O teu casamento é um dogma.

E, rindo, perguntou-me se por conta do dogma, poderia arranjar-lhe cinqüenta mil-réis; era para uma urgente precisão. Não tinha comigo os cinqüenta mil-réis; mas o *dogma* repercutia ainda tão docemente no meu coração, que não descansei em todo esse dia, até arranjar-lhos; fui levá-los eu mesmo, entusiasmado; ele recebeu-os cheio de gratidão. Seis meses depois foi ele quem casou com a viúva.

Não digo tudo o que então padeci; digo só que o meu primeiro impulso foi dar um tiro em ambos; e, mentalmente, cheguei a fazê-lo; cheguei a vê-los, moribundos, ar-

14. Atual Visconde do Rio Branco.

quejantes, pedirem-me perdão. Vingança hipotética; na realidade, não fiz nada. Eles casaram-se, e foram ver do alto da Tijuca a ascensão da lua-de-mel. Eu fiquei relendo as cartas da viúva. "Deus, que me ouve (dizia uma delas), sabe que o meu amor é eterno, e que eu sou tua, eternamente tua..." E, no meu atordoamento, blasfemava comigo: — Deus é um grande invejoso; não quer outra eternidade ao pé dele, e por isso desmentiu a viúva: — nem outro dogma além do católico, e por isso desmentiu o meu amigo. Era assim que eu explicava a perda da namorada e dos cinqüenta mil-réis.

Deixei a capital, e fui advogar na roça, mas por pouco tempo. O caiporismo foi comigo, na garupa do burro, e onde eu me apeei, apeou-se ele também. Vi-lhe o dedo em tudo, nas demandas que não vinham, nas que vinham e valiam pouco ou nada, e nas que, valendo alguma cousa, eram invariavelmente perdidas. Além de que os constituintes vencedores são em geral mais gratos que os outros, a sucessão de derrotas foi arredando de mim os demandistas. No fim de algum tempo, ano e meio, voltei à corte, e estabeleci-me com um antigo companheiro de ano: o Gonçalves.

Este Gonçalves era o espírito menos jurídico, menos apto para entestar com as questões de direito. Verdadeiramente era um pulha. Comparemos a vida mental a uma casa elegante: o Gonçalves não aturava dez minutos a conversa do salão, esgueirava-se, descia à copa e ia palestrar com os criados. Mas compensava essa qualidade inferior com certa lucidez, com a presteza de compreensão, nos assuntos menos árduos ou menos complexos, com a facilidade de expor, e, o que não era pouco para um pobre-diabo batido da fortuna, com uma alegria quase sem intermitências. Nos primeiros tempos, como as demandas não vinham, matávamos as horas com excelente palestra, animada e viva, em que a melhor parte era dele, ou falássemos de política, ou de mulheres, assunto que lhe era muito particular.

Mas as demandas vieram vindo; entre elas uma questão de hipoteca. Tratava-se da casa de um empregado da alfândega, Temístocles de Sá Botelho, que não tinha outros bens, e queria salvar a propriedade. Tomei conta do negócio. O Temístocles ficou encantado comigo: e, duas semanas depois, como eu lhe dissesse que não era casado, declarou-me rindo que não queria nada com solteirões. Disse-me outras cousas e convidou-me a jantar no domingo próximo. Fui; namorei-me da filha dele, D. Rufina, moça de dezenove anos, bem bonita, embora um pouco acanhada e meio morta. Talvez seja a educação, pensei eu. Casamo-nos poucos meses depois. Não convidei o caiporismo, é claro; mas na igreja, entre as barbas rapadas e as suíças lustrosas, pareceu-me ver o carão sardônico e o olhar oblíquo do meu cruel adversário. Foi por isso que, no ato mesmo de proferir a fórmula sagrada e definitiva do casamento, estremeci, hesitei, e, enfim, balbuciei a medo o que o padre me ditava...

Estava casado. Rufina não dispunha, é verdade, de certas qualidades brilhantes e elegantes; não seria, por exemplo, e desde logo, uma dona de salão. Tinha, porém, as qualidades caseiras, e eu não queria outras. A vida obscura bastava-me; e, contanto que ela ma enchesse, tudo iria bem. Mas esse era justamente o agro da empresa. Rufina (permitam-me esta figuração cromática) não tinha a alma negra de lady Macbeth, nem a vermelha de Cleópatra, nem a azul de Julieta, nem a alva de Beatriz, mas cinzenta e apagada como a multidão dos seres humanos. Era boa por apatia, fiel sem virtude, amiga sem ternura nem eleição. Um anjo a levaria ao céu, um diabo ao inferno, sem esforço em ambos os casos, e sem que, no primeiro, lhe coubesse a ela nenhuma glória, nem o menor desdouro no segundo. Era a passividade do sonâmbulo. Não tinha vaidades. O pai armou-me o casamento para ter um genro doutor; ela, não; aceitou-me como aceitaria um sacristão, um magistrado, um general, um empregado público, um alferes, e não por impaciência de casar, mas por obediência à família, e, até certo ponto, para fazer como as outras. Usavam-se maridos; ela queria usar também o seu. Nada mais antipático à minha própria natureza; mas estava casado.

Felizmente — ah! um felizmente neste último capítulo de um caipora, é, na verdade, uma anomalia; mas vão lendo, e verão que o advérbio pertence ao estilo, não à vida; é um modo de transição e nada mais. O que vou dizer não altera o que está dito. Vou dizer que as qualidades domésticas de Rufina davam-lhe muito mérito. Era modesta; não amava bailes, nem passeios, nem janelas. Vivia consigo. Não mourejava em casa, nem era preciso; para dar-lhe tudo, trabalhava eu, e os vestidos e chapéus, tudo vinha "das francesas", como então se dizia, em vez de modistas. Rufina, no intervalo das ordens que dava, sentava-se horas e horas, bocejando o espírito, matando o tempo, uma hidra de cem cabeças, que não morria nunca; mas, repito, com todas essas lacunas, era boa dona de casa. Pela minha parte, estava no papel das rãs que queriam um rei; a diferença é que, mandando-me Júpiter um cepo, não lhe pedi outro, porque viria a cobra e engolia-me. Viva o cepo! disse comigo. Nem conto estas cousas, senão para mostrar a lógica e a constância do meu destino.

Outro *felizmente*; e este não é só uma transição de frase. No fim de ano e meio, abotoou no horizonte uma esperança, e, a calcular pela comoção que me deu a notícia, uma esperança suprema e única. Era o desejado que chegava. Que desejado? Um filho. A minha vida mudou logo. Tudo me sorria como um dia de noivado. Preparei-lhe um recebimento régio; comprei-lhe um rico berço, que me custou bastante; era de ébano e marfim, obra acabada; depois, pouco a pouco, fui comprando o enxoval; mandei-lhe coser as mais finas cambraias, as mais quentes flanelas, uma linda touca de renda, comprei- lhe um carrinho, e esperei, esperei, pronto a bailar diante dele, como Davi diante da arca...[15] Ai, caipora! a arca entrou vazia em Jerusalém; o pequeno nasceu morto.

Quem me consolou no malogro foi o Gonçalves, que devia ser padrinho do pequeno, e era amigo, comensal e confidente nosso. — Tem paciência, disse-me: serei padrinho do que vier. E confortava-me, falava-me de outras cousas, com ternura de amigo. O tempo fez o resto. O próprio Gonçalves advertiu-me depois que, se o pequeno tinha de ser caipora, como eu dizia que era, melhor foi que nascesse morto.

— E pensas que não? redargüi.

Gonçalves sorriu; ele não acreditava no meu caiporismo. Verdade é que não tinha tempo de acreditar em nada; todo era pouco para ser alegre. Afinal, começara a converter-se à advocacia, já arrazoava autos, já minutava petições, já ia às audiências, tudo porque era preciso viver, dizia ele. E alegre sempre. Minha mulher achava-lhe muita graça, ria longamente dos ditos dele, e das anedotas, que às vezes eram picantes demais. Eu, a princípio, repreendia-o em particular, mas acostumei-me a elas. E

15. Cf. 2 Samuel, 6, 14.

depois, quem é que não perdoa as facilidades de um amigo, e de um amigo jovial? Devo dizer que ele mesmo se foi refreando, e dali a algum tempo, comecei a achar-lhe muita seriedade. — Estás namorado, disse-lhe um dia; e ele, empalidecendo, respondeu que sim, e acrescentou sorrindo, embora frouxamente, que era indispensável casar também. Eu, à mesa, falei do assunto.

— Rufina, você sabe que o Gonçalves vai casar?

— É caçoada dele, interrompeu vivamente o Gonçalves.

Dei ao diabo a minha indiscrição, e não falei mais nisso; nem ele. Cinco meses depois... A transição é rápida; mas não há meio de a fazer longa. Cinco meses depois, adoeceu Rufina, gravemente, e não resistiu oito dias; morreu de uma febre perniciosa.

Cousa singular: — em vida, a nossa divergência moral trazia a frouxidão dos vínculos, que se sustinham principalmente da necessidade e do costume. A morte, com o seu grande poder espiritual, mudou tudo. Rufina apareceu-me como a esposa que desce do Líbano, e a divergência foi substituída pela total fusão dos seres. Peguei da imagem, que enchia a minha alma, e enchi com ela a vida, onde outrora ocupara tão pouco espaço e por tão pouco tempo. Era um desafio à má estrela; era levantar o edifício da fortuna em pura rocha indestrutível. Compreendam-me bem; tudo o que até então dependia do mundo exterior, era naturalmente precário: as telhas caíam com o abalo das redes, as sobrepelizes recusavam-se aos sacristães, os juramentos das viúvas fugiam com os dogmas dos amigos, as demandas vinham trôpegas ou iam-se de mergulho; enfim, as crianças nasciam mortas. Mas a imagem de uma defunta era imortal. Com ela podia desafiar o olhar oblíquo do mau destino. A felicidade estava nas minhas mãos, presa, vibrando no ar as grandes asas de condor, ao passo que o caiporismo, semelhante a uma coruja, batia as suas na direção da noite e do silêncio...

Um dia, porém, convalescendo de uma febre, deu-me na cabeça inventariar uns objetos da finada e comecei por uma caixinha, que não fora aberta, desde que ela morreu, cinco meses antes. Achei uma multidão de cousas minúsculas, agulhas, linhas, entremeios, um dedal, uma tesoura, uma oração de S. Cipriano, um rol de roupa, outras quinquilharias, e um maço de cartas, atado por uma fita azul. Deslacei a fita e abri as cartas: eram do Gonçalves... Meio-dia! Urge acabar; o moleque pode vir, e adeus. Ninguém imagina como o tempo corre nas circunstâncias em que estou; os minutos voam como se fossem impérios, e, o que é importante nesta ocasião, as folhas de papel vão com eles.

Não conto os bilhetes brancos, os negócios abortados, as relações interrompidas; menos ainda outros acintes ínfimos da fortuna. Cansado e aborrecido, entendi que não podia achar a felicidade em parte nenhuma; fui além: acreditei que ela não existia na terra, e preparei-me desde ontem para o grande mergulho na eternidade. Hoje, almocei, fumei um charuto, e debrucei-me à janela. No fim de dez minutos, vi passar um homem bem trajado, fitando a miúdo os pés. Conhecia-o de vista; era uma vítima de grandes reveses, mas ia risonho, e contemplava os pés, digo mal, os sapatos. Estes eram novos, de verniz, muito bem talhados, e provavelmente cosidos a primor. Ele levantava os olhos para as janelas, para as pessoas, mas tornava-os aos sapatos, como por uma lei de atração, anterior e superior à vontade. Ia alegre; via-se-lhe no rosto a expressão da bem-aventurança. Evidentemente era feliz; e, talvez, não tivesse almoçado; talvez mesmo não levasse um vintém no bolso. Mas ia feliz, e contemplava as botas.

A felicidade será um par de botas? Esse homem, tão esbofeteado pela vida, achou finalmente um riso da fortuna. Nada vale nada. Nenhuma preocupação deste século, nenhum problema social ou moral, nem as alegrias da geração que começa, nem as tristezas da que termina, miséria ou guerra de classes, crises da arte e da política, nada vale, para ele, um par de botas. Ele fita-as, ele respira-as, ele reluz com elas, ele calca com elas o chão de um globo que lhe pertence. Daí o orgulho das atitudes, a rigidez dos passos, e um certo ar de tranqüilidade olímpica... Sim, a felicidade é um par de botas.

Não é outra a explicação do meu testamento. Os superficiais dirão que estou doudo, que o delírio do suicida define a cláusula do testador; mas eu falo para os sapientes e para os malfadados. Nem colhe a objeção de que era melhor gastar comigo as botas, que lego aos outros; não, porque seria único. Distribuindo-as, faço um certo número de venturosos. Eia, caiporas! que a minha última vontade seja cumprida. Boa noite, e calçai-vos!

CANTIGA DE ESPONSAIS

Imagine a leitora que está em 1813, na igreja do Carmo, ouvindo uma daquelas boas festas antigas, que eram todo o recreio público e toda a arte musical. Sabem o que é uma missa cantada; podem imaginar o que seria uma missa cantada daqueles anos remotos. Não lhe chamo a atenção para os padres e os sacristães, nem para o sermão, nem para os olhos das moças cariocas, que já eram bonitos nesse tempo, nem para as mantilhas das senhoras graves, os calções, as cabeleiras, as sanefas, as luzes, os incensos, nada. Não falo sequer da orquestra, que é excelente; limito-me a mostrar-lhes uma cabeça branca, a cabeça desse velho que rege a orquestra, com alma e devoção.

Chama-se Romão Pires; terá sessenta anos, não menos, nasceu no Valongo, ou por esses lados. É bom músico e bom homem; todos os músicos gostam dele. Mestre Romão é o nome familiar; e dizer familiar e público era a mesma cousa em tal matéria e naquele tempo. "Quem rege a missa é mestre Romão" — equivalia a esta outra forma de anúncio, anos depois: "Entra em cena o ator João Caetano"; — ou então: "O ator Martinho cantará uma de suas melhores árias". Era o tempero certo, o chamariz delicado e popular. Mestre Romão rege a festa! Quem não conhecia mestre Romão, com o seu ar circunspecto, olhos no chão, riso triste, e passo demorado? Tudo isso desaparecia à frente da orquestra; então a vida derramava-se por todo o corpo e todos os gestos do mestre; o olhar acendia-se, o riso iluminava-se: era outro. Não que a missa fosse dele; esta, por exemplo, que ele rege agora no Carmo é de José Maurício; mas ele rege-a com o mesmo amor que empregaria, se a missa fosse sua.

Acabou a festa; é como se acabasse um clarão intenso, e deixasse o rosto apenas alumiado da luz ordinária. Ei-lo que desce do coro, apoiado na bengala; vai à sacristia beijar a mão aos padres e aceita um lugar à mesa do jantar. Tudo isso indiferente e calado. Jantou, saiu, caminhou para a Rua da Mãe dos Homens,[16] onde reside, com um preto velho, pai José, que é a sua verdadeira mãe, e que neste momento conversa com uma vizinha.

— Mestre Romão lá vem, pai José, disse a vizinha.

— Eh! eh! adeus, sinhá, até logo.

Pai José deu um salto, entrou em casa, e esperou o senhor, que daí a pouco entrava com o mesmo ar do costume. A casa não era rica naturalmente; nem alegre. Não tinha o menor vestígio de mulher, velha ou moça, nem passarinhos que cantassem, nem flores, nem cores vivas ou jucundas. Casa sombria e nua. O mais alegre era um cravo, onde o mestre Romão tocava algumas vezes, estudando. Sobre uma cadeira, ao pé, alguns papéis de música; nenhuma dele...

Ah! se mestre Romão pudesse seria um grande compositor. Parece que há duas sortes de vocação, as que têm língua e as que a não têm. As primeiras realizam-se; as

16. Atual Rua da Alfândega.

últimas representam uma luta constante e estéril entre o impulso interior e a ausência de um modo de comunicação com os homens. Romão era destas. Tinha a vocação íntima da música; trazia dentro de si muitas óperas e missas, um mundo de harmonias novas e originais, que não alcançava exprimir e pôr no papel. Esta era a causa única da tristeza de mestre Romão. Naturalmente o vulgo não atinava com ela; uns diziam isto, outros aquilo: doença, falta de dinheiro, algum desgosto antigo; mas a verdade é esta: — a causa da melancolia de mestre Romão era não poder compor, não possuir o meio de traduzir o que sentia. Não é que não rabiscasse muito papel e não interrogasse o cravo, durante horas; mas tudo lhe saía informe, sem idéia nem harmonia. Nos últimos tempos tinha até vergonha da vizinhança, e não tentava mais nada.

E, entretanto, se pudesse, acabaria ao menos uma certa peça, um canto esponsalício, começado três dias depois de casado, em 1779. A mulher, que tinha então vinte e um anos, e morreu com vinte e três, não era muito bonita, nem pouco, mas extremamente simpática, e amava-o tanto como ele a ela. Três dias depois de casado, mestre Romão sentiu em si alguma cousa parecida com inspiração. Ideou então o canto esponsalício, e quis compô-lo; mas a inspiração não pôde sair. Como um pássaro que acaba de ser preso, e forceja por transpor as paredes da gaiola, abaixo, acima, impaciente, aterrado, assim batia a inspiração do nosso músico, encerrada nele sem poder sair, sem achar uma porta, nada. Algumas notas chegaram a ligar-se; ele escreveu-as; obra de uma folha de papel, não mais. Teimou no dia seguinte, dez dias depois, vinte vezes durante o tempo de casado. Quando a mulher morreu, ele releu essas primeiras notas conjugais, e ficou ainda mais triste, por não ter podido fixar no papel a sensação da felicidade extinta.

— Pai José, disse ele ao entrar, sinto-me hoje adoentado.

— Sinhô comeu alguma cousa que fez mal...

— Não; já de manhã não estava bom. Vai à botica...

O boticário mandou alguma cousa, que ele tomou à noite; no dia seguinte mestre Romão não se sentia melhor. É preciso dizer que ele padecia do coração: — moléstia grave e crônica. Pai José ficou aterrado, quando viu que o incômodo não cedera ao remédio, nem ao repouso, e quis chamar o médico.

— Para quê? disse o mestre. Isto passa.

O dia não acabou pior; e a noite suportou-a ele bem, não assim o preto, que mal pôde dormir duas horas. A vizinhança, apenas soube do incômodo, não quis outro motivo de palestra; os que entretinham relações com o mestre foram visitá-lo. E diziam-lhe que não era nada, que eram macacoas do tempo; um acrescentava graciosamente que era manha, para fugir aos capotes que o boticário lhe dava no gamão, — outro que eram amores. Mestre Romão sorria, mas consigo mesmo dizia que era o final.

— Está acabado, pensava ele.

Um dia de manhã, cinco depois da festa, o médico achou-o realmente mal; e foi isso o que ele lhe viu na fisionomia por trás das palavras enganadoras:

— Isto não é nada; é preciso não pensar em músicas...

Em músicas! justamente esta palavra do médico deu ao mestre um pensamento. Logo que ficou só, com o escravo, abriu a gaveta onde guardava desde 1779 o canto esponsalício começado. Releu essas notas arrancadas a custo, e não concluídas. E então teve uma idéia singular: — rematar a obra agora, fosse como fosse; qualquer cousa servia, uma vez que deixasse um pouco de alma na terra.

— Quem sabe? Em 1880, talvez se toque isto, e se conte que um mestre Romão...

O princípio do canto rematava em um certo *lá*; este *lá*, que lhe caía bem no lugar, era a nota derradeiramente escrita. Mestre Romão ordenou que lhe levassem o cravo para a sala do fundo, que dava para o quintal: era-lhe preciso ar. Pela janela viu na janela dos fundos de outra casa dous casadinhos de oito dias, debruçados, com os braços por cima dos ombros, e duas mãos presas. Mestre Romão sorriu com tristeza.

— Aqueles chegam, disse ele; eu saio. Comporei ao menos este canto que eles poderão tocar...

Sentou-se ao cravo; reproduziu as notas e chegou ao *lá*...

— *Lá, lá, lá...*

Nada, não passava adiante. E contudo, ele sabia música como gente.

Lá, dó... lá, mi... lá, si, dó, ré... ré... ré...

Impossível! nenhuma inspiração. Não exigia uma peça profundamente original, mas enfim alguma cousa, que não fosse de outro e se ligasse ao pensamento começado. Voltava ao princípio, repetia as notas, buscava reaver um retalho da sensação extinta, lembrava-se da mulher, dos primeiros tempos. Para completar a ilusão, deitava os olhos pela janela para o lado dos casadinhos. Estes continuavam ali, com as mãos presas e os braços passados nos ombros um do outro; a diferença é que se miravam agora, em vez de olhar para baixo. Mestre Romão, ofegante da moléstia e de impaciência, tornava ao cravo; mas a vista do casal não lhe suprira a inspiração, e as notas seguintes não soavam.

— *Lá... lá... lá...*

Desesperado, deixou o cravo, pegou do papel escrito e rasgou-o. Nesse momento, a moça, embebida no olhar do marido, começou a cantarolar à toa, inconscientemente, uma cousa nunca antes cantada nem sabida, na qual cousa um certo *lá* trazia após si uma linda frase musical, justamente a que mestre Romão procurara durante anos sem achar nunca. O mestre ouviu-a com tristeza, abanou a cabeça, e à noite expirou.

SINGULAR OCORRÊNCIA

— Há ocorrências bem singulares. Está vendo aquela dama que vai entrando na igreja da Cruz? Parou agora no adro para dar uma esmola.

— De preto?

— Justamente; lá vai entrando; entrou.

— Não ponha mais na carta. Esse olhar está dizendo que a dama é uma sua recordação de outro tempo, e não há de ser de muito tempo, a julgar pelo corpo: é moça de truz.

— Deve ter quarenta e seis anos.

— Ah! conservada. Vamos lá; deixe de olhar para o chão, e conte-me tudo. Está viúva, naturalmente?

— Não.

— Bem; o marido ainda vive. É velho?

— Não é casada.

— Solteira?

— Assim, assim. Deve chamar-se hoje D. Maria de tal. Em 1860 florescia com o nome familiar de Marocas. Não era costureira, nem proprietária, nem mestra de meninas; vá excluindo as profissões e lá chegará. Morava na Rua do Sacramento.[17] Já então era esbelta, e, seguramente, mais linda do que hoje; modos sérios, linguagem limpa. Na rua, com o vestido afogado, escorrido, sem espavento, arrastava a muitos, ainda assim.

— Por exemplo, ao senhor.

— Não, mas ao Andrade, um amigo meu, de vinte e seis anos, meio advogado, meio político, nascido nas Alagoas, e casado na Bahia, donde viera em 1859. Era bonita a mulher dele, afetuosa, meiga e resignada; quando os conheci, tinham uma filhinha de dois anos.

— Apesar disso, a Marocas...?

— É verdade, dominou-o. Olhe, se não tem pressa conto-lhe uma cousa interessante.

— Diga.

— A primeira vez que ele a encontrou, foi à porta da loja Paula Brito, no Rossio. Estava ali, viu a distância uma mulher bonita, e esperou, já alvoroçado, porque ele tinha em alto grau a paixão das mulheres. Marocas vinha andando, parando e olhando como quem procura alguma casa. Defronte da loja deteve-se um instante; depois, envergonhada e com medo, estendeu um pedacinho de papel ao Andrade, e perguntou-lhe onde ficava o número ali escrito. Andrade disse-lhe que do outro lado do Rossio, e ensinou-lhe a altura provável da casa. Ela cortejou com muita graça; ele ficou sem saber o que pensasse da pergunta.

17. Atual Av. Passos.

— Como eu estou.

— Nada mais simples: Marocas não sabia ler. Ele não chegou a suspeitá-lo. Viu-a atravessar o Rossio, que ainda não tinha estátua nem jardim, e ir à casa que buscava, ainda assim perguntando em outras. De noite foi ao Ginásio; dava-se a *Dama das Camélias*; Marocas estava lá, e, no último ato, chorou como uma criança. Não lhe digo nada; no fim de quinze dias amavam-se loucamente. Marocas despediu todos os seus namorados, e creio que não perdeu pouco; tinha alguns capitalistas bem bons. Ficou só, sozinha, vivendo para o Andrade, não querendo outra afeição, não cogitando de nenhum outro interesse.

— Como a Dama das Camélias.

— Justo. Andrade ensinou-lhe a ler. "Estou mestre-escola", disse-me ele um dia; e foi então que me contou a anedota do Rossio. Marocas aprendeu depressa. Compreende-se; o vexame de não saber, o desejo de conhecer os romances de que ele lhe falava, e finalmente o gosto de obedecer a um desejo dele, de lhe ser agradável... Não me encobriu nada; contou-me tudo com um riso de gratidão nos olhos, que o senhor não imagina. Eu tinha a confiança de ambos. Jantávamos às vezes os três juntos; e... não sei por que negá-lo, — algumas vezes os quatro. Não cuide que eram jantares de gente pândega; alegres, mas honestos. Marocas gostava da linguagem afogada, como os vestidos. Pouco a pouco estabeleceu-se intimidade entre nós; ela interrogava-me acerca da vida do Andrade, da mulher, da filha, dos hábitos dele, se gostava deveras dela, ou se era um capricho, se tivera outros, se era capaz de a esquecer, uma chuva de perguntas, e um receio de o perder, que mostravam a força e a sinceridade da afeição... Um dia, uma festa de S. João, o Andrade acompanhou a família à Gávea, onde ia assistir a um jantar e um baile; dous dias de ausência. Eu fui com eles. Marocas, ao despedir-se, recordou a comédia que ouvira algumas semanas antes no Ginásio — *Janto com minha mãe* — e disse-me que, não tendo família para passar a festa de S. João, ia fazer como a Sofia Arnoult da comédia, ia jantar com um retrato; mas não seria o da mãe, porque não tinha, e sim do Andrade. Este dito ia-lhe rendendo um beijo; o Andrade chegou a inclinar-se; ela, porém, vendo que eu estava ali, afastou-o delicadamente com a mão.

— Gosto desse gesto.

— Ele não gostou menos. Pegou-lhe na cabeça com ambas as mãos, e, paternalmente, pingou-lhe o beijo na testa. Seguimos para a Gávea. De caminho disse-me a respeito da Marocas as maiores finezas, contou-me as últimas frioleiras de ambos, falou-me do projeto que tinha de comprar-lhe uma casa em algum arrabalde, logo que pudesse dispor de dinheiro; e, de passagem, elogiou a modéstia da moça, que não queria receber dele mais do que o estritamente necessário. Há mais do que isso, disse-lhe eu; e contei-lhe uma cousa que sabia, isto é, que cerca de três semanas antes, a Marocas empenhara algumas jóias para pagar uma conta da costureira. Esta notícia abalou-o muito; não juro, mas creio que ficou com os olhos molhados. Em todo o caso, depois de cogitar algum tempo, disse-me que definitivamente ia arranjar-lhe uma casa e pô-la ao abrigo da miséria. Na Gávea ainda falamos da Marocas, até que as festas acabaram, e nós voltamos. O Andrade deixou a família em casa, na Lapa, e foi ao escritório aviar alguns papéis urgentes. Pouco depois do meio-dia apareceu-lhe um tal Leandro, ex-agente de certo advogado, a pedir-lhe, como de costume, dois ou três mil-réis. Era um sujeito reles e vadio. Vivia a explorar os amigos do antigo patrão. Andrade deu-lhe três mil-réis, e, como o visse excepcionalmente risonho, perguntou-lhe se tinha visto passarinho verde. O Leandro piscou os olhos e lambeu os beiços: o Andrade, que dava o cavaco por anedotas eróticas, perguntou-lhe se eram amores. Ele mastigou um pouco, e confessou que sim.

— Olhe; lá vem ela saindo: não é ela?

— Ela mesma; afastemo-nos da esquina.

— Realmente, deve ter sido muito bonita. Tem um ar de duquesa.

— Não olhou para cá; não olha nunca para os lados. Vai subir pela Rua do Ouvidor...

— Sim, senhor. Compreendo o Andrade.

— Vamos ao caso. O Leandro confessou que tivera na véspera uma fortuna rara, ou antes única, uma cousa que ele nunca esperara achar, nem merecia mesmo, porque se conhecia e não passava de um pobre-diabo. Mas, enfim, os pobres também são filhos de Deus. Foi o caso que, na véspera, perto das dez horas da noite, encontrara no Rossio uma dama vestida com simplicidade, vistosa de corpo, e muito embrulhada num xale grande. A dama vinha atrás dele, e mais depressa; ao passar rentezinha com ele, fitou-lhe muito os olhos, e foi andando devagar, como quem espera. O pobre-diabo imaginou que era engano de pessoa; confessou ao Andrade que, apesar da roupa simples, viu logo que não era cousa para os seus beiços. Foi andando; a mulher, parada, fitou-o outra vez, mas com tal instância, que ele chegou a atrever-se um pouco; ela atreveu-se o resto... Ah! um anjo! E que casa, que sala rica! Cousa papa-fina. E depois o desinteresse... "Olhe, acrescentou ele, para V. Sª é que era um bom arranjo." Andrade abanou a cabeça; não lhe cheirava o comborço. Mas o Leandro teimou; era na Rua do Sacramento, número tantos...

— Não me diga isso!

— Imagine como não ficou o Andrade. Ele mesmo não soube o que fez nem o que disse durante os primeiros minutos, nem o que pensou nem o que sentiu. Afinal teve força para perguntar se era verdade o que estava contando; mas o outro advertiu que não tinha nenhuma necessidade de inventar semelhante cousa; vendo, porém, o alvoroço do Andrade, pediu-lhe segredo, dizendo que ele, pela sua parte, era discreto. Parece que ia sair; Andrade deteve-o, e propôs-lhe um negócio; propôs-lhe ganhar vinte mil-réis. — . "Pronto!" — "Dou-lhe vinte mil-réis, se você for comigo à casa dessa moça e disser em presença dela que é ela mesma."

— Oh!

— Não defendo o Andrade; a cousa não era bonita; mas a paixão, nesse caso, cega os melhores homens. Andrade era digno, generoso, sincero; mas o golpe fora tão profundo, e ele amava-a tanto, que não recuou diante de uma tal vingança.

— O outro aceitou?

— Hesitou um pouco, estou que por medo, não por dignidade; mas vinte mil-réis... Pôs uma condição: não metê-lo em barulhos... Marocas estava na sala, quando o Andrade entrou. Caminhou para a porta na intenção de o abraçar; mas o Andrade advertiu-a, com o gesto, que trazia alguém. Depois, fitando-a muito, fez entrar o Leandro; Marocas empalideceu. — "É esta senhora?" perguntou ele. — "Sim, senhor", murmurou o Leandro com voz sumida, porque há ações ainda mais ignóbeis do que o próprio homem que as comete. Andrade abriu a carteira com grande afetação, tirou uma nota de vinte mil-réis e deu-lha; e, com a mesma afetação, ordenou-lhe que se retirasse. O Leandro saiu. A cena que se seguiu, foi breve, mas dramática. Não a soube inteiramente, porque o próprio Andrade é que me contou tudo, e, naturalmente, estava tão atordoado, que muita cousa lhe escapou. Ela não confessou nada; mas estava fora de si, e, quando ele, depois de lhe dizer as cousas mais duras do mundo, atirou-se para a porta, ela rojou-se-lhe aos pés, agarrou-lhe as mãos, lacrimosa, desesperada, ameaçando matar-se; e ficou atirada ao chão, no patamar da escada; ele desceu vertiginosamente e saiu.

— Na verdade, um sujeito reles, apanhado na rua; provavelmente eram hábitos dela?

— Não.

— Não?

— Ouça o resto. De noite, seriam oito horas, o Andrade veio à minha casa, e esperou por mim. Já me tinha procurado três vezes. Fiquei estupefato; mas como duvidar, se ele tivera a precaução de levar a prova até a evidência? Não lhe conto o que ouvi, os planos de vingança, as exclamações, os nomes que lhe chamou, todo o estilo e todo o repertório dessas crises. Meu conselho foi que a deixasse; que, afinal, vivesse para a mulher e a filha, a mulher tão boa, tão meiga... Ele concordava, mas tornava ao furor. Do furor passou à dúvida; chegou a imaginar que a Marocas, com o fim de o experimentar, inventara o artifício e pagara ao Leandro para vir dizer-lhe aquilo; e a prova é que o Leandro, não querendo ele saber quem era, teimou e lhe disse a casa e o número. E agarrado a esta inverossimilhança, tentava fugir à realidade; mas a realidade vinha — a palidez de Marocas, a alegria sincera do Leandro, tudo o que lhe dizia que a aventura era certa. Creio até que ele arrependia-se de ter ido tão longe. Quanto a mim, cogitava na aventura, sem atinar com a explicação. Tão modesta! maneiras tão acanhadas!

— Há uma frase de teatro que pode explicar a aventura, uma frase de Augier, creio eu: “a nostalgia da lama”.

— Acho que não; mas vá ouvindo. Às dez horas apareceu-nos em casa uma criada de Marocas, uma preta forra, muito amiga da ama. Andava aflita a procura do Andrade, porque a Marocas, depois de chorar muito, trancada no quarto, saiu de casa sem jantar, e não voltara mais. Contive o Andrade, cujo primeiro gesto foi para sair logo. A preta pedia-nos por tudo, que fôssemos descobrir a ama. “Não é costume dela sair?” perguntou o Andrade com sarcasmo. Mas a preta disse que não era costume. “Está ouvindo?” bradou ele para mim. Era a esperança que de novo empolgara o coração do pobre-diabo. “E ontem?...” disse eu. A preta respondeu que na véspera sim; mas não lhe perguntei mais nada, tive compaixão do Andrade, cuja aflição crescia, e cujo pundonor ia cedendo diante do perigo. Saímos em busca da Marocas; fomos a todas as casas em que era possível encontrá-la; fomos à polícia; mas a noite passou-se sem outro resultado. De manhã voltamos à polícia. O chefe ou um dos delegados, não me lembra, era amigo do Andrade, que lhe contou da aventura a parte conveniente; aliás a ligação do Andrade e da Marocas era conhecida de todos os seus amigos. Pesquisou-se tudo; nenhum desastre se dera durante a noite; as barcas da

Praia Grande não viram cair, ao mar nenhum passageiro; as casas de armas não venderam nenhuma; as boticas nenhum veneno. A polícia pôs em campo todos os seus recursos, e nada. Não lhe digo o estado de aflição em que o pobre Andrade viveu durante essas longas horas, porque todo o dia se passou em pesquisas inúteis. Não era só a dor de a perder; era também o remorso, a dúvida, ao menos, da consciência, em presença de um possível desastre, que parecia justificar a moça. Ele perguntava-me, a cada passo, se não era natural fazer o que fez, no delírio da indignação, se eu não faria a mesma cousa. Mas depois tornava a afirmar a aventura, e provava-me que era verdadeira, com o mesmo ardor, com que na véspera tentara provar que era falsa; o que ele queria era acomodar a realidade ao sentimento da ocasião.

— Mas, enfim, descobriram a Marocas?

— Estávamos comendo alguma cousa, em um hotel, eram perto de oito horas, quando recebemos notícia de um vestígio: — um cocheiro que levara na véspera uma senhora para o Jardim Botânico, onde ela entrou em uma hospedaria, e ficou. Nem acabamos o jantar; fomos no mesmo carro ao Jardim Botânico. O dono da hospedaria confirmou a versão, acrescentando que a pessoa se recolhera a um quarto, não comera nada desde que chegou na véspera; apenas pediu uma xícara de café; parecia profundamente abatida. Encaminhamo-nos para o quarto; o dono da hospedaria bateu à porta; ela respondeu com voz fraca, e abriu. O Andrade nem me deu tempo de preparar nada; empurrou-me, e caíram nos braços um do outro. Marocas chorou muito e perdeu os sentidos.

— Tudo se explicou?

— Cousa nenhuma. Nenhum deles tornou ao assunto; livres de um naufrágio, não quiseram saber nada da tempestade que os meteu a pique. A reconciliação fez-se depressa. O Andrade comprou-lhe, meses depois, uma casinha em Catumbi; a Marocas deu-lhe um filho, que morreu de dois anos. Quando ele seguiu para o Norte, em comissão do governo, a afeição era ainda a mesma, posto que os primeiros ardores não tivessem já a mesma intensidade. Não obstante, ela quis ir também; fui eu que a obriguei a ficar. O Andrade contava tornar ao fim de pouco tempo, mas, como lhe disse, morreu na província. A Marocas sentiu profundamente a morte, pôs luto, e considerou-se viúva; sei que, nos três primeiros anos, ouvia sempre uma missa no dia do aniversário. Há dez anos perdi-a de vista. Que lhe parece tudo isto?

— Realmente, há ocorrências bem singulares, se o senhor não abusou da minha ingenuidade de rapaz para imaginar um romance...

— Não inventei nada; é a realidade pura.

— Pois, senhor, é curioso. No meio de uma paixão tão ardente, tão sincera... Eu ainda estou na minha; acho que foi a nostalgia da lama.

— Não: nunca a Marocas desceu até aos Leandros.

— Então por que desceria naquela noite?

— Era um homem que ela supunha separado, por um abismo, de todas as suas relações pessoais; daí a confiança. Mas o acaso, que é um deus e um diabo ao mesmo tempo... Enfim, cousas!

GALERIA PÓSTUMA

I

Não, não se descreve a consternação que produziu em todo o Engenho Velho, e particularmente no coração dos amigos, a morte de Joaquim Fidélis. Nada mais inesperado. Era robusto, tinha saúde de ferro, e ainda na véspera fora a um baile, onde todos o viram conversando e alegre. Chegou a dançar, a pedido de uma senhora sexagenária, viúva de um amigo dele, que lhe tomou do braço, e lhe disse:

— Venha cá, venha cá, vamos mostrar a estes criançolas como é que os velhos são capazes de desbancar tudo.

Joaquim Fidélis protestou sorrindo; mas obedeceu e dançou. Eram duas horas quando saiu, embrulhando os seus sessenta anos numa capa grossa, — estávamos em junho de 1879 — metendo a calva na carapuça, acendendo um charuto, e entrando lepidamente no carro.

No carro é possível que cochilasse; mas, em casa, mau grado a hora e o grande peso das pálpebras, ainda foi à secretária, abriu uma gaveta, tirou um de muitos folhetos manuscritos, — e escreveu durante três ou quatro minutos umas dez ou onze linhas. As últimas palavras eram estas: "Em suma, baile chinfrim; uma velha gaiteira obrigou-me a dançar uma quadrilha; à porta um crioulo pediu-me as festas. Chinfrim!" Guardou o folheto, despiu-se, meteu-se na cama, dormiu e morreu.

Sim, a notícia consternou a todo o bairro. Tão amado que ele era, com os modos bonitos que tinha, sabendo conversar com toda a gente, instruído com os instruídos, ignorante com os ignorantes, rapaz com os rapazes, e até moça com as moças. E depois, muito serviçal, pronto a escrever cartas, a falar a amigos, a concertar brigas, a emprestar dinheiro. Em casa dele reuniam-se à noite alguns íntimos da vizinhança, e às vezes de outros bairros; jogavam o voltarete ou o *whist,* falavam de política. Joaquim Fidélis tinha sido deputado até à dissolução da câmara pelo marquês de Olinda, em 1863. Não conseguindo ser reeleito, abandonou a vida pública. Era conservador, nome que a muito custo admitiu, por lhe parecer galicismo político. *Saquarema* é o que ele gostava de ser chamado. Mas abriu mão de tudo; parece até que nos últimos tempos desligou-se do próprio partido, e afinal da mesma opinião. Há razões para crer que, de certa data em diante, foi um profundo céptico, e nada mais.

Era rico e letrado. Formara-se em direito no ano de 1842. Agora não fazia nada e lia muito. Não tinha mulheres em casa. Viúvo desde a primeira invasão da febre amarela, recusou contrair segundas núpcias, com grande mágoa de três ou quatro damas, que nutriram essa esperança durante algum tempo. Uma delas chegou a prorrogar perfidamente os seus belos cachos de 1845 até meiados do segundo neto; outra, mais moça e também viúva, pensou retê-lo com algumas concessões, tão generosas quão irreparáveis. "Minha querida Leocádia, dizia ele nas ocasiões em que ela insinuava a solução conjugal, por que não continuaremos assim mesmo? O mistério é o encanto da vida." Morava com um sobrinho, o Benjamim, filho de uma irmã, órfão desde tenra idade. Joaquim Fidélis deu-lhe educação e fê-lo estudar, até obter diploma de bacharel em ciências jurídicas, no ano de 1877.

Benjamim ficou atordoado. Não podia acabar de crer na morte do tio. Correu ao quarto, achou o cadáver na cama, frio, olhos abertos, e um leve arregaço irônico ao canto esquerdo da boca. Chorou muito e muito. Não perdia um simples parente, mas um pai, um pai terno, dedicado, um coração único. Benjamim enxugou, enfim, as lágrimas; e, porque lhe fizesse mal ver os olhos abertos do morto, e principalmente o lábio arregaçado, concertou-lhe ambas as cousas. A morte recebeu assim a expressão trágica; mas a originalidade da máscara perdeu-se.

— Não me digam isto! bradava daí a pouco um dos vizinhos, Diogo Vilares, ao receber notícia do caso.

Diogo Vilares era um dos cinco principais familiares de Joaquim Fidélis. Devia-lhe o emprego que exercia desde 1857. Veio ele; vieram os outros quatro, logo depois, um a um, estupefatos, incrédulos. Primeiro chegou o Elias Xavier, que alcançara por intermédio do finado, segundo se dizia, uma comenda; depois entrou o João Brás, deputado que foi, no regímen das suplências, eleito com o influxo do Joaquim Fidélis. Vieram, enfim, o Fragoso e o Galdino, que lhe não deviam diplomas, comendas nem empregos, mas outros favores. Ao Galdino adiantou ele alguns poucos capitais, e ao Fragoso arranjou-lhe um bom casamento... E morto! morto para todo [o] sempre! De redor da cama, fitavam o rosto sereno e recordavam a última festa, a do outro domingo, tão íntima, tão expansiva! E, mais perto ainda, a noite da antevéspera, em que o voltarete do costume foi até às onze horas.

—Amanhã não venham, disse-lhes o Joaquim Fidélis; vou ao baile do Carvalhinho.

— E depois?...

— Depois de amanhã, cá estou.

E, à saída, deu-lhes ainda um maço de excelentes charutos, segundo fazia às vezes, com um acréscimo de doces secos para os pequenos, e duas ou três pilhérias finas... Tudo esvaído! tudo disperso! tudo acabado!

Ao enterro acudiram muitas pessoas gradas, dous senadores, um ex-ministro, titulares, capitalistas, advogados, comerciantes, médicos; mas as argolas do caixão foram seguras pelos cinco familiares e o Benjamim. Nenhum deles quis ceder a ninguém esse último obséquio, considerando que era um dever cordial e intransferível. O adeus do cemitério foi proferido pelo João Brás, um adeus tocante, com algum excesso de estilo para um caso tão urgente, mas, enfim, desculpável. Deitada a pá de terra, cada um se foi arredando da cova, menos os seis, que assistiram ao trabalho posterior e indiferente dos coveiros. Não arredaram pé antes de ver cheia a cova até acima, e depositadas sobre ela as coroas fúnebres.

II

A missa do sétimo dia reuniu-os na igreja. Acabada a missa, os cinco amigos acompanharam à casa o sobrinho do morto. Benjamim convidou-os a almoçar.

— Espero que os amigos do tio Joaquim serão também meus amigos, disse ele.

Entraram, almoçaram. Ao almoço falaram do morto; cada um contou uma anedota, um dito; eram unânimes no louvor e nas saudades. No fim do almoço, como tivessem pedido uma lembrança do finado, passaram ao gabinete, e escolheram à vontade, este uma caneta velha, aquele uma caixa de óculos, um folheto, um retalho qualquer íntimo. Benjamim sentia-se consolado. Comunicou-lhes que pretendia conservar o gabinete tal qual estava. Nem a secretária abrira ainda. Abriu-a então, e, com eles, inventariou o conteúdo de algumas gavetas. Cartas, papéis soltos, programas de concertos, *menus* de grandes jantares, tudo ali estava de mistura e confusão. Entre outras cousas acharam alguns cadernos manuscritos, numerados e datados.

— Um diário! disse Benjamim.

Com efeito, era um diário das impressões do finado, espécie de memórias secretas, confidências do homem a si mesmo. Grande foi a comoção dos amigos; lê-lo era ainda conversá-lo. Tão reto caráter! tão discreto espírito! Benjamim começou a leitura; mas a voz embargou-se-lhe depressa, e João Brás continuou-a.

O interesse do escrito adormeceu a dor do óbito. Era um livro digno do prelo. Muita observação política e social, muita reflexão filosófica, anedotas de homens públicos, do Feijó, do Vasconcelos, outras puramente galantes, nomes de senhoras, o da Leocádia, entre outros; um repertório de fatos e comentários. Cada um admirava o talento do finado, as graças do estilo, o interesse da matéria. Uns opinavam pela impressão tipográfica; Benjamim dizia que sim, com a condição de excluir alguma cousa, ou inconveniente ou demasiado particular. E continuavam a ler, saltando pedaços e páginas, até que bateu meio-dia. Levantaram-se todos; Diogo Vilares ia já chegar à repartição fora de horas; João Brás e Elias tinham onde estar juntos. Galdino seguia para a loja. O Fragoso precisava mudar a roupa preta, e acompanhar a mulher à Rua do Ouvidor. Concordaram em nova reunião para prosseguir a leitura. Certas particularidades tinham-lhes dado uma comichão de escândalo, e as comichões coçam-se: é o que eles queriam fazer, lendo.

— Até amanhã, disseram.

— Até amanhã.

Uma vez só, Benjamim continuou a ler o manuscrito. Entre outras cousas, admirou o retrato da viúva Leocádia, obra-prima de paciência e semelhança, embora a data coincidisse com a dos amores. Era prova de uma rara isenção de espírito. De resto, o finado era exímio nos retratos. Desde 1873 ou 1874, os cadernos vinham cheios deles, uns de vivos, outros de mortos, alguns de homens públicos, Paula Sousa, Aureliano, Olinda, etc. Eram curtos e substanciais, às vezes três ou quatro rasgos firmes, com tal fidelidade e perfeição, que a figura parecia fotografada. Benjamim ia lendo; de repente deu com o Diogo Vilares. E leu estas poucas linhas:

"Diogo Vilares. — Tenho-me referido muitas vezes a este amigo, e fá-lo-ei algumas outras mais, se ele me não matar de tédio, cousa em que o reputo profissional. Pediu-me há anos que lhe arranjasse um emprego, e arranjei-lho. Não me avisou da moeda em que me pagaria. Que singular gratidão! Chegou ao excesso de compor um soneto e publicá-lo. Falava-me do obséquio a cada passo, dava-me grandes nomes; enfim, acabou. Mais tarde relacionamo-nos intimamente. Conheci-o então ainda melhor. *C'est le genre ennuyeux.*[18] Não é mau parceiro de voltarete. Dizem-me que não deve nada a ninguém. Bom pai de família. Estúpido e crédulo. Com intervalo de quatro dias, já lhe ouvi dizer de um ministério que era excelente e detestável: — diferença dos interlocutores. Ri muito e mal. Toda a gente, quando o vê pela primeira vez, começa por supô-lo um varão grave; no segundo dia dá-lhe piparotes. A razão é a figura, ou, mais particularmente, as bochechas, que lhe emprestam um certo ar superior."

A primeira sensação do Benjamim foi a do perigo evitado. Se o Diogo Vilares estivesse ali? Releu o retrato e mal podia crer; mas não havia negá-lo, era o próprio nome do Diogo Vilares, era a mesma letra do tio. E não era o único dos familiares; folheou o manuscrito e deu com o Elias:

"Elias Xavier. — Este Elias é um espírito subalterno, destinado a servir alguém, e a servir com desvanecimento como os cocheiros de casa elegante. Vulgarmente trata as minhas visitas íntimas com alguma arrogância e desdém: política de lacaio ambicioso. Desde as primeiras semanas, compreendi que ele queria fazer-se meu privado; e não menos compreendi que, no dia que realmente o fosse, punha os outros no meio da rua. Há ocasiões em que me chama a um vão da janela para falar-me secretamente do sol e da chuva. O fim claro é incutir nos outros a suspeita de que há entre nós cousas particulares, e alcança isso mesmo, porque todos lhe rasgam muitas cortesias. É inteligente, risonho e fino. Conversa muito bem. Não conheço compreensão mais rápida. Não é poltrão nem maldizente. Só fala mal de alguém, por interesse; faltando-lhe interesse, cala-se; e a maledicência legítima é gratuita. Dedicado e insinuante. Não tem idéias, é verdade; mas há esta grande diferença entre ele e o Diogo Vilares: — o Diogo repete pronta e boçalmente as que ouve, ao passo que o Elias sabe fazê-las suas e plantá-las oportunamente na conversação. Um caso de 1865 caracteriza bem a astúcia deste homem. Tendo dado alguns libertos para a guerra do Paraguai, ia receber uma comenda. Não precisava de mim; mas veio pedir a minha intercessão, duas ou três vezes, com um ar consternado e súplice. Falei ao ministro, que me disse: — "O Elias já sabe que o decreto está lavrado; falta só a assinatura do imperador." Compreendi então que era um estratagema para poder confessar-me essa obrigação. Bom parceiro de voltarete; um pouco brigão, mas entendido."

— Ora o tio Joaquim! exclamou Benjamim levantando-se. E depois de alguns instantes, reflexionou consigo: — Estou lendo um coração, livro inédito. Conhecia a edição pública, revista e expurgada. Este é o texto primitivo e interior, a lição exata e autêntica. Mas quem imaginaria, nunca... Ora o tio Joaquim!

E tornando a sentar-se, releu também o retrato do Eilas, com vagar, meditando as feições. Posto lhe faltasse observação, para avaliar a verdade do escrito, achou que em muitas partes, ao menos, o retrato era semelhante. Cotejava essas notas iconográficas, tão cruas, tão secas, com as maneiras cordiais e graciosas do tio, e sentia-se tomado de um certo terror e mal-estar. Ele, por exemplo, que teria dito dele o finado? Com esta idéia, folheou ainda o manuscrito, passou por alto algumas damas, alguns homens públicos, deu com o Fragoso, — um esboço curto e curtíssimo, — logo depois o Galdino, e quatro páginas adiante o João Brás. Justamente o primeiro

18. "É do gênero enfadonho".

levara dele uma caneta, pouco antes, talvez a mesma com que o finado o retratara. Curto era o esboço, e dizia assim:

"Fragoso. — Honesto, maneiras açucaradas e bonito. Não me custou casá-lo; vive muito bem com a mulher. Sei que me tem uma extraordinária adoração, — quase tanta como a si mesmo. Conversação vulgar, polida e chocha."

"Galdino Madeira. — O melhor coração do mundo e um caráter sem mácula; mas as qualidades do espírito destroem as outras. Emprestei-lhe algum dinheiro, por motivo da família, e porque me não fazia falta. Há no cérebro dele um certo furo, por onde o espírito escorrega e cai no vácuo. Não reflete três minutos seguidos. Vive principalmente de imagens, de frases translatas. Os "dentes da calúnia" e outras expressões, surradas como colchões de hospedaria, são os seus encantos. Mortifica-se facilmente no jogo, e, uma vez mortificado, faz timbre em perder, e em mostrar que é de propósito. Não despede os maus caixeiros. Se não tivesse guarda-livros, é duvidoso que somasse os quebrados. Um subdelegado, meu amigo, que lhe deveu algum dinheiro, durante dous anos, dizia-me com muita graça que o Galdino, quando o via na rua, em vez de lhe pedir a dívida, pedia-lhe notícias do ministério."

"João Brás. — Nem tolo nem bronco. Muito atencioso, embora sem maneiras. Não pode ver passar um carro de ministro; fica pálido e vira os olhos. Creio que é ambicioso; mas na idade em que está, sem carreira, a ambição vai-se-lhe convertendo em inveja. Durante os dois anos em que serviu de deputado, desempenhou honradamente o cargo: trabalhou muito, e fez alguns discursos bons, não brilhantes, mas sólidos, cheios de fatos e refletidos. A prova de que lhe ficou um resíduo de ambição, é o ardor com que anda à cata de alguns cargos honoríficos ou proeminentes; há alguns meses consentiu em ser juiz de uma irmandade de S. José, e segundo me dizem, desempenha o cargo com um zelo exemplar. Creio que é ateu, mas não afirmo. Ri pouco e discretamente. A vida é pura e severa, mas o caráter tem uma ou duas cordas fraudulentas, a que só faltou a mão do artista; nas cousas mínimas, mente com facilidade."

Benjamim, estupefato, deu enfim consigo mesmo. — "Este meu sobrinho, dizia o manuscrito, tem vinte e quatro anos de idade, um projeto de reforma judiciária, muito cabelo, e ama-me. Eu não o amo menos. Discreto, leal e bom, — bom até à credulidade. Tão firme nas afeições como versátil nos pareceres. Superficial, amigo de novidades, amando no direito o vocabulário e as fórmulas."

Quis reler, e não pôde; essas poucas linhas davam-lhe a sensação de um espelho. Levantou-se, foi à janela, mirou a chácara e tornou dentro para contemplar outra vez as suas feições. Contemplou-as; eram poucas, falhas, mas não pareciam caluniosas. Se ali estivesse um público, é provável que a mortificação do rapaz fosse menor, porque a necessidade de dissipar a impressão moral dos outros dar-lhe-ia a força necessária para reagir contra o escrito; mas, a sós, consigo, teve de suportá-lo sem contraste. Então considerou se o tio não teria composto essas páginas nas horas de mau humor; comparou-as a outras em que a frase era menos áspera, mas não cogitou se ali a brandura vinha ou não de molde.

Para confirmar a conjetura, recordou as maneiras usuais do finado, as horas de intimidade e riso, a sós com ele, ou de palestra com os demais familiares. Evocou a figura do tio, com o olhar espirituoso e meigo, e a pilhéria grave; em lugar dessa, tão cândida e simpática, a que lhe apareceu foi a do tio morto, estendido na cama, com os olhos abertos e o lábio arregaçado. Sacudiu-a do espírito, mas a imagem ficou. Não podendo rejeitá-la, Benjamim tentou mentalmente fechar-lhe os olhos e concertar-lhe a boca; mas tão depressa o fazia, como a pálpebra tornava a levantar-se, e a ironia arregaçava o beiço. Já não era o homem, era o autor do manuscrito.

Benjamim jantou mal e dormiu mal. No dia seguinte, à tarde, apresentaram-se os cinco familiares para ouvir a leitura. Chegaram sôfregos, ansiosos; fizeram-lhe muitas perguntas; pediram-lhe com instância para ver o manuscrito. Mas Benjamim tergiversava, dizia isto e aquilo, inventava pretextos; por mal de pecados, apareceu-lhe na sala, por trás deles, a eterna boca do defunto, e esta circunstância fê-lo ainda mais acanhado. Chegou a mostrar-se frio, para ficar só, e ver se com eles desaparecia a visão. Assim se passaram trinta a quarenta minutos. Os cinco olharam enfim uns para os outros, e deliberaram sair; despediram-se cerimoniosamente, e foram conversando, para suas casas:

— Que diferença do tio! que abismo! a herança enfunou-o! deixá-lo! ah! Joaquim Fidélis! ah! Joaquim Fidélis.

CAPÍTULO DOS CHAPÉUS

GÉRONTE
Dans quel chapitre, s'il vous plaît?
SGANARELLE
Dans le chapitre des chapeaux.[19]

MOLIÈRE.

Musa, canta o despeito de Mariana, esposa do bacharel Conrado Seabra, naquela manhã de abril de 1879. Qual a causa de tamanho alvoroço? Um simples chapéu, leve, não deselegante, um chapéu baixo. Conrado, advogado, com escritório na Rua da Quitanda, trazia-o todos os dias à cidade, ia com ele às audiências; só não o levava às recepções, teatro lírico, enterros e visitas de cerimônia. No mais era constante, e isto desde cinco ou seis anos, que tantos eram os do casamento. Ora, naquela singular manhã de abril, acabado o almoço, Conrado começou a enrolar um cigarro, e Mariana anunciou sorrindo que ia pedir-lhe uma cousa.

— Que é, meu anjo?

— Você é capaz de fazer-me um sacrifício?

— Dez, vinte...

— Pois então não vá mais à cidade com aquele chapéu.

— Por quê? é feio?

— Não digo que seja feio; mas é cá para fora, para andar na vizinhança, à tarde ou à noite, mas na cidade, um advogado, não me parece que...

— Que tolice, iaiá!

— Pois sim, mas faz-me este favor, faz?

Conrado riscou um fósforo, acendeu o cigarro, e fez-lhe um gesto de gracejo, para desconversar; mas a mulher teimou. A teima, a princípio frouxa e súplice, tornou-se logo imperiosa e áspera. Conrado ficou espantado. Conhecia a mulher; era, de ordinário, uma criatura passiva, meiga, de uma plasticidade de encomenda, capaz de usar com a mesma divina indiferença tanto um diadema régio como uma touca. A prova é que, tendo tido uma vida de andarilha nos últimos dous anos de solteira, tão depressa casou como se afez aos hábitos quietos. Saía às vezes, e a maior parte delas por instâncias do próprio consorte; mas só estava comodamente em casa. Móveis, cortinas, ornatos supriam-lhe os filhos; tinha-lhes um amor de mãe; e tal era a concordância da pessoa com o meio, que ela saboreava os trastes na posição ocupada, as cortinas com as dobras do costume, e assim o resto. Uma das três janelas, por exemplo, que davam para a rua vivia sempre meio aberta; nunca era outra. Nem o gabinete

19. (Francês): "— Em que capítulo, por favor? — No capítulo dos chapéus." — *Sganarelle:* personagem da comédia francesa, que deve sua ilustração sobretudo a Molière, autor cômico francês (1622-1673) e que personifica o bom-senso vulgar, por vezes a malícia.

do marido escapava às exigências monótonas da mulher, que mantinha sem alteração a desordem dos livros, e até chegava a restaurá-la. Os hábitos mentais seguiam a mesma uniformidade. Mariana dispunha de mui poucas noções, e nunca lera senão os mesmos livros: — a *Moreninha* de Macedo, sete vezes; *Ivanhoe* e o *Pirata* de Walter Scott, dez vezes; o *Mot de l'énigme,* de Madame Craven, onze vezes.

Isto posto, como explicar o caso do chapéu? Na véspera, à noite, enquanto o marido fora a uma sessão do Instituto da Ordem dos Advogados, o pai de Mariana veio à casa deles. Era um bom velho, magro, pausado, ex-funcionário público, ralado de saudades do tempo em que os empregados iam de casaca para as suas repartições. Casaca era o que ele, ainda agora, levava aos enterros, não pela razão que o leitor suspeita, a solenidade da morte ou a gravidade da despedida última, mas por esta menos filosófica, por ser um costume antigo. Não dava outra, nem da casaca nos enterros, nem do jantar às duas horas, nem de vinte usos mais. E tão aferrado aos hábitos, que no aniversário do casamento da filha, ia para lá às seis horas da tarde, jantado e digerido, via comer, e no fim aceitava um pouco de doce, um cálix de vinho e café. Tal era o sogro de Conrado; como supor que ele aprovasse o chapéu baixo do genro? Suportava-o calado, em atenção às qualidades da pessoa; nada mais. Acontecera-lhe, porém, naquele dia, vê-lo de relance na rua, de palestra com outros chapéus altos de homens públicos, e nunca lhe pareceu tão torpe. De noite, encontrando a filha sozinha, abriu-lhe o coração; pintou-lhe o chapéu baixo como a abominação das abominações, e instou com ela para que o fizesse desterrar.

Conrado ignorava essa circunstância, origem do pedido. Conhecendo a docilidade da mulher, não entendeu a resistência; e, porque era autoritário, e voluntarioso, a teima veio irritá-lo profundamente. Conteve-se ainda assim; preferiu mofar do caso; falou-lhe com tal ironia e desdém, que a pobre dama sentiu-se humilhada. Mariana quis levantar-se duas vezes; ele obrigou-a a ficar, a primeira pegando-lhe levemente no pulso, a segunda subjugando-a com o olhar. E dizia sorrindo:

— Olhe, iaiá, tenho uma razão filosófica para não fazer o que você me pede. Nunca lhe disse isto; mas já agora confio-lhe tudo.

Mariana mordia o lábio, sem dizer mais nada; pegou de uma faca, e entrou a bater com ela devagarinho para fazer alguma cousa; mas, nem isso mesmo consentiu o marido, que lhe tirou a faca delicadamente, e continuou:

— A escolha do chapéu não é uma ação indiferente, como você pode supor; é regida por um princípio metafísico. Não cuide que quem compra um chapéu exerce uma ação voluntária e livre; a verdade é que obedece a um determinismo obscuro. A ilusão da liberdade existe arraigada nos compradores, e é mantida pelos chapeleiros que, ao verem um freguês ensaiar trinta ou quarenta chapéus, e sair sem comprar nenhum, imaginam que ele está procurando livremente uma combinação elegante. O princípio metafísico é este: — o chapéu é a integração do homem, um prolongamento da cabeça, um complemento decretado *ab eterno;* ninguém o pode trocar sem mutilação. É uma questão profunda que ainda não ocorreu a ninguém. Os sábios têm estudado tudo desde o astro até o verme, ou, para exemplificar bibliograficamente, desde Laplace... Você nunca leu Laplace? desde Laplace e a *Mecânica Celeste* até Darwin e o seu curioso livro das *Minhocas,* e, entretanto, não se lembraram ainda de parar diante do chapéu e estudá-lo por todos os lados. Ninguém advertiu que há uma metafísica do chapéu. Talvez eu escreva uma memória a este respeito. São nove horas e três quartos; não tenho tempo de dizer mais nada; mas você reflita consigo, e verá... Quem sabe? pode ser até que nem mesmo o chapéu seja complemento do homem, mas o homem do chapéu...

Mariana venceu-se afinal, e deixou a mesa. Não entendera nada daquela nomenclatura áspera nem da singular teoria; mas sentiu que era um sarcasmo, e, dentro de si, chorava de vergonha. O marido subiu para vestir-se; desceu daí a alguns minutos, e parou diante dela com o famoso chapéu na cabeça. Mariana achou-lho, na verdade, torpe, ordinário, vulgar, nada sério. Conrado despediu-se cerimoniosamente e saiu.

A irritação da dama tinha afrouxado muito; mas, o sentimento de humilhação subsistia. Mariana não chorou, não clamou, como supunha que ia fazer; mas, consigo mesma, recordou a simplicidade do pedido, os sarcasmos de Conrado, e, posto reconhecesse que fora um pouco exigente, não achava justificação para tais excessos. Ia de um lado para outro, sem poder parar; foi à sala de visitas, chegou à janela meio aberta, viu ainda o marido, na rua, à espera do bonde, de costas para casa, com o eterno e torpíssimo chapéu na cabeça. Mariana sentiu-se tomada de ódio contra essa peça ridícula; não compreendia como pudera suportá-la por tantos anos. E relembrava os anos, pensava na docilidade dos seus modos, na aquiescência a todas as vontades e caprichos do marido, e perguntava a si mesma se não seria essa justamente a causa do excesso daquela manhã. Chamava-se tola, moleirona; se tivesse feito como tantas outras, a Clara e a Sofia, por exemplo, que tratavam os maridos como eles deviam ser tratados, não lhe aconteceria nem metade nem uma sombra do que lhe aconteceu. De reflexão em reflexão, chegou à idéia de sair. Vestiu-se, e foi à casa da Sofia, uma antiga companheira de colégio, com o fim de espairecer, não de lhe contar nada.

Sofia tinha trinta anos, mais dous que Mariana. Era alta, forte, muito senhora de si. Recebeu a amiga com as festas do costume; e, posto que esta lhe não dissesse nada, adivinhou que trazia um desgosto e grande. Adeus, planos de Mariana! Daí a vinte minutos contava-lhe tudo. Sofia riu dela, sacudiu os ombros; disse-lhe que a culpa não era do marido.

— Bem sei, é minha, concordava Mariana.

— Não seja tola, iaiá! Você tem sido muito mole com ele. Mas seja forte uma vez; não faça caso; não lhe fale tão cedo; e se ele vier fazer as pazes, diga-lhe que mude primeiro de chapéu.

— Veja você, uma cousa de nada...

— No fim de contas, ele tem muita razão; tanta como outros. Olhe a pamonha da Beatriz; não foi agora para a roça, só porque o marido implicou com um inglês que costumava passar a cavalo de tarde? Coitado do inglês! Naturalmente nem deu pela falta. A gente pode viver bem com seu marido, respeitando-se, não indo contra os desejos um do outro, sem pirraças, nem despotismo. Olhe; eu cá vivo muito bem com o meu Ricardo; temos muita harmonia. Não lhe peço uma cousa que ele me não faça logo; mesmo quando não tem vontade nenhuma, basta que eu feche a cara, obedece logo. Não era ele que teimaria assim por causa de um chapéu! Tinha que ver! Pois não! Onde iria ele parar! Mudava de chapéu, quer quisesse, quer não.

— Mariana ouvia com inveja essa bela definição do sossego conjugal. A rebelião de Eva embocava nela os seus clarins; e o contacto da amiga dava-lhe um prurido de independência e vontade. Para completar a situação, esta Sofia não era só muito senhora de si, mas também dos outros; tinha olhos para todos os ingleses, a cavalo ou a pé. Honesta, mas namoradeira; o termo é cru, e não há tempo de compor outro mais brando. Namorava a torto e a direito, por uma necessidade natural, um costume de solteira. Era o troco miúdo do amor, que ela distribuía a todos os pobres que lhe batiam à porta: — um níquel a um, outro a outro; nunca uma nota de cinco mil-réis, menos ainda uma apólice. Ora, este sentimento caritativo induziu-a a propor à amiga que fossem passear, ver as lojas, contemplar a vista de outros chapéus bonitos e graves. Mariana aceitou; um certo demônio soprava nela as fúrias da vingança. Demais, a amiga tinha o dom de fascinar, virtude de Bonaparte, e não lhe deu tempo de refletir. Pois sim, iria, estava cansada de viver cativa, Também queria gozar um pouco, etc., etc.

Enquanto Sofia foi vestir-se, Mariana deixou-se estar na sala, irrequieta e contente consigo mesma, Planeou a vida de toda aquela semana, marcando os dias e horas de cada cousa, como numa viagem oficial. Levantava-se, sentava-se, ia à janela, à espera da amiga.

— Sofia parece que morreu, dizia de quando em quando.

De uma das vezes que foi à janela, viu passar um rapaz a cavalo. Não era inglês, mas lembrou-lhe a outra, que o marido levou para a roça, desconfiado de um inglês, e sentiu crescer-lhe o ódio contra a raça masculina, — com exceção, talvez, dos rapazes a cavalo. Na verdade, aquele era afetado demais; esticava a perna no estribo com evidente vaidade das botas, dobrava a mão na cintura, com um ar de figurino. Mariana notou-lhe esses dous defeitos; mas achou que o chapéu resgatava-os; não que fosse um chapéu alto; era baixo, mas próprio do aparelho eqüestre. Não cobria a cabeça de um advogado indo gravemente para o escritório, mas a de um homem que espairecia ou matava o tempo.

Os tacões de Sofia desceram a escada, compassadamente. Pronta! disse ela daí a pouco, ao entrar na sala. Realmente, estava bonita. Já sabemos que era alta. O chapéu aumentava-lhe o ar senhoril; e um diabo de vestido de seda preta, arredondando-lhe as formas do busto, fazia-a ainda mais vistosa. Ao pé dela, a figura de Mariana desaparecia um pouco. Era preciso atentar primeiro nesta para ver que possuía feições mui graciosas, uns olhos lindos, muita e natural elegância. O pior é que a outra dominava desde logo; e onde houvesse pouco tempo de as ver, tomava-o Sofia para si. Este reparo seria incompleto, se eu não acrescentasse que Sofia tinha consciência da superioridade, e que apreciava por isso mesmo as belezas do gênero Mariana, menos derramadas e aparentes. Se é um defeito, não me compete emendá-lo.

— Onde vamos nós? perguntou Mariana.

— Que tolice! vamos passear à cidade... Agora me lembro, vou tirar o retrato; depois vou ao dentista. Não; primeiro vamos ao dentista. Você não precisa de ir ao dentista?

— Não.

— Nem tirar o retrato?

— Já tenho muitos. E para quê? para dá-lo "àquele senhor"?

Sofia compreendeu que o ressentimento da amiga persistia, e, durante o caminho, tratou de lhe pôr um ou dous bagos mais de pimenta. Disse-lhe que, embora fosse difícil, ainda era tempo de libertar-se. E ensinava-lhe um método para subtrair-se à tirania. Não convinha ir logo de um salto, mas devagar, com segurança, de maneira que ele desse por si quando ela lhe pusesse o pé no pescoço. Obra de algumas semanas, três a quatro, não mais. Ela, Sofia, estava pronta a ajudá-la. E repetia-lhe que não fosse mole, que não era escrava de ninguém, etc. Mariana ia cantando dentro do coração a *marselhesa* do matrimônio.

Chegaram à Rua do Ouvidor. Era pouco mais do meio-dia. Muita gente, andando ou parada, o movimento do costume. Mariana sentiu-se um pouco atordoada, como sempre lhe acontecia. A uniformidade e a placidez, que eram o fundo do seu caráter e da sua vida, receberam daquela agitação os repelões do costume. Ela mal podia andar por entre os grupos, menos ainda sabia onde fixasse os olhos, tal era a confusão das gentes, tal era a variedade das lojas. Conchegava-se muito à amiga, e, sem reparar que tinham passado a casa do dentista, ia ansiosa de lá entrar. Era um repouso; era alguma cousa melhor do que o tumulto.

— Esta Rua do Ouvidor! ia dizendo.

— Sim? respondia Sofia, voltando a cabeça para ela e os olhos para um rapaz que estava na outra calçada.

Sofia, prática daqueles mares, transpunha, rasgava ou contornava as gentes com muita perícia e tranqüilidade. A figura impunha; os que a conheciam gostavam de vê-la outra vez; os que não a conheciam paravam ou voltavam-se para admirar-lhe o garbo. E a boa senhora, cheia de caridade, derramava os olhos à direita e à esquerda, sem grande escândalo, porque Mariana servia a coonestar os movimentos. Nada dizia seguidamente; parece até que mal ouvia as respostas da outra; mas falava de tudo, de outras damas que iam ou vinham, de uma loja, de um chapéu... Justamente os chapéus, — de senhora ou de homem, — abundavam naquela primeira hora da Rua do Ouvidor.

— Olha este, dizia-lhe Sofia.

E Mariana acudia a vê-los, femininos ou masculinos, sem saber onde ficar, porque os demônios dos chapéus sucediam-se como num caleidoscópio. Onde era o dentista? perguntava ela à amiga. Sofia só à segunda vez lhe respondeu que tinham passado a casa; mas já agora iriam até ao fim da rua; voltariam depois. Voltaram finalmente.

— Uf! respirou Mariana entrando no corredor.

— Que é, meu Deus? Ora você! Parece da roça...

A sala do dentista tinha já algumas freguesas. Mariana não achou entre elas uma só cara conhecida, e para fugir ao exame das pessoas estranhas, foi para a janela. Da janela podia gozar a rua, sem atropelo. Recostou-se; Sofia veio ter com ela. Alguns chapéus masculinos, parados, começaram a fitá-las; outros, passando, faziam a mesma cousa. Mariana aborreceu-se com a insistência: mas, notando que fitavam principalmente a amiga, dissolveu-se-lhe o tédio numa espécie de inveja. Sofia, entretanto, contava-lhe a história de alguns chapéus, — ou, mais corretamente, as aventuras. Um deles merecia os pensamentos de Fulana; outro andava derretido por Sicrana, e ela por ele, tanto que eram certos na Rua do Ouvidor às quartas e sábados, entre duas e três horas. Mariana ouvia aturdida. Na verdade, o chapéu era bonito, trazia uma linda gravata, e possuía um ar entre elegante e pelintra, mas...

— Não juro, ouviu? replicava a outra, mas é o que se diz.

Mariana fitou pensativa o chapéu denunciado. Havia agora mais três, de igual porte e graça, e provavelmente os quatro falavam delas, e falavam bem. Mariana enrubesceu muito, voltou a cabeça para o outro lado, tornou logo à primeira atitude, e afinal entrou. Entrando, viu na sala duas senhoras recém-chegadas, e com elas um rapaz que se levantou prontamente e veio cumprimentá-la com muita cerimônia. Era o seu primeiro namorado.

Este primeiro namorado devia ter agora trinta e três anos. Andara por fora, na roça, na Europa, e afinal na presidência de uma província do sul. Era mediano de estatura, pálido, barba inteira e rara, e muito apertado na roupa. Tinha na mão um chapéu novo, alto, preto, grave, presidencial, administrativo, um chapéu adequado à pessoa e às ambições. Mariana, entretanto, mal pôde vê-lo. Tão confusa ficou, tão desorientada com a presença de um homem que conhecera em especiais circunstâncias, e a quem não vira desde 1877, que não pôde reparar em nada. Estendeu-lhe os dedos, parece mesmo que murmurou uma resposta qualquer, e ia tornar à janela, quando a amiga saiu dali.

Sofia conhecia também o recém-chegado. Trocaram algumas palavras. Mariana, impaciente, perguntou-lhe ao ouvido se não era melhor adiar os dentes para outro dia; mas a amiga disse-lhe que não; negócio de meia hora a três quartos. Mariana sentia-se opressa: a presença de um tal homem atava-lhe os sentidos, lançava-a na luta e na confusão. Tudo culpa do marido. Se ele não teimasse e não caçoasse com ela, ainda em cima, não aconteceria nada. E Mariana, pensando assim, jurava tirar uma desforra. De memória contemplava a casa, tão sossegada, tão bonitinha, onde podia estar agora, como de costume, sem os safanões da rua, sem a dependência da amiga...

— Mariana, disse-lhe esta, o Dr. Viçoso teima que está muito magro. Você não acha que está mais gordo do que no ano passado... Não se lembra dele no ano passado?

Dr. Viçoso era o próprio namorado antigo, que palestrava com Sofia, olhando muitas vezes para Mariana. Esta respondeu negativamente. Ele aproveitou a fresta para puxá-la à conversação; disse que, na verdade, não a vira desde alguns anos. E sublinhava o dito com um certo olhar triste e profundo. Depois abriu o estojo dos assuntos, sacou para fora o teatro lírico. Que tal achavam a companhia? Na opinião dele era excelente, menos o barítono; o barítono parecia-lhe cansado. Sofia protestou contra o cansaço do barítono, mas ele insistiu, acrescentando que, em Londres, onde o ouvira pela primeira vez, já lhe parecera a mesma cousa. As damas, sim, senhora; tanto a soprano como a contralto eram de primeira ordem. E falou das óperas, citava os trechos, elogiou a orquestra, principalmente nos *Huguenotes*... Tinha visto Mariana na última noite, no quarto ou quinto camarote da esquerda, não era verdade?

— Fomos, murmurou ela, acentuando bem o plural.

— No Cassino é que a não tenho visto, continuou ele.

— Está ficando um bicho do mato, acudiu Sofia rindo.

Viçoso gostara muito do último baile, e desfiou as suas recordações; Sofia fez o mesmo às dela. As melhores *toilettes* foram descritas por ambos com muita particularidade; depois vieram as pessoas, os caracteres, dous ou três picos de malícia, mas tão anódina, que não fez mal a ninguém. Mariana ouvia-os sem interesse; duas ou três vezes chegou a levantar-se e ir à janela; mas os chapéus eram tantos e tão curiosos, que ela voltava a sentar-se. Interiormente, disse alguns nomes feios à amiga; não os ponho aqui por não serem necessários, e, aliás, seria de mau gosto desvendar o que esta moça pôde pensar da outra durante alguns minutos de irritação.

— E as corridas do Jockey Club? perguntou o ex-presidente.

Mariana continuava a abanar a cabeça. Não tinha ido às corridas naquele ano. Pois perdera muito, a penúltima, principalmente; esteve animadíssima, e os cavalos eram de primeira ordem. As de Epsom, que ele vira, quando esteve na Inglaterra, não eram melhores do que a penúltima do Prado Fluminense. E Sofia dizia que sim, que realmente a penúltima corrida honrava o Jockey Club. Confessou que gostava muito; dava emoções fortes. A conversação descambou em dous concertos daquela semana; depois tomou a barca, subiu a serra e foi a Petrópolis, onde dous diplomatas lhe fizeram as despesas da estadia. Como falassem da esposa de um ministro, Sofia lembrou-se de ser agradável ao ex-presidente, declarando-lhe que era preciso casar também porque em breve estaria no ministério. Viçoso teve um estremeção de prazer, e sorriu, e protestou que não; depois, com os olhos em Mariana, disse que provavelmente não casaria nunca... Mariana enrubesceu muito e levantou-se.

— Você está com muita pressa, disse-lhe Sofia. Quantas são? continuou voltando-se para Viçoso.

— Perto de três! exclamou ele.

Era tarde; tinha de ir à câmara dos deputados. Foi falar às duas senhoras, que acompanhara, e que eram primas suas, e despediu-se; vinha despedir-se das outras, mas Sofia declarou que sairia também. Já agora não esperava mais. A verdade é que a idéia de ir à câmara dos deputados começara a faiscar-lhe na cabeça.

— Vamos à câmara? propôs ela à outra.

— Não, não, disse Mariana; não posso, estou muito cansada.

— Vamos, um bocadinho só; eu também estou muito cansada...

Mariana teimou ainda um pouco; mas teimar contra Sofia, — a pomba discutindo com o gavião, — era realmente insensatez. Não teve remédio, foi. A rua estava agora mais agitada, as gentes iam e vinham por ambas as calçadas, e complicavam-se no cruzamento das ruas. De mais a mais, o obsequioso ex-presidente flanqueava as duas damas, tendo-se oferecido para arranjar-lhes uma tribuna.

A alma de Mariana sentia-se cada vez mais dilacerada de toda essa confusão de cousas. Perdera o interesse da primeira hora; e o despeito, que lhe dera forças para um vôo audaz e fugidio, começava a afrouxar as asas, ou afrouxara-as inteiramente. E outra vez recordava a casa, tão quieta, com todas as cousas nos seus lugares, metódicas, respeitosas umas com as outras, fazendo-se tudo sem atropelo, e, principalmente, sem mudança imprevista. E a alma batia o pé, raivosa... Não ouvia nada do que o Viçoso ia dizendo, conquanto ele falasse alto, e muitas cousas fossem ditas para ela. Não ouvia, não queria ouvir nada. Só pedia a Deus que as horas andassem depressa. Chegaram à câmara e foram para uma tribuna. O rumor das saias chamou a atenção de uns vinte deputados, que restavam, escutando um discurso de orçamento. Tão depressa o Viçoso pediu licença e saiu, Mariana disse rapidamente à amiga que não lhe fizesse outra.

— Que outra? perguntou Sofia.

— Não me pregue outra peça como esta de andar de um lugar para outro feito maluca. Que tenho eu com a câmara? que me importam discursos que não entendo?

Sofia sorriu, agitou o leque e recebeu em cheio o olhar de um dos secretários. Muitos eram os olhos que a fitavam quando ela ia à câmara, mas os do tal secretário tinham uma expressão mais especial, cálida e súplice. Entende-se, pois, que ela não o recebeu de sopetão; pode mesmo entender-se que o procurou curiosa. Enquanto acolhia esse olhar legislativo, ia respondendo à amiga, com brandura, que a culpa era dela, e que a sua intenção era boa, era restituir-lhe a posse de si mesma.

— Mas, se você acha que a aborreço não venha mais comigo, concluiu Sofia.

E, inclinando-se um pouco:

— Olha o ministro da justiça.

Mariana não teve remédio senão ver o ministro da justiça. Este agüentava o discurso do orador, um governista, que provava a conveniência dos tribunais correcionais, e, incidentemente, compendiava a antiga legislação colonial. Nenhum aparte; um silêncio resignado, polido, discreto e cauteloso. Mariana passeava os olhos de um lado para outro, sem interesse; Sofia dizia-lhe muitas cousas, para dar saída a uma porção de gestos graciosos. No fim de quinze minutos agitou-se a câmara, graças a uma expressão do orador e uma réplica da oposição. Trocaram-se apartes, os segundos mais bravos que os primeiros, e seguiu-se um tumulto, que durou perto de um quarto de hora.

Essa diversão não o foi para Mariana, cujo espírito plácido e uniforme, ficou atarantado no meio de tanta e tão inesperada agitação. Ela chegou a levantar-se para sair; mas, sentou-se outra vez. Já agora estava disposta a ir ao fim, arrependida e resoluta a chorar só consigo as suas mágoas conjugais. A dúvida começou mesmo a entrar nela. Tinha razão no pedido ao marido; mas era caso de doer-se tanto? era razoável o espalhafato? Certamente que as ironias dele foram cruéis; mas, em suma, era a primeira vez que ela lhe batera o pé, e, naturalmente, a novidade irritou-o. De qualquer modo, porém, fora um erro ir revelar tudo à amiga. Sofia iria talvez contá-lo a outras... Esta idéia trouxe um calafrio à Mariana; a indiscrição da amiga era certa; tinha-lhe ouvido uma porção de histórias de chapéus masculinos e femininos, cousa mais grave do que uma simples briga de casados. Mariana sentiu necessidade de lisonjeá-la, e cobriu a sua impaciência e zanga com uma máscara de docilidade hipócrita. Começou a sorrir também, a fazer algumas observações, a respeito de um ou outro deputado, e assim chegaram ao fim do discurso e da sessão.

Eram quatro horas dadas. —Toca a recolher, disse Sofia; e Mariana concordou que sim, mas sem impaciência, e ambas tornaram a subir a Rua do Ouvidor. A rua, a entrada no bonde completaram a fadiga do espírito de Mariana, que afinal respirou quando viu que ia caminho de casa. Pouco antes de apear-se a outra, pediu-lhe que guardasse segredo sobre o que lhe contara; Sofia prometeu que sim.

Mariana respirou. A rola estava livre do gavião. Levava a alma doente dos encontrões, vertiginosa da diversidade de cousas e pessoas. Tinha necessidade de equilíbrio e saúde. A casa estava perto; à medida que ia vendo as outras casas e chácaras próximas, Mariana sentia-se restituída a si mesma. Chegou finalmente; entrou no jardim, respirou. Era aquele o seu mundo; menos um vaso, que o jardineiro trocara de lugar.

— João, bota este vaso onde estava antes, disse ela.

Tudo o mais estava em ordem, a sala de entrada, a de visitas, a de jantar, os seus quartos, tudo. Mariana sentou-se primeiro, em diferentes lugares, olhando bem para todas as cousas, tão quietas e ordenadas. Depois de uma manhã inteira de perturbação e variedade, a monotonia trazia-lhe um grande bem, e nunca lhe pareceu tão deliciosa. Na verdade, fizera mal... Quis recapitular os sucessos e não pôde; a alma espreguiçava-se toda naquela uniformidade caseira. Quando muito, pensou na figura do Viçoso, que achava agora ridícula, e era injustiça. Despiu-se lentamente, com amor, indo certeira a cada objeto. Uma vez despida, pensou outra vez na briga com o marido. Achou que, bem pesadas as cousas, a principal culpa era dela. Que diabo de teima por causa de um chapéu, que o marido usava há tantos anos? Também o pai era exigente demais...

— Vou ver a cara com que ele vem, pensou ela.

Eram cinco e meia; não tardaria muito. Mariana foi à sala da frente, espiou pela vidraça, prestou o ouvido ao bonde, e nada. Sentou-se ali mesmo com o *Ivanhoe* nas palmas, querendo ler e não lendo nada. Os olhos iam até ao fim da página, e tornavam ao princípio, em primeiro lugar, porque uma ou outra vez desviavam-se para saborear a correção das cortinas ou qualquer outra feição particular da sala. Santa monotonia, tu a acalentavas no teu regaço eterno.

Enfim, parou um bonde; apeou-se o marido; rangeu a porta de ferro do jardim. Mariana foi à vidraça, e espiou. Conrado entrava lentamente, olhando para a direita e a esquerda, com o chapéu na cabeça, não o famoso chapéu do costume, porém outro, o que a mulher lhe tinha pedido de manhã. O espírito de Mariana recebeu um choque violento, igual ao que lhe dera o vaso do jardim trocado, — ou ao que lhe daria uma lauda de Voltaire entre as folhas da *Moreninha* ou de *Ivanhoe*... Era a nota desigual no meio da harmoniosa sonata da vida. Não, não podia ser esse chapéu. Realmente, que mania a dela exigir que ele deixasse o outro que lhe ficava tão bem? E que não fosse o mais próprio, era o de longos anos; era o que quadrava à fisionomia do marido... Conrado entrou por uma porta lateral. Mariana recebeu-o nos braços.

— Então, passou? Perguntou ele, enfim, cingindo-lhe a cintura.

— Escuta uma cousa, respondeu ela com uma carícia divina, bota fora esse; antes o outro.

CONTO ALEXANDRINO

I

No mar

— O quê, meu caro Stroibus! Não, impossível. Nunca jamais ninguém acreditará que o sangue de rato, dado a beber a um homem, possa fazer do homem um ratoneiro.

— Em primeiro lugar, Pítias, tu omites uma condição: — é que o rato deve expirar debaixo do escalpelo, para que o sangue traga o seu princípio. Essa condição é essencial. Em segundo lugar, uma vez que me apontas o exemplo do rato, fica sabendo que já fiz com ele uma experiência, e cheguei a produzir um ladrão...

— Ladrão autêntico?

— Levou-me o manto, ao cabo de trinta dias, mas deixou-me a maior alegria do mundo: — a realidade da minha doutrina. Que perdi eu? um pouco de tecido grosso; e que lucrou o universo? a verdade imortal. Sim, meu caro Pítias; esta é a eterna verdade. Os elementos constitutivos do ratoneiro estão no sangue do rato, os do paciente no boi, os do arrojado na águia...

— Os do sábio na coruja, interrompeu Pítias sorrindo.

— Não; a coruja é apenas um emblema; mas a aranha, se pudéssemos transferi-la a um homem, daria a esse homem os rudimentos da geometria e o sentimento musical. Com um bando de cegonhas, andorinhas ou grous, faço-te de um caseiro um viajeiro. O princípio da fidelidade conjugal está no sangue da rola, o da enfatuação no dos pavões... Em suma, os deuses puseram nos bichos da terra, da água e do ar a essência de todos os sentimentos e capacidades humanas. Os animais são as letras soltas do alfabeto; o homem é a sintaxe. Esta é a minha filosofia recente; esta é a que vou divulgar na corte do grande Ptolomeu.

Pítias sacudiu a cabeça, e fixou os olhos no mar. O navio singrava, em direitura a Alexandria, com essa carga preciosa de dous filósofos, que iam levar àquele regaço do saber os frutos da razão esclarecida. Eram amigos, viúvos e qüinquagenários. Cultivavam especialmente a metafísica, mas conheciam a física, a química, a medicina e a música; um deles, Stroibus, chegara a ser excelente anatomista, tendo lido muitas vezes os tratados do mestre Herófilo. Chipre era a pátria de ambos; mas, tão certo é que ninguém é profeta em sua terra, Chipre não dava o merecido respeito aos dous filósofos. Ao contrário, desdenhava-os; os garotos tocavam ao extremo de rir deles. Não foi esse, entretanto, o motivo que os levou a deixar a pátria. Um dia, Pítias, voltando de uma viagem, propôs ao amigo irem para Alexandria, onde as artes e as ciências eram grandemente honradas. Stroibus aderiu, e embarcaram. Só agora, depois de embarcados, é que o inventor da nova doutrina expô-la ao amigo, com todas as suas recentes cogitações e experiências.

— Está feito, disse Pítias, levantando a cabeça, não afirmo nem nego nada. Vou estudar a doutrina, e se a achar verdadeira, proponho-me a desenvolvê-la e divulgá-la.

— Viva Hélios! exclamou Stroibus. Posso contar que és meu discípulo.

II

Experiência

Os garotos alexandrinos não trataram os dous sábios com o escárnio dos garotos cipriotas. A terra era grave como a ibis pousada numa só pata, pensativa como a esfinge, circunspecta como as múmias, dura como as pirâmides; não tinha tempo nem maneira de rir. Cidade e corte, que desde muito tinham notícia dos nossos dous amigos, fizeram-lhes um recebimento régio, mostraram conhecer seus escritos, discutiram as suas idéias, mandaram-lhes muitos presentes, papiros, crocodilos, zebras, púrpuras. Eles, porém, recusaram tudo, com simplicidade, dizendo que a filosofia bastava ao filósofo, e que o supérfluo era um dissolvente. Tão nobre resposta encheu de admiração tanto aos sábios como aos principais e à mesma plebe. E aliás, diziam os mais sagazes, que outra cousa se podia esperar de dous homens tão sublimes, que em seus magníficos tratados...

— Temos cousa melhor do que esses tratados, interrompia Stroibus. Trago uma doutrina, que, em pouco, vai dominar o universo; cuido nada menos que em reconstituir os homens e os Estados, distribuindo os talentos e as virtudes.

— Não é esse o ofício dos deuses? objetava um.

— Eu violei o segredo dos deuses, acudia Stroibus. O homem é a sintaxe da natureza, eu descobri as leis da gramática divina...

— Explica-te.

— Mais tarde; deixa-me experimentar primeiro. Quando a minha doutrina estiver completa, divulgá-la-ei como a maior riqueza que os homens jamais poderão receber de um homem.

Imaginem a expectação pública e a curiosidade dos outros filósofos, embora incrédulos de que a verdade recente viesse aposentar as que eles mesmos possuíam. Entretanto, esperavam todos. Os dous hóspedes eram apontados na rua até pelas crianças. Um filho meditava trocar a avareza do pai, um pai a prodigalidade do filho, uma dama a frieza de um varão, um varão os desvarios de uma dama, porque o Egito, desde os Faraós até aos Lágides, era a terra de Putifar, da mulher de Putifar, da capa de José, e do resto. Stroibus tornou-se a esperança da cidade e do mundo.

Pítias, tendo estudado a doutrina, foi ter com Stroibus, e disse-lhe:

— Metafisicamente, a tua doutrina é um despropósito; mas estou pronto a admitir uma experiência, contanto que seja decisiva. Para isto, meu caro Stroibus, há só um meio. Tu e eu, tanto pelo cultivo da razão como pela rigidez do caráter, somos o que há mais oposto ao vício do furto. Pois bem, se conseguires incutir-nos esse vício, não será preciso mais; se não conseguires nada (e podes crê-lo, porque é um absurdo) recuarás de semelhante doutrina, e tornarás às nossas velhas meditações.

Stroibus aceitou a proposta.

— O meu sacrifício é o mais penoso, disse ele, pois estou certo do resultado; mas que não merece a verdade? A verdade é imortal; o homem é um breve momento...

Os ratos egípcios, se pudessem saber de um tal acordo, teriam imitado os primitivos hebreus, aceitando a fuga para o deserto, antes do que a nova filosofia. E podemos crer que seria um desastre. A ciência, como a guerra, tem necessidades imperiosas; e desde que a ignorância dos ratos, a sua fraqueza, a superioridade mental e física dos dois filósofos eram outras tantas vantagens na experiência que ia começar, cumpria não perder tão boa ocasião de saber se efetivamente o princípio das paixões e das virtudes humanas estava distribuído[20] pelas várias espécies de animais, e se era possível transmiti-lo.

Stroibus engaiolava os ratos; depois, um a um, ia-os sujeitando ao ferro. Primeiro, atava uma tira de pano ao focinho do paciente; em seguida, os pés; finalmente, cingia com um cordel as pernas e o pescoço do animal à tábua da operação. Isto feito, dava o primeiro talho no peito, com vagar, e com vagar ia enterrando o ferro até tocar o coração, porque era opinião dele que a morte instantânea corrompia o sangue e retirava-lhe o princípio. Hábil anatomista, operava com uma firmeza digna do propósito científico. Outro, menos destro, interromperia muita vez a tarefa, porque as contorções de dor e de agonia tornavam difícil o meneio do escalpelo; mas essa era justamente a superioridade de Stroibus: tinha o pulso magistral e prático.

Ao lado dele, Pítias aparava o sangue e ajudava a obra, já contendo os movimentos convulsivos do paciente, já espiando-lhe nos olhos o progresso da agonia. As observações que ambos faziam eram notadas em folhas de papiro; e assim ganhava a ciência de duas maneiras. Às vezes, por divergência de apreciação, eram obrigados a escalpelar maior número de ratos do que o necessário; mas não perdiam com isso, porque o sangue dos excedentes era conservado e ingerido depois. Um só desses casos mostrará a consciência com que eles procediam. Pítias observara que a retina do rato agonizante mudava de cor até chegar ao azul claro, ao passo que a observação de Stroibus dava a cor de canela como o tom final da morte. Estavam na última operação do dia; mas o ponto valia a pena, e, não obstante o cansaço, fizeram sucessivamente dezenove experiências sem resultado definitivo; Pítias insistia pela cor azul, e Stroibus pela cor de canela. O vigésimo rato esteve prestes a pô-los de acordo, mas Stroibus advertiu, com muita sagacidade, que a sua posição era agora diferente, retificou-a e escalpelaram mais vinte e cinco. Destes, o primeiro ainda os deixou em dúvida; mas os outros vinte e quatro provaram-lhes que a cor final não era canela nem azul, mas um lírio roxo, tirando a claro.

A descrição exagerada das experimentações deu rebate à porção sentimental da cidade, e excitou a loqüela de alguns sofistas; mas o grave Stroibus (com brandura, para não agravar uma disposição própria da alma humana) respondeu que a verdade valia todos os ratos do universo, e não só os ratos, como os pavões, as cabras, os cães, os rouxinóis, etc.; que, em relação aos ratos, além de ganhar a ciência, ganhava a cidade, vendo diminuída a praga de um animal tão daninho; e, se a mesma consideração não se dava com outros animais, como, por exemplo, as rolas e os cães, que

20. Nas ed. Garnier: estavam distribuídos

eles iam escalpelar daí a tempos, nem por isso os direitos da verdade eram menos imprescritíveis. A natureza não há de ser só a mesa de jantar, concluía em forma de aforismo, mas também a mesa da ciência.

E continuavam a extrair o sangue e a bebê-lo. Não o bebiam puro, mas diluído em um cozimento de cinamomo, suco de acácia e bálsamo, que lhe tirava todo o sabor primitivo. As doses eram diárias e diminutas; tinham, portanto, de aguardar um longo prazo antes de produzido o efeito. Pítias, impaciente e incrédulo, mofava do amigo.

— Então? nada?

— Espera, dizia o outro, espera. Não se incute um vício como se cose um par de sandálias.

III

Vitória

Enfim, venceu Stroibus! A experiência provou a doutrina. E Pítias foi o primeiro que deu mostras da realidade do efeito, atribuindo-se umas três idéias ouvidas ao próprio Stroibus; este, em compensação, furtou-lhe quatro comparações e uma teoria dos ventos. Nada mais científico do que essas estréias. As idéias alheias, por isso mesmo que não foram compradas na esquina, trazem um certo ar comum; e é muito natural começar por elas antes de passar aos livros emprestados, às galinhas, aos papéis falsos, às províncias, etc. A própria denominação de plágio é um indício de que os homens compreendem a dificuldade de confundir esse embrião da ladroeira com a ladroeira formal.

Duro é dizê-lo; mas a verdade é que eles deitaram ao Nilo a bagagem metafísica, e dentro de pouco estavam larápios acabados. Concertavam-se de véspera, e iam aos mantos, aos bronzes, às ânforas de vinho, às mercadorias do porto, às boas dracmas. Como furtassem sem estrépito, ninguém dava por eles; mas, ainda mesmo que os suspeitassem, como fazê-lo crer aos outros? Já então Ptolomeu coligira na biblioteca muitas riquezas e raridades; e, porque conviesse ordená-las, designou para isso cinco gramáticos e cinco filósofos, entre estes os nossos dous amigos. Estes últimos trabalharam com singular ardor, sendo os primeiros que entravam e os últimos que saíam, e ficando ali muitas noites, ao clarão da lâmpada, decifrando, coligindo, classificando. Ptolomeu, entusiasmado, meditava para eles os mais altos destinos.

Ao cabo de algum tempo, começaram a notar-se faltas graves: — um exemplar de Homero, três rolos de manuscritos persas, dois de samaritanos, uma soberba coleção de cartas originais de Alexandre, cópias de leis atenienses, o 2º e o 3º livro da *República* de Platão, etc., etc. A autoridade pôs-se à espreita; mas a esperteza do rato, transferida a um organismo superior, era naturalmente maior, e os dois ilustres gatunos zombavam de espias e guardas. Chegaram ao ponto de estabelecer este preceito filosófico de não sair dali com as mãos vazias; traziam sempre alguma cousa, uma fábula, quando menos. Enfim, estando a sair um navio para Chipre, pediram licença a Ptolomeu, com promessa de voltar, coseram os livros dentro de couros de hipopótamo, puseram-lhes rótulos falsos, e trataram de fugir. Mas a inveja de outros filósofos não dormia; deu rebate às suspeitas dos magistrados, e descobriu-se o roubo. Stroibus e Pítias foram tidos por aventureiros, mascarados com os nomes daqueles dous varões ilustres; Ptolomeu entregou-os à justiça com ordem de os passar logo ao carrasco. Foi então que interveio Herófilo, inventor da anatomia.

IV

Plus Ultra!

— Senhor, disse ele a Ptolomeu, tenho-me limitado até agora a escalpelar cadáveres. Mas o cadáver dá-me a estrutura, não me dá a vida; dá-me os órgãos, não me dá as funções. Eu preciso das funções e da vida.

— Que me dizes? redargüiu Ptolomeu. Queres estripar os ratos de Stroibus?

— Não, senhor; não quero estripar os ratos.

— Os cães? os gansos? as lebres?...

— Nada; peço alguns homens vivos.

— Vivos? não é possível...

— Vou demonstrar que não só é possível, mas até legítimo e necessário. As prisões egípcias estão cheias de criminosos, e os criminosos ocupam, na escala humana, um grau muito inferior. Já não são cidadãos, nem mesmo se podem dizer homens, porque a razão e a virtude, que são a duas principais características humanos, eles as perderam, infringindo a lei e a moral. Além disso, uma vez que têm de expiar com a morte os seus crimes, não é justo que prestem algum serviço à verdade e à ciência? A verdade é imortal; ela vale não só todos os ratos, como todos os delinqüentes do universo.

Ptolomeu achou o raciocínio exato, e ordenou que os criminosos fossem entregues a Herófilo e seus discípulos. O grande anatomista agradeceu tão insigne obséquio, e começou a escalpelar os réus. Grande foi o assombro do povo; mas, salvo alguns pedidos verbais, não houve nenhuma manifestação contra a medida. Herófilo repetia o que dissera a Ptolomeu, acrescentando que a sujeição dos réus à experiência anatômica era até um modo indireto de servir à moral, visto que o terror do escalpelo impediria a prática de muitos crimes.

Nenhum dos criminosos, ao deixar a prisão, suspeitava o destino científico que o esperava. Saíam um por um; às vezes dous a dous, ou três a três. Muitos deles, estendidos e atados à mesa da operação, não chegavam a desconfiar nada; imaginavam que era um novo gênero de execução sumária. Só quando os anatomistas definiam o objeto do estudo do dia, alçavam os ferros e davam os primeiros talhos, é que os desgraçados adquiriam a consciência da situação. Os que se lembravam de ter visto as experiências dos ratos, padeciam em dobro, porque a imaginação juntava à dor presente o espetáculo passado.

Para conciliar os interesses da ciência com os impulsos da piedade, os réus não eram escalpelados à vista uns dos outros, mas sucessivamente. Quando vinham aos dois ou aos três, não ficavam em lugar donde os que esperavam pudessem ouvir os gritos do paciente, embora os gritos fossem muitas vezes abafados por meio de aparelhos; mas se eram abafados, não eram suprimidos, e em certos casos, o próprio objeto da experiência exigia que a emissão da voz fosse franca. Às vezes as operações eram simultâneas; mas então faziam-se em lugares distanciados.

Tinham sido escalpelados cerca de cinqüenta réus, quando chegou a vez de Stroibus e Pítias. Vieram buscá-los; eles supuseram que era para a morte judiciária, e encomendaram-se aos deuses. De caminho, furtaram uns figos, e explicaram o caso alegando que era um impulso da fome; adiante, porém, subtraíram uma flauta, e essa outra ação não a puderam explicar satisfatoriamente. Todavia, a astúcia do larápio é infinita, e Stroibus, para justificar a ação, tentou extrair algumas notas do instrumento, enchendo de compaixão as pessoas que os viam passar, e não ignoravam a sorte que iam ter. A notícia desses dous novos delitos foi narrada por Herófilo, e abalou a todos os seus discípulos.

— Realmente, disse mestre, é um caso extraordinário, um caso lindíssimo. Antes do principal, examinemos aqui o outro ponto...

O ponto era saber se o nervo do latrocínio residia na palma da mão ou na extremidade dos dedos; problema esse sugerido por um dos discípulos. Stroibus foi o primeiro sujeito à operação. Compreendeu tudo, desde que entrou na sala; e, como a natureza humana tem uma parte ínfima, pediu-lhes humildemente que poupassem a vida a um filósofo. Mas Herófilo, com um grande poder de dialética, disse-lhe mais ou menos isto: — Ou és um aventureiro ou o verdadeiro Stroibus; no primeiro caso, tens aqui o único meio para resgatar o crime de iludir a um príncipe esclarecido, presta-te ao escalpelo; no segundo caso, não deves ignorar que a obrigação do filósofo é servir à filosofia, e que o corpo é nada em comparação com o entendimento.

Dito isto, começaram pela experiência das mãos, que produziu ótimos resultados, coligidos em livros, que se perderam com a queda dos Ptolomeus. Também as mãos de Pítias foram rasgadas e minuciosamente examinadas. Os infelizes berravam, choravam, suplicavam; mas Herófilo dizia-lhes pacificamente que a obrigação do filósofo era servir à filosofia, e que para os fins da ciência, eles valiam ainda mais que os ratos, pois era melhor concluir do homem para o homem, e não do rato para o homem. E continuou a rasgá-los fibra por fibra, durante oito dias. No terceiro dia arrancaram-lhes os olhos, para desmentir praticamente uma teoria sobre a conformação interior do órgão. Não falo da extração do estômago de ambos, por se tratar de problemas relativamente secundários, e em todo caso estudados e resolvidos em cinco ou seis indivíduos escalpelados antes deles.

Diziam os alexandrinos que os ratos celebraram esse caso aflitivo e doloroso com danças e festas, a que convidaram alguns cães, rolas, pavões e outros animais ameaçados de igual destino, e outrossim, que nenhum dos convidados aceitou o convite, por sugestão de um cachorro, que lhes disse melancolicamente: — "Século virá em que a mesma cousa nos aconteça". Ao que retorquiu um rato: — "Mas até lá, riamos!"

PRIMAS DE SAPUCAIA!

Há umas ocasiões oportunas e fugitivas, em que o acaso nos inflige duas ou três primas de Sapucaia; outras vezes, ao contrário, as primas de Sapucaia são antes um benefício do que um infortúnio.

Era à porta de uma igreja. Eu esperava que as minhas primas Claudina e Rosa tomassem água benta, para conduzi-las à nossa casa, onde estavam hospedadas. Tinham vindo de Sapucaia, pelo Carnaval, e demoraram-se dois meses na corte. Era eu que as acompanhava a toda a parte, missas, teatros, Rua do Ouvidor, porque minha mãe, com o seu reumático, mal podia mover-se dentro de casa, e elas não sabiam andar sós. Sapucaia era a nossa pátria comum. Embora todos os parentes estivessem dispersos, ali nasceu o tronco da família. Meu tio José Ribeiro, pai destas primas, foi o único, de cinco irmãos, que lá ficou lavrando a terra e figurando na política do lugar. Eu vim cedo para a corte, donde segui a estudar e bacharelar-me em São Paulo. Voltei uma só vez a Sapucaia, para pleitear uma eleição, que perdi.

Rigorosamente, todas estas notícias são desnecessárias para a compreensão da minha aventura; mas é um modo de ir dizendo alguma cousa, antes de entrar em matéria, para a qual não acho porta grande nem pequena; o melhor é afrouxar a rédea à pena, e ela que vá andando, até achar entrada. Há de haver alguma; tudo depende das circunstâncias, regra que tanto serve para o estilo como para a vida; palavra puxa palavra, uma idéia traz outra, e assim se faz um livro, um governo, ou uma revolução; alguns dizem mesmo que assim é que a natureza compôs as suas espécies.

Portanto, água benta e porta de igreja. Era a igreja de S. José. A missa acabara; Claudina e Rosa fizeram uma cruz na testa, com o dedo polegar, molhado na água benta e descalçado unicamente para esse gesto. Depois ajustaram os manteletes, enquanto eu, ao portal, ia vendo as damas que saíam. De repente, estremeço, inclino-me para fora, chego mesmo a dar dous passos na direção da rua.

— Que foi, primo?

— Nada, nada.

Era uma senhora, que passara rentezinha com a igreja, vagarosa, cabisbaixa, apoiando-se no chapelinho de sol; ia pela Rua da Misericórdia acima. Para explicar a minha comoção, é preciso dizer que era a segunda vez que a via. A primeira foi no Prado Fluminense, dous meses antes, com um homem que, pelos modos, era seu marido, mas tanto podia ser marido como pai. Estava então um pouco de espavento, vestida de escarlate, com grandes enfeites vistosos, e umas argolas demasiado grossas nas orelhas; mas os olhos e a boca resgatavam o resto. Namoramos às bandeiras despregadas. Se disser que saí dali apaixonado, não meto a minha alma no inferno, porque é a verdade pura. Saí tonto, mas saí também desapontado, perdi-a de vista na multidão. Nunca mais pude dar com ela, nem ninguém me soube dizer quem fosse.

Calcule-se o meu enfado, vendo que a fortuna vinha trazê-la outra vez ao meu caminho, e que umas primas fortuitas não me deixavam lançar-lhe as mãos. Não será difícil calculá-lo, porque estas primas de Sapucaia tomam todas as formas, e o leitor, se não as teve de um modo, teve-as de outro. Umas vezes copiam o ar confidencial de um cavalheiro informado da última crise do ministério, de todas as causas aparentes ou secretas, dissensões novas ou antigas, interesses agravados, conspiração, crise. Outras vezes, enfronham-se na figura daquele eterno cidadão que afirma de um modo ponderoso e abotoado, que não há leis sem costumes, *nisi lege sine moribus*. Outras, afivelam a máscara de um Dangeau de esquina, que nos conta miudamente as fitas e rendas que esta, aquela, aqueloutra dama levara ao baile ou ao teatro. E durante esse tempo, a Ocasião passa, vagarosa, cabisbaixa, apoiando-se no chapelinho de sol: passa, dobra a esquina, e adeus... O ministério esfacelava-se; malinas e bruxelas; *nisi lege sine moribus*...

Estive a pique de dizer às primas, que se fossem embora; morávamos na Rua do Carmo, não era longe; mas abri mão da idéia. Já na rua pensei também em deixá-las na igreja, à minha espera, e ir ver se agarrava a Ocasião pela calva. Creio mesmo que cheguei a parar um momento, mas rejeitei igualmente esse alvitre e fui andando.

Fui andando com elas para o lado oposto ao da minha incógnita. Olhei para trás repetidas vezes, até perdê-la numa das curvas da rua, com os olhos no chão, como quem reflete, devaneia ou espera uma hora marcada. Não minto dizendo que esta última idéia trouxe-me a emoção do ciúme. Sou exclusivo e pessoal; daria um triste amante de mulheres casadas. Não importa que entre mim e aquela dama existisse apenas uma contemplação fugitiva de algumas horas; desde que a minha personalidade ia para ela, a partilha tornava-se-me insuportável. Sou também imaginoso; engenhei logo uma aventura e um aventureiro, dei-me ao prazer mórbido de afligir-me sem motivo nem necessidade. As primas iam adiante, e falavam-me de quando em quando; eu respondia mal, se respondia alguma cousa. Cordialmente, execrava-as.

Ao chegar à porta de casa, consultei o relógio, como se tivesse alguma cousa que fazer; depois disse às primas que subissem e fossem almoçando. Corri à Rua da Misericórdia. Fui primeiro até à Escola de Medicina; depois voltei e vim até à Câmara dos Deputados, então mais devagar, esperando vê-la ao chegar a cada curva da rua; mas nem sombra. Era insensato, não era? Todavia, ainda subi outra vez a rua, porque adverti que, a pé e devagar, mal teria tempo de ir em meio da Praia de Santa Luzia, se acaso não parara antes; e aí fui, rua acima e praia fora, até ao convento da Ajuda. Não encontrei nada, cousa nenhuma. Nem por isso perdi as esperanças; arrepiei caminho e vim, a passo lento ou apressado, conforme se me afigurava que era possível apanhá-la adiante, ou dar tempo a que saísse de alguma parte. Desde que a minha imaginação reproduzia a dama, todo eu sentia um abalo, como se realmente tivesse de vê-la daí a alguns minutos. Compreendi a emoção dos doudos.

Entretanto, nada. Desci a rua sem achar o menor vestígio da minha incógnita. Felizes os cães, que pelo faro dão com os amigos! Quem sabe se não estaria ali bem perto, no interior de alguma casa, talvez a própria casa dela? Lembrou-me indagar; mas de quem, e como? Um padeiro, encostado ao portal, espiava-me; algumas mulheres faziam a mesma cousa enfiando os olhos pelos postigos. Naturalmente desconfiavam do transeunte, do andar vagaroso ou apressado, do olhar inquisidor, do gesto inquieto. Deixei-me ir até à Câmara dos Deputados, e parei uns cinco minutos, sem saber que fizesse. Era perto de meio-dia. Esperei mais dez minutos, depois mais cinco, parado, com a esperança de vê-la; afinal, desesperei e fui almoçar.

Não almocei em casa. Não queria ver os demônios das primas, que me impediram de seguir a dama incógnita. Fui a um hotel. Escolhi uma mesa no fim da sala, e sentei-me de costas para as outras; não queria ser visto nem conversado. Comecei a comer o que me deram. Pedi alguns jornais, mas confesso que não li nada seguidamente, e apenas entendi três quartas partes do que ia lendo. No meio de uma notícia ou de um artigo, escorregava-me o espírito e caía na Rua da Misericórdia, à porta da igreja, vendo passar a incógnita, vagarosa, cabisbaixa, apoiando-se no chapelinho de sol.

A última vez que me aconteceu essa separação da OUTRA e da BESTA, estava já no café, e tinha diante de mim um discurso parlamentar. Achei-me ainda uma vez à porta da igreja; imaginei então que as primas não estavam comigo, e que eu seguia atrás da bela dama. Assim é que se consolam os preteridos da loteria; assim é que se fartam as ambições malogradas.

Não me peçam minúcias nem preliminares do encontro. Os sonhos desdenham as linhas finas e o acabado das paisagens; contentam-se de quatro ou cinco brochadas grossas, mas representativas. Minha imaginação galgou as dificuldades da primeira fala, e foi direita à Rua do Lavradio ou dos Inválidos, à própria casa de Adriana. Chama-se Adriana. Não viera à Rua da Misericórdia por motivo de amores, mas a ver alguém, uma parenta ou uma comadre, ou uma costureira. Conheceu-me, e teve igual comoção. Escrevi-lhe; respondeu-me. Nossas pessoas foram uma para a outra por cima de uma multidão de regras morais e de perigos. Adriana é casada; o marido conta cinqüenta e dous anos, ela trinta imperfeitos. Não amou nunca, não amou mesmo o marido, com quem casou por obedecer à família. Eu ensinei-lhe ao mesmo tempo o amor e a traição; é o que ela me diz nesta casinha que aluguei fora da cidade, de propósito para nós.

Ouço-a embriagado. Não me enganei; é a mulher ardente e amorosa, qual me diziam os seus olhos, olhos de touro, como os de Juno, grandes e redondos. Vive de mim e para mim. Escrevemo-nos todos os dias; e, apesar disso, quando nos encontramos na casinha, é como se mediara um século. Creio até que o coração dela ensinou-me alguma cousa, embora noviço, ou por isso mesmo. Nesta matéria desaprende-se com o uso e o ignorante é que é douto. Adriana não dissimula a alegria nem as lágrimas; escreve o que pensa, conta o que sente; mostra-me que não somos dois, mas um, tão-somente um ente universal, para quem Deus criou o sol e as flores, o papel e a tinta, o correio e as carruagens fechadas.

Enquanto ideava isto, creio que acabei de beber o café; lembra-me que o criado veio à mesa e retirou a xícara e o açucareiro. Não sei se lhe pedi fogo, provavelmente viu-me com o charuto na mão e trouxe-me fósforos.

Não juro, mas penso que acendi o charuto, porque daí a um instante, através de um véu de fumaça, vi a cabeça meiga e enérgica da minha bela Adriana, encostada a um sofá. Eu estou de joelhos, ouvindo-lhe a narração da última rusga do marido. Que ele já desconfia; ela sai muitas vezes, distrai-se, absorve-se, aparece-lhe triste ou alegre, sem motivo, e o marido começa a ameaçá-la. Ameaçá-la de quê? Digo-lhe que, antes de qualquer excesso, era melhor deixá-lo, para viver comigo, publicamente, um para o outro. Adriana escuta-me pensativa, cheia de Eva, namorada do demônio, que lhe sussurra de fora o que o coração lhe diz de dentro. Os dedos afagam-me os cabelos.

— Pois sim! pois sim!

Veio no dia seguinte, consigo mesma, sem marido, sem sociedade, sem escrúpulos, tão-somente consigo, e fomos dali viver juntos. Nem ostentação, nem resguardo. Supusemo-nos estrangeiros, e realmente não éramos outra cousa; falávamos uma língua, que nunca ninguém antes falara nem ouvira. Os outros amores eram, desde séculos, verdadeiras contrafações; nós dávamos a edição autêntica. Pela primeira vez, imprimia-se o manuscrito divino, um grosso volume que nós dividíamos em tantos capítulos e parágrafos quantas eram as horas do dia ou os dias da semana. O estilo era tecido de sol e música; a linguagem compunha-se da fina flor dos outros vocabulários. Tudo o que neles existia, meigo ou vibrante, foi extraído pelo autor para formar esse livro único — livro sem índice, porque era infinito — sem margens, para que o fastio não viesse escrever nelas as suas notas, — sem fita, porque já não tínhamos precisão de interromper a leitura e marcar a página.

Uma voz chamou-me à realidade. Era um amigo que acordara tarde, e vinha almoçar. Nem o sonho me deixava esta outra prima de Sapucaia! Cinco minutos depois despedi-me e saí; eram duas horas passadas.

Vexa-me dizer que ainda fui à Rua da Misericórdia, mas é preciso narrar tudo: fui e não achei nada. Voltei nos dias seguintes sem outro lucro, além do tempo perdido. Resignei-me a abrir mão da aventura, ou esperar a solução do acaso. As primas achavam-me aborrecido ou doente; não lhes disse que não. Daí a oito dias, foram-se embora, sem me deixar saudades; despedi-me delas como de uma febre maligna.

A imagem da minha incógnita não me deixou durante muitas semanas. Na rua, enganei-me várias vezes. Descobria ao longe uma figura, que era tal qual a outra; picava os calcanhares, até apanhá-la e desenganar-me. Comecei a achar-me ridículo; mas lá vinha uma hora ou um minuto, uma sombra ao longe, e a preocupação revivia. Afinal vieram outros cuidados, e não pensei mais nisso.

No princípio do ano seguinte, fui a Petrópolis; fiz a viagem com um antigo companheiro de estudos, Oliveira, que foi promotor em Minas Gerais, mas abandonara ultimamente a carreira por ter recebido uma herança. Estava alegre como nos tempos da academia; mas de quando em quando calava-se, olhando para fora da barca ou da caleça, com a atonia de quem regala a alma de uma recordação, de uma esperança ou de um desejo. No alto da serra perguntei-lhe para que hotel ia; respondeu que ia para uma casa particular, mas não me disse aonde, e até desconversou. Cuidei que me visitaria no dia seguinte; mas nem me visitou, nem o vi em parte alguma. Outro colega nosso ouvira dizer que ele tinha uma casa para os lados da Renânia.

Nenhuma destas circunstâncias voltaria à memória, se não fosse a notícia que me deram dias depois. Oliveira tirara uma mulher ao marido, e fora refugiar-se com ela em Petrópolis. Deram-me o nome do marido e o dela. O dela era Adriana. Confesso que, embora o nome da outra fosse pura invenção minha, estremeci ao ouvi-lo; não seria a mesma mulher? Vi logo depois que era pedir muito ao acaso. Já faz bastante esse pobre oficial das cousas humanas, concertando alguns fios dispersos; exigir que os reate a todos, e com os mesmos títulos, é saltar da realidade na novela. Assim falou o meu bom-senso, e nunca disse tão gravemente uma tolice, pois as duas mulheres eram nada menos que a mesmíssima.

Vi-a três semanas depois, indo visitar o Oliveira, que viera doente da corte. Subimos juntos na véspera; no meio da serra, começou ele a sentir-se incomodado; no alto estava febril. Acompanhei-o no carro até a casa, e não entrei, porque ele dispensou-me o incômodo. Mas no dia seguinte fui vê-lo, um pouco por amizade, outro pouco por avidez de conhecer a incógnita. Vi-a; era ela, era a minha, era a única Adriana.

Oliveira sarou depressa, e, apesar do meu zelo em visitá-lo, não me ofereceu a casa; limitou-se a vir ver-me no hotel. Respeitei-lhe os motivos; mas eles mesmos é que faziam reviver a antiga preocupação. Considerei que, além das razões de decoro, havia da parte dele um sentimento de ciúme, filho de um sentimento de amor, e que um e outro podiam ser a prova de um complexo de qualidades finas e grandes naquela mulher. Isto bastava a transtornar-me; mas a idéia de que a paixão dela não seria menor que a dele, o quadro desse casal que fazia uma só alma e pessoa, excitou em mim todos os nervos da inveja. Baldei esforços para ver se metia o pé na casa; cheguei a falar-lhe do boato que corria; ele sorria e tratava de outra cousa.

Acabou a estação de Petrópolis, e ele ficou. Creio que desceu em julho ou agosto. No fim do ano encontramo-nos casualmente; achei-o um pouco taciturno e preocupado. Vi-o ainda outras vezes, e não me pareceu diferente, a não ser que, além de taciturno, trazia na fisionomia uma longa prega de desgosto. Imaginei que eram efeitos da aventura, e, como não estou aqui para empulhar ninguém, acrescento que tive uma sensação de prazer. Durou pouco; era o demônio que trago em mim, e costuma fazer desses esgares de saltimbanco. Mas castiguei-o depressa, e pus no lugar dele o anjo, que também uso, e que se compadeceu do pobre rapaz, qualquer que fosse o motivo da tristeza.

Um vizinho dele, amigo nosso, contou-me alguma cousa, que me confirmou a suspeita de desgostos domésticos; mas foi ele mesmo quem me disse tudo, um dia, perguntando-lhe eu, estouvadamente, o que é que tinha que o mudara tanto.

— Que hei de ter? Imagina tu que comprei um bilhete de loteria, e nem tive, ao menos, o gosto de não tirar nada; tirei um escorpião.

E, como eu franzisse a testa interrogativamente:

— Ah! se soubesses metade só das cousas que me têm acontecido! Tens tempo? Vamos aqui ao Passeio Público.

Entramos no jardim, e metemo-nos por uma das alamedas. Contou-me tudo. Gastou duas horas em desfiar um rosário infinito de misérias. Vi através da narração duas índoles incompatíveis, unidas pelo amor ou pelo pecado, fartas uma da outra, mas condenadas à convivência e ao ódio. Ele nem podia deixá-la nem suportá-la. Nenhuma estima, nenhum respeito, alegria rara e impura; uma vida gorada.

— Gorada, repetia ele, gesticulando afirmativamente com a cabeça. Não tem que ver; a minha vida gorou. Hás de lembrar-te dos nossos planos da academia, quando nos propúnhamos, tu a ministro do império, eu da justiça. Podes guardar as duas pastas; não serei nada, nada. O ovo, que devia dar uma águia, não chega a dar um frango. Gorou completamente. Há ano e meio que ando nisso, e não acho saída nenhuma; perdi a energia...

Seis meses depois, encontrei-o aflito e desvairado. Adriana deixara-o para ir estudar geometria com um estudante da antiga Escola Central. — Tanto melhor, disse-lhe eu. Oliveira olhou para o chão envergonhado; despediu-se, e correu em procura dela. Achou-a daí a algumas semanas, disseram as últimas um ao outro, e no fim reconciliaram-se. Comecei então a visitá-los, com a idéia de os separar um do outro. Ela estava ainda bonita e fascinante; as maneiras eram finas e meigas, mas evidentemente de empréstimo, acompanhadas de umas atitudes e gestos, cujo intuito latente era atrair-me e arrastar-me.

Tive medo e retraí-me. Não se mortificou; deitou fora a capa de renda, restituiu-se ao natural. Vi então que era ferrenha, manhosa, injusta, muita vez grosseira; em alguns lances notei-lhe uma nota de perversidade. Oliveira, nos primeiros tempos, para fazer-me crer que mentira ou exagerara, suportava tudo rindo; era a vergonha da própria fraqueza. Mas não pôde guardar a máscara; ela arrancou-lha um dia, sem piedade, denunciando as humilhações em que ele caía, quando eu não estava presente. Tive nojo da mulher e pena do pobre-diabo. Convidei-o abertamente a deixá-la, ele hesitou, mas prometeu que sim.

— Realmente, não posso mais...

Combinamos tudo; mas no momento da separação, não pôde. Ela embebeu-lhe novamente os seus grandes olhos de touro e de basilisco, e desta vez, — ó minhas queridas primas de Sapucaia! — desta vez para só deixá-lo exausto e morto.

UMA SENHORA

Nunca encontro esta senhora que me não lembre a profecia de uma lagartixa ao poeta Heine, subindo os Apeninos: "Dia virá em que as pedras serão plantas, as plantas animais, os animais homens e os homens deuses". E dá-me vontade de dizer-lhe: — A senhora, D. Camila, amou tanto a mocidade e a beleza, que atrasou o seu relógio, a fim de ver se podia fixar esses dois minutos de cristal. Não se desconsole, D. Camila. No dia da lagartixa, a senhora será Hebe, deusa da juventude; a senhora nos dará a beber o néctar da perenidade com as suas mãos eternamente moças.

A primeira vez que a vi, tinha ela trinta e seis anos, posto só parecesse trinta e dous, e não passasse da casa dos vinte e nove. Casa é um modo de dizer. Não há castelo mais vasto do que a vivenda destes bons amigos, nem tratamento mais obsequioso do que o que eles sabem dar às suas hóspedes. Cada vez que D. Camila queria ir-se embora, eles pediam-lhe muito que ficasse, e ela ficava. Vinham então novos folguedos, cavalhadas, música, dança, uma sucessão de cousas belas, inventadas com o único fim de impedir que esta senhora seguisse o seu caminho.

— Mamãe, mamãe, dizia-lhe a filha crescendo, vamos embora, não podemos ficar aqui toda a vida.

D. Camila olhava para ela mortificada, depois sorria, dava-lhe um beijo e mandava-a brincar com as outras crianças. Que outras crianças? Ernestina estava então entre quatorze e quinze anos, era muito espigada, muito quieta, com uns modos naturais de senhora. Provavelmente não se divertiria com as meninas de oito e nove anos; não importa, uma vez que deixasse a mãe tranqüila, podia alegrar-se ou enfadar-se. Mas, ai triste! há um limite para tudo, mesmo para os vinte e nove anos. D. Camila resolveu, enfim, despedir-se desses dignos anfitriões, e fê-lo ralada de saudades. Eles ainda instaram por uns cinco ou seis meses de quebra; a bela dama respondeu-lhes que era impossível e, trepando no alazão do tempo, foi alojar-se na casa dos trinta.

Ela era, porém, daquela casta de mulheres que riem do sol e dos almanaques. Cor de leite, fresca, inalterável, deixava às outras o trabalho de envelhecer. Só queria o de existir. Cabelo negro, olhos castanhos e cálidos. Tinha as espáduas e o colo feitos de encomenda para os vestidos decotados, e assim também os braços, que eu não digo que eram os da Vênus de Milo, para evitar uma vulgaridade, mas provavelmente não eram outros. D. Camila sabia disto; sabia que era bonita, não só porque lho dizia o olhar sorrateiro das outras damas, como por um certo instinto que a beleza possui, como o talento e o gênio. Resta dizer que era casada, que o marido era ruivo, e que os dois amavam-se como noivos; finalmente, que era honesta. Não o era, note-se bem, por temperamento, mas por princípio, por amor ao marido, e creio que um pouco por orgulho.

Nenhum defeito, pois, exceto o de retardar os anos; mas é isso um defeito? Há, não me lembra em que página da Escritura, naturalmente nos Profetas, uma comparação dos dias com as águas de um rio que não voltam mais. D. Camila queria fazer uma represa para seu uso. No tumulto desta marcha contínua entre o nascimento e a morte, ela apegava-se à ilusão da estabilidade. Só se lhe podia exigir que não fosse ridícula, e não o era. Dir-me-á o leitor que a beleza vive de si mesma, e que a preocupação do calendário mostra que esta senhora vivia principalmente com os olhos na opinião. É verdade; mas como quer que vivam as mulheres do nosso tempo?

D. Camila entrou na casa dos trinta e não lhe custou passar adiante. Evidentemente o terror era uma superstição. Duas ou três amigas íntimas, nutridas de aritmética, continuavam a dizer que ela perdera a conta dos anos. Não advertiam que a natureza era cômplice no erro, e que aos quarenta anos (verdadeiros), D. Camila trazia um ar de trinta e poucos. Restava um recurso: espiar-lhe o primeiro cabelo branco, um fiozinho de nada, mas branco. Em vão espiavam; o demônio do cabelo parecia cada vez mais negro.

Nisto enganavam-se. O fio branco estava ali; era a filha de D. Camila que entrava nos dezenove anos, e, por mal de pecados, bonita. D. Camila prolongou, quanto pôde, os vestidos adolescentes da filha, conservou-a no colégio até tarde, fez tudo para proclamá-la criança. A natureza, porém, que não é só imoral, mas também ilógica, enquanto sofreava os anos de uma, afrouxava a rédea aos da outra, e Ernestina, moça feita, entrou radiante no primeiro baile. Foi uma revelação. D. Camila adorava a filha; saboreou-lhe a glória a tragos demorados. No fundo do copo achou a gota amarga e fez uma careta. Chegou a pensar na abdicação; mas um grande pródigo de frases feitas disse-lhe que ela parecia a irmã mais velha da filha, e o projeto desfez-se. Foi dessa noite em diante que D. Camila entrou a dizer a todas que casara muito criança.

Um dia, poucos meses depois, apontou no horizonte o primeiro namorado. D. Camila pensara vagamente nessa calamidade, sem encará-la, sem aparelhar-se para a defesa. Quando menos esperava, achou um pretendente à porta. Interrogou a filha; descobriu-lhe um alvoroço indefinível, a inclinação dos vinte anos, e ficou prostrada. Casá-la era o menos; mas, se os seres são como as águas da Escritura, que não voltam mais, é porque atrás deles vêm outros, como atrás das águas outras águas; e, para definir essas ondas sucessivas é que os homens inventaram este nome de netos. D. Camila viu iminente o primeiro neto, e determinou adiá-lo. Está claro que não formulou a resolução, como não formulara a idéia do perigo. A alma entende-se a si mesma; uma sensação vale um raciocínio. As que ela teve foram rápidas, obscuras, no mais íntimo do seu ser, donde não as extraiu para não ser obrigada a encará-las.

— Mas que é que você acha de mau no Ribeiro? perguntou-lhe o marido, uma noite, à janela.

D. Camila levantou os ombros.

— Acho-lhe o nariz torto, disse.

— Mau! Você está nervosa; falemos de outra cousa, respondeu o marido. E, depois de olhar uns dous minutos para a rua, cantarolando na garganta, tornou ao Ribeiro, que achava um genro aceitável, e se lhe pedisse Ernestina, entendia que deviam ceder-lha. Era inteligente e educado. Era também o herdeiro provável de uma tia de Cantagalo. E depois tinha um coração de ouro. Contavam-se dele cousas muita bonitas. Na academia, por exemplo... D. Camila ouviu o resto, batendo com a ponta do pé no chão e rufando com os dedos a sonata da impaciência; mas, quando o marido lhe disse que o Ribeiro esperava um despacho do ministro de estrangeiros, um lugar para os Estados Unidos, não pôde ter-se e cortou-lhe a palavra:

— O quê? separar-me de minha filha? Não, senhor.

Em que dose entrara neste grito o amor materno e o sentimento pessoal, é um problema difícil de resolver, principalmente agora, longe dos acontecimentos e das pessoas. Suponhamos que em partes iguais. A verdade é que o marido não soube que inventar para defender o ministro de estrangeiros, as necessidades diplomáticas, a fatalidade do matrimônio, e, não achando que inventar, foi dormir. Dois dias depois veio a nomeação. No terceiro dia, a moça declarou ao namorado que não a pedisse ao pai, porque não queria separar-se da família. Era o mesmo que dizer: prefiro a família ao senhor. É verdade que tinha a voz trêmula e sumida, e um ar de profunda consternação; mas o Ribeiro viu tão-somente a rejeição, e embarcou. Assim acabou a primeira aventura.

D. Camila padeceu com o desgosta da filha; mas consolou-se depressa. Não faltam noivos, refletiu ela. Para consolar a filha, levou-a a passear a toda parte. Eram ambas bonitas, e Ernestina tinha a frescura dos anos; mas a beleza da mãe era mais perfeita, e apesar dos anos, superava a da filha. Não vamos ao ponto de crer que o sentimento da superioridade é que animava D. Camila a prolongar e repetir os passeios. Não: o amor materno, só por si, explica tudo. Mas concedamos que animasse um pouco. Que mal há nisso? Que mal há em que um bravo coronel defenda nobremente a pátria, e as suas dragonas? Nem por isso acaba o amor da pátria e o amor das mães.

Meses depois despontou a orelha de um segundo namorado. Desta vez era um viúvo, advogado, vinte e sete anos. Ernestina não sentiu por ele a mesma emoção que o outro lhe dera; limitou-se a aceitá-lo. D. Camila farejou depressa a nova candidatura. Não podia alegar nada contra ele; tinha o nariz reto como a consciência, e profunda aversão à vida diplomática. Mas haveria outros defeitos, devia haver outros. D. Camila buscou-os com alma; indagou de suas relações, hábitos, passado. Conseguiu achar umas cousinhas miúdas, tão-somente a unha da imperfeição humana, alternativas de humor, ausência de graças intelectuais, e, finalmente, um grande excesso de amor-próprio. Foi neste ponto que a bela dama o apanhou. Começou a levantar vagarosamente a muralha do silêncio; lançou primeiro a camada das pausas, mais ou menos longas, depois as frases curtas, depois os monossílabos, as distrações, as absorções, os olhares complacentes, os ouvidos resignados, os bocejos fingidos por trás da ventarola. Ele não entendeu logo; mas, quando reparou que os enfados da mãe coincidiam com as ausências da filha, achou que era ali demais e retirou-se. Se fosse homem de luta, tinha saltado a muralha; mas era orgulhoso e fraco. D. Camila deu graças aos deuses.

Houve um trimestre de respiro. Depois apareceram alguns namoricos de uma noite, insetos efêmeros, que não deixaram história. D. Camila compreendeu que eles tinham de multiplicar-se, até vir algum decisivo que a obrigasse a ceder; mas ao menos, dizia ela a si mesma, queria um genro que trouxesse à filha a mesma felicidade que o marido lhe deu. E, uma vez, ou para robustecer este decreto da vontade, ou por outro motivo, repetiu o conceito em voz alta, embora só ela pudesse ouvi-lo. Tu, psicólogo sutil, podes imaginar que ela queria convencer-se a si mesma; eu prefiro contar o que lhe aconteceu em 186...

Era de manhã. D. Camila estava ao espelho, a janela aberta, a chácara verde e sonora de cigarras e passarinhos. Ela sentia em si a harmonia que a ligava às cousas externas. Só a beleza intelectual é independente e superior. A beleza física é irmã da paisagem. D. Camila saboreava essa fraternidade íntima, secreta, um sentimento de identidade, uma recordação da vida anterior no mesmo útero divino. Nenhuma lembrança desagradável, nenhuma ocorrência vinha turvar essa expansão misteriosa. Ao contrário, tudo parecia embebê-la de eternidade, e os quarenta e dous anos em que ia não lhe pesavam mais do que outras tantas folhas de rosa. Olhava para fora, olhava para o espelho. De repente, como se lhe surdisse uma cobra, recuou aterrada. Tinha visto, sobre a fonte esquerda, um cabelinho branco. Ainda cuidou que fosse do marido; mas reconheceu depressa que não, que era dela mesma, um telegrama da velhice, que aí vinha a marchas forçadas. O primeiro sentimento foi de prostração. D. Camila sentiu faltar-lhe tudo, tudo, viu-se encanecida e acabada no fim de uma semana.

— Mamãe, mamãe, bradou Ernestina, entrando na saleta. Está aqui o camarote que papai mandou.

D. Camila teve um sobressalto de pudor, e instintivamente voltou para a filha o lado que não tinha o fio branco. Nunca a achou tão graciosa e lépida. Fitou-a com saudade. Fitou-a também com inveja, e, para abafar este sentimento mau, pegou no bilhete de camarote. Era para aquela mesma noite. Uma idéia expele outra; D. Camila anteviu-se no meio das luzes e das gentes, e depressa levantou o coração. Ficando só, tornou a olhar para o espelho, e corajosamente arrancou o cabelinho branco e deitou-o à chácara. *Out, damned spot! Out!*[18] Mais feliz do que a outra lady Macbeth, viu assim desaparecer a nódoa no ar, porque no ânimo dela, a velhice era um remorso, e a fealdade um crime. Sai, maldita mancha! sai!

Mas, se os remorsos voltam, por que não hão de voltar os cabelos brancos? Um mês depois, D. Camila descobriu outro, insinuado na bela e farta madeixa negra, e amputou-o sem piedade. Cinco ou seis semanas depois, outro. Este terceiro coincidiu com um terceiro candidato à mão da filha, e ambos acharam D. Camila numa hora de prostração. A beleza, que lhe suprira a mocidade, parecia-lhe prestes a ir também, como uma pomba sai em busca da outra. Os dias precipitavam-se. Crianças que ela vira ao colo, ou de carrinho empuxado pelas amas, dançavam agora nos bailes. Os que eram homens fumavam; as mulheres cantavam ao piano. Algumas destas apresentavam-lhe os seus *babies,* gorduchos, uma segunda geração que mamava, à espera de ir bailar também, cantar ou fumar, apresentar outros *babies* a outras pessoas, e assim por diante.

D. Camila, apenas tergiversou um pouco, acabou cedendo. Que remédio, senão aceitar um genro? Mas, como um velho costume não se perde de um dia para outro, D. Camila viu paralelamente, naquela festa do coração, um cenário e grande cenário. Preparou-se galhardamente, e o efeito correspondeu ao esforço. Na igreja, no meio de outras damas; na sala, sentada no sofá (o estofo que forrava este móvel, assim como o papel da parede foram sempre escuros para fazer sobressair a tez de D. Camila), vestida a capricho, sem o requinte da extrema juventude, mas também sem a rigidez matronal, um meio-termo apenas, destinado a pôr em relevo as suas graças outoniças, risonha, e feliz, enfim, a recente sogra colheu os melhores sufrágios. Era certo que ainda lhe pendia dos ombros um retalho de púrpura.

Púrpura supõe dinastia. Dinastia exige netos. Restava que o Senhor abençoasse a união, e ele abençoou-a, no ano seguinte. D. Camila acostumara-se à idéia; mas era tão penoso abdicar, que ela aguardava o neto com amor e repugnância. Esse importuno embrião, curioso da vida e pretensioso, era necessário na terra? Evidentemente, não; mas apareceu um dia, com as flores de setembro. Durante a crise, D. Camila só teve de pensar na filha; depois da crise, pensou na filha e no neto. Só dias depois é que pôde pensar em si mesma. Enfim, avó. Não havia que duvidar; era avó. Nem as feições, que eram ainda concertadas, nem os cabelos, que eram pretos (salvo meia dúzia de fios escondidos), podiam por si sós denunciar a realidade; mas a realidade existia; ela era, enfim, avó.

Quis recolher-se; e para ter o neto mais perto de si, chamou a filha para casa. Mas a casa não era um mosteiro, e as ruas e os jornais com os seus mil rumores acordavam nela os ecos de outro tempo. D. Camila rasgou o ato de abdicação e tornou ao tumulto.

Um dia, encontrei-a ao lado de uma preta, que levava ao colo uma criança de cinco a seis meses. D. Camila segurava na mão o chapelinho de sol aberto para cobrir a criança. Encontrei-a oito dias depois, com a mesma criança, a mesma preta e o mesmo chapéu de sol. Vinte dias depois, e trinta dias mais tarde, tornei a vê-la, entrando para o bonde, com a preta e a criança. — Você já deu de mamar? dizia ela à preta. Olhe o sol. Não vá cair. Não aperte muito o menino. Acordou? Não mexa com ele. Cubra a carinha, etc., etc.

Era o neto. Ela, porém, ia tão apertadinha, tão cuidadosa da criança, tão a miúdo, tão sem outra senhora, que antes parecia mãe do que avó; e muita gente pensava que era mãe. Que tal fosse a intenção de D. Camila não o juro eu. ("Não jurarás", Mat. V, 34.) Tão-somente digo que nenhuma outra mãe seria mais desvelada do que D. Camila com o neto; atribuírem-lhe um simples filho era a cousa mais verossímil do mundo.

ANEDOTA PECUNIÁRIA

Chama-se Falcão o meu homem. Naquele dia — quatorze de abril de 1870 — quem lhe entrasse em casa, às dez horas da noite, vê-lo-ia passear na sala, em mangas de camisa, calça preta e gravata branca, resmungando, gesticulando, suspirando, evidentemente aflito. Às vezes, sentava-se; outras, encostava-se à janela, olhando para a praia, que era a da Gamboa. Mas, em qualquer lugar ou atitude, demorava-se pouco tempo.

— Fiz mal, dizia ele, muito mal. Tão minha amiga que ela era! tão amorosa! Ia chorando, coitadinha! Fiz mal, muito mal... Ao menos, que seja feliz!

Se eu disser que este homem vendeu uma sobrinha, não me hão de crer; se descer a definir o preço, dez contos de réis, voltar-me-ão as costas com desprezo e indignação. Entretanto, basta ver este olhar felino, estes dois beiços, mestres de cálculo, que, ainda fechados, parecem estar contando alguma cousa, para adivinhar logo que a feição capital do nosso homem é a voracidade do lucro. Entendamo-nos: ele faz arte pela arte, não ama o dinheiro pelo que ele pode dar, mas pelo que é em si mesmo! Ninguém lhe vá falar dos regalos da vida. Não tem cama fofa, nem mesa fina, nem carruagem, nem comenda. Não se ganha dinheiro para esbanjá-lo, dizia ele. Vive de migalhas; tudo o que amontoa é para a contemplação. Vai muitas vezes à burra, que está na alcova de dormir, com o único fim de fartar os olhos nos rolos de ouro e maços de títulos. Outras vezes, por um requinte de erotismo pecuniário, contempla-os só de memória. Neste particular, tudo o que eu pudesse dizer, ficaria abaixo de uma palavra dele mesmo, em 1857.

Já então milionário, ou quase, encontrou na rua dois meninos, seus conhecidos, que lhe perguntaram se uma nota de cinco mil-réis, que lhes dera um tio, era verdadeira. Corriam algumas notas falsas, e os pequenos lembraram-se disso em caminho. Falcão ia com um amigo. Pegou trêmulo na nota, examinou-a bem, virou-a, revirou- a...

— É falsa? perguntou com impaciência um dos meninos.

— Não; é verdadeira.

— Dê cá, disseram ambos.

Falcão dobrou a nota vagarosamente, sem tirar-lhe os olhos de cima; depois, restituiu-a aos pequenos, e, voltando-se para o amigo, que esperava por ele, disse-lhe com a maior candura do mundo:

— Dinheiro, mesmo quando não é da gente, faz gosto ver.

Era assim que ele amava o dinheiro, até à contemplação desinteressada. Que outro motivo podia levá-lo a parar, diante das vitrinas dos cambistas, cinco, dez, quinze minutos, lambendo com os olhos os montes de libras e francos, tão arrumadinhos e amarelos? O mesmo sobressalto com que pegou na nota de cinco mil-réis, era um rasgo sutil, era o terror da nota falsa. Nada [o] aborrecia tanto, como os moedeiros falsos, não por serem criminosos, mas prejudiciais, por desmoralizarem o dinheiro bom.

A linguagem do Falcão valia um estudo. Assim é que, um dia, em 1864, voltando do enterro de um amigo, referiu o esplendor do préstito, exclamando com entusiasmo: — "Pegavam no caixão três mil contos!" E, como um dos ouvintes não o entendesse logo, concluiu do espanto, que duvidava dele, e discriminou a afirmação: — "Fulano quatrocentos, Sicrano seiscentos... Sim, senhor, seiscentos; há dois anos, quando desfez a sociedade com o sogro, ia em mais de quinhentos; mas suponhamos quinhentos..." E foi por diante, demonstrando, somando e concluindo: — "Justamente, três mil contos!"

Não era casado. Casar era botar dinheiro fora. Mas os anos passaram, e aos quarenta e cinco entrou a sentir uma certa necessidade moral, que não compreendeu logo, e era a saudade paterna. Não mulher, não parentes, mas um filho ou uma filha, se ele o tivesse, era como receber um patacão de ouro. Infelizmente, esse outro capital devia ter sido acumulado em tempo; não podia começá-lo a ganhar tão tarde. Restava a loteria; a loteria deu-lhe o prêmio grande.

Morreu-lhe o irmão, e três meses depois a cunhada, deixando uma filha de onze anos. Ele gostava muito desta e de outra sobrinha, filha de uma irmã viúva; dava-lhes beijos, quando as visitava; chegava mesmo ao delírio de levar-lhes, uma ou outra vez, biscoitos. Hesitou um pouco, mas, enfim, recolheu a órfã; era a filha cobiçada. Não cabia em si de contente; durante as primeiras semanas, quase não saía de casa, ao pé dela, ouvindo-lhe histórias e tolices.

Chamava-se Jacinta, e não era bonita; mas tinha a voz melodiosa e os modos fagueiros. Sabia ler e escrever; começava a aprender música. Trouxe o piano consigo, o método e alguns exercícios; não pôde trazer o professor, porque o tio entendeu que era melhor ir praticando o que aprendera, é um dia... mais tarde... Onze anos, doze anos, treze anos, cada ano que passava era mais um vínculo que atava o velho solteirão à filha adotiva, e vice-versa. Aos treze, Jacinta mandava na casa; aos dezessete era verdadeira dona. Não abusou do domínio; era naturalmente modesta, frugal, poupada.

— Um anjo! dizia o Falcão ao Chico Borges.

Este Chico Borges tinha quarenta anos, e era dono de um trapiche. Ia jogar com o Falcão, à noite. Jacinta assistia às partidas. Tinha então dezoito anos; não era mais bonita, mas diziam todos "que estava enfeitando muito". Era pequenina, e o trapicheiro adorava as mulheres pequeninas. Corresponderam-se, o namoro fez-se paixão.

— Vamos a elas, dizia o Chico Borges ao entrar, pouco depois de ave-marias.

As cartas eram o chapéu de sol dos dous namorados. Não jogavam a dinheiro; mas o Falcão tinha tal sede ao lucro, que contemplava os próprios tentos, sem valor, e contava-os de dez em dez minutos, para ver se ganhava ou perdia. Quando perdia, caía-lhe o rosto num desalento incurável, e ele recolhia-se pouco a pouco ao silêncio. Se a sorte teimava em persegui-lo, acabava o jogo, e levantava-se tão melancólico e cego, que a sobrinha e o parceiro podiam apertar a mão, uma, duas, três vezes, sem que ele visse cousa nenhuma.

Era isto em 1869. No princípio de 1870 Falcão propôs ao outro uma venda de ações. Não as tinha; mas farejou uma grande baixa, e contava ganhar de um só lance trinta a quarenta contos ao Chico Borges. Este respondeu-lhe finamente que andava pensando em oferecer-lhe a mesma cousa. Uma vez que ambos queriam vender e nenhum comprar, podiam juntar-se e propor a venda a um terceiro. Acharam o terceiro, e fecharam o contrato a sessenta dias. Falcão estava tão contente, ao voltar do negócio, que o sócio abriu-lhe o coração e pediu-lhe a mão de Jacinta. Foi o mesmo que, se de repente, começasse a falar turco. Falcão parou, embasbacado, sem entender. Que lhe desse a sobrinha? Mas então...

— Sim; confesso a você que estimaria muito casar com ela, e ela... penso que também estimaria casar comigo.

— Qual, nada! interrompeu o Falcão. Não, senhor; está muito criança, não consinto.

— Mas reflita...

— Não reflito, não quero.

Chegou a casa irritado e aterrado. A sobrinha afagou-o tanto para saber o que era, que ele acabou contando tudo, e chamando-lhe esquecida e ingrata. Jacinta empalideceu; amava os dous, e via-os tão dados, que não imaginou nunca esse contraste de afeições. No quarto chorou à larga; depois escreveu uma carta ao Chico Borges pedindo-lhe pelas cinco chagas de Nosso Senhor Jesus Cristo, que não fizesse barulho nem brigasse com o tio; dizia-lhe que esperasse, e jurava-lhe um amor eterno.

Não brigaram os dois parceiros; mas as visitas foram naturalmente mais escassas e frias. Jacinta não vinha à sala, ou retirava-se logo. O terror do Falcão era enorme. Ele amava a sobrinha com um amor de cão, que persegue e morde aos estranhos. Queria-a para si, não como homem, mas como pai. A paternidade natural dá forças para o sacrifício da separação; a paternidade dele era de empréstimo, e, talvez, por isso mesmo, mais egoísta. Nunca pensara em perdê-la; agora, porém, eram trinta mil cuidados, janelas fechadas, advertências à preta, uma vigilância perpétua, um espiar os gestos e os ditos, uma campanha de D. Bartolo.[21]

Entretanto, o sol, modelo de funcionários, continuou a servir pontualmente os dias, um a um, até chegar aos dois meses do prazo marcado para a entrega das ações. Estas deviam baixar, segundo a previsão dos dois; mas as ações, como as loterias e as batalhas, zombam dos cálculos humanos. Naquele caso, além de zombaria, houve crueldade, porque nem baixaram, nem ficaram ao par; subiram até converter o esperado lucro de quarenta contos numa perda de vinte.

Foi aqui que o Chico Borges teve uma inspiração de gênio. Na véspera, quando o Falcão, abatido e mudo, passeava na sala o seu desapontamento, propôs ele custear todo o *deficit,* se lhe desse a sobrinha. Falcão teve um deslumbramento.

— Que eu...?

— Isso mesmo, interrompeu o outro, rindo.

— Não, não...

Não quis; recusou três e quatro vezes. A primeira impressão fora de alegria, eram os dez contos na algibeira. Mas a idéia de separar-se de Jacinta era insuportável, e recusou. Dormiu mal. De manhã, encarou a situação, pesou as cousas, considerou que, entregando Jacinta ao outro, não a perdia inteiramente, ao passo que os dez contos iam-se embora. E, depois, se ela gostava dele e ele dela, por que razão separá-los? Todas as filhas casam-se, e os pais contentam-se de as ver felizes. Correu à casa do Chico Borges, e chegaram a acordo.

21 D. Bartolo é personagem da comédia *O Barbeiro de Sevilha,* do escritor francês Beaumarchais, peça que inspirou, entre outras, a ópera homônima de Rossini. Bartolo é tutor de uma bela moça, Rosina, com quem pretende casar e que mantém presa em casa. O Conde de Almaviva, jovem gentil-homem espanhol, apaixona-se por Rosina e ilude a severa vigilância de Bartolo, que a perde para ele, apesar de todas as precauções tomadas.

— Fiz mal, muito mal, bradava ele na noite do casamento. Tão minha amiga que ela era! Tão amorosa! Ia chorando, coitadinha... Fiz mal, muito mal.

Cessara o terror dos dez contos; começara o fastio da solidão. Na manhã seguinte, foi visitar os noivos. Jacinta não se limitou a regalá-lo com um bom almoço, encheu-o de mimos e afagos; mas nem estes, nem o almoço lhe restituíram a alegria. Ao contrário, a felicidade dos noivos entristeceu-o mais. Ao voltar para casa não achou a carinha meiga de Jacinta. Nunca mais lhe ouviria as cantigas de menina e moça; não seria ela quem lhe faria o chá, quem lhe traria, à noite, quando ele quisesse ler, o velho tomo ensebado do *Saint-Clair das Ilhas,* dádiva de 1850.

— Fiz mal, muito mal...

Para remediar o mal feito, transferiu as cartas para a casa da sobrinha, e ia lá jogar, à noute, com o Chico Borges. Mas a fortuna, quando flagela um homem, corta-lhe todas as vazas. Quatro meses depois, os recém-casados foram para a Europa; a solidão alargou-se de toda a extensão do mar. Falcão contava então cinqüenta e quatro anos. Já estava mais consolado do casamento de Jacinta; tinha mesmo o plano de ir morar com eles, ou de graça, ou mediante uma pequena retribuição, que calculou ser muito mais econômico do que a despesa de viver só. Tudo se esboroou; ei-lo outra vez na situação de oito anos antes, com a diferença que a sorte arrancara-lhe a taça entre dous goles.

Vai senão quando cai-lhe outra sobrinha em casa. Era a filha da irmã viúva, que morreu e lhe pediu a esmola de tomar conta dela. Falcão não prometeu nada, porque um certo instinto o levava a não prometer cousa nenhuma a ninguém, mas a verdade é que recolheu a sobrinha, tão depressa a irmã fechou os olhos. Não teve constrangimento; ao contrário, abriu-lhe as portas de casa, com um alvoroço de namorado, e quase abençoou a morte da irmã. Era outra vez a filha perdida.

— Esta há de fechar-me os olhos, dizia ele consigo.

Não era fácil. Virgínia tinha dezoito anos, feições lindas e originais; era grande e vistosa. Para evitar que lha levassem, Falcão começou por onde acabara da primeira vez: — janelas cerradas, advertências à preta, raros passeios, só com ele e de olhos baixos. Virgínia não se mostrou enfadada. — Nunca fui janeleira, dizia ela, e acho muito feio que uma moça viva com o sentido na rua. Outra cautela do Falcão foi não trazer para casa senão parceiros de cinqüenta anos para cima ou casados. Enfim, não cuidou mais da baixa das ações. E tudo isso era desnecessário, porque a sobrinha não cuidava realmente senão dele e da casa. Às vezes, como a vista do tio começava a diminuir muito, lia-lhe ela mesma alguma página do *Saint-Clair das Ilhas.* Para suprir os parceiros, quando eles faltavam, aprendeu a jogar cartas, e, entendendo que o tio gostava de ganhar, deixava-se sempre perder. Ia mais longe: quando perdia muito, fingia-se zangada ou triste, com o único fim de dar ao tio um acréscimo de prazer. Ele ria então à larga, mofava dela, achava-lhe o nariz comprido, pedia um lenço para enxugar-lhe as lágrimas; mas não deixava de contar os seus tentos de dez em dez minutos, e se algum caía no chão (eram grãos de milho) descia a vela para apanhá-lo.

No fim de três meses, Falcão adoeceu. A moléstia não foi grave nem longa; mas o terror da morte apoderou-se-lhe do espírito, e foi então que se pôde ver toda a afeição que ele tinha à moça. Cada visita que se lhe chegava, era recebida com rispidez, ou pelo menos com sequidão. Os mais íntimos padeciam mais, porque ele dizia-lhes brutalmente que ainda não era cadáver, que a carniça ainda estava viva, que os urubus enganavam-se de cheiro, etc. Mas nunca Virgínia achou nele um só instante de mau humor. Falcão obedecia-lhe em tudo, com uma passividade de criança, e quando ria, é porque ela o fazia rir.

— Vamos, tome o remédio, deixe-se disso, vosmecê agora é meu filho...

Falcão sorria e bebia a droga. Ela sentava-se ao pé da cama, contando-lhe histórias, espiava o relógio para dar-lhe os caldos ou a galinha, lia-lhe o sempiterno *Saint-Clair.* Veio a convalescença. Falcão saiu a alguns passeios, acompanhado de Virgínia. A prudência com que esta, dando-lhe o braço, ia mirando as pedras da rua, com medo de encarar os olhos de algum homem, encantava o Falcão.

— Esta há de fechar-me os olhos, repetia ele consigo mesmo. Um dia, chegou a pensá-lo voz alta: — Não é verdade que você me há de fechar os olhos?

— Não diga tolices!

Conquanto estivesse na rua, ele parou, apertou-lhe muito as mãos, agradecido, não achando que dizer. Se tivesse a faculdade de chorar, ficaria provavelmente com os olhos úmidos. Chegando a casa, Virgínia correu ao quarto para reler uma carta que lhe entregara na véspera uma D. Bernarda, amiga de sua mãe. Era datada de New York, e trazia por única assinatura este nome: Reginaldo. Um dos trechos dizia assim: "Vou daqui no paquete de 25. Espera-me sem falta. Não sei ainda se irei ver-te logo ou não. Teu tio deve lembrar-se de mim; viu-me em casa de meu tio Chico Borges, no dia do casamento de tua prima..."

Quarenta dias depois, desembarcava este Reginaldo, vindo de New York, com trinta anos feitos e trezentos mil dólares ganhos. Vinte e quatro horas depois visitou o Falcão, que o recebeu apenas com polidez. Mas o Reginaldo era fino e prático; atinou com a principal corda do homem, e vibrou-a. Contou-lhe os prodígios de negócio nos Estados Unidos, as hordas de moedas que corriam de um a outro dos dous oceanos. Falcão ouvia deslumbrado, e pedia mais. Então o outro fez-lhe uma extensa computação das companhias e bancos, ações, saldos de orçamento público, riquezas particulares, receita municipal de New York; descreveu-lhe os grandes palácios do comércio...

— Realmente, é um grande país, dizia o Falcão, de quando em quando. E depois de três minutos de reflexão: — Mas, pelo que o senhor conta, só há ouro?

— Ouro só, não; há muita prata e papel; mas ali papel e ouro é a mesma cousa. E moedas de outras nações? Hei de mostrar-lhe uma coleção que trago. Olhe; para ver o que é aquilo basta pôr os olhos em mim. Fui para lá pobre, com vinte e três anos; no fim de sete anos, trago seiscentos contos.

Falcão estremeceu:

— Eu, com a sua idade, confessou ele, mal chegaria a cem.

Estava encantado. Reginaldo disse-lhe que precisava de duas ou três semanas, para lhe contar os milagres do dólar.

— Como é que o senhor lhe chama?

— Dólar.

— Talvez não acredite que nunca vi essa moeda.

Reginaldo tirou do bolso do colete um dólar e mostrou-lho. Falcão, antes de lhe pôr a mão, agarrou-o com os olhos. Como estava um pouco escuro, levantou-se e foi até à janela, para examiná-lo bem — de ambos os lados; depois restituiu-o, gabando muito o desenho e a cunhagem, e acrescentando que os nossos antigos patacões eram bem bonitos.

As visitas repetiram-se. Reginaldo assentou de pedir a moça. Esta, porém, disse-lhe que era preciso ganhar primeiro as boas graças do tio; não casaria contra a vontade dele. Reginaldo não desanimou. Tratou de redobrar as finezas; abarrotou o tio de dividendos fabulosos.

— A propósito, o senhor nunca me mostrou a sua coleção de moedas, disse-lhe um dia o Falcão.

— Vá amanhã à minha casa.

Falcão foi. Reginaldo mostrou-lhe a coleção metida num móvel envidraçado por todos os lados. A surpresa de Falcão foi extraordinária; esperava uma caixinha com um exemplar de cada moeda, e achou montes de ouro, de prata, de bronze e de cobre. Falcão mirou-as primeiro de um olhar universal e coletivo; depois, começou a fixá-las especificamente. Só conheceu as libras, os dólares e os francos; mas o Reginaldo nomeou-as todas; florins, coroas, rublos, dracmas, piastras, pesos, rupias, toda a numismática do trabalho, concluiu ele poeticamente.

— Mas que paciência a sua para ajuntar tudo isto! disse ele.

— Não fui eu que ajuntei, replicou o Reginaldo; a coleção pertencia ao espólio de um sujeito de Filadélfia. Custou-me uma bagatela: — cinco mil dólares.

Na verdade, valia mais. Falcão saiu dali com a coleção na alma; falou dela à sobrinha, e, imaginariamente, desarrumou e tornou a arrumar as moedas, como um amante desgrenha a amante para toucá-la outra vez. De noite sonhou que era um florim, que um jogador o deitava à mesa do *lansquenet,* e que ele trazia consigo para a algibeira do jogador mais de duzentos florins. De manhã, para consolar-se, foi contemplar as próprias moedas que tinha na burra; mas não se consolou nada. O melhor dos bens é o que se não possui.

Dali a dias, estando em casa, na sala, pareceu-lhe ver uma moeda no chão. Inclinou-se a apanhá-la; não era moeda, era uma simples carta. Abriu a carta distraidamente e leu-a espantado: era de Reginaldo a Virgínia...

— Basta! interrompe-me o leitor; adivinho o resto. Virgínia casou com o Reginaldo, as moedas passaram às mãos do Falcão, e eram falsas...

Não, senhor, eram verdadeiras. Era mais moral que, para castigo do nosso homem, fossem falsas; mas, ai de mim! eu não sou Sêneca, não passo de um Suetônio que contaria dez vezes a morte de César, se ele ressuscitasse dez vezes, pois não tornaria à vida, senão para tornar ao império.

FULANO

Venha o leitor comigo assistir à abertura do testamento do meu amigo Fulano Beltrão. Conheceu-o? Era um homem de cerca de sessenta anos. Morreu ontem, dous de janeiro de 1884, às onze horas e trinta minutos da noite. Não imagina a força de ânimo que mostrou em toda a moléstia. Caiu na véspera de finados, e a princípio supúnhamos que não fosse nada; mas a doença persistiu, e ao fim de dous meses e poucos dias a morte o levou.

Eu confesso-lhe que estou curioso de ouvir o testamento. Há de conter por força algumas determinações de interesse geral e honrosas para ele. Antes de 1863 não seria assim, porque até então era um homem muito metido consigo, reservado, morando no caminho do Jardim Botânico, para onde ia de ônibus ou de mula. Tinha a mulher e o filho vivos, a filha solteira, com treze anos. Foi nesse ano que ele começou a ocupar-se com outras cousas, além da família, revelando um espírito universal e generoso. Nada posso afirmar-lhe sobre a causa disto. Creio que foi uma apologia de amigo, por ocasião dele fazer quarenta anos. Fulano Beltrão leu no *Jornal do Comércio,* no dia cinco de março de 1864, um artigo anônimo em que se lhe diziam cousas belas e exatas: — bom pai, bom esposo, amigo pontual, cidadão digno, alma levantada e pura. Que se lhe fizesse justiça, era muito; mas anonimamente, era raro.

— Você verá, disse Fulano Beltrão à mulher, você verá que isto é do Xavier ou do Castro; logo rasgaremos o capote.

Castro e Xavier eram dous habituados da casa, parceiros constantes do voltarete e velhos amigos do meu amigo. Costumavam dizer cousas amáveis, no dia cinco de março, mas era ao jantar, na intimidade da família, entre quatro paredes; impressos, era a primeira vez que ele se benzia com elogios. Pode ser que me engane; mas estou que o espetáculo da justiça, a prova material de que as boas qualidades e as boas ações não morrem no escuro, foi o que animou o meu amigo a dispersar-se, a aparecer, a divulgar-se, a dar à coletividade humana um pouco das virtudes com que nasceu. Considerou que milhares de pessoas estariam lendo o artigo, à mesma hora em que o lia também; imaginou que o comentavam, que interrogavam, que confirmavam, ouviu mesmo, por um fenômeno de alucinação que a ciência há de explicar, e que não é raro, ouviu distintamente algumas vozes do público. Ouviu que lhe chamavam homem de bem, cavalheiro distinto, amigo dos amigos, laborioso, honesto, todos os qualificativos que ele vira empregados em outros, e que na vida de bicho do mato em que ia, nunca presumiu que lhe fossem — tipograficamente — aplicados.

— A imprensa é uma grande invenção, disse ele à mulher.

Foi ela, D. Maria Antônia, quem rasgou o capote; o artigo era do Xavier. Declarou este que só em atenção à dona da casa confessava a autoria; e acrescentou que a manifestação não saíra completa, porque a idéia dele era que o artigo fosse dado em todos os jornais, não o tendo feito por havê-lo acabado às sete horas da noite. Não houve tempo de tirar cópias. Fulano Beltrão emendou essa falta, se falta se lhe podia chamar, mandando transcrever o artigo no *Diário do Rio* e no *Correio Mercantil*.

Quando mesmo, porém, este fato não desse causa à mudança de vida do nosso amigo, fica uma cousa de pé, a saber, que daquele ano em diante, e propriamente do mês de março, é que ele começou a aparecer mais. Era até então um casmurro, que não ia às assembléias das companhias, não votava nas eleições políticas, não freqüentava teatros, nada, absolutamente nada. Já naquele mês de março, a vinte e dous ou vinte e três, presenteou a Santa Casa da Misericórdia com um bilhete da grande loteria de Espanha, e recebeu uma honrosa carta do provedor, agradecendo em nome dos pobres. Consultou a mulher e os amigos, se devia publicar a carta ou guardá-la, parecendo-lhe que não a publicar era uma desatenção. Com efeito, a carta foi dada a vinte e seis de março, em todas as folhas, fazendo uma delas comentários desenvolvidos acerca da piedade do doador. Das pessoas que leram esta notícia, muitas naturalmente ainda se lembravam do artigo do Xavier, e ligaram as duas ocorrências: "Fulano Beltrão é aquele mesmo que, etc.", primeiro alicerce da reputação de um homem.

É tarde, temos de ir ouvir o testamento, não posso estar a contar-lhe tudo. Digo-lhe sumariamente que as injustiças da rua começaram a ter nele um vingador ativo e discursivo; que as misérias, principalmente as misérias dramáticas, filhas de um incêndio ou inundação, acharam no meu amigo a iniciativa dos socorros que, em tais casos, devem ser prontos e públicos. Ninguém como ele para um desses movimentos. Assim também com as alforrias de escravos. Antes da lei de 28 de setembro de 1871, era muito comum aparecerem na Praça do Comércio[22] crianças escravas, para cuja liberdade se pedia o favor dos negociantes. Fulano Beltrão iniciava três quartas partes das subscrições, com tal êxito, que em poucos minutos ficava o preço coberto.

A justiça que se lhe fazia, animava-o, e até lhe trazia lembranças que, sem ela, é possível que nunca lhe tivessem acudido. Não falo do baile que ele deu para celebrar a vitória de Riachuelo, porque era um baile planeado antes de chegar a notícia da batalha, e ele não fez mais do que atribuir-lhe um motivo mais alto do que a simples recreação da família, meter o retrato do almirante Barroso no meio de um troféu de armas navais e bandeiras no salão de honra, em frente ao retrato do imperador, e fazer, à ceia, alguns brindes patrióticos, como tudo consta dos jornais de 1865.

Mas aqui vai, por exemplo, um caso bem característico da influência que a justiça dos outros pode ter no nosso procedimento. Fulano Beltrão vinha um dia do Tesouro, aonde tinha ido tratar de umas décimas. Ao passar pela igreja da Lampadosa,[23] lembrou-se que fora ali batizado; e nenhum homem tem uma recordação destas, sem remontar o curso dos anos e dos acontecimentos, deitar-se outra vez no colo materno; rir e brincar, como nunca mais se ri nem brinca. Fulano Beltrão não escapou a este efeito; atravessou o adro, entrou na igreja, tão singela, tão modesta, e para ele tão rica e linda. Ao sair, tinha uma resolução feita, que pôs por obra dentro de poucos dias: mandou de presente à Lampadosa um soberbo castiçal de prata, com duas datas,

22. Assim se chamava o edifício que veio abrigar a Associação Comercial e hoje, depois de várias obras, é sede da matriz do Banco do Brasil, na Rua Primeiro de Março.

23. A igreja da Lampadosa fica na atual Av. Passos, cujo trecho inicial já teve o nome de Travessa da Lampadosa, junto da Rua Luís de Camões, que já se chamou Rua da Lampadosa.

além do nome do doador — a data da doação e a do batizado. Todos os jornais deram esta notícia, e até a receberam em duplicata, porque a administração da igreja entendeu (com muita razão) que também lhe cumpria divulgá-la aos quatro ventos.

No fim de três anos, ou menos, entrara o meu amigo nas cogitações públicas; o nome dele era lembrado, mesmo quando nenhum sucesso recente vinha sugeri-lo, e não só lembrado como adjetivado. Já se lhe notava a ausência em alguns lugares. Já o iam buscar para outros. D. Maria Antônia via assim entrar-lhe no Éden a serpente bíblica, não para tentá-la, mas para tentar a Adão. Com efeito, o marido ia a tantas partes, cuidava de tantas cousas, mostrava-se tanto na Rua do Ouvidar, à porta do Bernardo, que afrouxou a convivência antiga da casa. D. Maria Antônia disse-lho. Ele concordou que era assim, mas demonstrou-lhe que não podia ser de outro modo, e, em todo caso, se mudara de costumes, não mudara de sentimentos. Tinha obrigações morais com a sociedade; ninguém se pertence exclusivamente; daí um pouco de dispersão dos seus cuidados. A verdade é que tinham vivido demasiadamente reclusos; não era justo nem bonito. Não era mesmo conveniente; a filha caminhava para a idade do matrimônio, e casa fechada cria morrinha de convento; por exemplo, um carro, por que é que não teriam um carro? D. Maria Antônia sentiu um arrepio de prazer, mas curto; protestou logo, depois de um minuto de reflexão.

— Não; carro para quê? Não; deixemo-nos de carro.

— Já está comprado, mentiu o marido.

Mas aqui chegamos ao juízo da provedoria. Não veio ainda ninguém; esperemos à porta. Tem pressa? São vinte minutos no máximo. Pois é verdade, comprou uma linda vitória; e, para quem, só por modéstia, andou tantos anos às costas de mula ou apertado num ônibus, não era fácil acostumar-se logo ao novo veículo. A isso atribuo eu as atitudes salientes e inclinadas com que ele andava, nas primeiras semanas, os olhos que estendia a um lado e outro, à maneira de pessoa que procura alguém ou uma casa. Afinal acostumou-se; passou a usar das atitudes reclinadas, embora sem um certo sentimento de indiferença ou despreocupação, que a mulher e a filha tinham muito bem, talvez por serem mulheres. Elas, aliás, não gostavam de sair de carro; mas ele teimava tanto que saíssem, que fossem a toda a parte, e até a parte nenhuma, que não tinham remédio senão obedecer-lhe; e, na rua, era sabido, mal vinha ao longe a ponta do vestido de duas senhoras, e na almofada um certo cocheiro, toda a gente dizia logo: — Aí vem a família de Fulano Beltrão. E isto mesmo, sem que ele talvez o pensasse, tornava-o mais conhecido.

No ano de 1868 deu entrada na política. Sei do ano porque coincidiu com a queda dos liberais e a subida dos conservadores. Foi em março ou abril de 1868 que ele declarou aderir à situação, não à socapa, mas estrepitosamente. Este foi, talvez, o ponto mais fraco da vida do meu amigo. Não tinha idéias políticas; quando muito, dispunha de um desses temperamentos que substituem as idéias, e fazem crer que um homem pensa, quando simplesmente transpira. Cedeu, porém, a uma alucinação de momento. Viu-se na câmara vibrando um aparte, ou inclinado sobre a balaustrada, em conversa com o presidente do conselho, que sorria para ele, numa intimidade grave de governo. E aí é que a galeria, na exata acepção do termo, tinha de o contemplar. Fez tudo o que pôde para entrar na câmara; a meio caminho caiu a situação. Voltando do atordoamento, lembrou-se de afirmar ao Itaboraí o contrário do que dissera ao Zacarias, ou antes a mesma cousa; mas perdeu a eleição, e deu de mão à política. Muito mais acertado andou, metendo-se na questão da maçonaria com os prelados. Deixara-se estar quedo, a princípio; por um lado, era maçom; por outro, queria respeitar os sentimentos religiosos da mulher. Mas o conflito tomou tais proporções que ele não podia ficar calado; entrou nele com o ardor, a expansão, a publicidade que metia em tudo; celebrou reuniões em que falou muito da liberdade de consciência e do direito que assistia ao maçom de enfiar uma opa; assinou protestos, representações, felicitações, abriu a bolsa e o coração, escancaradamente.

Morreu-lhe a mulher em 1878. Ela pediu-lhe que a enterrasse sem aparato, e ele assim o fez, porque a amava deveras e tinha a sua última vontade como um decreto do céu. Já então perdera o filho; e a filha, casada, achava-se na Europa. O meu amigo dividiu a dor com o público; e, se enterrou a mulher sem aparato, não deixou de lhe mandar esculpir na Itália um magnífico mausoléu, que esta cidade admirou exposto, na Rua do Ouvidor, durante perto de um mês. A filha ainda veio assistir à inauguração. Deixei de os ver uns quatro anos. Ultimamente surgiu a doença, que no fim de pouco mais de dous meses o levou desta para a melhor. Note que, até começar a agonia, nunca perdeu a razão nem a força d'alma. Conversava com as visitas, mandava-as relacionar, não esquecia mesmo noticiar às que chegavam, as que acabavam de sair; cousa inútil, porque uma folha amiga publicava-as todas. Na manhã do dia em que morreu ainda ouviu ler os jornais, e num deles uma pequena comunicação relativamente à sua moléstia, o que de algum modo pareceu reanimá-lo. Mas para a tarde enfraqueceu um pouco; à noite expirou.

Vejo que está aborrecido. Realmente demoram-se... Espere; creio que são eles. São; entremos. Cá está o nosso magistrado, que começa a ler o testamento. Está ouvindo? Não era preciso esta minuciosa genealogia, excedente das práticas tabelioas; mas isto mesmo de contar a família desde o quarto avô prova o espírito exato e paciente do meu amigo. Não esquecia nada. O cerimonial do saimento é longo e complicado, mas bonito. Começa agora a lista dos legados. São todos pios; alguns industriais. Vá vendo a alma do meu amigo. Trinta contos...

Trinta contos para quê? Para servir de começo a uma subscrição pública destinada a erigir uma estátua a Pedro Álvares Cabral. "Cabral, diz ali o testamento, não pode ser olvidado dos brasileiros, foi o precursor do nosso império." Recomenda que a estátua seja de bronze, com quatro medalhões no pedestal, a saber, o retrato do bispo Coutinho, presidente da Constituinte, o de Gonzaga, chefe da conjuração mineira, e o de dous cidadãos da presente geração "notáveis por seu patriotismo e liberalidade" à escolha da comissão, que ele mesmo nomeou para levar a empresa a cabo.

Que ela se realize, não sei; falta-nos a perseverança do fundador da verba. Dado, porém, que a comissão se desempenhe da tarefa, e que este sol americano ainda veja erguer-se a estátua de Cabral, é da nossa honra que ele contemple num dos medalhões o retrato do meu finado amigo. Não lhe parece? Bem, o magistrado acabou, vamos embora.

A SEGUNDA VIDA

Monsenhor Caldas interrompeu a narração do desconhecido:

— Dá licença? é só um instante.

Levantou-se, foi ao interior da casa, chamou o preto velho que o servia, e disse-lhe em voz baixa:

— João, vai ali à estação de urbanos, fala da minha parte ao comandante, e pede-lhe que venha cá com um ou dous homens, para livrar-me de um sujeito doudo. Anda, vai depressa.

E, voltando à sala:

— Pronto, disse ele; podemos continuar.

— Como ia dizendo a Vossa Reverendíssima, morri no dia vinte de março de 1860, às cinco horas e quarenta e três minutos da manhã. Tinha então sessenta e oito anos de idade. Minha alma voou pelo espaço, até perder a terra de vista, deixando muito abaixo a lua, as estrelas e o sol; penetrou finalmente num espaço em que não havia mais nada, e era clareado tão-somente por uma luz difusa. Continuei a subir, e comecei a ver um pontinho mais luminoso ao longe, muito longe. O ponto cresceu, fez-se sol. Fui por ali dentro, sem arder, porque as almas são incombustíveis. A sua pegou fogo alguma vez?

— Não, senhor.

— São incombustíveis. Fui subindo, subindo; na distância de quarenta mil léguas, ouvi uma deliciosa música, e logo que cheguei a cinco mil léguas, desceu um enxame de almas, que me levaram num palanquim feito de éter e plumas. Entrei daí a pouco no novo sol, que é o planeta dos virtuosos da terra. Não sou poeta, monsenhor; não ouso descrever-lhe as magnificências daquela estância divina. Poeta que fosse, não poderia, usando a linguagem humana, transmitir-lhe a emoção da grandeza, do deslumbramento, da felicidade, os êxtasis, as melodias, os arrojos de luz e cores, uma cousa indefinível e incompreensível. Só vendo. Lá dentro é que soube que completava mais um milheiro de almas; tal era o motivo das festas extraordinárias que me fizeram, e que duraram dous séculos, ou, pelas nossas contas, quarenta e oito horas. Afinal, concluídas as festas, convidaram-me a tornar à terra para cumprir uma vida nova; era o privilégio de cada alma que completava um milheiro. Respondi agradecendo e recusando, mas não havia recusar. Era uma lei eterna. A única liberdade que me deram foi a escolha do veículo; podia nascer príncipe ou condutor de ônibus. Que fazer? Que faria Vossa Reverendíssima no meu lugar?

— Não posso saber; depende...

— Tem razão; depende das circunstâncias. Mas imagine que as minhas eram tais que não me davam gosto a tornar cá. Fui vítima da inexperiência, monsenhor, tive uma velhice ruim, por essa razão. Então lembrou-me que sempre ouvira dizer a meu pai e outras pessoas mais velhas, quando viam algum rapaz: — "Quem me dera aquela idade, sabendo o que sei hoje!" Lembrou-me isto, e declarei que me era indiferente nascer mendigo ou potentado, com a condição de nascer experiente. Não imagina o riso universal com que me ouviram. Jó, que ali preside a província dos pacientes, disse-me que um tal desejo era disparate; mas eu teimei e venci. Daí a pouco escorreguei no espaço; gastei nove meses a atravessá-lo até cair nos braços de uma ama de leite, e chamei-me José Maria. Vossa Reverendíssima é Romualdo, não?

— Sim, senhor; Romualdo de Sousa Caldas.

— Será parente do padre Sousa Caldas?

— Não, senhor.

— Bom poeta o padre Caldas. Poesia é um dom; eu nunca pude compor uma décima. Mas, vamos ao que importa. Conto-lhe primeiro o que me sucedeu; depois lhe direi o que desejo de Vossa Reverendíssima. Entretanto, se me permitisse ir fumando...

Monsenhor Caldas fez um gesto de assentimento, sem perder de vista a bengala que José Maria conservava atravessada sobre as pernas. Este preparou vagarosamente um cigarro. Era um homem de trinta e poucos anos, pálido, com um olhar ora mole e apagado, ora inquieto e centelhante. Apareceu ali, tinha o padre acabado de almoçar, e pediu-lhe uma entrevista para negócio grave e urgente. Monsenhor fê-lo entrar e sentar-se; no fim de dez minutos, viu que estava com um lunático. Perdoava-lhe a incoerência das idéias ou o assombroso das invenções; pode ser até que lhe servissem de estudo. Mas o desconhecido teve um assomo de raiva, que meteu medo ao pacato clérigo. Que podiam fazer ele e o preto, ambos velhos, contra qualquer agressão de um homem forte e louco? Enquanto esperava o auxílio policial, monsenhor Caldas desfazia-se em sorrisos e assentimentos de cabeça, espantava-se com ele, alegrava-se com ele, política útil com os loucos, as mulheres e os potentados. José Maria acendeu finalmente o cigarro, e continuou:

— Renasci em cinco de janeiro de 1861. Não lhe digo nada da nova meninice, porque aí a experiência teve só uma forma instintiva. Mamava pouco; chorava o menos que podia para não apanhar pancada. Comecei a andar tarde, por medo de cair, e daí me ficou uma tal ou qual fraqueza nas pernas. Correr e rolar, trepar nas árvores, saltar paredões, trocar murros, cousas tão úteis, nada disso fiz, por medo de contusão e sangue. Para falar com franqueza, tive uma infância aborrecida, e a escola não o foi menos. Chamavam-me tolo e moleirão. Realmente, eu vivia fugindo de tudo. Creia que durante esse tempo não escorreguei, mas também não corria nunca. Palavra, foi um tempo de aborrecimento; e, comparando as cabeças quebradas de outro tempo com o tédio de hoje, antes as cabeças quebradas. Cresci; fiz-me rapaz, entrei no período dos amores... Não se assuste; serei casto, como a primeira ceia. Vossa Reverendíssima sabe o que é uma ceia de rapazes e mulheres?

— Como quer que saiba?...

— Tinha dezenove anos, continuou José Maria, e não imagina o espanto dos meus amigos, quando me declarei pronto a ir a uma tal ceia... Ninguém esperava tal cousa de um rapaz tão cauteloso, que fugia de tudo, dos sonos atrasados, dos sonos excessivos, de andar sozinho a horas mortas, que vivia, por assim dizer, às apalpadelas. Fui à ceia; era no Jardim Botânico, obra esplêndida. Comidas, vinhos, luzes, flores, alegria dos rapazes, os olhos das damas, e, por cima de tudo, um apetite de vinte anos.

Há de crer que não comi nada? A lembrança de três indigestões apanhadas quarenta anos antes, na primeira vida, fez-me recuar. Menti dizendo que estava indisposto. Uma das damas veio sentar-se à minha direita, para curar-me; outra levantou-se também, e veio para a minha esquerda, com o mesmo fim. "Você cura de um lado, eu curo do outro", disseram elas. Eram lépidas, frescas, astuciosas, e tinham fama de devorar o coração e a vida dos rapazes. Confesso-lhe que fiquei com medo e retraí-me. Elas fizeram tudo, tudo; mas em vão. Vim de lá de manhã, apaixonado por ambas, sem nenhuma delas, e caindo de fome. Que lhe parece? concluiu José Maria pondo as mãos nos joelhos, e arqueando os braços para fora.

— Com efeito...

— Não lhe digo mais nada; Vossa Reverendíssima adivinhará o resto. A minha segunda vida é assim uma mocidade expansiva e impetuosa, enfreiada por uma experiência virtual e tradicional. Vivo como Eurico, atado ao próprio cadáver...[24] Não, a comparação não é boa. Como lhe parece que vivo?

— Sou pouco imaginoso. Suponho que vive assim como um pássaro, batendo as asas e amarrado pelos pés...

— Justamente. Pouco imaginoso? Achou a fórmula; é isso mesmo. Um pássaro, um grande pássaro, batendo as asas, assim...

José Maria ergueu-se, agitando os braços, à maneira de asas. Ao erguer-se, caiu-lhe a bengala no chão; mas ele não deu por ela. Continuou a agitar os braços, em pé, defronte do padre, e a dizer que era isso mesmo, um pássaro, um grande pássaro... De cada vez que batia os braços nas coxas, levantava os calcanhares, dando ao corpo uma cadência de movimentos, e conservava os pés unidos, para mostrar que os tinha amarrados. Monsenhor aprovava de cabeça; ao mesmo tempo afiava as orelhas para ver se ouvia passos na escada. Tudo silêncio. Só lhe chegavam os rumores de fora: — carros e carroças que desciam, quitandeiras apregoando legumes, e um piano da vizinhança. José Maria sentou-se finalmente, depois de apanhar a bengala, e continuou nestes termos:

— Um pássaro, um grande pássaro. Para ver quanto é feliz a comparação, basta a aventura que me traz aqui, um caso de consciência, uma paixão, uma mulher, uma viúva, D. Clemência. Tem vinte e seis anos, uns olhos que não acabam mais, não digo no tamanho, mas na expressão, e duas pinceladas de buço, que lhe completam a fisionomia. É filha de um professor jubilado. Os vestidos pretos ficam-lhe tão bem que eu às vezes digo-lhe rindo que ela não enviuvou senão para andar de luto. Caçoadas! Conhecemo-nos há um ano, em casa de um fazendeiro de Cantagalo. Saímos namorados um do outro. Já sei o que me vai perguntar: por que é que não nos casamos, sendo ambos livres...

— Sim, senhor.

— Mas, homem de Deus! é essa justamente a matéria da minha aventura. Somos livres, gostamos um do outro, e não nos casamos: tal é a situação tenebrosa que venho expor a Vossa Reverendíssima, e que a sua teologia ou o que quer que seja explicará, se puder. Voltamos para a Corte namorados. Clemência morava com o velho pai, e

24. Personagem do romance *Eurico, o Presbítero,* do escritor romântico português Alexandre Herculano.

um irmão empregado no comércio; relacionei-me com ambos, e comecei a freqüentar a casa, em Matacavalos.[25] Olhos, apertos de mão, palavras soltas, outras ligadas, uma frase, duas frases, e estávamos amados e confessados. Uma noite, no patamar da escada, trocamos o primeiro beijo... Perdoe estas cousas, monsenhor; faça de conta que me está ouvindo de confissão. Nem eu lhe digo isto senão para acrescentar que saí dali tonto, desvairado, com a imagem de Clemência na cabeça e o sabor do beijo na boca. Errei cerca de duas horas, planeando uma vida única; determinei pedir-lhe a mão no fim da semana, e casar daí a um mês. Cheguei às derradeiras minúcias, cheguei a redigir e ornar de cabeça as cartas de participação. Entrei em casa depois de meia-noite, e toda essa fantasmagoria voou, como as mutações à vista nas antigas peças de teatro. Veja se adivinha como.

— Não alcanço...

— Considerei, no momento de despir o colete, que o amor podia acabar depressa; tem-se visto algumas vezes. Ao descalçar as botas, lembrou-me cousa pior: — podia ficar o fastio. Concluí a *toilette* de dormir, acendi um cigarro, e, reclinado no canapé, pensei que o costume, a convivência, podia salvar tudo; mas, logo depois adverti que as duas índoles podiam ser incompatíveis; e que fazer com duas índoles incompatíveis e inseparáveis? Mas, enfim, dei de barato tudo isso, porque a paixão era grande, violenta; considerei-me casado, com uma linda criancinha... Uma? duas, seis, oito; podiam vir oito, podiam vir dez; algumas aleijadas. Também podia vir uma crise, duas crises, falta de dinheiro, penúria, doenças; podia vir alguma dessas afeições espúrias que perturbam a paz doméstica... Considerei tudo e concluí que o melhor era não casar. O que não lhe posso contar é o meu desespero; faltam-me expressões para lhe pintar o que padeci nessa noite... Deixa-me fumar outro cigarro?

Não esperou resposta, fez o cigarro, e acendeu-o. Monsenhor não podia deixar de admirar-lhe a bela cabeça, no meio do desalinho próprio do estado; ao mesmo tempo notou que ele falava em termos polidos, e que, apesar dos rompantes mórbidos, tinha maneiras. Quem diabo podia ser esse homem? José Maria continuou a história, dizendo que deixou de ir à casa de Clemência, durante seis dias, mas não resistiu às cartas e às lágrimas. No fim de uma semana correu para lá, e confessou-lhe tudo, tudo. Ela ouviu-o com muito interesse, e quis saber o que era preciso para acabar com tantas cismas, que prova de amor queria que ela lhe desse. A resposta de José Maria foi uma pergunta.

— Está disposta a fazer-me um grande sacrifício? disse-lhe eu. Clemência jurou que sim. "Pois bem, rompa com tudo, família e sociedade; venha morar comigo; casamo-nos depois desse noviciado." Compreendo que Vossa Reverendíssima arregale os olhos. Os dela encheram-se de lágrimas; mas, apesar de humilhada, aceitou tudo. Vamos; confesse que sou um monstro.

— Não, senhor...

— Como não? Sou um monstro. Clemência veio para minha casa, e não imagina as festas com que a recebi. "Deixo tudo, disse-me ela; você é para mim o universo." Eu beijei-lhe os pés, beijei-lhe os tacões dos sapatos. Não imagina o meu contenta-

25. Atual Rua do Riachuelo.

mento. No dia seguinte, recebi uma carta tarjada de preto; era a notícia da morte de um tio meu, em Santa Ana do Livramento, deixando-me vinte mil contos. Fiquei fulminado. "Entendo, disse a Clemência, você sacrificou tudo, porque tinha notícia da herança." Desta vez, Clemência não chorou, pegou em si e saiu. Fui atrás dela, envergonhado, pedi-lhe perdão; ela resistiu. Um dia, dous dias, três dias, foi tudo vão; Clemência não cedia nada, não falava sequer. Então declarei-lhe que me mataria; comprei um revólver, fui ter com ela, e apresentei-lho: é este.

Monsenhor Caldas empalideceu. José Maria mostrou-lhe o revólver, durante alguns segundos, tornou a metê-lo na algibeira, e continuou:

— Cheguei a dar um tiro. Ela, assustada, desarmou-me e perdoou-me. Ajustamos precipitar o casamento, e, pela minha parte, impus uma condição: doar os vinte mil contos à Biblioteca Nacional. Clemência atirou-se-me aos braços, e aprovou-me com um beijo. Dei os vinte mil contos. Há de ter lido nos jornais... Três semanas depois casamo-nos. Vossa Reverendíssima respira como quem chegou ao fim. Qual! Agora é que chegamos ao trágico. O que posso fazer é abreviar umas particularidades e suprimir outras; restrinjo-me à Clemência. Não lhe falo de outras emoções truncadas, que são todas as minhas, abortos de prazer, planos que se esgarçam no ar, nem das ilusões de saia rota, nem do tal pássaro... plás... plás... plás...

E, de um salto, José Maria ficou outra vez de pé, agitando os braços, e dando ao corpo uma cadência. Monsenhor Caldas começou a suar frio. No fim de alguns segundos, José Maria parou, sentou-se, e reatou a narração, agora mais difusa, mais derramada, evidentemente mais delirante. Contava os sustos em que vivia, desgostos e desconfianças. Não podia comer um figo às dentadas, como outrora: o receio do bicho diminuía-lhe o sabor. Não cria nas caras alegres da gente que ia pela rua: preocupações, desejos, ódios, tristezas, outras cousas, iam dissimuladas por umas três quartas partes delas. Vivia a temer um filho cego ou surdo-mudo, ou tuberculoso, ou assassino, etc. Não conseguia dar um jantar que não ficasse triste logo depois da sopa, pela idéia de que uma palavra sua, um gesto da mulher, qualquer falta de serviço podia sugerir o epigrama digestivo, na rua, debaixo de um lampião. A experiência dera-lhe o terror de ser empulhado. Confessava ao padre que, realmente, não tinha até agora lucrado nada; ao contrário, perdera até, porque fora levado ao sangue... Ia contar-lhe o caso do sangue. Na véspera, deitara-se cedo, e sonhou... Com quem pensava o padre que ele sonhou?

— Não atino...

— Sonhei que o Diabo lia-me o Evangelho. Chegando ao ponto em que Jesus fala dos lírios do campo, o Diabo colheu alguns e deu-mos. "Toma, disse-me ele; são os lírios da Escritura; segundo ouviste, nem Salomão, em toda a pompa, pode ombrear com eles. Salomão é a sapiência. E sabes o que são estes lírios, José? São os teus vinte anos." Fitei-os encantado; eram lindos como não imagina. O Diabo pegou deles, cheirou-os e disse-me que os cheirasse também. Não lhe digo nada; no momento de os chegar ao nariz, vi sair de dentro um réptil fedorento e torpe, dei um grito, e arrojei para longe as flores. Então, o Diabo, escancarando uma formidável gargalhada: "José Maria, são os teus vinte anos". Era uma gargalhada assim: — cá, cá, cá, cá, cá...

José Maria ria à solta, ria de um modo estridente e diabólico. De repente, parou; levantou-se, e contou que, tão depressa abriu os olhos, como viu a mulher diante dele, aflita e desgrenhada. Os olhos de Clemência eram doces, mas ele disse-lhe que os olhos doces também fazem mal. Ela arrojou-se-lhe aos pés... Neste ponto a fisionomia de José Maria estava tão transtornada que o padre, também de pé, começou a recuar, trêmulo e pálido.

— Não, miserável! não! tu não me fugirás! bradava José Maria investindo para ele. Tinha os olhos esbugalhados, as têmporas latejantes; o padre ia recuando... recuando... Pela escada acima ouvia-se um rumor de espadas e de pés.

NOITE DE ALMIRANTE

Deolindo Venta-Grande (era uma alcunha de bordo) saiu do arsenal de marinha e enfiou pela Rua de Bragança.[26] Batiam três horas da tarde. Era a fina flor dos marujos e, demais, levava um grande ar de felicidade nos olhos. A corveta dele voltou de uma longa viagem de instrução, e Deolindo veio a terra tão depressa alcançou licença. Os companheiros disseram-lhe, rindo:

— Ah! Venta-Grande! Que noite de almirante vai você passar! ceia, viola e os braços de Genoveva. Colozinho de Genoveva...

Deolindo sorriu. Era assim mesmo, uma noite de almirante, como eles dizem, uma dessas grandes noites de almirante que o esperava em terra. Começara a paixão três meses antes de sair a corveta. Chamava-se Genoveva, caboclinha de vinte anos, esperta, olho negro e atrevido. Encontraram-se em casa de terceiro e ficaram morrendo um pelo outro, a tal ponto que estiveram prestes a dar uma cabeçada, ele deixaria o serviço e ela o acompanharia para a vila mais recôndita do interior.

A velha Inácia, que morava com ela, dissuadiu-os disso; Deolindo não teve remédio senão seguir em viagem de instrução. Eram oito ou dez meses de ausência. Como fiança recíproca, entenderam dever fazer um juramento de fidelidade.

— Juro por Deus que está no céu. E você?

— Eu também.

— Diz direito.

— Juro por Deus que está no céu; a luz me falte na hora da morte.

Estava celebrado o contrato. Não havia descrer da sinceridade de ambos; ela chorava doudamente, ele mordia o beiço para dissimular. Afinal separaram-se. Genoveva foi ver sair a corveta e voltou para casa com um tal aperto no coração que parecia que "lhe ia dar uma cousa". Não lhe deu nada, felizmente; os dias foram passando, as semanas, os meses, dez meses, ao cabo dos quais, a corveta tornou e Deolindo com ela.

Lá vai ele agora, pela Rua de Bragança, Prainha e Saúde, até ao princípio de Gamboa, onde mora Genoveva. A casa é uma rotulazinha escura, portal rachado do sol, passando o Cemitério dos Ingleses; lá deve estar Genoveva, debruçada à janela, esperando por ele. Deolindo prepara uma palavra que lhe diga. Já formulou esta: "Jurei e cumpri", mas procura outra melhor. Ao mesmo tempo lembra as mulheres que ouviu por este mundo de Cristo, italianas, marselhesas ou turcas, muitas delas bonitas, ou que lhe pareciam tais. Concorda que nem todas seriam para os beiços dele, mas algumas eram, e nem por isso fez caso de nenhuma. Só pensava em Genoveva. A mesma casinha dela, tão pequenina, e a mobília de pé quebrado, tudo velho e pouco, isso mesmo lhe lembrava diante dos palácios de outras terras. Foi à custa de muita economia que comprou em Trieste um par de brincos, que leva agora no bolso com algumas bugigangas. E ela que

26. Atual Conselheiro Saraiva.

lhe guardaria? Pode ser que um lenço marcado com o nome dele e uma âncora na ponta, porque ela sabia marcar muito bem. Nisto chegou à Gamboa, passou o cemitério e deu com a casa fechada. Bateu, falou-lhe a porta com grandes exclamações de prazer. Deolindo, impaciente, perguntou por Genoveva.

— Não me fale nessa maluca, arremeteu a velha. Estou bem satisfeita com o conselho que lhe dei. Olhe lá se fugisse. Estava agora como o lindo amor.

— Mas que foi? que foi?

A velha disse-lhe que descansasse, que não era nada, uma dessas cousas que aparecem na vida; não valia a pena zangar-se. Genoveva andava com a cabeça virada.

— Mas virada por quê?

— Está com um mascate, José Diogo. Conheceu José Diogo, mascate de fazendas? Está com ele. Não imagina a paixão que eles têm um pelo outro. Ela então anda maluca. Foi o motivo da nossa briga. José Diogo não me saía da porta; eram conversas e mais conversas, até que eu um dia disse que não queria a minha casa difamada. Ah! meu pai do céu! foi um dia de juízo. Genoveva investiu para mim com uns olhos deste tamanho, dizendo que nunca difamou ninguém e não precisava de esmolas. Que esmolas, Genoveva? O que digo é que não quero esses cochichos à porta, desde as avemarias... Dous dias depois estava mudada e brigada comigo.

— Onde mora ela?

— Na Praia Formosa, antes de chegar à pedreira, uma rótula pintada de novo.

Deolindo não quis ouvir mais nada. A velha Inácia, um tanto arrependida, ainda lhe deu avisos de prudência, mas ele não os escutou e foi andando. Deixo de notar o que pensou em todo o caminho; não pensou nada. As idéias marinhavam-lhe no cérebro, como em hora de temporal, no meio de uma confusão de ventos e apitos. Entre elas rutilou a faca de bordo, ensangüentada e vingadora. Tinha passado a Gamboa, o Saco do Alferes, entrara na Praia Formosa. Não sabia o número da casa, mas era perto da pedreira, pintada de novo, e com o auxílio da vizinhança poderia achá-la. Não contou com o acaso que pegou de Genoveva e fé-la sentar à janela, cosendo, no momento em que Deolindo ia passando. Ele conheceu-a e parou; ela, vendo o vulto de um homem, levantou os olhos e deu com o marujo.

— Que é isso? Exclamou espantada. Quando chegou? Entre, seu Deolindo.

E, levantando-se, abriu a rótula e fê-lo entrar. Qualquer outro homem ficaria alvoroçado de esperanças, tão francas eram as maneiras da rapariga; podia ser que a velha se enganasse ou mentisse; podia ser mesmo que a cantiga do mascate estivesse acabada. Tudo isso lhe passou pela cabeça, sem a forma precisa do raciocínio ou da reflexão, mas em tumulto e rápido. Genoveva deixou a porta aberta, fê-lo sentar-se, pediu-lhe notícias da viagem e achou-o mais gordo; nenhuma comoção nem intimidade. Deolindo perdeu a última esperança. Em falta de faca, bastavam-lhe as mãos para estrangular Genoveva, que era um pedacinho de gente, e durante os primeiros minutos não pensou em outra cousa.

— Sei tudo, disse ele.

— Quem lhe contou?

Deolindo levantou os ombros.

— Fosse quem fosse, tornou ela, disseram-lhe que eu gostava muito de um moço?

— Disseram.

— Disseram a verdade.

Deolindo chegou a ter um ímpeto; ela fê-lo parar só com a ação dos olhos. Em seguida disse que, se lhe abrira a porta, é porque contava que era homem de juízo. Contou-lhe então tudo, as saudades que curtira, as propostas do mascate, as suas recusas, até que um dia, sem saber como, amanhecera gostando dele.

— Pode crer que pensei muito e muito em você. Sinhá Inácia que lhe diga se não chorei muito... Mas o coração mudou... Mudou... Conto-lhe tudo isto, como se estivesse diante do padre, concluiu sorrindo.

Não sorria de escárnio. A expressão das palavras é que era uma mescla de candura e cinismo, de insolência e simplicidade, que desisto de definir melhor. Creio até que insolência e cinismo são mal aplicados. Genoveva não se defendia de um erro ou de um perjúrio; não se defendia de nada; faltava-lhe o padrão moral das ações. O que dizia, em resumo, é que era melhor não ter mudado, dava-se bem com a afeição do Deolindo, a prova é que quis fugir com ele; mas, uma vez que o mascate venceu o marujo, a razão era do mascate, e cumpria declará-lo. Que vos parece? O pobre marujo citava o juramento de despedida, como uma obrigação eterna, diante da qual consentira em não fugir e embarcar: "Juro por Deus que está no céu; a luz me falte na hora da morte". Se embarcou, foi porque ela lhe jurou isso. Com essas palavras é que andou, viajou, esperou e tornou; foram elas que lhe deram a força de viver. Juro por Deus que está no céu; a luz me falte na hora da morte...

— Pois, sim, Deolindo, era verdade. Quando jurei, era verdade. Tanto era verdade que eu queria fugir com você para o sertão. Só Deus sabe se era verdade! Mas vieram outras cousas... Veio este moço e eu comecei a gostar dele...

— Mas a gente jura é para isso mesmo; é para não gostar de mais ninguém...

— Deixa disso, Deolindo. Então você só se lembrou de mim? Deixa de partes...

— A que horas volta José Diogo?

— Não volta hoje.

— Não?

— Não volta; está lá para os lados de Guaratiba com a caixa; deve voltar sexta-feira ou sábado... E por que é que você quer saber? Que mal lhe fez ele?

Pode ser que qualquer outra mulher tivesse igual palavra; poucas lhe dariam uma expressão tão cândida, não de propósito, mas involuntariamente. Vede que estamos aqui muito próximos da natureza. Que mal lhe fez ele? Que mal lhe fez esta pedra que caiu de cima? Qualquer mestre de física lhe explicaria a queda das pedras. Deolindo declarou, com um gesto de desespero, que queria matá-lo. Genoveva olhou para ele com desprezo, sorriu de leve e deu um muxoxo; e, como ele lhe falasse de ingratidão e perjúrio, não pôde disfarçar o pasmo. Que perjúrio? que ingratidão? Já lhe tinha dito e repetia que quando jurou era verdade. Nossa Senhora, que ali estava, em cima da cômoda, sabia se era verdade ou não. Era assim que lhe pagava o que padeceu? E ele que tanto enchia a boca de fidelidade, tinha-se lembrado dela por onde andou?

A resposta dele foi meter a mão no bolso e tirar o pacote que lhe trazia. Ela abriu-o, aventou as bugigangas, uma por uma, e por fim deu com os brincos. Não eram nem poderiam ser ricos; eram mesmo de mau gosto, mas faziam uma vista de todos os diabos. Genoveva pegou deles, contente, deslumbrada, mirou-os por um lado e outro, perto e longe dos olhos, e afinal enfiou-os nas orelhas; depois foi ao espelho de pataca, suspenso na parede, entre a janela e a rótula, para ver o efeito que lhe faziam. Recuou, aproximou-se, voltou a cabeça da direita para a esquerda e da esquerda para a direita.

— Sim, senhor, muito bonitos, disse ela, fazendo uma grande mesura de agradecimento. Onde é que comprou?

Creio que ele não respondeu nada, nem teria tempo para isso, porque ela disparou mais duas ou três perguntas, uma atrás da outra, tão confusa estava de receber um mimo a troco de um esquecimento. Confusão de cinco ou quatro minutos; pode ser que dous. Não tardou que tirasse os brincos, e os contemplasse e pusesse na caixinha em cima da mesa redonda que estava no meio da sala. Ele pela sua parte começou a crer que, assim como a perdeu, estando ausente, assim o outro, ausente, podia também perdê-la; e, provavelmente, ela não lhe jurara nada.

— Brincando, brincando, é noite, disse Genoveva.

Com efeito, a noite ia caindo rapidamente. Já não podiam ver o hospital dos Lázaros e mal distinguiam a ilha dos Melões; as mesmas lanchas e canoas, postas em seco, defronte da casa, confundiam-se com a terra e o lodo da praia. Genoveva acendeu uma vela. Depois, foi sentar-se na soleira da porta e pediu-lhe que contasse alguma cousa das terras por onde andara. Deolindo recusou a princípio; disse que se ia embora, levantou-se e deu alguns passos na sala. Mas o demônio da esperança mordia e babujava o coração do pobre-diabo, e ele voltou a sentar-se, para dizer duas ou três anedotas de bordo. Genoveva escutava com atenção. Interrompidos por uma mulher da vizinhança, que ali veio, Genoveva fê-la sentar-se também para ouvir "as bonitas histórias que o Sr. Deolindo estava contando". Não houve outra apresentação. A grande dama que prolonga a vigília para concluir a leitura de um livro ou de um capítulo, não vive mais intimamente a vida dos personagens do que a antiga amante do marujo vivia as cenas que ele ia contando, tão livremente interessada e presa, como se entre ambos não houvesse mais que uma narração de episódios. Que importa à grande dama o autor do livro? Que importava a esta rapariga o contador dos episódios?

A esperança, entretanto, começava a desampará-lo e ele levantou-se definitivamente para sair. Genoveva não quis deixá-lo sair antes que a amiga visse os brincos, e foi mostrar-lhos com grandes encarecimentos. A outra ficou encantada, elogiou-os muito, perguntou se os comprara em França e pediu a Genoveva que os pusesse.

— Realmente, são muito bonitos.

Quero crer que o próprio marujo concordou com essa opinião. Gostou de os ver, achou que pareciam feitos para ela e, durante alguns segundos, saboreou o prazer exclusivo e superfino de haver dado um bom presente; mas foram só alguns segundos.

Como ele se despedisse, Genoveva acompanhou-o até a porta para lhe agradecer ainda uma vez o mimo, e provavelmente dizer-lhe algumas cousas meigas e inúteis. A amiga, que deixara ficar na sala, apenas lhe ouviu esta palavra: "Deixa disso, Deolindo"; e esta outra do marinheiro: "Você verá". Não pôde ouvir o resto, que não passou de um sussurro.

Deolindo seguiu, praia fora, cabisbaixo e lento, não já o rapaz impetuoso da tarde, mas com um ar velho e triste, ou, para usar outra metáfora de marujo, como um homem "que vai do meio caminho para terra". Genoveva entrou logo depois, alegre e barulhenta. Contou à outra a anedota dos seus amores marítimos, gabou muito o gênio do Deolindo e os seus bonitos modos; a amiga declarou achá-lo grandemente simpático.

— Muito bom rapaz, insistiu Genoveva. Sabe o que ele me disse agora?

— Que foi?

— Que vai matar-se.

— Jesus!

— Qual o quê! Não se mata, não. Deolindo é assim mesmo; diz as cousas, mas não faz. Você verá que não se mata. Coitado, são ciúmes. Mas os brincos são muito engraçados.

— Eu aqui ainda não vi destes.

— Nem eu, concordou Genoveva, examinando-os à luz. Depois guardou-os e convidou a outra a coser. — Vamos coser um bocadinho, quero acabar o meu corpinho azul...

A verdade é que o marinheiro não se matou. No dia seguinte, alguns dos companheiros bateram-lhe no ombro; cumprimentando-o pela noite de almirante, e pediram-lhe notícias de Genoveva, se estava mais bonita, se chorara muito na ausência, etc. Ele respondia a tudo com um sorriso satisfeito e discreto, um sorriso de pessoa que viveu uma grande noite. Parece que teve vergonha da realidade e preferiu mentir.

MANUSCRITO DE UM SACRISTÃO

I

. . . . Ao dar com o padre Teófilo falando a uma senhora, ambos sentadinhos no banco da igreja, e a igreja deserta, confesso que fiquei espantado. Note-se que conversavam em voz tão baixa e discreta, que eu, por mais que afiasse o ouvido e me demorasse a apagar as velas do altar, não podia apanhar nada, nada, nada. Não tive remédio senão adivinhar alguma cousa. Que eu sou um sacristão filósofo. Ninguém me julgue pela sobrepeliz rota e amarrotada nem pelo uso clandestino das galhetas. Sou um filósofo sacristão. Tive estudos eclesiásticos, que interrompi por causa de uma doença e que inteiramente deixei por outro motivo, uma paixão violenta, que me trouxe à miséria. Como o seminário deixa sempre um certo vinco, fiz-me sacristão aos trinta anos, para ganhar a vida. Venhamos, porém, ao nosso padre e à nossa dama.

II

Antes de ir adiante, direi que eram primos. Soube depois que eram primos, nascidos em Vassouras. Os pais dela mudaram-se para a Corte, tendo Eulália (é o seu nome) sete anos. Teófilo veio depois. Na família era uso antigo que um dos rapazes fosse padre. Vivia ainda na Bahia um tio dele, cônego. Cabendo-lhe nesta geração envergar a batina, veio para o seminário de S. José, no ano de mil oitocentos e cinqüenta e tantos, e foi aí que o conheci. Compreende-se o sentimento de discrição que me leva a deixar a data no ar.

III

No seminário, dizia-nos o lente de retórica:

— A teologia é a cabeça do gênero humano, o latim a perna esquerda, e a retórica a perna direita.

Justamente da perna direita é que o Teófilo coxeava. Sabia muito as outras cousas: teologia, filosofia, latim, história sagrada; mas a retórica é que lhe não entrava no cérebro. Ele, para desculpar-se, dizia que a palavra divina não precisava de adornos. Tinha então vinte ou vinte e dous anos de idade, e era lindo como S. João.

Já nesse tempo era um místico; achava em todas as cousas uma significação recôndita. A vida era uma eterna missa, em que o mundo servia de altar, a alma de sacerdote e o corpo de acólito; nada respondia à realidade exterior. Vivia ansioso de tomar ordens para sair a pregar grandes cousas, espertar as almas, chamar os corações à Igreja, e renovar o gênero humano. Entre todos os apóstolos, amava principalmente S. Paulo.

Não sei se o leitor é da minha opinião; eu cuido que se pode avaliar um homem pelas suas simpatias históricas; tu serás mais ou menos da família dos personagens que amares deveras. Aplico assim aquela lei de Helvetius: "O grau de espírito que nos deleita dá a medida exata do grau de espírito que possuímos". No nosso caso, ao menos, a regra não falhou. Teófilo amava S. Paulo, adorava-o, estudava-o dia e noite, parecia viver daquele converso que ia de cidade em cidade, à custa de um ofício mecânico, espalhando a boa nova aos homens. Nem tinha somente esse modelo, tinha mais dous: Hildebrando e Loiola. Daqui podeis concluir que nasceu com a fibra da peleja e do apostolado. Era um faminto de ideal e criação, olhando todas as cousas correntes por cima da cabeça do século. Na opinião de um cônego, que lá ia ao seminário, o amor dos dous modelos últimos temperava o que pudesse haver perigoso em relação ao primeiro.

— Não vá o senhor cair no excesso e no exclusivo, disse-lhe um dia com brandura; não pareça que, exaltando somente a Paulo, intenta diminuir Pedro. A Igreja, que os comemora ao lado um do outro, meteu-os ambos no Credo;[27] mas veneremos Paulo e obedeçamos a Pedro. *Super hanc petram...*

Os seminaristas gostavam do Teófilo, principalmente três, um Vasconcelos, um Soares e um Veloso, todos excelentes retóricos. Eram também bons rapazes, alegres por natureza, graves por necessidade e ambiciosos. Vasconcelos jurava que seria bispo; Soares contentava-se com algum grande cargo; Veloso cobiçava as meias roxas de cônego e um púlpito. Teófilo tentou repartir com eles o pão místico dos seus sonhos, mas reconheceu depressa que era manjar leve ou pesado demais, e passou a devorá-lo sozinho. Até aqui o padre; vamos agora à dama.

IV

Agora a dama. No momento em que os vi falar baixinho na igreja, Eulália contava trinta e oito anos de idade. Juro-lhes que era ainda bonita. Não era pobre; os pais deixaram-lhe alguma cousa. Nem casada; recusou cinco ou seis pretendentes.

Este ponto nunca foi entendido pelas amigas. Nenhuma delas era capaz de repelir um noivo. Creio até que não pediam outra cousa, quando rezavam antes de entrar na cama, e ao domingo, à missa, no momento de levantar a Deus. Por que é que Eulália recusava-os todos? Vou dizer desde já o que soube depois. Supuseram-lhe, a princípio, um simples desdém, — nariz torcido, dizia uma delas; — mas, no fim da terceira recusa, inclinaram-se a crer que havia namoro encoberto, e esta explicação prevaleceu. A própria mãe de Eulália não aceitou outra. Não lhe importaram as primeiras recusas; mas, repetindo-se, ela começou a assustar-se. Um dia, voltando de um casamento, perguntou à filha, no carro em que vinham, se não se lembrava que tinha de ficar só.

— Ficar só?

— Sim, um dia hei de morrer. Por ora tudo são flores; cá estou para governar a casa; e você é só ler, cismar, tocar e brincar; mas eu tenho de morrer, Eulália, e você tem de ficar só...

27. Tal como já fizera em *Esaú e Jacó* (cap. VIII), M. de Assis põe no *Credo,* onde não se fala de S. Pedro e S. Paulo, o que está no *Confiteor* católico. — As palavras em latim que se lêem adiante pertencem aos Evangelhos e querem dizer: "Sobre esta pedra [edificarei a minha igreja.]" (Mateus, 16, 18).

Eulália apertou-lhe muito a mão, sem poder dizer palavra. Nunca pensara na morte da mãe; perdê-la era perder metade de si mesma. Na expansão de momento, a mãe atreveu-se a perguntar-lhe se amava alguém e não era correspondida. Eulália respondeu que não. Não simpatizara com os candidatos. A boa velha abanou a cabeça; falou dos vinte e sete anos da filha, procurou aterrá-la com os trinta, disse-lhe que, se nem todos os noivos a mereciam igualmente, alguns eram dignos de ser aceitos, e que importava a falta de amor? O amor conjugal podia ser assim mesmo; podia nascer depois, como um fruto da convivência. Conhecera pessoas que se casaram por simples interesse de família e acabaram amando-se muito. Esperar uma grande paixão para casar era arriscar-se a morrer esperando.

— Pois sim, mamãe, deixe estar...

E, reclinando a cabeça, fechou um pouco os olhos para espiar alguém, para ver o namorado encoberto, que não era só encoberto, mas também e principalmente impalpável. Concordo que isto agora é obscuro; não tenho dúvida em dizer que entramos em pleno sonho.

Eulália era uma esquisita, para usarmos a linguagem da mãe, ou romanesca, para empregarmos a definição das amigas. Tinha, em verdade, uma singular organização. Saiu ao pai. O pai nascera com o amor do enigmático, do arriscado e do obscuro; morreu quando aparelhava uma expedição para ir à Bahia descobrir a "cidade abandonada", Eulália recebeu essa herança moral, modificada ou agravada pela natureza feminil. Nela dominava principalmente a contemplação. Era na cabeça que ela descobria as cidades abandonadas. Tinha os olhos dispostos de maneira que não podiam apanhar integralmente os contornos da vida. Começou idealizando as cousas, e, se não acabou negando-as, é certo que o sentimento da realidade esgarçou-se-lhe até chegar à transparência fina em que o tecido parece confundir-se com o ar.

Aos dezoito anos, recusou o primeiro casamento. A razão é que esperava outro, um marido extraordinário, que ela viu e conversou, em sonho ou alucinação, a mais radiosa figura do universo, a mais sublime e rara, uma criatura em que não havia falha ou quebra, verdadeira gramática sem irregularidades, pura língua sem solecismos.

Perdão, interrompe-me uma senhora, esse noivo não é obra exclusiva de Eulália, é o marido de todas as virgens de dezessete anos. Perdão, digo-lhe eu, há uma diferença entre Eulália e as outras, é que as outras trocam finalmente o original esperado por uma cópia gravada, antes ou depois da letra, e às vezes por uma simples fotografia ou litografia, ao passo que Eulália continuou a esperar o painel autêntico. Vinham as gravuras, vinham as litografias, algumas muito bem acabadas, obra de artista e grande artista, mas para ela traziam o defeito de ser cópias. Tinha fome e sede de originalidade. A vida comum parecia-lhe uma cópia eterna. As pessoas do seu conhecimento caprichavam em repetir as idéias umas das outras, com iguais palavras, e às vezes sem diferente inflexão, à semelhança do vestuário que usavam, e que era do mesmo gosto e feitio. Se ela visse alvejar na rua um turbante mourisco ou flutuar um penacho, pode ser que perdoasse o resto; mas nada, cousa nenhuma, uma constante uniformidade de idéias e coletes. Não era outro o pecado mortal das cousas. Mas, como tinha a faculdade de viver tudo o que sonhava, continuou a esperar uma vida nova e um marido único.

Enquanto esperava, as outras iam casando. Assim perdeu ela as três principais amigas: Júlia Costinha, Josefa e Mariana. Viu-as todas casadas, viu-as mães, a princípio de um filho, depois de dous, de quatro e de cinco. Visitava-as, assistia ao viver delas, sereno e alegre, medíocre, vulgar, sem sonhos nem quedas, mais ou menos feliz. Assim se passaram os anos; assim chegou aos trinta, aos trinta e três, aos trinta e cinco, e finalmente aos trinta e oito em que a vemos na igreja, conversando com o padre Teófilo.

V

Naquele dia mandara dizer uma missa por alma da mãe que morrera um ano antes. Não convidou ninguém: foi ouvi-la sozinha. Ouviu-a, rezou, depois sentou-se no banco.

Eu, depois de ajudar à missa, voltei para a sacristia, e vi ali o padre Teófilo, que viera da roça duas semanas antes e andava à cata de alguma missa, para comer. Parece que ele ouviu do outro sacristão ou do mesmo padre oficiante o nome da pessoa sufragada; viu que era o da tia e correu à igreja, onde ainda achou a prima no banco. Sentou-se ao pé dela, esquecido do lugar e das posições, e falaram naturalmente de si mesmos. Não se viam desde longos anos. Teófilo visitara-as logo depois de ordenado padre; mas saiu para o interior e nunca mais soube delas, nem elas dele.

Já disse que não pude ouvir nada. Estiveram assim perto de meia hora. O coadjutor veio espiar, deu com eles e ficou justamente escandalizado. A notícia do caso chegou, dous dias depois, ao bispo. Teófilo recebeu uma advertência amiga, subiu à Conceição e explicou tudo: era uma prima, a quem não via desde muito. O padre coadjutor, quando soube da explicação, exclamou com muito critério que o ser parente não lhe trocava o sexo nem supria o escândalo.

Entretanto, como eu tinha sido companheiro de Teófilo no seminário e gostava dele, defendi-o com muito calor e fiz chegar o meu testemunho ao palácio da Conceição. Ele ficou-me grato por isso, e daí veio a intimidade de nossas relações. Como os dous primos podiam ver-se em casa, Teófilo passou a visitá-la, e ela a recebê-lo com muito prazer. No fim de oito dias, recebeu-me também; ao cabo de duas semanas era eu um dos seus familiares.

Dous patrícios que se encontram em plaga estrangeira e podem finalmente trocar as palavras mamadas na infância não sentem maior alvoroço do que estes dous primos, que eram mais que primos: moralmente eram gêmeos. Ele contou-lhe a vida e, como os acontecimentos acarretassem os sentimentos, ela olhou para dentro da alma do primo e achou que era a sua mesma alma e que, em substância, a vida de ambos era a mesma. A diferença é que uma esperou quieta o que o outro andou buscando por montes e vales; no mais, igual equívoco, igual conflito com a realidade, idêntico diálogo de árabe e japonês.

— Tudo o que me cerca é trivial e chocho, dizia-lhe ele.

Com efeito, gastara o aço da mocidade em divulgar uma concepção que ninguém lhe entendeu. Enquanto os três amigos mais chegados do seminário passavam adiante, trabalhando e servindo, afinados pela nota do século, Veloso cônego e pregador, Soares com uma grande vigararia, Vasconcelos a caminho de bispar, ele Teófilo era o mesmo apóstolo e místico dos primeiros anos, em plena aurora cristã e metafísica. Vivia miseravelmente, costeando a fome, pão magro e batina surrada; tinha instantes e horas de tristeza e de abatimento: confessou-os à prima...

— Também o senhor? perguntou ela.

E as suas mãos apertaram-se com energia: entendiam-se. Não tendo achado um astro na loja de um relojoeiro, a culpa era do relojoeiro; tal era a lógica de ambos. Olharam-se com a simpatia de náufragos, — náufragos e não desenganados, — porque não o eram. Crusoe, na ilha deserta, inventa e trabalha; eles não; lançados à ilha, estendiam os olhos para o mar ilimitado, esperando a águia que viria buscá-los com as suas grandes asas abertas. Uma era a eterna noiva sem noivo, outro o eterno profeta sem Israel; ambos punidos e obstinados.

Já disse que Eulália era ainda bonita. Resta dizer que o padre Teófilo, com quarenta e dous anos tinha os cabelos grisalhos e as feições cansadas; as mãos não possuíam nem a maciez nem o aroma da sacristia, eram magras e calosas e cheiravam ao mato. Os olhos é que conservavam o fogo antigo, era por ali que a mocidade interior falava cá para fora, e força é dizer que eles valiam só por si todo o resto.

As visitas amiudaram-se. Afinal íamos passar ali as tardes e as noites e jantar aos domingos. A convivência produziu dous efeitos, e até três. O primeiro foi que os dous primos, freqüentando-se, deram força e vida um ao outro; relevem-me esta expressão familiar: — fizeram um *pique-nique* de ilusões. O segundo é que Eulália, cansada de esperar um noivo humano, volveu os olhos para o noivo divino e, assim como ao primo viera a ambição de S. Paulo, veio-lhe a ela a de Santa Teresa. O terceiro efeito é o que o leitor já adivinhou.

Já adivinhou. O terceiro foi o caminho de Damasco,[28] — um caminho às avessas, porque a voz não baixou do céu, mas subiu da terra; não chamava a pregar Deus, mas a pregar o homem. Sem metáfora, amavam-se. Outra diferença é que a vocação aqui não foi súbita, como em relação ao apóstolo das gentes; foi vagarosa, muito vagarosa, cochichada, insinuada, bafejada pelas asas da pomba mística.

Note-se que a fama precedeu ao amor. Sussurrava-se desde muito que as visitas do padre eram menos de confessor que de pecador. Era mentira; eu juro que era mentira. Via-os, acompanhava-os, estudava esses dous temperamentos tão espirituais, tão cheios de si mesmos, que nem sabiam da fama, nem cogitavam no perigo da aparência. Um dia vi-lhes os primeiros sinais do amor. Será o que quiserem, uma paixão quarentona, rosa outoniça e pálida, mas era, existia, crescia, ia tomá-los inteiramente. Pensei em avisar o padre, não por mim, mas por ele mesmo; mas era difícil, e talvez perigoso. Demais, eu era e sou gastrônomo e psicólogo; avisá-lo era botar fora uma fina matéria de estudo e perder os jantares dominicais. A psicologia, ao menos, merecia um sacrifício: calei-me.

Calei-me à toa. O que eu não quis dizer, publicou-o o coração de ambos. Se o leitor me leu de corrida, conclui por si mesmo a anedota, conjugando os dous primos; mas, se me leu devagar, adivinha o que sucedeu. Os dous místicos recuaram; não tiveram horror um do outro nem de si mesmos, porque essa sensação estava excluída de ambos, mas recuaram, agitados de medo e de desejo.

— Volto para a roça, disse-me o padre.

28. Foi no caminho de Damasco (Síria) que, envolto numa luz vinda do céu, e ouvindo a voz de Jesus Cristo, Saulo de Tarso se converteu à fé cristã e se tornou o apóstolo S. Paulo.

— Mas por quê?

— Volto para a roça.

Voltou para a roça e nunca mais cá veio. Ela, é claro que tinha achado o marido que esperava, mas saiu-lhe tão impossível como a vida que sonhou. Eu, gastrônomo e psicólogo, continuei a ir jantar com Eulália aos domingos. Considero que alguma cousa deve subsistir debaixo do sol, ou amor ou o jantar, se é certo, como quer Schiller, que o amor e a fome governam este mundo.

EX CATHEDRA

— Padrinho, vossemecê assim fica cego.

— O quê?

— Vossemecê fica cego; lê que é um desespero. Não, senhor, dê cá o livro.

Caetaninha tirou-lhe o livro das mãos. O padrinho deu uma volta, e foi meter-se no gabinete, onde lhe não faltavam livros; fechou-se por dentro e continuou a ler. Era o seu mal; lia com excesso, lia de manhã, de tarde e de noute, ao almoço e ao jantar, antes de dormir, depois do banho, lia andando, lia parado, lia em casa e na chácara, lia antes de ler e depois de ler, lia toda a casta de livros, mas especialmente direito (em que era graduado), matemáticas e filosofia; ultimamente dava-se também às ciências naturais.

Pior que cego, ficou aluado. Foi pelos fins de 1873, na Tijuca, que ele começou a dar sinais de transtorno cerebral; mas, como eram leves e poucos, só em março ou abril de 1874 é que a afilhada lhe percebeu a alteração. Um dia, almoçando, interrompeu ele a leitura para lhe perguntar:

— Como é que eu me chamo?

— Como é que padrinho se chama? repetiu ela espantada. Chama-se Fulgêncio.

— De hoje em diante, chamar-me-ás Fulgencius.

E, enterrando a cara no livro, prosseguiu na leitura. Caetaninha referiu o caso às mucamas, que lhe declararam desconfiar, desde algum tempo, que ele não andava bom. Imagine-se o medo da moça; mas o medo passou depressa para só deixar a piedade que lhe aumentou a afeição. Também a mania era restrita e mansa; não passava dos livros. Fulgêncio vivia do escrito, do impresso, do doutrinal, do abstrato, dos princípios e das fórmulas. Com o tempo chegou, não já à superstição, mas à alucinação da teoria. Uma de suas máximas era, que a liberdade não morre onde restar uma folha de papel para decretá-la; e um dia, acordando com a idéia de melhorar a condição dos turcos, redigiu uma constituição, que mandou de presente ao ministro inglês, em Petrópolis. De outra ocasião, meteu-se a estudar nos livros a anatomia dos olhos, para verificar se realmente eles podiam ver, e concluiu que sim.

Digam-me, se, em tais condições, a vida de Caetaninha podia ser alegre. Não lhe faltava nada, é verdade, porque o padrinho era rico. Foi ele mesmo que a educou desde os sete anos, quando perdeu a mulher; ensinou-lhe a ler e escrever, francês, um pouco de história e geografia, para não dizer quase nada, e incumbiu uma das mucamas de lhe ensinar crivo, renda e costura. Tudo isso é verdade. Mas Caetaninha fizera quatorze anos; e, se nos primeiros tempos bastavam os brinquedos e as escravas para diverti-la, era chegada a idade em que os brinquedos perdem de moda e as escravas de interesse, em que não há leituras nem escrituras que façam de uma casa solitária na Tijuca um paraíso. Descia algumas vezes, raras, e de corrida; não ia a teatros nem bailes; não fazia nem recebia visitas. Quando via passar na estrada uma cavalgada de homens e senhoras, punha a alma na garupa dos animais, e deixava-a ir com eles, ficando-lhe o corpo, ao pé do padrinho, que continuava a ler.

Um dia, estando na chácara, viu parar ao portão um rapaz, montado numa bestinha, e ouviu que lhe perguntava se era ali a casa do doutor Fulgêncio.

— Sim, senhor, é aqui mesmo.

— Podia falar-lhe?

Caetaninha respondeu que ia ver; entrou em casa, e foi ao gabinete, onde achou o padrinho remoendo, com a mais voluptuária e beata das expressões, um capítulo de Hegel. Mocinho? Que mocinho? Caetaninha disse-lhe que era um mocinho vestido de luto.

— De luto? repetiu o velho doutor fechando precipitadamente o livro; há de ser ele.

Esquecia-me dizer (mas há tempo para tudo) que, três meses antes, falecera um irmão de Fulgêncio, no Norte, deixando um filho natural. Como o irmão, dias antes de morrer, lhe escrevera recomendando o órfão que ia deixar, Fulgêncio mandou que este viesse para o Rio de Janeiro. Ouvindo que estava ali um mocinho de luto, concluiu que era o sobrinho, e não concluiu mal. Era ele mesmo.

Parece que até aqui nada há que destoe de uma história ingenuamente romanesca: temos um velho lunático, uma mocinha solitária e suspirosa, e vemos despontar inopinadamente um sobrinho. Para não descer da região poética em que nos achamos, deixo de dizer que a mula em que o Raimundo veio montado, foi reconduzida por um preto ao alugador; passo também por alto as circunstâncias da acomodação do rapaz, limitando-me a dizer que, como o tio, à força de viver lendo, esquecera inteiramente que o mandara buscar, nada havia em casa preparado para recebê-lo. Mas a casa era grande e abastada; uma hora depois, estava o rapaz aposentado num lindo quarto, donde podia ver a chácara, a cisterna antiga, o lavadouro, basta folha verde e vasto céu azul.

Creio que ainda não disse a idade do hóspede; tem quinze anos e um ameaço de buço; é quase uma criança. Logo, se a nossa Caetaninha ficou alvoroçada, e as mucamas andam de um lado para outro espiando e falando do "sobrinho de sinhô velho que chegou de fora", é porque a vida ali não tem outros episódios, não porque ele seja homem feito. Essa foi também a impressão do dono da casa; mas, aqui vai a diferença. A afilhada não advertia que o ofício do buço é virar bigode, ou, se pensou nisso, fê-lo tão vagamente, que não vale a pena de o pôr aqui. Não assim o velho Fulgêncio. Compreendeu este que havia ali a massa de um marido, e resolveu casá-los; mas viu também que, a menos de lhes pegar nas mãos e mandar que se amassem, o acaso podia guiar as cousas por modo diferente.

Uma idéia traz outra. A idéia de os casar pegou por um lado com uma de suas opiniões recentes. Era esta que as calamidades ou os simples dissabores nas relações do coração provinham de que o amor era praticado de um modo empírico; faltava-lhe a base científica. Um homem e uma mulher, desde que conhecessem as razões físicas e metafísicas desse sentimento, estariam mais aptos a recebê-lo e nutri-lo com eficácia, do que outro homem e outra mulher que nada soubessem do fenômeno.

— Os meus pequenos estão verdes, dizia ele consigo: tenho três a quatro anos diante de mim, e posso começar desde já a prepará-los. Vamos com lógica; primeiro os alicerces, depois as paredes, depois o teto... em vez de começar pelo teto... Dia virá em que se aprenda a amar como se aprende a ler... Nesse dia...

Estava atordoado, deslumbrado, delirante. Foi às estantes, desceu alguns tomos, astronomia, geologia, fisiologia, anatomia, jurisprudência, política, lingüística, abriu-os, folheou-os, comparou-os, extratou daqui e dali, até formular um programa de ensino. Compunha-se este de vinte capítulos, nos quais entravam as noções gerais do universo, uma definição da vida, demonstração da existência do homem e da mulher, organização das sociedades, definição e análise das paixões, definição e análise do amor, suas causas, necessidades e efeitos. Em verdade, as matérias eram crespas; ele entendeu torná-las dóceis, tratando-as em frase corriqueira e chã, dando-lhes um tom puramente familiar, como a astronomia de Fontenelle. E dizia com ênfasis que o essencial da fruta era o miolo, não a casca.

Tudo isso era engenhoso; mas aqui vai o mais engenhoso. Não os convidou a aprender. Uma noite, olhando para o céu, disse que as estrelas estavam brilhando muito; e o que eram as estrelas? acaso sabiam eles o que eram as estrelas?

— Não senhor.

Daqui a iniciar uma descrição do universo era um passo. Fulgêncio deu o passo, com tal presteza e naturalidade, que os deixou encantados e eles pediram a viagem toda.

— Não, disse o velho; não esgotemos tudo hoje, nem isto se entende bem senão devagar; amanhã ou depois...

Foi assim, sorrateiramente, que ele começou a executar o plano. Os dois alunos, assombrados com o mundo astronômico, pediam-lhe todos os dias que continuasse, e, posto que no fim dessa primeira parte Caetaninha ficasse um tanto confusa, ainda assim quis ouvir as outras cousas que o padrinho lhe prometeu.

Não digo nada da familiaridade entre os dois alunos, por ser cousa óbvia. Entre quatorze e quinze anos a diferença é tão pequena, que os portadores das duas idades não tinham mais que dar a mão um ao outro. Foi o que aconteceu.

No fim de três semanas pareciam ter sido criados juntos. Só isto bastava a mudar a vida de Caetaninha; mas Raimundo trouxe-lhe mais. Não há dez minutos, vimo-la olhar com saudade as cavalgadas de homens e damas que passavam na estrada. Raimundo matou-lhe a saudade, ensinando-lhe a montaria, apesar da relutância do velho, que temia algum desastre; mas este cedeu e alugou dois cavalos. Caetaninha mandou fazer uma linda amazona, Raimundo veio à cidade comprar-lhe as luvas e um chicotinho, com o dinheiro do tio — já se sabe — que também lhe deu as botas e o demais aparelho masculino. Daí a pouco era um gosto vê-los ambos, galhardos e intrépidos, abaixo e acima da montanha.

Em casa, brincavam à larga, jogavam damas e cartas, cuidavam de aves e plantas. Brigavam muita vez; mas, segundo as mucamas, eram brigas de mentira, só para fazerem as pazes depois. Era o pico do arrufo. Raimundo vinha às vezes à cidade, a mandado do tio. Caetaninha ia esperá-lo ao portão, espiando ansiosa. Quando ele chegava, brigavam, porque ela queria tirar-lhe os maiores embrulhos, a pretexto de que ele vinha cansado, e ele queria dar-lhe os mais leves, alegando que ela era fraquinha.

No fim de quatro meses, a vida era totalmente outra. Pode-se até dizer que só então é que Caetaninha começou a usar rosas no cabelo. Antes disso vinha muita vez despenteada para a mesa do almoço. Agora, não só se penteava logo cedo, mas até, como digo, trazia rosas, uma ou duas; estas eram, ou colhidas na véspera, por ela mesma e guardadas em água, ou na própria manhã, por ele, que ia levar-lhas à janela. A janela era alta; mas Raimundo, pondo-se na ponta dos pés, e levantando o braço, conseguia dar-lhe as rosas em mão. Foi por esse tempo que ele adquiriu o sestro de mortificar o buço, puxando-o muito de um e outro lado. Caetaninha chegava a bater-lhe nos dedos, para lhe tirar tão mau costume.

Entretanto, as lições continuavam regularmente. Já tinham uma idéia geral do universo, e uma definição da vida, que nenhum deles entendeu. Assim chegaram ao quinto mês. No sexto, começou a demonstração da existência do homem. Caetaninha não pôde suster o riso, quando o padrinho, expondo a matéria, perguntou-lhes se eles sabiam que existiam e por quê; mas ficou logo séria, e respondeu que não.

— Nem você?

— Nem eu, não, senhor, concordou o sobrinho.

Fulgêncio iniciou uma demonstração em regra, profundamente cartesiana. A seguinte lição foi na chácara. Chovera muito nos dias anteriores; mas o sol agora alagava tudo de luz, e a chácara parecia uma linda viúva, que troca o véu do luto pelo do noivado. Raimundo, como se quisesse copiar o sol, (copiam-se naturalmente os grandes) despedia das pupilas um olhar vasto e longo, que Caetaninha recebia, palpitando, como a chácara. Fusão, transfusão, difusão, confusão e profusão de seres e de cousas.

Enquanto o velho falava, reto, lógico, vagaroso, curtido de fórmulas, com os olhos fixos em parte nenhuma, os dous alunos faziam trinta mil esforços para escutá-lo, mas vinham trinta mil incidentes distraí-los. Foi a princípio um casal de borboletas que brincavam no ar. Façam-me o favor de dizer o que é que pode haver extraordinário num casal de borboletas? Concordo que eram amarelas, mas esta circunstância não basta a explicar a distração. O fato de voarem uma atrás da outra, ora à direita, ou à esquerda, ora abaixo, ora acima, também não dá a razão do desvio, visto que nunca as borboletas voaram em linha reta, como simples militares.

— O entendimento, dizia o velho, o entendimento, segundo eu já expliquei...

Raimundo olhou para Caetaninha, e achou-a olhando para ele. Um e outro pareciam confusos e acanhados. Ela foi a primeira que baixou os olhos ao regaço. Depois, levantou-os, a fim de os levar a outra parte, mais remota, o muro da chácara; na passagem, como os de Raimundo ali estivessem, ela encarou-os o mais rapidamente que pôde. Felizmente, o muro apresentava um espetáculo que a encheu de admiração: um casal de andorinhas (era o dia dos casais) saltitava nele, com a graça peculiar às pessoas aladas. Saltitavam piando, dizendo cousas uma à outra, o que quer que fosse, talvez isto — que era bem bom não haver filosofia nos muros das chácaras. Senão quando, uma delas voou, provavelmente a dama, e a outra, naturalmente o garção, não se deixou ficar atrás: esticou as asas e seguiu o mesmo caminho. Caetaninha desceu os olhos à grama do chão.

Quando a lição acabou, daí a alguns minutos, ela pediu ao padrinho que continuasse, e, recusando este, tomou-lhe o braço e convidou-o a dar um giro na chácara.

— Está muito sol, contestou o velho.

— Vamos pela sombra.

— Faz muito calor.

Caetaninha propôs irem continuar na varanda; mas o padrinho disse-lhe misteriosamente que Roma não se fez num dia, e acabou declarando que só dois dias depois continuaria a lição. Caetaninha recolheu-se ao quarto, esteve ali três quartos de hora fechada, sentada, à janela, de um lado para outro, procurando as cousas que tinha na mão, e chegando ao cúmulo de ver-se a si mesma, cavalgando, estrada acima, ao lado de Raimundo. De uma vez aconteceu-lhe ver o rapaz no muro da chácara; mas atentou bem, reconheceu que era um par de besouros que zumbiam no ar. E dizia um deles ao outro:

— Tu és a flor da nossa raça, a flor do ar, a flor das flores, o sol e a lua da minha vida.

Ao que respondia o outro:

— Ninguém te vence na beleza e na graça; o teu zumbir é um eco das falas divinas; mas, deixa-me... deixa-me...

— Por que deixar-te, alma destes bosques?

— Já te disse, rei dos ares puros, deixa-me.

— Não me fales assim, feitiço e gala das matas. Tudo por cima e em volta de nós está dizendo que me deves falar de outra maneira. Conheces a cantiga dos mistérios azuis?

— Vamos ouvi-la nas folhas verdes da laranjeira.

— As da mangueira são mais bonitas.

— Tu és mais linda que umas e outras.

— E tu, sol da minha vida?

— Lua do meu ser, eu sou o que tu quiseres...

Era assim que os dous besouros falavam. Ela ouviu-os cismando. Como eles desaparecessem, ela entrou, viu as horas e saiu do quarto. Raimundo estava fora; ela foi esperá-lo ao portão, dez, vinte, trinta, quarenta, cinqüenta minutos. Na volta disseram pouco; uniram-se e separaram-se duas ou três vezes. Da última vez foi ela que o trouxe à varanda, para mostrar-lhe um enfeite que julgava perdido e acabava de achar. Façam-lhe a justiça de crer que era pura mentira. Entretanto, Fulgêncio antecipou a lição; deu-a no dia seguinte, entre o almoço e o jantar. Nunca a palavra lhe saiu tão límpida e singela. E assim devia ser; tratava-se da existência do homem, capítulo profundamente metafísico, em que era preciso considerar tudo e por todos os lados.

— Estão entendendo? perguntava ele.

— Perfeitamente.

E a lição seguiu até o fim. No fim, deu-se a mesma cousa da véspera; Caetaninha, como se tivesse medo de ficar só, pediu-lhe para continuar ou passear; ele recusou uma e outra cousa, bateu-lhe paternalmente na cara, e foi encerrar-se no gabinete.

— Para a semana, pensava o velho doutor, dando volta à chave, para a semana entro na organização das sociedades; todo o mês que vem e o outro é para a definição e classificação das paixões; em maio, passaremos ao amor... já será tempo...

Enquanto ele dizia isto, e fechava a porta, alguma cousa ressoava do lado da varanda — um trovão de beijos, segundo disseram as lagartas da chácara; mas, para as lagartas qualquer pequeno rumor vale um trovão. Quanto aos autores do ruído nada positivo se sabe. Parece que um maribondo, vendo Caetaninha e Raimundo unidos nessa ocasião, concluiu da coincidência para a conseqüência, e entendeu que eram eles; mas um velho gafanhoto demonstrou a inanidade do fundamento, alegando que ouvira muitos beijos, outrora, em lugares onde nem Raimundo nem Caetaninha pusera os pés. Convenhamos que este outro argumento não prestava para nada; mas, tal é o prestígio de um bom caráter, que o gafanhoto foi aclamado como tendo ainda uma vez defendido a verdade e a razão. E daí pode ser que fosse assim mesmo. Mas um trovão de beijos? Suponhamos dous; suponhamos três ou quatro.

A SENHORA DO GALVÃO

Começaram a rosnar dos amores deste advogado com a viúva do brigadeiro, quando eles não tinham ainda passado dos primeiros obséquios. Assim vai o mundo. Assim se fazem algumas reputações más, e, o que parece absurdo, algumas boas. Com efeito, há vidas que só têm prólogo; mas toda a gente fala do grande livro que se lhe segue, e o autor morre com as folhas em branco. No presente caso, as folhas escreveram-se, formando todas um grosso volume de trezentas páginas compactas, sem contar as notas. Estas foram postas no fim, não para esclarecer, mas para recordar os capítulos passados; tal é o método nesses livros de colaboração. Mas a verdade é que eles apenas combinavam no plano, quando a mulher do advogado recebeu este bilhete anônimo:

"Não é possível que a senhora se deixe embair mais tempo, tão escandalosamente, por uma de suas amigas, que se consola da viuvez, seduzindo os maridos alheios, quando bastava conservar os cachos..."

Que cachos? Maria Olímpia não perguntou que cachos eram; eram da viúva do brigadeiro, que os trazia por gosto, e não por moda. Creio que isto se passou em 1853. Maria Olímpia leu e releu o bilhete; examinou a letra, que lhe pareceu de mulher e disfarçada, e percorreu mentalmente a primeira linha das suas amigas, a ver se descobria a autora. Não descobriu nada, dobrou o papel e fitou o tapete do chão, caindo-lhe os olhos justamente no ponto do desenho em que dous pombinhos ensinavam um ao outro a maneira de fazer de dous bicos um bico. Há dessas ironias do acaso, que dão vontade de destruir o universo. Afinal meteu o bilhete no bolso do vestido, e encarou a mucama, que esperava por ela, e que lhe perguntou:

— Nhanhã não quer mais ver o xale?

Maria Olímpia pegou no xale que a mucama lhe dava e foi pô-lo aos ombros, defronte do espelho. Achou que lhe ficava bem, muito melhor que à viúva. Cotejou as suas graças com as da outra. Nem os olhos nem a boca eram comparáveis; a viúva tinha os ombros estreitinhos, a cabeça grande, e o andar feio. Era alta; mas que tinha ser alta? E os trinta e cinco anos de idade, mais nove que ela? Enquanto fazia essas reflexões, ia compondo, pregando e despregando o xale.

— Este parece melhor que o outro, aventurou a mucama.

— Não sei... disse a senhora, chegando-se mais para a janela, com os dous nas mãos.

— Bota o outro, nhanhã.

A nhanhã obedeceu. Experimentou cinco xales dos dez que ali estavam, em caixas, vindos de uma loja da Rua da Ajuda.[29] Concluiu que os dois primeiros eram os melhores; mas aqui surgiu uma complicação — mínima, realmente — mas tão sutil e profunda na solução, que não vacilo em recomendá-la aos nossos pensadores de

29. Atualmente, o que resta da Rua da Ajuda é um pequeno trecho com o nome de Rua Melvin Jones, antes chamada Rua Chile.

1906. A questão era saber qual dos dois xales escolheria, uma vez que o marido, recente advogado, pedia-lhe que fosse econômica. Contemplava-os alternadamente, e ora preferia um, ora outro. De repente, lembrou-lhe a aleivosia do marido, a necessidade de mortificá-lo, castigá-lo, mostrar-lhe que não era peteca de ninguém, nem maltrapilha; e, de raiva, comprou ambos os xales.

Ao bater das quatro horas (era a hora do marido) nada de marido. Nem às quatro, nem às quatro e meia. Maria Olímpia imaginava uma porção de cousas aborrecidas, ia à janela, tornava a entrar, temia um desastre ou doença repentina; pensou também que fosse uma sessão do júri. Cinco horas, e nada. Os cachos da viúva também negrejavam diante dela, entre a doença e o júri, com uns tons de azul-ferrete, que era provavelmente a cor do diabo. Realmente era para exaurir a paciência de uma moça de vinte e seis anos. Vinte e seis anos; não tinha mais. Era filha de um deputado do tempo da Regência, que a deixou menina; e foi uma tia que a educou com muita distinção. A tia não a levou muito cedo a bailes e espetáculos. Era religiosa, conduziu-a primeiro à igreja. Maria Olímpia tinha a vocação da vida exterior, e, nas procissões e missas cantadas, gostava principalmente do rumor, da pompa; a devoção era sincera, tíbia e distraída. A primeira cousa que ela via na tribuna das igrejas, era a si mesma. Tinha um gosto particular em olhar de cima para baixo, fitar a multidão das mulheres ajoelhadas ou sentadas, e os rapazes, que, por baixo do coro ou nas portas laterais, temperavam com atitudes namoradas as cerimônias latinas. Não entendia os sermões; o resto, porém, orquestra, canto, flores, luzes, sanefas, ouros, gentes, tudo exercia nela um singular feitiço. Magra devoção que escasseou ainda mais com o primeiro espetáculo e o primeiro baile. Não alcançou a Candiani, mas ouviu a Ida Edelvira,[30] dançou à larga, e ganhou fama de elegante.

Eram cinco horas e meia, quando o Galvão chegou. Maria Olímpia, que então passeava na sala, tão depressa lhe ouviu os pés, fez o que faria qualquer outra senhora na mesma situação: pegou de um jornal de modas, e sentou-se, lendo, com um grande ar de pouco caso. Galvão entrou ofegante, risonho, cheio de carinhos, perguntando-lhe se estava zangada, e jurando que tinha um motivo para a demora, um motivo que ela havia de agradecer, se soubesse...

— Não é preciso, interrompeu ela friamente.

Levantou-se; foram jantar. Falaram pouco; ela menos que ele, mas em todo o caso, sem parecer magoada. Pode ser que entrasse a duvidar da carta anônima; pode ser também que os dous xales lhe pesassem na consciência. No fim do jantar, Galvão explicou a demora: tinha ido, a pé, ao teatro Provisório, comprar um camarote para essa noite: davam os *Lombardos*. De lá, na volta, foi encomendar um carro...

— Os *Lombardos?* interrompeu Maria Olímpia.

— Sim; canta o Laboceta, canta a Jacobson; há bailado. Você nunca ouviu os *Lombardos?*

— Nunca.

— E aí está por que me demorei. Que é que você merecia agora? Merecia que eu lhe cortasse a ponta desse narizinho arrebitado...

30. A Candiani foi uma das mais celebradas cantoras italianas da época; entre muitas outras, figura também Ida Edelvira.

Como ele acompanhasse o dito com um gesto, ela recuou a cabeça; depois acabou de tomar o café. Tenhamos pena da alma desta moça. Os primeiros acordes dos *Lombardos* ecoavam nela, enquanto a carta anônima lhe trazia uma nota lúgubre, espéde de réquiem. E por que é que a carta não seria uma calúnia? Naturalmente não era outra cousa: alguma invenção de inimigas, ou para afligi-la, ou para fazê-los brigar. Era isto mesmo. Entretanto, uma vez que estava avisada, não os perderia de vista. Aqui acudiu-lhe uma idéia: consultou o marido se mandaria convidar a viúva.

— Não, respondeu ele; o carro só tem dois lugares, e eu não hei de ir na boléia.

Maria Olímpia sorriu de contente, e levantou-se. Há muito tempo que tinha vontade de ouvir os *Lombardos*. Vamos aos *Lombardos!* Trá, lá, lá, lá... Meia hora depois foi vestir-se. Galvão, quando a viu pronta daí a pouco, ficou encantado. "Minha mulher é linda", pensou ele; e fez um gesto para estreitá-la ao peito; mas a mulher recuou, pedindo-lhe que não a amarrotasse. E, como ele, por umas veleidades de camareiro, pretendeu concertar-lhe a pluma do cabelo, ela disse-lhe enfastiada:

— Deixa, Eduardo! Já veio o carro?

Entraram no carro e seguiram para o teatro. Quem é que estava no camarote contíguo ao deles? Justamente a viúva e a mãe. Esta coincidência, filha do acaso, podia fazer crer algum ajuste prévio. Maria Olímpia chegou a suspeitá-lo; mas a sensação da entrada não lhe deu tempo de examinar a suspeita. Toda a sala voltara-se para vê-la, e ela bebeu, a tragos demorados, o leite da admiração pública. Demais, o marido teve a inspiração maquiavélica de lhe dizer ao ouvido: "Antes a mandasses convidar; ficava-nos devendo o favor". Qualquer suspeita cairia diante desta palavra. Contudo, ela cuidou de os não perder de vista — e renovou a resolução de cinco em cinco minutos, durante meia hora, até que, não podendo fixar a atenção, deixou-a andar. Lá vai ela, inquieta, vai direito ao clarão das luzes, ao esplendor dos vestuários, um pouco à ópera, como pedindo a todas as cousas alguma sensação deleitosa em que se espreguice uma alma fria e pessoal. E volta depois à própria dona, ao seu leque, às suas luvas, aos adornos do vestido, realmente magníficos. Nos intervalos, conversando com a viúva, Maria Olímpia tinha a voz e os gestos do costume, sem cálculo, sem esforço, sem sentimento[31], esquecida da carta. Justamente nos intervalos é que o marido, com uma discrição rara entre os filhos dos homens, ia para os corredores ou para o saguão pedir notícias do ministério.

Juntas saíram do camarote, no fim, e atravessaram os corredores. A modéstia com que a viúva trajava podia realçar a magnificência da amiga. As feições, porém, não eram o que esta afirmou, quando ensaiava os xales de manhã. Não, senhor; eram engraçadas, e tinham um certo pico original. Os ombros proporcionais e bonitos. Não contava trinta e cinco anos, mas trinta e um; nasceu em 1822, na véspera da independência, tanto que o pai, por brincadeira, entrou a chamá-la Ipiranga, e ficou-lhe esta alcunha entre as amigas. Demais, lá estava em Santa Rita o assentamento de batismo.

Uma semana depois, recebeu Maria Olímpia outra carta anônima. Era mais longa e explícita. Vieram outras, uma por semana, durante três meses. Maria Olímpia leu as primeiras com algum aborrecimento; as seguintes foram calejando a sensibilidade.

31. Assim nas edições Garnier. A edição crítica do INL, sem qualquer anotação, traz *ressentimento*.

Não havia dúvida que o marido demorava-se fora, muitas vezes, ao contrário do que fazia antes, ou saía à noite e regressava tarde; mas, segundo dizia, gastava o tempo no Wallerstein ou no Bernardo, em palestras políticas. E isto era verdade, uma verdade de cinco a dez minutos, o tempo necessário para recolher alguma anedota ou novidade, que pudesse repetir em casa, à laia de documento. Dali seguia para o Largo de S. Francisco e metia-se no ônibus.

Tudo era verdade. E, contudo, ela continuava a não crer nas cartas. Ultimamente, não se dava mais ao trabalho de as refutar consigo; lia-as uma só vez, e rasgava-as. Com o tempo foram surgindo alguns indícios menos vagos, pouco a pouco, ao modo do aparecimento da terra aos navegantes; mas este Colombo teimava em não crer na América. Negava o que via; não podendo negá-lo, interpretava-o; depois recordava algum caso de alucinação, uma anedota de aparências ilusórias, e nesse travesseiro cômodo e mole punha a cabeça e dormia. Já então, prosperando-lhe o escritório, dava o Galvão partidas e jantares, iam a bailes, teatros, corridas de cavalos. Maria Olímpia vivia alegre, radiante; começava a ser um dos nomes da moda. E andava muita vez, com a viúva, a despeito das cartas, a tal ponto que uma destas lhe dizia: "Parece que é melhor não escrever mais, uma vez que a senhora se regala numa comborçaria de mau gosto". Que era comborçaria? Maria Olímpia quis perguntá-lo ao marido, mas esqueceu o termo, e não pensou mais nisso.

Entretanto, constou ao marido que a mulher recebia cartas pelo correio. Cartas de quem? Esta notícia foi um golpe duro e inesperado. Galvão examinou de memória as pessoas que lhe freqüentavam a casa, as que podiam encontrá-la em teatros ou bailes, e achou muitas figuras verossímeis. Em verdade, não lhe faltavam adoradores.

— Cartas de quem? repetia ele mordendo o beiço e franzindo a testa.

Durante sete dias passou uma vida inquieta e aborrecida, espiando a mulher e gastando em casa grande parte do tempo. No oitavo dia, veio uma carta.

— Para mim? disse ele vivamente.

— Não; é para mim, respondeu Maria Olímpia, lendo o sobrescrito; parece letra de Mariana ou de Lulu Fontoura...

Não queria lê-la; mas o marido disse que a lesse; podia ser alguma notícia grave. Maria Olímpia leu a carta e dobrou-a, sorrindo; ia guardá-la, quando o marido desejou ver o que era.

— Você sorriu, disse ele gracejando; há de ser algum epigrama comigo.

— Qual! é um negócio de moldes.

— Mas deixa ver.

— Para quê, Eduardo?

— Que tem? Você, que não quer mostrar, por algum motivo há de ser. Dê cá.

Já não sorria; tinha a voz trêmula. Ela ainda recusou a carta, uma, duas, três vezes. Teve mesmo idéia de rasgá-la, mas era pior, e não conseguiria fazê-lo até o fim. Realmente, era uma situação original. Quando ela viu que não tinha remédio, determinou ceder. Que melhor ocasião para ler no rosto dele a expressão da verdade? A carta era das mais explícitas; falava da viúva em termos crus. Maria Olímpia entregou-lha.

— Não queria mostrar esta, disse-lhe ela primeiro, como não mostrei outras que tenho recebido e botado fora; são tolices, intrigas, que andam fazendo para... Leia, leia a carta.

Galvão abriu a carta e deitou-lhe os olhos ávidos. Ela enterrou a cabeça na cintura, para ver de perto a franja do vestido. Não o viu empalidecer. Quando ele, depois de alguns minutos, proferiu duas ou três palavras, tinha já a fisionomia composta e um esboço de sorriso. Mas a mulher, que o não adivinhava, respondeu ainda de cabeça baixa; só a levantou daí a três ou quatro minutos, e não para fitá-lo de uma vez, mas aos pedaços, como se temesse descobrir-lhe nos olhos a confirmação do anônimo. Vendo-lhe, ao contrário, um sorriso, achou que era o da inocência, e falou de outra cousa.

Redobraram as cautelas do marido; parece também que ele não pôde esquivar-se a um tal ou qual sentimento de admiração para com a mulher. Pela sua parte, a viúva, tendo notícia das cartas, sentiu-se envergonhada; mas reagiu depressa, e requintou de maneiras afetuosas com a amiga.

Na segunda ou terceira semana de agosto, Galvão fez-se sócio da Cassino Fluminense. Era um dos sonhos da mulher. A seis de setembro fazia anos a viúva, como sabemos. Na véspera, foi Maria Olímpia (com a tia que chegara de fora) comprar-lhe um mimo: era uso entre elas. Comprou-lhe um anel. Viu na mesma casa uma jóia engraçada, uma meia lua de diamantes para o cabelo, emblema de Diana, que lhe iria muito bem sobre a testa. De Maomé que fosse; todo o emblema de diamantes é cristão. Maria Olímpia pensou naturalmente na primeira noite do Cassino; e a tia, vendo-lhe o desejo, quis comprar a jóia, mas era tarde, estava vendida.

Veio a noite do baile. Maria Olímpia subiu comovida as escadas do Cassino. Pessoas que a conheceram naquele tempo, dizem que o que ela achava na vida exterior, era a sensação de uma grande carícia pública, a distância; era a sua maneira de ser amada. Entrando no Cassino, ia recolher nova cópia de admirações, e não se enganou, porque elas vieram, e de fina casta.

Foi pelas dez horas e meia que a viúva ali apareceu. Estava realmente bela, trajada a primor, tendo na cabeça a meia lua de diamantes. Ficava-lhe bem o diabo da jóia, com as duas pontas para cima, emergindo do cabelo negro. Toda a gente admirou sempre a viúva naquele salão. Tinha muitas amigas, mais ou menos íntimas, não poucos adoradores, e possuía um gênero de espírito que espertava com as grandes luzes. Certo secretário de legação não cessava de a recomendar aos diplomatas novos: *"Causez avec Mme. Tavares; c'est adorable!"*[32] Assim era nas outras noites; assim foi nesta.

— Hoje quase não tenho tido tempo de estar com você, disse ela a Maria Olímpia, perto de meia-noite.

— Naturalmente, disse a outra abrindo e fechando o leque; e, depois de umedecer os lábios, como para chamar a eles todo o veneno que tinha no coração: — Ipiranga, você está hoje uma viúva deliciosa... Vem seduzir mais algum marido?

A viúva empalideceu, e não pôde dizer nada. Maria Olímpia acrescentou, com os olhos, alguma cousa que a humilhasse bem, que lhe respingasse lama no triunfo. Já no resto da noite falaram pouco; três dias depois romperam para nunca mais.

32. (Francês): "Conversem com a Sra. Tavares; é adorável!"

AS ACADEMIAS DE SIÃO

Conhecem as academias de Sião? Bem sei que em Sião nunca houve academias: mas suponhamos que sim, e que eram quatro, e escutem-me.

I

As estrelas, quando viam subir, através da noite, muitos vaga-lumes cor de leite, costumavam dizer que eram os suspiros do rei de Sião, que se divertia com as suas trezentas concubinas. E, piscando o olho umas às outras, perguntavam:

— Reais suspiros, em que é que se ocupa esta noite o lindo Kalaphangko?

Ao que os vaga-lumes respondiam com gravidade:

— Nós somos os pensamentos sublimes das quatro academias de Sião; trazemos conosco toda a sabedoria do universo.

Uma noite, foram em tal quantidade os vaga-lumes, que as estrelas, de medrosas, refugiaram-se nas alcovas, e eles tomaram conta de uma parte do espaço, onde se fixaram para sempre com o nome de Via-Láctea.

Deu lugar a essa enorme ascensão de pensamentos o fato de quererem as quatro academias de Sião resolver este singular problema: — por que é que há homens femininos e mulheres masculinas? E o que as induziu a isso foi a índole do jovem rei. Kalaphangko era virtualmente uma dama. Tudo nele respirava a mais esquisita feminidade: tinha os olhos doces, a voz argentina, atitudes moles e obedientes e um cordial horror às armas. Os guerreiros siameses gemiam, mas a nação vivia alegre, tudo eram danças, comédias e cantigas, à maneira do rei que não cuidava de outra cousa. Daí a ilusão das estrelas.

Vai senão quando, uma das academias achou esta solução ao problema:

— Umas almas são masculinas, outras femininas. A anomalia que se observa é uma questão de corpos errados.

— Nego, bradaram as outras três; a alma é neutra; nada tem com o contraste exterior.

Não foi preciso mais para que as vielas e águas de Bangkok se tingissem de sangue acadêmico. Veio primeiramente a controvérsia, depois a descompostura, e finalmente a pancada. No princípio da descompostura tudo andou menos mal; nenhuma das rivais arremessou um impropério que não fosse escrupulosamente derivado do sânscrito, que era a língua acadêmica, o latim de Sião. Mas dali em diante perderam a vergonha. A rivalidade desgrenhou-se, pôs as mãos na cintura, baixou à lama, à pedrada, ao murro, ao gesto vil, até que a academia sexual, exasperada, resolveu dar cabo das outras, e organizou um plano sinistro... Ventos que passais, se quisésseis levar convosco estas folhas de papel, para que eu não contasse a tragédia de Sião! Custa-me (ai de mim!), custa-me escrever a singular desforra. Os acadêmicos armaram-se em segredo, e foram ter com os outros, justamente quando estes, curvados sobre o famoso problema, faziam subir ao céu uma nuvem de vaga-lumes. Nem preâmbulo, nem piedade. Caíram-lhes em cima espumando de raiva. Os que puderam fugir, não fugiram por muitas horas; perseguidos e atacados, morreram na beira do rio, a bordo das lanchas, ou nas vielas escusas. Ao todo, trinta e oito cadáveres. Cortaram uma orelha aos principais, e fizeram delas colares e braceletes para o presidente vencedor, o sublime U-Tong. Ébrios da vitória, celebraram o feito com um grande festim, no qual cantaram este hino magnífico: "Glória a nós, que somos o arroz da ciência e a luminária do universo".

A cidade acordou estupefata. O terror apoderou-se da multidão. Ninguém podia absolver uma ação tão crua e feia; alguns chegavam mesmo a duvidar do que viam... Uma só pessoa aprovou tudo: foi a bela Kinnara, a flor das concubinas régias.

II

Molemente deitado aos pés da bela Kinnara, o jovem rei pedia-lhe uma cantiga.

— Não dou outra cantiga que não seja esta: creio na alma sexual.

— Crês no absurdo, Kinnara.

— Vossa Majestade crê então na alma neutra?

— Outro absurdo, Kinnara. Não, não creio na alma neutra, nem na alma sexual.

— Mas então em que é que Vossa Majestade crê, se não crê em nenhuma delas?

— Creio nos teus olhos, Kinnara, que são o sol e a luz do universo.

— Mas cumpre-lhe escolher: — ou crer na alma neutra, e punir a academia viva, ou crer na alma sexual, e absolvê-la.

— Que deliciosa que é a tua boca, minha doce Kinnara! Creio na tua boca: é a fonte da sabedoria.

Kinnara levantou-se agitada. Assim como o rei era o homem feminino, ela era a mulher máscula — um búfalo com penas de cisne. Era o búfalo que andava agora no aposento, mas daí a pouco foi o cisne que parou, e, inclinando o pescoço, pediu e obteve do rei, entre duas carícias, um decreto em que a doutrina da alma sexual foi declarada legítima e ortodoxa, e a outra absurda e perversa. Nesse mesmo dia, foi o decreto mandado à academia triunfante, aos pagodes, aos mandarins, a todo o reino. A academia pôs luminárias; restabeleceu-se a paz pública.

III

Entretanto, a bela Kinnara tinha um plano engenhoso e secreto. Uma noite, como o rei examinasse alguns papéis do Estado, perguntou-lhe ela se os impostos eram pagos com pontualidade.

— *Ohimé!* exclamou ele, repetindo essa palavra que lhe ficara de um missionário italiano. Poucos impostos têm sido pagos. Eu não quisera mandar cortar a cabeça aos contribuintes... Não, isso nunca... Sangue? sangue? não, não quero sangue...

— E se eu lhe der um remédio a tudo?

— Qual?

— Vossa Majestade decretou que as almas eram femininas e masculinas, disse Kinnara depois de um beijo. Suponha que os nossos corpos estão trocados. Basta restituir cada alma ao corpo que lhe pertence. Troquemos os nossos...

Kalaphangko riu muito da idéia, e perguntou-lhe como é que fariam a troca. Ela respondeu que pelo método Mukunda, rei dos Hindus, que se meteu no cadáver de um brâmane, enquanto um truão se metia no dele Mukunda, — velha lenda passada aos turcos, persas e cristãos. Sim, mas a fórmula da invocação? Kinnara declarou que a possuía; um velho banzo achara cópia dela nas ruínas de um templo.

— Valeu?

— Não creio no meu próprio decreto, redargüiu ele rindo; mas vá lá, se for verdade, troquemos... mas por um semestre, não mais. No fim do semestre destrocaremos os corpos.

Ajustaram que seria nessa mesma noite. Quando toda a cidade dormia, eles mandaram vir a piroga real, meteram-se dentro e deixaram-se ir à toa. Nenhum dos remadores os via. Quando a aurora começou a aparecer, fustigando as vacas rútilas, Kinnara proferiu a misteriosa invocação; a alma desprendeu-se-lhe, e ficou pairando, à espera que o corpo do rei vagasse também. O dela caíra no tapete.

— Pronto? disse Kalaphangko.

— Pronto, aqui estou no ar esperando. Desculpe Vossa Majestade a indignidade da minha pessoa...

Mas a alma do rei não ouviu o resto. Lépida e cintilante, deixou o seu vaso físico e penetrou no corpo de Kinnara, enquanto a desta se apoderava do despojo real. Ambos os corpos ergueram-se e olharam um para o outro, imagine-se com que assombro. Era a situação do Buoso e da cobra, segundo conta o velho Dante[33]; mas vede aqui a minha audácia. O poeta manda calar Ovídio e Lucano, por achar que a sua metamorfose vale mais que a deles dous. Eu mando-os calar a todos três. Buoso e a cobra não se encontram mais, ao passo que os meus dous heróis, uma vez trocados continuam a falar e a viver juntos — cousa evidentemente mais dantesca, em que me pese à modéstia.

— Realmente, disse Kalaphangko, isto de olhar para mim mesmo e dar-me majestade é esquisito. Vossa Majestade não sente a mesma cousa?

Um e outro estavam bem, como pessoas que acham finalmente uma casa adequada. Kalaphangko espreguiçava-se todo nas curvas femininas de Kinnara. Esta inteiriçava-se no tronco rijo de Kalaphangko. Sião tinha, finalmente, um rei.

IV

A primeira ação de Kalaphangko (daqui em diante entenda-se que é o corpo do rei com a alma de Kinnara, e Kinnara o corpo da bela siamesa com a alma do Kalaphangko) foi nada menos que dar as maiores honrarias à academia sexual. Não elevou os seus membros ao mandarinato, pois eram mais homens de pensamento que

33. Referência a um episódio do *Inferno* da *Divina Comédia* de Dante (Canto XV, vv. 34-151), em que se narra a metamorfose de um homem em serpente e vice-versa.

de ação e administração, dados à filosofia e à literatura, mas decretou que todos se prosternassem diante deles, como é de uso aos mandarins. Além disso, fez-lhes grandes presentes, cousas raras ou de valia, crocodilos empalhados, cadeiras de marfim, aparelhos de esmeralda para almoço, diamantes, relíquias. A academia, grata a tantos benefícios, pediu mais o direito de usar oficialmente o título de Claridade do Mundo, que lhe foi outorgado.

Feito isso, cuidou Kalaphangko da fazenda pública, da justiça, do culto e do cerimonial. A nação começou a sentir o peso grosso, para falar como o excelso Camões, pois nada menos de onze contribuintes remissos foram logo decapitados. Naturalmente os outros, preferindo a cabeça ao dinheiro, correram a pagar as taxas, e tudo se regularizou. A justiça e a legislação tiveram grandes melhoras. Construíram-se novos pagodes; e a religião pareceu até ganhar outro impulso, desde que Kalaphangko, copiando as antigas artes espanholas, mandou queimar uma dúzia de pobres missionários cristãos que por lá andavam; ação que os banzas da terra chamaram a pérola do reinado.

Faltava uma guerra. Kalaphangko, com um pretexto mais ou menos diplomático, atacou a outro reino, e fez a campanha mais breve e gloriosa do século. Na volta a Bangkok, achou grandes festas esplêndidas. Trezentos barcos, forrados de seda escarlate e azul, foram recebê-lo. Cada um destes tinha na proa um cisne ou um dragão de ouro, e era tripulado pela mais fina gente da cidade; músicas e aclamações atroaram os ares. De noite, acabadas as festas, sussurrou-lhe ao ouvido a bela concubina:

— Meu jovem guerreiro, paga-me as saudades que curti na ausência; dize-me que a melhor das festas é a tua meiga Kinnara.

Kalaphangko respondeu com um beijo.

— Os teus beiços têm o frio da morte ou do desdém, suspirou ela.

Era verdade, o rei estava distraído e preocupado; meditava uma tragédia. Ia-se aproximando o termo do prazo em que deviam destrocar os corpos, e ele cuidava em iludir a cláusula, matando a linda siamesa. Hesitava por não saber se padeceria com a morte dela, visto que o corpo era seu, ou mesmo se teria de sucumbir também. Era esta a dúvida de Kalaphangko; mas a idéia da morte sombreava-lhe a fronte, enquanto ele afagava ao peito um frasquinho com veneno, imitado dos Bórgias.

De repente, pensou na douta academia; podia consultá-la, não claramente, mas por hipótese. Mandou chamar os acadêmicos; vieram todos menos o presidente, o ilustre U-Tong, que estava enfermo. Eram treze; prosternaram-se e disseram ao modo de Sião:

— Nós, desprezíveis palhas, corremos ao chamado de Kalaphangko.

— Erguei-vos, disse benevolamente o rei.

— O lugar da poeira é o chão, teimaram eles com os cotovelos e joelhos em terra.

— Pois serei o vento que subleva a poeira, redargüiu Kalaphangko; e, com um gesto cheio de graça e tolerância, estendeu-lhes as mãos.

Em seguida, começou a falar de cousas diversas, para que o principal assunto viesse de si mesmo; falou nas últimas notícias do ocidente e nas leis de Manu. Referindo-se a U-Tong, perguntou-lhes se realmente era um grande sábio, como parecia; mas, vendo que mastigavam a resposta, ordenou-lhes que dissessem a verdade inteira. Com exemplar unanimidade, confessaram eles que U-Tong era um dos mais singulares estúpidos do reino, espírito raso, sem valor, nada sabendo e incapaz de aprender nada. Kalaphangko estava pasmado. Um estúpido?

— Custa-nos dizê-lo, mas não é outra cousa; é um espírito raso e chocho. O coração é excelente, caráter puro, elevado...

Kalaphangko, quando voltou a si do espanto, mandou embora os acadêmicos, sem lhes perguntar o que queria. Um estúpido? Era mister tirá-lo da cadeira sem molestá-lo. Três dias depois, U-Tong compareceu ao chamado do rei. Este perguntou-lhe carinhosamente pela saúde; depois disse que queria mandar alguém ao Japão estudar uns documentos, negócio que só podia ser confiado a pessoa esclarecida. Qual dos seus colegas da academia lhe parecia idôneo para tal mister? Compreende-se o plano artificioso do rei: em ouvir dois ou três nomes, e concluir que a todos preferia o do próprio U-Tong; mas eis aqui o que este lhe respondeu:

— Real Senhor, perdoai a familiaridade da palavra: são treze camelos, com a diferença que os camelos são modestos, e eles não; comparam-se ao sol e à lua. Mas, na verdade, nunca a lua nem o sol cobriram mais singulares pulhas do que esses treze... Compreendo o assombro de Vossa Majestade; mas eu não seria digno de mim se não dissesse isto com lealdade, embora confidencialmente...

Kalaphangko tinha a boca aberta. Treze camelos? Treze, treze. U-Tong ressalvou tão-somente o coração de todos, que declarou excelente; nada superior a eles pelo lado do caráter. Kalaphangko, com um fino gesto de complacência, despediu o sublime U-Tong, e ficou pensativo. Quais fossem as suas reflexões, não o soube ninguém. Sabe-se que ele mandou chamar os outros acadêmicos, mas desta vez separadamente, a fim de não dar na vista, e para obter maior expansão. O primeiro que chegou, ignorando aliás a opinião de U-Tong, confirmou-a integralmente com a única emenda de serem doze os camelos, ou treze, contando o próprio U-Tong. O segundo não teve opinião diferente, nem o terceiro, nem os restantes acadêmicos. Diferiam no estilo; uns diziam camelos, outros usavam circunlóquios e metáforas, que vinham a dar na mesma cousa. E, entretanto, nenhuma injúria ao caráter moral das pessoas. Kalaphangko estava atônito.

Mas não foi esse o último espanto do rei. Não podendo consultar a academia, tratou de deliberar por si, no que gastou dois dias, até que a linda Kinnara lhe segredou que era mãe. Esta notícia fê-lo recuar do crime. Como destruir o vaso eleito da flor que tinha de vir com a primavera próxima? Jurou ao céu e à terra que o filho havia de nascer e viver. Chegou ao fim do semestre; chegou o momento de destrocar os corpos.

Como da primeira vez, meteram-se no barco real, à noite, e deixaram-se ir águas abaixo, ambos de má vontade, saudosos do corpo que iam restituir um ao outro. Quando as vacas cintilantes da madrugada começaram da pisar vagarosamente o céu, proferiram eles a fórmula misteriosa, e cada alma foi devolvida ao corpo anterior. Kinnara, tornando ao seu, teve a comoção materna, como tivera a paterna, quando ocupava o corpo de Kalaphangko. Parecia-lhe até que era ao mesmo tempo mãe e pai da criança.

— Pai e mãe? repetiu o príncipe restituído à forma anterior.

Foram interrompidos por uma deleitosa música, ao longe. Era algum junco ou piroga que subia o rio, pois a música aproximava-se rapidamente. Já então o sol alagava de luz as águas e as margens verdes, dando ao quadro um tom de vida e renascença, que de algum modo fazia esquecer aos dous amantes a restituição psíquica. E a música vinha chegando, agora mais distinta, até que, numa curva do rio, apareceu aos olhos de ambos um barco magnífico, adornado de plumas e flâmulas. Vinham dentro os quatorze membros da academia (contando U-Tong) e todos em coro mandavam aos ares o velho hino: "Glória a nós, que somos o arroz da ciência e a claridade do mundo!"

A bela Kinnara (antigo Kalaphangko) tinha os olhos esbugalhados de assombro. Não podia entender como é que quatorze varões reunidos em academia eram a claridade do mundo, e separadamente uma multidão de camelos. Kalaphangko, consultado por ela, não achou explicação. Se alguém descobrir alguma, pode obsequiar uma das mais graciosas damas do Oriente, mandando-lha em carta fechada, e, para maior segurança, sobrescritada ao nosso cônsul em Xangai, China.

MACHADO DE ASSIS

VÁRIAS HISTÓRIAS

SOBRE ESTA EDIÇÃO

Todos os contos deste livro foram publicados antes na *Gazeta de Notícias* (Rio de Janeiro), entre 1884 e 1891, segundo nos informa a prestantíssima *Bibliografia de M. de Assis,* do saudoso J. Galante de Sousa.

A 1ª ed. em livro das *Várias Histórias,* de Laemmert & C., traz a data de 1896.

A 2ª, já editada por H. Garnier, em composição nova, é de 1903; a 3ª, com a data de 1904, última em vida do Autor, reproduz a 2ª e serviu-me de texto de base, embora às vezes tivesse de recorrer à 1ª ed., especialmente no que toca à pontuação, bem melhor.

A excelente edição preparada por Aurélio Buarque de Holanda (W. M. Jackson, [1952] — a única dessa editora que merece fé) foi-me utilíssima pelas abundantes notas que documentam a sua leitura.

Igualmente útil a edição crítica da Comissão Machado de Assis, publicada pela Civilização Brasileira.

Os critérios para a fixação do texto são os mesmos que constam da edição que preparei do *Quincas Borba,* para a qual remeto o leitor interessado.

Cumpre assinalar que, tal como acontece nas *Histórias sem Data,* respeitei a hesitação do A. na grafia de *dois/dous,* às vezes no mesmo conto e na mesma página, como se pode ver na nota 10 ao conto "A desejada das gentes".

*

Várias Histórias, da mesma forma que *Papéis Avulsos* e *Histórias sem Data,* representa uma verdadeira antologia no melhor sentido do termo: nesses três livros se encontra o que há de mais fino na produção da segunda fase do Mestre. Constituem quase todas as "histórias" pequenas obras-primas — que figuram obrigatoriamente entre os "melhores contos" das seletas —, o que leva muitos críticos machadianos a considerar esta faceta de Machado de Assis superior à de romancista. Lendo-os ou relendo-os o leitor terá a oportunidade de confirmar esta opinião.

*

A bibliografia básica é a mesma que se apresenta na edição de *Histórias sem Data,* para a qual remeto o leitor.

ADRIANO DA GAMA KURY

O preparo desta edição foi facilitado graças à colaboração de Plínio Doyle, que possibilitou o acesso à sua Machadiana.

As várias histórias que formam este volume foram escolhidas entre outras, e podiam ser acrescentadas, se não conviesse limitar o livro às suas trezentas páginas. É a quinta coleção que dou ao público. As palavras de Diderot que vão por epígrafe no rosto desta coleção servem de desculpa aos que acharem excessivos tantos contos. É um modo de passar o tempo. Não pretendem sobreviver como os do filósofo. Não são feitos daquela matéria, nem daquele estilo que dão aos de Mérimée o caráter de obras-primas, e colocam os de Poe entre os primeiros escritos da América. O tamanho não é o que faz mal a este gênero de histórias, é naturalmente a qualidade; mas há sempre uma qualidade nos contos, que os torna superiores aos grandes romances, se uns e outros são medíocres: é serem curtos.

M. DE A.

A CARTOMANTE

Hamlet[1] observa a Horácio que há mais cousas no céu e na terra do que sonha a nossa filosofia. Era a mesma explicação que dava a bela Rita ao moço Camilo, numa sexta-feira de novembro de 1869, quando este ria dela, por ter ido na véspera consultar uma cartomante; a diferença é que o fazia por outras palavras.

— Ria, ria. Os homens são assim; não acreditam em nada. Pois saiba que fui, e que ela adivinhou o motivo da consulta, antes mesmo que eu lhe dissesse o que era. Apenas começou a botar as cartas, disse-me: "A senhora gosta de uma pessoa..." Confessei que sim, e então ela continuou a botar as cartas, combinou-as, e no fim declarou-me que eu tinha medo de que você me esquecesse, mas que não era verdade...

— Errou! interrompeu Camilo, rindo.

— Não diga isso, Camilo. Se você soubesse como eu tenho andado, por sua causa. Você sabe; já lhe disse. Não ria de mim, não ria...

Camilo pegou-lhe nas mãos, e olhou para ela sério e fixo. Jurou que lhe queria muito, que os seus sustos pareciam de criança; em todo o caso, quando tivesse algum receio, a melhor cartomante era ele mesmo. Depois, repreendeu-a; disse-lhe que era imprudente andar por essas casas. Vilela podia sabê-lo, e depois...

— Qual saber! tive muita cautela, ao entrar na casa.

— Onde é a casa?

— Aqui perto, na Rua da Guarda Velha;[2] não passava ninguém nessa ocasião. Descansa; eu não sou maluca.

Camilo riu outra vez:

— Tu crês deveras nessas cousas? perguntou-lhe.

Foi então que ela, sem saber que traduzia Hamlet em vulgar, disse-lhe que havia muita cousa misteriosa e verdadeira neste mundo. Se ele não acreditava, paciência; mas o certo é que a cartomante adivinhara tudo. Que mais? A prova é que ela agora estava tranqüila e satisfeita.

Cuido que ele ia falar, mas reprimiu-se. Não queria arrancar-lhe as ilusões. Também ele, em criança, e ainda depois, foi supersticioso, teve um arsenal inteiro de crendices, que a mãe lhe incutiu e que aos vinte anos desapareceram. No dia em que deixou cair toda essa vegetação parasita, e ficou só o tronco da religião, ele, como tivesse recebido da mãe ambos os ensinos, envolveu-os na mesma dúvida, e logo depois em uma só negação total. Camilo não acreditava em nada. Por quê? Não

1. Príncipe do reino da Dinamarca e personagem da tragédia homônima do dramaturgo e poeta inglês William Shakespeare (1564-1616).
2. Atual 13 de Maio.

poderia dizê-lo, não possuía um só argumento; limitava-se a negar tudo. E digo mal, porque negar é ainda afirmar, e ele não formulava a incredulidade; diante do mistério, contentou-se em levantar os ombros, e foi andando.

Separaram-se contentes, ele ainda mais que ela. Rita estava certa de ser amada; Camilo, não só o estava, mas via-a estremecer e arriscar-se por ele, correr às cartomantes, e, por mais que a repreendesse, não podia deixar de sentir-se lisonjeado. A casa do encontro era na antiga Rua dos Barbonos, onde morava uma comprovinciana de Rita. Esta desceu pela Rua das Mangueiras,[3] na direção de Botafogo, onde residia; Camilo desceu pela da Guarda Velha, olhando de passagem para a casa da cartomante.

Vilela, Camilo e Rita, três nomes, uma aventura, e nenhuma explicação das origens. Vamos a ela. Os dois primeiros eram amigos de infância. Vilela seguiu a carreira de magistrado. Camilo entrou no funcionalismo, contra a vontade do pai, que queria vê-lo médico; mas o pai morreu, e Camilo preferiu não ser nada, até que a mãe lhe arranjou um emprego público. No princípio de 1869, voltou Vilela da província, onde casara com uma dama formosa e tonta; abandonou a magistratura e veio abrir banca de advogado. Camilo arranjou-lhe casa para os lados de Botafogo, e foi a bordo recebê-lo.

— É o senhor? exclamou Rita, estendendo-lhe a mão. Não imagina como meu marido é seu amigo; falava sempre do senhor.

Camilo e Vilela olharam-se com ternura. Eram amigos deveras. Depois, Camilo confessou de si para si que a mulher do Vilela não desmentia as cartas do marido. Realmente, era graciosa e viva nos gestos, olhos cálidos, boca fina e interrogativa. Era um pouco mais velha que ambos: contava trinta anos, Vilela vinte e nove e Camilo vinte e seis. Entretanto, o porte grave de Vilela fazia-o parecer mais velho que a mulher, enquanto Camilo era um ingênuo na vida moral e prática. Faltava-lhe tanto a ação do tempo, como os óculos de cristal, que a natureza põe no berço de alguns para adiantar os anos. Nem experiência, nem intuição.

Uniram-se os três. Convivência trouxe intimidade. Pouco depois morreu a mãe de Camilo, e nesse desastre, que o foi, os dois mostraram-se grandes amigos dele. Vilela cuidou do enterro, dos sufrágios e do inventário; Rita tratou especialmente do coração, e ninguém o faria melhor.

Como daí chegaram ao amor, não o soube ele nunca. A verdade é que gostava de passar as horas ao lado dela; era a sua enfermeira moral, quase uma irmã, mas principalmente era mulher e bonita. *Odor di femina:* eis o que ele aspirava nela, e em volta dela, para incorporá-lo em si próprio. Liam os mesmos livros, iam juntos a teatros e passeios. Camilo ensinou-lhe as damas e o xadrez e jogavam às noites; — ela mal, — ele, para lhe ser agradável, pouco menos mal. Até aí as cousas. Agora a ação da pessoa, os olhos teimosos de Rita. que procuravam muita vez os dele, que os consultavam antes de o fazer ao marido, as mãos frias, as atitudes insólitas. Um dia, fazendo ele anos, recebeu de Vilela uma rica bengala de presente, e de Rita apenas um cartão com um vulgar cumprimento a lápis, e foi então que ele pôde ler no próprio coração; não conseguia arrancar os olhos do bilhetinho. Palavras vulgares; mas há vulgaridades

3. A Rua dos Barbonos é hoje Evaristo da Veiga; a das Mangueiras é a atual Visconde de Maranguape.

sublimes, ou, pelo menos, deleitosas. A velha caleça de praça, em que pela primeira vez passeaste com a mulher amada, fechadinhos ambos, vale o carro de Apolo. Assim é o homem, assim são as cousas que o cercam.

Camilo quis sinceramente fugir, mas já não pôde. Rita, como uma serpente, foi-se acercando dele, envolveu-o todo, fez-lhe estalar os ossos num espasmo, e pingou-lhe o veneno na boca. Ele ficou atordoado e subjugado. Vexame, sustos, remorsos, desejos, tudo sentiu de mistura; mas a batalha foi curta e a vitória delirante. Adeus, escrúpulos! Não tardou que o sapato se acomodasse ao pé, e aí foram ambos, estrada fora, braços dados, pisando folgadamente por cima de ervas e pedregulhos, sem padecer nada mais que algumas saudades, quando estavam ausentes um do outro. A confiança e estima de Vilela continuavam a ser as mesmas.

Um dia, porém, recebeu Camilo uma carta anônima, que lhe chamava imoral e pérfido, e dizia que a aventura era sabida de todos. Camilo teve medo, e, para desviar as suspeitas, começou a rarear as visitas à casa de Vilela. Este notou-lhe as ausências. Camilo respondeu que o motivo era uma paixão frívola de rapaz. Candura gerou astúcia. As ausências prolongaram-se, e as visitas cessaram inteiramente. Pode ser que entrasse também nisso um pouco de amor-próprio, uma intenção de diminuir os obséquios do marido, para tornar menos dura a aleivosia do ato.

Foi por esse tempo que Rita, desconfiada e medrosa, correu à cartomante para consultá-la sobre a verdadeira causa do procedimento de Camilo. Vimos que a cartomante restituiu-lhe a confiança, e que o rapaz repreendeu-a por ter feito o que fez. Correram ainda algumas semanas. Camilo recebeu mais duas ou três cartas anônimas, tão apaixonadas, que não podiam ser advertência da virtude, mas despeito de algum pretendente; tal foi a opinião de Rita, que, por outras palavras mal compostas, formulou este pensamento: — a virtude é preguiçosa e avara, não gasta tempo nem papel; só o interesse é ativo e pródigo.

Nem por isso Camilo ficou mais sossegado; temia que o anônimo fosse ter com Vilela, e a catástrofe viria então sem remédio. Rita concordou que era possível.

— Bem, disse ela; eu levo os sobrescritos para comparar a letra com a das cartas que lá aparecerem; se alguma for igual, guardo-a e rasgo-a...

Nenhuma apareceu; mas daí a algum tempo Vilela começou a mostrar-se sombrio, falando pouco, como desconfiado. Rita deu-se pressa em dizê-lo ao outro, e sobre isso deliberaram. A opinião dela é que Camilo devia tornar à casa deles, tatear o marido, e pode ser até que lhe ouvisse a confidência de algum negócio particular. Camilo divergia; aparecer depois de tantos meses era confirmar a suspeita ou denúncia. Mais valia acautelarem-se, sacrificando-se por algumas semanas. Combinaram os meios de se corresponderem, em caso de necessidade, e separaram-se com lágrimas.

No dia seguinte, estando na repartição, recebeu Camilo este bilhete de Vilela: "Vem já, já, à nossa casa; preciso falar-te sem demora." Era mais de meio-dia. Camilo saiu logo; na rua, advertiu que teria sido mais natural chamá-lo ao escritório; por que em casa? Tudo indicava matéria especial, e a letra, fosse realidade ou ilusão, afigurou-se-lhe trêmula. Ele combinou todas essas cousas com a notícia da véspera.

— Vem já, já, à nossa casa; preciso falar-te sem demora, — repetia ele com os olhos no papel.

Imaginariamente, viu a ponta da orelha de um drama, Rita subjugada e lacrimosa, Vilela indignado, pegando da pena e escrevendo o bilhete, certo de que ele acudiria, e esperando-o para matá-lo. Camilo estremeceu, tinha medo: depois sorriu amarelo, e em todo caso repugnava-lhe a idéia de recuar, e foi andando. De caminho, lembrou-se de ir a casa; podia achar algum recado de Rita, que lhe explicasse tudo. Não achou nada, nem ninguém. Voltou à rua, e a idéia de estarem descobertos parecia-lhe cada vez mais verossímil; era natural uma denúncia anônima, até da própria pessoa que o ameaçara antes; podia ser que Vilela conhecesse agora tudo. A mesma suspensão das suas visitas, sem motivo aparente, apenas com um pretexto fútil, viria confirmar o resto.

Camilo ia andando inquieto e nervoso. Não relia o bilhete, mas as palavras estavam decoradas, diante dos olhos, fixas; ou então, — o que era ainda pior, — eram-lhe murmuradas ao ouvido, com a própria voz de Vilela. "Vem já, já, à nossa casa; preciso falar-te sem demora." Ditas assim, pela voz do outro, tinham um tom de mistério e ameaça. Vem, já, já, para quê? Era perto de uma hora da tarde. A comoção crescia de minuto a minuto. Tanto imaginou o que se iria passar, que chegou a crê-lo e vê-lo. Positivamente, tinha medo. Entrou a cogitar em ir armado, considerando que, se nada houvesse, nada perdia, e a precaução era útil. Logo depois rejeitava a idéia, vexado de si mesmo, e seguia, picando o passo, na direção do Largo da Carioca, para entrar num tílburi. Chegou, entrou e mandou seguir a trote largo.

— Quanto antes, melhor, pensou ele; não posso estar assim...

Mas o mesmo trote do cavalo veio agravar-lhe a comoção. O tempo voava, e ele não tardaria a entestar com o perigo. Quase no fim da Rua da Guarda Velha, o tílburi teve de parar; a rua estava atravancada com uma carroça, que caíra. Camilo, em si mesmo, estimou o obstáculo, e esperou. No fim de cinco minutos, reparou que ao lado, à esquerda, ao pé do tílburi, ficava a casa da cartomante, a quem Rita consultara uma vez, e nunca ele desejou tanto crer na lição das cartas. Olhou, viu as janelas fechadas, quando todas as outras estavam abertas e pejadas de curiosos do incidente da rua. Dir-se-ia a morada do indiferente Destino.

Camilo reclinou-se no tílburi, para não ver nada. A agitação dele era grande, extraordinária, e do fundo das camadas morais emergiam alguns fantasmas de outro tempo, as velhas crenças, as superstições antigas. O cocheiro propôs-lhe voltar a primeira travessa, e ir por outro caminho; ele respondeu que não, que esperasse. E inclinava-se para fitar a casa... Depois fez um gesto incrédulo: era a idéia de ouvir a cartomante, que lhe passava ao longe, muito longe, com vastas asas cinzentas; desapareceu, reapareceu, e tornou a esvair-se no cérebro; mas daí a pouco moveu outra vez as asas, mais perto, fazendo uns giros concêntricos... Na rua, gritavam os homens, safando a carroça:

— Anda! agora! empurra! vá! vá!

Daí a pouco estaria removido o obstáculo. Camilo fechava os olhos, pensava em outras cousas; mas a voz do marido sussurrava-lhe às orelhas as palavras da carta: "Vem, já, já..." E ele via as contorções do drama e tremia. A casa olhava para ele. As pernas queriam descer e entrar. .. Camilo achou-se diante de um longo véu opaco... pensou rapidamente no inexplicável de tantas cousas. A voz da mãe repetia-lhe uma porção de casos extraordinários, e a mesma frase do príncipe de Dinamarca reboavalhe dentro: "Há mais cousas no céu e na terra do que sonha a [nossa] filosofia..." Que perdia ele, se...?

Deu por si na calçada, ao pé da porta; disse ao cocheiro que esperasse, e rápido enfiou pelo corredor, e subiu a escada. A luz era pouca, os degraus comidos dos pés, o corrimão pegajoso; mas ele não viu nem sentiu nada. Trepou e bateu. Não aparecendo ninguém, teve idéia de descer; mas era tarde, a curiosidade fustigava-lhe o sangue, as fontes latejavam-lhe; ele tornou a bater uma, duas, três pancadas. Veio uma mulher; era a cartomante. Camilo disse que ia consultá-la, ela fê-lo entrar. Dali subiram ao sótão, por uma escada ainda pior que a primeira e mais escura. Em cima, havia uma salinha, mal alumiada por uma janela, que dava para o telhado dos fundos. Velhos trastes, paredes sombrias, um ar de pobreza, que antes aumentava do que destruía o prestígio.

A cartomante fê-lo sentar diante da mesa, e sentou-se do lado oposto, com as costas para a janela, de maneira que a pouca luz de fora batia em cheio no rosto de Camilo. Abriu uma gaveta e tirou um baralho de cartas compridas e enxovalhadas. Enquanto as baralhava, rapidamente, olhava para ele, não de rosto, mas por baixo dos olhos. Era uma mulher de quarenta anos, italiana, morena e magra, com grandes olhos sonsos e agudos. Voltou três cartas sobre a mesa, e disse-lhe:

— Vejamos primeiro o que é que o traz aqui. O senhor tem um grande susto...

Camilo, maravilhado, fez um gesto afirmativo.

— E quer saber, continuou ela, se lhe acontecerá alguma cousa ou não...

— A mim e a ela, explicou vivamente ele.

A cartomante não sorriu; disse-lhe só que esperasse. Rápido pegou outra vez das cartas e baralhou-as, com os longos dedos finos, de unhas descuradas; baralhou-as bem, transpôs os maços, uma, duas, três vezes; depois começou a estendê-las. Camilo tinha os olhos nela, curioso e ansioso.

— As cartas dizem-me...

Camilo inclinou-se para beber uma a uma as palavras. Então ela declarou-lhe que não tivesse medo de nada. Nada aconteceria nem a um nem a outro; ele, o terceiro, ignorava tudo. Não obstante, era indispensável muita cautela; ferviam invejas e despeitos. Falou-lhe do amor que os ligava, da beleza de Rita... Camilo estava deslumbrado. A cartomante acabou, recolheu as cartas e fechou-as na gaveta.

— A senhora restituiu-me a paz ao espírito, disse ele estendendo a mão por cima da mesa e apertando a da cartomante.

Esta levantou-se, rindo.

— Vá, disse ela; vá, *ragazzo innamorato*[4]...

E de pé, com o dedo indicador, tocou-lhe na testa. Camilo estremeceu, como se fosse a mão da própria sibila, e levantou-se também. A cartomante foi à cômoda, sobre a qual estava um prato com passas, tirou um cacho destas, começou a despencá-las e comê-las, mostrando duas fileiras de dentes que desmentiam as unhas. Nessa mesma ação comum, a mulher tinha um ar particular. Camilo, ansioso por sair, não sabia como pagasse; ignorava o preço.

4. "rapaz enamorado".

— Passas custam dinheiro, disse ele afinal, tirando a carteira. Quantas quer mandar buscar?

— Pergunte ao seu coração, respondeu ela.

Camilo tirou uma nota de dez mil-réis, e deu-lha. Os olhos da cartomante fuzilaram. O preço usual era dois mil-réis.

— Vejo bem que o senhor gosta muito dela... E faz bem; ela gosta muito do senhor. Vá, vá tranqüilo. Olhe a escada, é escura; ponha o chapéu...

A cartomante tinha já guardado a nota na algibeira, e descia com ele, falando, com um leve sotaque. Camilo despediu-se dela embaixo, e desceu a escada que levava à rua, enquanto a cartomante, alegre com a paga, tornava acima, cantarolando uma barcarola. Camilo achou o tílburi esperando; a rua estava livre. Entrou e seguiu a trote largo.

Tudo lhe parecia agora melhor, as outras cousas traziam outro aspecto, o céu estava límpido e as caras joviais. Chegou a rir dos seus receios, que chamou pueris; recordou os termos da carta de Vilela e reconheceu que eram íntimos e familiares. Onde é que ele lhe descobrira a ameaça? Advertiu também que eram urgentes, e que fizera mal em demorar-se tanto; podia ser algum negócio grave e gravíssimo.

— Vamos, vamos depressa, repetia ele ao cocheiro.

E consigo, para explicar a demora ao amigo, engenhou qualquer cousa; parece que formou também o plano de aproveitar o incidente para tornar à antiga assiduidade... De volta com os planos, reboavam-lhe na alma as palavras da cartomante. Em verdade, ela adivinhara o objeto da consulta, o estado dele, a existência de um terceiro; por que não adivinharia o resto? O presente que se ignora vale o futuro. Era assim, lentas e contínuas, que as velhas crenças do rapaz iam tornando ao de cima, e o mistério empolgava-o com as unhas de ferro. Às vezes queria rir, e ria de si mesmo, algo vexado; mas a mulher, as cartas, as palavras secas e afirmativas, a exortação: — Vá, vá, *ragazzo innamorato;* e no fim, ao longe, a barcarola da despedida, lenta e graciosa, tais eram os elementos recentes, que formavam, com os antigos, uma fé nova e vivaz.

A verdade é que o coração ia alegre e impaciente, pensando nas horas felizes de outrora e nas que haviam de vir. Ao passar pela Glória, Camilo olhou para o mar, estendeu os olhos para fora, até onde a água e o céu dão um abraço infinito, e teve assim uma sensação do futuro, longo, longo, interminável.

Daí a pouco chegou à casa de Vilela. Apeou-se, empurrou a porta de ferro do jardim e entrou. A casa estava silenciosa. Subiu os seis degraus de pedra, e mal teve tempo de bater, a porta abriu-se, e apareceu-lhe Vilela.

— Desculpa, não pude vir mais cedo; que há?

Vilela não lhe respondeu: tinha as feições decompostas; fez-lhe sinal, e foram para uma saleta interior. Entrando, Camilo não pôde sufocar um grito de terror: — ao fundo, sobre o canapé, estava Rita morta e ensangüentada. Vilela pegou-o pela gola, e, com dois tiros de revólver, estirou-o morto no chão.

ENTRE SANTOS

Quando eu era capelão de S. Francisco de Paula (contava um padre velho) aconteceu-me uma aventura extraordinária.

Morava ao pé de igreja, e recolhi-me tarde, uma noite. Nunca me recolhi tarde que não fosse ver primeiro se as portas do templo estavam bem fechadas. Achei-as bem fechadas, mas lobriguei luz por baixo delas. Corri assustado à procura da ronda; não a achei, tornei atrás e fiquei no adro, sem saber que fizesse. A luz, sem ser muito intensa, era-o demais para ladrões; além disso notei que era fixa e igual, não andava de um lado para outro, como seria a das velas ou lanternas de pessoas que estivessem roubando. O mistério arrastou-me; fui a casa buscar as chaves da sacristia (o sacristão tinha ido passar a noite em Niterói), benzi-me primeiro, abri a porta e entrei.

O corredor estava escuro. Levava comigo uma lanterna e caminhava devagarinho, calando o mais que podia o rumor dos sapatos. A primeira e a segunda porta que comunicam com a igreja estavam fechadas; mas via-se a mesma luz e, porventura, mais intensa que do lado da rua. Fui andando, até que dei com a terceira porta aberta. Pus a um canto a lanterna, com o meu lenço por cima, para que me não vissem de dentro, e aproximei-me a espiar o que era.

Detive-me logo. Com efeito, só então adverti que viera inteiramente desarmado e que ia correr grande risco aparecendo na igreja sem mais defesa que as duas mãos. Correram ainda alguns minutos. Na igreja a luz era a mesma, igual e geral, e de uma cor de leite que não tinha a luz das velas.

Ouvi também vozes, que ainda mais me atrapalharam, não cochichadas nem confusas, mas regulares, claras e tranqüilas, à maneira de conversação. Não pude entender logo o que diziam. No meio disto, assaltou-me uma idéia que me fez recuar. Como naquele tempo os cadáveres eram sepultados nas igrejas, imaginei que a conversação podia ser de defuntos. Recuei espavorido, e só passado algum tempo, é que pude reagir e chegar outra vez à porta, dizendo a mim mesmo que semelhante idéia era um disparate. A realidade ia dar-me cousa mais assombrosa que um diálogo de mortos. Encomendei-me a Deus, benzi-me outra vez e fui andando, sorrateiramente, encostadinho à parede, até entrar. Vi então uma cousa extraordinária.

Dois dos três santos do outro lado, S. José e S. Miguel (à direita de quem entra na igreja pela porta da frente), tinham descido dos nichos e estavam sentados nos seus altares. As dimensões não eram as das próprias imagens, mas de homens. Falavam para o lado de cá, onde estão os altares de S. João Batista e S. Francisco de Sales. Não posso descrever o que senti. Durante algum tempo, que não chego a calcular, fiquei sem ir para diante nem para trás, arrepiado e trêmulo. Com certeza, andei beirando o abismo da loucura, e não caí nele por misericórdia divina. Que perdi a consciência de mim mesmo e de toda outra realidade que não fosse aquela, tão nova e tão única, posso afirmá-lo; só assim se explica a temeridade com que, dali a algum tempo, entrei mais pela igreja, a fim de olhar também para o lado oposto. Vi aí a mesma cousa: S. Francisco de Sales e S. João, descidos dos nichos, sentados nos altares e falando com os outros santos.

Tinha sido tal a minha estupefação que eles continuaram a falar, creio eu, sem que eu sequer ouvisse o rumor das vozes. Pouco a pouco, adquiri a percepção delas e pude compreender que não tinham interrompido a conversação; distingui-as, ouvi claramente as palavras, mas não pude colher desde logo o sentido. Um dos santos, falando para o lado do altar-mor, fez-me voltar a cabeça, e vi então que S. Francisco de Paula, o orago da igreja, fizera a mesma cousa que os outros e falava para eles, como eles falavam entre si. As vozes não subiam do tom médio e, contudo, ouviam-se bem, como se as ondas sonoras tivessem recebido um poder maior de transmissão. Mas, se tudo isso era espantoso, não menos o era a luz, que não vinha de parte nenhuma, porque os lustres e castiçais estavam todos apagados; era como um luar, que ali penetrasse, sem que os olhos pudessem ver a lua; comparação tanto mais exata quanto que, se fosse realmente luar, teria deixado alguns lugares escuros, como ali acontecia, e foi num desses recantos que me refugiei.

Já então procedia automaticamente. A vida que vivi durante esse tempo todo, não se pareceu com a outra vida anterior e posterior. Basta considerar que, diante de tão estranho espetáculo, fiquei absolutamente sem medo; perdi a reflexão, apenas sabia ouvir e contemplar.

Compreendi, no fim de alguns instantes, que eles inventariavam e comentavam as orações e implorações daquele dia. Cada um notava alguma cousa. Todos eles, terríveis psicólogos, tinham penetrado a alma e a vida dos fiéis, e desfibravam os sentimentos de cada um, como os anatomistas escalpelam um cadáver. S. João Batista e S. Francisco de Paula, duros ascetas, mostravam-se às vezes enfadados e absolutos. Não era assim S. Francisco de Sales; esse ouvia ou contava as cousas com a mesma indulgência que presidira ao seu famoso livro da *Introdução à vida devota.*

Era assim, segundo o temperamento de cada um, que eles iam narrando e comentando. Tinham já contado casos de fé sincera e castiça, outros de indiferença, dissimulação e versatilidade; os dois ascetas estavam a mais e mais anojados, mas S. Francisco de Sales recordava-lhes o texto da Escritura: muitos são os chamados e poucos os escolhidos, significando assim que nem todos os que ali iam à igreja levavam o coração puro. S. João abanava a cabeça.

— Francisco de Sales, digo-te que vou criando um sentimento singular em santo: começo a descrer dos homens.

— Exageras tudo, João Batista, atalhou o santo bispo, não exageremos nada. Olha — ainda hoje aconteceu aqui uma cousa que me fez sorrir, e pode ser entretanto, que te indignasse. Os homens não são piores do que eram em outros séculos; descontemos o que há neles ruim, e ficará muita cousa boa. Crê isto e hás de sorrir ouvindo o meu caso.

— Eu?

— Tu, João Batista, e tu também, Francisco de Paula, e todos vós haveis de sorrir comigo; e, pela minha parte, posso fazê-lo, pois já intercedi e alcancei do Senhor aquilo mesmo que me veio pedir esta pessoa.

— Que pessoa?

— Uma pessoa mais interessante que o teu escrivão, José, e que o teu lojista, Miguel...

— Pode ser, atalhou S. José, mas não há de ser mais interessante que a adúltera que aqui veio hoje prostrar-se a meus pés. Vinha pedir-me que lhe limpasse o coração da lepra da luxúria. Brigara ontem mesmo com o namorado, que a injuriou torpemente, e passou a noite em lágrimas. De manhã, determinou abandoná-lo e veio buscar aqui a força precisa para sair das garras do demônio. Começou rezando bem, cordialmente; mas pouco a pouco vi que o pensamento a ia deixando para remontar aos primeiros deleites. As palavras, paralelamente, iam ficando sem vida. Já a oração era morna, depois fria, depois inconsciente; os lábios, afeitos à reza, iam rezando; mas a alma, que eu espiava cá de cima, essa já não estava aqui, estava com o outro. Afinal persignou-se, levantou-se e saiu sem pedir nada.

— Melhor é o meu caso.

— Melhor que isto? perguntou S. José, curioso.

— Muito melhor, respondeu S. Francisco de Sales, e não é triste como o dessa pobre alma ferida do mal da terra, que a graça do Senhor ainda pode salvar. E por que não salvará também a esta outra? Lá vai o que é.

Calaram-se todos, inclinaram-se os bustos, atentos esperando. Aqui fiquei com medo; lembrou-me que eles, que vêem tudo o que se passa no interior da gente, como se fôssemos de vidro, pensamentos recônditos, intenções torcidas, ódios secretos, bem podiam ter-me lido já algum pecado ou gérmen de pecado. Mas não tive tempo de refletir muito; S. Francisco de Sales começou a falar.

— Tem cinqüenta anos o meu homem, disse ele; a mulher está de cama, doente de uma erisipela na perna esquerda. Há cinco dias vive aflito porque o mal agrava-se e a ciência não responde pela cura. Vede, porém, até onde pode ir um preconceito público. Ninguém acredita na dor do Sales (ele tem o meu nome), ninguém acredita que ele ame outra cousa que não seja dinheiro, e logo que houve notícia da sua aflição, desabou em todo o bairro um aguaceiro de motes e dichotes; nem faltou quem acreditasse que ele gemia antecipadamente pelos gastos da sepultura.

— Bem podia ser que sim, ponderou S. João.

— Mas não era. Que ele é usurário e avaro não o nego; usurário, como a vida, e avaro, como a morte. Ninguém extraiu nunca tão implacavelmente da algibeira dos outros o ouro, a prata, o papel e o cobre; ninguém os amuou com mais zelo e prontidão. Moeda que lhe cai na mão dificilmente torna a sair; e tudo o que lhe sobra das casas mora dentro de um armário de ferro, fechado a sete chaves. Abre-o às vezes, por horas mortas, contempla o dinheiro alguns minutos, e fecha-o outra vez depressa; mas nessas noites não dorme, ou dorme mal. Não tem filhos. A vida que leva é sórdida; come para não morrer, pouco e ruim. A família compõe-se da mulher e de uma preta escrava, comprada com outra, há muitos anos, e às escondidas, por serem de contrabando. Dizem até que nem as pagou, porque o vendedor faleceu logo sem deixar nada escrito. A outra preta morreu há pouco tempo; e aqui vereis se este homem tem ou não o gênio da economia; Sales libertou o cadáver...

E o santo bispo calou-se para saborear o espanto dos outros.

— O cadáver?

— Sim, o cadáver. Fez enterrar a escrava como pessoa livre e miserável, para não acudir às despesas da sepultura. Pouco embora, era alguma cousa. E para ele não há pouco; com pingos d'água é que se alagam as ruas. Nenhum desejo de representação, nenhum gosto nobiliário; tudo isso custa dinheiro, e ele diz que o dinheiro não lhe cai do céu. Pouca sociedade, nenhuma recreação de família. Ouve e conta anedotas da vida alheia, que é regalo gratuito.

— Compreende-se a incredulidade pública, ponderou S. Miguel.

— Não digo que não, porque o mundo não vai além da superfície das cousas. O mundo não vê que, além de caseira eminente, educada por ele, e sua confidente de mais de vinte anos, a mulher deste Sales é amada deveras pelo marido. Não te espantes, Miguel; naquele muro aspérrimo brotou uma flor descorada e sem cheiro, mas flor. A botânica sentimental tem dessas anomalias. Sales ama a esposa; está abatido e desvairado com a idéia de a perder. Hoje de manhã, muito cedo, não tendo dormido mais de duas horas, entrou a cogitar no desastre próximo. Desesperando da terra, voltou-se para Deus; pensou em nós, e especialmente em mim, que sou o santo do seu nome. Só um milagre podia salvá-la; determinou vir aqui. Mora perto, e veio correndo. Quando entrou trazia o olhar brilhante e esperançado; podia ser a luz da fé, mas era outra cousa muito particular, que vou dizer. Aqui peço-vos que redobreis de atenção.

Vi os bustos inclinarem-se ainda mais; eu próprio não pude esquivar-me ao movimento e dei um passo para diante. A narração do santo foi tão longa e miúda, a análise tão complicada, que não as ponho aqui integralmente, mas em substância.

— Quando pensou em vir pedir-me que intercedesse pela vida da esposa, Sales teve uma idéia específica de usurário, a de prometer-me uma perna de cera. Não foi o crente, que simboliza desta maneira a lembrança do benefício; foi o usurário que pensou em forçar a graça divina pela expectação do lucro. E não foi só a usura que falou, mas também a avareza; porque em verdade, dispondo-se à promessa, mostrava ele querer deveras a vida da mulher — intuição de avaro; — despender é documentar: só se quer de coração aquilo que se paga a dinheiro, disse-lho a consciência pela mesma boca escura. Sabeis que pensamentos tais não se formulam como outros, nascem das entranhas do caráter e ficam na penumbra da consciência. Mas eu li tudo nele logo que aqui entrou alvoroçado, com o olhar fúlgido de esperança; li tudo e esperei que acabasse de benzer-se e rezar.

— Ao menos, tem alguma religião, ponderou S. José.

— Alguma tem, mas vaga e econômica. Não entrou nunca em irmandades e ordens terceiras, porque nelas se rouba o que pertence ao Senhor; é o que ele diz para conciliar a devoção com a algibeira. Mas não se pode ter tudo; é certo que ele teme a Deus e crê na doutrina.

— Bem, ajoelhou-se e rezou.

— Rezou. Enquanto rezava, via eu a pobre alma, que padecia deveras, conquanto a esperança começasse a trocar-se em certeza intuitiva. Deus tinha de salvar a doente, por força, graças à minha intervenção, e eu ia interceder; é o que ele pensava, enquanto os lábios repetiam as palavras da oração. Acabando a oração, ficou Sales algum tempo olhando, com as mãos postas; afinal falou a boca do homem, falou para confessar a dor, para jurar que nenhuma outra mão, além da do Senhor, podia atalhar o golpe. A mulher ia morrer... ia morrer... ia morrer... E repetia a palavra, sem sair dela. A mulher ia morrer. Não passava adiante. Prestes a formular o pedido e a promessa, não achava palavras idôneas, nem aproximativas, nem sequer dúbias, não achava nada, tão longo era o descostume de dar alguma cousa. Afinal saiu o pedido; a mulher ia morrer, ele rogava-me que a salvasse, que pedisse por ela ao Senhor. A promessa, porém, é que não acabava de sair. No momento em que a boca ia articular a primeira palavra, a garra da avareza mordia-lhe as entranhas e não deixava sair nada. Que a salvasse... que intercedesse por ela...

No ar, diante dos olhos, recortava-se-lhe a perna de cera, e logo a moeda que ela havia de custar. A perna desapareceu, mas ficou a moeda, redonda, luzidia, amarela, ouro puro, completamente ouro, melhor que o dos castiçais do meu altar, apenas dourados. Para onde quer que virasse os olhos, via a moeda, girando, girando, girando. E os olhos a apalpavam, de longe, e transmitiam-lhe a sensação fria do metal e até a do relevo do cunho. Era ela mesma, velha amiga de longos anos, companheira do dia e da noite, era ela que ali estava no ar, girando, às tontas; era ela que descia do teto, ou subia do chão, ou rolava no altar, indo da Epístola ao Evangelho, ou tilintava nos pingentes do lustre.

Agora a súplica dos olhos e a melancolia deles eram mais intensas e puramente voluntárias. Vi-os alongarem-se para mim, cheios de contrição, de humilhação, de desamparo; e a boca ia dizendo algumas cousas soltas, — Deus, — os anjos do Senhor, — as bentas chagas, — palavras lacrimosas e trêmulas, como para pintar por elas a sinceridade da fé e a imensidade da dor. Só a promessa da perna é que não saía. Às vezes, a alma, como pessoa que recolhe as forças, a fim de saltar um valo, fitava longamente a morte da mulher e rebolcava-se no desespero que ela lhe havia de trazer; mas, à beira do valo, quando ia a dar o salto, recuava. A moeda emergia dele e a promessa ficava no coração do homem.

O tempo ia passando. A alucinação crescia, porque a moeda, acelerando e multiplicando os saltos, multiplicava-se a si mesma e parecia uma infinidade delas; e o conflito era cada vez mais trágico. De repente, o receio de que a mulher podia estar expirando, gelou o sangue ao pobre homem e ele quis precipitar-se. Podia estar expirando... Pedia-me que intercedesse por ela, que a salvasse...

Aqui o demônio da avareza sugeria-lhe uma transação nova, uma troca de espécie, dizendo-lhe que o valor da oração era superfino e muito mais excelso que o das obras terrenas. E o Sales, curvo, contrito, com as mãos postas, o olhar submisso, desamparado, resignado, pedia-me que lhe salvasse a mulher. Que lhe salvasse a mulher, e prometia-me trezentos, — não menos, — trezentos padre-nossos e trezentas ave-marias. E repetia enfático: trezentos, trezentas, trezentos...

Foi subindo, chegou a quinhentos, a mil padre-nossos e mil ave-marias. Não via esta soma escrita par letras do alfabeto, mas em algarismos, como se ficasse assim mais viva, mais exata, e a obrigação maior, e maior também a sedução. Mil padre-nossos, mil ave-marias. E voltaram as palavras lacrimosas e trêmulas, as bentas chagas, os anjos do Senhor... 1.000 — 1.000 — 1.000. Os quatro algarismos foram crescendo tanto, que encheram a igreja de alto a baixo, e com eles, crescia o esforço do homem, e a confiança também; a palavra saía-lhe mais rápida, impetuosa, já falada, mil, mil. mil, mil... Vamos lá, podeis rir à vontade, concluiu S. Francisco de Sales.

E os outros santos riram efetivamente, não daquele grande riso decomposto dos deuses de Homero, quando viram o coxo Vulcano servir à mesa, mas de um riso modesto, tranqüilo, beato e católico.

Depois, não pude ouvir mais nada. Caí redondamente no chão. Quando dei por mim era dia claro... Corri a abrir todas as portas e janelas da igreja e da sacristia, para deixar entrar o sol, inimigo dos maus sonhos.

UNS BRAÇOS

Inácio estremeceu, ouvindo os gritos do solicitador, recebeu o prato que este lhe apresentava e tratou de comer, debaixo de uma trovoada de nomes, malandro, cabeça de vento, estúpido, maluco.

— Onde anda que nunca ouve o que lhe digo? Hei de contar tudo a seu pai, para que lhe sacuda a preguiça do corpo com uma boa vara de marmelo, ou um pau; sim, ainda pode apanhar, não pense que não. Estúpido! maluco!

— Olhe que lá fora é isto mesmo que você vê aqui, continuou, voltando-se para D. Severina, senhora que vivia com ele maritalmente, há anos. Confunde-me os papéis todos, erra as casas, vai a um escrivão em vez de ir a outro, troca os advogados: é o diabo! É o tal sono pesado e contínuo. De manhã é o que se vê; primeiro que acorde é preciso quebrar-lhe os ossos... Deixe; amanhã hei de acordá-lo a pau de vassoura!

D. Severina tocou-lhe no pé, como pedindo que acabasse. Borges espeitorou ainda alguns impropérios, e ficou em paz com Deus e os homens.

Não digo que ficou em paz com os meninos, porque o nosso Inácio não era propriamente menino. Tinha quinze anos feitos e bem feitos. Cabeça inculta, mas bela, olhos de rapaz que sonha, que adivinha, que indaga, que quer saber e não acaba de saber nada. Tudo isso posto sobre um corpo não destituído de graça, ainda que mal vestido. O pai é barbeiro na Cidade Nova, e pô-lo de agente, escrevente, ou que quer que era, do solicitador Borges, com esperança de vê-lo no foro, porque lhe parecia que os procuradores de causas ganhavam muito. Passava-se isto na Rua da Lapa, em 1870.

Durante alguns minutos não se ouviu mais que o tinir dos talheres e o ruído da mastigação. Borges abarrotava-se de alface e vaca; interrompia-se para virgular a oração com um golpe de vinho e continuava logo calado.

Inácio ia comendo devagarinho, não ousando levantar os olhos do prato, nem para colocá-los onde eles estavam no momento em que o terrível Borges o descompôs. Verdade é que seria agora muito arriscado. Nunca ele pôs os olhos nos braços de D. Severina que se não esquecesse de si e de tudo.

Também a culpa era antes de D. Severina em trazê-los assim nus, constantemente. Usava mangas curtas em todos os vestidos de casa, meio palmo abaixo do ombro; dali em diante ficavam-lhe os braços à mostra. Na verdade, eram belos e cheios, em harmonia com a dona, que era antes grossa que fina, e não perdiam a cor nem a maciez por viverem ao ar; mas é justo explicar que ela os não trazia assim por faceira, senão porque já gastara todos os vestidos de mangas compridas. De pé, era muito vistosa; andando, tinha meneios engraçados; ele, entretanto, quase que só a via à mesa, onde, além dos braços, mal poderia mirar-lhe o busto. Não se pode dizer que era bonita; mas também não era feia. Nenhum adorno; o próprio penteado consta de mui pouco; alisou os cabelos, apanhou-os, atou-os e fixou-os no alto da cabeça com o pente de tartaruga que a mãe lhe deixou. Ao pescoço, um lenço escuro; nas orelhas, nada. Tudo isso com vinte e sete anos floridos e sólidos.

Acabaram de jantar. Borges, vindo o café, tirou quatro charutos da algibeira, comparou-os, apertou-os entre os dedos, escolheu um e guardou os restantes. Aceso o charuto, fincou os cotovelos na mesa e falou a D. Severina de trinta mil cousas que não interessavam nada ao nosso Inácio; mas enquanto falava, não o descompunha e ele podia devanear à larga.

Inácio demorou o café o mais que pôde. Entre um e outro gole, alisava a toalha, arrancava dos dedos pedacinhos de pele imaginários, ou passava os olhos pelos quadros da sala de jantar, que eram dois, um S. Pedro e um S. João, registros trazidos de festas e encaixilhados em casa. Vá que disfarçasse com S.João, cuja cabeça moça alegra as imaginações católicas; mas com o austero S. Pedro era demais. A única defesa do moço Inácio é que ele não via nem um nem outro; passava os olhos por ali como por nada. Via só os braços de D. Severina, — ou porque sorrateiramente olhasse para eles, ou porque andasse com eles impressos na memória.

— Homem, você não acaba mais? bradou de repente o solicitador.

Não havia remédio; Inácio bebeu a última gota, já fria, e retirou-se, como de costume, para o seu quarto, nos fundos da casa. Entretanto, fez um gesto de zanga e desespero e foi depois encostar-se a uma das duas janelas que davam para o mar. Cinco minutos depois, a vista das águas próximas e das montanhas ao longe restituía-lhe o sentimento confuso, vago, inquieto, que lhe doía e fazia bem, alguma cousa que deve sentir a planta, quando abotoa a primeira flor. Tinha vontade de ir embora e de ficar. Havia cinco semanas que ali morava, e a vida era sempre a mesma, sair de manhã com o Borges, andar por audiências e cartórios, correndo, levando papéis ao selo, ao distribuidor, aos escrivães, aos oficiais de justiça. Voltava à tarde, jantava e recolhia-se ao quarto, até a hora da ceia; ceiava e ia dormir. Borges não lhe dava intimidade na família, que se compunha apenas de D. Severina, nem Inácio a via mais de três vezes por dia, durante as refeições. Cinco semanas de solidão, de trabalho sem gosto, longe da mãe e das irmãs; cinco semanas de silêncio, porque ele só falava uma ou outra vez na rua; em casa, nada.

— Deixe estar, — pensou ele um dia — fujo daqui e não volto mais.

Não foi; sentiu-se agarrado e acorrentado pelos braços de D. Severina. Nunca vira outros tão bonitos e tão frescos. A educação que tivera não lhe permitia encará-los logo abertamente, parece até que a princípio afastava os olhos, vexado. Encarou-os pouco a pouco, ao ver que eles não tinham outras mangas, e assim os foi descobrindo, mirando e amando. No fim de três semanas eram eles, moralmente falando, as suas tendas de repouso. Agüentava toda a trabalheira de fora, toda a melancolia da solidão e do silêncio, toda a grosseria do patrão, pela única paga de ver, três vezes por dia, o famoso par de braços.

Naquele dia, enquanto a noite ia caindo e Inácio estirava-se na rede (não tinha ali outra cama), D. Severina, na sala da frente, recapitulava o episódio do jantar e, pela primeira vez, desconfiou alguma cousa. Rejeitou a idéia logo, uma criança! Mas há idéias que são da família das moscas teimosas: por mais que a gente as sacuda, elas tornam e pousam. Criança? Tinha quinze anos; e ela advertiu que entre o nariz e a boca do rapaz havia um princípio de rascunho de buço. Que admira que começasse a amar? E não era ela bonita? Esta outra idéia não foi rejeitada, antes afagada e beijada. E recordou então os modos dele, os esquecimentos, as distrações, e mais um incidente, e mais outro, tudo eram sintomas, e concluiu que sim.

— Que é que você tem? disse-lhe o solicitador, estirado no canapé, ao cabo de alguns minutos de pausa.

— Não tenho nada.

— Nada? Parece que cá em casa anda tudo dormindo! Deixem estar, que eu sei de um bom remédio para tirar o sono aos dorminhocos...

E foi por ali, no mesmo tom zangado, fuzilando ameaças, mas realmente incapaz de as cumprir, pois era antes grosseiro que mau. D. Severina interrompia-o que não, que era engano, não estava dormindo, estava pensando na comadre Fortunata. Não a visitavam desde o Natal: por que não iriam lá uma daquelas noites? Borges redargüia que andava cansado, trabalhava como um negro, não estava para visitas de parola; e descompôs a comadre, descompôs o compadre, descompôs o afilhado, que não ia ao colégio, com dez anos! Ele, Borges, com dez anos, já sabia ler, escrever e contar, não muito bem, é certo, mas sabia. Dez anos! Havia de ter um bonito fim: — vadio, e o côvado e meio nas costas. A tarimba é que viria ensiná-lo.

D. Severina apaziguava-o com desculpas, a pobreza da comadre, o caiporismo do compadre, e fazia-lhe carinhos, a medo, que eles podiam irritá-lo mais. A noite caíra de todo; ela ouviu o *tlic* do lampião do gás da rua, que acabavam de acender, e viu o clarão dele nas janelas da casa fronteira. Borges, cansado do dia, pois era realmente um trabalhador de primeira ordem, foi fechando os olhos e pegando no sono, e deixou-a só na sala, às escuras, consigo e com a descoberta que acabava[5] de fazer.

Tudo parecia dizer à dama que era verdade; mas essa verdade, desfeita a impressão do assombro, trouxe-lhe uma complicação moral, que ela só conheceu pelos efeitos, não achando meio de discernir o que era. Não podia entender-se nem equilibrar-se, chegou a pensar em dizer tudo ao solicitador, e ele que mandasse embora o fedelho. Mas que era tudo? Aqui estacou: realmente, não havia mais que suposição, coincidência e possivelmente ilusão. Não, não, ilusão não era. E logo recolhia os indícios vagos, as atitudes do mocinho, o acanhamento, as distrações, para rejeitar a idéia de estar enganada. Daí a pouco (capciosa natureza!), refletindo que seria mau acusá-lo sem fundamento, admitiu que se iludisse, para o único fim de observá-lo melhor e averiguar bem a realidade das cousas.

Já nessa noite, D. Severina mirava por baixo dos olhos os gestos de Inácio; não chegou a achar nada, porque o tempo do chá era curto e o rapazinho não tirou os olhos da xícara. No dia seguinte pôde observar melhor, e nos outros otimamente. Percebeu que sim, que era amada e temida, amor adolescente e virgem, retido pelos liames sociais e por um sentimento de inferioridade que o impedia de reconhecer-se a si mesmo. D. Severina compreendeu que não havia receiar nenhum desacato, e concluiu que o melhor era não dizer nada ao solicitador; poupava-lhe um desgosto, e

5. Nas edições Garnier: acaba; na 1ª ed.: acabava.

outro à pobre criança. Já se persuadia bem que ele era criança, e assentou de o tratar tão secamente como até ali, ou ainda mais. E assim fez; Inácio começou a sentir que ela fugia com os olhos, ou falava áspero, quase tanto como o próprio Borges. De outras vezes, é verdade que o tom da voz saía brando e até meigo, muito meigo; assim como o olhar, geralmente esquivo, tanto errava por outras partes, que, para descansar, vinha pousar na cabeça dele; mas tudo isso era curto.

— Vou-me embora, repetia ele na rua como nos primeiros dias.

Chegava a casa e não se ia embora. Os braços de D. Severina fechavam-lhe um parêntesis no meio do longo e fastidioso período da vida que levava, e essa oração intercalada trazia uma idéia original e profunda, inventada pelo céu unicamente para ele. Deixava-se estar e ia andando. Afinal, porém, teve de sair, e para nunca mais; eis aqui como e por quê.

D. Severina tratava-o desde alguns dias com benignidade. A rudeza da voz parecia acabada, e havia mais do que brandura, havia desvelo e carinho. Um dia recomendava-lhe que não apanhasse ar, outro que não bebesse água fria depois do café quente, conselhos, lembranças, cuidados de amiga e mãe, que lhe lançaram na alma ainda maior inquietação e confusão. Inácio chegou ao extremo de confiança de rir um dia à mesa, cousa que jamais fizera; e o solicitador não o tratou mal dessa vez, porque era ele que contava um caso engraçado, e ninguém pune a outro pelo aplauso que recebe. Foi então que D. Severina viu que a boca do mocinho, graciosa estando calada, não o era menos quando ria.

A agitação de Inácio ia crescendo, sem que ele pudesse acalmar-se nem entender-se. Não estava bem em parte nenhuma. Acordava de noite, pensando em D. Severina. Na rua, trocava de esquinas, errava as portas, muito mais que dantes, e não via mulher, ao longe ou ao perto, que lha não trouxesse à memória. Ao entrar no corredor da casa, voltando do trabalho, sentia sempre algum alvoroço, às vezes grande, quando dava com ela no topo da escada, olhando através das grades de pau da cancela, como tendo acudido a ver quem era.

Um domingo, — nunca ele esqueceu esse domingo, — estava só no quarto, à janela, virado para o mar, que lhe falava a mesma linguagem obscura e nova de D. Severina. Divertia-se em olhar para as gaivotas, que faziam grandes giros no ar, ou pairavam em cima d'água, ou avoaçavam somente. O dia estava lindíssimo. Não era só um domingo cristão; era um imenso domingo universal.

Inácio passava-os todos ali no quarto ou à janela, ou relendo um dos três folhetos que trouxera consigo, contos de outros tempos, comprados a tostão, debaixo do passadiço do Largo do Paço.[6] Eram duas horas da tarde. Estava cansado, dormira mal a noite, depois de haver andado muito na véspera; estirou-se na rede, pegou em um dos folhetos, a *Princesa Magalona,* e começou a ler. Nunca pôde entender por que é que todas as heroínas dessas velhas histórias tinham a mesma cara e talhe de D. Severina, mas a verdade é que os tinham. Ao cabo de meia hora, deixou cair o folheto e pôs os olhos na parede, donde, cinco minutos depois, viu sair a dama dos seus

6. Atual Praça 15 de Novembro.

cuidados. O natural era que se espantasse; mas não se espantou. Embora com as pálpebras cerradas, viu-a desprender-se de todo, parar, sorrir e andar para a rede. Era ela mesma; eram os seus mesmos braços.

É certo, porém, que D. Severina, tanto não podia sair da parede, dado que houvesse ali porta ou rasgão, que estava justamente na sala da frente ouvindo os passos do solicitador que descia as escadas. Ouviu-o descer; foi à janela vê-lo sair e só se recolheu quando ele se perdeu ao longe, no caminho da Rua das Mangueiras. Então entrou e foi sentar-se no canapé. Parecia fora do natural, inquieta, quase maluca; levantando-se, foi pegar na jarra que estava em cima do aparador e deixou-a no mesmo lugar; depois caminhou até à porta, deteve-se e voltou, ao que parece, sem plano. Sentou-se outra vez, cinco ou dez minutos. De repente, lembrou-se que Inácio comera pouco ao almoço e tinha o ar abatido, e advertiu que podia estar doente; podia ser até que estivesse muito mal.

Saiu da sala, atravessou rasgadamente o corredor e foi até o quarto do mocinho, cuja porta achou escancarada. D. Severina parou, espiou, deu com ele na rede, dormindo, com o braço para fora e o folheto caído no chão. A cabeça inclinava-se um pouco do lado da porta, deixando ver os olhos fechados, os cabelos revoltos e um grande ar de riso e de beatitude.

D. Severina sentiu bater-lhe o coração com veemência e recuou. Sonhara de noite com ele; pode ser que ele estivesse sonhando com ela. Desde madrugada que a figura do mocinho andava-lhe diante dos olhos como uma tentação diabólica. Recuou ainda, depois voltou, olhou dois, três, cinco minutos, ou mais. Parece que o sono dava à adolescência de Inácio uma expressão mais acentuada, quase feminina, quase pueril. Uma criança! disse ela a si mesma, naquela língua sem palavras que todos trazemos conosco. E esta idéia abateu-lhe o alvoroço do sangue e dissipou-lhe em parte a turvação dos sentidos.

— Uma criança!

E mirou-o lentamente, fartou-se de vê-lo, com a cabeça inclinada, o braço caído; mas, ao mesmo tempo que o achava criança, achava-o bonito, muito mais bonito que acordado, e uma dessas idéias corrigia ou corrompia a outra. De repente estremeceu e recuou assustada: ouvira um ruído ao pé, na saleta do engomado; foi ver, era um gato que deitara uma tigela ao chão. Voltando devagarinho a espiá-lo, viu que dormia profundamente. Tinha o sono duro a criança! O rumor que a abalara tanto, não o fez sequer mudar de posição. E ela continuou a vê-lo dormir, — dormir e talvez sonhar.

Que não possamos ver os sonhos uns dos outros! D. Severina ter-se-ia visto a si mesma na imaginação do rapaz; ter-se-ia visto diante da rede, risonha e parada; depois inclinar-se, pegar-lhe nas mãos, levá-las ao peito, cruzando ali os braços, os famosos braços. Inácio, namorado deles, ainda assim ouvia as palavras dela, que eram lindas, cálidas, principalmente novas, — ou, pelo menos, pertenciam a algum idioma que ele não conhecia, posto que o entendesse. Duas, três e quatro vezes a figura esvaía-se, para tornar logo, vindo do mar ou de outra parte, entre gaivotas, ou atravessando o corredor, com toda a graça robusta de que era capaz. E tornando, inclinava-se, pegava-lhe outra vez das mãos e cruzava ao peito os braços, até que, inclinando-se, ainda mais, muito mais, abrochou os lábios e deixou-lhe um beijo na boca.

Aqui o sonho coincidiu com a realidade, e as mesmas bocas uniram-se na imaginação e fora dela. A diferença é que a visão não recuou, e a pessoa real tão depressa cumprira o gesto, como fugiu até à porta, vexada e medrosa. Dali passou à sala da frente, aturdida do que fizera, sem olhar fixamente para nada. Afiava o ouvido, ia até o fim do corredor, a ver se escutava algum rumor que lhe dissesse que ele acordara, e só depois de muito tempo é que o medo foi passando. Na verdade, a criança tinha o sono duro; nada lhe abria os olhos, nem os fracassos contíguos, nem os beijos de verdade. Mas, se o medo foi passando, o vexame ficou e cresceu. D. Severina não acabava de crer que fizesse aquilo; parece que embrulhara os seus desejos na idéia de que era uma criança namorada que ali estava, sem consciência nem imputação; e, meia mãe, meia amiga, inclinara-se e beijara-o. Fosse como fosse, estava confusa, irritada, aborrecida, mal consigo e mal com ele. O medo de que ele podia estar fingindo que dormia apontou-lhe na alma e deu-lhe um calefrio.

Mas a verdade é que dormiu ainda muito, e só acordou para jantar. Sentou-se à mesa lépido. Conquanto achasse D. Severina calada e severa e o solicitador tão ríspido como nos outros dias, nem a rispidez de um, nem a severidade da outra podiam dissipar-lhe a visão graciosa que ainda trazia consigo, ou amortecer-lhe a sensação do beijo. Não reparou que D. Severina tinha um xale que lhe cobria os braços; reparou depois, na segunda-feira, e na terça-feira, também, e até sábado, que foi o dia em que Borges mandou dizer ao pai que não podia ficar com ele; e não o fez zangado, porque o tratou relativamente bem e ainda lhe disse à saída:

— Quando precisar de mim para alguma cousa, procure-me.

— Sim, senhor. A Sra. D. Severina...

— Está lá para o quarto, com muita dor de cabeça. Venha amanhã ou depois despedir-se dela.

Inácio saiu sem entender nada. Não entendia a despedida, nem a completa mudança de D. Severina, em relação a ele, nem o xale, nem nada. Estava tão bem! falava-lhe com tanta amizade! Como é que, de repente... Tanto pensou que acabou supondo de sua parte algum olhar indiscreto, alguma distração que a ofendera; não era outra cousa; e daqui a cara fechada e o xale que cobria os braços tão bonitos... Não importa; levava consigo o sabor do sonho. E através dos anos, por meio de outros amores, mais efetivos e longos, nenhuma sensação achou nunca igual à daquele domingo, na Rua da Lapa, quando ele tinha quinze anos. Ele mesmo exclama às vezes, sem saber que se engana:

— E foi um sonho! um simples sonho!

UM HOMEM CÉLEBRE

— Ah! o senhor é que é o Pestana? perguntou Sinhazinha Mota, fazendo um largo gesto admirativo. E logo depois, corrigindo a familiaridade: — Desculpe meu modo, mas... é mesmo o senhor?

Vexado, aborrecido, Pestana respondeu que sim, que era ele. Vinha do piano, enxugando a testa com o lenço, e ia a chegar à janela, quando a moça o fez parar. Não era baile; apenas um sarau íntimo, pouca gente, vinte pessoas ao todo, que tinham ido jantar com a viúva Camargo, Rua do Areal,[7] naquele dia dos anos dela, cinco de novembro de 1875... Boa e patusca viúva! Amava o riso e a folga, apesar dos sessenta anos em que entrava, e foi a última vez que folgou e riu, pois faleceu nos primeiros dias de 1876. Boa e patusca viúva! Com que alma e diligência arranjou ali umas danças, logo depois do jantar, pedindo ao Pestana que tocasse uma quadrilha! Nem foi preciso acabar o pedido; Pestana curvou-se gentilmente, e correu ao piano. Finda a quadrilha, mal teriam descansado uns dez minutos, a viúva correu novamente ao Pestana para um obséquio mui particular.

— Diga, minha senhora.

— É que nos toque agora aquela sua polca *Não bula comigo, nhonhô.*

Pestana fez uma careta, mas dissimulou depressa, inclinou-se calado, sem gentileza, e foi para o piano, sem entusiasmo. Ouvidos os primeiros compassos, derramou-se pela sala uma alegria nova, os cavalheiros correram às damas, e os pares entraram a saracotear a polca da moda. Da moda; tinha sido publicada vinte dias antes, e já não havia recanto da cidade, em que não fosse conhecida. Ia chegando à consagração do assobio e da cantarola noturna.

Sinhazinha Mota estava longe de supor que aquele Pestana que ela vira à mesa de jantar e depois ao piano, metido numa sobrecasaca cor de rapé, cabelo negro, longo e cacheado, olhos cuidosos, queixo rapado, era o mesmo Pestana compositor; foi uma amiga que lho disse quando o viu vir do piano, acabada a polca. Daí a pergunta admirativa. Vimos que ele respondeu aborrecido e vexado. Nem assim as duas moças lhe pouparam finezas, tais e tantas, que a mais modesta vaidade se contentaria de as ouvir; ele recebeu-as cada vez mais enfadado, até que, alegando dor de cabeça, pediu licença para sair. Nem elas, nem a dona da casa, ninguém logrou retê-lo. Ofereceram-lhe remédios caseiros, algum repouso, não aceitou nada, teimou em sair e saiu.

Rua fora, caminhou depressa, com medo de que ainda o chamassem; só afrouxou, depois que dobrou a esquina da Rua Formosa.[8] Mas aí mesmo esperava-o a sua

7. Atual Moncorvo Filho.
8. Atual General Caldwell.

grande polca festiva. De uma casa modesta, à direita, a poucos metros de distância, saíam as notas da composição do dia, sopradas em clarineta. Dançava-se. Pestana parou alguns instantes, pensou em arrepiar caminho, mas dispôs-se a andar, estugou o passo, atravessou a rua, e seguiu pelo lado oposto ao da casa do baile. As notas foram-se perdendo, ao longe, e o nosso homem entrou na Rua do Aterrado,[9] onde morava. Já perto de casa viu vir dois homens; um deles, passando rentezinho com o Pestana, começou a assobiar a mesma polca, rijamente, com brio, e o outro pegou a tempo na música, e aí foram os dois abaixo, ruidosos e alegres, enquanto o autor da peça, desesperado, corria a meter-se em casa.

Em casa, respirou. Casa velha, escada velha, um preto velho que o servia, e que veio saber se ele queria cear.

— Não quero nada, bradou o Pestana; faça-me café e vá dormir.

Despiu-se, enfiou uma camisola, e foi para a sala dos fundos. Quando o preto acendeu o gás da sala, Pestana sorriu e, dentro d'alma, cumprimentou uns dez retratos que pendiam da parede. Um só era a óleo, o de um padre, que o educara, que lhe ensinara latim e música, e que, segundo os ociosos, era o próprio pai do Pestana. Certo é que lhe deixou em herança aquela casa velha, e os velhos trastes, ainda do tempo de Pedro I. Compusera alguns motetes o padre, era doudo por música, sacra ou profana, cujo gosto incutiu no moço, ou também lhe transmitiu no sangue, se é que tinham razão as bocas vadias, cousa de que se não ocupa a minha história, como ides ver.

Os demais retratos eram de compositores clássicos, Cimarosa, Mozart, Beethoven, Gluck, Bach, Schumann, e ainda uns três, alguns gravados, outros litografados, todos mal encaixilhados e de diferente tamanho, mas postos ali como santos de uma igreja. O piano era o altar; o evangelho da noite lá estava aberto: era uma sonata de Beethoven.

Veio o café; Pestana engoliu a primeira xícara, e sentou-se ao piano. Olhou para o retrato de Beethoven, e começou a executar a sonata, sem saber de si, desvairado ou absorto, mas com grande perfeição. Repetiu a peça; depois parou alguns instantes, levantou-se e foi a uma das janelas. Tornou ao piano; era a vez de Mozart, pegou de um trecho, e executou-o do mesmo modo, com a alma alhures. Haydn levou-o à meia-noite e à segunda xícara de café.

Entre meia-noite e uma hora, Pestana pouco mais fez que estar à janela e olhar para as estrelas, entrar e olhar para os retratos. De quando em quando ia ao piano, e, de pé, dava uns golpes soltos no teclado, como se procurasse algum pensamento; mas o pensamento não aparecia e ele voltava a encostar-se à janela. As estrelas pareciam-lhe outras tantas notas musicais fixadas no céu à espera de alguém que as fosse descolar; tempo viria em que o céu tinha de ficar vazio, mas então a terra seria uma constelação de partituras. Nenhuma imagem, desvario ou reflexão trazia uma lembrança qualquer de Sinhazinha Mota, que entretanto, a essa mesma hora, adormecia pensando nele, famoso autor de tantas polcas amadas. Talvez a idéia conjugal tirou à moça alguns momentos de sono. Que tinha? Ela ia em vinte anos, ele em trinta, boa conta. A moça dormia ao som da polca, ouvida de cor, enquanto o autor desta não

9. Atualmente incorporada à Av. Presidente Vargas, chamou-se Senador Eusébio.

cuidava nem da polca nem da moça, mas das velhas obras clássicas, interrogando o céu e a noite, rogando aos anjos, em último caso ao diabo. Por que não faria ele uma só que fosse daquelas páginas imortais?

Às vezes, como que ia surgir das profundezas do inconsciente uma aurora de idéia; ele corria ao piano, para aventá-la inteira, traduzi-la, em sons, mas era em vão; a idéia esvaía-se. Outras vezes, sentado, ao piano, deixava os dedos correrem, à ventura, a ver se as fantasias brotavam deles, como dos de Mozart; mas nada, nada, a inspiração não vinha, a imaginação deixa-se estar dormindo. Se acaso uma idéia aparecia, definida e bela, era eco apenas de alguma peça alheia, que a memória repetia, e que ele supunha inventar. Então, irritado, erguia-se, jurava abandonar a arte, ir plantar café ou puxar carroça; mas daí a dez minutos, ei-lo outra vez, com os olhos em Mozart, a imitá-lo ao piano.

Duas, três, quatro horas. Depois das quatro foi dormir; estava cansado, desanimado, morto; tinha que dar lições no dia seguinte. Pouco dormiu; acordou às sete horas. Vestiu-se e almoçou.

— Meu senhor quer a bengala ou o chapéu-de-sol? perguntou o preto, segundo as ordens que tinha, porque as distrações do senhor eram freqüentes.

— A bengala.

— Mas parece que hoje chove.

— Chove, repetiu Pestana maquinalmente.

— Parece que sim, senhor, o céu está meio escuro.

Pestana olhava para o preto, vago, preocupado. De repente:

— Espera aí.

Correu à sala dos retratos, abriu o piano, sentou-se e espalmou as mãos no teclado. Começou a tocar alguma cousa própria, uma inspiração real e pronta, uma polca, uma polca buliçosa, como dizem os anúncios. Nenhuma repulsa da parte do compositor; os dedos iam arrancando as notas, ligando-as, meneiando-as; dir-se-ia que a musa compunha e bailava a um tempo. Pestana esquecera as discípulas, esquecera o preto, que o esperava com a bengala e o guarda-chuva, esquecera até os retratos que pendiam gravemente da parede. Compunha só, teclando ou escrevendo, sem os vãos esforços da véspera, sem exasperação, sem nada pedir ao céu, sem interrogar os olhos de Mozart. Nenhum tédio. Vida, graça, novidade, escorriam-lhe da alma como de uma fonte perene.

Em pouco tempo estava a polca feita. Corrigiu ainda alguns pontos, quando voltou para jantar; mas já a cantarolava, andando, na rua. Gostou dela; na composição recente e inédita circulava o sangue da paternidade e da vocação. Dois dias depois, foi levá-la ao editor das outras polcas suas, que andariam já por umas trinta. O editor achou-a linda.

— Vai fazer grande efeito.

Veio a questão do título. Pestana, quando compôs a primeira polca, em 1871, quis dar-lhe um título poético, escolheu este: *Pingos de sol.* O editor abanou a cabeça, e disse-lhe que os títulos deviam ser, já de si, destinados à popularidade, — ou por alusão a algum sucesso do dia, — ou pela graça das palavras; indicou-lhe dois: *A lei de* 28 *de setembro,* ou *Candongas não fazem festa.*

— Mas que quer dizer *Candongas não fazem festa?* perguntou o autor.

— Não quer dizer nada, mas populariza-se logo.

Pestana, ainda donzel inédito, recusou qualquer das denominações e guardou a polca; mas não tardou que compusesse outra, e a comichão da publicidade levou-o a imprimir as duas, com os títulos que ao editor parecessem mais atraentes ou apropriados. Assim se regulou pelo tempo adiante.

Agora, quando Pestana entregou a nova polca, e passaram ao título, o editor acudiu que trazia um, desde muitos dias, para a primeira obra que ele lhe apresentasse, título de espavento, longo e meneiado. Era este: *Senhora dona, guarde o seu balaio.*

— E para a vez seguinte, acrescentou, já trago outro de cor.

Exposta à venda, esgotou-se logo a primeira edição. A fama do compositor bastava à procura; mas a obra em si mesma era adequada ao gênero, original, convidava a dançá-la e decorava-se depressa. Em oito dias, estava célebre. Pestana, durante os primeiros, andou deveras namorado da composição, gostava de a cantarolar baixinho, detinha-se na rua, para ouvi-la tocar em alguma casa, e zangava-se quando não a tocavam bem. Desde logo, as orquestras de teatro a executaram, e ele lá foi a um deles. Não desgostou também de a ouvir assobiada, uma noite, por um vulto que descia a Rua do Aterrado.

Essa lua-de-mel durou apenas um quarto de lua. Como das outras vezes, e mais depressa ainda, os velhos mestres retratados o fizeram sangrar de remorsos. Vexado e enfastiado, Pestana arremeteu contra aquela que o viera consolar tantas vezes, musa de olhos marotos e gestos arredondados, fácil e graciosa. E aí voltaram as náuseas de si mesmo, o ódio a quem lhe pedia a nova polca da moda, e juntamente o esforço de compor alguma cousa ao sabor clássico, uma página que fosse, uma só, mas tal que pudesse ser encadernada entre Bach e Schumann. Vão estudo, inútil esforço. Mergulhava naquele Jordão sem sair batizado. Noites e noites, gastou-as assim, confiado e teimoso, certo de que a vontade era tudo, e que, uma vez que abrisse mão da música fácil...

— As polcas que vão para o inferno fazer dançar o diabo, disse ele um dia, de madrugada, ao deitar-se.

Mas as polcas não quiseram ir tão fundo. Vinham à casa de Pestana, à própria sala dos retratos, irrompiam tão prontas, que ele não tinha mais que o tempo de as compor, imprimi-las depois, gostá-las alguns dias, aborrecê-las, e tornar às velhas fontes, donde lhe não manava nada. Nessa alternativa viveu até casar, e depois de casar.

— Casar com quem? perguntou Sinhazinha Mota ao tio escrivão que lhe deu aquela notícia.

— Vai casar com uma viúva.

— Velha?

— Vinte e sete anos.

— Bonita?

— Não, nem feia, assim, assim. Ouvi dizer que ele se enamorou dela, porque a ouviu cantar na última festa de S. Francisco de Paula. Mas ouvi também que ela possui outra prenda, que não é rara, mas vale menos: está tísica.

Os escrivães não deviam ter espírito, — mau espírito, quero dizer. A sobrinha deste sentiu no fim um pingo de bálsamo, que lhe curou a dentadinha da inveja. Era tudo verdade. Pestana casou daí a dias com uma viúva de vinte e sete anos, boa cantora e tísica. Recebeu-a como a esposa espiritual do seu gênio. O celibato era, sem dúvida, a causa da esterilidade e do transvio, dizia ele consigo; artisticamente considerava-se um arruador de horas mortas; tinha as polcas por aventuras de petimetres. Agora, sim, é que ia engendrar uma família de obras sérias, profundas, inspiradas e trabalhadas.

Essa esperança abotoou desde as primeiras horas do amor, e desabrochou à primeira aurora do casamento. Maria, balbuciou a alma dele, dá-me o que não achei na solidão das noites, nem no tumulto dos dias.

Desde logo, para comemorar o consórcio, teve idéia de compor um noturno. Chamar-lhe-ia *Ave, Maria.* A felicidade como que lhe trouxe um princípio de inspiração; não querendo dizer nada à mulher, antes de pronto, trabalhava às escondidas; cousa difícil, porque Maria, que amava igualmente a arte, vinha tocar com ele, ou ouvi-lo somente, horas e horas, na sala dos retratos. Chegaram a fazer alguns concertos semanais, com três artistas, amigos do Pestana. Um domingo, porém, não se pôde ter o marido, e chamou a mulher para tocar um trecho do noturno; não lhe disse o que era nem de quem era. De repente, parando, interrogou-a com os olhos.

— Acaba, disse Maria; não é Chopin?

Pestana empalideceu, fitou os olhos no ar, repetiu um ou dois trechos e ergueu-se. Maria assentou-se ao piano, e, depois de algum esforço de memória, executou a peça de Chopin. A idéia, o motivo eram os mesmos; Pestana achara-os em algum daqueles becos escuros da memória, velha cidade de traições. Triste, desesperado, saiu de casa, e dirigiu-se para o lado da ponte, caminho de S. Cristóvão.

— Para que lutar? dizia ele. Vou com as polcas... Viva a polca!

Homens que passavam por ele, e ouviam isto, ficavam olhando, como para um doudo. E ele ia andando, alucinado, mortificado, eterna peteca entre a ambição e a vocação... Passou o velho matadouro; ao chegar à porteira da estrada de ferro, teve idéia de ir pelo trilho acima e esperar o primeiro trem que viesse e o esmagasse. O guarda fê-lo recuar. Voltou a si e tornou a casa.

Poucos dias depois, — uma clara e fresca manhã de maio de 1876, — eram seis horas, Pestana sentiu nos dedos um frêmito particular e conhecido. Ergueu-se devagarinho, para não acordar Maria, que tossira toda a noite, e agora dormia profundamente. Foi para a sala dos retratos, abriu o piano, e, o mais surdamente que pôde, extraiu uma polca. Fê-la publicar com um pseudônimo; nos dois meses seguintes compôs e publicou mais duas. Maria não soube nada; ia tossindo e morrendo, até que expirou, uma noite, nos braços do marido, apavorado e desesperado.

Era noite de Natal. A dor do Pestana teve um acréscimo, porque na vizinhança havia um baile, em que se tocaram várias de suas melhores polcas. Já o baile era duro de sofrer; as suas composições davam-lhe um ar de ironia e perversidade. Ele sentia a cadência dos passos, adivinhava os movimentos, porventura lúbricos, a que obrigava alguma daquelas composições; tudo isso ao pé do cadáver pálido, um molho de ossos, estendido na cama... Todas as horas da noite passaram assim, vagarosas ou rápidas, úmidas de lágrimas e de suor, de águas da Colônia e de Labarraque, saltando sem parar, como ao som da polca de um grande Pestana invisível.

Enterrada a mulher, o viúvo teve uma única preocupação: deixar a música, depois de compor um *Requiem,* que faria executar no primeiro aniversário da morte de Maria. Escolheria outro emprego, escrevente, carteiro, mascate, qualquer cousa que lhe fizesse esquecer a arte assassina e surda.

Começou a obra; empregou tudo, arrojo, paciência, meditação, e até os caprichos do acaso, como fizera outrora, imitando Mozart. Releu e estudou o *Requiem* deste autor. Passaram-se semanas e meses. A obra, célere a princípio, afrouxou o andar. Pestana tinha altos e baixos. Ora achava-a incompleta, não lhe sentia a alma sacra, nem idéia, nem inspiração, nem método; ora elevava-se-lhe o coração e trabalhava com vigor. Oito meses, nove, dez, onze, e o *Requiem* não estava concluído. Redobrou de esforços; esqueceu lições e amizades. Tinha refeito muitas vezes a obra; mas agora queria concluí-la, fosse como fosse. Quinze dias, oito, cinco... A aurora do aniversário veio achá-lo trabalhando.

Contentou-se da missa rezada e simples, para ele só. Não se pode dizer se todas as lágrimas que lhe vieram, sorrateiramente aos olhos, foram do marido, ou se algumas eram do compositor. Certo é que nunca mais tornou ao *Requiem*.

— Para quê? dizia ele a si mesmo.

Correu ainda um ano. No princípio de 1878, apareceu-lhe o editor.

— Lá vão dois anos, disse este, que nos não dá um ar da sua graça. Toda a gente pergunta se o senhor perdeu o talento. Que tem feito?

— Nada.

— Bem sei o golpe que o feriu; mas lá vão dois anos.

Venho propor-lhe um contrato: vinte polcas durante doze meses; o preço antigo, e uma porcentagem maior na venda. Depois, acabado o ano, podemos renovar.

Pestana assentiu com um gesto. Poucas lições tinha, vendera a casa para saldar dívidas, e as necessidades iam comendo o resto, que era assaz escasso. Aceitou o contrato.

— Mas a primeira polca há de ser já, explicou o editor. É urgente. Viu a carta do Imperador ao Caxias? Os liberais foram chamados ao poder; vão fazer a reforma eleitoral. A polca há de chamar-se: *Bravos à eleição direta!* Não é política; é um bom título de ocasião.

Pestana compôs a primeira obra do contrato. Apesar do longo tempo de silêncio, não perdera a originalidade nem a inspiração. Trazia a mesma nota genial. As outras polcas vieram vindo, regularmente. Conservara os retratos e os repertórios; mas fugia de gastar todas as noites ao piano, para não cair em novas tentativas. Já agora pedia uma entrada de graça, sempre que havia alguma boa ópera ou concerto de artista, ia, metia-se a um canto, gozando aquela porção de cousas que nunca lhe haviam de brotar do cérebro. Uma ou outra vez, ao tornar para casa, cheio de música, despertava nele o maestro inédito; então, sentava-se ao piano, e, sem idéia, tirava algumas notas, até que ia dormir, vinte ou trinta minutos depois.

Assim foram passando os anos, até 1885. A fama do Pestana dera-lhe definitivamente o primeiro lugar entre os compositores de polcas; mas o primeiro lugar da aldeia não contentava a este César, que continuava a preferir-lhe, não o segundo, mas o centésimo em Roma. Tinha ainda as alternativas de outro tempo, acerca de suas composições; a diferença é que eram menos violentas. Nem entusiasmo nas primeiras horas, nem horror depois da primeira semana; algum prazer e certo fastio.

Naquele ano, apanhou uma febre de nada, que em poucos dias cresceu, até virar perniciosa. Já estava em perigo, quando lhe apareceu o editor, que não sabia da doença, e ia dar-lhe notícia da subida dos conservadores, e pedir-lhe uma polca de ocasião. O enfermeiro, pobre clarineta de teatro, referiu-lhe o estado do Pestana, de modo que o editor entendeu calar-se. O doente é que instou para que lhe dissesse o que era; o editor obedeceu.

— Mas há de ser quando estiver bom de todo, concluiu.

— Logo que a febre decline um pouco, disse o Pestana.

Seguiu-se uma pausa de alguns segundos. O clarineta foi pé ante pé preparar o remédio; o editor levantou-se e despediu-se.

— Adeus.

— Olhe, disse o Pestana, como é provável que eu morra por estes dias, faço-lhe logo duas polcas; a outra servirá para quando subirem os liberais.

Foi a única pilhéria que disse em toda a vida, e era tempo, porque expirou na madrugada seguinte, às quatro horas e cinco minutos, bem com os homens e mal consigo mesmo.

A DESEJADA DAS GENTES

— Ah! conselheiro, aí começa a falar em verso.

— Todos os homens devem ter uma lira no coração, — ou não sejam homens. Que a lira ressoe a toda a hora, nem por qualquer motivo, não o digo eu; mas de longe em longe, e por algumas reminiscências particulares... Sabe por que é que lhe pareço poeta, apesar das Ordenações do Reino e dos cabelos grisalhos? é porque vamos por esta Glória adiante, costeando aqui a Secretaria de Estrangeiros... Lá está o outeiro célebre... Adiante há uma casa...

— Vamos andando.

— Vamos... Divina Quintília! Todas essas caras que aí passam são outras, mas falam-me daquele tempo, como se fossem as mesmas de outrora; é a lira que ressoa, e a imaginação faz o resto. Divina Quintília!

— Chamava-se Quintília? Conheci de vista, quando andava na Escola de Medicina, uma linda moça com esse nome. Diziam que era a mais bela da cidade.

— Há de ser a mesma, porque tinha essa fama. Magra e alta?

— Isso. Que fim levou?

— Morreu em 1859. Vinte de abril. Nunca me há de esquecer esse dia. Vou contar-lhe um caso interessante para mim, e creio que também para o senhor. Olhe, a casa era aquela... Morava com um tio, chefe de esquadra reformado; tinha outra casa no Cosme Velho. Quando conheci Quintília... Que idade pensa que teria, quando a conheci?

— Se foi em 1855...

— Em 1855.

— Devia ter vinte anos.

— Tinha trinta.

— Trinta?

— Trinta anos. Não os parecia, nem era nenhuma inimiga que lhe dava essa idade. Ela própria a confessava e até com afetação. Ao contrário, uma de suas amigas afirmava que Quintília não passava dos vinte e sete; mas como ambas tinham nascido no mesmo dia, dizia isso para diminuir-se a si própria.

— Mau, nada de ironias; olhe que a ironia não faz boa cama com a saudade.

— Que é a saudade senão uma ironia do tempo e da fortuna? Veja lá; começo a ficar sentencioso. Trinta anos; mas em verdade, não os parecia. Lembra-se bem que era magra e alta; tinha os olhos, como eu então dizia, que pareciam cortados da capa da última noite, mas apesar de noturnos, sem mistérios nem abismos. A voz era brandíssima, um tanto apaulistada, a boca larga, e os dentes, quando ela simplesmente falava, davam-lhe à boca um ar de riso. Ria também, e foram os risos dela, de parceria com os olhos, que me doeram muito durante certo tempo.

— Mas se os olhos não tinham mistérios...

— Tanto não os tinham que cheguei ao ponto de supor que eram as portas abertas do castelo, e o riso o clarim que chamava os cavaleiros. Já a conhecíamos, eu e o meu companheiro de escritório, o João Nóbrega, ambos principiantes na advocacia, e íntimos como ninguém mais; mas nunca nos lembrou namorá-la. Ela andava então no galarim; era bela, rica, elegante, e da primeira roda. Mas um dia, no antigo teatro Provisório, entre dois atos dos *Puritanos,* estando eu num corredor, ouvi um grupo de moços que falavam dela, como de uma fortaleza inexpugnável. Dous[10] confessaram haver tentado alguma cousa, mas sem fruto; e todos pasmavam do celibato da moça, que lhes parecia sem explicação. E chalaceavam: um dizia que era promessa até ver se engordava primeiro; outro que estava esperando a segunda mocidade do tio para casar com ele; outro que provavelmente encomendara algum anjo ao porteiro do céu; trivialidades que me aborreceram muito, e da parte dos que confessavam tê-la cortejado ou amado, achei que era uma grosseria sem nome. No que eles estavam todos de acordo é que ela era extraordinariamente bela; aí foram entusiastas e sinceros.

— Oh! ainda me lembro!... era muito bonita.

— No dia seguinte, ao chegar ao escritório, entre duas causas que não vinham, contei ao Nóbrega a conversação da véspera. Nóbrega riu-se do caso, refletiu, e depois de dar alguns passos, parou diante de mim, olhando, calado. — Aposto que a namoras? perguntei-lhe. — Não, disse ele; nem tu? Pois lembrou-me uma cousa: vamos tentar o assalto à fortaleza? Que perdemos com isso? Nada; ou ela nos põe na rua, e já podemos esperá-lo, ou aceita um de nós, e tanto melhor para o outro, que verá o seu amigo feliz. — Estás falando sério? — Muito sério. — Nóbrega acrescentou que não era só a beleza dela que a fazia atraente. Note que ele tinha a presunção de ser espírito prático, mas era principalmente um sonhador que vivia lendo e construindo aparelhos sociais e políticos. Segundo ele, os tais rapazes do teatro evitavam falar dos bens da moça, que eram um dos feitiços dela, e uma das causas prováveis da desconsolação de uns e dos sarcasmos de todos. E dizia-me: — Escuta, nem divinizar o dinheiro, nem também bani-lo; não vamos crer que ele dá tudo, mas reconheçamos que dá alguma cousa e até muita cousa, — este relógio, por exemplo. Combatamos pela nossa Quintília, minha ou tua, mas provavelmente minha, porque sou mais bonito que tu.

— Conselheiro, a confissão é grave; foi assim brincando...?

— Foi assim brincando, cheirando ainda aos bancos da academia, que nos metemos em negócio de tanta ponderação, que podia acabar em nada, mas deu muito de si. Era um começo estouvado, quase um passatempo de crianças, sem a nota da sinceridade; mas o homem põe e a espécie dispõe. Conhecíamo-la, posto não tivéssemos encontros freqüentes; uma vez que nos dispusemos a uma ação comum, entrou um elemento novo na nossa vida, e dentro de um mês estávamos brigados.

— Brigados?

— Ou quase. Não tínhamos contado com ela, que nos enfeitiçou a ambos, violentamente. Em algumas semanas já pouco falávamos de Quintília, e com indiferença;

10. Observe-se a hesitação de M. de A., que até aqui vinha usando a forma *dois*. Essa hesitação se verifica em todo o correr do livro.

tratávamos de enganar um ao outro e dissimular o que sentíamos. Foi assim que as nossas relações se dissolveram, no fim de seis meses, sem ódio, nem luta, nem demonstração externa, porque ainda nos falávamos, onde o acaso nos reunia; mas já então tínhamos banca separada.

— Começo a ver uma pontinha do drama...

— Tragédia, diga tragédia; porque daí a pouco tempo, ou por desengano verbal que ela lhe desse, ou por desespero de vencer, Nóbrega deixou-me só em campo. Arranjou uma nomeação de juiz municipal lá para os sertões da Bahia, onde definhou e morreu antes de acabar o quatriênio. E juro-lhe que não foi o inculcado espírito prático de Nóbrega que o separou de mim; ele, que tanto falara das vantagens do dinheiro, morreu apaixonado como um simples Werther.[11]

— Menos a pistola.

— Também o veneno mata; e o amor de Quintília podia dizer-se alguma cousa parecido com isso; foi o que o matou, e o que ainda hoje me dói... Mas, vejo pelo seu dito que o estou aborrecendo...

— Pelo amor de Deus. Juro-lhe que não; foi uma graçola que me escapou. Vamos adiante, conselheiro; ficou só em campo.

— Quintília não deixava ninguém estar só em campo, — não digo por ela, mas pelos outros. Muitos vinham ali tomar um cálix de esperanças, e iam cear a outra parte. Ela não favorecia a um mais que a outro; mas era lhana, graciosa e tinha essa espécie de olhos derramados que não foram feitos para homens ciumentos. Tive ciúmes amargos, e, às vezes, terríveis. Todo argueiro me parecia um cavaleiro, e todo cavaleiro um diabo. Afinal acostumei-me a ver que eram passageiros de um dia. Outros me metiam mais medo, eram os que vinham dentro da luva das amigas. Creio que houve duas ou três negociações dessas, mas sem resultado. Quintília declarou que nada faria sem consultar o tio, e o tio aconselhou a recusa, — cousa que ela sabia de antemão. O bom velho não gostava nunca da visita de homens, com receio de que a sobrinha escolhesse algum e casasse. Estava tão acostumado a trazê-la ao pé de si, como uma muleta da velha alma aleijada, que temia perdê-la inteiramente.

— Não seria essa a causa da isenção sistemática da moça?

— Vai ver que não.

— O que noto é que o senhor era mais teimoso que os outros...

— ... Iludido, a princípio, porque no meio de tantas candidaturas malogradas, Quintília preferia-me a todos os outros homens, e conversava comigo mais largamente e mais intimamente, a tal ponto que chegou a correr que nos casávamos.

— Mas conversavam de quê?

— De tudo o que ela não conversava com os outros; e era de fazer pasmar que uma pessoa tão amiga de bailes e passeios, de valsar e rir, fosse comigo tão severa e grave, tão diferente do que costumava ou parecia ser.

11. Personagem do romance epistolar Os Sofrimentos do Jovem Werther, do escritor alemão J. W. Goethe (1749-1832), personifica o desajustado herói romântico: apaixonado pela noiva de outro, é incapaz de resistir à sua paixão e, depois do casamento dela, suicida-se.

— A razão é clara: achava a sua conversação menos insossa que a dos outros homens.

— Obrigado; era mais profunda a causa da diferença, e a diferença ia-se acentuando com os tempos. Quando a vida cá embaixo a aborrecia muito, ia para o Cosme Velho, e ali as nossas conversações eram mais freqüentes e compridas. Não lhe posso dizer, nem o senhor compreenderia nada, o que foram as horas que ali passei, incorporando na minha vida toda a vida que jorrava dela. Muitas vezes quis dizer-lhe o que sentia, mas as palavras tinham medo e ficavam no coração. Escrevi cartas sobre cartas; todas me pareciam frias, difusas, ou inchadas de estilo. Demais, ela não dava ensejo a nada; tinha um ar de velha amiga. No princípio de 1857 adoeceu meu pai em Itaboraí; corri a vê-lo, achei-o moribundo. Este fato reteve-me fora da Corte uns quatro meses. Voltei pelos fins de maio. Quintília recebeu-me triste da minha tristeza, e vi claramente que o meu luto passara aos olhos dela...

— Mas que era isso senão amor?

— Assim o cri, e dispus a minha vida para desposá-la. Nisto, adoeceu o tio gravemente. Quintília não ficava só, se ele morresse porque, além dos muitos parentes espalhados que tinha, morava com ela agora, na casa da Rua do Catete, uma prima, D. Ana, viúva; mas, é certo que a afeição principal ia-se embora e nessa transição da vida presente à vida ulterior podia eu alcançar o que desejava. A moléstia do tio foi breve; ajudada da velhice, levou-o em duas semanas. Digo-lhe aqui que a morte dele lembrou-me a de meu pai, e a dor que então senti foi quase a mesma. Quintília viu-me padecer, compreendeu o duplo motivo, e, segundo me disse depois, estimou a coincidência do golpe, uma vez que tínhamos de o receber sem falta e tão breve. A palavra pareceu-me um convite matrimonial; dois meses depois cuidei de pedi-la em casamento. D. Ana ficara morando com ela e estavam no Cosme Velho. Fui ali, achei-as juntas no terraço, que ficava perto da montanha. Eram quatro horas da tarde de um domingo. D. Ana, que nos presumia namorados, deixou-nos o campo livre.

— Enfim!

— No terraço, lugar solitário, e posso dizer agreste, proferi a primeira palavra. O meu plano era justamente precipitar tudo, com medo de que, cinco minutos de conversa, me tirassem as forças. Ainda assim, não sabe o que me custou; custaria menos uma batalha e juro-lhe que não nasci para guerras. Mas aquela mulher magrinha e delicada, impunha-se-me, como nenhuma outra, antes e depois...

— E então?

— Quintília adivinhara, pelo transtorno do meu rosto, o que lhe ia pedir, e deixou-me falar para preparar a resposta. A resposta foi interrogativa e negativa. Casar para quê? Era melhor que ficássemos amigos como dantes. Respondi-lhe que a amizade era, em mim, desde muito, a simples sentinela do amor; não podendo mais contê-lo, deixou que ele saísse. Quintília sorriu da metáfora, o que me doeu, e sem razão; ela, vendo o efeito, fez-se outra vez séria e tratou de persuadir-me de que era melhor não casar. — Estou velha, disse ela; vou em trinta e três anos. — Mas se eu a amo assim mesmo, repliquei, e disse-lhe uma porção de cousas, que não poderia repetir agora. Quintília refletiu um instante; depois insistiu nas relações de amizade; disse que, posto que mais moço que ela tinha a gravidade de um homem mais velho, e inspirava-lhe confiança como nenhum outro. Desesperançado, dei algumas passadas, depois sentei-me outra vez e narrei-lhe tudo. Ao saber da minha briga com o amigo e companheiro da academia, e a separação em que ficamos; sentiu-se, não sei se diga, magoada ou irritada. Censurou-nos a ambos; não valia a pena que chegássemos a tal ponto. — A senhora diz isso, porque não sente a mesma cousa. — Mas então é um delírio?

Creio que sim; o que lhe afianço é que ainda agora, se fosse necessário, separar-me-ia dele uma e cem vezes; e creio poder afirmar-lhe que ele faria a mesma cousa. Aqui olhou ela espantada para mim, como se olha para uma pessoa cujas faculdades parecem transtornadas; depois abanou a cabeça, e repetiu que fora um erro; não valia a pena. — Fiquemos amigos, disse-me, estendendo a mão. — É impossível; pede-me cousa superior às minhas forças, nunca poderei ver na senhora uma simples amiga; não desejo impor-lhe nada; dir-lhe-ei até que nem mais insisto, porque não aceitaria outra resposta agora. Trocamos ainda algumas palavras, e retirei-me... Veja a minha mão.

— Treme-lhe ainda...

— E não lhe contei tudo. Não lhe digo aqui os aborrecimentos que tive, nem a dor e o despeito que me ficaram. Estava arrependido, zangado, devia ter provocado aquele desengano desde as primeiras semanas; mas a culpa foi da esperança, que é uma planta daninha, que me comeu o lugar de outras plantas melhores. No fim de cinco dias saí para Itaboraí, onde me chamaram alguns interesses do inventário de meu pai. Quando voltei, três semanas depois, achei em casa uma carta de Quintília.

— Oh!

— Abria-a alvoroçadamente: datava de quatro dias. Era longa; aludia aos últimos sucessos, e dizia cousas meigas e graves. Quintília afirmava ter esperado por mim todos os dias, não cuidando que eu levasse o egoísmo até não voltar lá mais, por isso escrevia-me, pedindo que fizesse dos meus sentimentos pessoais e sem eco uma página de história acabada; que ficasse só o amigo, e lá fosse ver a sua amiga. E concluía com estas singulares palavras: "Quer uma garantia? Juro-lhe que não casarei nunca." Compreendi que um vínculo de simpatia moral nos ligava um ao outro; com a diferença que o que era em mim paixão específica, era nela uma simples eleição de caráter. Éramos dois sócios, que entravam no comércio da vida com diferente capital: eu, tudo o que possuía; ela, quase um óbolo. Respondi à carta dela nesse sentido; e declarei que era tal a minha obediência e o meu amor, que cedia, mas de má vontade, porque, depois do que se passara entre nós, ia sentir-me humilhado. Risquei a palavra *ridículo,* já escrita, para poder ir vê-la sem este vexame; bastava o outro.

— Aposto que seguiu atrás da carta? É o que eu faria, porque essa moça, ou eu me engano, ou estava morta por casar com o senhor.

— Deixe a sua fisiologia usual; este caso é particularíssimo.

— Deixe-me adivinhar o resto; o juramento era um anzol místico; depois, o senhor, que o recebera, podia desobrigá-la dele, uma vez que aproveitasse com a absolvição. Mas, enfim, correu à casa dela.

— Não corri; fui dois dias depois. No intervalo, respondeu ela à minha carta com um bilhete carinhoso, que rematava com esta idéia: "não fale de humilhação, onde não houve público." Fui, voltei uma e mais vezes e restabeleceram-se as nossas relações. Não se falou em nada; ao princípio, custou-me muito parecer o que era dantes; depois, o demônio da esperança veio pousar outra vez no meu coração; e, sem nada exprimir, cuidei que um dia, um dia tarde, ela viesse a casar comigo. E foi essa esperança que me retificou aos meus próprios olhos, na situação em que me achava. Os boatos de nosso casamento correram mundo. Chegaram aos nossos ouvidos; eu negava formalmente e sério; ela dava de ombros e ria. Foi essa fase da nossa vida a mais serena para mim, salvo um incidente curto, um diplomata austríaco ou não sei quê, rapagão, elegante, ruivo, olhos grandes e atrativos, e fidalgo ainda por cima. Quintília mostrou-se-lhe tão graciosa, que ele cuidou estar aceito, e tratou de ir adiante. Creio que algum gesto meu, inconsciente, ou então um pouco da percepção fina que o céu lhe dera, levou depressa o desengano à legação austríaca. Pouco depois ela adoeceu; e foi então que a nossa intimidade cresceu de vulto. Ela, enquanto se tratava, resolveu não sair, e isso mesmo lhe disseram os médicos. Lá passava eu muitas horas diariamente. Ou elas tocavam, ou jogávamos os três, ou então lia-se alguma cousa; a maior parte das vezes conversávamos somente. Foi então que a estudei muito; escutando as suas leituras vi que os livros purameme amorosos achava-os incompreensíveis, e, se as paixões aí eram violentas, largava-os com tédio. Não falava assim por ignorante; tinha notícia vaga das paixões, e assistira a algumas alheias.

— De que moléstia padecia?

— Da espinha. Os médicos diziam que a moléstia não era talvez recente, e ia tocando o ponto melindroso. Chegamos assim a 1859. Desde março desse ano a moléstia agravou-se muito; teve uma pequena parada, mas para os fins do mês chegou ao estado desesperador. Nunca vi depois criatura mais enérgica diante da iminente catástrofe; estava então de uma magreza transparente, quase fluida; ria, ou antes, sorria apenas, e vendo que eu escondia as minhas lágrimas, apertava-me as mãos agradecida. Um dia, estando só com o médico, perguntou-lhe a verdade; ele ia mentir; ela disse-lhe que era inútil, que estava perdida. — Perdida, não, murmurou o médico. — Jura que não estou perdida? — Ele hesitou, ela agradeceu-lho. Uma vez certa que morria, ordenou o que prometera a si mesma.

— Casou com o senhor, aposto?

— Não me relembre essa triste cerimônia; ou antes, deixe-me relembrá-la, porque me traz algum alento do passado. Não aceitou recusas nem pedidos meus; casou comigo à beira da morte. Foi no dia 18 de abril de 1859. Passei os últimos dois dias, até 20 de abril, ao pé da minha noiva moribunda, e abracei-a pela primeira vez, feita cadáver.

— Tudo isso é bem esquisito.

— Não sei o que dirá a sua fisiologia. A minha, que é de profano, crê que aquela moça tinha ao casamento uma aversão puramente física. Casou meia defunta, às portas do nada. Chame-lhe monstro, se quer, mas acrescente divino.

A CAUSA SECRETA

Garcia, em pé, mirava e estalava as unhas; Fortunato, na cadeira de balanço, olhava para o teto; Maria Luísa, perto da janela, concluía um trabalho de agulha. Havia já cinco minutos que nenhum deles dizia nada. Tinham falado do dia, que estivera excelente, — de Catumbi, onde morava o casal Fortunato, e de uma casa de saúde, que adiante se explicará. Como os três personagens aqui presentes estão agora mortos e enterrados, tempo é de contar a história sem rebuço.

Tinham falado também de outra cousa, além daquelas três, cousa tão feia e grave, que não lhes deixou muito gosto para tratar do dia, do bairro e da casa de saúde. Toda a conversação a este respeito foi constrangida. Agora mesmo, os dedos de Maria Luísa parecem ainda trêmulos, ao passo que há no rosto de Garcia uma expressão de severidade, que lhe não é habitual. Em verdade, o que se passou foi de tal natureza, que [,] para fazê-lo entender, é preciso remontar a[12] origem da situação.

Garcia tinha-se formado em medicina, no ano anterior, 1861. No de 1860, estando ainda na Escola, encontrou-se com Fortunato, pela primeira vez, à porta da Santa Casa; entrava, quando o outro saía. Fez-lhe impressão a figura; mas, ainda assim, tê-la-ia esquecido, se não fosse o segundo encontro, poucos dias depois. Morava na Rua de D. Manuel. Uma de suas raras distrações era ir ao teatro de S. Januário, que ficava perto, entre essa rua e a praia; ia uma ou duas vezes por mês, e nunca achava acima de quarenta pessoas. Só os mais intrépidos ousavam estender os passos até aquele recanto da cidade. Uma noite, estando nas cadeiras, apareceu ali Fortunato, e sentou-se ao pé dele.

A peça era um dramalhão, cosido a facadas, ouriçado de imprecações e remorsos; mas Fortunato ouviu-a com singular interesse. Nos lances dolorosos, a atenção dele redobrava, os olhos iam avidamente de um personagem a outro, a tal ponto que o estudante suspeitou haver na peça reminiscências pessoais do vizinho. No fim do drama, veio uma farsa; mas Fortunato não esperou por ela e saiu; Garcia saiu atrás dele. Fortunato foi pelo Beco do Cotovelo,[13] Rua de S. José, até o Largo da Carioca. Ia devagar, cabisbaixo, parando às vezes, para dar uma bengalada em algum cão que dormia; o cão ficava ganindo e ele ia andando. No Largo da Carioca entrou num tílburi, e seguiu para os lados da Praça da Constituição.[14] Garcia voltou para casa sem saber mais nada.

Decorreram algumas semanas. Uma noite, eram nove horas, estava em casa, quando ouviu rumor de vozes na escada; desceu logo do sótão, onde morava, ao primeiro

12. Com acento apenas na 1ª ed.; sem acento nas edições Garnier — regência não dicionarizada, mas que se encontra também no cap. LIV do *Dom Casmurro*.

13. Atual Rua Vieira Fazenda.

14. Atual Praça Tiradentes.

andar, onde vivia um empregado do arsenal de guerra. Era este, que alguns homens conduziam, escada acima, ensangüentado. O preto que o servia, acudiu a abrir a porta; o homem gemia, as vozes eram confusas, a luz pouca. Deposto o ferido na cama, Garcia disse que era preciso chamar um médico.

— Já aí vem um, acudiu alguém.

Garcia olhou: era o próprio homem da Santa Casa e do teatro. Imaginou que seria parente ou amigo do ferido; mas, rejeitou a suposição, desde que lhe ouvira perguntar se este tinha família ou pessoa próxima. Disse-lhe o preto que não, e ele assumiu a direção do serviço, pediu às pessoas estranhas que se retirassem, pagou aos carregadores, e deu as primeiras ordens. Sabendo que o Garcia era vizinho e estudante de medicina, pediu-lhe que ficasse para ajudar o médico. Em seguida contou o que se passara.

— Foi uma malta de capoeiras. Eu vinha do quartel de Moura, onde fui visitar um primo, quando ouvi um barulho muito grande, e logo depois um ajuntamento. Parece que eles feriram também a um sujeito que passava, e que entrou por um daqueles becos; mas eu só vi a este senhor, que atravessava a rua no momento em que um dos capoeiras, roçando por ele, meteu-lhe o punhal. Não caiu logo; disse onde morava, e, como era a dous passos, achei melhor trazê-lo.

— Conhecia-o antes? perguntou Garcia.

— Não, nunca o vi. Quem é?

— É um bom homem, empregado no arsenal de guerra. Chama-se Gouveia.

— Não sei quem é.

Médico e subdelegado vieram daí a pouco; fez-se o curativo, e tomaram-se as informações. O desconhecido declarou chamar-se Fortunato Gomes da Silveira, ser capitalista, solteiro, morador em Catumbi. A ferida foi reconhecida grave. Durante o curativo, ajudado pelo estudante, Fortunato serviu de criado, segurando a bacia, a vela, os panos, sem perturbar nada, olhando friamente para o ferido, que gemia muito. No fim, entendeu-se particularmente com o médico, acompanhou-o até o patamar da escada, e reiterou ao subdelegado a declaração de estar pronto a auxiliar as pesquisas da polícia. Os dous saíram, ele e o estudante ficaram no quarto.

Garcia estava atônito. Olhou para ele, viu-o sentar-se tranqüilamente, estirar as pernas, meter as mãos nas algibeiras das calças, e fitar os olhos no ferido. Os olhos eram claros, cor de chumbo, moviam-se devagar, e tinham a expressão dura, seca e fria. Cara magra e pálida; uma tira estreita de barba, por baixo do queixo, e de uma têmpora a outra, curta, ruiva e rara. Teria quarenta anos. De quando em quando, voltava-se para o estudante, e perguntava alguma cousa acerca do ferido; mas tornava logo a olhar para ele, enquanto o rapaz lhe dava a resposta. A sensação que o estudante recebia era de repulsa ao mesmo tempo que de curiosidade; não podia negar que estava assistindo a um ato de rara dedicação, e se era desinteressado como parecia, não havia mais que aceitar o coração humano como um poço de mistérios.

Fortunato saiu pouco antes de uma hora; voltou nos dias seguintes, mas a cura fez-se depressa, e, antes de concluída, desapareceu sem dizer ao obsequiado onde morava. Foi o estudante que lhe deu as indicações do nome, rua e número.

— Vou agradecer-lhe a esmola que me fez, logo que possa sair, disse o convalescente.

Correu a Catumbi daí a seis dias. Fortunato recebeu-o constrangido, ouviu impaciente as palavras de agradecimento, deu-lhe uma resposta enfastiada e acabou batendo com as borlas do chambre no joelho. Gouveia, defronte dele, sentado e calado, alisava o chapéu com os dedos, levantando os olhos de quando em quando, sem achar mais nada que dizer. No fim de dez minutos, pediu licença para sair, e saiu.

— Cuidado com os capoeiras! disse-lhe o dono da casa, rindo-se.

O pobre-diabo saiu de lá mortificado, humilhado, mastigando a custo o desdém, forcejando por esquecê-lo, explicá-lo ou perdoá-lo, para que no coração só ficasse a memória do benefício; mas o esforço era vão. O ressentimento, hóspede novo e exclusivo, entrou e pôs fora o benefício, de tal modo que o desgraçado não teve mais que trepar à cabeça e refugiar-se ali como uma simples idéia. Foi assim que o próprio benfeitor insinuou a este homem o sentimento da ingratidão.

Tudo isso assombrou o Garcia. Este moço possuía, em gérmen, a faculdade de decifrar os homens, de decompor os caracteres, tinha o amor da análise, e sentia o regalo, que dizia ser supremo, de penetrar muitas camadas morais, até apalpar o segredo de um organismo. Picado de curiosidade, lembrou-se de ir ter com o homem de Catumbi, mas advertiu que nem recebera dele o oferecimento formal da casa. Quando menos, era-lhe preciso um pretexto, e não achou nenhum.

Tempos depois, estando já formado, e morando na Rua de Mata-Cavalos,[15] perto da do Conde,[16] encontrou Fortunato em uma gôndola, encontrou-o ainda outras vezes, e a freqüência trouxe a familiaridade. Um dia Fortunato convidou-o a ir visitá-lo ali perto, em Catumbi.

— Sabe que estou casado?

— Não sabia.

— Casei-me há quatro meses, podia dizer quatro dias. Vá jantar conosco domingo.

— Domingo?

— Não esteja forjando desculpas; não admito desculpas.

Vá domingo.

Garcia foi lá domingo. Fortunato deu-lhe um bom jantar, bons charutos e boa palestra, em companhia da senhora, que era interessante. A figura dele não mudara; os olhos eram as mesmas chapas de estanho, duras e frias; as outras feições não eram mais atraentes que dantes. Os obséquios, porém, se não resgatavam a natureza, davam alguma compensação, e não era pouco. Maria Luísa é que possuía ambos os feitiços, pessoa e modos. Era esbelta, airosa, olhos meigos e submissos; tinha vinte e cinco anos e parecia não passar de dezenove. Garcia, à segunda vez que lá foi, percebeu que entre eles havia alguma dissonância de caracteres, pouca ou nenhuma afinidade moral, e da parte da mulher para com o marido uns modos que transcendiam o respeito e confinavam na resignação e no temor. Um dia, estando os três juntos, perguntou Garcia a Maria Luísa se tivera notícia das circunstâncias em que ele conhecera o marido.

— Não, respondeu a moça.

— Vai ouvir uma ação bonita.

15. Atual Rua do Riachuelo.

16. Atuais Frei Caneca e Visconde do Rio Branco.

— Não vale a pena, interrompeu Fortunato.

— A senhora vai ver se vale a pena, insistiu o médico.

Contou o caso da Rua de D. Manuel. A moça ouviu-o espantada. Insensivelmente estendeu a mão e apertou o pulso ao marido, risonha e agradecida, como se acabasse de descobrir-lhe o coração. Fortunato sacudia os ombros, mas não ouvia com indiferença. No fim contou ele próprio a visita que o ferido lhe fez, com todos os pormenores da figura, dos gestos, das palavras atadas, dos silêncios, em suma, um estúrdio. E ria muito ao contá-la. Não era o riso da dobrez. A dobrez é evasiva e oblíqua; o riso dele era jovial e franco.

— Singular homem! pensou Garcia.

Maria Luísa ficou desconsolada com a zombaria do marido; mas o médico restituiu-lhe a satisfação anterior, voltando a referir a dedicação deste e as suas raras qualidades de enfermeiro; tão bom enfermeiro, concluiu ele, que, se algum dia fundar uma casa de saúde, irei convidá-lo.

— Valeu? perguntou Fortunato.

— Valeu o quê?

— Vamos fundar uma casa de saúde?

— Não valeu nada; estou brincando.

— Podia-se fazer alguma cousa; e para o senhor, que começa a clínica, acho que seria bem bom. Tenho justamente uma casa que vai vagar, e serve.

Garcia recusou nesse e no dia seguinte; mas a idéia tinha-se metido na cabeça ao outro, e não foi possível recuar mais. Na verdade, era uma boa estréia para ele, e podia vir a ser um bom negócio para ambos. Aceitou finalmente, daí a dias, e foi uma desilusão para Maria Luísa. Criatura nervosa e frágil, padecia só com a idéia de que o marido tivesse de viver em contato com enfermidades humanas, mas não ousou opor-se-lhe, e curvou a cabeça. O plano fez-se e cumpriu-se depressa. Verdade é que Fortunato não curou de mais nada, nem então, nem depois. Aberta a casa, foi ele o próprio administrador e chefe de enfermeiros, examinava tudo, ordenava tudo, compras e caldos, drogas e contas.

Garcia pôde então observar que a dedicação ao ferido da Rua de D. Manuel não era um caso fortuito, mas assentava na própria natureza deste homem. Via-o servir como nenhum dos fâmulos. Não recuava diante de nada, não conhecia moléstia aflitiva ou repelente, e estava sempre pronto para tudo, a qualquer hora do dia ou da noite. Toda a gente pasmava e aplaudia. Fortunato estudava, acompanhava as operações, e nenhum outro curava os cáusticos. — Tenho muita fé nos cáusticos, dizia ele.

A comunhão dos interesses apertou os laços da intimidade. Garcia tornou-se familiar na casa; ali jantava quase todos os dias, ali observava a pessoa e a vida de Maria Luísa, cuja solidão moral era evidente. E a solidão como que lhe duplicava o encanto. Garcia começou a sentir que alguma cousa o agitava, quando ela aparecia, quando falava, quando trabalhava, calada, ao canto da janela, ou tocava ao piano umas músicas tristes. Manso e manso, entrou-lhe o amor no coração. Quando deu por ele, quis expeli-lo, para que entre ele e Fortunato não houvesse outro laço que o da amizade; mas não pôde. Pôde apenas trancá-lo; Maria Luísa compreendeu ambas as cousas, a afeição e o silêncio, mas não se deu por achada.

No começo de outubro deu-se um incidente que desvendou ainda mais aos olhos do médico a situação da moça. Fortunato metera-se a estudar anatomia e fisiologia, e ocupava-se nas horas vagas em rasgar e envenenar gatos e cães. Como os guinchos dos animais atordoavam os doentes, mudou o laboratório para casa, e a mulher, compleição nervosa, teve de os sofrer. Um dia, porém, não podendo mais, foi ter com o médico e pediu-lhe que, como cousa sua, alcançasse do marido a cessação de tais experiências.

— Mas a senhora mesma...

Maria Luísa acudiu, sorrindo:

— Ele naturalmente achará que sou criança. O que eu queria é que o senhor, como médico, lhe dissesse que isso me faz mal; e creia que faz...

Garcia alcançou prontamente que o outro acabasse com tais estudos. Se os foi fazer em outra parte, ninguém o soube, mas pode ser que sim. Maria Luísa agradeceu ao médico, tanto por ela como pelos animais, que não podia ver padecer. Tossia de quando em quando; Garcia perguntou-lhe se tinha alguma cousa, ela respondeu que nada.

— Deixe ver o pulso.

— Não tenho nada.

Não deu o pulso, e retirou-se. Garcia ficou apreensivo. Cuidava, ao contrário, que ela podia ter alguma cousa, que era preciso observá-la e avisar o marido em tempo.

Dous dias depois, — exatamente o dia em que os vemos agora, — Garcia foi lá jantar. Na sala disseram-lhe que Fortunato estava no gabinete, e ele caminhou para ali; ia chegando à porta, no momento em que Maria Luísa saía aflita.

— Que é? perguntou-lhe.

— O rato! o rato! exclamou a moça sufocada e afastando-se.

Garcia lembrou-se que, na véspera, ouvira ao Fortunato queixar-se de um rato, que lhe levara um papel importante; mas estava longe de esperar o que viu. Viu Fortunato sentado à mesa, que havia no centro do gabinete, e sobre a qual pusera um prato com espírito de vinho. O líquido flamejava. Entre o polegar e o índice da mão esquerda segurava um barbante, de cuja ponta pendia o rato atado pela cauda. Na direita tinha uma tesoura. No momento em que o Garcia entrou, Fortunato cortava ao rato uma das patas; em seguida desceu o infeliz até à chama, rápido, para não matá-lo, e dispôs-se a fazer o mesmo à terceira, pois já lhe havia cortado a primeira. Garcia estacou horrorizado.

— Mate-o logo! disse-lhe.

— Já vai.

E com um sorriso único, reflexo de alma satisfeita, alguma cousa que traduzia a delícia íntima das sensações supremas, Fortunato cortou a terceira pata ao rato, e fez pela terceira vez o mesmo movimento até a chama. O miserável estorcia-se, guinchando, ensangüentado, chamuscado, e não acabava de morrer. Garcia desviou os olhos, depois voltou-os novamente, e estendeu a mão para impedir que o suplício continuasse, mas não chegou a fazê-lo, porque o diabo do homem impunha medo, com toda aquela serenidade radiosa da fisionomia. Faltava cortar a última pata; Fortunato cortou-a muito devagar, acompanhando a tesoura com os olhos; a pata caiu, e ele ficou olhando para o rato meio cadáver. Ao descê-lo pela quarta vez, até a chama, deu ainda mais rapidez ao gesto, para salvar, se pudesse, alguns farrapos de vida.

Garcia, defronte, conseguia dominar a repugnância do espetáculo para fixar a cara do homem. Nem raiva, nem ódio; tão-somente um vasto prazer, quieto e profundo, como daria a outro a audição de uma bela sonata ou a vista de uma estátua divina, alguma cousa parecida com a pura sensação estética. Pareceu-lhe, e era verdade, que Fortunato havia-o inteiramente esquecido. Isto posto, não estaria fingindo, e devia ser aquilo mesmo. A chama ia morrendo, o rato podia ser que tivesse ainda um resíduo de vida, sombra de sombra; Fortunato aproveitou-o para cortar-lhe o focinho e pela última vez chegar a carne ao fogo. Afinal deixou cair o cadáver no prato, e arredou de si toda essa mistura de chamusco e sangue.

Ao levantar-se deu com o médico e teve um sobressalto. Então, mostrou-se enraivecido contra o animal, que lhe comera o papel; mas a cólera evidentemente era fingida.

— Castiga sem raiva, pensou o médico, pela necessidade de achar uma sensação de prazer, que só a dor alheia lhe pode dar: é o segredo deste homem.

Fortunato encareceu a importância do papel, a perda que lhe trazia, perda de tempo, é certo, mas o tempo agora era-lhe preciosíssimo. Garcia ouvia só, sem dizer nada, nem lhe dar crédito. Relembrava os atos dele, graves e leves, achava a mesma explicação para todos. Era a mesma troca das teclas da sensibilidade, um diletantismo *sui generis,* uma redução de Calígula.

Quando Maria Luísa voltou ao gabinete, daí a pouco, o marido foi ter com ela, rindo, pegou-lhe nas mãos e falou-lhe mansamente:

— Fracalhona!

E voltando-se para o médico:

— Há de crer que quase desmaiou?

Maria Luísa defendeu-se a medo, disse que era nervosa e mulher; depois foi sentar-se à janela com as suas lãs e agulhas, e os dedos ainda trêmulos, tal qual a vimos no começo desta história. Hão de lembrar-se que, depois de terem falado de outras cousas, ficaram calados os três, o marido sentado e olhando para o teto, o médico estalando as unhas. Pouco depois foram jantar; mas o jantar não foi alegre. Maria Luísa cismava e tossia; o médico indagava de si mesmo se ela não estaria exposta a algum excesso na companhia de tal homem. Era apenas possível; mas o amor trocou-lhe a possibilidade em certeza; tremeu por ela e cuidou de os vigiar.

Ela tossia, tossia, e não se passou muito tempo que a moléstia não tirasse a máscara. Era a tísica, velha dama insaciável, que chupa a vida toda, até deixar um bagaço de ossos. Fortunato recebeu a notícia como um golpe; amava deveras a mulher, a seu modo, estava acostumado com ela, custava-lhe perdê-la. Não poupou esforços, médicos, remédios, ares, todos os recursos e todos os paliativos. Mas foi tudo vão. A doença era mortal.

Nos últimos dias, em presença dos tormentos supremos da moça, a índole do marido subjugou qualquer outra afeição. Não a deixou mais; fitou o olho baço e frio naquela decomposição lenta e dolorosa da vida, bebeu uma a uma as aflições da bela criatura, agora magra e transparente, devorada de febre e minada de morte. Egoísmo aspérrimo, faminto de sensações, não lhe perdoou um só minuto de agonia, nem lhos pagou com uma só lágrima, pública ou íntima. Só quando ela expirou, é que ele ficou aturdido. Voltando a si, viu que estava outra vez só.

De noite, indo repousar uma parenta de Maria Luísa, que a ajudara a morrer, ficaram na sala Fortunato e Garcia, velando o cadáver, ambos pensativos; mas o próprio marido estava fatigado, o médico disse-lhe que repousasse um pouco.

— Vá descansar, passe pelo sono uma hora ou duas: eu irei depois.

Fortunato saiu, foi deitar-se no sofá da saleta contígua, e adormeceu logo. Vinte minutos depois acordou, quis dormir outra vez, cochilou alguns minutos, até que se levantou e voltou à sala. Caminhava nas pontas dos pés para não acordar a parenta, que dormia perto. Chegando à porta, estacou assombrado.

Garcia tinha-se chegado ao cadáver, levantara o lenço e contemplara por alguns instantes as feições defuntas. Depois, como se a morte espiritualizasse tudo, inclinou-se e beijou-o na testa. Foi nesse momento que Fortunato chegou à porta. Estacou assombrado; não podia ser o beijo da amizade, podia ser o epílogo de um livro adúltero. Não tinha ciúmes, note-se; a natureza compô-lo de maneira que lhe não deu ciúmes nem inveja, mas dera-lhe vaidade, que não é menos cativa ao ressentimento. Olhou assombrado, mordendo os beiços.

Entretanto, Garcia inclinou-se ainda para beijar outra vez o cadáver; mas então não pôde mais. O beijo rebentou em soluços, e os olhos não puderam conter as lágrimas, que vieram em borbotões, lágrimas de amor calado, e irremediável desespero. Fortunato, à porta, onde ficara, saboreou tranqüilo essa explosão de dor moral que foi longa, muito longa, deliciosamente longa.

TRIO EM LÁ MENOR

I

ADAGIO CANTABILE

Maria Regina acompanhou a avó até o quarto, despediu-se e recolheu-se ao seu. A mucama que a servia, apesar da familiaridade que existia entre elas, não pôde arrancar-lhe uma palavra, e saiu, meia hora depois, dizendo que Nhanhã estava muito séria. Logo que ficou só, Maria Regina sentou-se ao pé da cama, com as pernas estendidas, os pés cruzados, pensando.

A verdade pede que diga que esta moça pensava amorosamente em dous homens ao mesmo tempo, um de vinte e sete anos, Maciel, — outro de cinqüenta, Miranda. Convenho que é abominável, mas não posso alterar a feição das cousas, não posso negar que se os dous homens estão namorados dela, ela não o está menos de ambos. Uma esquisita, em suma; ou, para falar como as suas amigas de colégio, uma desmiolada. Ninguém lhe nega coração excelente e claro espírito; mas a imaginação é que é o mal, uma imaginação adusta e cobiçosa, insaciável principalmente, avessa à realidade, sobrepondo às cousas da vida outras de si mesma; daí curiosidades irremediáveis.

A visita dos dous homens (que a namoravam de pouco) durou cerca de uma hora. Maria Regina conversou alegremente com eles, e tocou ao piano uma peça clássica, uma sonata, que fez a avó cochilar um pouco. No fim discutiram música. Miranda disse cousas pertinentes acerca da música moderna e antiga; a avó tinha a religião de Bellini e da *Norma,* e falou das toadas do seu tempo, agradáveis, saudosas e principalmente claras. A neta ia com as opiniões do Miranda; Maciel concordou polidamente com todos.

Ao pé da cama, Maria Regina reconstruía agora tudo isso, a visita, a conversação, a música, o debate, os modos de ser de um e de outro, as palavras do Miranda e os belos olhos do Maciel. Eram onze horas, a única luz do quarto era a lamparina, tudo convidava ao sonho e ao devaneio. Maria Regina, à força de recompor a noite, viu ali dous homens ao pé dela, ouviu-os, e conversou com eles durante uma porção de minutos, trinta ou quarenta, ao som da mesma sonata tocada por ela: lá, lá, lá...

II

ALLEGRO MA NON TROPPO

No dia seguinte a avó e a neta foram visitar uma amiga na Tijuca. Na volta a carruagem derribou um menino que atravessava a rua, correndo. Uma pessoa que viu isto, atirou-se aos cavalos e, com perigo de si própria, conseguiu detê-los e salvar a criança, que apenas ficou ferida e desmaiada. Gente, tumulto, a mãe do pequeno acudiu em lágrimas. Maria Regina desceu do carro e acompanhou o ferido até à casa da mãe, que era ali ao pé.

Quem conhece a técnica do destino adivinha logo que a pessoa que salvou o pequeno foi um dos dous homens da outra noite; foi o Maciel. Feito o primeiro curativo, o Maciel acompanhou a moça até à carruagem e aceitou o lugar que a avó lhe ofereceu até à cidade. Estavam no Engenho Velho. Na carruagem é que Maria Regina viu que o rapaz trazia a mão ensangüentada. A avó inquiria a miúdo se o pequeno estava muito mal, se escaparia; Maciel disse-lhe que os ferimentos eram leves. Depois contou o acidente: estava parado, na calçada, esperando que passasse um tílburi, quando viu o pequeno atravessar a rua por diante dos cavalos; compreendeu o perigo, e tratou de conjurá-lo, ou diminuí-lo.

— Mas está ferido, disse a velha.

— Cousa de nada.

— Está, está, acudiu a moça; podia ter-se curado também.

— Não é nada, teimou ele; foi um arranhão, enxugo isto com o lenço.

Não teve tempo de tirar o lenço; Maria Regina ofereceu-lhe o seu. Maciel, comovido, pegou nele, mas hesitou em maculá-lo. Vá, vá, dizia-lhe ela; e vendo-o acanhado, tirou-lho e enxugou-lhe, ela mesma, o sangue da mão.

A mão era bonita, tão bonita como o dono; mas parece que ele estava menos preocupado com a ferida da mão que com o amarrotado dos punhos. Conversando, olhava para eles disfarçadamente e escondia-os. Maria Regina não via nada, via-o a ele, via-lhe principalmente a ação que acabava de praticar, e que lhe punha uma auréola. Compreendeu que a natureza generosa saltara por cima dos hábitos pausados e elegantes do moço, para arrancar à morte uma criança que ele nem conhecia. Falaram do assunto até à porta da casa delas; Maciel recusou, agradecendo, a carruagem que elas lhes ofereciam, e despediu-se até à noite.

— Até à noite! repetiu Maria Regina.

Esperou-o ansiosa. Ele chegou, por volta de oito horas, trazendo uma fita preta enrolada na mão, e pediu desculpa de vir assim; mas disseram-lhe que era bom pôr alguma cousa e obedeceu.

— Mas está melhor!

— Estou bom, não foi nada.

— Venha, venha, disse-lhe a avó, do outro lado da sala.

Sente-se aqui ao pé de mim: o senhor é um herói.

Maciel ouvia sorrindo. Tinha passado o ímpeto generoso, começava a receber os dividendos do sacrifício. O maior deles era a admiração de Maria Regina, tão ingênua e tamanha, que esquecia a avó e a sala. Maciel sentara-se ao lado da velha, Maria Regina defronte de ambos. Enquanto a avó, restabelecida do susto, contava as comoções que padecera, a princípio sem saber de nada, depois imaginando que a criança teria morrido, os dous olhavam um para o outro, discretamente, e afinal esquecidamente. Maria Regina perguntava a si mesma onde acharia melhor noivo. A avó, que não era míope, achou a contemplação excessiva, e falou de outra cousa; pediu ao Maciel algumas notícias de sociedade.

III

ALLEGRO APPASSIONATO

Maciel era homem, como ele mesmo dizia em francês, *très répandu,*[17] sacou da algibeira uma porção de novidades miúdas e interessantes. A maior de todas foi a de estar desfeito o casamento de certa viúva.

— Não me diga isso! exclamou a avó. E ela?

— Parece que foi ela mesma que o desfez: o certo é que esteve anteontem no baile, dançou e conversou com muita animação. Oh! abaixo da notícia, o que fez mais sensação em mim foi o colar que ela levava, magnífico...

— Com uma cruz de brilhantes? perguntou a velha. Conheço; é muito bonito.

— Não, não é esse.

Maciel conhecia o da cruz, que ela levara à casa de um Mascarenhas; não era esse. Este outro ainda há poucos dias estava na loja do Resende, uma cousa linda. E descreveu-o todo, número, disposição e facetado das pedras; concluiu dizendo que foi a jóia da noite.

— Para tanto luxo era melhor casar, ponderou maliciosamente a avó.

— Concordo que a fortuna dela não dá para isso. Ora, espere! Vou amanhã, ao Resende, por curiosidade, saber o preço por que o vendeu. Não foi barato, não podia ser barato.

— Mas por que é que se desfez o casamento?

— Não pude saber; mas tenho de jantar sábado com o Venancinho Correia, e ele conta-me tudo. Sabe que ainda é parente dela? Bom rapaz; está inteiramente brigado com o barão...

A avó não sabia da briga; Maciel contou-lha de princípio a fim, com todas as suas causas e agravantes. A última gota no cálix foi um dito à mesa de jogo, uma alusão ao defeito do Venancinho, que era canhoto. Contaram-lhe isto, e ele rompeu inteiramente as relações com o barão. O bonito é que os parceiros do barão acusaram-se uns aos outros de terem ido contar as palavras deste. Maciel declarou que era regra sua não repetir o que ouvia à mesa do jogo, porque é lugar em que há certa franqueza.

Depois fez a estatística da Rua do Ouvidor, na véspera, entre uma e quatro horas da tarde. Conhecia os nomes das fazendas e todas as cores modernas. Citou as principais *toilettes* do dia. A primeira foi a de Mme. Pena Maia, baiana distinta, *très pschutt.* A segunda foi a de Mlle. Pedrosa, filha de um desembargador de São Paulo, *adorable.* E apontou mais três, comparou depois as cinco, deduziu e concluiu. Às

17. "Muito relacionado".

vezes esquecia-se e falava francês; pode mesmo ser que não fosse esquecimento, mas propósito; conhecia bem a língua, exprimia-se com facilidade e formulara um dia este axioma etnológico — que há parisienses em toda a parte. De caminho, explicou um problema de voltarete.

— A senhora tem cinco trunfos de espadilha e manilha, tem rei e dama de copas...

Maria Regina ia descambando da admiração no fastio; agarrava-se aqui e ali, contemplava a figura moça do Maciel, recordava a bela ação daquele dia, mas ia sempre escorregando; o fastio não tardava a absorvê-la. Não havia remédio. Então recorreu a um singular expediente. Tratou de combinar os dous homens, o presente com o ausente, olhando para um, e escutando o outro de memória; recurso violento e doloroso, mas tão eficaz, que ela pôde contemplar por algum tempo uma criatura perfeita e única.

Nisto apareceu o outro, o próprio Miranda. Os dous homens cumprimentaram-se friamente; Maciel demorou-se ainda uns dez minutos e saiu.

Miranda ficou. Era alto e seco, fisionomia dura e gelada. Tinha o rosto cansado, os cinqüenta anos confessavam-se tais, nos cabelos grisalhos, nas rugas e na pele. Só os olhos continham alguma cousa menos caduca. Eram pequenos, e escondiam-se por baixo da vasta arcada do sobrolho; mas lá, ao fundo, quando não estavam pensativos, centelhavam de mocidade. A avó perguntou-lhe, logo que Maciel saiu, se já tinha notícia do acidente do Engenho Velho, e contou-lho com grandes encarecimentos, mas o outro ouvia tudo sem admiração nem inveja.

— Não acha sublime? perguntou ela, no fim.

— Acho que ele salvou talvez a vida a um desalmado que algum dia, sem o conhecer, pode meter-lhe uma faca na barriga.

— Oh! protestou a avó.

— Ou mesmo conhecendo, emendou ele.

— Não seja mau, acudiu Maria Regina; o senhor era bem capaz de fazer o mesmo, se ali estivesse.

Miranda sorriu de um modo sardônico. O riso acentuou-lhe a dureza da fisionomia. Egoísta e mau, este Miranda primava por um lado único: espiritualmente, era completo. Maria Regina achava nele o tradutor maravilhoso e fiel de uma porção de idéias que lutavam dentro dela, vagamente, sem forma ou expressão. Era engenhoso e fino e até profundo, tudo sem pedantice, e sem meter-se por matos cerrados, antes quase sempre na planície das conversações ordinárias; tão certo é que as cousas valem pelas idéias que nos sugerem. Tinham ambos os mesmos gostos artísticos; Miranda estudara direito para obedecer ao pai; a sua vocação era a música.

A avó, prevendo a sonata, aparelhou a alma para alguns cochilos. Demais, não podia admitir tal homem no coração; achava-o aborrecido e antipático. Calou-se no fim de alguns minutos. A sonata veio, no meio de uma conversação que Maria Regina achou deleitosa, e não veio senão porque ele lhe pediu que tocasse; ele ficaria de bom grado a ouvi-la.

— Vovó, disse ela, agora há de ter paciência...

Miranda aproximou-se do piano. Ao pé das arandelas, a cabeça dele mostrava toda a fadiga dos anos, ao passo que a expressão da fisionomia era muito mais de pedra e fel. Maria Regina notou a graduação, e tocava sem olhar para ele; difícil cousa, porque, se ele falava, as palavras entravam-lhe tanto pela alma, que a moça insensivelmente levantava os olhos, e dava logo com um velho ruim. Então é que se lembrava do Maciel, dos seus anos em flor, da fisionomia franca, meiga e boa, e afinal da ação daquele dia. Comparação tão cruel para o Miranda, como fora para o Maciel o cotejo dos seus espíritos. E a moça recorreu ao mesmo expediente. Completou um pelo outro; escutava a este com o pensamento naquele; e a música ia ajudando a ficção, indecisa a princípio, mas logo viva e acabada. Assim Titânia,[18] ouvindo namorada a cantiga do tecelão, admirava-lhe as belas formas, sem advertir que a cabeça era de burro.

18. Na comédia Sonho de uma Noite de Verão, de Shakespeare, é a rainha das fadas que se apaixona por um simples artesão.

IV
MENUETTO

Dez, vinte, trinta dias passaram depois daquela noite, e ainda mais vinte, e depois mais trinta. Não há cronologia certa; melhor é ficar no vago. A situação era a mesma. Era a mesma insuficiência individual dos dous homens, e o mesmo complemento ideal por parte dela; daí um terceiro homem, que ela não conhecia.

Maciel e Miranda desconfiavam um do outro, detestavam-se a mais e mais, e padeciam muito, Miranda principalmente, que era paixão da última hora. Afinal acabaram aborrecendo a moça. Esta via-os ir pouco a pouco. A esperança ainda os fez relapsos, mas tudo morre, até a esperança, e eles saíram para nunca mais. As noites foram passando, passando... Maria Regina compreendeu que estava acabado.

A noite em que se persuadiu bem disto foi uma das mais belas daquele ano, clara, fresca, luminosa. Não havia lua; mas a nossa amiga aborrecia a lua, — não se sabe bem por quê, — ou porque brilha de empréstimo, ou porque toda a gente a admira, e pode ser que por ambas as razões. Era uma das suas esquisitices. Agora outra.

Tinha lido de manhã, em uma notícia de jornal, que há estrelas duplas, que nos parecem um só astro. Em vez de ir dormir, encostou-se à janela do quarto, olhando para o céu, a ver se descobria alguma delas; baldado esforço. Não a descobrindo no céu, procurou-a em si mesma, fechou os olhos para imaginar o fenômeno; astronomia fácil e barata, mas não sem risco. O pior que ela tem é pôr os astros ao alcance da mão; por modo que, se a pessoa abre os olhos e eles continuam a fulgurar lá em cima, grande é o desconsolo e certa a blasfêmia. Foi o que sucedeu aqui. Maria Regina viu dentro de si a estrela dupla e única. Separadas, valiam bastante; juntas, davam um astro esplêndido. E ela queria o astro esplêndido. Quando abriu os olhos e viu que o firmamento ficava tão alto, concluiu que a criação era um livro falho e incorreto, e desesperou.

No muro da chácara viu então uma cousa parecida com dous olhos de gato. A princípio teve medo, mas advertiu logo que não era mais que a reprodução externa dos dous astros que ela vira em si mesma e que tinham ficado impressos na retina. A retina desta moça fazia refletir cá fora todas as suas imaginações. Refrescando o vento, recolheu-se, fechou a janela e meteu-se na cama.

Não dormiu logo, por causa de duas rodelas de opala que estavam incrustadas na parede; percebendo que era ainda uma ilusão, fechou os olhos e dormiu. Sonhou que morria, que a alma dela, levada aos ares, voava na direção de uma bela estrela dupla. O astro desdobrou-se, e ela voou para uma das duas porções; não achou ali a sensação primitiva e despenhou-se para outra; igual resultado, igual regresso, e ei-la a andar de uma para outra das duas estrelas separadas. Então uma voz surgiu do abismo, com palavras que ela não entendeu:

— É a tua pena, alma curiosa de perfeição; a tua pena é oscilar por toda a eternidade entre dous astros incompletos, ao som desta velha sonata do absoluto: lá, lá, lá...

ADÃO E EVA

Uma senhora de engenho, na Bahia, pelos anos de mil setecentos e tantos, tendo algumas pessoas íntimas à mesa, anunciou a um dos convivas, grande lambareiro, um certo doce particular. Ele quis logo saber o que era; a dona da casa chamou-lhe curioso. Não foi preciso mais; daí a pouco estavam todos discutindo a curiosidade, se era masculina ou feminina, e se a responsabilidade da perda do paraíso devia caber a Eva ou a Adão. As senhoras diziam que a Adão, os homens que a Eva, menos o juiz de fora, que não dizia nada, e frei Bento, carmelita, que interrogado pela dona da casa, D. Leonor:

— Eu, senhora minha, toco viola, respondeu sorrindo; e não mentia, porque era insigne na viola e na harpa, não menos que na teologia.

Consultado, o juiz de fora respondeu que não havia matéria para opinião; porque as cousas no paraíso terrestre passaram-se de modo diferente do que está contado no primeiro livro do Pentateuco, que é apócrifo. Espanto geral, riso do carmelita que conhecia o juiz de fora como um dos mais piedosos sujeitos da cidade, e sabia que era também jovial e inventivo, e até amigo da pulha, uma vez que fosse curial e delicada; nas cousas graves, era gravíssimo.

— Frei Bento, disse-lhe D. Leonor, faça calar o Sr. Veloso.

— Não o faço calar, acudiu o frade, porque sei que de sua boca há de sair tudo com boa significação.

— Mas a Escritura... ia dizendo o mestre-de-campo João Barbosa.

— Deixemos em paz a Escritura, interrompeu o carmelita.

Naturalmente, o Sr. Veloso conhece outros livros...

— Conheço o autêntico, insistiu o juiz de fora, recebendo o prato de doce que D. Leonor lhe oferecia, e estou pronto a dizer o que sei, se não mandam o contrário.

— Vá lá, diga.

— Aqui está como as cousas se passaram. Em primeiro lugar, não foi Deus que criou o mundo, foi o Diabo...

— Cruz! exclamaram as senhoras.

— Não diga esse nome, pediu D. Leonor.

— Sim, parece que... ia intervindo frei Bento.

— Seja o Tinhoso. Foi o Tinhoso que criou o mundo; mas Deus, que lhe leu no pensamento, deixou-lhe as mãos livres, cuidando somente de corrigir ou atenuar a obra, a fim de que ao próprio mal não ficasse a desesperança da salvação ou do benefício. E a ação divina mostrou-se logo porque, tendo o Tinhoso criado as trevas, Deus criou a luz, e assim se fez o primeiro dia. No segundo dia, em que foram criadas as águas, nasceram as tempestades e os furacões; mas as brisas da tarde baixaram do pensamento divino. No terceiro dia foi feita a terra, e brotaram dela os vegetais, mas só os vegetais sem fruto nem flor, os espinhosos, as ervas que matam como a cicuta; Deus, porém, criou as árvores frutíferas e os vegetais que nutrem ou encantam. E tendo o Tinhoso cavado abismos e cavernas na terra, Deus fez o sol, a lua e as estrelas; tal foi a obra do quarto dia. No quinto foram criados os animais da terra, da água e do ar. Chegamos ao sexto dia, e aqui peço que redobrem de atenção.

Não era preciso pedi-lo; toda a mesa olhava para ele, curiosa.

Veloso continuou dizendo que no sexto dia foi criado o homem, e logo depois a mulher; ambos belos, mas sem alma, que o Tinhoso não podia dar, e só com ruins instintos. Deus infundiu-lhes a alma, com um sopro, e com outro os sentimentos nobres, puros e grandes. Nem parou nisso a misericórdia divina; fez brotar um jardim de delícias, e para ali os conduziu, investindo-os na posse de tudo. Um e outro caíram aos pés do Senhor, derramando lágrimas de gratidão. "Vivereis aqui, disse-lhes o Senhor, e comereis de todos os frutos, menos o desta árvore, que é a da ciência do bem e do mal."

Adão e Eva ouviram submissos; e ficando sós, olharam um para o outro, admirados; não pareciam os mesmos. Eva, antes que Deus lhe infundisse os bons sentimentos, cogitava de armar um laço a Adão, e Adão tinha ímpetos de espancá-la. Agora, porém, embebiam-se na contemplação um do outro, ou na vista da natureza, que era esplêndida. Nunca até então viram ares tão puros, nem águas tão frescas, nem flores tão lindas e cheirosas, nem o sol tinha para nenhuma outra parte as mesmas torrentes de claridade. E dando as mãos percorreram tudo, a rir muito, nos primeiros dias, porque até então não sabiam rir. Não tinham a sensação do tempo. Não sentiam o peso da ociosidade; viviam da contemplação. De tarde iam ver morrer o sol e nascer a lua, e contar as estrelas, e raramente chegavam a mil, dava-lhes o sono e dormiam como dous anjos.

Naturalmente, o Tinhoso ficou danado quando soube do caso. Não podia ir ao paraíso, onde tudo lhe era avesso, nem chegaria a lutar com o Senhor; mas ouvindo um rumor no chão entre folhas secas, olhou e viu que era a serpente. Chamou-a alvoroçado.

— Vem cá, serpe, fel rasteiro, peçonha das peçonhas, queres tu ser a embaixatriz de teu pai, para reaver as obras de teu pai?

A serpente fez com a cauda um gesto vago, que parecia afirmativo; mas o Tinhoso deu-lhe a fala, e ela respondeu que sim, que iria onde ele a mandasse, — às estrelas, se lhe desse as asas da águia, — ao mar, se lhe confiasse o segredo de respirar na água, — ao fundo da terra, se lhe ensinasse o talento da formiga. E falava a maligna, falava à toa, sem parar, contente e pródiga da língua; mas o diabo interrompeu-a:

— Nada disso, nem ao ar, nem ao mar, nem à terra, mas tão-somente ao jardim de delícias, onde estão vivendo Adão e Eva.

— Adão e Eva?

— Sim, Adão e Eva.

— Duas belas criaturas que vimos andar há tempos, altas e direitas como palmeiras?

— Justamente.

— Oh! detesto-os. Adão e Eva? Não, não, manda-me a outro lugar. Detesto-os! Só a vista deles faz-me padecer muito. Não hás de querer que lhes faça mal...

— É justamente para isso.

— Deveras? Então vou; farei tudo o que quiseres, meu senhor e pai. Anda, dize depressa o que queres que faça. Que morda o calcanhar de Eva? Morderei...

— Não, interrompeu o Tinhoso. Quero justamente o contrário. Há no jardim uma árvore, que é da ciência do bem e do mal; eles não devem tocar nela, nem comer-lhe os frutos. Vai, entra, enrosca-te na árvore, e quando um deles ali passar, chama-o de mansinho, tira uma fruta e oferece-lhe, dizendo que é a mais saborosa fruta do mundo; se te responder que não, tu insistirás, dizendo que é bastante comê-la para conhecer o próprio segredo da vida. Vai, vai...

— Vou; mas não falarei a Adão, falarei a Eva. Vou, vou. Que é o próprio segredo da vida, não?

— Sim, o próprio segredo da vida. Vai, serpe das minhas entranhas, flor do mal, e se te saíres bem, juro que terás a melhor parte na criação, que é a parte humana, porque terás muito calcanhar de Eva que morder, muito sangue de Adão em que deitar o vírus do mal... Vai, vai, não te esqueças...

Esquecer? Já levava tudo de cor. Foi, penetrou no paraíso, rastejou até a árvore do bem e do mal, enroscou-se e esperou. Eva apareceu daí a pouco, caminhando sozinha, esbelta, com a segurança de uma rainha que sabe que ninguém lhe arrancará a coroa. A serpente, mordida de inveja, ia chamar a peçonha à língua, mas advertiu que estava ali às ordens do Tinhoso, e, com a voz de mel, chamou-a. Eva estremeceu.

— Quem me chama?

— Sou eu, estou comendo desta fruta...

— Desgraçada, é a árvore do bem e do mal!

— Justamente. Conheço agora tudo, a origem das cousas e o enigma da vida. Anda, come e terás um grande poder na terra.

— Não, pérfida!

— Néscia! Para que recusas o resplendor dos tempos? Escuta-me, faze o que te digo, e serás legião, fundarás cidades, e chamar-te-ás Cleópatra, Dido, Semíramis; darás heróis do teu ventre, e serás Cornélia; ouvirás a voz do céu, e serás Débora; cantarás e serás Safo. E um dia, se Deus quiser descer à terra, escolherá as tuas entranhas, e chamar-te-ás Maria de Nazaré. Que mais queres tu? Realeza, poesia, divindade, tudo trocas por uma estulta obediência. Nem será só isso. Toda a natureza te fará bela e mais bela. Cores das folhas verdes, cores do céu azul, vivas ou pálidas, cores da noite, hão de refletir nos teus olhos. A mesma noite, de porfia com o sol, virá brincar nos teus cabelos. Os filhos do teu seio tecerão para ti as melhores vestiduras, comporão os mais finos aromas, e as aves te darão as suas plumas, e a terra as suas flores, tudo, tudo, tudo...

Eva escutava impassível; Adão chegou, ouviu-os e confirmou a resposta de Eva; nada valia a perda do paraíso, nem a ciência, nem o poder, nenhuma outra ilusão da terra. Dizendo isto, deram as mãos um ao outro, e deixaram a serpente, que saiu pressurosa para dar conta ao Tinhoso.

Deus, que ouvira tudo, disse a Gabriel:

— Vai, arcanjo meu, desce ao paraíso terrestre, onde vivem Adão e Eva, e traze-os para a eterna bem-aventurança, que mereceram pela repulsa às instigações do Tinhoso.

E logo o arcanjo, pondo na cabeça o elmo de diamante, que rutila como um milhar de sóis, rasgou instantaneamente os ares, chegou a Adão e Eva, e disse-lhes:

—Salve, Adão e Eva. Vinde comigo para o paraíso, que merecestes pela repulsa às instigações do Tinhoso.

Um e outro, atônitos e confusos, curvaram o colo em sinal de obediência; então Gabriel deu as mãos a ambos, e os três subiram até à estância eterna, onde miríades de anjos os esperavam, cantando:

— Entrai, entrai. A terra que deixastes, fica entregue às obras do Tinhoso, aos animais ferozes e maléficos, às plantas daninhas e peçonhentas, ao ar impuro, à vida dos pântanos. Reinará nela a serpente que rasteja, babuja e morde, nenhuma criatura igual a vós porá entre tanta abominação a nota da esperança e da piedade.

E foi assim que Adão e Eva entraram no céu, ao som de todas as cítaras, que uniam as suas notas em um hino aos dous egressos da criação...

... Tendo acabado de falar, o juiz de fora estendeu o prato a D. Leonor para que lhe desse mais doce, enquanto os outros convivas olhavam uns para os outros, embasbacados; em vez de explicação, ouviam uma narração enigmática, ou, pelo menos, sem sentido aparente. D. Leonor foi a primeira que falou:

— Bem dizia eu que o Sr. Veloso estava logrando a gente. Não foi isso que lhe pedimos, nem nada disso aconteceu, não é, Fr. Bento?

— Lá o saberá o Sr. juiz, respondeu o carmelita sorrindo.

E o juiz de fora, levando à boca uma colher de doce:

— Pensando bem, creio que nada disso aconteceu; mas também, D. Leonor, se tivesse acontecido, não estaríamos aqui saboreando este doce, que está, na verdade, uma cousa primorosa. É ainda aquela sua antiga doceira de Itapagipe?

O ENFERMEIRO

Parece-lhe então que o que se deu comigo em 1860, pode entrar numa página de livro? Vá que seja, com a condição única de que não há de divulgar nada antes da minha morte. Não esperará muito, pode ser que oito dias, se não for menos; estou desenganado.

Olhe, eu podia mesmo contar-lhe a minha vida inteira, em que há outras cousas interessantes, mas para isso era preciso tempo, ânimo e papel, e eu só tenho papel; o ânimo é frouxo, e o tempo assemelha-se à lamparina de madrugada. Não tarda o sol do outro dia, um sol dos diabos, impenetrável como a vida. Adeus, meu caro senhor, leia isto e queira-me bem; perdoe-me o que lhe parecer mau, e não maltrate muito a arruda, se lhe não cheira a rosas. Pediu-me um documento humano, ei-lo aqui. Não me peça também o império do Grão-Mogol, nem a fotografia dos Macabeus; peça, porém, os meus sapatos de defunto e não os dou a ninguém mais.

Já sabe que foi em 1860. No ano anterior, ali pelo mês de agosto, tendo eu quarenta e dois anos, fiz-me teólogo, — quero dizer, copiava os estudos de teologia de um padre de Niterói, antigo companheiro de colégio, que assim me dava, delicadamente, casa, cama e mesa. Naquele mês de agosto de 1859, recebeu ele uma carta de um vigário de certa vila do interior perguntando se conhecia pessoa entendida, discreta e paciente, que quisesse ir servir de enfermeiro ao coronel Felisberto, mediante um bom ordenado. O padre falou-me, aceitei com ambas as mãos, estava já enfarado de copiar citações latinas e fórmulas eclesiásticas. Vim à Corte despedir-me de um irmão, e segui para a vila.

Chegando à vila, tive más notícias do coronel. Era homem insuportável, estúrdio, exigente, ninguém o aturava, nem os próprios amigos. Gastava mais enfermeiros que remédios. A dous deles quebrou a cara. Respondi que não tinha medo de gente sã, menos ainda de doentes; e depois de entender-me com o vigário, que me confirmou as notícias recebidas, e me recomendou mansidão e caridade, segui para a residência do coronel.

Achei-o na varanda da casa estirado numa cadeira, bufando muito. Não me recebeu mal. Começou por não dizer nada; pôs em mim dous olhos de gato que observa; depois, uma espécie de riso maligno alumiou-lhe as feições, que eram duras. Afinal, disse-me que nenhum dos enfermeiros que tivera, prestava para nada, dormiam muito, eram respondões e andavam ao faro das escravas; dous eram até gatunos!

— Você é gatuno?

— Não, senhor.

Em seguida, perguntou-me pelo nome: disse-lho e ele fez um gesto de espanto. Colombo? Não, senhor: Procópio José Gomes Valongo. Valongo? achou que não era nome de gente, e propôs chamar-me tão-somente Procópio, ao que respondi que estaria pelo que fosse de seu agrado. Conto-lhe esta particularidade, não só porque me parece pintá-lo bem, como porque a minha resposta deu de mim a melhor idéia ao coronel. Ele mesmo o declarou ao vigário, acrescentando que eu era o mais simpático dos enfermeiros que tivera. A verdade é que vivemos uma lua-de-mel de sete dias.

No oitavo dia, entrei na vida dos meus predecessores, uma vida de cão, não dormir, não pensar em mais nada, recolher injúrias, e, às vezes, rir delas, com um ar de resignação e conformidade; reparei que era um modo de lhe fazer corte. Tudo impertinências da moléstia e do temperamento. A moléstia era um rosário delas, padecia de aneurisma, de reumatismo e de três ou quatro afecções menores. Tinha perto de sessenta anos, e desde os cinco toda a gente lhe fazia a vontade. Se fosse só rabugento, vá; mas ele era também mau, deleitava-se com a dor e a humilhação dos outros. No fim de três meses estava farto de o aturar; determinei vir embora; só esperei ocasião.

Não tardou a ocasião. Um dia, como lhe não desse a tempo uma fomentação, pegou da bengala e atirou-me dous ou três golpes. Não era preciso mais; despedi-me imediatamente, e fui aprontar a mala. Ele foi ter comigo, ao quarto, pediu-me que ficasse, que não valia a pena zangar por uma rabugice de velho. Instou tanto que fiquei.

— Estou na dependura, Procópio, dizia-me ele à noute; não posso viver muito tempo. Estou aqui, estou na cova. Você há de ir ao meu enterro, Procópio; não o dispenso por nada. Há de ir, há de rezar ao pé de minha sepultura. Se não for, acrescentou rindo, eu voltarei de noite para lhe puxar as pernas. Você crê em almas de outro mundo, Procópio?

— Qual o quê!

— E por que é que não há de crer, seu burro? redargüiu vivamente, arregalando os olhos.

Eram assim as pazes; imagine a guerra. Coibiu-se das bengaladas; mas as injúrias ficaram as mesmas, se não piores. Eu, com o tempo, fui calejando, e não dava mais por nada; era burro, camelo, pedaço d'asno, idiota, moleirão, era tudo. Nem, ao menos, havia mais gente que recolhesse uma parte desses nomes. Não tinha parentes; tinha um sobrinho que morreu tísico, em fins de maio ou princípios de junho, em Minas. Os amigos iam por lá às vezes aprová-lo, aplaudi-lo, e nada mais; cinco, dez minutos de visita. Restava eu; era eu sozinho para um dicionário inteiro. Mais de uma vez resolvi sair; mas, instado pelo vigário, ia ficando.

Não só as relações foram-se tornando melindrosas, mas eu estava ansioso por tornar à Corte. Aos quarenta e dous anos não é que havia de acostumar-me à reclusão constante, ao pé de um doente bravio, no interior. Para avaliar o meu isolamento, basta saber que eu nem lia os jornais; salvo alguma notícia mais importante que levavam ao coronel, eu nada sabia do resto do mundo. Entendi, portanto, voltar para a Corte, na primeira ocasião, ainda que tivesse de brigar com o vigário. Bom é dizer (visto que faço uma confissão geral) que, nada gastando e tendo guardado integralmente os ordenados, estava ansioso por vir dissipá-los aqui.

Era provável que a ocasião aparecesse. O coronel estava pior, fez testamento, descompondo o tabelião, quase tanto como a mim. O trato era mais duro, os breves lapsos de sossego e brandura faziam-se raros. Já por esse tempo tinha eu perdido a escassa dose de piedade que me fazia esquecer os excessos do doente; trazia dentro de mim um fermento de ódio e aversão. No princípio de agosto resolvi definitivamente sair; o vigário e o médico, aceitando as razões, pediram-me que ficasse algum tempo mais; Concedi-lhes um mês; no fim de um mês viria embora, qualquer que fosse o estado do doente. O vigário tratou de procurar-me substituto.

Vai ver o que aconteceu. Na noite de vinte e quatro de agosto, o coronel teve um acesso de raiva, atropelou-me, disse-me muito nome cru, ameaçou-me de um tiro, e acabou atirando-me um prato de mingau, que achou frio; o prato foi cair na parede, onde se fez em pedaços.

— Hás de pagá-lo, ladrão! bradou ele.

Resmungou ainda muito tempo. Às onze horas passou pelo sono. Enquanto ele dormia, saquei um livro do bolso, um velho romance de d'Arlincourt, traduzido, que lá achei, e pus-me a lê-lo, no mesmo quarto, a pequena distância da cama; tinha de acordá-lo à meia-noite para lhe dar o remédio. Ou fosse de cansaço, ou do livro, antes de chegar ao fim da segunda página adormeci também. Acordei aos gritos do coronel, e levantei-me estremunhado. Ele, que parecia delirar, continuou nos mesmos gritos, e acabou por lançar mão da moringa e arremessá-la contra mim. Não tive tempo de desviar-me; a moringa bateu-me na face esquerda, e tal foi a dor que não vi mais nada; atirei-me ao doente, pus-lhe as mãos ao pescoço, lutamos, e esganei-o.

Quando percebi que o doente expirava, recuei aterrado, e dei um grito; mas ninguém me ouviu. Voltei à cama, agitei-o para chamá-lo à vida, era tarde; arrebentara o aneurisma, e o coronel morreu. Passei à sala contígua, e durante duas horas não ousei voltar ao quarto. Não posso mesmo dizer tudo o que passei, durante esse tempo. Era um atordoamento, um delírio vago e estúpido. Parecia-me que as paredes tinham vultos; escutava umas vozes surdas. Os gritos da vítima, antes da luta e durante a luta, continuavam a repercutir dentro de mim, e o ar, para onde quer que me voltasse, aparecia recortado de convulsões. Não creia que esteja fazendo imagens nem estilo; digo-lhe que eu ouvia distintamente umas vozes que me bradavam: assassino! assassino!

Tudo o mais estava calado. O mesmo som do relógio, lento, igual e seco, sublinhava o silêncio e a solidão. Colava a orelha à porta do quarto na esperança de ouvir um gemido, uma palavra, uma injúria, qualquer cousa que significasse a vida, e me restituísse a paz à consciência. Estaria pronto a apanhar das mãos do coronel, dez, vinte, cem vezes. Mas nada, nada; tudo calado. Voltava a andar à toa, na sala, sentava-me, punha as mãos na cabeça; arrependia-me de ter vindo. — "Maldita a hora em que aceitei semelhante cousa!" exclamava. E descompunha o padre de Niterói, o médico, o vigário, os que me arranjaram o[19] lugar, e os que me pediram para ficar mais algum tempo. Agarrava-me à cumplicidade dos outros homens.

Como o silêncio acabasse por aterrar-me, abri uma das janelas, para escutar o som do vento, se ventasse. Não ventava. A noite ia tranqüila, as estrelas fulguravam, com a indiferença de pessoas que tiram o chapéu a um enterro que passa, e continuam a falar de outra cousa. Encostei-me ali por algum tempo, fitando a noite, deixando-me

19. Nas edições Garnier está um; preferi a lição da Gazeta de Notícias.

ir a uma recapitulação da vida, a ver se descansava da dor presente. Só então posso dizer que pensei claramente no castigo. Achei-me com um crime às costas e vi a punição certa. Aqui o temor complicou o remorso. Senti que os cabelos me ficavam de pé. Minutos depois, vi três ou quatro vultos de pessoas, no terreiro, espiando, com um ar de emboscada; recuei, os vultos esvaíram-se no ar; era uma alucinação.

Antes do alvorecer curei a contusão da face. Só então ousei voltar ao quarto. Recuei duas vezes, mas era preciso e entrei; ainda assim, não cheguei logo à cama. Tremiam-me as pernas, o coração batia-me; cheguei a pensar na fuga; mas era confessar o crime, e, ao contrário, urgia fazer desaparecer os vestígios dele. Fui até a cama; vi o cadáver, com os olhos arregalados e a boca aberta, como deixando passar a eterna palavra dos séculos: "Caim, que fizeste de teu irmão?" Vi no pescoço o sinal das minhas unhas; abotoei alto a camisa e cheguei ao queixo a ponta do lençol. Em seguida, chamei um escravo, disse-lhe que o coronel amanhecera morto; mandei recado ao vigário e ao médico.

A primeira idéia foi retirar-me logo cedo, a pretexto de ter meu irmão doente, e, na verdade, recebera carta dele, alguns dias antes, dizendo-me que se sentia mal. Mas adverti que a retirada imediata poderia fazer despertar suspeitas, e fiquei. Eu mesmo amortalhei o cadáver, com o auxílio de um preto velho e míope. Não saí da sala mortuária; tinha medo de que descobrissem alguma cousa. Queria ver no rosto dos outros se desconfiavam; mas não ousava fitar ninguém. Tudo me dava impaciências: os passos de ladrão com que entravam na sala, os cochichos, as cerimônias e as rezas do vigário. Vindo a hora, fechei o caixão, com as mãos trêmulas, tão trêmulas que uma pessoa, que reparou nelas, disse a outra com piedade:

— Coitado do Procópio! apesar do que padeceu, está muito sentido.

Pareceu-me ironia; estava ansioso por ver tudo acabado. Saímos à rua. A passagem da meia-escuridão da casa para a claridade da rua deu-me grande abalo; receei que fosse então impossível ocultar o crime. Meti os olhos no chão, e fui andando. Quando tudo acabou, respirei. Estava em paz com os homens. Não o estava com a consciência, e as primeiras noites foram naturalmente de desassossego e aflição. Não é preciso dizer que vim logo para o Rio de Janeiro, nem que vivi aqui aterrado, embora longe do crime; não ria, falava pouco, mal comia, tinha alucinações, pesadelos...

— Deixa lá o outro que morreu, diziam-me. Não é caso para tanta melancolia.

E eu aproveitava a ilusão, fazendo muitos elogios ao morto, chamando-lhe boa criatura, impertinente, é verdade, mas um coração de ouro. E, elogiando, convencia-me também, ao menos por alguns instantes. Outro fenômeno interessante, e que talvez lhe possa aproveitar, é que, não sendo religioso, mandei dizer uma missa pelo eterno descanso do coronel, na igreja do Sacramento. Não fiz convites, não disse nada a ninguém; fui ouvi-la, sozinho, e estive de joelhos todo o tempo, persignando-me a miúdo. Dobrei a espórtula do padre, e distribuí esmolas à porta, tudo por intenção do finado. Não queria embair os homens; a prova é que fui só. Para completar este ponto, acrescentarei que nunca aludia ao coronel, que não dissesse: "Deus lhe fale n'alma!" E contava dele algumas anedotas alegres, rompantes engraçados...

Sete dias depois de chegar ao Rio de Janeiro, recebi a carta do vigário, que lhe mostrei, dizendo-me que fora achado o testamento do coronel, e que eu era o herdeiro universal. Imagine o meu pasmo. Pareceu-me que lia mal, fui a meu irmão, fui aos amigos; todos leram a mesma cousa. Estava escrito; era eu o herdeiro universal do coronel. Cheguei a supor que fosse uma cilada; mas adverti logo que havia outros meios de capturar-me, se o crime estivesse descoberto. Demais, eu conhecia a probidade do vigário, que não se prestaria a ser instrumento. Reli a carta, cinco, dez, muitas vezes; lá estava a notícia.

— Quanto tinha ele? perguntava-me meu irmão.

— Não sei, mas era rico.

— Realmente, provou que era teu amigo.

— Era... era...

Assim, por uma ironia da sorte, os bens do coronel vinham parar às minhas mãos. Cogitei em recusar a herança. Parecia-me odioso receber um vintém do tal espólio; era pior do que fazer-me esbirro alugado. Pensei nisso três dias, e esbarrava sempre na consideração de que a recusa podia fazer desconfiar alguma cousa. No fim dos três dias, assentei num meio-termo; receberia a herança e dá-la-ia toda, aos bocados e às escondidas. Não era só escrúpulo; era também o modo de resgatar o crime por um ato de virtude; pareceu-me que ficava assim de contas saldas.

Preparei-me e segui para a vila. Em caminho, à proporção que me ia aproximando, recordava o triste sucesso; as cercanias da vila tinham um aspecto de tragédia, e a sombra do coronel parecia-me surgir de cada lado. A imaginação ia reproduzindo as palavras, os gestos, toda a noite horrenda do crime...

Crime ou luta? Realmente, foi uma luta em que eu, atacado, defendi-me, e na defesa... Foi uma luta desgraçada, uma fatalidade. Fixei-me nessa idéia. E balanceava os agravos, punha no ativo as pancadas, as injúrias... Não era culpa do coronel, bem o sabia, era da moléstia, que o tornava assim rabugento e até mau... Mas eu perdoava tudo, tudo... O pior foi a fatalidade daquela noite... Considerei também que o coronel não podia viver muito mais; estava por pouco; ele mesmo o sentia e dizia. Viveria quanto? Duas semanas, ou uma; pode ser até que menos. Já não era vida, era um molambo de vida, se isto mesmo se podia chamar ao padecer contínuo do pobre homem... E quem sabe mesmo se a luta e a morte não foram apenas coincidentes? Podia ser, era até o mais provável; não foi outra cousa. Fixei-me também nessa idéia...

Perto da vila apertou-se-me o coração, e quis recuar; mas dominei-me e fui. Receberam-me com parabéns. O vigário disse-me as disposições do testamento, os legados pios, e de caminho ia louvando a mansidão cristã e o zelo com que eu servira ao coronel, que, apesar de áspero e duro, soube ser grato.

— Sem dúvida, dizia eu olhando para outra parte.

Estava atordoado. Toda a gente me elogiava a dedicação e a paciência. As primeiras necessidades do inventário detiveram-me algum tempo na vila. Constituí advogado: as cousas correram placidamente. Durante esse tempo, falava muita vez do coronel. Vinham contar-me cousas dele, mas sem a moderação do padre; eu defendia-o, apontava algumas virtudes, era austero...

— Qual austero! Já morreu, acabou; mas era o diabo.

E referiam-me casos duros, ações perversas, algumas extraordinárias. Quer que lhe diga? Eu, a princípio, ia ouvindo cheio de curiosidade; depois, entrou-me no coração um singular prazer, que eu, sinceramente, buscava expelir. E defendia o coronel, explicava-o, atribuía alguma cousa às rivalidades locais; confessava, sim, que era um pouco violento... Um pouco? Era uma cobra assanhada, interrompia-me o barbeiro; e todos, o coletor, o boticário, o escrivão, todos diziam a mesma cousa; e vinham outras anedotas, vinha toda a vida do defunto. Os velhos lembravam-se das crueldades dele, em menino. E o prazer íntimo, calado, insidioso, crescia dentro de mim, espécie de tênia moral, que por mais que a arrancasse aos pedaços, recompunha-se logo e ia ficando.

As obrigações do inventário distraíram-me; e por outro lado a opinião da vila era tão contrária ao coronel, que a vista dos lugares foi perdendo para mim a feição tenebrosa que a princípio achei neles. Entrando na posse da herança, converti-a em títulos e dinheiro. Eram então passados muitos meses, e a idéia de distribuí-la toda em esmolas e donativos pios não me dominou como da primeira vez; achei mesmo que era afetação. Restringi o plano primitivo: distribuí alguma cousa aos pobres, dei à matriz da vila uns paramentos novos, fiz uma esmola à Santa Casa da Misericórdia, etc.: ao todo trinta e dous contos. Mandei também levantar um túmulo ao coronel, todo de mármore, obra de um napolitano, que aqui esteve até 1866, e foi morrer, creio eu, no Paraguai.

Os anos foram andando, a memória tornou-se cinzenta e desmaiada. Penso às vezes no coronel, mas sem os terrores dos primeiros dias. Todos os médicos a quem contei as moléstias dele, foram acordes em que a morte era certa, e só se admiravam de ter resistido tanto tempo. Pode ser que eu, involuntariamente, exagerasse a descrição que então lhes fiz; mas a verdade é que ele devia morrer, ainda que não fosse aquela fatalidade...

Adeus, meu caro senhor. Se achar que esses apontamentos valem alguma cousa, pague-me também com um túmulo de mármore, ao qual dará por epitáfio esta emenda que faço aqui ao divino sermão da montanha: "Bem-aventurados os que possuem, porque eles serão consolados."

O DIPLOMÁTICO

A preta entrou na sala de jantar, chegou-se à mesa rodeada de gente, e falou baixinho à senhora. Parece que lhe pedia alguma cousa urgente, porque a senhora levantou-se logo.

— Ficamos esperando, D. Adelaide?

Não espere, não, Sr. Rangel; vá continuando, eu entro depois.

Rangel era o leitor do livro de sortes. Voltou a página, e recitou um título: "Se alguém *lhe* ama em segredo." Movimento geral; moças e rapazes sorriram uns para os outros. Estamos na noite de S. João de 1854, e a casa é na Rua das Mangueiras.[20] Chama-se João o dono da casa, João Viegas, e tem uma filha, Joaninha. Usa-se todos os anos a mesma reunião de parentes e amigos, arde uma fogueira no quintal, assam-se as batatas do costume, e tiram-se sortes. Também há ceia, às vezes dança, e algum jogo de prendas, tudo familiar. João Viegas é escrivão de uma vara cível da corte.

— Vamos. Quem começa agora? disse ele. Há de ser D. Felismina. Vamos ver se alguém *lhe* ama em segredo.

D. Felismina sorriu amarelo. Era uma boa quarentona, sem prendas nem rendas, que vivia espiando um marido por baixo das pálpebras devotas. Em verdade, o gracejo era duro, mas natural. D. Felismina era o modelo acabado daquelas criaturas indulgentes e mansas, que parecem ter nascido para divertir os outros. Pegou e lançou os dados com um ar de complacência incrédula. Número dez, bradaram duas vozes. Rangel desceu os olhos ao baixo da página, viu a quadra correspondente ao número, e leu-a: dizia que sim, que havia uma pessoa, que ela devia procurar domingo, na igreja, quando fosse à missa. Toda a mesa deu parabéns a D. Felismina, que sorriu com desdém, mas interiormente esperançada.

Outros pegaram nos dados, e Rangel continuou a ler a sorte de cada um. Lia espevitadamente. De quando em quando, tirava os óculos e limpava-os com muito vagar na ponta do lenço de cambraia, — ou por ser cambraia, ou por exalar um fino cheiro de bogari. Presumia de grande maneira, e ali chamavam-lhe "o diplomático".

— Ande, *seu* diplomático, continue.

Rangel estremeceu; esquecera-se de ler uma sorte, embebido em percorrer a fila de moças que ficava do outro lado da mesa. Namorava alguma? Vamos por partes.

Era solteiro, por obra das circunstâncias, não de vocação. Em rapaz teve alguns namoricos de esquina, mas com o tempo apareceu-lhe a comichão das grandezas, e foi isto que lhe prolongou o celibato até os quarenta e um anos, em que o vemos. Cobiçava alguma noiva superior a ele e à roda em que vivia, e gastou o tempo em

20. V. nota 3.

esperá-la. Chegou a freqüentar os bailes de um advogado célebre e rico, para quem copiava papéis, e que o protegia muito. Tinha nos bailes a mesma posição subalterna do escritório; passava a noite vagando pelos corredores, espiando o salão, vendo passar as senhoras, devorando com os olhos uma multidão de espáduas magníficas e talhes graciosos. Invejava os homens, e copiava-os. Saía dali excitado e resoluto. Em falta de bailes, ia às festas de igreja, onde poderia ver algumas das primeiras moças da cidade. Também era certo no saguão do paço imperial, em dia de cortejo, para ver entrar as grandes damas e as pessoas da corte, ministros, generais, diplomatas, desembargadores, e conhecia tudo e todos, pessoas e carruagens. Voltava da festa e do cortejo, como voltava do baile, impetuoso, ardente, capaz de arrebatar de um lance a palma da fortuna.

O pior é que entre a espiga e a mão, há o tal muro do poeta, e o Rangel não era homem de saltar muros. De imaginação fazia tudo, raptava mulheres e destruía cidades. Mais de uma vez foi, consigo mesmo, ministro de Estado, e fartou-se de cortesias e decretos. Chegou ao extremo de aclamar-se imperador, um dia, 2 de dezembro, ao voltar da parada no Largo do Paço; imaginou para isso uma revolução, em que derramou algum sangue, pouco, e uma ditadura benéfica, em que apenas vingou alguns pequenos desgostos de escrevente. Cá fora, porém, todas as suas proezas eram fábulas. Na realidade, era pacato e discreto.

Aos quarenta anos desenganou-se das ambições; mas a índole ficou a mesma, e, não obstante a vocação conjugal, não achou noiva. Mais de uma o aceitaria com muito prazer; ele perdia-as todas, à força de circunspecção. Um dia, reparou em Joaninha, que chegava aos dezenove anos e possuía um par de olhos lindos e sossegados, — virgens de toda a conversação masculina. Rangel conhecia-a desde criança, andara com ela ao colo, no Passeio Público, ou nas noites de fogo da Lapa; como falar-lhe de amor? Mas, por outro lado, as relações dele na casa eram tais, que podiam facilitar-lhe o casamento; e, ou este ou nenhum outro.

Desta vez, o muro não era alto, e a espiga era baixinha; bastava esticar o braço com algum esforço, para arrancá-la do pé. Rangel andava neste trabalho desde alguns meses. Não esticava o braço, sem espiar primeiro para todos os lados, a ver se vinha alguém, e, se vinha alguém, disfarçava e ia-se embora. Quando chegava a esticá-lo, acontecia que uma lufada de vento meneava a espiga ou algum passarinho andava ali nas folhas secas, e não era preciso mais para que ele recolhesse a mão. Ia-se assim o tempo, e a paixão entranhava-se-lhe, causa de muitas horas de angústia, a que seguiam sempre melhores esperanças. Agora mesmo traz ele a primeira carta de amor, disposto a entregá-la. Já teve duas ou três ocasiões boas, mas vai sempre espaçando; a noite é tão comprida! Entretanto, continua a ler as sortes, com a solenidade de um áugur.

Tudo, em volta, é alegre. Cochicham ou riem, ou falam ao mesmo tempo. O tio Rufino, que é o gaiato da família, anda à roda da mesa com uma pena, fazendo cócegas nas orelhas das moças. João Viegas está ansioso por um amigo, que se demora, o Calisto. Onde se meteria o Calisto?

— Rua, rua, preciso da mesa; vamos para a sala de visitas.

Era D. Adelaide que tornava; ia pôr-se a mesa para a ceia. Toda a gente emigrou, e andando é que se podia ver bem como era graciosa a filha do escrivão. Rangel acompanhou-a com grandes olhos namorados. Ela foi à janela, por alguns instantes, enquanto se preparava um jogo de prendas, e ele foi também; era a ocasião de entregar-lhe a carta.

Defronte, numa casa grande, havia um baile, e dançava-se. Ela olhava, ele olhou também. Pelas janelas viam passar os pares, cadenciados, as senhoras com as suas sedas e rendas, os cavalheiros finos e elegantes, alguns condecorados. De quando em quando, uma faísca de diamantes, rápida, fugitiva, no giro da dança. Pares que conversavam, dragonas que reluziam, bustos de homem, inclinados, gestos de leque, tudo isso em pedaços, através das janelas, que não podiam mostrar todo o salão, mas adivinhava-se o resto. Ele, ao menos, conhecia tudo, e dizia tudo à filha do escrivão. O demônio das grandezas, que parecia dormir, entrou a fazer as suas arlequinadas no coração do nosso homem, e ei-lo que tenta seduzir também o coração da outra.

— Conheço uma pessoa que estaria ali muito bem, murmurou o Rangel.

E Joaninha, com ingenuidade:

— Era o senhor.

Rangel sorriu lisonjeado, e não achou que dizer. Olhou para os lacaios e cocheiros, de libré, na rua, conversando em grupos ou reclinados no tejadilho dos carros. Começou a designar carros: este é do Olinda, aquele é do Maranguape; mas aí vem outro, rodando, do lado da Rua da Lapa, e entra na Rua das Mangueiras. Parou defronte; salta o lacaio, abre a portinhola, tira o chapéu e perfila-se. Sai de dentro uma calva, uma cabeça, um homem, duas comendas, depois uma senhora ricamente vestida; entram no saguão, e sobem a escadaria, forrada de tapete e ornada embaixo com dous grandes vasos.

— Joaninha, Sr. Rangel...

Maldito jogo de prendas! Justamente quando ele formulava, na cabeça, uma insinuação a propósito do casal que subia, e ia assim passar naturalmente à entrega da carta... Rangel obedeceu, e sentou-se defronte da moça. D. Adelaide, que dirigia o jogo de prendas, recolhia os nomes; cada pessoa devia ser uma flor. Está claro que o tio Rufino, sempre gaiato, escolheu para si a flor da abóbora. Quanto ao Rangel, querendo fugir ao trivial, comparou mentalmente as flores, e quando a dona da casa lhe perguntou pela dele, respondeu com doçura e pausa:

— Maravilha, minha senhora.

— O pior é não estar cá o Calisto! suspirou o escrivão.

— Ele disse mesmo que vinha?

— Disse; ainda ontem foi ao cartório, de propósito, avisar-me de que viria tarde, mas que contasse com ele: tinha de ir a uma brincadeira na Rua da Carioca...

— Licença para dous! bradou uma voz no corredor.

— Ora graças! está aí o homem!

João Viegas foi abrir a porta; era o Calisto, acompanhado de um rapaz estranho, que ele apresentou a todos em geral: — "Queirós, empregado na Santa Casa; não é meu parente, apesar de se parecer muito comigo; quem vê um, vê outro..." Toda a gente riu; era uma pilhéria do Calisto, feio como o diabo, — ao passo que o Queirós era um bonito rapaz de vinte e seis a vinte e sete anos, cabelo negro, olhos negros e singularmente esbelto. As moças retraíram-se um pouco; D. Felismina abriu todas as velas.

— Estávamos jogando prendas, os senhores podem entrar também, disse a dona da casa. Joga, Sr. Queirós?

Queirós respondeu afirmativamente e passou a examinar as outras pessoas. Conhecia algumas, e trocou duas ou três palavras com elas. Ao João Viegas disse que desde muito tempo desejava conhecê-lo, por causa de um favor que o pai lhe deveu outrora, negócio de foro. João Viegas não se lembrava de nada, nem ainda depois que ele lhe disse o que era; mas gostou de ouvir a notícia, em público, olhou para todos, e durante alguns minutos regalou-se calado.

Queirós entrou em cheio no jogo. No fim de meia hora, estava familiar da casa. Todo ele era ação, falava com desembaraço, tinha os gestos naturais e espontâneos. Possuía um vasto repertório de castigos para jogo de prendas, cousa que encantou a toda a sociedade, e ninguém os dirigia melhor, com tanto movimento e animação, indo de um lado para outro, concertando os grupos, puxando cadeiras, falando às moças, como se houvesse brincado com elas em criança.

— D. Joaninha aqui, nesta cadeira; D. Cesária, deste lado, em pé, e o Sr. Camilo entra por aquela porta... Assim, não: olhe, assim de maneira que...

Teso na cadeira, o Rangel estava atônito. Donde vinha esse furacão? E o furacão ia soprando, levando os chapéus dos homens, e despenteando as moças, que riam de contentes: Queirós daqui, Queirós dali, Queirós de todos os lados. Rangel passou da estupefação à mortificação. Era o cetro que lhe caía das mãos. Não olhava para o outro, não se ria do que ele dizia, e respondia-lhe seco. Interiormente, mordia-se e mandava-o ao diabo, chamava-o bobo alegre, que fazia rir e agradava, porque nas noites de festa tudo é festa. Mas, repetindo essas e piores cousas, não chegava a reaver a liberdade de espírito. Padecia deveras, no mais íntimo do amor-próprio; e o pior é que o outro percebeu toda essa agitação, e o péssimo é que ele percebeu que era percebido.

Rangel, assim como sonhava os bens, assim também as vinganças. De cabeça, espatifou o Queirós; depois cogitou a possibilidade de um desastre qualquer, uma dor bastava, mas cousa forte, que levasse dali aquele intruso. Nenhuma dor, nada; o diabo parecia cada vez mais lépido, e toda a sala fascinada por ele. A própria Joaninha, tão acanhada, vibrava nas mãos de Queirós, como as outras moças; e todos, homens e mulheres, pareciam empenhados em servi-lo. Tendo ele falado em dançar, as moças foram ter com o tio Rufino, e pediram-lhe que tocasse uma quadrilha na flauta, uma só, não se lhe pedia mais.

— Não posso, dói-me um calo.

— Flauta? bradou o Calisto. Peçam ao Queirós que nos toque alguma cousa, e verão o que é flauta... Vai buscar a flauta, Rufino. Ouçam o Queirós. Não imaginam como ele é saudoso na flauta!

Queirós tocou a *Casta Diva*. Que cousa ridícula! dizia consigo o Rangel; — uma música que até os moleques assobiam na rua. Olhava para ele, de revés, para considerar se aquilo era posição de homem sério; e concluía que a flauta era um instrumento grotesco. Olhou também para Joaninha, e viu que, como todas as outras pessoas, tinha a atenção no Queirós, embebida, namorada dos sons da música, e estremeceu, sem saber por quê. Os demais semblantes mostravam a mesma expressão dela, e, contudo, sentiu alguma cousa que lhe complicou a aversão ao intruso. Quando a flauta acabou, Joaninha aplaudiu menos que os outros, e Rangel entrou em dúvida se era o habitual acanhamento, se alguma especial comoção... Urgia entregar-lhe a carta.

Chegou a ceia. Toda a gente entrou confusamente na sala, e felizmente para o Rangel, coube-lhe ficar defronte de Joaninha, cujos olhos estavam mais belos que nunca e tão derramados, que não pareciam os do costume. Rangel saboreou-os caladamente, e reconstruiu todo o seu sonho que o diabo do Queirós abalara com um piparote. Foi assim que tornou a ver-se, ao lado dela, na casa que ia alugar, berço de noivos, que ele enfeitou com os ouros da imaginação. Chegou a tirar um prêmio na loteria e a empregá-lo todo em sedas e jóias para a mulher, a linda Joaninha, — Joaninha Rangel, — D. Joaninha Rangel, — D. Joana Viegas Rangel, — ou D. Joana Cândida Viegas Rangel... Não podia tirar o Cândida...

— Vamos, uma saúde, *seu* diplomático... faça uma saúde daquelas...

Rangel acordou; a mesa inteira repetia a lembrança do tio Rufino; a própria Joaninha pedia-lhe uma saúde, como a do ano passado. Rangel respondeu que ia obedecer; era só acabar aquela asa de galinha. Movimento, cochichos de louvor; D. Adelaide, dizendo-lhe uma moça que nunca ouvira falar o Rangel:

— Não? perguntou com pasmo. Não imagina; fala muito bem, muito explicado, palavras escolhidas, e uns bonitos modos...

Comendo, ia ele dando rebate a algumas reminiscências, frangalhos de idéias, que lhe serviam para o arranjo das frases e metáforas. Acabou e pôs-se de pé. Tinha o ar satisfeito e cheio de si. Afinal, vinham bater-lhe à porta. Cessara a farandulagem das anedotas, das pilhérias sem alma, e vinham ter com ele para ouvir alguma cousa correta e grave. Olhou em derredor, viu todos os olhos levantados, esperando. Todos não; os de Joaninha enviesavam-se na direção do Queirós, e os deste vinham esperá-los a meio caminho, numa cavalgada de promessas. Rangel empalideceu. A palavra morreu-lhe na garganta; mas era preciso falar, esperavam por ele, com simpatia, em silêncio.

Obedeceu mal. Era justamente um brinde ao dono da casa e à filha. Chamava a esta um pensamento de Deus, transportado da imortalidade à realidade, frase que empregara três anos antes, e devia estar esquecida. Falava também do santuário da família, do altar da amizade, e da gratidão, que é a flor dos corações puros. Onde não havia sentido, a frase era mais especiosa ou retumbante. Ao todo, um brinde de dez minutos bem puxados, que ele despachou em cinco, e sentou-se.

Não era tudo. Queirós levantou-se logo, dous ou três minutos depois, para outro brinde, e o silêncio foi ainda mais pronto e completo. Joaninha meteu os olhos no regaço, vexada do que ele iria dizer; Rangel teve um arrepio.

— O ilustre amigo desta casa, o Sr. Rangel, — disse Queirós, — bebeu às duas pessoas cujo nome é o do santo de hoje; eu bebo àquela que é a santa de todos os dias, a D. Adelaide.

Grandes aplausos aclamaram esta lembrança, e D. Adelaide, lisonjeada, recebeu os cumprimentos de cada conviva. A filha não ficou em cumprimentos. — Mamãe! mamãe! exclamou, levantando-se; e foi abraçá-la e beijá-la três e quatro vezes; — espécie de carta para ser lida por duas pessoas.

Rangel passou da cólera ao desânimo, e, acabada a ceia, pensou em retirar-se. Mas a esperança, demônio de olhos verdes, pediu-lhe que ficasse, e ficou. Quem sabe? Era tudo passageiro, cousas de uma noite, namoro de S. João; afinal, ele era amigo da casa, e tinha a estima da família; bastava que pedisse a moça, para obtê-la. E depois esse Queirós podia não ter meios de casar. Que emprego era o dele na Santa Casa? Talvez alguma cousa reles... Nisto, olhou obliquamente para a roupa de Queirós, enfiou-se-lhe pelas costuras, escrutou o bordadinho da camisa, apalpou os joelhos das calças, a ver-lhe o uso, e os sapatos, e concluiu que era um rapaz caprichoso, mas provavelmente gastava tudo consigo, e casar era negócio sério. Podia ser também que tivesse mãe viúva, irmãs solteiras... Rangel era só.

— Tio Rufino, toque uma quadrilha.

— Não posso; flauta depois de comer faz indigestão. Vamos a um víspora.

Rangel declarou que não podia jogar, estava com dor de cabeça: mas Joaninha veio a ele e pediu-lhe que jogasse com ela, de sociedade. — "Meia coleção para o senhor, e meia para mim", disse ela, sorrindo; ele sorriu também e aceitou. Sentaram-se ao pé um do outro. Joaninha falava-lhe, ria, levantava para ele os belos olhos, inquieta, mexendo muito a cabeça para todos os lados. Rangel sentiu-se melhor, e não tardou que se sentisse inteiramente bem. Ia marcando à toa, esquecendo alguns números, que ela lhe apontava com o dedo, — um dedo de ninfa, dizia ele, consigo; e os descuidos passaram a ser de propósito, para ver o dedo da moça, e ouvi-la ralhar: "O senhor é muito esquecido; olhe que assim perdemos o nosso dinheiro..."

Rangel pensou em entregar-lhe a carta por baixo da mesa; mas não estando declarados, era natural que ela a recebesse com espanto e estragasse tudo; cumpria avisá-la. Olhou em volta da mesa: todos os rostos estavam inclinados sobre os cartões, seguindo atentamente os números. Então, ele inclinou-se à direita, e baixou os olhos aos cartões de Joaninha, como para verificar alguma cousa.

— Já tem duas quadras, cochichou ele.

— Duas, não; tenho três.

— Três, é verdade, três. Escute...

— E o senhor?

— Eu duas.

— Que duas o quê? São quatro.

Eram quatro; ela mostrou-lhas inclinada, roçando quase a orelha pelos lábios dele; depois, fitou-o rindo e abanando a cabeça: "O senhor! o senhor!" Rangel ouviu isto com singular deleite; a voz era tão doce, e a expressão tão amiga, que ele esqueceu tudo, agarrou-a pela cintura, e lançou-se com ela na eterna valsa das quimeras. Casa, mesa, convivas, tudo desapareceu, como obra vã da imaginação, para só ficar a realidade única, ele e ela, girando no espaço, debaixo de um milhão de estrelas, acesas de propósito para alumiá-los.

Nem carta, nem nada. Perto da manhã foram todos para a janela ver sair os convidados do baile fronteiro. Rangel recuou espantado. Viu um aperto de dedos entre o Queirós e a bela Joaninha. Quis explicá-lo, eram aparências, mas tão depressa destruía uma como vinham outras e outras, à maneira das ondas que não acabam mais. Custava-lhe entender que uma só noite, algumas horas bastassem a ligar assim duas criaturas; mas era a verdade clara e viva dos modos de ambos, dos olhos, das palavras, dos risos, e até da saudade com que se despediram de manhã.

Saiu tonto. Uma só noite, algumas horas apenas! Em casa, aonde chegou tarde, deitou-se na cama, não para dormir, mas para romper em soluços. Só consigo, foi-selhe o aparelho da afetação, e já não era o diplomático, era o energúmeno, que rolava na cama, bradando, chorando como uma criança, infeliz deveras, por esse triste amor do outono. O pobre-diabo, feito de devaneio, indolência e afetação, era, em substância, tão desgraçado como Otelo,[21] e teve um desfecho mais cruel.

Otelo mata Desdêmona; o nosso namorado, em quem ninguém pressentira nunca a paixão encoberta, serviu de testemunha ao Queirós, quando este se casou com Joaninha, seis meses depois.

Nem os acontecimentos, nem os anos lhe mudaram a índole. Quando rompeu a guerra do Paraguai, teve idéia muitas vezes de alistar-se como oficial de voluntários; não o fez nunca; mas é certo que ganhou algumas batalhas e acabou brigadeiro.

21. Personagem da tragédia homônima de Shakespeare, é amado por Desdêmona, a quem estrangula num acesso de ciúme.

MARIANA

I

Que será feito de Mariana? perguntou Evaristo a si mesmo, no Largo da Carioca, ao despedir-se de um velho amigo, que lhe fez lembrar aquela velha amiga.

Era em 1890. Evaristo voltara da Europa, dias antes, após dezoito anos de ausência. Tinha saído do Rio de Janeiro em 1872, e contava demorar-se até 1874 ou 1875, depois de ver algumas cidades célebres ou curiosas; mas o viajante põe e Paris dispõe. Uma vez entrado naquele mundo, em 1873, Evaristo deixou-se ir ficando, além do prazo determinado; adiou a viagem um ano, outro ano, e afinal não pensou mais na volta. Desinteressara-se das nossas cousas; ultimamente nem lia os jornais daqui; era um estudante pobre da Bahia, que os ia buscar emprestados, e lhe referia depois uma ou outra notícia de vulto. Senão quando, em novembro de 1889, entra-lhe em casa um *reporter* parisiense, que lhe fala de revolução no Rio de Janeiro, pede informações políticas, sociais, biográficas. Evaristo refletiu.

— Meu caro senhor, disse ao *reporter,* acho melhor ir eu mesmo buscá-las.

Não tendo partido, nem opiniões, nem parentes próximos nem interesses (todos os seus haveres estavam na Europa), mal se explica a resolução súbita de Evaristo pela simples curiosidade, e contudo não houve outro motivo. Quis ver o novo aspecto das cousas. Indagou da data de uma primeira representação no Odéon, comédia de um amigo, calculou que, saindo no primeiro paquete e voltando três paquetes depois, chegaria a tempo de comprar bilhete e entrar no teatro; fez as malas, correu a Bordéus, e embarcou.

— Que será feito de Mariana? repetia agora, descendo a Rua da Assembléia. Talvez morta... Se ainda viver, deve estar outra; há de andar pelos seus quarenta e cinco... Upa! quarenta e oito; era mais moça que eu uns cinco anos. Quarenta e oito... Bela mulher! grande mulher! belos e grandes amores!

Teve desejo de vê-la. Indagou discretamente, soube que vivia e morava na mesma casa em que a deixou, Rua do Engenho Velho;[22] mas não aparecia desde alguns meses, por causa do marido, que estava mal, parece que à morte.

— Ela também deve estar escangalhada, disse Evaristo ao conhecido que lhe dava aquelas informações.

— Homem, não. A última vez que a vi, achei-a frescalhona. Não se lhe dá mais de quarenta anos. Você quer saber uma cousa? Há por aí roseiras magníficas, mas os nossos cedros de 1860 a 1865 parece que não nascem mais.

22. Atual Haddock Lobo.

— Nascem; você não os vê, porque já não sobe ao Líbano, retorquiu Evaristo.

Crescera-lhe o desejo de ver Mariana. Que olhos teriam um para o outro? Que visões antigas viriam transformar a realidade presente? A viagem de Evaristo, cumpre sabê-lo, não foi de recreio, senão de cura. Agora que a lei do tempo fizera a sua obra, que efeito produziria neles, quando se encontrassem, o espectro de 1872, aquele triste ano da separação, que quase o pôs doudo, e quase a deixou morta?

II

Dias depois apeava-se ele de um tílburi à porta de Mariana, e dava um cartão ao criado, que lhe abriu a sala.

Enquanto esperava circulou os olhos e ficou impressionado. Os móveis eram os mesmos de dezoito anos antes. A memória, incapaz de os recompor na ausência, reconheceu-os a todos, assim como a disposição deles, que não mudara. Tinham o aspecto vetusto. As próprias flores artificiais de uma grande jarra, que estava sobre um aparador, haviam desbotado com o tempo. Tudo ossos dispersos, que a imaginação podia enfeixar para restaurar uma figura, a que só faltasse a alma.

Mas não faltava a alma. Pendente da parede, por cima do canapé, estava o retrato de Mariana. Tinha sido pintado quando ela contava vinte e cinco anos; a moldura, dourada uma só vez, descascando em alguns lugares, contrastava com a figura ridente e fresca. O tempo não descolara a formosura. Mariana estava ali, trajada à moda de 1865, com os seus lindos olhos redondos e namorados. Era o único alento vivo da sala; mas só ele bastava a dar à decrepitude ambiente a fugidia mocidade. Grande foi a comoção de Evaristo. Havia uma cadeira defronte do retrato, ele sentou-se nela, e ficou a mirar a moça de outro tempo. Os olhos pintados fitavam também os naturais, porventura admirados do encontro e da mudança, porque os naturais não tinham o calor e a graça da pintura. Mas pouco durou a diferença; a vida anterior do homem restituiu-lhe a verdura exterior, e os olhos embeberam-se uns nos outros, e todos nos seus velhos pecados.

Depois, vagarosamente, Mariana desceu da tela e da moldura, e veio sentar-se defronte de Evaristo, inclinou-se, estendeu os braços sobre os joelhos e abriu as mãos. Evaristo entregou-lhes as suas, e as quatro apertaram-se cordialmente. Nenhum perguntou nada que se referisse ao passado, porque ainda não havia passado; ambos estavam no presente, as horas tinham parado, tão instantâneas e tão fixas, que pareciam haver sido ensaiadas na véspera para esta representação única e interminável. Todos os relógios da cidade e do mundo quebraram discretamente as cordas, e todos os relojoeiros trocaram de ofício. Adeus, velho *lago* de Lamartine! Evaristo e Mariana tinham ancorado no oceano dos tempos. E aí vieram as palavras mais doces que jamais disseram lábios de homem nem de mulher, e as mais ardentes também, e as mudas, e as tresloucadas, e as expirantes, e as de ciúmes, e as de perdão.

— Estás bom?

— Bom; e tu?

— Morria por ti. Há uma hora que te espero, ansiosa, quase chorando; mas bem vês que estou risonha e alegre, tudo porque o melhor dos homens entrou nesta sala. Por que te demoraste tanto?

— Tive duas interrupções em caminho; e a segunda muito maior que a primeira.

— Se tu me amasses deveras, gastarias dous minutos com as duas, e estarias aqui há três quartos de hora. Que riso é esse?

— A segunda interrupção foi teu marido.

Mariana estremeceu.

— Foi aqui perto, continuou Evaristo; falamos de ti, ele primeiro, a propósito não sei de quê, e falou com bondade, quase que com ternura. Cheguei a crer que era um laço, um modo de captar a minha confiança. Afinal despedimo-nos; mas eu ainda fiquei espiando, a ver se ele voltava; não vi ninguém. Aí está a causa da minha demora; aí tens também a causa dos meus tormentos.

— Não venhas outra vez com essa eterna desconfiança, atalhou Mariana sorrindo, como na tela, há pouco. Que quer você que eu faça? Xavier é meu marido; não hei de mandá-lo embora, nem castigá-lo, nem matá-lo, só porque eu e você nos amamos.

— Não digo que o mates; mas tu o amas, Mariana.

— Amo-te e a ninguém mais, respondeu ela, evitando assim a resposta negativa, que lhe pareceu demasiado crua.

Foi o que pensou Evaristo; mas não aceitou a delicadeza da forma indireta. Só a negativa rude e simples poderia contentá-lo.

— Tu o amas, insistiu ele.

Mariana refletiu um instante.

— Para que hás de revolver a minha alma e o meu passado? disse ela. Para nós, o mundo começou há quatro meses, e não acabará mais, — ou acabará quando você se aborrecer de mim, porque eu não mudarei nunca...

Evaristo ajoelhou-se, puxou-lhe os braços, beijou-lhe as mãos, e fechou nelas o rosto; finalmente, deixou cair a cabeça nos joelhos de Mariana. Ficaram assim alguns instantes, até que ela sentiu os dedos úmidos, ergueu-lhe a cabeça e viu-lhe os olhos rasos de água. Que era?

— Nada, disse ele; adeus.

— Mas que foi?!

— Tu o amas, tomou Evaristo, e esta idéia apavora-me ao mesmo tempo que me aflige, porque eu sou capaz de matá-lo, se tiver certeza de que ainda o amas.

— Você é um homem singular, retorquiu Mariana, depois de enxugar os olhos de Evaristo com os cabelos, que despenteara às pressas, para servi-lo com o melhor lenço do mundo. Que o amo? Não, já não o amo, aí tens a resposta. Mas já agora hás de consentir que te diga tudo, porque a minha índole não admite meias confidências.

Desta vez foi Evaristo que estremeceu; mas a curiosidade mordia-lhe a ele o coração, em tal maneira, que não houve mais temer, senão aguardar e escutar. Apoiado nos joelhos dela, ouviu a narração, que foi curta. Mariana referiu o casamento, a resistência do pai, a dor da mãe, e a perseverança dela e de Xavier. Esperaram dez meses, firmes, ela já menos paciente que ele, porque a paixão que a tomou, tinha toda a força necessária para as decisões violentas. Que de lágrimas verteu por ele! Que de maldições lhe saíram do coração contra os pais, e foram sufocadas por ela, que temia a Deus, e não quisera que essas palavras, como armas de parricídio, a condenassem, pior que ao inferno, à eterna separação do homem a quem amava. Venceu a constância, o tempo desarmou os velhos, e o casamento se fez, lá se iam sete anos. A paixão dos noivos prolongou-se na vida conjugal. Quando o tempo trouxe o sossego, trouxe também a estima. Os corações eram harmônicos, as recordações da luta pungentes e doces. A felicidade serena veio sentar-se à porta deles, como uma sentinela. Mas bem depressa se foi a sentinela; não deixou a desgraça, nem ainda o tédio, mas a apatia uma figura pálida, sem movimento, que mal sorria e não lembrava nada. Foi por esse tempo que Evaristo apareceu aos seus olhos e a arrebatou. Não a arrebatou ao amor de ninguém; mas por isso mesmo nada tinha que ver com o passado, que era um mistério, e podia trazer remorsos...

— Remorsos? interrompeu ele.

— Podias supor que eu os tinha; mas não os tenho, nem os terei jamais.

— Obrigado! disse Evaristo após alguns momentos; agradeço-te a confissão. Não falarei mais de tal assunto. Não o amas, é o essencial. Que linda és tu quando juras assim, e me falas do nosso futuro! Sim, acabou; agora aqui estou, ama-me!

— Só a ti, querido.

— Só a mim? Ainda uma vez, jura!

— Por estes olhos, respondeu ela, beijando-lhe os olhos; por estes lábios, continuou, impondo-lhe um beijo nos lábios. Pela minha vida e pela tua!

Evaristo repetiu as mesmas fórmulas, com iguais cerimônias. Depois, sentou-se defronte de Mariana, como estava a princípio. Ela ergueu-se então, por sua vez, e foi ajoelhar-se-lhe aos pés, com os braços nos joelhos dele. Os cabelos caídos enquadravam tão bem o rosto, que ele sentiu não ser um gênio para copiá-la e legá-la ao mundo. Disse-lhe isso, mas a moça não respondeu palavra; tinha os olhos fitos nele, suplicantes. Evaristo inclinou-se, cravando nela os seus, e assim ficaram, rosto a rosto, uma, duas, três horas, até que alguém veio acordá-los:

— Faz favor de entrar.

III

Evaristo teve um sobressalto. Deu com um homem, o mesmo criado que recebera o seu cartão de visita. Levantou-se depressa; Mariana recolheu-se à tela, que pendia da parede, onde ele a viu outra vez, trajada à moda de 1865, penteada e tranqüila. Como nos sonhos, os pensamentos, gestos e atos mediram-se por outro tempo, que não o tempo; fez-se tudo em cinco ou seis minutos, que tantos foram os que o criado despendeu em levar o cartão e trazer o convite. Entretanto, é certo que Evaristo sentia ainda a impressão das carícias da moça, vivera realmente entre 1869 e 1872, porque as três horas da visão foram ainda uma concessão ao tempo. Toda a história ressurgira com os ciúmes que ele tinha de Xavier, os seus perdões e as ternuras recíprocas. Só faltou a crise final, quando a mãe de Mariana, sabendo de tudo, corajosamente se interpôs e os separou. Mariana resolveu morrer, chegou a ingerir veneno, e foi preciso o desespero da mãe para restituí-la à vida. Xavier, que então estava na província do Rio, nada soube daquela tragédia, senão que a mulher escapara da morte, por causa de uma troca de medicamentos. Evaristo quis ainda vê-la antes de embarcar, mas foi impossível.

— Vamos, disse ele agora ao criado que o esperava.

Xavier estava no gabinete próximo, estirado em um canapé, com a mulher ao lado e algumas visitas. Evaristo penetrou ali cheio de comoção. A luz era pouca, o silêncio grande; Mariana tinha presa uma das mãos do enfermo, a observá-lo, a temer a morte ou uma crise. Mal pôde levantar os olhos para Evaristo e estender-lhe a mão; voltou a fitar o marido, em cujo rosto havia a marca do longo padecimento, e cujo respirar parecia o prelúdio da grande ópera infinita. Evaristo, que apenas vira o rosto de Mariana, retirou-se a um canto, sem ousar mirar-lhe a figura, nem acompanhar-lhe os movimentos. Chegou o médico, examinou o enfermo, recomendou as prescrições dadas, e retirou-se para voltar de noite. Mariana foi com ele até à porta, interrogando baixo, e procurando ler no rosto a verdade que a boca não queria dizer. Foi então que Evaristo a viu bem; a dor parecia alquebrá-la mais que os anos. Conheceu-lhe o jeito particular do corpo. Não descia da tela, como a outra, mas do tempo. Antes que ela tornasse ao leito do marido, Evaristo entendeu retirar-se também, e foi até a porta.

— Peço-lhe licença... Sinto não poder falar agora a seu marido.

— Agora não pode ser; o médico recomenda repouso e silêncio. Será noutra ocasião...

— Não vim há mais tempo vê-lo, porque só há pouco é que soube... E não cheguei há muito.

— Obrigada.

Evaristo estendeu-lhe a mão e saiu a passo abafado, enquanto ela voltava a sentar-se ao pé do doente. Nem os olhos nem a mão de Mariana revelaram em relação a ele uma impressão qualquer, e a despedida fez-se como entre pessoas indiferentes. Certo, o amor acabara, a data era remota, o coração envelhecera com o tempo, e o marido estava a expirar; mas, refletia ele, como explicar que, ao cabo de dezoito anos de separação, Mariana visse diante de si um homem que tanta parte tivera em sua vida, sem o menor abalo, espanto, constrangimento que fosse? Eis aí um mistério. Chamava-lhe mistério. Ainda agora, à despedida, sentira ele um aperto, uma cousa, que lhe fez a palavra trôpega, que lhe tirou as idéias e até as simples fórmulas banais de pesar e de esperança. Ela, entretanto, não recebeu dele a menor comoção. E lembrando-se do retrato da sala, Evaristo concluiu que a arte era superior à natureza; a tela guardara o corpo e a alma... Tudo isso borrifado de um despeitozinho acre.

Xavier durou ainda uma semana. Indo fazer-lhe segunda visita, Evaristo assistiu à morte do enfermo, e não pôde furtar-se à comoção natural do momento, do lugar e das circunstâncias. Mariana, desgrenhada ao pé do leito, tinha os olhos mortos de vigília e de lágrimas. Quando Xavier, depois de longa agonia, expirou, mal se ouviu o choro de alguns parentes e amigos; um grito agudíssimo de Mariana chamou a atenção de todos; depois o desmaio e a queda da viúva. Durou alguns minutos a perda dos sentidos; tornada a si, Mariana correu ao cadáver, abraçou-se a ele, soluçando desesperadamente, dizendo-lhe os nomes mais queridos e ternos. Tinham esquecido de fechar os olhos ao cadáver; daí um lance pavoroso e melancólico, porque ela, depois de os beijar muito, foi tomada de alucinação e bradou que ele ainda vivia, que estava salvo; e, por mais que quisessem arrancá-la dali, não cedia, empurrava a todos, clamava que queriam tirar-lhe o marido. Nova crise a prostrou; foi levada às carreiras para outro quarto.

Quando o enterro saiu no dia seguinte, Mariana não estava presente, por mais que insistisse em despedir-se; já não tinha forças para acudir à vontade. Evaristo acompanhou o enterro. Seguindo o carro fúnebre, mal chegava a crer onde estava e o que fazia. No cemitério, falou a um dos parentes de Xavier, confiando-lhe a pena que tivera de Mariana.

— Vê-se que se amavam muito, concluiu.

— Ah! muito, disse o parente. Casaram-se por paixão; não assisti ao casamento, porque só cheguei ao Rio de Janeiro muitos anos depois, em 1874; achei-os, porém, tão unidos como se fossem noivos, e assisti até agora à vida de ambos.

Viviam um para o outro; não sei se ela ficará muito tempo neste mundo.

— 1874, pensou Evaristo; dous anos depois.

Mariana não assistiu à missa do sétimo dia; um parente, — o mesmo do cemitério, — representava-a naquela triste ocasião. Evaristo soube por ele que o estado da viúva não lhe permitia arriscar-se à comemoração da catástrofe. Deixou passar alguns dias, e foi fazer a sua visita de pêsames; mas, tendo dado o cartão, ouviu que ela não recebia ninguém. Foi então a São Paulo, voltou cinco ou seis semanas depois, preparou-se para embarcar; antes de partir, pensou ainda em visitar Mariana, — não tanto por simples cortesia, como para levar consigo a imagem, — deteriorada embora, — daquela paixão de quatro anos.

Não a encontrou em casa. Voltava zangado, mal consigo, achava-se impertinente e de mau gosto. A pouca distância viu sair da igreja do Espírito Santo uma senhora de luto, que lhe pareceu Mariana. Era Mariana; vinha a pé; ao passar pela carruagem olhou para ele, fez que o não conhecia, e foi andando, de modo que o cumprimento de Evaristo ficou sem resposta. Este ainda quis mandar parar o carro e despedir-se dela, ali mesmo, na rua, um minuto, três palavras; como, porém, hesitasse na resolução, só parou quando já havia passado a igreja, e Mariana ia um grande pedaço adiante. Apeou-se, não obstante, e desandou o caminho; mas, fosse respeito ou despeito, trocou de resolução, meteu-se no carro e partiu.

— Três vezes sincera, concluiu, passados alguns minutos de reflexão.

Antes de um mês estava em Paris. Não esquecera a comédia do amigo, a cuja primeira representação no Odéon ficara de assistir. Correu a saber dela; tinha caído redondamente.

— Cousas de teatro, disse Evaristo ao autor, para consolá-lo. Há peças que caem. Há outras que ficam no repertório.

CONTO DE ESCOLA

A escola era na Rua do Costa, um sobradinho de grade de pau. O ano era de 1840. Naquele dia — uma segunda-feira, do mês de maio — deixei-me estar alguns instantes na Rua da Princesa[23] a ver onde iria brincar a manhã. Hesitava entre o morro de S. Diogo e o campo de Sant'Ana, que não era então esse parque atual, construção de *gentleman,* mas um espaço rústico, mais ou menos infinito, alastrado de lavadeiras, capim e burros soltos. Morro ou campo? Tal era o problema. De repente disse comigo que o melhor era a escola. E guiei para a escola. Aqui vai a razão.

Na semana anterior tinha feito dous suetos, e, descoberto o caso, recebi o pagamento das mãos de meu pai, que me deu uma sova de vara de marmeleiro. As sovas de meu pai doíam por muito tempo. Era um velho empregado do Arsenal de Guerra, ríspido e intolerante. Sonhava para mim uma grande posição comercial, e tinha ânsia de me ver com os elementos mercantis, ler, escrever e contar, para me meter de caixeiro. Citava-me nomes de capitalistas que tinham começado ao balcão. Ora, foi a lembrança do último castigo que me levou naquela manhã para o colégio. Não era um menino de virtudes.

Subi a escada com cautela, para não ser ouvido do mestre, e cheguei a tempo; ele entrou na sala três ou quatro minutos depois. Entrou com o andar manso do costume, em chinelas de cordovão, com a jaqueta de brim lavada e desbotada, calça branca e tesa e grande colarinho caído. Chamava-se Policarpo e tinha perto de cinqüenta anos ou mais. Uma vez sentado, extraiu da jaqueta a boceta de rapé e o lenço vermelho, pô-los na gaveta; depois relanceou os olhos pela sala. Os meninos, que se conservaram de pé durante a entrada dele, tornaram a sentar-se. Tudo estava em ordem; começaram os trabalhos.

— *Seu* Pilar, eu preciso falar com você, disse-me baixinho o filho do mestre.

Chamava-se Raimundo este pequeno, e era mole, aplicado, inteligência tarda. Raimundo gastava duas horas em reter aquilo que a outros levava apenas trinta ou cinqüenta minutos; vencia com o tempo o que não podia fazer logo com o cérebro. Reunia a isso um grande medo ao pai. Era uma criança fina, pálida, cara doente; raramente estava alegre. Entrava na escola depois do pai e retirava-se antes. O mestre era mais severo com ele do que conosco.

— O que é que você quer?

— Logo, respondeu ele com voz trêmula.

Começou a lição de escrita. Custa-me dizer que eu era dos mais adiantados da escola; mas era. Não digo também que era dos mais inteligentes, por um escrúpulo

23. A Rua do Costa chama-se hoje Alexandre Mackenzie, e a Rua da Princesa é a Barão de São Félix atual.

fácil de entender e de excelente efeito no estilo, mas não tenho outra convicção. Note-se que não era pálido nem mofino: tinha boas cores e músculos de ferro. Na lição de escrita, por exemplo, acabava sempre antes de todos, mas deixava-me estar a recortar narizes no papel ou na tábua, ocupação sem nobreza nem espiritualidade, mas em todo caso ingênua. Naquele dia foi a mesma cousa; tão depressa acabei, como entrei a reproduzir o nariz do mestre, dando-lhe cinco ou seis atitudes diferentes, das quais recordo a interrogativa, a admirativa, a dubitativa e a cogitativa. Não lhes punha esses nomes, pobre estudante de primeiras letras que era; mas, instintivamente, dava-lhes essas expressões. Os outros foram acabando; não tive remédio senão acabar também, entregar a escrita, e voltar para o meu lugar.

Com franqueza, estava arrependido de ter vindo. Agora que ficava preso, ardia por andar lá fora, e recapitulava o campo e o morro, pensava nos outros meninos vadios, o Chico Telha, o Américo, o Carlos das Escadinhas, a fina flor do bairro e do gênero humano. Para cúmulo de desespero, vi através das vidraças da escola, no claro azul do céu, por cima do morro do Livramento, um papagaio de papel, alto e largo, preso de uma corda imensa, que bojava no ar, uma cousa soberba. E eu na escola, sentado, pernas unidas, com o livro de leitura e a gramática nos joelhos.

— Fui um bobo em vir, disse eu ao Raimundo.

— Não diga isso, murmurou ele.

Olhei para ele; estava mais pálido. Então lembrou-me outra vez que queria pedir-me alguma cousa, e perguntei-lhe o que era. Raimundo estremeceu de novo, e, rápido, disse-me que esperasse um pouco; era uma cousa particular.

— *Seu* Pilar... murmurou ele daí a alguns minutos.

— Que é?

— Você...

— Você quê?

Ele deitou os olhos ao pai, e depois a alguns outros meninos. Um destes, o Curvelo, olhava para ele, desconfiado, e o Raimundo, notando-me essa circunstância, pediu alguns minutos mais de espera. Confesso que começava a arder de curiosidade. Olhei para o Curvelo, e vi que parecia atento; podia ser uma simples curiosidade vaga, natural indiscrição; mas podia ser também alguma cousa entre eles. Esse Curvelo era um pouco levado do diabo. Tinha onze anos, era mais velho que nós.

Que me quereria o Raimundo? Continuei inquieto, remexendo-me muito, falando-lhe baixo, com instância, que me dissesse o que era, que ninguém cuidava dele nem de mim. Ou então, de tarde...

— De tarde, não, interrompeu-me ele; não pode ser de tarde.

— Então agora...

— Papai está olhando.

Na verdade, o mestre fitava-nos. Como era mais severo para o filho, buscava-o muitas vezes com os olhos, para trazê-lo mais aperreado. Mas nós também éramos finos; metemos o nariz no livro, e continuamos a ler. Afinal cansou e tomou as folhas do dia, três ou quatro, que ele lia devagar, mastigando as idéias e as paixões. Não esqueçam que estávamos então no fim da Regência, e que era grande a agitação pública. Policarpo tinha decerto algum partido, mas nunca pude averiguar esse ponto.

O pior que ele podia ter, para nós, era a palmatória. E essa lá estava, pendurada do portal da janela, à direita, com os seus cinco olhos do diabo. Era só levantar a mão, despendurá-la e brandi-la, com a força do costume, que não era pouca. E daí, pode ser que alguma vez as paixões políticas dominassem nele a ponto de poupar-nos uma ou outra correção. Naquele dia, ao menos, pareceu-me que lia as folhas com muito interesse; levantava os olhos de quando em quando, ou tomava uma pitada, mas tomava logo aos jornais, e lia a valer.

No fim de algum tempo — dez ou doze minutos — Raimundo meteu a mão no bolso das calças e olhou para mim.

— Sabe o que tenho aqui?

— Não.

— Uma pratinha que mamãe me deu.

— Hoje?

— Não, no outro dia, quando fiz anos...

— Pratinha de verdade?

— De verdade.

Tirou-a vagarosamente, e mostrou-me de longe. Era uma moeda do tempo do rei, cuido que doze vinténs ou dous tostões, não me lembra; mas era uma moeda, e tal moeda que me fez pular o sangue no coração. Raimundo revolveu em mim o olhar pálido; depois perguntou-me se a queria para mim. Respondi-lhe que estava caçoando, mas ele jurou que não.

— Mas então você fica sem ela?

— Mamãe depois me arranja outra. Ela tem muitas que vovô lhe deixou, numa caixinha; algumas são de ouro. Você quer esta?

Minha resposta foi estender-lhe a mão disfarçadamente, depois de olhar para a mesa do mestre. Raimundo recuou a mão dele e deu à boca um gesto amarelo, que queria sorrir. Em seguida propôs-me um negócio, uma troca de serviços; ele me daria a moeda, eu lhe explicaria um ponto da lição de sintaxe. Não conseguira reter nada do livro, e estava com medo do pai. E concluía a proposta esfregando a pratinha nos joelhos...

Tive uma sensação esquisita. Não é que eu possuísse da virtude uma idéia antes própria de homem; não é também que não fosse fácil em pregar[24] uma ou outra mentira de criança. Sabíamos ambos enganar ao mestre. A novidade estava nos termos da proposta, na troca de lição e dinheiro, compra franca, positiva, toma lá, dá cá; tal foi a causa da sensação. Fiquei a olhar para ele, à toa, sem poder dizer nada.

Compreende-se que o ponto da lição era difícil, e que o Raimundo, não o tendo aprendido, recorria a um meio que lhe pareceu útil para escapar ao castigo do pai. Se me tem pedido a cousa por favor, alcançá-la-ia do mesmo modo, como de outras vezes; mas parece que era a lembrança das outras vezes, o medo de achar a minha vontade frouxa ou cansada, e não aprender como queria, — e pode ser mesmo que em alguma ocasião lhe tivesse ensinado mal, — parece que tal foi a causa da proposta. O pobre-diabo contava com o favor, — mas queria assegurar-lhe a eficácia, e daí

24. Nas edições em livro se lê "em empregar"; preferi a lição da Gazeta de Notícias.

recorreu à moeda que a mãe lhe dera e que ele guardava como relíquia ou brinquedo; pegou dela e veio esfregá-la nos joelhos, à minha vista, como uma tentação... Realmente, era bonita, fina, branca, muito branca; e para mim, que só trazia cobre no bolso, quando trazia alguma cousa, um cobre feio, grosso, azinhavrado...

Não queria recebê-la, e custava-me recusá-la. Olhei para o mestre, que continuava a ler, com tal interesse, que lhe pingava o rapé do nariz. — Ande, tome, dizia-me baixinho o filho. E a pratinha fuzilava-lhe entre os dedos, como se fora diamante... Em verdade, se o mestre não visse nada, que mal havia? E ele não podia ver nada, estava agarrado aos jornais, lendo com fogo, com indignação...

— Tome, tome...

Relanceei os olhos pela sala, e dei com os do Curvelo em nós; disse ao Raimundo que esperasse. Pareceu-me que o outro nos observava, então dissimulei; mas daí a pouco, deitei-lhe outra vez o olho, e — tanto se ilude a vontade! — não lhe vi mais nada. Então cobrei ânimo.

— Dê cá...

Raimundo deu-me a pratinha, sorrateiramente; eu meti-a na algibeira das calças, com um alvoroço que não posso definir. Cá estava ela comigo, pegadinha à perna. Restava prestar o serviço, ensinar a lição, e não me demorei em fazê-lo, nem o fiz mal, ao menos conscientemente; passava-lhe a explicação em um retalho de papel que ele recebeu com cautela e cheio de atenção. Sentia-se que despendia um esforço cinco ou seis vezes maior para aprender um nada; mas contanto que ele escapasse ao castigo, tudo iria bem.

De repente, olhei para o Curvelo e estremeci; tinha os olhos em nós, com um riso que me pareceu mau. Disfarcei; mas daí a pouco, voltando-me outra vez para ele, achei-o do mesmo modo, com o mesmo ar, acrescendo que entrava a remexer-se no banco, impaciente. Sorri para ele e ele não sorriu; ao contrário, franziu a testa, o que lhe deu um aspecto ameaçador. O coração bateu-me muito.

— Precisamos muito cuidado, disse eu ao Raimundo.

— Diga-me isto só, murmurou ele.

Fiz-lhe sinal que se calasse; mas ele instava, e a moeda, cá no bolso, lembrava-me o contrato feito. Ensinei-lhe o que era, disfarçando muito; depois, tornei a olhar para o Curvelo, que me pareceu ainda mais inquieto, e o riso, dantes mau, estava agora pior. Não é preciso dizer que também eu ficara em brasas, ansioso que a aula acabasse; mas nem o relógio andava como das outras vezes, nem o mestre fazia caso da escola; este lia os jornais, artigo por artigo, pontuando-os com exclamações, com gestos de ombros, com uma ou duas pancadinhas na mesa. E lá fora, no céu azul, por cima do morro, o mesmo eterno papagaio, guinando a um lado e outro, como se me chamasse a ir ter com ele. Imaginei-me ali, com os livros e a pedra embaixo da mangueira, e a pratinha no bolso das calças, que eu não daria a ninguém, nem que me serrassem; guardá-la-ia em casa, dizendo a mamãe que a tinha achado na rua. Para que me não fugisse, ia-a apalpando, roçando-lhe os dedos pelo cunho, quase lendo pelo tato a inscrição, com uma grande vontade de espiá-la.

— Oh! *seu* Pilar! bradou o mestre com voz de trovão.

Estremeci como se acordasse de um sonho, e levantei-me às pressas. Dei com o mestre olhando para mim, cara fechada, jornais dispersos, e ao pé da mesa, em pé, o Curvelo. Pareceu-me adivinhar tudo.

— Venha cá! bradou o mestre.

Fui e parei diante dele. Ele enterrou-me pela consciência dentro um par de olhos pontudos; depois chamou o filho. Toda a escola tinha parado; ninguém mais lia, ninguém fazia um só movimento. Eu, conquanto não tirasse os olhos do mestre, sentia no ar a curiosidade e o pavor de todos.

— Então o senhor recebe dinheiro para ensinar as lições aos outros? disse-me o Policarpo.

— Eu...

— Dê cá a moeda que este seu colega lhe deu! clamou.

Não obedeci logo, mas não pude negar nada. Continuei a tremer muito. Policarpo bradou de novo que lhe desse a moeda, e eu não resisti mais, meti a mão no bolso, vagarosamente, saquei-a e entreguei-lha. Ele examinou-a de um e outro lado, bufando de raiva; depois estendeu o braço e atirou-a à rua. E então disse-nos uma porção de cousas duras, que tanto o filho como eu acabávamos de praticar uma ação feia, indigna, baixa, uma vilania, e para emenda e exemplo íamos ser castigados. Aqui pegou da palmatória.

— Perdão, *seu* mestre... solucei eu.

— Não há perdão! Dê cá a mão! dê cá! vamos! sem-vergonha! dê cá a mão!

— Mas, *seu* mestre...

— Olhe que é pior!

Estendi-lhe a mão direita, depois a esquerda, e fui recebendo os bolos uns por cima dos outros, até completar doze, que me deixaram as palmas vermelhas e inchadas. Chegou a vez do filho, e foi a mesma cousa; não lhe poupou nada, dous, quatro, oito, doze bolos. Acabou, pregou-nos outro sermão. Chamou-nos sem-vergonhas, desaforados, e jurou que [,] se repetíssemos o negócio, apanharíamos tal castigo que nos havia de lembrar para todo o sempre. E exclamava: Porcalhões! tratantes! faltos de brio!

Eu, por mim, tinha a cara no chão. Não ousava fitar ninguém, sentia todos os olhos em nós. Recolhi-me ao banco, soluçando, fustigado pelos impropérios do mestre. Na sala arquejava o terror; posso dizer que naquele dia ninguém faria igual negócio. Creio que o próprio Curvelo enfiara de medo. Não olhei logo para ele, cá dentro de mim jurava quebrar-lhe a cara, na rua, logo que saíssemos, tão certo como três e dous serem cinco.

Daí a algum tempo olhei para ele; ele também olhava para mim, mas desviou a cara, e penso que empalideceu. Compôs-se e entrou a ler em voz alta; estava com medo. Começou a variar de atitudes agitando-se à toa, coçando os joelhos, o nariz. Pode ser até que se arrependesse de nos ter denunciado; e na verdade, por que denunciar-nos? Em que é que lhe tirávamos alguma cousa?

— Tu me pagas! tão duro como osso! dizia eu comigo.

Veio a hora de sair, e saímos; ele foi adiante, apressado, e eu não queria brigar ali mesmo, na Rua do Costa, perto do colégio; havia de ser na Rua Larga de S. Joaquim.[25] Quando, porém, cheguei à esquina, já o não vi; provavelmente escondera-se em algum corredor ou loja; entrei numa botica, espiei em outras casas, perguntei por ele a algumas pessoas, ninguém me deu notícia. De tarde faltou à escola.

25. Atual Av. Marechal Floriano.

Em casa não contei nada, é claro; mas para explicar as mãos inchadas, menti a minha mãe, disse-lhe que não tinha sabido a lição. Dormi nessa noite, mandando ao diabo os dous meninos, tanto o da denúncia como o da moeda. E sonhei com a moeda; sonhei que, ao tornar à escola, no dia seguinte, dera com ela na rua, e a apanhara, sem medo nem escrúpulos...

De manhã, acordei cedo. A idéia de ir procurar a moeda fez-me vestir depressa. O dia estava esplêndido, um dia de maio, sol magnífico, ar brando, sem contar as calças novas que minha mãe me deu, por sinal que eram amarelas. Tudo isso, e a pratinha... Saí de casa, como se fosse trepar ao trono de Jerusalém. Piquei o passo para que ninguém chegasse antes de mim à escola; ainda assim não andei tão depressa que amarrotasse as calças. Não, que elas eram bonitas! Mirava-as, fugia aos encontros, ao lixo da rua...

Na rua encontrei uma companhia do batalhão de fuzileiros, tambor à frente, rufando. Não podia ouvir isto quieto. Os soldados vinham batendo o pé rápido, igual, direita, esquerda, ao som do rufo; vinham, passaram por mim, e foram andando. Eu senti uma comichão nos pés, e tive ímpeto de ir atrás deles. Já lhes disse: o dia estava lindo, e depois o tambor... Olhei para um e outro lado; afinal, não sei como foi, entrei a marchar também ao som do rufo, creio que cantarolando alguma cousa: *Rato na casaca...* Não fui à escola, acompanhei os fuzileiros, depois enfiei pela Saúde, e acabei a manhã na praia da Gamboa. Voltei para casa com as calças enxovalhadas, sem pratinha no bolso nem ressentimento na alma. E contudo a pratinha era bonita e foram eles, Raimundo e Curvelo, que me deram o primeiro conhecimento, um da corrupção, outro da delação; mas o diabo do tambor...

UM APÓLOGO

Era uma vez uma agulha, que disse a um novelo de linha:

— Por que está você com esse ar, toda cheia de si, toda enrolada, para fingir que vale alguma cousa neste mundo?

— Deixe-me, senhora.

—Que a deixe? Que a deixe, por quê? Porque lhe digo que está com um ar insuportável? Repito que sim, e falarei sempre que me der na cabeça.

— Que cabeça, senhora? A senhora não é alfinete, é agulha. Agulha não tem cabeça. Que lhe importa o meu ar? Cada qual tem o ar que Deus lhe deu. Importe-se com a sua vida e deixe a dos outros.

— Mas você é orgulhosa.

— Decerto que sou.

— Mas por quê?

— É boa! Porque coso. Então os vestidos e enfeites de nossa ama, quem é que os cose, senão eu?

— Você? Esta agora é melhor. Você é que os cose? Você ignora que quem os cose sou eu, e muito eu?

— Você fura o pano, nada mais; eu é que coso, prendo um pedaço ao outro, dou feição aos babados...

— Sim, mas que vale isso? Eu é que furo o pano, vou adiante, puxando por você, que vem atrás, obedecendo ao que eu faço e mando...

— Também os batedores vão adiante do imperador.

— Você imperador?

— Não digo isso. Mas a verdade é que você faz um papel subalterno, indo adiante; vai só mostrando o caminho, vai fazendo o trabalho obscuro e ínfimo. Eu é que prendo, ligo, ajunto...

Estavam nisto, quando a costureira chegou à casa da baronesa. Não sei se disse que isto se passava em casa de uma baronesa, que tinha a modista ao pé de si, para não andar atrás dela. Chegou a costureira, pegou do pano, pegou da agulha, pegou da linha, enfiou a linha na agulha, e entrou a coser. Uma e outra iam andando orgulhosas, pelo pano adiante, que era a melhor das sedas, entre os dedos da costureira, ágeis como os galgos de Diana — para dar a isto uma cor poética. E dizia a agulha:

— Então, senhora linha, ainda teima no que dizia há pouco? Não repara que esta distinta costureira só se importa comigo; eu é que vou aqui entre os dados dela, unidinha a eles, furando abaixo e acima...

A linha não respondia nada; ia andando. Buraco aberto pela agulha era logo enchido por ela, silenciosa e ativa, como quem sabe o que faz, e não está para ouvir palavras loucas. A agulha, vendo que ela não lhe dava resposta, calou-se também, e foi andando. E era tudo silêncio na saleta de costura; não se ouvia mais que o *plic-plic-plic-plic* da agulha no pano. Caindo o sol, a costureira dobrou a costura, para o dia seguinte; continuou ainda nesse e no outro, até que no quarto acabou a obra, e ficou esperando o baile.

Veio a noite do baile, e a baronesa vestiu-se. A costureira, que a ajudou a vestir-se, levava a agulha espetada no corpinho, para dar algum ponto necessário. E enquanto compunha o vestido da bela dama, e puxava a um lado ou outro, arregaçava daqui ou dali, alisando, abotoando, acolchetando, a linha, para mofar da agulha, perguntou-lhe:

— Ora agora, diga-me quem é que vai ao baile, no corpo da baronesa, fazendo parte do vestido e da elegância? Quem é que vai dançar com ministros e diplomatas, enquanto você volta para a caixinha da costureira, antes de ir para o balaio das mucamas? Vamos, diga lá.

Parece que a agulha não disse nada; mas um alfinete, de cabeça grande e não menor experiência, murmurou à pobre agulha: — Anda, aprende, tola. Cansas-te em abrir caminho para ela e ela é que vai gozar da vida, enquanto aí ficas na caixinha de costura. Faze como eu, que não abro caminho para ninguém. Onde me espetam, fico.

Contei esta história a um professor de melancolia, que me disse, abanando a cabeça: — Também eu tenho servido de agulha a muita linha ordinária!

D. PAULA

Não era possível chegar mais a ponto. D. Paula entrou na sala, exatamente quando a sobrinha enxugava os olhos cansados de chorar. Compreende-se o assombro da tia. Entender-se-á também o da sobrinha, em se sabendo que D. Paula vive no alto da Tijuca, donde raras vezes desce; a última foi pelo Natal passado, e estamos em maio de 1882. Desceu ontem, à tarde, e foi para casa da irmã, Rua do Lavradio. Hoje, tão depressa almoçou, vestiu-se e correu a visitar a sobrinha. A primeira escrava que a viu, quis ir avisar a senhora, mas D. Paula ordenou-lhe que não, e foi pé ante pé, muito devagar, para impedir o rumor das saias, abriu a porta da sala de visitas, e entrou.

— Que é isto? exclamou.

Venancinha atirou-se-lhe aos braços, as lágrimas vieram-lhe de novo. A tia beijou-a muito, abraçou-a, disse-lhe palavras de conforto, e pediu, e quis que lhe contasse o que era, se alguma doença, ou...

— Antes fosse uma doença! antes fosse a morte! interrompeu a moça.

— Não digas tolices; mas que foi? anda, que foi?

Venancinha enxugou os olhos e começou a falar. Não pôde ir além de cinco ou seis palavras; as lágrimas tornaram, tão abundantes e impetuosas, que D. Paula achou de bom aviso deixá-las correr primeiro. Entretanto, foi tirando a capa de rendas pretas que a envolvia, e descalçando as luvas. Era uma bonita velha, elegante, dona de um par de olhos grandes, que deviam ter sido infinitos. Enquanto a sobrinha chorava, ela foi cerrar cautelosamente a porta da sala, e voltou ao canapé. No fim de alguns minutos, Venancinha cessou de chorar, e confiou à tia o que era.

Era nada menos que uma briga com o marido, tão violenta, que chegaram a falar de separação. A causa eram ciúmes. Desde muito que o marido embirrava com um sujeito; mas na véspera à noite, em casa do C..., vendo-a dançar com ele duas vezes e conversar alguns minutos, concluiu que eram namorados. Voltou amuado para casa; de manhã, acabado o almoço, a cólera estourou, e ele disse-lhe cousas duras e amargas, que ela repeliu com outras.

— Onde está teu marido? perguntou a tia.

— Saiu; parece que foi para o escritório.

D. Paula perguntou-lhe se o escritório era ainda o mesmo, e disse-lhe que descansasse, que não era nada; dali a duas horas tudo estaria acabado. Calçava as luvas rapidamente.

— Titia vai lá?

— Vou... Pois então? Vou. Teu marido é bom; são arrufos. 1O4? Vou lá; espera por mim, que as escravas não te vejam.

Tudo isso era dito com volubilidade, confiança e doçura. Calçadas as luvas, pôs o mantelete, e a sobrinha ajudou-a, falando também, jurando que, apesar de tudo, adorava o Conrado. Conrado era o marido, advogado desde 1874. D. Paula saiu, levando muitos beijos da moça. Na verdade, não podia chegar mais a ponto. De caminho, parece que ela encarou o incidente, não digo desconfiada, mas curiosa, um pouco inquieta da realidade positiva; em todo caso ia resoluta a reconstruir a paz doméstica.

Chegou, não achou o sobrinho no escritório, mas ele veio logo, e, passado o primeiro espanto, não foi preciso que D. Paula lhe dissesse o objeto da visita; Conrado adivinhou tudo. Confessou que fora excessivo em algumas cousas, e, por outro lado, não atribuía à mulher nenhuma índole perversa ou viciosa. Só isso; no mais, era uma cabeça de vento, muito amiga de cortesias, de olhos ternos, de palavrinhas doces, e a leviandade também é uma das portas do vício. Em relação à pessoa de quem se tratava, não tinha dúvida de que eram namorados. Venancinha contara só o fato da véspera; não referiu outros, quatro ou cinco, o penúltimo no teatro, onde chegou a haver tal ou qual escândalo. Não estava disposto a cobrir com a sua responsabilidade os desazos da mulher. Que namorasse, mas por conta própria.

D. Paula ouviu tudo, calada; depois falou também. Concordava que a sobrinha fosse leviana; era próprio da idade. Moça bonita não sai à rua sem atrair os olhos, e é natural que a admiração dos outros a lisonjeie. Também é natural que o que ela fizer de lisonjeada pareça aos outros e ao marido um princípio de namoro: a fatuidade de uns e o ciúme do outro explicam tudo. Pela parte dela, acabava de ver a moça chorar lágrimas sinceras; deixou-a consternada, falando de morrer, abatida com o que ele lhe dissera. E se ele próprio só lhe atribuía leviandade, por que não proceder com cautela e doçura, por meio de conselho e de observação, poupando-lhe as ocasiões, apontando-lhe o mal que fazem à reputação de uma senhora as aparências de acordo, de simpatia, de boa vontade para os homens?

Não gastou menos de vinte minutos a boa senhora em dizer essas cousas mansas, com tão boa sombra, que o sobrinho sentiu apaziguar-se-lhe o coração. Resistia, é verdade; duas ou três vezes, para não resvalar na indulgência, declarou à tia que entre eles tudo estava acabado. E, para animar-se, evocava mentalmente as razões que tinha contra a mulher. A tia, porém, abaixava a cabeça para deixar passar a onda, e surgia outra vez com os seus grandes olhos sagazes e teimosos. Conrado ia cedendo aos poucos e mal. Foi então que D. Paula propôs um meio-termo.

— Você perdoa-lhe, fazem as pazes, e ela vai estar comigo, na Tijuca, um ou dous meses; uma espécie de desterro. Eu, durante este tempo, encarrego-me de lhe pôr ordem no espírito. Valeu?

Conrado aceitou. D. Pauta, tão depressa obteve a palavra, despediu-se para levar a boa nova à outra; Conrado acompanhou-a até à escada. Apertaram as mãos; D. Paula não soltou a dele sem lhe repetir os conselhos de brandura e prudência; depois, fez esta reflexão natural:

— E vão ver que o homem de quem se trata nem merece um minuto dos nossos cuidados...

— É um tal Vasco Maria Portela...

D. Paula empalideceu. Que Vasco Maria Portela? Um velho, antigo diplomata, que... Não, esse estava na Europa desde alguns anos, aposentado, e acabava de receber um título de barão. Era um filho dele, chegado de pouco, um pelintra... D.

Paula apertou-lhe a mão, e desceu rapidamente. No corredor, sem ter necessidade de ajustar a capa, fê-lo durante alguns minutos, com a mão trêmula e um pouco de alvoroço na fisionomia. Chegou mesmo a olhar para o chão, refletindo. Saiu; foi ter com a sobrinha, levando a reconciliação e a cláusula. Venancinha aceitou tudo.

Dois dias depois foram para a Tijuca. Venancinha ia menos alegre do que prometera; provavelmente era o exílio, ou pode ser também que algumas saudades. Em todo caso, o nome de Vasco subiu a Tijuca, se não em ambas as cabeças, ao menos na da tia, onde era uma espécie de eco, um som remoto e brando, alguma cousa que parecia vir do tempo da Stoltz e do ministério Paraná. Cantora e ministério, cousas frágeis, não o eram menos que a ventura de ser moça, e onde iam essas três eternidades? Jaziam nas ruínas de trinta anos. Era tudo o que D. Paula tinha em si e diante de si.

Já se entende que o outro Vasco, o antigo, também foi moço e amou. Amaram-se, fartaram-se um do outro, à sombra do casamento, durante alguns anos, e, como o vento que passa não guarda a palestra dos homens, não há meio de escrever aqui o que então se disse da aventura. A aventura acabou; foi uma sucessão de horas doces e amargas, de delícias, de lágrimas, de cóleras, de arroubos, drogas várias com que encheram a esta senhora a taça das paixões. D. Paula esgotou-a inteira e emborcou-a depois para não mais beber. A saciedade trouxe-lhe a abstinência, e com o tempo foi esta última fase que fez a opinião. Morreu-lhe o marido e foram vindo os anos. D. Paula era agora uma pessoa austera e pia, cheia de prestígio e consideração.

A sobrinha é que lhe levou o pensamento ao passado. Foi a presença de uma situação análoga, de mistura com o nome e o sangue do mesmo homem, que lhe acordou algumas velhas lembranças. Não esqueçam que elas estavam na Tijuca, que iam viver juntas algumas semanas, e que uma obedecia à outra; era tentar e desafiar a memória.

— Mas nós deveras não voltamos à cidade tão cedo? perguntou Venancinha rindo, no outro dia de manhã.

— Já estás aborrecida?

— Não, não, isso nunca, mas pergunto...

D. Paula, rindo também, fez com o dedo um gesto negativo; depois, perguntou-lhe se tinha saudades cá de baixo. Venancinha respondeu que nenhumas; e para dar mais força à resposta, acompanhou-a de um descair dos cantos da boca, a modo de indiferença e desdém. Era pôr demais na carta. D. Paula tinha o bom costume de não ler às carreiras, como quem vai salvar o pai da força, mas devagar, enfiando os olhos entre as sílabas e entre as letras, para ver tudo, e achou que o gesto da sobrinha era excessivo.

— Eles amam-se! pensou ela.

A descoberta avivou o espírito do passado. D. Paula forcejou por sacudir fora essas memórias importunas; elas, porém, voltavam, ou de manso ou de assalto, como raparigas que eram, cantando, rindo, fazendo o diabo. D. Paula tornou aos seus bailes de outro tempo, às suas eternas valsas que faziam pasmar a toda a gente, às mazurcas, que ela metia à cara da sobrinha como sendo a mais graciosa cousa do mundo, e aos teatros, e às cartas, e vagamente, aos beijos; mas tudo isso — e esta é a situação — tudo isso era como as frias crônicas, esqueleto da história, sem a alma da história. Passava-se tudo na cabeça. D. Paula tentava emparelhar o coração com o cérebro, a ver se sentia alguma cousa além da pura repetição mental, mas, por mais que evocasse as comoções extintas, não lhe voltava nenhuma. Cousas truncadas!

Se ela conseguisse espiar para dentro do coração da sobrinha, pode ser que achasse ali a sua imagem, e então... Desde que esta idéia penetrou no espírito de D. Paula, complicou-lhe um pouco a obra de reparação e cura. Era sincera, tratava da alma da outra, queria vê-la restituída ao marido. Na constância do pecado é que se pode desejar que outros pequem também, para descer de companhia ao purgatório; mas aqui o pecado já não existia. D. Paula mostrava à sobrinha a superioridade do marido, as suas virtudes e assim também as paixões, que podiam dar um mau desfecho ao casamento, pior que trágico, o repúdio.

Conrado, na primeira visita que lhes fez, nove dias depois, confirmou a advertência da tia; entrou frio e saiu frio. Venancinha ficou aterrada. Esperava que os nove dias de separação tivessem abrandado o marido, e, em verdade, assim era; mas ele mascarou-se à entrada e conteve-se para não capitular. E isto foi mais salutar que tudo o mais. O terror de perder o marido foi o principal elemento de restauração. O próprio desterro não pôde tanto.

Vai senão quando, dois dias depois daquela visita, estando ambas ao portão da chácara, prestes a sair para o passeio do costume, viram vir um cavaleiro. Venancinha fixou a vista, deu um pequeno grito, e correu a esconder-se atrás do muro. D. Paula compreendeu e ficou. Quis ver o cavaleiro de mais perto; viu-o dali a dois ou três minutos, um galhardo rapaz, elegante, com as suas finas botas lustrosas, muito bem-posto no selim; tinha a mesma cara do outro Vasco, era o filho; o mesmo jeito da cabeça, um pouco à direita, os mesmos ombros largos, os mesmos olhos redondos e profundos.

Nessa mesma noite, Venancinha contou-lhe tudo, depois da primeira palavra que ela lhe arrancou. Tinham-se visto nas corridas, uma vez, logo que ele chegou da Europa. Quinze dias depois, foi-lhe apresentado em um baile, e pareceu-lhe tão bem, com um ar tão parisiense, que ela falou dele, na manhã seguinte, ao marido. Conrado franziu o sobrolho, e foi este gesto que lhe deu uma idéia que até então não tinha. Começou a vê-lo com prazer; daí a pouco com certa ansiedade. Ele falava-lhe respeitosamente, dizia-lhe cousas amigas, que ela era a mais bonita moça do Rio, e a mais elegante, que já em Paris ouvira elogiá-la muito, por algumas senhoras da família Alvarenga. Tinha graça em criticar os outros, e sabia dizer também umas palavras sentidas, como ninguém. Não falava de amor, mas perseguia-a com os olhos, e ela, por mais que afastasse os seus, não podia afastá-los de todo. Começou a pensar nele, amiudadamente, com interesse, e quando se encontravam, batia-lhe muito o coração; pode ser que ele lhe visse então, no rosto, a impressão que fazia.

D. Paula, inclinada para ela, ouvia essa narração, que aí fica apenas resumida e coordenada. Tinha toda a vida nos olhos; a boca, meio aberta, parecia beber as palavras da sobrinha, ansiosamente, como um cordial. E pedia-lhe mais, que lhe contasse tudo, tudo. Venancinha criou confiança. O ar da tia era tão jovem, a exortação tão meiga e cheia de um perdão antecipado, que ela achou ali uma confidente e amiga, não obstante algumas frases severas que lhe ouviu, mescladas às outras, por um motivo de inconsciente hipocrisia. Não digo cálculo; D. Paula enganava-se a si mesma. Podemos compará-la a um general inválido, que forceja por achar um pouco do antigo ardor na audiência de outras campanhas.

— Já vês que teu marido tinha razão, dizia ela; foste imprudente, muito imprudente... Venancinha achou que sim, mas jurou que estava tudo acabado.

— Receio que não. Chegaste a amá-lo deveras?

— Titia.

— Tu ainda gostas dele!

— Juro que não. Não gosto; mas confesso... sim... confesso que gostei... Perdoe-me tudo; não diga nada a Conrado; estou arrependida... Repito que a princípio um pouco fascinada... Mas que quer a senhora?

— Ele declarou-te alguma cousa?

— Declarou; foi no teatro, uma noite, no teatro lírico, à saída. Tinha costume de ir buscar-me ao camarote e conduzir-me até o carro; e foi à saída... duas palavras...

D. Paula não perguntou, por pudor, as próprias palavras do namorado, mas imaginou as circunstâncias, o corredor, os pares que saíam, as luzes, a multidão, o rumor das vozes, e teve o poder de representar, com o quadro, um pouco das sensações dela; e pediu-lhas com interesse, astutamente.

— Não sei o que senti, acudiu a moça, cuja comoção crescente ia desatando a língua; não me lembro dos primeiros cinco minutos. Creio que fiquei séria; em todo o caso, não lhe disse nada. Pareceu-me que toda gente olhava para nós, que teriam ouvido, e quando alguém me cumprimentava sorrindo, dava-me idéia de estar caçoando. Desci as escadas não sei como, entrei no carro sem saber o que fazia; ao apertar-lhe a mão, afrouxei bem os dedos. Juro-lhe que não queria ter ouvido nada. Conrado disse-me que tinha sono, e encostou-se ao fundo do carro; foi melhor assim, porque eu não sei que diria, se tivéssemos de ir conversando. Encostei-me também, mas por pouco tempo; não podia estar na mesma posição. Olhava para fora através dos vidros, e via só o clarão dos lampiões, de quando em quando, e afinal nem isso mesmo; via os corredores do teatro, as escadas, as pessoas todas, e ele ao pé de mim, cochichando as palavras, duas palavras só, e não posso dizer o que pensei em todo esse tempo; tinha as idéias baralhadas, confusas, uma revolução em mim...

— Mas, em casa?

— Em casa, despindo-me, é que pude refletir um pouco, mas muito pouco. Dormi tarde, e mal. De manhã, tinha a cabeça aturdida. Não posso dizer que estava alegre nem triste; lembro-me que pensava muito nele, e para arredá-lo prometi a mim mesma revelar tudo ao Conrado; mas o pensamento voltava outra vez. De quando em quando, parecia-me escutar a voz dele, e estremecia. Cheguei a lembrar-me que à despedida, lhe dera os dedos frouxos, e sentia, não sei como diga, uma espécie de arrependimento, um medo de o ter ofendido... e depois vinha o desejo de o ver outra vez... Perdoe-me, titia; a senhora é que quer que lhe conte tudo.

A resposta de D. Paula foi apertar-lhe muito a mão e fazer um gesto de cabeça. Afinal achava alguma cousa de outro tempo, ao contacto daquelas sensações ingenuamente narradas. Tinha os olhos, ora meio cerrados, na sonolência da recordação, — ora aguçados de curiosidade e calor, e ouvia tudo, dia por dia, encontro por encontro, a própria cena do teatro, que a sobrinha a princípio lhe ocultara. E vinha tudo o mais, horas de ânsia, de saudade, de medo, de esperança, desalentos, dissimulações, ímpetos, toda a agitação de uma criatura em tais circunstâncias, nada dispensava a curiosidade insaciável da tia. Não era um livro, não era sequer um capítulo de adultério, mas um prólogo, — interessante e violento.

Venancinha acabou. A tia não lhe disse nada, deixou-se estar metida em si mesma; depois acordou, pegou-lhe na mão e puxou-a. Não lhe falou logo; fitou primeiro, e de perto, toda essa mocidade inquieta e palpitante, a boca fresca, os olhos ainda infinitos, e só voltou a si quando a sobrinha lhe pediu outra vez perdão. D. Paula disse-lhe tudo o que a ternura e a austeridade da mãe lhe poderia dizer, falou-lhe de castidade, de amor ao marido, de respeito público; foi tão eloqüente que Venancinha não pôde conter-se, e chorou.

Veio o chá, mas não há chá possível depois de certas confidências. Venancinha recolheu-se logo, e, como a luz era agora maior, saiu da sala com os olhos baixos, para que o criado lhe não visse a comoção. D. Paula ficou diante da mesa e do criado. Gastou vinte minutos, ou pouco menos, em beber uma xícara de chá e roer um biscouto, e apenas ficou só, foi encostar-se à janela, que dava para a chácara.

Ventava um pouco, as folhas moviam-se sussurrando, e, conquanto não fossem as mesmas do outro tempo, ainda assim perguntavam-lhe: "Paula, você lembra-se do outro tempo?" Que esta é a particularidade das folhas, as gerações que passam contam às que chegam as cousas que viram, e é assim que todas sabem tudo e perguntam por tudo. Você lembra-se do outro tempo?

Lembrar, lembrava; mas aquela sensação de há pouco, reflexo apenas, tinha agora cessado. Em vão repetia as palavras da sobrinha, farejando o ar agreste da noite: era só na cabeça que achava algum vestígio, reminiscências, cousas truncadas. O coração empacara de novo; o sangue ia outra vez com a andadura do costume. Faltava-lhe o contacto moral da outra. E continuava, apesar de tudo, diante da noite, que era igual às outras noites de então, e nada tinha que se parecesse com as do tempo da Stoltz e do marquês de Paraná; mas continuava, e lá dentro as pretas espalhavam o sono contando anedotas, e diziam, uma ou outra vez, impacientes:

— Sinhá velha hoje deita tarde como diabo!

VIVER!

Fim dos tempos. Ahasverus, sentado em uma rocha, fita longamente o horizonte, onde passam duas águias, cruzando-se. Medita, depois sonha. Vai declinando o dia.

AHASVERS. — Chego à cláusula dos tempos; este é o limiar da eternidade. A terra está deserta; nenhum outro homem respira o ar da vida. Sou o último; posso morrer. Morrer! deliciosa idéia! Séculos de séculos vivi, cansado, mortificado, andando sempre, mas ei-los que acabam e vou morrer com eles. Velha natureza, adeus! Céu azul, nuvens renascentes, rosas de um dia e de todos os dias, águas perenes, terra inimiga, que me não comeste os ossos, adeus! O errante não errará mais. Deus me perdoará, se quiser, mas a morte consola-me. Aquela montanha é áspera como a minha dor; aquelas águias, que ali passam, devem ser famintas como o meu desespero. Morrereis também, águias divinas?

PROMETEU. — Certo que os homens acabaram; a terra está nua deles.

AHASVERUS. —Ouço ainda uma voz... Voz de homem? Céus implacáveis, não sou então o último? Ei-lo que se aproxima... Quem és tu? Há em teus grandes olhos alguma cousa parecida com a luz misteriosa dos arcanjos de Israel; não és homem...

PROMETEU. — Não.

AHASVERUS. — Raça divina?

PROMETEU. —Tu o disseste.

AHASVERUS. — Não te conheço; mas que importa que te não conheça? Não és homem; posso então morrer; pois sou o último, e fecho a porta da vida.

PROMETEU. — A vida, como a antiga Tebas, tem cem portas. Fechas uma, outras se abrirão. És o último da tua espécie? Virá outra espécie melhor, não feita do mesmo barro, mas da mesma luz. Sim, homem derradeiro, toda a plebe dos espíritos perecerá para sempre; a flor deles é que voltará à terra para reger as cousas. Os tempos serão retificados. O mal acabará; os ventos não espalharão mais, nem os germens da morte, nem o clamor dos oprimidos, mas tão-somente a cantiga do amor perene e a bênção da universal justiça...

AHASVERUS. — Que importa à espécie que vai morrer comigo toda essa delícia póstuma? Crê-me, tu que és imortal, para os ossos que apodrecem na terra as púrpuras de Sidônia[26] não valem nada. O que tu me contas é ainda melhor que o sonho de Campanella[27]. Na cidade deste havia delitos e enfermidades; a tua exclui todas as lesões morais e físicas. O Senhor te ouça! Mas deixa-me ir morrer.

26. Aportuguesamento de Sídon (atual Saida, no Líbano), uma das principais cidades da antiga fenícia, famosa pela sua riqueza, comércio e hábeis artesãos, que se distinguiam no fabrico de vidro e de corantes à base de púrpura.
27. Tommaso Campanella (1568-1639), filósofo italiano que combateu a Escolástica e preconizou o método experimental. Numa de suas numerosas obras, A cidade do Sol, estabelece as normas de um Estado ideal, baseado num comunismo de bens e de mulheres, governado por sacerdotes-filósofos.

PROMETEU. — Vai, vai. Que pressa tens em acabar os teus dias?

AHASVERUS. — A pressa de um homem que tem vivido milheiros de anos. Sim, milheiros de anos. Homens que apenas respiraram por dezenas deles, inventaram um sentimento de enfado, *tedium vitae,*[28] que eles nunca puderam conhecer, ao menos em toda a sua implacável e vasta realidade, porque é preciso haver calcado, como eu, todas as gerações e todas as ruínas, para experimentar esse profundo fastio da existência.

PROMETEU. — Milheiros de anos?

AHASVERUS. — Meu nome é Ahasverus: vivia em Jerusalém, ao tempo em que iam crucificar Jesus Cristo. Quando ele passou pela minha porta, afrouxou ao peso do madeiro que levava aos ombros, e eu empurrei-o, bradando-lhe que não parasse, que não descansasse, que fosse andando até à colina, onde tinha de ser crucificado... Então uma voz anunciou-me do céu que eu andaria sempre, continuamente, até o fim dos tempos. Tal é a minha culpa; não tive piedade para com aquele que ia morrer. Não sei mesmo como isto foi. Os fariseus diziam que o filho de Maria vinha destruir a lei, e que era preciso matá-lo; eu, pobre ignorante, quis realçar o meu zelo e daí a ação daquele dia. Que de vezes vi isto mesmo, depois, atravessando os tempos e as cidades! Onde quer que o zelo penetrou numa alma subalterna, fez-se cruel ou ridículo. Foi a minha culpa irremissível.

PROMETEU. — Grave culpa, em verdade, mas a pena foi benévola. Os outros homens leram da vida um capítulo, tu leste o livro inteiro. Que sabe um capítulo de outro capítulo? Nada; mas o que os leu a todos, liga-os e conclui. Há páginas melancólicas? Há outras joviais e felizes. À convulsão trágica precede a do riso, a vida brota da morte, cegonhas e andorinhas trocam de clima, sem jamais abandoná-lo inteiramente; é assim que tudo se concerta e restitui. Tu viste isso, não dez vezes, não mil vezes, mas todas as vezes; viste a magnificência da terra curando a aflição da alma, e a alegria da alma suprindo à desolação das cousas; dança alternada da natureza, que dá a mão esquerda a Jó e a direita a Sardanapalo.[29]

AHASVERUS. — Que sabes tu da minha vida? Nada; ignoras a vida humana.

PROMETEU. — Ignoro a vida humana? deixa-me rir! Eia, homem perpétuo, explica-te. Conta-me tudo; saíste de Jerusalém...

AHASVERUS. — Saí de Jerusalém. Comecei a peregrinação dos tempos. Ia a toda a parte, qualquer que fosse a raça, o culto ou a língua; sóis e neves, povos bárbaros e cultos, ilhas, continentes, onde quer que respirasse um homem, aí respirei eu. Nunca mais trabalhei. Trabalho é refúgio, e não tive esse refúgio. Cada manhã achava comigo a moeda do dia... Vede; cá está a última. Ide, que já não sois precisa *(atira a moeda ao longe).* Não trabalhava, andava apenas, sempre, sempre, sempre, um dia e outro dia, um ano e outro ano, e todos os anos, e todos os séculos. A eterna justiça soube o que fez: somou a eternidade com a ociosidade. As gerações legavam-me umas às outras. As línguas que morriam ficavam com o meu nome embutido na ossada. Com o volver dos tem-

28. (Latim): "tédio da vida".

29. Contraste entre o personagem bíblico Jó, conhecido pela sua pobreza e conformismo diante de inúmeras adversidades, e Sardanapalo, lendário rei da Assíria, que personifica o príncipe rico e devasso, que tinha como lema: "Come, bebe, diverte-te: todo o resto é nada". Diz a tradição que se deixou queimar numa fogueira com seus tesouros, mulheres e eunucos.

pos, esquecia-se tudo; os heróis dissipavam-se em mitos, na penumbra, ao longe; e a história ia caindo aos pedaços, não lhe ficando mais que duas ou três feições vagas e remotas. E eu via-as de um modo e de outro modo. Falaste em capítulo? Felizes os que só leram a vida em um capítulo.[30] Os que se foram, à nascença dos impérios, levaram a impressão da perpetuidade deles; os que expiraram quando eles decaíam, enterraram-se com a esperança da recomposição; mas sabes tu o que é ver as mesmas cousas, sem parar, a mesma alternativa de prosperidade e desolação, desolação e prosperidade, eternas exéquias e eternas aleluias, auroras sobre auroras, ocasos sobre ocasos?

PROMETEU. — Mas não padeceste, creio; é alguma cousa não padecer nada.

AHASVERUS. — Sim, mas vi padecer os outros homens, e, para o fim, o espetáculo da alegria dava-me a mesma sensação que os discursos de um doudo. Fatalidades do sangue e da carne, conflitos sem fim, tudo vi passar a meus olhos, a ponto que a noite me fez perder o gosto ao dia, e acabo não distinguindo as flores das urzes. Tudo se me confunde da retina enfarada.

PROMETEU. — Pessoalmente não te doeu nada; e eu que padeci por tempos inúmeros o efeito da cólera divina?

AHASVERUS. — Tu?

PROMETEU. — Prometeu é o meu nome.

AHASVERUS. — Tu Prometeu?

PROMETEU. — E qual foi meu crime? Fiz de lodo e água os primeiros homens, e depois, compadecido, roubei para eles o fogo do céu. Tal foi o meu crime. Júpiter, que então regia o Olimpo, condenou-me ao mais cruel suplício. Anda, sobe comigo a este rochedo.

AHASVERUS. — Contas-me uma fábula. Conheço esse sonho helênico.

PROMETEU. — Velho incrédulo! Anda ver as próprias correntes que me agrilhoaram; foi uma pena excessiva para nenhuma culpa; mas a divindade orgulhosa e terrível... Chegamos, olha, aqui estão elas...

AHASVERUS. — O tempo que tudo rói não as quis então?

PROMETEU. — Eram de mão divina; fabricou-as Vulcano. Dois emissários do céu vieram atar-me ao rochedo, e uma águia, como aquela que lá corta o horizonte, comia-me o fígado, sem consumi-lo nunca. Durou isto tempos que não contei. Não, não podes imaginar este suplício...

AHASVERUS. — Não me iludes? Tu Prometeu? Não foi então um sonho da imaginação antiga?

PROMETEU. — Olha bem para mim, palpa estas mãos. Vê se existo.

AHASVERUS. — Moisés mentiu-me. Tu Prometeu, criador dos primeiros homens?

PROMETEU. — Foi o meu crime.

AHASVERUS. — Sim, foi o teu crime, artífice do inferno; foi o teu crime inexpiável. Aqui devias ter ficado por todos os tempos, agrilhoado e devorado, tu, origem dos males que me afligiram. Careci de piedade, é certo; mas tu, que me trouxeste à existência, divindade perversa, foste a causa original de tudo.

30. Nas edições Garnier falta este período, que figuera na 1ª.

PROMETEU. — A morte próxima obscurece-te a razão.

AHASVERUS. — Sim, és tu mesmo, tens a fronte olímpica, forte e belo titão: és tu mesmo... São estas as cadeias? Não vejo o sinal das tuas lágrimas.

PROMETEU. — Chorei-as pela tua raça.

AHASVERUS. — Ela chorou muito mais por tua culpa.

PROMETEU. — Ouve, último homem, último ingrato!

AHASVERUS. — Para que quero eu palavras tuas? Quero os teus gemidos, divindade perversa. Aqui estão as cadeias. Vê como as levanto nas mãos; ouve o tinir dos ferros... Quem te desagrilhoou outrora?

PROMETEU. — Hércules.

AHASVERUS. — Hércules... Vê se ele te presta igual serviço, agora que vais ser novamente agrilhoado.

PROMETEU. — Deliras.

AHASVERUS. — O céu deu-te o primeiro castigo; agora a terra vai dar-te o segundo e derradeiro. Nem Hércules poderá mais romper estes ferros. Olha como os agito no ar, à maneira de plumas; é que eu represento a força dos desesperos milenários. Toda a humanidade está em mim. Antes de cair no abismo, escreverei nesta pedra o epitáfio de um mundo. Chamarei a águia, e ela virá; dir-lhe-ei que o derradeiro homem, ao partir da vida, deixa-lhe um regalo de deuses.

PROMETEU. — Pobre ignorante, que rejeitas um trono! Não, não podes mesmo rejeitá-lo.

AHASVERUS. — És tu agora que deliras. Eia, prostra-te, deixa-me ligar-te os braços. Assim, bem, não resistirás mais; arqueja para aí. Agora as pernas...

PROMETEU. — Acaba, acaba. São as paixões da terra que se voltam contra mim; mas eu, que não sou homem, não conheço a ingratidão. Não arrancarás uma letra ao teu destino, ele se cumprirá inteiro. Tu mesmo serás o novo Hércules. Eu, que anunciei a glória do outro, anuncio a tua; e não serás menos generoso que ele.

AHASVERUS. — Deliras tu?

PROMETEU. — A verdade ignota aos homens é o delírio de quem a anuncia. Anda, acaba.

AHASVERUS. — A glória não paga nada, e extingue-se.

PROMETEU. — Esta não se extinguirá. Acaba, acaba; ensina ao bico adunco da águia como me há de devorar a entranha; mas escuta... Não, não escutes nada; não podes entender-me.

AHASVERUS. — Fala, fala.

PROMETEU. — O mundo passageiro não pode entender o mundo eterno; mas tu serás o elo entre ambos.

AHASVERUS. — Dize tudo.

PROMETEU. — Não digo nada; anda, aperta bem estes pulsos, para que eu não fuja, para que me aches aqui à tua volta. Que te diga tudo? Já te disse que uma raça nova povoará a terra, feita dos melhores espíritos da raça extinta; a multidão dos outros perecerá. Nobre família, lúcida e poderosa, será a perfeita comunhão do divino com o humano. Outros serão os tempos, mas entre eles e estes um elo é preciso, e esse elo és tu.

AHASVERUS. — Eu?

PROMETEU. — Tu mesmo, tu, eleito, tu, rei. Sim, Ahasverus, tu serás rei. O errante pousará. O desprezado dos homens governará os homens.

AHASVERUS. — Titão artificioso, iludes-me... Rei, eu?

PROMETEU. — Tu rei. Que outro seria? O mundo novo precisa de uma tradição do mundo velho, e ninguém pode falar de um a outro como tu. Assim não haverá interrupção entre as duas humanidades. O perfeito procederá do imperfeito, e a tua boca dir-lhe-á as suas origens. Contarás aos novos homens todo o bem e todo o mal antigo. Reviverás assim como a árvore a que cortaram as folhas secas, e conserva tão-somente as viçosas; mas aqui o viço é eterno.

AHASVERUS. — Visão luminosa! Eu mesmo?

PROMETEU. — Tu mesmo.

AHASVERUS. — Estes olhos... estas mãos... vida nova e melhor... Visão excelsa! Titão, é justo. Justa foi a pena; mas igualmente justa é a remissão gloriosa do meu pecado. Viverei eu? eu mesmo? Vida nova e melhor? Não, tu mofas de mim.

PROMETEU. — Bem, deixa-me, voltarás um dia, quando este imenso céu for aberto para que desçam os espíritos da vida nova. Aqui me acharás tranqüilo. Vai.

AHASVERUS. — Saudarei outra vez o sol?

PROMETEU. — Esse mesmo que ora vai a cair. Sol amigo, olho dos tempos, nunca mais se fechará a tua pálpebra. Fita-o, se podes.

AHASVERUS. — Não posso.

PROMETEU. — Pode-lo-ás depois, quando as condições da vida houverem mudado. Então a tua retina fitará o sol sem perigo, porque no homem futuro ficará concentrado tudo o que há melhor na natureza, enérgico ou sutil, cintilante ou puro.

AHASVERUS. — Jura que me não mentes.

PROMETEU. — Verás se minto.

AHASVERUS. — Fala, fala mais, conta-me tudo.

PROMETEU. — A descrição da vida não vale a sensação da vida; te-la-ás prodigiosa. O seio de Abraão das tuas velhas Escrituras não é senão esse mundo ulterior e perfeito. Lá verás Davi e os profetas. Lá contarás à gente estupefata, não só as grandes ações do mundo extinto, como também os males que ela não há de conhecer, lesão ou velhice, dolo, egoísmo, hipocrisia, a aborrecida vaidade, a inopinável toleima e o resto. A alma terá, como a terra, uma túnica incorruptível.

AHASVERUS. — Verei ainda este imenso céu azul!

PROMETEU. — Olha como é belo.

AHASVERUS. — Belo e sereno como a eterna justiça. Céu magnífico, melhor que as tendas de Cedar, ver-te-ei ainda e sempre; tu recolherás os meus pensamentos, como outrora; tu me darás os dias claros e as noites amigas...

PROMETEU. — Auroras sobre auroras.

AHASVERUS. — Eia, fala, fala mais. Conta-me tudo. Deixa-me desatar-te estas cadeias...

PROMETEU. — Desata-as, Hércules novo, homem derradeiro de um mundo, que vais ser o primeiro de outro. É o teu destino; nem tu nem eu, ninguém poderá mudá-lo. És mais ainda que o teu Moisés. Do alto do Nebo, viu ele, prestes a morrer, toda a terra de Jericó, que ia pertencer à sua posteridade; e o Senhor lhe disse: "Tu a viste com teus olhos, e não passarás a ela."[31] Tu passarás a ela, Ahasverus; tu habitarás Jericó.

AHASVERUS. — Põe a mão sobre a minha cabeça, olha bem para mim; incute-me a tua realidade e a tua predição; deixa-me sentir um pouco da vida nova e plena... Rei disseste?

PROMETEU. — Rei eleito de uma raça eleita.

AHASVERUS. — Não é demais para resgatar o profundo desprezo em que vivi. Onde uma vida cuspiu lama, outra vida porá uma auréola. Anda, fala mais... fala mais... *(Continua sonhando. As duas águias aproximam-se.)*

UMA ÁGUIA. — Ai, ai, ai deste último homem, está morrendo e ainda sonha com a vida.

A OUTRA. — Nem ele a odiou tanto, senão porque a amava muito.

31.Cf. Deuteronômio, 32, 49-52.

O CÔNEGO OU METAFÍSICA DO ESTILO

—"Vem do Líbano, esposa minha, vem do Líbano, vem...[32] As mandrágoras deram o seu cheiro. Temos às nossas portas toda a casta de pomos..."[33]

— "Eu vos conjuro, filhas de Jerusalém, que se encontrardes o meu amado, lhe façais saber que estou enferma de amor..."[34]

Era assim, com essa melodia do velho drama de Judá, que procuravam um ao outro na cabeça do cônego Matias um substantivo e um adjetivo... Não me interrompas, leitor precipitado; sei que não acreditas em nada do que vou dizer. Di-lo-ei, contudo, a despeito da tua pouca fé, porque o dia da conversão pública há de chegar.

Nesse dia, — cuido que por volta de 2222, — o paradoxo despirá as asas para vestir a japona de uma verdade comum. Então esta página merecerá, mais que favor, apoteose. Hão de traduzi-la em todas as línguas. As academias e institutos farão dela um pequeno livro, para uso dos séculos, papel de bronze, corte-dourado, letras de opala embutidas, e capa de prata fosca. Os governos decretarão que ela seja ensinada nos ginásios e liceus. As filosofias queimarão todas as doutrinas anteriores, ainda as mais definitivas, e abraçarão esta psicologia nova, única verdadeira, e tudo estará acabado. Até lá passarei por tonto, como se vai ver.

Matias, cônego honorário e pregador efetivo, estava compondo um sermão quando começou o idílio psíquico. Tem quarenta anos de idade, e vive entre livros e livros para os lados da Gamboa. Vieram encomendar-lhe o sermão para certa festa próxima; ele que se regalava então com uma grande obra espiritual, chegada no último paquete, recusou o encargo; mas instaram tanto, que aceitou.

— Vossa Reverendíssima faz isto brincando, disse o principal dos festeiros.

Matias sorriu manso e discreto, como devem sorrir os eclesiásticos e os diplomatas. Os festeiros despediram-se com grandes gestos de veneração, e foram anunciar a festa nos jornais, com a declaração de que pregava ao Evangelho o cônego Matias, "um dos ornamentos do clero brasileiro". Este "ornamento do clero" tirou ao cônego a vontade de almoçar, quando ele o leu agora de manhã; e só por estar ajustado, é que se meteu a escrever o sermão.

Começou de má vontade, mas no fim de alguns minutos já trabalhava com amor. A inspiração, com os olhos no céu, e a meditação, com os olhos no chão, ficam a um e outro lado do espaldar da cadeira, dizendo ao ouvido do cônego mil cousas místicas e graves. Matias vai escrevendo, ora devagar, ora depressa. As tiras saem-lhe das

32. Cântico dos Cânticos, 4, 8.
33. *Ib.*, 7, 13.
34. *Ib.*, 5, 8.

mãos, animadas e polidas. Algumas trazem poucas emendas ou nenhumas. De repente, indo escrever um adjetivo, suspende-se; escreve outro e risca-o; mais outro, que não tem melhor fortuna. Aqui é o centro do idílio. Subamos à cabeça do cônego.

Upa! Cá estamos. Custou-te, não, leitor amigo? É para que não acredites nas pessoas que vão ao Corcovado, e dizem que ali a impressão da altura é tal, que o homem fica sendo cousa nenhuma. Opinião pânica e falsa, falsa como Judas e outros diamantes. Não creias tu nisso, leitor amado. Nem Corcovados, nem Himalaias valem muita cousa ao pé da tua cabeça, que os mede. Cá estamos. Olha bem que é a cabeça do cônego. Temos à escolha um ou outro dos hemisférios cerebrais; mas vamos por este, que é onde nascem os substantivos. Os adjetivos nascem no da esquerda. Descoberta minha, que, ainda assim, não é a principal, mas a base dela, como se vai ver. Sim, meu senhor, os adjetivos nascem de um lado, e os substantivos de outro, e toda a sorte de vocábulos está assim dividida por motivo da diferença sexual...

— Sexual?

Sim, minha senhora, sexual. As palavras têm sexo. Estou acabando a minha grande memória psico-léxico-lógica, em que exponho e demonstro esta descoberta. Palavra tem sexo.

— Mas, então, amam-se umas às outras?

Amam-se umas às outras. E casam-se. O casamento delas é o que chamamos estilo. Senhora minha, confesse que não entendeu nada.

— Confesso que não.

Pois entre aqui também na cabeça do cônego. Estão justamente a suspirar deste lado. Sabe quem é que suspira? é o substantivo de há pouco, o tal que o cônego escreveu no papel, quando suspendeu a pena. Chama por certo adjetivo, que lhe não aparece: "Vem do Líbano, vem..." E fala assim, pois está em cabeça de padre; se fosse de qualquer pessoa do século, a linguagem seria a de Romeu: "Julieta é o sol... ergue-te, lindo sol."[35] Mas em cérebro eclesiástico, a linguagem é a das Escrituras. Ao cabo, que importam fórmulas? Namorados de Verona ou de Judá falam todos o mesmo idioma, como acontece com o táler ou o dólar, o florim ou a libra, que é tudo o mesmo dinheiro.

Portanto, vamos lá por essas circunvoluções do cérebro eclesiástico, atrás do substantivo que procura o adjetivo. Sílvio chama por Sílvia. Escutai; ao longe parece que suspira também alguma pessoa; é Sílvia que chama por Sílvio.

Ouvem-se agora e procuram-se. Caminho difícil e intrincado que é este de um cérebro tão cheio de cousas velhas e novas! Há aqui um burburinho de idéias, que mal deixa ouvir os chamados de ambos; não percamos de vista o ardente Sílvio, que lá vai, que desce e sobe, escorrega e salta; aqui, para não cair, agarra-se a umas raízes latinas, ali abordoa-se a um salmo, acolá monta num pentâmetro, e vai sempre andando, levado de uma força íntima, a que não pode resistir.

De quando em quando, aparece-lhe alguma dama — adjetivo também — e oferece-lhe as suas graças antigas ou novas; mas, por Deus, não é a mesma, não é a

35. Shakespeare, *Romeu e Julieta*, ato II, cena II, 3-4 (passa-se em Verona, Itália).

única, a destinada *ab eterno* para este consórcio. E Sílvio vai andando, à procura da única. Passai, olhos de toda cor, formas de toda casta, cabelos cortados à cabeça do Sol ou da Noite; morrei sem eco, meigas cantilenas suspiradas no eterno violino; Sílvio não pede um amor qualquer, adventício ou anônimo; pede um certo amor nomeado e predestinado.

Agora não te assustes, leitor, não é nada; é o cônego que se levanta, vai à janela, e encosta-se a espairecer do esforço. Lá olha, lá esquece o sermão e o resto. O papagaio em cima do poleiro, ao pé da janela, repete-lhe as palavras do costume e, no terreiro, o pavão enfuna-se todo ao sol da manhã; o próprio sol, reconhecendo o cônego, manda-lhe um dos seus fiéis raios, a cumprimentá-lo. E o raio vem, e pára diante da janela: "Cônego ilustre, aqui venho trazer os recados do sol, meu senhor e pai." Toda a natureza parece assim bater palmas ao regresso daquele galé do espírito. Ele próprio alegra-se, entorna os olhos por esse ar puro, deixa-os ir fartarem-se de verdura e fresquidão, ao som de um passarinho e de um piano; depois fala ao papagaio, chama o jardineiro, assoa-se, esfrega as mãos, encosta-se. Não lhe lembra mais nem Sílvio nem Sílvia.

Mas Sílvio e Sílvia é que se lembram de si. Enquanto o cônego cuida em cousas estranhas, eles prosseguem em busca um do outro, sem que ele saiba nem suspeite nada. Agora, porém, o caminho é escuro. Passamos da consciência para a inconsciência, onde se faz a elaboração confusa das idéias, onde as reminiscências dormem ou cochilam. Aqui pulula a vida sem formas, os germens e os detritos, os rudimentos e os sedimentos; é o desvão imenso do espírito. Aqui caíram eles, à procura um do outro, chamando e suspirando. Dê-me a leitora a mão, agarre-se o leitor a mim, e escorreguemos também.

Vasto mundo incógnito. Sílvio e Sílvia rompem por entre embriões e ruínas. Grupos de idéias, deduzindo-se à maneira de silogismos, perdem-se do tumulto de reminiscências da infância e do seminário. Outras idéias, grávidas de idéias, arrastam-se pesadamente, amparadas por outras idéias virgens. Cousas e homens amalgamam-se; Platão traz os óculos de um escrivão da câmara eclesiástica; mandarins de todas as classes distribuem moedas etruscas e chilenas, livros ingleses e rosas pálidas; tão pálidas, que não parecem as mesmas que a mãe do cônego plantou quando ele era criança. Memórias pias e familiares cruzam-se e confundem-se. Cá estão as vozes remotas da primeira missa; cá estão as cantigas da roça que ele ouvia cantar às pretas, em casa; farrapos de sensações esvaídas, aqui um medo, ali um gosto, acolá um fastio de cousas que vieram cada uma por sua vez, e que ora jazem na grande unidade impalpável e obscura.

— Vem do Líbano, esposa minha...

— Eu vos conjuro, filhas de Jerusalém...

Ouvem-se cada vez mais perto. Eis aí chegam eles às profundas camadas de teologia, de filosofia, de liturgia, de geografia e de história, lições antigas, noções modernas, tudo à mistura, dogma e sintaxe. Aqui passou a mão panteísta de Spinoza,[36] às escondidas; ali ficou a unhada do Doutor Angélico;[37] mas nada disso é

36. Baruch Spinoza (1632-1677), filósofo holandês de origem judaico-portuguesa, expõe seu sistema panteísta na *Ética*.
37. Cognome de Santo Tomás de Aquino (1226-1274), o maior teólogo da Igreja Católica, autor, entre outras obras, da *Suma contra os Gentios* e da *Suma Teológica,* expressão mais perfeita da ortodoxia católica, que representa a Escolástica em toda a sua pureza.

Sílvio nem Sílvia. E eles vão rasgando, levados de uma força íntima, afinidade secreta, através de todos os obstáculos e por cima de todos os abismos. Também os desgostos hão de vir. Pesares sombrios, que não ficaram no coração do cônego, cá estão, à laia de manchas morais, e ao pé deles o reflexo amarelo ou roxo, ou o que quer que seja da dor alheia e universal. Tudo isso vão eles cortando com a rapidez do amor e do desejo.

Cambaleias, leitor? Não é o mundo que desaba; é o cônego que se sentou agora mesmo. Espaireceu à vontade, tornou à mesa do trabalho, e relê o que escreveu, para continuar; pega da pena, molha-a, desce-a ao papel, a ver que adjetivo há de anexar ao substantivo.

Justamente agora é que os dous cobiçosos estão mais perto um do outro. As vozes crescem, o entusiasmo cresce, todo o *Cântico* passa pelos lábios deles, tocados de febre. Frases alegres, anedotas de sacristia, caricaturas, facécias, disparates, aspectos estúrdios, nada os retém, menos ainda os faz sorrir. Vão, vão, o espaço estreita-se. Ficai aí, perfis meio apagados de paspalhões que fizeram rir ao cônego, e que ele inteiramente esqueceu; ficai, rusgas extintas, velhas charadas, regras de voltarete, e vós também, células de idéias novas, debuxos de concepções, pó que tens de ser pirâmide, ficai, abalroai, esperai, desesperai, que eles não têm nada convosco. Amam-se e procuram-se.

Procuram-se e acham-se. Enfim, Sílvio achou Sílvia. Viram-se, caíram nos braços um do outro, ofegantes de canseira, mas remidos com a paga. Unem-se, entrelaçam os braços, e regressam palpitando da inconsciência para a consciência. "Quem é esta que sobe do deserto, firmada sobre o seu amado?"[38] pergunta Sílvio, como no *Cântico;* e ela, com a mesma lábia erudita, responde-lhe que "é o selo do seu coração", e que "o amor é tão valente como a própria morte".

Nisto, o cônego estremece. O rosto ilumina-se-lhe. A pena, cheia de comoção e respeito, completa o substantivo com o adjetivo. Sílvia caminhará agora ao pé de Sílvio, no sermão que o cônego vai pregar um dia destes, e irão juntinhos ao prelo, se ele coligir os seus escritos, o que não se sabe.

38. Cânticos dos Cânticos, 8, 5.

MACHADO DE ASSIS

PÁGINAS RECOLHIDAS

SOBRE ESTA EDIÇÃO

Saíram duas edições de *Páginas Recolhidas* durante a vida do Autor, a 1ª impressa em junho de 1899, a 2ª (que reproduz a 1ª) em janeiro de 1900. A folha de rosto de ambas é idêntica:

Machado de Assis/ Da Academia Brasileira / PÁGINAS RECOLHIDAS / "Quelque diversité d'herbes qu'il/y ayt, tout s'enveloppe sous le nom/ de salade." / Montaigne, *Essais*, liv. I, / chap. XLVI./ H. Garnier, Livreiro-Editor/71, rua Moreira Cezar, 71/Rio de Janeiro// 6, rue des Saint-Pères, 6/Paris."

Muda apenas a data do colofão: 6-99 na 1ª, 1.00 na 2ª, a cuja capa se acrescentou: NOVA EDIÇÃO, e que me serviu de texto-base.

*

Conforme explica o próprio Machado no Prefácio, comentando a epígrafe de Montaigne, o livro é variado: são páginas "escolhidas dentre muitas, por achar que ainda agora possam interessar". Umas delas são contos (entre os quais obras-primas do quilate de "Um erradio" e "Missa do Galo"); o "discurso proferido na cerimônia do lançamento da primeira pedra da estátua de José de Alencar"; o admirável ensaio sobre Henriqueta Renan; o antológico "debuxo do nosso antigo senado"; a comédia "Tu só, tu, puro amor...", peça escrita em homenagem ao tricentenário da morte de Camões; e algumas crônicas publicadas na *Gazeta de Notícias*.

Dessa forma tem o leitor a oportunidade de apreciar outras facetas do talento de Machado de Assis.

A.G.K.

NOTA:
O preparo desta edição foi facilitado graças à colaboração de Plínio Doyle, que possibilitou o acesso à sua Machadiana.

PREFÁCIO

Montaigne explica pelo seu modo dele a variedade deste livro. Não há que repetir a mesma idéia, nem qualquer outro lhe daria a graça da expressão que vai por epígrafe. O que importa unicamente é dizer a origem destas páginas.

Umas são contos e novelas, figuras que vi ou imaginei, ou simples idéias que me deu na cabeça reduzir a linguagem. Saíram primeiro nas folhas volantes do jornalismo, em data diversa, e foram escolhidas dentre muitas, por achar que ainda agora possam interessar. Também vai aqui *Tu só, tu, puro amor...* comédia escrita para as festas centenárias de Camões, e representada por essa ocasião. Tiraram-se dela cem exemplares numerados que se distribuíram por algumas estantes e bibliotecas. Uma análise da correspondência de Renan com sua irmã Henriqueta, e um debuxo do nosso antigo senado foram dados na *Revista Brasileira,* tão brilhantemente dirigida pelo meu ilustre e prezado amigo José Veríssimo. Sai também um pequeno discurso, lido quando se lançou a primeira pedra da estátua de Alencar. Enfim, alguns retalhos de cinco anos de crônica na *Gazeta de Notícias* que me pareceram não destoar do livro, seja porque o objeto não passasse inteiramente, seja porque o aspecto que lhe achei ainda agora me fale ao espírito. Tudo é pretexto para recolher folhas amigas.

MACHADO DE ASSIS.

O CASO DA VARA

Damião fugiu do seminário às onze horas da manhã de uma sexta-feira de agosto. Não sei bem o ano; foi antes de 1850. Passados alguns minutos parou vexado; não contava com o efeito que produzia nos olhos da outra gente aquele seminarista que ia espantado, medroso, fugitivo. Desconhecia as ruas, andava e desandava; finalmente parou. Para onde iria? Para casa, não; lá estava o pai que o devolveria ao seminário, depois de um bom castigo. Não assentara no ponto de refúgio, porque a saída estava determinada para mais tarde; uma circunstância fortuita a apressou. Para onde iria? Lembrou-se do padrinho, João Carneiro, mas o padrinho era um moleirão sem vontade, que por si só não faria cousa útil. Foi ele que o levou ao seminário e o apresentou ao reitor:

— Trago-lhe o grande homem que há de ser, disse ele ao reitor.

— Venha, acudiu este, venha o grande homem, contanto que seja também humilde e bom. A verdadeira grandeza é chã. Moço...

Tal foi a entrada. Pouco tempo depois fugiu o rapaz ao seminário. Aqui o vemos agora na rua, espantado, incerto, sem atinar com refúgio nem conselho; percorreu de memória as casas de parentes e amigos, sem se fixar em nenhuma. De repente, exclamou:

— Vou pegar-me com Sinhá Rita! Ela manda chamar meu padrinho, diz-lhe que quer que eu saia do seminário... Talvez assim...

Sinhá Rita era uma viúva, querida de João Carneiro; Damião tinha umas idéias vagas dessa situação e tratou de a aproveitar. Onde morava? Estava tão atordoado, que só daí a alguns minutos é que lhe acudiu a casa; era no Largo do Capim.[1]

— Santo nome de Jesus! Que é isto? bradou Sinhá Rita, sentando-se na marquesa, onde estava reclinada.

Damião acabava de entrar espavorido; no momento de chegar à casa, vira passar um padre, e deu um empurrão à porta, que por fortuna não estava fechada a chave nem ferrolho. Depois de entrar, espiou pela rótula, a ver o padre. Este não deu por ele e ia andando.

— Mas que é isto, Sr. Damião? bradou novamente a dona da casa, que só agora o conhecera. Que vem fazer aqui?

Damião, trêmulo, mal podendo falar, disse que não tivesse medo, não era nada; ia explicar tudo.

— Descanse, e explique-se.

— Já lhe digo; não pratiquei nenhum crime, isso juro; mas espere.

1. Ficava entre as ruas General Câmara, São Pedro (desaparecidas com a abertura da Av. Pres. Vargas) e dos Andradas. Antes de dar lugar à nova Avenida chamou-se Praça Lopes Trovão.

Sinhá Rita olhava para ele espantada, e todas as crias, de casa, e de fora, que estavam sentadas em volta da sala, diante das suas almofadas de renda, todas fizeram parar os bilros e as mãos. Sinhá Rita vivia principalmente de ensinar a fazer renda, crivo e bordado. Enquanto o rapaz tomava fôlego, ordenou às pequenas que trabalhassem, e esperou. Afinal, Damião contou tudo, o desgosto que lhe dava o seminário; estava certo de que não podia ser bom padre; falou com paixão, pediu-lhe que o salvasse.

— Como assim? Não posso nada.

— Pode, querendo.

— Não, replicou ela abanando a cabeça; não me meto em negócios de sua família, que mal conheço; e então seu pai, que dizem que é zangado!

Damião viu-se perdido. Ajoelhou-se-lhe aos pés, beijou-lhe as mãos, desesperado.

— Pode muito, Sinhá Rita; peço-lhe pelo amor de Deus, pelo que a senhora tiver de mais sagrado, por alma de seu marido, salve-me da morte, porque eu mato-me, se voltar para aquela casa.

Sinhá Rita, lisonjeada com as súplicas do moço, tentou chamá-lo a outros sentimentos. A vida de padre era santa e bonita, disse-lhe ela; o tempo lhe mostraria que era melhor vencer as repugnâncias e um dia... Não, nada, nunca, redargüia Damião, abanando a cabeça e beijando-lhe as mãos;e repetia que era a sua morte. Sinhá Rita hesitou ainda muito tempo; afinal perguntou-lhe por que não ia ter com o padrinho.

— Meu padrinho? Esse é ainda pior que papai; não me atende, duvido que atenda a ninguém...

— Não atende? interrompeu Sinhá Rita ferida em seus brios. Ora, eu lhe mostro se atende ou não...

Chamou um moleque e bradou-lhe que fosse à casa do Sr. João Carneiro chamá-lo, já e já; e se não estivesse em casa, perguntasse onde podia ser encontrado, e corresse a dizer-lhe que precisava muito de lhe falar imediatamente.

— Anda, moleque.

Damião suspirou alto e triste. Ela, para mascarar a autoridade com que dera aquelas ordens, explicou ao moço que o Sr. João Carneiro fora amigo do marido e arranjara-lhe algumas crias para ensinar. Depois, como ele continuasse triste, encostado a um portal, puxou-lhe o nariz, rindo:

— Ande lá, seu padreco, descanse que tudo se há de arranjar.

Sinhá Rita tinha quarenta anos na certidão de batismo, e vinte e sete nos olhos. Era apessoada, viva, patusca, amiga de rir; mas, quando convinha, brava como diabo. Quis alegrar o rapaz, e, apesar da situação, não lhe custou muito. Dentro de pouco, ambos eles riam, ela contava-lhe anedotas, e pedia-lhe outras, que ele referia com singular graça. Uma destas, estúrdia, obrigada a trejeitos, fez rir a uma das crias de Sinhá Rita, que esquecera o trabalho, para mirar e escutar o moço. Sinhá Rita pegou de uma vara que estava ao pé da marquesa, e ameaçou-a:

— Lucrécia, olha a vara!

A pequena abaixou a cabeça, aparando o golpe, mas o golpe não veio. Era uma advertência; se à noitinha a tarefa não estivesse pronta, Lucrécia receberia o castigo do costume. Damião olhou para a pequena; era uma negrinha, magricela, um frangalho de nada, com uma cicatriz na testa e uma queimadura na mão esquerda. Contava onze anos. Damião reparou que tossia, mas para dentro, surdamente, a fim de não interromper a conversação. Teve pena da negrinha, e resolveu apadrinhá-la, se não acabasse a tarefa. Sinhá Rita não lhe negaria o perdão... Demais, ela rira por acharlhe graça; a culpa era sua, se há culpa em ter chiste.

Nisto, chegou João Carneiro. Empalideceu quando viu ali o afilhado, e olhou para Sinhá Rita, que não gastou tempo com preâmbulos. Disse-lhe que era preciso tirar o moço do seminário, que ele não tinha vocação para a vida eclesiástica, e antes um padre de menos que um padre ruim. Cá fora também se podia amar e servir a Nosso Senhor. João Carneiro, assombrado, não achou que replicar durante os primeiros minutos; afinal, abriu a boca e repreendeu o afilhado por ter vindo incomodar "pessoas estranhas", e em seguida afirmou que o castigaria.

— Qual castigar, qual nada! interrompeu Sinhá Rita. Castigar por quê? Vá, vá falar a seu compadre.

— Não afianço nada, não creio que seja possível...

— Há de ser possível, afianço eu. Se o senhor quiser, continuou ela com certo tom insinuativo, tudo se há de arranjar. Peça-lhe muito, que ele cede. Ande, senhor João Carneiro, seu afilhado não volta para o seminário; digo-lhe que não volta...

— Mas, minha senhora...

— Vá, vá.

João Carneiro não se animava a sair, nem podia ficar. Estava entre um puxar de forças opostas. Não lhe importava, em suma, que o rapaz acabasse clérigo, advogado ou médico, ou outra qualquer coisa, vadio que fosse; mas o pior é que lhe cometiam uma luta ingente com os sentimentos mais íntimos do compadre, sem certeza do resultado; e, se este fosse negativo, outra luta com Sinhá Rita, cuja última palavra era ameaçadora: "digo-lhe que ele não volta". Tinha de haver por força um escândalo. João Carneiro estava com a pupila desvairada, a pálpebra trêmula, o peito ofegante. Os olhares que deitava a Sinha Rita eram de súplica, mesclados de um tênue raio de censura. Por que lhe não pedia outra cousa? Por que lhe não ordenava que fosse a pé, debaixo de chuva, à Tijuca, ou Jacarepaguá? Mas logo persuadir ao compadre que mudasse a carreira do filho... Conhecia o velho; era capaz de lhe quebrar uma jarra na cara. Ah! se o rapaz caísse ali, de repente, apoplético, morto! Era uma solução, — cruel, é certo, mas definitiva.

— Então? insistiu Sinhá Rita.

Ele fez-lhe um gesto de mão que esperasse. Coçava a barba, procurando um recurso. Deus do céu! um decreto do papa dissolvendo a igreja, ou, pelo menos, extinguindo os seminários, faria acabar tudo em bem. João Carneiro voltaria para casa e ia jogar os *três-setes*. Imaginai que o barbeiro de Napoleão era encarregado de comandar a batalha de Austerlitz... Mas a igreja continuava, os seminários continuavam, o afilhado continuava, cosido à parede, olhos baixos esperando, sem solução apoplética.

— Vá, vá, disse Sinhá Rita dando-lhe o chapéu e a bengala.

Não teve remédio. O barbeiro meteu a navalha no estojo, travou da espada e saiu à campanha. Damião respirou; exteriormente deixou-se estar na mesma, olhos fincados no chão, acabrunhado. Sinhá Rita puxou-lhe desta vez o queixo.

— Ande jantar, deixe-se de melancolias.

— A senhora crê que ele alcance alguma cousa?

— Há de alcançar tudo, redargüiu Sinhá Rita cheia de si. Ande, que a sopa está esfriando.

Apesar do gênio galhofeiro de Sinhá Rita, e do seu próprio espírito leve, Damião esteve menos alegre ao jantar que na primeira parte do dia. Não fiava do caráter mole do padrinho. Contudo, jantou bem; e, para o fim, voltou às pilhérias da manhã. À sobremesa, ouviu um rumor de gente na sala, e perguntou se o vinham prender.

— Hão de ser as moças.

Levantaram-se e passaram à sala. As moças eram cinco vizinhas que iam todas as tardes tomar café com Sinha Rita, e ali ficavam até o cair da noite.

As discípulas, findo o jantar delas, tornaram às almofadas do trabalho. Sinhá Rita presidia a todo esse mulherio de casa e de fora. O sussurro dos bilros e o palavrear das moças eram ecos tão mundanos, tão alheios à teologia e ao latim, que o rapaz deixou-se ir por eles e esqueceu o resto. Durante os primeiros minutos, ainda houve da parte das vizinhas certo acanhamento; mas passou depressa. Uma delas cantou uma modinha, ao som da guitarra, tangida por Sinhá Rita, e a tarde foi passando depressa. Antes do fim, Sinhá Rita pediu a Damião que contasse certa anedota que lhe agradara muito. Era a tal que fizera rir Lucrécia.

— Ande, senhor Damião, não se faça de rogado, que as moças querem ir embora. Vocês vão gostar muito.

Damião não teve remédio senão obedecer. Mau grado o anúncio e a expectação, que serviam a diminuir o chiste e o efeito, a anedota acabou entre risadas das moças. Damião, contente de si, não esqueceu Lucrécia e olhou para ela, a ver se rira também. Viu-a com a cabeça metida na almofada para acabar a tarefa. Não ria; ou teria rido para dentro, como tossia.

Saíram as vizinhas, e a tarde caiu de todo. A alma de Damião foi-se fazendo tenebrosa, antes da noite. Que estaria acontecendo? De instante a instante, ia espiar pela rótula, e voltava cada vez mais desanimado. Nem sombra do padrinho. Com certeza, o pai fê-lo calar, mandou chamar dous negros, foi à polícia pedir um pedestre, e aí vinha pegá-lo à força e levá-lo ao seminário. Damião perguntou a Sinhá Rita se a casa não teria saída pelos fundos; correu ao quintal, e calculou que podia saltar o muro. Quis ainda saber se haveria modo de fugir para a Rua da Vala,[2] ou se era melhor falar a algum vizinho que fizesse o favor de o receber. O pior era a batina; se Sinhá Rita lhe pudesse arranjar um rodaque, uma sobrecasaca velha... Sinhá Rita dispunha justamente de um rodaque, lembrança ou esquecimento de João Carneiro.

— Tenho um rodaque do meu defunto, disse ela, rindo; mas para que está com esses sustos? Tudo se há de arranjar, descanse.

Afinal, à boca da noite, apareceu um escravo do padrinho, com uma carta para Sinhá Rita. O negócio ainda não estava composto; o pai ficou furioso e quis quebrar tudo; bradou que não, senhor, que o peralta havia de ir para o seminário, ou então metia-o no Aljube[3] ou na presiganga. João Carneiro lutou muito para conseguir que o compadre não resolvesse

2. Atual Uruguaiana.

3. O Aljube era de início prisão para eclesiásticos, transformado depois em depósito de presos em geral. A antiga Rua do Aljube é hoje a Rua do Acre.

logo, que dormisse a noite, e meditasse bem se era conveniente dar à religião um sujeito tão rebelde e vicioso. Explicava na carta que falou assim para melhor ganhar a causa. Não a tinha por ganha; mas no dia seguinte lá iria ver o homem, e teimar de novo. Concluía dizendo que o moço fosse para a casa dele.

Damião acabou de ler a carta e olhou para Sinhá Rita. "Não tenho outra tábua de salvação", pensou ele. Sinhá Rita mandou vir um tinteiro de chifre, e na meia folha da própria carta escreveu esta resposta: "Joãozinho, ou você salva o moço, ou nunca mais nos vemos." Fechou a carta com obreia, e deu-a ao escravo, para que a levasse depressa. Voltou a reanimar o seminarista, que estava outra vez no capuz da humildade e da consternação. Disse-lhe que sossegasse, que aquele negócio era agora dela.

— Hão de ver para quanto presto! Não, que eu não sou de brincadeiras!

Era a hora de recolher os trabalhos. Sinhá Rita examinou-os; todas as discípulas tinham concluído a tarefa. Só Lucrécia estava ainda à almofada, meneando os bilros, já sem ver; Sinhá Rita chegou-se a ela, viu que a tarefa não estava acabada, ficou furiosa, e agarrou-a por uma orelha.

— Ah! malandra!

— Nhanhã, nhanhã! pelo amor de Deus! por Nossa Senhora que está no céu.

— Malandra! Nossa Senhora não protege vadias!

Lucrécia fez um esforço, soltou-se das mãos da senhora, e fugiu para dentro; a senhora foi atrás e agarrou-a.

— Anda cá!

— Minha senhora, me perdoe! tossia a negrinha.

— Não perdôo, não. Onde está a vara?

E tornaram ambas à sala, uma presa pela orelha, debatendo-se, chorando e pedindo; a outra dizendo que não, que a havia de castigar.

— Onde está a vara?

A vara estava à cabeceira da marquesa, do outro lado da sala. Sinhá Rita, não querendo soltar a pequena, bradou ao seminarista:

— Sr. Damião, dê-me aquela vara, faz favor?

Damião ficou frio... Cruel instante! Uma nuvem passou-lhe pelos olhos. Sim, tinha jurado apadrinhar a pequena, que, por causa dele, atrasara o trabalho...

— Dê-me a vara, Sr. Damião!

Damião chegou a caminhar na direção da marquesa. A negrinha pediu-lhe então por tudo o que houvesse mais sagrado, pela mãe, pelo pai, por Nosso Senhor...

— Me acuda, meu sinhô moço!

Sinhá Rita, com a cara em fogo e os olhos esbugalhados, instava pela vara, sem largar a negrinha, agora presa de um acesso de tosse. Damião sentiu-se compungido; mas ele precisava tanto sair do seminário! Chegou à marquesa, pegou na vara e entregou-a a Sinhá Rita.

O DICIONÁRIO

Era uma vez um tanoeiro, demagogo, chamado Bernardino, o qual em cosmografia professava a opinião de que este mundo é um imenso tonel de marmelada, e em política pedia o trono para a multidão. Com o fim de a pôr ali, pegou de um pau, concitou os ânimos e deitou abaixo o rei; mas, entrando no paço, vencedor e aclamado, viu que o trono só dava para uma pessoa, e cortou a dificuldade sentando-se em cima.

— Em mim, bradou ele, podeis ver a multidão coroada. Eu sou vós, vós sois eu.

O primeiro ato do novo rei foi abolir a tanoaria, indenizando os tanoeiros, prestes a derrubá-lo, com o título de Magníficos. O segundo foi declarar que, para maior lustre da pessoa e do cargo, passava a chamar-se, em vez de Bernardino, Bernardão. Particularmente encomendou uma genealogia a um grande doutor dessas matérias, que em pouco mais de uma hora o entroncou a um tal ou qual general romano do século IV, Bernardus Tanoarius; — nome que deu lugar à controvérsia, que ainda dura, querendo uns que o rei Bernardão tivesse sido tanoeiro, e outros que isto não passe de uma confusão deplorável com o nome do fundador da família. Já vimos que esta segunda opinião é a única verdadeira.

Como era calvo desde verdes anos, decretou Bernardão que todos os seus súditos fossem igualmente calvos, ou por natureza ou por navalha, e fundou esse ato em uma razão de ordem política, a saber, que a unidade moral do Estado pedia a conformidade exterior das cabeças. Outro ato em que revelou igual sabedoria, foi o que ordenou que todos os sapatos do pé esquerdo tivessem um pequeno talho no lugar correspondente ao dedo mínimo, dando assim aos seus súditos o ensejo de se parecerem com ele, que padecia de um calo. O uso dos óculos em todo o reino não se explica de outro modo, senão por uma oftalmia que afligiu a Bernardão, logo no segundo ano do reinado. A doença levou-lhe um olho, e foi aqui que se revelou a vocação poética de Bernardão, porque, tendo-lhe dito um dos seus dous ministros, chamado Alfa, que a perda de um olho o fazia igual a Aníbal, — comparação que o lisonjeou muito, — o segundo ministro, Ômega, deu um passo adiante, e achou-o superior a Homero, que perdera ambos os olhos. Esta cortesia foi uma revelação; e como isto prende com o casamento, vamos ao casamento.

Tratava-se, em verdade, de assegurar a dinastia dos Tanoarius. Não faltavam noivas ao novo rei, mas nenhuma lhe agradou tanto como a moça Estrelada, bela, rica e ilustre. Esta senhora, que cultivava a música e a poesia, era requestada por alguns cavalheiros, e mostrava-se fiel à dinastia de caída. Bernardão ofereceu-lhe as cousas mais suntuosas e raras, e, por outro lado, a família bradava-lhe que uma coroa na cabeça valia mais que uma saudade no coração; que não fizesse a desgraça dos seus, quando o ilustre Bernardão lhes acenava com o principado; que os tronos não andavam a rodo, e mais isto, e mais aquilo. Estrelada, porém, resistia à sedução.

Não resistiu muito tempo, mas também não cedeu tudo. Como entre os seus candidatos preferia secretamente um poeta, declarou que estava pronta a casar, mas seria com quem lhe fizesse o melhor madrigal, em concurso. Bernardão aceitou a cláusula, louco de amor e confiado em si: tinha mais um olho que Homero, e fizera a unidade dos pés e das cabeças.

Concorreram ao certâmen, que foi anônimo e secreto, vinte pessoas. Um dos madrigais foi julgado superior aos outros todos: era justamente o do poeta amado. Bernardão anulou por um decreto o concurso, e mandou abrir outro; mas então, por uma inspiração de insigne maquiavelismo, ordenou que não se empregassem palavras que tivessem menos de trezentos anos de idade. Nenhum dos concorrentes estudara os clássicos: era o meio provável de os vencer.

Não venceu ainda assim, porque o poeta amado leu à pressa o que pôde, e o seu madrigal foi outra vez o melhor. Bernardão anulou esse segundo concurso; e, vendo que no madrigal vencedor as locuções antigas davam singular graça aos versos, decretou que só se empregassem as modernas e particularmente as da moda. Terceiro concurso, e terceira vitória do poeta amado.

Bernardão, furioso, abriu-se com os dous ministros, pedindo-lhes um remédio pronto e enérgico, porque, se não ganhasse a mão de Estrelada, mandaria cortar trezentas mil cabeças. Os dous, tendo consultado algum tempo, voltaram com este alvitre:

— Nós, Alfa e Ômega, estamos designados pelos nossos nomes para as cousas que respeitam à linguagem. A nossa idéia é que Vossa Sublimidade mande recolher todos os dicionários e nos encarregue de compor um vocabulário novo que lhe dará a vitória.

Bernardão assim fez, e os dous meteram-se em casa durante três meses, findos os quais depositaram nas augustas mãos a obra acabada, um livro a que chamaram Dicionário de Babel, porque era realmente a confusão das letras. Nenhuma locução se parecia com a do idioma falado; as consoantes trepavam nas consoantes, as vogais diluíam-se nas vogais, palavras de duas sílabas tinham agora sete e oito, e vice-versa, tudo trocado, misturado; nenhuma energia, nenhuma graça, uma língua de cacos e trapos.

— Obrigue Vossa Sublimidade esta língua por um decreto, e está tudo feito.

Bernardão concedeu um abraço e uma pensão a ambos, decretou o vocabulário, e declarou que ia fazer-se o concurso definitivo para obter a mão da bela Estrelada. A confusão passou do dicionário aos espíritos; toda a gente andava atônita. Os farsolas cumprimentavam-se na rua pelas novas locuções: diziam, por exemplo, em vez de: *Bom dia, como passou? — Pflerrgpxx, rouph, aa?* A própria dama, temendo que o poeta amado perdesse afinal a campanha, propôs-lhe que fugissem; ele, porém, respondeu que ia ver primeiro se podia fazer alguma cousa. Deram noventa dias para o novo concurso e recolheram-se vinte madrigais. O melhor deles, apesar da língua bárbara, foi o do poeta amado. Bernardão, alucinado, mandou cortar as mãos aos dous ministros, e foi a única vingança. Estrelada era tão admiravelmente bela, que ele não se atreveu a magoá-la, e cedeu.

Desgostoso, encerrou-se oito dias na biblioteca, lendo, passeando ou meditando. Parece que a última cousa que leu foi uma sátira do poeta Garção,[4] e especialmente estes versos, que pareciam feitos de encomenda:

O raro Apeles,
Rubens e Rafael, inimitáveis,
Não se, fizeram pela cor das tintas;
A mistura elegante os fez eternos.

4. Pedro Joaquim Antônio Correia Garção (1724-1772). Poeta português do Neoclassicismo, foi um dos fundadores da Arcádia Lusitana.

UM ERRADIO

A porta abriu-se... Deixa-me contar a história à laia de novela, disse Tosta à mulher, um mês depois de casados. quando ela lhe perguntou quem era o homem representado numa velha fotografia, achada na secretária do marido. A porta abriu-se, e apareceu este homem, alto e sério, moreno, metido numa infinita sobrecasaca cor de rapé, que os rapazes chamavam opa.

— Aí vem a opa de Elisiário.

— Entre a opa só.

— Não, a opa não pode; entre só o Elisiário, mas, primeiro há de glosar um mote. Quem dá o mote?

Ninguém dava o mote. A casa era uma simples sala, sublocada por um alfaiate, que morava nos fundos com a família; Rua do Lavradio, 1866. Era a segunda vez que ia ali, a convite de um dos rapazes. Não podes ter idéia da sala e da vida. Imagina um município do país da Boêmia, tudo desordenado e confuso; além dos poucos móveis pobres, que eram do alfaiate, havia duas redes, uma canastra, um cabide, um baú de folha-de-flandres, livros, chapéus, sapatos. Moravam cinco rapazes, mas apareciam outros, e todos eram tudo, estudantes, tradutores, revisores, namoradores, e ainda lhes sobrava tempo para redigir uma folha política e literária, publicada aos sábados. Que longas palestras que tínhamos! Solapávamos as bases da sociedade, descobríamos mundos novos, constelações novas, liberdades novas. Tudo era novíssimo.

— Lá vai mote, disse afinal um dos rapazes, e recitou:

> Podia embrulhar o mundo
> A opa do Elisiário.

Parado à porta, o homem cerrou os olhos por alguns instantes, abriu-os, passou pela testa o lenço que trazia fechado na mão, em forma de bolo, e recitou uma glosa de improviso. Rimo-nos muito; eu, que não tinha idéia do que era improviso, cuidei a princípio que a composição era velha e a cena um logro para mim. Elisiário despiu a sobrecasaca, levantou-a na ponta da bengala, deu duas voltas pela sala, com ar triunfal, e foi pendurá-la a um prego, porque o cabide estava cheio. Em seguida, atirou o chapéu ao teto, apanhou-o entre as mãos, e foi pô-lo em cima do aparador.

— Lugar para um! disse finalmente.

Dei-me pressa em ceder-lhe o sofá; ele deitou-se, fincou os joelhos no ar, e perguntou que novidades havia.

— Que o jantar é duvidoso, respondeu o redator principal do *Cenáculo;* o Chico foi ver se cobrava alguma assinatura. Se arranjar dinheiro, traz logo o jantar da casa de pasto. Você já jantou?

— Já e bem, respondeu Elisiário, jantei numa casa de comércio. Mas vocês por que é que não vendem o Chico? é um bonito crioulo. É livre, não há dúvida, mas por isso mesmo compreenderá que, deixando-se vender como escravo, terão vocês com que pagar-lhe os ordenados... Dous mil-réis chegam? Romeu, vê ali no bolso da sobrecasaca. Há de haver uns dous mil-réis.

Havia só mil e quinhentos, mas não foram precisos. Cinco minutos depois voltava o Chico, trazendo um tabuleiro com o jantar e o resto da assinatura de um semestre.

— Não é possível! bradou Elisiário. Uma assinatura! Vem cá, Chico. Quem foi que pagou? Que figura tinha o homem? Baixo? Não é possível que fosse baixo; a ação é tão sublime que nenhum homem baixo podia praticá-la. Confessa que era alto. Confessa ao menos que era de meia altura. Confessas? Ainda bem! Como se chama? Guimarães? Rapazes, vamos perpetuar este nome em uma placa de bronze. Acredito que não lhe deste recibo, Chico.

— Dei, sim, senhor.

— Recibo! Mas a um assinante que paga não se dá recibo, para que ele pague outra vez; não se matam esperanças, Chico.

Tudo isto, dito por ele, tinha muito mais graça que contado. Não te posso pintar os gestos, os olhos e um riso que não ria, um riso único, sem alterar a face, nem mostrar os dentes. Essa feição era a menos simpática; mas tudo o mais, a fala, as idéias, e principalmente a imaginação fecunda e moça, que se desfazia em ditos, anedotas, epigramas, versos, descrições, ora sério, quase sublime, ora familiar, quase rasteiro, mas sempre original, tudo atraía e prendia. Trazia a barba por fazer, o cabelo à escovinha; a testa, que era alta, tinha grossas rugas verticais. Calado, parecia estar pensando. Voltava-se a miúdo no sofá, erguia-se, sentava-se, tornava a deitar-se. Lá o deixei, quando saí, às nove horas da noite.

Comecei a freqüentar a casa da Rua do Lavradio, mas durante os primeiros dias não apareceu o Elisiário. Disseram-me que era muito incerto. Tinha temporadas. Às vezes, ia todos os dias; repentinamente, falhava uma, duas, três semanas seguidas, e mais. Era professor de latim e explicador de matemáticas. Não era formado em cousa nenhuma, posto estudasse engenharia, medicina e direito, deixando em todas as faculdades fama de grande talento sem aplicação. Seria bom prosador, se fosse capaz de escrever vinte minutos seguidos; era poeta de improviso, não escrevia os versos, os outros é que os ouviam e trasladavam ao papel, dando-lhe cópias, muitas das quais perdia. Não tinha família; tinha um protetor, o Dr. Lousada, operador de algum nome, que devera obséquios ao pai de Elisiário, e quis pagá-los ao filho. Era atrevido por causa de uma sombrinha de amor-próprio, que não tolerava a menor picada. Naquela casa era bonachão. Trinta e cinco anos; o mais velho dos rapazes contava apenas vinte e um. A familiaridade entre ele e os outros era como a de um tio com sobrinhos, um pouco menos de autoridade, um pouco mais de liberdade.

No fim de uma semana, apareceu Elisiário na Rua do Lavradio. Vinha com a idéia de escrever um drama, e queria ditá-lo. Escolheram-me a mim, por escrever depressa. Esta colaboração mental e manual durou duas noites e meia. Escreveu-se um ato e as primeiras cenas de outro; Elisiário não quis absolutamente acabar a peça. A princípio disse que depois, mais tarde, estava indisposto, e falava de outras cousas; afinal, declarou-nos que a peça não prestava para nada. Espanto geral, porque a obra parecia-nos excelente, e ainda agora creio que o era. Mas o autor pegou da palavra e demonstrou que nem o escrito prestava, nem o resto do plano valia cousa nenhuma. Falou como se tratasse de outrem. Nós contestávamos; eu principalmente achava um crime, e repetia esta palavra com alma, com fogo — achava um crime não acabar o drama, que era de primeira ordem.

— Não vale nada, dizia ele sorrindo para mim com simpatia. Menino, você quantos anos tem?

— Dezoito.

— Tudo é sublime aos dezoito anos. Cresça e apareça. O drama não presta; mas, deixe estar que havemos de escrever outro daqui a dias. Ando com uma idéia.

— Sim?

— Uma boa idéia, continuou ele com os olhos vagos; essa, sim, creio que dará um drama. Cinco atos; talvez faça em verso. O assunto presta-se...

Nunca mais falou em tal idéia; mas o drama começado fez com que nos ligássemos um pouco mais intimamente. Ou simpatia, ou amor-próprio satisfeito, por ver que o mais consternado com a interrupção e condenação do trabalho fui eu, — ou qualquer outra causa que não achei nem vale a pena buscar, Elisiário entrou a distinguir-me entre os outros. Quis saber quem eram meus pais e o que fazia. Disse-lhe que não tinha mãe; meu pai era lavrador em Baturité, eu estudava preparatórios, intercalando-os com versos, e andava com idéias de compor um poema, um drama e um romance. Tinha já uma lista de subscritores para os versos. Parece que, de envolta com as notícias literárias, alguma cousa lhe disse ou ele percebeu acerca dos meus sentimentos de moço. Propôs-se a ajudar-me nos estudos com o seu próprio ensino, latim, francês, inglês, história... Cheio de orgulho, não menos que de sensibilidade, proferi algumas palavras que ele gostou de ouvir, e a que respondeu gravemente:

— Quero fazer de você um homem.

Estávamos sós; eu nada contei aos outros, para os não molestar, nem sei se eles perceberam daí em diante alguma diferença no trato do Elisiário, em relação a mim. É certo, porém, que a diferença não era grande, nem o plano de "fazer-me um homem" foi além da simpatia e da benevolência. Ensinava-me algumas matérias, quando eu lhe pedia lições, e eu raramente as pedia. Queria só ouvi-lo, ouvi-lo, ouvi-lo até não acabar. Não imaginas a eloqüência desse homem, cálida e forte, mansa e doce, as imagens que lhe brotavam no discurso, as idéias arrojadas, as formas novas e graciosas. Muita vez ficávamos os dous sós na Rua do Lavradio, ele falando, eu ouvindo. Onde morava? Disseram-me vagamente que para os lados da Gamboa, mas nunca me convidou a lá ir, nem ninguém sabia positivamente onde era.

Na rua era lento, direito, circunspecto. Nada faria então suspeitar o desengonçado da casa do Lavradio, e, se falava, eram poucas e meias palavras. Nos primeiros dias, encontrava-me sem alvoroço, quase sem prazer, ouvia-me atento, respondia pouco, estendia os dedos e continuava a andar. Ia a toda parte; era comum achá-lo nos lugares mais distantes uns dos outros, Botafogo, S. Cristóvão, Andaraí. Quando lhe dava na veneta, metia-se na barca e ia a Niterói. Chamava-se a si mesmo erradio.

— Eu sou um erradio. No dia em que parar de vez, jurem que estou morto.

Um dia encontrei-o na Rua de S. José. Disse-lhe que ia ao Castelo ver a igreja dos Jesuítas, que nunca vira.

— Pois vamos, disse ele.

Subimos a ladeira, achamos a igreja aberta e entramos. Enquanto eu mirava os altares,ele ia falando, mas em poucos minutos o espetáculo era ele só, um espetáculo vivo, como se tudo renascera tal qual era. Vi os primeiros templos da cidade, os padres da Companhia, a vida monástica e leiga, os nomes principais e os fatos culminantes. Quando saímos, e fomos até à muralha, descobrindo o mar e parte da cidade, Elisiário fez-me viver dous séculos atrás. Vi a expedição dos franceses, como se a houvesse comandado ou combatido. Respirei o ar da colônia, contemplei as figuras velhas e mortas. A imaginação evocativa era a grande prenda desse homem, que sabia dar vida às cousas extintas e realidade às inventadas.

Mas não era só do passado local que ele sabia, nem unicamente dos seus sonhos. Vês aquela estatuazinha que ali tenho na parede? Sabes que é uma redução da Vênus de Milo. Uma vez, abrindo-se a exposição das belas-artes, fui visitá-la; achei lá o meu Elisiário, passeando grave, com a sua imensa sobrecasaca. Acompanhou-me; ao passar pela sala de escultura, dei com os olhos na cópia desta Vênus. Era a primeira vez que a via. Soube que era ela pela falta dos braços.

— Oh! admirável! exclamei.

Elisiário entrou a comentar a bela obra anônima, com tal abundância e agudeza que me deixou ainda mais pasmado. Que de cousas me disse a propósito da Vênus de Milo, e da Vênus em si mesma! Falou da posição dos braços, que gesto fariam, que atitude dariam à figura, formulando uma porção de hipóteses graciosas e naturais. Falou da estética, dos grandes artistas, da vida grega, do mármore grego, da alma grega. Era um grego, um puro grego, que ali me aparecia e transportava de uma rua estreita para diante do Pártenon. A opa do Elisiário transformou-se em clâmide, a língua devia ser a da Hélade, conquanto eu nada soubesse a tal respeito, nem então, nem agora. Mas era feiticeiro o diabo do homem.

Saímos; fomos até o Campo da Aclamação,[5] que ainda não possuía o parque de hoje, nem tinha outra polícia além da natureza, que fazia brotar o capim, e das lavadeiras, que batiam e ensaboavam a roupa defronte do quartel. Eu ia cheio do discurso do Elisiário, ao lado dele, que levava a cabeça baixa e os olhos pensativos. De repente, ouvi dizer baixinho:

— Adeus, Ioiô!

Era uma quitandeira de doces, uma crioula baiana, segundo me pareceu pelos bordados e crivos da saia e da camisa. Vinha da Cidade Nova e atravessava o campo. Elisiário respondeu à saudação:

— Adeus, Zeferina.

Estacou e olhou para mim, rindo sem riso, e, depois de alguns segundos:

— Não se espante, menino. Há muitas espécies de Vênus. O que ninguém dirá é que a esta lhe faltem braços, continuou olhando para os braços da quitandeira, mais

5. Atual Praça da República.

negros ainda pelo contraste da manga curta e alva da camisa. Eu, de vexado, não achei resposta.

Não contei esse episódio na Rua do Lavradio; podiam meter à bulha o Elisiário, e não queria parecer indiscreto. Tinha-lhe não sei que veneração particular, que a familiaridade não enfraquecia. Chegamos a jantar juntos algumas vezes, e uma noite fomos ao teatro. O que mais lhe custava no teatro era estar muito tempo na mesma cadeira, apertado entre duas pessoas, com gente adiante e atrás de si. Nas noites de enchente, em que eram precisas travessas na platéia, ficava aflito com a idéia de não poder sair no meio de um ato, se quisesse. Naquela, acabado o terceiro ato (a peça tinha cinco), disse-me que não podia mais e que ia embora.

Fomos tomar chá ao botequim próximo, e deixei-me estar, esquecido do espetáculo. Ficamos até o fechar das portas. Tínhamos falado de viagens; eu contei-lhe a vida do sertão cearense, ele ouviu e projetou mil jornadas ao sertão do Brasil inteiro, por serras, campos e rios, de mula e de canoa. Colheria tudo, plantas, lendas, cantigas, locuções. Narrou a vida do caipira, falou de Enéias, citou Virgílio e Camões, com grande espanto dos criados, que paravam boquiabertos.

— Você era capaz de ir daqui, a pé, até S. Cristóvão, agora? perguntou-me na rua.

— Pode ser.

— Não, você está cansado.

— Não estou, vamos.

— Está cansado, adeus; até depois, concluiu.

Realmente, estava fatigado, precisava dormir. Quando ia a voltar para casa, perguntei a mim mesmo se ele iria sozinho, àquela hora, e deu-me vontade de acompanhá-lo de longe, até certo ponto. Ainda o apanhei na Rua dos Ciganos.[6] Ia devagar, com a bengala debaixo do braço, e as mãos ora atrás, ora nas algibeiras das calças. Atravessou o Campo da Aclamação, enfiou pela Rua de S. Pedro[7] e meteu-se pelo Aterrado[8] acima. Eu, no Campo, quis voltar, mas a curiosidade fez-me ir andando também. Quem sabe se esse erradio não teria pouso certo de amores escondidos? Não gostei desta reflexão, e quis punir-me desandando; mas a curiosidade levara-me o sono e dava-me vigor às pernas. Fui andando atrás do Elisiário. Chegamos assim à ponte do Aterrado, enfiamos por ela, desembocamos na Rua de S. Cristóvão. Ele algumas vezes parava, ou para acender um charuto, ou para nada. Tudo deserto, uma ou outra patrulha, algum tílburi raro, a passo cochilado, tudo deserto e longo. Assim chegamos ao cais da Igrejinha. Junto ao cais dormiam os botes que, durante o dia, conduziam gente para o Saco do Alferes.[9] Maré frouxa, apenas o ressonar manso da água. Após alguns minutos, quando me pareceu que ia voltar pelo mesmo caminho, acordou os remadores de um bote, que de acaso ali dormiam, e propôs-lhes levá-lo à cidade. Não sei quanto ofereceu; vi que, depois de alguma relutância, aceitaram a proposta.

6. Atual Rua da Constituição.

7. Era a Rua Senador Eusébio, que desapareceu para dar lugar à Av. Presidente Vargas.

8. Ponte dos Marinheiros.

9. Trecho do litoral entre o Morro da Gamboa e a bica dos Marinheiros. A antiga Rua do Saco do Alferes, hoje Rua da América, era um caminho irregular que ligava a Gamboa à Enseada ou Saco do Alferes.

Elisiário entrou no bote, que se afastou logo, os remos feriram a água, e lá se perdeu na noite e no mar o meu professor de latim e explicador de matemáticas. Também eu me achei perdido, longe da cidade e exausto. Valeu-me um tílburi, que atravessava o Campo de S. Cristóvão, tão cansado como eu, mas piedoso e necessitado.

— Você não quis ir comigo anteontem a São Cristóvão? Não sabe o que perdeu; a noite estava linda, o passeio foi muito agradável. Chegando ao cais da Igrejinha, meti-me num bote e vim desembarcar no Saco do Alferes. Era um bom pedaço até a casa; fiquei numa hospedaria do Campo de Santa Ana. Fui atacado por um cachorro, no caminho do Saco, e por dous na Rua de S. Diogo,[10] mas não senti as pulgas da hospedaria, porque dormi como um justo. E você que fez?

— Eu?

Não querendo mentir, se ele me tivesse pressentido, nem confessar que o acompanhara de longe, respondi sumariamente:

— Eu? Eu também dormi como um justo.

— *Justus, justa, justum.*

Estávamos na casa da Rua do Lavradio. Elisiário trazia no peito da camisa um botão de coral, objeto de grande espanto e aclamação da parte dos rapazes, que nunca jamais o viram com jóias. Maior, porém, foi o meu espanto, depois que os rapazes saíram. Tendo ouvido que me faltava dinheiro para comprar sapatos, Elisiário sacou o botão de coral e disse que me fosse calçar com ele. Recusei energicamente, mas tive de aceitá-lo à força. Não o vendi nem empenhei; no dia seguinte pedi algum dinheiro adiantado ao correspondente de meu pai, calcei-me de novo, e esperei que chegasse o paquete do Norte, para restituir o botão ao Elisiário. Se visses a cara de desconsolo com que o recebeu!

— Mas o senhor não disse outro dia que lhe tinham dado este botão de presente? repliquei à proposta que me fez de ficar com a jóia.

— Sim, disse e é verdade; mas para que me servem jóias? Acho que ficam melhor nos outros. Bem pensado, como, é presente, posso guardar o botão. Deveras, não o quer para si?

— Não, senhor; um presente...

— Presente de anos, continuou mirando a pedra com o olhar vago. Fiz trinta e cinco. Estou velho, meu menino; não tardo em pedir reforma e ir morrer em algum buraco.

Tinha acabado de repor o botão na camisa.

— Fez anos, e não me disse.

— Para quê? Para visitar-me? Não recebo nesse dia; de costume janto com o meu velho amigo Dr. Lousada, que também faz o seu versinho, às vezes, e outro dia brindou-me com um soneto impresso em papel azul... Lá o tenho em casa; não é mau.

— Foi ele que lhe deu o botão...

— Não, foi a filha. .. O soneto tem um verso muito parecido com outro de Camões; o meu velho Lousada possui as suas letras clássicas, além de ser excelente médico... Mas o melhor dele é a alma...

10. Atual General Pedra.

Quiseram fazê-lo deputado. Ouvi que dois amigos dele, homens políticos, entenderam que o Elisiário daria um bom orador parlamentar. Não se opôs, pediu apenas aos inventores do projeto que lhe emprestassem algumas idéias políticas; riram-se, e o projeto não foi adiante.

Quero crer que lhe não faltassem idéias, talvez as tivesse de sobra, mas tão contrárias umas às outras que não chegariam a formar uma opinião. Pensava segundo a disposição do dia, liberal exaltado ou conservador corcunda. O principal motivo da recusa era a impossibilidade de obedecer a um partido, a um chefe, a um regimento de câmara. Se houvesse liberdade de alterar as horas da sessão, uma de manhã, outra de noite, outra de madrugada, ao acaso da freqüência, sem ordem do dia, com direito de discutir o anel de Saturno ou os sonetos de Petrarca, o meu erradio Elisiário aceitaria o cargo, contanto que não fosse obrigado a estar calado, nem a falar, quando lhe chegasse a vez.

Aí tens o que era esse homem fotografado em 1862. Em suma, boa criatura, muito talento, excelente conversador, alma inquieta e doce, desconfiada e irritadiça, sem futuro nem passado, sem saudades nem ambições, um erradio. Senão quando... Mas é muito falar sem fumar um charuto... Consentes? Enquanto acendo o charuto, olha para esse retrato, descontando-lhe os olhos, que não saíram bem; parecem olhos de gato e inquisidor, espetados na gente, como querendo furar a consciência. Não eram isso; olhavam mais para dentro que para fora, e quando olhavam para fora derramavam-se por toda a parte.

Senão quando, uma tarde, já escuro, por volta das sete horas, apareceu-me na casa de pensão, o meu amigo Elisiário. Havia três semanas que o não via, e, como tratava de fazer exames, e passava mais tempo metido em casa, não me admirei da ausência nem cuidei dela. Demais, já me acostumara aos seus eclipses. O quarto estava escuro, eu ia sair e acabava de apagar a vela, quando a figura alta e magra do Elisiário apareceu à porta. Entrou, foi direito a uma cadeira, sentei-me ao pé dele, perguntei-lhe por onde andara. Elisiário abraçou-me chorando. Fiquei tão assombrado que não pude dizer nada; abracei-o também, ele enxugou os olhos com o lenço, que de costume trazia fechado na mão, e suspirou largo. Creio que ainda chorou silenciosamente, porque enxugava os olhos de quando em quando. Eu, cada vez mais assombrado, esperava que ele me dissesse o que tinha; afinal murmurei:

— Que é? que foi?

— Tosta, casei-me sábado...

Cada vez mais espantado, não tive tempo de lhe pedir outra explicação, porque o Elisiário continuou logo, dizendo que era um casamento de gratidão, não de amor, uma desgraça. Não sabia que respondesse à confidência, não acabava de crer na notícia, e principalmente, não entendia o abatimento nem a dor do homem. A figura do Elisiário, qual a recompus depois, não me aparecia por esse tempo com a significação verdadeira. Cheguei a supor alguma cousa mais que o simples casamento; talvez a mulher fosse idiota ou tísica; mas quem o obrigaria a desposar uma doente?

— Uma desgraça! repetia baixinho, falando para si, uma desgraça!

Como eu me levantasse dizendo que ia acender uma vela, Elisiário reteve-me pela aba do fraque.

— Não acenda, não me vexe, o escuro é melhor, para lhe expor esta minha desgraça. Ouça-me. Uma desgraça. Casado! Não é que ela me não ame; ao contrário, morria por mim há sete anos. Tem vinte e cinco... Boa criatura! Uma desgraça!

A palavra *desgraça* era a que mais vezes lhe tornava ao discurso. Eu, para saber o resto, quase não respirava; mas não ouvi grande cousa, pois o homem, depois de algumas palavras descosidas, suspendeu a conferência. Fiquei sabendo só que a mulher era filha do Dr. Lousada, seu protetor e amigo, a mesma que lhe dera o botão de coral. Elisiário calou-se de repente, e depois de alguns instantes, como arrependido ou vexado, pediu-me que não referisse a pessoa alguma aquela cena dele comigo.

— O senhor deve conhecer-me...

— Conheço, e porque o conheço é que vim aqui. Não sei que outra pessoa me merecesse agora igual confiança. Adeus, não lhe digo mais nada, não vale a pena. Você é moço, Tosta; se não tiver vocação para o casamento, não se case nunca, nem por gratidão, nem por interesse. Há de ser um suplício. Adeus. Não lhe digo onde moro, moro com meu sogro, mas não me procure.

Abraçou-me e saiu. Fiquei à porta do quarto. Quando me lembrei de acompanhá-lo até à escada, era tarde; ia descendo os últimos degraus. O lampião de azeite alumiava mal a escada, e a figura descia vagarosa, apoiada ao corrimão, cabeça baixa e a vasta sobrecasaca alegre, agora triste.

Só dez meses depois tornei a ver o Elisiário. A primeira ausência foi minha; tinha ido ao Ceará, ver meu pai, durante as férias. Quando voltei, soube que ele fora ao Rio Grande do Sul. Um dia, almoçando, li nos jornais que chegara na véspera, e corri a buscá-lo. Achei-o em Santa Teresa, uma casinha pequena, com um jardim, pouco maior que ela. Elisiário abraçou-me com alvoroço; falamos de cousas passadas; perguntei-lhe pelos versos.

— Publiquei um volume em Porto Alegre. Não foi por minha vontade, mas minha mulher teimou tanto que afinal cedi; ela mesma os copiou. Tem alguns erros; hei de fazer aqui uma segunda edição.

Elisiário deu-me um exemplar do livro, mas não consentiu que lesse ali nada. Queria só falar dos tempos idos. Perdera o sogro, que lhe deixara alguma cousa,e ia continuar a lecionar, para ver se achava as impressões de outrora. Onde estavam os rapazes da Rua do Lavradio? Recordava cenas antigas, noitadas, algazarra, grandes risotas, que me iam lembrando cousas análogas, e assim gastamos duas boas horas compridas. Quando me despedi, pegou-me para jantar.

— Você ainda não viu minha mulher, disse ele. E indo à porta que dava para dentro: — Cintinha!

— Lá vou! respondeu uma voz doce.

D. Jacinta chegou logo depois, Com os seus vinte e seis anos, mais baixa que alta, mais feia que bonita, expressão boa e séria, grande quietação de maneiras. Quando ele lhe disse o meu nome, olhou para mim espantada.

— Não é um bonito rapaz?

Ela confirmou a opinião inclinando modestamente a cabeça. Elisiário disse-lhe que eu jantava com eles; a moça retirou-se da sala.

— Boa criatura, disse-me ele; dedicada, serviçal. Parece que me adora. Já me não faltam botões nos paletós que trago. Pena! melhor que eles eram os botões que faltavam. A sobrecasaca de outrora, lembra-se?

Podia embrulhar o mundo
A opa do Elisiário.

— Lembra-me.

— Creio que me durou cinco anos. Onde vai ela! Hei de fazer-lhe um epicédio, com uma epígrafe de Horácio...

Jantamos alegremente. D. Jacinta falou pouco; deixou que eu e o marido gastássemos o tempo em relembrar o passado. Naturalmente, o marido tinha surtos de eloqüência, como outrora; a mulher era pouca para ouvi-lo. Elisiário esquecia-se de nós, ela de si, e eu achava a mesma nota antiga, tão viva e tão forte. Era costume dele concluir um discurso desses e ficar algum tempo calado. Resumia dentro de si o que acabava de dizer? Continuava a mesma ordem de idéias? Deixava-se ir ainda pela música da palavra? Não sei; achei-lhe o velho costume de ficar calado sem dar pelos outros. Nessas ocasiões a mulher calava-se também, a olhar para ele, não cheia de pensamento, mas de admiração. Sucedeu isso duas vezes. Em ambas chegou a ser bonita.

Elisiário disse-me, ao café, que viria comigo abaixo.

— Você deixa, Cintinha?

D. Jacinta sorriu para mim, como se dissesse que o pedido era desnecessário. Também ela falou no livro de versos do marido.

— Elisiário é preguiçoso; o senhor há de ajudar-me a fazer com que ele trabalhe.

Meia hora depois descíamos a ladeira. Elisiário confessou-me que, desde que casara, não tivera ocasião de relembrar a vida de solteiro, e ao chegarmos abaixo declarou-me que iríamos ao teatro.

— Mas você não avisou em casa.

— Que tem? Aviso depois. Cintinha é boa, não se zanga por isso. Que teatro há de ser?

Não foi nenhum; falamos de outras cousas, e às nove horas, tornou para casa. Voltei a Santa Teresa poucos dias depois, não o achei, mas a mulher disse-me que o esperasse, não tardaria.

— Foi a uma visita aqui mesmo no morro, disse ela; há de gostar muito de o ver.

Enquanto falava, ia fechando dissimuladamente um livro, e foi pô-lo em uma mesa, a um canto. Tratamos do marido; ela pediu-me que lhe dissesse o que pensava dele, se era um grande espírito, um grande poeta, um grande orador, um grande homem, em suma. As palavras não seriam propriamente essas, mas vinham a dar nelas. Eu, que o admirava, confirmei-lhe o sentimento, e o gosto com que me ouviu foi paga bastante ao tal ou qual esforço que empreguei para dar à minha opinião a mesma ênfasis.

— Faz bem em ser amigo dele, concluiu; ele sempre me falou bem do senhor; dizia que era um menino muito sério.

O gabinete tinha flores frescas e uma gaiola com passarinho. Tudo em ordem, cada cousa em seu lugar, obra visível da mulher. Daí a pouco entrou Elisiário, com a gravata no pescoço, o laço na frente, a barba rapada, correto e em flor. Só então notei a diferença entre este Elisiário e o outro. A incoerência dos gestos era já menor, ou estava prestes a acabar inteiramente. A inquietação desaparecera. Logo que ele entrou, a mulher deixou-nos para ir mandar fazer café, e voltou pouco depois, com um trabalho de agulha.

— Não, senhora, vamos primeiro ao latim, bradou o marido.

D. Jacinta corou extraordinariamente, mas obedeceu ao marido e foi buscar o livro, que estava lendo quando eu cheguei.

— Tosta é de confiança, continuou Elisiário, não vai dizer nada a ninguém.

E voltando-se para mim:

— Não pense que sou eu que lhe imponho isto; ela mesma é que quis aprender.

Não crendo o que ele me dizia, quis poupar à moça a lição de latim, mas foi ela própria que me dispensou o auxílio, indo buscar alegremente a gramática do padre Pereira. Vencida a vergonha, deu a lição, como um simples aluno. Ouvia com atenção, articulava com prazer, e mostrava aprender com vontade. Acabado o latim, o marido quis passar à lição de história; mas foi ela, dessa vez, que recusou obedecer, para me não roubá-lo a mim. Eu, pasmado, desfiz-me em louvores; realmente achava tão fora de propósito aquela escola de latim conjugal, que não alcançava explicação, nem ousava pedi-la.

Amiudei as visitas. Jantava com eles algumas vezes. Ao domingo ia só almoçar. D. Jacinta era um primor. Não imaginas a graça que tinha em falar e andar, tudo sem perder a compostura dos modos nem a gravidade dos pensamentos. Sabia muitos trabalhos de mãos, apesar do latim e da história que o marido lhe ensinava. Vestia com simplicidade, usava os cabelos lisos e não trazia jóia alguma; podia ser afetação, mas tal era a sinceridade que punha em tudo, que parecia natural nisso como o resto.

Ao domingo, o almoço era no jardim. Já achava ao Elisiário à minha espera, à porta, ansioso que eu chegasse. A mulher estava acabando de arranjar as flores e folhagens que tinham de adornar a mesa. Além disso e do mais, adornava cartões contendo a lista dos pratos, com emblemas poéticos e nomes de musas para as comidas. Nem todas as musas podiam entrar, eles não eram ricos, nem nós tão comilões; entravam as que podiam. Era ao almoço que Elisiário, nos primeiros tempos, mais geralmente improvisava alguma cousa. Improvisava décimas, — ele preferia essa estrofe a qualquer outra; mais tarde, foi diminuindo o número delas, e para diante não passava de duas ou de uma. D. Jacinta pedia-lhe então sonetos; sempre eram quatorze versos. Ela e eu copiávamos logo, a lápis, com retificações que ele fazia, rindo: — "Para que querem vocês isso?" Afinal perdeu o costume, com grande mágoa da mulher, e minha também. Os versos eram bons, a inspiração fácil; faltava-lhes só o calor antigo.

Um dia perguntei a Elisiário por que não reimprimia o livro de versos, que ele dizia ter saído com incorreções; eu ajudaria a ler as provas. D. Jacinta apoiou com entusiasmo a proposta.

— Pois, sim, disse ele, um dia destes; começaremos domingo.

No domingo, D. Jacinta,estando a sós comigo, um instante, pediu-me que não esquecesse a revisão do livro.

— Não, senhora, deixe estar.

— Não enfraqueça, se ele quiser adiar o trabalho, continuou a moça; é provável que ele fale em guardar para outra vez, mas teime sempre, diga que não, que se zanga, que não volta cá...

Apertou-me a mão com tanta força, que me deixou abalado. Os dedos tremiam-lhe; parecia um aperto de namorada. Cumpri o que disse, ela ajudou-me, e ainda assim gastamos meia hora antes que ele se dispusesse ao trabalho. Afinal pediu-nos que esperássemos, ia buscar o livro.

— Desta vez, vencemos, disse eu.

D. Jacinta fez com a boca um gesto de desconfiança, e passou da alegria ao abatimento.

— Elisiário está preguiçoso. Há de ver que não acabamos nada. Pois não vê que não faz versos senão à força de muito pedido, e poucos? Podia escrever também, quando mais não fosse alguns daqueles discursos que costuma improvisar, mas os próprios discursos são raros e curtos. Tenho-me oferecido tantas vezes para escrever o que ele mandar. Chego a preparar o papel, pego na pena e espero, ele ri, disfarça, diz um gracejo, e responde que não está disposto.

— Nem sempre estará.

— Pois sim; mas então declaro que estou pronta para quando vier a inspiração, e peço-lhe que me chame. Não chama nunca. Uma ou outra vez tem planos; eu vou animando, mas os planos ficam no mesmo. Entretanto, o livro que ele imprimiu em Porto Alegre foi bem recebido, podia animá-lo.

— Animá-lo? Mas ele não precisa de animações; basta-lhe o grande talento que tem.

— Não é verdade? disse ela chegando-se a mim, com os olhos cheios de fogo. Mas é pena! tanto talento perdido!

— Nós o acharemos; hei de tratá-lo como se ele fosse mais moço que eu. O mau foi deixá-lo cair na ociosidade...

Elisiário tornou com um exemplar do livro. Não trazia tinta nem pena; ela foi buscá-las. Começamos o trabalho da revisão; o plano era emendar, não só os erros de imprensa, mas o próprio texto. A novidade do caso interessou grandemente o nosso poeta, durante perto de duas horas. Verdade é que a maior parte do tempo era interrompido com a história das poesias, a notícias das pessoas, se as havia, e havia muitas; uma boa porção das composições era dedicada a amigos ou homens públicos. Naturalmente fizemos pouco: não passamos de vinte páginas. Elisiário confessou que estava com sono, adiamos o trabalho, e nunca mais pegamos nele.

D. Jacinta chegou a pedir ao marido que nos deixasse a nós a tarefa de emendar o livro; ele veria depois o texto emendado e pronto. Elisiário respondeu que não, que ele mesmo faria tudo, que esperássemos, não havia pressa. Mas, como disse, nunca mais pegamos no livro. Já raro improvisava, e, como não tinha paciência para compor escrevendo, os versos iam escasseando mais. Já lhe caíam frouxos; o poeta repetia-se. Quisemos ainda assim propor-lhe outro livro, recolhendo o que havia, e antes de o propor, tratamos de compilá-lo. O todo precisava de revisão; Elisiário consentiu em fazê-la, mas a tentativa teve o mesmo resultado que a outra. Os próprios discursos iam acabando. O gosto da palavra morria. Falava como todos nós falamos; não era já nem sombra daquela catadupa de idéias, de imagens, de frases, que mostravam no orador um poeta. Para o fim, nem falava; já me recebia sem entusiasmo, ainda que cordialmente. Afinal vivia aborrecido.

Com poucos anos de casada, D. Jacinta tinha no marido um homem de ordem, de sossego, mas sem inspiração nem calor. Ela própria foi mudando também. Não instava já pela composição de versos novos, nem pela correção dos velhos. Ficou tão desinteressada como ele. Os jantares e os almoços eram como os de qualquer pessoa que não cuide de letras. D. Jacinta buscava não tocar em tal assunto que era penoso ao marido e a ela; eu imitava-os. Quando me formei, Elisiário compôs um soneto em honra minha; mas já lhe custou muito, e, a falar verdade, não era do mesmo homem de outro tempo.

D. Jacinta vivia então, não direi triste, mas desencantada. A razão não se compreenderá bem, senão sabendo as origens da afeição que a levara ao casamento.

Pelo que pude colher e observar, nunca essa moça amou verdadeiramente o homem com quem casou. Elisiário acreditou que sim, e o disse, porque o pai dela pensava que era deveras um amor como os outros. A verdade, porém, é que o sentimento de D. Jacinta era pura admiração. Tinha uma paixão intelectual por esse homem, nada mais, e nos primeiros anos não pensou em casar com ele. Quando Elisiário ia à casa do Dr. Lousada, D. Jacinta vivia as melhores horas da vida, escutando-lhe os versos, novos ou velhos, — os que trazia de cor e os que improvisava ali mesmo. Possuía boa cópia deles. Mas, ainda que não fossem versos, contentava-se em ouvi-lo para admirá-lo. Elisiário, que a conhecia desde pequena, falava-lhe como a uma irmã mais moça. Depois viu que era inteligente, mais do que o comum das mulheres, e que havia nela um sentimento de poesia e de arte que a faziam superior. O apreço em que a tinha era grande, mas não passava disso.

Assim se passaram anos. D. Jacinta começou a pensar em um ato de pura dedicação. Conhecia a vida de Elisiário, os dias perdidos, as noitadas, a incoerência e o desarranjo de uma existência que ameaçava acabar na inutilidade. Nenhum estímulo, nenhuma ambição de futuro. D. Jacinta acreditava no gênio de Elisiário. Muitos eram os admiradores; nenhum tinha a fé viva, a devoção calada e profunda daquela moça. O projeto era desposá-lo. Uma vez casados, ela lhe daria a ambição que não tinha, o estímulo, o hábito do trabalho regular, metódico, e naturalmente abundante. Em vez de perder o tempo e a inspiração em cousas fúteis ou conversas ociosas, comporia obras de fôlego, nas boas horas, e para ele quase todas as horas eram excelentes. O grande poeta afirmar-se-ia perante o mundo. Assim disposta, não lhe foi difícil obter a colaboração do pai, sem todavia confessar-lhe o motivo secreto da ação; seria dizer que se casava sem amor. O que ela disse foi que o amava deveras.

Que haja nisso uma nota romanesca, é verdade; mas o romanesco era aqui obra de piedade, vinha de um sentimento de admiração, e podia ser um sacrifício. Talvez mais de um tentasse casar com ela. D. Jacinta não pensou em ninguém, até que lhe surdiu a idéia generosa de seduzir o poeta. Já sabes que este casou por obediência.

O resultado foi inteiramente oposto às esperanças da moça. O poeta, em vez dos louros, enfiou uma carapuça na cabeça, e mandou bugiar a poesia. Acabou em nada. Para o fim dos tempos nem lia já obras de arte. D. Jacinta padeceu grandemente; viu esvair-se-lhe o sonho, e, se não perdeu, antes ganhou o latim, perdeu aquela língua sublime em que cuidou falar às ambições de um grande espírito. A conclusão a que chegou foi ainda um desconsolo para si. Concluiu que o casamento esterilizara uma inspiração que só tinha ambiente na liberdade do celibato. Sentiu remorsos. Assim, além de não achar as doçuras do casamento na união com Elisiário, perdeu a única vantagem a que se propusera no sacrifício.

Errava naturalmente. Para mim Elisiário era o mesmo erradio, ainda que parecesse agora pousado; mas era também um talento de pouca dura; tinha de acabar, ainda que não casasse. Não foi a ordem que lhe tirou a inspiração. Certamente, a desordem ia mais com ele que tanto tinha de agitado, como de solitário; mas a quietação e o método não dariam cabo do poeta, se a poesia nele não fosse uma grande febre da mocidade... Em mim é que não passou de ligeira constipação da adolescência. Pede-me tu amor, que o terás; não me peças versos, que desaprendi há muito, concluiu Tosta, beijando a mulher.

ETERNO!

— Não me expliques nada, disse eu entrando no quarto; é o negócio da baronesa.

Norberto enxugou os olhos e sentou-se na cama, com as pernas pendentes. Eu, cavalgando uma cadeira, pousei a barba no dorso, e proferi este breve discurso:

— Mas, meu pateta, quantas vezes queres que te diga que acabes com essa paixão ridícula e humilhante? Sim, senhor, humilhante e ridícula, porque ela não faz caso de ti; e demais, é arriscado. Não? Verás se o é, quando o barão desconfiar que lhe arrastas a asa à mulher. Olha que ele tem cara de maus bofes.

Norberto meteu as unhas na cabeça, desesperado. Tinha-me escrito cedo, pedindo que fosse confortá-lo e dar-lhe algum conselho; esperara-me na rua, até perto de uma hora da noite, defronte da casa de pensão em que eu morava; contava-me na carta que não dormira, que recebera um golpe terrível, falava em atirar-se ao mar. Eu, apesar de outro golpe que também recebera, acudi ao meu pobre Norberto. Éramos da mesma idade, estudávamos medicina, com a diferença que eu repetia o terceiro ano, que perdera, por vadio. Norberto vivia com os pais; não me cabendo igual fortuna, por havê-los perdido, vivia de uma mesada que me dava um tio da Bahia, e das dívidas que o bom velho pagava semestralmente. Pagava-as, e escrevia-me logo uma porção de cousas amargas, concluindo sempre que, pelo menos, fosse estudando até ser doutor. Doutor, para quê? dizia comigo. Pois se nem o sol, nem a lua, nem as moças, nem os bons charutos Vilegas eram doutores, que necessidade tinha eu de o ser? E toca a rir, a folgar, a deixar correr semanas e credores.

Falei de um golpe recebido. Era uma carta do tio, vinda com a do Norberto, naquela mesma manhã. Abri-a antes da outra, e li-a com pasmo. Já me não tuteava; dizia cerimoniosamente: "Sr. Simeão Antônio de Barros, estou farto de gastar à toa o meu dinheiro com o senhor. Se quiser concluir os estudos, venha matricular-se aqui, e morar comigo. Senão, procure por si mesmo recursos; não lhe dou mais nada." Amarrotei o papel, finquei os olhos numa litografia muito ruim do visconde de Sepetiba, que já achei pendente de um prego, no meu quarto de pensão, e disse-lhe os nomes mais feios, de maluco para baixo. Bradei que podia guardar o seu dinheiro, que eu tinha vinte anos, — o primeiro dos direitos do homem, anterior aos tios e outras convenções sociais.

A imaginação, madre amiga, apontou-me logo uma infinidade de recursos, que bastavam a dispensar os magros cobres de um velho avarento; mas, passada essa primeira impressão, e relida a carta, entrei a ver que a solução era mais árdua do que parecia. Os recursos podiam ser bons e até certos; mas eu estava tão afeito a ir à Rua da Quitanda receber a pensão mensal e a gastá-la em dobro, que mal podia adotar outro sistema.

Foi neste ponto que abri a carta do amigo Norberto e corri à casa dele. Já sabem o que lhe disse; viram que ele meteu as unhas na cabeça, desesperado. Saibam agora que, depois do gesto, disse com olhar sombrio que esperava de mim outros conselhos.

— Quais?

Não me respondeu.

— Que compres uma pistola ou uma gazua? algum narcótico?

— Para que estás coçoando comigo?

— Para fazer-te homem.

Norberto deu de ombros, com um laivozinho de escárnio ao canto da boca. Que homem? Que era ser homem, senão amar a mais divina criatura do mundo e morrer por ela?

A baronesa de Magalhães, causa daquela demência, viera pouco antes da Bahia, com o marido, que antes do baronato, adquirido para satisfazer a noiva, era Antônio José Soares de Magalhães. Vinham casados de fresco; a baronesa tinha menos trinta anos que o barão; ia em vinte e quatro. Realmente era bela. Chamavam-lhe, em família, Iaiá Lindinha. Como o barão era velho amigo do pai de Norberto, as duas famílias uniram-se desde logo.

— Morrer por ela? disse eu.

Jurou-me que sim; era capaz de matar-se. Mulher misteriosa! A voz dela entrava-lhe pelos ossos... E, dizendo isto, rolava na cama, batia com a cabeça, mordia os travesseiros. Às vezes, parava, arquejando; logo depois tornava às mesmas convulsões, abafando os soluços e os gritos, para que os não ouvissem do primeiro andar.

Já acostumado às lágrimas do meu amigo, desde a vinda da baronesa, esperei que elas acabassem, mas não acabavam. Descavalguei a cadeira, fui a ele, bradei-lhe que era uma criançada, e despedi-me; Norberto pegou-me na mão, para que ficasse, não me tinha dito ainda o principal.

— É verdade; que é?

— Vão-se embora. Estivemos lá ontem, e ouvi que embarcam sábado.

— Para a Bahia?

— Sim.

— Então, vão comigo.

Contei-lhe o caso da carta, e as ordens de meu tio para ir matricular-me na Bahia, e estudar ao pé dele. Norberto escutou-me alvoroçado. Na Bahia? Iríamos juntos; éramos íntimos, os pais não recusariam este favor à nossa jovem amizade. Confesso que o plano pareceu-me excelente, e demo-nos a ele com afinco. A mãe, apesar de muita lágrima que teria de verter ao despegar-se do filho, cedeu mais prontamente do que supúnhamos. O pai é que não cedeu nada. Não houve rogos nem empenhos; o próprio barão, que eu tive a arte de trazer ao nosso propósito, não alcançou do velho amigo que deixasse ir o filho, nem ainda com a promessa de o aposentar em casa e velar por ele. O pai foi inflexível.

Podem imaginar o desespero do meu amigo. Na noite de sexta-feira esteve em casa dela, com a família, até onze horas; mas, com o pretexto de passar comigo a última noite da minha estada aqui, veio realmente chorar tantas e tais lágrimas, como nunca as vi chorar jamais, nem antes nem depois. Não podia descrer da paixão, nem presumir consolá-la; era a primeira. Até então, ambos nós só conhecíamos os trocos miúdos do amor; e, por desgraça dele, a primeira moda grande que achara, não era ouro nem prata, senão ferro, duro ferro, como a do velho Licurgo, forjada com o mesmo amargo vinagre.

Não dormimos. Norberto chorava, arrepelava-se, pedia a morte, construía planos absurdos ou terríveis. Eu, arranjando as malas, ia-lhe dizendo alguma cousa que o consolasse; era pior, era como se falasse de dança a uma perna dolorida. Consegui que fumasse um cigarro, depois outros, e afinal fumou-os às dúzias, sem acabar nenhum. Às três horas tratava do modo de fugir ao Rio de Janeiro, — não logo, mas daí a dias, no primeiro vapor. Tirei-lhe essa idéia da cabeça unicamente no interesse dele próprio.

— Ainda se fosse útil, vá, disse-lhe eu; mas ir sem certeza de nada, ir dar com o nariz na porta, porque a mulher, se não gosta de ti, e te vê lá, é capaz de perceber logo o motivo da tua viagem, e não te recebe.

— Que sabes tu?

— Pode receber-te, mas não há certeza, acho eu. Crês que ela goste de ti?

— Não digo que sim, nem que não.

Contou-me episódios, gestos, ditos, cousas ambíguas ou insignificantes; depois vinha uma reticência de lágrimas, murros no peito, clamor de angústia, a dor ia-se-me comunicando; padecia com ele, a razão cedia à compaixão, as nossas naturezas fundiam-se em uma só lástima. Daí esta promessa que lhe fiz.

— Tenho uma idéia. Vou com eles, já nos conhecemos, é provável que freqüente a casa; eu então farei uma cousa: sondo-a a teu respeito. Se vir que nem pensa em ti, escrevo-te francamente que penses em outra cousa; mas se achar alguma inclinação, pouca que seja, aviso-te, e, ou por bem ou por mal, embarca.

Norberto aceitou alvoroçado a proposta: era uma esperança. Fez-me jurar que cumpriria tudo, que a observaria bem, sem temor, e, pela sua parte, jurou-me que não hesitaria um instante. E teimava comigo que não perdesse nada; que, às vezes, um indício pequeno valia muito, uma palavrinha era um livro; que, se pudesse, aludisse ao desespero em que o deixava. Para peitar a minha sagacidade, afirmou que o desengano matá-lo-ia, porque esse amor, eterno como era, iria fartar-se na morte e na eternidade. Não achei boca para replicar-lhe que isto era o mesmo que obrigar-me a só mandar boas notícias. Naquela ocasião, apenas sabia chorar com ele.

A aurora registrou o nosso pacto imoral. Não consenti que ele fosse a bordo despedir-se. Parti. Não falemos da viagem... Ó mares de Homero, flagelados por Euros, Bóreas e o violento Zéfiro, mares épicos, podeis sacudir Ulisses, mas não lhe dais as aflições do enjôo. Isso é bom para os mares de agora, e particularmente para aqueles que me levaram daqui à Bahia. Só depois de chegar ante a cidade, ousei aparecer à nossa dona magnífica, tão senhora de si, como se acabasse de dar um passeio apenas longo.

— Não tem saudades do Rio de Janeiro? disse-lhe eu logo, de intróito.

— Certamente.

O barão veio indicar-me os lugares que a gente via do paquete, — ou a direção de outros. Ofereceu-me a casa dele, no Bonfim. Meu tio veio a bordo, e, por mais que quisesse fazer-se tétrico, senti-lhe o coração amigo. Via-me, único filho da irmã finada, — e via-me obediente. Não podia haver para mim melhores impressões de entrada. Divina juventude! as cousas novas pagavam-me em dobro as cousas velhas.

Dei os primeiros dias ao conhecimento da cidade; mas não tardou que uma carta do meu amigo Norberto me chamasse a atenção para ele. Fui ao Bonfim. A baronesa — ou Iaiá Lindinha, que era ainda o nome dado por toda a gente, — recebeu-me com tanta graça, e o marido era tão hospedeiro e bom, que me envergonhei da particular comissão que trazia. Mas durou pouca a vergonha, vi o desespero do meu amigo, e a necessidade de consolá-lo ou desenganá-lo era superior a qualquer outra consideração. Confesso até uma singularidade: agora que estavam separados entrou-me na alma a esperança de que ela não desgostasse dele, — justamente o que eu negava antes. Talvez fosse o desejo de o ver feliz; podia ser uma instigação da vaidade que me acenasse com a vitória em favor do desgraçado.

Naturalmente, conversamos do Rio de Janeiro. Eu dizia-lhe as minhas saudades, falava das cousas que estava acostumado a ver, das ruas que faziam parte da minha pessoa, das caras de todos os dias, das casas, das afeições... Oh!, as afeições eram os laços mais apertados. Tinha amigos: os pais de Norberto...

— Dous santos, interrompeu a moça; meu marido, que conhece o velho desde muitos anos, conta dele cousas curiosas. Sabe que casou por uma paixão fortíssima?

— Adivinha-se. O filho é o fruto expressivo do amor dos dous. Conheceu bem o meu pobre Norberto?

— Conheci; ia lá à casa muitas vezes.

— Não conheceu.

laiá Lindinha franziu levemente a testa.

— Perdoe-me se a desminto, continuei com vivacidade. Não conheceu a melhor alma, a mais pura e a mais ardente que Deus criou. Talvez que ache parcial por ser amigo. A verdade é que ninguém me prende mais ao Rio de Janeiro. Coitado do meu Norberto! Não imagina que homem talhado para dous ofícios ao mesmo tempo, arcanjo e herói, — para dizer à terra as delícias do céu, e para escalar o céu, se for preciso ir lá levar as lamentações humanas...

Só no fim desta fala compreendi que era ridícula. laiá Lindinha, ou não a entendeu assim, ou disfarçou a opinião; disse-me somente que a minha amizade era entusiasta, mas que o meu amigo parecia boa pessoa. Não era alegre, ou tinha crises melancólicas. Disseram-lhe que ele estudava muito...

— Muito.

Não insisti para não atropelar os acontecimentos... Que o leitor me não condene sem remissão nem agravo. Sei que o papel que eu fazia não era bonito; mas já lá vão vinte e sete anos. Confio do Tempo, que é um insigne alquimista. Dá-se-lhe um punhado de lodo, ele o restitui em diamantes; quando menos, em cascalho. Assim é que, se um homem de Estado escrever e publicar as suas memórias, tão sem escrúpulo, que lhe não falte nada, nem confidências pessoais, nem segredos do governo, nem até amores, amores particularíssimos e inconfessáveis, verá que escândalo levanta o livro. Dirão, e dirão bem, que o autor é um cínico, indigno dos homens que confiaram nele e das mulheres que o amaram. Clamor sincero e legítimo, porque o caráter público impõe muitos resguardos; os bons costumes e o próprio respeito às mulheres amadas constrangem ao silêncio...

... Mas deixai pingar os anos na cuba de um século. Cheio o século, passa o livro a documento histórico, psicológico, anedótico. Hão de lê-lo a frio; estudar-se-á nele a vida íntima do nosso tempo, a maneira de amar, a de compor os ministérios e deitá-los abaixo, se as mulheres eram mais animosas que dissimuladas, como é que se faziam eleições e galanteios, se eram usados xales ou capas, que veículos tínhamos, se os relógios eram trazidos à direita ou à esquerda, e multidão de cousas interessantes para a nossa história pública e íntima. Daí a esperança que me fica, de não ser condenado absolutamente pela consciência dos que me lêem. Já lá vão vinte e sete anos!

Gastei mais de meio em bater à porta daquele coração, a ver se lá achava o Norberto; mas ninguém me respondia de dentro, nem o próprio marido. Não obstante, as cartas que mandava ao meu pobre amigo, se não levavam esperanças, também não levavam desenganos. Houve-as até mais esperançosas que desenganadas. A afeição que lhe tinha e o meu amor-próprio conjugavam as forças todas para espertar nela a curiosidade e a sedução de um mistério remoto e possível.

Já então as nossas relações eram familiares. Visitava-os a miúdo. Quando lá não ia três noites seguidas, vivia aflito e inquieto; corria a vê-los na quarta noite, e era ela que me esperava ao portão da chácara, para dizer-me nomes feios, ingrato, preguiçoso, esquecido. Os nomes foram cessando, mas a pessoa não deixava de estar ali à espera, com a mão prestes a apertar a minha, — às vezes, trêmula, — ou seria a minha que tremia; não sei.

— Amanhã não posso vir, dizia-lhe algumas noites, à despedida, baixo, no vão de uma janela.

— Por quê?

Explicava-lhe a causa, estudo ou alguma obrigação de meu tio. Nunca tentou dissuadir-me de promessa, mas ficava desconsolada. Comecei a escrever menos ao Norberto e a falar pouco de iaiá Lindinha, como quem não ia à casa dela. Tinha fórmulas diferentes: "Ontem encontrei o barão no largo do Palácio; disse-me que a mulher está boa." Ou então: "Sabes quem vi há três dias no teatro? A baronesa." Não relia as cartas, para não encarar a minha hipocrisia. Ele, pela sua parte, também ia escrevendo menos, e bilhetes curtos. Entre mim e a moça não aparecia mais o nome de Norberto; convencionamos, sem palavras, que era um defunto, e um triste defunto sem galas mortuárias.

Beirávamos o abismo, ambos teimando que era um reflexo da cúpula celeste, — incongruência para os que não andam namorados. A morte resolveu o problema, levando consigo o barão, por meio de um ataque de apoplexia, no dia vinte e três de março de 1861, às seis horas da tarde. Era um excelente homem, a quem a viúva pagou em preces o que lhe não dera em amor.

Quando eu lhe pedi, três meses depois, que, acabado o luto, casasse comigo, iaiá Lindinha não estranhou nem me despediu. Ao contrário, respondeu que sim, mas não tão cedo; punha uma condição: que concluísse primeiro os estudos, que me formasse. E disse isto com os mesmos lábios, que pareciam ser o único livro do mundo, o livro universal, a melhor das academias, a escola das escolas. Apelei dela para ela; escutou-me inflexível. A razão que me deu foi que meu tio podia recear que, uma vez casado, interromperia a carreira.

— E com razão, concluiu. Ouça-me: só me caso com um doutor.

Cumprimos ambos a promessa. Durante algum tempo andou ela pela Europa, com uma cunhada e o marido desta; e as saudades foram então as minhas disciplinas mais duras. Estudei pacientemente; despeguei-me de todas as vadiações antigas. Recebi o capelo na véspera da bênção matrimonial; e posso dizer, sem hipocrisia, que achei o latim do padre muito superior ao discurso acadêmico.

Semanas depois, pediu-me Iaiá Lindinha que viéssemos ao Rio de Janeiro. Cedi ao pedido, confesso que um pouco atordoado. Cá viria achar o meu amigo Norberto, se é que ele ainda residia aqui. Ia em mais de três anos que nos não escrevíamos; já antes disso as nossas cartas eram breves e sem interesse. Saberia do nosso casamento? Dos precedentes? Viemos; não contei nada a minha mulher.

Para quê? Era dar-lhe notícia de uma aleivosia oculta, dizia comigo. Ao chegar, pus esta questão a mim mesmo, se esperaria a visita dele, se iria visitá-lo antes; escolhi o segundo alvitre, para avisá-lo das cousas. Engenhei umas circunstâncias especiais, curiosas, acarretadas pela Providência, cujos fios ficam sempre ocultos aos homens. Não se ria, note-se bem; minha imaginação compunha tudo isso com seriedade.

No fim de quatro dias, soube que Norberto morava para os lados do Rio Comprido; estava casado. Tanto melhor. Corri a casa dele. Vi no jardim uma preta amamentando uma criança, outra criança de ano e meio, que recolhia umas pedrinhas do chão, acocorada.

— Nhô Bertinho, vai dizer a mamãe que está aqui um moço procurando papai.

O menino obedeceu; mas, antes que voltasse, chegava de fora o meu velho amigo Norberto. Conheci-o logo, apesar das grandes suíças que usava; lançamo-nos nos braços um do outro.

— Tu aqui? Quando chegaste?

— Ontem.

— Estás mais gordo, meu velho! Gordo e bonito. Entremos. Que é? continuou ele inclinando-se para Nhô Bertinho, que lhe abraçava uma das pernas.

Pegou dele, alçou-o, deu-lhe trinta mil beijos ou pouco menos; depois, tendo-o num braço, apontou para mim.

— Conheces este moço?

Nhô Bertinho olhava espantado, com o dedo na boca. O pai contou-lhe então que eu era um amigo de papai, muito amigo, desde o tempo em que vovô e vovó eram vivos...

— Teus pais morreram?

Norberto fez-me sinal que sim, e acudiu ao filho, que com as mãozinhas espalmadas pegava da cara do pai, pedindo-lhe mais beijos. Depois, foi à criança que mamava, não a tirou do regaço da ama, mas disse-lhe muitas cousas ternas, chamou-me para vê-la; era uma menina. Revia-se nela, encantado. Tinha cinco meses por ora; mas se eu voltasse ali quinze anos depois, veria que mocetona. Que bracinhos! que dedos gordos! Não podendo ter-se, inclinou-se e beijou-a.

— Entra, anda ver minha mulher. Jantas conosco.

— Não posso.

— Mamãe está espiando, disse Nhô Bertinho.

Olhei, vi uma moça à porta da sala, que dava para o jardim; a porta estava aberta, ela esperava-nos. Subimos os cinco degraus; entramos na sala. Norberto pegou-lhe nas mãos, e deu-lhe dous beijos. A moça quis recuar, não pôde, ficou muito corada.

— Não te vexes, Carmela, disse ele. Sabes quem é este sujeito? É aquele Barros de quem te falei muitas vezes, um Simeão, estudante de medicina... A propósito, por que é que não me respondeste à participação de casamento?

— Não recebi nada, respondi.

— Pois afirmo que foi pelo correio.

Carmela ouvia o marido com admiração; ele tanto fez, que foi sentar-se ao pé dela, para lhe reter a mão, às escondidas. Eu fingia não ver nada; falava dos tempos acadêmicos, de alguns amigos, da política, da guerra, tudo para evitar que ele me perguntasse se estava ou não casado. Já me arrependia de ter ido ali; que lhe diria, se ele tocasse no ponto e indagasse da pessoa? Não me falou em nada; talvez soubesse tudo.

A conversação prolongou-se; mas eu teimei em sair, e levantei-me. Carmela despediu-se de mim com muita afabilidade. Era bela; os olhos pareciam dar-lhe um resplendor de santa. Certo é que o marido tinha-lhe adoração.

— Viste-a bem? perguntou-me ele à porta do jardim. Não te digo o sentimento que nos prende, estas cousas sentem-se, não se exprimem. De que sorris? Achas-me naturalmente criança. Creio que sim; criança eterna, como é eterno o meu amor.

Entrei no tílburi, prometendo ir lá jantar um daqueles dias.

— Eterno! disse comigo. Tal qual o amor que ele tinha a minha mulher.

E, voltando-me para o cocheiro, perguntei-lhe:

— O que é eterno?

— Com perdão de V. Sª, acudiu ele, mas eu acho que eterno é o fiscal da minha rua, um maroto que, se lhe não quebro a cara um destes dias, a minha alma se não salve. Pois o maroto parece eterno no lugar; tem aí não sei que compadres... Outros dizem que... Não me meto nisso... Lá quebrar-lhe a cara.

Não ouvi o resto; fui mergulhando em mim mesmo, ao zunzum do cocheiro. Quando dei por mim, estava na Rua da Glória. O demônio continuava a falar; paguei, e desci até à Praia da Glória, meti-me pela do Russell e fui sair à do Flamengo. O mar batia com força. Moderei o passo, e pus-me a olhar para as ondas que vinham ali bater e morrer. Cá dentro, ressoava, como um trecho musical, a pergunta que fizera ao cocheiro: O que é eterno? As ondas, mais discretas que ele, não me contaram os seus particulares, vinham vindo, morriam, vinham vindo, morriam.

Cheguei ao Hotel de Estrangeiros ao declinar da tarde. Minha mulher esperava-me para jantar. Eu, ao entrar no quarto, peguei-lhe das mãos, e perguntei-lhe:

— O que é eterno, laiá Lindinha?

Ela, suspirando:

— Ingrato! é o amor que te tenho.

Jantei sem remorsos; ao contrário, tranqüilo e jovial. Cousas do Tempo! Dá-se-lhe um punhado de lodo, ele o restitui em diamantes...

MISSA DO GALO

Nunca pude entender a conversação que tive com uma senhora, há muitos anos, contava eu dezessete, ela trinta. Era noite de Natal. Havendo ajustado com um vizinho irmos à missa do galo, preferi não dormir; combinei que eu iria acordá-lo à meia-noite.

A casa em que eu estava hospedado era a do escrivão Meneses, que fora casado, em primeiras núpcias, com uma de minhas primas. A segunda mulher, Conceição, e a mãe desta acolheram-me bem, quando vim de Mangaratiba para o Rio de Janeiro, meses antes, a estudar preparatórios. Vivia tranqüilo, naquela casa assobradada da Rua do Senado, com os meus livros, poucas relações, alguns passeios. A família era pequena, o escrivão, a mulher, a sogra e duas escravas. Costumes velhos. Às dez horas da noite toda a gente estava nos quartos; às dez e meia a casa dormia. Nunca tinha ido ao teatro, e mais de uma vez, ouvindo dizer ao Meneses que ia ao teatro, pedi-lhe que me levasse consigo. Nessas ocasiões, a sogra fazia uma careta, e as escravas riam à socapa; ele não respondia, vestia-se, saía e só tornava na manhã seguinte. Mais tarde é que eu soube que o teatro era um eufemismo em ação. Meneses trazia amores com uma senhora, separada do marido, e dormia fora de casa uma vez por semana. Conceição padecera, a princípio, com a existência da comborça; mas, afinal, resignara-se, acostumara-se, e acabou achando que era muito direito.

Boa Conceição! Chamavam-lhe "a santa", e fazia jus ao título, tão facilmente suportava os esquecimentos do marido. Em verdade, era um temperamento moderado, sem extremos, nem grandes lágrimas, nem grandes risos. No capítulo de que trato, dava para maometana; aceitaria um harém, com as aparências salvas. Deus me perdoe, se a julgo mal. Tudo nela era atenuado e passivo. O próprio rosto era mediano, nem bonito nem feio. Era o que chamamos uma pessoa simpática. Não dizia mal de ninguém, perdoava tudo. Não sabia odiar; pode ser até que não soubesse amar.

Naquela noite de Natal foi o escrivão ao teatro. Era pelos anos de 1861 ou 1862. Eu já devia estar em Mangaratiba, em férias; mas fiquei até o Natal para ver "a missa do galo na Corte". A família recolheu-se à hora do costume; eu meti-me na sala da frente, vestido e pronto. Dali passaria ao corredor da entrada e sairia sem acordar ninguém. Tinha três chaves a porta; uma estava com o escrivão, eu levaria outra, a terceira ficava em casa.

— Mas, Sr. Nogueira, que fará você todo esse tempo? — perguntou-me a mãe de Conceição.

— Leio, D. Inácia.

Tinha comigo um romance, os *Três Mosqueteiros,* velha tradução creio do *Jornal do Comércio.* Sentei-me à mesa que havia no centro da sala, e à luz de um candeeiro de querosene, enquanto a casa dormia, trepei ainda uma vez ao cavalo magro de D'Artagnan e fui-me às aventuras. Dentro em pouco estava completamente ébrio de Dumas. Os minutos voavam, ao contrário do que costumam fazer, quando são de espera; ouvi bater onze horas, mas quase sem dar por elas, um acaso. Entretanto, um pequeno rumor que ouvi dentro veio acordar-me da leitura. Eram uns passos no corredor que ia da sala de visitas à de jantar; levantei a cabeça; logo depois vi assomar à porta da sala o vulto de Conceição.

— Ainda não foi? Perguntou ela.

— Não fui; parece que ainda não é meia-noite.

— Que paciência!

Conceição entrou na sala, arrastando as chinelinhas da alcova. Vestia um roupão branco, mal apanhado na cintura. Sendo magra, tinha um ar de visão romântica, não disparatada com o meu livro de aventuras. Fechei o livro; ela foi sentar-se na cadeira que ficava defronte de mim, perto do canapé. Como eu lhe perguntasse se a havia acordado, sem querer, fazendo barulho, respondeu com presteza:

— Não! qual! Acordei por acordar.

Fitei-a um pouco e duvidei da afirmativa. Os olhos não eram de pessoa que acabasse de dormir; pareciam não ter ainda pegado no sono. Essa observação, porém, que valeria alguma cousa em outro espírito, depressa a botei fora, sem advertir que talvez não dormisse justamente por minha causa, e mentisse para me não afligir ou aborrecer. Já disse que ela era boa, muito boa.

— Mas a hora já há de estar próxima, disse eu.

— Que paciência a sua de esperar acordado, enquanto o vizinho dorme! E esperar sozinho! Não tem medo de almas do outro mundo? Eu cuidei que se assustasse quando me viu.

— Quando ouvi os passos estranhei; mas a senhora apareceu logo.

— Que é que estava lendo? Não diga, já sei, é o romance dos *Mosqueteiros*.

— Justamente: é muito bonito.

— Gosta de romances?

— Gosto.

— Já leu a *Moreninha?*

— Do Dr. Macedo? Tenho lá em Mangaratiba.

— Eu gosto muito de romances, mas leio pouco, por falta de tempo. Que romances é que você tem lido?

Comecei a dizer-lhe os nomes de alguns. Conceição ouvia-me com a cabeça reclinada no espaldar, enfiando os olhos por entre as pálpebras meio-cerradas, sem os tirar de mim. De vez em quando passava a língua pelos beiços, para umedecê-los. Quando acabei de falar, não me disse nada; ficamos assim alguns segundos. Em seguida, vi-a endireitar a cabeça, cruzar os dedos e sobre eles pousar o queixo, tendo os cotovelos nos braços da cadeira, tudo sem desviar de mim os grandes olhos espertos.

— Talvez esteja aborrecida, pensei eu.

E logo alto:

— D. Conceição, creio que vão sendo horas, e eu...

— Não, não, ainda é cedo. Vi agora mesmo o relógio; são onze e meia. Tem tempo. Você, perdendo a noite, é capaz de não dormir de dia?

— Já tenho feito isso.

— Eu, não; perdendo uma noite, no outro dia estou que não posso, e, meia hora que seja, hei de passar pelo sono. Mas também estou ficando velha.

— Que velha o quê, D. Conceição?

Tal foi o calor da minha palavra que a fez sorrir. De costume tinha os gestos demorados e as atitudes tranqüilas; agora, porém, ergueu-se rapidamente, passou para o outro lado da sala e deu alguns passos, entre a janela da rua e a porta do gabinente do marido. Assim, com o desalinho honesto que trazia, dava-me uma impressão singular. Magra embora, tinha não sei que balanço no andar, como quem lhe custa levar o corpo; essa feição nunca me pareceu tão distinta como naquela noite. Parava algumas vezes, examinando um trecho de cortina ou consertando a posição de algum objeto no aparador; afinal deteve-se, ante mim, com a mesa de permeio. Estreito era o círculo das suas idéias; tornou ao espanto de me ver esperar acordado; eu repeti-lhe o que ela sabia, isto é, que nunca ouvira missa do galo na Corte, e não queria perdê-la.

— É a mesma missa da roça; todas as missas se parecem.

— Acredito; mas aqui há de haver mais luxo e mais gente também. Olhe, a semana santa na Corte é mais bonita que na roça. S. João não digo, nem Santo Antônio...

Pouco a pouco, tinha-se inclinado; fincara os cotovelos no mármore da mesa e metera o rosto entre as mãos espalmadas. Não estando abotoadas, as mangas, caíram naturalmente, e eu vi-lhe metade dos braços, muitos claros, e menos magros do que se poderiam supor. A vista não era nova para mim, posto também não fosse comum; naquele momento, porém, a impressão que tive foi grande. As veias eram tão azuis, que apesar da pouca claridade, podia contá-las do meu lugar. A presença de Conceição espertara-me ainda mais que o livro. Continuei a dizer o que pensava das festas da roça e da cidade, e de outras cousas que me iam vindo à boca. Falava emendando os assuntos, sem saber por quê, variando deles ou tornando aos primeiros, e rindo para fazê-la sorrir e ver-lhe os dentes que luziam de brancos, todos iguaizinhos. Os olhos dela não eram bem negros, mas escuros; o nariz, seco e longo, um tantinho curvo, dava-lhe ao rosto um ar interrogativo. Quando eu alteava um pouco a voz, ela reprimia-me:

— Mais baixo! Mamãe pode acordar.

E não saía daquela posição, que me enchia de gosto, tão perto ficavam as nossas caras. Realmente, não era preciso falar alto para ser ouvido; cochichávamos os dous, eu mais que ela, porque falava mais; ela, às vezes, ficava séria, muito séria, com a testa um pouco franzida. Afinal, cansou; trocou de atitude e de lugar. Deu volta à mesa e veio sentar-se do meu lado, no canapé. Voltei-me, e pude ver, a furto, o bico das chinelas; mas foi só o tempo que ela gastou em sentar-se, o roupão era comprido e cobriu-as logo. Recordo-me que eram pretas. Conceição disse baixinho:

— Mamãe está longe, mas tem o sono muito leve; se acordasse agora, coitada, tão cedo não pegava no sono.

— Eu também sou assim.

— O quê? Perguntou ela inclinando o corpo para ouvir melhor.

Fui sentar-me na cadeira que ficava ao lado do canapé e repeti a palavra. Riu-se da coincidência; também ela tinha o sono leve; éramos três sonos leves.

— Há ocasiões em que sou como mamãe: acordando, custa-me dormir outra vez, rolo na cama, à toa, levanto-me, acendo vela, passeio, torno a deitar-me, e nada.

— Foi o que lhe aconteceu hoje.

— Não, não, atalhou ela.

Não entendi a negativa; ela pode ser que também não a entendesse. Pegou das pontas do cinto e bateu com elas sobre os joelhos, isto é, o joelho direito, porque acabava de cruzar as pernas. Depois referiu uma história de sonhos, e afirmou-me que só tivera um pesadelo, em criança. Quis saber se eu os tinha. A conversa reatou-se assim lentamente, longamente, sem que eu desse pela hora nem pela missa. Quando eu acabava uma narração ou uma explicação, ela inventava outra pergunta ou outra matéria, e eu pegava novamente na palavra. De quando em quando, reprimia-me:

— Mais baixo, mais baixo...

Havia também umas pausas. Duas outras vezes, pareceu-me que a via dormir; mas os olhos, cerrados por um instante, abriam-se logo sem sono nem fadiga, como se ela os houvesse fechado para ver melhor. Uma dessas vezes creio que deu por mim embebido na sua pessoa, e lembra-me que os tornou a fechar, não sei se apressada ou vagarosamente. Há impressões dessa noite, que me aparecem truncadas ou confusas. Contradigo-me, atrapalho-me. Uma das que ainda tenho frescas é que, em certa ocasião, ela, que era apenas simpática, ficou linda, ficou lindíssima. Estava de pé, os braços cruzados; eu, em respeito a ela, quis levantar-me; não consentiu, pôs uma das mãos no meu ombro, e obrigou-me a estar sentado. Cuidei que ia dizer alguma cousa; mas estremeceu, como se tivesse um arrepio de frio, voltou as costas e foi sentar-se na cadeira, onde me achara lendo. Dali relanceou a vista pelo espelho, que ficava por cima do canapé, falou de duas gravuras que pendiam da parede.

— Estes quadros estão ficando velhos. Já pedi a Chiquinho para comprar outros.

Chiquinho era o marido. Os quadros falavam do principal negócio deste homem. Um representava "Cleópatra"; não me recordo o assunto do outro, mas eram mulheres. Vulgares ambos; naquele tempo não me pareciam feios.

— São bonitos, disse eu.

— Bonitos são; mas estão manchados. E depois francamente, eu preferia duas imagens, duas santas. Estas são mais próprias para sala de rapaz ou de barbeiro.

— De barbeiro? A senhora nunca foi a casa de barbeiro.

— Mas imagino que os fregueses, enquanto esperam, falam de moças e namoros, e naturalmente o dono da casa alegra a vista deles com figuras bonitas. Em casa de família é que não acho próprio. É o que eu penso; mas eu penso muita cousa assim esquisita. Seja o que for, não gosto dos quadros. Eu tenho uma Nossa Senhora da Conceição, minha madrinha, muito bonita; mas é de escultura, não se pode pôr na parede, nem eu quero. Está no meu oratório.

A idéia do oratório trouxe-me a da missa, lembrou-me que podia ser tarde e quis dizê-lo. Penso que cheguei a abrir a boca, mas logo a fechei para ouvir o que ela contava, com doçura, com graça, com tal moleza que trazia preguiça à minha alma e fazia esquecer a missa e a igreja. Falava das suas devoções de menina e moça. Em seguida referia umas anedotas de baile, uns casos de passeio, reminiscências de

Paquetá, tudo de mistura, quase sem interrupção. Quando cansou do passado, falou do presente, dos negócios da casa, das canseiras de família, que lhe diziam ser muitas, antes de casar, mas não eram nada. Não me contou, mas eu sabia que casara aos vinte e sete anos.

Já agora não trocava de lugar, como a princípio, e quase não saíra da mesma atitude. Não tinha os grandes olhos compridos, e entrou a olhar à toa para as paredes.

— Precisamos mudar o papel da sala, disse daí a pouco, como se falasse consigo.

Concordei, para dizer alguma cousa, para sair da espécie de sono magnético, ou o que quer que era que me tolhia a língua e os sentidos. Queria e não queria acabar a conversação; fazia esforço para arredar os olhos dela, e arredava-os por um sentimento de respeito; mas a idéia de parecer que era aborrecimento, quando não era, levava-me os olhos outra vez para Conceição. A conversa ia morrendo. Na rua, o silêncio era completo.

Chegamos a ficar por algum tempo, — não posso dizer quanto, — inteiramente calados. O rumor único e escasso era um roer de camundongo no gabinete, que me acordou daquela espécie de sonolência; quis falar dele, mas não achei modo. Conceição parecia estar devaneando. Subitamente, ouvi uma pancada na janela, do lado de fora, e uma voz que bradava: "Missa do galo! missa do galo!"

— Aí está o companheiro, disse ela levantando-se. Tem graça; você é que ficou de ir acordá-lo, ele é que vem acordar você. Vá, que hão de ser horas; adeus.

— Já serão horas? perguntei.

— Naturalmente.

— Missa do galo! repetiram de fora, batendo.

— Vá, vá, não se faça esperar. A culpa foi minha.

Adeus; até amanhã.

E com o mesmo balanço do corpo, Conceição enfiou pelo corredor dentro, pisando mansinho. Saí à rua e achei o vizinho que esperava. Guiamos dali para a Igreja. Durante a missa, a figura de Conceição interpôs-se mais de uma vez, entre mim e o padre; fique isto à conta dos meus dezessete anos. Na manhã seguinte, ao almoço, falei da missa do galo e da gente que estava na igreja sem excitar a curiosidade de Conceição. Durante o dia, achei-a como sempre, natural, benigna, sem nada que fizesse lembrar a conversação da véspera. Pelo Ano-Bom fui para Mangaratiba. Quando tornei ao Rio de Janeiro, em março, o escrivão tinha morrido de apoplexia. Conceição morava no Engenho Novo, mas nem a visitei nem a encontrei. Ouvi mais tarde que casara com o escrevente juramentado do marido.

IDÉIAS DE CANÁRIO

Um homem dado a estudos de ornitologia, por nome Macedo, referiu a alguns amigos um caso tão extraordinário que ninguém lhe deu crédito. Alguns chegam a supor que Macedo virou o juízo. Eis aqui o resumo da narração.

No princípio do mês passado, — disse ele, — indo por uma rua, sucedeu que um tílburi à disparada, quase me atirou ao chão. Escapei saltando para dentro de uma loja de belchior. Nem o estrépito do cavalo e do veículo, nem a minha entrada fez levantar o dono do negócio, que cochilava ao fundo, sentado numa cadeira de abrir. Era um frangalho de homem, barba cor de palha suja, a cabeça enfiada em um gorro esfarrapado, que provavelmente não achara comprador. Não se adivinhava nele nenhuma história, como podiam ter alguns dos objetos que vendia, nem se lhe sentia a tristeza austera e desenganada das vidas que foram vidas.

A loja era escura, atulhada das cousas velhas, tortas, rotas, enxovalhadas, enferrujadas que de ordinário se acham em tais casas, tudo naquela meia desordem própria do negócio. Essa mistura, posto que banal, era interessante. Panelas sem tampa, tampas sem panela, botões, sapatos, fechaduras, uma saia preta, chapéus de palha e de pêlo, caixilhos, binóculos, meias casacas, um florete, um cão empalhado, um par de chinelas, luvas, vasos sem nome, dragonas, uma bolsa de veludo, dous cabides, um bodoque, um termômetro, cadeiras, um retrato litografado pelo finado Sisson, um gamão, duas máscaras de arame para o carnaval que há de vir, tudo isso e o mais que não vi ou não me ficou de memória, enchia a loja nas imediações da porta, encostado, pendurado ou exposto em caixas de vidro, igualmente velhas. Lá para dentro, havia outras cousas mais e muitas, e do mesmo aspecto, dominando os objetos grandes, cômodas, cadeiras, camas, uns por cima dos outros, perdidos na escuridão.

Ia a sair, quando vi uma gaiola pendurada da porta. Tão velha como o resto, para ter o mesmo aspecto da desolação geral, faltava-lhe estar vazia. Não estava vazia. Dentro pulava um canário. A cor, a animação e a graça do passarinho davam àquele amontoado de destroços uma nota de vida e de mocidade. Era o último passageiro de algum naufrágio, que ali foi parar íntegro e alegre como dantes. Logo que olhei para ele, entrou a saltar mais, abaixo e acima, de poleiro em poleiro, como se quisesse dizer que no meio daquele cemitério brincava um raio de sol. Não atribuo essa imagem ao canário, senão porque falo a gente retórica; em verdade, ele não pensou em cemitério nem sol, segundo me disse depois. Eu, de envolta com o prazer que me trouxe aquela vista, senti-me indignado do destino do pássaro, e murmurei baixinho palavras de azedume.

— Quem seria o dono execrável deste bichinho, que teve ânimo de se desfazer dele por alguns pares de níqueis? Ou que mão indiferente, não querendo guardar esse companheiro de dono defunto, o deu de graça a algum pequeno, que o vendeu para ir jogar uma quiniela?

E o canário, quedando-se em cima do poleiro, trilou isto:

— Quem quer que sejas tu, certamente não estás em teu juízo. Não tive dono execrável, nem fui dado a nenhum menino que me vendesse. São imaginações de pessoa doente; vai-te curar, amigo...

— Como? interrompi eu, sem ter tempo de ficar espantado. Então o teu dono não te vendeu a esta casa? Não foi a miséria ou a ociosidade que te trouxe a este cemitério, como um raio de sol?

— Não sei que seja sol nem cemitério. Se os canários que tens visto usam do primeiro desses nomes, tanto melhor, porque é bonito, mas estou que confundes.

— Perdão, mas tu não vieste para aqui à toa, sem ninguém, salvo se o teu dono foi sempre aquele homem que ali está sentado.

— Que dono? Esse homem que aí está é meu criado, dá-me água e comida todos os dias, com tal regularidade que eu, se devesse pagar-lhe os serviços, não seria com pouco; mas os canários não pagam criados. Em verdade, se o mundo é propriedade dos canários, seria extravagante que eles pagassem o que está no mundo.

Pasmado das respostas, não sabia que mais admirar, se a linguagem, se as idéias. A linguagem, posto me entrasse pelo ouvido como de gente, saía do bicho em trilos engraçados. Olhei em volta de mim, para verificar se estava acordado; a rua era a mesma, a loja era a mesma loja escura, triste e úmida. O canário, movendo a um lado e outro, esperava que eu lhe falasse. Perguntei-lhe então se tinha saudades do espaço azul e infinito...

— Mas caro homem, trilou o canário, que quer dizer espaço azul e infinito?

— Mas, perdão, que pensas deste mundo? Que cousa é o mundo?

— O mundo, redargüiu o canário com certo ar de professor, o mundo é uma loja de belchior, com uma pequena gaiola de taquara, quadrilonga, pendente de um prego; o canário é senhor da gaiola que habita e da loja que o cerca. Fora daí, tudo é ilusão e mentira.

Nisto acordou o velho, e veio a mim arrastando os pés. Perguntou-me se queria comprar o canário. Indaguei se o adquirira, como o resto dos objetos que vendia, e soube que sim, que o comprara a um barbeiro, acompanhado de uma coleção de navalhas.

— As navalhas estão em muito bom uso, concluiu ele.

— Quero só o canário.

Paguei-lhe o preço, mandei comprar uma gaiola vasta, circular, de madeira e arame, pintada de branco, e ordenei que a pusessem na varanda da minha casa, donde o passarinho podia ver o jardim, o repuxo e um pouco do céu azul.

Era meu intuito fazer um longo estudo do fenômeno. sem dizer nada a ninguém, até poder assombrar o século com a minha extraordinária descoberta. Comecei por alfabetar a língua do canário, por estudar-lhe a estrutura, as relações com a música, os sentimentos estéticos do bicho, as suas idéias e reminiscências. Feita essa análise filológica e psicológica, entrei propriamente na história dos canários, na origem deles, primeiros séculos, geologia e flora das ilhas Canárias, se ele tinha conhecimento da navegação, etc. Conversávamos longas horas, eu escrevendo as notas, ele esperando, saltando, trilando.

Não tendo mais família que dous criados, ordenava-lhes que não me interrompessem, ainda por motivo de alguma carta ou telegrama urgente, ou visita de importância.

Sabendo ambos das minhas ocupações científicas, acharam natural a ordem, e não suspeitaram que o canário e eu nos entendíamos.

Não é mister dizer que dormia pouco, acordava duas e três vezes por noite, passeava à toa, sentia-me com febre. Afinal tornava ao trabalho, para reler, acrescentar, emendar. Retifiquei mais de uma observação, — ou por havê-la entendido mal, ou porque ele não a tivesse expresso claramente. A definição do mundo foi uma delas. Três semanas depois da entrada do canário em minha casa, pedi-lhe que me repetisse a definição do mundo.

— O mundo, respondeu ele, é um jardim assaz largo com repuxo no meio, flores e arbustos, alguma grama, ar claro e um pouco de azul por cima; o canário, dono do mundo, habita uma gaiola vasta, branca e circular, donde mira o resto. Tudo o mais é ilusão e mentira.

Também a linguagem sofreu algumas retificações, e certas conclusões, que me tinham parecido simples, vi que eram temerárias. Não podia ainda escrever a memória que havia de mandar ao Museu Nacional, ao Instituto Histórico e às universidades alemãs, não porque faltasse matéria, mas para acumular primeiro todas as observações e ratificá-las. Nos últimos dias, não saía de casa, não respondia a cartas, não quis saber de amigos nem parentes. Todo eu era canário. De manhã, um dos criados tinha a seu cargo limpar a gaiola e pôr-lhe água e comida. O passarinho não lhe dizia nada, como se soubesse que a esse homem faltava qualquer preparo científico. Também o serviço era o mais sumário do mundo; o criado não era amador de pássaros.

Um sábado amanheci enfermo, a cabeça e a espinha doíam-me. O médico ordenou absoluto repouso; era excesso de estudo, não devia ler nem pensar, não devia saber sequer o que se passava na cidade e no mundo. Assim fiquei cinco dias; no sexto levantei-me, e só então soube que o canário, estando o criado a tratar dele, fugira da gaiola. O meu primeiro gesto foi para esganar o criado; a indignação sufocou-me, caí na cadeira, sem voz, tonto. O culpado defendeu-se, jurou que tivera cuidado, o passarinho é que fugira por astuto...

— Mas não o procuraram?

— Procuramos, sim, senhor; a princípio trepou ao telhado, trepei também, ele fugiu, foi para uma árvore, depois escondeu-se não sei onde. Tenho indagado desde ontem, perguntei aos vizinhos, aos chacareiros, ninguém sabe nada.

Padeci muito; felizmente, a fadiga estava passada, e com algumas horas pude sair à varanda e ao jardim. Nem sombra de canário. Indaguei, corri, anunciei, e nada. Tinha já recolhido as notas para compor a memória, ainda que truncada e incompleta, quando me sucedeu visitar um amigo, que ocupa uma das mais belas e grandes chácaras dos arrabaldes. Passeávamos nela antes de jantar, quando ouvi trilar esta pergunta:

— Viva, Sr. Macedo, por onde tem andado que desapareceu?

Era o canário; estava no galho de uma árvore. Imaginem como fiquei, e o que lhe disse. O meu amigo cuidou que eu estivesse doudo; mas que me importavam cuidados de amigos? Falei ao canário com ternura, pedi-lhe que viesse continuar a conversação, naquele nosso mundo composto de um jardim e repuxo, varanda e gaiola branca e circular...

— Que jardim? que repuxo?

— O mundo, meu querido.

— Que mundo? Tu não perdes os maus costumes de professor. O mundo, concluiu solenemente, é um espaço infinito e azul, com o sol por cima.

Indignado, retorqui-lhe que, se eu lhe desse crédito, o mundo era tudo; até já fora uma loja de belchior...

— De belchior? trilou ele às bandeiras despregadas. Mas há mesmo lojas de belchior?

LÁGRIMAS DE XERXES

Suponhamos (tudo é de supor) que Julieta e Romeu, antes que Frei Lourenço os casasse, travavam com ele este diálogo curioso:

JULIETA — Uma só pessoa?

FREI LOURENÇO — Sim, filha, e, logo que eu houver feito de vós ambos uma só pessoa, nenhum outro poder vos desligará mais. Andai, andai, vamos ao altar, que estão acendendo as velas... *(Saem da cela e vão pelo corredor.)*

ROMEU — Para que velas? Abençoai-nos aqui mesmo.

(Pára diante de uma janela.) Para que altar e velas? O céu é o altar: não tarda que a mão dos anjos acenda ali as eternas estrelas; mas, ainda sem elas, o altar é este. A igreja está aberta; podem descobrir-nos. Eia, abençoai-nos aqui mesmo.

FREI LOURENÇO — Não, vamos para a igreja; daqui a pouco estará tudo pronto. Curvarás a cabeça, filha minha, para que olhos estranhos, se alguns houver, não cheguem a reconhecer-te...

ROMEU — Vã dissimulação; não há, em toda Verona, um talhe igual ao da minha bela Julieta, nenhuma outra dama chegaria a dar a mesma impressão que esta. Que impede que seja aqui? O altar não é mais que o céu.

FREI LOURENÇO — Mais eficaz que o céu.

ROMEU — Como?

FREI LOURENÇO — Tudo o que ele abençoa perdura. As velas que lá verás arder hão de acabar antes dos noivos e do padre que os vai ligar; tenho-as visto morrer infinitas; mas as estrelas...

ROMEU — Que tem? arderão ainda, nem ali nasceram senão para dar ao céu a mesma graça da terra. Sim, minha divina Julieta, a via-láctea é como o pó luminoso dos teus pensamentos; todas as pedrarias e claridades altas e remotas, tudo isso está aqui perto e resumido na tua pessoa, porque a lua plácida imita a tua indulgência, e Vênus, quando cintila, é com os fogos da tua imaginação. Aqui mesmo, padre. Que outra formalidade nos pedes tu?[11] Nenhuma formalidade exterior, nenhum consentimento alheio. Nada mais que amor e vontade. O ódio de outros separa-nos, mas o nosso amor conjuga-nos.

11. Na sua primeira fala, Romeu trata Frei Lourenço por *vós:* "Abençoai-nos". Já aqui, na quarta, o tratamento é *tu.* Mais adiante volta o *vós:* "Olhai". "— E que *vos* disseram eles?" Na fala seguinte, porém, se lê esta mistura de tratamentos: "— Mas que *te* disseram eles? *Contai,* contai depressa." E a seguir: "é o que eu *te* disse há pouco, meu bom confessor." — Julieta, na sua segunda fala, usa a 2ª pessoa do singular: *"tua* mão", "repete"; na terceira fala, já aparece "Juro-vos". Daí por diante, quase só emprega o singular, à exceção da 6ª fala, em que vêm de mistura "Dize" e "casai". — Conservei essas discordâncias das duas edições Garnier publicadas em vida do Autor. Parece difícil explicar tal fato, num escritor cuidadoso como Machado. Quereria ele, com isso, mostrar-nos o estado de perturbação dos amorosos de Verona? O leitor compreenderá meu escrúpulo, ao conservar essas variações e misturas de tratamento, numa das mais belas e líricas páginas do Mestre.

FREI LOURENÇO — Para sempre.

JULIETA — Conjuga-nos, e para sempre. Que mais então? Vai a tua mão fazer com que parem todas as horas de uma vez. Em vão o sol passará de um céu a outro céu, e tornará a vir e tornará a ir, não levará consigo o tempo que fica a nossos pés como um tigre domado. Monge amigo, repete essa palavra amiga.

FREI LOURENÇO — Para sempre.

JULIETA — Para sempre! amor eterno! eterna vida! Juro-vos que não entendo outra língua senão essa. Juro-vos que não entendo a língua de minha mãe.

FREI LOURENÇO — Pode ser que tua mãe não entendesse a língua da mãe dela. A vida é uma Babel, filha; cada um de nós vale por uma nação.

ROMEU — Não aqui, padre; ela e eu somos duas províncias da mesma linguagem, que nos aliamos para dizer as mesmas orações, com o mesmo alfabeto e um só sentido. Nem há outro sentido que tenha algum valor na terra. Agora, quem nos ensinou essa linguagem divina não o sei eu nem ela; foi talvez alguma estrela... Olhai, pode ser que fosse aquela primeira que começa a cintilar no espaço.

JULIETA — Que mão celeste a terá acendido? Rafael, talvez, ou tu, amado Romeu. Magnífica estrela, serás a estrela na minha vida, tu, que marcas a hora do meu consórcio. Que nome tem ela, padre?

FREI LOURENÇO — Não sei de astronomias, filha.

JULIETA — Hás de saber por força. Tu conheces as letras divinas e humanas, as próprias ervas do chão, as que matam e as que curam... Dize, dize...

FREI LOURENÇO — Eva eterna!

JULIETA — Dize o nome dessa tocha celeste, que vai alumiar as minhas bodas, e casai-nos aqui mesmo. Os astros valem mais que as tochas da terra.

FREI LOURENÇO — Valem menos. Que nome tem aquele? Não sei. A minha astronomia não é como as dos outros homens. *(Depois de alguns instantes de reflexão.)* Eu sei o que me contaram os ventos, que andam cá e lá, abaixo e acima, de um tempo a outro tempo, e sabem muito, porque são testemunhas de tudo. A dispersão não lhes tira a unidade, nem a inquietação a constância.

ROMEU — E que vos disseram eles?

FREI LOURENÇO — Cousas duras. Heródoto conta que Xerxes um dia chorou; mas não conta mais nada. Os ventos é que me disseram o resto, porque eles lá estavam ao pé do capitão, e recolheram tudo... Escutai; aí começam eles a agitar-se; ouviram-nos falar e murmuram... Uivai, amigos ventos, uivai como nos jovens dias das Termópilas.

ROMEU — Mas que te disseram eles? Contai, contai depressa.

JULIETA — Fala a gosto, nós te esperaremos.

FREI LOURENÇO — Gentil criatura, aprende com ela, filho, aprende a tolerar as demasias de um velho lunático. O que é que me disseram? Melhor fora não repeti-lo; mas, se teimais em que vos case aqui mesmo, ao clarão das estrelas, dir-vos-ei a origem daquela, que parece governar todas as outras... Vamos, ainda é tempo, o altar espera-nos... Não? teimosos que sois... Contar-vos-ei o que me disseram os ventos, que lá estavam em torno de Xerxes, quando este vinha destruir a Hélade com tropas inumeráveis. As tropas marchavam diante dele, a poder de chicote, porque esse homem cru amava particularmente o chicote e empregava-o a miúdo, sem hesitação nem remorso. O próprio mar, quando ousou destruir a ponte que ele mandara construir, recebeu em castigo trezentas chicotadas. Era justo; mas para não ser somente justo, para ser também abominável, Xerxes ordenou que decapitassem a todos os que tinham construído a ponte e não souberam fazê-la imperecível. Chicote e espada; pancada e sangue.

JULIETA — Oh! abominável!

FREI LOURENÇO — Abominável, mas forte. Força vale alguma cousa; a prova é que o mar acabou aceitando o jugo do grande persa. Ora, um dia, à margem do Helesponto, curioso de contemplar as tropas que ali ajuntara, no mar e em terra, Xerxes trepou a um alto morro feitiço, donde espalhou as vistas para todos os lados. Calculai o orgulho que ele sentiu. Viu ali gente infinita, o melhor leite mungido à vaca asiática, centenas de milhares ao pé de centenas de milhares, várias armas, povos diversos, cores e vestiduras diferentes, mescladas, baralhadas, flecha e gládio, tiara e capacete, pele de cabra, pele de cavalo, pele de pantera, uma algazarra infinita de cousas. Viu e riu; farejava a vitória. Que outro poder viria contrastá-lo? Sentia-se indestrutível. E ficou a rir e a olhar com longos olhos ávidos e felizes, olhos de noivado, como os teus, moço amigo...

ROMEU — Comparação falsa. O maior déspota do universo é um miserável escravo, se não governa os mais belos olhos femininos de Verona. E a prova é que, a despeito do poder, chorou.

FREI LOURENÇO — Chorou, é certo, logo depois, tão depressa acabara de rir. A cara embruscou-se-lhe de repente, e as lágrimas saltaram-lhe grossas e irreprimíveis. Um tio do guerreiro, que ali estava, interrogou-o espantado; ele respondeu melancolicamente que chorava, considerando que de tantos milhares e milhares de homens que ali tinha diante de si, e às suas ordens, não existiria um só ao cabo de um século. Até aqui Heródoto; escutai agora os ventos. Os ventos ficaram atônitos. Estavam justamente perguntando uns aos outros se esse homem feito de ufania e rispidez teria nunca chorado em sua vida, e concluíam que não, que era impossível, que ele não conhecia mais que injustiça e crueldade, não a compaixão. E era a compaixão que ali vinha lacrimosa, era ela que soluçava na garganta do tirano... Então eles rugiram de assombro; depois pegaram das lágrimas de Xerxes... Que farias tu delas?

ROMEU — Secá-las-ia, para que a piedade humana não ficasse desonrada.

FREI LOURENÇO — Não fizeram isso: pegaram das lágrimas todas e deitaram a voar pelo espaço fora, bradando às constelações: Aqui estão! olhai! olhai! aqui estão os primeiros diamantes da alma bárbara! Todo o firmamento ficou alvoroçado; pode crer-se que, por um instante, a marcha das cousas parou. Nenhum astro queria acabar de crer nos ventos. Xerxes! Lágrimas de Xerxes eram impossíveis; tal planta não dava em tal rochedo. Mas ali estavam elas; eles as mostravam, contando a sua curiosa história, o riso que servira de concha a essas pérolas, as palavras dele, e as constelações não tiveram remédio, e creram finalmente que o duro Xerxes houvesse chorado. Os planetas miraram longo tempo essas lágrimas inverossímeis; não havia negar que traziam o amargo da dor e o travo da melancolia. E quando pensaram que o coração que as brotara de si tinha particular amor ao estalido do chicote, deitaram um olhar oblíquo à terra, como perguntando de que contradições era ela feita. Um deles disse aos ventos que devolvessem as lágrimas ao bárbaro, para que as engolisse; mas os ventos responderam que não e detiveram-se para deliberar. Não cuideis que só os homens dissentem uns dos outros.

JULIETA — Também os ventos?

FREI LOURENÇO — Também eles. O aquilão queria convertê-las em tempestades do mundo, violentas e destruidoras, como o homem que as gerara; mas os outros ventos não aceitaram a idéia. As tempestades passam ligeiras; eles queriam alguma cousa que tivesse perenidade, um rio, por exemplo, ou um mar novo; mas não combinaram nada e foram ter com o sol e a lua. Tu conheces a lua, filha.

ROMEU — A lua é ela mesma; uma e outra são a plácida imagem da indulgência e do carinho; é o que eu te disse há pouco, meu bom confessor.

JULIETA — Não, não creias nada do que ele disser, freire amigo; a lua é a minha rival, é a rival que alumia de longe o belo rosto do galhardo Romeu, que lhe dá um resplendor de opala, à noite, quando ele vem pela rua...

FREI LOURENÇO — Terão ambos razão. A lua e Julieta podem ser a mesma pessoa, e é por isso que querem o mesmo homem. Mas, se a lua és tu, filha, deves saber o que ela disse ao vento.

JULIETA — Nada, não me lembra nada.

FREI LOURENÇO — Os ventos foram ter com ela, perguntaram-lhe o que fariam das lágrimas de Xerxes, e a resposta foi a mais piedosa do mundo. Cristalizemos essas lágrimas, disse a lua, e façamos delas uma estrela que brilhe por todos os séculos, com a claridade da compaixão, e onde vão residir todos aqueles que deixarem a terra, para achar ali a perpetuidade que lhes escapou.

JULIETA — Sim, eu diria a mesma cousa. *(Olhando pela janela.)* Lume eterno, berço de renovação, mundo do amor continuado e infinito, estávamos ouvindo a tua bela história.

FREI LOURENÇO — Não, não, não.

JULIETA — Não?

FREI LOURENÇO — Não, porque os ventos foram também ao sol, e tu que conheces a lua, não conheces o sol, amiga minha. Os ventos levaram-lhe as lágrimas, contaram a origem delas e o conselho do astro da noite, e falaram da beleza que teria essa estrela nova e especial. O sol ouviu-os e redargüiu que sim, que cristalizassem as lágrimas e fizessem delas uma estrela; mas nem tal como o pedia a lua, nem para igual fim. Há de ser eterna e brilhante, disse ele, mas para a compaixão basta a mesma lua com a sua enjoada e dulcíssima poesia. Não; essa estrela feita das lágrimas que a brevidade da vida arrancou um dia ao orgulho humano ficará pendente do céu como o astro da ironia, luzirá cá de cima sobre todas as multidões que passam, cuidando não acabar mais e sobre todas as cousas construídas em desafio dos tempos. Onde as bodas cantarem a eternidade, ela fará descer um dos seus raios, lágrima de Xerxes, para escrever a palavra da extinção, breve, total, irremissível. Toda epifania receberá esta nota de sarcasmo. Não quero melancolias, que são as rosas pálidas da lua e suas congêneres; — ironia, sim, uma dura boca, gelada e sardônica...

ROMEU — Como? Esse astro esplêndido...

FREI LOURENÇO — Justamente, filho; e é por isso que o altar é melhor que o céu; no altar a benta vela arde depressa e morre às nossas vistas.

JULIETA — Conto de ventos!

FREI LOURENÇO — Não, não.

JULIETA — Ou ruim sonho de lunático. Velho lunático disseste há pouco; és isso mesmo. Vão sonho ruim, como os teus ventos, e o teu Xerxes, e as tuas lágrimas, e o teu sol, e toda essa dança de figuras imaginárias.

FREI LOURENÇO — Filha minha...

JULIETA — Padre meu, que não sabes que há, quando menos, uma cousa imortal, que é o meu amor, e ainda outra, que é o incomparável Romeu. Olha bem para ele; vê se há aqui um soldado de Xerxes. Não, não, não. Viva o meu amado, que não estava no Helesponto, nem escutou os desvarios dos ventos noturnos, como este frade, que é a um tempo amigo e inimigo. Sê só amigo, e casa-nos. Casa-nos onde quiseres, aqui ou além, diante das velas ou debaixo das estrelas, sejam elas de ironia ou de piedade; mas casa-nos, casa-nos, casa-nos...

PAPÉIS VELHOS

Brotero é deputado. Entrou agora mesmo em casa, às duas horas da noite, agitado, sombrio, respondendo mal ao moleque, que lhe pergunta se quer isto ou aquilo, e ordenando-lhe, finalmente, que o deixe só. Uma vez só, despe-se, enfia um chambre e vai estirar-se no canapé do gabinete, com os olhos no teto e o charuto na boca. Não pensa tranqüilamente; resmunga e estremece. Ao cabo de algum tempo senta-se; logo depois levanta-se, vai a uma janela, passeia, pára no meio da sala, batendo com o pé no chão; enfim resolve ir dormir, entra no quarto, despe-se, mete-se na cama, rola inutilmente de um lado para outro, torna a vestir-se e volta para o gabinete.

Mal se sentou outra vez no canapé, bateram três horas no relógio da casa. O silêncio era profundo; e, como a divergência dos relógios é o princípio fundamental da relojoaria, começaram todos os relógios da vizinhança a bater, com intervalos desiguais, uma, duas, três horas. Quando o espírito padece, a cousa mais indiferente do mundo traz uma intenção recôndita, um propósito do destino. Brotero começou a sentir esse outro gênero de mortificação. As três pancadas secas, cortando o silêncio da noite, pareciam-lhe as vozes do próprio tempo, que lhe bradava: Vai dormir. Enfim, cessaram; e ele pôde ruminar, resolver, e levantar-se, bradando:

— Não há outro alvitre, é isto mesmo.

Dito isso, foi à secretária, pegou da pena e de uma folha de papel, e escreveu esta carta ao presidente do conselho de ministros:

"Excelentíssimo senhor,

"Há de parecer estranho a V. Exª tudo o que vou dizer neste papel; mas, por mais estranho que lhe pareça, e a mim também, há situações tão extraordinárias que só comportam soluções extraordinárias. Não quero desabafar nas esquinas, na Rua do Ouvidor, ou nos corredores da câmara. Também não quero manifestar-me na tribuna, amanhã ou depois, quando V. Exª for apresentar o programa do seu ministério; seria digno, mas seria aceitar a cumplicidade de uma ordem de cousas, que inteiramente repudio. Tenho um só alvitre: renunciar à cadeira de deputado e voltar à vida íntima.

"Não sei se, ainda assim, V. Exª me chamará despeitado. Se o fizer, creio que terá razão. Mas rogo-lhe que advirta que há duas qualidades de despeito, e o meu é da melhor.

"Não pense V. Exª que recuo diante de certas deputações influentes, nem que me senti ferido pelas intrigas do A... e por tudo o que fez o B... para meter o C... no ministério. Tudo isso são cousas mínimas. A questão para mim é de lealdade, já não digo política, mas pessoal; a questão é com V. Exª. Foi V. Exª. que me obrigou a romper com o ministério dissolvido, mais cedo do que era minha intenção, e, talvez, mais cedo do que convinha ao partido. Foi V. Exª que, uma vez, em casa do Z..., me disse, a uma janela, que os meus estudos de questões diplomáticas me indicavam naturalmente a pasta de estrangeiros. Há de lembrar-se que lhe respondi então ser para mim indiferente subir ao ministério, uma vez que servisse ao meu país. V. Exª replicou: — É muito bonito, mas os bons talentos querem-se no ministério.

"Na câmara, já pela posição que fui adquirindo, já pelas distinções especiais de que era objeto, dizia-se, acreditava-se que eu seria ministro na primeira ocasião; e, ao ser chamado V. Exª ontem para organizar o novo gabinete, não se jurou outra cousa. As combinações variavam, mas o meu nome figurava em todas elas. É que ninguém ignorava as finezas de V. Exª para comigo, os bilhetes em que me louvava, os seus reiterados convites, etc. Confesso a V. Exª que acompanhei a opinião geral.

"A opinião enganou-se, eu enganei-me; o ministério está organizado sem mim. Considero esta exclusão um desdouro irreparável, e determinei deixar a cadeira de deputado a algum mais capaz, e, principalmente, mais dócil. Não será difícil a V. Exª achá-lo entre os seus numerosos admiradores. Sou, com elevada estima e consideração,

"De V. Exª desobrigado amigo,

BROTERO."

Os verdadeiros políticos dirão que esta carta é só verossímil no despeito, e inverossímil na resolução. Mas os verdadeiros políticos ignoram duas cousas, penso eu. Ignoram Boileau, que nos adverte da possível inverossimilhança da verdade, em matérias de arte, e a política, segundo a definiu um padre da nossa língua, é a arte das artes; e ignoram que um outro golpe feria a alma do Brotero naquela ocasião. Se a exclusão do ministério não bastava a explicar a renúncia da cadeira, outra perda a ajudava. Já têm notícia do desastre político; sabem que houve crise ministerial, que o conselheiro *** recebeu do Imperador o encargo de organizar um gabinete, e que a diligência de um certo B... conseguiu meter nele um certo C... A pasta deste foi justamente a de estrangeiros; e o fim secreto da diligência era dar um lugar na galeria do Estado à viúva Pedroso. Esta senhora, não menos gentil que abastada, elegera dias antes para seu marido o recente ministro. Tudo isso iria menos mal, se o Brotero não cobiçasse ambas as fortunas, a pasta e a viúva; mas, cobiçá-las, cortejá-las e perdê-las, sem que ao menos uma viesse consolá-lo da perda da outra, digam-me francamente se não era bastante a explicar a renúncia do nosso amigo?

Brotero releu a carta, dobrou-a, encapou-a, sobrescritou-a; depois atirou-a a um lado, para remetê-la no dia seguinte. O destino lançara os dados. César transpunha o Rubicon, mas em sentido inverso. Que fique Roma com os seus novos cônsules e patrícias ricas e volúveis! Ele volve à região dos obscuros; não quer gastar o aço em pelejas de aparato, sem utilidade nem grandeza. Reclinou-se na cadeira e fechou o rosto na mão. Tinha os olhos vermelhos quando se levantou; e levantou-se, porque ouviu bater quatro horas, e recomeçar a procissão dos relógios, a cruel e implicante monotonia das pêndulas. Uma, duas, três, quatro...

Não tinha sono; não tentou sequer meter-se na cama. Entrou a andar de um lado para outro, passeando, planeando, relembrando. De memória em memória, reconstruiu as ilusões de outro tempo, comparou-as com as sensações de hoje, e achou-se roubado. Voluptuoso até na dor, mirou afincadamente essas ilusões perdidas, como uma velha contempla as suas fotografias da mocidade. Lembrou-se de um amigo que lhe dizia que, em todas as dificuldades da vida, olhasse para o futuro. Que futuro? Ele não via nada. E foi-se achegando da secretária, onde tinha guardadas as cartas dos amigos, dos amores, dos correligionários políticos, todas as cartas. Já agora não podia conciliar o sono; ia reler esses papéis velhos. Não se relêem livros antigos?

Abriu a gaveta; tirou dois ou três maços e desatou-os. Muitas das cartas estavam encardidas do tempo. Posto nem todos os signatários houvessem morrido, o aspecto geral era de cemitério; donde se pode inferir que, em certo sentido, estavam mortos e enterrados. E ele começou a relê-las, uma a uma, as de dez páginas e os simples bilhetes, mergulhando nesse mar morto de recordações apagadas, negócios pessoais ou públicos, um espetáculo, um baile, dinheiro emprestado, uma intriga, um livro novo, um discurso, uma tolice, uma confidência amorosa. Uma das cartas, assinada Vasconcelos, fê-lo estremecer:

"A L... a, dizia a carta, chegou a S. Paulo, anteontem. Custou-me muito e muito obter as tuas cartas; mas alcancei-as, e daqui a uma semana estarão contigo; levo-as eu mesmo. Quanto ao que me dizes na tua de H..., estimo que tenhas perdido a tal idéia fúnebre; era um despropósito. Conversaremos à vista."

Esse simples trecho trouxe-lhe uma penca de lembranças. Brotero atirou-se a ler todas as cartas do Vasconcelos. Era um companheiro dos primeiros anos, que naquele tempo cursava a academia, e agora estava de presidente no Piauí. Uma das cartas, muito anterior àquela, dizia-lhe:

"Com que então a L... a, agarrou-te deveras? Não faz mal; é boa moça e sossegada. E bonita, maganão! Quanto ao que me dizes do Chico Sousa, não acho que devas ter nenhum escrúpulo; vocês não são amigos; dão-se. E depois, não há adultério. Ele devia saber que quem edifica em terreno devoluto..."

Treze dias depois:

"Está bom, retiro a expressão *terreno devoluto*; direi terreno que, por direito divino, humano e diabólico, pertence ao meu amigo Brotero. Estás satisfeito?"

Outra, no fim de duas semanas:

"Dou-te a minha palavra de honra que não há no que disse a menor falta de respeito aos teus sentimentos; gracejei, por supor que a tua paixão não era tão séria. O dito por não dito. Custa pouco mudar de estilo, e custa muito perder um amigo, como tu..."

Quatro ou cinco cartas referiam-se às suas efusões amorosas. Nesse intervalo, o Chico Sousa farejou a aventura e deixou a L... a; e o nosso amigo narrou o lance ao Vasconcelos, contente de a possuir sozinho. O Vasconcelos felicitou-o, mas fez-lhe um reparo:

" ... Acho-te exigente e transcendente. A cousa mais natural do mundo é que essa moça, perdendo um homem a quem devia atenções e que lhe dera certo relevo, recebesse com alguma dor o golpe. Saudade, infidelidade, dizes tu. Realmente, é demais. Isso não prova senão que ela sabe ser grata aos benefícios recebidos. Quanto à ordem que lhe deste de não ficar com um só traste, uma só cadeira, um pente, nada do que foi do outro, acho que não a entendi bem. Dizes-me que o fizeste por um sentimento de dignidade; acredito. Mas não será também um pouco de ciúme retrospectivo? Creio que sim. Se a saudade é uma infidelidade, o leque é um beijo; e tu não queres beijos nem saudades em casa. São maneiras de ver..."

Brotero ia assim relendo a aventura, um capítulo inteiro da vida, não muito longo, é verdade, mas cálido e vivo. As cartas abrangiam um período de dez meses; desde o sexto mês começaram os arrufos, as crises, as ameaças de separação. Ele era ciumento; ela professava o aforismo de que o ciúme significa falta de confiança; chegava mesmo a repetir esta sentença vulgar e enigmática: "zelos, sim, ciúmes, nunca". E dava de ombros, quando o amante mostrava uma suspeita qualquer, ou lhe fazia alguma exigência. Então ele excedia-se; e aí vinham as cenas de irritação, de reproches, de ameaças, e por fim de lágrimas. Brotero às vezes deixava a casa, jurando não voltar mais; e voltava logo no dia seguinte, contrito e manso. Vasconcelos reprimia-o de longe; e, em relação às deixadas e tornadas, dizia-lhe uma vez: "Má política, Brotero; ou lê o livro até o fim, ou fecha-o de uma vez; abri-lo e fechá-lo, fechá-lo e abri-lo, é mau, porque traz sempre a necessidade de reler o capítulo anterior para ligar o sentido, e livros relidos são livros eternos." A isto respondia o Brotero que sim, que ele tinha razão, que ia emendar-se de uma vez, tanto mais que agora viviam como os anjos no céu.

Os anjos dissolveram a sociedade. Parece que o anjo L... a, exausto da perpétua antífona, ouviu cantar Dáfnis e Cloé, cá em baixo, e desceu a ver o que é que podiam dizer tão melodiosamente as duas criaturas. Dáfnis vestia então uma casaca e uma comenda, administrava um banco, e pintava-se; o anjo repetiu-lhe a lição de Cloé; adivinha-se o resto. As cartas de Vasconcelos neste período eram de consolação e filosofia. Brotero lembrou-se de tudo o que padeceu, das imprudências que praticou, dos desvarios que lhe trouxe aquela evasão de uma mulher, que realmente o tinha nas mãos. Tudo empregara para reavê-la e tudo falhara. Quis ver as cartas que lhe escreveu por esse tempo, e que o Vasconcelos, mais tarde, pôde alcançar dela em São Paulo, e foi à gaveta onde as guardara com as outras. Era um maço atado com fita preta. Brotero sorriu da fita preta; deslaçou o maço e abriu as cartas. Não saltou nada, data ou vírgula; leu tudo, explicações, imprecações, súplicas, promessas de amor e paz, uma fraseologia incoerente e humilhante. Nada faltava a essas cartas; lá estava o infinito, o abismo, o eterno. Um dos *eternos,* escrito na dobra do papel, não se chegava a ler, mas supunha-se. A frase era esta: "Um só minuto do teu amor, e estou pronto a padecer um suplício et..." Uma traça bifara o resto da palavra; comeu o *eterno* e deixou o *minuto.* Não se pode saber a que atribuir essa preferência, se à voracidade, se à filosofia das traças. A primeira causa é mais provável; ninguém ignora que as traças comem muito.

A última carta falava de suicídio. Brotero, ao reler esse tópico, sentiu uma cousa indefinível; chamemos-lhe o "calafrio do ridículo evitado". Realmente se ele se houvesse eliminado, não teria o presente desgosto político e pessoal; mas o que não diriam dele nos pasmatórios da Rua do Ouvidor, nas conversações à mesa? Viria tudo à rua, viria mais alguma cousa; chamar-lhe-iam frouxo, insensato, libidinoso, e depois falariam de outro assunto, uma ópera, por exemplo.

— Uma, duas, três, quatro, cinco, principiaram a dizer os relógios.

Brotero recolheu as cartas, fechou-as uma a uma, emaçou-as, atou-as e meteu-as na gaveta. Enquanto fazia esse trabalho, e ainda alguns minutos depois, deu-se a um esforço interessante: reaver a sensação perdida. Tinha recomposto mentalmente o episódio, queria agora recompô-lo cordialmente; e o fim não era outro senão cotejar o efeito e a causa, e saber se a idéia do suicídio tinha sido um produto natural da crise. Logicamente, assim era; mas Brotero não queria julgar através do raciocínio e sim da sensação.

Imaginai um soldado a quem uma bala levasse o nariz, e que, acabada a batalha, fosse procurar no campo o desgraçado apêndice. Suponhamos que o acha entre um grupo de braços e pernas; pega dele, levanta-o entre os dedos, — mira-o, examina-o, é o seu próprio... Mas é um nariz ou um cadáver de nariz? Se o dono lhe puser diante os mais finos perfumes da Arábia, receberá em si mesmo a sensação do aroma? Não: esse cadáver de nariz nunca mais lhe transmitirá nenhum cheiro bom ou mau; pode levá-lo para casa, preservá-lo, embalsamá-lo; é o mesmo. A própria ação de assoar o nariz, embora ele a veja e compreenda nos outros, nunca mais há de podê-la compreender em si, não chegará a reconhecer que efeito lhe causava o contato da ponta do nariz com o lenço. Racionalmente, sabe o que é; sensorialmente, não saberá mais nada.

— Nunca mais? pensou o Brotero... Nunca mais poderei...

Não podendo obter a sensação extinta, cogitou se não aconteceria o mesmo à sensação presente, isto é, se a crise política e pessoal, tão dura de roer agora, não teria algum dia tanto valor como os velhos diários, em que se houvesse dado a notícia do novo gabinete e do casamento da viúva. Brotero acreditou que sim. Já então a arraiada vinha clareando o céu. Brotero ergueu-se; pegou da carta que escrevera ao presidente do conselho, e chegou-a à vela; mas recuou a tempo.

— Não, disse ele consigo; juntemo-la aos outros papéis velhos; inda há de ser um nariz cortado.

A ESTÁTUA DE JOSÉ DE ALENCAR

Discurso proferido na cerimônia do lançamento da primeira pedra da estátua de José de Alencar.

Senhores,

Tenho ainda presente a essa em que, por algumas horas últimas, pousou o corpo de José de Alencar. Creio que jamais o espetáculo da morte me fez tão singular impressão. Quando entrei na adolescência, fulgiam os primeiros raios daquele grande engenho; vi-os depois em tanta cópia e com tal esplendor que eram já um sol, quando entrei na mocidade. Gonçalves Dias e os homens do seu tempo estavam feitos; Alvares de Azevedo, cujo livro era a *boa-nova* dos poetas, falecera antes de revelado ao mundo. Todos eles influíam profundamente no ânimo juvenil que apenas balbuciava alguma cousa; mas a ação crescente de Alencar dominava as outras. A sensação que recebi no primeiro encontro pessoal com ele foi extraordinária; creio ainda agora que não lhe disse nada, contentando-me de fitá-lo com os olhos assombrados do menino Heine ao ver passar Napoleão. A fascinação não diminuiu com o trato do homem e do artista. Daí o espanto da morte. Não podia crer que o autor de tanta vida estivesse ali, dentro de um féretro, mudo e inábil por todos os tempos dos tempos. Mas o mistério e a realidade impunham-se; não havia mais que enterrá-lo e ir conversá-lo em seus livros.

Hoje, senhores, assistimos ao início de outro monumento, este agora de vida, destinado a dar à cidade, à pátria e ao mundo a imagem daquele que um dia acompanhamos ao cemitério. Volveram anos; volveram cousas; mas a consciência humana diz-nos que, no meio das obras e dos tempos fugidios, subsiste a flor da poesia, ao passo que a consciência nacional nos mostra na pessoa do grande escritor o robusto e vivaz representante da literatura brasileira.

Não é aqui o lugar adequado à narração da carreira do autor de *Iracema*. Todos vós sabeis que foi rápida, brilhante e cheia; podemos dizer que ele saiu da Academia para a celebridade. Quem o lê agora, em dias e horas de escolha, e nos livros que mais lhe aprazem, não tem idéia da fecundidade extraordinária que revelou tão depressa entrou na vida. Desde logo pôs mãos à crônica, ao romance, à crítica e ao teatro, dando a todas essas formas do pensamento um cunho particular e desconhecido. No romance, que foi a sua forma por excelência, a primeira narrativa, curta e simples, mal se espaçou da segunda e da terceira. Em três saltos estava o *Guarani* diante de nós; e daí veio a sucessão crescente de força, de esplendor, de variedade. O espírito de Alencar percorreu as diversas partes de nossa terra, o norte e o sul, a cidade e o sertão, a mata e o pampa, fixando-as em suas páginas, compondo assim com as diferenças da vida, das zonas e dos tempos a unidade nacional da sua obra.

Nenhum escritor teve em mais alto grau a alma brasileira. E não é só porque houvesse tratado assuntos nossos. Há um modo de ver e de sentir, que dá a nota íntima da nacionalidade, independente da face externa das cousas. O mais francês dos trágicos franceses é Racine, que só fez falar a antigos. Schiller é sempre alemão, quando recompõe Filipe II e Joana d'Arc. O nosso Alencar juntava a esse dom a natureza dos assuntos, tirados da vida ambiente e da história local. Outros o fizeram também; mas a expressão do seu gênio era mais vigorosa e mais íntima. A imaginação, que sobrepujava nele o espírito de análise, dava a tudo o calor dos trópicos e as galas viçosas de nossa terra. O talento descritivo, a riqueza, o mimo e a originalidade do estilo completavam a sua fisionomia literária.

Não lembro aqui as letras políticas, os dias de governo e de tribuna. Toda essa parte de Alencar fica para a biografia. A glória contenta-se da outra parte. A política era incompatível com ele, alma solitária. A disciplina dos partidos e a natural sujeição dos homens às necessidades e interesses comuns não podiam ser aceitas a um espírito que, em outra esfera, dispunha da soberania e da liberdade. Primeiro em Atenas, era-lhe difícil ser segundo ou terceiro em Roma. Quando um ilustre homem de Estado, respondendo a Alencar, já então apeado do Governo, comparou a carreira política à do soldado, que, tem de passar pelos serviços ínfimos e ganhar os postos gradualmente, dando-se a si mesmo como exemplo dessa lei, usou de uma imagem feliz e verdadeira, mas ininteligível para o autor das *Minas de Prata*. Um ponto há que notar, entretanto, naquele curto estádio político. O autor do *Gaúcho* carecia das qualidades necessárias à tribuna, mas quis ser orador, e foi orador. Sabemos que se bateu galhardamente com muitas das primeiras vozes do parlamento.

Desenganado dos homens e das cousas, Alencar volveu de todo às suas queridas letras. As letras são boas amigas; não lhe fizeram esquecer inteiramente as amarguras, é certo; senti-lhe mais de uma vez a alma enojada e abatida. Mas a arte, que é a liberdade, era a força medicatriz do seu espírito. Enquanto a imaginação inventava, compunha e polia novas obras, a contemplação mental ia vencendo as tristezas do coração, e o misantropo amava os homens.

Agora que os anos vão passando sobre o óbito do escritor, é justo perpetuá-lo, pela mão do nosso ilustre estatuário nacional. Concluindo o livro de Iracema, escreveu Alencar esta palavra melancólica: "A jandaia cantava ainda no olho do coqueiro, mas não repetia já o mavioso nome de *Iracema*. Tudo passa sobre a terra." Senhores, a filosofia do livro não podia ser outra, mas a posteridade é aquela jandaia que não deixa o coqueiro, e que, ao contrário da que emudeceu na novela, repete e repetirá o nome da linda tabajara e do seu imortal autor. Nem tudo passa sobre a terra.

HENRIQUETA RENAN

Um espartano, convidado a ouvir alguém que imitava o canto do rouxinol, respondeu friamente: Já ouvi o rouxinol. O mesmo dirás tu, se leste *Henriqueta Renan*, a quem quer que se proponha falar desta senhora que tamanha influência teve no autor da *Vida de Jesus*. A diferença é que aqui ninguém te convida a ver imitar o inimitável. Renan é o próprio rouxinol; ninguém poderá dizer nada depois do estilo incomparável e da grande emoção daquelas páginas. Assim é que não venho contar o que leste ou podes ler nessa língua única, mas trazer somente, com os subsídios posteriores, um esboço da amiga pia e discreta, inteligência fina e culta, vontade forte e longa, capaz de esforços grandes para cumprir deveres altos, ainda que obscuros. Os renanistas da nossa terra são como todos os devotos de um espírito eminente, não lhe amam só os livros e atos públicos, mas tudo o que a ele se refere, seja gozo íntimo ou tristeza particular. De um sei eu, que talvez por vir também do seminário, é o mais absoluto de todos. Esse, se estivesse agora na antiga Biblos, iria até à aldeia de Amschit, onde descansam os restos da irmã querida do mestre. Sentar-se-ia ao pé das palmeiras para evocar a sombra daquela nobre criatura. A memória lhe traria novamente os passos de uma vida feita de sacrifício e de trabalho, começada em uma cidadezinha da Bretanha, continuada em Paris, na Polônia e na Itália, e acabada no recanto modesto de um pedaço da Ásia.

A vida de Henriqueta Renan completa-se pelas cartas trocadas entre os dois irmãos, ela nos confins da Polônia, ele na província e em Paris. Destas me servirei principalmente. A impressão original do opúsculo de Renan, feita em 1862, não foi divulgada: cem exemplares bastaram para recordar Henriqueta às pessoas que a tinham conhecido. No prólogo dos *Souvenirs d'enfance et de jeunesse*, Renan declara que não queria profanar a memória da irmã juntando aquele opúsculo a este livro. "Inserindo essas páginas em um volume posto à venda, andaria tão mal como se levasse o retrato dela a um leilão." Não obstante, autorizou a reimpressão depois dele morto. A reimpressão fez-se integralmente em 1895, trazendo os retratos de ambos. Não imagines, se não viste o dela, que é uma formosa criatura moça. Aos dezenove anos, segundo o irmão, fora em extremo graciosa, de olhos meigos e mãos finíssimas. O retrato representa uma senhora idosa, com a sua touca de folhos, atada debaixo do queixo, um vestido sem feitio; mas a doçura que ele tanto louva lá se lhe vê na gravura, cópia da fotografia. Conta o próprio irmão que, em 1850, voltando da Polônia, Henriqueta estava inteiramente mudada; trazia as rugas da velhice prematura, "não lhe restando da graça antiga mais que a deleitosa expressão de sua inefável bondade".

Camões, mestre em figuras poéticas, disse do filho de Sêmele, que era nascido de duas mães, — e não dá o próprio nome de Baco senão por alusão àquele que traz a perpétua mocidade no rosto. De Renan, eterno moço, se pode dizer igual cousa; mas aqui a imagem pagã e graciosa, não menos que atrevida, é uma austera e doce verdade. Henriqueta, mais velha que ele doze anos, dividiu com a mãe de ambos a maternidade do irmãozinho. "Uma das tuas mães", escreve-lhe ela em 28 de fevereiro de 1845, dia em que ele fazia vinte e dois anos. Já antes (carta de 30 de outubro de 1842) havia-lhe dito que era seu filho de adoção. Os primeiros tempos da infância de Ernesto são deliciosos sem alegria, unicamente pela afeição recíproca, pela docilidade daquela moça, que deixava de ir ter com as amigas, para não afligir o pequeno que a queria só para si. Henriqueta é que o leva à igreja, agasalhadinho em sua capa, quando era inverno. Um dia, como o visse disfarçar envergonhado o casaquinho surrado pelo uso, não pôde reter as lágrimas. Já então haviam perdido o pai, — náufrago ou suicida, — que não deixara de si mais que dívidas e saudades. Um mês inteiro gastaram a esperar alguma notícia ou o cadáver. Parece que esses dramas são comuns na costa bretã; lembrai-vos do pescador da Islândia[12] e das angústias da pobre Gaud, à espera que voltem Yann e o seu barco, e vendo que todos voltam, menos eles.

— Já vieram todos os de Tréguier e Saint-Brieuc, diz à pobre Gaud uma das mulheres que também iam esperar à praia.

Tréguier é justamente a cidadezinha em que nasceu Renan. O navio do pai voltou, ao invés da *Léopoldine* de Yann, mas voltou sem o dono, e só depois de longos dias é que o cadáver foi arrojado à praia entre Saint-Brieuc e o cabo Fréhel. Os pormenores e o quadro são outros; da invenção de Loti resultou um livro; da realidade de 1828 nasceu e cresceu a nobre figura de Henriqueta. Ela enfrentou com o trabalho, disposta a resgatar as dívidas do pai e acudir às necessidades da família. Rejeitou um casamento rico, unicamente pela condição que trazia de deixar os seus. Abriu uma escola, mas foi obrigada a fechá-la, e pouco depois aceitou emprego em uma pensão de meninas em Paris. Renan diz que as suas estréias na capital foram horríveis, e pinta o contraste da provinciana, e particularmente da bretã, com aquele mundo novo para ela, feito de "sequidão, de frieza e de charlatanismo". Henriqueta aceitou a direção de outro colégio, onde trabalhou descomunalmente sem prosperidade, mas onde fez crescer a sua própria instrução, que chegou a ser excepcional; é a palavra do irmão. Este viera então a Paris, a chamado dela, para entrar no seminário dirigido por Dupanloup, e continuar os estudos começados em um colégio de padres da cidade natal: era em 1838. Dois anos depois, não podendo tirar da vida de mestra em Paris os meios necessários para liquidar as dívidas do pai, contratou Henriqueta os seus serviços de professora em casa de uma família polaca, e começou novo exílio, mais longo (dez anos) e mais remoto, em um castelo da Polônia, a sessenta léguas de Varsóvia.

Aqui entra naturalmente a correspondência (*Lettres intimes*), publicada agora em volume, uma coleção que vai de 1842 a 1845. Há outras cartas (1845-1848), dadas mais recentemente em uma revista francesa; não as li. A correspondência que tenho à

12. Referência ao romance de *Pierre Loi Pêcheu d'Islande* ("Pescador da Islândia"), em que o pescador Yann ama Gaud, uma moça rica que ele não ousava pedir em casamento. Nas edições Garnier está *Maud* em lugar de *Gaud.*

vista mostra, ainda melhor que a narração de Renan, o sentimento raro, a afeição profunda, e a dedicação sem aparato daquela boa e grave Henriqueta. As cartas desta senhora são a sua própria alma. Escrevem-se muitas para o prelo, alguma para a posteridade; nenhum desses destinos podia atraí-Ia. Fala do irmão ao irmão. Raro trata de si, e quando o faz é para completar um conselho ou uma reflexão. Também não conta o que se passa em torno dela. Conquanto a vida fosse solitária, algum incidente interior, alguma observação do meio em que estava, podia cair no papel, por desabafo sequer, não digo por malícia; nada disso. Uma vez falará de dinheiro pedido ao pai das educandas, para explicar a demora de uma remessa. Outra vez, em poucas linhas, dirá do campônio polaco, que é o mais pobre e embrutecido que se possa imaginar, e notará os excessos de fanatismo e de ódio religioso entre os judeus que enchem as cidades e os cristãos, e entre os próprios dissidentes do cristianismo. Pouco mais dirá na longa correspondência de quatro anos. A distância era tamanha que não dava tempo a desperdiçar papel com assunto alheio. Todo ele é pouco para tratar somente do irmão. Henriqueta aperta as linhas e as letras, aproveita as margens das folhas para não acabar de lhe falar. “Custa-me deixar-te”, conclui a primeira carta impressa. Era inútil dizê-lo; todas as seguintes fazem sentir que mui dificilmente Henriqueta suspende a mão do papel. São verdadeiramente cartas íntimas, medrosas de aparecer, receiosas de violação. Desde logo revelam a força do afeto e a gravidade do espírito. Nenhum floreio de retórica, nenhum arrebique de sabichona, mais um alinho natural, muita simpleza de arte, fino estilo e comoção sincera. As expressões de ternura são intensas e abundantes. Meu filho, meu amado, meu querido, meu bom e mil vezes querido, são umas de tantas palavras inspiradas por um amor único.

Henriqueta Renan é melancólica. Segundo o irmão, herdou essa disposição do pai; a mãe era vivaz e alegre. A tristeza, em verdade, ressumbra das suas cartas. O meio em que vive era apropriado a agravar essa inclinação de nascença. Nem o interior do castelo nem as temporadas de Varsóvia podiam trazer-lhe a alegria que não vinha dela. Querendo dar idéia da terra em que habita, fala de “imensas e monótonas planícies de areia que fariam pensar na Arábia ou na África, se intermináveis pinhais, interrompendo-as, não viessem lembrar a vizinhança do norte”. Junta a isso a estranheza das gentes, as saudades dos seus, maiores que as da terra natal; não esqueças a distância no espaço, que é enorme, e no tempo que parece infinito, e compreenderás que em toda a correspondência de Henriqueta não haja o reflexo de um sorriso. O sentimento que tem da vida, aos trinta anos, aqui o dá ela ao irmão, uma vez que fala de o ver feliz: “Feliz! Quem é feliz nesta terra de dores e desassossegos? E, sem contar os lances da sorte e as ações dos homens, não é certo que em nosso coração há uma fonte perene de agitações e de misérias?” Entretanto, a melancolia de Henriqueta não lhe abate as forças, não é daquela espécie que faz da alma uma simples espectadora da vida. Henriqueta não se contenta de gemer; a queixa não parece que seja a sua voz natural. Aconselha ao irmão que lute e que conte com ela para ajudá-lo. Exorta-o a ser homem. Um dia, achando-lhe resolução, louva a força de vontade, “sem a qual não passamos de criançolas”. Henriqueta tira do sentimento do dever, não menos que do amor, a energia necessária para amparar Renan, primeiro nas dúvidas, depois nos estudos e na carreira nova.

Há um ponto na narrativa de Renan, que as cartas de Henriqueta completam e explicam: é o que se refere aos laços de afeição e estima existentes entre ela e a família do conde Zamosky com quem contratara os seus serviços de preceptora; tais laços que lhe faziam esquecer a tristeza da posição e o rigor do clima. As cartas de Henriqueta não deixam tão simples impressão. Se a queixa não parece ser a sua voz natural, alguma vez, como na carta de 12 de março de 1843, referindo-se às faculdades de cada um, e à liberdade interior, confessa que só com grande luta se consegue fazer crer *àqueles que pagam* que há coisas[13] de que só se dão contas a Deus e à consciência. Foi nessa mesma carta que falou do dinheiro pedido ao pai das educandas, a que aludi acima; era para mandá-lo à mãe, e não conhecia outra pessoa. O conde demorou-se em satisfazê-la, por fim ausentou-se e ainda não voltara "sem má intenção" acrescenta; o que não a impede de exclamar: "Deus meu! Por que é que os grandes não pensam naqueles que só têm o fruto do seu trabalho, e que este lhes é preciso receber regularmente!" E conclui com esta máxima, que porventura resgatará o que achares banal naquela exclamação: "É que o homem não pode compreender senão as penas que já padeceu; tudo o mais não existe para ele." Noutro lugar, respondendo a um reparo do irmão, concorda que a vida para muitos é passada no meio de pessoas com quem só há relações de fria polidez, e "nem tu nem eu somos desses a quem tais relações bastem". Uma organização dessas poderia conquistar a estimada família, e mui provavelmente a afeição das educandas, mas não esquecia tão de leve a tristeza do ofício nem a aspereza dos ares. Henriqueta ia de um lado para outro sem levar saudades; é que tudo lhe era estranho no campo e na cidade, e bem pode ser que quase tudo lhe fosse aborrecido. A paixão grande e real estava fora dali. Assim se explicam os dez anos de exílio para concluir a obra contratada com outros e com a sua consciência.

Durante metade desse prazo, Renan freqüentou os seminários de Issy e de Saint-Sulpice. Daquele, aliás dependência deste, data a primeira carta da coleção respondendo a outra da irmã, que não vem nela. Conquanto o livro dos *Souvenirs* nos conte abreviadamente a estada em ambos os seminários, é certo que melhor se sentem na correspondência as hesitações e dúvidas do autor da *Vida de Jesus* em relação à carreira eclesiástica e ao próprio fundador da igreja. As cartas acompanham o movimento psicológico do homem, fazem-nos assistir às alterações de um espírito destinado pela família ao serviço do altar e à glória católica ao mesmo tempo que nos mostram a influência de Henriqueta na alma do seu querido Ernesto. "Minha irmã (*Souvenirs*), cuja razão era desde anos como a coluna luminosa caminhando ante mim, animava-me do fundo da Polônia com suas cartas cheias de bom-senso." Não há propriamente iniciativa ou tentação da parte dela. É certo que nunca desejou vê-lo padre; assim o declara mais tarde (28 de fevereiro de 1845), quando as confissões de Renan estão quase todas feitas; diz-lhe então que previra as dúvidas que ora o assediam, e acrescenta que ninguém a quis ouvir, e não podia resistir, sozinha. Mas então,

13. É esta uma das raríssimas ocorrências da variante *coisa* na obra de M. de A., provavelmente obra do tipógrafo.

como antes, como depois, a arte que emprega é tal que antes parece ir ao encontro dos novos sentimentos do irmão que sugerir-lhos.

A este respeito as duas cartas de 15 de setembro e 30 de outubro de 1842 são cheias de interesse. Renan conta naquela os efeitos do primeiro ano de filosofia e matemáticas. A primeira destas disciplinas fá-lo julgar as cousas de modo diverso que antes, e troca-lhe uma porção de supostas verdades em erros e preconceitos; ensina a ver tudo e claro. Assim disposto à reflexão, e com o sossego e a liberdade de espírito que lhe dá o seminário, Renan pensou em si e no seu futuro. Fala demoradamente da influência que têm sobre este os atos iniciais da vida; não se arrepende dos seus, e, se tivesse de escolher novamente uma carreira, não escolheria outra senão a eclesiástica. Mas, em seguida, confessa os inconvenientes desta, que declara imensos; cousas há que meteram na cabeça do clero, e que jamais entrarão na dele; alude também à frivolidade, à duplicidade, ao caráter cortesão de alguns "seus futuros colegas", e finalmente à submissão a uma autoridade por vezes suspicaz, à qual não poderia obedecer. Tais inconvenientes encontrá-los-ia em qualquer carreira, e ainda maiores que esses, verdadeiras impossibilidades; louva o retiro, a independência, o estudo, e afirma a execração que tem à vida social com as suas futilidades. Não fala assim por zelo de devoção espiritual, diz ele... "Oh! não! é defeito que já não tenho; a filosofia é bom remédio para cortar excessos, e, se há nela que receiar, será antes uma violenta reação." Enfim, chega à conclusão inesperada em um seminarista: "Ainda que o cristianismo não passasse de um devaneio, o sacerdócio seria divino." Mais uma vez lastima que o sacerdócio seja exercido por pessoas que o rebaixam, e que o mundo superficial confunda o homem com o ministério; mas logo reduz isto a uma opinião, "e, graças a Deus, creio estar acima da opinião". Parece que esta palavra é definitiva? Não é; na parte seguinte e final da carta declara à irmã que continua a pensar naquele grave negócio a ver se [o] esclarece, e pede que não escreva à mãe sobre as suas hesitações.

Há duas explicações para esse vaivém de idéias e de impressões, — ou hesitação pura ou cálculo. Mas há uma terceira, que é talvez a única real. Creio juntamente na hesitação e no cálculo. Uma parte da alma de Renan vacila deveras entre a vida mundana, que lhe não oferece as delícias íntimas, e a vida eclesiástica, onde a condição terrena não corresponde muita vez ao seu ideal cristão. A outra parte calcula de modo que a confissão lhe não saia tão acentuada e decisiva que destoe do espírito geral do homem, e desminta a compostura do seminarista. Ao cabo, é já um esboço de renanismo. Entretanto, se examinarmos bem as duas tendências alternadas, veremos que a negação para a vida eclesiástica é mais forte que a outra; falta-lhe vocação. Também se sente que a dúvida relativamente ao dogma começa de ensombrar a alma do estudante de filosofia. Renan confessa a Henriqueta "gostar muito dos seus pensadores alemães, posto que um tanto cépticos e panteístas". Recomenda-lhe que, se for a Königsberg, faça por ele uma visita ao túmulo de Kant. O pedido de nada dizer à mãe, repetido em outras cartas, é porque a mãe conta vê-lo padre, e vive dessa esperança velha.

Que esses dous espíritos eram irmãos vê-se bem na carta que Henriqueta escreve a Renan, em 30 de outubro, respondendo à de 15 de setembro. Também ela, sem dizer francamente que não deseja vê-lo padre, sabe insinuá-lo; menos ainda que insinuá-lo, parece apenas repetir o que ele balbuciou. A carta dela tem a mesma ondulação que a dele. Henriqueta declara estremecer ao vê-lo tratar tão graves questões em idade geralmente descuidosa; entretanto, gosta que ele encare com seriedade o que outros fazem leviana ou apaixonadamente. Concorda que as estréias da vida influem no resto dela, e insinua que "às vezes de modo irreparável". Tem para si que ele não deve precipitar nada; não quer aconselhá-lo para que lhe fique a liberdade de escolha. Quando alude à vida retirada e independente, diz-se mais que ninguém capaz de entendê-lo; mas pergunta logo: onde encontrá-la? Crê que a raros caiba, e não pode esperar que o irmão a encontre numa sociedade hierárquica, onde já antevê a autoridade suspicaz. Também ela acha suspicaz a autoridade, mas acrescenta que o mesmo se dá com todas as profissões; e quando parece que esta fatalidade de caráter deva enfraquecer qualquer argumento contra o ministério eclesiástico, lembra interrogativamente o vínculo perpétuo do juramento. Quer que ele pense por si, que escolha por si, apela para a razão e a consciência do irmão. Insiste em lhe não dar conselhos; mas já lhe tem dito que, se uma parte do clero é pessoal e ambiciosa, ele, Renan, pode vir a ser a mesma cousa. A frase em que o diz é velada e cautelosa: "o número e o costume não levarão atrás de si a minoria e o dever?" Essa pergunta, todas as demais perguntas que lhe faz pela carta adiante, trazem o fim evidente de evocar uma idéia ou atenuar outra, e porventura criar-lhe novos casos e motivos de repugnância à milícia da Igreja. É uma série de sugestões e de esquivanças.

A diferença de um a outro espírito é que Henriqueta, insinuando as desvantagens que o irmão possa achar na carreira eclesiástica, entre palavras dúbias e alternação de pensamentos, aceitá-lo-ia sacerdote, senão com igual prazer, certamente com igual dedicação. Nem lhe quer impor o que julga melhor, nem lhe doerá a escolha do irmão, se for contrária aos seus sentimentos, uma vez que o faça feliz. Certo é, porém, que as preferências de Renan, que ora vemos a meio século de distância, à vista da carta impressa, ele mesmo as sentiria lendo a carta manuscrita. Com efeito, por mais que equilibre os sentimentos, Renan está inclinado à vida leiga. Não importa que a situação se prolongue por vinte meses. Em 1844, Renan comunica à irmã (16 de abril) que havia dado o primeiro passo na carreira eclesiástica. Hesitou até à última hora, e ainda assim não se decidiu senão porque o primeiro passo não era irrevogável; exprimia *a intenção atual*. Parte dessa epístola é destinada a explicar o ajuste entre o sentimento e o ato, entre o alcance deste e a liberdade efetiva. Não fazia mais que renunciar às frivolidades do mundo. A 11 de julho escreve-lhe que deu um passo mais na carreira, menos importante que o primeiro, sem vínculo novo, pelo que não lhe custou muito; é um complemento daquele, — um anexo, como lhe chama. O terceiro, o subdiaconato, é que seria definitivo, mas, como o prazo era longo, um ano mais tarde, a ansiedade era menor. Durante esse tempo, o seminarista entrega-se aos estudos hebraicos, às línguas orientais, e, mais tarde, à língua alemã. Pelos fins de 1844, é encarregado de lecionar hebreu, porque o professor efetivo não podia com os dous cursos; aceitou a posição, já pela vantagem científica que lhe trará, já "porque pode levá-lo a alguma cousa". Assim começara o então professor da Sorbona.

Três meses depois, a 11 de abril de 1845, escreve Renan a carta mais importante da situação. Resolveu não atar naquele ano o laço indissolúvel, o subdiaconato, e solta a palavra explicativa: não crê bastante para ser padre. Expõe assim, e mais longamente, o estado em que se acha ante o catolicismo e os seus dogmas, dos quais fala com respeito, proclamando que Jesus será sempre o seu Deus; mas, tendo procedido ao que chama "verificação racional do cristianismo", descobriu a verdade. Descobriu também um meio-termo, que exprime a natureza moral do futuro exegeta: o cristianismo não é falso, mas não é a verdade absoluta. Não repareis na contradição do seminarista, para quem o sacerdócio era divino, há vinte meses, ainda que o cristianismo fosse um devaneio, e agora encontra na meia verdade da igreja razão bastante para deixá-la. Ou reparai nela, com o único fim de entender a formação intelectual do homem. Contradição aqui é sinceridade.

Não há espanto da parte de Henriqueta, quando Renan lhe faz a confissão de 11 de abril. Tinha soletrado a alma dele, à medida que lhe recebia as letras, assim como tu e eu podemos lê-la agora de vez e integralmente. Também não há no primeiro momento nenhuma manifestação de alegria, que alguns possam dizer ímpia. A alma desta senhora conserva-se fundamentalmente religiosa, cheia daquela caridade do Evangelho que falava ao coração de Rousseau. Demais, além de conhecer o estado moral do irmão, foi ela própria que o aconselhou a adiar o subdiaconato. Não sabe, — pelo menos não lho contou ele nas cartas do volume, — não sabe da cena que ocorreu no seminário de Issy, muito antes da confissão de 11 de abril, que é datada de Saint-Sulpice. Foi após uma das argumentações latinas, que o professor Gottofrey, desconfiando das inclinações de Renan, em conversação particular, à noite, concluiu por estas palavras que o aterraram: "Vós não sois cristão!" (*Souvenirs*). Já antes disso sentia Renan em si mesmo a negação do espiritualismo; mas ele explica a conservação do cristianismo, apesar da concepção positiva de mundo que ia adquirindo "por ser moço, inconseqüente e falho de crítica" (*Souvenirs*). De resto, a confissão à irmã não foi única; escreveu por esse tempo outras cartas a vários, uma ao seu diretor, apenas designado por ***, em 6 de setembro de 1845, outra a um de seus companheiros, Cognat, que mais tarde tomou ordens, em 24 de agosto, ambas datadas da Bretanha. Henriqueta, ao que se pode supor, teve as primícias da confissão; foi para ela que ele rompeu, antes que para estranhos, os véus todos da incredulidade mal encoberta. Ficou entendido que ocultariam à mãe a resolução nova e última. Trataram dos meios de acudir à necessidade presente, se aceitar um lugar de preceptor na Alemanha, se adotar estudos livres; o fim era proceder de modo que a renúncia da carreira eclesiástica se fizesse cautelosamente sem dor para a mãe nem escândalo público. Há aqui uma divergência de datas em que não vale a pena insistir; segundo a carta de Renan de 13 de outubro de 1845, à irmã, foi na noite de 9 que ele deixou o seminário para ir morar na hospedaria próxima; segundo o livro dos *Souvenirs* foi a 6.*

* É mais interessante citar uma coincidência. Na carta que Renan escreveu ao colega Cognat, datada de 12 de novembro de 1845, e na que escreveu à irmã em data de 13 de outubro, a narração da chegada e saída do seminário de Saint-Sulpice é feita com as mesmas palavras, pouco mais ou menos (*Conf. Lettres intimes, e Souvenirs*, apêndice). É mais que coincidência, é repetição de textos. O sentimento final é expresso em ambos os lugares com este mesmo suspiro: *"Que de liens, mon ami (ma bonne amie), rompus en quelques heures!"* ["Quantos laços, meu amigo (minha boa amiga), rompidos em algumas horas!"] [N. do A.]

A alma delicada de Henriqueta manifesta-se vivamente no que respeita ao dinheiro. Henriqueta custeia as despesas todas da vida e dos estudos do irmão. A vida deste, antes da saída do seminário, quase não passa dos livros; mas, depois da saída, é preciso alojamento e alimentação, é preciso que ele ande "vestido como toda a gente", e Henriqueta não esquece nada. Não esquecer é pouco; um coração daquele melindre tem cuidados que escapariam à previsão comum. "Espero de Varsóvia uma letra de câmbio de mil e quinhentos francos; mandá-la-ei a Paris a uma pessoa de confiança, *que acreditará que esta soma é só tua...*" Em que é que podia vexar ao irmão esse auxílio pecuniário? Henriqueta quer poupar-lhe até a sombra de algum acanhamento. Conhecendo-lhe a nenhuma prática da vida, a absorção dos estudos, a mesma índole da pessoa, desce às minúcias derradeiras, ao modo de entrar na posse do valor da letra, por bimestre ou trimestre, segundo as necessidades; é o orçamento de um ano. Manda-lhe outras somas por intermédio do outro irmão, a quem incumbe também da tarefa de comprar a roupa em Saint-Malo, por conta dela; a razão é a inexperiência de Ernesto. Mas ainda aqui prevalece o respeito à liberdade; se este preferir comprá-la em Paris, Henriqueta recomenda que lhe seja entregue mais um tanto em dinheiro. Que te não enfadem estas particularidades, grave leitor amigo; aqui as tens ainda mais ínfimas. Henriqueta desce à indicação da cor e forma do vestuário, uma sobrecasaca escura, o resto preto, é o que lhe parece mais adequado. Ao pé disto não há falar de conselhos sobre hospedagens e tantas outras miudezas, intercaladas de expressões tão d'alma, que é como se víssemos uma jovem mãe ensinando o filhinho a dar os primeiros passos.

A influência de Henriqueta avulta com o tempo e as necessidades da carreira nova. O zelo cresce-lhe na mesma proporção. Pelo outro irmão, por uma amiga de Paris, Mlle. Ulliac, e pelas cartas, Henriqueta governa a vida de Renan, e não cuida mais que de lhe incutir confiança e de lhe abrir caminho. O que lhe escreve sobre o bacharelado, Escola Normal, estudo de línguas orientais e o resto é apoiado pela amiga. Uma e outra suscitam-lhe proteções e auxiliares de boa vontade. Renan faz daquela amiga da irmã excelente juízo; não o diz só nas cartas do tempo, mas ainda no opúsculo de 1862. Era uma senhora bela, virtuosa e instruída. Com grande arte, ao que parece, insinuou-lhe ela que lhe era preciso relacionar-se com alguma senhora boa e amável. "Ri-me, escreve Renan a Henriqueta, mas não por mofa." E confessando que não é bom que o homem esteja só, pergunta se alguém está só tendo uma irmã (carta de 31 de outubro de 1845). Henriqueta é-lhe necessária à vida moral e intelectual. De novembro em diante insta com a irmã para que volte da Polônia. A amiga falou-lhe da saúde de Henriqueta como estando muito alterada, e deu-lhe notícias que profundamente o afligiram; "desvendou-lhe o mistério" é a expressão dele. Foi na noite de 3 de novembro que Mlle. Ulliac abriu os olhos a Renan, confiando-lhe que Henriqueta tivera grandes padecimentos, dos quais nem ele nem a mãe souberam nada. Não se deduz bem do texto se eram moléstias recentes, se antigas; sabe-se que eram caladas, e por isso ainda mais tocantes. As cartas do volume não passam de 25 de dezembro daquele ano; as instâncias repetem-se, um longo silêncio da irmã assusta o irmão; afinal vimos que ela só voltou da Polônia cinco anos depois, em 1850. Trazia uma laringite crônica. Tudo, porém, estava pago.

Os sacrifícios é que não estavam cumpridos. A vida desta senhora tinha de continuar com eles, e acabar por eles. O maior de todos foi o casamento do irmão. Quando Renan resolveu casar, Henriqueta recebeu um grande golpe e quis separar-se dele. Essa irmã e mãe tinha ciúmes de esposa. Renan quis desfazer o casamento; foi então que o coração de Henriqueta cedeu, e consentiu em vê-lo feliz com outra. A dor não morreu; o irmão confessa que o nascimento do seu primeiro filho é que lhe enxugou a ela todas as lágrimas, mas foi só dias antes de morrer que, por algumas palavras dela, reconheceu haver a ferida cicatrizado inteiramente. As palavras seriam talvez estas, transcritas no opúsculo: "Amei-te muito; cheguei a ser injusta, exclusiva, mas foi parque te amei como já se não ama, como talvez ninguém deva amar." Viveram juntos os três; juntos foram em 1860 para aquela missão da Fenícia, a que o imperador Napoleão convidou Renan. A esposa deste regressou pouco depois; Renan e Henriqueta continuaram a jornada de explorações e de estudos, durante a qual ela padeceu largamente, trabalhando longas horas por dia, curtindo violentas dores nevrálgicas, até contrair a febre perniciosa que a levou deste mundo. As páginas em que Renan conta a viagem, a doença e a morte de Henriqueta são das mais belas que lhe saíram das mãos. Morreu trabalhando; os últimos auxílios que prestou ao irmão foi copiar as laudas da *Vida de Jesus*, à medida que ele as ia escrevendo, em Gazhir.

Renan confessa que lhe deveu muito, não só na orientação das idéias, mas ainda em relação ao estilo, e explica por que e de que maneira. Antes da missão da Fenícia trabalhavam juntos, em matéria de arte e de arqueologia; além disso, ela compunha trabalhos para jornais de educação; mas os seus melhores escritos diz ele que eram as cartas. Moralmente, tinham ambos alcançado as mesmas vistas e o mesmo sentimento; ainda aí porém reconhece Renan alguma superioridade nela.

Que impressão final deixa a correspondência daqueles dois corações? O de Henriqueta, mais exclusivo, era também mais terno e o amor mais profundo. As cartas de Henriqueta são talvez únicas, como expressão de sentimento fraternal. Mais de uma vez lhe diz que a vida dele e a sua felicidade são o seu principal cuidado, e até único. Não temos aqui o que escreveu à mãe; mas não creio que a nota fosse mais forte, nem talvez tanto. Renan ama a irmã, é-lhe gratíssimo, ia-lhe sacrificando o consórcio; mas, enfim, pode amar outra mulher, e, feliz com ambas, viver dessas duas dedicações. Henriqueta, por mais que Renan nos afirme o contrário, tinha um fundo pessimista. Que amasse a vida, creio, mas por ele; se "podia sorrir a um enfeite, como se pode sorrir a uma flor", estava longe da inalterável bem-aventurança do irmão. O cepticismo otimista de Renan nunca seria entendido por ela; temperamento e experiência tinham dado a Henriqueta uma filosofia triste que se lhe sente nas cartas. Todos conhecem a confissão geral feita pelo autor dos *Souvenirs d'enfance et de jeunesse*. Renan afirma ter sido tão feliz que, se houvesse de recomeçar a vida, com direito de emendá-la, não faria emenda alguma. Henriqueta, se tivesse igual sentimento, seria unicamente para servi-lo e amá-lo, e, caso pudesse, creio que usaria do direito de eliminar, quando menos, as moléstias que padeceu. Renan tinha da vida e dos homens um sentimento que, apesar das agruras dos primeiros anos, já lhe aparece em alguma parte da correspondência. "Um livro, — diz ele na última carta do volume, — é o melhor introdutor no mundo científico. A sua composição obriga a consultar uma porção de sábios, que nunca ficam tão lisonjeados como quando se lhes vai prestar homenagem à ciência deles. As dedicatórias fazem amigos e protetores elevados. Tenciono dedicar o meu ao Sr. Quatremère." Na confissão dos *Souvenirs* é já o sábio que fala em relação aos estreantes: "Um poeta, por exemplo, apresenta-nos os seus versos. É preciso dizer que são admiráveis; o contrário equivale a dizer-lhe que não valem nada, e fazer sangrenta injúria a um homem cuja intenção é fazer-nos uma fineza." Um clássico da nossa língua, Sá de Miranda, põe na boca de um personagem de uma das suas comédias alguma cousa que resume toda essa arte e polidez aí recomendadas: "A mor ciência que no mundo há assim é, saber conversar com os homens; bom rosto, bom barrete, boas palavras não custam nada, e valem muito. " Vou-me a comer."

"Vou-me a comer", aplicado a Renan, é a glória que lhe ficou das suas admiráveis páginas de escritor único. A glória de Henriqueta seria a contemplação daquela, o gozo íntimo de uma adoração e de um amor, que a vida achou realmente excessivos tanto que a despegou de si, com um derradeiro e terrível sofrimento, talvez mais inútil que os outros.

O VELHO SENADO

A propósito de algumas litografias de Sisson, tive há dias uma visão do Senado de 1860. Visões valem o mesmo que a retina em que se operam. Um político, tornando a ver aquele corpo, acharia nele a mesma alma dos seus correligionários extintos, e um historiador colheria elementos para a história. Um simples curioso não descobre mais que o pinturesco do tempo e a expressão das linhas com aquele tom geral que dão as cousas mortas e enterradas.

Nesse ano entrara eu para a imprensa. Uma noite, como saíssemos do teatro Ginásio, Quintino Bocaiúva e eu fomos tomar chá. Bocaiúva era então uma gentil figura de rapaz, delgado, tez macia, fino bigode e olhos serenos. Já então tinha os gestos lentos de hoje, e um pouco daquele ar *distant* que Taine achou em Mérimée. Disseram cousa análoga de Challemel-Lacour, que alguém ultimamente definia como *très républicain de conviction et très aristocrate de tempérament.*[14] O nosso Bocaiúva era só a segunda parte, mas já então liberal bastante para dar um republicano convicto. Ao chá, conversamos primeiramente de letras, e pouco depois de política, matéria introduzida por ele, o que me espantou bastante; não era usual nas nossas práticas. Nem é exato dizer que conversamos de política, eu antes respondia às perguntas que Bocaiúva me ia fazendo, como se quisesse conhecer as minhas opiniões. Provavelmente não as teria fixas nem determinadas; mas, quaisquer que fossem, creio que as exprimi na proporção e com a precisão apenas adequadas ao que ele me ia oferecer. De fato, separamo-nos com prazo dado para o dia seguinte, na loja de Paula Brito, que era na antiga Praça da Constituição,[15] lado do teatro S. Pedro, a meio caminho das ruas do Cano e dos Ciganos.[16] Relevai esta nomenclatura morta; é vício de memória velha. Na manhã seguinte, achei ali Bocaiúva escrevendo um bilhete. Tratava-se do *Diário do Rio de Janeiro,* que ia reaparecer, sob a direção política de Saldanha Marinho. Vinha dar-me um lugar na redação com ele e Henrique César Muzzio.

Estas minudências, agradáveis de escrever, sê-lo-ão menos de ler. É difícil fugir a elas, quando se recordam cousas idas. Assim, dizendo que no mesmo ano, abertas as câmaras, fui para o Senado, como redator do *Diário do Rio*, não posso esquecer que nesse ou no outro ali estiveram comigo, Bernardo Guimarães, representante do *Jornal do Comércio*, e Pedro Luís, por parte do *Correio Mercantil*, nem as boas horas que vivemos os três. Posto que Bernardo Guimarães fosse mais velho que nós, partíamos irmãmente o pão da intimidade. Descíamos juntos aquela Praça da Aclamação, que não era então o parque de hoje, mas um vasto espaço inculto e vazio como o

14. (Francês): "muito republicano de convicção e muito aristocrata de temperamento"
15. Aual Tiradentes.
16. A Rua do Cano é a atual Sete de Setembro; a dos Ciganos é hoje a da Constituição.

Campo de São Cristóvão. Algumas vezes íamos jantar a um *restaurant* da Rua dos Latoeiros, hoje Gonçalves Dias, nome este que se lhe deu por indicação justamente do Diário do Rio, o poeta morara ali outrora, e foi Muzzio, seu amigo, que pela nossa folha o pediu à Câmara Municipal. Pedro Luís não tinha só a paixão que pôs nos belos versos à Polônia e no discurso com que, pouco depois, entrou na Câmara dos Deputados, mas ainda a graça, o sarcasmo, a observação fina e aquele largo riso em que os grandes olhos se faziam maiores. Bernardo Guimarães não falava nem ria tanto, incumbia-se de pontuar o diálogo com um bom dito, um reparo, uma anedota. O Senado não se prestava menos que o resto do mundo à conversação dos três amigos.

Poucos membros restarão da velha casa. Paranaguá e Sinimbu carregam o peso dos anos com muita facilidade e graça, o que ainda mais admira em Sinimbu, que suponho mais idoso. Ouvi falar a este bastantes vezes; não apaixonava o debate, mas era simples, claro, interessante, e, fisicamente, não perdia a linha. Esta geração conhece a firmeza daquele homem político, que mais tarde foi presidente do conselho e teve de lutar com oposições grandes. Um incidente dos últimos anos mostrará bem a natureza dele. Saindo da Câmara dos Deputados para a secretaria da Agricultura, com o Visconde de Ouro Preto, colega de gabinete, eram seguidos por enorme multidão de gente em assuada. O carro parou em frente à secretaria; as dous apearam-se e pararam alguns instantes, voltados para a multidão, que continuava a bradar e apupar, e então vi bem a diferença dos dois temperamentos. Ouro Preto fitava-a com a cabeça erguida e certo gesto de repto; Sinimbu parecia apenas mostrar ao colega um trecho de muro, indiferente. Tal era o homem que conheci na Senado.

Para avaliar bem a minha impressão diante daqueles homens que eu via ali juntos, todos os dias, é preciso não esquecer que não poucos eram contemporâneos da Maioridade, algum da Regência, da primeira reinado e da Constituinte. Tinham feito ou visto fazer a história dos tempos iniciais do regímen, e eu era um adolescente espantado e curioso. Achava-lhes uma feição particular, metade militante, metade triunfante, um pouco de homens, outro pouco de instituição. Paralelamente, iam-me lembrando os apodos e chufas que a paixão política desferira contra alguns deles, e sentia que as figuras serenas e respeitáveis que ali estavam agora naquelas cadeiras estreitas não tiveram outrora o respeito dos outros, nem provavelmente a serenidade própria. E tirava-lhes as cãs e as rugas, e fazia-os outra vez moços, árdegos e agitados. Comecei a aprender a parte do presente que há no passado, e vice-versa. Trazia comigo a *oligarquia*, *o golpe de Estado de 1848*, e outras notas da política em oposição ao domínio conservador, e ao ver os cabos deste partido, risonhos, familiares, gracejando entre si e com os outros, tomando juntos café e rapé, perguntava a mim mesmo se eram eles que podiam fazer, desfazer e refazer os elementos e governar com mão de ferro este país.

Os senadores compareciam regularmente ao trabalho. Era raro não haver sessão par falta de *quorum*. Uma particularidade do tempo é que muitos vinham em carruagem própria, como Zacarias, Monte-Alegre, Abrantes, Caxias e outros, começando pelo mais velho, que era o marquês de Itanhaém. A idade deste fazia-o menos assíduo, mas ainda assim era-o mais do que cabia esperar dele. Mal se podia apear do carro, e subir as escadas; arrastava os pés até à cadeira, que ficava do lado direito da mesa. Era seco e mirrado, usava cabeleira e trazia óculos fortes. Nas cerimônias de abertura e encerramento agravava o aspecto com a farda de senador. Se usasse barba, poderia disfarçar o chupado e engelhado dos tecidos, a cara rapada acentuava-lhe a decrepitude; mas a cara rapada era o costume de outra quadra, que ainda existia na maioria do Senado. Uns, como Nabuco e Zacarias, traziam a barba toda feita; outros deixavam pequenas suíças, como Abrantes e Paranhos, ou, como Olinda e Eusébio, a barba em forma de colar; raros usavam bigodes, como Caxias e Montezuma, — um Montezuma de segunda maneira.

A figura de Itanhaém era uma razão visível contra a vitaliciedade do Senado, mas é também certo que a vitaliciedade dava àquela casa uma consciência de duração perpétua, que parecia ler-se no rosto e no trato de seus membros. Tinham um ar de família, que se dispersava durante a estação calmosa, para ir às águas e outras diversões, e que se reunia depois, em prazo certo, anos e anos. Alguns não tornavam mais, e outros novos apareciam; mas também nas famílias se morre e nasce. Dissentiam sempre, mas é próprio das famílias numerosas brigarem, fazerem as pazes e tornarem a brigar; parece até que é a melhor prova de estar dentro da humanidade. Já então se evocavam contra a vitaliciedade do Senado os princípios liberais, como se fizera antes. Algumas vozes, vibrantes cá fora, calavam-se lá dentro, é certo, mas o gérmen da reforma ia ficando, os programas o acolhiam, e, como em vários outros casos, os sucessos o fizeram lei.

Nenhum tumulto nas sessões. A atenção era grande e constante. Geralmente, as galerias não eram mui freqüentadas, e, para o fim da hora, poucos espectadores ficavam, alguns dormiam. Naturalmente, a discussão do voto de graças e outras chamavam mais gente. Nabuco e algum outro dos principais da casa gozavam do privilégio de atrair grande auditório, quando se sabia que eles rompiam um debate ou respondiam a um discurso. Nessas ocasiões, mui excepcionalmente, eram admitidos ouvintes no próprio salão do Senado, como aliás era comum na Câmara temporária; como nesta, porém, os espectadores não intervinham com aplausos nas discussões. A presidência de Abaeté redobrou a disciplina do regimento, porventura menos apertada no tempo da presidência de Cavalcanti.

Não faltavam oradores. Uma só vez ouvi falar a Eusébio de Queirós, e a impressão que me deixou foi viva; era fluente, abundante, claro, sem prejuízo do vigor e da energia. Não foi discurso de ataque, mas de defesa, falou na qualidade de chefe do partido conservador, ou *papa*; Itaboraí, Uruguai, Saião Lobato e outros eram *cardeais,* e todos formavam o *consistório*, segundo a célebre definição de Otaviano no *Correio Mercantil.* Não reli o discurso, não teria agora tempo nem oportunidade de fazê-lo, mas estou que a impressão não haveria diminuído muito, posto lhe falte o efeito da própria voz do orador, que seduzia. A matéria era sobremodo ingrata: tratava-se de explicar e defender o acúmulo dos cargos públicos, acusação feita na imprensa da oposição. Era a tarde da oligarquia, o crepúsculo do domínio conservador. As eleições de 1860, na capital, deram o primeiro golpe na situação; se também deram o último, não sei; os partidos nunca se entenderam bem acerca das causas imediatas da própria queda ou subida, salvo no ponto de serem alternadamente a violação ou a restauração da carta constitucional. Quaisquer que fossem, então, a verdade é que as eleições da capital naquele ano podem ser contadas como uma vitória liberal. Elas trouxeram à minha imaginação adolescente uma visão rara e especial do poder das urnas. Não cabe inseri-la aqui; não direi o movimento geral e o calor sincero dos votantes, incitados pelos artigos da imprensa e pelos discursos de Teófilo Ottoni, nem os lances, cenas e brados de tais dias. Não me esqueceu a maior parte deles; ainda guardo a impressão que me deu um obscuro votante que veio ter com Ottoni, perto da matriz do Sacramento. Ottoni não o conhecia, nem sei se o tornou a ver. Ele chegou-se-lhe e mostrou-lhe um maço de cédulas que acabava de tirar às escondidas da algibeira de um agente contrário. O riso que acompanhou esta notícia nunca mais se me apagou da memória. Nomeio das mais ardentes reivindicações deste mundo, alguma vez me despontou ao longe aquela boca sem nome, acaso verídica e honesta em tudo o mais da vida, que ali viera confessar candidamente, e sem outro prêmio pessoal, o fino roubo praticado. Não mofes desta insistência pueril da minha memória; eu a tempo advirto que as mais claras águas podem levar de enxurro alguma palha podre, — se é que é podre, se é que é mesmo palha.

Eusébio de Queirós era justamente respeitado dos seus e dos contrários. Não tinha a figura esbelta de um Paranhos, mas ligava-se-lhe uma história particular e célebre, dessas que a crônica social e política de outros países escolhe e examina, mas que os nossos costumes, — aliás demasiado soltos na palestra, — não consentem inserir no escrito. De resto, pouco valeria repetir agora o que se divulgava então, não podendo pôr aqui a própria e extremada beleza da pessoa que as ruas e salas desta cidade viram tantas vezes. Era alta e robusta; não me ficaram outros pormenores.

O Senado contava raras sessões ardentes; muitas, porém, eram animadas. Zacarias fazia reviver o debate pelo sarcasmo e pela presteza e vigor dos golpes. Tinha a palavra cortante fina e rápida, com uns efeitos de sons guturais, que a tornavam mais penetrante e irritante. Quando ele se erguia, era quase certo que faria deitar sangue a alguém. Chegou até hoje a reputação de *debater,* como oposicionista, e como ministro e chefe de gabinete. Tinha audácias, como a da escolha "não acertada", que a nenhum outro acudiria, creio eu. Politicamente, era uma natureza seca e sobranceira. Um livro que foi de seu uso, uma História de Clarendon (*History of the rebellion and civil wars in England*[17]), marcado em partes, a lápis encarnado, tem uma sublinha nas seguintes palavras (vol. I, pág. 44) atribuídas ao conde de Oxford, em resposta ao duque de Buckingham, "que não buscava a sua amizade nem temia o seu ódio". É arriscado ver sentimentos pessoais nas simples notas ou lembranças postas em livros de estudo, mas aqui parece que o espírito de Zacarias achou o seu parceiro. Particularmente, ao contrário, e desde que se inclinasse a alguém, convidava fortemente a amá-lo; era lhano e simples, amigo e confiado. Pessoas que o freqüentavam, dizem e afirmam que, sob as suas árvores da Rua do Conde[18] ou entre os seus livros, era um gosto ouvi-lo, e raro haverá esquecido a graça e a polidez dos seus obséquios. No

17. "História da Rebelião e das Guerras Civis na Inglaterra"; a palavra inglesa *debater*, que figura linhas atrás, significa "debatedor", "discutidor", "questionador".
18. Atual Visconde do Rio Branco.

Senado, sentava-se à esquerda da mesa, ao pé da janela, abaixo de Nabuco, com quem trocava os seus reparos e reflexões. Nabuco, outra das principais vozes do Senado, era especialmente orador para os debates solenes. Não tinha o sarcasmo agudo de Zacarias, nem o epigrama alegre de Cotegipe. Era então o centro dos conservadores moderados que, com Olinda e Zacarias, fundaram a liga e os partidos progressista e liberal. Joaquim Nabuco, com a eloqüência de escritor político e a afeição de filho, dirá toda essa história no livro que está consagrando à memória de seu ilustre pai. A palavra do velho Nabuco era modelada pelos oradores da tribuna liberal francesa. A minha impressão é que preparava os seus discursos, e a maneira por que os proferia realçava-lhes a matéria e a forma sólida e brilhante. Gostava das imagens literárias: uma dessas, a comparação do poder moderador à estátua de Glauco, fez então fortuna. O gesto não era vivo, coma o de Zacarias, mas pausado, o busto cheio era tranqüilo, e a voz adquiria uma sonoridade que habitualmente não tinha.

Mas eis que todas as figuras se atropelam na evocação comum, as de grande peso, camo Uruguai, com as de pequeno ou nenhum peso, como o padre Vasconcelos, senador creio que pela Paraíba, um bom homem que ali achei e morreu pouco depois. Outro, que se podia incluir nesta segunda categoria, era um de quem só me lembram duas circunstâncias, as longas barbas grisalhas e sérias, e a cautela e pontualidade com que não votava os artigos de uma lei sem ter os olhos pregados em Itaboraí. Era um modo de cumprir a fidelidade política e obedecer ao chefe, que herdara a bastão de Eusébio. Como o recinto era pequeno, viam-se todos esses gestos, e quase se ouviam todas as palavras particulares. E, conquanto fosse assim pequeno, nunca vi rir a Itaboraí, creio que os seus músculos dificilmente ririam — o contrário de S. Vicente, queria com facilidade, um riso bom, mas que lhe não ia bem. Quaisquer que fossem, porém, as deselegâncias físicas do senador por são Paulo, e mau grado a palavra sem sonoridade, era ouvido com grande respeito, como Itaboraí. De Abrantes dizia-se que era um canário falando. Não sei até que ponto merece a definição; em verdade, achava-o fluente, acaso doce, e, para um povo mavioso como o nosso, a qualidade era preciosa; nem por isso Abrantes era popular. Também não o era Olinda, mas a autoridade deste sabe-se que era grande. Olinda aparecia-me envolvido na aurora remota do reinado, e na mais recente aurora liberal ou "situação nascente", mote de um dos chefes da liga, penso que Zacarias, que os conservadores glosaram por todos os feitios, na tribuna e na imprensa. Mas não deslizemos a reminiscências de outra ordem; fiquemos na surdez de Olinda, que competia com Beethoven nesta qualidade, menos musical que política. Não seria tão surdo. Quando tinha de responder a alguém, ia sentar-se ao pé do orador, e escutava atento, cara de mármore, sem dar um aparte, sem fazer um gesto, sem tomar uma nota. E a resposta vinha logo; tão depressa o adversário acabava, como ele principiava, e, ao que me ficou, lúcido e completo.

Um dia vi ali aparecer um homem alto, suíças e bigodes brancos e compridos. Era um dos remanescentes da Constituinte, nada menos que Montezuma, que voltava da Europa. Foi-me impossível reconhecer naquela cara barbada a cara rapada que eu conhecia da litografia Sisson; pessoalmente nunca o vira. Era, muito mais que Olinda, um tipo de velhice robusta. Ao meu espírito de rapaz afigurava-se que ele trazia ainda os rumores e os gestos da assembléia de 1823. Era o mesmo homem; mas foi preciso ouvi-lo agora para sentir toda a veemência dos seus ataques de outrora. Foi preciso ouvir-lhe a ironia de hoje para entender a ironia daquela retificação que ele pôs ao texto de uma pergunta ao ministro do Império, na célebre sessão permanente de 11 a 12 de novembro: "Eu disse que o Sr. ministro do Império, por estar ao lado de Sua Majestade, melhor conhecerá o 'espírito da tropa', e um dos senhores secretários escreveu 'o espírito de Sua Majestade', quando não disse tal, *porque deste não duvido eu.*"

Agora o que eu mais ouvia dizer dele, além do talento, eram as suas infidelidades, e sobre isto corriam anedotas; mas eu nada tenho com anedotas políticas. Que se não pudesse fiar muito em seus carinhos parlamentares, creio. Uma vez, por exemplo, encheu a alma de Sousa Franco de grandes aleluias. Querendo criticar o ministro da Fazenda (não me lembra quem era) começou por afirmar que nunca tivéramos ministros da Fazenda, mas tão-somente ministros do Tesouro. Encarecia com adjetivos: excelentes, ilustrados, conspícuos ministros do Tesouro, mas da Fazenda nenhum. "Um houve, Sr. presidente, que nos deu alguma cousa do que deve ser um ministro da Fazenda; foi o nobre senador pelo Pará". E Sousa Franco sorria alegre, deleitava-se com a exceção, que devia doer ao seu forte rival em finanças, ltaboraí; não passou muito tempo que não perdesse o gosto. De outra vez, Montezuma atacava a Sousa Franco, e este novamente sorria, mas agora a expressão não era alegre, parecia rir de desdém. Montezuma empina o busto, encara-o irritado, e com a voz e o gesto intima-lhe que recolha o riso; e passa a demonstrar as suas críticas, uma por uma, com esta espécie de estribilho: "Recolha o riso o nobre senador!" Tudo isto aceso e torvo. Sousa Franco quis resistir; mas o riso recolheu-se por si mesmo. Era então um homem magro e cansado. Gozava ainda agora a popularidade ganha na Câmara dos Deputados, anos antes, pela campanha que sustentou, sozinho e parece que enfermo, contra o partido conservador.

Contrastando com Sousa Franco, vinha a figura de Paranhos, alta e forte. Não é preciso dizê-lo a uma geração que o conheceu e admirou, ainda belo e robusto na velhice. Nem é preciso lembrar que era uma das primeiras vozes do Senado. Eu trazia de cor as palavras que alguém me confiou haver dito, quando ele era simples estudante da Escola Central: "Sr. Paranhos, você ainda há de ser ministro." O estudante respondia modestamente, sorrindo; mas o profeta dos seus destinos tinha apanhado bem o valor e a direção da alma do moço.

Muitas recordações me vieram do Paranhos de então, discursos de ataque, discursos de defesa, mas, uma basta, a justificação do convênio de 20 de fevereiro. A notícia deste ato entrou no Rio de Janeiro, como as outras desse tempo, em que não havia telégrafo. Os sucessos do exterior chegavam-nos às braçadas, por atacado, e uma batalha, uma conspiração, um ato diplomático eram conhecidos com todos os seus pormenores. Por um paquete do Sul soubemos do convênio da vila da União. O pacto foi mal recebido, fez-se uma manifestação de rua, e um grupo de populares, com três ou quatro chefes à frente, foi pedir ao governo a demissão do plenipotenciário. Paranhos foi demitido, e, aberta a sessão parlamentar, cuidou de produzir a sua defesa.

Tornei a ver aquele dia, e ainda agora me parece vê-lo. Galerias e tribunas estavam cheias de gente; ao salão do Senado foram admitidos muitos homens políticos ou simplesmente curiosos. Era uma hora da tarde quando o presidente deu a palavra ao senador por Mato Grosso; começava a discussão do voto de graças. Paranhos costumava falar com moderação e pausa; firmava os dedos, erguia-os para o gesto lento e sóbrio, ou então para chamar os punhos da camisa, e a voz ia saindo meditada e colorida. Naquele dia, porém, a ânsia de produzir a defesa era tal, que as primeiras palavras foram antes bradadas que ditas: "Não a vaidade, Sr. presidente..." Daí a um instante, a voz tornava ao diapasão habitual, e o discurso continuou como nos outros dias. Eram nove horas da noite, quando ele acabou; estava como no princípio, nenhum sinal de fadiga nele nem no auditório, que o aplaudiu. Foi uma das mais fundas impressões que me deixou a eloqüência parlamentar. A agitação passara com os sucessos, a defesa estava feita. Anos depois do ataque, esta mesma cidade aclamava o autor da lei de 28 de setembro de 1871, como uma glória nacional; e ainda depois, quando ele tornou da Europa, foi recebê-lo e conduzi-lo até a casa. Ao clarão de um belo sol, rubro de comoção, levado pelo entusiasmo público, Paranhos seguia as mesmas ruas que, anos antes, voltando do Sul, pisara sozinho e condenado.

A visão do Senado foi-se-me assim alterando nos gestos e nas pessoas, como nos dias, e sempre remota e velha: era o Senado daqueles três anos. Outras figuras vieram vindo. Além dos cardeais, os Muritibas, os Sousa e Melos, vinham os de menor graduação política, o risonho Pena, zeloso e miúdo em seus discursos, o Jobim, que falava algumas vezes, o Ribeira, do Rio Grande do Sul, que não falava nunca, — não me lembra, ao menos. Este, filósofo e filólogo, tinha junto a si, no tapete, encostado no pé da cadeira, um exemplar do dicionário de Morais. Era comum vê-lo consultar um e outro tomo, no correr de um debate, quando ouvia algum vocábulo, que lhe parecia de incerta origem ou duvidosa aceitação. Em contraste com a abstenção dele, eis aqui outro, Silveira da Mota, assíduo na tribuna, oposicionista por temperamento, e este outro, D. Manuel de Assis Mascarenhas, bom exemplar da geração que acabava. Era um homenzinho seco e baixo, cara lisa, cabelo raro e branco, tenaz, um tanto impertinente, creio que desligado de partidos. Da sua tenacidade dará idéia o que lhe vi fazer em relação a um projeto de subvenção ao teatro lírico, por meio de loterias. Não era novo; continuava o de anos anteriores. D. Manuel opunha-se por todos os meios à passagem dele, e fazia extensos discursos. A mesa, para acabar com o projeto, já o incluía entre os primeiros na ordem do dia, mas nem assim desanimava o senador. Um dia foi ele colocado antes de nenhum. D. Manuel pediu a palavra, e francamente declarou que era seu intuito falar toda a sessão; portanto, aqueles de seus colegas que tivessem algum negócio estranho e fora do Senado podiam retirar-se: não se discutiria mais nada. E falou até o fim da hora, consultando a miúdo o relógio para ver o tempo que lhe ia faltando. Naturalmente não haveria muito que dizer em tão escassa matéria, mas a resolução do orador e a liberdade do regimento davam-lhe meio de compor o discurso. Daí nascia uma infinidade de episódios, reminiscências, argumentos e explicações; por exemplo, não era recente a sua aversão às loterias, vinha do tempo em que, andando a viajar, foi ter a Hamburgo; ali ofereceram-lhe com tanta instância um bilhete de loteria, que ele foi obrigado a comprar, e o bilhete saiu branco. Esta anedota era contada com todas as minúcias necessárias para ampliá-la. Uma parte do tempo falou sentado, e acabou diante da mesa e três ou quatro colegas. Mas, imitando assim

Catão, que também falou um dia inteiro para impedir uma petição de César, foi menos feliz que o seu colega romano. César retirou a petição, e aqui as loterias passaram, não me lembra se por fadiga ou omissão de D. Manuel; anuência é que não podia ser. Tais eram os costumes do tempo.

E após ele vieram outros, e ainda outros, Sapucaí, Maranguape, Itaúna, e outros mais, até que se confundiram todos e desapareceu tudo, cousas e pessoas, como sucede às visões. Pareceu-me vê-los enfiar por um corredor escuro, cuja porta era fechada por um homem de capa preta, meias de seda preta, calções pretos e sapatos de fivela. Este era nada menos que o próprio porteiro do Senado, vestido segundo as praxes do tempo, nos dias de abertura e encerramento da assembléia geral. Quanta cousa obsoleta! Alguém ainda quis obstar à ação do porteiro, mas tinha o gesto tão cansado e vagaroso que não alcançou nada; aquele deu volta à chave, envolveu-se na capa, saiu por uma das janelas e esvaiu-se no ar, a caminho de algum cemitério, provavelmente. Se valesse a pena saber o nome do cemitério, iria eu catá-lo, mas não vale; todos os cemitérios se parecem.

TU SÓ, TU, PURO AMOR...

COMÉDIA

Tu só, tu, puro amor, com força crua,
Que os corações humanos tanto obriga...
(*Lusíadas*, 3, CXIX).

O desfecho dos amores palacianos de Camões e de D. Catarina de Ataíde é o objeto da comédia, desfecho que deu lugar à subseqüente aventura de África, e mais tarde à partida para a Índia, donde o poeta devia regressar um dia com a imortalidade nas mãos. Não pretendi fazer um quadro da corte de D. João III, nem sei se o permitiam as proporções mínimas do escrito e a urgência da ocasião.* Busquei, sim, haver-me de maneira que o poeta fosse contemporâneo de seus amores, não lhe dando feições épicas, e, por assim dizer, póstumas.

Na primeira impressão escrevi uma nota, que reproduzi na segunda, acrescentando-lhe alguma cousa explicativa. Como na cena primeira se trata da anedota que motivou o epigrama de Camões ao duque de Aveiro, disse eu ali que, posto se lhe não possa fixar data, usara desta por me parecer um curioso rasgo de costumes. E aduzi: "Engana-se, creio eu, o Sr. Teófilo Braga, quando afirma que ela só podia ter ocorrido depois do regresso de Camões a Lisboa, alegando, para fundamentar essa opinião, que o título de duque de Aveiro foi criado em 1557. Digo que se engana o ilustre escritor, porque eu encontro o duque de Aveiro cinco anos antes, em 1552, indo receber, na qualidade de embaixador, a princesa D. Joana, noiva do príncipe D. João (veja MEM. e DOC., anexos aos ANAIS DE D. JOÃO III, págs. 440 e 441); e, se Camões só em 1553 partiu para a Índia, não é impossível que o epigrama e o caso que lhe deu origem fossem anteriores."

Temos ambos razão, o Sr. Teófilo Braga e eu. Com efeito, o ducado de Aveiro só foi criado formalmente em 1557, mas o agraciado usava o título desde muito antes, por mercê de D. João III; é o que confirma a própria carta régia de 30 de agosto daquele ano, textualmente inserta na HIST. GENEAL. de D. Antônio Caetano de Sousa, que cita em abono da asserção o testemunho de Andrade, na CRÔNICA DEL-REI D. JOÃO III. Naquela mesma obra se lê (liv. IV, cap. V) que em 1551, na trasladação dos ossos del-rei D. Manuel estivera presente o duque de Aveiro. Não é, pois, impossível que a anedota ocorresse antes da primeira ausência de Camões.

* A peça foi escrita para as festas organizadas no Rio de Janeiro, pelo Gabinete Português de Leitura, no tricentenário de Camões e representada no teatro de D. Pedro II, em 10 de junho de 1880. Imprimiu-se a primeira vez na *Revista Brasileira* (1 de julho de 1880), e a segunda em cem exemplares numerados e assinados pelo autor (edição Lombaerts, Rio de Janeiro, MDCCCLXXXI). [N. do A.]

PESSOAS

CAMÕES
D. ANTÔNIO DE LIMA
CAMINHA
D. MANUEL DE PORTUGAL
D. CATARINA DE ATAÍDE
D. FRANCISCA DE ARAGÃO

Sala no paço.

CENA I

CAMINHA, D. MANUEL DE PORTUGAL

(Caminha vem do fundo, à esquerda; vai a entrar pela porta da direita, quando lhe sai D. Manuel de Portugal, a rir).

CAMINHA — Alegre vindes, senhor D. Manuel de Portugal. Disse-vos El-rei alguma cousa graciosa, decerto...

D. MANUEL — Não; não foi El-rei. Adivinhai o que seria, se é que o não sabeis já.

CAMINHA — Que foi?

D. MANUEL — Sabeis o caso da galinha do duque de Aveiro?

CAMINHA — Não.

D. MANUEL — Não sabeis? Pois é isto: uns versos mui galantes do nosso Camões. *(Caminha estremece e faz um gesto de má vontade.)* Uns versos como ele os sabe fazer. (*À parte.*) Dói-lhe a notícia. (Alto.) Mas, deveras, não sabeis do encontro de Camões com o duque de Aveiro?

CAMINHA — Não.

D. MANUEL — Foi o próprio duque que mo contou agora mesmo, ao vir de estar com El-rei...

CAMINHA — Que houve então?

D. MANUEL — Eu vo-lo digo; achavam-se ontem, na igreja do Amparo, o duque e o poeta...

CAMINHA *(com enfado)* — O poeta! o poeta! Não é mais que engenhar aí uns pecos versos, para ser logo poeta! Desperdiçais o vosso entusiasmo, senhor D. Manuel. Poeta é o nosso Sá, o meu grande Sá! Mas, esse arruador, esse brigão de horas mortas...

D. MANUEL — Parece-vos então?...

CAMINHA — Que esse moço tem algum engenho, muito menos do que lhe diz a presunção dele e a cegueira dos amigos; algum engenho não lhe nego eu. Faz sonetos sofríveis. E canções... digo-vos que li uma ou duas, não de todo mal-alinhavadas. Pois então? Com boa vontade, mais esforço, menos soberba, gastando as noites, não a folgar pelas locandas de Lisboa, mas a meditar os poetas italianos, digo-vos que pode vir a ser...

D. MANUEL — Acabai.

CAMINHA — Está acabado: um poeta sofrível.

D. MANUEL — Deveras? Lembra-me que já isso mesmo lhe negastes.

CAMINHA *(sorrindo)* — No meu epigrama, não? E nego-lho ainda agora, se não fizer o que vos digo. Pareceu-vos gracioso o epigrama? Fi-lo por desenfado, não por ódio... Dizei, que tal vos pareceu ele?

D. MANUEL — Injusto, mas gracioso.

CAMINHA — Sim? Tenho em mui boa conta o vosso parecer. Algum tempo supus que me desdenháveis. Não era impossível que assim fosse. Intrigas da corte dão azo a muita injustiça; mas principalmente acreditei que fossem artes desse rixoso... Juro-vos que ele me tem ódio.

D. MANUEL — O Camões?

CAMINHA — Tem, tem...

D. MANUEL — Por quê?

CAMINHA — Não sei, mas tem. Adeus.

D. MANUEL — Ide-vos?

CAMINHA — Vou a El-rei, e depois ao meu senhor infante. (*Corteja-o e dirige-se para a porta da direita. D. Manuel dirige-se para o fundo.*)

D. MANUEL (*andando*)

Eu já vi a taverneiro
Vender vaca por carneiro...

CAMINHA (*volta-se*) — Recitais versos?... São vossos?... Não me negueis o gosto de vos ouvir.

D. MANUEL — Meus não; são de Camões... (*Repete-os descendo a cena.*)

Eu já vi a taverneiro
Vender vaca por carneiro...

CAMINHA (*sarcástico*) — De Camões?.. Galantes são. Nem Virgílio os daria melhores. Ora, fazei o favor de repetir comigo:

Eu já vi a taverneiro
Vender vaca por carneiro...

E depois? Vá, dizei-me o resto, que não quero perder iguaria de tão fino sabor.

D. MANUEL — O duque de Aveiro e o poeta encontraram-se ontem na igreja do Amparo. O duque prometeu ao poeta mandar-lhe uma galinha da sua mesa; mas só lhe mandou um assado. Camões retorquiu-lhe com estes versos, que o próprio duque me mostrou agora, a rir:

Eu já vi a taverneiro
Vender vaca por carneiro;
Mas não vi, por vida minha,
Vender vaca por galinha,
Senão ao duque de Aveiro.

Confessai, confessai, senhor Caminha, vós que sois poeta, confessai que há aí certo pico, e uma simpleza de dizer... Não vale tanto decerto como os sonetos dele, alguns dos quais são sublimes, aquele por exemplo:

De amor escrevo, de amor trato e vivo...

ou este:

Tanto do meu estado me acho incerto...

Sabeis a continuação?

CAMINHA — Até lhe sei o fim:

> Se me pergunta alguém por que assim ando
> Respondo que não sei, porém suspeito
> Que só porque vos vi, minha senhora.

(*Fitando-lhe muito os olhos.*) Esta senhora... Sabeis vós, decerto, quem é esta senhora do poeta como eu o sei, como o sabem todos... Naturalmente amam-se ainda muito?...

D. MANUEL (à parte) — Que quererá ele?

CAMINHA — Amam-se por força.

D. MANUEL — Cuido que não.

CAMINHA — Que não?

D. MANUEL — Acabou como tudo acaba.

CAMINHA *(sorrindo)* — Andai lá; não sei se me dizeis tudo. Amigos sois, e não é impossível que também vós... Onde está a nossa gentil senhora D. Francisca de Aragão?

D. MANUEL — Que tem?

CAMINHA — Vede: um simples nome vos faz estremecer de cólera. Mas, abrandai a cólera, que não sou vosso inimigo; mui ao contrário; amo-vos, e a ela também... e respeito-a muito. Um para o outro nascestes. Mas, adeus, faz-se tarde, vou ter com El-rei. (*Sai pela direita.*)

CENA II

D. MANUEL DE PORTUGAL

Este homem! Este homem!... Como se os versos dele, duros e insossos... (*Vai à porta por onde Caminha saiu, e levanta o reposteiro.*) Lá vai ele; vai cabisbaixo; rumina talvez alguma cousa. Que não sejam versos! (*Ao fundo aparecem D. Antônio de Lima e D. Catarina de Ataide.*)

CENA III

D. MANUEL DE PORTUGAL, D. CATARINA DE ATAÍDE, D. ANTÔNIO DE LIMA

D. ANTÔNIO DE LIMA — Que espreitais aí, senhor D. Manuel?

D. MANUEL — Estava a ver o porte elegante de nosso Caminha. Não vades supor que era alguma dama. *(Levanta o reposteiro.)* Olhai, lá vai ele a desaparecer. Vai a El-rei.

D. ANTÔNIO — Também eu. Tu, não, minha boa Catarina. A rainha espera-vos. *(D. Catarina faz uma reverência e caminha para a porta da esquerda.)* Ide, ide, minha gentil flor... *(A D. Manuel.)* Gentil, não a achais?

D. MANUEL — Gentilíssima.

D. ANTÔNIO — Agradecei, Catarina.

D. CATARINA — Agradeço; mas o certo é que o senhor D. Manuel é rico de louvores...

D. MANUEL — Eu podia dizer que a natureza é que foi convosco pródiga de graças; mas, não digo; seria repetir mal aquilo que só poetas podem dizer bem. (*D. Antônio fecha o rosto.*) Dizem que também sou poeta, é verdade; não sei; faço versos. Adeus, senhor D. Antônio... (*Corteja-os e sai. D. Catarina vai a entrar, à esquerda. D. Antônio detém-na.*)

CENA IV

D. ANTÔNIO DE LIMA, D. CATARINA DE ATAÍDE

D. ANTÔNIO — Ouviste aquilo?

D. CATARINA (parando) — Aquilo?

D. ANTÔNIO — "Que só poetas podem dizer bem" foram as palavras dele. (*D. Catarina aproxima-se.*) Vês tu filha? Tão divulgadas andam já essas cousas, que até se dizem nas barbas de teu pai!

D. CATARINA — Senhor, um gracejo...

D. ANTÔNIO (*enfadando-se*) — Um gracejo injurioso, que eu não consinto, que não quero, que me dói... Que só poetas podem dizer bem! E que poeta! Pergunta ao nosso Caminha o que é esse atrevido, o que vale a sua poesia... Mas, que seja outra e melhor, não a quero para mim, nem para ti. Não te criei para entregar-te às mãos do primeiro que passa, e lhe dá na cabeça haver-te.

D. CATARINA *(procurando moderá-lo)* — Meu pai...

D. ANTÔNIO — Teu pai, e teu senhor!

D. CATARINA — Meu senhor e pai... juro-vos que... juro-vos que vos quero e muito... Por quem sois, não vos irriteis contra mim!

D. ANTÔNIO — Jura que me obedecerás.

D. CATARINA — Não é essa a minha obrigação?

D. ANTÔNIO — Obrigação é,e a mais grave de todas. Olha-me bem, filha; eu amo-te como pai que sou. Agora, anda, vai.

CENA V

D. ANTÔNIO DE LIMA, D. CATARINA DE ATAÍDE, D. FRANCISCA DE ARAGÃO

D. ANTÔNIO — Mas não, não vás sem falar à senhora D. Francisca de Aragão, que aí nos aparece, fresca como a rosa que desabotoou agora mesmo, ou como dizia a farsa do nosso Gil Vicente, que eu ouvi há tantos anos, por tempo do nosso sereníssimo senhor D. Manuel... Velho estou, minha formosa dama...

D. FRANCISCA — E que dizia a farsa?

D. ANTÔNIO — A farsa dizia:

É bonita como estrela,
Uma rosinha de abril,
Uma frescura de maio,
Tão manhosa, tão sutil!

Vede que a farsa adivinhava já a nossa D. Francisca de Aragão, uma frescura de maio, tão manhosa, tão sutil...

D. FRANCISCA — Manhosa,eu?

D. ANTÔNIO — E sutil. Não vos esqueça a rima, que é de lei. *(Vai a sair pela porta da direita; aparece Camões.)*

CENA VI

OS MESMOS, CAMÕES

D. CATARINA (*à parte*) — Ele!

D. FRANCISCA (*baixo a D. Catarina*) — Sossegai!

D. ANTÔNIO — Vinde cá, senhor poeta das galinhas. Já me chegou aos ouvidos o vosso lindo epigrama. Lindo, sim; e estou que não vos custaria mais tempo a fazê-lo do que eu a dizer-vos que me divertiu muito... E o duque? O duque, ainda não emendou a mão? Há de emendar, que não é nenhum mesquinho.

CAMÕES (*alegremente)* — Pois El-rei deseja o contrário...

D. ANTÔNIO — Ah! Sua Alteza falou-vos disso?... Contar-mo-eis em tempo. (*A D. Catarina, com intenção.*) Minha filha e senhora, não ides ter com a rainha? eu vou falar a El-rei. (*D. Catarina corteja-os e dirige-se para a esquerda; D. Antônio sai pela direita*).

CENA VII

OS MESMOS, *menos* D. ANTÔNIO DE LIMA

(*D. Catarina quer sair, D. Francisca de Aragão detém-na.*)

D. FRANCISCA — Ficai, ficai...

D. CATARINA — Deixai-me ir!

CAMÕES — Fugis de mim?

D. CATARINA — Fujo... Assim o querem todos.

CAMÕES — Todos! Todos quem?

D. FRANCISCA (*indo a Camões*) — Sossegai. Tendes; na verdade, um gênio, uns espíritos... Que há de ser? Corre a mais e mais a notícia dos vossos amores... e o senhor D. Antônio, que é pai, e pai severo...

CAMÕES (*vivamente, a D. Catarina*) — Ameaça-vos?

D. CATARINA — Não; dá-me conselhos... bons conselhos, meu Luís. Não vos quer mal, não quer... Vamos lá; eu é que sou desatinada. Mas, passou. Dizei-nos lá esses versos de que faláveis há pouco. Um epigrama, não é? Há de ser tão bonito como os outros... menos um.

CAMÕES — Um?

D. CATARINA — Sim, o que fizestes a D. Guiomar de Blasfé.

CAMÕES (*com desdém*) — Que monta? Bem frouxos versos.

D. FRANCISCA — Não tanto; mas eram feitos a D. Guiomar, e os piores versos deste mundo são os que se fazem a outras damas. (*A D. Catarina.*) Acertei? (*A Camões.*) Ora, andai, vou deixar-vos; dizei o caso do vosso epigrama, não a mim, que já o sei de cor, porém a ela que ainda não sabe nada... E que foi que vos disse El-rei?

CAMÕES — El-rei viu-me, e dignou-se chamar-me; fitou-me um pouco a sua real vista, e disse com brandura: "Tomara eu, senhor poeta, que todos os duques vos faltem com galinhas, porque assim nos alegrareis com versos tão chistosos."

D. FRANCISCA — Disse-vos isto? é um grande espírito El-rei!

D. CATARINA — (a D. Francisca) — Não é? (A Camões.) E vós que lhe dissestes?

CAMÕES — Eu? nada... ou quase nada. Era tão inopinado o louvor que me tomou a fala. E, contudo, se eu pudesse responder agora... agora que recobrei os espíritos... dir-lhe-ia que há aqui *(leva a mão à fronte)* alguma cousa mais do que simples versos de desenfado... dir-lhe-ia que...

(*Fica absorto um instante, depois olha alternadamente para as duas damas, entre as quais se acha.*) Um sonho... Às vezes cuido conter cá dentro mais do que a minha vida e o meu século... Sonhos... sonhos! A realidade é que vós sois as duas mais lindas damas da cristandade, e que o amor é a alma do universo!

D. FRANCISCA — O amor e a espada, senhor brigão!

CAMÕES *(alegremente)* — Por que me não dais logo as alcunhas que me hão de ter posto os poltrões do Rocio? Vingam-se com isso, que é a desforra da poltroneria... Não sabeis? Naturalmente não; vós gastais as horas nos lavores e recreios do paço; mora aqui a doce paz do espírito...

D. CATARINA *(com intenção)* — Nem sempre.

D. FRANCISCA (*a Camões, sorrindo*) — Isto é convosco; e eu, que posso ser indiscreta, não me detenho a ouvir mais nada. (*Dá alguns passos para o fundo.*)

D. CATARINA — Vinde cá...

D. FRANCISCA — Vou-me... vou a consolar o nosso Caminha, que há de estar um pouco enfadado... Ouviu ele o que El-rei vos disse?

CAMÕES — Ouviu; que tem?

D. FRANCISCA — Não ouviria de boa sombra.

CAMÕES — Pode ser que não... dizem-me que não. (*A D. Catarina.*) Pareceis inquieta...

D. CATARINA *(a D. Francisca)* — Não vades, não vades; ficai um instante.

CAMÕES *(a D. Francisca)* — Irei eu.

D. FRANCISCA — Não, senhor; irei eu só. *(Sai pelo fundo.)*

CENA VIII

CAMÕES, D. CATARINA DE ATAÍDE

CAMÕES *(com uma reverência)* — Irei eu. Adeus, minha senhora D. Catarina de Ataíde! (*D. Catarina dá um passo para ele.*) Mantenha-vos Deus na sua santa guarda.

D. CATARINA — Não... vinde cá... *(Camões detém-se.)* Enfadei-vos? Vinde um pouco mais perto. *(Camões aproxima-se.)* Que vos fiz ,eu? Duvidais de mim?

CAMÕES — Cuido que me queríeis ausente.

D. CATARINA — Luís! (*Inquieta.*) Vede esta sala, estas paredes... falarmos a sós... Duvidais de mim?

CAMÕES — Não duvido de vós; não duvido da vossa ternura; da vossa firmeza é que eu duvido.

D. CATARINA — Receiais que fraqueie algum dia?

CAMÕES — Receio; chorareis muitas lágrimas, muitas e amargas... mas, cuido que fraqueareis.

D. CATARINA — Luís! juro-vos...

CAMÕES — Perdoai, se vos ofende esta palavra. Ela é sincera; subiu-me do coração à boca. Não posso guardar a verdade; perder-me-ei algum dia por dizê-la sem rebuço. Assim me fez a natureza, assim irei à sepultura.

D. CATARINA — Não, não fraquearei, juro-vos. Amo-vos muito, bem o sabeis. Posso chegar a afrontar tudo, até a cólera de meu pai. Vede lá, estamos a sós; se nos vira alguém... (*Camões dá um passo para sair*) Não, vinde cá. Mas, se nos vira alguém, defronte um do outro, no meio de uma sala deserta, que pensaria? Não sei que pensaria; tinha medo há pouco; já não tenho medo... amor sim... O que eu tenho é amor, meu Luís.

CAMÕES — Minha boa Catarina.

D. CATARINA — Não me chameis boa, que eu não sei se o sou... Nem boa, nem má.

CAMÕES — Divina sois!

D. CATARINA — Não me deis nomes que são sacrilégios.

CAMÕES — Que outro vos cabe?

D. CATARINA — Nenhum.

CAMÕES — Nenhum? Simplesmente a minha doce e formosa senhora D. Catarina de Ataíde, uma ninfa do paço, que se lembrou de amar um triste escudeiro, sem reparar que seu pai a guarda para algum solar opulento, algum grande cargo de camareira-mor. Tudo isso havereis, enquanto que o coitado de Camões irá morrer em África ou Ásia...

D. CATARINA — Teimoso sois! Sempre essas idéias de África...

CAMÕES — Ou Ásia. Que tem isso? Digo-vos que, às vezes, a dormir, imagino lá estar, longe dos galanteios da corte, armado em guerra, diante do gentio. Imaginai agora...

D. CATARINA — Não imagino nada; vós sois meu, tão-só meu, tão-somente meu. Que me importa o gentio, ou o Turco, ou que quer que é, que não sei, nem quero? Tinha que ver, se me deixáveis, para ir às vossas Áfricas... E os meus sonetos? Quem mos havia de fazer, meu rico poeta?

CAMÕES — Não faltará quem vo-los faça, e da maior perfeição.

D. CATARINA — Pode ser; mas eu quero-os ruins, como os vossos... como aquele da Circe, o meu retrato, dissestes vós.

CAMÕES (*recitando*)

> Um mover de olhos, brando e piedoso,
> Sem ver de quê; um riso brando e honesto,
> Quase forçado; um doce e humilde gesto
> De qualquer alegria duvidoso...

D. CATARINA — Não acabeis, que me obrigareis a fugir de vexada.

CAMÕES — De vexada! Quando é que a rosa se vexou, porque o sol a beijou de longe?

D. CATARINA — Bem respondido, meu claro sol.

CAMÕES — Deixai-me repetir que sois divina. Natércia minha, pode a sorte separar-nos, ou a morte de um ou de outro; mas o amor subsiste, longe ou perto, na morte ou na vida, no mais baixo estado, ou no cimo das grandezas humanas, não é assim? Deixai-me crê-lo, ao menos; deixai-me crer que há um vínculo secreto. e forte, que nem os homens, nem a própria natureza poderia já destruir. Deixai-me crer... Não me ouvis?

D. CATARINA (*enlevada*) — Ouço, ouço.

CAMÕES — Crer que a última palavra de vossos lábios será o meu nome. Será?... Tenha eu esta fé, e não se me dará da adversidade; sentir-me-ei afortunado e grande. Grande, ouvis bem? Maior que todos os demais homens.

D. CATARINA — Acabai!

CAMÕES — Que mais?

D. CATARINA — Não sei; mas é tão doce ouvir-vos! Acabai, acabai, meu poeta! Ou antes, não, não acabeis; falai sempre, deixai-me ficar perpetuamente a escutar-vos.

CAMÕES — Ai de nós! A perpetuidade é um simples instante, um instante em que nos deixam sós nesta sala! (*D. Catarina afasta-se rapidamente.*) Olhai; só a idéia do perigo vos arredou de mim.

D. CATARINA — Na verdade, se nos vissem... Se alguém aí, por esses reposteiros... Adeus...

CAMÕES — Medrosa, eterna medrosa!

D. CATARINA — Pode ser que sim; mas não está isso mesmo no meu retrato?

> Um encolhido ousar, uma brandura,
> Um medo sem ter culpa; um ar sereno,
> Um longo e obediente sofrimento...

CAMÕES

> Esta foi a celeste formosura
> Da minha Circe, e o mágico veneno
> Que pôde transformar meu pensamento.

D. CATARINA (*indo a ele*) — Pois então? A vossa Circe manda-vos que não duvideis dela, que lhe perdoeis os medos, tão próprios do lugar e da condição; manda-vos crer e amar. Se ela às vezes foge, é porque a espreitam; se vos não responde, é porque outros ouvidos poderiam escutá-la. Entendeis? É o que vos manda dizer a vossa Circe, meu poeta... e agora... (Estende-lhe a mão.) Adeus!

CAMÕES — Ide-vos?

D. CATARINA — A rainha espera-me. Audazes fomos, Luís. Não desafiemos o paço... que esses reposteiros...

CAMÕES — Deixai-me ir ver!

D. CATARINA *(detendo-o)* — Não, não. Separemo-nos.

CAMÕES — Adeus! *(D. Catarina dirige-se para a porta da esquerda; Camões olha para a porta da direita.)*

D. CATARINA — Andai, andai!

CAMÕES — Um instante ainda!

D. CATARINA — Imprudente! Por quem sois, ide-vos, meu Luís!

CAMÕES — A Rainha espera-vos?

D. CATARINA — Espera.

CAMÕES — Tão raro é ver-vos!

D. CATARINA — Não afrontemos o céu... podem dar conosco...

CAMÕES — Que venham! Tomara eu que nos vissem! Bradaria a todos o meu amor, e à fé que o faria respeitar!

D. CATARINA *(aflita, pegando-lhe na mão)* — Reparai, meu Luís, reparai; onde estais, quem eu sou, o que são estas paredes... domai esse gênio arrebatado. Peço-vo-lo eu. Ide-vos em boa paz, sim?

CAMÕES — Viva a minha corça gentil, a minha tímida corça! Ora vos juro que me vou, e de corrida. Adeus!

D. CATARINA — Adeus!

CAMÕES (com a mão dela presa) — Adeus!

D. CATARINA — Ide... deixai-me ir!

CAMÕES — Hoje há luar; se virdes um embuçado diante das vossas janelas, quedado a olhar para cima, desconfiai que sou eu; e então, já não é o sol a beijar de longe uma rosa, é o goivo que pede calor a uma estrela.

D. CATARINA — Cautela, não vos reconheçam.

CAMÕES — Cautela haverei; mas que me reconheçam, que tem isso? embargarei a palavra ao importuno.

D. CATARINA — Sossegai. Adeus!

CAMÕES — Adeus! *(D. Catarina dirige-se para a porta da esquerda, e pára diante dela, à espera que Camões saia. Camões corteja-a com um gesto gracioso, e dirige-se para o fundo. — Levanta-se o reposteiro da porta da direita, e aparece Caminha. — D. Catarina dá um pequeno grito, e sai precipitadamente. — Camões detém-se. Os dous homens olham-se por um instante.)*

CENA IX

CAMÕES, CAMINHA

CAMINHA (*entrando*) — Discreteáveis com alguém, ao que parece...

CAMÕES — É verdade.

CAMINHA — Ouvi de longe a vossa fala, e reconheci-a. Vi logo que era o nosso poeta, de quem tratava há pouco com alguns fidalgos. Sois o bem-amado, entre os últimos de Coimbra. — Com quê, discreteáveis... Com alguma dama?

CAMÕES — Com uma dama.

CAMINHA — Certamente formosa, que não as há de outra casta nestes reais paços. Sua Alteza, cuido que continuará, e ainda em bem, algumas boas tradições de El-rei seu pai. Damas formosas, e, quanto possível, letradas. São estes, dizem, os bons costumes italianos. E vós, senhor Camões, por que não ides a Itália?

CAMÕES — Irei a Itália, mas passando por África.

CAMINHA — Ah! ah! para lá deixar primeiro um braço, uma perna, ou um olho... Não, poupai os olhos, que são o feitiço dessas damas da corte; poupai também a mão, com que nos haveis de escrever tão lindos versos; isto vos digo que poupeis...

CAMÕES — Uma palavra, senhor Pedro de Andrade, uma só palavra, mas sincera.

CAMINHA — Dizei.

CAMÕES — Dissimulais algum outro pensamento. Revelai-mo... intimo-vos que mo reveleis.

CAMINHA — Ide a Itália, senhor Camões, ide a Itália.

CAMÕES — Não resistireis muito tempo ao que vos mando.

CAMINHA — Ou a África, se o quereis... ou a Babilônia... A Babilônia é melhor; levai a harpa ao desterro, mas em vez de a pendurar de um salgueiro, como na Escritura, cantar-nos-ei a linda copla da galinha, ou comporeis umas outras voltas ao mote, que já vos serviu tão bem:

> Perdigão perdeu a pena,
> Não há mal que lhe não venha.

Ide a Babilônia, senhor Perdigão!

CAMÕES (*pegando-lhe no pulso*) — Por vida minha, calai-vos!

CAMINHA — Vede o lugar em que estais.

CAMÕES *(solta-o)* — Vejo; vejo também quem sois; só não vejo o que odiais em mim.

CAMINHA — Nada.

CAMÕES — Nada?

CAMINHA — Cousa nenhuma.

CAMÕES — Mentis pela gorja, senhor camareiro.

CAMINHA — Minto? Vede lá; ia-me deixando arrebatar, ia conspurcando com alguma vilania esta sala de El-rei. Retraí-me a tempo. Menti, dizeis vós? — Pode ser que sim, porque eu creio que efetivamente vos odeio, mas só há um instante, depois que me pagastes com uma injúria o aviso que vos dei.

CAMÕES — Um aviso?

CAMINHA — Nada menos. Queria eu dizer-vos que as paredes do paço nem são mudas,[19] nem sempre são caladas.

19. Assim nas ed. Garnier. O sentido parece pedir *surdas,* em vez de *mudas.*

CAMÕES — Não serão; mas eu as farei caladas.

CAMINHA — Pode ser. Essa dama era...

CAMÕES — Não reparei bem.

CAMINHA — Fizestes mal; é prudência reparar nas damas; prudência e cortesia. Com quê, ides a África? Lá estão os nossos em Mazagão, cometendo façanhas contra essa canalha de Mafamede; imitai-os. Vede, não deixeis lá esse braço, com que nos haveis de calar as paredes e os reposteiros. É conselho de amigo.

CAMÕES — Por que seríeis meu amigo?

CAMINHA — Não digo que o seja; o conselho é que o é.

CAMÕES — Credes, então?...

CAMINHA — Que poupareis uma grande dor e um maior escândalo.

CAMÕES — Percebo-vos. Imaginais que amo alguma dama? Suponhamos que sim. Qual é o meu delito? Em que ordenação, em que rescrito, em que bula, em que escritura, divina ou humana, foi já dado como delito amarem-se duas criaturas?

CAMINHA — Deixai a corte.

CAMÕES — Digo-vos que não.

CAMINHA — Oxalá que não!

CAMÕES (*à parte*) — Este homem... que há neste homem? lealdade ou perfídia? *(Alto.)* Adeus, senhor Caminha. (*Pára no meio da cena.*) Por que não tratamos de versos?... Fora muito melhor...

CAMINHA — Adeus, senhor Camões. (*Camões sai.*)

CENA X

CAMINHA, *logo* D. CATARINA DE ATAÍDE

CAMINHA — Ide, ide, magro poeta de camarins... (*Desce ao proscênio.*) Era ela, decerto, era ela que aí estava com ele, no meio do paço, esquecidos de El-rei e de todos... Oh temeridade do amor! Do amor?... ele... ele... Mas seria ela deveras?... Que outra podia ser?

D. CATARINA (*espreita e entra*) — Senhor... senhor!...

CAMINHA — Ela!

D. CATARINA — Ouvi tudo... tudo o que lhe dissestes... e peço-vos que não nos façais mal. Sois amigo de meu pai, ele é vosso amigo; não lhe digais nada. Fui imprudente, fui, mas que quereis? (*Vendo que Caminha não diz nada.*) Então? falai... poderei contar convosco?

CAMINHA — Comigo? (*D. Catarina, inquieta e aflita, pega-lhe na mão; ele retira-lha com aspereza.*) Contar comigo! Para quê, minha senhora D. Catarina? Amais um mancebo digno, porque vós o amais... muito, não?

D. CATARINA — Muito.

CAMINHA — Muito! Muito, dizeis... E éreis vós que estáveis aqui, com ele, nesta sala solitária, juntos um do outro, a falarem naturalmente do céu e da terra... ou só do céu, que é a terra dos namorados. Que dizíeis?...

D. CATARINA (*baixando os olhos*) — Senhor...

CAMINHA — Galanteios, galanteios, de que se há de falar lá fora... (*Gesto de D. Catarina.*) Ah! Cuidais que estes amores nascem e morrem no paço? — Não; passam além; descem à rua, são o mantimento dos ociosos, e ainda dos que trabalham, porque, ao serão, principalmente nas noites de inverno, em que se há de ocupar a gente, depois de fazer as suas orações? Com quê, éreis vós? Pois digo-vos que o não sabia; suspeitava, porque não podia talvez ser outra... E confessais que lhe quereis muito. Muito?

D. CATARINA — Pode ser fraqueza; mas crime... onde está o crime?

CAMINHA — O crime está em desonrar as cãs de um nobre homem, arrastando-lhe o nome por vielas e praças; o crime está em escandalizar a corte, com essas ternuras, impróprias do alto cargo que exerceis, do vosso sexo e estado... esse é o crime. E parece-vos pequeno?

D. CATARINA — Bem; desculpai-me, não direis nada...

CAMINHA — Não sei.

D. CATARINA — Peço-vo-lo... de joelhos até... (*Faz um gesto para ajoelhar-se, ele impede-lho.*)

CAMINHA — Perdereis o tempo; eu sou amigo de vosso pai.

D. CATARINA — Contar-lhe-eis tudo?

CAMINHA — Talvez.

D. CATARINA — Bem mo diziam sempre; sois inimigo de Camões.

CAMINHA — E sou.

D. CATARINA — Que vos fez ele?

CAMINHA — Que me fez? (*Pausa*) D. Catarina de Ataíde, quereis saber o que me fez o vosso Camões? Não é só a sua soberba que me afronta; fosse só isso, e que me importava um frouxo cerzidor de palavras, sem arte, nem conceito?

D. CATARINA — Acabai.

CAMINHA — Também não é porque ele vos ama, que eu o odeio; mas vós, senhora D. Catarina de Ataíde, vós o amais... eis o crime de Camões. Entendeis?

D. CATARINA (*depois de um instante de assombro*) — Não quero entender.

CAMINHA — Sim, que também eu vos quero, ouvis? — E quero-vos muito... mais do que ele, e melhor do que ele; porque o meu amor tem o impulso do ódio, nutre-se do silêncio, o desdém o avigora, e não faço alarde nem escândalo; é um amor...

D. CATARINA — Calai-vos! Pela Virgem, calai-vos!

CAMINHA — Que me cale? Obedecerei. (*Faz uma reverência.*) Mandais alguma outra cousa?

D. Catarina — Não, ficai. Jurai-me que não direis cousa nenhuma.

CAMINHA — Depois da confissão que vos fiz, esse pedido chega a ser mofa. Que não diga nada? Direi tudo, revelarei tudo a vosso pai. Não sei se a ação é má ou boa; sei que vos amo e que detesto esse rufião, a quem vadios deram foros de letrado.

D. CATARINA — Senhor! É demais!...

CAMINHA — Defendei-lo, não é assim?

D. CATARINA — Odiai-o, se vos apraz; insultá-lo, é que não é de cavalheiro...

CAMINHA — Que tem? O amor desprezado sangra e fere.

D. CATARINA — Deixai que lhe chame um amor vilão.

CAMINHA — Sois vós agora que me injuriais. Adeus, senhora D. Catarina de Ataíde! *(Dirige-se para o fundo.)*

D. CATARINA *(tomando-lhe o passo)* — Não! Agora não vos peço... intimo-vos que vos caleis.

CAMINHA — Que recompensa me dais?

D. CATARINA — A vossa consciência.

CAMINHA — Deixai em paz os que dormem. Não vos peço nada. Quereis que vos prometa alguma cousa? Uma só cousa prometo; não contar a vosso pai o que se passou. Mas, se por denúncia ou desconfiança for interrogado por ele, então lhe direi tudo. E duas vezes farei bem: — não faltarei à verdade, que é dever de cavalheiro; e depois... chorareis lágrimas de sangue; e eu prefiro ver-vos chorar a ver-vos sorrir. A vossa angústia será a minha consolação. Onde falecerdes de pura saudade, aí me glorificarei eu. Chamai-me agora perverso, se o quereis, eu respondo que vos amo... e que não tenho outra virtude. (*Vai a sair, encontra-se com D. Francisca de Aragão; corteja-a e sai.*)

CENA XI

D. CATARINA DE ATAÍDE, D. FRANCISCA DE ARAGÃO

D. FRANCISCA — Vai afrontado o nosso poeta. Que terá ele? (*Reparando em D. Catarina.)* Que tendes vós?... que foi?

D. CATARINA — Tudo sabe.

D. FRANCISCA — Quem?

D. CATARINA — Esse homem. Achou-nos nesta sala; eu tive medo; disse-lhe tudo.

D. FRANCISCA — Imprudente!

D. CATARINA — Duas vezes imprudente; deixei-me estar ao lado do meu Luís, a ouvir-lhe as palavras tão nobres, tão apaixonadas... e o tempo corria... e podiam espreitar-nos... Credes que o Caminha diga alguma cousa a meu pai?

D. FRANCISCA — Talvez não.

D. CATARINA — Quem sabe? Ele ama-me.

D. FRANCISCA — O Caminha?

D. CATARINA — Disse-mo agora. Que admira? Acha-me formosa, como os outros. Triste dom é esse. Sou formosa para não ser feliz, para ser amada às ocultas, odiada às escâncaras, e, talvez... Se meu pai vier a saber... que fará ele, amiga minha?

D. FRANCISCA — O senhor D. Antônio é tão severo!

D. CATARINA — Irá ter com El-rei, pedir-lhe-á que o castigue, que o encarcere, não? E por minha causa... Não; primeiro irei eu... (*Dirige-se para a porta da direita.*)

D. FRANCISCA — Onde ides?

D. CATARINA — Vou falar a El-rei... Ou, não... (*Encaminha-se para a porta da esquerda.*) Vou ter com a rainha; contar-lhe-ei tudo; ela me ampará. Credes que não?

D. FRANCISCA — Creio que sim.

D. CATARINA — Irei, ajoelhar-me-ei a seus pés. Ela é rainha, mas é também mulher... e ama-me. (*Sai pela esquerda.*)

CENA XII

D. FRANCISCA DE ARAGÃO, D. ANTÔNIO DE LIMA,
***depois* D. MANUEL DE PORTUGAL**

D. FRANCISCA (*depois de um instante de reflexão*) — Talvez chegue cedo demais. (*Dá um passo para a porta da esquerda.*) Não; melhor é que lhe fale... mas, se se aventa a notícia? Meu Deus, não sei... não sei... Ouço passos... (*Entra D. Antônio de Lima*) Ah!

D. ANTÔNIO — Que foi?

D. FRANCISCA — Nada, nada... não sabia quem era. Sois vós... *(Risonha.)* Chegaram galeões da Ásia; boas notícias, dizem...

D. ANTÔNIO *(sombrio)* — Eu não ouvi dizer nada. *(Querendo retirar-se.)* Permitis?...

D. FRANCISCA — Jesus! Que tendes?... que ar é esse? *(Vendo entrar D. Manuel de Portugal.)* Vinde cá, senhor. D. Manuel de Portugal, vinde saber o que tem este meu bom e velho amigo, que me não quer... (*Segurando na mão de D. Antônio.*) Então, eu já não sou a vossa frescura de maio?...

D. ANTÔNIO *(sorrindo, a custo)* — Sois, sois. Manhosamente sutil, ou sutilmente manhosa, à escolha; eu é que sou uma triste secura de dezembro, que me vou e vos deixo. Permitis, não? (*Corteja-a e dirige-se para a porta.*)

D. MANUEL (*interpondo-se*) — Deixai que vos levante o reposteiro. (*Levanta o reposteiro.*) Ides ter com Sua Alteza, suponho?

D. ANTÔNIO — Vou.

D. MANUEL — Ides levar-lhe notícias da Índia?

D. ANTÔNIO — Sabeis que não é o meu cargo...

D. MANUEL — Sei, sei; mas dizem que... Senhor D. Antônio, acho-vos o rosto anuviado, alguma cousa vos penaliza ou turva. Sabeis que sou vosso amigo; perdoai se vos interrogo. Que foi? que há?

D. ANTÔNIO *(gravemente)* — Senhor D. Manuel, tendes vinte e sete anos, eu conto sessenta; deixai-me passar. (*D. Manuel inclina-se, levantando o reposteiro. D. Antônio desaparece.*)

CENA XIII

D. MANUEL DE PORTUGAL, D. FRANCISCA
DE ARAGÃO

D. MANUEL — Vai dizer tudo a El-rei.

D. FRANCISCA — Credes?

D. MANUEL — Camões contou-me o encontro que tivera com o Caminha aqui; eu ia falar ao senhor D. Antônio; achei-o agora mesmo, ao pé de uma janela, com o dissimulado Caminha, que lhe dizia: "Não vos nego, senhor D. Antônio, que os achei naquela sala, a sós, e que vossa filha fugiu desde que eu lá entrei."

D. FRANCISCA — Ouvistes isso?

D. MANUEL — D. Antônio ficou severo e triste. "Querem escândalo?..." foram as suas palavras. E não disse outras; apertou a mão ao Caminha, e seguiu para cá... Penso que foi pedir alguma cousa a El-rei. Talvez o desterro.

D. FRANCISCA — O desterro?

D. MANUEL — Talvez. Camões há de voltar agora aqui; disse-me que viria falar ao senhor D. Antônio. Para quê? Que outros lhe falem, sim; mas o meu Luís que não sabe conter-se... D. Catarina?

D. FRANCISCA — Foi lançar-se aos pés da rainha, a pedir-lhe proteção.

D. MANUEL — Outra imprudência. Foi há muito?

D. FRANCISCA — Pouco há.

D. MANUEL — Ide ter com ela, se é tempo, e dizei-lhe que não, que não convém falar nada. *(D. Francisca vai a sair, e pára.)* Recusais?

D. FRANCISCA — Vou, vou. Pensava comigo uma cousa. (*D. Manuel vai a ela.*) Pensava que é preciso querer muito àqueles dois para nos esquecermos assim de nós.

D. MANUEL — É verdade. E não há mais nobre motivo da nossa mútua indiferença. Indiferença, não; não o é, nem o podia ser nunca. No meio de toda essa angústia que nos cerca, poderia eu esquecer a minha doce Aragão? Podereis vós esquecer-me? Ide agora, nós que somos felizes, temos o dever de consolar os desgraçados. (*D. Francisca sai pela esquerda.*)

CENA XIV

D. MANUEL DE PORTUGAL, *logo* D. ANTÔNIO DE LIMA

D. MANUEL — Se perco o confidente dos meus amores, da minha mocidade, o meu companheiro de longas horas... Não é impossível. — El-rei concederá o que lhe pedir D. Antônio. A culpa, — força é confessá-lo — a culpa é dele, do meu Camões, do meu impetuoso poeta; um coração sem freio... *(Abre-se o reposteiro, aparece D. Antônio.)* D. Antônio!

D. ANTÔNIO *(da porta, jubiloso)* — Interrogastes-me há pouco; agora hei tempo de vos responder.

D. MANUEL — Talvez não seja preciso.

D. ANTÔNIO *(adianta-se)* — Adivinhais então?

D. MANUEL — Pode ser que sim.

D. ANTÔNIO — Creio que adivinhais.

D. MANUEL — Sua Alteza concedeu-vos o desterro de Camões.

D. ANTÔNIO — Esse é o nome da pena; a realidade é que Sua Alteza restituiu a honra a um vassalo, e a paz a um ancião.

D. MANUEL — Senhor D. Antônio...

D. ANTÔNIO — Nem mais uma palavra, senhor D. Manuel de Portugal, nem mais uma palavra. — Mancebo sois; é natural que vos ponhais do lado do amor; eu sou velho, e a velhice ama o respeito. Até à vista, senhor D. Manuel, e não turveis o meu contentamento. (*Dá um passo para sair.*)

D. MANUEL — Se matais vossa filha?

D. ANTÔNIO — Não a matarei. Amores fáceis de curar são esses que aí brotam no meio de galanteios e versos. Versos curam tudo. Só não curam a honra os versos; mas para a honra dá Deus um rei austero, e um pai inflexível... Até à vista, senhor D. Manuel. (*Sai pela esquerda.*).

CENA XV

D. MANUEL DE PORTUGAL, CAMÕES

D. MANUEL — Perdido... está tudo perdido. *(Camões entra pelo fundo.)* Meu pobre Luís! Se soubesses...

CAMÕES — Que há?

D. MANUEL — El-rei... El-rei atendeu às súplicas do senhor D. Antônio. Está tudo perdido.

CAMÕES — E que pena me cabe?

D. MANUEL — Desterra-vos da corte.

CAMÕES — Desterrado! Mas eu vou ter com Sua Alteza, eu direi...

D. MANUEL *(aquietando-o)* — Não direis nada; não tendes mais que cumprir a real ordem; deixai que os vossos amigos façam alguma cousa; talvez logrem abrandar o rigor da pena. Vós não fareis mais do que agravá-la.

CAMÕES — Desterrado! E para onde?

D. MANUEL — Não sei. Desterrado da corte é o que é certo. Vede... não há mais demorar no paço. Saiamos.

CAMÕES — Aí me vou eu, pois, caminho do desterro, e não sei se da miséria! Venceu então o Caminha? Talvez os versos dele fiquem assim melhores. Se nos vai dar uma nova *Eneida,* o Caminha? Pode ser, tudo pode ser... Desterrado da corte! Cá me ficam os melhores dias, e as mais fundas saudades. Crede, senhor D. Manuel, podeis crer que as mais fundas saudades cá me ficam.

D. MANUEL — Tornareis, tornareis...

CAMÕES — E ela? Já o saberá ela?

D. MANUEL — Cuido que o senhor D. Antônio foi dizer-lho em pessoa. Deus! Aí vêm eles.

CENA XVI

OS MESMOS, D. ANTÔNIO DE LIMA, D. CATARINA DE ATAÍDE

(*D. Antônio aparece à porta da esquerda, trazendo D. Catarina pela mão. — D. Catarina vem profundamente abatida.*)

D. CATARINA *(à parte, vendo Camões)* — Ele! Dai-me forças, meu Deus! *(D. Antônio corteja os dois, e segue na direção do fundo. Camões dá um passo para falar-lhe, mas D. Manuel contém-no. D. Catarina, prestes a sair, volve a cabeça para trás.)*

CENA XVII

D. MANUEL DE PORTUGAL, CAMÕES

CAMÕES — Ela aí vai... talvez para sempre... Credes que para sempre?

D. MANUEL — Não. Saiamos!

CAMÕES — Vamos lá; deixemos estas salas que tão funestas me foram. *(Indo ao fundo e olhando para dentro.)* Ela aí vai, a minha estrela, aí vai a resvalar no abismo, donde não sei se a levantarei mais... Nem eu... *(voltando-se para D.Manuel)* nem vós, meu amigo, nem vós que me quereis tanto, ninguém.

D. MANUEL — Desanimais depressa, Luís. Por que ninguém?

CAMÕES — Não saberia dizer-vos; mas sinto-o aqui no coração. Essa clara luz, essa doce madrugada da minha vida, apagou-se agora mesmo, e de uma vez.

D. MANUEL — Confiai em mim, nos meus amigos, nos vossos amigos. Irei ter com eles; induzi-los-ei a...

CAMÕES — A quê? A mortificarem um camareiro-mor, a fim de servir um triste escudeiro, que já estará caminho de África?

D. MANUEL — Ides a África?

CAMÕES — Pode ser; sinto umas tonteiras africanas. Pois que me fecham a porta dos amores, abrirei eu mesmo as da guerra. Irei lá pelejar, ou não sei se morrer... África, disse eu? Pode ser que Ásia também, ou Ásia só; o que me der na imaginação.

D. MANUEL — Saiamos.

CAMÕES — E agora, adeus, infiéis paredes; sede ao menos compassivas; guardai-ma, guardai-ma bem, a minha formosa D. Catarina! (*A D. Manuel.*) Credes que tenho vontade de chorar?

D. MANUEL — Saiamos, Luís!

CAMÕES — E não choro, não; não choro... não quero... *(Forcejando por ser alegre.)* Vedes? até rio! Vou-me para bem longe. Considerando bem, Ásia é melhor; lá rematou a audácia lusitana o seu edifício, lá irei escutar o rumor dos passos do nosso Vasco. E este sonho, esta quimera, esta cousa que me flameja cá dentro, quem sabe se... Um grande sonho, senhor D. Manuel... Vede lá, ao longe, na imensidade desses mares, nunca dantes navegados, uma figura rútila, que se debruça dos balcões da aurora, coroada de palmas indianas? É a nossa glória, é a nossa glória que alonga os olhos, como a pedir o seu esposo ocidental. E nenhum lhe vai dar o ósculo que a fecunde; nenhum filho desta terra, nenhum que empunhe a tuba da imortalidade, para dizê-la aos quatro ventos do céu... Nenhum... *(Vai amortecendo a voz.)* Nenhum... (*Pausa, fita D. Manuel como se acordasse e dá de ombros*.) Uma grande quimera, senhor D. Manuel. Vamos ao nosso desterro.

ENTRE 1892 E 1894

VAE SOLI!

1892, julho.

Um dia desta semana, farto de vendavais, naufrágios, boatos, mentiras, polêmicas, farto de ver como se descompõem os homens, acionistas e diretores, importadores e industriais, farto de mim, de ti, de todos, de um tumulto sem vida, de um silêncio sem quietação, peguei de uma página de anúncios, e disse comigo:

— Eia, passemos em revista as procuras e ofertas, caixeiros desempregados, pianos, magnésias, sabonetes, oficiais de barbeiro, casas para alugar, amas-de-leite, cobradores,coqueluche, hipotecas, professores, tosses crônicas...

E o meu espírito, estendendo e juntando as mãos e os braços, como fazem os nadadores, que caem do alto, mergulhou por uma coluna abaixo. Quando voltou à tona, trazia entre os dedos esta pérola:

"Uma viúva interessante, distinta, de boa família e independente de meios, deseja encontrar por esposo um homem de meia idade, sério, instruído, e também com meios de vida, *que esteja como ela cansado de viver só;* resposta por carta ao escritório desta folha, com as iniciais M. R..., anunciando, a fim de ser procurada essa carta."

Gentil viúva, eu não sou o homem que procuras, mas desejava ver-te, ou, quando menos, possuir o teu retrato, porque tu não és qualquer pessoa, tu vales alguma cousa mais que o comum das mulheres. *Ai de quem está só!* dizem as sagradas letras; mas não foi a religião que te inspirou esse anúncio. Nem motivo teológico, nem metafísico. Positivo também não, porque o positivismo é infenso às segundas núpcias. Que foi então, senão a triste, longa e aborrecida experiência? Não queres amar; estás cansada de viver só.

E a cláusula de ser o esposo outro aborrecido, farto de solidão, mostra que tu não queres enganar, nem sacrificar ninguém. Ficam desde já excluídos os sonhadores, os que amem o mistério e procurem justamente esta ocasião de comprar um bilhete na loteria da vida. Que não pedes um diálogo de amor, é claro, desde que impões a cláusula da meia-idade, zona em que as paixões arrefecem, onde as flores vão perdendo a cor purpúrea e o viço eterno. Não há de ser um náufrago, à espera de uma tábua de salvação, pois que exiges que também possua. E há de ser instruído, para encher com as luzes do espírito as longas noites do coração, e contar (sem as mãos presas) a tomada de Constantinopla.

Viúva dos meus pecados, quem és tu que sabes tanto? O teu anúncio lembra a carta de certo capitão da guarda de Nero. Rico, interessante, aborrecido, como tu, escreveu um dia ao grave Sêneca, perguntando-lhe como se havia de curar do tédio que sentia, e explicava-se por figura: "Não é a tempestade que me aflige, é o enjôo do mar." Viúva minha, o que tu queres realmente, não é um marido, é um remédio contra o enjôo. Vês que a travessia ainda é longa, — porque a tua idade está entre trinta e dous e trinta e oito anos, — o mar é agitado, o navio joga muito; precisas de um preparado para matar esse mal cruel e indefinível. Não te contentas com o remédio de Sêneca, que era justamente a solidão, "a vida retirada, em que a alma acha todo o seu sossego". Tu já provaste esse preparado; não te fez nada. Tentas outro; mas queres menos um companheiro que uma companhia.

Pode ser que a esta hora já tenhas achado o esposo nas condições definidas. Não estás ainda casada, porque é preciso fazer correr os pregões, e tens alguns dias diante de ti, para examinar bem o homem. Lembra-te de Xisto V, amiga minha; não vá ele sair, em vez de um coração arrimado à bengala, um coração com pernas, e umas pernas com músculos e sangue; não vás tu ouvir, em vez da tomada de Constantinopla, a queda de Margarida nos braços de Fausto. Há desses corações, nevados por cima, como estão agora as serras do Itatiaia e de Itajubá, e contendo em si as lavas que o Etna está cuspindo desde alguns dias.

Mas, se ele te sair o que queres, que grande prêmio de loteria! Junto à amurada do navio, vendo a fúria do mar e dos ventos, tu ouvirás muitas cousas sérias e graciosas a um tempo, seguindo com os olhos a fúria dos ventos e o tumulto das ondas, livre do enjôo, como pedia aquele capitão de Nero, e por diferente regímen do que lhe aconselhou o filósofo. E a tua conclusão será como a tua premissa: em caso de tédio, antes um marido que nada.

SALTEADORES DA TESSÁLIA

1893, novembro

Tudo isto cansa, tudo isto exaure. Este sol é o mesmo sol, debaixo do qual, segundo uma palavra antiga, nada existe que seja novo. A lua não é outra lua. O céu azul ou embruscado, as estrelas e as nuvens, o galo da madrugada, é tudo a mesma cousa. Lá vai um para a banca da advocacia, outro para o gabinete médico, este vende, aquele compra, aquele outro empresta, enquanto a chuva cai ou não cai, e o vento sopra ou não; mas sempre o mesmo vento e a mesma chuva. Tudo isto cansa, tudo isto exaure.

Tal era a reflexão que eu fazia comigo, quando me trouxeram os jornais. Que me diriam eles que não fosse velho? A guerra é velha, quase tão velha como a paz. Os próprios diários são decrépitos. A primeira crônica do mundo é justamente a que conta a primeira semana dele, dia por dia, até o sétimo em que o Senhor descansou. O cronista bíblico omite a causa do descanso divino; podemos supor que não foi outra senão o sentimento da caducidade da obra.

Repito, que me trariam os diários? As mesmas notícias locais e estrangeiras, os furtos do Rio e de Londres, as damas da Bahia e de Constantinopla, um incêndio em Olinda, uma tempestade em Chicago, as cebolas do Egito, os juízes de Berlim, a paz de Varsóvia, os *Mistérios de Paris,* a *Lua de Londres,* o *Carnaval de Veneza...* Abri-os sem curiosidade, li-os sem interesse, deixando que os olhos caíssem pelas colunas abaixo, ao peso do próprio fastio. Mas os diabos estacaram de repente, leram, releram e mal puderam crer o que liam. Julgai por vós mesmos.

Antes de ir adiante, é preciso saber a idéia que faço de um legislador, e a que faço de um salteador. Provavelmente, é a vossa. O legislador é o homem deputado pelo povo para votar os seus impostos e leis. É um cidadão ordeiro, ora implacável e violento, ora tolerante e brando, membro de uma câmara que redige, discute e vota as regras do governo, os deveres do cidadão, as penas do crime. O salteador é o contrário. O ofício deste é justamente infringir as leis que o outro decreta. Inimigo delas, contrário à sociedade e à humanidade, tem por gosto, prática e religião tirar a bolsa aos homens, e, se for preciso, a vida. Foge naturalmente aos tribunais, e, por antecipação, aos agentes de polícia. A sua arma é uma espingarda; para que lhe serviriam penas, a não serem de ouro? Uma espingarda, um punhal, olho vivo, pé leve, e mato, eis tudo o que ele pede ao céu. O mais é com ele.

Dadas estas noções elementares, imaginai com que alvoroço li esta notícia de uma de nossas folhas: "Na Grécia foi preso o deputado Talis, e expediu-se ordem de prisão contra outros deputados, por fazerem parte de uma quadrilha de salteadores, que infesta a província da Tessália." Dou-vos dez minutos de incredulidade para o caso de não haverdes lido a notícia; e, se vos acomodais da monotonia da vida, podeis clamar contra semelhante acumulação. Chamai bárbara à moderna Grécia, chamai-lhe opereta, pouco importa. Eu chamo-lhe sublime.

Sim, essa mistura de discurso e carabina, esse apoiar o ministério com um voto de confiança às duas horas da tarde, e ir espreitá-lo às cinco, à beira da estrada, para tirar-lhe os restos do subsídio, não é comum, nem rara, é única. As instituições parlamentares não apresentam em parte nenhuma esta variante. Ao contrário, quaisquer que sejam as modificações de clima, de raça ou de costumes, o regímen das câmaras difere pouco, e, ainda que difira muito, não irá ao ponto de pôr na mesma curul Catão e Caco.[20] Há alguma cousa nova debaixo do sol.

Durante meia hora fiquei como fora de mim. A situação é, na verdade, aristofanesca. Só a mão de grande cômico podia inventar e cumprir tão extraordinária facécia. A folha que dá a notícia, não conta nada da provável confusão de linguagem que há de haver nos dous ofícios. Quando algum daqueles deputados tivesse de falar na câmara, em vez de pedir a palavra, podia muito bem pedir a bolsa ou a vida. Vice-versa, agredindo um viajante, pedir-lhe-ia dous minutos de atenção. E nada ficaria, em absoluto, fora do seu lugar; com dous minutos de atenção se tira o relógio a um homem, e mais de um na câmara preferiria entregar a bolsa a ouvir um discurso.

Mas, por todos os deuses do Olimpo! não há gosto perfeito na terra. No melhor da alegria, acudiu-me à lembrança o livro de Edmond About, onde me pareceu que havia alguma cousa semelhante à notícia. Corri a ele; achei a cena dos maniotas, que ameaçavam brandamente um dos amigos do autor, se lhes não desse uma pequena quantia. O chefe do grupo era empregado subalterno da administração local. About chega, ameaça por sua vez os homens, e, para assustá-los, cita o nome de um deputado para quem levava carta de recomendação. "Fulano! exclamou o chefe da quadrilha, rindo; conheço muito, é dos nossos."

Assim, pois, nem isto é novo! Já existia há quarenta anos! A novidade está no mandado de prisão, se é a primeira vez que ele se expede, ou se até agora os homens faziam um dos dous ofícios discretamente. Fiquei triste. Eis aí, tornamos à velha divisão de classes, que a terra de Homero podia destruir pela forma audaz de Talis. Aí volta a monotonia das funções separadas, isto é, uma restrição à liberdade das profissões. A própria poesia perde com isto; ninguém ignora que o salteador, na arte, é um caráter generoso e nobre. Talis, se é assim que se lhe escreve o nome, pode ser que tivesse ganho um par de sapatos a tiro de espingarda; mas estou certo que proporia na câmara uma pensão à viúva da vítima. São duas operações diversas, e a diversidade é o próprio espírito grego. Adeus, minha ilusão de um instante! Tudo continua a ser velho: *nihil sub sole novum.*[21]

Eu pediria o perdão de Talis, se pudesse ser ouvido. Condenem os demais, se querem, mas deixem um, Talis ou outro qualquer, um funcionário duplo, que tire ao

20. Na mitologia romana, Caco era um salteador monstruoso, filho de Vulcano; Catão, o Censor, foi um político romano, célebre pela austeridade dos seus princípios.

21. Latim: "nada de novo sob o sol".

parlamento grego o aspecto de uma instituição aborrecida. Que a Hélade deite os ministérios abaixo, se lhe apraz, mas não atire às águas do Eurotas um elemento de aventura e de poesia. Acabou com o turco, acabe com este modernismo, que é outro turco, diferente do primeiro em não ser silencioso. Não esqueça que Byron, um dos seus grandes amigos, deixou o parlamento britânico para fugir à discussão da resposta à fala do trono. E repare que não há, entre os seus poemas, nenhum que se chame *O presidente do conselho,* mas há um que se chama *O Corsário*.

O SERMÃO DO DIABO

1893, setembro.

Nem sempre respondo por papéis velhos; mas aqui está um que parece autêntico; e, se o não é, vale pelo texto, que é substancial. É um pedaço do evangelho do Diabo, justamente um sermão da montanha, à maneira de S. Mateus. Não se apavorem as almas católicas. Já Santo Agostinho dizia que "a igreja do Diabo imita a igreja de Deus". Daí a semelhança entre os dois evangelhos. Lá vai o do Diabo:

"1º E vendo o Diabo a grande multidão de povo, subiu a um monte, por nome Corcovado, e, depois de se ter sentado, vieram a ele os seus discípulos.

"2º E ele, abrindo a boca, ensinou dizendo as palavras seguintes.

"3º Bem-aventurados aqueles que embaçam, porque eles não serão embaçados.

"4º Bem-aventurados os afoutos, porque eles possuirão a terra.

"5º Bem-aventurados os limpos das algibeiras, porque eles andarão mais leves.

"6º Bem-aventurados os que nascem finos, porque eles morrerão grossos.

"7º Bem-aventurados sois, quando vos injuriarem e disserem todo o mal, por meu respeito.

"8º Folgai e exultai, porque o vosso galardão é copioso na terra.

"9º Vós sois o sal do *money market*.[22] E se o sal perder a força, com que outra cousa se há de salgar?

"10. Vós sois a luz do mundo. Não se põe uma vela acesa debaixo de um chapéu, pois assim se perdem o chapéu e a vela.

"11. Não julgueis que vim destruir as obras imperfeitas, mas refazer as desfeitas.

"12. Não acrediteis em sociedades arrebentadas. Em verdade vos digo que todas se consertam, e se não for com remendo da mesma cor, será com remendo de outra cor.

"13. Ouvistes que foi dito aos homens: Amai-vos uns aos outros. Pois eu digo-vos: Comei-vos uns aos outros; melhor é comer que ser comido; o lombo alheio é muito mais nutritivo que o próprio.

"14. Também foi dito aos homens: Não matareis a vosso irmão, nem a vosso inimigo, para que não sejais castigados. Eu digo-vos que não é preciso matar a vosso irmão para ganhardes o reino da terra; basta arrancar-lhe a última camisa.

"15. Assim, se estiveres fazendo as tuas contas, e te lembrar que teu irmão anda meio desconfiado de ti, interrompe as contas, sai de casa, vai ao encontro de teu irmão na rua, restitui-lhe a confiança, e tira-lhe o que ele ainda levar consigo.

22. Inglês: "mercado do dinheiro".

"16. Igualmente ouvistes que foi dito aos homens: Não jurareis falso, mas cumpri ao Senhor os teus[23] juramentos.

"17. Eu, porém, vos digo que não jureis nunca a verdade, porque a verdade nua e crua, além de indecente, é dura de roer; mas jurai sempre e a propósito de tudo, porque os homens foram feitos para crer antes nos que juram falso, do que nos que não juram nada. Se disseres que o sol acabou, todos acenderão velas.

"18. Não façais as vossas obras diante de pessoas que possam ir contá-lo à polícia.

"19. Quando, pois, quiserdes tapar um buraco, entendei-vos com algum sujeito hábil, que faça treze de cinco e cinco.

"20. Não queirais guardar para vós tesouros na terra, onde a ferrugem e a traça os consomem, e donde os ladrões os tiram e levam.

"21. Mas remetei os vossos tesouros para algum banco de Londres, onde [nem] a ferrugem, nem a traça os consomem, nem os ladrões os roubam, e onde ireis vê-los no dia do juízo.

"22. Não vos fieis uns nos outros. Em verdade vos digo, que cada um de vós é capaz de comer o seu vizinho, e boa cara não quer dizer bom negócio.

"23. Vendei gato por lebre, e concessões ordinárias por excelentes, a fim de que a terra se não despovoe das lebres, nem as más concessões pereçam nas vossas mãos.

"24. Não queirais julgar para que não sejais julgados; não examineis os papéis do próximo para que ele não examine os vossos, e não resulte irem os dous para a cadeia, quando é melhor não ir nenhum.

"25. Não tenhais medo às assembléias de acionistas, e afagai-as de preferência às simples comissões, porque as comissões amam a vanglória e as assembléias as boas palavras.

"26. As porcentagens são as primeiras flores do capital; cortai-as logo, para que as outras flores brotem mais viçosas e lindas.

"27. Não deis conta das contas passadas, porque passadas são as contas contadas, e perpétuas as contas que se não contam.

"28. Deixai falar os acionistas prognósticos; uma vez aliviados, assinam de boa vontade.

"29. Podeis excepcionalmente amar a um homem que vos arranjou um bom negócio; mas não até o ponto de o não deixar com as cartas na mão, se jogardes juntos.

"30. Todo aquele que ouve estas minhas palavras, e as observa, será comparado ao homem sábio, que edificou sobre a rocha e resistiu aos ventos; ao contrário do homem sem consideração, que edificou sobre a areia, e fica a ver navios...

Aqui acaba o manuscrito que me foi trazido pelo próprio Diabo, ou alguém por ele; mas eu creio que era o próprio. Alto, magro, barbícula ao queixo, ar de Mefistófeles.

Fiz-lhe uma cruz com os dedos e ele sumiu-se. Apesar de tudo, não respondo pelo papel, nem pelas doutrinas, nem pelos erros de cópia.

23. Está assim nas ed. Garnier. No versículo seguinte também ocorre uma estranha discordância: *disseres* por *disserdes*.

A CENA DO CEMITÉRIO

1894, junho.

Não mistureis alhos com bugalhos; é o melhor conselho que posso dar às pessoas que lêem de noite na cama. A noite passada, por infringir essa regra, tive um pesadelo horrível. Escutai; não perdereis os cinco minutos de audiência.

Foi o caso que, como não tinha acabado de ler os jornais de manhã, fi-lo à noite. Pouco já havia que ler, três notícias e a cotação da praça. Notícias da manhã, lidas à noite, produzem sempre o efeito de modas velhas, donde concluo que o melhor encanto das gazetas está na hora em que aparecem. A cotação da praça, conquanto tivesse a mesma feição, não a li com igual indiferença, em razão das recordações que trazia do ano terrível (1890-91).[24] Gastei mais tempo a lê-la e relê-la. Afinal pus os jornais de lado, e, não sendo tarde, peguei de um livro, que acertou de ser Shakspeare. O drama era *Hamlet*. A página, aberta ao acaso, era a cena do cemitério, ato V. Não há que dizer ao livro nem à página; mas essa mistura de poesia e cotação de praça, de gente morta e dinheiro vivo, não podia gerar nada bom; eram alhos com bugalhos.

Sucedeu o que era de esperar; tive um pesadelo. A princípio, não pude dormir; voltava-me de um lado para outro, vendo as figuras de Hamlet e de Horácio, os coveiros e as caveiras, ouvindo a balada e a conversação. A muito custo, peguei no sono. Antes não pegasse! Sonhei que era Hamlet; trazia a mesma capa negra, as meias, o gibão e os calções da mesma cor. Tinha a própria alma do príncipe da Dinamarca. Até aí nada houve que me assustasse. Também não me aterrou ver, ao pé de mim, vestido de Horácio, o meu fiel criado José. Achei natural; ele não o achou menos. Saímos de casa para o cemitério; atravessamos uma rua que nos pareceu ser a Primeiro de Março e entramos em um espaço que era metade cemitério, metade sala. Nos sonhos há confusões dessas, imaginações duplas ou incompletas, mistura de cousas opostas, dilacerações, desdobramentos inexplicáveis; mas, enfim, como eu era Hamlet e ele Horácio, tudo aquilo devia ser cemitério. Tanto era que ouvimos logo a um dos coveiros esta estrofe:

> Era um título novinho,
> Valia mais de oitocentos;
> Agora que está velhinho
> Não chega a valer duzentos.

24. Foi entre 1890 e 1891 o período de grande agitação financeira conhecido como Encilhamento, durante o qual o desenfreado movimento da Bolsa provocou a perda de consideráveis fortunas.

Entramos e escutamos. Como na tragédia, deixamos que os coveiros falassem entre si, enquanto faziam a cova de Ofélia. Mas os coveiros eram ao mesmo tempo corretores, e tratavam de ossos e papéis. A um deles ouvia bradar que tinha trinta ações da Companhia Promotora das Batatas Econômicas. Respondeu-lhe outro que dava cinco mil-réis por elas. Achei pouco dinheiro e disse isto mesmo a Horácio, que me respondeu, pela boca de José: "Meu senhor, as batatas desta companhia foram prósperas enquanto os portadores dos títulos não as foram plantar. A economia da nobre instituição consistia justamente em não plantar o precioso tubérculo; uma vez que o plantassem era indício certo da decadência e da morte."

Não entendi bem; mas os coveiros, fazendo saltar caveiras do solo, iam dizendo graças e apregoando títulos. Falavam de bancos, do Banco Único, do Banco Eterno, do Banco dos Bancos, e os respectivos títulos eram vendidos ou não, segundo oferecessem por eles sete tostões ou duas patacas. Não eram bem títulos nem bem caveiras; eram as duas cousas juntas, uma fusão de aspectos, letras com buracos de olhos, dentes por assinaturas. Demos mais alguns passos, até que eles nos viram. Não se admiraram; foram indo com o trabalho de cavar e vender. — Cem da Companhia Balsâmica! — Três mil-réis. — São suas. — Vinte e cinco da Companhia Salvadora! — Mil-réis! — Dous mil-réis — Dous mil e cem! E duzentos! — E quinhentos! — São suas.

Cheguei-me a um, ia a falar-lhe, quando fui interrompido pelo próprio homem: "— Pronto Alívio! meus senhores! Dez do Banco Pronto Alívio! Não dão nada, meus senhores? Pronto Alívio! senhores... Quanto dão? Dous tostões? Oh! não! não! valem mais! Pronto Alívio! Pronto Alívio!" O homem calou-se afinal, não sem ouvir de outro coveiro que, como alívio, o banco não podia ter sido mais pronto. Faziam trocadilhos, como os coveiros de Shakspeare. Um deles, ouvindo apregoar sete ações do Banco Pontual, disse que tal banco foi realmente pontual até o dia em que passou do ponto à reticência. Como espírito, não era grande cousa; daí a chuva de tíbias que caiu em cima do autor. Foi uma cena lúgubre e alegre ao mesmo tempo. Os coveiros riam, as caveiras riam, as árvores, torcendo-se aos ventos da Dinamarca, pareciam torcer-se de riso, e as covas abertas riam, à espera que fossem chorar sobre elas.

Surdiram muitas outras caveiras ou títulos. Da Companhia Exploradora de Além-Túmulo apareceram cinqüenta e quatro, que se venderam a dez réis. O fim desta companhia era comprar para cada acionista um lote de trinta metros quadrados no Paraíso. Os primeiros títulos, em março de 1891, subiram a conto de réis; mas se nada há seguro neste mundo conhecido, pode havê-lo no incognoscível? Esta dúvida entrou no espírito do caixa da companhia, que aproveitou a passagem de um paquete transatlântico, para ir consultar um teólogo europeu, levando consigo tudo o que havia mais cognoscível entre os valores. Foi um coveiro que me contou este antecedente da companhia. Eis aqui, porém, surdiu uma voz do fundo da cova, que estavam abrindo. Uma *debenture*! uma *debenture*!

Era já outra cousa. Era uma *debenture*. Cheguei-me ao coveiro, e perguntei que era que estava dizendo. Repetiu o nome do título. Uma *debenture*? — Uma *debenture*. Deixe ver, amigo. E, pegando nela, como Hamlet, exclamei, cheio de melancolia:

— *Alas, poor Yorick*![25] Eu o conheci, Horácio. Era um título magnífico. Estes buracos de olhos foram algarismos de brilhantes, safiras e opalas. Aqui, onde foi nariz, havia um promontório de marfim velho lavrado; eram de nácar estas faces, os dentes de ouro, as orelhas de granada e safira. Desta boca saíam as mais sublimes promessas em estilo alevantado e nobre. Onde estão agora as belas palavras de outro tempo? Prosa eloqüente e fecunda, onde param os longos períodos, as frases galantes, a arte com que fazias ver a gente cavalos soberbos com ferraduras de prata e arreios de ouro? Onde os carros de cristal, as almofadas de cetim? Diz-me cá, Horácio.

— Meu senhor...

— Crês que uma letra de Sócrates esteja hoje no mesmo estado que este papel?

— Seguramente.

— Assim que, uma promessa de dívida do nobre Sócrates não será hoje mais que uma *debenture* escangalhada?

— A mesma cousa.

— Até onde podemos descer, Horácio! Uma letra de Sócrates pode vir a ter os mais tristes empregos deste mundo; limpar os sapatos, por exemplo. Talvez ainda valha menos que esta *debenture*.

— Saberá Vossa Senhoria que eu não dava nada por ela.

— Nada? Pobre Sócrates! Mas espera, calemo-nos, aí vem um enterro.

Era o enterro de Ofélia. Aqui o pesadelo foi-se tornando cada vez mais aflitivo. Vi os padres, o rei e a rainha, o séqüito, o caixão. Tudo se me fez turvo e confuso. Vi a rainha deitar flores sobre a defunta. Quando o jovem Laertes saltou dentro da cova, saltei também; ali dentro atracámo-nos, esbofeteámo-nos. Eu suava, eu matava, eu sangrava, eu gritava...

— Acorde, patrão! acorde!

25. Inglês: "Ai de ti, pobre Yorick!"

CANÇÃO DE PIRATAS

1894, julho.

Telegrama da Bahia refere que o Conselheiro está em Canudos com 2.000 homens (dous mil homens) perfeitamente armados. Que Conselheiro? O Conselheiro. Não lhe ponhas nome algum, que é sair da poesia e do mistério. É o Conselheiro, um homem, dizem que fanático, levando consigo a toda a parte aqueles dous mil legionários. Pelas últimas notícias tinha já mandado um contingente a Alagoinhas. Temem-se no Pombal e outros lugares os seus assaltos.

Jornais recentes afirmam também que os célebres clavinoteiros de Belmonte têm fugido, em turmas, para o sul, atravessando a comarca de Porto Seguro. Essa outra horda, para empregar o termo do profano vulgo que odeio,[26] não obedece ao mesmo chefe. Tem outro ou mais de um, entre eles o que responde ao nome de Cara de Graxa. Jornais e telegramas dizem dos clavinoteiros e dos sequazes do Conselheiro que são criminosos; nem outra palavra pode sair de cérebros alinhados, registrados, qualificados, cérebros eleitores e contribuintes. Para nós, artistas, é a renascença, é um raio de sol que, através da chuva miúda e aborrecida, vem dourar-nos a janela e a alma. É a poesia que nos levanta do meio da prosa chilra e dura deste fim de século. Nos climas ásperos, a árvore que o inverno despiu, é novamente enfolhada pela primavera, essa eterna florista que aprendeu não sei onde e não esquece o que lhe ensinaram. A arte é a árvore despida; eis que lhe rebentam folhas novas e verdes.

Sim, meus amigos. Os dous mil homens do Conselheiro, que vão de vila em vila, assim como os clavinoteiros de Belmonte, que se metem pelo sertão, comendo o que arrebatam, acampando em vez de morar, levando moças naturalmente, moças cativas, chorosas e belas, são os piratas dos poetas de 1830. Poetas de 1894, aí tendes matéria nova e fecunda. Recordai vossos pais; cantai, como Hugo, a canção dos piratas:

> En mer, les hardis écumeurs!
> Nous allions de Fez à Catane...[27]

Entrai pela Espanha, é ainda a terra da imaginação de Hugo, esse homem de todas as pátrias; puxai pela memória, ouvireis Espronceda dizer outra canção de pirata, um que desafia a ordem e a lei, como o nosso Conselheiro. Ide a Veneza; aí Byron recita

26. Reminiscência do verso do poeta latino Horácio (*Odes*, III, 1, 1) "*Odi profanum vulgus*" ("odeio o vulgo profano").
27. Francês: "Ao mar, audazes corsários! / Nós íamos de Fez a Catânia..."

os versos do *Corsário* no regaço da bela Guiccioli. Tornai à nossa América, onde Gonçalves Dias também cantou o seu pirata. Tudo pirata. O romantismo é a pirataria, é o banditismo, é a aventura do salteador que estripa um homem e morre por uma dama.

Crede-me, esse Conselheiro que está em Canudos com os seus dous mil homens, não é o que dizem telegramas e papéis públicos. Imaginai uma legião de aventureiros galantes, audazes, sem ofício nem benefício, que detestam o calendário, os relógios, os impostos, as reverências, tudo o que obriga, alinha a apruma. São homens fartos desta vida social e pacata, os mesmos dias, as mesmas caras, os mesmos acontecimentos, os mesmos delitos, as mesmas virtudes. Não podem crer que o mundo seja uma secretaria de Estado, com o seu livro do ponto, hora de entrada e de saída, e desconto por faltas. O próprio amor é regulado por lei; os consórcios celebram-se por um regulamento em casa do pretor, e por um ritual na casa de Deus, tudo com a etiqueta dos carros e casacas, palavras simbólicas, gestos de convenção. Nem a morte escapa à regulamentação universal; o finado há de ter velas e responsos, um caixão fechado, um carro que o leve, uma sepultura numerada, como a casa em que viveu... Não, por Satanás! Os partidários do Conselheiro lembraram-se dos piratas românticos, sacudiram as sandálias à porta da civilização e saíram à vida livre.

A vida livre, para evitar a morte igualmente livre, precisa comer, e daí alguns possíveis assaltos. Assim também o amor livre. Eles não irão às vilas pedir moças em casamento. Suponho que se casam a cavalo, levando as noivas à garupa, enquanto as mães ficam soluçando e gritando à porta das casas ou à beira dos rios. As esposas do Conselheiro, essas são raptadas em verso, naturalmente:

> Sa Hautesse aime les primeurs,
> Nous vous ferons mahométane... [28]

Maometana ou outra cousa, pois nada sabemos da religião desses, nem dos clavinoteiros, a verdade é que todas elas se afeiçoarão ao regímen, se regímen se pode chamar a vida errática. Também há estrelas erráticas, dirão elas, para se consolarem. Que outra cousa podemos supor de tamanho número de gente? Olhai que tudo cresce, que os exércitos de hoje não são já os dos tempos românticos, nem as armas, nem os legisladores, nem os contribuintes, nada. Quando tudo cresce, não se há de exigir que os aventureiros de Canudos, Alagoinhas e Belmonte contem ainda aquele exíguo número de piratas da cantiga:

> Dans la galère capitane,
> Nous étions quatre-vingts rameurs,[29]

28. Francês: "Sua Alteza ama as novidades, / Nós vos faremos maometana..."
29. "Na galera capitânia, / Éramos oitenta remadores".

mas mil, dous mil, no mínimo. Do mesmo modo, ó poetas, devemos compor versos extraordinários e rimas inauditas. Fora com as cantigas de pouco fôlego. Vamos fazê-las de mil estrofes, com estribilho de cinqüenta versos, e versos compridos, dous decassílabos atados por um alexandrino e uma redondilha. Pélion sobre Ossa, versos de Adamastor, versos de Encélado. Rimemos o Atlântico com o Pacífico, a via-láctea com as areias do mar, ambições com malogros, empréstimos com calotes, tudo ao som das polcas que temos visto compor, vender e dançar só no Rio de Janeiro. Ó vertigem das vertigens!

GARNIER

1893, outubro.

Segunda-feira desta semana, o livreiro Garnier saiu pela primeira vez de casa para ir a outra parte que não a livraria. *Revertere ad locum tuum*[30] — está escrito no alto da porta do cemitério de S. João Batista. Não, murmurou ele talvez dentro do caixão mortuário, quando percebeu para onde o iam conduzindo, não é este o meu lugar; o meu lugar é na Rua do Ouvidor 71, ao pé de uma carteira de trabalho, ao fundo, à esquerda; é ali que estão os meus livros, a minha correspondência, as minhas notas, toda a minha escrituração.

Durante meio século, Garnier não fez outra cousa, senão estar ali, naquele mesmo lugar, trabalhando. Já enfermo desde alguns anos, com a morte no peito, descia todos os dias de Santa Teresa para a loja, de onde regressava antes de cair a noite. Uma tarde, ao encontrá-lo na rua, quando se recolhia, andando vagaroso, com os seus pés direitos, metido em um sobretudo, perguntei-lhe por que não descansava algum tempo. Respondeu-me com outra pergunta: *Pourriez-vous résister, si vous étiez forcé de ne plus faire ce que vous auriez fait pendant cinquante ans*?[31] Na véspera da morte, se estou bem informado, achando-se de pé, ainda planejou descer na manhã seguinte, para dar uma vista de olhos à livraria.

Essa livraria é uma das últimas casas da Rua do Ouvidor; falo de uma rua anterior e acabada. Não cito os nomes das que se foram, porque não as conheceríeis, vós que sois mais rapazes que eu, e abristes os olhos em uma rua animada e populosa onde se vendem, ao par de belas jóias, excelentes queijos. Uma das últimas figuras desaparecidas foi o Bernardo, o perpétuo Bernardo, cujo nome achei ligado aos charutos do duque de Caxias, que tinha fama de os fumar únicos, os quase únicos. Há casas como a Laemmert e o *Jornal do Comércio,* que ficaram e prosperaram, embora os fundadores se fossem; a maior parte, porém, desfizeram-se com os donos.

Garnier é das figuras derradeiras. Não aparecia muito; durante os 20 anos das nossas relações, conheci-o sempre no mesmo lugar, ao fundo da livraria, que a princípio era em outra casa, nº 69, abaixo da Rua Nova.[32] Não pude conhecê-lo na da Quitanda, onde se estabeleceu primeiro. A carteira é que pode ser a mesma, como o banco alto onde ele repousava, às vezes, de estar em pé. Aí vivia sempre, pena na mão, diante de um grande livro, notas soltas, cartas que assinava ou lia. Com o gesto obsequioso, a fala lenta, os olhos mansos, atendia a toda gente. Gostava de conversar

30. Latim: "Volta ao teu lugar" (isto é, ao barro de que foste feito).
31. Francês: "Poderia o Sr. resistir, se fosse forçado a não fazer mais o que fez durante cinqüenta anos?"
32. Atual Travessa do Ouvidor.

o seu pouco. Neste caso, quando a pessoa amiga chegava, se não era dia de mala, ou se o trabalho ia adiantado e não era urgente, tirava logo os óculos, deixando ver no centro do nariz uma depressão do longo uso deles. Depois vinham duas cadeiras. Pouco sabia da política da terra, acompanhava a de França, mas só o ouvi falar com interesse por ocasião da guerra de 1870. O francês sentiu-se francês. Não sei se tinha partido; presumo que haveria trazido da pátria, quando aqui aportou, as simpatias da classe média para com a monarquia orleanista. Não gostava do império napoleônico. Aceitou a república, e era grande admirador de Gambetta.

Daquelas conversações tranqüilas, algumas longas, estão mortos quase todos os interlocutores, Liais, Fernandes Pinheiro, Macedo, Joaquim Norberto, José de Alencar, para só indicar estes. De resto, a livraria era um ponto de conversação e de encontro. Pouco me dei com Macedo, o mais popular dos nossos autores, pela *Moreninha* e pelo *Fantasma Branco,* romance e comédia que fizeram as delícias de uma geração inteira. Com José de Alencar foi diferente; ali travamos as nossas relações literárias. Sentados os dous, em frente à rua, quantas vezes tratamos daqueles negócios de arte e poesia, de estilo e imaginação, que valem todas as canseiras deste mundo. Muitos outros iam ao mesmo ponto de palestra. Não os cito, porque teria de nomear um cemitério, e os cemitérios são tristes, não em si mesmos, ao contrário. Quando outro dia fui a enterrar o nosso velho livreiro, vi entrar no de S. João Batista, já acabada a cerimônia e o trabalho, um bando de crianças que iam divertir-se. Iam alegres, como quem não pisa memórias nem saudades. As figuras sepulcrais eram, para elas, lindas bonecas de pedra; todos esses mármores faziam um mundo único, sem embargo das suas flores mofinas, ou por elas mesmas, tal é a visão dos primeiros anos. Não citemos nomes.

Nem mortos, nem vivos. Vivos há-os ainda, e dos bons, que alguma cousa se lembrarão daquela casa e do homem que a fez e perfez. Editar obras jurídicas ou escolares, não é mui difícil; a necessidade é grande, a procura certa. Garnier, que fez custosas edições dessas, foi também editor de obras literárias, o primeiro e o maior de todos. Os seus catálogos estão cheios dos nomes principais, entre os nossos homens de letras. Macedo e Alencar, que eram os mais fecundos, sem igualdade de mérito, Bernardo Guimarães, que também produziu muito nos seus últimos anos, figuram ao pé de outros, que entraram já consagrados, ou acharam naquela casa a porta da publicidade e o caminho da reputação.

Não é mister lembrar o que era essa livraria tão copiosa e tão variada, em que havia tudo, desde a teologia até à novela, o livro clássico, a composição recente, a ciência e a imaginação, a moral e a técnica. Já a achei feita; mas vi-a crescer ainda mais, por longos anos. Quem a vê agora, fechadas as portas, trancados os mostradores, à espera da justiça, do inventário e dos herdeiros, há de sentir que falta alguma cousa à rua. Com efeito, falta uma grande parte dela, e bem pode ser que não volte, se a casa não conservar a mesma tradição e o mesmo espírito.

Pessoalmente, que proveito deram a esse homem as suas labutações? O gosto do trabalho, um gosto que se transformou em pena, porque no dia em que devera libertar-se dele, não pôde mais; o instrumento da riqueza era também o do castigo. Esta é uma das misericórdias da Divina Natureza. Não importa: *laboremus*.[33] Valha sequer a memória, ainda que perdida nas páginas dos dicionários biográficos. Perdure a notícia, ao menos, de alguém que neste país novo ocupou a vida inteira em criar uma indústria liberal, ganhar alguns milhares de contos de réis, para ir afinal dormir em sete palmos de uma sepultura perpétua. Perpétua!

33. Latim: "trabalhemos".

MACHADO DE ASSIS

RELÍQUIAS DE CASA VELHA

SOBRE ESTA EDIÇÃO

Duas edições teve *Relíquias de Casa Velha* em vida do Autor, ambas datadas de 1906, e que praticamente só divergem no colofão que vem ao pé do índice: na 1ª se lê: "Paris — H. Garnier, 6, rue des Saints-Pères, 317.10.1905 (CI.). P.D.", ou seja, impressa em outubro de 1905; na 2ª, só muda a data da impressão: "2.06", quer dizer, fevereiro de 1906.

Machado de Assis não reviu o texto para esta 2ª edição, que reproduz exatamente a composição da 1ª, inclusive os erros tipográficos e um ligeiro empastelamento na última linha da sua pág. 255, acrescentando-lhe outros devidos a queda ou quebra de tipos. Isso nos levou a tomar a 1ª como texto-base.

Tal como *Páginas Recolhidas,* este livro se compõe de peças de gênero variado: abre com o soneto "A Carolina" (é o 1º livro de M. de A. publicado após a morte da esposa); seguem-se nove contos, alguns dos quais (como "Suje-se Gordo!" e "Evolução") figuram sempre nas seletas; "Páginas Críticas e Comemorativas" e duas comédias — o que nos dá oportunidade de comprovar o versátil do talento do escritor.

Algumas das peças foram publicadas anteriormente em vários periódicos, segundo nos informa J. Galante de Sousa, entre 1897 e 1905; outras — como adverte o A. — são inéditas.

A.G.K.

NOTA:
O preparo desta edição foi facilitado graças à colaboração de Plínio Doyle, que possibilitou o acesso à sua Machadiana.

ADVERTÊNCIA

Uma casa tem muita vez as suas relíquias, lembranças de um dia ou de outro, da tristeza que passou, da felicidade que se perdeu. Supõe que o dono pense em as arejar e expor para teu e meu desenfado. Nem todas serão interessantes, não raras serão aborrecidas, mas, se o dono tiver cuidado, pode extrair uma dúzia delas que mereçam sair cá fora.

Chama-lhe à minha vida uma casa, dá o nome de relíquias aos inéditos e impressos que aqui vão, idéias, histórias, críticas, diálogos, e verás explicados o livro e o título. Possivelmente não terão a mesma suposta fortuna daquela dúzia de outras, nem todas valerão a pena de sair cá fora. Depende da tua impressão, leitor amigo, como dependerá de ti a absolvição da má escolha.

MACHADO DE ASSIS.

A CAROLINA

Querida, ao pé do leito derradeiro
Em que descansas dessa longa vida,
Aqui venho e virei, pobre querida,
Trazer-te o coração do companheiro.

Pulsa-lhe aquele afeto verdadeiro
Que, a despeito de toda a humana lida,
Fez a nossa existência apetecida
E num recanto pôs um mundo inteiro.

Trago-te flores, — restos arrancados
Da terra que nos viu passar unidos
E ora mortos nos deixa e separados.

Que eu, se tenho nos olhos malferidos
Pensamentos de vida formulados,
São pensamentos idos e vividos.

PAI CONTRA MÃE

A escravidão levou consigo ofícios e aparelhos, como terá sucedido a outras instituições sociais. Não cito alguns aparelhos senão por se ligarem a certo ofício. Um deles era o ferro ao pescoço, outro o ferro ao pé; havia também a máscara de folha-de-flandres. A máscara fazia perder o vício da embriaguez aos escravos, por lhes tapar a boca. Tinha só três buracos, dous para ver, um para respirar, e era fechada atrás da cabeça por um cadeado. Com o vício de beber, perdiam a tentação de furtar, porque geralmente era dos vinténs do senhor que eles tiravam com que matar a sede, e aí ficavam dous pecados extintos, e a sobriedade e a honestidade certas. Era grotesca tal máscara, mas a ordem social e humana nem sempre se alcança sem o grotesco, e alguma vez o cruel. Os funileiros as tinham penduradas, à venda, na porta das lojas. Mas não cuidemos de máscaras.

O ferro ao pescoço era aplicado aos escravos fujões. lmaginai uma coleira grossa, com a haste grossa também, à direita ou à esquerda, até ao alto da cabeça e fechada atrás com chave. Pesava, naturalmente, mas era menos castigo que sinal. Escravo que fugia assim, onde quer que andasse, mostrava um reincidente, e com pouco era pegado.

Há meio século, os escravos fugiam com freqüência. Eram muitos, e nem todos gostavam da escravidão. Sucedia ocasionalmente apanharem pancada, e nem todos gostavam de apanhar pancada. Grande parte era apenas repreendida; havia alguém de casa que servia de padrinho, e o mesmo dono não era mau; além disso, o sentimento da propriedade moderava a ação, porque dinheiro também dói. A fuga repetia-se, entretanto. Casos houve, ainda que raros, em que o escravo de contrabando, apenas comprado no Valongo, deitava a correr, sem conhecer as ruas da cidade. Dos que seguiam para casa, não raros, apenas ladinos, pediam ao senhor que lhes marcasse aluguel, e iam ganhá-lo fora, quitandando.

Quem perdia um escravo por fuga dava algum dinheiro a quem lho levasse. Punha anúncios nas folhas públicas, com os sinais do fugido, o nome, a roupa, o defeito físico, se o tinha, o bairro por onde andava e a quantia de gratificação. Quando não vinha a quantia, vinha promessa: "gratificar-se-á generosamente", — ou "receberá uma boa gratificação". Muita vez o anúncio trazia em cima ou ao lado uma vinheta, figura de preto, descalço, correndo, vara ao ombro, e na ponta uma trouxa. Protestava-se com todo o rigor da lei contra quem o acoutasse.

Ora, pegar escravos fugidos era um ofício do tempo. Não seria nobre, mas por ser instrumento da força com que se mantém a lei e a propriedade, trazia esta outra nobreza implícita das ações reivindicadoras. Ninguém se metia em tal ofício por desfastio ou estudo; a pobreza, a necessidade de uma achega, a inaptidão para outros trabalhos, o acaso, e alguma vez o gosto de servir também, ainda que por outra via, davam o impulso ao homem que se sentia bastante rijo para pôr ordem à desordem.

Cândido Neves, — em família, Candinho, — é a pessoa a quem se liga a história de uma fuga, cedeu à pobreza, quando adquiriu o ofício de pegar escravos fugidos.

Tinha um defeito grave esse homem, não agüentava emprego nem ofício, carecia de estabilidade; é o que ele chamava caiporismo. Começou por querer aprender tipografia, mas viu cedo que era preciso algum tempo para compor bem, e ainda assim talvez não ganhasse o bastante; foi o que ele disse a si mesmo. O comércio chamou-lhe a atenção, era carreira boa. Com algum esforço entrou de caixeiro para um armarinho. A obrigação, porém, de atender e servir a todos feria-o na corda do orgulho, e ao cabo de cinco ou seis semanas estava na rua por sua vontade. Fiel de cartório, contínuo de uma repartição anexa ao ministério do império, carteiro e outros empregos foram deixados pouco depois de obtidos.

Quando veio a paixão da moça Clara, não tinha ele mais que dívidas, ainda que poucas, porque morava com um primo, entalhador de ofício. Depois de várias tentativas para obter emprego, resolveu adotar o ofício do primo, de que aliás já tomara algumas lições. Não lhe custou apanhar outras, mas, querendo aprender depressa, aprendeu mal. Não fazia obras finas nem complicadas, apenas garras para sofás e relevos comuns para cadeiras. Queria ter em que trabalhar quando casasse, e o casamento não se demorou muito.

Contava trinta anos, Clara vinte e dous. Ela era órfã, morava com uma tia, Mônica, e cosia com ela. Não cosia tanto que não namorasse o seu pouco, mas os namorados apenas queriam matar o tempo; não tinham outro empenho. Passavam às tardes, olhavam muito para ela, ela para eles, até que a noite a fazia recolher para a costura. O que ela notava é que nenhum deles lhe deixava saudades nem lhe acendia desejos. Talvez nem soubesse o nome de muitos. Queria casar, naturalmente. Era, como lhe dizia a tia, um pescar de caniço, a ver se o peixe pegava, mas o peixe passava de longe; algum que parasse, era só para andar à roda da isca, mirá-la, cheirá-la, deixá-la e ir a outras.

O amor traz sobrescritos. Quando a moça viu Cândido Neves, sentiu que era este o possível marido, o marido verdadeiro e único. O encontro deu-se em um baile; tal foi — para lembrar o primeiro ofício do namorado, — tal foi a página inicial daquele livro, que tinha de sair mal composto e pior brochado. O casamento fez-se onze meses depois, e foi a mais bela festa das relações dos noivos. Amigas de Clara, menos por amizade que por inveja, tentaram arredá-la do passo que ia dar. Não negavam a gentileza do noivo, nem o amor que lhe tinha, nem ainda algumas virtudes; diziam que era dado em demasia a patuscadas.

— Pois ainda bem, replicava a noiva; ao menos, não caso com defunto.

— Não, defunto não; mas é que...

Não diziam o que era. Tia Mônica, depois do casamento, na casa pobre onde eles se foram abrigar, falou-lhes uma vez nos filhos possíveis. Eles queriam um, um só, embora viesse agravar a necessidade.

— Vocês, se tiverem um filho, morrem de fome, disse a tia à sobrinha.

— Nossa Senhora nos dará de comer, acudiu Clara.

Tia Mônica devia ter-lhes feito a advertência, ou ameaça, quando ele lhe foi pedir a mão da moça; mas também ela era amiga de patuscadas, e o casamento seria uma festa, como foi.

A alegria era comum aos três. O casal ria a propósito de tudo. Os mesmos nomes eram objeto de trocados, Clara, Neves, Cândido; não davam que comer, mas davam que rir, e o riso digeria-se sem esforço. Ela cosia agora mais, ele saía a empreitadas de uma cousa e outra; não tinha emprego certo.

Nem por isso abriam mão do filho. O filho é que, não sabendo daquele desejo específico, deixava-se estar escondido na eternidade. Um dia, porém, deu sinal de si a criança; varão ou fêmea, era o fruto abençoado que viria trazer ao casal a suspirada ventura. Tia Mônica ficou desorientada, Cândido e Clara riram dos seus sustos.

— Deus nos há de ajudar, titia, insistia a futura mãe.

A notícia correu de vizinha a vizinha. Não houve mais que espreitar a aurora do dia grande. A esposa trabalhava agora com mais vontade, e assim era preciso, uma vez que, além das costuras pagas, tinha de ir fazendo com retalhos o enxoval da criança. À força de pensar nela, vivia já com ela, media-lhe fraldas, cosia-lhe camisas. A porção era escassa, os intervalos longos. Tia Mônica ajudava, é certo, ainda que de má vontade.

— Vocês verão a triste vida, suspirava ela.

— Mas as outras crianças não nascem também? perguntou Clara.

— Nascem, e acham sempre alguma cousa certa que comer, ainda que pouco...

— Certa como?

— Certa, um emprego, um ofício, uma ocupação, mas em que é que o pai dessa infeliz criatura que aí vem, gasta o tempo?

Cândido Neves, logo que soube daquela advertência, foi ter com a tia, não áspero, mas muito menos manso que de costume, e lhe perguntou se já algum dia deixara de comer.

— A senhora ainda não jejuou senão pela semana santa, e isso mesmo quando não quer jantar comigo. Nunca deixamos de ter o nosso bacalhau...

— Bem sei, mas somos três.

— Seremos quatro.

— Não é a mesma cousa.

— Que quer então que eu faça, além do que faço?

— Alguma cousa mais certa. Veja o marceneiro da esquina, o homem do armarinho, o tipógrafo que casou sábado, todos têm um emprego certo... Não fique zangado; não digo que você seja vadio, mas a ocupação que escolheu, é vaga. Você passa semanas sem vintém.

— Sim, mas lá vem uma noite que compensa tudo, até de sobra. Deus não me abandona, e preto fugido sabe que comigo não brinca; quase nenhum resiste, muitos entregam-se logo.

Tinha glória nisto, falava da esperança como de capital seguro. Daí a pouco ria, e fazia rir à tia, que era naturalmente alegre, e previa uma patuscada no batizado.

Cândido Neves perdera já o ofício de entalhador, como abrira mão de outros muitos, melhores ou piores. Pegar escravos fugidos trouxe-lhe um encanto novo. Não obrigava a estar longas horas sentado. Só exigia força, olho vivo, paciência, coragem e um pedaço de corda. Cândido Neves lia os anúncios, copiava-os, metia-os no bolso e saía às pesquisas. Tinha boa memória. Fixados os sinais e os costumes de um escravo fugido, gastava pouco tempo em achá-lo, segurá-lo, amarrá-lo e levá-lo. A força era muita, a agilidade também. Mais de uma vez, a uma esquina, conversando de cousas remotas, via passar um escravo como os outros, e descobria logo que ia fugido, quem era, o nome, o dono, a casa deste e a gratificação; interrompia a conversa e ia atrás do vicioso. Não o apanhava logo, espreitava lugar azado, e de um salto tinha a gratificação nas mãos. Nem sempre saía sem sangue, as unhas e os dentes do outro trabalhavam, mas geralmente ele os vencia sem o menor arranhão.

Um dia os lucros entraram a escassear. Os escravos fugidos não vinham já, como dantes, meter-se nas mãos de Cândido Neves. Havia mãos novas e hábeis. Como o negócio crescesse, mais de um desempregado pegou em si e numa corda, foi aos jornais, copiou anúncios e deitou-se à caçada. No próprio bairro havia mais de um competidor. Quer dizer que as dívidas de Cândido Neves começaram a subir, sem aqueles pagamentos prontos ou quase prontos dos primeiros tempos. A vida fez-se difícil e dura. Comia-se fiado e mal; comia-se tarde. O senhorio mandava pelos aluguéis.

Clara não tinha sequer tempo de remendar a roupa ao marido, tanta era a necessidade de coser para fora. Tia Mônica ajudava a sobrinha, naturalmente. Quando ele chegava à tarde, via-se-lhe pela cara que não trazia vintém. Jantava e saía outra vez, à cata de algum fugido. Já lhe sucedia, ainda que raro, enganar-se de pessoa, e pegar em escravo fiel que ia a serviço de seu senhor; tal era a cegueira da necessidade. Certa vez capturou um preto livre; desfez-se em desculpas, mas recebeu grande soma de murros que lhe deram os parentes do homem.

— É o que lhe faltava! exclamou tia Mônica, ao vê-lo entrar, e depois de ouvir narrar o equívoco e suas conseqüências. Deixe-se disso, Candinho; procure outra vida, outro emprego.

Cândido quisera efetivamente fazer outra cousa, não pela razão do conselho, mas por simples gosto de trocar de ofício; seria um modo de mudar de pele ou de pessoa. O pior é que não achava à mão negócio que aprendesse depressa.

A natureza ia andando, o feto crescia, até fazer-se pesado à mãe, antes de nascer. Chegou o oitavo mês, mês de angústias e necessidades, menos ainda que o nono, cuja narração dispenso também. Melhor é dizer somente os seus efeitos. Não podiam ser mais amargos.

— Não, tia Mônica! bradou Candinho, recusando um conselho que me custa escrever, quanto mais ao pai ouvi-lo. Isso nunca!

Foi na última semana do derradeiro mês que a tia Mônica deu ao casal o conselho de levar a criança que nascesse à Roda dos enjeitados. Em verdade, não podia haver palavra mais dura de tolerar a dous jovens pais que espreitavam a criança, para beijá-la, guardá-la, vê-la rir, crescer, engordar, pular... Enjeitar quê? enjeitar como? Candinho arregalou os olhos para a tia, e acabou dando um murro na mesa de jantar. A mesa, que era velha e desconjuntada, esteve quase a se desfazer inteiramente. Clara interveio:

— Titia não fala por mal, Candinho.

— Por mal? replicou tia Mônica. Por mal ou por bem, seja o que for, digo que é o melhor que vocês podem fazer. Vocês devem tudo; a carne e o feijão vão faltando. Se não aparecer algum dinheiro, como é que a família há de aumentar? E depois, há tempo; mais tarde, quando o senhor tiver a vida mais segura, os filhos que vierem serão recebidos com o mesmo cuidado que este ou maior. Este será bem criado, sem lhe faltar nada. Pois então a Roda é alguma praia ou monturo? Lá não se mata ninguém, ninguém morre à toa, enquanto que aqui é certo morrer, se viver à míngua. Enfim...

Tia Mônica terminou a frase com um gesto de ombros, deu as costas e foi meter-se na alcova. Tinha já insinuado aquela solução, mas era a primeira vez que o fazia com tal franqueza e calor, — crueldade, se preferes. Clara estendeu a mão ao marido, como a amparar-lhe o ânimo; Cândido Neves fez uma careta, e chamou maluca à tia, em voz baixa. A ternura dos dous foi interrompida por alguém que batia à porta da rua.

— Quem é? perguntou o marido.

— Sou eu.

Era o dono da casa, credor de três meses de aluguel, que vinha em pessoa ameaçar o inquilino. Este quis que ele entrasse.

— Não é preciso...

— Faça favor.

O credor entrou e recusou sentar-se; deitou os olhos à mobília para ver se daria algo à penhora; achou que pouco. Vinha receber os aluguéis vencidos, não podia esperar mais; se dentro de cinco dias não fosse pago, pô-lo-ia na rua. Não havia trabalhado para regalo dos outros. Ao vê-lo, ninguém diria que era proprietário; mas a palavra supria o que faltava ao gesto, e o pobre Cândido Neves preferiu calar a retorquir. Fez uma inclinação de promessa e súplica ao mesmo tempo. O dono da casa não cedeu mais.

— Cinco dias ou rua! repetiu, metendo a mão no ferrolho da porta e saindo.

Candinho saiu por outro lado. Nesses lances não chegava nunca ao desespero, contava com algum empréstimo, não sabia como nem onde, mas contava. Demais, recorreu aos anúncios. Achou vários, alguns já velhos, mas em vão os buscava desde muito. Gastou algumas horas sem proveito, e tornou para casa. Ao fim de quatro dias, não achou recursos; lançou mão de empenhos, foi a pessoas amigas do proprietário, não alcançando mais que a ordem de mudança.

A situação era aguda. Não achavam casa, nem contavam com pessoa que lhes emprestasse alguma; era ir para a rua. Não contavam com a tia. Tia Mônica teve arte de alcançar aposento para os três em casa de uma senhora velha e rica, que lhe prometeu emprestar os quartos baixos da casa, ao fundo da cocheira, para os lados de um pátio. Teve ainda a arte maior de não dizer nada aos dous, para que Cândido Neves, no desespero da crise, começasse por enjeitar o filho e acabasse alcançando algum meio seguro e regular de obter dinheiro; emendar a vida, em suma. Ouvia as queixas de Clara, sem as repetir, é certo, mas sem as consolar. No dia em que fossem obrigados a deixar a casa, fá-los-ia espantar com a notícia do obséquio e iriam dormir melhor do que cuidassem.

Assim sucedeu. Postos fora da casa, passaram ao aposento de favor, e dous dias depois nasceu a criança. A alegria do pai foi enorme, e a tristeza também. Tia Mônica insistiu em dar a criança à Roda. "Se você não a quer levar, deixe isso comigo; eu vou à Rua dos Barbonos."[1] Cândido Neves pediu que não, que esperasse, que ele mesmo a levaria. Notai que era um menino, e que ambos os pais desejavam justamente este sexo. Mal lhe deram algum leite; mas, como chovesse à noite, assentou o pai levá-lo à Roda na noite seguinte.

1. Atual Evaristo da Veiga.

Naquela reviu todas as suas notas de escravos fugidos. As gratificações pela maior parte eram promessas; algumas traziam a soma escrita e escassa. Uma, porém, subia a cem mil-réis. Tratava-se de uma mulata; vinham indicações de gesto e de vestido. Cândido Neves andara a pesquisá-la sem melhor fortuna, e abrira mão do negócio; imaginou que algum amante da escrava a houvesse recolhido. Agora, porém, a vista nova da quantia e a necessidade dela animaram Cândido Neves a fazer um grande esforço derradeiro. Saiu de manhã a ver e indagar pela Rua e Largo da Carioca, Rua do Parto[2] e da Ajuda,[3] onde ela parecia andar, segundo o anúncio. Não a achou; apenas um farmacêutico da Rua da Ajuda se lembrava de ter vendido uma onça de qualquer droga, três dias antes, à pessoa que tinha os sinais indicados. Cândido Neves parecia falar como dono da escrava, e agradeceu cortesmente a notícia. Não foi mais feliz com outros fugidos de gratificação incerta ou barata.

Voltou para a triste casa que lhe haviam emprestado. Tia Mônica arranjara de si mesma a dieta para a recente mãe, e tinha já o menino para ser levado à Roda. O pai, não obstante o acordo feito, mal pôde esconder a dor do espetáculo. Não quis comer o que Tia Mônica lhe guardara; não tinha fome, disse, e era verdade. Cogitou mil modos de ficar com o filho; nenhum prestava. Não podia esquecer o próprio albergue em que vivia. Consultou a mulher, que se mostrou resignada. Tia Mônica pintara-lhe a criação do menino; seria maior miséria, podendo suceder que o filho achasse a morte sem recurso. Cândido Neves foi obrigado a cumprir a promessa; pediu à mulher que desse ao filho o resto do leite que ele beberia da mãe. Assim se fez; o pequeno adormeceu, o pai pegou dele, e saiu na direção da Rua dos Barbonos.

Que pensasse mais de uma vez em voltar para casa com ele, é certo; não menos certo é que o agasalhava muito, que o beijava, que lhe cobria o rosto para preservá-lo do sereno. Ao entrar na Rua da Guarda Velha, Cândido Neves começou a afrouxar o passo.

— Hei de entregá-lo o mais tarde que puder, murmurou ele.

Mas não sendo a rua infinita ou sequer longa, viria a acabá-la; foi então que lhe ocorreu entrar por um dos becos que ligavam aquela à Rua da Ajuda. Chegou ao fim do beco e, indo a dobrar à direita, na direção do Largo da Ajuda, viu do lado oposto, um vulto de mulher: era a mulata fugida. Não dou aqui a comoção de Cândido Neves por não podê-lo fazer com a intensidade real. Um adjetivo basta; digamos enorme. Descendo a mulher, desceu ele também; a poucos passos estava a farmácia onde obtivera a informação, que referi acima. Entrou, achou o farmacêutico, pediu-lhe a fineza de guardar a criança por um instante; viria buscá-la sem falta.

— Mas...

Cândido Neves não lhe deu tempo de dizer nada; saiu rápido, atravessou a rua, até ao ponto em que pudesse pegar a mulher sem dar alarma. No extremo da rua, quando ela ia a descer a de S. José, Cândido Neves aproximou-se dela. Era a mesma, era a mulata fujona.

— Arminda! bradou, conforme a nomeava o anúncio.

2. Antiga travessa da Rua São José, entre a Rua Rodrigo Silva e o Largo da Carioca.

3. Antiga Rua Chile (hoje Melvin Jones).

Arminda voltou-se sem cuidar malícia. Foi só quando ele, tendo tirado o pedaço de corda da algibeira, pegou dos braços da escrava, que ela compreendeu e quis fugir. Era já impossível. Cândido Neves, com as mãos robustas, atava-lhe os pulsos e dizia que andasse. A escrava quis gritar, parece que chegou a soltar alguma voz mais alta que de costume, mas entendeu logo que ninguém viria libertá-la, ao contrário. Pediu então que a soltasse pelo amor de Deus.

— Estou grávida, meu senhor! exclamou. Se Vossa Senhoria tem algum filho, peço-lhe por amor dele que me solte; eu serei sua escrava, vou servi-lo pelo tempo que quiser. Me solte, meu senhor moço!

— Siga! repetiu Cândido Neves.

— Me solte!

— Não quero demoras; siga!

Houve aqui luta, porque a escrava, gemendo, arrastava-se a si e ao filho. Quem passava ou estava à porta de uma loja, compreendia o que era e naturalmente não acudia. Arminda ia alegando que o senhor era muito mau, e provavelmente a castigaria com açoutes, — cousa que, no estado em que ela estava, seria pior de sentir. Com certeza, ele lhe mandaria dar açoutes.

— Você é que tem culpa. Quem lhe manda fazer filhos e fugir depois? perguntou Cândido Neves.

Não estava em maré de riso, por causa do filho que lá ficara na farmácia, à espera dele. Também é certo que não costumava dizer grandes cousas. Foi arrastando a escrava pela Rua dos Ourives,[4] em direção à da Alfândega, onde residia o senhor. Na esquina desta a luta cresceu; a escrava pôs os pés à parede, recuou com grande esforço, inutilmente. O que alcançou foi, apesar de ser a casa próxima, gastar mais tempo em lá chegar do que devera. Chegou, enfim, arrastada, desesperada, arquejando. Ainda ali ajoelhou-se, mas em vão. O senhor estava em casa, acudiu ao chamado e ao rumor.

— Aqui está a fujona, disse Cândido Neves.

— É ela mesma.

— Meu senhor!

— Anda, entra...

Arminda caiu no corredor. Ali mesmo o senhor da escrava abriu a carteira e tirou os cem mil-réis de gratificação. Cândido Neves guardou as duas notas de cinqüenta mil-réis, enquanto o senhor novamente dizia à escrava que entrasse. No chão, onde jazia, levada do medo e da dor, e após algum tempo de luta, a escrava abortou.

O fruto de algum tempo entrou sem vida nesse mundo, entre os gemidos da mãe e os gestos de desespero do dono. Cândido Neves viu todo esse espetáculo. Não sabia que horas eram. Quaisquer que fossem, urgia correr à Rua da Ajuda, e foi o que ele fez sem querer conhecer as conseqüências do desastre.

Quando lá chegou, viu o farmacêutico sozinho, sem o filho que lhe entregara. Quis esganá-lo. Felizmente, o farmacêutico explicou tudo a tempo; o menino estava lá dentro com a família, e ambos entraram. O pai recebeu o filho com a mesma fúria com que

4. Atual Miguel Couto.

pegara a escrava fujona de há pouco, fúria diversa, naturalmente, fúria de amor. Agradeceu depressa e mal, e saiu às carreiras, não para a Roda dos enjeitados, mas para a casa de empréstimo, com o filho e os cem mil-réis de gratificação. Tia Mônica, ouvida a explicação, perdoou a volta do pequeno, uma vez que trazia os cem mil-réis. Disse, é verdade, algumas palavras duras contra a escrava, por causa do aborto, além da fuga. Cândido Neves, beijando o filho, entre lágrimas verdadeiras, abençoava a fuga e não se lhe dava do aborto.

— Nem todas as crianças vingam, bateu-lhe o coração.

MARIA CORA

I

Uma noite, voltando para casa, trazia tanto sono que não dei corda ao relógio. Pode ser também que a vista de uma senhora que encontrei em casa do comendador T. contribuísse para aquele esquecimento; mas estas duas razões destroem-se. Cogitação tira o sono e o sono impede a cogitação; só uma das causas devia ser verdadeira. Ponhamos que nenhuma, e fiquemos no principal, que é o relógio parado, de manhã, quando me levantei, ouvindo dez horas no relógio da casa.

Morava então (1893) em uma casa de pensão no Catete. Já por esse tempo este gênero de residência florescia no Rio de Janeiro. Aquela era pequena e tranqüila. Os quatrocentos contos de réis permitiam-me casa exclusiva e própria; mas, em primeiro lugar, já eu ali residia quando os adquiri, por jogo de praça; em segundo lugar, era um solteirão de quarenta anos, tão afeito à vida de hospedaria que me seria impossível morar só. Casar não era menos impossível. Não é que me faltassem noivas. Desde os fins de 1891 mais de uma dama, — e não das menos belas, — olhou para mim com olhos brandos e amigos. Uma das filhas do comendador tratava-me com particular atenção. A nenhuma dei corda; o celibato era a minha alma, a minha vocação, o meu costume, a minha única ventura. Amaria de empreitada e por desfastio. Uma ou duas aventuras por ano bastavam a um coração meio inclinado ao ocaso e à noite.

Talvez por isso dei alguma atenção à senhora que vi em casa do comendador, na véspera. Era uma criatura morena, robusta, vinte e oito a trinta anos, vestida de escuro; entrou às dez horas, acompanhada de uma tia velha. A recepção que lhe fizeram, foi mais cerimoniosa que as outras; era a primeira vez que ali ia. Eu era a terceira. Perguntei se era viúva.

— Não; é casada.

— Com quem?

— Com um estancieiro do Rio Grande.

— Chama-se?

— Ele? Fonseca, ela Maria Cora.

— O marido não veio com ela?

— Está no Rio Grande.

Não soube mais nada; mas a figura da dama interessou-me pelas graças físicas, que eram o oposto do que poderiam sonhar poetas românticos e artistas seráficos. Conversei com ela alguns minutos, sobre cousas indiferentes, — mas suficientes para escutar-lhe a voz, que era musical, e saber que tinha opiniões republicanas. Vexou-me confessar que não as professava de espécie alguma; declarei-me vagamente pelo futuro do país. Quando ela falava, tinha um modo de umedecer os beiços, não sei se casual, mas gracioso e picante. Creio que, vistas assim ao pé, as feições não eram tão corretas como pareciam a distância, mas eram mais suas, mais originais.

II

De manhã tinha o relógio parado. Chegando à cidade, desci a Rua do Ouvidor, até à da Quitanda, e indo a voltar à direita, para ir ao escritório do meu advogado, lembrou-me ver que horas eram. Não me acudiu que o relógio estava parado.

— Que maçada! exclamei.

Felizmente, naquela mesma Rua da Quitanda, à esquerda, entre as do Ouvidor e Rosário, era a oficina onde eu comprara o relógio, e a cuja pêndula usava acertá-lo. Em vez de ir para um lado, fui para outro. Era apenas meia hora; dei corda ao relógio, acertei-o, troquei duas palavras com o oficial que estava ao balcão, e indo a sair, vi à porta de uma loja de novidades que ficava defronte, nem mais nem menos que a senhora de escuro que encontrara em casa do comendador. Cumprimentei-a, ela correspondeu depois de alguma hesitação, como se me não houvesse reconhecido logo, e depois seguiu pela Rua da Quitanda fora, ainda para o lado esquerdo.

Como tivesse algum tempo ante mim (pouco menos de trinta minutos), dei-me a andar atrás de Maria Cora. Não digo que uma força violenta me levasse já, mas não posso esconder que cedia a qualquer impulso de curiosidade e desejo; era também um resto da juventude passada. Na rua, andando, vestida de escuro, como na véspera, Maria Cora pareceu-me ainda melhor. Pisava forte, não apressada nem lenta, o bastante para deixar ver e admirar as belas formas, mui mais corretas que as linhas do rosto. Subiu a Rua do Hospício,[5] até uma oficina de ocularista, onde entrou e ficou dez minutos ou mais. Deixei-me estar a distância, fitando a porta disfarçadamente. Depois saiu, arrepiou caminho, e dobrou a Rua dos Ourives, até à do Rosário, por onde subiu até ao Largo da Sé,[6] daí passou ao de S. Francisco de Paula. Todas essas reminiscências parecerão escusadas, senão aborrecíveis; a mim dão-me uma sensação intensa e particular, são os primeiros passos de uma carreira penosa e longa. Demais, vereis por aqui que ela evitava subir a Rua do Ouvidor, que todos e todas buscariam àquela ou a outra hora para ir ao Largo de S. Francisco de Paula. Foi atravessando o Largo, na direção da Escola Politécnica, mas a meio caminho veio ter com ela um carro que estava parado defronte da Escola; meteu-se nele, e o carro partiu.

A vida tem suas encruzilhadas, como outros caminhos da terra. Naquele momento achei-me diante de uma assaz complicada, mas não tive tempo de escolher direção, — nem tempo nem liberdade. Ainda agora não sei como é que me vi dentro de um tílburi; é certo que me vi nele, dizendo ao cocheiro que fosse atrás do carro.

Maria Cora morava no Engenho Velho;[7] era uma boa casa, sólida, posto que antiga, dentro de uma chácara. Vi que morava ali, porque a tia estava a uma das janelas. Demais, saindo do carro, Maria Cora disse ao cocheiro (o meu tílburi ia passando adiante) que naquela semana não sairia mais, e que aparecesse segunda-feira ao meio-dia. Em seguida, entrou pela chácara, como dona dela, e parou a falar ao feitor, que lhe explicava alguma cousa com o gesto.

5. Atual Buenos Aires.
6. Hoje Praça Monte Castelo.
7. Atual Rua Haddock Lobo.

Voltei depois que ela entrou em casa, e só muito abaixo é que me lembrou de ver as horas; era quase uma e meia. Vim a trote largo até à Rua da Quitanda, onde me apeei à porta do advogado.

— Pensei que não vinha, disse-me ele.

— Desculpe, doutor, encontrei um amigo que me deu uma maçada.

Não era a primeira vez que mentia na minha vida, nem seria a última.

III

Fiz-me encontradiço com Maria Cora, na casa do comendador, primeiro, e depois em outras. Maria Cora não vivia absolutamente reclusa, dava alguns passeios e fazia visitas. Também recebia, mas sem dia certo, uma ou outra vez, e apenas cinco a seis pessoas da intimidade. O sentimento geral é que era pessoa de fortes sentimentos e austeros costumes. Acrescentai a isto o espírito, um espírito agudo, brilhante e viril. Capaz de resistências e fadigas, não menos que de violências e combates, era feita, como dizia um poeta que lá ia à casa dela, "de um pedaço de pampa e outro de pampeiro". A imagem era em verso e com rima, mas a mim só me ficou a idéia e o principal das palavras. Maria Cora gostava de ouvir definir-se assim, posto não andasse mostrando aquelas forças a cada passo, nem contando as suas memórias da adolescência. A tia é que contava algumas, com amor, para concluir que lhe saía a ela, que também fora assim na mocidade. A justiça pede que se diga que, ainda agora, apesar de doente, a tia era pessoa de muita vida e robustez.

Com pouco, apaixonei-me pela sobrinha. Não me pesa confessá-lo, pois foi a ocasião da única página da minha vida que merece atenção particular. Vou narrá-la brevemente; não conto novela nem direi mentiras.

Gostei de Maria Cora. Não lhe confiei logo o que sentia, mas é provável que ela o percebesse ou adivinhasse, como todas as mulheres. Se a descoberta ou adivinhação foi anterior à minha ida à casa do Engenho Velho, nem assim deveis censurá-la por me haver convidado a ir ali uma noite. Podia ser-lhe então indiferente a minha disposição moral; podia também gostar de se sentir querida, sem a menor idéia de retribuição. A verdade é que fui essa noite e tornei outras; a tia gostava de mim e dos meus modos. O poeta que lá ia, tagarela e tonto, disse uma vez que estava afinando a lira para o casamento da tia comigo. A tia riu-se; eu, que queria as boas graças dela, não podia deixar de rir também, e o caso foi matéria de conversação por uma semana; mas já então o meu amor à outra tinha atingido ao cume.

Soube, pouco depois, que Maria Cora vivia separada do marido. Tinham casado oito anos antes, por verdadeira paixão. Viveram felizes cinco. Um dia, sobreveio uma aventura do marido que destruiu a paz do casal. João da Fonseca apaixonou-se por uma figura de circo, uma chilena que voava em cima do cavalo, Dolores, e deixou a estância para ir atrás dela. Voltou seis meses depois, curado do amor, mas curado à força, porque a aventureira se namorou do redator de um jornal, que não tinha vintém, e por ele abandonou Fonseca e a sua prataria. A esposa tinha jurado não aceitar mais o esposo, e tal foi a declaração que lhe fez quando ele apareceu na estância.

— Tudo está acabado entre nós; vamos desquitar-nos.

João da Fonseca teve um primeiro gesto de acordo; era um quadragenário orgulhoso, para quem tal proposta era de si mesma uma ofensa. Durante uma noite tratou dos preparativos para o desquite; mas, na seguinte manhã, a vista das graças da esposa novamente o comoveram.[8] Então, sem tom implorativo, antes como quem lhe perdoava, entendeu dizer-lhe que deixasse passar uns seis meses. Se ao fim de seis meses, persistisse o sentimento atual que inspirava a proposta do desquite, este se faria. Maria Cora não queria aceitar a emenda, mas a tia, que residia em Porto Alegre e fora passar algumas semanas na estância, interveio com boas palavras. Antes de três meses estavam reconciliados.

— João, disse-lhe a mulher no dia seguinte ao da reconciliação, você deve ver que o meu amor é maior que o meu ciúme, mais fica entendido que este caso da nossa vida é único. Nem você me fará outra, nem eu lhe perdoarei nada mais.

João da Fonseca achava-se então em um renascimento do delírio conjugal; respondeu à mulher jurando tudo e mais alguma cousa. — Aos quarenta anos, concluiu ele, não se fazem duas aventuras daquelas, e a minha foi de doer. Você verá, agora é para sempre.

A vida recomeçou tão feliz, como dantes, — ele dizia que mais. Com efeito, a paixão da esposa era violenta, e o marido tornou a amá-la como outrora. Viveram assim dous anos. Ao fim desse tempo, os ardores do marido haviam diminuído, alguns amores passageiros vieram meter-se entre ambos. Maria Cora, ao contrário do que lhe dissera, perdoou essas faltas, que aliás não tiveram a extensão nem o vulto da aventura Dolores. Os desgostos, entretanto, apareceram e grandes. Houve cenas violentas. Ela parece que chegou mais de uma vez a ameaçar que se mataria; mas, posto não lhe faltasse o preciso ânimo, não fez tentativa nenhuma, a tal ponto lhe doía deixar a própria causa do mal, que era o marido. João da Fonseca percebeu isto mesmo, e acaso explorou a fascinação que exercia na mulher.

Uma circunstância política veio complicar esta situação moral. João da Fonseca era pelo lado da revolução, dava-se com vários dos seus chefes, e pessoalmente detestava alguns dos contrários. Maria Cora, por laços de família, era adversa aos federalistas. Esta oposição de sentimentos não seria bastante para separá-los, nem se pode dizer que, por si mesma, azedasse a vida dos dous. Embora a mulher, ardente em tudo, não o fosse menos em condenar a revolução, chamando nomes crus aos seus chefes e oficiais; embora o marido, também excessivo, replicasse com igual ódio, os seus arrufos políticos apenas aumentariam os domésticos, e provavelmente não passariam dessa troca de conceitos, se uma nova Dolores, desta vez Prazeres, e não chilena nem saltimbanca, não revivesse os dias amargos de outro tempo. Prazeres era ligada ao partido da revolução, não só pelos sentimentos, como pelas relações da vida com um federalista. Eu a conheci pouco depois, era bela e airosa; João da Fonseca era também um homem gentil e sedutor. Podiam amar-se fortemente, e assim foi. Vieram incidentes, mais ou menos graves, até que um decisivo determinou a separação do casal.

Já cuidavam disto desde algum tempo, mas a reconciliação não seria impossível, apesar da palavra de Maria Cora, graças à intervenção da tia; esta havia insinuado à

8. Observe-se a concordância irregular.

sobrinha que residisse três ou quatro meses no Rio de Janeiro ou em São Paulo. Sucedeu, porém, uma cousa triste de dizer. O marido, em um momento de desvario, ameaçou a mulher com o rebenque. Outra versão diz que ele tentara esganá-la. Quero crer que a verídica é a primeira, e que a segunda foi inventada para tirar à violência de João da Fonseca o que pudesse haver deprimente e vulgar. Maria Cora não disse mais uma só palavra ao marido. A separação foi imediata; a mulher veio com a tia para o Rio de Janeiro, depois de arranjados amigavelmente os interesses pecuniários. Demais, a tia era rica.

João da Fonseca e Prazeres ficaram vivendo juntos uma vida de aventuras que não importa escrever aqui. Só uma cousa interessa diretamente à minha narração. Tempos depois da separação do casal, João da Fonseca estava alistado entre os revolucionários. A paixão política, posto que forte, não o levaria a pegar em armas, se não fosse uma espécie de desafio da parte de Prazeres; assim correu entre os amigos dele, mas ainda este ponto é obscuro. A versão é que ela, exasperada com o resultado de alguns combates, disse ao estancieiro que iria, disfarçada em homem, vestir farda de soldado e bater-se pela revolução. Era capaz disto; o amante disse-lhe que era uma loucura, ela acabou propondo-lhe que, nesse caso, fosse ele bater-se em vez dela; era uma grande prova de amor que lhe daria.

— Não te tenho dado tantas?

— Tem, sim; mas esta é a maior de todas, esta me fará cativa até à morte.

— Então agora ainda não é até à morte? perguntou ele rindo.

— Não.

Pode ser que as cousas se passassem assim. Prazeres era, com efeito, uma mulher caprichosa e imperiosa, e sabia prender um homem por laços de ferro. O federalista, de quem se separou para acompanhar João da Fonseca, depois de fazer tudo para reavê-la, passou à campanha oriental, onde dizem que vive pobremente, encanecido e envelhecido vinte anos, sem querer saber de mulheres nem de política. João da Fonseca acabou cedendo; ela pediu para acompanhá-lo, e até bater-se, se fosse preciso; ele negou-lho. A revolução triunfaria em breve, disse; vencidas as forças do governo, tornaria à estância, onde ela o esperaria.

— Na estância, não, respondeu Prazeres; espero-te em Porto Alegre.

IV

Não importa dizer o tempo que despendi nos inícios da minha paixão, mas não foi grande. A paixão cresceu rápida e forte. Afinal senti-me tão tomado dela que não pude mais guardá-la comigo, e resolvi declarar-lha uma noite; mas a tia, que usava cochilar desde as nove horas (acordava às quatro) daquela vez não pregou olho, e, ainda que o fizesse, é provável que eu não alcançasse falar; tinha a voz presa e na rua senti uma vertigem igual à que me deu a primeira paixão da minha vida.

— Sr. Correia, não vá cair, disse a tia quando eu passei à varanda, despedindo-me.

— Deixe estar, não caio.

Passei mal a noite; não pude dormir mais de duas horas, aos pedaços, e antes das cinco estava em pé.

— É preciso acabar com isto! exclamei.

De fato, não parecia achar em Maria Cora mais que benevolência e perdão, mas era isso mesmo que a tornava apetecível. Todos os amores da minha vida tinham sido fáceis; em nenhuma encontrei resistência, a nenhuma deixei com dor; alguma pena, é possível, e um pouco de recordação. Desta vez sentia-me tomado por ganchos de ferro. Maria Cora era toda vida; parece que, ao pé dela, as próprias cadeiras andavam e as figuras do tapete moviam os olhos. Põe nisso uma forte dose de meiguice e graça; finalmente, a ternura da tia fazia daquela criatura um anjo. É banal a comparação, mas não tenho outra.

Resolvi cortar o mal pela raiz, não tornando ao Engenho Velho, e assim fiz por alguns dias largos, duas ou três semanas. Busquei distrair-me e esquecê-la, mas foi em vão. Comecei a sentir a ausência como de um bem querido; apesar disso, resisti e não tornei logo. Mas, crescendo a ausência, cresceu o mal, e enfim resolvi tornar lá uma noite. Ainda assim pode ser que não fosse, a não achar Maria Cora na mesma oficina da Rua da Quitanda, aonde eu fora acertar o relógio parado.

— É freguês também? perguntou-me ao entrar.

— Sou.

— Vim acertar o meu. Mas, por que não tem aparecido?

— É verdade, por que não voltou lá à casa? completou a tia.

— Uns negócios, murmurei; mas, hoje mesmo contava ir lá.

— Hoje não; vá amanhã, disse a sobrinha. Hoje vamos passar a noite fora.

Pareceu-me ler naquela palavra um convite a amá-la de vez, assim como a primeira trouxera um tom que presumi ser de saudade. Realmente, no dia seguinte, fui ao Engenho Velho. Maria Cora acolheu-me com a mesma boa vontade de antes. O poeta lá estava e contou-me em verso os suspiros que a tia dera por mim. Entrei a freqüentá-las novamente e resolvi declarar tudo.

Já acima disse que ela provavelmente percebera ou adivinhara o que eu sentia, como todas as mulheres; referi-me aos primeiros dias. Desta vez com certeza percebeu, nem por isso me repeliu. Ao contrário, parecia gostar de se ver querida, muito e bem.

Pouco depois daquela noite escrevi-lhe uma carta e fui ao Engenho Velho. Achei-a um pouco retraída; a tia explicou-me que recebera notícias do Rio Grande que a afligiram. Não liguei isto ao casamento, e busquei alegrá-la; apenas consegui vê-la cortês. Antes de sair, perto da varanda, entreguei-lhe a carta; ia a dizer-lhe: "Peço-lhe que leia", mas a voz não saiu. Vi-a um pouco atrapalhada, e para evitar dizer o que melhor ia escrito, cumprimentei-a e enfiei pelo jardim. Pode imaginar-se a noite que passei, e o dia seguinte foi naturalmente igual, à medida que a outra noite vinha. Pois, ainda assim, não tornei à casa dela; resolvi esperar três ou quatro dias, não que ela me escrevesse logo, mas que pensasse nos termos da resposta. Que estes haviam de ser simpáticos, era certeza minha; as maneiras dela, nos últimos tempos, eram mais que afáveis, pareciam-me convidativas.

Não cheguei, porém, aos quatro dias; mal pude esperar três. Na noite do terceiro fui ao Engenho Velho. Se disser que entrei trêmulo da primeira comoção, não minto. Achei-a ao piano, tocando para o poeta ouvir; a tia, na poltrona, pensava em não sei quê, mas eu quase não a vi, tal a minha primeira alucinação.

— Entre, Sr. Correia, disse esta; não caia em cima de mim.

— Perdão...

Maria Cora não interrompeu a música; ao ver-me chegar, disse:

— Desculpe, se lhe não dou a mão, estou aqui servindo de musa a este senhor.

Minutos depois, veio a mim, e estendeu-me a mão com tanta galhardia, que li nela a resposta, e estive quase a dar-lhe um agradecimento. Passaram-se alguns minutos, quinze ou vinte. Ao fim desse tempo, ela pretextou um livro, que estava em cima das músicas, e pediu-me para dizer se o conhecia; fomos ali ambos, e ela abriu-mo; entre as duas folhas estava um papel.

— Na outra noite, quando aqui esteve, deu-me esta carta; não podia dizer-me o que tem dentro?

— Não adivinha?

— Posso errar na adivinhação.

— É isso mesmo.

— Bem, mas eu sou uma senhora casada, e nem por estar separada do meu marido deixo de estar casada. O senhor ama-me, não é? Suponha, pelo melhor, que eu também o amo; nem por isso deixo de estar casada.

Dizendo isto, entregou-me a carta; não fora aberta. Se estivéssemos sós, é possível que eu lha lesse, mas a presença de estranhos impedia-me este recurso. Demais, era desnecessário; a resposta de Maria Cora era definitiva ou me pareceu tal. Peguei na carta, e antes de a guardar comigo:

— Não quer então ler?

— Não.

— Nem para ver os termos?

— Não.

— Imagine que lhe proponho ir combater contra seu marido, matá-lo e voltar, disse eu cada vez mais tonto.

— Propõe isto?

— Imagine.

— Não creio que ninguém me ame com tal força, concluiu sorrindo. Olhe, que estão reparando em nós.

Dizendo isto, separou-se de mim, e foi ter com a tia e o poeta. Eu fiquei ainda alguns segundos com o livro na mão, como se deveras o examinasse, e afinal deixei-o. Vim sentar-me defronte dela. Os três conversavam de cousas do Rio Grande, de combates entre federalistas e legalistas, e da vária sorte deles. O que eu então senti não se escreve; pelo menos, não o escrevo eu, que não sou romancista. Foi uma espécie de vertigem, um delírio, uma cena pavorosa e lúcida, um combate e uma glória. Imaginei-me no campo, entre uns e outros, combatendo os federalistas, e afinal matando João da Fonseca, voltando e casando-me com a viúva. Maria Cora contribuía para esta visão sedutora; agora, que me recusara a carta, parecia-me mais bela que nunca, e a isto acrescia que se não mostrava zangada nem ofendida, tratava-me com igual carinho que antes, creio até que maior. Disto podia sair uma impressão dupla e contrária, — uma de aquiescência tácita, outra de indiferença, mas eu só via a primeira, e saí de lá completamente louco.

O que então resolvi foi realmente de louco. As palavras de Maria Cora: "Não creio que ninguém me ame com tal força" — soavam-me aos ouvidos, como um desafio. Pensei nelas toda a noite, e no dia seguinte fui ao Engenho Velho; logo que tive ocasião de jurar-lhe a prova, fi-lo.

— Deixo tudo o que me interessa, a começar pela paz, com o único fim de lhe mostrar que a amo, e a quero só e santamente para mim. Vou combater a revolta.

Maria Cora fez um gesto de deslumbramento. Daquela vez percebi que realmente gostava de mim, verdadeira paixão, e se fosse viúva, não casava com outro. Jurei novamente que ia para o Sul. Ela, comovida, estendeu-me a mão. Estávamos em pleno romantismo. Quando eu nasci, os meus não acreditavam em outras provas de amor, e minha mãe contava-me os romances em versos de cavaleiros andantes que iam à Terra-Santa libertar o sepulcro de Cristo por amor da fé e da sua dama. Estávamos em pleno romantismo.

V

Fui para o Sul. Os combates entre legalistas e revolucionários eram contínuos e sangrentos, e a notícia deles contribuiu a animar-me. Entretanto, como nenhuma paixão política me levava a entrar na luta, força é confessar que por um instante me senti abatido e hesitei. Não era medo da morte, podia ser amor da vida, que é um sinônimo; mas, uma ou outra cousa, não foi tal nem tamanha que fizesse durar por muito tempo a hesitação. Na cidade do Rio Grande encontrei um amigo, a quem eu por carta do Rio de Janeiro dissera muito reservadamente que ia lá por motivos políticos. Quis saber quais.

— Naturalmente são reservados, respondi tentando sorrir.

— Bem; mas uma cousa creio que posso saber, uma só, porque não sei absolutamente o que pense a tal respeito, nada havendo antes que me instrua. De que lado estás, legalistas ou revoltosos?

— É boa! Se não fosse dos legalistas, não te mandaria dizer nada; viria às escondidas.

— Vens com alguma comissão secreta do marechal?

— Não.

Não me arrancou então mais nada, mas eu não pude deixar de lhe confiar os meus projetos, ainda que sem os seus motivos. Quando ele soube que aqueles eram alistar-me entre os voluntários que combatiam a revolução, não pôde crer em mim, e talvez desconfiasse que efetivamente eu levava algum plano secreto do presidente. Nunca da minha parte ouviu nada que pudesse explicar semelhante passo. Entretanto, não perdeu tempo em despersuadir-me; pessoalmente era legalista e falava dos adversários com ódio e furor. Passado o espanto, aceitou o meu ato, tanto mais nobre quanto não era inspirado por sentimento de partido. Sobre isto disse-me muita palavra bela e heróica, própria a levantar o ânimo de quem já tivesse tendência para a luta. Eu não tinha nenhuma, fora das razões particulares; estas, porém, eram agora maiores. Justamente acabava de receber uma carta da tia de Maria Cora, dando-me notícias delas, e recomendações da sobrinha, tudo com alguma generalidade e certa simpatia verdadeira.

Fui a Porto Alegre, alistei-me e marchei para a campanha. Não disse a meu respeito nada que pudesse despertar a curiosidade de ninguém, mas era difícil encobrir a minha condição, a minha origem, a minha viagem com o plano de ir combater a revolução. Fez-se logo uma lenda a meu respeito. Eu era um republicano antigo, riquíssimo, entusiasta, disposto a dar pela República mil vidas, se as tivesse, e resoluto a não poupar a única. Deixei dizer isto e o mais, e fui. Como eu indagasse das forças revolucionárias com que estaria João da Fonseca, alguém quis ver nisto uma razão de ódio pessoal; também não faltou quem me supusesse espião dos rebeldes, que ia pôr-me em comunicação secreta com aquele. Pessoas que sabiam das relações dele com a Prazeres, imaginavam que era um antigo amante desta que se queria vingar dos amores dele. Todas aquelas suposições morreram, para só ficar a do meu entusiasmo político; a da minha espionagem ia-me prejudicando; felizmente, não passou de duas cabeças e de uma noite.

Levava comigo um retrato de Maria Cora; alcançara-o dela mesma, uma noite, pouco antes do meu embarque, com uma pequena dedicatória cerimoniosa. Já disse que estava em pleno romantismo; dado o primeiro passo, os outros vieram de si mesmos. E agora juntai a isto o amor-próprio, e compreendereis que de simples cidadão indiferente da capital saísse um guerreiro áspero da campanha rio-grandense.

Nem por isso conto combates, nem escrevo para falar da revolução, que não teve nada comigo, por si mesma, senão pela ocasião que me dava, e por algum golpe que lhe desfechei na estreita área da minha ação. João da Fonseca era o meu rebelde. Depois de haver tomado parte no combate de Sarandi e Coxilha Negra, ouvi que o marido de Maria Cora fora morto, não sei em que recontro; mais tarde deram-me a notícia de estar com as forças de Gumercindo, e também que fora feito prisioneiro e seguira para Porto Alegre; mas ainda isto não era verdade. Disperso, com dois camaradas, encontrei um dia um regimento legal que ia em defesa da Encruzilhada, investida ultimamente por uma força dos federalistas; apresentei-me ao comandante e segui. Aí soube que João da Fonseca estava entre essa força; deram-me todos os sinais dele, contaram-me a história dos amores e a separação da mulher.

A idéia de matá-lo no turbilhão de um combate tinha algo fantástico; nem eu sabia se tais duelos eram possíveis em semelhantes ocasiões, quando a força de cada homem tem de somar com a de toda uma força única e obediente a uma só direção. Também me pareceu, mais de uma vez, que ia cometer um crime pessoal, e a sensação que isto me dava, podeis crer que não era leve nem doce; mas a figura de Maria Cora abraçava-me e absolvia com uma bênção de felicidades. Atirei-me de vez. Não conhecia João da Fonseca; além dos sinais que me haviam dado, tinha de memória um retrato dele que vira no Engenho Velho; se as feições não estivessem mudadas, era provável que eu o reconhecesse entre muitos. Mas, ainda uma vez, seria este encontro possível? Os combates em que eu entrara, já me faziam desconfiar que não era fácil, ao menos.

Não foi fácil nem breve. No combate da Encruzilhada creio que me houve com a necessária intrepidez e disciplina, e devo aqui notar que eu me ia acostumando à vida da guerra civil. Os ódios que ouvia, eram forças reais. De um lado e outro batiam-se com ardor, e a paixão que eu sentia nos meus ia-se pegando em mim. Já lera o meu nome em uma ordem do dia, e de viva voz recebera louvores, que comigo não pude deixar de achar justos, e ainda agora tais os declaro. Mas vamos ao principal, que é acabar com isto.

Naquele combate achei-me um tanto como o herói de Stendhal na batalha de Waterloo;[9] a diferença é que o espaço foi menor. Por isso, e também porque não me quero deter em cousas de recordação fácil, direi somente que tive ocasião de matar em pessoa a João da Fonseca. Verdade é que escapei de ser morto por ele. Ainda agora trago na testa a cicatriz que ele me deixou. O combate entre nós foi curto. Se não parecesse romanesco demais, eu diria que João da Fonseca adivinhara o motivo e previra o resultado da ação.

Poucos minutos depois da luta pessoal, a um canto da vila, João da Fonseca caiu prostrado. Quis ainda lutar, e certamente lutou um pouco; eu é que não consenti na desforra, que podia ser a minha derrota, se é que raciocinei; creio que não. Tudo o que fiz foi cego pelo sangue em que o deixara banhado, e surdo pelo clamor e tumulto de combate. Matava-se, gritava-se, vencia-se; em pouco ficamos senhores do campo.

Quando vi que João da Fonseca morrera deveras, voltei ao combate por instantes; a minha ebriedade cessara um pouco, e os motivos primários tornaram a dominar-me, como se fossem únicos. A figura de Maria Cora apareceu-me como um sorriso de aprovação e perdão; tudo foi rápido.

Haveis de ter lido que ali se apreenderam três ou quatro mulheres. Uma destas era a Prazeres. Quando, acabado tudo, a Prazeres viu o cadáver do amante, fez uma cena que me encheu de ódio e de inveja. Pegou em si e deitou-se a abraçá-lo; as lágrimas que verteu, as palavras que disse, fizeram rir a uns; a outros, se não enterneceram, deram algum sentimento de admiração. Eu, como digo, achei-me tomado de inveja e ódio, mas também esse duplo sentimento desapareceu para não ficar nem admiração; acabei rindo. Prazeres, depois de honrar com dor a morte do amante, ficou sendo a federalista que já era; não vestia farda, como dissera ao desafiar João da Fonseca, quis ser prisioneira com os rebeldes e seguir com eles.

É claro que não deixei logo as forças, bati-me ainda algumas vezes, mas a razão principal dominou, e abri mão das armas. Durante o tempo em que estive alistado, só escrevi duas cartas a Maria Cora, uma pouco depois de encetar aquela vida nova, — outra depois do combate da Encruzilhada; nesta não lhe contei nada do marido, nem da morte, nem sequer que o vira. Unicamente anunciei que era provável acabasse brevemente a guerra civil. Em nenhuma das duas fiz a menor alusão aos meus sentimentos nem ao motivo do meu ato; entretanto, para quem soubesse deles, a carta era significativa. Maria Cora só respondeu à primeira das cartas, com serenidade, mas não com isenção. Percebia-se, — ou percebia-o eu, — que, não prometendo nada, tudo agradecia, e, quando menos, admirava. Gratidão e admiração podiam encaminhá-la ao amor.

Ainda não disse, — e não sei como diga este ponto, — que na Encruzilhada, depois da morte de João da Fonseca, tentei degolá-lo; mas nem queria fazê-lo nem realmente o fiz. O meu objeto era ainda outro e romanesco. Perdoa-me tu, realista

9. Referência a Fabrizio del Dongo, protagonista do romance *A Cartuxa de Parma,* do escritor francês Stendhal, grande admirador de Napoleão, e que participa, quase como espectador, da decisiva batalha de Waterloo, em que Napoleão foi derrotado.

sincero, há nisto também um pouco de realidade, e foi o que pratiquei, de acordo com o estado da minha alma: o que fiz foi cortar-lhe um molho de cabelos. Era o recibo da morte que eu levaria à viúva.

VI

Quando voltei ao Rio de Janeiro, tinham já passado muitos meses do combate da Encruzilhada. O meu nome figurou não só em partes oficiais como em telegramas e correspondências, por mais que eu buscasse esquivar-me ao ruído e desaparecer na sombra. Recebi cartas de felicitações e de indagações. Não vim logo para o Rio de Janeiro, note-se; podia ter aqui alguma festa; preferi ficar em São Paulo. Um dia, sem ser esperado, meti-me na estrada de ferro e entrei na cidade. Fui para a casa de pensão do Catete.

Não procurei logo Maria Cora. Pareceu-me até mais acertado que a notícia da minha vinda lhe chegasse pelos jornais. Não tinha pessoa que lhe falasse; vexava-me ir eu mesmo a alguma redação contar o meu regresso do Rio Grande; não era passageiro de mar, cujo nome viesse em lista nas folhas públicas. Passaram dous dias; no terceiro, abrindo uma destas, dei com o meu nome. Dizia-se ali que viera de São Paulo e estivera nas lutas do Rio Grande, citavam-se os combatentes, tudo com adjetivos de louvor; enfim, que voltava à mesma pensão do Catete. Como eu só contara alguma cousa ao dono da casa, podia ser ele o autor das notas; disse-me que não. Entrei a receber visitas pessoais. Todas queriam saber tudo; eu pouco mais disse que nada.

Entre os cartões, recebi dous de Maria Cora e da tia, com palavras de boas-vindas. Não era preciso mais; restava-me ir agradecer-lhes, e dispus-me a isso; mas, no próprio dia em que resolvi ir ao Engenho Velho, tive uma sensação de... De quê? Expliquem, se podem, o acanhamento que me deu a lembrança do marido de Maria Cora, morto às minhas mãos. A sensação que ia ter diante dela tolheu-me inteiramente. Sabendo-se qual foi o móvel principal da minha ação militar, mal se compreende aquela hesitação; mas, se considerardes que, por mais que me defendesse do marido e o matasse para não morrer, ele era sempre o marido, terás entendido o mal-estar que me fez adiar a visita. Afinal, peguei em mim e fui à casa dela.

Maria Cora estava de luto. Recebeu-me com bondade, e repetiu-me, como a tia, as felicitações escritas. Falamos da guerra civil, dos costumes do Rio Grande, um pouco de política, e mais nada. Não se disse de João da Fonseca. Ao sair de lá, perguntei a mim mesmo se Maria Cora estaria disposta a casar comigo.

— Não me parece que recuse, embora não lhe ache maneiras especiais. Creio até que está menos afável que dantes... Terá mudado?

Pensei assim, vagamente. Atribuí a alteração ao estado moral da viuvez; era natural. E continuei a freqüentá-la, disposto a deixar passar a primeira fase do luto para lhe pedir formalmente a mão. Não tinha que fazer declarações novas; ela sabia tudo. Continuou a receber-me bem. Nenhuma pergunta me fez sobre o marido, a tia também não, e da própria revolução não se falou mais. Pela minha parte, tomando à situação anterior, busquei não perder tempo, fiz-me pretendente com todas as maneiras do ofício. Um dia, perguntei-lhe se pensava em tornar ao Rio Grande.

— Por ora, não.

— Mas irá?

— É possível; não tenho plano nem prazo marcado; é possível.

Eu, depois de algum silêncio, durante o qual olhava interrogativamente para ela, acabei por inquirir se antes de ir, caso fosse, não alteraria nada em sua vida.

— A minha vida está tão alterada...

Não me entendera; foi o que supus. Tratei de me explicar melhor, e escrevi uma carta em que lhe lembrava a entrega e a recusa da primeira e lhe pedia francamente a mão. Entreguei a carta, dous dias depois, com estas palavras:

— Desta vez não recusará ler-me.

Não recusou, aceitou a carta. Foi à saída, à porta da sala. Creio até que lhe vi certa comoção de bom agouro. Não me respondeu por escrito, como esperei. Passados três dias, estava tão ansioso que resolvi ir ao Engenho Velho. Em caminho imaginei tudo: que me recusasse, que me aceitasse, que me adiasse, e já me contentava com a última hipótese, se não houvesse de ser a segunda. Não a achei em casa; tinha ido passar alguns dias na Tijuca. Saí de lá aborrecido. Pareceu-me que não queria absolutamente casar; mas então era mais simples dizê-lo ou escrevê-lo. Esta consideração trouxe-me esperanças novas.

Tinha ainda presentes as palavras que me dissera, quando me devolveu a primeira carta, e eu lhe falei da minha paixão: "Suponha que eu o amo; nem por isso deixo de ser uma senhora casada." Era claro que então gostava de mim, e agora mesmo não havia razão decisiva para crer o contrário, embora a aparência fosse um tanto fria. Ultimamente, entrei a crer que ainda gostava, um pouco por vaidade, um pouco por simpatia, e não sei se por gratidão também; tive alguns vestígios disso. Não obstante, não me deu resposta à segunda carta. Ao voltar da Tijuca, vinha menos expansiva, acaso mais triste. Tive eu mesmo de lhe falar na matéria; a resposta foi que, por ora, estava disposta a não casar.

— Mas um dia...? perguntei depois de algum silêncio.

— Estarei velha.

— Mas então... será muito tarde?

— Meu marido pode não estar morto.

Espantou-me esta objeção.

— Mas a senhora está de luto.

— Tal foi a notícia que li e me deram; pode não ser exata. Tenho visto desmentir outras que se reputavam certas.

— Quer certeza absoluta? perguntei. Eu posso dá-la.

Maria Cora empalideceu. Certeza. Certeza de quê? Queria que lhe contasse tudo, mas tudo. A situação era tão penosa para mim que não hesitei mais, e, depois de lhe dizer que era intenção minha não lhe contar nada, como não contara a ninguém, ia fazê-lo, unicamente para obedecer à intimação. E referi o combate, as suas fases todas, os riscos, as palavras, finalmente a morte de João da Fonseca. A ânsia com que me ouviu foi grande, e não menos o abatimento final. Ainda assim, dominou-se, e perguntou-me:

— Jura que me não está enganando?

— Para que a enganar? O que tenho feito é bastante para provar que sou sincero. Amanhã, trago-lhe outra prova, se é preciso mais alguma.

Levei-lhe os cabelos que cortara ao cadáver. Contei-lhe, — e confesso que o meu fim foi irritá-la contra a memória do defunto, — contei-lhe o desespero da Prazeres. Descrevi essa mulher e as suas lágrimas. Maria Cora ouviu-me com os olhos grandes e perdidos; estava ainda com ciúmes. Quando lhe mostrei os cabelos do marido, atirou-se a eles, recebeu-os, beijou-os, chorando, chorando, chorando... Entendi melhor sair e sair para sempre. Dias depois recebi a resposta à minha carta; recusava casar.

Na resposta havia uma palavra que é a única razão de escrever esta narrativa: "Compreende que eu não podia aceitar a mão do homem que, embora lealmente, matou meu marido." Comparei-a àquela outra que me dissera antes, quando eu me propunha sair a combate, matá-lo e voltar: "Não creio que ninguém me ame com tal força." E foi essa palavra que me levou à guerra. Maria Cora vive agora reclusa; de costume manda dizer uma missa por alma do marido, no aniversário do combate da Encruzilhada. Nunca mais a vi; e, cousa menos difícil, nunca mais esqueci dar corda ao relógio.

MARCHA FÚNEBRE

O deputado Cordovil não podia pregar olho uma noite de agosto de 186... Viera cedo do Cassino Fluminense, depois da retirada do imperador, e durante o baile não tivera o mínimo incômodo moral nem físico. Ao contrário, a noite foi excelente; tão excelente que um inimigo seu, que padecia do coração, faleceu antes das dez horas, e a notícia chegou ao Cassino pouco depois das onze.

Naturalmente concluis que ele ficou alegre com a morte do homem, espécie de vingança que os corações adversos e fracos tomam em falta de outra. Digo-te que concluis mal; não foi alegria, foi desabafo. A morte vinha de meses, era daquelas que não acabam mais, e moem, mordem, comem, trituram a pobre criatura humana. Cordovil sabia dos padecimentos do adversário. Alguns amigos, para o consolar de antigas injúrias, iam contar-lhe o que viam ou sabiam do enfermo, pregado a uma cadeira de braços, vivendo as noites horrivelmente, sem que as auroras lhe trouxessem esperanças, nem as tardes desenganos. Cordovil pagava-lhes com alguma palavra de compaixão, que o alvissareiro adotava, e repetia, e era mais sincera naquele que neste. Enfim acabara de padecer; daí o desabafo.

Este sentimento pegava com a piedade humana. Cordovil, salvo em política, não gostava do mal alheio. Quando rezava, ao levantar da cama: "Padre Nosso, que estás no céu, santificado seja o teu nome, venha a nós o teu reino, seja feita a tua vontade, assim na terra como no céu; o pão nosso de cada dia nos dá hoje; perdoa as nossas dívidas, como nós perdoamos aos nossos devedores..." não imitava um de seus amigos que rezava a mesma prece, sem todavia perdoar aos devedores, como dizia de língua; esse chegava a cobrar além do que eles lhe deviam, isto é, se ouvia maldizer de alguém, decorava tudo e mais alguma cousa, e ia repeti-lo a outra parte. No dia seguinte, porém, a bela oração de Jesus tornava a sair dos lábios da véspera com a mesma caridade de ofício.

Cordovil não ia nas águas desse amigo; perdoava deveras. Que entrasse no perdão um tantinho de preguiça, é possível, sem aliás ser evidente. Preguiça amamenta muita virtude. Sempre é alguma cousa minguar força à ação do mal. Não esqueça que o deputado só gostava do mal alheio em política, e o inimigo morto era inimigo pessoal. Quanto à causa da inimizade, não a sei eu, e o nome do homem acabou com a vida.

— Coitado! descansou, disse Cordovil.

Conversaram da longa doença do finado. Também falaram das várias mortes deste mundo, dizendo Cordovil que a todas preferia a de César, não por motivo do ferro, mas por inesperada e rápida.

— *Tu quoque?*[10] perguntou-lhe um colega rindo.

Ao que ele, apanhando a alusão, replicou:

10. Latim: "Também tu?". Palavras atribuídas ao imperador romano César, dirigindo-se ao filho adotivo Bruto, que participara do seu assassinato.

— Eu, se tivesse um filho, quisera morrer às mãos dele. O parricídio, estando fora do comum, faria a tragédia mais trágica.

Tudo foi assim alegre. Cordovil saiu do baile com sono, e foi cochilando no carro, apesar do mal calçado das ruas. Perto de casa, sentiu parar o carro e ouviu rumor de vozes. Era o caso de um defunto, que duas praças de polícia estavam levantando do chão.

— Assassinado? perguntou ele ao lacaio, que descera da almofada para saber o que era.

— Não sei, não, senhor.

— Pergunta o que é.

— Este moço sabe como foi, disse o lacaio, indicando um desconhecido, que falava a outros.

O moço aproximou-se da portinhola, antes que o deputado recusasse ouvi-lo. Referiu-lhe então em poucas palavras o acidente a que assistira.

Vínhamos andando, ele adiante, eu atrás. Parece que assobiava uma polca. Indo a atravessar a rua para o lado do Mangue, vi que estacou o passo, a modo que torceu o corpo, não sei bem, e caiu sem sentidos. Um doutor, que chegou logo, descendo de um sobradinho, examinou o homem e disse que "morreu de repente". Foi-se juntando gente, a patrulha levou muito tempo a chegar. Agora pegou dele. Quer ver o defunto?

— Não, obrigado. Já se pode passar?

— Pode.

— Obrigado. Vamos, Domingos.

Domingos trepou à almofada, o cocheiro tocou os animais, e o carro seguiu até à Rua de S. Cristóvão, onde morava Cordovil.

Antes de chegar a casa, Cordovil foi pensando na morte do desconhecido. Em si mesma, era boa; comparada à do inimigo pessoal, excelente. Ia a assobiar, cuidando sabe Deus em que delícia passada ou em que esperança futura; revivia o que vivera, ou antevia o que podia viver, senão quando, a morte pegou da delícia ou da esperança, e lá se foi o homem ao eterno repouso. Morreu sem dor, ou, se alguma teve, foi acaso brevíssima, como um relâmpago que deixa a escuridão mais escura.

Então pôs o caso em si. Se lhe tem acontecido no Cassino a morte do Aterrado? Não seria dançando; os seus quarenta anos não dançavam. Podia até dizer que ele só dançou até aos vinte. Não era dado a moças, tivera uma afeição única na vida, — aos vinte e cinco anos, casou e enviuvou ao cabo de cinco semanas para não casar mais. Não é que lhe faltassem noivas, — mormente depois de perder o avô, que lhe deixou duas fazendas. Vendeu-as ambas e passou a viver consigo, fez duas viagens à Europa, continuou a política e a sociedade. Ultimamente parecia enojado de uma e de outra, mas não tendo em que matar o tempo, não abriu mão delas. Chegou a ser ministro uma vez, creio que da marinha, não passou de sete meses. Nem a pasta lhe deu glória, nem a demissão desgosto. Não era ambicioso, e mais puxava para a quietação que para o movimento.

Mas se lhe tivesse sucedido morrer de repente no Cassino, ante uma valsa ou quadrilha, entre duas portas? Podia ser muito bem. Cordovil compôs de imaginação a cena, ele caído de bruços ou de costas, o prazer turbado, a dança interrompida... e daí podia ser que não; um pouco de espanto apenas, outro de susto, os homens animando as damas, a orquestra continuando por instantes a oposição do compasso e da confusão. Não faltariam braços que o levassem para um gabinete, já morto, totalmente morto.

— Tal qual a morte de César, ia dizendo consigo.

E logo emendou:

— Não, melhor que ela; sem ameaça, nem armas, nem sangue, uma simples queda e o fim. Não sentiria nada.

Cordovil deu consigo a rir ou a sorrir, alguma cousa que afastava o terror e deixava a sensação da liberdade. Em verdade, antes a morte assim que após longos dias ou longos meses e anos, como o adversário que perdera algumas horas antes. Nem era morrer; era um gesto de chapéu, que se perdia no ar com a própria mão e a alma que lhe dera movimento. Um cochilo e o sono eterno. Achava-lhe um só defeito, — o aparato. Essa morte no meio de um baile, defronte do imperador, ao som de Strauss, contada, pintada, enfeitada nas folhas públicas, essa morte pareceria de encomenda. Paciência, uma vez que fosse repentina.

Também pensou que podia ser na Câmara, no dia seguinte, ao começar o debate do orçamento. Tinha a palavra; já andava cheio de algarismos e citações. Não quis imaginar o caso, não valia a pena; mas o caso teimou e apareceu de si mesmo. O salão da Câmara, em vez do do Cassino, sem damas ou com poucas, nas tribunas. Vasto silêncio. Cordovil em pé começaria o discurso, depois de circular os olhos pela casa, fitar o ministro e fitar o presidente: "Releve-me a Câmara que lhe tome algum tempo, serei breve, buscarei ser justo..." Aqui uma nuvem lhe taparia os olhos, a língua pararia, o coração também, e ele cairia de golpe no chão. Câmara, galerias, tribunas ficariam assombradas. Muitos deputados correriam a erguê-lo; um, que era médico, verificaria a morte; não diria que fora de repente, como o do sobradinho do Aterrado, mas por outro estilo mais técnico. Os trabalhos seriam suspensos, depois de algumas palavras do presidente e escolha da comissão que acompanharia o finado ao cemitério...

Cordovil quis rir da circunstância de imaginar além da morte, o movimento e o saimento, as próprias notícias dos jornais, que ele leu de cor e depressa. Quis rir, mas preferia cochilar; os olhos é que, estando já perto de casa e da cama, não quiseram desperdiçar o sono, e ficaram arregalados.

Então a morte, que ele imaginara pudesse ter sido no baile, antes de sair, ou no dia seguinte em plena sessão da Câmara, apareceu ali mesmo no carro. Supôs ele que, ao abrirem-lhe a portinhola, descem com o seu cadáver. Sairia assim de uma noite ruidosa para outra pacífica, sem conversas, nem danças, nem encontros, sem espécie alguma de luta ou resistência. O estremeção que teve fez-lhe ver que não era verdade. Efetivamente, o carro entrou na chácara, estacou, e Domingos saltou da almofada para vir abrir-lhe a portinhola. Cordovil desceu com as pernas e a alma vivas, e entrou pela porta lateral, onde o aguardava com um castiçal e vela acesa o escravo Florindo. Subiu a escada, e os pés sentiam que os degraus eram deste mundo; se fossem do outro, desceriam naturalmente. Em cima, ao entrar no quarto, olhou para a cama; era a mesma dos sonos quietos e demorados.

— Veio alguém?

— Não, senhor, respondeu o escravo distraído, mas corrigiu logo: Veio, sim, senhor; veio aquele doutor que almoçou com meu senhor domingo passado.

— Queria alguma cousa?

— Disse que vinha dar a meu senhor uma boa notícia, e deixou este bilhete — que eu botei ao pé da cama.

O bilhete referia a morte do inimigo; era de um dos amigos que usavam contar-lhe a marcha da moléstia. Quis ser o primeiro a anunciar o desenlace, um alegrão, com um abraço apertado. Enfim, morrera o patife. Não disse a cousa assim por esses termos claros, mas os que empregou vinham a dar neles, acrescendo que não atribuiu esse único objeto à visita. Vinha passar a noite; só ali soube que Cordovil fora ao Cassino. Ia a sair, quando lhe lembrou a morte e pediu ao Florindo que lhe deixasse escrever duas linhas. Cordovil entendeu o significado, e ainda uma vez lhe doeu a agonia do outro. Fez um gesto de melancolia e exclamou a meia voz:

— Coitado! Vivam as mortes súbitas!

Florindo, se referisse o gesto e a frase ao doutor do bilhete, talvez o fizesse arrepender da canseira. Nem pensou nisso; ajudou o senhor a preparar-se para dormir, ouviu as últimas ordens e despediu-se. Cordovil deitou-se.

— Ah! suspirou ele estirando o corpo cansado.

Teve então uma idéia, a de amanhecer morto. Esta hipótese, a melhor de todas, porque o apanharia meio morto, trouxe consigo mil fantasias que lhe arredaram o sono dos olhos. Em parte, era a repetição das outras, a participação à Câmara, as palavras do presidente, comissão para o saimento, e o resto. Ouviu lástimas de amigos e de fâmulos, viu notícias impressas, todas lisonjeiras ou justas. Chegou a desconfiar que era já sonho. Não era. Chamou-se ao quarto, à cama, a si mesmo: estava acordado.

A lamparina deu melhor corpo à realidade. Cordovil espancou as idéias fúnebres e esperou que as alegres tomassem conta dele e dançassem até cansá-lo. Tentou vencer uma visão com outra. Fez até uma cousa engenhosa, convocou os cinco sentidos, porque a memória de todos eles era aguda e fresca; foi assim evocando lances e rasgos longamente extintos. Gestos, cenas de sociedade e de família, panoramas, repassou muita cousa vista, com o aspecto do tempo diverso e remoto. Deixara de comer acepipes que outra vez lhe sabiam, como se estivesse agora a mastigá-los. Os ouvidos escutavam passos leves e pesados, cantos joviais e tristes, e palavras de todos os feitios. O tato, o olfato, todos fizeram o seu ofício, durante um prazo que ele não calculou.

Cuidou de dormir e cerrou bem os olhos. Não pôde, nem do lado direito, nem do esquerdo, de costas nem de bruços. Ergueu-se e foi ao relógio; eram três horas. Insensivelmente levou-o à orelha a ver se estava parado; estava andando, dera-lhe corda. Sim, tinha tempo de dormir um bom sono; deitou-se, cobriu a cabeça para não ver a luz.

Ah! foi então que o sono tentou entrar, calado e surdo, todo cautelas, como seria a morte, se quisesse levá-lo de repente, para nunca mais. Cordovil cerrou os olhos com força, e fez mal, porque a força acentuou a vontade que tinha de dormir; cuidou de os afrouxar, e fez bem. O sonho, que ia a recuar, tornou atrás, e veio estirar-se ao lado dele, passando-lhe aqueles braços leves e pesados, a um tempo, que tiram à pessoa todo movimento. Cordovil os sentia, e com os seus quis conchegá-los ainda mais... A imagem não é boa, mas não tenho outra à mão nem tempo de ir buscá-la.

Digo só o resultado do gesto, que foi arredar o sono de si, tão aborrecido ficou este reformador de cansados.

— Que terá ele hoje contra mim? perguntaria o sono, se falasse.

Tu sabes que ele é mudo por essência. Quando parece que fala é o sonho que abre a boca à pessoa; ele não, ele é a pedra, e ainda a pedra fala, se lhe batem, como estão fazendo agora os calceteiros da minha rua. Cada pancada acorda na pedra um som, e a regularidade do gesto torna aquele som tão pontual que parece a alma de um relógio. Vozes de conversa ou de pregão, rodas de carro, passos de gente, uma janela batida pelo vento, nada dessas cousas que ora ouço, animava então a rua e a noite de Cordovil. Tudo era propício ao sono.

Cordovil ia finalmente dormir, quando a idéia de amanhecer morto apareceu outra vez. O sono recuou e fugiu. Esta alternativa durou muito tempo. Sempre que o sono ia a grudar-lhe os olhos, a lembrança da morte os abria, até que ele sacudiu o lençol e saiu da cama. Abriu uma janela e encostou-se ao peitoril. O réu queria clarear, alguns vultos iam passando na rua, trabalhadores e mercadores que desciam para o centro da cidade. Cordovil sentiu um arrepio; não sabendo se era frio ou medo, foi vestir um camisão de chita, e voltou para a janela. Parece que era frio, porque não sentia mais nada.

A gente continuava a passar, o céu a clarear, e um assobio da estrada de ferro deu sinal de trem que ia partir. Homens e cousas vinham do descanso; o céu fazia economia de estrelas, apagando-as, à medida que o sol ia chegando para o seu ofício. Tudo dava idéia de vida. Naturalmente a idéia da morte foi recuando e desapareceu de todo, enquanto o nosso homem, que suspirou por ela no Cassino, que a desejou para o dia seguinte na Câmara dos deputados, que a encarou no carro, voltou-lhe as costas quando a viu entrar com o sono, seu irmão mais velho, — ou mais moço, não sei.

Quando veio a falecer, muitos anos depois, pediu e teve a morte, não súbita, mas vagarosa, a morte de um vinho filtrado, que sai impuro de uma garrafa para entrar purificado em outra; a borra iria para o cemitério. Agora é que lhe via a filosofia; em ambas as garrafas era sempre o vinho que ia ficando, até passar inteiro e pingado para a segunda. Morte súbita não acabava de entender o que era.

UM CAPITÃO DE VOLUNTÁRIOS

Indo a embarcar para a Europa, logo depois da proclamação da República, Simão de Castro fez inventário das cartas e apontamentos; rasgou tudo. Só lhe ficou a narração que ides ler; entregou a um amigo para imprimi-la quando ele estivesse barra fora. O amigo não cumpriu a recomendação por achar na história alguma cousa que podia ser penosa, e assim lho disse em carta. Simão respondeu que estava por tudo o que quisesse; não tendo vaidades literárias, pouco se lhe dava de vir ou não a público. Agora que os dous faleceram, e não há igual escrúpulo, dá-se o manuscrito ao prelo.

Éramos dous, elas duas. Os dous íamos ali por visita, costume, desfastio, e finalmente por amizade. Fiquei amigo do dono da casa, ele meu amigo. Às tardes, sobre o jantar, — jantava-se cedo em 1866, — ia ali fumar um charuto. O sol ainda entrava pela janela, donde se via um morro com casas em cima. A janela oposta dava para o mar. Não digo a rua nem o bairro; a cidade posso dizer que era o Rio de Janeiro. Ocultarei o nome do meu amigo; ponhamos uma letra, X... Ela, uma delas, chamava-se Maria.

Quando eu entrava, já ele estava na cadeira de balanço. Os móveis da sala eram poucos, os ornatos raros, tudo simples. X... estendia-me a mão larga e forte; eu ia sentar-me ao pé da janela, olho na sala, olho na rua. Maria, ou já estava ou vinha de dentro. Éramos nada um para o outro; ligava-nos unicamente a afeição de X... Conversávamos; eu saía para casa ou ia passear, eles ficavam e iam dormir. Algumas vezes jogávamos cartas, às noites, e, para o fim do tempo, era ali que eu passava a maior parte destas.

Tudo em X... me dominava. A figura primeiro. Ele robusto, eu franzino; a minha graça feminina, débil, desaparecia ao pé do garbo varonil dele, dos seus ombros largos, cadeiras largas, jarrete forte e o pé sólido que, andando, batia rijo no chão. Dai-me um bigode escasso e fino; vede nele as suíças longas, espessas e encaracoladas, e um dos seus gestos habituais, pensando ou escutando, era passar os dedos por elas, encaracolando-as sempre. Os olhos completavam a figura, não só por serem grandes e belos, mas porque riam mais e melhor que a boca. Depois da figura, a idade; X... era homem de quarenta anos, eu não passava dos vinte e quatro. Depois da idade, a vida; ele vivera muito, em outro meio, donde saíra a encafuar-se naquela casa, com aquela senhora; eu não vivera nada nem com pessoa alguma. Enfim, — e este rasgo é capital, — havia nele uma fibra castelhana, uma gota do sangue que circula nas páginas de Calderón, uma atitude moral que posso comparar, sem depressão nem riso, à do herói de Cervantes.[11]

11. Referências ao célebre poeta dramático espanhol Pedro Calderón de la Barca (1600-1681) e a Miguel de Cervantes Saavedra, também espanhol (1547-1616), autor do imortal romance *Dom Quixote da Mancha,* em que parodia os romances de cavalaria.

Como se tinham amado? Datava de longe. Maria contava já vinte e sete anos, e parecia haver recebido alguma educação. Ouvi que o primeiro encontro fora em um baile de máscaras, no antigo Teatro Provisório. Ela trajava uma saia curta, e dançava ao som de um pandeiro. Tinha os pés admiráveis, e foram eles ou o seu destino a causa do amor de X... Nunca lhe perguntei a origem da aliança; sei só que ela tinha uma filha, que estava no colégio e não vinha à casa; a mãe é que ia vê-la. Verdadeiramente as nossas relações eram respeitosas, e o respeito ia ao ponto de aceitar a situação sem a examinar.

Quando comecei a ir ali, não tinha ainda o emprego no banco. Só dous ou três meses depois é que entrei para este, e não interrompi as relações. Maria tocava piano; às vezes, ela e a amiga Raimunda conseguiam arrastar X... ao teatro; eu ia com eles. No fim, tomávamos chá em sala particular, e, uma ou outra vez, se havia lua, acabávamos a noite indo de carro a Botafogo.

A estas festas não ia Barreto, que só mais tarde começou a freqüentar a casa. Entretanto, era bom companheiro, alegre e rumoroso. Uma noite, como saíssemos de lá, encaminhou a conversa para as duas mulheres, e convidou-me a namorá-las.

— Tu escolhes uma, Simão, eu outra.

Estremeci e parei.

— Ou antes, eu já escolhi, continuou ele; escolhi a Raimunda. Gosto muito da Raimunda. Tu, escolhe a outra.

— A Maria?

— Pois que outra há de ser?

O alvoroço que me deu este tentador foi tal que não achei palavra de recusa, nem palavra nem gesto. Tudo me pareceu natural e necessário. Sim, concordei em escolher Maria; era mais velha que eu três anos, mas tinha a idade conveniente para ensinar-me a amar. Está dito, Maria. Deitamo-nos às duas conquistas com ardor e tenacidade. Barreto não tinha que vencer muito; a eleita dele não trazia amores, mas até pouco antes padecera de uns que rompera contra a vontade, indo o amante casar com uma moça de Minas. Depressa se deixou consolar. Barreto um dia, estando eu a almoçar, veio anunciar-me que recebera uma carta dela, e mostrou-ma.

— Estão entendidos?

— Estamos. E vocês?

— Eu não.

— Então quando?

— Deixa ver; eu te digo.

Naquele dia fiquei meio vexado. Com efeito, apesar da melhor vontade deste mundo, não me atrevia a dizer a Maria os meus sentimentos. Não suponhas que era nenhuma paixão. Não tinha paixão, mas curiosidade. Quando a via esbelta e fresca, toda calor e vida; sentia-me tomado de uma força nova e misteriosa; mas, por um lado, não amara nunca, e, por outro, Maria era a companheira de meu amigo. Digo isto, não para explicar escrúpulos, mas unicamente para fazer compreender o meu acanhamento. Viviam juntos desde alguns anos, um para o outro. X... tinha confiança em mim, confiança absoluta, comunicava-me os seus negócios, contava-me cousas da vida passada. Apesar da desproporção da idade, éramos como estudantes do mesmo ano.

Como entrasse a pensar mais constantemente em Maria, é provável que por algum gesto lhe houvesse descoberto o meu recente estado; certo é que, um dia, ao apertar-lhe a mão, senti que os dedos dela se demoravam mais entre os meus. Dous dias depois, indo ao correio, encontrei-a selando uma carta para a Bahia. Ainda não disse que era baiana? Era baiana. Ela é que me viu primeiro e me falou. Ajudei-lhe a pôr o selo e despedimo-nos. À porta ia a dizer alguma cousa, quando vi ante nós, parada, a figura de X...

— Vim trazer a carta para mamãe, apressou-se ela em dizer.

Despediu-se de nós e foi para casa; ele e eu tomamos outro rumo. X... aproveitou a ocasião para fazer muitos elogios de Maria. Sem entrar em minudências acerca da origem das relações, assegurou-me que fora uma grande paixão igual em ambos, e concluiu que tinha a vida feita.

— Já agora não me caso; vivo maritalmente com ela, morrerei com ela. Tenho só uma pena; é ser obrigado a viver separado de minha mãe. Minha mãe sabe, disse-me ele parando. E continuou andando: sabe, e até já me fez uma alusão muito vaga e remota, mas que eu percebi. Consta-me que não desaprova; sabe que Maria é séria e boa, e uma vez que eu seja feliz, não exige mais nada. O casamento não me daria mais que isto...

Disse muitas outras cousas, que eu fui ouvindo sem saber de mim; o coração batia-me rijo, e as pernas andavam frouxas. Não atinava com resposta idônea; alguma palavra que soltava, saía-me engasgada. Ao cabo de algum tempo, ele notou o meu estado e interpretou-o erradamente; supôs que as suas confidências me aborreciam, e disse-mo rindo. Contestei sério:

— Ao contrário, ouço com interesse, e trata-se de pessoa de toda a consideração e respeito.

Penso agora que cedia inconscientemente a uma necessidade de hipocrisia. A idade das paixões é confusa, e naquela situação não posso discernir bem os sentimentos e suas causas. Entretanto, não é fora de propósito que buscasse dissipar no ânimo de X... qualquer possível desconfiança. A verdade é que ele me ouviu agradecido. Os seus grandes olhos de criança envolveram-me todo, e quando nos despedimos, apertou-me a mão com energia. Creio até que lhe ouvi dizer: "Obrigado!"

Não me separei dele aterrado, nem ferido de remorsos prévios. A primeira impressão da confidência esvaiu-se, ficou só a confidência, e senti crescer-me o alvoroço da curiosidade. X... falara-me de Maria como de pessoa casta e conjugal; nenhuma alusão às suas prendas físicas, mas a minha idade dispensava qualquer referência direta. Agora, na rua, via de cor a figura da moça, os seus gestos igualmente lânguidos e robustos, e cada vez me sentia mais fora de mim. Em casa escrevi-lhe uma carta longa e difusa, que rasguei meia hora depois, e fui jantar. Sobre o jantar fui à casa de X...

Eram ave-marias. Ele estava na cadeira de balanço, eu sentei-me no lugar do costume, olho na sala, olho no morro. Maria apareceu tarde, depois das horas, e tão anojada que não tomou parte na conversação. Sentou-se e cochilou; depois tocou um pouco de piano e saiu da sala.

— Maria acordou hoje com a mania de colher donativos para a guerra, disse-me ele. Já lhe fiz notar que nem todos quererão parecer que... Você sabe... A posição dela... Felizmente, a idéia há de passar; tem dessas fantasias...

— E por que não?

— Ora, porque não! E depois, a guerra do Paraguai, não digo que não seja como todas as guerras, mas palavra, não me entusiasma. A princípio, sim, quando o López tomou o *Marquês de Olinda,* fiquei indignado; logo depois perdi a impressão, e agora, francamente, acho que tínhamos feito muito melhor se nos aliássemos ao López contra os argentinos.

— Eu não. Prefiro os argentinos.

— Também gosto deles, mas, no interesse da nossa gente, era melhor ficar com o López.

— Não; olhe, eu estive quase a alistar-me como voluntário da pátria.

— Eu, nem que me fizessem coronel, não me alistava.

Ele disse não sei que mais. Eu, como tinha a orelha afiada, à escuta dos pés de Maria, não respondi logo, nem claro, nem seguido; fui engrolando alguma palavra e sempre à escuta. Mas o diabo da moça não vinha; imaginei que estariam arrufados. Enfim, propus cartas, podíamos jogar uma partida de voltarete.

— Podemos, disse ele.

Passamos ao gabinete. X... pôs as cartas na mesa e foi chamar a amiga. Dali ouvi algumas frases sussurradas, mas só estas me chegaram claras:

— Vem! é só meia hora.

— Que maçada! Estou doente.

Maria apareceu no gabinete, bocejando. Disse-me que era só meia hora; tinha dormido mal, doía-lhe a cabeça e contava deitar-se cedo. Sentou-se enfastiada, e começamos a partida. Eu arrependia-me de haver rasgado a carta; lembravam-me alguns trechos dela, que diriam bem o meu estado, com o calor necessário a persuadi-la. Se a tenha conservado, entregava-lhe agora; ela ia muita vez ao patamar da escada despedir-se de mim e fechar a cancela. Nessa ocasião podia dar-lha; era uma solução da minha crise.

Ao cabo de alguns minutos, X... levantou-se para ir buscar tabaco de uma caixa de folha-de-flandres, posta sobre a secretária. Maria fez então um gesto que não sei como diga nem pinte. Ergueu as cartas à altura dos olhos para os tapar, voltou-os para mim que lhe ficava à esquerda, e arregalou-os tanto e com tal fogo e atração, que não sei como não entrei por eles. Tudo foi rápido. Quando ele voltou fazendo um cigarro, Maria tinha as cartas embaixo dos olhos, abertas em leque, fitando-as como se calculasse. Eu devia estar trêmulo; não obstante, calculava também, com a diferença de não poder falar. Ela disse então com placidez uma das palavras do jogo, *passo* ou *licença.*

Jogamos cerca de uma hora. Maria, para o fim, cochilava literalmente, e foi o próprio X... que lhe disse que era melhor ir descansar. Despedi-me e passei ao corredor, onde tinha o chapéu e a bengala. Maria, à porta da sala, esperava que eu saísse e acompanhou-me até à cancela, para fechá-la. Antes que eu descesse, lançou-me um dos braços ao pescoço, chegou-me a si, colou-me os lábios nos lábios, onde eles me depositaram um beijo grande, rápido e surdo. Na mão senti alguma cousa.

— Boa noite, disse Maria fechando a cancela.

Não sei como não caí. Desci atordoado, com o beijo na boca, os olhos nos dela, e a mão apertando instintivamente um objeto. Cuidei de me pôr longe. Na primeira rua, corri a um lampião, para ver o que trazia. Era um cartão de loja de fazendas, um anúncio, com isto escrito nas costas, a lápis: "Espere-me amanhã, na ponte das barcas de Niterói, à uma hora da tarde."

O meu alvoroço foi tamanho que durante os primeiros minutos não soube absolutamente o que fiz. Em verdade, as emoções eram demasiado grandes e numerosas, e tão de perto seguidas que eu mal podia saber de mim. Andei até ao Largo de S. Francisco de Paula. Tornei a ler o cartão; arrepiei caminho, novamente parei, e uma patrulha que estava perto, talvez desconfiou dos meus gestos. Felizmente, a despeito da comoção, tinha fome e fui cear ao Hotel dos Príncipes. Não dormi antes da madrugada; às seis horas estava em pé. A manhã foi lenta como as agonias lentas. Dez minutos antes de uma hora cheguei à ponte; já lá achei Maria, envolvida numa capa, e com um véu azul no rosto. Ia sair uma barca, entramos, entramos nela.

O mar acolheu-nos bem. A hora era de poucos passageiros. Havia movimento de lanchas, de aves, e o céu luminoso parecia cantar a nossa primeira entrevista. O que dissemos foi tão de atropelo e confusão que não me ficou mais de meia dúzia de palavras, e delas nenhuma foi o nome de X... ou qualquer referência a ele. Sentíamos ambos que traíamos, eu o meu amigo, ela o seu amigo e protetor. Mas, ainda que o não sentíssemos, não é provável que falássemos dele, tão pouco era o tempo para o nosso infinito. Maria apareceu-me então como nunca a vi nem suspeitara, falando de mim e de si, com a ternura possível naquele lugar público, mas toda a possível, não menos. As nossas mãos colavam-se, os nossos olhos comiam-se, e os corações batiam provavelmente ao mesmo compasso rápido e rápido. Pelo menos foi a sensação com que me separei dela, após a viagem redonda a Niterói e S. Domingos. Convidei-a a desembarcar em ambos os pontos, mas recusou; na volta, lembrei-lhe que nos metêssemos numa caleça fechada: "Que idéia faria de mim?" perguntou-me com um gesto de pudor que a transfigurou. E despedimo-nos com prazo dado, jurando-lhe que eu não deixaria de ir vê-los, à noite, como de costume.

Como eu não tomei da pena para narrar a minha felicidade, deixo a parte deliciosa da aventura, com as suas entrevistas, cartas e palavras, e mais os sonhos e esperanças, as infinitas saudades e os renascentes desejos. Tais aventuras são como os almanaques, que, com todas as suas mudanças, hão de trazer os mesmos dias e meses, com os seus eternos nomes e santos. O nosso almanaque apenas durou um trimestre, sem quartos minguantes nem ocasos de sol. Maria era um modelo de graças finas, toda vida, todo movimento. Era baiana, como disse, fora educada no Rio Grande do Sul, na campanha, perto da fronteira. Quando lhe falei do seu primeiro encontro com X... no Teatro Provisório, dançando ao som de um pandeiro, disse-me que era verdade, fora ali vestida à castelhana e de máscara; e, como eu lhe pedisse a mesma cousa, menos a máscara, ou um simples lundu nosso, respondeu-me como quem recusa um perigo:

— Você poderia ficar doudo.

— Mas X... não ficou doudo.

— Ainda hoje não está em seu juízo, replicou Maria rindo. Imagina que eu fazia isto só...

E em pé, num meneio rápido, deu uma volta ao corpo, que me fez ferver o sangue.

O trimestre acabou depressa, como os trimestres daquela casta. Maria faltou um dia à entrevista. Era tão pontual que fiquei tonto quando vi passar a hora. Cinco, dez, quinze minutos; depois vinte, depois trinta, depois quarenta... Não digo as vezes que andei de um lado para outro, na sala, no corredor, à espreita e à escuta, até que de todo passou a possibilidade de vir. Poupo a notícia do meu desespero, o tempo que rolei no chão, falando, gritando ou chorando. Quando cansei, escrevi-lhe uma longa carta; esperei que me escrevesse também, explicando a falta. Não mandei a carta, e à noite fui à casa deles.

Maria pôde explicar-me a falta pelo receio de ser vista e acompanhada por alguém que a perseguia desde algum tempo. Com efeito, havia-me já falado em não sei que vizinho que a cortejava com instância; uma vez disse-me que ele a seguira até à porta da minha casa. Acreditei na razão, e propus-lhe outro lugar de encontro, mas não lhe pareceu conveniente. Desta vez achou melhor suspendermos as nossas entrevistas, até fazer calar as suspeitas. Não sairia de casa. Não compreendi então que a principal verdade era ter cessado nela o ardor dos primeiros dias. Maria era outra, principalmente outra. E não podes imaginar o que vinha a ser essa bela criatura, que tinha em si o fogo e o gelo, e era mais quente e mais fria que ninguém.

Quando me entrou a convicção de que tudo estava acabado, resolvi não voltar lá, mas nem por isso perdia a esperança; era para mim questão de esforço. A imaginação, que torna presentes os dias passados, fazia-me crer facilmente na possibilidade de restaurar as primeiras semanas. Ao cabo de cinco dias, voltei; não podia viver sem ela.

X... recebeu-me com o seu grande riso infante, os olhos puros, a mão forte e sincera; perguntou a razão da minha ausência. Aleguei uma febrezinha, e, para explicar o enfadamento que eu não podia vencer, disse que ainda me doía a cabeça. Maria compreendeu tudo; nem por isso se mostrou meiga ou compassiva, e, à minha saída, não foi até ao corredor, como de costume.

Tudo isto dobrou a minha angústia. A idéia de morrer entrou a passar-me pela cabeça; e, por uma simetria romântica, pensei em meter-me na barca de Niterói, que primeiro acolheu os nossos amores, e, no meio da baía, atirar-me ao mar. Não iniciei tal plano nem outro. Tendo encontrado casualmente o meu amigo Barreto, não vacilei em lhe dizer tudo; precisava de alguém para falar comigo mesmo. No fim pedi-lhe segredo; devia pedir-lhe que especialmente não contasse nada a Raimunda. Nessa mesma noite ela soube tudo. Raimunda era um espírito aventureiro, amigo de entrepresas e novidades. Não se lhe dava, talvez, de mim nem da outra, mas viu naquilo um lance, uma ocupação, e cuidou em reconciliar-nos; foi o que eu soube depois, e é o que dá lugar a este papel.

Falou-lhe uma e mais vezes. Maria quis negar a princípio, acabou confessando tudo, dizendo-se arrependida da cabeçada que dera. Usaria provavelmente de circunlóquios e sinônimos, frases vagas e truncadas, alguma vez empregaria só gestos. O texto que aí fica é o da própria Raimunda, que me mandou chamar à casa dela e me referiu todos os seus esforços, contente de si mesma.

— Mas não perca as esperanças, concluiu; eu disse-lhe que o senhor era capaz de matar-se.

— E sou.

— Pois não se mate por ora; espere.

No dia seguinte vi nos jornais uma lista de cidadãos que, na véspera, tinham ido ao quartel-general apresentar-se como voluntários da pátria, e nela o nome de X..., com o posto de capitão. Não acreditei logo; mas eram os mesmos, na mesma ordem, e uma das folhas fazia referências à família de X..., ao pai, que fora oficial de marinha, e à figura esbelta e varonil do novo capitão; era ele mesmo.

A minha primeira impressão foi de prazer; íamos ficar sós. Ela não iria de vivandeira para o Sul. Depois, lembrou-me o que ele me disse acerca da guerra, e achei estranho o seu alistamento de voluntário, ainda que o amor dos atos generosos e a nota cavalheiresca do espírito de X..., pudessem explicá-lo. Nem de coronel iria, disse-me, e agora aceitava o posto de capitão. Enfim, Maria; como é que ele, que tanto lhe queria, ia separar-se dela repentinamente, sem paixão forte que o levasse à guerra?

Havia três semanas que eu não ia à casa deles. A notícia do alistamento justificava a minha visita imediata e dispensava-me de explicações. Almocei e fui. Compus um rosto ajustado à situação e entrei. X... veio à sala, depois de alguns minutos de espera. A cara desdizia das palavras; estas queriam ser alegres e leves, aquela era fechada e torva, além de pálida. Estendeu-me a mão, dizendo:

— Então, vem ver o capitão de voluntários?

— Venho ouvir o desmentido.

— Que desmentido? É pura verdade. Não sei como isto foi, creio que as últimas notícias... Você por que não vem comigo?

— Mas então é verdade?

— É.

Após alguns instantes de silêncio, meio sincero, por não saber realmente que dissesse, meio calculado, para persuadi-lo da minha consternação, murmurei que era melhor não ir, e falei-lhe na mãe. X... respondeu-me que a mãe aprovava; era viúva de militar. Fazia esforços para sorrir, mas a cara continuava a ser de pedra. Os olhos buscavam desviar-se, e geralmente não fitavam bem nem longo. Não conversamos muito; ele ergueu-se, alegando que ia liquidar um negócio, e pediu-me que voltasse a vê-lo. À porta, disse-me com algum esforço:

— Venha jantar um dia destes, antes da minha partida.

— Sim.

— Olhe, venha jantar amanhã.

— Amanhã?

— Ou hoje, se quiser.

— Amanhã.

Quis deixar lembranças a Maria; era natural e necessário, mas faltou-me o ânimo. Embaixo arrependi-me de o não ter feito. Recapitulei a conversação, achei-me atado e incerto; ele pareceu-me, além de frio, sobranceiro. Vagamente, senti alguma cousa mais. O seu aperto de mão tanto à entrada, como à saída, não me dera a sensação do costume.

Na noite desse dia, Barreto veio ter comigo, atordoado com a notícia da manhã, e perguntando-me o que sabia; disse-lhe que nada. Contei-lhe a minha visita da manhã, a nossa conversação, sem as minhas suspeitas.

— Pode ser engano, disse ele, depois de um instante.

— Engano?

— Raimunda contou-me hoje que falara a Maria, que esta negara tudo a princípio, depois confessara, e recusara reatar as relações com você.

— Já sei.

— Sim, mas parece que da terceira vez foram pressentidas e ouvidas por ele, que estava na saleta ao pé. Maria correu a contar a Raimunda que ele mudara inteiramente; esta dispôs-se a sondá-lo, eu opus-me, até que li a notícia nos jornais. Vi-o na rua, andando: não tinha aquele gesto sereno de costume, mas o passo era forte.

Fiquei aturdido com a notícia, que confirmava a minha impressão. Nem por isso deixei de ir lá jantar no dia seguinte. Barreto quis ir também; percebi que era com o fim único de estar comigo, e recusei.

X... não dissera nada a Maria; achei-os na sala, e não me lembro de outra situação na vida em que me sentisse mais estranho a mim mesmo. Apertei-lhes a mão, sem olhar para ela. Creio que ela também desviou os olhos. Ele é que, com certeza, não nos observou; riscava um fósforo e acendia um cigarro. Ao jantar falou o mais naturalmente que pôde, ainda que frio. O rosto exprimia maior esforço que na véspera. Para explicar a possível alteração, disse-me que embarcaria no fim da semana, e que, à proporção que a hora ia chegando, sentia dificuldade em sair.

— Mas é só até fora da barra; lá fora torno a ser o que sou, e, na campanha, serei o que devo ser.

Usava dessas palavras rígidas, alguma vez enfáticas. Notei que Maria trazia os olhos pisados; soube depois que chorara muito e tivera grande luta com ele, na véspera, para que não embarcasse. Só conhecera a resolução pelos jornais, prova de alguma cousa mais particular que o patriotismo. Não falou à mesa, e a dor podia explicar o silêncio, sem nenhuma outra causa de constrangimento pessoal. Ao contrário, X... procurava falar muito, contava os batalhões, os oficiais novos, as probabilidades de vitória, e referia anedotas e boatos, sem curar de ligação. Às vezes, queria rir; para o fim, disse que naturalmente voltaria general, mas ficou tão carrancudo depois deste gracejo, que não tentou outro. O jantar acabou frio; fumamos, ele ainda quis falar da guerra, mas o assunto estava exausto. Antes de sair, convidei-o a ir jantar comigo.

— Não posso; todos os meus dias estão tomados.

— Venha almoçar.

— Também não posso. Faço uma cousa; na volta do Paraguai, o terceiro dia é seu.

Creio ainda hoje que o fim desta última frase era indicar que os dous primeiros dias seriam da mãe e de Maria; assim, qualquer suspeita que eu tivesse dos motivos secretos da resolução, devia dissipar-se. Nem bastou isso; disse-me que escolhesse uma prenda em lembrança, um livro, por exemplo. Preferi o seu último retrato, fotografado a pedido da mãe, com a farda de capitão de voluntários. Por dissimulação quis que assinasse; ele prontamente escreveu: "Ao seu leal amigo Simão de Castro oferece o capitão de voluntários da pátria X..." O mármore do rosto era mais duro, o olhar mais torvo; passou os dedos pelo bigode, com um gesto convulso, e despedimo-nos.

No sábado embarcou. Deixou a Maria os recursos necessários para viver aqui, na Bahia, ou no Rio Grande do Sul; ela preferiu o Rio Grande, e partiu para lá, três semanas depois, a esperar que ele voltasse da guerra. Não a pude ver antes; fechara-me a porta, como já me havia fechado o rosto e o coração.

Antes de um ano, soube-se que ele morrera em combate, no qual se houve com mais denodo que perícia. Ouvi contar que primeiro perdera um braço, e que provavelmente a vergonha de ficar aleijado o fez atirar-se contra as armas inimigas, como quem queria acabar de vez. Esta versão podia ser exata, porque ele tinha desvanecimento das belas formas; mas a causa foi complexa. Também me contaram que Maria, voltando do Rio Grande, morreu em Curitiba; outros dizem que foi acabar em Montevidéu. A filha não passou dos quinze anos.

Eu cá fiquei entre os meus remorsos e saudades; depois, só remorsos; agora admiração apenas, uma admiração particular, que não é grande senão por me fazer sentir pequeno. Sim, eu não era capaz de praticar o que ele praticou. Nem efetivamente conheci ninguém que se parecesse com X... E por que teimar nesta letra? Chamemo-lo pelo nome que lhe deram na pia, Emílio, o meigo, o forte, o simples Emílio.

SUJE-SE GORDO!

Uma noite, há muitos anos, passeava eu com um amigo no terraço do teatro de S. Pedro de Alcântara. Era entre o segundo e o terceiro ato da peça *A sentença ou o tribunal do júri*. Só me ficou o título, e foi justamente o título que nos levou a falar da instituição e de um fato que nunca mais me esqueceu.

— Fui sempre contrário ao júri, — disse-me aquele amigo, — não pela instituição em si, que é liberal, mas porque me repugna condenar alguém, e por aquele preceito do Evangelho: "Não queirais julgar para que não sejais julgados." Não obstante, servi duas vezes. O tribunal era então no antigo Aljube,[12] fim da Rua dos Ourives, princípio da Ladeira da Conceição.

Tal era o meu escrúpulo que, salvo dous, absolvi todos os réus. Com efeito, os crimes não me pareceram provados; um ou dous processos eram muito mal feitos. O primeiro réu que condenei, era um moço limpo, acusado de haver furtado certa quantia, não grande, antes pequena, com falsificação de um papel. Não negou o fato, nem podia fazê-lo, contestou que lhe coubesse a iniciativa ou inspiração do crime. Alguém, que não citava, foi que lhe lembrou esse modo de acudir a uma necessidade urgente; mas Deus, que via os corações, daria ao criminoso verdadeiro o merecido castigo. Disse isso sem ênfase, triste, a palavra surda, os olhos mortos, com tal palidez que metia pena; o promotor público achou nessa mesma cor do gesto a confissão do crime. Ao contrário, o defensor mostrou que o abatimento e a palidez significavam a lástima da inocência caluniada.

Poucas vezes terei assistido a debate tão brilhante. O discurso do promotor foi curto, mas forte, indignado, com um tom que parecia ódio, e não era. A defesa, além do talento do advogado, tinha a circunstância de ser a estréia dele na tribuna. Parentes, colegas e amigos esperavam o primeiro discurso do rapaz, e não perderam na espera. O discurso foi admirável, e teria salvo o réu, se ele pudesse ser salvo, mas o crime metia-se pelos olhos dentro. O advogado morreu dous anos depois, em 1865. Quem sabe o que se perdeu nele! Eu, acredite, quando vejo morrer um moço de talento, sinto mais que quando morre um velho... Mas vamos ao que ia contando. Houve réplica do promotor e tréplica do defensor. O presidente do tribunal resumiu os debates, e, lidos os quesitos, foram entregues ao presidente do conselho, que era eu.

Não digo o que se passou na sala secreta; além de ser secreto o que lá se passou, não interessa ao caso particular, que era melhor ficasse também calado, confesso. Contarei depressa; o terceiro ato não tarda.

Um dos jurados do conselho, cheio de corpo e ruivo, parecia mais que ninguém convencido do delito e do delinqüente. O processo foi examinado, os quesitos lidos,

12. O Aljube era uma prisão a princípio somente para eclesiásticos, depois tornada prisão comum. A Rua do Aljube é hoje a Rua Acre.

e as respostas dadas (onze votos contra um); só o jurado ruivo estava inquieto. No fim, como os votos assegurassem a condenação, ficou satisfeito, disse que seria um ato de fraqueza, ou cousa pior, a absolvição que lhe déssemos. Um dos jurados, certamente o que votara pela negativa, — proferiu algumas palavras de defesa do moço. O ruivo, — chamava-se Lopes, — replicou com aborrecimento:

— Como, senhor? Mas o crime do réu está mais que provado.

— Deixemos de debate, disse eu, e todos concordaram comigo.

— Não estou debatendo, estou defendendo o meu voto, continuou Lopes. O crime está mais que provado. O sujeito nega, porque todo o réu nega, mas o certo é que ele cometeu a falsidade, e que falsidade! Tudo por uma miséria, duzentos mil-réis! Suje-se gordo! Quer sujar-se? Suje-se gordo!

"Suje-se gordo!" Confesso-lhe que fiquei de boca aberta, não que entendesse a frase, ao contrário; nem a entendi nem a achei limpa, e foi por isso mesmo que fiquei de boca aberta. Afinal caminhei e bati à porta, abriram-nos, fui à mesa do juiz, dei as respostas do conselho e o réu saiu condenado. O advogado apelou; se a sentença foi confirmada ou a apelação aceita, não sei; perdi o negócio de vista.

Quando saí do tribunal, vim pensando na frase do Lopes, e pareceu-me entendê-la. "Suje-se gordo!" era como se dissesse que o condenado era mais que ladrão, era um ladrão reles, um ladrão de nada. Achei esta explicação na esquina da Rua de S. Pedro;[13] vinha ainda pela dos Ourives. Cheguei a desandar um pouco, a ver se descobria o Lopes para lhe apertar a mão; nem sombra de Lopes. No dia seguinte, lendo nos jornais os nossos nomes, dei com o nome todo dele; não valia a pena procurá-lo, nem me ficou de cor. Assim são as páginas da vida, como dizia meu filho quando fazia versos, e acrescentava que as páginas vão passando umas sobre outras, esquecidas apenas lidas. Rimava assim, mas não me lembra a forma dos versos.

Em prosa disse-me ele, muito tempo depois, que eu não devia faltar ao júri, para o qual acabava de ser designado. Respondi-lhe que não compareceria, e citei o preceito evangélico; ele teimou, dizendo ser um dever de cidadão, um serviço gratuito, que ninguém que se prezasse podia negar ao seu país. Fui e julguei três processos.

Um destes era de um empregado do Banco do Trabalho Honrado, o caixa, acusado de um desvio de dinheiro. Ouvira falar no caso, que os jornais deram sem grande minúcia, e aliás eu lia pouco as notícias de crimes. O acusado apareceu e foi sentar-se no famoso banco dos réus. Era um homem magro e ruivo. Fitei-o bem, e estremeci; pareceu-me ver o meu colega daquele julgamento de anos antes. Não poderia reconhecê-lo logo por estar agora magro, mas era a mesma cor dos cabelos e das barbas, o mesmo ar, e por fim a mesma voz e o mesmo nome: Lopes.

— Como se chama? perguntou o presidente.

— Antônio do Carmo Ribeiro Lopes.

Já me não lembravam os três primeiros nomes, o quarto era o mesmo, e os outros sinais vieram confirmando as reminiscências; não me tardou reconhecer a pessoa exata daquele dia remoto. Digo-lhe aqui com verdade que todas essas circunstâncias me impediram de acompanhar atentamente o interrogatório, e muitas cousas me escapa-

13. A antiga Rua de S. Pedro desapareceu para dar lugar à Av. Presidente Vargas.

ram. Quando me dispus a ouvi-lo bem, estava quase no fim. Lopes negava com firmeza tudo o que lhe era perguntado, ou respondia de maneira que trazia uma complicação ao processo. Circulava os olhos sem medo nem ansiedade; não sei até se com uma pontinha de riso nos cantos da boca.

Seguiu-se a leitura do processo. Era uma falsidade e um desvio de cento e dez contos de réis. Não lhe digo como se descobriu o crime nem o criminoso, por já ser tarde; a orquestra está afinando os instrumentos. O que lhe digo com certeza é que a leitura dos autos me impressionou muito, o inquérito, os documentos, a tentativa de fuga do caixa e uma série de circunstâncias agravantes; por fim o depoimento das testemunhas. Eu ouvia ler ou falar e olhava para o Lopes. Também ele ouvia, mas com o rosto alto, mirando o escrivão, o presidente, o teto e as pessoas que o iam julgar; entre elas eu. Quando olhou para mim, não me reconheceu; fitou-me algum tempo e sorriu, como fazia aos outros.

Todos esses gestos do homem serviram à acusação e à defesa, tal como serviram, tempos antes, os gestos contrários do outro acusado. O promotor achou neles a revelação clara do cinismo, o advogado mostrou que só a inocência e a certeza da absolvição podiam trazer aquela paz de espírito.

Enquanto os dous oradores falavam, vim pensando na fatalidade de estar ali, no mesmo banco do outro, este homem que votara a condenação dele, e naturalmente repeti comigo o texto evangélico: "Não queirais julgar, para que não sejais julgados." Confesso-lhe que mais de uma vez me senti frio. Não é que eu mesmo viesse a cometer algum desvio de dinheiro, mas podia, em ocasião de raiva, matar alguém ou ser caluniado de desfalque. Aquele que julgava outrora, era agora julgado também.

Ao pé da palavra bíblica lembrou-me de repente a do mesmo Lopes: "Suje-se gordo!" Não imagina o sacudimento que me deu esta lembrança. Evoquei tudo o que contei agora, o discursinho que lhe ouvi na sala secreta, até àquelas palavras: "Suje-se gordo!" Vi que não era um ladrão reles, um ladrão de nada, sim de grande valor. O verbo é que definia duramente a ação: "Suje-se gordo!" Queria dizer que o homem não se devia levar a um ato daquela espécie sem a grossura da soma. A ninguém cabia sujar-se por quatro patacas. Quer sujar-se? Suje-se gordo!

Idéias e palavras iam assim rolando na minha cabeça, sem eu dar pelo resumo dos debates que o presidente do tribunal fazia. Tinha acabado, leu os quesitos e recolhemo-nos à sala secreta. Posso dizer-lhe aqui em particular que votei afirmativamente, tão certo me pareceu o desvio dos cento e dez contos. Havia, entre outros documentos, uma carta de Lopes que fazia evidente o crime. Mas parece que nem todos leram com os mesmos olhos que eu. Votaram comigo dous jurados. Nove negaram a criminalidade do Lopes, a sentença de absolvição foi lavrada e lida, e o acusado saiu para a rua. A diferença da votação era tamanha que cheguei a duvidar comigo se teria acertado. Podia ser que não. Agora mesmo sinto uns repelões de consciência. Felizmente, se o Lopes não cometeu deveras o crime, não recebeu a pena do meu voto, e esta consideração acaba por me consolar do erro, mas os repelões voltam. O melhor de tudo é não julgar ninguém para não vir a ser julgado. Suje-se gordo! suje-se magro! suje-se como lhe parecer! o mais seguro é não julgar ninguém... Acabou a música, vamos para as nossas cadeiras.

UMAS FÉRIAS

Vieram dizer ao mestre-escola que alguém lhe queria falar.

— Quem é?

— Diz que meu senhor não o conhece, respondeu o preto.

— Que entre.

Houve um movimento geral de cabeças na direção da porta do corredor, por onde devia entrar a pessoa desconhecida. Éramos não sei quantos meninos na escola. Não tardou que aparecesse uma figura rude, tez queimada, cabelos compridos, sem sinal de pente, a roupa amarrotada, não me lembra bem a cor nem a fazenda, mas provavelmente era brim pardo. Todos ficaram esperando o que vinha dizer o homem, eu mais que ninguém, porque ele era meu tio, roceiro, morador em Guaratiba. Chamava-se tio Zeca.

Tio Zeca foi ao mestre e falou-lhe baixo. O mestre fê-lo sentar, olhou para mim, e creio que lhe perguntou alguma cousa, porque tio Zeca entrou a falar demorado, muito explicativo. O mestre insistiu, ele respondeu, até que o mestre, voltando-se para mim, disse alto:

— Sr. José Martins, pode sair.

A minha sensação de prazer foi tal que venceu a de espanto. Tinha dez anos apenas, gostava de folgar, não gostava de aprender. Um chamado de casa, o próprio tio, irmão de meu pai, que chegara na véspera de Guaratiba, era naturalmente alguma festa, passeio, qualquer cousa. Corri a buscar o chapéu, meti o livro de leitura no bolso e desci as escadas da escola, um sobradinho da Rua do Senado. No corredor beijei a mão a tio Zeca. Na rua fui andando ao pé dele, amiudando os passos, e levantando a cara. Ele não me dizia nada, eu não me atrevia a nenhuma pergunta. Pouco depois chegávamos ao colégio de minha irmã Felícia; disse-me que esperasse, entrou, subiu, desceram, e fomos os três caminho de casa. A minha alegria agora era maior. Certamente havia festa em casa, pois que íamos os dous, ela e eu; íamos na frente, trocando as nossas perguntas e conjecturas. Talvez anos de tio Zeca. Voltei a cara para ele; vinha com os olhos no chão, provavelmente para não cair.

Fomos andando. Felícia era mais velha que eu um ano. Calçava sapato raso, atado ao peito do pé por duas fitas cruzadas, vindo acabar acima do tornozelo com laço. Eu, botins de cordavão, já gastos. As calcinhas dela pegavam com a fita dos sapatos, as minhas calças, largas, caíam sobre o peito do pé; eram de chita. Uma ou outra vez parávamos, ela para admirar as bonecas à porta dos armarinhos, eu para ver, à porta das vendas, algum papagaio que descia e subia pela corrente de ferro atada ao pé. Geralmente, era meu conhecido, mas papagaio não cansa em tal idade. Tio Zeca é que nos tirava do espetáculo industrial ou natural. Andem, dizia ele em voz sumida. E nós andávamos, até que outra curiosidade nos fazia deter o passo. Entretanto, o principal era a festa que nos esperava em casa.

— Não creio que sejam anos de tio Zeca, disse-me Felícia.

— Por quê?

— Parece meio triste.

— Triste, não, parece carrancudo.

— Ou carrancudo. Quem faz anos tem a cara alegre.

— Então serão anos de meu padrinho...

— Ou de minha madrinha...

— Mas por que é que mamãe nos mandou para a escola?

— Talvez não soubesse.

— Há de haver jantar grande...

— Com doce...

— Talvez dancemos.

Fizemos um acordo: podia ser festa, sem aniversário de ninguém. A sorte grande, por exemplo. Ocorreu-me também que podiam ser eleições. Meu padrinho era candidato a vereador; embora eu não soubesse bem o que era candidatura nem vereação, tanto ouvira falar em vitória próxima que a achei certa e ganha. Não sabia que a eleição era ao domingo, e o dia era sexta-feira. Imaginei bandas de música, vivas e palmas, e nós, meninos, pulando, rindo, comendo cocadas. Talvez houvesse espetáculo à noite; fiquei meio tonto. Tinha ido uma vez ao teatro, e voltei dormindo, mas no dia seguinte estava tão contente que morria por lá tornar, posto não houvesse entendido nada do que ouvira. Vira muita cousa, isso sim, cadeiras ricas, tronos, lanças compridas, cenas que mudavam à vista, passando de uma sala a um bosque, e do bosque a uma rua. Depois, os personagens, todos príncipes. Era assim que chamávamos aos que vestiam calção de seda, sapato de fivela ou botas, espada, capa de veludo, gorra com pluma. Também houve bailado. As bailarinas e os bailarinos falavam com os pés e as mãos, trocando de posição e um sorriso constante na boca. Depois os gritos do público e as palmas...

Já duas vezes escrevi palmas; é que as conhecia bem Felícia, a quem comuniquei a possibilidade do espetáculo, não me pareceu gostar muito, mas também não recusou nada. Iria ao teatro. E quem sabe se não seria em casa, teatrinho de bonecos? Íamos nessas conjecturas, quando tio Zeca nos disse que esperássemos; tinha parado a conversar com um sujeito.

Paramos, à espera. A idéia da festa, qualquer que fosse, continuou a agitar-nos, mais a mim que a ela. Imaginei trinta mil cousas, sem acabar nenhuma, tão precipitadas vinham, e tão confusas que não as distinguia; pode ser até que se repetissem. Felícia chamou a minha atenção para dous moleques de carapuça encarnada, que passavam carregando canas, — o que nos lembrou as noites de Santo Antônio e S. João, já lá idas. Então falei-lhe das fogueiras do nosso quintal, das bichas que queimamos, das rodinhas, das pistolas e das danças com outros meninos. Se houvesse agora a mesma cousa... Ah! lembrou-me que era ocasião de deitar à fogueira o livro da escola, e o dela também, com os pontos de costura que estava aprendendo.

— Isso não, acudiu Felícia.

— Eu queimava o meu livro.

— Papai comprava outro.

— Enquanto comprasse, eu ficava brincando em casa; aprender é muito aborrecido.

Nisto estávamos, quando vimos tio Zeca e o desconhecido ao pé de nós. O desconhecido pegou-nos nos queixos e levantou-nos a cara para ele, fitou-nos com seriedade, deixou-nos e despediu-se.

— Nove horas? Lá estarei, disse ele.

— Vamos, disse-nos tio Zeca.

Quis perguntar-lhe quem era aquele homem, e até me pareceu conhecê-lo vagamente. Felícia também. Nenhum de nós acertava com a pessoa; mas a promessa de lá estar às nove horas dominou o resto. Era festa, algum baile, conquanto às nove horas costumássemos ir para a cama. Naturalmente, por exceção, estaríamos acordados. Como chegássemos a um rego de lama, peguei da mão de Felícia, e transpusemo-lo de um salto, tão violento que quase me caiu o livro. Olhei para tio Zeca, a ver o efeito do gesto; vi-o abanar a cabeça com reprovação. Ri, ela sorriu, e fomos pela calçada adiante.

Era o dia dos desconhecidos. Desta vez estavam em burros, e um dos dous era mulher. Vinham da roça. Tio Zeca foi ter com eles ao meio da rua, depois de dizer que esperássemos. Os animais pararam, creio que de si mesmos, por também conhecerem a tio Zeca, idéia que Felícia reprovou com o gesto, e que eu defendi rindo. Teria apenas meia convicção; tudo era folgar. Fosse como fosse, esperamos os dous, examinando o casal de roceiros. Eram ambos magros, a mulher mais que o marido, e também mais moça; ele tinha os cabelos grisalhos. Não ouvimos o que disseram, ele e tio Zeca; vimo-lo, sim, o marido olhar para nós com ar de curiosidade, e falar à mulher, que também nos deitou os olhos, agora com pena ou cousa parecida. Enfim apartaram-se, tio Zeca veio ter conosco e enfiamos para casa.

A casa ficava na rua próxima, perto da esquina. Ao dobrarmos esta, vimos os portais da casa forrados de preto, — o que nos encheu de espanto. Instintivamente paramos e voltamos a cabeça para tio Zeca. Este veio a nós, deu a mão a cada um e ia a dizer alguma palavra que lhe ficou na garganta; andou, levando-nos consigo. Quando chegamos, as portas estavam meio cerradas. Não sei se lhes disse que era um armarinho. Na rua, curiosos. Nas janelas fronteiras e laterais, cabeças aglomeradas. Houve certo rebuliço quando chegamos. É natural que eu tivesse a boca aberta, como Felícia. Tio Zeca empurrou uma das meias portas, entramos os três, ele tornou a cerrá-la, meteu-se pelo corredor e fomos à sala de jantar e à alcova.

Dentro, ao pé da cama, estava minha mãe com a cabeça entre as mãos. Sabendo da nossa chegada, ergueu-se de salto, veio abraçar-nos entre lágrimas, bradando:

— Meus filhos, vosso pai morreu!

A comoção foi grande, por mais que o confuso e o vago entorpecessem a consciência da notícia. Não tive forças para andar, e teria medo de o fazer. Morto como? morto por quê? Estas duas perguntas, se as meto aqui, é para dar seguimento à ação; naquele momento não perguntei nada a mim nem a ninguém. Ouvia as palavras de minha mãe, que se repetiam em mim, e os seus soluços que eram grandes. Ela pegou em nós e arrastou-nos para a cama, onde jazia o cadáver do marido; e fez-nos beijar-lhe a mão. Tão longe estava eu daquilo que, apesar de tudo, não entendera nada a princípio; a tristeza e o silêncio das pessoas que rodeavam a cama, ajudaram a explicar que meu pai morrera deveras. Não se tratava de um dia santo, com a sua folga e recreio, não era festa, não eram as horas breves ou longas, para a gente desfiar em casa, arredada dos castigos da escola. Que essa queda de um sonho tão bonito fizesse crescer a minha dor de filho não é cousa que possa afirmar ou negar; melhor é calar. O pai ali estava defunto, sem pulos, nem danças, nem risadas, nem bandas de música, cousas todas também defuntas. Se me houvessem dito à saída da escola por que é que me iam lá buscar, é claro que a alegria não houvera penetrado o coração, donde era agora expelida a punhadas.

O enterro foi no dia seguinte às nove horas da manhã, e provavelmente lá estava aquele amigo de tio Zeca que se despediu na rua, com a promessa de ir às nove horas. Não vi as cerimônias; alguns vultos, poucos, vestidos de preto, lembra-me que vi. Meu padrinho, dono de um trapiche, lá estava e a mulher também, que me levou a uma alcova dos fundos para me mostrar gravuras. Na ocasião da saída, ouvi os gritos de minha mãe, o rumor dos passos, algumas palavras abafadas de pessoas que pegavam nas alças do caixão, creio eu: "— vire de lado, — mais à esquerda, — assim, — segure bem..." Depois, ao longe, o coche andando e as seges atrás dele...

Lá iam meu pai e as férias! Um dia de folga sem folguedo! Não, não foi um dia, mas oito, oito dias de nojo, durante os quais alguma vez me lembrei do colégio. Minha mãe chorava, cosendo o luto, entre duas visitas de pêsames. Eu também chorava; não via meu pai às horas do costume, não lhe ouvia as palavras à mesa ou ao balcão, nem as carícias que dizia aos pássaros. Que ele era muito amigo de pássaros, e tinha três ou quatro, em gaiolas. Minha mãe vivia calada. Quase que só falava às pessoas de fora. Foi assim que eu soube que meu pai morrera de apoplexia. Ouvi esta notícia muitas vezes; as visitas perguntavam pela causa da morte, e ela referia tudo, a hora, o gesto, a ocasião: tinha ido beber água, e enchia um copo, à janela da área. Tudo decorei, à força de ouvi-lo contar.

Nem por isso os meninos do colégio deixavam de vir espiar para dentro da minha memória. Um deles chegou a perguntar-me quando é que eu voltaria.

— Sábado, meu filho, disse minha mãe, quando lhe repeti a pergunta imaginada; a missa é sexta-feira. Talvez seja melhor voltar na segunda.

— Antes sábado, emendei.

— Pois sim, concordou.

Não sorria; se pudesse, sorriria de gosto ao ver que eu queria voltar mais cedo à escola. Mas, sabendo que eu não gostava de aprender, como entenderia a emenda? Provavelmente, deu-lhe algum sentido superior, conselho do céu ou do marido. Em verdade, eu não folgava, se lerdes isto com o sentido de rir. Com o de descansar também não cabe, porque minha mãe fazia-me estudar, e, tanto como o estudo, aborrecia-me a atitude. Obrigado a estar sentado, com o livro nas mãos, a um canto ou à mesa, dava ao diabo o livro, a mesa e a cadeira. Usava um recurso que recomendo aos preguiçosos: deixava os olhos na página e abria a porta à imaginação. Corria a apanhar as flechas dos foguetes, a ouvir os realejos, a bailar com meninas, a cantar, a rir, a espancar de mentira ou de brincadeira, como for mais claro.

Uma vez, como desse por mim a andar na sala sem ler, minha mãe repreendeu-me, e eu respondi que estava pensando em meu pai. A explicação fê-la chorar, e, para dizer tudo, não era totalmente mentira; tinha-me lembrado o último presentinho que ele me dera, e entrei a vê-lo com o mimo na mão.

Felícia vivia tão triste como eu, mas confesso a minha verdade, a causa principal não era a mesma. Gostava de brincar, mas não sentia a ausência do brinco, não se lhe dava de acompanhar a mãe, coser com ela, e uma vez fui achá-la a enxugar-lhe os olhos. Meio vexado, pensei em imitá-la, e meti a mão no bolso para tirar o lenço. A mão entrou sem ternura, e, não achando lenço, saiu sem pesar. Creio que ao gesto não faltava só originalidade, mas sinceridade também.

Não me censurem. Sincero fui longos dias calados e reclusos. Quis uma vez ir para o armarinho, que se abriu depois do enterro, onde o caixeiro continuou a servir. Conversaria com este, assistiria à venda de linhas e agulhas, à medição de fitas, iria à porta, à calçada, à esquina da rua... Minha mãe sufocou este sonho pouco depois dele nascer. Mal chegara ao balcão, mandou-me buscar pela escrava; lá fui para o interior da casa e para o estudo. Arrepelei-me, apertei os dedos à guisa de quem quer dar murro; não me lembra se chorei de raiva.

O livro lembrou-me a escola, e a imagem da escola consolou-me. Já então lhe tinha grandes saudades. Via de longe as caras dos meninos, os nossos gestos de troça nos bancos, e os saltos à saída. Senti cair-me na cara uma daquelas bolinhas de papel com que nos espertávamos uns aos outros, e fiz a minha e atirei-a ao meu suposto espertador. A bolinha, como acontecia às vezes, foi cair na cabeça de terceiro, que se desforrou depressa. Alguns, mais tímidos, limitavam-se a fazer caretas. Não era folguedo franco, mas já me valia por ele. Aquele degredo que eu deixei tão alegremente com tio Zeca, parecia-me agora um céu remoto, e tinha medo de o perder. Nenhuma festa em casa, poucas palavras, raro movimento. Foi por esse tempo que eu desenhei a lápis maior número de gatos nas margens do livro de leitura; gatos e porcos. Não alegrava, mas distraía.

A missa do sétimo dia restituiu-me à rua; no sábado não fui à escola, fui à casa de meu padrinho, onde pude falar um pouco mais, e no domingo estive à porta da loja. Não era alegria completa. A total alegria foi segunda-feira, na escola. Entrei vestido de preto, fui mirado com curiosidade, mas tão outro ao pé dos meus condiscípulos, que me esqueceram as férias sem gosto, e achei uma grande alegria sem férias.

EVOLUÇÃO

Chamo-me Inácio; ele, Benedito. Não digo o resto dos nossos nomes por um sentimento de compostura, que toda a gente discreta apreciará. Inácio basta. Contentem-se com Benedito. Não é muito, mas é alguma cousa, e está com a filosofia de Julieta: "Que valem nomes? perguntava ela ao namorado. A rosa, como quer que se lhe chame, terá sempre o mesmo cheiro."[14] Vamos ao cheiro do Benedito.

E desde logo assentemos que ele era o menos Romeu deste mundo. Tinha quarenta e cinco anos, quando o conheci; não declaro em que tempo, porque tudo neste conto há de ser misterioso e truncado. Quarenta e cinco anos, e muitos cabelos pretos; para os que o não eram, usava um processo químico, tão eficaz que não se lhe distinguiam os pretos dos outros — salvo ao levantar da cama; mas ao levantar da cama não aparecia a ninguém. Tudo mais era natural, pernas, braços, cabeça, olhos, roupa, sapatos, corrente do relógio e bengala. O próprio alfinete de diamante, que trazia na gravata, um dos mais lindos que tenho visto, era natural e legítimo; custou-lhe bom dinheiro; eu mesmo o vi comprar na casa do... lá me ia escapando o nome do joalheiro; — fiquemos na Rua do Ouvidor.

Moralmente, era ele mesmo. Ninguém muda de caráter, e o do Benedito era bom, — ou para melhor dizer, pacato. Mas, intelectualmente, é que ele era menos original. Podemos compará-lo a uma hospedaria bem afreguesada, aonde iam ter idéias de toda parte e de toda sorte, que se sentavam à mesa com a família da casa. Às vezes, acontecia acharem-se ali duas pessoas inimigas, ou simplesmente antipáticas; ninguém brigava, o dono da casa impunha aos hóspedes a indulgência recíproca. Era assim que ele conseguia ajustar uma espécie de ateísmo vago com duas irmandades que fundou, não sei se na Gávea, na Tijuca ou no Engenho Velho. Usava assim, promiscuamente, a devoção, a irreligião e as meias de seda. Nunca lhe vi as meias, note-se; mas ele não tinha segredos para os amigos.

Conhecemo-nos em viagem para Vassouras. Tínhamos deixado o trem e entrado na diligência que nos ia levar da estação à cidade. Trocamos algumas palavras, e não tardou conversarmos francamente, ao sabor das circunstâncias que nos impunham a convivência, antes mesmo de saber quem éramos.

Naturalmente, o primeiro objeto foi o progresso que nos traziam as estradas de ferro. Benedito lembrava-se do tempo em que toda a jornada era feita às costas de burro. Contamos então algumas anedotas, falamos de alguns nomes, e ficamos de acordo em que as estradas de ferro eram uma condição de progresso do país. Quem nunca viajou não sabe o valor que tem uma dessas banalidades graves e sólidas para dissipar os tédios do caminho. O espírito areja-se, os próprios músculos recebem uma comunicação agradável, o sangue não salta, fica-se em paz com Deus e os homens.

14. Shakespeare, *Romeu e Julieta,* ato II, cena II.

— Não serão os nossos filhos que verão todo este país cortado de estradas, disse ele.

— Não, decerto. O senhor tem filhos?

— Nenhum.

— Nem eu. Não será ainda em cinqüenta anos; e, entretanto, é a nossa primeira necessidade. Eu comparo o Brasil a uma criança que está engatinhando; só começará a andar quando tiver muitas estradas de ferro.

— Bonita idéia! exclamou Benedito faiscando-lhe os olhos.

— Importa-me pouco que seja bonita, contanto que seja justa.

— Bonita e justa, redargüiu ele com amabilidade. Sim, senhor, tem razão: — o Brasil está engatinhando; só começará a andar quando tiver muitas estradas de ferro.

Chegamos a Vassouras; eu fui para a casa do juiz municipal, camarada antigo; ele demorou-se um dia e seguiu para o interior. Oito dias depois voltei ao Rio de Janeiro, mas sozinho. Uma semana mais tarde, voltou ele; encontramo-nos no teatro, conversamos muito e trocamos notícias; Benedito acabou convidando-me a ir almoçar com ele no dia seguinte. Fui; deu-me um almoço de príncipe, bons charutos e palestra animada. Notei que a conversa dele fazia mais efeito no meio da viagem — arejando o espírito e deixando a gente em paz com Deus e os homens; mas devo dizer que o almoço pode ter prejudicado o resto. Realmente era magnífico; e seria impertinência histórica pôr a mesa de Luculo na casa de Platão.[15] Entre o café e o conhaque, disse-me ele, apoiando o cotovelo na borda da mesa, e olhando para o charuto que ardia:

— Na minha viagem agora, achei ocasião de ver como o senhor tem razão com aquela idéia do Brasil engatinhando.

— Ah?

— Sim, senhor; é justamente o que o *senhor dizia* na diligência de Vassouras. Só começaremos a andar quando tivermos muitas estradas de ferro. Não imagina como isso é verdade.

E referiu muita cousa, observações relativas aos costumes do interior, dificuldades da vida, atraso, concordando, porém, nos bons sentimentos da população e nas aspirações de progresso. Infelizmente, o governo não correspondia às necessidades da pátria; parecia até interessado em mantê-la atrás das outras nações americanas. Mas era indispensável que nos persuadíssemos de que os princípios são tudo e os homens nada. Não se fazem os povos para os governos, mas os governos para os povos; e *abyssus abyssum invocat.*[16] Depois foi mostrar-me outras salas. Eram todas alfaiadas com apuro. Mostrou-me as coleções de quadros, de moedas, de livros antigos, de selos, de armas; tinha espadas e floretes, mas confessou que não sabia esgrimir. Entre os quadros vi um lindo retrato de mulher; perguntei-lhe quem era. Benedito sorriu.

— Não irei adiante, disse eu sorrindo também.

— Não, não há que negar, acudiu ele; foi uma moça de quem gostei muito. Bonita, não? Não imagina a beleza que era. Os lábios eram mesmo de carmim e as faces de rosa; tinha os olhos negros, cor da noite. E que dentes! verdadeiras pérolas. Um mimo da natureza.

15. Luculo foi um general romano que viveu no séc. I a. C., arrogante e orgulhoso, célebre pelo luxo de sua mesa de *gourmet*. — Platão, filósofo grego (497-347 a. C.), que nos seus famosos diálogos expôs a doutrina de Sócrates, cheia de estoicismo e de ironia.

16. Latim: "O abismo atrai o abismo.", isto é, uma falta origina outra.

Em seguida, passamos ao gabinete. Era vasto, elegante, um pouco trivial, mas não lhe faltava nada. Tinha duas estantes, cheias de livros muito bem encadernados, um mapa-múndi, dous mapas do Brasil. A secretária era de ébano, obra fina; sobre ela, casualmente aberto, um almanaque de Laemmert. O tinteiro era de cristal, — "cristal de rocha", disse-me ele, explicando o tinteiro, como explicava as outras cousas. Na sala contígua havia um órgão. Tocava órgão, e gostava muito de música, falou dela com entusiasmo, citando as óperas, os trechos melhores, e noticiou-me que, em pequeno, começara a aprender flauta; abandonou-a logo, — o que foi pena, concluiu, porque é, na verdade, um instrumento muito saudoso. Mostrou-me ainda outras salas, fomos ao jardim, que era esplêndido, tanto ajudava a arte à natureza, e tanto a natureza coroava a arte. Em rosas, por exemplo, (não há negar, disse-me ele, que é a rainha das flores) em rosas, tinha-as de toda casta e de todas as regiões.

Saí encantado. Encontramo-nos algumas vezes, na rua, no teatro, em casa de amigos comuns, tive ocasião de apreciá-lo. Quatro meses depois fui à Europa, negócio que me obrigava à ausência de um ano; ele ficou cuidando da eleição; queria ser deputado. Fui eu mesmo que o induzi a isso, sem a menor intenção política, mas com o único fim de lhe ser agradável; mal comparando, era como se lhe elogiasse o corte do colete. Ele pegou da idéia, e apresentou-se. Um dia, atravessando uma rua de Paris, dei subitamente com o Benedito.

— Que é isto? exclamei.

— Perdi a eleição, disse ele, e vim passear à Europa.

Não me deixou mais; viajamos juntos o resto do tempo. Confessou-me que a perda da eleição não lhe tirara a idéia de entrar no parlamento. Ao contrário, incitara-o mais. Falou-me de um grande plano.

— Quero vê-lo ministro, disse-lhe.

Benedito não contava com esta palavra, o rosto iluminou-se-lhe; mas disfarçou depressa.

— Não digo isso, respondeu. Quando, porém, seja ministro, creia que serei tão-somente ministro industrial. Estamos fartos de partidos; precisamos desenvolver as forças vivas do país, os seus grandes recursos. Lembra-se do que *nós dizíamos* na diligência de Vassouras? O Brasil está engatinhando; só andará com estradas de ferro.

— Tem razão, concordei um pouco espantado. E por que é que eu mesmo vim à Europa? Vim cuidar de uma estrada de ferro. Deixo as cousas arranjadas em Londres.

— Sim?

— Perfeitamente.

Mostrei-lhe os papéis; ele viu-os deslumbrado. Como eu tivesse então recolhido alguns apontamentos, dados estatísticos, folhetos, relatórios, cópias de contratos, tudo referente a matérias industriais, e lhos mostrasse, Benedito declarou-me que ia também coligir algumas cousas daquelas. E, na verdade, vi-o andar por ministérios, bancos, associações, pedindo muitas notas e opúsculos, que amontoava nas malas; mas o ardor com que a fez, se foi intenso, foi curto; era de empréstimo. Benedito recolheu com muito mais gosto os anexins políticos e fórmulas parlamentares. Tinha na cabeça um vasto arsenal deles. Nas conversas comigo repetia-os muita vez, à laia de experiência; achava neles grande prestígio e valor inestimável. Muitos eram de tradição inglesa, e ele os preferia aos outros, como trazendo em si um pouco da Câmara dos Comuns. Saboreava-os tanto que eu não sei se ele aceitaria jamais a liberdade real sem aquele aparelho verbal; creio que não. Creio até que, se tivesse de optar, optaria por essas formas curtas, tão cômodas, algumas lindas, outras sonoras, todas axiomáticas, que não forçam a reflexão, preenchem os vazios, e deixam a gente em paz com Deus e os homens.

Regressamos juntos; mas eu fiquei em Pernambuco, e tornei mais tarde a Londres, donde vim ao Rio de Janeiro, um ano depois. Já então Benedito era deputado. Fui visitá-lo; achei-o preparando o discurso de estréia. Mostrou-me alguns apontamentos, trechos de relatórios, livros de economia política, alguns com páginas marcadas, por meio de tiras de papel rubricadas assim: — *Câmbio, Taxa das terras, Questão dos cereais em Inglaterra, Opinião de Stuart Mill, Erro de Thiers sobre caminhos de ferro,* etc. Era sincero, minucioso e cálido. Falava-me daquelas cousas, como se acabasse de as descobrir, expondo-me tudo, *ab ovo;* tinha a peito mostrar aos homens práticos da Câmara que também ele era prático. Em seguida, perguntou-me pela empresa; disse-lhe o que havia.

— Dentro de dous anos conto inaugurar o primeiro trecho da estrada.

— E os capitalistas ingleses?

— Que têm?

— Estão contentes, esperançados?

— Muito; não imagina.

Contei-lhe algumas particularidades técnicas, que ele ouviu distraidamente, — ou porque a minha narração fosse em extremo complicada, ou por outro motivo. Quando acabei, disse-me que estimava ver-me entregue ao movimento industrial; era dele que precisávamos, e a este propósito fez-me o favor de ler o exórdio do discurso que devia proferir dali a dias.

— Está ainda em borrão, explicou-me; mas as idéias capitais ficam. E começou: "No meio da agitação crescente dos espíritos, do alarido partidário que encobre as vozes dos legítimos interesses, permiti que alguém faça ouvir uma súplica da nação. Senhores, é tempo de cuidar, exclusivamente, — notai que digo exclusivamente, — dos melhoramentos materiais do país. Não desconheço o que se me pode replicar; dir-me-eis que uma nação não se compõe só de estômago para digerir, mas de cabeça para pensar e de coração para sentir. Respondo-vos que tudo isso não valerá nada ou pouco, se ela não tiver pernas para caminhar; e aqui repetirei o que, há alguns anos, *dizia eu* a um amigo, em viagem pelo interior: o Brasil é uma criança que engatinha; só começará a andar quando estiver cortado de estradas de ferro...

Não pude ouvir mais nada e fiquei pensativo. Mais que pensativo, fiquei assombrado, desvairado diante do abismo que a psicologia rasgava aos meus pés. Este homem é sincero, pensei comigo, está persuadido do que escreveu. E fui por aí abaixo até ver se achava a explicação dos trâmites por que passou aquela recordação da diligência de Vassouras. Achei (perdoem-me se há nisto enfatuação), achei ali mais um efeito da lei da evolução, tal como a definiu Spencer.[17] — Spencer ou Benedito, um deles.

17. Herbert Spencer, filósofo inglês (1820-1903), fundador da filosofia evolucionista.

PÍLADES E ORESTES

Quintanilha engendrou Gonçalves. Tal era a impressão que davam os dous juntos, não que se parecessem. Ao contrário, Quintanilha tinha o rosto redondo, Gonçalves comprido, o primeiro era baixo e moreno, o segundo alto e claro, e a expressão total divergia inteiramente. Acresce que eram quase da mesma idade. A idéia da paternidade nascia das maneiras com que o primeiro tratava o segundo; um pai não se desfaria mais em carinhos, cautelas e pensamentos.

Tinham estudado juntos, morado juntos, e eram bacharéis do mesmo ano. Quintanilha não seguiu advocacia nem magistratura, meteu-se na política; mas, eleito deputado provincial em 187..., cumpriu o prazo da legislatura e abandonou a carreira. Herdara os bens de um tio, que lhe davam de renda cerca de trinta contos de réis. Veio para o seu Gonçalves, que advogava no Rio de Janeiro.

Posto que abastado, moço, amigo do seu único amigo, não se pode dizer que Quintanilha fosse inteiramente feliz, como vais ver. Ponho de lado o desgosto que lhe trouxe a herança com o ódio dos parentes; tal ódio foi que ele esteve prestes a abrir mão dela, e não o fez porque o amigo Gonçalves, que lhe dava idéias e conselhos, o convenceu de que semelhante ato seria rematada loucura.

— Que culpa tem você que merecesse mais a seu tio que os outros parentes? Não foi você que fez o testamento nem andou a bajular o defunto, como os outros. Se ele deixou tudo a você, é que o achou melhor que eles; fique-se com a fortuna, que é a vontade do morto, e não seja tolo.

Quintanilha acabou concordando. Dos parentes alguns buscaram reconciliar-se com ele, mas o amigo mostrou-lhe a intenção recôndita dos tais, e Quintanilha não lhes abriu a porta. Um desses, ao vê-lo ligado com o antigo companheiro de estudos, bradava por toda a parte:

— Aí está, deixa os parentes para se meter com estranhos; há de ver o fim que leva.

Ao saber disto, Quintanilha correu a contá-lo a Gonçalves, indignado. Gonçalves sorriu, chamou-lhe tolo e aquietou-lhe o ânimo; não valia a pena irritar-se por ditinhos.

— Uma só cousa desejo, continuou, é que nos separemos, para que se não diga...

— Que se não diga o quê? É boa! Tinha que ver, se eu passava a escolher as minhas amizades conforme o capricho de alguns peraltas sem vergonha!

— Não fale assim, Quintanilha. Você é grosseiro com seus parentes.

— Parentes do diabo que os leve! Pois eu hei de viver com as pessoas que me forem designadas por meia dúzia de velhacos que o que querem é comer-me o dinheiro? Não, Gonçalves; tudo o que você quiser, menos isso. Quem escolhe os meus amigos sou eu, é o meu coração. Ou você está... está aborrecido de mim?

— Eu? Tinha graça.

— Pois então?

— Mas é...

— Não é tal!

A vida que viviam os dous, era a mais unida deste mundo. Quintanilha acordava, pensava no outro, almoçava e ia ter com ele. Jantavam juntos, faziam alguma visita, passeavam ou acabavam a noite no teatro. Se Gonçalves tinha algum trabalho que fazer à noite, Quintanilha ia ajudá-lo como obrigação; dava busca aos textos de lei, marcava-os, copiava-os, carregava os livros. Gonçalves esquecia com facilidade, ora um recado, ora uma carta, sapatos, charutos, papéis. Quintanilha supria-lhe a memória. Às vezes, na Rua do Ouvidor, vendo passar as moças, Gonçalves lembrava-se de uns autos que deixara no escritório. Quintanilha voava a buscá-los e tornava com eles, tão contente que não se podia saber se eram autos, se a sorte grande; procurava-o ansiosamente com os olhos, corria, sorria, morria de fadiga.

— São estes?

— São; deixa ver, são estes mesmos. Dá cá.

— Deixa, eu levo.

A princípio, Gonçalves suspirava:

— Que maçada que dei a você!

Quintanilha ria do suspiro com tão bom humor que o outro, para não o molestar, não se acusou de mais nada; concordou em receber os obséquios. Com o tempo, os obséquios ficaram sendo puro ofício. Gonçalves dizia ao outro: "Você hoje há de lembrar-me isto e aquilo." E o outro decorava as recomendações, ou escrevia-as, se eram muitas. Algumas dependiam de horas; era de ver como o bom Quintanilha suspirava aflito, à espera que chegasse tal ou tal hora para ter o gosto de lembrar os negócios ao amigo. E levava-lhe as cartas e papéis, ia buscar as respostas, procurar as pessoas, esperá-las na estrada de ferro, fazia viagens ao interior. De si mesmo descobria-lhe bons charutos, bons jantares, bons espetáculos. Gonçalves já não tinha liberdade de falar de um livro novo, ou somente caro, que não achasse um exemplar em casa.

— Você é um perdulário, dizia-lhe em tom repreensivo.

— Então gastar com letras e ciências é botar fora? É boa! concluía o outro.

No fim do ano quis obrigá-lo a passar fora as férias. Gonçalves acabou aceitando, e o prazer que lhe deu com isto foi enorme. Subiram a Petrópolis. Na volta, serra abaixo, como falassem de pintura, Quintanilha advertiu que não tinham ainda uma tela com o retrato dos dous, e mandou fazê-la. Quando a levou ao amigo, este não pôde deixar de lhe dizer que não prestava para nada. Quintanilha ficou sem voz.

— É uma porcaria, insistiu Gonçalves.

— Pois o pintor disse-me...

— Você não entende de pintura, Quintanilha, e o pintor aproveitou a ocasião para meter a espiga. Pois isto é cara decente? Eu tenho este braço torto?

— Que ladrão!

— Não, ele não tem culpa, fez o seu negócio; você é que não tem o sentimento da arte, nem prática, e espichou-se redondamente. A intenção foi boa, creio...

— Sim, a intenção foi boa.

— E aposto que já pagou?

— Já.

Gonçalves abanou a cabeça, chamou-lhe ignorante e acabou rindo. Quintanilha, vexado e aborrecido, olhava para a tela, até que sacou de um canivete e rasgou-a de alto a baixo. Como se não bastasse esse gesto de vingança, devolveu a pintura ao artista com um bilhete em que lhe transmitiu alguns dos nomes recebidos e mais o de asno. A vida tem muitas de tais pagas. Demais, uma letra de Gonçalves que se venceu dali a dias e que este não pôde pagar, veio trazer ao espírito de Quintanilha uma diversão. Quase brigaram; a idéia de Gonçalves era reformar a letra; Quintanilha, que era o endossante, entendia não valer a pena pedir o favor por tão escassa quantia (um conto e quinhentos), ele emprestaria o valor da letra, e o outro que lhe pagasse, quando pudesse. Gonçalves não consentiu e fez-se a reforma. Quando, ao fim dela, a situação se repetiu, o mais que este admitiu foi aceitar uma letra de Quintanilha, com o mesmo juro.

— Você não vê que me envergonha, Gonçalves? Pois eu hei de receber juro de você...?

— Ou recebe, ou não fazemos nada.

— Mas, meu querido...

Teve que concordar. A união dos dous era tal que uma senhora chamava-lhes os "casadinhos de fresco", e um letrado, Pílades e Orestes. Eles riam, naturalmente, mas o riso de Quintanilha trazia alguma cousa parecida com lágrimas: era, nos olhos, uma ternura úmida. Outra diferença é que o sentimento de Quintanilha tinha uma nota de entusiasmo, que absolutamente faltava ao de Gonçalves; mas, entusiasmo não se inventa. É claro que o segundo era mais capaz de inspirá-lo ao primeiro do que este a ele. Em verdade, Quintanilha era mui sensível a qualquer distinção; uma palavra, um olhar bastava a acender-lhe o cérebro. Uma pancadinha no ombro ou no ventre, com o fim de aprová-lo ou só acentuar a intimidade, era para derretê-lo de prazer. Contava o gesto e as circunstâncias durante dous e três dias.

Não era raro vê-lo irritar-se, teimar, descompor os outros. Também era comum vê-lo rir-se; alguma vez o riso era universal, entornava-se-lhe da boca, dos olhos, da testa, dos braços, das pernas, todo ele era um riso único. Sem ter paixões, estava longe de ser apático.

A letra sacada contra Gonçalves tinha o prazo de seis meses. No dia do vencimento, não só não pensou em cobrá-la, mas resolveu ir jantar a algum arrabalde para não ver o amigo, se fosse convidado à reforma. Gonçalves destruiu todo esse plano; logo cedo, foi levar-lhe o dinheiro. O primeiro gesto de Quintanilha foi recusá-lo, dizendo-lhe que o guardasse, podia precisar dele; o devedor teimou em pagar e pagou.

Quintanilha acompanhava os atos de Gonçalves; via a constância do seu trabalho, o zelo que ele punha na defesa das demandas, e vivia cheio de admiração. Realmente, não era grande advogado, mas na medida das suas habilitações, era distinto.

— Você por que não se casa? perguntou-lhe um dia; um advogado precisa casar.

Gonçalves respondia rindo. Tinha uma tia, única parenta, a quem ele queria muito, e que lhe morreu, quando eles iam em trinta anos. Dias depois, dizia ao amigo:

— Agora só me resta você.

Quintanilha sentiu os olhos molhados, e não achou que lhe respondesse. Quando se lembrou de dizer que "iria até à morte" era tarde. Redobrou então de carinhos, e um dia acordou com a idéia de fazer testamento. Sem revelar nada ao outro, nomeou-o testamenteiro e herdeiro universal.

— Guarde-me este papel, Gonçalves, disse-lhe entregando o testamento. Sinto-me forte, mas a morte é fácil, e não quero confiar a qualquer pessoa as minhas últimas vontades.

Foi por esse tempo que sucedeu um caso que vou contar.

Quintanilha tinha uma prima-segunda, Camila, moça de vinte e dous anos, modesta, educada e bonita. Não era rica; o pai, João Bastos, era guarda-livros de uma casa de café. Haviam brigado por ocasião da herança; mas, Quintanilha foi ao enterro da mulher de João Bastos, e este ato de piedade novamente os ligou. João Bastos esqueceu facilmente alguns nomes crus que dissera do primo, chamou-lhe outros nomes doces, e pediu-lhe que fosse jantar com ele. Quintanilha foi e tornou a ir. Ouviu ao primo o elogio da finada mulher; numa ocasião em que Camila os deixou sós, João Bastos louvou as raras prendas da filha, que afirmava haver recebido integralmente a herança moral da mãe.

— Não direi isto nunca à pequena, nem você lhe diga nada. É modesta, e, se começarmos a elogiá-la, pode perder-se. Assim, por exemplo, nunca lhe direi que é tão bonita como foi a mãe, quando tinha a idade dela; pode ficar vaidosa. Mas a verdade é que é mais, não lhe parece? Tem ainda o talento de tocar piano, que a mãe não possuía.

Quando Camila voltou à sala de jantar, Quintanilha sentiu vontade de lhe descobrir tudo, conteve-se e piscou o olho ao primo. Quis ouvi-la ao piano; ela respondeu, cheia de melancolia:

— Ainda não, há apenas um mês que mamãe faleceu, deixe passar mais tempo. Demais, eu toco mal.

— Mal?

— Muito mal.

Quintanilha tornou a piscar o olho ao primo, e ponderou à moça que a prova de tocar bem ou mal só se dava ao piano. Quanto ao prazo, era certo que apenas passara um mês; todavia era também certo que a música era uma distração natural e elevada. Além disso, bastava tocar um pedaço triste. João Bastos aprovou este modo de ver e lembrou uma composição elegíaca. Camila abanou a cabeça.

— Não, não, sempre é tocar piano; os vizinhos são capazes de inventar que eu toquei uma polca.

Quintanilha achou graça e riu. Depois concordou e esperou que os três meses fossem passados. Até Já, viu a prima algumas vezes, sendo as três últimas visitas mais próximas e longas. Enfim, pôde ouvi-la tocar piano, e gostou. O pai confessou que, ao princípio, não gostava muito daquelas músicas alemãs; com o tempo e o costume achou-lhes sabor. Chamava à filha "a minha alemãzinha", apelido que foi adotado por Quintanilha, apenas modificado para o plural: "a nossa alemãzinha". Pronomes possessivos dão intimidade; dentro em pouco, ela existia entre os três, — ou quatro, se contarmos Gonçalves, que ali foi apresentado pelo amigo; — mas fiquemos nos três.

Que ele é cousa já farejada por ti, leitor sagaz. Quintanilha acabou gostando da moça. Como não, se Camila tinha uns longos olhos mortais? Não é que os pousasse muita vez nele, e, se o fazia, era com tal ou qual constrangimento, a princípio, como as crianças que obedecem sem vontade às ordens do mestre ou do pai; mas pousava-os, e eles eram tais que, ainda sem intenção, feriam de morte. Também sorria com freqüência e falava com graça. Ao piano, e por mais aborrecida que tocasse, tocava bem. Em suma, Camila não faria obra de impulso próprio, sem ser por isso menos feiticeira. Quintanilha descobriu um dia de manhã que sonhara com ela a noite toda, e à noite que pensara nela todo o dia, e concluiu da descoberta que a amava e era amado. Tão tonto ficou que esteve prestes a imprimi-lo nas folhas públicas. Quando menos, quis dizê-lo ao amigo Gonçalves e correu ao escritório deste. A afeição de Quintanilha complicava-se de respeito e temor. Quase a abrir a boca, engoliu outra vez o segredo. Não ousou dizê-lo nesse dia nem no outro.

Antes dissesse; talvez fosse tempo de vencer a campanha. Adiou a revelação por uma semana. Um dia foi jantar com o amigo, e, depois de muitas hesitações, disse-lhe tudo; amava a prima e era amado.

— Você aprova, Gonçalves?

Gonçalves empalideceu, — ou, pelo menos, ficou sério; nele a seriedade confundia-se com a palidez. Mas, não; verdadeiramente ficou pálido.

— Aprova? repetiu Quintanilha.

Após alguns segundos, Gonçalves ia abrir a boca para responder, mas fechou-a de novo, e fitou os olhos "em ontem", como ele mesmo dizia de si, quando os estendia ao longe. Em vão Quintanilha teimou em saber o que era, o que pensava, se aquele amor era *asneira.* Estava tão acostumado a ouvir-lhe este vocábulo que já lhe não doía nem afrontava, ainda em matéria tão melindrosa e pessoal. Gonçalves tornou a si daquela meditação, sacudiu os ombros, com ar desenganado, e murmurou esta palavra tão surdamente que o outro mal a pôde ouvir:

— Não me pergunte nada; faça o que quiser.

— Gonçalves, que é isso? perguntou Quintanilha, pegando-lhe nas mãos, assustado.

Gonçalves soltou um grande suspiro, que, se tinha asas, ainda agora estará voando. Tal foi, sem esta forma paradoxal, a impressão de Quintanilha. O relógio da sala de jantar bateu oito horas, Gonçalves alegou que ia visitar um desembargador, e o outro despediu-se.

Na rua, Quintanilha parou atordoado. Não acabava de entender aqueles gestos, aquele suspiro, aquela palidez, todo o efeito misterioso da notícia dos seus amores. Entrara e falara, disposto a ouvir do outro um ou mais daqueles epítetos costumados e amigos, *idiota, crédulo, paspalhão,* e não ouviu nenhum. Ao contrário, havia nos gestos de Gonçalves alguma cousa que pegava com o respeito. Não se lembrava de nada, ao jantar, que pudesse tê-lo ofendido; foi só depois de lhe confiar o sentimento novo que trazia a respeito da prima que o amigo ficou acabrunhado.

— Mas, não pode ser, pensava ele; o que é que Camila tem que não possa ser boa esposa?

Nisto gastou, parado, defronte da casa, mais de meia hora. Advertiu então que Gonçalves não saíra. Esperou mais meia hora, nada. Quis entrar outra vez, abraçá-lo, interrogá-lo... Não teve forças; enfiou pela rua fora, desesperado. Chegou à casa de João Bastos, e não viu Camila; tinha-se recolhido, constipada. Queria justamente contar-lhe tudo, e aqui é preciso explicar que ele ainda não se havia declarado à prima. Os olhares da moça não fugiam dos seus; era tudo, e podia não passar de faceirice. Mas o lance não podia ser melhor para clarear a situação. Contando o que se passara com o amigo, tinha o ensejo de lhe fazer saber que a amava e ia pedi-la ao pai. Era uma consolação no meio daquela agonia, o acaso negou-lha, e Quintanilha saiu da casa, pior do que entrara. Recolheu-se à sua.

Não dormiu antes das duas horas da manhã, e não foi para repouso, senão para agitação maior e nova. Sonhou que ia a atravessar uma ponte velha e longa, entre duas montanhas, e a meio caminho viu surdir debaixo um vulto e fincar os pés defronte dele. Era Gonçalves. "Infame, disse este com os olhos acesos, por que me vens tirar a noiva de meu coração, a mulher que eu amo e é minha? Toma, toma logo o meu coração, é mais completo." E com um gesto rápido abriu o peito, arrancou o coração e meteu-lho na boca. Quintanilha tentou pegar da víscera amiga e repô-la no peito de Gonçalves; foi impossível. Os queixos acabaram por fechá-la. Quis cuspi-la, e foi pior; os dentes cravaram-se no coração. Quis falar, mas vá alguém falar com a boca cheia daquela maneira. Afinal o amigo ergueu os braços e estendeu-lhe as mãos com o gesto de maldição que ele vira nos melodramas, em dias de rapaz; logo depois, brotaram-lhe dos olhos duas imensas lágrimas, que encheram o vale de água, atirou-se abaixo e desapareceu. Quintanilha acordou sufocado.

A ilusão do pesadelo era tal que ele ainda levou as mãos à boca, para arrancar de lá o coração do amigo. Achou a língua somente, esfregou os olhos e sentou-se. Onde estava? Que era? E a ponte? E o Gonçalves? Voltou a si de todo, compreendeu e novamente se deitou, para outra insônia, menor que a primeira, é certo; veio a dormir às quatro horas.

De dia, rememorando toda a véspera, realidade e sonho, chegou à conclusão de que o amigo Gonçalves era seu rival, amava a prima dele, era talvez amado por ela... Sim, sim, podia ser. Quintanilha passou duas horas cruéis. Afinal pegou em si e foi ao escritório de Gonçalves, para saber tudo de uma vez; e, se fosse verdade, sim, se fosse verdade...

Gonçalves redigia umas razões de embargo. Interrompeu-as para fitá-lo um instante, erguer-se, abrir o armário de ferro, onde guardava os papéis graves, tirar de lá o testamento de Quintanilha, e entregá-lo ao testador.

— Que é isto?

— Você vai mudar de estado, respondeu Gonçalves, sentando-se à mesa.

Quintanilha sentiu-lhe lágrimas na voz; assim lhe pareceu, ao menos. Pediu-lhe que guardasse o testamento; era o seu depositário natural. Instou muito; só lhe respondia o som áspero da pena correndo no papel. Não corria bem a pena, a letra era tremida, as emendas mais numerosas que de costume, provavelmente as datas erradas. A consulta dos livros era feita com tal melancolia que entristecia o outro. Às vezes, parava tudo, pena e consulta, para só ficar o olhar fito "em ontem".

— Entendo, disse Quintanilha subitamente; ela será tua.

— Ela quem? quis perguntar Gonçalves, mas já o amigo voava, escada abaixo, como uma flecha, e ele continuou as suas razões de embargo.

Não se adivinha todo o resto; basta saber o final. Nem se adivinha nem se crê; mas a alma humana é capaz de esforços grandes, no bem como no mal. Quintanilha fez outro testamento, legando tudo à prima, com a condição de desposar o amigo.

Camila não aceitou o testamento, mas ficou tão contente, quando o primo lhe falou das lágrimas de Gonçalves, que aceitou Gonçalves e as lágrimas. Então Quintanilha não achou melhor remédio que fazer terceiro testamento legando tudo ao amigo.

O final da história foi dito em latim. Quintanilha serviu de testemunha ao noivo, e de padrinho aos dous primeiros filhos. Um dia em que, levando doces para os afilhados, atravessava a Praça Quinze de Novembro, recebeu uma bala revoltosa (1893), que o matou quase instantaneamente. Está enterrado no cemitério de S. João Batista; a sepultura é simples, a pedra tem um epitáfio que termina com esta pia frase: "Orai por ele!" É também o fecho da minha história. Orestes[18] vive ainda, sem os remorsos do modelo grego. Pílades é agora o personagem mudo de Sófocles. Orai por ele!

18. Na mitologia grega, Orestes, irmão de Electra, instigado por ela, mata a mãe Clítemnestra e seu amante — motivo de contínuos remorsos —, vingando-se, assim, de terem estes assassinado seu pai Agamêmnon. Fugindo para a Fócida, a mandado de Electra, aí contrai com Pílades, filho do rei Estrófio, uma amizade que se tomou proverbial. Pílades casa-se com Electra. Na tragédia de Sófocles com este nome, Pílades, embora participante do entrecho, não pronuncia uma só palavra.

ANEDOTA DO CABRIOLET

— *Cabriolet* está aí, sim, senhor, dizia o preto que viera à matriz de S. José chamar o vigário para sacramentar dous moribundos.

A geração de hoje não viu a entrada e a saída do *cabriolet* no Rio de Janeiro. Também não saberá do tempo em que o *cab* e o *tilbury* vieram para o rol dos nossos veículos de praça ou particulares. O *cab* durou pouco. O *tilbury,* anterior aos dous, promete ir à destruição da cidade. Quando esta acabar e entrarem os cavadores de ruínas, achar-se-á um parado, com o cavalo e o cocheiro em ossos, esperando o freguês do costume. A paciência será a mesma de hoje, por mais que chova, a melancolia maior, como quer que brilhe o sol, porque juntará a própria atual à do espectro dos tempos. O arqueólogo dirá cousas raras sobre os três esqueletos. O *cabriolet* não teve história; deixou apenas a anedota que vou dizer.

— Dous! exclamou o sacristão.

— Sim, senhor, dous: nhã Anunciada e nhô Pedrinho. Coitado de nhô Pedrinho! E nhã Anunciada, coitada! continuou o preto a gemer, andando de um lado para outro, aflito, fora de si.

Alguém que leia isto com a alma turva de dúvidas, é natural que pergunte se o preto sentia deveras, ou se queria picar a curiosidade do coadjutor e do sacristão. Eu estou que tudo se pode combinar neste mundo, como no outro. Creio que ele sentia deveras; não descreio que ansiasse por dizer alguma história terrível. Em todo caso, nem o coadjutor nem o sacristão lhe perguntavam nada.

Não é que o sacristão não fosse curioso. Em verdade, pouco mais era que isso. Trazia a paróquia de cor; sabia os nomes às devotas, a vida delas, a dos maridos e a dos pais, as prendas e os recursos de cada uma, e o que comiam, e o que bebiam, e o que diziam, os vestidos e as virtudes, os dotes das solteiras, o comportamento das casadas, as saudades das viúvas. Pesquisava tudo; nos intervalos ajudava a missa e o resto. Chamava-se João das Mercês, homem quarentão, pouca barba e grisalho, magro e meão.

— Que Pedrinho e que Anunciada serão esses? dizia consigo, acompanhando o coadjutor.

Embora ardesse por sabê-los, a presença do coadjutor impediria qualquer pergunta. Este ia tão calado e pio, caminhando para a porta da igreja, que era força mostrar o mesmo silêncio e piedade que ele. Assim foram andando. O *cabriolet* esperava-os; o cocheiro desbarretou-se, os vizinhos e alguns passantes ajoelharam-se, enquanto o padre e o sacristão entravam e o veículo enfiava pela Rua da Misericórdia. O preto desandou o caminho a passo largo.

Que andem burros e pessoas na rua, e as nuvens no céu, se as há, e os pensamentos nas cabeças, se os têm. A do sacristão tinha-os vários e confusos. Não era acerca de *Nosso-Pai,* embora soubesse adorá-lo, nem da água benta e do hissope que levava; também não era acerca da hora, — oito e quarto da noite, — aliás, o céu estava claro e a lua ia aparecendo. O próprio *cabriolet,* que era novo na terra, e substituía neste caso a sege, esse mesmo veículo não ocupava o cérebro todo de João das Mercês, a não ser na parte que pegava com nhô Pedrinho e nhã Anunciada.

— Há de ser gente nova, ia pensando o sacristão, mas hóspeda em alguma casa, decerto, porque não há casa vazia na praia, e o número é da do comendador Brito. Parentes, serão? Que parentes, se nunca ouvi...? Amigos, não sei; conhecidos, talvez, simples conhecidos. Mas então mandariam *cabriolet?* Este mesmo preto é novo na casa; há de ser escravo de um dos moribundos, ou de ambos.

Era assim que João das Mercês ia cogitando, e não foi por muito tempo. O *cabriolet* parou à porta de um sobrado, justamente a casa do comendador Brito, José Martins de Brito. Já havia algumas pessoas embaixo com velas, o padre e o sacristão apearam-se e subiram a escada, acompanhados do comendador. A esposa deste, no patamar, beijou o anel ao padre. Gente grande, crianças, escravos, um burburinho surdo, meia claridade, e os dous moribundos à espera, cada um no seu quarto, ao fundo.

Tudo se passou, como é de uso e regra, em tais ocasiões. Nhô Pedrinho foi absolvido e ungido, nhã Anunciada também, e o coadjutor despediu-se da casa para tornar à matriz com o sacristão. Este não se despediu do comendador sem lhe perguntar ao ouvido se os dous eram parentes seus. Não, não eram parentes, respondeu Brito; eram amigos de um sobrinho que vivia em Campinas; uma história terrível... Os olhos de João das Mercês escutaram arregaladamente estas duas palavras, e disseram, sem falar, que viriam ouvir o resto, — talvez naquela mesma noite. Tudo foi rápido, porque o padre descia a escada, era força ir com ele.

Foi tão curta a moda do *cabriolet* que este provavelmente não levou outro padre a moribundos. Ficou-lhe a anedota, que vou acabar já, tão escassa foi ela, uma anedota de nada. Não importa. Qualquer que fosse o tamanho ou a importância, era sempre uma fatia de vida para o sacristão, que ajudou o padre a guardar o pão sagrado, a despir a sobrepeliz, e a fazer tudo mais, antes de se despedir e sair. Saiu, enfim, a pé, rua acima, praia fora, até parar à porta do comendador.

Em caminho foi evocando toda a vida daquele homem, antes e depois da comenda. Compôs o negócio, que era fornecimento de navios, creio eu, a família, as festas dadas, os cargos paroquiais, comerciais e eleitorais, e daqui aos boatos e anedotas não houve mais que um passo ou dous. A grande memória de João das Mercês guardava todas as cousas, máximas e mínimas, com tal nitidez que pareciam da véspera, e tão completas que nem o próprio objeto deles era capaz de as repetir iguais. Sabia-as como o Padre-Nosso, isto é, sem pensar nas palavras; ele rezava tal qual comia, mastigando a oração, que lhe saía dos queixos sem sentir. Se a regra mandasse rezar três dúzias de Padre-Nossos seguidamente, João das Mercês os diria sem contar. Tal era com as vidas alheias; amava sabê-las, pesquisava-as, decorava-as, e nunca mais lhe saíam da memória.

Na paróquia todos lhe queriam bem, porque ele não enredava nem maldizia. Tinha o amor da arte pela arte. Muita vez nem era preciso perguntar nada. José dizia-lhe a vida de Antônio e Antônio a de José. O que ele fazia era ratificar ou retificar um com outro, e os dous com Sancho, Sancho com Martinho, e vice-versa, todos com todos.

Assim é que enchia as horas vagas, que eram muitas. Alguma vez, à própria missa, recordava uma anedota da véspera, e, a princípio, pedia perdão a Deus; deixou de lho pedir quando refletiu que não falhava uma só palavra ou gesto do santo sacrifício, tão consubstanciados os trazia em si. A anedota que então revivia por instantes, era como a andorinha que atravessa uma paisagem. A paisagem fica sendo a mesma, e a água, se há água, murmura o mesmo som. Esta comparação, que era dele, valia mais do que ele pensava, porque a andorinha, ainda voando, faz parte da paisagem, e a anedota fazia nele parte da pessoa; era um dos seus atos de viver.

Quando chegou à casa do comendador, tinha desfiado o rosário da vida deste, e entrou com o pé direito para não sair mal. Não pensou em sair cedo, por mais aflita que fosse a ocasião, e nisto a fortuna o ajudou. Brito estava na sala da frente, em conversa com a mulher, quando lhe vieram dizer que João das Mercês perguntava pelo estado dos moribundos. A esposa retirou-se da sala, o sacristão entrou pedindo desculpas e dizendo que era por pouco tempo; ia passando e lembrara-se de saber se os enfermos tinham ido para o céu, — ou se ainda eram deste mundo. Tudo o que dissesse respeito ao comendador seria ouvido por ele com interesse.

— Não morreram, nem sei se escaparão; quando menos, ela creio que morrerá, concluiu Brito.

— Parecem bem mal.

— Ela, principalmente; também é a que mais padece da febre. A febre os pegou aqui em nossa casa, logo que chegaram de Campinas, há dias.

— Já estavam aqui? perguntou o sacristão, pasmado de o não saber.

— Já; chegaram há quinze dias, — ou quatorze. Vieram com o meu sobrinho Carlos e aqui apanharam a doença...

Brito interrompeu o que ia dizendo; assim pareceu ao sacristão, que pôs no semblante toda a expressão de pessoa que espera o resto. Entretanto, como o outro estivesse a morder os beiços e a olhar para as paredes, não viu o gesto de espera, e ambos se detiveram calados. Brito acabou andando ao longo da sala, enquanto João das Mercês dizia consigo que havia alguma cousa mais que febre. A primeira idéia que lhe acudiu, foi se os médicos teriam errado na doença ou no remédio; também pensou que podia ser outro mal escondido, a que deram o nome de febre para encobrir a verdade. Ia acompanhando com os olhos o comendador, enquanto este andava e desandava a sala toda, apagando os passos para não aborrecer mais os que estavam dentro. De lá vinha algum murmúrio de conversação, chamado, recado, porta que se abria ou fechava. Tudo isso era cousa nenhuma para quem tivesse outro cuidado; mas o nosso sacristão já agora não tinha mais que saber o que não sabia. Quando menos, a família dos enfermos, a posição, o atual estado, alguma página da vida deles, tudo era conhecer algo, por mais arredado que fosse da paróquia.

— Ah! exclamou Brito estacando o passo.

Parecia haver nele o desejo impaciente de referir um caso, — a "história terrível", que anunciara ao sacristão, pouco antes; mas nem este ousava pedi-la nem aquele dizê-la, e o comendador pegou a andar outra vez.

João das Mercês sentou-se. Viu bem que em tal situação cumpria despedir-se com boas palavras de esperança ou de conforto, e voltar no dia seguinte; preferiu sentar-se e aguardar. Não viu na cara do outro nenhum sinal de reprovação do seu gesto; ao contrário, ele parou defronte e suspirou com grande cansaço.

— Triste, sim, triste, concordou João das Mercês. Boas pessoas, não?

— Iam casar.

—Casar? Noivos um do outro?

Brito confirmou de cabeça. A nota era melancólica, mas não havia sinal da história terrível anunciada, e o sacristão esperou por ela. Observou consigo que era a primeira vez que ouvia alguma cousa de gente que absolutamente não conhecia. As caras, vistas há pouco, eram o único sinal dessas pessoas. Nem por isso se sentia menos curioso. Iam casar... Podia ser que a história terrível fosse isso mesmo. Em verdade, atacados de um mal na véspera de um bem, o mal devia ser terrível. Noivos e moribundos...

Vieram trazer recado ao dono da casa; este pediu licença ao sacristão, tão depressa que nem deu tempo a que ele se despedisse e saísse. Correu para dentro, e lá ficou cinqüenta minutos. Ao cabo, chegou à sala um pranto sufocado; logo após, tornou o comendador.

— Que lhe dizia eu, há pouco? Quando menos, ela ia morrer; morreu.

Brito disse isto sem lágrimas e quase sem tristeza. Conhecia a defunta de pouco tempo. As lágrimas, segundo referiu, eram do sobrinho de Campinas e de uma parenta da defunta, que morava em Mata-Porcos. Daí a supor que o sobrinho do comendador gostasse da noiva do moribundo foi um instante para o sacristão, mas não se lhe pegou a idéia por muito tempo; não era forçoso, e depois se ele próprio os acompanhara... Talvez fosse padrinho de casamento. Quis saber, e era natural, — o nome da defunta. O dono da casa, — ou por não querer dar-lho, — ou porque outra idéia lhe tomasse agora a cabeça, — não declarou o nome da noiva, nem do noivo. Ambas as causas seriam.

— Iam casar...

— Deus a receberá em sua santa guarda, e a ele também, se vier a expirar, disse o sacristão cheio de melancolia.

E esta palavra bastou a arrancar metade do segredo que parece ansiava por sair da boca do fornecedor de navios. Quando João das Mercês lhe viu a expressão dos olhos, o gesto com que o levou à janela, e o pedido que lhe fez de jurar, — jurou por todas as almas dos seus que ouviria e calaria tudo. Nem era homem de assoalhar as confidências alheias, mormente as de pessoas gradas e honradas, como era o comendador. Ao que este se deu por satisfeito e animado, e então lhe confiou a primeira metade do segredo, a qual era que os dous noivos, criados juntos, vinham casar aqui quando souberam, pela parenta de Mata-Porcos, uma notícia abominável...

— E foi...? precipitou-se em dizer João das Mercês, sentindo alguma hesitação no comendador.

— Que eram irmãos.

— Irmãos como? Irmãos de verdade?

— De verdade; irmãos por parte de mãe. O pai é que não era o mesmo. A parenta não lhes disse tudo nem claro, mas jurou que era assim, e eles ficaram fulminados durante um dia ou mais...

João das Mercês não ficou menos espantado que eles; dispôs-se a não sair dali sem saber o resto. Ouviu dez horas, ouviria todas as demais da noite, velaria o cadáver de um ou de ambos, uma vez que pudesse juntar mais esta página às outras da paróquia, embora não fosse da paróquia.

— E vamos, vamos, foi então que a febre os tomou...?

Brito cerrou os dentes para não dizer mais nada. Como, porém, o viessem chamar de dentro, acudiu depressa, e meia hora depois estava de volta, com a nova do segundo passamento. O choro, agora mais franco, posto que mais esperado, não havendo já de quem o esconder, trouxera a notícia ao sacristão.

— Lá se foi o outro, o irmão, o noivo... Que Deus lhes perdoe! Saiba agora tudo, meu amigo. Saiba que eles se queriam tanto que alguns dias depois de conhecido o impedimento natural e canônico do consórcio, pegaram em si e, fiados em serem apenas meios irmãos e não irmãos inteiros, meteram-se em um *cabriolet* e fugiram de casa. Dado logo o alarma, alcançamos pegar o *cabriolet* em caminho da Cidade Nova, e eles ficaram tão pungidos e vexados da captura que adoeceram de febre e acabam de morrer.

Não se pode escrever o que sentiu o sacristão, ouvindo-lhe este caso. Guardou-o por algum tempo, com dificuldade. Soube os nomes das pessoas pelo obituário dos jornais, e combinou as circunstâncias ouvidas ao comendador com outras. Enfim, sem se ter por indiscreto, espalhou a história, só com esconder os nomes e contá-la a um amigo, que a passou a outro, este a outros, e todos a todos. Fez mais; meteu-se-lhe em cabeça que o *cabriolet* da fuga podia ser o mesmo dos últimos sacramentos; foi à cocheira, conversou familiarmente com um empregado, e descobriu que sim. Donde veio chamar-se a esta página a "anedota do *cabriolet*".

PÁGINAS CRÍTICAS E COMEMORATIVAS

GONÇALVES DIAS

DISCURSO LIDO NO PASSEIO PÚBLICO, AO INAUGURAR-SE O BUSTO DE GONÇALVES DIAS

Sr. Prefeito do Distrito Federal,

A comissão que tomou a si erguer este monumento, incumbiu-me, como presidente da Academia Brasileira, de o entregar a V. Exª, como representante da cidade. O encargo é não somente honroso, mas particularmente agradável à Academia e a mim.

Se eu houvesse de dizer tudo o que este busto exprime para nós, faria um discurso, e é justamente o que os autores da homenagem não devem querer neste momento. Conta Renan que, uma hora antes dos funerais de George Sand, quando alguns cogitavam no que convinha proferir à beira da sepultura, ouviu-se no parque da defunta cantar um rouxinol. "Ah! eis o verdadeiro discurso!" disseram eles consigo. O mesmo seria aqui, se cantasse um sabiá. A ave do nosso grande poeta seria o melhor discurso da ocasião. Ela repetiria à alma de todos aquela canção do exílio que ensinou aos ouvidos da antiga mãe-pátria uma lição nova da língua de Camões. Não importa! A canção está em todos nós, com os outros cantos que ele veio espalhando pela vida e pelo mundo, e o som dos golpes de Itajuba, a piedade de I-Juca-Pirama, os suspiros de Coema, tudo o que os mais velhos ouviram na mocidade, depois os mais jovens, e daqui em diante ouvirão outros e outros, enquanto a língua que falamos for a língua dos nossos destinos.

Dizem que os cariocas somos pouco dados aos jardins públicos. Talvez este busto emende o costume; mas, supondo que não, nem por isso perderão os que só vierem contemplar aquela fronte que meditou páginas tão magníficas. A solidão e o silêncio são asas robustas para os surtos do espírito. Quem vier a este canto do jardim, entre o mar e a rua, achará o que se encontra nas capelas solitárias, uma voz interior, e dirá pelo rosário da memória as preces em verso que ele compôs e ensinou aos seus compatrícios.

E desde já ficam as duas obras juntas. Uma responderá pela outra. Nem V. Exª, nem os seus sucessores consentirão que se destrua este abrigo de folhas verdes, ou se arranque daqui este monumento de arte. Se alguém propuser arrasar um e mudar outro, para trazer utilidade ao terreno, por meio de uma avenida ou cousa equivalente, o Prefeito recusará a concessão, dizendo que este jardim, conservado por diversos regimens, está agora consagrado pela poesia, que é um regímen só, universal, comum e perpétuo. Também pode declarar que a veneração dos seus grandes homens é uma virtude das cidades. E isto farão os Prefeitos de todos os partidos, sem agravo do seu próprio, porque o poeta que ora celebramos, fiel à vocação, não teve outro partido que o de cantar maravilhosamente.

Demais, se o caso for de utilidade, V. Exª e os seus sucessores acharão aqui o mais útil remédio às agruras administrativas. Este busto consolará do trabalho acerbo e ingrato; ele dirá que há também uma prefeitura do espírito, cujo exercício não pede mais que o mudo bronze e a capacidade de ser ouvido no seu eterno silêncio. E repetirá a todos o nome de V. Exª, que o recebeu, e o dos outros que porventura vierem contemplá-lo. Também aqui vinha, há muitos anos, desenfadar-se da véspera, sem outro encargo nem magistratura que os seus livros, o autor de *Iracema.* Se já estivesse aqui este busto, ele se consolaria da vida com a memória, e do tempo com a perenidade. Mas então só existiam as árvores. Bernardelli, que tinha de fundir o bronze de ambos, não povoara ainda as nossas praças com outras obras de artista ilustre. Olavo Bilac, que promoveu a subscrição de senhoras a que se deve esta obra, não afinara ainda pela lira de Gonçalves Dias a sua lira deliciosa.

Aqui fica entregue o monumento a V. Exª, Sr. Prefeito, aqui onde ele deve estar, como outro exemplo da nossa unidade, ligando a pátria inteira na mesma ponta em que a história, melhor que leis, pôs a cabeça da nação, perto daquele gigante de pedra que o grande poeta cantou em versos másculos.

UM LIVRO

Aqui está um livro que há de ser relido com apreço, com interesse, não raro com admiração. O autor, que ocupa lugar eminente na crítica brasileira, também enveredou um dia pela novela, como Sainte-Beuve, que escreveu *Volupté,* antes de atingir o sumo grau na crítica francesa. Também há aqui um narrador e um observador, e há mais aquilo que não acharemos em *Volupté,* um paisagista e um miniaturista. Já era tempo de dar às *Cenas da vida amazônica* outra e melhor edição. Eu, que as reli, achei-lhes o mesmo sabor de outrora. Os que as lerem, pela primeira vez, dirão se o meu falar desmente as suas próprias impressões.

Talvez achem comigo que o título é exato, sem dizer tudo. São efetivamente cenas daquela vida e daquele meio; sente-se que não podem ser de outra parte, que foram vistas e recolhidas diretamente. Mas não diz tudo o título. Três, ao menos, das quatro novelas em que se divide o livro, são pequenos dramas completos. Tais o *Boto,* o *Crime do Tapuio* e a *Sorte de Vicentina.* O próprio *Voluntário da pátria* tem o drama na alma de tia Zeferina, desde a quietação na palhoça até aquele adeus que ela fica acenando na margem, não já ao filho, que a não pode ver, nem ela a ele, mas ao fumo do vapor que se perde ao longe no rio, como uma sombra.

Em todos eles, os costumes locais e a natureza grande e rica, quando não é só áspera e dura, servem de quadro a sentimentos ingênuos, simples e alguma vez fortes. O Sr. José Veríssimo possui o dom da simpatia e da piedade. As suas principais figuras são as vítimas de um meio rude, como Benedita, Rosinha e Vicentina, ou ainda aquele José Tapuio, que confessa um crime não existente, com o único fim de salvar uma menina, ou de "fazê bem pra ela", como diz o texto. Não se irritem os amigos da língua culta com a prosódia e a sintaxe de José Tapuio. Há dessas frases no livro, postas com arte e cabimento, há espaços, onde é preciso caracterizar melhor as pessoas. Há locuções da terra. Há a tecnologia dos usos e costumes. Ninguém esquece que está diante da vida amazônica, não toda, mas aquela que o Sr. José Veríssimo escolheu naturalmente para dar-nos a visão do contraste entre o meio e o homem.

O contraste é grande. A floresta e a água envolvem e acabrunham a alma. A magnificência daquelas regiões chega a ser excessiva. Tudo é inumerável e imensurável. São milhões, milhares e centenas os seres que vão pelos rios e igarapés, que espiam entre a água e a terra, ou bramam e cantam na mata, em meio de um concerto de rumores, cóleras, delícias e mistérios. O Sr. José Veríssimo dá-nos a sensação daquela realidade. A descrição do caminho que leva ao povoado do Ereré, através do "coberto", do "lavrado" e de um espaço sem nome, é das mais belas e acabadas do livro. Assim também a do Paro, ou antes a história do rio nas duas partes do ano, de verão e de inverno, um só lago intérmino ou muitos lagos grandes, as ilhas que nascem e desaparecem, com os aspectos vários do tempo e da margem.

Não são descrições trazidas de acarreto. As pessoas das narrativas vão para ali continuar a ação começada. No Paru, como o tempo é de "salga", a água é sulcada de canoas, a margem alastrada de barracas, o sussurro do trabalho humano espalha-se e cresce. Aí assistimos à morte trágica do pelintra de Óbidos, regatão de alguns dias, deixando uma triste moça defunta, amarela e magra. Adiante, por meio do "coberto" e do "lavrado", vemos correr Vicentina, com a filha de alguns meses "escarranchada nos quadris", fugindo à casa do marido, depois às onças, depois à solidão, que parece maior ali que em nenhuma parte; e ambas as cenas são das mais vivas do livro.

Ao pé do trágico, o mesquinho, o comum, o quotidiano da existência e dos costumes, que o autor pinta breve ou minuciosamente. Os pequenos quadros sucedem-se, como o da Rua Bacuri, na cidade de Óbidos, à hora da sesta, ou no fim dela, quando "a natureza estira os braços num bocejo preguiçoso de quem deixa a rede". A rede é o móvel principal das casas; ela serve ao sono, ao descanso, à palestra, à indolência. Se a casa é pobre, pouco mais há que ela; mas, pouco ou muito, podemos fiar-nos da veracidade do autor, que não perde o que seja um rasgo de costumes ou possa avivar a cor da realidade. Vimos o regatão; veremos a benzedeira, a pintadeira de cuias, a mameluca, sem exclusão do jurado, do promotor, do presidente de província.

Nem falta aqui a observação fina e aguda. Uma senhora, a quem a tia Zeferina, que a criou, recorre chorando para que faça soltar o filho, preso para voluntário (como diziam aqui no sul), ouve a mãe tapuia, tem sincera pena dela, promete que sim, fala do presidente da província, que é bom moço, do baile do dia 7 de Setembro, em palácio, a que ela foi: "uma festa de estrondo; as senhoras estavam todas vestidas de verde e amarelo; muitas tinham mandado vir o vestido do Pará, mas foi tolice, porque em Manaus arranjava-se um vestido tão bem como no Pará; o dela, por exemplo, foi muito gabado..." Já a tia Zeferina ouvira cousa análoga ao major Rabelo, seu compadre, quando lhe foi contar a prisão do filho, e ele rompeu furioso contra os adversários políticos. Todos os negócios pessoais se vão coçando assim naquela agonia errante. No *Boto,* é o próprio pai de Rosinha, que não escava muito as razões do abatimento mortal da filha, "por andar atarefado com as eleições".

Que ele também há eleições no Amazonas; é o tempo da salga política, a quadra das barracas e dos regatões. Não nos dá um capítulo desses o Sr. José Veríssimo, naturalmente por lhe não ser necessário, mas a rivalidade da vila e do porto de Monte Alegre é um quadro vivo do que são raivas locais, os motivos que as acendem, a guerra que fazem e os ódios que ficam. Aqui basta a questão de saber se o correio morará no porto, em baixo, ou na vila em cima. E porque não há vitória sem foguetes, os foguetes vão contar às nuvens o despacho presidencial. A sessão do júri, no *Crime do Tapuio,* é outro quadro finamente acabado. Tudo sem sombra de caricatura. O embarque dos voluntários é outro, mas aí a emoção discreta acompanha os movimentos mal-ordenados dos homens. Nós os vimos desembarcar aqui, esses e outros, trôpegos e obedientes, marchando mal, mas enfim marchando seguros para a guerra que já lá vai.

Em tão várias cenas e lances, o estilo do Sr. José Veríssimo (salvo nos *Esbocetos,* cuja estrutura é diferente) é já o estilo correntio e vernáculo dos seus escritos posteriores. Já então vemos o homem feito, de mão assentada, dominando a matéria. Há, a mais, uma nota de poesia, a graça e o vigor das imagens, que outra sorte de trabalhos nem sempre consentem. Aqui está a frente da casa do sítio em que Rosinha nasceu: "A palha da cobertura, não aparada, dava-lhe o aspecto alvar das crianças que trazem os cabelos caídos na testa." No tempo da pesca emigram, não só os homens, mas também os cães e os urubus. Os cães são magros e famintos: "Cães magros, com as costelas salientes, como se houvessem engolido arcos de barris..." Os urubus pousam nas árvores, alguma vez baixam ao solo, andando "com o seu passo ritmado de anjos de procissão". A umas árvores que há na grande charneca do "coberto", bastava mostrá-las por uma imagem curta e viva, "em posições retorcidas de entrevados". Mas não se contenta o nosso autor de as dizer assim: em terra tal, tudo há de vibrar ao calor do sol: "Dir-se-ia que o sol, que abrasa aquelas paragens, obriga-as a tais contorções violentas e paralisa-as depois..."

Há muitas dessas imagens originais e expressivas; melhor é lê-las ou relê-las intercaladas na narração e na descrição. Chateaubriand, escrevendo em 1834 a Sainte-Beuve, justamente a propósito de *Volupté,* que acabava de sair do prelo, pergunta-lhe admirado como é que ele, René, não achará tantas outras. "Comment n'ai-je pas trouvé *ces deux vieillards et ces deux enfants entre lesquels une révolution a passé...*"[19] etc. Desculpe a pontinha de vaidade, é de Chateaubriand, e alguma cousa se há de perdoar ao gênio. Mas, em verdade, mais de um de nós outros poderíamos dizer com sinceridade e modéstia como é que nos não acudiram tais e tais imagens do nosso autor, pois que elas trazem a feição de cousas antes saídas do tinteiro que compostas no papel.

Também é dado perguntar por que é que o Sr. José Veríssimo deixou logo um terreno que soube arrotear com fruto. Ele dirá, em uma nota, falando dos *Esbocetos,* que o fruto era da primeira mocidade. Vá que sim; mas as *Cenas* trazem outra experiência, e a boa terra não é esquecida, se se lhe encomenda alguma cousa com amor.

Até lá, fiquem-nos estas *Cenas da vida amazônica.* Mais tarde, algum crítico da escola do autor compulsará as suas páginas para restituir costumes extintos. Muito estará mudado. Onde José Tapuio lutou com a sicuriju até matá-la, outro homem

19 Francês: "Como é que não encontrei *esses dois velhos e essas duas crianças entre os quais uma revolução passou...*"

estudará alguma nova força da natureza até reduzi-la ao doméstico. Coberto e lavrado darão melhor caminho às pessoas. Já agora, como disse nhã Miloca à mãe tapuia, os vestidos fazem-se tão bons em Manaus como em Belém. A política irá pelas tesouras da costureira, e a natureza agasalhará todas as artes, suas hóspedas. Tal crítico, se tiver o mesmo dom de análise do Sr. José Veríssimo, achará que um testemunho esclarecido é mais cabal que outro, e regalará os seus leitores dando-lhes este depoimento feito com emoção, com exação e com estilo.

EDUARDO PRADO

A última vez que vi Eduardo Prado foi na véspera de deixar o Rio de Janeiro para recolher a São Paulo, dizem que com o gérmen do mal e da morte em si. Naquela ocasião era todo vida e saúde. Quem então me dissesse que ele ia também deixar o mundo, não me causaria espanto, porque a injustiça da natureza acostuma a gente aos seus golpes; mas, é certo que eu buscaria maneira de obter outras horas como aquela, em que me detivesse ao pé dele, para ouvi-lo e admirá-lo.

Só falamos de arte. Ouvi-lhe notícias e impressões, senti-lhe o gosto apurado e a crítica superior, tudo envolvido naquele tom ameno e simples, que era um relevo mais aos seus dotes. Não tínhamos intimidade; faltou-nos tempo e a prática necessária. Antes daquela vez última, apenas falamos três ou quatro, o bastante para considerá-lo bem e cotejar o homem com o escritor. Eduardo Prado era dos que se deixam penetrar sem esforço e com prazer. O que agora li a seu respeito na primeira mocidade, na escola e nos últimos anos, referido por amigos que parecem não o esquecer mais, confirma a minha impressão pessoal. Aliás, os seus escritos mostravam bem o homem. Apanhava-se o sentimento da harmonia que ajustava nele a vida moral, intelectual e social.

Principalmente artista e pensador, possuía o divino horror à vulgaridade, ao lugar-comum e à declamação. Se entrasse na vida política, que apenas atravessou com a pena, em dias de luta, levaria para ela qualidades de primeira ordem, não contando o *humour,* tão diverso da chalaça e tão original nele. Mas a erudição e a história, não menos que a arte, eram agora o seu maior encanto. Sabia bem todas as cousas que sabia.

Naturalmente remontei comigo, durante aquela boa hora, e ainda depois dela, ao tempo das cartas de viagem que nos deu tão rica amostra de um grande talento que viria a crescer e subir. A matéria em si convidava ao egotismo, mas ele não padecia desse mal. Também faria correr o risco da repetição de cousas vistas e pintadas, que se não acha aqui. A faculdade de ver claro e largo, a arte de dizer originalmente a sensação pessoal, ele as possuía como os principais que hajam andado as terras ou rasgado os mares deste mundo. Invenção de estilo, observação aguda, erudição discreta e vasta, graça, poesia e imaginação produziram essas páginas vivas e saborosas. Aquela partida de Nápoles, sob um céu chuvoso e de chumbo, não se esquece. Relê-se com encanto essa explicação do tempo áspero, durante o qual o céu napolitano se recompõe, para começar novamente a ópera "com os coros de pescadores e as barcarolas, a música de luz e de azul". Assim a África, assim todas as partes onde quer que este brasileiro levou a ânsia de ver homens e cousas, cidades e costumes, a natureza vária entre ruínas perpétuas, através de regiões remotas...

Conta-se que ele chorou, quando morreu Eça de Queirós. Agora, que ambos são mortos, alguém que imaginasse e escrevesse o encontro das duas sombras, à maneira de Luciano, daria uma curiosa página de psicologia. As confabulações de tais espíritos são dignas de memória. Sterne escreveu que "um dia, conversando com Voltaire..." e imagina-se o que diriam eles. Imagina-se o que diriam, todas as noites, Stendhal e Byron, passeando no solitário *foyer* do teatro Scala. Quando Montaigne ouvia as histórias que Amyot lhe ia contar, podemos ver a delícia de ambos e admitir que as visitas continuam no outro mundo. Assim se podia dizer do Eça e do Eduardo, por um texto que exprimisse o talento, o amor das cousas finas e belas, e, enfim, a grande simpatia que um inspirava ao outro.

Quando me despedi de Eduardo Prado, naquele dia, vim perguntando a mim mesmo se teria vida bastante para ler e admirar as obras-primas que esse talentoso brasileiro levava no cérebro em gestação, ou em gérmen, e durante muitos anos viriam abastecer a nossa língua e a nossa terra. Seis dias depois, era ele que morria. Chamei injusta à natureza; bastaria dizer — indiferente.

ANTÔNIO JOSÉ

Um dia destes, relembrando uma passagem da tragédia que Magalhães consagrou à memória de Antônio José, adverti na resposta dada pelo judeu ao conde de Ericeira, quando este lhe recomenda que imite Molière; o judeu responde que Molière escrevia para franceses e ele não. Será essa resposta a rigorosa expressão da verdade? Antônio José não se modelou, certamente, pelas obras do grande cômico, não cogitou jamais da simples pintura dos vícios e dos caracteres. Molière caminhou do *Médico Volante* e dos *Zelos* de *Barbouillé* à *Escola das Mulheres* e ao *Tartufo;* Antônio José não passou das *Guerras do Alecrim* e *Manjerona,* e, dado que tentasse fazê-lo, é certo que não poderia ir muito além. Não tinha centro apropriado, nem largas vistas; faltavam-lhe outros meios, outros intuitos; e, se porventura entrou em seu espírito reatar a tradição de Gil Vicente, levantando sobre os alicerces lançados por esse operário do século XVI as paredes de um teatro regular, convinha justamente não imitar nada, nem ninguém, não se fazer Molière, nem Plauto, ficar Antônio José; é a condição das obras vivas.

Interpretada desse modo, é exata e verdadeira a resposta que Magalhães põe na boca do judeu; mas só desse modo. O *Anfitrião* prova que o nosso poeta alguma cousa imitou e transplantou de Molière, a tal ponto que forçosamente o tinha diante de si, ou na banca de trabalho ou na memória; e, porque esta observação não haja sido feita, cuido que interessará, quando menos, a título de curiosidade literária. Ao mesmo tempo, direi o que me parece do escritor e da sua obra.

E, antes de mais nada, ocorre ponderar que Antônio José goza de uma reputação sobre palavra. A fogueira de 18 de outubro de 1739 iluminou-lhe a figura de maneira que o puderam ver todos os olhos; a tragédia do Sr. Magalhães vulgarizou-o entre as nossas platéias de há 40 anos; mas só os estudiosos o terão lido, e nem todos, porque a tarefa exige constância e esforço, embora de certo modo os pague. Pode-se dizer, sem erro, que ele pertence à família dos poetas cômicos, qualquer que seja o grau de parentesco, — com a circunstância que era um desperdiçado, — trocava a boa moeda do cômico pelo cobre vulgar do burlesco. Mas, poeta cômico era-o, e de boa veia; — mais decerto que Nicolau Luís, que lhe sucedeu na estima das platéias de Lisboa, mais ainda que Manuel de Figueiredo, cujas intenções literárias abafaram, talvez, a livre expansão do engenho, e que aliás escrevia de si mesmo que — "havendo-se enganado consigo em infinitas cousas, nunca se preocupou de que tinha graça". Acresce que o fim trágico do judeu comunica às suas páginas alegres e juvenis um reflexo de simpática melancolia, que ainda mais nos convida a percorrê-las e estudá-las. A piedade não é decerto razão determinativa em pontos de crítica, e tal proetastro haverá que, sucumbindo a uma grande injustiça social, somente inspire compaixão sem desafiar análise. Não é o caso de Antônio José; este mereceria por si só que o estudássemos, ainda despido das corrências trágicas que lhe circundam o nome.

Nenhuma das comédias do judeu se pode dizer excelente e perfeita; há porém graus entre elas, e a todas sobreleva a das *Guerras do Alecrim e Manjerona.* Nesta, como nas demais, nota-se decerto muita espontaneidade, viveza de diálogo, graça de estilo, variedade de situações, e certo conhecimento de cena; mas a alma de todas elas não é grande; vive-se ali de enredo e de aparato. Se ao poeta foi estranha a invenção dos caracteres e a pintura dos vícios, não menos o foi a transcrição dos costumes locais. Salvo o *Alecrim e Manjerona,* todas as suas peças são inteiramente alheias à sociedade e ao tempo; a *Esopaida* tem por base um assunto antigo; a *Vida de D. Quixote* põe em cena o personagem de Cervantes; as outras peças são todas mitológicas. Podiam estas, não obstante o rótulo, conter a pintura dos costumes e da sociedade cujo produto eram; mas, conquanto em tais composições influa muito o moderno, não se descobre nelas nenhuma intenção daquela natureza.

Ao contrário, a intenção quase exclusiva do poeta era a galhofa, e tal galhofa que transcendia muita vez as raias da conveniência pública. Nenhuma de suas peças, — óperas é o nome clássico, — nenhuma é isenta de expressões baixas e até obscenas, com que ele, segundo lhe argüia um prelado, "chafurdou na imundície". Tinha razão o prelado, mas não basta ter razão; cumpre saber tê-la. Ora, a baixeza e a obscenidade das locuções não eram novidade na cena portuguesa, nem na de outros países; e, deixando de ir agora a exemplos estranhos à nossa língua, basta lembrar que o *Cioso,* de Ferreira, do culto autor da *Castro,* foi dado por Figueiredo com a declaração de ter sido "expurgado segundo o melindre dos ouvidos do nosso século". Gil Vicente, sem embargo de se representarem suas peças na corte de D. João III e D. Manuel, adubava-as às vezes de espécies que nos parecem hoje bem pouco esquisitas. As óperas do judeu eram dadas num teatro popular; não as ouvia a corte de D. João V, mas o povo e os burgueses de Lisboa, cujas orelhas não teriam ainda os melindres que mais tarde lhes atribuiu Figueiredo. A diferença entre Antônio José e os outros era afinal uma questão de quantidade; mas, se o tempo lho permitia e, com o tempo, a censura, que muito é que o poeta reincidisse? Não é isto escusá-lo, mas explicá-lo. Deixemos os trocados e equívocos, que são um chiste de mau gosto, mácula de estilo, que o poeta exagerou até à puerilidade, cedendo a si mesmo e ao riso das platéias. Outro defeito que se lhe argúi, é o tom guindado e os arrebiques de conceito, que se notam em muitas falas de certos personagens, os deuses, príncipes e heróis. Um de seus biógrafos, comparando o estilo de tais personagens com o dos criados e pessoas ínfimas, que são simples e naturais, supõe que houve no poeta intenção satírica, opinião que me parece carecer de fundamento, entre outras razões porque não há sempre aquela diferença de estilo, e não é raro falarem os principais personagens do mesmo modo natural e reto, que os de condição inferior. Guindam-se muita vez, mas era achaque do tempo e exageração na maneira de empregar o estilo nobre, porque havia então um estilo nobre; e, se o judeu teve alguma vez intenção satírica, arrebicando ou empolando a expressão, tal intenção foi somente literária e nenhuma outra. Que diremos dos anacronismos de linguagem? Esses são constantes e excessivos. Os dobrões de Alcmena, a alcunha de *alfacinha* dada a Anfitrião, Juno crismada em Felizarda, num criado antigo "de corpo à inglesa", outro com "relógio de pendurucalhos", deviam promover a gargalhada franca do povo. Esse fugir do meio e da ação para a realidade presente vai algumas vezes além, como na *Esopaida,* em que o herói, falando de sua vida, diz que anda em livros pelo mundo — "e agora me dizem que se está representando no Bairro-Alto". Já na *Vida de D. Quixote* havia o poeta posto a mesma cousa na boca de Sancho, quando o cavaleiro, vendo um barco amarrado, pergunta ao escudeiro: — "Sabes onde estamos? — Sei bem. — Aonde? — No Bairro-Alto." O judeu podia responder que tal sestro foi o de Regnard e o de Boursault, por exemplo, que pôs o seu Esopo a tomar café e meteu com ele esposas de tabeliães; podia citar muitos outros exemplos anteriores e contemporâneos, e a crítica se incumbiria de apontar os que vieram depois dele; mas não vale a pena.

Venhamos ao *Anfitrião.* Um erudito escritor, o Sr. Teófilo Braga, supõe que a intenção do poeta, nessa comédia, foi pintar em Júpiter a pessoa de D. João V, suposição que detidamente examinei e me parece inteiramente gratuita. Cuido que o crítico faz de uma coincidência um propósito, e fundamenta a sua suspeita na possível analogia das aventuras do deus pagão e do rei cristão. A analogia podia ser um elemento de prova, mas desacompanhada de outras não faz chegar a nenhum resultado definitivo. Ora, basta ler o *Anfitrião,* basta comparar a situação do poeta e o tempo para varrer do espírito semelhante hipótese. Certo, não faltava audácia ao poeta; aí está, como exemplo, a definição da justiça, feita por Sancho, na *Vida de D. Quixote;* mas entre a generalidade desse trecho e a sátira pessoal do *Anfitrião* vai um abismo. Ocorre-me que do *Anfitrião* de Molière também se disse ser alusão a Luís XIV, com a diferença que em França não se atribuiu a Molière a intenção de ferir, mas de ser agradável ao rei, que lhe havia encomendado aquela apoteose de suas próprias aventuras, opinião esta que foi de todo condenada. Não, não há motivo para atribuir a Antônio José a intenção que lhe supõe o Sr. Teófilo Braga; e, se tal intenção existisse, o desenlace da comédia, quando Júpiter se declara acima da lei, viria a ser de um sarcasmo tão cru que não alcançaríamos compreendê-lo naquele século.

Evidentemente, o judeu achou na aventura pagã o mesmo que lhe acharam Plauto, Molière e Camões, — um assunto prestadio às combinações cênicas, e, demais, singularmente próprio para as chufas do Bairro-Alto. Desnecessário é dizer os trâmites dessa travessura de Júpiter, que, namorado de Alcmena, toma a figura do marido e vai à casa dela, acompanhado de Mercúrio, que copia as feições de Sósias, criado de Anfitrião. O nosso poeta seguiu no principal a fábula que encontrou nos antecessores, fazendo-lhe todavia as alterações suscitadas pelo gosto próprio e das platéias. Assim, o Sósias de Plauto, de Molière e de Camões é na peça de Antônio José um Saramago. Não lhe mudou ele o essencial; trocando-lhe o nome, obedeceu ao sistema de dar aos criados nomes burlescos. O de Jason, nos *Encantos de Medéia,* chama-se Sacatrapos; há nas outras óperas um Caranguejo, um Esfusiote, um Chichisbéu. São nomes, não valem mais que nomes. Nem Molière chamou Dandin ao principal personagem de uma de suas comédias senão para o caracterizar desde logo de um modo jovial; não pretendeu outra cousa. Contudo, a observação em relação a Antônio José tem o valor de um rasgo significativo.

Cotejando o *Anfitrião* de Antônio José com os de seus antecessores, vê-se o que ele imitou dos modelos, e o que de sua casa introduziu. Já disse que no principal os seguiu a todos; mas nem sempre soube escolher, e darei disso um exemplo claro. Camões, que não sendo poeta cômico, era todavia homem de tato e gosto, corrigiu, antes de Molière, o desenlace do *Anfitrião* de Plauto. Na comédia deste, logo depois de explicar Júpiter os equívocos da situação e de anunciar ao marido de Alcmena que o filho desta é seu, mostra-se Anfitrião inteiramente satisfeito e glorioso com o desenlace. Camões suprimiu tão singular contentamento, e o mesmo fez Molière; em ambos os poetas Anfitrião ouve silencioso as declarações do pai dos deuses, sem que Alcmena assista a elas. Antônio José não só não seguiu nessa parte os modelos recentes, mas até carregou a mão sobre o que imitou de Plauto. A alegria do seu Anfitrião e da sua Alcmena é tão franca, tamanho é o alvoroço dos dous esposos, que realmente chega a ofender as leis da verossimilhança, ainda tratando-se de um caso divino. Neste ponto Antônio José foi antes inadvertido do que obrigado do gosto público. Outro caso. Nas comédias anteriores não há nenhum lugar em que Alcmena veja ao mesmo tempo os dois Anfitriões, e isto não só era necessário para prolongar e justificar os equívocos, mas até o exigia a verossimilhança, porque, desde que Alcmena chegasse a ver juntos os dous exemplares exatos do marido, saía da boa-fé que serve de fundamento à sua ilusão, para cair no maravilhoso e no inextricável. E é justamente o que acontece na comédia do judeu.

Vamos agora ao que o judeu imitou diretamente de Molière. Há na comédia daquele um caráter, o de Cornucópia, mulher de Saramago, que não tem equivalente na de Plauto, nem na de Camões, e que só na de Molière existe. "Molière (é observação de La Harpe), fazendo de Cleântis mulher de Sósias, inventou uma situação paralela à de Anfitrião e Alcmena, dando-lhe porém diferente aspecto; Cleântis pertence ao número das esposas que, por serem honestas, cuidam ter o direito de ser insuportáveis." Ora bem, a situação e o caráter de Cleântis transportou-os o judeu para o seu *Anfitrião,* e não se pode dizer encontro fortuito, senão deliberado propósito. Basta cotejá-los com espírito advertido; a diferença é de tom, de estilo; substancialmente, a invenção é a mesma; as próprias idéias reproduzem-se às vezes na obra do judeu. Assim, logo na cena em que Mercúrio transformado em Saramago (Sósias) encontra a mulher deste, achamos o traço comum aos dois poetas.

Na comédia de Molière:

CLÉANTHIS

Regarde, traitre, Amphytrion;
Vois comme pour Alcmène il étale de flamme;
Et rougis là-dessus du peu de passion
Que tu témoignes pour la femme.

MERCURIO

Hé! mon Dieu! Cléanthis, ils sont encore amants.
Il est certain âge où tout passe;
Et ce qui leur sied bien dans ces commencements,
En nous, vieux mariés, aurait mauvaise grâce.
Il nous ferait beau voir, attachés face à face,
A pousser les beaux sentiments!

CLÉANTHIS

Mérites-tu, pendard, cet insigne bonheur
De te voir pour épouse une femme d'honneur?

MERCÚRIO

Mon Dieu! tu n'es que trop honnête;
Ce grand honneur ne me vaut rien.
Ne sois point si femme de bien,
Et me romps un peu moins la tête.

Agora Antônio José:

CORNUCÓPIA

Também nosso amo trazia bastante fome, e contudo está dizendo à nossa ama tanta cousa galantinha que faria derreter uma pedra.

MERCÚRIO

Com que é o mesmo nossos amos do que nós? Eles casadinhos de um ano, e nós há um século? Eles senhores e rapazes, e nós velhos e moços?* Eles dous jasmins e nós dous lagartos? E finalmente eles com amor, e nós, ou pelo menos eu, sem nenhum?

....

CORNUCÓPIA

Ora o certo é que pior é fazer festa a vilões ruins; por estas, que se tu conheceras a mulher que tens, que outra cousa fora; talvez que se eu fora alguma dessas bonecrinhas enfeitadas que me quiseras mais; porém a culpa tenho eu em não aceitar o que me davam nas tuas costas.

MERCÚRIO

Pois ainda estás em tempo...

Trata-se, como se vê, de um caráter e de uma situação integralmente transcritos, embora de outro jeito, cedendo o poeta aos seus hábitos literários, à sua índole e ao

*. Criados. [N. do A.]

seu meio. Nem é somente na introdução do caráter de Cornucópia, e na situação dos dous personagens, que Antônio José revela ter diante de si ou na memória a peça de Molière, há ainda outro vestígio; há uma idéia na cena em que Júpiter se despede de Alcmena, — idéia que o judeu expressa deste modo:

ALCMENA

Este amor nasce da obrigação.

JÚPTER

Pois quisera que esta fineza nascera mais do teu amor que da tua obrigação.

ALCMENA

A obrigação de amar ao esposo supera toda a obrigação.

JÚPTER

Pois mais devera que me quiseras como a amante que como a esposo.

ALCMENA

Não sei fazer esta diferença, pois não posso amar-te como a esposo, sem que te ame como a amante.

Na comédia de Molière:

JÚPTER

En moi, belle et charmante Alcmène,
Vous voyez un mari, vous voyez un amant;
Mais l'amant seul me touche, à parler franchement;
Et je sens près de vous que le mari me gêne.
Cet amant, de vos voeux jaloux au dernier point,
Souhaite qu'à lui seul votre, amour s'abandonne.
....

ALCMENA

Je ne sépare point ce qu'unissent les dieux;
Et l'époux et l'amant me sont fort précieux.

Se, neste ponto, já se não trata de uma situação, de um caráter novo, mas de uma idéia entrelaçada no diálogo, importa repetir que, ainda imitando ou recordando, o judeu se conserva fiel à sua fisionomia literária; pode ir buscar a especiaria alheia, mas há de ser para temperá-la com o molho da sua fábrica. Dessa inclinação ao baixo-cômico achamos outro exemplo na *Esopaida,* cujo assunto fora tratado, antes dele, por Boursault. O caráter tradicional de Esopo era pouco apropriado à comédia: é um moralista, um autor de apólogos, mas Boursault trouxe-o assim mesmo para a cena, único modo de lhe conservar a cor original. O Esopo de Antônio José parece antes um exemplar apurado daqueles lacaios argutos e atrevidos da comédia clássica; salvo dous ou três lugares, é outro gênero de Sacatrapos ou Chichisbéu; figura ali com agudezas e trocadilhos. Há destes extremamente bufões, como o da bacia das almas, e disso e de pouco mais se compõe a filosofia de Esopo. Não obstante essa cor geral, notam-se ali toques de bom cômico, embora leves e a espaços. Há também, e principalmente, a veia satírica, na cena que quase todos os seus biógrafos transcrevem, — a das teses dos filósofos, cena extremamente chistosa, e que o próprio Dinis, com toda a sua veia do *Hissope* e do *Falso Heroísmo,* não sei se chegaria a fazer mais acabada. Compare-se essa cena com a da invasão do Parnaso pelos maus poetas, na *Vida de D. Quixote,* e ver-se-á que havia no talento de Antônio José uma forte dose de sátira, — o que, de certa maneira, lhe diminuía a força cômica. Nessas duas peças é, aliás, sensível a habilidade teatral do poeta, que não tinha propriamente uma ação em nenhuma delas, e, não obstante, logrou condensar a vida dos episódios, manter a unidade do interesse e angariar o aplauso público. Acresce que o seu D. Quixote não tem o defeito capital do seu Esopo; o poeta soube dar-lhe alguns toques da ingenuidade sublime, que caracteriza o tipo de Cervantes: é o que se vê logo, na exposição, quando D. Quixote responde ao barbeiro acerca da armada que se prepara para combater o turco: — "Para que se cansam com tantas máquinas? diz ele. Eu lhes dera um bom arbítrio com que, em menos de uma hora, vençam quantas armadas e armadilhas o turco tiver." É ocioso dizer que o arbítrio seria a cavalaria andante.

De todas as comédias, porém, a que goza as honras da primazia, é a das *Guerras do Alecrim e Manjerona,* e com razão; é a mais acabada e a mais cômica. Tem o gosto do tempo, e até um ressaibo da maneira de Calderón, que de si mesmo escrevia:

Es comedia de Don Pedro
Calderón, d'onde hade haber,
Por fuerza, amante escondido
Y rebozada mujer.

Há ali com efeito mulheres rebuçadas e amantes escondidos, e tanta vida como nas peças de Calderón.

Não trato aqui do fato que poderia ter dado lugar à obra do judeu, nem das dúvidas de Costa e Silva sobre se os dois *ranchos* do *alecrim* e da *manjerona* existiam antes da comédia, ou se esta os fez nascer; é investigação que não vale a pena de um minuto, e aliás o texto do poeta é claro. Em tudo se avantaja o *Alecrim e Manjerona,* até na linguagem, que é aí muito menos obscena que nas outras, diferença que se pode atribuir ao progresso do talento, porquanto já no *Labirinto de Creta* se dá o mesmo fenômeno. Não direi, como Garrett, que essa peça teria hoje todo o valor de uma comédia histórica; mas assim mesmo, quem lhe vê as figuras, a século e meio de distância, parece contemplar uma gravura em que elas conservam as feições e o vestuário do tempo, — os namorados pobres, o velho avarento que arde por se ver livre das sobrinhas, e que, ao anunciarem-lhe a chegada do pretendente provinciano, manda deitar "mais um ovo nos espinafres", D. Tibúrcio, as duas damas, o Semicúpio e a velha Fagundes, todo o pessoal da antiga farsa.

Superior às outras composições, como estilo e originalidade, não menos o é como viveza, graça e movimento: e, se a farsa domina, não é tanto que não apareça a comédia. Basta apontar, por exemplo, a cena da consulta médica, por ocasião do desastre de D. Tibúrcio, que é uma das melhores do teatro do judeu, e não ficaria vexada se a puséssemos ao lado das de Molière e Gil Vicente. Para não faltar nada, há também aforismos latinos, e até uma copla latina, digna de Molière. Podemos considerar o *Alecrim e Manjerona* como uma das melhores comédias do século XVIII.

Ler o *Alecrim e Manjerona,* o *Anfitrião,* a *Esopaida* e o *D. Quixote,* é avaliar todo o poeta, com suas qualidades boas e más, com o jeito do seu espírito e influência do seu tempo. Nicolau Luís, Figueiredo, Dinis e Garção, no mesmo século, tiveram talvez mais intenção cômica do que Antônio José, mas os meios deste eram maiores, possuíam outra virtualidade, outra espontaneidade, outra abundância. Dir-se-á que, se a Inquisição o deixara viver, Antônio José produziria alguma obra de esfera superior? Repito: não creio que ele subisse muito acima do *Alecrim e Manjerona*; iria talvez ao ponto de fazer alguma cousa parecida com o *Avaro*, mas não faria todo o *Avaro*.

Agora, a século e meio de distância, podemos afirmar que Antônio José foi um destino decapitado. Qualquer que fosse a natureza do seu engenho, é fora de dúvida que o auto-da-fé em que ele pereceu, devorou com a mesma flama assaz de páginas alegres e vivazes. A prova de que o teatro poderia ainda esperar muito de Antônio José, está na comparação das obras dele com a vida dele. Era um cristão-novo, como tal suspeitado e perseguido; aos vinte e um anos padeceu um primeiro processo, e sabe-se que terríveis eram os processos inquisitoriais; basta dizer que o delinqüente revelou todos os seus cômplices em judaísmo, com a maior franqueza e minuciosidade, o que se pode explicar pela tenra idade do poeta, mas também pelo terror que o tribunal infundia, não menos que pela exortação mansa com que os inquisidores extorquiam a confissão de todos os erros e a denúncia de todos os cômplices, — sem prejuízo, aliás, do cárcere e da polé. Pois bem, não obstante os vestígios e as lembranças desse primeiro ato da Inquisição, não obstante o espetáculo do que padeciam os seus, as óperas de Antônio José trazem o sabor de uma mocidade imperturbavelmente feliz, a facécia grossa e petulante, tal como lha pedia o paladar das platéias, nenhum vislumbre do episódio trágico, salvo uns versos do *Anfitrião* que se crêem (e, quanto a mim, sem outro fundamento além da conjectura) como aplicáveis a ele mesmo. Mas ainda supondo que a conjectura tenha razão, admitindo mais que a alegoria da justiça na *Vida de D. Quixote* seja o resumo das queixas pessoais do poeta (suposição tão frágil como aquela), a verdade é que os sucessos da vida dele não influíram, não diminuíram a força nativa do talento, nem lhe torceram a natureza, que estava muito longe da hipocondria. Molière, que, se nem sempre teve flores no caminho, não conheceu o ínfimo dos padecimentos de Antônio José, foi o criador de Alceste; o nosso judeu, dado que tivesse a mesma intensidade de talento, não escolheria nunca o assunto do *Misantropo.*

Nisto, menos que em nenhuma outra cousa, imitaria ele o grande mestre. Não lhe fossem propor graves problemas, nem máximas profundas, nem os caracteres, nem as altas observações que formam o argumento das comédias de outra esfera, nem sobretudo as melancolias de Molière e Shakespeare. O nosso judeu era a farsa, a genuína farsa, sem outras pretensões, sem mais remotas vistas que os limites do seu bairro e do seu tempo. Certo, eu posso hoje, à fina força, arrancar alguma idéia inicial das óperas do judeu; por exemplo, ao ver nos *Encantos de Medéia* a dedicação da feiticeira de Colcos, que trai os deveres filiais e põe todas as suas artes ao serviço de Jason, ao ponto de lhe entregar o velocino e ao ver que, apesar de tudo isto, o príncipe foge com Creusa, posso, digo eu, atribuir ao poeta a intenção de que o reconhecimento não é o caminho do amor e que um coração pode ser legitimamente ingrato. Seria lógico, seria bem deduzido da ação, mas não passaria de obra da crítica, inteiramente alheia à intenção do poeta, que achou no assunto uma farsa de tramóias e nada mais. Esta é a última conclusão que rigorosamente se pode tirar do poeta. Ele não imitou, não chegaria a imitar Molière, ainda que repetisse as transcrições que fez no *Anfitrião;* tinha originalidade, embora a influência das óperas italianas. Convenhamos que era um engenho sem disciplina, nem gosto, mas característico e pessoal.

NÃO CONSULTES MÉDICO

PESSOAS

D. LEOCÁDIA
D. CARLOTA
D. ADELAIDE
CAVALCANTE

MAGALHÃES

Um gabinete em casa de Magalhães, na Tijuca.

CENA I

MAGALHÃES, D. ADELAIDE

Magalhães lê um livro, D. Adelaide folheia um livro de gravuras.

MAGALHÃES

Esta gente não terá vindo?

D. ADELAIDE

Parece que não. Já saíram há um bom pedaço; felizmente o dia está fresco. Titia estava tão contente ao almoço! E ontem? Você viu que risadas que ela dava, ao jantar, ouvindo o Dr. Cavalcante? E o Cavalcante sério. Meu Deus, que homem triste! que cara de defunto!

MAGALHÃES

Coitado do Cavalcante! Mas que quererá ela comigo? Falou-me em um obséquio.

D. ADELAIDE

Sei o que é.

MAGALHÃES

Que é?

D. ADELAIDE

Por ora é segredo. Titia quer que levemos Carlota conosco.

MAGALHÃES

Para a Grécia?

D. ADELAIDE

Sim, para a Grécia.

MAGALHÃES

Talvez ela pense que a Grécia é em Paris. Eu aceitei a legação de Atenas porque não me dava bem em Guatemala, e não há outra vaga na América. Nem é só por isso; você tem vontade de ir acabar a lua de mel na Europa... Mas então Carlota vai ficar conosco?

D. ADELAIDE

E só algum tempo. Carlota gostava muito de um tal Rodrigues, capitão de engenharia, que casou com uma viúva espanhola. Sofreu muito, e ainda agora anda meio triste; titia diz que há de curá-la.

MAGALHÃES, *rindo*

É a mania dela.

D. ADELAIDE, *rindo*

Só cura moléstias morais.

MAGALHÃES

A verdade é que nos curou; mas, por muito que lhe paguemos em gratidão, fala-nos sempre da nossa antiga moléstia. "Como vão os meus doentezinhos? Não é verdade que estão curados?"

D. ADELAIDE

Pois falemos-lhe nós da cura, para lhe dar gosto. Agora quer curar a filha.

MAGALHÃES

Do mesmo modo?

D. ADELAIDE

Por ora não. Quer mandá-la à Grécia para que ela esqueça o capitão de engenharia.

MAGALHÃES

Mas, em qualquer parte se esquece um capitão de engenharia.

D.ADELAIDE

Titia pensa que a vista das ruínas e dos costumes diferentes cura mais depressa. Carlota está com dezoito para dezenove anos; titia não a quer casar antes dos vinte. Desconfio que já traz um noivo em mente, um moço que não é feio, mas tem o olhar espantado.

MAGALHÃES

É um desarranjo para nós; mas, enfim, pode ser que lhe achemos lá na Grécia algum descendente de Alcibíades que a preserve do olhar espantado.

D.ADELAIDE

Ouço passos. Há de ser titia...

MAGALHÃES

Justamente! Continuemos a estudar a Grécia. *(Sentam-se outra vez, Magalhães lendo, D. Adelaide folheando o livro de vistas.)*

CENA II

OS MESMOS E D. LEOCÁDIA

D.LEOCÁDIA *(pára à porta, desce pé ante pé, e mete a cabeça entre os dous.)*

Como vão os meus doentezinhos? Não é verdade que estão curados?

MAGALHÃES, *à parte*

É isto todos os dias.

D. LEOCÁDIA

Agora estudam a Grécia; fazem muito bem. O país do casamento é que vocês não precisaram estudar.

D. ADELAIDE

A senhora foi a nossa geografia, foi quem nos deu as primeiras lições.

D. LEOCÁDIA

Não diga lições, diga remédios. Eu sou doutora, eu sou médica. Este *(indicando Magalhães),* quando voltou de Guatemala, tinha um ar esquisito; perguntei-lhe se queria ser deputado, disse-me que não; observei-lhe o nariz, e vi que era um triste nariz solitário...

MAGALHÃES

Já me disse isto cem vezes.

D. LEOCÁDIA, *voltando-se para ele e continuando*

Esta *(designando Adelaide)* andava hipocondríaca. O médico da casa receitava pílulas, cápsulas, uma porção de tolices que ela não tomava, porque eu não deixava; o médico devia ser eu.

D. ADELAIDE

Foi uma felicidade. Que é que se ganha em engolir pílulas?

D. LEOCÁDIA

Apanham-se moléstias.

D. ADELAIDE

Uma tarde, fitando eu os olhos de Magalhães...

D. LEOCÁDIA

Perdão, o nariz.

D. ADELAIDE

Vá lá. A senhora disse-me que ele tinha o nariz bonito, mas muito solitário. Não entendi; dous dias depois, perguntou-me se queria casar, eu não sei que disse, e acabei casando.

D. LEOCÁDIA

Não é verdade que estão curados?

MAGALHÃES

Perfeitamente.

D. LEOCÁDIA

A propósito, como irá o Dr. Cavalcante? Que esquisitão! Disse-me ontem que a cousa mais alegre do mundo era um cemitério. Perguntei-lhe se gostava aqui da Tijuca, respondeu-me que sim, e que o Rio de Janeiro era uma grande cidade. "É a segunda vez que a vejo, disse ele; eu sou do Norte. É uma grande cidade, José Bonifácio é um grande homem, a Rua do Ouvidor um poema, o chafariz da Carioca um belo chafariz, o Corcovado, o gigante de pedra, Gonçalves Dias, os *Timbiras,* o Maranhão..." Embrulhava tudo a tal ponto que me fez rir. Ele é doudo?

MAGALHÃES

Não.

D.LEOCÁDIA

A princípio, cuidei que era. Mas o melhor foi quando se serviu o peru. Perguntei-lhe que tal achava o peru. Ficou pálido, deixou cair o garfo, fechou os olhos e não me respondeu. Eu ia chamar a atenção de vocês, quando ele abriu os olhos e disse com voz surda: "D. Leocádia, eu não conheço o Peru..." Eu, espantada, perguntei: "Pois não está comendo...?" "Não falo desta pobre ave; falo-lhe da república."

MAGALHÃES

Pois conhece a república.

D.LEOCÁDIA

Então mentiu.

MAGALHÃES

Não, porque nunca lá foi.

D.LEOCÁDIA *(a D. Adelaide)*

Mau! teu marido parece que também está virando o juízo. *(A Magalhães)* Conhece então o Peru, como vocês estão conhecendo a Grécia... pelos livros.

MAGALHÃES

Também não.

D.LEOCÁDIA

Pelos homens?

MAGALHÃES

Não, senhora.

D.LEOCÁDIA

Então pelas mulheres?

MAGALHÃES

Nem pelas mulheres.

D. LEOCÁDIA

Por uma mulher?

MAGALHÃES

Por uma mocinha, filha do ministro do Peru em Guatemala. Já contei a história a Adelaide. *(D. Adelaide senta-se folheando o livro de gravuras.)*

D. LEOCÁDIA, *senta-se*

Ouçamos a história. É curta?

MAGALHÃES

Quatro palavras. Cavalcante estava em comissão do nosso governo, e freqüentava o corpo diplomático, onde era muito bem visto. Realmente, não se podia achar criatura mais dada, mais expansiva, mais estimável. Um dia começou a gostar da peruana. A peruana era bela e alta, com uns olhos admiráveis. Cavalcante, dentro de pouco, estava doudo por ela, não pensava em mais nada, não falava de outra pessoa. Quando a via ficava extático. Se ela gostava dele, não sei; é certo que o animava, e já se falava em casamento. Puro engano! Dolores voltou para o Peru, onde casou com um primo, segundo me escreveu o pai.

D. LEOCÁDIA

Ele ficou desconsolado, naturalmente.

MAGALHÃES

Ah! não me fale! Quis matar-se; pude impedir esse ato de desespero, e o desespero desfez-se em lágrimas. Caiu doente, uma febre que quase o levou. Pediu dispensa da comissão, e, como eu tinha obtido seis meses de licença, voltamos juntos. Não imagina o abatimento em que ficou, a tristeza profunda; chegou a ter as idéias baralhadas. Ainda agora, diz alguns disparates, mas emenda-se logo e ri de si mesmo.

D. LEOCÁDIA

Quer que lhe diga? Já ontem suspeitei que era negócio de amores; achei-lhe um riso amargo... Terá bom coração?

MAGALHÃES

Coração de ouro.

D. LEOCÁDIA

Espírito elevado?

MAGALHÃES

Sim, senhora.

D. LEOCÁDIA

Espírito elevado, coração de ouro, saudades... Está entendido.

MAGALHÃES

Entendido o quê?

D. LEOCÁDIA

Vou curar o seu amigo Cavalcante. De que é que vocês se espantam?

D. ADELAIDE

De nada.

MAGALHÃES

De nada, mas...

D. LEOCÁDIA

Mas quê?

MAGALHÃES

Parece-me...

D. LEOCÁDIA

Não parece nada; vocês são uns ingratos. Pois se confessam que eu curei o nariz de um e a hipocondria do outro, como é que põem em dúvida que eu possa curar a maluquice do Cavalcante? Vou curá-lo. Ele virá hoje?

D. ADELAIDE

Não vem todos os dias; às vezes passa-se uma semana.

MAGALHÃES

Mora perto daqui; vou escrever-lhe que venha, e, quando chegar, dir-lhe-ei que a senhora é o maior médico do século; cura o moral... Mas, minha tia, devo avisá-la de uma cousa; não lhe fale em casamento.

D. LEOCÁDIA

Oh! não!

MAGALHÃES

Fica furioso quando lhe falam em casamento; responde que só se há de casar com a morte... A senhora exponha-lhe...

D.LEOCÁDIA

Ora, meu sobrinho, vá ensinar o *padre-nosso* ao vigário. Eu sei o que ele precisa, mas quero estudar primeiro o doente e a doença. Já volto.

MAGALHÃES

Não lhe diga que eu é que lhe contei o caso da peruana...

D.LEOCÁDIA

Pois se eu mesma adivinhei que ele sofria do coração. *(Sai; entra Carlota.)*

CENA III

MAGALHÃES, D. ADELAIDE, D. CARLOTA

D. ADELAIDE

Bravo! está mais corada agora!

D. CARLOTA

Foi do passeio.

D. ADELAIDE

De que é que você gosta mais, da Tijuca ou da cidade?

D. CARLOTA

Eu por mim, ficava metida aqui na Tijuca.

MAGALHÃES

Não creio. Sem bailes? sem teatro lírico?

D. CARLOTA

Os bailes cansam, e não temos agora teatro lírico.

MAGALHÃES

Mas, em suma, aqui ou na cidade, o que é preciso é que você ria; esse ar tristonho faz-lhe a cara feia.

D.CARLOTA

Mas eu rio. Ainda agora não pude deixar de rir vendo o Dr. Cavalcante.

MAGALHÃES

Por quê?

D.CARLOTA

Ele passava ao longe, a cavalo, tão distraído que levava a cabeça caída entre as orelhas do animal; ri da posição, mas lembrei-me que podia cair e ferir-se, e estremeci toda.

MAGALHÃES

Mas não caiu?

D.CARLOTA

Não.

D. ADELAIDE

Titia viu também?

D.CARLOTA

Mamãe ia-me falando da Grécia, do céu da Grécia, dos monumentos da Grécia, do rei da Grécia; toda ela é Grécia, fala como se tivesse estado na Grécia.

D. ADELAIDE

Você quer ir conosco para lá?

D.CARLOTA

Mamãe não há de querer.

D. ADELAIDE

Talvez queira. *(Mostrando-lhe as gravuras do livro.)* Olhe que bonitas vistas! Isto são ruínas. Aqui está uma cena de costumes. Olhe esta rapariga com um pote...

MAGALHÃES, *à janela*

Cavalcante aí vem.

D.CARLOTA

Não quero vê-lo.

D. ADELAIDE

Por quê?

D.CARLOTA

Agora que passou o medo, posso rir-me lembrando a figura que ele fazia.

D. ADELAIDE

Eu também vou. *(Saem as duas; Cavalcante aparece à porta, Magalhães deixa a janela.)*

CENA IV

CAVALCANTE E MAGALHÃES

MAGALHÃES

Entra. Como passaste a noite?

CAVALCANTE

Bem. Dei um belo passeio; fui até ao Vaticano e vi o papa. *(Magalhães olha espantado.)* Não te assustes, não estou doudo. Eis o que foi: o meu cavalo ia para um lado e o meu espírito para outro. Eu pensava em fazer-me frade, então todas as minhas idéias vestiram-se de burel, e entrei a ver sobrepelizes e tochas; enfim, cheguei a Roma, apresentei-me à porta do Vaticano e pedi para ver o papa. No momento em que Sua Santidade apareceu, prosternei-me, depois estremeci, despertei e vi que o meu corpo seguira atrás do sonho, e que eu ia quase caindo.

MAGALHÃES

Foi então que a nossa prima Carlota deu contigo ao longe.

CAVALCANTE

Também eu a vi, e, de vexado, piquei o cavalo.

MAGALHÃES

Mas, então ainda não perdeste essa idéia de ser frade?

CAVALCANTE

Não.

MAGALHÃES

Que paixão romanesca!

CAVALCANTE

Não, Magalhães; reconheço agora o que vale o mundo com as suas perfídias e tempestades. Quero achar um abrigo contra elas; esse abrigo é o claustro. Não sairei nunca da minha cela, e buscarei esquecer diante do altar...

MAGALHÃES

Olha que vais cair do cavalo!

CAVALCANTE

Não te rias, meu amigo!

MAGALHÃES

Não; quero só acordar-te. Realmente, estás ficando maluco. Não penses mais em semelhante moça. Há no mundo milhares e milhares de moças iguais à bela Dolores.

CAVALCANTE

Milhares e milhares? Mais uma razão para que eu me esconda em um convento. Mas é engano; há só uma, e basta.

MAGALHÃES

Bem; não há remédio senão entregar-te à minha tia.

CAVALCANTE

À tua tia?

MAGALHÃES

Minha tia crê que tu deves padecer de alguma doença moral, — e adivinhou, — e fala de curar-te. Não sei se sabes que ela vive na persuasão de que cura todas as enfermidades morais.

CAVALCANTE

Oh! eu sou incurável!

MAGALHÃES

Por isso mesmo deves sujeitar-te aos seus remédios. Se te não curar, dar-te-á alguma distração, e é o que eu quero. *(Abre a charuteira, que está vazia.)* Olha, espera aqui, lê algum livro; eu vou buscar charutos. *(Sai; Cavalcante pega num livro e senta-se.)*

CENA V

CAVALCANTE, D. CARLOTA, aparecendo ao fundo.

D. CARLOTA

Primo... *(Vendo Cavalcante.)* Ah! perdão!

CAVALCANTE, *erguendo-se.*

Perdão de quê?

D. CARLOTA

Cuidei que meu primo estava aqui; vim buscar um livro de gravuras de prima Adelaide; está aqui...

CAVALCANTE

A senhora viu-me passar a cavalo, há uma hora, numa posição incômoda e inexplicável.

D. CARLOTA

Perdão, mas...

CAVALCANTE

Quero dizer-lhe que eu levava na cabeça uma idéia séria, um negócio grave.

D. CARLOTA

Creio.

CAVALCANTE

Deus queira que nunca possa entender o que era! Basta crer. Foi a distração que me deu aquela postura inexplicável. Na minha família quase todos são distraídos. Um dos meus tios morreu na guerra do Paraguai, por causa de uma distração; era capitão de engenharia...

D. CARLOTA, *perturbada.*

Oh! não me fale!

CAVALCANTE

Por quê? Não pode tê-lo conhecido.

D. CARLOTA

Não, senhor; desculpe-me, sou um pouco tonta. Vou levar o livro à minha prima.

CAVALCANTE

Peço-lhe perdão, mas...

D. CARLOTA

Passe bem. *(Vai até à porta.)*

CAVALCANTE

Mas, eu desejava saber...

D. CARLOTA

Não, não, perdoe-me *(Sai.)*

CENA VI

CAVALCANTE, só

Não compreendo; não sei se a ofendi. Falei no tio João Pedro, que morreu no Paraguai, antes dela nascer...

CENA VII

CAVALCANTE, D. LEOCÁDIA

D. LEOCÁDIA, *ao fundo, à parte.*

Está pensando. *(Desce.)* Bom dia, Dr. Cavalcante!

CAVALCANTE

Como passou, minha senhora?

D. LEOCÁDIA

Bem, obrigada. Então meu sobrinho deixou-o aqui só?

CAVALCANTE

Foi buscar charutos, já volta.

D. LEOCÁDIA

Os senhores são muito amigos.

CAVALCANTE

Somos como dous irmãos.

D. LEOCÁDIA

Magalhães é um coração de ouro, e o senhor parece-me outro. Acho-lhe só um defeito, doutor... Desculpe-me esta franqueza de velha; acho que o senhor fala trocado.

CAVALCANTE

Disse-lhe ontem algumas tolices, não?

D. LEOCÁDIA

Tolices, é muito; umas palavras sem sentido.

CAVALCANTE

Sem sentido, insensatas, vem a dar na mesma.

D. LEOCÁDIA, *pegando-lhe nas mãos.*

Olhe bem para mim. *(Pausa.)* Suspire. *(Cavalcante suspira.)* O senhor está doente; não negue que está doente, — moralmente, entenda-se; não negue! *(Solta-lhe as mãos.)*

CAVALCANTE

Negar seria mentir. Sim, minha senhora, confesso que tive um grandíssimo desgosto...

D. LEOCÁDIA

Jogo de praça?

CAVALCANTE

Não, senhora.

D. LEOCÁDIA

Ambições políticas malogradas?

CAVALCANTE

Não conheço política.

D. LEOCÁDIA

Algum livro mal recebido pela imprensa?

CAVALCANTE

Só escrevo cartas particulares.

D. LEOCÁDIA

Não atino. Diga francamente; eu sou médico de enfermidades morais, e posso curá-lo. Ao médico diz-se tudo. Ande, fale, conte-me tudo, tudo, tudo. Não se trata de amores?...

CAVALCANTE, *suspirando.*

Trata-se justamente de amores.

D. LEOCÁDIA

Paixão grande?

CAVALCANTE

Oh! imensa!

D. LEOCÁDIA

Não quero saber o nome da pessoa, não é preciso. Naturalmente, bonita?

CAVALCANTE

Como um anjo!

D. LEOCÁDIA

O coração também era de anjo?

CAVALCANTE

Pode ser, mas de anjo mau.

D. LEOCÁDIA

Uma ingrata...

CAVALCANTE

Uma perversa!

D. LEOCÁDIA

Diabólica...

CAVALCANTE

Sem entranhas!

D. LEOCÁDIA

Vê que estou adivinhando. Console-se; uma criatura dessas não acha casamento.

CAVALCANTE

Já achou!

D. LEOCÁDIA

Já?

CAVALCANTE

Casou, minha senhora; teve a crueldade de casar com um primo.

D. LEOCÁDIA

Os primos quase que não nascem para outra cousa. Diga-me, não procurou esquecer o mal nas folias próprias de rapazes?

CAVALCANTE

Oh! não! Meu único prazer é pensar nela.

D. LEOCÁDIA

Desgraçado! Assim nunca há de sarar.

CAVALCANTE

Vou tratar de esquecê-la.

D. LEOCÁDIA

De que modo?

CAVALCANTE

De um modo velho, alguns dizem que já obsoleto e arcaico. Penso em fazer-me frade. Há de haver em algum recanto do mundo um claustro em que não penetre sol nem lua.

D. LEOCÁDIA

Que ilusão! Lá mesmo achará a sua namorada. Há de vê-la nas paredes da cela, no teto, no chão, nas folhas do breviário. O silêncio far-se-á boca da moça, a solidão será o seu corpo.

CAVALCANTE

Então estou perdido. Onde acharei paz e esquecimento?

D. LEOCÁDIA

Pode ser frade sem ficar no convento. No seu caso o remédio naturalmente indicado é ir pregar... na China, por exemplo. Vá pregar aos infiéis na China. Paredes de convento são mais perigosas que olhos de chinesas. Ande, vá pregar na China. No fim de dez anos está curado. Volte, meta-se no convento e não achará lá o diabo.

CAVALCANTE

Está certa que na China...

D. LEOCÁDIA

Certíssima.

CAVALCANTE

O seu remédio é muito amargo! Por que é que me não manda antes para o Egito? Também é país de infiéis.

D. LEOCÁDIA

Não serve; é a terra daquela rainha... Como se chama?

CAVALCANTE

Cleópatra? Morreu há tantos séculos!

D. LEOCÁDIA

Meu marido disse que era uma desmiolada.

CAVALCANTE

Seu marido era, talvez, um erudito. Minha senhora, não se aprende amor nos livros velhos, mas nos olhos bonitos; por isso, estou certo de que ele adorava a V. Exª.

D. LEOCÁDIA

Ah! ah! Já o doente começa a adular o médico. Não, senhor, há de ir à China. Lá há mais livros velhos que olhos bonitos. Ou não tem confiança em mim?

CAVALCANTE

Oh! tenho, tenho. Mas ao doente é permitido fazer uma careta antes de engolir a pílula. Obedeço; vou para a China. Dez anos, não?

D. LEOCÁDIA, *levanta-se.*

Dez ou quinze, se quiser; mas antes dos quinze está curado.

CAVALCANTE

Vou.

D. LEOCÁDIA

Muito bem. A sua doença é tal que só com remédios fortes. Vá; dez anos passam depressa.

CAVALCANTE

Obrigado, minha senhora.

D. LEOCÁDIA

Até logo.

CAVALCANTE

Não, minha senhora, vou já.

D. LEOCÁDIA

Já para a China!

CAVALCANTE

Vou arranjar as malas, e amanhã embarco para a Europa; vou a Roma, depois sigo imediatamente para a China. Até daqui a dez anos. *(Estende-lhe a mão.)*

D. LEOCÁDIA

Fique ainda uns dias...

CAVALCANTE

Não posso.

D. LEOCÁDIA

Gosto de ver essa pressa; mas, enfim, pode esperar ainda uma semana.

CAVALCANTE

Não, não devo esperar. Quero ir às pílulas, quanto antes; é preciso obedecer religiosamente ao médico.

D. LEOCÁDIA

Como eu gosto de ver um doente assim! O senhor tem fé no médico. O pior é que daqui a pouco, talvez, não se lembre dele.

CAVALCANTE

Oh! não! Hei de lembrar-me sempre, sempre!

D. LEOCÁDIA

No fim de dous anos escreva-me; informe-me sobre o seu estado, e talvez eu o faça voltar. Mas, não minta, olhe lá; se já tiver esquecido a namorada, consentirei que volte.

CAVALCANTE

Obrigado. Vou ter com seu sobrinho, e depois vou arranjar as malas.

D. LEOCÁDIA

Então não volta mais a esta casa?

CAVALCANTE

Virei daqui a pouco, uma visita de dez minutos, e depois desço, vou tomar passagem no paquete de amanhã.

D. LEOCÁDIA

Jante, ao menos, conosco.

CAVALCANTE

Janto na cidade.

D. LEOCÁDIA

Bem, adeus; guardemos o nosso segredo. Adeus, Dr. Cavalcante. Creia-me: o senhor merece estar doente. Há pessoas que adoecem sem merecimento nenhum; ao contrário, não merecem outra cousa mais que uma saúde de ferro. O senhor nasceu para adoecer; que obediência ao médico! que facilidade em engolir todas as nossas pílulas! Adeus!

CAVALCANTE

Adeus, D. Leocádia. *(Sai pelo fundo.)*

CENA VIII

D. LEOCÁDIA, D. ADELAIDE

D. LEOCÁDIA

Com dous anos de China está curado. *(Vendo entrar Adelaide.)* O Dr. Cavalcante saiu agora mesmo. Ouviste o meu exame médico?

D. ADELAIDE

Não. Que lhe pareceu?

D. LEOCÁDIA

Cura-se.

D. ADELAIDE

De que modo?

D. LEOCÁDIA.

Não posso dizer; é segredo profissional.

D. ADELAIDE

Em quantas semanas fica bom?

D. LEOCÁDIA

Em dez anos.

D. ADELAIDE

Misericórdia! Dez anos!

D. LEOCÁDIA

Talvez dous; é moço, é robusto, a natureza ajudará a medicina, conquanto esteja muito atacado. Aí vem teu marido.

CENA IX

OS MESMOS, MAGALHÃES

MAGALHÃES, *a D. Leocádia.*

Cavalcante disse-me que vai embora; eu vim correndo saber o que é que lhe receitou.

D. LEOCÁDIA

Receitei-lhe um remédio enérgico, mas que há de salvá-lo. Não são consolações de cacaracá. Coitado! Sofre muito, está gravemente doente; mas, descansem, meus filhos, juro-lhes, à fé do meu grau, que hei de curá-lo. Tudo é que me obedeça, e este obedece. Oh! aquele crê em mim. E vocês, meus filhos? Como vão os meus doentezinhos? Não é verdade que estão curados? *(Sai pelo fundo.)*

CENA X

MAGALHÃES, D. ADELAIDE

MAGALHÃES

Tinha vontade de saber o que é que ela lhe receitou.

D. ADELAIDE

Não falemos disso.

MAGALHÃES

Sabes o que foi?

D. ADELAIDE

Não; mas titia disse-me que a cura se fará em dez anos. *(Espanto de Magalhães.)* Sim, dez anos; talvez dous, mas a cura certa é em dez anos.

MAGALHÃES, *atordoado.*

Dez anos!

D. ADELAIDE

Ou dous.

MAGALHÃES

Ou dous?

D. ADELAIDE

Ou dez.

MAGALHÃES

Dez anos! Mas é impossível! Quis brincar contigo. Ninguém leva dez anos a sarar; ou sara antes ou morre.

D. ADELAIDE

Talvez ela pense que a melhor cura é a morte.

MAGALHÃES

Talvez. Dez anos!

D. ADELAIDE

Ou dous; não esqueças.

MAGALHÃES

Sim, ou dous; dous anos é muito, mas, há casos... Vou ter com ele.

D. ADELAIDE

Se titia quis enganar a gente, não é bom que os estranhos saibam. Vamos falar com ela, talvez que, pedindo muito, ela diga a verdade. Não leves essa cara assustada; é preciso falar-lhe naturalmente, com indiferença.

MAGALHÃES

Pois vamos.

D. ADELAIDE

Pensando bem, é melhor que eu vá só; entre mulheres...

MAGALHÃES

Não; ela continuará a zombar de ti; vamos juntos, estou sobre brasas.

D. ADELAIDE

Vamos.

MAGALHÃES

Dez anos!

D. ADELAIDE

Ou dous. *(Saem pelo fundo.)*

CENA XI

D. CARLOTA, entrando pela direita.

Ninguém! Afinal foram-se! Esta casa anda hoje cheia de mistérios. Há um quarto de hora quis vir aqui, e prima Adelaide disse-me que não, que se tratavam aqui negócios graves. Pouco depois levantou-se e saiu; mas antes disso contou-me que mamãe é que quer que eu vá para a Grécia. A verdade é que todos me falam de Atenas, de ruínas, de danças gregas, da Acrópole... Creio que é Acrópole que se diz. *(Pega no livro que Magalhães estivera lendo, senta-se, abre e lê):* "Entre os provérbios gregos, há um muito fino: Não consultes médico; consulta alguém que tenha estado doente." Consultar alguém que tenha estado doente! Não sei que possa ser. *(Continua a ler em voz baixa.)*

CENA XII

D.CARLOTA,CAVALCANTE

CAVALCANTE, *ao fundo.*

D. Leocádia! *(Entra e fala de longe a Carlota, que está de costas.)* Quando eu ia a sair, lembrei-me...

D. CARLOTA

Quem é? *(Levanta-se.)* Ah! doutor!

CAVALCANTE

Desculpe-me, vinha falar à senhora sua mãe para lhe pedir um favor.

D. CARLOTA

Vou chamá-la.

CAVALCANTE

Não se incomode; falar-lhe-ei logo. Saberá por acaso se a senhora sua mãe conhece algum cardeal em Roma?

D. CARLOTA

Não sei, não, senhor.

CAVALCANTE

Queria pedir-lhe uma carta de apresentação; voltarei mais tarde. *(Corteja, sai e pára.)* Ah! aproveito a ocasião para lhe perguntar ainda uma vez em que é que a ofendi?

D. CARLOTA

O senhor nunca me ofendeu.

CAVALCANTE

Certamente que não; mas ainda há pouco, falando-lhe de um tio meu, que morreu no Paraguai, tio João Pedra, capitão de engenharia...

D. CARLOTA, *atalhando.*

Por que é que o senhor quer ser apresentado a um cardeal?

CAVALCANTE

Bem respondido. Confesso que fui indiscreto com a minha pergunta. Já há de saber que eu tenho distrações repentinas, e quando não caio no ridículo, como hoje de manhã, caio na indiscrição. São segredos mais graves que os seus. É feliz, é bonita, pode contar com o futuro, enquanto que eu... Mas eu não quero aborrecê-la. O meu caso há de andar em romances. *(Indicando o livro que ela tem na mão.)* Talvez nesse.

D. CARLOTA

Não é romance. *(Dá-lhe o livro.)*

CAVALCANTE

Não? *(Lê o título.)* Como? Está estudando a Grécia?

D. CARLOTA

Estou.

CAVALCANTE.

Vai para lá?

D. CARLOTA

Vou, com prima Adelaide.

CAVALCANTE

Viagem de recreio, ou vai tratar-se?

D. CARLOTA

Deixe-me ir chamar mamãe.

CAVALCANTE

Perdoe-me ainda uma vez; fui indiscreto, retiro-me. *(Dá alguns passos para sair.)*

D. CARLOTA

Doutor! *(Cavalcante pára.)* Não se zangue comigo; sou um pouco tonta, o senhor é bom...

CAVALCANTE, *descendo.*

Não diga que sou bom; os infelizes são apenas infelizes. A bondade é toda sua. Há poucos dias que nos conhecemos, e já nos zangamos, por minha causa. Não proteste; a causa é a minha moléstia.

D. CARLOTA

O senhor está doente?

CAVALCANTE

Mortalmente.

D. CARLOTA

Não diga isso!

CAVALCANTE

Ou gravemente, se prefere.

D. CARLOTA

Ainda é muito. E que moléstia é?

CAVALCANTE

Quanto ao nome, não há acordo: loucura, espírito romanesco e muitos outros. Alguns dizem que é amor. Olhe, está outra vez aborrecida comigo!

D. CARLOTA

Oh! não, não, não. *(Procurando rir.)* É o contrário; estou até muito alegre. Diz-me então que está doente, louco...

CAVALCANTE

Louco de amor, é o que alguns dizem. Os autores divergem. Eu prefiro amor, por ser mais bonito, mas a moléstia, qualquer que seja a causa, é cruel e terrível. Não pode compreender este *imbroglio;* peça a Deus que a conserve nessa boa e feliz ignorância. Por que é que me está olhando assim? Quer talvez saber...

D. CARLOTA

Não, não quero saber nada.

CAVALCANTE

Não é crime ser curiosa.

D. CARLOTA

Seja ou não loucura, não quero ouvir histórias como a sua.

CAVALCANTE

Já sabe qual é?

D. CARLOTA

Não.

CAVALCANTE

Não tenho direito de interrogá-la; mas há já dez minutos que estamos neste gabinete, falando de cousas bem esquisitas para duas pessoas que apenas se conhecem.

D. CARLOTA, *estendendo-lhe a mão.*

Até logo.

CAVALCANTE

A sua mão está fria. Não se vá ainda embora; hão de achá-la agitada. Sossegue um pouco, sente-se. *(Carlota senta-se.)* Eu retiro-me.

D. CARLOTA

Passe bem.

CAVALCANTE

Até logo.

D. CARLOTA

Volta logo?

CAVALCANTE

Não, não volto mais; queria enganá-la.

D. CARLOTA

Enganar-me por quê?

CAVALCANTE

Porque já fui enganado uma vez. Ouça-me; são duas palavras. Eu gostava muito de uma moça que tinha a sua beleza, e ela casou com outro. Eis a minha moléstia.

D. CARLOTA, *erguendo-se.*

Como assim?

CAVALCANTE

É verdade; casou com outro.

D. CARLOTA, *indignada.*

Que ação vil!

CAVALCANTE

Não acha?

D. CARLOTA

E ela gostava do senhor?

CAVALCANTE

Aparentemente; mas, depois vi que eu não era mais que um passatempo.

D. CARLOTA, *animando-se aos poucos.*

Um passatempo! Fazia-lhe juramentos, dizia-lhe que o senhor era a sua única ambição, o seu verdadeiro Deus, parecia orgulhosa em contemplá-lo por horas infinitas, dizia-lhe tudo, tudo, umas cousas que pareciam cair do céu, e suspirava...

CAVALCANTE

Sim, suspirava, mas...

D. CARLOTA, *muito animada.*

Um dia abandonou-o, sem uma só palavra de saudade nem de consolação, fugiu e foi casar com uma viúva espanhola!

CAVALCANTE, *espantado.*

Uma viúva espanhola!

D. CARLOTA

Ah! tem muita razão em estar doente!

CAVALCANTE

Mas que viúva espanhola é essa de que me fala?

D. CARLOTA, *caindo em si.*

Eu falei-lhe de uma viúva espanhola?

CAVALCANTE

Falou.

D. CARLOTA

Foi engano... Adeus, sr. doutor.

CAVALCANTE

Espere um instante. Creio que me compreendeu. Falou com tal paixão que os médicos não têm. Oh! como eu execro os médicos! principalmente os que me mandam para a China.

D. CARLOTA

O senhor vai para a China?

CAVALCANTE

Vou; mas não diga nada! foi sua mãe que me deu esta receita.

D. CARLOTA

A China é muito longe!

CAVALCANTE

Creio até que está fora do mundo.

D. CARLOTA

Tão longe por quê?

CAVALCANTE

Boa palavra essa. Sim, por que ir à China, se a gente pode sarar na Grécia? Dizem que a Grécia é muito eficaz para estas feridas; há quem afirme que não há melhor para as que são feitas pelos capitães de engenharia. Quanto tempo vai lá passar?

D. CARLOTA

Não sei. Um ano, talvez.

CAVALCANTE

Crê que eu possa sarar num ano?

D. CARLOTA

É possível.

CAVALCANTE

Talvez sejam precisos dous, — dous ou três.

D. CARLOTA

Ou três.

CAVALCANTE

Quatro, cinco...

D. CARLOTA

Cinco, seis...

CAVALCANTE

Depende menos do país que da doença.

D. CARLOTA

Ou do doente.

CAVALCANTE

Ou do doente. Já a passagem do mar pode ser que me faça bem. A minha moléstia casou com um primo. A sua (perdoe esta outra indiscrição; é a última) a sua casou com a viúva espanhola. As espanholas, mormente viúvas, são detestáveis. Mas, diga-me uma cousa: se uma pessoa já está curada, que é que vai fazer à Grécia?

D. CARLOTA

Convalescer, naturalmente. O senhor, como ainda está doente, vai para a China.

CAVALCANTE

Tem razão. Entretanto, começo a ter medo de morrer... Pensou alguma vez na morte?

D. CARLOTA

Pensa-se nela, mas lá vem um dia em que a gente aceita a vida, seja como for.

CAVALCANTE

Vejo que sabe muita cousa.

D. CARLOTA

Não sei nada; sou uma tagarela, que o senhor obrigou a dar por paus e por pedras; mas, como é a última vez que nos vemos, não importa. Agora, passe bem.

CAVALCANTE

Adeus, D. Carlota!

D. CARLOTA

Adeus, doutor!

CAVALCANTE

Adeus. *(Dá um passo para a porta do fundo.)* Talvez eu vá a Atenas; não fuja se me vir vestido de frade...

D. CARLOTA, *indo a ele.*

De frade? O senhor vai ser frade?

CAVALCANTE

Frade. Sua mãe aprova-me, contanto que eu vá à China. Parece-lhe que devo obedecer a esta vocação, ainda depois de perdida?

D. CARLOTA

É difícil obedecer a uma vocação perdida.

CAVALCANTE

Talvez nem a tivesse, e ninguém se deu ao trabalho de me dissuadir. Foi aqui, a seu lado, que comecei a mudar. A sua voz sai de um coração que padeceu também, e sabe falar a quem padece. Olhe, julgue-me doudo, se quiser, mas eu vou pedir-lhe um favor: conceda-me que a ame. *(Carlota, perturbada, volta o rosto.)* Não lhe peço que me ame, mas que se deixe amar; é um modo de ser grato. Se fosse uma santa, não podia impedir que lhe acendesse uma vela.

D. CARLOTA

Não falemos mais nisto, e separemo-nos.

CAVALCANTE

A sua voz treme; olhe para mim...

D. CARLOTA

Adeus; aí vem mamãe.

CENA XIII

OS MESMOS, D. LEOCÁDIA

D. LEOCÁDIA

Que é isto, doutor? Então o senhor quer só um ano de China? Vieram pedir-me que reduzisse a sua ausência.

CAVALCANTE

D. Carlota lhe dirá o que eu desejo.

D. CARLOTA

O doutor veio saber se mamãe conhece algum cardeal em Roma.

CAVALCANTE

A princípio era um cardeal; agora basta um vigário.

D. LEOCÁDIA

Um vigário? Para quê?

CAVALCANTE

Não posso dizer.

D. LEOCÁDIA, *a Carlota*

Deixa-nos sós, Carlota; o doutor quer fazer-me uma confidência.

CAVALCANTE

Não, não, ao contrário... D. Carlota pode ficar. O que eu quero dizer é que um vigário basta para casar.

D. LEOCÁDIA

Casar a quem?

CAVALCANTE

Não é já, falta-me ainda a noiva.

D. LEOCÁDIA

Mas quem é que me está falando?

CAVALCANTE

Sou eu, D. Leocádia.

D. LEOCÁDIA

O senhor! o senhor! o senhor!

CAVALCANTE

Eu mesmo. Pedi licença a alguém...

D. LEOCÁDIA

Para casar?

CENA XIV

OS MESMOS, MAGALHÃES, D. ADELAIDE

MAGALHÃES

Consentiu, titia?

D. LEOCÁDIA

Em reduzir a China a um ano? Mas ele agora quer a vida inteira.

MAGALHÃES

Estás doudo?

D. LEOCÁDIA

Sim, a vida inteira, mas é para casar. *(D. Carlota fala baixo a D. Adelaide.)* Você entende, Magalhães?

CAVALCANTE

Eu, que devia entender, não entendo.

D. ADELAIDE, *que ouviu D. Carlota.*

Entendo eu. O Dr. Cavalcante contou as suas tristezas a Carlota, e Carota, meio curada do seu próprio mal, expôs sem querer o que tinha sentido. Entenderam-se e casam-se.

D. LEOCÁDIA, *a Carlota.*

Deveras? *(D. Carlota baixa os olhos.)* Bem; como é para saúde dos dous, concedo; são mais duas curas!

MAGALHÃES

Perdão; estas fizeram-se pela receita de um provérbio grego que está aqui neste livro: *(Abre o livro.)* "Não consultes médico; consulta alguém que tenha estado doente."

LIÇÃO DE BOTÂNICA

PESSOAS

D. HELENA
D. LEONOR
D. CECILIA
BARÃO SIGISMUNDO DE KERNOBERG

Lugar da cena: Andaraí.

ATO ÚNICO

Sala em casa de D. Leonor. Portas ao fundo, uma à direita do espectador.

CENA I

D. LEONOR, D. HELENA, D. CECÍLIA

D. Leonor entra, lendo uma carta, D. Helena e D. Cecília entram do fundo.

D. HELENA

Já de volta!

D. CECÍLIA, *a D. Helena, depois de um silêncio.*

Será alguma carta de namoro?

D. HELENA, *baixo.*

Criança!

D. LEONOR

Não me explicarão isto?

D. HELENA

Que é?

D. LEONOR

Recebi ao descer do carro este bilhete. "Minha senhora. Permita que o mais respeitoso vizinho lhe peça dez minutos de atenção. Vai nisto um grande interesse da ciência." Que tenho eu com a ciência?

D. HELENA

Mas de quem é a carta?

D. LEONOR

Do Barão Sigismundo de Kernoberg.

D. CECÍLIA

Ah! o tio de Henrique!

D. LEONOR

De Henrique! Que familiaridade é essa?

D. CECÍLIA

Titia, eu...

D. LEONOR

Eu quê?... Henrique!

D. HELENA

Foi uma maneira de falar na ausência... Com que então o Sr. Barão Sigismundo de Kernoberg pede-lhe dez minutos de atenção, em nome e por amor da ciência. Da parte de um botânico é por força alguma égloga.

D. LEONOR

Seja o que for, não sei se deva receber um senhor a quem nunca vimos. Já o viram alguma vez?

D. CECÍLIA

Eu nunca.

D. HELENA

Nem eu.

D. LEONOR

Botânico e sueco: duas razões para ser gravemente aborrecido. Nada, não estou em casa.

D. CECÍLIA

Mas quem sabe, titia, se ele quer pedir-lhe... sim... um exame no nosso jardim?

D. LEONOR

Há por todo esse Andaraí muito jardim para examinar.

D.. HELENA

Não, senhora, há de recebê-lo.

D. LEONOR

Por quê?

D. HELENA

Porque é nosso vizinho, porque tem necessidade de falar-lhe, e, enfim, porque, a julgar pelo sobrinho, deve ser um homem distinto.

D. LEONOR

Não me lembrava do sobrinho. Vá lá; aturemos o botânico. *(Sai pela porta do fundo, à esquerda.)*

CENA II

D. HELENA, D. CECILIA

D. HELENA

Não me agradeces?

D. CECÍLIA

O quê?

D. HELENA

Sonsa! Pois não adivinhas o que vem cá fazer o barão?

D. CECÍLIA

Não.

D. HELENA

Vem pedir a tua mão para o sobrinho.

D. CECÍLIA

Helena!

D. HELENA, *imitando-a.*

Helena!

D. CECÍLIA

Juro...

D. HELENA

Que o não amas.

D. CECÍLIA

Não é isso.

D. HELENA

Que o amas?

D. CECÍLIA

Também não.

D. HELENA

Mau! Alguma cousa há de ser. *Il faut qu'une porte soit ouverte ou fermée.*[20] Porta neste caso é coração. O teu coração há de estar fechado ou aberto...

D. CECÍLIA

Perdi a chave.

D. HELENA, *rindo.*

E não o podes fechar outra vez. São assim todos os corações ao pé de todos os Henriques. O teu Henrique viu a porta aberta, e tomou posse do lugar. Não escolheste mal, não; é um bonito rapaz.

D. CECÍLIA

Oh! uns olhos!

D. HELENA

Azuis.

D. CECÍLIA

Como o céu.

D. HELENA

Louro...

D. CECÍLIA

Elegante...

D. HELENA

Espirituoso...

D. CECÍLIA

E bom.

20. Francês: "É preciso que uma porta esteja aberta ou fechada."

D. HELENA

Uma pérola. *(Suspira.)* Ah!

D. CECÍLIA

Suspiras?

D. HELENA

Que há de fazer uma viúva, falando... de uma pérola?

D. CECÍLIA

Oh! tens naturalmente em vista algum diamante de primeira grandeza.

D. HELENA

Não tenho, não: meu coração já não quer jóias.

D.CECÍLIA

Mas as jóias querem o teu coração.

D. HELENA

Tanto pior para elas: hão de ficar em casa do joalheiro.

D. CECÍLIA

Veremos isso. *(Sobe.)* Ah!

D. HELENA

Que é?

D. CECÍLIA, *olhando para a direita.*

Um homem desconhecido que lá vem; há de ser o barão.

D. HELENA

Vou avisar titia. *(Sai pelo fundo, esquerda.)*

CENA III

D. CECÍLIA, BARÃO

D. CECÍLIA

Será deveras ele? Estou trêmula... Henrique não me avisou de nada... Virá pedir-me?... Mas não, não, não pode ser ele... Tão moço!... *(O barão aparece.)*

BARÃO, *à porta, depois de profunda cortesia.*

Creio que a Excelentíssima senhora D. Leonor Gouveia recebeu uma carta... Vim sem esperar a resposta.

D. CECÍLIA

É o Sr. Barão Sigismundo de Kernoberg? *(O barão faz um gesto afirmativo.)* Recebeu. Queira entrar e sentar-se. *(À parte.)* Devo estar vermelha...

O BARÃO, *à parte, olhando para Cecília.*

Há de ser esta.

D. CECÍLIA, *à parte.*

E titia não vem... Que demora!... Não sei que lhe diga... estou tão vexada... *(O Barão tira um livro da algibeira e folheia-o.)* Se eu pudesse deixá-lo... É o que vou fazer. *(Sobe.)*

BARÃO, *fechando o livro e erguendo-se.*

V. Exª há de desculpar-me. Recebi hoje mesmo este livro da Europa; é obra que vai fazer revolução na ciência; nada menos que uma monografia das gramíneas, premiada pela Academia de Estocolmo.

D. CECÍLIA

Sim? *(À parte.)* Aturemo-lo, pode vir a ser meu tio.

BARÃO

As gramíneas têm ou não têm perianto? A princípio adotou-se a negativa, posteriormente... V. Exª talvez não conheça o que é o perianto...

D. CECÍLIA

Não, senhor.

BARÃO

Perianto compõe-se de duas palavras gregas: *peri,* em volta, e *anthos,* flor.

D. CECÍLIA

O invólucro da flor.

BARÃO

Acertou. É o que vulgarmente se chama cálix. Pois as gramíneas eram tidas... *(Aparece D. Leonor ao fundo.)* Ah!

CENA IV

OS MESMOS, D. LEONOR

D. LEONOR

Desejava falar-me?

BARÃO

Se me dá essa honra. Vim sem esperar resposta à minha carta. Dez minutos apenas.

D. LEONOR

Estou às suas ordens.

D. CECÍLIA

Com licença. *(À parte, olhando para o céu.)* Ah! minha Nossa Senhora! *(Retira-se pelo fundo.)*

CENA V

D. LEONOR, BARÃO

(D. Leonor senta-se, fazendo um gesto ao Barão que a imita)

BARÃO

Sou o Barão Sigismundo de Kernoberg, seu vizinho, botânico de vocação, profissão e tradição, membro da Academia de Estocolmo, e comissionado pelo governo da Suécia para estudar a flora da América do Sul. V. Exª dispensa a minha biografia? *(D. Leonor faz um gesto afirmativo.)* Direi somente que o tio de meu tio foi botânico, meu tio botânico, eu botânico, e meu sobrinho há de ser botânico. Todos somos botânicos de tios a sobrinhos. Isto de algum modo explica minha vinda a esta casa.

D. LEONOR

Oh! o meu jardim é composto de plantas vulgares.

BARÃO, *gracioso.*

É porque as melhores flores da casa estão dentro de casa. Mas V. Exª engana-se; não venho pedir nada do seu jardim.

D. LEONOR

Ah!

BARÃO

Venho pedir-lhe uma cousa que lhe há de parecer singular.

D. LEONOR

Fale.

BARÃO

O padre desposa a igreja; eu desposei a ciência. Saber é o meu estado conjugal; os livros são a minha família. Numa palavra, fiz voto de celibato.

D. LEONOR

Não se case.

BARÃO

Justamente. Mas, V. Exª compreende que, sendo para mim ponto de fé que a ciência não se dá bem com o matrimônio, nem eu devo casar, nem... V. Exª já percebeu.

D. LEONOR

Cousa nenhuma.

BARÃO

Meu sobrinho Henrique anda estudando comigo os elementos da botânica. Tem talento, há de vir a ser um luminar da ciência. Se o casamos, está perdido.

D. LEONOR

Mas...

BARÃO, *à parte.*

Não entendeu. *(Alto.)* Sou obrigado a ser mais franco. Henrique anda apaixonado por uma de suas sobrinhas, creio que esta que saiu daqui, há pouco. Impus-lhe que não voltasse a esta casa; ele resistiu-me. Só me resta um meio: é que V. Exª lhe feche a porta.

D. LEONOR

Senhor barão!

BARÃO

Admira-se do pedido? Creio que não é polido nem conveniente. Mas é necessário, minha senhora, é indispensável. A ciência precisa de mais um obreiro: não o encadeiemos no matrimônio.

D. LEONOR

Não sei se devo sorrir do pedido...

BARÃO

Deve sorrir, sorrir e fechar-nos a porta. Terá os meus agradecimentos e as bênções da posteridade.

D. LEONOR, *sorrindo.*

Não é preciso tanto; posso fechá-la de graça.

BARÃO

Justo. O verdadeiro benefício é gratuito.

D. LEONOR

Antes, porém, de nos despedirmos, desejava dizer uma cousa e perguntar outra. *(O barão curva-se.)* Direi primeiramente que ignoro se há tal paixão da parte de seu sobrinho; em segundo lugar, perguntarei se na Suécia estes pedidos são usuais.

BARÃO

Na geografia intelectual não há Suécia nem Brasil; os países são outros: astronomia, geologia, matemática; na botânica são obrigatórios.

D. LEONOR

Todavia, à força de andar com flores... deviam os botânicos trazê-las consigo.

BARÃO

Ficam no gabinete.

D. LEONOR

Trazem os espinhos somente.

BARÃO

V. Exª tem espírito. Compreendo a afeição de Henrique a esta casa. *(Levanta-se.)* Promete-me então...

D. LEONOR, *levantando-se.*

Que faria no meu caso?

BARÃO

Recusava.

D. LEONOR

Com prejuízo da ciência?

BARÃO

Não, porque nesse caso a ciência mudaria de acampamento, isto é, o vizinho prejudicado escolheria outro bairro para seus estudos.

D. LEONOR

Não lhe parece que era melhor ter feito isso mesmo, antes de arriscar um pedido ineficaz?

BARÃO

Quis primeiro tentar fortuna.

CENA VI

D. LEONOR, BARÃO, D. HELENA

D. HELENA, *entra e pára.*

Ah!

D. LEONOR

Entra, não é assunto reservado. O Sr. Barão de Kernoberg... *(Ao Barão.)* É minha sobrinha Helena. *(A Helena.)* Aqui o Sr. Barão vem pedir que o não perturbemos no estudo da botânica. Diz que seu sobrinho Henrique está destinado a um lugar honroso na ciência, e... Conclua, Sr. Barão.

BARÃO

Não convém que se case, a ciência exige o celibato.

D. LEONOR

Ouviste?

D. HELENA

Não compreendo...

BARÃO

Uma paixão louca de meu sobrinho pode impedir que... Minhas senhoras, não desejo roubar-lhes mais tempo... Confio em V. Exª, minha senhora... Ser-lhe-ei eternamente grato. Minhas senhoras. *(Faz uma grande cortesia e sai.)*

CENA VII

D. HELENA, D. LEONOR

D. LEONOR, *rindo.*

Que urso!

D. HELENA

Realmente...

D. LEONOR

Perdôo-lhe em nome da ciência. Fique com as suas ervas, e não nos aborreça mais, nem ele nem o sobrinho.

D. HELENA

Nem o sobrinho?

D. LEONOR

Nem o sobrinho, nem o criado, nem o cão, se o houver, nem cousa nenhuma que tenha relação com a ciência. Enfada-te? Pelo que vejo, entre o Henrique e a Cecília há tal ou qual namoro?

D. HELENA

Se promete segredo... há.

D. LEONOR

Pois acabe-se o namoro.

D. HELENA

Não é fácil. O Henrique é um perfeito cavalheiro; ambos são dignos um do outro. Por que razão impediremos que dous corações...

D. LEONOR

Não sei de corações, não hão de faltar casamentos a Cecília.

D. HELENA

Certamente que não, mas os casamentos não se improvisam nem se projetam na cabeça; são atos do coração, que a igreja santifica. Tentemos uma cousa.

D. LEONOR

Que é?

D. HELENA

Reconciliemo-nos com o Barão.

D. LEONOR

Nada, nada.

D. HELENA

Pobre Cecília!

D. LEONOR

É ter paciência, sujeite-se às circunstâncias... *(A D. Cecília, que entra.)* Ouviste?

D. CECÍLIA

O quê, titia?

D. LEONOR

Helena te explicará tudo. *(A D. Helena baixo.)* Tira-lhe todas as esperanças. *(Indo-se.)* Que urso! que urso!

CENA VIII

D. HELENA, D. CECÍLIA

D. CECÍLIA

Que aconteceu?

D. HELENA

Aconteceu... *(Olha com tristeza para ela.)*

D. CECÍLIA

Acaba.

D. HELENA

Pobre Cecília!

D. CECÍLIA

Titia recusou a minha mão?

D. HELENA

Qual! O Barão é que se opõe ao casamento.

D. CECÍLIA

Opõe-se!

D. HELENA

Diz que a ciência exige o celibato do sobrinho. *(D. Cecília encosta-se a uma cadeira.)* Mas, sossega; nem tudo está perdido; pode ser que o tempo...

D. CECÍLIA

Mas quem impede que ele estude?

D. HELENA

Mania de sábio. Ou então, evasiva do sobrinho.

D. CECÍLIA

Oh! não! é impossível; Henrique é uma alma angélica! Respondo por ele. Há de certamente opor-se a semelhante exigência...

D. HELENA

Não convém precipitar as cousas. O Barão pode zangar-se e ir-se embora.

D. CECÍLIA

Que devo então fazer?

D. HELENA

Esperar. Há tempo para tudo.

D. CECÍLIA

Pois bem, quando Henrique vier...

D. HELENA

Não vem, titia resolveu fechar a porta a ambos.

D. CECÍLIA

Impossível!

D. HELENA

Pura verdade. Foi uma exigência do Barão.

D. CECÍLIA

Ah! conspiram todos contra mim. *(Põe as mãos na cabeça.)* Sou muito infeliz! Que mal fiz eu a essa gente? Helena, salva-me! Ou eu mato-me! Anda, vê se descobres um meio...

D. HELENA, *indo sentar-se.*

Que meio?

D. CECÍLIA, *acompanhando-a.*

Um meio qualquer que não nos separe!

D. HELENA, *sentada.*

Há um.

D. CECÍLIA

Qual? Dize.

D. HELENA

Casar.

D. CECÍLIA

Oh! não zombes de mim! Tu também amaste, Helena; deves respeitar estas angústias. Não tornar a ver o meu Henrique é uma idéia intolerável. Anda, minha irmãzinha. *(Ajoelha-se inclinando o corpo sobre o regaço de D. Helena.)* Salva-me! És tão inteligente, que hás de achar por força alguma idéia; anda, pensa!

D. HELENA, *beijando-lhe a testa.*

Criança! supões que seja cousa tão fácil assim?

D. CECÍLIA

Para ti há de ser fácil.

D. HELENA

Lisonjeira! *(Pega maquinalmente no livro deixado pelo Barão sobre a cadeira.)* A boa vontade não pode tudo; é preciso... *(Tem aberto o livro.)* Que livro é este?... Ah! talvez do Barão.

D. CECÍLIA

Mas vamos... continua.

D. HELENA

Isto há de ser sueco... trata talvez de botânica. Sabes sueco?

D. CECÍLIA

Helena!

D. HELENA

Quem sabe se este livro pode salvar tudo? *(Depois de um instante de reflexão.)* Sim, é possível. Tratará de botânica?

D. CECÍLIA

Trata.

D. HELENA

Quem te disse?

D. CECÍLIA

Ouvi dizer ao Barão, trata das...

D. HELENA

Das...

D. CECÍLIA

Das gramíneas.

D. HELENA

Só das gramíneas?

D. CECÍLIA

Não sei; foi premiado pela Academia de Estocolmo.

D. HELENA

De Estocolmo. Bem. *(Levanta-se.)*

D. CECÍLIA, *levantando-se.*

Mas que é?

D. HELENA

Vou mandar-lhe o livro...

D. CECÍLIA

Que mais?

D. HELENA

Com um bilhete.

D. CECÍLIA, *olhando para a direita.*

Não é preciso; lá vem ele.

D. HELENA

Ah!

D. CECÉLIA

Que vais fazer?

D. HELENA

Dar-lhe o livro.

D. CECÍLIA

O livro, e...

D. HELENA

E as despedidas.

D. CECÍLIA

Não compreendo.

D. HELENA

Espera e verás.

D. CECÍLIA

Não posso encará-lo; adeus.

D. HELENA

Cecília! *(D. Cecília sai.)*

CENA IX

D. HELENA, BARÃO

BARÃO, *à porta.*

Perdão, minha senhora; eu trazia um livro há pouco...

D. HELENA, *com o livro na mão.*

Será este?

BARÃO, *caminhando para ela.*

Justamente.

D. HELENA

Escrito em sueco, penso eu...

BARÃO

Em sueco.

D. HELENA

Trata naturalmente de botânica.

BARÃO

Das gramíneas.

D. HELENA, *com interesse.*

Das gramíneas!

BARÃO

De que se espanta?

D. HELENA

Um livro publicado...

BARÃO

Há quatro meses.

D. HELENA

Premiado pela Academia de Estocolmo?

BARÃO, *admirado.*

É verdade. Mas...

D. HELENA

Que pena que eu não saiba sueco!

BARÃO

Tinha notícia do livro?

D. HELENA

Certamente. Ando ansiosa por lê-lo.

BARÃO

Perdão, minha senhora. Sabe botânica?

D. HELENA

Não ouso dizer que sim, estudo alguma cousa; leio quando posso. É ciência profunda e encantadora.

BARÃO, *com calor.*

É a primeira de todas.

D. HELENA

Não me atrevo a apoiá-lo, porque nada sei das outras, e poucas luzes tenho de botânica, apenas as que podem dar um estudo solitário e deficiente. Se a vontade suprisse o talento...

BARÃO

Por que não? *Le génie, c'est la patience,*[21] dizia Buffon.

21. Francês: "O gênio, é a paciência."

D. HELENA, *sentando-se.*

Nem sempre.

BARÃO

Realmente, estava longe de supor que, tão perto de mim, uma pessoa tão distinta dava algumas horas vagas ao estudo da minha bela ciência.

D. HELENA

Da sua esposa.

BARÃO, *sentando-se.*

É verdade. Um marido pode perder a mulher, e se a amar deveras, nada a compensará neste mundo, ao passo que a ciência não morre... Morremos nós, ela sobrevive com todas as graças do primeiro dia, ou ainda maiores, porque cada descoberta é um encanto novo.

D. HELENA

Oh! tem razão!

BARÃO

Mas, diga-me V. Exª: tem feito estudo especial das gramíneas?

D. HELENA

Por alto... por alto...

BARÃO

Contudo, sabe que a opinião dos sábios não admitia o perianto... *(D. Helena faz sinal afirmativo.)* Posteriormente reconheceu-se a existência do perianto. *(Novo gesto de D. Helena.)* Pois este livro refuta a segunda opinião.

D. HELENA

Refuta o perianto?

BARÃO

Completamente.

D. HELENA

Acho temeridade.

BARÃO

Também eu supunha isso... Li-o, porém, e a demonstração é claríssima. Tenho pena que não possa lê-lo. Se me dá licença, farei uma tradução portuguesa e daqui a duas semanas...

D. HELENA

Não sei se deva aceitar...

BARÃO

Aceite; é o primeiro passo para me não recusar segundo pedido.

D. HELENA

Qual?

BARÃO

Que me deixe acompanhá-la em seus estudos, repartir o pão do saber com V. Exª. É a primeira vez que a fortuna me depara uma discípula. Discípula é, talvez, ousadia da minha parte...

D. HELENA

Ousadia, não; eu sei muito pouco; posso dizer que não sei nada.

BARÃO

A modéstia é o aroma do talento, como o talento é o esplendor da graça. V. Exª possui tudo isso. Posso compará-la à violeta, — *Viola odorata* de Lineu, — que é formosa e recatada...

D. HELENA, *interrompendo.*

Pedirei licença à minha tia. Quando será a primeira lição?

BARÃO

Quando quiser. Pode ser amanhã. Tem certamente notícia da anatomia vegetal...

D. HELENA

Notícia incompleta.

BARÃO

Da fisiologia?

D. HELENA

Um pouco menos.

BARÃO

Nesse caso, nem a taxonomia, nem a fitografia...

D. HELENA

Não fui até lá.

BARÃO

Mas há de ir... Verá que mundos novos se lhe abrem diante do espírito. Estudaremos, uma por uma, todas as famílias, as orquídeas, as jasmíneas, as rubiáceas, as oleáceas, as narcíseas, as umbelíferas, as...

D. HELENA

Tudo, desde que se trata de flores.

BARÃO

Compreendo: amor de família.

D. HELENA

Bravo! um cumprimento!

BARÃO, *folheando o livro.*

A ciência os permite.

D. HELENA, *à parte.*

O mestre é perigoso. *(Alto.)* Tinham-me dito exatamente o contrário; disseram-me que o Sr. Barão era... não sei como diga... era...

BARÃO

Talvez um urso.

D. HELENA

Pouco mais ou menos.

BARÃO

E sou.

D. HELENA

Não creio.

BARÃO

Por que não crê?

D. HELENA

Porque o vejo amável.

BARÃO

Suportável apenas.

D. HELENA

Demais, imaginava-o uma figura muito diferente, um velho macilento, melenas caídas, olhos encovados.

BARÃO

Estou velho, minha senhora.

D. HELENA

Trinta e seis anos.

BARÃO

Trinta e nove.

D. HELENA

Plena mocidade.

BARÃO

Velho para o mundo. Que posso eu dar ao mundo senão a minha prosa científica?

D. HELENA

Só uma cousa lhe acho inaceitável.

BARÃO

Que é?

D. HELENA

A teoria de que o amor e a ciência são incompatíveis.

BARÃO

Oh! isso...

D. HELENA

Dá-se o espírito à ciência e o coração ao amor. São territórios diferentes, ainda que limítrofes.

BARÃO

Um acaba por anexar o outro.

D. HELENA

Não creio.

BARÃO

O casamento é uma bela cousa, mas o que faz bem a uns, pode fazer mal a outros. Sabe que Mafoma não permite o uso do vinho aos seus sectários. Que fazem os turcos? Extraem o suco de uma planta, da família das papaveráceas, bebem-no, e ficam alegres. Esse licor, se nós o bebêssemos, matar-nos-ia. O casamento, para nós, é o vinho turco.

D. HELENA, *erguendo os ombros.*

Comparação não é argumento. Demais, houve e há sábios casados.

BARÃO

Que seriam mais sábios se não fossem casados.

D. HELENA

Não fale assim. A esposa fortifica a alma do sábio. Deve ser um quadro delicioso para o homem que despende as suas horas na investigação da natureza, fazê-lo ao lado da mulher que o ampara e anima, testemunha de seus esforços, sócia de suas alegrias, atenta, dedicada, amorosa. Será vaidade de sexo? Pode ser, mas eu creio que o melhor prêmio do mérito é o sorriso da mulher amada. O aplauso público é mais ruidoso, mas muito menos tocante que a aprovação doméstica.

BARÃO, *depois de um instante de hesitação e luta.*

Falemos da nossa lição.

D. HELENA

Amanhã, se minha tia consentir. *(Levanta-se.)* Até amanhã, não?

BARÃO

Hoje mesmo, se o ordenar.

D. HELENA

Acredita que não perderei o tempo?

BARÃO

Estou certo que não.

D. HELENA

Serei acadêmica de Estocolmo?

BARÃO

Conto que terei essa honra.

D. HELENA, *cortejando.*

Até amanhã.

BARÃO, *o mesmo.*

Minha senhora! *(D. Helena sai pelo fundo, esquerda, o barão caminha para a direita, mas volta para buscar o livro que ficara sobre a cadeira ou sofá.)*

CENA X

BARÃO, D.LEONOR

BARÃO, *pensativo.*

Até amanhã! Devo eu cá voltar? Talvez não devesse, mas é interesse da ciência... a minha palavra empenhada... O pior de tudo é que a discípula é graciosa e bonita. Nunca tive discípula, ignoro até que ponto é perigoso... Ignoro? Talvez não... *(Põe a mão no peito.)* Que é isto?... *(Resoluto.)* Não, sicambro! Não hás de adorar o que queimaste! Eia, volvamos às flores e deixemos esta casa para sempre. *(Entra D. Leonor.)*

D. LEONOR, *vendo o barão.*

Ah!

BARÃO

Voltei há dous minutos; vim buscar este livro. *(Cumprimentando.)* Minha senhora!

D. LEONOR

Senhor Barão!

BARÃO, *vai até à porta, e volta.*

Creio que V. Exª não me fica querendo mal?

D. LEONOR

Certamente que não.

BARÃO, *cumprimentando.*

Minha senhora!

LEONOR, *idem.*

Senhor Barão!

BARÃO, *vai até à porta e volta.*

A senhora D. Helena não lhe falou agora?

D. LEONOR

Sobre quê?

BARÃO

Sobre umas lições de botânica...

D. LEONOR

Não me falou em nada...

BARÃO, *cumprimentando.*

Minha senhora!

D. LEONOR, *idem.*

Senhor Barão! *(Barão sai.)* Que esquisitão! Valia a pena cultivá-lo de perto.

BARÃO, *reaparecendo.*

Perdão...

D. LEONOR

Ah! — Que manda?

BARÃO, *aproxima-se.*

Completo a minha pergunta. A sobrinha de V. Exª falou-me em receber algumas lições de botânica. V. Exª consente? *(Pausa.)* Há de parecer-lhe esquisito este pedido, depois do que tive a honra de fazer-lhe há pouco...

D. LEONOR

Sr. Barão, no meio de tantas cópias e imitações humanas...

BARÃO

Eu acabo: sou original.

D. LEONOR

Não ouso dizê-lo.

BARÃO

Sou; noto, entretanto, que a observação de V. Exª não responde à minha pergunta.

D. LEONOR

Bem sei; por isso mesmo é que a fiz.

BARÃO

Nesse caso...

D. LEONOR

Nesse caso, deixe-me refletir.

BARÃO

Cinco minutos?

D. LEONOR

Vinte e quatro horas.

BARÃO

Nada menos?

D. LEONOR

Nada menos.

BARÃO, *cumprimentando.*

Minha senhora!

D. LEONOR, *idem.*

Senhor Barão! *(Sai o barão.)*

CENA XI

D. LEONOR, D. CECÍLIA

D. LEONOR

Singular é ele, mas não menos singular é a idéia de Helena. Para que quererá ela aprender botânica?

D. CECÍLIA, *entrando.*

Helena! *(D. Leonor volta-se.)* Ah! é titia.

D. LEONOR

Sou eu.

D. CECÍLIA

Onde está Helena?

D. LEONOR

Não sei, talvez lá em cima. *(D. Cecília dirige-se para o fundo.)* Onde vais?...

D. CECÍLIA

Vou...

D. LEONOR

Acaba.

D. CECÍLIA

Vou concertar o penteado.

D. LEONOR

Vem cá; concerto eu. *(D. Cecília aproxima-se de D. Leonor.)* Não é preciso, está excelente. Dize-me: estás muito triste!

D. CECÍLIA, *muito triste.*

Não, senhora; estou alegre.

D. LEONOR

Mas, Helena disse-me que tu...

D. CECÍLIA

Foi gracejo.

D. LEONOR

Não creio; tens alguma cousa que te aflige; hás de contar-me tudo.

D. CECÍLIA

Não posso.

D. LEONOR

Não tens confiança em mim?

D. CECÍLIA

Oh! toda!

D. LEONOR

Pois eu exijo... *(Vendo Helena, que aparece à porta do fundo, esquerda.)* Ah! chegas a propósito.

CENA XII

D. LEONOR, D. CECÍLIA, D. HELENA

D. HELENA

Para quê?

D. LEONOR

Explica-me que história é essa que me contou o Barão?

D. CECÍLIA, *com curiosidade.*

O Barão?

D. LEONOR

Parece que estás disposta a estudar botânica.

D. HELENA

Estou.

D. CECÍLIA *sorrindo.*

Com o Barão?

D. HELENA

Com o Barão.

D. LEONOR

Sem o meu consentimento?

D. HELENA

Com o seu consentimento.

D. LEONOR

Mas de que te serve saber botânica?

D. HELENA

Serve para conhecer as flores dos meus *bouquets,* para não confundir jasmíneas com rubiáceas, nem bromélias com umbelíferas.

D. LEONOR

Com quê?

D. HELENA

Umbelíferas.

D. LEONOR

Umbe...

D. HELENA

...líferas. Umbelíferas.

D. LEONOR

Virgem santa! E que ganhas tu com esses nomes bárbaros?

D. HELENA

Muita cousa.

D. CECÍLIA, *à parte.*

Boa Helena! Compreendo tudo.

D. HELENA

O perianto, por exemplo; a senhora talvez ignore a questão do perianto... a questão das gramíneas...

D. LEONOR

E dou graças a Deus!

D. CECÍLIA, *animada.*

Oh, deve ser uma questão importantíssima!

D. LEONOR, *espantada.*

Também tu!

D. CECÍLIA

Só o nome! Perianto! É nome grego, titia; um delicioso nome grego. *(À parte.)* Estou morta por saber do que se trata.

D. LEONOR

Vocês fazem-me perder o juízo! Aqui andam bruxas, decerto. Perianto de um lado, bromélias de outro; uma língua de gentios, avessa à gente cristã. Que quer dizer tudo isso?

D. HELENA

Quer dizer que a ciência é uma grande cousa, e que não há remédio senão adorar a botânica.

D. LEONOR

Que mais?

D. CECÍLIA

Que mais? Quer dizer que a noite de hoje há de estar deliciosa, e podemos ir ao teatro lírico. Vamos, sim? Amanhã é o baile do conselheiro, e sábado o casamento da

Júlia Marcondes. Três dias de festas! Prometo divertir-me muito, muito, muito. Estou tão contente! Ria-se, titia; ria-se e dê-me um beijo!

D. LEONOR

Não dou, não, senhora. Minha opinião é contra a botânica, e isto mesmo vou escrever ao Barão.

D. HELENA

Reflita primeiro; basta amanhã!

D. LEONOR

Há de ser hoje mesmo! Esta casa está ficando muito sueca; voltemos a ser brasileiras. Vou escrever ao urso. Acompanha-me, Cecília; hás de contar-me o que há. *(Saem.)*

CENA XIII

D. HELENA, BARÃO

D. HELENA

Cecília deitou tudo a perder... Não se pode fazer nada com crianças... Tanto pior para ela. *(Pausa.)* Quem sabe se tanto melhor para mim? Pode ser. Aquele professor não é assaz velho, como convinha. Além disso, há nele um ar de diamante bruto, uma alma apenas coberta pela crosta científica, mas cheia de fogo e luz. Se eu viesse a arder ou cegar... *(Levanta os ombros.)* Que idéia! Não passa de um urso, como titia lhe chama, um urso com patas de rosas.

BARÃO, *aproximando-se.*

Perdão, minha senhora. Ao atravessar a chácara, ia pensando no nosso acordo, e, sinto dizê-lo, mudei de resolução.

D. HELENA

Mudou?

BARÃO, *aproximando-se.*

Mudei.

D. HELENA

Pode saber-se o motivo?

BARÃO

São três. O primeiro é o meu pouco saber... Ri-se?

D. HELENA

De incredulidade. O segundo motivo...

BARÃO

O segundo motivo é o meu gênio áspero e despótico.

D. HELENA

Vejamos o terceiro.

BARÃO

O terceiro é a sua idade. Vinte e um anos, não?

D. HELENA

Vinte e dous.

BARÃO

Solteira?

D. HELENA

Viúva.

BARÃO

Perpetuamente viúva?

D. HELENA

Talvez.

BARÃO

Nesse caso, quarto motivo: a sua viuvez perpétua.

D. HELENA

Conclusão: todo o nosso acordo está desfeito.

BARÃO

Não digo que esteja; só por mim não o posso romper. V. Exª porém avaliará as razões que lhe dou, e decidirá se ele deve ser mantido.

D. HELENA

Suponha que respondo afirmativamente.

BARÃO

Paciência! obedecerei.

D. HELENA

De má vontade?

BARÃO

Não; mas com grande desconsolação.

D. HELENA

Pois, Sr. Barão, não desejo violentá-lo; está livre.

BARÃO

Livre, e não menos desconsolado.

D. HELENA

Tanto melhor!

BARÃO

Como assim?

D. HELENA

Nada mais simples: vejo que é caprichoso e incoerente.

BARÃO

Incoerente, é verdade.

D. HELENA

Irei procurar outro mestre.

BARÃO

Outro mestre! Não faça isso.

D. HELENA

Por quê?

BARÃO

Porque... *(Pausa.)* V. Exª é inteligente bastante para dispensar mestres.

D. HELENA

Quem lho disse?

BARÃO

Adivinha-se.

D. HELENA

Bem; irei queimar os olhos nos livros.

BARÃO

Oh! seria estragar as mais belas flores do mundo!

D. HELENA, *sorrindo*

Mas então nem mestres nem livros?

BARÃO

Livros, mas aplicação moderada. A ciência não se colhe de afogadilho; é preciso penetrá-la com segurança e cautela.

D. HELENA

Obrigada. *(Estendendo-lhe a mão.)* E visto que me recusa as suas lições, adeus.

BARÃO

Já!

D. HELENA

Pensei que queria retirar-se.

BARÃO

Queria e custa-me. Em todo o caso, não desejava sair sem que V. Exª me dissesse francamente o que pensa de mim. Bem ou mal?

D. HELENA

Bem e mal.

BARÃO

Pensa então...

D. HELENA

Penso que é inteligente e bom, mas caprichoso e egoísta.

BARÃO

Egoísta!

D. HELENA

Em toda a força da expressão. *(Senta-se.)* Por egoísmo, — científico, é verdade, — opõe-se às afeições de seu sobrinho; por egoísmo, recusa-me as suas lições. Creio que o Sr. Barão nasceu para mirar-se no vasto espelho da natureza, a sós consigo, longe do mundo e seus enfados. Aposto que, desculpe a indiscrição da pergunta, — aposto que nunca amou?

BARÃO

Nunca.

D. HELENA

De maneira que nunca uma flor teve a seus olhos outra aplicação, além do estudo?

BARÃO

Engana-se.

D. HELENA

Sim?

BARÃO

Depositei algumas coroas de goivos no túmulo de minha mãe.

D. HELENA

Ah!

BARÃO

Há em mim alguma cousa mais do que eu mesmo. Há a poesia das afeições por baixo da prova científica. Não a ostento, é verdade; mas sabe V. Exª o que tem sido a minha vida? Um claustro. Cedo perdi o que havia mais caro: a família. Desposei a ciência, que me tem servido de alegrias, consolações e esperanças. Deixemos, porém, tão tristes memórias...

D. HELENA

Memórias de homem; até aqui eu só via o sábio.

BARÃO

Mas o sábio reaparece e enterra o homem. Volto à vida vegetativa... se me é lícito arriscar um trocadilho em português, que eu não sei bem se o é. Pode ser que não passe de aparência. Todo eu sou aparências, minha senhora, aparências de homem, de linguagem e até de ciência...

D. HELENA

Quer que o elogie?

BARÃO

Não; desejo que me perdoe.

D. HELENA

Perdoar-lhe o quê?

BARÃO

A incoerência de que me acusava há pouco.

D. HELENA

Tanto perdôo que o imito. Mudo igualmente de resolução, e dou de mão ao estudo.

BARÃO

Não faça isso!

D. HELENA

Não lerei uma só linha de botânica, que é a mais aborrecível ciência do mundo.

BARÃO

Mas o seu talento...

D. HELENA

Não tenho talento; tinha curiosidade.

BARÃO

É a chave do saber.

D. HELENA

Que monta isso? A porta fica tão longe!

BARÃO

É certo, mas o caminho é de flores.

D. HELENA

Com espinhos.

BARÃO

Eu lhe quebrarei os espinhos.

D. HELENA

De que modo?

BARÃO

Serei seu mestre.

D. HELENA, *levanta-se.*

Não! Respeito os seus escrúpulos. Subsistem, penso eu, os motivos que alegou. Deixe-me ficar na minha ignorância.

BARÃO

É a última palavra de V. Exª?

D. HELENA

Última.

BARÃO, *com ar de despedida.*

Nesse caso... aguardo as suas ordens.

D. HELENA

Que se não esqueça de nós.

BARÃO

Crê possível que me esquecesse?

D. HELENA

Naturalmente: um conhecimento de vinte minutos.

BARÃO

O tempo importa pouco ao caso. Não me esquecerei nunca mais destes vinte minutos, os melhores da minha vida, os primeiros que hei realmente vivido. A ciência não é tudo, minha senhora. Há alguma cousa mais, além do espírito, alguma cousa essencial ao homem, e...

D. HELENA

Repare, Sr. Barão, que está falando à sua ex-discípula.

BARÃO

A minha ex-discípula tem coração, e sabe que o mundo intelectual é estreito para conter o homem todo; sabe que a vida moral é uma necessidade do ser pensante.

D. HELENA

Não passemos da botânica à filosofia, nem tanto à terra, nem tanto ao céu. O que o Sr. Barão quer dizer, em boa e mediana prosa, é que estes vinte minutos de palestra não o enfadaram de todo. Eu digo a mesma cousa. Pena é que fossem só vinte minutos, e que o Sr. Barão volte às suas amadas plantas; mas é força ir ter com elas, não quero tolher-lhe os passos. Adeus! *(Inclinando-se como a despedir-se.)*

BARÃO, *cumprimentando.*

Minha senhora! *(Caminha até à porta e pára.)* Não transporei mais esta porta?

D. HELENA

Já a fechou por suas próprias mãos.

BARÃO

A chave está nas suas.

D. HELENA, *olhando para as mãos.*

Nas minhas?

BARÃO, *aproximando-se.*

Decerto.

D. HELENA

Não a vejo.

BARÃO

É a esperança. Dê-me a esperança de que...

D. HELENA, *depois de uma pausa.*

A esperança de que...

BARÃO

A esperança de que... a esperança de...

D. HELENA, *que tem tirado uma flor de um vaso.*

Creio que lhe será mais fácil definir esta flor.

BARÃO

Talvez.

D. HELENA

Mas não é preciso dizer mais: adivinhei-o.

BARÃO, *alvoroçado.*

Adivinhou?

D. HELENA

Adivinhei que quer a todo o transe ser meu mestre.

BARÃO, *friamente.*

É isso.

D. HELENA

Aceito.

BARÃO

Obrigado.

D. HELENA

Parece-me que ficou triste?...

BARÃO

Fiquei, pois que só adivinhou metade do meu pensamento. Não adivinhou que eu... por que o não direi? di-lo-ei francamente... Não adivinhou que...

D. HELENA

Que...

BARÃO, *depois de alguns esforços para falar.*

Nada... nada...

D. LEONOR, *dentro.*

Não admito!

CENA XIV

D.HELENA, BARÃO, D. LEONOR, D. CECÍLIA

D. CECÍLIA, *entrando pelo fundo com D. Leonor.*

Mas, titia...

D. LEONOR

Não admito, já disse! Não te faltam casamentos. *(Vendo o Barão)*. Ainda aqui!

BARÃO

Ainda e sempre, minha senhora.

D. LEONOR

Nova originalidade.

BARÃO

Oh! não! A cousa mais vulgar do mundo. Refleti, minha senhora, e venho pedir para meu sobrinho a mão de sua encantadora sobrinha. *(Gesto de Cecília.)*

D. LEONOR

A mão de Cecília!

D. CECÍLIA

Que ouço!

BARÃO

O que eu lhe pedia há pouco era uma extravagância, um ato de egoísmo e violência, além de descortesia que era, e que V. Exª me perdoou, atendendo à singularidade das minhas maneiras. Vejo tudo isso agora...

D. LEONOR

Não me oponho ao casamento, se for do agrado de Cecília.

D. CECÍLIA, *baixo a D. Helena.*

Obrigada! Foste tu...

D. LEONOR

Vejo que o Sr. Barão refletiu.

BARÃO

Não foi só reflexão, foi também resolução.

D. LEONOR

Resolução?

BARÃO, *gravemente.*

Minha senhora, atrevo-me a fazer outro pedido.

D. LEONOR

Ensinar botânica a Helena? Já me deu vinte e quatro horas para responder.

BARÃO

Peço-lhe mais do que isso; V. Exª que é, por assim dizer, irmã mais velha de sua sobrinha, pode intervir junto dela para... *(Pausa.)*

D. LEONOR

Para...

D. HELENA

Acabo eu. O que o Sr. Barão deseja é a minha mão.

BARÃO

Justamente!

D. LEONOR, *espantada.*

Mas... Não compreendo nada.

BARÃO

Não é preciso compreender; basta pedir.

D. HELENA

Não basta pedir; é preciso alcançar.

BARÃO

Não alcançarei?

D. HELENA

Dê-me três meses de reflexão.

BARÃO

Três meses é a eternidade.

D. HELENA

Uma eternidade de noventa dias.

BARÃO

Depois dela, a felicidade ou o desespero?

D. HELENA, *estendendo-lhe a mão.*

Está nas suas mãos a escolha. *(A D. Leonor.)* Não se admire tanto, titia; tudo isto é botânica aplicada.

MACHADO DE ASSIS

CONTOS INÉDITOS

VIRGINIUS

[JF. jul. ago., 1864]

(NARRATIVA DE UM ADVOGADO)

CAPÍTULO PRIMEIRO

Não me correu tranqüilo o S. João de 185...

Duas semanas antes do dia em que a Igreja celebra o evangelista, recebi pelo correio o seguinte bilhete, sem assinatura e de letra desconhecida:

O Dr. *** é convidado a ir à vila de... tomar conta de um processo. O objeto é digno do talento e das habilitações do advogado. Despesas e honorários ser-lhe-ão satisfeitos antecipadamente, mal puser pé no estribo. O réu está na cadeia da mesma vila e chama-se Julião. Note que o Dr. é convidado a ir defender o réu.

Li e reli este bilhete; voltei-o em todos os sentidos; comparei a letra com todas as letras dos meus amigos e conhecidos... Nada pude descobrir.

Entretanto, picava-me a curiosidade. Luzia-me um romance através daquele misterioso e anônimo bilhete. Tomei uma resolução definitiva. Ultimei uns negócios, dei de mão outros, e oito dias depois de receber o bilhete tinha à porta um cavalo e um camarada para seguir viagem. No momento em que me dispunha a sair, entrou-me em casa um sujeito desconhecido, e entregou-me um rolo de papel contendo uma avultada soma, importância aproximada das despesas e dos honorários. Recusei apesar das instâncias, montei a cavalo e parti.

Só depois de ter feito algumas léguas é que me lembrei de que justamente na vila a que eu ia morava um amigo meu, antigo companheiro da academia, que se votara, oito anos antes, ao culto da deusa Ceres como se diz em linguagem poética.

Poucos dias depois apeava eu à porta do referido amigo. Depois de entregar o cavalo aos cuidados do camarada, entrei para abraçar o meu antigo companheiro de estudos, que me recebeu alvoroçado e admirado.

Depois da primeira expansão, apresentou-me ele à sua família, composta de mulher e uma filhinha, esta retrato daquela, e aquela retrato dos anjos.

Quanto ao fim da minha viagem, só lho expliquei depois que me levou para a sala mais quente da casa, onde foi ter comigo uma chávena de excelente café. O tempo estava frio; lembro que estávamos em junho. Envolvi-me no meu capote, e a cada gota de café que tomava fazia uma revelação.

— A que vens? a que vens? perguntava-me ele.

— Vais sabê-lo. Creio que há um romance para deslindar. Há quinze dias recebi no meu escritório, na corte, um bilhete anônimo em que se me convidava com instância a vir a esta vila para tomar conta de uma defesa. Não pude conhecer a letra; era desigual e trêmula, como escrita por mão cansada...

— Tens o bilhete contigo?

— Tenho.

Tirei do bolso o misterioso bilhete e entreguei-o aberto ao meu amigo, Ele, depois de lê-lo, disse:

— É a letra de *Pai de todos.*

— Quem é *Pai de todos?*

— É um fazendeiro destas paragens, o velho Pio. O povo dá-lhe o nome de *Pai de todos,* porque o velho Pio o é na verdade.

— Bem dizia eu que há romance no fundo!... Que faz esse velho para que lhe dêem semelhante título?

— Pouca cousa. Pio é, por assim dizer, a justiça e a caridade fundidas em uma só pessoa. Só as grandes causas vão ter às autoridades judiciárias, policiais ou municipais; mas tudo o que não sai de certa ordem é decidido na fazenda de Pio, cuja sentença todos acatam e cumprem. Seja ela contra Pedro ou contra Paulo, Paulo e Pedro submetem-se, como se fora uma decisão divina. Quando dous contendores saem da fazenda de Pio, saem amigos. É caso de consciência aderir ao julgamento de *Pai dê todos.*

— Isso é como juiz. O que é ele como homem caridoso?

— A fazenda de Pio é o asilo dos órfãos e dos pobres. Ali se encontra o que é necessário à vida: Leite e instrução às crianças, pão e sossego aos adultos. Muitos lavradores nestas seis léguas cresceram e tiveram princípio de vida na fazenda de Pio. É a um tempo Salomão e S. Vicente de Paulo.

Engoli a última gota de café, e fitei no meu amigo olhos incrédulos.

— Isto é verdade? perguntei.

— Pois duvidas?

— É que me dói sair tantas léguas da Corte, onde esta história encontraria incrédulos, para vir achar neste recanto do mundo aquilo que devia ser comum em toda a parte.

— Põe de parte essas reflexões filosóficas. Pio não é um mito: é uma criatura de carne e osso; vive como vivemos; tem dous olhos, como tu e eu...

— Então esta carta é dele?

— A letra é.

— A fazenda fica perto?

O meu amigo levou-me à janela.

— Fica daqui a um quarto de légua, disse. Olha, é por detrás daquele morro.

Nisto passava por baixo da janela um preto montado em uma mula, sobre cujas ancas saltavam duas canastras. O meu amigo debruçou-se e perguntou ao negro:

— Teu senhor está em casa?

— Está, sim, Sr.; mas vai sair.

O negro foi caminho, e nós saímos da janela.

— É escravo de Pio?

— Escravo é o nome que se dá; mas Pio não tem escravos, tem amigos. Olham-no todos como se fora um Deus. É que em parte alguma houve nunca mais brando e cordial tratamento a homens escravizados. Nenhum dos instrumentos de ignomínia que por aí se aplicam para corrigi-los existem na fazenda de Pio. Culpa capital ninguém comete entre os negros da fazenda; a alguma falta venial que haja, Pio aplica apenas uma repreensão tão cordial e tão amiga, que acaba por fazer chorar o delinqüente. Ouve mais: Pio estabeleceu entre os seus escravos uma espécie de concurso que permite a um certo número libertar-se todos os anos. Acreditarás tu que lhes é indiferente viver livres ou escravos na fazenda, e que esse estímulo não decide nenhum deles, sendo que, por natural impulso, todos se portam dignos de elogios?

O meu amigo continuou a desfiar as virtudes do fazendeiro. Meu espírito apreendia-se cada vez mais de que eu ia entrar em um romance. Finalmente o meu amigo dispunha-se a contar-me a história do crime em cujo conhecimento devia eu entrar daí a poucas horas. Detive-o.

— Não, disse-lhe, deixa-me saber de tudo por boca do próprio réu. Depois compararei com o que me contarás.

— É melhor. Julião é inocente...

— Inocente?

— Quase.

Minha curiosidade estava excitada ao último ponto. Os autos não me tinham tirado o gosto pelas novelas, e eu achava-me feliz por encontrar no meio da prosa judiciária, de que andava cercado, um assunto digno da pena de um escritor.

— Onde é a cadeia? perguntei.

— É perto, respondeu-me; mas agora é quase noite; melhor é que descanses; amanhã é tempo.

Atendi a este conselho. Entrou nova porção de café. Tomamo-lo entre recordações do passado, que muitas eram. Juntos vimos florescer as primeiras ilusões, e juntos vimos dissiparem-se as últimas. Havia de que encher, não uma, mas cem noites. Aquela passou-se rápida, e mais ainda depois que a família toda veio tomar parte em nossa íntima confabulação. Por uma exceção, de que fui causa, a hora de recolher foi a meia-noite.

— Como é doce ter um amigo! dizia eu pensando no Conde de Maistre, e retirando-me para o quarto que me foi destinado.

CAPÍTULO II

No dia seguinte, ainda vinha rompendo a manhã, já eu me achava de pé. Entrou no meu quarto um escravo com um grande copo de leite tirado minutos antes. Em poucos goles o devorei. Perguntei pelo amigo; disse-me o escravo que já se achava de pé. Mandei-o chamar.

— Será cedo para ir à cadeia? perguntei mal o vi assomar à porta do quarto.

— Muito cedo. Que pressa tamanha! É melhor aproveitarmos a manhã, que está fresca, e irmos dar um passeio. Passaremos pela fazenda de Pio.

Não me desagradou a proposta. Acabei de vestir-me e saímos ambos. Duas mulas nos esperavam à cancela, espertas e desejosas de trotar. Montamos e partimos.

Três horas depois, já quando o sol dissipara as nuvens de neblina que cobriam os morros como grandes lençóis, estávamos de volta tendo eu visto a bela casa e as esplêndidas plantações da fazenda do velho Pio. Foi este o assunto do almoço.

Enfim, dado ao corpo o preciso descanso, e alcançada a necessária licença, dirigi-me à cadeia para falar ao réu Julião.

Sentado em uma sala onde a luz entrava escassamente, esperei que chegasse o misterioso delinqüente. Não se, demorou muito. No fim de um quarto de hora estava diante de mim. Dous soldados ficaram à porta.

Mandei sentar o preso, e, antes de entrar em interrogatório, empreguei uns cinco minutos em examiná-lo.

Era um homem trigueiro, de mediana estatura, magro, débil de forças físicas, mas com uma cabeça e um olhar indicativos de muita energia moral e alentado ânimo.

Tinha um ar de inocência, mas não da inocência abatida e receosa; parecia antes que se glorificava com a prisão, e afrontava a justiça humana, não com a impavidez do malfeitor, mas com a daquele que confia na justiça divina.

Passei a interrogá-lo, começando pela declaração de que eu ia defendê-lo. Disse-lhe que nada ocultasse dos acontecimentos que o levaram à prisão; e ele, com uma rara placidez de ânimo, conto toda a história do seu crime.

Julião fora um daqueles a quem a alma caridosa de Pio dera sutento e trabalho. Suas boas qualidades, a gratidão, o amor, o respeito com que falava e adorava o protetor, não ficaram sem uma paga valiosa. Pio, no fim de certo tempo, deu a Julião um sítio que ficava pouco distante da fazenda. Para lá fora morar Julião com uma menor, cuja mãe morrera em conseqüência dos acontecimentos que levaram Julião a recorrer à proteção do fazendeiro.

Tinha a pequena sete anos. Era, dizia Julião, a mulatinha mais formosa daquelas dez léguas em redor. Elisa, era o nome da pequena, completava a trindade do culto de Julião, ao lado de Pio e da memória da mãe finada.

Laborioso por necessidade e por gosto, Julião bem depressa viu frutificar o seu trabalho. Ainda assim não descansava. Queria, quando morresse, deixar um pecúlio à filha. Morrer sem deixá-la amparada era o sombrio receio que o perseguia. Podia acaso contar com a vida do fazendeiro esmoler?

Este tinha um filho, mais velho três anos que Elisa. Era um bom menino, educado sob a vigilância de seu pai, que desde os tenros anos inspirava-lhe aqueles sentimentos a que devia a sua imensa popularidade.

Carlos e Elisa viviam quase sempre juntos, naquela comunhão da infância que não conhece desigualdades nem condições. Estimavam-se deveras, a ponto de sentirem profundamente quando foi necessário a Carlos ir cursar as primeiras aulas.

Trouxe o tempo as divisões, e anos depois, quando Carlos apeou à porta da fazenda com uma carta de bacharel na algibeira, uma esponja se passara sobre a vida anterior. Elisa, já mulher, podia avaliar os nobres esforços de seu pai, e concentrara todos os afetos de sua alma no mais respeitoso amor filial. Carlos era homem. Conhecia as condições da vida social, e desde os primeiros gestos mostrou que abismo separava o filho do protetor da filha do protegido.

O dia da volta de Carlos foi dia de festa na fazenda do velho Pio. Julião tomou parte na alegria geral, como toda a gente, pobre ou remediada, dos arredores. E a alegria não foi menos pura em nenhum: todos sentiam que a presença do filho do fazendeiro era a felicidade comum.

Passaram-se os dias. Pio não se animava a separar-se de seu filho para que este seguisse uma carreira política, administrativa ou judiciária. Entretanto, notava-lhe muitas diferenças em comparação com o rapaz que, anos antes, lhe saíra de casa. Nem idéias, nem sentimentos, nem hábitos eram os mesmos. Cuidou que fosse um resto da vida escolástica, e esperou que a diferença da atmosfera que voltava a respirar e o espetáculo da vida simples e chã da fazenda o restabelecessem.

O que o magoava sobretudo, é que o filho bacharel não buscasse os livros, onde pudesse, procurando novos conhecimentos, entreter uma necessidade indispensável para o gênero de vida que ia encetar. Carlos não tinha mais que uma ocupação e uma distração: a caça. Levava dias e dias a correr o mato em busca de animais para matar, e nisso fazia consistir todos os cuidados, todos os pensamentos, todos os estudos.

Ao meio-dia era certo vê-lo chegar ao sítio de Julião, e aí descansar um bocado, conversando sobranceiro com a filha do infatigável lavrador. Este chegava, trocava algumas palavras de respeitosa estima com o filho de Pio, oferecia-lhe parte do seu modesto jantar, que o moço não aceitava, e discorria, durante a refeição, sobre os objetos relativos à caça.

Passavam as cousas assim sem alteração de natureza alguma.

Um dia, ao entrar em casa para jantar, Julião notou que sua filha parecia triste. Reparou, e viu-lhe os olhos vermelhos de lágrimas. Perguntou o que era. Elisa respondeu que lhe doía a cabeça; mas durante o jantar, que foi silencioso, Julião observou que sua filha enxugava furtivamente algumas lágrimas. Nada disse; mas, terminado o jantar, chamou-a para junto de si, e com palavras brandas e amigas exigiu-lhe que dissesse o que tinha. Depois de muita relutância, Elisa falou:

— Meu pai, o que eu tenho é simples. O Sr. Carlos, em quem comecei a notar mais amizade que ao princípio, declarou-me hoje que gostava de mim, que eu devia ser dele, que só ele me poderia dar tudo quanto eu desejasse, e muitas outras cousas que eu nem pude ouvir, tal foi o espanto com que ouvi as suas primeiras palavras. Declarei-lhe que não pensasse cousas tais. Insistiu; repeli-o... Então, tomando um ar carrancudo, saiu, dizendo-me:

— Hás de ser minha!

Julião estava atônito. Inquiriu sua filha sobre todas as particularidades da conversa referida. Não lhe restava dúvida acerca dos maus intentos de Carlos. Mas como de um tão bom pai pudera sair tão mau filho? perguntava ele. E esse próprio filho não era bom antes de ir para fora? Como exprobrar-lhe a sua má ação? E poderia fazê-lo? Como evitar a ameaça? Fugir do lugar em que morava o pai não era mostrar-se ingrato? Todas estas reflexões passaram pelo espírito de Julião. Via o abismo a cuja borda estava, e não sabia como escapar-lhe.

Finalmente, depois de animar e tranqüilizar sua filha, Julião saiu de plano feito, na direção da fazenda, em busca de Carlos.

Este, rodeado por alguns escravos, fazia limpar várias espingardas de caça. Julião, depois de cumprimentá-lo alegremente, disse que lhe queria falar em particular. Carlos estremeceu, mas não podia deixar de ceder.

— Que me queres, Julião? disse depois de se afastar um pouco do grupo.

Julião respondeu:

— Sr. Carlos, venho pedir-lhe uma coisa, por alma de sua mãe!... Deixe minha filha sossegada.

— Mas que lhe fiz eu? Titubeou Carlos.

— Oh! não negue, porque eu sei.

— Sabe o quê?

— Sei da sua conversa de hoje. Mas o que passou, passou. Fico sendo seu amigo, mais ainda, se me não perseguir a pobre filha que Deus me deu... Promete?

Carlos esteve calado alguns instantes. Depois:

— Basta, disse; confesso-te, Julião, que era uma loucura minha de que me arrependo. Vai tranqüilo: respeitarei tua filha como se fosse morta.

Julião, na sua alegria, quase beijou as mãos de Carlos. Correu à casa e referiu a sua filha a conversa que tivera com o filho de *Pai de todos*. Elisa não só por si como pôr seu pai, estimou o pacífico desenlace.

Tudo parecia ter voltado à primeira situação. As visitas de Carlos eram feitas nas horas em que Julião se achava em casa, e além disso, a presença de uma parenta velha, convidada por Julião, parecia tornar impossível nova tentativa de parte de Carlos.

Uma tarde, quinze dias depois do incidente que narrei acima, voltava Julião da fazenda do velho Pio. Era já perto da noite. Julião caminhava vagarosamente, pensando no que lhe faltaria ainda para completar o pecúlio de sua filha. Nessas divagações, não reparou que anoitecera. Quando deu por si, ainda se achava umas boas braças distante de casa. Apressou o passo. Quando se achava mais perto, ouviu uns gritos sufocados. Deitou a correr e penetrou no terreiro que circundava a casa. Todas as janelas estavam fechadas; mas os gritos continuavam cada vez mais angustiosos. Um vulto passou-lhe pela frente e dirigiu-se para os fundos. Julião quis segui-lo; mas os gritos eram muitos, e de sua filha. Com uma força difícil de crer em corpo tão pouco robusto, conseguiu abrir uma das janelas. Saltou, e eis o que viu:

A parenta que convidara a tomar conta da casa estava no chão, atada, amordaçada, exausta. Uma cadeira quebrada, outras em desordem.

— Minha filha! exclamou ele.

E atirou-se para o interior.

Elisa debatia-se nos braços de Carlos, mas já sem forças nem esperanças de obter misericórdia.

No momento em que Julião entrava por uma porta, entrava por outra um indivíduo mal conceituado no lugar, e até conhecido por assalariado nato de todas as violências. Era o vulto que Julião vira no terreiro. E outros haviam ainda, que apareceram a um sinal dado pelo primeiro, mal Julião entrou no lugar em que se dava o triste conflito da inocência com a perversidade.

Julião teve tempo de arrancar Elisa dos braços de Carlos. Cego de raiva, travou de uma cadeira e ia atirar-lha, quando os capangas, entrados a este tempo, o detiveram.

Carlos voltara a si da surpresa que lhe causara a presença de Julião. Recobrando o sangue frio, cravou os olhos odiendos no desventurado pai, e disse-lhe com voz sumida:

— Hás de pagar-me!

Depois, voltando-se para os ajudantes das suas façanhas, bradou:

— Amarrem-no!

Em cinco minutos foi obedecido. Julião não podia lutar contra cinco.

Carlos e quatro capangas saíram. Ficou um de vigia.

Uma chuva de lágrimas rebentou dos olhos de Elisa. Doía-lhe na alma ver seu pai atado daquele modo. Não era já o perigo a que escapara o que a comovia; era não poder abraçar seu pai livre e feliz. E por que estaria atado? Que intentava Carlos fazer? Matá-lo? Estas lúgubres e aterradoras idéias passaram rapidamente pela cabeça de Elisa. Entre lágrimas comunicou-as a Julião.

Este, calmo, frio, impávido, tranqüilizou o espírito de sua filha, dizendo-lhe que Carlos poderia ser tudo, menos um assassino.

Seguiram-se alguns minutos de angustiosa espera. Julião olhava para sua filha e parecia refletir. Depois de algum tempo, disse:

— Elisa, tens realmente a tua desonra por uma grande desgraça?

— Oh! meu pai! exclamou ela.

— Responde: se te faltasse a pureza que recebeste do céu, considerar-te-ias a mais infeliz de todas as mulheres?

— Sim, sim, meu pai!

Julião calou-se.

Elisa chorou ainda. Depois voltou-se para a sentinela deixada por Carlos e quis implorar-lhe misericórdia. Foi atalhada por Julião.

— Não peças nada, disse este. Só há um protetor para os infelizes: é Deus. Há outro depois dele; mas esse está longe... Ó *Pai de todos,* que filho te deu o Senhor!...

Elisa voltou para junto de seu pai.

— Chega-te para mais perto, disse este.

Elisa obedeceu.

Julião tinha os braços atados; mas podia mover, ainda que pouco, as mãos. Procurou afagar Elisa, tocando-lhe as faces e beijando-lhe a cabeça. Ela inclinou-se e escondeu o rosto no peito de seu pai.

A sentinela não dava fé do que se passava. Depois de alguns minutos do abraço de Elisa e Julião, ouviu-se um grito agudíssimo. A sentinela correu aos dous. Elisa caíra completamente, banhada em sangue.

Julião tinha procurado a custo apoderar-se de uma faca de caça deixada por Carlos sobre uma cadeira. Apenas o conseguiu, cravou-a no peito de Elisa. Quando a sentinela correu para ele, não teve tempo de evitar o segundo golpe, com que Julião tornou mais profunda e mortal a primeira ferida. Elisa rolou no chão nas últimas convulsões.

— Assassino! clamou a sentinela.

— Salvador!... salvei minha filha da desonra!

— Meu pai!... murmurava a pobre pequena expirando.

Julião, voltando-se para o cadáver, disse, derramando duas lágrimas, duas só, mas duas lavas rebentadas do vulcão de sua alma:

— Dize a Deus, minha filha, que te mandei mais cedo para junto dele para salvar-te da desonra.

Depois fechou os olhos e esperou.

Não tardou que entrasse Carlos, acompanhado de uma autoridade policial e vários soldados.

Saindo da casa de Julião, teve a idéia danada de ir declarar à autoridade que o velho lavrador tentara contra a vida dele, razão por que teve de lutar, e conseguira deixá-lo amarrado.

A surpresa de Carlos e dos policiais foi grande. Não cuidavam encontrar o espetáculo que a seus olhos se ofereceu. Julião foi preso. Não negou o crime. Somente reservou-se para contar as circunstâncias dele na ocasião competente.

A velha parenta foi desatada, desamordaçada e conduzida à fazenda de Pio.

Julião, depois de contar-me toda a história cujo resumo acabo de fazer, perguntou-me:

— Diga-me, Sr. doutor, pode ser meu advogado? Não sou criminoso?

— Serei seu advogado. Descanse, estou certo de que os juízes reconhecerão as circunstâncias atenuantes do delito.

— Oh! não é isso que me aterroriza. Seja ou não condenado pelos homens, é cousa que nada monta para mim. Se os juízes não forem pais, não me compreenderão, e então é natural que sigam os ditames da lei. Não matarás, é dos mandamentos, eu bem sei...

Não quis magoar a alma do pobre pai continuando naquele diálogo. Despedi-me dele e disse que voltaria depois.

Saí da cadeia alvoroçado. Não era romance, era tragédia o que eu acabava de ouvir. No caminho as idéias se me clarearam. Meu espírito voltou-se vinte e três séculos atrás, e pude ver, no seio da sociedade romana, um caso idêntico ao que se dava na vila de * * * .

Todos conhecem a lúgubre tragédia de Virginius. Tito Lívio, Diodoro de Sicília e outros antigos falam dela circunstanciadamente. Foi essa tragédia a precursora da queda dos decênviros. Um destes, Ápio Cláudio, apaixonou-se por Virgínia, filha de Virginius. Como fosse impossível de tomá-la por simples simpatia, determinou o decênviro empregar um meio violento. O meio foi escravizá-la. Peitou um sicofanta, que apresentou-se aos tribunais reclamando a entrega de Virgínia, sua escrava. O desventurado pai, não conseguindo comover nem por seus rogos, nem por suas ameaças, travou de uma faca de açougue e cravou-a no peito de Virgínia.

Pouco depois caíam os decênviros e restabelecia-se o consulado.

No caso de Julião não haviam decênviros para abater nem cônsules para levantar; mas havia a moral ultrajada e a malvadez triunfante. Infelizmente estão ainda longe, esta da geral repulsão, aquela do respeito universal.

CAPÍTULO III

Fazendo todas estas reflexões, encaminhava-me eu para a casa do amigo em que estava hospedado. Ocorreu-me uma idéia, a de ir à fazenda de Pio, autor do bilhete que me chamara da corte, e de quem eu podia saber muita cousa mais.

Não insisto em observar a circunstância de ser o velho fazendeiro quem se interessava pelo réu e pagava as despesas da defesa nos tribunais. Já o leitor terá feito essa observação, realmente honrosa para aquele deus da terra.

O sol, apesar da estação, queimava suficientemente o viandante. Ir a pé à fazenda, quando podia ir a cavalo, era ganhar fadiga e perder tempo sem proveito. Fui à casa e mandei aprontar o cavalo. O meu hóspede não estava em casa. Não quis esperá-lo, e sem mais companhia dirigi-me para a fazenda.

Pio estava em casa. Mandei-lhe dizer que uma pessoa da corte desejava falar-lhe. Fui recebido incontinenti.

Achei o velho fazendeiro em conversa com um velho padre. Pareciam, tanto o secular como o eclesiástico, dous verdadeiros soldados do Evangelho combinando-se para a mais extensa prática do bem. Tinham ambos a cabeça branca, o olhar sereno, a postura grave e o gesto despretensioso. Transluzia-lhes nos olhos a bondade do coração. Levantaram-se quando apareci e vieram cumprimentar-me.

O fazendeiro era quem chamava mais a minha atenção, pelo que ouvira dizer dele ao meu amigo e ao pai de Elisa. Pude observá-lo durante alguns minutos. Era impossível ver aquele homem e não adivinhar o que ele era. Com uma palavra branda e insinuante disse-me que diante do capelão não tinha segredos, e que eu dissesse o que tinha para dizer. E começou por me perguntar quem era eu. Disse-lho; mostrei-lhe o bilhete, declarando que sabia ser dele, razão por que o procurara.

Depois de algum silêncio disse-me:

— Já falou ao Julião?

— Já.

— Conhece então toda a história?

— Sei do que ele me contou.

— O que ele lhe contou é o que se passou. Foi uma triste história que me envelheceu ainda mais em poucos dias. Reservou-me o céu aquela tortura para o último quartel da vida. Soube o que fez. É sofrendo que se aprende. Foi melhor. Se meu filho havia de esperar que eu morresse para praticar atos tais com impunidade, bom foi que o fizesse antes, seguindo-se assim ao delito o castigo que mereceu.

A palavra *castigo* impressionou-me Não me pude ter e disse-lhe:

— Fala em castigo. Pois castigou seu filho?

— Pois então? Quem é o autor da morte de Elisa?

— Oh!... isso não, disse eu.

— Não foi autor, foi causa. Mas quem foi o autor da violência à pobre pequena? Foi decerto meu filho.

— Mas esse castigo?...

— Descanse, disse o velho adivinhando a minha indiscreta inquietação. Carlos recebeu um castigo honroso, ou, por outra, sofre como castigo aquilo que devia receber como honra. Eu o conheço. Os cômodos da vida que teve, a carta que alcançou pelo estudo, e certa dose de vaidade que todos nós recebemos do berço, e que o berço lhe deu a ele em grande dose, tudo isso é que o castiga neste momento, porque tudo foi desfeito pelo gênero de vida que lhe fiz adotar. Carlos é agora soldado.

— Soldado! exclamei eu.

— É verdade. Objetou-me que era doutor. Disse-Ihe que devia lembrar-se de que o era quando penetrou na casa de Julião. A muito pedido, mandei-o para o Sul, com promessa jurada, e avisos particulares e reiterados, de que, mal chegasse ali, assentasse praça em um batalhão de linha. Não é um castigo honroso? Sirva a sua pátria, e guarde a fazenda e a honra dos seus concidadãos: é o melhor meio de aprender a guardar a honra própria.

Continuamos em nossa conversa durante duas horas quase. O velho fazendeiro mostrava-se magoadíssimo sempre que volvíamos a falar do caso de Julião. Depois que lhe declarei que tomava conta da causa em defesa do réu, instou comigo para que nada poupasse a fim de alcançar a diminuição da pena de Julião. Se for preciso, dizia ele, apreciar com as considerações devidas o ato de meu filho, não se acanhe: esqueça-se de mim, porque eu também me esqueço de meu filho.

Cumprimentei aquela virtude romana, despedi-me do padre, e saí, depois de prometer tudo o que me foi pedido.

....

CAPÍTULO IV

— Então, falaste a Julião? perguntou o meu amigo quando me viu entrar em casa.

— Falei, e falei também ao *Pai de todos*... Que história, meu amigo!... Parece um sonho.

— Não te disse?... E defendes o réu?

— Com toda a certeza.

Fui jantar, e passei o resto da tarde conversando acerca do ato de Julião e das virtudes do fazendeiro.

Poucos dias depois instalou-se o júri onde tinha de comparecer Julião.

De todas as causas, era aquela a que mais medo me fazia; não que eu duvidasse das atenuantes do crime, mas porque receava não estar na altura da causa.

Toda a noite da véspera foi para mim de verdadeira insônia. Enfim raiou o dia marcado para o julgamento de Julião. Levantei-me, comi pouco e distraído, e vesti-me. Entrou-me no quarto o meu amigo.

— Lá te vou ouvir, disse-me ele abraçando.

Confessei-lhe os meus receios; mas ele, para animar-me, entreteceu uma grinalda de elogios que eu mal pude ouvir, no meio das minhas preocupações.

Saímos.

Dispenso os leitores da narração do que se passou no júri. O crime foi provado pelo depoimento das testemunhas; nem Julião o negou nunca. Mas apesar de tudo, da confissão e da prova testemunhal, auditório, jurado, juiz e promotor, todos tinham pregados no réu olhos de simpatia, admiração e compaixão.

A acusação limitou-se a referir o depoimento das testemunhas, e quando, terminando o seu discurso, teve de pedir a pena para o réu, o promotor mostrava-se envergonhado de estar trêmulo e comovido.

Tocou-me a vez de falar. Não sei o que disse. Sei que as mais ruidosas provas de adesão surgiam no meio do silêncio geral. Quando terminei, dous homens invadiram a sala e abraçaram-me comovidos: o fazendeiro e o meu amigo.

Julião foi condenado a dez anos de prisão. Os jurados tinham ouvido a lei, e igualmente, talvez o coração.

CAPÍTULO V

No momento em que escrevo estas páginas, Julião, tendo já cumprido a sentença, vive na fazendo de Pio. Pio não quis que ele voltasse ao lugar em que se dera a catástrofe, e fá-lo residir ao pé de si.

O velho fazendeiro tinha feito recolher as cinzas de Elisa em uma urna, ao pé da qual vão ambos orar todas as semanas.

Aqueles dous pais, que assistiram ao funeral das suas esperanças, acham-se ligados intimamente pelos laços do infortúnio.

Na fazenda fala-se sempre de Elisa, mas nunca de Carlos. Pio é o primeiro a não magoar o coração de Julião com a lembrança daquele que o levou a matar sua filha.

Quanto a Carlos, vai resgatando como pode o crime com que atentou contra a honra de uma donzela e contra a felicidade de dois pais.

CASADA E VIÚVA

[JF. novo 1864]

CAPITULO PRIMEIRO

No dia em que José de Meneses recebeu por mulher Eulália Martins, diante do altar-mor da matriz do Sacramento, na presença das respectivas famílias, aumentou-se com mais um a lista dos casais felizes.

Era impossível amar-se mais do que se amavam aqueles dous. Nem me atrevo a descrevê-lo. Imagine-se a fusão de quatro paixões amorosas das que a fábula e a história nos dão conta e ter-se-á a medida do amor de José de Meneses por Eulália e de Eulália por José de Meneses.

As mulheres tinham inveja à mulher feliz, e os homens riam dos sentimentos, um tanto piegas, do apaixonado marido. Mas os dous filósofos do amor relevaram à humanidade as suas fraquezas e resolveram protestar contra elas amando-se ainda mais.

Mal contava um mês de casado, sentiu José de Meneses, em seu egoísmo de noivo feliz, que devia fugir à companhia e ao rumor da cidade. Foi procurar uma chácara na Tijuca, e lá se encafuou com Eulália.

Ali viam correr os dias no mais perfeito descuido, respirando as auras puras da montanha, sem inveja dos maiores potentados da terra.

Um ou outro escolhido conseguiu às vezes penetrar no santuário em que os dous viviam, e de cada vez que de lá saía vinha com a convicção mais profunda de que a felicidade não podia estar em outra parte senão no amor.

Acontecia, pois, que, se as mulheres invejavam Eulália e se os homens riam de José de Meneses, as mães, as mães previdentes, a espécie santa, no dizer de E. Augier, nem riam nem se deixavam dominar pelo sexto pecado mortal: pediam simplesmente a Deus que lhes deparasse às filhas um marido da estofa e da capacidade de José de Meneses.

Mas cumpre dizer, para inspirar amor a maridos tais como José de Meneses, era preciso mulheres tais como Eulália Martins. Eulália em alma e corpo era o que há de mais puro unido ao que há de mais belo. Tanto era um milagre de beleza carnal, como era um prodígio de doçura, de elevação e de sinceridade de sentimentos. E, sejamos francos, tanta cousa junta não se encontra a cada passo.

Nenhuma nuvem sombreava o céu azul da existência do casal Meneses. Minto; de vez em quando, uma vez por semana apenas, e isto só depois de cinco meses de casados, Eulália derramava algumas lágrimas de impaciência por se demorar mais do que costumava o amante José de Meneses. Mas não passava isso de uma chuva de primavera, que, mal assomava o sol à porta, cessava para deixar aparecer as flores do sorriso e a verdura do amor. A explicação do marido já vinha sobreposse; mas ele não deixava de dá-la apesar dos protestos de Eulália; era sempre excesso de trabalho que pedia a presença dele na cidade até uma parte da noite.

Ano e meio viveram assim os dous, ignorados do resto do mundo, ébrios da felicidade e da solidão.

A família tinha aumentado com uma filha no fim de dez meses. Todos que são pais sabem o que é esta felicidade suprema. Aqueles quase enlouqueceram. A criança era um mimo de graça angélica. Meneses via nela o riso de Eulália, Eulália achava que os olhos eram os de Meneses. E neste combate de galanteios passavam as horas e os dias.

Ora, uma noite, como o luar estivesse claro e a noite fresquíssima, os dous, marido e mulher, deixaram a casa, onde a pequena ficara adormecida, e foram conversar junto ao portão, sentados em cadeiras de ferro e debaixo de uma viçosa latada, *sub tegmine fagi*.

Meia hora havia que ali estavam, lembrando o passado, saboreando o presente e construindo o futuro, quando parou um carro na estrada.

Voltaram os olhos e viram descer duas pessoas, um homem e uma mulher.

— Há de ser aqui disse o homem olhando para a chácara de Meneses.

Neste momento o luar deu em cheio no rosto da mulher. Eulália exclamou:

— É Cristiana!

E correu para a recém-chegada.

Os dous novos personagens eram o Capitão Nogueira e Cristina Nogueira, mulher do capitão.

O encontro foi o mais cordial do mundo. Nogueira era já amigo de José de Meneses, cujo pai fora colega dele na escola militar, andando ambos a estudar engenharia. Isto quer dizer que Nogueira era já homem dos seus quarenta e seis anos.

Cristiana era uma moça de vinte e cinco anos, robusta, corada, uma dessas belezas da terra, muito apreciáveis, mesmo para quem goza uma das belezas do céu, como acontecia a José de Meneses.

Vinham de Minas, onde se haviam casado.

Nogueira, cinco meses antes, saíra para aquela província a serviço do Estado e ali encontrou Cristiana, por quem se apaixonou e a quem soube inspirar uma estima respeitosa. Se eu dissesse amor, mentia, e eu tenho por timbre contar as cousas como as cousas são.

Cristiana, órfã de pai e mãe, vivia na companhia de um tio, homem velho e impertinente, achacado de duas moléstias gravíssimas: um reumatismo crônico e uma saudade do regímen colonial. Devo explicar esta última enfermidade; ele não sentia que o Brasil se tivesse feito independente; sentia que, fazendo-se independente, não tivesse conservado a forma de governo absoluto. Gorou o ovo, dizia ele, logo depois de adotada a constituição. E protestando interiormente contra o que se fizera, retirou-se para Minas Gerais, donde nunca mais saiu. A esta ligeira notícia do tio de Cristiana acrescentarei que era rico como um Potosi e avarento como Harpagão.

Entrando na fazenda do tio de Cristiana e sentindo-se influído pela beleza desta, Nogueira aproveitou-se da doença política do fazendeiro para lisonjeá-la com umas fomentações de louvor do passado e indignação pelo presente. Em um servidor do Estado atual das cousas, achou o fazendeiro que era aquilo uma prova de rara independência, e o estratagema do capitão surtiu duas vantagens: o fazendeiro deu-lhe a sobrinha e mais um bom par de contos de réis. Nogueira, que só visava a primeira, achou-se felicíssimo por ter alcançado ambas. Ora, é certo que, sem as opiniões forjadas no momento pelo capitão, o velho fazendeiro não tiraria à sua fortuna um ceitil que fosse.

Quanto a Cristiana, se não sentia pelo capitão um amor igual ou mesmo inferior ao que lhe inspirava, votava-lhe uma estima respeitosa. E o hábito, desde Aristóteles todos reconhecem isto, e o hábito, aumentando a estima de Cristiana, dava à vida doméstica do Capitão Nogueira uma paz, uma tranqüilidade, um gozo brando, digno de tanta inveja como era o amor sempre violento do casal Meneses.

Voltando à corte, Cristiana esperava uma vida mais própria aos seus anos de moça do que a passada na fazenda mineira na companhia fastidiosa do reumático legitimista. Pouco que pudessem alcançar as suas ilusões, era já muito em comparação com o passado.

Dadas todas estas explicações, continuo a minha história.

CAPÍTULO II

Deixo ao espírito do leitor ajuizar como seria o encontro de amigos que se não vêem há muito.

Cristiana e Eulália tinham muito que contar uma à outra, e, em sala à parte, ao pé do berço em que dormia a filha de José de Meneses, deram largas à memória, ao espírito e ao coração. Quanto a Nogueira e José de Meneses, depois de narrada a história do respectivo casamento e suas esperanças de esposos, entraram, um na exposição das suas impressões de viagem, o outro na das impressões que deveria ter em uma viagem que projetava.

Passaram-se deste modo as horas até que o chá reuniu a todos quatro à roda da mesa de família. Esquecia-me dizer que Nogueira e Cristiana declararam desde o princípio que, tendo chegado pouco havia, tencionavam demorar-se uns dias em casa de Meneses até que pudessem arranjar na cidade ou nos arrabaldes uma casa conveniente.

Meneses e Eulália ouviram isto, pode-se dizer que de coração alegre. Foi decretada a instalação dos dous viajantes. Tarde se levantaram da mesa, onde o prazer de se verem juntos os prendia insensivelmente. Guardaram o muito que ainda havia a dizer para os outros dias e recolheram-se.

— Conhecia José de Meneses? perguntou Nogueira a Cristiana ao retirar-se para os seus aposentos.

— Conhecia de casa de meu pai. Ele ia lá há oito anos.

— É uma bela alma!

— E Eulália!

— Ambos! ambos! É um casal feliz!

— Como nós, acrescentou Cristiana abraçando o marido.

No dia seguinte, foram os dois maridos para a cidade, e ficaram as duas mulheres entregues aos seus corações.

De volta, disse Nogueira ter encontrado casa; mas era preciso arranjá-la, e foi marcado para os arranjos o prazo de oito dias.

Os seis primeiros dias deste prazo correram na maior alegria, na mais perfeita intimidade. Chegou-se a aventar a idéia de ficarem os quatro habitando juntos. Foi Meneses o autor da idéia. Mas Nogueira alegou ter necessidade de casa própria e especial, visto como esperava alguns parentes do Norte.

Enfim, no sétimo dia, isto é, na véspera de se separarem os dous casais, estava Cristiana passeando no jardim, à tardinha, em companhia de José de Meneses, que lhe dava o braço. Depois de trocarem muitas palavras sobre cousas totalmente indiferentes à nossa história, José de Meneses fixou o olhar na sua interlocutora e aventurou estas palavras:

— Não tem saudade do passado, Cristiana?

A moça estremeceu, abaixou os olhos e não respondeu.

José de Meneses insistiu. A resposta de Cristiana foi:

— Não sei, deixe-me!

E forcejou por tirar o braço do de José de Meneses; mas este reteve-a.

— Que susto pueril! Onde quer ir? Meto-lhe medo?

Nisto parou ao portão um moleque com duas cartas para José de Meneses. Os dous passavam neste momento em frente do portão. O moleque fez entrega das cartas e retirou-se sem exigir resposta.

Meneses fez os seguintes raciocínios: — Lê-las imediatamente era dar lugar a que Cristiana se evadisse para o interior da casa; não sendo as cartas de grande urgência, visto que o portador não exigira resposta, não havia grande necessidade de lê-las imediatamente. Por tanto guardou as cartas cuidadosamente para lê-las depois.

E de tudo isto conclui o leitor que Meneses tinha mais necessidade de falar a Cristiana do que curiosidade de ler as cartas.

Acrescentarei, para não dar azo aos esmerilhadores de inverossimilhanças, que Meneses conhecia muito bem o portador e sabia ou presumia saber de que tratavam as cartas em questão.

Guardadas as cartas, e sem tirar o braço a Cristiana, Meneses continuou o passeio e a conversação.

Cristiana estava confusa e trêmula. Durante alguns passos não trocaram uma palavra.

Finalmente, Meneses rompeu o silêncio perguntando a Cristiana:

— Então, que me responde?

— Nada, murmurou a moça.

— Nada! exclamou Meneses. Nada! era então esse o amor que me tinha?

Cristiana levantou os olhos espantados para Meneses. Depois, procurando de novo tirar o braço do de Meneses, murmurou:

— Perdão, devo recolher-me.

Meneses reteve-a de novo.

— Ouça-me primeiro, disse. Não lhe quero fazer mal algum. Se me não ama, pode dizê-lo, não me zangarei; receberei essa confissão como o castigo do passo que dei, casando minha alma que se não achava solteira.

— Que estranha linguagem é essa? disse a moça. A que vem essa recordação de uma curta fase da nossa vida, de um puro brinco da adolescência?

— Fala de coração?

— Pois, como seria?

— Ah! não me faça crer que um perjúrio...

— Perjúrio!...

A moça sorriu-se com desdém. Depois continuou:

— Perjúrio é isto que faz. Perjúrio é trazer enganada a mais casta e a mais digna das mulheres, a mais digna, ouve? Mais digna do que eu, que ainda o ouço e lhe respondo.

E dizendo isto Cristiana tentou fugir.

— Onde vai? perguntou Meneses. Não vê que está agitada? Poderia fazer nascer suspeitas. Demais, pouco tenho a dizer-lhe. É uma despedida. Nada mais, em nenhuma ocasião, ouvirá de minha boca. Supunha que através dos tempos e das adversidades tivesse conservado pura e inteira a lembrança de um passado que nos fez felizes. Vejo que me enganei. Nenhum dos caracteres superiores que eu enxergava em seu coração tinha existência real. Eram simples criações do meu espírito demasiado crédulo. Hoje que se desfaz o encanto, e que eu posso ver toda a enormidade da fraqueza humana, deixe-me dizer-lhe, perdeu um coração e uma existência que não merecia. Saio-me com honra de um combate em que não havia igualdade de forças. Saio puro. E se no meio do desgosto em que me fica a alma, é-me lícito trazê-la à lembrança, será como um sonho esvaecido, sem objeto real na terra.

Estas palavras foram ditas em um tom sentimental e como que estudado para a ocasião.

Cristiana estava aturdida. Lembrava-se que em vida de seu pai, tinha ela quinze anos, houvera entre ela e José de Meneses um desses namoros de criança, sem conseqüência, em que o coração empenha-se menos que a fantasia.

Com que direito vinha hoje Meneses reivindicar um passado cuja lembrança, se alguma havia, era indiferente e sem alcance?

Estas reflexões pesaram no espírito de Cristiana. A moça expô-las em algumas palavras cortadas pela agitação em que se achava, e pelas interrupções dramáticas de Meneses.

Depois, como aparecesse Eulália à porta da casa, a conversa foi interrompida.

A presença de Eulália foi um alívio para o espírito de Cristiana. Mal a viu, correu para ela, e convidou-a a passear pelo jardim, antes que anoitecesse.

Se Eulália pudesse nunca suspeitar da fidelidade de seu marido, veria na agitação de Cristiana um motivo para indagações e atribulações. Mas a alma da moça era límpida e confiante, dessa confiança e limpidez que só dá o verdadeiro amor.

Deram as duas o braço, e dirigiram-se para uma alameda de casuarinas, situada na parte oposta àquela em que ficara passeando José de Meneses.

Este, perfeitamente senhor de si, continuou a passear como que entregue a suas reflexões. Seus passos, em aparência vagos e distraídos, procuravam a direção da alameda em que andavam as duas.

Depois de poucos minutos encontraram-se como que por acaso. Meneses, que ia de cabeça baixa, simulou um ligeiro espanto e parou.

As duas pararam igualmente.

Cristiana tinha a cara voltada para o lado. Eulália, com um divino sorriso, perguntou:

— Em que pensas, meu amor?

— Em nada.

— Não é possível, retorquiu Eulália.

— Penso em tudo.

— O que é tudo?

— Tudo? É o teu amor.

— Deveras?

E voltando-se para Cristiana, Eulália acrescentou:

— Olha, Cristiana, já viste um marido assim? É o rei dos maridos. Traz sempre na boca uma palavra amável para sua mulher. É assim que deve ser. Não esqueça nunca estes bons costumes, ouviu?

Estas palavras alegres e descuidosas foram ouvidas distraidamente por Cristiana. Meneses tinha os olhos travados na pobre moça.

— Eulália, disse ele, parece que D. Cristiana está triste.

Cristiana estremeceu.

Eulália voltou-se para a amiga e disse:

— Triste! Já assim me pareceu. É verdade, Cristiana? Estarás triste?

— Que idéia! Triste por quê?

— Ora, pela conversa que há pouco tivemos, respondeu Meneses. Cristiana fitou os olhos em Meneses. Não podia compreendê-lo e não adivinhava onde queria ir o marido de Eulália.

Meneses, com o maior sangue frio, acudiu à interrogação muda que as duas pareciam fazer.

— Eu contei a D. Cristiana o assunto da única novela que li em minha vida. Era um livro interessantíssimo. O assunto é simples, mas comovente. É uma série de torturas morais por que passa uma moça a quem esqueceu juramentos feitos na mocidade. Na vida real este fato é uma cousa mais que comum; mas tratado pelo romancista toma um tal caráter que chega a assustar o espírito mais refratário às impressões. A análise das atribulações da ingrata é feita por mão de mestre. O fim do romance é mais fraco. Há uma situação forçada... uma carta que aparece... Umas cousas... enfim, o melhor é o estudo profundo e demorado da alma da formosa perjura. D. Cristiana é muito impressível...

— Oh! meu Deus! exclamou Eulália. Só por isto?

Cristiana estava ofegante. Eulália, assustada por vê-la em tal estado, convidou-a a recolher-se. Meneses apressou-se a dar-lhe o braço e dirigiram-se os três para casa. Eulália entrou antes dos dous. Antes de pôr pé no primeiro degrau da escada de pedra que dava acesso à casa, Cristiana disse a Meneses, em voz baixa e concentrada:

— É um bárbaro!

Entraram todos. Era já noite. Cristiana reparou que a situação era falsa e tratou de desfazer os cuidados, ou porventura as más impressões que tivessem ficado a Eulália depois do desconchavo de Meneses. Foi a ela, com o sorriso nos lábios:

— Pois, deveras, disse ela, acreditaste que eu ficasse magoada com a história? Foi uma impressão que passou.

Eulália não respondeu.

Este silêncio não agradou nem a Cristiana, nem a Meneses. Meneses contava com a boa fé de Eulália, única explicação de ter adiantado aquela história tão fora de propósito. Mas o silêncio de Eulália teria a significação que lhe deram os dous? Parecia ter, mas não tinha. Eulália achou estranha a história e a comoção de Cristiana; mas, entre todas as explicações que lhe ocorressem, a infidelidade de Meneses seria a última, e ela nem passou da primeira. *Sancta simplicitas!*

A conversa continuou fria e indiferente até a chegada de Nogueira. Seriam então nove horas. Serviu-se o chá, depois do que, todos se recolheram. Na manhã seguinte, como disse acima, deviam partir Nogueira e Cristiana.

A despedida foi como é sempre a despedida de pessoas que se estimam. Cristiana fez os esforços maiores para que no espírito de Eulália não surgisse o menor desgosto; e Eulália, que *não usava mal, mal não cuidou* na história da noite anterior. Despediram-se todos com promessa jurada de se visitarem a miúdo.

CAPÍTULO III

Passaram-se quinze dias depois das cenas que narrei acima. Durante esse tempo nenhum dos personagens que nos ocupam tiveram ocasião de se falarem. Não obstante pensavam muito uns nos outros, por saudade sincera, por temor do futuro e por frio cálculo de egoísmo, cada qual pensando segundo os seus sentimentos.

Cristiana refletia profundamente sobre a sua situação. A cena do jardim era para ela um prenúncio de infelicidade, cujo alcance não podia avaliar, mas que lhe pareciam inevitáveis. Entretanto, que tinha ela no passado? Um simples amor de criança, desses amores passageiros e sem conseqüências. Nada dava direito a Meneses para reivindicar juramentos firmados por corações extremamente juvenis, sem consciência da gravidade das cousas. E demais, o casamento de ambos não invalidara esse passado invocado agora?

Refletindo deste modo, Cristiana era levada às últimas conseqüências. Ela estabelecia em seu espírito o seguinte dilema: ou a reivindicação do passado feita por Meneses era sincera ou não. No primeiro caso era a paixão concentrada que fazia irrupção no fim de tanto tempo, e Deus sabe onde poderiam ir os seus efeitos. No segundo caso, era simples cálculo de abjeta lascívia; mas então, se mudara a natureza dos sentimentos do marido de Eulália, não mudava a situação nem desapareciam as apreensões do futuro. Era preciso ter a alma profundamente mirrada para iludir daquele modo uma mulher virtuosa tentando contra a virtude de outra mulher.

Em honra de Cristiana devo acrescentar que os seus temores eram menos por ela que por Eulália. Estando segura de si, o que ela temia era que a felicidade de Eulália se anuviasse, e a pobre moça viesse a perder aquela paz do coração que a fazia invejada de todos.

Apreciando estes fatos à luz da razão prática, se julgarmos legítimos os temores de Cristiana, julgaremos exagerada as proporções que ela dava ao ato de Meneses. O ato de Meneses reduz-se, afinal de contas, a um ato comum, praticado todos os dias, no meio da tolerância geral e até do aplauso de muitos. Certamente que isso não lhe dá virtude, mas tira-lhe o mérito da originalidade.

No meio das preocupações de Cristiana tomara lugar a carta a que Meneses aludira. Que carta seria essa? Alguma dessas confidências que o coração da adolescência facilmente traduz no papel. Mas os termos dela? Em qualquer dos casos do dilema apresentado acima Meneses podia usar da carta, a que talvez faltasse a data e sobrassem expressões ambíguas para supô-la de feitura recente.

Nada disto escapava a Cristiana. E com tudo isto entristecia. Nogueira reparou na mudança que apresentava sua mulher e interrogou a carinhosamente. Cristiana nada lhe quis confiar, porque uma leve esperança lhe fazia crer às vezes que a consciência de sua honra teria por prêmio a tranqüilidade e a felicidade. Mas o marido, não alcançando nada e vendo-a continuar na mesma tristeza, entristecia-se também e desesperava. Que podia desejar Cristiana? pensava ele. Na incerteza e na angústia da situação lembrou-se de ter com Eulália para que esta ou o informasse, ou, como mulher, alcançasse de Cristiana o segredo das suas concentradas mágoas. Eulália marcou o dia em que iria à casa de Nogueira, e este saiu da chácara da Tijuca animado por algumas esperanças.

Ora, nesse dia apresentou-se pela primeira vez em casa de Cristiana o exemplar José de Meneses. Apareceu como a estátua do comendador. A pobre moça, ao vê-lo, ficou aterrada. Estava só. Não sabia que dizer quando à porta da sala assomou a figura mansa e pacífica de Meneses. Nem se levantou. Olhou-o fixamente e esperou.

Meneses parou à porta e disse com um sorriso nos lábios:

— Dá licença?

Depois, sem esperar resposta, dirigiu-se para Cristiana; estendeu-lhe a mão e recebeu a dela fria e trêmula. Puxou cadeira e sentou-se ao pé dela familiarmente.

— Nogueira saiu? perguntou depois de alguns instantes, descalçando as luvas.

— Saiu, murmurou a moça.

— Tanto melhor. Tenho então tempo para dizer-lhe duas palavras. A moça fez um esforço e disse:

— Também eu tenho para dizer-lhe duas palavras.

— Ah! sim. Ora bem, cabe às damas a precedência. Sou todo ouvidos.

— Possui alguma carta minha?

— Possuo uma.

— É um triste documento, porque, respondendo a sentimentos de outro tempo, se eram sentimentos dignos deste nome, de nada pode valer hoje. Todavia, desejo possuir esse escrito.

— Vejo que não tem hábito de argumentar. Se a carta em questão não vale nada, por que deseja possuí-la?

— É um capricho.

— Capricho, se existe algum é o de tratar por cima do ombro um amor sincero e ardente.

— Falemos de outra cousa.

— Não; falemos disto, que é essencial.

Cristiana levantou-se.

— Não posso ouvi-lo, disse ela.

Meneses segurou-lhe em uma das mãos e procurou retê-la. Houve uma pequena luta. Cristiana ia tocar a campainha que se achava sobre uma mesa, quando Meneses deixou-lhe a mão e levantou-se.

— Basta, disse ele; escusa de chamar seus fâmulos. Talvez que ache grande prazer em pô-los na confidência de um amor que não merece. Mas eu é que me não exponho ao ridículo depois de me expor à baixeza. É baixeza, sim; não devia mendigar para o coração o amor de quem não sabe compreender os grandes sentimentos. Paciência; fique com a sua traição; eu ficarei com o meu amor; mas procurarei esquecer o objeto dele para lembrar-me da minha dignidade.

Depois desta tirada dita em tom sentimental e lacrimoso, Meneses encostou-se a uma cadeira como para não cair. Houve um silêncio entre os dous. Cristiana falou em primeiro lugar.

— Não tenho direito, nem dever, nem vontade de averiguar a extensão e a sinceridade desse amor; mas deixe que eu lhe observe; o seu casamento e a felicidade que parece gozar nele protestam contra as alegações de hoje.

Meneses levantou a cabeça, e disse:

— Oh! não me exprobre o meu casamento! Que queria que eu fizesse quando uma pobre moça me caiu nos braços declarando amar-me com delírio? Apoderou-se de mim um sentimento de compaixão; foi todo o meu crime. Mas neste casamento não empenhei tudo; dei a Eulália o meu nome e minha proteção; não lhe dei nem o meu coração nem o meu amor.

— Mas essa carta?

— A carta será para mim uma lembrança, nada mais; uma espécie de espectro do amor que existiu, e que me consolará no meio das minhas angústias.

— Preciso da carta!

— Não!

Neste momento entrou precipitadamente na sala a mulher de Meneses. Vinha pálida e trêmula. Ao entrar trazia na mão duas cartas abertas. Não pôde deixar de dar um grito ao ver a atitude meio suplicante de Cristiana e o olhar terno de Meneses. Deu um grito e caiu sobre o sofá. Cristiana correu para ela.

Meneses, lívido como a morte, mas cheio de uma tranqüilidade aparente, deu dous passos e apanhou as cartas que caíram da mão de Eulália. Leu-as rapidamente. Descompuseram-se-lhe as feições. Deixou Cristiana prestar os seus cuidados de mulher a Eulália e foi para a janela. Aí fez em tiras miúdas as duas cartas, e esperou, encostado à grade, que passasse a crise de sua mulher.

Eis aqui o que se passara.

Os leitores sabem que era aquele dia destinado à visita de Eulália a Cristiana, visita de que só Nogueira tinha conhecimento.

Eulália deixou que Meneses viesse para a cidade e mandou aprontar um carro para ir à casa de Cristiana. Entretanto, assaltou-lhe uma idéia. Se seu marido voltasse para casa antes dela? Não queria causar-lhe impaciências ou cuidados, e arrependia-se de nada lhe ter dito com antecipação. Mas era forçoso partir. Enquanto se vestia ocorreu-lhe um meio. Deixar escritas duas linhas a Meneses dando-lhe parte de que saíra, e dizendo-lhe para que fim. Redigiu a cartinha mentalmente e dirigiu-se para o gabinete de Meneses.

Sobre a mesa em que Meneses costumava trabalhar não havia papel. Devia haver na gaveta, mas a chave estava seguramente com ele. Ia saindo para ir ver papel a outra parte, quando viu junto da porta uma chave; era a da gaveta. Sem escrúpulo algum, travou da chave, abriu a gaveta e tirou um caderno de papel. Escreveu algumas linhas em uma folha, e deixou a folha sobre a mesa debaixo de um pequeno globo de bronze. Guardou o resto do papel, e ia fechar a gaveta, quando reparou em duas cartinhas que, entre outras muitas, se distinguiam por um sobrescrito de letra trêmula e irregular, de caráter puramente feminino.

Olhou para a porta a ver se alguém espreitava a sua curiosidade e abriu as cartinhas, que, aliás, já se achavam descoladas. A primeira carta dizia assim:

Meu caro Meneses. Está tudo acabado. Lúcia contou-me tudo. Adeus; esquece-te de mim. — MARGARIDA.

A segunda carta era concebida nestes termos:

Meu caro Meneses. Está tudo acabado. Margarida contou-me tudo. Adeus; esquece-te de mim. — Lúcia.

Como o leitor adivinha, estas cartas eram as duas que Meneses recebera na tarde em que andou passeando com Cristiana no jardim.

Eulália, lendo estas duas cartas, quase teve uma síncope. Pôde conter-se, e, aproveitando o carro que a esperava, foi buscar a Cristiana as consolações da amizade e os conselhos da prudência.

Entrando em casa de Cristiana pôde ouvir as últimas palavras do diálogo entre esta e Meneses. Esta nova traição de seu marido quebrara-lhe a alma.

O resto desta simples história conta-se em duas palavras.

Cristiana conseguira acalmar o espírito de Eulália e inspirar-lhe sentimentos de perdão. Entretanto, contou-lhe tudo o que ocorrera entre ela e Meneses, no presente e no passado.

Eulália mostrou ao princípio grandes desejos de separar-se de seu marido e ir viver com Cristiana; mas os conselhos desta, que, entre as razões de decoro que apresentou para que Eulália não tornasse pública a história das suas desgraças domésticas, alegou a existência de uma filha do casal, que cumpria educar e proteger, esses conselhos desviaram o espírito de Eulália dos seus primeiros projetos e fizeram-na resignada ao suplício.

Nogueira quase nada soube das ocorrências que acabo de narrar; mas soube quanto era suficiente para esfriar a amizade que sentia por Meneses.

Quanto a este, enfiado ao princípio com o desenlace das cousas, tomou de novo o ar descuidoso e aparentemente singelo com que tratava tudo. Depois de uma mal alinhavada explicação dada à mulher a respeito dos fatos que tão evidentemente o acusavam, começou de novo a tratá-la com as mesmas carícias e cuidados do tempo em que merecia a confiança de Eulália.

Nunca mais voltou ao casal Meneses a alegria franca e a plena satisfação dos primeiros dias. Os afagos de Meneses encontravam sua mulher fria e indiferente, e se alguma cousa mudava era o desprezo íntimo e crescente que Eulália votava a seu marido.

A pobre mãe, viúva da pior viuvez desta vida, que é aquela que anula o casamento conservando o cônjuge, só vivia para sua filha.

Dizer como acabaram ou como vão acabando as cousas não entra no plano deste escrito: o desenlace ainda é mais vulgar que o corpo da ação.

Quanto ao que há de vulgar em tudo o que acabo de contar, sou eu o primeiro a reconhecê-lo. Mas que querem? Eu não pretendo senão esboçar quadros ou caracteres, conforme me ocorrem ou vou encontrando. É isto e nada mais.

UMA EXCURSÃO MILAGROSA

[JF. abr. mai. 1866.]

Tenho uma viagem milagrosa para contar aos leitores, ou antes uma narração para transmitir, porque o próprio viajante é quem narra as suas aventuras e as suas impressões.

Se a chamo milagrosa é porque as circunstâncias em que foi feita são tão singulares, que a todos há de parecer que não podia ser senão um milagre. Todavia, apesar das estradas que o nosso viajante percorreu, dos condutores que teve e do espetáculo que viu, não se pode deixar de reconhecer que o fundo é o mais natural e possível deste mundo.

Suponho que os leitores terão lido todas as memórias de viagem, desde as viagens do Capitão Cook às regiões polares até as viagens de Gulliver, e todas as histórias extraordinárias desde as narrativas de Edgar Poe até os contos de *Mil e Uma Noites*. Pois tudo isso é nada à vista das excursões singulares do nosso herói, a quem só falta o estilo de Swift para ser levado à mais remota posteridade.

As histórias de viagem são as de minha predileção. *Julgue-o quem não pode experimentá-lo,* disse o épico português. Quem não há de ir ver as cousas com os próprios olhos da cara, diverte-se ao menos em vê-las com os da imaginação, muito mais vivos e penetrantes.

Viajar é multiplicar-se.

Mas, devo dizê-lo com toda a franqueza, quando ouço dizer a alguém que já atravessou por gosto doze, quinze vezes o Oceano, não sei que sinto em mim que me leva a adorar o referido alguém. Ver doze vezes o Oceano, roçar-lhes doze vezes a cerviz, doze vezes admirar as suas cóleras, doze vezes admirar os seus espetáculos, não é isto gozar na verdadeira extensão da palavra?

Se em vez do Oceano me falam nas florestas e contam-me mil episódios de uma viagem através do templo dos cedros e dos jequitibás, ouvindo o silêncio e a sombra, respirando os faustos daqueles palácios da natureza, gozando, vivendo, apesar dos tigres, das serpes, então o gozo pode mudar de aspecto, mas é o mesmo gozo elevado, puro, grandioso.

O mesmo se dá se a viagem for através dos cadáveres das cidades antigas, dos desertos da Arábia, dos gelos do Norte. Tudo chama o espírito, e o educa, e o eleva, e o transforma.

Das viagens *sedentárias* só conheço duas capazes de recrear. A *Viagem à Roda do Meu Quarto,* e a *Viagem à Roda do Meu Jardim,* de Maistre e Alphonse Karr.

Ora, com todo este gosto pelas viagens, ainda assim eu não desejaria fazer a viagem do herói desta narrativa. Viu muita cousa, é certo; e voltou de lá com a bagagem cheia dos meios de apreciar os fracos da humanidade. Mas por tantas cousas quantos trabalhos!

* * *

Arrependera-se Catão de haver ido algumas vezes por mar quando podia ir por terra. O virtuoso romano tinha razão. Os carinhos de Anfitrite são um tanto raivosos, e muitas vezes funestos. Os feitos marítimos dobram de valia por esta circunstância, que se esquivam de navegar as almas pacatas, ou para falar mais decentemente, os espíritos prudentes e seguros.

Mas para justificar o provérbio que diz: — debaixo dos pés se levantam os trabalhos — a via terrestre não é absolutamente mais segura que a via marítima, e a história dos caminhos de ferro, pequena embora, conta já não poucos e tristes episódios.

Absorto nestas e noutras reflexões estava o meu amigo Tito, poeta aos vinte anos, sem dinheiro e sem bigode, sentado à mesa carunchosa do trabalho, onde ardia silenciosamente uma vela.

Devo proceder ao retrato físico e moral do meu amigo Tito.

Tito não é nem alto, nem baixo, o que equivale a dizer que é de estatura mediana, a qual estatura é aquela que se pode chamar francamente elegante, na minha opinião. Possuindo um semblante angélico, uns olhos meigos e profundos, o nariz descendente legítimo e direto do de Alcibíades, a boca graciosa, a fronte larga como o verdadeiro trono do pensamento, Tito pode servir de modelo à pintura e de objeto amado aos corações de quinze e mesmo de vinte anos.

Como as medalhas, e como todas as cousas deste mundo de compensações, Tito tem um reverso. Oh! triste cousa que é o reverso da cara e da cabeça. Parece que a natureza se dividira para dar a Tito o que tinha de melhor e o que tinha de pior, e pô-lo na miserável e desconsoladora condição do pavão que se enfeita e contempla radioso, mas cujo orgulho se abate e desfalece quando olha para as pernas e para os pés. Miseravelmente tortos, pernas zãimbras, tais são os contras que a pessoa do meu amigo oferece a quem se extasia diante dos magníficos prós da cara e da cabeça.

No moral Tito apresenta o mesmo aspecto duplo do físico. Não tem vícios, mas tem fraquezas de caráter que quebram, um tanto ou quanto, as virtudes que o enobrecem. É bom e tem a virtude evangélica da caridade; sabe, como o divino Mestre, partir o pão da subsistência e dar de comer ao faminto com verdadeiro júbilo de consciência e de coração. Não consta, além disso, que jamais fizesse mal ao mais impertinente bicho, ou ao mais insolente homem, duas cousas idênticas, nos curtos dias da sua vida. Pelo contrário, conta-se que a sua piedade e bons instintos o levaram uma vez a ficar quase esmagado, procurando salvar da morte uma galga que dormia na rua e sobre a qual ia quase passando um carro. A galga salva por Tito afeiçoou-se-lhe tanto que nunca mais o deixou; à hora em que o vemos absorto em pensamentos vagos está ela estendida sobre a mesa a contemplá-lo grave e sisuda.

Só há que censurar em Tito as fraquezas de caráter, e deve-se crer que elas são filhas mesmo das suas virtudes. Tito vendia outrora as produções da sua musa, não por meio de uma permuta legítima de livro e moeda, mas por um meio desonroso e nada digno de um filho de Apolo. As vendas que fazia eram absolutas, isto é, trocando por dinheiro os seus versos, o poeta perdia o direito de paternidade sobre essas produções. Só tinha um freguês, era um sujeito rico, maníaco pela fama de poeta, e que sabendo da facilidade com que Tito rimava apresentou-se um dia no modesto albergue do poeta e entabulou a negociação por estes termos:

— Meu caro, venho propor-lhe um negócio da China...

— Pode falar, respondeu Tito.

— Ouvi dizer que você fazia versos... É verdade?

Tito conteve-se a custo diante da familiaridade do tratamento, e respondeu:

— É verdade.

— Muito bem. Proponho-lhe o seguinte. Compro-lhe por bom preço todos os seus versos, não os feitos, mas os que fizer de hoje em diante, com a condição de que os hei de dar à estampa como obra da minha lavra. Não ponho outras condições ao negócio: advirto-lhe, porém, que prefiro as odes e as poesias de sentimento. Quer?

Quando o sujeito acabou de falar, Tito levantou-se, e com um gesto mandou-o sair. O sujeito pressentiu que, se não saísse logo, as cousas poderiam acabar mal. Preferiu tomar o caminho da porta, dizendo entre dentes: "Hás de procurar-me, deixa estar".

O meu poeta esqueceu no dia seguinte a aventura da véspera, mas os dias passaram-se e as necessidades urgentes apresentaram-se à porta com olhar suplicante e as mãos ameaçadoras. Ele não tinha recursos; depois de uma noite atribulada lembrou-se do sujeito, e tratou de procurá-lo; disse-lhe quem era, e que estava disposto a aceitar o negócio; o sujeito, rindo-se com um riso diabólico, fez o primeiro adiantamento, sob a condição de que o poeta lhe levaria no dia seguinte uma ode aos polacos.

Tito passou a noite a arregimentar palavras sem idéias, tal era o seu estado, e no dia seguinte levou a obra ao freguês, que a achou boa e dignou-se apertar-lhe a mão.

Tal é a face moral de Tito. A virtude de ser: *pagador em dia* levava-o a mercar com os dons de Deus; e ainda assim vemos nós que ele resistiu, e só foi vencido quando se achou com a corda ao pescoço.

A mesa à qual Tito estava encostado era um traste velho e de lavor antigo, herdara-o de uma tia que lhe havia morrido faziam dez anos. Um tinteiro de osso, uma pena de ave, algum papel, eis os instrumentos de trabalho de Tito. Duas cadeiras e uma cama completavam a sua mobília. Já falei na vela e na galga. À hora em que Tito se engolfava em reflexões e fantasias era noite alta. A chuva caía com violência e os relâmpagos que de instante a instante rompiam o céu deixavam ver o horizonte pejado de nuvens negras e túmidas. Tito nada via, porque estava com a cabeça encostada nos braços, e estes sobre a mesa; e é provável que nada ouvisse, porque se entretinha em refletir nos perigos que oferecem os diferentes modos de viajar.

Mas qual o motivo destes pensamentos em que se engolfava o poeta? É isso que eu vou explicar à legítima curiosidade dos leitores. Tito, como todos os homens,de vinte anos, poetas e não poetas, sentia-se afetado da doença do amor. Uns olhos pretos, um porte senhoril, uma visão, uma criatura celestial, qualquer cousa por este teor, havia influído por tal modo no coração de Tito, que o pusera, pode-se dizer, à beira da sepultura. O amor em Tito começou por uma febre; esteve três dias de cama e foi curado (da febre e não do amor) por uma velha da vizinhança, que conhecia o segredo das plantas virtuosas, e que pôs o meu poeta de pé, com o que adquiriu mais um título à reputação de feiticeira que os seus milagrosos curativos lhe haviam granjeado.

Passado o período agudo da doença, ficou-lhe esse resto de amor, que, apesar da calma e da placidez, nada perde da sua intensidade. Tito estava ardentemente apaixonado, e desde então começou a defraudar o freguês das odes, subtraindo-lhe algumas estrofes inflamadas, que dedicava ao objeto dos seus íntimos pensamentos, tal qual como aquele Sr. d'Ofayel, dos *amores leais e pudicos,* com quem se pareceu, não na sensaboria dos versos, mas no infortúnio amoroso.

O amor contrariado, quando não leva a um desdém sublime da parte do coração, leva à tragédia ou à asneira. Era nesta alternativa que se debatia o espírito do meu poeta. Depois de haver gasto em vão o latim das musas, aventurou uma declaração oral à dama dos seus pensamentos. Esta ouviu-o com dureza d'alma, e quando ele acabou de falar disse-lhe que era melhor voltar à vida real e deixar musas e amores, para cuidar do alinho da própria pessoa. Não presuma o leitor que a dama de quem lhe falo tinha a vida tão desenvolta como a língua. Era, pelo contrário, um modelo da mais seráfica pureza e do mais perfeito recato de costumes: recebera a educação austera de seu pai, antigo capitão de milícias, homem de incrível boa-fé, que neste século desabusado, ainda acreditava em duas cousas: nos programas políticos e nas cebolas do Egito. Desenganado de uma vez nas suas pretensões, Tito não teve força de ânimo para varrer da memória a filha do militar; e a resposta crua e desapiedada da moça estava-lhe no coração como um punhal frio e penetrante. Tentou arrancá-lo, mas a lembrança, viva sempre, como ara de Vesta, trazia-lhe as fatais palavras ao meio das horas mais alegres ou menos tristes da sua vida, como aviso de que a sua satisfação não podia durar e que a tristeza era o fundo real dos seus dias. Era assim que os egípcios mandavam pôr um sarcófago no meio de um festim, como lembrança de que a vida é transitória, e que só na sepultura existe a grande e eterna verdade.

Quando, depois de voltar a si, Tito conseguiu encadear duas idéias e tirar delas uma conseqüência, dous projetos se lhe apresentaram, qual mais próprio a granjear-lhe a vilta de pusilânime; um concluía pela tragédia, outro pela asneira; triste alternativa dos corações não compreendidos! O primeiro desses projetos era simplesmente deixar este mundo; o outro limitava-se a uma viagem, que o poeta faria por mar ou por terra, a fim de deixar por algum tempo a capital. Já o poeta abandonava o primeiro por achá-lo sanguinolento e definitivo; o segundo parecia-lhe melhor, mais consentâneo com a sua dignidade e sobretudo com os seus instintos de conservação. Mas qual o meio de mudar de sítio? Tomaria por terra? tomaria por mar? Qualquer destes dous meios tinham seus inconvenientes. Estava o poeta nestas averiguações, quando ouviu que batiam à porta três pancadinhas. Quem seria? Quem poderia ir procurar o poeta àquela hora? Lembrou-se que tinha umas encomendas do homem das odes e foi abrir a porta disposto a ouvir resignado a muito plausível sarabanda que ele lhe vinha naturalmente pregar.

Aqui deixa de falar o autor para falar o protagonista. Não quero tirar o encanto natural que há de ter a narrativa do poeta reproduzindo as suas próprias impressões.

O poeta foi, como disse, abrir a porta.

Diz ele:

* * *

"... Mas, oh! pasmo! eis que uma sílfide, uma criatura celestial, vaporosa, fantástica, trajando vestes alvas, nem bem de pano, nem bem névoas, uma cousa entre as duas espécies, pés alígeros, rosto sereno e insinuante, olhos negros e cintilantes, cachos louros do mais leve e delicado cabelo, a caírem-lhe graciosos pelas espáduas nuas, divinas, como as tuas, ó Afrodita; eis que uma criatura assim invade o meu aposento, e estendendo a mão ordena-me que feche a porta e tome assento à mesa.

Eu estava assombrado. Maquinalmente voltei ao meu lugar sem tirar os olhos da visão. Esta sentou-se defronte de mim e começou a brincar com a galga, que dava mostras de não usado contentamento. Passaram-se nisto dez minutos; depois do que a singular criatura, cravando os seus olhos nos meus, perguntou-me com uma doçura de voz nunca ouvida:

— Em que pensas, poeta? Pranteias algum amor mal parado? Sofres com a injustiça dos homens? Dói-te a desgraça alheia ou é a própria que te sombreia a fronte?

Esta indagação era feita de um modo tão insinuante que eu, sem inquirir o motivo da curiosidade, respondi imediatamente:

— Penso na injustiça de Deus.

— É contraditória a expressão: Deus é a justiça.

— Não é. Se fosse teria repartido irmãmente a ternura pelos corações e não consentiria que um ardesse inutilmente pelo outro. O fenômeno da simpatia devia ser sempre recíproco, de maneira que a mulher não pudesse olhar com frieza para o homem quando o homem levantasse os olhos de amor para ela.

— Não és tu quem fala, poeta. É o teu amor-próprio ferido pela má paga do teu afeto. Mas de que te servem as musas? Ainda não vieram a ti, como eternas consoladoras que são? Entra no santuário da poesia, engolfa-te no seio da inspiração, esquecerás aí a dor da chaga que o mundo te abriu.

— Coitado de mim, que tenho a poesia fria, e apagada a inspiração.

— De que precisas tu para dar vida à poesia e à inspiração?

— Preciso do que me falta... e falta-me tudo.

— Tudo? É exagerado. Tens o selo com que Deus te distinguiu dos outros homens, e isso te basta. Cismavas em deixar esta terra?

— É verdade.

— Bem; venho a propósito. Queres ir comigo?

— Para onde?

— Que importa? Queres vir?

— Quero. Assim me distrairei. Partiremos amanhã. É por mar, ou por terra?

Nem amanhã, nem por mar, nem por terra; mas hoje e pelo ar.

Levantei-me e recuei. A visão levantou-se também.

— Tens medo? perguntou ela.

— Medo, não, mas...

— Vamos. Faremos uma deliciosa viagem.

Era de esperar um balão para a viagem aérea a que me convidava a inesperada visita; mas os meus olhos se arregalaram prodigiosamente quando viram abrirem-se das espáduas da visão duas longas e brancas asas que ela começou a agitar e das quais caía uma poeira de ouro.

— Vamos, disse a visão. E eu maquinalmente repeti: — Vamos!

E ela tomou-me nos braços, subimos até o tecto que se rasgou, e passamos ambos, visão e poeta. A tempestade tinha, como por encanto, cessado, estava o céu limpo, transparente, luminoso, verdadeiramente celestial, enfim. As estrelas fulgiam com a sua melhor luz, e um luar branco e poético caía sobre os telhados das casas e sobre as flores e a relva dos campos.

Subimos.

Durou a ascensão algum tempo. Eu não podia pensar; ia atordoado e subia sem saber para onde, nem a razão por quê. Sentia que vento agitava os cabelos louros da visão, e que eles lhe batiam docemente na face, do que resultava uma exalação celeste que embriagava e adormecia. O ar estava puro e fresco. Eu, que me havia distraído algum tempo da ocupação das musas no estudo das leis físicas, contava que naquele subir contínuo breve chegaríamos a sentir os efeitos da rarefação da atmosfera. Engano meu! Subíamos sempre e muito, mas a atmosfera conservava-se sempre a mesma, e quanto mais subíamos, melhor respirávamos.

Isto passou rápido pela minha mente. Como disse, eu não pensava: ia subindo sem olhar para a terra. E para que olharia para a terra? A visão não podia conduzir-me senão ao céu.

Em breve comecei a ver os planetas fronte por fronte. Era já sobre a madrugada. Vênus, mais pálida e loura que de costume, ofuscava as estrelas com o seu clarão e com a sua beleza. Lancei um olhar de admiração para a deusa da manhã. Mas subia, subíamos sempre. Os planetas passavam à minha ilharga como se foram corcéis desenfreados. Afinal penetramos em uma região inteiramente diversa das que havíamos atravessado naquela assombrosa viagem. Eu senti expandir-se-me a alma na nova atmosfera. Seria aquilo o céu? Não ousava perguntar, e mudo esperava o termo da viagem. À proporção que penetrávamos nessa região ia-se a minha alma rompendo em júbilo; daí a algum tempo entrávamos em um planeta; começamos a fazer o trajeto a pé.

Caminhando, os objetos, até então vistos através de um nevoeiro, tomavam aspecto de cousas reais. Pude ver então que me achava em uma nova terra, a todos os respeitos estranha; o primeiro aspecto vencia ao que oferece a poética Stambul ou a poética Nápoles. Mais entrávamos, mais os objetos tomavam o aspecto da realidade. Assim chegamos à grande praça onde estavam construídos os reais paços. A habitação régia era, por assim dizer, uma reunião de todas as ordens arquitetônicas, sem excluir a chinesa, sendo de notar que esta última fazia não mediana despesa na estrutura do palácio.

Eu quis sair da ânsia em que estava por saber em que país acabava de entrar, e aventurei uma pergunta à minha companheira.

— Estamos no país das Quimeras, respondeu ela.

— No país das Quimeras!

— Das Quimeras. País para onde viaja três quartas partes do gênero humano, mas que não se acha consignado nas tábuas da ciência.

Contentei-me com a explicação. Mas refleti sobre o caso. Por que motivo iria parar ali? A que era levado? Estava nisto, quando a fada me advertiu de que éramos chegados à porta do palácio. No vestíbulo haviam uns vinte ou trinta soldados que fumavam em grossos cachimbos de escumas do mar, e que se embriagavam, como outros tantos padixás, na contemplação dos novelos de fumo azul e branco que lhes saíam da boca. A nossa entrada houve continência militar. Subimos pela grande escadaria, e fomos ter aos andares superiores.

— Vamos falar aos soberanos, disse a minha companheira.

Atravessamos muitas salas e galerias. Todas as paredes, como no poema de Dinis, eram forradas *de papel prateado e lantejoulas.*

Afinal penetramos na grande sala. O *Gênio das bagatelas,* de que fala Elpino, estava sentado em um trono de casquinha, tendo de ornamento dous pavões, um de cada lado. O próprio soberano tinha por coifa um pavão vivo, atado pelos pés, a uma espécie de solidéu, maior que o dos nossos padres, o qual por sua vez ficava firme na cabeça por meio de duas largas fitas amarelas, que vinham atar-se debaixo dos reais queixos. Coifa idêntica adornava a cabeça dos gênios da corte, que correspondem aos viscondes deste mundo, e que cercavam o trono do brilhante rei. Todos aqueles pavões, de minuto a minuto armavam-se, *apavoneavam-se,* e davam os guinchos do costume.

Quando entrei na grande sala pela mão da visão, houve um murmúrio entre os fidalgos quiméricos. A visão declarou que ia apresentar um filho da terra. Seguiu-se a cerimônia da apresentação, que era uma enfiada de cortesias, passagens e outras cousas quiméricas, sem excluir a formalidade do beija-mão. Não se pense que fui eu o único a beijar a mão ao gênio soberano; todos os gênios presentes fizeram o mesmo, porque segundo ouvi depois, não se dá naquele país o ato mais insignificante sem que esta formalidade seja preenchida. Depois da cerimônia da apresentação perguntou-me o soberano que tratamento tinha eu na terra para dar-me um cicerone correspondente.

— Eu tenho, se tanto, uma triste Mercê.

— Só isso? Pois há de ter o desprazer de ser acompanhado pelo cicerone comum. Nós temos cá a Senhoria, a Excelência, a Grandeza, e outras mais; mas quanto à Mercê, essa tendo habitado algum tempo este país, tornou-se tão pouco útil que julguei melhor despedi-la.

A este termo a Senhoria e a Excelência, duas criaturas empertigadas, que se haviam aproximado de mim, voltaram-me as costas, encolhendo os ombros e deitando-me um olhar de través com a maior expressão de desdém e pouco caso. Eu quis perguntar à minha companheira o motivo deste ato daquelas duas quiméricas pessoas; mas a visão puxou-me pelo braço, e fez-me ver com um gesto que estava desatendendo ao *Gênio das bagatelas,* cujos sobrolhos se contraíram, como dizem os poetas antigos que se contraíam os de Júpiter Tonante. Neste momento entrou um bando de moçoilas frescas, lépidas, bonitas e louras... Oh! mas de um louro que se não conhece entre nós, os filhos da terra! Entraram elas a correr com a agilidade de andorinhas que voam; e depois de apertarem galhofeiramente a mão aos gênios de corte, foram ao gênio soberano, diante de quem fizeram umas dez ou doze mesuras.

Quem eram aquelas raparigas? Eu estava de boca aberta. Indaguei da minha guia, e soube. Eram as Utopias e as Quimeras que iam da terra, onde haviam passado a noite na companhia de alguns homens e mulheres de todas as idades e condições.

As Utopias e as Quimeras foram festejadas pelo soberano, que se dignou sorrir-lhes e bater-lhes na face. Elas alegres e risonhas receberam os carinhos reais como cousa que lhes era devida; e depois de dez ou doze mesuras, repetições das anteriores, foram-se da sala, não sem abraçarem-me ou beliscarem-me, quando espantado eu olhava para elas sem saber por que me tornara objeto de tanta jovialidade. O meu espanto crescia de ponto quando ouvia a cada uma delas esta expressão muito usada nos bailes de máscaras: Eu te conheço!

Depois que saíram todos, o Gênio fez um sinal, e toda a atenção concentrou-se no soberano, a ver o que ia sair-lhe dos lábios. A expectativa foi burlada, porque o gracioso soberano apenas com um gesto indicou ao cicerone comum o mísero hóspede que daqui tinha ido. Seguiu-se a cerimônia da saída, que durou longos minutos, em virtude das mesuras, cortesias e beija-mão do estilo. Os três, eu, a fada condutora e o cicerone passamos à sala da rainha. A real senhora era uma pessoa digna de atenção a todos os respeitos; era imponente e graciosa; trajava vestido de gaza e roupa da mesma fazenda, borzeguins de cetim alvo, pedras finas de todas as espécies e cores, nos braços, no pescoço e na cabeça; na cara trazia posturas finíssimas, e com tal arte, que parecia haver sido corada pelo pincel da natureza; dos cabelos recendiam ativos cosméticos e delicados óleos.

Não pude disfarçar a impressão que me causava um todo assim. Voltei-me para a companheira de viagem e perguntei como se chamava aquela deusa.

— Não a vê? respondeu a fada; não vê as trezentas raparigas que trabalham em torno dela? Pois então? É a Moda, cercada de suas *trezentas belas, caprichosas filhas.*

A estas palavras eu lembrei-me do *Hissope*. Não duvidava já de que estava no País das Quimeras; mas, raciocinei, para que Dinis falasse de algumas destas cousas é preciso que cá tivesse vindo, e voltasse como está averiguado.

Portanto, não devo recear de cá ficar morando eternamente. Descansado por este lado, passei a atentar para os trabalhos das companheiras da rainha; eram umas novas modas que se estavam arranjando para vir a este mundo substituir as antigas.

Houve apresentação com o cerimonial do estilo. Estremeci quando pousei os lábios na mão fina e macia da soberana; esta não reparou, porque tinha na mão esquerda um *psyché*, onde se mirava de momento a momento.

Impetramos os três licença para continuar a visita do palácio e seguimos pelas galerias e salas. Cada sala era ocupada por um grupo de pessoas, homens ou mulheres, algumas vezes mulheres e homens, que se ocupavam nos diferentes misteres de que estavam incumbidos pela lei do país, ou por ordem arbitrária do soberano. Percorria essas ocupações, aqueles costumes, aqueles caracteres. Em uma das salas um grupo de cem pessoas ocupava-se em adelgaçar uma massa branca, leve e balofa. Naturalmente este lugar é a ucharia, dizia comigo; estão preparando alguma iguaria singular para o almoço do rei. Indaguei do cicerone se havia acertado. O cicerone respondeu: — Não, senhor; estes homens estão ocupados em preparar massa cerebral para um certo número de homens de todas as classes, estadistas, poetas, namorados, etc.; serve também a mulheres. Esta massa é especialmente para aqueles que no seu planeta vivem com verdadeiras disposições do nosso país, aos quais fazemos presente deste elemento constitutivo.

— É massa quimérica?

— Da melhor que se há visto até hoje.

— Pode ver-se?

O cicerone sorriu-se; chamou o chefe da sala, a quem pediu um pouco da massa. Este foi com prontidão ao depósito e tirou uma porção que entregou-me. Mal o tomei das mãos do chefe desfez-se a massa como se fora composta de fumo. Fiquei confuso; mas o chefe bateu-me no ombro:

— Vá descansado, disse; nós temos à mão matéria-prima; é da nossa própria atmosfera que nos servimos e a nossa atmosfera não se enxota.

Este chefe tinha uma cara insinuante, mas, como todos os quiméricos, era sujeito a abstrações, de modo que não pude arrancar-lhe mais uma palavra, porque ele ao dizer as últimas começou a olhar para o ar e a contemplar o vôo de uma mosca. Este caso atraiu os companheiros, que se chegaram a ele e mergulharam-se todos na contemplação do alado inseto.

Os três continuamos o nosso caminho.

Mais adiante era uma sala onde muitos quiméricos à roda de mesas discutiam os diferentes modos de inspirar aos diplomatas e diretores deste nosso mundo os pretextos para encher o tempo e apavorar os espíritos com futilidades e espantalhos. Esses homens tinham ares de finos e espertos. Havia ordem do soberano para não entrar naquele sala em horas de trabalho; uma guarda estava à porta. A menor distração daquela congresso seria considerada uma calamidade pública. Continuei com o cicerone e fui ter a outra sala onde muitos Quiméricos, de boca aberta, escutavam as preleções de um filósofo do país.

O filósofo falava pausado e parecia embebido na música das próprias palavras. Tinha um gesto estudado, cheio de si, como de Vadios falando a Trissotin. Detive-me aí.

Dizia o filósofo.

— Meus caros filhos, o universo é um composto de maldade e invejas. Não há talento, por mais prodigioso, que não seja ferido pela seta da calúnia e do desdém dos egoístas. Como fugir a esta triste situação? De um modo único. Que cada um começando a viver deve logo compenetrar-se de que nada há acima de si, e desta convicção própria nascerá a convicção alheia. Quem há de contestar o talento a um homem que começa por senti-lo em si e diz que o tem?

Os ouvintes alçaram a voz e num coro exclamaram: — Muito bem.

O filósofo continuou:

— Dirão que isso é vaidade; mas se bem compreendeis a nossa natureza e a natureza dos outros deveis saber que isso que lá embaixo se chama vaidade não é entre nós outra cousa mais do que a verdadeira tensão do espírito, a consciência da nossa elevação moral.

A preleção acabou com estas palavras. O filósofo desceu do espaldar em que estava e todas as Quimeras fizeram alas para deixá-lo passar.

Continuei a minha viagem.

Andei de sala em sala, de galeria em galeria, aqui visitando um museu, ali um trabalho ou um jogo; tive tempo de ver tudo, de tudo examinar com atenção e pelo miúdo. Ao passar pela grande galeria que dava para a praça, vi que o povo, reunido embaixo das janelas, cercava uma forca. Era uma execução que ia ter lugar. Crime de morte? Não, responderam-lhe, crime de lesa-cortesia. Era um Quimérico que havia cometido o crime de não fazer a tempo e com graça uma continência; este, crime é considerado naquele país como a maior audácia possível e imaginável. O povo quimérico contemplou a execução como se assistisse a um espetáculo de saltimbancos, entre aplausos e gritos de prazer.

Entretanto era a hora do almoço real.

A mesa do gênio soberano só se sentavam o rei, a rainha, dous ministros, um médico, e a encantadora fada que me havia levado àquelas alturas. A fada, antes de sentar-se à mesa, implorou do rei a mercê de admitir-me ao almoço; a resposta foi afirmativa; tomei assento. O almoço foi o mais sucinto e rápido que é possível imaginar. Durou alguns segundos, depois do que todos se levantaram abriu-se mesa para o jogo das reais pessoas; fui assistir ao jogo; em roda da sala haviam cadeiras onde estavam sentadas as Utopias e as Quimeras; às costas dessas cadeiras empertigaram-se fidalgos quiméricos, com os seus pavões e as suas vestiduras de escarlate. Aproveitei a ocasião para saber como é que me conheciam aquelas assanhadas raparigas. Encostei-me a uma cadeira e indaguei da Utopia que se achava nesse lugar. Esta impetrou licença, e depois das formalidades do costume, retirou-se a uma das salas comigo, e aí perguntou-me:

— Pois deveras não sabes quem somos? Não nos conheces?

— Não as conheço, isto é, conheço-as agora, e isso dá-me verdadeiro pesar, porque quisera tê-las conhecido há mais tempo.

— Oh! sempre poeta!

— É que deveras são de uma gentileza sem rival. Mas onde é que me viram?

— Em tua própria casa.

— Oh!

— Não te lembras? À noite, cansado das lutas do dia, recolhes-te ao aposento, e aí, abrindo velas ao pensamento, deixas-te ir por um mar sereno e calmo. Nessa viagem acompanham-te algumas raparigas... somos nós, as Utopias, nós, as Quimeras.

Compreendi afinal uma cousa que se me estava a dizer há tanto tempo. Sorri-me, e cravando os meus olhos nos da Utopia que tinha diante de mim, disse:

— Ah! sois vós, é verdade. Consoladora companhia que me distrai de todas as misérias e pesares. É no seio de vós que eu enxugo as minhas lágrimas. Ainda bem. Conforta-me ver-vos a todas de face e debaixo de forma palpável.

— E queres saber, tornou a Utopia, quem nos leva a todas para a tua companhia? Olha, vê.

Voltei-me e vi a peregrina visão, minha companheira de viagem. — Ah! é ela, respondi.

— É verdade. É a loura Fantasia, a companheira desvelada dos que pensam e dos que sentem.

A Fantasia e a Utopia entrelaçaram as mãos e olhavam para mim. Eu, como que enlevado, olhava para ambas. Durou isto alguns segundos; quis fazer algumas perguntas, mas quando ia falar reparei que as duas se haviam tornado mais delgadas e vaporosas. Articulei alguma cousa; porém vendo que elas iam ficando cada vez mais transparentes, e distinguindo-se-lhes já pouco as feições, soltei estas palavras:

— Então, que é isto? por que se desfazem assim? — mais e mais as sombras desapareciam, corri à sala do jogo; espetáculo idêntico me esperava; era pavoroso;

todas as figuras se desfaziam como se fossem feitas de névoa. Atônito e palpitante, percorri algumas galerias e afinal saí à praça; todos os objetos estavam sofrendo a mesma transformação. Dentro de pouco eu senti que me faltava o apoio aos pés e vi que estava solto no espaço.

Nesta situação soltei um grito de dor. Fechei os olhos e deixei-me ir como se tivesse de encontrar por termo de viagem a morte. Era na verdade o mais provável. Passados alguns segundos, abri os olhos e vi que caía perpendicularmente sobre um ponto negro que me parecia do tamanho de um ovo. O corpo rasgava como raio o espaço, O ponto negro cresceu, cresceu e cresceu até fazer-se do tamanho de uma grande esfera. A minha queda tinha alguma cousa de diabólica; soltava de vez em quando um gemido; o ar batendo-me nos olhos obrigava-me a fechá-los de instante a instante.

Afinal o ponto negro que havia crescido, continuava a crescer, até aparecer-me com o aspecto da Terra. É Terra! disse comigo.

Creio que não haverá expressão humana para mostrar a alegria que sentiu a minha alma, perdida no espaço, quando reconheceu que se aproximava do planeta natal. Curta foi a alegria; pensava, e pensava bem, que naquela velocidade quando tocasse em terra seria para nunca mais se levantar. Tive um calafrio: vi a morte diante de mim e encomendei a minha alma a Deus. Assim fui, *fui,* ou antes, vim, vim, até que — milagre dos milagres! — caí sobre a praia, de pé, firme como se não houvesse dado aquele infernal salto. A primeira impressão, quando me vi em terra, foi de satisfação; depois tratei de ver em que região do planeta me achava; podia ter caído na Sibéria ou na China; verifiquei que me achava a dous passos de casa. Apressei-me à voltar aos meus pacíficos lares.

A vela estava gasta; a galga, estendida sobre a mesa, tinha os olhos fitos na porta. Entrei e atirei-me sobre a cama, onde adormeci, refletindo no que acabava de acontecer-me.

* * *

Tal é a narrativa de Tito.

Esta pasmosa viagem serviu-lhe de muito.

Desde então adquiriu um olhar de lince capaz de descobrir, à primeira vista, se um homem tem na cabeça miolos ou massa quimérica.

Não há vaidade que possa com ele. Mal a vê lembra-se logo do que presenciou no reino das Bagatelas, e desfia sem preâmbulo a história da viagem.

Daqui vem que se era pobre e infeliz, mais infeliz e mais pobre ficou depois disto.

É a sorte de todos quantos entendem dever dizer o que sabem; nem se compra por outro preço a liberdade de desmascarar a humanidade.

Declarar guerra à humanidade é declará-la a toda a gente, atendendo-se a que ninguém há que mais ou menos deixe de ter no fundo do coração esse áspide venenoso.

Isto pode servir de exemplo aos futuros viajantes e poetas, a quem acontecer a viagem milagrosa que aconteceu ao meu poeta.

Aprendam os outros no espelho deste. Vejam o que lhes aparecer à mão, mas procurem dizer o menos que possam as suas descobertas e as suas opiniões.

MARIANA

[JF. jan. de 1871.]

Voltei de Europa depois de uma ausência de quinze anos. Era quanto bastava para vir achar muita cousa mudada. Alguns amigos tinham morrido, outros estavam casados, outros viúvos. Quatro ou cinco tinham-se feito homens públicos, e um deles acabava de ser ministro de Estado. Sobre todos eles pesavam quinze anos de desilusões e cansaço. Eu, entretanto, vinha tão moço como fora, não no rosto e nos cabelos, que começavam a embranquecer, mas na alma e no coração que estavam em flor. Foi essa a vantagem que tirei das minhas constantes viagens. Não há decepções possíveis para um viajante, que apenas vê de passagem o lado belo da natureza humana e não ganha tempo de conhecer-lhe o lado feio. Mas deixemos estas filosofias inúteis.

Também achei mudado o nosso Rio de Janeiro, e mudado para melhor. O jardim do Rocio, o *boulevard* Carceller, cinco ou seis hotéis novos, novos prédios, grande movimento comercial e popular, tudo isso fez em meu espírito uma agradável impressão.

Fui hospedar-me no Hotel Damiani. Chamo-lhe assim para conservar um nome que tem para mim recordações saudosas. Agora o hotel chama-se Ravot. Tem defronte uma grande casa de modas e um escritório de jornal político. Dizem-me que a casa de modas faz mais negócio que o jornal. Não admira; poucos lêem, mas todos se vestem.

Estava eu justamente a contemplar o espetáculo novo que a rua me oferecia quando vi passar um indivíduo cuja fisionomia me não era estranha. Desci logo à rua e cheguei à porta quando ele passava defronte.

— Coutinho! exclamei.

— Macedo! disse o interpelado correndo a mim.

Entramos no corredor e aí demos aberta às nossas primeiras expansões.

— Que milagre é este? por que estás aqui? quando chegaste?

Estas e outras perguntas fazia-me o meu amigo entre repetidos abraços. Convidei-o a subir e a almoçar comigo, o que aceitou, com a condição porém de que iria buscar mais dous amigos nossos, que eu estimaria ver. Eram efetivamente dous excelentes companheiros de outro tempo. Um deles estava à frente de uma grande casa comercial; o outro, depois de algumas vicissitudes, fizera-se escrivão de uma vara cível.

Reunidos os quatro na minha sala do hotel, foi servido um suculento almoço, em que aliás eu e o Coutinho tomamos parte. Os outros limitavam-se a fazer a razão de alguns brindes e a propor outros.

Quiseram que eu lhes contasse as minhas viagens; cedi francamente a este desejo natural. Não lhes ocultei nada. Contei-lhes o que havia visto desde o Tejo até o Danúbio, desde Paris até Jerusalém. Fi-los assistir na imaginação às corridas de Chantilly e às jornadas das caravanas no deserto; falei do céu nevoento de Londres e do céu azul da Itália. Nada me escapou; tudo lhes referi.

Cada qual fez as suas confissões. O negociante não hesitou em dizer tudo quanto sofrera antes de alcançar a posição atual. Deu-me notícia de que estava casado, e tinha uma filha de dez anos no colégio. O escrivão achou-se um tanto envergonhado quando lhe tocou a vez de dizer a sua vida; todos nós tivemos a delicadeza de não insistir nesse ponto.

Coutinho não hesitou em dizer que era mais ou menos o que era outrora a respeito da ociosidade; sentia-se entretanto mudado e entrevia ao longe idéias de casamento.

— Não te casaste? perguntei eu.

— Com a prima Amélia? disse ele; não.

— Por quê?

— Porque não foi possível.

— Mas continuaste a vida solta que levavas?

— Que pergunta! exclamou o negociante. É a mesma cousa que era há quinze anos. Não mudou nada.

— Não digas isso; mudei.

— Para pior? perguntei eu rindo.

— Não, disse Coutinho, não sou pior do que era; mudei nos sentimentos; acho que hoje não me vale a pena cuidar de ser mais feliz do que sou.

— E podias sê-lo, se te houvesses casado com tua prima. Amava-te muito aquela moça; ainda me lembro das lágrimas que lhe vi derramar em um dia de entrudo. Lembras-te?

— Não me lembra, disse Coutinho ficando mais sério do que estava; mais creio que deve ter sido isso.

— E o que é feito dela?

— Casou.

— Ah!

— É hoje fazendeira; e dá-se perfeitamente com o marido. Mas não falemos nisto, acrescentou Coutinho, enchendo um cálix de *cognac;* o que lá vai, lá vai!

Houve alguns instantes de silêncio, que eu não quis interromper, por me parecer que o nome da moça trouxera ao rapaz alguma recordação dolorosa.

Rapaz é uma maneira de dizer. Coutinho contava já seus trinta e nove anos e tinha alguns fios brancos na cabeça e na barba. Mas apesar desse evidente sinal do tempo, eu aprazia-me em ver os meu amigos pelo prisma da recordação que levara deles.

Coutinho foi o primeiro que rompeu o silêncio.

— Pois que estamos aqui reunidos, disse ele, ao cabo de quinze anos, deixem que, sem exemplo, e para completar as nossas confidências recíprocas, eu lhes confesse uma cousa, que nunca saiu de mim.

— Bravo! disse eu; ouçamos a confidência de Coutinho.

Acendemos nossos charutos. Coutinho começou a falar:

— Eu namorava a prima Amélia, como sabem; o nosso casamento devia efetuar-se um ano depois que daqui saíste. Não se efetuou por circunstâncias que ocorreram depois, e com grande mágoa minha, pois gostava dela. Antes e depois amei e fui amado muitas vezes; mas nem depois nem antes, e por nenhuma mulher fui amado jamais como fui...

— Por tua prima? perguntei eu.

— Não; por uma cria de casa.

Olhamos todos espantados um para outro. Ignorávamos esta circunstância, e estávamos a cem léguas de semelhante conclusão. Coutinho não parece atender ao nosso espanto; sacudia distraidamente a cinza do charuto e parecia absorto na recordação que o seu espírito evocava.

— Chamava-se Mariana, continuou ele alguns minutos depois, e era uma gentil mulatinha nascida e criada como filha da casa, e recebendo de minha mãe os mesmos afagos que ela dispensava às outras filhas. Não se sentava à mesa, nem vinha à sala em ocasião de visitas, eis a diferença; no mais era como se fosse pessoa livre, e até minhas irmãs tinham certa afeição fraternal: Mariana possuía a inteligência da sua situação, e não abusava dos cuidados com que era tratada. Compreendia bem que na situação em que se achava só lhe restava pagar com muito reconhecimento a bondade de sua senhora.

A sua educação não fora tão completa como a de minhas irmãs; contudo, Mariana sabia mais do que outras mulheres em igual caso. Além dos trabalhos de agulha que lhe foram ensinados com extremo zelo, aprendera a ler e a escrever. Quando chegou aos 15 anos teve desejo de saber francês, e minha irmã mais moça lho ensinou com tanta paciência e felicidade, que Mariana em pouco tempo ficou sabendo tanto como ela.

Como tinha inteligência natural, todas estas cousas lhe foram fáceis. O desenvolvimento do seu espírito não prejudicava o desenvolvimento de seus encantos. Mariana aos 18 anos era o tipo mais completo da sua raça. Sentia-se-lhe o fogo através da tez morena do rosto, fogo inquieto e vivaz que lhe rompia dos olhos negros e rasgados. Tinha os cabelos naturalmente encaracolados e curtos. Talhe esbelto e elegante, colo voluptuoso, pé pequeno e mãos de senhora. É impossível que eu esteja a idealizar esta criatura que há tanto me desapareceu dos olhos; mas não estarei muito longe da verdade.

Mariana era apreciada por todos quantos iam a nossa casa, homens e senhoras. Meu tio, João Luís, dizia-me muitas vezes: — "Por que diabo está tua mãe guardando aqui em casa esta flor peregrina? A rapariga precisa de tomar ar".

Posso dizer, agora que já passou muito tempo, esta preocupação do tio nunca me passou pela cabeça; acostumado a ver Mariana bem tratada parecia-me ver nela uma pessoa da família, e além disso, ser-me-ia doloroso contribuir para causar tristeza a minha mãe.

Amélia ia lá a casa algumas vezes; mas era o princípio, e antes que nenhum namoro houvesse entre nós. Cuido, porém, que foi Mariana quem chamou a atenção da moça para mim. Amélia deu-mo a entender um dia. O certo é que uma tarde, depois de jantar, estávamos a tomar café no terraço, e eu reparei na beleza de Amélia com uma atenção mais demorada que de costume. Fosse acaso ou fenômeno magnético, a moça olhava também para mim. Prolongaram-se os nossos olhares... ficamos a amar um ao outro. Todos os amores começam pouco mais ou menos, assim.

Acho inútil contar minuciosamente este namoro de rapaz, que vocês em parte conhecem, e que não apresentou episódio notável. Meus pais aprovaram a minha escolha; os pais de Amélia fizeram o mesmo. Nada se opunha à nossa felicidade. Preparei-me um dia de ponto em branco e fui pedir a meu tio a mão da filha. Foi-me ela concedida, com a condição apenas de que o casamento seria efetuado alguns meses depois, quando o irmão de Amélia tivesse completado os estudos, e pudesse assistir à cerimônia com a sua carta de bacharel.

Durante este tempo Mariana estava em casa de uma parenta nossa que no-la foi pedir para costurar uns vestidos. Mariana era excelente costureira. Quando ela voltou para casa, estava assentado o meu casamento com Amélia; é, como era natural, eu passava a maior arte do tempo em casa da prima, saboreando aquelas castas efusões e amor e ternura que antecedem o casamento. Mariana notou as minhas prolongadas ausências, e, com uma dissimulação assaz inteligente, indagou de minha irmã Josefa a causa delas. Disse-lho Josefa. Que se passou então no espírito de Mariana? Não sei; mas no dia seguinte, depois do almoço quando eu me dispunha a ir vestir-me, Mariana veio encontrar-me no corredor que ia ter ao meu quarto, com o pretexto de entregar-me um maço de charuto que me caíra do bolso. O maço fora previamente tirado da caixa que eu tinha no quarto.

— Aqui tem, disse ela com voz trêmula.

— O que é? perguntei.

— Estes charutos... caíram do bolso de senhor moço.

— Ah!

Recebi o maço de charutos e guardei-o no bolso do casaco; mas durante esse tempo, Mariana conservou-se diante de mim. Olhei para ela; tinha os olhos postos no chão.

— Então, que fazes tu? disse eu em tom de galhofa.

— Nada, respondeu ela levantando os olhos para mim. Estavam rasos de lágrimas.

Admirou-me essa manifestação inesperada da parte de uma rapariga que todos estavam acostumados a ver alegre e descuidosa da ia. Supus que houvesse cometido alguma falta e recorresse a mim para protegê-la junto de minha mãe. Nesse caso a falta devia ser grande, porque minha mãe era a bondade em pessoa, e tudo perdoava às suas amadas crias.

— Que tens, Mariana? perguntei.

E como ela não respondesse e continuasse a olhar para mim, chamei em voz alta por minha mãe. Mariana apressou-se a tapar-me a boca, e esquivando-se às minhas mãos fugiu pelo corredor fora.

Fiquei a olhar ainda alguns instantes para ela, sem compreender nem as lágrimas, nem o gesto, nem a fuga. O meu principal cuidado era outro; a lembrança do incidente passou depressa, fui vestir-me e saí.

Quando voltei a casa não vi Mariana, nem reparei na falta dela. Acontecia isso muitas vezes. Mas depois de jantar lembrou-me o incidente da véspera e perguntei a Josefa o que haveria magoado a rapariga que tão romanescamente me falara no corredor.

— Não sei, disse Josefa, mas alguma cousa haverá porque Mariana anda triste desde anteontem. Que supões tu?

— Alguma cousa faria e tem medo da mamãe.

— Não, disse Josefa; pode ser antes algum namoro.

— Ah! tu pensas quê?

— Pode ser.

— E quem será o namorado da senhora Mariana, perguntei rindo. O copeiro ou o cocheiro?

— Tanto não sei eu; mas seja quem for, será alguém que lhe inspirasse amor; é quanto basta para que se mereçam um ao outro.

— Filosofia humanitária! Filosofia de mulher, respondeu Josefa com um ar tão sério que me impôs silêncio.

Mariana não me apareceu nos três dias seguintes. No quarto dia, estávamos almoçando, quando ela atravessou a sala de jantar, tomou a bênção a todos e foi para dentro. O meu quarto ficava além da sala de jantar e tinha uma janela que dava para o pátio e enfrentava com a janela do gabinete de costura. Quando fui para o meu quarto, Mariana estava nesse gabinete ocupada em preparar vários objetos para uns trabalhos de agulha. Não tinha os olhos em mim, mas eu percebia que o seu olhar acompanhava os meus movimentos. Aproximei-me da janela e disse-lhe:

— Estás mais alegre, Mariana?

A mulatinha assustou-se, voltou a cara para diversos lados, como se tivesse medo de que as minhas palavras fossem ouvidas, e finalmente impôs-me silêncio com o dedo na boca.

— Mas que é? perguntei eu dando à minha voz a moderação compatível com a distância.

Sua única resposta foi repetir-me o mesmo gesto.

Era evidente que a tristeza de Mariana tinha uma causa misteriosa, pois que ela receava revelar nada a esse respeito.

Que seria senão algum namoro como minha irmã supunha? Convencido disto, e querendo continuar uma investigação curiosa, aproveitei a primeira ocasião que se me ofereceu.

— Que tens tu, Mariana? disse eu; andas triste e misteriosa. É algum namorico? Anda, fala; tu és estimada por todos cá de casa. Se gostas de alguém poderás ser feliz com ele porque ninguém te oporá obstáculos aos teus desejos.

— Ninguém? perguntou ela com singular expressão de incredulidade.

— Quem teria interesse nisso?

— Não falemos nisso, nhonhô. Não se trata de amores, que eu não posso ter amores. Sou uma simples escrava.

— Escrava, é verdade, mas escrava quase senhora. És tratada aqui como filha da casa. Esqueces esses benefícios?

— Não os esqueço; mas tenho grande pena em havê-los recebido.

— Que dizes, insolente?

— Insolente? disse Mariana com altivez. Perdão! continuou ela voltando à sua humildade natural e ajoelhando-se a meus pés; perdão, se disse aquilo; não foi por querer: eu sei o que sou; mas se nhonhô soubesse a razão estou certa que me perdoaria.

Comoveu-me esta linguagem da rapariga. Não sou mau; compreendi que alguma grande preocupação teria feito com que Mariana esquecesse por instantes a sua condição e o respeito que nos devia a todos.

— Está bom, disse eu, levanta-te e vai-te embora; mas não tornes a dizer cousas dessas que me obrigas a contar tudo à senhora velha.

Mariana levantou-se, agarrou-me na mão, beijou-a repetidas vezes entre lágrimas e desapareceu.

Todos estes acontecimentos tinham chamado a minha atenção para a mulatinha. Parecia-me evidente que ela sentia alguma cousa por alguém, e ao mesmo tempo que o sentia, certa elevação e nobreza. Tais sentimentos contrastavam com a fatalidade da sua condição social. Que seria uma paixão daquela pobre escrava educada com mimos de senhora? Refleti longamente nisto tudo, e concebi um projeto romântico: obter a confissão franca de Mariana e, no caso em que se tratasse de um amor que a pudesse tornar feliz, pedir a minha mãe a liberdade da escrava.

Josefa aprovou a minha idéia, e incumbiu-se de interrogar a rapariga e alcançar pela confiança aquilo que me seria mais difícil obter pela imposição ou sequer pelo conselho.

Mariana recusou dizer cousa nenhuma a minha irmã. Debalde empregou esta todos os meios de sedução possíveis entre uma senhora e uma escrava. Mariana respondia invariavelmente que nada havia que confessar. Josefa comunicou-me o que se passara entre ambas.

— Tentarei eu, respondi; verei se sou mais feliz.

Mariana resistiu às minhas interrogações repetidas, asseverando que nada sentia e rindo de que se pudesse supor semelhante cousa. Mas era um riso forçado, que antes confirmava a suspeita do que a negativa.

— Bem, disse eu, quando me convenci de que nada podia alcançar; bem, tu negas o que te pergunto. Minha mãe saberá interrogar-te.

Mariana estremeceu.

— Mas, disse ela, por que razão sinhá velha há de saber disto? Eu já disse a verdade.

— Não disseste, respondi eu; e não sei por que recusas dizê-la quando tratamos todos da tua felicidade.

— Bem, disse Mariana com resolução, promete que se eu disser a verdade não me interrogará mais?

— Prometo, disse eu rindo.

— Pois bem; é verdade que eu gosto de uma pessoa...

— Quem é?

— Não posso dizer.

— Por quê?

— Porque é um amor impossível.

— Impossível? Sabes o que são amores impossíveis?

Roçou pelos lábios da mulatinha um sorriso de amargura e dor. — Sei! disse ela.

Nem pedidos, nem ameaças conseguiram de Mariana uma declaração positiva a este respeito. Josefa foi mais feliz do que eu; conseguiu não arrancar-lhe o segredo, mas suspeitar-lho, e veio dizer-me o que lhe parecia.

— Que seja eu o querido de Mariana? perguntei-lhe com um riso de mofa e incredulidade. Estás louca, Josefa. Pois ela atrever-se-ia!...

— Parece que se atreveu.

— A descoberta é galante; e realmente não sei o que pense disto...

Não continuei; disse a Josefa que não falasse em semelhante cousa e desistisse de maiores explorações. Na minha opinião o caso tomava outro caráter; tratava-se de uma simples exaltação de sentidos.

Enganei-me.

Cerca de cinco semanas antes do dia marcado para o casamento, Mariana adoeceu. O médico deu à moléstia um nome bárbaro, mas na opinião de Josefa era doença de amor. A doente recusou tomar nenhum remédio; minha mãe estava louca de pena;

minha irmãs sentiam deveras a moléstia da escrava. Esta ficava cada vez mais abatida; não comia, nem se medicava; era de recear que morresse. Foi nestas circunstâncias que eu resolvi fazer um ato de caridade.

Fui ter em Mariana e pedi-lhe que vivesse.

— Manda-me viver? perguntou ela.

— Sim.

Foi eficaz a lembrança; Mariana restabeleceu-se em pouco tempo. Quinze dias depois estava completamente de pé.

Que esperanças concebera ela com as minhas palavras, não sei; cuido que elas só tiveram efeito por lhe acharem o espírito abatido. Acaso contaria ela que eu desistisse do casamento projetado e do amor que tinha à prima, para satisfazer os seus amores impossíveis? Não sei; o certo é que não só se lhe restaurou a saúde como também lhe voltou a alegria primitiva.

Confesso, entretanto que, apesar de não competir de modo nenhum os sentimentos de Mariana, entrei a olhar para ela com outros olhos. A rapariga tornara-se interessante para mim, e qualquer que seja a condição de uma mulher, há sempre dentro de nós um fundo de vaidade que se lisonjeia com a afeição que ela nos vote. Além disto, surgiu em meu espírito uma idéia que a razão pode condenar, mas que nossos costumes aceitam perfeitamente. Mariana encarregara-se de provar que estava acima das veleidades. Um dia de manhã fui acordado pelo alvoroço que havia em casa. Vesti-me à pressa e fui saber o que era. Mariana tinha desaparecido de casa. Achei minha mãe desconsoladíssima: estava triste e indignada ao mesmo tempo. Doía-lhe a ingratidão da escrava. Josefa veio ter comigo.

— Eu suspeitava, disse ela, que alguma cousa acontecesse. Mariana andava alegre demais; parecia-me contentamento fingido para encobrir algum plano. O plano foi este. Que te parece?

— Creio que devemos fazer esforços para capturá-la, e uma vez restituída à casa, colocá-la na situação verdadeira do cativeiro.

Disse isto por me estar a doer o desespero de minha mãe. A verdade é que, por simples egoísmo, eu desculpava o ato da rapariga.

Parecia-me natural, e agradava-me ao espírito, que a rapariga tivesse fugido para não assistir à minha ventura, que seria realidade daí a oito dias. Mas a idéia de suicídio veio aguar-me o gosto; estremeci com a suspeita de ser involuntariamente causa de um crime dessa ordem; impelido pelo remorso, saí apressadamente em busca de Mariana.

Achei-me na rua sem saber o que devia fazer. Andei cerca de vinte minutos inutilmente, até que me ocorreu a idéia natural de recorrer à polícia; era prosaica a intervenção da polícia, mas eu não fazia romance; ia simplesmente em cata de uma fugitiva:

A polícia nada sabia de Mariana; mas lá deixei a nota competente; correram agentes em todas as direções: fui eu mesmo saber nos arrabaldes se havia notícia de Mariana. Tudo foi inútil; às três horas da tarde voltei para casa sem poder tranqüilizar minha família. Na minha opinião tudo estava perdido.

Fui à noite à casa de Amélia, aonde não fora de tarde, motivo pelo qual havia recebido um recado em carta a uma de minhas irmãs. A casa de minha prima ficava em uma esquina. Eram oito horas da noite quando cheguei à porta da casa. A três ou quatro passos estava um vulto de mulher cosido com a parede. Aproximei-me: era Mariana.

— Que fazes aqui? perguntei eu.

— Perdão, nhonhô; vinha vê-lo.

— Ver-me? mas por que saíste de casa, onde eras tão bem tratada, e donde não tinhas o direito de sair, porque és cativa?

— Nhonhô, eu saí porque sofria muito...

— Sofrias muito! Tratavam-te mal? Bem sei o que é; são os resultados da educação que minha mãe te deu. Já te supões senhora e livre. Pois enganas-te; hás de voltar já, e já, para casa. Sofrerás as conseqüências da tua ingratidão. Vamos...

— Não! disse ela; não irei.

— Mariana, tu abusas da afeição que todos temos por ti. Eu não tolero essa recusa, e se me repetes. isso...

— Que fará?

— Irás à força; irás com dous soldados.

— Nhonhô fará isso? disse ela com voz trêmula. Não quero obrigá-lo a incomodar os soldados; iremos juntos, ou irei só. O que eu queria, é que nhonhô não fosse tão cruel... porque enfim eu não tenho culpa se... Paciência! vamos... eu vou.

Mariana começou a chorar. Tive pena dela.

— Tranqüiliza-te, Mariana, disse-lhe; eu intercederei por ti. Mamãe não te fará mal.

— Que importa que faça? Eu estou disposta a tudo... Ninguém tem que ver com as minhas desgraças... Estou pronta; podemos ir.

— Saibamos outra cousa, disse eu, alguém te seduziu para fugir?

Esta pergunta era astuciosa; eu desejava apenas desviar do espírito da rapariga qualquer suspeita de que eu soubesse dos seus amores por mim. Foi desastrada a astúcia. O único efeito da pergunta foi indigná-la.

— Se alguém me seduziu? perguntou ela; não, ninguém; fugi porque eu o amo, e não posso ser amada, eu sou uma infeliz escrava. Aqui está por que eu fugi. Podemos ir; já disse tudo. Estou pronta a carregar com as conseqüências disto.

Não pude arrancar mais nada à rapariga. Apenas quando lhe perguntei se havia comido, respondeu-me que não, mas que não tinha fome.

Chegamos à casa eu e ela perto das nove horas da noite. Minha mãe já não tinha esperanças de tornar a ver Mariana; o prazer que a vista da escrava lhe deu foi maior que a indignação pelo seu procedimento. Começou por invectivá-la. Intercedi a tempo de acalmar a justa indignação de minha mãe e Mariana foi dormir tranqüilamente.

Não sei se tranqüilamente. No dia seguinte tinha os olhos inchados e estava triste. A situação da pobre rapariga interessara-me bastante, o que era natural, sendo eu a causa indireta daquela dor profunda. Falei muito nesse episódio em casa de minha prima. O tio João Luís disse-me em particular que eu fora um asno e um ingrato.

— Por quê? perguntei-lhe.

— Porque devias ter posto Mariana debaixo da minha proteção, a fim de livrá-la do mau tratamento que vai ter.

— Ah! não, minha mãe já lhe perdoou.

— Nunca lhe perdoará como eu.

Falei tanto em Mariana que minha prima entrou a sentir um disparatado ciúme. Protestei-lhe que era loucura e abatimento ter zelos de uma cria de casa, e que o meu interesse era simples sentimento de piedade. Parece que as minhas palavras não lhe fizeram grande impressão.

Extremamente leviana, Amélia não soube conservar a necessária dignidade, quando foi a minha casa. Conversou muito na necessidade de tratar severamente as escravas, e achou que era dar mau exemplo mandar-lhes ensinar alguma cousa.

Minha mãe admirou-se muito desta linguagem na boca de Amélia e redargüiu com aspereza o que lhe dava direito a sua vontade. Amélia insistiu; minhas irmãs combateram as suas opiniões: Amélia ficou amuada. Não havia pior posição para uma senhora.

Nada escapara a Mariana desta conversa entre Amélia e minha família; mas ela era dissimulada e nada disse que pudesse trair os seus sentimentos. Pelo contrário redobrou de esforços para agradar a minha prima; desfez-se em agrados e respeitos. Amélia recebia todas essas demonstrações com visível sobranceria em vez de as receber com fria dignidade.

Na primeira ocasião em que pude falar a minha prima, chamei a sua atenção para esta situação absurda e ridícula. Disse-lhe que, sem o querer, estava a humilhar-se diante de uma escrava. Amélia não compreendeu o sentimento que me ditou estas palavras, nem a procedência das minhas palavras. Viu naquilo uma defesa de Mariana; respondeu-me com algumas palavras duras e retirou-se para os aposentos de minhas irmãs onde chorou à vontade. Finalmente tudo se acalmou e Amélia voltou tranqüila para casa.

Quatro dias antes do dia marcado para o meu casamento, era a festa do natal. Minha mãe costumava dar festas às escravas. Era um costume que lhe deixara minha avó. As festas consistiam em dinheiro ou algum objeto de pouco valor. Mariana recebia ambas as cousas por uma especial graça. De tarde tiveram gente em casa para jantar: alguns amigos e parentes. Amélia estava presente. Meu tio João Luís era grande amador de discursos à sobremesa. Mal começavam a entrar os doces, quando ele se levantou e começou um discurso que, a julgar pelo intróito, devia ser extenso. Como ele tinha suma graça, eram gerais as risadas desde que empunhou o copo. Foi no meio dessa geral alegria que uma das escravas veio dar parte de que Mariana havia desaparecido.

Este segundo ato de rebeldia da mulatinha produziu a mais furiosa impressão em todos. Da primeira vez houve alguma mágoa e saudade de mistura com a indignação. Desta vez houve indignação apenas. Que sentimento devia inspirar a todos a insistência dessa rapariga em fugir de uma casa onde era tratada como filha? Ninguém duvidou mais que Mariana era seduzida por alguém, idéia que da primeira vez se desvaneceu mediante uma piedosa mentira da minha parte; como duvidar agora?

Tais não eram as minhas impressões. Senhor do funesto segredo da escrava, sentia-me penalizado por ser causa indireta das loucuras dela e das tristezas de minha mãe. Ficou assentado que se procuraria a fugitiva e se lhe daria o castigo competente. Deixei que esse movimento de cólera se consumasse, e levantei-me para ir procurar Mariana.

Amélia ficou desgostosa com esta resolução, e bem o revelou no olhar; mas eu fingi que a não percebia e saí.

Dei os primeiros passos necessários e usuais. A polícia nada sabia, mas ficou avisada e empregou meios para alcançar a fugitiva. Eu suspeitava que desta vez ela tivesse cometido suicídio; fiz neste sentido as diligências necessárias para ter alguma notícia dela viva ou morta.

Tudo foi inútil.

Quando voltei à casa eram dez horas da noite; todos estavam à minha espera, menos o tio e a prima que já se haviam retirado.

Minha irmã contou-me que Amélia saíra furiosa, porque achava que eu estava dando maior atenção do que devia a uma escrava, embora bonita, acrescentou ela.

Confesso que naquele momento o que me preocupava mais, era Mariana; não porque eu correspondesse aos seus sentimentos por mim, mas porque eu sentia sérios remorsos de ser causa de um crime. Fui sempre pouco amante de aventuras e lances arriscados e não podia pensar sem algum terror na possibilidade de morrer alguém por mim.

Minha vaidade não era tamanha que me abafasse os sentimentos de piedade cristã. Neste estado as invectivas da minha noiva não me fizeram grande impressão, e não foi por causa delas que eu passei a noite em claro.

Continuei no dia seguinte as minhas pesquisas, mas nem eu nem a polícia fomos felizes.

Tendo andado muito, já a pé, já de tílburi, achei-me às cinco horas da tarde no Largo de S. Francisco de Paula, com alguma vontade de comer; a casa ficava um pouco longe e eu queria continuar depois as minhas averiguações. Fui jantar a um hotel que então havia na antiga Rua dos Latoeiros.

Comecei a comer distraído e ruminando mil idéias contrárias, mil suposições absurdas. Estava no meio do jantar quando vi descer do segundo andar da casa um criado com uma bandeja onde havia vários pratos cobertos.

— Não quer jantar, disse o criado ao dono do hotel que se achava no balcão.

— Não quer? perguntou este; mas então... não sei o que faça... reparaste se... Eu acho bom ir chamar a polícia.

Levantei-me da mesa e aproximei-me do balcão.

— De que se trata? perguntei eu.

— De uma moça que aqui apareceu ontem, e que ainda não comeu até hoje...

Pedi-lhe os sinais da pessoa misteriosa. Não havia dúvida. Era Mariana.

— Creio que sei quem é, disse eu, e ando justamente em procura dela. Deixe-me subir.

O homem hesitou; mas a consideração de que não lhe podia convir continuar a ter em casa uma pessoa por cuja causa viesse a ter questões com a polícia, fez com que me deixasse o caminho livre.

Acompanhou-me o criado, a quem incumbi de chamar por ela, porque se conhecesse a minha voz, supunha eu que me não quisesse abrir.

Assim se fez. Mariana abriu a porta e eu apareci. Deu um grito estridente e lançou-se-me nos braços. Repeli aquela demonstração com toda a brandura que a situação exigia.

— Não venho aqui para receber-te abraços, disse eu; venho pela segunda vez buscar-te para casa, donde pela segunda vez fugiste.

A palavra *fugiste* escapou-me dos lábios; todavia, não lhe dei importância senão quando vi a impressão que ela produziu em Mariana. Confesso que devera ter alguma caridade mais; mas eu queria conciliar os meus sentimentos com os meus deveres, e não fazer com que a mulher não se esquecesse de que era escrava. Mariana parecia disposta a sofrer tudo dos outros, contanto que obtivesse a minha compaixão. Compaixão tinha-lhe eu; mas não lho manifestava, e era esse todo o mal.

Quando a fugitiva recobrou a fala, depois das emoções diversas por que passara desde que me viu chegar, declarou positivamente que era sua intenção não sair dali. Insisti com ela dizendo-lhe que poderia ganhar tudo procedendo bem, ao passo que tudo perderia continuando naquela situação.

— Pouco importa, disse ela; estou disposta a tudo.

— A matar-te, talvez? perguntei eu.

— Talvez, disse ela sorrindo melancolicamente; confesso-lhe até que a minha intenção era morrer na hora do seu casamento, a fim de que fôssemos ambos felizes, — nhonhô casando-se, eu morrendo.

— Mas desgraçada, tu não vês que...

— Eu bem sei o que vejo, disse ela; descanse; era essa a minha intenção, mas pode ser que o não faça...

Compreendi que era melhor levá-la pelos meios brandos; entrei a empregá-los sem esquecer nunca a reserva que me impunha a minha posição. Mariana estava resolvida a não voltar. Depois de gastar cerca de uma hora, sem nada obter, declarei-lhe positivamente que ia recorrer aos meios violentos, e que já lhe não era possível resistir. Perguntou-me que meios eram; disse-lhe que eram os agentes policiais.

— Bem vês, Mariana, acrescentei, sempre hás de ir para casa; é melhor que me não obrigues a um ato que me causaria alguma dor.

— Sim? perguntou ela com ânsia; teria dor em levar-me assim para casa?

— Alguma pena teria decerto, respondi; porque tu foste sempre boa rapariga; mas que farei eu se continuas a insistir em ficar aqui?

Mariana encostou a cabeça à parede e começou a soluçar; procurei acalmá-la; foi impossível. Não havia remédio; era necessário empregar o meio heróico. Saí ao corredor para chamar pelo criado que tinha descido logo depois que a porta se abriu.

Quando voltei ao quarto, Mariana acabava de fazer um movimento suspeito. Parecia-me que guardava alguma cousa no bolso.

Seria alguma arma?

— Que escondeste aí? perguntei eu.

— Nada, disse ela.

— Mariana, tu tens alguma idéia terrível no espírito... Isso é alguma arma...

— Não, respondeu ela.

Chegou o criado e o dono da casa. Expus-lhes em voz baixa o que queria; o criado saiu, o dono da casa ficou.

— Eu suspeito que ela tem alguma arma no bolso para matar-se; cumpre arrancar-lha.

Dizendo isto ao dono da casa, aproximei-me de Mariana.

— Dá-me o que tens aí.

Ela contraiu um pouco o rosto. Depois, metendo a mão no bolso, entregou-me o objeto que lá havia guardado.

Era um vidro vazio.

— Que é isto, Mariana? perguntei eu, assustado.

— Nada, disse ela; eu queria matar-me depois d'amanhã. Nhonhô apressou a minha morte; nada mais.

— Mariana! exclamei eu aterrado.

— Oh! continuou ela com voz fraca; não lhe quero mal por isso; Nhonhô não tem culpa: a culpa é da natureza. Só o que eu lhe peço é que não me tenha raiva, e que se lembre algumas vezes de mim...

Mariana caiu sobre a cama. Pouco depois entrava o inspetor. Chamou-se à pressa um médico; mas era tarde. O veneno era violento; Mariana morreu às 8 horas da noite.

Sofri muito com este acontecimento; mas alcancei que minha mãe perdoasse à infeliz, confessando-lhe a causa da morte dela. Amélia nada soube, mas nem por isso deixou o fato de influir em seu espírito. O interesse com que eu procurei a rapariga, e a dor que a sua morte me causou, transtornaram a tal ponto os sentimentos da minha noiva, que ela rompeu o casamento dizendo ao pai que havia mudado de resolução.

Tal foi, meus amigos, este incidente da minha vida. Creio que posso dizer ainda hoje que todas as mulheres de quem tenho sido amado, nenhuma me amou mais do que aquela. Sem alimentar-se de nenhuma esperança, entregou-se alegremente ao fogo do martírio; amor obscuro, silencioso, desesperado, inspirando o riso ou a indignação, mas no fundo, amor imenso e profundo, sincero e inalterável.

Coutinho concluiu assim a sua narração, que foi ouvida com tristeza por todos nós. Mas daí a pouco saíamos pela Rua do Ouvidor fora, examinando os pés das damas que desciam dos carros, e fazendo a esse respeito mil reflexões mais ou menos engraçadas e oportunas. Duas horas de conversa tinha-nos restituído a mocidade.

TEMPO DE CRISE

[JF. abr. de 1873.]

Queres tu saber, meu rico irmão, a notícia que achei no Rio de Janeiro, apenas pus pé em terra? Uma crise ministerial. Não imaginas o que é uma crise ministerial na cidade fluminense. Lá na província chegam as notícias amortecidas pela distância, e além disso completas; quando sabemos de um ministério defunto, sabemos logo de um ministério recém-nato. Aqui a cousa é diversa; assiste-se à morte do agonizante, depois ao enterro, depois ao nascimento de outro, o qual muitas vezes, graças às dificuldades políticas, só vem à luz depois de uma operação cesariana.

Quando desembarquei estava o C. à minha espera na Praia dos Mineiros, e as suas primeiras palavras foram estas:

— Caiu o ministério!

Tu sabes que eu tinha razões para não gostar do gabinete, depois da questão de meu cunhado, de cuja demissão ainda ignoro a causa. Todavia, senti que o gabinete morresse tão cedo, antes de dar todos os seus frutos, principalmente quando o negócio do meu cunhado era justamente o que me trazia cá. Perguntei ao C. quem eram os novos ministros.

— Não sei, respondeu; nem te posso afirmar se os outros caíram; mas desde manhã não corre outra cousa. Vamos saber notícias. Queres comer?

— Sem dúvida, respondi; vou residir no Hotel da Europa, se houver lugar.

— Há de haver.

Seguimos para o Hotel da Europa que é na Rua do Ouvidor; lá me deram um aposento e um almoço. Acendemos charutos e saímos.

À porta perguntei-lhe eu:

— Onde saberemos notícias?

— Aqui mesmo na Rua do Ouvidor.

— Pois então na Rua do Ouvidor é que?

— Sim; a Rua do Ouvidor é o lugar mais seguro para saber notícias. A casa do Moutinho ou do Bernardo, a casa do Desmarais ou do Garnier, são verdadeiras estações telegráficas. Ganha-se mais em estar aí comodamente sentado do que em andar pela casa dos homens da situação.

Ouvi silenciosamente as explicações do C. e segui com ele até um pasmatório político, onde apenas encontramos um sujeito fumando, e conversando com o caixeiro.

— A que horas esteve ela aqui? perguntava o sujeito.

— Às dez.

Ouvimos estas palavras entrando. O sujeito calou-se imediatamente e sentou-se numa cadeira por trás de um mostrador, batendo com a bengala na ponta do botim.

— Trata-se de algum namoro, não? perguntei eu baixinho ao C. — Curioso! respondeu-me ele; naturalmente é algum namoro, tens razão; alguma rosa de Citera.

— Qual! disse eu.

— Por quê?

— Os jardins de Citera são francos; ninguém espreita as rosas por fora...

— Provinciano! disse o C. com um daqueles sorrisos que só ele tem; tu não sabes que, estando as rosas em moda, há certa honra para o jardineiro... Anda sentar-te.

— Não; fiquemos um pouco à porta; quero conhecer esta rua de que tanto se fala.

— Com razão, respondeu o C. Dizem de Shakespeare que, se a humanidade perecesse, ele só poderia compô-la, pois que não deixou intacta uma fibra sequer do coração humano. *Aplico el cuento.* A Rua do Duvidor resume o Rio de Janeiro. A certas horas do dia, pode a fúria celeste destruir a cidade; se conservar a Rua do Ouvidor, conserva Noé, a família e o mais. Uma cidade é um corpo de pedra com um rosto. O rosto da cidade fluminense é esta rua, rosto eloqüente que exprime todos os sentimentos e todas as idéias...

— Continua, meu Virgílio.

— Pois vai ouvindo, meu Dante. Queres ver a elegância fluminense. Aqui acharás a flor da sociedade, — as senhoras que vêm escolher jóias ao Valais ou sedas a Notre Dame, — os rapazes que vêm conversar de teatros, de salões, de modas e de mulheres. Queres saber da política? Aqui saberás das notícias mais frescas, das evoluções próximas, dos acontecimentos prováveis; aqui verás o deputado atual com o deputado que foi, o ministro defunto e às vezes o ministro vivo. Vês aquele sujeito? É um homem de letras. Deste lado, vem um dos primeiros negociantes da praça. Queres saber do estado do câmbio? Vai ali ao *Jornal do Comércio,* que é o *Times* de cá.

Muita vez encontrarás um *coupé* à porta de uma loja de modas: é uma Ninon fluminense. Vês um sujeito ao pé dela, dentro da loja, dizendo um galanteio? Pode ser um diplomata. Dirás que eu só menciono a sociedade mais ou menos elegante? Não; o operário pára aqui também para ter o prazer de contemplar durante minutos uma destas vidraças rutilante de riqueza, — porquanto, meu caro amigo, a riqueza tem isto de bom consigo, — é que a simples vista consola.

Saiu-me o C. tamanho filósofo que me espantou. Ao mesmo tempo agradeci ao céu tão precioso encontro. Para um provinciano, que não conhece bem a capital, é uma felicidade encontrar um cicerone inteligente.

O sujeito que estava dentro chegou à porta, demorou-se alguns instantes, e saiu acompanhado por outro, que então passava.

— Cansou de esperar, disse eu.

— Sentemo-nos.

Sentamo-nos.

— Fala-se então de tudo aqui?

— De tudo.

— Bem e mal?

— Como na vida. É a sociedade humana em ponto pequeno. Mas por enquanto o que nos importa é a crise; deixemos de moralizar...

Interessava-me tanto a conversa, que pedi ao C.a continuação das suas lições, tão necessárias a quem não conhecia a cidade.

— Não te iludas, disse ele, a melhor lição deste mundo não vale um mês de experiência e de observação. Abre um moralista; encontrarás excelentes análises do coração humano; mas se não fizeres a experiência por ti mesmo pouco te valerá o teres lido. La Rochefoucauld aos vinte anos faz dormir; aos quarenta é um livro predileto...

Estas últimas palavras revelaram no C. um desses indivíduos doentes que andam a ver tudo cor de morte e do sangue. Eu que vinha para divertir-me, não queria estar a braços com um segundo volume de nosso Padre Tomé, espécie de Timon cristão, a quem darás a ler esta carta, acompanhada de muitas lembranças minhas.

— Sabes que mais? disse eu ao meu cicerone, vim para divertir-me, e por isso acho-te razão; tratemos da crise. Mas por enquanto nada sabemos, e...

— Aqui vem o nosso Abreu, que há de saber alguma causa.

O Dr. Abreu que entrou nesse momento, era um homem alto e magro, longo bigode, colarinho em pé, paletó e calças azuis. Fomos apresentados um ao outro. O C. perguntou-lhe o que sabia da crise.

— Nada, respondeu misteriosamente o Dr. Abreu; apenas ouvi ontem de noite que os homens não se entendiam...

— Mas eu já hoje ouvi dizer na praça que havia crise formal, disse o C.

— É possível, disse o outro. Saí agora mesmo de casa, e vim logo para aqui... Houve Câmara?

— Não.

— Bem; isso é um indício. Estou capaz de ir à Câmara...

— Para quê? Aqui mesmo saberemos.

O Dr. Abreu tirou um charuto de uma charuteira de marroquim encarnado, e fitando muito os olhos no chão, como quem está seguindo um pensamento, acendeu quase maquinalmente o charuto.

Soube depois que era um meio inventado por ele para não oferecer charutos aos circunstantes.

— Mas que lhe parece? perguntou-lhe o C. passando algum tempo.

— Parece-me que os homens caem. Nem podia deixar de ser assim. Há mais de um mês que andam brigados.

— Mas por quê? perguntei eu.

— Por várias cousas; e a principal é justamente a presidência da sua província...

— Ah!

— O Ministro do Império quer o Valadares, e o da fazenda insiste pelo Robim. Ontem houve conselho de ministros, e o do Império apresentou definitivamente a nomeação do Valadares... Que faz o colega?

— Ora, vivam! Então já sabem da crise?

Esta pergunta era feita por um sujeito que entrou pela loja mais rápido que um foguete. Trazia na cara uns ares de gazeta noticiosa.

— Crise formal? perguntamos todos.

— Completa. Os homens brigaram ontem de noite; e foram hoje de manhã a S. Cristóvão...

— É o que dizia, observou o Dr. Abreu.

— Qual o verdadeiro motivo da crise? perguntou o C.

— O verdadeiro motivo foi uma questão da guerra.

— Não creia nisso!

O Dr. Abreu disse estas palavras com um ar de tão altiva convicção, que o recém-chegado replicou um pouco enfiado:

— Sabe então o verdadeiro motivo mais do que eu que estive com o cunhado do Ministro da Guerra?

A réplica pareceu decisiva; o Dr. Abreu limitou-se a fazer aquele gesto com que a gente costuma dizer: Pode ser...

— Seja qual for o motivo, disse o C., a verdade é que temos crise ministerial; mas será aceita a demissão?

— Eu creio que é, disse o Sr. Ferreira (era o nome do recém-chegado).

— Quem sabe?

Ferreira tomou a palavra:

— A crise era prevista; eu há mais de quinze dias anunciei ali em casa do Bernardo, que a crise não podia deixar de estar iminente. A situação não podia prolongar-se; se os ministros não concordassem a Câmara os obrigaria a sair. Já a deputação da Bahia tinha mostrado os dentes, e até sei (posso dizê-lo agora) sei que um deputado do Ceará estava para apresentar uma moção de desconfiança...

Ferreira disse estas palavras em voz baixa, com o ar misterioso que convém a certas revelações. Nessa ocasião ouvimos um carro.

Corremos à porta; era efetivamente um ministro.

— Mas então não estão todos em S. Cristóvão? observou o C. — Este vai naturalmente para lá.

Ficamos à porta; e o grupo foi-se pouco a pouco aumentando; antes de um quarto de hora éramos oito. Todos falavam na crise; uns sabiam a cousa de fonte certa;

outros por ouvir dizer. O Ferreira saiu pouco depois dizendo que ia à Câmara saber o que havia de novo. Nessa ocasião apareceu um desembargador e indagou se era exato o que se dizia relativamente à crise ministerial.

Firmamos que sim.

— Qual seria a causa? perguntou ele.

O Abreu, que dera antes como causa a presidência lá da província, declarou agora ao desembargador que uma questão da guerra produzira o desacordo entre os ministros.

— Está certo disso? perguntou o desembargador.

— Certíssimo; soube-o hoje mesmo do cunhado do Ministro da Guerra.

Nunca vi maior facilidade em mudar de opinião, nem maior descaro em colher as afirmações alheias. Interroguei depois o C. que me respondeu:

— Não te espantes; em tempo de crise é sempre bom mostrar que se anda bem informado.

Dos presentes eram quase todos oposicionistas, ou pelo menos faziam coro com o Abreu, que fazia diante do cadáver ministerial o papel de Bruto diante do cadáver de César. Alguns defendiam a vítima, mas como se defende uma vítima política, sem grande calor nem excessiva paixão.

Cada personagem novo trazia uma confirmação ao trato; já não era trato; evidentemente havia crise. Grupos de políticos e politicões estavam parados às portas das lojas, conversando animadamente. De quando em quando surgia ao longe um deputado. Era logo cercado e interrogado; e só se colhia a mesma cousa.

Vimos ao longe um homem de 35 anos, meão na altura, suíças, luneta pênsil, olhar profundo, acompanhando uma influência política. — Graças a Deus! agora vamos ter notícias frescas, disse o C. Ali vem o Mendonça; há de saber alguma cousa.

A influência política não pôde passar de outro grupo; o Mendonça veio ao nosso.

— Venha cá; você que lambe os vidros por dentro há de saber o que há?

— O que há?

— Sim.

— Há crise.

— Bem; mas os homens saem ou ficam?

Mendonça sorriu, depois ficou sério, corrigiu o laço da gravata, e murmurou um: *não sei;* assaz parecido com um: *sei demais.*

Olhei atentamente para aquele homem que parecia estar senhor dos segredos do Estado, e admirei a discrição com que os ocultava de nós.

— Diga o que sabe, Sr. Mendonça, disse o desembargador.

— Eu já disse a V. Ex.a o que há, interrompeu o Abreu; pelo menos tenho razão para afirmá-lo. Não sei o que sabe lá o Sr. Mendonça, mas creio que não estará comigo...

Mendonça fez um gesto de quem ia falar. Foi cercado por todos. Ninguém ouviu com mais atenção o oráculo de Delfos.

— Sabem que há crise; a causa é muito secundária, mas a situação não podia prolongar-se.

— Qual é a causa?

— A nomeação de um juiz de direito.

— Só!

— Só.

— Já sei o que é, disse Abreu sorrindo. Era negócio pendente há muitas semanas.

— Foi isso. Os homens lá foram ao paço.

— Será aceita a demissão? perguntei eu.

Mendonça abaixou a voz.

— Creio que é...

Depois apertou a mão ao desembargador, ao C. e ao Abreu e retirou-se com a mesma satisfação de um homem que acaba de salvar o Estado.

— Pois, senhores, eu creio que esta versão é a verdadeira. O Mendonça anda informado.

Passa defronte um sujeito.

— Anda cá, Lima, gritou Abreu.

O Lima aproximou-se.

— Estás convidado para o ministério?

— Estou; você quer alguma pasta?

Não penses que este Lima era alguma cousa; o dito de Abreu era um gracejo que se renova em todas as crises.

A única preocupação do Lima eram umas senhoras que passavam. Ouvi dizer que eram as Valadares, — a família do indigitado presidente. Pararam à porta da loja, conversaram alguma cousa com o C. e o Lima, e seguiram viagem.

— São lindas estas moças, disse um dos circunstantes.

— Eu era capaz de as nomear para o ministério.

— Sendo eu presidente do conselho.

— Também eu.

— A mais gorda devia ser Ministro da Marinha.

— Por quê?

— Porque parece mesmo uma fragata.

Ligeiro sorriso acolheu este diálogo entre o desembargador e o Abreu. Viu-se ao longe um carro.

— Quem será? Algum ministro?

— Vejamos.

— Não; é a A...

— Como vai bonita!

— Pudera!

— Ela já tem carro?

— Há muito tempo.

— Olhem, ali vem o Mendonça.

— Vem com outro. Quem é?

— É um deputado.

Passaram os dois juntos de nós. O Mendonça não nos cumprimentou; ia conversando baixinho com o deputado.

Houve outra trégua na conversa política. E não te admires. Nada mais natural do que entremear aqui uma discussão sobre crise política com as sedas de uma dama do tom.

Finalmente surgiu de longe o já citado Ferreira.

— Que há? perguntamos quando ele chegou.

— Foi aceita a demissão.

— Quem é o chamado?

— Não se sabe.

— Por quê?

— Dizem que os homens ficam com as pastas até segunda-feira. Dizendo estas palavras, o Ferreira entrou, e foi sentar-se. Outros o imitaram; alguns se foram embora.

— Mas donde sabe isso? disse o desembargador.

— Soube na Câmara.

— Não me parece natural.

— Por quê?

— Que força moral deve ter um ministério já demitido e ocupando as pastas?

— Realmente, a cousa é singular; mas eu ouvi ao primo do Ministro da Fazenda.

Ferreira tinha a particularidade de andar informado pelos parentes dos ministros; pelo menos, assim o dizia.

— Quem será chamado?

— Naturalmente o N.

— Ou o P.

— Já hoje de manhã se dizia que era o K.

Entrou o Mendonça; o caixeiro deu-lhe uma cadeira, e ele sentou-se ao lado do Lima, que nesse momento descalçava as luvas, ao mesmo tempo que o desembargador oferecia rapé aos circunstantes.

— Então, Sr. Mendonça, quem é o chamado? perguntou o desembargador.

— O B.

— Com certeza?

— É o que se diz.

— Eu ouvi que só na segunda-feira se organizará ministério novo.

— Qual! insistiu Mendonça; afirmo-lhe que o B. foi ao paço.

— Viu-o?

— Não; mas disseram-mo.

— Pois acredite que até segunda-feira...

A conversa ia-me interessando; eu já tinha esquecido o interesse que ligava à mudança dos ministros, para atender simplesmente ao que se passava diante de mim. Não imaginas o que é formar um ministério na rua antes que ele esteja formado no paço.

Cada qual expôs a sua conjetura; vários nomes foram lembrados para o poder. Às vezes aparecia um nome contra o qual se apresentavam objeções; então replicava o autor da combinação:

— Está enganado; pode o F. ficar com a pasta da Justiça, o M. com a da Guerra, K. Marinha, T. Obras Públicas, V. Fazenda, X. Império, e C. Estrangeiros.

— Não é possível; o V. é que deve ficar com a pasta de Estrangeiros.

— Mas o V. não pode entrar nessa combinação.

— Por quê?

— É inimigo do F.

— Sim; mas a deputação da Bahia?

Aqui coçava o outro a orelha.

— A deputação da Bahia, respondia ele, pode ficar bem metendo o N.

— O N. não aceita.

— Por quê?

— Não quer ministério de transição.

— Chama a isto ministério de transição?

— Pois que é mais?

Este diálogo em que todos tomavam parte, inclusive o C. e que era repetido sempre que um dos circunstantes apresentava uma combinação nova, foi interrompido pela chegada de um deputado.

Desta vez íamos ter notícias frescas.

Efetivamente soubemos pelo deputado que o V. tinha sido chamado ao paço e estava organizando gabinete.

— Que dizia eu? exclamou Ferreira. Nem era de ver outra cousa. A situação é do V.; o seu último discurso foi o que os franceses chamam *discurso-ministro*. Quem são os outros?

— Por ora, disse o deputado, só há dois ministros na lista: o da Justiça e o do Império.

— Quem são?

— Não sei, respondeu o deputado.

Não me foi difícil ver que o homem sabia, mas era obrigado a guardar segredo. Compreendi que aquele é que lambia os vidros por dentro, expressão muito usada em tempo de crise.

Houve um pequeno silêncio. Conjeturei que cada qual estivesse a adivinhar quem seriam os nomeados; mas, se alguém os descobriu, não os nomeou.

O Abreu dirigiu-se ao deputado.

— V. Ex.ª acredita que o ministério fique organizado hoje?

— Creio que sim; mas daí pode ser que não...

— A situação não é boa, observou Ferreira.

— Admira-me que V. Ex.ª não seja convidado...

Estas palavras, naquela ocasião inconvenientes, foram pronuncia das pelo Lima, que trata a política como trata as mulheres e os cavalos. Cada um de nós procurou disfarçar o efeito de semelhante tolice, mas o deputado respondeu direitamente à pergunta:

— Pois não me admira nada disso; deixo o lugar aos componentes. Estou pronto a servir como soldado... Não passo disso.

— Perdão, é muito digno!

Entrou um homem esbaforido. Fiquei surpreso. Era um deputado.

Olhou para todos, e dando com os olhos no colega, disse:

— Podes dar-me uma palavra?

— Que é? perguntou o deputado levantando-se.

— Vem cá.

Foram até à porta, depois despediram-se de nós e seguiram apressadamente para cima.

— Estão ambos ministros, exclamou Ferreira.

— Acredita? perguntei eu.

— Sem dúvida.

Mendonça foi da mesma opinião; e foi a primeira vez que o vi adotar uma opinião alheia.

Eram duas horas da tarde quando saíram os dois deputados. Ansiosos por saber mais notícias, saímos todos e descemos a rua vagarosamente. Grupos de quatro e cinco se entretinham com o assunto do dia. Parávamos; combinávamos as versões; mas não retificavam as dos outros. Um desses grupos já estavam os três ministros nomeados; outro acrescentava os nomes dos dois deputados, pela única razão de os ter visto entrar num carro.

Às três horas já corriam versões de todo o gabinete, mas era tudo vago.

Determinamos não voltar para casa sem saber do resultado da crise, salvo se a notícia não viesse até às cinco horas, pois era de mau gosto (disse-me o C.) andar na Rua do Ouvidor às 5 horas da tarde.

— Mas qual será o meio de saber? perguntei eu.

— Eu vou ver se colho alguma cousa, disse Ferreira:

Vários incidentes nos iam detendo a marcha: algum amigo que passava, uma mulher que saía de uma loja, uma jóia nova em uma vidraça, um grupo tão curioso como o nosso, etc.

Nada se soube nessa tarde.

Voltei para o Hotel da Europa a fim de descansar e jantar; o C. jantou comigo. Conversamos muito do tempo da academia, dos nossos amores, das nossas travessuras, até que a noite veio e resolvemos voltar à Rua do Ouvidor.

— Não era melhor irmos à casa do V., pois que é ele o organizador do gabinete? perguntei.

— Principalmente, não temos tamanho interesse que justifique esse passo, respondeu o C.; depois, é natural que ele não nos possa falar. Organizar um gabinete não é cousa simples. Finalmente, apenas o gabinete estiver organizado cá saberemos na rua qual ele é.

A Rua do Ouvidor é lindíssima à noite. Estão os rapazes às portas das lojas, vendo passar as moças, e como tudo está iluminado, não imaginas o efeito que faz.

Confesso que me esqueceu o ministério e a crise. Havia então menos quem cuidasse de política; a noite da Rua do Ouvidor pertence exclusivamente à *fashion,* que é menos dada aos negócios do Estado que os freqüentadores de dia. Todavia, achamos alguns grupos onde se dava como certa a organização do gabinete, mas não se sabia ao certo quem eram os ministros todos.

Encontramos os mesmos amigos da manhã.

Ora, justamente quando o Mendonça se dispunha a ir colher alguma cousa certa, apareceu o desembargador com o rosto alegre.

— Que há?

— Está organizado.

— Mas quem são?

O desembargador tirou do bolso uma lista.

— São estes.

Lemos os nomes à luz do lampião de um mostrador. O Mendonça não gostou do gabinete; o Abreu achou-o excelente; o Lima, fraco.

— Mas isto é certo? perguntei eu.

— Deram-me agora esta lista; creio que é autêntica.

— O que é? perguntou por trás de mim uma voz.

Era um sujeito moreno e bigode grisalho.

— Sabe quem são? perguntou-lhe o Abreu.

— Tenho uma lista.

— Vejamos se combina com esta.

Costearam-se as listas; havia engano num nome.

Mais adiante encontramos outro grupo lendo outra lista. Divergiam em dois nomes. Alguns sujeitos que não tinham lista copiavam uma deles, deixando de copiar os nomes duvidosos, ou escrevendo-os todos com uma cruz à margem. Corriam assim as listas até que apareceu uma com ares de autêntica; outras foram aparecendo no mesmo sentido e às 9 horas da noite sabíamos positivamente, sem arredar pé da Rua do Ouvidor, qual era o gabinete.

O Mendonça ficou alegre com o resultado da crise.

Perguntaram-lhe por que razão.

— Tenho dois compadres no ministério! respondeu ele.

Aqui tens o quadro infiel de uma crise ministerial no Rio de Janeiro. Infiel digo, porque o papel não pode conter os diálogos, nem as versões, nem os comentários, nem as caras de um dia de crise. Ouvem-se, contemplam-se; não se descrevem.

MILOCA

[JF. nov.-dez. 1874 e jan. 1875.]

CAPÍTULO PRIMEIRO

D. Pulquéria da Assunção era uma senhora de seus sessenta anos, arguta, devota, gorda, paciente, crônica viva, catecismo ambulante. Era viúva de um capitão de cavalaria que morrera em Monte Caseros deixando-lhe uma escassa pensão e a boa vontade de um irmão mais moço que possuía alguma cousa. Rodrigo era o nome desse único parente a quem o Capitão Lúcio confiara D. Pulquéria na ocasião de partir para o Rio da Prata. Era bom homem, generoso e franco; D. Pulquéria não sentiu muito por esse lado a morte do marido.

Infelizmente, o cunhado não era tão remediado como parecia à viúva, e além disso não tinha meios nem tino para fazer crescer os poucos cabedais que ajuntara durante longos anos no negócio de armarinho. O estabelecimento de Rodrigo, excelente e afreguesado em outros tempos, não podia competir com os muitos estabelecimentos modernos que outros comerciantes abriram no mesmo bairro. Rodrigo vendia de vez em quando algum rapé, lenços de chita, agulhas e linhas, e outras cousas assim; sem poder oferecer ao freguês outros gêneros que aquele ramo de negócio havia adotado. Quem lá ia procurar um corte de vestido, uma camisa feita, uma bolsa, um sabonete, uns brincos de vidrilho, tinha o desgosto de voltar com as mãos vazias. Rodrigo estava atrás do seu tempo; a roda começou a desandar-lhe.

Além deste inconveniente, Rodrigo era generoso e franco, como disse acima, de maneira que, se por um lado não lhe crescia a bolsa, por outro ele próprio a desfalcava.

D. Pulquéria resolveu ir viver com o cunhado e foi uma felicidade para este, que tinha uma filha e precisava de lhe dar uma mãe. Ninguém melhor para esse papel do que a viúva do capitão, que, além de parenta da menina, era um símbolo de ordem e austeridade.

Miloca tinha dezessete anos. Até os quinze ninguém diria que viria a ser bela; mas, dessa idade em diante *enfeitou* muito, como dizia D. Pulquéria. Era a mais formosa cara do bairro e a mais elegante figura da Cidade Nova. Não tinha porém a viveza das moças da sua idade; era séria e empertigada demais. Quando saía olhava para diante de si sem volver a cabeça para nenhum lado nem se preocupar com os olhares de admiração que os rapazes lhe deitavam. Parecia ignorar ou desdenhar a admiração dos outros.

Esta circunstância, não menos que a beleza, tinha dado à filha de Rodrigo uma celebridade real. — Os rapazes chamavam-lhe *Princesa;* as moças puseram-lhe a alcunha de *Pescoço de pau.* A inveja das outras explorou o mais que pôde o orgulho de Miloca; mas se ela desdenhava a admiração, parecia também desdenhar a inveja.

D. Pulquéria reconhecia na sobrinha essa altivez singular e procurava persuadi-la de que a modéstia é a primeira virtude de uma moça; perdoava-lhe porém o defeito, por ver que em tudo mais a sobrinha era um modelo.

Havia já cinco anos que a viúva do Capitão Lúcio morava com a família do cunhado, quando este foi procurado por um rapaz desconhecido que lhe pediu meia hora de conversa particular.

— Chamo-me Adolfo P***, disse o moço quando se achou a sós com Rodrigo, e sou empregado no Tesouro. Pode informar-se do meu comportamento. Quanto ao meu caráter, espero que com o tempo conhecerá. Pretendo...

Aqui estacou o rapaz. Rodrigo, que era homem sagaz, percebeu qual era a pretensão de Adolfo. Não o auxiliou entretanto; preferiu saborear-lhe a perplexidade.

— Pretendo, repetiu Adolfo ao cabo de alguns segundos de silêncio, pretendo... ouso pedir-lhe a mão de sua filha.

Rodrigo ficou alguns instantes calado. Adolfo continuou...

— Repito; pode informar-se a meu respeito...

— Como pai, reconheço que me cumpre velar pelo futuro de minha filha, disse Rodrigo, mas a primeira condição de um casamento é a afeição recíproca. Tem autorização dela para...?

— Nunca nos falamos, disse Adolfo.

— Então... escrevem-se? perguntou Rodrigo.

— Nem isso. Duvido até que ela me conheça.

Rodrigo deu um salto na cadeira.

— Mas então, disse ele, que vem o senhor fazer à minha casa?

— Eu lhe digo, respondeu o pretendente. Amo sua filha apaixonadamente, e não há dia em que não procure vê-la; infelizmente, ela parece ignorar que eu existo no mundo. Até hoje, nem por distração, recebi um olhar dela. Longe de me desagradar esta indiferença, dou-me por feliz em achar tamanha discrição numa idade em que geralmente as moças gostam de ser admiradas e requestadas. Sei que não sou amado, mas não acho impossível vir a sê-lo. Seria porém impossível se continuasse a situação em que ambos nos achamos. Como saberia ela que eu a adoro, se nem suspeita que eu existo? Depois de refletir muito neste assunto, tive a idéia de vir pedir-lhe a mão de sua filha, e no caso de que o senhor não me achasse indigno dela, pediria para ser apresentado à sua família, caso este em que eu poderia saber se realmente...

— Paremos aqui, interrompeu Rodrigo. O senhor pede-me uma cousa singular; pelo menos não conheço semelhantes usos. Estimaria muito que o senhor fosse feliz, mas não me— presto a isso... por semelhante modo.

Adolfo insistiu no pedido; mas o pai de Miloca cortou a conversa levantando-se e estendendo a mão ao pretendente.

— Não lhe quero mal, disse ele; faça-se amado e volte. Nada mais lhe concedo.

Adolfo saiu de cabeça baixa.

Nesse mesmo dia procurou Rodrigo sondar o espírito da filha, a fim de saber se ela, ao contrário do que parecia a Adolfo, tinha dado fé do rapaz. Pareceu-lhe que não.

"Tanto pior para ele", disse Rodrigo consigo.

No domingo seguinte estava ele à janela com a cunhada, quando viu passar Adolfo, que lhe tirou o chapéu.

— Quem é aquele moço? Perguntou D. Pulquéria.

Um leve sorriso foi a resposta de Rodrigo, — quanto bastou para aguçar a curiosidade de D. Pulquéria.

— Você ri-se, disse ela. Que mistério é esse?

— Mistério nenhum, disse Rodrigo.

Insistiu a velha; e o cunhado não hesitou em lhe contar a conversa e o pedido do rapaz, acrescentando que, na sua opinião Adolfo era uma palerma.

— E por quê? Disse D. Pulquéria.

— Porque a um rapaz como ele não faltam meios de se fazer conhecido da dama de seus pensamentos. Eu vendo muito papel bordado e muita tinta azul, e onde a palavra não chega, chega uma carta.

— Não faltava mais nada! Exclamou D. Pulquéria. Mandar cartas à rapariga e transtornar-lhe a cabeça... Seu irmão nunca se atreveu a tanto comigo...

— Meu irmão era um maricas em tempo de paz, observou Rodrigo sorvendo uma pitada.

D. Pulquéria protestou energicamente contra a opinião do cunhado, e este foi obrigado a confessar que o irmão era, pelo menos um homem prudente. Passada essa questão incidente, voltou D. Pulquéria ao assunto principal e condenou a resposta que Rodrigo dera a Adolfo, dizendo que era talvez um excelente marido para Miloca.

— Miloca, acrescentou a velha, é uma rapariga muito metida consigo. Pode ser que não ache casamento tão cedo, e nós não havemos de viver sempre. Que você que ela aí fique sem proteção no mundo?

— Não, decerto, retorquiu Rodrigo, mas que devia eu fazer?

— O que devia fazer era informar-se do rapaz, e se lhe parecesse digno dela, apresentá-lo cá. Eu aqui estou para velar por ela.

D. Pulquéria desenvolveu este tema com a autoridade de uma senhora convencida. Rodrigo não deixou de lhe achar alguma razão.

— Pois bem, disse ele, eu indagarei do procedimento do rapaz, e se vir que merece, cá o trago... Mas isso é impossível, agora reparo; não acho bonito, nem decente que eu vá agora buscá-lo; parecerá que lhe meto a rapariga à cara.

— Tem razão, concordou a cunhada. E a culpa da dificuldade é toda sua. Em suma, é bom indagar; depois veremos o que se há de fazer.

As informações foram excelentes. Adolfo gozava de excelente reputação; era econômico, morigerado, laborioso, a pérola da repartição, o beijinho dos superiores. Nem com uma lanterna se encontraria marido daquela qualidade, tão à mão.

— Bem me dizia o coração, ponderou D. Pulquéria, que este rapaz era cá enviado pela Providência Divina. E você estragou tudo. Mas Deus é grande; esperemos que ele nos favoreça.

CAPÍTULO II

Não confiava debalde na Providência Divina a Sr.ª D. Pulquéria da Assunção. Cinco dias não eram passados quando um acontecimento desastroso veio atar as relações entre Adolfo e a família de Miloca.

Rodrigo era um dos mais extremos partidários da escola romântico-estragada. Ia ver algum drama de senso comum só por comprazer à família. Mas sempre que podia assistir a um daqueles matadouros literários tão em moda há vinte anos, — e ainda hoje, — vingava-se da condescendência a que o obrigava às vezes o amor dos seus. Estava então fazendo bulha um drama em seis ou oito quadros e outras tantas mortes, obra que o público aplaudia com delírio. Rodrigo tinha ido ver o drama, e viera para casa entusiasmadíssimo, a tal ponto que D. Pulquéria também se entusiasmou e ficou assentado que iriam no dia seguinte ao teatro.

Miloca tentou impedir a resolução, mas não teve força para o conseguir. De tarde caiu sobre a cidade uma daquelas trovoadas de que o nosso clima vai perdendo a tradição, e Rodrigo, que em tempo seco preferia andar de carro, com mais razão desta vez mandou vir um e lá foi a família ver a peça da moda.

Não nos interessa saber que impressões trouxeram de lá as duas senhoras; ambas começaram a dormir apenas entraram no carro, e se em Miloca era talvez aborrecimento, em D. Pulquéria era evidentemente cansaço. A boa velha já não era para dramas tão compridos nem paixões tão fortes. Encostou a cabeça e começou a ressonar.

Rodrigo ficou reduzido a um completo monólogo. Elogiava ele o drama, soltava exclamações, interrogava inutilmente as senhoras, e parecia engolfado na idéia de tudo que vira quando sentiu que o carro descambava docemente para o lado esquerdo. O cocheiro passara a casa e dera uma volta com o fim de chegar mais à porta; nessa ocasião as rodas da frente ficaram debaixo e isto produziu a queda suave do veículo.

Os três passageiros deram um grito, que foi o prelúdio, de muitos outros gritos, principalmente de D. Pulquéria que misturava atrapalhadamente preces e pragas. Felizmente havia na vizinhança um baile, e os cocheiros de outros carros acudiram depressa para impedir que os burros disparassem. Esta providência era de todo ponto inútil porque os burros, em cujo ânimo parece que também influíra o drama, aproveitaram a queda para dormir completamente.

O cocheiro saltou no chão e tratou de salvar os náufragos; mas já encontrou junto da portinhola que ficara voltada para cima um rapaz desconhecido, que parecia ter a mesma idéia.

Dizer-lhes que esse rapaz era Adolfo seria supor que os leitores nunca leram romances. Adolfo não passara por acaso; estava ali havia muito aguardando a volta de Miloca para ter a satisfação de a ver de longe. Quis a fortuna dele que houvesse desastre do carro. Levado por um duplo sentimento de humanidade e de egoísmo, o bom rapaz atirou-se ao veículo e começou a pescar as vítimas.

A primeira pessoa que saiu foi D. Pulquéria, que apenas se achou sã e salva, deu graças a Nossa Senhora e descompôs em termos brandos o cocheiro. Enquanto ela falava, estendia Adolfo a mão para dentro do carro, para tirar Miloca. A moça estendeu-lhe a mão, e o rapaz estremeceu. Daí a dois minutos saía ela do carro, e Adolfo tirava a terceira vítima, que gemia com a dor de uma ferida no nariz. Miloca apenas teve uma contusão no rosto. D. Pulquéria parece que por ser gorda ofereceu mais resistência ao choque.

Rodrigo estancava o sangue com o lenço; Miloca entrara no corredor da casa, o cocheiro tratava de levantar o carro ajudado por alguns colegas, quando D. Pulquéria, que já durante alguns minutos tinha os olhos pregados em Adolfo, exclamou:

— Foi o senhor quem nos salvou! Ó mano Rodrigo, aqui está a pessoa que nos salvou... Olhe!

— Mas não me salvou o nariz! objetou Rodrigo com mau humor. Pois quê! é o senhor! continuou ele aproximando-se do rapaz.

— Se verdade, respondeu modestamente Adolfo.

Rodrigo estendeu-lhe a mão.

— Oh! fico-lhe muito obrigado!

— Devemos-lhe a vida, observou Dona Pulquéria, e creio que lhe seremos eternamente gratos. Quer descansar?

— Obrigado, minha senhora.

— Mas ao menos prometa que há de vir à nossa casa, disse D. Pulquéria.

— É me permitem essa honra...

— Não permitimos, exigimos, disse Rodrigo.

— O meu serviço não vale nada, respondeu Adolfo; fiz o que faria outra qualquer pessoa. Todavia, se me permite, virei saber da saúde do senhor...

— Da saúde do meu nariz, emendou galhofeiramente Rodrigo; venha que nos dará grande prazer. Deixe-me apresentá-lo à minha filha...

Era tarde. Miloca menos grata que os dois velhos, ou mais necessitada de descanso que eles, tinha subido havia já cinco minutos.

Adolfo despediu-se de Rodrigo e de D. Pulquéria e foi esperar na esquina a passagem do carro. Chamou o cocheiro e deu-lhe uma nota de cinco mil-réis.

— Aqui está o que você perdeu quando o carro tombou.

— Eu? perguntou o cocheiro que sabia não ter um vintém na algibeira.

— É verdade, disse Adolfo.

E sem mais explicações foi andando.

O cocheiro era sagaz como bom cocheiro que era. Sorriu e guardou o dinheiro no bolso.

Adolfo não era tão pouco fino que fosse logo apresentar-se em casa de Rodrigo. Esperou quarenta e oito horas antes que desse sinal de si. E não foi à casa da família, mas à loja de Rodrigo, que já lá estava com um pequeno emplastro no nariz. Rodrigo agradeceu outra vez o serviço que lhe prestara assim como à sua família na noite do desastre e procurou estabelecer desde logo uma salutar familiaridade.

— Não sabe, lhe disse ele quando o rapaz se dispunha a sair, não sabe como minha cunhada ficou morrendo pelo senhor...

— Parece ser uma excelente senhora, disse Adolfo.

— É uma pérola, respondeu Rodrigo. E se quer que lhe fale franco, eu estou sendo infiel à promessa que lhe fiz.

— Como assim?

— Prometi a minha cunhada que o levaria lá em casa apenas o encontrasse, e separo-me do senhor sem desempenhar a minha palavra.

Adolfo curvou levemente a cabeça.

— Muito agradeço essa prova de bondade, disse ele, e sinto realmente não poder corresponder ao desejo de sua cunhada. Estou pronto porém a lá ir apresentar-lhe os meus respeitos no dia e hora que me designar.

— Quer que lhe diga uma cousa? disse alegremente o comerciante. Eu não sou homem de etiqueta; sou cá do povo. Simpatizo com o senhor, e sei a simpatia que minha cunhada lhe tem. Faça uma cousa: venha jantar conosco domingo.

Adolfo não pôde conter a sua alegria. Evidentemente não contava com tamanha maré de felicidade. Agradeceu e aceitou o convite de Rodrigo e saiu.

No domingo seguinte, apresentou-se Adolfo em casa do comerciante. Ia de ponto em branco, sem que esta expressão se deva entender no sentido da alta elegância fluminense. Adolfo era pobre e vestia com apuro relativamente à sua classe. Estava longe porém do rigor e da opulência aristocrática.

D. Pulquéria recebeu o pretendente com aquelas carícias que as velhas de bom coração costumam ter. Rodrigo desfez-se em solícitos cumprimentos. Só Miloca parecia indiferente. Estendeu-lhe a ponta dos dedos, e nem olhou para ele enquanto o mísero namorado murmurou algumas palavras relativas ao desastre. O intróito foi mau. D. Pulquéria percebeu isso, e tratou de animar o rapaz, falando-lhe com animada familiaridade.

Nunca a filha de Rodrigo parecera tão formosa aos olhos de Adolfo. A mesma severidade lhe dava um ar distinto e realçava a incomparável beleza das suas feições. Mortificava-o, é verdade, a indiferença; mas podia ele esperar mais alguma cousa logo da primeira vez?

Miloca tocou piano a convite do pai. Era excelente pianista, e entusiasmou deveras o pretendente, que não pôde disfarçar a sua impressão e murmurou um respeitoso cumprimento. Mas a moça limitou-se a um gesto de cabeça, acompanhado de um olhar que parecia dizer: "O senhor entende disto?"

Durante o jantar, a velha e o cunhado fizeram galhardamente as honras da casa. Adolfo ia perdendo a pouco e pouco as maneiras cerimoniosas, conquanto a atitude de Miloca lhe acanhasse o espírito. Era inteligente, polido e galhofeiro; a boa vontade dos olhos e as qualidades reais dele venceram em pouco tempo grande caminho.

No fim do jantar era um conhecido velho.

— Tenho uma idéia, disse Rodrigo quando chegaram à sala. Vamos dar um passeio?

A idéia foi aceita por todos, exceto por Miloca que declarou estar incomodada, pelo que a idéia ficou sem execução.

Adolfo saiu de lá mal impressionado; e teria desistido da empresa, se o amor não fosse engenhoso em derrubar imaginariamente todas as dificuldades deste mundo. Continuou a freqüentar a casa de Rodrigo, onde era recebido com verdadeira satisfação, menos por Miloca que parecia cada vez mais indiferente ao namorado.

Vendo que a situação do rapaz não melhorava, e parecendo-lhe que a sobrinha não acharia melhor marido do que ele, interveio D. Pulquéria, não por meio da autoridade, mas com as armas dóceis da persuasão.

— Acho singular, Miloca, a maneira por que tratas o Sr. Adolfo.

— De que maneira o trato? perguntou a moça mordendo os beiços.

— Secamente. E não compreendo isto porque ele é um excelente moço, muito bem educado, e além disso já nos prestou um serviço em ocasião séria.

— Tudo isso é verdade, respondeu Miloca, mas eu não sei como quer que o trate. Meu modo é esse. Não posso afetar o que não sinto; e a sinceridade creio que é uma virtude.

— É também a virtude do Sr. Adolfo, observou D. Pulquéria sem parecer abalada com a sequidão da sobrinha; devias ter reparado que é um moço muito sincero, e eu...

Aqui parou D. Pulquéria por um artifício que lhe pareceu excelente: esperou que a curiosidade de Miloca lhe pedisse o resto. Mas a sobrinha parecia completamente ausente dali, e não deu mostras de querer saber o resto do período.

D. Pulquéria fez um gesto de despeito, e não disse palavra, enquanto Miloca folheava os jornais em todos os sentidos.

— Não acho casa, disse ela depois de algum tempo.

— Casa? perguntou D. Pulquéria admirada.

— É verdade, minha tia, disse Miloca sorrindo, eu pedi a papai para que nos mudássemos daqui. Acho isto muito feio: não faria mal que morássemos em algum bairro mais bonito. Papai disse que sim, e eu ando a ler os anúncios...

— Ainda agora sei disso, disse D. Pulquéria.

— Casas aparecem muitas, continuou a moça, mas as ruas não prestam. Se fosse no Catete...

— Estás douda? perguntou D. Pulquéria; lá as casas são mais caras do que aqui, e além disso transtornaria o negócio de teu pai. Admira como ele consente em semelhante cousa!

Miloca pareceu não atender às objeções da tia. Esta, que era sagaz, e vivia com a sobrinha havia muito tempo, atinava com a razão do recente capricho. Levantou-se e pôs a mão na cabeça da moça.

— Miloca, por que hás de ser assim?

— Assim como?

— Por que hás de olhar tanto para cima?

— Se titia está de pé, respondeu maliciosamente a moça, eu hei de por força olhar para cima.

D. Pulquéria achou graça à resposta evasiva que a sobrinha lhe deu e não pôde reter um sorriso.

— Tonta! lhe disse a boa velha.

E acrescentou:

— Tenho pensado muito em ti.

— Em mim? perguntou ingenuamente Miloca.

— Sim; nunca pensaste no casamento?

— Nunca.

— E se aparecesse um noivo digno de ti?

— Digno de mim? Conforme; se eu o amasse...

— O amor vem com o tempo. Há bem perto de nós alguém que te ama, um moço digno de toda a estima, laborioso, grave, um marido como não há muitos.

Miloca desatou a rir.

— E titia viu isso primeiro que eu? perguntou ela. Quem é esse achado?

— Não adivinhas?

— Não posso adivinhar.

— O Adolfo, declarou D. Pulquéria depois de um minuto de hesitação.

Miloca franziu o sobrolho; depois deu uma nova risada.

— De que te ris?

— Acho engraçado. Com que então o Sr. Adolfo dignou-se olhar para mim? Não tinha percebido; não podia esperar tamanha felicidade. Infelizmente, não o amo... e por mais digno que seja o noivo, se eu o não amar vale para mim o mesmo que um vendedor de fósforos.

— Miloca, disse a velha contendo a indignação que lhe causavam estas palavras da sobrinha, o que acaba de dizer não é bonito, e eu...

— Perdão, titia, interrompeu Miloca, não se dê por ofendida; respondia gracejando a uma notícia que também me pareceu gracejo. A verdade é que eu não desejo casar-me. Quando vier a minha hora, saberei tratar seriamente o noivo que o céu me destinar. Creio porém que não há de ser o Sr. Adolfo, um pé-rapado...

Aqui a boa velha cravou um olhar de indignação na sobrinha, e saiu, Miloca levantou os ombros e foi tocar umas variações de Thalberg.

CAPITULO III

A causa de Adolfo estava condenada, e parece que ele ajudava o seu triste destino. Já vemos que Miloca aborrecia nele a sua não brilhante condição social, que era aliás um ponto de contacto entre ambos, cousa que a moça não podia compreender. Adolfo, entretanto, além desse pecado original, tinha a mania singular de fazer discursos humanitários, e mais do que discursos, ações; perdeu-se de todo.

Miloca não era cruel; pelo contrário, tinha sentimentos caridosos; mas, como ela mesma disse um dia ao pai, nunca se deve dar esmola sem luvas de pelica, porque o contacto da miséria não aumenta a grandeza da ação. Um dia, em frente da casa, caiu uma preta velha ao chão, abalroada por um tílburi; Adolfo, que ia a entrar, correu à infeliz, levantou-a nos braços e levou-a à botica da esquina, onde a deixou curada.

Agradeceu ao céu o ter-lhe proporcionado o ensejo de uma bela ação diante de Miloca que estava à janela com a família, e subiu alegremente as escadas. D. Pulquéria abraçou o herói; Miloca mal lhe entendeu a ponta dos dedos.

Rodrigo e D. Pulquéria conheciam o caráter da moça e procuravam modificá-lo por todas as maneiras, lembrando-lhe que o nascimento dela não era tão brilhante que pudesse ostentar tamanho orgulho. A tentativa era sempre inútil. Duas causas havia para que ela não mudasse de sentimentos: a primeira era proveniente da natureza; a segunda da educação. Rodrigo estremecia a filha, e buscou dar-lhe uma educação esmerada. Fê-la entrar como pensionista em um colégio, onde Miloca ficou em contacto com as filhas das mais elevadas senhoras da capital. Afeiçoou-se a muitas delas, cujas famílias visitou desde a infância. O pai tinha orgulho em ver que a filha era assim tão festejada nos primeiros salões, onde aliás ele nunca passou de um intruso. Miloca bebeu assim um ar que não era precisamente o do armarinho da Cidade Nova.

Que vinha pois fazer o mísero Adolfo nesta galera? Não era assim o marido que a moça sonhava; a imaginação da orgulhosa dama aspirava a maiores alturas. Podia não exigir tudo quanto quisera ter, um príncipe ou um duque se os houvesse cá disponíveis; mas entre um príncipe e Adolfo a distância era enorme. Donde resultava que a moça não se limitava a um simples desdém; tinha ódio ao rapaz porque a seus olhos era grande afronta, não já nutrir esperanças, mas simplesmente amá-la.

Para completar esta notícia do caráter de Miloca, é mister dizer que ela sabia do amor de Adolfo muito antes que o pai e a tia tivessem conhecimento dele. Adolfo estava persuadido que a filha de Rodrigo nunca tinha reparado nele. Iludia-se. Miloca possuía essa qualidade excepcional de ver sem olhar. Percebeu que o rapaz gostava dela, quando o via na igreja ou em alguma partida em casa de amizade no mesmo bairro. Perceber isto foi condená-lo.

Ignorando todas estas coisas, Adolfo atribuía à sua má ventura o não ter ganho a menor polegada de terreno. Não ousava comunicar as suas impressões ao comerciante nem à cunhada, posto descobrisse que ambos eram favoráveis ao seu amor. Meditou longamente no caso, e resolveu dar um golpe decisivo.

Um ex-comerciante abastado da vizinhança casou uma filha, e convidou a família de Rodrigo para as bodas. Adolfo também recebeu convite e não deixou de comparecer, disposto a espreitar ali uma ocasião de falar a Miloca, o que não lhe fora possível nunca em casa dela. Para os amantes *multidão* quer dizer solidão. Não acontece o mesmo com os pretendentes. Mas Adolfo tinha um plano feito; alcançaria dançar com ela, e nessa ocasião soltaria a palavra decisiva. A fim de obter uma concessão que julgava difícil na noite do baile, pediu-lhe uma quadrilha, na véspera, em casa dela, em presença da tia e, do pai. A moça concedeu-lha sem hesitação, e se o rapaz pudesse penetrar no espírito dela, não teria aplaudido, como fez, a sua resolução.

Miloca estava deslumbrante na sala do baile, e ofuscou completamente a noiva, objeto da festa. Se Adolfo estivesse nas boas graças dela, teria sentido legítimo orgulho ao ver a admiração que ela despertava em torno de si. Mas para um namorado repelido não há pior situação do que ver desejado um bem que lhe não pertence. A noite foi pois um suplício para o rapaz.

Afinal chegou a quadrilha concedida. Adolfo atravessou a sala trêmulo de comoção e palpitante de incerteza, e estendeu a mão a Miloca. A moça levantou-se com a graça do costume e acompanhou o par. Durante as primeiras figuras, Adolfo não ousou dizer palavra sobre cousa nenhuma. Ao ver porém que o tempo corria, e era necessário uma decisão, dirigiu-lhe algumas palavras banais como são as primeiras palavras de um homem pouco afeito a tais empresas.

Pela primeira vez Miloca encarou o namorado, e, longe do que se poderia supor, não havia em seu gesto a menor sombra de aborrecimento; pelo contrário, parecia animar o novel cavalheiro a mais positivo ataque...

Animado com esse intróito, Adolfo foi direto ao coração do assunto.

— Talvez, D. Emília, disse ele, talvez tenha notado que eu...

E parou.

— Que o senhor... o quê? perguntou a moça que parecia saborear a perplexidade do rapaz.

— Que eu sinto...

Nova interrupção.

Era chegada a *Chaine des Dames*. Miloca deixou o rapaz meditar nas dificuldades da sua posição.

"Sou um asno, dizia Adolfo consigo. Pois que razão me arriscarei a deixar para depois uma explicação que vai em tão bom caminho? Ela parece disposta..."

No primeiro intervalo reatou a conversação.

— Dir-lhe-ei tudo de uma vez... Amo-a. Miloca fingiu-se admirada.

— A mim? perguntou ela ingenuamente.

— Sim... atrevi-me a... Perdoa-me?

— Com uma condição.

— Qual?

— Ou antes, com duas condições. A primeira é que se há de esquecer de mim; a segunda é que não há de voltar lá à casa.

Adolfo olhou espantado para a moça e durante alguns segundos não achou resposta que lhe dar. Preparou-se para tudo, mas aquilo ia além dos seus cálculos. A única cousa que lhe pôde dizer foi esta pergunta:

— Fala sério?

Miloca fez um gesto de cólera, que reprimiu logo; depois sorriu e murmurou:

— Que se atreva a amar-me, é muito, mas injuriar-me, é demais!

— Injúria pede injúria, retorquiu Adolfo.

Miloca desta vez não olhou para ele. Voltou-se para o cavalheiro que ficava próximo e disse:

— Quer conduzir-me ao meu lugar?

Deu-lhe o braço e atravessou a sala, no meio do pasmo geral.

Adolfo humilhado, vendo-se alvo de todas as vistas, procurou esquivar-se. D. Pulquéria não viu o que se passou; estava conversando com a dona da casa em uma saleta contígua; Rodrigo jogava nos fundos da casa.

Aquele misterioso lance teatral foi o assunto das palestras durante o resto da noite. Impossível foi porém saber a causa dele. O dono da casa, sabedor do acontecimento, pediu desculpa dele à filha de Rodrigo, pois julgava ter parte indireta nele pelo fato de haver convidado Adolfo. Miloca agradeceu a atenção, mas nada revelou do que se passara.

Nem o pai nem a tia souberam de nada; no dia seguinte porém recebeu Rodrigo uma longa carta de Adolfo relatando o sucesso da véspera e pedindo desculpa ao velho de ter dado causa a um escândalo. Nada ocultou do que se passara, mas absteve-se de moralizar a atitude da moça. Rodrigo conhecia o defeito da filha e não lhe foi difícil perceber que a causa primordial do acontecimento fora ela. Todavia não lhe disse nada. D. Pulquéria porém foi menos discreta; na primeira ocasião que se lhe ofereceu, disse amargas verdades à sobrinha, que lhas ouviu sem replicar.

CAPÍTULO IV

Feliz aqueles cujos dias correm com a insipidez de uma crônica vulgar. Geralmente os dramas da vida humana são mais toleráveis no papel que na realidade.

Poucos meses depois da cena que deixamos relatada, a família de Miloca sofreu um grave revés pecuniário; Rodrigo perdeu o pouco que tinha, e não tardou que a este acontecimento sucedesse outro não menos sensível: a morte de D. Pulquéria. Reduzido à extrema pobreza e achacado de moléstias, Rodrigo viveu ainda alguns meses atribulado e aborrecido da vida.

Miloca mostrou nesses dias amargos uma grande força de ânimo, maior do que se podia esperar daquele espírito quimérico. Bem sabia ela que o seu futuro era negro e nenhuma esperança poderia vir animá-lo. Todavia, parecia completamente alheia a essa ordem de considerações.

Rodrigo faleceu repentinamente uma noite em que parecia começar a recobrar a saúde. Era o último golpe que vinha ferir a moça, e esse não o suportou ela com a mesma coragem até ali manifestada. Uma família da vizinhança ofereceu-lhe asilo logo na noite do dia em que se enterrou o pai. Miloca aceitou o favor, disposta a dispensá-lo por qualquer maneira razoável e legítima.

Não tinha muito que escolher. Só uma carreira lhe estava aberta: a do professorado. A moça resolveu-se a ir ensinar em algum colégio. Custava-lhe isto ao orgulho, e era com certeza a morte de suas esperanças aristocráticas. Mas segundo ela disse a si mesma, era isso menos humilhante do que comer as sopas alheias. Verdade é que as sopas eram servidas em pratos modestos. Nesse projeto estava, — apesar de combatido pela família que tão afetuosamente lhe abrira as portas, — quando apareceu em cena um anjo enviado do céu. Era uma de suas companheiras de colégio, casada de fresco, que vinha pedir-lhe o obséquio de ir morar com ela. Miloca recusou o pedido com alguma resolução; mas a amiga vinha disposta a esgotar todos os argumentos possíveis até vencer as repugnâncias de Miloca. Não lhe foi difícil; a altiva órfã cedeu e aceitou.

Leopoldina era o nome da amiga que lhe aparecera como um *deus ex machina,* acompanhada pelo marido, jovem deputado do Norte, governista inabalável e aspirante a ministro. Quem conversava com ele durante meia hora, nutria logo algumas dúvidas sobre se os negócios do Estado ganhariam muito em que ele os dirigisse. Dúvida realmente frívola, que ainda não fechou a ninguém as avenidas do poder.

Leopoldina era o contraste de Miloca; tanto uma tinha de altiva, imperiosa e seca, quanto a outra de dócil, singela e extremamente afável. E não era esta a única diferença. Miloca era sem dúvida uma moça distinta; mas era mister estar só. A sua distinção precisava não ser comparada com outra. Nesse terreno também Leopoldina lhe levava muita vantagem. Tinha uma distinção mais própria, mais natural, mais inconsciente. Onde porém Miloca lhe levava a melhor era nos dotes físicos, o que não quer dizer que Leopoldina não fosse bela.

Para ser exato devo dizer que a filha de Rodrigo não aceitou alegremente, nos primeiros dias, a hospitalidade de Leopoldina. Orgulhosa como era, doía-lhe a posição dependente em que se achava. Mas isso durou pouco, graças à extrema habilidade da amiga, que empregou todos os esforços para disfarçar a aspereza das circunstâncias, colocando-a na posição de pessoa de família.

Alcançara Miloca os seus desejos. Vivia numa sociedade bem diferente daquela em que vivera a família. Já não via todas as tardes o modesto boticário da esquina ir jogar o gamão com o pai; não suportava as histórias devotas de D. Pulquéria; não via à mesa uma velha doceira amiga de sua casa; nem parava à porta do armarinho quando voltava da missa nos domingos. Era muito outra sociedade, era a única que ela ambicionava e compreendia. Aceitaram todos a posição em que Leopoldina tinha a amiga; muitas das moças que lá iam foram suas companheiras de colégio; tudo lhe correu fácil, tudo se lhe tornou brilhante.

Uma só cousa, porém, vinha de quando em quando escurecer o espírito de Miloca. Ficaria ela sempre naquela posição, que apesar de excelente e brilhante, tinha a desvantagem de ser equívoca? Esta pergunta, cumpre dizê-lo, não lhe surgia no espírito por si mesma, mas como prelúdio de outra idéia, capital para ela. Por outras palavras, o que a agitava principalmente era o problema do casamento. Casar-se, mas casar-se bem, eis o fim e a preocupação de Miloca. Não faltava onde escolher. Iam à casa de Leopoldina muitos rapazes bonitos, elegantes, distintos, e não poucos ricos. Talvez Miloca ainda não sentisse amor verdadeiro por nenhum deles; mas essa circunstância era puramente secundária no sistema adotado por ela.

Parece que Leopoldina também pensara nisso, porque mais de uma vez tocara nesse assunto com a liberdade que lhe dava a afeição. Miloca respondia evasivamente, mas não repelia de todo a idéia de um consórcio feliz.

— Por ora, acrescentava ela, ainda o meu coração não bateu; e o casamento sem amor é uma cousa terrível, penso eu; mas quando vier o amor, espero em Deus que serei feliz. Sê-lo-ei?

— Sê-lo-ás, respondeu comovida a amiga hospitaleira. Nesse dia conta que eu te ajudarei.

Um beijo terminava estas confidências.

Infelizmente para Miloca, estes desejos pareciam longe da realização. Dos rapazes casadeiros nenhum contestava a beleza da moça; mas corria entre eles uma teoria de que a mais bela mulher deste mundo precisa de não vir com as mãos abanando.

Ao cabo de dois anos de inúteis esperanças, Miloca transigiu com a sua altivez, trocou o papel de praça que pede assédio pelo de exército sitiador.

Um primo segundo de Leopoldina foi o seu primeiro objetivo. Era um jovem bacharel, formado poucos meses antes em S. Paulo, rapaz inteligente, alegre e franco.

Os primeiros fogos das baterias de Miloca produziram efeito; sem ficar apaixonado de todo, começou a gostar da rapariga. Infelizmente para ela, coincidiu este ataque de frente com um ataque de flanco, e a praça foi tomada por uma rival mais feliz.

Não desanimou a moça. Dirigiu os seus tiros para outro ponto, desta vez não pegaram as bichas, o que obrigou a bela pretendente a lançar mão de terceiro recurso. Com mais ou menos felicidade, andou Miloca nesta campanha durante um ano, sem alcançar o seja máximo desejo.

A derrota não lhe quebrou o orgulho; antes lhe deu um toque de azedume e hipocondria, que a fez um tanto insuportável. Mais de uma vez pretendeu deixar a casa da amiga e ir professar em algum colégio. Mas Leopoldina resistia sempre a esses projetos, já mais veementes que ao princípio. O despeito parecia aconselhar à bela órfã o completo esquecimento de seus planos matrimoniais. Compreendia agora que, talvez pela mesma razão com que ela recusara o amor de Adolfo, recusavam-lhe agora o amor dela. A punição, dizia ela consigo, fora completa.

A imagem de Adolfo surgiu então em seu espírito atribulado e abatido. Não se arrependeu do que fizera; mas lamentou que Adolfo não estivesse em posição cabal de lhe realizar os seus sonhos e ambições.

"Se assim fosse, pensava Miloca, eu seria hoje feliz, porque esse amava-me."

Tardias queixas eram aquelas. O tempo corria, e a moça com o seu orgulho se definhava na solidão povoada da sociedade a que aspirava desde os tempos da sua mediania.

CAPÍTULO V

Uma noite, estando no teatro, viu em um camarote fronteiro duas moças e dois rapazes; um dos rapazes era Adolfo. Miloca estremeceu; involuntariamente, não de amor, não de saudade, mas de inveja. Seria uma daquelas moças esposa dele? Ambas eram distintas, elegantes; ambas formosas. Miloca perguntou a Leopoldina se conhecia os dois rapazes; o marido da amiga foi quem lhe respondeu:

— Só conheço um deles; o mais alto.

O mais alto era Adolfo.

— Parece-me que também o conheço, disse Miloca, e foi por isso que lho perguntei. Não é um empregado do Tesouro?

— Talvez fosse, respondeu o deputado; agora é um amável vadio.

— Como assim?

— Herdou do padrinho, explicou o deputado.

— Ah!

Leopoldina que tinha assentado o binóculo para ver as moças perguntou:

— Será casado com alguma daquelas moças?

— Não; é amigo da família, respondeu o deputado; e parece que não está disposto a casar.

— Por quê? aventurou Miloca.

— Dizem que teve um amor infeliz outrora.

Miloca estremeceu de alegria, e pôs o binóculo para o camarote de Adolfo. Este pareceu perceber que era objeto das indagações e conversas das três personagens, e já havia conhecido a antiga amada; todavia, disfarçou e conversou alegremente com as moças do seu camarote.

Depois de algum silêncio, disse Miloca:

— Parece que o senhor acredita em romances; pois há quem conserva assim um amor a ponto de não querer casar?

E como se se arrependesse desta generalidade, emendou: Nos homens é difícil encontrar tamanha constância às afeições passadas.

— Nem eu lhe disse que ele conservava essa feição, observou o deputado; esse amor infeliz do meu amigo Adolfo...

— É teu amigo? Perguntou Leopoldina.

— É, respondeu o marido. E continuou: Esse amor infeliz do meu amigo Adolfo serviu para lhe dar uma triste filosofia a respeito de amores. Jurou não casar...

— E onde escreveu esse juramento?

— Não acredita que ele o cumpra? perguntou sorrindo o marido de Leopoldina.

— Francamente, não, respondeu Miloca.

Dias depois levou o deputado à casa o seu amigo Adolfo e o apresentou às duas senhoras. Adolfo falou a Miloca como pessoa de seu conhecimento, mas nenhuma palavra ou gesto revelou aos donos da casa o sentimento que ele tivera outrora. A mesma Miloca compreendeu que tudo estava extinto no coração do rapaz, mas não era fácil reviver a chama apagada? Miloca contava consigo, e reuniu todas as suas forças para uma luta suprema.

Infelizmente era verdade o que dissera o marido de Leopoldina. Adolfo parecia ter mudado completamente. Já não era o rapaz afetuoso, e tímido de outro tempo; mostrava-se agora gelado em cousas do coração. Não só o passado estava extinto, como nem era possível criar-lhe nenhum presente. Miloca compreendeu isto no fim de alguns dias, e todavia não desanimou.

Animou-a nesse propósito Leopoldina, que percebeu a tendência da amiga para o rapaz sem todavia conhecer uma sílaba do passado que havia entre ambos. Miloca negou a princípio, mas conveio-lhe dizer tudo, e mais do que isso, não pôde resistir, porque ela começava a amar deveras o rapaz.

— Não desanimes, lhe disse a amiga; estou que hás de triunfar.

— Quem sabe? murmurou Miloca.

Esta pergunta foi triste e desanimada. Era a primeira vez que ela amava, e isto lhe pareceu uma espécie de castigo que a Providência lhe infligia.

— Se ele me não corresponder, pensava Miloca, sinto que serei a mais desgraçada de todas as mulheres.

Adolfo percebeu o que se passava no coração da moça, mas pensou que era menos sincero o afeto que ela nutria. Quem lhe pintou claramente a situação foi o marido de Leopoldina, a quem esta havia contado tudo, com a certeza talvez da indiscrição dele.

Se Adolfo ainda a amasse, seriam ambos felicíssimos; mas sem o amor dele que esperança teria a moça? Digamos a verdade toda; Adolfo era em toda a extensão da palavra um rapaz cínico, mas cobria o cinismo com uma capa de seda, que o fazia apenas indiferente; de maneira que se algum raio de esperança podia entrar no ânimo de Miloca bem depressa se lhe devia esvaecer.

E quem arrancará a esperança de um coração que ama? Miloca continuava a esperar, e de certo tempo em diante alguma cousa lhe fazia crer que a esperança não seria vã. Adolfo parecia começar a reparar nela, e a ter alguma simpatia. Estes sintomas foram crescendo a pouco e pouco, até que Miloca teve um dia certeza de que o dia da sua felicidade estava próximo. Contara com a sua admirável beleza, com os vivos sinais do seu afeto, com algum gérmen do passado não de todo extinto no coração de Adolfo. Um dia acordou confiada de que todas estas armas lhe haviam dado o triunfo.

Não tardou que começasse o período epistolar. Seria cousa fastidiosa reproduzir aqui as cartas que os dois namorados trocaram durante um mês Qualquer das minhas leitoras (sem ofensa de ninguém) conhece mais ou menos o que se diz nesse gênero de literatura. Copiarei todavia dois trechos interessantes de ambos. Seja o primeiro de Adolfo:

> ... Como poderia crer que eu houvesse esquecido o passado? Doloroso foi ele para mim, mas ainda mais que doloroso, delicioso; porque o meu amor me sustentava naquele tempo, e eu era feliz, posto não fosse amado. A ninguém mais amei senão a ti; mas confesso que até há pouco, o mesmo amor que te votei outrora já havia desaparecido. Tiveste o condão de reavivar uma chama já apagada. Fizeste um milagre, que eu tinha por impossível.
>
> E confesso hoje, confesso sem hesitação, que tu vieste acordar um coração morto, e morto por ti mesma. Bem hajas tu! teu, serei teu até à morte!...

A estas calorosas expressões, respondia Miloca com igual ardor. De uma de suas cartas, a quinta ou sexta, copio estas palavras:

> ...Obrigada, meu Adolfo! tu és generoso, tu soubeste perdoar, porque soubeste amar outra vez aquela a quem devia ter ódio. Bem cruel fui eu em não conhecer a grandeza de tua alma! Hoje que te compreendo, choro lágrimas de sangue, mas ao mesmo tempo agradeço ao céu o ter-me dado a maior ventura desta vida, que é lograr a ventura que uma vez se repeliu... Se tu soubesses como eu te amo, escrava, pobre, mendiga, castigada por ti e desprezada por ti, amo-te, amar-te-ei sempre! etc., etc.

Numa situação como esta, o desenlace parecia claro; nada obstava que se casassem dali a um mês. Miloca era maior e não tinha nenhum parente. Adolfo era livre. Tal era a solução prevista por Leopoldina e seu marido; tal era a de Miloca.

Mas quem sabe, o que nos guarda o futuro? E a que desvairamentos não arrasta o amor quando os corações são fracos? Um dia de manhã Leopoldina achou-se só; Miloca tinha desaparecido. Como, e por que, e de que modo? Ninguém o soube. Com quem desaparecera, soube-se logo que fora Adolfo, que não voltou à casa do deputado.

Deixando-se arrastar pelo rapaz a quem amava, Miloca apenas consultou o seu coração; quanto a Adolfo, nenhuma idéia de vingança o dominara; cedeu a sugestões de libertinagem.

Durante cerca de um ano, ninguém soube dos dois fugitivos. A princípio soube-se que estavam na Tijuca; depois desapareceram dali sem que Leopoldina alcançasse a notícia deles.

Um ano depois do acontecimento narrado acima, reapareceu na corte o fugitivo Adolfo. Correu logo que vinha acompanhado da interessante Miloca. Casados? Não; e esse passo dado no caminho do erro foi funesto à ambiciosa moça. Que outra cousa podia ser? O mal engendra o mal.

Adolfo parecia estar aborrecido da aventura; e todavia Miloca ainda o amava como no princípio. Iludiu-se a respeito dele, nesses últimos tempos, mas afinal compreendeu que entre a atual situação e o fervor dos primeiros dias havia um abismo. Ambos arrastaram a cadeia durante um ano mais, até que Adolfo embarcou para Europa sem dar notícia de si à infeliz moça.

Miloca desapareceu tempos depois. Uns dizem que se fora à cata de novas aventuras; outros que se matara. E havia razão para ambas estas versões. Se morreu a terra lhe seja leve!

A ÚLTIMA RECEITA

[JF. set. 1875.]

A viúva Lemos adoecera; uns dizem que dos nervos, outros que de saudades do marido. Fosse o que fosse, a verdade é que adoecera, em certa noite de setembro, ao regressar de um baile. Morava então no Andaraí, em companhia de uma tia surda e devota. A doença não parecia cousa de cuidado; todavia era necessário fazer alguma cousa. Que cousa seria? Na opinião da tia um cozimento de altéia e um rosário a não sei que santo do céu eram remédios infalíveis. D. Paula (a viúva) não contestava a eficácia dos remédios da tia, mas opinava por um médico.

Chamou-se um médico.

Havia justamente na vizinhança um médico, formado de pouco, e recente morador na localidade. Era o Dr. Avelar, sujeito de boa presença, assaz elegante e médico feliz. Veio o Dr. Avelar na manhã seguinte, pouco depois das oito horas. Examinou a doente e reconheceu que a moléstia não passava de uma constipação grave. Teve entretanto a prudência de não dizer o que era, como aquele médico da anedota do bicho no ouvido, anedota que o povo conta, e que eu contaria também, se, me sobrasse papel.

O Dr. Avelar limitou-se a torcer o nariz quando examinou a enferma, e a receitar dois ou três remédios, dos quais só um era útil; o resto figurava no fundo do quadro.

D. Paula tomou os remédios como quem não queria deixar a vida. Havia razão. Apenas dois anos fora casada, e contava apenas vinte e quatro anos. Havia já treze meses que lhe morrera o marido. Apenas entrara no pórtico do matrimônio.

A esta circunstância é justo acrescentar mais duas; era bonita e tinha alguma cousa de seu. Três razões para agarrar-se à vida como o náufrago a uma tábua de salvação.

Uma única razão haveria para que ela aborrecesse o mundo: era se tivesse realmente saudades do marido. Mas não tinha. O casamento fora um arranjo de família e dele próprio; Paula aceitou o arranjo sem murmurar. Honrou o casamento, mas não deu ao marido nem estima nem amor. Viúva dois anos depois, e ainda moça, é claro que a vida para ela começava apenas. A idéia de morrer seria para ela não só a maior de todas as calamidades, mas também a mais desastrada de todas as tolices.

Não quis morrer nem caso era de morte.

Os remédios foram tomados pontualmente; o médico, mostrou-se assíduo; dentro de poucos dias, três a quatro, estava restabelecida a interessante enferma.

De todo?

Não.

Quando o médico voltou no quinto dia, achou-a sentada na sala, envolvida em grande roupão, com os pés numa almofada, o rosto extremamente pálido, e muito mais ainda por causa da pouca luz.

O estado era natural em quem se levantava da cama; mas a viuvinha alegou ainda umas dores de cabeça, a que o médico chamou nevralgia, e uns tremores, que foram classificados no capítulo dos nervos.

— Serão graves moléstias? perguntou ela.

— Oh! não, minha senhora, respondeu Avelar, são achaques aborrecidos, mas não graves, e geralmente próprios de doentes formosas.

Paula sorriu com um ar tão triste que fazia duvidar do prazer com que ouviu estas palavras do médico.

— Dá-me porém remédios, não? perguntou ela.

— Sem dúvida.

Avelar receitou efetivamente alguma cousa e prometeu voltar no dia seguinte.

A tia era surda, como sabemos, não ouvia nada da conversa entre os dois. Mas não era tola; começou a reparar que a sobrinha ficava mais doente quando se aproximava a chegada do médico. Além disso nutria dúvidas sérias acerca da aplicação exata dos remédios. O certo é porém que Paula, tão amiga de bailes e passeios, parecia realmente doente porque não saía de casa.

Notou igualmente a tia que, pouco antes da hora do médico, a sobrinha fazia uma aplicação mais copiosa de pó-de-arroz. Paula era morena; ficava, muito branca. A meia luz da sala, os xales, o ar mórbido tornavam-lhe a palidez extremamente verossímil.

A tia não parou nesse ponto; foi ainda além. Não era médico o Avelar? Naturalmente devia saber se realmente estava enferma a viúva. Interrogado o médico, asseverou que a viúva estava muito mal, e prescreveu-lhe o mais absoluto repouso.

Tal era a situação da enferma e do facultativo.

Um dia em que este entrou achou-a folheando um livro. Estava com a palidez de costume e o mesmo ar abatido.

— Como vai a minha doente? disse familiarmente o Dr. Avelar.

— Mal.

— Mal?

— Horrorosamente mal. .. Que lhe parece o pulso?

Avelar examinou-lhe o pulso.

— Regular, disse ele. A tez está um tanto pálida, mas os olhos parecem bons... Houve algum ataque?

— Não; mas sinto-me desfalecida.

— Deu o passeio que lhe aconselhei?

— Não tive ânimo.

— Fez mal. Não passeou e está lendo...

— Um livro inocente.

— Inocente?

O médico pegou no livro e examinou-lhe a lombada.

— Um livro diabólico! disse ele atirando-o para cima da mesa.

— Por quê?

— Livro de poeta, livro para namorados, minha senhora, que é uma casta de doentes terríveis. Não se curam eles; ou raramente se curam; mas há pior, que é adoecerem os sãos. Peço-lhe licença para confiscar o livro.

— Uma distração! murmurou Paula com uma doçura capaz de vencer um tirano.

Mas o médico mostrou-se firme.

— Uma perversão, minha senhora! Em ficando boa pode ler se quiser todos os poetas do século; antes, não.

Paula ouviu esta palavra com singular, mas disfarçada alegria. — Parece-lhe então que estou muito doente? disse ela.

— Muito, não digo; tem ainda um resto de abalo que só pode desaparecer com o tempo e um regímen severo.

— Severo demais.

— Mas necessário...

— Duas cousas lastimo sobre todas.

— Quais?

— A pimenta e o café.

— Oh!

— É o que lhe digo. Não tomar café nem pimenta é o limite da paciência humana. Quinze dias mais deste regímen ou desobedeço ou expiro.

— Nesse caso, expire, disse Avelar sorrindo.

— Acha melhor?

— Acho igualmente mau. O remorso, porém, será meu só, enquanto que se V. Ex.ª desobedecer terá os seus últimos instantes amargurados por um tardio arrependimento. Melhor é morrer vítima que culpada.

— Melhor é não morrer nem culpada nem vítima.

— Nesse caso não tome pimenta nem café.

A leitora que acaba de ler esta conversa, admirar-se-ia muito se visse a nossa doente nesse mesmo dia ao jantar: teve pimenta à farta e bebeu excelente café no fim. Não admira porque era o seu costume. A tia admirava-se com razão de uma doença que consentia tais liberdades; a sobrinha não se explicava cabalmente a este respeito.

Choviam convites de jantares e bailes. A viuvinha recusava-os todos por causa do seu mau estado de saúde.

Foi uma verdadeira calamidade.

Entraram a chover as visitas e bilhetes. Muitas pessoas achavam que a doença devia ser interna, muito interna, profundamente interna, visto que lhe não apareciam sinais no rosto. Os nervos (eternos caluniados!) foram à explicação que geralmente se deu à singular moléstia da moça.

Três meses correram assim, sem que a doença de Paula cedesse uma linha aos esforços do médico. Os esforços do médico não podiam ser maiores; de dois em dois dias uma receita. Se a doente se esquecia do seu estado e entrava a falar e a corar como quem tinha saúde, o médico era o primeiro a lembrar-lhe o perigo, e ela obedecia logo entregando-se à mais prudente inação.

Às vezes zangava-se.

— Todos os senhores são uns bárbaros, dizia ela.

— Uns bárbaros... necessários, respondia Avelar sorrindo.

E acrescentava:

— Eu não direi o que são as doentes.

— Diga sempre.

— Não digo.

— Caprichosas?

— Mais.

— Rebeldes?

— Menos.

— Impertinentes?

— Sim. Algumas são impertinentes e amáveis.

— Como eu.

— Naturalmente.

— Já o esperava, dizia a viúva Lemos sorrindo. Sabe por que razão lhe perdôo tudo? É porque é médico. Um médico tem carta branca para gracejar conosco; isso mesmo nos dá saúde.

Neste ponto levantou-se.

— Parece-me até que já estou melhor.

— Parece e está... quero dizer, está muito mal.

— Muito mal?

— Não, muito mal, não; não está boa...

— Meteu-me um susto!

Seria realmente zombar do leitor o explicar-lhe que a doente e o médico estavam a pender um para o outro; que a doente sofria tanto como o Corcovado, e que o médico conhecia cabalmente a sua perfeita saúde. Gostavam um do outro sem se atreverem a dizer a verdade, simplesmente pelo receio de se enganarem. O meio de se falarem todos os dias era aquele.

Mas gostavam eles já antes da fatal constipação do baile? Não. Até então ignoravam a existência um do outro. A doença favoreceu o encontro; o encontro o coração; o coração favorecia desde logo o casamento, se tivessem caminhado em linha reta, em vez dos rodeios em que andavam.

Quando Paula ficou boa da constipação adoeceu do coração; não tendo outro recurso fingiu-se doente. O médico, que pela sua parte desejava isso mesmo exagerou ainda as invenções da suposta enferma.

A tia, sendo surda, assistia inutilmente aos diálogos da doente com o médico. Um dia escreveu a este pedindo-lhe que apressasse a cura da sobrinha. Avelar desconfiou da carta a princípio. Seria uma despedida? Podia ser pelo menos uma desconfiança. Respondeu que a moléstia de D. Paula era, aparentemente insignificante, mas podia tornar-se grave sem um regímen severo, que ele lhe recomendava sempre.

A situação, entretanto, prolongava-se. A doente estava cansada da doença, e o médico da medicina. Ambos eles começaram a desconfiar que não eram mal aceitos. O negócio entretanto não caminhava muito.

Um dia Avelar entrou triste em casa da viúva.

— Jesus! exclamou sorrindo a viúva; ninguém dirá que é o médico. Parece o doente.

— Doente de lástima, disse Avelar abanando a cabeça; por outros termos, é a lástima que me dá este ar enfermo.

— Lástima de quê?

— De V. Ex.ª.

— De mim?

— É verdade.

A moça riu-se consigo mesma; todavia esperou a explicaçâo. Houve um silêncio. No fim dele:

— Sabe, disse o médico, sabe que está muito mal?

— Eu?

Avelar fez um gesto afirmativo.

— Já o sabia, suspirou a doente.

— Não digo que tudo esteja perdido, continuou o médico, mas nada se perde em prevenir.

— Então...

— Coragem!

— Fale.

— Mande chamar o padre.

— Aconselha-me a confissão?

— É indispensável.

— Perderam-se todas as esperanças?

— Todas. Confissão... e banhos.

A viúva soltou uma risada.

— E banhos?

— Banhos de igreja.

Outra risada.

— Aconselha-me então o casamento.

— Justo.

— Imagino que está gracejando.

— Estou falando muito sério. O remédio não é novo nem desprezível. Todas as semanas lá vão muitos enfermos, e dão-se bem alguns deles. É um específico inventado desde muitos séculos e que provavelmente só acabará no último dia do mundo. Pela minha parte nada mais tenho que fazer.

Quando a viuvinha menos esperava, Avelar levantou-se e saiu. Falava sério ou gracejava? Dois dias se passaram sem que o médico voltasse. A doente estava triste; a tia aflita; houve idéia de mandar chamar outro médico. Recusou-a a doente.

— Então só um médico acertou com a tua moléstia?

— Talvez.

No fim de três dias recebeu a viúva Lemos uma carta do médico.

Abriu-a.

Dizia assim:

É absolutamente impossível esconder por mais tempo o que sinto por V. Ex.ª Amo-a.

Sua moléstia precisa de uma última receita, verdadeiro remédio para quem ama, — sim, porque V. Ex.ª também me ama. Que razão obrigaria a negá-lo?

Se a sua resposta for afirmativa haverá mais dois entes felizes neste mundo.

Se negativa...

Adeus!

A carta foi lida com explosão de entusiasmo; o médico foi chama do a toda a pressa, para receber e dar saúde. Casaram-se os dois daí a quarenta dias.

Tal é a história da *Última Receita.*

UM ESQUELETO

[JP. out.-nov. de 1875.]

CAPÍTULO PRIMEIRO

Eram dez ou doze rapazes. Falavam de artes, letras e política. Alguma anedota vinha de quando em quando temperar a seriedade da conversa. Deus me perdoe! parece que até se fizeram alguns trocadilhos.

O mar batia perto na praia solitária... estilo de meditação e prosa. Mas nenhum dos doze convivas fazia caso do mar. Da noite também não, que era feia e ameaçava chuva. É provável que se a chuva caísse ninguém desse por ela, tão entretidos estavam todos em discutir os diferentes sistemas políticos, os méritos de um artista ou de um escritor, ou simplesmente em rir de uma pilhéria intercalada a tempo.

Aconteceu no meio da noite que um dos convivas falou na beleza da língua alemã. Outro conviva concordou com o primeiro a respeito das vantagens dela, dizendo que a aprendera com o Dr. Belém.

— Não conheceram o Dr. Belém? perguntou ele.

— Não, responderam todos.

— Era um homem extremamente singular. No tempo em que me ensinou alemão usava duma grande casaca que lhe chegava quase aos tornozelos e trazia na cabeça um chapéu-de-chile de abas extremamente largas.

— Devia ser pitoresco, observou um dos rapazes. Tinha instrução?

— Variadíssima. Compusera um romance, e um livro de teologia e descobrira um planeta...

— Mas esse homem?

— Esse homem vivia em Minas. Veio à corte para imprimir os dois livros, mas não achou editor e preferiu rasgar os manuscritos. Quanto ao planeta comunicou a notícia à Academia das Ciências de Paris; lançou a carta no correio e esperou a resposta; a resposta não veio porque a carta foi parar a Goiás.

Um dos convivas sorriu maliciosamente para os outros, com ar de quem dizia que era muita desgraça junta. A atitude porém do narrador tirou-lhe o gosto do riso. Alberto (era o nome do narrador) tinha os olhos no chão, olhos melancólicos de quem se rememora com saudade de uma felicidade extinta. Efetivamente suspirou depois de algum tempo de muda e vaga contemplação, e continuou:

— Desculpem-me este silêncio; não me posso lembrar daquele homem sem que uma lágrima teime em rebentar-me dos olhos. Era um excêntrico, talvez não fosse, não era decerto um homem completamente bom; mas era meu amigo; não direi o único mas o maior que jamais tive na minha vida.

Como era natural, estas palavras de Alberto alteraram a disposição de espírito do auditório. O narrador ainda esteve silencioso alguns minutos. De repente sacudiu a cabeça como se expelisse lembranças importunas do passado, e disse:

— Para lhes mostrar a excentricidade do Dr. Belém basta contar-lhes a história do esqueleto.

A palavra *esqueleto* aguçou a curiosidade dos convivas; um romancista aplicou o ouvido para não perder nada da narração; todos esperaram ansiosamente o esqueleto do Dr. Belém. Batia justamente meia-noite; a noite, como disse, era escura; o mar batia funebremente na praia. Estava-se em pleno Hoffmann.

Alberto começou a narração.

CAPÍTULO II

O Dr. Belém era um homem alto e magro; tinha os cabelos grisalhos e caídos sobre os ombros; em repouso era reto como uma espingarda; quando andava curva-va-se um pouco. Conquanto o seu olhar fosse muitas vezes meigo e bom, tinha lampejos sinistros, e às vezes, quando ele meditava, ficava com olhos como de defunto.

Representava ter sessenta anos, mas não tinha efetivamente mais de cinqüenta. O estudo o abatera muito, e os desgostos também, segundo ele dizia, nas poucas vezes em que me falara do passado, e era eu a única pessoa com quem ele se comunicava a esse respeito. Podiam contar-se-lhe três ou quatro rugas pronunciadas na cara, cuja pele era fria como o mármore e branca como a de um morto.

Um dia, justamente no fim da minha lição, perguntei-lhe se nunca fora casado. O doutor sorriu sem olhar para mim. Não insisti na pergunta; arrependi-me até de lha ter feito.

— Fui casado, disse ele, depois de algum tempo, e daqui a três meses posso dizer outra vez: sou casado.

— Vai casar?

— Vou.

— Com quem?

— Com a D. Marcelina.

D. Marcelina era uma viúva de Ouro Preto, senhora de vinte e seis anos, não formosa, mas assaz simpática, possuía alguma cousa, mas não tanto como o doutor, cujos bens orçavam por uns sessenta contos.

Não me constava até então que ele fosse casar; ninguém falara nem suspeitara tal cousa.

— Vou casar, continuou o Doutor, unicamente porque o senhor me falou nisso. Até cinco minutos antes nenhuma intenção tinha de semelhante ato. Mas a sua pergunta faz-me lembrar que eu efetivamente preciso de uma companheira; lancei os olhos da memória a todas as noivas possíveis, e nenhuma me parece mais possível do que essa. Daqui a três meses assistirá ao nosso casamento. Promete?

— Prometo, repondi eu com um riso incrédulo.

— Não será uma formosura.

— Mas é muito simpática, decerto, acudi eu.

— Simpática, educada e viúva. Minha idéia é que todos os homens deviam casar com senhoras viúvas.

— Quem casaria então com as donzelas?

— Os que não fossem homens, respondeu o velho, como o senhor e a maioria do gênero humano; mas os homens, as criaturas da minha têmpera, mas...

O doutor estacou, como se receasse entrar em maiores confidências, e tornou a falar da viúva Marcelina cujas boas qualidades louvou com entusiasmo.

— Não é tão bonita como a minha primeira esposa, disse ele. Ah! essa... Nunca a viu?

— Nunca.

— É impossível.

— É a verdade. Já o conheci viúvo, creio eu.

— Bem; mas eu nunca lha mostrei? Ande vê-la...

Levantou-se; levantei-me também. Estávamos assentados à porta; ele levou-me a um gabinete interior. Confesso que ia ao mesmo tempo curioso e aterrado. Conquanto eu fosse amigo dele e tivesse provas de que ele era meu amigo, tanto medo inspirava ele ao povo, e era efetivamente tão singular, que eu não podia esquivar-me a um tal ou qual sentimento de medo.

No fundo do gabinete havia um móvel coberto com um pano verde; o doutor tirou o pano e eu dei um grito.

Era um armário de vidro, tendo dentro um esqueleto. Ainda hoje, apesar dos anos que lá vão, e da mudança que fez o meu espírito, não posso lembrar-me daquela cena sem terror.

— É minha mulher, disse o Dr. Belém sorrindo. É bonita, não lhe parece? Está na espinha, como vê. De tanta beleza, de tanta graça, de tanta maravilha que me encantaram outrora, que a tantos mais encantaram, que lhe resta hoje? Veja, meu jovem amigo; tal é última expressão do gênero humano.

Dizendo isto, o Dr. Belém cobriu o armário com o pano e saímos do gabinete. Eu não sabia o que havia de dizer, tão impressionado me deixara aquele espetáculo.

Viemos outra vez para as nossas cadeiras ao pé da porta, e algum tempo estivemos sem dizer palavra um ao outro. O doutor olhava para o chão; eu olhava para ele. Tremiam-lhe os lábios; e a face de quando em quando se lhe contraía. Um escravo veio falar-lhe; o doutor saiu daquela espécie de letargo.

Quando ficamos sós parecia outro; falou-me risonho e jovial, com uma volubilidade que não estava nos seus usos.

— Ora bem, se eu for feliz no casamento, disse ele, ao senhor o deverei. Foi o senhor quem me deu esta idéia! E fez bem, porque até já me sinto mais rapaz. Que lhe parece este noivo?

Dizendo isto, o Dr. Belém levantou-se e fez uma pirueta, segurando nas abas da casaca, que nunca deixava, salvo quando se recolhia de noite.

— Parece-lhe capaz o noivo? disse ele.

— Sem dúvida, respondi.

— Também ela há de pensar assim. Verá, meu amigo, que eu meterei tudo num chinelo, e mais de um invejará a minha sorte. É pouco; mais de uma invejará a sorte dela. Pudera não? Não há muitos noivos como eu.

Eu não dizia nada, e o doutor continuou a falar assim durante vinte minutos. A tarde caíra de todo; e a idéia da noite e do esqueleto que ali estava a poucos passos de nós, e mais ainda as maneiras singulares que nesse dia, mais do que nos outros, mostrava o meu bom mestre, tudo isso me levou a despedir-me dele e a retirar-me para casa.

O doutor sorriu-se com o sorriso sinistro que às vezes tinha, mas não insistiu para que ficasse. Fui para casa aturdido e triste; aturdido com o que vira; triste com a responsabilidade que o doutor atirava sobre mim relativamente ao seu casamento.

Entretanto, refleti que a palavra do doutor podia não ter pronta nem remota realização. Talvez não se case nunca, nem até pense nisso. Que certeza teria ele de desposar a viúva Marcelina daí a três meses? Quem sabe até, pensei eu, se não disse aquilo para zombar comigo?

Esta idéia enterrou-se-me no espírito. No dia seguinte levantei-me convencido de que efetivamente o doutor quisera matar o tempo e juntamente aproveitar a ocasião de me mostrar o esqueleto da mulher.

Naturalmente, disse eu comigo, amou-a muito, e por esse motivo ainda a conserva. É claro que não se casará com outra; nem achará quem case com ele, tão aceita anda a superstição popular que o tem por lobisomem ou quando menos amigo íntimo do diabo... ele! o meu bom e compassivo mestre!

Com estas idéias fui logo de manhã à casa do Dr. Belém. Achei-o a almoçar sozinho, como sempre, servido por um escravo da mesma idade.

— Entre, Alberto, disse o doutor apenas me viu à porta. Quer almoçar?

— Aceito.

— João, um prato.

Almoçamos alegremente; o doutor estava como me parecia na maior parte das vezes, conversando de cousas sérias ou frívolas, misturando uma reflexão filosófica com uma pilhéria, uma anedota de rapaz com uma citação de Virgílio.

No fim do almoço tornou a falar do seu casamento.

— Mas então pensa nisso deveras?... perguntei eu.

— Por que não? Não depende senão dela; mas eu estou quase certo de que ela não recusa. Apresenta-me lá?

— Às suas ordens.

No dia seguinte era apresentado o Dr. Belém em casa da viúva Marcelina e recebido com muita afabilidade.

"Casar-se-á deveras com ela?" dizia eu a mim mesmo espantado do que via, porque, além da diferença da idade entre ele e ela, e das maneiras excêntricas dele, havia um pretendente à mão da bela viúva, o Tenente Soares.

Nem a viúva nem o tenente imaginavam as intenções do Dr. Belém; daqui podem já imaginar o pasmo de D. Marcelina quando ao cabo de oito dias, perguntou-lhe o meu mestre, se ela queria casar com ele.

— Nem com o senhor nem com outro, disse a viúva; fiz voto de não casar mais.

— Por quê? perguntou friamente o doutor.

— Porque amava muito a meu marido.

— Não tolhe isso que ame o segundo, observou o candidato sorrindo.

E depois de algum tempo de silêncio:

— Não insisto, disse ele, nem faço aqui uma cena dramática. Eu amo-a deveras, mas é um amor de filósofo, um amor como eu entendo que deviam ser todos. Entretanto deixe-me ter esperança; pedir-lhe-ei mais duas vezes a sua mão. Se da última nada alcançar consinta-me que fique sendo seu amigo.

CAPÍTULO III

O Dr. Belém foi fiel a este programa. Dali a mês pediu outra vez a mão da viúva, e teve a mesma recusa, mas talvez menos peremptória do que a primeira. Deixou passar seis semanas, e repetiu o pedido.

— Aceitou? disse eu apenas o vi vir da casa de D. Marcelina.

— Por que havia de recusar? Eu não lhe disse que me casava dentro de três meses?

— Mas então o senhor é um adivinho, um mágico?...

O doutor deu uma gargalhada, das que ele guardava para quando queria motejar de alguém ou de alguma cousa. Naquela ocasião o motejado era eu. Parece que não fiz boa cara porque o doutor imediatamente ficou sério e abraçou-me dizendo:

— Oh! meu amigo, não desconfie! Conhece-me de hoje?

A ternura com que ele me disse estas palavras tornava-o outro homem. Já não tinha os tons sinistros do olhar nem a fala *saccadée* (vá o termo francês, não me ocorre agora o nosso) que era a sua fala característica. Abracei-o também; e falamos do casamento e da noiva.

O doutor estava alegre; apertava-me muitas vezes as mãos agradecendo-me a idéia que lhe dera; fazia seus planos de futuro. Tinha idéias de vir à corte, logo depois do casamento; aventurou a idéia de seguir para a Europa; mas apenas parecia assentado nisto, já pensava em não sair de Minas, e morrer ali, dizia ele, entre as suas montanhas.

— Já vejo que está perfeitamente noivo, disse eu; tem todos os traços característicos de um homem nas vésperas de casar.

— Parece-lhe?

— E é.

— De fato, gosto da noiva, disse ele com ar sério; é possível que eu morra antes dela; mas o mais provável é que ela morra primeiro. Nesse caso, juro desde já que irá o seu esqueleto fazer companhia ao outro.

A idéia do esqueleto fez-me estremecer. O doutor, ao dizer estas palavras, cravara os olhos no chão, profundamente absorto. Daí em diante a conversa foi menos alegre do que a princípio. Saí de lá desagradavelmente impressionado.

O casamento dentro de pouco tempo foi realidade. Ninguém queria acreditar nos seus olhos. Todos admiraram a coragem (era a palavra que diziam) da viúva Marcelina, que não recuava àquele grande sacrifício.

Sacrifício não era. A moça parecia contente e feliz. Os parabéns que lhe davam eram irônicos, mas ela os recebia com muito gosto e seriedade. O Tenente Soares não lhe deu os parabéns; estava furioso; escreveu-lhe um bilhete em que lhe dizia todas as cousas que em tais circunstâncias se podem dizer.

O casamento foi celebrado pouco depois do prazo que o Dr. Belém marcara na conversa que tivera comigo e que eu já referi. Foi um verdadeiro acontecimento na capital de Minas. Durante oito dias não se falava senão no *caso impossível;* afinal, passou a novidade, como todas as cousas deste mundo, e ninguém mais tratou dos noivos.

Fui jantar com eles no fim de uma semana; D. Marcelina parecia mais que nunca feliz; o Dr. Belém não o estava menos. Até parecia outro. A mulher começava a influir nele, sendo já uma das primeiras conseqüências a supressão da singular casaca. O doutor consentiu em vestir-se menos excentricamente.

— Veste-me como quiseres, dizia ele à mulher; o que não poderás fazer nunca é mudar-me a alma. Isso nunca.

— Nem quero.

— Nem podes.

Parecia que os dois estavam destinados a gozar uma eterna felicidade. No fim de um mês fui lá, e achei-a triste:

"Oh! disse eu comigo, cedo começam os arrufos."

O doutor estava como sempre. Líamos então e comentávamos à nossa maneira o *Fausto.* Nesse dia pareceu-me o Dr. Belém mais perspicaz e engenhoso que nunca. Notei, entretanto, uma singular pretensão: um desejo de se parecer com Mefistófeles.

Aqui confesso que não pude deixar de rir.

— Doutor, disse eu, creio que o senhor abusa da amizade que lhe tenho para zombar comigo.

— Sim?

— Aproveita-se da opinião de excêntrico para me fazer crer que é o diabo...

Ouvindo esta última palavra, o doutor persignou-se todo, e foi a melhor afirmativa que me poderia fazer de que não ambicionava confundir-se com o personagem aludido. Sorriu-se depois benevolamente, tomou uma pitada e disse:

— Ilude-se meu amigo, quando me atribui semelhante idéia, do mesmo modo que se engana quando supõe que Mefistófeles é isso que diz.

— Essa agora!...

— Noutra ocasião lhe direi as minhas razões. Por agora vamos jantar.

— Obrigado. Devo ir jantar com meu cunhado. Mas, se me permite ficarei ainda algum tempo aqui lendo o seu *Fausto.*

O doutor não pôs objeção; eu era íntimo da casa. Saiu dali para a sala do jantar. Li ainda durante vinte minutos, findos os quais fechei o livro e fui despedir-me do Dr. Belém e sua senhora.

Caminhei por um corredor fora que ia ter à sala do jantar. Ouvia mover os pratos, mas nenhuma palavra soltavam os dois casados.

"O arrufo continua", pensei eu.

Fui andando... Mas qual não foi a minha surpresa ao chegar à porta? O doutor estava de costas, não me podia ver. A mulher tinha os olhos no prato. Entre ele e ela, sentado numa cadeira vi o esqueleto. Estaquei aterrado e trêmulo. Que queria dizer aquilo? Perdia-me em conjeturas; cheguei a dar um passo para falar ao doutor, mas não me atrevi; voltei pelo mesmo caminho, peguei no chapéu, e deitei a correr pela rua fora.

Em casa de meu cunhado todos notaram os sinais de temor que eu ainda levava no rosto. Perguntaram-me se havia visto alguma alma do outro mundo. Respondi sorrindo que sim; mas nada contei do que acabava de presenciar.

Durante três dias não fui à casa do doutor. Era medo, não do esqueleto, mas do dono da casa, que se me afigurava ser um homem mau ou um homem doudo. Todavia, ardia por saber a razão da presença do esqueleto na mesa do jantar. D. Marcelina podia dizer-me tudo; mas como indagaria isso dela, se o doutor estava quase sempre em casa?

No terceiro dia apareceu-me em casa o Doutor Belém.

— Três dias! disse ele, há já três dias que eu não tenho a fortuna de o ver. Onde anda? Está mal conosco?

— Tenho andado doente, respondi eu, sem saber o que dizia.

— E não me mandou dizer nada, ingrato! Já não é meu amigo.

A doçura destas palavras dissipou os meus escrúpulos. Era singular como aquele homem, que por certos hábitos, maneiras e idéias, e até pela expressão física, assustava a muita gente e dava azo às fantasias da superstição popular, era singular, repito, como me falava às vezes com uma meiguice incomparável e um tom patriarcalmente benévolo.

Conversamos um pouco e fui obrigado a acompanhá-lo à casa. A mulher ainda me pareceu triste, mas um pouco menos que da outra vez. Ele tratava-a com muita ternura e consideração, e ela se não respondia alegre, ao menos falava com igual meiguice.

CAPÍTULO IV

No meio da conversa vieram dizer que o jantar estava na mesa.

— Agora há de jantar conosco, disse ele.

— Não posso, balbuciei eu, devo ir...

— Não deve ir a nenhuma parte, atalhou o doutor; parece-me que quer fugir de mim. Marcelina, pede ao Dr. Alberto que jante conosco.

D. Marcelina repetiu o pedido do marido, mas com um ar de constrangimento visível. Ia recusar de novo, mas o doutor teve a precaução de me agarrar no braço e foi impossível recusar.

— Deixe-me ao menos dar o braço a sua senhora, disse eu.

— Pois não.

Dei o braço a D. Marcelina que estremeceu. O doutor passou adiante. Eu inclinei a boca ao ouvido da pobre senhora e disse baixinho:

— Que mistério há?

D. Marcelina estremeceu outra vez e com um sinal impôs-me silêncio.

Chegamos à sala de jantar.

Apesar de já ter presenciado a cena do outro dia não pude resistir à impressão que me causou a vista do esqueleto que lá estava na cadeira em que o vira com os braços sobre a mesa.

Era horrível.

— Já lhe apresentei minha primeira mulher, disse o doutor para mim; são conhecidos antigos.

Sentamo-nos à mesa; o esqueleto ficou entre ele e D. Marcelina; eu fiquei ao lado desta. Até então não pude dizer palavra; era porém natural que exprimisse o meu espanto.

— Doutor, disse eu, respeito os seus hábitos; mas não me dará a explicação deste?

— Este qual? disse ele.

Com um gesto indiquei-lhe o esqueleto.

— Ah!... respondeu o doutor; um hábito natural; janto com minhas duas mulheres.

— Confesse ao menos que é um uso original.

— Queria que eu copiasse os outros?

— Não, mas a piedade com os mortos...

Atrevi-me a falar assim porque, além de me parecer aquilo uma profanação, a melancolia da mulher parecia pedir que alguém falasse duramente ao marido e procurasse trazê-lo a melhor caminho.

O doutor deu uma das suas singulares gargalhadas, e estendendo-me o prato de sopa, replicou:

— O senhor fala de uma piedade de convenção; eu sou pio à minha maneira. Não é respeitar uma criatura que amamos em vida, o trazê-la assim conosco, depois de morta?

Não respondi cousa nenhuma a estas palavras do doutor. Comi silenciosamente a sopa, e o mesmo fez a mulher, enquanto ele continuou a desenvolver as suas idéias a respeito dos mortos.

— O medo dos mortos, disse ele, não é só uma fraqueza, é um insulto, uma perversidade do coração. Pela minha parte dou-me melhor com os defuntos do que com os vivos.

E depois de um silêncio:

— Confesse, confesse que está com medo. Fiz-lhe um sinal negativo com a cabeça.

— É medo, é, como esta senhora que está ali transida de susto, porque ambos são dois maricas. Que há entretanto neste esqueleto, que possa meter medo? Não lhes digo que seja bonito; não é bonito segundo a vida, mas é formosíssimo segundo a morte. Lembrem-se que isto somos nós também; nós temos de mais um pouco de carne.

— Só? perguntei eu intencionalmente.

O doutor sorriu-se e respondeu:

— Só.

Parece que fiz um gesto de aborrecimento, porque ele continuou logo:

— Não tome ao pé da letra o que lhe disse. Eu também creio na alma; não creio só, demonstro-a, o que não é para todos. Mas a alma foi-se embora; não podemos retê-la; guardemos isto ao menos, que é uma parte da pessoa amada.

Ao terminar estas palavras, o doutor beijou respeitosamente a mão do esqueleto. Estremeci e olhei para D. Marcelina. Esta fechara os olhos. Eu estava ansioso por terminar aquela cena que realmente me repugnava presenciar. O doutor não parecia reparar em nada. Continuou a falar no mesmo assunto, e por mais esforços que eu fizesse para o desviar dele era impossível.

Estávamos à sobremesa quando o doutor, interrompendo um silêncio que durava já havia dez minutos perguntou:

— E segundo me parece, ainda lhe não contei a história deste esqueleto, quero dizer a história de minha mulher?

— Não me lembra, murmurei.

— E a ti? disse ele voltando-se para a mulher.

— Já.

— Foi um crime, continuou ele.

— Um crime?

— Cometido por mim.

— Pelo senhor?

— É verdade.

O doutor concluiu um pedaço de queijo, bebeu o resto do vinho que tinha no copo, e repetiu:

— É verdade, um crime de que fui autor. Minha mulher era muito amada de seu marido; não admira, eu sou todo coração. Um dia porém, suspeitei que me houvesse traído; vieram dizer-me que um moço da vizinhança era seu amante. Algumas aparências me enganaram. Um dia declarei-lhe que sabia tudo, e que ia puni-la do que me havia feito. Luísa caiu-me aos pés banhada em lágrimas protestando pela sua inocência. Eu estava cego; matei-a.

Imagina-se, não se descreve a impressão de horror que estas palavras me causaram. Os cabelos ficaram-me em pé. Olhei para aquele homem, para o esqueleto, para a senhora, e passava a mão pela testa, para ver se efetivamente estava acordado, ou se aquilo era apenas um sonho.

O doutor tinha os olhos fitos no esqueleto e uma lágrima lhe caía lentamente pela face. Estivemos todos calados durante cerca de dez minutos.

O doutor rompeu o silêncio.

— Tempos depois, quando o crime estava de há muito cometido, sem que a justiça o soubesse, descobri que Luísa era inocente. A dor que então sofri foi indescritível; eu tinha sido o algoz de um anjo.

Estas palavras foram ditas com tal amargura que me comoveram profundamente. Era claro que ainda então, após longos anos do terrível acontecimento, o doutor sentia o remorso do que praticara e a mágoa de ter perdido a esposa.

A própria Marcelina parecia comovida. Mas a comoção dela era também medo; segundo vim a saber depois, ela receava que no marido não estivessem íntegras as faculdades mentais.

Era um engano.

O doutor era, sim, um homem singular e excêntrico; doudo lhe chamavam os que, por se pretenderem mais espertos que o vulgo, repeliam os contos da superstição.

Estivemos calados algum tempo e dessa vez foi ainda ele que interrompeu o silêncio.

— Não lhes direi como obtive o esqueleto de minha mulher. Aqui o tenho e o conservarei até à minha morte. Agora naturalmente deseja saber por que motivo o trago para a mesa depois que me casei.

Não respondi com os lábios, mas os meus olhos disseram-lhe que efetivamente desejava saber a explicação daquele mistério.

— É simples, continuou ele; é para que minha segunda mulher esteja sempre ao pé da minha vítima, a fim de que se não esqueça nunca dos seus deveres, porque, então como sempre, é mui provável que eu não procure apurar a verdade; farei justiça por minhas mãos.

Esta última revelação do doutor pôs termo à minha paciência. Não sei o que lhe disse, mas lembra-me que ele ouviu-me com o sorriso benévolo que tinha às vezes, e respondeu-me com esta simples palavra:

— Criança!

Saí pouco depois do jantar, resolvido a lá não voltar nunca.

CAPÍTULO V

A Promessa não foi cumprida.

Mais de uma vez o Doutor Belém mandou à casa chamar-me; não fui. Veio duas ou três vezes instar comigo que lá fosse jantar com ele.

— Ou, pelo menos, conversar, concluiu.

Pretextei alguma cousa e não fui.

Um dia porém, recebi um bilhete da mulher. Dizia-me que era eu a única pessoa estranha que lá ia; pedia-me que não a abandonasse.

Fui.

Eram então passados quinze dias depois do célebre jantar em que o doutor me referiu a história do esqueleto. A situação entre os dois era a mesma; aparente afabilidade da parte dela, mas na realidade medo. O doutor mostrava-se afável e terno, como sempre o vira com ela.

Justamente nesse dia, anunciou-me ele que pretendia ir a uma jornada dali a algumas léguas.

— Mas vou só, disse ele, e desejo que o senhor me faça companhia a minha mulher vindo aqui algumas vezes.

Recusei.

— Por quê?

— Doutor, por que razão, sem urgente necessidade, daremos pasto às más línguas? Que se dirá...

— Tem razão, atalhou ele; ao menos, faça-me uma cousa.

— O quê?

— Faça com que em casa de sua irmã possa Marcelina ir passar as poucas semanas de minha ausência.

— Isso com muito gosto.

Minha irmã concordou em receber a mulher do Dr. Belém, que daí a pouco saía da capital para o interior. Sua despedida foi terna e amigável para com ambos nós, a mulher e eu; fomos os dois, e mais minha irmã e meu cunhado acompanhá-lo até certa distância, e voltamos para casa.

Pude então conversar com D. Marcelina, que me comunicou os seus receios a respeito da razão do marido. Dissuadi-a disso; já disse qual era a minha opinião a respeito do Dr. Belém.

Ela referiu-me então que a narração da morte da mulher já ele lha havia feito, prometendo-lhe igual sorte no caso de faltar aos seus deveres.

— Nem as aparências te salvarão, acrescentou ele.

Disse-me mais que era seu costume beijar repetidas vezes o esqueleto da primeira mulher e dirigir-lhe muitas palavras de ternura e amor. Uma noite, estando a sonhar com ela, levantou-se da cama e foi abraçar o esqueleto pedindo-lhe perdão.

Em nossa casa todos eram de opinião que D. Marcelina não voltasse mais para a companhia do Dr. Belém. Eu era de opinião oposta.

— Ele é bom, dizia eu, apesar de tudo; tem extravagâncias, mas é um bom coração.

No fim de um mês recebemos uma carta do doutor, em que dizia à mulher fosse ter ao lugar onde ele se achava, e que eu fizesse o favor de a acompanhar.

Recusei ir só com ela.

Minha irmã e meu cunhado ofereceram-se porém para acompanhá-la.

Fomos todos.

Havia entretanto uma recomendação na carta do doutor, recomendação essencial; ordenava ele à mulher que levasse consigo o esqueleto.

— Que esquisitice nova é essa? disse meu cunhado.

— Há de ver, suspirou melancolicamente D. Marcelina, que o único motivo desta minha viagem, são as saudades que ele tem do esqueleto.

Eu nada disse, mas pensei que assim fosse.

Saímos todos em demanda do lugar onde nos esperava o doutor.

Saíamos já perto, quando ele nos apareceu e veio alegremente cumprimentar-nos. Notei que não tinha a ternura de costume com a mulher, antes me pareceu frio. Mas isso foi obra de pouco tempo; daí a uma hora voltara a ser o que sempre fora.

Passamos dois dias na pequena vila em que o doutor estava, dizia ele, para examinar umas plantas, porque também era botânico. Ao fim de dois dias dispúnhamos a voltar para a capital; ele porém pediu que nos demorássemos ainda vinte e quatro horas e voltaríamos todos juntos.

Acedemos.

No dia seguinte de manhã convidou a mulher a ir ver umas lindas parasitas no mato que ficava perto. A mulher estremeceu, mas não ousou recusar.

— Vem também? disse ele.

— Vou, respondi.

A mulher cobrou alma nova e deitou-me um olhar de agradecimento. O doutor sorriu à socapa. Não compreendi logo o motivo do riso; mas daí a pouco tempo tinha a explicação.

Fomos ver as parasitas, ele adiante com a mulher, eu atrás de ambos, e todos três silenciosos.

Não tardou que um riacho aparecesse aos nossos olhos; mas eu mal pude ver o riacho; o que eu vi, o que me fez recuar um passo, foi um esqueleto.

Dei um grito.

— Um esqueleto! exclamou D. Marcelina.

— Descansem, disse o doutor, é o de minha primeira mulher.

— Mas...

— Trouxe-o esta madrugada para aqui.

Nenhum de nós compreendia nada.

O doutor sentou-se numa pedra.

— Alberto, disse ele, e tu, Marcelina. Outro crime devia ser cometido nesta ocasião; mas tanto te amo, Alberto, tanto te amei, Marcelina, que eu prefiro deixar de cumprir a minha promessa...

Ia interrompê-lo; mas ele não me deu ocasião.

— Vocês amam-se, disse ele.

Marcelina deu um grito; eu ia protestar.

— Amam-se que eu sei, continuou friamente o doutor; não importa! É natural. Quem amaria um velho estúrdio como eu? Paciência. Amem-se; eu só fui amado uma vez; foi por esta.

Dizendo isto abraçou-se ao esqueleto.

— Doutor, pense no que está dizendo...

— Já pensei...

— Mas esta senhora é inocente. Não vê aquelas lágrimas?

— Conheço essas lágrimas; lágrimas não são argumentos. Amam-se, que eu sei; desejo que sejam felizes, porque eu fui e sou teu amigo, Alberto. Não merecia certamente isso...

— Oh! meu amigo, interrompi eu, veja bem o que está dizendo; já uma vez foi levado a cometer um crime por suspeitas que depois soube serem infundadas. Ainda hoje padece o remorso do que então fez. Reflita, veja bem se eu posso tolerar semelhante calúnia.

Ele encolheu os ombros, meteu a mão no bolso, e tirou um papel deu-mo a ler. Era uma carta anônima; soube depois que fora escrita pelo Soares.

— Isto é indigno! clamei.

— Talvez, murmurou ele.

E depois de um silêncio:

— Em todo o caso, minha resolução está assentada, disse o doutor. Quero fazê-los felizes, e só tenho um meio: é deixá-los. Vou com mulher que sempre me amou. Adeus!

O doutor abraçou o esqueleto e afastou-se de nós. Corri atrás ele; gritei; tudo foi inútil; ele metera-se no mato rapidamente, e demais a mulher ficara desmaiada no chão.

Vim socorrê-la; chamei gente. Daí a uma hora, a pobre moça, viúva sem o ser, lavava-se em lágrimas de aflição.

CAPÍTULO VI

Alberto acabara a história.

— Mas é um doudo esse teu Dr. Belém! exclamou um dos convivas rompendo o silêncio de terror em que ficara o auditório.

— Ele doudo? disse Alberto. Um doudo seria efetivamente se porventura esse homem tivesse existido. Mas o Dr. Belém não existiu nunca, eu quis apenas fazer apetite para tomar chá. Mandem vir o chá.

É inútil dizer o efeito desta declaração.

O SAINETE

[AP. 1 dez. de 1875.]

Um dos problemas que mais preocupavam a Rua do Ouvidor, entre as da Quitanda e Gonçalves Dias, das duas às quatro horas da tarde, era a profunda e súbita melancolia do Dr. Maciel. O Dr. Maciel tinha apenas vinte e cinco anos, idade em que geralmente se compreende melhor o *Cântico dos Cânticos* do que as *Lamentações de Jeremias.* Sua índole mesma era mais propensa ao riso dos frívolos o que ao pesadume dos filósofos. Pode-se afirmar que ele preferia m dueto da *Grã-Duquesa* a um teorema geométrico, e os domingos do Prado Fluminense aos domingos da Escola da Glória. Donde vinha pois a melancolia que tanto preocupava a Rua do Ouvidor?

Pode o leitor coçar o nariz, à procura da explicação; a leitora não precisa desse recurso para adivinhar que o Dr. Maciel ama, que uma "seta do deus alado" o feriu mesmo no centro do coração. O que a leitora não pode adivinhar, sem que eu lho diga, é que o jovem médico ama a viúva Seixas, cuja maravilhosa beleza levava após si os olhos dos mais consumados pintalegretes. O Dr. Maciel gostava de a ver como todos os outros; amou-a desde certa noite e certo baile, em que ela, andando a passear. pelo seu braço, perguntou-lhe de repente com a mais deliciosa languidez do mundo:

— Doutor, por que razão não quer honrar a minha casa? Estou visível todas as quintas-feiras para a turbamulta; os sábados pertencem aos amigos. Vá lá aos sábados.

Maciel prometeu que iria no primeiro sábado, e foi. Pulava-lhe o coração ao subir as escadas. A viúva estava só.

— Venho cedo, disse ele, logo depois dos primeiros cumprimentos.

— Vem tarde demais para a minha natural ansiedade, respondeu ela sorrindo.

O que se passou na alma de Maciel excede a todas as conjeturas. Num só minuto pôde ele ver juntas todas as maravilhas da terra e do céu, — todas concentradas naquela elegante e suntuosa sala cuja dona, a Calipso daquele Telêmaco, tinha cravados nele um par de olhos, não negros, não azuis, não castanhos, mas dessa rara cor, que os homens atribuem à mais duradoura felicidade do coração, à esperança. Eram verdes, de um verde igual ao das folhas novas, e de uma expressão ora indolente, ora vivaz, — arma de dous gumes, que ela sabia manejar como poucas.

E não obstante aquele intróito, o Dr. Maciel andava triste, abatido, desconsolado. A razão era que a viúva, depois de tão amáveis preliminares, não cuidou mais das condições em que seria celebrado um tratado conjugal. No fim de cinco ou seis sábados, cujas horas eram polidamente bocejadas *a duo,* a viúva adoeceu semanalmente naquele dia, e o jovem médico teve de contentar-se com a turbamulta das quintas-feiras.

A quinta-feira em que nos achamos é de Endoenças. Não era dia próprio de recepção. Contudo, Maciel dirigiu-se a Botafogo, a fim de pôr em execução um projeto, que ele ingenuamente supunha ser fruto do mais profundo maquiavelismo, mas que eu, na minha fidelidade de historiador, devo confessar que não passava de verdadeira infantilidade. Notara ele os sentimentos religiosos da viúva; imaginou que, indo fazer-lhe naquele dia a declaração verbal do seu amor, por meio de invocações pias, alcançaria facilmente o prêmio de seus trabalhos.

A viúva achava-se no toucador. Acabara de vestir-se; e de pé, calçando as luvas, em frente do espelho, sorria para si mesma, como satisfeita da *toilette*. Não ia passear, como se poderia supor; ia visitar as igrejas. Queria alcançar por sedução a misericórdia divina.

Era boa devota aquela senhora de vinte e seis anos, que freqüentava as festas religiosas, comia peixe durante toda a quaresma, acreditava alguma cousa em Deus, pouco no diabo e nada no inferno. Não acreditando no inferno, não tinha onde meter o diabo; venceu a dificuldade, agasalhando-o no coração. O demo assim alojado fora algum tempo o nosso melancólico Maciel. A religião da viúva era mais elegante que outra cousa. Quando ela se confessava era sempre com algum padre moço; em compensação só se tratava com médico velho. Nunca escondeu do médico o mais íntimo defluxo, nem revelou ao padre o mais insignificante pecado.

— O Dr. Maciel? disse ela lendo o cartão que a criada lhe entregou. Não o posso receber; vou sair. Espera, — continuou depois de relancear os olhos para o espelho; manda-o entrar para aqui.

A ordem foi cumprida; alguns minutos depois fazia Maciel a sua entrada no toucador da viúva.

— Recebo-o no santuário, disse ela sorrindo logo que ele assomou à porta; prova de que o senhor pertence ao número dos verdadeiros fiéis.

— Oh! não é da minha fidelidade que eu duvido; é...

— E recebo-o de pé! Vou sair; vou visitar as igrejas.

— Sei; conheço os seus sentimentos de verdadeira religião, disse Maciel com a voz a tremer-lhe; — vim até com receio de não a encontrar. Mas vim; era preciso que viesse; neste dia, sobretudo.

A viúva recolheu a abazinha de um sorriso que indiscretamente ia traindo o seu pensamento, e perguntou friamente ao médico que horas eram.

— Quase oito. Sua luva está calçada; falta só abotoá-la. É o tempo necessário para lhe dizer, neste dia tão solene, que eu sinto...

— Está abotoada. Quase oito, não? Não há tempo de sobra; é preciso ir a sete igrejas. Quer fazer o favor de acompanhar-me até o carro?

Maciel tinha espírito em quantidade suficiente para não perdê-lo todo com a paixão. Calou-se; e — respondeu à viúva com um gesto de assentimento. Saíram do toucador e desceram, ambos silenciosos. No trajeto planeou Maciel dizer-lhe uma só palavra, mas que contivesse todo o seu coração. Era difícil; o lacaio, que abrira a portinhola do *coupé,* ali estava como um emissário do seu mau destino.

— Quer que o leve até a cidade? perguntou a viúva.

— Obrigado, respondeu Maciel.

O lacaio fechou a portinhola e correu a tomar o seu lugar; foi nesse rápido instante que o médico, inclinando o rosto, disse à viúva: — Eulália...

Os cavalos começaram a andar; o resto da frase perdeu-se para a viúva e para nós. Eulália sorriu da familiaridade e perdoou-lhe. Reclinou-se molemente nos coxins do veículo e começou um monólogo que só acabou à porta de S. Francisco de Paula.

"Pobre rapaz! dizia ela consigo; vê-se que morre por mim. Não desgostei dele a princípio... Mas tenho eu culpa de que seja um maricas? Agora sobretudo, com aquele ar de moleza e abatimento, é... não é nada... é uma alma de cera. Parece que vinha disposto a ser mais atrevido; mas a alma faltou-lhe com a voz, e ficou apenas com as boas intenções. Eulália! Não foi mau este começo. Para um coração daqueles... Mas qual! *c'est le genre ennuyeux!*"

Esta é a glosa mais resumida que posso dar do monólogo da viúva. O *coupé* estacionou na Praça da Constituição; Eulália, seguida do lacaio, encaminhou-se para a igreja de S. Francisco de Paula. Ali, depositou a imagem de Maciel nas escadas, e atravessou o adro toda entregue ao dever religioso e aos cuidados de seu magnífico vestido preto...

A visita foi curta; era preciso ir a sete igrejas, fazendo a pé todo o trajeto de uma para outra. A viúva saiu sem preocupar-se mais com o jovem médico, e dirigindo-se para a igreja da Cruz.

Na Cruz achamos uma personagem nova, ou antes duas, o Desembargador Araújo e sua sobrinha D. Fernanda Valadares, viúva de um deputado deste nome, que falecera um ano antes, não se sabe se da hepatite que os médicos lhe acharam, se de um discurso que proferiu na discussão do orçamento. As duas viúvas eram amigas; seguiram juntas na visitação das igrejas. Fernanda não tinha tantas acomodações com o céu, como a viúva Seixas; mas a sua piedade estava sujeita, como todas as cousas, às vicissitudes do coração. Em vista do que, logo que saíram da última igreja, disse ela à amiga que no dia seguinte iria vê-la e pedir-lhe uma informação.

— Posso dar já, respondeu Eulália. Vá embora, desembargador; eu levo Fernanda no meu carro.

No carro, disse Fernanda:

— Preciso de uma informação importante. Sabes que estou um pouco apaixonada?

— Sim?

— É verdade. Eu disse um pouco, mas devia dizer muito. O Dr. Maciel...

— O Dr. Maciel? interrompeu vivamente Eulália.

— Que pensas dele?

A viúva Seixas levantou os ombros e riu com um ar de tamanha piedade, que a amiga corou.

— Não te parece bonito? perguntou Fernanda.

— Não é feio.

— O que mais me seduz nele é o seu ar triste, um certo abatimento que me faz crer que padece. Sabes de alguma cousa a seu respeito?

— Eu?

— Ele dá-se muito contigo; tenho-o visto lá em tua casa. Sabes se haverá alguma paixão...

— Pode ser.

— Oh! conta-me tudo!

Eulália não contou nada; disse que nada sabia.

Concordou, entretanto, que o jovem médico, talvez andasse namorado, porque realmente não parecia gozar boa saúde. O amor, disse ela, era uma espécie de pletora, o casamento uma sangria sacramental. Fernanda precisava sangrar-se do mesmo modo que Maciel.

— Sobretudo nada de remédios caseiros, concluiu ela; nada de olhares e suspiros, que são paliativos destinados menos a minorar que a entreter a doença. O melhor boticário é o padre.

Fernanda tirou a conversa deste terreno farmacêutico e cirúrgico para subi-la às regiões do eterno azul. Sua voz era doce e comovida: o coração pulsava-lhe com força; e Eulália, ao ouvir os méritos que a amiga achava em Maciel, não pôde reprimir esta observação:

— Não há nada como ver as cousas com amor. Quem suporia nunca o Maciel que me estás pintando? Na minha opinião não passa de um bom rapaz; e ainda assim... Mas um bom rapaz é alguma cousa neste mundo?

— Pode ser eu me engane, Eulália, replicou a viúva do deputado mas creio que há ali uma alma nobre, elevada e pura. Suponhamos que não. Que importa? O coração empresta as qualidades que deseja.

A viúva Seixas não teve tempo de examinar a teoria de Fernanda. O carro chegara à Rua de Santo Amaro, onde esta morava. Despediram-se; Eulália seguiu para Botafogo.

— Parece que ama deveras, pensou Eulália logo que ficou só. Coitada! Um moleirão!

Eram nove horas da noite quando a viúva Seixas entrou em casa. Duas criadas — camareiras, — foram com ela para o toucador, onde a bela viúva se despiu; dali passou ao banho; enfiou depois um roupão e dirigiu-se para o quarto de dormir. Levaram-lhe uma taça de chocolate, que ela saboreou lentamente, tranqüilamente voluptuosamente; saboreou-a e saboreou-se também a si própria, contemplando, da poltrona em que estava, a sua bela imagem no espelho fronteiro. Esgotada a taça, recebeu de uma criada o seu livro de orações; e foi dali a um oratório, diante do qual com devoção se ajoelhou e rezou. Voltando ao quarto, despiu-se, meteu-se no leito, e pede-me que lhe cerre as cortinas; feito o que, murmurou alegremente:

— Ora o Maciel!

E dormiu.

A noite foi muito menos tranqüila para o nosso apaixonado Maciel, que, logo depois das palavras proferidas à portinhola do carro, ficara furioso contra si mesmo. Tinha razão em parte; a familiaridade do tratamento dado à viúva precisava de mais detida explicação. Não era, porém, a razão que lhe fazia ver claro; nele exerciam maior ação os nervos que o cérebro.

Nem sempre "depois de uma noite procelosa, traz a manhã serena claridade". A do dia seguinte foi tétrica. Maciel gastou-a toda na loja do Bernardo, a fumar em ambos os sentidos, — o natural e o figurado, — a olhar sem ver as damas que passavam, estranho à palavra dos amigos, aos boatos políticos, às anedotas de ocasião.

— Fechei a porta para sempre! dizia ele com amargura.

Pelas quatro horas da tarde, apareceu-lhe um alívio, debaixo da forma de um colega seu, que lhe propôs ir clinicar em Carangola, donde recebera cartas muito animadoras. Maciel aceitou com ambas as mãos o oferecimento. Carangola nunca entrara no itinerário de suas ambições; é até possível que naquele momento ele não pudesse dizer a situação exata da localidade. Mas aceitou Carangola, como aceitaria a coroa de Inglaterra ou as pérolas todas de Ceilão.

— Há muito tempo, disse ele ao colega, que eu sentia necessidade de ir viver em Carangola. Carangola exerceu sempre em mim uma atração irresistível. Não podes imaginar como eu, já na Academia, me sentia arrastado para Carangola. Quando partimos?

— Não sei: dentro de três semanas, talvez.

Maciel achou que era muito, e propôs o prazo máximo de oito dias. Não foi aceito; não teve remédio senão curvar-se às três semanas prováveis. Quando ficou só, respirou.

— Bem! disse ele, irei esquecer e ser esquecido.

No sábado houve duas aleluas, uma na Cristandade, outra em casa de Maciel, aonde chegou uma cartinha perfumada da viúva Seixas contendo estas simples palavras: — "Creio que hoje não terei a enxaqueca do costume; espero que venha tomar uma xícara de chá comigo". A leitura desta carta produziu na alma do jovem médico uma *Glória in excelsis Deo*. Era o seu perdão; era talvez mais do que isso. Maciel releu meia dúzia de vezes aquelas poucas linhas; nem é fora de propósito crer que chegou a beijá-las.

Ora, é de saber que na véspera, sexta-feira, às onze horas da manhã, recebera Eulália uma carta de Fernanda, e que às duas horas foi a própria Fernanda à casa de Eulália. A carta e a pessoa tratavam do mesmo assunto com a expansão natural em situações daquelas. Tem-se visto muita vez guardar um segredo do coração; mas é raríssimo que, uma vez revelado, deixe de o ser até à sociedade. Fernanda escreveu e disse tudo o que sentia; sua linguagem, apaixonada e viva, era uma torrente de afeto, tão volumosa que chegou talvez a alagar, — a molhar pelo menos — o coração de Eulália. Esta ouviu-a a princípio com interesse, depois com indiferença, afinal com irritação.

— Mas que queres tu que eu te faça? perguntou no fim de uma hora de confidência.

— Nada, respondeu Fernanda. Uma só cousa: que me animes.

— Ou te auxilie?

Fernanda respondeu com um aperto de mão tão significativo, que a viúva Seixas compreendeu facilmente a impressão que lhe causara. No sábado enviou a carta acima transcrita. Maciel recebeu-a como vimos, e à noite, à hora habitual, estava à porta de Eulália. A viúva não estava só. Havia umas quatro senhoras e uns três cavalheiros, visitas habituais das quintas-feiras.

Maciel entrou na sala um pouco acanhado e comovido. Que expressão leria no rosto de Eulália? Não tardou sabê-lo; a viúva recebeu-o com o seu melhor sorriso, — o menos faceiro e intencional, o mais espontâneo e sincero, um sorriso que Maciel, se fosse poeta, compararia a um íris de bonança, rimado com esperança ou bem-aventurança. A noite correu deliciosa; um pouco de música, muita conversa, muito espírito, um chá familiar, alguns olhares animadores, e um aperto de mão significativo no fim. Com estes elementos era difícil não ter os melhores sonhos do mundo. Teve-os Maciel, e o domingo da Ressurreição também o foi para ele.

Na seguinte semana viram-se três vezes. Eulália parecia mudada; a solicitude e a graça com que lhe falava estavam longe da tal ou qual frieza e indiferença dos últimos tempos. Este novo aspecto da moça produziu os seus naturais efeitos. Sentiu-se outro o jovem médico; reanimou-se, colheu confiança, fez-se homem.

A terceira vez que a viu nessa semana foi em uma soirée. Acabaram de valsar e dirigiram-se para o terraço da casa, donde se via um magnífico panorama, capaz de fazer poeta o mais soez espírito do mundo. Ali foi declaração, inteira, cabal, expressiva do que sentia o namorado; ouviu-lha Eulália com os olhos embebidos nele, visivelmente encantada com a palavra de Maciel.

— Poderei crer no que me diz? perguntou ela.

A resposta do jovem médico foi apertar-lhe muito a mão, e cravar nela uns olhos mais eloqüentes que duas catilinárias. A situação estava definida,a aliança feita. Bem o percebeu Fernanda, quando os viu regressar à sala. Seu rosto cobriu-se de um véu de tristeza; dez minutos depois e o desembargador interrompia a partida de *whist* para acompanhar a sobrinha a Santo Amaro.

A leitora espera decerto ver casados os dous namorados e espaçada a viagem a Carangola até o fim do século. Quinze dias depois da declaração iniciou Maciel os passos necessários ao consórcio. Não têm número os corações que estalaram de inveja ao saber da preferência da viúva Seixas. Esta pela sua parte sentia-se mais orgulhosa do que se desposasse o primeiro dos heróis da terra.

Donde veio este entusiasmo e que varinha mágica operou tamanha mudança no coração de Eulália? Leitora curiosa, a resposta está no título. Maciel pareceu insosso, enquanto lhe faltou o sainete de outra paixão. A viúva descobriu-lhe os méritos com os olhos de Fernanda; e bastou vê-lo preferido para que ela o preferisse. *Se me miras, me miram,* era a divisa de um célebre relógio do sol. Maciel podia invertê-la: se me miram, me miras; e mostraria conhecer o coração humano, — o feminino, pelo menos.

HISTÓRIA DE UMA FITA AZUL

[JF. dez. 1875, jan. e fev. 1876.]

CAPÍTULO PRIMEIRO

Marianinha achou um dia na cesta de costura um pedaço de fita azul. Era naturalmente resto de algum cinto ou cousa que o valha. Lembrou-se de bordar na fita dois nomes: *Marianinha e Gustavo*.

Gustavo! (interrompe neste ponto o leitor) mas por que Gustavo e não Alfredo, Benedito ou simplesmente Damião?

Por uma razão muito clara e singela, leitor ignaro; porque o namorado de Marianinha não se chamava Alfredo, nem Benedito, nem Damião, mas Gustavo; não Gustavo somente, mas Gustavo da Silveira, rapaz de vinte e sete anos, moreno, cabelo preto, olhos idem, bacharel, aspirante a juiz municipal, tendo sobre todas estas qualidades a de possuir umas oitenta apólices da dívida pública.

Amavam-se estas duas criaturas, se assim se pode dizer de um capricho começado num baile e não sei se destinado a morrer numa corrida. A verdade é que no curto espaço de três meses haviam já trocado cinqüenta cartas, algumas compridas, todas cheias de protestos de amor até à morte. Gustavo dizia-lhe mais de uma vez que ela era o anjo com que ele sonhara durante toda a vida, e ela retribuía-lhe esta fineza dizendo a mesma cousa, mas com estilo diferente, sendo o mais espantoso deste caso que nem ele nem ela haviam sonhado com nenhum anjo. Acrescentarei até que o jovem Gustavo havia já feito a mesma revelação a quatro namoradas, o que diminui a sinceridade da que fazia agora à quinta. Excluídas porém estas e outras flores de retórica, a verdade é que eles pareciam gostar um do outro, e se quiserem saber mais alguma cousa leiam a novela para diante.

Lembrou-se a Marianinha de bordar o nome do namorado e o seu no pedaço de fita azul; bordou-os com linha de seda branca, e com tanta perfeição o fez, que teve vontade de ir mostrar o trabalho à avó. A idéia porém de que a Sr.ª D. Leonarda lhe passaria uma áspera repreensão a demoveu do intento e a obra ficou inédita até passar às mãos do jovem Gustavo.

Não pense a leitora que a Sr.ª D. Leonarda ignorasse absolutamente o namoro da neta. Oh! não! A Sr.ª Leonarda, além de ser excelente doceira, tinha o olho mais perspicaz deste mundo. Percebeu o namoro e calou-se a ver (dizia ela) em que paravam as modas. Já estava de longa data acostumada a estes romances da neta, e só lastimava não ver o capítulo do fim.

"A culpa é dela, pensava a Sr.ª D. Leonarda. Quem há de querer casar com uma estouvada daquele gênero, que ainda bem não acabou um namoro, já começa outro?"

Indiretamente fazia-lhe sentir esta censura toda íntima, dizendo-lhe às vezes:

— O Major Alvarenga (era o defunto esposo da Sr.ª D. Leonarda) foi o primeiro e último namoro. Vi-o num dia de entrudo; casamo-nos logo depois da Páscoa. Hoje, as moças gostam de andar de namoro em namoro, sem acabar de escolher um. Por isso muitas ficam para tias.

Ora, é de notar que o bacharel Gustavo caíra-lhe em graça, e que de todos os namorados de Marianinha era este o que mais adequado lhe parecia. Não aprovaria certamente a idéia da fita bordada com os dois nomes, porque a Sr.ª D. Leonarda tinha como teoria que uma moça apenas deve olhar para o namorado; escrever-lhe era já atrevimento, e (usemos os seus próprios termos) profunda imoralidade. Mas desejava e muito que aquele casamento se fizesse, porque, mais que nenhum outro, o genro lhe parecia de feição. Com um pouco mais de ardor da parte dos dois namorados, estou certo de que nem escreveria estas páginas; tinham casado, estavam com filhos, vivendo em paz. Não precipitemos entretanto os acontecimentos, esperemos ao segundo capítulo.

CAPÍTULO II

Gustavo foi à casa de D. Leonarda na quinta-feira seguinte, isto é, dois dias depois do dia em que Marianinha acabava de bordar os dois nomes na fita azul.

— Tenho uma cousa para lhe dar, disse a moça.

— Ah! O que é?
— Adivinhe.
— Não posso adivinhar.
— Advinhe.
— Um par de botões?
— Não.
— Uma flor?
— Não.
— Uma charuteira?
— Não.
— Não posso... Ora, espere... Será?.. não... não é.
— Não é o quê?
— Um lenço de assoar.
— Ora! respondeu Marianinha encolhendo os ombros.

E tirou do bolso a fita azul com os dois nomes bordados.

— Bonito! exclamou Gustavo.

— É uma lembrança para se não esquecer de mim.

— Oh! querida! pois eu hei de nunca esquecer-me de você. Não é você o anjo...

Aqui entrava a qüinquagésima edição do sonho que ele não tivera nunca.

Gustavo disfarçadamente beijou a fita azul e guardou-a no bolso, de maneira que o não visse a Sr.ª D. Leonarda.

Marianinha ficou muito contente com o bom agasalho que tivera a sua lembrança não menos que com o elogio da obra, tão certo é — que o amor não dispensa a vaidade, antes esta é muita vez complemento daquele.

— Que lhe darei eu para que se não esqueça de mim? disse Gustavo daí a pouco, em ocasião em que pôde murmurar-lhe estas palavras.

— Nada, disse a moça sorrindo.

— Ama-me então como sempre? perguntou ele.

— Como sempre!

Todo o resto do diálogo foi assim por este gosto, como naturalmente o leitor e a leitora compreendem, se é que já não passaram pelo mesmo como eu sou capaz de jurar.

Marianinha era muito graciosa, além de bonita. Os olhos eram pequenos e vivos; ela sabia-os mover com muita gentileza. Não era mulher que do primeiro lance fizesse apaixonar um homem; mas com o tempo tinha o condão de insinuar-se-lhe no coração.

Foi isto justamente o que aconteceu com o nosso jovem Gustavo, cujo namoro durava já mais tempo que os outros. Começara por brinquedo, e acabara sério. Gustavo foi-se a pouco e pouco sentindo preso nas mãos da moça, de maneira que o casamento, cousa em que não pensara nunca, entrou a surgir-lhe no espírito como uma cousa muito desejável e indispensável.

— Afinal, pensava ele, devo acabar casado, e mais vale que seja com uma boa menina como aquela é, alegre, afetuosa, educada... A educação acabá-la-ei eu, e o terreno é próprio para isso; farei dela uma verdadeira esposa.

Com estas disposições, deixou Gustavo as suas habituais distrações, teatros, passeios, ceatas e todo se entregou ao cultivo do amor. D. Leonarda viu que a assiduidade era maior e concluiu razoavelmente que desta vez iria o barco ao mar. Para animar a pequena falou-lhe na conveniência de casar com pessoa que estimasse, e não deixasse de dar duas ou três esperanças ao pretendente.

As cousas foram assim andando de modo que o bacharel assentou de ir pedir a moça à avó por ocasião dos anos dela (a avó), que era a vinte e sete de outubro. Estavam então no dia dez do referido mês.

Em novembro podiam estar unidos e felizes.

Gustavo conversou com alguns amigos, e todos lhe aprovaram a resolução, mormente os que freqüentavam a casa de D. Leonarda e não queriam ficar brigados com o futuro neto da viúva do major.

Um desses freqüentadores, comensal antigo, de passagem lhe observou que a moça era um tanto caprichosa; mas não o fez com a idéia de o afastar da pretensão, o que era difícil naquele caso, mas antes por lhe aplanar a dificuldade mostrando-lhe o caminho que devia seguir.

— O coração é excelente, acrescentou este informante; nisto sai à avó e à mãe, que Deus tem.

— Isto é o essencial, disse Gustavo; caprichos são flores próprias da idade; o tempo as secará de todo. Gosto muito dela, e quaisquer que fossem os seus defeitos, casaria com ela.

— Oh! sem dúvida! Pela minha parte desde já lhe afianço que hão de ser felizes.

Tudo corria portanto *comme sur des roulettes*. O pedido estava prestes; prestes o casamento. Gustavo imaginou logo um plano de vida, mediante o qual ele seria no ano seguinte deputado, logo depois presidente de província, e um dia alguma cousa mais. A imaginação pintava-lhe a glória e o prazer que daria a sua mulher; imaginava um filhinho, uma casa cercada de laranjeiras, um paraíso...

CAPÍTULO III

Ora, logo na noite do dia 10, estando a conversar com a namorada, esta lhe perguntou pela fita azul. Eram passados seis meses desde a noite em que ela lha dera. Gustavo empalideceu; e a razão era que, não estando naquele tempo apaixonado como agora, nunca mais pusera olhos em cima da fita. Murmurou como pôde alguma cousa, que ela não ouviu, nem se lhe deu de ouvir, por haver logo percebido a sua perturbação.

— Naturalmente não sabe onde a pôs, disse ela com ar azedo.

— Ora!...

— Talvez a lançasse à rua...

— Que idéia!

— Estou a ler isso no seu rosto.

— Impossível! A fita está lá em casa...

— Pois bem, veja se a traz amanhã.

— Amanhã? balbuciou Gustavo.

— Perdeu-a, já sei.

— Oh! não; amanhã trago-lhe a fita.

— Jura?

— Que criancice! Juro.

O espírito de Gustavo achava-se nessa ocasião na situação de um homem que se deitasse numa cama de espinhos. Virava-se, revirava-se, espinhava-se, e daria cem ou duzentos mil-réis para poder ter a fita ali mesmo no bolso. Queria ao menos ter certeza de que a acharia em casa. Mas não tinha; e o rosto da moça como que lhe anunciava a tempestade de arrufos que o esperaria no dia seguinte se não levasse a fita.

Efetivamente Marianinha não se riu mais nessa noite. Gustavo saiu mais cedo que de costume e foi dali direito como uma flecha para casa.

Não tenho tintas na minha paleta para pintar a cena da investigação da fita, que durou cerca de duas horas e dava para dois capítulos ou três. Uma só gaveta não ficou em casa por examinar, uma só caixa de chapéu, um só escaninho de secretária. Veio tudo abaixo. A fita obstinava-se em não aparecer. Gustavo imaginou que ela estaria na saladeira; a saladeira estava vazia, e era o pior que lhe podia acontecer, porque o furioso mancebo atirou-a contra um portal e reduziu-a a cacos.

Os dois criados andavam atônitos; não compreendiam aquilo; muito menos compreendiam o motivo por que o amo os descompunha, quando eles não tinham notícia nenhuma da fita azul.

Era já madrugada; a fita não dera sinal de si; toda a esperança se dissipara como fumo. Gustavo tomou a resolução de se deitar, que os seus criados acharam excelente, mas que para ele foi perfeitamente inútil. Gustavo não pregou olho; levantou-se às oito horas do dia 11 fatigado, aborrecido, receoso de um imenso desastre.

Durante o dia fez algumas investigações.relativas à famosa fita; todas elas tiveram o resultado das da véspera.

Numa das ocasiões em que estava mais aflito, apareceu-lhe em casa um dos freqüentadores da casa de D. Leonarda, o mesmo com quem tivera o diálogo acima transcrito. Gustavo confiou-lhe tudo.

O Sr. Barbosa riu-se.

Barbosa era o nome do freqüentador da casa de D. Leonarda.

Riu-se e chamou-lhe criança; afirmou-lhe que Marianinha era caprichosa, mas que uma fita era uma cousa de pouco mais que nada.

— Que lhe pode resultar daqui? disse o Sr. Barbosa com um gesto grave. Zangar-se a moça durante algumas horas? Isso que vale se ela lhe há de dever a felicidade mais tarde? Meu amigo, eu não conheço a história de todos os casamentos que se têm feito debaixo do sol, mas creio poder afirmar que nenhuma noiva deixou de casar por causa de um pedaço de fita.

Gustavo ficou mais consolado com estas e outras expressões do Sr. Barbosa, que se despediu daí a pouco. O namorado, apenas chegou a noite vestiu-se com o maior apuro, perfumou-se, acendeu um charuto, procurou sair de casa com o pé direito, e enfiou para a casa da Sr.ª D. Leonarda.

O coração batia-lhe mais fortemente quando subiu a escada. Vieram abrir-lhe a cancela; Gustavo entrou e achou na sala a avó e a neta, a avó risonha, a neta séria e grave.

Ao contrário do que fazia em outras ocasiões, Gustavo não buscou, desta vez achar-se a sós com a moça. Foi esta quem procurou essa ocasião, no que a avó a ajudou mui simplesmente, indo ao interior da casa saber a causa de um rumor de pratos que ouvira.

— A fita? disse ela.

— A fita...

— Perdeu-a?

— Não se pode dizer que esteja perdida, balbuciou Gustavo; não a pude achar por mais que a procurasse; e a razão...

— A razão?

— A razão é que eu... sim... naturalmente está muito guardada... mas creio que... Marianinha levantou-se.

— Minha última palavra é esta... Quero a fita dentro de três dias; se não ma der, tudo está acabado; não serei sua!

Gustavo estremeceu.

— Marianinha!

A moça deu um passo para dentro.

— Marianinha! repetiu o pobre namorado.

— Nem mais uma palavra!

— Mas...

— A fita, dentro de três dias!

CAPÍTULO IV

Imagina-se, não se descreve a situação em que ficou a alma do pobre Gustavo, que deveras amava a moça e que por tão pequena cousa via perdido o seu futuro. Saiu dali (desculpem a expressão que não é muito nobre), saiu dali vendendo azeite às canadas.

— Leve o diabo o dia em que vi aquela mulher! exclamava ele caminhando para casa.

Mas logo:

— Não! ela não tem culpa: o culpado único sou eu! Quem me mandou ser tão pouco zeloso de um mimo dado de tão boa feição? Verdade seja que eu ainda nesse tempo não tinha no coração o que agora sinto...

Aqui parava o moço para examinar o estado do seu coração, que reconhecia ser gravíssimo, a ponto de lhe parecer que, se não casasse com ela, impreterivelmente iria ter à cova.

Há paixões assim, como devem saber o leitor e a leitora, e se a dele não fosse assim, é muito provável que eu não tivesse de contar esta mui verídica história.

Ao chegar à casa procedeu Gustavo a uma nova investigação, que deu o mesmo resultado negativo. Passou uma noite como se pode imaginar, e levantou-se de madrugada, aborrecido e furioso consigo mesmo.

Às 8 horas levou-lhe o criado o café do costume, e na ocasião em que lhe acendia um fósforo para o amo acender charuto, aventurou esta conjetura:

— Meu amo chegaria a tirar a fita da algibeira do paletó?

— Naturalmente tirei a fita, respondeu com rispidez o moço; não me lembra se tirei, mas é provável que sim.

— É que...

— É quê?

— Meu amo deu-me há pouco tempo um paletó, e pode ser que...

Isto foi um raio de esperança no ânimo do pobre namorado. Deu um pulo da cadeira em que se achava, quase entornou a xícara no chão, e sem mais preâmbulo perguntou ao criado:

— João! tu vieste salvar-me!

— Eu?

— Sim, tu. Onde está o paletó?

— O paletó?

— Sim, o paletó...

João cravou os olhos no chão e não respondeu.

— Dize! fala! exclamou Gustavo.

— Meu amo há de desculpar-me... Aqui há tempos uns amigos convidaram-me para uma ceia. Eu nunca ceio porque me faz mal; mas essa noite tive vontade de cear. Havia uma galinha...

Gustavo impaciente bateu com o pé no chão.

— Acaba! disse ele.

— Havia uma galinha, mas não havia vinho. Era preciso vinho. Além do vinho, houve quem lembrasse um paio, comida indigesta, como meu amo sabe...

— Mas o paletó?

— Lá vou. Faltava, portanto, algum dinheiro. Eu, esquecendo por um instante os benefícios que recebera de meu amo e sem reparar que uma lembrança daquelas guarda-se para sempre...

— Acaba, demônio!

— Vendi o paletó!

Gustavo deixou-se cair na cadeira.

— Valia a pena fazer-me perder tanto tempo, disse ele, para chegar a esta conclusão! Estou quase certo de que a fita estava no bolso desse paletó!...

— Mas, meu amo, aventurou João, não será a mesma cousa comprar outra fita?

— Vai-te para o diabo!

— Demais, nem tudo está perdido.

— Como assim?

— Talvez o homem ainda não vendesse o paletó.

— Que homem?

— O homem do *Pobre Jaques*.

— Sim?

— Pode ser.

Gustavo refletiu um instante.

— Vamos lá! disse ele.

Gustavo vestiu-se no curto prazo de 7 minutos; saiu acompanhado do criado e a trote largo caminharam para a Rua da Carioca. Entraram na casa do *Pobre Jaques*.

Acharam um velho assentado numa cadeira examinando um par de calças que lhe levara o freguês talvez para almoçar nesse dia. O dono da casa oferecia-lhe pelo objeto cinco patacas; o dono do objeto instava por mil e oitocentos. Afinal cortaram a dúvida, diminuindo o freguês um tostão e subindo o dono da casa outro tostão.

Acabado o negócio, o velho atendeu aos dous visitantes, um dos quais, de impaciente andava de um lado para outro, a passear os olhos nas roupas com a esperança de encontrar o suspirado paletó.

João era conhecido do velho e tomou a palavra.

— Não se lembra de um paletó que eu lhe vendi há cousa de três semanas? disse ele.

— Três semanas!

— Sim, um paletó.

— Um paletó?

Gustavo fez um gesto de impaciência. O velho não reparou no gesto. Pôs-se a afagar o queixo com a mão esquerda e os olhos no chão a ver se lembrava do destino que tivera o paletó *introuvable*.

— Lembra-me de que lhe comprei um paletó, disse ele, e por sinal que tinha gola de veludo...

— Isso! exclamou Gustavo.

— Mas creio que o vendi, concluiu o velho.

— A quem? perguntou Gustavo desejoso e ansioso ao mesmo tempo de lhe ouvir a resposta.

Antes porém que a ouvisse, ocorreu-lhe que o velho podia desconfiar do interesse com que procurava saber de um paletó velho, e julgou necessário explicar que não se tratava de nenhuma carteira, mas de uma lembrança de namorada.

— Seja lá o que for, disse o velho sorrindo, eu nada tenho com isso... Agora me lembro a quem vendi o paletó.

— Ah!

— Foi ao João Gomes.

— Que João Gomes? perguntou o criado.

— O dono da casa de pasto que fica ali quase no fim da rua...

O criado estendeu a mão ao velho e murmurou algumas palavras de agradecimento; quando porém voltou os olhos, não viu o amo, que apressadamente se dirigia na direção indicada.

CAPÍTULO V

João Gomes animava os caixeiros e a casa regurgitava de gente que comia o seu modesto almoço. O criado do bacharel conhecia o dono da casa de pasto. Foi direito a ele.

— Sr. João Gomes...

— Olé! você por aqui!

— É verdade; venho tratar de um assunto importante.

— Importante?

— Muito importante.

— Fale, respondeu João Gomes entre receoso e curioso.

Ao mesmo tempo lançou um olhar desconfiado para Gustavo que se conservara de parte.

— Não comprou o senhor um paletó em casa do *Pobre Jaques*?

— Não, senhor, respondeu muito depressa o interpelado.

Era evidente que receava alguma complicação de polícia. Gustavo compreendeu a situação e interveio para sossegar o ânimo do homem.

— Não se trata de nada que seja grave para o senhor, nem para ninguém exceto para mim, disse Gustavo.

E contou o mais sumariamente que pôde o caso da fita, o que tranqüilizou efetivamente o espírito do comprador do paletó.

— Uma fita azul, diz V. s.a? perguntou João Gomes.

— Sim, uma fita azul.

— Achei-a na algibeira do paletó e...

— Ah!

— Tinha dois nomes bordados, creio eu...

— Isso.

— Obra muito fina!

— Sim, senhor, e então?

— Então? Ora, espere... Eu tive esta fita alguns dias comigo... até que um dia... de manhã... não, não era de manhã, era de tarde... mostrei-a a um freguês...

Estacou o Sr. João Gomes.

— Que mais? perguntou o criado do bacharel.

— Creio que era o Alvarenga. .. Era, era o Alvarenga. Mostrei lha, gostou muito... e pediu-ma.

— E o senhor?

— Eu não precisava d'aquilo e dei-lha.

Gustavo teve vontade de engolir o dono da casa de pasto. Como porém nada adiantasse com esse ato de selvageria preferiu fazer indagações relativas ao Alvarenga, e soube que morava na Rua do Sacramento.

— Ele guarda aquilo por curiosidade, observou João Gomes; se V. s.a lhe contar o que há, estou certo de que lhe entrega a fita.

— Sim?

— Estou certo disso... Até se quiser eu mesmo lhe falo; ele há de cá vir almoçar e talvez a cousa se arranje hoje mesmo.

— Tanto melhor! exclamou Gustavo. Pois, meu amigo, veja se me consegue isso, e far-me-á um grande favor. O João aqui fica para me levar a resposta.

— Não tem dúvida.

Gustavo foi dali almoçar no Hotel dos Príncipes, onde João devia ir ter a dar-lhe conta do que houvesse. O criado demorou-se muito menos porém do que pareceu ao ansioso namorado. Já lhe parecia que ele não viria mais, quando a figura de João assomou à porta.

Gustavo levantou-se à pressa e saiu.

— Que há?

— O homem apareceu...

— E a fita?

— A fita estava com ele...

— Achou-se?

— Estava com ele, porque o João Gomes lha tinha dado, como meu amo sabe, mas parece que já não está.

— Inferno! exclamou Gustavo lembrando-se de um melodrama em que ouvira exclamação análoga.

— Já não está, continuou o criado como se estivesse saboreando estas ânsias do amo, já não está, mas podemos dar com ela.

— Como?

— O Alvarenga é procurador, deu a fita à filhinha do desembargador com quem trabalha. Ele mesmo incumbiu-se de arranjar tudo...

Gustavo perdera de todo as esperanças. A esquiva fita nunca mais lhe tornaria às mãos, pensava ele, e com esta idéia ficou acabrunhado.

João entretanto reanimou-se como pôde, afiançando-lhe que achava no Sr. Alvarenga muito boa vontade de o servir.

— Sabes o número da casa dele?

— Ele ficou de ir à casa de meu amo.

— Quando?

— Hoje.

— A que horas?

— Às ave-marias.

Era um suplício fazê-lo esperar tanto tempo, mas como não havia outro remédio, Gustavo curvou a cabeça e foi para casa, disposto a não sair sem saber o que era feito da encantada fita.

CAPÍTULO VI

Cruelíssimo foi aquele dia para o mísero namorado, que não podia ler, nem escrever, que só podia suspirar, ameaçar o céu e a terra e que mais de uma vez ofereceu ao destino as suas apólices por um pedaço de fita.

Dizer que jantou mal, é noticiar ao leitor uma cousa que ele naturalmente adivinhou. A tarde foi terrível de passar. A incerteza misturava-se à ânsia; Gustavo ardia por ver o procurador, mas receava que nada trouxesse, e que a noite desse dia fosse muito pior que a antecedente. Pior seria decerto, porque o plano de Gustavo estava feito: atirava-se do segundo andar à rua.

A tarde caiu de todo, e o procurador, fiel à sua palavra, bateu palmas na escada.

Gustavo estremeceu.

João foi abrir a porta:

— Ah! Entre, Sr. Alvarenga, disse ele, entre para a sala; meu amo está à sua espera.

Alvarenga entrou.

— Então que há? perguntou Gustavo depois de feitos os primeiros cumprimentos.

— Há alguma cousa, disse o procurador.

— Sim:

E logo:

— Há de admirar-se talvez da insistência com que procuro esta fita, mas...

— Mas é natural, acudiu o procurador abrindo a caixa de rapé e oferecendo uma pitada ao bacharel, que com um gesto recusou.

— Então parece-lhe que há alguma cousa? perguntou Gustavo.

— Sim, senhor, respondeu o procurador. Eu tinha dado aquela fita à filha do desembargador, menina de dez anos. Quer que lhe conte a maneira por que isso aconteceu?

— Não precisa.

— Sempre lhe direi que eu gosto muito dela, e ela de mim. Posso dizer que a vi nascer. A menina Cecília é um anjo. Imagine que tem os cabelos louros e está muito desenvolvida...

— Ah! fez Gustavo não sabendo o que havia de dizer.

— No dia em que o João Gomes me deu a fita dizendo-me: "Tome lá o senhor que tem em casa exposição!" Exposição chama o João Gomes a uma coleção de objetos e trabalhos preciosos que tenho e vou aumentando... Nesse dia, antes de ir para casa, fui à casa do desembargador...

Neste ponto entrou na sala o criado João, que, por uma idéia delicada, lembrou-se de trazer uma xícara de café ao Sr. Alvarenga.

— Café? disse este. Não recuso nunca. Está bom de açúcar... Oh! e que excelente café! V. S.ª não sabe como eu gosto de café; bebo às vezes seis, oito xícaras por dia. V. S.ª também gosta?

— Às vezes, respondeu Gustavo em voz alta.

E consigo mesmo:

"Vai-te com todos os diabos! Estás apostado para fazer-me morrer de aflição!"

O Sr. Alvarenga ia saboreando o café, como entendedor, e contando ao bacharel a maneira por que dera a fita à filha do desembargador.

— Ela estava a brincar comigo, enquanto eu tirava do bolso alguns papéis para dar ao pai. Com os papéis veio a fita. "Que bonita fita!" disse ela. E pegou na fita, e pediu-me que lha desse. Que faria V. s.a no meu caso?

— Dava.

— Foi o que eu fiz. Se visse como ficou alegre!

O Sr. Alvarenga acabara de tomar o café, ao qual fez um novo elogio; e depois de sorver voluptuosamente uma pitada, continuou:

— Já eu não me lembrava da fita quando hoje o Sr. João Gomes me contou o caso. Era difícil achar a fita, porque isto de crianças V. S.ª sabe que são endiabradas, e então aquela!

— Está rasgada? perguntou Gustavo ansioso por vê-lo chegar ao fim.

— Parece que não.

— Ah!

— Quando lá cheguei perguntei com muita instância pela fita à senhora do desembargador.

— E então?

— A senhora do desembargador respondeu-me com muita polidez que não sabia da fita; imagine como fiquei. Chamou-se porém a menina, e esta confessou que uma sua prima, moça de vinte anos, lhe tirara a fita da mão, logo no dia em que eu lha dei. A menina chorara muito, mas a prima dera-lhe em troco uma boneca.

Esta narração foi ouvida por Gustavo com a ansiedade que o leitor naturalmente imagina; as últimas palavras, entretanto, foram um golpe mortal. Como haver agora essa fita? De que maneira e com que razões, se iria procurar nas mãos da moça o objeto desejado?

Gustavo comunicou estas impressões ao Sr. Alvarenga, que depois de sorrir e tomar outra pitada, lhe respondeu que dera alguns passos a ver se a fita pudesse vir parar às suas mãos.

— Sim?

— É verdade; a senhora do desembargador ficou tão penalizada com a ansiedade que eu mostrava, que me prometeu fazer alguma cousa; A sobrinha mora no Rio Comprido; a resposta só pode estar nas suas mãos depois de amanhã porque eu amanhã tenho muito que fazer.

— Mas virá a fita? murmurou Gustavo com desânimo.

— Pode ser, respondeu o procurador; tenhamos esperança.

— Com que lhe hei de pagar tantos favores? disse o bacharel ao procurador que se levantara e pegara no chapéu...

— Sou procurador... dê-me alguma cousa em que eu possa prestar-lhe os meus serviços.

— Oh! sim! a primeira que me vier agora é sua! exclamou Gustavo para quem uma causa era ainda objeto puramente mitológico.

O procurador saiu.

— Então, até depois de amanhã? disse João que ouvira quase toda a conversa, colado no corredor.

— Sim, até depois de amanhã.

CAPÍTULO VII

O dia em que o procurador devia voltar à casa de Gustavo era o último do prazo marcado por Marianinha. Gustavo esperou por ele sem sair de casa; não queria aparecer sem estar desenganado ou feliz.

O Sr. Alvarenga não marcara hora. Gustavo acordou cedo, almoçou, e esperou até o meio-dia sem que o procurador desse sinais de si. Era uma hora quando apareceu.

— Há de desculpar-me, disse ele logo ao entrar; tive uma audiência na segunda vara, e por isso...

— Então?

— Nada.

— Nada!

— Ela tem a fita e declara que a não dá!

— Oh! mas isso é impossível!

— Também eu disse isso, mas depois refleti que não há outro recurso senão contentarmo-nos com a resposta. Que poderíamos nós fazer?

Gustavo deu alguns passos na sala, impaciente e abatido ao mesmo tempo. Tanto trabalho para tão triste fim! Que importava que ele soubesse onde parava a fita, se não podia havê-la às mãos? O casamento estava perdido; o suicídio unicamente.

Sim, o suicídio. Apenas o procurador Alvarenga saiu da casa de Gustavo, este sondou o seu coração e mais uma vez se convenceu de que não podia resistir à recusa de Marianinha; senão matar-se.

"Caso-me com a morte!" rugiu ele surdamente.

Outra reminiscência de melodrama.

Assim assentado o seu plano, saiu Gustavo de casa, logo depois de ave-marias e dirigiu-se para a casa de D. Leonarda. Entrou comovido; estremeceu quando deu com os olhos em Marianinha. A moça tinha o mesmo ar severo com que lhe falara a última vez.

— Por onde andou estes três dias? disse D. Leonarda.

— Estive muito ocupado, respondeu secamente o moço, e por isso... As senhoras têm passado bem?

— Assim, assim, disse D. Leonarda.

Depois:

"Estes pequenos andam arrufados!" pensou ela.

E posto fosse severíssima em pontos de namoro, todavia compreendeu que para explicar e acabar arrufos a presença de uma avó era de algum modo prejudicial. Pelo que, assentou retirar-se durante cinco minutos (de relógio na mão), a pretexto de ir ver o lenço de tabaco.

Apenas se acharam sós os dois namorados, rompeu o seguinte diálogo a muito custo de ambos, porque nenhum deles queria começar primeiro. Foi Gustavo quem cedeu:

— Não lhe trago a fita.

— Ah! disse a moça com frieza.

— Alguém ma tirou, talvez, porque eu...

— Que faz a polícia?

— A polícia!... Está zombando. comigo, creio eu.

— Apenas crê?

— Marianinha, por quem é, perdoe-me se....

Neste ponto teve Gustavo uma idéia que lhe pareceu luminosa. — Falemos franco, disse ele; eu tenho a fita comigo.

— Sim? deixe ver.

— Não está aqui; mas posso afirmar-lhe que a tenho. Imponho todavia uma condição... Quero ter este prazer de impor uma condição...

— Impor?

— Pedir. Mostrar-lhe-ei a fita depois que estivermos casados.

A idéia, como a leitora vê, não era tão luminosa como ele pensava; Marianinha deu uma risadinha e levantou-se.

— Não acredita? disse Gustavo meio enfiado.

— Acredito, disse ela; e tanto que aceito a condição.

— Ah!

— Com a certeza de que não a há de cumprir.

— Juro...

— Não jure! A fita está aqui.

E Marianinha tirou da algibeira o pedaço de fita azul com os nomes de ambos bordados a seda, a mesma fita que ela lhe dera.

Se o bacharel Gustavo tivesse visto as torres de S. Francisco de Paula subitamente transformadas em duas muletas, não se admiraria tanto como quando a moça lhe mostrou o pedaço de fita azul.

Só no fim de dois minutos pôde falar:

— Mas... esta fita?

— Silêncio! disse Marianinha vendo entrar a avó.

A leitora naturalmente acredita que a fita fora entregue a Marianinha pela sobrinha do desembargador, e acredita a verdade. Eram amigas; sabiam do namoro uma da outra; Marianinha tinha mostrado à amiga a obra que fazia para dar ao namorado, de maneira que quando a fita azul caiu nas mãos da pequena suspeitou naturalmente que era a mesma, e obteve-a para mostrá-la à neta de D. Leonarda.

Gustavo não suspeitara nada disto; estava aturdido. Estava sobretudo envergonhado. Acabava ser apanhado em flagrante delito de peta e fora desmentido do mais formidável modo.

Nestas alturas não há de demorar o desfecho. Apresso-me a dizer que Gustavo saiu dali abatido, mas que no dia seguinte recebeu uma carta de Marianinha, em que lhe dizia, entre outras cousas, esta: "Perdôo-lhe tudo!"

Nesse mesmo dia foi pedida a moça. Casaram-se pouco depois e vivem felizes, não direi onde, para que os não vão perturbar na sua lua-de-mel que dura há largos meses.

Desejo o mesmo às leitoras.

CASA, NÃO CASA

[JF. dez. 1875 e jan. de 1876.]

CAPÍTULO PRIMEIRO

Se alguma das minhas leitoras morasse na Rua de S. Pedro da cidade nova, há cousa de quinze anos, e estivesse à janela na noite de 16 de março, entre uma e duas horas, teria ocasião de presenciar um caso extraordinário.

Morava ali, entre a Rua Formosa e a Rua das Flores, uma moça de vinte e dois anos, bonita como todas as heroínas de romances e contos, a qual moça na sobredita noite de 16 de março, entre uma e duas horas, levantou-se da cama e a passo lento foi até à sala com uma luz na mão.

Não estando as janelas fechadas, a leitora, caso morasse defronte, veria a nossa heroína pousar a vela sobre um aparador, abrir um álbum, tirar um retrato, que não saberia se era de homem ou de mulher, mas que eu lhe afirmo ser de mulher.

Tirado o retrato do álbum, pegou a moça na vela, desceu a escada, abriu a porta da rua e saiu. A leitora ficaria naturalmente assombrada com tudo isto; mas que não diria quando a visse seguir pela rua acima, voltar a das Flores, ir até à do Conde, e parar à porta de uma casa?

Justamente à janela dessa casa estava um homem, rapaz ainda, vinte e sete anos, olhando para as estrelas e fumando um charuto.

A moça parou.

O moço espantou-se do caso, e vendo que ela parecia querer entrar, desceu a escada, com uma vela acesa e abriu a porta.

A moça entrou.

— Isabel! exclamou o rapaz deixando cair a vela no chão.

Ficaram às escuras no corredor. Felizmente trazia o moço fósforos na algibeira, acendeu outra vez a vela e fitou os olhos na recém-chegada.

Isabel (tal era o seu verdadeiro nome) estendeu o retrato ao rapaz, sem dizer palavra, com os olhos fitos no ar.

O rapaz não pegou logo no retrato.

— Isabel! exclamou ele outra vez mas já com a voz sumida.

A moça deixou cair o retrato no chão, voltou as costas e saiu.

O dono da casa ainda mais aterrado ficou.

— Que é isto? dizia ele; estará louca?

Pôs a vela sobre um degrau da escada, saiu à rua, fechou a porta e seguiu lentamente atrás de Isabel, que foi pelo mesmo caminho até entrar em casa.

O mancebo respirou quando viu Isabel entrar na casa; mas ficou ali alguns instantes, a olhar para a porta, sem nada compreender e ansioso por que chegasse o dia. Todavia era forçoso voltar para a Rua do Conde; lançou um último olhar às janelas da casa e retirou-se.

Ao entrar em casa apanhou o retrato.

— Luísa! disse ele.

Esfregou os olhos como se duvidasse do que via, e ficou parado na escada a olhar largos minutos para o retrato.

Era preciso subir.

Subiu.

— Que quererá isto dizer? disse ele já em voz alta como se falasse a alguém. Que audácia foi essa de Isabel? Como é que uma moça, filha de família, sai assim de noite para... Mas estarei eu sonhando?

Examinou o retrato, e viu que tinha nas costas as seguintes linhas:

À minha querida amiga Isabel, como lembrança de eterna amizade. Luísa.

Júlio (era o nome do rapaz) não pôde descobrir nada por mais que parafusasse, e parafusou muito tempo, já deitado no sofá da sala, já encostado à janela.

E na verdade quem seria capaz de descobrir o mistério daquela visita a semelhante hora? Tudo parecia antes uma cena de drama ou romance tétrico, do que um ato natural da vida.

O retrato... O retrato tinha certa explicação. Júlio andava quinze dias antes a trocar cartas com o original, a formosa Luísa, moradora no Rocio Pequeno, hoje Praça Onze de Julho.

Todavia, por mais agradável que lhe fosse receber o retrato de Luísa, como admitir a maneira por que lho levaram, e a pessoa, e a hora, e as circunstâncias?

— Sonho ou estou doudo! Concluiu Júlio depois de longo tempo.

E chegando à janela, acendeu outro charuto.

Nova surpresa o esperava.

Vejamos qual foi ela.

CAPÍTULO II

Não havia fumado ainda uma terça parte do charuto, quando viu dobrar a esquina um vulto de mulher, caminhando lentamente, e parar à porta da casa dele.

— Outra vez! Exclamou Júlio. Quis descer logo; mas as pernas começavam a tremer-lhe. Júlio não era tipo de extrema valentia; creio até que se lhe chamarmos medroso não estaremos longe da verdade.

O vulto, entretanto, estava à porta; era forçoso tirá-lo dali, a fim de evitar um escândalo.

"Desta vez, pensou ele pegando na vela, hei de interrogá-la; não a deixo sair sem me dizer o que há. Infeliz. Parece-me que está douda!"

Desceu; abriu a porta.

— Luísa! exclamou.

A moça estendeu-lhe um retrato; Júlio pegou nele com ânsia e murmurou consigo: "Isabel"!

Era efetivamente o retrato da primeira moça que a segunda lhe trazia. Não será preciso dizer ou repetir que Júlio namorava também a Isabel, e a leitora compreende facilmente que tendo ambas descoberto o segredo uma da outra, ambas foram mostrar ao namorado que estavam cientes da sua duplicidade.

Mas por que motivo tais cousas se davam assim revestidas de circunstâncias singulares e tenebrosas?

Não era mais natural mandarem-lhe os retratos dentro de uma sobrecarta?

Tais eram as reflexões que Júlio fazia, com o retrato numa das mãos e a vela na outra, enquanto já de volta entrava em casa.

Não será precioso dizer que o nosso Júlio não dormiu o resto da noite. Chegou a ir à cama e a fechar os olhos; tinha o corpo moído e necessidade de sono; mas a imaginação velava, e a madrugada veio achá-lo acordado e aflito.

No dia seguinte foi visitar Isabel; achou-a triste; falou-lhe; mas quando quis dizer-lhe alguma cousa do sucesso, a moça afastou-se dele, talvez porque adivinhasse o que ia ele dizer-lhe, talvez, porque já estivesse aborrecida de o ouvir.

Júlio foi a casa de Luísa, achou-a no mesmo estado, as mesmas circunstâncias se deram.

"É claro que descobriram o segredo uma da outra, dizia ele consigo. Não há remédio senão desfazer a má impressão de ambas. Mas como se me não querem ouvir? Ao mesmo tempo desejava explicação do ato atrevido que ontem praticaram, salvo se foi sonho meu, o que é bem possível. Ou então estarei doudo..."

Antes de ir adiante, e não será longe porque a história é pequena, convém dizer que este Júlio não tinha paixão real por nenhuma das duas moças. Começou o namoro com Isabel por ocasião de uma ceia de Natal, e travou relações com a família que o recebera muito bem.

Isabel correspondeu um pouco ao namoro de Júlio, sem todavia lhe dar grandes esperanças porque então andava também à corda de um oficial do exército que teve de embarcar para o Sul. Só depois que ele embarcou foi que Isabel de todo se voltou para Júlio.

Ora, o nosso Júlio já então lançara as suas baterias contra a outra fortaleza, a formosa Luísa, amiga de Isabel, e que desde princípio aceitou o namoro com ambas as mãos.

Nem por isso rejeitou a corda que lhe dava Isabel; manteve-se entre as duas sem saber qual delas devia preferir. O coração não tinha a este respeito opinião assentada. Júlio não amava, repito; era incapaz de amar... Seu fim era casar com uma moça bonita; ambas o eram, restava-lhe saber qual delas lhe convinha mais.

As duas moças, como vimos pelos retratos, eram amigas, mas falavam-se de longe em longe, sem que nessas poucas vezes houvessem comunicado os segredos atuais do seu coração. Ocorreria isso agora e seria essa a explicação da cena dos retratos? Júlio pensou efetivamente que elas haviam enfim comunicado o seu namoro com ele; mas custava-lhe a crer que tão atrevidas fossem ambas, que saíssem da casa naquela singular noite. À proporção que o tempo se passava, Júlio inclinava-se a crer que o fato não passasse de uma ilusão sua.

Júlio escreveu uma carta a cada uma das duas moças, quase do mesmo teor, pedindo a explicação da frieza que ambas ultimamente lhe mostravam. Cada uma das cartas terminava perguntando "se era tão cruelmente que se devia pagar um amor único e delirante".

Não teve resposta imediatamente como esperava, mas dois dias depois, não do mesmo teor, mas no mesmo sentido.

Ambas lhe diziam que pusesse a mão na consciência.

"Não há dúvida, pensou ele consigo, estou pilhado. Como sairei eu desta situação?"

Júlio resolveu atacar verbalmente as duas fortalezas.

— Isto de cartas não é bom recurso para mim, disse ele; encaremos o inimigo; é mais seguro.

Escolheu Isabel em primeiro lugar. Haviam já passado seis ou sete dias depois da cena noturna. Júlio preparou-se mentalmente com todas as armas necessárias ao ataque e à defesa e dirigiu-se para casa de Isabel, que era como sabemos na Rua de S. Pedro.

Foi-lhe difícil achar-se a sós com a moça; porque a moça que das outras vezes era a primeira a buscar ocasião de lhe falar, agora esquivava-se a isso. O rapaz entretanto era teimoso; tanto fez que pôde pilhá-la numa janela, e ali *ex abrupto* disparou-lhe esta pergunta:

— Não me dará a explicação dos seus modos de hoje e da carta com que respondeu à minha última?

Isabel calou-se.

Júlio repetiu a pergunta, mas já com um tom que exigia resposta imediata. Isabel fez um gesto de aborrecimento e disse:

— Respondo o que lhe disse na carta; ponha a mão na consciência.

— Mas que fiz eu então?

Isabel sorriu-se com um ar de lástima.

— O que fez? perguntou ela.

— Sim, o que fiz?

— Deveras, ignora?

— Quer que lhe jure?

— Queria ver isto...

— Isabel, essas palavras!...

— São dum coração ofendido, interrompeu a moça com amargura. O senhor ama a outra.

— Eu?...

Aqui desisto de descrever o gesto de espanto de Júlio; a pena nunca o poderia fazer, nem talvez o pincel. Era o agente mais natural, mais aparentemente espontâneo que ainda se viu neste mundo, a tal ponto que a moça vacilou, e atenuou as suas primeiras palavras com estas:

— Pelo menos, parece...

— Mas como?

— Vi-o olhar com certo ar para a Luísa, quando outro dia ela aqui esteve...

— Nego.

— Nega? Pois bem; mas negará também que, vendo o retrato dela, no meu álbum, me disse: É tão bonita esta moça!

— Pode ser que o dissesse; creio até que o disse... há cousa de oito dias; mas que prova isso?

— Não sei se prova muito mas em todo o caso foi bastante para fazer doer a um coração amante.

— Acredito; observou Júlio; seria porém bastante para o audacioso passo que deu?

— Que passo? perguntou Isabel abrindo muito os olhos.

Júlio ia explicar as suas palavras, quando um primo de Isabel se aproximou do grupo e a conversa ficou interrompida.

Não foi porém sem algum resultado o pouco tempo em que falaram, porque ao despedir-se Júlio no fim da noite, Isabel apertou-lhe a mão com certa força, indício certo de que as pazes estavam feitas.

— Agora a outra, disse ele saindo da casa de Isabel.

CAPÍTULO III

Luísa estava ainda como Isabel, fria e reservada para com ele. Parece, entretanto, que suspirava por lhe falar; foi ela a primeira que procurou uma ocasião de ficar a sós com ele.

— Já estará menos cruel comigo? perguntou Júlio.

— Oh! não.

— Mas que lhe fiz eu?

— Pensa então que eu sou cega? perguntou-lhe Luísa com olhos indignados; pensa que eu não vejo as cousas?

— Mas que cousas?

— O senhor anda de namoro com a Isabel.

— Oh! que idéia!

— Original, não é?

— Originalíssima! Como descobriu semelhante cousa? Conheço aquela moça há muito tempo, temos intimidade, mas não a namoro nem tal idéia tive, nunca na minha vida.

— É por isso que lhe deita uns olhos tão ternos?...

Júlio levantou os ombros com um ar tão desdenhoso que a moça acreditou logo nele. Não deixou de lhe dizer, como a outra lhe dissera:

— Mas para que olhou outro dia com tanta admiração para o retrato dela, dizendo até com um suspiro: Que moça gentil!

— É verdade isso, menos o suspiro, respondeu Júlio; mas onde está o mal em achar uma moça bonita, se nenhuma me parece mais bonita que você, e sobretudo nenhuma é capaz de me prender como você?

Júlio disse ainda muito mais por este teor velho e gasto, mas de efeito certo; a moça estendeu-lhe a mão dizendo:

— Então era engano meu?

— Oh! meu anjo! engano profundo!

— Está perdoado... com uma condição.

— Qual?

— É que não há de cair em outra.

— Mas se eu não caí nesta!

Jure sempre.

— Pois juro... com uma condição.

— Diga.

— Por que razão não tendo plena certeza de que eu amava a outra (e se a tivesse não me falava mais decerto), por que razão, pergunto eu, foi você naquela noite...

— O chá está na mesa; vamos tomar chá! disse a mãe de Luísa aproximando-se do grupo.

Era forçoso obedecer; e nessa noite não houve mais ocasião de explicar o caso.

Nem por isso Júlio saiu menos contente da casa de Luísa.

"Estão ambas vencidas e convencidas, disse ele consigo; agora é preciso escolher e acabar com isto."

Aqui é que estava a dificuldade. Já sabemos que ambas eram igualmente belas, e Júlio não procurava outra condição. Não era fácil escolher entre duas criaturas igualmente dispostas para ele.

Nenhuma delas tinha dinheiro; condição que podia fazer pender a balança posto que Júlio fosse indiferente nesse ponto. Tanto Luísa como Isabel eram filhas de funcionários públicos que apenas lhes deixavam um escasso montepio. Sem uma forte razão que fizesse pender a balança, era difícil a escolha naquela situação.

Alguma leitora dirá que por isso mesmo que eram de igual condição e que ele as não amava de coração, era fácil a escolha. Bastava-lhe fechar os olhos e agarrar a primeira que lhe ficasse à mão.

Erro manifesto.

Júlio podia e era capaz de fazer isso. Mas no mesmo instante que escolhesse Isabel ficava com pena de não ter escolhido Luísa, e viceversa, donde se vê que a situação era para ele intrincada.

Mais de uma vez levantou-se ele da cama com a resolução assentada:

— Vou pedir a mão da Luísa.

A resolução durava-lhe só até o almoço. Acabado o almoço, ia ver (pela última vez) Isabel e logo afrouxava com pena de a perder.

"Há de ser esta!" pensava ele.

E logo lembrava-se de Luísa e não escolhia nem uma nem outra.

Tal era a situação do nosso Júlio, quando se deu a cena que passo a referir no capítulo seguinte.

CAPÍTULO IV

Três dias depois da conversa de Júlio com Luísa, foi esta passar o dia em casa de Isabel, acompanhada de sua mãe.

A mãe de Luísa era de opinião que a filha era o seu retrato vivo, cousa que ninguém acreditava por mais que ela o repetisse. A mãe de Isabel não ousava ir tão longe mas afirmava que, no tempo de sua mocidade, fora ela muito parecida com Isabel. Esta opinião era recebida com incredulidade pelos rapazes e com resistência pelos velhos. Até o Major Soares, que fora o primeiro namorado da mãe de Isabel, insinuava que essa opinião devia ser recebida com extrema reserva.

Oxalá porém fossem as duas moças como suas mães eram, dois corações de pomba, que amavam estremecidamente as filhas, e que eram com justiça dois tipos de austeridade conjugal.

As duas velhas entregaram-se às suas conversas e considerações sobre arranjos de casa ou assuntos de pessoas conhecidas, enquanto as duas moças tratavam de modas, músicas e um pouco de amores.

— Então o teu tenente não volta do Sul? disse Luísa.

—Eu sei! Parece que não.

— Tens saudades dele?

— E terá ele saudades de mim?

— Isso é verdade. Todos esses homens são assim, disse Luísa com convicção; muita festa quando se acham, presentes, mas ausentes são temíveis... valem tanto como o nome que se escreve na areia: vem a água e lambe tudo.

— Bravo, Luísa! Estás poeta! exclamou Isabel. Já falas em areias do mar!

— Pois olha, não namoro nenhum poeta nem homem do mar. — Quem sabe?

— Sei eu.

— É então?...

— Um rapaz que tu conheces!

— Já sei, é o Avelar.

— Deus nos acuda! exclamou Luísa. Um homem vesgo.

— O Rocha?

— O Rocha anda todo caído pela Josefina.

— Sim?

— É uma lástima.

— Nasceram um para o outro.

— Sim, ela é uma moleirona como ele.

As duas moças gastaram assim algum tempo a tasquinhar na pele de pessoas que nós não conhecemos nem precisamos disso, até que voltaram ao assunto capital da conversa.

— Já vejo que não pode adivinhar quem é o meu namorado, disse Luísa.

— Nem você o meu, observou Isabel.

— Bravo! então o tenente...

— O tenente está pagando. É muito natural que as rio-grandenses o tenham encantado. Pois agüente-se...

Enquanto Isabel dizia estas palavras, Luísa ia folheando o álbum de retratos que estava sobre a mesa. Chegando à folha onde sempre vira o seu retrato, a moça estremeceu. Isabel notou-lhe o movimento.

— Que é? disse ela.

— Nada, respondeu Luísa fechando o álbum. Tiraste o meu retrato daqui?

— Ah! exclamou Isabel, isso é uma história singular. O retrato foi passar às mãos de terceira pessoa, a qual afirma que fui eu que lho levei alta noite... Ainda não pude descobrir esse mistério...

Luísa já ouviu de pé estas palavras. Seus olhos, muito abertos, fitaram-se no rosto da amiga.

— Que é? disse esta.

— Sabes bem o que estás dizendo?

— Eu?

— Mas isso foi o que me aconteceu também com o teu retrato... Naturalmente era zombaria comigo e contigo... Essa pessoa...

— Foi o Júlio Simões, o meu namorado...

Aqui devia eu pôr uma linha de pontos para significar o que se não pode pintar, o espanto das duas amigas, as diferentes expressões que tomou a fisionomia de cada uma delas. Não tardaram as explicações; as duas rivais reconheceram que o seu namorado comum era pouco mais ou menos um patife, e que o dever de honra e de coração era tomar dele uma vingança.

— A prova de que ele nos enganava uma à outra, observava Isabel, é que os nossos retratos apareceram lá e foi ele naturalmente quem os tirou.

— Sim, respondeu Luísa, mas é certo que eu sonhei alguma cousa que combina com a cena que ele alega.

— Também eu...

— Sim? Eu sonhei que me haviam falado do namoro dele com você, e que, tirando o retrato do álbum, fora levá-lo à casa dele.

— Não é possível! exclamou Isabel. O meu sonho foi quase assim, ao menos no final. Não me disseram que ele tinha namoro com você; mas eu mesma vi e então fui levar o retrato...

O espanto aqui foi ainda maior que da primeira vez. Nem estavam só espantadas as duas amigas; estavam aterradas. Embalde procuravam explicar a identidade do sonho, e mais que tudo a coincidência dele com a presença dos retratos em casa de Júlio e a narração que este fizera da noturna aventura.

Estavam assim nesta duvidosa e assustadora situação, quando as mães vieram em auxílio delas. As duas moças, estando à janela, ouviram-lhes dizer:

— Pois é verdade, minha rica Sr.ª Anastácia, estou no mesmo caso da senhora. Creio que a minha filha é sonâmbula, como a sua.

— Tenho uma pena com isto!
— E eu então!
— Talvez casando-as...
— Sim, pode ser que banhos de igreja...

Informadas assim as duas moças da explicação do caso, ficaram um tanto abaladas; mas a idéia de Julio e suas travessuras tomou logo o lugar que lhe competia na conversa das duas rivais.

— Que pelintra! exclamavam as duas moças. Que velhaco! que pérfido!

O coro de maldições foi ainda mais longe. Mas tudo acaba neste mundo, principalmente um coro de maldições; o jantar interrompeu aquele; as duas moças foram de braço dado para a mesa e afogaram as suas mágoas num prato de sopa.

CAPITULO V

Júlio, sabendo da visita, não se atreveu a ir encontrar as duas moças juntas. No pé em que as cousas se achavam era impossível evitar que descobrissem tudo, pensava ele.

No dia seguinte porém foi de tarde à casa de Isabel, que o recebeu com muita alegria e ternura.

"Bom! pensou o namorado, nada contaram uma à outra."

— Engana-se, disse Isabel adivinhando pela alegria do rosto dele qual era a reflexão que fazia. Pensa naturalmente que Luísa nada me disse? Disse-me tudo, e eu nada lhe ocultei...

— Mas...

— Não me queixo do senhor, continuou Isabel com indignação; queixo-me dela que devia ter percebido e percebeu o que entre nós havia, e apesar disso aceitou a sua corte.

— Aceitou, não; posso dizer que fui compelido.

— Sim?

— Agora posso falar-lhe com franqueza; a sua amiga Luísa é uma namoradeira desenfreada. Eu sou rapaz; a vaidade, a idéia de passatempo, tudo isso me arrastou, não a namorá-la, porque eu era incapaz de esquecer a minha formosa Isabel; mas a perder algum tempo...

— Ingrato!

— Oh! não! nunca, minha boa Isabel!.

— Aqui começou uma renovação de protestos da parte do namorado, que declarou amar mais que nunca a filha de D. Anastácia.

Para ele a cousa estava resolvida. Depois da explicação dada e dos termos em que falara da outra, a escolha natural era Isabel.

Sua idéia foi não procurar mais a outra. Não o pôde fazer à vista de um bilhete que no fim de três dias, recebeu da moça. Pedia-lhe ela que fosse lá instantemente. Júlio foi. Luísa recebeu-o com um sorriso triste. Quando puderam falar a sós:

— Quero saber da sua boca o meu destino, disse ela. Estarei definitivamente condenada?

— Condenada!

— Sejamos francos, continuou a moça. Eu e a Isabel falamos no senhor; vim a saber que também a namorava. A sua consciência lhe dirá que praticou um ato indigno. Mas enfim, pode resgatá-lo com um ato de franqueza. A qual de nós escolhe, a mim ou a ela?

A pergunta era de atrapalhar o pobre Júlio, nada menos que por duas grandes razões: a primeira era ter de responder em face; a segunda era ter de responder em face de uma moça bonita. Hesitou alguns largos minutos. Luísa insistiu; mas ele não se atrevia a romper o silêncio.

— Bem, disse ela, já sei que me despreza.

— Eu!

— Não importa; adeus.

Ia a voltar as costas; Júlio segurou-lhe na mão.

— Oh! não! Pois não vê que este meu silêncio é de comoção e de confusão. Confunde-me realmente que descobrisse uma cousa em que eu pouca culpa tive. Namorei-a por passatempo; não foi Isabel nunca uma rival sua no meu coração. Demais, ela não lhe contou tudo; naturalmente escondeu a parte em que a culpa lhe cabia. E a culpa é também sua...

— Minha?

— Sem dúvida. Pois não vê que ela tem interesse em separar-nos?... Se lhe referir, por exemplo, o que se está passando agora entre nós fique certa de que ela há de inventar alguma cousa para de todo separar-nos, contando depois com a sua beleza para cativar o meu coração, como se a beleza de uma Isabel pudesse fazer esquecer a beleza de uma Luísa.

Júlio ficou satisfeito com este pequeno discurso, assaz astuto para enganar a moça. Esta depois de algum tempo de silêncio, estendeu-lhe a mão:

— Jura-me o que está dizendo?

— Juro.

— Então será meu?

— Unicamente seu.

Assim celebrou Júlio os dois tratados de paz, ficando na mesma situação em que se achava anteriormente. Já sabemos que a sua fatal indecisão era a causa única da crise em que os acontecimentos o puseram. Era forçoso decidir alguma cousa; e a ocasião ofereceu-se lhe propícia.

Perdeu-a, entretanto; e dado que quisesse casar, e queria, nunca estivera mais longe do casamento.

CAPÍTULO VI

Cerca de seis semanas foram assim correndo sem resultado algum prático.

Um dia, achando-se em conversa com um primo de Isabel, perguntou-lhe se teria gosto em vê-lo na família.

— Muito, respondeu Fernando (era assim o nome do primo). Júlio não deu explicação da pergunta. Instado respondeu:

— Fiz-lhe a pergunta por uma razão que saberá mais tarde.

— Quererá talvez casar com alguma das manas?...

— Não posso dizer nada por ora.

— Olha aqui, Teixeira, disse Fernando, a um terceiro rapaz, primo de Luísa, e que nessa ocasião se achava em casa de D. Anastácia.

— Que é? perguntou Júlio assustado.

— Nada, respondeu Fernando, vou comunicar ao Teixeira a notícia que o senhor me deu.

— Mas eu...

— É nosso amigo, posso ser franco. Teixeira, sabe o que me disse o Júlio?

— Que foi?

— Disse-me que vai ser meu parente.

— Casando com alguma irmã tua.

— Não sei; mas disse isso. Não te parece motivo de congratulação?

— Sem dúvida, concordou Teixeira, é um perfeito cavalheiro.

— São obséquios, interveio Júlio; e se eu alguma vez alcançasse a fortuna de entrar...

Júlio interrompeu-se; lembrou-se que Teixeira podia ir contar tudo à prima Luísa, e fosse inibido de escolher entre ela e Isabel. Os dois quiseram saber o resto; mas Júlio preferiu convidá-los a jogar o solo, e não houve meio de arrancar-lhe palavra.

A situação porém devia acabar.

Era impossível continuar a vacilar entre as duas moças, que ambas lhe queriam muito, e a quem ele queria com perfeita igualdade não sabendo qual delas escolhesse.

"Sejamos homem, disse Júlio consigo. Vejamos: qual delas devo ir pedir? A Isabel. Mas a Luísa é tão bonita! Será a Luísa. Mas é tão formosa a Isabel! Que diabo! Por que razão não há de uma delas ter um olho furado? ou uma perna torta!"

E depois de algum tempo:

"Vamos, Sr. Júlio, dou-lhe três dias para escolher. Não seja tolo, decida com isto por uma vez."

E enfim:

"Verdade é que uma delas há de odiar-me, Mas paciência! fui eu mesmo que me meti nesta embrulhada; e o ódio de uma moça não pode doer muito. Avante!"

No fim de dois dias ainda ele não tinha escolhido; recebeu porém uma carta de Fernando concebida nestes termos:

> Meu caro Júlio.
>
> Participo-lhe que brevemente casarei com a prima Isabel; desde já o convido para a festa; se soubesse como estou contente! Venha cá para conversarmos.
>
> FERNANDO.

Não é preciso dizer que Júlio foi às nuvens. O passo de Isabel simplificava muito a situação dele; todavia, não queria ser assim despedido como um tolo. Exprimiu a sua cólera por meio de alguns murros na mesa; Isabel, por isso mesmo que já não a podia possuir, parecia-lhe agora mais bonita que Luísa.

— Luísa! Pois será Luísa! exclamou ele. Essa sempre me pareceu muito mais sincera que a outra. Até chorou creio eu, no dia da reconciliação.

Saiu nessa mesma tarde para ir visitar Luísa; no dia seguinte iria pedi-la. Em casa dela foi recebido como sempre. Teixeira foi o primeiro a dar-lhe um abraço.

— Sabe, disse o primo de Luísa apontando para a moça, sabe que vai ser a minha noiva?

Não me atrevo a dizer o que se passou na alma de Júlio; basta dizer que jurou não casar, e que morreu há pouco casado e com cinco filhos.

O MACHETE

[JF., 1878]

Inácio Ramos contava apenas dez anos quando manifestou decidida vocação musical. Seu pai, músico da imperial capela, ensinou-lhe os primeiros rudimentos da sua arte, de envolta com os da gramática de que pouco sabia. Era um pobre artista cujo único mérito estava na voz de tenor e na arte com que executava a música sacra. Inácio, conseguintemente, aprendeu melhor a música do que a língua, e aos quinze anos sabia mais dos bemóis que dos verbos. Ainda assim sabia quanto bastava para ler a história da música e dos grandes mestres. A leitura seduziu-o ainda mais; atirou-se o rapaz com todas as forças da alma à arte do seu coração, e ficou dentro de pouco tempo um rabequista de primeira categoria.

A rabeca foi o primeiro instrumento escolhido por ele, como o que melhor podia corresponder às sensações de sua alma. Não o satisfazia, entretanto, e ele sonhava alguma cousa melhor. Um dia veio ao Rio de Janeiro um velho alemão, que arrebatou o público tocando violoncelo. Inácio foi ouvi-lo. Seu entusiasmo foi imenso; não somente a alma do artista comunicava com a sua como lhe dera a chave do segredo que ele procurara.

Inácio nascera para o violoncelo.

Daquele dia em diante, o violoncelo foi o sonho do artista fluminense. Aproveitando a passagem do artista germânico, Inácio recebeu dele algumas lições, que mais tarde aproveitou quando, mediante economias de longo tempo, conseguiu possuir o sonhado instrumento.

Já a esse tempo seu pai era morto. — Restava-lhe sua mãe, boa e santa senhora, cuja alma parecia superior à condição em que nascera, tão elevada tinha a concepção do belo. Inácio contava vinte anos, uma figura artística, uns olhos cheios de vida e de futuro. Vivia de algumas lições que dava e de alguns meios que lhe advinham das circunstâncias, tocando ora num teatro, ora num salão, ora numa igreja. Restavam-lhe algumas horas, que ele empregava ao estudo do violoncelo.

Havia no violoncelo uma poesia austera e pura, uma feição melancólica e severa que casavam com a alma de Inácio Ramos. A rabeca, que ele ainda amava como o primeiro veículo de seus sentimentos de artista, não lhe inspirava mais o entusiasmo antigo. Passara a ser um simples meio de vida; não a tocava com a alma, mas com as mãos; não era a sua arte, mas o seu ofício. O violoncelo sim; para esse guardava Inácio as melhores das suas aspirações íntimas, os sentimentos mais puros, a imaginação, o fervor, o entusiasmo. Tocava a rabeca para os outros, o violoncelo para si, quando muito para sua velha mãe.

Moravam ambos em lugar afastado, em um dos recantos da cidade, alheios à sociedade que os cercava e que os não entendia. Nas horas de lazer, tratava Inácio do querido instrumento e fazia vibrar todas as cordas do coração, derramando as suas harmonias interiores, e fazendo chorar a boa velha de melancolia e gosto, que ambos estes sentimentos lhe inspirava a música do filho. Os serões caseiros quando Inácio não tinha de cumprir nenhuma obrigação fora de casa, eram assim passados; sós os dois, com o instrumento e o céu de permeio.

A boa velha adoeceu e morreu. Inácio sentiu o vácuo que lhe ficava na vida. Quando o caixão, levado por meia dúzia de artistas seus colegas, saiu da casa, Inácio viu ir ali dentro todo o passado, e presente, e não sabia se também o futuro. Acreditou que o fosse. A noite do enterro foi pouca para o repouso que o corpo lhe pedia depois do profundo abalo; a seguinte porém foi a data da sua primeira composição musical. Escreveu para o violoncelo uma elegia que não seria sublime como perfeição de arte, mas que o era sem dúvida como inspiração pessoal. Compô-la para si; durante dois anos ninguém a ouviu nem sequer soube dela.

A primeira vez que ele troou aquele suspiro fúnebre foi oito dias depois de casado, um dia em que se achava a sós com a mulher, na mesma casa em que morrera sua mãe, na mesma sala em que ambos costumavam passar algumas horas da noite. Era a primeira vez que a mulher o ouvia tocar violoncelo. Ele quis que a lembrança da mãe se casasse àquela revelação que ele fazia à esposa do seu coração: vinculava de algum modo o passado ao presente.

— Toca um pouco de violoncelo, tinha-lhe dito a mulher duas vezes depois do consórcio; tua mãe me dizia que tocavas tão bem!

— Bem, não sei, respondia Inácio; mas tenho satisfação em tocá-lo.

— Pois sim, desejo ouvir-te!

— Por hora, não, deixa-me contemplar-te primeiro.

Ao cabo de oito dias, Inácio satisfez o desejo de Carlotinha. Era de tarde, — uma tarde fria e deliciosa. O artista travou do instrumento, empunhou o arco e as cordas gemeram ao impulso da mão inspirada. Não via a mulher, nem o lugar, nem o instrumento sequer: via a imagem da mãe e embebia-se todo em um mundo de harmonias celestiais. A execução durou vinte minutos. Quando a última nota expirou nas cordas do violoncelo, o braço do artista tombou, não de fadiga, mas porque todo o corpo cedia ao abalo moral que a recordação e a obra lhe produziram.

— Oh! lindo! lindo! exclamou Carlotinha levantando-se e indo ter com o marido.

Inácio estremeceu e olhou pasmado para a mulher. Aquela exclamação de entusiasmo destoara-lhe, em primeiro lugar porque o trecho que acabava de executar não era lindo, como ela dizia, mas severo e melancólico e depois porque, em vez de um aplauso ruidoso, ele preferia ver outro mais consentâneo com a natureza da obra, duas lágrimas que fossem, — duas, mas exprimidas do coração, como as que naquele momento lhe sulcavam o rosto.

Seu primeiro movimento foi de despeito, — despeito de artista, que nele dominava tudo. Pegou silencioso no instrumento e foi pô-lo a um canto. A moça viu-lhe então as lágrimas; comoveu-se e estendeu-lhe os braços. Inácio apertou-a ao coração.

Carlotinha sentou-se então, com ele, ao pé da janela, donde viam surdir no céu as primeiras estrelas. Era uma mocinha de dezessete anos, parecendo dezenove, mais baixa que alta, rosto amorenado, olhos negros e travessos. Aqueles olhos, expressão fiel da alma de Carlota, contrastavam com o olhar brando e velado do marido. Os movimentos da moça eram vivos e rápidos, a voz argentina, a palavra fácil e correntia, toda ela uma índole, mundana e jovial. Inácio gostava de ouvi-la e vê-la; amava-a muito, e, além disso, como que precisava às vezes daquela expressão de vida exterior para entregar-se todo às especulações do seu espírito.

Carlota era filha de um negociante de pequena escala, homem que trabalhou a vida toda como um mouro para morrer pobre, porque a pouca fazenda que deixou, mal pôde chegar para satisfazer alguns empenhos. Toda a riqueza da filha era a beleza, que a tinha, ainda que sem poesia nem ideal. Inácio, conhecera-a ainda em vida do pai, quando ela ia com este visitar sua velha mãe; mas só a amou deveras, depois que ela ficou órfã e quando a alma lhe pediu um afeto para suprir o que a morte lhe levara.

A moça aceitou com prazer a mão que Inácio lhe oferecia. Casaram-se a aprazimento dos parentes da moça e das pessoas que os conheciam a ambos. O vácuo fora preenchido.

Apesar do episódio acima narrado, os dias, as semanas e os meses correram tecidos de ouro para o esposo artista. Carlotinha era naturalmente faceira e amiga de brilhar; mas contentava-se com pouco, e não se mostrava exigente nem extravagante. As posses de Inácio Ramos eram poucas; ainda assim ele sabia dirigir a vida de modo que nem o necessário lhe faltava nem deixava de satisfazer algum dos desejos mais modestos da moça. A sociedade deles não era certamente dispendiosa nem vivia de ostentação; mas qualquer que seja o centro social há nele exigências a que não podem chegar todas as bolsas. Carlotinha vivera de festas e passatempos; a vida conjugal exigia dela hábitos menos frívolos, e ela soube curvar-se à lei que de coração aceitara.

Demais, que há aí que verdadeiramente resista ao amor? Os dois amavam-se; por maior que fosse o contraste entre a índole de um e outro, ligava-os e irmanava-os o afeto verdadeiro que os aproximara. O primeiro milagre do amor fora a aceitação por parte da moça do famoso violoncelo. Carlotinha não experimentava decerto as sensações que o violoncelo produzia no marido, e estava longe daquela paixão silenciosa e profunda que vinculava Inácio Ramos ao instrumento; mas acostumara-se a ouvi-lo, apreciava-o, e chegara a entendê-lo alguma vez.

A esposa concebeu. No dia em que o marido ouviu esta notícia sentiu um abalo profundo; seu amor cresceu de intensidade.

— Quando o nosso filho nascer, disse ele, eu comporei o meu segundo canto.

— O terceiro será quando eu morrer, não? perguntou a moça com um leve tom de despeito:

— Oh! não digas isso!

Inácio Ramos compreendeu a censura da mulher; recolheu-se durante algumas horas, e trouxe uma composição nova, a segunda que lhe saía da alma, dedicada à esposa. A música entusiasmou Carlotinha, antes por vaidade satisfeita do que porque verdadeiramente a penetrasse. Carlotinha abraçou o marido com todas as forças de que podia dispor, e um beijo foi o prêmio da inspiração. A felicidade de Inácio não podia ser maior; ele tinha tido o que ambicionava: vida de arte, paz e ventura doméstica, e enfim esperanças de paternidade.

— Se for menino, dizia ele à mulher, aprenderá violoncelo; se for menina, aprenderá harpa. São os únicos instrumentos capazes de traduzir as impressões mais sublimes do espírito.

Nasceu um menino. Esta nova criatura deu uma feição nova ao lar doméstico. A felicidade do artista era imensa; sentiu-se com mais força para o trabalho, e ao mesmo tempo como que se lhe apurou a inspiração.

A prometida composição ao nascimento do filho foi realizada e executada, não já entre ele e a mulher, mas em presença de algumas pessoas de amizade. Inácio Ramos recusou a princípio fazê-lo; mas a mulher alcançou dele que repartisse com estranhos aquela nova produção de um talento. Inácio sabia que a sociedade não chegaria talvez a compreendê-lo como ele desejava ser compreendido; todavia cedeu. Se acertara aos seus receios não o soube ele, porque dessa vez, como das outras, não viu ninguém; viu-se e ouviu-se a si próprio, sendo cada nota um eco das harmonias santas e elevadas que a paternidade acordara nele.

A vida correria assim monotonamente bela, e não valeria a pena escrevê-la, a não ser um incidente, ocorrido naquela mesma ocasião.

A casa em que eles moravam era baixa, ainda que assaz larga e airosa. Dois transeuntes, atraídos pelos sons do violoncelo, aproximaram-se das janelas entrefechadas, e ouviram do lado de fora cerca de metade da composição. Um deles, entusiasmado com a composição e a execução, rompeu em aplausos ruidosos quando Inácio acabou, abriu violentamente as portas da janela e curvou-se para dentro gritando.

— Bravo, artista divino!

A exclamação inesperada chamou a atenção dos que estavam na sala; voltaram-se todos os olhos e viram duas figuras de homem, um tranqüilo, outro alvoroçado de prazer. A porta foi aberta aos dois estranhos. O mais entusiasmado deles correu a abraçar o artista.

— Oh! alma de anjo! exclamava ele. Como é que um artista destes está aqui escondido dos olhos do mundo?

O outro personagem fez igualmente cumprimentos de louvor ao mestre do violoncelo; mas, como ficou dito, seus aplausos eram menos entusiásticos; e não era difícil achar a explicação da frieza na vulgaridade de expressão do rosto.

Estes dois personagens assim entrados na sala eram dois amigos que o acaso ali conduzira. Eram ambos estudantes de direito, em férias; o entusiasta, todo arte e literatura, tinha a alma cheia de música alemã e poesia romântica, e era nada menos que um exemplar daquela falange acadêmica fervorosa e moça animada de todas as paixões, sonhos, delírios e efusões da geração moderna; o companheiro era apenas um espírito medíocre, avesso a todas essas cousas, não menos que ao direito que aliás forcejava por meter na cabeça.

Aquele chamava-se Amaral, este Barbosa.

Amaral pediu a Inácio Ramos para lá voltar mais vezes. Voltou; o artista de coração gastava o tempo a ouvir o de profissão fazer falar as cordas do instrumento. Eram cinco pessoas; eles, Barbosa, Carlotinha, e a criança, o futuro violoncelista. Um dia, menos de uma semana depois, Amaral descobriu a Inácio que o seu companheiro era músico.

— Também! exclamou o artista.

— É verdade; mas um pouco menos sublime do que o senhor, acrescentou ele sorrindo.

— Que instrumento toca?

— Adivinhe.

— Talvez piano...

— Não.

— Flauta?

— Qual!

— É instrumento de cordas?

— Não sendo rabeca... disse Inácio olhando como a esperar uma confirmação.

— Não é rabeca; é machete.

Inácio sorriu; e estas últimas palavras chegaram aos ouvidos de Barbosa, que confirmou a notícia do amigo.

— Deixe estar, disse este baixo a Inácio, que eu o hei de fazer tocar um dia. É outro gênero...

— Quando queira.

Era efetivamente outro gênero, como o leitor facilmente compreenderá. Ali postos os quatro, numa noite da seguinte semana, sentou-se Barbosa no centro da sala, afinou o machete e pôs em execução toda a sua perícia. A perícia era, na verdade grande; o instrumento é que era pequeno. O que ele tocou não era Weber nem Mozart; era uma cantiga do tempo e da rua, obra de ocasião. Barbosa tocou-a, não dizer com alma, mas com nervos. Todo ele acompanhava a gradação e variações das notas; inclinava-se sobre o instrumento, retesava o corpo, pendia a cabeça ora a um lado, ora a outro, alçava a perna, sorria, derretia os olhos ou fechava-os nos lugares que lhe pareciam patéticos. Ouvi-lo tocar era o menos; vê-lo era o mais. Quem somente o ouvisse não poderia compreendê-lo.

Foi um sucesso, — um sucesso de outro gênero, mas perigoso, porque, tão depressa Barbosa ouviu os cumprimentos de Carlotinha e Inácio, começou segunda execução, e iria a terceira, se Amaral não interviesse, dizendo:

— Agora o violoncelo.

O machete de Barbosa não ficou escondido entre as quatro paredes da sala de Inácio Ramos; dentro em pouco era conhecida a forma dele no bairro em que morava o artista, e toda a sociedade deste ansiava por ouvi-lo.

Carlotinha foi a denunciadora; ela achara infinita graça e vida naquela outra música, e não cessava de o elogiar em toda a parte. As famílias do lugar tinham ainda saudades de um célebre machete que ali tocara anos antes o atual subdelegado, cujas funções elevadas não lhe permitiram cultivar a arte. Ouvir o machete de Barbosa era reviver uma página do passado.

— Pois eu farei com que o ouçam, dizia a moça.

Não foi difícil.

Houve dali a pouco reunião em casa de uma família da vizinhança. Barbosa acedeu ao convite que lhe foi feito e lá foi com o seu instrumento. Amaral acompanhou-o.

— Não te lastimes, meu divino artista; dizia ele a Inácio; e ajuda-me no sucesso do machete.

Riam-se os dois, e mais do que eles se ria Barbosa, riso de triunfo e satisfação porque o sucesso não podia ser mais completo.

— Magnífico!

— Bravo!

— Soberbo!

— Bravíssimo!

O machete foi o herói da noite. Carlota repetia às pessoas que a cercavam:

— Não lhes dizia eu? é um portento.

— Realmente, dizia um crítico do lugar, assim nem o Fagundes...

Fagundes era o subdelegado.

Pode-se dizer que Inácio e Amaral foram os únicos alheios ao entusiasmo do machete. Conversavam eles, ao pé de uma janela, dos grandes mestres e das grandes obras da arte.

— Você por que não dá um concerto? perguntou Amaral ao artista.

— Oh! não.

— Por quê?

— Tenho medo...

— Ora, medo!

— Medo de não agradar...

— Há de agradar por força!

— Além disso, o violoncelo está tão ligado aos sucessos mais íntimos da minha vida, que eu o considero antes como a minha arte doméstica...

Amaral combatia estas objeções de Inácio Ramos; e este fazia-se cada vez mais forte nelas. A conversa foi prolongada; repetiu-se daí a dois dias, até que no fim de uma semana, Inácio deixou-se vencer.

— Você verá, dizia-lhe o estudante, e verá como todo o público vai ficar delirante.

Assentou-se que o concerto seria dali a dois meses. Inácio tocaria uma das peças já compostas por ele, e duas de dois mestres que escolheu dentre as muitas.

Barbosa não foi dos menos entusiastas da idéia do concerto. Ele parecia tomar agora mais interesse nos sucessos do artista, ouvia com prazer, ao menos aparente, os serões de violoncelo, que eram duas vezes por semana. Carlotinha propôs que os serões fossem três; mas Inácio nada concedeu além dos dois. Aquelas noites eram passadas somente em família; e o machete acabava muita vez o que o violoncelo começava. Era uma condescendência para com a dona da casa e o artista! — o artista do machete.

Um dia Amaral olhou Inácio preocupado e triste. Não quis perguntar-lhe nada; mas como a preocupação continuasse nos dias subseqüentes, não se pôde ter e interrogou-o. Inácio respondeu-lhe com evasivas.

— Não, dizia o estudante; você tem alguma cousa que o incomoda certamente.

— Cousa nenhuma!

E depois de um instante de silêncio:

— O que tenho é que estou arrependido do violoncelo; se eu tivesse estudado o machete!

Amaral ouviu admirado estas palavras; depois sorriu e abanou a cabeça. Seu entusiasmo recebera um grande abalo. A que vinha aquele ciúme por causa do efeito diferente que os dois instrumentos tinham produzido? Que rivalidade era aquela entre a arte e o passatempo?

— Não podias ser perfeito, dizia Amaral consigo; tinhas por força um ponto fraco; infelizmente para ti o ponto é ridículo.

Daí em diante os serões foram menos amiudados. A preocupação de Inácio Ramos continuava; Amaral sentia que o seu entusiasmo ia cada vez a menos, o entusiasmo em relação ao homem, porque bastava ouvi-lo tocar para acordarem-se-lhe as primeiras impressões.

A melancolia de Inácio era cada vez maior. Sua mulher só reparou nela quando absolutamente se lhe meteu pelos olhos.

— Que tens? perguntou-lhe Carlotinha.

— Nada, respondia Inácio.

— Aposto que está pensando em alguma composição nova, disse Barbosa que dessas ocasiões estava presente.

— Talvez, respondeu Inácio; penso em fazer uma cousa inteiramente nova; um concerto para violoncelo e machete.

— Por que não? disse Barbosa com simplicidade. Faça isso, e veremos o efeito que há de ser delicioso.

— Eu creio que sim, murmurou Inácio.

Não houve concerto no teatro, como se havia assentado; porque Inácio Ramos de todo se recusou. Acabaram-se as férias e os dois estudantes voltaram para S. Paulo.

— Virei vê-lo daqui a pouco, disse Amaral. Virei até cá somente para ouvi-lo.

Efetivamente vieram os dois, sendo a viagem anunciada por carta de ambos.

Inácio deu a notícia à mulher, que a recebeu com alegria.

— Vêm ficar muitos dias? disse ela.

— Parece que somente três.

— Três!

— É pouco, disse Inácio; mas nas férias que vêm, desejo aprender o machete.

Carlotinha sorriu, mas de um sorriso acanhado, que o marido viu e guardou consigo.

Os dois estudantes foram recebidos como se fossem de casa. Inácio e Carlotinha desfaziam-se em obséquios. Na noite do mesmo dia, houve serão musical; só violoncelo, a instâncias de Amaral, que dizia:

— Não profanemos a arte!

Três dias vinham eles demorar-se, mas não se retiraram no fim deles.

— Vamos daqui a dois dias.

— O melhor é completar a semana, observou Carlotinha.

— Pode ser.

No fim de uma semana, Amaral despediu-se e voltou a S. Paulo; Barbosa não voltou; ficara doente. A doença durou somente dois dias, no fim dos quais ele foi visitar o violoncelista.

— Vai agora? perguntou este.

— Não, disse o acadêmico; recebi uma carta que me obriga a ficar algum tempo.

Carlotinha ouvira alegre a notícia; o rosto de Inácio não tinha nenhuma expressão.

Inácio não quis prosseguir nos serões musicais, apesar de lho pedir algumas vezes

Barbosa, e não quis porque, dizia ele, não queria ficar mal com Amaral, do mesmo modo que não quereria ficar mal com Barbosa, se fosse este o ausente.

— Nada impede, porém, concluiu o artista, que ouçamos o seu machete.

Que tempo duraram aqueles serões de machete? Não chegou tal notícia ao conhecimento do escritor destas linhas. O que ele sabe apenas é que o machete deve ser instrumento triste, porque a melancolia de Inácio tornou-se cada vez mais profunda. Seus companheiros nunca o tinham visto imensamente alegre; contudo a diferença entre o que tinha sido e era agora entrava pelos olhos dentro. A mudança manifestava-se até no trajar, que era desleixado, ao contrário do que sempre fora antes. Inácio tinha grandes silêncios, durante os quais era inútil falar-lhe, porque ele a nada respondia, ou respondia sem compreender.

— O violoncelo há de levá-lo ao hospício, dizia um vizinho compadecido e filósofo.

Nas férias seguintes, Amaral foi visitar o seu amigo Inácio, logo no dia seguinte àquele em que desembarcou. Chegou alvoroçado à casa dele; uma preta veio abri-la.

— Onde está ele? Onde está ele? perguntou alegre e em altas vozes o estudante.

A preta desatou a chorar.

Amaral interrogou-a, mas não obtendo resposta, ou obtendo-a intercortada de soluços, correu para. o interior da casa com a familiaridade do amigo e a liberdade que lhe dava a ocasião.

Na sala do concerto, que era nos fundos, olhou ele Inácio Ramos, de pé, com o violoncelo nas mãos preparando-se para tocar. Ao pé dele brincava um menino de alguns meses.

Amaral parou sem compreender nada. Inácio não o viu entrar; empunhara o arco e tocou, — tocou como nunca, — uma elegia plangente, que o estudante ouviu com lágrimas nos olhos. A criança, dominada ao que parece pela música, olhava quieta para o instrumento. Durou a cena cerca de vinte minutos.

Quando a música acabou, Amaral correu a Inácio.

— Oh! meu divino artista! exclamou ele.

Inácio apertou-o nos braços; mas logo o deixou e foi sentar-se numa cadeira com os olhos no chão. Amaral nada compreendia; sentia porém que algum abalo moral se dera nele.

— Que tens? disse.

— Nada, respondeu Inácio.

E ergueu-se e tocou de novo o violoncelo. Não acabou porém; no meio de uma arcada, interrompeu a música, e disse a Amaral.

— É bonito; não?

— Sublime! respondeu o outro.

— Não; machete é melhor.

E deixou o violoncelo, e correu a abraçar o filho.

— Sim, meu filho, exclamava ele, hás de aprender machete; machete é muito melhor.

— Mas que há? articulou o estudante.

— Oh! nada, disse Inácio, *ela* foi-se embora, foi-se com o machete. Não quis o violoncelo, que é grave demais. Tem razão; machete é melhor.

A alma do marido chorava mas os olhos estavam secos. Uma hora depois enlouqueceu.

FOLHA ROTA

[JP. out. de 1878.]

Tinham dado ave-marias; a Sr.ª D. Ana Custódia saiu para ir levar umas costuras à loja que era na Rua do Hospício. Pegou das costuras, entrouxou-as, pôs um xale às costas, um rosário ao pescoço, deu cinco ou seis ordens à sobrinha e caminhou para a porta.

— Venha quem vier, não abras, disse ela com a mão no ferrolho; Já sabes o costume.

— Sim, titia.

— Não me demoro nada.

— Venha cedo.

— Venho, que a chuva pode cair. O céu está preto.

— Oh! titia, se roncar trovoada!

— Reza; mas eu volto já.

D. Ana persignou-se e saiu.

A sobrinha fechou a rótula, acendeu uma vela e foi sentar-se a uma mesa de costura.

Luísa Marques tinha dezoito anos. Não era um prodígio de beleza, mas não era feia; pelo contrário, as feições eram regulares, as maneiras gentis. O olhar meigo e cândido. Mediana de estatura, delgada, naturalmente elegante, tinha proporções para vestir bem e primar pelos adornos. Infelizmente, não tinha adornos nem os vestidos eram bem cortados. Pobres, já se vê que deviam ser. Que outras cousas seriam os vestidos de uma filha de operário, órfã de pai e mãe, condenada a coser para ajudar a sustentar a casa da tia! Era um vestido de chita grossa, cortado por ela mesma, sem arte nem inspiração.

Penteada com certo desleixo, parece que isso mesmo lhe dobrava a graça da fronte. Encostada à mesa velha de trabalho, com a cabeça inclinada sobre a costura, os dedos a correrem pela fazenda, com a agulha fina e ágil não excitava a admiração, mas despertava a simpatia.

Logo depois de sentar-se, Luísa ergueu-se duas vezes e foi até à porta. De quando em quando levantava a cabeça como a prestar ouvido. Continuava a coser. Se a tia chegasse achá-la-ia a trabalhar com uma tranqüilidade verdadeiramente digna de imitação. E beijá-la-ia como costumava e lhe diria alguma cousa graciosa, que a menina ouviria com agradecimento.

Luísa adorava a tia, que lhe servia de mãe e pai, que a educara desde os sete anos. Por outro lado, D. Ana Custódia tinha-lhe afeto verdadeiramente maternal; uma e outra não possuíam outra família. Havia certamente dois parentes mais, um correeiro, cunhado de D. Ana, e um filho deste. Mas não se freqüentavam; havia até motivos para isso.

Vinte minutos depois de sair D. Ana, sentiu Luísa um rumor na rótula, como que um som leve de bengala que por ali roçasse. Estremeceu, mas não se assustou. Levantou-se devagarinho, como se a tia pudesse ouvi-la e foi até à rótula.

— Quem é? disse em voz baixa.

— Eu. Está cá?

— Não.

Luísa abriu um poucachinho a janela, uma curta fresta. Estendeu a mão por ela, e apertou-lha um rapaz que estava do lado de fora.

O rapaz era alto, e se não fosse noite fechada podia ver-se que tinha uns bonitos olhos, sobretudo um porte airoso. Eram graças naturais; artificiais não possuía nenhuma; vestia modestamente, sem pretensão.

— Saiu há muito tempo? perguntou ele.

— Há pouco.

— Volta já?

— Disse que sim. Não podemos hoje falar muito tempo.

— Nem hoje, nem quase nunca.

— Que quer você, Caetaninho? perguntou a moça tristemente. Eu não posso abusar; titia não gosta de me ver à janela.

— Há três dias que te não vejo, Luísa! suspirou ele.

— Eu, há um dia só.

— Viste-me ontem?

— Vi: quando você passou de tarde às cinco horas.

— Passei duas vezes; de tarde e de noite: sempre fechado.

— Titia estava em casa.

As duas mãos tornaram a encontrar-se e ficaram presas uma à outra. Correram assim alguns minutos, três ou quatro.

Caetaninho tornou a falar, a queixar-se, a gemer, a maldizer da sorte, enquanto Luísa o consolava e confortava. Na opinião do rapaz, não havia ninguém mais infeliz do que ele.

— Queres saber uma cousa? perguntou o namorado.

— Que é?

— Penso que papai desconfia...

— E então?.

— Desconfia e não aprova.

Luísa empalideceu.

— Oh! mas não faz mal! Eu só espero poder arranjar a minha vida; depois se queira ou não queira...

— Isso, não, se titio não aprova parece feio.

— Desprezar-te?

— Você não me despreza, emendou Luísa; mas desobedecerá a seu pai.

— Obedecer em tal caso, era feio da minha parte. Não, não obedecerei nunca!

— Não digas isso!

— Deixa-me arranjar a vida, verás: verás;

Luísa estava silenciosa alguns minutos, mordendo a ponta do lenço que tinha ao pescoço.

— Mas por que motivo é que você pensa que ele desconfia?

— Penso... suponho. Ontem soltou-me uma indireta, lançou-me um olhar de ameaça e fez um gesto... Não tem dúvida, dá-lhe para não aprovar a escolha de meu coração, como se eu precisasse consultá-lo...

— Não fale assim, Caetaninho!

— Também não sei por que motivo ele não se dá com titia! Se se dessem, tudo caminhava bem; mas é a minha desgraça, é a minha desgraça!

Caetano, filho do correeiro, lastimou-se ainda durante uns dez minutos; e sendo já longo o tempo da conversa, Luísa pediu-lhe e alcançou que ele se retirasse. Não o fez o moço sem um novo aperto de mão e um pedido que Luísa recusou.

O pedido era um... ósculo, digamos ósculo, que é menos cru, ou mais poético. O rapaz pedia-o invariavelmente, e ela invariavelmente o negava.

— Luísa, disse ele, no fim da recusa, espero que muito breve estaremos casados.

— Sim; mas não faça zangar seu pai.

— Não: farei tudo de harmonia com ele. Se recusar...

— Peço a Nossa Senhora que não.

— Mas, diga você; se ele recusar, que devo eu fazer?

— Esperar.

— Pois sim! Isso é bom de dizer.

— Vá; adeus; titia pode vir.

— Até breve, Luísa!

— Adeus!

— Passarei amanhã; se você não puder estar à janela, ao menos espie por dentro, sim?

— Sim.

Novo aperto de mão; dois suspiros; ele seguiu; ela fechou de todo o postigo.

Fechado o postigo, Luísa foi sentar-se outra vez à mesa de costura. Não ia alegre, como era de supor em uma moça que acabava de falar ao namorado; ia triste. Mergulhou toda no trabalho, ao que parece para esquecer alguma cousa ou aturdir o espírito. Mas não durou muito o remédio. Daí a pouco tinha levantado a cabeça e olhava fitamente o ar. Devaneava naturalmente; mas não eram devaneios azuis, senão negros, bem negros, mais negros que seus grandes olhos tristes.

O que ela dizia consigo era que tinha duas afeições na vida, uma franca, a da tia, outra encoberta, a do primo; e não sabia se tão cedo poderia mostrá-las juntas ao mundo. A notícia de que o tio desconfiasse alguma cousa e desaprovava talvez o amor de Caetano desconsolava-a e fazia-a tremer. Talvez fosse verdade; era possível que o correeiro destinasse o filho a outra. Em todo o caso as duas famílias não se davam, — não sabia Luísa por que motivo, — e este fato podia contribuir para tornar difícil a realização de seu único e modesto sonho. Essas idéias, ora vagas, ora medonhas, mas sempre tingidas da cor da melancolia, abalavam seu espírito durante alguns minutos.

Depois veio a reação; a mocidade readquiriu seus direitos; a esperança trouxe a sua cor viva aos sonhos de Luísa. Ela olhou para o futuro e confiou nele. Que era um obstáculo momentâneo? Nada, se dois corações se amam. E haveria esse obstáculo? Dado que houvesse, ele seria o ramo de oliveira. No dia em que o tio soubesse que o filho a amava deveras e era correspondido,não tinha mais do que aprovar. Talvez mesmo a fosse pedir à tia D. Ana, que a estremecia, e recebê-lo-ia com lágrimas. O casamento seria o vínculo de todos os corações.

Nesses sonhos passaram ainda uns dez minutos. Luísa reparou que a costura estava atrasada e voltou de novo a atenção para ela.

D. Ana voltou; Luísa foi abrir-lhe a porta, sem hesitação porque a tia convencionara um modo de bater, a fim de evitar surpresas de gente má.

Vinha um pouco amuada a velha; mas passou logo depois do beijo à sobrinha. Trazia o dinheiro da costura que fora levar à loja. Tirou o xale, descansou um pouco; foi ela própria cuidar da ceia. Luísa ficou cosendo algum tempo. Ergueu-se depois; preparou a mesa.

Tomaram um pouco de mate as duas, sozinhas e silenciosas. Era raro o silêncio, porque D. Ana, sem ser palradora, estava longe de ser taciturna. Tinha a palavra alegre. Luísa reparou naquela mudança e receou que a tia houvesse visto o vulto do primo de longe, e, não sabendo quem fosse, naturalmente ficara molestada. Seria isso? Luísa fez esta pergunta a si mesma e sentiu corar de vergonha. Criou algumas forças, e interrogou diretamente a tia.

— Que tem, que está tão triste? perguntou a moça.

D. Ana limitou-se a levantar os ombros.

— Está zangada comigo? murmurou Luísa.

— Contigo, meu anjo? disse D. Ana apertando-lhe a mão; não, não é contigo.

— É com outra pessoa, concluiu a sobrinha. Posso saber quem é?

— Ninguém, ninguém. Fujo sempre de passar pela porta do Cosme e passo por outra rua; mas por desgraça, escapei ao pai e não escapei ao filho...

Luísa empalideceu.

— Ele não me viu, continuou D. Ana; mas eu bem o conheci. Felizmente era noite.

Seguiu-se um longo silêncio, durante o qual a moça repetia as palavras da tia. Por desgraça! dissera D. Ana. Que havia pois entre ela e os dois parentes? Tinha vontade de a interrogar, mas não se atrevia; a velha não continuou; uma e outra refletiam caladamente.

Foi Luísa quem rompeu o silêncio:

— Mas por que foi desgraça encontrar o primo?

— Por quê?

Luísa confirmou a pergunta com um gesto de cabeça.

— Contos largos, disse D. Ana, contos largos. Um dia te contarei tudo.

Luísa não insistiu; ficou acabrunhada. O resto da noite foi sombrio para ela; fingiu ter sono e recolheu-se mais cedo do que costumava. Não tinha sono; velou ainda duas longas horas a trabalhar com o espírito, a beber uma ou outra lágrima indiscreta ou impaciente de lhe retalhar a face juvenil. Dormiu finalmente; e como de costume acordou cedo. Tinha um plano feito e a resolução de o executar até o fim. O plano era interrogar a tia outra vez, mas então disposta a saber a verdade, qualquer que ela fosse. Foi depois do almoço, que se lhe ofereceu a melhor ocasião, quando as duas se sentaram a trabalhar. D. Ana recusou a princípio; mas a insistência de Luísa foi tal, e ela amava-a tanto, que não lhe recusou dizer o que havia.

— Tu não conheces teu tio, disse a boa velha; nunca viveste com ele. Eu conheço-o muito. Minha irmã, que ele tirou de casa para perdê-la, viveu com ele dez anos de martírio. Se eu te contasse o que ela sofreu não havias de acreditar. Basta dizer que, se não fosse o abandono em que o marido a deixou, o pouco caso que fez da moléstia, talvez ela não tivesse morrido.E daí pode ser que sim. Creio que ela estimou não tomar remédios, para acabar mais depressa. O maldito não deitou uma lágrima; jantou no dia da morte como costumava jantar nos mais dias. O enterro saiu e ele continuou a vida de antes. Coitada! Quando me lembro...

Neste ponto, D. Ana interrompeu-se para enxugar as lágrimas, e Luísa não pôde também reter as suas.

— Ninguém sabe para o que veio ao mundo! exclamou sentenciosamente D. Ana. Aquela era a mais querida de meu pai; foi a mais infeliz. Destinos! destinos! O que te contei é já bastante para explicar a inimizade que nos separa. Acrescenta-lhe o gênio mau que ele tem, os modos grosseiros, e a língua... oh! a língua! Foi a língua dele que me feriu...

— Como?

— Luísa, tu és inocente, nada sabes deste mundo; mas é bom que aprendas alguma causa. Aquele homem, depois de fazer morrer minha irmã lembrou-se de gostar de mim, e teve o atrevimento de vir declará-lo na minha casa. Eu então era outra mulher que não sou hoje; tinha cabelinho na venta. Não lhe respondi palavra; levantei a mão e castiguei-o no rosto. Vinguei-me e perdi-me. Ele recebeu o castigo calado; mas tratou de vingar-se também. Não te contarei o que disse e trabalhou contra mim; é longo e triste; basta saber que cinco meses depois, meu marido me pôs pela porta fora. Estava difamada; perdida; sem futuro nem reputação. Foi ele a causa de tudo. Meu marido era homem de boa-fé. Queria-me muito e morreu pouco depois de paixão.

Calou-se D. Ana, calou-se sem lágrimas nem gestos, mas com um rosto tão pálido de dor, que Luísa atirou-se a ela e abraçou-a. Foi esse gesto da moça que fez romper as lágrimas da velha. Chorou-as D. Ana longas e amargas; ajudou a chorá-las a sobrinha, que de envolta com ela lhe disse muita palavra consoladora. D. Ana recobrou a fala.

— Não terei razão em odiá-lo? perguntou ela.

O silêncio de Luísa foi a melhor resposta.

— Quanto ao filho nada me fez, continuou a velha; mas, se é filho de minha irmã também é filho dele. É o mesmo sangue, que eu odeio.

Luísa estremeceu.

— Titia! disse a moça.

— Odeio, sim! Ah! Que a maior dor da minha vida seria... Não, não há de ser assim. Luisa, eu, se te visse casada com o filho daquele homem, morria decerto, porque perderia a única afeição, que me resta no mundo. Tu não pensas nisso; mas juras-me que em nenhum caso farás semelhante cousa?

Luísa empalideceu; hesitou um instante; mas jurou. Esse juramento foi o golpe último e mortal de suas esperanças. Nem o pai dele nem a mãe dela (D. Ana era quase mãe) consentiriam em fazê-la feliz. Luísa não se atreveu a defender o primo, a explicar que ele não tinha culpa nos atos e vilanias do pai. Que adiantaria isso, depois do que ouvira? O ódio estendia-se do pai ao filho; havia um abismo entre as duas famílias.

Naquele dia e no outro e no terceiro, chorou Luísa, nas poucas horas em que podia estar só, as lágrimas todas do desespero. No quarto dia já não tinha mais que chorar. Consolou-se como se consolam os desgraçados. Viu ir-se o único sonho da vida, a melhor esperança do futuro. Só então compreendeu a intensidade do amor que a prendia ao primo. Era o seu primeiro amor; estava destinado a ser o último.

Caetano passou ali muitas vezes; deixou de vê-la duas semanas inteiras. supô-la doente e indagou da vizinhança. Quis escrever-lhe, mas não havia meio de entregar uma carta. Espreitava as horas em que a tia saía de casa e ia bater à porta. Trabalho inútil! A porta não se abria. Uma vez viu-a de longe à janela, apertou o passo; Luísa olhava para o lado oposto; não o viu vir. Chegando ao pé da porta, parou ele e disse:

— Enfim!

Luísa estremeceu, voltou-se e dando com o primo fechou o postigo com tanta pressa que um pedaço de manga do vestido ficou preso. Cego de dor, Caetaninho tentou empurrar o postigo, mas a moça havia-o fechado com o ferrolho. A manga do vestido foi puxada violentamente e rasgada. Caetano afastou-se com o inferno no coração; Luísa foi dali atirar-se ao leito lavada em lágrimas.

As semanas, os meses, os anos passaram. Caetaninho não foi esquecido; mas nunca mais se encontraram os olhos dos dois namorados. Oito anos depois morreu D. Ana. A sobrinha aceitou a proteção de uma vizinha e foi para casa dela, onde trabalhava dia e noite. No fim de quatorze meses adoeceu de tubérculos pulmonares; arrastou uma vida aparente de dois anos. Tinha quase trinta quando morreu; enterrou-se por esmolas.

Caetaninho viveu; aos trinta e cinco anos era casado, pai de um filho, negociante de fazendas, jogava o voltarete e engordava. Morreu juiz de uma irmandade e comendador.

A CHAVE

[AE. 15 dez. 1879 a 15 de fev. 1880.]

CAPÍTULO PRIMEIRO

Não sei se lhes diga simplesmente que era de madrugada, ou se comece num tom mais poético: a aurora, com seus róseos dedos... A maneira simples é o que melhor me conviria a mim, ao leitor, aos banhistas que estão agora na Praia do Flamengo, — agora, isto é, no dia 7 de outubro de 1861, que é quando tem princípio este caso que lhes vou contar. Convinha-nos isto; mas há lá um certo velho, que me não leria, se eu me limitasse a dizer que vinha nascendo a madrugada, um velho que... Digamos quem era o velho.

Imaginem os leitores um sujeito gordo, não muito gordo, — calvo, de óculos, tranqüilo, tardo, meditativo. Tem sessenta anos: nasceu com o século. Traja asseadamente um vestuário da manhã; vê-se que é abastado ou exerce algum alto emprego na administração. Saúde de ferro. Disse já que era calvo; equivale a dizer que não usava cabeleira. Incidente sem valor, observará a leitora, que tem pressa. Ao que lhe replico que o incidente é grave, muito grave, extraordinariamente grave. A cabeleira devia ser o natural apêndice da cabeça do Major Caldas, porque cabeleira traz ele no espírito, que também é calvo.

Calvo é o espírito. O Major Caldas cultivou as letras, desde 1821 até 1840 com um ardor verdadeiramente deplorável. Era poeta; compunha versos com presteza, retumbantes, cheios de adjetivos, cada qual mais calvo do que ele tinha de ficar em 1861. A primeira poesia foi dedicada a não sei que outro poeta, e continha em gérmen todas as odes e glosas que ele havia de produzir. Não compreendeu nunca o Major Caldas que se pudesse fazer outra cousa que não glosas e odes de toda a casta, pindáricas ou horacianas, e também idílios piscatóricos, obras perfeitamente legítimas na aurora literária do major. Nunca para ele houve poesia que pudesse competir com a de um Dinis ou Pimentel Maldonado; era a sua cabeleira do espírito.

Ora, é certo que o Major Caldas, se eu dissesse que era de madrugada, dar-me-ia um muxoxo ou franziria a testa com desdém. Madrugada! era de madrugada! murmuraria ele. Isto diz aí qualquer preta: — "nhã-nhã, era de madrugada..." Os jornais não dizem de outro modo; mas numa novela...

Vá pois! A aurora, com seus dedos cor-de-rosa vinha rompendo as cortinas do oriente, quando Marcelina levantou a cortina da barraca. A porta da barraca olhava justamente para o oriente, de modo que não há inverossimilhança em lhes dizer que essas duas auroras se contemplaram por um minuto. Um poeta arcádico chegaria a insinuar que a aurora celeste enrubesceu de despeito e raiva. Seria porém levar a poesia muito longe.

Deixemos a do céu e venhamos à da terra. Lá está ela, à porta da barraca com as mãos cruzadas no peito, como quem tem frio; traja a roupa usual das banhistas, roupa que só dá elegância a quem já a tiver em subido grau. É o nosso caso.

Assim, à meia luz da manhã nascente, não sei se poderíamos vê-la de modo claro. Não; é impossível. Quem lhe examinaria agora aqueles olhos úmidos, como as conchas da praia, aquela boca pequenina, que parece um beijo perpétuo? Vede, porém, o talhe, a curva amorosa das cadeiras, o trecho de perna que aparece entre a barra da calça de flanela e o tornozelo; digo o tornozelo e não o sapato porque Marcelina não calça sapatos de banho. Costume ou vaidade? Pode ser costume; se for vaidade é explicável porque o sapato esconderia e mal os pés mais graciosos de todo o Flamengo, um par de pés finos, esguios, ligeiros. A cabeça também não leva coifa; tem os cabelos atados em parte, em parte trançados, — tudo desleixadamente, mas de um desleixo voluntário e casquilho.

Agora, que a luz está mais clara, podemos ver bem a expressão do rosto. É uma expressão singular de pomba e gato, de mimo e desconfiança. Há olhares dela que atraem, outros que distanciam, uns que inundam a gente, como um bálsamo, outros que penetram como uma lâmina. É desta última maneira que ela olha para um grupo de duas moças, que estão à porta de outra barraca, a falar com um sujeito.

— Lambisgóias! murmura entre dentes.

— Que é? pergunta o pai de Marcelina, o Major Caldas, sentado ao pé da barraca, numa cadeira que o moleque lhe leva todas as manhãs.

— Que é o quê? diz a moça.

— Tu falaste alguma cousa.

— Nada.

— Estás com frio?

—Algum.

— Pois olha, a manhã está quente.

— Onde está o José?

O José apareceu logo; era o moleque que a acompanhava ao mar.

Aparecido o José, Marcelina caminhou para o mar, com um desgarro de moça bonita e superior. Da outra barraca tinham já saído as duas moças, que lhe mereceram tão desdenhosa classificação; o rapaz que estava com elas também entrara no mar. Outras cabeças e bustos surgiram da água, como um grupo de delfins. Da praia alguns olhos, puramente curiosos, se estendiam aos banhistas ou cismavam puramente contemplando o espetáculo das ondas que se dobravam e desdobravam, — ou, como diria o Major Caldas — as convulsões de Anfitrite.

O major ficou sentado a ver a filha, com o *Jornal do Commercio* aberto sobre os joelhos; tinha já luz bastante para ler as notícias; mas não o fazia nunca antes de voltar a filha do banho. Isto por duas razões. Era a primeira a própria afeição de pai; apesar da confiança na destreza da filha, receava algum desastre. Era a segunda o gosto que lhe dava contemplar a graça e a habilidade com que Marcelina mergulhava, bracejava ou simplesmente boiava "como uma náiade", acrescentava ele se falava disso a algum amigo.

Acresce que o mar, naquela manhã estava muito mais bravio que de costume; a ressaca era forte; os buracos da praia mais fundos; o medo afastava vários banhistas habituais.

— Não te demores muito, disse o major, quando a filha entrou; toma cuidado.

Marcelina era destemida; galgou a linha em que se dava a arrebentação, e surdiu fora muito naturalmente. O moleque, aliás bom nadador, não rematou a façanha com igual placidez; mas galgou também e foi surgir ao lado da sinhá-moça.

— Hoje o bicho não está bom, ponderou um banhista ao lado de Marcelina, um homem maduro, de suíças, ar apresentado.

— Parece que não, disse a moça; mas para mim é o mesmo.

— O major continua a não gostar d'água salgada? perguntou uma senhora.

— Diz que é militar de terra e não do mar, replicou Marcelina, mas eu creio que papai o que quer é ler o *Jornal* à vontade.

— Podia vir lê-lo aqui, insinuou um rapaz de bigodes, dando uma grande risada de aplauso a si mesmo.

Marcelina nem olhou para ele; mergulhou diante de uma onda, surdiu fora, com as mãos sacudiu os cabelos. O sol que já então aparecera, alumiava-a nessa ocasião, ao passo que a onda, seguindo para a praia, deixava-lhe todo o busto fora de água. Foi assim que a viu, pela primeira vez, com os cabelos úmidos, e a flanela grudada ao busto, — ao mais correto e virginal busto daquelas praias, foi assim que pela primeira vez a viu o Bastinhos, — o Luís Bastinhos, — que acabava de entrar no mar, para tomar o primeiro banho no Flamengo.

CAPÍTULO II

A ocasião é a menos própria para apresentar-lhes o Sr. Luís Bastinhos; a ocasião e o lugar. O vestuário então é impropríssimo. Ao vê-lo agora, a meio busto, nem se pode dizer que tenha vestuário de nenhuma espécie. Emerge-lhe a parte superior do corpo, boa musculatura, pele alva, mal coberta de alguma penugem. A cabeça é que não precisa dos arrebiques da civilização para dizer-se bonita. Não há cabeleireiro, nem óleo, nem pente, nem ferro que no-la ponham mais graciosa. Ao contrário, a expressão fisionômica de Luís Bastinhos acomoda-se melhor a esse desalinho agreste e marítimo. Talvez perca, quando se pentear. Quanto ao bigode, fino e curto, os pingos d'água que ora lhe escorrem, não chegam a diminuí-lo; não chegam sequer a verse. O bigode persiste como dantes.

Não o viu Marcelina, ou não reparou nele. O Luís Bastinhos é que a viu, e mal pôde disfarçar a admiração. O Major Caldas, se os observasse, era capaz de casá-los, só para ter o gosto de dizer que unia uma náiade a um tritão. Nesse momento a náiade repara que o tritão tem os olhos fitos nela, e mergulha, depois mergulha outra ver, nada e bóia. Mas o tritão é teimoso, e não lhe tira os olhos de cima.

"Que importuno!" diz ela consigo.

— Olhem uma onda grande, brada um dos conhecidos de Marcelina.

Todos se puseram em guarda, a onda enrolou alguns, mas passou sem maior dano. Outra veio e foi recebida com um alarido alegre; enfim veio uma mais forte, e assustou algumas senhoras. Marcelina riu-se delas.

— Nada, dizia uma; salvemos o pêlo; o mar está ficando zangado.

— Medrosa! acudiu Marcelina.

— Pois sim...

— Querem ver? continuou a filha do major. Vou mandar embora o moleque.

— Não faça isso, D. Marcelina, acudiu o banhista de ar aposentado.

— Não faço outra cousa: José, vai-te embora.

— Mas, nhanhã...

— Vai-te embora!

O José ainda esteve alguns segundos, sem saber o que fizesse; mas, parece que entre desagradar ao pai ou à filha, achou mais arriscado desagradar à filha, e caminhou para terra. Os outros banhistas tentaram persuadir à moça que devia vir também, mas era tempo baldado. Marcelina tinha a obstinação de um *enfant gâté*. Lembraram alguns que ela nadava como um peixe, e resistira muita vez ao mar.

— Mas o mar do Flamengo é o diabo, ponderou uma senhora.

Os banhistas pouco a pouco foram deixando o mar. Do lado de terra, o Major Caldas, de pé, ouvia impaciente a explicação do moleque, sem saber se o devolveria à água ou se cumpriria a vontade da filha; limitou-se a soltar palavras de enfado.

— Santa Maria! exclamou de repente o José.

— Que foi? disse o major.

O José não lhe respondeu; atirou-se à água. O major olhou e não viu a filha. Efetivamente, a moça, vendo que no mar só ficava o desconhecido, nadou para terra, mas as ondas tinham-se sucedido com freqüência e impetuosidade. No lugar da arrebentação foi envolvida por uma; nesse momento é que o moleque a viu.

— Minha filha! bradou o major.

E corria desatinado pela areia, enquanto o moleque conscienciosamente buscava penetrar no mar. Mas era já empresa escabrosa; as ondas estavam altas, fortes e a arrebentação terrível. Outros banhistas acudiram também a salvar a filha do major; mas a dificuldade era só uma para todos. Caldas, ora implorava, ora ordenava ao moleque que lhe restituísse a filha. Enfim, José conseguiu entrar no mar. Mas já então lutava ali, junto ao funesto lugar, o desconhecido banhista que tanto aborrecera a filha do major. Este estremeceu de alegria, de esperança, quando viu que alguém forcejava por arrancar a moça da morte. Na verdade, o vulto de Marcelina apareceu nos braços do Luís Bastinhos; mas uma onda veio e os enrolou a ambos. Nova luta, novo esforço e desta vez definitivo triunfo. Luís Bastinhos chegou à praia arrastando consigo a moça.

— Morta! exclamou o pai correndo a vê-la.

Examinaram-na.

— Não, desmaiada, apenas.

Com efeito, Marcelina perdera os sentidos, mas não morrera. Deram-lhe os socorros médicos; ela voltou a si. O pai, singelamente alegre, apertou Luís Bastinhos ao coração.

— Devo-lhe tudo! disse ele.

— A sua felicidade me paga de sobra, tornou o moço.

O major fitou-o alguns instantes; impressionara-o a resposta. Depois apertou-lhe a mão e ofereceu-lhe a casa. Luís Bastinhos retirou-se antes que Marcelina pudesse vê-lo.

CAPÍTULO III

Na verdade, se a leitora gosta de lances romanescos, aí fica um, com todo o valor das antigas novelas, e pode ser também que dos dramalhões antigos. Nada falta: o mar, o perigo, uma dama que se afoga, um desconhecido que a salva, um pai que passa da extrema aflição ao mais doce prazer da vida; eis aí com que marchar cerradamente a cinco atos maçudos e sangrentos, rematando tudo com a morte ou a loucura da heroína.

Não temos cá nem uma cousa nem outra. A nossa Marcelina não morreu nem morre; douda pode ser que já fosse, mas de uma doudice branda, a doudice das moças em flor. Ao menos pareceu que tinha alguma cousa disso, quando naquele mesmo dia, soube que fora salva pelo desconhecido.

— Impossível! exclamou.

— Por quê?

— Foi ele deveras?

— Pois então! Salvou-te com perigo da vida própria; houve um momento, em que eu cuidei que ambos vocês morriam enrolados na onda.

— É a cousa mais natural do mundo, interveio a mãe; e não sei de que te espantas...

Marcelina não podia, na verdade, explicar a causa do espanto; ela mesmo não a sabia. Custava-lhe a crer que Luís Bastinhos a tivesse salvo, e isso só porque "embirrara com ele". Ao mesmo tempo, pesava-lhe o obséquio. Não quisera ter morrido; mas era melhor que outro a houvesse arrancado ao mar, não aquele homem, que afinal era um grande metediço. Marcelina esteve inclinada a crer que Luís Bastinhos encomendara o desastre para ter ocasião de a servir.

Dous dias depois, Marcelina voltou ao mar, já pacificado dos seus furores de encomenda. Ao olhar para ele, teve uns ímpetos de Xerxes; fá-lo-ia castigar, se dispusesse de um bom e grande vergalho. Não tendo o vergalho, preferiu flagelá-lo com os seus próprios braços, e nadou nesse dia mais tempo e mais fora do que era costume, não obstante as recomendações do major. Levava naquilo um pouco, ou antes, muito amor-próprio: o desastre envergonhara-a.

O Luís Bastinhos, que já lá estava no mar, travou conversação com a filha do major. Era a segunda vez que se viam, e a primeira que se falavam.

— Soube que foi o senhor quem me ajudou... a levantar ante-ontem, disse Marcelina.

O Luís Bastinhos sorriu mentalmente; e ia responder por uma simples afirmativa, quando Marcelina continuou:

— Ajudou, não sei; eu creio que cheguei a perder os sentidos, e o senhor... sim... o senhor foi quem me salvou. Permite-me que lhe agradeça? concluiu ela, estendendo a mão.

Luís Bastinhos estendeu a sua; e ali, entre duas ondas, tocaram-se os dedos do tritão e da náiade.

— Hoje o mar está mais manso, disse ele.

— Está.

— A senhora nada bem.

— Parece-lhe?

— Perfeitamente.

— Menos mal.

E como para mostrar a sua arte, Marcelina entrou a nadar para fora, deixando Luís Bastinhos. Este, porém, ou por mostrar que também sabia a arte e que era destemido, — ou por não privar a moça de pronto socorro, caso houvesse necessidade, — ou enfim (e este motivo poder ter sido o principal, se não único), — para vê-la sempre de mais perto, — lá foi na mesma esteira; dentro de pouco era uma espécie de aposta entre os dous.

— Marcelina, disse-lhe o pai, quando ela voltou a terra, você hoje foi mais longe do que nunca. Não quero isso, ouviu?

Marcelina levantou os ombros, mas obedeceu ao pai, cujo tom nessa ocasião era desusadamente ríspido. No dia seguinte, não foi tão longe a nadar; a conversar, porém, foi muito mais longe do que na véspera. Ela confessou ao Luís Bastinhos, ambos com a água até o pescoço, confessou que gostava muito de café com leite, que tinha vinte um anos, que possuía reminiscências do Tamberlick, e que o banho do mar seria excelente, se não a obrigassem a acordar cedo.

— Deita-se tarde, não é? perguntou o Luís Bastinhos.

— Perto de meia-noite.

— Oh! dorme pouco!

— Muito pouco.

— De dia dorme?

— Às vezes.

Luís Bastinhos confessou, pela sua parte, que se deitava cedo, muito cedo, desde que estava a banhos de mar.

— Mas quando for ao teatro?

— Nunca vou ao teatro.

— Pois eu gosto muito.

— Também eu; mas enquanto estiver a banhos...

Foi neste ponto que entraram as reminiscências do Tamberlick, que Marcelina ouviu, quando criança; e daí ao João Caetano, e do João Caetano a não sei que outras reminiscências, que a um e a outro fez esquecer a higiene e a situação.

CAPÍTULO IV

Saiamos do mar que é tempo. A leitora pode desconfiar que o intento do autor é fazer um conto marítimo, a ponto de casar os dois heróis nos próprios "paços de Anfitrite", como diria o Major Caldas. Não; saiamos do mar. Já tens muita água, boa Marcelina. *Too much of water hast thou, poor Ophelia!* A diferença é que a pobre Ofélia lá ficou, ao passo que tu sais sã e salva, com a roupa de banho pegada ao corpo, um corpo grego, por Deus! e entras na barraca, e se alguma cousa ouves, não são as lágrimas dos teus, são os resmungos do major. Saiamos do mar.

Um mês depois do último banho a que o leitor assistiu, já o Luís Bastinhos freqüentava a casa do Major Caldas. O major afeiçoara-se-lhe deveras depois que ele lhe salvara a filha. Indagou quem era; soube que estava empregado numa repartição de marinha, que seu pai, já agora morto, fora capitão-de-fragata e figurara na guerra contra Rosas. Soube mais que era moço bem reputado e decente. Tudo isto realçou a ação generosa e corajosa de Luís Bastinhos, e a intimidade começou, sem oposição da parte de Marcelina, que antes contribuiu para ela, com as suas melhores maneiras.

Um mês era de sobra para arraigar no coração de Luís Bastinhos a planta do amor que havia germinado entre duas vagas do Flamengo. A planta cresceu, copou, bracejou ramos a um e outro lado, tomou o coração todo do rapaz, que não se lembrava jamais de haver gostado tanto de uma moça. Era o que ele dizia a um amigo de infância, seu atual confidente.

— E ela? disse-lhe o amigo.

— Ela... não sei.

— Não sabes?

— Não; creio que não gosta de mim, isto é, não digo que se aborreça comigo; trata-me muito bem, ri muito, mas não gosta... entendes?

— Não te dá corda em suma, concluiu o Pimentel, que assim se chamava o amigo confidente. Já lhe disseste alguma cousa?

— Não.

— Por que não lhe falas?

— Tenho receio... Ela pode zangar-se e fico obrigado a não voltar lá ou a freqüentar menos, e isso para mim seria o diabo.

O Pimentel era uma espécie de filósofo prático, incapaz de suspirar dous minutos pela mais bela mulher do mundo, e menos ainda de compreender uma paixão como a do Luís Bastinhos. Sorriu, estendeu-lhe a mão em despedida, mas o Luís Bastinhos não consentiu na separação. Puxou-o, deu-lhe o braço, levou-o a um café.

— Mas que diabo queres tu que te faça? perguntou o Pimentel sentando-se à mesa com ele.

— Que me aconselhes.

— O quê?

— Não sei o que, mas dize-me alguma cousa, replicou o namorado. Talvez convenha falar ao pai; que te parece?

— Sem saber se ela gosta de ti?

— Na verdade era imprudência, concordou o outro, coçando o queixo com a ponta do dedo índice; mas talvez goste...

— Pois então...

— Porque, eu te digo, ela não me trata mal; ao contrário, às vezes tem uns modos, umas cousas... mas não sei... O major esse gosta de mim.

— Ah!

— Gosta.

— Pois aí tens, casa-te com o major.

— Falemos sério.

— Sério? repetiu o Pimentel debruçando-se sobre a mesa e encarando o outro. Aqui vai o mais sério que há no mundo: tu és um... digo?

— Dize.

— Tu és um bolas.

Repetiam-se essas cenas regularmente, uma ou duas vezes, por semana. No fim delas o Luís Bastinhos prometia duas cousas a si mesmo: não dizer mais nada ao Pimentel e ir fazer imediatamente a sua confissão a Marcelina; poucos dias depois ia confessar ao Pimentel que ainda não dissera nada a Marcelina. E o Pimentel abanava a cabeça e repetia o estribilho:

— Tu és um bolas.

CAPÍTULO V

Um dia assentou Luís Bastinhos que era vergonha dilatar por mais tempo a declaração de seus afetos; urgia clarear a situação. Ou era amado ou não; no primeiro caso, o silêncio era tolice: no segundo a tolice era a assiduidade. Tal foi a reflexão do namorado; tal foi a sua resolução.

A ocasião era na verdade propícia. O pai ia passar a noite fora; a moça ficara com uma tia surda e sonolenta. Era o sol de Austerlitz; o nosso Bonaparte preparou a sua melhor tática. A fortuna deu-lhe até um grande auxiliar na própria moça, que estava triste; a tristeza podia dispor o coração a sentimentos benévolos, principalmente quando outro coração lhe dissesse que não duvidava beber na mesma taça da melancolia. Esta foi a primeira reflexão de Luís Bastinhos; a segunda foi diferente.

— Por que estará ela triste? perguntou ele a si mesmo.

E eis o dente do ciúme a trincar-lhe o coração, e o sangue a esfriar-lhe nas veias, e uma nuvem a cobrir-lhe os olhos. Não era para menos o caso. Ninguém adivinharia nessa moça quieta e sombria, sentada a um canto do sofá, a ler as páginas de um romance; ninguém adivinharia nela a borboleta ágil e volúvel de todos os dias. Alguma cousa devia ser; talvez a mordesse algum besouro. E esse besouro não era decerto o Luís Bastinhos; foi o que este pensou e foi o que o entristeceu.

Marcelina ergueu os ombros.

— Alguma cousa que a incomoda; continuou ele.

Um silêncio.

— Não?

— Talvez.

— Pois bem, disse Luís Bastinhos com calor e animado por aquela meia confidência; pois bem, diga-me tudo, eu saberei ouvi-la e terei palavras de consolação para as suas dores.

Marcelina olhou um pouco espantada para ele, mas a tristeza dominou outra vez e deixou-se estar calada alguns instantes: finalmente pôs-lhe a mão no braço, e disse que lhe agradecia muito o interesse que mostrava, mas que o motivo de tristeza era-o só para ela e não valia a pena contá-lo. Como Luís Bastinhos teimasse para saber o que era, contou a moça que lhe morrera, nessa manhã, o mico.

Luís Bastinhos respirou à larga. Um mico! um simples mico! Era pueril o objeto, mas para quem o esperava terrível, antes assim. Ele entregou-se depois a toda a sorte de considerações próprias do caso, disse-lhe que não valia o bicho a pureza dos belos olhos da moça; e daí a escorregar uma insinuação de amor era um quase nada. Ia a fazê-lo: chegou o major.

Oito dias depois houve em casa do major um sarau, — "uma brincadeira" como disse o próprio major. Luís Bastinhos foi; estava porém arrufado com a moça: deixou-se ficar a um canto; não se falaram durante a noite inteira.

— Marcelina, disse-lhe no dia seguinte o pai; acho que tratas às vezes maio Bastinhos. Um homem que te salvou da morte.

— Que morte?

— Da morte na Praia do Flamengo.

— Mas, papai, se a gente fosse a morrer de amores por todas as pessoas que nos salvam da morte...

— Mas quem te fala nisso? digo que o tratas mal às vezes...

— Às vezes, é possível.

— Mas por quê? ele parece-me um bom rapaz.

Nada mais lhe respondendo a filha, entrou o major a bater com a ponta do pé no chão, um pouco enfadado. Um pouco? Talvez muito. Marcelina destruía-lhe as esperanças, reduzia-lhe a nada o projeto que ele acalentava desde algum tempo, — que era casar os dois; — casá-los ou uni-los pelos "doces laços do himeneu", que todas foram as suas próprias expressões mentais. E vai a moça e destrói-lho. O major sentia-se velho, podia morrer, e quisera deixar a filha casada e bem casada. Onde achar melhor marido que o Luís Bastinhos?

E enquanto ele ia forjando e desforjando esses projetos, Marcelina suspirava consigo mesma, e sem saber por que; mas suspirava. Também esta pensava na conveniência de casar e casar bem; mas nenhum homem lhe abrira deveras o coração. Quem sabe se a fechadura não servia a nenhuma chave? Quem teria a verdadeira chave do coração de Marcelina? Ela chegou a supor que fosse um bacharel da vizinhança, mas esse casou dentro de algum tempo; depois desconfiara que a chave estivesse em poder de um oficial de marinha. Erro: o oficial não trazia chave consigo. Assim andou de ilusão em ilusão, e chegou à mesma tristeza do pai. Era fácil acabar com ela: era casar com o Bastinhos. Mas se o Bastinhos, o circunspecto, o melancólico, o taciturno Bastinhos não tinha a chave! Equivalia a recebê-lo à porta sem lhe dar entrada no coração.

CAPÍTULO VI

Cerca de mês e meio depois fazia anos o major, que, animado pelo sarau precedente, quis comemorar com outro aquele dia. "Outra brincadeira, mas desta vez rija", foram os próprios termos em que ele anunciou o caso ao Luís Bastinhos, alguns dias antes.

Pode-se dizer e acreditar que a filha do major não teve outro pensamento desde que o pai lho comunicou também. Começou por encomendar um rico vestido, elegeu costureira, adotou corte, coligiu adornos, presidiu a toda essa grande obra doméstica. Jóias, flores, fitas, leques, rendas, tudo lhe passou pelas mãos, e pela memória e pelos sonhos. Sim, a primeira quadrilha foi dançada em sonhos, com um belo cavalheiro húngaro, vestido à moda nacional, cópia de uma gravura da *Ilustração Francesa,* que ela vira de manhã. Acordada, lastimou sinceramente que não fosse possível ao pai encomendar, de envolta com os perus da ceia, um ou dous cavalheiros húngaros, — entre outros motivos porque eram valsadores intermináveis. E depois tão bonitos!

— Sabem que eu pretendo dançar no dia 20? disse o major uma noite, em casa.

— Você? retorquiu-lhe um amigo velho.

— Eu.

— Por que não? assentiu timidamente o Luís Bastinhos.

— Justamente, continuou o major voltando-se para o salvador da filha. E o senhor há de ser o meu *vis-à-vis...*

— Eu?

— Não dança?

— Um pouco, retorquiu modestamente o moço.

— Pois há de ser o meu *vis-à-vis.*

Luís Bastinhos curvou-se como quem obedece a uma opressão; com a flexibilidade passiva do fatalismo. Se era necessário dançar, ele o faria, porque dançava como poucos, e obedecer ao velho era uma maneira de amar a moça. Ai dele! Marcelina olhou-o com tamanho desprezo, que se ele lhe apanha o olhar, não é impossível que de uma vez para sempre ali deixasse de pôr os pés. Mas não o viu; continuou a arredá-los dali bem poucas vezes.

Os convites foram profusamente espalhados. O Major Caldas fez o inventário de todas as suas relações, antigas e modernas, e não quis que nenhum camarão lhe escapasse pelas malhas: lançou uma rede fina e instante. Se ele não pensava em outra cousa o velho major! Era feliz; sentia-se poupado da adversidade, quando muitos outros companheiros vira cair, uns mortos, outros extenuados somente. A comemoração de seu aniversário tinha, portanto, uma significação mui alta e especial; e foi isso mesmo o que ele disse à filha e aos demais parentes.

O Pimentel, que também fora convidado, sugeriu a Luís Bastinhos a idéia de dar um presente de anos ao major.

— Já pensei nisso, retorquiu o amigo; mas não sei o que lhe dê.

— Eu te digo.

— Dize.

— Dá-lhe um genro.

— Um genro?

— Sim, um noivo à filha; declara o teu amor e pede-a. Verás que, de todas as dádivas desse dia, essa será a melhor.

Luís Bastinhos bateu palmas ao conselho do Pimentel. É isso mesmo, disse ele; eu andava com a idéia em alguma jóia, mas...

— Mas a melhor jóia és tu mesmo, concluiu o Pimentel.

— Não digo tanto.

— Mas pensas.

— Pimentel!

— E eu não penso outra cousa. Olha, se eu tivesse intimidade na casa, há muito tempo que estarias amarrado à pequena. Pode ser que ela não goste de ti; mas também é difícil a uma moça alegre e travessa gostar de um casmurro, como tu, — que te sentas, defronte dela, com um ar solene e dramático, a dizer em todos os teus gestos: minha senhora, fui eu que a salvei da morte; deve rigorosamente entregar-me a sua vida... Ela pensa decerto que estás fazendo um *calembour* de mau gosto e fecha-te a porta...

Luís Bastinhos esteve calado alguns instantes.

— Perdôo-te tudo, a troco do conselho que me deste; vou oferecer um genro ao major.

Dessa vez, como de todas as outras, a promessa era maior do que a realidade; ele lá foi, lá tornou, nada fez. Iniciou duas ou três vezes uma declaração; chegou a entornar um ou dous olhares de amor, que não pareceram de todo feios à pequena; e, por que ela sorriu, ele desconfiou e desesperou. Qual! pensava consigo o rapaz; ela ama a outro com cefteza:

Veio enfim o dia, o grande dia. O major deu um pequeno jantar, em que figurou Luís Bastinhos; de noite reuniu uma parte dos convidados, porque nem todos lá puderam ir, e fizeram bem; a casa não dava para tanto. Ainda assim era muita gente reunida, muita e brilhante, e alegre, como alegre parecia e deveras estava o major.

Não se disse nem se dirá dos brindes do major, à mesa do jantar; não podem inserir-se aqui todas as recordações clássicas do velho poeta de outros anos; seria não acabar mais. A única cousa que verdadeiramente se pode dizer é que o major declarou, à sobremesa, ser esse o dia mais venturoso de todos os seus longos anos, entre outros motivos, porque tinha gosto de ver ao pé de si o jovem salvador da filha.

— Que idéia! murmurou a filha; e deu um imperceptível muxoxo.

Luís Bastinhos aproveitou o ensejo. "Magnífico, disse ele consigo; depois do café, peço-lhe duas palavras em particular, e logo depois a filha".

Assim fez; tomado o café, pediu ao major uns cinco minutos de atenção. Caldas, um pouco vermelho de comoção e de *champagne,* declarou-lhe que até lhe daria cinco mil minutos, se tantos fossem precisos.

Luís Bastinhos sorriu lisonjeado a essa deslocada insinuação; e, entrando no gabinete particular do major, foi sem mais preâmbulo ao fim da entrevista; pediu-lhe a filha em casamento. O major quis resguardar um pouco a dignidade paterna; mas era impossível. Sua alegria foi uma explosão.

— Minha filha! bradou ele; mas... minha filha... ora essa... pois não!... Minha filha!

E abria os braços e apertava com eles o jovem candidato, que, um pouco admirado do próprio atrevimento, chegou a perder o uso da voz. Mas a voz era, aliás, inútil, ao menos durante o primeiro quarto de hora, em que só falou o ambiciado sogro, com uma volubilidade sem limites. Cansou enfim, mas de um modo cruel.

— Velhacos! disse ele; com que então... amam-se às escondidas...

— Eu?

— Pois quem?

— Peço-lhe perdão; disse Luís Bastinhos; mas não sei... não tenho certeza...

— Quê! não se correspondem?...

— Não me tenho atrevido...

O major abanou a cabeça com certo ar de irritação e lástima; pegou-lhe das mãos e fitou-o durante alguns segundos.

— Tu és afinal de contas um pandorga, sim, um pandorga, disse ele, largando-lhe as mãos.

Mas o gosto de os ver casados era tal, e tal a alegria daquele dia de anos, que o major sentiu a lástima converter-se em entusiasmo, a irritação em gosto, e tudo acabou em boas promessas.

— Pois digo-te, que te hás de casar, concluiu ele; Marcelina é um anjo, tu outro, eu outro; tudo indica que nos devemos ligar por laços mais doces do que as simples relações da vida. Juro-te que serás o pai de meus netos...

Jurava mal o major, porque daí a meia hora, quando ele chamou a filha ao gabinete, e lhe comunicou o pedido, recebeu desta a mais formal recusa; e por que insistisse em querer concedê-la ao rapaz, disse-lhe a moça que despediria o pretendente em plena sala, se lhe falassem mais em semelhante absurdo. Caldas que conhecia a filha não disse mais nada. Quando o pretendente lhe perguntou, daí a pouco, se devia-considerar-se feliz, de usou um expediente assaz enigmático: piscou-lhe o olho. Luís Bastinhos ficou radiante; ergueu-se às nuvens nas asas da felicidade.

Durou pouco a felicidade; Marcelina não correspondia às promessas do major. Três ou quatro vezes chegara-se a ela Luís Bastinhos, com uma frase piegas na ponta da língua, e vira-se obrigado a engoli-la outra vez, porque a recepção de Marcelina não animava mais. Irritado, foi sentar-se ao canto de uma janela, com os olhos na lua, que estava esplêndida, — uma verdadeira nesga de romantismo. Ali fez mil projetos trágicos, o suicídio, o assassinato, o incêndio, a revolução, a conflagração dos elementos; ali jurou que se vingaria de um modo exemplar. Como então soprasse uma brisa fresca, e ele a recebesse em primeira mão, à janela, acalmaram-se-lhe as idéias fúnebres e sangüíneas, e apenas lhe ficou um desejo de vingança de sala. Qual? Não sabia qual fosse; mas trouxe-lha enfim uma sobrinha do major.

— Não dança? perguntou ela a Luís Bastinhos.

— Eu?

— O senhor.

— Pois não, minha senhora.

Levantou-se e deu-lhe o braço.

— De maneira que, disse ela, já agora são as moças que tiram os homens para dançar?

— Oh! não! protestou ele. As moças apenas ordenam aos homens o que devem fazer; e o homem que está no seu papel, obedece sem discrepar.

— Mesmo sem vontade? perguntou a prima de Marcelina.

— Quem é que neste mundo pode não ter vontade de obedecer a uma dama? disse Luís Bastinhos com o seu ar mais piegas.

Estava em pleno madrigal; iriam longe, porque a moça era das que saboreiam esse gênero de palestra. Entretanto, tinham dado o braço, e passeavam ao longo da sala; à espera da valsa, que se ia tocar. Deu sinal a valsa, os pares saíram, e começou o turbilhão.

Não tardou muito que a sobrinha do major compreendesse que estava abraçada a um valsista emérito, a um verdadeiro modelo de valsistas. Que delicadeza! que segurança! que acerto de passos! Ela, que também valsava com muita regularidade e graça, entregou-se toda ao parceiro. E ei-los unidos, a voltearem rapidamente, leves como duas plumas, sem perder um compasso, sem discrepar uma linha. Pouco a pouco, esvaziando-se a arena, iam sendo os dois objeto exclusivo da atenção de todos. Não tardou que ficassem sós; e foi então que o sucesso se formou decisivo e lisonjeiro. Eles giravam e sentiam que eram o alvo da admiração geral; e ao senti-lo, criavam forças novas, e não cediam o campo a nenhum outro. Pararam com a música.

— Quer tomar alguma cousa? Perguntou Luís Bastinhos com a mais adocicada de suas entonações.

A moça aceitou um pouco de água; e em quanto andavam elogiavam um ao outro, com o maior calor do mundo. Nenhum desses elogios, porém, chegou ao do major, quando daí a pouco encontrou Luís Bastinhos.

— Pois você estava com isso guardado! disse ele.

— Isso quê?

— Isso... esse talento que Deus concedeu a poucos... a bem raros. Sim, senhor; pode crer que é o rei da minha festa.

E apertou-lhe muito as mãos, piscando o olho. Luís Bastinhos tinha já perdido toda a fé naquele jeito peculiar do major; recebeu-o com frieza. O sucesso entretanto fora grande; ele o sentiu nos olhares sorrateiros dos outros rapazes, nos gestos de desdém que eles faziam; foi a consagração última.

— Com que então, só minha prima é que mereceu uma valsa!

Luís Bastinhos estremeceu, ao ouvir esta palavra; voltou-se; deu com os olhos em Marcelina. A moça repetiu o dito, batendo-lhe com o leque no braço. Ele murmurou algumas palavras, que a história não conservou, aliás deviam ser notáveis, porque ele ficou vermelho como uma pitanga. Essa cor ainda se tornou mais viva, quando a moça, enfiando-lhe o braço, disse resolutamente!

— Vamos a esta valsa...

Tremia o rapaz de comoção; pareceu-lhe ver nos olhos da moça todas as promessas da bem-aventurança; entrou a compreender os piscados do major.

— Então? disse Marcelina.

— Vamos.

— Ou está cansado?

— Eu? que idéia! Não, não, não estou cansado.

A outra valsa fora um primor; esta foi classificada entre os milagres. Os amadores confessaram francamente que nunca tinham visto um valsador como Luís Bastinhos. Era o impossível realizado; seria a pura arte dos arcanjos, se os arcanjos valsassem. Os mais invejosos tiveram de ceder alguma cousa à opinião da sala. O major chegou às raias do delírio.

— Que me dizem a este rapaz? bradou ele a uma roda de senhoras. Ele faz tudo: nada como um peixe e valsa como um pião. Salvou-me a filha para valsar com ela.

Marcelina não ouviu estas palavras do pai, ou perdoou-lhas. Estava toda entregue à admiração. Luís Bastinhos era até ali o melhor valsista que encontrara. Ela tinha vaidade e reputação de valsar bem; e achar um parceiro de tal força era a maior fortuna que podia acontecer a uma valsista. Disse-lho ela mesma, não sei se com a boca, se com os olhos, e ele repetiu-lhe a mesma idéia,e foram ratificar daí a pouco as suas impressões numa segunda valsa. Foi outro e maior sucesso.

Parece que Marcelina valsou ainda uma vez com Luís Bastinhos, mas em sonhos, uma valsa interminável, numa planície, ao som de uma orquestra de diabos azuis e invisíveis. Foi assim que ela referiu o sonho, no dia seguinte, ao pai.

— Já sei, disse este; esses diabos azuis e invisíveis deviam ser dous.

— Dous?

— Um padre e um sacristão...

— Ora, papai!

E foi um protesto tão gracioso, que o Luís Bastinhos, se o ouvisse e visse, mui provavelmente pediria repetição. Mas nem viu nem soube dele. De noite, indo lá, recebeu novos louvores, falaram do baile da véspera. O major confessou que era o melhor baile do ano; e dizendo-lhe a mesma cousa o Luís Bastinhos, declarou o major que o salvador da filha reunia o bom gosto ao talento coreográfico.

— Mas por que não dá outra brincadeira, um pouco mais familiar? disse o Luís Bastinhos.

O major piscou o olho e adotou a idéia. Marcelina exigiu de Luís Bastinhos que dançasse com ela a primeira valsa.

— Todas, disse ele.

— Todas?

— Juro-lhe que todas.

Marcelina abaixou os olhos e lembrou-se dos diabos azuis e invisíveis. Veio a noite da "brincadeira", e Luís Bastinhos cumpriu a promessa; valsaram ambos todas as valsas. Era quase um escândalo.

A convicção geral é que o casamento estava próximo.

Alguns dias depois, o major deu com os dois numa sala, ao pé de uma mesa, a folhearem um livro, — um livro ou as mãos, porque as mãos de um e de outro estavam sobre o livro, juntas, e apertadas. Parece que também folheavam os olhos, com tanta atenção que não viram o major. O major quis sair, mas preferiu precipitar a situação.

— Então que é isso? Estão valsando sem música?

Estremeceram os dois e coraram muito, mas o major piscou o olho, e saiu. Luís Bastinhos aproveitou a circunstância para dizer à moça que o casamento era a verdadeira valsa social; idéia que ela aprovou e comunicou ao pai.

— Sim, disse este, a melhor Terpsicore é Himeneu.

Celebrou-se o casamento daí a dous meses. O Pimentel, que serviu de padrinho ao noivo, disse-lhe na igreja, que em certos casos era melhor valsar que nadar, e que a verdadeira chave do coração de Marcelina não era a gratidão mas a coreografia. Luís Bastinhos abanou a cabeça sorrindo; o major, supondo que eles o elogiavam em voz baixa, piscou o olho.

O IMORTAL

[AE, 15 de jul. a 15 de set. 1882.]

CAPÍTULO PRIMEIRO

— Meu pai nasceu em 1600...

— Perdão,em 1800, naturalmente...

— Não, senhor, replicou o Dr. Leão, de um modo grave e triste; foi em 1600.

Estupefação dos ouvintes, que eram dous, o Coronel Bertioga, e o tabelião da vila, João Linhares. A vila era na província fluminense; suponhamos Itaboraí ou Sapucaia. Quanto à data, não tenho dúvida em dizer que foi no ano de 1855, uma noite de novembro, escura como breu, quente como um forno, passante de nove horas. Tudo silêncio. O lugar em que os três estavam era a varanda que dava para o terreiro. Um lampião de luz frouxa, pendurado de um prego, sublinhava a escuridão exterior. De quando em quando, gania um seco e áspero vento, mesclando-se ao som monótono de uma cachoeira próxima. Tal era o quadro e o momento, quando o Dr. Leão insistiu nas primeiras palavras da narrativa.

— Não, senhor; nasceu em 1600.

Médico homeopata, — a homeopatia começava a entrar nos domínios da nossa civilização, — este Dr. Leão chegara à vila, dez ou doze dias antes, provido de boas cartas de recomendação, pessoais e políticas. Era um homem inteligente, de fino trato e coração benigno. A gente da vila notou-lhe certa tristeza no gesto, algum retraimento nos hábitos, e até uma tal ou qual sequidão de palavras, sem embargo da perfeita cortesia; mas tudo foi atribuído ao acanho dos primeiros dias e às saudades da Corte. Contava trinta anos, tinha um princípio de calva, olhar baço e mãos episcopais. Andava propagando o novo sistema.

Os dous ouvintes continuavam pasmados. A dúvida fora posta pelo dono da casa, o Coronel Bertioga, e o tabelião ainda insistiu no caso, mostrando ao médico a impossibilidade de ter o pai nascido em 1600. Duzentos e cinqüenta e cinco anos antes! dous séculos e meio! Era impossível. Então, que idade tinha ele? e de que idade morreu o pai?

— Não tenho interesse em contar-lhes a vida de meu pai, respondeu o Dr. Leão. Falaram-me no macróbio que mora nos fundos da matriz; disse-lhes que, em negócio de macróbios, conheci o que há mais espantoso no mundo, um homem imortal...

— Mas seu pai não morreu? disse o coronel.

— Morreu.

— Logo, não era imortal, concluiu o tabelião triunfante. Imortal se diz quando uma pessoa não morre, mas seu pai morreu.

— Querem ouvir-me?

— Homem, pode ser, observou o coronel meio abalado. O melhor é ouvir a história. Só o que digo é que mais velho do que o Capataz nunca vi ninguém. Está mesmo caindo de maduro. Seu pai devia estar também muito velho...?

— Tão moço como eu. Mas para que me fazem perguntas soltas? Para se espantarem cada vez mais, porque na verdade a história de meu pai não é fácil de crer. Posso contá-la em poucos minutos.

Excitada a curiosidade, não foi difícil impor-lhes silêncio. A família toda estava acomodada, os três eram sós na varanda, o Dr. Leão contou enfim a vida do pai, nos termos em que o leitor vai ver, se se der o trabalho de ler o segundo e os outros capítulos.

CAPÍTULO II

— Meu pai nasceu em 1600, na cidade de Recife.

Aos vinte e cinco anos tomou o hábito franciscano, por vontade de minha avó, que era profundamente religiosa. Tanto ela como o marido eram pessoas de bom nascimento, — "bom sangue", como dizia meu pai, afetando a linguagem antiga.

Meu avô descendia da nobreza de Espanha, e minha avó era de uma grande casa do Alentejo. Casaram-se ainda na Europa, e, anos depois, por motivos que não vêm ao caso dizer, transportaram-se ao Brasil, onde ficaram e morreram. Meu pai dizia que poucas mulheres tinha visto tão bonitas como minha avó. E olhem que ele amou as mais esplêndidas mulheres do mundo. Mas não antecipemos.

Tomou meu pai o hábito, no convento de Iguaraçu, onde ficou até 1639, ano em que os holandeses, ainda uma vez, assaltaram a povoação. Os frades deixaram precipitadamente o convento; meu pai, mais remisso do que os outros (ou já com o intento de deitar o hábito às urtigas), deixou-se ficar na cela, de maneira que os holandeses o foram achar no momento em que recolhia alguns livros pios e objetos de uso pessoal. Os holandeses não o trataram mal. Ele os regalou com o melhor da ucharia franciscana, onde a pobreza é de regra. Sendo uso daqueles frades alternarem-se no serviço da cozinha, meu pai entendia da arte, e esse talento foi mais um encanto ao aparecer do inimigo.

No fim de duas semanas, o oficial holandês ofereceu-lhe um salvo conduto, para ir aonde lhe parecesse; mas meu pai não o aceitou logo, querendo primeiro considerar se devia ficar com os holandeses, e, à sombra deles desamparar a Ordem, ou se lhe era melhor buscar vida por si mesmo. Adotou o segundo alvitre, não só por ter o espírito aventureiro, curioso e audaz, como porque era patriota, e bom católico, apesar da repugnância à vida monástica, e não quisera misturar-se com o herege invasor. Aceitou o salvo-conduto e deixou Iguaraçu.

Não se lembrava ele, quando me contou essas cousas, não se lembrava mais do número de dias que despendeu sozinho por lugares ermos, fugindo de propósito ao povoado, não querendo ir a Olinda ou Recife, onde estavam os holandeses. Comidas as provisões que levava, ficou dependente de alguma caça silvestre e frutas. Deitara, com efeito, o hábito às urtigas; vestia uns calções flamengos, que o oficial lhe dera, e uma camisola ou jaquetão de couro. Para encurtar razões, foi ter a uma aldeia de gentio, que o recebeu muito bem, com grandes carinhos e obséquios. Meu pai era talvez o mais insinuante dos homens. Os índios ficaram embeiçados por ele, mormente o chefe, um guerreiro velho, bravo e generoso, que chegou a dar-lhe a filha em casamento. Já então minha avó era morta, e meu avô desterrado para a Holanda, notícias que meu pai teve, casualmente, por um antigo servo da casa. Deixou-se estar, pois, na aldeia, o gentio, até o ano de 1642, em que o guerreiro faleceu. Este caso do falecimento é que é maravilhoso: peço-lhes a maior atenção.

O coronel e o tabelião aguçaram os ouvidos, enquanto o Dr. Leão extraía pausadamente uma pitada e inseria-a no nariz, com a pachorra de quem está negaceando uma cousa extraordinária.

CAPÍTULO III

Uma noite, o chefe indígena, — chamava-se Pirajuá, — foi à rede de meu pai, anunciou-lhe que tinha de morrer, pouco depois de nascer o sol, e que ele estivesse pronto para acompanhá-lo fora, antes do momento último. Meu pai ficou alvoroçado, não por lhe dar crédito, mas por supô-lo delirante. Sobre a madrugada, o sogro veio ter com ele.

— Vamos, disse-lhe.

— Não, agora não: estás fraco, muito fraco...

— Vamos! repetiu o guerreiro.

E, à luz de uma fogueira expirante, viu-lhe meu pai a expressão intimativa do rosto, e um certo ar diabólico, em todo caso extraordinário, que o aterrou. Levantou-se, acompanhou-o na direção de um córrego. Chegando ao córrego, seguiram pela margem esquerda, acima, durante um tempo que meu pai calculou ter sido um quarto de hora. A madrugada acentuava-se; — a lua fugia diante dos primeiros anúncios do sol. Contudo, e apesar da vida do sertão que meu pai levava desde alguns tempos, a aventura assustava-o; seguia vigiando o sogro, com receio de alguma traição. Pirajuá ia calado, com os olhos no chão, e a fronte carregada de pensamentos, que podiam ser cruéis ou somente tristes. E andaram, andaram, até que Pirajuá disse:

— Aqui.

Estavam diante de três pedras, dispostas em triângulo. Pirajuá sentou-se numa, meu pai noutra. Depois de alguns minutos de descanso:

— Arreda aquela pedra, disse o guerreiro, apontando para a terceira, que era a maior.

Meu pai levantou-se e foi à pedra. Era pesada, resistiu ao primeiro impulso; mas meu pai teimou, aplicou todas as forças, a pedra cedeu um pouco, depois mais, enfim foi removida do lugar.

— Cava o chão, disse o guerreiro.

Meu pai foi buscar uma lasca de pau, uma taquara ou não sei que, e começou a cavar o chão. Já então estava curioso de ver o que era. Tinha-lhe nascido uma idéia, — algum tesouro enterrado, que o guerreiro, receoso de morrer, quisesse entregar-lhe. Cavou, cavou, cavou, até que sentiu um objeto rijo; era um vaso tosco, talvez uma igaçaba. Não o tirou, não chegou mesmo a, arredar a terra em volta dele. O guerreiro aproximou-se, desatou o pedaço de couro de anta que lhe cobria a boca, meteu dentro o braço, e tirou um boião. Este boião tinha a boca tapada com outro pedaço de couro.

— Vem cá, disse o guerreiro.

Sentaram-se outra vez. O guerreiro tinha o boião sobre os joelhos, tapado, misterioso, aguçando a curiosidade de meu pai, que ardia por saber o que havia ali dentro.

— Pirajuá vai morrer, disse ele; vai morrer para nunca mais. Pirajuá ama guerreiro branco, esposo de Maracujá, sua filha; e vai mostrar um segredo como não há outro.

Meu pai estava trêmulo. O guerreiro desatou lentamente o couro que tapava o boião. Destapado, olhou para dentro, levantou-se, e veio mostrá-lo a meu pai. Era um líquido amarelado, de um cheiro acre e singular.

— Quem bebe isto, um gole só, nunca mais morre.

— Oh! bebe, bebe! exclamou meu pai com vivacidade.

Foi um movimento de afeto, um ato irrefletido de verdadeira amizade filial, porque só um instante depois é que meu pai advertiu que não tinha, para crer na notícia que o sogro lhe dava, senão a palavra do mesmo sogro, cuja razão supunha perturbada pela moléstia. Pirajuá sentiu o espontâneo da palavra de meu pai, e agradeceu-lha; mas abanou a cabeça.

— Não, disse ele; Pirajuá não bebe, Pirajuá quer morrer. Está cansado, viu muita lua, muita lua. Pirajuá quer descansar na terra, está aborrecido. Mas Pirajuá quer deixar este segredo a guerreiro branco; está aqui; foi feito por um velho pajé de longe, muito longe... Guerreiro branco bebe, não morre mais.

Dizendo isto, tornou a tapar a boca do boião, e foi metê-lo outra vez dentro da igaçaba. Meu pai fechou depois a boca da mesma igaçaba, e repôs a pedra em cima. O primeiro clarão do sol vinha apontando. Voltaram para casa depressa; antes mesmo de tomar a rede, Pirajuá faleceu.

Meu pai não acreditou na virtude do elixir. Era absurdo supor que um tal líquido pudesse abrir uma exceção na lei da morte. Era naturalmente algum remédio, se não fosse algum veneno; e neste caso, a mentira do índio estava explicada pela turvação mental que meu pai lhe atribuiu. Mas, apesar de tudo, nada disse aos demais índios da aldeia, nem à própria esposa. Calou-se; — nunca me revelou o motivo do silêncio: creio que não podia ser outro senão o próprio influxo do mistério.

Tempos depois, adoeceu, e tão gravemente que foi dado por perdido. O curandeiro do lugar anunciou a Maracujá que ia ficar viúva. Meu pai não ouviu a notícia, mas leu-a em uma página de lágrimas, no rosto da consorte, e sentiu em si mesmo que estava acabado. Era forte, valoroso, capaz de encarar todos os perigos; não se aterrou, pois, com a idéia de morrer, despediu-se dos vivos, fez algumas recomendações e preparou-se para a grande viagem.

Alta noite, lembrou-se do elixir, e perguntou a si mesmo se não era acertado tentá-lo. Já agora a morte era certa, que perderia ele com a experiência? A ciência de um século não sabia tudo; outro século vem e passa adiante. Quem sabe, dizia ele consigo, se os homens não descobrirão um dia a imortalidade, e se o elixir científico não será esta mesma droga selvática? O primeiro que curou a febre maligna fez um prodígio. Tudo é incrível antes de divulgado. E, pensando assim, resolveu transportar-se ao lugar da pedra, à margem do arroio; mas não quis ir de dia, com medo de ser visto. De noite, ergueu-se, e foi, trôpego, vacilante, batendo o queixo. Chegou à pedra, arredou-a, tirou o boião, e bebeu metade do conteúdo. Depois sentou-se para descansar. Ou o descanso, ou o remédio, alentou-o logo. Ele tornou a guardar o boião; daí a meia hora estava outra vez na rede. Na seguinte manhã estava bom...

— Bom de todo? perguntou o tabelião João Linhares, interrompendo o narrador.

— De todo.

— Era algum remédio para febre...

— Foi isto mesmo o que ele pensou, quando se viu bom. Era algum remédio para febre e outras doenças; e nisto ficou; mas, apesar do efeito da droga, não a descobriu a ninguém. Entretanto, os anos passaram, sem que meu pai envelhecesse; qual era no tempo da moléstia, tal ficou. Nenhuma ruga, nenhum cabelo branco. Moço, perpetuamente moço. A vida do mato começara a aborrecê-lo; ficara ali por gratidão ao sogro; as saudades da civilização vieram tomá-lo. Um dia, a aldeia foi invadida por uma horda de índios de outra, não se sabe por que motivo, nem importa ao nosso caso. Na luta pereceram muitos, meu pai foi ferido, e fugiu para o mato. No dia seguinte veio à aldeia, achou a mulher morta. As feridas eram profundas; curou-as com o emprego de remédios usuais; e restabeleceu-se dentro de poucos dias. Mas os sucessos confirmaram-no no propósito de deixar a vida semi-selvagem e tornar à vida civilizada e cristã. Muitos anos se tinham passado depois da fuga do convento de Iguaraçu; ninguém mais o reconheceria. Um dia de manhã deixou a aldeia, com o pretexto de ir caçar; foi primeiro ao arroio, desviou a pedra, abriu a igaçaba, tirou o boião, onde deixara um resto do elixir. A idéia dele era fazer analisar a droga na Europa, ou mesmo em Olinda ou no Recife, ou na Bahia, por algum entendido em cousas de química e farmácia. Ao mesmo tempo não podia furtar-se a um sentimento de gratidão; devia àquele remédio a saúde. Com o boião ao lado, a mocidade nas pernas e a resolução no peito, saiu dali, caminho de Olinda e da eternidade.

CAPÍTULO IV

— Não posso demorar-me em pormenores, disse o Dr. Leão aceitando o café que o coronel mandara trazer. São quase dez horas...

— Que tem? perguntou o coronel. A noite é nossa; e, para o que temos de fazer amanhã, podemos dormir quando bem nos parecer. Eu por mim não tenho sono. E você, Sr. João Linhares?

— Nem um pingo, respondeu o tabelião.

E teimou com o Dr. Leão para contar tudo, acrescentando que nunca ouvira nada tão extraordinário. Note-se que o tabelião presumia ser lido em histórias antigas, e passava na vila por um dos homens mais ilustrados do Império; não obstante, estava pasmado. Ele contou ali mesmo, entre dous goles de café, o caso de Matusalém, que viveu novecentos e sessenta e nove anos, e o de Lameque que morreu com setecentos e setenta e sete; mas, explicou logo, porque era um espírito forte, que esses e outros exemplos da cronologia hebraica não tinham fundamento científico...

— Vamos, vamos ver agora o que aconteceu a seu pai, interrompeu o coronel.

O vento, de esfalfado, morrera; e a chuva começava a rufar nas folhas das árvores, a princípio com intermitências, depois mais contínua e basta. A noite refrescou um pouco. O Dr. Leão continuou a narração, e, apesar de dizer que não podia demorar-se nos pormenores, contou-os com tanta miudeza, que não me atrevo a pô-los tais quais nestas páginas; seria fastidioso. O melhor é resumi-lo.

Rui de Leão, ou antes Rui Garcia de Meireles e Castro Azevedo de Leão, que assim, se chamava o pai do médico, pouco tempo se demorou em Pernambuco. Um ano depois, em 1654, cessava o domínio holandês. Rui de Leão assistiu às alegrias da vitória, e passou-se ao reino, onde casou com uma senhora nobre de Lisboa. Teve um filho; e perdeu o filho e a mulher no mesmo mês de março de 1661. A dor que então padeceu foi profunda; para distrair-se visitou a França e a Holanda. Mas na Holanda, ou por motivo de uns amores secretos, ou por ódio de alguns judeus descendentes ou naturais de Portugal, com quem entreteve relações comerciais na Haia, ou enfim por outros motivos desconhecidos, Rui de Leão não pôde viver tranqüilo muito tempo; foi preso e conduzido para a Alemanha, donde passou à Hungria, a algumas cidades italianas, à França, e finalmente à Inglaterra. Na Inglaterra estudou o inglês profundamente; e, como sabia o latim, aprendido no convento, o hebraico, que lhe ensinara na Haia o famoso Spinoza, de quem foi amigo, e que talvez deu causa ao ódio que os outros judeus lhe criaram; o francês e o italiano, parte do alemão e do húngaro, tornou-se em Londres objeto de verdadeira curiosidade e veneração. Era buscado, consultado, ouvido, não só por pessoas do vulgo ou idiotas, como por letrados, políticos e personagens da corte.

Convém dizer que em todos os países por onde andara tinha ele exercido os mais contrários ofícios: soldado, advogado, sacristão, mestre de dança, comerciante e livreiro. Chegou a ser agente secreto da Áustria, guarda pontifício e armador de navios. Era ativo, engenhoso, mas pouco persistente a julgar pela variedade das cousas que empreendeu; ele, porém, dizia que não, que a sorte é que sempre lhe foi adversa. Em Londres, onde o vemos agora, limitou-se ao mister de letrado e gamenho; mas não tardou que voltasse a Haia, onde o esperavam alguns dos amores velhos, e não poucos recentes.

Que o amor, força é dizê-lo, foi uma das causas da vida agitada e turbulenta do nosso herói. Ele era pessoalmente um homem galhardo, insinuante, dotado de um olhar cheio de força e magia. Segundo ele mesmo contou ao filho, deixou muito longe o algarismo dom-juanesco das *mille e tre.* Não podia dizer o número exato das mulheres a quem amara, em todas as latitudes e línguas, desde a selvagem Maracujá de Pernambuco, até à bela cipriota ou à fidalga dos salões de Paris e Londres; mas calculava em não menos de cinco mil mulheres. Imagina-se facilmente que uma tal multidão devia conter todos os gêneros possíveis da beleza feminil: louras, morenas, pálidas, coradas, altas, meãs, baixinhas, magras ou cheias, ardentes ou lânguidas, ambiciosas, devotas, lascivas, poéticas, prosaicas, inteligentes, estúpidas; — sim, também estúpidas, e era opinião dele que a estupidez das mulheres tinha o sexo feminino, era graciosa, ao contrário da dos homens, que participava da aspereza viril.

— Há casos, dizia ele, em que uma mulher estúpida tem o seu lugar.

Na Haia, entre os novos amores, deparou-se-lhe um que o prendeu por longo tempo: *lady* Ema Sterling, senhora inglesa, ou antes escocesa, pois descendia de uma família de Dublin. Era formosa, resoluta, e audaz; — tão audaz que chegou a propor ao amante uma expedição a Pernambuco para conquistar a capitania, e aclamarem-se reis do novo Estado. Tinha dinheiro, podia levantar muito mais, chegou mesmo a sondar alguns armadores e comerciantes, e antigos militares que ardiam por uma desforra. Rui de Leão ficou aterrado com a proposta da amante, e não lhe deu crédito; mas *lady* Ema insistiu e mostrou-se tão de rocha, que ele reconheceu enfim achar-se diante de uma ambiciosa verdadeira. Era, todavia, homem de senso; viu que a empresa, por mais bem organizada que fosse, não passaria de tentativa desgraçada; disse-lho a ela; mostrou-lhe que, se a Holanda inteira tinha recuado, não era fácil que um particular chegasse a obter ali domínio seguro, nem ainda instantâneo. *Lady* Ema abriu mão do plano, mas não perdeu a idéia de o exalçar a alguma grande situação.

— Tu serás rei ou duque...

— Ou cardeal, acrescentava ele rindo. — Por que não cardeal?

Lady Ema fez com que Rui de Leão entrasse daí a pouco na conspiração que deu em resultado a invasão da Inglaterra, a guerra civil, e a morte enfim dos principais cabos da rebelião. Vencida esta, *lady* Ema não deu por vencida. Ocorreu-lhe então uma idéia espantosa. Rui de Leão inculcava ser o próprio pai do Duque de Monmouth, suposto filho natural de Carlos II, e caudilho principal dos rebeldes. A verdade é que eram parecidos como duas gotas d'água. Outra verdade é que *lady* Ema, por ocasião da guerra civil, tinha o plano secreto de fazer matar o duque, se ele triunfasse, e substituí-lo pelo amante, que assim subiria ao trono de Inglaterra. O pernambucano, escusado é dizê-lo, não soube de semelhante aleivosia, nem lhe daria o seu assentimento. Entrou na rebelião, viu-a perecer ao sangue e no suplício, e tratou de esconder-se. Ema acompanhou-o; e, como a esperança do cetro não lhe saía do coração, passado algum tempo fez correr que o duque não morrera, mas sim um amigo tão parecido com ele, e tão dedicado, que o substituiu no suplício.

— O duque está vivo, e dentro de pouco aparecerá ao nobre povo da Grã-Bretanha, sussurrava ela aos ouvidos.

Quando Rui de Leão efetivamente apareceu, a estupefação foi grande, o entusiasmo reviveu, o amor deu alma a uma causa, que o carrasco supunha ter acabado na Torre de Londres. Donativos, presentes, armas, defensores, tudo veio às mãos do audaz pernambucano, aclamado rei, e rodeado logo de um troço de varões resolutos a morrer pela mesma causa.

— Meu filho, — disse ele, século e meio depois, ao médico homeopata, — dependeu de muito pouco não teres nascido príncipe de Gales... Cheguei a dominar cidades e vilas, expedi leis, nomeei ministros, e, ainda assim, resisti a duas ou três sedições militares que pediam a queda dos dous últimos gabinetes. Tenho para mim que as dissensões internas ajudaram as forças legais, e devo-lhes a minha derrota. Ao cabo, não me zanguei com elas; a luta fatigara-me; não minto dizendo que o dia da minha captura foi para mim de alívio. Tinha visto, além da primeira, duas guerras civis, uma dentro da outra, uma cruel, outra ridícula, ambas insensatas. Por outro lado, vivera muito, e uma vez que me não executassem, que me deixassem preso ou me exilassem para os confins da terra, não pedia nada mais aos homens, ao menos durante alguns séculos... Fui preso, julgado e condenado à morte. Dos meus auxiliares não poucos negaram tudo; creio mesmo que um dos principais morreu na Câmara dos *Lords*. Tamanha ingratidão foi um princípio de suplício. Ema, não; essa nobre senhora não me abandonou; foi presa, condenada, e perdoada; mas não me abandonou. Na véspera de minha execução, veio ter comigo, e passamos juntos as últimas horas. Disse-lhe que não me esquecesse, dei-lhe uma trança de cabelos, pedi-lhe que perdoasse ao carrasco... Ema prorrompeu em soluços; os guardas vieram buscá-la. Ficando só, recapitulei a minha vida, desde Iguaraçu até a Torre de Londres. Estávamos então em 1686; tinha eu oitenta e seis anos, sem parecer mais de quarenta. A aparência era a da eterna juventude; mas o carrasco ia destruí-la num instante. Não valia a pena ter bebido metade do elixir e guardado comigo o misterioso boião, para acabar tragicamente no cepo do cadafalso... Tais foram as minhas idéias naquela noite. De manhã preparei-me para a morte. Veio o padre, vieram os soldados, e o carrasco. Obedeci maquinalmente. Caminhamos todos, subi ao cadafalso, não fiz discurso; inclinei o pescoço sobre o cepo, o carrasco deixou cair a arma, senti uma dor penetrante, uma angústia enorme, como que a parada súbita do coração; mas essa sensação foi tão grande como rápida; no instante seguinte tornara ao estado natural. Tinha no pescoço algum sangue, mas pouco e quase seco. O carrasco recuou, o povo bramiu que me matassem. Inclinaram-me a cabeça, e o carrasco fazendo apelo a todos os seus músculos e princípios, descarregou outro golpe, e maior, se é possível, capaz de abrir-me ao mesmo tempo a sepultura, como já se disse de um valente. A minha sensação foi igual à primeira na intensidade e na brevidade; reergui a cabeça. Nem o magistrado nem o padre consentiram que se desse outro golpe. O povo abalou-se, uns chamaram-me santo, outros diabo, e ambas essas opiniões eram defendidas nas tabernas à força de punho e de aguardente. Diabo ou santo, fui presente aos médicos da corte. Estes ouviram o depoimento do magistrado, do padre, do carrasco, de alguns soldados, e concluíram que, uma vez dado o golpe, os tecidos do pescoço ligavam-se outra vez rapidamente, e assim os mesmos ossos, e não chegavam a explicar um tal fenômeno. Pela minha parte, em vez de contar o caso do elixir, calei-me; preferi aproveitar as vantagens do mistério. Sim, meu filho; não imaginas a impressão de toda a Inglaterra, os bilhetes amorosos que recebi das mais finas duquesas, os versos, as flores, os presentes, as metáforas. Um poeta chamou-me Anteu. Um jovem protestante demonstrou-me que eu era o mesmo Cristo.

CAPÍTULO V

O narrador continuou:

— Já vêem, pelo que lhes contei, que não acabaria hoje nem em toda esta semana, se quisesse referir miudamente a vida inteira de meu pai. Algum dia o farei, mas por escrito, e cuido que a obra dará cinco volumes, sem contar os documentos...

— Que documentos? perguntou o tabelião.

— Os muitos documentos comprobatórios que possuo, títulos, cartas, traslados de sentenças, de escrituras, cópias de estatísticas... Por exemplo, tenho uma certidão do recenseamento de um certo bairro de Gênova, onde meu pai morreu em 1742; traz o nome dele, com declaração do lugar em que nasceu...

— E com a verdadeira idade? perguntou o coronel.

— Não. Meu pai andou sempre entre os quarenta e os cinqüenta.

Chegando aos cinqüenta, cinqüenta e poucos, voltava para trás; e era-lhe fácil fazer isto, porque não esquentava lugar; vivia cinco, oito, dez, doze anos numa cidade, e passava a outra... Pois tenho muitos documentos que juntarei, entre outros, o testamento de lady Ema, que morreu pouco depois da execução gorada de meu pai. Meu pai dizia-me que entre as muitas saudades que a vida lhe ia deixando, lady Ema era das mais fortes e profundas. Nunca viu mulher mais sublime, nem amor mais constante, nem dedicação mais cega. E a morte confirmou a vida, porque o herdeiro de lady Ema foi meu pai. Infelizmente, a herança teve outros reclamantes, e o testamento entrou em processo. Meu pai, não podendo residir em Inglaterra, concordou na proposta de um amigo providencial, que veio a Lisboa dizer-lhe que tudo estava perdido; quando muito poderia salvar um restozinho de nada, e ofereceu-lhe por esse direito problemático uns dez mil cruzados. Meu pai aceitou-os; mas, tão caipora que o testamento foi aprovado, e a herança passou às mãos do comprador...

— E seu pai ficou pobre...

— Com os dez mil cruzados, e pouco mais que apurou. Teve então idéia de meter-se no negócio de escravos; obteve, privilégio, armou um navio, e transportou africanos para o Brasil. Foi a parte da vida que mais lhe custou; mas afinal acostumou-se às tristes obrigações de um navio negreiro. Acostumou-se, e enfarou-se, que era outro fenômeno na vida dele. Enfarava-se dos ofícios. As longas solidões do mar alargaram-lhe o vazio interior. Um dia refletiu, e perguntou a si mesmo, se chegaria a habituar-se tanto à navegação, que tivesse de varrer o oceano, por todos os séculos dos séculos. Criou medo; e compreendeu que o melhor modo de atravessar a eternidade era variá-la...

— Em que ano ia ele?

— Em 1694; fins de 1694.

— Veja só! Tinha então noventa e quatro anos, não era? Naturalmente, moço...

— Tão moço que casou daí a dous anos, na Bahia, com uma bela senhora que...

— Diga.

— Digo, sim; porque ele mesmo me contou a história. Uma senhora que amou a outro. E que outro! Imaginem que meu pai, em 1695, entrou na conquista da famosa república dos Palmares. Bateu-se como um bravo, e perdeu um amigo, um amigo íntimo, crivado de balas, pelado...

— Pelado?

— É verdade; os negros defendiam-se também com água fervendo, e este amigo recebeu um pote cheio; ficou uma chaga. Meu pai contava-me esse episódio com dor, e até com remorso, porque, no meio da refrega, teve de pisar o pobre companheiro; parece até que ele expirou quando meu pai lhe metia as botas na cara...

O tabelião fez uma careta; e o coronel, para disfarçar o horror, perguntou o que tinha a conquista dos Palmares com a mulher que...

— Tem tudo, continuou o médico. Meu pai, ao tempo que via morrer um amigo, salvara a vida de um oficial, recebendo ele mesmo uma flecha no peito. O caso foi assim. Um dos negros, depois de derrubar dous soldados, envergou o arco sobre a pessoa do oficial, que era um rapaz valente e simpático, órfão de pai, tendo deixado a mãe em Olinda... Meu pai compreendeu que a flecha não lhe faria mal a ele, e então, de um salto, interpôs-se. O golpe feriu-o no peito; ele caiu. O oficial, Damião... Damião de tal. Não digo o nome todo, porque ele tem alguns descendentes para as bandas de Minas. Damião basta. Damião passou a noite ao pé da cama de meu pai,. agradecido, dedicado, louvando-lhe uma ação tão sublime. E chorava. Não podia suportar a idéia de ver morrer o homem que lhe salvara a vida por um modo tão raro. Meu pai sarou depressa, com pasmo de todos. A pobre mãe do oficial quis beijar-lhe as mãos:

"Basta-me um prêmio, disse ele; a sua amizade e a do seu filho". O caso encheu de pasmo Olinda inteira. Não se falava em outra cousa; e daí a algumas semanas a admiração pública trabalhava em fazer uma lenda. O sacrifício, como vêem, era nenhum, pois meu pai não podia morrer; mas o povo, que não sabia disso, buscou uma causa ao sacrifício, uma causa tão grande como ele, e descobriu que o Damião devia ser filho de meu pai, e naturalmente filho adúltero. Investigaram o passado da viúva; acharam alguns recantos que se perdiam na obscuridade. O rosto de meu pai entrou a parecer conhecido de alguns; não faltou mesmo quem afirmasse ter ido a uma merenda, vinte anos antes, em casa da viúva, que era então casada, e visto aí meu pai. Todas estas patranhas aborreceram tanto a meu pai, que ele determinou passar à Bahia, onde casou...

— Com a tal senhora?

— Justamente... Casou com D. Helena, bela como o sol, dizia ele. Um ano depois morria em Olinda a viúva, e o Damião vinha à Bahia trazer a meu pai uma madeixa dos cabelos da mãe, e um colar que a moribunda pedia para ser usado pela mulher dele. D. Helena soube do episódio da flecha, e agradeceu a lembrança da morta. Damião quis voltar para Olinda; meu pai disse-lhe que não, que fosse no ano seguinte. Damião ficou. Três meses depois uma paixão desordenada... Meu pai soube da aleivosia de ambos, por um comensal da casa. Quis matá-los; mas o mesmo que os denunciou avisou-os do perigo, e eles puderam evitar a morte. Meu pai voltou o punhal contra si, e enterrou-o no coração.

"Filho, dizia-me ele, contando o episódio; dei seis golpes, cada um dos quais bastava para matar um homem, e não morri." Desesperado saiu de casa e atirou-se ao mar. O mar restituiu-o à terra. A morte não podia aceitá-lo: ele pertencia à vida por todos os séculos. Não teve outro recurso mais do que fugir; veio para o Sul, onde alguns anos depois, no princípio do século passado, podemos achá-lo na descoberta das minas. Era um modo de afogar o desespero, que era grande, pois amara muito a mulher, como um louco...

— E ela?

— São contos largos, e não me sobra tempo. Ela veio ao Rio de Janeiro, depois das duas invasões francesas; creio que em 1713. Já então meu pai enriquecera com as minas, e residia na cidade fluminense, benquisto, com idéias até de ser nomeado governador. D. Helena apareceu-lhe, acompanhada da mãe e de um tio. Mãe e tio vieram dizer-lhe que era tempo de acabar com a situação em que meu pai tinha colocado a mulher. A calúnia pesara longamente sobre a vida da pobre senhora. Os cabelos iam-lhe embranquecendo: não era só a idade que chegava, eram principalmente os desgostos, as lágrimas. Mostraram-lhe uma carta escrita pelo comensal denunciante, pedindo perdão a D. Helena da calúnia que lhe levantara e confessando que o fizera levado de uma criminosa paixão. Meu pai era uma boa alma; aceitou a mulher, a sogra e o tio. Os anos fizeram o seu ofício; todos três envelheceram, menos meu pai. Helena ficou com a cabeça toda branca; a mãe e o tio voavam para a decrepitude; e nenhum deles tirava os olhos de meu pai, espreitando as cãs que não vinham, e as rugas ausentes. Um dia meu pai ouviu-lhes dizer que ele devia ter parte com o diabo. Tão forte! E acrescentava o tio: "De que serve o testamento, se temos de ir antes?" Duas semanas depois morria o tio; a sogra acabou pateta, daí a um ano. Restava a mulher, que pouco mais durou.

— O que me parece, aventurou o coronel, é que eles vieram ao cheiro dos cobres...

— Decerto.

— ...e que a tal D. Helena (Deus lhe perdoe!) não estava tão inocente como dizia. É verdade que a carta do denunciante...

— O denunciante foi pago para escrever a carta, explicou o Dr. Leão; meu pai soube disso, depois da morte da mulher ao passar pela Bahia... Meia-noite! Vamos dormir; é tarde; amanhã direi o resto.

— Não, não, agora mesmo.

— Mas, senhores... Só se for muito por alto.

— Seja por alto.

O doutor levantou-se e foi espiar a noite, estendendo o braço para fora, e recebendo alguns pingos de chuva na mão. Depois voltou-se e deu com os dous olhando um para o outro, interrogativos. Fez lentamente um cigarro, acendeu-o, e, puxadas umas três fumaças, concluiu a singular história.

CAPITULO VI

— Meu pai deixou pouco depois o Brasil, foi a Lisboa, e dali passou-se à índia, onde se demorou mais de cinco anos, e donde voltou a Portugal, com alguns estudos feitos acerca daquela parte do mundo. Deu-lhes a última lima, e fê-los imprimir, tão a tempo, que o governo mandou-o chamar para entregar-lhe o governo de Goa. Um candidato ao cargo, logo que soube do caso, pôs em ação todos os meios possíveis e impossíveis. Empenhos, intrigas, maledicência, tudo lhe servia de arma. Chegou a obter, por dinheiro, que um dos melhores latinistas da península, homem sem escrúpulos, forjasse um texto latino da obra de meu pai, e o atribuísse a um frade agostinho, morto em Adém. E a tacha de plagiário acabou de eliminar meu pai, que perdeu o governo de Goa, o qual passou às mãos do outro; perdendo também, o que é mais, toda a consideração pessoal. Ele escreveu uma longa justificação, mandou cartas para a Índia, cujas respostas não esperou, porque no meio desses trabalhos, aborreceu-se tanto, que entendeu melhor deixar tudo, e sair de Lisboa. Esta geração passa, disse ele, e eu fico. Voltarei cá daqui a um século ou dous.

— Veja isto, interrompeu o tabelião, parece cousa de caçoada! Voltar daí a um século — ou dous, como se fosse um ou dous meses. Que diz, "seu" coronel?

— Ah! eu quisera ser esse homem! É verdade que ele não voltou um século depois... Ou voltou?

— Ouça-me. Saiu dali para Madri, onde esteve de amores com duas fidalgas: uma delas viúva e bonita como o sol, a outra casada, menos bela, porém amorosa e terna como uma pomba-rola. O marido desta chegou a descobrir o caso, e não quis bater-se com meu pai, que não era nobre; mas a paixão do ciúme e da honra levou esse homem ofendido à prática de uma aleivosia, igual à outra: mandou assassinar meu pai; os esbirros deram-lhe três punhaladas e quinze dias de cama. Restabelecido, deram-lhe um tiro; foi o mesmo que nada. Então, o marido achou um meio de eliminar meu pai; tinha visto com ele alguns objetos, notas, e desenhos de cousas religiosas da Índia, e denunciou-o ao Santo Ofício, como dado a práticas supersticiosas. O Santo Ofício, que não era omisso nem frouxo nos seus deveres, tomou conta dele, e condenou-o a cárcere perpétuo. Meu pai ficou aterrado. Na verdade, a prisão perpétua para ele devia ser a cousa mais horrorosa do mundo. Prometeu, o mesmo Prometeu foi desencadeado... Não me interrompa, Sr. Linhares, depois direi quem foi esse Prometeu. Mas, repito: ele foi desencadeado, enquanto que meu pai estava nas mãos do Santo Ofício, sem esperança. Por outro lado, ele refletiu consigo que, se era eterno, não o era o Santo Ofício. O Santo Ofício há de acabar um dia, e os seus cárceres, e então ficarei livre. Depois, pensou também que, desde que passasse um certo número de anos, sem envelhecer nem morrer, tornar-se-ia um caso tão extraordinário, que o mesmo Santo Ofício lhe abriria as portas. Finalmente, cedeu a outra consideração. "Meu filho, disse-me ele, eu tinha padecido tanto naqueles longos anos de vida, tinha visto tanta paixão má, tanta miséria, tanta calamidade, que agradeci a Deus, o cárcere e uma longa prisão; e disse comigo que o Santo Ofício não era tão mau, pois que me retirava por algumas dezenas de anos, talvez um século, do espetáculo exterior..."

— Ora essa!

— Coitado! Não contava com a outra fidalga, a viúva, que pôs em campo todos os recursos de que podia dispor, e alcançou-lhe a fuga daí a poucos meses. Saíram ambos de Espanha, meteram-se em França, e passaram à Itália, onde meu pai ficou residindo por longos anos. A viúva morreu-lhe nos braços; e, salvo uma paixão que teve em Florença, por um rapaz nobre, com quem fugiu e esteve seis meses, foi sempre fiel ao amante. Repito, morreu-lhe nos braços, e ele padeceu muito, chorou muito, chegou a querer morrer também. Contou-me os atos de desespero que praticou; porque, na verdade, amara muito a formosa madrilena. Desesperado, meteu-se a caminho, e viajou por Hungria, Dalmácia, Valáquia; esteve cinco anos em Constantinopla; estudou o turco a fundo, e depois o árabe. Já lhes disse que ele sabia muitas línguas; lembra-me de o ver traduzir o padre-nosso em cinqüenta idiomas diversos. Sabia muito. E ciências! Meu pai sabia uma infinidade de cousas: filosofia, jurisprudência, teologia, arqueologia, química, física, matemáticas, astronomia, botânica; sabia arquitetura, pintura, música. Sabia o diabo.

— Na verdade...

— Muito, sabia muito. E fez mais do que estudar o turco; adotou o maometanismo. Mas deixou-o daí a pouco. Enfim, aborreceu-se dos turcos: era a sina dele aborrecer-se facilmente de uma cousa ou de um ofício. Saiu de Constantinopla, visitou outras partes da Europa, e finalmente passou-se a Inglaterra aonde não fora desde longos anos. Aconteceu-lhe aí o que lhe acontecia em toda a parte: achou todas as caras novas; e essa troca de caras no meio de uma cidade, que era a mesma deixada por ele, dava-lhe a impressão de uma peça teatral, em que o cenário não muda, e só mudam os atores. Essa impressão, que a princípio, foi só de pasmo, passou a ser de tédio; mas agora, em Londres, foi outra cousa pior, porque despertou nele uma idéia, que nunca tivera, uma idéia extraordinária, pavorosa...

— Que foi?

— A idéia de ficar doudo um dia. Imaginem: um doudo eterno. A comoção que esta idéia lhe dava foi tal que quase enlouqueceu ali mesmo. Então lembrou-se de outra cousa. Como tinha o boião do elixir consigo, lembrou de dar o resto a alguma senhora ou homem, e ficariam os dous imortais. Sempre era uma companhia. Mas, como tinha tempo diante de si, não precipitou nada; achou melhor esperar pessoa cabal. O certo é que essa idéia o tranqüilizou... Se lhe contasse as aventuras que ele teve outra vez na Inglaterra, e depois em França, e no Brasil, onde voltou no vice-reinado do Conde de Resende, não acabava mais, e o tempo urge, além do que o Sr. Coronel está com sono...

— Qual sono!

— Pelo menos está cansado.

— Nem isso. Se eu nunca ouvi uma cousa que me interessasse tanto. Vamos; conte essas aventuras.

— Não; direi somente que ele achou-se em França por ocasião da revolução de 1789, assistiu a tudo, à queda e morte do rei, dos girondinos, de Danton, de Robespierre; morou algum tempo com Filinto Elísio, o poeta, sabem? Morou com ele em Paris; foi um dos elegantes do Diretório, deu-se com o primeiro Cônsul... Quis até naturalizar-se e seguir as armas e a política; podia ter sido um dos marechais do império, e pode ser até que não tivesse havido Waterloo. Mas ficou tão enjoado de algumas apostasias políticas, e tão indignado, que recusou a tempo. Em 1808 achamo-lo em viagem com a corte real para o Rio de Janeiro. Em 1822 saudou a independência; e fez parte da Constituinte; trabalhou no 7 de Abril; festejou a maioridade; há dous anos era deputado.

Neste ponto os dous ouvintes redobraram de atenção. Compreenderam que iam chegar ao desenlace, e não quiseram perder uma sílaba daquela parte da narração, em que iam saber da morte do imortal. Pela sua parte, o Dr. Leão parara um pouco; podia ser uma lembrança dolorosa; podia também ser um recurso para aguçar mais o apetite. O tabelião ainda lhe perguntou, se o pai não tinha dado a alguém o resto do elixir, como queria; mas o narrador não lhe respondeu nada. Olhava para dentro; enfim, terminou deste modo:

— A alma de meu pai chegara a um grau de profunda melancolia. Nada o contentava; nem o sabor da glória, nem o sabor do perigo, nem o do amor. Tinha então perdido minha mãe, e vivíamos juntos, como dous solteirões. A política perdera todos os encantos aos olhos dum homem que pleiteara um trono, e um dos primeiros do universo. Vegetava consigo; triste, impaciente, enjoado. Nas horas mais alegres fazia projetos para o século XX e XXIV, porque já então me desvendara todo o segredo da vida dele. Não acreditei, confesso; e imaginei que fosse alguma perturbação mental; mas as provas foram completas, e demais a observação mostrou-me que ele estava em plena saúde. Só o espírito, como digo, parecia abatido e desencantado. Um dia, dizendo-lhe eu que não compreendia tamanha tristeza, quando eu daria a alma ao diabo para ter a vida eterna, meu pai sorriu com uma tal expressão de superioridade, que me enterrou cem palmos abaixo do chão. Depois, respondeu que eu não sabia o que dizia; que a vida eterna afigurava-se-me excelente, justamente porque a minha era limitada e curta; em verdade, era o mais atroz dos suplícios. Tinha visto morrer todas as suas afeições; devia perder-me um dia, e todos os mais filhos que tivesse pelos séculos adiante. Outras afeições e não poucas o tinham enganado; e umas e outras, boas e más, sinceras e pérfidas, era-lhe forçoso repeti-las, sem trégua, sem um respiro ao menos, porquanto, a experiência não lhe podia valer contra a necessidade de agarrar-se a alguma cousa, naquela passagem rápida dos homens e das gerações. Era uma necessidade da vida eterna; sem ela, cairia na demência. Tinha provado tudo, esgotado tudo; agora era a repetição, a monotonia, sem esperanças, sem nada. Tinha de relatar a outros filhos, vinte ou trinta séculos mais tarde, o que me estava agora dizendo; e depois a outros, e outros, e outros, um não acabar mais nunca. Tinha de estudar novas línguas, como faria Aníbal, se vivesse até hoje: e para quê? para ouvir os mesmos sentimentos, as mesmas paixões... E dizia-me tudo isso, verdadeiramente abatido. Não parece esquisito? Enfim um dia, como eu fizesse a alguns amigos uma exposição do sistema homeopático, vi reluzir nos olhos de meu pai um fogo desusado e extraordinário. Não me disse nada. De noite, vieram chamar-me ao quarto dele. Achei-o moribundo; disse-me então, com a língua trôpega, que o princípio homeopático fora para ele a salvação. *Similia similibus curantur*. Bebera o resto do elixir, e assim como a primeira metade lhe dera a vida, a segunda dava-lhe a morte. E, dito isto, expirou.

O coronel e o tabelião ficaram algum tempo calados, sem saber que pensassem da famosa história; mas a seriedade do médico era tão profunda, que não havia duvidar. Creram no caso, e creram também definitivamente na homeopatia. Narrada a história a outras pessoas, não faltou quem supusesse que o médico era louco; outros atribuíram-lhe o intuito de tirar ao coronel e ao tabelião o desgosto manifestado por ambos de não poderem viver eternamente, mostrando-lhes que a morte é, enfim, um benefício. Mas a suspeita de que ele apenas quis propagar a homeopatia entrou em alguns cérebros, e não era inverossímil. Dou este problema aos estudiosos. Tal é o caso extraordinário, que há anos, com outro nome, e por outras palavras, contei a este bom povo, que provavelmente já os esqueceu a ambos.

LETRA VENCIDA

[AB. 31 de auto a 30 de novo de 1882.]

CAPÍTULO PRIMEIRO

Eduardo B. embarca amanhã para a Europa. Amanhã quer dizer 24 de abril de 1861, pois estamos a 23, à noite, uma triste noite para ele, e para Beatriz.

— Beatriz! repetia ele, no jardim, ao pé da janela donde a moça se debruçava estendendo-lhe a mão.

De cima, — porque a janela ficava a cinco palmos da cabeça de Eduardo, — de cima respondia a moça com lágrimas, verdadeiras lágrimas de dor. Era a primeira grande dor moral que padecia, e, contando apenas dezoito anos, começava cedo. Não falavam alto; poderiam chamar a atenção da gente da casa. Note-se que Eduardo despedira-se da família de Beatriz naquela mesma noite, e que a mãe dela e o pai, ao vê-lo sair, estavam longe de pensar que entre onze horas e meia-noite, voltaria o moço ao jardim para fazer uma despedida mais formal. Além disso, os dous cães da casa impediriam a entrada de algum intruso. Se tal supuseram é que não advertiram na tendência corruptora do amor. O amor peitou o jardineiro, e os cães foram recolhidos modestamente para não interromper o último diálogo de dous corações aflitos.

Último? Não é último; não pode ser último. Eduardo vai completar os estudos, e tirar carta de doutor em Heidelberg; a família vai com ele, disposta a ficar algum tempo, um ano, em França; ele voltará depois. Tem vinte e um anos, ela dezoito: podem esperar. Não, não é o último diálogo. Basta ouvir os protestos que eles murmuram, baixinho, entre si e Deus, para crer que esses dous corações podem ficar separados pelo mar, mas que o amor os uniu moralmente e eternamente. Eduardo jura que a levará consigo, que não pensará em outra cousa, que a amará sempre, sempre, sempre, de longe ou de perto, mais do que aos próprios pais.

— Adeus, Beatriz!

— Não, não vá já!

Tinha batido uma hora em alguns relógios da vizinhança, e esse golpe seco, soturno, pingando de pêndula em pêndula, advertiu ao moço de que era tempo de sair; podiam ser descobertos. Mas ficou; ela pediu-lhe que não fosse logo, e ele deixou-se estar, cosido à parede, com os pés num canteiro de murta e os olhos no peitoril da janela. Foi então que ela lhe desceu uma carta; era a resposta de outra, em que ele lhe dava certas indicações necessárias à correspondência secreta, que iam continuar através do oceano. Ele insistiu verbalmente em algumas das recomendações; ela pediu certos esclarecimentos. O diálogo interrompia-se; os intervalos de silêncio eram suspirados e longos. Enfim bateram duas horas: era o rouxinol? Era a cotovia? Romeu preparou-se para ir embora; Julieta pediu alguns minutos.

— Agora, adeus, Beatriz; é preciso! murmurou ele dali a meia hora.

— Adeus! Jura que não se esquecerá de mim?

— Juro. E você?

— Juro também, por minha mãe, por Deus!

— Olhe, Beatriz! Aconteça o que acontecer, não me casarei com outra; ou com você, ou com a morte. Você é capaz de jurar a mesma cousa?

— A mesma cousa; juro pela salvação de minh'alma! Meu marido é você; e Deus que me ouve há de ajudar-nos. Crê em Deus, Eduardo; reza a Deus, pede a Deus por nós.

Apertaram as mãos. Mas um aperto de mão era bastante para selar tão grave escritura? Eduardo teve a idéia de trepar à parede; mas faltava-lhe o ponto de apoio. Lembrou-se de um dos bancos do jardim, que tinha dous, do lado da frente; foi a ele, trouxe-o, encostou-o à parede, e subiu; depois levantou as mãos ao peitoril; e suspendeu o corpo; Beatriz inclinou-se, e o eterno beijo de Verona conjugou os dous infelizes. Era o primeiro. Deram três horas; desta vez era a cotovia.

— Adeus!

— Adeus!

Eduardo saltou ao chão; pegou do banco, e foi repô-lo no lugar próprio. Depois tornou à janela, levantou a mão, Beatriz desceu a sua, e um enérgico e derradeiro aperto terminou essa despedida, que era também uma catástrofe. Eduardo afastou-se da parede, caminhou para a portinha lateral do jardim, que estava apenas cerrada, e saiu. Na rua, a vinte ou trinta passos, ficara de vigia o obsequioso jardineiro, que unira ao favor a discrição, colocando-se a distância tal, que nenhuma palavra pudesse chegar-lhe aos ouvidos. Eduardo, embora já lhe houvesse pago a cumplicidade, quis deixar-lhe ainda uma lembrança de última hora, e meteu-lhe na mão uma nota de cinco mil-réis.

No dia seguinte verificou-se o embarque. A família de Eduardo compunha-se dos pais e uma irmã de doze anos. O pai era comerciante e rico; ia passear alguns meses e fazer completar os estudos do filho em Heidelberg. Esta idéia de Heidelberg parecerá um pouco estranha nos projetos de um homem, como João B., pouco ou nada lido em cousas de geografia científica e universitária; mas sabendo-se que um sobrinho dele, em viagem na Europa, desde 1857, entusiasmado com a Alemanha, escrevera de Heidelberg algumas cartas exaltando o ensino daquela Universidade, ter-se-á compreendido essa resolução.

Para Eduardo, ou Heidelberg ou Hong-Kong, era a mesma cousa, uma vez que o arrancavam do único ponto do globo em que ele podia aprender a primeira das ciências, que era contemplar os olhos de Beatriz. Quando o paquete deu as primeiras rodadas na água e começou a mover-se para a barra, Eduardo não pôde reter as lágrimas, e foi escondê-las no camarote. Voltou logo acima, para ver ainda a cidade, perdê-la pouco a pouco, por uma ilusão da dor, que se contentava de um retalho, tirado à púrpura da felicidade moribunda. E a cidade, se tivesse olhos para vê-lo, podia também despedir-se dele com pesar e orgulho, pois era um esbelto rapaz, inteligente e bom. Convém dizer que a tristeza de deixar o Rio de Janeiro também lhe doía no coração. Era fluminense, não saíra nunca deste ninho paterno, e a saudade local vinha casar-se à saudade pessoal. Em que proporções, não sei. Há aí uma análise difícil, mormente agora, que não podemos mais distinguir a figura do rapaz. Ele está ainda na amurada; mas o paquete transpôs a barra, e vai perder-se no horizonte.

CAPÍTULO II

Para que hei de dizer que Beatriz deixou de dormir o resto da noite? Subentende-se que as últimas horas dessa triste noite de 23 de abril foram para ela de vigília e desespero. Direi somente que também foram de devoção. Beatriz, logo que Eduardo transpôs a porta do jardim, atirou-se à cama soluçando e sufocando os soluços, para não ser ouvida. Quando a dor amorteceu um pouco, levantou-se e foi ao oratório de suas rezas noturnas e matinais; ajoelhou-se e encomendou a Deus, não a felicidade, mas a consolação de ambos.

A manhã viu-a tão triste como a noite. O sol, na forma usual, mandou um dos seus raios mais jucundos e vivos ao rosto de Beatriz, que desta vez o recebeu sem ternura nem gratidão. De costume, ela dava a esse raio amado todas as expansões de uma alma nova. O sol, pasmado da indiferença, não interrompeu todavia o seu curso; tinha outras Beatrizes que saudar, umas risonhas, outras lacrimosas, outras apáticas, mas todas Beatrizes... E lá se foi o D. João do azul, espalhando no ar um milhão daquelas missivas radiosas.

Não menos pasmada ficou a mãe ao almoço. Beatriz mal podia disfarçar os olhos cansados de chorar; e sorria, é verdade, mas um sorriso tão forçado, tão de obséquio e dissimulação, que realmente faria descobrir tudo, se desde alguns dias antes, as maneiras de Beatriz não tivessem revelado tal ou qual alteração. A mãe supunha alguma moléstia; agora, sobretudo, que os olhos da moça tinham um ar febril, pareceu-lhe que era caso de doença incubada.

— Beatriz, você não está boa, disse ela à mesa.

— Sinto-me assim não sei como...

— Pois tome só chá. Vou mandar vir o doutor...

— Não é preciso; se continuar amanhã, sim.

Beatriz tomou chá, nada mais do que chá. Como não tinha vontade de outra cousa, tudo se combinou assim, e a hipótese da doença foi aparentemente confirmada. Ela aproveitou-a para meter-se no quarto o dia inteiro, falar pouco, não fazer *toilette,* etc. Não chamaram o médico, mas ele veio por si mesmo, o Tempo, que com uma de suas velhas poções abrandou a vivacidade da dor, e tornou o organismo ao estado anterior, tendo de mais uma saudade profunda, e a imortal esperança.

Realmente, só sendo imortal a esperança, pois tudo conspirava contra ela. Os pais de ambos os namorados tinham a seu respeito projetos diferentes. O de Eduardo meditava para este a filha de um fazendeiro, seu amigo, moça prendada, capaz de o fazer feliz, e digna de o ser também; e não meditava só consigo, porque o fazendeiro nutria iguais idéias. João B. chegara mesmo a insinuá-lo ao filho, dizendo-lhe que na Europa iria vê-lo alguém que provavelmente o ajudaria a concluir os estudos. Este foi, com efeito, o plano dos dous pais; seis meses depois, iria o fazendeiro com a família à Alemanha, onde casariam os filhos.

Quanto ao pai de Beatriz, os seus projetos eram ainda mais definitivos, se é possível. Tratava de aliar a filha a um jovem político, moço de futuro, e tão digno de ser marido de Beatriz, como a filha do fazendeiro era digna de ser mulher de Eduardo. Esse candidato, Amaral, freqüentava a casa, era aceito a todos, e tratado como pessoa de família, e com um tal respeito e carinho, um desejo tão intenso de o mesclar ao sangue da casa, que realmente faria rir ao rapaz, se ele próprio não estivesse namorado de Beatriz. Mas estava-o, e grandemente namorado; e tudo isso aumentava o perigo da situação.

Não obstante, a esperança subsistia no coração de ambos. Nem a distância, nem os cuidados diversos, nem o tempo, nem os pais, nada diminuía o viço dessa flor misteriosa e constante. Não disseram outra cousa as primeiras cartas, recebidas por um modo tão engenhoso e tão simples, que vale a pena contá-lo aqui, para uso de outros desgraçados. Eduardo mandava as cartas a um amigo; este passava-as a uma irmã, que as entregava a Beatriz, de quem era amiga e companheira de colégio. Geralmente as companheiras de colégio não se recusam a estes pequenos obséquios, que podem ser recíprocos; em todo o caso, — são humanos. As duas primeiras cartas, assim recebidas, foram a transcrição dos protestos feitos naquela noite de 23 de abril de 1861; transcrição feita com tinta, mas não menos valiosa e sincera do que se o fora com sangue. O mar, que deixou passar essas vozes concordes de duas almas violentamente separadas, continuou o perpétuo movimento da sua instabilidade.

CAPÍTULO III

Beatriz voltou aos hábitos anteriores, aos passeios, saraus e teatros do costume. A tristeza, de aguda que era e manifesta, tornou-se escondida e crônica. No rosto era a mesma Beatriz, e tanto bastava à sociedade. Naturalmente não tinha a mesma paixão da dança, nem a mesma vivacidade de maneiras; mas a idade explicava a atenuação. Os dezoito anos estavam feitos; a mulher completara-se.

Quatro meses depois da partida de Eduardo, entendeu a família da moça apressar o casamento desta; e eis aqui as circunstâncias da resolução.

Amaral cortejava a moça ostensivamente, dizia-lhe as finezas usuais, freqüentava. a casa, ia onde ela fosse; punha o coração em todas as ações e palavras. Beatriz entendia tudo e não respondia a nada. Usou duas políticas diferentes. A primeira foi mostrar-se de uma tal ignorância que o pretendente achasse mais razoável esquecê-la. Pouco durou esta; era improfícua, tratando-se de um homem verdadeiramente apaixonado. Amaral teimou; vendo-se desentendido, passou a linguagem mais direta e clara. Então começou a segunda política; Beatriz mostrou que entendia, mas deixou ver que nada era possível entre ambos. Não importa; ele teimou ainda mais. Nem por isso venceu. Foi então que o pai de Beatriz interveio.

— Beatriz, disse-lhe o pai, tenho um marido para ti, e estou certo que vais aceitá-lo...

— Papai...

— Mas ainda que, a princípio recuses, não por ser indigno de nós; não é indigno... ao contrário; é pessoa muito respeitável... Mas, como ia dizendo, ainda que a tua primeira palavra seja contra o noivo, previno-te que é desejo meu e há de cumprir-se.

Beatriz fez um movimento de cabeça, rápido, espantado. Não estava acostumada àquele modo, não esperava a intimação.

— Digo-te que é um moço sério e digno, repetiu. Que respondes?

— Nada.

— Aceitas então?

— Não, senhor.

Desta vez foi o pai que teve um sobressalto; não por causa da recusa; ele esperava-a, e estava resolvido a vencê-la, segundo a avisou desde logo. Mas o que o espantou foi a prontidão da resposta.

— Não? disse ele daí a um instante.

— Não senhor.

— Sabes o que estás dizendo?

— Sei, sim, senhor.

— Veremos se não, bradou o pai levantando-se, e batendo com a cadeira no chão; veremos se não! Tem graça! Não, a mim! Quem sou eu? Não! E porque não? Naturalmente, anda aí algum petimetre sem presente nem futuro, algum bailarino, ou estafermo. Pois veremos...

E ia de um lado para outro, metendo as mãos nas algibeiras da calça, tirando-as, passando-as pelos cabelos, abotoando e desabotoando o paletó, fora de si, irritado.

Beatriz deixara-se estar sentada com os olhos no chão, tranqüila, resoluta. Em certo momento, como o pai lhe parecesse exasperado demais, levantou-se e foi a ele para aquietá-lo um pouco; mas ele repeliu-a...

— Vá-se embora, disse-lhe; vá refletir no seu procedimento, e volte quando estiver disposta a pedir-me perdão.

— Isso já; peço-lhe perdão já, papai... Não quis ofendê-lo nunca o ofendi... Perdoe-me; vamos, perdoe-me.

— Mas recusas?

— Não posso aceitar.

— Sabes quem é?

— Sei: o Dr. Amaral.

— Que tens contra ele?

— Nada; é um moço distinto.

O pai passou a mão pelas barbas.

— Gostas de outro.

Beatriz calou-se.

— Vejo que sim; está bem. Quem quer que seja, não terá nunca a minha aprovação. Ou o Dr. Amaral, ou nenhum mais.

— Nesse caso, nenhum mais, respondeu ela.

— Veremos.

CAPITULO IV

Não percamos tempo. Beatriz não casou com o noivo que lhe davam; não aceitou outro que apareceu no ano seguinte; mostrou uma tal firmeza e decisão, que encheu o pai de assombro.

Assim se passaram os dous primeiros anos. A família de Eduardo voltou da Europa; este ficou, para tornar quando acabasse os estudos. "Se me parecesse, ia já (dizia ele em uma carta à moça), mas quero conceder isto, ao menos, a meu pai: concluir os estudos."

Que ele estudava, é certo, e não menos certo é que estudava muito. Tinha vontade de saber, além do desejo de cumprir, naquela parte, as ordens do pai. A Europa oferecia-lhe também alguns recreios de diversa espécie. Ele ia nas férias à França e à Itália, ver as belas-artes e os grandes monumentos. Não é impossível que, algumas vezes, incluísse no capítulo das artes e na classe dos monumentos algum namoro de ordem passageira; creio mesmo que é negócio liquidado. Mas, em que é que essas pequenas excursões em terra estranha lhe faziam perder o amor da pátria, ou, menos figuradamente, em que é que essas expansões miúdas do sentimento diminuíam o número e a paixão das cartas que mandava a Beatriz?

Com efeito, as cartas eram as mesmas de ambos os lados, escritas com igual ardor às das primeiras semanas, e nenhum outro método. O método era o de um diário. As cartas eram compostas dia por dia, como uma nota dos sentimentos e dos pensamentos de cada um deles, confissão de alma para alma. Parecerá admirável que este uso fosse constante no espaço de um, dous, três anos; que diremos cinco anos, sete anos! Sete, sim, senhora; sete, e mais. Mas fiquemos nos sete, que é a data do rompimento entre as duas famílias.

Não importa saber por que brigaram as duas famílias. Brigaram; é o essencial. Antes do rompimento desconfiaram os dous pais que os filhos tinham-se jurado alguma cousa antes da separação, e não estavam longe de concordar em que se casassem. Os projetos de cada um deles tinham naufragado; eles estimavam-se; nada havia mais natural do que aliarem-se mais intimamente. Mas brigaram; veio não sei que incidente estranho, e a amizade converteu-se em ódio.

Naturalmente um e outro pensaram logo na possibilidade do consórcio dos filhos, e trataram de afastá-los. O pai de Eduardo escreveu a este, já diplomado, dizendo que o esperasse na Europa; o de Beatriz inventou um pretendente, um rapaz desambicioso que jamais pensaria em pedi-la, mas que o fez, animado pelo pai.

— Não, foi a resposta de Beatriz.

O pai ameaçou-a; a mãe pediu-lhe por tudo o que havia de mais sagrado, que aceitasse o noivo; mostrou-lhe que eles estavam velhos, e que ela precisava ficar amparada. Foi tudo inútil. Nem esse pretendente nem outros que vieram, uns por mão do pai, outros por mão alheia. Beatriz não iludia ninguém, ia dizendo a todos que não.

Um desses pretendentes chegou a crer-se vencedor. Tinha qualidades pessoais distintas, e ela não desgostava dele, tratava-o com muito carinho, e pode ser que sentisse algum princípio de inclinação. Mas a imagem de Eduardo vencia tudo. As cartas dele eram o prolongamento de uma alma querida e amante; e aquele candidato, como os outros, teve de recuar vencido.

— Beatriz, vou morrer dentro de poucos dias, disse-lhe um dia o pai; por que me não dás o gosto de deixar-te casada?

— Qual, morrer!

E não respondia à outra parte das palavras do pai. Eram já passados nove anos da separação. Beatriz tinha então vinte e sete. Via chegar os trinta com tranqüilidade e a pena na mão. Não seriam já diárias as cartas, mas eram ainda e sempre pontuais; se algum paquete não as trazia ou levava, a culpa era do correio, não deles. Realmente, a constância era digna de nota e admiração. O mar separava-os, e agora o ódio das famílias; e além desse obstáculo, deviam contar com o tempo, que tudo afrouxa, e as tentações que eram muitas de um e outro lado. Mas apesar de tudo, resistiam.

O pai de Beatriz morreu dali a algumas semanas. Beatriz ficou com a mãe, senhora achacada de moléstias, e cuja vida naturalmente não iria também muito longe. Esta consideração deu-lhe ânimo para tentar os últimos esforços, e ver se morria deixando a filha casada. Empregou os que pôde; mas o resultado não foi melhor.

Eduardo na Europa sabia tudo. A família dele trasladou-se para lá, definitivamente, para o fim de o reter, e tornar impossível o encontro dos dous. Mas, como as cartas continuavam, ele sabia tudo o que se passava no Brasil. Teve notícia da morte do pai de Beatriz, a dor esforços empregados por ele e depois pela mulher, viúva, para estabelecer a filha; e soube (pode imaginar-se com que satisfação) da resistência da moça. O juramento da noite de 23 de abril de 1861 estava de pé, cumprido, observado à risca, como um preceito religioso, e, o que é mais, sem que lhes custasse mais do que a pena da separação.

Na Europa, morreu a mãe de Eduardo; e o pai teve um instante idéias de voltar ao Brasil; mas era odiento, e a idéia de que o filho podia então casar com Beatriz, fixou-o em Paris.

"Verdade é que ela não deve estar muito tenra..." dizia ele consigo.

Eram então passados quinze anos. Passaram-se mais alguns meses, e a mãe de Beatriz morreu. Beatriz ficou só, com trinta e quatro anos. Teve idéia de ir para Europa, com alguma dama de companhia; mas Eduardo contava então vir ao Rio de Janeiro arranjar alguns negócios do pai, que estava doente. Beatriz esperou; mas Eduardo não veio. Uma amiga dela, confidente dos amores, dizia-lhe:

— Realmente, Beatriz, você tem uma paciência!

— Não me custa nada.

— Mas esperar tanto tempo! Quinze anos!

— Nada mais natural, respondia a moça; eu suponho que estamos casados, e que ele anda em viagem de negócios. É a mesma cousa.

Essa amiga. estava casada; tinha já dous filhos. Outras amigas e companheiras de colégio tinham casado também. Beatriz era a única solteira, e solteira abastada e pretendida. Agora mesmo, não faltavam candidatos; mas a fiel Beatriz conservava-se como dantes.

Eduardo não veio ao Brasil, segundo contava, nem naquele nem no ano seguinte. As doenças do pai agravaram-se, tornaram-se longas; e nisto correram mais dous anos. Só então o pai de Eduardo, morreu, em Nice, no fim de 1878. O filho arranjou os primeiro negócios e embarcou para o Rio de Janeiro.

— Enfim!

Tinham passado dezoito anos. Posto que eles tivessem trocado os retratos, mais de uma vez durante esse lapso de tempo, acharam-se diferentes do que eram na noite da separação. Tinham passado a idade dos primeiros ardores; o sentimento que os animava era brando, embora tenaz.

Vencida a letra, era razoável pagar; era mesmo obrigatório. Trataram dos papéis; e dentro de poucas semanas, nos fins de 1878, cumpriu-se o juramento de 1861. Casaram-se, e foram para Minas, donde voltaram três meses depois.

— São felizes? perguntei a um amigo íntimo deles, em 1879.

— Eu lhe digo, respondeu esse amigo observador. Não são felizes nem infelizes; um e outro receberam do tempo a fisionomia definitiva, apuraram as suas qualidades boas e não boas, deram-se a outros interesses e hábitos, colheram o fastio e a marca da experiência, além da surdina que os anos trazem aos movimentos do coração. E não viram essa transformação operar-se dia por dia. Despediram-se uma noite, em plena florescência da alma, para encontrarem-se carregados de fruto, tomados de ervas parasitas, e com certo ar fatigado. Junte a isto o despeito de não achar o sonho de outrora, e o de o não trazer consigo; pois cada um deles sente que não pode dar a espécie de cônjuge que aliás deseja achar no outro; pense mais no arrependimento possível e secreto de não terem aceitado outras alianças, em melhor quadra; e diga-me se podemos dizê-los totalmente felizes.

— Então infelizes?

— Também não. Vivem, respeitam-se; não são infelizes, nem podemos dizer que são felizes. Vivem, respeitam-se, vão ao teatro...

O PROGRAMA

[AB. 31 de dez. 1882 a 15 de mar. 1883.]

Também eu nasci na Arcádia.
SCHILLER

CAPITULO PRIMEIRO / *LIÇÃO DE MESTRE-ESCOLA*

— Rapazes, também eu fui rapaz, disse o mestre, o Pitada, um velho mestre de meninos da Gamboa, no ano de 1850; fui rapaz, mas rapaz de muito juízo, muito juízo... Entenderam?

— Sim, senhor.

— Não entrei no mundo como um desmiolado, dando por paus por pedras, mas com um programa na mão... Sabem o que é um programa?

— Não, senhor.

— Programa é o rol das cousas que se hão de fazer em certa ocasião; por exemplo, nos espetáculos, é a lista do drama, do entremez, do bailado, se há bailado, um passo a dous, ou cousa assim... É isso que se chama programa. Pois eu entrei no mundo com um programa na mão; não entrei assim à toa, como um preto fugido, ou pedreiro sem obra, que não sabe aonde vai. Meu propósito era ser mestre de meninos, ensinar alguma cousa pouca do que soubesse, dar a primeira forma ao espírito do cidadão... Dar a primeira forma (entenderam?) dar a primeira forma ao espírito do cidadão...

Calou-se o mestre alguns minutos, repetindo consigo essa última frase, que lhe pareceu engenhosa e galante. Os meninos que o escutavam (eram cinco e dos mais velhos, dez e onze anos), não ousavam mexer com o corpo nem ainda com os olhos; esperavam o resto. O mestre, enquanto virava e revirava a frase, respirando com estrépito, ia dando ao peito da camisa umas ondulações que, em falta de outra distração, recreavam interiormente os discípulos. Um destes, o mais travesso, chegou ao desvario de imitar a respiração grossa do mestre, com grande susto dos outros, pois uma das máximas da escola era que, no caso de se não descobrir, o autor de um delito, fossem todos castigados; com este sistema, dizia o mestre, anima-se a delação, que deve ser sempre uma das mais sólidas bases do Estado bem constituído. Felizmente, ele nada viu, nem o gesto do temerário, um pirralho de dez anos, que não entendia nada do que ele estava dizendo, nem o beliscão de outro pequeno, o mais velho da roda, um certo Romualdo, que contava onze anos e três dias; o beliscão, note-se, era uma advertência para chamá-lo à circunspeção.

— Ora, que fiz eu para vir a esta profissão? continuou o Pitada. Fiz isto: desde os meus quinze ou dezesseis anos, organizei o programa da vida: estudos, relações, viagens, casamento, escola; todas as fases da minha vida foram assim previstas, descritas e formuladas com antecedência...

Daqui em diante, o mestre continuou a exprimir-se em tal estilo, que os meninos deixaram de entendê-lo. Ocupado em escutar-se, não deu pelo ar estúpido dos discípulos, e só parou quando o relógio bateu meio-dia. Era tempo de mandar embora esse resto da escola, que tinha de jantar para voltar às duas horas. Os meninos saíram pulando, alegres, esquecidos até da fome que os devorava, pela idéia de ficar livres de um discurso que podia ir muito mais longe. Com efeito, o mestre fazia isso algumas vezes; retinha os discípulos mais velhos para ingerir-lhes uma reflexão moral ou uma narrativa ligeira e sã. Em certas ocasiões só dava por si muito depois da hora do jantar. Desta vez não a excedera, e ainda bem.

CAPÍTULO II / DE COMO ROMUALDO ENGENDROU UM PROGRAMA

A idéia do programa fixou-se no espírito do Romualdo. Três ou quatro anos depois, repetia ele as próprias palavras do mestre; aos dezessete, ajuntava-lhes alguns reparos e observações. Tinha para si que era a melhor lição que se podia dar aos rapazes, muito mais útil do que o latim que lhe ensinavam então.

Uma circunstância local incitou o jovem Romualdo a formular também o seu programa, resoluto a cumpri-lo: refiro-me à residência de um ministro, na mesma rua. A vista do ministro, das ordenanças, do *coupé,* da farda, acordou no Romualdo uma ambição. Por que não seria ele ministro? Outra circunstância. Morava defronte uma família abastada, em cuja casa eram freqüentes os bailes e recepções. De cada vez que o Romualdo assistia, de fora, a uma dessas festas solenes, à chegada dos carros, à descida das damas, ricamente vestidas, com brilhantes no colo e nas orelhas, algumas no toucado, dando o braço a homens encasacados e aprumados, subindo depois a escadaria, onde o tapete amortecia o rumor dos pés, até irem para as salas alumiadas, com os seus grandes lustres de cristal, que ele via de fora, como via os espelhos, os pares que iam de um a outro lado, etc.; de cada vez que um tal espetáculo lhe namorava os olhos, Romualdo sentia em si a massa de um anfitrião, como esse que dava o baile, ou do marido de algumas daquelas damas titulares. Por que não seria uma cousa ou outra?

As novelas não serviam menos a incutir no ânimo do Romualdo tão excelsas esperanças. Ele aprendia nelas a retórica do amor, a alma sublime das cousas, desde o beijo materno até o último graveto do mato, que eram para ele, irmãmente, a mesma produção divina da natureza. Além das novelas, havia os olhos das rapariguinhas da mesma idade, que eram todos bonitos, e, cousa singular, da mesma cor, como se fossem um convite para o mesmo banquete, escrito com a mesma tinta. Outra cousa que também influiu muito na ambição do Romualdo foi o sol, que ele imaginava ter sido criado unicamente com o fim de o alumiar, não alumiando aos outros homens, senão porque era impossível deixar de fazê-lo, como acontece a uma banda musical que, tocando por obséquio a uma porta, é ouvida em todo o quarteirão.

Temos, pois, que os esplendores sociais, as imaginações literárias, e, finalmente, a própria natureza, persuadiram ao jovem Romualdo a cumprir a lição do mestre. Um programa! Como é possível atravessar a vida, uma longa vida, sem programa? Viaja-se mal sem itinerário; o imprevisto tem cousas boas que não compensam as más; o itinerário, reduzindo as vantagens do casual e do desconhecido, diminui os seus inconvenientes, que são em maior número e insuportáveis. Era o que sentia Romualdo aos dezoito anos, não por essa forma precisa, mas outra, que não se traduz bem senão assim. Os antigos, que ele começava a ver através das lunetas de Plutarco, pareciam-lhe não ter começado a vida sem programa. Outra indução que tirava de Plutarco é que todos os homens de outrora foram nada menos do que aqueles mesmos heróis biografados. Obscuros, se os houve, não passaram de uma ridícula minoria.

— Vá um programa, disse ele; obedeçamos ao conselho do mestre.

E formulou um programa. Estava então entre dezoito e dezenove anos. Era um guapo rapaz, ardente, resoluto, filho de pais modestíssimos, mas cheio de alma e ambição. O programa foi escrito no coração, o melhor papel, e com a vontade, a melhor das penas; era uma página arrancada ao livro do destino. O destino é obra do homem. Napoleão fez com a espada uma coroa, dez coroas. Ele, Romualdo, não só seria esposo de alguma daquelas formosas damas, que vira subir para os bailes, mas possuiria também o carro que costumava trazê-las. Literatura, ciência, política, nenhum desses ramos deixou de ter uma linha especial. Romualdo sentia-se bastante apto para uma multidão de funções e aplicações, e achava-se mesquinho concentrar-se numa cousa particular. Era muito governar os homens ou escrever *Hamlet;* mas por que não reuniria a alma dele ambas as glórias, por que não seria um Pitt e um Shakespeare, obedecido e admirado? Romualdo ideava por outras palavras a mesma cousa. Com o olhar fito no ar, e uma certa ruga na testa, antevia todas essas vitórias, desde a primeira décima poética até o carro do ministro de Estado. Era belo, forte, moço, resoluto, apto, ambicioso, e vinha dizer ao mundo, com a energia moral dos que são fortes: lugar para mim! lugar para mim, e dos melhores!

CAPÍTULO III / AGORA TU, CALÍOPE, ME ENSINA...

Não se pode saber com certeza, — com a certeza necessária a uma afirmação que tem de correr mundo, — se a primeira estrofe do Romualdo foi anterior ao primeiro amor, ou se este precedeu a poesia. Suponhamos que foram contemporâneos. Não é inverossímil, porque se a primeira paixão foi uma pessoa vulgar e sem graça, a primeira composição poética era um lugar-comum.

Em 1858, data da estréia literária, existia ainda uma folha, que veio a morrer antes de 1870, o *Correio Mercantil.* Foi por aí que o nosso Romualdo declarou ao mundo que o século era enorme, que as barreiras todas estavam por terra, que, enfim, era preciso dar ao homem a coroa imortal que lhe competia. Eram trinta ou quarenta versos, feitos com ímpeto, broslados de adjetivos e imprecações, muitos sóis, basto condor, inúmeras cousas robustas e esplêndidas. Romualdo dormiu mal a noite; apesar disso, acordou cedo, vestiu-se, saiu; foi comprar o *Correio Mercantil.* Leu a poesia à porta mesmo da tipografia, à Rua da Quitanda; depois dobrou cautelosamente o jornal, e foi tomar café. No trajeto da tipografia ao botequim não fez mais do que recitar mentalmente os versos; só assim se explicam dous ou três encontrões que deu em outras pessoas. Em todo caso, no botequim, uma vez sentado, desdobrou a folha e releu os versos, lentamente, umas quatro vezes seguidas; com uma que leu depois de pagar a xícara de café, e a que já lera à porta da tipografia, foram nada menos de seis leituras, no curto espaço de meia hora; fato tanto mais de espantar quanto que ele tinha a poesia de cor. Mas o espanto desaparece desde que se adverte na diferença que vai do manuscrito ou decorado ao impresso. Romualdo lera, é certo, a poesia manuscrita; e, à força de a ler, tinha-a "impressa na alma", para falar a linguagem dele mesmo. Mas o manuscrito é vago, derramado; e o decorado assemelha-se a histórias velhas, sem data, nem autor, ouvidas em criança; não há por onde se lhe pegue, nem mesmo a túnica flutuante e cambiante do manuscrito. Tudo muda com o impresso. O impresso fixa. Aos olhos de Romualdo era como um edifício levantado para desafiar os tempos; a igualdade das letras, a reprodução dos mesmos contornos, davam aos versos um aspecto definitivo e acabado. Ele mesmo descobriu-lhes belezas não premeditadas; em compensação, deu com uma vírgula mal posta, que o desconsolou.

No fim daquele ano tinha o Romualdo escrito e publicado algumas vinte composições diversas sobre os mais variados assuntos. Congregou alguns amigos, — da mesma idade, — persuadiu a um tipógrafo, distribuiu listas de assinaturas, recolheu algumas, e fundou um periódico literário, o *Mosaico,* em que fez as suas primeiras armas da prosa. A idéia secreta do Romualdo era criar alguma cousa semelhante à *Revista dos Dous Mundos,* que ele via em casa do advogado, de quem era amanuense. Não lia nunca a *Revista,* mas ouvira dizer que era uma das mais importantes da Europa, e entendeu fazer cousa igual na América.

Posto que esse brilhante sonho fenecesse com o mês de maio de 1859, não acabaram com ele as labutações literárias. O mesmo ano de 1859 viu o primeiro tomo das *Verdades e Quimeras.* Digo o primeiro tomo, porque tais eram a indicação tipográfica, e o plano do Romualdo. Que é a poesia, dizia ele, senão uma mistura de quimera e verdade? O Goethe chamando às suas memórias *Verdade e Poesia,* cometeu um pleonasmo ridículo: o segundo vocábulo bastava a exprimir os dous sentidos do autor. Portanto, quaisquer que tivessem de ser as fases do seu espírito, era certo que a poesia traria em todos os tempos os mesmos caracteres essenciais: logo podia intitular *Verdades e Quimeras* as futuras obras poéticas. Daí a indicação de primeiro tomo dada ao volume de versos com que o Romualdo brindou as letras no mês de dezembro de 1859. Esse mês foi para ele ainda mais brilhante e delicioso que o da estréia no *Correio Mercantil.* — Sou autor impresso, dizia rindo, quando recebeu os primeiros exemplares da obra. E abria um e outro, folheava de diante para trás e de trás para diante, corria os olhos pelo índice, lia três, quatro vezes o prólogo, etc. *Verdades e Quimeras!* Via esse título nos periódicos, nos catálogos, nas citações, nos florilégios de poesia nacional; enfim, clássico. Via citados também os outros tomos, com a designação numérica de cada um, em caracteres romanos, t. II, t. III, t. IV, t. IX. Que podiam escrever um dia as folhas públicas senão um estribilho? "Cada ano que passa pode-se dizer que este distinto e infatigável poeta nos dá um volume das suas admiráveis *Verdades e Quimeras;* foi em 1859 que encetou essa coleção, e o efeito não podia ser mais lisonjeiro para um estreante, que etc., etc."

Lisonjeiro, na verdade. Toda a imprensa saudou com benevolência o primeiro livro de Romualdo; dous amigos disseram mesmo que ele era o Gonzaga do Romantismo. Em suma, um sucesso.

CAPÍTULO IV / QUINZE ANOS, BONITA E RICA

A "Pessoa vulgar e sem graça" que foi o primeiro amor de Romualdo passou naturalmente como a chama de um fósforo. O segundo amor veio no tempo em que ele se preparava para ir estudar em S. Paulo, e não pôde ir adiante.

Tinha preparatórios o Romualdo; e, havendo adquirido com o advogado certo gosto ao ofício, entendeu que sempre era tempo de ganhar um diploma. Foi para S. Paulo, entregou-se aos estudos com afinco, dizendo consigo e a ninguém mais, que ele seria citado algum dia entre os Nabucos, os Zacarias, os Teixeiras de Freitas, etc. Jurisconsulto! E soletrava esta palavra com amor, com paciência, com delícia, achando-lhe a expressão profunda e larga. Jurisconsulto! Os Zacarias, os Nabucos, os Romualdos! E estudava, metia-se pelo direito dentro, impetuoso.

Não esqueçamos duas cousas: que ele era rapaz, e tinha a vocação das letras. Rapaz, amou algumas moças, páginas acadêmicas, machucadas de mãos estudiosas. Durante os dous primeiros anos nada há que apurar que mereça a pena e a honra de uma transcrição. No terceiro ano... O terceiro ano oferece-nos uma lauda primorosa. Era uma moça de quinze anos, filha de um fazendeiro de Guaratinguetá, que tinha ido à capital da província. Romualdo, de escassa bolsa, trabalhando muito para ganhar o diploma, compreendeu que o casamento era uma solução. O fazendeiro era rico. A moça gostava dele: era o primeiro amor dos seus quinze anos.

"Há de ser minha!" jurou Romualdo a si mesmo.

As relações entre eles vieram por um sobrinho do fazendeiro, Josino M..., colega de ano do Romualdo, e, como ele, cultor das letras. O fazendeiro retirou-se para Guaratinguetá; era obsequiador, exigiu do Romualdo a promessa de que, nas férias, iria vê-lo. O estudante prometeu que sim; e nunca o tempo lhe correu mais devagar. Não eram dias, eram séculos. O que lhe valia é que, ao menos, davam para construir e reconstruir os seus admiráveis planos de vida. A escolha entre o casar imediatamente ou depois de formado não foi cousa que se fizesse do pé para a mão: comeu-lhe algumas boas semanas. Afinal, assentou que era melhor o casamento imediato. Outra questão que lhe tomou tempo, foi a de saber se concluiria os estudos no Brasil ou na Europa. O patriotismo venceu; ficaria no Brasil. Mas, uma vez formado, seguiria para Europa, onde estaria dous anos, observando de perto as cousas políticas e sociais, adquirindo a experiência necessária a quem viria ser ministro de Estado. Eis o que por esse tempo escreveu a um amigo do Rio de Janeiro:

> ...Prepara-te, pois, meu bom Fernandes, para irmos daqui a algum tempo viajar; não te dispenso, nem aceito desculpa. Não nos faltarão meios, graças a Deus, e meios de viajar à larga... Que felicidade! Eu, Lucinda, o bom Fernandes...

Bentas férias! Ei-las que chegam; ei-las que tomam do Romualdo e do Josino, e os levam à Fazenda da namorada. Agora não os solto mais, disse o fazendeiro.

Lucinda apareceu aos olhos do nosso herói com todos os esplendores de uma madrugada. Foi assim que ele definiu esse momento, em uns versos publicados daí a dias no *Eco de Guaratinguetá.* Ela era bela, na verdade, viva e graciosa, rosada e fresca, todas as qualidades amáveis de uma menina. A comparação da madrugada, por mais cediça que fosse, era a melhor de todas.

Se as férias gastaram tempo em chegar, uma vez chegadas, voaram depressa. Tinham asas os dias, asas de pluma angélica, das quais, se alguma cousa lhe ficou ao nosso Romualdo, não passou de ser um certo aroma delicioso e fresco. Lucinda, em casa, pareceu-lhe ainda mais bela do que a vira na capital da província. E note-se que a boa impressão que ele lhe fizera a princípio, cresceu também, e extraordinariamente, depois da convivência de algumas semanas. Em resumo, e para poupar estilo, os dous amavam-se. Os olhos de ambos, incapazes de guardar o segredo dos respectivos corações, contaram tudo uns aos outros, e com tal estrépito, que os olhos de um terceiro ouviram também. Esse terceiro foi o primo de Lucinda, o colega de ano de Romualdo.

— Vou dar-te uma notícia agradável, disse o Josino ao Romualdo, uma noite, no quarto em que dormiam. Adivinha o que é.

— Não posso.

— Vamos ter um casamento daqui a meses...

— Quem?

— O juiz municipal.

— Com quem casa?

— Com a prima Lucinda.

Romualdo deu um salto, pálido, fremente; depois conteve-se, e começou a disfarçar. Josino, que trazia o plano de cor, confiou ao colega um romance em que o juiz municipal fazia o menos judiciário dos papéis, e a prima aparecia como a mais louca das namoradas. Concluiu dizendo que a demora do casamento era porque o tio, profundo católico, mandara pedir ao papa a fineza de vir casar a filha em Guaratinguetá. O papa chegaria em maio ou junho. Romualdo entre pasmado e incrédulo, não tirava os olhos do colega; este soltou, enfim, uma risada. Romualdo compreendeu tudo e contou-lhe tudo.

Cinco dias depois, veio ele à corte, lacerado de saudades e coroado de esperanças. Na corte, começou a escrever um livro, que era nada menos que o próprio caso de Guaratinguetá: um poeta de grande talento, futuro ministro, futuro homem de Estado, coração puro, caráter elevado e nobre, que amava uma moça de quinze anos, um anjo, bela como a aurora, santa como a Virgem, alma digna de emparelhar com a dele, filha de um fazendeiro, etc. Era só pôr os pontos nos is. Este romance, à medida que ele o ia escrevendo, lia-o ao amigo Fernandes, o mesmo a quem confiara o projeto do casamento e da viagem à Europa, como se viu daquele trecho de uma carta. "Não nos faltarão meios, graças a Deus, e meios de viajar à larga... Que felicidade! Eu, Lucinda, o bom Fernandes..." Era esse.

— Então, pronto? palavra? Vais conosco? dizia-lhe na corte o Romualdo.

— Pronto.

— Pois é cousa feita. Este ano, em chegando as férias, vou a Guaratinguetá, e peço-a... Eu podia pedi-la antes, mas não me convém. Então é que hás de pôr o caiporismo na rua...

— Ele volta depois, suspirava o Fernandes.

— Não volta; digo-te que não volta; fecho-lhe a porta com chave de ouro.

E toca a escrever o livro, a contar a união das duas almas, perante Deus e os homens, com muito luar claro e transparente, muita citação poética, algumas em latim. O romance foi acabado em S. Paulo, e mandado para o *Eco de Guaratinguetá,* que começou logo a publicá-lo, recordando-me que o autor era o mesmo dos versos dados por ele no ano anterior.

Romualdo consolou-se do vagar dos meses, da tirania dos professores e do fastio dos livros, carteando-se com o Fernandes e falando ao Josino, só e unicamente a respeito da gentil paulista. Josino contou-lhe muita reminiscência caseira, episódios da infância de Lucinda, que o Romualdo escutava cheio de um sentimento religioso, mesclado de um certo desvanecimento de marido. E tudo era mandado depois ao Fernandes, em cartas que não acabavam mais, de cinco em cinco dias, pela mala daquele tempo. Eis o que dizia a última das cartas, escrita ao entrar das férias:

> Vou agora a Guaratiriguetá. Conto pedi-la daqui a pouco; e, em breve, estarei casado na corte; e daqui a algum tempo mar em fora. Prepara as malas, patife; anda, tratante, prepara as malas. Velhaco! É com o fim de viajar que me animaste no namoro? Pois agora agüenta-te...

E três laudas mais dessas ironias graciosas, meigas indignações de amigo, que o outro leu, e a que respondeu com estas palavras: "Pronto para o que der e vier!"

Não, não ficou pronto para o que desse e viesse; não ficou pronto, por exemplo, para a cara triste, abatida, com que dous meses depois lhe entrou em casa, à Rua da Misericórdia, o nosso Romualdo. Nem para a cara triste, nem para o gesto indignado com que atirou o chapéu ao chão. Lucinda traíra-o! Lucinda amava o promotor! E contou-lhe como o promotor, mancebo de vinte e seis anos, nomeado poucos meses antes, tratara logo de cortejar a moça, e tão tenazmente que ela em pouco tempo estava caída.

— E tu?

— Que havia de fazer?

— Teimar, lutar, vencer.

— Pensas que não? Teimei; fiz o que era possível, mas... Ah! se tu soubesses que as mulheres... Quinze anos! Dezesseis anos, quando muito! Pérfida desde o berço... Teimei... Pois não havia de teimar? E tinha por mim o Josino, que lhe disse as últimas. Mas que queres? O tal promotor das dúzias... Enfim, vão casar.

— Casar?

— Casar, sim! berrou o Romualdo, irritado.

E roia as unhas, calado ou dando umas risadinhas concentradas, de raiva; depois, passava as mãos pelos cabelos, dava socos, deitava-se na rede, a fumar cinco, dez, quinze cigarros...

CAPÍTULO / NO ESCRITÓRIO

De ordinário, o estudo é também um recurso para os que têm alguma cousa que esquecer na vida. Isto pensou o nosso Romualdo, isto praticou imediatamente, recolhendo-se à S. Paulo, onde continuou até acabar o curso jurídico. E, realmente, não foram precisos muitos meses para convalescer da triste paixão de Guaratinguetá. É certo que, ao ver a moça, dous anos depois do desastre, não evitou uma tal ou qual comoção; mas, o principal estava feito.

"Virá outra", pensava ele consigo.

E, com os olhos no casamento e na farda de ministro, fez as suas primeiras armas políticas no último ano acadêmico. Havia então na capital da província uma folha puramente comercial; Romualdo persuadiu o editor a dar uma parte política, e encetou uma série de artigos que agradaram. Tomado o grau, deu-se uma eleição provincial; ele apresentou-se candidato a um lugar na assembléia; mas, não estando ligado a nenhum partido, recolheu pouco mais de dez votos, talvez quinze. Não se pense que a derrota o abateu; ele recebeu-a como um fato natural, e alguma cousa o consolou: a inscrição do seu nome entre os votados. Embora poucos, os votos eram votos; eram pedaços da soberania popular que o vestiam a ele, como digno da escolha. Quantos foram os cristãos no dia do Calvário? Quantos eram naquele ano de 1864? Tudo estava sujeito à lei do tempo.

Romualdo veio pouco depois para a corte, e abriu escritório de advocacia. Simples pretexto. Afetação pura. Comédia. O escritório era um ponto no globo, onde ele podia, tranqüilamente, fumar um charuto e prometer ao Fernandes uma viagem ou uma inspetoria de alfândega, se não preferisse seguir a política. O Fernandes estava por tudo; tinha um lugar no foro, lugar ínfimo, de poucas rendas e sem futuro. O vasto programa do amigo, companheiro de infância, um programa em que os diamantes de uma senhora reluziam ao pé da farda de um ministro, no fundo de um *coupé,* com ordenanças, atrás, era dos que arrastam consigo todas as ambições adjacentes. O Fernandes fez esse raciocínio: — Eu, por mim, nunca hei de ser nada; o Romualdo não esquecerá que fomos meninos. E toca a andar para o escritório do Romualdo. As vezes, achava-o a escrever um artigo político, ouvia-o ler, copiava-o se era necessário, e no dia seguinte servia-lhe de trombeta: um artigo magnífico, uma obra-prima, não dizia só como erudição, mas como estilo, principalmente como estilo, cousa muito superior ao Otaviano, ao Rocha, ao Paranhos, ao Firmino, etc. — Não há dúvida, concluía ele; é o nosso Paul-Louis Courier.

Um dia, o Romualdo recebeu-o com esta notícia:

— Fernandes, creio que a espingarda que me há de matar está fundida.

— Como? não entendo.

— Vi-a ontem...

— A espingarda?

— A espingarda, o obus,. a pistola, o que tu quiseres; uma arma deliciosa.

— Ah!... alguma pequena? disse vivamente o Fernandes.

— Qual pequena! Grande, uma mulher alta, muito alta. Cousa de truz. Viúva e fresca: vinte e seis anos. Conheceste o B...? é a viúva.

— A viúva do B...? Mas é realmente um primor! Também eu a vi, ontem, no Largo de São Francisco de Paula; ia entrar no carro... Sabes que é um cobrinho bem bom? Dizem que duzentos...

— Duzentos? Põe-lhe mais cem.

— Trezentos, heim? Sim, senhor; é papa-fina!

E enquanto ele dizia isto, e outras cousas, com o fim, talvez, de animar o Romualdo, este ouvia-o calado, torcendo a corrente do relógio, e olhando para o chão, com um ar de riso complacente à flor dos lábios...

— Tlin, tlin, ilin, bateu o relógio de repente.

— Três horas! exclamou Romualdo levantando-se. Vamos! Mirou-se a um espelho, calçou as luvas, pôs o chapéu na cabeça, e saíram.

No dia seguinte e nos outros, a viúva foi o assunto, não principal, mas único, da conversa dos dous amigos, no escritório, entre onze horas e três. O Fernandes cuidava de manter o fogo sagrado, falando da viúva ao Romualdo, dando-lhe notícias dela, quando casualmente a encontrava na rua. Mas não era preciso tanto, porque o outro não pensava em cousa diferente; ia aos teatros, a ver se a achava, à Rua do Ouvidor, a alguns saraus, fez-se sócio do Cassino. No teatro, porém, só a viu algumas vezes, e no Cassino, dez minutos, sem ter tempo de lhe ser apresentado ou trocar um olhar com ela; dez minutos depois da chegada dele, retirava-se a viúva, acometida de uma enxaqueca.

— Realmente, é caiporismo! dizia ele no dia seguinte, contando o caso ao Fernandes.

— Não desanimes por isso, redargüia este. Quem desanima, não faz nada. Uma enxaqueca não é a cousa mais natural do mundo?

— Lá isso é.

— Pois então?

Romualdo apertou a mão ao Fernandes, cheio de reconhecimento, e o sonho continuou entre os dous, cintilante, vibrante, um sonho que valia por duas mãos cheias de realidade. Trezentos contos! O futuro certo, a pasta de ministro, o Fernandes inspetor de alfândega, e, mais tarde, *bispo do tesouro,* dizia familiarmente o Romualdo. Era assim que eles enchiam as horas do escritório; digo que enchiam as horas do escritório, porque o Fernandes para ligar de uma vez a sua fortuna à de César, deixou o emprego ínfimo que tinha no foro e aceitou o lugar de escrevente que o Romualdo lhe ofereceu, com o ordenado de oitenta mil-réis. Não há ordenado pequeno ou grande, senão comparado com a soma de trabalho que impõe. Oitenta milréis, em relação às necessidades do Fernandes, podia ser uma retribuição escassa, mas cotejado com o serviço efetivo eram os presentes de Artaxerxes. O Fernandes tinha fé em todos os raios da estrela do Romualdo: — o conjugal, o forense, o político. Enquanto a estrela guardava os raios por baixo de uma nuvem grossa, ele, que sabia que a nuvem era passageira, deitara-se no sofá, dormitando e sonhando de parceria com o amigo.

Nisto apareceu um cliente ao Romualdo. Nem este, nem o Fernandes estavam preparados para um tal fenômeno, verdadeira fantasia do destino. Romualdo chegou ao extremo de crer que era um emissário da viúva, e esteve a ponto de piscar o olho ao Fernandes, que se retirasse, para dar mais liberdade ao homem. Este, porém, cortou de uma tesourada essa ilusão; vinha "propor uma causa ao senhor doutor". Era outro sonho, e se não tão belo, ainda belo. Fernandes apressou-se em dar cadeira ao homem, tirar-lhe o chapéu e o guarda-chuva, perguntar se lhe fazia mal o ar nas costas, enquanto o Romualdo com uma intuição mais verdadeira das cousas, recebia-o e ouvia-o com um ar cheio de clientes, uma fisionomia de quem não faz outra cousa desde manhã até a noite, senão arrazoar libelos e apelações. O cliente, lisonjeado com as maneiras do Fernandes, ficou atado e medroso diante do Romualdo; mas ao mesmo tempo deu graças ao céu por ter vindo a um escritório onde o advogado era tão procurado e o escrevente tão atencioso. Expôs o caso, que era um embargo de obra nova, ou cousa equivalente. Romualdo acentuava cada vez mais o fastio da fisionomia, levantando o lábio, abrindo as narinas, ou coçando o queixo com a faca de marfim; ao despedir o cliente, deu-lhe a ponta dos dedos; o Fernandes levou-o até o patamar da escada.

— Recomende muito o meu negócio ao senhor doutor, disse-lhe o cliente.

— Deixe estar.

— Não se esqueça; ele pode esquecer no meio de tanta cousa, e o patife... Quero mostrar àquele patife, que me não há de embolar... não; não esqueça, e creia que... não me esquecerei também...

— Deixe estar.

O Fernandes esperou que ele descesse; ele desceu, fez-lhe de baixo uma profunda zumbaia, e enfiou pelo corredor fora, contentíssimo com a boa inspiração que tivera em subir àquele escritório.

Quando o Fernandes voltou à sala, já o Romualdo folheava um formulário para redigir a petição inicial. O cliente ficara de lhe trazer daí a pouco a procuração; trouxe-a; o Romualdo recebeu-a glacialmente; o Fernandes tirou daquela presteza as mais vivas esperanças.

— Então? dizia ele ao Romualdo, com as mãos na cintura; que me dizes tu a este começo? Trata bem da causa, e verás que é uma procissão delas pela escada acima.

Romualdo estava realmente satisfeito. Todas as ordenações do Reino, toda a legislação nacional bailavam no cérebro dele, com a sua numeração árabe e romana, os seus parágrafos, abreviaturas, cousas que, por secundárias que fossem, eram aos olhos dele como as fitas dos toucados, que não trazem beleza às mulheres feias, mas dão realce às bonitas. Sobre esta simples causa edificou o Romualdo um castelo de vitórias jurídicas. O cliente foi visto multiplicar-se em clientes, os embargos em embargos; os libelos vinham repletos de outros libelos, uma torrente de demandas.

Entretanto, o Romualdo conseguiu ser apresentado à viúva, uma noite, em casa de um colega. A viúva recebeu-o com certa frieza; estava de enxaqueca. Romualdo saiu de lá exaltadíssimo; pareceu-lhe (e era verdade) que ela não rejeitara dous ou três olhares dele. No dia seguinte, contou tudo ao Fernandes, que não ficou menos contente.

— Bravo! exclamou ele. Eu não te disse? É ter paciência; tem paciência. Ela ofereceu-te a casa?

— Não; estava de enxaqueca.

— Outra enxaqueca! Parece que não padece de mais nada? Não faz mal; é moléstia de moça bonita.

Vieram buscar um artigo para a folha política; Romualdo, que o não escrevera, mal pôde alinhar, à pressa, alguns conceitos chochos, a que a folha adversa respondeu com muita superioridade. O Fernandes, logo depois, lembrou-lhe que findava-lhe certo prazo no embargo da obra nova; ele arrazoou nos autos, também às pressas, tão às pressas que veio a perder a demanda. Que importa? A viúva era tudo. Trezentos contos! Daí a dias, era o Romualdo convidado para um baile. Não se descreve a alma com que ele saiu para essa festa, que devia ser o início da bem-aventurança. Chegou; vinte minutos depois soube que era o primeiro e último baile da viúva, que dali a dous meses casava com um capitão-de-fragata.

CAPÍTULO VI / TROCA DE ARTIGOS

A segunda queda amorosa do Romualdo fê-lo desviar os olhos do capítulo feminino. As mulheres sabem que elas são como o melhor vinho de Chipre, e que os protestos de namorados não diferem dos que fazem os bêbados. Acresce que o Romualdo era levado também, e principalmente, da ambição, e que a ambição permanecia nele, como alicerce de casa derrubada. Acresce mais que o Fernandes, que pusera no Romualdo um mundo de esperanças, forcejava por levantá-lo e animá-lo a outra aventura.

— Que tem? dizia-lhe. Pois uma mulher que se casa deve agora fazer com que um homem não se case mais? Isso até nem se diz; você não deve contar a ninguém que teve semelhante idéia...

— Conto... Se conto!

— Ora essa!

— Conto, confesso, digo, proclamo, replicava o Romualdo, tirando as mãos das algibeiras das calças, e agitando-as no ar. Depois tornou a guardar as mãos, e continuou a passear de um lado para outro.

O Fernandes acendeu um cigarro, tirou duas fumaças e prosseguiu no discurso anterior. Mostrou-lhe que, afinal de contas, a culpa era do acaso; ele viu-a tarde; já ela estava de namoro com o capitão-de-fragata. Se aparece mais cedo, a vitória era dele. Não havia duvidar, que seria dele a vitória. E agora, falando franco, agora é que ele devia casar com outra, para mostrar que não lhe faltam noivas.

— Não, acrescentou o Fernandes; esse gostinho de ficar solteiro é que eu não lhe dava. Você não conhece as mulheres, Romualdo.

— Seja o que for.

Não insistiu o Fernandes; contou decerto, que a ambição do amigo, as circunstâncias e o acaso trabalhariam melhor do que todos os seus raciocínios.

— Está bom, não falemos mais nisso, concluiu ele.

Tinha um cálculo o Romualdo: trocar os artigos do programa. Em vez de ir do casamento para o parlamento, e de marido a ministro de Estado, resolveu proceder inversamente: primeiro seria deputado e ministro, depois casaria rico. Entre nós, dizia ele consigo, a política não exige riqueza; não é preciso muitos cabedais para ocupar um lugar na Câmara ou no Senado, ou no ministério. E, ao contrário, um ministro candidato à mão de uma viúva é provável que vença qualquer outro candidato, embora forte, embora capitão-de-fragata. Não acrescentou que no caso de um capitão-de-fragata, a vitória era matematicamente certa se ele fosse ministro da Marinha, porque uma tal reflexão exigiria espírito jovial e repousado, e o Romualdo estava deveras abatido.

Decorreram alguns meses. Em vão o Fernandes chamava a atenção do Romualdo para cem rostos de mulheres, falava-lhe de herdeiras ricas, fazendeiras viúvas; nada parecia impressionar o jovem advogado, que só cuidava agora de política. Entregara-se com alma ao jornal, freqüentava as influências parlamentares, os chefes das deputações. As esperanças políticas começaram a viçar na alma dele, com uma exuberância descomunal, e passavam à alma do Fernandes, que afinal entrara no raciocínio do amigo, e concordava em que ele casasse depois de ministro. O Romualdo vivia deslumbrado; os chefes davam-lhe sorrisos prenhes de votos, de lugares, de pastas; batiam-lhe no ombro; apertavam-lhe a mão com certo mistério.

— Antes de dois anos, tudo isto muda, dizia ele confidencialmente ao Fernandes.

— Já está mudado, acudiu o outro.

— Não achas?

— Muito mudado.

Com efeito, os políticos que freqüentavam o escritório e a casa do Romualdo diziam a este que as eleições estavam perto e que o Romualdo devia vir para a Câmara. Era uma ingratidão do partido, se não viesse. Alguns repetiam-lhe frases benévolas dos chefes; outros aceitavam jantares, por conta dos que ele tinha de dar depois de eleito. Vieram as eleições; e o Romualdo apresentou-se candidato pela corte. Aqui nasceu, aqui era conhecido, aqui devia ter a vitória ou a derrota. Os amigos afirmavam-lhe que seria a vitória, custasse o que custasse.

A campanha, na verdade, foi rude. O Romualdo teve de vencer primeiramente os competidores, as intrigas, as desconfianças, etc. Não dispondo de dinheiro, cuidou de o pedir emprestado, para certas despesas preliminares, embora poucas; e, vencida essa segunda parte da luta, entrou na terceira, que foi a dos cabos eleitorais e arranjos de votos. O Fernandes deu então a medida do que vale um amigo sincero e dedicado, um agente convencido e resoluto; fazia tudo, artigos, cópias, leitura de provas, recados, pedidos, ia de um lado para outro, suava, bufava, comia mal, dormia mal, chegou ao extremo de brigar em plena rua com um agente do candidato adverso, que lhe fez uma contusão na face.

Veio o dia da eleição. Nos três dias anteriores, a luta assumira proporções hercúleas. Mil notícias nasciam e morriam dentro de uma hora. Eram capangas vendidos, cabos paroquiais suspeitos de traição, cédulas roubadas, ou extraviadas: era o diabo. A noite da véspera foi terrível de ansiedade. Nem o Romualdo nem o Fernandes puderam conciliar o sono antes das três horas da manhã; e, ainda assim, o Romualdo acordou três ou quatro vezes, no meio das peripécias de um sonho delicioso. Ele via-se eleito, orando na Câmara, propondo uma moção de desconfiança, triunfando, chamado pelo novo presidente do Conselho a ocupar a pasta da Marinha. Ministro, fez uma brilhante figura; muitos o louvavam, outros muitos o mordiam, complemento necessário à vida pública. Subitamente, aparece-lhe uma viúva bela e rica, pretendida por um capitão-de-fragata; ele manda o capitão-de-fragata para as Antilhas, dentro de vinte e quatro horas, e casa com a viúva. Nisto acordou; eram sete horas.

— Vamos à luta, disse ele ao Fernandes.

Saíram para a luta eleitoral. No meio do caminho, o Romualdo teve uma reminiscência de Bonaparte, e disse ao amigo: “Fernandes, é o sol de Austerlitz!” Pobre Romualdo, era o sol de Waterloo.

— Ladroeira! bradou o Fernandes. Houve ladroeira de votos! Eu vi o miolo de algumas cédulas.

— Mas por que não reclamaste na ocasião? disse Romualdo.

— Supus que era da nossa gente, confessou o Fernandes mudando de tom.

Com miolo ou sem miolo, a verdade é que o pão eleitoral passou à boca do adversário, que deixou o Romualdo em jejum. O desastre abateu-o muito; começava a ficar cansado da luta. Era um simples advogado sem causas. De todo o programa da adolescência, nenhum artigo se podia dizer cumprido, ou em caminho de o ser. Tudo lhe fugia, ou por culpa dele, ou por culpa das circunstâncias.

A tristeza do Romualdo foi complicada pelo desânimo do Fernandes, que começava a descrer da estrela de César, e a arrepender-se de ter trocado de emprego. Ele dizia muitas vezes ao amigo, que a moleza era má qualidade, e que o foro começava a aborrecê-lo; duas afirmações, à primeira vista, incoerentes, mas que se ajustavam neste pensamento implícito: — Você nunca há de ser cousa nenhuma, e eu não estou para aturá-lo.

Com efeito, daí a alguns meses, o Fernandes meteu-se em não sei que empresa, e retirou-se para Curitiba. O Romualdo ficou só. Tentou alguns casamentos que, por um ou outro motivo, falharam; e tornou à imprensa política, em que criou, com poucos meses, dívidas e inimigos. Deixou a imprensa, e foi para a roça. Disseram-lhe que aí podia fazer alguma cousa. De fato, alguma cousa o procurou, e ele não foi mal visto; mas, meteu-se na política local, e perdeu-se. Gastou cinco anos inutilmente; pior do que inutilmente, com prejuízo: Mudou de localidade; e tendo a experiência da primeira, pôde viver algum tempo, e com certa mediania. Entretanto, casou; a senhora não era opulenta, como ele inserira no programa, mas era fecunda; ao cabo de cinco anos, tinha o Romualdo seis filhos. Seis filhos não se educam nem se sustentam com seis vinténs. As necessidades do Romualdo cresceram; os recursos, naturalmente, diminuíram. Os anos avizinhavam-se.

"Onde os meus sonhos? onde o meu programa?" dizia ele consigo, às vezes.

As saudades vinham, principalmente, nas ocasiões de grandes crises políticas no país, ou quando chegavam as notícias parlamentares da corte. Era então que ele remontava até à adolescência, aos planos de Bonaparte rapaz, feitos por ele e não realizados nunca. Sim, criar na mente um império, e governar um escritório modesto de poucas causas... Mas isso mesmo foi amortecendo com os anos. Os anos, com o seu grande peso no espírito do Romualdo, cercearam-lhe a compreensão das ambições enormes; e o espetáculo das lutas locais acanhou-lhe o horizonte. Já não lutava, deixara a política: era simples advogado. Só o que fazia era votar com o governo, abstraindo do pessoal político dominante, e abraçando somente a idéia superior do poder. Não poupou alguns desgostos, é verdade, porque nem toda a vila chegava a entender a distinção; mas, enfim, não se deixou levar de paixões, e isso bastava a afugentar uma porção de males.

No meio de tudo, os filhos eram a melhor das compensações. Ele amava-os a todos igualmente com uma queda particular ao mais velho, menino esperto, e à última, menina graciosíssima. A mãe criara-os a todos e estava disposta a criar o que havia de vir, e contava cinco meses de gestação.

— Seja o que for, dizia o Romualdo à mulher; Deus nos há de ajudar.

Dois pequenos morreram-lhe de sarampão; o último nasceu morto. Ficou reduzido a quatro filhos: Já então ia em quarenta e cinco anos, estava todo grisalho, fisionomia cansada; felizmente, gozava saúde, e ia trabalhando. Tinha dívidas, é verdade, mas pagava-as, restringindo certa ordem de necessidades. Aos cinqüenta anos estava alquebrado; educava os filhos; ele mesmo ensinara-lhes as primeiras letras.

Vinha às vezes à corte e demorava-se pouco. Nos primeiros tempos, mirava-a com pesar, com saudades, com uma certa esperança de melhora. O programa reluzia-lhe aos olhos. Não podia passar pela frente da casa onde tivera escritório, sem apertar-se-lhe o coração e sentir uns ímpetos de mocidade. A Rua do Ouvidor, as lojas elegantes, tudo lhe dava ares do outro tempo, e emprestavam-lhe alguma energia, que ele levava para a roça. E então nos primeiros tempos, trabalhava com uma lamparina de esperança no coração. Mas o azeite era pouco, e a lamparina apagava-se depressa. Isso mesmo cessou com o tempo. Já vinha à corte, fazia o que tinha de fazer, e voltava, frio, indiferente, resignado.

Um dia, tinha ele cinqüenta e três anos, os cabelos brancos, o rosto encarquilhado, vindo à corte com a mulher, encontrou na rua um homem que lhe pareceu o Fernandes. Estava avelhantado, é certo; mas a cara não podia ser de outro. O que menos se parecia com ele era o resto da pessoa, a sobrecasaca esmerada, o botim de verniz, a camisa dura com um botão de diamante ao peito.

— Querem ver? é o Romualdo! disse ele.

— Como estás, Fernandes?

— Bem; e tu, que andas fazendo?

— Moro fora; advogado da roça. Tu és naturalmente banqueiro.

Fernandes sorriu lisonjeado. Levou-o a jantar, e explicou-lhe que se metera em empresa lucrativa, e fora abençoado pela sorte. Estava bem. Morava fora, no Paraná. Veio à corte ver se podia arranjar uma comenda. Tinha um hábito; mas tanta gente lhe dava o título de comendador, que não havia remédio senão fazer do dito certo.

— Ora o Romualdo!

— Ora o Fernandes!.

— Estamos velhos, meu caro.

— Culpa dos anos, respondeu tristemente o Romualdo.

Dias depois o Romualdo voltou à roça, oferecendo a casa ao velho amigo. Este ofereceu-lhe também os seus préstimos em Curitiba. De caminho, o Romualdo recordava, comparava e refletia.

— No entanto, ele não fez programa, dizia amargamente. E depois:

— Foi talvez o programa que me fez mal; se não pretendesse tanto...

Mas achou os filhos à porta da casa; viu-os correr a abraçá-lo e à mãe, sentiu os olhos úmidos, e contentou-se com o que lhe coubera. E, então, comparando ainda uma vez os sonhos e a realidade, lembrou-lhe Schiller, que lera vinte e cinco anos antes, e repetiu com ele: "Também eu nasci na Arcádia... "A mulher, não entendendo a frase, perguntou-lhe se queria alguma coisa. Ele respondeu-lhe: — A tua alegria e uma xícara de café.

A IDÉIA DO EZEQUIEL MAIA

[GN. 30 mar. 1883.]

A idéia do Ezequiel Maia era achar um mecanismo que lhe permitisse rasgar o véu ou revestimento ilusório que dá o aspecto material às cousas. Ezequiel era idealista. Negava abertamente a existência dos corpos. Corpo era uma ilusão do espírito, necessária aos fins práticos da vida, mas despida da menor parcela de realidade. Em vão os amigos lhe ofereciam finas viandas, mulheres deleitosas, lhe pediam que negasse, se podia, a realidade de tão excelentes cousas. Ele lastimava, comendo, a ilusão da comida; lastimava-se a si mesmo, quando tinha ante si os braços magníficos de uma senhora. Tudo concepção do espírito; nada era nada. Esse mesmo nome de Maia não o tomou ele, senão como um símbolo. Primitivamente chamava-se Nóbrega; mas achou que os hindus celebram uma deusa, mãe das ilusões, a que dão o nome de Maia, e tanto bastou para que trocasse por ele o apelido de família.

A opinião dos amigos e parentes era que este homem tinha o juízo a juros naquele banco invisível, que nunca paga os juros, e, quando pode, guarda o capital. Parece que sim; parece também que ele não tocou de um salto o fundo do abismo, mas escorregando, indo de uma restauração da cabala para outra da astrologia, da astrologia à quiromancia, da quiromancia à charada, da charada ao espiritismo, do espiritismo ao niilismo idealista. Era inteligente e lido; formara-se em matemáticas, e os professores desta ciência diziam que ele a conhecia como gente.

Depois de largo cogitar, achou Ezequiel um meio: abstrair-se pelo nariz. Consistia em fincar os olhos na extremidade do nariz, à maneira do faquir, embotando a sensibilidade ao ponto de perder toda a consciência do mundo exterior. Cairia então o véu ilusório das cousas; entrar-se-ia no mundo exclusivo dos espíritos. Dito e feito. Ezequiel metia-se em casa, sentava-se na poltrona, com as mãos espalmadas nos joelhos, e os olhos na ponta do nariz. Pela afirmação dele, a abstração operava-se em vinte minutos, e poderia fazer-se mais cedo, se ele não tivesse o nariz tão extenso. A inconveniência de um nariz comprido é que o olhar, desde que transpusesse uma certa linha, exercia mais facilmente a miserável função ilusória. Vinte minutos, porém, era o prazo razoável de uma boa abstração. O Ezequiel ficava horas e horas, e às vezes dias e dias, sentado, sem se mexer, sem ver nem ouvir; e a família (um irmão e duas sobrinhas) preferia deixá-lo assim, a acordá-lo; não se cansaria, ao menos, na perpétua agitação do costume.

— Uma vez abstrato, dizia ele aos parentes e familiares, liberto-me da ilusão dos sentidos. A aparência da realidade extingue-se, como se não fosse mais do que um fumo subtil, evaporado pela substância das cousas. Não há então corpos; entesto com os espíritos, penetro-os, revolvo-os, congrego-me, transfundo-me neles. Não sonhaste a noite passada comigo, Micota?

— Sonhei, titio, mentia a sobrinha.

— Não era sonho; era eu mesmo que estava contigo; por sinal que me pedias as festas, e eu prometi-te um chapéu, um bonito chapéu enfeitado de plumas...

— Isso é verdade, acudia a sobrinha.

— Tudo verdade, Micota; mas a verdade única e verdadeira. Não há outra; não pode haver verdade contra verdade, assim como não há sol contra sol.

As experiências do Ezequiel repetiram-se durante seis meses. Nos dous primeiros meses, eram simples viagens universais; percorria o globo e os planetas dentro de poucos minutos, aniquilava os séculos, abrangia tudo, absorvia tudo, difundia-se em tudo. Saciou assim a primeira sede da abstração. No terceiro mês, começou uma série de excursões analíticas. Visitou primeiramente o espírito do padeiro da esquina, de um barbeiro, de um coronel, de um magistrado, vizinhos da mesma rua; passou depois ao resto da paróquia, do distrito e da capital, e recolheu quantidade de observações interessantes. No quarto mês empreendeu um estudo que lhe comeu cinqüenta e seis dias: achar a filiação das idéias, e remontar à primeira idéia do homem. Escreveu sobre este assunto uma extensa memória, em que provou a todas as luzes, que a primeira idéia do homem foi o círculo, não sendo o homem simbolicamente outra cousa: — um círculo lógico, se o considerarmos na pura condição espiritual; e se o tomarmos com o invólucro material, um círculo vicioso. E exemplificava. As crianças brincam com *arcos,* fazem *rodas* umas com as outras; os legisladores parlamentares sentam-se geralmente em círculo, e as constantes alterações do poder, que tanta gente condena, não são mais do que uma necessidade fisiológica e política de fazer circular os homens. Que são a infância e a decrepitude, senão as duas pontas ligadas deste círculo da vida? Tudo isso lardeado de trechos latinos, gregos e hebraicos, verdadeiro pesadelo, fruto indigesto de uma inteligência pervertida. No sexto mês...

— Ah! meus amigos, o sexto mês é que me trouxe um achado sublime, uma solução ao problema do senso moral. Para os não cansar, restrinjo-me ao exame comparativo que fiz em dous indivíduos da nossa rua, o Neves do nº 25, e o Delgado. Sabem que eles ainda são parentes.

E aí começou o Ezequiel uma narração tão extraordinária, que os amigos não puderam ouvir sem algum interesse. Os dous vizinhos eram da mesma idade, mais ou menos, quarenta e tantos anos, casados, com filhos, sendo que o Neves liquidara o negócio desde algum tempo, e vivia das rendas, ao passo que o Delgado continuara o negócio, e justamente falira três semanas antes.

— Vocês lembram-se ter visto o Delgado entrar aqui em casa um dia muito triste?

Ninguém se lembrava, mas todos disseram que sim.

— Desconfiei do negócio, continuou o Ezequiel, abstraí-me, e fui direito a ele. Achei-lhe a consciência agitada, gemendo, contorcendo-se; perguntei-lhe o que era, se tinha praticado alguma morte, e respondeu-me que não; não praticara morte nem roubo, mas espancara a mulher, metera-lhe as mãos na cara, sem motivo, por um assomo de cólera. Cólera passageira, disse-lhe, e uma vez que façam as pazes... — Estão feitas, acudiu ele; Zeferina perdoou-me tudo, chorando; ah! doutor, é uma santa mulher! — E então? — Mas não posso esquecer que lhe dei, não me perdôo isto; sei que foi na cegueira da raiva, mas não posso perdoar-me, não posso. E a consciência tornou a doer-lhe, como a princípio, inquieta, convulsa. Dá cá aquele livro, Micota.

Micota trouxe-lhe o livro, um livro manuscrito, *in folio,* capa de couro escuro e lavrado. O Ezequiel abriu-o na página 140, onde o nome do Delgado estava escrito com esta nota: — "Este homem possui o senso moral". Escrevera a nota, logo depois daquele episódio; e todas as experiências futuras não vieram senão confirmar-lhe a primeira observação.

— Sim, ele tem o senso moral, continuou o Ezequiel. Vocês vão ver se me enganei. Dias depois, tendo-me abstraído, fui logo a ele, e achei-o na maior agitação. — Adivinho, disse-lhe; houve outra expansão muscular, outra correção... Não me respondeu nada; a consciência mordia-se toda, presa de um furor extraordinário. Como se apaziguasse de quando em quando, aproveitei os intervalos para teimar com ele.

Disse-me então que jurara falso para salvar um amigo, ato de covardia e de impiedade. Para atenuá-lo, lembrava-se dos tormentos da véspera, da luta que sustentara antes de fazer a promessa de ir jurar falso; recordava também a amizade antiga ao interessado, os favores recebidos, uns de recomendação, outros de amparo, alguns de dinheiro; advertia na obrigação de retribuir os benefícios, na ridicularia de uma gratidão teórica, sentimental, e nada mais. Quando ele amontoava essas razões de justificação ou desculpa, é que a consciência parecia tranqüila; mas, de repente, todo o castelo voava a um piparote desta palavra: "Não devias ter jurado falso". E a consciência revolvia-se, frenética, desvairada, até que a própria fadiga lhe trazia algum descanso.

Ezequiel referiu ainda outros casos. Contou que o Delgado, por sugestões de momento, faltara algumas vezes à verdade, e que, a cada mentira, a consciência raivosa dava sopapos em si mesma. Enfim, teve o desastre comercial, e faliu. O sócio, para abrandar a inclemência dos fados, propôs-lhe um arranjo de escrituração. Delgado recusou a pés juntos; era roubar os credores, não devia fazê-lo. Debalde o sócio lhe demonstrava que não era roubar os credores, mas resguardar a família, cousa diferente. Delgado abanou a cabeça. Não e não; preferia ficar pobre, miserável, mas honrado; onde houvesse um recanto de cortiço e um pedaço de carne-seca, podia viver. Demais, tinha braços. Vieram as lágrimas da mulher, que lhe não pediu nada mas trouxe as lágrimas e os filhos. Nem ao menos as crianças vieram chorando; não, senhor; vieram alegres, rindo, pulando muito, sublinhando assim a crueldade da fortuna. E o sócio, ardilosamente ao ouvido: — Ora vamos; veja você se é lícito trair a confiança destes inocentes. Veja se... Delgado afrouxou e cedeu.

— Não, nunca me há de esquecer o que então se passou naquela consciência, continuou o Ezequiel; era um tumulto, um clamor, uma convulsão diabólica, um ranger de dentes, uma cousa única. O Delgado não ficava quieto três minutos; ia de um lado para outro, atônito, fugindo a si mesmo. Não dormiu nada a primeira noite. De manhã saiu para andar à toa; pensou em matar-se; chegou a entrar em uma casa de armas, à Rua dos Ourives, para comprar um revólver, mas advertiu que não tinha dinheiro, e retirou-se. Quis deixar-se esmagar por um carro. Quis enforcar-se com o lenço. Não pensava no código; por mais que o revolvesse, não achava lá a idéia da cadeia. Era o próprio delito que o atormentava. Ouvia vozes misteriosas que lhe davam o nome de falsário, de ladrão; e a consciência dizia-lhe que sim, que ele era um ladrão e um falsário. Às vezes pensava em comprar um bilhete de Espanha, tirar a sorte grande, convocar os credores, confessar tudo, e pagar-lhes integralmente, com juro, um juro alto, muito alto, para puni-lo do crime... Mas a consciência replicava logo que era um sofisma, que os credores seriam pagos, é verdade, mas só os credores. O ato ficava intacto. Queimasse ele os livros e dispersasse as cinzas ao vento, era a mesma cousa; o crime subsistia. Assim passou três noites, três noites cruéis, até que no quarto dia, de manhã, resolveu ir ter com o Neves e revelar-lhe tudo.

— Descanse, titio, disse-lhe uma das sobrinhas, assustada com o fulgor dos olhos do Ezequiel.

Mas o Ezequiel respondeu que não estava cansado, e contaria o resto.

O resto era estupendo. O Neves lia os jornais no terraço, quando o Delgado lhe apareceu. A fisionomia daquele era tão bondosa, a palavra com que o saudou —

"Anda cá, Juca!" vinha tão impregnada da velha familiaridade, que o Delgado esmoreceu. Sentou-se ao pé dele, acanhado, sem força para lhe dizer nem lhe pedir nada, um conselho, ou, quando menos, uma consolação. Em que língua narraria o delito a um homem cuja vida era um modelo, cujo nome era um exemplo? Viveram juntos; sabia que a alma do Neves era como um céu imaculado, que só interrompia o azul para cravejá-lo de estrelas. Estas eram as boas palavras que ele costumava dizer aos amigos. Nenhuma ação que o desdourasse. Não espancara a mulher, não jurara falso, não emendara a escrituração, não mentiu, não enganou ninguém.

— Que tem você? perguntou o Neves.

— Vou contar-lhe uma cousa grave, explodiu o Delgado; peço-lhe desde já que me perdoe.

Contou-lhe tudo. O Neves, que a princípio o ouvira com algum medo, por ele lhe ter pedido perdão, depressa respirou; mas não deixou de reprovar a imprudência do Delgado. Realmente, onde tinha ele a cabeça para brincar assim com a cadeia? Era negócio grave; urgia abafá-lo, e, em todo caso, estar alerta. E recordava-lhe o conceito em que sempre teve o tal sócio. — "Você defendia-o então; e aí tem a bela prenda. Um maluco!" O Delgado, que trazia consigo o remorso, sentiu incutir-se-lhe o terror; e, em vez de um remédio, levou duas doenças.

"Justos céus! exclamou consigo o Ezequiel, dar-se-á que este Neves não tenha o senso moral?"

Não o deixou mais. Esquadrinhou-lhe a vida; talvez alguma ação do passado, alguma cousa... Nada; não achou nada. As reminiscências do Neves eram todas de uma vida regular, metódica, sem catástrofes, mas sem infrações. O Ezequiel estava atônito. Não podia conciliar tanta limpeza de costumes com a absoluta ausência de senso moral. A verdade, porém; é que o contraste existia. Ezequiel ainda advertiu na subtileza do fenômeno e na conveniência de verificá-lo bem. Dispôs-se a uma longa análise. Entrou a acompanhar o Neves a toda a parte, em casa, na rua, no teatro, acordado ou dormindo, de dia ou de noite.

O resultado era sempre o mesmo. A notícia de uma atrocidade deixava-o interiormente impassível; a de uma indignidade também. Se assinava qualquer petição (e nunca recusou nenhuma) contra um ato impuro ou cruel, era por uma razão de conveniência pública, a mesma que o levava a pagar para a Escola Politécnica, embora não soubesse matemáticas. Gostava de ler romances e de ir ao teatro; mas não entendia certos lances e expressões, certos movimentos de indignação, que atribuía a excessos de estilo. Ezequiel não lhe perdia os sonhos, que eram, às vezes, extraordinários. Este, por exemplo: sonhou que herdara as riquezas de um nababo, forjando ele mesmo o testamento e matando o testador. De manhã, ainda na cama, recordou todas as peripécias do sonho, com os olhos no teto, e soltou um suspiro.

Um dia, um fâmulo do Neves, andando na rua, viu cair uma carteira do bolso de um homem, que caminhava adiante dele, apanhou-a e guardou-a. De noite, porém, surgiu-lhe este caso de consciência: — se um *caído* era o mesmo que um *achado*. Referiu o negócio ao Neves, que lhe perguntou, antes de tudo, se o homem vira cair a carteira; sabendo que não, levantou os ombros. Mas, conquanto o fâmulo fosse grande amigo dele, o Neves arrependeu-se do gesto, e, no dia seguinte, recomendou-lhe a entrega da carteira; eis as circunstâncias do caso. Indo de *bond,* o condutor esqueceu-se de lhe pedir a passagem; Neves, que sabia o valor do dinheiro, saboreou mentalmente esses duzentos réis *caídos;* mas advertiu que algum passageiro poderia ter notado a falta, e, ostensivamente, por cima da cabeça de outros, deu a moeda ao condutor. Uma idéia traz outra; Neves lembrou-se que alguém podia ter visto cair a carteira e apanhá-la o fâmulo; foi a este, e compeliu-o a anunciar o achado. "A consideração pública, Bernardo, disse ele, é a carteira que nunca se deve perder".

Ezequiel notou que este adágio popular — ladrão que furta a ladrão tem cem anos de perdão, — estava incrustado na consciência do Neves, e parecia até inventado por ele. Foi o único sentimento de horror ao crime, que lhe achou; mas, analisando-o, descobriu que não era senão um sentimento de desforra contra o segundo roubado, o aplauso do logro, uma consolação no prejuízo, um antegosto do castigo que deve receber todo aquele que mete a mão na algibeira dos outros.

Realmente, um tal contraste era de ensandecer ao homem mais ajuizado do universo. O Ezequiel fez essa mesma reflexão aos amigos e parentes; acrescentou que jurara aos seus deuses achar a razão do contraste, ou suicidar-se. Sim, ou morreria, ou daria ao mundo civilizado a explicação de um fenômeno tão estupendo como a contradição da consciência do Neves com as suas ações exteriores...

Enquanto ele falava assim, os olhos chamejavam muito. Micota, a um sinal do pai, foi buscar à janela uma das quartinhas d´água, que ali estavam ao fresco, e trouxe-a a Ezequiel. Profundo Ezequiel! tudo entendeu, mas aceitou a água, bebeu dois ou três goles, e sorriu para a sobrinha. E continuou dizendo que sim, senhor, que acharia a razão, que a formularia em um livro de trezentas páginas...

— Trezentas páginas, estão ouvindo? Um livro grosso assim...

E estendia três dedos. Depois descreveu o livro. Trezentas páginas, com estampas, uma fotografia da consciência do Neves e outra das suas ações. Jurava que ia mandar o livro a todas as academias do universo, com esta conclusão em forma de epígrafe: — "Há virtualmente um pequeno número de gatunos, que nunca furtaram um par de sapatos".

— Coitado! diziam os amigos descendo as escadas. Um homem de tanto talento!

HISTÓRIA COMUM

[AE. 15 abr. 1883.]

... Caí na copa do chapéu de um homem que passava... Perdoe-me este começo; é um modo de ser épico. Entro em plena ação. Já o leitor sabe que caí, e caí na copa do chapéu de um homem que passava; resta dizer donde caí e por que caí.

Quanto à minha qualidade de alfinete, não é preciso insistir nela. Sou um simples alfinete vilão, modesto, não alfinete de adorno, mas de uso, desses com que as mulheres do povo pregam os lenços de chita, e as damas de sociedade os *fichus,* ou as flores, ou isto, ou aquilo. Aparentemente vale pouco um alfinete; mas, na realidade, pode exceder ao próprio vestido. Não exemplifico; o papel é pouco, não há senão o espaço de contar a minha aventura.

Tinha-me comprado uma triste mucama. O dono do armarinho vendeu-me, com mais onze irmãos, uma dúzia, por não sei quantos réis; cousa de nada. Que destino! Uma triste mucama. Felicidade, este é o seu nome, — pegou no papel em que estávamos pregados, e meteu-o no baú. Não sei quanto tempo ali estive; saí um dia de manhã para pregar o lenço de chita que a mucama trazia ao pescoço. Como o lenço era novo, não fiquei grandemente desconsolado. E depois a mucama era asseada e estimada, vivia nos quartos das moças, era confidente dos seus namoros e arrufos; enfim, não era um destino principesco, mas também não era um destino ignóbil.

Entre o peito da Felicidade e o recanto de uma mesa velha, que ela tinha na alcova, gastei uns cinco ou seis dias. De noite, era despregado e metido numa caixinha de papelão, ao canto da mesa; de manhã, ia da caixinha ao lenço. Monótono, é verdade; mas a vida dos alfinetes, não é outra. Na véspera do dia em que se deu a minha aventura, ouvi falar de um baile no dia seguinte, em casa de um desembargador que fazia anos. As senhoras preparavam-se com esmero e afinco, cuidavam das rendas, sedas, luvas, flores, brilhantes, leques, sapatos; não se pensava em outra cousa senão no baile do desembargador. Bem quisera eu saber o que era um baile, e ir a ele; mas uma tal ambição podia nascer na cabeça de um alfinete, que não saía do lenço de uma triste mucama? — Certamente que não. O remédio era ficar em casa.

— Felicidade, diziam as moças, à noite, no quarto, dá cá o vestido. Felicidade, aperta o vestido. Felicidade, onde estão as outras meias?

— Que meias, nhanhã?

— As que estavam na cadeira...

— Uê! nhanhã! Estão aqui mesmo.

E Felicidade ia de um lado para outro, solícita, obediente, meiga, sorrindo a todas, abotoando uma, puxando as saias de outra, compondo a cauda desta, concertando o diadema daquela, tudo com um amor de mãe, tão feliz como se fossem suas filhas. E eu vendo tudo. O que me metia inveja eram os outros alfinetes. Quando os via ir da boca da mucama, que os tirava da *toilette,* para o corpo das moças, dizia comigo, que era bem bom ser alfinete de damas, e damas bonitas que iam a festas.

— Meninas, são horas!

— Lá vou, mamãe! disseram todas.

E foram, uma a uma, primeiro a mais velha, depois a mais moça, depois a do meio. Esta, por nome Clarinha, ficou arranjando uma rosa no peito, uma linda rosa; pregou-a e sorriu para a mucama.

— Hum! hum! resmungou esta. Seu Florêncio hoje fica de queixo caído...

Clarinha olhou para o espelho, e repetiu consigo a profecia da mucama. Digo isto, não só porque me pareceu vê-lo no sorriso da moça, como porque ela voltou-se pouco depois para a mucama, e respondeu sorrindo:

— Pode ser.

— Pode ser? Vai ficar mesmo.

— Clarinha, só se espera por você.

— Pronta, mamãe!

Tinha prendido a rosa, às pressas, e saiu.

Na sala estava a família, dous carros à porta; desceram enfim, e Felicidade com elas, até à porta da rua. Clarinha foi com a mãe no segundo carro; no primeiro foi o pai com as outras duas filhas.

Clarinha calçava as luvas, a mãe dizia que era tarde; entraram; mas, ao entrar caiu a rosa do peito da moça. Consternação desta; teima da mãe que era tarde, que não valia a pena gastar tempo em pregar a rosa outra vez. Mas Clarinha pedia que se demorasse um instante, um instante só, e diria à mucama que fosse buscar um alfinete.

— Não é preciso, sinhá; aqui está um.

Um era eu. Que alegria a de Clarinha! Com que alvoroço me tomou entre os dedinhos, e me meteu entre os dentes, enquanto descalçava as luvas. Descalçou-as: pregou comigo a rosa, e o carro partiu. Lá me vou no peito de uma linda moça, prendendo uma bela rosa, com destino ao baile de um desembargador. Façam-me o favor de dizer se Bonaparte teve mais rápida ascensão. Não há dois minutos toda a minha prosperidade era o lenço pobre de uma pobre mucama. Agora, peito de moça bonita, vestido de seda, carro, baile, lacaio que abre a portinhola, cavalheiro que dá o braço à moça, que a leva escada acima; uma escada suada de tapetes, lavada de luzes, aromada de flores... Ah! enfim! eis-me no meu lugar.

Estamos na terceira valsa. O par de Clarinha é o Dr. Florêncio, um rapaz bonito, bigode negro, que a aperta muito e anda à roda como um louco. Acabada a valsa, fomos passear os três, ele murmurando-lhe coisas meigas, ela arfando de cansaço e comoção, e eu fixo, teso, orgulhoso. Seguimos para a janela. O Dr. Florêncio declarou que era tempo de autorizá-lo a pedi-la.

— Não se vexe; não é preciso que me diga nada; basta que me aperte a mão.

Clarinha apertou-lhe a mão; ele levou-a à boca e beijou-a; ela olhou assustada para dentro.

— Ninguém vê, continuou o Dr. Florêncio; amanhã mesmo escreverei a seu pai.

Conversaram ainda uns dez minutos, suspirando cousas deliciosas, com as mãos presas. O coração dela batia! Eu, que lhe ficava em cima, é que sentia as pancadas do pobre coração. Pudera! Noiva entre duas valsas. Afinal, como era mister voltar à sala, ele pediu-lhe um penhor, a rosa que— trazia ao peito.

— Tome...

E despregando a rosa, deu-a ao namorado, atirando-me, com a maior indiferença, à rua... Caí na copa do chapéu de um homem que passava e...

O DESTINADO

[AE. 30 abr. 1883.]

Ao entrar no carro, cerca das quatro horas da manhã, Delfina trazia consigo uma preocupação grave, que eram ao mesmo tempo duas. Isto pede alguma explicação. Voltemos à primeira valsa.

A primeira valsa que Delfina executou no salão do coronel foi um puro ato de complacência. O irmão dela apresentou-lhe um amigo, o bacharel Soares, seu companheiro de casa no último ano da academia, uma pérola, um talento, etc. Só não acrescentou que era dono de um rico par de bigodes, e aliás podia dizê-lo sem mentir nem exagerar nada. Curvo, gracioso, com os bigodes espetados no ar, o bacharel Soares pediu à moça uma roda de valsa; e esta, depois de três segundos de hesitação, respondeu que sim. Por que hesitação? por que complacência? Voltemos à primeira quadrilha.

Na primeira quadrilha o par de Delfina fora outro bacharel, o bacharel Antunes, tão elegante como o valsista, embora não tivesse o rico par de bigodes, que ele substituía por um par de olhos mansos. Delfina gostou dos olhos mansos; e, como se eles não bastassem a dominar o espírito da moça, o bacharel Antunes juntava a esse mérito o de uma linguagem doce, canora, todas as seduções da conversação. Em poucas palavras, acabada a quadrilha, Delfina achou no bacharel Antunes os característicos de um namorado.

— Agora vou sentar-me um pouco, disse-lhe ela depois de passear alguns minutos.

O Antunes acudiu com uma frase tão piegas, que não a ponho aqui para não desconcertar o estilo; mas, realmente, foi cousa que deu à moça uma idéia avantajada do rapaz. Verdade é que Delfina não tinha o espírito muito exigente; era um bom coração, excelente índole, educada a primor, amiga de bailar, mas sem largos horizontes intelectuais: — quando muito, um pedaço de azul visto da janela de um sótão.

Contentou-se, portanto, com a frase do bacharel Antunes, e sentou-se pensativa. Quanto ao bacharel, ao longe, defronte, conversando aqui e ali, não tirava os olhos da bela Delfina. Gostava dos olhos dela, dos seus modos, elegância, graça...

— É a flor do baile, dizia ele a um parente da família.

— A rainha, emendou este.

— Não, a flor, teimou o primeiro; e, com um tom adocicado: — Rainha dá idéia de domínio e imposição, ao passo que a flor traz a sensação de uma celeste embriaguez de aromas.

Delfina, logo que teve notícia desta frase, declarou de si para si que o bacharel Antunes era um moço de grande merecimento, e um digníssimo marido. Note-se que ela partilhava a mesma opinião acerca da distinção entre rainha e flor; e, posto aceitasse qualquer das duas definições, todavia achou que a escolha da flor, e a sua explicação eram obra acertada e profundamente subtil.

Ora, em tais circunstâncias, é que o bacharel Soares pediu-lhe uma valsa. A primeira valsa era sua intenção dá-la ao bacharel Antunes; mas ele não apareceu então, ou porque estivesse no *buffet,* ou porque realmente não gostasse de valsar. Que remédio senão dá-la ao outro? Levantou-se, aceitou o braço do par, ele cingiu-lhe delicadamente a cintura, e ei-los no turbilhão. Pararam daí a pouco; o bacharel Soares teve a delicada audácia de lhe chamar sílfide.

— Na verdade, acrescentou ele, é valsista de primeira ordem.

Delfina sorriu, com os olhos baixos, não espantada do cumprimento, mas satisfeita de o ouvir. Deram outra volta, e o bacharel Soares, com muita delicadeza, repetiu o elogio. Não é preciso dizer que ele a conchegava ao corpo com certa pressão respeitosa e amorosa ao mesmo tempo. Valsaram mais, valsaram muito, ele dizendo-lhe cousas amáveis ao ouvido, ela escutando-o corada e delirante...

Aí está explicada a preocupação de Delfina, aliás duas, porque tanto os bigodes de um como os olhos mansos do outro iam com ela dentro do carro, às quatro horas da manhã. A mãe achou que ela estava com sono; e Delfina explorou o erro, deixando cair a cabeça para trás, cerrando os olhos e pensando nos dous namorados. Sim, dous namorados. A moça tentava sinceramente escolher um deles, mas o preterido sorria-lhe com tanta graça que era pena deixá-lo; elegia então esse, mas o outro dizia-lhe cousas tão doces, que não mereciam tal desprezo. O melhor seria fundi-los ambos, unir os bigodes de um aos olhos de outro, e meter esse conjunto divino no coração; mas como? Um era um, outro era outro. Ou um, ou outro.

Assim entrou ela em casa; assim recolheu-se aos aposentos. Antes de se despir, deixou-se cair em uma cadeira, com os olhos no ar; tinha a alma longe, dividida em duas partes, uma parte nas mãos de Antunes, outra nas de Soares. Cinco horas! era tempo de repousar. Delfina começou a despir-se e despentear-se, lentamente, ouvindo as palavras do Antunes, sentindo a pressão do Soares, encantada, cheia de uma sensação extraordinária. No espelho, pareceu-lhe ver os dois rapazes, e involuntariamente voltou a cabeça; era ilusão! Enfim, rezou, deitou-se, e dormiu.

Que a primeira idéia da donzela, ao acordar, fosse para os dous pares da véspera, nada há que admirar, desde que na noite anterior, ou velando ou sonhando, não pensou em outra cousa. Assim ao vestir, assim ao almoçar.

— Fifina ontem conversou muito com um moço de bigodes grandes, disse uma das irmãzinhas.

— Boas! foi com aquele que dançou a primeira quadrilha, emendou a outra irmã.

Delfina zangou-se, mas vê-se que as pequenas acertaram. Os dous cavalheiros tinham tomado conta dela, do seu espírito, do seu coração; a tal ponto que as pequenas deram por isso. O que se pergunta é se o fato de um amor assim duplo é possível; talvez que sim, desde que não haja saído da fase preparatória, inicial; e esse era o caso de Delfina. Mas enfim, cumpria escolher um deles.

Devine, si tu peux, et choisis, si tu l'oses.

Delfina achou que a eleição não era urgente, e fez um cálculo que prova da parte dela certa sagacidade e observação; disse consigo que o próprio tempo excluiria o condenado, em proveito do destinado. "Quando eu menos pensar, disse ela, estou amando deveras ao escolhido."

Escusado é acrescentar que não disse nada ao irmão, em primeiro lugar porque não são cousas que se digam aos irmãos, e em segundo lugar porque ele conhecia um dos concorrentes. Demais, o irmão, que era advogado novo, e trabalhava muito, estava nessa manhã tão ocupado no gabinete, que nem veio almoçar.

— Está com gente de fora, disse-lhe uma das pequenas. — Quem é?

— Um moço.

Delfina sentiu bater-lhe o coração. Se fosse o Antunes! Era cedo, é verdade, nove horas apenas; mas podia ser ele que viesse buscar o outro para almoçar. Imaginou logo um acordo feito na véspera, entre duas quadrilhas, e atribuiu ao Antunes o plano luminoso de ter assim entrada na família...

E foi, foi, devagarzinho, até à porta do gabinete do irmão. Não podia ver de fora; as cortinas ficavam naturalmente por dentro. Não ouvia falar, mas um ou outro rumor de pés ou de cadeiras. Que diabo! Teve uma idéia audaciosa: empurrar devagarzinho a porta e espiar pela fresta. Fê-lo; e que desilusão! viu ao lado do irmão um rapaz seco, murcho, acanhado, sem bigodes nem olhos mansos, com o chapéu nos joelhos, e um ar modesto, quase pedinte. Era um cliente do jovem advogado. Delfina recuou lentamente, comparando a figura do pobre-diabo com a dos dous concorrentes da véspera, e rindo da ilusão. Por que rir? Cousas de moça. A verdade é que ela casou daí a um ano justamente com o pobre-diabo. Leiam os jornais do tempo; lá está a notícia do consórcio, da igreja, dos padrinhos, etc. Não digo o ano, porque eles querem guardar o incógnito, mas procurem que hão de achar.

TROCA DE DATAS

[AE. 31 maio a 30 jun. 1883.]

CAPÍTULO PRIMEIRO

Deixa-te de partes, Eusébio; vamos embora; isto não é bonito. Cirila...

— Já lhe disse o que tenho de dizer, tio João, respondeu Eusébio. Não estou disposto a tornar à vida de outro tempo. Deixem-me cá no meu canto. Cirila que fique...

— Mas, enfim, ela não te fez nada.

— Nem eu digo isso. Não me fez cousa nenhuma; mas... para que repeti-lo? Não posso aturá-la.

— Virgem Santíssima! Uma moça tão sossegada! Você não pode aturar uma moça, que é até boa demais?

— Pois, sim; eu é que sou mau; mas deixem-me.

Dizendo isto, Eusébio caminhou para a janela, e ficou olhando para fora. Dentro, o tio João, sentado, fazia circular o chapéu-de-chile no joelho, fitando o chão com um ar aborrecido e irritado. Tinha vindo na véspera, e parece que com a certeza de voltar à fazenda levando o prófugo Eusébio. Nada tentou durante a noite, nem antes do almoço. Almoçaram; preparou-se para dar uma volta na cidade, e, antes de sair, meteu ombros ao negócio. Vã tentativa! Eusébio disse que não, e repetiu que não, à tarde, e no dia seguinte. O tio João chegou a ameaçá-lo com a presença de Cirila; mas a ameaça não surtiu melhor efeito, porque Eusébio declarou positivamente que, se tal sucedesse, então é que ele faria cousa pior. Não disse o que era, nem era fácil achar cousa pior do que o abandono da mulher, a não ser o suicídio ou o assassinato; mas vamos ver que nenhuma destas hipóteses era sequer imaginável. Não obstante, o tio João teve medo do pior, pela energia do sobrinho, e resignou-se a tornar à fazenda sem ele.

De noite, falaram mansamente da fazenda e de outros negócios de Piraí; falaram também da guerra, e da batalha de Curuzu, em que Eusébio entrara, e donde saíra sem ferimento, adoecendo dias depois. De manhã, despediram-se; Eusébio deu muitas lembranças para a mulher, mandou-lhe mesmo alguns presentes, trazidos de propósito de Buenos Aires, e não se falou mais na volta.

— Agora, até quando?

— Não sei; pretendo embarcar daqui a um mês ou três semanas, e depois, não sei; só quando a guerra acabar.

CAPÍTULO II

Há uma porção de cousas que estão patentes ou se deduzem do capítulo anterior. Eusébio abandonou a mulher, foi para a guerra do Paraguai, veio ao Rio de Janeiro, nos fins de 1866, doente, com licença. Volta para a campanha. Não odeia a mulher, tanto que lhe manda lembranças e presentes. O que se não pode deduzir tão claramente é que Eusébio é capitão de voluntários; é capitão, tendo ido tenente; portanto, subiu de posto, e, na conversa com o tio, prometeu voltar coronel.

Agora, por que motivo, sendo a mulher tão boa, e, não a odiando ele, pois que lhe remete uns mimos, comprados para ela, de propósito, não aqui, mas já em Buenos Aires, por que motivo, digo eu, resiste o Capitão Eusébio à proposta de vir ver Cirila? *That is the ruh.* Eis aí justamente o ponto intrincado. A imaginação perde-se em um mar de conjeturas, sem achar nunca o porto da verdade, ou pelo menos, a angra da verossimilhança. Não; há uma angra; parece-me que o leitor sagaz, não atinando com outro motivo, recorre à incompatibilidade de gênio, Único modo de explicar este capitão, que manda presentes à consorte, e a repele.

Sim e não. A questão reduz-se a uma troca de datas. Troca de datas? Mas... Sim, senhor, troca de datas, uma cláusula psicológica e sentimental, uma cousa que o leitor não entende, nem entenderá se se não der ao trabalho de ler este escrito.

Em primeiro lugar, fique sabendo que o nosso Eusébio nasceu em 1842; está com vinte e quatro anos, depois da batalha de Curuzu. Foi criado por um pai severo e uma mãe severíssima. A mãe faleceu em 1854; em 1862, o pai determinou casá-lo com a filha de um correligionário político, isto é, conservador, ou, para falar a linguagem do tempo e do lugar, saquarema. Essa moça é D. Cirila. Segundo todas as versões, até de adversários, D. Cirila era a primeira beleza da província, fruta da roça, não da corte, aonde já viera duas ou três vezes, — fruta agreste e sadia. "Parece uma santa!" era o modo de exprimir a admiração dos que olhavam para ela; era assim que definiam a serenidade da fisionomia e a mansidão dos olhos. Da alma podia dizer-se a mesma cousa, uma criatura plácida, parecia cheia de paciência e doçura.

Saiba agora, em segundo lugar, que o nosso Eusébio não criticou a escolha do pai, aprovou-a, gostou da noiva logo que a viu. Ela também; ao alvoroço da virgem acresceu a simpatia que Eusébio lhe inspirou, mas uma e outra cousa, alvoroço e simpatia, não foram extraordinários, não subiram de certa medida escassa, compatível com a natureza de Cirila.

Com efeito, Cirila era apática. Nascera para as funções angélicas, servir ao Senhor, cantar nos coros divinos, com a sua voz fraca e melodiosa, mas sem calor, nem arrebatamentos. Eusébio não lhe viu senão os olhos, que eram, como digo, bonitos, e a boca fresca e bem rasgada; aceitou a noiva, e casaram-se daí a um mês.

A opinião de toda a gente foi unânime. — Um rapagão! diziam consigo as damas. E os rapazes: — Uma linda pequena! A opinião foi que o casamento não podia ser mais acertado e, portanto, devia ser felicíssimo. Pouco tempo depois de casados, morreu o pai de Eusébio; este convidou o tio a tomar conta da fazenda, e deixou-se ali ficar ao pé da mulher. São dous pombinhos, dizia o tio João aos amigos. E enganava-se. Era uma pomba e um gavião.

Dentro de quatro meses, as duas naturezas tão opostas achavam-se divorciadas. Eusébio tinha as paixões enérgicas, tanto mais enérgicas quanto que a educação as comprimira. Para ele o amor devia ser vulcânico, uma fusão de duas naturezas impetuosas; uma torrente em suma, figura excelente, que me permite o contraste do lago quieto. O lago era Cirila. Cirila era incapaz de paixões grandes, nem boas nem más; tinha a sensibilidade curta, e afeição moderada, quase nenhuma, antes obediência do que impulso, mais conformidade que arrojo. Não contradizia nada, mas também não exigia nada. Provavelmente, não teria ciúmes. Eusébio disse consigo que a mulher era um cadáver, e, lembrando-se do *Eurico,* emendou-lhe uma frase:

Ninguém vive atado a um cadáver, disse ele.

Três meses depois, deixou ele a mulher e a fazenda, tendo assinado todas as procurações necessárias. A razão dada foi a guerra do Paraguai; e, com efeito, ele ofereceu os seus serviços ao governo; mas não há inconveniente que uma razão nasça com outra, ao lado, ou dentro de si mesma. A verdade é que, na ocasião em que ele resolvia ir para a campanha, deliciava os habitantes do Piraí uma companhia de cavalinhos na qual uma certa dama, rija, de olhos negros e quentes, fazia maravilhas no trapézio e na corrida em pêlo. Chamava-se Rosita; e era oriental. Eusébio assinou com essa representante da república vizinha um tratado de perpétua aliança, que durou dous meses. Foi depois do rompimento que Eusébio, tendo provado o vinho dos fortes, determinou deixar a água simples de casa. Não queria fazer as cousas com escândalo, e adotou o pretexto marcial. Cirila ouviu a notícia com tristeza, mas sem tumulto. Estava fazendo crivo; parou, fitou-o, parece que com os olhos um tanto úmidos, mas sem nenhum soluço e até nenhuma lágrima. Levantou-se e foi cuidar da bagagem. Creio que é tempo de acabar este capítulo.

CAPÍTULO III

Como não é intenção do escrito contar a guerra, nem o papel que lá fez o Capitão Eusébio, corramos depressa ao fim, no mês de outubro de 1870, em que o batalhão de Eusébio voltou ao Rio de Janeiro, vindo ele major, e trazendo ao peito duas medalhas e dous oficialatos: um bravo. A gente que nas ruas e das janelas via passar os galhardos vencedores era muita, luzida e diversa. Não admira, se no meio de tal confusão o nosso Eusébio não viu a mulher. Era ela, entretanto, que estava debruçada da janela de uma casa da Rua Primeiro de Março, com algumas parentas e amigas, e o infalível tio João.

— Olha, Cirila, olha, lá vem ele, dizia o bom roceiro.

Cirila baixou os olhos ao marido. Não o achou mudado, senão para melhor: pareceu-lhe mais robusto, mais gordo; além disso, tinha o ar marcial, que acentuava a figura. Não o tendo visto desde cinco anos, era natural que a comoção fosse forte, e algumas amigas, receosas, olhavam para ela. Mas Cirila não desmaiou, não se alvoroçou. O rosto ficou sereno como era. Fitou Eusébio, é verdade, mas não muito tempo, e, em todo caso, como se ele tivesse saído daqui na semana anterior. O batalhão passou; o tio João saiu para ir esperar o sobrinho no quartel.

— Ora, vem cá, meu rapaz!

— Oh! tio João!

— Voltas cheio de glória! exclamou o tio João depois de o abraçar apertadamente.

— Parece-lhe?

— Pois então! Lemos tudo o que saiu nas folhas; você brilhou... Há de contar-nos isso depois. Cirila está na corte...

— Ah!

— Estamos em casa do Soares Martins.

Não se pode dizer que ele recebeu a notícia com desgosto: mas também não se pode afirmar que com prazer; indiferente, é verdade, indiferente e frio. A entrevista não foi mais alvoroçada; ambos apertaram as mãos com um ar de pessoas que se estimam sem intimidade. Três dias depois, Cirila voltava para a roça, e o Major Eusébio deixava-se ficar na corte.

Já o fato de ficar é muito; mas, não se limitou a isso. Eusébio estava namorado de uma dama de Buenos Aires, que prometera vir ter com ele ao Rio de Janeiro. Não acreditando que ela cumprisse a palavra, preparou-se para tornar ao Rio da Prata, quando ela aqui aportou, quinze dias depois. Chamava-se Dolores, e era realmente bela, um belo tipo de argentina. Eusébio amava-a loucamente, ela não o amava de outro modo; ambos formavam um par de doudos.

Eusébio alugou casa na Tijuca, onde foram viver os dous, como um casal de águias. Os moradores do lugar contavam que eles eram um modelo de costumes e outro modelo de afeição. Com efeito, não davam escândalo e amavam-se com o ardor, a tenacidade e o exclusivismo das grandes paixões. Passeavam juntos, conversavam de si e do céu; ele deixava de ir à cidade três, cinco, seis dias, e quando ia era para se demorar o tempo estritamente necessário. Perto da hora de voltar, via-se a bela Dolores esperá-lo ansiosa à janela, ou ao portão. Um dia a demora foi além dos limites do costume; eram cinco horas da tarde, e nada; deram seis, sete, nem sombra de Eusébio. Ela não podia ter-se; ia de um ponto para outro, interrogava os criados, mandava um deles ver se aparecia o patrão. Não chorava, tinha os olhos secos, ardentes. Enfim, perto de oito horas, apareceu Eusébio. Vinha esbaforido; tinha ido à casa do Ministro da Guerra, onde o oficial do gabinete lhe disse que S. Ex.ª desejava falar-lhe, nesse mesmo dia. Voltou lá às quatro horas; não o achou, esperou-o até às cinco, até às seis; só às seis e meia é que o ministro voltou da Câmara, onde a discussão lhe tomara o tempo.

Ao jantar, contou Eusébio que o motivo da entrevista com o Ministro da Guerra fora um emprego que ele pedira, e que o ministro, não podendo dar-lho, trocara por outro. Eusébio aceitou; era para o Norte, na província do Pará...

— No Pará?! interrompeu Dolores. — Sim. Que tem?

Dolores refletiu um instante; depois disse que ele fazia muito bem aceitando, mas que ela não iria; receava os calores da província, tinha lá perdido uma amiga; provavelmente, voltava a Buenos Aires. O pobre major não pôde acabar de comer; instou com ela, mostrou-lhe que o clima era excelente, e que as amigas podiam morrer em qualquer parte. Mas a argentina abanou a cabeça. Sinceramente, não queria.

No dia seguinte, Eusébio desceu outra vez para pedir dispensa ao ministro, e rogar-lhe que o desculpasse, porque um motivo súbito, um incidente... Regressou à

Tijuca, dispensado e triste; mas os olhos de Dolores curaram-lhe a tristeza em menos de um minuto.

— Já lá vai o Pará, disse ele alegremente. — Sim?

Dolores agradeceu-lhe o sacrifício com um afago; abraçaram-se amorosos, como no primeiro dia. Eusébio estava contente com ter cedido; não advertiu que, se ele insistisse, Dolores embarcaria também. Ela não fez mais do que exercer a influência que tinha, para se não remover da capital; mas, assim como Eusébio sacrificou por ela o emprego, assim Dolores sacrificaria por ele o repouso. O que ambos queriam principalmente era não se separarem nunca.

Dous meses depois, veio a quadra dos ciúmes. Eusébio desconfiou de Dolores, Dolores desconfiou de Eusébio, e as tempestades desencadearam-se sobre a casa como o pampeiro do Sul. Diziam um ao outro cousas duras, algumas ignóbeis; Dolores arremetia contra ele, Eusébio contra ela; espancavam-se e amavam-se. A opinião do lugar chegava ao extremo de dizer que eles se amavam melhor depois de espancados.

— São sistemas! murmurava um comerciante inglês.

Assim se passou metade do ano de 1871. No princípio de agosto, recebeu Eusébio uma carta do tio João, que lhe dava notícia de que a mulher estava doente de cama, e queria falar-lhe. Eusébio mostrou a carta a Dolores. Não havia remédio senão ir; prometeu voltar logo... Dolores pareceu consentir, ou deveras consentiu na ocasião; mas duas horas depois, foi ter com ele, e ponderou-lhe que não se tratava de moléstia grave, se não o tio o diria na carta; provavelmente, era para tratar dos negócios da fazenda.

— Se não é tudo mentira, acrescentou ela.

Eusébio não tinha advertido na possibilidade de um invento, com o fim de o arrancar aos braços da bela Dolores, concordou que podia ser isso, e resolveu escrever. Escreveu com efeito, dizendo que por negócios urgentes não podia ir logo; mas que desejava saber tudo o que havia, não só a respeito da moléstia de Cirila, como dos negócios da fazenda. A carta era um modelo de hipocrisia. Foram com ela uns presentes para a mulher.

Não veio resposta. O tio João, indignado, não lhe respondeu nada. Cirila estava deveras doente, e a doença não era grave, nem foi longa; nada soube da carta, na ocasião; mas, quando ela se restabeleceu o tio disse-lhe tudo, ao dar-lhe os presentes que Eusébio lhe mandara.

— Não contes mais com teu marido, concluiu ele; é um pelintra, um sem-vergonha...

— Oh! tio João! repreendeu Cirila.

— Você ainda toma as dores por ele?

— Isto não é tomar as dores...

— Você é uma tola! bradou o tio João.

Cirila não disse que não; também não disse que sim; não disse nada. Olhou para o ar, e foi dar umas ordens da cozinha. Para ser exato e minucioso, é preciso dizer que, durante o trajeto, Cirila pensou no marido; na cozinha, porém, só pensou na cozinheira. As ordens que deu saíram-lhe da boca, sem alteração de voz; e, lendo daí a pouco a carta do marido ao tio, fê-lo com saudade, é possível, mas sem indignação nem desespero. Há quem afirme que uma certa lágrima lhe caiu dos olhos no papel; mas se deveras caiu, não foi mais de uma; em todo caso, não chegou a apagar nenhuma letra, porque caiu na margem, e Eusébio escrevia com margens grandes todas as suas cartas...

CAPITULO IV

Dolores acabou. O que é que não acaba? Acabou Dolores poucos meses depois da carta de Eusébio à mulher, não morrendo, mas fugindo para Buenos Aires com um patrício. Eusébio padeceu muito, e resolveu matar os dous, — ou, pelo menos, arrebatar a amante ao rival. Um incidente obstou a esse desastre.

Eusébio vinha do escritório da companhia de paquetes, onde fora tratar da passagem, quando sucedeu um desastre na Rua do Rosário perto do Beco das Cancelas: — um carro foi de encontro a uma carroça, e quebrou-a. Eusébio, apesar das preocupações de outra espécie, não pôde conter o movimento que tinha sempre em tais ocasiões para ir saber o que era, a extensão do desastre, a culpa do cocheiro, para chamar a polícia, etc. Correu ao lugar; achou dentro do carro uma senhora, moça e bonita. Ajudou-a a sair, levou-a para uma casa, e não a deixou sem lhe prestar outros pequenos serviços; finalmente, deu-se como testemunha nas indagações policiais. Este último obséquio foi já um pouco interesseiro; a senhora deixara-lhe n'alma uma deliciosa impressão. Soube que era viúva, fez-se encontradiço, e amaram-se. Quando ele confessou que era casado, D. Jesuína, que este era o nome dela, não pôde reter um dilúvio de lágrimas... Mas amavam-se, e amaram-se. A paixão durou um ano e mais, e não acabou por culpa dela, mas dele, cuja violência não raras vezes trazia atrás de si o fastio. D. Jesuína chorou muito, arrependeu-se; mas o fastio de Eusébio era completo.

Esquecidas as duas, aliás as três damas, porque é preciso contar a do circo, parecia que Eusébio ia voltar à fazenda e restituir-se à família. Não pensou em tal cousa. A corte seduzia-o; a vida solta entrara-lhe no sangue. Correspondia-se com a mulher e com o tio, mandava-lhes presentinhos e lembranças, chegara mesmo a anunciar que iria para casa daí a uma semana ou duas, pelo S. João, pela Glória, mas ia-se deixando ficar. Enfim, um dia, ao mês de dezembro, chegou a preparar-se deveras, embora lhe custasse muito, mas um namoro novo o dissuadiu, e ele ficou outra vez.

Eusébio freqüentava assiduamente os teatros, era doudo por francesas e italianas, fazia verdadeiros desatinos, mas como era também feliz, os desatinos ficavam largamente compensados. As paixões eram enérgicas e infrenes; ele não podia resistir-lhes, não chegava mesmo a tentá-lo.

Cirila foi-se acostumando a viver separada. Afinal convenceu-se de que entre um e outro o destino ou a natureza cavara um abismo, e deixou-se estar na fazenda, com o tio João. O tio João concordava com a sobrinha.

— Tem razão, dizia ele; vocês não nasceram um para o outro. São dous gênios contrários. Veja o que são às vezes os casamentos. Mas eu também tenho culpa, porque aprovei tudo.

— Ninguém podia adivinhar, tio João.

— Isso é verdade. E você ainda tem esperanças?

— De quê?

— De que ele volte?

— Nenhuma.

E, de fato, não esperava nada. Mas escrevia-lhe sempre, — brandamente afetuosa, sem lágrimas, nem queixumes, nem pedido para voltar; não havia sequer saudades, dessas saudades de fórmula, nada. E era isto justamente o que quadrava ao espírito de Eusébio; eram essas cartas sem instância, que o não perseguiam nem exortavam, nem acusavam, como as do tio João; e era por isso que ele mantinha constante e regular a correspondência com a mulher.

Um dia, — passados cinco anos, — Cirila veio à corte, com o tio; esteve aqui cinco ou seis dias e voltou para a roça, sem procurar o marido. Este soube do caso, disseram-lhe que ela estava em certo hotel, correu para lá, mas era tarde. Cirila partira no trem da manhã. Eusébio escreveu-lhe no dia seguinte, chamando-lhe ingrata e esquecida; Cirila desculpou-se em dizer que tivera necessidade urgente de voltar, e não se falou mais nisso.

Durante esse tempo a vida de Eusébio continuara no mesmo diapasão. Os seus amores multiplicavam-se, e eram sempre mulheres tão impetuosas e ardentes, como ele. Uma delas, leoa ciumenta, duas ou três vezes lutara com outras, e até o feriu uma vez, deitando-lhe à cara uma tesoura. Chamava-se Sofia, e era rio-grandense. Tão depressa viu o sangue rebentar do queixo de Eusébio (a tesoura apanhara de leve essa parte do rosto) Sofia caiu sem sentidos. Eusébio esqueceu-se de si mesmo, para correr a ela. Voltando a si, ela pediu-lhe perdão, rojou-se-lhe aos pés, e foi curá-lo com uma dedicação de mãe. As cenas de ciúmes reproduziram-se assim, violentas, por parte de ambos.

Rita foi outra paixão de igual gênero, com iguais episódios, e não foi a última. Outras vieram, com outros nomes. Uma dessas deu lugar a um ato de delicadeza, realmente inesperado da parte de um homem como aquele. Era uma linda mineira, de nome Rosária, que ele encontrou no Passeio Público, um sábado, à noite.

— Cirila! exclamou ele.

Com efeito, Rosária era a cara de Cirila, a mesma figura, os mesmos ombros; a diferença única era que a mulher dele tinha naturalmente os modos acanhados e modestos, ao passo que Rosária adquirira outras maneiras soltas. Eusébio não tardou em reconhecer isso mesmo. A paixão que esta mulher lhe inspirou foi grande; mas não menor foi o esforço que ele empregou para esquecê-la. A semelhança com a mulher constituía para ele um abismo. Nem queria ao pé de si esse fiel traslado, que seria ao mesmo tempo um remorso, nem também desejava fitar aqueles costumes livres, que lhe conspurcavam a imagem da mulher. Era assim que ele pensava, quando a via; ausente, voltava a paixão. Que era preciso para vencê-la, senão outra? Uma Clarinha consolou de Rosária, uma Luísa de Clarinha, uma Romana de Luísa, etc., etc.

Não iam passando só as aventuras, mas os anos também, os anos que não perdoam nada. O coração de Eusébio tinha-se fartado de amor; a vida oferecera-lhe a taça cheia, e ele embriagara-se depressa. Estava cansado, e tinham passado oito anos. Pensou em voltar para casa, mas como? A vergonha dominou-o. Escreveu uma carta à mulher, pedindo-lhe perdão de tudo, mas rasgou-a logo, e ficou. O fastio veio sentar-se ao pé dele; a solidão acabrunhou-o. Cada carta de Cirila trazia-lhe o aroma da roça, a saudade de casa, a vida quieta ao lado da esposa constante e meiga, e ele tinha ímpetos de meter-se na estrada de ferro; mas a vergonha...

No mês de outubro de 1879, recebeu uma carta do tio João. Era a primeira depois de algum tempo; receou alguma notícia má, abriu-a, e preparou-se logo para seguir. Com efeito, Cirila estava doente, muito doente. No dia seguinte partiu. Ao ver, a distância, a fazenda, a casa, a capelinha, estremeceu e sentiu alguma cousa melhor, menos desatinado do que os anos perdidos. Entrou em casa trôpego. Cirila estava dormindo quando ele chegou, e, apesar dos pedidos do tio João, Eusébio foi ao quarto, pé ante pé, e contemplou-a. Saiu logo, escondendo os olhos; o tio João apertou-o nos braços, e contou-lhe tudo. Cirila adoecera de uma febre perniciosa, e o médico disse que o estado era gravíssimo, e a morte muito provável; felizmente, naquele dia de manhã, a febre cedera.

Cirila restabeleceu-se em poucos dias. Eusébio, durante os primeiros, consentiu em não ver a mulher, para lhe não produzir nenhum abalo; mas já sabemos que Cirila tinha os abalos insignificantes. Estendeu-lhe a mão, quando ele lhe apareceu, como se ele tivesse saído dali na semana anterior; tal qual se despedira antes, quando ele foi para a guerra.

— Agora é de vez? perguntou o tio João ao sobrinho.

— Juro que é de vez.

E cumpriu. Não se pense que ficou constrangido, ou com o ar enfadado de um grande estróina que acabou. Nada; ficou amigo da mulher, meigo, brando, dado ao amor quieto, sem explosões, sem excessos qual o de Cirila. Quem os via podia crer que eram as duas almas mais homogêneas do universo; pareciam ter nascido um para o outro.

O tio João, homem rude e filósofo, ao vê-los agora tão unidos, confirmou dentro de si mesmo a observação que fizera uma vez, mas modificando-a, por este modo: — Não eram as naturezas que eram opostas, as datas é que se não ajustavam; o marido de Cirila é este Eusébio dos quarenta, não o outro. Enquanto quisermos combinar as datas contrárias, perdemos o tempo; mas o tempo andou e combinou tudo.

QUESTÕES DE MARIDOS

[AE. 15 jul. 1883.]

— O Subjetivo... o subjetivo... Tudo através do subjetivo, costumava dizer o velho professor Morais Pancada.

Era um sestro. Outro sestro era sacar de uma gaveta dous maços de cartas para demonstrar a proposição. Cada maço pertencia a uma de duas sobrinhas, já falecidas. A destinatária das cartas era a tia delas, mulher do professor, senhora de sessenta e tantos anos, e asmática. Esta circunstância da asma é perfeitamente ociosa para o nosso caso; mas isto mesmo lhes mostrará que o caso é verídico.

Luísa e Marcelina eram os nomes das sobrinhas. O pai delas, irmão do professor, morrera pouco depois da mãe, que as deixou crianças; de maneira que a tia é quem as criou, educou e casou. A primeira casou com dezoito anos, e a segunda com dezenove, mas casaram no mesmo dia. Uma e outra eram bonitas, ambas pobres.

— Cousa extraordinária! disse o professor à mulher um dia.

— Que é?

— Recebi duas cartas, uma do Candinho, outra do Soares, pedindo... pedindo o quê?

— Diga.

— Pedindo a Luísa...

— Os dous?

— E a Marcelina.

— Ah!

Este *ah!* traduzido literalmente, queria dizer: — *já desconfiava isso mesmo.* O extraordinário para o velho professor era que o pedido de ambos fosse feito na mesma ocasião. Mostrou ele as cartas à mulher, que as leu, e aprovou a escolha. Candinho pedia a Luísa, Soares a Marcelina. Eram ambos moços, e pareciam gostar muito delas.

As sobrinhas, quando o tio lhes comunicou o pedido, já estavam com os olhos baixos; não simularam espanto, porque elas mesmas é que tinham dado autorização aos namorados. Não é preciso dizer que ambas declaram aceitar os noivos; nem que o professor, à noite, escovou toda a sua retórica para responder conveniente aos dous candidatos.

Outra cousa que não digo, — mas é por não saber absolutamente, — é o que se passou entre as duas irmãs, uma vez recolhidas naquela noite. Por alguns leves cochichos, pode crer-se que ambas se davam por bem-aventuradas, propunham planos de vida, falavam deles, e, às vezes não diziam nada, deixando-se estar com as mãos presas e os olhos no chão. É que realmente gostavam dos noivos, e eles delas, e o casamento vinha coroar as suas ambições.

Casaram-se. O professor visitou-as no fim de oito dias, e achou-as felizes. Felizes, ou mais ou menos se passaram os primeiros meses. Um dia, o professor teve de ir viver em Nova Friburgo, e as sobrinhas ficaram na corte, onde os maridos eram empregados. No fim de algumas semanas de estada em Nova Friburgo, eis a carta que a mulher do professor recebeu de Luísa:

> Titia,
>
> Estimo que a senhora tenha passado bem, em companhia do titio, e que dos incômodos vá melhor. Nós vamos bem. Candinho agora anda com muito trabalho, e não pode deixar a corte nem um dia. Logo que ele esteja mais desembaraçado iremos vê-los.
>
> Eu continuo feliz; Candinho é um anjo, um anjo do céu. Fomos domingo ao teatro da Fênix, e ri-me muito com a peça. Muito engraçada! Quando descerem, se a peça ainda estiver em cena, hão de vê-la também.
>
> Até breve, escreva-me, lembranças a titio, minhas e do Candinho.
>
> LUÍSA.

Marcelina não escreveu logo, mas dez ou doze dias depois. A carta dizia assim:

> Titia,
>
> Não lhe escrevi há mais tempo, por andar com atrapalhações de casa; e aproveito esta abertazinha para lhe pedir que me mande notícias suas, e de titio. Eu não sei se poderei ir lá; se puder, creia que irei correndo. Não repare nas poucas linhas, estou muito aborrecida. Até breve.
>
> MARCELINA.

— Vejam, comentava o professor; vejam a diferença das duas cartas. A de Marcelina com esta expressão: — *estou muito aborrecida;* e nenhuma palavra do Soares.

Minha mulher não reparou na diferença, mas eu notei-a, e disse-lha, ela entendeu aludir a isso na resposta, e perguntou-lhe como é que uma moça, casada de meses, podia ter aborrecimentos. A resposta foi esta:

Titia,

Recebi a sua carta, e estimo que não tenha alteração na saúde nem o titio.

Nós vamos bem e por aqui não há novidade.

Pergunta-me por que é que uma moça, casada de fresco, pode ter aborrecimentos? Quem lhe disse que eu tinha aborrecimentos? Escrevi que estava aborrecida, é verdade; mas então a gente não pode um momento ou outro deixar de estar alegre?

É verdade que esses momentos meus são compridos, muito compridos. Agora mesmo, se lhe dissesse o que se passa em mim, ficaria admirada. Mas enfim Deus é grande...

MARCELINA.

— Naturalmente, a minha velha ficou desconfiada. Havia alguma cousa, algum mistério, maus tratos, ciúmes, qualquer cousa. Escreveu-lhe pedindo que dissesse tudo, em particular, que a carta dela não seria mostrada a ninguém. Marcelina animada pela promessa, escreveu o seguinte:

Titia,

Gastei todo o dia a pensar na sua carta, sem saber se obedecesse ou não; mas, enfim, resolvi obedecer, não só porque a senhora é boa e gosta de mim, como porque preciso de desabafar.

É verdade, titia, padeço muito, muito; não imagina. Meu marido é um friarrão, não me ama, parece até que lhe causo aborrecimento.

Nos primeiros oito dias ainda as cousas foram bem: era a novidade do casamento. Mas logo depois comecei a sentir que ele não correspondia ao meu sonho de marido. Não era um homem terno, dedicado, firme, vivendo de mim e para mim. Ao contrário, parece outro, inteiramente outro, caprichoso, intolerante, gelado, pirracento, e não ficarei admirada se me disserem que ele ama a outra. Tudo é possível, por minha desgraça...

É isto que queria ouvir? Pois aí tem. Digo-lhe em segredo; não conte a ninguém, e creia na sua desgraçada sobrinha do coração.

MARCELINA.

— Ao mesmo tempo que esta carta chegava às mãos da minha velha, continuou o professor, recebia ela esta outra de Luísa:

Titia,

Há muitos dias que ando com vontade de escrever-lhe; mas ora uma cousa, ora outra, e não tenho podido. Hoje há de ser sem falta, embora a carta saia pequena.

Já lhe disse que continuo a ter uma vida muito feliz? Não imagina; muito feliz. Candinho até me chama douda quando vê a minha alegria; mas eu respondo que ele pode dizer o que quiser, e continuo a ser feliz, contanto que ele o seja também, e pode crer que ambos o somos. Ah! titia! em boa hora nos casamos! E Deus pague a titia e o titio. que aprovaram tudo. Quando descem? Eu, pelo verão, quero ver se vou lá visitá-los. Escreva-me.

LUÍSA.

E o professor, empunhando as cartas lidas, continuou a comentá-las, dizendo que a mulher não deixou de advertir na diferença dos destinos. Casadas ao mesmo tempo, por escolha própria, não acharam a mesma estrela, e ao passo que uma estava tão feliz, a outra parecia tão desgraçada.

— Consultou-me se devia indagar mais alguma cousa de Marcelina, e até se conviria descer por causa dela; respondi-lhe que não, que esperássemos; podiam ser arrufos de pequena monta. Passaram-se três semanas sem cartas. Um dia a minha velha recebeu duas, uma de Luísa, outra de Marcelina; correu primeiro à de Marcelina.

> Titia,
> Ouvi dizer que tinham passado mal estes últimos dias. Será verdade? Se for verdade ou não, mande-me dizer. Nós vamos bem, ou como Deus é servido. Não repare na tinta apagada; é de minhas lágrimas.
>
> MARCELINA.

A outra carta era longa; mas eis aqui o trecho final. Depois de contar um espetáculo no Teatro Lírico, Luísa dizia assim:

> ... Em suma, titia, foi uma noite cheia, principalmente por estar ao lado do meu querido Candinho, que é cada vez mais angélico. Não imagina, não imagina. Diga-me: o titio foi assim também quando era moço? Agora, depois de velho, sei que é do mesmo gênero. Adeus, e até breve, para irmos ao teatro juntas.
>
> LUÍSA.

— As cartas continuaram a subir, sem alteração de nota, que era a mesma para ambas. Uma feliz, outra desgraçada. Nós afinal já estávamos acostumados com a situação. De certo tempo em diante, houve mesmo de parte de Marcelina uma ou outra diminuição de queixas; não que ela se desse por feliz ou satisfeita com a sorte; mas resignava-se, às vezes, e não insistia muito. As crises amiudavam-se, e as queixas tornavam ao que eram.

O professor leu ainda muitas cartas das duas irmãs. Todas confirmavam as primeiras; as duas últimas eram, principalmente, características. Sendo longas, não é possível transcrevê-las; mas vai o trecho principal. O de Luísa era este:

> ... O meu Candinho continua a fazer-me feliz, muito feliz. Nunca houve marido igual na terra, titio; não houve, nem haverá; digo isto porque é a verdade pura.

O de Marcelina era este:

> ... Paciência; o que me consola é que meu filho ou filha, se viver, será a minha consolação: nada mais...

— E então? perguntaram as pessoas que escutavam o professor.
— Então, quê?... O subjetivo... O subjetivo...
— Explique-se.
— Está explicado, ou adivinhado, pelo menos. Comparados os dous maridos, o melhor, o mais terno, o mais fiel, era justamente o de Marcelina; o de Luísa era apenas

um bandoleiro agradável, às vezes seco. Mas, um e outro, ao passarem pelo espírito das mulheres, mudavam de todo. Luísa, pouco exigente, achava o Candinho um arcanjo; Marcelina, coração insaciável, não achava no marido a soma de ternura adequada à sua natureza... O subjetivo... o subjetivo...

TRÊS CONSEQÜÊNCIAS

[AE. 31 jul. 1883.]

D. Mariana Vaz está no derradeiro mês do primeiro ano de viúva. São 15 de dezembro de 1880, e o marido faleceu no dia 2 de janeiro, de madrugada, depois de uma bela festa do ano-bom, em que tudo dançou na fazenda, até os escravos. Não me peçam grandes notícias do finado Vaz; ou, se insistem por elas, ponham os olhos na viúva. A tristeza do primeiro dia é a de hoje. O luto é o mesmo. Nunca mais a alegria sorriu sequer na casa que vira a felicidade e a desgraça de D. Mariana.

Vinte e cinco anos, realmente, e vinte e cinco anos bonitos, não deviam andar de preto, mas cor-de-rosa ou azul, verde ou granada. Preto é que não. E, todavia, é a cor dos vestidos da jovem Mariana, uma cor tão pouco ajustada aos olhos dela, não porque estes também não sejam pretos, mas por serem *moralmente* azuis. Não sei se me fiz entender. Olhos lindos, rasgados, eloqüentes; mas, por agora quietos e mudos. Não menos eloqüente, e não menos calado é o rosto da pessoa.

Está a findar o ano da viuvez. Poucos dias faltam. Mais de um cavalheiro pretende a mão dela. Recentemente, chegou formado o filho de um fazendeiro importante da localidade; e é crença geral que ele restituirá ao mundo a bela viúva. O juiz municipal, que reúne à mocidade a viuvez, propõe-se a uma troca de consolações. Há um médico e um tenente-coronel indigitados como possíveis candidatos. Tudo vão trabalho! D. Mariana deixa-os andar, e continua fiel à memória do morto. Nenhum deles possui a força capaz de o fazer esquecer; — não, esquecer seria impossível; ponhamos substituir.

Mas, como ia dizendo, estava-se no derradeiro mês do primeiro ano. Era tempo de aliviar o luto. D. Mariana cuidou seriamente em mandar arranjar alguns vestidos escuros, apropriados à situação. Tinha uma amiga na corte, e determinou-se a escrever-lhe, remetendo-lhe as medidas. Foi aqui que interveio a tia dela, protetora do juiz municipal:

— Mariana, você por que não manda vir vestidos claros?

— Claros? Mas, titia, não vê que uma viúva...

— Viúva, sim; mas você não vai ficar viúva toda a vida.

— Como não?

A tia foi às do cabo:

— Mariana, você há de casar um dia; por que não escolhe já um bom marido? Sei de um, que é o melhor de todos, um homem honesto, sério, o Dr. Costa...

Mariana interrompeu-a; pediu-lhe que, pelo amor de Deus, não lhe tocasse em tal assunto. Moralmente, estava casada. O casamento dela subsistia. Nunca seria infiel ao "seu Fernando". A tia levantou os ombros; depois lembrou-lhe que fora casada duas vezes.

— Oh! titia! são modos de ver.

A tia voltou à carga, nesse dia à noite, e no outro. O juiz municipal recebeu uma carta dela, dizendo que aparecesse para ver se tentava alguma cousa. Ele foi. Era, na verdade, um rapaz sério, muito simpático, e distinto. Mariana, vendo o plano concertado entre os dous, resolveu vir em pessoa à corte. A tia tentou dissuadi-la, mas perdeu tempo e latim. Mariana, além de fiel à memória do marido, era obstinada; não podia suportar a idéia de lhe imporem cousa nenhuma. A tia, não podendo dissuadi-la, acompanhou-a.

Na corte tinha algumas amigas e parentas. Elas acolheram a jovem viúva com muitas atenções, deram-lhe agasalho, carinhos, conselhos. Uma prima levou-a a uma das melhores modistas. D. Mariana disse-lhe o que queria: — sortir-se de vestidos escuros, apropriados ao estado de viúva. Escolheu vinte, sendo dois inteiramente pretos, doze escuros e simples para uso de casa, e seis mais enfeitados. Escolheu também chapéus noutra casa. Mandou fazer os chapéus, e esperou as encomendas para seguir com elas.

Enquanto esperava, como a temperatura ainda permitia ficar na corte; Mariana andou de um lado para outro, vendo uma infinidade de cousas que não via desde os dezessete anos. Achou a corte animadíssima. A prima quis levá-la ao teatro, e só o conseguiu depois de muita teima; Mariana gostou muito.

Ia freqüentes vezes à Rua do Ouvidor, já porque lhe era necessário provar os vestidos, já porque queria despedir-se por alguns anos de tanta cousa bonita. São as suas próprias palavras. Na Rua do Ouvidor, onde a sua beleza era notada, correu logo que era uma viúva recente e rica. Cerca de vinte corações palpitaram logo, com a veemência própria do caso. Mas, que poderiam eles alcançar, eles da rua, se os da própria roda da prima não alcançavam nada? Com efeito, dous amigos do marido desta, rapazes da moda, fizeram a sua roda à viúva, sem maior proveito. Na opinião da prima, se fosse um só talvez domasse a fera; mas eram dous, e fizeram-na fugir.

Mariana chegou a ir a Petrópolis. Gostou muito; era a primeira vez que lá ia, e desceu cortada de saudades. A corte consolou-a; Botafogo, Laranjeiras, Rua do Ouvidor, movimento de *bonds,* gás, damas e rapazes, cruzando-se, carros de toda a sorte, tudo isto lhe parecia cheio de vida e movimento.

Mas os vestidos fizeram-se, e os chapéus enfeitaram-se. O calor começou a apertar muito; era necessário seguir para a fazenda. Mariana pegou dos chapéus e dos vestidos, meteu-se com a tia na estrada de ferro e seguiu. Parou um dia na vila, onde o juiz municipal a cumprimentou, e caminhou para casa.

Em casa, depois de descansada, e antes de dormir teve saudades da corte. Dormiu tarde e mal. A vida agitada da corte perpassava no espírito da moça como um espetáculo mágico. Ela via as damas que desciam ou subiam a Rua do Ouvidor, as lojas, os rapazes, os *bonds,* os carros; via as lindas chácaras dos arredores, onde a natureza se casava à civilização, lembrava-se da sala de jantar da prima, ao rés do-chão, dando para o jardim, com dous rapazes à mesa, — os tais dous que a requestaram à toa. E ficava triste, custava-lhe fechar os olhos.

Dous dias depois, apareceu na fazenda o juiz municipal, a visitá-la. D. Mariana recebeu-o com muito carinho. Tinha no corpo o primeiro dos vestidos de luto aliviado. Era escuro, muito escuro, com fitas pretas e tristes; mas ficava-lhe tão bem! Desenhava-lhe o corpo com tanta graça, que aumentava a graça dos olhos e da boca.

Entretanto, o juiz municipal não lhe disse nada, nem com a boca nem com os olhos. Conversaram da corte, dos esplendores da vida, dos teatros, etc.; depois, por iniciativa dele, falaram do café e dos escravos. Mariana notou que ele não tinha as finezas dos dous rapazes da casa da prima, nem mesmo o tom elegante dos outros da Rua do Ouvidor; mas achou-lhe em troca, muita distinção e gravidade.

Dous dias depois, o juiz despediu-se; ela instou para que ele ficasse. Tinha-lhe notado no colete alguma cousa análoga aos coletes da Rua do Ouvidor. Ele ficou mais dous dias; e tornaram a falar, não só do café, como de outros assuntos menos pesados.

Afinal, seguiu o juiz municipal, não sem prometer que voltaria três dias depois, aniversário natalício da tia de Mariana. Nunca ali se festejara tal dia; mas a fazendeira não achou outro meio de examinar bem se as gravatas do juiz municipal eram semelhantes às da Rua do Ouvidor. Pareceu-lhe que sim; e durante os três dias de ausência não pensou em outra cousa. O jovem magistrado, ou de propósito, ou casualmente, fez-se esperar; chegou tarde; Mariana, ansiosa, não pôde conter a alegria, quando ele transpôs a porteira.

"Bom! disse consigo a tia; está caída."

E caída ficou. Casaram-se três meses depois. A tia, experiente e filósofa, acreditou e fez crer que, se Mariana não tem vindo em pessoa comprar os vestidos, ainda agora estaria viúva; a Rua do Ouvidor e os teatros restituíram-lhe a idéia matrimonial. Parece que era assim mesmo porque o jovem casal pouco tempo depois vendeu a fazenda e veio para cá. Outra conseqüência da vinda à corte: — a tia ficou com os vestidos. Que diabo fazia Mariana com tanto vestido escuro? Deu-os à boa velha. Terceira e última conseqüência: um pecurrucho.

Tudo por ter vindo ao atrito da felicidade alheia.

VIDROS QUEBRADOS

[GL. 15 out., 1883.]

— Homem, cá para mim isto de casamentos são cousas talhadas no céu. É o que diz o povo, e diz bem. Não há acordo nem conveniência nem nada que faça um casamento, quando Deus não quer...

— Um casamento bom, emendou um dos interlocutores.

— Bom ou mau, insistiu o orador. Desde que é casamento é obra de Deus. Tenho em mim mesmo a prova. Se querem, conto-lhes... Ainda é cedo para o voltarete. Eu estou abarrotado...

Venâncio é o nome deste cavalheiro. Está abarrotado, porque ele e três amigos acabavam de jantar. As senhoras foram para a sala conversar do casamento de uma vizinha, moça teimosa como trinta diabos, que recusou todos os noivos que o pai lhe deu, e acabou desposando um namorado de cinco anos, escriturário no Tesouro. Foi à sobremesa que este negócio começou a ser objeto de palestra. Terminado o jantar, a companhia bifurcou-se; elas foram para a sala, eles para um gabinete, onde os esperava o voltarete habitual. Aí o Venâncio enunciou o princípio da origem divina dos matrimônios, princípio que o Leal, sócio da firma Leal & Cunha, corrigiu e limitou aos matrimônios bons. Os maus, segundo ele explicou daí a pouco, eram obra do diabo.

— Vou dar-lhes a prova, continuou o Venâncio, desabotoando o colete e encostando o braço no peitoril da janela que abria para o jardim. Foi no tempo da Campestre... Ah! os bailes da Campestre! Tinha eu então vinte e dous anos. Namorei-me ali de uma moça de vinte, linda como o sol, filha da viúva Faria. A própria viúva, apesar dos cinqüenta feitos, ainda mostrava o que tinha sido. Vocês podem imaginar se me atirei ou não ao namoro...

— Com a mãe?

— Adeus! Se dizem tolices, calo-me. Atirei-me à filha; começamos o namoro logo na primeira noite; continuamos, correspondemo-nos; enfim, estávamos ali, estávamos apaixonados, em menos de quatro meses. Escrevi-lhe pedindo licença para falar à mãe; e, com efeito, dirigi uma carta à viúva, expondo os meus sentimentos, e dizendo que seria uma grande honra, se me admitisse na família. Respondeu-me oito dias depois que Cecília não podia casar tão cedo, mas que, ainda podendo, ela tinha outros projetos, e por isso sentia muito, e pedia-me desculpa. Imaginem como fiquei! Moço ainda, sangue na guelra, e demais apaixonado, quis ir à casa da viúva, fazer uma estralada, arrancar a moça, e fugir com ela. Afinal, sosseguei e escrevi a Cecília perguntando se consentia que a tirasse por justiça. Cecília respondeu-me que era bom ver primeiro se a mãe voltava atrás; não queria dar-lhe desgostos, mas jurava-me pela luz que a estava alumiando, que seria minha e só minha...

Fiquei contente com a carta, e continuamos a correspondência. A viúva, certa da paixão da filha, fez o diabo. Começou por não ir mais à Campestre; trancou as janelas, não ia a parte nenhuma; mas nós escrevíamos um ao outro, e isso bastava. No fim de algum tempo, arranjei meio de vê-la, à noite, no quintal da casa. Pulava o muro de uma chácara vizinha, ajudado por uma boa preta da casa. A primeira cousa que a preta fazia era prender o cachorro; depois, dava-me o sinal, e ficava de vigia. Uma noite, porém, o cachorro soltou-se e veio a mim. A viúva acordou com o barulho, foi à janela dos fundos, e viu-me saltar o muro, fugindo. Supôs naturalmente que era um ladrão; mas no dia seguinte, começou a desconfiar do caso, meteu a escrava em confissão, e o demônio da negra pôs tudo em pratos limpos. A viúva partiu para a filha:

— Cabeça de vento! peste! isto são cousas que se façam? foi isto que te ensinei? Deixa estar; tu me pagas, tão duro como osso! Peste! peste!

A preta, apanhou uma sova que não lhes digo nada: ficou em sangue. Que a tal mulherzinha era das arábias! Mandou chamar o irmão, que morava na Tijuca, um José Soares, que era então comandante do 6.° batalhão da Guarda Nacional; mandou-o chamar, contou-lhe tudo, e pediu-lhe conselho. O irmão respondeu que o melhor era casar Cecília sem demora; mas a viúva observou que, antes de aparecer noivo, tinha medo que eu fizesse alguma, e por isso tencionava retirá-la de casa, e mandá-la para o convento da Ajuda; dava-se com as madres principais...

Três dias depois, Cecília foi convidada pela mãe a aprontar-se, porque iam passar duas semanas na Tijuca. Ela acreditou, e mandou-me dizer tudo pela mesma preta, a quem eu jurei que daria a liberdade, se chegasse a casar com a sinhá-moça. Vestiu-se, pôs a roupa necessária no baú, e entraram no carro que as esperava. Mal se passaram cinco minutos, a mãe revelou tudo à filha; não ia levá-la para a Tijuca, mas para o convento, donde sairia quando fosse tempo de casar. Cecília ficou desesperada. Chorou de raiva, bateu o pé, gritou, quebrou os vidros do carro, fez uma algazarra de mil diabos. Era um escândalo nas ruas por onde o carro ia passando. A mãe já lhe pedia pelo amor de Deus que sossegasse; mas era inútil. Cecília bradava, jurava que era asneira arranjar noivos e conventos; e ameaçava a mãe, dava socos em si mesma... Podem imaginar o que seria.

Quando soube disto não fiquei menos desesperado. Mas, refletindo bem compreendi que a situação era melhor; Cecília não teria mais contemplação com a mãe, e eu podia tirá-la por justiça. Compreendi também que era negócio que não podia esfriar. Obtive o consentimento dela, e tratei dos papéis. Falei primeiro ao Desembargador João Regadas, pessoa muito de bem, e que me conhecia desde pequeno. Combinamos que a moça seria depositada na casa dele. Cecília era agora a mais apressada; tinha medo que a mãe a fosse buscar, com um noivo de encomenda; andava aterrada, pensava em mordaças, cordas... Queria sair quanto antes.

Tudo correu bem. Vocês não imaginam o furor da viúva, quando as freiras lhe mandaram dizer que Cecília tinha sido tirada por justiça. Correu à casa do desembargador, exigiu a filha, por bem ou por mal; era sua, ninguém tinha o direito de lhe botar a mão. A mulher do desembargador foi que a recebeu, e não sabia que dizer; o marido não estava em casa. Felizmente, chegaram os filhos, o Alberto, casado de dous meses, e o Jaime, viúvo, ambos advogados, que lhe fizeram ver a realidade das cousas; disseram-lhe que era tempo perdido, e que o melhor era consentir no casamento, e não armar escândalo. Fizeram-me boas ausências; tanto eles como a mãe, afirmaram-lhe que eu, se não tinha posição nem família, era um rapaz sério e de futuro. Cecília foi chamada à sala, e não fraqueou: declarou que, ainda que o céu lhe caísse em cima, não cedia nada.

A mãe saiu como uma cobra.

Marcamos o dia do casamento. Meu pai, que estava então em Santos, deu-me por carta o seu consentimento, mas acrescentou que, antes de casar, fosse vê-lo; podia ser até que ele viesse comigo. Fui a Santos. Meu pai era um bom velho, muito amigo dos filhos, e muito sisudo também. No dia seguinte ao da minha chegada, fez-me um longo interrogatório acerca da família da noiva. Depois confessou que desaprovava o meu procedimento.

— Andaste mal, Venâncio; nunca se deve desgostar uma mãe...

— Mas se ela não queria?

— Havia de querer, se fosses com bons modos e alguns empenhos. Devias falar a pessoa de tua amizade e da amizade da família. Esse mesmo desembargador podia fazer muito. O que acontece é que vais casar contra a vontade da tua sogra, separas a mãe da filha, e ensinaste a tua mulher a desobedecer. Enfim, Deus te faça feliz. Ela é bonita?

— Muito bonita.

— Tanto melhor.

Pedi-lhe que viesse comigo, para assistir ao casamento. Relutou, mas acabou cedendo; impôs só a condição de esperar um mês. Escrevi para a corte, e esperei as quatro mais longas semanas da minha vida. Afinal chegou o dia, mas veio um desastre, que me atrapalhou tudo. Minha mãe deu uma queda, e feriu-se gravemente; sobreveio erisipela, febre, mais um mês de demora, e que demora! Não morreu, felizmente; logo que pôde viemos todos juntos para a Corte, e hospedamo-nos no Hotel Pharoux; por sinal que assistiram, no mesmo dia, que era o 25 de março, à parada das tropas no Largo do Paço.

Eu é que não me pude ter, corri a ver Cecília. Estava doente, recolhida ao quarto; foi a mulher do desembargador que me recebeu, mas tão fria que desconfiei. Voltei no dia seguinte, e a recepção foi ainda mais gelada. No terceiro dia, não pude mais e perguntei se Cecília teria feito as pazes com a mãe, e queria desfazer o casamento. Mastigou e não respondeu nada. De volta ao Hotel, escrevi uma longa carta a Cecília; depois, rasguei-a, e escrevi outra, seca, mas suplicante, que me dissesse se deveras estava doente, ou se não queria mais casar. Responderam-me vocês? Assim me respondeu ela.

— Tinha feito as pazes com a mãe?

— Qual! Ia casar com o filho viúvo do desembargador, o tal que morava com o pai. Digam-me, se não é mesmo obra talhada no céu?

— Mas as lágrimas, os vidros quebrados?...

— Os vidros quebrados ficaram quebrados. Ela é que casou com o filho do depositário, daí a seis semanas... Realmente, se os casamentos não fossem talhados no céu, como se explicaria que uma moça, de casamento pronto, vendo pela primeira vez outro sujeito, casasse com ele, assim de pé para mão? É o que lhes digo. São cousas arranjadas por Deus. Mal comparado, é como no voltarete: eu tinha licença em paus, mas o filho do desembargador, que tinha outra em copas, preferiu e levou o bolo.

— É boa! Vamos à espadilha.

CANTIGA VELHA

[AE. 30 nov. a 31 dez. 1883.]

CAPÍTULO PRIMEIRO

Conversávamos de cantigas populares. Entre o jantar e o chá, quatro pessoas tão-somente, longe do voltarete e da polca, confessem que era uma boa e rara fortuna. Polca e voltarete são dous organismos vivos que estão destruindo a nossa alma; é indispensável que nos vacinem com a espadilha e duas ou três oitavas do *Caia no beco* ou qualquer outro título da mesma farinha. Éramos quatro e tínhamos a mesma idade. Eu e mais dous pouco sabíamos da matéria; tão-somente algumas reminiscências da infância ou da adolescência, O quarto era grande ledor de tais estudos, e não só possuía alguma cousa do nosso cancioneiro, como do de outras partes. Confessem que era um regalo de príncipes.

Esquecia-me dizer que o jantar fora copioso; notícia indispensável à narração, porque um homem antes de jantar não é o mesmo que depois do jantar, e pode-se dizer que a discrição é muitas vezes um momento gastronômico. Homem haverá reservado durante a sopa, que à sobremesa põe o coração no prato, e dá-o em fatias aos convivas. Toda a questão é que o jantar seja abundante, esquisito e fino, os vinhos frios e quentes, de mistura, e uma boa xícara de café por cima, e para os que fumam um havana de cruzado. Reconhecido que isto é uma lei universal, admiremos os diplomatas que, na vida contínua de jantares, sabem guardar consigo os segredos dos governos, Evidentemente são organizações superiores.

O dono da casa dera-nos um bom jantar. Fomos os quatro, no fim para junto de uma janela, que abria para um dos lados da chácara. Posto estivéssemos no verão, corria um ventozinho fresco, e a temperatura parecia impregnada das últimas águas. Na sala de frente, dançava-se a polca; noutra sala jogava-se o voltarete. Nós, como digo, falávamos de cantigas populares.

— Vou dar-lhes uma das mais galantes estrofes que tenho ouvido, disse um de nós. Morava na Rua da Carioca, e um dia de manhã ouvi do lado dos fundos, esta quadrinha:

> Coitadinho, como é tolo
> Em cuidar que eu o adoro
> Por me ver andar chorando.
> Sabe Deus por quem eu choro!

O ledor de cancioneiros pegou da quadra para esmerilhá-la com certa pontinha de pedantismo; mas outro ouvinte, o Dr. Veríssimo, pareceu inquieto; perguntou ao primeiro o número da casa em que morara; ele respondeu rindo que uma tal pergunta só se podia explicar da parte de um governo tirânico; os números das casas deixam-se nas casas. Como recordá-los alguns anos depois? Podia dizer-lhe em que ponto da rua ficava a casa; era perto do Largo da Carioca, à esquerda de quem desce, e foi nos anos de 1864 e 1865.

— Isso mesmo, disse ele.

— Isso mesmo, quê?

— Nunca viu a pessoa que cantava?

— Nunca. Ouvi dizer que era uma costureira, mas não indaguei mais nada. Depois, ainda ouvi cantar pela mesma voz a mesma quadrinha. Creio que não sabia outra. A repetição fê-la monótona, e...

— Se soubessem que essa quadrinha era comigo! disse ele sacudindo a cinza do charuto.

E como lhe perguntássemos se ele era o aludido do último verso — *Sabe Deus por quem eu choro,* respondeu-nos que não. Eu sou o tolo do princípio da quadra. A diferença é que não cuidava, como na trova, que ela me adorasse; sabia bem que não. Menos essa circunstância, a quadra é comigo. Pode ser que fosse outra pessoa que cantasse; mas o tempo, o lugar da rua, a qualidade de costureira, tudo combina.

— Vamos ver se combina, disse o ex-morador da Rua da Carioca piscando-me o olho. Chamava-se Luísa?

— Não; chamava-se Henriqueta.

— Alta?

— Alta. Conheceu-a?

— Não; mas então essa Henriqueta era alguma princesa incógnita, que...

— Era uma costureira, retorquiu o Veríssimo. Nesse tempo era eu estudante. Tinha chegado do Sul poucos meses antes. Pouco depois de chegado... Olhem, vou contar-lhes uma cousa muito particular.

Minha mulher sabe do caso, contei-lhe tudo, menos que a tal Henriqueta foi a maior paixão da minha vida... Mas foi; digo-lhe que foi uma grande paixão. A cousa passou-se assim...

CAPÍTULO II

— A cousa passou-se assim. Vim do Sul, e fui alojar-me em casa de uma viúva Beltrão. O marido desta senhora perecera na guerra contra o Rosas; ela vivia do meio soldo e de algumas costuras. Estando no Sul, em 1850, deu-se muito com a minha família; foi por isso, que minha mãe não quis que eu viesse para outra casa. Tinha medo do Rio de Janeiro; entendia que a viúva Beltrão desempenharia o seu papel de mãe, e recomendou-me a ela.

D. Cora recebeu-me um pouco acanhada. Creio que era por causa das duas filhas que tinha, moças de dezesseis e dezoito anos, e pela margem que isto podia dar à maledicência. Talvez fosse também a pobreza da casa. Eu supus que a razão era tão-somente a segunda, e tratei de lhe tirar escrúpulos mostrando-me alegre e satisfeito. Ajustamos a mesada. Deu-me um quarto, separado, no quintal. A casa era em Mata-Porcos. Eu palmilhava, desde casa até à Escola de Medicina, sem fadiga, voltando à tarde, tão fresco como de manhã.

As duas filhas eram bonitinhas; mas a mais velha, Henriqueta, era ainda mais bonita que a outra. Nos primeiros tempos mostraram-se muito reservadas comigo. Eu, que só fui alegre, no primeiro dia, por cálculo, tornei ao que costumava ser; e, depois do almoço ou do jantar, metia-me comigo mesmo e os livros, deixando à viúva e às filhas toda a liberdade. A mãe, que queria o meu respeito, mas não exigia a total abstenção, chamou-me um dia bicho-do-mato.

— Olhe que estudar é bom, e sua mãe quer isso mesmo, disse-me ela; mas parece que o senhor estuda demais. Venha conversar com a gente.

Fui conversar com elas algumas vezes. D. Cora era alegre, as filhas não tanto, mas em todo caso muito sociáveis. Duas ou três pessoas da vizinhança iam ali passar algumas horas, de quando em quando. As reuniões e palestras repetiram-se naturalmente, sem nenhum sucesso extraordinário, ou mesmo curioso, e assim se foram dous meses.

No fim de dous meses, Henriqueta adoeceu, e eu prestei à família muito bons serviços, que a mãe agradeceu-me de todos os modos, até ao enfado. D. Cora estimava-me, realmente, e desde então foi como uma segunda mãe. Quanto a Henriqueta, não me agradeceu menos; tinha, porém, as reservas da idade, e naturalmente não foi tão expansiva. Eu confesso que, ao vê-la depois, convalescente, muito pálida, senti crescer a simpatia que me ligava a ela, sem perguntar a mim mesmo se uma tal simpatia não começava a ser outra cousa. Henriqueta tinha uma figura e um rosto que se prestavam às atitudes moles da convalescença, e a palidez desta não fazia mais do que acentuar a nota de distinção da sua fisionomia. Ninguém diria ao vê-la, fora, que era uma mulher de trabalho.

Apareceu por esse tempo um candidato à mão de Henriqueta. Era um oficial de secretaria, rapaz de vinte e oito anos, sossegado e avaro. Esta era a fama que ele tinha no bairro; diziam que não gastava mais de uma quarta parte dos vencimentos, emprestava a juros outra quarta parte, e aferrolhava o resto. A mãe possuía uma casa: era um bom casamento para Henriqueta. Ela, porém, recusou; deu como razão que não simpatizava com o pretendente, e era isso mesmo. A mãe disse-lhe que a simpatia viria depois; e, uma vez que ele não lhe repugnava, podia casar. Conselhos vãos; Henriqueta declarou que só casaria com quem lhe merecesse. O candidato ficou triste, e foi verter a melancolia no seio da irmã de Henriqueta, que não só acolheu a melancolia, como principalmente o melancólico, e os dous casaram-se no fim de três meses.

— Então? dizia Henriqueta rindo. O casamento e a mortalha...

Eu, pela minha parte, fiquei contente com a recusa da moça; mas, ainda assim, não atinei se era isto uma sensação de amor. Vieram as férias, e fui para o Sul.

No ano seguinte, tornei à casa de D. Cora. Já então a outra filha estava casada, e ela morava só com Henriqueta. A ausência tinha feito adormecer em mim o sentimento mal expresso do ano anterior, mas a vista da moça acendeu-o outra vez, e então não tive dúvida, conheci o meu estado, e deixei-me ir.

Henriqueta, porém, estava mudada. Ela era alegre, muito alegre, tão alegre como a mãe. Vivia cantando; quando não cantava, espalhava tanta vida em volta de si, que era como se a casa estivesse cheia de gente. Achei-a outra; não triste, não silenciosa, mas com intervalos de preocupação e cisma. Achei-a, digo mal; no momento da chegada apenas tive uma impressão leve e rápida de mudança; o meu próprio sentimento encheu o ar ambiente, e não me permitiu fazer logo a comparação e a análise.

Continuamos a vida de outro tempo. Eu ia conversar com elas, à noite, às vezes os três sós, outras vezes com alguma pessoa conhecida da vizinhança. No quarto ou quinto dia, vi ali um personagem novo. Era um homem de trinta anos, mais ou menos, bem parecido. Era dono de uma farmácia do Engenho Velho, e chamava-se Fausto. Éramos os únicos homens, e não só não nos vimos com prazer, mas até estou que nos repugnamos intimamente um ao outro.

Henriqueta não me pareceu que o tratasse de um modo especial. Ouvia-o com prazer, acho eu; mas não me ouvia com desgosto ou aborrecimento, e a igualdade das maneiras tranqüilizou-me nos primeiros dias. No fim de uma semana, notei alguma cousa mais. Os olhos de ambos procuravam-se, demoravam-se ou fugiam, tudo de um modo suspeito. Era claro que, ou já se queriam, ou caminhavam para lá.

Fiquei desesperado. Chamei-me todos os nomes feios: tolo, parvo, maricas, tudo. Gostava de Henriqueta, desde o ano anterior, vivia perto dela, não lhe disse nada; éramos como estranhos. Vem um homem estranho, que nunca a vira provavelmente, e fez-se ousado. Compreendi que a resolução era tudo, ou quase tudo. Entretanto, refleti que ainda podia ser tempo de resgatar o perdido, e tratei, como se diz vulgarmente, de deitar barro à parede. Fiz-me assíduo, busquei-a, cortejei-a. Henriqueta pareceu não entender, e não me tratou mal; quando, porém, a insistência da minha parte foi mais forte, retraiu-se um pouco, outro pouco, até chegar ao estritamente necessário nas nossas relações.

Um dia, pude alcançá-la no quintal da casa, e perguntei-lhe se queria que me fosse embora.

— Embora? repetiu ela.

— Sim, diga se quer que eu vá embora.

— Mas como é que hei de querer que o senhor se vá embora?

— Sabe como, disse-lhe eu dando à voz um tom particular. Henriqueta quis retirar-se; eu peguei-lhe na mão; ela olhou espantada para as casas vizinhas.

— Vamos, decida?

— Deixe-me, deixe-me, respondeu ela.

Puxou a mão e foi para dentro. Eu fiquei sozinho. Compreendi que ela pertencia ao outro, ou pelo menos, não me pertencia absolutamente nada. Resolvi mudar-me; à noite fui dizê-lo à mãe, que olhou espantada para mim e perguntou-me se me tinham feito algum mal.

— Nenhum mal.

— Mas então...

— Preciso mudar-me, disse eu.

D. Cora ficou abatida e triste. Não podia atinar com a causa; e pediu-me que esperasse até o fim do mês; disse-lhe que sim. Henriqueta não estava presente, e eu pouco depois saí. Não as vi durante três dias. No quarto dia, achei Henriqueta sozinha na sala; ela veio para mim, e perguntou-me por que motivo ia sair da casa. Calei-me.

— Sei que é por mim, disse ela.

Não lhe disse nada.

— Mas que culpa tenho eu se...

— Não diga o resto? Que culpa tem de não gostar de mim? Na verdade, nenhuma culpa; mas, se eu gosto da senhora, também não tenho culpa, e, nesse caso, para que castigar-me com a sua presença forçada?

Henriqueta ficou alguns minutos calada, olhando para o chão. Tive a ingenuidade de supor que ela ia aceitar-me, só para não ver-me ir; acreditei ter vencido o outro, e iludia-me. Henriqueta pensava no melhor modo de me dizer uma cousa difícil; e afinal, achou-o, e foi o modo natural, sem reticências nem alegorias. Pediu-me que ficasse, porque era um modo de ajudar as despesas da mãe; prometia-me, entretanto, que apareceria o menos que pudesse. Confesso-lhes que fiquei profundamente comovido. Não achei nada que responder; não podia teimar, não queria aceitar, e, sem olhar para ela, sentia que faltava pouco para que as lágrimas lhe saltassem dos olhos. A mãe entrou; e foi uma fortuna.

CAPÍTULO III

Veríssimo interrompeu a narração, porque algumas moças entraram a buscá-la. Faltavam pares; não admitiam demora.

— Dez minutos, ao menos?

— Nem dez.

— Cinco?

— Cinco apenas.

Elas saíram; ele concluiu a história.

— Retirado ao meu quarto, meditei cerca de uma hora no que me cumpria fazer. Era duro ficar, e eu chegava a achar até humilhante; mas custava-me desamparar a mãe, desprezando o pedido da filha. Achei um meio-termo; ficava pensionista como era; mas passaria fora a maior parte do tempo. Evitaria a combustão.

D. Cora sentiu naturalmente a mudança, ao cabo de quinze dias; imaginou que eu tinha algumas queixas, rodeou-me de grandes cuidados, até que me interrogou diretamente. Respondi-lhe o que me veio à cabeça, dando à palavra um tom livre e alegre, mas calculadamente alegre, quero dizer com a intenção visível de fingir. Era um modo de pô-la no caminho da verdade, e ver se ela intercedia em meu favor.

D. Cora, porém, não entendeu nada.

Quanto ao Fausto, continuou a freqüentar a casa, e o namoro de Henriqueta acentuou-se mais. Candinha, a irmã dela, é que me contava tudo, — o que sabia, ao menos, — porque eu na minha raiva de preterido, indagava muito, tanto a respeito de Henriqueta como a respeito do boticário. Assim é que soube que Henriqueta gostava cada vez mais dele, e ele parece que dela, mas não se comunicavam claramente. Candinha ignorava os meus sentimentos, ou fingia ignorá-los; pode ser mesmo que tivesse o plano de substituir a irmã. Não afianço nada, porque não me sobrava muita penetração e frieza de espírito. Sabia o principal, e o principal era bastante para eliminar o resto.

O que soube dele é que era viúvo, mas tinha uma amante e dous filhos desta, um de peito, outro três anos. Contaram-me mesmo alguns pormenores acerca dessa família improvisada, que não repito por não serem precisos, e porque as moças estão esperando na sala. O importante é que a tal família existia.

Assim se passaram dous longos meses. No fim desse tempo, ou mais, quase três meses, — D. Cora veio ter comigo muito alegre; tinha uma notícia para dar-me, muito importante, e queria que eu adivinhasse o que era, — um casamento.

Creio que empalideci. D. Cora, em todo caso, olhou para mim admirada, e, durante alguns segundos, fez-se entre nós o mais profundo silêncio. Perguntei-lhe afinal o nome dos noivos; ela disse-me a custo que a filha Candinha ia casar com um amanuense de secretaria. Creio que respirei; ela olhou para mim ainda mais espantada.

A boa viúva desconfiou a verdade. Nunca pude saber se ela interrogou a filha; mas é provável que sim, que a sondasse, antes de fazer o que fez daí a três semanas. Um dia, vem ter comigo, quando eu estudava no meu quarto; e, depois de algumas perguntas indiferentes, variadas e remotas, pediu-me que lhe dissesse o que tinha. Respondi-lhe naturalmente que não tinha nada.

— Deixe-se de histórias, atalhou ela. Diga-me o que tem.

— Mas o que é que tenho?

— Você é meu filho; sua mãe autorizou-me a tratá-lo como tal. Diga-me tudo; você tem alguma paixão, algum...

Fiz um gesto de ignorância.

— Tem, tem, continuou ela, e há de me dizer o que tem. Talvez tudo se esclareça se alguém falar, mas não falando, ninguém...

Houve e não houve cálculo nestas palavras de D. Cora; ou, para ser mais claro, ela estava mais convencida do que dizia. Eu supunha-lhe, porém, a convicção inteira, e caí no laço. A esperança de poder arranjar tudo, mediante uma confissão à mãe, que me não custava muito, porque a idade era própria das revelações, deu asas às minhas palavras, e dentro de poucos minutos, contava eu a natureza dos meus sentimentos, sua data, suas tristezas e desânimos. Cheguei mesmo a contar a conversação que tivera com Henriqueta, e o pedido desta. D. Cora não pôde reter as lágrimas. Ela ria e chorava com igual facilidade; mas naquele caso, a idéia de que a filha pensara nela, e pedira um sacrifício por ela, comoveu-a naturalmente. Henriqueta era a sua principal querida.

— Não se precipite, disse-me ela no fim: eu não creio no casamento com o Fausto; tenho ouvido umas cousas... bom moço, muito respeitado, trabalhador e honesto.

Digo-lhe que me honraria com um genro assim; e a não ser você, preferia a ele. Mas parece que o homem tem umas prisões...

Calou-se, à espera que eu confirmasse a notícia; mas não respondi nada. Cheguei mesmo a dizer-lhe que não achava prudente indagar mais nada, nem exigir. Eu no fim do ano tinha de retirar-me; e lá passaria o tempo. Provavelmente disse ainda outras cousas, mas não me lembro.

A paixão dos dous continuou, creio que mais forte, mas singular da parte dele. Não lhe dizia nada, não lhe pedia nada; parece mesmo que não lhe escrevia nada. Gostava dela; ia lá com freqüência, quase todos os dias.

D. Cora interveio um dia francamente, em meu favor. A filha não lhe disse cousa diferente do que me dissera, nem com outra hesitação. Respondeu que não se pertencia, e, quando a mãe exigiu mais, disse que amava ao Fausto, e casaria com ele, se ele a pedisse, e nenhum outro, ao menos por enquanto. Ele não a pedia, não a soltava; toda a gente supunha que a razão verdadeira do silêncio e da reserva era a família de empréstimo. Vieram as férias; fui para o Rio Grande, voltei no ano seguinte, e não tornei a morar com D. Cora.

Esta adoeceu gravemente e morreu. Cândida, já casada, foi quem a enterrou; Henriqueta foi morar com ela. A paixão era a mesma, o silêncio o mesmo, e a razão provavelmente não era outra, senão a mesma. D. Cora pediu a Henriqueta na véspera de expirar, que casasse comigo. Foi Henriqueta mesma quem me contou o pedido, acrescentando que lhe respondeu negativamente.

— Mas que espera a senhora? disse-lhe eu.

— Espero em Deus.

O tempo foi passando, e os dous amavam-se do mesmo modo. Candinha brigou com a irmã. Esta fez-se costureira na tal casa da Rua da Carioca, honesta, séria, laboriosa, amando sempre, sem adiantar nada, desprezando o amor e a abastança que eu lhe dava, por uma ventura fugitiva que não tinha... Tal qual como na trova popular...

— Qual trova! nem meia trova! interromperam as moças invadindo o gabinete. Vamos dançar.

O CONTRATO

[AE. 29 fev. 1884.]

Quem quiser celebrar um consórcio, examine primeiro as condições, depois as forças próprias, e, finalmente, faça um cálculo de probabilidades. Foi o que não cumpriram estas duas meninas de colégio, cuja história vou contar em três folhas de almaço. Eram amigas, e não se conheciam antes. Conheceram-se ali, simpatizaram uma com a outra, e travaram uma dessas amizades que resistem aos anos, e são muita vez a melhor recordação do passado. Josefa tinha mais um ano que Laura; era a diferença. No mais as mesmas. Igual estatura, igual índole, iguais olhos e igual nascimento. Eram filhas de funcionários públicos, ambas dispondo de um certo legado, que lhes deixara o padrinho. Para que a semelhança seja completa, o padrinho era o mesmo, um certo Comendador Brás, capitalista.

Com tal ajuste de condições e circunstâncias, não precisavam mais nada para serem amigas. O colégio ligou-as desde tenros anos. No fim de poucos meses de freqüência, eram as mais unidas criaturas de todo ele, a ponto de causar inveja às outras, e até desconfiança, porque como cochichavam muita vez sozinhas, as outras imaginavam que diziam mal das companheiras. Naturalmente, as relações continuaram cá fora, durante o colégio, e as famílias vieram a ligar-se, graças às meninas. Não digo nada das famílias, porque não é o principal do escrito, e eu prometi escrever isto em três folhas de almaço; basta saber que tinham ainda pai e mãe. Um dia, no colégio, contavam elas onze e doze anos, lembrou-se Laura de propor à outra, adivinhem o quê? Vamos ver se são capazes de adivinhar o que foi. Falavam do casamento de uma prima de Josefa, e que há de lembrar a outra?

— Vamos fazer um contrato?

— Que é?

— Mas diga se você quer...

— Mas se eu não sei o que é?

— Vamos fazer um contrato: — casar no mesmo dia, na mesma igreja...

— Valeu! nem você casa primeiro nem eu; mas há de ser no mesmo dia.

— Justamente.

Bem pouco valor teria este convênio, celebrado aos onze anos, no jardim do colégio, se ficasse naquilo; mas não ficou. Elas foram crescendo e aludindo a ele. Antes dos treze anos já o tinham ratificado sete ou oito vezes. Aos quinze, aos dezesseis, aos dezessete tornavam às cláusulas, com uma certa insistência que era tanto da amizade que as unia como do próprio objeto da conversação, que deleita naturalmente os corações de dezessete anos. Daí um efeito certo. Não só a conversação as ia obrigando uma para a outra como consigo mesmas. Aos dezoito anos, cada uma delas tinha aquele acordo infantil como um preceito religioso.

Não digo se elas andavam ansiosas de cumpri-lo, porque uma tal disposição de ânimo pertence ao número das cousas prováveis e quase certas; de maneira que, no espírito do leitor, podemos crer que é uma questão vencida. Restava só que aparecessem os noivos, e eles não apareciam; mas, aos dezenove anos é fácil esperar, e elas esperavam. No entanto, andavam sempre juntas, iam juntas ao teatro, aos bailes, aos passeios; Josefa ia passar com Laura oito dias, quinze dias; Laura ia depois passá-los com Josefa. Dormiam juntas. Tinham confidências íntimas; uma referia à outra a impressão que lhe causara um certo bigode, e ouvia a narração que a outra lhe fazia do mundo de cousas que achara em tais ou tais olhos masculinos. Deste modo punham em comum as impressões e partiam entre si o fruto da experiência.

Um dia, um dos tais bigodes deteve-se alguns instantes, espetou as guias no coração de Josefa, que desfaleceu, e não era para menos; quero dizer, deixou-se apaixonar. Pela comoção dela ao contar o caso, pareceu. a Laura que era uma impressão mais profunda e duradoura do que as do costume. Com efeito, o bigode voltou com as guias ainda mais agudas, e deu outro golpe ainda maior que o primeiro. Laura recebeu a amiga, beijou-lhe as feridas, talvez com a idéia de sorver o mal com o sangue, e animou-a muito a pedir ao céu muitos mais golpes como aquele.

— Eu cá, acrescentou ela; quero ver se me acontece a mesma cousa...

— Com o Caetano?

— Qual Caetano!

— Outro?

— Outro, sim, senhora.

— Ingrata! Mas você não me disse nada?

— Como, se é fresquinho de ontem?

— Quem é?

Laura contou à outra o encontro de uns certos olhos pretos, muito bonitos, mas um tanto distraídos, pertencentes a um corpo muito elegante, e tudo junto fazendo um bacharel. Estava encantada; não sonhava outra cousa. Josefa (falemos a verdade) não ouviu nada do que a amiga lhe dissera; pôs os olhos no bigode assassino e deixou-a falar. No fim disse distintamente:

— Muito bem.

— De maneira que pode ser que, em breve estejamos cumprindo o nosso contrato.

— No mesmo dia, na mesma igreja...

— Justamente, murmurou Josefa.

A outra dentro de poucos dias perdeu a confiança nos olhos negros. Ou eles não tinham pensado nela, ou eram distraídos, ou volúveis. A verdade é que Laura tirou-os do pensamento, e espreitou outros. Não os achou logo; mas os primeiros que achou, prendeu-os bem, e cuidou que eram para toda a eternidade; a prova de que era ilusão é que, tendo eles de ir à Europa, em comissão do governo, não choraram uma lágrima de saudade; Laura entendeu trocá-los por outros, e raros, dous olhos azuis muito bonitos. Estes, sim, eram dóceis, fiéis, amigos e prometiam ir até ao fim, se a doença os não colhe, — uma tuberculose galopante que os levou aos Campos do Jordão, e dali ao cemitério.

Em tudo isso, gastou a moça uns seis meses. Durante o mesmo prazo, a amiga não mudou de bigode, trocou muitas cartas com ele, ele relacionou-se na casa, e ninguém ignorava mais que entre ambos existia um laço íntimo. O bigode perguntou-lhe muita vez se lhe dava autorização de a pedir, ao que Josefa respondia que não, que esperasse um pouco.

— Mas esperar, o quê? inquiria ele, sem entender nada.

— Uma cousa.

Sabemos o que era a cousa; era o convênio colegial. Josefa ia contar à amiga as impaciências do namorado, e dizia-lhe rindo:

— Você apresse-se...

Laura apressava-se. Olhava para a direita para a esquerda, mas não via nada, e o tempo ia passando seis, sete, oito meses. No fim de oito meses, Josefa estava impaciente; tinha gasto cinqüenta dias a dizer ao namorado que esperasse, e a outra não adiantou cousa nenhuma. Erro de Josefa; a outra adiantou alguma cousa. No meio daquele tempo apareceu uma gravata no horizonte com todos os visos conjugais. Laura confiou a notícia à amiga, que exultou muito ou mais que ela; mostrou-lhe a gravata, e Josefa aprovou-a, tanto pela cor, como pelo laço, que era uma perfeição.

— Havemos de ser dois casais...

— Acaba: dois casais lindos.

— Eu ia dizer lindíssimos.

E riam ambas. Uma tratava de conter as impaciências do bigode, outra de animar o acanhamento da gravata, uma das mais tímidas gravatas que tem andado por este mundo. Não se atrevia a nada, ou atrevia-se pouco. Josefa esperou, esperou, cansou de esperar; parecia-lhe brincadeira de criança; mandou a outra ao diabo, arrependeu-se do convênio, achou-o estúpido, tolo, cousa de criança; esfriou com a amiga, brigou com ela por causa de uma fita ou de um chapéu; um mês depois estava casada.

A CARTEIRA

[AE. 15 mar. 1884.]

... De repente, Honório olhou para o chão e viu uma carteira. Abaixar-se, apanhá-la e guardá-la foi obra de alguns instantes. Ninguém o viu, salvo um homem que estava à porta de uma loja, e que, sem o conhecer, lhe disse rindo:

— Olhe, se não dá por ela; perdia-a de uma vez.

— É verdade, concordou Honório envergonhado.

Para avaliar a oportunidade desta carteira, é preciso saber que Honório tem de pagar amanhã uma dívida, quatrocentos e tantos mil-réis, e a carteira trazia o bojo recheado. A dívida não parece grande para um homem da posição de Honório, que advoga; mas todas as quantias são grandes ou pequenas, segundo as circunstâncias, e as dele não podiam ser piores. Gastos de família excessivos, a princípio por servir a parentes, e depois por agradar à mulher, que vivia aborrecida da solidão; baile daqui, jantar dali, chapéus, leques, tanta cousa mais, que não havia remédio senão ir descontando o futuro. Endividou-se. Começou pelas contas de lojas e armazéns; passou aos empréstimos, duzentos a um, trezentos a outro, quinhentos a outro, e tudo a crescer, e os bailes a darem-se, e os jantares a comerem-se, um turbilhão perpétuo, uma voragem.

— Tu agora vais bem, não? dizia-lhe ultimamente o Gustavo C..., advogado e familiar da casa.

— Agora vou, mentiu o Honório.

A verdade é que ia mal. Poucas causas, de pequena monta, e constituintes remissos; por desgraça perdera ultimamente um processo, em que fundara grandes esperanças. Não só recebeu pouco, mas até parece que ele lhe tirou alguma cousa à reputação jurídica; em todo caso, andavam mofinas nos jornais.

D. Amélia não sabia nada; ele não contava nada à mulher, bons ou maus negócios. Não contava nada a ninguém. Fingia-se tão alegre como se nadasse em um mar de prosperidades. Quando o Gustavo, que ia todas as noites à casa dele, dizia uma ou duas pilhérias, ele respondia com três e quatro; e depois ia ouvir os trechos de música alemã, que D. Amélia tocava muito bem ao piano, e que o Gustavo escutava com indizível prazer, ou jogavam cartas, ou simplesmente falavam de política.

Um dia, a mulher foi achá-lo dando muitos beijos à filha, criança de quatro anos, e viu-lhe os olhos molhados; ficou espantada, e perguntou-lhe o que era.

— Nada, nada.

Compreende-se que era o medo do futuro e o horror da miséria.

Mas as esperanças voltavam com facilidade. A idéia de que os dias melhores tinham de vir dava-lhe conforto para a luta. Estava com trinta e quatro anos; era o princípio da carreira; todos os princípios são difíceis. E toca a trabalhar, a esperar, a gastar, pedir fiado ou emprestado, para pagar mal, e a más horas.

A dívida urgente de hoje são uns malditos quatrocentos e tantos mil-réis de carros. Nunca demorou tanto a conta, nem ela cresceu tanto, como agora; e, a rigor, o credor não lhe punha a faca aos peitos; mas disse-lhe hoje uma palavra azeda, com um gesto mau, e Honório quer pagar-lhe hoje mesmo. Eram cinco horas da tarde. Tinha-se lembrado de ir a um agiota, mas voltou sem ousar pedir nada. Ao enfiar pela Rua da Assembléia é que viu a carteira no chão, apanhou-a, meteu no bolso, e foi andando.

Durante os primeiros minutos, Honório não pensou nada; foi andando, andando, andando, até o Largo da Carioca. No Largo parou alguns instantes, — enfiou depois pela Rua da Carioca, mas voltou logo, e entrou na Rua Uruguaiana. Sem saber como, achou-se daí a pouco no Largo de S. Francisco de Paula; e ainda, sem saber como, entrou em um Café. Pediu alguma cousa e encostou-se à parede, olhando para fora. Tinha medo de abrir a carteira; podia não achar nada, apenas papéis e sem valor para ele. Ao mesmo tempo, e esta era a causa principal das reflexões, a consciência perguntava-lhe se podia utilizar-se do dinheiro que achasse. Não lhe perguntava com o ar de quem não sabe, mas antes com uma expressão irônica e de censura. Podia, lançar mão do dinheiro, e ir pagar com ele a dívida? Eis o ponto. A consciência acabou por lhe dizer que não podia, que devia levar a carteira à polícia, ou anunciá-la; mas tão depressa acabava de lhe dizer isto, vinham os apuros da ocasião, e puxavam por ele, e convidavam-no a ir pagar a cocheira. Chegavam mesmo a dizer-lhe que, se fosse ele que a tivesse perdido, ninguém iria entregar-lha; insinuação que lhe deu ânimo.

Tudo isso antes de abrir a carteira. Tirou-a do bolso, finalmente, mas com medo, quase às escondidas; abriu-a, e ficou trêmulo. Tinha dinheiro, muito dinheiro; não contou, mas viu duas notas de duzentos mil-réis, algumas de cinqüenta e vinte; calculou uns setecentos milréis ou mais; quando menos, seiscentos. Era a dívida paga; eram menos algumas despesas urgentes. Honório teve tentações de fechar os olhos, correr à cocheira, pagar, e, depois de paga a dívida, adeus; reconciliar-se-ia consigo. Fechou a carteira,.e com medo de a perder, tornou a guardá-la.

Mas daí a pouco tirou-a outra vez, e abriu-a, com vontade de contar o dinheiro. Contar para quê? era dele? Afinal venceu-se e contou: eram setecentos e trinta mil-réis. Honório teve um calafrio. Ninguém viu; ninguém soube; podia ser um lance da fortuna, a sua boa sorte, um anjo... Honório teve pena de não crer nos anjos... Mas por que não havia de crer neles? E voltava ao dinheiro, olhava, passava-o pelas mãos; depois, resolvia o contrário, não usar do achado, restituí-lo. Restituí-lo à quem? Tratou de ver se havia na carteira algum sinal.

“Se houver um nome, uma indicação qualquer, não posso utilizar-me do dinheiro,” pensou ele.

Esquadrinhou os bolsos da carteira. Achou cartas, que não abriu, bilhetinhos dobrados, que não leu, e por fim um cartão de visita; leu o nome; era do Gustavo. Mas então, a carteira?... Examinou-a por fora, e pareceu-lhe efetivamente do amigo. Voltou ao interior; achou mais dous cartões, mais três, mais cinco. Não havia duvidar; era dele.

A descoberta entristeceu-o. Não podia ficar com o dinheiro, sem praticar um ato ilícito, e, naquele caso, doloroso ao seu coração porque era em dano de um amigo.

Todo o castelo levantado esboroou-se como se fosse de cartas. Bebeu a última gota de café, sem reparar que estava frio. Saiu, e só então reparou que era quase noite. Caminhou para casa. Parece que a necessidade ainda lhe deu uns dous empurrões, mas ele resistiu.

"Paciência, disse ele consigo; verei amanhã o que posso fazer."

Chegando a casa, já ali achou o Gustavo, um pouco preocupado, e a própria D. Amélia o parecia também. Entrou rindo, e perguntou ao amigo se lhe faltava alguma cousa.

— Nada.

— Nada?

— Por quê?

— Mete a mão no bolso; não te falta nada?

— Falta-me a carteira, disse o Gustavo sem meter a mão no bolso. Sabes se alguém a achou?

— Achei-a eu, disse Honório entregando-lha.

Gustavo pegou dela precipitadamente, e olhou desconfiado para o amigo. Esse olhar foi para Honório como um golpe de estilete; depois de tanta luta com a necessidade, era um triste prêmio. Sorriu amargamente; e, como o outro lhe perguntasse onde a achara, deu-lhe as explicações precisas.

— Mas conheceste-a?

— Não; achei os teus bilhetes de visita.

Honório deu duas voltas, e foi mudar de *toilette* para o jantar. Então Gustavo sacou novamente a carteira, abriu-a, foi a um dos bolsos, tirou um dos bilhetinhos, que o outro não quis abrir nem ler, e estendeu-o a D. Amélia, que, ansiosa e trêmula, rasgou-o em trinta mil pedaços: era um bilhetinho de amor.

O MELHOR REMÉDIO

[AE. 31 mar. 1884.]

O que se vai ler passa-se num bond. D. Clara está sentada; vê D. Amélia que procurava um lugar; e oferece-lhe um ao pé de si.

D. Cla. Suba aqui, Amélia. Como passa?

D. Amé. Como hei de passar?

D. Cla. Doente?

D. Amé. *(suspirando)* Antes fosse doente!

D. Cla. *(com discrição)* Que aconteceu?

D. Amé. Cousas minhas! Você é bem feliz, Clara. Digo muita vez comigo que você é bem feliz. Realmente, eu não sei para que vim ao mundo.

D. Cla. Feliz, eu? *(Olhando melancolicamente para as borlas do leque)* Feliz! feliz! feliz!

D. Amé. Não tente a Deus, Clara. Pois você quer comparar-se a mim nesse particular? Sabe por que é que saí hoje?

D. Cla. E eu por que é que saí?

D. Amé. Saí, porque já não posso com esta vida: um dia morro de desespero. Olhe, digo-lhe tudo: saí até com idéias... Não, não digo. Mas imagine, imagine.

D. CLA. Fúnebres?

D. AMÉ. Fúnebres. Sou nervosa, e tenho momentos em que me sinto capaz de dar um tiro em mim ou atirar-me de um segundo andar. Imagine você que o senhor meu marido teve idéia... Olhe que isto é muito particular.

D. CLA. Pelo amor de Deus!

D. AMÉ. Teve idéia de ir este ano para Minas; até aqui vai bem. Eu gosto de Minas. Estivemos lá dous meses, logo depois que casamos. Comecei a arranjar tudo; disse a todas as pessoas que ia para Minas...

D. CLA. Lembro-me que me disse.

D. AMÉ. Disse. Mamãe achou esquisito, e pediu-me que não fosse, dizendo que, para ela visitar-nos de quando em quando, era-lhe mais fácil se estivéssemos em Petrópolis. Já era verdade; mas ainda assim não falei logo ao Conrado. Só quando ela teimou muito é que eu contei ao Conrado o que mamãe me tinha dito. Ele não respondeu; ouviu, levantou os ombros, e saiu. Mamãe teimava; afinal declarou me que ia ela mesma falar a meu marido; pedi-lhe que não, ela porém respondeu-me que não era uma bicha de sete cabeças. Petrópolis ou Minas, tudo era passar o verão fora, com a diferença que, para ela, Petrópolis ficava mais perto. E não era assim mesmo?

D. CLA. Sem dúvida.

D. AMÉ, Pois ouça. Mamãe falou-lhe; foi ele mesmo quem me disse, entrando em casa, no sábado, muito sombrio e aborrecido. Perguntei-lhe o que é que tinha; respondeu-me com mau modo; afinal disse-me que mamãe lhe fora pedir para não ir a Minas. "Foi você quem se agarrou com ela!" — "Eu, Conrado? Mamãe mesma é que me anda falando nisto, e eu até lhe disse que não lhe pedia nada." Não houve explicação que valesse; ele declarou que não iríamos em caso nenhum a Petrópolis. "Para mim é o mesmo, disse eu; estou pronta até a não ir a parte nenhuma." Sabe o que é que ele me respondeu?

D. CLA. Que foi?

D. AMÉ. "Isto queria você!" Veja só!

D. CLA. Mas... não entendo.

D. AMÉ. Eu disse a mamãe que não pedisse mais nada; não valia a pena, era perder tempo e zangar o Conrado. Mamãe concordou comigo; mas, daí a dous dias, tornou a falar na mudança; e afinal ontem o Conrado entrou em casa com os olhos cheios de raiva. Não me disse nada, por mais que lhe rogasse. Hoje de manhã, depois do almoço, declarou-me que mamãe tinha ido procurá-lo ao escritório e lhe pediria pela terceira vez para não ir a Minas, mas, a Petrópolis; que ele afinal consentira em dividir o tempo, um mês em Minas e outro em Petrópolis. E depois pegou-me no pulso, e disse-me que tomasse cuidado; que ele bem sabia por que é que eu queria ir para Petrópolis, que era para andar de olhadelas com... Nem lhe quero dizer o nome, um sujeito de quem não faço caso... Diga-me se não é para ficar maluca.

D. CLA. Não acho.

D. AMÉ. Não acha?

D. CLA. Não: é um episódio sem valor. Maluca havia de ficar se se desse o que se deu hoje comigo.

D. AMÉ. Que foi?

D. CLA. Vai ver. Conhece o Albernaz?

D. AMÉ. O do olho de vidro?

D. Cla. Justamente. Damo-nos com a família dele, a mulher, que é uma boa senhora, e as filhas que são muito galantes...

D. Amé. Muito galantes.

D. Cla. Há mês e meio fez anos uma delas, e nós fomos lá jantar.

Comprei um presente no Farâni, um broche muito bonito; e na mesma ocasião comprei outro para mim. Mandei fazer um vestido, e fiz umas compras mais. Isto foi há mês e meio. Oito dias depois deu-se a reunião do Baltasar. Já tinha o vestido encomendado, e não precisava mais nada; mas, passando pela Rua do Ouvidor, vi outro broche muito bonito e tive vontade de comprá-lo. Não comprei, e fui andando. No dia seguinte torno a passar, vejo o broche, fui andando, mas na volta... Realmente, era muito bonito; e com o meu vestido ia muito bem. Comprei-o. O Lucas viu-me com ele, no dia da reunião, mas você sabe como ele é, não repara em nada; pensou que era antigo. Não reparou mesmo no primeiro, o do jantar do Albernaz. Vai então hoje de manhã, estando para sair, recebeu a conta. Você não imagina o que houve; ficou como uma cobra.

D. Amé. Por causa dos dous broches?

D. Cla. Por causa dos dous broches, dos vestidos que faço, das rendas que compro, que sou uma gastadeira, que só gosto de andar na rua, fazendo contas, o diabo. Você não imagina o que ouvi. Chorei, chorei, como nunca chorei em minha vida. Se tivesse ânimo, matava-me hoje mesmo. Pois então... E concordo, concordo que não era preciso outro broche mas isto faz-se, Amélia?

D. Amé. Realmente...

D. Cla. Eu até sou econômica. Você, que se dá comigo há tantos anos, sabe se não vivo com economia. Um barulho por causa de nada, uns miseráveis broches...

D. Amé. Há de ser sempre assim. *(Chegando à Rua do Ouvidor.)* Você desce ou sobe?

D. Cla. Eu subo, vou à *Glace Elegante;* depois desço. Vou ver uma gravura muito bonita, inglesa...

D. Amé. Já vi; muito bonita. Vamos juntas.

D. Cla. Há hoje muita gente na Rua do Ouvidor.

D. Ame. Olha a Costinha... Ela não fala com você?

D. Cla. Estamos assim um pouco...

D. Amé. E... e depois...

D. Cla. Sim. .. mas... luvas brancas.

D. Amé....?

D. Cla....!

Ambas *(sorrindo)* Uma cousa muito engraçada; vou contar-lhe...

A VIÚV A SOBRAL

[AE. 15 abr. a 15 maio 1884.]

CAPÍTULO PRIMEIRO

— ... Mas estás com pressa?

—Alguma.

— Em todo caso, não vais salvar o pai da forca.

— Pode ser.

— Explica-te.

— Explico-me.

— Mas explica-te refrescando a goela. Queres um sorvete? Vá, dous sorvetes. Traga dous sorvetes... Refresquemo-nos, que realmente o calor está insuportável. Estiveste em Petrópolis?

— Não.

— Nem eu.

— Estive no Pati do Alferes, imagina por quê?

— Não posso.

— Vou...

— Acaba.

— Vou casar.

Cesário deixou cair o queixo de assombro, enquanto o Brandão saboreava, olhando para ele, o gosto de ter dado uma novidade grossa. Vieram os sorvetes, sem que o primeiro saísse da posição em que a notícia o deixou; era evidente que não lhe dava crédito.

— Casar? repetiu ele afinal, e o Brandão respondeu-lhe com a cabeça que sim, que ia casar. Não, não, é impossível.

Estou que o leitor não sente a mesma incredulidade, desde que considera que o casamento é a tela da vida, e que toda a gente casa, assim como toda a gente morte. Se alguma cousa o enche de assombro é o assombro de Cesário. Tratemos de explicá-lo em cinco ou seis linhas.

Viviam juntos esses dous rapazes desde os onze anos, e mais intimamente desde os dezesseis. Contavam agora vinte e oito. Um era empregado no comércio, outro da alfândega. Tinham uma parte da vida comum, e comuns os sentimentos. Assim é que ambos faziam do casamento a mais deplorável idéia, com ostentação, com excesso, e para afirmá-lo, viviam juntos a mesma vida solta. Não só entre eles deixara de haver segredo, mas até começava a ser impossível que o houvesse, desde que ambos davam os mesmos passos, de um modo uníssono. Começa a entender-se o espanto do Cesário.

— Dá-me a tua palavra que não estás brincando?

— Conforme.

— Ah!

— Quando eu digo que vou casar, não quero dizer que tenho a dama pedida; quero dizer que o namoro está a caminho, e que desta vez é sério. Resta adivinhar quem é.

— Não sei.

— E foste tu mesmo que me levaste lá.

— Eu?

— É a Sobral.

— A viúva?

— Sim, a Candinha.

— Mas...?

Brandão contou tudo ao amigo. Cerca de algumas semanas antes, Cesário levara-o à casa de um amigo do patrão, um Viegas, comerciante também, para jogar o voltarete; e ali acharam, pouco antes chegada do Norte, uma recente viúva, D. Candinha Sobral. A viúva era bonita, afável, dispondo de uns olhos que os dous concordaram em achar singulares. Os olhos, porém, eram o menos. O mais era a reputação de mau gênio que esta moça trazia. Disseram que ela matara o marido com desgostos, caprichos, exigências; que era um espírito absoluto, absorvente, capaz de deitar fogo aos quatro cantos de um império para aquecer uma xícara de chá. E, como sempre acontece, ambos acharam que, a despeito das maneiras, lia-se-lhe isso mesmo no rosto; Cesário não gostara de um certo jeito da boca, e o Brandão notara-lhe nas narinas o indício da teima e da perversidade. Duas semanas depois tornaram a encontrar-se os três, conversaram, e a opinião radicou-se. Eles chegaram mesmo à familiaridade da expressão: — má rês, alma de poucos amigos, etc.

Agora entende-se, creio eu, o espanto do amigo Cesário, não menos que o prazer do Brandão em dar-lhe a notícia. Entende-se, portanto, que só começassem a tomar os sorvetes para não vê-los derretidos, sem nenhum deles saber o que estava fazendo.

— Juro que há quinze dias, não era capaz de cuidar nisto, continuava o Brandão; mas os dous últimos encontros, principalmente o de segunda-feira... Não te digo nada... Creio que acabo casando.

— Ah! crês!

— É um modo de falar, é certo que acabo.

Cesário acabou o sorvete, engoliu um cálix de *cognac,* e fitou o amigo, que raspava o copo, amorosamente. Depois fez um cigarro, acendeu-o, puxou duas ou três fumaças, e disse ao Brandão que ainda esperava vê-lo recuar; em todo caso, aconselhava-lhe que não publicasse desde já o plano; esperasse algum tempo. Talvez viesse a recuar...

— Não, interrompeu Brandão com energia.

— Como, não?

— Não recuo.

Cesário levantou os ombros.

— Achas que faço mal? pergunta o outro.

— Acho...

—Por quê?

— Não me perguntes porquê.

— Ao contrário, pergunto e insisto. Opões-te por causa de ser casamento.

— Em primeiro lugar.

Brandão sorriu.

— E por causa da noiva, concluiu ele. Já esperava por isso; estás então com a opinião que ambos demos logo que ela chegou da província? Enganas-te. Também eu estava; mas mudei...

— E depois, continuou Cesário, falo por um pouco de egoísmo; vou perder-te...

— Não.

— Sim e sim. Ora tu!... Mas como foi isso?

Brandão contou os pormenores do negócio; expôs minuciosamente todos os seus sentimentos. Não a pedira ainda, nem havia tempo para tanto; a própria resolução não estava formulada. Mas tinha por certo o casamento. Naturalmente, louvou as qualidades da namorada, sem convencer ao amigo, que, aliás, entendeu não insistir na opinião e guardá-la consigo.

— São simpatias, dizia ele.

Saíram depois de longo tempo de conversação, e separaram-se na esquina. Cesário mal podia crer que o mesmo homem, que antipatizara com a viúva e dissera dela tantas cousas e tão grotescas, quinze dias depois estivesse apaixonado ao ponto de casar. Puro mistério! E resolvia o caso na cabeça, e não achava explicação, não se tratando de um criançola, nem de uma descomunal beleza. Tudo por querer achar, à força, uma explicação; se não a procurasse, dava com ela, que era justamente nenhuma, cousa nenhuma.

CAPITULO II

Emendemos o Brandão. Contou ele que os dous últimos encontros com a viúva, aqui na corte, é que lhe deram a sensação do amor; mas a verdade pura é que a sensação só o tomou inteiramente no Pati do Alferes, donde ele acaba de chegar. Antes disso, podia ficar um pouco lisonjeado das maneiras dela, e ter mesmo alguns pensamentos; mas o que se chama sensação amorosa não a teve antes. Foi ali que ele mudou de opinião a respeito dela, e se deixou cair nas graças de uma dama, que diziam ter matado o marido com desgostos.

A viúva Sobral não tinha menos de vinte e sete anos nem mais de trinta; ponhamos vinte e oito. Já vimos o que eram os olhos; — podiam ser singulares, como eles diziam, mas eram também bonitos. Vimos ainda um certo jeito da boca, mal aceito ao Cesário, enquanto as narinas o eram ao Brandão, que achou nelas o indício da teima e da perversidade. Resta mostrar a estatura, que era muito elegante, e as mãos, que nunca estavam paradas. No baile não lhe notou o Brandão esta última circunstância; mas no Pati do Alferes, na casa da prima, familiarmente e a gosto, achou que ela movia as mãos sempre, sempre, sempre. Só não atinou com a causa, se era uma necessidade, um sestro, ou uma intenção de mostrá-las, por serem lindas.

"Não, pensou ele no segundo dia, não é para mostrá-las; essa preocupação não se compadece com a maldade do gênio...".

No terceiro dia, começou o Brandão a perguntar onde estava a maldade do gênio de D. Candinha. Não achava nada que pudesse dar indício dele; via-a alegre, dada, conversada, ouvindo as cousas com muita paciência, e contando anedotas do Norte com muita graça. No quarto dia, os olhos de ambos andaram juntos, não se sabendo unicamente se foram os dele que procuraram os dela, ou vice-versa; mas andaram juntos. De noite, na cama, o Brandão jurava a si mesmo que era tudo calúnia, e que a viúva tinha mais de anjo que de diabo. Dormiu tarde e mal. Sonhou que um anjo vinha ter com ele e lhe pedia para trepar ao céu; trazia a cara da viúva. Ele aceitou o convite; a meio caminho, o anjo pegou das asas e cravou-as na cabeça, à laia de pontas, e carregou-o para o inferno. Brandão acordou transpirando muito. De manhã, perguntou a si mesmo:

— Será um aviso?

Evitou os olhos dela, durante as primeiras horas do dia; ela, que o percebeu, recolheu-se ao quarto e não apareceu antes do jantar. Brandão estava desesperado, e deu todos os sinais que podiam exprimir o arrependimento e a súplica do perdão. D. Candinha, que era uma perfeição, não fez caso dele até à sobremesa; à sobremesa começou a mostrar que podia perdoar, mas ainda assim o resto do dia não foi como o anterior. Brandão deu-se a todos os diabos. Chamou-se ridículo. Um sonho? Quem diabo acredita em sonhos?

No dia seguinte tratou de recuperar o perdido, que não era muito, como vimos, tão-somente alguns olhares; alcançou-o para a noite. No outro estavam as cousas restabelecidas. Ele lembrou-se então que, durante as horas de frieza, notara nela o mau jeito da boca, o tal; o que lhe dava indício da perversidade da viúva; mas tão depressa o lembrou, como rejeitou a observação. Antes era um aviso, passara a ser uma oportunidade.

Em suma, voltou no princípio da seguinte semana, inteiramente namorado, posto sem nenhuma declaração de parte a parte. Ela pareceu-lhe ficar saudosa. Brandão chegou a lembrar-se que a mão dela, à despedida, estava um pouco trêmula; mas, como a dele também tremia, não se pode afirmar nada.

Só isto. Não havia mais do que isto, no dia em que ele referiu ao Cesário que ia casar. Que não pensava senão no casamento, era verdade. D. Candinha voltou para a corte daí a duas semanas, e ele estava ansioso por vê-la, para lhe dizer tudo, tudo, e pedi-la, e levá-la à igreja. Chegou a pensar no padrinho: seria o inspetor da alfândega.

Na alfândega, notaram-lhe os companheiros um certo ar distraído, e às vezes, superior; mas ele não disse nada a ninguém. Cesário era o confidente único, e antes não fosse único; ele procurava-o todos os dias para lhe falar da mesma cousa, com as mesmas palavras, e inflexões. Um dia, dous dias, três dias, vá; mas sete, mas quinze, mas todos! Cesário confessava-lhe, rindo, que era demais.

— Realmente, Brandão, tu estás que pareces um namorado de vinte anos...

— O amor nunca é mais velho, redargüiu o outro; e, depois de fazer um cigarro, puxar duas fumaças, e deixá-lo apagar, continuava a repetição das mesmas cousas e palavras, com as mesmíssimas inflexões.

CAPÍTULO III

Vamos e venhamos: a viúva gostava um pouco do Brandão; não digo muito, digo um pouco, e talvez muito pouco. Não lhe parecia grande cousa, mas sempre era mais que nada. Ele fazia-lhe amiudadas visitas e olhava muito para ela; mas, como era tímido, não lhe dizia nada, não chegava a planear uma linha.

— Em que ponto vamos, em suma? perguntava-lhe o Cesário um dia, fatigado de só ouvir entusiasmos.

— Vamos devagar.

— Devagar?

— Mas com segurança.

Um dia recebeu Cesário um convite da viúva para lá ir a uma reunião familiar: era lembrança do Brandão, que foi ter com ele e pediu-lhe instantemente que não faltasse.

Cesário sacrificou o teatro nessa noite, e foi. A reunião esteve melhor do que ele esperava; divertiu-se muito. Na rua disse ele ao amigo:

— Agora, se me permites franqueza, vou chamar-te um nome feio.

— Chama.

— Tu és um palerma.

— Viste como ela olhava para mim?

— Vi, sim, e por isso mesmo é que acho que estás botando dinheiro à rua. Pois uma pessoa assim disposta... Realmente és um bobo.

Brandão tirou o chapéu e coçou a cabeça.

— Para falar a verdade, eu mesmo já tenho dito essas causas, mas não sei que acho em mim, acanho-me, não me atrevo...

— Justamente; um palerma.

Andaram ainda alguns minutos calados.

— E não te parece esplêndida? perguntou o Brandão.

— Não, isso não; mais bonita do que a princípio, é verdade; fez-me melhor impressão; esplêndida é demais.

Quinze dias depois, viu-a o Cesário em casa de terceiro, e pareceu-lhe que ainda era melhor. Daí começou a freqüentar a casa, a pretexto de acompanhar o outro, e ajudá-lo, mas realmente porque começava a olhá-la com olhos menos desinteressados. Já aturava com paciência as longas confissões do amigo; chegava mesmo a procurá-las.

D. Candinha percebeu, em pouco tempo, que em vez de um, tinha dous adoradores. Não era motivo de pôr luto ou deitar fogo à casa; parece mesmo que era caso de vestir galas; e a rigor, se alguma falha havia, era que eles fossem dous, e não três ou quatro. Para conservar os dous, D. Candinha usou de um velho processo: dividindo com o segundo as esperanças do primeiro, e ambos ficavam entusiasmados. Verdade é que o Cesário, posto não fosse tão valente, como dizia, era muito mais que o Brandão. De maneira que, ao cabo de algumas dúzias de olhares, apertou-lhe a mão com muito calor. Ela não a apertou de igual modo, mas também não se deu por zangada, nem por achada. Continuou a olhar para ele. Mentalmente, comparava-os:

"O Cesário sempre é outra cousa; mas também não há de ser tão fácil de guiar. Se o Brandão não fosse tão comum! é ainda mais comum que o outro."

Um dia o Brandão descobriu um olhar trocado entre o amigo e a viúva. Naturalmente ficou desconsolado, mas não disse nada; esperou. Daí a dias notou mais dous olhares, e passou mal a noite, dormiu tarde e mal; sonhou que matara ao amigo. Teve a ingenuidade de contá-lo a este, que riu muito, e disse-lhe que fosse tomar juízo.

— Você tem cousas! Pois bem; somos concordes nisto: — deixo de voltar à casa dela...

— Isso nunca!

— Então que queres?

— Quero que me digas, francamente, se gostas dela, e se vocês se namoram.

Cesário declarou-lhe que era uma simples fantasia dele, e continuou a namorar a viúva, e o Brandão também, e ela aos dous, todos com a maior unanimidade.

Naturalmente as desconfianças reviveram, e assim as explicações, e começaram os azedumes e as brigas. Uma noite, ceando os dous, de volta da casa dela, estiveram a ponto de brigar formalmente. Mais tarde separaram-se por dias; mas como o Cesário teve de ir a Minas, o outro reconciliou-se com ele à volta, e dessa vez não instou para que tornasse a freqüentar a casa da viúva. Esta é que lhe mandou convite para outra reunião; e tal foi o princípio de novas contendas.

As ações de ambos continuavam no mesmo pé. A viúva distribuía as finezas com igualdade prodigiosa, e o Cesário começava a achar que a complacência para com o outro era longa demais.

Nisto apareceu no horizonte uma pequenina mancha branca; era algum navio que se aproximava com as velas abertas. Era navio e de alto bordo; — um viúvo, médico, ainda conservado, que entrou a cortejar a viúva. Chamava-se João Lopes. Já então o Cesário tinha arriscado uma carta, e mesmo duas, sem obter resposta. A viúva foi passar alguns dias fora, depois da segunda; quando voltou, recebeu terceira, em que o Cesário lhe dizia as cousas mais ternas e súplices. Esta carta deu-lha em mão.

— Espero que me não conservará mais tempo na incerteza em que vivo. Peço-lhe que releia as minhas cartas...

— Não as li.

— Nenhuma?

— Quatro palavras da primeira apenas. Imaginei o resto e imaginei a segunda.

Cesário refletiu alguns instantes: depois disse com muita discrição:

— Bem; não lhe pergunto os motivos, porque sei que me hão de desenganar; mas eu não quero ser desenganado. Peço-lhe uma só cousa.

— Peça.

— Peço-lhe que leia esta terceira carta, disse ele, tirando a carta do bolso; aqui está tudo o que estava nas outras.

— Não... não...

— Perdão; pedi-lhe isto, é um favor último; juro que não tornarei mais.

D. Candinha continuou a recusar; ele deixou a carta no *dunkerque,* cumprimentou-a e saiu. A viúva não desgostou de ver a obstinação do rapaz, teve curiosidade de ler o papel, e achou que o podia fazer sem perigo. Não transcrevo nada, por que eram as mesmas cousas de todas as cartas de igual gênero. D. Candinha resolveu dar-lhe resposta igual à das primeiras, que era nenhuma.

Cesário teve o desengano verbal, três dias depois, e atribuiu-o ao Brandão. Este aproveitou a circunstância de achar-se só para dar a batalha decisiva. É assim que ele chamava a todas as escaramuças. Escreveu-lhe uma carta a que ela respondeu deste modo:

> Devolvo o bilhete que me entregou ontem, por engano, e desculpe se li as primeiras palavras; afianço-lhe que não vi o resto.

O pobre-diabo quase teve uma congestão. Meteu-se na cama três dias, e levantou-se resolvido a voltar lá; mas a viúva tornara a sair da cidade. Quatro meses depois casava ela com o médico. Quanto ao Brandão e o Cesário, que estavam já brigados, nunca mais se falaram; criaram ódio um ao outro, ódio implacável e mortal. O triste é que ambos começaram por não gostar da mesma mulher, como o leitor sabe, se se lembra do que leu.

ENTRE DUAS DATAS

[AE. 31 maio a 30 jul. 1884.]

Que duas pessoas se amem e se separem é, na verdade, cousa triste, desde que não há entre elas nenhum impedimento moral ou social. Mas o destino ou o acaso, ou o complexo das circunstâncias da vida determina muita vez o contrário. Uma viagem de negócio ou de recreio, uma convalescença, qualquer cousa basta (consultem La Palise) para cavar um abismo entre duas pessoas.

Era isto, resumidamente, o que pensava uma noite o bacharel Duarte, à mesa de um café, tendo vindo do Teatro Ginásio. Tinha visto no teatro uma moça muito parecida com outra que ele outrora namorara. Há quanto tempo ia isso! Há sete anos, foi em 1855. Ao ver a moça no camarote, chegou a pensar que era ela, mas advertiu que não podia ser; a outra tinha dezoito anos, devia estar com vinte e cinco, e esta não representava mais de dezoito, quando muito, dezenove.

Não era ela; mas tão parecida, que trouxe à memória do bacharel todo o passado, com as suas reminiscências vivas no espírito, e Deus sabe se no coração. Enquanto lhe preparavam o chá, Duarte divertiu-se em recompor a vida, se acaso tivesse casado com a primeira namorada, — a primeira! Tinha então vinte e três anos; Vira-a na casa de um amigo, no Engenho Velho, e ficaram gostando um do outro. Ela era meiga e acanhada, linda a mais não ser, às vezes com ares de criança, que lhe davam ainda maior relevo. Era filha de um coronel.

Nada impedia que os dous se casassem, uma vez que se amavam e se mereciam. Mas aqui entrou justamente o destino ou o acaso, o que ele chamava há pouco "complexo das circunstâncias da vida", definição realmente comprida e enfadonha. O coronel teve ordem de seguir para o Sul; ia demorar-se dous a três anos. Ainda assim podia a filha casar com o bacharel; mas não era este o sonho do pai da moça, que percebera o namoro e estimava poder matá-lo. O sonho do coronel era um general; em falta dele, um comendador rico. Pode ser que o bacharel viesse a ser um dia rico, comendador e até general, — como no tempo da guerra do Paraguai. Pode ser, mas não era nada, por ora, e o pai de Malvina não queria arriscar todo o dinheiro que tinha nesse bilhete que podia sair-lhe branco.

Duarte não a deixou ir sem tentar alguma cousa. Meteu empenhos. Uma prima dele, casada com um militar, pediu ao marido que interviesse, e este fez tudo o que podia para ver se o coronel consentia no casamento da filha. Não alcançou nada. Afinal, o bacharel estava disposto a ir ter com eles no Sul; mas o pai de Malvina dissuadiu-o de um tal projeto, dizendo-lhe primeiro que ela era ainda muito criança, e depois que, se ele lá aparecesse, então é que nunca lha daria.

Tudo isso foi pelos fins de 1855. Malvina seguiu com o pai, chorosa, jurando ao namorado que se atiraria ao mar, logo que saísse a barra do Rio de Janeiro. Jurou com sinceridade; mas a vida tem uma parte inferior que destrói, ou pelo menos, altera e atenua as resoluções morais. Malvina enjoou. Nesse estado, que toda a gente afirma ser intolerável, a moça não teve a necessária resolução para um ato de desespero. Chegou viva e sã ao Rio Grande.

Que houve depois? Duarte teve algumas notícias, a princípio, por parte da prima, a quem Malvina escrevia, todos os meses, cartas cheias de protestos e saudades. No fim de oito meses, Malvina adoeceu; depois escassearam as cartas. Afinal, indo ele à Europa, cessaram elas de todo. Quando ele voltou, soube que a antiga namorada tinha casado em Jaguarão; e (vede a ironia do destino) não casou com general nem comendador rico, mas justamente com um bacharel sem dinheiro.

Está claro que ele não deu um tiro na cabeça nem murros na parede; ouviu a notícia e conformou-se com ela. Tinham então passado cinco anos; era em 1860. A paixão estava acabada; havia somente um fiozinho de lembrança teimosa. Foi cuidar da vida, à espera de casar também.

E é agora, em 1862, estando ele tranqüilamente no Ginásio, que uma moça lhe apareceu com a cara, os modos e a figura de Malvina em 1855. Já não ouviu bem o resto do espetáculo; viu mal, muito mal, e, no café, encostado a uma mesa do canto, ao fundo, rememorava tudo, e perguntava a si mesmo qual não teria sido a sua vida, se tivessem realizado o casamento.

Poupo às pessoas que me lêem a narração do que ele construiu, antes, durante e depois do chá. De quando em quando, queria sacudir a imagem do espírito; ela, porém, tornava e perseguia-o, assemelhando-se (perdoem-me as moças amadas) a uma mosca importuna. Não vou buscar à mosca senão a tenacidade de presença, que é uma virtude nas recordações amorosas; fica a parte odiosa da comparação para os conversadores enfadonhos. Demais, ele próprio, o próprio Duarte é que empregou a comparação, no dia seguinte, contando o caso ao colega de escritório. Contou-lhe então todo o passado.

— Nunca mais a viste?

— Nunca.

— Sabes se ela está aqui ou no Rio Grande?

— Não sei nada. Logo depois do casamento, disse-me a prima que ela vinha para cá; mas soube depois que não, e afinal não ouvi dizer mais nada. E que tem que esteja? Isto é negócio acabado. Ou supões que seria ela mesma que vi? Afirmo-te que não.

— Não, não suponho nada; fiz a pergunta à toa.

— À toa? repetiu Duarte rindo.

— Ou de propósito, se queres. Na verdade, eu creio que tu... Digo? Creio que ainda estás embeiçado...

— Por quê?

— A turvação de ontem...

— Que turvação?

— Tu mesmo o disseste; ouviste mal o resto do espetáculo, pensaste nela depois, e agora mesmo contas-me tudo com um tal ardor...

— Deixa-te disso. Contei o que senti, e o que senti foram saudades do passado. Presentemente...

Daí a dias, estando com a prima, — a intermediária antiga das notícias, — contou-lhe o caso do Ginásio.

— Você ainda se lembra disso? disse ela.

— Não me lembro, mas naquela ocasião deu-me um choque... Não imagina como era parecida. Até aquele jeitinho que Malvina dava à boca, quando ficava aborrecida, até isso...

— Em todo caso, não é a mesma.
— Por quê? Está muito diferente?
— Não sei; mas sei que Malvina ainda está no Rio Grande.
— Em Jaguarão?
— Não; depois da morte do marido...
— Enviuvou?
— Pois então? há um ano. Depois da morte do marido, mudou-se para a capital.

Duarte não pensou mais nisto. Parece mesmo que alguns dias depois encetou um namoro, que durou muitos meses. Casaria, talvez, se a moça, que já era doente, não viesse a morrer, e deixá-lo como dantes. Segunda noiva perdida.

Acabava o ano de 1863. No princípio de 1864, indo ele jantar com a prima, antes de seguir para Cantagalo, onde tinha de defender um processo, anunciou-lhe ela que um ou dous meses depois chegaria Malvina do Rio Grande. Trocaram alguns gracejos, alusões ao passado e ao futuro; e, tanto quanto se pode dizer, parece que ele saiu de lá pensando na recente viúva. Tudo por causa do encontro no Ginásio em 1862. Entretanto, seguiu para Cantagalo.

Não dous meses, nem um, mas vinte dias depois, Malvina chegou do Rio Grande. Não a conhecemos antes, mas pelo que diz a amiga ao marido, voltando de visitá-la, parece que está bonita, embora mudada. Realmente, são passados nove anos. A beleza está mais acentuada, tomou outra expressão, deixou de ser o alfenim de 1855, para ser mulher verdadeira. Os olhos é que perderam a candura de outro tempo, e um certo aveludado, que acariciava as pessoas que os recebiam. Ao mesmo tempo, havia nela, outrora, um acanhamento próprio da idade, que o tempo levou: é o que acontece a todas as pessoas. Malvina é expansiva, ri muito, mofa um pouco, e ocupa-se de que a vejam e admirem. Também outras senhoras fazem a mesma cousa em tal idade, e até depois, não sei se muito depois; não a criminemos por um pecado tão comum.

Passados alguns dias, a prima do bacharel falou deste à amiga, contou-lhe a conversa que tiveram juntos, o encontro do Ginásio, e tudo isso pareceu interessar grandemente à outra. Não foram adiante; mas a viúva tornou a falar do assunto, não uma, nem duas, mas muitas vezes.

— Querem ver que você está querendo recordar-se...

Malvina fez um gesto de ombros para fingir indiferença; mas fingiu mal. Contou-lhe depois a história do casamento. Afirmou que não tivera paixão pelo marido, mas que o estimara bastante. Confessou que muita vez se lembrara do Duarte. E como estava ele? tinha ainda o mesmo bigode? ria como dantes? dizia as mesmas graças?

— As mesmas.
— Não mudou nada?
— Tem o mesmo bigode, e ri como antigamente; tem mais alguma cousa: um par de suíças.
— Usa suíças?
— Usa, e por sinal que bonitas, grandes, castanhas...

Malvina recompôs na cabeça a figura de 1855, pondo-lhe as suíças, e achou que deviam ir-lhe bem, conquanto o bigode somente fosse mais adequado ao tipo anterior. Até aqui era brincar; mas a viúva começou a pensar nele com insistência; interrogava muito a outra, perguntava-lhe quando é que ele vinha.

— Creio que Malvina e Duarte acabam casando, disse a outra ao marido.

Duarte veio finalmente de Cantagalo. Um e outro souberam que iam aproximar-se; e a prima, que jurara aos seus deuses casá-los, tornou o encontro de ambos ainda mais apetecível. Falou muito dele à amiga; depois quando ele chegou, falou-lhe muito dela, entusiasmada. Em seguida arranjou-lhes um encontro, em terreno neutro. Convidou-os para um jantar.

Podem crer que o jantar foi esperado com ânsia por ambas as partes. Duarte, ao aproximar-se da casa da prima, sentiu mesmo uns palpites de outro tempo; mas dominou-se e subiu. Os palpites aumentaram; e o primeiro encontro de ambos foi de alvoroço e perturbação. Não disseram nada; não podiam dizer cousa nenhuma. Parece até que o bacharel tinha planeado um certo ar de desgosto e repreensão. Realmente, nenhum deles fora fiel ao outro, mas as aparências eram a favor dele, que não casara, e contra ela, que casara e enterrara o marido. Daí a frieza calculada da parte do bacharel, uma impassibilidade de fingido desdém. Malvina não afetara nem podia afetar a mesma atitude; mas estava naturalmente acanhada, — ou digamos a palavra toda, que é mais curta, vexada. Vexada é o que era.

A amiga dos dous tomou a si desacanhá-los, reuni-los, preencher o enorme claro que havia entre as duas datas, e, com o marido, tratou de fazer um jantar alegre. Não foi tão alegre como devia ser; ambos espiavam-se, observavam-se, tratavam de reconhecer o passado, de compará-lo ao presente, de ajuntar a realidade às reminiscências. Eis algumas palavras trocadas à mesa entre eles:

— O Rio Grande é bonito?

— Muito: gosto muito de Porto Alegre.

— Parece que há muito frio?

— Muito.

E depois, ela:

— Tem tido bons cantores por cá?

— Temos tido.

— Há muito tempo não ouço uma ópera.

Óperas, frio, ruas, cousas de nada, indiferentes, e isso mesmo a largos intervalos. Dir-se-ia que cada um deles só possuía a sua língua, e exprimia-se numa terceira, de que mal sabiam quatro palavras. Em suma, um primeiro encontro cheio de esperanças. A dona da casa achou-os excessivamente acanhados, mas o marido corrigiu-lhe a impressão, ponderando que isso mesmo era prova de lembrança viva a despeito dos tempos.

Os encontros naturalmente amiudaram-se. A amiga de ambos entrou a favorecê-los. Eram convites para jantares, para espetáculos, passeios, saraus — eram até convites para missas. Custa dizer, mas é certo que ela até recorreu à igreja para ver se os prendia de uma vez.

Não menos certo é que não lhes falou de mais nada. A mais vulgar discrição pedia o silêncio, ou pelo menos, a alusão galhofeira e sem calor; ela preferiu não dizer nada. Em compensação observava-os, e vivia numas alternativas de esperança e desalento. Com efeito, eles pareciam andar pouco.

Durante os primeiros dias, nada mais houve entre ambos, além de observação e cautela. Duas pessoas que se vêm pela primeira vez, ou que se tornam a ver naquelas circunstâncias, naturalmente dissimulam. É o que lhes acontecia. Nem um nem outro deixava correr a natureza, pareciam andar às apalpadelas, cheios de circunspeção e atentos ao menor escorregão. Do passado, cousa nenhuma.

Viviam como se tivessem nascido uma semana antes, e devessem morrer na seguinte; nem passado nem futuro. Malvina sofreou a expansão que os anos lhe trouxeram, Duarte o tom de homem solteiro e alegre, com preocupações políticas, e uma ponta de cepticismo e de gastronomia. Cada um punha a máscara, desde que tinham de encontrar-se.

Mas isto mesmo não podia durar muito; no fim de cinco ou seis semanas, as máscaras foram caindo. Uma noite, achando-se no teatro, Duarte viu-a no camarote, e, não pôde esquivar-se de a comparar com a que vira antes, e tanto se parecia com a Malvina de 1855. Era outra cousa, assim de longe, e às luzes, sobressaindo no fundo escuro do camarote. Além disso, pareceu-lhe que ela voltava a cabeça para todos os lados com muita preocupação do efeito que estivesse causando.

"Quem sabe se deu em namoradeira?" pensou ele.

E, para sacudir este pensamento, olhou para outro lado; pegou do binóculo e percorreu alguns camarotes. Um deles tinha uma dama, assaz galante, que ele namorara um ano antes, pessoa que era livre, e a quem ele proclamara a mais bela das cariocas. Não deixou de a ver, sem algum prazer; o binóculo demorou-se ali, e tornou ali, uma, duas, três, muitas vezes. Ela, pela sua parte, viu a insistência e não se zangou. Malvina, que notou isso de longe, não se sentiu despeitada; achou natural que ele, perdidas as esperanças, tivesse outros amores.

Um e outro eram sinceros aproximando-se. Um e outro reconstruíam o sonho anterior para repeti-lo. E por mais que as reminiscências posteriores viessem salteá-lo, ele pensava nela; e por mais que a imagem do marido surgisse do passado e do túmulo, ela pensava no outro. Eram como duas pessoas que se olham, separadas por um abismo, e estendem os braços para se apertarem.

O melhor e mais pronto era que ele a visitasse; foi o que começou a fazer — dali a pouco. Malvina reunia todas as semanas as pessoas de amizade. Duarte foi dos primeiros convidados, e não faltou nunca. As noites eram agradáveis, animadas, posto que ela devesse repartir-se com os outros. Duarte notava-lhe o que já ficou dito: gostava de ser admirada; mas desculpou-a dizendo que era um desejo natural às mulheres bonitas. Verdade é que, na terceira noite, pareceu-lhe que o desejo era excessivo, e chegava ao ponto de a distrair totalmente. Malvina falava para ter o pretexto de olhar, voltava a cabeça, quando ouvia alguém, para circular os olhos pelos rapazes e homens feitos, que aqui e ali, a namoravam. Esta impressão foi confirmada na quarta noite e na quinta, desconsolou-o bastante.

— Que tolice! disse-lhe a prima, quando ele lhe falou nisso, afetando indiferença, Malvina olha para mostrar que não desdenha os seus convidados.

— Vejo que fiz mal em falar a você, redargüiu ele rindo.

— Por quê?

— Todos os diabos, naturalmente, defendem-se, continuou Duarte; todas vocês gostam de ser olhadas; — e, quando não gostam; defendem-se sempre.

— Então, se é um querer geral, não há onde escolher, e nesse caso...

Duarte achou a resposta feliz, e falou de outra cousa. Mas, na outra noite, não achou somente que a viúva tinha esse vício em grande escala; achou mais. A alegria e expansão das maneiras trazia uma gota amarga de maledicência. Malvina mordia, pelo gosto de morder, sem ódio nem interesse. Começando a freqüentá-la, nos outros dias, achou-lhe um riso mal composto, e, principalmente, uma grande dose de cepticismo. A zombaria nos lábios dela orçava pela troça elegante.

"Nem parece a mesma," disse ele consigo.

Outra cousa que ele lhe notou, — e não lhe notaria se não fossem as descobertas anteriores, — foi o tom cansado dos olhos, o que acentuava mais o tom velhaco do olhar. Não a queria inocente, como em 1855; mas parecia-lhe que era mais que sabida, e essa nova descoberta trouxe ao espírito dele uma feição de aventura, não de obra conjugal. Daí em diante, tudo era achar defeitos; tudo era reparo, lacuna, excesso, mudança.

E, contudo, é certo que ela trabalhava em reatar sinceramente o vínculo partido. Tinha-o confiado à amiga, perguntando-lhe esta por que não casava outra vez.

— Para mim há muitos noivos possíveis, respondeu Malvina; mas só chegarei a aceitar um.

— É meu conhecido? perguntou a outra sorrindo.

Malvina levantou os ombros, como dizendo que não sabia; mas os olhos não acompanhavam os ombros, e a outra leu neles o que já desconfiava.

— Seja quem for, disse-lhe, o que é que lhe impede de casar? — Nada.

— Então...

Malvina esteve calada alguns instantes; depois confessou que a pessoa lhe parecia mudada ou esquecida.

— Esquecida, não, acudiu vivamente a outra.

— Pois só mudada; mas está mudada.

— Mudada...

Na verdade, também ela achava transformação no antigo namorado. Não era o mesmo, nem fisicamente nem moralmente. A tez era agora mais áspera; e o bigode da primeira hora estava trocado por umas barbas sem graça; é o que ela dizia, e não era exato. Não é porque Malvina tivesse na alma uma corda poética ou romântica; ao contrário, as cordas eram comuns. Mas tratava-se de um tipo que lhe ficara na cabeça, e na vida dos primeiros anos. Desde que não respondia às feições exatas do primeiro, era outro homem. Moralmente, achava-o frio, sem arrojo, nem entusiasmo, muito amigo da política, desdenhoso e um pouco aborrecido. Não disse nada disto à amiga; mas era a verdade das suas impressões. Tinham-lhe trocado o primeiro amor.

Ainda assim, não desistiu de ir para ele, nem ele para ela; um buscava no outro o esqueleto, ao menos, do primeiro tipo. Não acharam nada. Nem ele era ele, nem ela era ela. Separados, criavam forças, porque recordavam o quadro anterior, e recompunham a figura esvaída; mas tão depressa tornavam a unir-se como reconheciam que o original não se parecia com o retrato, — tinham-lhes mudado as pessoas.

E assim foram passando as semanas e os meses. A mesma frieza do desencanto tendia a acentuar as lacunas que um apontava ao outro, e pouco a pouco, cheios de melhor vontade, foram-se separando. Não durou este segundo namoro, ou como melhor nome tenha, mais de dez meses. No fim deles, estavam ambos, despersuadidos de reatar o que fora roto. Não se refazem os homens, — e, nesta palavra, estão compreendidas as mulheres; nem eles nem elas se devolvem ao que foram... Dir-se-á que a terra volta a ser o que era, quando torna a estação melhor; a terra, sim, mas as plantas, não. Cada uma delas, é um Duarte ou uma Malvina.

Ao cabo daquele tempo esfriaram, seis ou oito meses depois, casaram-se, — ela, com um homem que não era mais bonito, nem mais entusiasta, que o Duarte, — ele com outra viúva, que tinha os mesmos característicos da primeira. Parece que não ganharam nada; mas ganharam não casar uma desilusão com outra: eis tudo, e não é pouco.

VINTE ANOS! VINTE ANOS!

[AE. 15 jul. 1884.]

Gonçalves, despeitado, amarrotou o papel, e mordeu o beiço. Deu cinco ou seis passos no quarto, deitou-se na cama, de barriga para o ar, pensando; depois foi à janela, e esteve ali durante dez ou doze minutos, batendo o pé no chão e olhando para a rua, que era a rua detrás da Lapa.

Não há leitor, menos ainda leitora, que não imagine logo que o papel é uma carta, e que a carta é de amores, alguma zanga de moça, ou notícia de que o pai os ameaçava, que a intimou a ir para fora, para a roça, por exemplo. Vão conjeturas! Não se trata de amores, não é mesmo carta, posto que haja embaixo algumas palavras assinadas e datadas, com endereço a ele. Trata-se disto. Gonçalves é estudante, tem a família na província e um correspondente na corte, que lhe dá a mesada. Gonçalves recebe a mesada pontualmente; mas tão depressa a recebe como a dissipa. O que acontece é que a maior parte do tempo vive sem dinheiro; mas os vinte anos formam um dos primeiros bancos do mundo, e Gonçalves não dá pela falta. Por outro lado, os vinte anos são também confiados e cegos; Gonçalves escorrega aqui e ali, e cai em desmandos. Ultimamente, viu um sobretudo de peles, obra soberba, e uma linda bengala, não rica, mas de gosto; Gonçalves não tinha dinheiro, mas comprou-os fiado. Não queria, note-se; mas foi um colega que o animou. Lá se vão quatro meses; e instando o credor pelo dinheiro, Gonçalves lembrou-se de escrever uma carta ao correspondente, contando-lhe tudo, com tais maneiras de estilo, que enterneceriam a mais dura pedra do mundo.

O correspondente não era pedra, mas também não era carne; era correspondente, aferrado à obrigação, rígido, e possuía cartas do pai de Gonçalves, dizendo-lhe que o filho tinha uma grande queda para gastador, e que o reprimisse. Entretanto, estava ali uma conta; era preciso pagá-la. Pagá-la era animar o moço a outras. Que fez o correspondente? Mandou dizer ao rapaz que não tinha dúvida em saldar a dívida, mas que ia primeiro escrever ao pai, e pedir-lhe ordens; dir-lhe-ia na mesma ocasião que pagara outras dívidas miúdas e dispensáveis. Tudo isso em duas ou três linhas embaixo da conta, que devolveu.

Compreende-se o pesar do rapaz. Não só ficava a dívida em aberto, mas, o que era pior, ia notícia dela ao pai. Se fosse outra causa, vá; mas um sobretudo de peles, luxuoso e desnecessário, uma cousa que realmente ele achou depois que era um trambolho, pesado, enorme e quente... Gonçalves dava ao diabo o credor, e ainda mais o correspondente. Que necessidade era essa de ir contá-lo ao pai? E que carta que o pai havia de escrever! que carta! Gonçalves estava a lê-la de antemão. Já não era a primeira: a última ameaçava-o com a miséria.

Depois de dizer o diabo do correspondente, de fazer e desfazer mil planos, Gonçalves assentou no que lhe pareceu melhor, que era ir à casa dele, na Rua do Hospício, descompô-lo, armado de bengala, e dar-lhe com ela, se ele replicasse alguma cousa. Era sumário, enérgico, um tanto fácil, e, segundo lhe dizia o coração, útil aos séculos.

— Deixa estar, patife! quebro-te a cara.

E, trêmulo, agitado, vestiu-se às carreiras, chegando ao extremo de não pôr a gravata; mas lembrou-se dela na escada, voltou ao quarto, e atou-a ao pescoço. Brandiu no ar a bengala para ver se estava boa; estava. Parece que deu três ou quatro pancadas nas cadeiras e no chão, — o que lhe mereceu não sei que palavra de um vizinho irritadiço. Afinal saiu.

— Não, patife! não me pregas outra.

Eram os vinte anos que irrompiam cálidos, férvidos, incapazes de engolir a afronta e dissimular. Gonçalves foi por ali fora, Rua do Passeio, Rua da Ajuda, Rua dos Ourives, até à Rua do Ouvidor. Depois lembrou-se que a casa do correspondente, na Rua do Hospício, ficava entre as de Uruguaiana e dos Andradas; subiu, pois, a do Ouvidor para ir tomar a primeira destas. Não via ninguém, nem as moças bonitas que passavam, nem os sujeitos que lhe diziam adeus com a mão. Ia andando à maneira de touro. Antes de chegar à Rua de Uruguaiana, alguém chamou por ele.

— Gonçalves! Gonçalves!

Não ouviu e foi andando. A voz era de dentro de um café. O dono dela veio à porta, chamou outra vez, depois saiu à rua, e pegou-o pelo ombro.

— Onde vais?

— Já volto...

— Vem cá primeiro.

E tomando-lhe o braço, voltou para o café, onde estavam mais três rapazes a uma mesa. Eram colegas dele, — todos da mesma idade. Perguntaram-lhe onde ia; Gonçalves respondeu que ia castigar um pelintra, donde os quatro colegas concluíram que não se tratava de nenhum crime público, inconfidência ou sacrilégio, — mas de algum credor ou rival. Um deles, chegou mesmo a dizer que deixasse o Brito em paz.

— Que Brito? perguntou o Gonçalves.

— Que Brito? O preferido, o tal, o dos bigodes, não te lembras? Não te lembras mais da Chiquinha Coelho?

Gonçalves deu de ombros, e pediu uma xícara de café. Tratava-se nem da Chiquinha Coelho nem do Brito! Há cousa muito séria. Veio o café, fez um cigarro, enquanto um dos colegas confessava que a tal Chiquinha era a pequena mais bonita que tinha visto desde que chegara. Gonçalves não disse nada; entrou a fumar e a beber o café, aos goles, curtos e demorados. Tinha os olhos na rua; no meio da conversa dos outros, declarou que efetivamente a pequena era bonita, mas não era a mais bonita; e citou outras, cinco ou seis. Uns concordaram em absoluto, outros em parte, alguns discordaram inteiramente. Nenhuma das moças citadas valia a Chiquinha Coelho. Debate longo, análise das belezas.

— Mais café, disse Gonçalves.

— Não quer *cognac?*

— Traga... não... está bom, traga.

Vieram ambas as cousas. Uma das belezas citadas passou justamente na rua, de braço com o pai, deputado. Daqui um prolongamento de debate, com desvio para a política. O pai estava prestes a ser ministro.

— E o Gonçalves genro do ministro!

— Deixa de graças, redargüiu rindo o Gonçalves.

— Que tinha?

— Não gosto de graças. Eu genro? Demais, vocês sabem as minhas opiniões políticas; há um abismo entre nós. Sou radical...

— Sim, mas os radicais também se casam, observou um.

— Com as radicais, emendou outro.

— Justo. Com as radicais...

— Mas você não sabe se ela é radical.

— Ora bolas, o café está frio! exclamou Gonçalves. Olhe lá; outro café. Tens um cigarro? Mas então parece a vocês que eu chegue a ser genro do ***. Ora que caçoada! Vocês nunca leram Aristóteles?

— Não.

— Nem eu.

— Deve ser um bom autor.

— Excelente, insistiu Gonçalves. Ó Lamego, tu lembras-te daquele sujeito que uma vez quis ir ao baile de máscaras, e nós lhe pusemos um chapéu, dizendo que era de Aristóteles?

E contou a anedota, que na verdade era alegre e estúrdia; todos riram, começando por ele, que dava umas gargalhadas sacudidas e longas, muito longas. Veio o café, que era quente, mas pouco; pediu terceira xícara, e outro cigarro. Um dos colegas contou então um caso análogo, e, como falasse de passagem em Wagner, conversaram da revolução que o Wagner estava fazendo na Europa. Daí passaram naturalmente à ciência moderna; veio Darwin, veio Spencer, veio Büchner, veio Moleschott, veio tudo. Nota séria, nota graciosa, uma grave, outra aguda, e café, cigarro, troça, alegria geral, até que um relógio os surpreendeu batendo cinco horas.

— Cinco horas! exclamaram dous ou três.

— No meu estômago são sete, ponderou um dos outros. — Onde jantam vocês?

Resolveram fazer uma revista de fundos e ir jantar juntos. Reuniram seis mil-réis; foram a um hotel modesto, e comeram bem, sem perder de vista as adições e o total. Eram seis e meia, quando saíram. Caía a tarde, uma linda tarde de verão. Foram até o Largo de S. Francisco. De caminho, viram passar na Rua do Ouvidor algumas moças retardatárias; viram outras no ponto dos *bonds* de S. Cristóvão. Uma delas desafiou mesmo a curiosidade dos rapazes. Era alta e fina, recentemente viúva. Gonçalves achou que era muito parecida com a Chiquinha Coelho; os outros divergiram. Parecida ou não, Gonçalves ficou entusiasmado. Propôs irem todos no *bond* em que ela fosse; os outros ouviram rindo.

Nisto a noite foi chegando; eles tornaram à Rua do Ouvidor. Às sete e meia caminharam para um teatro, não para ver o espetáculo (tinham apenas cigarros e níqueis no bolso), mas para ver entrar as senhoras. Uma hora depois vamos achá-los, no Rocio, discutindo uma questão de física. Depois recitaram versos, deles e de outros. Vieram anedotas, trocadilhos, pachuchadas; muita alegria em todos, mas principalmente no Gonçalves que era o mais expansivo e ruidoso, alegre como quem não deve nada. Às nove horas tornou este à Rua do Ouvidor, e, não tendo charutos, comprou uma caixa por vinte e dous mil-réis, fiado. Vinte anos! Vinte anos!

O CASO DO ROMUALDO

[AE. 15 set. a 30 novo 1884.]

Um dia, de manhã, D. Maria Soares, que estava em casa, descansando de um baile para ir a outro, foi procurada por D. Carlota, companheira antiga de colégio, e sócia agora da vida, elegante. Considerou isso um benefício do acaso, ou antes um favor do céu, com o fim único de lhe matar as horas aborrecidas. E merecia esse favor, pois de madrugada ao voltar do baile, não deixou de cumprir as rezas do costume, e, logo à noite, antes de ir para o outro, não deixará de persignar-se.

D. Carlota entrou. Ao pé uma da outra pareciam irmãs; a dona da casa era, talvez, um pouco mais alta, e tinha os olhos de outra cor; eram castanhos, os de D. Carlota pretos. Outra diferença: esta era casada, D. Maria Soares, viúva: — ambas possuíam alguma cousa, e não chegavam a trinta anos; parece que a viúva contava apenas vinte e nove, posto confessasse vinte e sete, e a casada andava nos vinte e oito. Agora, como é que uma viúva de tal idade, bonita e abastada, não contraía segundas núpcias é o que toda a gente ignorou sempre. Não se pode supor que fosse fidelidade ao morto, pois é sabido que ela não o amava muito nem pouco; foi um casamento de arranjo. Talvez não se pode crer que lhe faltassem pretendentes; tinha-os às dúzias.

— Você chegou muito a propósito, disse a viúva a Carlota; vamos falar de ontem... Mas que é isso? que cara é essa?

Na verdade, a cara de Carlota trazia impressa uma tempestade interior; os olhos faiscavam, e as narinas moviam-se deixando passar uma respiração violenta e colérica. A viúva insistiu na pergunta, mas a outra não lhe disse nada; atirou-se a um sofá, e só no fim de uns dez segundos, proferiu algumas palavras que explicaram a agitação. Tratava-se de um arrufo, não briga com o marido, por causa de um homem. Ciúmes? Não, não, nada de ciúmes. Era um homem, com que ela antipatizava profundamente, e que ele queria fazer amigo da casa. Nada menos, nada mais, e antes assim. Mas por que é que ele queria relacioná-lo com a mulher?

Custa dizê-lo: ambição política. Vieira quer ser deputado por um distrito do Ceará, e Romualdo tem ali influência, e trata de fazer vingar a candidatura do amigo. Então este, não só quer metê-lo em casa, — e já ali o levou duas vezes, — como tem o plano de lhe dar um jantar solene, em despedida, porque o Romualdo embarca para o Norte dentro de uma semana. Aí está todo o motivo do dissentimento.

— Mas, Carlota, dizia ele à mulher, repara que é a minha carreira. Romualdo é trunfo no distrito. E depois não sei que embirração é essa, não entendo...

Carlota não dizia nada; torcia a ponta de uma franja.

— O que é que achas nele?

— Acho-o antipático, aborrecido...

— Nunca trocaram mais de oito palavras, se tanto, e já o achas aborrecido!

— Tanto pior. Se ele é aborrecido calado, imagina o que será falando. E depois...

— Bem, mas não podes sacrificar-me alguma cousa? Que diabo é uma ou duas horas de constrangimento, em benefício meu? E mesmo teu, porque, eu na Câmara, tu ficas sendo mulher de deputado, e pode ser... quem sabe? Pode ser até que de ministro, um dia. Desta massa é que eles se fazem.

Vieira gastou uns dez minutos em sacudir diante da mulher as pompas de um grande cargo, uma pasta, ordenanças, fardão ministerial, correios do paço, e as audiências, e os pretendentes, e as cerimônias... Carlota não se abalava. Afinal, exasperada, fez ao marido uma revelação.

— Ouviu bem? O tal seu amigo persegue-me com os olhos de mosca morta, e das oito palavras que me disse, três, pelo menos, foram atrevidas.

Vieira ficou alguns instantes sem dizer nada; depois começou a mexer com a corrente do relógio, afinal acendeu um charuto. Estes três gestos correspondiam a três momentos do espírito. O primeiro foi de pasmo e raiva. Vieira amava a mulher, e, por outro lado, cria que os intuitos do Romualdo eram puramente políticos. A descoberta de que a proteção da candidatura tinha uma paga, e paga adiantada, foi para ele um assombro. Veio depois o segundo momento, que foi o da ambição, a cadeira na Câmara, a reputação parlamentar, a influência, um ministério... Tudo isso atenuou a primeira impressão. Então ele perguntou a si mesmo, se, estando certo da mulher, não era já uma grande habilidade política, explorar o favor do amigo, e deixá-lo ir-se de cabeça baixa. Em rigor, a pretensão do Romualdo não seria única; Carlota teria outros namorados *in petto.* Não se havia de brigar com o mundo inteiro. Aqui entrou o terceiro momento, o da resolução. Vieira determinou-se a aproveitar o favor político do outro, e assim o declarou à mulher, mas começou por dissuadi-la.

— Pode ser que você se engane. As moças bonitas estão expostas a serem olhadas muita vez por admiração, e se cuidarem que já isso é amor, então nem podem mais aparecer.

Carlota sorriu com desdém.

— As palavras? disse o marido. Não podiam ser palavras de cumprimento? Podiam, decerto...

E, depois de um instante, como lhe visse persistir o ar desdenhoso:

— Juro que se tivesse a certeza do que me dizes, castigava-o... Mas, por outro lado, é justamente a vingança melhor; faço-o trabalhar, e... justamente! Querem saber uma cousa? A vida é uma combinação de interesses... O que eu quero é fazer-te ministra de Estado, e...

Carlota deixou-o falar, à toa. Como ele insistisse, ela prorrompeu e disse-lhe cousas duras. Estava sinceramente irritada. Gostava muito do marido, não era loureira, e nada podia agravá-la mais do que o acordo que o marido procurava entre a conveniência política e os sentimentos dela. Ele, afinal, saiu zangado; ela vestiu-se e foi para a casa da amiga.

Hão de perguntar-me como se explica que, tendo mediado algumas horas, entre a briga e a chegada à casa da amiga, Carlota ainda estava no grau agudo da exasperação. Respondo que em alguma cousa há de uma moça ser faceira, e pode ser que a nossa Carlota gostasse de ostentar os seus sentimentos de amor ao marido e de honra conjugal, como outras mostram de preferência os olhos e o método de mexer com eles. Digo que pode ser; não afianço nada.

Ouvida a história, D. Maria Soares concordou em parte com a amiga, em parte com o marido, posto que, realmente, só concordasse consigo mesma, e acreditasse piamente que o maior desastre que podia suceder a uma criatura humana, depois de uma noite de baile, era entrar-lhe em casa uma questão daquelas.

Carlota tratou de provar que tinha razão em tudo, e não parcialmente; e a viúva diante da ameaça de maior desastre, foi admitindo que sim, que afinal quem tinha toda a razão era ela, mas que o melhor de tudo era deixar andar o marido.

— É o melhor, Carlota; você não está certa de si? Pois então deixe-o andar... Vamos nós à Rua do Ouvidor? ou vamos mais perto, um passeiozinho...

Era um meio de acabar com o assunto; Carlota aceitou, D. Maria foi vestir-se, e daí a pouco saíram ambas. Vieram à Rua do Ouvidor, onde não foi difícil esquecer o assunto, e tudo acabou ou ficou adiado. Contribuiu para isso o baile da véspera; a viúva alcançou finalmente que falassem das impressões trazidas, falaram por muito tempo, esquecidas do resto, e para não voltar logo para a casa, foram comprar alguma cousa a uma loja. Que cousa? Nunca se soube claramente o que foi; há razões para crer que foi um metro de fita, outros dizem que dous, alguns opinam por uma dúzia de lenços. O único ponto liquidado é que estiveram na loja até quatro horas.

Ao voltar para casa, perto da Rua Gonçalves Dias, Carlota disse precipitadamente à amiga:

— Lá está ele!

— Quem?

— O Romualdo.

— Onde está?

— É aquele de barbas grandes, que está coçando o queixo com a bengala, explicou a moça olhando para outra parte.

D. Maria Soares relanceou os olhos pelo grupo, disfarçadamente, e viu o Romualdo. Não ocultou a impressão; confessou que era, na verdade, um sujeito antipático; podia ser trunfo, em política; em amor, devia ser carta branca. Mas, além de antipático, tinha um certo ar de matuto, que não convidava a amá-lo. Elas foram andando, e não escaparam ao Romualdo, que vira Carlota e veio cumprimentá-la, afetuoso, posto que também acanhado; perguntou-lhe pelo marido, e se ia naquela noite, ao baile, disse também que o dia estava fresco, que tinha visto umas senhoras conhecidas de Carlota, e que a rua parecia mais animada naquele dia do que na véspera. Carlota foi respondendo com palavras frouxas, entre dentes.

— Exagerei? perguntou ela à viúva no bond.

— Qual exageraste! O sujeito é insuportável, acudiu a viúva; mas, Carlota, não te acho razão na zanga. Pareces criança! Um sujeito assim não faz zangar ninguém. A gente ouve o que ele diz, não lhe responde nada, ou fala do sol e da lua, e está acabado; é até um divertimento. Já tive muitos do mesmo gênero...

— Sim, mas não tens um marido que...

— Não tenho, mas tive; o Alberto era do mesmo gênero; eu é que não brigava, nem lhe revelava nada; ria-me. Faze a mesma cousa; vai rindo... Realmente, o sujeito tem um olhar espantado, e quando sorri fica mesmo com uma cara de poucos amigos; parece que sério é menos carrancudo.

— E é...

— Bem vi que era. Ora zangar-se a gente por tão pouca cousa! Demais, ele não vai embora esta semana? Que te custa suportá-lo?

D. Maria Soares tinha aplacado inteiramente a amiga; enfim, o tempo e a rua perfizeram a melhor parte da obra. Para o fim da viagem, riam ambas, não só da figura do Romualdo, mas também das palavras que ele dissera a Carlota, as tais palavras atrevidas, que não ponho aqui por não haver notícia exata delas; estas, porém, confiou-as à viúva, não as tendo dito ao marido. A viúva opinou que elas eram menos atrevidas que burlescas. E ditas por ele deviam ser ainda piores. Era mordaz esta viúva, e amiga de rir e brincar como se tivesse vinte anos.

A verdade é que Carlota voltou para casa tranqüila, e disposta ao banquete. Vieira que esperava a continuação da luta, não pôde encobrir o contentamento de a ver mudada. Confessou que ela tinha razão em mortificar-se, e que ele, se não estivessem as cousas em andamento, abriria mão da candidatura; já o não podia fazer sem escândalo.

Chegou o dia do jantar, que foi esplêndido, assistindo a ele vários personagens políticos e outros. De senhoras, apenas duas, Carlota e D. Maria Soares. Um dos brindes de Romualdo foi feito a ela; um longo discurso, arrastado, cantado, assoprado, cheio de *anjos,* de um ou dous *sacrários,* de *caras esposas,* acabando tudo por um cumprimento ao *nosso venturoso amigo.* Vieira interiormente mandou-o ao diabo; mas, levantou o copo e agradeceu sorrindo.

Dias depois, seguia Romualdo para o Norte. A noite da véspera foi passada em casa do Vieira, que se desfez em demonstrações de aparente consideração. De manhã, levantou-se este cedo para ir a bordo, acompanhá-lo; recebeu muitos cumprimentos para a mulher, à despedida, e prometeu que daí a pouco iria ter com ele. O aperto de mão foi significativo; um tremia de esperanças, outro de saudades, ambos pareciam pôr naquele arranco final todo o coração, e punham tão-somente o interesse, — ou de amor ou de política, — mas o velho interesse, tão amigo da gente e tão caluniado.

Pouco tempo depois, seguiu o Vieira para o Norte, a cuidar da eleição. As despedidas foram naturalmente chorosas, e por pouco, esteve Carlota disposta a seguir também com ele; mas a viagem não duraria muito tempo, e depois, ele teria de percorrer o distrito, cuidar de cousas que tornavam difícil a condução da família.

Ficando só, Carlota cuidou de matar o tempo, para torná-lo mais curto. Não foi a teatros nem bailes; mas visitas e passeios eram com ela. D. Maria Soares continuava a ser a melhor das companheiras, rindo muito, reparando em tudo, e mordendo sem piedade. Naturalmente, o Romualdo foi esquecido; Carlota chegou mesmo a arrepender-se de ter ido confiar à amiga uma cousa, que agora lhe parecia mínima. Demais, a idéia de ver o marido deputado, e provavelmente ministro, começava a dominá-la, e a quem o deveria, senão ao Romualdo? Tanto bastava para não torná-lo odioso nem ridículo. A segunda carta do marido confirmou-a nesse sentimento de indulgência; dizia que a candidatura tinha esbarrado num grande obstáculo, que o Romualdo destruíra, graças a um imenso esforço, em que até perdeu um amigo de vinte anos.

Tudo caminhou assim, enquanto Carlota, aqui na corte, ia matando o tempo, segundo ficou dito. Já disse também que D. Maria Soares ajudava-a nessa empresa. Resta dizer, que não sempre, mas às vezes, tinham ambas um parceiro, que era o Dr. Andrade, companheiro de escritório do Vieira, e encarregado de todos os seus negócios, durante a ausência. Este era um advogado recente, vinte e cinco anos, não deselegante, nem feio. Tinha talento, era ativo, instruído, e não pouco sagaz, em negócios do foro; para o resto das cousas, conservava a ingenuidade primitiva.

Corria que ele gostava de Carlota, e mal se compreende um tal boato, pois a ninguém confiou nada, nem mesmo a ela, por palavras ou obras. Pouco ia lá; e quando ia procedia de modo que não desse azo a nenhuma suspeita. É certo, porém, que ele gostava dela, e muito, e se nunca lho declarou, menos o faria agora. Evitava até ir lá; mas Carlota convidou-o algumas vezes a jantar, com outras pessoas; D. Maria Soares, que o viu ali, também o convidou, e foi assim que ele achou-se mais vezes do que pretendia em contacto com a senhora do outro.

D. Maria Soares desconfiou previamente do amor do Andrade. Era um dos seus princípios desconfiar; dos corações de vinte e cinco a trinta e quatro anos. Antes de ver nada, suspeitou que o Andrade amava a amiga, e só tratou de ver se a amiga lhe correspondia. Não viu nada; mas concluiu. alguma cousa. Então considerou que esse coração abandonado, tiritando de frio na rua, podia ela recebê-lo, agasalhá-lo, darlhe o principal lugar, numa palavra, casar com ele. Pensou nisto um dia; no dia seguinte, acordou apaixonada. Já? Já, e explica-se. D. Maria Soares gostava da vida brilhante, ruidosa, dispendiosa, e o Andrade, além das outras qualidades, não viera a este mundo sem uma avó, nem esta avó se deixara viver até aos setenta e quatro anos, na fazenda sem uns oitocentos contos. Constava estar na dependura; e foi a própria Carlota que lho disse a ela.

— Parece que até já está pateta.

— Oitocentos contos? repetiu D. Maria Soares. — Oitocentos; é uma boa fortuna.

D. Maria Soares olhou para um dos quadros que Carlota tinha na saleta: uma paisagem da Suíça. Bela terra é a Suíça! disse ela. Carlota admitiu que o fosse, mas confessou que preferia viver em Paris, na grande cidade de Paris... D. Maria Soares suspirou, e olhou para o espelho. O espelho respondeu-lhe sem cumprimento: "Pode tentar a empresa, ainda está muito bonita."

Assim se explica o primeiro convite de D. Maria Soares ao Andrade, para ir jantar à casa dela, com a amiga, e outras pessoas. Andrade foi, jantou, conversou, tocou piano, — pois também sabia tocar piano, — e recebeu da viúva os mais ardentes encômios. Realmente, nunca tinha visto tocar assim; não conhecia amador que pudesse competir com ele. Andrade gostou de ouvir isto, principalmente porque era dito ao pé de Carlota. Para provar que a viúva não elogiava a um ingrato, voltou ao piano, e deu sonatas, barcarolas *rêveries*, Mozart, Schubert, nomes novos e antigos. D. Maria Soares estava encantada.

Carlota percebeu que ela começava a cortejá-lo, e sentiu não ter intimidade com ele, que lhe permitisse dizer-lho por brinco; era um modo de os casar mais depressa, e Carlota estimaria ver a amiga em segundas núpcias, com oitocentos contos à porta. Em compensação disse-o à amiga, que pela regra eterna das cousas, negou-o a pés juntos.

— Pode negar, mas eu bem vejo que você anda ferida, insistiu Carlota.

— Então é ferida que não dói, porque eu não sinto nada, replicou a viúva.

Em casa, porém advertiu que Carlota lhe falara com tal ingenuidade e interesse, que era melhor dizer tudo, e utilizá-la na conquista do advogado. Na primeira ocasião, negou sorrindo e vexada; depois, abriu o coração, previamente aparelhado para recebê-lo, cheio de amor por todos os cantos. Carlota viu tudo, andou por ele, e saiu convencida de que, apesar da diferença de idade, nem ele podia ter melhor esposa, nem ela melhor marido. A questão era uni-los e Carlota dispôs-se à obra.

Era então passados dois meses depois da saída do Vieira, e chegou uma carta dele com a notícia de estar de cama. A letra pareceu tão trêmula, e a carta era tão curta, que lançou o espírito de Carlota na maior perturbação. No primeiro instante, a sua idéia, foi embarcar e ir ter com o marido; mas o advogado e a viúva procuravam aquietá-la, dizendo-lhe que não era caso disso, e que provavelmente já estaria bom; em todo caso, era melhor esperar outra carta.

Veio outra carta, mas do Romualdo, dizendo que o estado do Vieira era grave, não desesperado; os médicos aconselhavam que tornasse para o Rio de Janeiro; eles viriam na primeira ocasião.

Carlota ficou desesperada. Começou por não crer na carta. "Meu marido morreu, soluçava ela; estão me enganando." Entretanto, veio terceira carta do Romualdo, mais esperançada. O doente já podia embarcar, e viria no vapor que dali sairia dous dias depois; ele o acompanharia com todas as cautelas, e a mulher podia não ter cuidado nenhum. A carta era simples, verdadeira, dedicada e pôs um calmante no espírito da moça.

Com efeito, Romualdo embarcou, acompanhando o doente, que passou bem o primeiro dia de mar. No segundo piorou, e o estado agravou-se de modo que, ao chegar à Bahia, pensou o Romualdo que era melhor desembarcar; mas o Vieira recusou formalmente uma e muitas vezes, dizendo que se tivesse de morrer, preferia vir morrer ao pé da família. Não houve remédio senão ceder, e por mal dele, expirou vinte e quatro horas depois.

Poucas horas antes de morrer, o advogado sentiu que era chegado o termo fatal, e fez algumas recomendações ao Romualdo, relativamente a negócios de família e do foro; umas deviam ser transmitidas à mulher; outras ao Andrade, companheiro de escritório, outras a parentes. Só uma importa ao nosso caso.

— Diga à minha mulher que a última prova de amor que lhe peço é que não se case...

— Sim... sim...

— Mas, se ela, a todo o transe entender que se deve casar, peça-lhe que a escolha do marido recaia no Andrade, meu. amigo e companheiro, e...

Romualdo não entendeu essa preocupação da última hora, nem provavelmente o leitor, nem eu, — e o melhor, em tal caso, é contar e ouvir a cousa sem pedir explicação. Foi o que ele fez; ouviu; disse que sim, e poucas horas depois, expirava o Vieira. No dia seguinte, entrava o vapor no porto, trazendo a Carlota um cadáver, em vez do marido que daqui partira. Imaginem a dor da pobre moça, que aliás receava isso mesmo, desde a última carta de Romualdo. Chorara em todo esse tempo, e rezou muito, e prometeu missas, se o pobre Vieira lhe chegasse vivo e são: mas nem rezas, nem promessas, nem lágrimas.

Romualdo veio a terra, e correu à casa de D. Maria Soares, pedindo a sua intervenção para preparar a recente viúva a receber a fatal notícia; e ambos passaram à casa de Carlota, que adivinhou tudo, apenas os viu. O golpe foi o que devia ser, não é preciso narrá-lo. Nem o golpe, nem o enterro, nem os primeiros dias. Saiba-se que Carlota retirou-se da cidade por algumas semanas, e só voltou à antiga casa, quando a dor lhe consentiu vê-la, mas não pôde vê-la sem lágrimas. Ainda assim não quis outra; preferia padecer, mas queria as mesmas paredes e lugares que tinham visto o marido e a sua felicidade.

Passados três meses, Romualdo tratou de desempenhar-se da incumbência que o Vieira lhe dera, à última hora, e nada mais difícil para ele, não porque amasse a viúva do amigo, — realmente, tinha sido uma cousa passageira, — mas pela natureza mesmo da incumbência. Entretanto, era forçoso fazê-lo. Escreveu-lhe uma carta, dizendo que tinha de dizer-lhe, em particular, cousas graves que ouvira ao marido, poucas horas antes de morrer. Carlota respondeu-lhe com este bilhete:

> Pode vir quanto antes, e se quiser hoje mesmo, ou amanhã, depois do meio-dia; mas prefiro que seja hoje. Desejo saber o que é, e ainda uma vez agradecer-lhe a dedicação que mostrou ao meu infeliz marido.

Romualdo foi nesse mesmo dia, entre três e quatro horas. Achou ali D. Maria Soares, que não se demorou muito, e os deixou sós. Eram duas viúvas, e ambas de preto, e Romualdo pôde compará-las, e achou que a diferença era imensa; D. Maria Soares dava a sensação de uma pessoa que escolhera a viuvez por ofício e comodidade. Carlota estava ainda acabrunhada, pálida e séria. Diferença de data ou de temperamento? Romualdo não pôde averiguá-lo, não chegou sequer a formular a questão. Medíocre de espírito, este homem tinha uma dose grande de sensibilidade, e a figura de Carlota impressionou-o de modo, que não lhe deu lugar a mais do que à comparação das pessoas. Houve mesmo da parte de D. Maria Soares duas ou três frases que pareceram ao Romualdo um tanto esquisitas. Uma delas foi esta:

— Veja se persuade a nossa amiga a conformar-se com a sorte; lágrimas não ressuscitam ninguém.

Carlota sorriu sem vontade, para responder alguma cousa, e Romualdo rufou com os dedos sobre o joelho, olhando para o chão. D. Maria Soares levantou-se afinal, e saiu. Carlota, que a acompanhou até à porta, voltou ansiosa ao Romualdo, e pediu que lhe dissesse tudo, tudo, as palavras dele, e a doença, e como foi que começou, e os cuidados que lhe deu, e que ela soube aqui e lhe agradecia muito. Tinha visto uma carta de pessoa da província, dizendo que a dedicação dele não podia ser maior. Carlota falava às pressas, cheia de comoção, sem ordem nas idéias.

— Não falemos do que fiz, disse o Romualdo; cumpri um dever natural.

— Bem, mas eu agradeço-lhe por ele e por mim, replicou ela estendendo-lhe a mão.

Romualdo apertou-lhe a mão, que estava trêmula, e nunca lhe pareceu tão deliciosa. Ao mesmo tempo, olhou para ela e viu que a cor pálida ia-lhe bem, e com o vestido preto, tinha um tom ascético e particularmente interessante. Os olhos cansados de chorar não traziam o mesmo fulgor de outro tempo, mas eram muito melhores assim, como uma espécie de meia-luz de alcova, abafada pelas cortinas e venezianas fechadas.

Nisto pensou na comissão que o levava ali, e estremeceu. Começava a palpitar, outra vez, por ela, e agora que a achava livre, ia levantar duas barreiras entre ambos: — que se não casasse, e que, a fazê-lo, casasse com outro, uma pessoa determinada. Era exigir demais. Romualdo pensou em não dizer nada, ou dizer outra cousa qualquer. Que cousa? Qualquer cousa. Podia atribuir ao marido uma recomendação de ordem geral, que se lembrasse dele, que lhe sufragasse a alma por certa maneira. Tudo era crível, e não prenderia assim o futuro com uma palavra. Carlota, sentada defronte, esperava que ele falasse; chegou a repetir o pedido. Romualdo sentiu um repelão da consciência. No momento de formular a recomendação falsa, recuou, teve vergonha, e dispôs-se à verdade. Ninguém sabia o que se passara entre ele e o finado, senão a consciência dele, mas a consciência bastava, e ele obedeceu. Paciência! era esquecer o passado, e adeus.

— Seu marido, — começou, — no mesmo dia em que morreu, disse-me que tinha um grande favor que pedir-me, e fez-me prometer que cumpriria tudo. Respondi-lhe que sim. Então, disse-me ele que era um grande benefício que a senhora lhe fazia, se se conservasse viúva, e que lhe pedisse isto, como um desejo da hora da morte. Entretanto, dado que não pudesse fazê-lo...

Carlota interrompeu-o com o gesto: não queria ouvir nada, era penoso. Mas o Romualdo insistiu, tinha de cumprir...

Foram interrompidos por um criado; o Dr. Andrade acabava de chegar, trazendo à viúva uma comunicação urgente.

Andrade entrou, e pediu a Carlota para lhe falar em particular.

— Não é preciso, retorquiu a moça, este senhor é nosso amigo, pode ouvir tudo.

Andrade obedeceu e disse ao que vinha; este incidente é sem valor para o nosso caso. Depois, conversaram os três durante alguns minutos. Romualdo olhava para o Andrade com inveja, e tornou a perguntar a si mesmo se lhe convinha dizer alguma cousa. A idéia de dizer outra cousa qualquer começou a turvar-lhe novamente o espírito. Ao ver o jovem advogado tão gracioso, tão atraente, Romualdo concluiu, — e não concluiu mal, — que o pedido do morto era um incitamento; e se Carlota nunca pensara em casar, era ocasião de fazê-lo. O pedido chegou a parecer-lhe tão absurdo, que a idéia de alguma desconfiança do marido veio naturalmente, e atribuiu-lhe assim a intenção de punir moralmente a mulher: — conclusão, por outro lado, não menos absurda, à vista do amor que ele testemunhara no casal.

Carlota, na conversação, manifestou o desejo de retirar-se para a fazenda de uma tia, logo que acabasse o inventário; mas, se demorasse muito tempo iria em breve.

— Farei o que puder para ir depressa, disse o Andrade.

Daí a pouco saiu este, e Carlota, que o acompanhara até a porta, voltou ao Romualdo, para dizer-lhe:

— Não quero saber o que foi que meu marido lhe confiou. Ele pede-me o que por mim mesmo faria: — ficarei viúva...

Romualdo podia não ir adiante, e desejou isso mesmo. Estava certo da sinceridade da viúva, e da resolução anunciada; mas o diabo do Andrade com os seus modos finos e olhos cálidos fazia-lhe travessuras no cérebro. Entretanto, a solenidade da promessa tornou a aparecer-lhe como um pacto que se havia de cumprir, custasse o que custasse. Ocorreu-lhe um meio-termo: obedecer à viúva, e calar-se, e, um dia, se ela deveras se mostrasse disposta a contrair segundas núpcias, completar-lhe a declaração. Mas não tardou em ver que isto era uma infidelidade disfarçada; em primeiro lugar, ele poderia morrer antes, ou estar fora, em serviço ou doente; em segundo lugar, poderia ser que lhe falasse, quando ela estivesse apaixonada por outro. Resolveu dizer tudo.

— Como ia dizendo, continuava ele, seu marido...

— Não diga mais nada, interrompeu Carlota; para quê?

— Será inútil, mas devo cumprir o que prometi ao meu pobre amigo. A senhora pode dispensá-lo, eu é que não. Pede-lhe que se conserve viúva; mas que, no caso de não lhe ser possível, pedir-lhe-ia bem que a sua escolha recaísse no... Dr. Andrade...

Carlota não pôde ocultar o espanto, e não teve só um, mas dous, um atrás do outro. Quando Romualdo concluía o pedido, antes de dizer o nome do Andrade, Carlota imaginou que ia citar o dele mesmo; e, rápido, tanto lhe pareceu um desejo do marido como uma astúcia do portador, que a cortejara antes. Esta segunda suspeita entornou-lhe na alma um grande desgosto e desprezo. Tudo isso passou como um relâmpago, e quando chegou ao fim, ao nome do Andrade, mudou de espanto, e não foi menor. Esteve calada alguns segundos, olhando à toa; depois, repetiu o que já dissera.

— Não pretendo casar.

— Tanto melhor, disse ele, para os desejos últimos de seu marido. Não lhe nego que o pedido me pareceu exceder do direito de um moribundo; mas não me cabe discuti-lo: é questão entre a senhora e a sua consciência.

Romualdo levantou-se.

— Já? disse ela.

— Já.

— Jante comigo.

— Peço-lhe que não; virei outro dia, disse ele estendendo-lhe a mão.

Carlota estendeu-lhe a mão. Pode ser que se ela estivesse com o espírito quieto, percebesse nos modos do Romualdo alguma cousa que não era a audácia de outrora. Na verdade, ele estava agora acanhado, comovido, e a mão tremia-lhe um tanto. Carlota apertou-lha cheia de agradecimento; ele saiu.

Ficando só, Carlota refletiu em tudo o que se passara. A lembrança do marido pareceu-lhe também extraordinária; e, não tendo ela jamais pensado no Andrade, não pôde furtar-se a pensar nele e na simples indicação do moribundo. Tanto pensou em tudo isso, que lhe ocorreu finalmente a posição do Romualdo, Esse homem tinha-a cortejado, parecia querê-la, recebeu do marido, prestes a expirar, a confidência última, o pedido da viuvez e a designação de um sucessor, que não era ele, mas outro; e, não obstante, cumpriu tudo fielmente. O procedimento pareceu-lhe heróico. E daí pode ser que já não a amasse: e foi, talvez, um capricho de momento; estava acabado; nada mais natural.

No dia seguinte, ocorreu a Carlota a idéia de que Romualdo, sabendo da amizade do marido com o Andrade, podia ir comunicar a este o pedido do moribundo, se já o não tinha feito. Mais que depressa, lembrou-se de mandar chamá-lo, e pedir-lhe que viesse vê-la; chegou mesmo a escrever-lhe um bilhete, mas mudou de idéia, e, em vez de pedir-lho de viva voz, determinou fazê-lo por escrito. Eis o que escreveu:

Estou certa de que as últimas palavras de meu marido foram apenas repetidas a mim e a ninguém mais; entretanto, como há outra pessoa, que poderia ter interesse em saber...

Chegando a este ponto da carta, releu-a, e rasgou-a. Parecia-lhe que a frase tinha um tom misterioso, inconveniente na situação. Começou outra, e não lhe agradou também; ia escrever terceira, quando vieram anunciar-lhe a presença do Romualdo; correu à sala.

— Escrevia-lhe agora mesmo, disse ela logo depois.

— Para quê?

— Referiu aquelas palavras de meu marido a alguém?

— A ninguém. Não podia fazê-lo.

— Sei que não o faria; entretanto, nós, as mulheres, somos naturalmente medrosas, e o receio de que alguém mais, quem quer que seja, saiba do que se passou, peço-lhe que por nenhuma cousa refira a outra pessoa...

— Certamente que não.

— Era isto o que lhe dizia a carta.

Romualdo vinha despedir-se; seguia daí três dias para o Norte. Pedia-lhe desculpa de não ter aceitado o convite de jantar, mas na volta...

— Volta? interrompeu ela.

— Conto voltar.

— Quando?

— Daqui a dous meses ou dous anos.

— Cortemos ao meio; seja daqui a quatro meses.

— Depende.

— Mas, então, sem jantar comigo uma vez? Hoje, por exemplo...

— Hoje estou comprometido.

— E amanhã?

— Amanhã vou a Juiz de Fora.

Carlota fez um gesto de resignação; depois perguntou-lhe se na volta do Norte.

— Na volta.

— Daqui a quatro meses?

— Não posso afirmar nada.

Romualdo saiu; Carlota ficou pensativa algum tempo.

"Singular homem! pensou ela. Achei-lhe a mão fria e, entretanto...".

Depressa passou a Carlota a impressão que lhe deixara o Romualdo. Este seguiu, e ela retirou-se à fazenda da tia, enquanto o Dr. Andrade continuou o inventário. Quatro meses depois, voltou Carlota a esta corte, mais curada das saudades, e em todo caso cheia de resignação. A amiga encarregou-se de acabar a cura, e não lhe foi difícil.

Carlota não esquecera o marido; ele estava presente ao coração, mas o coração também cansa de chorar. Andrade que a freqüentava, não pensara em substituir o finado marido; ao contrário, parece que principalmente gostava da outra. Pode ser também que fosse mais cortesão com ela, por ela ser menos recente viúva. O que toda a gente cria é que dali, qualquer que fosse a escolhida, tinha de nascer um casamento com ele. Não tardou que as pretensões de Andrade se inclinassem puramente à outra.

"Tanto melhor," pensou Carlota, logo que o percebeu.

A idéia de Carlota é que, sendo assim, não ficava ela obrigada a desposá-lo; mas esta idéia não a formulou inteiramente; era confessar que estaria inclinada a casar.

Passaram-se ainda algumas semanas, oito ou dez, até que um dia anunciaram os jornais a chegada de Romualdo. Ela mandou-lhe um cartão de cumprimento, e ele deu-se pressa em pagar-lhe a visita.

Acharam-se mudados; ela pareceu-lhe menos pálida, um pouco mais tranqüila, para não dizer alegre; ele menos áspero no aspecto, e até mais gracioso. Carlota convidou-o a jantar com ela daí a dias. A amiga estava presente.

Romualdo foi circunspecto com ambas, e, posto que trivial, conseguia pôr nas palavras uma nota de interesse. O que, porém, realçava a pessoa dele era, — em relação a uma, a transmissão do recado do marido, e a respeito da outra a paixão que sentira pela primeira, e a possibilidade de vir a desposá-la. A verdade é que ele passou uma noite excelente, e saiu de lá encantado. A segunda convidou-o também para jantar daí a dias, e os três reuniram-se outra vez.

— Ele ainda gosta de ti? perguntava uma.

— Não, acabou.

— Não acabou.

— Por que não? Há tanto tempo.

— Que importa o tempo?

E teimava que o tempo era cousa importante, mas também não valia nada, principalmente em certos casos. Romualdo parecia pertencer à família dos apaixonados sérios. Enquanto dizia isso, olhava para ela a ver se lhe descobria alguma cousa; mas era difícil ou impossível. Carlota levantava os ombros.

Andrade supôs também alguma cousa, por insinuação da outra viúva, e tratou de ver se descobria a verdade; não descobriu cousa nenhuma. O amor de Andrade ia crescendo. Não tardou que o ciúme viesse fazer-lhe cortejo. Pareceu-lhe que a amada via o Romualdo com olhos singulares; e a verdade é que estava muita vez com ele.

Para quem se lembra das primeiras impressões das duas viúvas, há de ser difícil ver na observação do nosso Andrade; mas eu sou historiador fiel, e a verdade antes de tudo. A verdade é que ambas as viúvas começavam a cercá-lo de especiais atenções.

Romualdo não o percebeu logo, porque era modesto, apesar de audaz, às vezes; e da parte de Carlota não chegou mesmo a perceber nada; a outra, porém, houve-se de maneira que não tardou em descobrir-se. Era certo que o cortejava.

Daqui nasceram os primeiros elementos de um drama. Romualdo não acudiu ao chamado da bela dama, e esse procedimento não fez mais do que irritá-la e dar-lhe o gosto de teimar e vencer. Andrade, ao ver-se posto de lado, ou quase, determinou lutar também e destruir o rival nascente, que podia ser em breve triunfante. Já isso bastava; mas eis que Carlota, curiosa da alma do Romualdo, sentiu que este objeto de estudo podia escapar-se-lhe, desde que a outra o quisesse para si. Já então eram passados treze meses da morte do marido, o luto estava aliviado, e a beleza dela, com ou sem luto, fechado ou aliviado, estava no cume.

A luta que então começou teve diferentes fases, e durou cerca de cinco meses mais. Carlota, no meio dela, sentiu que alguma cousa batia no coração de Romualdo. As duas viúvas em breve descobriram as baterias; Romualdo solicitado por ambas, não se demorou na escolha; mas o desejo do morto? No fim de cinco meses as duas viúvas estavam brigadas, para sempre; e no fim de mais três (custa-me dizê-lo, mas é verdade), no fim de mais três meses, Romualdo e Carlota iam meditar juntos e unidos sobre a desvantagem de morrer primeiro.

UMA CARTA

[AR. 15 dez. 1884.]

Celestina acabando de almoçar, voltou à alcova, e, indo casualmente à cesta de costura, achou uma cartinha de papel bordado. Não tinha sobrescrito, mas estava aberta. Celestina, depois de hesitar um pouco, desdobrou-a e leu:

Meu anjo adorado,

Perdoe-me esta audácia, mas não posso mais resistir ao desejo de lhe abrir o meu coração e dizer que a adoro com todas as forças da minha alma. Mais de uma vez tenho passado pela rua, sem que a senhora me dê a esmola de um olhar, e há muito tempo, que suspiro por lhe dizer isto e pedir-lhe que me faça o ente mais feliz do mundo. Se não me ama, como eu a amo, creia que morrerei de desgosto. Os seus olhos lindos como as estrelas do céu, são para mim as luzes da existência, e os seus lábios, semelhantes às pétalas da rosa, têm toda a frescura de um jardim de Deus...

Não copio o resto; era longa a carta, e no mesmo estilo composto de trivialidade e imaginação. Apesar de longa, Celestina leu-a duas vezes, e, em alguns lugares, três e quatro; naturalmente eram os que falavam da beleza dela, dos olhos, dos lábios, dos cabelos, das mãos. Estas pegavam trêmulas na carta, tão comovida ficara a dona, tão assombrada de um tal achado. Quem poria ali a carta? Provavelmente, a escrava, — a única escrava da casa, peitada pelo autor. E quem seria este? Celestina não tinha a menor lembrança que pudesse ligar ao autor da carta; mas, como ele dizia que ela mesma não lhe dera a esmola de um olhar, estava explicado o caso, e só restava agora reparar bem nos homens da rua.

Celestina foi ao espelho, e lançou um olhar complacente sobre si. Não era bonita, mas a carta deu-lhe uma alta idéia de suas graças. Contava então trinta e nove anos, parece mesmo que mais um; mas este ponto não está averiguado de modo que possa entrar na história. Era simples opinião da mãe; esta senhora, porém, contando sessenta e quatro anos, podia confundir as cousas. Em todo o caso, qualquer que fosse o exato número, a própria dona dos anos não os discutiu, e limitava-se a parecer bem. Não parecia mal, nem fazia má figura, todas as tardes, à janela.

Esquecia-me dizer que isto acontecia aqui mesmo, no Rio de Janeiro, entre 1860 e 1862. Celestina era filha de um antigo comerciante, que morreu pobre, tendo apenas feito para a família um pequeno pecúlio. Era dele que esta vivia e mais de algumas costuras para fora.

A idéia de casar entrou na cabeça de Celestina, desde os treze anos, e ali se conservou até os trinta e sete, pode ser mesmo que até os trinta e oito; mas ultimamente ela a perdera de todo, e só se enfeitava para não desafiar o destino. Solteirona e pobre, não contava que ninguém se enamorasse dela. Era boa e laboriosa, e isto podia compensar o resto; mas ainda assim não lhe dava esperanças.

Foi neste ponto da vida que Celestina deu com a carta na cesta de costura. Compreende-se o alvoroço do pobre coração. Afinal, recebia o prêmio da demora; aí aparecia um namorado, por seu próprio pé, sem ela dar por ele, e dispunha-se a fazê-la feliz.

Já vimos que ela atribuía à escrava da casa a intervenção naquele negócio, e o primeiro impulso foi ir ter com ela; mas recuou. Era difícil tratar diretamente um tal assunto, não estando nos seus quinze anos estouvados que tudo explicassem; "era arriscar a autoridade. Mas, por outro lado, se se calasse, arriscava o namorado, que, não tendo resposta, poderia desesperar e ir embora. Celestina vacilou muito no que faria, até que resolveu consultar a irmã. A irmã, Joaninha, tinha vinte anos, e era pessoa de muita gravidade; podia dar-lhe um conselho.

— O quê? Não ouço.

— Queria consultar você sobre uma cousa.

— Que cousa? Você hoje está assim esquisita, tão alegre, e tão acanhada. Que é que você quer, Titina? Diga. Já adivinhei.

— O que é?

— É sobre aquele vestido da baronesa.

Celestina fez um gesto de desgosto, e ia negar, mas não conseguindo abrir-se com a irmã, preferiu mentir, e foi buscar o vestido. Na verdade, podia ser mãe dela, viu-a nascer, ajudou-a a criar. Nunca entre ambas trocaram nenhuma confidência de namoro; e não é que ambas os não tivessem tido. Mas as relações eram de respeito e discrição.

Não sabendo como sair da dificuldade, Celestina adotou um plano intermédio; procuraria primeiro descobrir a pessoa que lhe mandara a carta, e se a merecesse, como era de supor, à vista da linguagem da carta, abrir-se-ia com a escrava, e depois com a irmã. Nessa mesma tarde, ela foi mais cedo para a janela, e mais enfeitada, esteve menos distraída com outras cousas. Não tirou os olhos da rua, abaixo e acima; não apontava rapaz ao longe, que não o seguisse com curiosidade inquieta e esperançosa. Joaninha, ao pé dela, notava que a irmã não estava como de costume; e pode ser mesmo que lhe atribuísse algum princípio de namoro. A mãe é que não via nada. Sentada na outra janela (era uma casa assobradada), ora cochilava, ora perguntava às filhas quem era que ia passando.

— Celestina, aquele não é o Dr. Norberto?

— Joaninha, parece que lá vai a família do Alvarenga.

Perto das ave-marias, viu Celestina surdir da esquina um rapaz, que, tão depressa entrara na rua, pôs os olhos na casa.

Passou pelo lado oposto, lento, evidentemente abalado, olhando ora para o chão, ora para a janela. Foi até o fim da rua, atravessou-a, e voltou pelo lado da casa. Já então era um pouco escuro, não tanto, porém, que encobrisse a gentileza do rapaz, que era positivamente um rapagão.

Celestina ficou realmente fora de si. A irmã não viu o que era, mas concluiu que alguém teria passado na rua, que enchera a alma de Celestina de uma vida desusada. Com efeito durante a noite, esteve ela como nunca, alegre, e ao mesmo tempo pensativa, esquecendo-se de si e dos outros. Quase que não quis tomar chá, e só a muito custo se recolheu para dormir.

"Titina viu passarinho verde," pensou Joaninha ao deitar-se. Celestina, recolhida ao quarto, meteu-se na cama, e releu a carta do rapaz, lentamente, saboreando as palavras de amor, e os elogios à beleza dela. Interrompia a leitura, para pensar nele, vê-lo surdir de uma esquina, ir pela rua fora do lado oposto, e tornar depois do lado dela. Via-lhe os olhos, o andar, a figura... Depois tornava à carta, e beijava-a muitas vezes, e numa delas, sentiu a pálpebra molhada. Não se vexou da lágrima; era das que se confessam. Quando cansou de ler a carta, meteu-a debaixo do travesseiro, e dispôs-se a dormir.

Mas qual dormir! Fechava os olhos, mas o sono andava pelas casas dos indiferentes, não queria nada com uma pessoa em quem as esperanças mortas reviviam com o vigor da adolescência. Celestina recorria a todos os estratagemas para dormir; mas o rapaz da carta fincava-lhe os olhos ardentes, e ia de um lado para outro; não tinha mais que contemplá-lo. Não era ele o namorado, o apaixonado, o noivo próximo? Que ela planeara tudo: no dia seguinte escreveria uma resposta ao rapaz, e dá-la-ia à escrava, para que a entregasse. Estava disposta a não perder tempo.

Era meia-noite, quando Celestina conseguiu adormecer; e antes o fizesse há mais tempo, porque sonhou ainda com o rapaz, e não perdeu nada.

Sonhou que ele tornara a passar, recebera a resposta e escrevera de novo. No fim de alguns dias, pediu-lhe autorização para solicitar a sua mão. Viu-se logo casada. Foi uma festa brilhante, concorrida, à qual todas as pessoas amigas foram, cerca de dezoito carros. Nada mais lindo que o vestido dela, de cetim branco, um ramalhete de flores de laranjeira, ao peito, algumas outras nos apanhados da saia. A grinalda era lindíssima. Toda a vizinhança nas janelas. Na rua gente, na igreja muita gente, e ela entrando por meio de alas, ao lado da madrinha... Quem seria a madrinha? D. Mariana Pinto ou a baronesa? A baronesa... A mãe talvez quisesse D. Mariana, mas a baronesa... Em sonhos mesmo discutiu isso, interrompendo a entrada triunfal no templo.

O padrinho do noivo era o próprio Ministro da Justiça, que ia ao lado dele fardado, condecorado, brilhante, e que, no fim da cerimônia veio cumprimentá-la com grande atenção. Celestina estava cheia de si, a mãe também, a irmã também, e ela prometia a esta um casamento igual.

— Daqui a três meses, você está também casada, dizia-lhe ao receber dela os parabéns.

Muitas rosas desfolhadas sobre ela. Eram caídas da tribuna. O noivo deu-lhe o braço, e ela saiu como se fosse entrando no céu. Os curiosos eram agora em maior número. Gente e mais gente. Chegam os carros; lacaios aprumados abrem as portinholas. Lá vai depois o cortejo devagar e brilhante, todos aqueles cavalos brancos pisando o chão com uma gravidade fidalga. E ela, ela, tão feliz! ao lado do noivo!.

A fada branca dos sonhos continuou assim a fazer surdir do nada uma porção de coisas belas. Celestina descobriu, no fim de uma semana de casada, que o marido era príncipe. Celestina princesa! A prova é que aqui está um palácio, e todas as portas, louça, cadeiras, coches, tudo tem armas principescas, no escudo, uma águia ou leão, um animal qualquer, mas soberano.

— Vossa Alteza se quiser...

— Rogo a Vossa Alteza...

— Perdão, Alteza...

E tudo assim, até quase de manhã. Antes do sol acordou, esteve alguns minutos esperta, mas tornou a dormir para continuar o sonho, que então já não era de príncipe. O marido era um grande poeta, viviam ao pé de um lago, ao pôr do sol, cisnes nadando, um princípio da lua, e a felicidade entre eles. Foi esta a última fase do delírio.

Celestina acordou tarde; ergueu-se ainda com o sabor das cousas imaginadas, e o pensamento no namorado, noivo próximo. Embebida na imagem dele, foi às suas abluções matinais. A escrava entrou-lhe na alcova.

— Nhã Titina...

— Que é?

A preta hesitou.

— Fala, fala.

— Nhã Titina achou na sua cesta uma carta?

— Achei.

— Vosmecê me perdoe, mas a carta era para nhã Joaninha... Celestina empalideceu. Quando a preta a deixou só, Celestina deixou cair uma lágrima, — e foi a última que o amor lhe arrancou.

CASA VELHA

[AE. 15 jan. 1885 a 28 fev. 1886.]

CAPÍTULO PRIMEIRO / *ANTES E DEPOIS DA MISSA*

Aqui está o que contava, há muitos anos, um velho cônego da Capela Imperial:

— Não desejo ao meu maior inimigo o que me aconteceu no mês de abril de 1839. Tinha-me dado na cabeça escrever uma obra política, a história do reinado de D. Pedro I. Até então esperdiçara algum talento em décimas e sonetos, muitos artigos de periódicos, e alguns sermões, que cedia a outros, depois que reconheci que não tinha os dons indispensáveis ao púlpito. No mês de agosto de 1838 li as *Memórias* que outro padre, Luís Gonçalves dos Santos, o Padre Perereca chamado, escreveu do tempo do rei, e foi esse livro que me meteu em brios. Achei-o seguramente medíocre, e quis mostrar que um membro da igreja brasileira podia fazer cousa melhor.

Comecei logo a recolher os materiais necessários, jornais, debates, documentos públicos, e a tomar notas de toda a parte e de tudo. No meado de fevereiro, disseram-me que, em certa casa da cidade, acharia, além de livros, que poderia consultar, muitos papéis manuscritos, alguns reservados, naturalmente importantes, porque o dono da casa, falecido desde muitos anos, havia sido ministro de Estado. Compreende-se que esta notícia me aguçasse a curiosidade. A casa, que tinha capela para uso da família e dos moradores próximos, tinha também um padre contratado para dizer missa aos domingos, e confessar pela quaresma: era o Rev. Mascarenhas. Fui ter com ele para que me alcançasse da viúva a permissão de ver os papéis.

— Não sei se lhe consentirá isso, disse-me ele; mas vou ver.

— Por que não há de consentir? É claro que não me utilizarei senão do que for possível, e com autorização dela.

— Pois sim, mas é que livros e papéis estão lá em grande respeito. Não se mexe em nada que foi do marido, por uma espécie de veneração, que a boa senhora conserva e sempre conservará. Mas enfim vou ver, e far-se-á o que for possível.

Mascarenhas trouxe-me a resposta dez dias depois. A viúva começou recusando; mas o padre instou, expôs o que era, disse-lhe que nada perdia do devido respeito à memória do marido consentindo que alguém folheasse uma parte da biblioteca e do arquivo, uma parte apenas; e afinal conseguiu, depois de longa resistência, que me apresentasse lá. Não me demorei muito em usar do favor; e no domingo próximo acompanhei o Padre Mascarenhas.

A casa, cujo lugar e direção não é preciso dizer, tinha entre o povo o nome de Casa Velha, e era-o realmente: datava dos fins do outro século. Era uma edificação sólida e vasta, gosto severo, nua de adornos. Eu, desde criança, conhecia-lhe a parte exterior, a grande varanda da frente, os dous portões enormes, um especial às pessoas da família e às visitas, e outro destinado ao serviço, às cargas que iam e vinham, às seges, ao gado que saía a pastar. Além dessas duas entradas, havia, do lado oposto, onde ficava a capela, um caminho que dava acesso às pessoas da vizinhança, que ali iam ouvir missa aos domingos, ou rezar a ladainha aos sábados.

Foi por esse caminho que chegamos à casa, às sete horas e poucos minutos. Entramos na capela, após um raio de sol, que brincava no azulejo da parede interior onde estavam representados vários passos da Escritura. A capela era pequena, mas muito bem tratada. Ao rés-do-chão, à esquerda, perto do altar, uma tribuna servia privativamente à dona da casa, e às senhoras da família ou hóspedas, que entravam pelo interior; Os homens, os fâmulos e vizinhos ocupavam o corpo da igreja. Foi o que me disse o Padre Mascarenhas explicando tudo. Chamou-me a atenção para os castiçais de prata, para as toalhas finas e alvíssimas, para o chão em que não havia uma palha.

— Todos os paramentos são assim, concluiu ele. E este confessionário? Pequeno, mas um primor.

Não havia coro nem órgão. Já disse que a capela era pequena; em certos dias, a concorrência à missa era tal que até na soleira da porta vinham ajoelhar-se fiéis. Mascarenhas fez-me notar à esquerda da capela o lugar em que estava sepultado o ex-ministro. Tinha-o conhecido, pouco antes de 1831, e contou-me algumas particularidades interessantes; falou-me também da piedade e saudade da viúva, da veneração em que tinha a memória dele, das relíquias que guardava, das alusões freqüentes na conversação.

— Lá verá na biblioteca o retrato dele, disse-me.

Começaram a entrar na igreja algumas pessoas da vizinhança, em geral pobres, de todas as idades e cores. Dos homens alguns, depois de persignados e rezados, saíam, outra vez, para esperar fora, conversando, a hora da missa. Vinham também escravos da casa. Um destes era o próprio sacristão; tinha a seu cargo, não só a guarda e asseio da capela, mas também ajudava a missa, e, salvo a prosódia latina, com muita perfeição. Fomos achá-lo diante de uma grande cômoda de jacarandá antigo, com argolas de prata nos gavetões, concluindo os arranjos preparatórios. Na sacristia, entrou logo depois um moço de vinte anos mais ou menos, simpático, fisionomia meiga e franca, a quem o Padre Mascarenhas me apresentou; era o filho da dona da casa, Félix.

— Já sei, disse ele sorrindo, mamãe me falou de V. Revma. Vem ver o arquivo de papai?

Confiei-lhe rapidamente a minha idéia, e ele ouviu-me com interesse. Enquanto falávamos vieram outros homens de dentro, um sobrinho do dono da casa, Eduardo, também de vinte anos, um velho parente, Coronel Raimundo, e uns dous ou três hóspedes. Félix apresentou-me a todos, e, durante alguns minutos, fui naturalmente objeto de grande curiosidade. Mascarenhas, paramentado e de pé, com o cotovelo na borda da cômoda, ia dizendo alguma cousa, pouca; ouvia mais do que falava, com um sorriso antecipado nos lábios, voltando a cabeça a miúdo para um ou outro. Félix tratava-o com benevolência e até deferência; pareceu-me inteligente, lhano e modesto. Os outros apenas faziam coro. O coronel não fazia nada mais que confessar que tinha fome; acordara cedo e não tomara café.

— Parece que são horas, disse Félix; e, depois de ir à porta da capela: — Mamãe já está na tribuna. Vamos?

Fomos. Na tribuna estavam quatro senhoras, duas idosas e duas moças. Cumprimentei-as de longe, e, sem mais encará-las, percebi que tratavam de mim, falando umas às outras. Felizmente o padre entrou daí a três minutos, ajoelhamo-nos todos, e seguiu-se a missa que, por fortuna do coronel, foi engrolada. Quando acabou, Félix foi beijar a mão à mãe e à outra senhora idosa, tia dele; levou-me e apresentou-me ali mesmo a ambas. Não falamos do meu projeto; tão-somente a dona da casa disse-me delicadamente:

— Está entendido que V. Revma. faz-nos a honra de almoçar conosco?

Inclinei-me afirmativamente. Não me lembrou sequer acrescentar que a honra era toda minha.

A verdade é que me sentia tolhido. Casa, hábitos, pessoas davam-me ares de outro tempo, exalavam um cheiro de vida clássica. Não era raro o uso de capela particular; o que me pareceu único foi a disposição daquela, a tribuna de família, a sepultura do chefe, ali mesmo, ao pé dos seus, fazendo lembrar as primitivas sociedades em que florescia a religião doméstica e o culto privado dos mortos. Logo que as senhoras saíram da tribuna, por uma porta interior, voltamos à sacristia, onde o Padre Mascarenhas esperava com o coronel e os outros. Da porta da sacristia, passando por um saguão, descemos dous degraus para um pátio, vasto, calçado de cantaria, com uma cisterna no meio. De um lado e outro corria um avarandado, ficando à esquerda alguns quartos, e à direita a cozinha e a copa. Pretas e moleques espiavam-me, curiosos, e creio que sem espanto, porque naturalmente a minha visita era desde alguns dias a preocupação de todos. Com efeito, a casa era uma espécie de vila ou fazenda, onde os dias, ao contrário de um rifão peregrino, pareciam-se uns com os outros; as pessoas eram as mesmas, nada quebrava a uniformidade das cousas, tudo quieto e patriarcal.

D. Antônia governava esse pequeno mundo com muita discrição, brandura e justiça. Nascera dona de casa; no próprio tempo em que a vida política do marido, e a entrada deste nos conselhos de Pedro I podiam tirá-la do recesso e da obscuridade, só a custo e raramente os deixou. Assim é que, em todo o ministério do marido, apenas duas vezes foi ao paço. Era filha de Minas Gerais, mas foi criada no Rio de Janeiro, naquela mesma Casa Velha, onde casou, onde perdeu o marido e onde lhe nasceram os filhos, — Félix, e uma menina que morreu com três anos. A casa fora construída pelo avô, em 1780, voltando da Europa, donde trouxe idéias de solar e costumes fidalgos: e foi ele, e parece que também a filha, mãe de D. Antônia, quem deu a esta a pontazinha de orgulho, que se lhe podia notar, e quebrava a unidade da índole desta senhora, essencialmente chã. Inferi isso de algumas anedotas que ela me contou de ambos, no tempo do rei. D. Antônia era antes baixa que alta, magra, muito bem composta, vestida com singeleza e austeridade; devia ter quarenta e seis a quarenta e oito anos.

Poucos minutos depois estávamos almoçando. O coronel, que afirmava, rindo, ter um buraco de palmo no estômago, nem por isso comeu muito, e durante os primeiros minutos, não disse nada; olhava para mim, obliquamente, e, se dizia alguma cousa, era baixinho, às duas moças, filhas dele; mas desforrou-se para o fim, e não conversava mal. Félix, eu e o Padre Mascarenhas falávamos de política, do ministério e dos sucessos do Sul. Notei desde logo, no filho do ministro, a qualidade de saber escutar, e de dissentir parecendo aceitar o conceito alheio, de tal modo que, às vezes, a gente recebia a opinião devolvida por ele, e supunha ser a mesma que emitira. Outra cousa que me chamou a atenção foi que a mãe, percebendo o prazer com que eu falava ao filho, parecia encantada e orgulhosa. Compreendi que ela herdara as naturais esperanças do pai, e rodobrei de atenção com o filho. Fi-lo sem esforço; mas pode ser também que entrasse por alguma cousa, naquilo, a necessidade de captar toda a afeição da casa, por motivo do meu projeto.

Foi só depois do almoço que falamos do projeto. Passamos à varanda, que comunicava com a sala de jantar, e dava para um grande terreiro; era toda ladrilhada, e tinha o tecto sustentado por grossas colunas de cantaria. D. Antônia chamou-me, sentei-me ao pé dela, com o Padre Mascarenhas.

— Reverendíssimo, a casa está às suas ordens, disse-me ela. Fiz o que o Sr. Padre Mascarenhas me pediu, e a muito custo, não porque o não julgue pessoa capaz, mas porque os livros e papéis de meu marido ninguém mexe neles.

— Creia que agradeço muito...

— Pode agradecer, interrompeu ela sorrindo; não faria isto a outra pessoa. Precisa ver tudo?

— Não posso dizer se tudo; depois de um rápido exame, saberei mais ou menos o que preciso. E V. Ex.a também há de ser um livro para mim, e o melhor livro, o mais íntimo...

— Como?

— Espero que me conte algumas cousas, que hão de ter ficado escondidas. As histórias fazem-se em parte com as notícias pessoais. V. Ex.ª, esposa de ministro...

D. Antônia deu de ombros.

— Ah! eu nunca entendi de política; nunca me meti nessas cousas.

— Tudo pode ser política, minha senhora; uma anedota, um dito, qualquer cousa de nada, pode valer muito.

Foi neste ponto que ela me disse o que acima referi; vivia em casa, pouco saía, e só foi ao paço duas vezes. Confessou até que da primeira vez teve muito medo, e só o perdeu por se lembrar a tempo de um dito do avô.

— Saí de casa tremendo. Era dia de gala, ia trajada à corte; pelas portinholas do coche via muita gente olhando, parada. Mas quando me lembrava que tinha de cumprimentar o imperador e a imperatriz, confesso que o coração me batia muito. Ao descer do coche, o medo cresceu, e ainda mais quando subi as escadas do paço. De repente, lembrou-me um dito de meu avô. Meu avô, quando aqui chegou o rei, levou-me a ver as festas da cidade, e como eu, ainda mocinha, impressionada, lhe dissesse que tinha medo de encarar o rei, se ele aparecesse na rua, olhou para mim, e disse com um modo muito sério que ele tinha às vezes: "Menina, uma Quintanilha não treme nunca!" Foi o que fiz, lembrou-me que uma Quintanilha não tremia, e, sem tremer, cumprimentei Suas Majestades.

Rimo-nos todos. Eu, pela minha parte, declarei que aceitava a explicação e não lhe pediria nada; e depois falei de outras cousas. Parece que estava de veia, se não é que a conversação da viúva me meteu em brios. Veio o filho, veio o cunhado, vieram as moças, e posso afirmar que deixei a melhor impressão em todos; foi o que o Padre Mascarenhas me confirmou, alguns dias depois, e foi o que notei por mim mesmo.

CAPÍTULO II

Antes de me despedir deles, fui ver a biblioteca. Era uma vasta sala, dando para a chácara, por meio de seis janelas de grade de ferro, abertas de um só lado. Todo o lado oposto estava forrado de estantes, pejadas de livros. Estes eram, pela maior parte, antigos, e muitos in-fólio; livros de história, de política, de teologia, alguns de letras e filosofia, não raros em latim e italiano. Eu via-os, tirava e abria um ou outro, dizia alguma palavra, que o Félix, que ia comigo, ouvia com muito prazer, porque as minhas reflexões redundavam em elogio do pai, ao mesmo tempo que lhe davam de mim maior idéia. Esta idéia cresceu ainda, quando casualmente dei com os olhos na *Storia Fiorentina* de Varchi, edição de 1721. Confesso que nunca tinha lido esse livro, nem mesmo o li mais tarde; mas um padre italiano, que eu visitara no Hospício de Jerusalém, na antiga Rua dos Barbonos, possuía a obra e falara-me da última página, que, em alguns exemplares faltava, e tratava do modo descomunalmente sacrílego e brutal com que um dos Farneses tratara o bispo de Fano.

— Será o exemplar truncado? disse eu.

— Truncado? repetiu Félix.

— Vamos ver, continuei eu, correndo ao fim. Não, cá está; é o cap. 16 do lv. XVI. Uma cousa indigna: *In quest'anno medesimo nacque un caso...* Não vale a pena ler; é imundo.

Pus o livro no lugar. Sem olhar para o Félix, senti-o subjugado. Nem confesso este incidente, que me envergonha, senão porque, além da resolução de dizer tudo, importa explicar o poder que desde logo exerci naquela casa, e especialmente no espírito do moço. Creram-me naturalmente um sábio, tanto mais digno de admiração, quanto que contava apenas trinta e dous anos. A verdade é que era tão-somente um homem lido e curioso. Entretanto, como era também discreto, deixei de manifestar um reparo que fiz comigo acerca de promiscuidade de cousas religiosas e incrédulas, alguns padres de Igreja não longe de Voltaire e Rousseau, e aqui não havia afetar nada, porque os conhecia, não integralmente, mas no principal que eles deixaram. Quanto à parte que imediatamente me interessava, achei muitas cousas, opúsculos, jornais, livros, relatórios, maços de papéis rotulados e postos por ordem, em pequenas estantes, e duas grandes caixas que o Félix me disse estarem cheias de manuscritos.

Havia ali dous retratos, um do finado ex-ministro, outro de Pedro I. Conquanto a luz não fosse boa, achei que o Félix parecia-se muito com o pai, descontada a idade, porque o retrato era de 1829, quando o ex-ministro tinha quarenta e quatro anos. A cabeça era altiva, o olhar inteligente, a boca voluptuosa; foi a impressão que me deixou o retrato. Félix não tinha, porém, a primeira nem a última expressão; a semelhança restringia-se. à configuração do rosto, ao corte e viveza dos olhos.

— Aqui está tudo, disse-me Félix; aquela porta dá para uma saleta, onde poderá trabalhar, quando quiser, se não preferir aqui mesmo.

Já disse que saí de lá encantado, e que os deixei igualmente encantados comigo. Comecei os meus trabalhos de investigação três dias depois. Só então revelei a Monsenhor Queirós, meu velho mestre, o projeto que tinha de escrever uma história do Primeiro Reinado. E revelei-lho com o único fim de lhe contar as impressões que trouxera da Casa Velha, e confiar as minhas esperanças de algum achado de valor político. Monsenhor Queirós abanou a cabeça, desconsolado. Era um bom filho da Igreja, que me fez o que sou, menos a tendência política, apesar de que no tempo em que ele floresceu muitos servidores da Igreja também o eram do Estado. Não aprovou a idéia; mas não gastou tempo em tentar dissuadir-me. "Conquanto, disse-me ele, que você não prejudique sua mãe, que é a Igreja. O Estado é um padrasto."

A meu cunhado e minha irmã, que sabiam do projeto, apenas contei o que se passara na Casa Velha; ficaram contentes, e minha irmã pediu-me que a levasse lá, alguma vez, para conhecer a casa e a família.

Na quarta-feira comecei a pesquisa. Vi então que era mais fácil projetá-la, pedi-la e obtê-la, que realmente executá-la. Quando me achei na biblioteca e no gabinete contíguo, com os livros e papéis à minha disposição, senti-me constrangido, sem saber por onde começasse. Não era uma casa pública, arquivo ou biblioteca, era um lugar onde, no que tocava a papéis e manuscritos, podia dar com alguma cousa privada e doméstica. Para melhor haver-me, pedi ao Félix que me auxiliasse, disse-lhe até com franqueza, a causa do meu acanhamento. Ele respondeu, polidamente, que tudo estava em boas mãos.

Insistindo eu, consentiu em servir-me (palavras suas) de sacristão; pedia, porém, licença naquele dia porque tinha de sair; e, na seguinte semana, desde terça-feira até sábado, estaria na roça. Voltaria sábado à noite, e daí, até o fim, estava às minhas ordens. Aceitei este convênio.

Ocupei os primeiros dias na leitura de gazetas e opúsculos. Conhecia alguns deles, outros não, e não eram estes os menos interessantes. Logo no dia seguinte, Félix acompanhou-me nesse trabalho, e daí em diante até seguir para a roça. Eu, em geral chegava às dez horas, conversava um pouco com a dona da casa, as sobrinhas e o coronel; o primo Eduardo retirara-se para S. Paulo. Falávamos das cousas do dia, e poucos minutos depois, nunca mais de meia hora, recolhia-me à biblioteca com o filho do ex-ministro. Às duas horas, em ponto, era o jantar. No primeiro dia recusei, mas a dona da casa declarou-me que era a condição do obséquio prestado. Ou jantaria com eles, ou retirava-me a licença. Tudo isso com tão boa cara que era impossível teimar na recusa. Jantava. Entre três e quatro horas descansava um pouco, e depois continuava o trabalho até anoitecer.

Um dia, quando ainda o Félix estava na roça, D. Antônia foi ter comigo, com o pretexto de ver o meu trabalho, que lhe não interessava nada. Na véspera, ao jantar, disse-lhe que estimava muito ver as terras da Europa, especialmente França e Itália, e talvez ali fosse daí a meses. D. Antônia, entrando na biblioteca, logo depois de algumas palavras insignificantes, guiou a conversa para a viagem, e acabou pedindo que persuadisse o filho a ir comigo.

— Eu, minha senhora?

— Não se admire do pedido; eu já reparei, apesar do pouco tempo, que Vossa Reverendíssima e ele gostam muito um do outro, e sei que se lhe disser isso, com vontade, ele cede.

— Não creio que tenha mais força que sua mãe. Já lhe tem lembrado isso?

— Já, respondeu D. Antônia com uma entonação demorada que exprimia longas instâncias sem efeito.

E logo depois com um modo alegre:

— As mães como eu não podem com os filhos. O meu foi criado com muito amor e bastante fraqueza. Tenho-lhe pedido mais de uma vez: ele recusa sempre dizendo que não quer separar-se de mim. Mentira! A verdade é que ele não quer sair daqui. Não tem ambições, fez estudos incompletos, não lhe importa nada. Há uns parentes nossos em Portugal. Já lhe disse que fosse visitá-los, que eles desejavam vê-lo, e que fosse depois à Espanha e França e outros lugares. José Bonifácio lá esteve e contava cousas muito interessantes. Sabe o que ele me responde? Que tem medo do mar; ou então repete que não quer separar-se de mim.

— E não acha que esta segunda razão é a verdadeira?

D. Antônia olhou para o chão, e disse com voz sumida:

— Pode ser.

— Se é a verdadeira, haveria um meio de conciliar tudo; era irem ambos, e eu com ambos, e para mim seria um imenso prazer.

— Eu?

— Pois então?

— Eu? Deixar esta casa? Vossa Reverendíssima está caçoando. Daqui para a cova. Não fui quando era moça, e agora que estou velha é que hei de meter-me em folias... Ele sim, que é rapaz, e precisa...

Tive uma suspeita súbita:

— Minha senhora, dar-se-á que ele padeça de alguma moléstia que...

— Não, não, graças a Deus! Digo que precisa, porque é rapaz e meu avô dizia que, para ser homem completo, é preciso ver aquelas cousas por lá. É só por isso. Não, não tem moléstia nenhuma; é um rapaz forte.

Era impossível, ou, pelo menos, indelicado tentar obter a razão secreta deste pedido, se havia alguma, como me pareceu. Pus termo à conversação dizendo que ia convidar o rapaz. D. Antônia agradeceu-me, declarou que não me havia de arrepender do companheiro, e fez grandes elogios do filho. Quis falar de outras cousas; ela, porém, teimava no assunto da viagem, para familiarizar-nos com a idéia, e moralmente constranger-me a realizá-la. No dia seguinte voltou à biblioteca, mas com outro pretexto: veio mostrar-me uma boceta de rapé, que fora do marido, e que era, realmente, uma perfeição. Não tive dúvida em dizer-lhe isto mesmo, e ela acabou pedindo-me que a aceitasse como lembrança do finado. Aceitei-a constrangido; falamos ainda da viagem, duas palavras apenas, e fiquei só.

Não estava contente comigo. Tinha-me deixado resvalar a uma promessa inconsiderada, cuja execução parecia complicar-se de circunstâncias estranhas e obscuras, provavelmente sérias. As instâncias de D. Antônia, as razões dadas, as reticências, e finalmente aquele mimo, sem outro motivo mais que cativar-me e obrigar-me, tudo isso dava que cismar. Na noite desse dia fui à casa do Padre Mascarenhas para sondá-lo; perguntei-lhe se sabia alguma cousa do rapaz, se era peralta, se tinha irregularidades na vida. Mascarenhas não sabia nada.

— Até aqui suponho que é um modelo de sossego e seriedade, concluiu ele. Verdade seja que só vou lá aos domingos.

Mas pelos domingos tiram-se os dias santos, repliquei rindo.

Félix voltou da roça dous dias depois, num sábado. No domingo não fui lá. Na segunda-feira, falei-lhe da viagem que ia fazer, e do desejo que tinha de o levar comigo; respondeu que seria para ele um grande prazer, se pudesse acompanhar-me, mas não podia. Teimei, pedi-lhe razões, falei com tal interesse, que ele, desconfiado, fitou-me os olhos, e disse:

— Foi mamãe que lhe pediu.

— Não digo que não; foi ela mesma. Tinha-lhe dito que tencionava ir à Europa, daqui a alguns meses, e ela então falou-me do senhor e das vezes que já lhe tem aconselhado uma viagem. Que admira?

Félix conservou os olhos espetados em mim, como se quisesse descer ao fundo da minha consciência. Ao cabo de alguns instantes respondeu secamente:

— Nada: não posso ir.

— Por quê?

Aqui teve ele um gesto quase imperceptível de orgulho molestado; achou naturalmente esquisita a curiosidade de um estranho. Mas, ou fosse da índole dele, ou do meu caráter sacerdotal, vi desaparecer-lhe logo esse pequeno assomo; Félix sorriu e confessou que não podia separar-se da mãe. Eu, a rigor, não devia dizer mais nada, e encerrar-me no exame dos papéis; mas a maldita curiosidade picava-me de esporas, e ainda repliquei alguma cousa; ponderei-lhe que o sentimento era digno e justo, mas que, tendo de viver com os homens, devia começar por ver os homens, e não restringir-se à vida simples e emparedada da família. Demais, o contacto de outras civilizações necessariamente nos daria têmpera ao espírito. Escutou calado, mas sem atenção fixa, e quando acabei, declarou ultimando tudo:

— Bem, pode ser que me resolva; veremos. Não vai já? Então depois falaremos disto; pode ser... E o seu trabalho, está adiantado?

Não insisti, nem voltei ao assunto, apesar da mãe, que me falou algumas vezes dele. Pareceu-me que o melhor de tudo era acelerar a conclusão do trabalho, e despregar-me de uma intimidade que podia trazer complicações ou desgostos. As horas que então passei foram das melhores, regulares e tranqüilas, ajustadas a minha índole quieta e eclesiástica. Chegava cedo, conversava alguns minutos, e recolhia-me à biblioteca até a hora de jantar, que não passava das duas. O café ia à grande varanda, que ficava entre a sala de jantar e o terreiro das casuarinas, assim chamado, por ter um lindo renque dessas árvores, e eu retirava-me antes do pôr-do-sol. Félix ajudava-me grande parte do tempo. Tinha todas as horas livres, e quando não me ajudava é porque saíra a caçar, ou estava lendo, ou teria ido à cidade a passeio ou a negócio de casa.

Vai senão quando, um dia, estando só na biblioteca ouvi rumor do lado de fora. Era a princípio um chiar de carro de bois, de que não fiz caso, por já o ter ouvido de outras vezes; devia ser um dos dous carros que traziam da roça para a Casa Velha, uma ou duas vezes por mês, fruta e legumes. Mas logo depois ouvi outro rodar, que me pareceu de sege, vozes trocadas e como que um encontrão dos dous veículos. Fui à janela; era isso mesmo. Uma sege, que entrara depois do carro de bois, foi a este no momento em que ele, para lhe dar passagem, torcia o caminho; o boleeiro não pôde conter logo as bestas, nem o carro fugir a tempo, mas não houve outra conseqüência além da vozeria. Quando eu cheguei à janela já o carro acabava de passar, e a sege galgou logo os poucos passos que a separavam da porta que ficava justamente por baixo de minha janela. Entretanto, não foi tão pouco o tempo que eu não visse aparecer, entre as cortinas entreabertas da sege, a carinha alegre e ridente de uma moça que parecia mofar do perigo. Olhava, ria e falava para dentro da sege. Não lhe vi mais do que a cara, e um pouco do pescoço; mas daí a nada, parando a sege à porta, as duas cortinas de couro foram corridas para cada lado, e ela e outra desceram rapidamente, e entraram em casa. "Hão de ser visitas", pensei comigo.

Voltei para o trabalho; eram onze horas e meia. Perto de uma, entrou na biblioteca o filho de D. Antônia; vinha da praça, aonde fora cedo, para tratar de um negócio do tio coronel. Estava singularmente alegre, expansivo, fazendo-me perguntas e não atendendo, ou atendendo mal às respostas. Não me lembraria disto agora, nem nunca mais, se não se tivesse ligado aos acontecimentos próximos, como veremos. A prova de que não dei então grande importância ao estado do espírito dele, é que daí a pouco quase que não lhe respondia nada, e continuava a ver os papéis. Folheava justamente um maço de cópias relativas à Cisplatina, e preferia o silêncio a qualquer assunto de conversa. Félix demorou-se pouco, saiu, mas tornou antes das duas horas, e achou-me concluindo o trabalho do dia, para acudir ao jantar. Daí a pouco estávamos à mesa.

Era costume de D. Antônia vir para a mesa acompanhando a irmã (a senhora idosa que achei na tribuna da capela, no primeiro dia em que ali fui), e assim o fez agora, com a diferença que outra senhora a acompanhava também. Disseram-me que era amiga da família, e chamava-se Mafalda. Logo que nos sentamos, D. Antônia perguntou à hóspeda:

— Onde está Lalau?

— Onde há de estar! talvez brincando com o pavão. Mas, não faz mal, sinhá D. Antônia, vamos jantando; ela pode ser que nem tenha vontade de comer: antes de vir comeu um pires de melado com farinha.

— A sege chegou muito tarde? perguntou Félix à hóspeda.

— Não, senhor; ainda esperou por nós.

— Seu irmão está bom?

— Está; minha cunhada é que anda um pouco adoentada. Depois da erisipela que teve pelo natal, nunca ficou boa de todo.

Creio que disseram ainda outras cousas; mas não me interessando nada, nem a conversação, nem a hóspeda, que era uma pessoa vulgar, fiz o que costumo fazer em tais casos: deixei-me estar comigo. Já tinha compreendido que a hóspeda era uma das que chegaram na sege, que a outra devia ser a mocinha, cuja cara vi entre as cortinas, e finalmente que alguma intimidade haveria entre tal gente e aquela casa, visto que, contra a ordem severa desta, Lalau andava atrás do pavão, em vez de estar à mesa conosco. Mas, em resumo, tudo isso era bem pouco para quem tinha na cabeça a história de um imperador...

Lalau não se demorou muito. Chegou entre o primeiro e o segundo prato. Vinha um pouco esbaforida, voando-lhe os cabelos, que eram curtinhos e em cachos, e quando D. Antônia lhe perguntou se não estava cansada de travessuras, Lalau ia responder alguma cousa, mas deu comigo, e ficou calada; D. Antônia, que reparou nisso, voltou-se para mim.

— Reverendíssimo, é preciso confessar esta pequena e dar-lhe uma penitência para ver se toma juízo. Olhe que voltou há pouco e já anda naquele estado. Vem cá, Lalau.

Lalau aproximou-se de D. Antônia, que lhe compôs o cabeção do vestido; depois foi sentar-se defronte de mim, ao pé da outra hóspeda. Realmente, era uma criatura adorável, espigadinha, não mais de dezessete anos, dotada de um par de olhos, como nunca mais vi outros, claros e vivos, rindo muito por eles, quando não ria com a boca; mas se o riso vinha juntamente de ambas as partes, então é certo que a fisionomia humana confirmava com a angélica, e toda a inocência e toda a alegria que há no céu pareciam falar por ela aos homens. Pode ser que isto pareça exagerado a uns e vago a outros, mas não acho do momento um modo melhor de traduzir a sensação que essa menina produziu em mim. Contemplei-a alguns instantes com infinito prazer. Fiei-me do caráter de padre para saborear toda a espiritualidade daquele rosto comprido e fresco, talhado com graça, como o resto da pessoa. Não digo que todas as linhas fossem corretas, mas a alma corrigia tudo.

Chamava-se Cláudia; Lalau era o nome doméstico. Não tendo pai nem mãe, vivia em casa de uma tia. Quase se pode dizer que nasceu na Casa Velha, onde os pais estiveram muito tempo como agregados, e aonde iam passar dias e semanas. "O pai, Romão Soares, exercia um ofício mecânico, e antes pertencera à guarda de cavalaria de polícia; a mãe, Benedita Soares, era filha de um escrivão da roça, e, segundo me disse a própria D. Antônia, foi uma das mais bonitas mulheres que ela conheceu desde o tempo do rei.

Lalau, se não nasceu ali, ali foi criada e tratada sempre, ela como a mãe, no mesmo pé de outras relações; eram menos agregadas que hóspedas. Daí a intimidade desta mocinha, que chegava a infringir a ordem austera da casa, não indo para a mesa com a dona dela. Lalau andava na própria sege de D: Antônia, vivia do que esta lhe dava, e não lhe dava pouco; em compensação, amava sinceramente a casa e a família. Tendo ficado órfã desde 1831, D. Antônia cuidou de lhe completar a educação; sabia ler e escrever, coser e bordar; aprendia agora a fazer crivo e renda.

Foi D. Antônia quem me deu essas notícias, naquela mesma tarde, ao café, acrescentando que achava bom casá-la quanto antes; tinha a responsabilidade do seu destino, e receava que lhe acontecesse o mesmo que com outra agregada, seduzida por um saltimbanco em 1835.

Nisto a menina veio a nós, olhando muito para mim. Estávamos na varanda.

— Vou confessá-la, disse-lhe eu; mas olhe lá se me nega algum pecado.

— Que pecado, meu Deus! Cruz! Eu não tenho pecado. Nhãtônia é que anda inventando essas cousas. Eu, pecado?

— E as travessuras? perguntei-lhe. Olhe, ainda hoje, quando estava quase a suceder um desastre na estrada, entre o carro de bois e a sege em que a senhora vinha, a senhora, em vez de ficar séria e pensar em Deus, enfiou a cabeça por entre as cortinas para fora, rindo como uma criança.

— Que é ela senão criança? ponderou D. Antônia.

Lalau olhou espantada.

— Onde estava o senhor padre?

— Estava no céu, espiando.

— Ora! diga onde estava.

— Já disse; estava no céu.

— Adeus! diga onde estava!.

— Lalau! que modos são esses? repreendeu D. Antônia.

A moça calou-se aborrecida; eu é que fui em auxílio dela, e contei-lhe que estava à janela da biblioteca, quando ela chegara. D. Antônia já sabia tudo, pois ali um acontecimento de nada ou quase nada era matéria de longas conversações. Não obstante, a mocinha referiu ainda o que se passara e as suas sensações alegres. Confessou que não tinha medo de nada, e até que queria ver um desastre para compreender bem o que era. Como a conversação dela era a troncos, interrompeu-se para perguntar-me se era eu quem iria agora dizer missa lá em casa, em vez do Padre Mascarenhas. Respondi-lhe que não, quis saber o que estava fazendo na biblioteca. Disse-lhe que fazia crivo. Ela pareceu gostar da resposta; creio que achou entre os nossos espíritos algum ponto de contacto.

A verdade é que, no dia seguinte, vendo-me entrar e ir para a biblioteca, ali foi ter comigo, ansiosa de saber o que eu estava fazendo. Como lhe dissesse que examinava uns papéis, ouviu-me atenta, pegou curiosa de algumas notas, e dirigiu-me várias perguntas; mas deixou logo tudo para contemplar a biblioteca, peça que raramente se abria. Conhecia os retratos, distinguiu-os logo; ainda assim parecia tomar gosto em vê-los, principalmente o do ex-ministro; quis saber se ela o conhecia; respondeu-me que sim, que era um bonito homem, e fardado então parecia um rei. Seguiu-se um grande silêncio, durante o qual ela olhou para o retrato, e eu para ela, e que se quebrou com esta frase murmurada pela moça, entre si e Deus:

— Muito parecido...

— Parecido com quem? perguntei.

Lalau estremeceu e olhou para mim, envergonhada. Não era preciso mais; adivinhei tudo. Infelizmente tudo não era ainda tudo.

CAPÍTULO III

Amor non improbatur, escreveu o meu grande Santo Agostinho. A questão para ele, como para mim, é que as criaturas sejam amadas e amem em Deus. Assim, quando desconfiei, por aquele gesto, que esta moça e Félix eram namorados, não os condenei por isso, e para dizer tudo, confesso que tive um grande contentamento. Não sei bem explicá-lo; mas é certo que, sendo ali estranho, e vendo moça pela primeira vez, a impressão que recebi foi como se de amigos velhos. Pode ser que a simpatia da minha natureza que tudo; pode ser também que esta moça, assim como fascinara Félix para o amor, acabasse de fascinar-me para a amizade. Uma ou outra cousa, à escolha, a verdade é que fiquei satisfeito e os aprovei comigo.

Entretanto, adverti que da parte dele não vira nada, nem à mesa, nem na varanda, nada que mostrasse igual afeição. Dar-se-ia que só ela o amasse, não ele a ela? A hipótese afligiu-me. Achava-os tão ajustados um ao outro, que não acabarem ligados parecia-me uma violação da lei divina. Tais eram as reflexões que vim fazendo, quando dali voltei nesse dia, e para quem andava à cata de documentos políticos, não é de crer que semelhante preocupação fosse de grande peso; mas nem a alma de um homem é tão estreita que não caibam nela cousas contrárias, nem eu era tão historiador como presumira. Não escrevi a história que esperava; a que de lá trouxe é esta.

Não me foi difícil averiguar que o Félix amava a pequena. Logo nos primeiros dias pareceu-me outro, mais prazenteiro, e à mesa ou fora dela, pude apanhar alguns olhares, que diziam muito. Observei também que essa moça, tão criança, era inteiramente mulher quando os olhos dela encontravam os dele, como se o amor fosse a puberdade do espírito, e mais notei que, se toda a gente a tratava de um modo afetuoso, mas superior, ele tinha para com ela atenções e respeito.

Já então não ia eu ali todos os dias, mas três ou quatro vezes por semana. A dona da casa, posto que sempre afável, recebia a impressão natural da assiduidade, que vulgariza tudo. Os dous, não; o Félix vinha muitas vezes esperar-me a distância da casa, e na casa, ao portão, ou na varanda, achava sempre a mocinha, rindo pela boca e pelos olhos. É bem possível que eu fosse para eles como o traço de pena que liga duas palavras; é certo, porém, que gostavam de mim. Eu, entre ambos, com a minha batina (deixem-me confessar esta vaidade) tinha uns ares do bispo Cirilo entre Eudoro e Cimódoce.

Há de parecer singular que não me lembrasse logo do pedido de D. Antônia para que o filho me acompanhasse à Europa, e o não ligasse a este amor nascente: lembrei-me depois. A princípio, vendo a afeição com que ela tratava a mocinha, cuidei que os aprovava. Mais tarde, quando me recordei do pedido, acreditei que esse amor era para ela o remédio ao mal secreto do filho, se algum havia, que me não quisera revelar.

Durante os primeiros dias, depois da chegada de Lalau, nada aconteceu que mereça a pena contar aqui. Félix acompanhava-me no trabalho, mas interrompidamente, e às vezes, se saía a algum negócio da casa, só nos víamos à mesa do jantar. Lalau não ia à biblioteca; um dia, porém, atreveu-se a entrar às escondidas, e foi ter comigo. Suspendi o trabalho, e conversamos perto de meia hora, sobre uma infinidade de cousas presentes e passadas. Era mais de onze horas; o dia estava quente, o ar parado, a casa silenciosa, salvo um ou outro mugido, ao longe, ou algum canto de passarinho. Eu, com os estudos clássicos que tivera, e a grande tendência idealista, dava a tudo a cor das minhas reminiscências e da minha índole, acrescendo que a própria realidade externa, — antiquada e solene nos móveis e nos livros, — recente e graciosa em Lalau, — era propícia a transfiguração.

Deixei-me ir ao sabor do momento. Notem bem que ela às vezes, ouvia mal, ou não sabia ouvir absolutamente, mas com os olhos vagos, pensando em outra cousa. Outras vezes interrompia-me para fazer um reparo inútil. Já disse também que tinha a conversação truncada e salteada. Com tudo isso, era interessante falar-lhe, e principalmente ouvi-la. Sabia, no meio das puerilidades freqüentes da palavra, não destoar nunca da consideração que me devia; e tanto era curiosa como franca.

— Teve medo? disse ela.

— Como é que a senhora entrou?

— Entrando; vi o senhor aqui, e vim muito devagar, pensando que não chegasse ao fim da sala, sem que o senhor me ouvisse, mas não ouviu nada, todo embebido no que está escrevendo. O que é?

— Cousas sérias.

— Nhãtônia disse que o senhor está aqui fazendo umas notas políticas para pôr num livro.

— Então se sabia como é que me perguntou?

Lalau encolheu os ombros.

— Fez mal, disse eu. Olhe que eu sou padre, posso pregar-lhe um sermão.

— O senhor prega sermões? por que não vem pregar aqui, na quaresma? Eu gosto muito de sermões. No ano passado, ouvi dous, na igreja da Lapa, muito bonitos. Não me lembra o nome do padre. Eu, se fosse padre, havia de pregar também. Só não gosto dos latinórios; não entendo.

Falou assim, a troncos, uns bons cinco minutos; eu deixei-a ir, olhando só, vivendo daquela vida que jorrava dela, cristalina e fresca.

No fim, Lalau sentou-se, mas não se conservou sentada mais de dous minutos, levantou-se outra vez para ir à janela, e tornou dentro para mirar os livros. Achou-os grandes demais; admirava como havia quem tivesse a paciência de os ler. E depois alguns eram tão velhos!

— Que tem que sejam velhos? retorqui. Deus é velho, e é a melhor leitura que há.

Lalau olhou espantada para mim. Provavelmente era a primeira vez que ouvia uma figura daquelas, e fez-lhe impressão. Teimou depois que os livros velhos pareciam-se com o antigo capelão da casa, o antecessor do Padre Mascarenhas, que andava sempre com a batina empoeirada, e tinha a cara feita de rugas. Conseguintemente vieram histórias do capelão. Em nenhuma delas, nem de outras entrava o Félix; exclusão que podia ser natural, mas que, me não pareceu casual. Como eu lhe dissesse que não se deve mofar dos padres, ela ficou muito séria e atenta; depois rompeu, rindo:

— Mas não é do senhor.

— De mim ou de outro, é a mesma cousa.

— Ora, mas o outro era tão feio, tão lambuzão...

Disse-lhe, com as palavras que podia, que o padre é padre, qualquer que seja a aparência. Enquanto lhe falava, ela dava alguns passos de um lado para outro, cuido que para sentir o tapete debaixo dos pés; não o havia senão ali e na sala de visitas, fechada sempre. De quando em quando parava e olhava de cima as figuras desbotadas no chão; outras vezes deixava escorregar o pé, de propósito. Tinha o rasgo pueril de achar prazer em qualquer cousa.

— Está bom, está bom, disse-me ela finalmente, não precisa brigar comigo; não falo mais do capelão. Pode continuar o seu trabalho, vou-me embora.

— Não é preciso ir embora.

— Muito obrigada! Quer que fique olhando para as paredes, enquanto o senhor trabalha...

— Mas se eu não estou trabalhando! Olhe, se quer que eu não faça nada, sente-se um pouco, mas sente-se de uma vez.

Lalau sentou-se. A cadeira em que se sentou era uma velha cadeira de espaldar de couro lavrado, e pés em arco. Dali, olhava para fora, e o sol, entrando pela janela, vinha morrer-lhe aos pés. Para não estar em completo sossego, começou a brincar com os dedos; mas cessou logo, quando lhe perguntei, à queima-roupa, se se lembrava da mãe. As feições da moça perderam instantaneamente o ar alegre e descuidado; tudo o que havia nelas frívolo converteu-se em gravidade e compostura, e a criança desapareceu, para só deixar a mulher com a sua saudade filial.

Respondeu-me com uma pergunta. Como podia esquecê-la? Sim, senhor, lembrava-se dela, e muito, e rezava por ela todas as noites para que Deus lhe desse o céu. E com certeza estava no céu. Era boa como eu não podia imaginar, e ninguém foi nunca tão amiga dela, como a defunta. Não negava que Nhatônia lhe queria muito, e tinha provas disso, e assim também as mais pessoas de casa; mas a mãe era outra cousa. A mãe morria por ela, e quase se pode dizer que foi assim mesmo, porque apanhou uma constipação, estando a tratá-la de uma febre, e ficou com uma tosse que nunca mais a deixou. O doutor negou, disse que a morte foi de outra cousa; ela, porém, desconfiou sempre que a doença da mãe começou dali. Tão boa que nem quis que ela a visse morrer, para não padecer mais do que padecia. Não pôde vê-la morrer, viu-a depois de morta, tão bonita! tão serena! parecia viva!

Aqui levou os dedos aos olhos; eu levantei-me e disse-lhe que mudássemos de conversa, que a mãe estava no céu, e que a vontade de Deus era mais que tudo. Lalau escutou-me com os olhos parados, — ela que os trazia como um casal de borboletas, — e depois de alguns instantes de silêncio, continuou a falar da mãe, mas já não da morte, senão da vida, e particularmente da beleza. Não, eu não podia imaginar como a mãe era bonita; até parava gente na rua para vê-la. E descreveu-a toda, como podia, mostrando bem que as graças físicas da mãe, aos olhos dela, eram ainda uma qualidade moral, uma feição, alguma cousa especial e genuína que não possuíram nunca as outras mães.

— Deus que a chamou para si, disse-lhe eu, lá sabe por que é que o fez. Agora tratemos dos vivos. Ela está no céu, a senhora está aqui, ao pé de pessoas que a estimam...

— Oh! eu dava tudo para tê-la ao pé de mim, na nossa casinha da Cidade Nova! A casa era isto, — continuou ela levantando as mãos abertas, diante do rosto, e marcando assim o tamanho de um palmo, — ainda me lembro bem, era nada, quase nada, — não tinha lá tapetes nem dourados, mas mamãe era tão boa! tão boa! Coitada de mamãe!

— Olhe o sol! disse eu procurando desviar-lhe a atenção.

Com efeito, o sol, que ia subindo, começava a lamber-lhe a barra do vestido. Lalau olhou para o chão; quis recuar a cadeira, mas sentindo-a pesada, levantou-se e veio ter comigo; pedindo-me desculpa de tanta cousa que dissera, e não interessava a ninguém; e não me deu tempo de replicar, porque acrescentou logo outro pedido: que não contasse nada a Nhãtônia.

— Por quê?

— Ela pode acreditar que eu disse isto, por não estar bem aqui, e eu estou muito bem aqui, muito bem.

Quis retê-la, mas a palavra não alcançou nada, e eu não podia pegar-lhe nas mãos. Deixei-a ir, e voltei às minha notas. Elas é que não voltaram a mim, por mais que tentasse buscá-las e transcrevê-las.

Lalau ainda tornou à sala, daí a três ou quatro minutos, para reiterar o último pedido; prometi-lhe tudo o que quis. Depois, fitando-me bem, acrescentou que eu era padre, e não podia rir dela nem faltar à minha palavra.

— Rir? disse eu em tom de censura.

— Não se zangue comigo, acudiu sorrindo; digo isto porque sou muito medrosa e desconfiada.

E, rápida, como passarinho, deixou-me outra vez só. Desta vez não tornei às notas; fiquei passeando na longa sala, costeando as estantes, detendo-me para mirar os livros, mas realmente pensando em Lalau. A simpatia que me arrastava para ela complicava-se agora de veneração, diante daquela explosão de sensibilidade, que estava longe de esperar da parte de uma criatura tão travessa e pueril. Achei nessa saudade da mãe, tão viva, após longos anos, um documento de grande valor moral, pois a afeição que ali lhe mostravam, e o próprio contacto da opulência podiam naturalmente tê-la amortecido ou substituído. Nada disso; Lalau daria tudo para viver ao pé da mãe! Tudo? Pensei também no silêncio que me recomendou, medrosa de que a achassem ingrata, e este rasgo não me pareceu menos valioso que o outro: era claro que ela compreendia as induções possíveis de uma dor que persiste, a despeito dos carinhos com que cuidavam tê-la eliminado, e queria poupar aos seus benfeitores o amargor de crer que empregavam mal o benefício.

Pouco depois chegou o Félix. Veio falar-me, disse-me que tinha uma boa notícia, que ia mudar de roupa e voltava. Vinte minutos depois estava outra vez comigo, e confiava-me o plano de fazer-se eleger deputado.

— Até agora não tinha resolvido nada, mas acho que devo fazê-lo. Sigo a carreira de papai. Que lhe parece, Reverendíssimo?

— Parece-me bem. Todas as carreiras são boas, exceto a do pecado. Também eu algum tempo, andei com fumaças de entrar na Câmara; mas não tinha recursos nem alianças políticas; desisti do emprego. E assim foi bom. Sou antes especulativo que ativo; gosto de escrever política, não de fazer política. Cada qual como Deus o fez. O senhor, se sair a seu pai, é que há de ser ativo, e bem ativo. A cousa é para breve?

Não me respondeu nada; tinha os olhos fora dali. Mas logo depois, advertido pelo silêncio:

— O quê? Ah! não é para já; estou arranjando as cousas. Estive com alguns amigos de papai, e parece que há furo. Como sabe há muitos desgostos contra o Regente... Se o imperador já tivesse a idade de constituição é que era bom; ia-se embora o Regente e o resto... Pois é verdade, creio que sim... Entretanto, nunca tinha pensado nisto seriamente; mas as cousas são assim mesmo... Que acha?

— Acho que fez bem.

— Em todo o caso, peço-lhe segredo; não diga nada a mamãe.

— Crê que ela se oponha?

— Não; mas... pode ser que não se alcance nada, e para lhe não dar uma esperança que pode falhar... É só isto.

Era plausível a explicação; prometi-lhe não dizer nada. Creio que falamos ainda de política, e da política daqueles últimos dez anos, que não era pouca nem plácida. Félix não tinha certamente um plano de idéias, e apreciações originais; através das palavras dele, apalpava eu as fórmulas e os juízos do círculo ou das pessoas com quem ele lidava para o fim de encetar a carreira. Agora, a particularidade dele era ter a clareza e retidão de espírito precisas para só recolher do que ouvia a parte sã e justa, ou, pelo menos, a porção moderada. Nunca andaria nos extremos, qualquer que fosse o seu partido.

— Trabalhou muito hoje? perguntou-me ele quando nos preparávamos para jantar.

— Pouco; tive uma visita.

— Mamãe?

— Não; outra pessoa, Lalau, não é assim que lhe chamam? Esteve aqui uma meia hora. Podia estar três ou quatro horas que eu não dava por isso. Muito engraçada!

— Mamãe gosta muito dela, disse ele.

— Todos devem gostar dela; não é só engraçada, é boa, tem muito bom coração. Digo-lhe que pus de lado o Imperador, os Andradas, os Sete de Abril, pus tudo de lado só para ouvi-la falar. Tem cousas de criança, mas não é criança.

— Muito inteligente, não acha?

— Muito.

— De que falaram?

— De mil cousas, talvez duas mil; com ela é difícil contar os assuntos; vai de um para outro com tal rapidez que, se a gente não toma cuidado, cai no caminho. Sabe que idéia tive aqui, olhando para ela?

— Que foi?

— Casá-la.

— Casá-la? perguntou ele vivamente.

— Casá-la eu mesmo; ser eu o padre que a unisse ao escolhido do seu coração, quando ela o tivesse...

Félix não disse nada, sorriu acanhadamente, e, pela primeira vez, suspeitei que as intenções do rapaz podiam ser mui outras das que lhe supunha até então, que haveria nele, porventura em vez de um marido, um sedutor. Não alcanço exprimir como me doeu esta suposição. Ia tanto para a moça, que era já como se fosse minha irmã, o meu próprio sangue, que um estranho ia corromper e prostituir. Quis continuar a falar, para escrutar-lhe bem a alma; não pude, ele esquivou-se, e fiquei outra vez só. Nesse dia retirei-me um pouco mais cedo. D. Antônia achou-me preocupado, eu disse-lhe que tinha dor de cabeça.

As pessoas de meu temperamento entender-me-ão. Bastou que uma idéia se me afigurasse possível para que eu a acreditasse certa. Vi a menina perdida. Não houvera ali uma agregada, seduzida em 1835, por um saltimbanco, como me dissera D. Antônia? Agora não seria um saltimbanco, mas o próprio filho da dona da casa. E assim explicou-se-me a teima de D. Antônia em arredar o filho do Rio de Janeiro, comparada com a afeição que tinha à menina. Refleti na distância social que os separava; Lalau era admitida na intimidade da família, mas o rapaz, filho de ministro e aspirante a ministro, e mais que tudo filho de casa-grande, tendo herdado o sangue do bisavô, tão orgulhoso nas veias da mãe, reservar-se-ia para algum casamento de outra laia. Como, porém, ela era bonita, e a natureza tem leis diferentes da sociedade, e não menos imperiosas, Félix achara um modo de conciliar umas e outras, amando sem casar.

Tudo isso que fica aí em resumo, foram as minhas reflexões do resto do dia, e de uma parte da noite. Estava irritado contra o rapaz, temia por ela, e não atinava com o que cumpria fazer. Pareceu-me até que não devia fazer nada, ninguém me dava direito de presumir intenções e intervir nos negócios particulares de uma família que, de mais a mais, enchia-me de obséquios. Isto era verdade; mas, como eu quero dizer tudo, direi um segredo de consciência. Entre a verdade daquele conceito e o impulso do meu próprio coração, introduzi um princípio religioso, e disse a mim mesmo que era a caridade que me obrigava, que no Evangelho acharia um motivo anterior e superior a todas as convenções humanas. Esta dissimulação de mim para mim podia calá-la agora, que os acontecimentos lá vão, mas não daria uma parte da história que estou narrando, nem a explicaria bem.

Lalau não me saía da cabeça: as palavras dela, suas maneiras, ingenuidade e lágrimas acudiram-me em tropel à memória, e davam-me força para tentar dominar a situação e desviar o curso dos acontecimentos. No dia seguinte de manhã quis rir de mim mesmo e dos meus planos de D. Quixote, remédio heróico, porque é tal a risada do apupo que ninguém a tolera ainda em si mesmo; mas não consegui nada. A consciência ficou séria, e a contração do riso desmanchou-se diante da sua impassibilidade. Compus cinco ou seis planos diferentes, alguns absurdos. O melhor deles era avisar a tia da menina; mas rejeitei-o logo por achá-lo odioso. Em verdade, ia dissolver laços íntimos, a título de uma suspeita, que apenas podia explicar, a mim mesmo. E, se era odioso, não era menos imprudente; podia supor-se que eu cedia a um sentimento pessoal e reprovado. Rejeitei da vista esta segunda razão, mas atirei-me à primeira, e dei de mão ao plano.

O melhor de tudo, refleti finalmente, é observar e fazer o que puder, segundo as circunstâncias, mas de modo que evite estralada.

Tinha de ir almoçar com um padre italiano, no Hospício de Jerusalém, o mesmo que me falara da obra florentina, e me dera ocasião de brilhar na Casa Velha. Fui almoçar; no fim do almoço, apareceu lá um recém-chegado, um missionário que vinha das partes da China e do Japão, e trazia muitas relíquias preciosas. Convidaram-me a vê-las. O missionário era lento na ação e derramado nas palavras, de modo que despendemos naquilo um tempo infinito, e saí de lá tão tarde que não pude ir nesse dia à Casa Velha. De noite, constipei-me, apanhei uma febre, e fiquei cinco dias de cama.

CAPÍTULO IV

Estava prestes a deixar a cama, quando o Félix me apareceu em casa, pedindo desculpa de não ter vindo mais cedo, porque só na véspera soubera da minha doença. Trouxe-me visitas da mãe e de Lalau.

— Isto não é nada, disse-lhe eu; e se quer que lhe confesse, até foi bom adoecer para descansar um pouco.

— Virgem Maria! Não diga isso.

— Digo, digo. E não só para descansar, mas até para refletir. Doente, que não lê nem conversa,. nem faz nada, pensa. Eu vivo só, com o preto que o senhor viu. Vem aqui um ou outro amigo, raro; passo as horas solitárias, olhando para as paredes, e. a cabeça...

— A culpa é sua, interrompeu-me ele; podia ter ido para a nossa casa, logo que se sentiu incomodado. É o que devia ter feito. Não imagina mamãe como ficou cuidadosa, quando soube que o senhor estava de cama. Queria que eu viesse ontem mesmo, de noite, visitá-lo; eu é que disse que podia estar acomodado, e a visita seria antes uma importunação. E a sua amiguinha!

— Lalau?

— Ficou branca como uma cera, quando ouviu a notícia; e pediu-me muito que lhe trouxesse lembranças dela, que lhe desse conselho de não fazer imprudências, de não apanhar chuva, nem ar, nem nada, para não recair, que as recaídas são piores... Veja lá; se, em vez de se meter na cama, aqui em casa, tivesse ido para a nossa Casa Velha, lá teria duas enfermeiras de truz, e um leitor, como eu, para lhe ler tudo o que quisesse.

— Obrigado, obrigado; agradeço a todos, tanto a elas como ao senhor. Ficará para a outra moléstia. E, na verdade, é possível que então não pensasse em nada...

— Justo.

— ... Nem em ninguém. Ah! então Lalau disse isso? Foi exatamente nela que estive pensando.

— Como assim?

Ouvi passos e vozes na sala; era o meu preto que trazia um padre a visitar-me. Noutra ocasião, é possível que o Félix se despedisse e cedesse o lugar ao padre; mas a curiosidade valeu aqui ainda mais do que a afeição, e ele ficou. O padre esteve poucos minutos, dez ou vinte, não me lembra, dando-me algumas notícias eclesiásticas, contando anedotas de sacristia, que o Félix escutou com grande interesse, talvez aparente, para justificar a demora. Afinal, saiu, e ficamos outra vez sós. Não lhe falei logo de Lalau; foi ele mesmo que, depois de alguns farrapos de conversação, ditos soltos, reparos sem valor, me perguntou o que é que pensara dela. Eu, que o espreitava de longe, acudi à pergunta.

— Estive pensando que essa moça é superior à sua condição, disse eu. A Senhora D. Antônia falou-me de outra agregada que, há quatro anos, foi ali seduzida por um salimbanco. Não creio que esta faça a mesma cousa, porque, apesar da idade e do ar pueril, acho-lhe muito juízo; creio antes que escolherá marido, e viverá honestamente. Mas é aqui o ponto. O marido que ela escolher pode bem ser da mesma condição que ela, mas muito inferior moralmente, e será um mau casamento.

Félix dividia os olhos entre mim e a ponta do sapato. Quando acabei, achou-me razão.

— Não lhe parece? perguntei.

— Decerto.

— Bem sei que é esquisito meter-me assim em cousas alheias...

— Nada é alheio para um bom padre como o senhor, disse ele com gravidade.

— Obrigado. Confesso-lhe, porém, que essa moça excitou a minha piedade. Já lhe disse: tem cousas de criança, mas não é criança. Entregá-la a um homem vulgar, que não a entenda, é fazê-la padecer. Não sei se a Senhora D. Antônia fez bem em apurar tanto a educação que lhe deu, e os hábitos em que a fez educar; não porque ela não se acomode a tudo, como um bom coração que é, mas porque, apesar disso, há de custar-lhe muito baixar a outra vida. Olhe que não é censurar...

— Pelo amor de Deus! sei o que é. Pensa que eu não estou com a sua opinião? Estou e muito. Mamãe é que pode ser que não esteja conosco. Já tem pensado em várias pessoas, segundo me consta, e de uma delas chegou a falar-me; era o Vitorino, filho do segeiro que nos conserta as carruagens. Ora veja!

— Não conheço o Vitorino,

— Mas pode imaginá-lo.

Olhei para ele um instante. Pareceu-me que estava de boa-fé; mas era possível que não, e cumpria arrancar-lhe a verdade. Inclinei-me, e disse que já tinha um noivo em vista, muito superior ao Vitorino.

— Quem? perguntou ele inquieto.

— O senhor.

Félix teve um sobressalto, e ficou muito vermelho.

— Desculpe-me se lhe digo isto, mas é a minha opinião, e não vale mais que opinião. Há grande diferença social entre um e outro, mas a natureza, assim como a sociedade a corrige, também às vezes corrige a sociedade. Compensações que Deus dá. Acho-os dignos um do outro; os sentimentos dela e os seus são da mesma espécie. Ela é inteligente, e o que lhe poderia faltar em educação já sua mãe lho deu. Teria alguma dúvida em casar com ela?

Félix estendeu-me a mão.

— Não lhe nego nada, o senhor já adivinhou tudo, disse ele. E continuou, depois de haver-me apertado a mão: Que dúvida poderia ter? Ela merece um bom marido, e eu acho que não seria de todo mau. Resta ainda um ponto.

— Que ponto?

Hesitou um instante, bateu com a mão nos joelhos duas ou três vezes, olhando para mim, como querendo adivinhar as minhas intenções.

— Resta mamãe, disse finalmente.

— Opõe-se?

— Creio que sim.

— Mas não é certo.

— Há de ser certo. Digo-lhe tudo, como se falasse a um amigo velho de nossa casa. Mamãe percebeu, como o senhor, que nós gostamos um do outro, e opõe-se. Não o disse ainda francamente, mas sinto que, em caso nenhum, consentirá no nosso casamento. Esse Vitorino é um candidato inventado para separá-la de mim; e assim outros em que sei que já pensou. Estou que Lalau resistirá, mas temo que não seja por muito tempo... Não se lembra que mamãe já lhe pediu uma vez para levar-me à Europa? Era com o mesmo fim de afastar-me, distrair-me, e casá-la.

— Acha isso?

— Com certeza.

— Como explica então que ela continue a ter tanto amor à pequena?

— O senhor não conhece mamãe. É um coração de pomba, e gosta dela como se fosse sua filha. Mas coração é uma cousa, e cabeça é outra. Mamãe é muito orgulhosa em cousas de família. Seria capaz de velar uma semana ou duas, à cabeceira de Lalau, se a visse doente; mas não consentiria em casá-la comigo. São cousas diferentes.

— Devia ser isso mesmo, repliquei alguns instantes depois. E murmurei baixinho as palavras que ela ouvira ao avô, no tempo do rei e repetira mais tarde no paço: "Uma Quintanilha não treme nunca!"

— Nem treme, nem desce, concluiu o rapaz sorrindo. É o sentimento de mamãe.

— Seja como for, nada está perdido, cuido que arranjaremos tudo. Deixe o negócio por minha conta.

Tinha o plano feito. Se houvesse reconhecido que as intenções dele eram impuras, ajudaria a mãe e trataria de casar a menina com outro. Sabendo que não, ia ter com a mãe para arrancar-lhe o consentimento em favor do filho. Três dias depois, voltando à Casa Velha, achei nos olhos de Lalau alguma cousa mais particular que a alegria da amiga, achei a comoção da namorada. Era natural que ele lhe tivesse contado a minha promessa. Não lho perguntei; mas disse-lhe rindo que parecia ter visto passarinho verde. Toda a alma subiu-lhe ao rosto, e a moça respondeu com ingenuidade, apertando-me a mão:

— Vi.

Não explico a sensação que tive; lembra-me que foi de incômodo.

Essa palavra súbita, cordial e franca, encerrando todas as energias do amor, lacerou-me as orelhas como uma sílaba aguda que era. Que outra esperava, e que outra queria, senão essa? Não a pedira, não vinha interceder por um e por outro? Criatura espiritual e neutra, cabia-me tão-somente alegrar-me com a declaração da moça, aprová-la, e santificá-la ante Deus e os homens. Que incômodo era então esse? que sentimento espúrio vinha mesclar-se à minha caridade? Que contradição? que mistério? Todas essas interrogações surgiram do fundo de minha consciência, não assim formuladas, com a sintaxe da reflexão remota e fria, mas sem liame algum, vagas, tortas e obscuras.

Já se terá entendido a realidade. Também eu amava a menina. Como era padre, e nada me fazia pensar em semelhante cousa, o amor insinuou-se-me no coração à maneira das cobras, e só lhe senti a presença pela dentada de ciúme.

A confissão dele não me fez mal; a dela é que me doeu e me descobriu a mim mesmo. Deste modo, a causa íntima da proteção que eu dava à pobre moça era, sem o saber, um sentimento especial. Onde eles viam um simples protetor gratuito existia um homem que, impedido de a amar na terra, procurava ao menos fazê-la feliz com outro. A consciência vaga de um tal estado deu-me ainda mais força para tentar tudo.

CAPÍTULO V

Falei a D. Antônia no dia seguinte. Estava disposto a pedir-lhe uma conversação particular; mas foi ela mesma que veio ter comigo, dizendo que durante a minha moléstia tinha acabado umas alfaias, e queria ouvir a minha opinião; estavam na sacristia. Enquanto atravessávamos a sala e um dos corredores que ficavam ao lado do pátio central, ia-lhe eu falando, sem que ela me prestasse grande atenção. Subimos os três degraus que davam para uma vasta sala calçada de pedra, e abobadada. Ao fundo havia uma grande porta, que levava ao terreiro e à chácara; à direita ficava a da sacristia, à esquerda outra, destinada a um ou mais aposentos, não sei bem.

Naquela sala achamos Lalau e o sineiro, este sentado, ela de pé.

O sineiro era um preto velho e doudo. Não fazia mais que tocar o sino da capela, para a missa, aos domingos. O resto do tempo vivia calado ou resmungando. Ninguém lhe falava, embora fosse manso. Lalau era a única, entre todos, parentes, agregados ou fâmulos, que ia conversar com ele, interrogá-la, escutá-lo, pedir-lhe histórias. E ele contava-lhe histórias — muito compridas, sem sentido algumas, outras quase sem nexo, reminiscências vagas e embrulhadas, ou sugestões do delírio.

Era curioso vê-los. Lalau perdia a inquietação; ficava séria e tranqüila, durante dez, quinze, vinte minutos, a escutá-lo. O Gira (nunca lhe conheci outro nome) alegrava-se ao vê-la. Com a razão, perdera a convivência dos mais. Vivia entregue aos pensamentos solitários, mergulhado na inconsciência e na solidão. A moça representava aos olhos dele alguma cousa mais do que uma simples criatura, era a sociedade humana, e uma sombra de sombra da consciência antiga. Ela, que o sentia, dava-lhe essa curta emersão do abismo, e uma ou duas vezes por semana ia conversar com ele.

D. Antônia parou. Não contava com a moça ali, ao pé da porta da sacristia, e queria falar-me em particular, como se vai ver. Compreendi-o logo pelo desagrado do gesto, como já suspeitara alguma cousa ao vê-la preocupada. No momento em que chegávamos, Lalau perguntava ao Gira:

— E depois, e depois?

— Depois, o rei pegou gavião, e gavião cantou.

— Gavião canta?

— Gavião? Vê, gente! Gavião cantou: Calunga, mussanga, monandenguê... Calunga, mussanga, monandenguê... Calunga...

E o preto dava ao corpo umas sacudidelas para acompanhar a toada africana. Olhei para Lalau. Ela, que ria de tudo, não se ria daquilo, parecia ter no rosto uma expressão de grande piedade. Voltei-me para D. Antônia; esta, depois de hesitar um pouco, deliberou entrar na sacristia, cuja porta estava aberta. Lalau tinha-nos visto, sorriu para nós e continuou a falar com o Gira. D. Antônia e eu entramos.

Sobre a cômoda da sacristia estavam as tais alfaias. D. Antônia disse ao preto sacristão, que fosse ajudar a descarregar o carro que chegara da roça, e lá a esperasse. Ficamos sós; mostrou-me duas alvas e duas sobrepelizes; depois, sem transição, disse-me que precisava de mim para um grande obséquio. Soube na véspera que o filho andava com idéias de ser deputado; pedia-me duas cousas, a primeira é que o dissuadisse.

— Mas por quê? disse-lhe eu. A política foi a carreira do pai, é a carreira principal no Brasil...

— Vá que seja; mas, Reverendíssimo, ele não tem jeito para a política.

— Quem lhe disse que não? Pode ser que tenha. No trabalho é que se conhece o trabalhador; em todo caso, — deixe-me falar com franqueza — acho bom da sua parte que procure empregar a atividade em alguma cousa exterior.

D. Antônia sentou-se, e apontou-me para outra cadeira. Ficamos ambos ao pé de uma larga janela, que dava para o terreiro. Sentada, declarou que concordava comigo na necessidade que apontara, mas ia então ao segundo obséquio, que não era novo; é que o levasse para a Europa. Depois da Europa, com mais alguns anos e experiência das cousas, pode ser que viesse a ser útil ao seu país...

Interrompi-a nesse ponto. Ela esperou; eu, depois de fitá-la por alguns instantes, disse-lhe que a viagem, com efeito, podia ser útil, mas que os costumes do moço eram tão caseiros que dificilmente se ajustariam às peregrinações; salvo se adotássemos um meio-termo: enviá-lo casado.

— Não se arranja uma noiva com um simples baú de viagem, disse ela.

— Está arranjada.

D. Antônia estremeceu.

— Está aqui perto; é a sua boa amiga e pupila.

— Quem? Lalau? Está caçoando. Lalau e meu filho? Vossa Reverendíssima está brincando comigo. Não vê que não é possível? Casá-los assim como um remédio? Falemos de outra cousa.

— Não, minha senhora, falemos disto mesmo.

D. Antônia, que dirigira os olhos para outro lado, quando proferiu as últimas palavras, levantou a cabeça de súbito, ao ouvir o que lhe disse. Creio que, depois da morte do marido, era a primeira pessoa que lhe fazia frente. Olhou-me espantada. Estava tão acostumada a governar ali, naquele mundo insulado, sem contraste nem advertência, que não podia crer em seus ouvidos. O Padre Mascarenhas dissera-lhe uma vez, ao almoço, que ela era a imperatriz da Casa Velha, e D. Antônia sorriu lisonjeada, com a idéia de ser imperatriz em algum ponto da terra. Não batia com o cetro em ninguém, mas estimava saber que lho reconheciam.

Pela minha parte curvei-me respeitoso, mas insisti que falássemos daquele mesmo assunto, para resolvê-lo de uma vez.

— Resolver o quê? perguntou ela alçando desdenhosamente o lábio superior.

— Não percamos tempo em dizer cousas sabidas de nós ambos, continuei. Eles gostam um do outro. Esta é a verdade pura. Resta saber se poderão casar, e é aqui que não acho nem presumo nenhuma razão que se oponha. Não falo de seu filho, que é um moço digno a todos os respeitos. Falemos dela. Diga-me o que é que lhe acha?

Não quis responder; eu continuei o que dizia, lembrei a educação que ela lhe dera, o amor que lhe tinha, e principalmente falei das virtudes da moça, da delicadeza dos seus sentimentos, e da distinção natural, que supria o nascimento. Perguntei-lhe se, em verdade, acreditava que o Vitorino, filho do segeiro... D. Antônia estremeceu.

— Vejo que está informado de tudo, disse ela depois de um breve instante de silêncio. Conspiram contra mim. Bem; que quer de mim Vossa Reverendíssima? Que meu filho case com Lalau? Não pode ser.

— E por que não pode ser?

— Realmente, não sei que idéias entraram por aqui depois de 31. São ainda lembranças do Padre Feijó. Parece mesmo achaque de padres. Quer ouvir por que razão não podem casar? porque não podem. Não lhe nego nada a respeito dela; é muito boa menina, dei-lhe a educação que pude, não sei se mais do que convinha, mas, enfim, está criada e pronta para fazer a felicidade de algum homem. Que mais há de ser? Nós não vivemos no mundo da lua, Reverendíssimo. Meu filho é meu filho, e, além desta razão, que é forte, precisa de alguma aliança de família. Isto não é novela de príncipes que acabam casando com roceiras, ou de princesas encantadas. Faça-me o favor de dizer com que cara daria eu semelhante notícia aos nossos parentes de Minas e de S. Paulo?

— Pode ser que a senhora tenha razão; é achaque de padre., é achaque até de Nosso Senhor Jesus Cristo, que nasceu nas palhas...

— Sim, senhor; mas nesse caso que mal há em casar com o Vitorino? Filho de segeiro não é gente? Diga-me! Para que ela case com meu filho, Nosso Senhor nasceu nas palhas; mas para que case com o Vitorino, já não é a mesma cousa... Diga-me!

— Mas, Senhora D. Antônia...

— Qual! disse ela levantando-se, e indo até à porta que dava para a capela, e depois à outra de entrada da sacristia; espiou se nos ouviram, e voltou.

Voltando, deu alguns passos sem dizer nada, indo e vindo, desde a porta até à parede do fundo, onde pendia uma imagem de Nossa Senhora, com uma coroa de ouro na cabeça, e estrelas de ouro no manto. D. Antônia fitou durante alguns momentos a imagem como para defender-se a si mesma. A Virgem coroada, rainha e triunfante, era para ela a legítima deidade católica, não a Virgem foragida e caída nas palhas de um estábulo. Estava como até então não a tinha visto. Geralmente, era plácida, e alguma vez impassível; agora, porém, mostrava-se ríspida e inquieta, como se a natureza rompesse as malhas do costume. A pupila abrasava-se de uma flama nova; os movimentos eram súbitos e não sei se desconcertados entre si.

Eu, da minha cadeira, ia-a acompanhando com os olhos, a princípio arrependido de ter falado, mas vencendo logo depois esse sentimento de desânimo, e disposto a ir ao fim. Ao cabo de poucos minutos, D. Antônia parou diante de mim. Quis levantar-me; ela pôs-me a mão no ombro, para que ficasse, e abanou a cabeça com um ar de censura amiga.

— Para que me falou nisso? pergunta logo depois com doçura. Conheço que fala por ser amigo de um e de outro, e da nossa casa...

— Pode crer, pode crer.

— Creio, sim. Então eu não vejo as cousas? Tenho notado que é amigo nosso. Ela principalmente, parece tê-lo enfeitiçado... Não precisa ficar vermelho; as moças também enfeitiçam os padres, quando querem que eles as casem com os escolhidos do coração delas.

Que ela merece, é verdade; mas daí a casar é muito. Venha cá, prosseguiu ela sentando-se, vamos fazer um acordo. Eu cedo alguma cousa, o senhor cede também, e acharemos um modo de combinar tudo. Confesso-lhe um pecado. A escolha do Vitorino era filha de um mau sentimento; era um modo, não só de os separar, mas até de a castigar um pouco. Perdoe-me, Reverendíssimo; cedi ao meu orgulho ofendido. Mas deixemos o Vitorino; convenho que não é digno dela. É bom rapaz, mas não está no mesmo grau de educação que dei a Lalau. Vamos a outro; podemos arranjar-lhe empregado do foro, ou mesmo pessoa de negócio... Em todo caso, não seja contra mim; ajude-me antes a arranjar esta dificuldade que surgiu aqui em casa...

— Desde quando?

— Sei lá! desde meses. Desconfiei que se namoravam, e tenho feito o que posso, mas vejo que não posso muito.

— Entretanto, continua a recebê-la.

— Sim, para vigiá-la. Antes a quero aqui que fora daqui.

— Não é então porque a estima?

— É também porque a estimo. Infelizmente, porque a estimo. Quem lhe disse que não gosto dela, e, muito? Mas meu filho é outra cousa; entrar na família é que não.

D. Antônia, tirou o lenço do bolso, para esfregar as mãos, tornou a guardá-lo, e reclinou-se na cadeira, enquanto eu lhe fui respondendo. Conquanto fosse muito mais baixa que eu, dera um jeito tão superior na cabeça que parecia olhar de cima.

Fui respondendo o que podia e cabia, com boas palavras, mostrando em primeiro lugar a inconveniência de os deixar namorados e separados: era fazê-los pecar ou padecer. Disse-lhe que o filho era tenaz, que a moça provavelmente não teimaria em desposá-lo, sabendo que era desagradável à sua benfeitora, mas também podia dar-se que o desdém a irritasse, e que a certeza de dominar o coração de Félix lhe sugerisse a idéia de o roubar à mãe. Acrescia a educação, ponto em que insisti, a educação e a vida que levava, e que lhe tornariam doloroso passar às mãos de criatura inferior. Finalmente, — e aqui sorri para lhe pedir perdão, — finalmente, era mulher, e a vaidade, insuportável nos homens, era na mulher um pecado tanto pior quanto lhe ficava bem; Lalau não seria uma exceção do sexo. Herdar com o marido o prestígio de que gozava a Casa Velha acabaria por lhe dar força e fazê-la lutar. Aqui parei; D. Antônia não me respondeu nada, olhava para o chão.

Como estávamos de costas para a janela, e ficássemos calados algum tempo, fomos acordados do silêncio pela voz de Lalau que vinha do lado do terreiro. Voltamos a cabeça; vimos a moça repreendendo a dous moleques, crias da casa, que puxavam pela casaca ao sineiro, uma velha casaca que o Félix lhe dera alguns dias antes. O sineiro, resmungando sempre, atravessou o terreiro, tomou à direita para o lado da frente da capela, e desapareceu; Lalau pegou na gola da camisa de uma das crias e na orelha da outra, e impediu que elas fossem atrás do pobre-diabo.

Olhei para D. Antônia, a fim de ver que impressão lhe dera o ato da moça. Mal começava a fitá-la, reparei que franzia a testa, não sei até se empalidecia; tornando a olhar para fora, tive explicação do abalo. Vi o filho de D. Antônia ao pé da moça; acabava de chegar ao grupo. Lalau explicava-lhe naturalmente a ocorrência; Félix escutava calado, sorrindo, gostando de vê-la assim compassiva, e afinal, quando ela acabou, inclinou-se para dizer alguma cousa aos moleques. Vimo-lo depois pegar em um destes, e aproximá-lo de si, enquanto a moça ficou com o segundo; e, posto esse pretexto entre eles, começaram a falar baixinho.

D. Antônia recuou depressa, para que não a vissem. Creio que era a primeira vez que eles lhe apresentavam semelhante quadro. Recuou levantando-se, e foi para o lado da cômoda; eu continuei a observá-los. Não se podia ouvir-lhes nada, mas era claro que falavam de si mesmos. Às vezes a boca interrompia os salmos, que ia dizendo, para deixar a antífona aos olhos; logo depois recitava o cântico. Era a eterna aleluia dos namorados.

Violentei-me, não tirei a vista do grupo; precisava matar em mim mesmo, pela contemplação objetiva da desesperança, qualquer má sugestão da carne. Olhei para os dous, adivinhei o que estariam dizendo, e, pior ainda, o que estariam calando, e que se lhes podia ler no rosto e nas maneiras. Lalau era agora mulher apenas, sem nenhuma das cousas de criança que a caracterizavam na vida de todas as horas. Com as mãos no ombro do moleque, ora fitava os olhos na carapinha deste, ouvindo somente as palavras de Félix; ora, erguia-os, para o moço, a fim de o mirar calada ou falando. Ele é que olhava sempre para ela atento e fixo.

Entretanto, D. Antônia aproximara-se outra vez da janela, por trás de mim, e de mais longe, confiada na obscuridade da sacristia. Voltei-me e disse-lhe que a nossa espionagem era de direito divino, que o próprio céu nos aparelhara aquela indiscrição. D. Antônia, em geral avessa às subtilezas do pensamento, menos que nunca podia agora penetrá-las; pode ser até que nem me ouvisse. Continuou a olhar para os dous, ansiosa de os perceber, aterrada de os adivinhar.

— Uma cousa há de conceder, disse-lhe eu, há de conceder que eles parecem ter nascido um para o outro. Olhe como se falam. Veja os modos dela, a dignidade, e ao mesmo tempo a doçura; ele parece até que quer fazer esquecer que é o herdeiro da casa. Não sei até se lhe diga uma cousa; digo se me consentir...

D. Antônia voltou os olhos a mim com um ar interrogativo e complacente.

— Digo-lhe que, se alguém trocasse os papéis, e a desse como sua filha, e a ele como o advogado da casa, ninguém poria nenhuma objeção.

D. Antônia afastou-se da janela, sem dizer nada; depois tornou a ela, curiosa, interrogando a fisionomia dos dous. No fim de alguns minutos, não tendo esquecido as minhas últimas palavras, redargüiu com ironia e tristeza:

— Advogado? Creio que é muito; diga logo cocheiro.

Fiz um gesto de pesar. E pedi-lhe que me desculpasse o estilo pinturesco da conversação; não queria dizer senão que a dignidade da moça fá-la-ia supor dona da casa, ao passo que as maneiras respeitosas dele, que tão bem lhe iam, poderiam fazê-lo crer outra cousa; mas outra cousa educada, notasse bem. D. Antônia ouvia-me distraída e inquieta, olhando para fora e para dentro; e quando afinal os dous separaram-se, indo ele para o lado da frente da capela, que comunicava com o caminho público, e ela para a parte oposta, a fim de entrar em casa, D. Antônia sentou-se na cadeira em que estivera antes, e respirou à larga. Abanou a cabeça duas ou três vezes, e disse-me sem olhar para mim:

— Não tenho de que me queixar; a culpa é toda minha.

De repente, voltou a cabeça para o meu lado e fitou-me. Tinha as feições um tanto alteradas, como que iluminadas, e esperei que me dissesse alguma cousa, mas não disse. Olhou, olhou, recompôs a fisionomia e levantou-se.

— Vamos.

Não obedeci logo; imaginei que ela acabava de achar algum estratagema para cumprir a sua vontade, e confessei-lho sem rebuço, porque a situação não comportava já dissimular. D. Antônia respondeu que não, não achara nem buscara nada, e convidou-me a sair. Insisti no receio, acrescentando que, se cogitava dar um golpe, melhor seria avisar-me, para que os dissuadisse, e não fossem eles apanhados de supetão. D. Antônia ouviu sem interromper, e não replicou logo, mas daí a alguns segundos, com palavras não claras e seguidas, senão ínvias e dúbias. Contava comigo ao lado dela, desde que soubesse a verdade... mas que a apoiasse já... depois... então...

— A verdade? repeti eu. Que verdade?

— Vamos embora.

— Diga-me tudo, a ocasião é única, estamos perto de Deus...

D. Antônia estremeceu ouvindo esta palavra, e deu-se pressa em sair da sacristia; levantei-me e saí também. Achei-a a dous passos da porta, disse-me que ia ver os aposentos fronteiros, porque contava com hóspedes da roça, e foi andando; eu desci os degraus de pedra, atravessei o pátio da cisterna, e recolhi-me à biblioteca. Recolhi-me alvoroçado. Que verdade seria aquela, anunciada a fugir, tal verdade que me faria trocar de papel, desde, que eu a conhecesse? Cumpria arrancar-lha, e a melhor ocasião ia perdida.

CAPÍTULO VI

No dia seguinte fui mais cedo para a Casa Velha, a fim de chegar antes dos hóspedes que D. Antônia esperava da roça, mas já os achei lá; tinham chegado na véspera, às ave-marias. Um deles, o Coronel Raimundo, estava na varanda da frente, conheceu-me logo, e veio a mim para saber como ia a história de Pedro I. Sem esperar pela resposta, disse que podia dar-me boas informações. Conhecera muito o imperador. Assistira à dissolução da Constituinte, por sinal que estava nas galerias, durante a sessão permanente, e ouviu os discursos do Montezuma e dos outros, comendo pão e queijo, à noite, comprados na Rua da Cadeia; uma noite dos diabos.

— Vossa Reverendíssima vai escrever tudo?

— Tudo o que souber.

— Pois eu lhe darei alguma cousa.

Começamos a passear ao longo da varanda grande. Egoísmo de letrado! A esperança de alguns documentos e anedotas para o meu livro pôs de lado a principal questão daqueles dias; entreguei-me à conversação do coronel. Já sabemos que era parente da casa; era irmão de um cunhado do marido de D. Antônia, e fora muito amigo e familiar dele. Falamos cerca de meia hora; contou-me muita cousa do tempo, algumas delas arrancadas por mim, porque ele nem sempre via a utilidade de um episódio.

— Oh! isso não tem interesse!

— Mas diga, diga, pode ser, insistia eu.

Então ele contava o que era, uma visita, uma conversa, um dito, que eu recolhia de cabeça; para transpô-lo ao papel, como fiz algumas horas depois. Raimundo foi-se sentindo lisonjeado com a idéia de que eu ia imprimir o que me estava contando, e desceu a minúcias insignificantes, casos velhos, e finalmente às anedotas dele mesmo, e às partes da sua vida militar.

— Nhãtônia, disse ele vendo entrar a parenta na varanda, este seu padre sabe onde tem a cabeça.

D. Antônia fez um gesto afirmativo e seco, mas logo depois, para me não molestar, redargüiu sorrindo que sim, que tanto sabia onde tinha a cabeça como o coração. Lalau e as duas filhas do coronel vieram de fora, veio de dentro uma senhora idosa, arrastando um pouco os pés, e dando o braço a uma moça alta e fina.

— Ande para aqui, baronesa, disse-lhe D. Antônia. Apresentaram-me às duas damas. Soube que a baronesa era avó da moça que a acompanhava. Eram esperadas do Pati do Alferes dez ou doze dias, depois; mas vieram antes para assistir à festa da Glória. Foi o que me constou ali mesmo pela conversação dos primeiros minutos. A baronesa sentara-se de costas para uma das colunas, na cadeira rasa que lhe deram, ajudada pela neta, que a acomodou minuciosamente. Observei-a por alguns instantes. Os dous cachos brancos e grossos, pelas faces abaixo, eram da mesma cor da touca de cambraia e rendas; os olhos eram castanhos e não inteiramente apagados; lá tinham seus momentos de fulgor, principalmente se ela falava em política.

— Sinhazinha, o livro? perguntou ela à neta.

— Está aqui, vovó.

— É o mesmo da outra vez, Nhãtônia?

Era a mesma novela que lera quando ali esteve um ano antes, e queria reler agora: era o *Saint Clair das Ilhas ou os Desterrados na Ilha da Barra.* Meteu a mão no bolso e tirou os óculos, depois a caixa de rapé, e pôs tudo no regaço. Raimundo, passando a mão pela barba, disse rindo:

— Bem, as senhoras vão conversar e nós vamos a um solo. Valeu, Reverendíssimo?

Fiz um gesto de complacência.

— Félix é um parceirão, e Nhãtônia também; mas vamos só os três. Nunca jogou com o Félix? Vai ver o que ele é, fino como trinta diabos; lá na roça dá pancada em todo mundo. Aquilo sai ao pai. Se algum dia entrar na Câmara, creia que há de fazer um figurão, como o pai, e talvez mais. E olhe que acho tudo pouco para dar em terra com a tal Regência do Sr. Pedro de Araújo Lima...

— Lá vem o coronel com as suas idéias extravagantes, acudiu a velha baronesa abrindo a caixa de rapé, e oferecendo-me uma pitada, que recusei. Acha que o Araújo Lima vai mal? Preferia o seu amigo Feijó?

Raimundo replicou, ela treplicou, enquanto eu voltava a atenção para Sinhazinha, que, depois de ter acomodado a avó, fora sentar-se com as outras moças.

Sinhazinha era o oposto de Lalau. Maneiras pausadas, atitudes longamente quietas; não tinha nos olhos a mesma vida derramada que abrangia todas as cousas e recantos, como os olhos da outra.

Bonita era, e a elevação do talhe delgado dava-lhe um ar superior a todas as demais senhoras ali presentes, que eram medianas ou baixinhas, com exceção de Lalau, que ainda assim era menos alta que ela. Mas essa mesma superioridade era diminuída pela modéstia da pessoa, cujo acanhamento, se era natural, aperfeiçoara-se na roça. Não olhou para mim quando chegou, nem ainda depois de sentar-se. Usava as pálpebras caídas, ou, quando muito, levantava-as para fitar só a pessoa com quem ia falando. Como o pescoço era um tantinho alto demais, e a cabeça vivia erecta, aquele gesto podia parecer afetação. Os cabelos eram o encanto da avó, que dizia que a neta era a sua alemã, porque eles tendiam a ruivo; mas, além de ruivos, eram crespos, e, penteados e atados ao desdém, davam-lhe muita graça.

Gastei nesse exame não mais de dous a três minutos. Depois, indo a compará-la melhor com Lalau, vi que esta fazia igual exame sorrateiramente. Não era a primeira vez que a via, era a segunda ou terceira, desde que Sinhazinha perdera o pai e a mãe e viera do Rio Grande do Sul para a fazenda da avó; não a viu no ano anterior, quando ela ali esteve, e cuido que lhe achava alguma diferença para melhor.

— Reverendíssimo, vamos? disse-me o coronel, acabando de replicar à baronesa.

— Já, já. Onde está o parceiro?

— Havemos de achá-lo. Nhãtônia, ele terá saído?

D. Antônia respondeu negativamente. Estaria vendo as bestas, que vieram da roça, ou o cavalo que comprara na véspera. E descreveu o cavalo, a pedido do coronel, chegando-se ao mesmo tempo para o lado da Sinhazinha. Chegando a esta parou, pôs-lhe uma das mãos na cabeça, e com a outra levantou-lhe o queixo, para mirá-la de cima.

— Ai, Nhãtônia! disse a moça. Está me afogando.

D. Antônia fez-lhe uma careta de escárnio, inclinou-se e beijou-lhe a testa com tanta ternura, que me deu ciúmes pela outra. E sentou-se entre elas todas, e todas lhe fizeram grande festa. Raimundo calara-se para mirar a cena, porque ele queria muito às filhas, e gostava de vê-las acariciadas também. Nisto ouvimos passos na sala contígua, e daí a nada entrava na varanda o filho de D. Antônia.

— Ora, viva! bradou o coronel. Estávamos à espera de você para um solo.

— Vá, vá, acudiu a baronesa, levantando os olhos do livro. O coronel está ansioso por jogar, e é uma fortuna, porque veio da roça insuportável, e não me deixa ler... Então você comprou um cavalo?

Curtos eventos, palavras sem interesse, ou apenas curiosas que me não consolavam da interrupção a que era obrigado no cometimento voluntário que empreendera; mas naquele dia não foi essa a minha pior impressão. Fomos dali para a mesa da jogo, em uma sala que ficava do outro lado, ao pé da alcova do Félix. O coronel, contando os tentos, disse-nos que a baronesa estava com idéias de casar a neta, conquanto ainda não tivesse noivo; era uma idéia. Parece que sentia-se fraca, receava morrer sem vê-la casada; foi o que ele ouviu dizer aos Rosários de Iguaçu, que eram muito da intimidade dela, e até parentes. Depois, rindo para o Félix:

— Ali está um bom arranjo para você.

— Ora! rosnou o rapaz.

— Ora quê? retorquiu o coronel encarando-o, enquanto baralhava e dava as cartas. Repito que era um bom arranjo; eu acho-a bem bonita, acho-a mesmo (tape os ouvidos, Reverendíssimo!) acho-a um peixão. O pai educou-a muito bem; e depois duas fazendas, pode-se até dizer três, mas uma delas tem andado para trás. Duas grandes fazendas, com setecentas cabeças, ou mais; terra de primeira qualidade; muita prata... Não há outro herdeiro...

— Solo! interrompeu o moço.

Ambos passamos; ele jogou e perdeu. Não tinha jogo, foi um modo de interromper o discurso do parente. Mas o coronel era daqueles que não esquecem nada, e daí a pouco tornou ao assunto, para dizer que ele, apesar de achacado, se a moça quisesse, tomá-la-ia por esposa; e logo rejeitou a idéia. Não, não podia ser, estava um cangalho velho, não era mais quem dantes fora, no tempo do rei, e ainda depois. E vinha já uma aventura de 1815, quando o parente, em respeito a mim, disse-lhe que jogasse ou íamos embora...

Pela minha parte, estava aborrecido. A opinião do coronel, relativamente à conveniência de casar o parente com Sinhazinha, e as mostras de ternura de D. Antônia para com esta, fizeram-me crer que podia haver alguma cousa em esboço; mas, ainda que nada houvesse, Raimundo, expansivo como era, chegaria a insinuá-lo à parenta. Era uma solução. Ignoro se Félix também desconfiava a mesma cousa; é, todavia, certo que jogou distraído e calado, —durante alguns minutos, — o que fez com que o coronel nos dissesse de repente que estávamos no mundo da lua, que não viera da roça para ficar casmurro, e que, ou jogássemos ou ele ia às francesas da Rua do Ouvidor.

Ainda uma vez, Félix atalhou a imaginação libertina do tio. Para desviá-lo dali, falou de outros atrativos, de um prestidigitador célebre cujo nome enchia então a cidade, e que inteiramente me esqueceu, de bailes de máscaras e teatros. Contou-lhe o enredo dos dramas que andavam então em cena, e aludiu a certa farsa, que divertira muito o coronel, na última vez que viera da roça. Raimundo tinha a alma ingenuamente crédula para as ficções da poesia; ouvia-as como quem ouve a notícia de uma facada. Não era mau homem, e era excelente pai; disse logo que não perderia nada, e levaria ao teatro as suas candongas. Assim chamava às filhas.

Jogamos até perto da hora de jantar. Enquanto eles iam à cavalariça, ver os animais chegados, dirigi-me para a sala principal, onde achei D. Mafalda, a tia da Lalau, que vinha buscá-la para ir com ela às novenas da Glória; a moça voltaria depois da festa. Pareceu-me que Lalau ia obedecer constrangida; e, por outro lado, não ouvi nenhuma objeção da parte de D. Antônia. Só estavam as três; as hóspedes da roça tinham-se recolhido por alguns instantes. Raimundo e Félix entraram pouco depois, o primeiro convidando-me a ir passear com ele e o sobrinho, a cavalo.

— Mas, se eu não sei montar...

— Não diga isso! Então vamos nós dous, continuou voltando-se para o sobrinho. Vai Nhãtônia...

— Eu não.

— ... Vai Sinhazinha. Sinhazinha é cavaleira de truz.

Outra vez este nome! A gente como eu, quando receia alguma cousa, faz derivar ou afluir para ela os mais alheios incidentes e as mais casuais circunstâncias. Fui acreditando que o coronel era efetivamente um desbravador, e a temer que o Félix não resistisse por muito tempo à oferta de uma noiva distinta e graciosa, e da riqueza que viria com ela. Olhei para ele; vi-o falando com a tia de Lalau.

— Valeu? perguntou-lhe o coronel de longe.

— Hoje, não. Bem, amanhã, depois do almoço.

— A senhora não perde as novenas da Glória, disse Félix a Mafalda.

— É minha devoção antiga; e gosto de ir com Lalau, por causa da mãe, que também era muito devota de Nossa Senhora da Glória. Lembra-se, Nhãtônia? Mas deixe estar, no dia 16 estamos cá.

— Não, interrompeu Félix, venham jantar no dia da Glória; venham de manhã. Temos missa na capela, e que diferença há entre a missa cantada e a rezada? Não é, Reverendíssimo?

Fiz um gesto de assentimento. D. Antônia, porém, mordeu o lábio inferior, e não teve tempo de intervir, porque a tia da moça concordou logo em trazê-la no dia 15 de manhã. Lalau agradeceu-lhe com os olhos. Não obstante a disposição do moço, fiquei receoso. Ao jantar, acharam-me preocupado; respondi somente que eram remorsos de ter gasto o melhor do dia ao jogo, em vez de ficar ao trabalho, e anunciei a D. Antônia que, em breve tempo, teria concluído as pesquisas. Caindo a tarde, Lalau e a tia despediram-se, e eu ofereci-me para acompanhá-las. Não era preciso; D. Antônia mandara aprontar a sege.

— Nhãtônia quer dar-se sempre a esses incômodos, disse agradecendo Mafalda.

— Eu não, redargüiu D. Antônia rindo, as incomodadas são as bestas.

A sege, em vez de as tomar ao pé da porta que ficava por baixo da sala dos livros, veio recebê-las diante da varanda, onde nos achávamos todos. O constrangimento de Lalau era já manifesto. Se preteria a mãe a tudo, como me dissera uma vez, cuido que preferia D. Antônia e a Casa Velha à companhia da tia; acrescia agora a presença de hóspedes, a variedade de vida que eles traziam à Casa Velha; finalmente, pode ser também, sem afirmá-lo, que tivesse receios idênticos aos meus. Despediu-se penosamente. D. Antônia, embora lhe fosse adversa, é certo que ainda a amava, deu-lhe a mão a beijar, e, vendo-a ir, puxou-a para si, e beijou-a na cara uma e muitas vezes.

— Cuidado, nada de travessuras! disse-lhe.

Tia e sobrinha desceram os degraus da varanda, e quando eu ia ajudá-las a entrar na sege, atravessou-se-me o filho da dona da casa, que deu a mão a uma e outra, cheio de respeito e graça.

— Adeus, Nhãtônia! disse a moça metendo a cabeça entre as cortinas de couro da sege, e fechando-as, depois de dizer-me adeus com os olhos.

Eu, que estava no topo da escada, correspondi-lhe igualmente com os olhos, e voltei para as outras pessoas, enquanto a sege ia andando, e o moço subia os degraus.

— Nhãtônia, disse o coronel rindo, este seu filho dava para camarista do paço.

D. Antônia, escandalizada, tinha entre as sobrancelhas uma ruga, e olhou sombria para o filho. Quero crer que este incidente foi a gota que fez entornar do espírito de D. Antônia a singular determinação que vou dizer.

CAPÍTULO VII

Era na varanda, na manhã seguinte. Quando ali cheguei, dei com D. Antônia só, passeando de um para outro lado; a baronesa recolhera-se, e os outros tinham saído a cavalo, depois de alguma espera para que eu os visse; mas cheguei tarde; por que é que não fui mais cedo?

— Não pude; estive sabendo as más notícias que vieram do Sul.

— Sim? perguntou ela.

Contei-lhe o que havia, acerca da rebelião; mas os olhos dela, despidos de curiosidade, vagavam sem ver, e, logo que o percebi, parei subitamente. Ela, depois de alguma pausa:

— Ah! então os rebeldes...

Repetiu a palavra, murmurou outras, mas sem poder vinculá-las entre si, nem dar-lhes o calor que só o real interesse possui. Tinha outra rebelião em casa, e, para ela, a crise doméstica valia mais que a pública. É natural, pensei comigo; e tratei de ir aos meus papéis. Ao pedir-lhe licença, vi-a olhar para mim, calada, e reter-me pelo pulso.

— Já? disse finalmente.

— Vou ao trabalho.

D. Antônia hesitou um pouco; depois, resoluta:

— Ouça-me!

Respondi que estava às suas ordens, e esperei.

D. Antônia passou a mão pelos olhos, sacudiu a cabeça, e perguntou-me se não suspeitava alguma causa absoluta de impedimento entre o filho e Lalau.

— Causa absoluta?

— Sim, murmurou ela, a medo, baixando e erguendo os cílios, como envergonhada.

Confesso que a suspeita de que Lalau era filha dela acudiu-me ao espírito, mas varri-a logo por absurda; adverti que ela o diria antes à própria moça do que a nenhum homem, ainda que padre. Não, não era isso. Mas então o que era? Tive outra suspeita, e pedi-lhe que me dissesse, que me explicasse...

— Está explicado.

— Seu marido...?

D. Antônia fez um gesto afirmativo, e desviou os olhos. Tinha a cara que era um lacre. Quis ir para dentro, mas recuou, deu alguns passos até o fim da varanda, voltou, e foi sentar-se na cadeira que ficava mais perto, entre duas portas; apoiou os braços nos joelhos, a cabeça nas mãos, e deixou-se estar. Eu, espantado, não achava nada que dissesse, nada, cousa nenhuma; olhava para o ladrilho, à toa; e assim ficamos por um longo trato de tempo. Acordou-nos um moleque, vindo pedir uma chave à senhora, que lhe deu o molho delas, e ficou ainda sentada, mas sem pousar a cabeça nas mãos. A expressão do rosto não era propriamente de tristeza ou de resignação, mas de constrangimento, e pode ser também que de ansiedade; e não fiz logo esse reparo, mas depois, recapitulando as palavras e os gestos. Fosse como fosse, não me passou pela idéia que aquele impedimento moral e canônico podia ser um simples recurso de ocasião.

Caminhei para ela, estendi-lhe as mãos, ela deu-me as suas, e apertando-lhas, disse-lhe que não devia ter ajuntado à fatalidade do nascimento o favor das circunstâncias; não devia tê-los levado, pelo descuido, ao ponto em que estavam, para agora separá-los irremediavelmente. *D.* Antônia murmurou algumas palavras de explicação: — acanhamento, confiança, esperança, a idéia de casá-la com outro, a de mandar o filho à Europa... As mãos tremiam-lhe um pouco; e, talvez por tê-lo sentido, puxou-as e cruzou os braços.

— Bem, disse-lhe eu, agora é separá-los.

— Custa-me muito, porque eu gosto dela. Eduquei-a como filha.

— É urgente separá-los.

— Aqui é que Vossa Reverendíssima podia prestar-me um grande obséquio. Não me atrevo a fazer nada; não sei mesmo o que poderia fazer. Vossa Reverendíssima, que os estima, e creio que me estima também, é que acharia algum arranjo. Meu filho está resolvido a ir por diante; mas a sua intervenção... Posso contar com ela?

— Tem sido excessiva a minha intervenção. Vim receber um obséquio, e acho-me no meio de um drama. Era melhor que me tivesse limitado a recolher papéis...

— Não diga mais nada; acabou-se. Demais, um padre não se pode arrepender do benefício que tentou fazer. A intenção era generosa; mas o que lá vai, lá vai. Agora é dar-nos remédio. Será tão egoísta que me não ajude? Não tenho outra pessoa; o coronel é um estonteado... E depois, por mim só, não faço nada... Ajude-me.

D. Antônia falava baixinho, com medo de que nos ouvissem; chegou a levantar-se e ir espiar a uma das portas, que davam para a sala. Não julguei mal da precaução, que era natural; e, quando ela, voltando a mim, parou e interrogou-me de novo, respondi-lhe que precisava equilibrar-me primeiro; a revelação atordoara-me. Aqui desviou os olhos.

— Não é sangria desatada, acrescentei. Lalau está fora por alguns dias; pensarei lentamente. Que a ajude? Hei de ser obrigado a isso, agora que a situação mudou. Se não dei causa ao sentimento que os liga, é certo que o aprovei, e estava pronto a santificá-lo. A senhora foi muito imprudente.

— Confesso que fui.

— Vai agora desgraçá-los.

D. Antônia fez com a boca um gesto, que podia parecer meio sorriso, e era tão-somente expressão de incredulidade. Traduzido em palavras, quer dizer que não admitia que a separação dos dous pudesse trazer-lhes nenhum perpétuo infortúnio. Tendo casado por eleição e acordo dos pais, tendo visto casar assim todas as amigas e parentas, D. Antônia mal concebia que houvesse, ao pé deste costume, algum outro natural e anterior. Cuidava a princípio que a sua vontade bastava a compor as cousas; depois, não logrando mais que baralhá-las, cresceu-lhe naturalmente a irritação, e afinal criou medo; mas, supôs sempre que o efeito da separação não passaria de algumas lágrimas.

— Amanhã ou depois falaremos, disse-lhe.

Fui dali aos livros. Ao entrar na sala deles, parei diante do retrato do ex-ministro, e mirei por alguns instantes aquela boca, que me parecera lasciva, desde que a vi pela primeira vez. E disse comigo, olhando para ele:

— Estás morto. Gozaste e descansas; mas eis aqui os frutos podres da incontinência; e são teus próprios filhos que vão tragá-los.

Estava irritado, dava-me ímpeto de quebrar alguma cousa. Sentei-me, levantei-me, fui à janela e acabei passeando ao longo da sala, com os pensamentos dispersos e confusos. Os livros, arranjados nas estantes, olhavam para mim, e talvez comentavam a minha agitação com palavras de remoque, dizendo uns aos outros que eles eram a paz e a vida, e que eu padecia agora as conseqüências de os haver deixado, para entrar no conflito das cousas. Nem por sombras me acudiu que a revelação de D. Antônia podia não ser verdadeira, tão grave era a cousa e tão austera a pessoa. Não adverti sequer na minha cumplicidade. Em verdade, eu é que proferi as palavras que ela trazia na mente; se me tenho calado, chegaria ela a dizê-las? Pode ser que não; pode ser que lhe faltasse ânimo para mentir. Tocado de malícia, o coração dela achou na minha condescendência um apoio, e falou pelo silêncio. Assim vai a vida humana: um nada basta para complicar tudo.

Meia hora depois, ou mais,ouvi rumor do lado de fora, cavalos que chegavam lentamente: eram os passeadores. Fui à janela. Uma das filhas do coronel vinha na frente com o pai; a outra e Sinhazinha seguiam logo, com o rapaz entre elas. Félix falava a Sinhazinha, e esta ouvia-o olhando para ele, direitamente, sem biocos, como na varanda; era talvez o cavalo que restituía à rio-grandense a posse de si mesma e a franqueza das atitudes. Todo entregue a um acontecimento, subordinei a ele os outros, e concluí da familiaridade dos dous que bem podiam vir a amar-se. Sinhazinha escutava com atenção, cheia de riso, pescoço teso, segurando as rédeas na mão esquerda, e dando com a ponta do chicotinho, ao de leve, na cabeça do cavalo.

— Reverendíssimo, bradou parando embaixo da janela o coronel, os *farrapos* invadiram Santa Catarina, entraram na Laguna, e os legais fugiram. Eu, se fosse o governo, mandava fuzilar a todos estes para escarmento...

Já os pajens estavam ali, à porta, com bancos para as moças, apeiaram-se todos e subiram. Daí a alguns minutos Raimundo e Félix entravam-me pela sala, arrastando as esporas. Raimundo creio que ainda trazia o chicote; não me lembra. Lembra-me que disse ali mesmo, agarrando-me nos ombros, uma multidão de cousas duras contra Bento Gonçalves, e principalmente contra os ministros, que não prestavam para nada, e deviam sair. O melhor de tudo era logo aclamar o imperador. Dessem-lhe cinqüenta homens, — vinte e cinco que fossem, — e se ele em duas horas não pusesse o imperador no trono, e os ministros na rua, estava pronto a perder a vida e a alma. Uns lesmas! Tudo levantado, tudo sublevado, ao Norte e ao Sul... Agora parece que iam mandar tropas, e falava-se no General Andréa para comandá-las. Tudo remendos. Sangue novo é o que se precisava. Parola, muita parola.

Bufava o coronel; o sobrinho para aquietá-lo, metia alguma palavra, de quando em quando, mas era o mesmo que nada, se não foi pior. Irritado com as interrupções, bradou-lhe que, se o pai fosse vivo, as cousas andariam de outro modo.

— Aquele não era paz d'alma, disse o coronel apontando para o retrato. Fosse ele vivo! Não era militar, como sabe, — continuou olhando para mim, mas era homem às direitas. Veja-me bem aqueles olhos, e diga-me se ali não há vida e força de vontade...Um pouco velhacos, é certo, acrescentou galhofeiramente.

— Tio Raimundo! suplicou Félix.

— Velhacos, repito, não digo velhacos para tratantadas, mas para amores; era maroto com as mulheres, — prosseguiu rindo e esquecendo inteiramente a rebelião. Eu, quando Vossa Reverendíssima mudar de cara, e trouxer outra mais alegre, hei de contar-lhe algumas aventuras dele... Veja aqueles olhos! E não imagina como era gamenho, requebrado...

Félix saiu neste ponto; eu fui sentar-me à escrivaninha; o coronel não continuou o assunto, e foi despir-se. Não me procurou mais até à hora do jantar; naturalmente porque o sobrinho o impediu de vir perturbar-me na pesquisa dos papéis, como se eu tivesse papéis na cabeça. Marotos com as mulheres! Esta palavra retiniu ali por muito tempo. Maroto com as mulheres! Tudo se me afigurava claro e evidente.

CAPÍTULO VIII

Não podia hesitar muito. Deixei de ir três dias à Casa Velha; fui depois, e convidei o Félix a vir jantar comigo no dia seguinte. Jantamos cedo, e fomos dali ao Passeio Público, que ficava perto de minha casa. No Passeio, disse-lhe:

— Sabe que sou seu amigo?

— Sei, respondeu ele franzindo a testa.

— Não se aflija; o que lhe vou dizer é antes bem que mal. Sei que estima sua mãe; ela o merece, não só por ser mãe, como porque, se alguma cousa faz que parece contrariá-lo, não o faz senão em benefício seu e da verdade.

Félix tornou a franzir a testa.

— Adivinho que há alguma cousa difícil de dizer que me há de mortificar. Vamos, diga depressa.

— Digo já; ainda que me custe. E creia que me custa, mas é preciso: esqueça aquela moça. Não me olhe assim; imagina talvez que estou finalmente nas mãos de sua mãe.

— Imagino.

— Antes fosse isso, porque então o senhor não atenderia a um nem a outro, e casaria, se lhe conviesse.

— E por que não farei isso mesmo?

— Não pode ser; não pode casar, esqueça-a, esqueça-a de uma vez para sempre. Deus é que o não quer, Deus ou o diabo, porque a primeira ação é do diabo; mas esqueça-a inteiramente. Seu pai foi um grande culpado...

Aqui ele pediu-me, aflito, que lhe contasse tudo. Custou-me, mas revelei-lhe a confidência da mãe. A impressão foi profunda e dolorosa, mas o sentimento do pudor e da religião pôde serená-la depressa. Quis prolongar a conversação; ele não o quis, não podia, e achei natural que não pudesse; pouco falou, distraído ou absorto, e despediu-se dali a alguns minutos.

Não foi para casa, como soube depois; foi andar, andar muito, revolvendo na memória as duras palavras que lhe disse. Só entrou em casa depois de oito horas da noite, e recolheu-se ao quarto. A mãe estava aflita: pressentira a minha revelação, e receou alguma imprudência; provavelmente arrependeu-se de tudo. Certo é que, logo que soube da chegada do filho, foi ter com ele; Félix não lhe disse nada, mas a expressão do rosto mostrou a D. Antônia o estado da alma. Félix queixou-se de dor de cabeça, e ficou só.

Foi ele mesmo que me contou tudo isso, no dia seguinte, indo a minha casa. Agradeceu-me ainda uma vez, mas queixou-se do singular silêncio da mãe. Expliquei-lho, a meu modo; era natural que lhe custasse a revelação, e não a fizesse antes de tentar qualquer outro meio.

— Seja como for, estou curado,— disse ele. A noite fez-me bem. O sentimento que essa menina me inspirou converteu-se agora em outro, e creia que pela imaginação já me acostumei a chamá-la irmã; creia mais que acho nisto um sabor particular, talvez por ser filho único.

Apertei-lhe a mão, aprovando. Confesso que esperava menos pronta conformidade. Cuidei que tivesse de assistir a muito desespero, e até lágrimas. Tanto melhor. Ele, depois de alguns instantes, consultou-me se acharia prudente revelar tudo à moça; também eu já tinha pensado nisso, e não resolvera nada. Era difícil; mas não achava modo de não ser assim mesmo. Depois de algum exame, assentamos de não dizer nada, salvo em último caso.

Os dias que se seguiram foram naturalmente de constrangimento. Os hóspedes de D. Antônia notaram alguma cousa na família, que não era habitual; e a baronesa resolveu voltar para a fazenda, logo depois da festa da Glória. Sinhazinha é que não sei se reparou em alguma cousa; continuava a ter os mesmos modos do primeiro dia.

A idéia de casá-la com o filho de D. Antônia entrou a parecer-me natural, e até indispensável. Conversei com ela; vi que era inteligente, dócil e meiga, ainda que fria; assim parecia, ao menos. Casaria com ele, ou com outro, à vontade da avó. No dia 15, devia ir Lalau para a casa, e eu, que o sabia, lá não fui, apesar do convite especial que tivera para jantar. Não fui, não tive ânimo de ver o primeiro encontro da alegria expansiva e ruidosa da moça com a frieza e o afastamento do rapaz. Deixei de lá ir cinco dias; apareci a 20 de agosto.

CAPÍTULO IX

No dia 20 achei, com efeito, tudo mudado, Lalau, suspeitosa e triste, Félix retraído e seco. Este veio contar-me o que se passara, e acabou dizendo que o estado moral da menina pedia a minha intervenção. Pela sua parte não queria mudar de maneiras com ela, para não entreter um sentimento condenado; não ousava também darlhe notícia da situação nova. Mas eu podia fazê-lo, sem constrangimento, e com vantagem para todos.

— Não sei, disse eu depois de alguns instantes de reflexão; não sei... Sua mãe?

— Mamãe está perfeitamente bem com ela; parece até que a trata com muito mais ternura. Não lhe dizia eu? Mamãe é muito amiga dela.

— Não lhe terá dito nada?

— Creio que não.

E depois de algum silêncio:

— Nem lho diria ela mesma. Há confissões difíceis de fazer a outros, e impossíveis a ela; digo fazê-las diretamente à pessoa interessada. Vamos lá; tire-nos desta situação duvidosa.

— Bem; verei. Não afirmo nada; verei.

Estávamos na sala dos livros; Lalau apareceu à porta. Parou alguns instantes, depois veio afoutamente a mim, expansiva e ruidosa, mas de propósito, por pirraça; tanto que não me falava com a atenção em mim, mas dispersa, e olhando de modo que pudesse apanhar os gestos do rapaz. Este não dizia nada, olhava para os livros.

Lalau perguntou-me o que era feito de mim, por onde tinha andado, se era ingrato para ela, se a esquecia; afirmando que também estava disposta a esquecer-me, e já tinha um padre em vista, um cônego, tabaquento, muito feio, cabeça grande. Tudo isso era dito por modo que me doía, e devia doer a ele também; certo é que ele não se demorou muito na sala; foi até a janela, por alguns instantes; depois disse-me que ia ver os cavalos e saiu.

Lalau não pôde mais conter-se; logo que ele saiu, deixou-se cair numa cadeira, ao canto da sala, e rompeu em lágrimas. A explosão atordoou-me, corri para ela, peguei-lhe nas mãos, ela pegou nas minhas, disse que era desgraçada, que ninguém mais lhe queria, que tinha padecido muito naquele dia, muito, muito... Nunca falamos do sentimento que a acabrunhava agora; mas não foi preciso começar por nenhuma confissão.

— Não compreendo nada, dizia ela; sei só que sofro, que choro, e que me vou embora. Por quê? Sabe que há?

Não lhe dei resposta.

— Ninguém sabe nada, naturalmente, continuou ela. Quem sabe tudo já lá vai caminhando para a roça. Devia ser assim mesmo; eu não valho nada, não sou nada, não tenho avó baronesa, sou uma agregadazinha... Mas então por que enganar-me tanto tempo? Para caçoar comigo?

E chorava outra vez, por mais que eu defronte dela, em pé, lhe dissesse que não fizesse barulho, que podiam ouvir; ela, porém, durante alguns minutos não atendia a nada. Quando cansou de chorar, e enxugou os olhos, estava realmente digna de lástima. A expressão agora era só de dor e de abatimento; desaparecera a indignação da moça obscura que se vê preterida por outra de melhor posição. Sentei-me ao lado dela, disse-lhe que era preciso ter paciência, que os desgostos eram a parte principal da vida; os prazeres eram a exceção; disse-lhe tudo o que a religião lhe poderia lembrar para obter que se resignasse. Lalau ouvia com os olhos parados, ou olhando vagamente; às vezes interrompia com um sorriso. Urgia contar-lhe tudo; mas aqui confesso que não achava palavras. Era grave a notícia; o efeito devia ser violento, porque, conquanto ela cuidasse estar abandonada por outra, a esperança lá se aninharia nalgum recanto do coração, e nada está perdido enquanto o coração espera alguma cousa. Mas a notícia da filiação era decisiva.

Não sabendo como dizê-lo, prossegui na minha exortação vaga. Ela, que a princípio ouvia sem interesse, olhou de repente para mim, e perguntou-me se realmente estava tudo perdido. Vendo que lhe não dizia nada:

— Diga, por esmola, diga tudo.

— Vamos lá, sossegue...

— Não sossego, diga.

— Enquanto não sossegar não digo nada. Escute, Deus escreve direito por linhas tortas. Quem sabe o que estaria no futuro?

— Não entendo; diga.

Em verdade, não se podia ser menos hábil, ou mais atado que eu.

Não ousava dizer a cousa, e não fazia mais que aguçar o desejo de a ouvir. Lalau instou ainda comigo, pegou-me nas mãos, beijou-mas, e esse gesto fez-me mal, muito mal. Ergui-me, dei dous passos, e voltei dizendo que, não agora, por estar tão fora de si, mas depois lhe contaria tudo, tudo, que era uma cousa grave...

— Grave? Diga-me já, já.

E pegou-se a mim, que lhe dissesse tudo, jurava não contar nada a ninguém, se era preciso guardar segredo; mas não queria ignorar o que era. Não me dava tempo; se eu abria a boca para adiar, interrompia-me que não, que havia de ser logo, logo; e falava-me em nome de Deus, de Nossa Senhora, e perguntava-me se era assim que dizia ser padre.

— Promete ouvir-me quieta?

— Prometo, disse ela depressa, ansiosa, pendendo-me dos olhos.

— É bem grave o que lhe vou dizer.

— Mas diga.

Peguei-lhe na mão, e levei-a para defronte do retrato do finado conselheiro. Era teatral o gesto, mas tinha a vantagem de me poupar palavras; disse-lhe simplesmente que ali estava alguém que não queria: o pai de ambos. Lalau empalideceu, fechou os olhos e ia a cair; pude sustê-la a tempo.

Lalau tinha o sentimento das situações graves. Aquela era excepcional. Não me disse nada, depois da minha revelação, não me fez pergunta nenhuma; apertou-me a mão e saiu.

Dous dias depois foi para casa da tia, a pretexto de não sei que negócio de família, mas realmente era uma separação. Fui ali vê-la; achei-a abatida. A tia falou-me em particular; perguntou-me se houvera alguma cousa em casa de D. Antônia; a sobrinha, interrogada por ela, respondera que não; quis ir à Casa Velha, mas foi a própria sobrinha que a dissuadiu, ou antes que lhe impôs que não fosse.

— Não houve nada, foi a sua última palavra. O que há é que, é tempo de viver em nossa casa, e não na casa dos outros. Estou moça, preciso de cuidar da minha vida.

D. Mafalda não achava própria esta razão. A sobrinha era tão amiga da Casa Velha, e a família de D. Antônia queria-lhe tanto, que não se podia explicar daquele modo uma retirada tão repentina. Nunca lhe ouvira o menor projeto a tal respeito. Acresce que, desde que viera, andava triste, muito triste...

Todas essas reflexões eram justas; entretanto, para que ela não chegasse a ir à Casa Velha, disse-lhe que a razão dada por Lalau, se não era sincera, era em todo caso boa. Pensava muito bem querendo vir para casa; eram pobres; ela devia acostumar-se à vida pobre, e não à outra, que era abundante e larga, e podia criar-lhe hábitos perigosos.

Nada lhe disse a ela mesma, nem era possível; falamos juntos os três na sala de visitas, que era também a de trabalho. Lalau procurou disfarçar a tristeza, mas a indiferença aparente não chegou a persuadir-me; concluí que o amor lhe ficara no coração, a despeito do vínculo de sangue, e tive horror à natureza. Não foi só a natureza. Continuei a aborrecer a memória do homem, causa de tal situação e de tais dores.

Na Casa Velha fui igualmente discreto. D. Antônia não me perguntou o que se passara com elas, nem com o filho, e pela minha parte não lhe disse nada. O que ela me confiou, dias depois, é que a viagem de Félix à Europa era já desnecessária; cuidava agora de casá-lo; falou-me claramente nos seus projetos relativos a Sinhazinha. Parecera-lhe a escolha excelente; eu inclinei-me, aprovando.

Passaram-se muitos dias. O meu trabalho estava no fim. Tinha visto e revisto muitos papéis, e tomara muitas notas. O coronel voltou à Corte no meado de setembro; vinha tratar de umas escrituras. Notou a diferença da casa, onde faltava a alegria da moça, e sobrava a tristeza ou alguma cousa análoga do sobrinho. Não lhe disse nada; parece que D. Antônia também não.

Félix passava uma parte do dia comigo, sempre que eu ali ia; falava-me de alguns planos relativamente a indústrias, ou mesmo a lavoura, não me lembra bem; provavelmente, era tudo misturado, nada havia nele ainda definido; lembremo-nos que já andara com idéias de ser deputado. O que ele queria agora era fazer alguma cousa que o aturdisse, que lhe tirasse a dor do recente desastre. Neste sentido, aprovava-lhe tudo.

Pareceu-me que o tempo ia fazendo algum efeito em ambos. Lalau não ria ainda, nem tinha a mesma conversação de outrora; começava a apaziguar-se. Ia ali muita vez, às tardes; ela agradecia-me evidentemente a fineza. Não só tinha afeição, como achava na minha pessoa um pedaço das outras afeições, da outra casa e do outro tempo. Demais, era-me grata, posto que o destino me tivesse feito portador de más novas, e destruidor de suas mais íntimas esperanças.

A idéia de casá-la entrou desde logo no meu espírito; e nesse sentido falei à tia, que aprovou tudo, sem adiantar mais nada. Não conhecia o Vitorino, filho do segeiro, e perguntei-lhe que tal seria para marido.

— Muito bom, disse-me ela. Rapaz sério, e tem alguma cousa por morte do pai.

— Tem alguma educação?

— Tem. O pai até queria fazê-lo doutor, mas o rapaz é que não quis; disse que se contentava com outra cousa; parece que está escrevente de cartório... escrevente não sei como se diz... mentado... paramentado...

— Juramentado.

— Isso mesmo.

— Bem, se puder falar com ela... sem dizer tudo... assim a modo de indagação...

— Verei; deixe estar.

Dias depois, D. Mafalda deu-me conta da incumbência: a sobrinha nem queria ouvir falar em casar. Achava o Vitorino muito bom noivo, mas o seu desejo era ficar solteira, trabalhar em costura, para ajudar a tia e não depender de ninguém; mas casar nunca.

Esta conversa trouxe-me a idéia de ponderar a D. Antônia que, uma vez que Lalau era filha de seu marido, ficava-lhe bem fazer uma pequena doação que a resguardava da miséria. D. Antônia aceitou a lembrança sem hesitar. Estava tão contente com o resultado obtido, que podia fazê-lo. Confessou-me, porém, que o melhor de tudo seria, feita a doação, passados os tempos, e casado o filho, voltar a menina para a Casa Velha. Tinha grandes saudades dela; não podia viver muito tempo sem a sua companhia. Repeti a última parte a Lalau que a escutou comovida. Creio até que ia a brotar-lhe uma lágrima; mas reprimiu-a depressa, e falou de outra cousa.

Era uma terça-feira. Na quarta, devia eu ultimar os meus trabalhos na Casa Velha, e restituir os papéis, quando fiz um achado que transtornou tudo.

CAPÍTULO X

Estava recolhendo tudo, quando dei por falta de uma nota tomada naquele dia; não era fácil reproduzir a nota, pois não a havia tirado de uma só página nem de um só livro, mas de muitos livros diferentes. O caso aborreceu-me; procurei o papel atabalhoadamente; depois recomecei com cuidado. Abria os livros com que trabalhara nesse dia, um por um, mas não achava nada. Vim achar a nota, depois, ao pé da grade da janela, prestes a cair.

Entre os livros que folheei, procurando, achava-se um relatório, manuscrito, que eu lera apenas em parte, não o tendo feito na que continha tão-somente a transcrição de documentos públicos. Pesando no livro pela lombada, e agitando-o para fazer cair a nota, se ali estivesse, vi que efetivamente caía um papelinho.

Vinha dobrado, e vi logo que era por letra do ex-ministro. Podia ser alguma cousa interessante, para os meus fins. Era um trecho de bilhete a alguma mulher, cujo nome não estava ali, e referia-se a uma criança, com palavras de tristeza. Podiam ser outros amores; podiam ser os próprios amores da mãe de Lalau. Hesitei em guardar o papel, e cheguei a pô-lo dentro das folhas do relatório; mas tornei a tirá-lo, e guardei-o comigo.

Reli-o em casa; dizia esse trecho do bilhete, que provavelmente nunca foi acabado nem remetido:

> Tenha confiança em mim, e ouça o que lhe digo. Não faça barulho, sossegue e não fale sempre no meu nome. Venha cá o menos que puder; e não pense mais no anjinho. Deus é bom.

Não achava nada que me explicasse cousa nenhuma; mas insisti em guardá-lo. De noite pensei que o bilhete podia relacionar-se com a família da Lalau; e, como nunca tivesse dito à tia desta o motivo que a separara da Casa Velha, resolvi pedir-lhe uma conferência, e contá-lo.

Pedi-lhe a conferência no dia seguinte, e obtive-a no outro, muito cedo, enquanto Lalau dormia. Não hesitei em ir logo ao fim. Contei-lhe tudo, menos o amor da sobrinha e do filho de D. Antônia, que ela, aliás, fingia ignorar. D. Mafalda ouviu-me pasmada, curiosa, querendo por fim que lhe dissesse se D. Antônia ficara irritada com a descoberta.

— Não, perdoou tudo.

— Então por que houve logo esta separação?

Hesitei na resposta.

— Entendo, disse ela, entendo.

Vi que sabia tudo; mas não se consternou por isso. Ao contrário, disse-me alegremente que, se não era mais que essa a causa da separação, tudo estava remediado.

— Conto-lhe tudo, disse-me ela no fim de alguns instantes. Não diria nada em outras circunstâncias, nem sei mesmo se diria alguma cousa a outra pessoa.

D. Mafalda confirmou os amores da cunhada; mas o ex-ministro via-a pela primeira vez, quando eles vieram da roça, tinha Lalau três meses. Não era absolutamente o pai da menina. Compreende-se o meu alvoroço; pedi-lhe todas as circunstâncias de que se lembrasse, e ela referiu-as todas, e todas eram a confirmação da notícia que acabava de dar; datas, pessoas, acidentes, nada discordava da mesma versão. Ela própria apelou para os apontamentos da freguesia onde nascera a menina, e para as pessoas do lugar, que me diriam isto mesmo. Pela minha parte, não queria outra cousa, senão o desaparecimento do obstáculo e a felicidade das duas criaturas. De repente, lembrou-me do trecho do bilhete que tinha comigo, e disse-lhe que, em todo caso, mal se podia explicar a crença em que estava D. Antônia; havia por força uma criança.

— Houve uma criança, interrompeu-me D. Mafalda; mas essa morreu com poucos meses.

Tinha o bilhete na algibeira, tirei-o e reli-o; estas palavras confirmavam a versão da morte: "não pense mais no anjinho..."

D. Mafalda contou-me então a circunstância do nascimento da criança, que viveu apenas quatro meses; depois, referiu-me a longa história da paixão da cunhada, que ela descobriu um dia, e que a própria cunhada lhe confiou mais tarde, em ocasião de desespero.

Tudo parecia-lhe claro e definitivo; restava agora repor as cousas no estado anterior. Mas, ao pensar nisso, adverti que, transmitida esta versão a D. Antônia, ouviria as razões que ela teria para a sua, e combiná-las-ia todas. Fui à Casa Velha, e pedi a D. Antônia que me desse também uma conferência particular. Desconfiada, respondeu que sim, e foi na sala dos livros, enquanto Félix estava fora, que lhe contei o que acabava de saber.

D. Antônia escutou-me a princípio curiosa, depois ansiosa, e afinal atordoada e prostrada. Não compreendi esse efeito; acabei, disse-lhe que a Providência se encarregara de levar o fruto do pecado, e nada impedia que o casamento do filho com a moça o fizesse esquecer a todos. Mas D. Antônia, agitada, não podia responder seguidamente. Não entendendo esse estado, pedi que mo explicasse.

D. Antônia negou-me tudo a princípio, mas acabou confessando o que ninguém poderia então supor. Ela ignorava os amores do marido; inventara a filiação de Lalau, com o único fim de obstar ao casamento. Confessou tudo, francamente, alvoroçada, sem saber de si. Creio que, se repousasse por algumas horas, não me diria nada; mas apanhada de supetão, não duvidou expor os seus atos e motivos. A razão é que o golpe recebido fora profundo. Vivera na fé do amor conjugal; adorava a memória do marido, como se pode fazer a uma santa de devoção íntima. Tinha dele as maiores provas de constante fidelidade. Viúva, mãe de um homem, vivia da felicidade extinta e sobrevivente, respeitando morto o mesmo homem que amara vivo. E vai agora uma circunstância fortuita mostra-lhe que, inventando, acertara por outro modo, e que o que ela considerava puro na terra trouxera em si uma impureza.

Logo que a primeira comoção passou, D. Antônia disse-me com muita dignidade que o passado estava passado, que se arrependia da invenção, mas enfim estava meia punida. Era preciso que o castigo fosse inteiro; e a outra parte dele não era mais que unir os dous em casamento. Opôs-se por soberba; agora, por humildade, consentia em tudo.

D. Antônia, dizendo isto, forcejava por não chorar, mas a voz trêmula indicava que as lágrimas não tardavam a vir; lágrimas de vencida, duas vezes vencida, — no orgulho e no amor. Consolei-a, e pedi-lhe perdão.

— De quê? perguntou ela.

— Do que fiz. Creia que sinto o papel desastrado que o destino me confiou em tudo isto. Agora mesmo, quando vinha alegre, supondo consertar todas as cousas, conserto-as com lágrimas.

— Não há lágrimas, disse D. Antônia esfregando os olhos.

Daí a nada estava tranqüila, e pedia-me que acabasse tudo. Não podia mais tolerar a situação que ela mesma criara; tinha pressa de afogar na afeição sobrevivente algumas tristezas novas. Instou comigo para que fosse ter com a moça naquele mesmo dia, ou no outro, e que a trouxesse para a Casa Velha, mas depois de saber tudo; pedia também que me incumbisse de retificar a revelação feita ao filho. Ela, pela sua parte, não podia entrar em tais minúcias; eram-lhe penosas e indecentes. Esta palavra fez-me, creio eu, empalidecer; ela apressou-se em explicá-la; não me encarregava de cousa indigna, mas pouco ajustada entre um filho e sua mãe. Era só por isso.

Aceitei a explicação e a incumbência. Não me demorei muito em pôr o filho na confidência da verdade, contando-lhe os últimos incidentes, e a face nova da situação. Félix ouviu-me alvoroçado; não queria crer, inquiria uma e muitas vezes se a verdade era realmente esta ou outra, se a tia da moça não se enganara, se a nota achada. . . Mas eu interrompi-o confirmando tudo.

— E mamãe?

— Sua mãe?

— Naturalmente, já sabe...

Hesitei em dizer-lhe tudo o que se passara entre mim e ela; era revelar-lhe a invenção da mãe, sem necessidade. Respondi-lhe que sabia tudo, porque mo dissera, que estava enganada, e estimara o desengano.

Tudo parecia caminhar para a luz, para o esquecimento, e para o amor. Após tantos desastres que este negócio me trouxera, ia enfim compor a situação, e tinha pressa de o fazer e de os deixar felizes. Restava Lalau; fui lá ter no dia seguinte.

Lalau notou a minha alegria; eu, sem saber por onde começasse, disse-lhe que efetivamente tinha uma boa notícia. Que notícia? Contei-lha com as palavras idôneas e castas que a situação exigia. Acabei, referi o que se passara com D. Antônia, o pedido desta, a esperança de todos. Ela ouviu ansiosa, — a princípio, aflita, — e no fim, quando soube a verdade retificada, deixou cair os olhos e não me respondeu.

— Vamos, senhora, disse-lhe; o passado está passado.

Lalau não se moveu. Como eu instasse, abanou a cabeça; instando mais, respondeu que não, que nada estava alterado, a situação era a mesma. Espantado da resposta, pedi-lhe que ma explicasse; ela pegou da minha mão, e disse-me que não a obrigasse a falar de cousas que lhe doíam.

— Que lhe doem?

— Falemos de outra cousa.

Confesso que fiquei exasperado; levantei-me, mostrei-me aborrecido e ofendido. Ela veio a mim, vivamente, pediu-me desculpa de tudo. Não tinha intenção de ofensa, não podia tê-la; só podia agradecer tudo o que fizera por ela. Sabia que a estimava muito.

— Mas não compreendo...

— Compreende, se quiser.

— Venha explicar-se com a sua velha amiga; ela lhe dirá que estimou muito não ser verdadeira a sua primeira suposição.

— Para ela, creio.

— E para todos.

— Para mim, não. Seja como for, não poderia casar-me com o filho do mesmo homem que envergonhou minha família... Perdão; não falemos nisto.

Olhei assombrado para ela.

— Essa palavra é de orgulho, disse-lhe no fim de alguns instantes.

— Orgulho, não; eu não sei que cousa é orgulho. Sei que nunca estimei tanto a ninguém como a minha mãe. Não lhe disse isso mesmo uma vez? Gostava muito de mamãe; era para mim na terra como Nossa Senhora no céu. E esta santa tão boa como a outra, esta santa é que... Não; perdoe-me. Orgulho? Não é orgulho; é vergonha; creia que estou muito envergonhada. Sei que era estimada na Casa Velha; e seria ali feliz, se pudesse sê-lo; mas não posso, não posso.

— Reflita um pouco.

— Está refletido.

— Reflita ainda uma noite ou duas; virei amanhã ou depois. Repare que a sua obstinação pode exprimir, relativamente à memória de sua mãe, uma censura ou uma afronta...

Lalau interrompeu-me; não censurava a mãe; amava-a tanto ou mais que dantes. E concluiu dizendo que, por favor, não falássemos mais de tal assunto. Respondi-lhe que ainda lhe falaria uma vez única; pedi-lhe que refletisse. Contei tudo a D. Mafalda, e disse-lhe que na minha ausência, trabalhasse no mesmo sentido que eu.

— Tudo deve voltar ao que era; eles gostam muito um do outro; D. Antônia estima-a como filha; o passado é passado. Cuidemos agora do presente e do futuro.

Lalau não cedeu nada à tia, nem a mim. Não cedeu nada ao filho de D. Antônia, que a foi visitar, e a quem não pôde ver sem comoção, e grande; mas resistiu. Afinal, oito dias depois, D. Antônia mandou aprontar a sege, e foi buscá-la.

— Uma vez aqui, verá que arranjamos tudo, disse-lhe ela.

Entrava já no espírito de D. Antônia um pouco de amor-próprio ofendido com a recusa. Lalau parece que a princípio não a quis acompanhar; nunca soube nem deste ponto, mas é natural que fosse assim. Consentiu, finalmente, e foi por um só dia; jantou lá e voltou às ave-marias.

Voltei à casa delas, e instei novamente, ou só com ela, ou com a tia; ela mantinha-se no mesmo pé, e, para o fim, com alguma impaciência. Um dia recebi recado de D. Mafalda; corri a ver o que era, disse-me que o filho do segeiro, Vitorino, fora pedi-la em casamento, e que a moça, consultada, respondeu que sim. Soube depois que ela mesma o incitara a fazê-lo. Compreendi que tudo estava acabado.

Félix padeceu muito com esta notícia; mas nada há eterno neste mundo, e ele próprio acabou casando com Sinhazinha. Se ele e Lalau foram felizes, não sei; mas foram honestos, e basta.

SÓ!

[GN. 6 jan. 1885.]

Alonguei-me fugindo, e morei na soledade.
Salm. LIV, 8.

Bonifácio, depois de fechar a porta, guardou a chave, atravessou o jardim e meteu-se em casa. Estava só, finalmente só. A frente da casa dava para uma rua pouco freqüentada e quase sem moradores. A um dos lados da chácara corria outra rua. Creio que tudo isso era para os lados de Andaraí.

Um grande escritor, Edgard Poe, relata, em um de seus admiráveis contos, a corrida noturna de um desconhecido pelas ruas de Londres, à medida que se despovoam, com o visível intento de nunca ficar só. "Esse homem, conclui ele, é o tipo e o gênio do crime profundo; é o homem das multidões." Bonifácio não era capaz de crimes, nem ia agora atrás de lugares povoados, tanto que vinha recolher-se a uma casa vazia. Posto que os seus quarenta e cinco anos não fossem tais que tornassem inverossímil uma fantasia de mulher, não era amor que o trazia à reclusão. Vamos à verdade: ele queria descansar da companhia dos outros. Quem lhe meteu isso na cabeça, — sem o querer nem saber, — foi um esquisitão desse tempo, dizem que filósofo, um tal Tobias que morava para os lados do Jardim Botânico. Filósofo ou não, era homem de cara seca e comprida, nariz grande e óculos de tartaruga. Paulista de nascimento, estudara em Coimbra, no tempo do rei e vivera muitos anos na Europa, gastando o que possuía, até que, não tendo mais que alguns restos, arrepiou carreira. Veio para o Rio de Janeiro, com o plano de passar a S. Paulo; mas foi ficando e aqui morreu. Costumava ele desaparecer da cidade durante um ou dous meses; metia-se em casa, com o único preto que possuía, e a quem dava ordem de lhe não dizer nada. Esta circunstância fê-lo crer maluco, e tal era a opinião entre os rapazes; não faltava, porém, quem lhe atribuísse grande instrução e rara inteligência, ambas inutilizadas por um cepticismo sem remédio. Bonifácio um dos seus poucos familiares, perguntou-lhe um dia que prazer achava naquelas reclusões tão longas e absolutas; Tobias respondeu, que era o maior regalo do mundo.

— Mas, sozinho! tanto tempo assim, metido entre quatro paredes, sem ninguém!

— Sem ninguém, não.

— Ora, um escravo, que nem sequer lhe pode tomar a bênção!

— Não, senhor. Trago um certo número de idéias; e, logo que fico só, divirto-me em conversar com elas. Algumas vêm já grávidas de outras, e dão à luz cinco, dez, vinte e todo esse povo salta, brinca, desce, sobe, às vezes lutam umas com outras, ferem-se e algumas morrem; e quando dou acordo de mim, lá se vão muitas semanas.

Foi pouco depois dessa conversação que vagou uma casa de Bonifácio. Ele, que andava aborrecido e cansado da vida social, quis imitar o velho Tobias; disse em casa, na loja do Bernardo e a alguns amigos, que ia estar uns dias em Iguaçu, e recolheu-se a Andaraí. Uma vez que a variedade enfarava, era possível achar sabor na monotonia. Viver só, duas semanas inteiras, no mesmo espaço, com as mesmas cousas, sem andar de casa em casa e de rua em rua, não seria um deleite novo e raro? Em verdade, pouca gente gostará da música monótona; Bonaparte, entretanto, lambia-se por ela, e sacava dali uma teoria curiosa, a saber, que as impressões que se repetem são as únicas que verdadeiramente se apossam de nós. Na chácara de Andaraí a impressão era uma e única.

Vimo-lo entrar. Vamos vê-lo percorrer tudo, salas e alcovas, jardim e chácara. A primeira impressão dele, quando ali se achou, espécie de Robinson, foi um pouco estranha, mas agradável. Em todo o resto da tarde não foi mais que proprietário; examinou tudo, com paciência e minuciosidade, paredes, tectos, portas, vidraças, árvores, o tanque, a cerca de espinhos. Notou que os degraus que iam da cozinha para a chácara, estavam lascados, aparecendo o tijolo. O fogão tinha grandes estragos. Das janelas da cozinha, que eram duas, só uma fechava bem; a outra era atada com um pedaço de corda. Buracos de rato, rasgões no papel da parede, pregos deixados, golpes de canivete no peitoril de algumas janelas, tudo descobriu, e contra tudo tempestuou com uma certa cólera postiça e eficaz na ocasião.

A tarde passou depressa. Só reparou bem que estava só, quando lhe entraram em casa as ave-marias, com o seu ar de viúvas recentes; foi a primeira vez na vida que ele sentiu a melancolia de tais hóspedes. Essa hora eloqüente e profunda, que ninguém mais cantará como o divino Dante, ele só a conhecia pelo gás do jantar, pelo aspecto das viandas, ao tinir dos pratos, ao reluzir dos copos, ao burburinho da conversação, se jantava com outras pessoas, ou pensando nelas, se jantava só. Era a primeira vez que lhe sentia o prestígio, e não há dúvida que ficou acabrunhado. Correu a acender luzes e cuidou de jantar.

Jantou menos mal, ainda que sem sopa; tomou café, preparado por ele mesmo, na máquina que levara, e encheu o resto da noite como pôde. As 8 horas, indo dar corda ao relógio, resolveu deixá-lo parar, a fim de tornar mais completa a solidão; leu algumas páginas de uma novela, bocejou, fumou e dormiu.

De manhã, ao voltar do tanque e tomado o café, procurou os jornais do dia, e só então advertiu que, de propósito, os não mandara vir. Estava tão acostumado a lê-los, entre o café e o almoço, que não pôde achar compensação em nada.

— Pateta! exclamou. Que tinha que os jornais viessem?

Para matar o tempo, foi abrir e examinar as gavetas da mesa, uma velha mesa, que lhe não servia há muito, e estava ao canto do gabinete, na outra casa. Achou bilhetes de amigos, notas, flores, cartas de jogar, pedaços de barbante, de lacre, penas, contas antigas, etc. Releu os bilhetes e as notas. Algumas destas falavam de cousas e pessoas dispersas ou extintas: "Lembrar ao cabeleireiro para ir à casa de D. Amélia". — "Comprar um cavalinho de pau para o filho do Vasconcelos". — "Cumprimentar o Ministro da Marinha". "Não esquecer de copiar as charadas que D. Antônia me pediu". "Ver o número da casa dos suspensórios". — "Pedir ao secretário da Câmara um bilhete de tribuna para o dia da interpelação". E assim outras, algumas tão concisas, que ele mesmo não chegava a entender, como estas, por exemplo: — "Soares, prendas, a cavalo". — "Ouro e pé de mesa".

No fundo da gaveta, deu com uma caixinha de tartaruga, e dentro um molhozinho de cabelos, e este papel: "Cortados ontem, 5 de novembro, de manhã", Bonifácio estremeceu...

— Carlota! exclamou.

Compreende-se a comoção. As outras notas eram pedaços da vida social. Solteiro, e sem parentes, Bonifácio fez da sociedade uma família. Contava numerosas relações, e não poucas íntimas. Vivia da convivência, era o elemento obrigado de todas as funções, parceiro infalível, confidente discreto e cordial servidor, principalmente de senhoras. Nas confidências, como era pacífico e sem opinião, adotava os sentimentos de cada um, e tratava sinceramente de os combinar, de restaurar os edifícios que, ou o tempo, ou as tempestades da vida, iam gastando. Foi uma dessas confidências, que o levou ao amor expresso naquele molhozinho de cabelos, cortados ontem, 5 de novembro; e esse amor foi a grande data memorável da vida dele.

— Carlota! repetiu ainda.

Reclinado na cadeira, contemplava os cabelos, como se fossem a própria pessoa; releu o bilhete, depois fechou os olhos, para recordar melhor. Pode-se dizer que ficou um pouco triste, mas de uma tristeza que a fatuidade tingia de alguns tons alegres. Reviveu o amor e a carruagem, — a carrugem dela, — os ombros soberbos e as jóias magníficas, — os dedos e os anéis, a ternura da amada e a admiração pública...

— Carlota!

Nem almoçando, perdeu a preocupação. E, contudo, o almoço era o melhor que se podia desejar em tais circunstâncias, mormente se contarmos o excelente Borgonha que o acompanhou, presente de um diplomata; mas nem assim.

Fenômeno interessante: — almoçado, e acendendo um charuto, Bonifácio pensou na boa fortuna, que seria, se ela lhe aparecesse, ainda agora, a despeito dos quarenta e quatro anos. Podia ser; morava para os lados da Tijuca. Uma vez que isto lhe pareceu possível, Bonifácio abriu as janelas todas da frente e desceu à chácara, para ir até à cerca que dava para a outra rua. Tinha esse gênero de imaginação que a esperança dá a todos os homens; figurou na cabeça a passagem de Carlota, a entrada, o assombro e o reconhecimento. Supôs até que lhe ouvia a voz; mas era o que lhe acontecia desde manhã, a respeito de outras. De quando em quando, chegavam-lhe ao ouvido uns retalhos de frases:

— Mas, Sr. Bonifácio...

— Jogue; a vaza é minha...

— Jantou com o desembargador?

Eram ecos da memória. A voz da dona dos cabelos era também um eco. A diferença é que esta lhe pareceu mais perto, e ele cuidou que, realmente, ia ver a pessoa. Chegou a crer que o fato extraordinário da reclusão se prendesse ao encontro com a dama, único modo de a explicar. Como? Segredo do destino. Pela cerca, espiou disfarçadamente para a rua, como se quisesse embaçar a si mesmo, e não viu nem ouviu nada mais que uns cinco ou seis cães que perseguiam a outro, latindo em coro. Começou a chuviscar; apertando a chuva, correu a meter-se em casa; entrando, ouviu distintamente dizer:

— Meu bem!

Estremeceu; mas era ilusão. Chegou à janela, para ver a chuva, e lembrou-se que um de seus prazeres, em tais ocasiões, era estar à porta do Bernardo ou do Farâni, vendo passar a gente, uns para baixo, outros para cima, numa contradança de guardas-chuva... A impressão do silêncio, principalmente, afligia mais que a da solidão. Ouvia alguns pios de passarinho, cigarras, — às vezes um rodar de carro, ao longe, — alguma voz humana, ralhos, cantigas, uma risada, tudo fraco, vago e remoto, e como que destinado só a agravar o silêncio. Quis ler e não pôde; foi reler as cartas e examinar as contas velhas. Estava impaciente, zangado, nervoso. A chuva, posto que não forte, prometia durar muitas horas, e talvez dias. Outra cainçada aos fundos, e desta vez trouxe-lhe à memória um dito do velho Tobias. Estava em casa dele, ambos à janela, e viram passar na rua um cão, fugindo de dous, que ladravam; outros cães, porém, saindo das lojas e das esquinas, entravam a ladrar também, com igual ardor e raiva, e todos corriam atrás do perseguido. Entre eles ia o do próprio Tobias, um que o dono supunha ser descendente de algum cão feudal, companheiro das antigas castelãs. Bonifácio riu-se, e perguntou-lhe se um animal tão nobre era para andar nos tumultos de rua.

— Você fala assim, respondeu Tobias, porque não conhece a máxima social dos cães. Viu que nenhum deles perguntou aos outros o que é que o perseguido tinha feito; todos entraram no coro e perseguiram também, levados desta máxima universal entre eles: Quem persegue ou morde, tem sempre razão, — ou, em relação à matéria da perseguição, ou, quando menos, em relação às pernas do perseguido. Já reparou? Repare e verá.

Não se lembrava do resto, e, aliás, a idéia do Tobias pareceu-lhe ininteligível, ou, quando menos, obscura. Os cães tinham cessado de latir. Só continuava a chuva. Bonifácio andou, voltou, foi de um lado para outro, começava a achar-se ridículo. Que horas seriam? Não lhe restava o recurso de calcular o tempo pelo sol. Sabia que era segunda-feira, dia em que costumava jantar na Rua dos Beneditinos, com um comissário de café. Pensou nisso; pensou na reunião do conselheiro ***, que conhecera em Petrópotis; pensou em Petrópolis, no *whist;* era mais feliz no *whist* que ao voltarete, e ainda agora recordava todas as circunstâncias de uma certa mão, em que ele pedira licença, com quatro trunfos, rei, manilha, basto, dama... E reproduzia tudo, as cartas dele com as de cada um dos parceiros, as cartas compradas, a ordem e a composição das vazas.

Era assim que as lembranças de fora, cousas e pessoas, vinham de tropel agitando-se em volta dele, falando, rindo, fazendo-lhe companhia. Bonifácio recompunha toda a vida exterior, figuras e incidentes, namoros de um, negócios de outro, diversões, brigas, anedotas, uma conversação, um enredo, um boato. Cansou, e tentou ler; a princípio, o espírito saltava fora da página, atrás de uma notícia qualquer, um projeto de casamento; depois caiu numa sonolência teimosa. Espertava, lia cinco ou seis linhas, e dormia. Afinal, levantou-se, deixou o livro e chegou à janela para ver a chuva, que era a mesma, sem parar nem crescer; nem diminuir, sempre a mesma cortina d'água despenhando-se de um céu amontoado de nuvens grossas e eternas.

Jantou mal, e, para consolar-se, bebeu muito Borgonha. De noite, fumado o segundo charuto, lembrou-se das cartas, foi a elas, baralhou-as e sentou-se a jogar a *paciência.* Era um recurso: pôde assim escapar às recordações que o afligiam, se eram más, ou que o empuxavam para fora, se eram boas. Dormiu ao som da chuva, e teve um pesadelo. Sonhou que subia à presença de Deus, e que lhe ouvia a resolução de fazer chover, por todos os séculos restantes do mundo.

— Quantos mais? perguntou ele.

— A cabeça humana é inferior às matemáticas divinas, respondeu o Senhor; mas posso dar-te uma idéia remota e vaga: — multiplica as estrelas do céu por todos os grãos de areia do mar, e terás uma partícula dos séculos....

— Onde irá tanta água, Senhor?

— Não choverá só água, mas também Borgonha e cabelos de mulheres bonitas...

Bonifácio agradeceu este favor. Olhando para o ar, viu que efetivamente chovia muito cabelo e muito vinho, além da água, que se acumulava no fundo de um abismo.

Inclinou-se e descobriu embaixo, lutando com a água e os tufões, a deliciosa Carlota; e querendo descer para salvá-la, levantou os olhos e fitou o Senhor. Já o não viu então, mas somente a figura do Tobias, olhando por cima dos óculos, com um fino sorriso sardônico e as mãos nas algibeiras. Bonifácio soltou um grito e acordou.

De manhã, ao levantar-se, viu que continuava a chover. Nada de jornais: parecia-lhe já um século que estava separado da cidade. Podia ter-lhe morrido algum amigo, ter caído o ministério, ele não sabia de nada. O almoço foi ainda pior que o jantar da véspera. A chuva continuava, farfalhando nas árvores, nem mais nem menos. Vento nenhum. Qualquer bafagem, movendo as folhas quebraria um pouco a uniformidade da chuva; mas tudo estava calado e quieto, só a chuva caía sem interrupção nem alteração, de maneira que, ao cabo de algum tempo, dava ela própria a sensação da imobilidade, e não sei até se a do silêncio.

As horas eram cada vez mais intermináveis. Nem havia horas; o tempo ia sem as divisões que lhe dá o relógio, como um livro sem capítulos. Bonifácio lutou ainda, fumando e jogando; lembrou-se até de escrever algumas cartas, mas apenas pôde acabar uma. Não podia ler, não podia estar, ia de um lado para outro, sonolento, cansado, resmungando um trecho de ópera: *Di quella pira*... Ou então: *In mia mano aljin tu sei*... Planeava outras obras na casa, agitava-se e não dominava nada. A solidão, como paredes de um cárcere misterioso, ia-se-lhe apertando em derredor, e não tardaria a esmagá-lo. Já o amor-próprio o não retinha; ele desdobrava-se em dous homens, um dos quais provava ao outro que estava fazendo uma tolice.

Eram três horas da tarde, quando ele resolveu deixar o refúgio. Que alegria, quando chegou à Rua do Ouvidor! Era tão insólita que fez desconfiar algumas pessoas; ele, porém, não contou nada a ninguém, e explicou Iguaçu como pôde.

No dia seguinte foi à casa do Tobias, mas não lhe pôde falar; achou-o justamente recluso. Só duas semanas depois, indo a entrar na barca de Niterói, viu adiante de si a grande estatura do esquisitão, e reconheceu-o pela sobrecasaca cor de rapé, comprida e larga. Na barca, falou-lhe:

— O senhor pregou-me um logro...

— Eu? perguntou Tobias, sentando-se ao lado dele.

— Sem querer, é verdade, mas sempre fiquei logrado.

Contou-lhe tudo; confessou-lhe que, por estar um pouco fatigado dos amigos, tivera a idéia de recolher-se por alguns dias, mas não conseguiu ir além de dous, e, ainda assim, com dificuldade. Tobias ouviu-o calado, com muita atenção, depois, interrogou-o minuciosamente, pediu-lhe todas as sensações, ainda as mais íntimas, e o outro não lhe negou nenhuma, nem as que teve com os cabelos achados na gaveta. No fim, olhando por cima dos óculos, tal qual como no pesadelo, disse-lhe com um sorriso copiado do diabo:

— Quer saber? Você esqueceu-se de levar o principal da matalotagem, que são justamente as idéias...

Bonifácio achou-lhe graça, e riu.

Tobias, rindo também, deu-lhe um piparote na testa. Em seguida, pediu-lhe notícias, e o outro deu-lhas de vária espécie, grandes e pequenas, fatos e boatos, isto e aquilo, que o velho Tobias ouviu, com olhos meio cerrados, pensando em outra cousa.

HABILIDOSO

[GN. 6 set. 1885.]

Paremos neste beco. Há aqui uma loja de trastes velhos, e duas dúzias de casas pequenas, formando tudo uma espécie de mundo insulado. Choveu de noite, e o sol ainda não acabou de secar a lama da rua, nem o par de calças que ali pende de uma janela, ensaboado de fresco. Pouco adiante das calças, vê-se chegar à rótula a cabeça de uma mocinha, que acabou agora mesmo o penteado, e vem mostrá-la cá fora; mas cá fora estamos apenas o leitor e eu, mais um menino, a cavalo no peitoril de outra janela, batendo com os calcanhares na parede, à guisa de esporas, e ainda outros quatro, adiante, à porta da loja de trastes, olhando para dentro.

A loja é pequena, e não tem muito que vender, cousa pouco sensível ao dono, João Maria, que acumula o negócio com a arte, e dá-se à pintura nas horas que lhe sobram da outra ocupação, e não são raras. Agora mesmo está diante de uma pequena tela, tão metido consigo e com o trabalho, que podemos examiná-lo a gosto, antes que dê por nós.

Conta trinta e seis anos, e não se pode dizer que seja feio: a fisionomia, posto que trivial, não é desengraçada. Mas a vida estragou a natureza. A pele, de fina que era nos primeiros anos, está agora áspera, a barba emaranhada e inculta; embaixo do queixo, onde ele usa rapá-la, não passa navalha há mais de quinze dias. Tem o colarinho desabotoado e o peito à mostra; não veste paletó nem colete, e as mangas da camisa, arregaçadas, mostram o braço carnudo e peludo. As calças são de brim pardo, lavadas há pouco, e muito remendadas nos joelhos; remendos antigos, que não resistem à lavadeira, que os desfia na água, nem à costureira, que os recompõe. Uma e outra são a própria mulher de João Maria, que reúne aos dous misteres o de cozinheira da casa. Não há criados; o filho, de seis para sete anos é que lhes vai às compras.

João Maria veio para este beco há uns quinze dias. Conta fazer alguma cousa, embora seja lugar de pouca passagem, mas não há, no bairro, outra casa de trastes velhos, e ele espera que a notoriedade vá trazendo os fregueses. Demais, não teve tempo de escolher; mudou-se às pressas, por intimação do antigo proprietário. Ao menos, aqui o aluguel é módico. Até agora, porém, não vendeu mais que um aparador e uma gaiola de arame. Não importa; os primeiros tempos são mais difíceis. João Maria espera, pintando.

Pintando o que, e para quê? João Maria ignora absolutamente as primeiras lições do desenho, mas desde tenra idade pegou-lhe o sestro de copiar tudo o que lhe caía nas mãos, vinhetas de jornais, cartas de jogar, padrões de chitas, o papel das paredes, tudo. Também fazia bonecos de barro, ou esculpia-os a faca nos sarrafos e pedaços de caixão. Um dia aconteceu-lhe ir à exposição anual da Academia das Belas-Artes, e voltou de lá cheio de planos e ambições. Engenhou logo uma cena de assassinato, um conde que matava a outro conde; rigorosamente, parecia oferecer-lhe um punhal. Engenhou outros, alastrou as paredes, em casa, de narizes, de olhos, de orelhas; vendo na Rua da Quitanda um quadro que representava um prato de legumes, atirou-se aos legumes; depois, viu uma marinha, e tentou as marinhas.

Toda arte tem uma técnica; ele aborrecia a técnica, era avesso à aprendizagem, aos rudimentos das cousas. Ver um boi, reproduzi-lo na tela, era o mais que, no sentir dele, se podia exigir do artista. A cor apropriada era uma questão dos olhos, que Deus deu a todos os homens; assim também a exação dos contornos e das atitudes dependia da atenção, e nada mais. O resto cabia ao gênio do artista, e João Maria supunha tê-lo. Não dizia gênio, por não conhecer o vocábulo, senão no sentido restrito de índole, — ter bom ou mau gênio, — mas repetia consigo mesmo a palavra, que ouvia aos parentes e aos amigos, desde criança.

— João Maria é muito *habilidoso*.

Assim se explica que, quando alguém disse um dia ao pai que o mandasse para a academia, e o pai consentiu em desfazer-se dele, João Maria recusasse a pés juntos. Foi assim também que, depois de andar por ofícios diversos, sem acabar nenhum, veio a abrir uma casa de trastes velhos, para a qual se lhe não exigiam estudos preparatórios.

Nem aprendeu nada, nem possuía o talento que adivinha e impele a aprender e a inventar. Via-se-lhe, ao menos, alguma cousa parecida com a faísca sagrada? Cousa nenhuma. Não se lhe via mais que a obstinação, filha de um desejo, que não correspondia às faculdades. Começou por brinco, puseram-lhe a fama de habilidoso, e não pôde mais voltar atrás. Quadro que lhe aparecesse, acendia-lhe os olhos, dava rebate às ambições da adolescência, e todas vinham de tropel, pegavam dele, para arrebatá-lo a uma glória, cuja visão o deslumbrava. Daí novo esforço, que o louvor a outros vinha incitar mais, como ao brio natural do cavalo se junta o estímulo das esporas.

Vede a tela que está pintando, à porta; é uma imagem de Nossa Senhora, copiada de outra que viu um dia, e esta é a sexta ou sétima em que trabalha.

Um dia, indo visitar a madrinha, viúva de um capitão que morreu em Monte Caseros, viu em casa dela uma Virgem, a óleo. Até então só conhecia as imagens de santos nos registros das igrejas, ou em casa dele mesmo, gravadas e metidas em caixilho. Ficou encantado; tão bonita! cores tão vivas! Tratou de a decorar para pintar outra, mas a própria madrinha emprestou-lhe o quadro. A primeira cópia que ele fez, não lhe saiu a gosto; mas a segunda pareceu-lhe que era, pelo menos, tão boa como o original. A mãe dele, porém pediu-lha para pôr no oratório, e João Maria, que mirava o aplauso público, antes do que as bênçãos do céu, teve de sustentar um conflito longo e doloroso; afinal cedeu. E seja dito isto em honra dos seus sentimentos filiais, porque a mãe, D. Inácia dos Anjos, tinha tão pouca lição de arte, que não lhe consentiu nunca pôr na sala uma gravura, cópia de Ramon, que ele comprara na Rua da Carioca, por pouco mais de três mil-réis. A cena representada era de uma família grega, antiga, um rapaz que volta com um pássaro apanhado, e uma criança que esconde com a camisa a irmã mais velha, para dizer que ela não está em casa. O rapaz, ainda imberbe, traz nuas as suas belas pernas gregas.

— Não quero aqui estas francesas sem-vergonha! bradou D. Inácia; e o filho não teve remédio senão encafuar a gravura no quartinho em que dormia, e em que não havia luz.

João Maria cedeu a Virgem e foi pintar outra; era a terceira, acabou-a em poucos dias. Pareceu-lhe o melhor dos seus trabalhos: lembrou-se de expô-lo, e foi a uma casa de espelhos e gravuras, na Rua do Ouvidor. O dono hesitou, adiou, tergiversou, mas afinal aceitou o quadro, com a condição de não durar a exposição mais de três dias. João Maria, em troca, impôs outra: que ao quadro fosse apenso um rótulo, com o nome dele e a circunstância de não saber nada. A primeira noite, depois da aceitação do quadro, foi como uma véspera de bodas. De manhã, logo que almoçou, correu para a Rua do Ouvidor, a ver se havia muita gente a admirar o quadro. Não havia então ninguém; ele foi para baixo, voltou para cima, rondando a porta, espiando, até que entrou e falou ao caixeiro.

— Tem vindo muita gente?

— Tem vindo algumas pessoas.

— E olham? Dizem alguma cousa?

— Olhar, olham; agora se dizem alguma cousa, não tenho reparado, mas olham.

— Olham com atenção?

— Com atenção.

João Maria inclinou-se para o rótulo, e disse ao caixeiro que as letras deviam ter sido maiores; ninguém as lia da rua. E saiu à rua, para ver se se podiam ler; concluiu que não; deviam ter sido maiores as letras. Assim como a luz não lhe parecia boa. O quadro devia ficar mais perto da porta; mas aqui o caixeiro acudiu, dizendo que não podia alterar a ordem do patrão. Estavam nisto, quando entrou alguém, um homem velho, que foi direito ao quadro. O coração de João Maria batia que arrebentava o peito. Deteve-se o visitante alguns momentos, viu o quadro, leu o rótulo, tornou a ver o quadro, e saiu. João Maria não pôde ler-lhe nada no rosto. Veio outro, vieram mais outros, uns por diverso motivo, que apenas davam ao quadro um olhar de passagem, outros atraídos por ele; alguns recuavam logo como embaçados. E o pobre-diabo não lia nada, cousa nenhuma nas caras impassíveis.

Foi essa Virgem o assunto a que ele voltou mais vezes. A tela que está agora acabando, é a sexta ou sétima. As outras deu-as logo, e chegou a expor algumas, sem melhor resultado, porque os jornais não diziam palavra. João Maria não podia entender semelhante silêncio, a não ser intriga de um antigo namorado da moça, com quem estava para casar. Nada, nem uma linha, uma palavra que fosse. A própria casa da Rua do Ouvidor onde os expôs, recusou-lhe a continuação do obséquio; recorreu a outra da Rua do Hospício, depois a uma da Rua da Imperatriz, a outra do Rocio Pequeno; finalmente não expôs mais nada.

Assim que, o círculo das ambições de João Maria foi-se estreitando, estreitando, estreitando, até ficar reduzido aos parentes e conhecidos. No dia do casamento forrou a parede da sala com as suas obras, ligando assim os dous grandes objetos que mais o preocupavam na vida. Com efeito, a opinião dos convidados é que ele era "um moço muito habilidoso". Mas esse mesmo horizonte foi-se estreitando mais; o tempo arrebatou-lhe alguns parentes e amigos, uns pela morte, outros pela própria vida, e a arte de João Maria continuou a mergulhar na sombra.

Lá está agora diante da eterna Virgem; retoca-lhe os anjinhos e o manto. A tela fica ao pé da porta. A mulher de João Maria veio agora de dentro, com o filho; vai levá-lo a um consultório homeopático, onde lhe dão remédios de graça para o filho, que tem umas feridas na cabeça. Ela faz algumas recomendações ao marido, enquanto este dá uma pincelada no painel.

— Você escutou, João Maria?

— Que é, disse ele distraidamente, recuando a cabeça para ver o efeito de um rasgo.

— A panela fica no fogo; você daqui a pouco vá ver.

João Maria respondeu que sim; mas provavelmente não prestou atenção.

A mulher, enquanto o filho conversa com os quatro meninos da vizinhança, que estão à porta, olhando para o quadro, ajusta o lenço ao pescoço. A fisionomia mostra a unhada do trabalho e da miséria; a figura é magra e cansada. Traz o seu vestido de sarja preta, o de sair, não tem outro, já amarelado nas mangas e roído na barra. O sapato de duraque tem a beirada da sola comida das pedras. Ajusta o lenço, dá a mão ao filho, e lá vai para o consultório. João Maria fica pintando; os meninos olham embasbacados.

Olhemos bem para ele. O sol enche agora o beco; o ar é puro e a luz magnífica. A mãe de um dos pequenos, que mora pouco adiante, brada-lhe da janela que vá para casa, que não esteja apanhando sol.

— Já vou, mamãe! Estou vendo uma cousa!

E fica a mirar a obra e o autor. Senta-se na soleira, os outros sentam-se também, e ficam todos a olhar boquiabertos. De quando em quando dizem alguma cousa ao ouvido um do outro, um reparo, uma pergunta, qual dos anjinhos é o Menino Jesus, ou o que quer dizer a lua debaixo dos pés de Nossa Senhora, ou então um simples aplauso ingênuo; mas tudo isso apenas cochichado, para não turvar a inspiração do artista. Também falam dele, mas falam menos, porque o autor de cousas tão bonitas e novas infunde-lhes uma admiração mesclada de adoração, não sei se diga de medo, — em suma, um grande sentimento de inferioridade.

Ele, o eterno João Maria, não volta o rosto para os pequenos, finge que os não vê, mas sente-os ali, percebe e saboreia a admiração. Uma ou outra palavra que lhe chega aos ouvidos, faz-lhe bem, muito bem. Não larga a palheta. Quando não passeia o pincel na tela, pára, recua a cabeça, dá um jeito à esquerda, outro à direita, fixa a vista com mistério, diante dos meninos embasbacados; depois, unta a ponta do pincel na tinta, retifica uma feição ou aviva o colorido.

Não lhe lembra a panela ao fogo, nem o filho que lá vai doente com a mãe. Todo ele está ali. Não tendo mais que avivar nem que retificar, aviva e retifica outra vez, amontoa as tintas, decompõe e recompõe, encurva mais este ombro, estica os raios àquela estrela. Interrompe-se para recuar, fita o quadro, cabeça à direita, cabeça à esquerda, multiplica as visagens, prolonga-as, e a platéia vai ficando a mais e mais pasmada. Que este é o último e derradeiro horizonte das suas ambições: um beco e quatro meninos.

VIAGEM À RODA DE MIM MESMO

[GN. 4 out. 1885]

CAPÍTULO PRIMEIRO

Quando abri os olhos, era perto de 9 horas da manhã. Tinha sonhado que o sol, trajando calção e meia de seda, fazia-me grandes barretadas, bradando-me que era tempo, que me levantasse, que fosse ter com Henriqueta e lhe dissesse tudo o que trazia no coração. Já lá vão vinte e um anos! Era em 1864, fins de novembro. Contava eu então vinte e cinco anos de idade, menos dous que ela. Henriqueta enviuvara em 1862, e, segundo toda a gente afirmava, jurara a si mesma não passar a segundas núpcias. Eu, que chegara da província no meado de julho, bacharel em folha, vi-a poucas semanas depois, e fiquei logo ardendo por ela.

Tinha o plano feito de desposá-la, tão certo como três e dous serem cinco. Não se imagina a minha confiança no futuro. Viera recomendado a um dos ministros do gabinete Furtado, para algum lugar de magistrado, no interior, e fui bem recebido por ele. Mas a água da Carioca embriagou-me logo aos primeiros goles, de tal maneira que resolvi não sair mais da capital. Encostei-me à janela da vida, com os olhos no rio que corria embaixo, o rio do tempo, não só para contemplar o curso perene das águas, como à espera de ver apontar do lado de cima ou de baixo a galera de ouro e sândalo e velas de seda, que devia levar-me a certa ilha encantada e eterna. Era o que me dizia o coração.

A galera veio, chamava-se Henriqueta, e no meio das opiniões que dividiam a capital, todos estavam de acordo em que era a senhora mais bonita daquele ano. Tinha o único defeito de não querer casar outra vez; mas isto mesmo era antes um pico, dava maior preço à vitória, que eu não deixaria de obter, custasse o que custasse, e não custaria nada.

Já por esse tempo abrira banca de advogado, com outro, e morava em uma casa de pensão. Durante a sessão legislativa, ia à Câmara dos Deputados, onde, enquanto me não davam uma pasta de ministro, cousa que sempre reputei certa, iam-me distribuindo notícias e apertos de mão. Ganhava pouco, mas não gastava muito; as minhas grandes despesas eram todas imaginativas. O reino dos sonhos era a minha casa da moeda.

Que Henriqueta estivesse disposta a romper comigo o juramento de viúva, não ouso afirmá-lo; mas creio que me tivesse certa inclinação, que achasse em mim alguma cousa diversa dos demais pretendentes, diluídos na mesma água de salão. Viu em mim o gênero singelo e extático. Para empregar uma figura, que serve a pintar a nossa situação respectiva, era uma estrela que se deu ao incômodo de descer até à beira do telhado. Bastava-me trepar ao telhado e trazê-la para dentro; mas era justamente o que não acabava de fazer, esperando que ela descesse por seu pé ao peitoril da minha janela. Orgulho? Não, não; acanhamento, acanhamento e apatia. Cheguei ao ponto de crer que era aquele o costume de todos os astros. Ao menos, o sol não hesitou em fazê-lo naquela célebre manhã. Depois de aparecer-me, como digo, de calção e meia, despiu a roupa, e entrou-me pelo quarto com os raios nus e crus, raios de novembro, transpirando a verão. Entrou por todas as frestas, cantando festivamente a mesma litania do sonho: "Eia, Plácido! acorda! abre-lhe o coração! levanta-te! levanta-te!"

Levantei-me resoluto, almocei e fui para o escritório. No escritório, seja dito em honra do amor, não minutei nada, arrazoado ou petição; minutei de cabeça um plano de vida nova e magnífica,e, como tivesse a pena na mão, parecia estar escrevendo, mas na realidade o que fazia eram narizes, cabeças de porco, frases latinas, jurídicas ou literárias. Pouco antes das três retirei-me e fui à casa de Henriqueta.

Henriqueta estava só. Pode ser que então pensasse em mim, e até que tivesse idéia de negar-se; mas neste caso foi o orgulho que deu passaporte ao desejo; recusar-me era ter medo, mandou-me entrar. Certo é que lhe achei uns olhos gelados; o sangue é que talvez não o estivesse tanto, porque vi sinal dele nas maçãs do rosto.

Entrei comovido. Não era a primeira vez que nos achávamos a sós, era a segunda; mas a resolução que levava, agravou as minhas condições. Quando havia gente, — naquela ou noutra casa, — cabia-me o grande recurso, se não conversávamos, de ficar a olhar para ela, fixo, de longe, em lugar onde os seus olhos davam sempre comigo. Agora, porém, éramos sós. Henriqueta recebeu-me muito bem; disse-me estendendo a mão:

— Pensei que me deixasse ir para Petrópolis sem ver-me.

Balbuciei uma desculpa. Na verdade o calor estava apertando, e era tempo de subir. Quando subia? Respondeu-me que no dia 20 ou 21 de dezembro, e, a pedido meu, descreveu-me a cidade. Ouvi-a, disse-lhe também alguma cousa, perguntei se ia a certo baile do Engenho Velho; depois veio mais isto e mais aquilo. O que eu mais temia, eram as pausas; ficava sem saber onde poria os olhos; e se era eu que reatava a conversação, fazia-o sempre com estrépito, dando relevo a pequenas cousas estranhas e ridículas, como para fazer crer que não estivera pensando nela. Henriqueta às vezes tinha-me um ar enjoado; outras, falava com interesse. Eu, certo da vitória, pensava em ferir a batalha, principalmente quando ela parecia expansiva; mas, não me atrevia a marchar. Os minutos voavam; bateram quatro horas, depois quatro e meia.

"Vamos, disse comigo, agora ou nunca."

Olhei para ela, ela olhava para mim; logo depois, ou casualmente, ou porque receasse que eu lhe ia dizer alguma cousa e não quisesse escutar-me, falou-me de não sei que anedota do dia. Abençoada anedota! âncora dos anjos! Agarrei-me a ela, contente de escapar à minha própria vontade. Que era mesmo? Lá vai; não me recordo o que era; lembro-me que a contei com todas as variantes, que a analisei, que a corrigi pacientemente, até às cinco horas da tarde, que foi quando saí de lá, aborrecido, irritado, desconsolado...

CAPITULO II

Cranz, citado por Tylor, achou entre os groenlandeses a opinião de que há no homem duas pessoas iguais, que se separam às vezes, como acontece durante o sono, em que uma dorme e a outra sai a caçar e passear. Thompson e outros, apontados em Spencei:, afirmam ter encontrado a mesma opinião entre vários povos e raças diversas. O testemunho egípcio (antigo), segundo Maspero, é mais complicado; criam os egípcios que há no homem, além de várias almas espirituais, uma totalmente física, reprodução das feições e dos contornos do corpo, um perfeito fac-símile.

Não quero vir aos testemunhos da nossa língua e tradições, notarei apenas dous: o milagre de Santo Antônio, que, estando a pregar, interrompeu o sermão, e, sem deixar o púlpito, foi a outra cidade salvar o pai da forca, e aqueles maviosos versos de Camões:

Entre mim mesmo e mim
Não sei que se alevantou,
Que tão meu inimigo sou.

Que tais versos estejam aqui no sentido figurado, é possível; mas não há prova de não estarem no sentido natural, e que mim e mim mesmo não fossem realmente duas pessoas iguais, tangíveis, visíveis, uma encarando a outra.

Pela minha parte, alucinação ou realidade, aconteceu-me em criança um caso desses. Tinha ido ao quintal de um vizinho tirar umas frutas; meu pai ralhou comigo, e, de noite, na cama, dormindo ou acordado — creio antes que acordado, — vi diante de mim a minha própria figura, que me censurava duramente. Durante alguns dias andei aterrado, e só muito tarde chegava a conciliar o sono; tudo eram medos. Medos de criança, é verdade, impressões vivas e passageiras. Dous meses depois, levado pelos mesmos rapazes, consócios na primeira aventura, senti a alma picada das mesmas esporas, e fui outra vez às mesmas frutas vizinhas.

Tudo isso acudia-me à memória, quando saí da casa de Henriqueta, descompondo-me, com um grande desejo de quebrar a minha própria cara. Senti-me dous, um que argüia, outro que se desculpava. Nomes que eu nem admito que andem na cabeça de outras pessoas a meu respeito, foram então ditos e ouvidos, sem maior indignação, na rua e ao jantar. De noite, para distrair-me, fui ao teatro; mas nos intervalos o duelo era o mesmo, um pouco menos furioso. No fim da noite, estava reconciliado comigo, mediante a obrigação que tomei de não deixar Henriqueta ir para Petrópolis, sem declarar-lhe tudo. Casar com ela ou voltar à província.

"Sim, disse a mim mesmo; ela há de pagar-me o que me fez fazer ao Veiga".

Veiga era um deputado que morava com outros três na casa de pensão, e de todos os da legislatura foi o que se me mostrou particularmente amigo. Estava na oposição, mas prometia que, tão depressa caísse o ministério, faria por mim alguma cousa. Um dia prestou-me generosamente um grande obséquio. Sabendo que eu andava atrapalhado com certa dívida, mandou-a pagar por portas travessas. Fui ter com ele, logo que descobri a origem do favor, agradeci-lho com lágrimas nos olhos, ele meteu o caso à bulha e acabou dizendo que não me afadigasse em arranjar-lhe o dinheiro; bastava pagar quando ele tivesse de voltar à província, fechadas as câmaras, ou em maio que fosse.

Pouco depois, vi Henriqueta e fiquei logo namorado. Encontramo-nos algumas vezes. Um dia recebi convite para um sarau, em casa de terceira pessoa propícia aos meus desejos, e resolvida a fazer o que pudesse, para ver-nos ligados. Chegou o dia do sarau; mas, de tarde, indo jantar, dei com uma novidade inesperada: Veiga, que na véspera à noite tivera alguma dor de cabeça e calafrios, amanheceu com febre, que se fez violenta para a tarde. Já era muito, mas aqui vai o pior. Os três deputados, amigos dele, tinham de ir a uma reunião política, e haviam combinado que eu ficasse com o doente, e mais um criado, até que eles voltassem, e não seria tarde.

— Você fica, disseram-me; antes da meia-noite estamos de volta.

Tentei balbuciar uma desculpa, mas nem a língua obedeceu à intenção, nem eles ouviriam nada; já me haviam dado as costas. Mandei-os ao diabo, eles e os parlamentos; depois de jantar, fui vestir-me para estar pronto, enfiei um chambre, em vez da casaca, e fui para o quarto do Veiga. Este ardia em febre; mas, chegando eu à cama, viu ele a gravata branca e o colete, e disse-me que não fizesse cerimônias, que não era preciso ficar.

— Não, não vou.

— Vá, doutor; o João fica; eles voltam cedo.

— Voltam às onze horas.

— Onze que sejam. Vá, vá.

Baloucei entre ir e ficar. O dever atava-me os pés, o amor abria-me as asas. Olhei durante alguns instantes para o doente, que jazia na cama, com as pálpebras caídas, respirando a custo. Os outros deviam voltar à meia-noite — eu disse onze horas, mas foi meia-noite que eles mesmos declararam, — e até lá entregue a um criado...

— Vá, doutor.

— Já tomou o remédio? perguntei.

— A segunda dose é às nove e meia.

Pus-lhe a mão na testa; era uma brasa. Tomei-lhe o pulso; era um galope. Enquanto hesitava ainda, concertei-lhe os lençóis; depois fui arranjar algumas cousas no quarto, e afinal tornei ao doente, para dizer que iria, mas estaria cedo de volta. Abriu apenas metade dos olhos, e respondeu com um gesto; eu apertei-lhe a mão.

— Não há de ser nada, amanhã está bom, disse-lhe saindo. Corri a vestir a casaca, e fui para a casa onde devia achar a bela Henriqueta. Não a achei ainda, chegou quinze minutos depois.

A noite que passei, foi das melhores daquele tempo. Sensações, borboletas fugitivas que lá ides, pudesse eu recolher-vos todas, e pregar-vos aqui neste papel para recreio das pessoas que me lêem! Veriam todas que não as houve nunca mais lindas, nem em tanta cópia, nem tão vivas e lépidas. Henriqueta contava mais de um pretendente, mas não sei se fazia com os outros o que fazia comigo, que era mandar-me um olhar de quando em quando. Amigas dela diziam que a máxima da viúva era que os olhares das mulheres, como as barretadas dos homens, são atos de cortesia, insignificantes; mas atribuí sempre este dito a intriga. Valsou uma só vez, e foi comigo. Pedi-lhe uma quadrilha, recusou-a, dizendo que preferia conversar. O que dissemos, não sei bem; lá se vão vinte e um anos; lembro-me só que falei menos que ela, que a maior parte do tempo deixei-me estar encostado, a ver cair-lhe da boca uma torrente de cousas divinas... Lembrei-me duas vezes do Veiga, mas, de propósito, não consultei o relógio, com medo.

— Você está completamente tonto, disse-me um amigo.

Creio que sorri, ou dei de ombros, fiz qualquer cousa, mas não disse nada, porque era verdade que estava tonto e tontíssimo. Só dei por mim, quando ouvi bater a portinhola do carro de Henriqueta. Os cavalos trotaram logo; eu, que estava à porta, puxei o relógio para ver as horas, eram duas. Tive um calafrio, ao pensar no doente. Corri a buscar a capa, e voei para casa, aflito, receando algum desastre. Andando, não evitava que o perfil de Henriqueta viesse interpor-se entre mim e ele, e uma idéia corrigia outra. Então, sem o sentir, afrouxava o passo, e dava por mim ao pé dela ou aos pés dela.

Cheguei à casa, corri ao quarto do Veiga; achei-o mal. Um dos três deputados velava, enquanto os outros tinham ido tomar algum repouso. Haviam regressado da reunião antes de uma hora, e acharam o enfermo delirante. O criado adormecera. Não sabiam quanto tempo ficara o doente abandonado; tinham mandado chamar o médico.

Ouvi calado e vexado. Fui despir-me para velar o resto da noite. No quarto, a sós comigo, chamei-me ingrato e tolo; deixara um amigo lutando com a doença, para correr atrás de uns belos olhos que podiam esperar. Caí na poltrona; não me dividi fisicamente, como me parecera em criança; mas moralmente desdobrei-me em dous, um que imprecava, outro que gemia. No fim de alguns minutos, fui despir-me e passei ao quarto do enfermo, onde fiquei até de manhã.

Pois bem; não foi ainda isto que me deixou um vinco de ressentimento contra Henriqueta; foi a repetição do caso. Quatro dias depois tive de ir a um jantar, a que ela ia também. Jantar não é baile, disse comigo; vou e volto cedo. Fui e voltei tarde, muito tarde. Um dos deputados disse-me, quando saí, que talvez achasse o colega morto: era a opinião do médico assistente. Redargüi vivamente que não: era o sentimento de outros médicos consultados.

Voltei tarde, repito. Não foram os manjares, posto que preciosos, nem os vinhos, dignos de Horácio; foi ela, tão-só ela. Não senti as horas, não senti nada. Quando cheguei à casa era perto de meia-noite. Veiga não morrera, estava salvo de perigo; mas entrei tão envergonhado que simulei uma doença, e meti-me na cama. Dormi tarde, e mal, muito mal.

CAPÍTULO III

Agora não devia acontecer-me o mesmo. Vá que, em criança, corresse duas vezes às frutas do vizinho; mas a repetição do caso do Veiga era intolerável, e a deste outro seria ridícula.

Tive idéia de escrever uma carta, longa ou breve, pedindo-lhe a mão. Cheguei a pôr a pena no papel e a começar alguns rascunhos. Vi que era fraqueza e determinei ir em pessoa; pode ser também que esta resolução fosse um sofisma, para escapar às lacunas da carta. Era de noite; marquei o dia seguinte. Saí de casa e andei muito, pensando e imaginando, voltei com as pernas moídas e dormi como um ambicioso.

De manhã, pensei ainda no caso, compus de cabeça a cerimônia do casamento, pomposa e rara, chegando ao ponto de transformar tudo o que estava em volta de mim. Fiz do trivial e desbotado quarto de pensão um rico boudoir, com ela dentro, falando-me da eternidade.

— Plácido!

— Henriqueta!

De noite é que fui à casa dela. Não digo que as horas andaram vagarosíssimas, nesse dia, porque é a regra delas quando as nossas esperanças abotoam. Batalhei de cabeça contra Henriqueta; e assim como por esse tempo, à espera que me fizessem deputado, desempenhei mentalmente em grande papel político, assim também subjuguei a dama, que me entregou toda a sua vida e pessoa. Sobre o jantar, peguei casualmente nos *Três Mosqueteiros*, li cinco ou seis capítulos que me fizeram bem, e me abarrotaram de idéias petulantes, como outras tantas pedras preciosas em torno deste medalhão central: as mulheres pertencem ao mais atrevido. Respirei afouto, e marchei.

Henriqueta ia sair, mas mandou-me entrar, por alguns instantes. Vestida de preto, sem mantelete ou capa, com o simples busto liso e redondo, e o toucado especial dela, que era uma combinação da moda com a sua própria invenção, não tenho dúvida em dizer que me desvairou.

— Vou à casa de minhas primas, que chegaram de S. Paulo, disse-me ela. Sente-se um pouco. Não foi ontem ao teatro?

Disse lhe que não, depois emendei que sim, porque era verdade. Agora que a cousa lá vai, penso que não sorriu, mas na ocasião pareceu-me o contrário, e fiquei vexado. Disse-me que não tinha ido ao "teatro por estar de enxaqueca, terrível moléstia que me explicou compondo as pulseiras, e corrigindo a posição do relógio na cintura. Reclinada na poltrona, com um início de pé à mostra, parecia pedir alguém ajoelhado; foi a idéia que tive, e que varri da cabeça, por grotesca. Não; bastava-me o olhar e a palavra. Nem sempre o olhar seria bastante, acanhava-se às vezes, outras não sabia onde pousasse; mas a palavra romperia tudo.

Entretanto, Henriqueta ia falando e sorrindo. Umas vezes parecia-me compartir a minha crise moral, e a expressão dos olhos era boa. Outras via-lhe a ponta da orelha do desdém e do enfado. O coração batia-me; tremiam-me os dedos. Evocava as minhas idéias petulantes, e elas vinham todas, mas não desciam ao coração, deixavam-se estar no cérebro, paradas, cochilando...

De repente calamo-nos, não sei se por três, cinco ou dez minutos; lembro-me só, que Henriqueta consultou o relógio; compreendi que era tempo de sair, e pedi-lhe licença. Ela levantou-se logo e estendeu-me a mão. Recebi-a, olhei para ela com a intenção de dizer alguma cousa; mas achei-lhe os olhos tão irados ou tão aborrecidos, não sei bem, lá vão muitos anos...

Saí. Chegando ao saguão, dei com o chapéu um golpe no ar, e chamei-me um nome feio, tão feio que o não ponho aqui. A carruagem estava à porta; fui colocar-me à distância para vê-la entrar. Não esperei muito tempo. Desceu, parou à porta um instante, entrou, e o carro seguiu. Fiquei sem saber de mim, e pus-me a andar. Uma hora depois, ou pouco menos, encontrei um amigo, colega do foro, que ia para casa; fomos andando, mas ao cabo de dez minutos:

— Você está preocupado, disse ele. Que tem?

— Perdi uma causa.

— Não foi pior que a minha. Já lhe contei o inventário do Matos?

Contou-me o inventário de Matos, sem poupar nada, petições, avaliações, embargos, réplicas, tréplicas e a sentença final, uma sentença absurda e iníqua. Eu, enquanto ele falava, ia pensando na bela Henriqueta. Tinha-a perdido pela segunda vez; e então lembrei-me do caso do Veiga, em que os meus planos falharam de igual modo, e o das frutas, em pequeno. Ao pensar nas frutas, pensei também no misterioso desdobramento de mim mesmo, e tive uma alucinação.

Sim, senhor, é verdade; pareceu-me que o colega que ia comigo, era a minha mesma pessoa, que me punha as mãos à cara, irritado, e me repetia o impropério do saguão, que não escrevi nem escrevo. Parei assustado, e vi que me enganara. E logo ouvi rir no ar, e levantei a cabeça: eram as estrelas, contempladoras remotas da vida, que se riam dos meus planos e ilusões, com tal força, que cuido arrebentaram os colchetes, enquanto o meu colega ia concluindo furioso o negócio do inventário do Matos:

—... um escândalo!

CURTA HISTÓRIA

[AE. 31 mai. 1886.]

A leitora ainda há de lembrar-se do Rossi, o ator Rossi, que aqui nos deu tantas obras-primas do teatro inglês, francês e italiano. Era um homenzarrão, que uma noite era terrível como Otelo, outra noite meigo como Romeu. Não havia duas opiniões, quaisquer que fossem as restrições, assim pensava a leitora, assim pensava uma D. Cecília, que está hoje casada e com filhos.

Naquele tempo esta Cecília tinha dezoito anos e um namorado. A desproporção era grande; mas explica-se pelo ardor com que ela amava aquele único namorado, Juvêncio de tal. Note-se que ele não era bonito, nem afável, era seco, andava com as pernas muito juntas, e com a cara no chão, procurando alguma cousa. A linguagem dele era tal qual a pessoa, também seca, e também andando com os olhos no chão, uma linguagem que, para ser de cozinheiro, só lhe faltava sal. Não tinha idéias, não apanhava mesmo as dos, outros; abria a boca, dizia isto ou aquilo, tornava a fechá-la, para abrir e repetir a operação.

Muitas amigas de Cecília admiravam-se da paixão que este Juvêncio lhe inspirara; todas contavam que era um passatempo, e que o arcanjo que devia vir buscá-la para levá-la ao paraíso, estava ainda pregando as asas; acabando de as pregar, descia, tomava-a nos braços e sumia-se pelo céu acima.

Apareceu Rossi, revolucionou toda a cidade. O pai de Cecília prometeu à família que a levaria a ver o grande trágico. Cecília lia sempre os anúncios; e o resumo das peças que alguns jornais davam. *Julieta e Romeu* encantou-a, já pela notícia vaga que tinha da peça, já pelo resumo que leu em uma folha, e que a deixou curiosa e ansiosa. Pediu ao pai que comprasse bilhete, ele comprou-o e foram.

Juvêncio, que já tinha ido a uma representação, e que a achou insuportável (era Hamlet) iria a esta outra por causa de estar ao pé de Cecília, a quem ele amava deveras; mas por desgraça apanhou uma constipação, e ficou em casa para tomar um suadouro, disse ele. E aqui se vê a singeleza deste homem, que podia dizer enfaticamente, — um sudorífico; — mas disse como a mãe lhe ensinou, como ele ouvia à gente de casa. Não sendo cousa de cuidado, não entristeceu muito a moça; mas sempre lhe ficou algum pesar de o não ver ao pé de si. Era melhor ouvir Romeu e olhar para ele...

Cecília era romanesca, e consolou-se depressa. Olhava para o pano, ansiosa de o ver erguer-se. Uma prima, que ia com ela, chamava-lhe a atenção para as *toilettes* elegantes, ou para as pessoas que iam entrando; mas Cecília dava a tudo isso um olhar distraído. Toda ela estava impaciente de ver subir o pano.

— Quando sobe o pano? perguntava ela ao pai.

— Descansa, que não tarda.

Subiu afinal o pano, e começou a peça. Cecília não sabia inglês nem italiano. Lera uma tradução da peça cinco vezes, e, apesar disso, levou-a para o teatro. Assistiu às primeiras cenas ansiosa. Entrou Romeu, elegante e belo, e toda ela comoveu-se; viu depois entrar a divina Julieta, mas as cenas eram diferentes, os dois não se falavam logo; ouviu-os, porém, falar no baile de máscaras, adivinhou o que sabia, bebeu de longe as palavras eternamente belas, que iam cair dos lábios de ambos.

Foi o segundo ato que as trouxe; foi aquela cena imortal da janela que comoveu até às entranhas a pessoa de Cecília. Ela ouvia as de Julieta, como se ela própria as dissesse; ouvia as de Romeu, como se Romeu falasse a ela própria. Era Romeu que a amava. Ela era Cecília ou Julieta, ou qualquer outro nome, que aqui importava menos que na peça. "Que importa um nome?" perguntava Julieta no drama; e Cecília com os olhos em Romeu parecia perguntar-lhe a mesma cousa. "Que importa que eu não seja a tua Julieta? Sou a tua Cecília; seria a tua Amélia; a tua Mariana; tu é que serias sempre e serás o meu Romeu."

A comoção foi grande. No fim do ato, a mãe notou-lhe que ela estivera muito agitada durante algumas cenas.

— Mas os artistas são bons! explicava ela.

— Isso é verdade, acudiu o pai, são bons a valer. Eu, que não entendo nada, parece que estou entendendo tudo...

Toda a peça foi para Cecília um sonho. Ela viveu, amou, morreu com os namorados de Verona. E a figura de Romeu vinha com ela, viva e suspirando as mesmas palavras deliciosas. A prima, à saída, cuidava só da saída. Olhava para os moços. Cecília não olhava para ninguém, deixara os olhos no teatro, os olhos e o coração...

No carro, em casa, ao despir-se para dormir, era Romeu que estava com ela; era Romeu que deixou a eternidade para vir encher-lhe os sonhos. Com efeito, ela sonhou as mais lindas cenas do mundo, uma paisagem, uma baía, uma missa, um pedaço daqui, outro dali, tudo com Romeu, nenhuma vez com Juvêncio.

Nenhuma vez pobre Juvêncio! Nenhuma vez. A manhã veio com as suas cores vivas; o prestígio da noite passara um pouco, mas a comoção ficara ainda, a comoção da palavra divina. Nem se lembrou de mandar saber de Juvêncio; a mãe é que mandou lá, como boa mãe, porque este Juvêncio tinha certo número de apólices, que... Mandou saber; o rapaz estava bom; lá iria logo.

E veio, veio à tarde, sem as palavras de Romeu, sem as idéias, ao menos de toda a gente, vulgar, casmurro, quase sem maneiras; veio, e Cecília, que almoçara e jantara com Romeu, lera a peça ainda uma vez durante o dia, para saborear a música da véspera. Cecília apertou-lhe a mão comovida, tão-somente porque o amava. Isto quer dizer que todo amado vale um Romeu. Casaram-se meses depois; têm agora dous filhos, parece que muito bonitos e inteligentes. Saem a ela.

UM DÍSTICO

[AQ. n.º 7, 1 jul. 1886.]

Quando a memória da gente é boa, pululam as aproximações históricas ou poéticas, literárias ou políticas. Não é preciso mais que andar, ver e ouvir. Já uma vez me aconteceu ouvir na rua um dito vulgar nosso, em tão boa hora que me sugeriu uma linha do Pentateuco, e achei que esta explicava aquele, e da oração verbal deduzi a intenção íntima. Não digo o que foi, por mais que me instiguem; mas aqui está outro caso não menos curioso, e que se pode dizer por inteiro.

Já lá vão vinte anos, ou ainda vinte e dous. Foi na Rua de S. José, entre onze horas e meio-dia. Vi a alguma distância parado um homem de opa, creio que verde, mas podia ser encarnada. Opa e salva de prata, pedinte de alguma irmandade, que era das Almas ou do Santíssimo Sacramento. Tal encontro era muito comum naqueles anos, tão comum que não me chamaria a atenção, se não fossem duas circunstâncias especiais.

A primeira é que o pedinte falava com um pequeno, ambos esquisitos, o pequeno falando pouco, e o pedinte olhando para um lado e outro, como procurando alguma cousa, alguém, ou algum modo de praticar alguma ação. Depois de alguns segundos foram andando para baixo, mas não deram muitos passos, cinco ou seis, e vagarosos; pararam, e o velho, — o pedinte era um velho, — mostrou então em cheio o seu olhar espalhado e inquisidor.

Não direi o assombro que me causou a vista do homem. Já então ia mais perto. Cara e talhe, era nada menos que o porteiro de um dos teatros dramáticos do tempo, S. Pedro ou Ginásio; não havia que duvidar, era a mesma fisionomia obsequiosa de todas as noites, a mesma figura do dever, sentada à porta da platéia, recebendo os bilhetes, dando as senhas, calada, sossegada, já sem comoção dramática, tendo gasto o coração em toda a sorte de lances, durante anos eternos.

Ao vê-lo agora, na rua, de opa, a pedir para alguma igreja, assaltou-me a lembrança destes dous versos célebres:

Le matin catholique et le soir idolâtre,
Il dine de l'église et soupe du théâtre.

Ri-me naturalmente deste ajuste de cousas; mas estava longe de saber que o ajuste era ainda maior do que me parecia. Tal foi a segunda circunstância que me chamou a atenção para o caso. Vendo que pedinte e porteiro constituíam a mesma pessoa, olhei para o pequeno e reconheci logo que era filho de ambos, tal era a semelhança da fisionomia,o queixo bicudo, o jeito dos ombros do pai e do filho. O pequeno teria oito ou nove anos. Até os olhos eram os mesmos: bons, mas disfarçados.

É ele mesmo, dizia eu comigo; é ele mesmo, *le matin catholique*, de opa e salva, contrito, pede de porta em porta a esmola dos devotos, e o sacristão que lhe dê naturalmente a porcentagem do serviço; mas logo à tarde despe a opa de seda velha, enfia o paletó de alpaca, e lá vai ele para a porta do deus Momo: *et le soir idolâtre.*

Enquanto eu pensava isto, e ia andando, resolveu ele afinal alguma cousa. O pequeno ficou ali mesmo na calçada, olhando para outra parte, e ele entrou num corredor, como quem vai pedir alguma esmola para as bentas almas. Pela minha parte fui andando; não convinha parar, e a principal descoberta estava feita. Mas ao passar pela porta do corredor, olhei insensivelmente para dentro, sem plano, sem crer que ia ver qualquer cousa que merecesse ser posta em letra de impressão.

Vi meia calva do pedinte, meia calva só, porque ele estava inclinado sobre a salva, fazendo mentalmente uma cousa, e fisicamente outra. Mentalmente nunca soube o que era; talvez refletia no concílio de Constantinopla, nas penas eternas ou na exortação de S. Basílio aos rapazes. Não esqueçamos que era de manhã; *le matin catholique*. Fisicamente tirava duas notas da salva, e passava-as para o bolso das calças. Duas? Pareceram-me duas; o que não posso dizer é se eram de um ou dous mil-réis; podia ser até que cada uma tivesse o seu valor, e fossem três mil-réis, ao todo: ou seis, se uma fosse de cinco e outra de um. Mistérios tudo; ou, pelo menos questões problemáticas, que o bom senso manda não investigar, desde que não é possível chegar a uma averiguação certa. Lá vão vinte anos bem puxados.

Fui andando e sorrindo de pena, porque estava adivinhando o resto, como o leitor, que talvez nasceu depois daquele dia; fui andando, mas duas vezes, voltei a cabeça para trás. Da primeira, vi que ele chegava à porta e olhava para um lado e outro, e que o pequeno se aproximava; da segunda, vi que o pequeno metia o dinheiro no bolso, atravessava a rua, depressa, e o pedinte continuava a andar, bradando: *Para a missa...*

Nunca pude saber se era a missa das Almas ou do Sacramento, por não ter ouvido o resto, e não me lembrar também se a opa era encarnada ou verde. Pobres almas, se foram elas as defraudadas! O certo é que vi como esse obscuro funcionário da sacristia e do teatro realizava assim mais que textualmente esta parte do dístico: *il dine de l'église et soupe du théâtre.*

De noite fui ao teatro. Já tinha começado o espetáculo; ele lá estava sentado no banco, sério, com o lenço encarnado debaixo do braço e um maço de bilhetes, na mão, grave, calado, e sem remorsos.

IDENTIDADE

[GN. 14 mar. 1887.]

Convenhamos que o fenômeno da semelhança completa entre dois indivíduos não parentes é coisa mui rara, — talvez ainda mais rara que um mau poeta calado. Pela minha parte não achei nenhum. Tenho visto parecenças curiosas, mas nunca ao ponto de estabelecer identidade entre duas pessoas estranhas.

Na família as semelhanças são naturais; e isso que fazia pasmar ao bom Montaigne, não traz o menor espanto ao mais soez dos homens. Os Ausos, povo antigo, cujas mulheres eram comuns, tinham um processo sumário para restituir os filhos aos pais: era a semelhança que, ao cabo de três meses, apresentasse o menino com algum dos cidadãos. Vá por conta de Heródoto. A natureza era assim um tabelião muito mais seguro. Mas que entre dous indivíduos de família e casta diferentes (a não serem os Drômios e os Menecmas dos poetas) a igualdade das feições, da estatura, da fala, de tudo, seja tal que se não possam distinguir um do outro, é caso para ser posto em letra de forma, depois de ter vivido três mil anos em um papiro, achado em Tebas. Vá por conta do papiro.

* * *

Era uma vez um faraó, cujo nome se perdeu na noite das velhas dinastias, — mas suponhamos que se chamava Pha-Nohr. Teve notícia de que existia em certo lugar do Egito um homem tão parecido com ele que era difícil discriminá-los. A princípio ouviu a notícia com indiferença, mas, depois de uma grande melancolia que teve, achaque dos últimos tempos, lembrou-se de deputar três homens que fossem procurar esse milagre e trazê-lo ao paço.

— Dêem-lhe o que pedir; se tiver dívidas, quero que as paguem; se amar alguma mulher, que a traga consigo. O essencial é que esteja cá e depressa, ou eu mando executar os três.

A corte respirou jubilosa. Após vinte anos de governo, era a primeira ameaça de morte que saía da real boca. Toda ela aplaudiu a pena; alguns ousaram propor uma formalidade simbólica, — que, antes de executar os três emissários, se lhes cortassem os pés para significar a pouca diligência empregada em cumprir os recados do faraó. Este, porém, sorriu de um modo mui particular.

Não tardou que os emissários tornassem a Mênfis com o menecma do rei. Era um pobre escriba, por nome Bachtan, sem pais, nem mulher, nem filhos, nem dívidas, nem concubinas. A cidade e a corte ficaram alvoroçadas ao ver entrar o homem, que era a própria figura do faraó. Juntos, só se podiam reconhecer pelos vestidos, porque o escriba, se não tinha majestade e grandeza, trazia certo ar tranqüilo e nobre, que as supria. Eram mais que dois homens parecidos; eram dois exemplares de uma só pessoa; eles mesmos não se distinguiam mais que pela consciência da personalidade. Pha-Nohr aposentou o escriba em uma câmara pegada à sua, dizendo que era para um trabalho de interesse público; e ninguém mais o viu durante dois meses.

No fim desse tempo, Pha-Nohr, que instruíra o escriba em todas as matérias da administração, declarou-lhe uma noite que ia pô-lo no trono do Egito por algum tempo, meses ou anos. Bachtan ficou sem entender nada.

— Não entendes, escriba? O escriba agora sou eu. Tu és faraó. Fica aí com o meu nome, o meu poder e a minha figura. Não descobrirás a ninguém o segredo desta troca. Vou a negócios do Estado.

— Mas, senhor...

— Reinas ou morres.

Antes reinar. Bachtan obedeceu à ordem, mas suplicou ao rei que a demora não fosse muita; faria justiça, mas não tinha gosto ao poder, menos ainda nascera para governar o Egito. Trocaram de aposentos. O escriba rolou durante a noite inteira, sem achar cômodo, no leito da vindoura Cleópatra. De manhã, segundo o ajustado, foi o rei despedido com as vestes do escriba, dando-lhe o escriba, que fazia de faraó, algum dinheiro e muitas pedras preciosas. Dez guardas do paço acompanharam o ex-faraó até os subúrbios de uma cidade distante.

— Viva a vida! exclamou este, apenas perdeu de vista os soldados. Santo nome de Ísis e de Osíris! Viva a vida e a liberdade!

Ninguém, exceto o vento bochorno do Egito, ouviu essas primeiras palavras ditas por ele a todo o universo. O vento foi andando indiferente; mas o leitor, que não é vento, pede explicação delas. Quando menos, supõe que este homem é doudo. Tal era também a opinião de alguns doutores; mas, graças ao regímen especialista da terra, outros queriam que o mal dele viesse do estômago, outros do ventre, outros do coração. Que mal? Uma cousa esquisita. Imagine-se que Pha-Nohr começara a governar com vinte e dous anos, tão alegre, expansivo e resoluto, que encantou a toda a gente; tinha idéias grandes, úteis e profundas. No fim, porém, de dous anos, mudou completamente de gênio. Tédio, desconfiança, aversão às pessoas, sarcasmos amiudados e, finalmente, umas crises melancólicas, que lhe levavam dias e dias. Durou isto dezoito anos.

Já sabemos que foi ao sair de uma daquelas crises que ele entregou o Egito ao escriba. A causa, porém, deste ato inexplicável é a mesma da singular troca de gênio. Pha-Nohr persuadira-se de que não podia conhecer o caráter nem o coração dos homens, através da linguagem curial, ataviada naturalmente, e que lhe parecia oblíqua, dúbia, sem vida própria nem contrastes. Vá que lhe não dissessem cousas rudes, nem ainda as verdades inteiras; mas, por que lhe não mostrariam a alma toda, menos esses desvãos secretos, que há em toda a casa? Desde que isto se lhe meteu em cabeça, caiu na ruim tristeza e longas hipocondrias; e, se lhe não aparece o menecma que pôs no trono, provavelmente morreria de desespero.

Agora tinha ímpetos de voar, de correr toda aquela abóbada de estanho que lá ficava acima dele, ou então ir conversar com os crocodilos, trepar aos hipopótamos, disputar as serpentes aos íbis. Pelo boi Ápis! pensava ele andando e gesticulando, ruim ofício era o meu. Cá levo agora a minha boa alegria e não a dou a troco de nada, nem do Egito nem de Babilônia.

* * *

— Charmion, quem será aquele homem que vem tão alegre? perguntou um tecelão, jantando à porta de casa com a mulher.

Charmion voltou os olhos cheios de mistérios do Nilo para o lado que o marido indicava. Pha-Nohr, logo que os viu, correu para eles. Era à entrada da cidade; podia ir buscar pousada e comida. Mas tão ansioso estava por sentir que não era rei e meter a mão nos corações e nos caracteres, que não hesitou em pedir-lhes algum bocado para matar a fome.

— Sou um pobre escriba, disse ele. Trago uma caixa de pedras preciosas, que me deu o faraó por achar que era parecido com ele; mas pedras não se comem.

— Comerás do nosso peixe e beberás do nosso vinho, disse-lhe o tecelão.

O vinho era ruim; o peixe fora mal crestado ao sol; mas para ele valiam mais que os banquetes de Mênfis, era o primeiro jantar da liberdade. Expandia-se o ex-faraó; ria, falava, interrogava, queria saber isto e aquilo, batia no ombro ao tecelão, e este ria-se também e contava-lhe tudo.

— A cidade é um covil de sacripantes; mais ruins que eles só os meus vizinhos, aqui da entrada. Contarei a história de um ou dois e bastará para conhecer o resto.

Contou umas cousas juntamente ridículas e execráveis, que o hóspede ouviu aborrecido. Este, para desanojar-se, olhou para Charmion e notou que ela pouco mais fazia que fitá-lo com os seus grandes olhos cheios de mistérios do Nilo. Não amara a outra mulher; esta reduziu os seus quarenta e dous anos a vinte e cinco, ao passo que o tecelão prosseguia em dizer a má casta de vizinhos que a fortuna lhe dera. Uns perversos! e os que não eram perversos eram asnos, como um tal Phtataghuruh que...

"Que poder misterioso fez nascer tão linda criatura entre mecânicos?" dizia Pha-Nohr consigo.

Caiu a tarde. Pha-Nohr agradeceu o obséquio e quis ir-se embora; mas o tecelão não consentiu em deixá-lo; passaria ali a noite. Deu-lhe um bom aposento, ainda que pobre. Charmion foi adereçá-lo com as melhores cousas que tinha, deitando-lhe sobre a cama uma bonita colcha bordada — daquelas famosas colchas do Egito citadas por Salomão — e encheu-lhe o ar de aromas finíssimos. Era pobre, mas gostava do luxo.

Pha-Nohr deitou-se pensando nela. Era virtuoso; parecia-lhe que estava pagando mal os obséquios do marido e sacudia de si a imagem da moça. Os olhos, porém, ficavam; viu-os na escuridão, fitos nele, como dous fachos noturnos, e ouviu-lhe também a voz terna e súplice. Saltou da cama, os olhos desapareceram, mas a voz continuava, e, cousa extraordinária, intercalada com a do marido. Não podiam estar longe; colou o ouvido à parede. Ouviu que o tecelão propunha à mulher ficarem com a caixa das pedras preciosas do hóspede, indo buscá-la ao quarto; fariam depois alarido e diriam que eram ladrões. Charmion opunha-se; ele teimava, ela suplicava...

Pha-Nohr ficou embasbacado. Quem diria que o bom tecelão, tão obsequioso?... Não dormiu o resto da noite; gastou-a a andar e a agitar-se para que o homem lá não fosse. De manhã, dispôs-se a andar. O tecelão quis retê-lo, pediu-lhe um dia mais, ou dous, algumas horas; não alcançou nada. Charmion não ajudou o marido; trazia, porém, os mesmos olhos da véspera, fitos no hóspede, teimosos e enigmáticos. Pha-Nohr deu-lhe em lembrança uns brincos de cristal e um bracelete de ouro.

— Até um dia! murmurou-lhe ela ao ouvido.

Pha-Nohr entrou na cidade, achou pousada, deixou as suas cousas a bom recado e saiu para a rua. Morria por andar à toa, desconhecido, misturado à outra gente, falar e ouvir a todos, com franqueza, sem os atilhos do formalismo nem as composturas do paço. Toda a cidade estava em alvoroço, por causa da grande festa anual de Ísis. Grupos na rua, ou às portas, mulheres, homens, crianças, muito riso, muita conversa, uma algazarra de todos os diabos. Pha-Nohr ia a toda parte; foi ver aparelhar os barcos, entrou nos mercados, interrogando a todos. A linguagem era naturalmente rude, — às vezes obscena. No meio do tumulto recebeu alguns encontrões. Eram os primeiros, e mais lhe doeu a dignidade que a pessoa. Parece que chegou a desandar para casa; mas riu-se logo do melindre e tornou à multidão.

Na primeira rua em que entrou, viu duas mulheres que brigavam, agarradas uma à outra, com palavras e murros. Eram robustas e descaradas. Em volta, a gente fazia círculo, e animava-as, como se pratica ainda hoje com os cães. Pha-Nohr não pôde sofrer o espetáculo; primeiro, quis sair dali; mas tal pena teve das duas criaturas, que rompeu a multidão, penetrou no espaço em que elas estavam e separou-as. Resistiram; ele, não menos robusto, meteu-se de permeio. Então elas, vendo que não podiam ir uma à outra, despejaram nele a raiva; Pha-Nohr afasta-se, atravessa a multidão, elas perseguem-no, entre a risota pública, ele corre, elas correm, e, a pedrada e nome cru, o acompanham até longe: Uma das pedras feriu-lhe o pescoço.

"Vou-me daqui, pensou ele, entrando em casa. Em curando a ferida, embarco. Parece, na verdade, uma cidade, de sacripantes."

Nisto ouviu vozes na rua, e daí a pouco entrava-lhe em casa um magistrado acompanhado das duas mulheres e de umas vinte pessoas. As mulheres queixavam-se que que esse homem investira contra elas. As vinte pessoas juraram a mesma cousa. O magistrado ouviu a explicação de Pha-Nohr; e, dizendo este que a sua melhor defesa era a ferida que trazia no pescoço, retorquiu-lhe o magistrado que as duas agravadas naturalmente haviam de defender-se, e multou-o. Pha-Nohr, esquecendo a abdicação temporária, gritou que lhe prendessem o magistrado.

— Outra multa, respondeu este gravemente; e o ferido não teve mais que pagar para se não descobrir.

Estava em casa, triste e acabrunhado, quando viu entrar, daí a dous dias, a bela Charmion debulhada em lágrimas. Sabendo da aventura, desamparou tudo, casa e marido, para vir tratar dele. Doía-lhe muito? Queria que ela lhe bebesse o sangue da ferida, como o melhor vinho do Egito e do mundo? Trazia um pacote com os objetos de uso pessoal.

— Teu marido? perguntou Pha-Nohr.

— Meu marido és tu!

Pha-Nohr quis replicar; mas os olhos da moça encerravam, mais que nunca, todos os mistérios do Egito. Além dos mistérios, tinha ela um plano. Dissera ao marido que ia com uma família amiga à festa de Ísis, e foi assim que saiu de casa.

— Olha, concluiu, para mais captar-lhe a confiança, aqui trouxe o meu par de crótalos, com que uso acompanhar as danças e as flautas. Os barcos saem amanhã. Alugarás um e iremos, não a Busíris, mas ao lugar mais ermo e áspero, que será para mim o seio da própria Ísis divina.

Cegueira do amor, em vão Pha-Nohr quis recuar e dissuadi-la. Tudo ficou ajustado. Como precisassem dinheiro, saiu ele a vender duas pedras preciosas. Nunca soubera o valor de tais cousas; umas foram-lhe dadas, outras foram-lhe compradas pelos seus mordomos. Contudo, tal foi o preço que lhe ofereceu por elas o primeiro comprador, que ele voltou as costas, por mais que este o chamasse para fazer negócio. Chegou-se a outro e contou-lhe o que se dera com o primeiro.

— Como se há de impedir que os velhacos abusem da boa-fé dos homens de bem? disse este com voz melíflua.

E, depois de examinar as pedras, declarou que eram boas, e perguntou se o dono lhes tinha alguma afeição particular.

— Para mim, acrescentou, é fora de dúvida que a afeição que se tem a um objeto torna-o mais vendável. Não me pergunte a razão; é um mistério.

— Não tenho a estas nenhuma afeição particular, acudiu Pha-Nohr.

— Bem, deixe-me avaliá-las.

Calculou baixinho, olhando para o ar, e acabou oferecendo metade do valor das pedras. Era tão superior esta segunda oferta à primeira, que Pha-Nohr aceitou-a com grandes alegrias. Comprou um barco, de boa acácia, calafetado de fresco, e voltou à pousada, onde Charmion lhe ouviu toda a história.

— A consciência daquele homem, concluiu Pha-Nohr, é em si mesma uma rara pedra preciosa.

— Não digas isso, meu divino sol. As pedras valiam o dobro.

Pha-Nohr, indignado, quis ir ter com o homem; mas a formosa Charmion reteve-o, era tarde e inútil. Tinham de embarcar na manhã seguinte. Veio a manhã, embarcaram, e no meio de tantos barcos que iam a Busíris puderam eles escapar-se e foram dar à outra cidade distante, onde acharam casa estreita e graciosa, um ninho de amor.

— Viveremos aqui até à morte, disse-lhe a bela Charmion.

* * *

Já não era a pobre namorada sem adornos; podia agora desbancar as ricas donas de Mênfis. Jóias, finas túnicas, vasos de aromas, espelhos de bronze, alcatifas por toda a parte e mulheres que a servissem, umas do Egito, outras da Etiópia; mas a melhor jóia de todas, a melhor alcatifa, o melhor espelho és tu, dizia ela a Pha-Nohr.

Não faltaram também amigos nem amigas, por mais que quisessem viver reclusos. Entre os homens, havia dois mais particularmente aceitos a ambos, um velho letrado e um rapaz que andará por Babilônia e outras partes. Na conversação, era natural que Charmion e as amigas ouvissem com prazer as narrativas do moço. Pha-Nohr deleitava-se com as palestras do letrado.

Desde longos anos que este compunha um livro sobre as origens do Nilo; e, conquanto ninguém o tivesse lido, a opinião geral é que era admirável. Pha-Nohr quis ter a glória de ouvir-lhe algum trecho; o letrado levou-o à casa dele, um dia, aos primeiros raios do sol. Abria o livro por uma longa dissertação sobre a origem da terra e do céu; depois vinha outra sobre a origem das estações e dos ventos; outra sobre a origem dos ritos, dos oráculos e do sacerdócio. No fim de três horas, pararam, comeram alguma cousa e entraram na segunda parte, que tratava da origem da vida e da morte, matéria de tanta ponderação, que não acabou mais, porque a noite os tomou em meio. Pha-Nohr levantou-se desesperado.

— Amanhã continuaremos, disse o letrado; acabada esta parte, trato logo da origem dos homens, da origem dos reinos, da origem do Egito, da origem dos faraós, da minha própria origem, da origem das origens, e entramos na matéria particular do livro, que são as origens do Nilo, antecedendo-as, porém, das origens de todos os rios do universo. Mas que lhe parece o que li?

Pha-Nohr não pôde responder; saiu furioso. Na rua teve uma vertigem e caiu. Quando voltou a si, a lua clareava o caminho, ergueu-se a custo e foi para casa.

— Maroto! serpente! dizia ele. Se eu fosse rei, não me aborrecias mais de meia hora. Vã liberdade, que me condenas à escravidão!

E assim pensando, ia cheio de saudades de Mênfis, do poder que emprestara ao escriba e até dos homens que lhe falavam tremendo e aos quais fugira. Trocara tudo por nada... Aqui emendou-se. Charmion valia por tudo. Já lá iam meses que viviam juntos; os indiscretos é que lhe empanavam a felicidade. Murmurações de mulheres, disputas de homens eram realmente matéria estranha ao amor de ambos. Construiu novo plano de vida; deixariam aquela cidade, onde não podiam viver para si. Iriam para algum lugar pobre e de pouca gente. Para que luxo externo, amigos, conversações frívolas? E ele cantarolava, andando: "Bela Charmion, palmeira única, posta ao sol do Egito..."

Chegou a casa, correu ao aposento comum, para enxugar as lágrimas à bela Charmion. Não achou nada, nem a moça, nem as pedras preciosas, nem as jóias, túnicas, espelhos, muitas outras cousas de valia. Não achou sequer o moço viajante, que provavelmente, à força de falar de Babilônia, despertou na dama o desejo de irem visitá-la juntos...

Pha-Nohr chorou de raiva e de amor. Não dormiu; no dia seguinte indagou, mas ninguém sabia de nada. Vendeu os poucos móveis e tapetes que lhe ficaram, e foi para uma cidadezinha próxima, no mesmo distrito. Levava esperanças de encontrá-la. Estava abatido e lúgubre. Para ocupar o tempo e sarar do abalo, meteu-se a aprendiz de embalsamador. A morte me ajudará a suportar a vida, disse ele.

A casa era das mais célebres. Não embalsamava só os cadáveres das pessoas ricas, mas também os das menos abastadas e até da gente pobre. Como os preços de segunda e terceira classes eram os mesmos de outras partes, muitas famílias mandavam para ali os seus cadáveres, para que os embalsamassem com os das pessoas nobres. Pha-Nohr começou pela gente ínfima, cujo processo de embalsamamento era mais sumário. Notou logo que ele e os companheiros de classe eram vistos com desdém pelos embalsamadores da segunda classe; estes chegavam-se muito aos da primeira, mas os da primeira não faziam caso de uns nem de outros. Não se mortificou com isso. Sacar ou não os intestinos do cadáver, ingerir-lhe óleo de cedro ou vinho de palma, mirra e canela, era diferença de operação e de preço. Outra cousa o mortificou deveras.

Tinha ido ali buscar uma oficina de melancolia e deu com um bazar de chufas e anedotas. Certamente havia respeito, quando entrava uma encomenda; o cadáver era recebido com muitas atenções, gestos graves, caras lúgubres. Logo, porém, que os parentes o deixavam, recomeçavam as alegrias. As mulheres, se faleciam moças e bonitas, eram longamente vistas e admiradas por todos. A biografia dos mortos conhecidos era feita ali mesmo, lembrando este um caso, aquele outro. Operavam os corpos, gracejando, falando cada um dos seus negócios, planos, idéias, puxando daqui e dali, como se cortam sapatos. Pha-Nohr compreendeu que o uso encruara naquela gente a piedade e a sensibilidade.

"Talvez eu mesmo acabe assim", pensou ele.

Deixou o ofício, depois de esperar algum tempo a ver se entrava o cadáver da bela Charmion. Exerceu outros, foi barbeiro, bateleiro, caçador de aves aquáticas. Cansado, exausto, aborrecido, apertaram-lhe as saudades do trono; resolveu tornar a Mênfis e ocupá-lo.

Toda a cidade, logo que o viu, clamou que era chegado o escriba parecido com o faraó, que ali estivera tempos atrás; e faziam-se grupos na rua e uma grande multidão o seguiu até ao paço.

— Muito parecido! exclamavam de um lado e de outro.

— Sim? perguntava Pha-Nohr, sorrindo.

— A única diferença, explicou-lhe um velho, é que o faraó está muito gordo.

Pha-Nohr estremeceu. Correu-lhe um frio pela espinha. Muito gordo? Era então impossível a permuta das pessoas. Deteve-se alguns instantes; mas acudiu-lhe logo ir assim mesmo ao paço, e, destronando o escriba, descobrir o segredo. Para que encobri-lo mais?

Entrou; a corte esperava-o, em redor do faraó, e reconheceu logo que era impossível agora confundi-los, à vista da diferença na grossura dos corpos; mas a cara, a fala, o gesto eram ainda os mesmos. Bachtan perguntou-lhe placidamente o que é que queria; Pha-Nohr sentiu-se rei e declarou-lhe que o trono.

— Sai daí, escriba, concluiu; o teu papel está acabado.

Bachtan riu-se para os outros, os outros riram-se e o paço estremeceu com a gargalhada universal. Pha-Nohr fechou as mãos e ameaçou a todos; mas a corte continuou a rir. Bachtan, porém, fez-se sério e declarou que esse homem sedicioso era um perigo para o Estado. Phar-Nohr foi ali mesmo preso, julgado e condenado à morte. Na manhã seguinte, cumpriu-se a sentença diante do faraó e grande multidão. Pha-Nohr morreu tranqüilo, rindo do escriba e de toda a gente, menos talvez de Charmion: "Bela Charmion, palmeira única, posta ao sol do Egito..." A multidão, logo que ele expirou, soltou uma formidável aclamação:

— Viva Pha-Nohr!

E Bachtan, sorrindo, agradeceu.

SALES

[GN. 30 mai. 1887.]

Ao certo, não se pode saber em que data teve Sales a sua primeira idéia. Sabe-se que, aos dezenove anos, em 1854, planeou transferir a capital do Brasil para o interior, e formulou alguma cousa a tal respeito; mas não se pode afirmar, com segurança,que tal fosse a primeira nem a segunda idéia do nosso homem. Atribuíram-lhe meia dúzia antes dessa, algumas evidentemente apócrifas, por desmentirem dos anos em flor, mas outras possíveis e engenhosas. Geralmente eram concepções vastas, brilhantes, inopináveis ou só complicadas. Cortava largo, sem poupar pano nem tesoura; e, quaisquer que fossem as objeções práticas, a imaginação estendia-lhe sempre um véu magnífico sobre o áspero e o aspérrimo. Ousaria tudo: pegaria de uma enxada ou de um cetro, se preciso fosse, para pôr qualquer idéia a caminho. Não digo cumpri-la, que é outra cousa.

Casou aos, vinte e cinco anos, em 1859, com a filha de um senhor de engenho de Pernambuco, chamado Melchior. O pai da moça ficara entusiasmado, ouvindo ao futuro genro certo plano de produção de açúcar, por meio de uma união de engenhos e de um mecanismo simplíssimo. Foi no Teatro de Santa Isabel, no Recife, que Melchior lhe ouviu expor os lineamentos principais da idéia.

— Havemos de falar nisso outra vez, disse Melchior; por que não vai ao nosso engenho?

Sales foi ao engenho, conversou, escreveu, calculou, fascinou o homem. Uma vez acordados na idéia, saiu o moço a propagá-la por toda a comarca; achou tímidos, achou recalcitrantes, mas foi animando a uns e persuadindo a outros. Estudou a produção da zona, comparou a real à provável, e mostrou a diferença. Vivia no meio de mapas, cotações de preços, estatísticas, livros, cartas, muitas cartas. Ao cabo de quatro meses, adoeceu; o médico achou que a moléstia era filha do excesso de trabalho cerebral, e prescreveu-lhe grandes cautelas.

Foi por esse tempo que a filha do senhor, do engenho e uma irmã deste regressaram da Europa, aonde tinham ido nos meados de 1858. *Es liegen einige gute Ideen in diesen Rock*, dizia uma vez o alfaiate de Heine, mirando-lhe a sobrecasaca. Sales não desceria a achar semelhantes cousas numa sobrecasaca; mas, numa linda moça, por que não? Há nesta pequena algumas idéias boas, pensou ele olhando para Olegária, — ou Legazinha, como se dizia no engenho. A moça era baixota, delgada, rosto alegre e bom. A influição foi recíproca e súbita. Melchior, não menos namorado do rapaz que a filha, não hesitou em casá-los; ligá-lo à família era assegurar a persistência de Sales na execução do plano.

O casamento fez-se em agosto, indo os noivos passar a lua-de-mel no Recife. No fim de dous meses, não voltando eles ao engenho, e acumulando-se ali uma infinidade de respostas ao questionário que Sales organizara, e muitos outros papéis e opúsculos, Melchior escreveu ao genro que viesse; Sales respondeu que sim, mas que antes disso precisava dar uma chegadinha ao Rio de Janeiro, cousa de poucas semanas, dous meses, no máximo. Melchior correu ao Recife para impedir a viagem; em último caso, prometeu que, se esperassem até maio, ele viria também. Tudo foi inútil; Sales não podia esperar; tinha isto, tinha aquilo, era indispensável.

— Se houver necessidade de apressar a volta, escreva-me; mas descanse, a boa semente frutificará. Caiu em boa terra, concluiu enfaticamente.

Ênfase não exclui sinceridade. Sales era sincero, mas uma cousa é sê-lo de espírito, outra de vontade. A vontade estava agora na jovem consorte. Entrando no mar, esqueceu-lhe a terra; descendo à terra, olvidou as águas. A ocupação única do seu ser era amar esta moça, que ele nem sabia que existisse, quando foi para o engenho do sogro cuidar do açúcar. Meteram-se na Tijuca, em casa que era juntamente ninho e fortaleza; — ninho para eles, fortaleza para os estranhos, aliás inimigos. Vinham abaixo algumas vezes, — ou a passeio, ou ao teatro; visitas raras e de cartão. Durou essa reclusão oito meses. Melchior escrevia ao genro que voltasse, que era tempo; ele respondia que sim, e ia ficando; começou a responder tarde, e acabou falando de outras cousas. Um dia, o sogro mandou-lhe dizer que todos os apalavrados tinham desistido da empresa. Sales leu a carta ao pé de Legazinha, e ficou longo tempo a olhar para ela.

— Que mais? perguntou Legazinha.

Sales afirmou a vista; acabava de descobrir-lhe um cabelinho branco. Cãs aos vinte anos! Inclinou-se, e deu no cabelo um beijo de boas-vindas. Não cuidou de outra cousa em todo o dia. Chamava-lhe “minha velha”. Falava em comprar uma medalhinha de prata para guardar o cabelo, com a data, e só a abririam quando fizessem vinte e cinco anos de casados. Era uma idéia nova esse cabelo. Bem dizia ele que a moça tinha em si algumas idéias boas, como a sobre casaca de Heine; não só as tinha boas, mas inesperadas.

Um dia, reparou Legazinha que os olhos do marido andavam dispersos no ar, ou recolhidos em si. Nos dias seguintes observou a mesma cousa. Note-se que não eram olhos de qualquer. Tinham a cor indefinível, entre castanho e ouro; — grandes, luminosos e até quentes. Viviam em geral como os de toda a gente; e, para ela, como os de nenhuma pessoa, mas o fenômeno daqueles dias era novo e singular. Iam da profunda imobilidade à mobilidade súbita e quase demente. Legazinha falava-lhe, sem que ele a ouvisse; pegava-lhe dos ombros ou das mãos, e ele acordava.

— Hem? que foi?

Legazinha a princípio ria-se.

— Este meu marido! Este meu marido! Onde anda você?

Sales ria também, levantava-se, acendia um charuto, e entrava a andar e a pensar; daí a pouco mergulhava outra vez em si. O fenômeno foi-se agravando. Sales passou a escrever horas e horas; às vezes, deixava a cama, alta noite, para ir tomar alguma nota. Legazinha supôs que era o negócio dos engenhos, e disse-lho, pendurando-se graciosamente do ombro:

— Os engenhos? repetiu ele. E voltando a si: — Ah! os engenhos...

Legazinha temia algum transtorno mental, e procurava distraí-lo. Já saíam a visitas, recebiam outras; Sales consentiu em ir a um baile, na Praia do Flamengo. Foi aí que ele teve um princípio de reputação epigramática, por uma resposta que deu distraidamente:

— Que idade terá aquela feiosa, que vai casar? perguntou-lhe uma senhora com malignidade.

— Perto de duzentos contos, respondeu Sales.

Era um cálculo que estava fazendo; mas o dito foi tomado à má parte, andou de boca em boca, e muita gente redobrou os carinhos com um homem capaz de dizer cousas tão perversas.

Um dia, o estado dos olhos foi cedendo inteiramente da imobilidade para a mobilidade; entraram a rir, a derramarem-se-lhe pelo corpo todo, e a boca ria, as mãos riam, todo ele ria a espáduas despregadas. Não tardou, porém, o equilíbrio: Sales voltou ao ponto central, mas — ai dela! — trazia uma idéia nova.

Consistia esta em obter de cada habitante da capital uma contribuição de quarenta réis por mês, — ou, anualmente, quatrocentos e oitenta réis. Em troca desta pensão tão módica, receberia o contribuinte durante a semana santa uma cousa que não posso dizer sem grandes refolhos de linguagem. Que ele há pessoas neste mundo que acham mais delicado comer peixe cozido, que lê-lo impresso. Pois era o pescado necessário à abstinência, que cada contribuinte receberia em casa durante a semana santa, a troco de quatrocentos e oitenta réis por ano. O corretor, a quem Sales confiou o plano, não o entendeu logo; mas o inventor explicou-lho.

— Nem todos pagarão só os quarenta réis; uma terça parte, para receber maior porção e melhor peixe, pagará cem réis. Quantos habitantes haverá no Rio de Janeiro? Descontando os judeus, os protestantes, os mendigos, os vagabundos, etc., contemos trezentos mil. Dous terços, ou duzentos mil, a quarenta réis, são noventa e seis contos anuais. Os cem mil restantes, a cem réis, dão cento e vinte. Total: duzentos e dezesseis contos de réis. Compreendeu agora?

— Sim, mas...

Sales explicou o resto. O juro do Capital, o preço das ações da companhia, porque era uma companhia anônima, número das ações, entradas, dividendo provável, fundo de reserva, tudo estava calculado, somado. Os algarismos caíam-lhe da boca, lúcidos e grossos; como uma chuva de diamantes; outros saltavam-lhe dos olhos, à guisa de lágrimas, mas lágrimas de gozo único. Eram centenas de contos, que ele sacolejava nas algibeiras, passava às mãos e atirava ao tecto. Contos sobre contos; dava com eles na cara do corretor, em cheio; repelia-os de si, a pontapés; depois recolhia-os com amor. Já não eram lágrimas nem diamantes, mas uma ventania de algarismos, que torcia todas as idéias do corretor, por mais rijas e arraigadas que estivessem.

— E as despesas? disse este.

Estavam previstas as despesas. As do primeiro ano é que seriam grandes. A companhia teria virtualmente o privilégio da pescaria, com pessoal seu, canoas suas, estações de paróquias, carroças de distribuição, impressos, licenças, escritório, diretoria, tudo. Deduzia as despesas, e mostrava lucro positivo, claro, numeroso. Vasto negócio, vasto e humano; arrancava a população aos preços fabulosos daqueles dias de preceito.

Trataram do negócio; apalavraram algumas pessoas. Sales não olhava a despesa para pôr a idéia a caminho. Não tinha mais que o dote da mulher, uns oitenta contos, já muito cerceados; mas não olhava a nada. São despesas produtivas, dizia a si mesmo. Era preciso escritório; alugou casa na Rua da Alfândega, dando grossas luvas, e meteu lá um empregado de escrita e um porteiro fardado. Os botões da farda do porteiro eram de metal branco, e tinham, em relevo, um anzol e uma rede, emblema da companhia; na frente do *bonet* via-se o mesmo emblema, feito de galão de prata. Essa particularidade, tão estranha ao comércio, causou algum pasmo, e recolheu boa soma de acionistas.

— Lá vai o negócio a caminho! dizia ele à mulher, esfregando as mãos.

Legazinha padecia calada. A orelha da necessidade começava a aparecer por trás da porta; não tardaria a ver-lhe o carão chupado e lívido, e o corpo em frangalhos. O dote, capital único, ia-se indo com o necessário e o hipotético. Sales, entretanto, não parava, acudia a tudo, à praça e à imprensa, onde escreveu alguns artigos longos, muito longos, pecuniariamente longos, recheados de Cobden e Bastiat, para demonstrar que a companhia trazia nas mãos "o lábaro da liberdade".

A doença de um conselheiro de Estado fez demorar os estatutos. Sales, impaciente nos primeiros dias, entrou a conformar-se com as circunstâncias, e até a sair menos. Às vezes vestia-se para dar uma vista ao escritório; mas, apertado o colete, ruminava outra cousa e deixava-se ficar. Crendice do amor, a mulher também esperava os estatutos; rezava uma ave-maria, todas as noites, para que eles viessem, que se não demorassem muito. Vieram; ela leu, um dia de manhã, o despacho de indeferimento. Correu atônita ao marido.

— Não entendem disto, respondeu Sales, tranqüilamente. Descansa; não me abato assim com duas razões.

Legazinha enxugou os olhos.

— Vais requerer outra vez? perguntou-lhe.

— Qual requerer!

Sales atirou a folha ao chão, levantou-se da rede em que estava, e foi à mulher; pegou-lhe nas mãos, disse-lhe que nem cem governos o fariam desfalecer. A mulher, abanando a cabeça:

— Você não acaba nada. Cansa-se à toa... No princípio tudo são prodígios; depois... Olha o negócio dos engenhos que papai me contou...

— Mas fui eu que me indeferi?

— Não foi; mas há que tempos anda você pensando em outra cousa!

— Pois sim, e digo-te...

— Não digas nada, não quero saber nada, atalhou ela.

Sales, rindo, disse-lhe que ainda havia de arrepender-se, mas que ele lhe daria um perdão "de rendas", nova espécie de perdão, mais eficaz que nenhum outro. Desfez-se do escritório e dos empregados, sem tristeza; chegou a esquecer-se de pedir luvas ao novo inquilino da casa. Pensava em cousa diferente. Cálculos passados, esperanças ainda recentes, eram cousas em que parecia não haver cuidado nunca. Debruçava-se-lhe do olho luminoso uma idéia nova. Uma noite, estando em passeio com a mulher; confiou-lhe que era indispensável ir à Europa, viagem de seis meses apenas.

Iriam ambos, com economia. Legazinha ficou fulminada. Em casa respondeu-lhe, que nem ela iria, nem consentiria que ele fosse. Para quê? Algum novo sonho. Sales afirmou-lhe que era uma simples viagem de estudo, França, Inglaterra, Bélgica, a indústria das rendas. Uma grande fábrica de rendas; o Brasil dando malinas e bruxelas.

Não houve força que o detivesse, nem súplicas, nem lágrimas, nem ameaças de separação. As ameaças eram de boca. Melchior estava, desde muito, brigado com ambos; ela não abandonaria o marido. Sales embarcou, e não sem custo, porque amava deveras a mulher; mas era preciso, e embarcou. Em vez de seis meses, demorou-se sete; mas, em compensação, quando chegou, trazia o olhar seguro e radiante. A saudade, grande misericordiosa, fez com que a mulher esquecesse tantas desconsolações, e lhe perdoasse — tudo.

Poucos dias depois alcançou ele uma audiência do Ministro do Império. Levou-lhe um plano soberbo, nada menos que arrasar os prédios do Campo da Aclamação e substituí-los por edifícios públicos, de mármore. Onde está o quartel, ficaria o palácio da Assembléia Geral; na face oposta, em toda a extensão, o palácio do imperador. *David cum Sibyla*. Nas outras duas faces laterais ficariam os palácios dos sete ministérios, um para a Câmara Municipal e outro para o Diocesano.

— Repare V. Ex.ª que é toda a Constituição reunida, dizia ele rindo, para fazer rir o ministro; falta só o Ato Adicional. As províncias que façam o mesmo.

Mas o ministro não se ria. Olhava para os planos desenrolados na mesa, feitos por um engenheiro belga, pedia explicações para dizer alguma cousa, e mais nada. Afinal disse-lhe que o governo não tinha recursos para obras tão gigantescas.

— Nem eu lhos peço, acudiu Sales. Não preciso mais que de algumas concessões importantes. E o que não concederá o governo para ver executar este primor?

Durou seis meses esta idéia. Veio outra, que durou oito; foi um colégio, em que pôs à prova certo plano de estudos. Depois vieram outras, mais outras... Em todas elas gastava alguma cousa, e o dote da mulher desapareceu. Legazinha suportou com alma as necessidades; fazia balas e compotas para manter a casa. Entre duas idéias, Sales comovia-se, pedia perdão à consorte, e tentava ajudá-la na indústria doméstica. Chegou a arranjar um emprego ínfimo, no comércio; mas a imaginação vinha muita vez arrancá-lo ao solo triste e nu para as regiões magníficas, ao som dos guizos de algarismos e do tambor da celebridade.

Assim correram os primeiros seis anos de casamento. Começando o sétimo, foi o nosso amigo acometido de uma lesão cardíaca e de uma idéia. Cuidou logo desta, que era uma máquina de guerra para destruir Humaitá; mas a doença, máquina eterna, destruiu-o primeiro a ele. Sales caiu de cama, a morte veio vindo; a mulher, desenganada, tratou de o persuadir a que se sacramentasse.

— Faço o que quiseres, respondeu ele ofegante.

Confessou-se, recebeu o viático e foi ungido. Para o fim, o aparelho eclesiástico, as cerimônias, as pessoas ajoelhadas, ainda lhe deram rebate à imaginação. A idéia de fundar uma igreja, quando sarasse, encheu-lhe o semblante de uma luz extraordinária. Os olhos reviveram. Vagamente, inventou um culto, sacerdote, milhares de fiéis. Teve reminiscências de Robespierre; faria um culto deísta, com cerimônias e festas originais, risonhas como o nosso céu... Murmurava palavras pias.

— Que é? dizia Legazinha, ao pé da cama, com uma das mãos dele presa entre as suas, exausta de trabalho.

Sales não via nem ouvia a mulher. Via um campo vastíssimo, um grande altar ao longe, de mármore, coberto de folhagens e flores. O sol batia em cheio na congregação religiosa. Ao pé do altar via-se a si mesmo, magno sacerdote, com uma túnica de linho e cabeção de púrpura. Diante dele, ajoelhadas, milhares e milhares de criaturas humanas, com os braços erguidos ao ar, esperando o pão da verdade e da justiça... que ele ia... distribuir...

D. JUCUNDA

[GN. 1 jan. 1889.]

CAPÍTULO PRIMEIRO

Ninguém quando D. Jucunda aparece no Imperial Teatro de D. Pedro II, em algum baile, em casa, ou na rua, ninguém lhe dá mais de trinta e quatro anos. A verdade porém, é que orça pelos quarenta e cinco; nasceu em 1843. A natureza tem assim os seus mimosos. Deixa correr o tempo, filha minha, disse a boa madre eterna; eu cá estou com as mãos para te amparar. Quando te enfastiares da vida, unhar-te-ei a cara, polvilhar-te-ei os cabelos, e darás um pulo dos trinta e quatro aos sessenta, entre um cotilhão e o almoço.

É provinciana. Chegou aqui no começo de 1860, com a madrinha, — grande senhora de engenho, e um sobrinho desta, que era deputado. "Foi o sobrinho quem propôs à tia esta viagem, mas foi a afilhada quem a efetuou, tão-somente com fazer descair os olhos desconsolados.

Não, não estou mais para essas folias do mar. Já vi o Rio de Janeiro... Você que acha, Cundinha? perguntou D. Maria do Carmo.

— Eu gostava de ir, dindinha.

D. Maria do Carmo ainda quis resistir, mas não pôde; a afilhada ocupava em seu coração a alcova da filha que perdera em 1857. Viviam no engenho desde 1858. O pai de Jucunda, barbeiro de ofício, residia na vila, onde fora vereador e juiz de paz; quando a ilustre comadre lhe pediu a filha, não hesitou um instante; consentiu entregar-lha para benefício de todos. Ficou com a outra filha, Raimunda.

Jucunda e Raimunda eram gêmeas, circunstância que sugeriu ao pai a idéia de lhes dar nomes consoantes. Em criança, a beleza natural supria nelas qualquer outro alinho; andavam na loja e pela vizinhança, em camisa rota, pé descalço, muito enlameadas às vezes, mas sempre lindas. Aos doze anos perderam a mãe. Já então as duas irmãs não era tão iguais. A beleza de Jucunda acentuava-se, ia caminhando para a perfeição: a de Raimunda, ao contrário, parava e murchava; as feições iam descambando na banalidade e no inexpressivo. O talhe da primeira tinha outro garbo, e as mãos, tão pequenas como as da irmã, eram macias, — talvez, porque escolhiam ofícios menos ásperos.

Passando ao engenho da madrinha, Jucunda não sentiu a diferença de uma a outra fortuna. Não se admirou de nada, nem das paredes do quarto, nem dos móveis antigos, nem das ricas toalhas de crivo, nem das fronhas de renda. Não estranhou as mucamas (que nunca teve), nem as suas atitudes obedientes; aprendeu logo a linguagem do mando. Cavalos, redes, jóias, sedas, tudo o que a madrinha lhe foi dando pelo tempo adiante, tudo recebeu, menos como obséquios de hospedagem que como restituição. Não expressava desejo que se lhe não cumprisse. Quis aprender piano, teve piano e mestre; quis francês, teve francês. Qualquer que fosse o preço das cousas, D. Maria do Carmo não lhe recusava nada.

A diferença de situação entre Jucunda e o resto da família era agravada pelo contraste moral. Raimunda e o pai acomodavam-se, sem esforço, às condições da vida precária e rude; fenômeno que Jucunda atribuía, instintivamente à índole inferior de ambos. Pai e irmã, entretanto, achavam natural que a outra subisse a tais alturas, com esta particularidade que o pai tirava orgulho da elevação da filha, enquanto que Raimunda nem conhecia esse sentimento; deixava-se estar na humildade ignorante. De gêmeas que eram, e criadas juntas, sentiam-se agora filhas do mesmo pai, — um grande senhor de engenho, por exemplo, — que houvera Raimunda em alguma agregada da casa.

Leitor, não há dificuldade em explicar essas cousas. São desacordos possíveis entre a pessoa e o meio, que os acontecimentos retificam, ou deixam subsistir até que os dous se acomodem. Há também naturezas rebeldes à elevação da fortuna. Vi atribuir à rainha Cristina esta explosão de cólera contra o famoso Espartero: "Fiz-te duque, fiz-te grande de Espanha; nunca te pude fazer fidalgo". Não respondo pela veracidade da anedota; afirmo só que a bela Jucunda nunca poderia ouvir à madrinha alguma cousa que com isso se parecesse.

CAPÍTULO II

— Sabe quem vai casar? perguntou Jucunda à madrinha, depois de lhe beijar a mão. Na véspera, estando a calçar as luvas ,para ir ao Teatro Provisório, recebera cartas do pai e da irmã, deixou-as no toucador, para ler quando voltasse. Mas voltou tarde, e com tal sono, que esqueceu as cartas. Agora de manhã, ao sair do banho, vestida para o almoço, é que as pôde ler. Esperava que fossem como de costume, triviais e queixosas. Triviais seriam; mas havia a novidade do casamento da irmã com um alferes, chamado Getulino.

— Getulino de quê? perguntou D. Maria do Carmo.

— Getulino... Não me lembro; parece que é Amarante, — ou Cavalcanti. Não. Cavalcanti não é; parece que é mesmo Amarante. Logo vejo. Não tenho idéia de semelhante alferes. Há de ser gente nova.

— Quatro anos! murmurou a madrinha. Se eu era capaz de imaginar que ficaria aqui tanto tempo fora de minha casa!.

— Mas a senhora está dentro de sua casa, replicou a afilhada dando-lhe um beijo. D. Maria do Carmo sorriu. A casa era um velho palacete restaurado, no centro de uma grande chácara, bairro do Engenho Velho. D. Maria do Carmo tinha querido voltar à província, no prazo marcado novembro de 1860; mas a afilhada obteve a estação de Petrópolis; iriam em março de 1861. Março chegou foi-se embora, e voltou ainda duas vezes, sem que elas abalassem daqui; estamos agora em agosto de 1863. Jucunda tem vinte anos.

Ao almoço, falaram do espetáculo da véspera e das pessoas que viram no teatro. Jucunda conhecia já a principal gente do Rio; a madrinha fê-la recebida, as relações multiplicaram-se; ela ia observando e assimilando. Bela e graciosa, vestindo-se bem e caro, ávida de crescer, não lhe foi difícil ganhar amigas e atrair pretendentes. Era das primeiras em todas as festas. Talvez o eco chegasse à vila natal, — ou foi simples adivinhação de malévolo, que entendeu colar isto uma noute, nas paredes da casa do barbeiro:

Nhã Cundinha
Já rainha
Nhã Mundinha
Na cozinha.

O pai arrancou, indignado, o papel; mas a notícia correu depressa a vila toda, que era pequena, e foi o entretenimento de muitos dias. A vida é curta.

Jucunda, acabado o almoço, disse à madrinha que desejava mandar algumas cousas para o enxoval da irmã, e, às duas horas, saíram de casa. Já na varanda, — o *coupé* embaixo, o lacaio de pé, desbarretado, com a mão no fecho da portinhola, — D. Maria do Carmo notou que a afilhada parecia absorta; perguntou-lhe o que era.

— Nada, respondeu Jucunda, voltando a si.

Desceram; no último degrau, perguntou Jucunda se a madrinha é que mandara pôr as mulas.

— Eu não; foram eles mesmos. Querias antes os cavalos?

— O dia está pedindo os cavalos pretos; mas agora é tarde, vamos. Entraram, e o *coupé*, tirado pela bela parelha de mulas gordas e fortes, dirigiu-se para o Largo de S. Francisco de Paula. Não disseram nada durante os primeiros minutos; D. Maria é que interrompeu o silêncio, perguntando o nome do alferes.

— Não é Amarante, não, senhora, nem Cavalcanti; chama-se Getulino Damião Gonçalves, respondeu a moça.

— Não conheço.

Jucunda tornou a mergulhar em si mesma. Um dos seus prazeres diletos, quando ia de carro, era ver a outra gente a pé, e gozar as admirações de relance. Nem esse a atraía agora. Talvez o alferes lhe fizesse lembrar algum general; verdade é que só os conhecia casados. Pode ser também que esse alferes, destinado a dar-lhe sobrinhos cabos-de-esquadra, viesse lançar-lhe alguma sombra aborrecida no céu brilhante e azul. As idéias passam tão rápidas e embrulhadas, que é difícil, colhê-las, e pô-las em ordem; mas, enfim, se alguém supuser que ela cuidava também em certo homem, esse não andará errado. Era candidato recente o Doutor Maia, que voltara da Europa, meses antes, para entrar na posse da herança da mãe. Com a do pai, ia a mais de seiscentos contos. A questão do dinheiro era aqui um tanto secundária, porque Jucunda tinha certa a herança da madrinha; mas não se há de mandar embora um homem, só porque possui seiscentos contos, não lhe faltando outras qualidades preciosas de figura e de espírito, um pouco de genealogia, e tal ou qual pontinha de ambição, que ela puxaria em tempo, como se faz às orelhas das crianças preguiçosas. Já havia recusado outros candidatos. De si mesma chegou a sonhar com um senador, posição feita e ministro possível. Aceitou este Maia; mas, gostando dele, e muito, por que é que não acabava de casar?

Por quê? Eis aí o mais difícil de aventar, amigo leitor. Jucunda não sabia o motivo. Era desses que nascem naqueles escaninhos da alma, em que o dono não penetra, mas penetramos nós outros, contadores de histórias. Creio que se liga à doença do pai. Já estava ferido, na asa, quando ela para cá veio; a moléstia foi crescendo, até fazer-se desenganada. Navalha não exclui espírito, haja vista Fígaro; o nosso velho disse à filha Jucunda, em uma das cartas, que tinha dentro de si um aprendiz de barbeiro, que lhe alanhava as entranhas. Se tal era, era também vagaroso, porque não acabava de escanhoá-lo. Jucunda não supunha que a eliminação do velho fosse necessária à celebração do casamento, — ainda que por motivo de velar o passado; se claramente lhe viesse a idéia, é de crer que a repelisse com horror. Ao contrário, a idéia que agora mesmo lhe acudia, pouco antes de parar o coupé, é que não era bonito casar, enquanto o pai lá estava curtindo dores. Eis aí um motivo decente, leitor amigo; é o que procurávamos há pouco, é o que a alma pode confessar a si mesma, é o que tirou à fisionomia da moça o ar fúnebre que ela parecia haver trazido de casa.

Compraram o enxoval de Raimunda, e o remeteram pelo primeiro vapor, com cartas de ambas. A de Jucunda era mais longa que de costume; falava-lhe do noivo alferes, mas não empregava a palavra cunhado. Não tardou que viesse resposta da irmã, toda gratidão e respeitos. Sobre o pai dizia que ia com os seus achaques velhos, um dia pior, outro melhor; era opinião do doutor que podia morrer de repente, mas podia também agüentar meses e anos.

Jucunda meditou muito sobre a carta. Logo que Maia se lhe declarou, pediu-lhe ela que nada dissessem à madrinha por uns dias; ampliou o prazo a semanas; não podia fazê-lo a meses ou anos. Foi à madrinha, e confiou a situação. Não quisera casar com o pai enfermo; mas, dada a incerteza da cura, era melhor casar logo.

— Vou escrever a meu pai, e peço-me a mim mesma, disse ela, se dindinha achar que faço bem.

Escreveu ao pai, e terminou:

> Não o convido para vir ao Rio de Janeiro, porque é melhor sarar antes; demais, logo que nos casarmos, lá iremos ter. Quero mostrar a meu marido (desculpe este modo de falar) a vilazinha do meu nascimento, e ver as cousas de que tanto gostei, em criança, o chafariz do largo, a matriz e o Padre Matos. Ainda vive o Padre Matos?

O pai leu a carta com lágrimas; mandou-lhe dizer que sim, que podia casar, que não vinha por andar achacado; mas longe que pudesse...

— Mundinha exagerou muito, disse Jucunda à madrinha. Quem escreve assim, não está para morrer.

Tinha proposto casamento à capucha, por causa do pai; mas o tom da carta fê-la aceitar o plano de D. Maria do Carmo e as bodas foram de estrondo. Talvez a proposta não lhe viesse da alma. Casaram-se pouco tempo depois. Jucunda viu mais de um dignitário do Estado inclinar-se diante dela, e dar-lhe o parabém. Os mais célebres colos da cidade fizeram-lhe corte. Equipagens ricas, cavalos briosos, atirando as patas com vagar e graça, pela chácara dentro, muitas librés particulares, flores, luzes; fora, na rua, a multidão olhando. Monsenhor Tavares,membro influente do cabido celebrou o casamento.

Jucunda via tudo através de um véu mágico, tecido de ar e de sonho; conversações, música, danças, tudo era como uma longa melodia, vaga e remota, ou próxima e branda, que lhe tomava o coração, e pela primeira vez a fazia estupefata diante de alguma cousa deste mundo.

CAPÍTULO III

D. Maria do Carmo não alcançou que os recém-casados ficassem morando com ela. Jucunda desejava-o; mas o marido achou que não. Tinham casa na mesma rua, perto da madrinha; e assim viviam juntos e separados. De verão iam os três para Petrópolis, onde residiam debaixo do mesmo tecto.

Extinta a melodia, secas as rosas, passados os primeiros dias do noivado, Jucunda pôde tomar pé no recente tumulto, e achou-se grande senhora: Já não era só a afilhada de D. Maria do Carmo, e sua provável herdeira; tinha agora o prestígio do marido; o prestígio e o amor. Maia literalmente adorava a mulher; inventava o que a pudesse fazer feliz, e acudia a cumprir-lhe o menor dos seus desejos. Um destes consistiu na série de jantares que deram em Petrópolis, durante uma estação, aos sábados, jantares que ficaram célebres; a flor da cidade ali ia por turmas. Nos dias diplomáticos, Jucunda teve a honra de ver a seu lado, algumas vezes, o internúncio apostólico.

Um dia, no Engenho Velho, recebeu Jucunda a notícia da morte do pai. A carta era da irmã; contava-lhe as circunstâncias do caso: o pai nem teve tempo de dizer: *ai, Jesus*! Caiu da rede abaixo e expirou.

Leu a carta sentada. Ficou por algum tempo com o papel na mão, a olhar fixamente; relembrava as cousas da infância, e a ternura do pai; saturava bem a alma daqueles dias antigos, despegava-se de si mesma, e acabou levando o lenço aos olhos, com os braços fincados nos joelhos. O marido veio achá-la nessa atitude, e correu para ela.

— Que é que tem? perguntou-lhe.

Jucunda, sobressaltada, ergueu os olhos para ele; estavam úmidos; não disse nada.

— Que foi? insistiu o marido.

— Morreu meu pai, respondeu ela.

Maia pôs um joelho no chão, pegou-a pela cintura e conchegou-a ao peito; ela escondeu a cara no ombro do marido, e foi então que as lágrimas romperam mais grossas.

— Vamos, sossegue. Olhe o seu estado.

Jucunda estava grávida. A advertência fê-la erguer de pronto a cabeça, e enxugar os olhos; a carta, envolvida no lenço, foi esconder no bolso a ruim ortografia da irmã e outros pormenores. Maia sentou-se na poltrona, com uma das mãos da mulher entre as suas. Olhando para o chão, viu um papel impresso, trecho de jornal, apanhou-o e leu; era a notícia da morte do sogro, que Jucunda não vira cair de dentro da carta. Quando acabou de ler, deu com a mulher, pálida e ansiosa. Esta tirou-lhe o papel e leu também. Com pouco se aquietou. Viu que a notícia apontava tão-somente a vida política do pai, e concluía dizendo que este "era o modelo dos varões que sacrificam tudo à grandeza local; não fora isso, e o seu nome, como o de outros, menos virtuosos e capazes, ecoaria pelo país inteiro".

— Vamos, descansa; qualquer abalo pode fazer-te mal.

Não houve abalo; mas, à vista do estado de Jucunda, a missa por alma do pai foi dita na capela da madrinha, só para os parentes.

Chegado o tempo, nasceu o filho esperado, robusto como o pai, e belo como a mãe. Esse primeiro e único fruto, parece que veio ao mundo menos para aumentar a família, que para dar às graças pessoais de Jucunda o definitivo toque. Com efeito, poucos meses depois, Jucunda atingia o grau de beleza, que conservou por muitos anos. A maternidade realçava a feminidade.

Só uma sombra empanou o céu daquele casal. Foi pelos fins de 1866. Jucunda estava a mirar o filho dormindo, quando lhe vieram dizer que uma senhora a procurava.

— Não disse quem é?

— Não disse, não, senhora.

— Bem vestida?

— Não, senhora; é assim meia esquisita, muito magra.

Jucunda olhou para o espelho e desceu. Embaixo, reiterou algumas ordens; depois, pisando rijo e farfalhando as saias, foi ter com a visita. Quando entrou na sala de espera, viu uma mulher de pé, magra, amarelada, envolvida em um xale velho e escuro, sem luvas nem chapéu. Ficou por alguns instantes calada, esperando; a outra rompeu o silêncio: era Raimunda.

— Não me conhece, Cundinha?

Antes que acabasse, já a irmã a reconhecera. Jucunda caminhou para ela, abraçou-a, fê-la sentar-se; admirou-se de a ver aqui, sem saber de nada; a última carta recebida era já de muito tempo; quando chegara?

— Há cinco meses; Getulino foi para a guerra, como sabe; eu vim depois, para ver se podia...

Falava com humildade e a medo, baixando os olhos a miúdo. Antes de vir a irmã, estivera mirando a sala, que cuidou ser a principal da casa; tinha receio de macular a palhinha do chão. Todas as galanterias da parede e da mesa central, os filetes de ouro de um quadro, cadeiras, tudo lhe pareciam riquezas do outro mundo. Já antes de entrar, ficara por algum tempo a contemplar a casa, tão grande e tão rica. Contou à irmã que perdera o filho, ainda na província; agora viera com a idéia de seguir para o Paraguai, ou para onde estivesse mais perto do marido. Getulino escrevera-lhe que voltasse para a província ou ficasse aqui.

— Mas que tem feito nestes cinco meses?

— Vim com uma família conhecida, e aqui fiquei costurando para ela. A família foi para S. Paulo, vai fazer um mês; pagou o primeiro aluguel de uma casinha onde moro, costurando para fora.

Enquanto a irmã falava, Jucunda contornava-a com os olhos, — desde o vestido de seda já gasto, — o último do enxoval, o xale escuro, as mãos amarelas e magras, até às bichinhas de coral que lhe dera ao sair da província. Era evidente que Raimunda pusera em, si o melhor que possuía para honrar a irmã. Jucunda viu tudo; não lhe escaparam sequer os dedos maltratados do trabalho, e o composto geral tanto lhe deu pena como repulsa. Raimunda ia falando, contou-lhe que o marido saíra tenente por atos de bravura e outras muitas cousas. Não dizia você; para não empregar senhora, falava indiretamente: "Viu? Soube? Eu lhe digo. Se quiser..." E a irmã, que a princípio fez um gesto para dizer que deixasse aqueles respeitos, depressa o reprimiu, e deixou-se tratar como à outra parecesse melhor.

— Tem filhos?

— Tenho um, acudiu Jucunda: está dormindo.

Raimunda concluiu a visita. Quisera vê-la e, ao mesmo tempo, pedir-lhe proteção. Havia de conhecer pessoas que pagassem melhor. Não sabia fazer vestidos de francesas, nem de luxo, mas de andar em casa, sim, e também camisas de crivo. Jucunda não pôde sorrir. Pobre costureira do sertão! Prometeu ir vê-Ia, pediu indicação da casa, e despediu-a ali mesmo.

Em verdade, a visita deixou-lhe uma sensação mui complexa: dó, tédio, impaciência. Não obstante, cumpriu o que disse, foi visitá-la à Rua do Costa, ajudou-a com dinheiro, mantimento e roupa. Voltou ainda lá, como a outra tornou ao Engenho Velho, sem acordo, mas às furtadelas. No fim de dous meses, falando-lhe o marido na possibilidade de uma viagem à Europa, Jucunda persuadiu a irmã da necessidade de regressar à província; mandar-lhe-ia uma mesada, até que o tenente voltasse da guerra.

Foi então que o marido recebeu aviso anônimo das visitas da mulher à Rua do Costa, e das que lhe fazia, em casa, uma mulher suspeita. Maia foi à Rua do Costa, achou Raimunda arranjando as malas para embarcar no dia seguinte. Quando ele lhe falou do Engenho Velho, Raimunda adivinhou que era o marido da irmã; explicou as visitas, dizendo que "D. Jucunda era sua patrícia e antiga protetora"; agora mesmo, se voltava para a vila natal, era com o dinheiro dela, roupas e tudo. Maia, depois de longo interrogatório, saiu dali convencido. Não disse nada em casa; mas, três meses depois, por ocasião de falecer D. Maria do Carmo, referiu Jucunda ao marido a grande e sincera afeição que a defunta lhe tinha, e ela à defunta.

Maia lembrou-se então da Rua do Costa.

— Todos lhe querem bem a você, já sei, interrompeu ele, mas por que é que nunca me falou daquela pobre mulher, sua protegida, que aqui esteve há tempos, uma que morava na Rua do Costa?

Jucunda empalideceu. O marido contou-lhe tudo, a carta anônima, a entrevista que tivera com Raimunda, e finalmente a confissão desta, as próprias palavras, ditas com lágrimas. Jucunda sentiu-se vexada e confusa.

— Que mal há em fazer bem, quando a pessoa o merece? perguntou-lhe o marido, concluindo a frase com um beijo.

— Sim, era excelente mulher, muito trabalhadeira...

CAPÍTULO IV

Não houve outra sombra na vida conjugal. A morte do marido ocorreu em 1884. Bela, com a meação do casal, e a herança da madrinha, contando quarenta e cinco anos que parecem trinta e quatro, tão querida da natureza como da fortuna, pode contrair segundas núpcias, e não lhe faltam candidatos; mas não pensa nisso. Tem boa saúde e grande consideração.

A irmã faleceu antes de acabar a guerra. Getulino galgou os postos em campanha, e saiu há alguns anos brigadeiro. Reside aqui; vai jantar, aos domingos, com a cunhada e o filho desta, no palacete de D. Maria do Carmo, para onde a nossa D. Jucunda se mudou. Tem escrito alguns opúsculos sobre armamento e composição do Exército, e outros assuntos militares. Dizem que deseja ser ministro da Guerra. Aqui, há tempos, falando-se disso no Engenho Velho, perguntou alguém a D. Jucunda se era verdade que o cunhado fitava as cumeadas do poder.

— O general? retorquiu ela com o seu grande ar de matrona elegante; pode ser. Não conheço os seus planos políticos, mas acho que daria um bom ministro de Estado.

VÊNUS! DIVINA VÊNUS!

[AG. Jan. 1893.]

— Vênus! Vênus! divina Vênus!

E despegando os olhos da parede, onde estava uma cópia pequenina da Vênus de Milo, Ricardo arremeteu contra o papel e arrancou de si dous versos para completar uma quadra começada às sete horas da manhã. Eram sete e meia; a xícara de café, que a mãe lhe trouxera antes de sair para a missa, estava intacta e fria sobre a mesa; a cama, ainda desfeita, era uma pequena cama de ferro, a mesa em que escrevia era de pinho; a um canto um par de sapatos, o chapéu pendente de um prego. Desarranjo e falta de meios. O poeta, com os pés metidos em chinelas velhas, com a cabeça apoiada na mão esquerda, ia escrevendo a poesia. Tinha acabado a quadra e releu-a:

Mimosa flor que dominas
Todas as flores do prado,
Tu tens as formas divinas
De Vênus, modelo amado.

Os dous últimos versos não lhe pareceram tão bons como os dous primeiros, nem lhe saíram tão fluentemente. Ricardo deu uma pancadinha seca na borda da mesa, e endireitou o busto. Concertou os bigodes, fitou novamente a Vênus de Milo, — uma triste cópia em gesso, — e tratou de ver se os versos lhe saíam melhores.

Tem vinte anos este moço, olhos claros e miúdos, cara sem expressão,nem bonita nem feia, banal. Cabelo reluzente de óleo, que ele põe todos os dias. Dentes tratados com esmero. As mãos são delgadinhas, como os pés, e tem as unhas compridas e encurvadas. Empregado em um dos arsenais, vive com a mãe (já não tem pai), e paga a casa e parte da comida. A outra parte é paga pela mãe, que apesar de velha, trabalha muito. Moram no bairro dos Cajueiros. O ano em que isto se dava era o de 1859. É domingo. Dizendo que a mãe foi à missa, quase não é preciso acrescentar que com um surrado vestido preto.

Ricardo prosseguia. O amor às unhas faz com que não as roa, quando se acha em dificuldades métricas. Em compensação, afaga a ponta do nariz com a ponta dos dedos. Esforça-se por sacar dali dous versos substitutivos, mas inutilmente. Afinal, tanto repetiu os dous versos condenados, que acabou por achar a quadra excelente e continuou a poesia. Saiu a segunda estrofe, depois a terceira, a quarta e a quinta. A última dizia que o Deus verdadeiro, querendo provar que os falsos não eram tão poderosos como supunham, inventara, contra a bela Vênus, a formosa Marcela. Gostou desta idéia; era uma chave de ouro. Ergueu-se e passeou pelo quarto, recitando os versos; em seguida, parou diante da Vênus de Milo, encantado da comparação. Chegou a dizer-lhe em voz alta:

— Os braços que te faltam são os braços dela!

Também gostou desta idéia, e tentou convertê-la em uma estrofe, mas a veia esgotara-se. Copiou a poesia, — primeiramente, em um caderno de outras; depois, em uma folha de papel bordado. Acabava a cópia quando a mãe voltava da missa. Mal teve tempo de guardar tudo na gaveta. A mãe viu que ele não bebera o café, feito por ela, e posto ali com a recomendação de que o não deixasse esfriar.

"Hão de ser os malditos versos!" pensou ela consigo.

— Sim, mamãe, foram os malditos versos! disse ele.

Maria dos Anjos, espantada:

— Você adivinhou o que eu pensei?

Ricardo podia responder que já lhe ouvira muitas vezes aquelas palavras, acompanhadas de certo gesto característico; mas preferiu mentir.

— O poeta adivinha. A inspiração não serve só para compor versos, mas também para ler na alma dos outros.

— Então, você leu também que eu rezei, hoje na missa por você...?

— Li, sim, senhora.

— E que pedi a Nossa Senhora, minha madrinha, que acabe com essa paixão, por aquela moça... Como se chama mesmo? Ricardo, depois de alguns instantes, respondeu:

— Marcela.

— Marcela, é verdade. Não disse o nome, mas Nossa Senhora sabe. Eu não digo que vocês não se mereçam; não a conheço. Mas, Ricardo, você não pode tomar estado. Ela é filha de doutor, não há de querer lavar nem engomar.

Ricardo teve moralmente náuseas. Aquela idéia reles de lavar e engomar era própria de uma alma baixa, ainda que excelente. Venceu o asco, e olhou para a mãe com um gesto igualmente amigo e superior. No almoço, disse-lhe que Marcela era a mais formosa moça do bairro.

— Mamãe acredita que os anjos venham à terra? Marcela é um anjo.

— Acredito, meu filho, mas os anjos comem, quando estão neste mundo e se casam... Ricardo, se você anda com tanta vontade de casar, por que não aceita Felismina, sua prima, que gosta tanto de você?

— Ora, mamãe! Felismina!

— Não é rica, é pobre...

— Quem lhe fala em dinheiro? Mas, Felismina! basta-lhe o nome; é difícil achar outro tão ridículo. Felismina!

— Não foi ela que escolheu o nome, foi o pai, quando ela se batizou.

— Pois sim, mas não se segue que seja bonito. E depois, eu não gosto dela, é prosaica, tem o nariz comprido e os ombros estreitos, sem graça; os olhos parecem mortos, olhos de peixe podre, e fala arrastado. Parece da roça.

— Também eu sou da roça, meu filho, replicou a mãe com brandura.

Ricardo almoçou, passou o dia agitado, felizmente lendo versos, que foram o seu calmante. Tinha um volume de Casimiro de Abreu, outro de Soares de Passos, um de Lamartine, não contando os seus próprios manuscritos. De noite, foi à casa de Marcela. Ia resoluto. Não eram os primeiros versos que escrevia à moça, mas não lhe entregara nenhuns, — por acanhamento. De fato, esse namoro que Maria dos Anjos receava acabasse em casamento, não passava ainda de alguns olhares e durava já umas seis semanas. Foi o irmão de Marcela que apresentou ali o nosso poeta, com quem se encontrava, às tardes, em um armarinho do bairro. Disse que era um moço de muita habilidade. Marcela, que era bonita, não deixava passar olhos sem fazer-lhes alguma pergunta a tal respeito, e como as respostas eram todas afirmativas, fingia não entendê-las e continuava o interrogatório. Ricardo respondeu pronto e entusiasmado; tanto bastou para continuarem uma variação infinita sobre o mesmo tema. Entretanto, não havia nenhuma palavra de boca, trocada entre eles, cousa que parecesse com declaração. Os próprios dedos de Ricardo eram frouxos, quando recebiam os dela, que eram frouxíssimos.

"Hoje dou o golpe", ia ele pensando.

Havia gente em casa do Dr. Viana, pai da moça. Tocava-se piano; Marcela perguntou-lhe logo com os olhos do costume:

— Que tal me acha?

— Linda, angélica, respondeu Ricardo pelo mesmo idioma.

Apalpou a algibeira do fraque; lá estava a poesia metida em sobre carta cor-de-rosa" com uma pombinha cor de ouro, em um dos cantos.

— Hoje temos solo, disse-lhe o filho do Dr. Viana. Aqui está este senhor, que é excelente parceiro.

Ricardo quis recusar; não pôde; não podia. E lá foi jogar o solo, a tentos, em um gabinete, ao pé da sala de visitas. Cerca de hora e meia não arredou pé; afinal confessou que estava cansado, precisava andar um pouco, voltaria depois.

Correu à sala. Marcela tocava piano, um moço de bigodes compridos, ao pé dela, ia cantar não sei que ária de ópera italiana. Era tenor, cantou, romperam grandes palmas. Ricardo, ao canto de uma janela, fez-lhe o favor de umas palminhas, e esperou os olhos da pianista. Os dele meditavam já esta frase: "Sois o mais belo, o mais puro, o mais adorável dos arcanjos, ó soberana do meu coração e da minha vida". Marcela, entretanto, foi sentar-se entre duas amigas, e de lá perguntou-lhe:

"Pareço-lhe bonita?

— Sois o mais belo, o mais...

Não pôde acabar. Marcela falou às amigas, e encaminhou os olhos para o tenor, com a mesma pergunta:

— Pareço-lhe bonita?

Ele, pela mesma língua, respondeu que sim, mas com tal clareza e autoridade, como se fora o próprio inventor do idioma. E não esperou nova pergunta; não se restringiu à resposta; disse-lhe com energia:

— E eu, que lhe pareço?

Ao que Marcela respondeu, sem grande hesitação:

— Um belo noivo.

Ricardo empalideceu. Não somente viu a significação da resposta, mas ainda assistiu ao diálogo, que continuou com vivacidade, abundância e expressão. Donde vinha esse pelintra? Era um jovem médico, chegado dias antes da Bahia, recomendado ao pai de Marcela; jantara ali, a reunião era em honra dele. Médico distinto, bela voz de tenor... Tais foram as informações que deram ao pobre-diabo. Durante o resto da noite, apenas pôde colher um ou dous olhares rápidos. Resolveu sair mais cedo para mostrar que estava ferido.

Não foi logo para casa; vagou uma hora ou mais, entre o desânimo e o furor, falando alto, jurando esquecê-la, desprezá-la. No dia seguinte, almoçou mal, trabalhou mal, jantou mal, e trancou-se no quarto, à noite. A consolação única eram os versos, que achava lindos. Releu-os com amor. E a musa deu-lhe a força d'alma que a aventura de domingo lhe tirara. Passados três dias, Ricardo não pôde mais consigo, e foi à casa do Dr. Viana; achou-o de chapéu na cabeça, esperando que as senhoras acabassem de vestir-se; iam ao teatro. Marcela desceu daí a pouco, radiante, e perguntou-lhe ocularmente:

— Que tal me acha com este vestido?

— Linda, respondeu ele.

Depois, animando-se um pouco, perguntou Ricardo à moça, sempre com os olhos, se queria que também ele fosse ao teatro. Marcela não lhe respondeu; dirigiu-se para a janela, a ver o carro que chegara. Ele não sabia (como sabê-lo?) que o jovem médico baiano, o tenor, o diabo, Maciel, em suma, combinara com a família ir ao teatro, e já lá os estava esperando. No dia seguinte, com o pretexto de saber que tal andara o espetáculo, correu à casa de Marcela. Achou-a em conversação com o tenor, ao lado um do outro, confiança que nunca lhe dera. Quinze dias depois falou-se da possibilidade de uma aliança; quatro meses depois estavam casados.

Quisera contar aqui as lágrimas de Ricardo; mas não as houve. Imprecações, sim, protestos, juramentos, ameaças, vindo tudo a acabar em uma poesia com o título *Perjura*. Publicou esses versos, e, para lhes dar toda a significação, pôs-lhe a data do casamento. Marcela, porém, estava na lua-de-mel, não lia outros jornais além dos olhos do marido.

Amor cura amor. Não faltavam mulheres que tomassem a si essa obra de misericórdia. Uma Fausta, uma Dorotéia, uma Rosina, ainda outras, vieram sucessivamente adejar as asas nos sonhos do poeta.

Todas tiveram a mesma madrinha:

— Vênus! Vênus! divina Vênus!

Choviam versos; as rimas buscavam rimas, cansadas de serem as mesmas; a poesia fortalecia o coração do moço. Nem todas as mulheres tiveram notícia do amor do poeta; mas bastava que existissem, que fossem belas, ou quase, para fasciná-lo e inspirá-lo. Uma dessas tinha apenas dezesseis anos, chamava-se Virgínia e era filha de um tabelião, com quem Ricardo se fez encontradiço para mais facilmente penetrar-lhe em casa. Foi-lhe apresentado como poeta.

— Sim? Eu sempre gostei de versos, disse o tabelião; se não fosse o meu cargo, escreveria alguns sonetinhos. No meu tempo compus fábulas. O senhor gosta de fábulas?

— Como não? redargüiu Ricardo. A poesia lírica é melhor, mas a fábula...

— Melhor? Não compreendo. A fábula tem conceito, além da graça de fazer falar os animais...

— Justamente!

— Então, como é que disse que a poesia lírica era melhor?

— Num sentido.

— Que sentido?

— Quero dizer, cada forma tem a sua beleza; assim, por exemplo...

— Exemplos não faltam. A questão é que o senhor acha a poesia lírica melhor que a fábula. Só se não acha?

— Realmente, parece que não é melhor, confessou Ricardo.

— Diga logo inferior. Luar, névoas, virgens, lago, estrelas, olhos de anjo; são palavras vãs, boas para poetas apatetados. Eu, tirando-me a fábula e a sátira, não sei para que serve a poesia. Para encher a cabeça de caraminholas, e o papel de tolices...

Ricardo aturou toda essa rebugice do notário, para o fim de ser admitido em casa dele — cousa fácil, porque o pai de Virgínia tinha algumas fábulas antigas e outras inéditas e poucos ouvintes do ofício, ou verdadeiramente nenhum. Virgínia acolheu o moço com boa vontade; era o primeiro que lhe falava de amores — porque desta vez o nosso Ricardo não se deixou ficar atado. Não lhe fez declaração franca e em prosa, dava-lhe versos às escondidas. Ela guardava-os "para os ler depois" e no dia seguinte agradecia-os.

— Muito mimosos, dizia sempre.

— Eu fui apenas secretário da musa, respondeu ele uma vez; os versos foram ditados por ela. Conhece a musa?

— Não.

— Veja no espelho.

Virgínia entendeu e corou. Já os dedos de ambos começaram a dizer alguma cousa. O pai ia muitas vezes com eles ao Passeio Público, entretendo-os com fábulas. Ricardo estava certo de dominar a mocinha e esperava que ela fizesse os dezessete anos para pedir-lhe a mão, a ela e ao pai. Um dia, porém (quatro meses depois de conhecê-la) Virgínia adoeceu de moléstia grave, que a pôs entre a vida e a morte. Ricardo padeceu deveras. Não se lembrou de compor versos, nem tinha inspiração para eles; mas a leitura casual daquela elegia de Lamartine, em que há estas palavras: *Elle avait seize ans; c'est bien tôt pour mourir*, deu-lhe idéia de escrever alguma cousa em que aquilo entrasse por epígrafe. E trabalhava, à noite, de manhã; na rua, tudo por causa da epígrafe.

— *Elle avait seize ans; c'est bien tôt pour mourir*! repetia ele andando.

Felizmente, a moça arribou, ao fim de quinze dias, e, logo que pôde, foi convalescer na Tijuca, em casa da madrinha. Não foi sem levar um soneto de Ricardo, com a famosa epígrafe, o qual principiava por estes dois versos:

Agora, que a mimosa flor caída
Ao terrífico vento da procela...

Virgínia convalesceu depressa; mas não voltou logo, ficou lá um mês, dous meses, e, como eles não se correspondiam, Ricardo vivia naturalmente ansioso. O tabelião dizia-lhe que os ares eram bons, que a filha andava fraca, e não desceria sem estar inteiramente restabelecida. Um dia leu-lhe uma fábula, composta na véspera, e dedicada ao bacharel Vieira, sobrinho da comadre.

— Compreendeu o sentido, não? perguntou-lhe no fim.

— Sim, senhor, entendi que o sol, disposto a restituir a vida à lua...

— E não atina?

— A moralidade é clara.

— Creio; mas a ocasião...

— A ocasião?

— A ocasião é o casamento da minha pecurrucha com o bachael Vieira, que chegou de S. Paulo; gostaram-se; foi pedida ante-ontem...

Esta nova desilusão atordoou completamente o rapaz. Desenganado, jurou acabar com mulheres e musas. Que eram musas senão mulheres? Contou à mãe esta resolução, sem entrar em pormenores, e a mãe o aprovou de todo. De fato, meteu-se em casa, as tardes e as noites, deu de mão aos passeios e aos namoros. Não compôs mais versos, esteve a ponto de quebrar a Vênus de Milo. Um dia soube que Felismina, a prima, ia casar. Maria dos Anjos pediu-lhe uns cinco ou dez mil-réis para um presentinho; ele deu-lhe dez mil-réis, logo que recebeu o ordenado.

— Com quem casa? perguntou.

— Com um moço da Estrada de Ferro.

Ricardo consentiu em ir com a mãe, à noite, visitar a prima. Lá achou o noivo, ao pé dela, no canapé, conversando baixinho. Depois das apresentações, Ricardo encostou-se ao canto de uma janela, e o noivo foi ter com ele, passados alguns minutos, para dizer-lhe que estimava muito conhecê-lo, tinha uma casa às suas ordens e um criado para o servir. Já o tratava por primo.

— Sei que meu primo é poeta.

Ricardo, com fastio, deu de ombros.

— Ouvi dizer que é um grande poeta.

— Quem lhe disse isso?

— Pessoas que sabem. Sua prima também me disse que fazia bonitos versos.

Ricardo, após alguns segundos:

— Fiz versos; provavelmente não os farei mais.

Daí a pouco estavam os noivos outra vez juntos, falando baixinho. Ricardo teve-lhe inveja. Eram felizes, uma vez que gostavam um do outro. Pareceu-lhe até que ela gostava ainda mais, porque sorria sempre; e daí talvez fosse para mostrar os lindos dentes que Deus lhe dera. O andar da moça também era mais gracioso. O amor transforma as mulheres, pensava ele; a prima está melhor do que era. O noivo é que lhe pareceu um tanto impertinente, só a tratá-lo por primo... Disse isto à mãe, na volta para casa.

— Mas que tem isso?

Sonhou nessa noite que assistia ao casamento de Felismina, muitos carros, muitas flores, ela toda de branco, o noivo de gravata branca e casaca preta, ceia lauta, brindes, recitando ele Ricardo uns versos...

— Se outro não recitar, se não eu... disse ele de manhã, ao sair da cama.

E a figura de Felismina entrou a persegui-lo. Dias depois, indo à casa dela, viu-a conversar com o noivo, e teve um pequeno desejo de atirá-lo à rua. Soube que ele ia na manhã seguinte para a Barra do Piraí, a serviço.

— Demora-se muito?

— Oito dias.

Ricardo visitou a prima todas essas noites. Ela, aterrada com o sentimento que via nascer no primo, não sabia que fizesse. A princípio resolveu não aparecer-lhe; mas aparecia-lhe, e ouvia tudo o que ele contava com os olhos postos nos dele. A mãe dela tinha a vista curta. Na véspera da volta do noivo, Ricardo apertou-lhe a mão com força, com violência, e disse-lhe adeus "até nunca mais". Felismina não ousou pedir-lhe que viesse; mas passou a noite mal. O noivo regressou por dous dias.

— Dous dias? perguntou-lhe Ricardo na rua onde ele lhe deu a notícia.

— Sim, primo, tenho muito que fazer, explicou o outro.

Partiu, as visitas continuaram; os olhos falavam, os braços, as mãos, um diálogo perpétuo, não espiritual, não filosófico, um diálogo fisiológico e familiar. Uma noite, Ricardo sonhou que pegava da prima e subia com ela ao alto de um penedo, no meio do oceano. Viu-a sem braços. Acordando de manhã, olhou para a Vênus de Milo.

— Vênus! Vênus! divina Vênus!

Atirou-se à mesa, ao papel, meteu mãos à obra, para compor alguma cousa, um soneto, um soneto que fosse. E olhava para Vênus, — a imagem da prima, — e escrevia, riscava, tornava a escrever e a riscar, e novamente escrevia até que lhe saíram os dous primeiros versos do soneto. Os outros vieram vindo, cai aqui, cai acolá.

— Felismina! exclamava ele. O nome dela há de ser a chave de ouro. Rima com *divina e cristalina*. E concluía assim o soneto.

E tu, criança amada, tão divina
Não és cópia da Vênus celebrada,
És antes seu modelo, Felismina.

Deu-lho nessa noite. Ela chorou depois que os leu. Tinha de pertencer a outro homem. Ricardo ouviu essa palavra e disse-lhe ao ouvido:

— Nunca!

Indo a acabar os quinze dias, o noivo escreveu dizendo que precisava ficar ainda na Barra umas duas ou três semanas. Os dous, que iam dando pressa a tudo, trataram da conclusão. Quando Maria dos Anjos ouviu ao filho que ia desposar a prima, ficou espantada, e pediu que se explicasse.

— Isto não se explica, mamãe...

— E o outro?

— Está na Barra. Ela já lhe escreveu pedindo desculpa e contando a verdade.

Maria dos Anjos abanou a cabeça, com ar de reprovação.

— Não é bonito, Ricardo...

— Mas se nós gostamos um do outro? Felismina confessou que ia casar com ele, à toa, sem vontade; que sempre gostara de mim; casava por não ter com quem.

— Sim, mas palavra dada...

— Que palavra, mamãe? Mas se eu a adoro; digo-lhe que a adoro. Queria que eu ficasse a olhar ao sinal, e ela também, só porque houve um equívoco, uma palavra dada sem reflexão? Felismina é um anjo. Não foi à toa que lhe deram um nome, que é a rima de divina. Um anjo, mamãe!

— Oxalá sejam felizes.

— Com certeza; mamãe verá.

Casaram-se. Ricardo era todo para a realidade do amor. Conservou a Vênus de Milo, a divina Vênus, posta na parede, apesar dos protestos de modéstia da mulher. Convém saber que o noivo casou mais tarde na Barra, Marcela e Virgínia estavam casadas. As outras moças que Ricardo amou e cantou, tinham já maridos. O poeta deixou de poetar, com grande mágoa dos seus admiradores. Um deles perguntou-lhe um dia, ansioso:

— Então você não faz mais versos?

— Não se pode fazer tudo, respondeu Ricardo, acariciando os seus cinco filhos.

UMA NOITE

[RB vol. IV, 1895]

CAPÍTULO PRIMEIRO

— Você sabe que não tenho pai nem mãe, — começou a dizer o Tenente Isidoro ao Alferes Martinho. Já lhe disse também que estudei na Escola Central. O que não sabe é que não foi o simples patriotismo que me trouxe ao Paraguai; também não foi ambição militar. Que sou patriota, e me baterei agora, ainda que a guerra dure dez anos, é verdade, é o que me agüenta e me agüentará até o fim. Lá postos de coronel nem general não são comigo. Mas, se não foi imediatamente nenhum desses motivos, foi outro; foi, foi outro, uma alucinação. Minha irmã quis dissuadir-me, meu cunhado também; o mais que alcançaram foi que não viesse soldado raso, pedi um posto de tenente, quiseram dar-me o de capitão, mas fiquei em tenente. Para consolar a família, disse que, se mostrasse jeito para a guerra, subiria a major ou coronel; se não, voltaria tenente, como dantes. Nunca tive ambições de qualquer espécie. Quiseram fazer-me deputado provincial no Rio de Janeiro, recusei a candidatura, dizendo que não tinha idéias políticas. Um sujeito, meio gracioso, quis persuadir-me que as idéias viriam com o diploma, ou então com os discursos que eu mesmo proferisse na assembléia legislativa. Respondi que, estando a assembléia em Niterói, e morando eu na Corte, achava muito aborrecida a meia hora de viagem, que teria de fazer na barca, todos os dias, durante dous meses, salvo as prorrogações. Pilhéria contra pilhéria; deixaram-me sossegado...

CAPÍTULO II

Os dous oficiais estavam nas avançadas do acampamento de Tuiuti. Eram ambos voluntários, tinham recebido o batismo de fogo na batalha de 24 de maio. Corriam agora aqueles longos meses de inação, que só terminou em meados de 1867. Isidoro e Martinho não se conheciam antes da guerra, um viera do Norte, outro do Rio de Janeiro. A convivência os fez amigos, o coração também, e afinal a idade, que era no tenente de vinte e oito anos, e no alferes de vinte e cinco. Fisicamente, não se pareciam nada. O Alferes Martinho era antes baixo que alto, enxuto de carnes, o rosto moreno, maçãs salientes, boca fina, risonha, maneiras alegres. Isidoro não se podia dizer triste, mas estava longe de ser jovial. Sorria algumas vezes, conversava com interesse. Usava grande bigode. Era alto e elegante, peito grosso, quadris largos, cintura fina.

Semanas antes, tinham estado no teatro do acampamento. Este era agora uma espécie de vila improvisada, com espetáculos, bailes, bilhares, um periódico e muita casa de comércio. A comédia representada trouxe à memória do alferes uma aventura amorosa que lhe sucedera nas Alagoas, onde nascera. Se não a contou logo, foi por vergonha; agora, porém, como estivesse passeando com o tenente e lhe falasse das caboclinhas do Norte, Martinho não pôde ter mão em si e referiu os seus primeiros amores. Podiam não valer muito; mas foram eles que o levaram para o Recife, onde alcançou um lugar na secretaria do governo; sobrevindo a guerra, alistou-se com o posto de alferes. Quando acabou a narração, viu que Isidoro tinha os olhos no chão, parecendo ler por letras invisíveis alguma história análoga. Perguntou-lhe o que era.

— A minha história é mais longa e mais trágica, respondeu Isidoro.

— Tenho as orelhas grandes, posso ouvir histórias compridas, replicou o alferes rindo. Quanto a ser trágica, olhe que passar, como eu passei, metido no canavial, à espera de cinco ou dez tiros que me levassem, não é história de farsa. Vamos, conte; se é coisa triste, eu sou amigo para tristezas.

Isidoro começou a sentir desejo de contar a alguém uma situação penosa e aborrecida, causa da alucinação que o levou à guerra. Batia-lhe o coração, a palavra forcejava por subir à boca, a memória ia acendendo todos os recantos do cérebro. Quis resistir, tirou dois charutos, ofereceu um ao alferes, e falou dos tiros das avançadas. Brasileiros e paraguaios tiroteavam naquela ocasião, — o que era comum, — pontuando com balas de espingardas a conversação. Algumas delas coincidiam porventura com os pontos finais das frases, levando a morte a alguém; mas que essa pontuação fosse sempre exata ou não, era indiferente aos dois rapazes. O tempo acostumara-os à troca de balas; era como se ouvissem rodar carros pelas ruas de uma cidade em paz. Martinho insistia pela confidência.

— Levará mais tempo que fumar este charuto?

— Pode levar menos, pode também levar uma caixa inteira, redargüiu Isidoro; tudo depende de ser resumido ou completo. Em acampamento, há de ser resumido. Olhe que nunca referi isto a ninguém; você é o primeiro e o último.

CAPÍTULO III

Isidoro principiou como vimos e continuou desta maneira:

— Morávamos em um arrabalde do Rio de Janeiro; minha irmã não estava ainda casada, mas já estava pedida; eu continuava os estudos. Vagando uma casa fronteira à nossa, meu futuro cunhado quis alugá-la, e foi ter com o dono, um negociante da Rua do Hospício.

— Está meio ajustada, disse este; a pessoa ficou de mandar-me a carta de fiança amanhã de manhã. Se não vier, é sua.

Mal dizia isto, entrou na loja uma senhora, moça, vestida de luto, com um menino pela mão; dirigiu-se ao comerciante e entregou-lhe um papel; era a carta de fiança. Meu cunhado viu que não podia fazer nada, cumprimentou e saiu. No dia seguinte, começaram a vir os trastes; dois dias depois estavam os novos moradores em casa. Eram três pessoas; a tal moça de luto, o pequeno que a acompanhou à Rua do Hospício, e a mãe dela, D. Leonor, senhora velha e doente. Com pouco, soubemos que a moça, D. Camila, tinha vinte e cinco anos de idade, era viúva de um ano, tendo perdido o marido ao fim de cinco meses de casamento. Não apareciam muito. Tinham duas escravas velhas. Iam à missa ao domingo. Uma vez, minha irmã e a viúva encontraram-se ao pé da pia, cumprimentaram-se com afabilidade. A moça levava a mãe pelo braço. Vestiam com decência, sem luxo.

Minha mãe adoeceu. As duas vizinhas fronteiras mandavam saber dela todas as manhãs e oferecer os seus serviços. Restabelecendo-se, minha mãe quis ir pessoalmente agradecer-lhes as atenções. Voltou cativa.

— Parece muito boa gente, disse-nos. Trataram-me como se fôssemos amigas de muito tempo, cuidadosas, fechando uma janela, pedindo-me que mudasse de lugar por causa do vento. A filha, como é moça, desfazia-se mais em obséquios. Perguntou-me por que não levei Claudina, e elogiou-a muito; já sabe do casamento e acha que o Dr. Lacerda dá um excelente marido.

— De mim não disse nada? perguntei eu rindo.

— Nada.

Três dias depois vieram elas agradecer o favor da visita pessoal de minha mãe. Não estando em casa, não pude vê-las. Quando me deram notícia, ao jantar, achei comigo que as vizinhas pareciam querer meter-se à cara da gente, e pensei também que tudo podia ser urdido pela moça, para aproximar-se de mim. Eu era fátuo. Supunha-me o mais belo homem do bairro e da cidade, o mais elegante, o mais fino, tinha algumas namoradas de passagem, e já contava uma aventura secreta. Pode ser que ela me veja todos os dias, à saída e à volta, disse comigo, e acrescentei por chacota: a vizinha quer despir o luto e vestir a solidão. Em substância, sentia-me lisonjeado.

Antes de um mês, estavam as relações travadas, minha irmã e a vizinha eram amigas. Comecei a vê-la em nossa casa. Era bonita e graciosa, tinha os olhos garços e ria por eles. Posto conservasse o luto, temperado por alguns laços de fita roxa, o total da figura não era melancólico. A beleza vencia a tristeza. O gesto rápido, o andar ligeiro, não permitiam atitudes saudosas nem pensativas. Mas, quando permitissem, a índole de Camila era alegre, ruidosa, expansiva. Chegava a ser estouvada. Falava muito e ria muito, ria a cada passo, em desproporção com a causa, e, não raro, sem causa alguma. Pode dizer-se que saía fora da conta e da linha necessárias; mas, nem por isso enfadava, antes cativava. Também é certo que a presença de um estranho devolvia a moça ao gesto encolhido; a simples conversação grave bastava a fazê-la grave. Em suma, o freio da educação apenas moderava a natureza irrequieta e volúvel. Soubemos por ela mesma que a mãe era viúva de um capitão-de-fragata, de cujo meio soldo vivia, além das rendas de umas casinhas que lhe deixara o primeiro marido, seu pai. Ela, Camila, fazia coletes e roupas brancas. Minha irmã, ao contar-me isto, disse-me que tivera uma sensação de vexame e de pena, e mudou de conversa; tudo inútil, porque a vizinha ria sempre, e contava rindo que trabalhava de manhã, porque, à noite, o branco lhe fazia mal aos olhos. Não cantava desde que perdera o marido, mas a mãe dizia que "a voz era de um anjo". Ao piano era divina; passava a alma aos dedos, não aquela alma tumultuosa, mas outra mais quieta, mais doce, tão metida consigo que chegava esquecer-se deste mundo. O aplauso fazia-a fugir, como pomba assustada, e a outra alma passava aos dedos para tocar uma peça jovial qualquer, uma polca por exemplo, — meu Deus! às vezes; um lundu.

Você crê naturalmente que essa moça me enfeitiçou. Nem podia ser outra coisa. O diabo da viuvinha entrou-me pelo coração saltando ao som de um pandeiro. Era tentadora sem falar nem rir; falando e rindo era pior. O péssimo é que eu sentia nela não sei que correspondência dos meus sentimentos mal sopitados. Às vezes, esquecendo-me a olhar para ela, acordava repentinamente, e achava os dela fitos em mim. Já lhe disse que eram garços. Disse também que ria por eles. Naquelas ocasiões, porém, não tinham o riso do costume, nem sei se conservavam a mesma cor. A cor pode ser, não a via, não sentia mais que o peso grande de uma alma escondida dentro deles. Era talvez a mesma que lhe passava aos dedos quando tocava. Toda essa mulher devia ser feita de fogo e nervos. Antes de dois meses estava apaixonado, e quis fugir-lhe. Deixe-me dizer-lhe toda a minha corrupção, — nem pensava em casar, nem podia ficar ao pé dela, sem arrebatá-la um dia e levá-la ao inferno. Comecei a não estar em casa, quando ela ia lá, e não acompanhava a família à casa dela. Camila não deu por isso na primeira semana, — ou simulou que não. Passados mais dias, perguntou a minha irmã:

— O Doutor Isidoro está zangado conosco?

— Não! por quê?

— Já nos não visita. São estudos, não? Ou namoro, quem sabe? Há namoro no beco, concluiu rindo.

— Rindo? perguntei a minha irmã, quando me repetiu as palavras de Camila.

A pergunta em si era uma confissão; o tom em que a fiz, outra; a seriedade que me ficou, outra e maior. Minha irmã quis explicar a amiga. Eu de mim para mim, jurei que não a veria nunca mais. Dois dias depois, sabendo que ela vinha à nossa casa, deixei-me estar com o pretexto de me doer a cabeça; mas, em vez de me fechar no gabinete, fui vê-la rir ou fazê-la rir. A comoção que lhe vi nos primeiros instantes, reconciliou-nos. Reatamos o fio que íamos tecendo, sem saber bem onde pararia a obra. Já então ia só a casa delas; meu pai estava enfraquecendo muito, minha mãe fazia-lhe companhia: minha irmã ficava com o noivo, eu ia só. Não percamos tempo que os tiros se aproximam, e pode ser que nos chamem. Dentro de dez dias estávamos declarados. O amor de Camila devia ser forte; o meu era fortíssimo. Foi na sala de visitas, sozinhos, a mãe cochilava na sala de jantar. Camila, que falava tanto e sem parar, não achou palavra que dissesse. Eu agarrei-lhe a mão, quis puxá-la a mim; ela, ofegante, deixou-se cair numa cadeira. Inclinei-me, desatinado, para lhe dar um beijo; Camila desviou a cabeça, recuou a cadeira com força e quase caiu para trás.

— Adeus, adeus, até amanhã, murmurou ela.

No dia seguinte, como eu formulasse o pedido de casamento, respondeu-me que pensasse em outra cousa.

— Nós nos amamos, disse ela; o senhor ama-me desde muito, e quer casar comigo, apesar de ser uma triste viúva pobre...

— Quem lhe fala nisso? Deixa de ser viúva, nem pobre, nem triste.

— Sim, mas há um obstáculo. Mamãe está muito doente, não quero desampará-la.

— Desampará-la? Seremos dous ao pé dela, em vez de uma só pessoa. A razão não serve, Camila; há de haver outra.

— Não tenho outra. Fiz esta promessa a mim mesma, que só me casaria depois que mamãe se fosse deste mundo. Ela, por mais que saiba do amor que lhe tenho, e da proteção que o senhor lhe dará, ficará pensando que eu vou para meu marido, e que ela passará a ser uma agregada incômoda. Há de achar natural que eu pense mais no senhor que nela.

— Pode ser que a razão seja verdadeira; mas o sentimento, Camila, é esquisito, sem deixar de ser digno. Pois não é natural até que o seu casamento lhe dê a ela mais força e alegria, vendo que a não deixa sozinha no mundo?

Talvez que esta objeção a abalasse um pouco; refletiu, mas insistiu. — Mamãe vive principalmente das minhas carícias, da minha alegria, dos meus cuidados, que são só para ela...

— Pois vamos consultá-la.

— Se a consultarmos quererá que nos casemos logo.

— Então não suporá que fica sendo agregada incômoda.

— Já, já, não; mas pensá-lo-á mais tarde; e quer que lhe diga tudo? Há de pensá-lo e com razão. Eu, provavelmente, serei toda de meu marido: durante a lua-de-mel, pelo menos, — continuou rindo, e concluiu triste: — e a lua-de-mel pode levá-la. Não, não; se me ama deveras, esperemos; a minha velha morrerá ou sarará. Se não pode esperar, paciência.

Creio que lhe vi os olhos úmidos; o riso que ria por eles deixou-se velar um pouco daquela chuvazinha passageira. Concordei em esperar, com o plano secreto de comunicar à mãe de Camila os nossos desejos, a fim de que ela própria nos ligasse as mãos. Não disse nada a meus pais, certo de que ambos aceitariam a escolha; mas ainda contra a vontade deles, casaria. Minha irmã soube de tudo, aprovou tudo, e tomou a si guiar as negociações com a velha enferma. Entretanto, a paixão de Camila não lhe trocou a índole. Tagarela, mas graciosa, risonha sem banalidade, toda vida e movimento... Não me canso em repetir essas cousas. Tinha dias tristes ou calados; eram aqueles em que a moléstia da mãe parecia agravar-se. Eu padecia com a mudança, uma vez que a vida da mãe era empecilho à nossa ventura; sentimento mau, que me enchia de vergonha e de remorsos. Não quero cansá-lo com as palavras que trocávamos e foram infinitas, menos ainda com os versos que lhe fiz; é verdade, Martinho, cheguei ao extremo de fazer versos; lia os de outros para compor os meus, e daí fiquei com tal ou qual soma de imagens e de expressões poéticas...

Um dia, ao almoço, ouvimos rumor na escada, vozes confusas, choro; mandei ver o que era. Uma das escravas da casa fronteira vinha dar notícia. .. Cuidei que era a morte da velha, e tive uma sensação de prazer. Ai, meu amigo! a verdade era outra e terrível.

— Nhã Camila está douda!

Não sei o que fiz, nem por onde saí, mas instantes depois entrava pela casa delas. Nunca pude ter memória clara dos primeiros instantes. Vi a pobre velha, caída num sofá da sala; vinham de dentro os gritos de Camila. Se acudi ou não à velha, não sei; mas é provável que corresse logo para o interior, onde dei com a moça furiosa, torcendo-se para escapar às mãos de dois calceteiros que trabalhavam na rua e acudiram ao pedido de socorro de uma das escravas. Quis ajudá-los; pensei em influir nela com a minha pessoa, com a minha palavra; mas, ao que cuido, não via nem ouvia nada. Não afirmo também se lhe disse alguma coisa e o que foi. Os gritos da moça eram agudos, os movimentos raivosos, a força grande; tinha o vestido rasgado, os cabelos despenteados. Minha família chegou logo; o inspetor de quarteirão e um médico apareceram e deram as primeiras ordens. Eu, tonto, não sabia que fizesse, achava-me num estado que podia ser contágio do terrível acesso. Camila pareceu melhorar, não forcejava por desvencilhar-se dos homens que a retinham; estes, confiando na quietação dela, soltaram-lhe os braços. Veio outra crise ela atirou-se para a escada, e teria lá chegado e rolado, se eu não a sustivesse pelos vestidos. Quis voltar-se para mim; mas os homens acudiram e novamente a retiveram.

Algumas horas correram, antes que as ordens todas da autoridade fossem expedidas e cumpridas. Minha irmã veio ter comigo para levar-me para a outra sala ou para casa; recusei. Uma vez ainda a exaltação e o furor de Camila cessaram, mas os homens não lhe deixaram os braços soltos. Quando se repetiu o fenômeno, o prazo foi mais longo, fizeram sentá-la, os homens afrouxaram os braços. Eu, cosido à parede, fiquei a olhar para ela, notando que as palavras eram já poucas, e, se ainda sem sentido, não eram aflitas, nem ela repetia os guinchos agudos. Os olhos vagavam sem ver; mas, fitando-me de passagem, tornaram a mim, e ficaram parados alguns segundos, rindo como era costume deles quando tinham saúde. Camila chamou-me, não pelo nome, disse-me que fosse ter com ela. Acudi prontamente, sem dizer nada.

— Chegue-se mais.

Obedeci; ela quis estender-me a mão, o homem que a segurava, reteve-a com força; eu disse-lhe que deixasse, não fazia mal, era um instante. Camila deu-me a mão livre, eu dei-lhe a minha. A princípio, não tirou os olhos dos meus; mas já então não ria por eles, tinha-os quietos e apagados. De repente, levou a minha mão à boca, como se fosse beijá-la. Tendo libertado a outra (foi tudo rápido) segurou a minha com força e cravou-lhe furiosamente os dentes; soltei um grito. A boca ficou-lhe cheia de sangue. Veja; tenho ainda os sinais nestes dois dedos...

Não me quero demorar neste ponto da minha história. Digo-lhe sumariamente que os médicos entenderam necessário recolher Camila ao Hospício de Pedro II. A mãe morreu quinze dias depois. Eu fui concluir os meus estudos na Europa. Minha irmã casou, meu pai não durou muito, minha mãe acompanhou-o de perto. Pouco tempo depois, minha irmã e meu cunhado foram ter comigo. Já me acharam não esquecido, mas consolado. Quando tornamos ao Rio de Janeiro passavam quatro anos daqueles acontecimentos. Fomos morar juntos, mas em outro bairro. Nada soubemos de Camila, nem indagamos nada; ao menos eu.

Uma noite, porém, andando a passear, aborrecido, começou a chover, e entrei num teatro. Não sabia da peça, nem do autor, nem do número de atos; o bilheteiro disse-me que ia começar o segundo. Na terceira ou quarta cena, vejo entrar uma mulher, que me abalou todo; pareceu-me Camila. Fazia um papel de ingênua, creio; entrou lentamente e travou frouxamente um diálogo com o galã. Não tinha que ver; era a própria voz de Camila. Mas, se ela estava no Hospício, como podia achar-se no teatro? Se havia sarado, como se fizera atriz? Era natural que estivesse a costurar, e se alguma coisa lhe restava das casinhas da mãe... Perguntei a um vizinho da platéia como se chamava aquela dama.

— Plácida, respondeu-me.

Não é ela, pensei; mas refletindo que podia ter mudado de nome, quis saber se estava há muito tempo no teatro.

— Não sei; apareceu aqui há meses. Acho que é novata na cena, fala muito arrastado, tem talento.

Não podia ser Camila; mas tão depressa achava que não, um gesto da mulher, uma inflexão de voz, qualquer coisa me dizia que era ela mesma. No intervalo lembrou-me de ir à caixa do teatro. Não conhecia ninguém, não sabia se era fácil entrar desconhecido, cheguei à porta de comunicação e bati. Ninguém abriu nem perguntou quem era. Daí a nada vi sair de dentro um homem, que empurrou simplesmente a porta e deixou-a cair. Puxei a porta e entrei. Fiquei aturdido no meio do movimento; criei ânimo e perguntei a um empregado se podia falar a D. Plácida. Respondeu-me que provavelmente estava mudando de trajo, mas que fosse com ele. Chegando à porta de um camarim, bateu.

— D. Plácida?

— Quem é?

— Está aqui um senhor que lhe deseja falar.

— Que espere!

A voz era dela. O sangue entrou a correr-me acelerado; afastei-me um pouco e esperei. Minutos depois, a porta do camarim abriu-se, saiu uma criada; enfim, a porta escancarou-se, e apareceu a figura de atriz. Aproximei-me, e fizemos teatro no teatro: reconhecemo-nos um ao outro. Entrei no camarim, apertamos as mãos, e durante algum tempo não pudemos dizer nada. Ela, por baixo do carmim, empalidecera; eu senti-me lívido. Ouvi apitar; era o contra-regra que mandava subir o pano.

— Vai subir o pano, disse-me ela com a voz lenta e abafada. Entro na segunda cena. Espera-me?

— Espero.

— Venha cá para os bastidores.

Falei-lhe ainda duas vezes nos bastidores. Soube na conversação onde morava, e que morava só. Como a chuva aumentasse e caísse agora a jorros, ofereci-lhe o meu carro. Aceitou. Saí para alugar um carro de praça; no fim do espetáculo, mandei que a recebesse à porta do teatro, e acompanhei-a dando-lhe o braço, no meio do espanto de atores e empregados. Depois que ela entrou, despedi-me.

— Não, não, disse ela. Pois há de ir por baixo d'água? Entre também, venha deixar-me à porta.

Entrei e partimos. Durante os primeiros instantes, parecia-me delirar. Após quatro anos de separação e ausência, quando supunha aquela senhora em outra parte, eis-me dentro de uma carruagem com ela, duas horas depois de a tornar a ver. A chuva que caía forte, o tropel dos cavalos, o rodar da carruagem, e por fim a noite, complicavam a situação do meu espírito. Cria-me doudo. Vencia a comoção falando, mas as palavras não teriam grande ligação entre si, nem seriam muitas. Não queria falar da mãe; menos ainda perguntar-lhe pelos acontecimentos que a trouxeram à carreira de atriz. Camila é que me disse que estivera doente, que perdera a mãe fora da Corte, e que entrara para o teatro por ver um dia uma peça em cena; mas sentia que não tinha vocação. Ganho a minha vida, concluiu. Ao ouvir esta palavra, apertei-lhe a mão cheio de pena; ela apertou a minha e não a soltou mais. Ambas ficaram sobre o joelho dela. Estremeci; não lhe perguntei quem a levara ao teatro, onde vira a peça que a fez fazer-se atriz. Deixei estar a mão no joelho. Camila falava lentamente, como em cena; mas a comoção aqui era natural. Perguntou-me pelos meus; disse-lhe o que havia. Quando falei do casamento de minha irmã, senti que me apertou os dedos; imaginei que era a recordação do malogro do nosso. Enfim, chegamos. Fi-la descer, ela entrou depressa no corredor, onde uma preta a esperava.

— Adeus, disse-lhe.

— Está chovendo muito; por que não toma chá comigo?

Não tinha a menor vontade de ir-me; ao contrário, queria ficar, a todo custo, tal era a ressurreição das sensações de outrora. Entretanto, não sei que força de respeito me detinha à soleira da porta. Disse que sim e que não.

— Suba, suba, replicou ela dando-me o braço.

A sala era trastejada com simplicidade, antes vizinha da pobreza que da mediania. Camila tirou a capa, e sentou-se no sofá; ao pé de mim. Vista agora, sem o caio nem o carmim do teatro, era uma criatura pálida, representando os seus vinte e nove anos, um tanto fatigada, mas ainda bela, e acaso mais cheia de corpo. Abria e fechava um leque desnecessário. Às vezes apoiava nele o queixo e fitava os olhos no chão, ouvindo-me. Estava comovida, decerto; falava pouco e a medo. A fala e os gestos não eram os de outro tempo, não tinham a volubilidade e a agitação, que a caracterizavam; dir-se-ia que a língua acompanhava de longe o pensamento, ao invés de outrora, em que o pensamento mal emparelhava com a língua. Não era a minha Camila; era talvez a de outro; mas, que tinha que não fosse a mesma? Assim pensava eu, à medida da nossa conversação sem assunto. Falávamos de tudo o que não éramos, ou nada tinha com a nossa vida de quatro anos passados; mas isso mesmo era disperso, desalinhado, roto, uma palavra aqui, outra ali, sem interesse aparente ou real. De uma vez perguntei-lhe:

— Espera ficar no teatro muito tempo?

— Creio que sim, disse ela; ao menos, enquanto não acabar a educação de meu sobrinho.

— É verdade; deve estar um mocinho.

— Tem onze anos, vai fazer doze.

— Mora com a senhora? perguntei depois de um minuto de pausa.

— Não; está no colégio. Já lhe disse que moro só. Minha companhia é este piano velho, concluiu levantando-se e indo a um canto, onde vi pela primeira vez um pequeno piano, ao pé da porta da alcova.

— Vamos ver se ele é seu amigo, disse-lhe.

Camila não hesitou em tocar. Tocou uma peça que acertou de ser a primeira que executara em nossa casa, quatro anos antes. Acaso ou propósito? Custava-me a crer que fosse propósito, e o acaso vinha cheio de mistérios. O destino ligava-nos outra vez, por qualquer vínculo, legítimo ou espúrio? Tudo me parecia assim; o noivo antigo dava de si apenas um amante de arribação. Tive ímpeto de aproximar-me dela, derrear-lhe a cabeça e beijá-la muito. Não teria tempo; a preta veio dizer que o chá estava na mesa.

— Desculpe a pobreza da casa, disse ela entrando na sala de jantar. Sabe que nunca fui rica.

Sentamo-nos defronte um do outro. A preta serviu o chá e saiu. Ao comer não havia diferença de outrora, comia devagar; mas isso, e o gesto encolhido, e a fala a modo que amarrada, davam um composto tão diverso do que era antigamente, que eu podia amá-la agora sem pecado. Não lhe estou dizendo o que sinto hoje; estou mostrando francamente a você a falta de delicadeza da minha alma. O respeito que me detivera um instante à soleira da porta, já me não detinha agora à porta da alcova.

— Em que é que pensa? perguntou ela após certa pausa.

— Penso em dizer-lhe adeus, respondi estendendo-lhe a mão; é tarde.

— Que sinais são estes? perguntou ela olhando-me para os dedos.

Certamente empalideci. Respondi que eram sinais de um golpe antigo. Mirou muito a mão; eu cuidei a princípio que era um pretexto para não soltá-la logo; depois ocorreu-me se acaso alguma reminiscência vaga emergia dos velhos destroços do delírio.

— A sua mão treme, disse ela, querendo sorrir.

Uma idéia traz outra. Saberia ela que estivera louca? Outra depois e mais terrível. Essa mulher que conheci tão esperta e ágil, e que agora me aparecia tão morta, era o fruto da tristeza da vida e de sucessos que eu ignorava, ou puro efeito do delírio, que lhe torcera e esgalhara o espírito? Ambas as hipóteses, — a segunda principalmente, — deram-me uma sensação complexa, que não sei definir, — pena, repugnância, pavor. Levantei-me e fitei-a por alguns instantes.

— A chuva ainda não parou, disse ela; voltemos para a sala. Voltamos para a sala. Tornou ao sofá comigo. Quanto mais olhava para ela, mais sentia que era uma aleijada do espírito, uma convalescente da loucura... A minha repugnância crescia, a pena também; ela, fitando-me os olhos que já não sabiam rir, segurou-me a mão com ambas as suas; eu levantei-me para sair...

Isidoro deu uma volta e caiu; uma bala paraguaia varou-lhe o coração, estava morto. Não se conheceu outra amigo ao alferes. Por muitas semanas o pobre Martinho não disse uma só chalaça. Em compensação, continuou sempre bravo e disciplinado. No dia em que o Marechal Caxias, dando novo impulso à guerra, marchou para Tuiu-Cuê, ninguém foi mais resoluto que ele, ninguém mais certo de acabar capitão; acabou major.

UMA POR OUTRA

[AE. 15 set. a 15 dez. 1897]

Era por sessenta e tantos... Musa, lembra-me as causas desta paixão romântica, conta as suas fases e o seu desfecho. Não fales em verso, posto que nesse tempo escrevi muitos. Não; a prosa basta, desataviada, sem céus azuis nem garças brancas, a prosa do tabelião que sou neste município do Ceará.

Era no Rio de Janeiro. Tinha eu vinte anos feitos e malfeitos, sem alegrias, longe dos meus, no pobre sótão de estudante, à Rua da Misericórdia. Certamente a vida do estudante de matemáticas era alegre, e as minhas ambições, depois do café e do cigarro, não iam além de um e outro teatro, mas foi isto mesmo que me deitou "uma gota amarga na existência". É a frase textual que escrevi em uma espécie de diário daquele tempo, rasgado anos depois. Foi no teatro que vi uma criaturinha bela e rica, toda sedas e jóias, com o braço pousado na borda do camarote, e o binóculo na mão. Eu, das galerias onde estava, dei com a pequena e gostei do gesto. No fim do primeiro ato, quando se levantou, gostei da figura. E daí em diante, até o fim do espetáculo, não tive olhos para mais ninguém, nem para mais nada; todo eu era ela.

— Se estivesse com outros colegas, como costumava, é provável que não gastasse mais de dois minutos com a pequena; mas naquela noite estava só, entre pessoas estranhas, e inspirado. Ao jantar, fizera de cabeça um soneto. Demais, antes de subir à galeria quedara-me à porta do teatro a ver entrar famílias. A procissão de mulheres, a atmosfera de cheiros, a constelação de pedrarias entonteceram-me. Finalmente, acabava de ler um dos romances aristocráticos de Feuillet, exemplar comprado por um cruzado não sei em que belchior de livros. Foi nesse estado de alma que descobri aquela moça do quinto camarote, primeira ordem, à esquerda, Teatro Lírico.

Antes de acabar o espetáculo, desci a escada, quatro a quatro, e vim colocar-me no corredor, defronte do camarote de Sílvia. Dei-lhe este nome, por ser doce, e por havê-lo lido não sei onde. Sílvia apareceu à porta do camarote, logo depois de cantada a ópera, metida em capa rica de cachemira, e com uns olhos que eu não pudera ver bem de cima, e valiam, só por si todas as jóias e todas as luzes do teatro. Outra senhora estava com ela, e dois homens também deram-lhes os braços; e eu acompanhei-as logo. A marcha foi lenta, eu desejava que não acabasse mais, mas acabou. Sílvia entrou no carro que esperava a família, e os cavalos pegaram do meu tesouro e o levaram atrás de si.

Nessa mesma noite escrevi os meus versos *A Visão*. Dormi mal e acordei cedo. Abri a janela do sótão, e a luz que entrou no meu pobre aposento ainda mais aumentou o meu delírio da véspera. Comparei as minhas alfaias de estudante com as sedas, cachemiras, jóias e cavalos de Sílvia, e compus umas sextilhas que não transcrevo aqui para não dar ciúmes à minha tabelioa, a quem já as recitei, dizendo que não prestavam para nada. E creio que não. Se as citasse não seria mais que por veracidade e modéstia, mas prefiro a paz doméstica ao complemento do escrito. Em verdade, não há negar que por esses dias andei tonto. Não seria exatamente por aquela moça do teatro, mas por todas as outras da mesma condição e de iguais atavios. Tornei ao teatro dali a dias, e vi-a, em outro camarote, com igual luxo e a mesma graça fina. Os meus companheiros de escola não me permitiram fitá-la exclusivamente: mas como deveras amavam a música, e a ouviam sem mais nada, eu aproveitava os melhores trechos da ópera para mirar a minha incógnita.

— Quem é aquela moça? perguntei a um deles, à saída do saguão.

— Não sei.

Ninguém me disse nada, não a encontrei mais, nem na Rua do Ouvidor, nem nos bairros elegantes por onde me meti, à espera do acaso. Afinal abri mão deste sonho, e deixei-me estar no meu sótão, com os meus livros e os meus versos. Foi então que a outra moça me apareceu.

O meu sótão dava para o morro do Castelo. Numa daquelas casas trepadas no morro, desordenadamente, vi um vulto de mulher, mas só adivinhei que o era pelo vestido. Cá de longe, e um pouco de baixo, não podia distinguir as feições. Estava afeito a ver mulheres nas outras casas do morro, como nos telhados da Rua da Misericórdia, onde algumas vinham estender as roupas que lavavam. Nenhuma me atraía mais que por, um instante de curiosidade. Em que é que aquela me prendeu mais tempo? Cuido que, em primeiro lugar, o meu estado de vocação amorosa, a necessidade de uma droga que me curasse daquela febre recente e mal extinta. Depois, — e pode ser que esta fosse a principal causa, — porque a moça, de que trato parecia justamente olhar de longe para mim, erecta no fundo escuro da janela. Duvidei disto a princípio, mas erigi também o corpo, ergui a cabeça, adiantei-a sobre o telhado, recuei, fiz uma série de gestos que revelassem o interesse e a admiração. A mulher deixou-se estar, — nem sempre na mesma atitude, inclinava-se, olhava para um e outro lado, mas tornava logo, e continuava erecta no fundo escuro.

Isto aconteceu de manhã. De tarde, não pude vir a casa, jantei com os rapazes. Na manhã seguinte, quando abri a janela, já achei na outra do morro a figura da véspera. Esperava-me, decerto; a atitude era a mesma, e, sem poder jurar que lhe vi algum movimento de longe, creio que fez algum. Era natural fazê-lo, caso me esperasse. No terceiro dia cumprimentei-a cá de baixo; não respondeu ao gesto e pouco depois entrou. Não tardou que voltasse, com os mesmos olhos, se os tinha, que eu não podia ver nada, estirados para mim. Estes preliminares duraram cerca de duas semanas.

Então eu fiz uma reflexão filosófica, acerca da diferença de classes; disse comigo que a própria fortuna era por essa graduação dos homens, fazendo com que a outra moça, rica e elegante, de alta classe, não desse por mim, quando estava a tão poucos passos dela, sem tirar dela os olhos, ao passo que esta outra, medíocre ou pobre, foi a primeira que me viu e me chamou a atenção. É assim mesmo, pensei eu; a sorte destina-me esta outra criatura que não terá de subir nem descer, para que as nossas vidas se entrelacem e nos dêem a felicidade que merecemos. Isto me deu uma idéia de versos. Lancei-me à velha mesa de pinho, e compus o meu recitativo das *Ondas*: "A vida é onda dividida em duas..." "A vida é onda dividida em duas..." Oh! quantas vezes disse eu este recitativo aos rapazes da Escola e a uma família da Rua dos Arcos! Não freqüentava outras casas; a família compunha-se de um casal e de uma tia, que também fazia versos. Só muitos anos depois vim a entender que os versos dela eram maus; naquele tempo achava-os excelentes. Também ela gostava dos meus, e os do recitativo dizia-os, sublimes. Sentava-se ao piano um pouco desafinado, logo que eu lá entrava, e, voltada para mim:

— Sr. Josino, vamos ao recitativo.

— Ora D. Adelaide, uns versos que...

— Que o quê? Ande: "A vida é onda dividida em duas..."

E eu:

— A vida é onda dividida em duas...

— Delicioso! exclamava ela no fim, entornando os olhos murchos e cobiçosos.

Os meus colegas da Escola eram menos entusiastas; alguns gostavam dos versos, outros não lhes davam grande valor, mas eu lançava isto à conta da inveja ou da incapacidade estética. Imprimi o recitativo nos semanários do tempo. Sei que foi recitado em várias casas, e ainda agora me lembro que, um dia, passando pela Rua do Ouvidor, ouvi a uma senhora dizer a outra: "Lá vai o autor das *Ondas*".

Nada disso me fez esquecer a moça do morro do Castelo, nem ela esquecia. De longe, sem nos distinguirmos um ao outro, continuávamos aquela contemplação que não podia deixar de ser muda, posto que eu às vezes desse por mim a falar alto: "Mas quem será aquela criatura?" e outras palavras equivalentes. Talvez ela perguntasse a mesma cousa. Uma vez, lembrando-me de Sílvia, consolei-me com esta reflexão:

"Será uma por outra; esta pode ser até que valha mais. Elegante é; isso vê-se cá mesmo de longe e de baixo."

Os namoros dos telhados são pouco sabidos das pessoas que só têm namorado nas ruas; é por isso que não têm igual fama. Mais graciosos são, e romanescos também. Eu já estava acostumado a eles. Tivera muitos, de sótão a sótão, e mais próximos um do outro. Víamo-nos os dous, ela estendendo as roupas molhadas da lavagem, eu a folhear os meus compêndios. Risos de cá e de lá, depois rumo diverso, um pai ou mãe que descobria a troca de sinais e mandava fechar as janelas, uma doença, um arrufo e tudo acabava.

Desta vez, justamente quando eu não podia distinguir as feições da moça, nem ela as minhas, é que o namoro estava mais firme e continuava. Talvez por isso mesmo. O vago é muito em tais negócios; o desconhecido atrai mais. Assim foram decorrendo dias e semanas. Já tínhamos horas certas, dias especiais em que a contemplação era mais longa. Eu, depois dos primeiros tempos, temi que houvesse engano da minha parte, isto é, que a moça olhasse para outro sótão, ou simplesmente para o mar. O mar não digo: não prenderia tanto, mas a primeira hipótese era possível. A coincidência, porém, dos gestos e das atitudes, a espécie de respostas dadas à espécie de perguntas que eu lhe fazia, trouxeram-me a convicção de que realmente éramos nós dous os namorados. Um colega da Escola, por esse tempo meu camarada íntimo, foi o confidente daquele mistério.

— Josino, disse-me ele, e por que é que não vais ao morro do Castelo?

— Não sei onde fica a casa.

— Ora essa! Marca bem a posição cá de baixo, vê as que lhe ficam ao pé e sobe; se não estiver na ladeira, há de estar no alto em algum lugar...

— Mas não é só isto, disse eu; penso que se lá for e achar a casa é o mesmo que nada. Poderei conhecê-la, mas como é que ela saberá quem eu sou?

— É boa! Tu ficas conhecendo a pessoa, e escreve-lhe depois que o moço assim e assim lhe passou pela porta, em tal dia, a tantas horas, é o mesmo do sótão da Rua da Misericórdia.

— Já pensei nisso, respondi dali a um instante, mas confesso-te que não quis tentar nada.

— Por quê?

— Filho, o melhor deste meu namoro é o mistério...

— Ah! poesia!

— Não é poesia. Eu, se me aproximo dela, posso vir a casar, e como me hei de casar sem dinheiro? Para ela esperar que eu me forme, e arranje um emprego...

— Bem; é então um namoro de passagem, sempre dá para versos e para matar tempo.

Deitei fora o cigarro, apenas começado (estávamos no Café Carceler), e dei um murro no mármore da mesa; acudiu o criado a perguntar o que queríamos, respondi-lhe que fosse bugiar, e após alguns instantes declarei ao meu colega que não pensava em matar tempo.

— Vá que faça versos; é um desabafo, e ela merece-os; mas matar o tempo, deixá-la ir aos braços de outro...

— Então... queres... raptá-la?

— Oh! não! Tu bem sabes o que eu quero, Fernandes. Eu quero e não quero; casar é o que eu quero, mas não tenho meios, e estou apaixonado. Esta é a minha situação.

— Francamente, Josino; fala sério, não me respondas com chalaças. Tu estás deveras apaixonado por essa moça?

— Estou.

— Essa moça, quero dizer, esse vulto, porque tu não sabes ainda se é moça ou velha.

— Isso vi; a figura é de moça.

— Em suma, um vulto. Nunca lhe viste a cara, não sabes se é feia ou bonita.

— É bonita.

— Adivinhaste?

— Adivinhei. Há um certo sentido na alma dos que amam que faz ver e saber as cousas ocultas ou obscuras, como se fossem claras e patentes. Crê, Fernandes; esta moça é bela, é pobre, e está douda por mim; eis o que te posso afirmar, tão certo como aquele tílburi estar ali parado.

— Que tílburi, Josino? perguntou-me ele depois de puxar uma fumaça ao cigarro. Aquilo é uma laranjeira. Parece tílburi por causa do cavalo, mas todas as laranjeiras têm um cavalo, algumas dous; é a matéria do nosso segundo ano. Tu mesmo és um cavalo pegado a uma laranjeira, como eu; estamos ambos ao pé de um muro, que é o muro de Tróia, Tróia é dos troianos, e a tua dama naturalmente cose para fora. Adeus, Josino, continuou ele erguendo-se e pagando o café; não dou três meses que não estejas doudo, a menos que o doudo não seja eu.

— Vai caçoar para o diabo que te leve! exclamei furioso.

— Amém!

Este Fernandes era o chalaceiro da Escola, mas todos lhe queriam bem, e eu mais que todos. No dia seguinte foi visitar-me ao sótão. Queria ver a casa do morro do Castelo. Verifiquei primeiro se ela estava à janela; vendo que não, mostrei-lhe a casa. Reparou bem onde era, e acabou dizendo-me que ia passar por lá.

— Mas eu não te peço isto.

— Não importa. Vou descobrir a caça, e direi depois se é má ou boa. Ora espera; lá está um vulto.

— Entra, entra, disse-lhe puxando por ele. Pode ver-te e desconfiar que estou publicando o nosso namoro. Entra e espera. Lá está, é ela...

A vista de meu colega não dava para descobrir de baixo e de longe as feições da minha namorada. Fernandes não pôde saber se ela era feia ou bonita, mas concordou que o ar do corpo era elegante. Quanto à casa estava marcada; iria rondar por ela, até descobrir a pessoa. E por que não comprava eu um binóculo? perguntou-me. Achei-lhe razão. Se na ocasião achasse igualmente dinheiro teria o binóculo na manhã seguinte; mas, na ocasião faltava-me dinheiro e os binóculos já então não eram baratos. Respondi com a verdade, em primeiro lugar; depois aleguei ainda a razão do vago e do incerto. Era melhor não conhecer a moça completamente. Fernandes riu-se e despediu-se.

A situação não mudou. Os dias e as semanas não fizeram mais que apartar-nos um ao outro, sem estreitar a distância. Mostras e contemplações de longe. Cheguei aos sinais de lenços e ela também. De noite, tinha vela acesa até tarde; ela, se não ia até à mesma hora, chegava às dez, uma noite apagou a vela às onze. De ordinário, apesar de já não ver a luz dela, conservava a minha acesa, para que ela dormisse tarde, pensando em mim. As noites não foram assim seguidas, desde princípio; tinha hábitos noturnos, passeios, teatros, palestras ou cafés, que eram grande parte da minha vida de estudante; não mudei logo. Mas ao cabo de um mês, entrei a ficar todas as noites em casa. Os outros estudantes notavam a ausência; o meu confidente espalhava que eu trazia uns amores secretos e criminosos.

O resto do tempo era dado às musas. Convocava-as, — elas vinham dóceis e amigas. Horas e horas enchíamos o papel com versos de vária casta e metro, muitos dos quais eram logo divulgados pelas gazetas. Uma das composições foi dedicada à misteriosa moça do Castelo. Não tinham outra indicação; aquela pareceu-me bastante ao fim proposto, que era ser lido e entendido. Valha-me Deus! Julguei pelas suas atitudes daquele dia que realmente os versos foram lidos por ela, entendidos finalmente e beijados.

Chamei-lhe Pia. Se me perguntares a razão deste nome, ficarás sem resposta; foi o primeiro que me lembrou, e talvez porque a Ristori representava então a *Pia de Tolomei*. Assim como chamei Sílvia à outra, assim chamei Pia a esta; mania de lhe dar um nome. A diferença é que este se prestava melhor que o outro a alusões poéticas e morais; atribuí naturalmente à desconhecida a piedade de uma grande alma para com uma pobre vida, e disse isto mesmo em verso, — rimado e solto.

Um dia, ao abrir a janela, não vi a namorada. Já então nos víamos todos os dias, a hora certa, logo de manhã. Posto que eu não tivesse relógio, sabia que acordava cedo, à mesma hora; quando erguia a vidraça, já a via à minha espera, no alto. Daquela vez a própria janela estava fechada. Estaria dormindo, esperei; o tempo correu, saí para o almoço e para a Escola. O mesmo no dia seguinte. Supus que seria ausência ou moléstia; esperei. Passaram-se dous dias, três, uma semana. Fiquei desesperado; não exagero, fiquei fora de mim. E não pude dissimular esse estado; o meu confidente da Escola desconfiou que havia alguma cousa, eu contei-lhe tudo. Fernandes não acabava de crer.

— Mas como, Josino? Pois uma criatura que nem sequer conheces... é impossível! A verdade é que nunca a viste; mirar de longe um vulto não é ver uma pessoa.

— Vi-a, gosto dela, ela gosta de mim, aí tens.

— Confessa que amanhã, se a encontrares na rua, não és capaz de a conheceres.

— O meu coração há de conhecê-la.

— Poeta!

— Matemático!

Tínhamos razão os dous. Não é preciso explicar a afirmação dele; explico a minha. O meu amor, como vistes, era puramente intelectual; não teve outra origem. Achou-me, é verdade, inclinado a amar, mas não brotou nem cresceu de outra maneira. Tal era o estado da minha alma, — e por que não do meu tempo? — que assim mesmo me governou. Acabei amando um fantasma. Vivi por uma sombra. Um puro conceito, — ou quase, — fazia-me agitar o sangue. Essa mulher, — casada ou solteira, feia ou bonita, velha ou moça, — quem quer que era que eu não conheceria na rua, se a visse, enchia-me de saudades. Fiquei arrependido de não a ter buscado no morro; haver-lhe-ia escrito, saberia quem era, e para onde fora, ou se estava doente. Esta última hipótese sugeriu-me a idéia de ir ao morro procurar a casa. Fui; ao cabo de algum tempo e trabalho dei com a casa fechada. Os vizinhos disseram-me que a família saíra para um dos arrabaldes, não sabiam qual deles.

— Está certo que é a família Vieira? perguntei eu cheio de maquiavelismo.

— Vieira? Não, senhor; é a família Maia, um Pedro Maia, homem do comércio.

— Isso mesmo; tem loja na Rua de S. Pedro, Pedro ou Sabão...

— A rua não sabemos; não se dá com vizinhos. Há de crer que só ultimamente nos cumprimentava? Muito cheio de si. Se é seu amigo, desculpe...

Fiz um gesto de desculpa, mas fiquei sem saber a loja do homem, nem o arrabalde para onde fora; sabia só que tornaria à casa, e era muito. Desci animado. Bem: não a perdi, ela volta, disse comigo.

— E terá pensado em mim?

Resolvi pela afirmativa. A imaginação mostrou-me a desconhecida vendo passar as horas e os dias, onde quer que estava com a família, a cuidar no desconhecido da Rua da Misericórdia. Talvez me tivesse feito na véspera da partida algum sinal que não pude ver. Se cuidou que sim, estaria um pouco mais consolada, mas a dúvida poderia assaltá-la, e a inquietação complicaria a tristeza.

Entramos nas férias. A minha idéia era não ir à província, ficar por qualquer pretexto, e esperar a volta da minha diva. Não contava com a fatalidade. Perdi minha mãe; recebi carta do meu pai, dizendo estar à minha espera. Haveis de crer que hesitei? Hesitei; mas a ordem era imperiosa, a ocasião triste, e meu pai não brincava.

— Vou, não tenho remédio, mas...

Como dizer à misteriosa Pia que ia à província, que voltaria dous ou três meses depois, e que me esperasse? A princípio, lembrou-me incumbir o meu colega Fernandes de a avisar, de manter o sacro fogo, até que me achasse de volta. Fernandes era assaz engenhoso e tenaz para desempenhar-se disto; mas abri mão dele, por vergonha. Então lembrou-me outra cousa; não deixaria o sótão, conservá-lo-ia alugado, mediante a garantia do correspondente de meu pai, a pretexto de não haver melhor lugar para residência de estudante. Quando voltasse, já ela estaria ali também. Não se enganaria com outro, porque nunca a janela se abriria na minha ausência; eu, apenas tornasse, recomeçaria a conversação de outro tempo. Isto feito, meti-me no vapor. Custa-me dizer que chorei, mas chorei.

Tudo o que vos acabo de dizer é vergonhoso, como plano, e dá idéia de uma sensibilidade mui pouco matemática; mas, sendo verdade, como é, e consistindo nesta o único interesse da narração, se algum lhe achais, força é que vos diga o que se passou naquele tempo.

Embarquei, e fui para a província. Meu pai achou-me forte e belo, disse que tinha boas notícias minhas, tanto de rapaz como de estudante, dadas pelo correspondente e outras pessoas.

Gostei de ouvi-lo e cuidei de confirmar a opinião, metendo-me a estudar nas férias. Dous dias depois, declarou-me ele que estava disposto a fazer-me trocar de carreira. Não entendi. Ele explicou-me que, bem pensado, era melhor bacharelar-me em direito; todos os seus conhecidos mandavam os filhos para o Recife. A advocacia e a magistratura eram bonitas carreiras, não contando que a Câmara dos Deputados e o Senado estavam cheios de juristas. Todos os presidentes de província não eram outra cousa. Era muito mais certo, brilhante e lucrativo. Repetiu-me isto por dias. Eu rejeitei os presentes de Artaxerxes; combati as suas idéias, desdenhei da jurisprudência, e nisto era sincero; as matemáticas e a engenharia faziam-me seriamente crer que o estudo e a prática das leis eram ocupações ocas. Para mim a linha mais curta entre os dous pontos valia mais que qualquer axioma jurídico. Assim que, não era preciso ter nenhuma paixão amorosa para me animar a recusar o Recife; é certo, porém, que a moça do Castelo deu algum calor à minha palavra. Já agora queria acabar um romance tão bem começado.

Sobretudo havia em mim, relativamente à moça do Castelo, uma aventura particular. Não queria morrer sem conhecê-la. O fato de haver deixado o Rio de Janeiro sem tê-la visto de perto, cara a cara, pareceu-me fantástico. Achei razão ao Fernandes. A distância tornava mais dura esta circunstância, e a minha alma começou a ser castigada pelo delírio. Delírio é termo excessivo e ambicioso, bem sei; maluquice diz a mesma cousa, é mais familiar e dá a esta confissão uma nota de chufa que não destoa muito do meu estado. Mas é preciso alguma nobreza de estilo em um namorado daqueles tempos, e namorado poeta, e poeta cativo de uma sombra. Meu pai, depois de teimar algum tempo no Recife, abriu mão da idéia e consentiu em que eu continuasse as matemáticas. Como me mostrasse ansioso por tornar à Corte, desconfiou que andassem comigo alguns amores espúrios, e falou de corrupção carioca.

— A Corte sempre foi um poço de perdição; perdi lá um tio...

O que lhe confirmou esta suspeita foi o fato de haver ficado por minha conta o sótão da Rua da Misericórdia. Custou-lhe muito aceitar este arranjo, e quis escrever ao correspondente; não escreveu, mas agora pareceu-lhe que o sótão ficara em poder de alguma moça minha, e como não era de biocos, disse-me o que pensava e ordenou-me que lhe confessasse tudo.

— Antes quero que me fales verdade, qualquer que seja. Sei que és homem e posso fechar os olhos, contanto que te não percas... Vamos, o que é.

— Não é nada, meu pai.

— Mau! fala verdade.

— Está falada. Meu pai escreva ao Sr. Duarte, e ele dirá se o sótão não está fechado à minha espera. Não há muitos sótãos vagos no Rio de Janeiro; quero dizer em lugar que sirva, porque não hei de ir para fora da cidade, e um estudante deve estar perto da Escola. E aquele é tão bom! continuei com o pensamento na minha Pia.

Não pode imaginar que sótão, a posição, o tamanho, a construção; no telhado há um vaso com miosótis, que dei à gente de baixo, quando embarquei; hei de comprar outro.

— Comprar outro? Mas tu estudas para engenheiro ou para jardineiro?

— Meu pai, as flores alegram, e não há estudante sério que não tenha um ou dous vasos de flores. Os próprios lentes...

Hoje dói-me escrever isto; era já uma troça de estudante, tanto mais condenável quanto meu pai era bom e crédulo. Certamente, eu possuía o vaso e a doce flor azul, e era verdade que o tinha dado à gente da casa; mas vós sabeis que o resto era invenção.

— E depois és poeta, concluiu meu pai rindo.

Parti para a Corte alguns dias antes do prazo. Não esqueço dizer que, durante as férias, compus e mandei publicar na imprensa fluminense várias poesias datadas da província. Eram dedicadas "à moça do Castelo", e algumas falavam de janelas cerradas. Comparava-me aos pássaros que emigram, mas prometem voltar cedo, e voltam. Jurava neles que tornaria a vê-la em breves dias. Não assinei esses versos; meu pai podia lê-los, e acharia assim explicado o sótão. Para ela a assinatura era desnecessária, visto que me não conhecia.

Encontrei a bordo um homem, que vinha do Pará, e a quem meu pai me apresentou e recomendou. Era negociante do Rio de Janeiro; trazia mulher e filha, ambas enjoadas. Gostou de mim, como se gosta a bordo, sem mais cerimônia, e viemos conversando por ali fora. Tinha parentes em Belém, e era associado em um negócio de borracha. Contou-me cousas infinitas da borracha e do seu futuro. Não lhe falei de versos; dando comigo a ler alguns, exclamou rindo:

— Gosta de versos? A minha Estela gosta, e desconfio até que é poetisa.

— Também faço o meu versinho de pé quebrado, disse eu com modéstia.

— Sim? Pois ela... Não confunda, não falo de minha mulher, mas de minha filha. Já uma vez dei com Estela a escrever, com uma amiga, na mesma mesa, uma de um lado, outra de outro, e as linhas não iam ao fim. Feliciana falou-lhe nisso, e ela respondeu rindo — que era engano meu; desconfio que não.

No porto de Recife, vi Estela e a mãe, e daí até o Rio de Janeiro, pude conversar com elas. A filha, como eu lhe falasse do que o pai me contara, autorizado por ele, que disse que os poetas naturalmente têm mais confiança entre si, que com estranhos, respondeu envergonhada que era falso; tinha composto meia dúzia de quadrinhas sem valor. Naturalmente protestei contra o juízo, e esperei que me desse alguma estrofe, mas teimou em calar. Era criatura de vinte anos, magra e pálida; faltava-lhe a elegância e a expressão que só em terra lhe vi, uma semana depois de chegados. Os olhos eram cor do mar. Esta circunstância fez-me escrever um soneto que lhe ofereci, e que ela ouviu com muito prazer, entre a mãe e o pai. O soneto dizia que os olhos, como as vagas do mar, encobriam o movimento de uma alma grande e misteriosa. Assim, em prosa, não tem graça; os versos não eram absolutamente feios, e ela fez-me o favor de os achar parecidos com os de Gonçalves Dias, o que era pura exageração. No dia seguinte disse-lhe o meu recitativo das *Ondas*: "A vida é onda dividida em duas..." Achou-o muito bonito.

— Tem a beleza da oportunidade; estamos no mar, retorqui eu.

— Não senhor, são bonitos versos. Peço-lhe que os escreva no meu álbum quando chegarmos.

Chegamos. O pai ofereceu-me a casa; eu dei-lhe o número da minha, explicando que era um sótão de estudante.

— Os pássaros também moram alto, disse Estela.

Sorri, agradeci, apertei-lhe a mão, e corri para a Rua da Misericórdia. A moça do Castelo chamava-me. De memória, tinha ante mim aquele corpo elegante, erecto no escuro da janela, erguendo os braços curvos, como asas de uma ânfora... Pia, Pia, santa e doce, dizia o meu coração batendo; aqui venho, aqui trago o sangue puro e quente da mocidade, ó minha doce Pia santa!

Nem Pia, nem nada. Durante três, quatro, cinco dias, não me apareceu o vulto do Castelo. Não sabendo que eu tornara ao sótão, é natural que não viesse ali às nossas horas de outro tempo. Também podia estar doente, ou fora, na roça ou na cidade. A idéia de que se houvesse mudado só me acudiu no fim de duas semanas, e admirou-me que não houvesse pensado nisso mais cedo.

— Mudou-se, é o que é.

A esperança disse-me que era impossível haver-se mudado. Mudado para onde? Onde iria uma moça, cujo busto ficava tão bem no escuro da janela e no alto do morro, com espaço para se deixar admirar de longe, levantar os braços e tão em direitura do meu sótão? Era impossível; assim ninguém se muda.

Já então visitara o negociante. A filha deu-me o álbum para escrever o recitativo das *Ondas*, e mostrou-me duas poesias que fizera depois de chegar: *Guanabara* e Minhas Flores.

— Qual acha mais bonita?

— Ambas são bonitas.

— Mas uma há de ser mais que a outra, insistiu Estela; é impossível que o senhor não ache diferença.

— Tem a diferença do assunto; a primeira canta a cidade e as águas; a segunda é mais íntima, fala das flores que não quiseram esperar pela dona, e compara-as às felicidades que também não esperam; eis a diferença.

Estela ouviu-me com os olhos muito abertos, e toda a vida neles. Uma sombra de sorriso mostrava que a minha apreciação lhe dava gosto. Após alguns instantes abanou a cabeça.

— Parece-me que o senhor gosta mais da *Guanabara*...

— Não há tal!

— Então não presta?

— Que idéia, D. Estela! Pois um talento como o seu há de fazer versos que não prestem?

— Acha-me talento?

— Muito.

— É bondade sua. Então a outra é que lhe parece melhor?

Como teimasse muito, achei de bom aviso concordar que uma delas era melhor, e escolhi *Minhas Flores*. E pode ser que fosse assim mesmo; *Guanabara* era uma reminiscência de Gonçalves Dias. Pois a escolha foi o meu mal. Estela ficou meio alegre, meio triste, e daí em diante quando me mostrava alguns versos, e eu os achava bons, tinha de lutar muito para prová-lo; respondia-me sempre que já da primeira vez a enganara.

A ação do tempo fez-se naturalmente sentir, em relação à moça do Castelo. Um dia vi ali um vulto, e acreditei que fosse a minha incógnita; tinha uma blusa branca; atentei bem, era um homem em mangas de camisa. Fiquei tão vexado de mim e daquela interminável esperança, que pensei em mudar de casa. A alma do rapaz é que principalmente reagiu, — e as matemáticas venceram a fantasia, — cousa que poderiam ter feito muito antes. Conto assim a minha história, sem confiança de ser crido, não por ser mentira, mas por não saber contá-la. A cousa vai como me lembra e a pena sabe, que não é muito nem pouco. As matemáticas não só venceram a fantasia, mas até quiseram acabar com os versos; disseram-me que nem fosse mais à casa de Estela.

— É o que vou fazer; nem versos de homens nem de mulheres. E depois, já penso demais naquela espevitada...

Espevitada! Daí a algumas semanas a lembrança deste nome enchia-me de remorsos; estava apaixonado por ela. Achava-lhe os versos deliciosos, a figura angélica, a voz argentina (rimando com divina, musa divina) toda ela uma perfeição, uma fascinação, uma salvação. Os versos que fiz por esse tempo não têm conta na aritmética humana. A musa entrou-me em casa e pôs fora as matemáticas. Ficou ela só, e os seus metros e consoantes, que ainda não eram ricos nem raros como agora. As flores que rimei com amores, os céus que rimei com véus, podiam receber outros mundos e cobri-los a todos. Ela era menos fecunda que eu, mas os versos continuavam a ser deliciosos. Já então eu os declarava tais com entusiasmo.

— Não está caçoando?

— Não, meu anjo! Pois eu hei de...? São lindíssimos; recita outra vez.

E ela recitava, e eu ouvia com os olhos em alvo. Projetamos imprimir e publicar os nossos versos em um só volume comum, com esse título: Versos Dela e Dele. A idéia foi minha, e ela gostou tanto que começou logo a copiá-los em um livro que tinha em branco. As composições seriam alternadas, ou as de cada um de nós formariam uma parte do livro? Nesta questão gastamos muitos dias. Afinal resolvemos alterná-las.

— Uns serão conhecidos pela própria matéria, outros pela linguagem, disse eu.

— Quer dizer que a minha linguagem não presta para nada?

— Que idéia, minha Estela!.

— E acho que não tem razão: não presta.

Como estávamos sós, ajoelhei-me e jurei pelo céu e pela terra, pelos olhos dela, por tudo o que pudesse haver mais sagrado que não pensava assim. Estela perdoa-me e começou a cópia dos versos.

Nisso estávamos, eu ia pouco à Escola, e via raras vezes o Fernandes; este um dia levou-me a um café, e disse-me que ia casar.

— Tu?

— Sim; caso-me no princípio do ano, depois de tomar o grau, e mal sabes com quem.

— Pois também eu caso-me, disse-lhe daí a alguns segundos.

— Também?

— Ainda não está pedida a noiva, mas é certo que me caso, e não espero o fim dos estudos. Há de ser daqui a meses.

— Não é a do Castelo?

— Oh! não! Nem pensei mais nisso: é outra, e falta só pedir-lhe autorização e falar ao pai. É filha de um negociante. Conheci-a a bordo.

— Que singular caso! exclamou o Fernandes. Sabes tu com quem me caso? com a moça do Castelo.

Explicou-me tudo. Sabendo que a noiva morava no Castelo, falou-lhe de mim e do namoro; ela negou, mas ele insistiu tanto que Margarida acabou confessando e rindo muito do caso.

— Sabes que não sou de ciúmes retrospectivos. Queres tu vê-la? Agora que vocês dous estão para casar, e nunca se conheceram, há de ser curioso verem-se e conhecerem-se; eu direi a Margarida que és tu, mas que tu não sabes; tu ficas sabendo que é ela e que ela não sabe.

Poucos dias depois, Fernandes levou-me à casa da noiva. Era na Rua do Senado, uma família de poucos meios, pai, mãe, duas filhas, uma de onze anos. Margarida recebeu-me com afabilidade; estimava muito conhecer um amigo e colega do noivo, e tão distinto como lhe ouvira dizer muitas vezes. Não respondi nada; quis honrar a escolha da esposa que o meu Fernandes fizera, mas não achei palavra que exprimisse este pensamento. Todo eu era, ou devia ser uma boca aberta e pasmada. Realmente, era uma bela criatura. Ao vê-la, recordei os nossos gestos de janela a janela, estive a ponto de lhe atirar, como outrora, o beijo simbólico, e pedir-lhe que levantasse os braços. Ela não respondera nunca aos beijos, mas erguia os braços de si mesma por um instinto estético. E as longas horas, as tardes, as noites... Todas essas reminiscências vieram ali de tropel, e por alguns minutos, encheram-me a alma, a vista, a sala, tudo o que nos cercava.

— O doutor fala-me muita vez no senhor, insistiu Margarida.

— Fala de um amigo, murmurei finalmente.

Tendo-me ele dito que ela sabia ser eu o namorado do sótão, pareceu-me ver em cada gesto da moça alguma repetição daquele tempo. Era ilusão; mas que esperar de uma alma de poeta, perdida em matemáticas? Saí de lá com recordações do passado. A vista da rua e do presente, e sobretudo a imagem de Estela desfizeram aqueles fumos.

Há encontros curiosos. Enquanto eu conversava com Margarida, e evocava os dias de outrora, Estela compunha versos, que me mostrou no dia seguinte, com este título: *Que é o passado*? Imediatamente peguei do lápis, respondi com outros que denominei: *Nada*. Não os transcrevo por não me parecerem dignos do prelo; falo dos meus. Os dela eram bons, mas não devo divulgá-los. São segredos do coração. Digo só que modéstia de Estela fê-los achar inferiores aos meus, e foi preciso muito trabalho para convencê-la do contrário. Uma vez convencida, releu-os à minha vista três e quatro vezes; pelo meio da noite, dei com os olhos dela perdidos no ar, e, como tinha ciúmes, perguntei-lhe se pensava em alguém.

— Que tolice!

— Mas...

— Estava recitando os versos. Você acha mesmo que são bonitos?

— São muito bonitos.

— Recite você.

Peguei dos versos de Estela e recitei-os outra vez. O prazer com que ela os ouvia foi, não digo enorme, mas grande, muito grande; tão grande que ainda os recitei uma vez mais.

— São lindos! exclamei no fim.

— Não diga isso!

— Digo, sim; são deliciosos.

Não acreditou, posto sorrisse; o que fez foi recitar os versos ainda uma vez ou duas, creio que duas. Eram só três estrofes; vim de lá com elas de cor.

A poesia dava à minha namorada um toque particular. Quando eu estava com o Fernandes dizia-lhe isso, ele dizia-me outras cousas de Margarida, e assim trocávamos as nossas sensações de felicidade. Um dia comunicou-me que ia casar dali a três meses.

— Assentou-se tudo ontem. E tu?

— Eu vou ver, creio que breve.

Casaram no dito prazo. Lá estive na igreja do Sacramento. Ainda agora penso como é que pude assistir ao casamento da moça do Castelo. Verdade é que estava preso à outra, mas as recordações, qualquer que fosse o meu atual estado, deviam fazer-me repugnante aquele espetáculo da felicidade de um amigo, com uma pessoa que... Margarida sorria encantada para ele, e aceitou os meus cumprimentos sem a menor reminiscência do passado... Sorriu também para mim, como qualquer outra noiva. Um tiro que levasse a vida ao meu amigo seria duro para mim, far-me-ia padecer muito e longo; mas houve um minuto, não me recordo bem qual, ao entrar ou sair da igreja, ou no altar, ou em casa, minuto houve em que, se ele cai ali com umas cãibras, eu não amaldiçoaria o céu. Expliquem-me isto. Tais foram as sensações e idéias que me assaltaram, e com algumas delas saí da casa deles, às dez horas da noite; iam dançar.

— Então a noiva estava bonita? perguntou-me Estela no dia seguinte.

— Estava.

— Muito?

Refleti um instante e respondi.

— Menos que você, quando cingir o mesmo véu.

Estela não acreditou, por mais que lhe jurasse, que tal era minha convicção: eram cumprimentos. Tinha justamente composto na véspera uma poesia, sobre o assunto, mas tão ruim, que não a mostraria; disse apenas o primeiro verso:

— Se hei de cingir um véu de noiva ou freira...

— Diga os outros!

— Não digo, que não prestam.

Como eu não teimasse, e ela quisesse provar que não prestavam, recitou-os assim mesmo, e confesso que não os achei tão ruins. Foi o nosso primeiro e sério arrufo. Estela suspeitou que eu estava caçoando, e não me falou durante uns vinte minutos. Afinal reconciliamo-nos. Como eu lhe não pedisse os versos, viu nisso a prova de que eles não prestavam para nada, e disse-mo. Provei-lhe o contrário, arrancando-lhe o papel da mão.

— Amanhã lhe dou cópia deles.

Copiei-os à noite, sonhei com ela, e no dia seguinte levei-lhe a cópia. Encontrei-a em caminho, com algumas amigas: iam ver um grande casamento. Acompanhei-as; à porta da igreja estavam ricas carruagens, cavalos magníficos, librés de bom gosto, povo à porta, povo dentro. Os noivos, os pais, os convidados esperavam o padre, que apareceu alguns minutos depois. Compreendi o gosto das moças em ver casamentos alheios; também eu estava alvoroçado. O que ninguém ali teve, creio e juro, foi a impressão que recebi quando dei com os olhos na noiva; era nada menos que a moça do teatro, a quem eu dera o nome de Sílvia, por lhe não saber outro. Só uma vez a vira, mas as feições não se apagaram da memória apesar de Margarida, apesar de Estela. O estremeção que tive não foi visto por ninguém: todos os olhos eram poucos para ela e para ele? Quem era ele? Um jovem médico.

Não houvera entre mim e esta moça mais que o encontro daquela noite do teatro; mas a circunstância de assistir ao seu casamento, como já assistira ao de Margarida, davam-lhe agora um cunho especial. Estaria eu destinado a ver ir para os braços alheios os meus sonhos mais íntimos? Assisti ao casamento de Sílvia o menos que pude, olhando para outras pessoas; afinal tudo acabou, os noivos, os pais e os convidados saíram; Estela e as amigas foram vê-los entrar nas carruagens.

— Que é que tem? perguntou-me ela na rua.

— Dir-lhe-ei depois.

— Quando?

— Logo.

Em casa disse-lhe que pensava no dia em que fôssemos objeto da curiosidade. pública, e a nossa felicidade se consumasse assim.

— Não tardará muito, acrescentei; uma vez formado, virei pedi-la. Os olhos dela confirmavam este acordo, e a musa o fez por versos que foram dos mais belos que li da minha poetisa.

Sim, o casamento aparecia-me como uma necessidade cada vez maior. Tratei de ir preparando as cousas de modo que, uma vez formado, não me demorasse muito. Antes disso, era impossível que meu pai consentisse. Estela estava por tudo; assim mo disse em prosa e verso. A prosa era a das nossas noites de conversação, ao canto da janela. O verso foi o de um soneto em que se comparava à folha, que vai para onde o vento a leva; o fecho era este:

Eu sou a folha, tu serás o vento.

Ao recordar todas essas cousas, sinto que muitas delas era melhor que se perdessem; revivê-las não paga o esforço, menos ainda a tristeza, a saudade, ou como quer que chamemos a um sentimento que, sem levar a gente a detestar o dia de hoje, traz não sei que remoto sabor do dia de ontem... Não, não deixo o meu cartório de tabelião do Ceará; na minha idade, e depois da minha vida, é o melhor Parnaso que conheço. As escrituras, se não rimam umas com outras, rimam com as custas, e sempre me dão algum prazer para recordar versos perdidos, de par com outros que são eternos... Fiquemos tabelião.

Íamos passando o tempo, sem grave incidente, quando uma tarde o pai de Estela entrou em casa, anunciando à mulher e à filha que tinha de ir a S. Paulo. Não compreendi por que razão D. Feliciana empalideceu. Era uma senhora de vida severa e monótona, sem paixões, sem emoções. Depois é que me contaram algo que me explicou tudo. O marido de D. Feliciana tinha agora os negócios complicados, e parece que uma vez falara à mulher em fugir do Rio de Janeiro. Foi o que me disseram uns; outros falavam de amores. Tudo era mentira, mas D. Feliciana creio que teve medo de uma e de outra cousa, senão de ambas, e, com uma doçura incomparável, murmurou:

— Guimarães, leva-me a S. Paulo!

Guimarães recusou; mas a esposa insistiu, alegando que tinha imensa vontade de ver S. Paulo. Como o marido continuasse a negar, dizendo-lhe que ia a negócios e não podia carregar família, além de ser um desarranjo, a mulher trocou de maneiras, e pôs nos olhos tal expressão de desconfiança que o fez recuar.

— Vamos todos, Guimarães; havemos de ir todos a S. Paulo.

— Sim, podíamos ir... mas é que... por tão pouco tempo... cinco ou seis semanas, dous meses... Valerá a pena, Feliciana? Mas, vamos, se queres; os vapores são pouco cômodos.

Olhei para Estela, pedindo-lhe com o gesto que interviesse contra o desejo da mãe. Estela empalidecera e perdera a voz; foi o que me pareceu, mas a prova do contrário é que, passados alguns instantes, como ouvisse ao pai dizer que sim, que iriam a S. Paulo, suspirou esta palavra cheia de resignação e melancolia:

— Outra vez o mar! Um dia ir-me-ei ao fundo, procurar a pérola da morte!

— Dias de poesia, menina! ralhou a mãe. O mar até faz bem às pessoas.

As nossas despedidas foram o que são despedidas de namorados, ainda por ausências curtas de um ou dous meses. Na véspera da minha partida tivemos inspiração igual, compor uns versos em que chorássemos a dor da separação e ríssemos a alegria da volta. Ainda desta vez os versos dela eram melhores; mas, ou a tristeza ou outra cousa fez-lhe crer o contrário, e gastamos alguns minutos em provar, eu a superioridade dos dela, ela a dos meus. Não menos namorado que poeta, murmurei finalmente:

— Quaisquer que sejam eles, os melhores versos são as tuas lágrimas.

Estela não chorava; esta minha palavra fê-la chorar. Mordeu o beiço, levou o lenço aos olhos, e disse com um tom único, um tom que nunca mais esqueci:

— Já sei! é que os meus versos não prestam para nada, são próprios para o fogo; nem arte nem inspiração, nada, nada!

— Que dizes, Estela?

— Basta: compreendo. O senhor nunca me teve amor.

— Meu anjo!

— Nunca!

Não pude pegar-lhe na mão; correra à janela. Como eu ali fosse também, entrou novamente. Só depois de grande resistência consentiu em ouvir gabar-lhe os versos e explicar a preferência dada às lágrimas; era por serem dela. As lágrimas, disse-lhe eu, eram os próprios versos dela mudados em pérolas finas... Estela engoliu um sorriso vago, enxugou os olhos e releu para si os versos, depois alto, depois quis que eu os relesse também, e novamente os releu, até que o pai veio ter conosco.

— Doutor, disse-me ele, e se fosse também conosco?

— A S. Paulo?

— Sim.

— Iria, se pudesse. Já pensei nisso, mas os exames do fim do ano...

— Também são apenas dous meses, ou menos.

Embarcaram para Santos. Fui despedir-me a bordo, e ao voltar para o meu sótão, comecei logo a escrever a primeira carta; no dia seguinte, remeti-a. Três dias depois tive a primeira carta de Estela, uma breve e triste carta em que falava mais do mar que de mim, mais de si que do mar, e mais da poesia que de nenhum dos três. "A musa é a consolação final de tudo." Compreendi que assim fosse, teria mostrado a carta à mãe, e não conviria escrever intimidades. Cuidei de ser mais discreto que na primeira. Assim se passaram as primeiras semanas. No fim das seis ainda me falava em vir, mas não veio. Passados dous meses, contei-lhe as minhas saudades. Não me respondeu; escrevi-lhe outra; recebi um bilhete em que me contava um baile do presidente da província, descrição longa e amorosa, as valsas, as quadrilhas, e no fim uns versos que compôs na seguinte manhã, com o pedido de os fazer imprimir em alguma folha, "e um pequeno juízo".

— Não me ama! bradei desesperado. Nunca esta criatura gostou de mim! Nem uma palavra de consolação ou de explicação! Bailes? Que são bailes?

E fui por aí adiante, com tal desvario, que falava às paredes, aos ares, e falaria ao diabo, se ali me aparecesse; ao menos, ele seria pessoa viva. As paredes ficaram surdas; os ares apenas repercutiram as minhas vozes. Entretanto, copiei os versos, pus-lhe algumas palavras de louvor, e levei-os ao Correio Mercantil, onde um amigo me fez o favor de os publicar na parte editorial. Foi um dos elementos da minha desgraça.

Os versos entraram por S. Paulo, com os elogios do Correio Mercantil. Todos os leram, as pessoas das relações de Estela ficaram admirando esta moça que merecia tanto da imprensa da Corte. Era um grande talento, um gênio; um dos poetas da Faculdade de Direito chamou-lhe Safo. E ela subiu às nuvens, talvez acima.

Escasseando as cartas, resolvi ir a S. Paulo; mas então o pai escreveu-me dizendo que iriam a Sorocaba e outros lugares, e só daí a dous ou três meses poderiam estar de volta. Estela escreveu-me um bilhetinho de três linhas, com um soneto, para o Correio Mercantil. Posto me não falasse em juízo algum da folha, e o meu desejo fosse estrangulá-la, não deixei de escrever quatro palavras de "louvor ao grande talento da nossa ilustre patrícia". Agradeceu-me com um bilhetinho, fiquei sem mais cartas. Onde estariam? Na casa comercial do pai é que me iam informando do itinerário da família, pelas cartas que recebiam dele.

Um dia, anunciaram-me ali que o Guimarães vinha à Corte, mas só.

— Só!

— E. o que ele diz.

— Mas a família...?

— A família parece que fica.

Veio só. Corri a vê-lo, recebeu-me com polidez, mas frio e triste, vexado, penalizado. Não me disse nada nos primeiros dias, mas uma notícia grave e um acontecimento certo e próximo não são cousas que se guardem por muito tempo: Estela ia casar. Casava em Sorocaba...

Não ouvi o resto. A noite, o mar, as ruas é que ouviram as minhas imprecações e lamentações, não sei quanto tempo. Assim pois, uma por outra, vim trocando as mulheres possíveis e perdendo-as sucessivamente. Aquela com que afinal me casei é que não substituiu nenhuma Sílvia, Margarida ou Estela; é uma senhora do Crato, meiga e amiga, robusta apesar de magra, é mãe de dous filhos que vou mandar para o Recife, um dia destes.

FLOR ANÔNIMA*

[AG. 1897, pp. 133-140.]

Manhã Clara. A alma de Martinha é que acordou escura. Tinha ido na véspera a um casamento; e, ao tornar para casa, com a tia que mora com ela, não podia encobrir a tristeza que lhe dera a alegria dos outros e particularmente dos noivos.

Martinha ia nos seus... Nascera há muitos anos. Toda a gente que estava em casa, quando ela nasceu, anunciou que seria a felicidade da família. O pai não cabia em si de contente.

— Há de ser linda!

— Há de ser boa!

— Há de ser condessa!

— Há de ser rainha!

Essas e outras profecias iam ocorrendo aos parentes e amigos da casa.

Lá vão... Aqui pega a alma escura de Martinha. Lá vão quarenta e três anos, — ou quarenta e cinco, segundo a tia; Martinha, porém, afirma que são quarenta e três. Adotemos este número. Para ti, moça de vinte anos, a diferença é nada; mas deixa-te ir aos quarenta, nas mesmas circunstâncias que ela, e verás se não te cerceias uns dois anos. E depois nada obsta que marches um pouco para trás. Quarenta e três, quarenta e dois, fazem tão pouca diferença...

Naturalmente a leitora espera que o marido de Martinha apareça, depois de ter lido os jornais ou enxugado do banho. Mas é que não há marido, nem nada. Martinha é solteira, e daí vem a alma escura desta bela manhã clara e fresca, posterior à noite de bodas.

Só, tão só, provavelmente só até a morte; e Martinha morrerá tarde, porque é robusta como um trabalhador e sã como um pero. Não teve mais que a tia velha. Pai e mãe morreram, e cedo.

A culpa dessa solidão a quem pertence? ao destino ou a ela? Martinha crê, às vezes, que ao destino; às vezes, acusa-se a si própria. Nós podemos descobrir a verdade, indo com ela abrir a gaveta, a caixa, e na caixa a bolsa de veludo verde e velha, em que estão guardadas todas as suas lembranças amorosas. Agora que assistira ao casamento da outra, teve idéia de inventariar o passado. Contudo hesitou:

— Não, para que ver isto? É pior: deixemos recordações aborrecidas.

Mas o gosto de remoçar levou-a a abrir a gaveta, a caixa, e a bolsa; pegou da bolsa, e foi sentar-se ao pé da cama.

Há que anos não via aqueles despojos da mocidade! Pegou-lhes comovida, e entrou a revê-los.

* Este conto vai aqui reproduzido segundo cópia pertencente a J. Galante de Sousa, porque do exemplar do *Almanaque*, existente na Biblioteca Nacional, foram arrancadas as respectivas páginas.

De quem é esta carta? pensou ela ao ver a primeira. Teu Juca. Que Juca? Ah! o filho do Brito Brandão. "Crê que o meu amor será eterno!". E casou pouco depois com aquela moça da Lapa. Eu era capaz de pôr a mão no fogo por ele. Foi no baile do *Club Fluminense* que o encontrei pela primeira vez. Que bonito moço! Alto, bigode fino, e uns olhos como nunca mais achei outros. Dançamos essa noite não sei quantas vezes. Depois começou a passar todas as tardes pela Rua dos Inválidos, até que nos foi apresentado. Poucas visitas, a princípio, depois mais e mais. Que tempo durou? Não me lembra; seis meses, nem tanto. Um dia começou a fugir, a fugir, até que de todo desapareceu. Não se demorou o casamento com a outra... "Crê que o meu amor será eterno!" Martinha leu a carta toda e pô-la de lado.

— Qual! é impossível que a outra tenha sido feliz. Homens daqueles só fazem desgraçadas...

Outra carta. Gonçalves era o nome deste. Um Gonçalves louro, que chegou de S. Paulo, bacharelado de fresco, e fez tontear muita moça. O papel estava encardido e feio, como provavelmente estaria o autor. Outra carta, outras cartas. Martinha relia a maior parte delas. Não eram muitos os namorados; mas cada um deles deixara meia dúzia pelo menos, de lindas epístolas.

"Tudo perdido," pensava ela.

E, uma palavra daqui, outra dali, fazia recordar tantos episódios deslembrados... "desde domingo (dizia um) que não me esquece o caso da bengala". Que bengala? Martinha não atinou logo. Que bengala podia ser que fizesse ao autor da carta (um moço que principiava a negociar, e era agora abastado e comendador) não poder esquecê-la desde domingo?

Afinal deu com o que era; foi uma noite, ao sair da casa dela, que indo procurar a bengala, não a achou, porque uma criança de casa a levara para dentro; ela é que lha entregara à porta, e então trocaram um beijo...

Martinha ao lembrá-lo estremeceu. Mas refletindo que tudo agora estava esquecido, o domingo, a bengala e o beijo, (o comendador tem agora três filhos) passou depressa a outras cartas.

Concluiu o inventário. Depois, acudindo-lhe que cada uma das cartas tivera resposta, perguntou a si mesma onde andariam as suas letras.

Perdidas, todas perdidas; rasgadas nas vèsperas do casamento de cada um dos namorados, ou então varridas com o cisco, entre contas de alfaiates...

Abanou a cabeça para sacudir tão tristes idéias. Pobre Martinha! Teve ímpetos de rasgar todas aquelas velhas epístolas; mas sentia que era como se rasgasse uma parte da vida de si mesma, e recolheu-as.

Não haveria mais alguma na bolsa?

Meteu os olhos pela bolsa, não havia carta; havia apenas uma flor seca.

— Que flor é esta?

Descolorida, ressequida, a flor parecia trazer em si um bom par de dúzias de anos. Martinha não distinguia que espécie de flor era; mas fosse qual fosse, o principal era a história. Quem lha deu?

Provavelmente alguns dos autores das cartas, mas qual deles? e como? e quando?

A flor estava tão velha que se desfazia se não houvesse cuidado em lhe tocar.

Pobre flor anônima! Vejam a vantagem de escrever. O escrito traz a assinatura dos amores, dos ciúmes, das esperanças e das lágrimas. A flor não trazia data nem nome. Era uma testemunha que emudeceu. Os próprios sepulcros conservam o nome do pó guardado. Pobre flor anônima!

— Mas que flor é esta? repetiu Martinha.

Aos quarenta e cinco anos não admira que a gente esqueça uma flor. Martinha mirou-a, remirou-a, fechou os olhos a ver se atinava com a origem daquele despojo mudo.

Na história dos seus amores escritos não achou semelhante prenda; mas quem podia afirmar que não fosse dada de passagem, sem nenhum episódio importante a que se ligasse?

Martinha guardou as cartas para colocar a flor por cima, e impedir que o peso a desfibrasse mais depressa, quando uma recordação a assaltou:

— Há de ser... é... parece que é... É isso mesmo. Lembrara-se do primeiro namorado que tivera, um bom rapaz de vinte e três anos; contava ela então dezenove. Era primo de umas amigas. Julião nunca lhe escrevera cartas. Um dia, depois de muita familiaridade com ela, por causa das primas, entrou a amá-la, a não pensar em outra cousa, e não o pôde encobrir, ao menos da própria Martinha. Esta dava-lhe alguns olhares, mais ou menos longos e risonhos; mas em verdade, não parecia aceitá-lo. Julião teimava, esperava, suspirava. Fazia verdadeiros sacrifícios, ia a toda parte onde presumia encontrá-la, gastava horas, perdia sonos. Tinha um emprego público e era hábil; com certeza subiria na escala administrativa, se pudesse cuidar somente dos seus deveres; mas o demônio da moça interpunha-se entre ele e os regulamentos. Esquecia-se, faltava à repartição, não tinha zelo nem estímulo. Ela era tudo para ele, e ele nada para ela. Nada; uma distração quando muito.

Um dia falara-se em não sei que flor bonita e rara no Rio de Janeiro. Alguém sabia de uma chácara onde a flor podia ser encontrada, quando a árvore a produzisse; mas, por enquanto, não produzia nada. Não havia outra, Martinha contava então vinte e um anos, e ia no dia seguinte ao baile do Club Fluminense; pediu a flor, queria a flor.

— Mas, se não há...

— Talvez haja, interveio Julião.

— Onde?

— Procurando-se.

— Crê que haja? perguntou Martinha.

— Pode haver.

— Sabe de alguma?

— Não, mas procurando-se... Deseja a flor para o baile de amanhã?

— Desejava.

Julião acordou no dia seguinte muito cedo; não foi à repartição e deitou-se a andar pelas chácaras dos arrabaldes. Da flor tinha apenas o nome e uma leve descrição. Percorreu mais de um arrabalde; ao meio-dia, urgido pela fome, almoçou rapidamente em uma casa de pasto. Tornou a andar, a andar, a andar. Em algumas chácaras era mal recebido, em outras gastava tempo antes que viesse alguém, em outras os cães latiam-lhe às pernas. Mas o pobre namorado não perdia a esperança de achar a flor. Duas, três, quatro horas da tarde. Eram cinco horas quando em uma chácara do

Andaraí Grande pôde achar a flor tão rara. Quis pagar dez, vinte ou trinta mil-réis por ela; mas a dona da casa, uma boa velha, que adivinhava amores a muitas léguas de distância, disse-lhe, rindo, que não custava nada.

— Vá, vá, leve o presente à moça, e seja feliz.

Martinha estava ainda a pentear-se quando Julião lhe levou a flor. Não lhe contou nada do que fizera, embora ela lho perguntasse. Martinha porém compreendeu que ele teria feito algum esforço, apertou-lhe muito a mão, e, à noite, dançou com ele uma valsa. No dia seguinte, guardou a flor, menos pelas circunstâncias do achado que pela raridade e beleza dela; e como era uma prenda de amor, meteu-a entre as cartas.

O rapaz, dentro de duas semanas, tornou a perder algumas esperanças que lhe haviam renascido. Martinha principiava o namoro do futuro comendador. Desesperado, Julião meteu-se para a roça, da roça para o sertão, e nunca mais houve notícia dele.

— Foi o único que deveras gostou de mim, suspirou agora Martinha, olhando para a pobre flor mirrada e anônima.

E, lembrando-se que podia estar casada com ele, feliz, considerada, com filhos, — talvez avó — (foi a primeira ocasião em que admitiu esta graduação sem pejo) Martinha concluiu que a culpa era sua, toda sua; queimou todas as cartas e guardou a flor.

Quis pedir à tia que lhe pusesse a flor no caixão, sobre o seu cadáver; mas era romântico demais. A negrinha chegara à porta:

— Nhanhã, o almoço está na mesa!

JOGO DO BICHO

[AB. 1904.]

Camilo, — ou Camilinho, como lhe chamavam alguns por amizade, — ocupava em um dos arsenais do Rio de Janeiro (marinha ou guerra) um emprego de escrita. Ganhava duzentos mil-réis por mês, sujeitos ao desconto de taxa e montepio. Era solteiro, mas um dia, pelas férias, foi passar a noite de Natal com um amigo no subúrbio do Rocha; lá viu uma criaturinha modesta, vestido azul, olhos pedintes. Três meses depois estavam casados.

Nenhum tinha nada; ele, apenas o emprego, ela as mãos e as pernas para cuidar da casa toda, que era pequena, e ajudar a preta velha que a criou e a acompanhou sem ordenado. Foi esta preta que os fez casar mais depressa. Não que lhes desse tal conselho; a rigor, parecia-lhe melhor que ela ficasse com a tia viúva, sem obrigações, nem filhos. Mas ninguém lhe pediu opinião. Como, porém, dissesse um dia que, se sua filha de criação casasse, iria servi-la de graça, esta frase foi contada a Camilo, e Camilo resolveu casar dous meses depois. Se pensasse um pouco, talvez não casasse logo; a preta era velha, eles eram moços, etc. A idéia de que a preta os servia de graça, entrou por uma verba eterna no orçamento.

Germana, a preta, cumpriu a palavra dada.

— Um caco de gente sempre pode fazer uma panela de comida, disse ela.

Um ano depois o casal tinha um filho, e a alegria que trouxe compensou os ônus que traria. Joaninha, a esposa, dispensou ama, tanto era o leite, e tamanha a robustez, sem contar a falta de dinheiro; também é certo que nem pensaram nisto.

Tudo eram alegrias para o jovem empregado, tudo esperanças. Ia haver uma reforma no arsenal, e ele seria promovido. Enquanto não vinha a reforma, houve uma vaga por morte, e ele acompanhou o enterro do colega, quase a rir. Em casa não se conteve e riu. Expôs à mulher tudo o que se ia dar, os nomes dos promovidos, dous, um tal Botelho, protegido pelo general *** e ele. A promoção veio e apanhou Botelho e outro. Camilo chorou desesperadamente, deu murros na cama, na mesa e em si.

— Tem paciência, dizia-lhe Joaninha.

— Que paciência? Há cinco anos que marco passo...

Interrompeu-se. Aquela palavra, da técnica militar, aplicada por um empregado do arsenal, foi como água na fervura; consolou-o. Camilo gostou de si mesmo. Chegou a repeti-la aos companheiros íntimos. Daí a tempos, falando-se outra vez em reforma, Camilo foi ter com o ministro e disse:

— Veja V. Ex.a que há mais de cinco anos vivo *marcando passo*. O grifo é para exprimir a acentuação que ele deu ao final da frase.

Pareceu-lhe que fazia boa impressão ao ministro, conquanto todas as classes usassem da mesma figura, funcionários, comerciantes, magistrados, industriais, etc., etc.

Não houve reforma; Camilo acomodou-se e foi vivendo. Já então tinha algumas dívidas, descontava os ordenados, buscava trabalhos particulares, às escondidas. Como eram moços e se amavam, o mau tempo trazia idéia de um céu perpetuamente azul.

Apesar desta explicação, houve uma semana em que a alegria de Camilo foi extraordinária. Ides ver. Que a posteridade me ouça. Camilo, pela primeira vez, jogou no bicho. Jogar no bicho não é um eufemismo como matar o bicho. O jogador escolhe um número, que convencionalmente representa um bicho, e se tal número acerta de ser o final da sorte grande, todos os que arriscaram nele os seus vinténs ganham, e todos os que fiaram dos outros perdem. Começou a vinténs e dizem que está em contos de réis; mas, vamos ao nosso caso.

Pela primeira vez Camilo jogou no bicho, escolheu o macaco, e, entrando com cinco tostões, ganhou não sei quantas vezes mais.

Achou nisto tal despropósito que não quis crer, mas afinal foi obrigado a crer, ver e receber o dinheiro. Naturalmente tornou ao macaco, duas, três, quatro vezes, mas o animal, meio-homem, falhou às esperanças do primeiro dia. Camilo recorreu a outros bichos, sem melhor fortuna, e o lucro inteiro tornou à gaveta do bicheiro. Entendeu que era melhor descansar algum tempo; mas não há descanso eterno, nem ainda o das sepulturas. Um dia lá vem a mão do arqueólogo a pesquisar os ossos e as idades.

Camilo tinha fé. A fé abala as montanhas. Tentou o gato, depois o cão, depois o avestruz; não havendo jogado neles, podia ser que... Não pôde ser; a fortuna igualou os três animais em não lhes fazer dar nada. Não queria ir pelos palpites dos jornais, como faziam alguns amigos. Camilo perguntava como é que meia dúzia de pessoas, escrevendo notícias, podiam adivinhar os números da sorte grande. De uma feita, para provar o erro, concordou em aceitar um palpite, comprou no gato, e ganhou.

— Então? perguntaram-lhe os amigos.

— Nem sempre se há de perder, disse este.

— Acaba-se ganhando sempre, acudiu um; a questão é tenacidade; não afrouxar nunca.

Apesar disso, Camilo deixou-se ir com os seus cálculos. Quando muito, cedia a certas indicações que pareciam vir do céu, como um dito de criança de rua: "Mamãe, por que é que a senhora não joga hoje na cobra?" Ia-se à cobra e perdia; perdendo, explicava a si mesmo o fato com os melhores raciocínios deste mundo, e a razão fortalecia a fé.

Em vez de reforma da repartição veio um aumento de vencimentos, cerca de sessenta mil-réis mensais. Camilo resolveu batizar o filho, e escolheu para padrinho nada menos que o próprio sujeito que lhe vendia os bichos, o banqueiro certo. Não havia entre eles relações de família; parece até que o homem era um solteirão sem parentes. O convite era tão inopinado, que quase o fez rir, mas viu a sinceridade do moço, e achou tão honrosa a escolha que aceitou com prazer.

— Não é negócio de casaca?

— Qual, casaca! Cousa modesta.

— Nem carro?

— Carro...

— Para que carro?

— Sim, basta ir a pé. A igreja é perto, na outra rua. — Pois a pé.

Qualquer pessoa atilada descobriu já que a idéia de Camilo é que o batizado fosse de carro. Também descobriu, à vista da hesitação e do modo, que entrava naquela idéia a de deixar que o carro fosse pago pelo padrinho; não pagando o padrinho, não pagaria ninguém. Fez-se o batizado, o padrinho deixou uma lembrança ao afilhado, e prometeu, rindo, que lhe daria um prêmio na águia.

Esta graçola explica a escolha do pai. Era desconfiança dele que o bicheiro entrava na boa fortuna dos bichos, e quis ligar-se-lhe por um laço espiritual. Não jogou logo na águia "para não espantar", disse consigo, mas não esqueceu a promessa, e um dia, com ar de riso, lembrou ao bicheiro:

— Compadre, quando for a águia, diga.

— A águia?

Camilo recordou-lhe o dito; o bicheiro soltou uma gargalhada.

— Não, compadre; eu não posso adivinhar. Aquilo foi pura brincadeira. Oxalá que eu lhe pudesse dar um prêmio. A águia dá; não é comum, mas dá.

— Mas porque é que eu ainda não acertei com ela?

— Isso não sei; eu não posso dar conselhos, mas quero crer que você, compadre, não tem paciência no mesmo bicho, não joga com certa constância. Troca muito. É por isso que poucas vezes tem acertado. Diga-me cá: quantas vezes tem acertado?

— De cor, não posso dizer, mas trago tudo muito bem escrito no meu caderno.

— Pois veja, e há de descobrir que todo o seu mal está em não teimar algum tempo no mesmo bicho. Olhe, um preto, que há três meses joga na borboleta, ganhou hoje e levou uma bolada...

Camilo escrevia efetivamente a despesa e a receita, mas não as comparava para não conhecer a diferença. Não queria saber do deficit. Posto que metódico, tinha o instinto de fechar os olhos à verdade, para não a ver e aborrecer. Entretanto, a sugestão do compadre era aceitável; talvez a inquietação, a impaciência, a falta de fixidez nos mesmos bichos fosse a causa de não tirar nunca nada.

Ao chegar à casa achou a mulher dividida entre a cozinha e a costura. Germana adoecera e ela fazia o jantar, ao mesmo tempo que acabava o vestido de uma freguesa. Cosia para fora, a fim de ajudar as despesas da casa e comprar algum vestido para si. O marido não ocultou o desgosto da situação. Correu a ver a preta; já a achou melhor da febre com o quinino que a mulher tinha em casa e lhe dera "por sua imaginação"; e a preta acrescentou sorrindo:

— Imaginação de nhã Joaninha é boa.

Jantou triste, por ver a mulher tão carregada de trabalho, mas a alegria dela era tal, apesar de tudo, que o fez alegre também. Depois do café, foi ao caderno que trazia fechado na gaveta e fez os seus cálculos. Somou as vezes e os bichos, tantas na cobra, tantas no galo, tantas no cão e no resto, uma fauna inteira, mas tão sem persistência, que era fácil desacertar. Não queria somar a despesa e a receita para não receber de cara um grande golpe, e fechou o caderno. Afinal não pôde, e somou lentamente, com cuidado para não errar; tinha gasto setecentos e sete mil-réis, e tinha ganho oitenta e quatro mil-réis, um déficit de seiscentos e vinte e três mil-réis. Ficou assombrado.

— Não é possível!

Contou outra vez, ainda mais lento, e chegou a uma diferença de cinco mil-réis para menos. Teve esperanças e novamente somou as quantias gastas, e achou o primitivo déficit de seiscentos e vinte e três mil-réis. Trancou o caderno na gaveta; Joaninha, que o vira jantar alegre, estranhou a mudança e perguntou o que é que tinha.

— Nada.

— Você tem alguma cousa; foi alguma lembrança...

— Não foi nada.

Como a mulher teimasse em saber, engendrou uma mentira, — uma turra com o chefe da seção, — cousa de nada.

— Mas você estava alegre...

— Prova de que não vale nada. Agora lembrou-me... e estava pensando no caso, mas não é nada. Vamos à bisca.

A bisca era o espetáculo deles, a Ópera, a Rua do Ouvidor, Petrópolis, Tijuca, tudo o que podia exprimir um recreio Um passeio, um repouso. A alegria da esposa voltou ao que era. Quanto ao marido, se não ficou tão expansivo como de costume, achou algum prazer e muita esperança nos números das cartas. Jogou a bisca fazendo cálculos, conforme a primeira carta que saísse, depois a segunda, depois a terceira; esperou a última; adotou outras combinações, a ver os bichos que correspondiam a elas, e viu muito deles, mas principalmente o macaco e a cobra; firmou-se nestes.

— O meu plano está feito, saiu pensando no dia seguinte, vou até aos setecentos mil-réis. Se não tirar quantia grossa que anime, não compro mais.

Firmou-se na cobra, por causa da astúcia, e. caminhou para a casa do compadre. Confessou-lhe que aceitara o seu conselho, e começava a teimar na cobra.

— A cobra é boa, disse o compadre.

Camilo jogou uma semana inteira na cobra, sem tirar nada. Ao sétimo dia, lembrou-se de fixar mentalmente uma preferência, e escolheu a cobra-coral, perdeu; no dia seguinte, chamou-lhe cascavel, perdeu também; veio à surucucu, à jibóia, à jararaca, e nenhuma variedade saiu da mesma tristíssima fortuna. Mudou de rumo. Mudaria sem razão, apesar da promessa feita; mas o que propriamente o determinou a isto foi o encontro de um carro que ia matando um pobre menino. Correu gente, correu polícia, o menino foi levado à farmácia, o cocheiro ao posto da guarda. Camilo só reparou bem no número do carro, cuja terminação correspondia ao carneiro; adotou o carneiro. O carneiro não foi mais feliz que a cobra.

Não obstante, Camilo apoderou-se daquele processo de adotar um bicho, e jogar nele até estafá-lo: era ir pelos números adventícios. Por exemplo, entrava por uma rua com os olhos no chão, dava quarenta, sessenta, oitenta passos, erguia repentinamente os olhos e fitava a primeira casa à direita ou à esquerda, tomava o número e ia dali ao bicho correspondente. Tinha já gasto o processo de números escritos e postos dentro do chapéu, o de um bilhete do Tesouro, — cousa rara, — e cem outras formas, que se repetiam ou se completavam. Em todo caso, ia descambando na impaciência e variava muito. Um dia resolveu fixar-se no leão; o compadre, quando reconheceu que efetivamente não saía do rei dos animais, deu graças a Deus.

— Ora, graças a Deus que o vejo capaz de dar o grande bote. O leão tem andado esquivo, é provável que derrube tudo, mais hoje, mais amanhã.

— Esquivo? Mas então não quererá dizer...?

— Ao contrário.

Dizer quê? Ao contrário, quê? Palavras escuras, mas para quem tem fé e lida com números, nada mais claro. Camilo elevou ainda mais a soma da aposta. Faltava pouco para os setecentos mil-réis; ou vencia ou morria.

A jovem consorte mantinha a alegria da casa, por mais dura que fosse a vida, grossos os trabalhos, crescentes as dívidas e os empréstimos, e até não raras as fomes. Não lhe cabia culpa, mas tinha paciência. Ele, em chegando aos setecentos mil-réis, trancaria a porta. O leão não queria dar. Camilo pensou em trocá-lo por outro bicho, mas o compadre afligia-se tanto com essa frouxidão, que ele acabaria entre os braços da realeza. Faltava já pouco; enfim, pouquíssimo.

— Hoje respiro, disse Camilo à esposa. Aqui está a nota última.

Cerca das duas horas, estando à mesa da repartição, a copiar um grave documento, Camilo ia calculando os números e descrendo da sorte. O documento tinha algarismos; ele errou-os muita vez, por causa do atropelo em que uns e outros lhe andavam no cérebro. A troca era fácil; os seus vinham mais vezes ao papel que os do documento original. E o pior é que ele não dava por isso, escrevia o leão em vez de transcrever a soma exata das toneladas de pólvora...

De repente, entra na sala um contínuo, chega-se-lhe ao ouvido, e diz que o leão dera. Camilo deixou cair a pena, e a tinta inutilizou a cópia quase acabada. Se a ocasião fosse outra, era caso de dar um murro no papel e quebrar a pena, mas a ocasião era esta, e o papel e a pena escaparam às violências mais justas deste mundo; o leão dera. Mas, como a dúvida não morre:

— Quem é que disse que o leão deu? perguntou Camilo baixinho.

— O moço que me vendeu na cobra.

— Então foi a cobra que deu.

— Não, senhor; ele é que se enganou e veio trazer a notícia pensando que eu tinha comprado no leão, mas foi na cobra.

— Você está certo?
— Certíssimo.

Camilo quis deitar a correr, mas o papel borrado de tinta acenou-lhe que não. Foi ao chefe, contou-lhe o desastre e pediu para fazer a cópia no dia seguinte; viria mais cedo, ou levaria o original para casa...

— Que está dizendo? A cópia há de ficar pronta hoje.
— Mas são quase três horas.
— Prorrogo o expediente.

Camilo teve vontade de prorrogar o chefe até ao mar, se lhe era lícito dar tal uso ao verbo e ao regulamento. Voltou à mesa, pegou de uma folha de papel e começou a escrever o requerimento de demissão. O leão dera; podia mandar embora aquele inferno. Tudo isto em segundos rápidos, apenas um minuto e meio. Não tendo remédio, entrou a recopiar o documento, e antes das quatro horas estava acabado. A letra saiu tremida, desigual, raivosa, agora melancólica, pouco a pouco alegre, à medida que o leão dizia ao ouvido do amanuense, adoçando a voz: Eu dei! eu dei!

— Ora, chegue-se, dê cá um abraço, disse-lhe o compadre, quando ele ali apareceu. Afinal a sorte começa a protegê-lo.
— Quanto?
— Cento e cinco mil-réis.

Camilo pegou em si e nos cento e cinco mil-réis, e só na rua advertiu que não agradecera ao compadre; parou, hesitou, continuou. Cento e cinco mil-réis! Tinha ânsia de levar à mulher aquela notícia; mas, assim... só...?

— Sim, é preciso festejar esse acontecimento. Um dia não são dias. Devo agradecer ao céu a fortuna que me deu. Um pratinho melhor à mesa...

Viu perto uma confeitaria; entrou por ela e espraiou os olhos, sem escolher nada. O confeiteiro veio ajudá-lo, e, notando a incerteza de Camilo entre mesa e sobremesa, resolveu vender-lhe ambas as cousas. Começou por um pastelão, "um rico pastelão, que enchia os olhos, antes de encher a boca e o estômago". A sobremesa foi "um rico pudim", em que havia escrito, com letras de massa branca este viva eterno: "Viva a esperança!" A alegria de Camilo foi tanta e tão estrepitosa que o homem não teve remédio senão oferecer-lhe vinho também, uma ou duas garrafas. Duas.

— Isto não vai sem Porto; eu lhe mando tudo por um menino. Não é longe?

Camilo aceitou e pagou. Entendeu-se com o menino acerca da casa e do que faria. Que lhe não batesse à porta; chegasse a esperasse por ele; podia ser que ainda não estivesse em casa; se estivesse, viria à janela, de quando em quando. Pagou dezesseis mil-réis e saiu.

Estava tão contente com o jantar que levava e o espanto da mulher, nem se lembrou de presentear Joaninha com alguma jóia. Esta idéia só o assaltou no bonde, andando; desceu e voltou a pé, a buscar um mimo de ouro, um broche que fosse, com uma pedra preciosa. Achou um broche nestas condições, tão modesto no preço, cinqüenta mil-réis — que ficou admirado; mas comprou-o assim mesmo, e voou para casa.

Ao chegar, estava à porta o menino, com cara de o haver já descomposto e mandado ao diabo. Tirou-lhe os embrulhos e ofereceu-lhe uma gorjeta.

— Não, senhor, o patrão não quer.
— Pois não diga ao patrão; pegue lá dez tostões; servem para comprar na cobra, compre na cobra.

Isto de lhe indicar o bicho que não dera, em vez do leão, que dera, não foi cálculo nem perversidade; foi talvez confusão. O menino recebeu os dez tostões, ele entrou para casa com os embrulhos e a alma nas mãos e trinta e oito mil-réis na algibeira.

UM INCÊNDIO

[AB. 1906]

Que esta perna trouxe eu dali ferida.
CAMÕES, Lusíadas, c. V, est. XXXIII.

Não inventei o que vou contar, nem o inventou o meu amigo Abel. Ele ouviu o fato com todas as circunstâncias, e um dia, em conversa, fez resumidamente a narração que me ficou de memória, e aqui vai tal qual. Não lhe acharás o pico, a alma própria que este Abel põe a tudo o que exprime, seja uma idéia dele, seja, como no caso, uma história de outro. Paciência; por mais que percas a respeito da forma, não perderás nada acerca da substância. A razão é que me não esqueceu o que importa saber, dizer e imprimir.

B... era um oficial da marinha inglesa, trinta a trinta e dous anos, alto, ruivo, um pouco cheio, nariz reto e pontudo, e os olhos dous pedaços de céu claro batidos de sol. Convalescia de uma perna quebrada. Já então andava (não ainda na rua) apoiado a uma muleta pequena. Andava na sala do hospital inglês, aqui no Rio, onde Abel o viu e lhe foi apresentado, quando ali ia visitar um amigo enfermo, também inglês e padre.

Padre, oficial de marinha e engenheiro (Abel é engenheiro) conversavam freqüentemente de várias cousas deste e do outro mundo. Especialmente o oficial contava cenas de mar e de terra, lances de guerra e aventuras de paz, costumes diversos, uma infinidade de reminiscências que podiam ser dadas ao prelo e agradar. Foi o que lhe disse o padre um dia.

— Agradar não creio, respondeu ele modestamente.

— Afirmo-lhe que sim.

— Afirma demais. E daí pode ser que, não ficando inteiramente bom da perna, deixe a carreira das armas. Nesse caso, escreverei memórias e viagens para alguma das nossas revistas. Irão sem estilo, ou em estilo marítimo...

— Que importa uma perna? interrompeu Abel. A Nélson faltava um braço.

— Não é a mesma cousa, redargüiu B... sorrindo. Nélson, ainda sem braço, faria o que eu fiz no mês de abril, na cidade de Montevidéu. Estou eu certo de o fazer agora? Digo-lhe que não.

— Apostou alguma corrida? Mas a batalha de Trafalgar pode-se ganhar sem braço ou sem perna. Tudo é mandar, não acha?

A melancolia do gesto do oficial foi grande, e por muito tempo ele não conseguiu falar. Os olhos chegaram a perder um tanto a luz intensa que traziam, e ficaram pregados ao longe, em algum ponto que se não podia ver nem adivinhar. Depois voltou B... a si, sorriu, como quando dera a segunda resposta. Enfim, arrancou do peito a história que queria guardar, e foi ouvida pelos dous, repetida a mim por um deles e agora impressa, como anunciei a princípio.

Era um sábado de abril. B... chegara àquele porto e descera a terra, deu alguns passeios, bebeu cerveja, fumou e, à tarde, caminhou para o cais, onde o esperava o escaler de bordo. Ia a recordar lances de Inglaterra e quadros da China. Ao dobrar uma esquina, viu certo movimento no fim da outra rua, e, sempre curioso de aventuras, picou o passo a descobrir o que era. Quando ali chegou já a multidão era maior, as vozes muitas e um rumor de carroças que chegavam de toda parte. Indagou em mau castelhano, e soube que era um incêndio.

Era um incêndio no segundo andar de uma casa; não se sabia se o primeiro também ardia. Polícia, autoridades, bombas iam começar o seu ofício, sem grande ordem, é verdade, nem seria possível. O principal é que havia boa vontade. A gente curiosa e vizinha falava das moças — que seria das moças? onde estariam as moças? Com efeito, o segundo andar da casa era uma oficina de costura, regida por uma francesa, que ensinava e fazia trabalhar a muitas raparigas da terra. Foi o que o oficial pôde entender no meio do tumulto.

Deteve-se para assistir ao serviço, e também recolher alguma cena ou costume com que divertisse os companheiros de bordo e, mais tarde a família na Escócia. As palavras castelhanas iam-lhe bem ao ouvido, menos bem que as inglesas, é verdade, mas há só uma língua inglesa. O fogo crescia, comendo e apavorando, não que se visse tudo cá de fora, mas ao fundo da casa, no alto, surgiam flamas cercadas de fumo, que se espalhavam como se quisessem passar ao quarteirão inteiro.

B... viu episódios interessantes, que esqueceu logo, tal foi o grito de angústia e terror saído da boca de um homem que estava ao pé dele. Nunca mais lhe esqueceu tal grito; ainda agora parecia escutá-lo. Não teve tempo nem língua em que perguntasse ao desconhecido o que era. Nem foi preciso; este recuara, com a cabeça voltada para cima, os olhos na janela da casa e a mão trêmula, apontando... Outros seguiram a direção; o oficial de marinha fez o mesmo. Ali, no meio do fumo que rompia por uma das janelas, destacava-se do clarão, ao fundo, a figura de uma mulher. Não se podia distinguir bem, pela hora e pela distância, se o clarão vinha de outro compartimento que ardia, ou se era já o fogo que invadia a sala da frente.

A mulher parecia hesitar entre a morte pelo fogo e a morte pela queda. Qualquer delas seria horrível. Ora o fumo encobria toda figura, ora esta reaparecia, como que inerte, dominando todas as demais partes da catástrofe. Os corações cá de baixo batiam com ânsia, mas os pés, atados ao chão pelo terror, não ousavam ir levá-los acima. Tal situação durou muito ou pouco, o oficial não pôde saber se dous segundos, se dous minutos. Verdadeiramente não soube nada. Quando deu acordo de si ouviu um clamor novo, que os jornais do dia seguinte disseram ser de protesto e de aplauso, a um tempo, ao vê-lo correr na direção da casa. A alma generosa do oficial não se conteve, rompeu a multidão e enfiou pelo corredor. Um soldado atravessou-se-lhe na frente, ele deitou o soldado ao chão e galgou os degraus da escada.

Já então sentia calor de fogo, e o fumo que descia era um grande obstáculo. Tinha que rompê-lo, respirá-lo, fechar os olhos. Não se lembrava como pôde fazer isso; lembrava-se que, a despeito das dificuldades, chegou ao segundo andar, voltou à esquerda, na direção de uma porta, empurrou-a, estava aberta; entrou na sala. Tudo aí era fumo, que ia saindo pelas janelas, e o fogo, vindo do gabinete contíguo, começava a, devorar as cortinas da sala. Lá embaixo, fora continuava o clamor. B... empurrou cadeiras, uma pequena mesa, até chegar à janela. O fumo rasgou-se de modo que ele pôde ver o busto da mulher... Vencera o perigo; cumpria vencer a morte.

— A mulher, — disse ele ao terminar a aventura, e provavelmente sem as reticências que Abel metia neste ponto da narração, — a mulher era um manequim, o manequim de costureira, posto ali de costume ou no começo do incêndio, como quer que fosse, era um manequim.

A morte agora, não tendo mulher que levasse, parecia espreitá-lo a ele, salvador generoso. O oficial duvidou ainda um instante da verdade; o terror podia ter tirado à pessoa humana todos os movimentos, e o manequim seria acaso mulher. Foi-se chegando; não, não era mulher, era manequim; aqui estão as costas encarnadas e nuas, aqui estão os ombros sem braços, aqui está o pau em que toda a máquina assenta. Cumpria agora fugir à morte. B... voltou-se rápido; tudo era já fumo, a própria sala ardia. Então ele, com tal esforço que nunca soube o que fez, achou-se fora da sala, no patamar. Desceu os degraus a quatro e quatro.

No primeiro andar deu já com homens de trabalho empunhando tubos de extinção. Um deles quis prendê-lo, supondo ser ladrão que se aproveitasse do desastre para vir buscar valores, e chegou a pegá-lo pela gola; depressa reconheceu a farda e foi andando. Não tendo que fazer ali, embora o perigo fosse menor, o oficial cuidou de descer. Verdade é que há muita vez algum que se não espera. Transpondo a porta da sala para o corredor, quando a multidão ansiosa estava a esperá-lo, na rua, uma tábua, um ferro, o que quer que era caiu do alto e quebrou-lhe a perna...

— Quê...? interrompeu Abel.

— Justamente, confirmou o oficial. Não sei donde veio nem quis sabê-lo. Os jornais contaram a causa, mas não li essa parte das notícias. Sei que logo depois vieram buscar-me dous soldados, por ordem do comandante de polícia.

Tratou-se a bordo e em viagem. Não continuou por falta de comodades que só em terra podia ter. Desembarcando aqui, no Rio de Janeiro, foi para o hospital onde Abel o conheceu. O vaso de guerra esperava por ele. Contava partir em breves dias. Não perdia tempo; emprestavam-lhe o Times, e livros de história e de religião. Enfim, saiu para a Europa. Abel não se despediu dele. Mais tarde soube que, depois de alguma demora em Inglaterra, foi mandado a Calcutá, onde descansou da perna quebrada, e do desejo de salvar ninguém.

A presente edição de CONTOS de Machado de Assis é o Volume de número 29 da Coleção Grandes Obras da Cultura Universal. Impresso na Líthera Maciel Editora Gráfica Ltda., à rua Simão Antônio, 1070 - Belo Horizonte, para a Editora Itatiaia, à Rua São Geraldo, 67 - Contagem - MG. No catálogo geral leva o número 02066/6B ISBN. 978-85-319-0109-X.

